⑭ 小国神社(269)、森町提供

⑩ 加賀白山(183)、白山市提供

⑮ 錦の浦(318)、大紀町提供

⑪ 木曽の桟・木曽川(222)、上松町提供

⑫ 奥石神社(341)、近江八幡市提供

⑯ 信太の森・葛の葉稲荷神社(647)、和泉市提供

⑬ 宇良神社(440)、伊根町提供

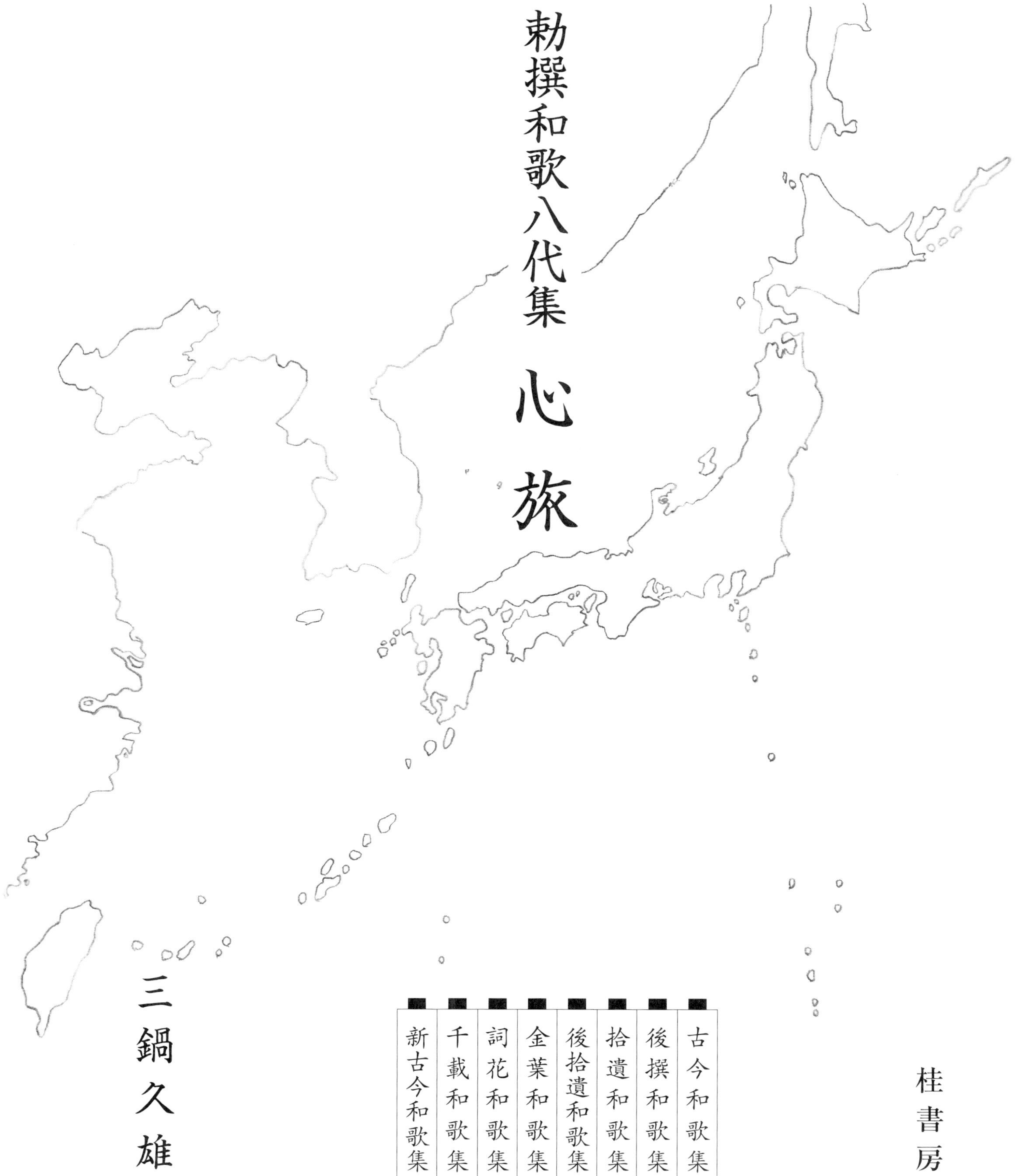

勅撰和歌八代集 心旅

古今和歌集
後撰和歌集
拾遺和歌集
後拾遺和歌集
金葉和歌集
詞花和歌集
千載和歌集
新古今和歌集

三鍋久雄

桂書房

はじめに

万葉集や古今和歌集の時代の歌枕は、作者自身がその場所で、歌を詠んだという。また、かつて見た歌名所の地で、見たこと、また思ったことを詠んだという。しかし、時代が進み、拾遺集以後の歌は、寺社や公卿の家等での古き歌にある歌枕を詠み込んでの歌の競いとなったようである。従って、作者は歌名所・歌名勝を見ないで、ただその歌枕・歌名所を心の中でイメージして歌を詠んだという。

よって、歌名所らしき所を、後世の数寄者が、ここであろう、この地ではなかろうか思い、それぞれの土地の人々が言って来た。そのような中で、声の大きい所、また多くの人々の支持を得た地が、現在のいわゆる定説となったのであろう。

本書は、「歌枕」・「歌名所」・「歌名勝」という表現はしないで、ただ「勅撰和歌八代集　心旅」とした。八代集とは、古今集・後撰集・拾遺集・後拾遺集・金葉集・詞花集・千載集・新古今集である。本書はこれら歌集の歌中に詠み込まれた地名と思えるもの。更にはそれぞれの歌の前詞や後詞中にある地名・寺社・公卿の邸宅をも「心旅」の対象とした。心旅地を選ぶに当り、角川地名大辞典で、その土地に室町時代以前の歴史史料・古文書があるかどうか、ある場合にはその地を対象とした。それは、室町時代の古文書があれば、鎌倉時代にはその地のことが都、京都まで届いていただろうと推定した。一応は歌名所らしき所を「心旅地」として選んだが、何分にも小生は未熟者、特に国文学には素人、多くの誤りが想像されるが御寛恕頂きたい。

八代集の正式名称は、①古今和歌集　②後撰和歌集　③拾遺和歌集　④後拾遺和歌集　⑤金葉和歌集　⑥詞花和歌集　⑦千載和歌集　⑧新古今和歌集である。次に、これら八代集の成立を表（右下表）で示す。

歌集名	天皇・院御名	勅命・院宣発令年	歌集完成年	収録歌数
①古今集	醍醐天皇	延喜五（九〇五）年四月勅命	延喜一三〜一七年	一一一一首
②後撰集	村上天皇	天暦五（九五一）年一月	天暦九年〜天徳二（九五八）年	一四二五首
③拾遺集	花山院		寛弘二（一〇〇五）年〜寛弘四年	一三五一首
④後拾遺集	白河天皇	承保二（一〇七五）年九月	応徳三年（一〇八六）年九月	一二一八首
⑤金葉集	白河院	天治元（一一二四）年	大治元（一一二六）年、または大治二年	七一七首
⑥詞花集	崇徳院	天養元（一一四四）年六月	仁平元（一一五一）年	四一五首
⑦千載集	後白河院	寿永二（一一八三）年二月	文治三（一一八七）年九月	一二八八首
⑧新古今集	後鳥羽院	建仁元（一二〇一）年一一月	元久二（一二〇五）年三月	一九七八首

次に当拙著の歌は主として、

新編国歌大観　第一巻　勅撰集編　角川書店

同　　第二巻　私撰集編　　同

によった。

また、掲載した地図のほとんどは、国土地理院発行の地図である。「心旅」では見地見聞の際は、国土地理院発行の二〇万分の一地勢図、五万分の一や二・五万分の一地形図なしでは出来ない。これらの地形図を片手に旅をしていただければ迷うことはない。

また、「心旅」にメモ書きがある。このメモを書くに当り、多くの先賢の著作を参考とさせていただいた。その主なものを列挙して謝意を表したい。

・都道府県別地名大辞典（角川書店）・都道府県別各県の地名（平凡社）・都道府県別全国歴史散歩シリーズ（山川出版社）・都道府県別マップル（昭文社）・古事記・上代歌謡　日本古典文学全集（小学館）・日本書紀　日本古典文学大系（岩波書店）・続日本紀（新日本古典文学大系）・国史大系　類聚史・日本紀略・百錬抄・扶桑略記・類聚三代格・弘仁格抄・元亨釈書・日本文徳天皇実録・日本後紀・日本三代実録（以上吉川弘文館）・山家集・平家物語・今昔物語集・吾妻鏡（以上岩波文庫）・竹取物語　伊勢物語　大和物語　平中物語（小学館）・日本の地質　全九巻（共立出版）・日本地質図大系　全七巻（朝倉書店）・新日本山岳誌（ナカニシヤ出版）・日本の絵巻（中央公論社）・解註謡曲全集　全六巻（中央公論社）・古今和歌集・後撰和歌集・拾遺和歌集・後拾遺和歌集・金葉和歌集・詞花和歌集・千載和歌集・新古今和歌集（以

上岩波書店新日本古典文学大系）　和漢朗詠集　梁塵秘抄　日本文学大系（岩波書店）・能因集注釈　川本晃生（貴重本刊行会）・延喜式神名帳　卜部朝臣兼倶・諸本集成倭名類聚抄（臨川書店）・日本名所図会全集（名著普及会）・平成名所図会復刻版（臨川書店）・神社名鑑　神社本庁・日本古鐘銘集成　坪井良平（角川書店）・理科年表　国立天文台（丸善）・牧野新日本植物図鑑（北陸館）・日本人名大辞典　下中邦彦（平凡社）・東洋文庫大唐西域記（平凡社）・大漢和辞典　諸橋轍次（大修館）・広辞苑（岩波書店）・佛教大辞典（冨山房）

「メモ」については、古き書物、例えば「江戸名所図会」等を見ているので、現状は記述と大きくずれていることお許しいただきたい。

終りに、感じたことを列挙する。

(i)「心旅」数が一〇〇〇にも達し、その執筆が長期にわたった。従って、その間に心の変化があり、文体・体裁が不統一になった。

(ii)例えば、「心旅」名に「小川（『和名抄』）とある。この地の地名「小川」は『和名類聚抄』の「小川郷」のことであり、その比定地であること。

(iii)いわゆる「名所」に「つつみのたけ」がある。つつみのたけは山麓の潅漑用の堤に水を供給する山と解した。

地図を見て、千年も前に詠まれた歌を読んで楽しめる国、日本はなんと素晴らしい、そして春・夏・秋・冬、また風・月・花を味わえる美しい国であろうか。

春は花　夏ほととぎす　秋は月　冬雪さえて　すずしかりけり
道元禅師

敷島の　大和ことのは　吾が世まで　うけける神の　末もたのもし
前大納言為氏　続千載和歌集　八七〇

敷島の　大和言葉の　花なくは　老の心を　なににそめまし
前大納言光任　新葉和歌集　三二七

春は花　夏は蛍で　秋は月
紅葉美くし　冬は雪舞ふ

勅撰和歌八代集 心旅　目次

付　録

一　日本国

8　あきつしま（蜻蛉洲・秋津島）

•わがきみよをしろしめして、たもちはじめたまふとなづけしとしより、ももしきのふるきあとをばむらさきの庭たまのうてなちとせひさしかるべきみぎりとみがきおきたまひ、はこやの山のしづかなるすみかをば、あをきたにきくの水よろづ代すむべきさかひとしめさだめたまふ、かれこれおしあはせてみそぢあまりみかへりのはるあきになんなりにける、あまねきおほんうつくしみあきつしまのほかまでおよび、ひろきおほんめぐみはるのそののはなよりもかうばし、……⑦千載集序（部分）

　玉依姫

•とびかける天のいはふね尋ねてぞあきつしまには宮はじめける　三統理平

⑧新古今集　一八六七

（参考）やまとには　むらやまあれど　とりよろふ　あめのかぐやま　のぼりたち　くにみをすれば　くにはらは　けぶりたちたつ　うなはらは　かまめたちたつ　うましくにぞ　あきづしま　やまとのくには　息長足日広額天皇（舒明天皇）御製歌　万葉集　二

389　しきしま（敷島）

　百首歌めしける時、よませ給うける

•しきしまや　大和のうたの　つたはりを　きけばはるかに　久かたの　あまつ神世に　はじまりて　みそもじあまり　ひともじは　いづもの宮の　や雲より　おこりけるとぞ　しるすなる　それより後は　もも草の　ことのはしげく　ちりぢりに　風につけつつ　きこゆれど　ちかきためしに　ほりかはの　ながれをくみて　さざ浪の　よりくる人に　あつらへて　つたなきことは　はまちどり　あとをすゑまで　とどめじと　おもひながらも　つのくにの　なにはのうらの　なにとなく　ふねのさすがに　此ことを　しのびならひし　なごりにて　よの人ぎきは　はづかしの　もりもやせんと　おもへども　こころにもあらず　かきつらねつる　崇徳院御製　⑦千載集　一一六二

664　日の本

•そもそもこの歌のみちをまなぶることをいふに、からくに日のもとのひろきふみのみちをもまなびず、しかのそのわしのみねのふかき御のりをさとるにしもあらず、ただかなのよそぢあまりなもぢのうちをいでずして、こころに思ふことをことばにまかせていひつらぬるならひなるがゆゑに、みそもじあまりひともじをだによみつらねつるものは、いづもや雲のそこをしのぎ、しきしまやまとみことのさかひにいりすぎにたりとのみおもへるなるべし、しかはあれども、まことにはきればいよいよかたくあふげばいよいよたかきものはこのやまとうたの道になむありける。　⑦千載集序（部分）

　成尋法師入唐し侍りけるに、母のよみ侍りける

•もろこしもあめのしたにぞありときくてる日のもとをわすれざらなん　⑧新古今集　八七一

（参考）なまよみの　かひのくに　うちよする　するがのくにと　こちごちの　くにのみなかゆ　いでたてる　ふじのたかねは　あまくもも　いゆきはばかり　とぶとりも　とびものぼらず　もゆるひを　ゆきもちけち　ゆるゆきを　ひもちけちつつ　いひもえず　なづけもしらず　くすしくも　いますかみかも　せのうみと　なづけてあるも　そのやまの　つつめるうみぞ　ふじかはと　ひとのわたるも　そのやまの　みづのたぎちぞ　ひのもとの　やまとのくにの　しづめとも　いますかみかも　たからとも　なれるやまかも　するがなる　ふじのたかねは　みれどあかぬかも　不尽山を詠む歌　高橋連虫麿　万葉集　三一九

803　やまと（大和・大和国・大和島根）

　百首歌たてまつりし時

•しきしまややまとしまねも神代より君がためとやかためおきけん　摂政太政大臣　⑧新古今集　七三六

（参考）そらみつ　やまとのくには　みづのうへは　つちゆくごとく　ふねのうへは　とこにをるごと　おほかみの　いはへるくにぞ　よつのふね　ふなのへならべ　たひらけく　はやわたりきて　かへりこと　まをさむひに　あひのまむきぞ　このとよみきは　孝謙天皇が遣唐使藤原朝臣清河等に賜ふ御歌　万葉集　四二六四

（メモ）

①北は択捉島、国後島、色丹島、歯舞群島に始まり、北海道本島、本州、四国、九州本島、伊豆諸島、小笠原諸島、甑列島、吐噶喇列島、奄美群島、沖縄諸島、琉球諸島、尖閣諸島、先島諸島、大東諸島等多くの島々から成立する。これらが円弧状または弓状に配列し花綵《はなづな》のような形をしているので、弧状列島、また花綵列島の名がある。

②蜻蛉　赤トンボ。中でもアキアカネは六月下旬～七月上旬に、水の入っている水田の稲の葉に早朝はい上り、羽化する。そして、多くはその日の内に海風の力を借りて標高三〇〇～一〇〇〇ｍの山地に避暑に行きツバメの害を避ける。八月中旬になると成熟し雄は腹部を赤～赤橙色になり、下山し稲穂の上を飛び交う。そして雄と連結した雌が稲の葉に産卵する。また稲の切り株から再び出てきた葉に産卵する。その後、アキアカネは霜が降りる十一月初旬まで、体表の色が錆色になって霜を受けながらでも昼にはまた飛ぶ。そのような日が続いて、いつの間にかいなくなる。卵で越冬するという。従って稲藁が肥料として田に撒かれれば翌春、幼虫が誕生し、また田植えがあれば幼虫の水蠆《やご》から成虫の赤トンボが羽化する。古代、稲の種子（種籾《たねもみ》）と鍬・鋤・鎌を持って農耕しながら大和政権が勢力拡大をしたので、アキアカネは沖縄や対馬を含めた九州・四国・本州・北方四島を含めた北海道まで分布している。日本全土は歌にある通り蜻蛉島である。

③敷島　「敷」は大漢和辞典（諸橋轍次）には「敷、陳也」。また「陳、列也」とある。そして陳は「つらねる」「つらなる」とある。日本国は多くの群島や諸島が円弧状・弓形に配列した弧状列島より成立している。

④日の本　唐国に対して、日出づる国。日本国。

⑤大和　日本国の異称。

二　北海道

北海道全島。又は北海道南部。函館は渡島《おしま》半島の南部にある。本州から幅約二〇kmの津軽海峡を渡ると着く島

545　としま

鳥羽殿歌合に恋の心をよめる

・よとともにそのかわかぬわが恋やとしまがいそによするしらなみ　藤原仲実朝臣　⑤金葉集　四二六

関路千鳥といへる事をよめる

・風はやみとしまがさきをこぎゆけば夕なみ千鳥立ちゐなくなり　神祇伯顕仲　⑤金葉集　六八四

855　をしま

歌合し侍りける時、恋歌とてよめる

・みせばやなをじまのあまの袖だにもぬれにぞぬれし色はかはらず　殷富門院大輔　⑦千載集　八八六

百首歌たてまつりし時

・松がねのをじまが磯のさよまくらいたくなぬれそあまの袖かは　式子内親王　⑧新古今集　九四八

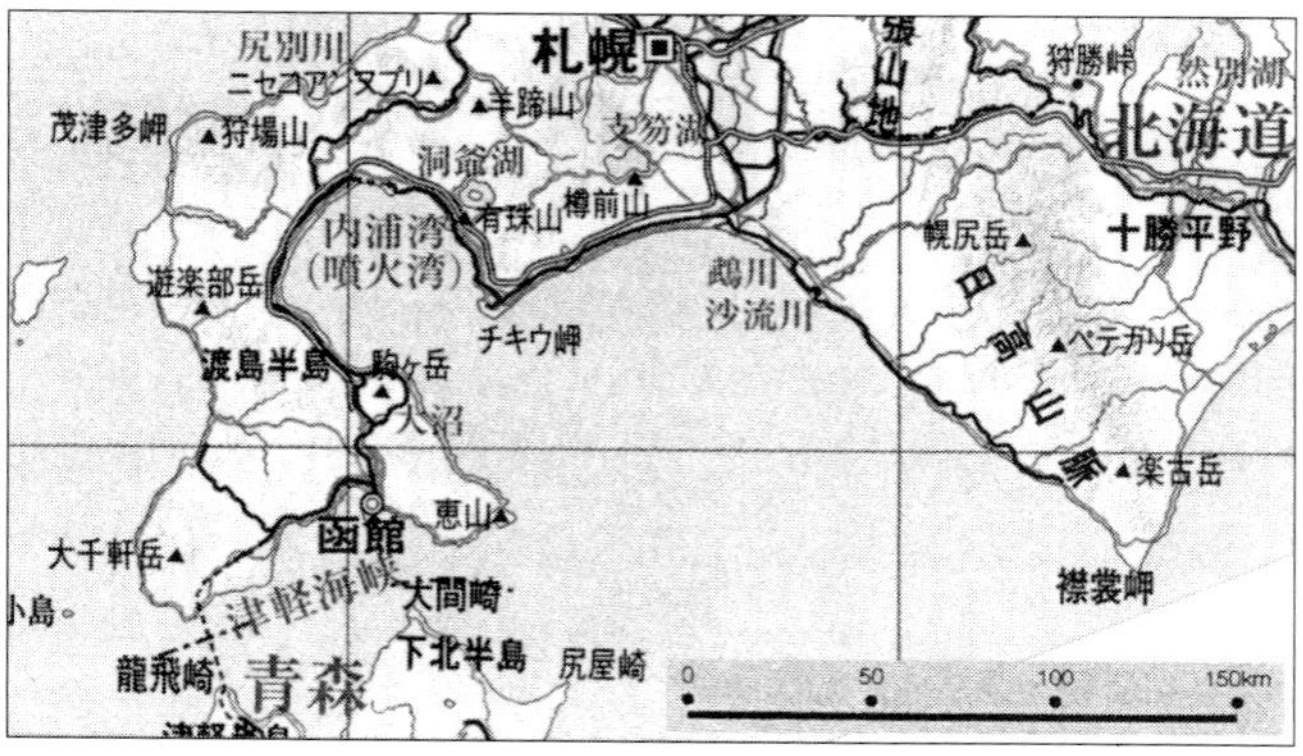

としま推定地

（メモ）

①『日本書紀』斉明天皇四年五月条に、「……遂に有間浜《ありまのはま》に渡嶋《わたりのしま》の蝦夷《えみし》等《ども》を召し聚《つど》へて、大きに饗《あへ》たまひて帰す」。

②同書、斉明天皇五年三月条に、「……膽振鉏《いふりさへ》の蝦夷二十人を一所に簡《えら》び集めて、大きに饗《あへ》たまひ禄賜《ものたま》ふ……。時に問菟《とひう》の蝦夷膽鹿嶋《いかしま》・菟穗名《うほな》二人進みて曰はく、『後方羊蹄《しりへし》を以て、政所《まつりごとどころ》とすべし』といふ」。

③同書、斉明天皇六年三月条に、阿倍臣を遣して、船師《ふないくさ》二百艘を率《ゐ》て、粛慎国《みしはせのくに》（沿海州のツングース族?）を伐《う》たしむ。是に渡嶋《わたりしま》の蝦夷一千餘、海の畔《ほとり》に屯聚《いは》みて、河に向ひて営《いほり》す……などとある。（表紙裏写真⑥参照）

三 尾駮《おぶち》

青森県上北郡《かみきた》六ヶ所《ろっかしょ》村尾駮一帯

関係地図 1／20万 野辺地 1／5万 平沼 1／2.5万 尾駮

865 をぶちのこま

をとこのはじめいかにおもへるさまにか有りけん、女のけしきも心とけぬを見て、あやしくおもはぬさまなることといひ侍りければ

・みちのくのをぶちのこまものがふにはあれこそまされなつくものかは　よみ人しらず　②後撰集　一二五二

橘則長ちちのみちのくのかみにてはべりけるころむまにのりてまかりすぎけるをみ侍て、をとこはさもしらざりければまたのひつかはしける

・つなたえてはなれはてにしみちのくのをぶちのこまを昨日みしかな　相模　④後拾遺集　九五四

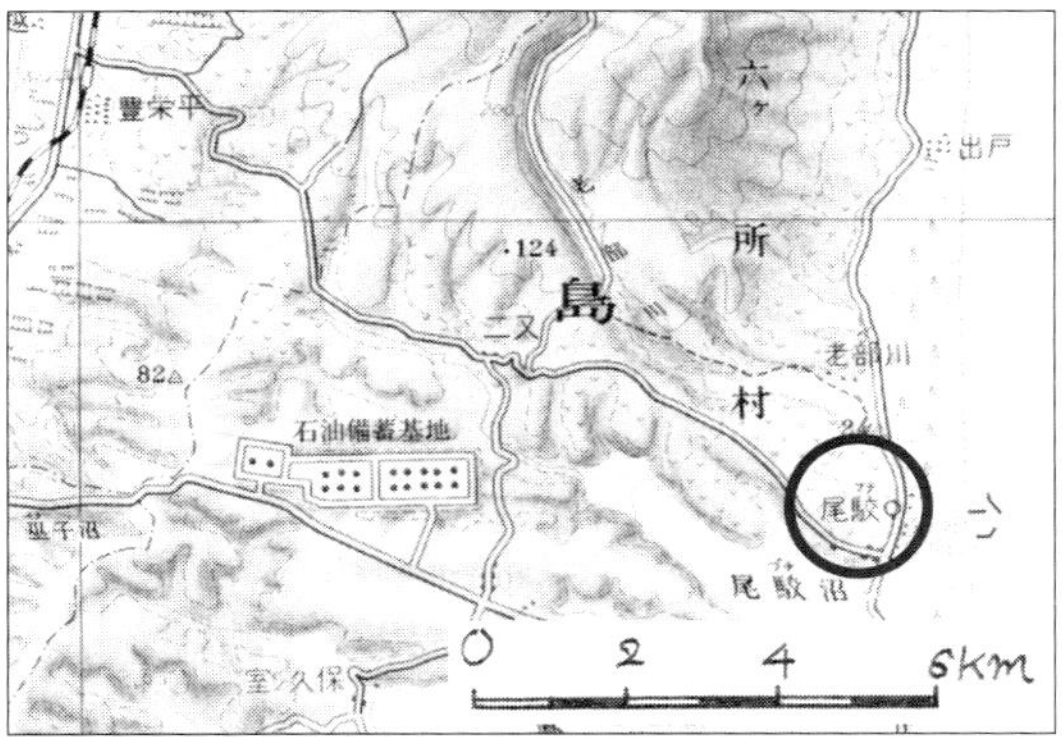

1／20万　野辺地

（メモ）

①尾駮は六ヶ所村役場の所在地である。地理的にも六ヶ所村の中心に位置し、古代よりこの一帯の中心集落であったであろう。従って歌の「をぶち」は現在の尾駮地区のみならず、現在の六ヶ所全体をも含む範囲が「をぶち」であったろう。

②顕昭云、みちのくのをぶちの駒とは「彼国よりいでくる小斑の駒と云也」。

③我《われ》がなををぶちの駒のあればこそなつくにつかぬ身《み》ともしられめ（「蜻蛉日記」）

④としなともおもひしまつにみちのくのその名尾駮の牧のあら駒（天明八年『東遊雑記』）

四 狩場沢

青森県東津軽郡平内《ひらない》町の堀差川の扇状地やその周辺

関係地図 1／20万 野辺地 1／5万 野辺地 1／2.5万 浅虫

277 かりばの小野

・みかりするかりばのをののならしばのなれはまされでこひぞまされる　人麿　⑧新古今集　一〇五〇

悲鳴咽、痛恋本群

・草ふかきかりばの小野をたちいでて友まどはせる鹿ぞなくなる　素覚法師　⑧新古今集　一九五六

（参考）みかりする　かりはのをのの　ならしばの　なれはまさらず　こひこそまされ　万葉集　三〇四八

1／20万　野辺地

（メモ）

①古来、刈和野と称した。烏帽子岳（標高七一九・六m）、松倉山（標高四七六m）等の水を集めて流れる堀差川の下流右岸に位置する。

②古来、狩場として好適地であり、この地名となる。

③周辺台地に縄文時代中期の狩場沢遺跡があり土器や石皿が出土するという。

④東南部に隣接する野辺地町には馬門《まかど》温泉がある。またスキー場には「スキー発祥の地」碑がある。

五　野田の玉川

青森県東津軽郡外ヶ浜《そとがはま》町平舘《たいらだて》野田《のだ》地内を始終流れている。そして玉泉寺と天満宮の間で平舘《たいらだて》海峡に流入する

関係地図　1／20万 青森　1／5万 蟹田　1／2.5万 大川平

621

のだの玉河

　みちのくにまかりける時、よみ侍りける　　能因法師

・ゆふさればしほ風こしてみちのくののだの玉河千鳥なくなり

⑧新古今集　六四三

（参考）みちのくののだのたまがはみはたせばしほかぜこしてこほる月かげ　　順徳院御製　　続古今集　六一七

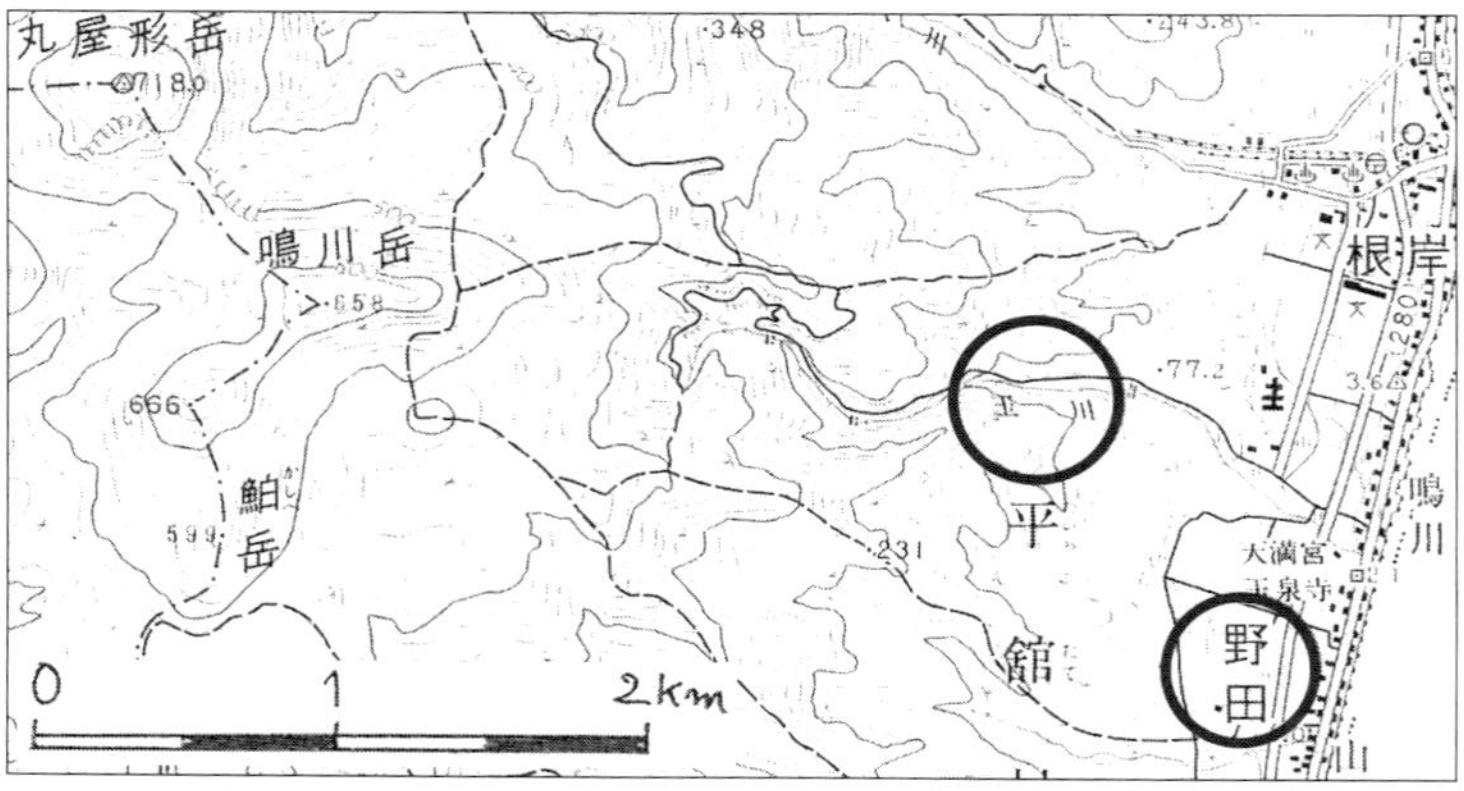

1／5万　蟹田

（メモ）

①外ヶ浜町平舘野田地内を始終流下する。そして玉泉寺と天満宮の間で平舘海峡に流入する。

②丸屋形岳（標高七一八・〇m）、鳴川岳（標高六五八m）は安山岩で構成。その東の養沼は砂岩・泥岩であり、その東は広く玄武岩で構成されている。従って玉川の源だけが堆積岩で、玉川の流路は火成岩であるので流水は清く澄み、川床の砂や小石は美しく、誠に玉のようであろう。

③外ヶ浜町の西に隣接する今別町分別に浄土宗本覚寺がある。当寺は津軽三十三観音第二十番札所である。寺伝には天元年間（九七八～九八三）に恵信僧都作の阿弥陀如来・勢至菩薩・観音菩薩の弥陀三尊を祀ったのが草創という。

④外ヶ浜町平舘根岸には平舘不老ふ死温泉がある。

六　坪　川

青森県上北《かみきた》郡七戸町坪

関係地図　1／20万 野辺地　1／5万 七戸　1／2.5万 乙浜

530

つぼのいしぶみ

　前大僧正慈円、ふみにてはおもふほどの事も申しつくしがたきよし、申しつかはして侍りける返事に　　前右大将頼朝

・みちのくのいはで忍ぶはえぞしらぬかきつくしてよつぼのいしぶみ

⑧新古今集　一七八六

（参考）思ひこそちしまのおくを隔てねどえぞかよはさぬつぼのいしぶみ　　法橋顕昭　　夫木抄　一〇四四〇

（参考）ひかすへてかくふりつもる雪なればつぼのいしぶみ跡やたゆらん　　懐円法師　　良玉集

1／5万　七戸　A 坪川　B 千曳集落　C 千曳神社

（メモ）

①坪川河床の岩盤にポットホール（欧穴《おうけつ》又は瓶穴《かめあな》）があるので、河名がつぼ川、そこの集落が「つぼ」なのであろう。

②征夷大将軍坂上田村麻呂が都母《つぼ》村の都母を討った時に、弓の矢筈で「日本中央」という石文を刻んだという。現在の坪集落を流れる坪川河床の岩盤であろう。

③岩盤は第三紀中新世の砂岩・泥岩、また安山岩質の火山角礫岩・凝灰岩という。

④千曳神社は大同二年、坂上田村麻呂の創建。当社の神霊は石の精で、壺（都母）子という女性に恋をした。そして壺子が曳くと動くが、他の千人もの大勢で曳いても動かなかったという。その石の大きさは顕昭の『袖中抄』に四五丈許とか。

七　虹貝川

青森県南津軽郡大鰐《おおわに》町早瀬野集落を北流するときの虹貝川の名称

関係地図　1／20万 弘前　1／5万 碇ヶ関

641

はやせ川

鵜河の心をよませ給うける　崇徳院御製

・はやせ川みをさかのぼるうかひ舟まづこの世にもいかがくるしき

⑦千載集　二〇五

・老いらくの月日はいとどはやせ河かへらぬ浪にぬるる袖かな　大僧正覚弁

⑧新古今集　一七七六

（参考）はやせがはなびくたまものしたみだれくるしやこころみがくれてのみ

後京極摂政太政大臣　万代集　一八二八

1／20万　弘前　A 早瀬野集落

（メモ）

①虹貝川は大鰐町早瀬野集落を北流する様子は白龍が北走する姿であったので早瀬川。集落名も早瀬野となったのであろう。

②秋田県大館市に通ずる羽州街道と秋田県鹿角《かつの》市に通ずる津軽街道との合流点が碇《いかり》ヶ関《せき》入口。JR奥羽本線津軽湯の沢駅がある。この平川市の碇ヶ関は青森市の野内《のない》関、西津軽郡深浦町の大間越関とともに津軽の三関所と呼ばれた。

③JR大鰐温泉駅には大鰐温泉、島田川畔には島田温泉がある。

八　「日本中央」碑

青森県上北郡東北《とうほく》町石文

関係地図　1／20万 野辺地　1／5万 七戸　1／2.5万 乙浜

530

つぼのいしぶみ

前大僧正慈円、ふみにてはおもふほどの事も申しつくしがたきよし、申しつかはして侍りける返事に

・みちのくのいはで忍ぶはえぞしらぬかきつくしてよつぼのいしぶみ　前右大将頼朝

⑧新古今集　一七八六

（参考）みちのくのおくゆかしくぞおもほゆるつぼのいしぶみそとのはまかぜ

西行上人　夫木抄　一一七七五

（参考）みちのおくつぼのいしぶみありときくいづれかこひのさかひなるらん

寂蓮法師　夫木抄　一五〇七七

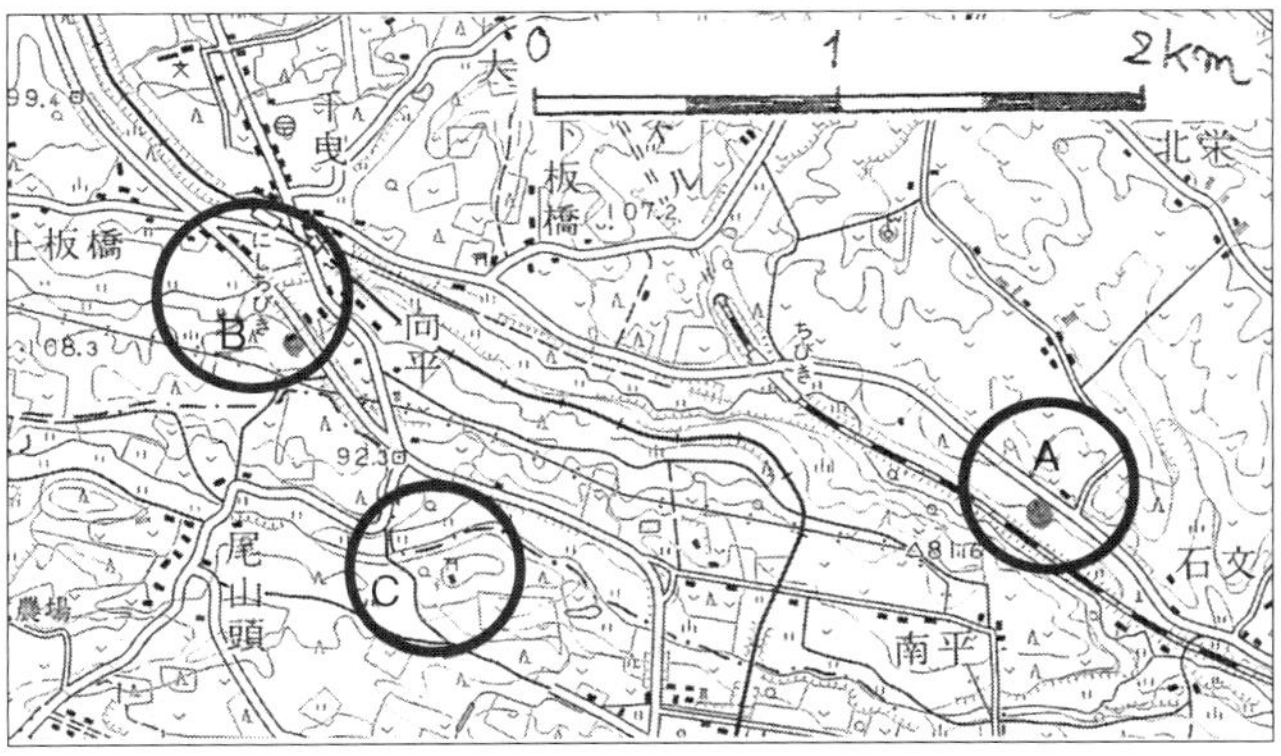

1／5万　七戸　A 石文発見地　B 石文保存館　C 千曳神社

（メモ）

①青森県上北郡東北町石文集落、この地を南東流する赤川は、やがて坪川を併せて東流する高瀬川に注ぎ小川原湖に流入する。このような赤川の左岸の石文集落で昭和二十四年、「日本中央」と刻まれた高さ一・五ｍの石が発見された。

②鎌倉時代初期の歌人顕昭の『袖中抄』第十九「いしぶみ」に

いしぶみのけふのほそ布はつ〳〵にあひみても猶あかぬけさかな

顕昭云、いしぶみとは陸奥のおくにつぼのいしぶみ有。日本の東のはてと云り。但田村の将軍征夷の時弓のはずにて石の面に日本の中央のよしを書付たれば石文と云と云り。信家の侍従の申しは、石の面ながさ四五丈計《ばかり》なるに文をゑり付たり。其所をつぼと云也。私云、みちの国は東のはてとおもへど、えぞの嶋は多くて千嶋とも云ば、陸地をいはんに日本の中央にても侍るにこそ。

とある。（表紙裏写真①参照）

九　胆沢城跡

岩手県奥州市水沢区佐倉河字八幡八丁の胆沢城跡がふさわしい

関係地図　1／20万 一関　1／5万 北上

128　いはでのせき

後朝の心をよめる

・わがこひはおぼろのし水いはでのみせきやる方もなくてくらしつ　としよりの朝臣　⑤金葉集　六八八

（参考）なにごともいはでの関としりながらおもひかねてやしかはなくらん　後九条内大臣　夫木抄　四六五九

（参考）人しれず袖のうらにはなみかけていはてのせきに日かずへにけり　如覚法師　夫木抄　九五二五

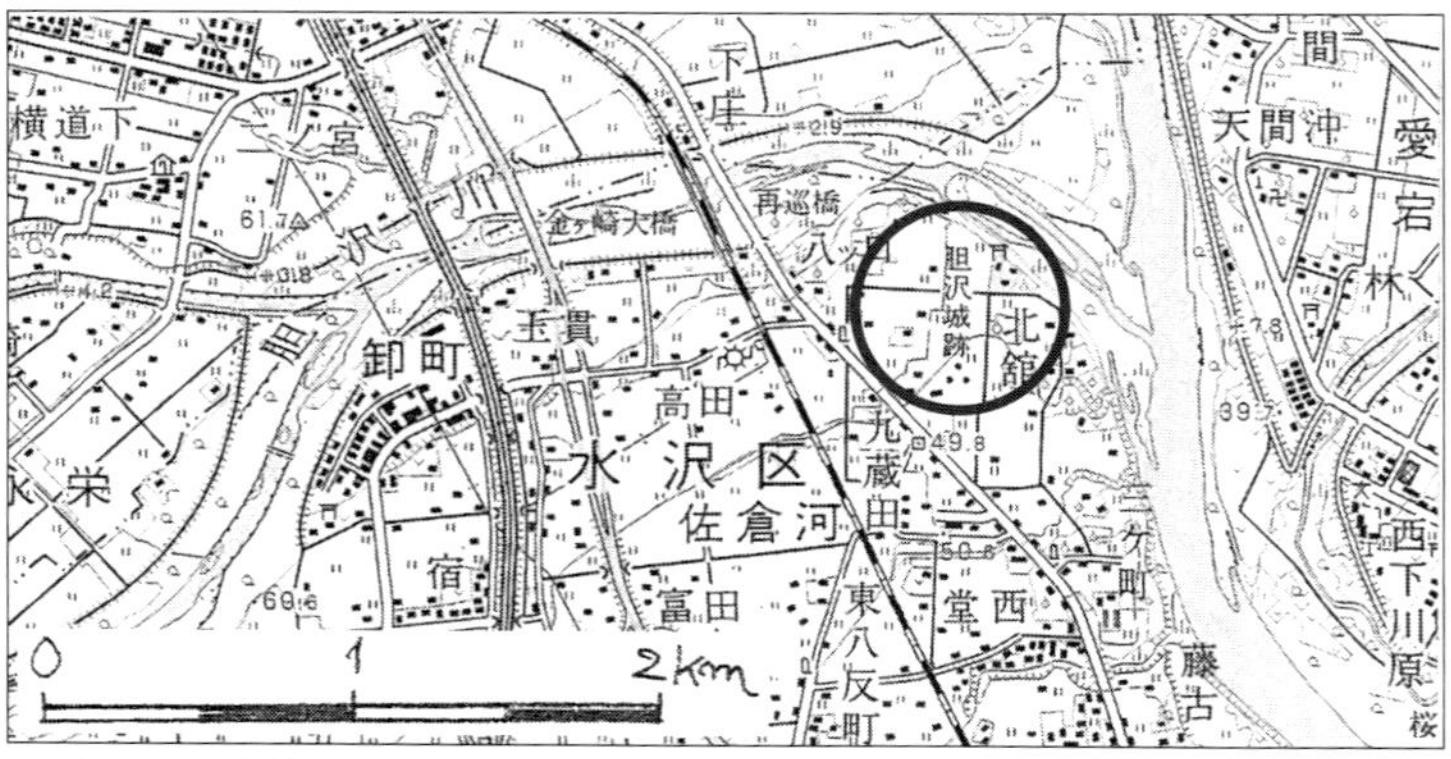

1／5万　北上

（メモ）

①「いはでの関」「岩手の関」推定地としては東北経営の拠点であった胆沢城が最適である。

②『続日本紀』宝亀七（七七六）年一一月二六日条に「陸奥の軍《いくさ》三千人を発《おこ》して、胆沢の賊《あた》を伐《う》たしむ」とある。

③延暦一六（七九七）年一一月五日条に「従四位下坂上大宿祢田村麿爲二征夷大将軍一」とある。

④『日本後紀』延暦一二（七九三）年二月一七日条に「改二征東使一爲二征夷使一」とある。

⑤同書延暦二一年正月九日条に「遣下二従三位坂上大宿祢田村麿一造陸奥国胆沢城上」とあり同月一一日条に「勅。官軍薄伐。関レ地瞻遠。宜下発二駿河。甲斐。相模。武蔵。上総。下総。常陸。信濃。上野。下野等国浪人四千人一。配中陸奥国胆沢城上。」

⑥同書弘仁二（八一一）五月二三日条に「大納言正三位兼右近衛大将兵部卿坂上大宿祢田村麿薨二于粟田別業一。贈二従二位一。時年五十四」。

一〇　岩手山《いわてさん》

岩手県。標高は二〇三八m

関係地図　1／20万 盛岡、秋田　1／5万 沼宮内、盛岡、八幡平、雫石

129　いはでの山

・思へどもいはでの山に年をへてくちやはてなん谷の埋木　左京大夫顕輔　⑦千載集　六五一

しのぶこひの心をよみ侍りける

・人しれぬ涙の川のみなかみやいはでの山の谷のした水　顕昭法師　⑦千載集　六六七

（参考）色見えでおもふ心はとしもへぬいはての山のまきのした露　正三位知家卿　夫木抄　八一五六

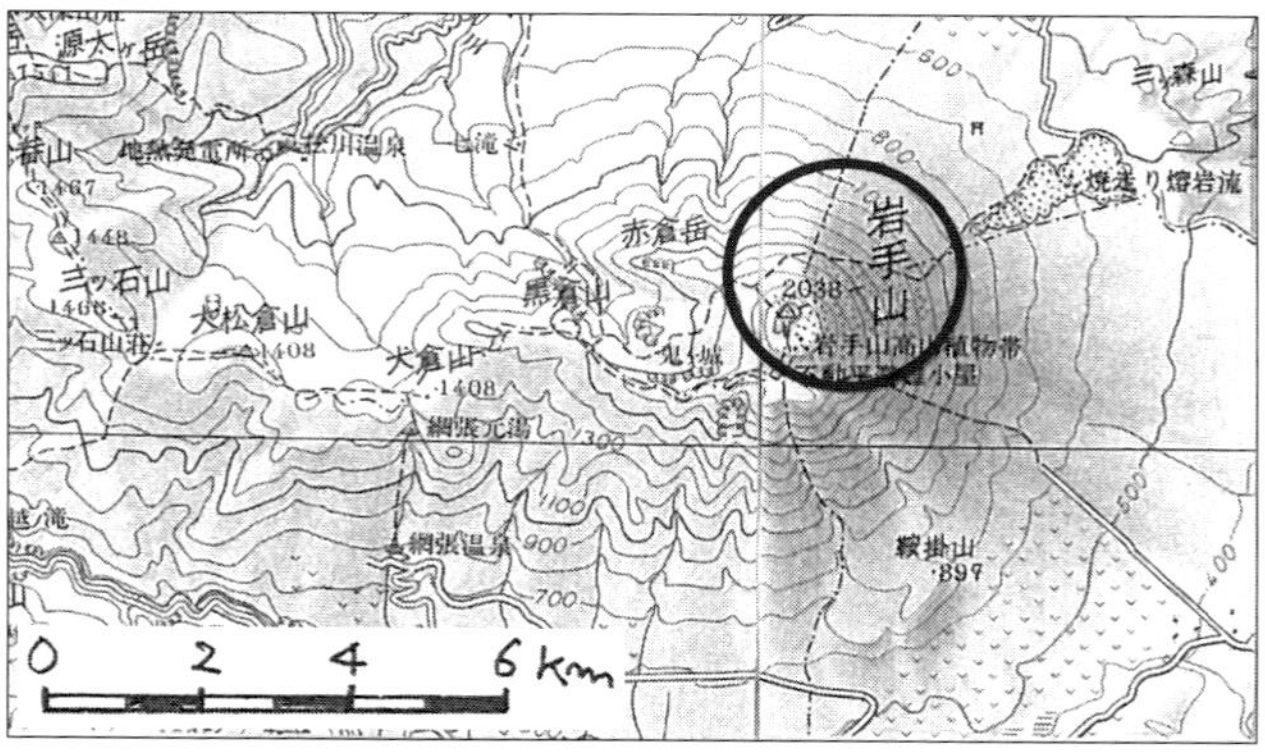

1／20万　秋田（左）・盛岡（右）

（メモ）

①標高二〇三八m。山頂は岩手県滝沢市岩手山と同県八幡平市松尾寄木・同市平笠である。春に鷲形の雪形を残すので巌鷲山、また霧ヶ岳・南部片富士等の別称がある。

②岩手山は火山である。北から八甲田・十和田・八幡平・（岩手山）・鬼頭・蔵王などと南に続く東北地方脊梁の火山の一つである。火山活動は前期更新世から現在まで、約一五〇万年間活動している。この火山の岩石は主に安山岩である。

③記録では貞享三（一六八六）年の火山活動は普通の火山爆発、溶岩流、火山泥流、家屋・山林耕地被岩とある。享保一七（一七三二）年の火山活動は山腹噴火、普通の火山爆発、溶岩流、焼走り溶岩流とある。平成一〇（一九九八）年には火山性地震頻発・熱異常とある。

一一　衣川　岩手県奥州市

関係地図　1／20万 一関　1／5万 水沢

351

衣河

・たもとよりおつる涙はみちのくの衣河とぞいふべかりける　よみ人しらず

③拾遺集　七六二

・衣河みなれし人の別には袂までこそ浪は立ちけれ　源重之　⑧新古今集　八六五

（参考）よとともに袖のみぬれて衣川こひこそわたれあふせなければ　関白家信濃　後葉集　三〇八

1／20万　一関

（メモ）

①衣川は媚山（標高六八三・六m）・高媚山（六七七・七m）を源にして衣の滝や菊の滝を下る北股川、高檜能山（九二七・一m）を源にサカサ沢・沼沢・谷渡沢等を併せ下る南股川が字石神の安倍館跡の東で合流し、やがて中尊寺東で北上川に注ぐ。

②『山家集』（西行法師）に「十月十二日、平泉にまかりつきたりけるに、雪ふり嵐はげしく、ことの外に荒れたりけり。いつしか衣川見まほしくてまかりむかひて見けり。河の岸につきて、衣川の城しまはしたる、ことがらやうかはりて、ものを見るここちしけり。汀氷りてとりわけさびしければ

とりわきて心もしみてさえぞ渡る衣川見にきたる今日しも

また同書に、遠国述懐と申すことをよみ侍りしに

涙をば衣川にぞ流しつるふるき都をもひ出でつつ

ともある。

③磐神社、神名帳陸奥国胆沢郡「磐神《イハノ》社」衣川区上衣川に鎮座。伝承では祭神はイザナギノ命。御神体は高さ四m・縦一〇m・横八m。近くの松山寺境内にイザナミノ命の女石がある。

一二　衣の関跡　岩手県西磐井郡《にしいわい》平泉町《ひらいずみ》

関係地図　1／20万 一関　1／5万 水沢、一関

352

衣の関

・ただぢともたのまざらなん身にちかき衣の関もありといふなり　よみ人しらず

②後撰集　一一六〇

みちさだわすれてのち、みちのくにのかみにてくだりけるにつかはしける

・もろともにたたましものをみちのくの衣のせきをよそにきくかな　和泉式部

⑥詞花集　一七三

（参考）もみぢするころもの関をきてみればただかたづまをそむるなりけり　近衛院因幡　今撰集　九三

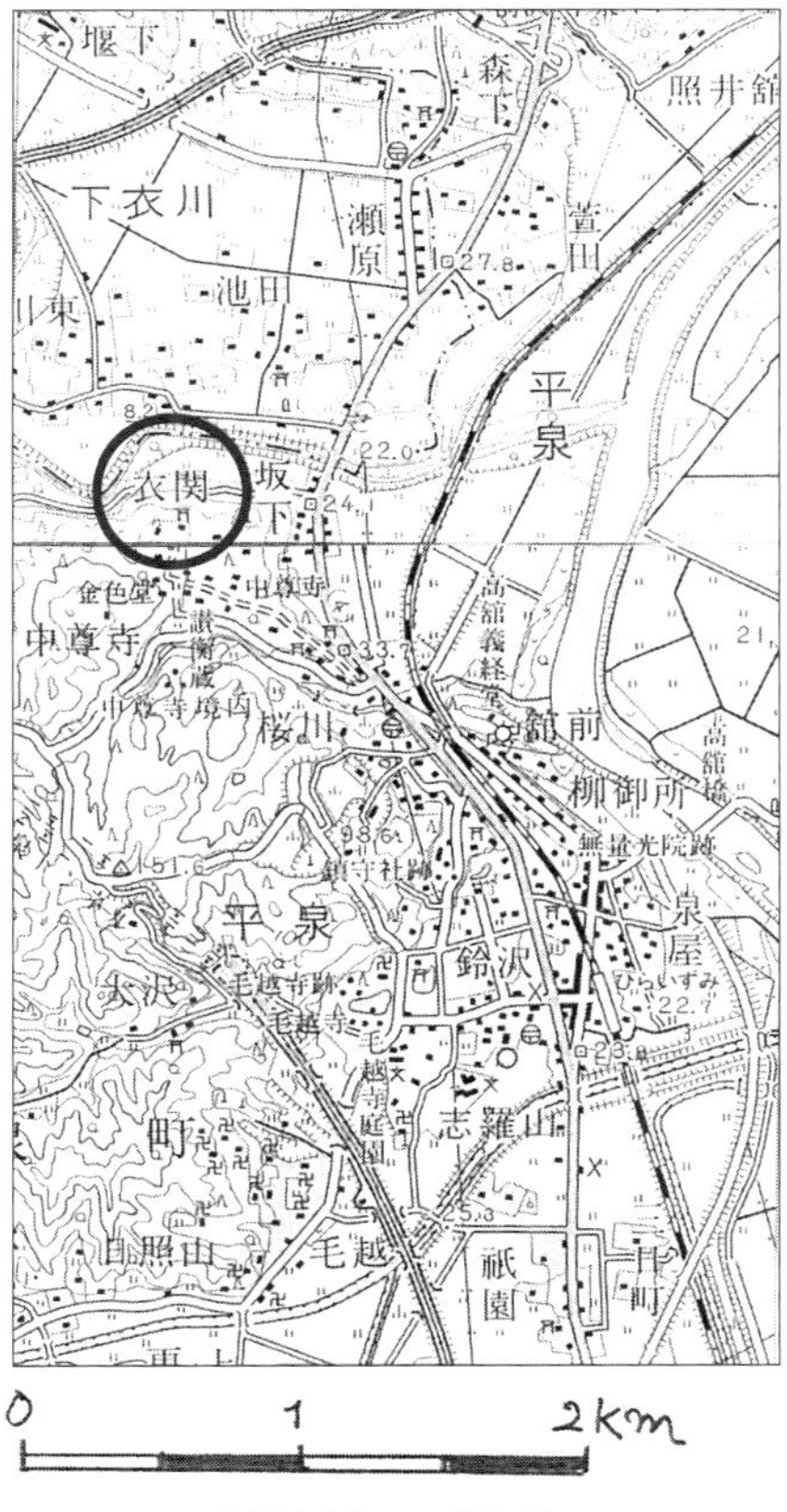

1／5万　水沢（上）・一関（下）

（メモ）

①『吾妻鏡』文治五（一一八九）年九月二七日の条に、「安倍頼時の衣河の遺跡を歴覧し給ふ、墎土空しく残り……、男女子の宅簷《のき》を並べ、郎従等の屋門を囲み、西は白河関を界し、十餘日の行程たり、東は外浜に據るか、又十餘日、其中央に当りて、遙に関門を開き、名づけて衣関《ころもがせき》と曰ふ。宛も函谷の如し、左は高山に鄰し、右は長途を顧み、南北は同じく峯嶺を連ぬ、産業亦海陸を兼ね、三十餘里の際《あい》だ、桜樹を并べ植う。」等とある。この植樹の一部が北上川東の束稲山《たばしねやま》（標高五九五・七m）の桜。

聞きもせずたはしね山の桜ばな吉野の外にかかるべしとは　西行法師

一三　清水の湧水

岩手県陸前高田市矢作町沖の「清水の湧水」（矢作清水）

関係地図　1／20万 一関　1／5万 盛

188

おきのゐ

・おきのゐて身をやくよりもかなしきは宮こしまべのわかれなりけり　をののこまち　①古今集　一一〇四

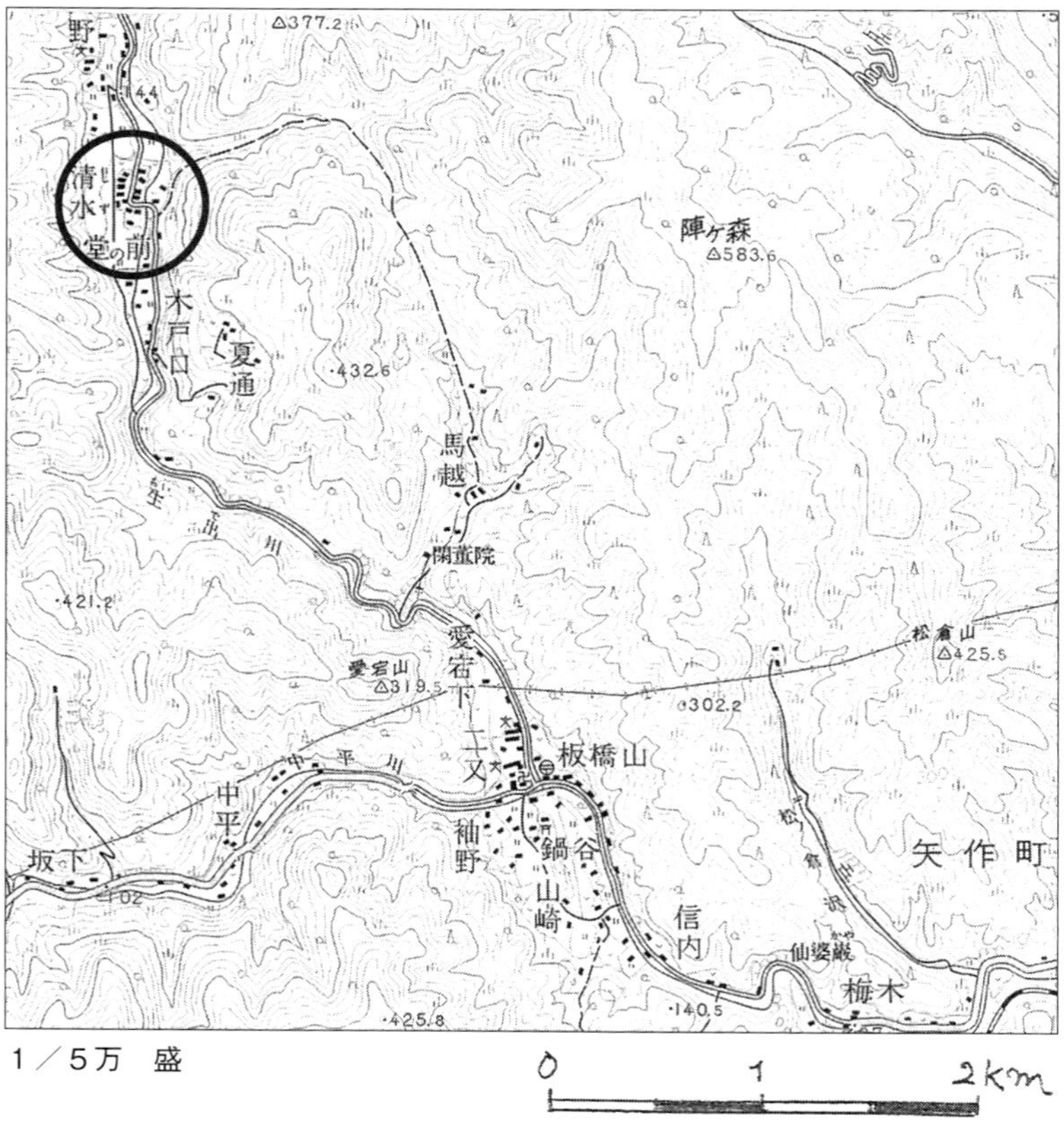

1／5万　盛

（メモ）

①地図右下の梅木《うめき》の仙婆巌《せんばがや》の巨岩には陽神岩（男岩）、陰神岩（女岩）がある。陰神岩には住居となったろう深い洞窟があり縄文時代の土器・石器が出土し女神遺跡という。

②このあたりは金鉱山があった所で、気仙川の本支流に砂金が採れるという。

一四　志波城跡

岩手県盛岡市下太田字方八丁ほか

関係地図　1／20万 盛岡　1／5万 盛岡　1／2.5万 小岩井農場

128

いはでのせき

後朝の心をよめる

・わがこひはおぼろのし水いはでのみせきやる方もなくてくらしつ　としよりの朝臣　⑤金葉集　六八八

（参考）東路やいはでの関のかひもなく春をばつぐるうぐひすのこゑ　前中納言定家卿　夫木抄　三九一

（参考）人めもるいはてのせきはかたけれどこひしきことはとまらざりけり　俊頼朝臣　夫木抄　九五二四

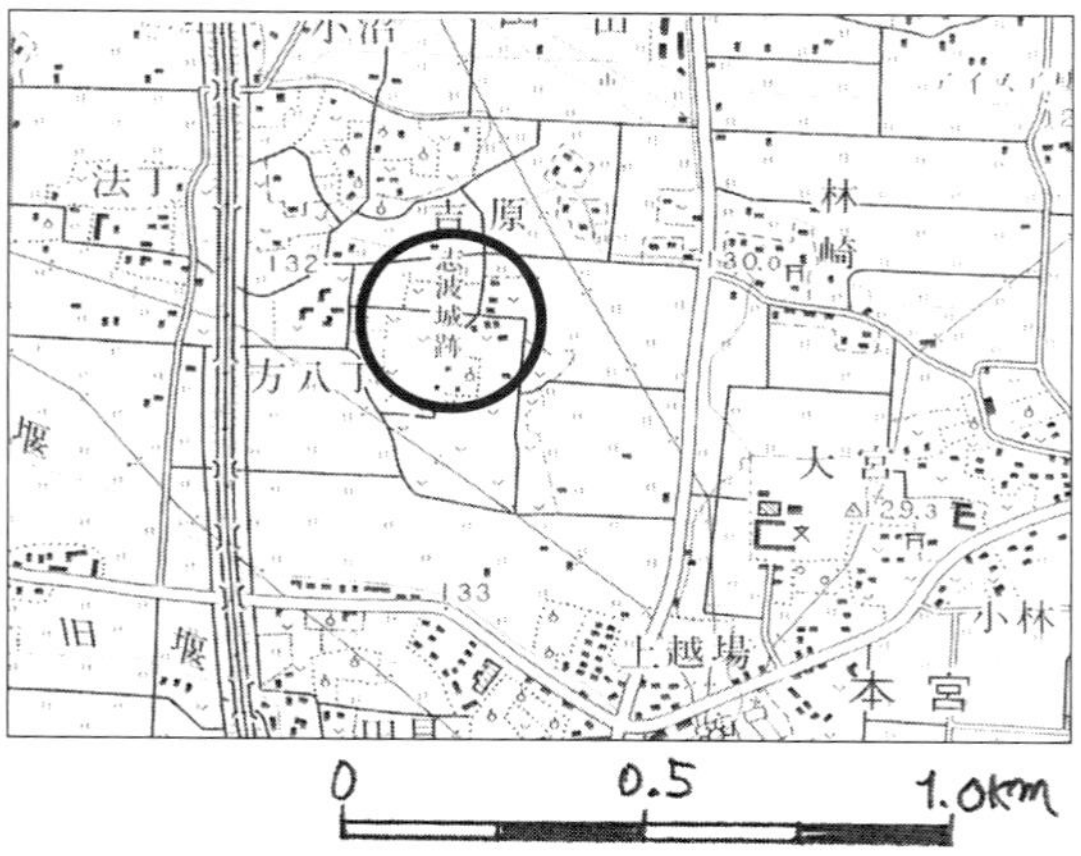

1／2.5万　小岩井農場

（メモ）

①志波城も胆沢城・徳丹城と共に東北経営の拠点であった。

②現奥州市水沢区佐倉河の胆沢城は胆沢川が北上川に合流するすぐ南にあった。延暦二一（八〇二）年一月九日坂上田村麻呂によって築かれ、大同三（八〇八）年には多賀城から鎮守府も移されたという。ここ志波城は陸奥国岩手郡にあり、その築城は延暦二二（八〇三）年三月九日、造築城使は胆沢城と同じ坂上田村麻呂となる。鎮守府機関が設置されて約十年、雫石川の水害を理由に北上川の下流域約一二kmの地、紫波郡矢巾《やはば》町西徳田の徳丹城に鎮守府機関が移された。

③志波城跡東の大宮中学校の東隣に坂上田村麻呂創建の大宮神社がある。祭神は豊受姫命。由緒沿革は、延暦年中、岩手郡滝沢郷の高丸なる者が朝命に従わず。それで勅して坂上田村麻呂を討伐に向わせ延暦二一年に平定した。二男の綾田麻呂を岩手郡中野郷高見館（現本宮字高見）に置き之を本城とし鎮護の神として伊勢内外宮の御分霊を祀り、大宮豊受神社としたのが創祀という。

一五　壺ノ沢変成岩類　岩手県陸前高田市竹駒町下壺・上壺

関係地図　1／20万 一関　1／5万 盛

530 つぼのいしぶみ

・みちのくのいはで忍ぶはえぞしらぬかきつくしてよつぼのいしぶみ　前右大将頼朝　⑧新古今集　一七八六

(参考) みちのくのおくゆかしくぞおもほゆるつぼのいしぶみそとのはまかぜ　西行上人　夫木抄　一一七七五

(参考) みちのおくつぼのいしぶみありときくいづれかこひのさかひなるらん　寂蓮法師　夫木抄　一五〇七七

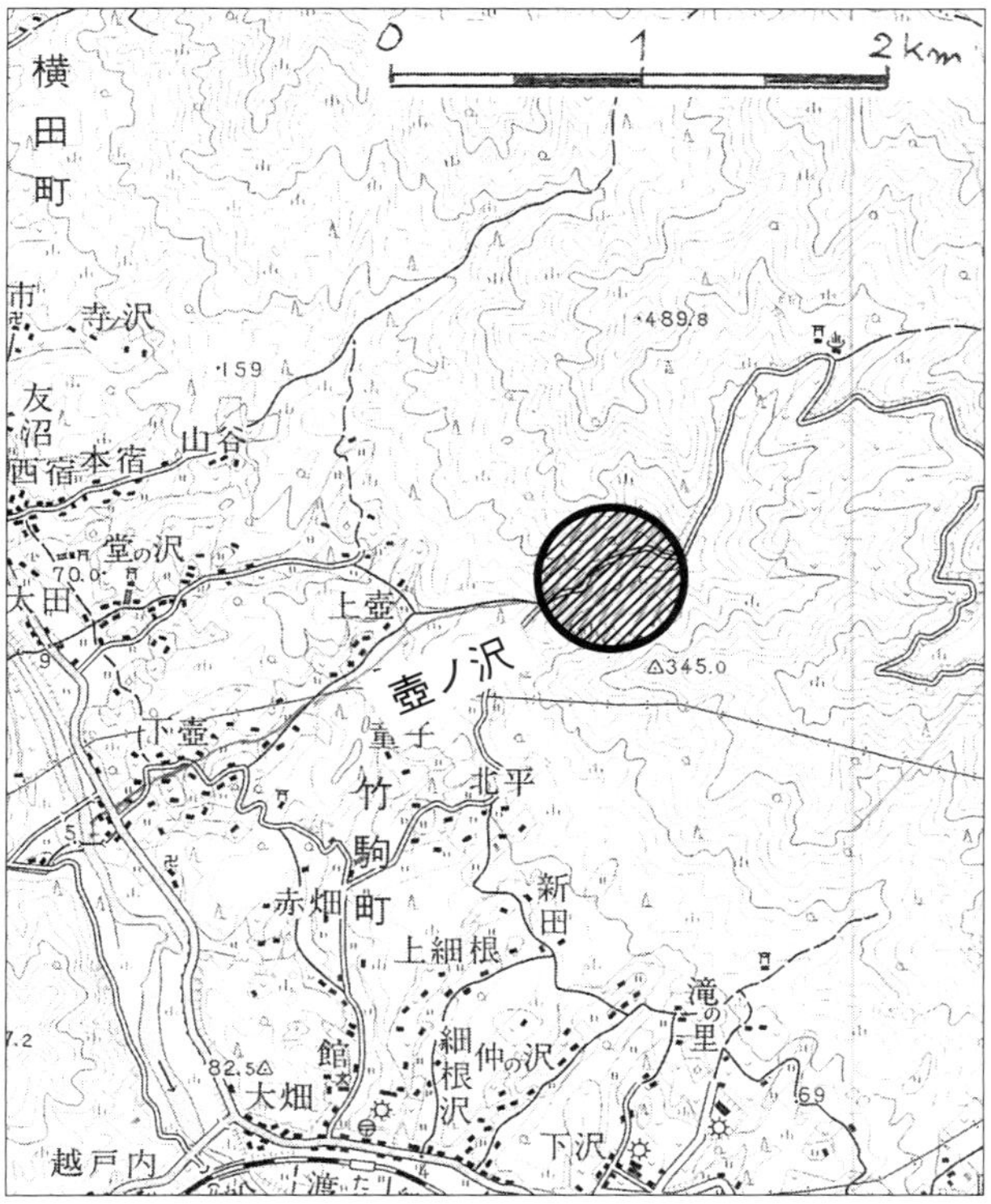

1／5万　盛　◎壺ノ沢変成岩分布

(メモ)

①上壺・下壺・堂ノ沢には雲母片岩と縞状片麻岩を主とし角閃岩をはさむ壺ノ沢変成岩類が分布する。主成分鉱物は石英・斜長石・黒雲母・白雲母・カリ長石と少量のザクロ石。また中生代白亜紀に現在の気仙川沿いに貫入した花崗閃緑岩体で熱変成作用を受けて紅柱石・珪線石・菫青石等が生じた。これら鉱物の配列が石文に見えたか。この変成岩類は周囲の地層・岩石とは異なり、地下深所の基盤岩類が氷上花崗岩の上昇とともに地表に現われたという。

一六　浪打峠　岩手県二戸市、二戸郡境

関係地図　1／20万 八戸　1／5万 一戸　1／2.5万

440 末の松山

寛平御時きさいの宮の歌合のうた

・浦ちかくふりくる雪は白浪の末の松山こすかとぞ見る　ふぢはらのおきかぜ　①古今集　三二六

みちのくうた

・君をおきてあだし心をわがもたばすゑの松山浪もこえなむ　①古今集　一〇九三

(参考) 池水にうつれる千代のかげを見てすゑのまつやまおもひこそやれ　越中守藤原為時　玄玄集　一一〇

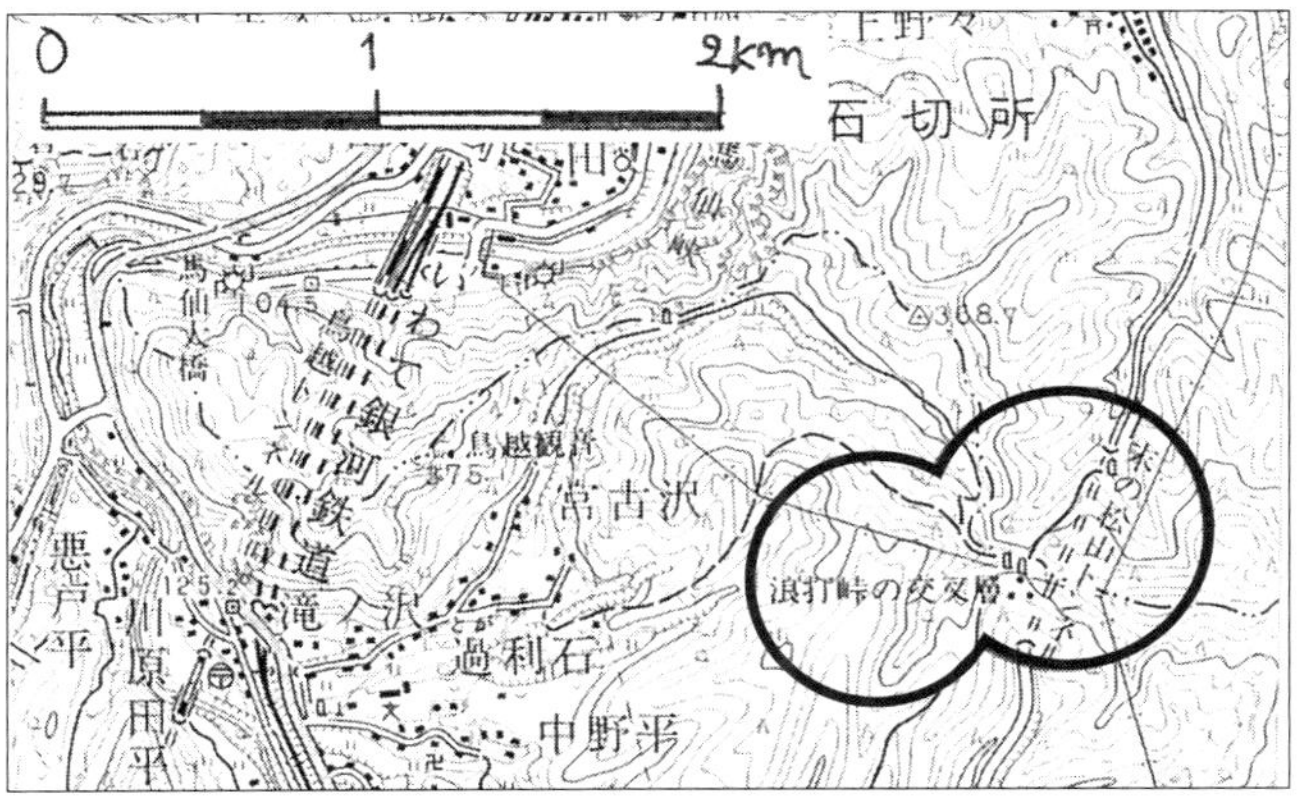

1／5万　一戸

(メモ)

①ここ浪打峠は二戸郡一戸町一戸と二戸市石切所《いしきりどころ》との境にある峠。標高三〇二m。旧陸羽街道が通り一戸町側峠手前には慶長九年築造の一里塚一対（町指定史跡）がある。

②周辺一帯には新第三紀中新世の海成の堆積岩が分布する。特に浪打峠の両側の崖には二枚貝・巻貝・腕足貝などの化石を含む粗粒砂岩層に、浅海で堆積する時に出来るクロスラミナ（偽層）が見られる。末の松山層下部の粗粒砂岩層中に白色の貝殻砂がラミナ（葉理）に沿って並んでいる。ここのクロスラミナは昭和一六年八月国天然記念物に指定された。

③天明五（一七八五）年、菅江真澄は『奥々風土記』に「此末の松山を今俗に浪打峠といへり、彼古へ、山本近く浪の打たりし地なれば、その由縁を思ひて土人の然云伝へたるものか」と。

一七　野田の玉川

岩手県九戸郡野田村玉川集落

関係地図　1／20万　八戸　1／5万　陸中野田

621

のだの玉河

　みちのくにまかりける時、よみ侍りける

・ゆふさればしほ風こしてみちのくののだの玉河千鳥なくなり　　能因法師

⑧新古今集　六四三

（参考）五月雨は夕塩ながらみちのくの野田の玉川あさき瀬もなし　　鴨祐夏

　続後拾集　一〇一七

（参考）冬さればのだの玉川こほりゐてはぎこす物は夜半のしら雪　　後鳥羽院御製　夫木抄　一一〇九一

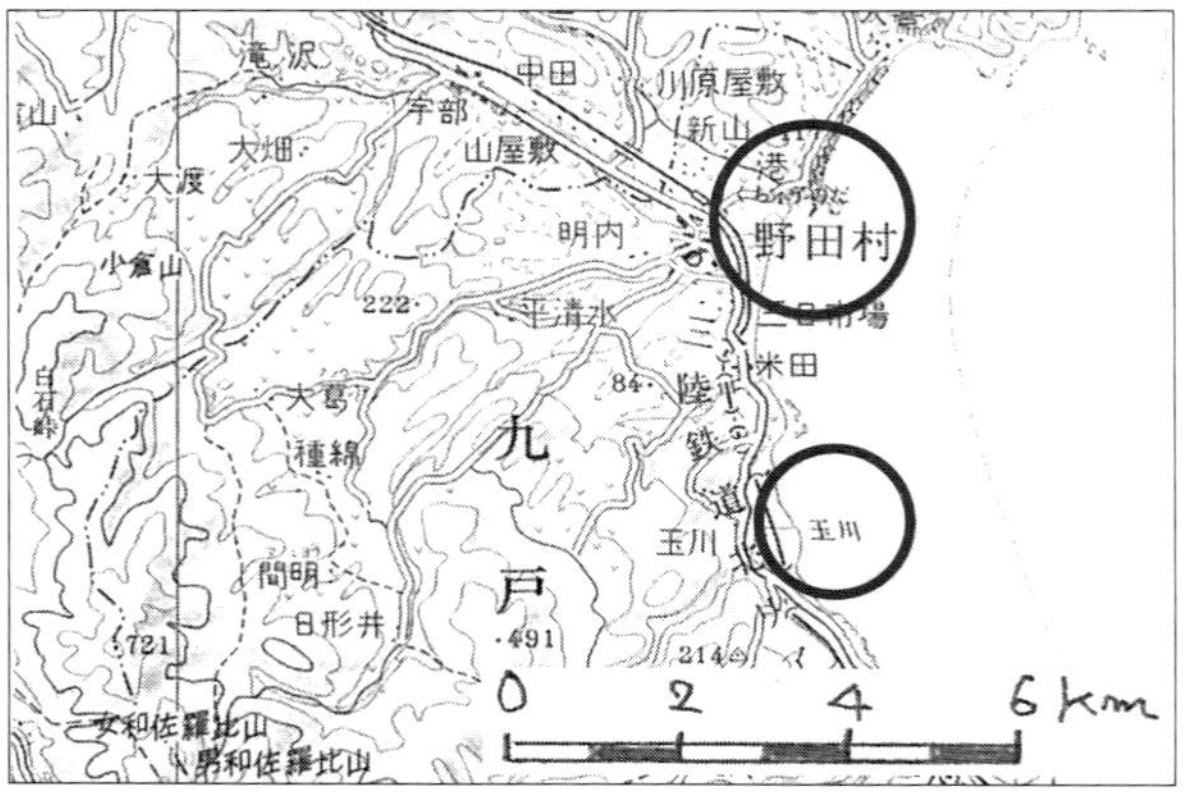

1／20万　八戸

（メモ）

①流域に分布する地層は中生代の砂岩・レキ岩・泥岩、また白色のチャートや石灰岩等でいずれも硬い。よって川は澄み川床の砂レキが手に取るように見えるであろう。

②野田の玉川の源北には男和佐羅比山《おわさらびやま》（標高八一四m）、この北に和佐羅比峠をはさんで女和佐羅比山（標高七四四m）がある。山名はアイヌ語で「大勢の人々が浜降りするところ」を表わし、近辺の人達の海からの目標となる山で、両山ともに竜神を祀る権現社があるという。

③三陸鉄道北リアス線野田玉川駅から西へ坂道を約一・三km上るとマンガンを産する野田玉川鉱山がある。山は閉山しているが、坑道は観光客に公開。マンガン鉱床から産出するバラ輝石をマリンローズ名で加工販売している。

④久慈琥珀博物館　三陸鉄道北リアス線久慈駅下車。久慈市小久慈町にある。縄文時代よりの交易品。採掘・加工の体験が出来るという。

一八　氷上山

岩手県陸前高田市高田町・大船渡市猪川町境の氷上山《ひかみ》（標高八七四・七m）。山頂に氷上神社の奥宮鎮座

関係地図　1／20万　一関　1／5万　盛

470

たかたの山

・なけやなけたか田の山の郭公このさみだれにこゑなをしみそ　　よみ人しらず

③拾遺集　一一七

（参考）せきとめてせがゐの水にたねまきしたかたの山はさなへとるなり　　正二位忠宗卿　夫木抄　二五五八

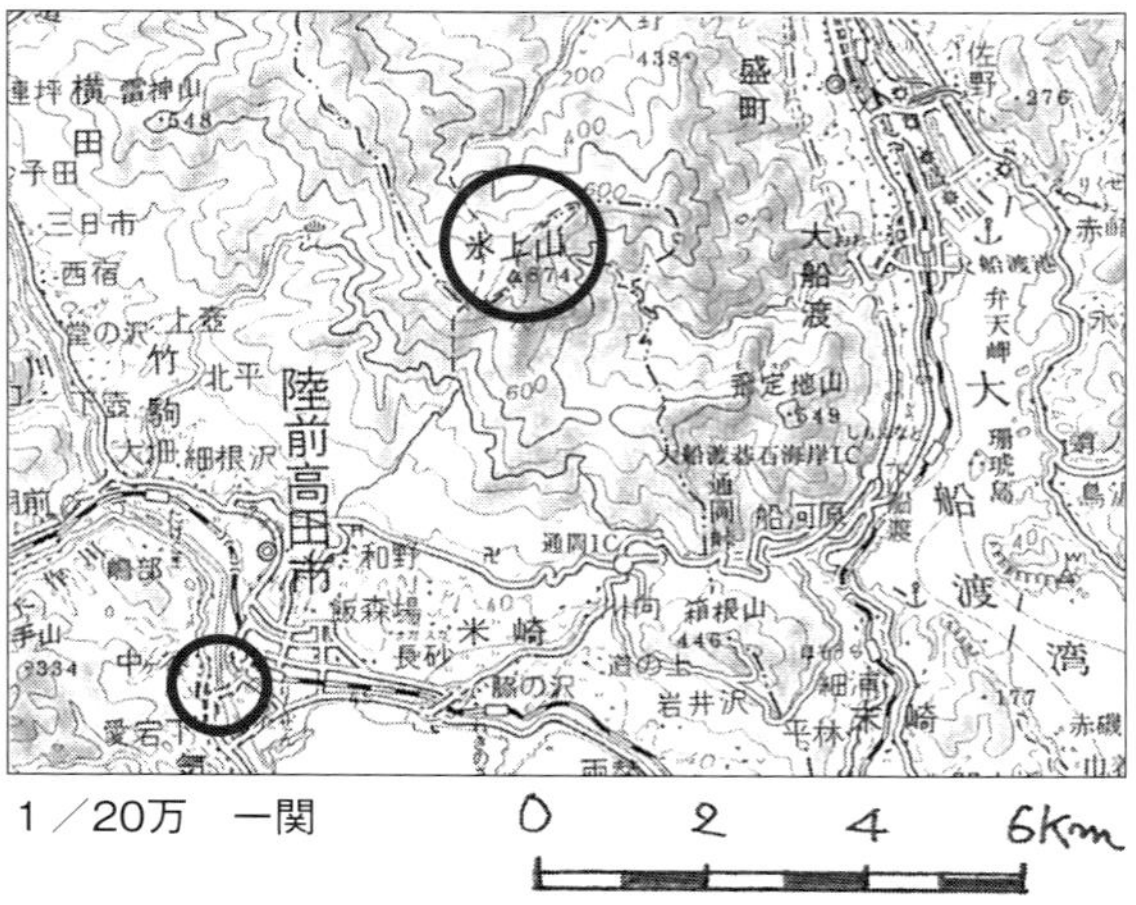

1／20万　一関

（メモ）

①陸前高田市高田町東和野・中和野・西和野の地は本来「上野」であり氷上《ひかみ》神社の神田があった地という。よって地名発祥の地である。

②氷上山山頂には三つの御殿がある。東御殿《ひがしのごてん》。延喜式神名帳陸奥国気仙郡の理訓許段《リケコカ》神社。中御殿、登奈孝志《となかし》神社。西御殿、衣太手《きぬたて》神社。陸前高田市高田町西和野には里宮である氷上神社がある。社蔵の応永二年（一三九五）九月九日の棟札に「許仙物鎮守氷上西宮理訓許多社　奉仕熊谷上総助丹治奥信（中略）祭主当郡幕長千葉壱岐守胤富」の銘があると。

③頂上の岩石は古生代にマグマが貫入して形成された花崗閃緑岩類。

④地図左下の〇中の橋は姉歯橋か。能因法師集に、

　一四七　朽ちぬらんあねはの橋も朝な朝な浦かぜ吹きてさむき浜べに

がある。高田町と気仙町を結ぶ旧橋畔にこの能因の歌碑、および松尾芭蕉の

　川上とこの川しもや月の友

句碑があったという。

⑤高田町南端の立神浜に気仙川が運んだ土砂によって東西約二・五kmの弓形の砂浜が形成された。長さ約一・八kmの黒松・赤松の国指定名勝「高田松原」があった。平成二三年の地震津波で流された。この松原は潮害から住民を守るために菅野杢之助が寛文七年（一六六七）仙台藩の助成と地元民の協力を得て六一九八本の松を植えたのが始まり。

一九　真柴川

岩手県一関市真柴

関係地図　1／20万 一関　1／5万 一関

713

ましばがは

水辺寒草といへることをよめる

・たかねにはゆきふりぬらしましばがはほきのかげぐさたるひすがれり　大中臣公長朝臣

⑤金葉集　二七七

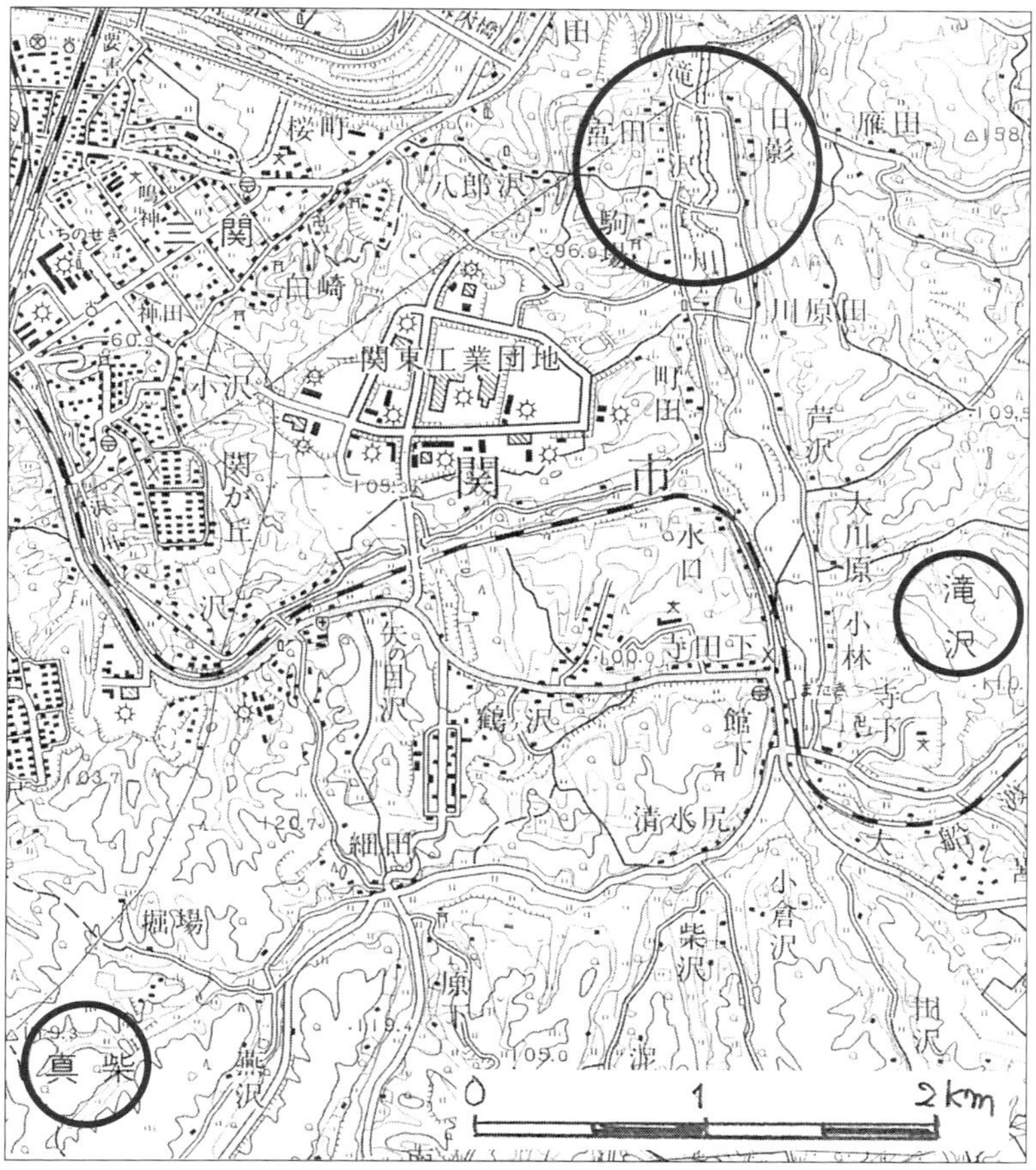

1／5万　一関

（メモ）

①一関市真柴地区を源とする真柴川は滝沢地区を流れる時は滝沢川と名を変えて北流し、狐禅寺地区で北上川に注ぐ。

②真柴集落の北一kmにはJR一ノ関駅がある。集落地内を国道三四二号が通り南は一関街道、北は陸羽街道と呼ぶ。またJR東北新幹線やJR東北本線が走る。

二〇　三ツ石様

岩手県盛岡市名須川町。東顕寺裏の三ツ石神社境内

関係地図　1／20万 盛岡　1／5万 盛岡　1／2.5万 盛岡

127

いはで

恋のうたとてよめる

・みごもりにいはでふるやのしのぶ草しのぶとだにもしらせてしかな　藤原基俊

⑦千載集　六五五

（参考）かくとだにいはでの森の木枯によそよりちらん言のはもうし　正三位為実

続千載集　一〇八一

（参考）みちのくのいはてのもりのいはでのみおもひをつぐる人もあらなん　読人不知

夫木抄　九九九一

1／2.5万　盛岡

（メモ）

①三ツ石神社の御神体である三個の巨大な花崗岩、三ツ石様には鬼の手形があるという。この伝承は、この地方の里人を苦しめていた鬼が三ツ石様に退治され、「この地には二度と来ません」と誓ってこの三つ石に手形を押したと。このことが「岩手」や「不来方」の地名の由来になっているという。

②三ツ石神社裏の寺は曹洞宗東顕寺で、三ツ石神社の別当寺であった。創建は至徳元（一三八四）年で盛岡市内最古という。

二一　弓弭の泉

岩手県岩手郡岩手町御堂の御堂観音境内

関係地図　1／20万 盛岡　1／5万 沼宮内　1／2.5万 沼宮内

171　えぞ

きのむねさだがあづまへまかりける時に、人の家にやどりて暁いでたつとてまかり申ししければ、女のよみていだせりける

• えぞしらぬ今心みよいのちあらば我やわするる人やとはぬと　よみ人しらず

①古今集　三七七

（参考）いたけもるあま見る時に成りにけりえぞがちしまをけぶりこめたり　西行上人　夫木抄　一〇五五一

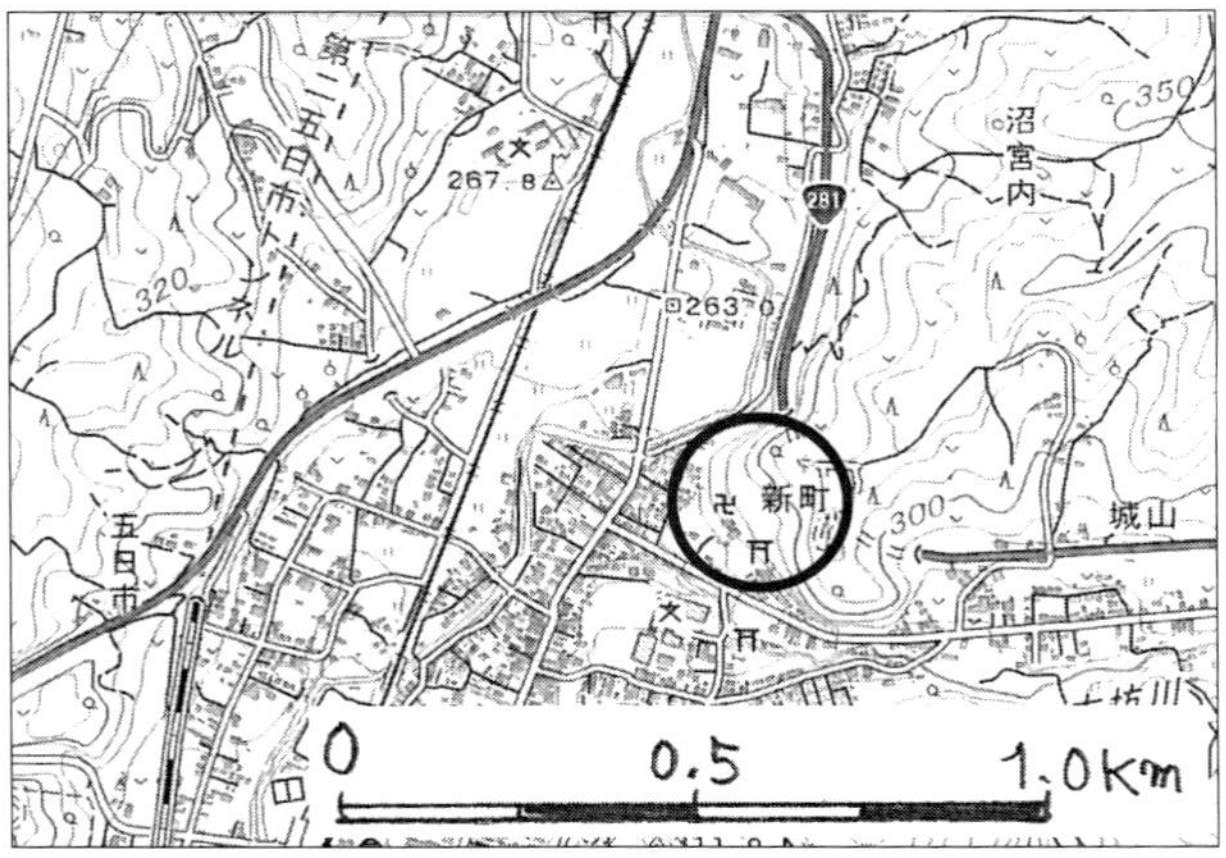

1／2.5万　沼宮内

（メモ）

①「蝦夷地」は岩手県と宮城県北部を流れる北上川流域といわれる。よって北上川の源である「弓弭《ゆはず》の泉」をその代表とした。

②『日本書紀』景行天皇二七（九七）年二月一二日条に「武内宿祢、東国《あづまのくに》より還《かへり》て奏《まう》して言《まう》さく『東《あづま》の夷《ひな》の中に、日高見国《ひたかみのくに》有り。其の国の人、男女並に椎結《かみをわ》け身を文《もどろ》けて、為人《ひととなり》勇み悍《こは》し。是を総べて蝦夷《えみし》と曰ふ」と。

③②の「日高見」はヒタカミ、訛るとキタカミとなり、日高見国を流れる川は北上川となる。よって北上川流域が日高見国である。

④北上川の源は北上山新通法寺正覚院、御堂観音境内の「弓弭《ゆはず》の泉」だと言う。この御堂観音は大同二（八〇七）年坂上田村麻呂が祈願所として建立。

⑤『吾妻鑑』文治五（一一八九）年九月二七日条に「……南北は同じく峯嶺を連ぬ、産業亦海陸を兼ね、三十餘里の際《あひだ》、桜樹を并べ殖う、四五月に至るまで、残雪消ゆる無し（中略）是北上河なり」とあり、史書の初めての記載。（表紙裏写真⑤参照）

二二　秋保温泉

宮城県仙台市太白区秋保湯元の秋保《あきう》温泉

関係地図　1／20万 仙台　1／5万 川崎　1／2.5万 陸前川崎

584　なとりのみゆ

• おぼつかな雲のかよひぢ見てしかなとりのみゆけばあとはかもなし　かねもり

③拾遺集　三八六

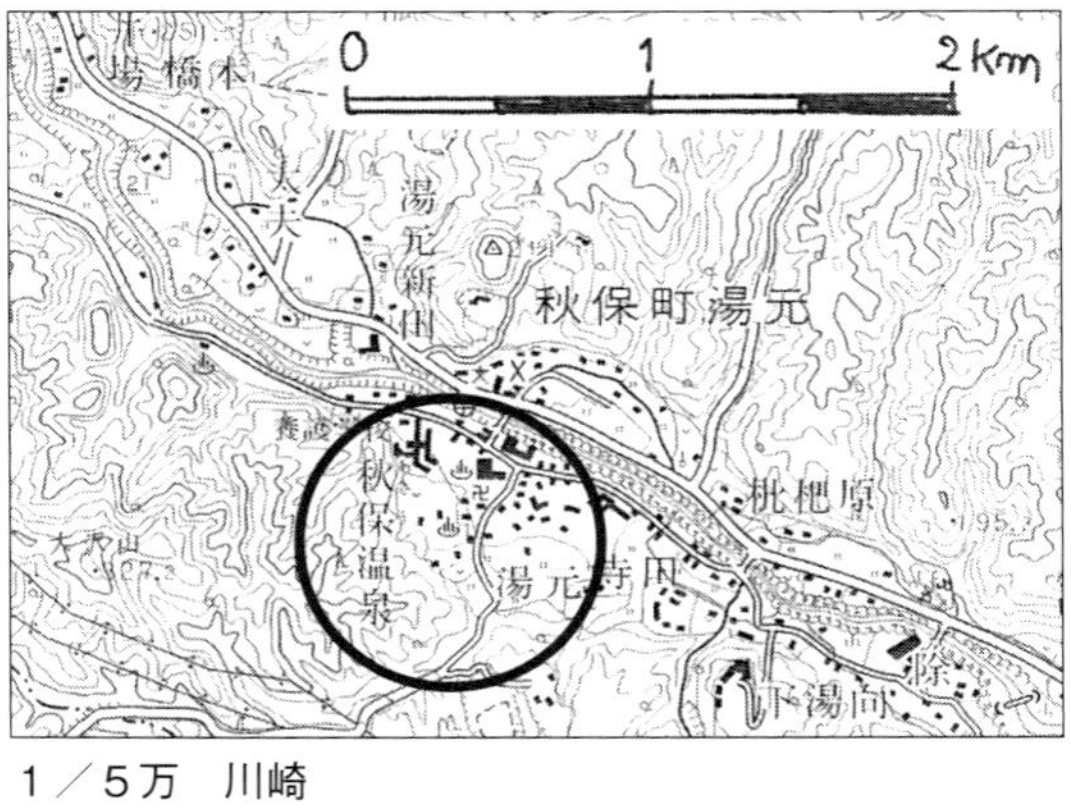

1／5万　川崎

（メモ）

①この地は『和名抄』の東山国陸奥国名取郡。名取郡に指賀・井上・名取・磐城・餘戸・名取・驛家・玉前の八郷があり、磐城郷と想定されている。

②秋保温泉の発見は第二九代欽明天皇の御代より古い。また、泉質は食塩泉という。

③『大和物語』第五十八黒塚に、

おなじ兼盛、陸奥の国にて、閑院の三のみこの御むすこにありける人、黒塚といふ所にすみけり。そのむすめどもにおこせたりける。

みちのくの安達が原の黒塚に鬼こもれりと聞くはまことか

といひたりけり。……

かくて、名取の御湯といふことを、恒忠の君の妻よみたりけるといふなむ、この黒塚のあるじなりける。

④秋保温泉から名取川の上流。直線距離で約一〇km上流に秋保大滝（国名勝）がある。滝の落差約五五m、幅約六m。この滝は山形県山形市山寺の山寺立石寺の奥の院とされ、清和天皇の勅命を受けた慈覚大師円仁が貞観二（八六〇）年、ここに大滝不動堂を建立した霊場と伝えられる。よって不動ノ滝とも称される。

⑤秋保大滝の更に上流に姉滝・梯子滝がある。この二滝間の稜線に国名勝の磐司岩が連なっている。これは鮮新世～更新世の雁戸《がんど》・神室《かむろ》溶岩である。ここには陸奥・出羽両国の御境守番士の詰所があった。

二三　浮島

宮城県多賀城市浮島、市川他

関係地図　1／20万 石巻、仙台　1／5万　塩竈、仙台
1／2.5万 塩竈

145

うきしま

・しほがまのまへにうきたるうきしまのうきておもひのあるよなりけり　山口女王　⑧新古今集　一三七九

（参考）しほがまのうらのひがたのあけぼのにかすみにのこるうきしまの松　後鳥羽院御製　続古今集　四五

（参考）しほがまの浦の煙もたゆむ夜に月のくまなるうき島の松　妙光寺内大臣　新葉集　三三四

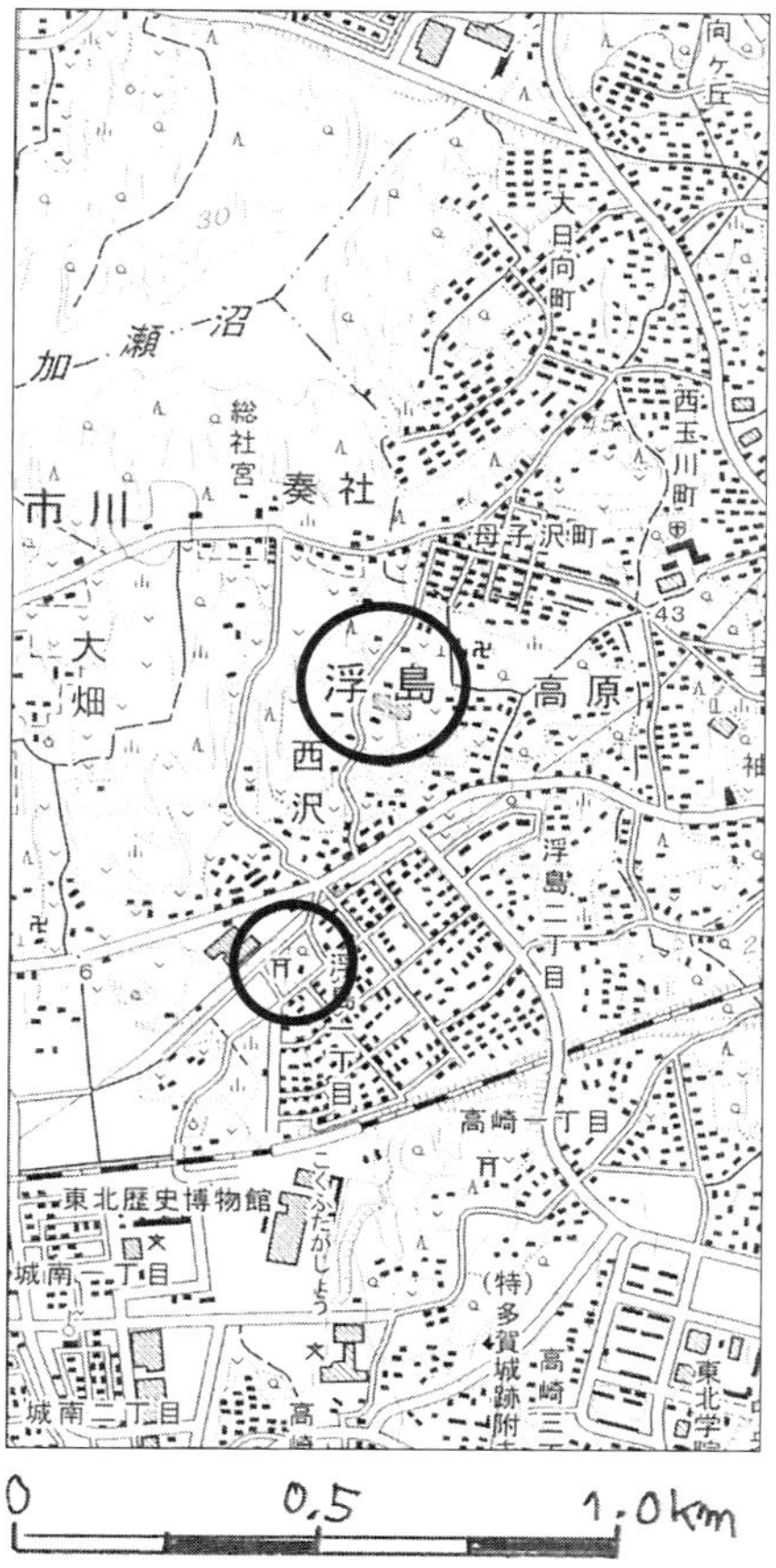

1／2.5万　塩竈　○は浮島神社

（メモ）

①『安永風土記』に浮島村由来が「往古当村海ニ而当時宮堤と申所ニ多賀名神之御社相当候山浮島ニ御座候由古歌も在之右ニ付村名ニ罷成候より申伝候事」と。

②小野小町に次の歌がある。

みちのくは世をうき島のあといふをせきこゆるきのいそかさらなん
（歌仙家集）

③承保～承暦年間（一〇七四～八一）に陸奥守であった橘為仲に

うきしまに詣りて

いのりつつなほこそたのめみちのおくにしつめたまふなうきしまのかみ

がある。

④浮島一丁目に浮島神社が鎮座。

二四　沖の石ある池

宮城県多賀城市八幡《やわた》二丁目

関係地図　1／20万 石巻　1／5万 塩竈　1／2.5万 塩竈

188

おきのゐ

おきのゐ　みやこじま

・おきのゐて身をやくよりもかなしきは宮こしまべのわかれなりけり　をののこまち　①古今集　一一〇四

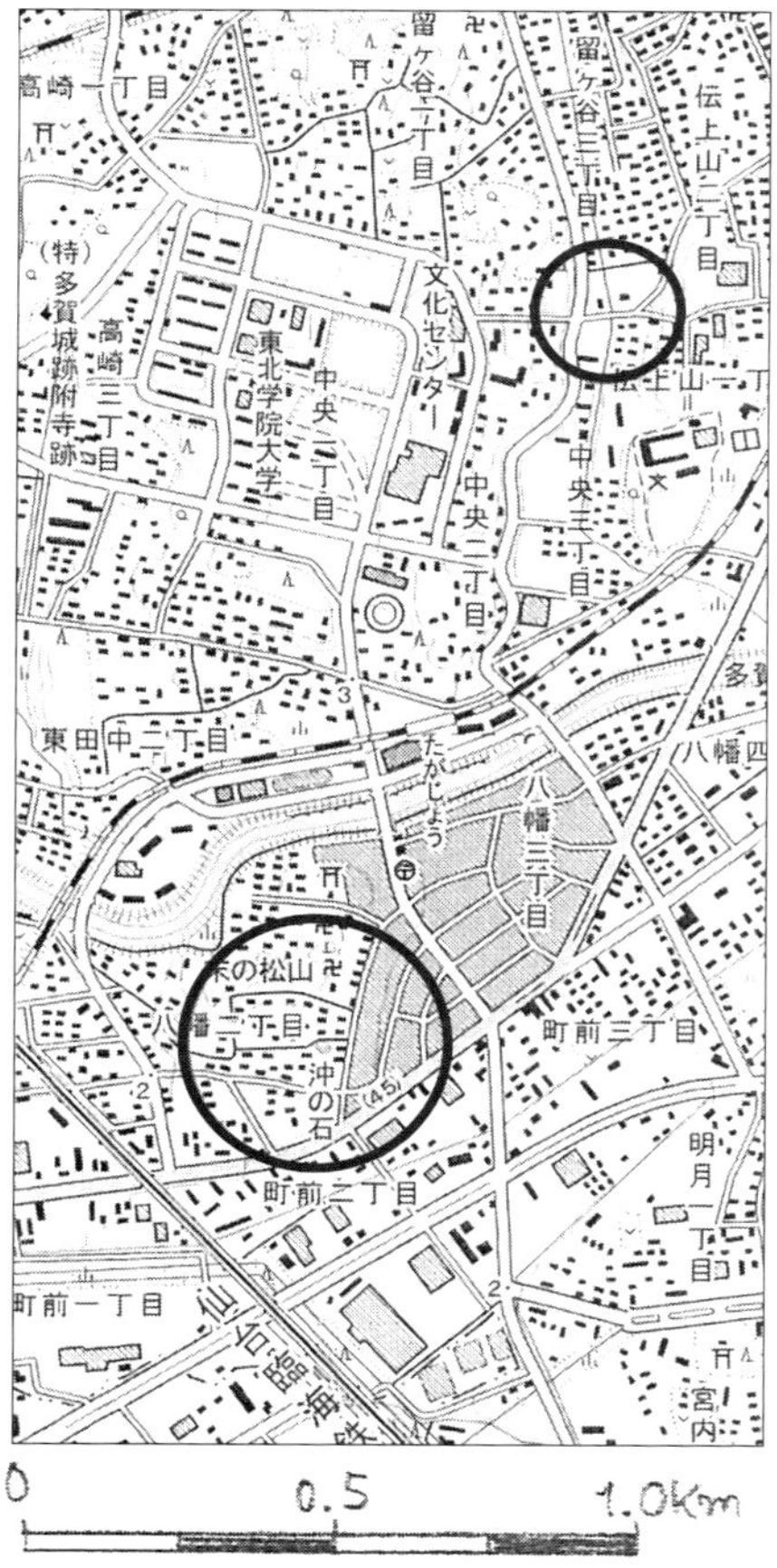

1／2.5万　塩竈　小丸内はおもわくの橋

（メモ）

①『伊勢物語』百十五段　みやこしま

むかし、陸奥《みち》の国にて、男女すみけり。男、「みやこへいなむ」といふ。この女、いとかなしうして、うまのはなむけをだにせむとて、おきのゐて、みやこしまといふ所にて、酒飲ませてよめる。

おきのゐて身を焼くよりも悲しきはみやこしまべの別れなりけり

②沖の井、興《おき》の井は「沖の石」に同じで、宝国寺の近くの小池の中にあって、

二条院讃岐の

わが袖は汐干に見えぬ沖の石の人こそ知らぬ乾くまもなし

③桃隣「沖の石　三間四方の石　廻りは池也」と。

④おもわくの橋は多賀城市留ヶ谷の野田の玉川に架かる橋。

ふまま浮きもみぢの錦散り敷きて人もかよはぬおもはくの橋　西行上人

二五　奥の海跡　宮城県

関係地図　1／20万 石巻

189
おくのうみ
・たづね見るつらき心のおくのうみよしほひのかたのいふかひもなし　定家朝臣
⑧新古今集　一三三二

（参考）うしとても身をばいづくにおくのうみのうのゐるいはもなみはかくらん
順徳院御製　続古今集　一七〇六

奥の海跡

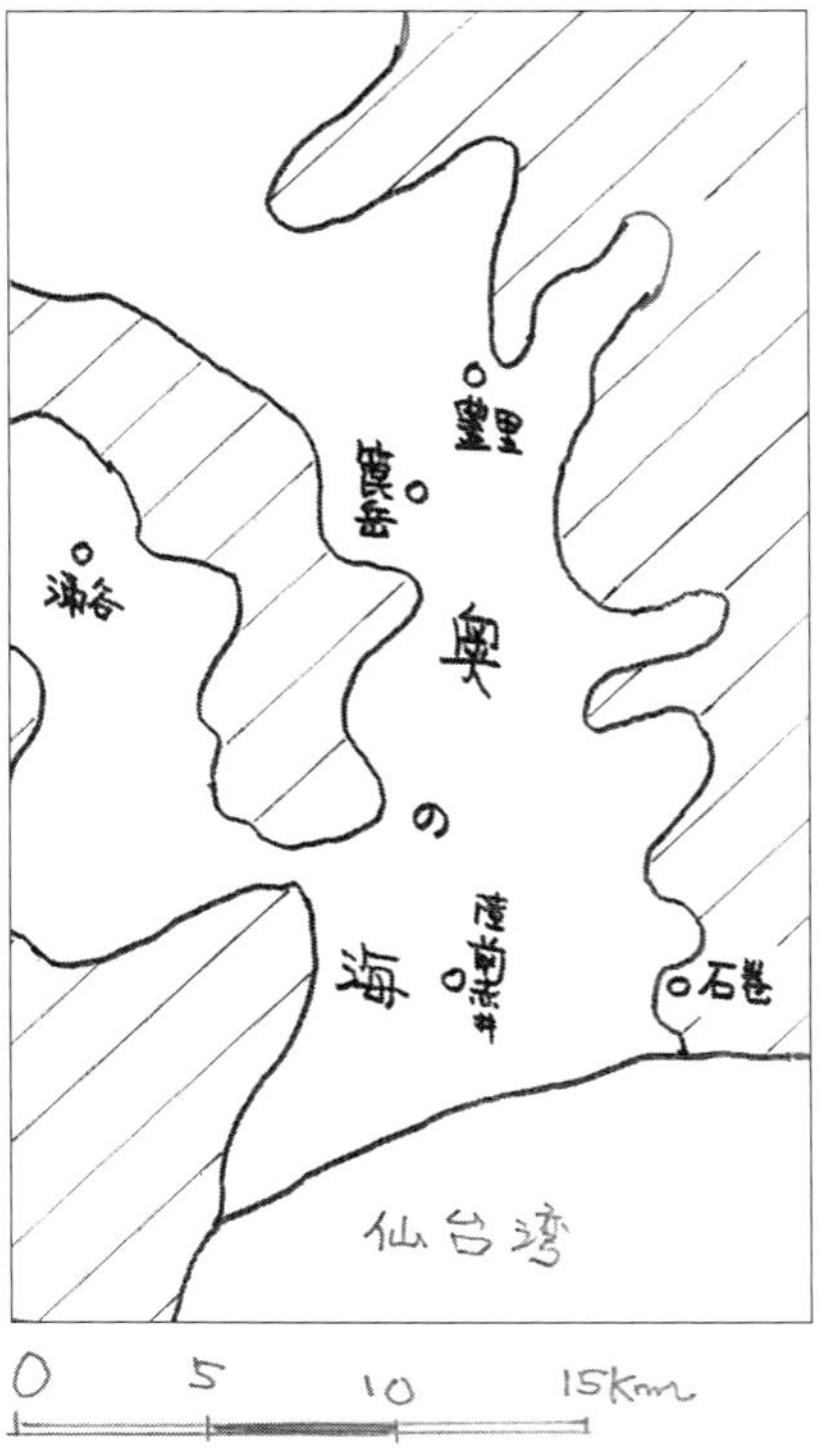

○印名はJR鉄道の駅名

（メモ）
①『続日本紀』宝亀七（七七六）年一二月一四日条に
陸奥国の諸郡の百姓の奥郡《おくぐん》を戍《まも》る者を募《つの》る
とある。
②同書延暦八（七八九）年八月三〇日条に
牡鹿《をしか》・小田《をだ》・新田《にひた》・長岡《ながをか》・志太《しだ》・玉造《たまつくり》・富田《とみた》・色麻《しかま》・賀美《かみ》・黒川《くろかは》等の一十箇郡
とあり、これらが奥十郡である。
③「奥の海」は奥十郡に関係する海であり、その主部をなすのが右図である。
④奥の海と仙台湾の相違点は
・奥の海と仙台湾との境界には北上川や鳴瀬川などの運んだ土砂の自然堤防が形成された。
・北上川・迫川・江合川・吉田川・鳴瀬川の流域で降雨があれば、この地一帯が広大な湖沼となる。
・満月や新月時の大潮の時や、高潮の時には常時に海水も流入したであろう。

二六　小黒崎　宮城県大崎市鳴子温泉字黒崎

関係地図　1／20万 新庄　1／5万 岩ヶ崎　1／2.5万 川渡

852
をぐろさき
・をぐろさきみつのこじまの人ならば宮このつとにいざといはましを　みちのくうた
①古今集　一〇九〇

（参考）みやこにてとはばかたらんをぐろざきみつのこじまにつとはなくとも
新六帖　一八六四

（参考）心ありてなくにはあらじをぐろさきみつのこじまのたづのもろ声　弁内侍
夫木抄　一〇五七六

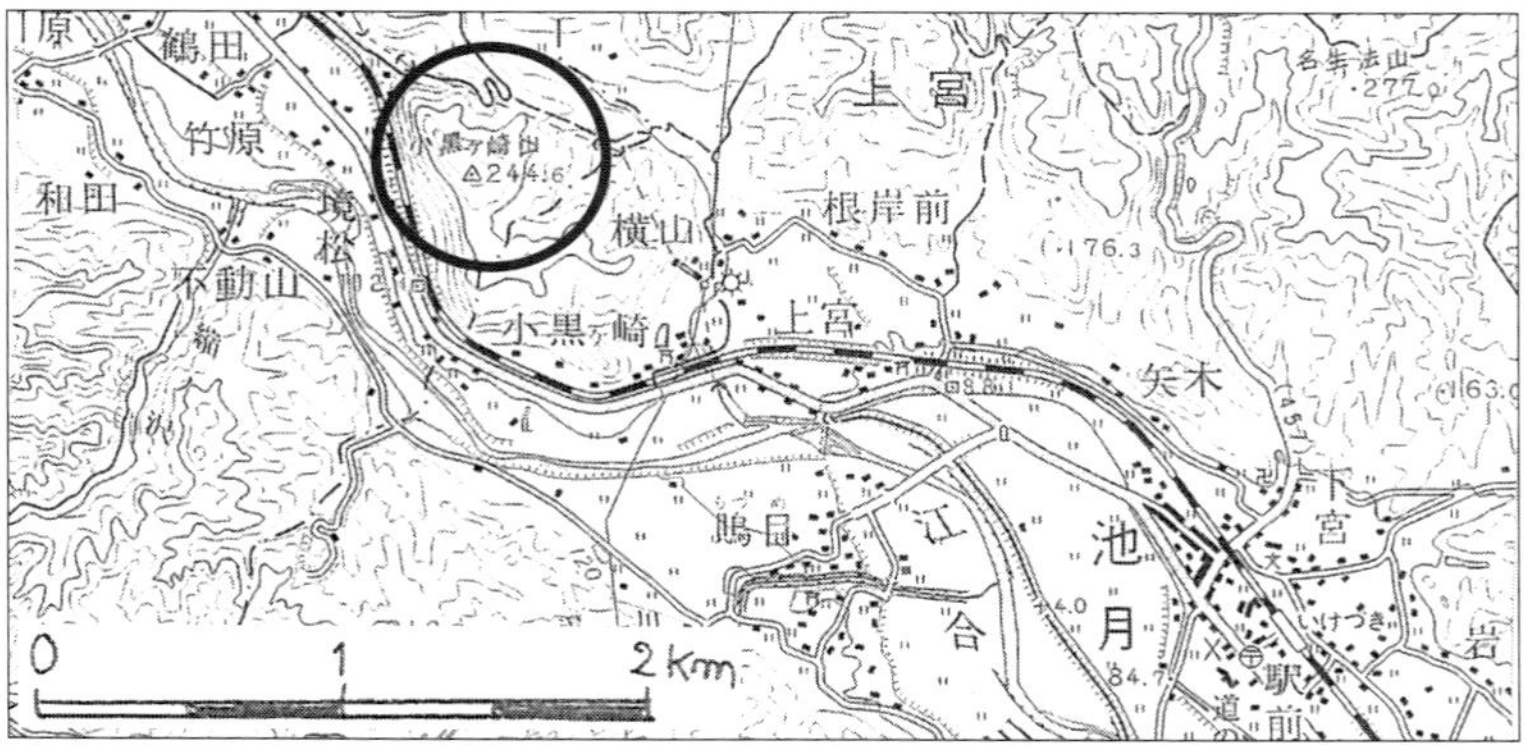

1／5万　岩ヶ崎

（メモ）
①ここは江合川（荒雄川）の左岸。大崎市鳴子温泉字竹原・黒崎、同市岩出山池《いけ》月《つき》上宮小黒ヶ崎・上宮横山である。JR陸羽東線に沿った小黒ヶ崎山（標高二四四・六m）を中心とする幅約一km、長さ約一・五kmの江合川に面する南域の黒緑色の岩石が重なり楓樹を交じえた松林の眺めが古来すぐれたので歌に詠まれてきた。
②『上宮安永風土記』に
中山《なかやま》越出羽道から二町南の川前にあって長さ二〇間、横三・五間の小黒ヶ崎沼あり。但只今ハ埋り居り形斗り相残り申候
とある。これは江合《えあい》川の蛇行によって形成された三日月湖という。源俊頼に
をぐろさきぬまのねぬなはふみしだき日もゆふましにかはづなくなり　夫木抄　一二一〇八
がある。池のあったと思われる所に馬櫪《かいばおけ》神を祀る池月神社の祠がある。（表紙裏写真②参照）

二七　緒絶橋

宮城県大崎市古川三日町・古川七日町

関係地図　1／20万 仙台　1／5万 古川　1／2.5万 古川

857

をだえのはし

伊勢の斎宮わたりよりのぼりてはべりけるひとにしのびてかよひけることを、おほやけもきこしめしてまもりめなどつけさせたまひてしのびにもかよはずなりにければよみはべり、またおなじところにむすびつけさせ侍ける

・みちのくのをだえのはしやこれならんふみみふまずみ心まどはす　左京大夫道雅　④後拾遺集　七五一

（参考）しらたまのをだえの橋の名もつらしくだけておつるそでのなみだに　前中納言定家　続後撰集　八九三

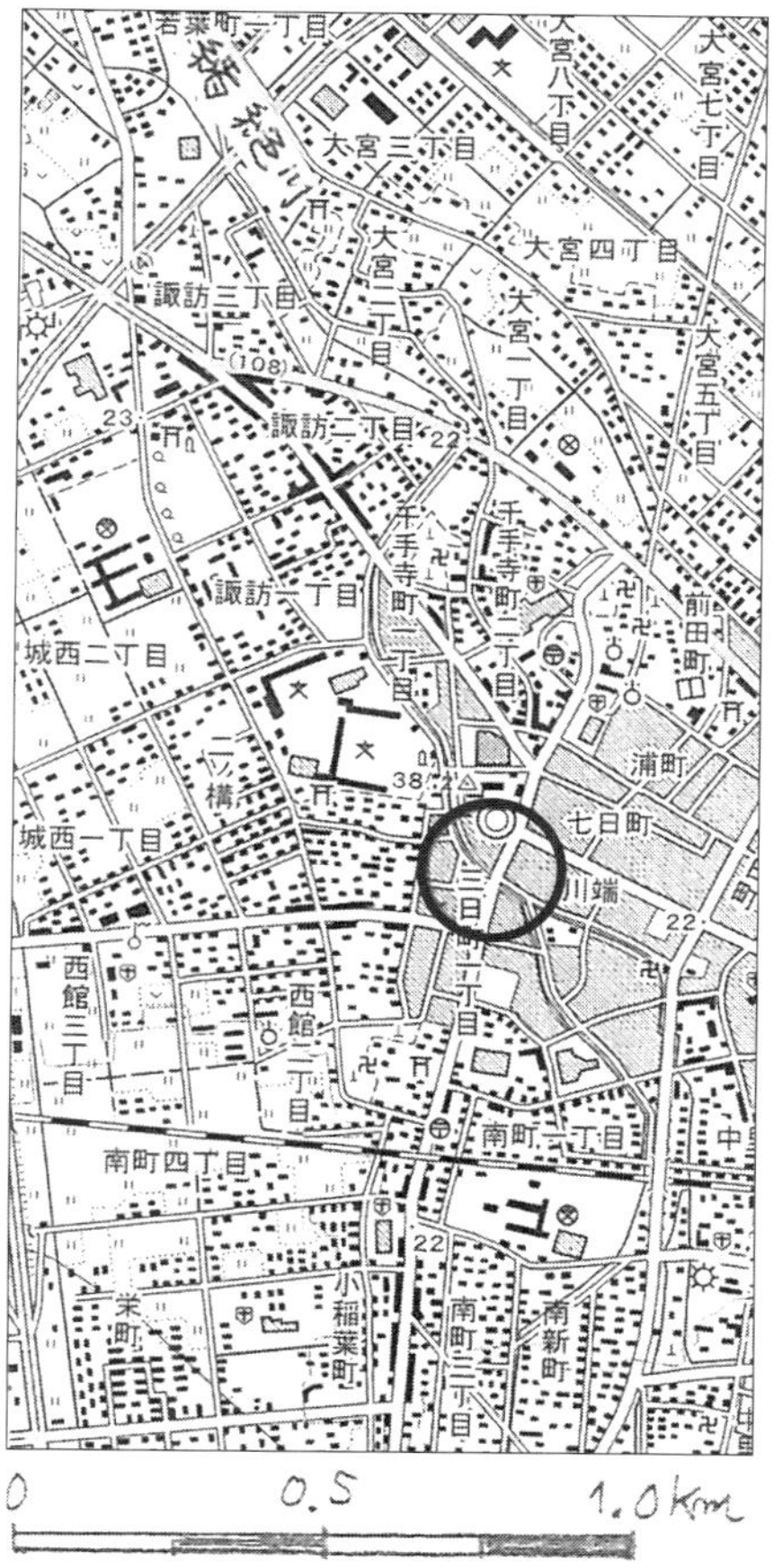

1／2.5万　古川

（メモ）

①大崎市役所南の緒絶川に架かる橋。古川三日町と古川七日町間の橋。

②江戸時代の書には、長さ六間、幅二間。現在は小さなコンクリート橋。河畔の高さ一尺七寸、幅八寸余の緒絶碑に「往古業平朝臣奥州下向之節、緒絶と申官女業平を慕ひ此所迄尋下候処、旅之労れにて此処にて死去仕候ニ付、石印に里人相建候石碑と申伝候。又一説に白玉と申官女故有りて奥州へ罷下、都を慕ひ此処にて相果候共申伝候」とあったと。

③現在、緒絶河畔の柳の老樹下に、文化四（一八〇七）年建立の道雅歌碑がある。

④『おくのほそ道』（松尾芭蕉）に「緒絶《をだ》えの橋　そこともわかず……」と。

二八　小淵

宮城県石巻市小淵

関係地図　1／20万 石巻　1／5万 金華山

865

をぶちのこま

・みちのくのをぶちのこまものがふにはあれこそまされなつくものかは　よみ人しらず　②後撰集　一二五二

・つなたえてはなれはてにしみちのくのをぶちのこまを昨日みしかな　相摸　④後拾遺集　九五四

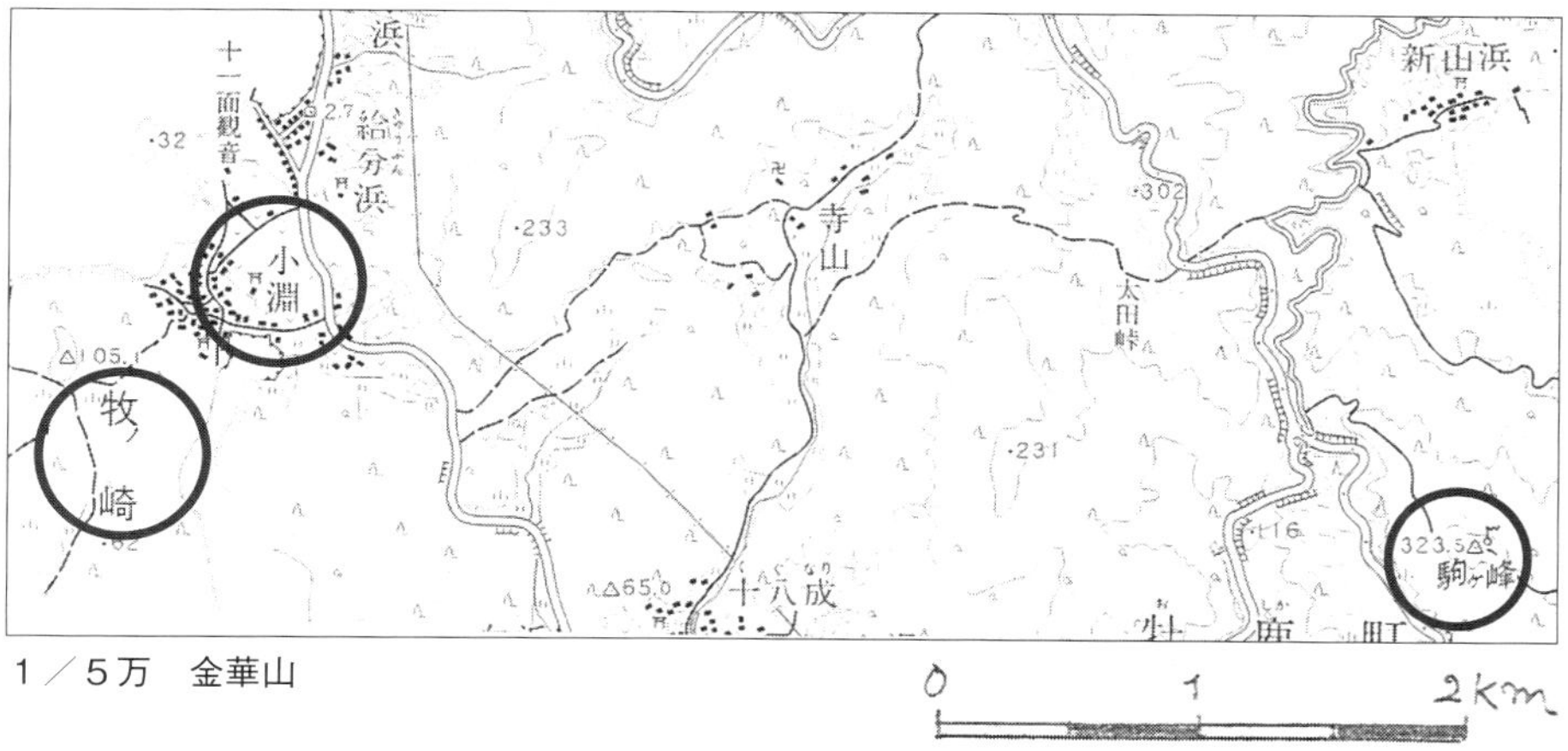

1／5万　金華山

（メモ）

①当地は宮城県東端、牡鹿半島の先端に位置する。その東に金華山（標高四四四m）の島がある。

②ここは旧牡鹿《おしか》郡牡鹿町小淵集落。この集落の南西に牧ノ崎集落が接する。

③地図が示すように、東方約五kmには標高三二三・五mの駒ヶ峰があり、この地が広く古代の小淵の牧であり、小淵の駒の生産地であったことを示している。

④小淵集落の十一面観音とあるのは、現在の石巻市給分浜にあった観音堂跡のこと。この堂に安置されていた十一面観音立像は像高九尺三寸、榧《かや》材一木に顔胴体を彫り、背面をえぐり背部も一木から彫ったのを前後に合せる手法で作成された像で国指定重要文化財。観音像は別に建てられた宝物館に安置してある。

この像の縁起伝説に⒜前九年の役で安倍氏がこの像を衣川に流したことによる。⒝平泉藤原氏が京都から運搬中の海難による。⒞桃生町太田の日高見神社の本地仏が中世に移された。等があるという。

二九　熊野那智神社

宮城県名取市高舘吉田舘山

関係地図　1／20万　仙台　1／5万　仙台

310　　神祇歌

熊野

・みちとほしほどもはるかにへだたれりおもひおこせよ我もわすれじ

⑧新古今集　一八五九

このうたは、陸奥にすみける人の、熊野へ三年までむと願をたててまゐり侍りけるが、いみじうくるしかりければ、いまふたたびをいかにせむとなげきておまへにふしたりけるよの夢にみえけるとなむ

1／5万　仙台

（メモ）

①『袋草紙』に、熊野の御歌として

みちとほし年もやうやうおいにけり思ひおこせよ我も忘れじ

これは、陸奥国より年ごとに参詣しける女の年老いたりし後、夢に見たる歌なり

とある。

②旧村社　熊野那智神社（高舘吉田舘山）祭神　事解男命他五柱

由緒沿革　養老三（七一九）年名取郡広浦の漁師治兵衛なる者或日漁に出て海底に神体を得た。後川上の高い山にこの神体を祀り、高舘山羽黒権現と称した。同年六月治兵衛が現在地に宮を建て神体を安置し、付近一帯村落の守護神としたという。保安四（一一二三）年、名取の老女が紀州熊野三山の内、那智の分霊を合祀して熊野那智権現と称し、集落名を吉田とした。

③神社地から百枚以上の銅製懸仏が出土。神宮寺の文殊堂に多数の写経がある。

三〇　越河清水《こすごうしみず》バス停

宮城県白石市越河《こすごう》

関係地図　1／20万　福島　1／5万　桑折

392

橘為仲朝臣みちのくにのかみにてくだりけるに、太皇太后宮の大盤所よりとてたれとはなくて

したひものせき

・あづまぢのはるけきみちを行きかへりいつかとくべきしたひものせき　太皇太后宮甲斐

⑥詞花集　一八四

（参考）たちかへり又やへだてんこよひさへ心もとけぬしたひもの関　左大将公名

新続古集　一二八二

1／20万　福島

（メモ）

①下紐の関は現在の白石市越河《こすごう》の「越河清水バス停」付近という。

②『曽良日記』五月三日の条に

コスゴウ（越河）トかいた（貝田）トノ間ニ福島領（今ハ桑折より北ハ御代官所也）ト仙台領（是より刈田郡之内）トノ堺有。左ノ方、石を重而有《かさねてあり》。大仏石ト云由《いうよし》。

とある。『奥の細道行脚』（櫻井武次郎）には、「越河の御番所の場所には往時下紐の関があり今も下紐の石という巨石があるという」とある。

③『曽良日記』同日のつづきに

斎川より十町程前ニ、万ギ沼（馬牛沼）・万ギ山（馬木山）有。ソノ下ノ道、アブミコブシ（鐙摺）※1ト云岩有。右ノ方ニ次信・忠信が妻ノ御影堂有。※2

と。

※1険路のため鐙が岩に摺りつくため。

※2田村神社の甲冑堂のこと。田村麿の脇護の二女神だが、江戸時代に継信・忠信兄弟の妻の楓・初音と。

三一　塩竈の浦

宮城県塩竈市の海岸

関係地図　1／20万 石巻　1／5万 塩竈　1／2.5万 塩竈

402　しほがまの浦

河原の左のおほいまうちぎみの身まかりてののちかの家にまかりてありけるに、しほがまといふ所のさまをつくれりけるを見てよめる

・君まさで煙たえにししほがまの浦さびしくも見え渡るかな　つらゆき　①古今集　八五二

・みちのくはいづくはあれどしほがまの浦こぐ舟のつなでかなしも　みちのくのうた　①古今集　一〇八八

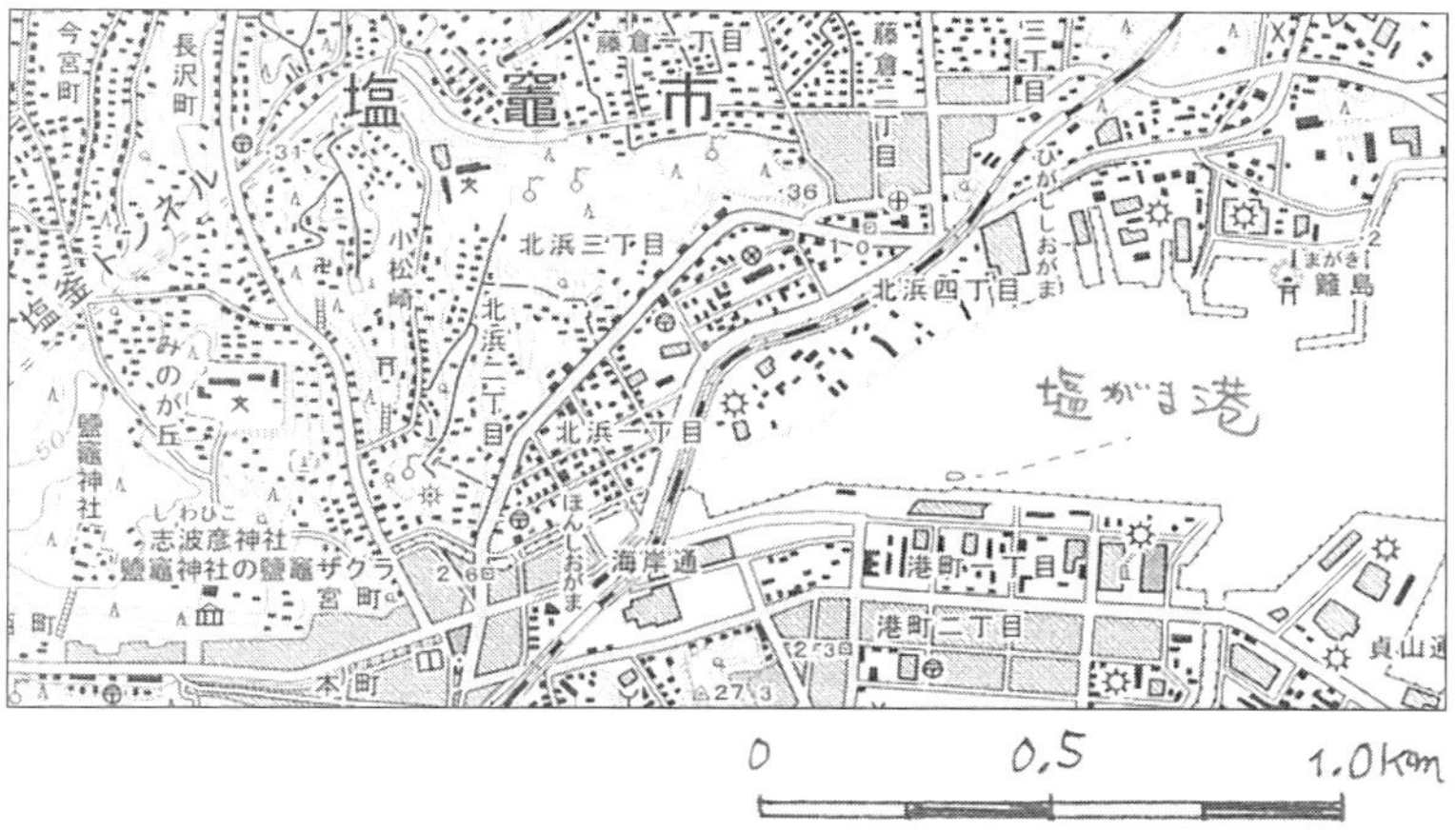

1／2.5万　塩竈

（メモ）

①塩竈港は古代、多賀城に置かれた陸奥鎮守府と陸奥国府の港であり、国府津と呼ばれ、現在の塩竈市香津町《こうづまち》にあった。

②塩竈の浦は広く松島湾をも含んでおろう。そこに散在する浦戸諸島には多数の製塩遺跡があり、土器製塩が行われた。

③塩竈市一森山《いちもりやま》に塩竈神社がある。当社は『延喜式神名帳』に記載はないが、九世紀初の『弘仁主税式』では陸奥国正税の六分の一にも当る稲一万束（千石）の歳幣を受けており、陸奥国の「一の宮」的存在であったという。

④塩竈神社本宮の祭神は（左宮）武甕《たけみか》槌神《づちのかみ》（右宮）経津主神《ふつぬしのかみ》（別宮）岐神《ちまたのかみ》（塩土老翁《しおづちのおじ》）。

⑤塩竈神社境内東端部に鎮座する延喜式内大社　宮城郡《みやぎのこおり》の志波彦神社は仙台市岩切若宮に鎮座していたが、明治七年現在地に遷座した。

三二　白石川

宮城県刈田郡《かった》七ヶ宿町《しちかしゅく》関

関係地図　1／20万 福島　1／5万 関

641　はやせ川

鵜河の心をよませ給うける

・はやせ川みをさかのぼるうかひ舟まづこの世にもいかがくるしき　崇徳院御製　⑦千載集　二〇五

・老いらくの月日はいとどはやせ河かへらぬ浪にぬるる袖かな　大僧正覚弁　⑧新古今集　一七七六

（参考）はやせ川つなでのきしをよそにみてのぼせわづらふさみだれの比　西行上人　夫木抄　三〇五〇

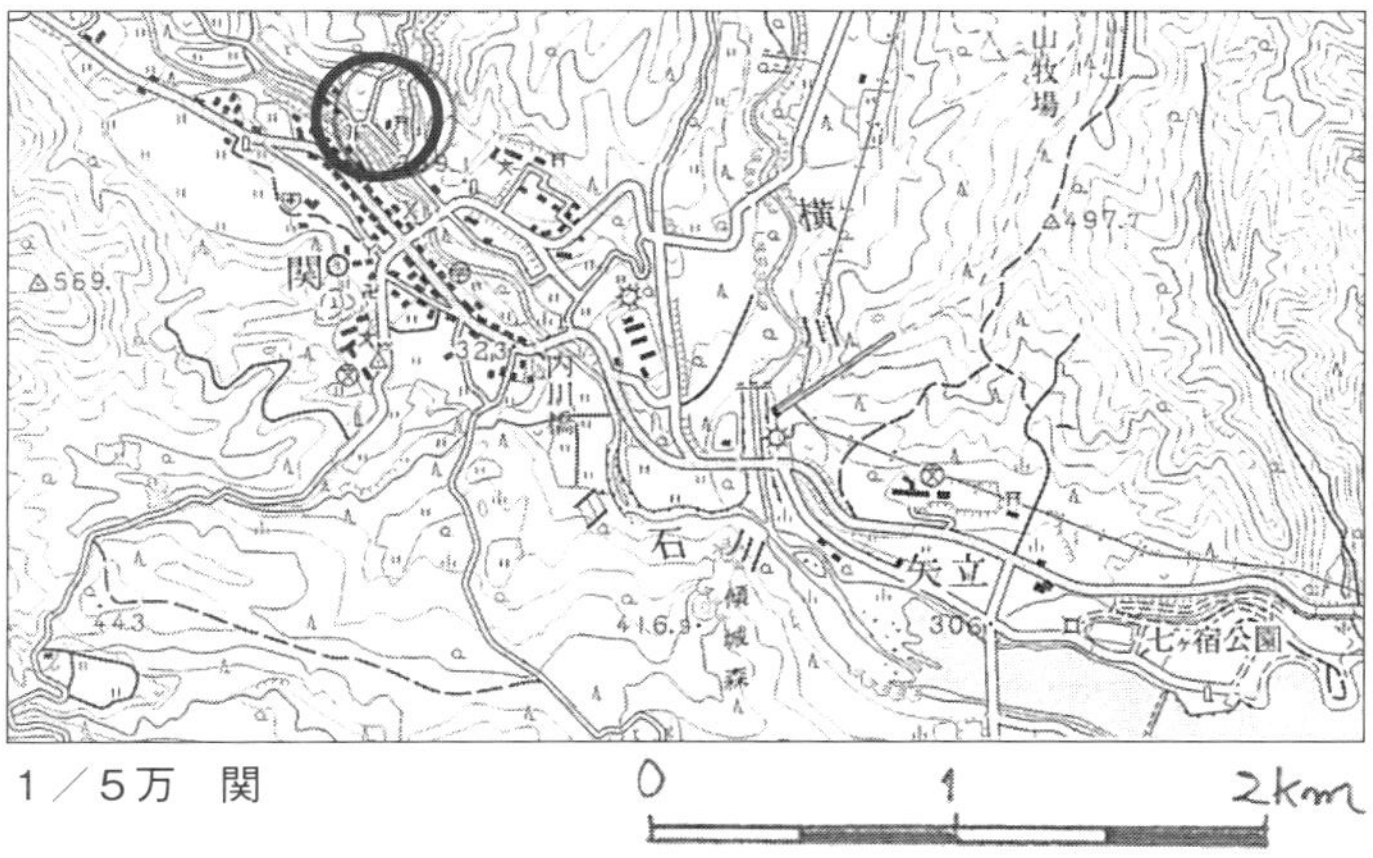

1／5万　関

（メモ）

①白石川沿岸の下戸沢とその上流の渡瀬・関・滑津・峠田・湯原は交通の要衝であった。下戸沢から上戸沢、小坂峠を越えれば福島県に。湯原から西約一kmで追分。そこから西に行けば山形県高畠町二井宿《にいじゅく》。北に行けば上山市楢下《ならげ》に通じる。下戸沢《しもとざわ》・渡瀬《わたらせ》・関《せき》・滑津《なめづ》・峠田《とうげだ》・湯原《ゆのはら》に上戸沢を加えた七ヶ所の宿場を「山中七ヶ宿《しゅく》」と呼んだ。

②「山中七ヶ宿」の中心地の関宿には昔関所があったという。しかも急流の白石川の沿岸であったので「早瀬の関」と呼ばれていた。

③当地での白石川は十数kmも続く急流。早瀬川であった。

④七ヶ宿町役場対岸に水分神社がある。早瀬関集落の鎮守で、江戸期は御岳蔵王権現。白石川支流の横川の源は蔵王山頂（刈田岳標高一七五八m）で刈田山頂神社が鎮座する。

三三　須江の欠山　宮城県石巻市須江

関係地図　1／20万 石巻　1／5万 松島、石巻

440　末の松山

・浦ちかくふりくる雪はしら浪の末の松山こすかとぞ見る　人麿　③拾遺集　二三九

後一条院御時弘徽殿女御歌合に祝の心をよめる

・きみがよはすゑのまつ山はるばるとこすしらなみのかずもしられず　永成法師　⑤金葉集　三一三

（参考）おぼつかな末の松山いかならんまがきの島をこゆる藤なみ　大中臣能宣朝臣　続詞花集　八九

（参考）立帰りくるとしなみや越えぬらん霞がくれるすゑの松山　寂蓮　玄玉集　五〇

1／5万　松島（左）・石巻（右）

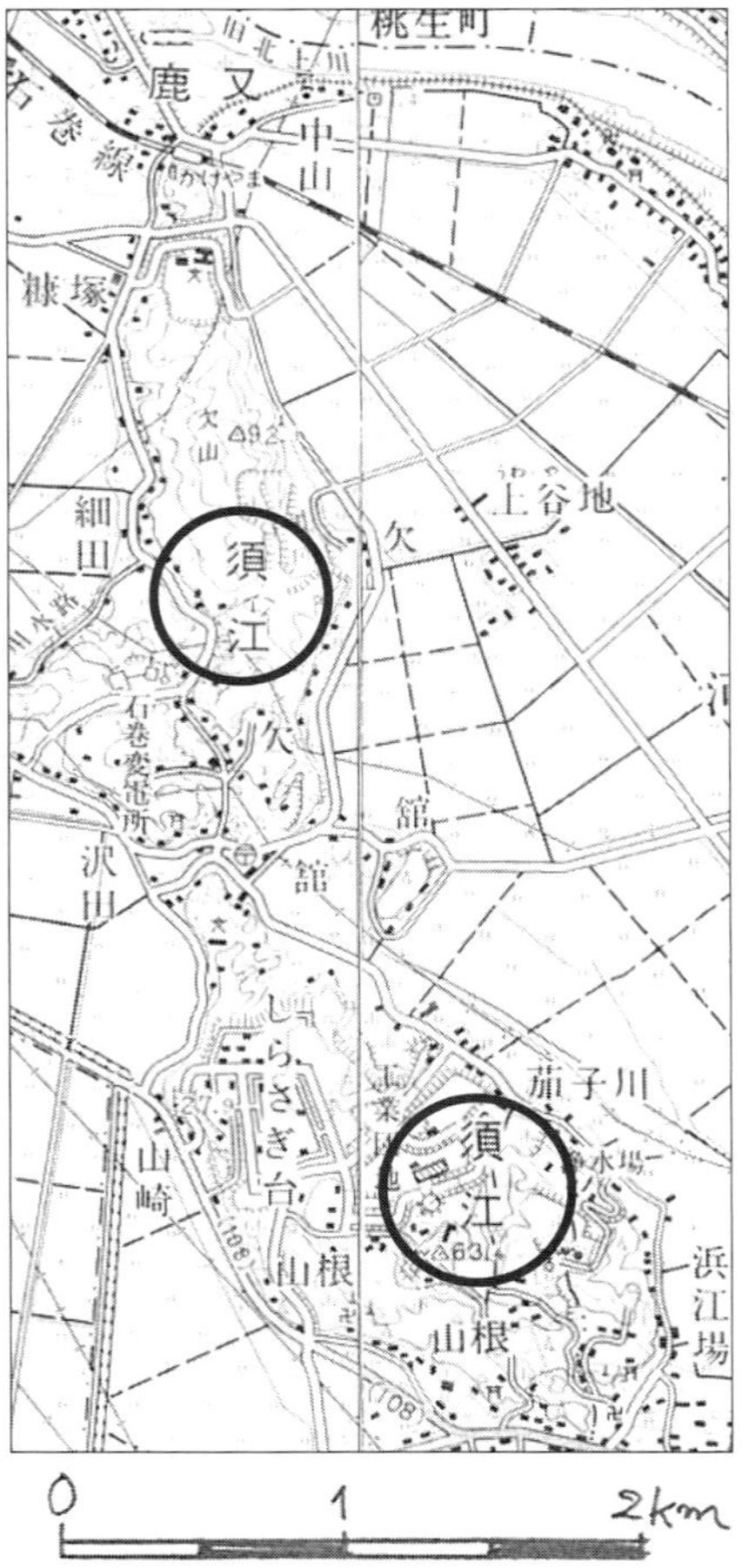

（メモ）

①ここ須江丘陵の中間点。欠《かけ》や舘集落が「瓦山」で、宮城県名取市新宮寺文殊堂一切経奥書「奥州陸奥深江保瓦山別処之住人僧月円坊永秀生年廿六　寛喜二（一二三〇）閏正月廿七日」の瓦山という。この地から平安時代を中心とする土師器・須恵器・布目瓦など出土し、須恵瓦山窯跡と呼ばれている。

②この地は北から北上川・迫川、西から江合川が流入する水郷地帯であった。一九八〇年代でも欠山の西には東西約三km・南北約六kmの田広淵沼があった。

三四　末の松山　宮城県多賀城市八幡二丁目

関係地図　1／20万 石巻　1／5万 塩竈　1／2.5万 塩竈

440　すゑのまつ山

雪の心をよめる

・いかにせんすゑのまつ山なみこさばみねのはつゆききえもこそすれ　大蔵卿匡房　⑤金葉集　二八四

春のあけぼのといふ心をよみ侍りける

・霞たつすゑの松山ほのぼのと波にはなるる横雲の空　藤原家隆朝臣　⑧新古今集　三七

（参考）おのがつまなみこしつとやうらむらんすゑの松山をしかなくなり　従二位家隆卿　夫木抄　四六六六

（参考）浪にうつる色にや秋のこえぬらんみやぎがはらのすゑのまつやま　俊成卿女　夫木抄　八九七三

1／2.5万　塩竈

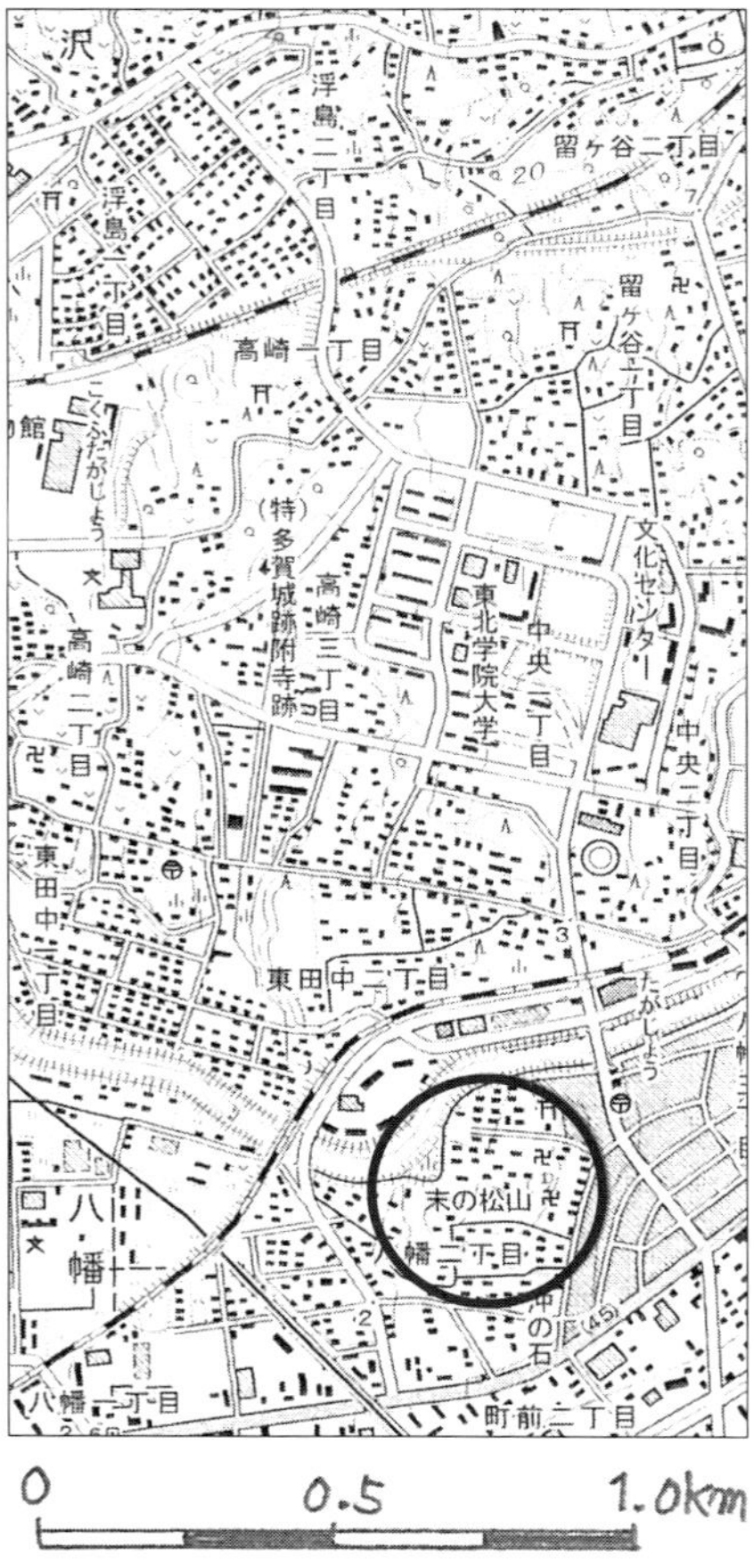

（メモ）

①「末の松山」は多賀城市八幡二丁目にある丘陵名。臨済宗妙心寺派末松山宝国寺の裏山境内には臨済宗小松山不磷寺、天台宗松光山光徳院、真言宗末松山般若寺がある。

②『おくのほそ道』に野田の玉川、沖の石を尋ぬ。末の松山は、寺を造て末松山といふとある。

三五　須賀

宮城県宮城郡利府町赤沼字須賀

関係地図　1／20万 石巻　1／5万 松島　1／2.5万 松島

421

すがごも

氷満池上といへることをよめる

・みづとりのつららのまくらひまもなしむべさえけらしとふのすがごも　大納言経信　⑤金葉集　二七五

(参考)みちのくのとふのすがごもななふには君をねさせてわれみふにねん　読人しらず　夫木抄　一三四七五

(参考)君まつととふのすがごもみふにだにねでのみあかす夜をぞかさぬる　前参議教長卿　夫木抄　一三四七六

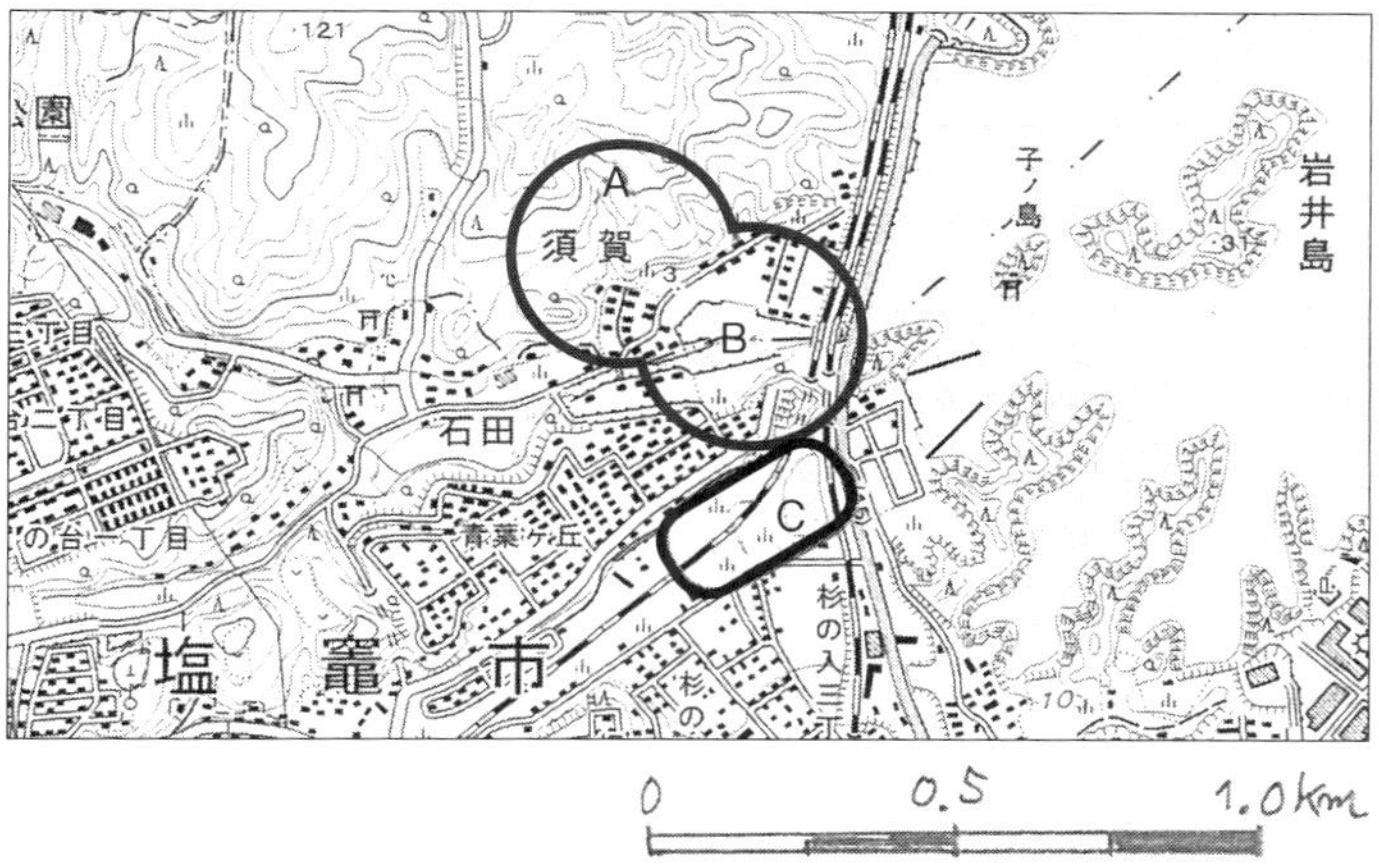

1／2.5万 松島

A 地名　B 菅菰池　C 越ノ浦

(メモ)

①ここ宮城県宮城郡利府町の「利府《りふ》」は「利府《とふ》」とも読める。また、利府町の海岸線で、しかもその近くに沼沢池のあるのはここ利府町須賀とそれに南接する塩竈市の越ノ浦である。

②須賀池は昔は幅約二百m、長さ約千m、越ノ浦池は幅約二百m、長さ約千三百mもあり、寝床に敷く薦《こも》を編んだり、雨天時の蓑や笠を編む材料に不足しなかったであろう。

③『俊頼髄脳』に

陸奥の十ふの菅菰七ふには君をねさせてみふにわれねむ

がある。

三六　多賀城政庁跡

宮城県多賀城市市川

関係地図　1／20万 仙台　1／5万 仙台

743

みちのく

・みちのくに有りといふなるなとり河なきなとりてはくるしかりけり　ただみね　①古今集　六二八

・みちのくのをだえのはしやこれならんふみみふまずみ心まどはす　左京大夫道雅　④後拾遺集　七五一

みちのくににまかりける時、よみ侍りける

・ゆふされぱしほ風こしてみちのくののだの玉河千鳥なくなり　能因法師　⑧新古今集　六四三

みちのくにに侍りけるころ、八月十五夜に京をおもひいでて、大宮の女房の許につかはしける

・見しひともとふの浦風おとせぬにつれなくすめる秋のよの月　橘為仲朝臣　⑧新古今集　九三〇

1／5万 仙台

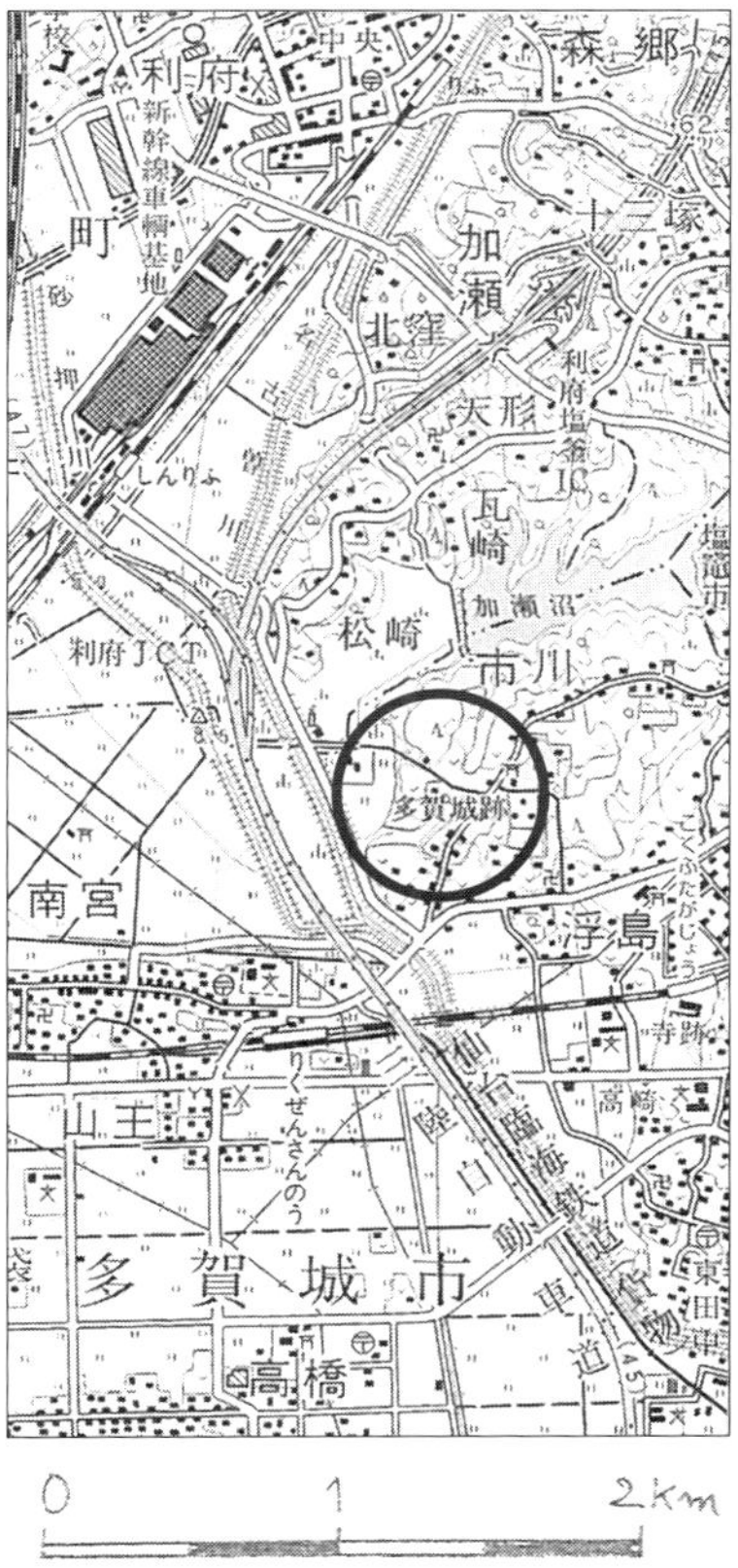

(メモ)

①奈良時代、ここに陸奥鎮所・多賀柵・多賀城が置かれ、律令国家の蝦夷征討の拠点であり、陸奥国(現在の青森・岩手・宮城・福島四県)の行政府であった。

②『続日本紀』宝亀一一(七八〇)年七月二二日条に「今、逆虜《げきりよ》を討たむが為に、坂東の軍士を調へ発さむ。来たる九月五日を限りて、並に陸奥国多賀城に赴《ゆ》き集《つど》はしめよ……」と。

三七　多賀城碑

宮城県多賀城市市川。多賀城跡

関係地図　1／20万 仙台、石巻　1／2.5万 仙台東北部、塩竈

530　つぼのいしぶみ

・みちのくのいはで忍ぶはえぞしらぬかきつくしてよつぼのいしぶみ　前右大将頼朝　⑧新古今集　一七八六

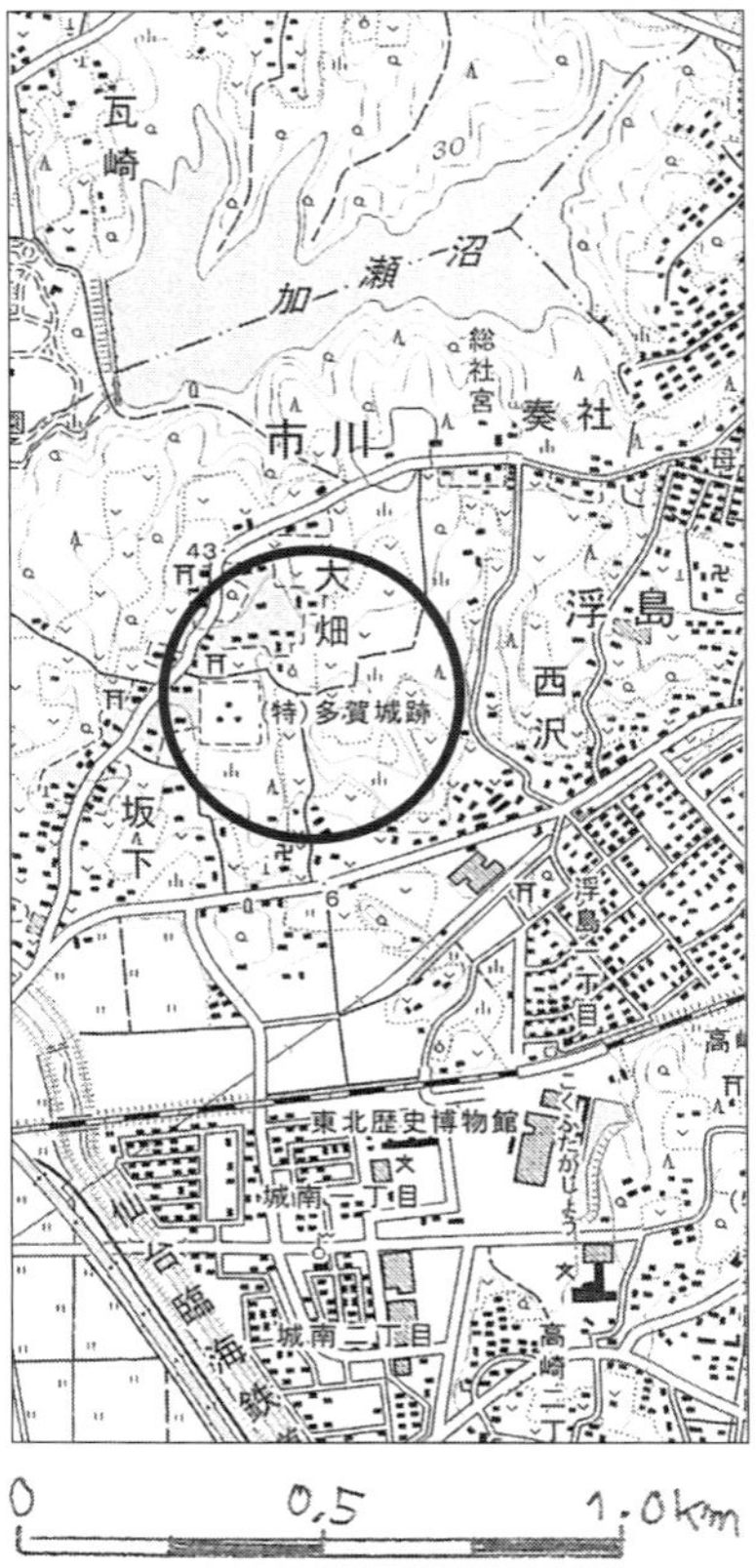

1／2.5万　仙台東北部

（メモ）

①この碑は江戸時代初期に掘り出されたものと言われ、発見当時以来、多賀城南門内側の丘に、碑面を西にして建てられている。現在は覆堂内に保護されている。発見当初から陸奥の歌枕「つぼのいしぶみ」と結びつけられ、『おくのほそ道』に芭蕉は

　壺碑　市川村多賀城に有。

つぼの石ぶみは、高サ六尺余、横三尺計歟《ばかりか》。苔を穿《うがち》て文字幽《かすか》也。四維《しゆい》国界

……

とある。

②日本三古碑の一つ。碑は高さ一九六cm、幅九二cm、厚さ七〇cm。砂岩を素材とし、碑文は一一行、一四〇字。

多賀城　去京一千五百里
　　　　去蝦夷国界一百廾里
　　　　去常陸国界四百十二里
　　　　去下野国界二百七十四里
　　　　去靺鞨国界三千里

此城神亀元年歳次甲子按察使兼鎮守将軍従四位上勲四等大野朝臣東人之所置也天平宝字六年歳次壬寅参議東海東山節度使従四位上仁部省卿兼按察使鎮守将軍藤原恵美朝臣朝獦修造也

　天平宝字六年十二月一日

天平宝字六年は西暦七六二年である。

三八　竹駒神社

宮城県岩沼市稲荷町。竹駒神社境内

関係地図　1／20万 仙台　1／5万 岩沼

481　たけくまの松

みちのくのかみにまかりくだりけるに、たけくまの松のかれて侍りけるをみて、こまつをうゑつがせ侍りて、任はててのち又おなじくににまかりなりて、かのさきの任にうゑし松を見侍りて　藤原もとよしの朝臣

・栽えし時契りやしけんたけくまの松をふたたびあひみつるかな　②後撰集　一二四一

陸奥守にてくだり侍りける時、三条太政大臣の餞し侍りければ、よみ侍りける　藤原為頼

・たけくまの松を見つつやなぐさめん君がちとせの影にならひて　③拾遺集　三三八

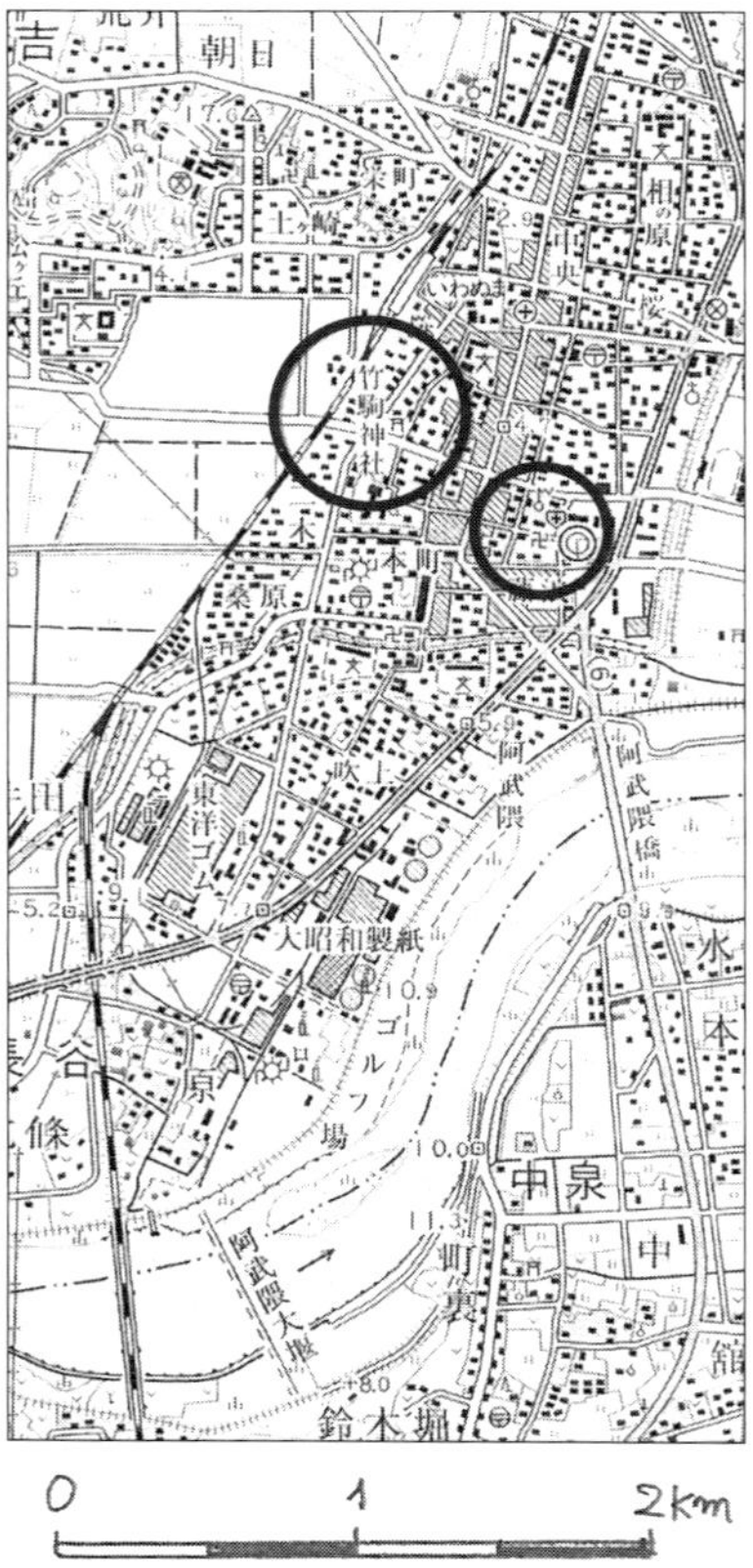

1／5万　岩沼　(大) 竹駒神社　(小) 竹駒寺

（メモ）

①陸奥国府が福島県信夫郡、現在の福島市から宮城県名取郡に移ったのが七世紀という。その地がここ阿武隈川の北岸であり、古国府として大水神「安福麻河伯」を祀り、また土地神・道祖神等を祀り陸奥総社として尊崇され、境内に二本の松があった。いつの頃からか安福麻、また逢隅が武隈《たけくま》となり、今日の竹駒神社になったという。

②武駒神社　承和九（八四二）年陸奥守小野篁が創建。能因法師当時の祭神武隈明神の化身である竹馬に乗った童子に会い、境内に草庵を作り住み奉仕した。

三九　名取川　宮城県

関係地図　1／20万 仙台　1／5万 仙台、山形など

582

名取河

・みちのくに有りといふなるなとり河なきなとりてはくるしかりけり　ただみね

①古今集　六二八

・名とり河せぜのむもれ木あらはれば如何にせむとかあひ見そめけむ　よみ人しらず

①古今集　六五〇

（参考）名とりがはいくせかわたるななせともやせともしらずよるしわたれば

おほとものやすみ　古六帖　一七四六

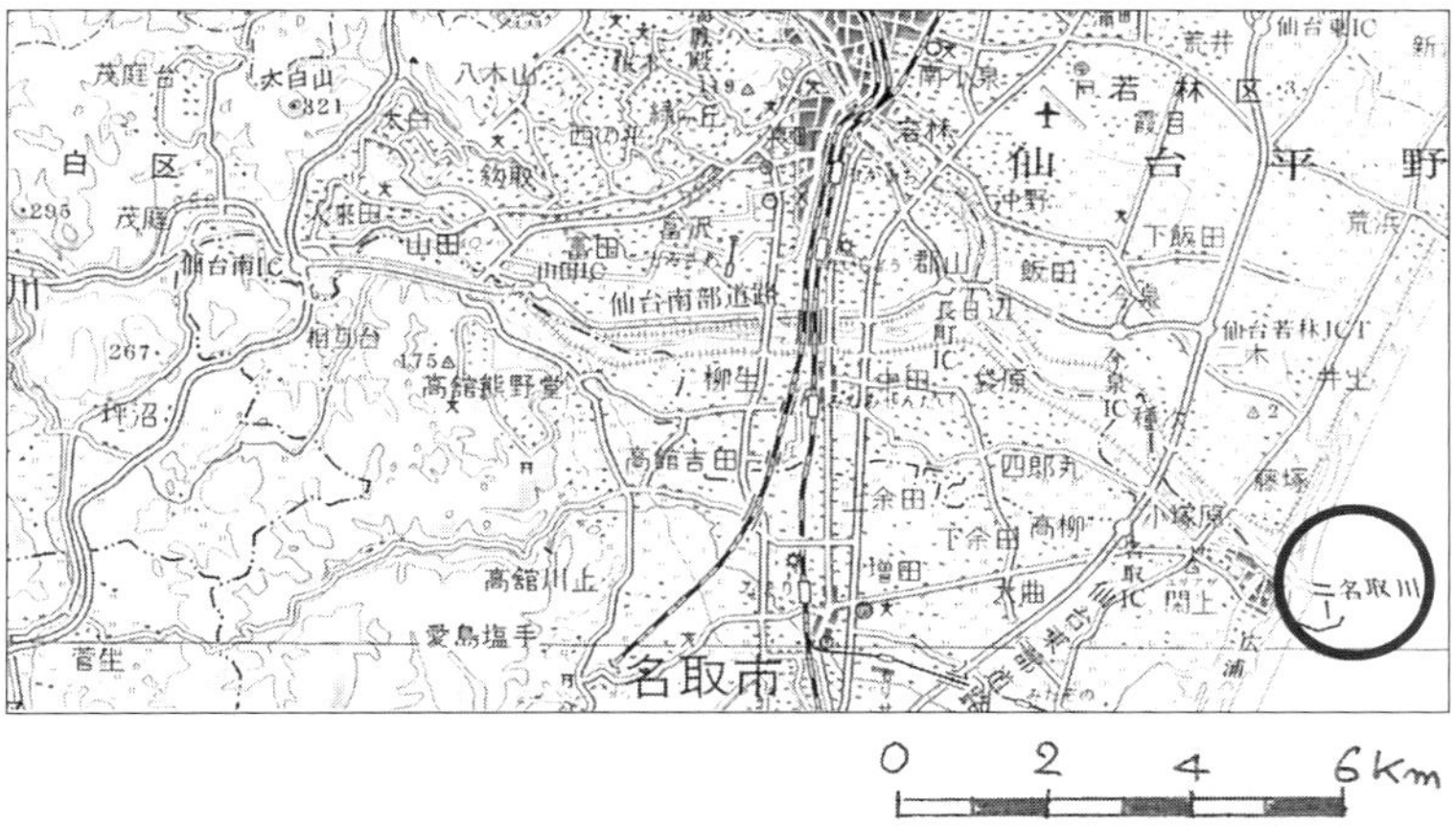

1／20万　仙台

（メモ）

①名取川は『和名抄』の陸奥国名取郡《なとりのこほり》を流れる川。二口峠を源に磐司岩の南を流れ姉滝を下る。大東岳、標高一三六五mを源とし梯子滝を下る大行沢を二口温泉辺で併せ秋保大滝を下り本砂金川を合流する。雁戸山一四八五m、名号峰一四九一mなどの降水を集めて下る碁石川を仙台市太白区茂庭で合せ、名取市閖上《ゆりあげ》で仙台湾に注ぐ。全長約三〇km。

②碁石川の一支流「北川」の源である山形県との県境笹谷峠頂上付近に有耶無耶《うやむや》関跡がある。昔、この山に鬼が住み旅人を襲ったという。この関所に祀る観音菩薩の化身である鳥が居て旅人に、山鬼が出る時は「有也《うや》」と鳴き、山鬼が居ない時は「無也《むや》」と鳴いたという。古歌に

霧ふかきとやとやとりの道とへば名にさへまよふむやむやのせき　宗良親王

③名取市植松に国史跡の雷神山古墳。また伝空海開基の真言宗弘誓寺がある。

四〇　名取郡（『和名抄』）　宮城県名取郡、名取市他

関係地図　1／20万 仙台

583

なとりのこほり

なとりのこほり

・あだなりなとりのこほりにおりゐるはしたよりとくる事はしらぬか　しげゆき

③拾遺集　三八五

（参考）しひてとふ人はありとも恋すてふなとりのさとをそことしらすな　前大僧正澄覚　夫木抄　一四六六一

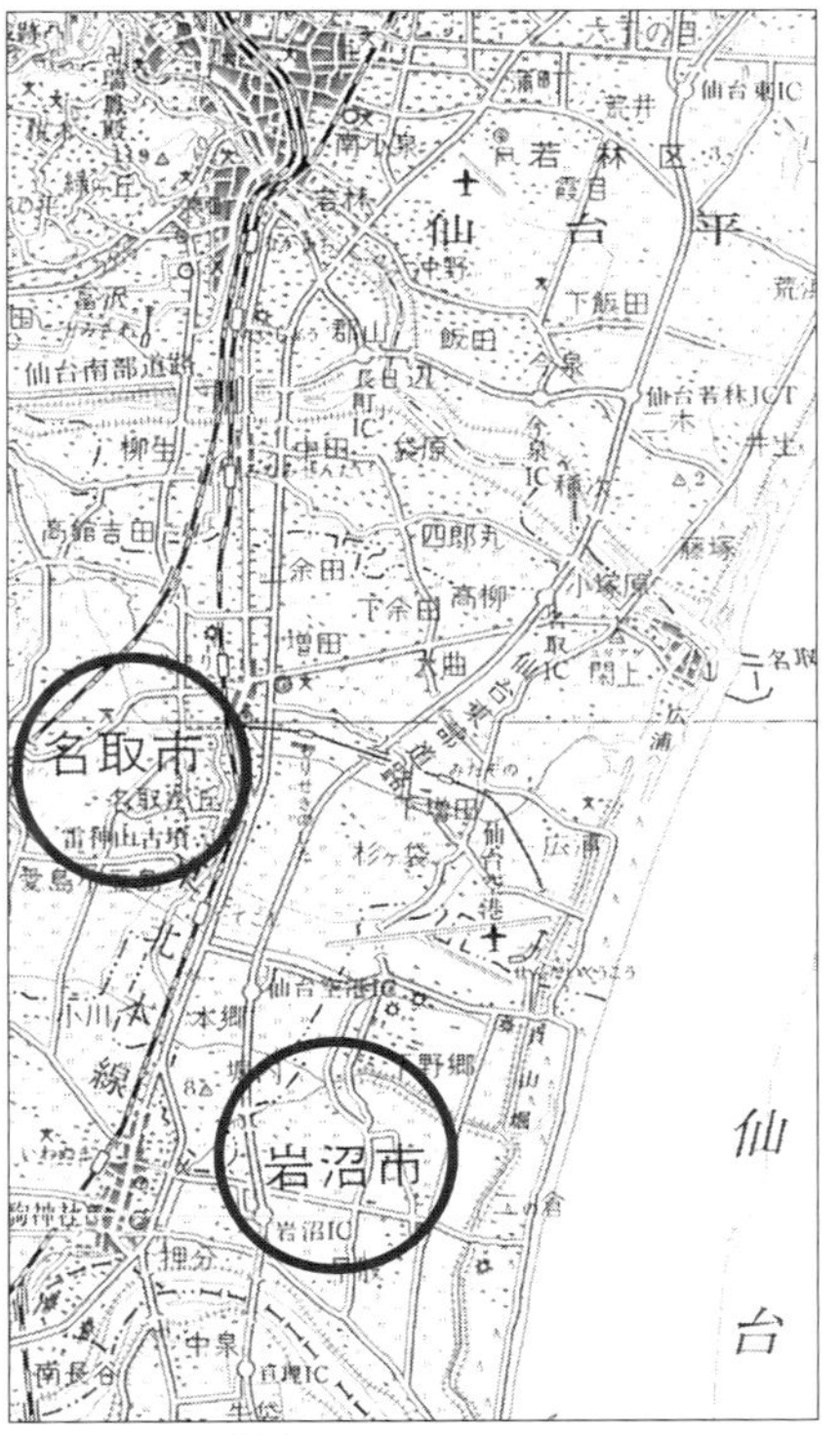

1／20万　仙台

（メモ）

①名取郡（『和名抄』）は現在の名取市・岩沼市・仙台市一部である。

②名取郡内の延喜式神名は二座。多加神《たかの》社と佐具倍乃《さくえの》神社である。

③多加神社は名取市高柳の多賀神社。祭神は伊弉諾尊《いざなぎのみこと》、伊弉冉尊《いざなみのみこと》他六柱。由緒沿革は景行天皇二八（AD九八）二月、日本武尊《やまとたけるのみこと》東夷征伐の時の勧請と伝える。

④佐具倍乃《さくえの》神社は名取市愛島《めでしま》笠島の佐倍乃神社（道祖神社）。祭神は猿田彦大神。天鈿女命《あめのうづめのみこと》。由緒沿革は多賀神社と同じく日本武尊東征の時勧請。長徳四（九九八）年左近衛中将藤原実方馬上で社前を過ぎたので祭神はその無礼のため、馬と共に斃したと伝える。

⑤名取市内には約一〇〇基もの古墳がある。その代表は雷神山古墳（国史跡）。これは東北地方最大で全長一六八mの前方後円墳。後円部頂上に雷神を祀る小祠がある。名取市大曲字中小路。

四一　鳴子温泉滝ノ湯

宮城県大崎市鳴子温泉滝ノ湯

関係地図　1／20万　新庄　1／5万　鳴子　1／2.5万　鳴子

370

さはこのみゆ

・あかずしてわかれし人のすむさとはさはこの見ゆる山のあなたか　よみ人しらず

③拾遺集　三八七

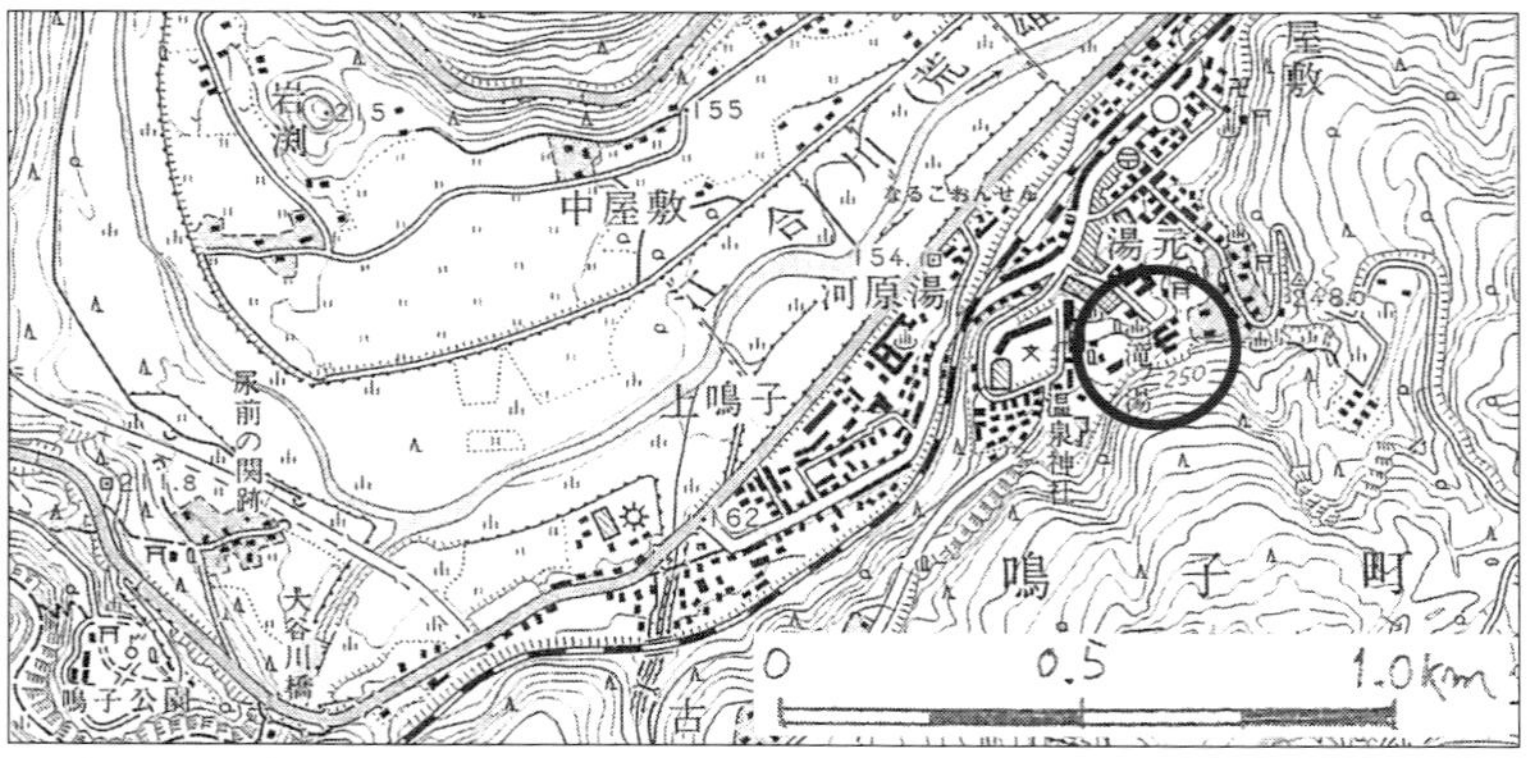

1／2.5万　鳴子

説也。関所有。断六ケ敷也《ことはりむつかしき》。出手形ノ用意可有之也《これあるべき》。

②鳴子（成子・啼子）の由来は源義経の子、亀若丸が産湯が当湯と伝え、鳴子、啼子となり、成子や騒子《さわこ》と変化したのであろう。寛政一一（一七九九）年建立の啼子碑に「啼子湯」とあるという。

③鳴子温泉郷は鳴子町域の温泉の総称。かつては玉造温泉境と呼ばれており、鳴子・東鳴子・川渡《かわたび》・中山平・鬼首《おにこうべ》の五地区からなる。

④ここ鳴子地区には滝ノ湯・河原湯・車湯などがあるが、滝ノ湯と河原湯を鳴子温泉と称した。

⑤湯元の滝ノ湯は『大八洲遊記』に、「温泉坌涌シ、木筧ヲモッテコレヲ十余間ニ導ク。分レテ五条トシリ懸流シテ、瀑トナリ槽ニ入ル……」とあると。当温泉の上に延喜式の温泉《ゆの》神社がある。

⑥鳴子町尿前に寛文年中（一六六一～七三）設置といわれる尿前番所跡がある。この地は出羽国境の要衝として重視された歌名所「いはての関」だと考える説もあるという。

（メモ）

①『曽良日記』五月十五日条に

宮・一ツ栗ノ間、古ヘハ入江シテ、玉造江《え》成《なり》ト云。今、畑成也。壱リ半尿《しと》前《まへ》。シトマヘヘ取付左ノ方、川向ニ鳴子ノ湯有。沢子ノ御湯成ト云。仙台ノ

四二　野田の玉川

宮城県塩竈市、多賀城市

関係地図　1／20万　石巻　1／5万　塩竈　1／2.5万　塩竈

621

のだの玉河

みちのくににまかりける時、よみ侍りける　能因法師

・ゆふされぱしほ風こしてみちのくののだの玉河千鳥なくなり

⑧新古今集　六四三

・つららゐてみがける影のみゆるかなまことにいまや玉川の水　崇徳院御製

⑦千載集　四四二

（参考）日にみがき風にみがけるひかりかなのどかにすめる玉川のさと　順徳院御製

夫木抄　一四六四八

1／2.5万　塩竈　A点で玉川は砂押川に合流する

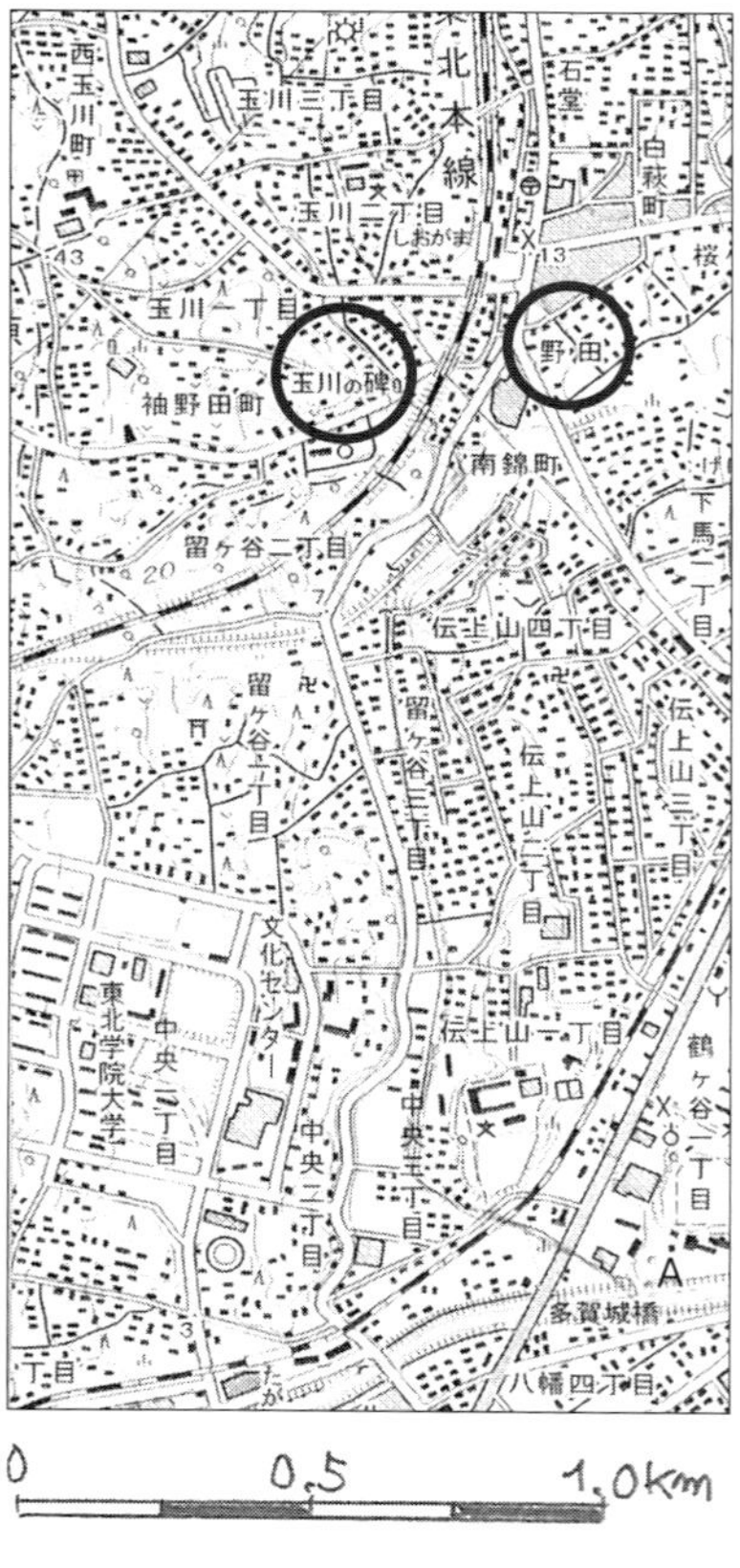

（メモ）

①野田の玉川の源は塩竈市白菊町地内の標高五一・九mの三角点付近である。そこから玉川町二丁目・同一丁目を流れ南錦町から多賀城市に入り、留ヶ谷二丁目、同三丁目、おもわくの橋の下を通り中央三丁目で砂押川に流入する。住宅街では下水道化していたという。

②ＪＲ東北本線塩竈駅西側の民家の一隅の一本松の元に小祠と能因歌碑がある。歌碑の裏面に、

玉川や田うた流るる五月雨　（白坂）文之

天明七（一七八七）年晩夏

と。

四三　はばかりの関跡

宮城県柴田郡柴田町大字船迫《ふなはざま》字関所

関係地図　1／20万 仙台　1／5万 岩沼　1／2.5万 亘理、大河原

636

はばかりのせき

ひとのむすめのおやにもしられでものいふひとはべりけるをおやききつけていひはべりければ、をとこまうできたりけれどかへりにけりとききてをむなにかはりてつかはしける

・しるらめやみこそ人めをはばかりのせきになみだはとまらざりけり　読人不知

④後拾遺集　六九四

陸奥にはべりけるに中将宣方朝臣のもとにつかはしける

・やすらはでおもひたちにしあづまぢにありけるものかはばかりのせき　藤原実方朝臣

④後拾遺集　一一三六

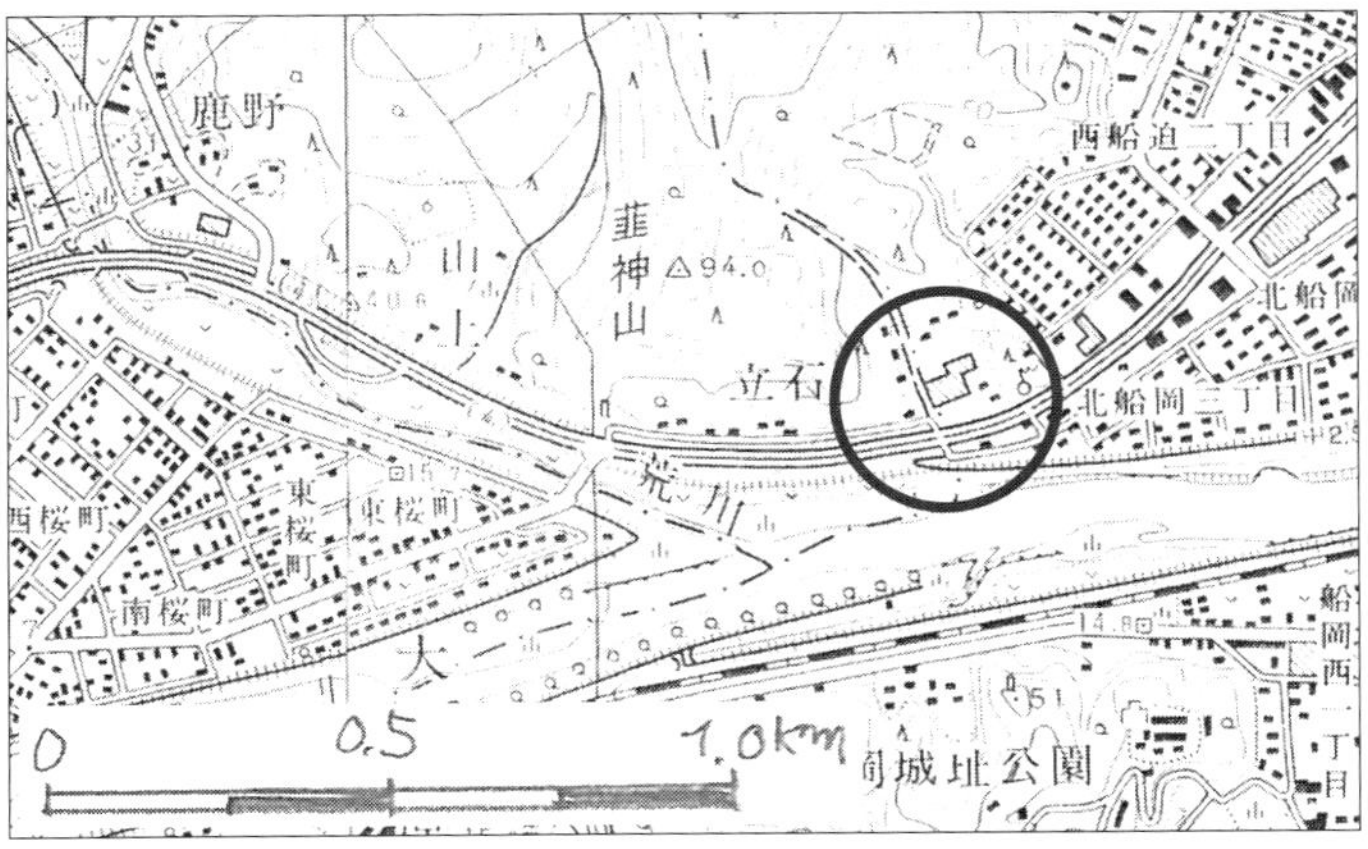

1／2.5万　大河原（左）・亘理（右）

（メモ）

①『宮城県史』に、憚関は柴田町船迫字関所の船岡と船迫を結ぶ道路と旧奥州街道との交叉点付近にあり、実方の歌碑があったという。

②『枕草子』一〇七段に、「関は相坂。須磨の関。鈴鹿の関。岫田《くきた》の関。白河の関。衣の関。ただごえの関は、はばかりの関に、たとしへなくこそおぼゆれ。」

③柴田町富沢の岩崎山西麓に凝灰岩を高浮彫に彫出された「富沢磨崖仏群」がある。宮城県指定史跡。通称、磨崖の大仏は像高二・四mの阿弥陀如来坐像。銘は「嘉元四（一三〇六）年卯月二日　為父檀那恵一坊　藤五良」。大仏堂北方の石窟内には像高約四七～七〇cmの丸彫の六地蔵坐像。うち一体の銘は「徳治二（一三〇七）年」。岩崎山東面中腹の一窟に像高約八〇cmの四体の虚空蔵菩薩が安置。その他一帯に石仏・板碑が多い。

四四　日高見神社

宮城県石巻市太田（旧桃生郡桃生町太田）に鎮座の日高見神社を「えぞ」の代表とした

関係地図　1／20万 石巻　1／5万 登米　1／2.5万 飯野川

171

えぞ

きのむねさだがあづまへまかりける時に、人の家にやどりて暁いでたつとてまかり申ししければ、女のよみていだせりける

・えぞしらぬ今心みよいのちあらば我やわするる人やとはぬと　よみ人しらず

①古今集　三七七

前大僧正慈円、ふみにてはおもふほどの事も申しつくしがたきよし、申しつかはして侍りける返事に

・みちのくのいはで忍ぶはえぞしらぬかきつくしてよつぼのいしぶみ　前右大将頼朝

⑧新古今集　一七八六

（参考）いたけもるあま見る時に成りにけりえぞがちしまをけぶりこめたり　西行上人　夫木抄　一〇五五一

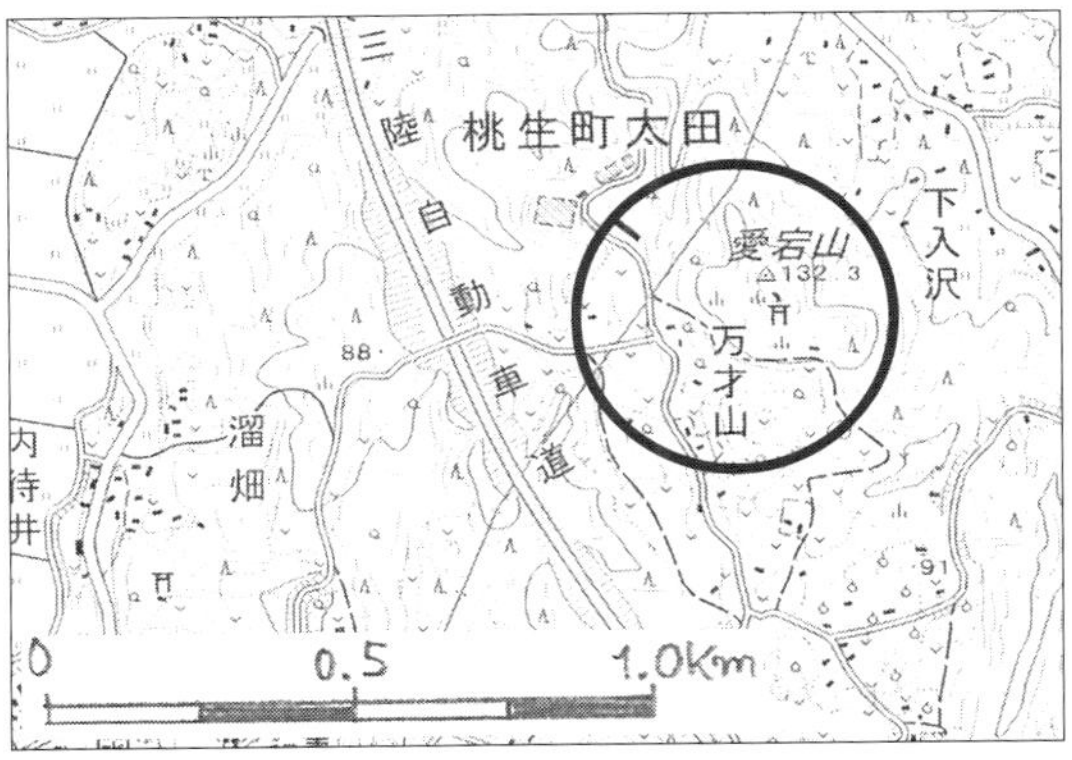

1／2.5万　飯野川

（メモ）

①当社は旧蝦夷国の安寧を願い、景行天皇の御世（七一～一三〇）の創祀。よって蝦夷国の代表とした。

②北上川は岩手県八幡平市の七時雨山《ななしぐれやま》（南峰標高一〇六三m）を源とし、石巻市で仙台湾に注いでいた。その流長は約二四〇km。この北上川の水神を祀り、その流域の旧蝦夷国の安寧を願い建立されたのが『延喜式神名帳』の陸奥国桃生《もものふの》郡《こほり》の日高見神社である。祭神は天照皇大神、日本武尊、武内宿祢、天日別命。由緒沿革は日本武尊東夷征討の際、天照皇大神を奉祀し、武内宿祢の奏言にかかる日高見の国号を社号としたと伝える。

③北上川の舟運のため元和二（一六一六）年江合川と迫川を合流した。次いで元和九（一六二三）年～寛永三（一六二六）年に更に北上川本流に合流し舟運の便を上げたという。その後、北上川下流部の水路変更が進められた。

四五　古館八幡神社

宮城県大崎市岩出山下一栗《しもいちくり》宿字片岸浦

関係地図　1／20万 仙台　1／5万 岩ケ崎　1／2.5万 川渡

128

いはでのせき

・わがこひはおぼろのし水いはでのみせきやる方もなくてくらしつ　としよりの朝臣　⑤金葉集　六八八

(参考) なにごともいはでの関としりながらおもひかねてやしかはなくらん　後九条内大臣　夫木抄　四六五九

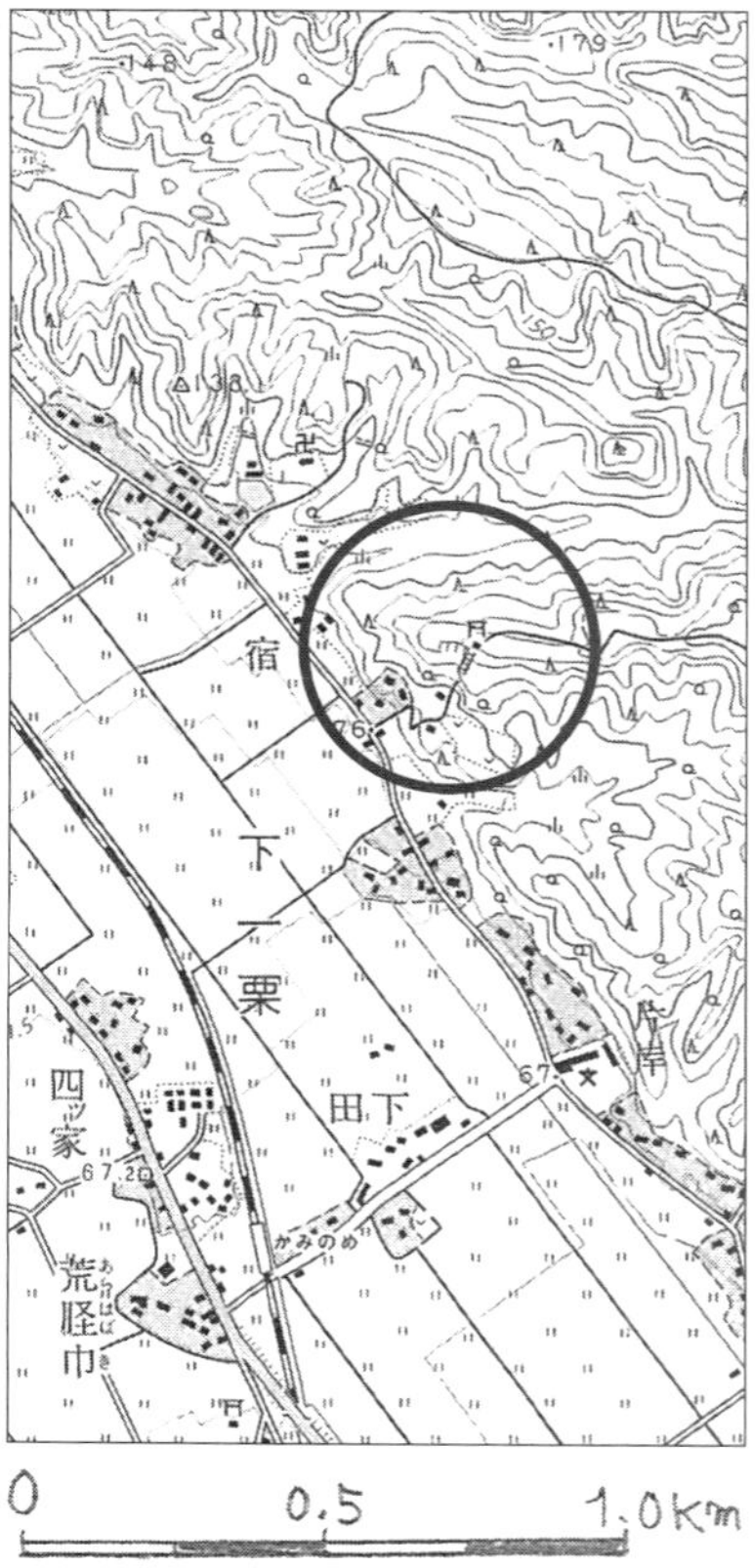

1／2.5万　川渡

(メモ)

①古館八幡神社は「岩出ノ関」跡推定地。

②もともとこの地は「岩出沢」であった。江合《えあい》川の右岸、川沿いに北西から南東に延びる丘陵突端部に応永年間（一三九四～一四二八）氏家詮継が築城し岩手沢城、また磐手沢城と称した。のち天正一九（一五九一）年伊達政宗は米沢城より移り岩出山城に改めた。以後、この地の名も「岩出沢」から「岩出山」になった。

③古館八幡神社は前九年の役（一〇五一～一〇六二・九・一七）の折、陸奥守兼鎮守府将軍が当地で八幡菩薩に祈願した所霊験があったので宇佐八幡宮の祭神の分霊を勧請したことが創祀という。後、戦国期には一栗館主一栗兵部、また伊達家の尊崇を受けたという。

④神社の北西約四百mの寺は曹洞宗樹林寺。

⑤樹林寺の北西約二百mに一栗兵部の一栗城跡がある。『仙台領古城書上』に三八間に一二間の大きさで城主は大崎家臣の一栗兵部とあり、さらに、この一栗城（一栗館）の周辺には西館・東館・小館・古館などの館跡などがあるという。

四六　牧山の駒

宮城県石巻市牧山

関係地図　1／20万 石巻　1／5万 石巻

865

をぶちのこま

・みちのくのをぶちのこまものがふにはあれこそまされなつくものかは　よみ人しらず　②後撰集　一二五二

・つなたえてはなれはてにしみちのくのをぶちのこまを昨日みしかな　相撲　④後拾遺集　九五四

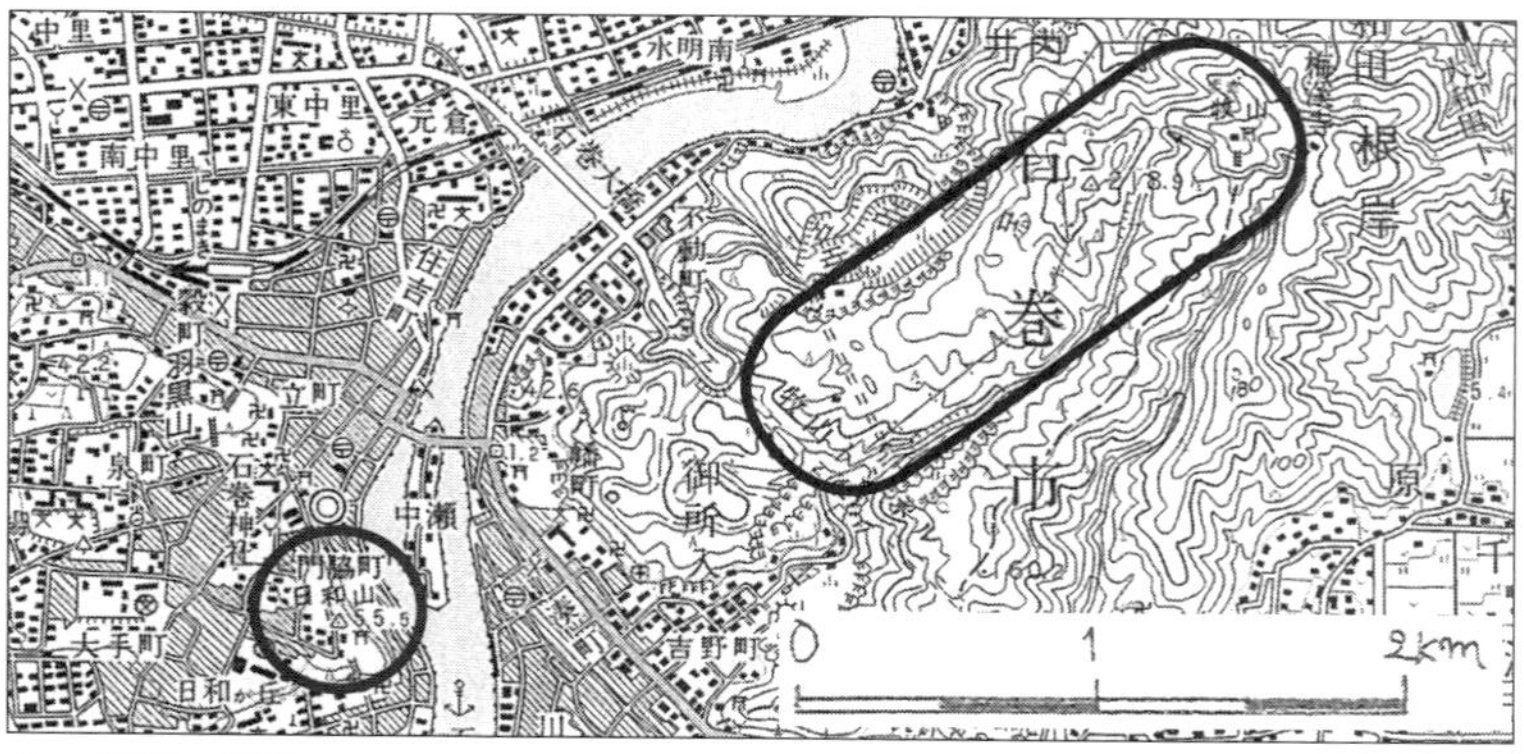

1／5万　石巻

(メモ)

①芭蕉の『おくのほそ道』の旅に随行した曽良の『曽良日記』元禄二（一六八九）年五月十日の条に

日和山と云へ上ル。石ノ巻中不残《のこらず》見ゆル。奥ノ海（今ワタノハト云）・遠嶋・尾駮ノ牧山、眼前也。

とある。

②元和九（一六二三）年～寛永三（一六二六）年の北上川瀬替工事以来は迫《はさま》川・真野川は蛇田村水押の西岸から石巻村端郷袋谷地《ふくろやち》・同住吉町の中間に通じ、その水先は対岸の湊村側にぶつかって右折し、そこに河水が淀んで渦を巻いていたので、その場所を「尾淵の巻」と呼んでいた。江戸時代には藤の名所となり、藤の落花が渦を描くので「藤の巻」とも呼ばれていたという。牧山の裏（西側）に当るという。

③牧山一帯は中生代の地層から構成されるので硬い。三角点二一八・九m一帯はジュラ紀大和田層の頁岩。西の採石場一帯は三畳紀稲井層群伊里前《いさとまえ》石の砂質粘板岩で生痕化石が著しく葉理も発達している。石碑・石塔・縁石など稲井石・井内石、仙台石の名で全国に出回っている。

四七　松島

宮城県塩竈市、東松島市、宮城郡

関係地図　1／20万 石巻　1／5万 塩竈、松島

709 まがきの島

・わがせこを宮こにやりてしほがまのまがきのしまの松ぞこひしき　みちのくうた

①古今集　一〇八九

770 宮こ島

おきのゐ、みやこじま

・おきのゐて身をやくよりもかなしきは宮こしまべのわかれなりけり　をののこまち

①古今集　一一〇四

718 松がうら島

西院の后、御ぐしおろさせ給ひておこなはせ給ひける時、かの院のなかじまの松をけづりてかきつけ侍りける

・おとにきく松がうらしまけふぞ見るむべも心あるあまはすみけり　素性法師

②後撰集　一〇九三

795 やそ島

月のうたとてよませ給うける

・しほがまのうらふくかぜに霧はれてやそ島かけてすめる月かげ　藤原清輔朝臣

⑦千載集　二八五

221 かけ島

うのはなをよめる

・うの花よいでことごとしかけしまの浪もさこそはいはをこえしか　源俊頼朝臣

⑦千載集　一一八一

720 松島

856 を島

・立ちかへり又もきて見む松しまやをじまのとまや浪にあらすな　皇太后宮大夫俊成

⑧新古今集　九三三

（メモ）

①松島湾・塩竈湾は東西の長さ約一五km、南北の幅約一〇kmである。このせまい所に新第三紀中新世の火山灰や軽石、また砂泥から構成された軽石質凝灰岩や凝灰質砂岩等より形成された二六〇以上もの島が存在するのはなぜか。それは、この湾内にはほぼ南北方向を軸とする褶曲構造（馬の背のように持ち上がる背斜、谷筋のように下方に曲がる向斜）があること。さらに、このように曲った地層を切断する断層があることで、数多くの島が出来たという。

②海水が接する島の低部は、長年にわたる海水の波浪による浸食によって海面に垂直な崖を形成する。それは家の回りに柴で作る籬《まがき》のようであるので「籬島《まがきのしま》」。その海食崖（波食崖）が高く雄々しければ「雄島」。海食崖が崩れ、また欠落部があれば「かけ島」等と呼ばれた。

③ここの島々の上部に「松」が生えている。よって松島、そんな松島のある湾だから「松島湾」。

④東松島市野蒜《のびる》の南に、湾内最大の面積七・四km²を持つ宮戸《みやと》島がある。これは「宮戸島《みやこじま》」とも読める。この島の中央部西寄りの里《さと》集落を囲むように貝塚がある。里・寺下囲《かこい》・台囲・神窪・梨ノ木囲・畑田等に貝塚が分布し、全体として東西八百m・南北二百mにも及ぶ日本一といわれる里浜《さとはま》貝塚（国史跡）がある。

⑤宮戸島中央の大高森（標高一〇五・六m）は松島湾中の最高点であり、朝日や夕日はもちろん遠くを望む絶好の地という。平城の都、平安の都から派遣された都人にとっては都の気分になれ、また都をしのぶ唯一の場所、「都島」であったであろう。島の東南端には最大な海食崖嵯峨渓がある。（表紙裏写真④参照）

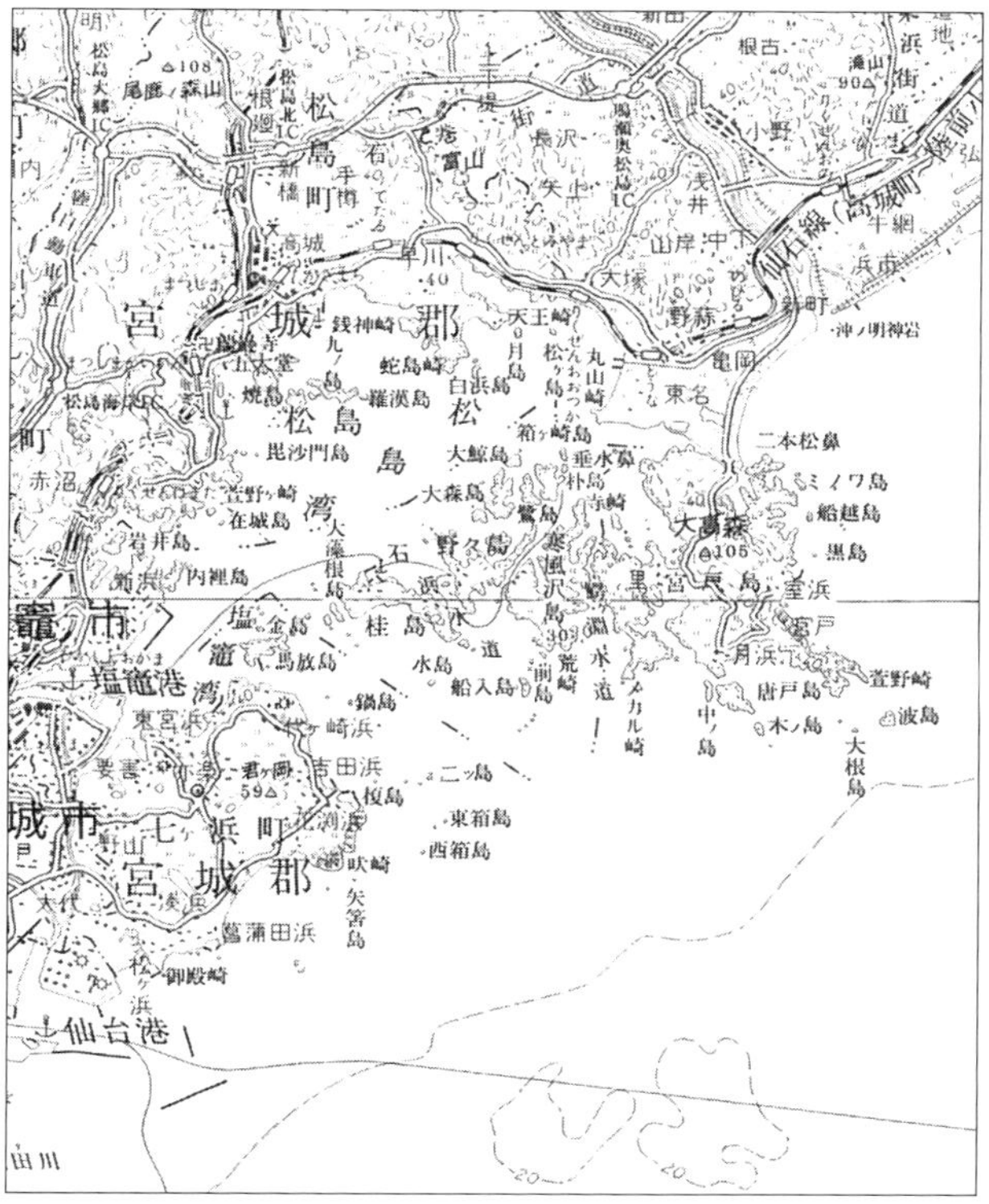

1／20万　石巻

0　2　4　6km

四八　万石浦一帯

宮城県石巻市、牡鹿郡女川町にまたがる万石浦及び石巻市渡波《わたのは》一帯

関係地図　1／20万　石巻　1／5万　石巻

189　おくのうみ

・たづね見るつらき心のおくのうみよしほひのかたのいふかひもなし　　定家朝臣
　⑧新古今集　一三三二

（参考）うしとても身をばいづくにおくのうみのうのゐるいはもなみはかくらん
　順徳院御製　続古今集　一七〇六

（参考）夜をさむみつばさに霜やおくの海のかはらのちどりふけてなくなり　参議為相卿　夫木抄　六八五五

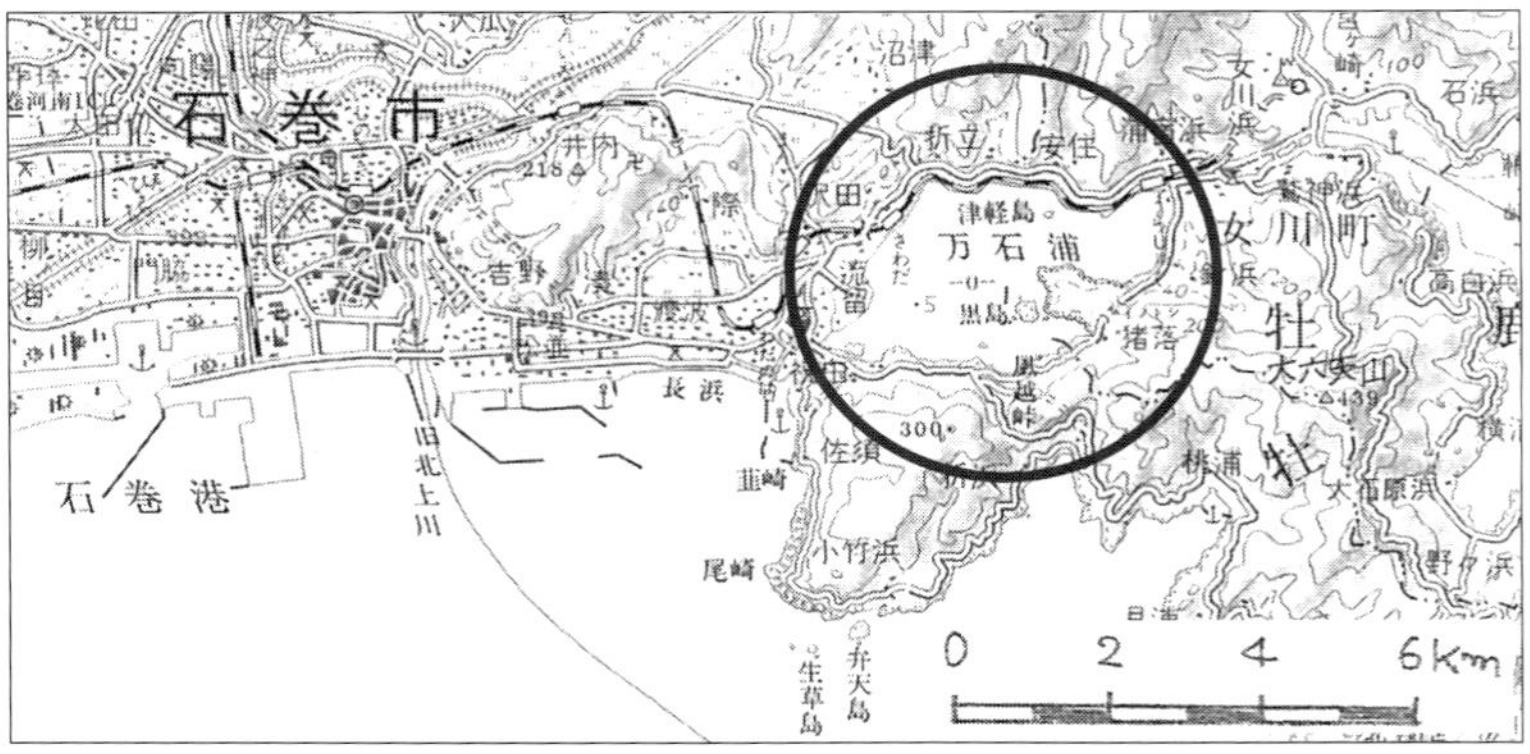

1／20万　石巻

（メモ）

①芭蕉の『おくのほそ道』の旅に随行した曽良の『曽良日記』五月十日の条に
日和山と云へ上ル。石ノ巻中不残見ゆル。奥ノ海（今ワタノハト云）・遠嶋・尾駮ノ牧山、眼前也。

とある。

②『安永風土記』に
奥海入江口波折渡之跡自然と汐干潟陸地ニ罷成、天文年中之比より段々百姓住居仕候ニ付、波渡之跡村ニ罷成候間、渡波町と申唱候由申伝候事
とあると。

③仙台二代藩主忠宗が馬上から万石浦を眺め、干拓すれば優に万石の米をとるであろうと語ったことが名の由来と。

④万石浦は東西約五km、南北約三km、面積約七百ha、最大水深八・五m。『流留村安永風土記』に「奥海。右ハ当村并渡波沢田浦宿迄の入海を奥海と申伝候。又ハ金花山之外海ヲも奥海と申候由ニ御座候」。

四九　美豆の小島

宮城県大崎市鳴子温泉

関係地図　1／20万　新庄　1／5万　岩ヶ崎

747　みつのこじま

・をぐろさきみつのこじまの人ならば宮このつとにいざといはましを　　みちのくのうた　①古今集　一〇九〇

（参考）人ならぬいはきもさらにかなしきはみつのこじまの秋の夕ぐれ　　順徳院御歌　続古今集　一五七八

（参考）心ありてなくにはあらじをぐろさきみつのこじまのたづのもろ声　　弁内侍　夫木抄　一〇五七六

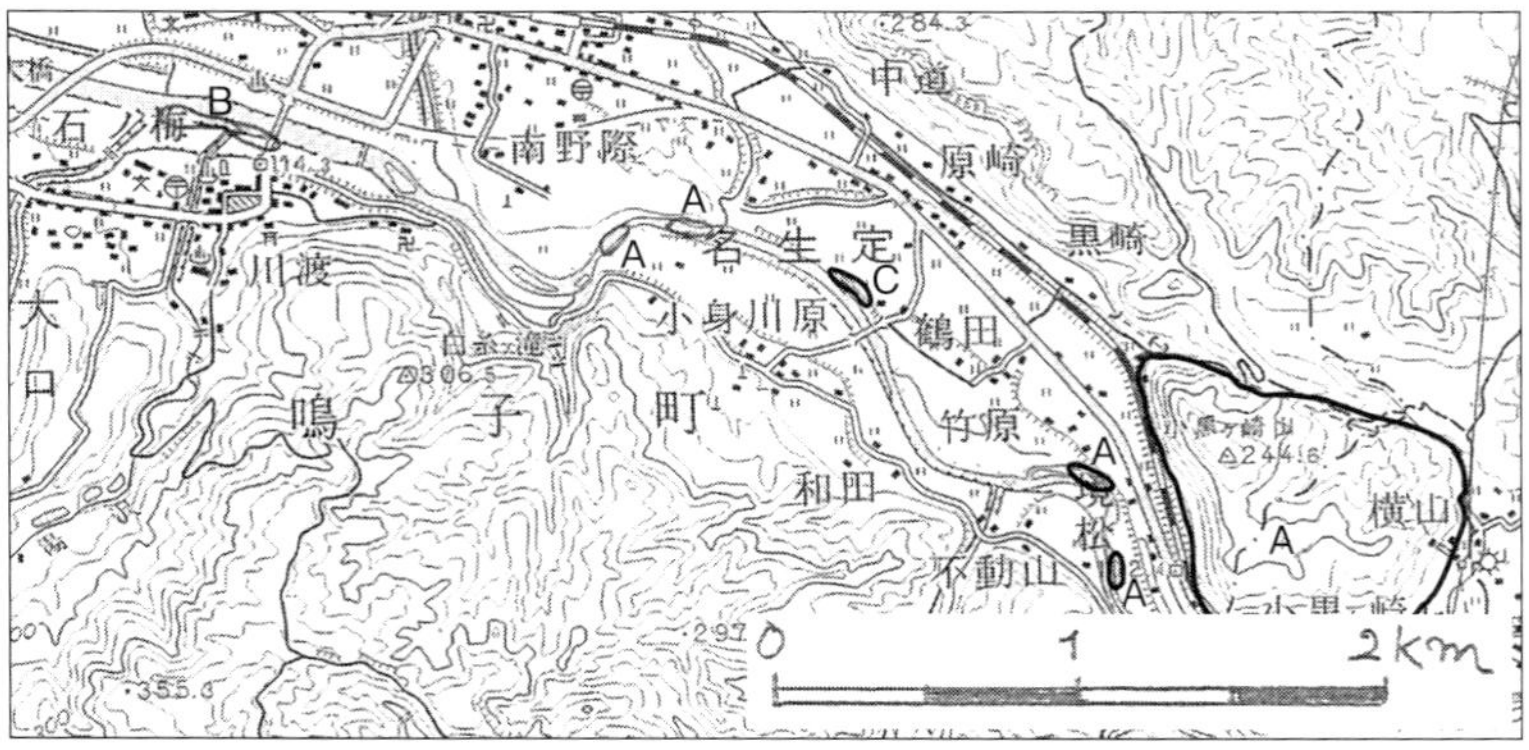

1／5万　岩ヶ崎

（メモ）

①図は『日本地質図大系　東北地方』の「鬼首・鳴子および周辺地域の地質図」中の小黒ヶ崎山と江合川中の岩盤の露出地を記入したものである。図中のAには第三紀中新世中期の海成層の緑色凝灰岩層。Bには中新世後期の湖成層の砂岩シルト岩互層。Cには第三紀鮮新世の湖成層の軽石凝灰岩層等が露出しているという。

②『曽良日記』に
小黒崎・水ノ小嶋有。名生貞《みょうさだ》ト云村ヲ黒崎ト、所ノ者云也。其ノ南ノ山ヲ黒崎山ト云。名生貞ノ前、川中ニ岩嶋ニ松三本、其外小木生テ有、水ノ小嶋也。今ハ川原、向付タル也。古《いにし》ヘハ川中也。

とある。

③『古今集』は延喜五（九〇五）年成立、曽良の旅は元禄二（一六八九）年。この間七百八十餘年間。江合川の浸食作用を受けて美豆ノ小島の姿が大いに変化したであろう。

④最初に歌が詠まれた頃は、青い松をのせた濃い緑色の島が数島、水に浮んでいたのであろう。（表紙裏写真②参照）

五〇　宮城野

宮城県仙台市宮城野区他

関係地図　1／20万 仙台、石巻　1／5万 仙台、塩竈

769

宮木の

・宮木ののもとあらのこはぎつゆをおもみ風をまつごときみをこそまて　よみ人しらず

　みちのくうた　①古今集　六九四

・みさぶらひみかさと申せ宮木ののこのしたつゆはあめにまされり　①古今集

　一〇九一

・さまざまに心ぞとまるみやぎ野の花のいろいろむしのこゑごゑ　源俊頼朝臣

　⑦千載集　二五六

(参考) みやぎのの萩やをしかのつまならん花さきしよりこゑの色なる　藤原基

　俊　後葉集　一五七

1／20万　仙台

(メモ)

①『和名抄』陸奥国に宮城郡があり、郡内に赤瀬・磐城・科上・丸子・大村・白川・宮城・餘戸・多賀・柄屋の十郷ある。

②「宮城野」は古来、「名取を越せば宮城野よ」と言われ、名取川以北の仙台平野一帯を指したが、江戸時代には霞目《かすみのめ》村、苦竹《にがたけ》村が該当。名残りとしてJR仙石線に苦竹駅・宮城野原駅がある。

③歌にあるようにここには花や虫が多い。花の一例に、みやぎのはぎがある。これは秋に入る前から咲くので夏萩の名がある。

五一　利府町の海風

宮城県宮城郡利府町一帯の海風

関係地図　1／20万 石巻　1／5万 松島　1／2.5万 松島

553

とふの浦風

　みちのくにに侍りけるころ、八月十五夜に京をおもひいでて、大宮の女房の許につかはしける

・見しひともとふの浦風おとせぬにつれなくすめる秋のよの月　橘為仲朝臣

　⑧新古今集　九三〇

(参考) 浪かくるたまものねやのひじきものあまにやなにをとふのうら人　長

　明　夫木抄　一一四二四

(参考) みちのくの野田のすがごもかたしきてかりねさびしきとふのうらかぜ

　道円法師　夫木抄　一一四二五

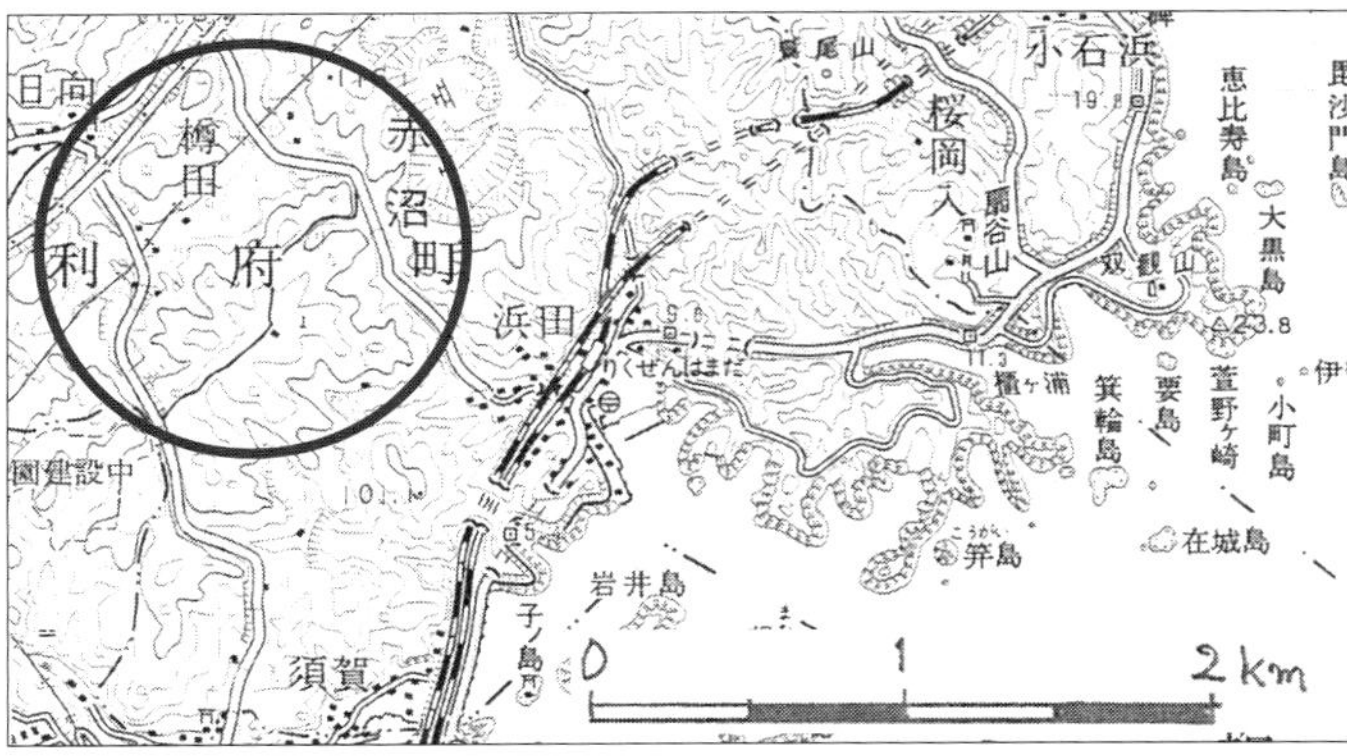

1／5万　松島

(メモ)

①「利府《りふ》」は「利府《とふ》」とも読める。とふの浦風は松島湾・塩釜湾。また近くは浜田湾からの海風である。

②利府町赤沼は『封内風土記』に黄色あるいは藍と併せて緑色の染料となったイネ科の植物の藎草《かりやす》（刈安草）の産地であった。これに因んで祭祀されたと伝える染殿神社が赤沼の北岸にある。当社は赤沼明神とも呼ばれ、染物の神。

③藎草は悪玉御前が坂上田村麻呂の子、千熊丸を産む時の血がかかって生じたとの伝承があると。

④利府町春日の大沢地区や硯沢地区などから古瓦が出土する。この地で多賀城や多賀城廃寺の瓦を焼いていたためという。

五二　秋田駒ヶ岳

秋田県仙北市田沢湖生保内《おぼない》

関係地図　1／20万　秋田　1／5万　雫石

129

いはでの山

・思へどもいはでの山に年をへてくちやはてなん谷の埋木　　左京大夫顕輔　⑦千載集　六五一

・人しれぬ涙の川のみなかみやいはでの山の谷のした水　　顕昭法師　⑦千載集　六六七

（参考）色見えでおもふ心はとしもへぬいはての山のまきのした露　　正三位知家卿　夫木抄　八一五六

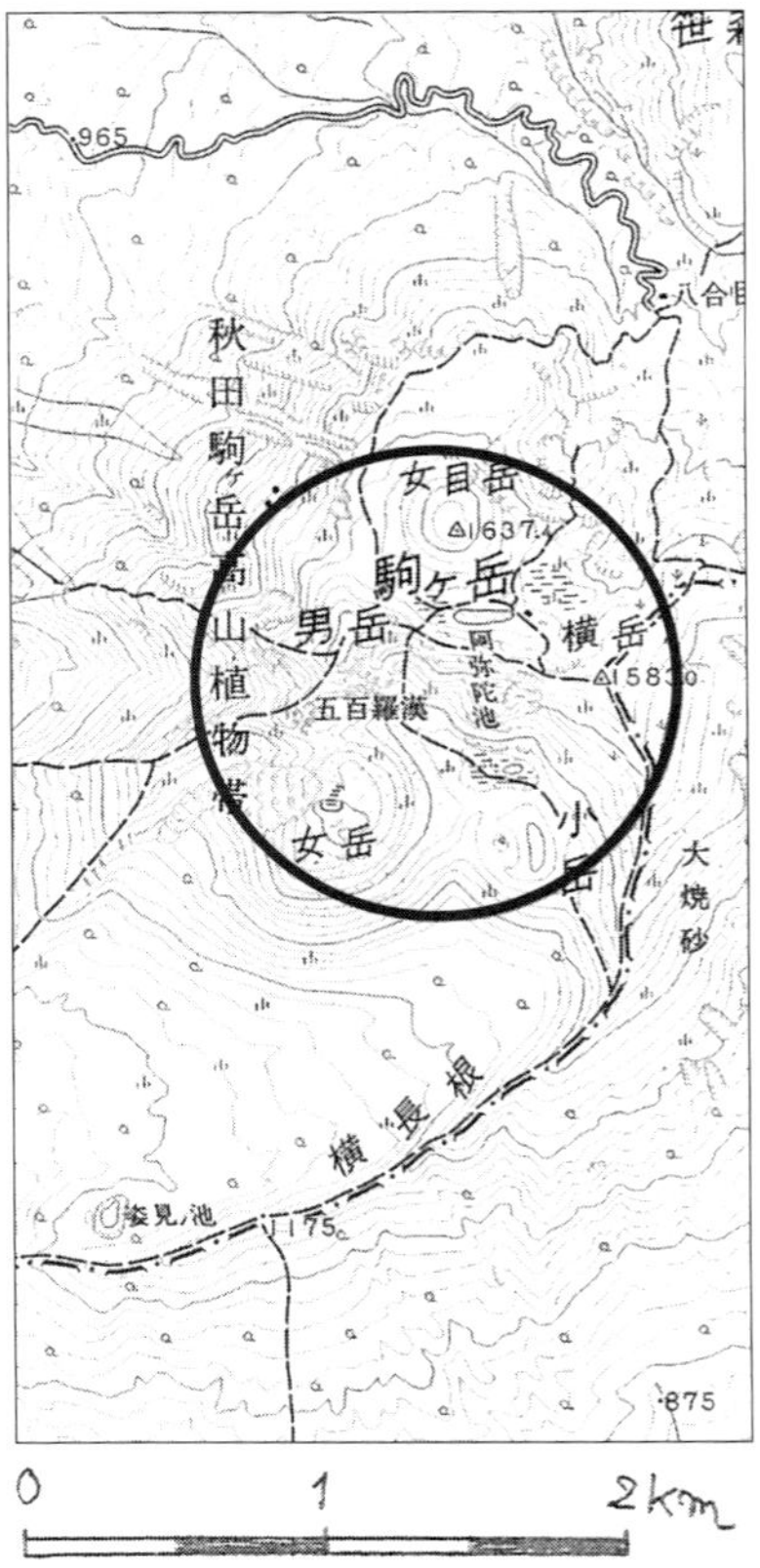

1／5万　雫石

（メモ）

①秋田駒ヶ岳火山の周辺には高倉山火山、平《たいら》ケ倉山《くらやま》火山、三角山北成層火山、笹森山火山、湯森山火山、乳頭山火山など数多くの火山が密集している。そしてこれら火山活動期には地下からマグマを噴出して溶岩を形成したり、火山爆発によって地形を造っていた何m、何十m、何百mもの岩を吹き飛ばす。これらの山の代表が標高から見ても秋田駒ヶ岳である。主峰は男岳（標高一六二三m）、駒形神社がある。

②この山の火山活動開始時期は一〇万年前より新しく、活動は三期という。

ⓐ主成層火山形成期　ⓑカルデラ形成期　ⓒ後カルデラ活動期

③最近の噴火は一九七〇年九月から翌年の一月までのもので、女岳の山頂での噴火、普通の火山爆発・溶岩流であったが特にストロンボリ式噴火であった。

④岩出の山は、山を形成する「マグマ噴出」の山でもある。

五三　秋田城跡

秋田県秋田市寺内大畑

関係地図　1／20万　秋田　1／5万　秋田　1／2.5万　秋田西部

108

出羽の国

出羽よりのぼりけるに、これかれむまのはなむけしけるに、かはらけとりて

・ゆくさきをしらぬ涙の悲しきはただめのまへにおつるなりけり　　源のわたる　②後撰集　一三三三

・よのなかはかくてもへけりきさかたのあまのとまやをわがやどにして　　能因法師　④後拾遺集　五一九

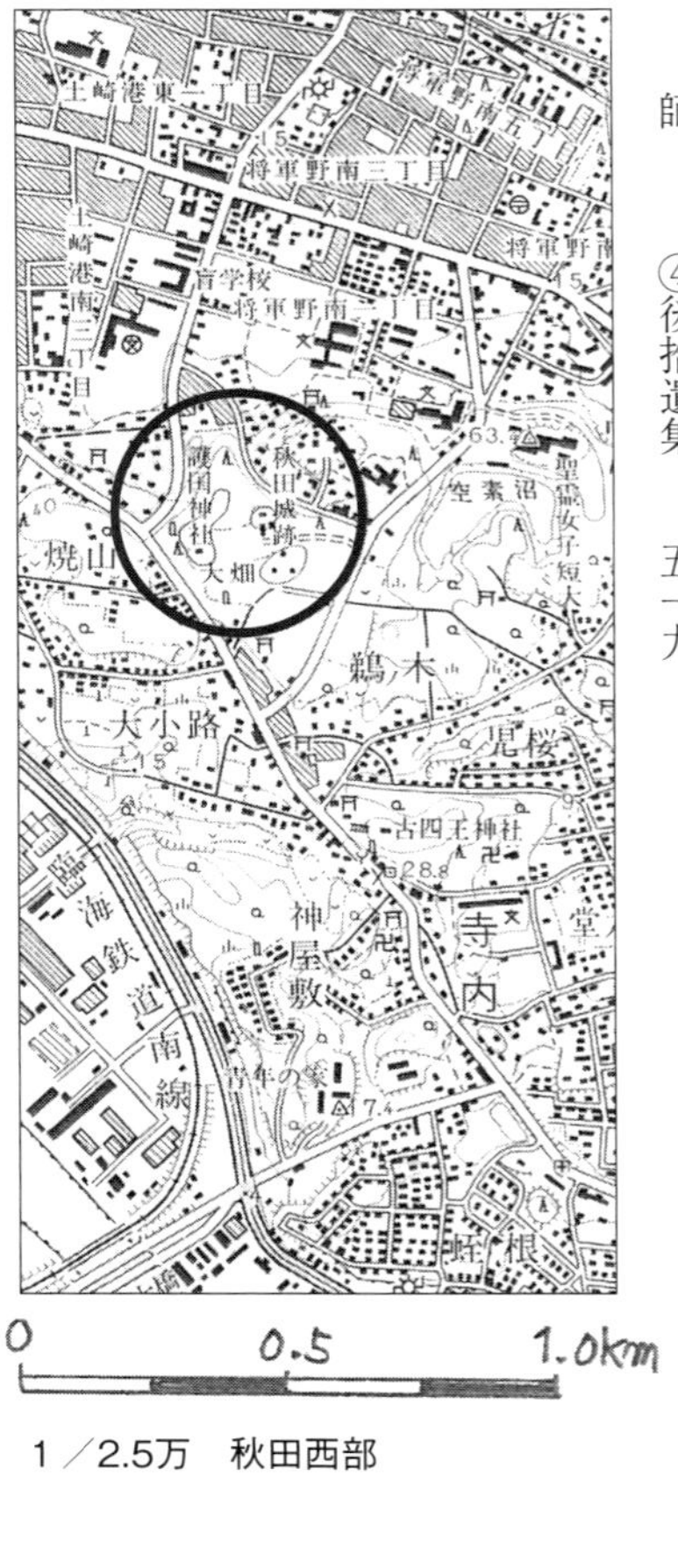

1／2.5万　秋田西部

（メモ）

①この地に、最初出羽柵、後に秋田城が築城された。出羽国の代表にふさわしい。

②『続日本紀』天平五（七三三）年一二月二六日条に

出羽柵《いではのき》を秋田村高清水の岡に遷《うつ》し置く。

とある。

これまでの出羽柵は山形県酒田市最上川の河口付近から、『和名抄』出羽国秋田郡高泉郷、現在の秋田市寺内。旧雄物川右岸、河口付近の丘陵に移転された。

③『続日本紀』宝亀一一（七八〇）年八月二三日条に

「……今、この秋田城《あきたのき》は、遂に永く棄てられむか。……」

「夫れ秋田城は、前代の将相僉議《はか》りて建てし所なり。……」

とある。

④秋田城跡の発掘調査によると、外郭は東西・南北とも約五五〇m。その中の政庁部は東西九四m、南北七七m。郭内外からは百数十棟の官人や兵士が住んだと思われる竪穴住居跡や掘立柱の建物跡、また「天平六年」銘の木簡などが出土しているという。

五四　板井田の清水

秋田県横手市大森町板井田

関係地図　1／20万 秋田　1／5万 大曲

95　いたゐのし水

神あそびのうた

・わがかどのいたゐのし水さととほみ人しくまねばみくさおひにけり　①古今集　一〇七九

故郷月をよめる　俊恵法師

・ふるさとのいたゐのし水みくさゐて月さへすまず成りにけるかな　⑦千載集　一〇一一

（参考）すみわぶるいたゐのしみづさとよりもとほきむかしの人ぞこひしき　従二位家隆　万代集　三五六九

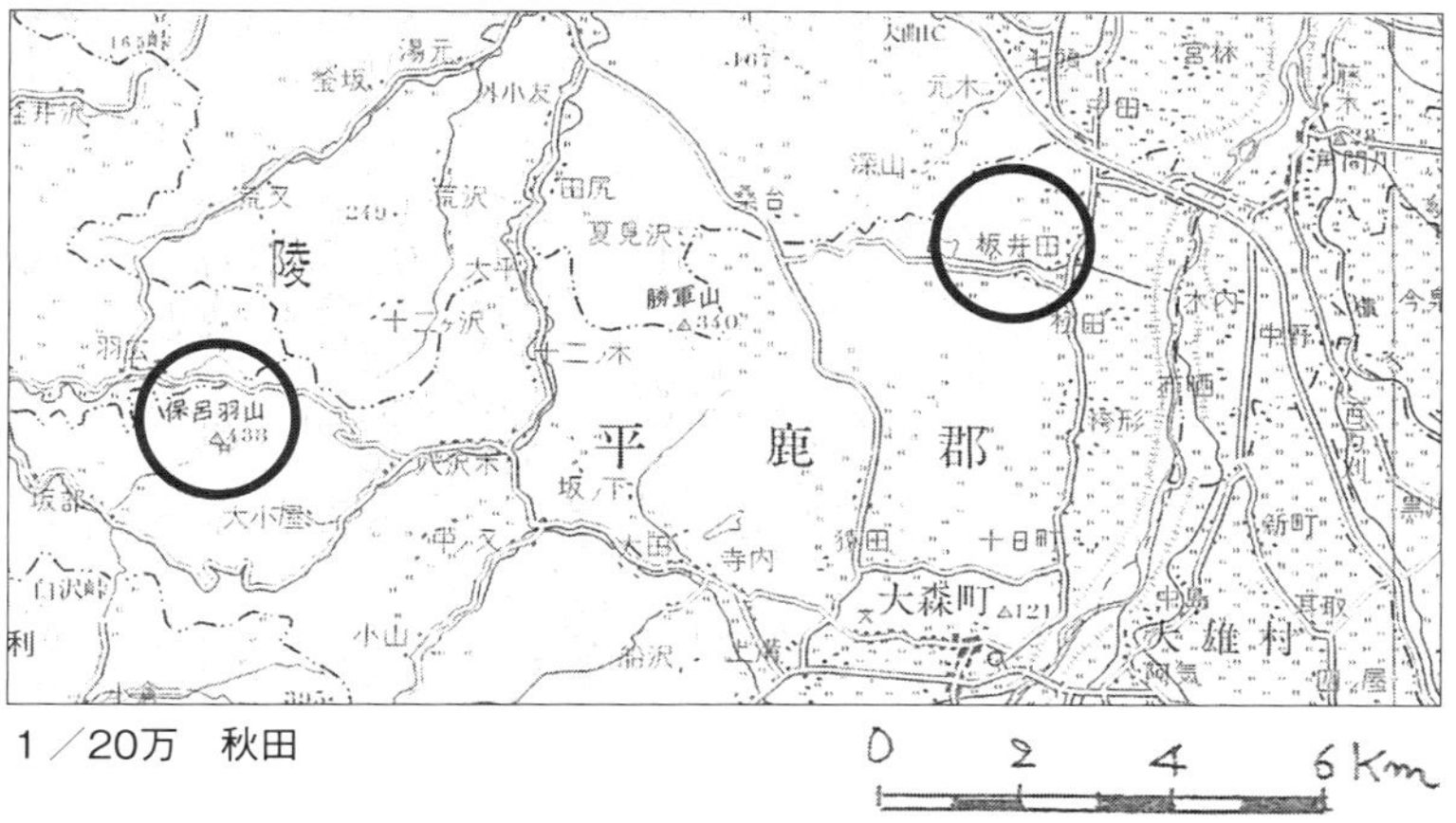

1／20万　秋田

（メモ）

①ここ横手市大森町板井田の田のイネは板井の清水で生育し稔ったであろう。

②図に標高四三八mの保呂波山《ほろはやま》がある。この山頂に保呂波山波宇志別《はうしわけ》神社が鎮座する。この神社は延喜式内社、出羽国平鹿郡《ひらかのこほり》の波宇志別《ハウシワケノ》神社、祭神は大己貴命《おおなむちのみこと》・安閑天皇ほかという。保呂波山は地元の横手地域はもちろん、巡りの大仙市や由利本荘市の住民からも地主神として、崇敬されてきたという。

③神社本宮は山頂に鎮座。里宮は大森町木根坂にある。ここでは毎年一一月七日夕刻から翌朝にかけて「保呂波山の霜月《しもつき》神楽《かぐら》」（国民俗）が行われる。その会場の御神楽殿は室町中期頃の建造物で国重文。

④横手市雄物川町沼館には沼柵跡、横手市金沢中野字権五郎塚外に金沢柵跡がある。これらは後三年の役（一〇八三〜一〇八七）の場である。

五五　五輪坂自然公園

秋田県雄勝郡羽後町足田《たらだ》の五輪坂自然公園一帯

関係地図　1／20万 新庄　1／5万 浅舞

639　ははそ山

左臣のかかせ侍りけるさうしのおくにかきつけ侍りける　つらゆき

・ははそ山峰の嵐の風をいたみふることのはをかきぞあつむる　②後撰集　一一八九

（参考）いかなればおなじしぐれにもみぢするははそのもりのうすくこからん　堀川右大臣　④後拾遺集　三四二

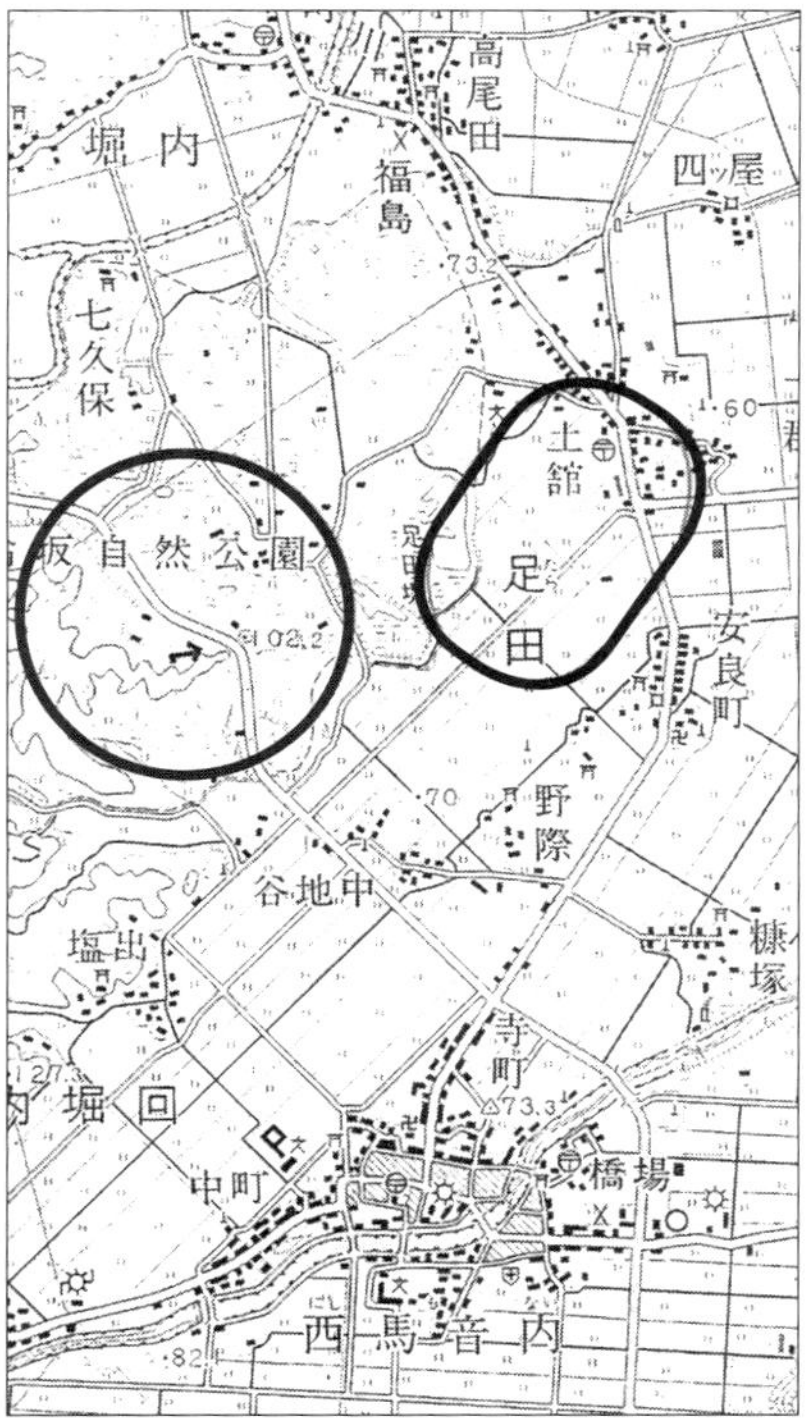

1／5万　浅舞

（メモ）

①集落名「足田《たらだ》」は「柞山」とも書き、「ははそやま」「ならやま」と称した。西馬音内《にしもない》川の左岸平野部に突出した雲雀野《ひばりの》台地を中心に台地縁台に集落がある。この地の雲雀野・新城川・七窪地区にある遺跡を総称して「足田遺跡」という。

②ここに雄勝城があった。『続日本紀』天平宝字二（七五八）年一二月八日条に、

小勝柵《おかちのき》を造らしむ

同書天平宝字三年九月七日条に

坂東八国、并せて、越前・能登・越後等の四国の浮浪人二千人を遷して、雄勝の柵戸《きのへ》とす

とある。雄勝柵《き》（城）は完成し、そこで働く人は二千人、その他に役人も居た。

③雄勝城跡の発掘調査によると、遺跡は東西約一・五km、南北約一kmの不正三角形。磐城堤（足田堤北西約三〇〇m）が設けられ、広く土器が出土。

④遺跡の東側で南北六五七mもの柵列、東門の柱穴、また十ヶ所もの窯跡などが確認されているという。

⑤この地で非常食用として実のなる木、ドングリやトチノ木などが植林され、それがハハソ山を形成したのであろう。

五六　象潟跡

秋田県にかほ市象潟町象潟

関係地図　1／20万　酒田　1／5万　象潟

286

きさかた

いではのくににまかりてきさかたといふところにてよめる　　能因法

•よのなかはかくてもへけりきさかたのあまのとまやをわがやどにして

師　④後拾遺集　五一九

たびの歌

•さすらふる我が身にしあればきさかたやあまのとまやにあまたたびねぬ　　藤原

顕仲朝臣　⑧新古今集　九七二

蚶方神を

（参考）あめにますとよをかひめにこととはむいくよになりぬきさがたの神　　能

因法師　万代集　一五六七

海路雁といふことを

（参考）きさがたやあまのとまやにさぬるよはうらかぜさむみかりなきわたる

源季広　万代集　三四〇二

795

やそしま

延喜十九年九月十三日御屏風に、月にのりて翫《ぐわん》潺《せん》湲《くわん》　　よみ人しらず

•ももしきの大宮ながらやそしまを見る心地する秋の夜の月

③拾遺集　一一〇六

（参考）素暹法師ものへまかり侍りけるにつかはしける

•おきつなみ八十島かけてすむ千鳥心ひとつをいかがたのまむ　　鎌倉右大臣

続拾遺集　七一一

返し

•はまちどりやそ島かけてかよふともすみこし浦をいかが忘れむ　　素暹法師

続拾遺集　七一二

（参考）わたの原八十島かけてすむ月にあくがれ出づる秋の舟人　　藤原行房朝臣

続後拾遺集　三三三

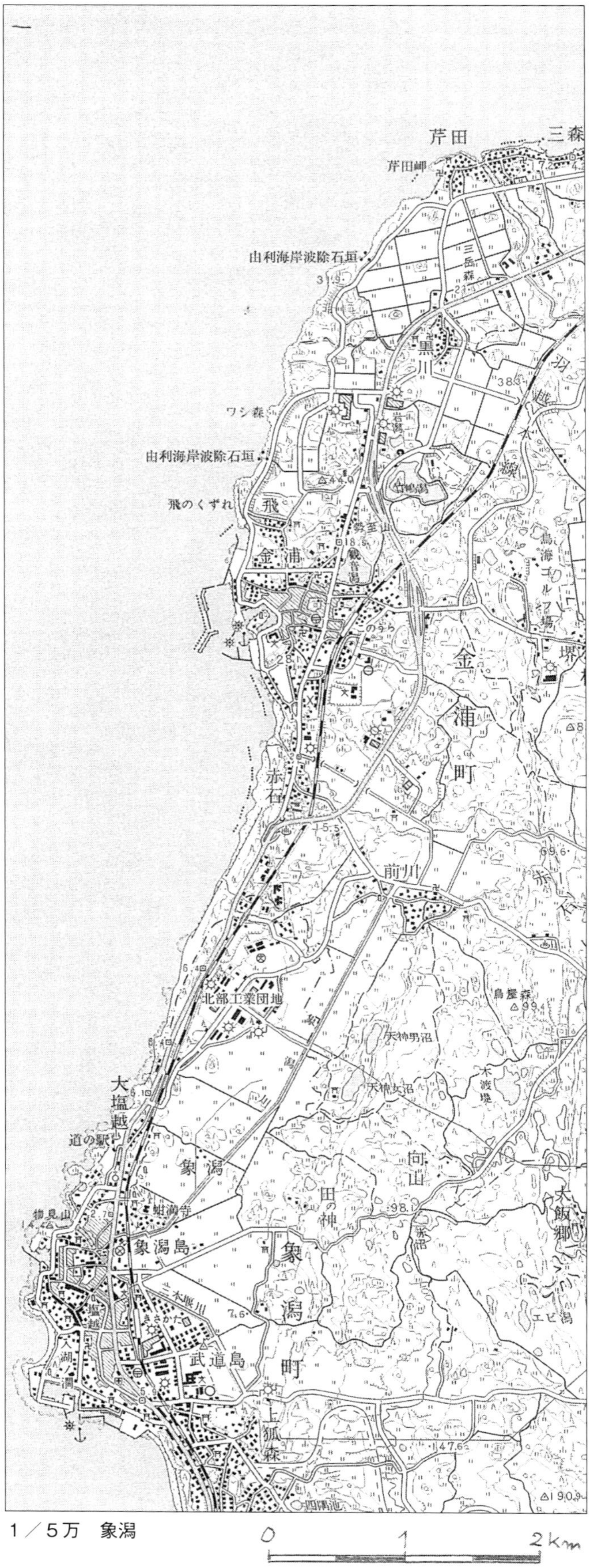

1／5万　象潟

（メモ）

①象潟跡の第四紀の終り、約一万年前以降（最新世）の地層の分布は『日本地質図大系　東北地方』によると

(a)安山岩塊・砂・火山灰からなる象潟泥流堆積物の分布は南北約一二km、東西約五km

(b)砂・シルトからなる象潟層の分布は南北約五km、東西約一・五km

(c)砂からなる新期砂丘の分布は南北五・五km、東西の広い所で一・二kmである。この新期砂丘の南北五・五kmの中程の大塩越から南の物見山（標高一四・四m）まで、約七百mの間が砂丘がない。当時の自然堤防がなかったので、象潟と日本海とが通じていたのである。よって、象潟の水は海水と淡水とが混じりあった水、汽水《きすい》であった。象潟は入江や湾でなく潟、象潟であった。また、この象潟は『延喜式』では「蚶《きさ》方《かた》」。『出羽国風土略記』では「蚶潟《きさかた》」とあるという。

②「蚶」字を『大漢和辞典』（諸橋轍次）に

あかがひ。きさがひ。いたらがひ。扇貝。魽に同じ。

木草云、魁、狀、狀如ニ海蛤一、圓而厚、外有レ理縦横、即今之蚶也。

などとある。

③『原色日本貝類図鑑』（吉良哲明）にアカガイ Anadara broughtonii。殻は大きく時に一五cm内外に大成する。殻頂はやや低く膨大し、放射肋は本類中最も多く四二条内外に及ぶ。肉甚だ美味で前種（サトウガイ）と共に賞味せられるが殻は比較的に薄い。

とある。蚶満寺周辺にもこのアカガイが多かったのであろう。

④象潟の大きさは①(b)の象潟層分布南北約五km、東西約一・五kmだと思える。しかし、『地質図大系』の①(a)の象潟泥流堆積物層の象潟跡での分布と同様の分布が更に北に南北約五km、広い所で幅一・五km延びている。現在そこに観音潟・竹嶋潟・岩潟がある。

⑤約二六〇〇年～三〇〇〇年前の東鳥海馬蹄形カルデラ形成期の大爆発時に生じた象潟泥流埋積物層からなる島々が海水や、また陸水、風雨で形成され、同時に松や楓など植物も生え、また海水の侵入、潟や湖沼が作られた。その島や潟の数は多数であったので、「九十九島」「八十八潟」などと呼ばれた。

⑥文化元（一八〇四）年七月十日、M七・〇の象潟地震で一夜にして隆起し乾陸となり、あるいは沼となった。被害は潰家五千棟以上、死者三百人以上と『理科年表』にある。

⑦『おくのほそ道』には

象潟や雨に西施《せいし》がねぶの花

象潟や料理何くふ神祭　曽良

『曽良日記』に「夕飯過テ、潟へ船ニテ出ル」

等とある。（表紙裏写真③参照）

五七　双　六

秋田県男鹿市船川港双六

関係地図　1／20万 男鹿　1／5万 船川　1／2.5万 船川

424

すぐろく

・すぐろくのいちばにたてるひとづまのあはでやみなん物にやはあらぬ　よみ人しらず　③拾遺集　一二一四

（参考）わぎもこが　ひたひにおふる　すぐろくの　ことひのうしの　くらのうへのかさ　無心所著歌　万葉集　三八三八

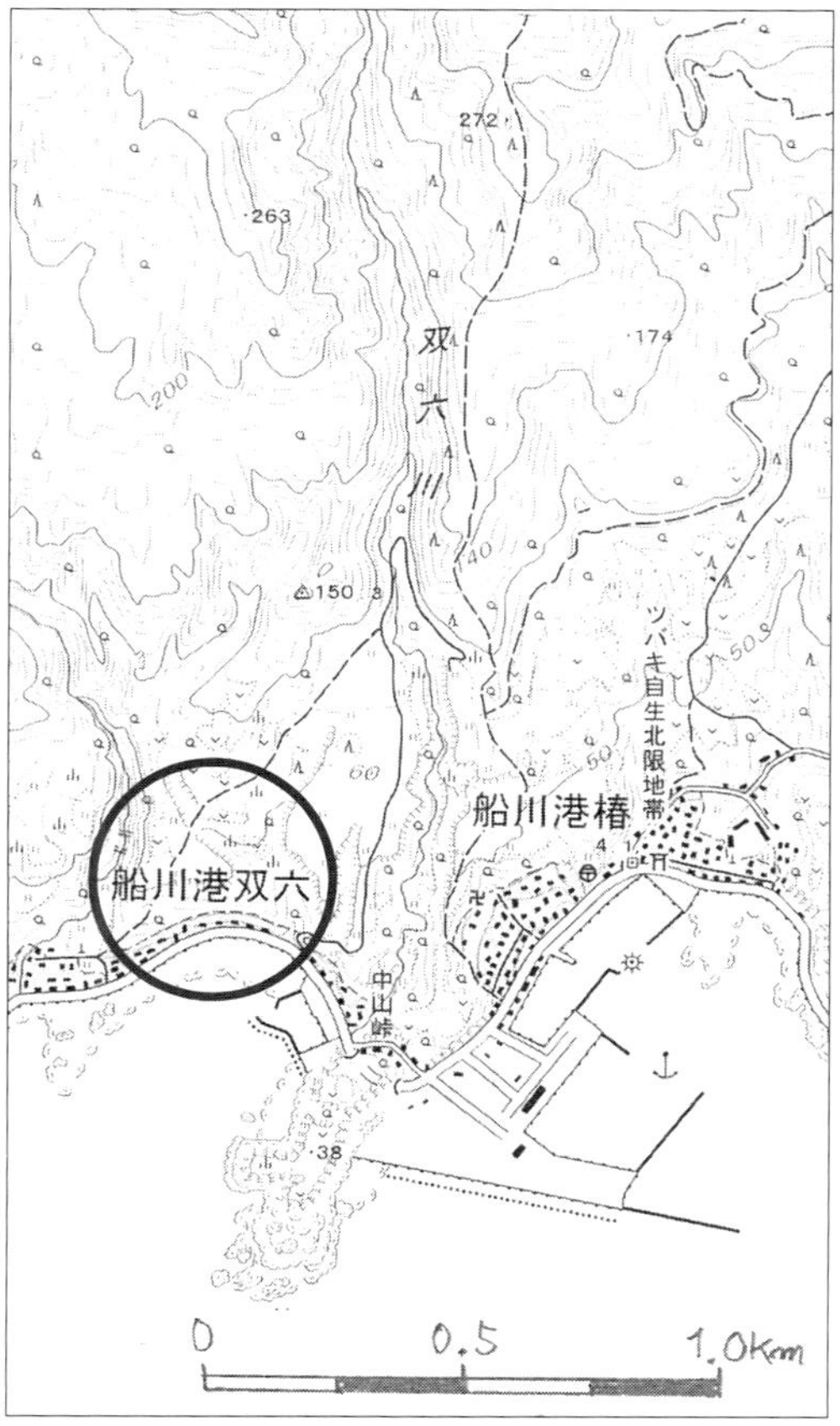

1／2.5万　船川

（メモ）

①真山神社（男鹿市北浦真山字水喰沢《みずくいさわ》）〔祭神〕瓊々杵命《ににぎのみこと》〔由緒沿革〕一二代景行天皇（在位AD七一～一三〇）の御宇の草創という。

②赤神神社五社堂（男鹿市船川港本山門前字祓川）この地は男鹿半島の西海岸に位置し、真山《しんざん》（標高五六七m）、毛無山《けなしやま》（六七七m）の（七一五・二m）、本山《ほんざん》男鹿三山があり、古くは「大社山」「お山」と呼ばれ修験道の聖地であった。南の浜、門前漁港の長楽寺から真山神社までの道者登拝「お山かけ」（山越）が今もある。この本山にあるのが五社堂で国重文。中央に赤神権現堂（祭神前漢の武帝）、右に客人権現堂、三の宮堂、左に八王子堂、十禅師堂がある。現在の社殿は宝永七（一七一〇）年の再建。

五八　玉　川

秋田県仙北市田沢湖玉川

関係地図　1／20万 秋田　1／5万 森吉山

496

玉川

　氷のうたとてよませ給うける

・つららゐてみがける影のみゆるかなまことにいまや玉川の水　崇徳院御製

　⑦千載集　四四二

・月さゆる氷のうへにあられふり心くだくる玉川のさと　皇太后宮大夫俊成

　⑦千載集　四四三

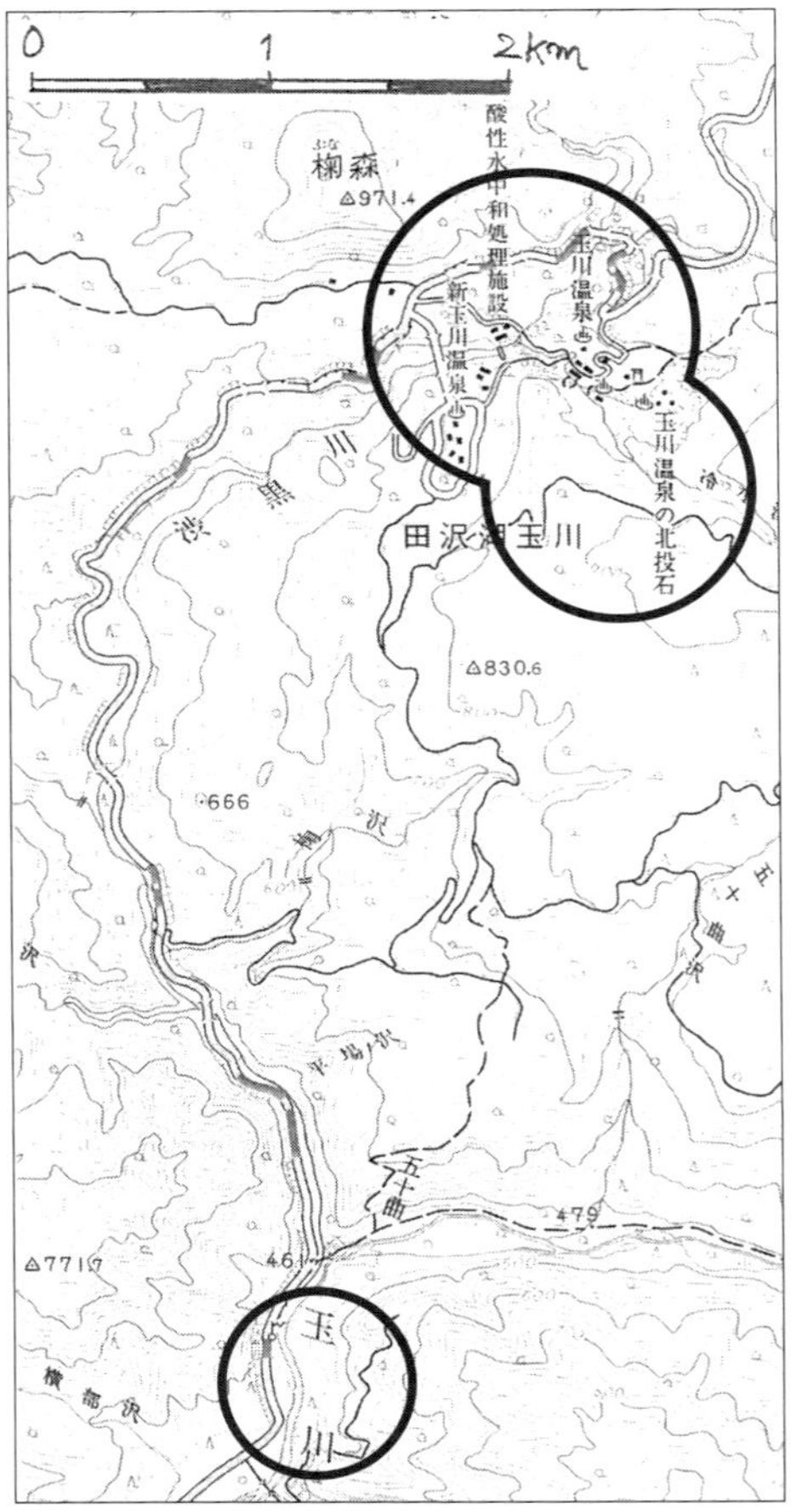

1／5万　森吉山

（メモ）

①玉川は畚岳《もっこだけ》（標高一五七七・六m）、八幡平（一六一三・五m）等を源流とし、玉川温泉からの渋黒川を受け、宝仙湖、秋扇湖を経て田沢湖の東を通り、大仙市神宮寺で雄物川に注ぐ。

②玉川温泉（仙北市田沢湖玉川）標高約七五〇m。泉温九八℃。泉質は酸性、明礬緑礬泉。もとの名は「鹿の湯」。近くに鹿沢もある。ここには国特別天然記念物の北投石《ほくとうせき》がある。玉川温泉はPH1。遊離塩酸を多く含有するので川底に厚い皮殻層を形成している。泉源付近で厚さは五cm程。褐色繊維状集合体と白色繊維状集合体が互層を成し、成分は鉛、ストロンチウム、カルシウムを含む硫酸バリウム。

五九　野中の清水

秋田県仙北郡美郷町六郷

関係地図　1／20万 秋田　1／5万 六郷

624

野中の清水

　もとのめにかへりすむとききて、をとこのもとにつかはしける

・わがためはいとどあさくやなりぬらん野中のし水ふかさまされば　よみ人しらず

　②後撰集　七八四

（参考）かげたえて人こそとはねいにしへのの中のし水月はすむらん　藤原教雅朝臣

　続古今集　一七七九

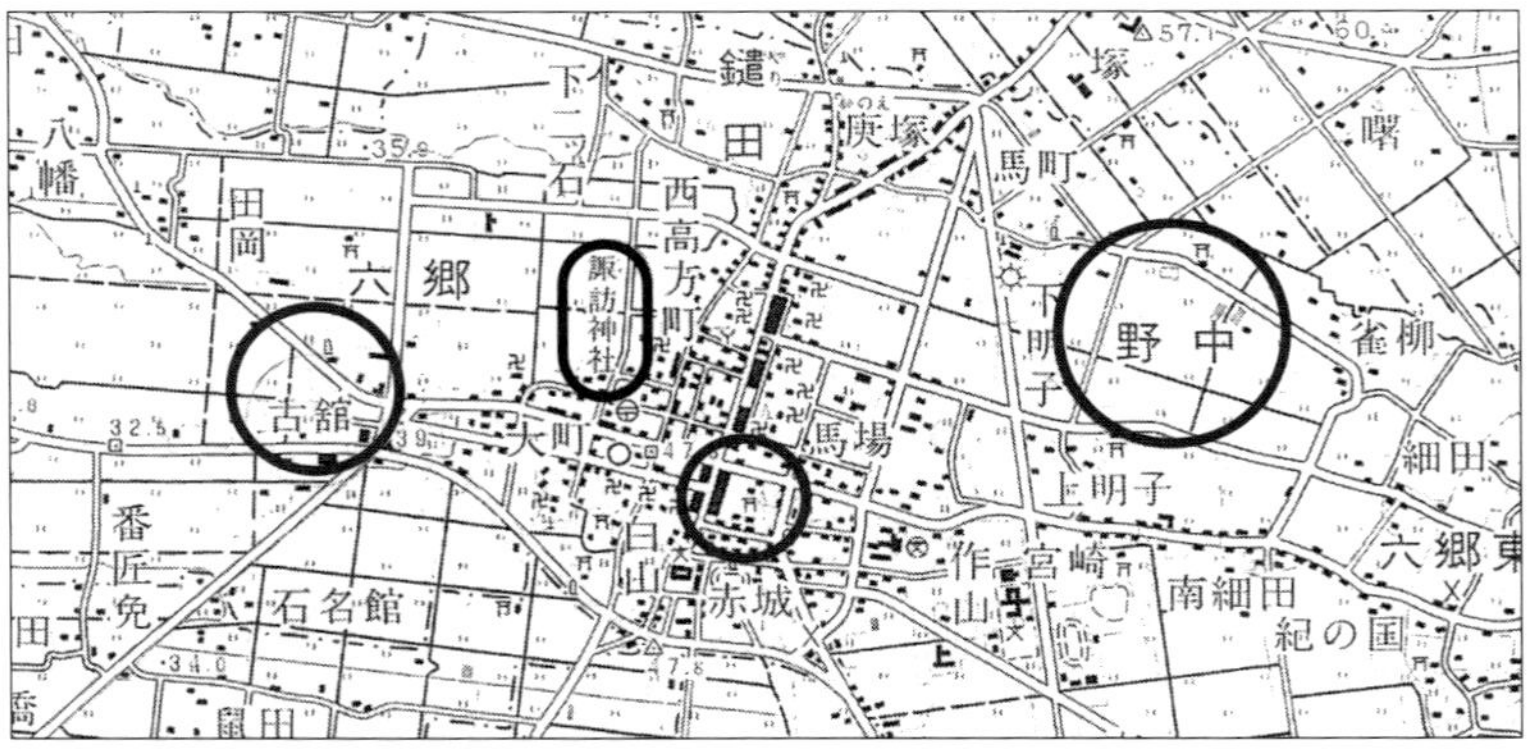

1／5万　六郷

0　1　2km

（メモ）

①ここ大字六郷の小字古舘には六郷城跡がある。至徳年中（一三八四〜一三八七）に二階堂氏が武蔵国六郷より当地に下向し居を構えたという。その地が後に大字六郷小字古舘となった。

②ここ大字六郷の東に接して大字野中がある。二階堂氏、後に改姓した六郷氏がこの地に来住するまでは周辺一帯が広く「野中」の地名であったであろう。

③現在の字六郷地内には「六郷湧水群」があり、藤清水、ニテコ清水、座頭湧水等がある。

④図中の諏訪神社は祭神建御名方富命、八坂刀女命。由緒は延暦二一（八〇二）年坂上田村麿が日本武尊の御神徳を追慕して建立したと伝えられる。後二階堂氏が社殿改修という。

⑤六郷米町の熊野神社の祭神は伊邪那岐命、伊邪那美命、事解男命。由緒は大同二年坂上田村麿建立。建久三年源頼朝が義経と弁慶の慰霊の為に社内に三二神を配祀した。

六〇　月　山

山形県鶴岡市羽黒町川代《かわだい》・東田川郡庄内町

関係地図　1／20万 仙台、村上　1／5万 月山

337

こしのしら山

むねをかのおほよりがこしよりまうできたりける時に、雪のふりけるを見ておのがおもひはこのゆきのごとくなむつもれりといひけるをりによめる

・君が思ひ雪とつもらばたのまれず春よりのちはあらじとおもへば　みつね

①古今集　九七八

返し

・君をのみ思ひこしぢのしら山はいつかは雪のきゆる時ある　宗岳大頼

古今集　九七九　①

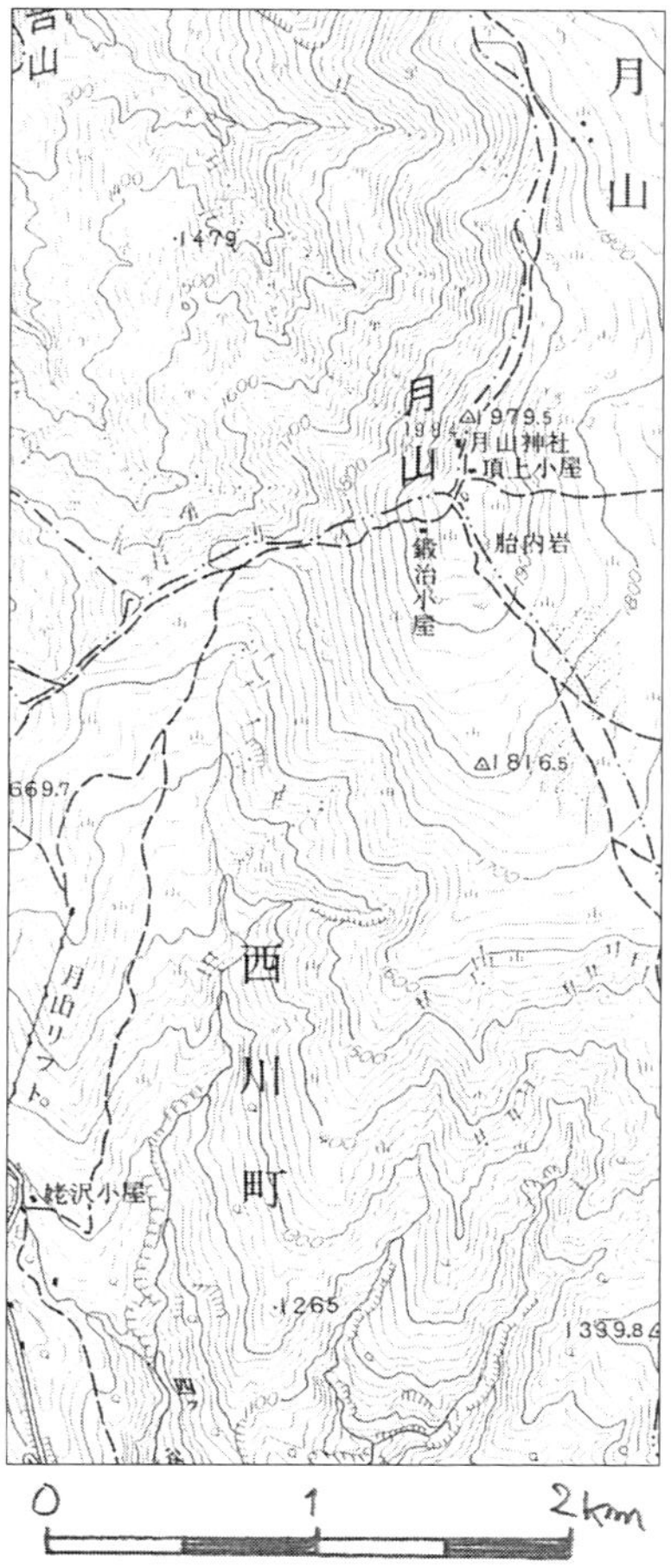

1／5万　月山

（メモ）

①月山（標高一九七九・五m）元越後国出羽郡内であり、「越の白山」にふさわしい。この山は何枚もの溶岩流と火砕流層から構成された円錐形火山である。頂上の神社は推古天皇の弟・崇峻天皇の御子蜂子皇子が推古天皇の御世に、月山頂上に創建された月山《つきやま》神社である。祭神は月読命。延喜式名神大社である。

②『おくのほそ道』（芭蕉）に六月八日、月山にのぼる。……息絶《たえ》身こごえて頂上に臻《いた》れば、日没《ぼっし》て月顕《あらは》る。笹を鋪《しき》、篠《しの》を枕として、臥《ふし》て明《あく》るを待。日出て雲消れば、湯殿に下る。谷の傍《かたはら》に鍛冶《かぢ》小屋と云有。此国の鍛冶、霊水を撰て、爰《ここ》に潔斎して剣を打、終《つひに》「月山」と銘を切て世に賞せらる。とある。

六一　城輪柵跡

山形県酒田市城輪、字嘉平田他

関係地図　1／20万 酒田　1／5万 酒田

108

出羽国

出羽よりのぼりけるに、これかれむまのはなむけしけるに、かはらけとりて

・ゆくさきをしらぬ涙の悲しきはただめのまへにおつるなりけり　源のわたる

②後撰集　一三三三

天暦御時、御めのと肥後がいではのくににくだり侍りけるに、せんたまひけるに、ふぢつぼよりさうぞくたまひけるにそへられたりける

・ゆく人をとどめがたみのから衣たつよりそでのつゆけかるらん　よみ人しらず

③拾遺集　三三一

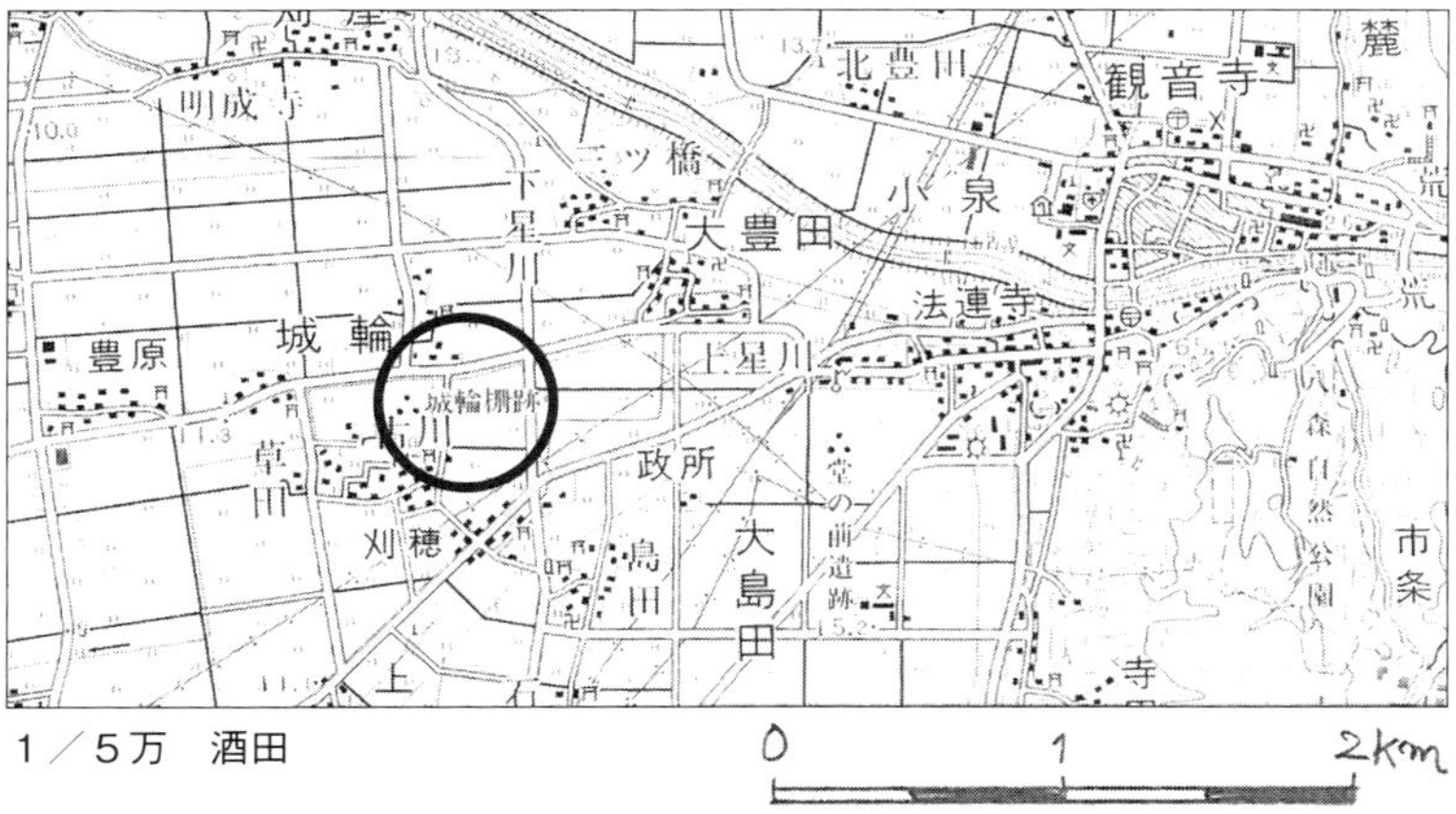

1／5万　酒田

（メモ）

①『続日本紀』和銅五（七一二）年の条に、「出羽国《いではのくに》を置く」とある。

②ここ城輪柵跡（国史跡）は昭和六年の土地改良工事中に一辺二五cm前後の角材列が発見された。その後、発掘調査がされ翌年四月国史跡に指定された。その後の発掘調査で遺跡の広さは一辺四百間（七二〇m）の正方形。四隅に見張り櫓の遺構がある。史跡公園として整備され平成四年、政庁建物群の南門・東門・築地塀の一部など復元。また、政庁は約一一五mの築地塀で囲まれていたなどという。

③地図城輪柵跡マーク∴のすぐ北のマーク（⛩）は城輪神社（祭神倉稲魂神）である。貞観七年二月二七日従五位下。

④地図中の堂の前遺跡は昭和三〇年の発見。遺跡は南北二六五m、東西二四〇m。掘立柱の八脚門跡、基壇と塔様跡等が出土し出羽国分寺跡と推定されている。

六二　玉川

山形県鶴岡市羽黒町玉川

496

玉川

関係地図　1／20万 酒田　1／5万 鶴岡　1／2.5万 羽黒山

正子内親王のゐあはせし侍けるかねのさうしにかき侍ける

・みわたせばなみのしがらみかけてけりうの花さけるたまがはのさと　　相摸

④後拾遺集　一七五

(参考) みちのくにありといふなるたま川の玉さかにてもあひみてしかな　古六帖　一五五六

(参考) たま川のひとをもよぎず鳴くかはづこのゆふかげはをしくはやあらぬ　古六帖　一六〇二

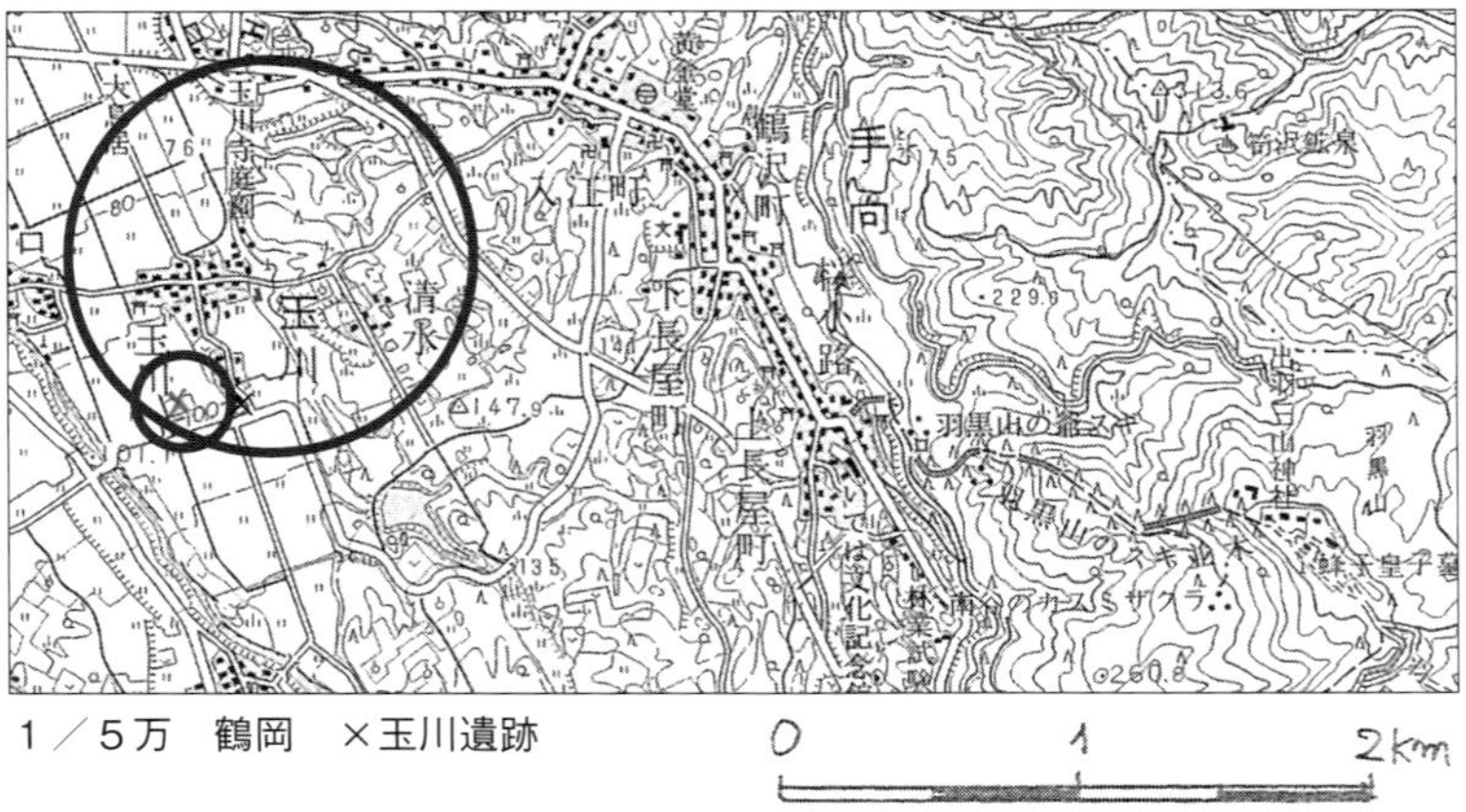

1／5万　鶴岡　×玉川遺跡

（メモ）

①玉川遺跡（右図⊗）は縄文時代中期～晩期の遺跡で、勾玉など硬玉類の出土地として知られ、『筆濃余理』に

国見ノ隣村ニ村杉ト云小村有。……。大荒天ニ折々降ルモノ有。石鏃質ニシテ青色、大サ柚ノ核ニ等ク、猶大小有。形モ少ク長ク本《もと》太ク末《すえ》細ク、中ニ穴ヲ通ス。所謂緒〆《おじめ》ニ類ス

とあるという。昭和四五年の調査で硬玉製の管玉・丸玉・勾玉を一六検出と。

②玉川寺《ぎょくせんじ》　山号は国見山、曹洞宗。玉川寺史に、大同年中（八〇六～八一〇）羽黒山荒沢寺《こうたくじ》聖之院《ひじりのいん》の真言僧が、当地の常火堂の火を移したことが寺の草創と伝える。玉川寺の庭園（国指定史跡名勝天然記念物）は、正保二（一六四五）年当寺茂道の懇望に応じて羽黒山別当天宥が築いたものと伝え、蓬萊型回遊式庭園。

③荒沢寺（羽黒町手向《とうげ》）　羽黒山修験本宗。推古天皇時の草創。

六三　玉川

山形県西置賜郡小国町玉川

496

玉川

関係地図　1／20万 村上、新潟　1／5万 小国

百首歌めしける時、氷のうたとてよませ給うける

・つららゐてみがける影のみゆるかなまことにいまや玉川の水　　崇徳院御製

⑦千載集　四四二

・月さゆる氷のうへにあられふり心くだくる玉川のさと　　皇太后宮大夫俊成

⑦千載集　四四三

(参考) たま川はまさらばまされまこまのこまのとののふねならなくに　古六帖　一五四三

1／20万　村上(上)・新潟(下)

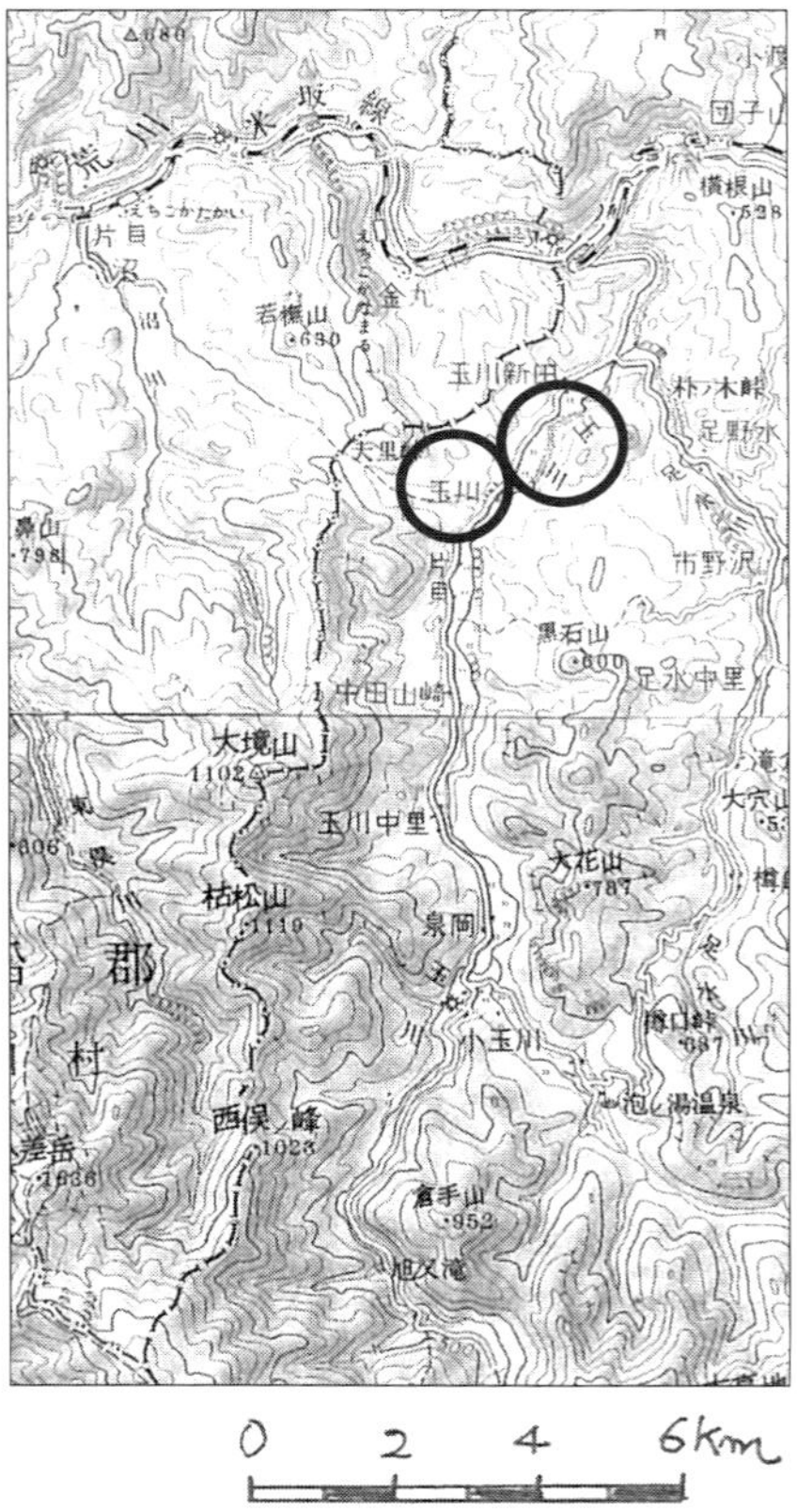

（メモ）

①玉川は福島県喜多方《きたかた》市の飯豊山《いいでやま》（標高二一〇五・二m）を源にし、その後北流し、山形県西置賜《にしおきたま》郡小国《おぐに》町小玉川《こたまがわ》地内を下り、途中飯豊温泉水を受け字泉岡《いずみおか》、字玉川中里《たまがわなかざと》、字中田山崎《なかだやまざき》、片貝《かたかい》、そして字玉川で荒川に注ぐ。

②飯豊山一帯には中生代白亜紀時代の花崗岩類が分布する。従って「玉」の原材料の石英（＝水晶）が産出する。

③小玉川地区に飯豊温泉がある。泉色は柿渋色で、泉質は含芒硝放射能泉、源泉は五四℃、リウマチ・胃腸病・切傷や眼病に効能。

④泡ノ湯温泉近くで含塩水が湧出。それを原料に塩を生産していた。

六四　千歳山

山形県山形市平清水

関係地図　1／20万　仙台　1／5万　山形

511

ちとせの山

・ことしよりちとせの山はこゑたえず君がみよをぞいのるべらなる　よしのぶ　③拾遺集　六〇九

（参考）真砂よりいはねになれる千とせ山こや君が世のためしなるらむ　よみ人しらず　続後拾集　六〇三

（参考）春立ちてかすみたなびくちとせ山麓のさとの花もめづらし　藤原正家朝臣　夫木抄　一二九三

（参考）うごきなきちとせの山のみづがきはひさしき御代のしるしなりけり　従二位頼氏卿　夫木抄　八二三三

（メモ）

①千歳山は山形市街地東部に位置し、釣鐘形又は円錐形の小山で山形市のシンボルという。流紋岩で構成され、全山が松で覆われ旧名が「阿古屋」であったとも伝え、麓に千歳山万松寺がある。山の標高は四七一・一m。

②『平家物語』巻第二阿古屋之松の段に、およそ次のようにある。

藤原実方中将が陸奥守として奥州へ左遷された時に、当国の名所「阿古屋の松」を見たいと思い、たまく〳〵逢った老翁に尋ねた所、今は出羽国だと、そして

みちのくの阿古屋の松に木《こ》がくれていづべき月のいでもやらぬか

とある。

③万松寺は開基阿古耶姫慶雲四（七〇七）年二月一六日逝去。中興右近衛中将藤原実方卿長徳四（九九八）一一月逝去と。

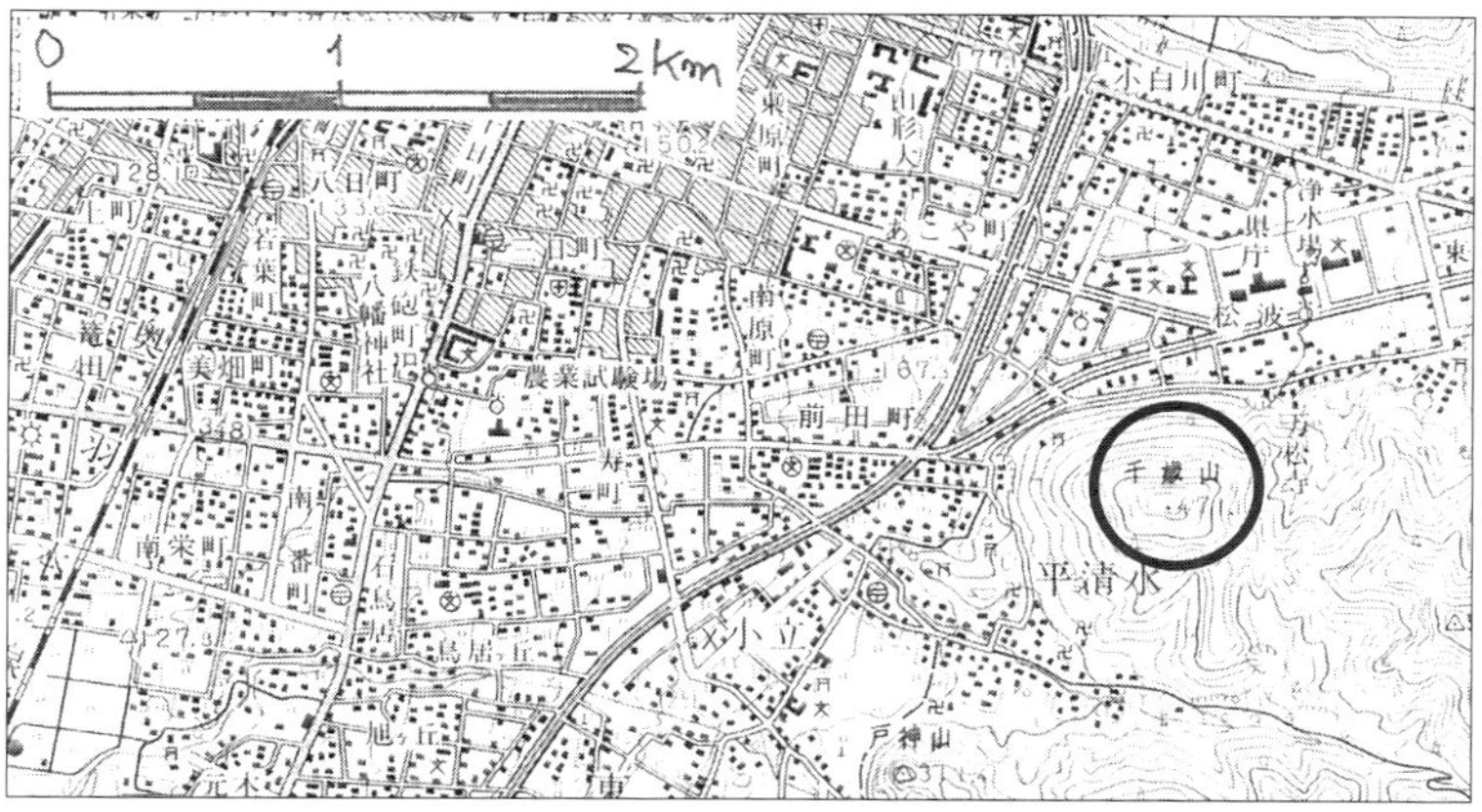

1／5万　山形

六五　鳥海山

山形県飽海郡遊佐町吹浦

関係地図　1／20万　新庄、酒田

337

こしのしら山

・……冬はしもにぞ　せめらるる　かかるわびしき　身ながらに　つもれるとしをしるせれば　いつつのむつに　なりにけり　これにそはれる　わたくしの　おいのかずさへ　やよければ　身はいやしくて　年たかき　ことのくるしさ　かくしつつ　ながらのはしの　ながらへて　なにはのうらに　たつ浪の　浪のしわにや　おぼほれむ　さすがにいのち　をしければ　こしのくになる　しら山のかしらはしろく　なりぬとも　おとはのたきの　おとにきく　おいずしなずのくすりがも　君がやちよを　わかえつつ見む　つらゆき　①古今集　一〇〇三

（参考）くものゐるこしのしらやまおいにけりおほくのとしのゆきつもりつつ　和漢朗詠集　四九七

（メモ）

①「越の国」は福井県敦賀市南部にある「あらち山」（愛発山・有乳山・荒血山）から始まる。そこから越前国・越中国・越後国・能登国と続く。

②『続日本紀』和銅元（七〇八）年九月二八日条に、

越後国《こしのみちのしりのくに》言《まう》さく「新に出羽郡《いではのこほり》を建てむ」とまうす。これを許す。

とある。また、同書和銅五（七一二）年九月二三日の条に、

太政官議奏して曰《まう》さく、「国を建て疆《さかひ》を辟《ひら》くことは、武功の貴《たふと》ぶるところなり。官を設け民を撫《な》づることは、文教の崇《たふと》ぶるところなり。その北道の蝦《か》狄《てき》、遠く阻険《そけん》を憑《たの》みて、実《まこと》に狂心を縦《ほしきまにま》にし、屢《しばしば》辺境を驚かす。官軍雷《いかづち》のごとくに撃《う》ちしより、凶賊霧のごとくに消え、狄部《てきぶ》晏然《あんぜん》にして、皇民《わうみん》擾《わづらは》しきこと无《な》し。誠に望まくは、便《たより》に時機《じき》に乗り、遂に一国を置きて、式《もち》て司宰《しさい》を樹《た》て、永く百姓《はくせい》を鎮《しづ》めむことを」とまうす。奏するに可《か》としたまふ。是《ここ》に始めて出羽国を置く。

とあり、同書同年一〇月一日条に、

陸奥国《みちのおく》最上《もがみ》・置賜《おきたま》の二郡《こほり》を割《さ》きて出《いで》羽《は》国に隷《つ》く。

とあり、越後国出羽郡も越後国から割《さ》きて、出羽国に隷いている。

③「越の白山」は奈良の都や京都の都から越（高志）の国に入って最初の山、「あらち山」は印象が深いであろう。更に進んで越前国の白山「加賀の白山」。しかし、加賀の白山よりも優って劣ることの

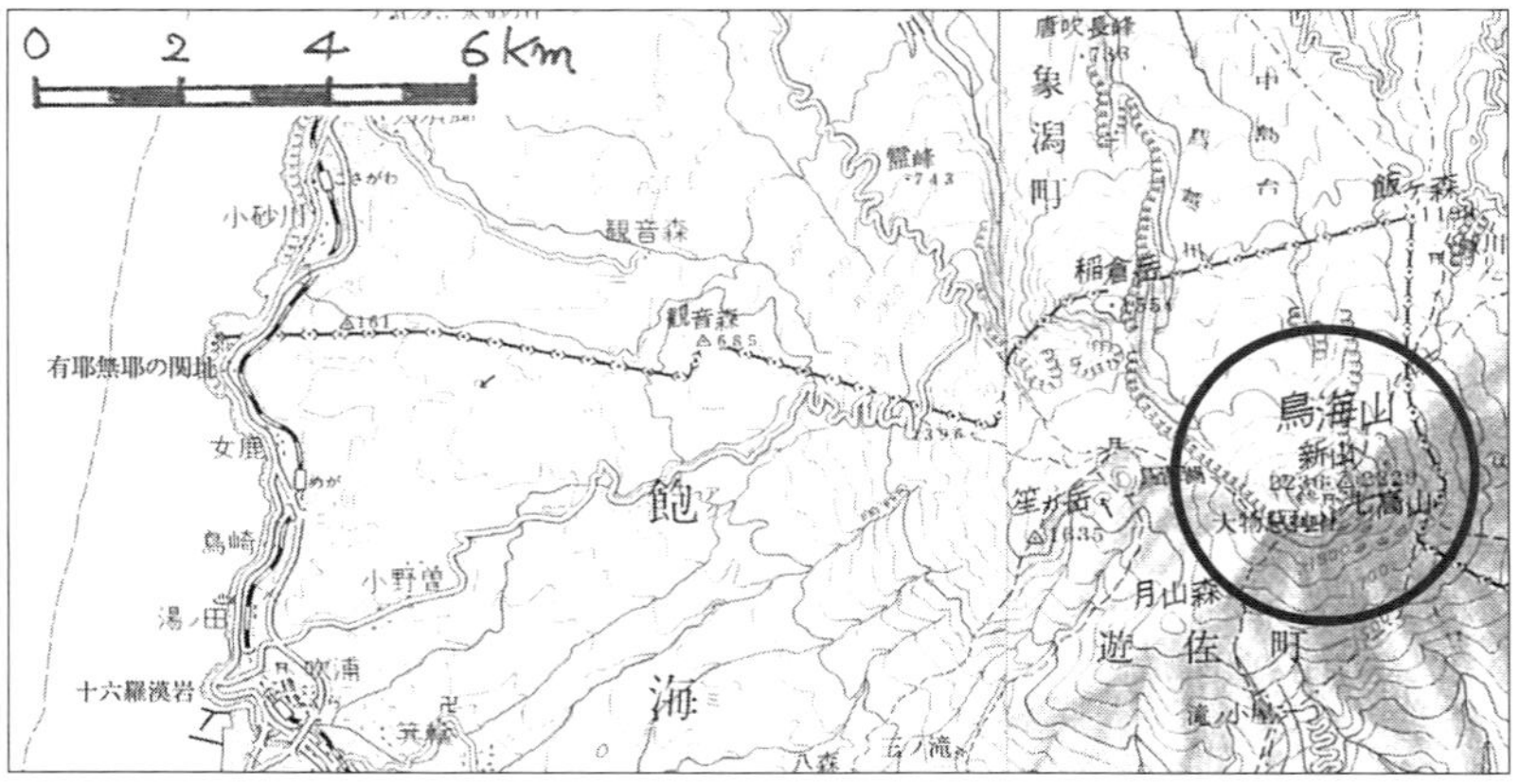

1／20万　酒田（左）・新庄（右）

ない山々が高志国を北に進めば次々と現われる。それらの山の代表がここ鳥海山である。

④鳥海山（標高二二三七ｍ）は秋田県と山形県との境に位置し、東西約二一km、南北約一四kmの巨大な成層火山である。山頂は山形県遊佐町にある。火山活動を始めたのは第四紀更新世の中頃、約六〇万年前と推定されている。

⑤火山活動記録の一つ『日本三代実録』清和天皇貞観一三（八七一）年五月一六日条に

出羽国司言。従三位勲五等大物忌《おほものいみの》神社在二飽海郡山上一。巌石壁立。人跡稀レ到。夏冬戴レ雪。禿無二草木一。去四月八日山上有レ火。焼二土石一。又有レ声如レ雷。自レ山所レ出之河。泥水泛溢。其色青黒。臰（＝臭）気充満。人不レ堪レ聞。死魚多浮。擁塞不レ流。有二両大虵（＝蛇）一。長各十許丈。相連流出。入二於海口一。小虵随者不レ知二其数一。縁河苗稼流損者多。或浮二濁水一。草木臰朽而不レ生。聞二于古老一。未三嘗有二如此之異一。但弘仁年中（八一〇～八二三）山中見レ火。其後不レ幾。有レ事二兵仗一。決（＝決）二之蓍亀※一。並云。彼国名神因レ所レ祷未レ賽。又冢墓骸骨汙二其山水一。由レ是発レ怒焼レ山。致二此災異一。若不二鎮（＝陳）謝一。司レ有二兵役（＝役）一。是日下二知国宰一。賽二宿祷一。去二旧骸一。并行二鎮謝之法一焉。

※蓍亀《しき》は卜筮。吉凶を判断するかめ。

とある。

⑥山頂に鳥海山大物忌神社が鎮座する。祭神は大物忌神、由緒沿革は景行天皇（在位ＡＤ七一～一三〇）の御代の鎮座。社伝には欽明天皇二五（五六四）年山上に鎮座。貞観四（八六二）年宮社。延喜式名神大社。出羽国一ノ宮。

⑦象潟海岸から西に約二七km離れた長径約三kmの飛島は鳥海山の水蒸気爆発で吹き飛んだ岩塊で飛島の名があるという。

六六　出羽三山神社

山形県鶴岡市羽黒町手向《とうげ》

関係地図　1／20万 酒田　1／5万 鶴岡　1／2.5万 羽黒山

108　出羽国

出羽よりのぼりけるに、これかれむまのはなむけしけるに、かはらけとりて

・ゆくさきをしらぬ涙の悲しきはただめのまへにおつるなりけり　源のわたる

②後撰集　一三三三

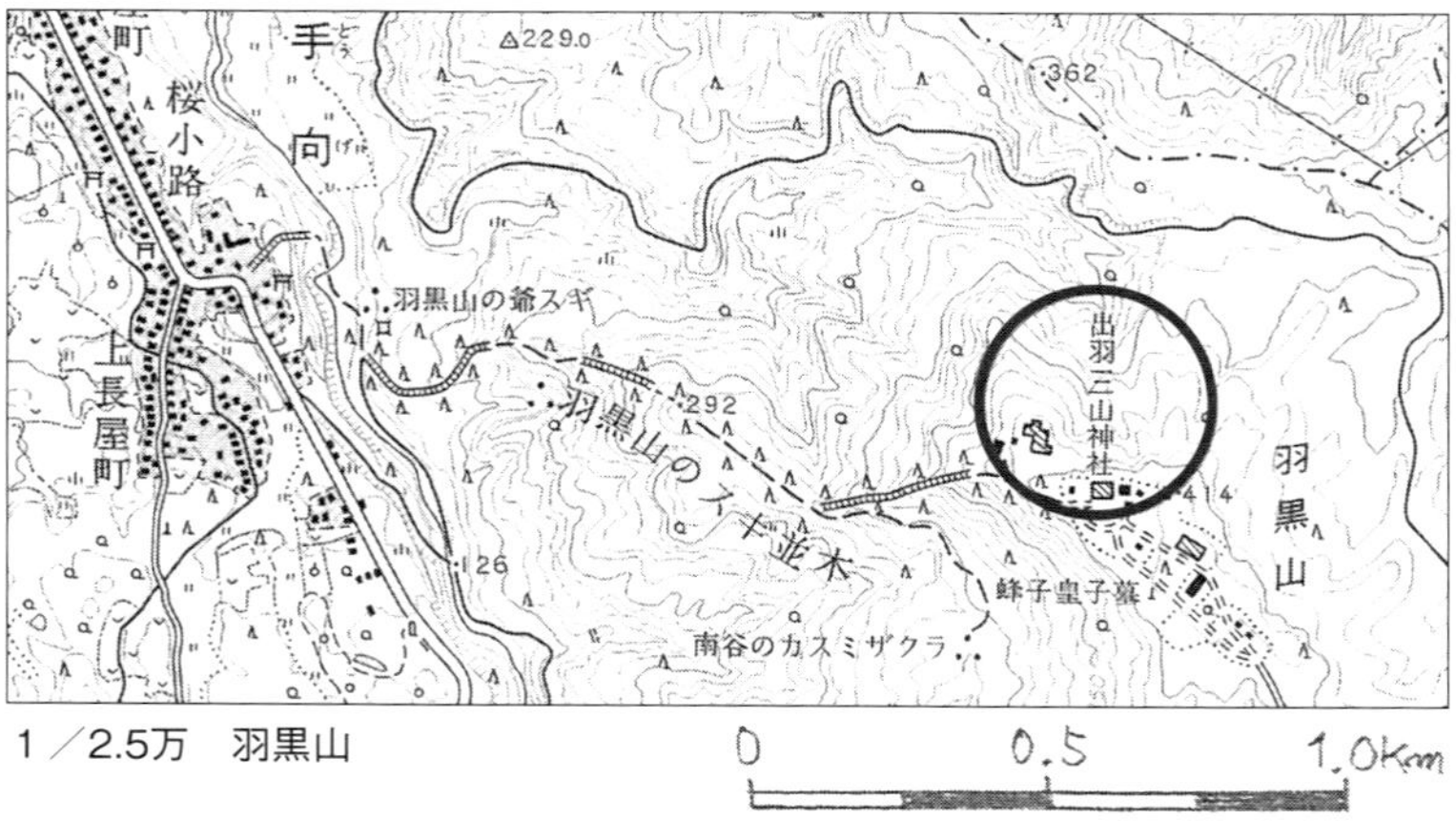

1／2.5万　羽黒山

（メモ）

①『延喜式神名帳』の出羽国田川郡「伊《イ》氏波《テハ》神社」は標高四一四mの羽黒山山頂にある。この伊氏波神社を創建したのは第三二代崇峻天皇の第三皇子蜂子《はちこ》皇子である。崇峻五（五九二）年一一月三日、蘇我馬子《そがのうまこ》大臣が東漢直駒《やまとのあやのあたひこま》に天皇を殺害させた（『日本書記』）という。この時、蜂子皇子は蘇我馬子から逃れるために丹後国《たんごのくに》由良《ゆら》港から船で海路を現在の鶴岡市由良の八乙女浦《やおとめうら》に上陸し、三本足の烏に導かれて出羽の山（現在の羽黒山）に登り、次いで月山、湯殿山（または葉山）に登り、いわゆる出羽《いでは》三山を開かれたという。

②また蜂子皇子は良く人々の病苦を除き、諸人を救済されていたので「能除仙」と呼ばれたという。

③羽黒山には出羽三山神社（三神合祭殿）がある。これは積雪期に登拝不可能な月山神社と湯殿山神社を合祀し大同二（八〇七）年に創建された。現在の社殿は文政元（一八一八）年に再建された。

④境内には蜂子皇子墓、平将門創建の五重塔（国宝）、爺スギ・カスミザクラ（国天然記念物）、鐘楼と建治元（一二七五）年銘の大梵鐘（国重文）、鏡池などがある。

六七　葉山

山形県長井市寺泉《てらいずみ》、西置賜郡白鷹《しらたか》町高玉《たかだま》、西村山郡朝日町立木《たつき》

関係地図　1／20万 村上、仙台　1／5万 朝日岳

642　は山

摂政右大臣の時の家の歌合に、初恋の心をよめる

・ともしするは山がすそのした露やいるより袖はかくしをるらん　皇太后宮大夫俊成　⑦千載集　七〇二

（参考）ともしせしはやましげ山しのびきて秋にはたえぬさをしかのこゑ　参議雅経　続古今集　四四八

（参考）をしかなくはやまのかげのふかければあらしまつまの月ぞすくなき　前中納言定家　続古今集　四五一

1／20万　村上（左）・仙台（右）

0　2　4　6km

（メモ）

①葉山神社（長井市白兎）　祭神は保食神、由緒沿革は、はじめ葉山権現と称し、天慶年中（九三八～九四六）の勧請と伝える。明徳四（一三九三）年以来二一年毎に式年行事を行っているという。

②総宮《そうみや》神社（長井市横町）　祭神は日本武尊。由緒沿革は、日本武尊が東夷征伐の際、最上川の上流、現在の米沢市赤崩の赤崩山（標高五四四・二m）に御剣を立て河伯を鎮定し洪水を治められた。後延暦二一（八〇二）年坂上田村麿東征の際、日本武尊の神徳を追尊しここ長井市横町に神社を建立し、赤崩山白鳥大明神としたという。東に隣接の遍照寺は行基開基と伝え、室町時代に宥日上人《ゆうにちしょうにん》の中興以後は「奥《おく》の高野《こうや》」と呼ばれた。

③大沼（朝日町大沼大比良）の浮島（国名勝）　樹木に囲まれた湖沼上に大小六〇余の浮島がある。天武九年（六八一）、役小角が発見。湖畔に浮嶋稲荷神社鎮座。

六八　葉山

山形県村山市雪の観音郷・寒河江市幸生《さちう》

関係地図　1／20万 仙台　1／5万 月山

642　は山

照射《ともし》の心をよめる

・しかたたぬは山がすそにともししていくよかひなき夜をあかすらん　神祇伯顕仲　⑤金葉集　一四七

（参考）色かはるは山が峰にしかなきて尾花ふきこす野べの秋かぜ　大蔵卿有家　玉葉集　五三三

1／5万　月山

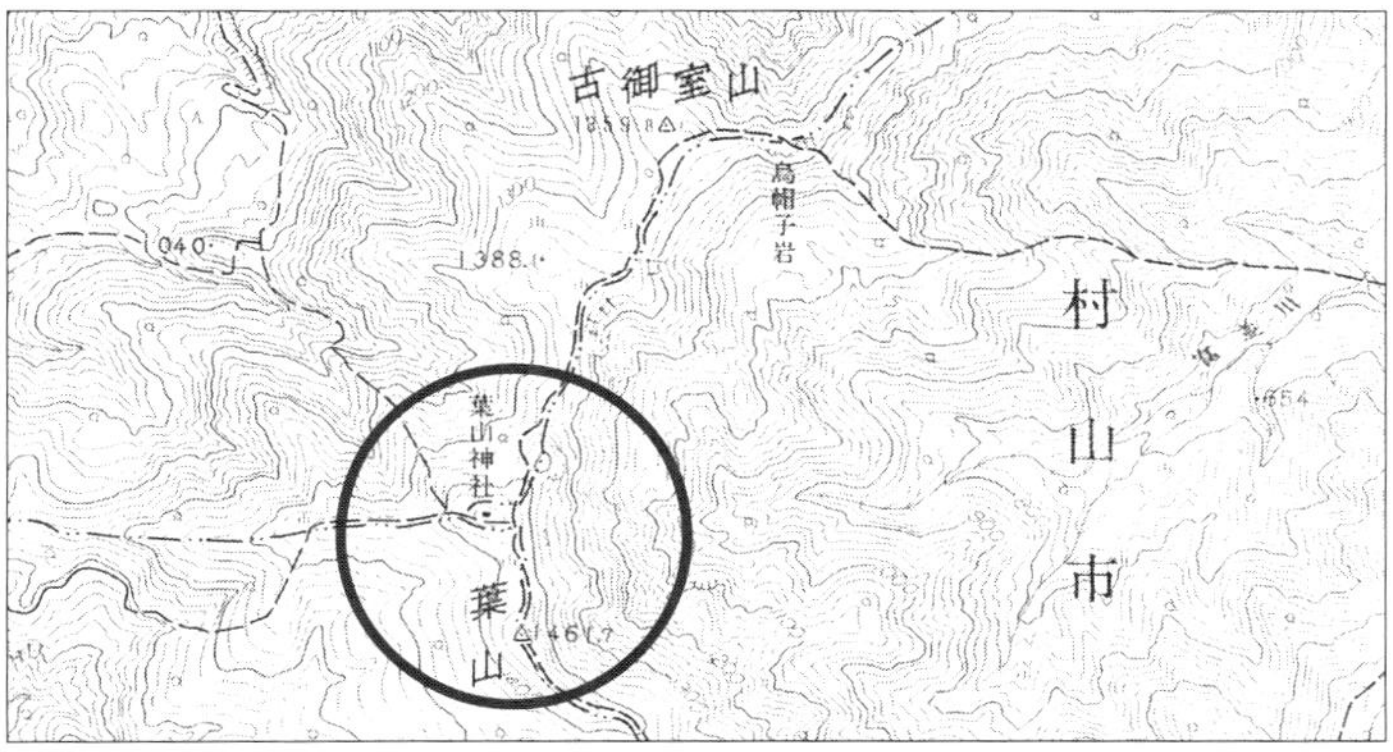

0　1　2km

（メモ）

①鳥海山や月山よりも早くに火山活動を停止したとされる森吉火山列の火山で、その火山名は「村山葉山」である。山頂の北東側と南側に二つの馬蹄形カルデラがある。山頂部には葉山溶岩円頂丘がある。

②葉山は大宝二（七〇二）年、役行者の弟子行玄が開いた山で医王院金剛日寺大円院と号した。後、慈覚大師や葉上僧正栄西が中興。山頂に葉山神社が鎮座。『三代実録』貞観一二（八七〇）年八月二八日条に「出羽国白磐神従五位下」とある。この白磐神はここ葉山神社という。

③寒河江市慈恩寺には聖武天皇勅願、行基開山の慈恩寺がある。また同市平塩には養老元（七一七）勧請、行基開山という縁起をもつ熊野神社がある。

④古くは出羽三山は羽黒山・葉山・月山であったという。時の修験者にすればこの三山で、過去（羽黒山）、現在（葉山）、未来（月山）の三世の関所を通過し、奥院である大日如来のおいでる安楽浄土の湯殿山に赴いて、即身成仏出来るとされていた。

六九　宮野浦

山形県酒田市最上川河口の南北両砂丘一帯の海

関係地図　1／20万　酒田　1／5万　酒田

452

袖の浦

・きみこふる涙のかかる袖のうらはいはほなりともくちぞしぬべき　よみ人しらず　③拾遺集　九六一

　きさいの宮より、内にあふぎたてまつりたまひけるに

・袖の浦の浪ふきかへす秋風に雲のうへまですずしからなん　中務　⑧新古今集　一四九七

・ながゐするあまのしわざとみるからにそでのうらにもみつなみだかな　平康貞女の娘　⑤金葉集　五五二

（参考）うたたねのさむくもあるかなからころもそでのうらにやあきのたつらむ

大宰権帥経信　万代集　七八五

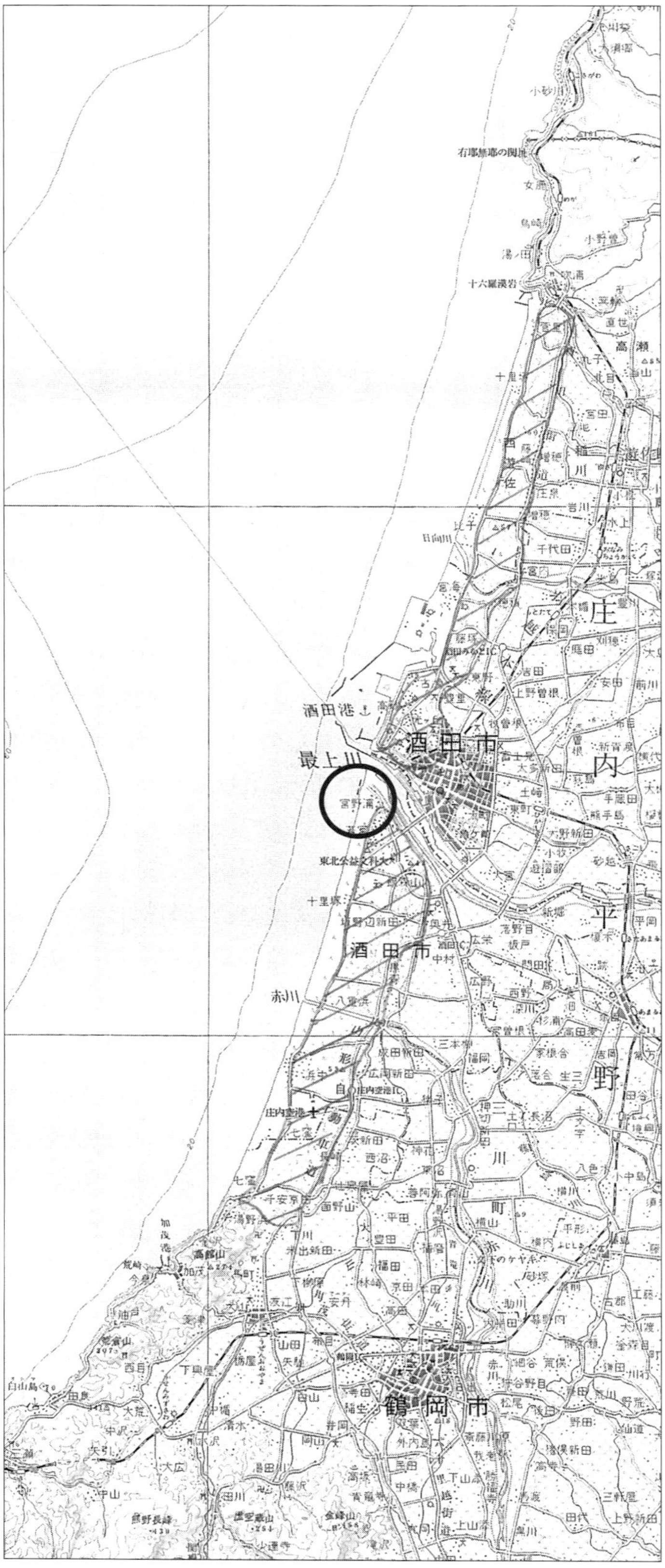

1／20万　酒田

（メモ）

①二〇万分の一地勢図「酒田」の最上川河口の南側、北側にそれぞれ海岸線に沿って砂丘がある（図中の斜線部分）。南側砂丘は東西の幅は二～二・五km、南北の長さは約一五km。北側砂丘は東西の幅は一・六km～二km、南北の長さは約一七kmである。この二つの砂丘は最上川河口で着物を着て、振り袖でなく仕事着を着て、両手を開いた時の袖のように見えるので、南北一連の砂丘・海岸を「袖の浦」と呼ばれたのであろう。

②今日、最上川左岸河口一帯を「宮野浦」という。「袖の浦」が「宮野浦」に名を変えたのは、この地に現在の滋賀県大津市坂本の日吉山王の祭神大山咋《おおやまくひ》大神・大己貴《おおなむち》大神・胸肩仲津《むなかたなかつ》姫神を勧請し神殿を創建した時であろう。

③泉流寺・徳尼公廟（酒田市中央西町）の寺門入口すぐ左手に徳尼公廟と三十六人衆の碑がある。徳尼公は平泉藤原秀衡の妹、あるいは後妻泉《いずみ》の方という。徳尼公は平泉藤原氏末期（文治三年？）に酒田三十六人衆に護られて向酒田（袖の浦、現宮野浦）に住み、泉流寺林《はやし》の草庵で建保五（一二一七）年四月一五日、八七才で死去という。

七〇　最上川　　山形県

関係地図　1／20万　酒田、新庄、仙台、福島

786

もがみ河

みちのくうた

・もがみ河のぼればくだるいな舟のいなにはあらずこの月ばかり　①古今集

一〇九二

堀川院御時、百首歌たてまつりける時、述懐のうたによみてたてまつり侍りける

・もがみ川　せぜのいはかど　わきかへり　おもふこころは　おほかれど　行かたもなく　せかれつつ　そこのみくづと　なることは　もにすむ虫の　われからとおもひしらずは　なけれども　いはではえこそ　なぎさなる　かたわれ舟のうづもれて　ひく人もなき　なげきすと　浪のたちゐに　あふげども　むなしき空は　みどりにて　いふこともなき　かなしさに　ねをのみなけば　からごろもおさふる袖も　くちはてぬ　なにごとにかは　あはれとも　おもはん人に　あふみなる　うちいでのはまの　うちいでつつ　いふともたれか　ささがにの　いかさまにても　かきつかん　ことをばのきに　ふくかぜの　はげしきころと　しりながら　うはの空にも　をしふべき　あづさのそまに　みや木ひき　みかきがはらに　せりつみし　むかしをよそに　ききしかど　わが身のうへに　なりはてぬ　さすがに御代の　……　源俊頼朝臣　⑦千載集　一一六〇

（メモ）

①最上川本流は福島県耶麻郡との境の標高一九六三・六m中大嶺を源に北流し、同じく耶麻郡との境の標高二〇三五m西吾妻山を源に北流する大樽川、大樽川が鬼面川に注ぎ、鬼面川となって西置賜郡川西町下平柳で最上川に合流する。最上川はその後、数多くの支川を合わせてやがて日本海に注ぐ。

②最上川は『理科年表』によると

流域面積　七〇四〇㎢　国内で九位

幹川流路長　二二九km　国内で七位

である。

③『おくのほそ道』（芭蕉）に

最上川は、みちのくより出て、山形を水上《みなかみ》とす。ごてん・はやぶさなど云おそろしき難所有。板敷山《いたじきやま》の北を流て、果は酒田の海に入。左右山覆ひ、茂みの中に船を下す。是に稲つみたるをや、いな船といふならし。白糸の滝は青葉の隙《ひま》〳〵に落《おち》て、仙人堂、岸に臨《のぞみ》て立《たつ》。水みなぎって舟あやうし

五月雨《さみだれ》をあつめて早し最上川

とある。

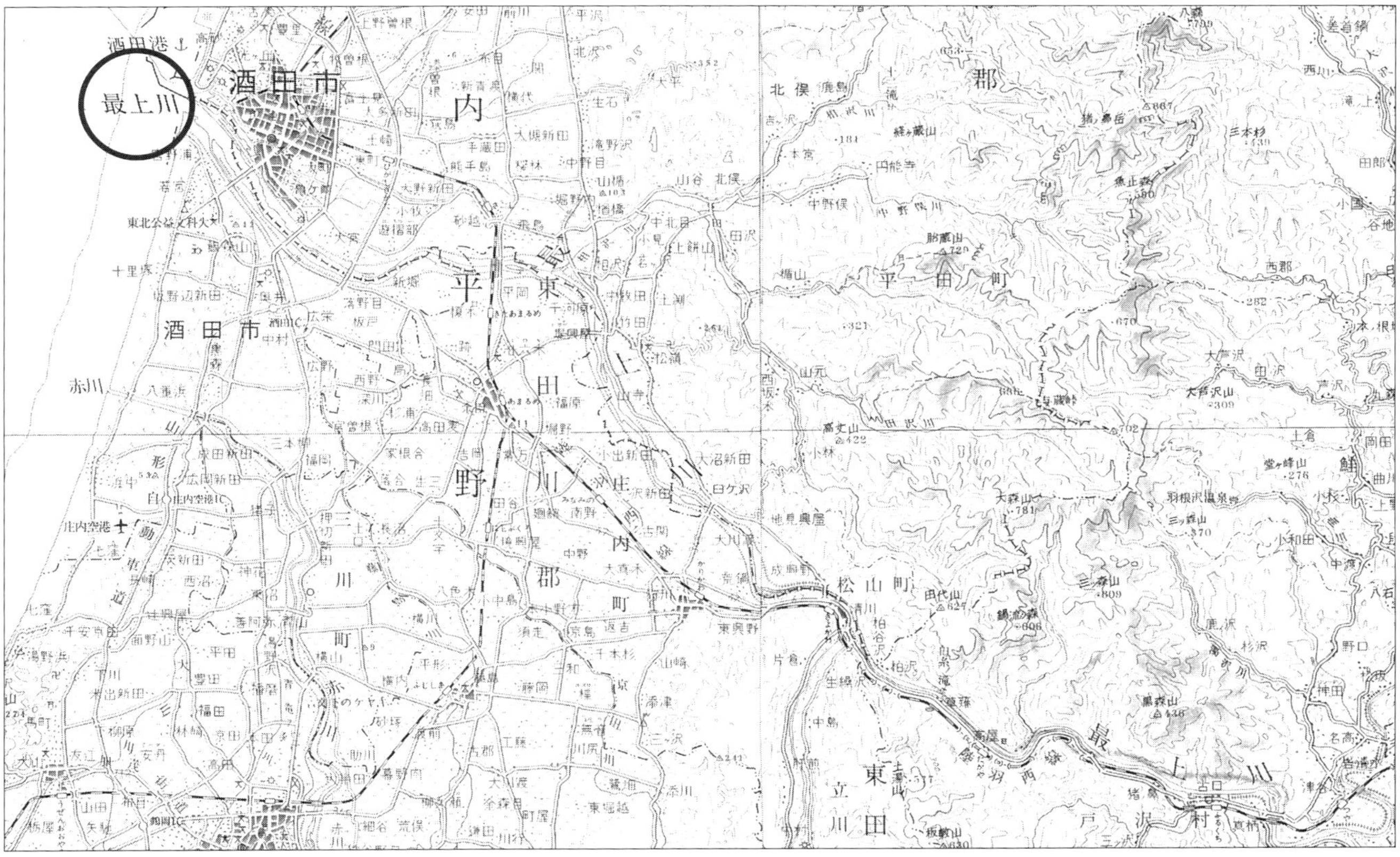

1／20万　酒田（左）・新庄（右）

0　2　4　6Km

七一　安積山跡

福島県郡山市日和田町三本松の安積山公園

関係地図　1／20万 福島　1／5万 郡山　1／2.5万 三春

12　あさか山

・あさか山かげさへ見ゆる山の井のあさくは人をおもふものかは　　古今集序

（参考）いにしへのわれとはしらじあさか山見えし山井のかげにしあらねば　　蓮生法師　　新勅撰集　　五三五

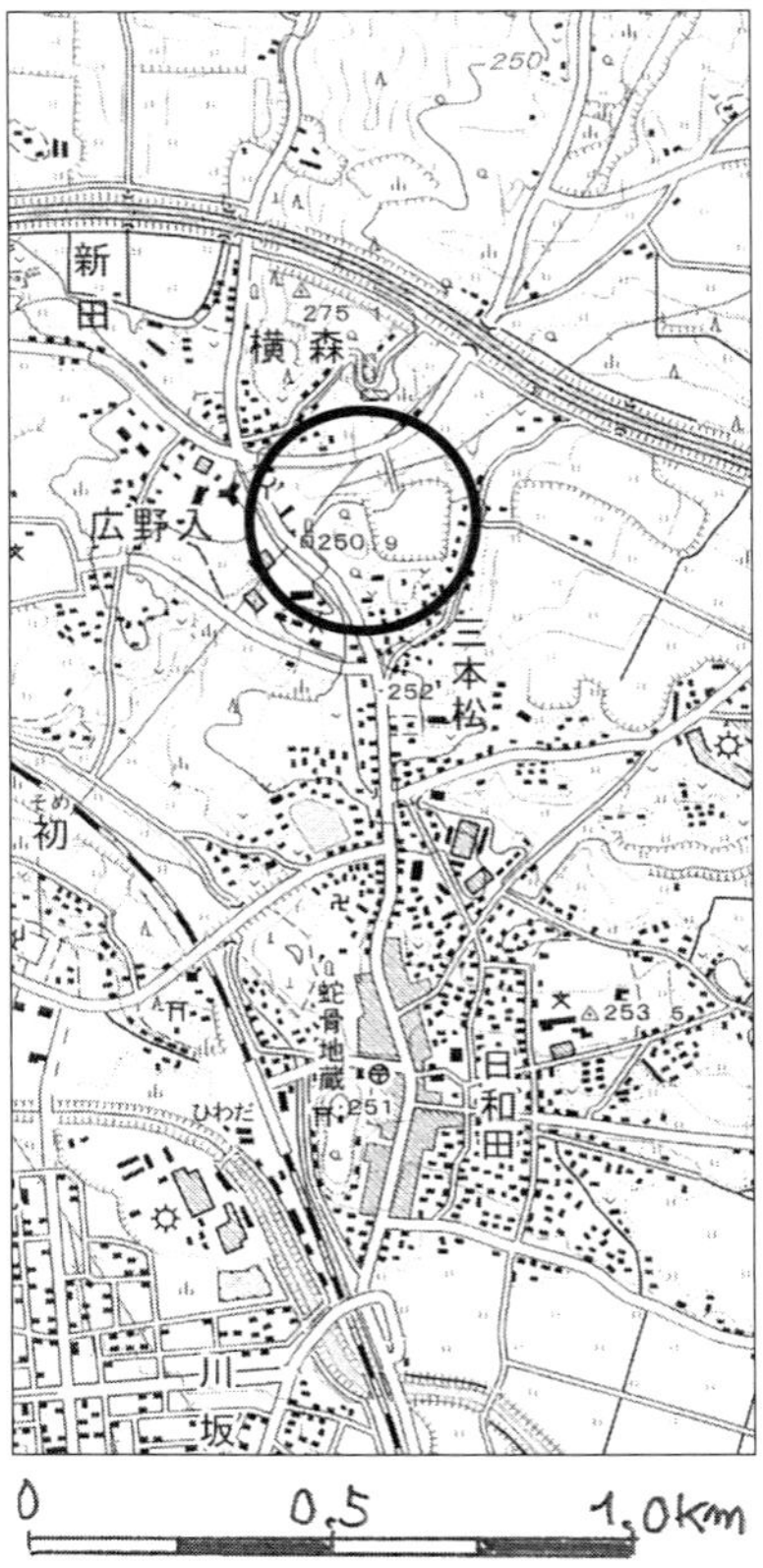

1／2.5万　三春

（メモ）

①『曽良日記』五月朔日《ついたち》条に

天気快晴。日出ノ比《ころ》、宿ヲ出。壱里半来テヒハダノ宿、馬次也《うまつぐなり》。町はづれ五六丁程過《すぎ》テ、あさか山有《あり》。壱リ塚ノキハ也。右ノ方ニ有小山也《あるこやまなり》。アサカノ沼、左ノ方谷也。皆田ニ成《なり》、沼モ少残ル。

とある。

②安積山公園には山の井清水、芭蕉の碑、采女の碑等がある。近くに安積沼標柱、公園の東側に郡山市営野球場がある。

③『万葉集』に

安積香山影さへ見ゆる山の井の浅き心を吾思はなくに　　三八〇七

そして左注に、葛城王《かつらきのおほきみ》（後の橘諸兄《たちばなのもろえ》）が陸奥国に派遣された時に、国司の役人達の仕方が甚だ悪かった。それで葛城王はご不快に思われた。後に酒食の席が設けられたが王は宴に興じられなかった。たま〱その席に以前女官「采女」として都に派遣されていた女がいて、左手に盃をささげ、右手に水瓶《すいびょう》を持って、水瓶で王の膝に拍子を打ちながら、この歌を吟詠したとある。

七二　安達ヶ原

福島県二本松市・郡山市

関係地図　1／20万 福島　1／5万 二本松

31　あだちのはら

みちのくになとりのこほりくろづかといふ所に、重之がいもうとあまたありときゝて、いひつかはしける

・みちのくのあだちのはらのくろづかにおにこもれりときくはまことかかねもり　　③拾遺集　　五五九

（参考）あだたらの　ねにふすしの　ありつつも　あれはいたらむ　ねどなさりそね　　陸奥国歌　　万葉集　　三四二八

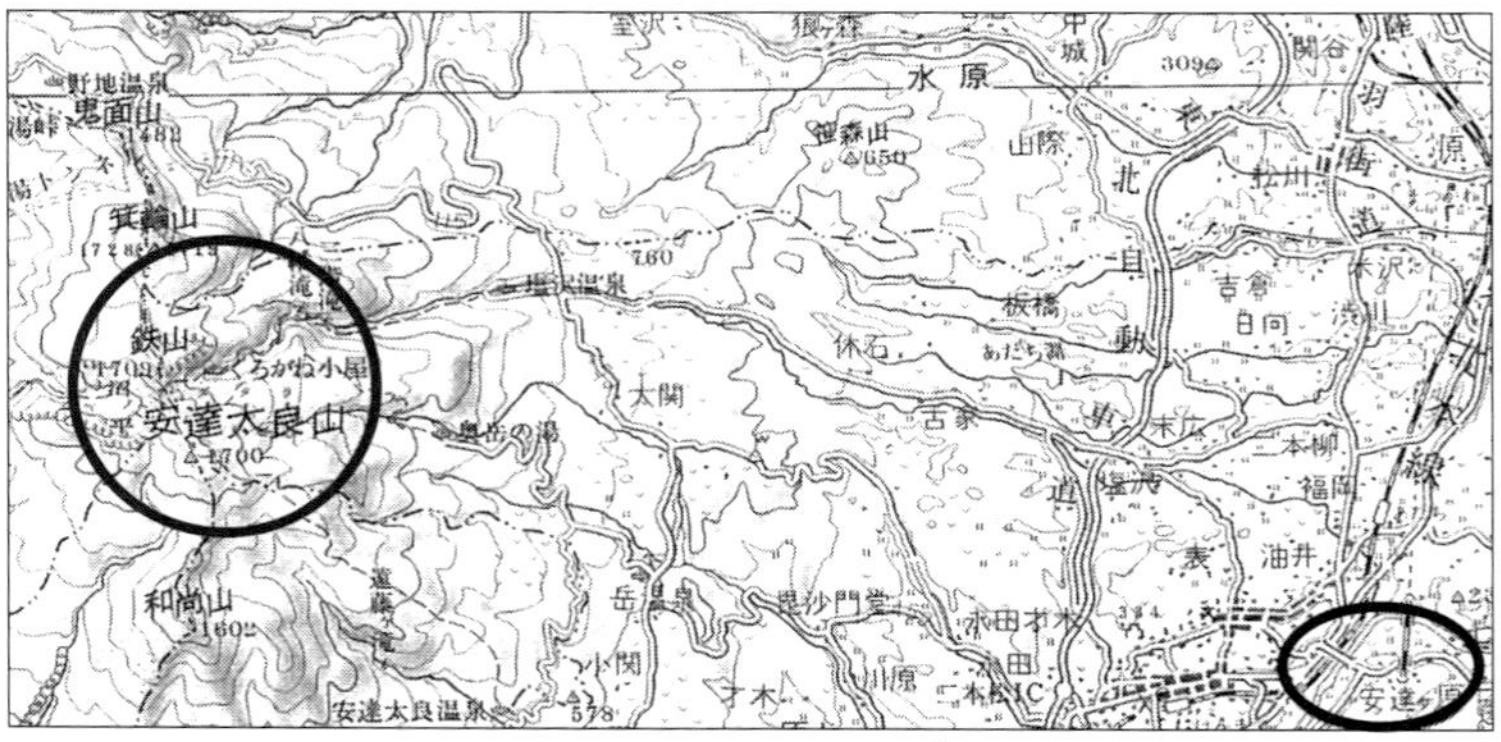

1／20万　福島

0　2　4　6Km

②安達郡内に安達太良火山がある。この山体は東西約九km、南北約一四km。北から鬼面山・箕輪山・鉄山・安達太良《あだたら》山・和尚山等がほぼ直線状に並び、和尚山の東方約一kmに前《まえ》ヶ岳《だけ》がある。

③この火山の活動は大規模な火砕流の噴出による現在の広大な「安達ヶ原」の形成で始まり、⑴前ヶ岳 ⑵和尚山 ⑶鬼面山～和尚山の上部形成の順であった。

④「黒塚」は安達ヶ原ふるさと村西の丘の老松の根元にある「鬼婆の墓」のこと。神亀三（七二六）年創建の真弓山観世寺（天台宗）がある。

⑤「夜泣石」は鬼婆が一夜の宿を頼んで来た旅人を泊めては次々と殺し、その肉を食べたとされる。鬼婆が住んだ岩窟では夜毎《よごと》に女や子供の泣き声がしたので、そこに地蔵菩薩を刻み供養したら、その後泣き声はしなくなったという。

（メモ）

①『和名抄』安達郡は延喜六（九〇六）年に「安積郡」を割《さ》いて設立と。

七三　阿武隈川

福島県西白河郡・栃木県那須塩原市

関係地図　1／20万 仙台、福島、白河、日光
源流部は1／20万 日光　1／5万 那須岳　1／2.5万 那須岳

44 あぶくまがは

橘為仲朝臣陸奥守にて侍りけるとき、延任しぬとききてつかはしける

・まつわれはあはれやそぢになりぬるをあぶくまがはのとほざかりぬる　藤原隆資　⑤金葉集　五八一

一条院、上東門院に行幸せさせ給けるによめる

・君がよにあふくまがはのそこきよみちとせをへつつすまむとぞおもふ　入道前太政大臣　⑥詞花集　一六一

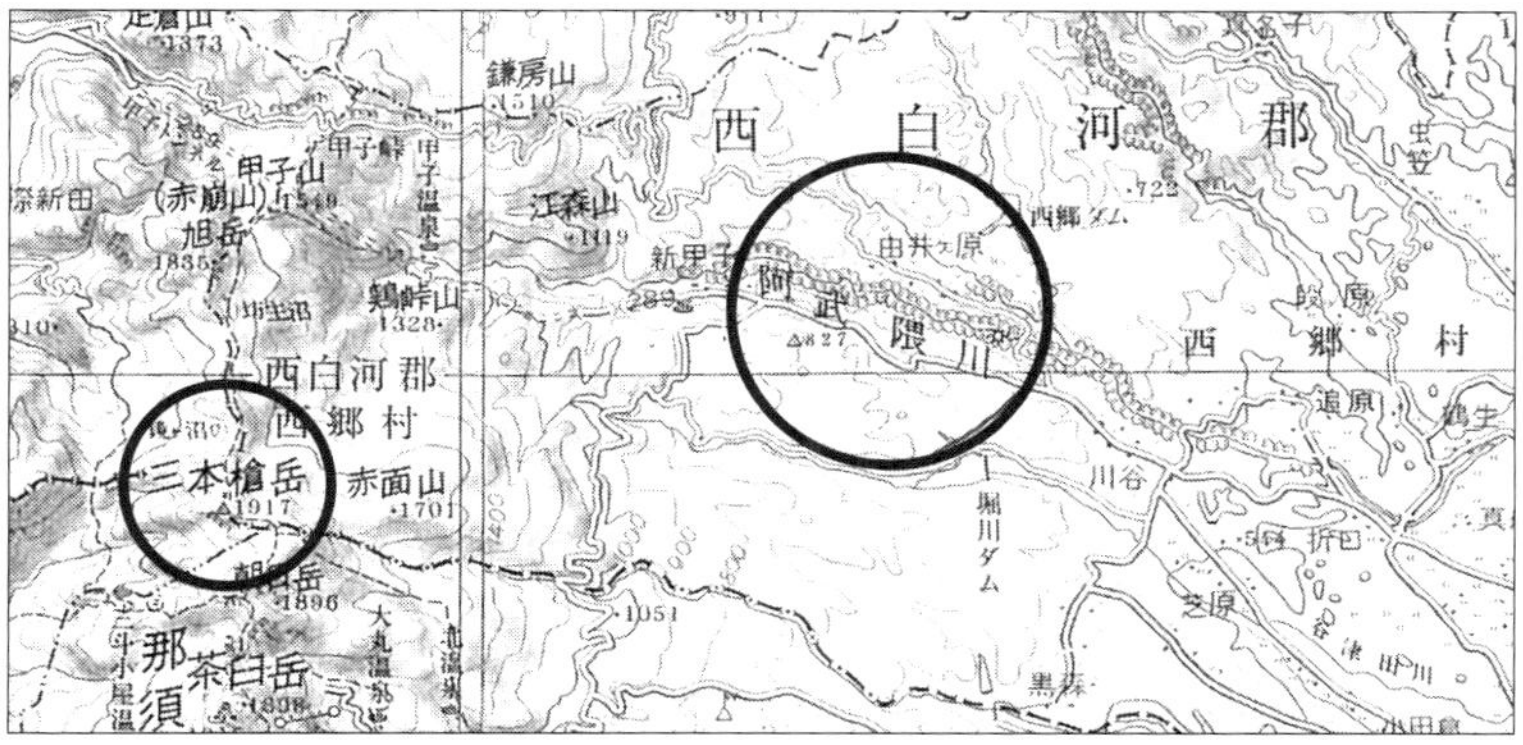

1／20万　日光(左)・白河(右)　0　2　4　6km

（メモ）

①阿武隈川は栃木県境の福島県西白河郡西郷《にしごう》村鶴立《つりゅう》の三本槍岳（標高一九一六・九m）を源とし、紅葉多き阿武隈川渓谷を東流し、西郷瀞《にしごうとろ》、白河市、須賀川市、郡山市、本宮市、二本松市、福島市、伊達市、伊達郡等を流れ、宮城県伊具郡丸森町の阿武隈ラインを下り、亘理《わたり》郡荒浜で仙台湾に注ぐ。

②『理科年表』では流域面積は国内一一位、幹川流路延長は二三九km、国内六位。

③『曽良日記』四月二九日条に、
石河滝見ニ行。須か川より辰巳《たつみ》ノ方壱里半計有《ばかりあり》。滝より十余丁下ヲ渡リ、上へ登ル。歩《かち》ニテ行《ゆけ》バ、滝ノ上渡レバ余程《よほど》近《ちかき》由《よし》。阿武隈川也。川ハバ百二・三十間も有之《これあり》。滝ハ筋かへに百五六十間も可有《あるべし》。高サ二丈、壱丈五六尺、所ニより壱丈計ノ所も有之《これあり》。

とある。「石河滝」は石川郡内の滝で須賀川市前田川地内の「乙字ケ滝」。

七四　小川

福島県郡山市田村町小川《こがわ》

関係地図　1／20万 福島　1／5万 郡山

849 をがはのはし

・つくしよりここまでくれどつともなしたちのをがはのはしのみぞある　在原業平朝臣　③拾遺集　三八一

（参考）みちのくのをがはのはしのあゆみ板の君しそむかばわれもそむかん　読人不知　夫木抄　九四一九

（参考）白浪のかかる汀と見えつるはをがはのさとにさける卯の花　後徳大寺左大臣　夫木抄　一四五九〇

（参考）ながれよるたにのいはまのもみぢばにをがはのみづのすゑぞわかるる　後京極摂政太政大臣　万代集　一三五二

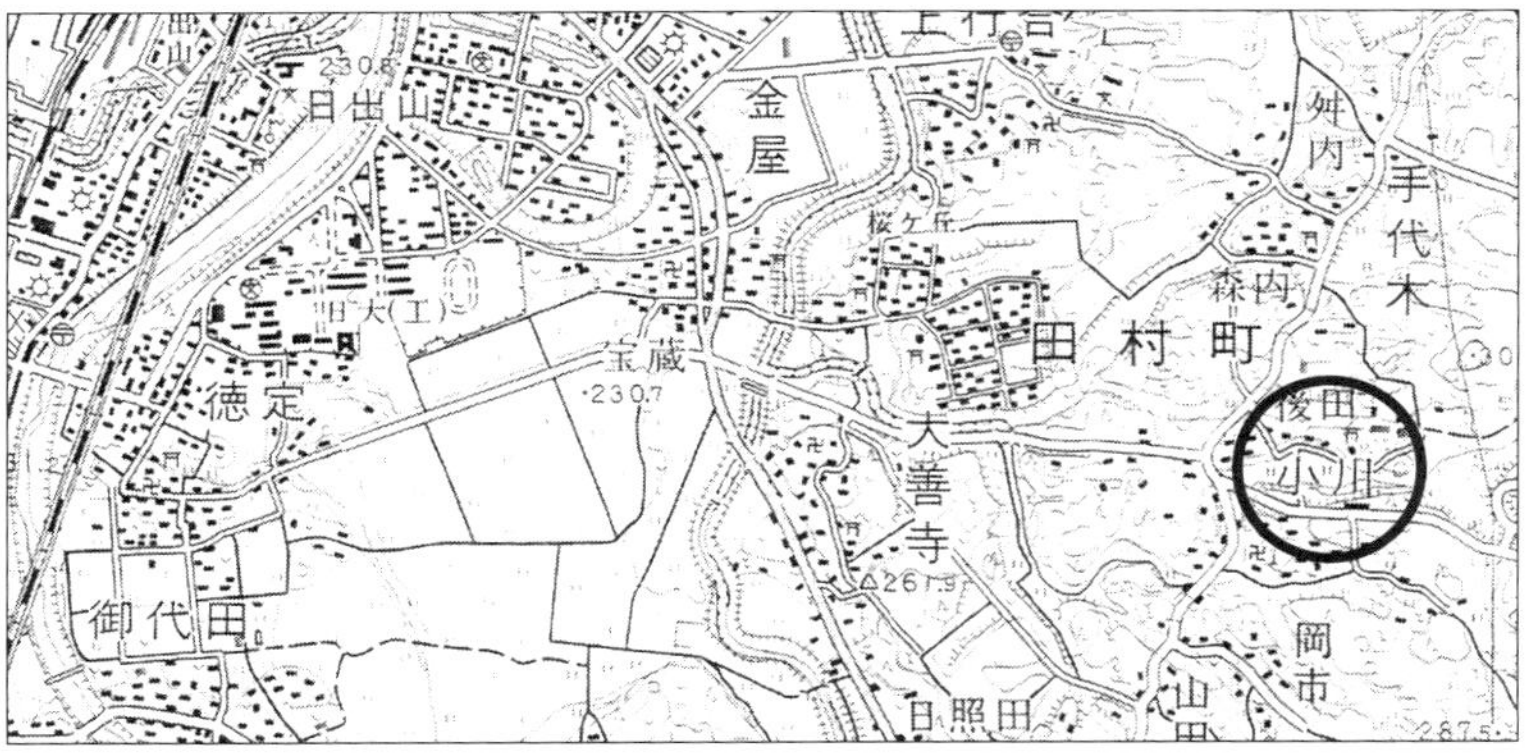

1／5万　郡山　0　1　2km

（メモ）

①田村町小川を流れる川は七所神社南、円龍寺西を流れ前川となって大安場古墳のある史跡公園の南を通り谷田川に注ぐ。谷田川は郡山市横川町で阿武隈川に注ぐ。

②田村神社（郡山市田村町山中字本郷）祭神は坂上田村麿。由緒は、田村麿の後裔京大夫輝顕が小祠を居城に営み其の祖を奉祀したという。輝顕七世の孫大膳大夫清顕が三春城主となり、その嗣子宗顕が当社を再興したという。

③宇津峰（須賀川市塩田・郡山市田村町谷《や》田川、標高六七六・九m）国史跡。この山の山頂南に南朝方の田村氏が城を築き、興国元（一三四〇）年、鎮守府将軍北畠顕信を吉野から迎え入れ、さらに後醍醐天皇の孫守永親王を奉じ、国府と鎮守府を開いて北朝方と対峙。しかし、正平八（一三五三）年北朝方に破れた所。

七五　三函《さわこ》の御湯

福島県いわき市常磐湯本町字三函

関係地図　1／20万 白河　1／5万 平

370

さはこのみゆ

・あかずしてわかれし人のすむさとはさはこの見ゆる山のあなたか　よみ人しらず　③拾遺集　三八七

（参考）よとともになげかしきみをみちのくのさはたのみゆといはせてしかな　大納言師氏卿　夫木抄　一二四九七

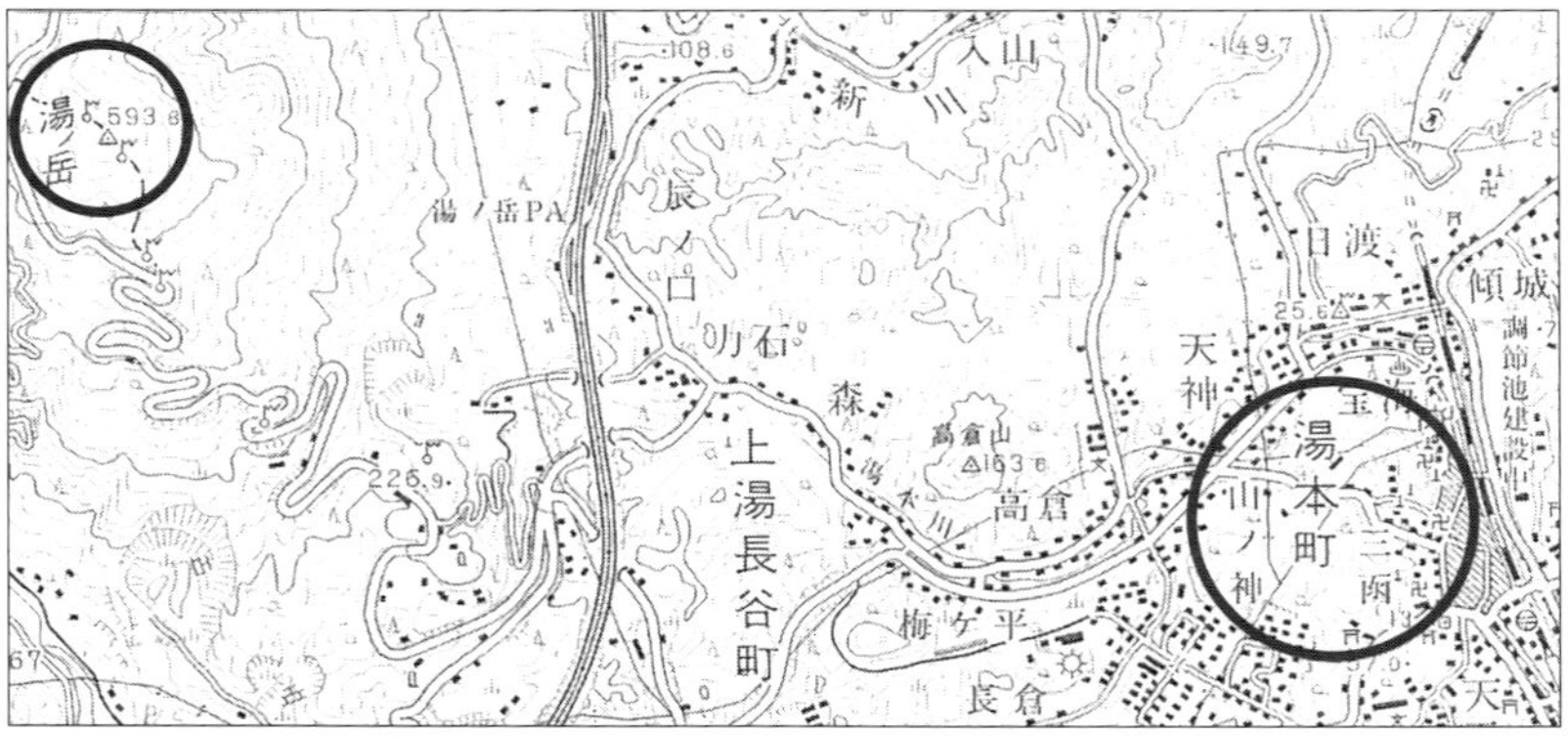

1／5万　平

0　1　2km

（メモ）

①温泉《ユノ》神社（いわき市常磐湯本町三函）祭神は少彦名命、大己貴命。由緒沿革は大古湯ノ岳（標高五九三・八mの別名佐波古山頂）に鎮座。天武二（六七三）年三函の里、興国元（一三四〇）年観音山に、明和五（一七六八）年現社地に遷座。

②古くは三函湯・三箱湯、佐波古湯《さばこゆ》と書かれた。名前は湯ノ岳に方解石の大きな箱形のものが三つあったに由るという。また、南北朝（一三三一～一三九二）末成立の『神明鏡』に「徳一が岩崎ノ郡湯岳ニ観音像を建立。供養ノ儀式ヲ刷給フ。又戒・定・恵ノ三箱ヲ、此岳ニ納給シニ依、此岳ヲ三箱ノ山ト云。麓ト湯ヲモ三箱ノ湯ト云」とあるという。

③湯ノ岳やその周辺に白亜紀貫入の黒雲母石英閃緑玢岩《ひんがん》が分布する。すぐ東には幅二～三百mで御在所変成岩の陽起石片岩や角閃石片岩が分布する。

④当地一帯は南北約九五km、東西五～二五kmの広大な常磐炭田である。安政二（一八五五）年大森村（現いわき市四倉《よつくら》町大森）の片寄平蔵が内郷白水町の弥勒沢で石炭の露頭を発見。その後温泉源を確保しながら採炭され年間採炭四百万トンにも達したが多くは閉山した。

七六　信夫山

福島県福島市御山

関係地図　1／20万 福島　1／5万 福島　1／2.5万 福島北部

400

しのぶ山

暮天郭公といへる心をよみ侍りける

・ほととぎすなほはつこゑをしのぶ山ゆふゐる雲のそこに鳴くなり　仁和寺法親王守覚　⑦千載集　一五七

・かぎりあればしのぶの山のふもとにもおちばがうへの露ぞ色づく　左衛門督通光　⑧新古今集　一〇九五

（参考）忍ぶ山みだれて花はほころびぬかぎりしられず匂ふ春風　正三位家衡卿　夫木抄　一五五五

（参考）岩つつじいはでやそむる忍ぶ山こころのおくの色をたづねて　前中納言定家卿　夫木抄　二二一二

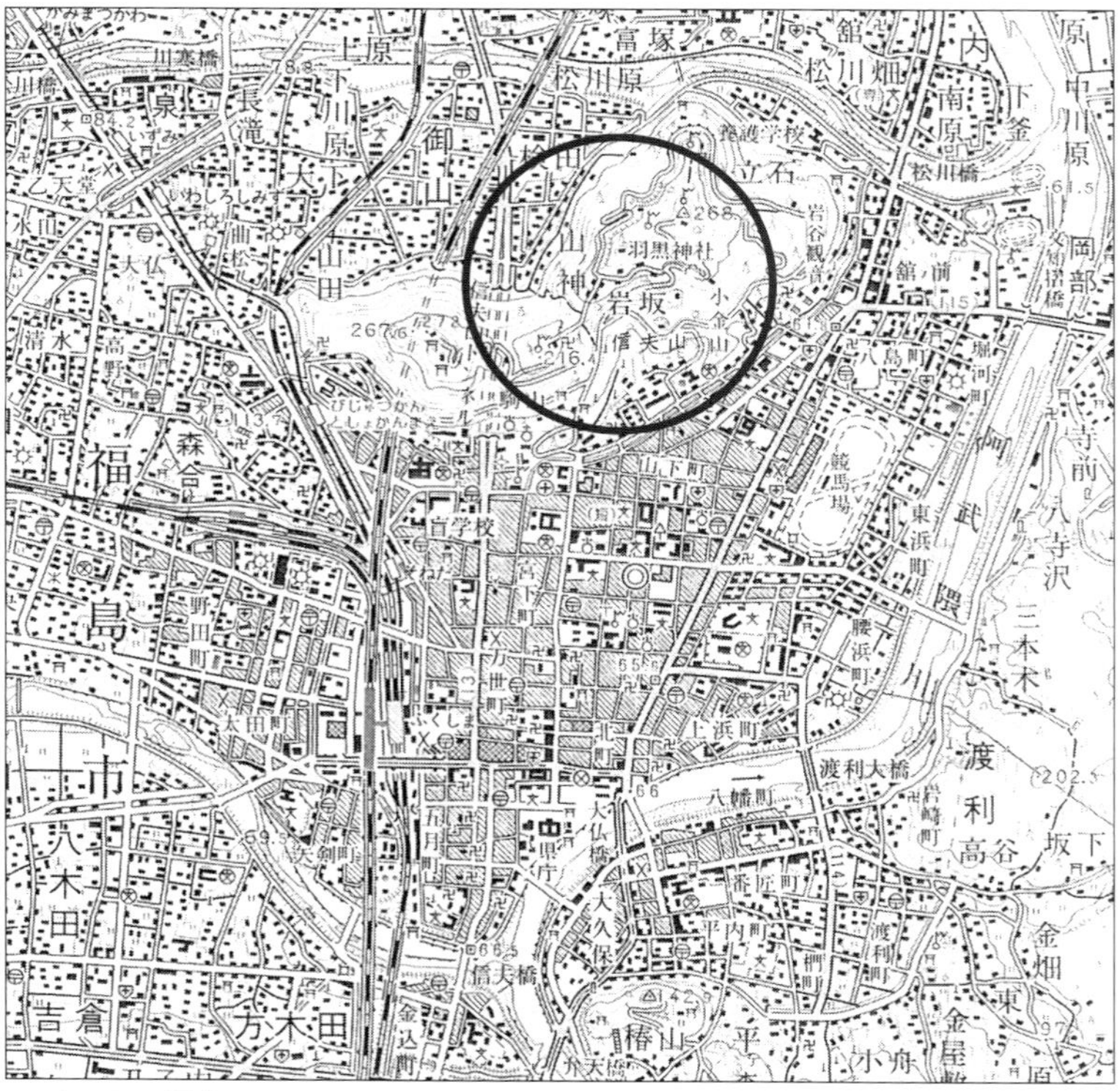

1／5万　福島

0　1　2km

398
しのぶの里

友則がむすめのみちのくにへまかりけるにつかはしける

・君をのみしのぶのさとへゆくものをあひづの山のはるけきやなぞ　藤原滋幹がむすめ　②後撰集　一三三一

・あやなくもくもらぬよひをいとふかなしのぶの里の秋のよの月　橘為仲朝臣　⑧新古今集　三八五

（参考）あづまぢやしのぶのさとにやすらひてなこそのせきをこえぞわづらふ　西行法師　新勅撰集　六七一

397
しのぶのおく

・わがとこはしのぶのおくのますげはら露かかりてもしる人のなき　大中臣定雅　⑦千載集　六八九

（参考）たづねばやしのぶのおくの桜花風にしられぬ色やのこると　前中納言定家　新後撰集　一四〇

（参考）いかにせんしのぶのおくの思草われのみしりて年はへにけり　従三位範宗卿　夫木抄　一三五〇三

（メモ）

①『和名抄』信夫郡には小倉・日理《わたり》、鍪山・静戸《しずりへ》・伊達・安岐・岑越の七郷《さと》がある。郡部《こほり》注記に「志乃不国分為《しのふのくにわかちて》伊達郡」とあり、伊達・静戸・安岐の三郷の地が延喜年間（九〇一～九二二）頃、旧信夫郡から新伊達郡に分立された。

②『延喜式神社帳』信夫郡内神名は鹿嶋《ノ》神社　黒沼《ノ》神社　東屋治神社大名社　東屋国《アズマヤクニノ》神社　白和瀬《シラワセノ》神社の五座である。

(i)鹿島神社（福島市鳥谷野《とやの》）　祭神は武甕槌命　倉稲魂命　由緒沿革創建年代等不詳。

(ii)黒沼神社（福島市松川町金沢）　祭神は黒沼大神　石比売命　由緒沿革は欽明天皇の皇后石比売命を祀る。皇后は陸奥に下って此地で崩じられたので奉祀したと伝える。

(iii)白和瀬神社（福島市笹谷《ささや》字折戸）　祭神は日本武尊　由緒沿革は大化元年本社の西北烏帽子ヶ岳（標高四七五m）山頂に鎮祭。天正年間現在地に遷座。

(iv)東屋治神社は福島市飯坂町平野明神脇の東屋沼神社。当社は水蒸気爆発による五色沼・鎌沼・桶沼・また吾妻小富士山頂の火口等火山信仰によるという。

(v)東屋国神社は福島市飯坂町中野天沼。祭神日本武尊　稲倉魂命　軻遇槌命。

③信夫山（二七二m）は優雅な瓢箪型をしている。その口は南西にあり北東方向に伸びる。長さは約三km、最大のふくらみは一・一kmで三角点（二六八・二m）がある。

七七　蛇骨地蔵堂

福島県郡山市日和田町の蛇骨地蔵堂辺

関係地図　1／20万　福島　1／5万　郡山　1／2.5万　三春

11
あさかのぬま

・みちのくのあさかのぬまの花かつみかつ見る人にこひやわたらむ　よみ人しらず　①古今集　六七七

宮内卿経長がかつらの山庄にてさみだれをよめる

・さみだれはみえしをざさのはらもなしあさかのぬまの心地のみして　藤原範永朝臣　④後拾遺集　二〇七

（参考）花かつみかつみちたゆる鳰鳥のあさかのぬまにみなれそめけん　兵衛内侍　夫木抄　一一三六八

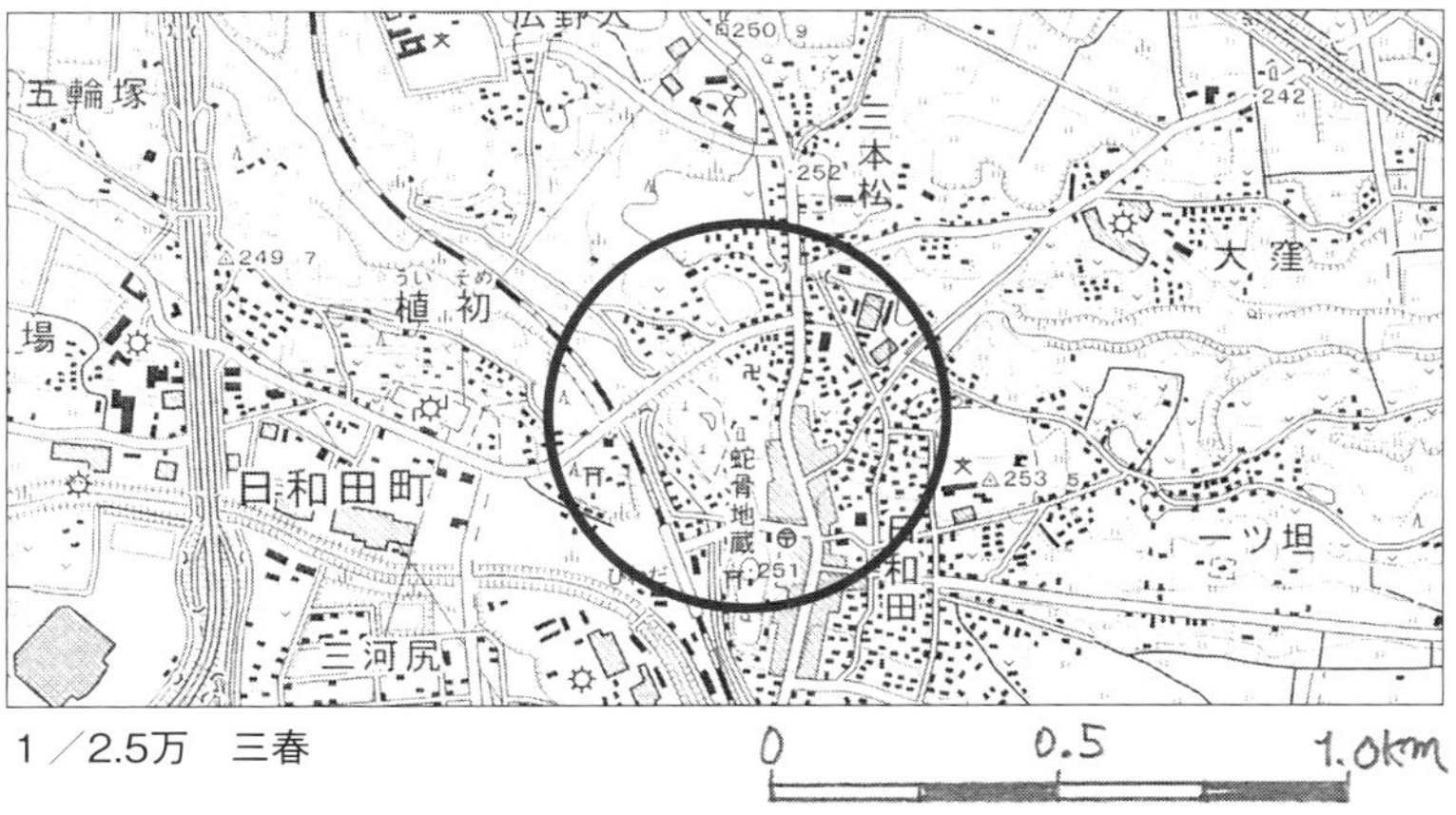

1／2.5万　三春

（メモ）

①蛇骨地蔵堂は現在廃寺となった東勝寺《とうしょうじ》の祈願堂であった。養老年間（七一七～七二四）に浅香沼に投込まれて蛇身と化した菖蒲姫《あやめひめ》を法華経の功徳で成仏させたという。『蛇骨地蔵堂縁起』に、蛇身となった菖蒲姫に法華経を授けたのは大和国の長者の一人娘、佐世姫《さよひめ》であったと。菖蒲姫の大蛇が成仏した時、佐世姫の前に美しい女神が現われ、「私は経の功徳で蛇身の苦しみからのがれることが出来た。今後は周辺の八郷八村《やさとやむら》を鎮め、お前を護《まも》ろう。しかしお前は私が死んだ骨（蛇骨）で地蔵尊を刻めよ」と言って姿を消したという。そして出来たのが、五寸五分の地蔵尊であるという。

②蛇骨地蔵堂のすぐ北に西方寺がある。寺は永正年間（一五〇四～一五二一）に日和田町字道場辺で開基。後、日和田町梅沢の薬師堂とともに現在地に移った。薬師堂には伝恵心作の薬師三尊像他あり。

七八　白河関跡

福島県白河市旗宿。白河神社境内。関の森

関係地図　1／20万　白河　1／5万　白河、棚倉
　1／2.5万　旗宿、磐城金山

414

白河の関

みちのくにの白河関こえ侍りけるに

・たよりあらばいかで宮こへつけやらむけふ白河の関はこえぬと　平兼盛

③拾遺集　三三九

みちのくにまかりくだりけるに、しらかはのせきにてよみはべりける

・みやこをばかすみとともにたちしかど秋風ぞふくしらかはのせき　能因法師

④後拾遺集　五一八

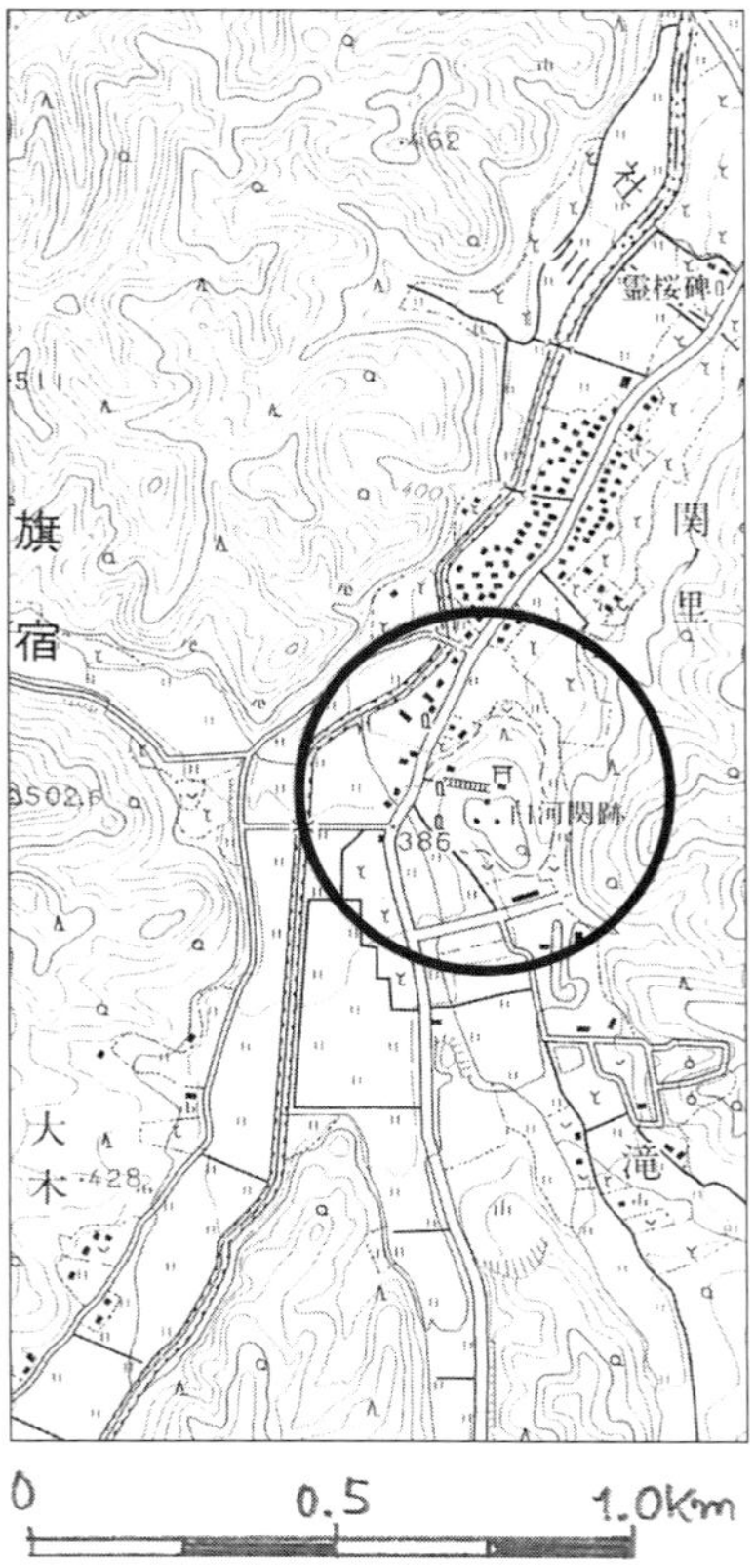

1／2.5万　旗宿

（メモ）

①白河関は奥州三関（白河関・菊多関・念珠《ねず》関の一で、中央政府の蝦夷《えみし》に対する前進基地として西暦四三三年頃設置。

②白河関は東山道の終点であり道の奥の国（陸奥国）への出発点（起点）。

③『続日本記』神亀五（七二八）年四月一一日条に、

陸奥国、新たに白河の軍団を置き…

とある。

④「関の森」が白河関跡（国史跡）。発掘調査で柵列跡、建物・住居跡、鍛冶場跡。土師器・須恵器・鉄製品・砥石《といし》・円面硯等出土。

⑤関の森の中央に白河神社が鎮座。神名帳に記載。祭神は天太玉命《あめのふとたまのみこと》・中筒男命《なかつつおのみこと》・衣通姫命《そとほりひめのみこと》、関の明神、二所の関明神ともいわれ、関跡の竪穴住居群跡にある。

⑥『おくのほそ道』に、

卯の花をかざしに関の晴着かな　曽良

七九　末続山《すえつぎやま》

福島県いわき市久之浜町末続

関係地図　1／20万　白河　1／5万　井出、川前、平

440

末の松山

松風秋近といへる心をよめる

・あきかぜは浪とともにやこえぬらんまだきすずしきすゑの松山　藤原親盛

⑦千載集　二二〇

橘為仲朝臣、みちのおくに侍りける時、歌あまたつかはしける中に

・白波のこゆらむ末の松山は花とや見ゆる春のよの月　加賀左衛門

⑧新古今集　一四七四

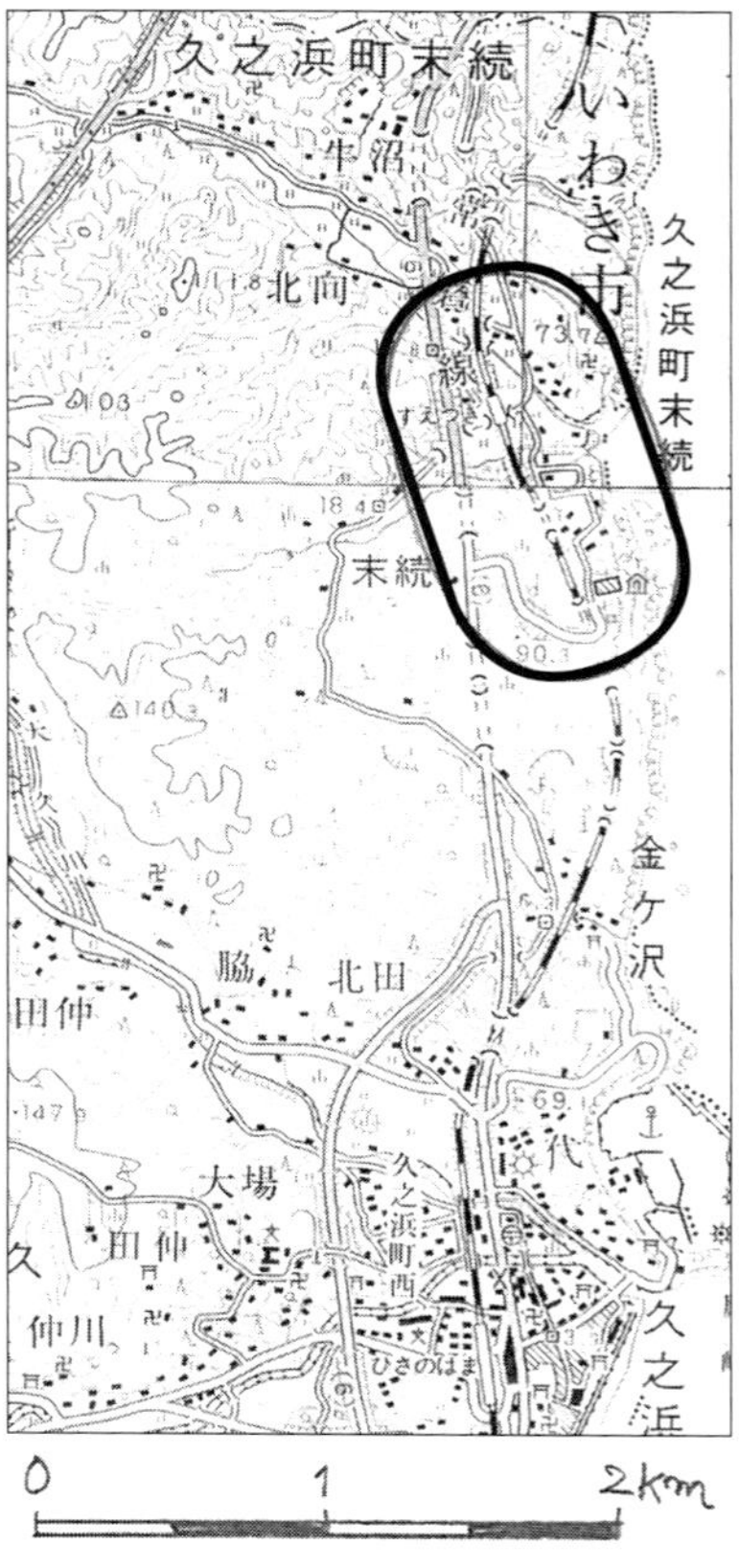

1／5万　川前・井出(上)・平(下)

（メモ）

①南は大久川河口のあるいわき市久之浜町から北に約七km、双葉郡広野町の浅見川河口までの海岸沿い一帯は新第三紀中新世の砂岩・レキ岩、また火山噴出物からなる凝灰岩で構成されている。海水面から五～二〇mは海食崖、その上は松の生い茂る標高五〇～百mの丘陵である。これが末の松山であり、その代表が独立標高点の九〇・三m峰、末続山《すえつぎやま》である。

②いわき市大久町大久字入間沢に「海竜の里センター」がある。大久川流域には中生代白亜紀の浅海成の双葉層群が分布し、昭和四三年、復原したところ体長六・五mにもなるフタバスズキリュウの化石が出た。また、径八五cmものアンモナイトも出ている。

③いわき市久之浜田之網に大同元（八〇六）年徳一大師が天竺渡来の阿弥陀如来を安置し創建した医王山波立寺がある。

八〇　大将旗山

福島県郡山市

関係地図　1／20万 福島　1／5万 猪苗代湖　1／2.5万 山潟

12　あさか山

・古今集序に「……あさか山のことばはうねめのたはぶれよりよみてかづらきのおほきみをみちのおくへつかはしたりけるに、くにのつかさ事おろそかなりとてまうけなどしたりけれどすさまじかりければ、うねめなりける女のかはらけとりてよめるなり、これにぞおほきみの心とけにける

あさか山かげさへ見ゆる山の井のあさくは人をおもふものかは

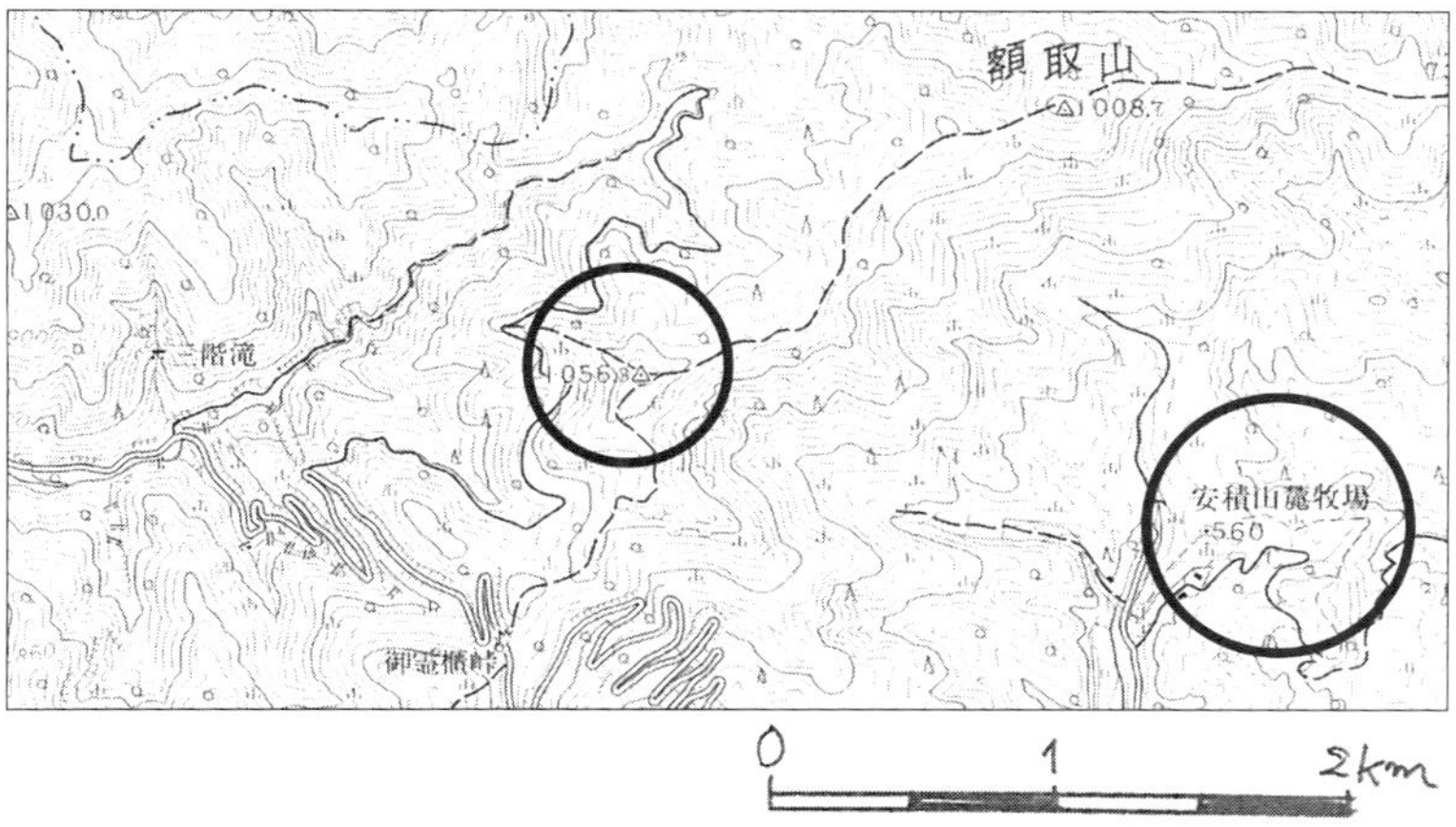

1／5万　猪苗代湖

（メモ）

①「大将旗山」の名は、康平年中（一〇五八～一〇六四）源義家が安倍貞任追討の時、山頂に大将旗を掲げたに由るという。また北東の「額取山《ひたいとりやま》」の名は『逢瀬町多田野大福帳』に、「安積峰の前にあるので額取山」とあるという。そして源頼義・義家父子は、山の神「安積峰」を敬って、前山である額取山で元服の式を挙げたという。

②王宮伊豆神社（郡山市片平町）　鎌倉時代、この地を領した伊東祐経《すけつね》の二男祐時が伊豆山・箱根・三島の三社を勧請し合祀したと伝える。この神社本殿背後の塚の上の祠が、当社の創祀という葛城王《かつらぎのおおきみ》（橘諸兄《たちばなのもろえ》）の墓で、凶作の時年貢を免除した王の徳をたたえ、里人によって今日まで維持されてきたという。周辺に山ノ井清水・山ノ井公園・采女の宮などある。

③JR郡山駅の西約四百m一帯の字清水台には第一三代成務天皇時草創の安積国造神社、奈良時代の安積郡衙跡・清水台廃寺跡、大同二（八〇七）年開創の如来寺等がある。

八一　高倉山

福島県郡山市日和田町高倉

関係地図　1／20万 福島　1／5万 郡山　1／2.5万 三春

12　あさか山

・あさか山かげさへ見ゆる山の井のあさくは人をおもふものかは　古今集序

（参考）浅香山あさゐる雲の風をいたみたゆたふ心我はもたらじ　光孝天皇御製

続後拾集　六九四

（参考）敷島の道のおくなるあさか山ふかきこころをいかでしらまし　僧正栄海

新千載集　一九一四

（参考）あさか山あさきながらも山の井のかげ見る水に行くほたるかな　小将内侍

夫木抄　三二四四

1／5万　郡山

（メモ）

①『和名抄』に、

阿佐加のこほり

陸奥国安積がある。また、安積郡内に、入野・佐戸・芳賀・小野・丸子・小川・葦屋・安積の八郷《さと》がある。

②標高三二四・三mの高倉山は阿武隈川と五百川との合流点近くにあり、山上からは郡山市、安達郡、二本松市、田村郡の二市二郡が望まれる。逆に二市二郡からは、特に郡山市開成公園や、阿武隈川と五百川との合流点の本宮市仁井田や山中集落から高倉山を眺めると、ピラミッド形の山容をしているのですぐわかる。

③飛鳥時代や奈良時代には、この山は「安積香山」であったであろう。平安時代以降の荘園の穀物貯蔵庫が阿武隈川の洪水に備え、この山上に作られ、いつとはなしに「高蔵山」「高倉山」になったと。

八二　高倉山山麓

福島県郡山市日和田町高倉

関係地図　1／20万 福島　1／5万 郡山　1／2.5万 三春

11　あさかのぬま

旅宿の心をよめる　参議師頼

・さよなかにおもへばかなしみちのくのあさかのぬまにたびねしにけり

⑤金葉集　五五四

最勝四天王院の障子に、あさかのぬまかきたる所　藤原雅経朝臣

・野辺はいまだあさかのぬまにかる草のかつみるままにしげる比かな

⑧新古今集　一八四

（参考）みやこ人きてやはとはむ花かつみあさかのぬまのほどとほくして　新六帖　二〇二三

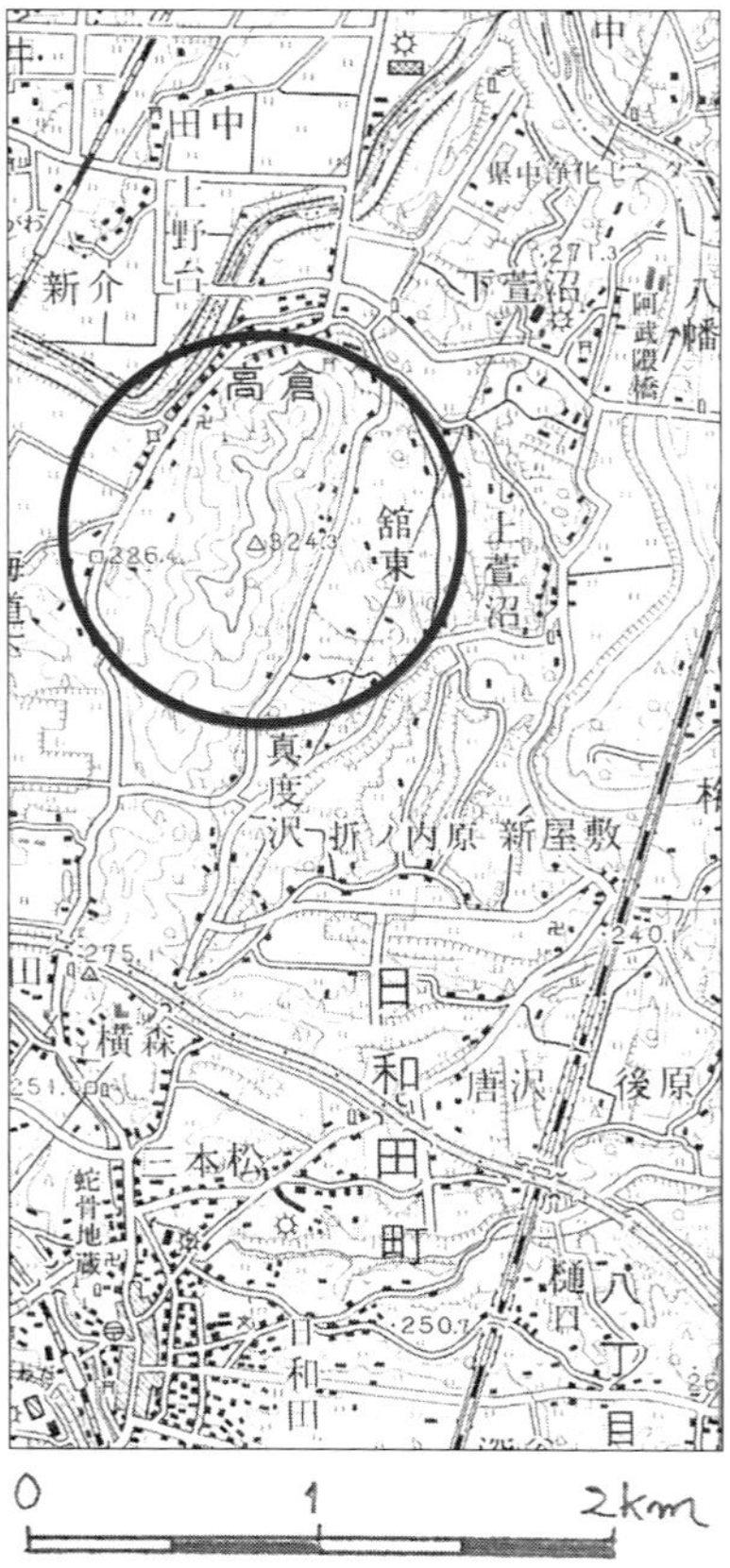

1／5万　郡山

（メモ）

①『曽良日記』に

あさか山有。壱リ塚ノキハ也。右の方ニ有小山也。アサカノ沼、左ノ方谷也。皆田ニ成《なり》、沼モ少残ル。

とある。

②標高三二四・三ｍの高倉山の東麓を幹川流路延長国内六位の阿武隈川が北流し、西麓を五百川が北流し阿武隈川に注ぐ。雨天が数日もあると高倉山の北麓はもちろん、東麓や西麓一帯が湖沼となり続いたことであろう。

③ハナガツミ（マコモ）　沼地に群生する大形の多年草。葉は長く一ｍ、幅広く二～三cmにもなる。夏～秋に長さ三〇～五〇cmの円錐花序を出し多数の単性小穂をつける。

八三　十綱橋《とづなはし》

福島県福島市飯坂温泉

関係地図　1／20万 福島　1／5万 福島、関

548　とづなのはし

百首歌たてまつりける時、恋歌とてよめる　前参議親隆

・みちのくのとづなのはしにくるつなのたえずも人にいひわたるかな

⑦千載集　七一六

（参考）ながらへばとづなのはしにひく綱のくるしき世をも猶やわたらん　橘遠村　新後拾集　一二八八

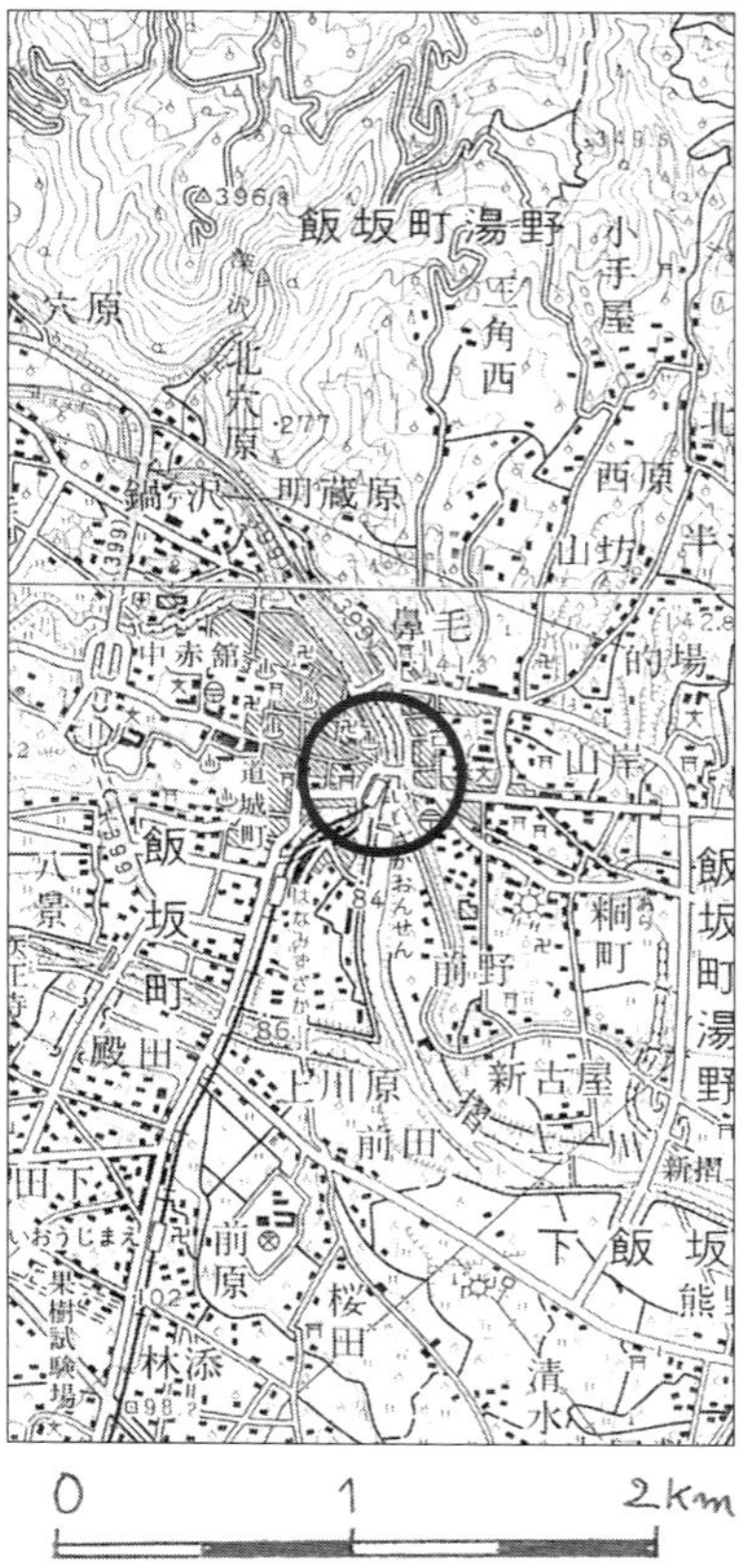

1／5万　関（上）・福島（下）

（メモ）

①十綱橋は信夫郡上飯坂村と伊達郡湯野村とを結んでいた。「十綱」の名は、十本の藤蔓《ふじづる》を張り、途中落下しないような工夫をこらし対岸と交通した。

②摺上川に古来藤蔓で作った釣橋があったが、飯坂町舘山にあった大鳥城の城主佐藤基治が文治五（一一八九）年の奥州合戦の時、防備のため橋を切り落とし、以来渡し（十綱渡）になったという。寛保三（一七四三）年時の渡船の長さ六間、幅四・五尺、深さ一・三尺。船は両岸の杭木に綱を張り、綱をたぐって進めていた。明治六年に木橋に、明治八年に吊橋に、大正一〇年現在の鉄橋になった。

③飯坂温泉は景行天皇四〇～四三（一一〇～一一三）年に日本武尊の発見という。文化七（一八一〇）年当時上飯坂村内に六ケ所の温泉があり、旅籠屋渡世の者は以前から飯盛女を置いていた。「おくのほそ道」に飯塚として「温泉《いでゆ》あれば、湯に入て…」と。（表紙裏写真⑦参照）

八四　勿来関跡

福島県いわき市勿来町関田

関係地図　1／20万 白河　1／5万 小名浜　1／2.5万 勿来

576

なこそのせき

寛平のみかど御ぐしおろさせたまうてのころ、御帳のめぐりにのみ人はさぶらはせたまうて、ちかうよせられざりければ、かきて御帳にむすびつける

・たちよらば影ふむばかりちかけれど誰かなこその関をすゑけん　小八条御息所

②後撰集　六八二

・吹くかぜをなこそのせきとおもへどもみちもせにちる山桜かな　源義家朝臣

⑦千載集　一〇三

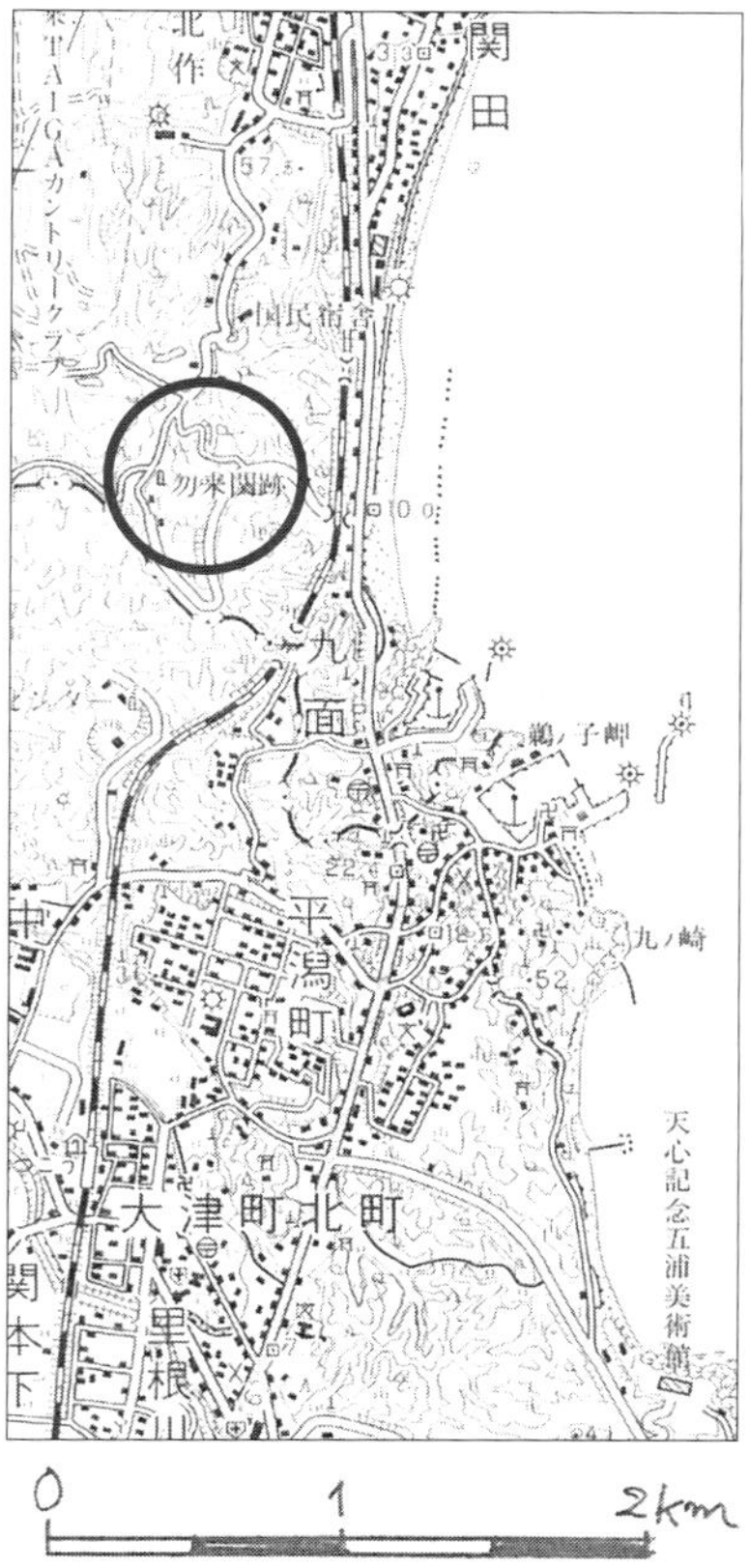

1／5万　小名浜

（メモ）

①勿来関跡は関田《せきた》字関山の山中という。『磐城風土記』は「関田より奈古曽《なこそ》の関切通《きりとおし》に至る二里余。切通の長さ七二歩、常（陸）（陸）奥二州に跨《またぎ》て」。また『磐城志』はこの道を中世以降の道とし、古代の「古関跡は夫より凡《およそ》半里程、窪田より大槻通り常陸多珂郡山小屋酒井に通ずる処」という。

②『類聚三代格』承和二（八三五）年一二月三日発太政官符「応准長門国開《ベン》勘過白河菊多両剗《セキ》事」に右得陸奥国解偁《いう》。撿《しらべる》旧記。置剗《セキ》以来。于《に(より)》今四百餘歳矣。とある。

③勿来関はもともと「菊多関」であった。また菊多郡衙は勿来町窪田の郡遺跡とされ、建物跡二棟、焼籾や瓦が出土している。

八五　麓《は》山《やま》

福島県二本松市戸沢他

関係地図　1／20万 福島　1／5万 川俣

642

はやま

照射の心をよめる

・しかたたぬは山がすそにともしていくよかひなき夜をあかすらん　神祇伯顕仲

⑤金葉集　一四七

（参考）しかのたつは山のやみにともす火のあはでいくよをもえあかすらん　権大納言家良

新勅撰集　九八二

（参考）呉竹のは山の霧の明がたに猶夜をこめてのこる月かげ　法印定円

続拾遺集　三二五

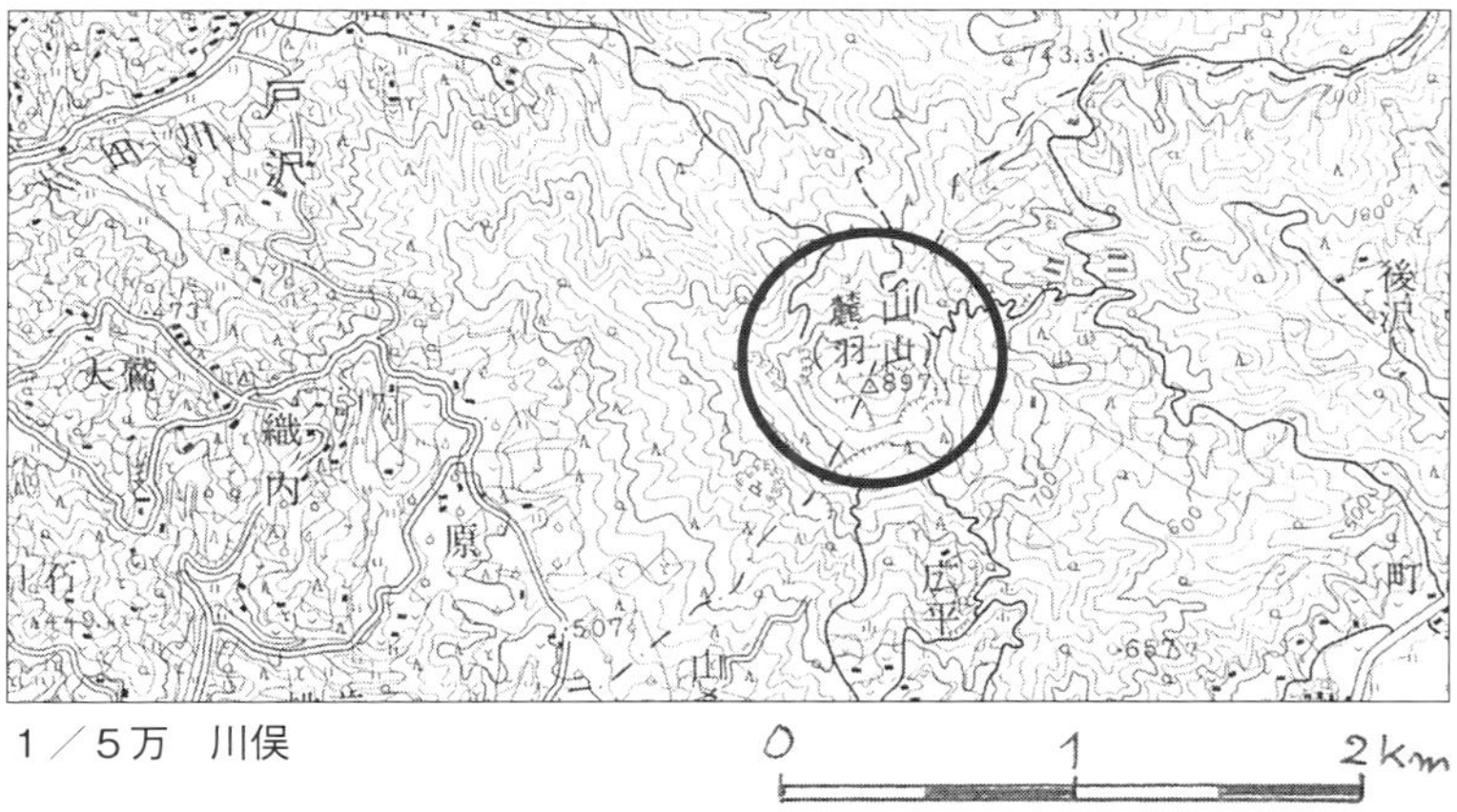

1／5万　川俣

（メモ）

①中腹より下部は花崗岩より成る。それ以高は硬い斑粝岩質岩石のため浸食されないで残り、「残丘」となった。山頂に羽山神社が鎮座し南戸沢集落や田沢集落の住民が奉祀していた。山頂付近では良質の黒御影石（花崗岩類）が産出し、採石され裸地が広がった。

②麓山の北西方向に約八kmの二本松市木播字治木・伊達郡川俣町大綱木《おおつなぎ》に標高六六六・三mの木幡山がある。神護景雲三（七六九）年安積国造比止祢命の子孫丈部直継足が隠津島の神（隠津島姫命・端津姫命・田心姫命）を勧請。文明年間（一四六九―一四八六）、元和年間（一六一五―一六二三）領主大内氏が社殿造営、蒲生氏は杉の献植、寛永一九（一六四二）年領主丹羽氏となると、隠津島神社が安達東部の総鎮守となる。山頂に蔵王堂跡、経塚（県史跡）、大杉（国天然）。麓には三重塔、門《かど》神社、鎌倉時代板碑がある。

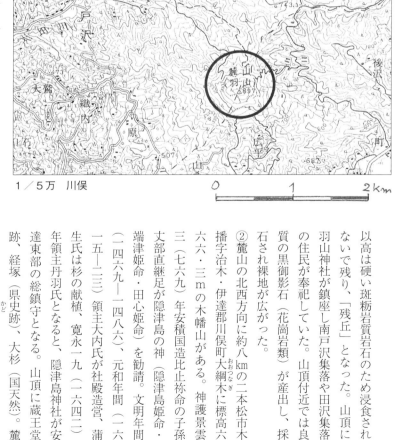

八六　羽山丘陵

福島県南相馬市原町区上太田・中太田一帯

関係地図　1／20万 福島　1／5万 原町

642

は山

照射の心をよめる

• しかたたぬは山がすそにともししていくよかひなき夜をあかすらん　神祇伯顕仲　⑤金葉集　一四七

摂政右大臣の時の家に百首歌よみ侍りける時、初恋の心をよめる　皇太后宮大夫俊成

• ともしするは山がすそのした露やいるより袖はかくしをるらん　⑦千載集　七〇二

（参考）色かはるは山が峰にしかなきて尾花ふきこす野べの秋かぜ　大蔵卿有家　玉葉集　五三三

1／5万　原町

（メモ）

①『日本書紀』景行天皇四〇（一一〇）年、是歳《ことし》の条に

…蝦夷《えみし》の境に至る。蝦夷の賊首《ひとごのかみ》、嶋津神・国津神等、竹水門《たかのみなと》に屯《いは》みて距《ふせ》かむとす。然るに遙に王船《みふね》を視《おせ》りて、豫《あらかじ》め其の威勢《いきほひ》を怖《を》ぢて…

とある。ここの「竹水門」は原町区高、小高区などという。

②小高区大井の益多嶺《ますたみね》神社（甲子大国神社）　祭神は大国主命　少彦名命　由緒は日本武尊東夷平定の際、出雲大神より祭神を勧請。延喜式内社。

③羽山横穴古墳（原町区中太田字天狗田）昭和四八年、宅地造成中に発見。古墳時代豪族の墓で玄室は一辺三m弱の方形で天井の高さは一・八m。奥壁と天井に朱色と白色の絵がある。

④羽山のすぐ北に相馬野馬追（国民俗）の祭場がある。

八七　福島市浜町一帯

福島県福島市中浜町、腰浜町、上浜町など

関係地図　1／20万 福島　1／5万 福島

396

しのぶの浦

歌合し侍りける時、旅の心をよめる

• 日をへつつ宮こしのぶの浦さびて波よりほかのおとづれもなし　入道前関白太政大臣　⑧新古今集　九七一

• うちはへてくるしき物は人めのみしのぶのうらのあまのたくなは　二条院讃岐　⑧新古今集　一〇九六

（参考）人しれぬ忍のうらの夕けぶり思ひたつより身はこがれつつ　邦世親王　新拾遺集　九二四

1／5万　福島

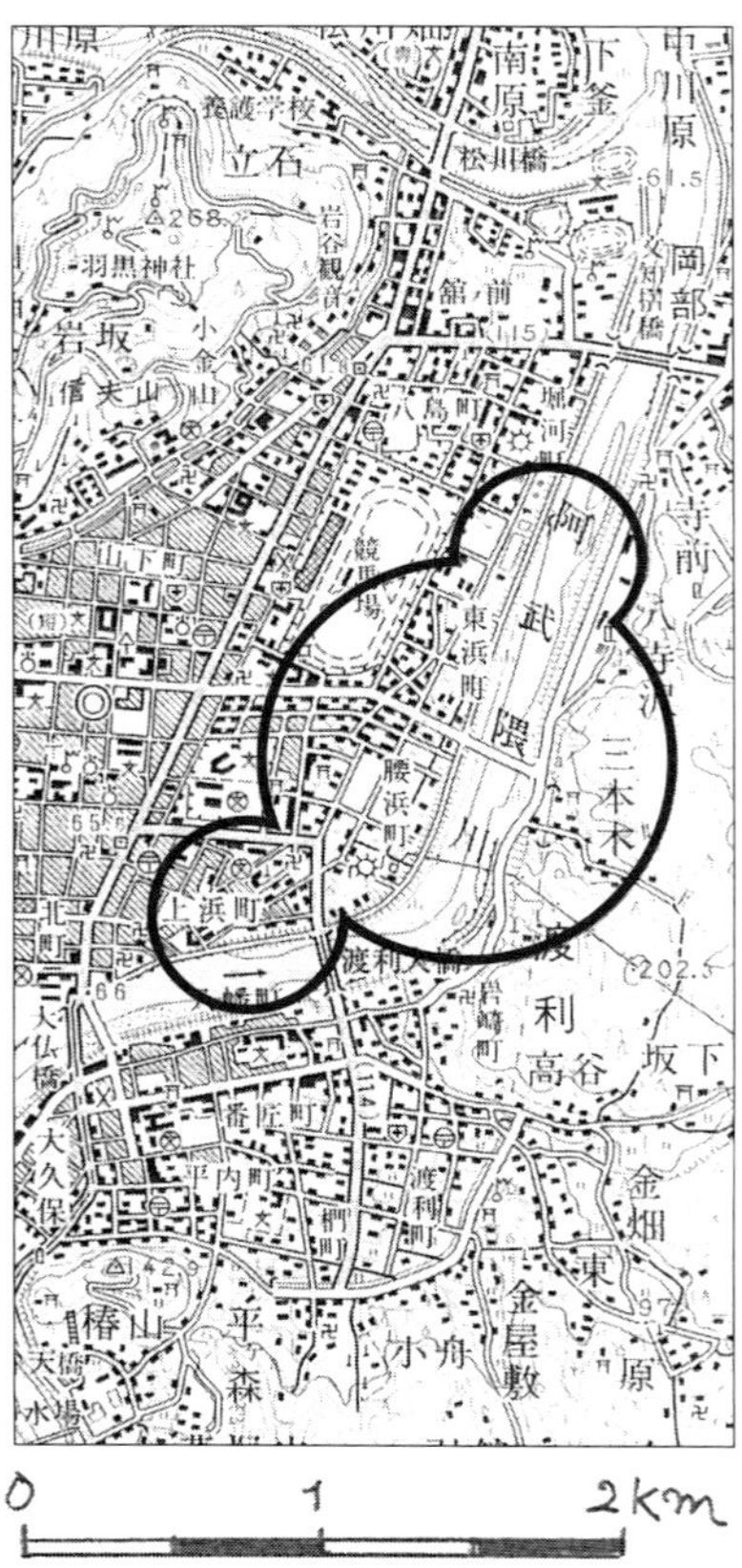

（メモ）

①『和名抄』の信夫郡の範囲はほぼ現在の福島市域という。その中で舟着場・浜浦と考えられるのは阿武隈川流域である。

②信夫渡《しのふのわたし》　国道四号の阿武隈川に架る大仏橋の南（右岸）は福島市渡利《わたり》字舟場、橋の北（左岸）は福島市舟場町である。ここが最近まで舟の発着場、信夫渡であった。

③腰浜廃寺跡（福島市腰浜町）

『信（夫伊）達一統志』に「昔此所に七堂伽藍あり、大隈川洪水して其地を欠き終に破滅す」とありと。昭和五四～五六年の発掘調査によると、金堂（推定）跡、掘立柱建物五棟、寺域二町（一二〇間）四方が判明。東北地方最古の素弁八葉蓮華文軒丸瓦や八世紀・九世紀の瓦、唐の開元通宝・北宋の元符通宝など出土。

八八　明神ヶ岳

福島県大沼郡会津美里町西本・河沼郡柳津町四つ谷

関係地図　1／20万 新潟　1／5万 若松

470

たか田の山

・なけやなけたか田の山の郭公このさみだれにこゑなをしみそ　よみ人しらず

③拾遺集　一一七

（参考）せきとめてせがゐの水にたねまきしたかたのやまはさなへとるなり　正二位忠宗卿　夫木抄　二五五八

（参考）雨の下かくこそは見めかへはらやたかだのむらはへぬとしぞなき　前中納言匡房卿　夫木抄　一四八三五

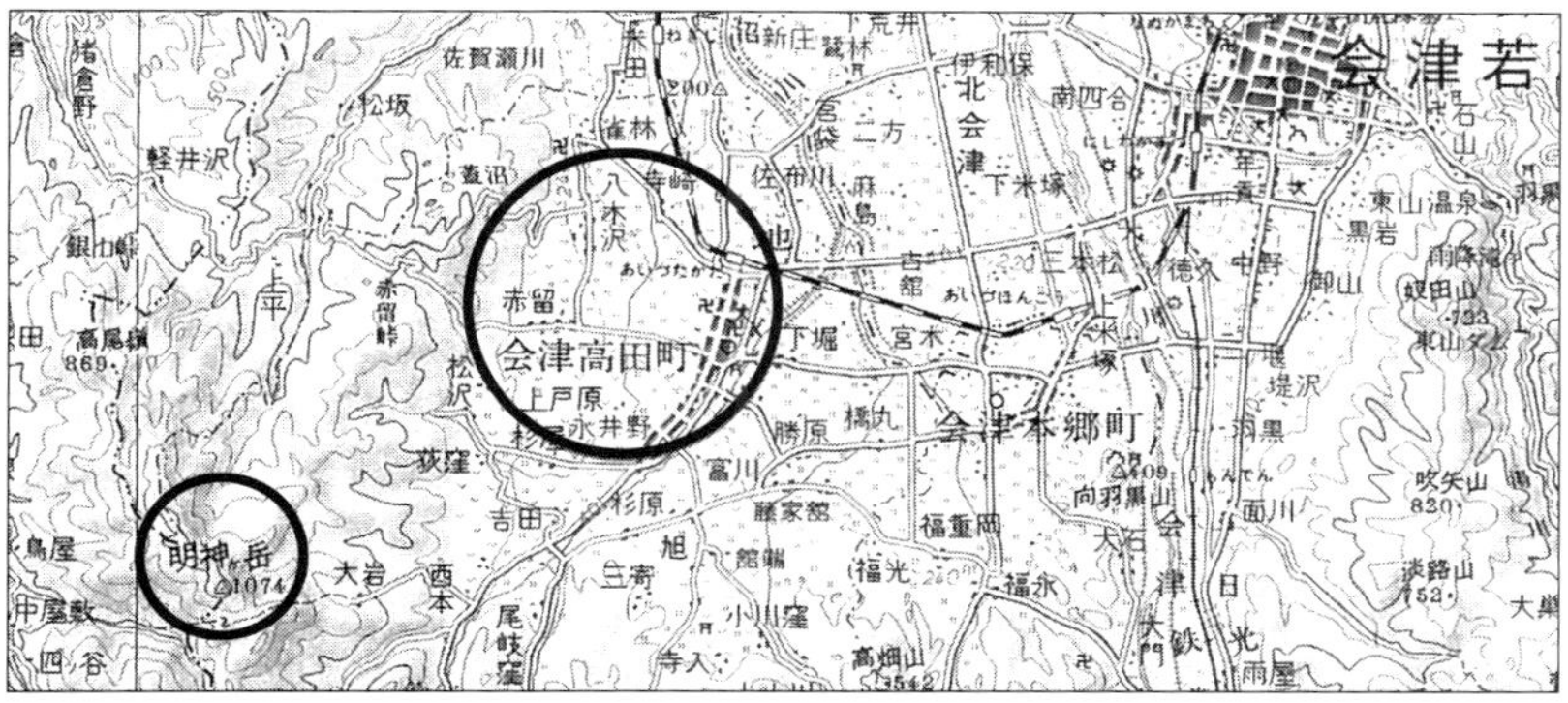

1／20万　新潟

（メモ）

①明神ヶ岳はもと会津高田町であった。

『新編会津風土記』に、「もと高田村伊佐須美明神の鎮座ありし處にて」とあり山頂に赤鳥居と伊佐須美神社奥社（石祠）が鎮座するという。

②会津美里町宮林に伊佐須美神社がある。祭神は伊奘諾尊・伊奘冉尊・大毘古命・建沼河命。由緒は崇神天皇一〇（BC八八）年大毘古命・建沼河命・吉備津彦命・丹波道主命ら四道将軍発遣の時、大毘古命と御子建沼河命がここ会津の地で会せられ天津岳（現御神楽岳）に国家鎮護の為祭神を奉斎されたのが草創。その後博士山（一四八二m）、明神ヶ岳を経て欽明天皇一三（五五二）年高田南原、同二一年現在の宮地に遷座。延喜式神名帳に名神大社、また奥州二の宮、会津の総鎮守である。七月一一・一二日の御田植神事は当社とJR会津高田駅前の御田《おた》神社である。

③JR会津高田駅南六百mに天台宗、嘉祥元（八四八）年慈覚大師円仁開山の龍興寺がある。当寺は慈眼大師天海僧正ゆかりの寺である。

八九　文字摺観音堂

福島県福島市山口字寺前

関係地図　1／20万 福島　1／5万 保原　1／2.5万 保原

399

しのぶもぢずり

・みちのくのしのぶもぢずりたれゆゑにみだれむと思ふ我ならなくに　河原左大臣　①古今集　七二四

・おもへどもいはでしのぶのすり衣こころのうちにみだれぬるかな　前右京権大夫頼政　⑦千載集　六六三

（参考）ともしするみやぎがはらの下露にしのぶもぢずりかわくまぞなき　大蔵卿匡房　続詞花集　一三九

（参考）玉すだれ昔をかけてふる雪に山さへけさはしのぶもぢずり　顕昭法師　玄玉集　三一九

1／2.5万　保原

（メモ）

①文知摺《もちずり》観音堂　福島市山口　信達三十三観音札所第二番。文字摺《もじずり》ともいわれた。境内に文知摺石がある。

②忍文知摺は、『和名抄』の信夫郡で生産された染絹で、信夫郡産の忍草の茎や葉の色素で捩《もじ》れたような模様を布帛に摺りつけたもので、「捩摺《もじずり》」ともいう。これは乱れ模様のある石に布を当て、忍草の茎や葉を摺りつけて草木染をしたもの。

③忍草は、「牧野植物図鑑」に常緑性多年生草本。樹皮上・岩上・家の屋根等に着生する「ノキシノブ」であるとある。

④『信達一統志』に、毛知須利石、一名鏡石・雲錦石、縦七尺余・横三尺四寸と。

⑤『おくのほそ道』に

昔は此山《このやま》の上に侍《はべり》しを、往来《ゆきき》の人の麦《むぎ》草《くさ》をあらして、此石を試侍《こころみはべる》をにくみて、此谷《このたに》につき落せば、石の面下《おもてした》ざまにふしたりと云《いふ》。さもあるべき事にや。早苗《さなへ》とる手もとや昔《むかし》しのぶ摺《ずり》

九〇　偕楽園一帯

茨城県水戸市常磐町常磐公園（偕楽園）一帯

関係地図　1／20万 水戸　1／5万 水戸

542

ときはの山

・思ひいづるときはの山の郭公唐紅のふりいでてぞなく　よみ人しらず　①古今集　一四八

・秋くれど色もかはらぬときは山よそのもみぢを風ぞかしける　そせい法し　①古今集　三六二

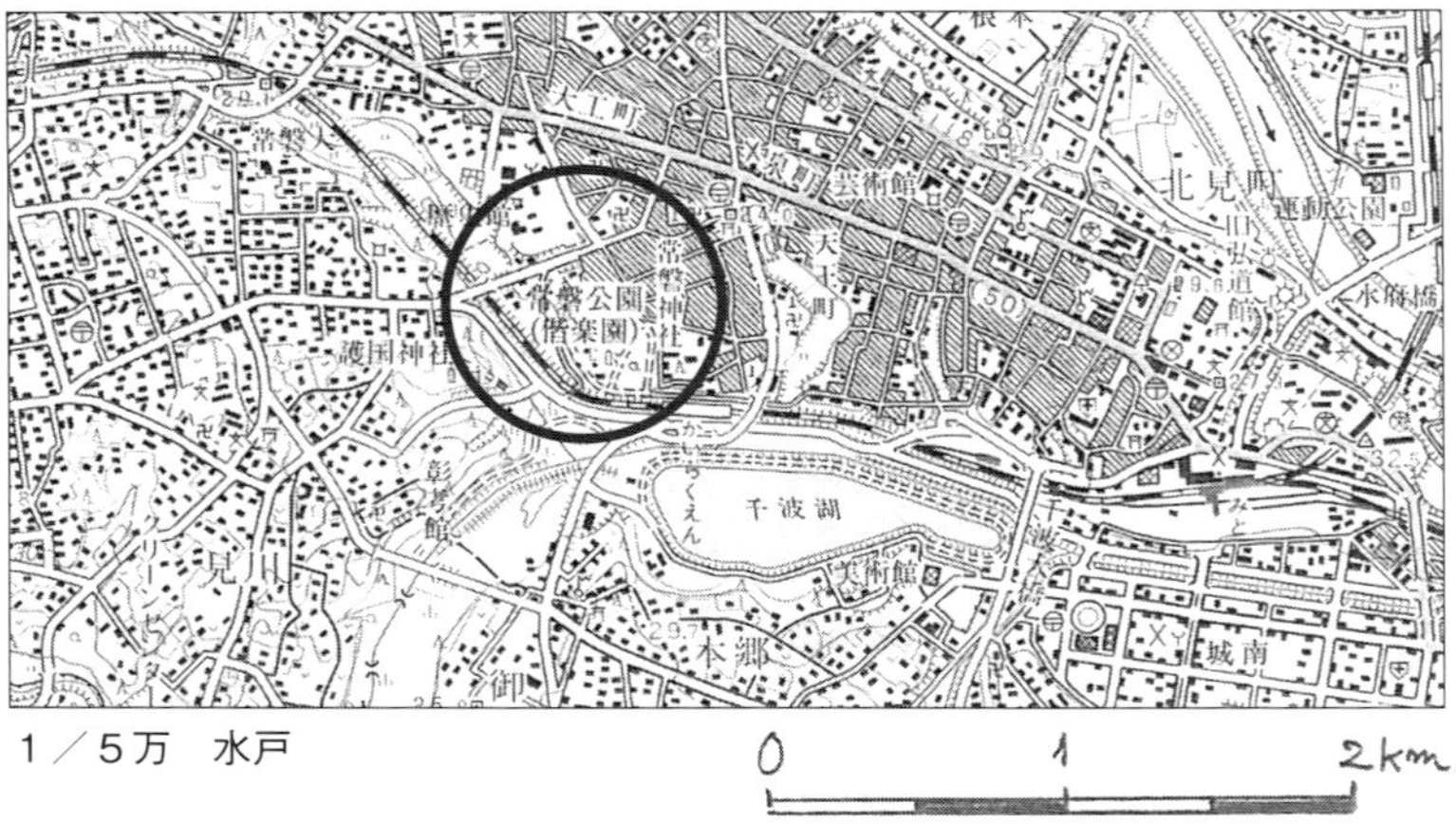

1／5万　水戸

（メモ）

①『和名抄』那珂郡《なかのこほり》この郷《さと》の中に「常石《ときはの》郷《さと》」がある。

②『新編常陸国誌』に

中古ニハ、コノ常石郷ヲ分チテ、常葉、宇木（或ハ浮、又宇喜）、袴塚（或ハ袴墓）ノ三郷トナリ、吉田郡ニ入ル…常葉ハ二丸ヨリ以西ヲ云フナリ。

とあり、また、

コノ地常石ヲ以テ名トスルハ、四方の隣郷皆低クコノ郷独リ岡ヲナシ、辺地ヨリ岩ヲ出スヲ以テナベテ岩ト云ヘル意ニテ、常石《トコイワ》ト称セシナリ

と記してあるという。

③千波湖《せんばこ》　桜川浸食谷が那珂川が運搬した土砂でせき止められて形成された堰止湖。一九二一～一九三二年の干拓事業で三分の一に縮小した。

④曝井《さらしゐ》の森（水戸市愛宕町）『常陸国風土記』那珂の郡条に

……泉《いづみ》、坂の中に出づ。多《さは》に流れて尤《いと》清《きよ》く、曝井《さらしゐ》と謂《い》ふ。泉に縁《よ》りて居《す》める村落《むら》の婦女《をみな》、夏の月に会集《つど》ひて布を浣《あら》ひ、曝《さら》し乾《ほ》せり。

とある。『万葉集』に、那珂郡曝井歌一首として次の歌がある。

みつぐりの　なかにむかへる　さらしゐの　たえずかよはむ　そこにつまもが　一七四五

九一　鹿島神宮

茨城県鹿嶋市宮中《きゅうちゅう》の鹿島神宮

関係地図　1／20万 千葉　1／5万 潮来《いたこ》

229

かしま

・かしまなるつくまの神のつくづくとわが身ひとつにこひをつみつる　よみ人しらず　③拾遺集　九九九

（参考）霰《あられ》降り鹿島の神を祈りつつ皇御軍《すめらみくさ》に我れは来にしを　那賀郡上丁大舎人部千文　万葉集　四三七〇

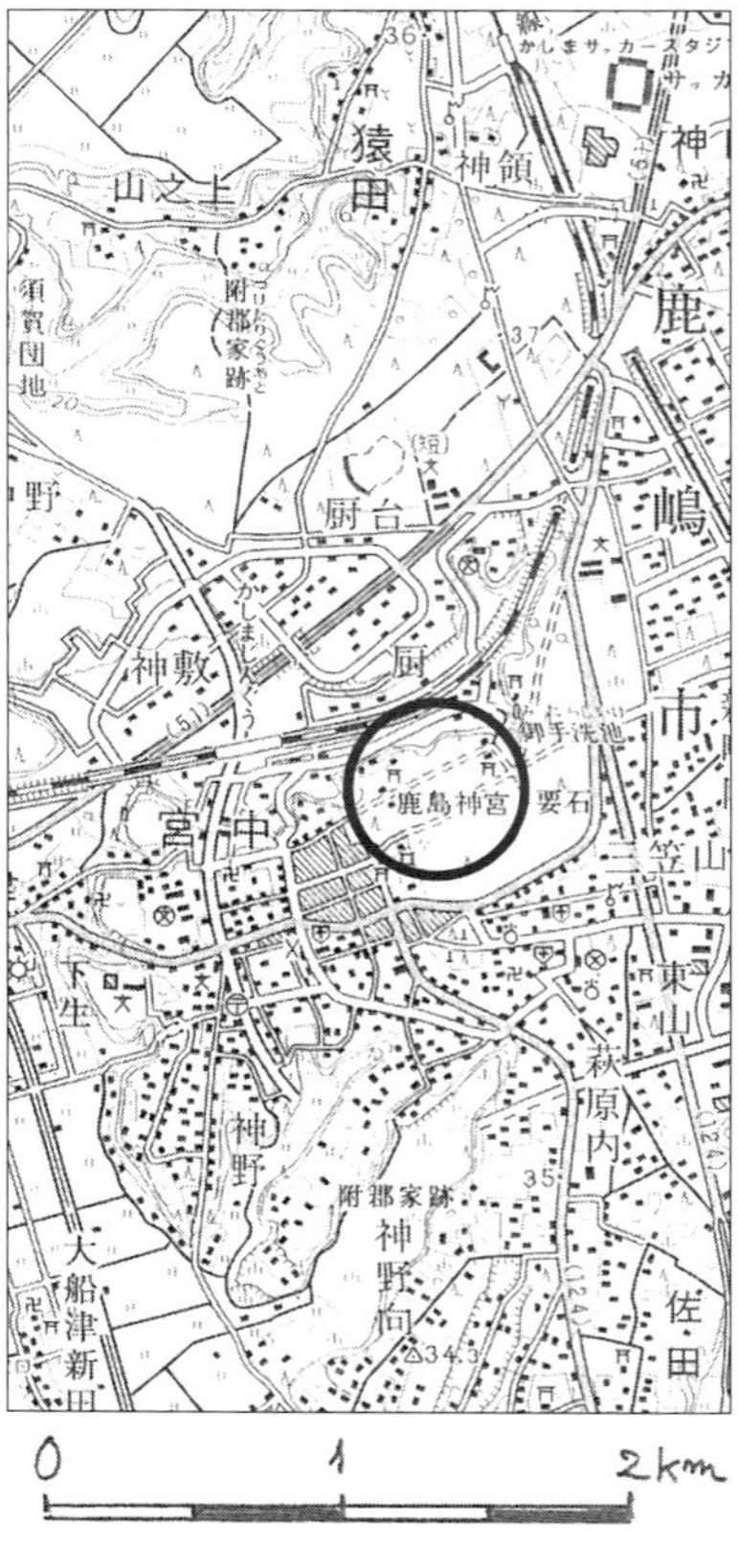

1／5万　潮来

（メモ）

①ここ鹿島台地の形成期に、利根川南部には広く下総台地が形成された。その後五～六千年前には両台地周辺に礫・砂・泥を利根川が運搬し鹿島砂礫洲や利根川下流低地を形成した。この時、利根川が運搬したものに砂鉄もあった。砂鉄は剣や鏃《やさき》・槍先など武器、甲《かぶと》・鎧の武具、鍬・鋤・鎌など農具の原材料である。また砂鉄から鉄を作るための松材が鹿島台地や下総台地に豊富にあったので、大和政権の東国平定の一大前進基地となった。

②武甕槌神《たけみかつちのかみ》を祭神とする鹿島神宮、経《ふ》津主命《つぬしのみこと》を祭神とする香取神宮、久那斗神を祭神とする息栖神社を東国三社という。

③香取は金取で砂鉄の採集、息栖は松を燃した熱をより高温にするふいご。そして砂鉄の精錬場。鹿島は精錬された鉄から製品を作成する金物島。東国三社は以上の事柄を守護する神であったろう。

④鹿島神宮には(i)要石　(ii)御手洗井《みたらしのゐ》　(iii)末無川　(iv)結松　(v)三度栗《みたびぐり》　(vi)七ツ井があり「鹿島の七不思議」という。

九二　五浦一帯の浦

茨城県北茨城市大津町の大津港から五浦

関係地図　1／20万 白河　1／5万 小名浜、大津

43

あはでのうら

摂政左大臣家にて恋の心をよめる

・なにたてるあはでのうらのあまだにもみるめはかづく物とこそきけ　源雅光

⑤金葉集　四五六

・しほたるる袖のひるまはありやともあはでのうらのあまにとはばや　法印静賢

⑦千載集　七五五

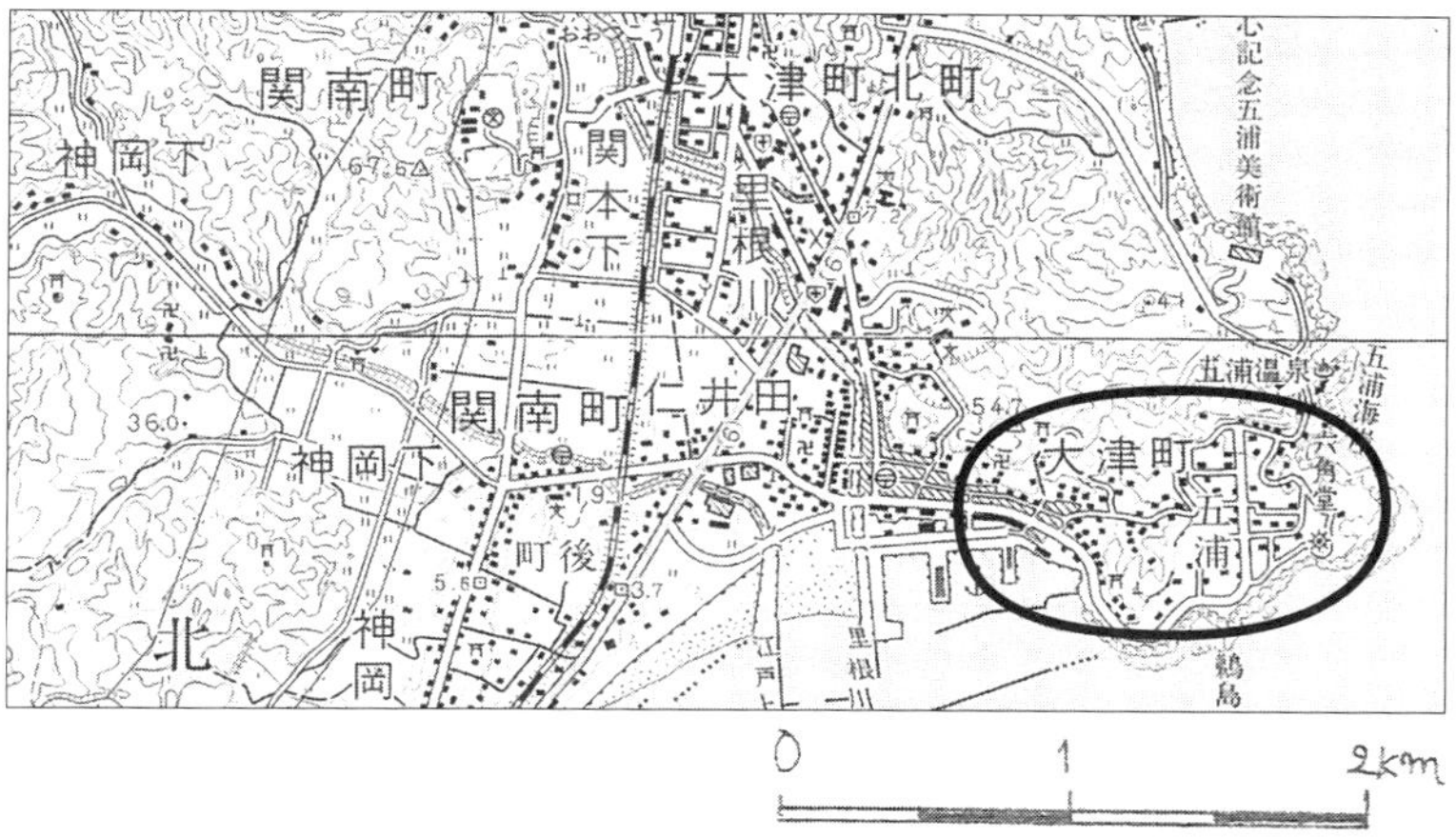

1／5万　小名浜(上)・大津(下)

（メモ）

①『和名抄』常陸国多珂郡に「梁津　伴部　高野　多珂　藻島　新居　賀美　道口」の八郷がある。この中の梁津の「梁」字は「梁、梁字《きび》也」とある。また「粟《あわ》」は穀類の実。稲・麦・きびなどの実の、外皮のついたままのものとある。よって「梁津」はアワツ。アワツが転訛してオウツとなったであろう。

②北茨城市関本町山小屋に「大塚古墳」がある。五～六世紀に築造の前方後円墳。多珂国造の建御狭日命《たけみさひのみこと》の墳墓という。多珂郡衙も初めこの地にあった。

③大津町の佐波波地祇神社（唐帰山）の祭神は天日方奇日方命他五柱。貞観元年従五位下。延喜式神社。俗に六所明神・大宮大明神。

④『常陸国風土記』に、成務天皇の御世（一三一～一九〇）建御狭日命が多珂郡国造に任ぜられ郡内を巡察し、峯険《みねけわ》しく岳《やま》が崇《たか》かったので多珂の国と命名と。後、孝徳天皇白雉四（六五三）年郡を多珂郡と石城郡に二分された。

九三　桜　川

茨城県桜川市東桜川・西桜川

関係地図　1／20万 水戸　1／5万 真岡

361

さくらがは

さくら河といふ所ありとききて

・常よりも春べになればさくら河花の浪こそまなくよすらめ　つらゆき　②

後撰集　一〇七

（参考）風ふけば浪もいくへのさくら川なにながれたる水の春かな　後九条内大臣

夫木抄　一一五三

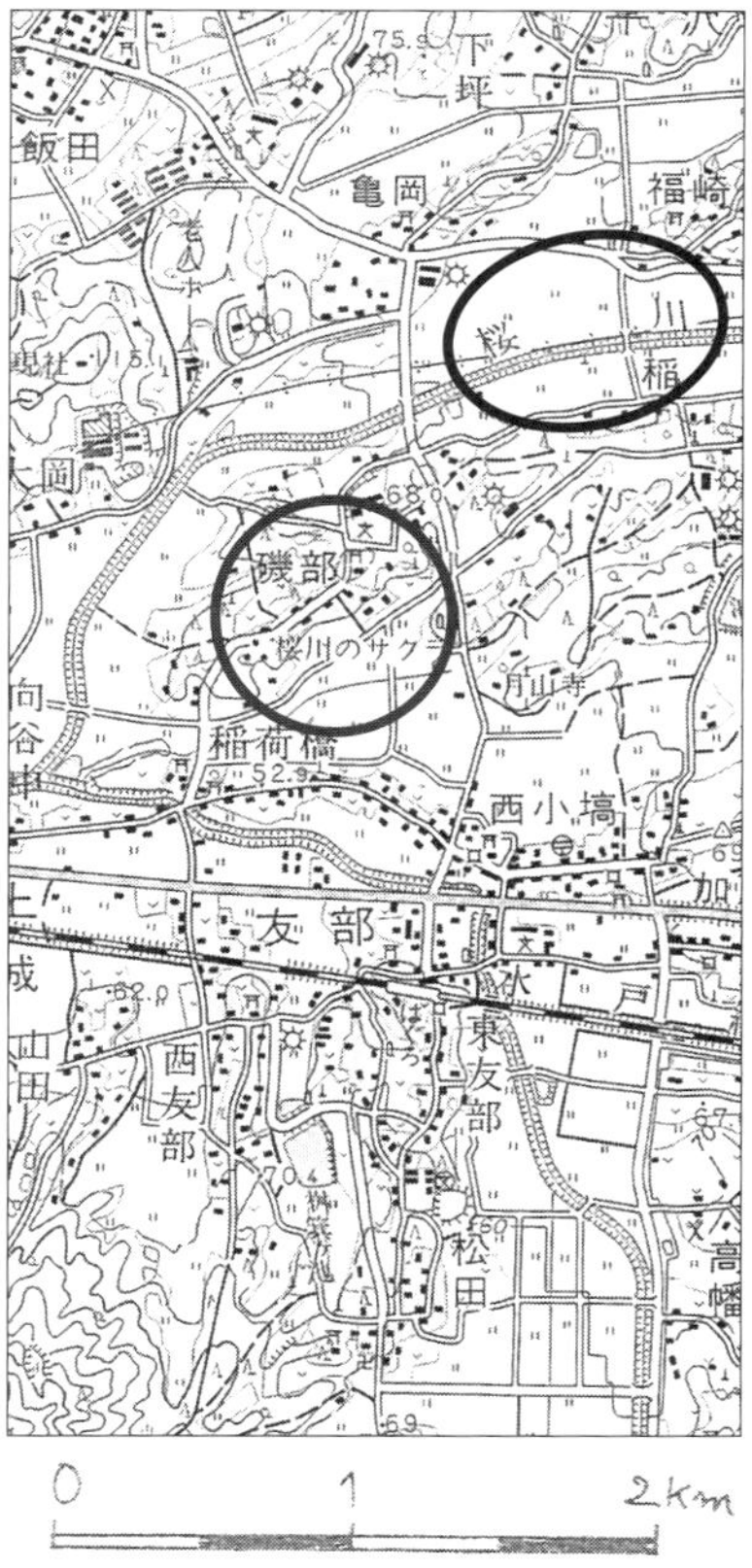

1／5万　真岡

（メモ）

①桜川は茨城県桜川市池亀と栃木県芳賀郡茂木町深沢との県境の標高五一九・六m高峯、また奈良駄峠、鍬柄峠等を源にし、西流、また南流する。加波山、足尾山、筑波山などの西側を蛇行しながら南流を続け、また東南流をして土浦市港町で霞ケ浦に注ぐ。

②磯部稲荷神社（桜川市磯部）祭神は木華咲耶姫命《このはなさくやひめのみこと》、天照皇大神　他四柱由緒は日本武尊東征より常陸国に入り桜川に臨みて伊勢皇太神宮を遙拝し斎祀された。磯部大明神とも言う。

③世阿弥元清に『桜川』がある。その一部を示す。

いかに申し候。この物狂《ものぐるい》は面白う狂ふと仰せ候が、今日は何とて狂ひ候はめぞ。　さん候狂はするやうが候、桜川に花の散ると申し候へば狂ひ候ほどに、狂はせて御目にかけうずるにて候。

急いで御狂はせ候へ。

心得申し候。

あら笑止や。俄《にわ》かに山嵐《やまおろし》のして桜川に花の散り候よ。

九四　園部川の橋

茨城県小美《おみ》玉《たま》市小川《おがわ》の園部川に架かる橋

関係地図　1／20万 水戸　1／5万 石岡、玉造

849　をがはのはし

・つくしよりここまでくれどつともなしたちのをがはのはしのみぞある　在原業平朝臣　③拾遺集　三八一

（参考）みちのくのをがはのはしのあゆみ板の君しそむかばわれもそむかん　読人不知　夫木抄　九四一九

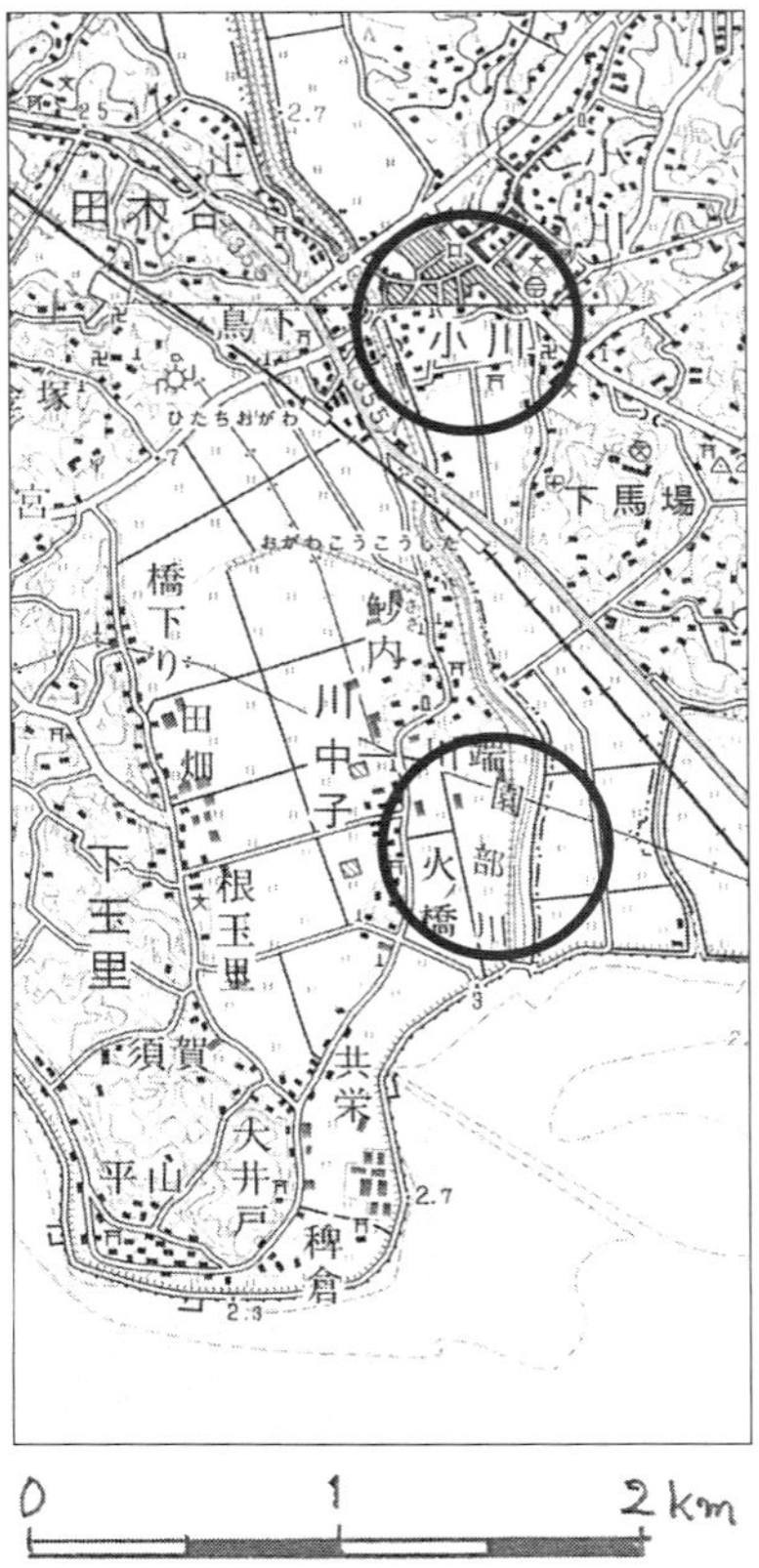

1／5万　石岡（上）・玉造（下）

（メモ）

①園部川に架かる小川橋を渡れば旧玉里《たまり》村である。『常陸国風土記』に、郡《こほり》（茨城郡）の東十里《ひむがしとさと》に桑原の岳《をか》あり。昔、倭武の天皇《やまとたけるのすめらみこと》、岳《をか》の上に停留《とど》まりたまひて、御膳《みけつもの》を進奉《たてまつ》りし時、水《もひ》部《とりべ》をして新《あらた》に清井《ゐ》を掘らしめしに、出泉《いづみ》浄《きよ》く香《かぐは》しく、飲み喫《くら》ふに、尤好《いとよ》かりしかば、勅《みことのり》したまひしく、「能《よ》く渟《たま》れる水かな」とのりたまひき。是によりて、里《さと》の名を、今、田餘《たまり》と謂ふ。とある。

②鹿島神社（小美玉市小川字下馬場）　祭神は武甕槌命　由緒は往古鹿島の大神が東海より霞ケ浦を遡り小川の園部川に止られたので久殿《くで》の森に奉祀した。後山野村羽木上《はきあげ》、川戸村成山《なりやま》を経て大同二（八〇七）年、現在地に鎮座し、香取神子之社と称した。承安四（一一七四）年橘郷が鹿島神領となったので現社名となる。

③野中貝塚（小美玉市小川字野中）　園部川左岸の小支谷の標高二〇mの台地にある。貝層は約五〇cmの厚さ。貝殻・魚骨・獣骨・土器・石器、それら加工品など多数出土。縄文前期貝塚という。

九五　高田・岡

茨城県稲敷市高田・岡

関係地図　1／20万 千葉　1／5万 佐原

470　たか田の山

・なけやなけたか田の山の郭公このさみだれにこゑなをしみそ　よみ人しらず　③拾遺集　一一七

（参考）せきとめてせがゐの水にたねまきしたかたのやまはさなへとるなり　正二位忠宗卿　夫木抄　二五五八

（参考）雨の下かくこそは見めかへはらやたかだのむらはへぬとしぞなき　前中納言匡房卿　夫木抄　一四八三五

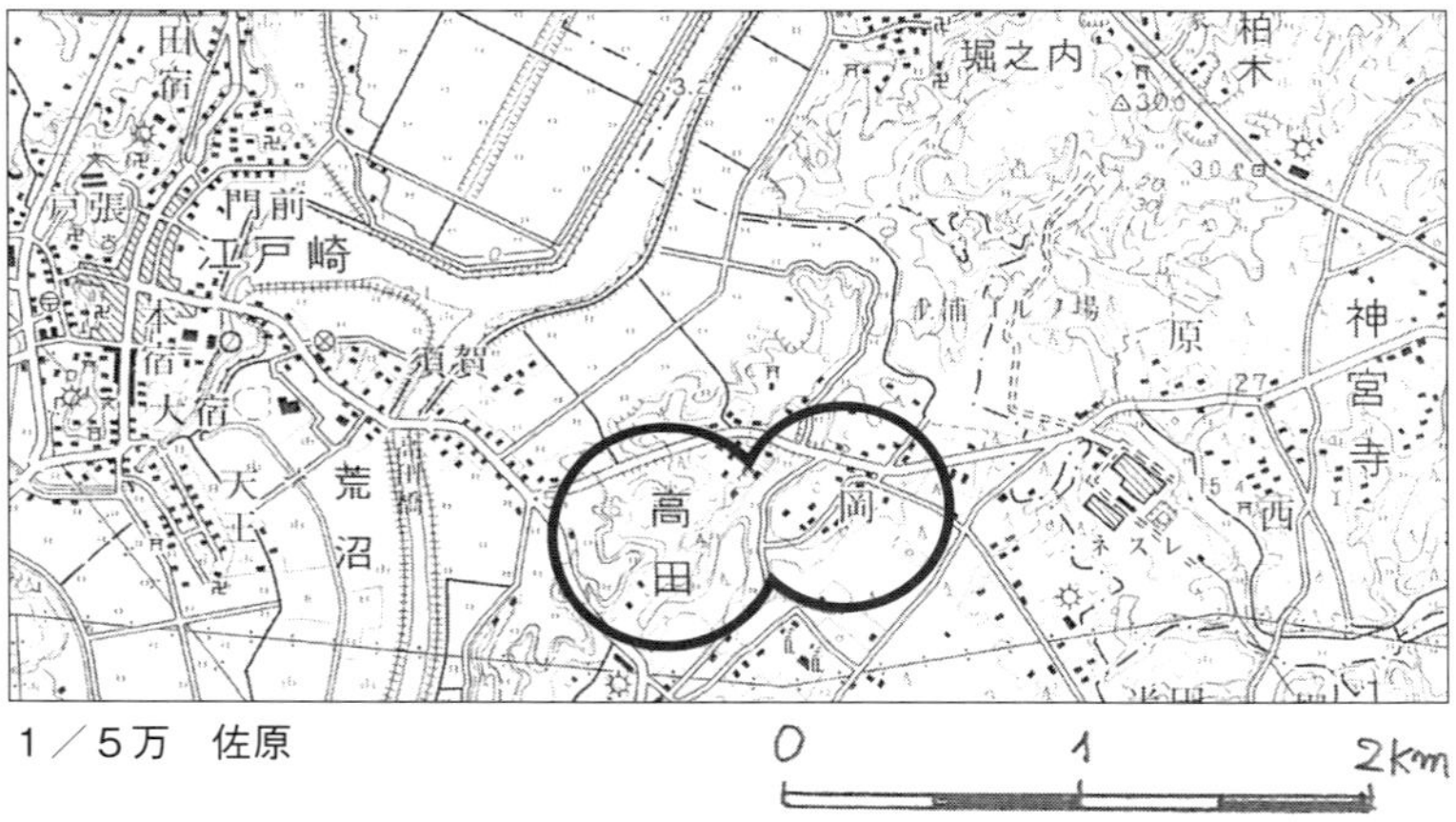

1／5万　佐原

（メモ）

①この地は『和名抄』常陸国信太《しだ》郡。信太郡には一四郷《さと》があり、高田の郷《さと》がある。

②高田神社（稲敷《いなしき》市高田）　祭神は伊邪奈岐命　伊邪那美命　熊野神主櫛御気野命　他四柱。由緒は承平年間（九三一～九三八）平将門乱を起すや朱雀天皇勅して紀伊熊野の神をこの地に勧請し、禍乱の平定を祈られた。後、源頼朝がこの神に勝利を祈り、東条庄五百町を寄進した。同市神宮寺にこの高田神社の別当を勤めていた神宮寺がある。当寺には栃木県日光の二荒山神社を創祀した勝道上人作と伝える一一面観音像、北条政子寄進と伝える阿弥陀如来像や薬師如来像などある。

③大杉神社（稲敷市阿波）　祭神は倭大物主櫛甕玉命　由緒は神護景雲元（七六七）年この地に一祠を創立し大神を勧請。其後仁治二（一二四一）年故ありて京都紫野の今宮神社の分霊を招遷し合祀。水上・海上安全、悪疫除けに効験があると。

④椎塚貝塚（稲塚市椎塚）　貝殻は勿論土器・土偶・石器・骨角器等多数出土。骨製ヤスの突きささった鯛頭骨も出土。

九六　筑波山　茨城県つくば市筑波

関係地図　1／20万 水戸　1／5万 真壁

521　つくばね

・つくばねの峰のもみぢばおちつもりしるもしらぬもなべてかなしも　ひたちうた　①古今集　一〇九六

（参考）つくはねに　わがゆけりせば　ほととぎす　やまびことよめ　なかましやそれ　高橋連虫麿　万葉集　一四九七

1／20万 水戸

（メモ）

①筑波山は関東平野にそびゆる双耳峰で、男体山は標高八七一m、女体山は標高八七五・八六七mで、一等三角点本点がある。関東地方の人は、この筑波山にかかる雲の形やその広がりで、古来その日々気象情報を得ていたという。

②筑波山を構成する岩石は筑波型花崗岩で、一部結晶の大きい巨晶花崗岩である。男体山は角閃片岩、女体山は斜長石を主とした斜長岩。また山頂部は角閃石を主とした斑レイ岩であるという。

③筑波山神社　山頂の峰に筑波男大神、東峰に筑波女大神を祀る。『文徳実録』天安二（八五八）年五月辛酉朔の条に「常陸国筑波山神二柱授四位」とある。延喜の神名帳に男神名神大社女神名神小社と。

④中禅寺跡　筑波山神社拝殿を含む一帯にあった真言宗寺院で、筑波山知足院と号し、本尊は千手観音菩薩。開山は徳一。

⑤筑波山禅定は山中修行場の総称で六六カ所の岩屋から成り「大山つみの窟」から始まり「叶石」が修行の終点という。

九七　常陸国府跡　茨城県石岡市総社一丁目

関係地図　1／20万 水戸　1／5万 石岡　1／2.5万 石岡

660　ひたちの国

・あづまぢのみちのはてなるひたちおびのかごとばかりもあはむとぞおもふ　読人しらず　⑧新古今集　一〇五二

（参考）ひたちなる　なさかのうみの　たまもこそ　ひけばたえすれ　あどかたえせむ　万葉集　三三九七

（参考）ひたちさし　ゆかむかりもが　あがこひを　しるしてつけて　いもにしらせむ　信太郡物部道足　万葉集　四三六六

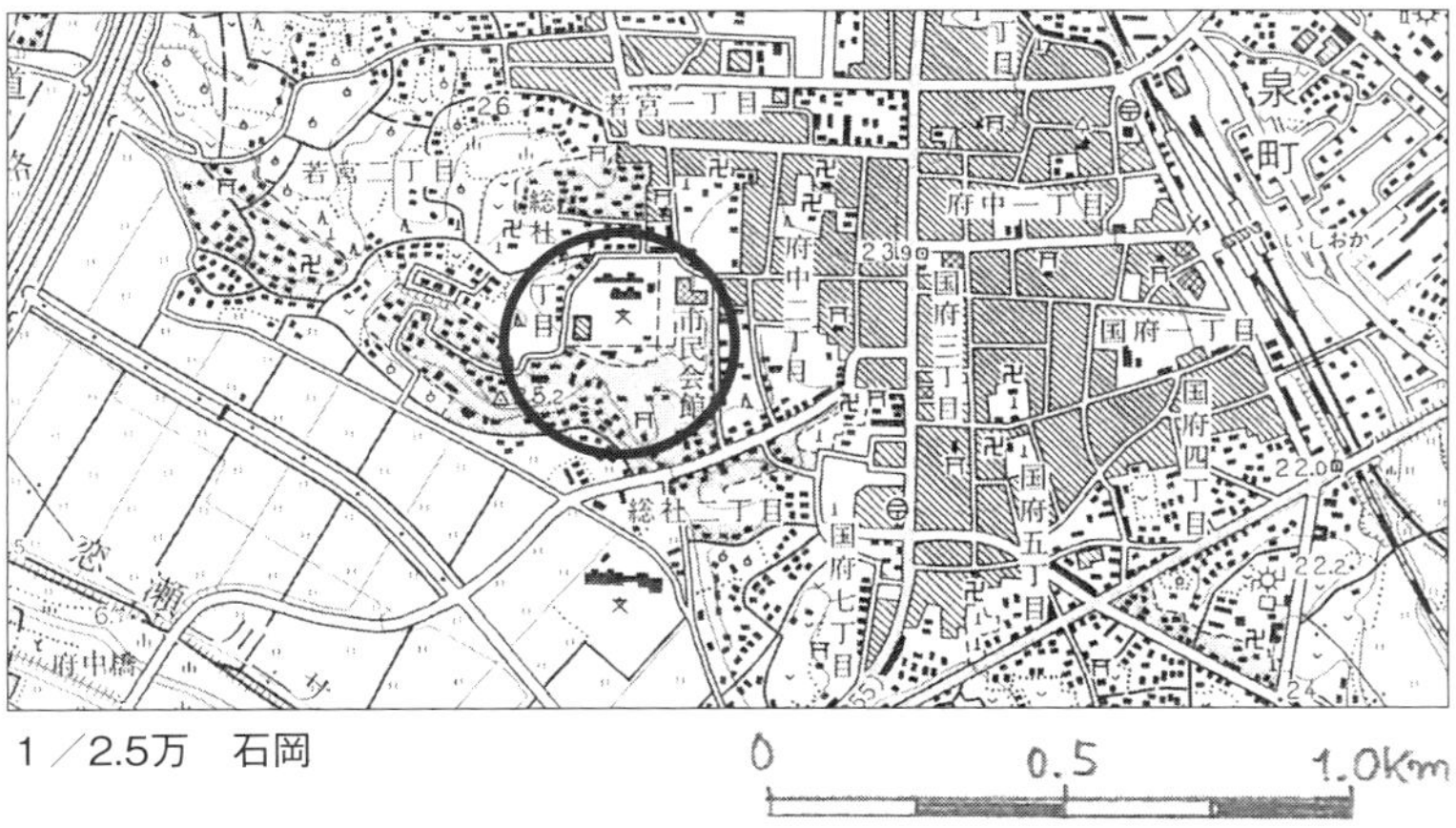

1／2.5万 石岡

（メモ）

①常陸国府跡を常陸国の代表とした。

②『和名抄』によると、常陸国は東海国に属した。この常陸国には、新治、真壁、筑波、河内、信太、茨城、行方、鹿島、那珂、久慈、多珂等一一郡があり、国府は茨城郡にあった。

③『常陸国風土記』に、郡より西南のかた、近く河間《かは》あり。信《し》筑《づく》の川（現恋瀬川）と謂ふ。源は筑波の山より出で、西より東に流れ、郡（茨城郡）の中《うち》を経歴《へめぐ》りて、高浜《たかはま》の海（石岡市高浜。恋瀬川の霞ケ浦に注ぐ所）に入る。

とある。この地は景勝の地であったので同風土記に次の歌がある。

・高浜《たかはま》に　来寄《きよ》する波の　沖つ浪　寄すとも寄らじ　子らにし寄らば

・高浜の　下風騒《したかぜさや》ぐ　妹《いも》を恋ひ　妻と言はばや　しことめしつも

④『続日本紀』文武天皇四（七〇〇）年一〇月一五日の条に直広参《ぢきくわうさむ》百済王遠宝《くだらのこにきしをんほう》を常陸守《ひたちのかみ》とあり、これが初代国司という。

九八　真野の継橋跡推定地

茨城県常陸大宮市宇留野・坏《あくつ》辺

関係地図　1／20万 水戸　1／5万 常陸大宮

726
まののつぎはし
あるひとの、むすめをかたらひつきてひさしうおとしはべらざりければ
・ふみみてもものおもふみとぞなりにけるまののつぎはしとだえのみして　相摸
④後拾遺集　八八〇
（参考）あしの葉にまがふ蛍のほのぼのとたどりぞわたるまののつぎはし　鴨長明　夫木抄　三二二三
（参考）あふことのとだえがちにもなり行くかふみだにかよへまののつぎはし
二条太皇太后宮肥後　夫木抄　九四六七

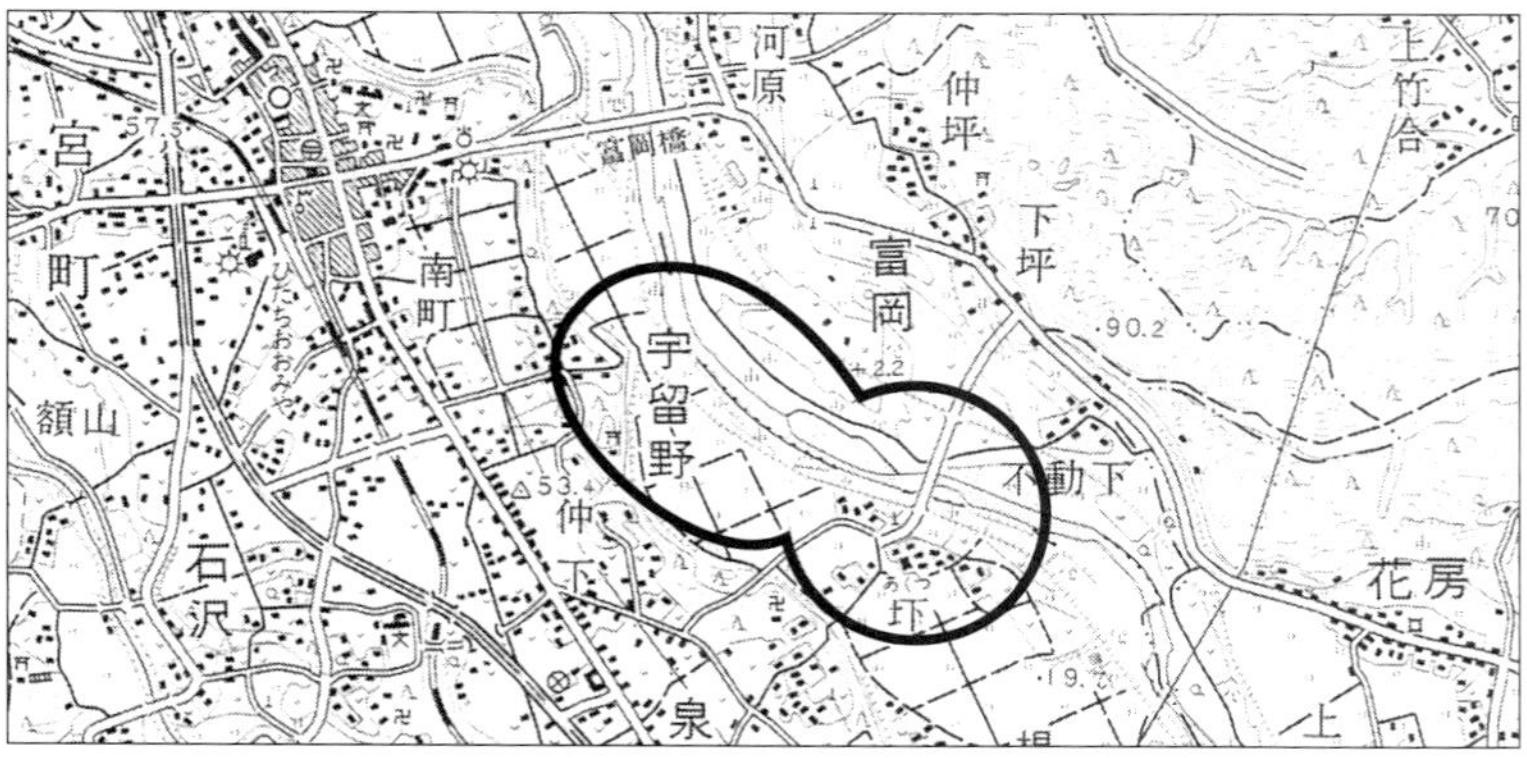

1／5万　常陸大宮
0　1　2km

（メモ）
①『和名抄』常陸国久慈郡内二一郷に「真野郷」がある。
②『新編常陸国誌』に
按ズルニ、今其名ヲ失ス、思フニ今ノ宇留野村ノ辺ナリ
とあり、現常陸大宮市宇留野に比定するという。地図を見ると宇留野集落を久慈川が南流している。
③ここ宇留野集落で久慈川に架かる橋名は「宇留野坏橋《うるのあくつはし》」である。「坏《あくつ》」は大漢和辞典（諸橋）に、「低い地の意」。また「坏大野」は常陸国の地名などとある。
④広い河川敷の久慈川は五十年また百年に一度位は川幅いっぱいに流れるが、普段は幾筋にも分かれて流下する細流であり、残りは広大な低地、真野である。これらの細流にとびとびに橋を架けて対岸に渡る橋が「継橋」である。

九九　男女《みな》の川

茨城県つくば市

関係地図　1／20万 水戸　1／5万 真壁　1／2.5万 筑波

756
みなの河
つりどののみこにつかはしける
・つくばねの峰よりおつるみなの河恋ぞつもりて淵となりける　陽成院御製
②後撰集　七七六
（参考）つくばねのみねの桜やみなの川ながれて淵とちりつもるらむ　侍従雅有
続拾遺集　一一八

1／2.5万　筑波

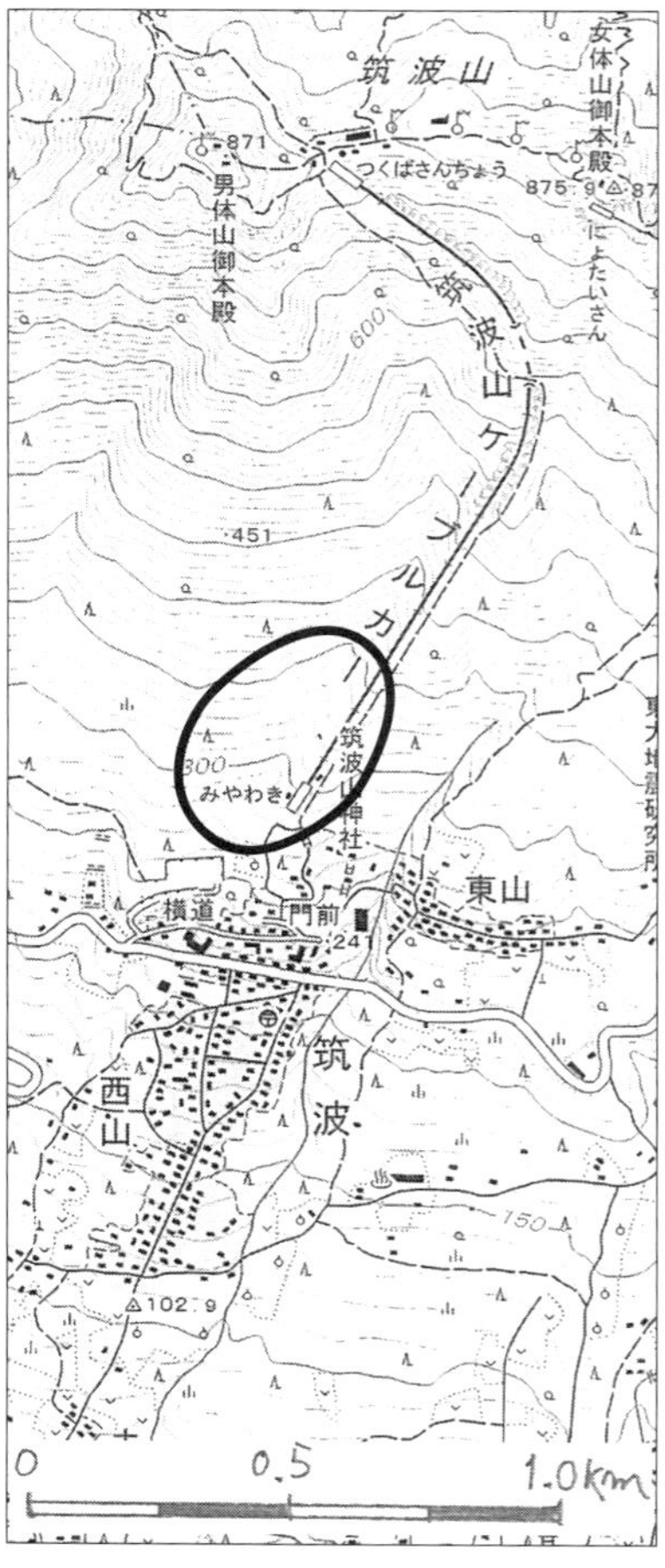

0　0.5　1.0km

（メモ）
①男女の川は「水無川」ともいう。筑波山の山頂の男体山、女体山の社地を源とするによるという。
②つくば市臼井地区西北の字稲野の飯名《いいな》神社が鎮座する。筑波山より流下する男女川を背にする。祭神は宇気母知神三座。由緒は当社は筑波山の里宮であった。境内には巨石が多い。特に高さ三mを超す神石または立て石（神体石）の前に弁天様と呼ばれる拝殿がある。また歌垣の行われた場所ともいう。
③万葉集の「筑波嶺に登りて嬥歌《かがひ》会を為《す》る日に作る歌　高橋連虫麿」に
鷲の住む　筑波の山の　裳羽服津《もはきつ》の　その津の上に　率《あども》ひて　娘子壮子《をとめをとこ》の　行き集ひ　かがふ嬥歌《かがひ》に　人妻に　吾も交《まじ》はらむ　吾妻《わがつま》に　人も言《こと》とへ　この山を　うしはく神の　昔より　禁《いさ》めぬわざぞ　今日のみは　めぐしもな見そ　事もとがむな　九―一七五九

367

一〇〇　秋山川

栃木県佐野市

関係地図　1／20万 宇都宮　1／5万 古河　1／2.5万 佐野　⑦

さのの中川

摂政右大臣の時、家に百首歌よませ侍りける時、逢不逢恋をよめる　源仲綱

・すみなれしさのの中川せだえしてながれかはるは涙なりけり

千載集　八九〇

（参考）うかりけるさのの中河さのみなどあふせ絶えても恋ひわたるらん　前大納言為兼　新千載集　一六二〇

（参考）せきりせしさのの中河つららゐてゐくひに波の音絶えにけり　俊頼朝臣　夫木抄　一一二一四

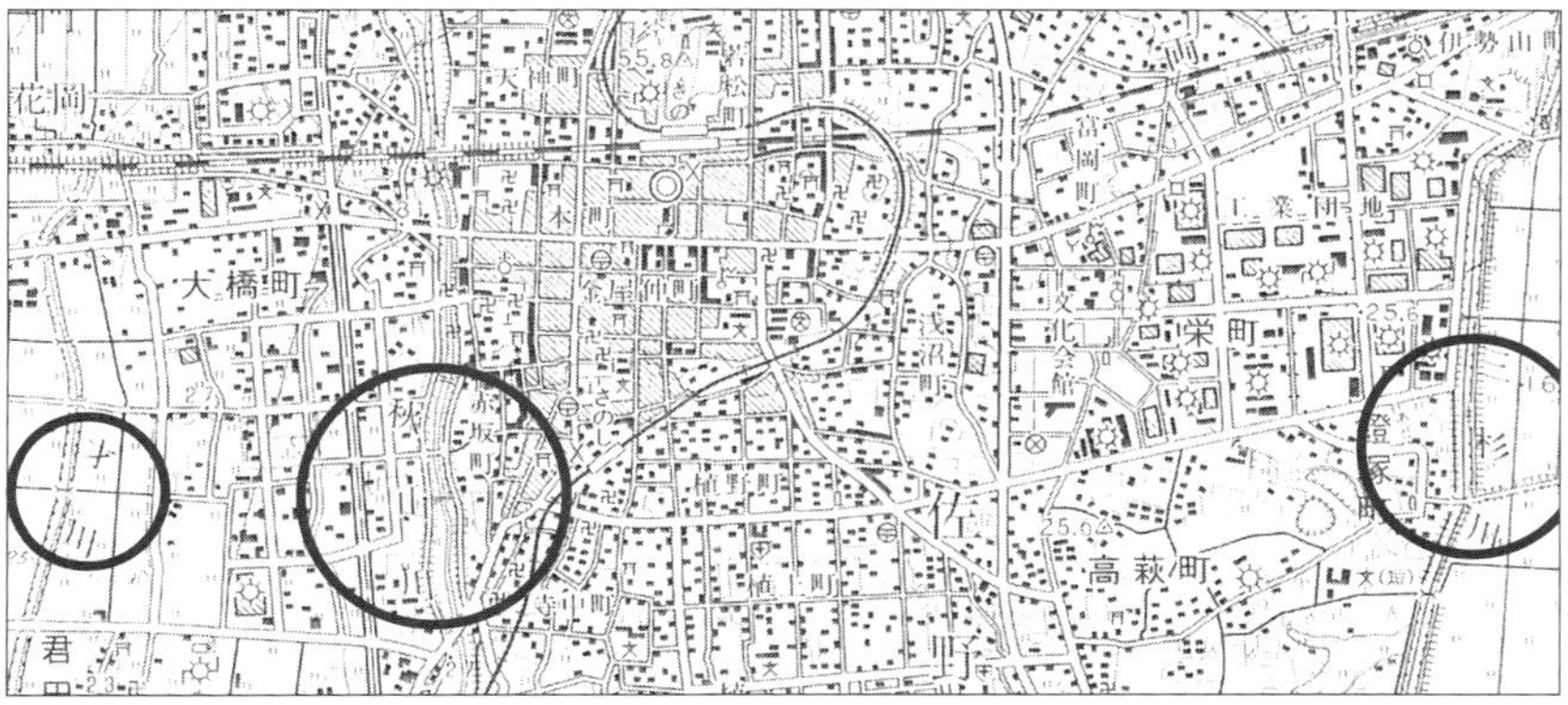

1／5万　古河

0　1　2km

（メモ）

①ここ佐野市内で北西方向から東南東方向に渡れる渡良瀬川に最初に才川（又は旗川）、次に秋山川、そして三杉川が注いでいる。これら三河川の中で二番目、中を流れる川が秋山川である。しかも秋山川は古くは天明地区の東、現在の浅沼町を流下していたであろう。

②秋山川は佐野市秋山町の標高一一二三mの氷室山、九三三mの尾出山等を源にする。氷室山神社、東武佐野線葛生駅の西を南流し、佐野市金井上町の佐野厄除け大師（惣宗寺）の西を更に南流し、佐野市船津川町で渡良瀬川に注ぐ。

③佐野市鉢木町に梅秀山願成寺がある。この寺は宝亀年間（七七〇～七八一）下野守河辺左大臣藤公が創立。大同年間安蘇郡売沢口に創建。また建長年間、謡曲「鉢ノ木」の主人公佐野源左衛門常世が再興という。境内に常世の墓と伝える宝篋印塔がある。

470

一〇一　磯　山

栃木県真岡《もおか》市東大島の磯山

関係地図　1／20万 水戸　1／5万 真岡

たか田の山

③拾遺集　一一七　よみ人しらず

・なけやなけたか田の山の郭公このさみだれにこゑなをしみそ

（参考）せきとめてせがゐの水にたねまきしたかたのやまはさなへとるなり　正二位忠宗卿　夫木抄　二五五八

1／5万　真岡

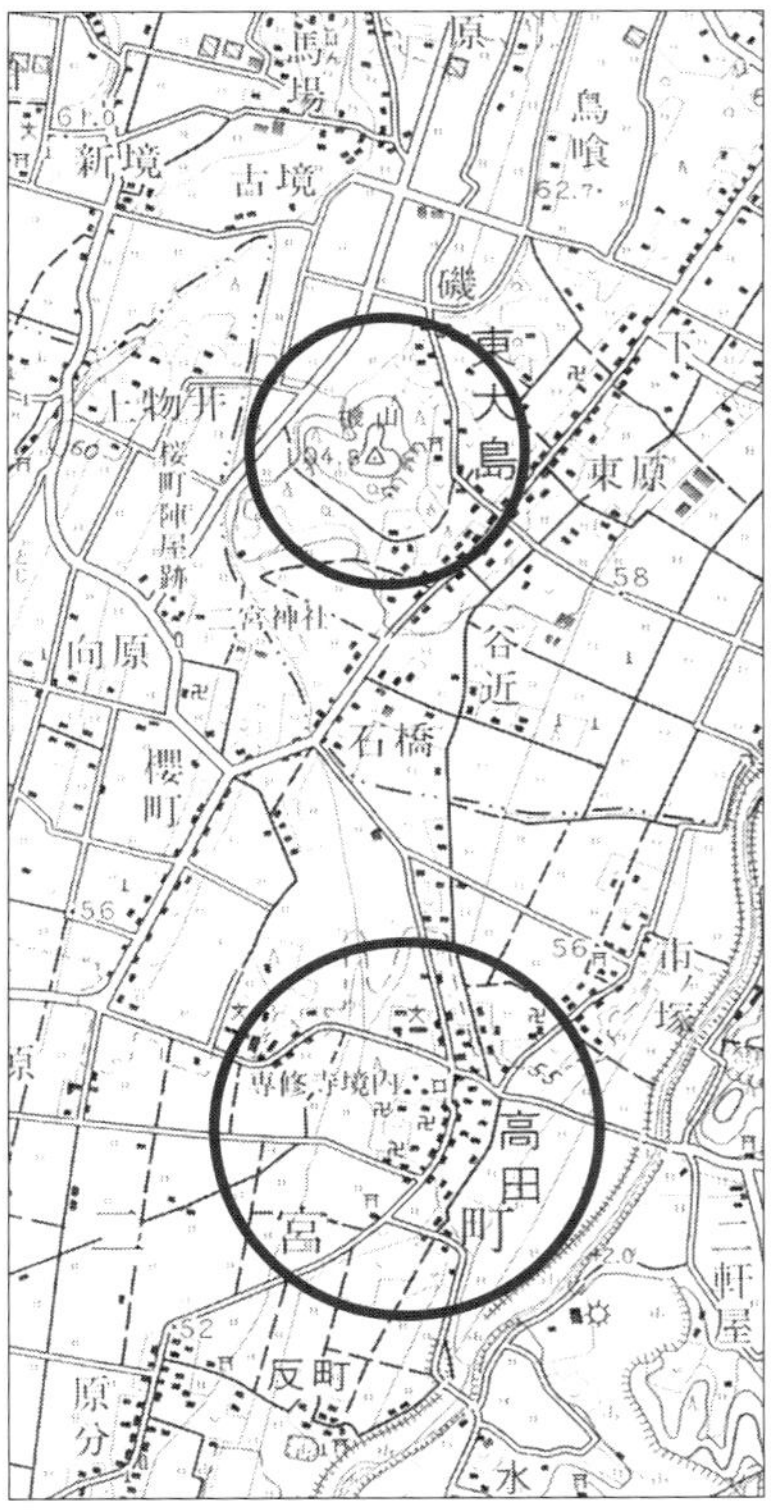

0　1　2km

（メモ）

①さくら市桜野を源とする五行川と、那須烏山《からすやま》市曲畑《そりはた》を源とする小貝川が作った大きな平野の中に磯山がある。平野との比高は約四〇mであるが平野に立つ姿は、海の島と同じく、地名は東大島である。字東大島の南に接する集落が高田集落である。磯山は高田集落にとって最も近い山、「高田の山」である。

②高田山専修寺　真岡市高田　親鸞聖人は四三歳頃から関東各地を行脚され専修念佛を弘められた。その中で聖人五三歳の時この地に来られ、夢で虚空蔵菩薩の化身明星天子の導きを受け、豪族や一般庶民からの懇望によって一堂を建立され、長野の善光寺から一光三尊仏を迎えて本尊とされたのが当寺の草創という。当寺の国重文の主なものは御影堂、如来堂、総門、山門、真仏上人像、顕智上人像。御廟、ここから約二km東の同市三谷《みや》の三谷草庵は国史跡である。

③地図の桜町陣屋跡は二宮尊徳（金次郎）が文政四年～嘉永元年までの二六年間、ここに住んで常陸国各藩、下野国各藩の仕事をした所。

135

一〇二　伊吹山

栃木県栃木市吹上

関係地図　1／20万　宇都宮　1／5万　栃木　1／2.5万　栃木

いぶき

をんなにはじめてつかはしける

・かくとだにえやはいぶきのさしもぐささしもしらじなもゆるおもひを　藤原実方朝臣　④後拾遺集　六一二

・けふも又かくやいぶきのさしも草さらばわれのみもえやわたらん　和泉式部　⑧新古今集　一〇一二

（参考）世とともにもえてとしふるいぶき山秋は草木のいろにいでつつ　寂縁法師　続後撰集　四三一

1／2.5万　栃木

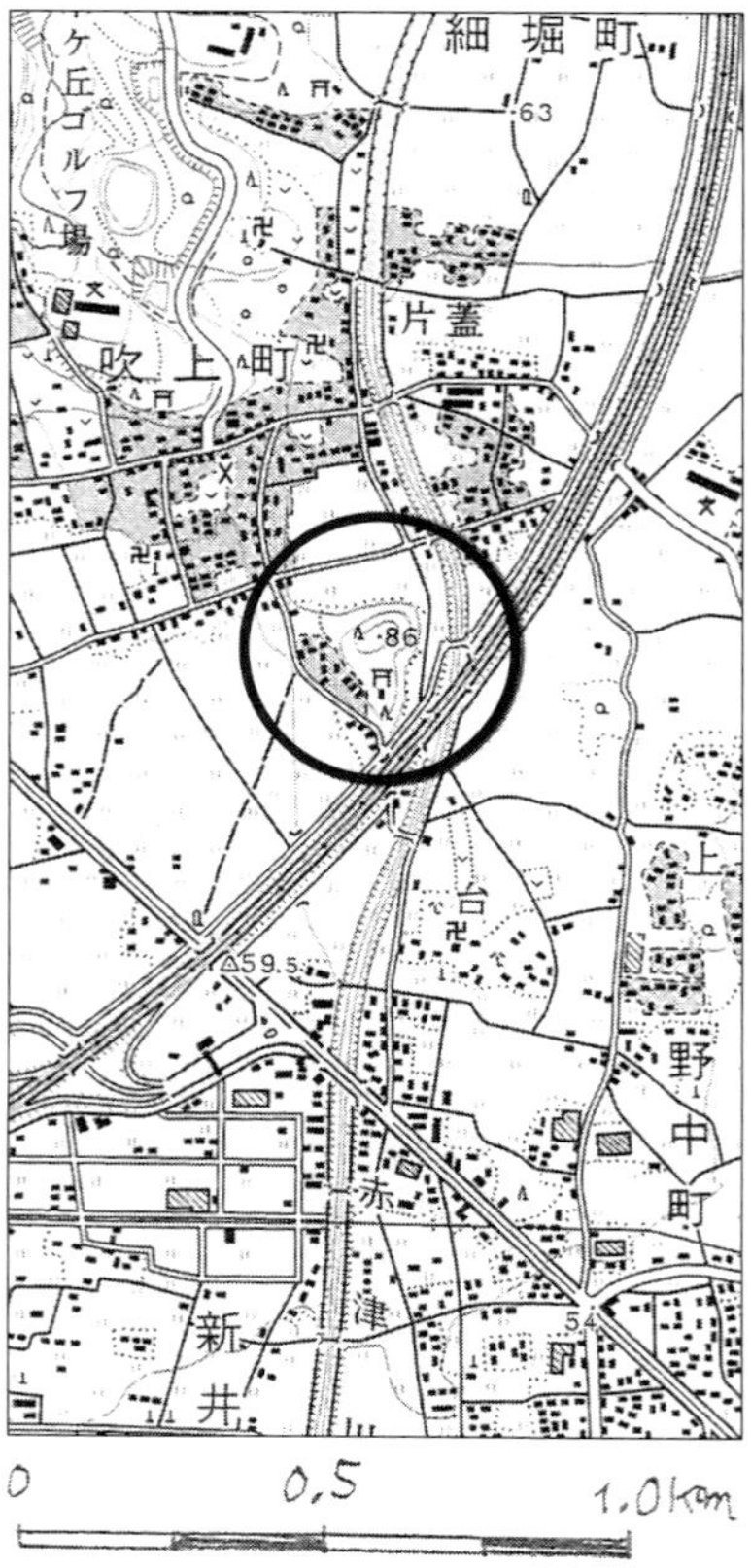

（メモ）

①栃木市吹上町地内の標高八六mの小山とする。東北自動車道の南三百mの赤津川に伊吹橋が架かっている。永野川が形成した吹上扇状地の東端に位置する。また伊吹山南麓の神社は長宮神社である。

②「吹上」地名は、勝道上人が幼時この地を遠望した所、五色の雲が下から上に向って吹き上っていたに由来するという。

近くの鴻巣山の南の谷の奥に勝道上人開基と伝えた善応寺（真言宗）があったが、今はない。この寺の聖観音像は近隣の民家で守っている。

③伊吹山や隣接の川原田町産の七ツ葉の蓬で製した艾《もぐさ》は万病に効いたという。

④南北朝時代には、皆川氏一族の膝附《ひざつき》氏が吹上城を築いた。土塁・空堀等遺構があり、周辺から康安二年銘板碑が出土。

216

一〇三　思《おもい》川《がわ》

栃木県鹿沼市・栃木市・野木町

関係地図　1／20万　宇都宮　1／5万　壬生

おもひがは

まかる所しらせず侍りけるころ、又あひしりて侍りけるをとこのもとより、日ごろたづねわびてうせにたるとなん思ひつるといへりければ

・おもひがはたえずながるる水のあわのうたかた人にあはできえめや　伊勢　②後撰集　五一五

（参考）おもひ河いはまによどむみづぐきをかきながすにも袖はぬれけり　皇嘉門院別当　新勅撰集　六六七

（参考）思ひ河いはまの波のうちつけにせきあへぬ袖の玉ぞくだくる　後小松院御製　新続古集　一〇〇九

1／20万　宇都宮

（メモ）

思川は日光市足尾町境の勝雲山（標高一三二二・一m）。地蔵岳・粕尾峠、また鹿沼市上粕尾の横根山（標高一三七二・八m）らを源にする。その後、南流また東流を重ねながら鹿沼市口粟野で粟野川を併せ、鹿沼市久野で南摩《なんま》川を併せ、栃木市大光寺町で大芦川を併せ、黒川を併せ、小山市黒本で姿川を合せ、下都賀郡野木町野木で渡良瀬川に注ぐ。思川の流路延長は七八km、流域面積は八七二km²という。また現栃木市にある下野国府、下野市にある国分寺や国分尼寺また周辺の古墳に使われた石材は思川、またその支流の姿川に水運で運ばれたという。

一〇四　権津川の橋

関係地図　1／20万　白河　1／5万　喜連川《きつれがわ》

栃木県那須郡那珂川町小川地内も流れる権津《ごんづ》川

849　をがはのはし

・つくしよりここまでくれどつともなしたちのをがはのはしのみぞある　在原業平朝臣　③拾遺集　三八一

（参考）みちのくのをがはのはしのあゆみ板の君しそむかばわれもそむかん　読人不知　夫木抄　九四一九

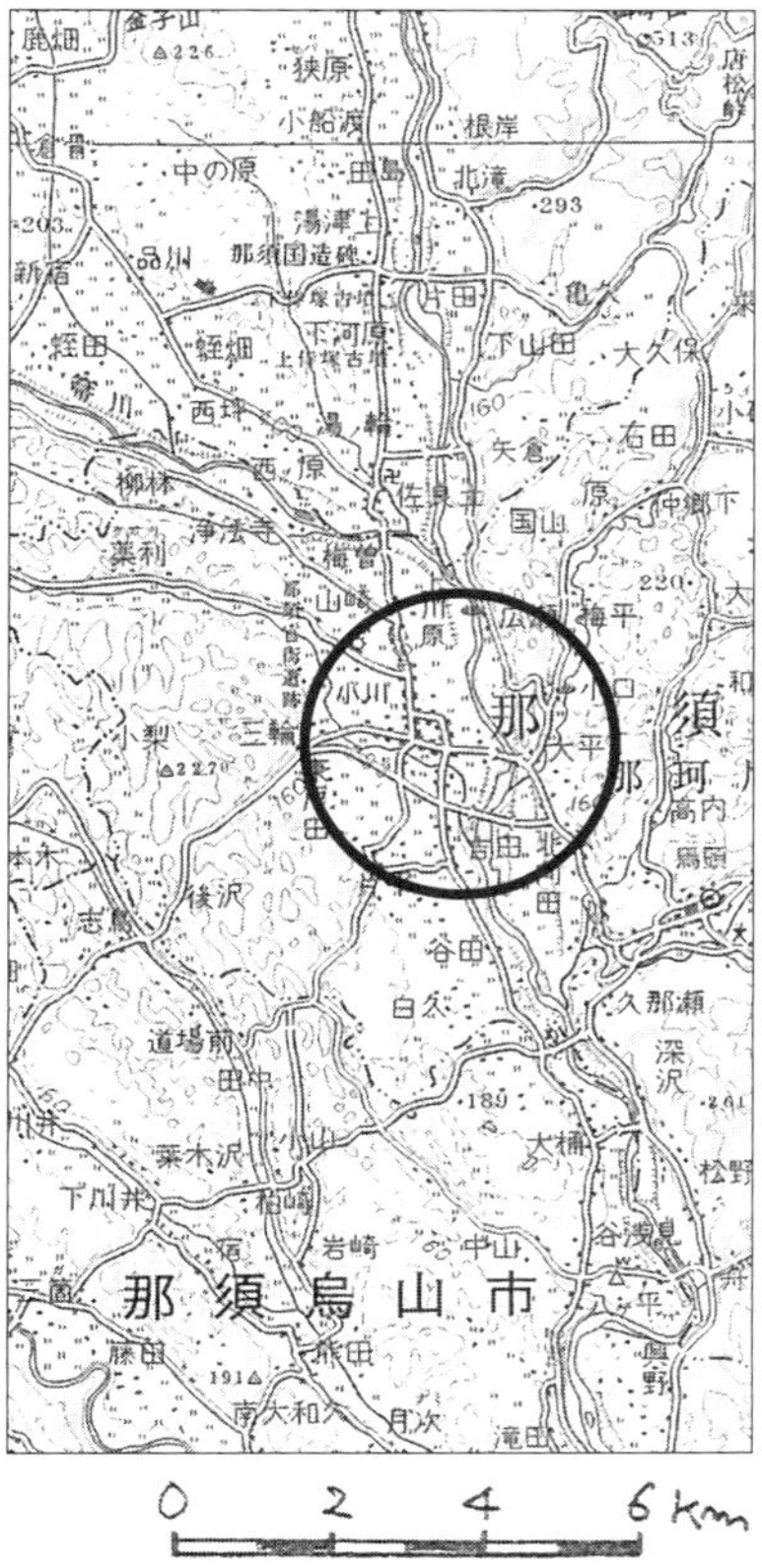

1／20万　白河

（メモ）

①那須郡那珂川町小川集落に北西方から権津川が流れ、また北から南に流れる那珂川に注いでいる。那珂川は大川であり、権津川は小川である。よって小川集落で権津川に架かる橋が「小川の橋」である。

②権津川は大田原市佐久山を源にし、ニュー・セントアドリュースゴルフクラブの南側を東流し、那須官衙遺跡の南で流路を南に変えて駒形大塚古墳の東側を流れ、那珂川町小川で那珂川に注ぐ。

③平凡社『栃木県の地名辞典』に、

（小川）町域の那珂川右岸段丘上には注目される遺跡が集中する。浄法寺の浄法寺遺跡は縄文時代から奈良・平安期、三輪の仲町遺跡は縄文時代から中世に至るそれぞれ複合集落遺跡であり、小川の駒形大塚古墳（国史跡）、吉田の那須八幡塚古墳（県史跡）、次いで吉田の温泉《ゆぜん》神社古墳と造営された前方後方墳は県下でも最も早期の古墳…。小川には那須郡衙跡、七世紀建立と推定される浄法寺廃寺などもあり、古代那須郡（那須国）の中心域であったと考えられる

とある。

一〇五　下野国庁跡《しもつけこくちょう》

関係地図　1／20万　宇都宮　1／5万　壬生

栃木県栃木市田村町宮辺《みやのべ》。宮延神社一帯

407　しもつけ

しもつけにまかりける女に、かがみにそへてつかはしける　よみ人しらず

・ふたみ山ともにこえねどますかがみそこなる影をたぐへてぞやる　②後撰集　一三〇七

（参考）しもつけの　みかものやまの　こならのす　まぐはしころは　たがけかもたむ　下野国歌　万葉集　三四二四

（参考）しもつけの　あそのかはらよ　いしふまず　そらゆときぬよ　ながこころのれ　下野国歌　万葉集　三四二五

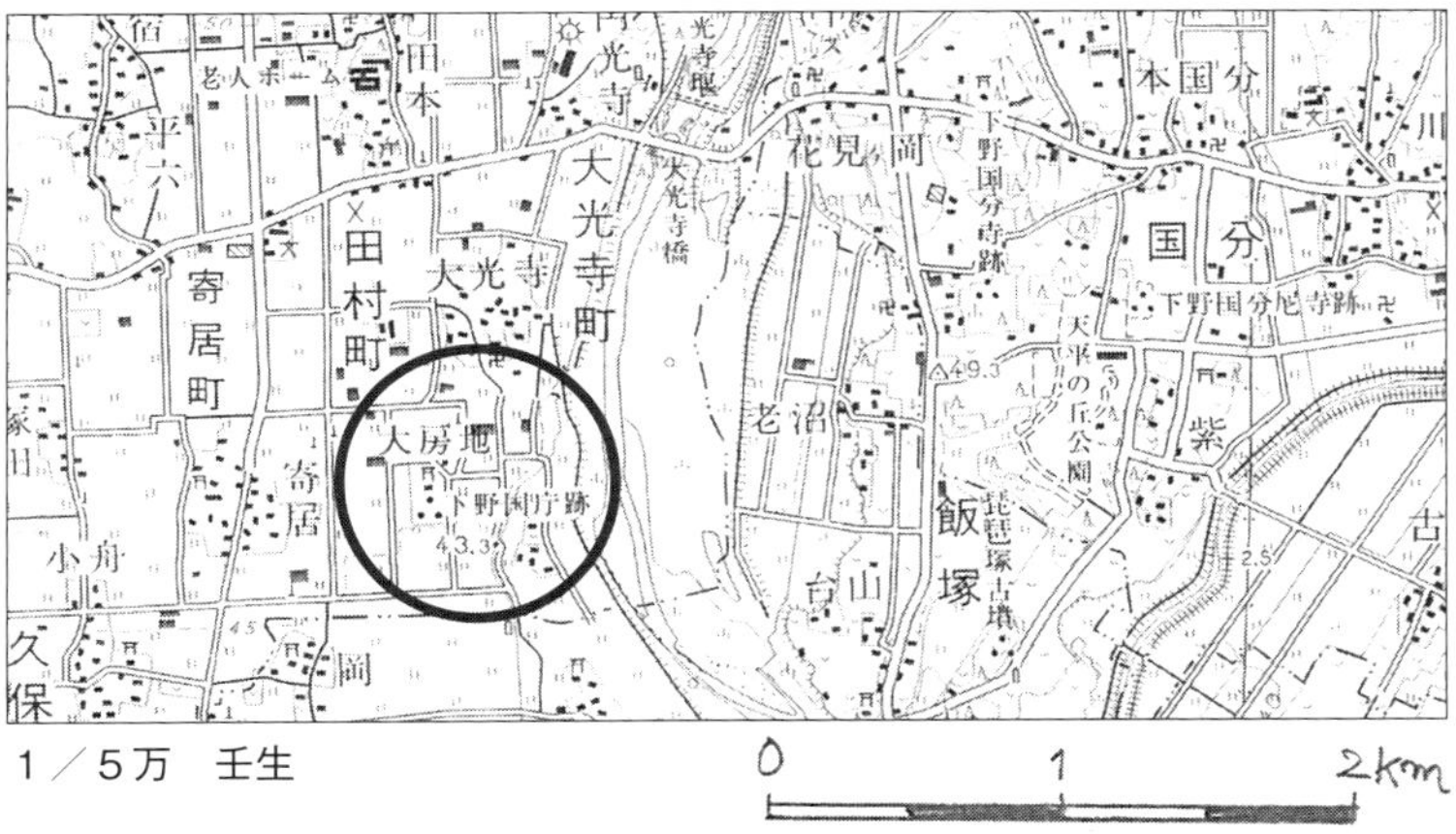

1／5万　壬生

（メモ）

①『国造本紀』に、

下毛野国造。難波高津朝（仁徳）御世。元毛野分為上下。豊城命四世孫奈良別初定賜国造。

とある。また、

那須国造。纏向日代朝（景行）御世。建沼河命孫大臣命定賜国造。

とある。そして下毛野国と那須国とを統合したのは持統天皇の御代、『日本書紀』持統四（六九〇）年八月一一日条

帰化《もうおもぶ》ける新羅人等を以て、下毛野国に居《はべ》らしむ

とある頃であろうといわれる。

②下野国は『和名抄』では東山国に属し、足利・梁田《やなた》・安蘇・都賀・寒川《さむかは》・河内・芳賀《はか》・塩屋《しほのや》・那須の九郡より成る。国府は都賀郡にあった。現在の栃木市田村町から八〜一〇世紀の国庁の遺構が発掘され、多数の木簡類や漆紙文書が出土したという。

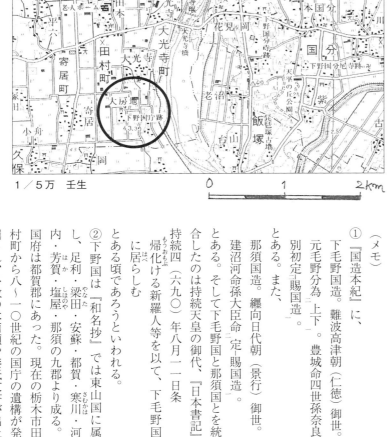

一〇六　那須湯本温泉

栃木県那須郡那須町元湯町

関係地図　1／20万 白河、日光　1／5万 白河、那須岳

579

なすのゆ

身のしづみけることをなげきて、勘解由判官の源したがふの長歌に対しての返し

• 世の中を　おもへばくるし　わするれば　えもわすられず　たれもみな　おなじみ山の　松がえと　かるる事なく　……世をしも思ひ　なすのゆの　たぎるゆゑをも　かまへつつ　わが身を人の　身になして　おもひくらべよ　ももしきにあかしくらして　とこ夏の　くもゐはるけき　みな人に　おくれてなびく　我もあるらし　よしのぶ

③拾遺集　五七二

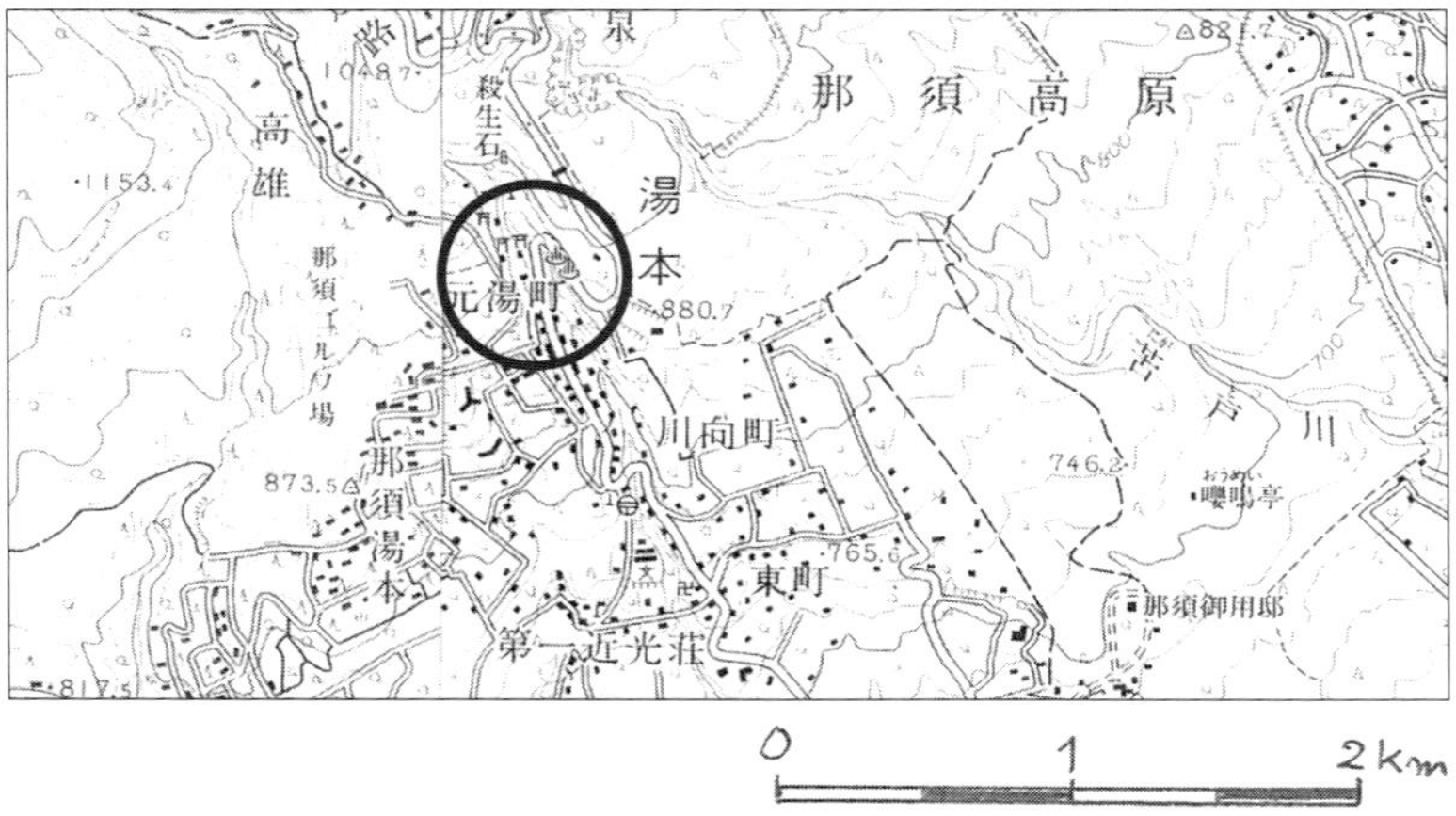

1／5万　那須岳(左)・白河(右)

（メモ）

①那須火山山麓に散在する温泉の総称が「那須温泉・御湯」である。湯本（鹿の湯）・大丸・北・弁天・高雄の五湯と三《さん》斗小屋《どごや》、那須塩原市の板室の各温泉は古来知られ、那須七湯と呼ばれた。

②湯木温泉、鹿の湯の発見は舒明天皇の御世（六二九～六四一）といふ。狩人狩野三郎が矢疵を負わせた白鹿を追っていると、湧出している温泉に浴している鹿を見たことと伝える。また天平一〇年の正倉院文書『駿河国税帳』に、従四位下小野牛養主従が那須湯に病気療養に行ったとあると。

③那須火山は高原火山、日光火山とともに那須火山帯に属する。那須火山は福島県との境界付近にあり東西約一〇km、南北約二五kmにわたり南北に九つの成層火山がある。活動は北から南へと進み、最後の活動は茶臼岳で溶岩噴出、溶岩円頂岳を形成したという。現在も茶臼岳西斜面で硫気を噴出中という。

一〇七　八小島

栃木県栃木市惣社町の大神神社境内の八小島《はちこじま》

関係地図　1／20万 宇都島　1／5万 壬生

784

むろのやしま

• いかでかはおもひありともしらすべきむろのやしまのけぶりならでは　藤原実方朝臣

⑥詞花集　一八八

法性寺入道さきのおほきおほいまうちぎみ内大臣に侍りける時、十首歌よませ侍りけるによめる

• 煙かとむろのやしまをみしほどにやがても空のかすみぬるかな　源俊頼朝臣

⑦千載集　七

1／5万　壬生

（メモ）

①大神神社《おおみわじんじゃ》（栃木市惣社町）　祭神は倭《やまと》大物主櫛甕玉命。『延喜式神名帳』都賀郡の大神社。『三代実録』元慶四（八八〇）年八月二九日条に

授下野国従五位下三和神正五位上

とある。由緒は崇神天皇一二（BC九七）年は寒さ暑さが不順で疫病も多く百姓災を蒙った。それで罪を解き過を改めて敦く神祇を礼ふという。（『日本書記』）。崇神天皇は皇子豊城入彦に大和三輪大物主神及び相殿の神四座、新宮の神一座、新宮相殿の社一座を合祀されたという。現在大神神社境内には八つの人工の小島がありそれぞれに浅間神社があるというが、初めはもっと広い地に豊城入彦の祀られた「室八島明神」が祀られていたものであろう。

②『おくのほそ道』に

室の八島に詣す。同行曽良が曰《いは》く、「此神は木の花さくや姫の神と申て富士一躰也。無戸室《うつむろ》に入て焼給ふちかひのみ中に、火々出見《ほほでみ》のみこと生れ給ひしより室の八島と申。又…」

とある。

一〇八　横根山

栃木県鹿沼市入粟野・上粕尾・草久

関係地図　1／20万 宇都宮　1／5万 鹿沼

363

さ月山

• さ月山こずゑをたかみ郭公なくねそらなるこひもするかな　つらゆき　①古今集　五七九

• さ月山うの花月よ時鳥きけどもあかず又なかむかも　読人しらず　⑧新古今集　一九三

（参考）さつきやま　はなたちばなに　ほととぎす　こもらふときに　あへるきみかも　万葉集　一九八〇

1／20万　宇都宮

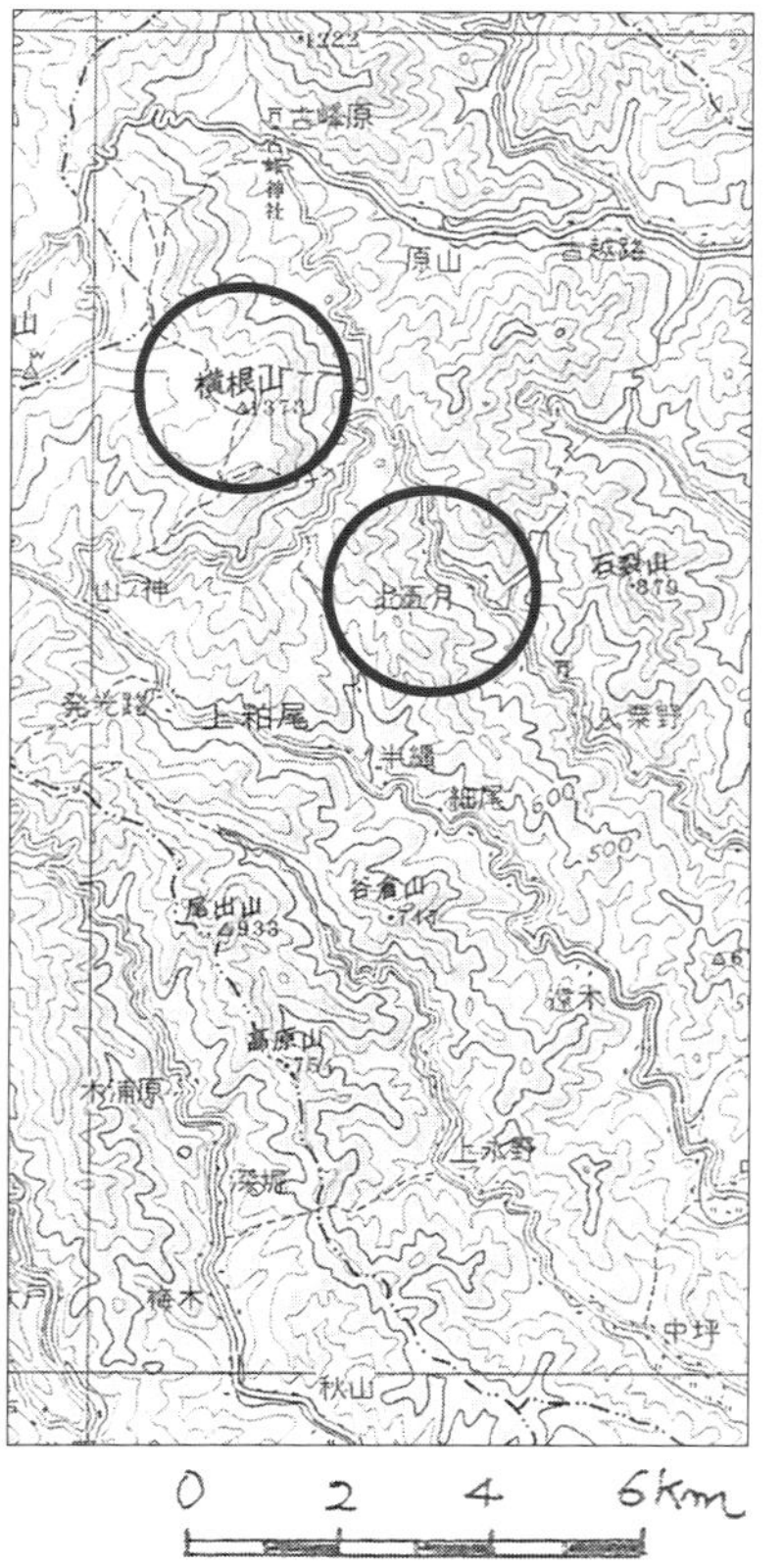

（メモ）

①横根山は粟野川の源流である。この粟野川の源流域を占めるのが鹿沼市入粟野小字上五月と下五月である。よって、横根山は五月の山、五月山である。

②横根山は日光、男体山の開祖勝道上人修行の場と伝える。出流山（栃木市出流町の勝道上人開山の出流山満願寺）～横根山～深山巴《じんせんともえ》の宿《しゅく》（横根山北麓）～日光市山内の四本龍寺（現本宮神社）の経路は、延暦年間（七八二～八〇六）から入峰禅定道と定められていた。

③鹿沼市草久《くさぎゅう》古峯ケ原に古峯神社が鎮座。祭神は日本武尊。由緒は、日本武尊の家臣藤原隼人が京都からこの地、石原に移り、石原姓を名乗り日本武尊の御威徳を欽仰して神霊を鎮祭したのが草創。鎌倉時代、入峯修行僧が日光から金剛童子像を社殿に安置し金剛峯権現と称した。これが当社の天狗信仰の始まりという。

一〇九　赤城山

群馬県前橋市・桐生市・渋川市・沼田市・昭和村

関係地図　1／20万 宇都宮

526

つつみのたけ

• かがり火の所さだめず見えつるは流れつつのみたけばなりけり　紀輔時　③拾遺集　三八八

1／20万　宇都宮

（メモ）

①元禄二（一六八九）年の検地帳に、現前橋堤町一帯に堤村があった。この堤村は上泉村より分村したという。この上泉村の南西部分は桃木《もものき》川が流れる平坦地で、地味は良いが、北東部は赤城山南麓傾斜地で水利不便のため、新田塚沼や次郎房沼などを用水源としていた。

②前橋市荻窪町一帯は旧荻窪村で大入沼・池ノ沼等があり、これらの水を稲作の潅漑用水としていた。

③前橋市堀越、旧堀越村、ここにも一丁田沼・尾引沼・薬師沼・五拾山沼・新沼などがあった。

④赤城山の山麓には多くの湖沼水を潅漑用水として大切に利用していた。また、それらの湖沼を保護維持する為に、周囲を土や石で高く、硬く築き上げれば、それは「堤や土堤」である。赤城山はそれらの堤に水を供給する「堤の山」である。

⑤図中の楕円で囲まれた所が堤・上泉・堀越・荻窪地域である。

⑥前橋市上泉町字檜峯《ひのきみね》遺跡がある。ここから古墳時代の住居跡一〇軒、奈良時代二三軒、平安時代三六軒出土。六二号住居跡で奈良三彩小壺も出土という。

一一〇　吾妻山

群馬県桐生市堤町1～3の標高四八一・一mの吾妻山

関係地図　1／20万　宇都宮　1／5万　桐生及足利

526

つつみのたけ

・かがり火の所さだめず見えつるは流れつつのみたけばなりけり　紀輔時

③拾遺集　三八八

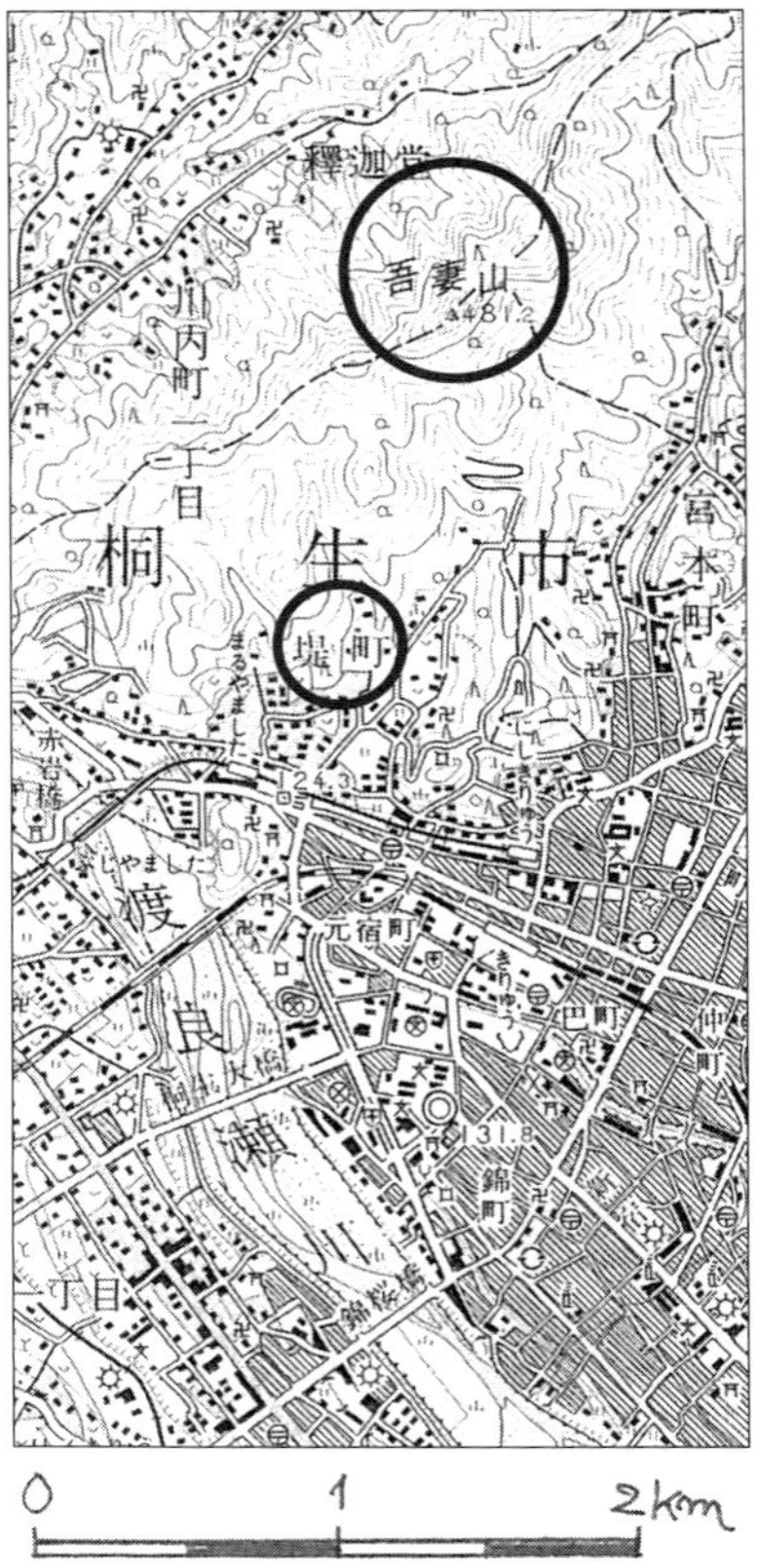

1／5万　桐生及足利

（メモ）

①吾妻山の山頂に吾妻耶《あづまや》神社が祀られていた。旧暦の三月一五日の山開きには多くの参詣人が登拝に来た。元治元（一八六四）年六月、徳川幕府軍は江戸防衛のためここに大砲を運び込み、山頂の鳶岩《とんびいわ》をめがけて威嚇砲撃をして軍事力を誇示したという。吾妻山の南を渡良瀬川が流れ、眼下に桐生市街が一望できる。

②吾妻山の南麓は桐生市堤町一～三である。地名の由来は潅漑用の堤があったによる。貞和五（一三四九）年八月二九日の「足利尊氏下文写」で桐生郷堤村内田三町五段小、在家弐宇、屋敷壱所が恩賞として桐生又六（行阿）に与えられているという。

③美和神社（桐生市宮本町）　祭神は大物主奇甕玉命、建速須佐之男命。由緒沿革は崇神天皇の御代（BC九七～三〇）という。当社美和神は延暦一五（七九六）年八月一六日に官社となる。元慶四（八〇八）年五月二五日正五位下。『延喜式神名帳』の山田郡美和《ミワノ》神社。『上野国神名帳』では従一位三輪大明神。明治四一年に八坂神社を合祀。境内末社に機《はた》神社・思兼《おもいかね》神社・母衣《ほろ》輪神社・松尾神社・西宮神社・琴平神社がある。

一一一　荒船神社

群馬県甘楽《かんら》郡下仁田《しもにた》町南野牧の荒船山頂

関係地図　1／20万　長野　1／5万　御代田

58

あらふねのみやしろ

・くきもはもみな緑なるふかぜりはあらふねのみやしろく見ゆらん　すけみ

③拾遺集　三八四

（参考）こころざしふかきみたにつみためていしみゆすりてあらふねぜりか

仲実朝臣　夫木抄　一九七

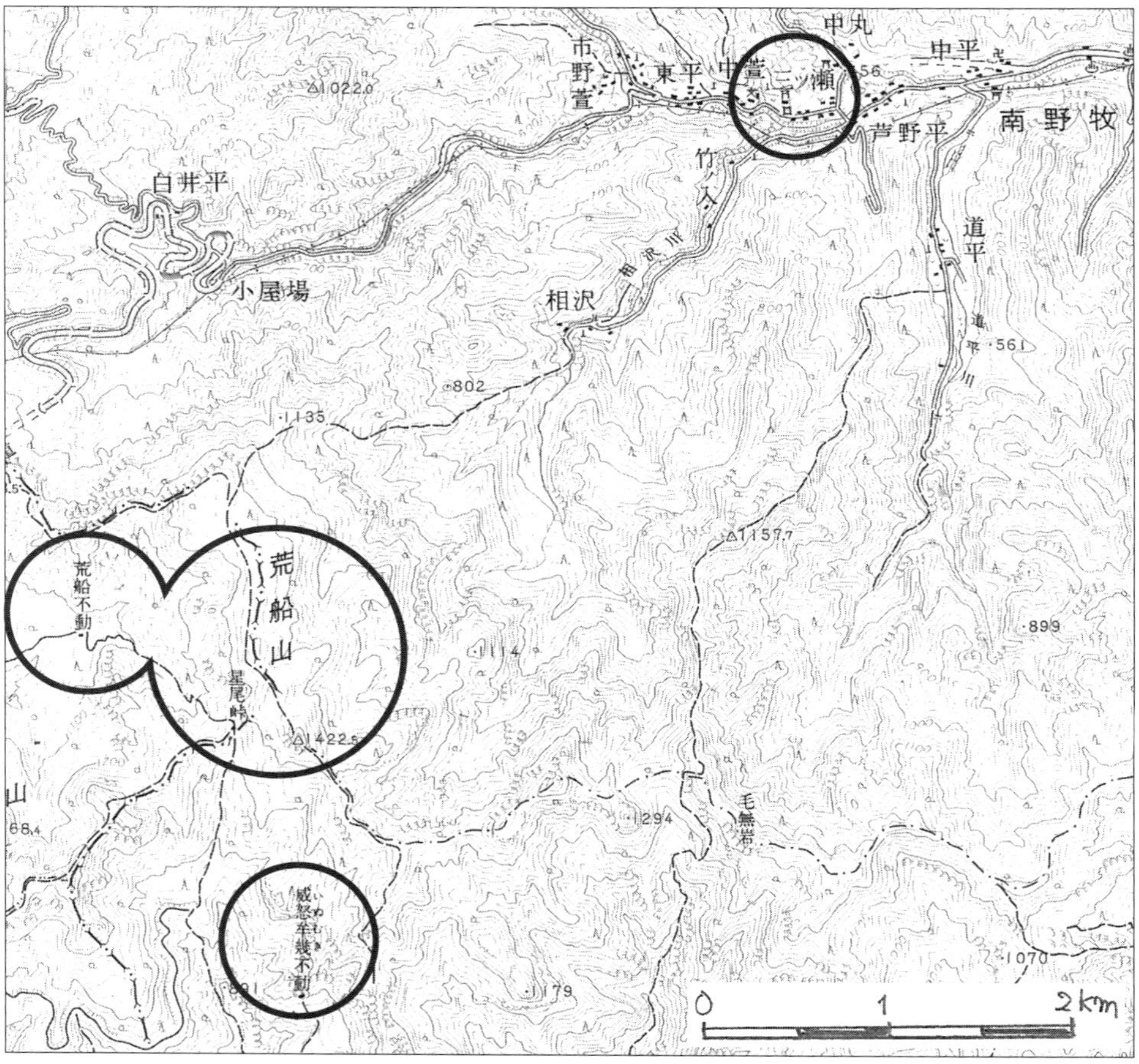

1／5万　御代田

（メモ）
①荒船山の山頂は平坦で、北の端が絶壁をなしている。その山容を東方から眺めるとあたかも荒海を進む船の如くに擬せられ、この山名になったという。南端にある標高一四二二・五mの最高峰は行塚《ぎょうづか》また京塚と呼ばれる。船形の平坦な山頂中央部に荒船神社本社（奥社）がある。山頂を源とする相沢川が市ノ萱川が注ぐ辺りに荒船神社里宮がある。また、長野県佐久市内山、山頂西側には荒船不動がある。
②山頂の平坦地は南北約一・四km、東西約四百mのほぼ長方形で、クマザサと低木が生えているので「笹岡山」。また砥《と》石《いし》のように平坦なので「砥山《とやま》」。家の屋根の形、「破風」に似ているので「搏風《はふう》山《やま》」などの名で呼ばれていた。
③赤木文庫本「神道集」巻七の上野国ノ一ノ宮（一之宮貫前神社）事に、「抑上野国一ノ宮抜鉾大明神ト申ハ、人王廿七代安閑天王ノ御時、我国ヘ来給ヘリ、此帝御宇乙卯（五三五）年三月中半の比、上野ト信濃境ナル笹岡山ニ鉾ヲ逆立て御在ス」と書出し、次ニ天竺より来た旨の荒船大明神の由来を記しておる。
　信濃ト上野ト両国の境ナル笹岡山ニ付、御船ヲバ山ノ峯ニ低伏ニ□サヘテ、船内ニ持セ下タリシ、抜提河水ヲハ中ニ湛ヘツ、劫末ノ代ニ火ノ雨ノ□ラン時、此水ヲ似テ消ヘシト誓下テ、……、
　上野国一四郡ノ内、笹岡甘楽《カンラク》ノ郡尾崎ノ郷出山成り御社ヲ立て住ス、美女一人此船守ルヘシトテ、笹岡山ニ留メ、今ノ世ニ荒船ノ明神ト申ハ即是也
と記し、一之宮貫前神社の起源は荒船大明神とある。笹岡山は佐久山で、荒船山である。この荒船山は一之宮貫前神社の祭神経津主神《ふつぬしのかみ》の最初の鎮座地、頂上の湧水地一帯の菖蒲《あやめ》池畔であったという。
④一之宮貫前神社の梵鐘にある林道春（羅山）撰鐘銘に
　俗伝称菖蒲谷　垂荒船稲舎之跡
とある。
⑤甘楽の谷一帯に住んだ帰化人等は荒船山・荒船神社また貫前の神様を崇敬していたという。
⑥『神社名鑑』長野県の「荒船山神社」には
　祭神　建御名方命
　由緒沿革　信濃の地開発経営に偉功あらせられし諏訪の大神を奉斎して、山上中央部に祠を建て荒船山大明神と称え、一郷の鎮守神として崇敬せられる。
とある。

一一二　沖の郷の井　群馬県太田市沖之郷

関係地図　1／20万 宇都宮　1／5万 深谷

188
おきのゐ
・おきのゐて身をやくよりもかなしきは宮こしまべのわかれなりけり　をののこまち　①古今集　一一〇四
（参考）ほととぎすおきのゐの里は過ぎぬなりいかなる人の夢むすぶらん　従三位範宗卿　夫木抄　二九一四
（参考）衣うつきぬたのおとをしるべにておきゐのさとをたづねつるかな　第三のみこ　夫木抄　五七九一

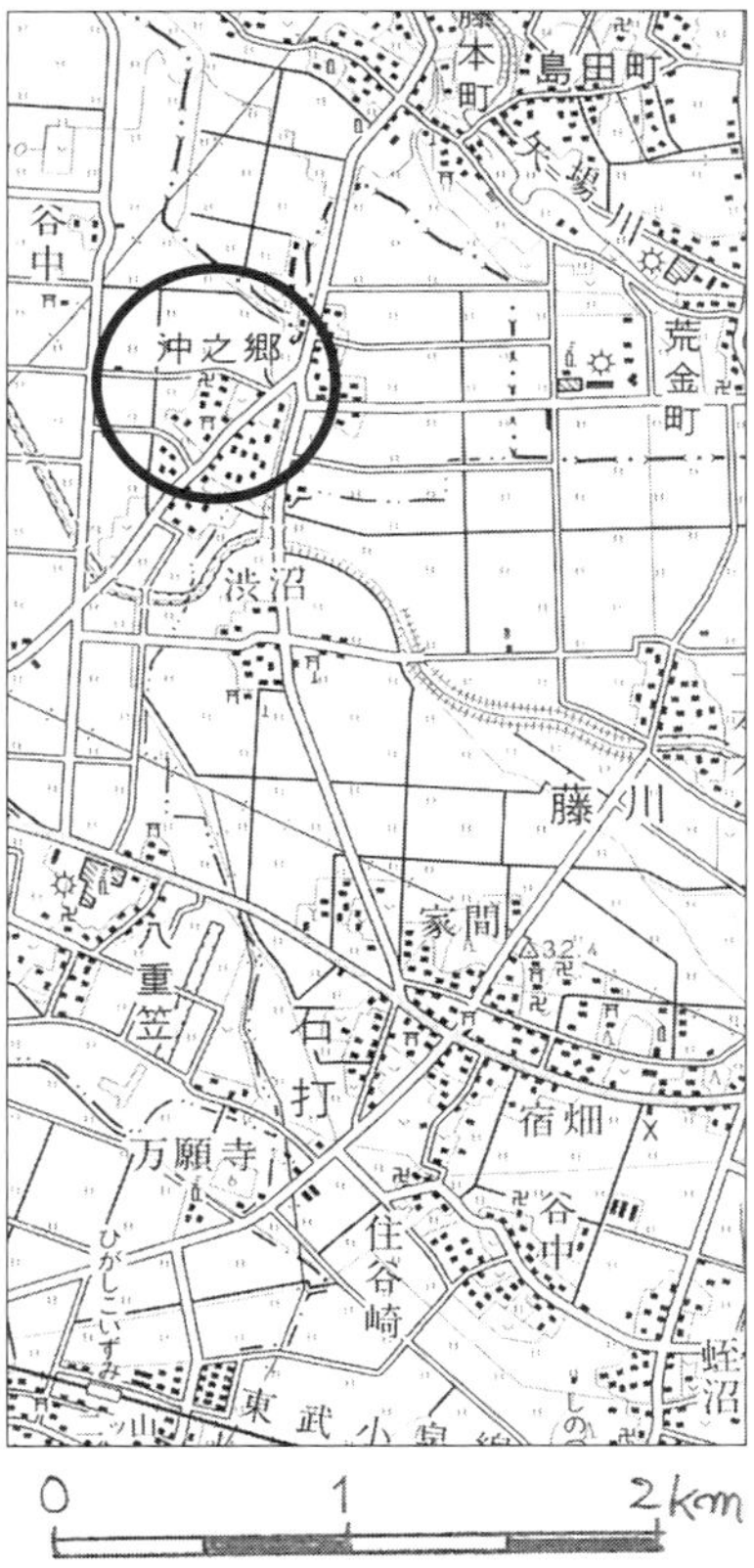

1／5万　深谷

（メモ）
①「沖」字・「井」字を『大漢和辞典』（諸橋轍次）では
・「沖」、わきうごく。わく。うごく。
〔説文〕沖、涌繇《ユウユウ》也、从レ水中声、読若レ動。
・「井」。井《セイ》、清也、泉之清潔者也。
とある。
②よって「沖の井」は、地中を伏流していた水が地表に涌（湧）き出る所、しかもその水は清潔で飲料、また閼伽水《あかみず》、神仏にお供えに適する水である。
③「沖の水」は一見、並通名詞であるが「沖」地名がある。地名が先か、歌が先か不明である。
④沖之郷集落西方の島状微高地台地に古墳時代前期から平安時代の遺跡がある。
④沖之郷町の隣、龍舞《りゅうまい》町の賀茂神社は貞観三（八六一）年、大納言長良卿が京都の賀茂神社から勧請したという。

一二三　加保夜我沼跡

群馬県渋川市川島。甲波宿祢神社（岩根大明神）境内跡

関係地図　1／20万 長野　1／5万 中之条

258

かほやがぬま

百首歌中にかきつばたをよめる　修理大夫顕季

・あづまぢのかほやがぬまのかきつばたはるをこめてもさきにけるかな　⑤金葉集　七二

（参考）かみつけの　かほやがぬまの　いはゐつら　ひかばぬれつつ　あをなたえそね　上野国歌　万葉集　三四一六

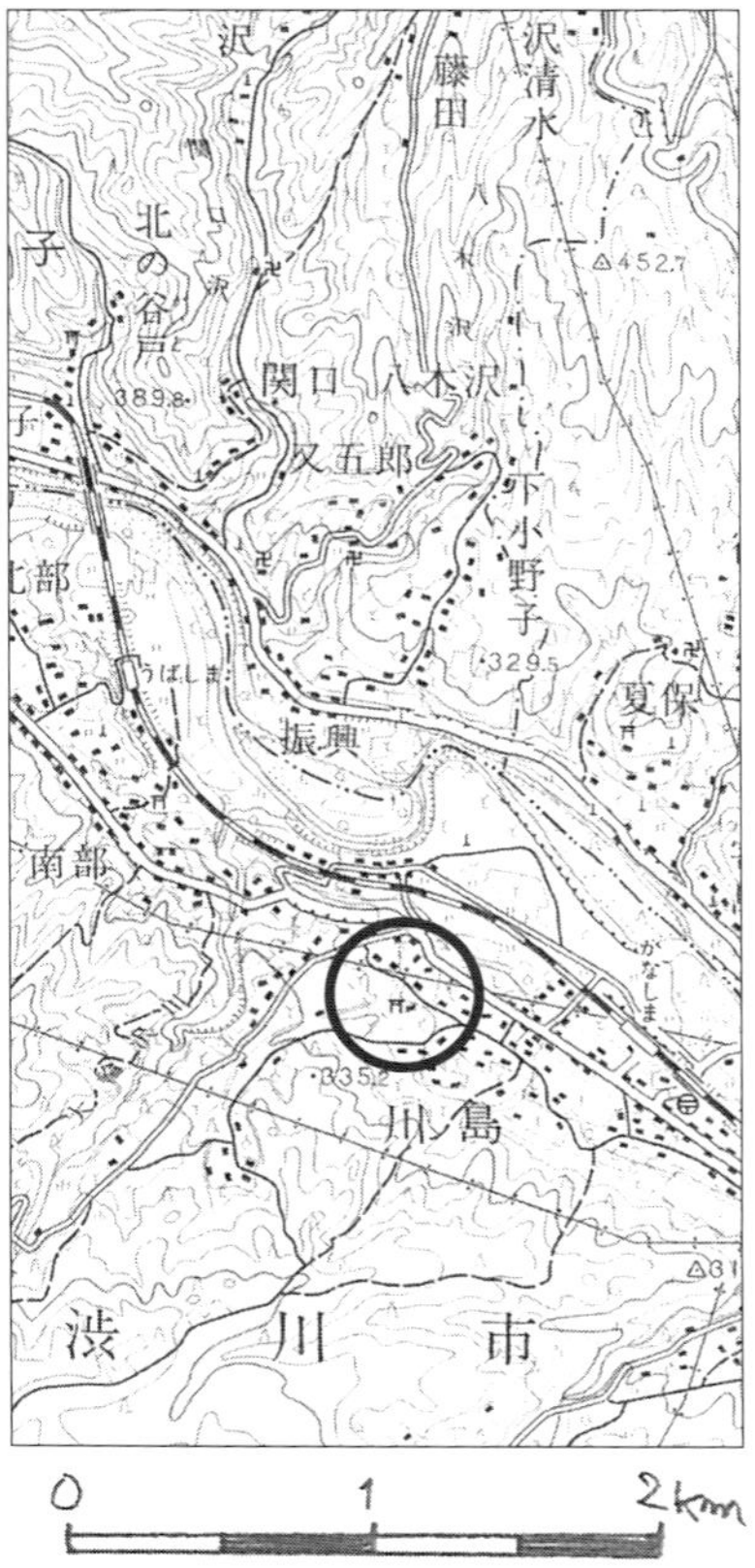

1／5万　中之条

（メモ）

①甲波宿祢神社の祭神は速秋津彦神　速秋津姫神　由緒沿革は宝亀二（七七一）年の創立と伝える。『延喜式神名帳』群馬郡甲波宿祢《カハスクネノ》神社で上野国四ノ宮。古くより皇室の崇敬が篤く元慶四（八八〇）年従四位下。

②祭神は水の神として土地の人に信仰された。当社は日本武尊が東征の折、祈願された守り本尊ともいう。「宿祢」は本筋の意で、この地を流れる吾妻川が本流、利根川が支流、副流と考えられていたと。

③当社の創立は少し南の地、加保夜我沼池畔であったが、天明三（一七八三）年五月〜八月の浅間山の大焼泥押しで社殿・沼ともに流出したので、神社は高い場所に引越した。

④当社蔵の「山吹日記」天明六年五月一三日の記事に、

名に高きかほやか沼も、昔この境内に有けるを、近き頃となりては俤《おもかげ》すらなくなりし上、また其地さへそうせはてなる

等とある。

一二四　烏　川

群馬県高崎市・佐波郡玉村町他

関係地図　1／20万 宇都宮　1／5万 高崎

367

さのの中川

摂政右大臣の時、家に百首歌よませ侍りける時、逢不逢恋をよめる　源仲綱

・すみなれしさのの中川せだえしてながれかはるは涙なりけり　⑦千載集　八九〇

（参考）うかりけるさのの中河さのみなどあふせ絶えても恋ひわたるらん　前大納言為兼　新千載集　一六二〇

（参考）五月雨にせきりの浪のわきかへりさののなか河水まさるなり　具親朝臣　夫木抄　三〇四三

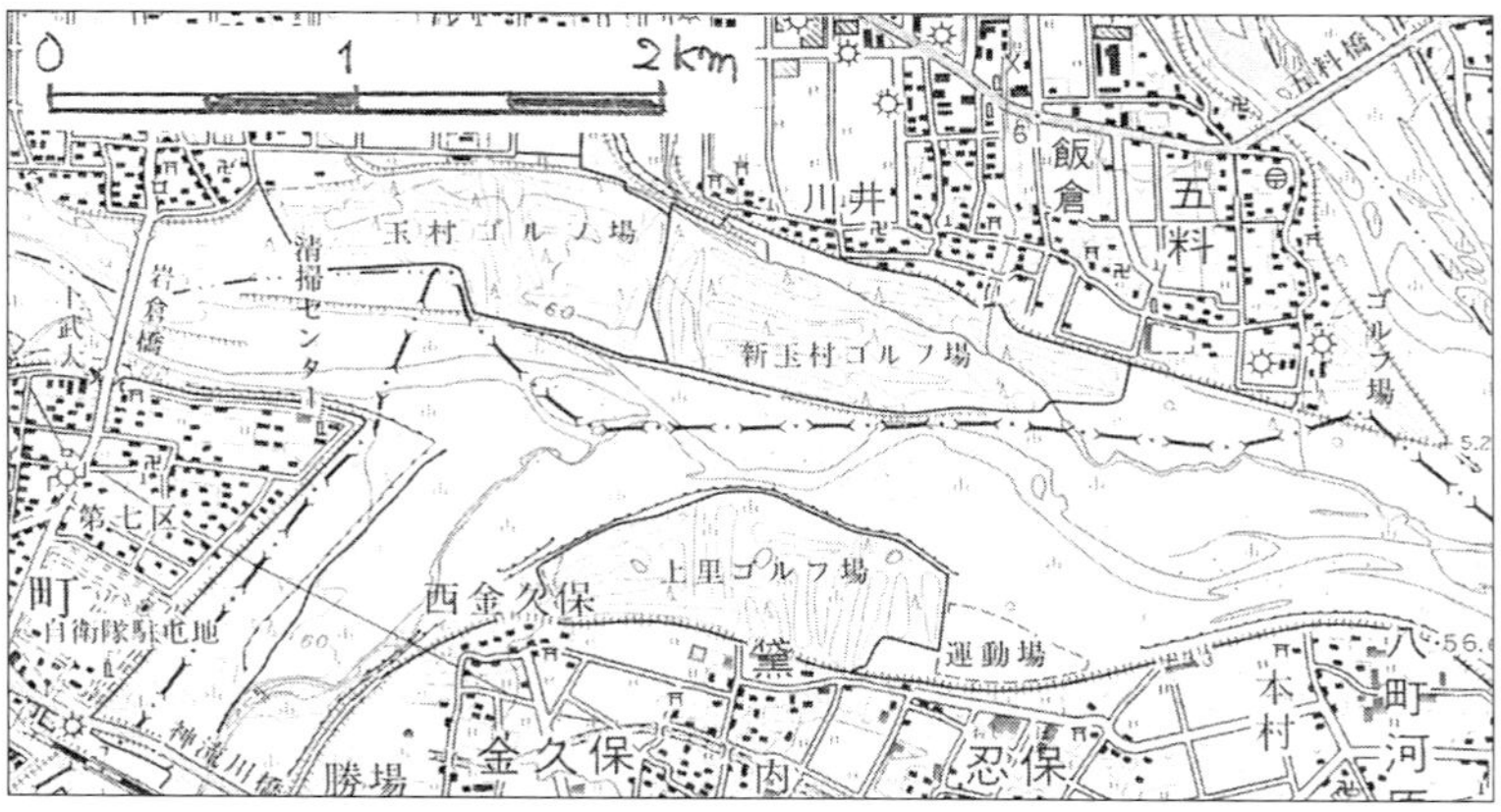

1／5万　高崎

（メモ）

①『和名抄』上野国片岡郡に「佐没郷」がある。高崎市山名町金井沢に神亀三（七二六）年建碑「金井沢碑」がある。碑文に「上野国群馬郡下賛郷《しもさねごう》高田里《さと》　三《みや》家《け》子孫為七世父母…」とある。また同市同町字山神谷に天武十（六八一）年建碑の山上碑がある。碑文に「佐野三家定賜健守命孫黒売刀自…」とある。

②佐没郷は佐野郷であり、現在の高崎市上佐野・下佐野・倉賀野町、更に藤岡市の北部に及ぶ地であった。推古朝頃に設置された佐野屯倉《みやけ》の管理者はこの地を治め、また上記二碑を建立した。

③北から南東に流れる利根川、西から東に流れる烏川、南から北北東に流れる神流《かんな》川の三川は同じ地点で合流していた時代もあったであろう。現在の合流点近くの橋の長さは利根川五料橋は約六百m、烏川岩倉橋と神流川の神奈川橋はともに約四五〇mである。

一一五　川島

群馬県渋川市川島《かわしま》

関係地図　1／20万　長野　1／5万　中之条

251　かはしま

しのびてものいひ侍りける女の、つねに心ざしなしとゑんじければ、つかはしける

・君にのみしたのおもひはかはしまの水の心はあさからなくに　従三位季行

⑦千載集　八六五

（参考）あひ見ては心ひとつをかはしまの水のながれてたえじとぞ思ふ　業平朝臣　続後撰集　八三七

1／5万　中之条

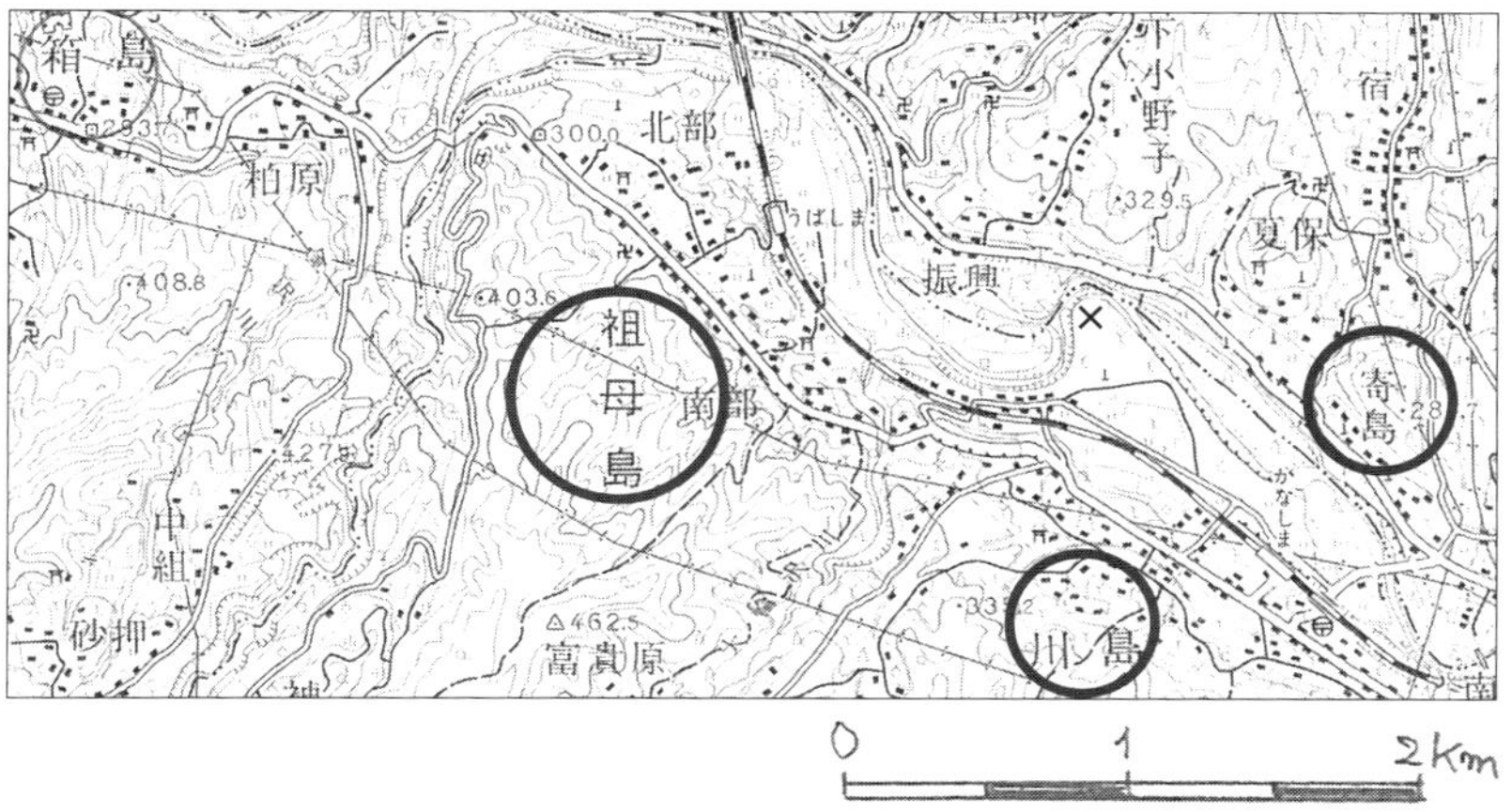

（メモ）

①当地は榛名山北西麓で吾妻川下流右岸に位置する。地名は、当地で吾妻川の川幅が広くなったので水流が遅くなり、ここで運搬物を残すので中洲（川島）を形成したに由るのであろう。

②「五居が島」伝説がある。それは、昔、都の公家が家族を連れて小野上村小野子の境の吾妻川の川岸で休み、冑を脱ぎ牛の鞍を取ってつないだ所を牛島とし、冑石もある。またその公家が当地を初め牛島・祖母《うば》島・箱島・寄島の五居が島を治めたと伝え、その公家を祀ったのが甲波宿祢神社という。

③図中の×印の所をJR上越新幹線が通っている。その下に天明三年の浅間焼けの泥押しによって運ばれた溶岩塊「金《かな》島《しま》の浅間石」県指定天然記念物がある。これは高さ四m以上、直径東西約一六m、南北約一〇mという。

一一六　熊倉遺跡

群馬県吾妻郡中之条町入山字元山熊倉

関係地図　1／20万　長野　1／5万　草津

312　くまのくらといふ山寺

くまのくらといふ山寺に賀縁法師のやどりて侍りけるに、ぢゅうぢし侍りける法師に歌よめといひ侍りければ

・身をすてて山に入りにし我なればくまのくらはむこともおぼえず　よみ人しらず

③拾遺集　三八二

1／5万　草津

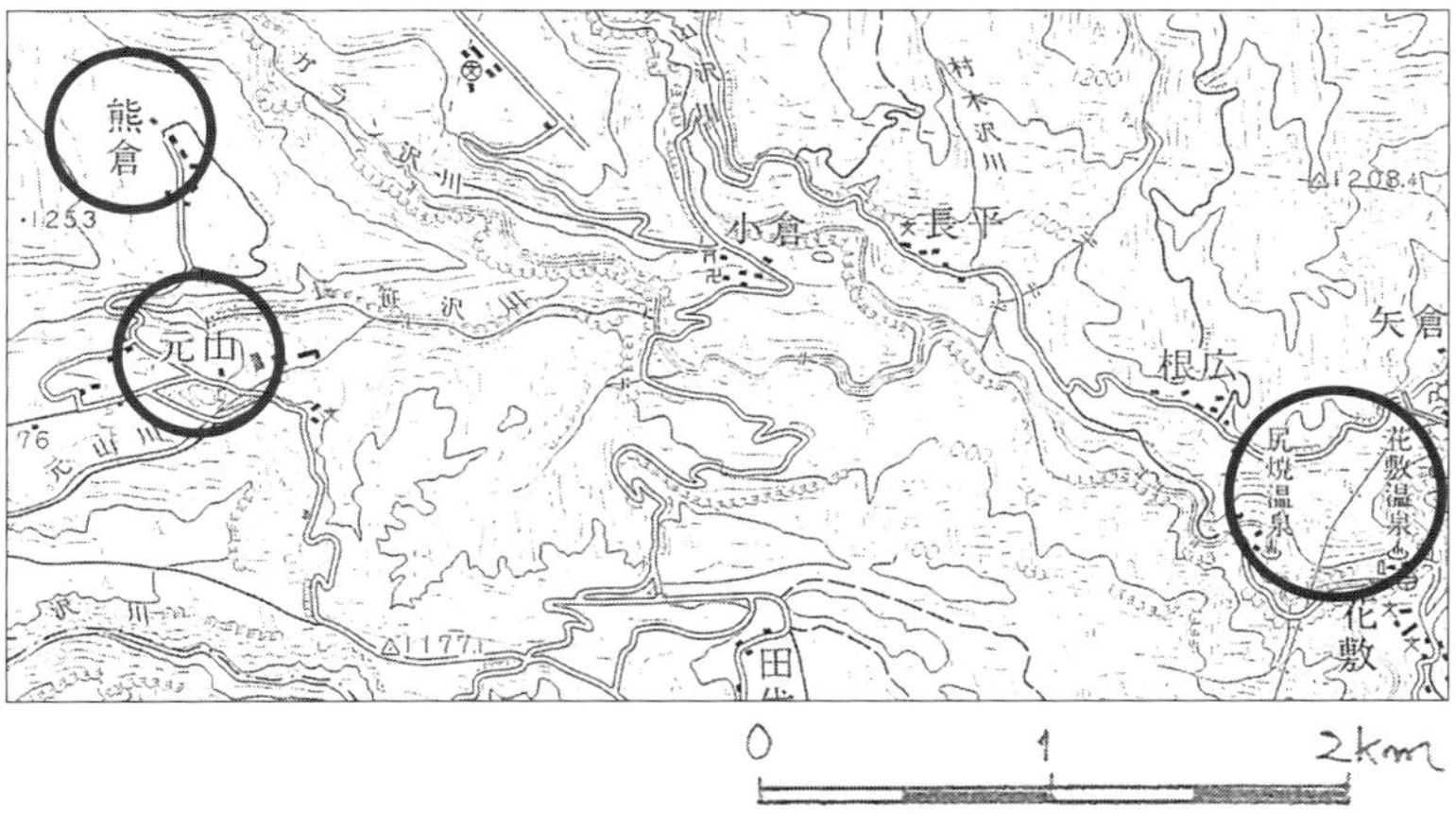

（メモ）

①この遺跡は大字入山。小字熊倉・元山の標高一二二八mの高地にある。平安時代の集落跡。南側は元山川、北に長笹沢川の流れる台地に四〇区画以上の窪地があったので、昭和三六年に調査したところ竪穴住居であることがわかったという。うち五軒について調査したところ、重複関係はなく、この集落は一時期に形成されたもの。そして住居は共通して長大な竈をもち、壁近くに柱穴があり降雪に対して補強していたと見られるという。出土遺物は土師器・須恵器が中心で、他に灰釉陶器・鉄滓が出土。一軒の住居跡には平石を据えており、鉄滓が出土しているので当家は小鍛治であったのかと考えられる。当元山から鉄鉱石が出るので「群馬鉄山」の名がある。

②当地の西には天下の草津温泉、東には伊香保温泉がある。当地にも花敷温泉と尻焼温泉がある。

③花敷温泉。無色透明、含食塩芒硝重曹泉。五〇℃。皮膚病、女性の冷症等。源頼朝が建久四年に発見。

④尻焼温泉　名前の由来は長笹沢川の温泉湧出地帯の川原に窪地を掘り尻を入れて治療したに由るという。

一一七　熊倉

群馬県甘楽郡南牧《なんもく》村熊倉。現在熊倉に恵日庵がある

関係地図　1／20万　長野　1／5万　十石峠

312

くまのくらといふ山寺

くまのくらといふ山寺に賀縁法師のやどりて侍りけるに、ぢゅうしの侍りける法師に歌よめといひ侍りければ

・身をすてて山に入りにし我なればくまのくらはむこともおほえず　　よみ人しらず　③拾遺集　三八二

1／20万　長野

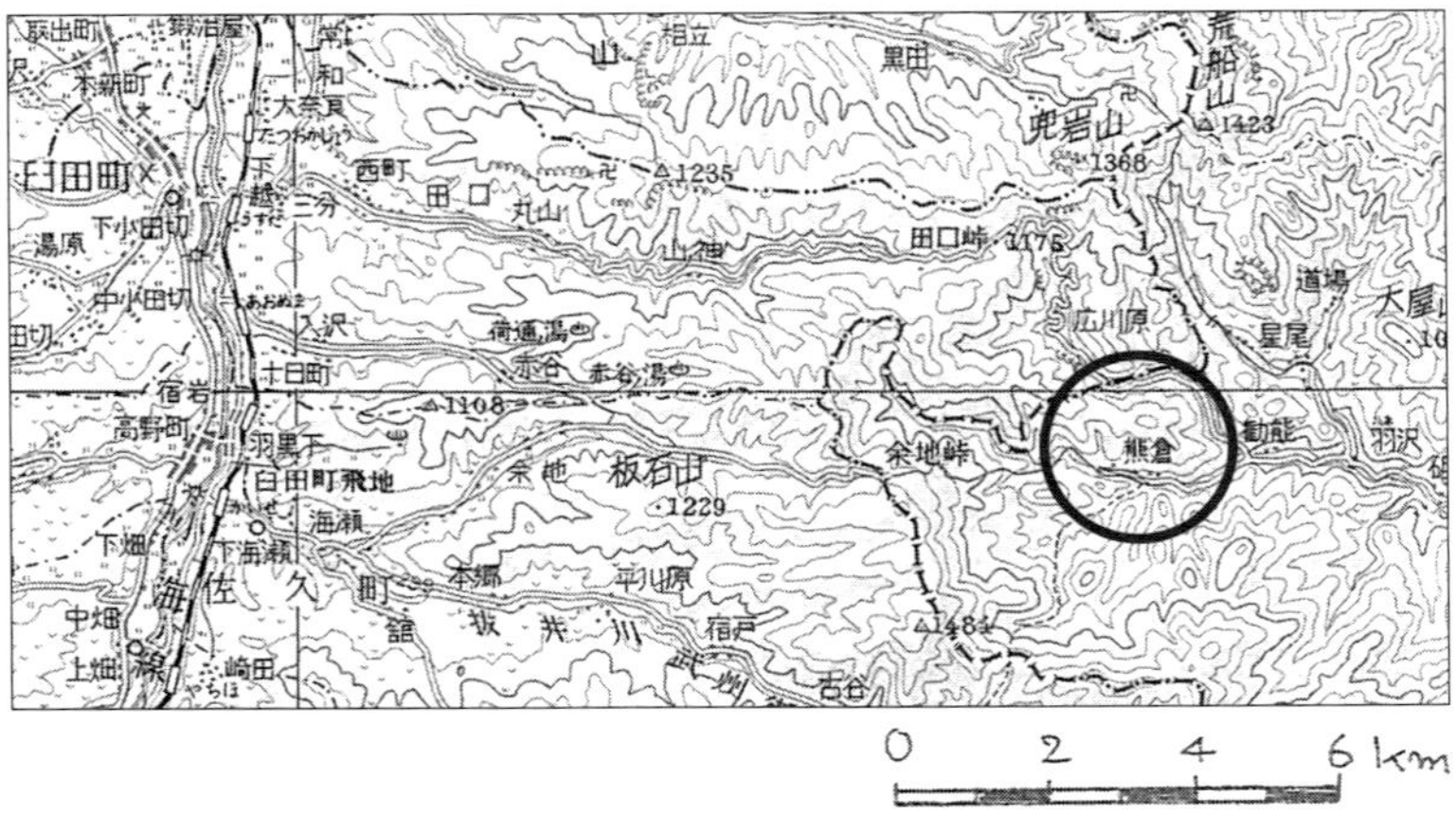

（メモ）

①昔の「熊倉村」は現在の群馬県甘楽郡熊倉集落である。地名辞書などによると、耕地はすべて畑で、山畑・桑畑・楮畑であった。江戸時代には阿弥陀堂や弁天堂などの寺院があった。神社は神明社・日向社・八王子社・諏訪社などがあったとある。天保九年の家数は三八。人数は一三六人。また明治二四年は戸数四〇、男一〇三人、女一〇一人などとある。

②熊倉集落は県境にあり余知峠を越えれば長野県佐久市に。矢沢峠や大上峠を越えれば長野県南佐久郡佐久穂町であり、それぞれＪＲ小海線が通っている。

③熊倉集落を西から東に流れる川は熊倉川である。熊倉川はここ熊倉集落から西北西約四kmの霊仙峰。霊仙峰の峰は北東～南西方向に約二kmもあり、南西端に最高峰、一三〇〇m峰がある、ここを源としている。また、ここは日本で海から最も遠い地点ともいわれる所を源流としている。

④熊倉川は象ヶ滝を落下し、熊倉集落の恵日庵（山寺）の南側を東流し馬坂川や遡上すれば荒船川に至る星尾川、渋沢川を合せて南牧川となり、やがて西牧川と合流して鏑《かぶら》川、高崎市で烏川に注ぐ。この烏川は利根川に注ぎ、太平洋に流入する。

一一八　佐野舟橋跡推定地

群馬県高崎市上佐野町

関係地図　1／20万　宇都宮　1／5万　高崎

368

さののふなはし

人のもとにつかはしける

・あづまぢのさののふな橋かけてのみ思渡るをしる人のなき　　源ひとしの朝臣　②後撰集　六一九

・ゆふぎりにさののふなばしおとすなりたなれのこまのかへりくるかも　　左大弁俊雅母　⑥詞花集　三二八

（参考）かみつけの　さののふなはし　とりはなし　おやはさくれど　わはさかるがへ　　上野国歌　　万葉集　三四二〇

1／5万　高崎

（メモ）

①右図だけに浅間山古墳・大鶴巻古墳・山上墳。更に天武九（六八一）年建碑の山上碑、神亀三（七二六）年建碑の金井沢碑がある。

②佐野の舟橋は、現在の高崎市佐野町と南西の同市根小屋町との間を流れる烏川にあった。舟橋は流速の小さい水面上に何艘も並べ、その上に板を渡したものであった。

③謡曲『船橋』（世阿弥元清）の一部

・いかに山伏達、橋の勧めに御入り候へ。

・見申せば俗体の御身として、橋建立の事優しうこそ候へ。

・東路の佐野の船橋とりはなしと、詠ぜし歌の心をば知ろし召され候はぬか。

・さのみは申さじさなきだに、苦しの多き三瀬川に、浮かむ便りの船橋を……。

一一九　榛名山

群馬県渋川市・高崎市・北群馬郡榛東村・吾妻郡東吾妻町

関係地図　1／20万　長野　1／5万　榛名山

72

いかほ

・いかほのやいかほのぬまのいかにして恋しき人を今ひとめみむ　　よみ人しらず　③拾遺集　八五九

（参考）いかほねに　かみななりそね　わがへには　ゆゑはなけれど　こらによりてぞ　　上野国歌　万葉集　三四二一

（参考）いかほかぜ　ふくひふかぬは　ありといへど　あがこひのみし　ときなかりけり　　上野国歌　万葉集　三四二二

（参考）かみつけの　いかほのねろに　ふろゆきの　ゆきすぎかてぬ　いもがいへのあたり　　上野国歌　万葉集　三四二三

73

いかほのぬま

ふるうたにくはへてたてまつれるながうた

・くれ竹の　世世のふること　なかりせば　いかほのぬまの　いかにして　思ふ心を　のばへまし　あはれむかしべ　ありきてふ　人まろこそは　うれしけれ　身はしもながら　ことのはを　あまつそらまで　きこえあげ　すゑのよまでの　あととなし　今もおほせの　くだれるは　ちりにつげとや　ちりの身に　つもれる事を　とはるらむ　これをおもへば　けだものの　くもにほえけむ　心地して　ちぢのなさけも　おもほえず　ひとつ心ぞ　ほこらしき　かくはあれども　てるひかり　ちかきまもりの　身なりしを　たれかは秋の　くる方に　あざむきいでて　みかきより　とのへもる身の　みかきもり　をさをさしくも　おもほえず　ここのかさねの　なかにては　あらしの風も　きかざりき　今はの山し　ちかければ　春は霞に　たなびかれ　夏はうつせみ　なきくらし　秋は時雨に　袖をかし　冬はしもにぞ　せめらるる　かかるわびしき　身ながらに　つもれるとしをしるせれば　いつつのむつに　なりにけり　これにそはれる　わたくしの　おいのかずさへ　やよければ　……　　壬生忠岑　①古今集　一〇〇三

（参考）かみつけの　いかほのぬまに　うゑこなぎ　かくこひむとや　たねもとめけむ　　上野国歌　万葉集　三四一五

（参考）まこもおふるいかほのぬまのいかばかり波越えぬらん五月雨の比　　順徳院御製　新後拾集　二二八

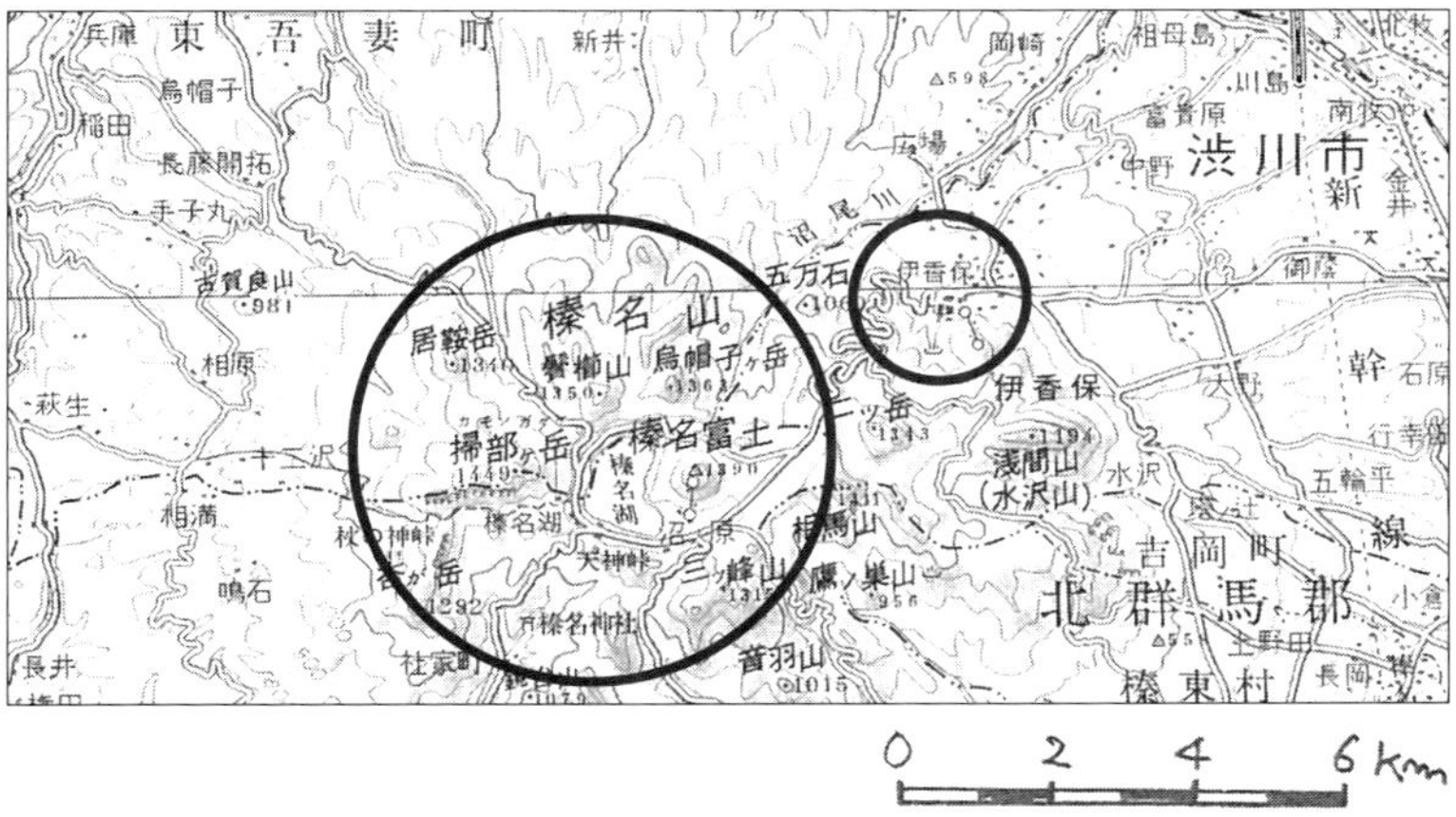

1／20万　長野

（メモ）

①歌名所名は「伊香保」である。『東歌の風土と地理　上毛野国』（中金　満）に次のようにある。

伊香保から榛名に変遷するのは平安時代初期である。榛名時代も早くから神名帳に見えるが、どの豪族が祀ったのか分明でない。同名の古い里宮は榛名木戸神社（高崎市）であろうといわれているが、この地は車持君の勢力範囲であり、断定的な言い方はむずかしい。現在の榛名神社は平安時代に山岳仏教（満行寺）との関係から山上に持ちこまれたという。

②伊香保神社　渋川市伊香保町伊香保　祭神は大己貴命、少彦名命　由緒は第一一代垂仁天皇の御世の創建という。承和二（八三五）年名神大社。『延喜式神名帳』群馬《クルマ》郡の伊加保神社名神」。

③榛名神社　高崎市榛名山町　祭神は火《ほ》彦霊神《ひこたまのかみ》　埴山毘売神《はにやまびめのかみ》　由緒は第三一代用明天皇元（五八五）年の創祀と伝え、『延喜式神名帳』群馬郡の椿名《ツハキナ》神社。

④榛名火山は那須火山帯最南端に位置する。榛名火山は裾野下部の直径は約二〇kmの円形火山で、平野部から最高点の掃部ヶ岳山頂までの比高は一二〇〇ｍである。頂上部に東西二km、南北二kmの小さなカルデラがのり、その中に中央火口丘の榛名富士の溶岩円頂丘、カルデラ湖の榛名湖がある。

⑤榛名火山の活動を大島浩氏は五期にわける。活動年代は、新カルデラ形成は四万年前、榛名火山最後の活動である二ツ岳の噴火は六世紀後半という。この二ツ岳火山噴出物が黒井峯遺跡（渋川市黒井峯）を形成した。発掘によると、古墳時代後期の竪穴式住居・平地式建物・高床式倉庫・家畜小屋・祭祀跡・道跡・柴垣・泉・水田等・集落の生活の跡が軽石層の下から出土という。

一二〇　宮子島推定地

群馬県伊勢崎市宮子町・田中島町一帯

関係地図　1／20万　宇都宮　1／5万　高崎、前橋

770

みやこじま

・おきのゐて身をやくよりもかなしきは宮こしまべのわかれなりけり　をののこまち

①古今集　一一〇四

（参考）わかれぢに身をやくおきの数そへてみやこ島べにとぶ蛍かな　権僧正公朝　夫木抄　一〇五八〇

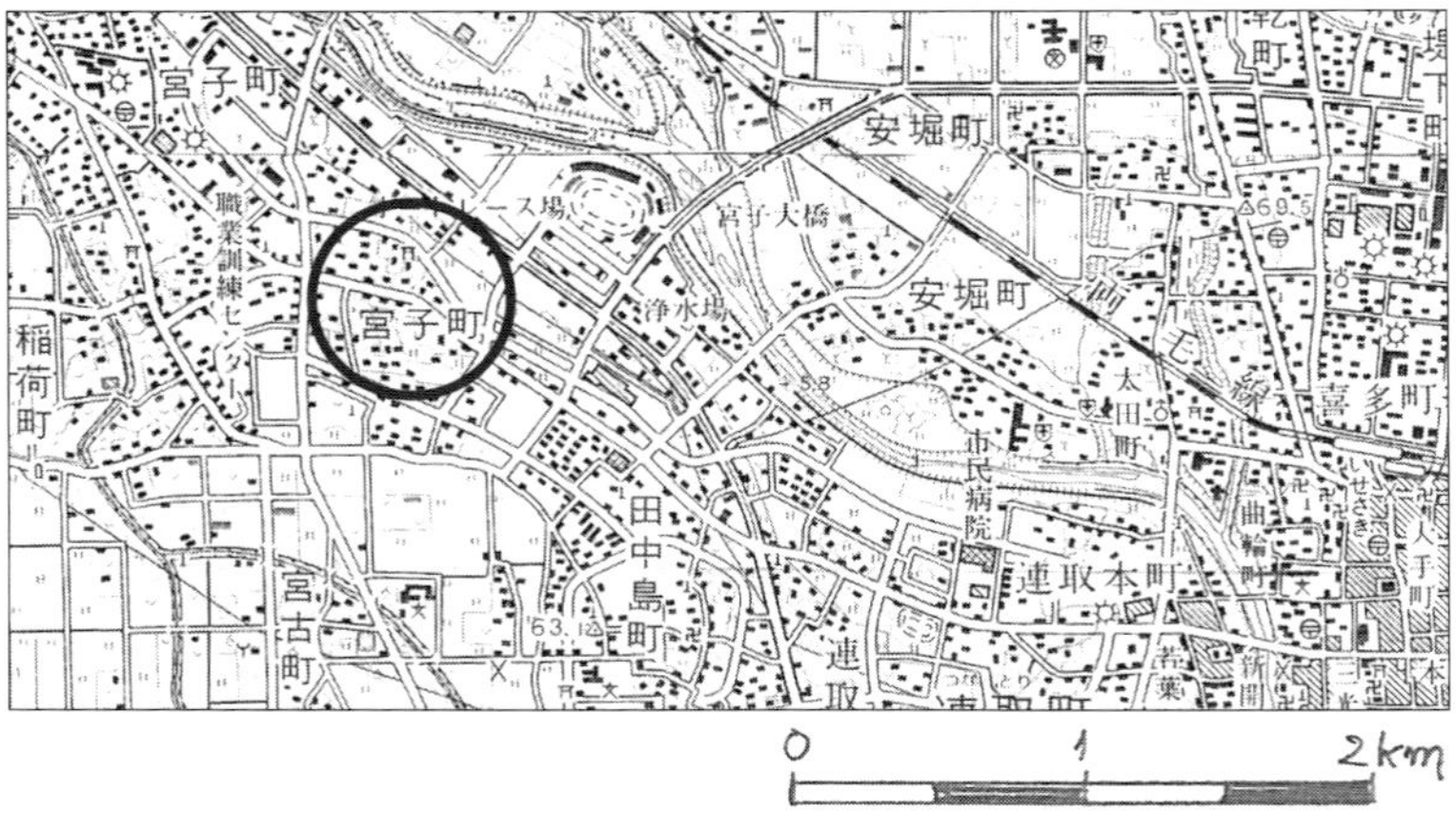

1／5万　前橋（上）・高崎（下）

（メモ）

①一帯は標高五〇～八〇mの広大な平原である。その中を利根川本流、赤城山から流下する赤城白川・荒砥川・青粕川、また広瀬川が流れ、昨日までなかった川中島が一夜に形成されるかもしれない。そのような島々から関東平野が成立したのであろう。

②伊勢崎市宮子集落文書『宮古村由来記』に

宮古村に居住した宮様の娘夫婦（若宮）の宮跡を宮子と号した。

とあると。

③伊勢崎市宮子町一帯は旧宮子村であり、『天保郷帳』に「古者宮古村」の注があると。村には宮子大明神、現宮子神社がある。また、紅巌寺跡には跡部家墓所。鎌倉時代の笠塔婆がある。笠塔婆塔身背面に文永五（一二六八）年銘と、吉阿弥という名の僧の勧めで男女七人の孝子が父親の極楽往生を願い造立したとの三行の銘文があると。

④伊勢崎市東上之宮町明神東に倭文《しとり》神社がある。祭神は天羽槌雄命　他九柱　由緒は垂神天皇三（BC二七）年創建と伝え貞観元（八五九）年従五位下、延喜式小社。上野国九の宮。

一二一　妙義山

群馬県富岡市妙義町高田

関係地図　1／20万　長野　1／5万　富岡

470

たか田の山

・なけやなけたか田の山の郭公このさみだれにこゑなをしみそ　よみ人しらず

③拾遺集　一一七

（参考）せきとめてせがゐの水にたねまきしたかたのやまはさなへとるなり　正二位忠宗卿　夫木抄　二五五八

（参考）雨の下かくこそは見めかへはらやたかだのむらはへぬとしぞなき　前中納言匡房卿　夫木抄　一四八三五

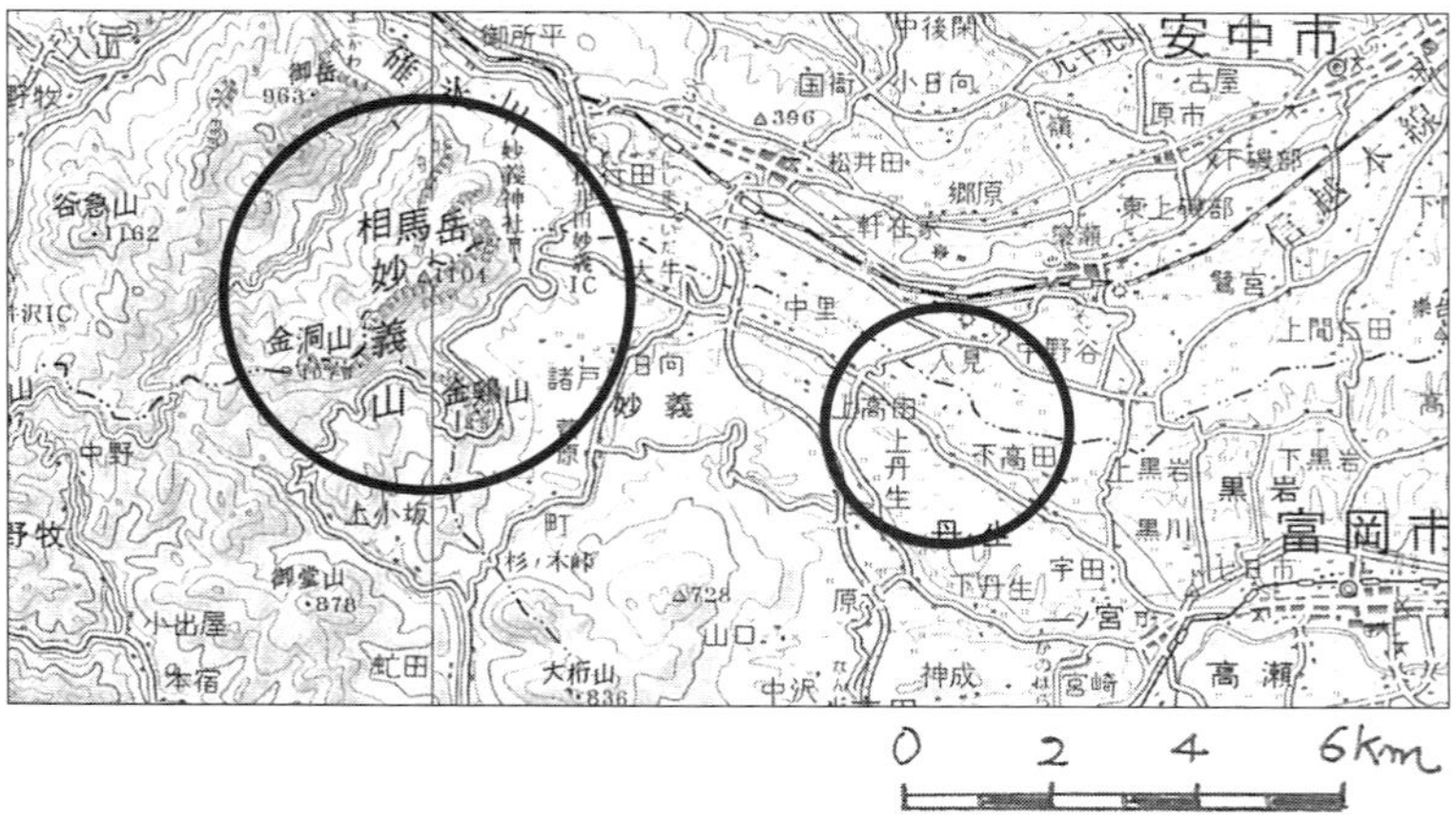

1／20万　長野

（メモ）

①この地を流れる高田川は妙義山中の標高八三五・九m大桁山、八五六・一m金鶏山を源に流れ出し、一一〇三・八m相馬岳や白雲山を源にする諸戸川、また大手川の水を集めて富岡市妙義町上高田集落また妙義町下高田集落を南東流、また東流して鏑川に注ぐ。

②高田川が鏑川に合流した対岸に笹森稲荷古墳がある。甘楽町福島の笹森稲荷神社境内にある。全長九〇mの前方後円墳（県史跡）で、主体部は巨石を使用した横穴式石室で、六世紀後半の築造という。北東約五〇〇mにまた前方後円墳の天王塚古墳がある。これは五世紀初頭の築造という。

③高田川流域には小規模な円墳が分布するという。

④ここ妙義山は選択侵食作用によって奇峰や奇岩・怪石の多い勝地なので「明々巍々たる奇勝」と呼ばれた。これが「明山巍」となり「妙義山」となったという。岩石は安山岩質の火砕岩層から成り、少量の溶岩流や溶結凝灰岩を伴うという。

一二二　物見山　群馬県桐生市宮本町・平井町

関係地図　1／20万 宇都宮　1／5万 桐生及足利

306

きりふのをか

贈皇后宮の御うぶやの七夜に、兵部卿致平のみこのきじのかたをつくりて、たれともなくてうたをつけて侍りける　清原元輔

・あさまだききりふのをかにたつきじは千世の日つぎの始なりけり

③拾遺集　二六六

（参考）たちこむるきりふのをかのもみぢばの色をば風のつてにてぞしる　郁芳門院安芸　夫木抄　九二〇二

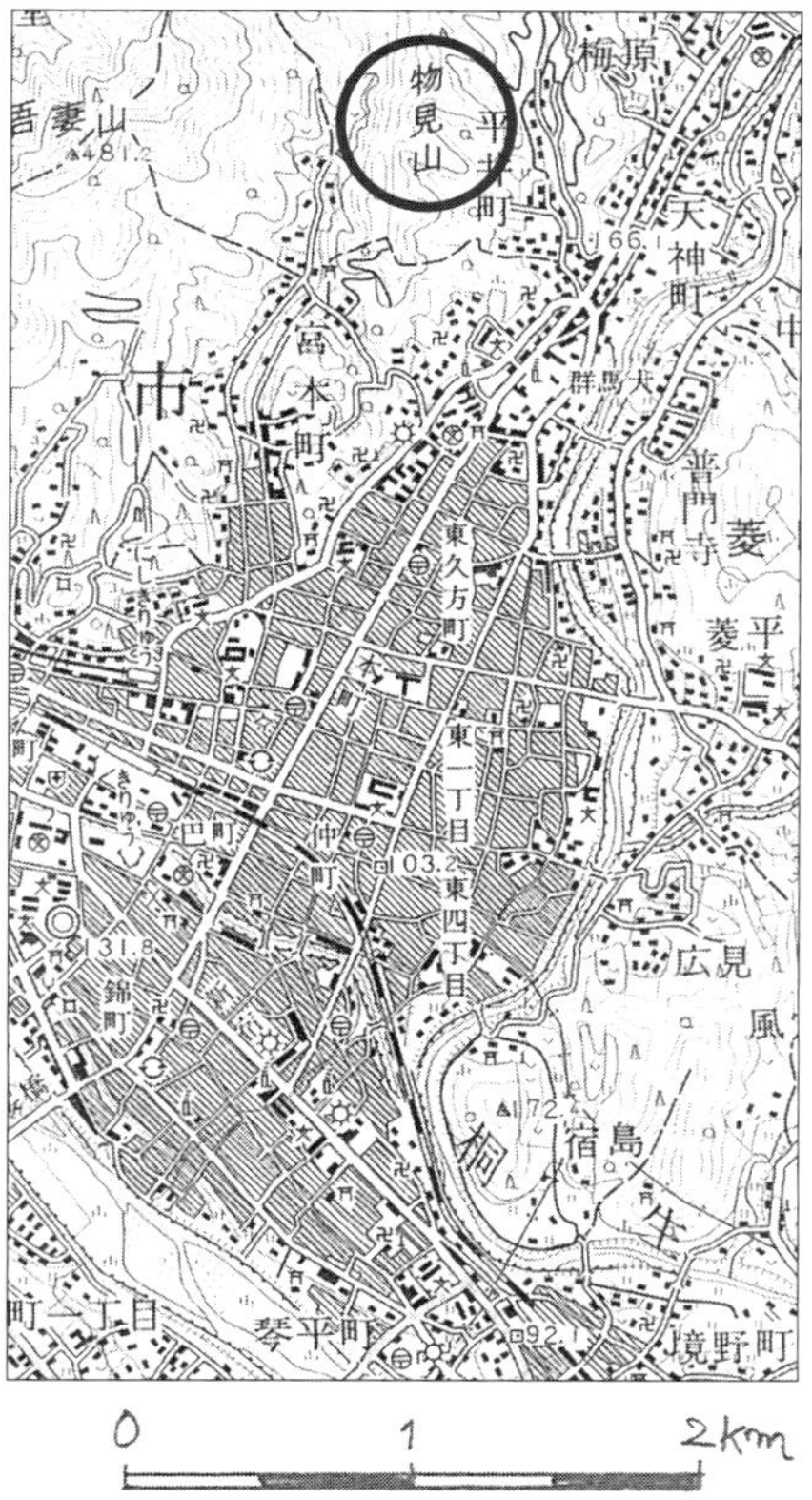

1／5万　桐生及足利

（メモ）

①キリ（桐）『牧野植物図鑑』に、朝鮮のウツリョウ島や北九州の山地に野生状態で見られるが原産地ははっきりしないとある。『万葉集』七―八一〇に、

大伴淡等謹状

梧桐日本琴一面対馬結石山孫枝

此琴夢化娘子曰、余託……

とある。対馬に自生していたという。

②『吾妻鏡』養和元（一一八一）年閏二月二五日条に、

足利又太郎忠綱、義広に同意せしむと雖も、野木宮の合戦敗北の後、先非を悔い、後勘を恥ぢ、潜かに上野国山上郷龍奥に籠り、郎従桐生六郎許を招きて

の「桐生六郎」は当地の武士という。

③物見山の東に平井遺跡がある。弥生時代の壺や筒形土器。桐生川対岸から平安時代住居跡が出土という。

一二三　浅羽　埼玉県坂戸市浅羽、鶴舞など一帯

関係地図　1／20万 東京　1／5万 川越

16

あさはののら

崇徳院に百首歌たてまつりける時、恋歌とてよめる　藤原清輔朝臣

・露ふかきあさまののらにをがやかるしづのたもともかくはぬれじを

⑦千載集　八五九

（参考）くれなゐの　あさはののらに　かるかやの　つかのあひだも　あをわすらすな　万葉集　二七六三

（参考）くれなゐのあさばののらにおくつゆのいろにいでてもほさぬそでかな　前太政大臣　万代集　一八九八

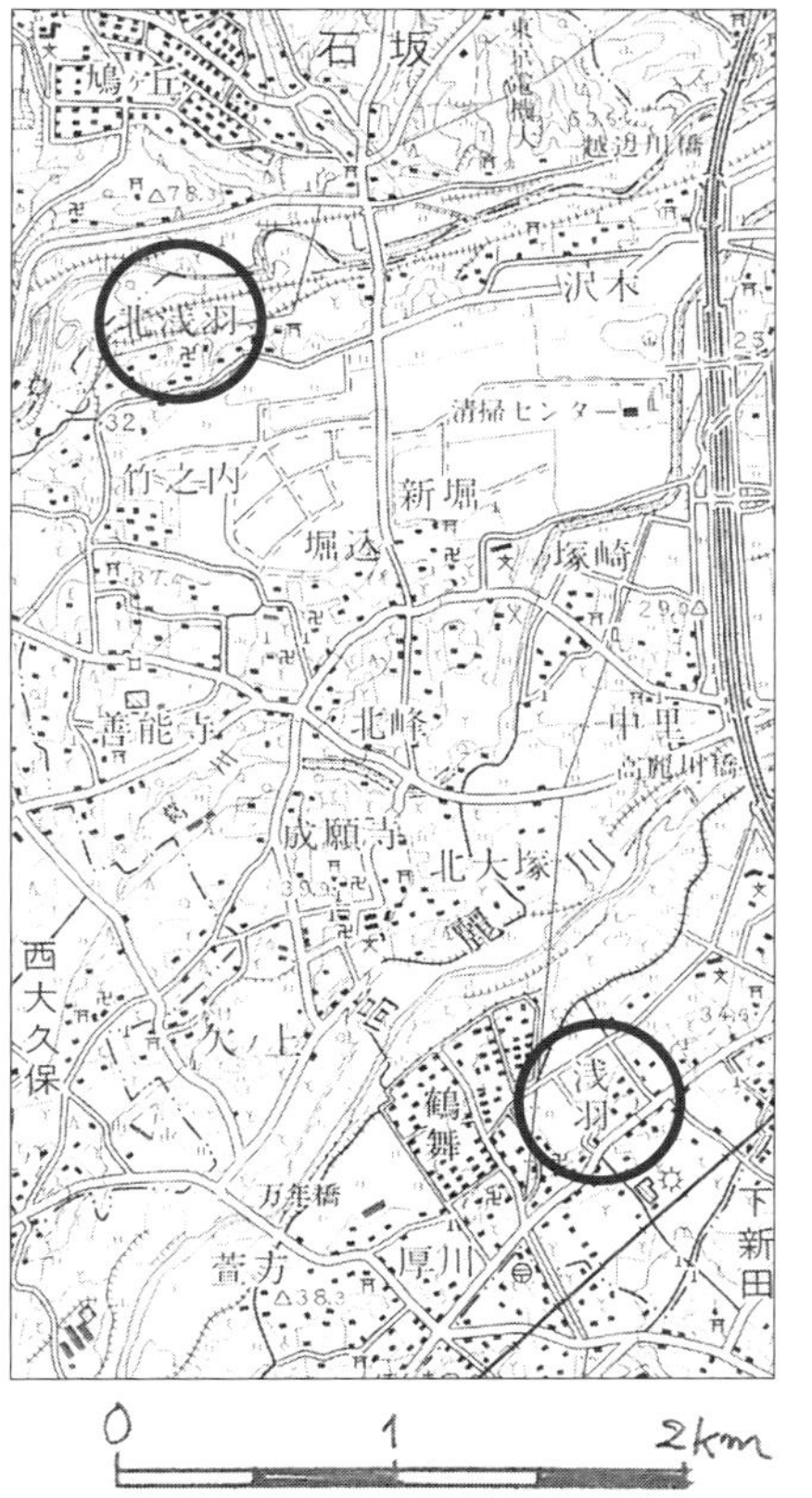

1／5万　川越

（メモ）

①「千載集」の歌は『清輔集』では「あさはののら」とある。

②『和名抄』武蔵国入間郡の八郷《さと》の中に「麻羽郷（安佐波郷）」がある。

③土屋神社（坂戸市浅羽）　神殿は土屋神社古墳の上にある。横穴式石室のある円墳上に枯れた神木杉、樹高二八m・幹回り八・五m・根回り約一二m、樹令千年がある。神木杉の見下ろした一帯が浅羽野であったと。

④麻羽郷の範囲は高麗川北岸から、更に北の越辺《おっぺ》川南岸にまでおよんだという。

⑤坂戸市仲町の永源寺は長崎奉行勤務であった島田重次の慶長一八年の開基。寺に元弘三（一三三三）年銘の板碑、鎌倉幕府滅亡時に北条氏に従って死んだ浅羽氏の供養塔がある。

一二四　荒川

埼玉県戸田市早瀬を流れる荒川

関係地図　1／20万　東京　1／5万　東京西北部

641　はやせ川

百首歌の中に、鶏河の心をよませ給うける

•はやせ川みをさかのぼるうかひ舟まづこの世にもいかがくるしき　崇徳院御製

⑦千載集　二〇五

•老いらくの月日はいとどはやせ河かへらぬ浪にぬるる袖かな　大僧正覚弁

⑧新古今集　一七七六

（参考）はやせがはなみのかげこすいはきしにこぼれてさける山ぶきのはな　前大納言為家　続古今集　一六六

（参考）はやせ河うかぶみなわの消えかへり程なき世をも猶なげくかな　前中納言定家　新千載集　二一六七

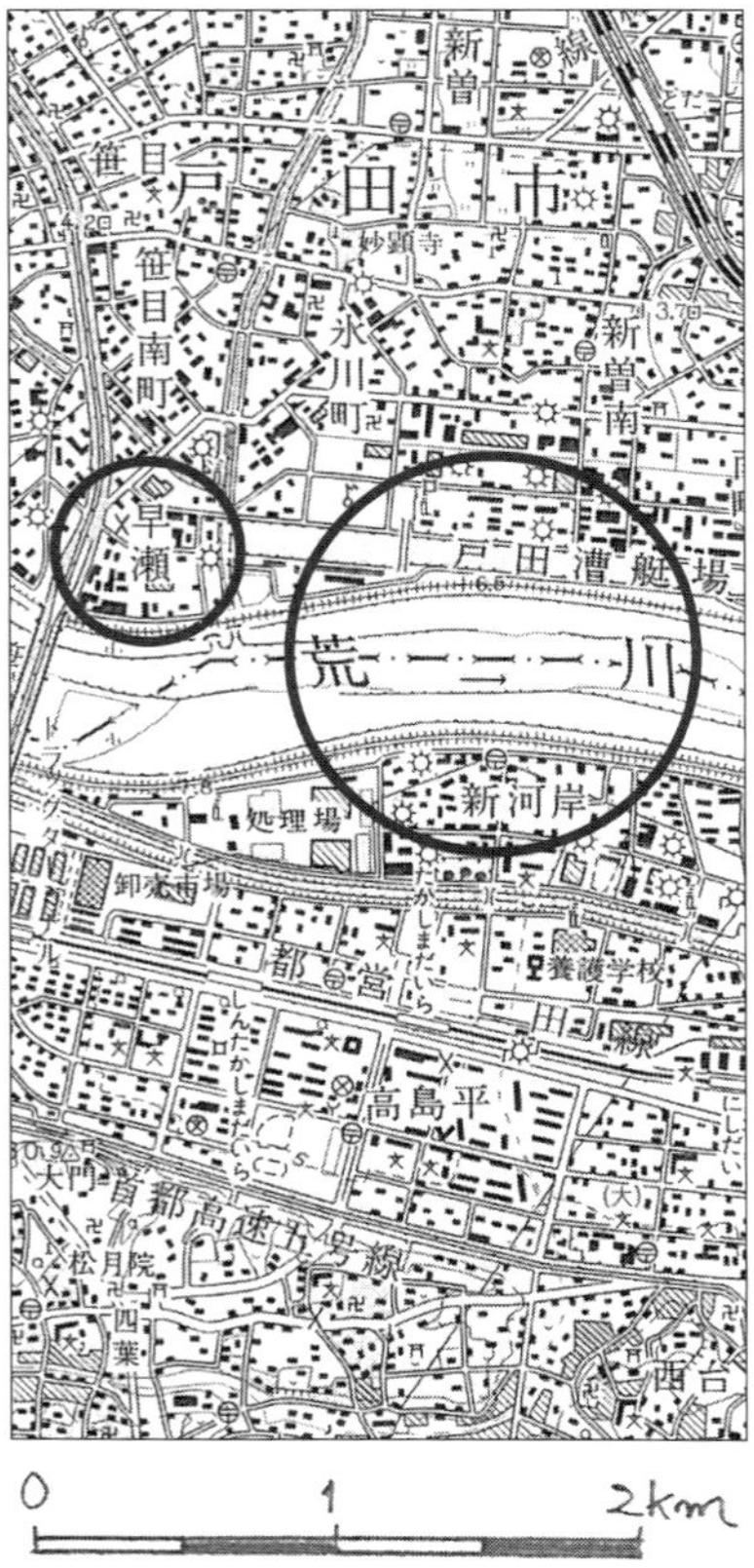

1／5万　東京西北部

（メモ）

①埼玉県戸田市早瀬と東京都板橋区赤塚公園、昔の足立郡下笹目村枝郷早瀬村と豊島郡上赤塚村との間を荒川が流れている。『新編武蔵』に、

　川幅四、五十間、此川に船渡あり、江戸への往来なり、是を早瀬の渡と呼ぶ

とあるという。よって、この辺の荒川を早瀬川と呼んでいたのである。

②戸田市新曽《にいぞ》に妙顕寺がある。当寺は日蓮上人在世中の弘安四（一二八一）年の創建という。佐渡流罪の途中、この地の領主墨田五郎時光のたっての希望で安産護符を与えるとその妻が無事男子を出産したという。後、墨田氏は上人の弟子日向上人を招き、開山としてこの寺を創建したと云う。

一二五　板井

埼玉県熊谷市板井

関係地図　1／20万　宇都宮　1／5万　熊谷

95　いたゐのし水

•わがかどのいたゐのし水さととほみ人しくまねばみくさおひにけり　神あそびのうた　①古今集　一〇七九

故郷月をよめる

•ふるさとのいたゐのし水みくさゐて月さへすまず成りにけるかな　俊恵法師

⑦千載集　一〇一一

（参考）み草ゐるいた井のし水いたづらにいはぬをくみてしる人はなし　澄覚法親王　新後撰集　八一八

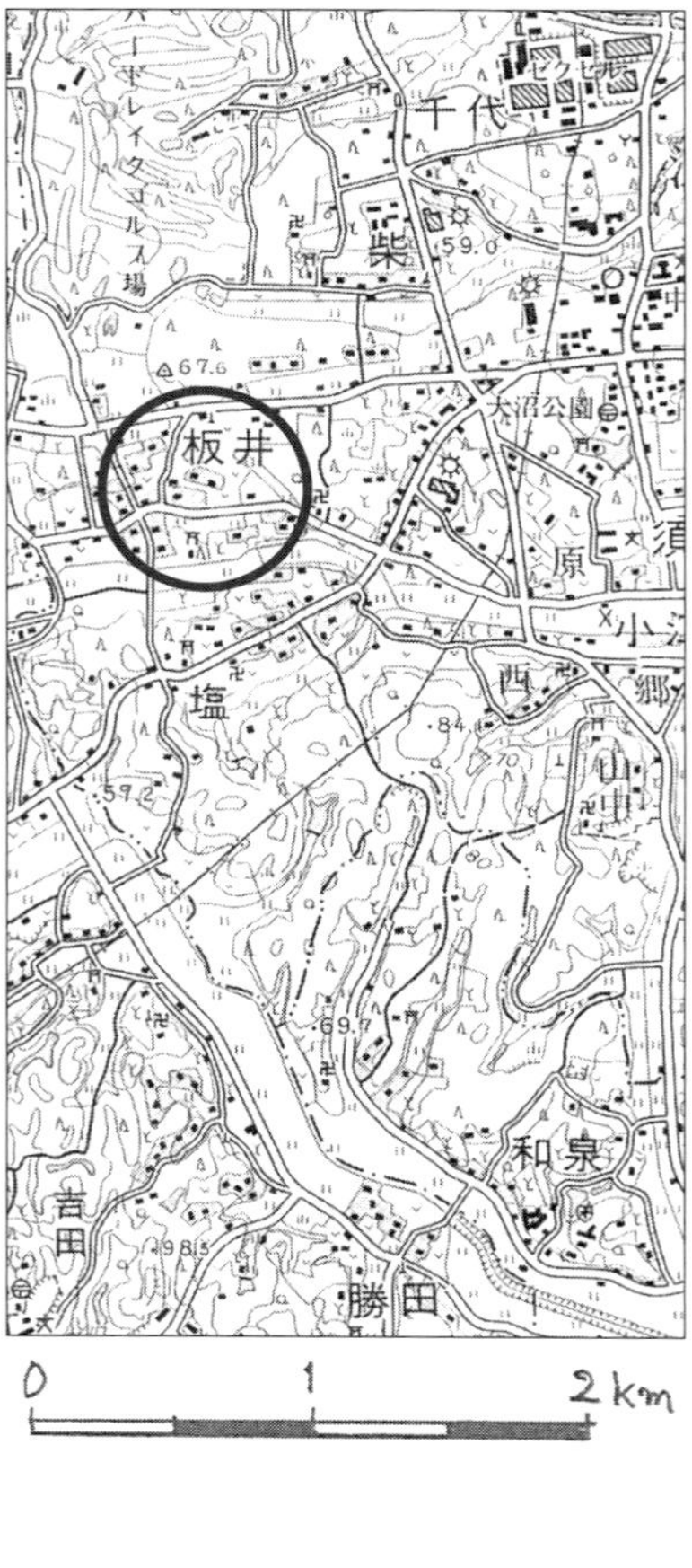

1／5万　熊谷

（メモ）

①地名の由来は、昔、板で囲った井戸があったことによるという。

②板井集落の小字氷川に鎮守氷川社、延喜式神名帳の武蔵国男衾郡の「出雲乃伊波比神社」が鎮座する。

③長命寺跡（字板井）板井山薬王院と号し、本山派修験で京都聖護院末寺であった。本尊は不動明王。草創は元阿円長。円長は久安三（一一四七）年の死去という。古くから篠場《しのば》の長命寺と呼ばれていたという。この長命寺は中世以来、多くの在地の配下を持っていたが慶応四（一八六八）年の神仏判然令で廃絶した。

④隣接の塩集落の狸塚《むじなつか》・荒井・西原・諸《もろ》ヶ谷《やつ》・明賀台《めようがだい》・丸山・栗崎の七地区に、合計五七五基もの四～七世紀にわたる古墳が分布する。

一二六　兜川の橋

埼玉県比企郡小川町小川の兜川の橋

関係地図　1／20万 宇都宮　1／5万 寄居、熊谷

849

をがはのはし

・つくしよりここまでくれどつともなしたちのをがはのはしのみぞある　在原業平朝臣　③拾遺集　三八一

（参考）みちのくのをがはのはしのあゆみ板の君しそむかばわれもそむかん　読人不知　夫木抄　九四一九

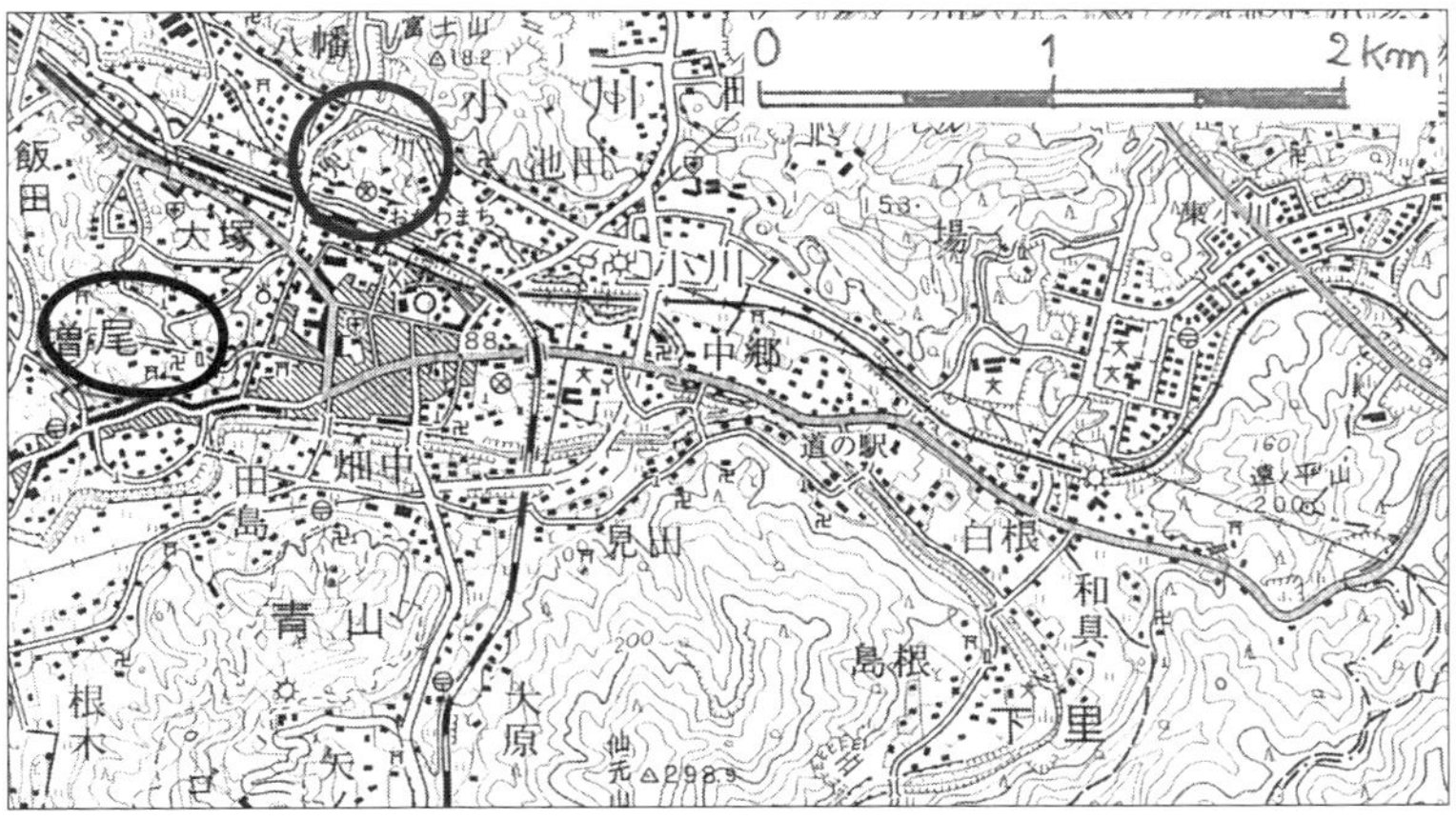

1／5万　熊谷

（メモ）

①比企郡小川町小川地内で、西方から東流してくる槻川《つきかわ》に兜川が注いでいる。

②槻川は秩父郡東秩父村剣ヶ峰八七六m、川木沢ノ頭八七四m、大霧山七六六・七m等の山々の降水を集めて小川町に流入し、小川町内の降水を集めた兜川の水を受けてやがて比企郡嵐山町で都幾川に注ぐ。

③『萬葉集註釋第二』の奥書に

文永六（一二六九）年、沽洸二日、於武蔵国比企北方麻師宇郷書寫畢。仙覺在判

とある。また、『萬葉集註釋巻第十』の奥書に

文永六年孟夏二日、於武蔵国比企郡北方麻師宇郷政所、註之了。権律師仙覺在判

とある。「麻師宇郷」は小川町増尾であるという。図中の石碑記号は佐佐木信綱の撰文碑であろう。

④図中の下里《しもざと》地区に緑泥片岩（下里石）の採石場がある。小川周辺には下里石を使った中世の板石塔婆が五百基以上もあるという。大塚地区の大梅寺（曹洞宗）に暦応四（一三四一）年刻印の二連塔婆がある。

一二七　熊倉城山

埼玉県秩父市荒川白久・荒川日野

関係地図　1／20万 甲府、東京　1／5万 三峰、秩父

312

くまのくらといふ山寺

くまのくらといふ山寺に賀縁法師のやどりて侍りけるに、ぢゆうぢし侍りける法師に歌よめといひ侍りければ

・身をすてて山に入りにし我なればくまのくらはむこともおぼえず　よみ人しらず　③拾遺集　三八二

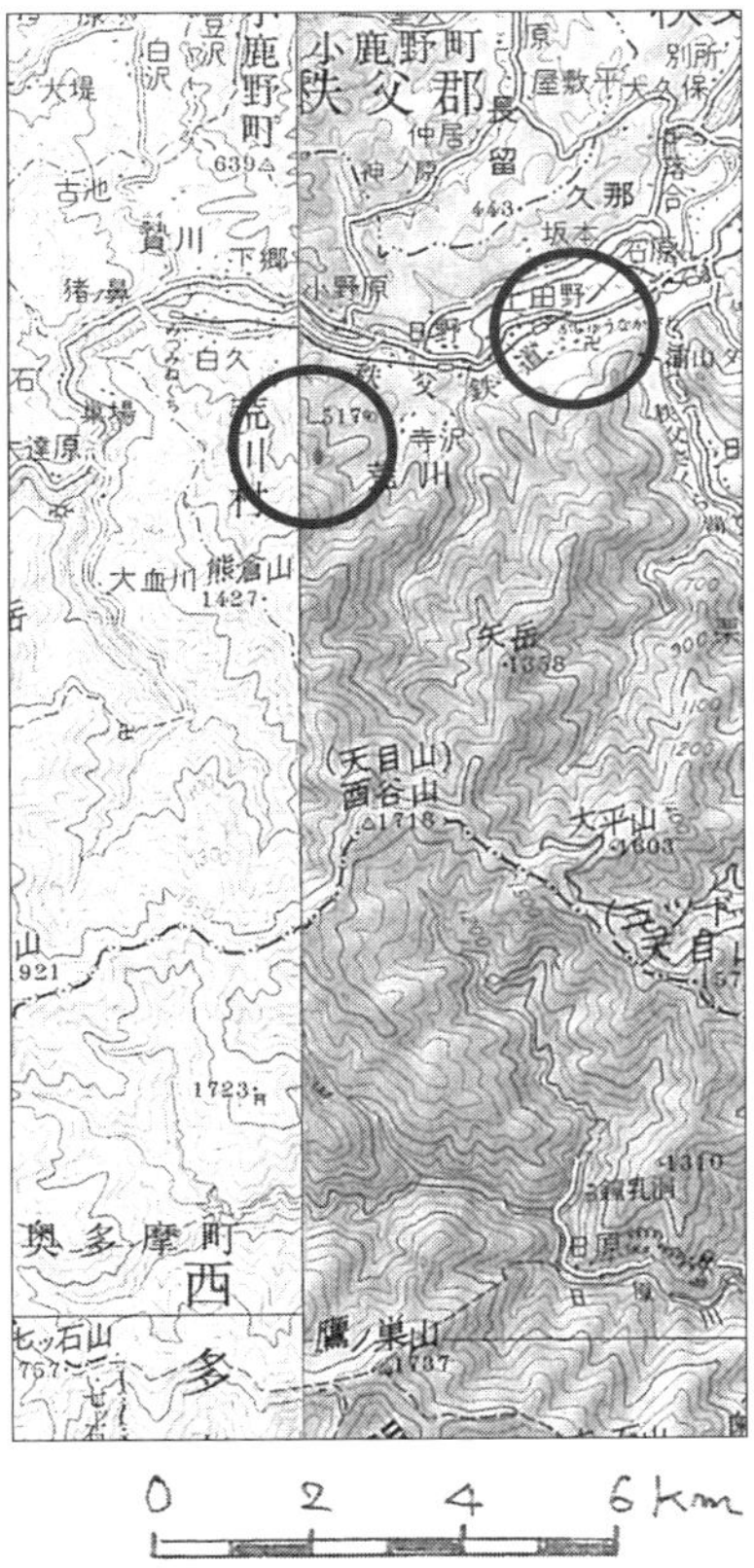

1／20万　甲府（左）・東京（右）

（メモ）

①標高一四二六・五mの熊倉山は埼玉県秩父市にある。現在、地形図を見ても、この山中には寺院の記号はない。しかし、熊倉山頂から北に延びる稜線上、秩父市馬立の南稜線を上った水平距離一・五km、標高六四八mには馬立城跡、通称城山がある。長尾景春は文明一〇（一四七八）年、ここに築城したといわれている。

②兵庫県姫路市の書写山円教寺は性空上人の開創である。この性空上人は南九州の霧島、また福岡県の背振山が修行地であった。性空上人や真宗七高僧の一人源信、奈良多武峰に四一年も住んだ増賀等の師は比叡山で天台座主を勤められ、のち横川で専心院を創建された良源上人（九一二―九八五・正月三日）であった。慈恵大師、また正月三日に死去されたので元三大師と呼ばれる。

③秩父市荒川上田野の秩父霊場二九札所笹戸山長泉院の本尊は元三大師作の聖観世音菩薩である。御詠歌は

分けのぼり結ぶ笹の戸おし開き仏を拝む身こそたのもし

である。この御詠歌にピッタリの笹が茂り高木のない地、熊倉城築城前のこの地であろう。

一二八　狭山　埼玉県・東京都

377

関係地図　1／20万 東京　1／5万 青梅

さやまの嶺

堀河院御時、百首歌たてまつりける時、照射のこころをよみ侍りける　修理大夫顕季

・五月やみさやまの嶺にともす火は雲のたえまのほしかとぞみる

⑦千載集　一九五

（参考）今朝きなけさやまが峰の時鳥やどにもうすき衣かたしく　藤原範永朝臣

続詞花集　一〇六

（参考）さびしさに野べに立ちいでてながむればさ山がすそにすずむしのなく

前中納言匡房卿　夫木抄　八八〇八

1／20万 東京

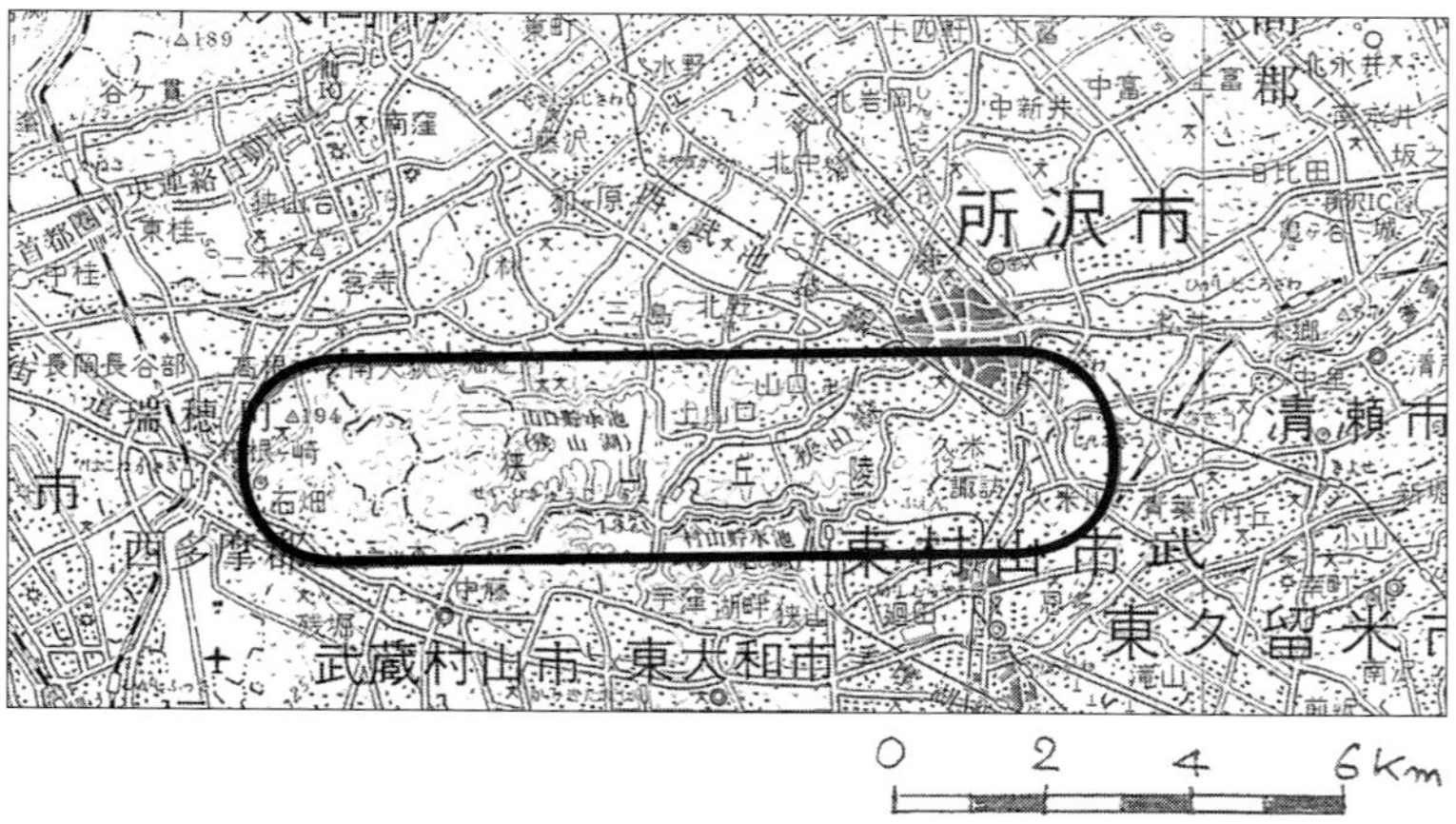

（メモ）

①狭山丘陵は埼玉県入間市・所沢市と、東京都西多摩郡瑞穂町・東村山市・東大和市・武蔵村山市との境界部に位置し、武蔵野台地上から東方に半島状に突出する丘陵である。東西の長さは約一二km、南北の幅は二〜五km。最高点は瑞穂町高根で一九四・〇二mで東ほど低い。

②元狭山神社や狭山神社の鎮座する瑞穂町駒形富士山地区から所沢市久米の八国《はちくに》山《やま》に至る古多摩川水系が作った三角洲という。

③狭山丘陵の内側には二条《ふたすじ》の浸食谷があり、その端末部には手を拡げたように無数の谷戸《やと》がある。谷あいから豊かな湧水があり、合流して柳瀬川と宅部川《やけべ》となる。

④昭和初年に柳瀬川を堰き止めたのが山口貯水池（狭山湖）、宅部川を堰き止めたのが村山貯水池（多摩湖）であり、ともに東京都の上水道用としている。

一二九　原の池遺称地　埼玉県深谷市、熊谷市

643

関係地図　1／20万 宇都宮　1／5万 深谷、熊谷

はらのいけ

氷逐夜結　藤原孝善

・むばたまのよをへてこほるはらのいけははるとともにやなみもたつべき

④後拾遺集　四二二

（参考）むべしこそ氷とぢけれ霜枯の冬野につづく原の池水　藤原信実朝臣

新千載集　六四七

（参考）はらのいけに生ふるたまものかりそめにきみを我がおもふ物ならなくに

古六帖　一六七三

1／20万 宇都宮

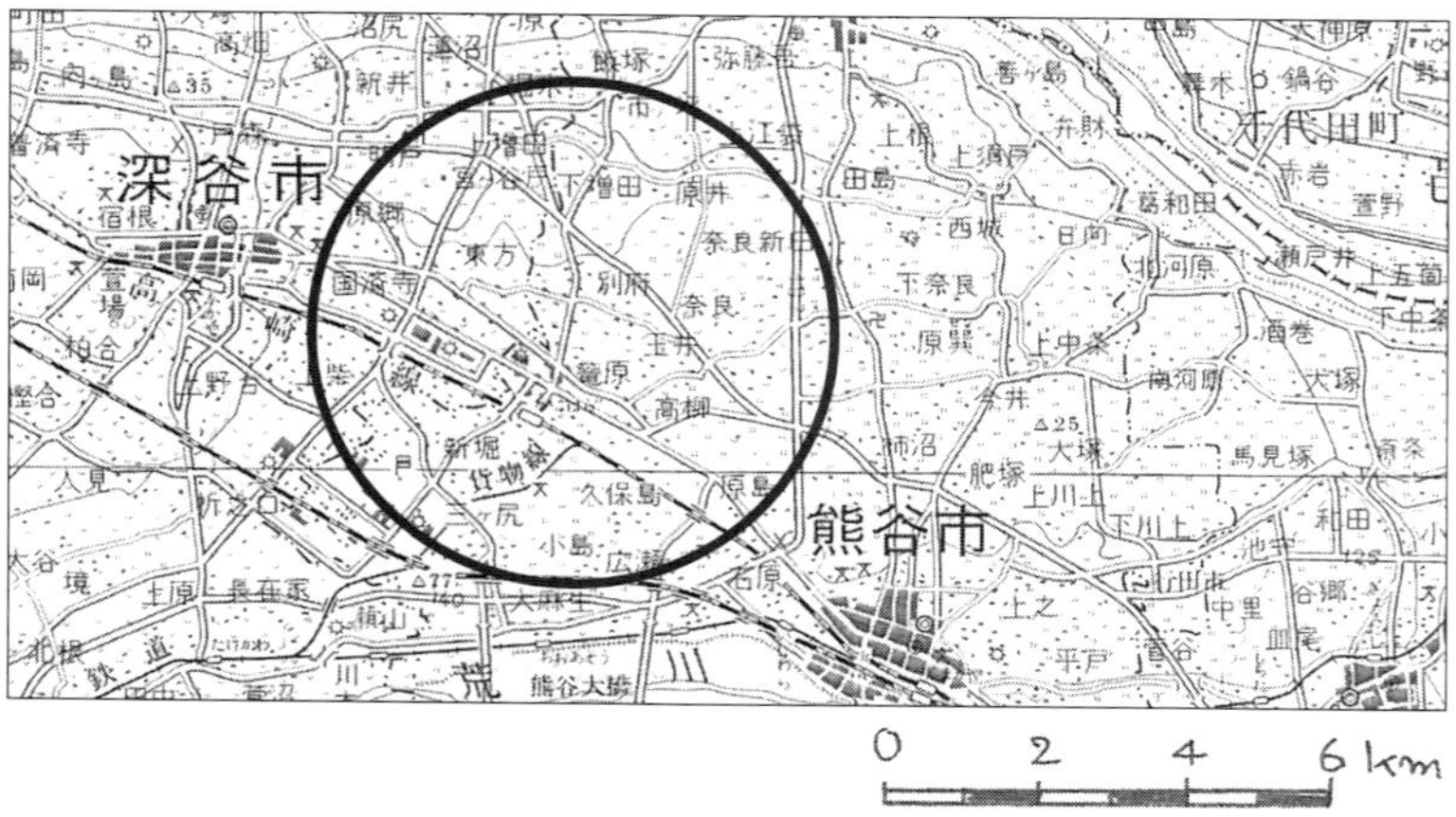

（メモ）

①『和名抄』武蔵国に「幡羅郡《原》」がある。この幡羅郡内八郷中にも幡羅郷がある。

②『新編武蔵』の「原郷」に、中世末期頃から用いられた郷名と思われる。属した村々新堀・拾六間・三ヶ尻・西別府・上奈良・中奈良・中奈良新田・下奈良・東方・国済寺・原ノ郷・新井・沼尻・石塚・蓮沼・藤之木・堀米・間々田・田島・上根・西城・江波・善ヶ島・弁財・葛和田・俵瀬・新堀新田の二七カ村。とあり、現在の熊谷市・深谷市のあたりに相当するという。

③『枕草子』（三五段）に

こひぬまの池。はらの池は、「玉藻なかりそ」といひたるもおかしうおぼゆ。とある。

④太古、大きく蛇行していた利根川の直流工事で数多くの河跡湖が出来、それが一時期「幡羅池」となり、それも耕地となった。

一三〇　堀兼井

埼玉県狭山市堀兼。堀兼神社

関係地図　1／20万 東京　1／5万 川越、青梅

707

ほりかねの井

法師品、漸見湿土泥、決定知近水の心をよみ侍りける　皇太后宮大夫俊成

・むさしののほりかねの井もあるものをうれしく水のちかづきにける

⑦千載集　一二四一

（参考）むさしなるほりかねの井の底をあさみおもふ心をなににたとへん　古六帖　一三四五

（参考）いかでもとおもふ心はほりかねの井よりも猶ぞふかさまされる　伊勢　夫木抄　一二四七七

1／5万　川越

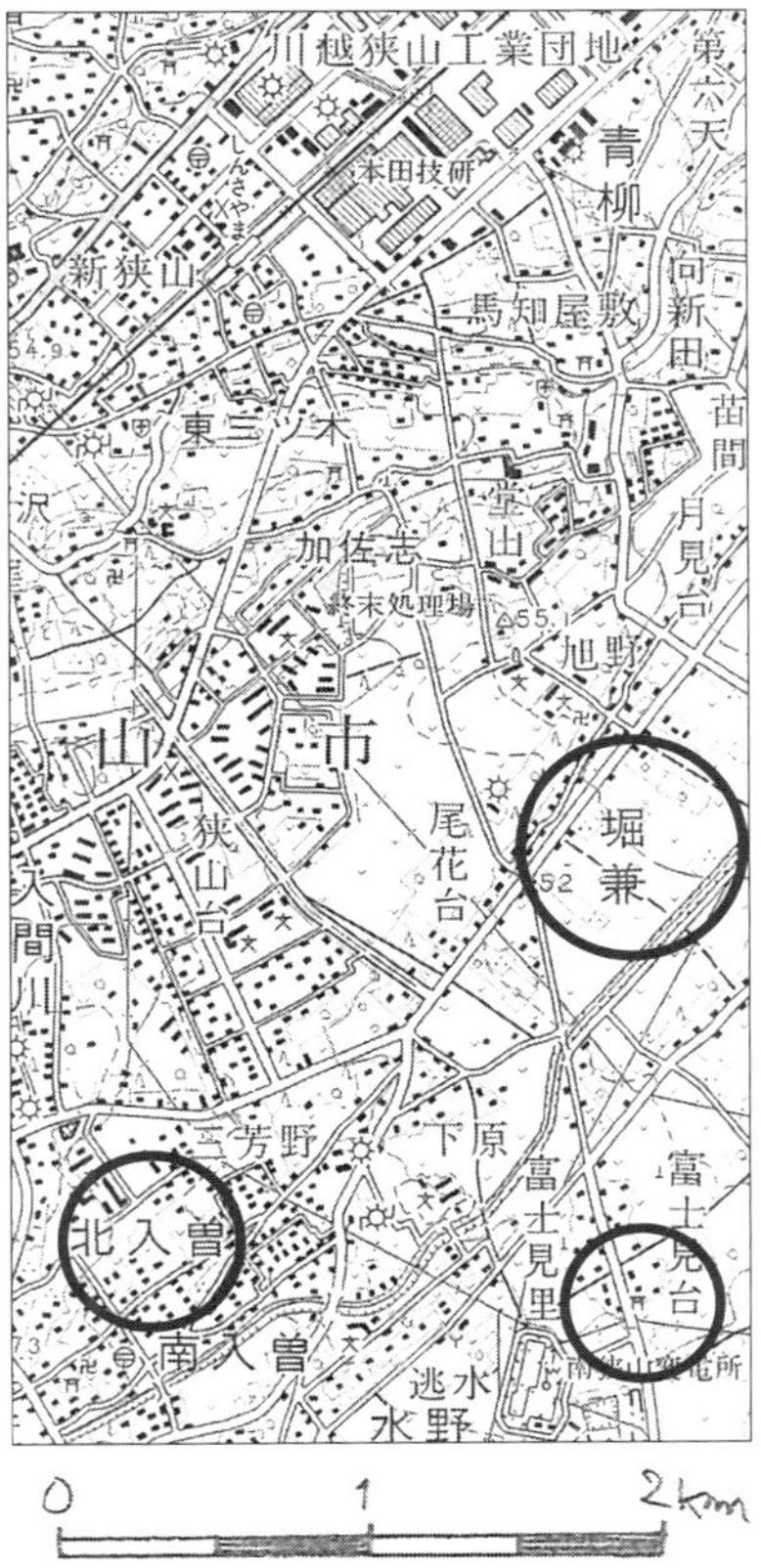

（メモ）

①堀兼神社（狭山市堀兼）　祭神は木花《このはな》開耶姫命《さくやひめのみこと》　由緒は日本武尊東征の砌《みぎり》、富士山を拝み祈りしところ、慈雨が沛然と来り一同渇を医したという。里人縁りの地に浅間社《せんげんしゃ》を建立した。慶安三（一六五〇）年松平信綱木花咲耶姫立像を寄進。また社殿を再興。明治以降は堀兼井浅間社。のち、現社名に改められた。境内に「堀兼井」（県指定史跡）がある。

②七曲井《ななまがりのい》（狭山市北入曽）　不老川《としとらず》の北岸、標高約七〇m、字堀難井《ほりかねのい》の古代の井戸跡（県指定史跡）。昭和四五年、復原のための発掘調査によると、井戸跡は擂《すり》鉢《ばち》形の上部構造と井筒相当の下部構造があり、全体として漏斗状をしていたという。一八世紀末まで利用されていたと。

一三一　都島

埼玉県本庄市都島

関係地図　1／20万 宮都宮　1／5万 高崎

770

みやこじま

・おきのゐて身をやくよりもかなしきは宮こしまべのわかれなりけり　をののこまち

①古今集　一一〇四

（参考）わかれぢに身をやくおきの数そへてみやこ島べにとぶ蛍かな　権僧正公朝　夫木抄　一〇五八〇

1／5万　高崎

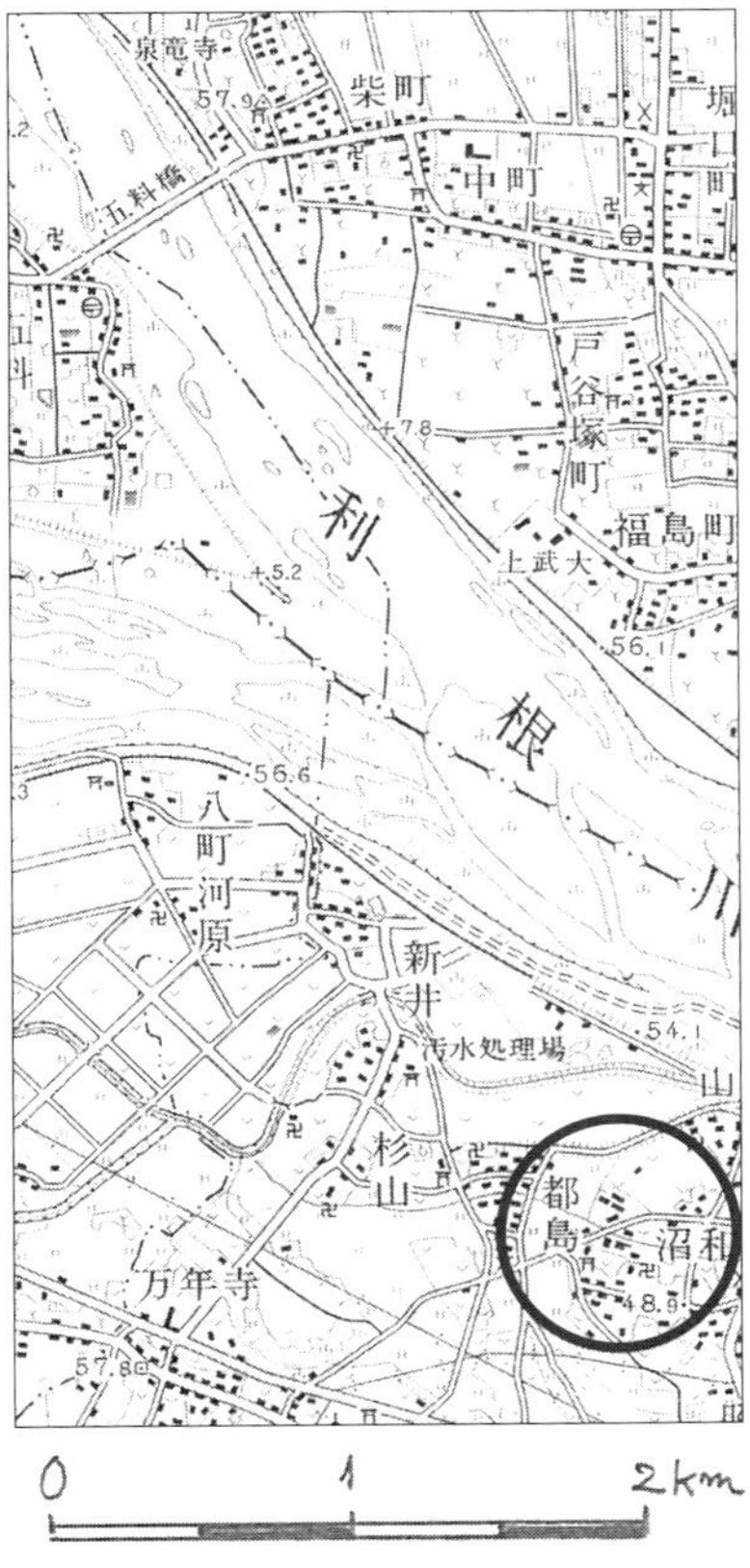

（メモ）

①利根川南岸の自然堤防上に位置する。地名の由来は神主や氏子の支配下で、「神役」の人々が住んだに由るという。

②辞書の「みやこ」に(i)帝王の宮殿のある所　(ii)古く、天皇が一時仮に居所とされた行宮ともいう。とある。

③北西から南東流する巨河利根川に、西方から利根川に向って大河烏河が流入する所で、一雨降る毎に一夜にして天国、都島が形成されたり、また流される地獄島ともなる位置である。よって慶長一七（一六一二）年文書に「那波郡（上野国）都島村」、寛永二（一六二五）年文書に「児玉郡（武蔵国）都島村」と。

④本庄市や児玉郡に金讃《かなさな》神社が多い。この神社の神奈備山・神体山は児玉郡神川町二ノ宮の標高三四三・五mの御嶽山である。祭神は天照大神・素盞嗚尊　配祀日本武尊。由緒は日本武尊東征の帰途、伊勢神宮にて御姨倭姫命より賜った火鑽金を御霊代として当山に鎮められたという。東側中腹の幅九m・長さ四mの赤鉄石英片岩の鏡岩は、断層鏡肌というもので国指定特別天然記念物である。

一三二　安房国府跡推定地　千葉県南房総市府中

関係地図　1／20万　横須賀　1／5万　那古、館山

65　安房の国

安房守基綱におくれてはべりけるころ、ながされたりける人のゆるされて
かへりたりけるをききてよめる

・ながれてもあふせありけりなみだがはきえにしあわをなににたとへん　藤原知信　⑤金葉集　六一二

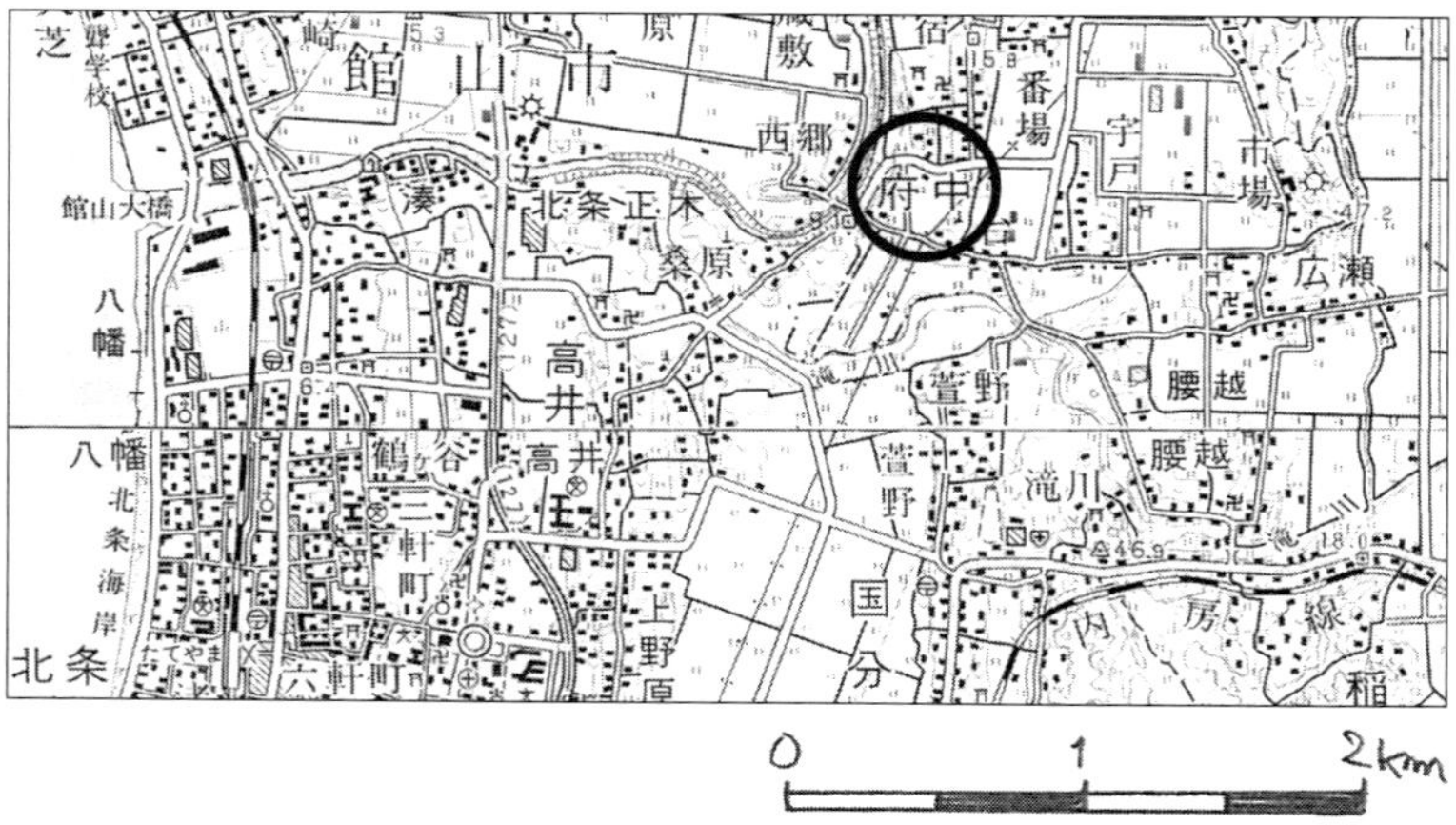

1／5万　那古(上)・館山(下)

（メモ）

①旧国名。安房国は房総丘陵の一つ鋸山《のこぎりやま》—清澄山《きよずみやま》丘陵の南部、房総半島の南端に位置する。斎部氏の祖天富命が肥沃な土地を求め、この地に至り、阿波斎部の居所を「安房郡」と称したという。また、国名の由来という。

②館山市大神宮に安房神社が鎮座。本社（上ノ宮）天太玉命　（相殿）天比理刀咩命及斎部五部の神　摂社（下ノ宮）天忍日命　天富命　由緒は神武天皇東征の砌、天富命が勅命により阿波の斎部氏を率い、東国治定開発のため当地方に来て、安房郡と名づけ、天富命がこの地に祖父天太玉命の社を創建し、安房社と称したことが草創である。

③『続日本紀』養老二（七一八）年五月二日条に、

上総国の平群《へぐり》・安房・朝夷《あさひな》・長狭《ながさ》の四郡を割きて安房国を置く。

同書天平一三（七四一）年一二月一〇日条に、

安房国を上総国に并《あは》せ。

同書天平宝字元（七五七）年五月八日条に、

その能登・安房・和泉等の国は旧《もと》に依りて分《わか》ち立てよ

などとある。

一三三　大須賀川の橋　千葉県香取市上小川

関係地図　1／20万　千葉　1／5万　佐原

849　をがはの橋

・つくしよりここまでくれどつともなしたちのをがはのはしのみぞある　在原業平朝臣　③拾遺集　三八一

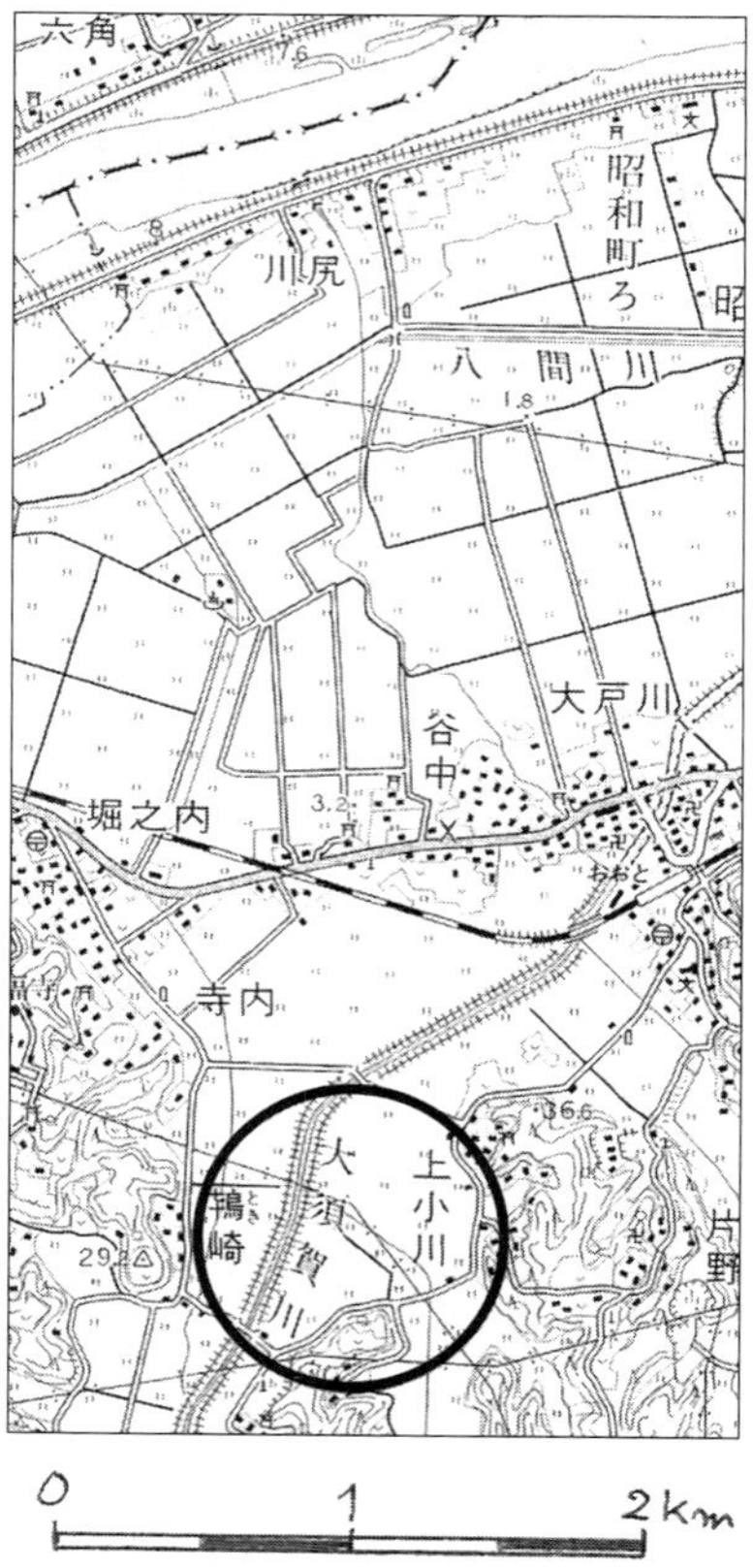

1／5万　佐原

（メモ）

①香取市上小川集落名は『元禄郷帳』には「古は小川村」の注記がある。また香取市牧野の観福寺文書『道松譲状』には「大戸庄南方小河村」とあり、小川村であった。よって小川に架かる橋は「小川の橋」。この小川は大須賀川。川尻北を流れる川は大川。利根川である。

②大戸《おおと》神社（香取市大戸字宮本）　祭神は天手力雄命。由緒は景行天皇四〇（AD一一〇）年日本武尊東夷御征討の時勧請になり、社殿を御造営になった。その後白雉元（六五〇）年、正応二年、明徳四年に造営。現社殿は宝永四（一七〇七）年の造営。

③禅昌寺山古墳（香取市大戸川中宿）利根川下流域の低地。JR成田線大戸駅、大須賀川対岸の禅昌寺・浄蓮寺辺。ここに墳丘の長さ約六〇ｍの前方後円墳が存在したという。家屋増築用にと墳頂を削平した時、中国製鏡破片・石枕・直刀・鉄鉾・鉄鏃・馬具等多数出土し、六世紀前半代の首長級墓という。当古墳東に権現前古墳、森戸集落に大法寺古墳、大戸集落に天神台古墳群がある。

④観福寺（香取寺牧野）　真言宗豊山派、妙光院蓮華院。本尊は平将門の伝守護仏聖観音。一説に寛平二（八九〇）年開基。

一三四　御腹川の橋

千葉県君津市御腹川に架かる橋がふさわしい

関係地図　1／20万 大多喜　1／5万 大多喜

849

をがはのはし

・つくしよりここまでくれどつともなしたちのをがはのはしのみぞある　在原業平朝臣

③拾遺集　三八一

1／20万　大多喜

（メモ）

①『和名抄』上総国畔蒜《あひる》郡六郷に「小河郷」がある。現在の君津市久留里大谷を流れる御腹川を、旧名「小川」と呼ぶのは「小河郷」の遺名とされる。よって、小川郷の範囲は「御腹川の全流域」であったであろう。現在、君津市俵田地内の御腹川に橋名も「小川橋」である。

②御腹川の名前の由来は、『総州久留里軍記』に、皇位継承問題で望多郡小櫃領阿比留荘小川村（現在の君津市久留里大谷辺）に流された天智天皇の皇子大友皇子が割腹自殺をされたという言い伝えによるとされる。

③君津市俵田、小櫃小学校の南西に白山神社と白山神社古墳がある。白山神社の祭神は大友皇子と菊理比売神である。社伝では天武天皇一三（六八五）年九月勅使の下向あり、社殿を造営し、田原神と称せられたという。また社殿の裏山に小櫃古墳群の主墳があり、弘文天皇陵の伝説のある主軸の長さ約七〇mの前方後円墳（県史跡）がある。築造は六世紀前半という。

④君津市久留里字内山に久留里城跡がある。現在、本丸跡に二層の天守閣が復元。中世からの城跡。また一帯は武家屋敷跡。新井白石の父正済《まさなり》の屋敷跡は久留里小学校前という。

一三五　上総国府跡《かみつふさこくふ》

千葉県市原市惣社

関係地図　1／20万 千葉　1／5万 姉崎

236

上総の国

上総よりのぼりて侍りけるころ、源頼光が家にて人人さけたうべけるついでに

・あづまぢののぢの雪まをわけてきてあはれ宮この花を見るかな　藤原長能

③拾遺集　一〇四九

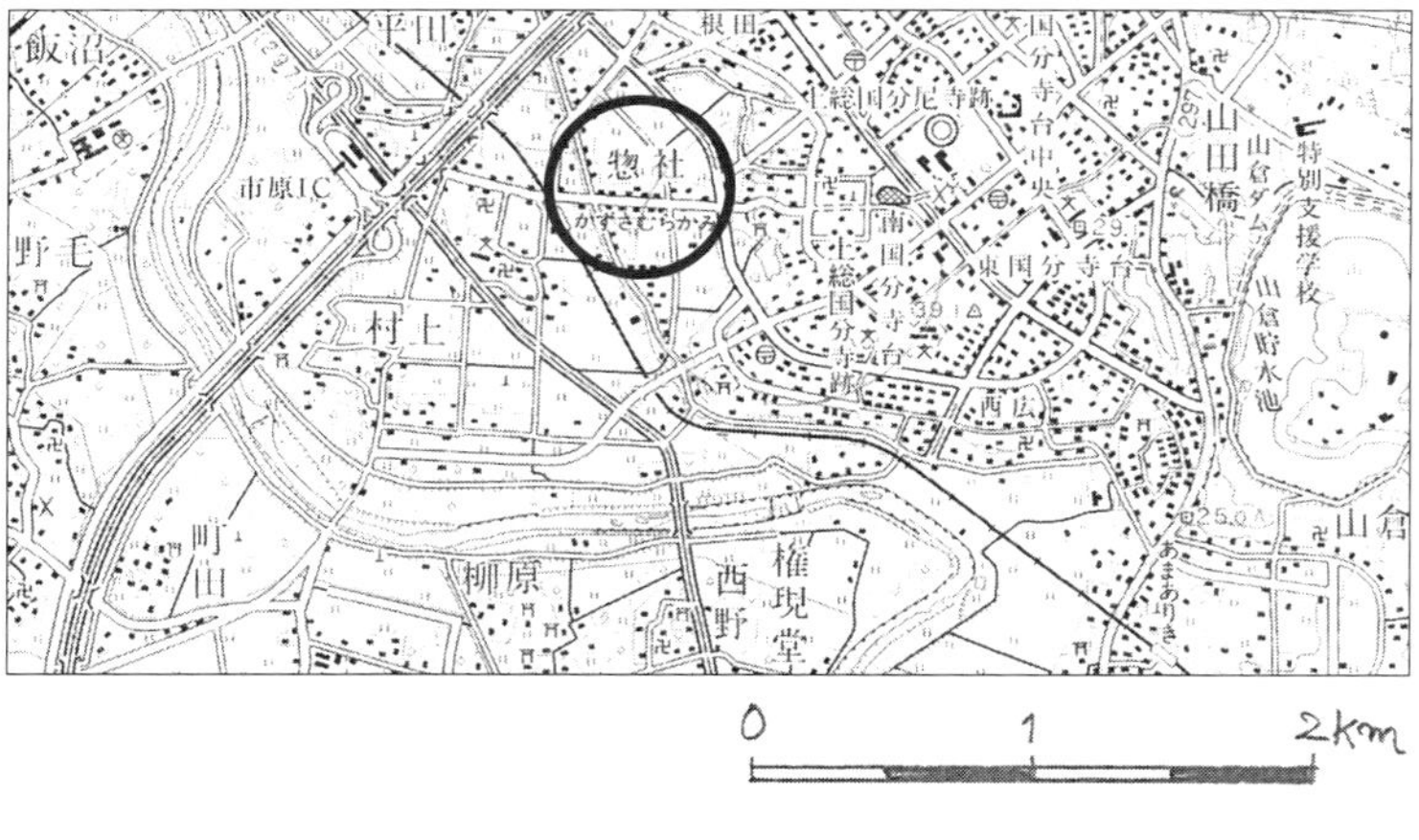

1／5万　姉崎

（メモ）

①『日本書紀』景行天皇四〇年条に、日本武尊、亦相模に進《いでま》して、上総《かみつふさ》に往《みた》せむとす。海を望《おせ》りて高言《ことあげ》して曰《のた》はく、「是小き海のみ。立跳にも渡りつべし」とのたまふ。乃《すなは》ち海中に至りて、暴風忽《たちまち》に起りて、王船漂蕩《ただよ》ひて、え渡らず。時に王《みこ》に従ひまつる妾《をみな》有り。弟橘媛《おとたちばなひめ》と曰ふ。穂積氏忍山《おしやま》宿祢の女《むすめ》なり。王に啓《まう》して曰《まう》さく、「今風起《ふ》き浪泌《なみはや》くして、王船《みふね》没《しづ》まむとす。是必《これふつく》に海神《わたつみ》の心《しわざ》なり。願はくは賤しき妾《やつこ》が身を、王の命に贖《か》へて海に入らむ」とまうす。言訖《をは》りて、乃《すなは》ち瀾《なみ》を披《おしわ》けて入りぬ。暴風即ち止みぬ。船、岸に著《なづ》くこと得たり。故、時人、其の海を号けて、馳水《はしるみづ》と曰ふ。爰に、日本武尊、則ち上総より転《うつ》りて陸奥国に入りたまふ。とある。元来は相模国から東京湾を渡って上総国に至る道が東海道であったが、宝亀二（七七一）年武蔵国が東山道から東海道に編入されるのに伴って、上総国安房国への道は下総国府からの支路となった。

②飯《いひ》香《か》岡《おか》八幡宮（市原市八幡）　祭神は誉田別尊　息長足姫尊　玉依姫尊　他　由緒は白雉四（六五三）年の創立と伝えられ上総国市原に置かれた国府の付近に鎮祭された国府八幡宮の一つ。本殿は国重文指定。

一二六　権現森

千葉県長生郡長柄《ながら》町の権現森（標高一七三・三m）

関係地図　1／20万　千葉　1／5万　姉崎

526

つつみのたけ

・かがり火の所さだめず見えつるは流れつつのみたけばなりけり　紀輔時

③拾遺集　三八八

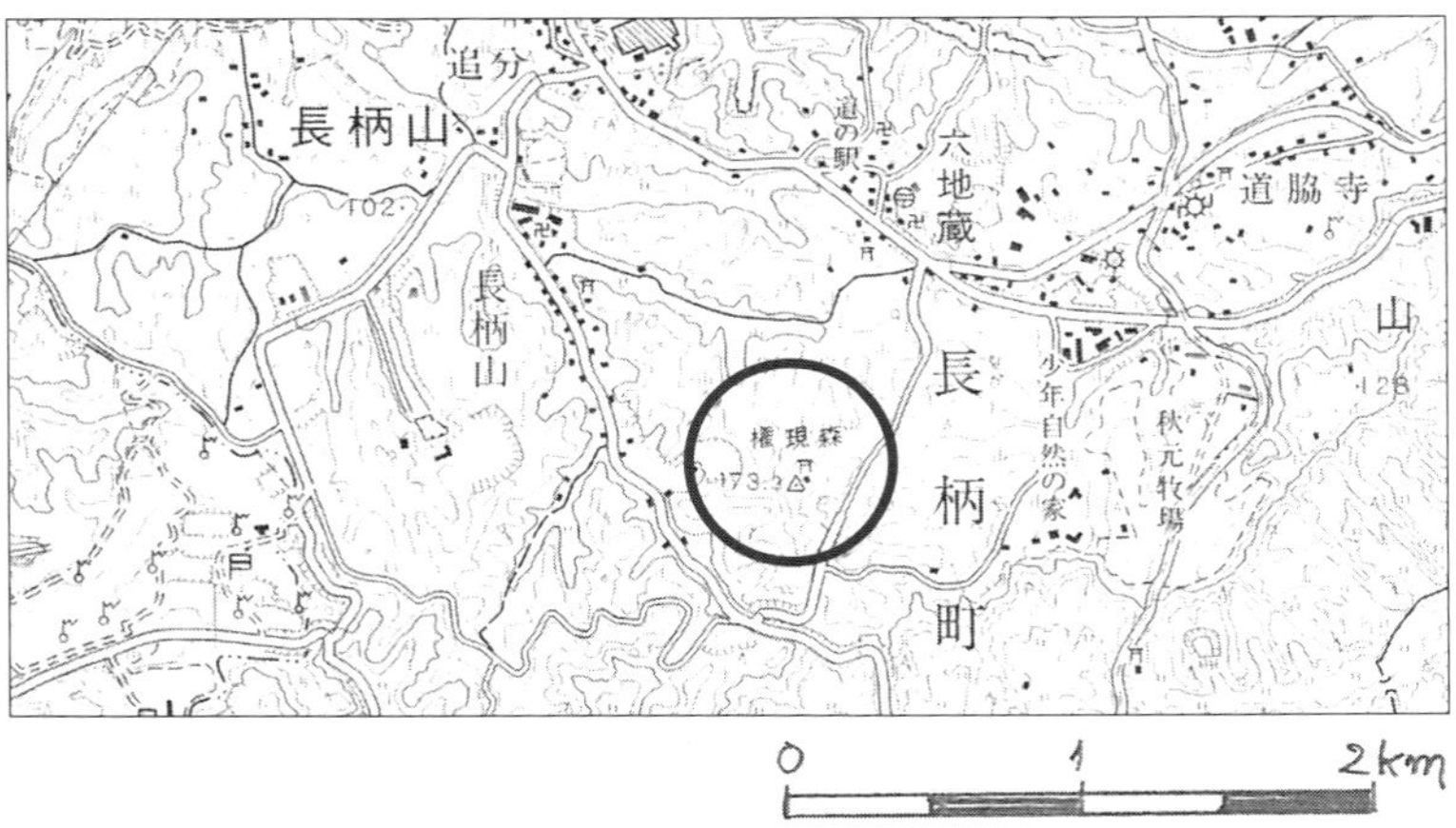

1／5万　姉崎

（メモ）

①権現森には現在天正元（一五七三）年創建と伝える武峯神社がある。この権現森の南東斜面に堤が三、東斜面に二、西斜面に一、北斜面に市津湖と地図上に八つの堤がある。権現森はこれら多くの堤を涵養する堤の岳である。

②権現森（山）は現在の六地蔵集落と長柄山集落である。六地蔵村中郷《なかごう》に天台宗西福寺があり、昔は、成武《なるたけ》村と称していた。しかし、千葉秀胤が妾の冥福を祈念してこの地に六地蔵菩薩を造立して以来、今日の「六地蔵集落」になったという。

③長柄山集落には眼蔵寺（臨済宗妙心寺派）がある。寺伝によれば、長和二（一〇一三）年の創建で百済国沙門戒乗を招いて開基とし鳴滝寺と号し、初め律宗であった。その後胎蔵寺と改名し、今眼蔵寺という。寺には弘長四（一二六四）年銘の、千葉県最古の梵鐘がある。国重文指定。その鐘銘は、

奉鋳

上総国市西郡長柄山胎蔵寺

槌鐘一口事

右治鋳志者為一天安穏四海静謐

乃至六道四生群類三途八難衆生

由此一音離苦得楽矣

弘長四年甲子三月廿五日

大工広階重永

大勧進寂明

とある。

一二七　下総《しもつふさ》国府跡

千葉県市川市国府台。六所神社跡一帯

関係地図　1／20万　東京　1／5万　東京東北部

408

しもつふさの国

しもつふさのかみにまかれりけるを、任はててのぼりたるころ、源俊頼臣のもとにつかはしける

・あづまぢのやへの霞をわけきてもきみにあはねばなほへだてたる心ちこそすれ

旋頭歌　源仲正　⑦千載集　一一六四

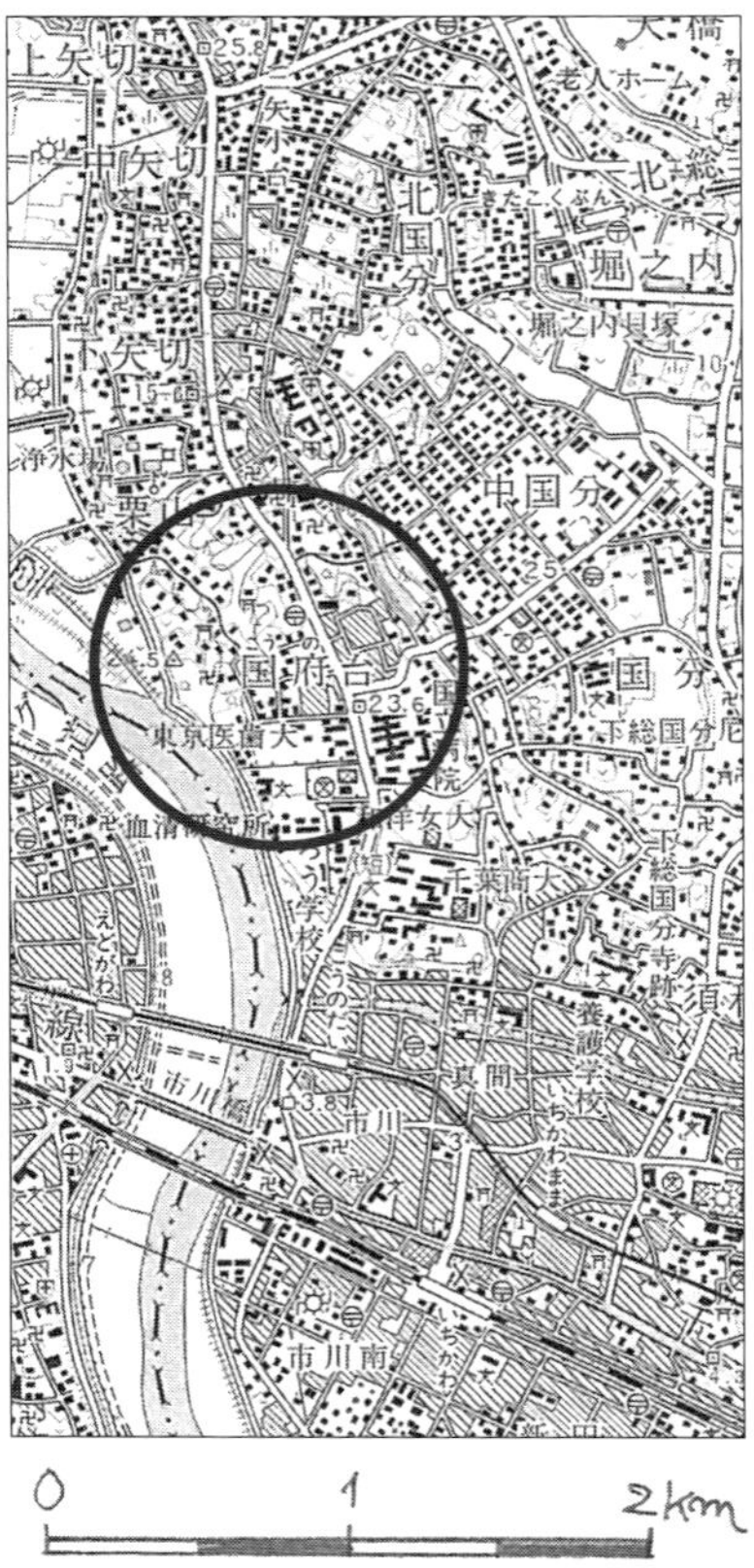

1／5万　東京東北部

（メモ）

①『和名抄』下総国、国府在葛飾郡。とある。

②『江戸名所図絵』に「国府台《こふのだい》」を、安国山総寧寺（市川市曽谷）の辺より真間の辺迄の岡をすべてかく称するなるべし……、国府の近き辺にある所の丘山なれば国府台とは号たりしなるべしとある。

③法皇塚古墳（東京医科歯科大学構内）主軸の長さ約六五m。後円部幅三〇m・前方部幅三五m。高さは前方部・後円部ともに約六mの前方後円墳。後円部に横穴式石室があったが後世につぶれ今は不明。前方部に家形埴輪。石室玄室部に人物埴輪が埋置され、銀象嵌された甲冑や太刀・鉄鏃・馬具・ガラス玉などの副葬品が出土しているという。

④堀之内貝塚（市川市北国分町）国史跡。縄文時代後期の貝塚。東西約一二〇m・南北一二〇mの環状貝塚。ハマグリが主。土器・土偶・耳飾り・貝製腕輪出土。

一三八　高田の山

千葉県千葉市緑区高田町・誉田町

関係地図　1／20万 千葉　1／5万 千葉

470
たか田の山
・なけやなけたか田の山の郭公このさみだれにこゑなをしみそ　よみ人しらず
③拾遺集　一一七

（参考）せきとめてせがゐの水にたねまきしたかたのやまはさなへとるなり　正二位忠宗卿　夫木抄　二五五八

（参考）雨の下かくこそは見めかへはらやたかだのむらはへぬとしぞなき　前中納言匡房卿　夫木抄　一四八三五

1／5万　千葉

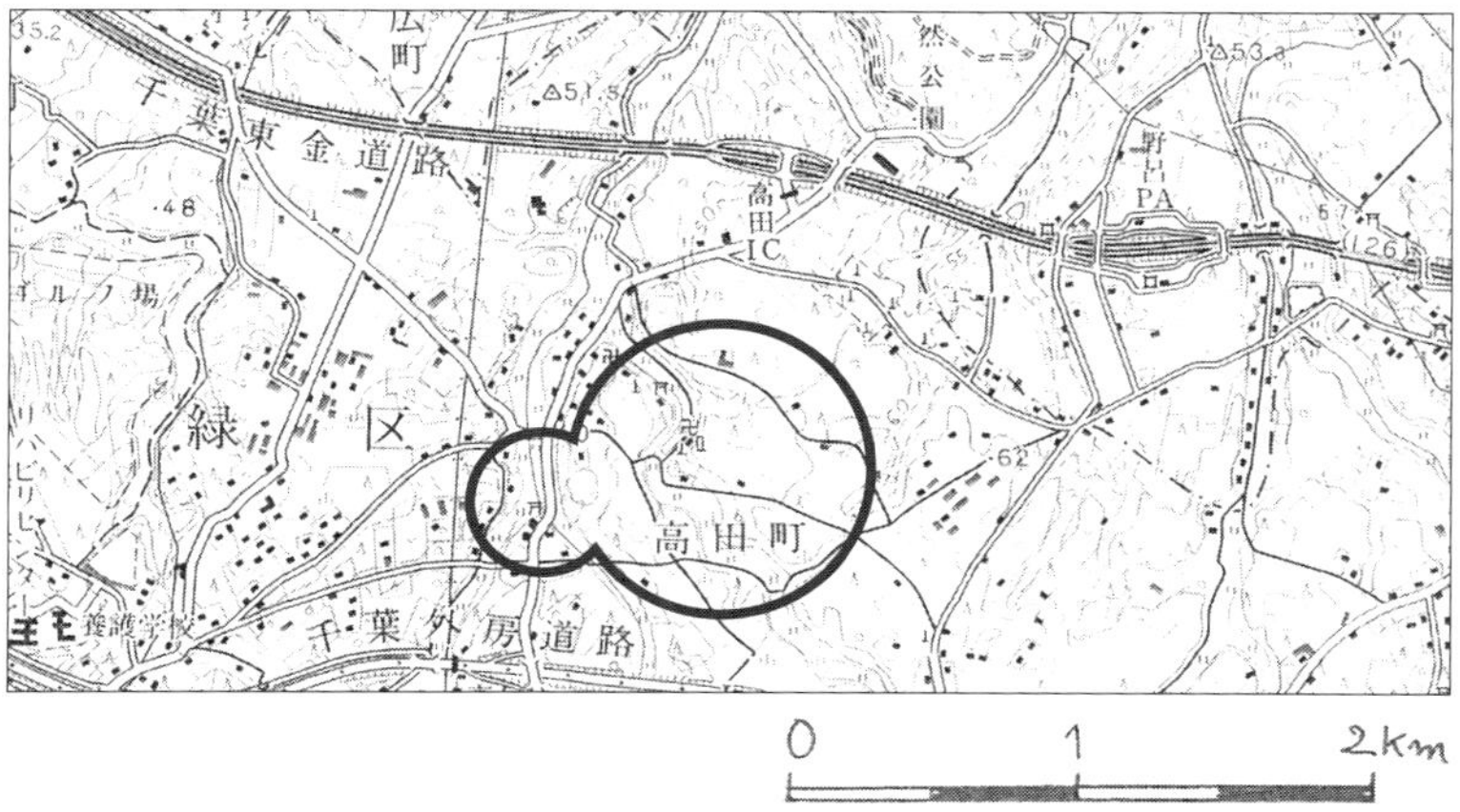

（メモ）
①図中の小丸内の神社は山王神社。ここを北流するのは都川で、やがて千葉市中心部の千葉大学・県庁の北を西流し千葉港に注ぐ。よって都へと流れるので都川。
②誉田高田貝塚（緑区高田町・誉田町）標高五三mに位置する貝塚で、貝層部が一五〇mと二〇〇mの範囲に四つの貝層堆積群が馬蹄形に分布するという。昭和二九年の発掘調査では人骨一体、縄文時代中期・後期の土器、石斧・叩石・石皿・磨石などの石器、マダイ・スズキ・コチ・ボラ等魚類、ハマグリ・キサゴが主体の海生貝類が出土という。
③千葉寺（千葉市中央区千葉寺町）山号は海上山。新義真言宗。和銅二（七〇九）年、行基が『和名抄』下総国千葉郡池田郷に来て、自ら刻んだという十一面観音菩薩を本尊として開創という。聖武天皇の御世には一八間四面の本堂をはじめ寺家十、脇堂十八等あったが永暦元（一一六〇）年雷火で焼失。後、約九百m移ったのが現在地。境内に正応六（一二九三）年銘の板碑、戻鐘伝説の梵鐘がある。

一三九　那古の入江跡

千葉県館山市那古《なご》

関係地図　1／20万 横須賀　1／5万 那古

575
なごえ
寄水鳥恋
・あふこともなごえにあさるあしがものうきねをなくと人はしらずや　摂政左大臣
⑤金葉集　四五四

577
なごのうみ
晩霞といふことをよめる
・なごのうみのかすみのまよりながむればいる日をあらふおきつしらなみ　後徳大寺左大臣
⑧新古今集　三五

1／5万　那古

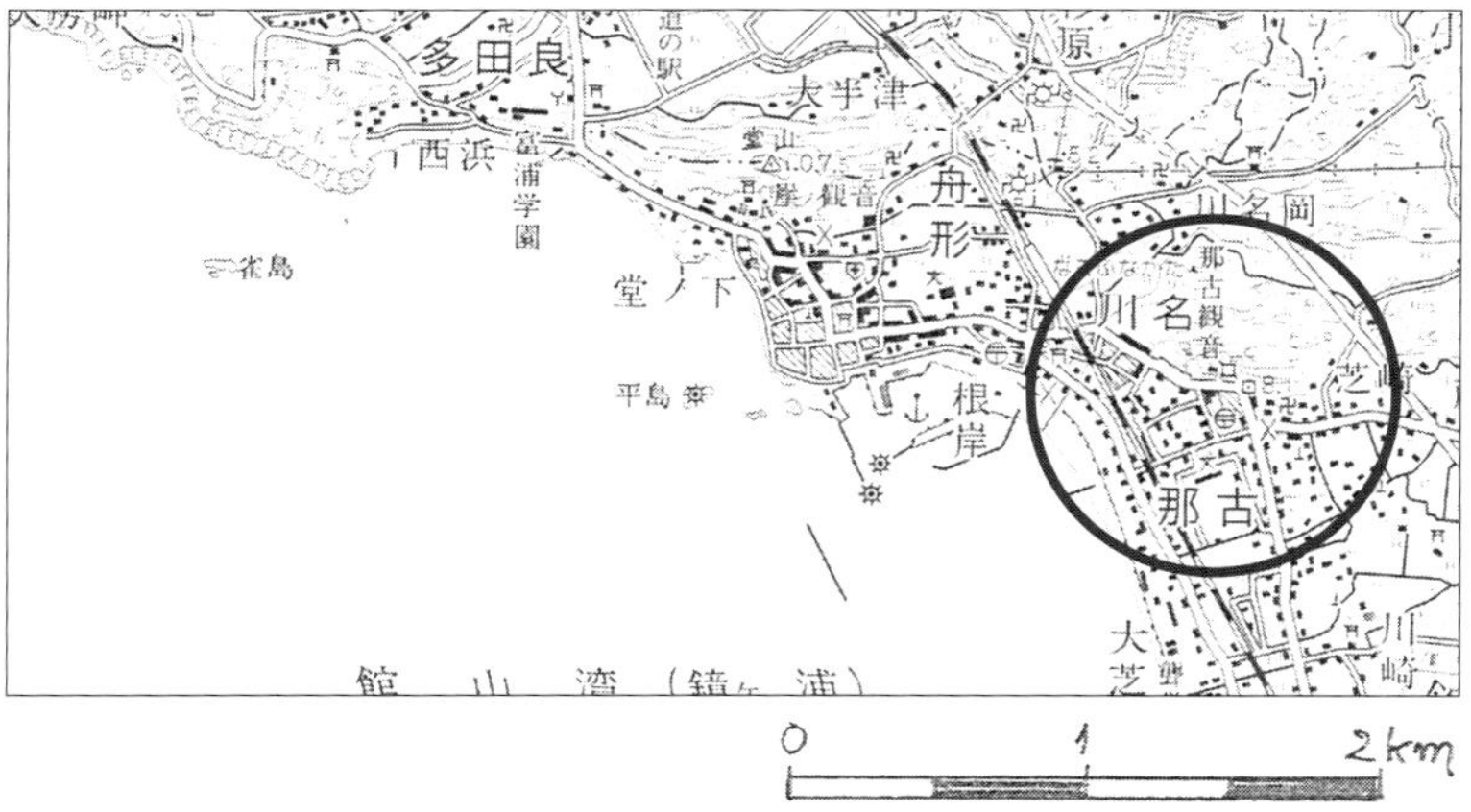

（メモ）
①現在の那古。小字大芝・川崎・芝崎辺まで入江であった。これを言う。
②平久里川が注ぐ海は館山湾、またの名は鏡ヶ浦である。この鏡ヶ浦に面する浜が那古海岸で、夏場は那古海水浴場となるので、昭和女子大学寮や開成学園宿舎がある。
③那古の浦から江戸其外観音参詣・伊勢参詣の舟、また那古観音参詣人を乗せた舟などの往来が盛んであった。元禄一六（一七〇三）年一一月二三日のM七・九～八・二の元禄地震以前は那古観音堂の崖下まで波が寄せていたという。
④那古山中腹に那古寺、補陀落山千手院、真言宗智山派がある。本尊は千手観音、坂東三三カ所観音霊場の結願札所。養老元（七一七）年行基開創、承和一四（八四七）年円仁中興の伝承がある。建久年間源頼朝が本堂・三重塔・仁王門など再建。銅鋳千手観音立像は千葉県内最大の鎌倉仏で国重文。

一四〇　真野の継橋跡

千葉県南房総市久保字真野

関係地図　1／20万 横須賀　1／5万 館山

726

まののつぎはし

あるひとの、むすめをかたらひつきてひさしうおとしはべらざりければ　相摸

・ふみみてもものおもふみとぞなりにけるまののつぎはしとだえのみして　④後拾遺集　八八〇

（参考）あしの葉にまかふ蛍のほのぼのとたどりぞわたるまののつぎはし　鴨長明　夫木抄　三二二三

（参考）あふことのとだえがちにもなり行くかふみだにかよへまののつぎはし　二条太皇太后宮肥後　夫木抄　九四六七

1／5万　館山

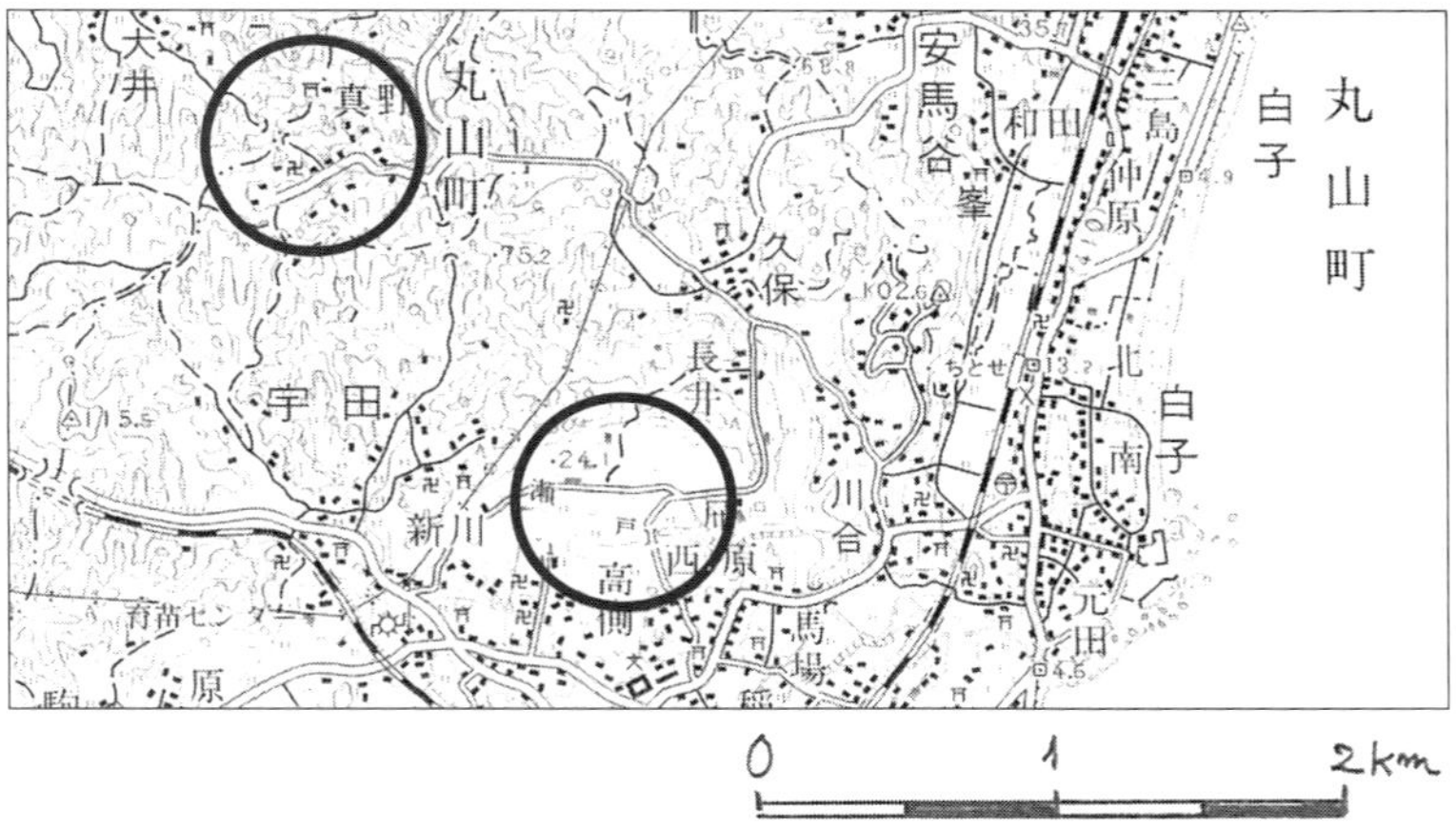

（メモ）

①南房総市久保字真野を源とする瀬戸川の支流、真野川は南房総市千倉町久保の久保神社の南を通り南流し、西から東流する瀬戸川に注ぎ太平洋に流入する。

②真野川の源、南房総市久保字真野には真野寺がある。真言宗智山派。高蔵山実相院と号し、本尊は千手観音菩薩坐像。当寺は真野の大黒様として知られる。境内の宝暦六（一七五六）年の中興碑には、神亀二（七二五）年行基の開基。貞観二（八六〇）年慈覚大師円仁が本尊をほり、諸堂伽藍を再建。建永元（一二〇六）年の火災で焼失。承元二（一二〇八）年執権北条義時により再建などとあると。本尊、本造二十八部衆立像二三躰、風神像・雷神像、木造大黒天立像は県指定文化財。大黒天は伝円仁作で、「七難即滅　七福即生」の福の神。

③同市沓見の莫越山神社、千倉町南朝夷《あさい》の高家《たかべ》神社はともに延喜式神社。

一四一　真間の継橋跡

千葉県市川市真間

関係地図　1／20万 東京　1／5万 東京東北部　1／2.5万 船橋

728

ままのつぎはし

しもつふさのかみにまかりけるを、任はてのぼりたるころ、源仲正が歌つかはしける返事

・かきたえしままのつぎはしふみみればへだてたるかすみもはれてむかへるがごと　源俊頼朝臣　⑦千載集　一一六五　旋頭歌

（参考）いにしへにありけむひとのしつはたのおびときかへてふせやたてつまどひしけむかつしかのままのてごながおくつきを　こことはきけどまきのはやしげりたるらむまつがねやとほくひさしき　ことのみもなのみもわれはわすらゆましじ　万葉集　四三一

反歌

・われもみつひとにもつげむかつしかのままのてごながおくつきところ　万葉集　四三二

・かつしかのままのいりえにうちなびくたまもかりけむてごなしおもほゆ　万葉集　四三三　以上山部宿祢赤人

（参考）かつしかのままのゐみればたちならしみづくましけむてごなしおもほゆ　万葉集　一八〇八　高橋連虫麻呂

（参考）あのおとせずゆかむこまもがかづしかのままのつぎはしやまずかよはむ　下総国歌　万葉集　三三八七

（参考）ゆめにだにかよひし中もたえはてぬ見しやそのよのままのつぎはし　前太政大臣　続後撰集　八八九

（メモ）

①地図の左端の大河は江戸川。図中の〇内には真間小学校・手児奈霊堂・北端の寺院記号は弘法寺でそこには弘法寺古墳・真間山古墳、少し南に真間の継橋・真間の井などがある。

②『江戸名所図絵』真間弘法寺の挿画によると真間の継橋の正面に石段があって、その上に弘法寺の仁王門がある。

③また同書に、弘法寺の大門石階《いしはし》の下、南の方の小川に架す所のふたつの橋の中なる、小橋《こはし》をさしていへりと。また、或人いふとして、古《いにし》へは両岸より板をもて中梁《なかはり》にて打かけたる故に、継橋《つぎはし》とはいふ

なり。などとある。
④現在の市川市の中央西部、真間・市川の一帯は古くは真間の入江、真間の浦であり、万葉集、下総国の歌
　葛飾の　真間の浦みを　漕ぐ舟の　舟
　人騒く　波立つらしも　　三三四九
があるように、東京湾が深く湾入していて、当時の太日川、現在の江戸川の左岸河口の海浜であったという。この入江には真間川が注ぎ、この地の北に続く国府《こうの》台《だい》の台地上には『和名抄』の下総国庁があり、その東の国分台には下総国分寺や下総国分尼寺があった。当地は下総国の中心地であり、また東海道の要衝の地であった。そのような所に真間の手児奈が生を受け、生活していたので遠く都にもその伝承が達していた。
⑤真間手児名旧蹟　真間継橋より東の方百歩ばかりにあり。手児名が墓の跡といふ。後世祠を営みてこれを奉じ、手児名明神（現手児奈霊堂）と号す。婦人安産を祈り、小児疱瘡を患ふる類ひ、立願して其奇特を得るといえり。祭日は九月九日なり。
⑥『清輔奥儀抄』に、昔、下総国勝鹿真間の井に水汲下女なり。あさましき麻衣《あさぎぬ》を着て、はだしにて水を汲む、其容貌妙にして貴女には千倍せり。望月《もちづき》の如く、花の咲《えめる》が如くにて、立《たて》るを見て、人々相競ふ事、夏の虫の火に入るが如く、湊入りの船の如くなり。ここに女思ひあつかひて、一生いくばくならぬよしを存じて、其身を湊に投ず。「九月九日」は文亀元年（一五〇一）九月九日よりはじまったと。

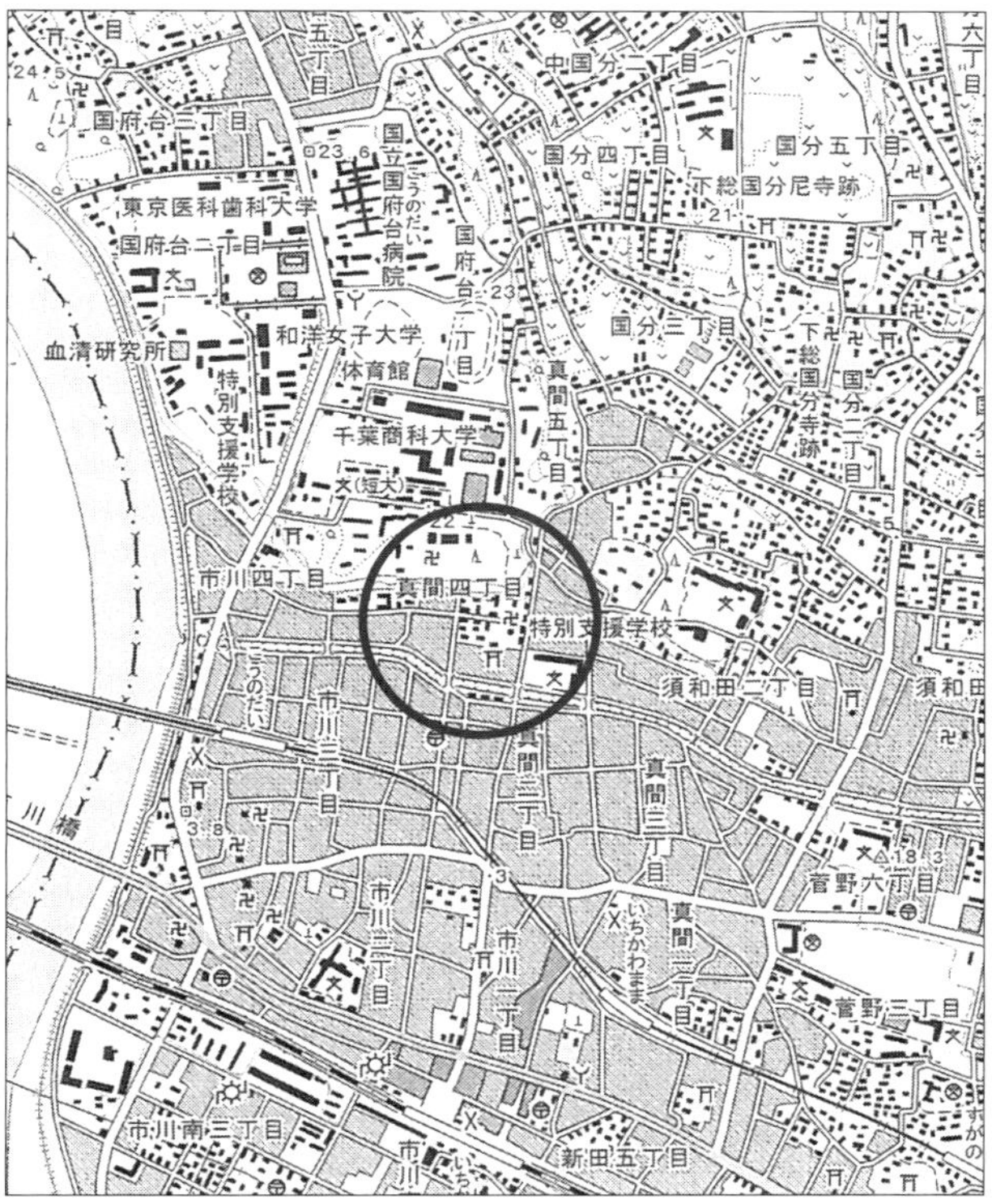

1／2.5万　船橋　0　0.5　1.0km

一四二　三直《みのう》の浦跡　千葉県君津市大字三直

関係地図　1／20万 横須賀　1／5万 富津

761
身のふのうら
そらごとなげきはべりけるころかたらふ人のたえておとしはべらぬにつかはしける
•うかりける身のふのうらのうつせがひむなしきなのみたつはきききや　馬内侍
④後拾遺集　一〇九七

1／5万　富津
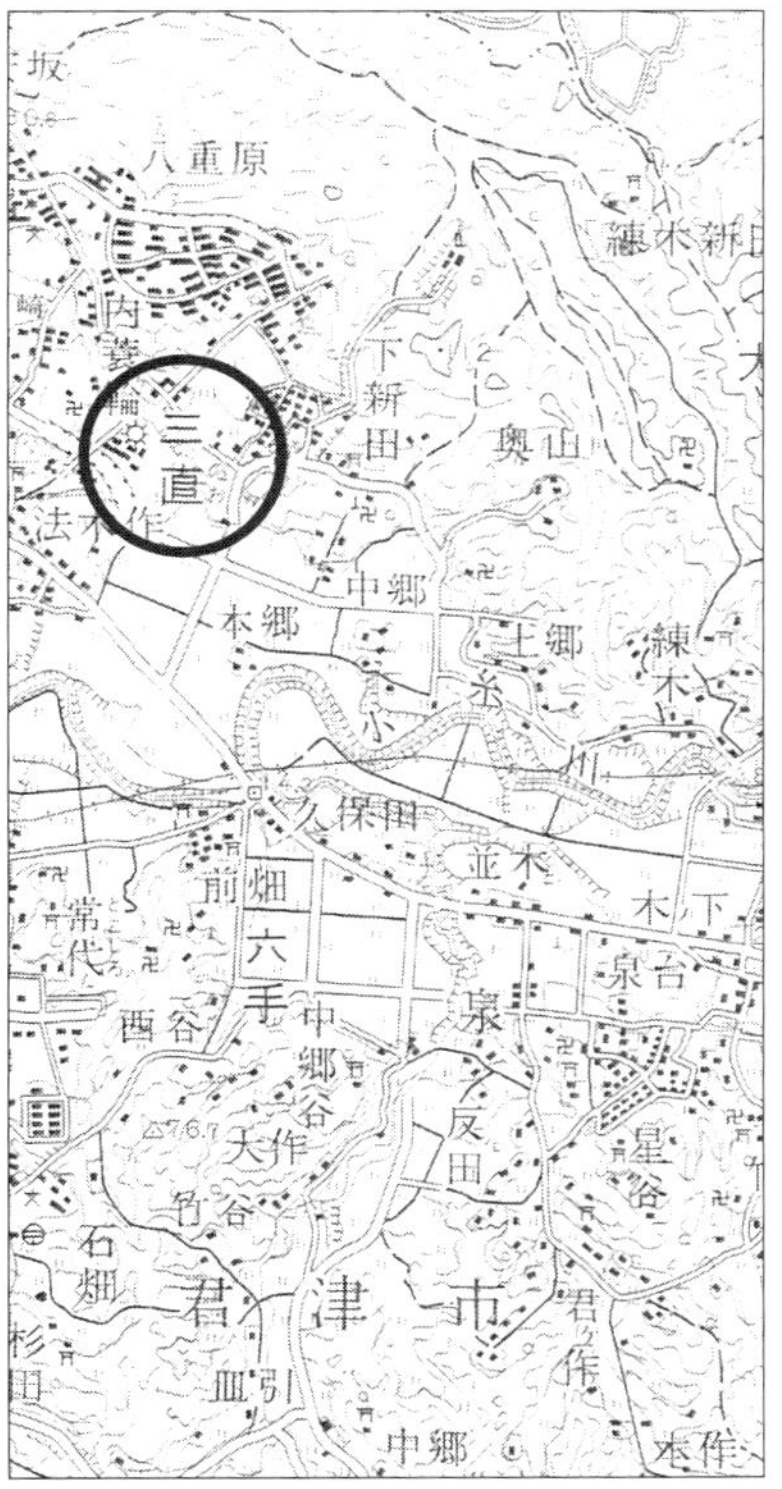

0　1　2km

（メモ）
①現在の君津市三直には小糸川が東から西方に流れている。この小糸川に南から馬登《まのぼり》川が注いでいる。少し下流の対岸常《とこ》代《しろ》で宮下川が合流している。従ってこれらの流域のどこかで雨が降れば小糸川の左岸の君津市常代・六手《むて》・泉・上《かみ》・中島、また右岸の三直・練《ねり》木・大井の各所が水没、また一帯が広く水没することがあった。この湖沼が「三直の浦」であった。
②『和名抄』上総国周准《すえ》郡九郷の一つに「三直郷」がある。現在の君津市三直・八重原・練木付近という。
③八重原古墳群（君津市三直字曽貝）　総数約一〇の円墳がある。昭和四二年の二つの調査によると、一号墳は直径三七m。木棺直葬の主体部から短甲二領、刀鉾・鉄鏃、鎌形・斧頭形の鉄製模造品が出土。二号墳は直径一七m。木棺直葬の主体部から鉄鏃・刀子・管玉が出土。五世紀中葉頃の築造という。
④常代遺跡（君津市常代　下檜添）　標高一六mの河岸段丘上。発掘調査で弥生時代中～後期の方形周溝墓群が出土。

一四三　小川の橋

東京都あきる野市小川の橋

関係地図　1／5万　東京、青梅

849　をがはのはし

・つくしよりここまでくれどつともなしたちのをがはのはしのみぞある　在原業平朝臣　③拾遺集　三八一

（参考）みちのくのをがはのはしのあゆみ板の君しそむかばわれもそむかん　読人不知　夫木抄　九四一九

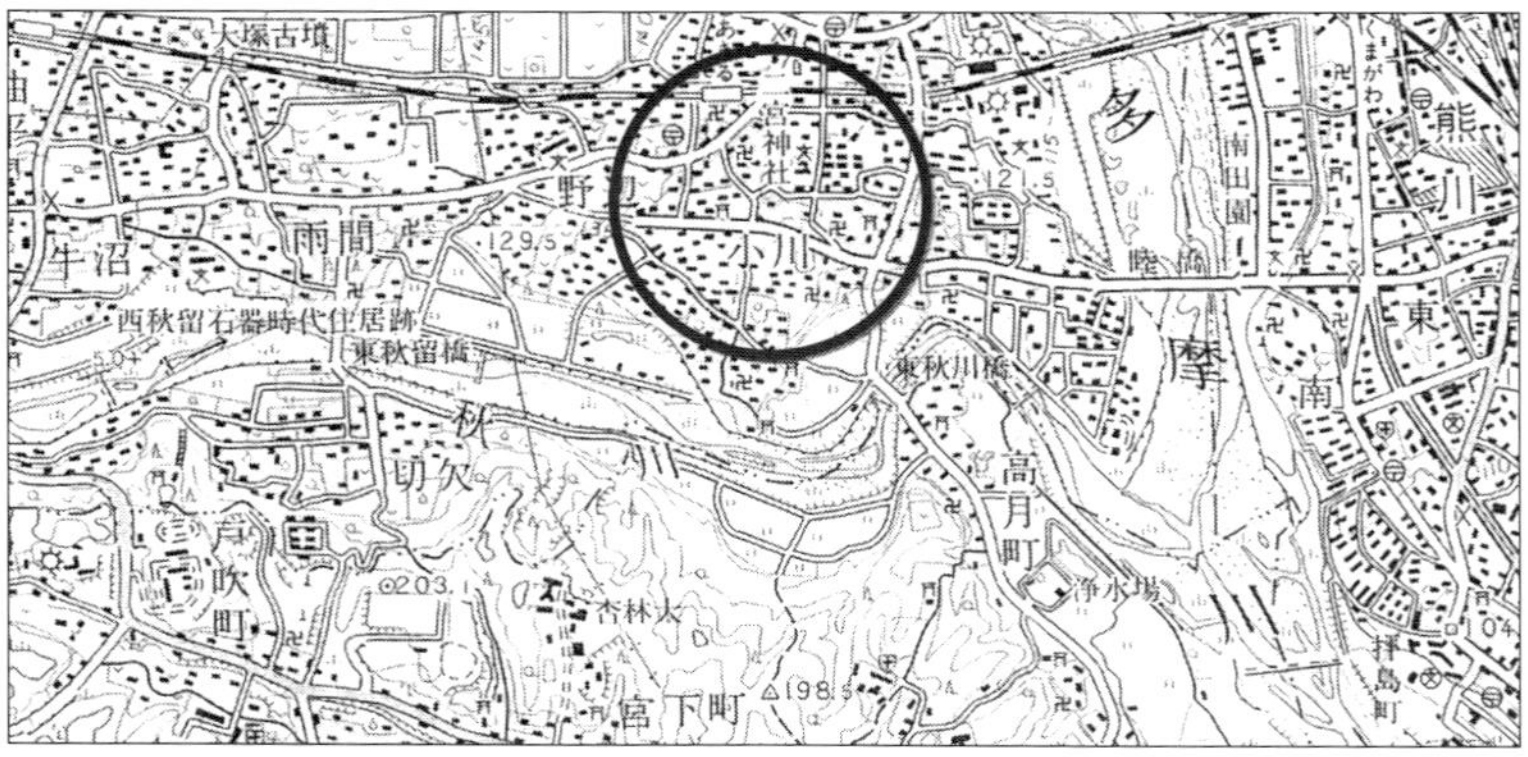

1／5万　青梅

0　1　2km

（メモ）

①『和名抄』武蔵国多摩郡内一〇郷中に「小川郷」がある。小川郷は現在のあきる野市の南は秋川、北は平井川、そして東は多摩川に囲まれた地域一帯であったという。小川郷の名残りの地名に「あきる野市小川」がある。また、馬を朝廷に貢納する牧、小川牧もここにあったという。

②この地の大川は多摩川。それより小さき川は小川であり、秋川、平井川、その他多くの小さき川が小川である。それらの河川の橋は「小川の橋」であった。

③西秋留石器時代住居跡（あきる野市牛沼）　国史跡。昭和七年の発掘調査で、縄文時代中～後期の敷石住居跡五軒、石棺墓二基、組石炉一基が出土。

④まいまいず井戸（あきる野市淵上の橋本恵氏宅敷地内）　長径七・六m、短径五・一mの楕円形で井戸の深さは約二・五m。この形態の井戸は羽村市五の神の熊野神社の境内（都史跡）にもある。この井戸は大同年間（八〇六～八一〇）に出来たといわれる。その規模は地表面の直径は一六m。底面の直径五m、深さは四・三mのすり鉢状の窪地に、更に、直径一・二m、深さ五・六mの垂直井戸を掘ったもの。井戸に行くのに周壁にらせん状の道をつけ行ったという。

一四四　隈田川

東京都北区岩淵水門・板橋区・荒川区・足立区・台東区・墨田区・中央区・江東区

関係地図　1／20万　東京　1／5万　東京西北部、東京東北部

433　すみだ河

むさしのくにとしもつふさのくにとの中にあるすみだ河のほとりにいたりてみやこのいとこひしうおぼえければ、しばし河のほとりにおりゐて、思ひやればかぎりなくとほくもきにけるかなと思ひわびてながめをるに、わたしもりはや舟にのれ日くれぬといひければ舟にのりてわたらむとするに、みな人ものわびしくて京におもふ人なくしもあらず、さるをりにしろきとりのはしとあしとあかき河のほとりにあそびけり、京には見えぬとりなりければみな人見しらず、わたしもりにこれはなにとりぞととひければ、これなむみやこどりといひけるをききてよめる

・名にしおはばいざ事とはむ宮こどりわが思ふ人はありやなしやと　在原業平朝臣　①古今集　四一一

（参考）こととへどこたへぬ月のすみだ河みやこのともとみるかひもなし　後二条院権大納言典侍　玉葉集　一一四八

（メモ）

①『江戸名所図絵』に、「隅田河」は角太河・墨田河・隈田河。古今集・伊勢物語では武蔵国と下総国の国界としているが、今は武蔵国に属している。また昔は「すだ河」、更級日記は「あすだ河」とす。源流は信州甲州及上野国の山谷とし、武蔵国秩父郡の諸流を合して「中津川」という。またにへ川、あかひら川、浦山川などという。榛沢《はんざわ》、男衾《おぶすま》二郡の界を東流し、熊谷に至り、分流す。これを荒川という。一流は横見・比企・入間・新《にい》坐《くら》・足立の五郡に亘《わた》り、豊島・葛飾の両郡の中を流れて千住に至る。末は浅草川という。今是をさして隅田川と称す。すべて一一郡を経て周流すること凡二十四五里。或人云、隅田河古へは千股に流る。今、中川と綾瀬川との間に横たわりて、古隈田河と唱ふるたり。等々とある。

②石浜神社（荒川区南千住）　祭神は天照皇大神　豊受姫命　由緒は神亀元（七二四）年の鎮座。治承四（一一八〇）年下総国府、現在の千葉県市川市から源頼朝の軍勢が浮橋※をかけて渡った地点ともいう。文治五（一一八九）年頼朝奥州へ下向の砌当社に祈願。報賽の為に社殿を造営。建久・正治（一一九〇―一二〇〇）の頃関東の諸民伊勢参宮の代りに当社に詣で祓を受けたという。

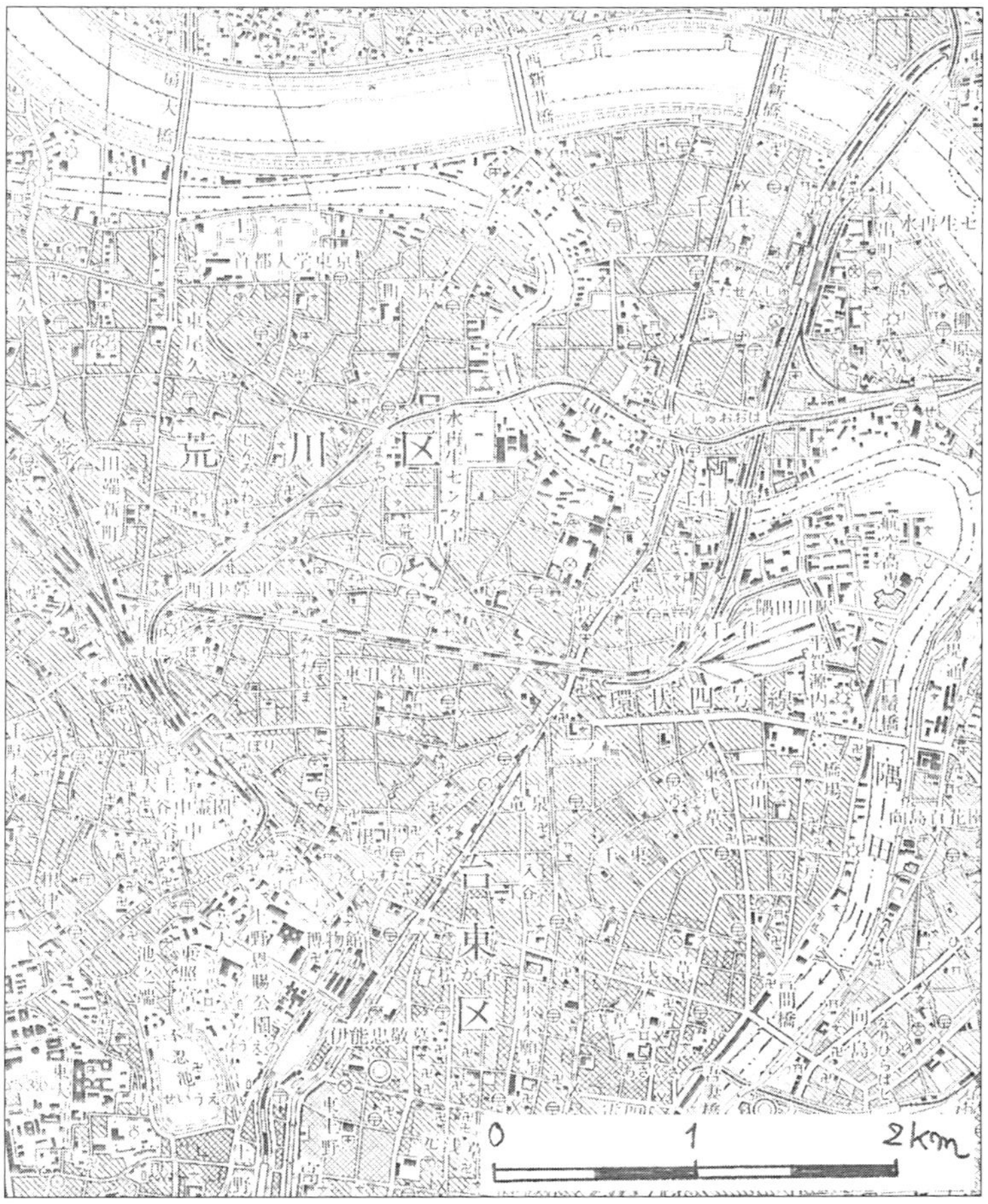

1／5万　東京東北部

※浮橋　舟橋のこと。『義経記』に今井・栗河・亀無・手島から海人の釣舟を数千艘、また石浜では西国舟数千艘取寄せ浮橋を何本も組んで進軍に協力したとある。

③金龍山浅草寺（台東区浅草）　伝法院。坂東順礼所第一三番。天台宗。寺伝では推古天皇三六（六二八）年、檜前浜成《ひのくまのはまなり》・竹成兄弟が隅田川で網にかかった一寸八分の黄金の観音像を戸長の土師真中知《はじのまつち》とともに安置したのが草創という。大化元（六四五）年僧勝海が現在地に堂を建立して秘仏としたという。天慶五（九四二）年安房国守平公雅《きんまさ》が再建。雷門は浅草寺の総門で、寺伝では天慶五年平公雅による創建。この時本堂・五層塔も創建。現本堂（観音堂）は昭和三三年の再建で、内陣上段の間に秘仏の本尊聖観音、下段の間に御前立本尊を安置。『江戸名所図絵』には脇士として梵天・帝釈。この二尊は行基大士作。四天王、脇壇の右不動明王、右愛染明王。後左右に三十三身像。その他、堂内に諸仏天を安置す。中でも賓頭盧尊者は慈覚大師の作で霊験著し等とある。

一四五　高田の山

東京都新宿区高田馬場・西早稲田・中野区上高田など一帯

関係地図　1／20万　東京　1／5万　東京西北部

470

たか田の山

・なけやなけたか田の山の郭公このさみだれにこゑなをしみそ　よみ人しらず

③拾遺集　一一七

（参考）せきとめてせがゐの水にたねまきしたかたのやまはさなへとるなり　正二位忠宗卿　夫木抄　二五五八

1／5万　東京西北部

（メモ）

①図中上の丸内は水稲荷神社と甘泉園公園、下の丸内は穴八幡宮と宝泉寺（上）・法輪寺（中）・龍泉院（下）。

②高田馬場駅はあるが「馬場」はない。『江戸名所図絵』に、追廻しと称して二筋あり、竪は東西へ六町に、横の幅は南北へ三〇餘間あり。相伝ふ、昔右大将頼朝卿隈田河より此地に至り、軍の勢揃ありし旧跡なりといへり。土人の説に、慶長年間越後少将（忠輝卿）の御母堂高田の君、遊望の設《もうけ》として開かせらるる所の芝生なりしが、寛永一三年に至り今の如く馬場を築かせ給ひ、弓馬調練の所となさしめらるるとなり。また、北の馬場は武田信玄入道小田原の北条家を攻る時、馬を試《こころ》みられたりし旧跡なりとも伝える。江戸徳川将軍家御代の初期には、国家安全の御祷のため、此の地で流鏑馬《やぶさめ》の式があったなどとある。

③地図の穴八幡宮は『江戸名所図絵』では「高田八幡宮」。『神社名鑑』に、康平年間（一〇五八―一〇六四）源義家の勧請。水稲荷神社は「高田稲荷明神社」とある。元禄一五年に榎の椌《うろ》から眼疾に霊験ある霊泉涌出以来「水稲荷」の名で呼ばれたとある。

一四六　多摩川

東京都、埼玉県、山梨県

関係地図　1／20万　東京、甲府

496

玉河

・玉河にさらすてづくりさらさらに昔の人のこひしきやなぞ　よみ人しらず

③拾遺集　八六〇

堀川院御時、百首歌たてまつりける時、擣衣のこころをよみ侍りける

・松かぜのおとだに秋はさびしきに衣うつなり玉川のさと　源俊頼朝臣　⑦千載集　三四〇

（参考）たまがはに　さらすてづくり　さらさらに　なにぞこのこの　ここだかなしき　武蔵国歌　万葉集　三三七三

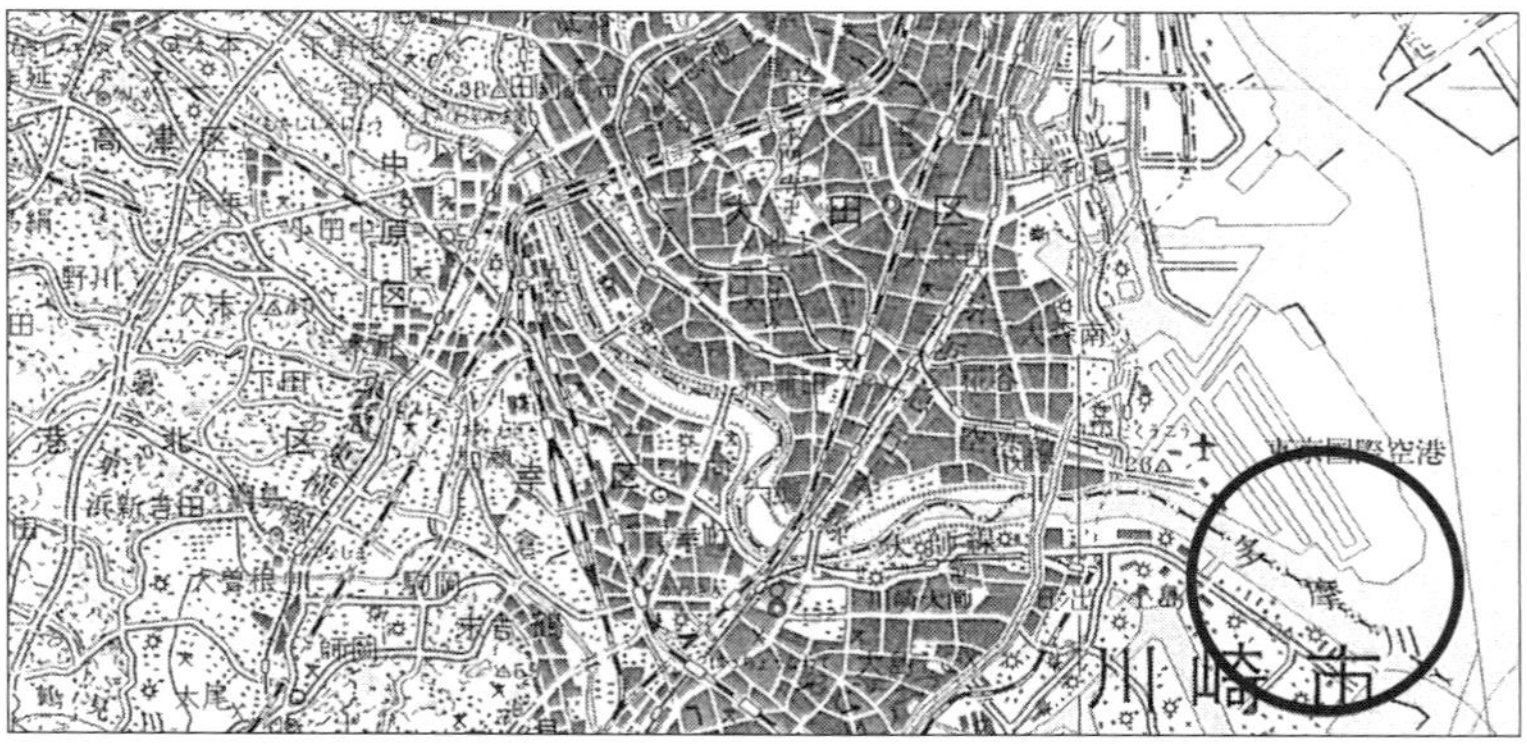

1／20万　東京

（メモ）

①多摩川は山梨県甲州市塩山上萩原地内の唐松尾山（標高二一〇九・三m）・笠原山（一九五三m）・鶏冠山、又の名は黒川山（一七一〇・一m）等を源にして、山梨県北都留郡丹波山村を一時は丹波川の名で東流する。東京都に流入すると奥多摩湖を形成・存続しながら河道を下る。奥多摩湖を出た河川水は多摩川を下り、日原川・大丹波川等を併せ、羽村市羽東《はねひがし》地内で玉川上水を分ける。その後は平井川、秋川・谷地川・残堀川・浅川・大栗川・平瀬川・野川等を併せ東京湾に注いでいる。流域面積一二四〇㎢、幹川流路延長一三八km。

②多摩川の水は古来飲料水その他の生活用水や農業用水として利用されてきた。古くは鎌倉時代に多摩川から引水して武蔵野の開発をしたという（『吾妻鏡』）。

一四七　武蔵国府跡

東京都府中市宮町。大国魂神社境内など

関係地図　1／20万　東京　1／5万　八王子、青梅

779

むさしの国

・紫のひともとゆゑにむさしの草はみながらあはれとぞ見る　よみ人しらず

①古今集　八六七

・紫の色にはさくなむさしのの草のゆかりと人もこそ見れ　如覚法師　③拾遺集　三六〇

五十首歌たてまつりし時、野径月

・ゆくすゑは空もひとつの武蔵野に草の原よりいづる月かげ　摂政太政大臣

⑧新古今集　四二二

（参考）むざしねの　むみねみかくし　わすれゆく　きみがなかけて　あをねしなくる　万葉集　三三七九

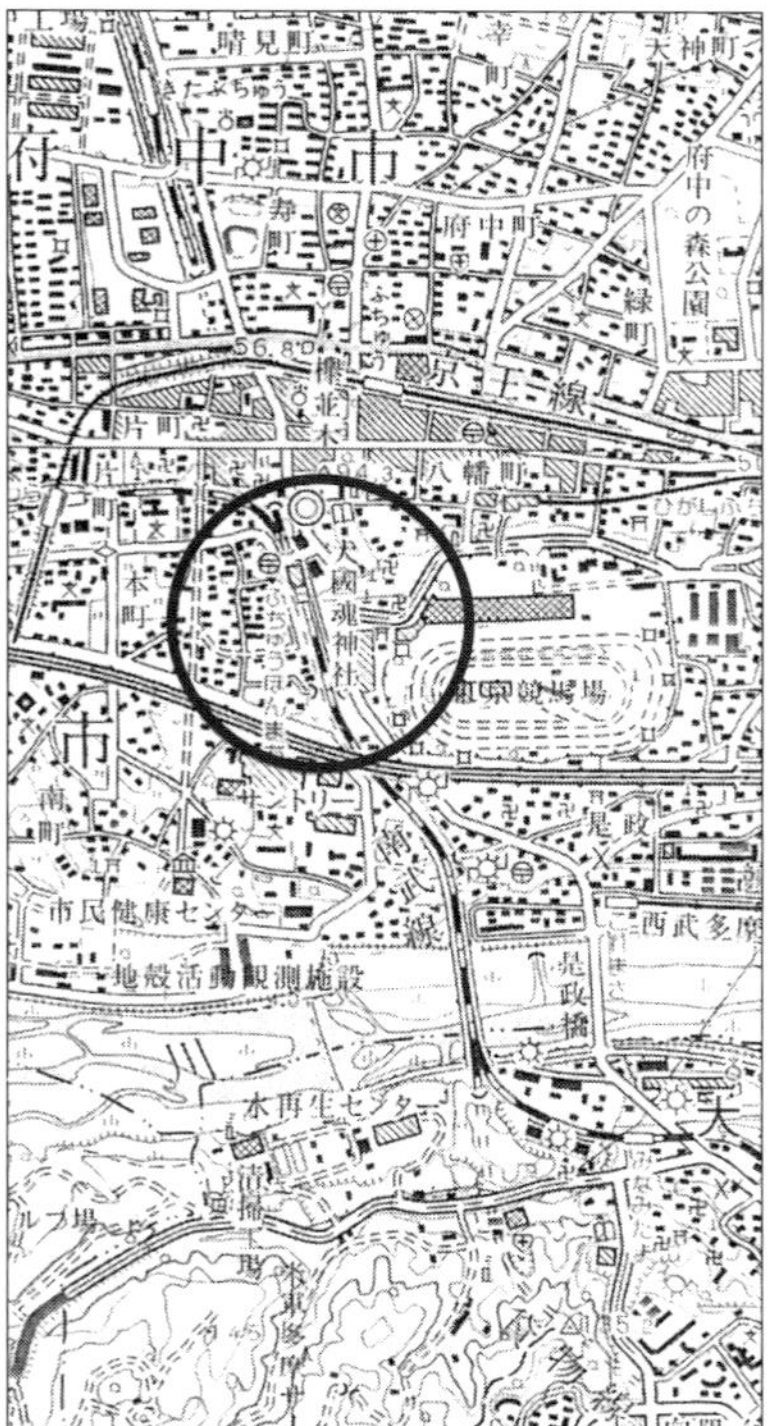

1／5万　青梅（上）・八王子（下）

（メモ）

①『和名抄』武蔵国。国府在多磨郡。郡は二一郡。この武蔵国の「野」が「武蔵野」である。範囲は現在の埼玉県・東京都・神奈川県の川崎市・横浜市など。

②大化改新以前は知々夫国・无邪志国・胸刺国が置かれ、それぞれに国造がいたが、改新後は武蔵国に統一された。

③武蔵国府は府中市宮町の大国魂神社の地一帯という。大国魂神社は武蔵国総社であって、武蔵国内の小野《おの》神社・小河《おがわ》神社・氷川《ひかわ》神社・秩父神社・金鑽《かなさな》神社・杉山神社の六神社を合祀した六社宮である。

一四八　足柄之関跡

神奈川県南足柄市矢倉沢・静岡県駿東郡小山《こやま》町竹之下《たけのした》

関係地図　1／20万 横須賀　1／5万 小田原

22

あしがらのせき

あづまなる人のもとへまかりける道に、さがみのあしがらのせきにて、女の京にまかりのぼりけるにあひて　真静法師

・あしがらのせきの山ぢをゆく人はしるもしらぬもうとからぬかな

②後撰集　一三六一

（参考）あしがらの　やへやまこえて　いましなば　たれをかきみを　みつつしのはむ　上総国大原真人京に向ふ時郡司妻女之歌　万葉集　四四四〇

（参考）あしがらのせきぢこえゆくしののめにひとむらかすむうきしまのはら　後京極摂政前太政大臣　新勅撰集　一二九九

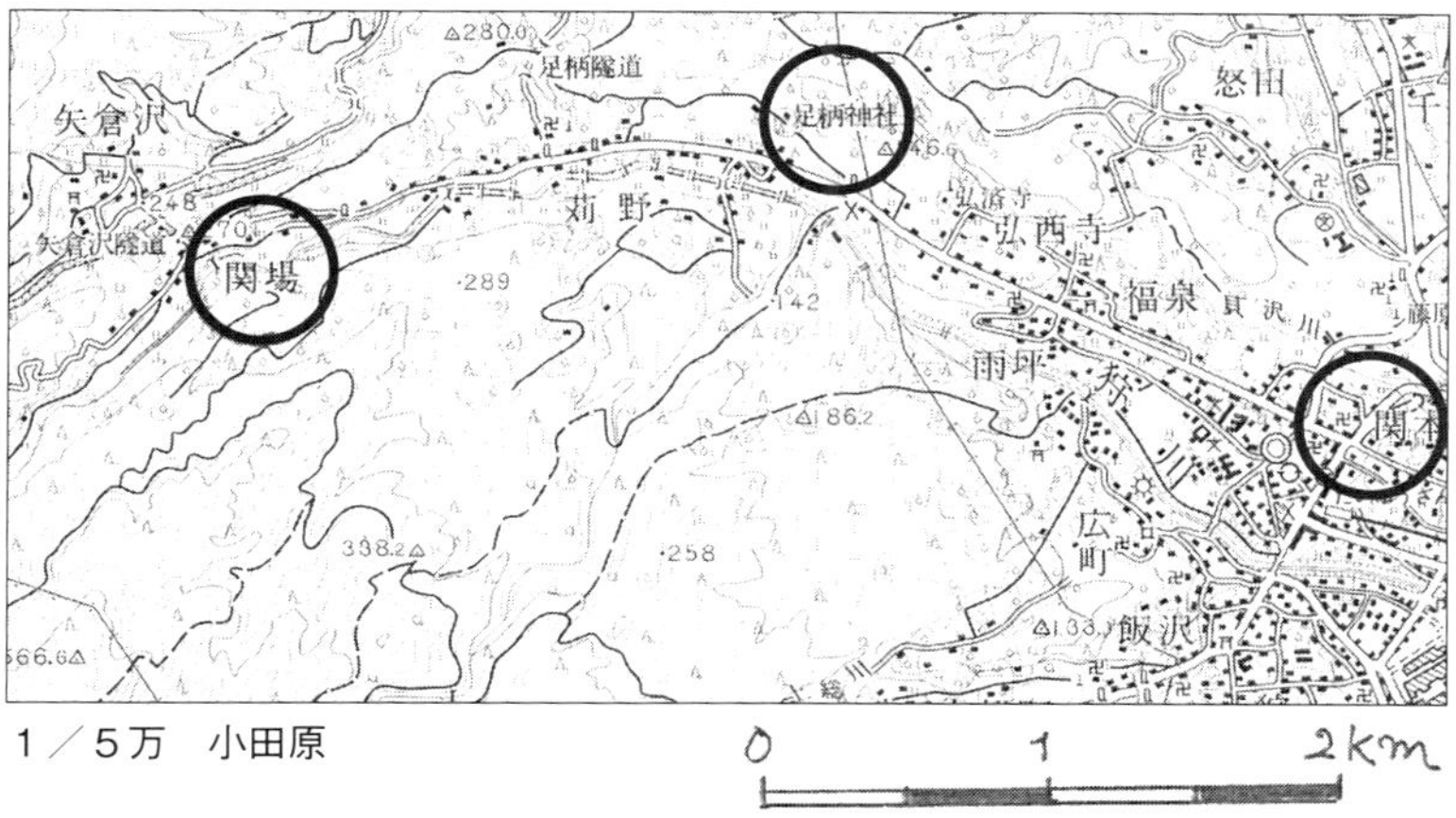

1／5万　小田原

（メモ）

①古代から平安時代末期に至る間、東海道を旅する時には、難所の箱根の山々を避けて、現在の静岡県沼津市付近から黄瀬川沿いに北上し、静岡県駿東郡小山町を起点に約三里（一二km）の足柄峠（標高七五九ｍ）越えの山道を進み、東麓の南足柄市関場・足柄神社・関本へと進んだ。古事記の倭建命、万葉集の高市黒人、更級日記の菅原孝標娘等もこの道を通ったという。

②足柄の関は『類聚三代格』昌泰二（八九九）年九月一九日条に、

上野国僦馬《しゅうば》の党による強盗の蜂起により相模国足柄坂・上野国碓氷坂に関を置く

とある。

③足柄峠は古事記・万葉集には足柄坂・足柄の御坂とありこれより東を「坂東《ばんどう》」と呼ぶようになった。峠の関所跡は江戸幕府が設置した足柄関戸跡。

一四九　入野《いの》

神奈川県平塚市入野《いの》

関係地図　1／20万 東京　1／5万 藤沢

143

いる野

嘉承二年きさいの宮の歌会に、すみれをよめる　源顕国

・道とほみいる野の原のつぼすみれ春のかたみにつみてかへらん

⑦千載集　一一〇

・さをしかのいる野の薄はつをばないつしかいもがたまくらにせん　人丸

⑧新古今集　三四六

（参考）あづさ弓いる野のこはぎうちなびきすゑもたわわに露ぞこぼるる　右兵衛督為教卿　夫木抄　四二〇二

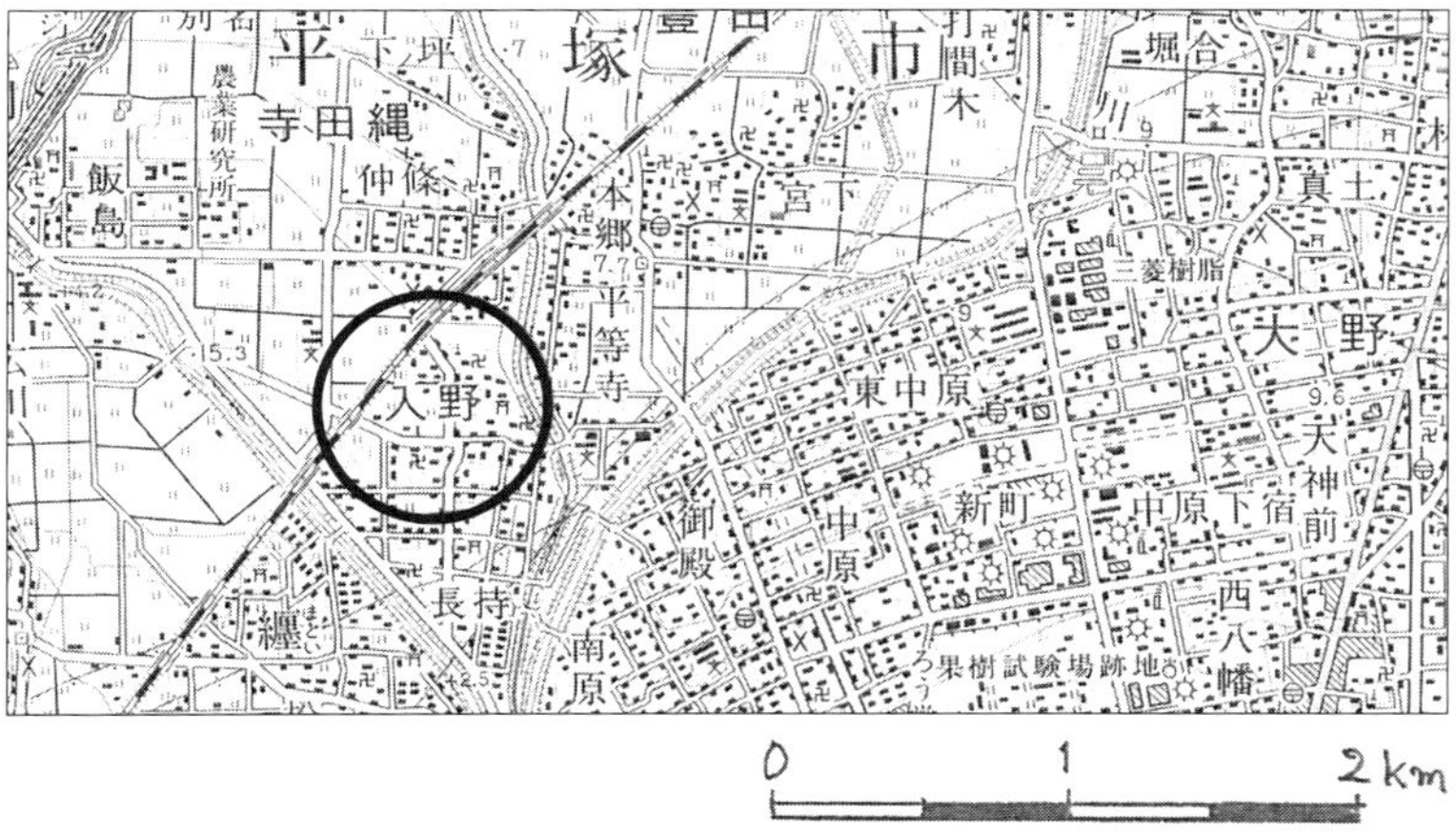

1／5万　藤沢

（メモ）

①相模平野の西部、鈴川の右岸に位置し、地内を金目川が南流する。地内には人骨を出土した塔之越古墳がある。

②前鳥《さきとり》神社（平塚市四の宮）　相模川の右岸の当社の祭神は仁徳天皇と皇位をゆずりあって自殺された宇遅能和紀郎子命と大山咋命　由緒は創立不詳といわれるが養老年（七一七—七二四）中以前の鎮座。『延喜式神名帳』相模国大住郡の前鳥神社で、当国四之宮明神。祭神は百済の学者阿直岐《あちき》や王仁《わに》に学問を学んだので、祭神の学問の神として崇敬されている。境内には阿直岐・王仁・菅原道真の三神を祀った奨学神社がある。近くには大小の古墳が多くある。

③光明寺（金目観音堂・平塚市金目）坂東三十三カ所観音霊場の第七番札所。寺伝では大宝二（七〇二）年大磯町小磯の浜で道儀が黄金の聖観音を拾い、祀った事が草創。本堂に正平七年銘の銅鐘有。

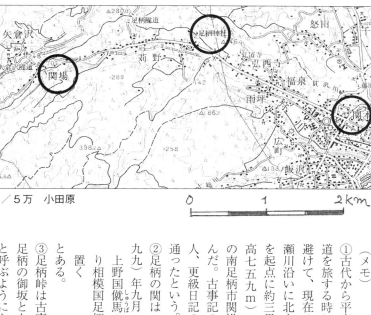

一五〇　大峰山

神奈川県三浦郡葉山町菖蒲沢・森戸

関係地図　1／20万 横須賀　1／5万 横須賀

642　は山

照射の心をよめる

•しかたたぬは山がすそにともししていくよかひなき夜をあかすらん　神祇伯顕仲　⑤金葉集　一四七

（参考）露じものおきあへぬまに染めてけりはやまがすその秋の紅葉ば　光明峰寺入道前摂政左大臣　続拾遺集　三五〇

（参考）色かはるは山が峰にしかなきて尾花ふきこす野べの秋かぜ　大蔵卿有家　玉葉集　五三三

1／5万　横須賀

（メモ）

①相模国三浦郡「葉山郷」は南北朝期（一三三一—一三九二）～戦国期に見える郷名。『森戸神社文書』文和二（一三五三）年六月二六日、平某寄進状に

森戸大明神　相模国葉山郷内〈オリ〉田大

とあるという。

②森戸大明神（葉山町堀内）　祭神は大山祇命　事代主命　由緒は治承四（一一八〇）年源頼朝が源家再興を祈願して、伊豆三島明神を元山王の社地の現地に奉斎した神社である。

③岩殿寺（逗子市久木）　海雲山岩殿寺。曹洞宗は寺伝では養老四（七二〇）年大和長谷寺の開山徳道上人と行基上人の開創。『吾妻鏡』に頼朝・政子・実朝も参詣と。坂東観音霊場第二番札所。

一五一　小淘綾《こゆるぎ》ノ浜

神奈川県中郡大磯町大磯・西小磯・東小磯辺

関係地図　1／20万 横須賀、東京　1／5万 平塚

347　こゆるぎ

•君を思ふ心を人にこゆるぎのいそのたまもやいまもからまし　みつね　②後撰集　七二四

•こゆるぎのいそぎてきつるかひもなくまたこそたてれおきつしらなみ　よみ人しらず　③拾遺集　一二二四

前太政大臣家にはべりける女を、中将忠宗朝臣少将顕国とともにかたらひ侍りけるに忠宗朝臣にあひにけり、そののち程もなくわすられにけりときて女のがりつかはしける

•こゆるぎのいそぎてあひしかひもなくなみよりこずときくはまことか　源顕国朝臣　⑤金葉集　六〇〇

348　こよろぎ

寛平御時うへのさぶらひに侍りけるをのこども、かめをもたせてきさいの宮の御方におほみきのおろしときこえにたてまつりたりけるを、くら人どもわらひてかめをおまへにもていでてともかくもいはずなりにければ、つかひのかへりきてさなむありつるといひければ、くら人のなかにおくりける

•玉だれのこがめやいづらこよろぎのいその浪わけおきにいでにけり　としゆきの朝臣　①古今集　八七四

•こよろぎのいそたちならしいそなつむめざしぬらすなおきにをれ浪　さがみうた　①古今集　一〇九四

（参考）岩が根の磯のはつくさ下萌えてよすればあをきこよろぎの波　参議為相卿　夫木抄　六一三

（メモ）

①『和名抄』相模国餘綾《與呂岐》郡。餘綾郡内七郷中に餘綾《與呂木》郷がある。

②『東海道名所図会』に、

小餘綾礒《こよろぎのいそ》、酒匂より大磯までの磯辺をいふなるべし。方角抄（飯尾宗祇）には、大磯小磯のほとりと記せり。鎌倉志には、腰越と七里ヶ浜との間を小動とあり。

とある。

③鎌倉市の西部に七里ヶ浜、西端に腰越《こしごえ》があり、「小動岬《こゆるぎみさき》」がある。それに対するのが藤沢市江の島である。

④中国大陸の景勝地は洞庭湖、その東を

1／20万　東京(上)・横須賀(下)

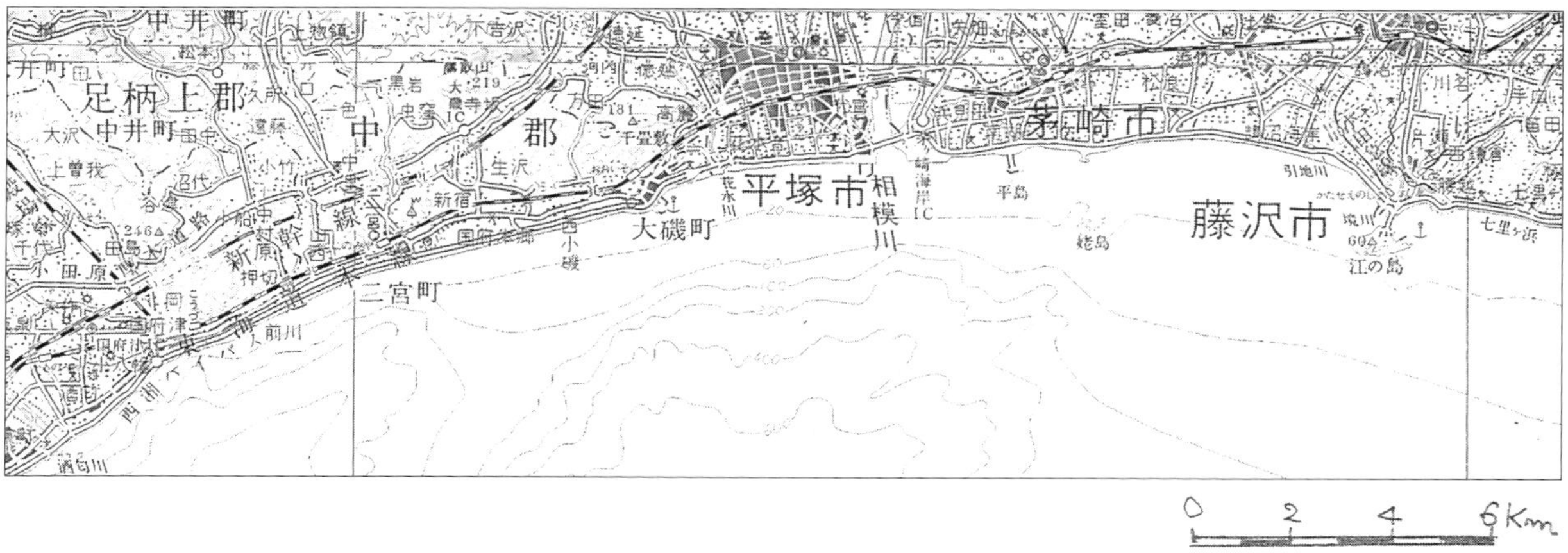

湘水が北流する一帯を有するのが湖南省である。ここ逗子・葉山から鎌倉・江の島、その西の大磯・小磯、更に二宮から酒匂川《さかわ》までの相模湾に面する地方も中国大陸の湖南省と同じく温暖な気候である。また景勝地でもあるので、明治時代に「湘南地方」の名で呼ばれている。

⑤『太平記』巻二　日野俊基朝臣再び関東下向の事に、

……興津・神原うち過ぎて、富士の高峰を見たまへば、雪の中より立つ煙、上なき思ひに比《くら》べつつ、明るく霞に松見えて、浮島《うきし》が原を過ぎ行けば、塩干や浅き船浮きて、おり立つ田子のみづからも、浮世をめぐる車返し、竹の下道行きなやむ、足柄山の巓《たうげ》より、大磯・小磯を見おろして、袖にも波はこゆるぎの、急ぐとしもはなけれども、日数つもれば七月二十六日の暮《くれ》程に、鎌倉にこそ着きたまひけれ。

などとある。

⑥江の島（藤沢市江の島）　『東海道名所図会』に、

日本三弁天、厳島・竹生島・江島

とあり

江の島やさして汐路のあとたるゝ神のちかひの深きなるべし　　鴨長明

また、

江之島は、開化天皇六（BC一五二）年四月、江頭の南方に中《あた》つて海面一夜鳴動して……孤島海上に涌出す。……この時に天女忽然として降臨し給ふ……

等々とある。

一五二　相模国府跡

神奈川県海老名市、平塚市、大磯町

関係地図　1／20万 横須賀、東京　1／5万 平塚

360

さがみの国

・こよろぎのいそたちならしいそなつむめざしぬらすなおきにをれ浪　　さがみうた

①古今集　一〇九四

相模守にてのぼり侍りけるに、老曽の森のもとにてほととぎすを聞きてよめる

・東路のおもひいでにせんほとゝぎす老曽の森の夜半の一こゑ　　大江公資朝臣

④後拾遺集　一九五

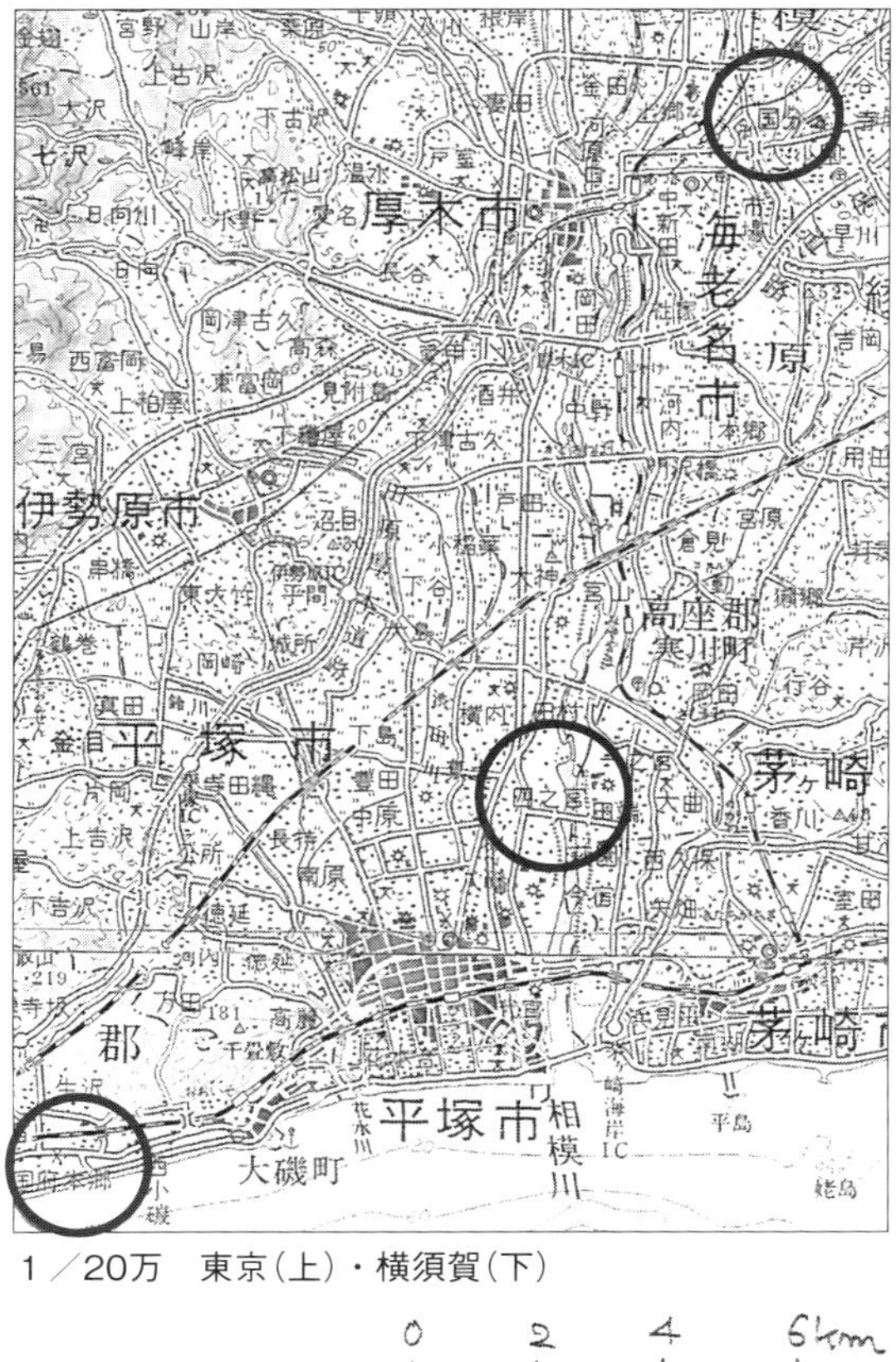

1／20万　東京(上)・横須賀(下)

（メモ）

①古墳時代に大和政権の勢力が現在の神奈川県内にも及び、相武《さがむ》国造・師長国造・无邪志《むさし》国造が任命された。相武国造は、志賀高穴穂朝（成務天皇朝）。武刺国造祖神伊勢都彦命・三世孫弟武彦命定賜国造。（『国造本紀』）とある。

②相模国府は三遷はしたらしいという。最初は現在の海老名市国分。元慶二（八七八）年の一一月、五～六日間にも及ぶM七・四の大地震で建物が殆んどこわれたので、現在の平塚市四之宮に移る。第三次は餘綾郡、現在の大磯町国府本郷という。

一五三　高　山

神奈川県小田原市沼代地内の高山

関係地図　1／20万 横須賀　1／5万 小田原

470

たか田の山

・なけやなけたか田の山の郭公このさみだれにこゑなをしみそ　よみ人しらず

③拾遺集　一一七

（参考）せきとめてせがゐの水にたねまきしたかたのやまはさなへとるなり　正二位忠宗卿　夫木抄　二五五八

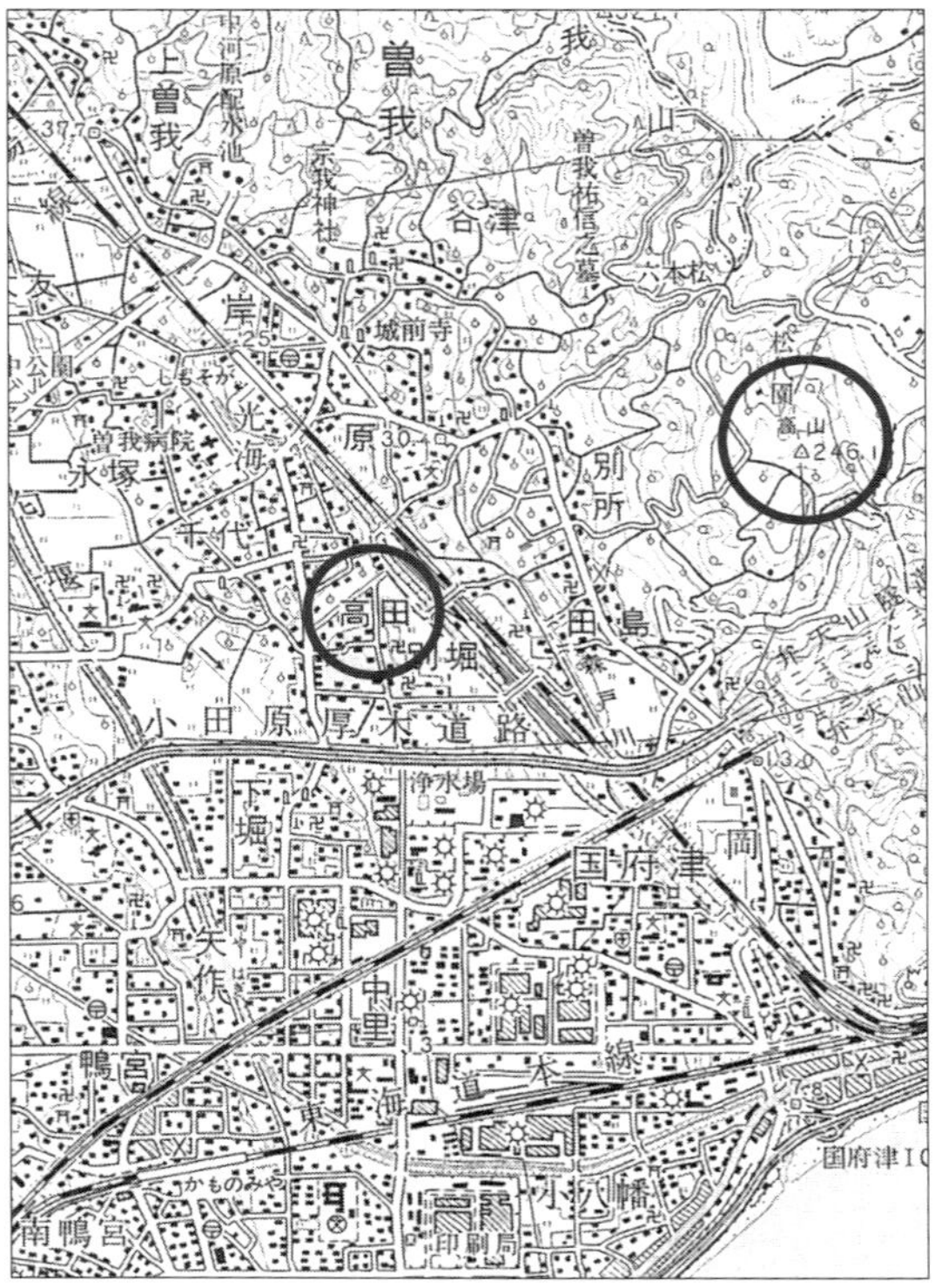

1／5万　小田原

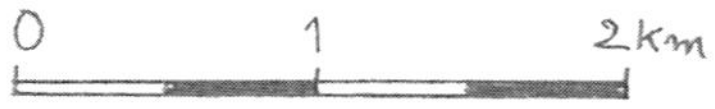

（メモ）

①『和名抄』相模国。足下郡六郷中に「高田郷」がある。よって高山を高田郷内の山の代表とした。

②地図内の高田台地には高田遺跡、千代《ちよ》台地には千代遺跡、永塚台地には永塚遺跡・下曽我遺跡がある。これらの遺跡は初期の足柄国府や国分寺とも考えられたという。しかし現在は足柄郡衙跡や郡寺跡かとも考えられているという。

③下曽我遺跡からは木簡・墨書土器・帯金具・緑釉陶器・灰釉陶器等が出土。

④千代廃寺跡から平瓦・軒丸瓦・鬼瓦・瓦塔片・仏像破片など出土。

⑤小田原市曽我谷津には宗我神社と曽我兄弟の寺、稲荷山祐信院城前寺（浄土宗）がある。本堂には曽我兄弟と遊女虎女の木像や関係資料がある。本堂裏には義父曽我祐信・母満江・兄弟の墓がある。

一五四　立野台一帯

神奈川県座間市立野台一帯

関係地図　1／20万 東京　1／5万 藤沢

484

たちのの駒

兼輔朝臣左近少将に侍りける時、むさしの御むまむかへにまかりたつ日、にはかにさはることありて、かはりにおなじつかさの少将にてむかへにまかりて、あふさかより随身をかへしていひおくり侍りける　藤原忠房朝臣

・秋ぎりのたちのの駒をひく時は心にのりて君ぞこひしき

②後撰集　三六七

（参考）いまは身のよそにへだつる秋霧のたち野の駒はけふか引くらし　新院御製　続後拾集　一〇二七

1／5万　藤沢

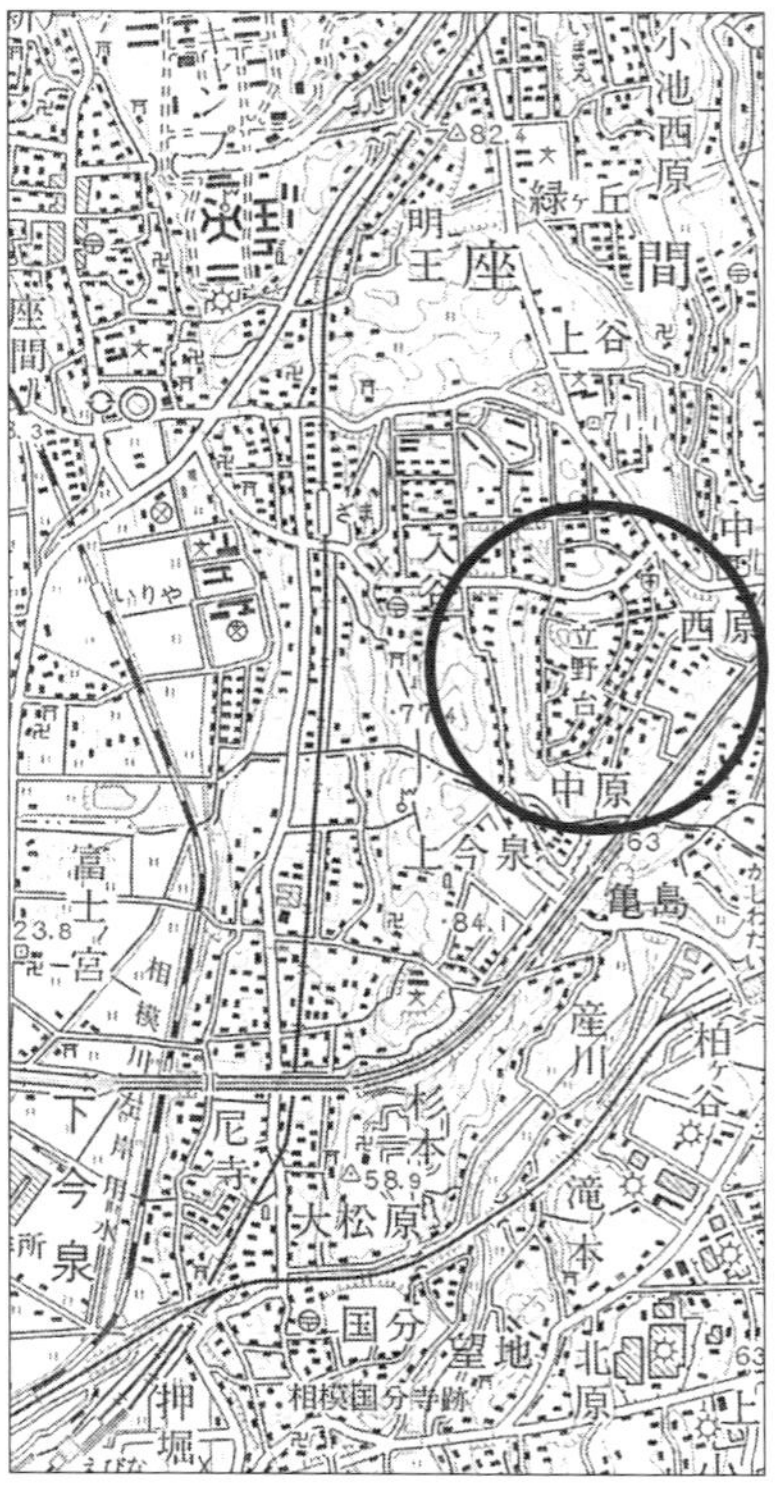

（メモ）

①『和名抄』武蔵国都筑郡内八郷に「立野《多知乃》」郷がある。

②相模川の東に位置する座間市立野台・栗原・小松原・東原等一帯が立野郷で、ここに「立野牧」場があった。

③鈴鹿明神社（座間市入谷）　祭神は伊佐那岐命　須佐乃男命　由緒として、欽明天皇の御世（五三九～五七二）の創建と伝える。もと座間郷の鎮座であって鈴鹿王の屋敷跡に奉斎し鈴鹿大明神と称した。境内は前方後円の形で、古代豪族の屋敷跡と見られている。

④星谷寺（座間市入谷）　坂東三十三カ所観音霊場の第八番札所。はじめ谷戸山頂にあったが、寛延二（一七四九）年現在地に移る。嘉禄三（一二二七）年銘の梵鐘（国重文）がある。

一五五　箱根山

神奈川県足柄下郡箱根町

関係地図　1／20万　横須賀、静岡　1／5万　小田原、御殿場

628　はこねの山

ともしをよめる

・ともしてはこねの山にあけにけりふたよりみよりあふとせしまに　橘俊綱朝臣　⑦千載集　一一八三

（参考）あしがらの　はこねとびこえ　ゆくたづの　ともしきみれば　やまとしおもほゆ　万葉集　一一七五

1／20万　静岡（左）・横須賀（右）

0　2　4　6Km

標高一四三七・九mの神山。新旧二つの外輪山と中央火口丘群からなる三重式火山である。

②古期外輪山は標高九〇〇～一二〇〇mの環状の山稜をなし、新期外輪山は古期カルデラ内の東半部を占め、高さ八〇〇～九四〇mの平らな山体である。

③古期外輪山は塔ノ峰・明星ケ岳・明神ヶ岳・丸岳・三国山・鞍掛山・大観山・白銀山と環状につらなり、東の塔ノ峰と白銀山の間でカルデラ内南部の須雲川、北部の早川が合流し東流する。

④古期外輪山の斜面を延長して、もとの山体を復元すると、高さ約二七〇〇mの円錐形火山となる。古期外輪山の寄生火山は金時山・聖岳・幕山など八つという。

⑤芦ノ湖底に、^{14}C年代が一〇五〇、一六〇〇、二一〇〇年前を示す三時代の「逆《さか》さ杉」と呼ばれる多数の湖底木がある。これはそれぞれの時代にM八級の大地震による崩壊の産物である。芦ノ湖北端の箱根町湖尻も山崩れや火山噴出物が早川の源を堰き止め、芦ノ湖が生じたという。

（メモ）

①箱根山は火山である。この箱根火山は伊豆半島の基部に位置し、カルデラをもった大型の成層火山である。最高峰は

一五六　御神楽岳

新潟県東蒲原郡阿賀町の御神楽岳（標高一三八六・五m）

関係地図　1／20万　新潟　1／5万　御神楽岳

1　あいづの山

友則がむすめのみちのくにへまかりけるにつかはしける

・君をのみしのぶのさとへゆくものをあひづの山のはるけきやなぞ　藤原滋幹がむすめ　②後撰集　一三三一

（参考）あいづねの　くにをさどほみ　あはなはば　しのひにせもと　ひもむすばさね　陸奥国歌　万葉集　三四二六

1／5万　御神楽岳

0　1　2Km

（メモ）

①『古事記』崇神天皇紀に
大毘古命《おほびこのみこと》をば高志道《こしのみち》（北陸道）に遣《つか》はし、其の子建沼河別命《たけぬなかはわけのみこと》をば東の方十二道（東海道）に遣はして、其のまつろはぬ人等を和《やは》し平《たひら》げしめたまひき
とある。また同書に、
大毘古命は先の命《みこと》の随《まにま》に、高志国に罷《まか》り行きき。爾《ここ》に東の方より遣はさえし建沼河別、其の父大毘古と共に、相津《あひづ》に往《ゆ》き過《あ》ひき。故、其の地を相津と謂ふ
とある。

②福島県大沼郡会津美里町宮林に伊《い》佐《さ》須《す》美《み》神社が鎮座。祭神は伊弉諾尊・伊弉冉尊・大毘古命・建沼河別命。由緒沿革は、崇神天皇一〇年四道将軍発遣の時、大毘古命、御子建沼河別命にこの地で会せられ、岩越国境の天津嶽（御神楽岳）に国家鎮護の為祖神を奉斎されたのが草創。『延喜式神名帳』陸奥国会津郡名神大社。

③旧会津藩領。明治一九年新潟県に編入し、東蒲原郡と称した。（表紙裏写真⑧参照）

一五七　春日山

新潟県上越市、旧高田市

関係地図　1／20万　高田　1／5万　高田西部

470

たか田の山

・なけやなけたか田の山の郭公このさみだれにこゑなをしみそ　よみ人しらず

③拾遺集　一一七

（参考）せきとめてせがゐの水にたねまきしたかたのやまはさなへとるなり　正二位忠宗卿　夫木抄　二五五八

（参考）雨の下かくこそは見めかへはらやたかだのむらはへぬとしぞなき　前中納言匡房卿　夫木抄　一四八三五

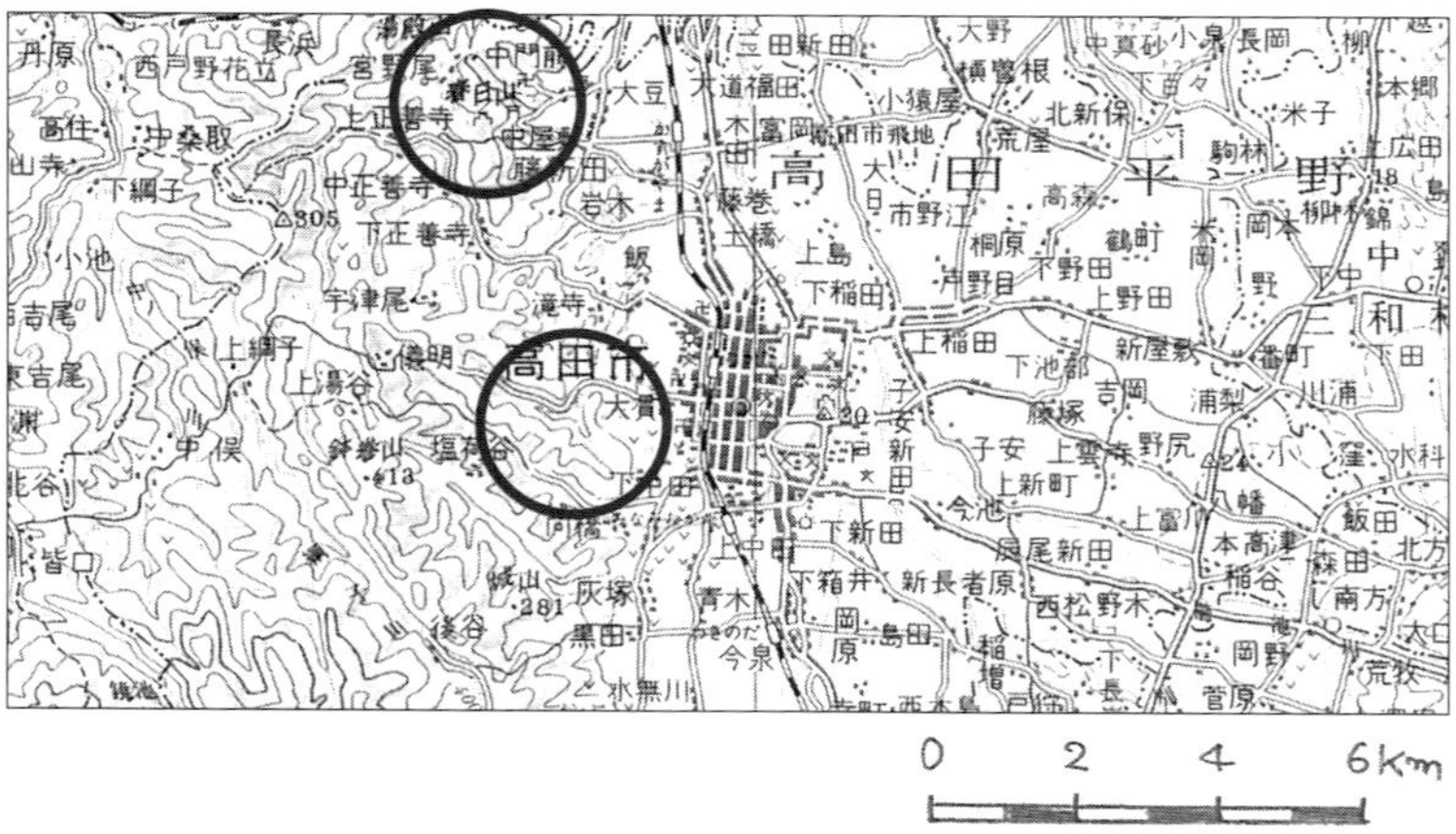

1／20万　高田

（メモ）

①旧高田市の山々。その中で春日山《かすがやま》と金《かな》谷山《やさん》を代表とした。

②春日山（上越市中屋敷）　標高約一八〇m別名鉢ヶ峰。南北朝（一三三六―一三九二）頃には築城されていたと。戦国時代に、上杉謙信の父、長尾為景、謙信の兄晴景、そして謙信、景勝がここで支配していたという。慶長一二（一六〇七）年堀秀治の子忠俊が高田福島城に移り、廃城となった。

③麓に春日山神社・林泉寺がある。春日山神社は祭神は上杉謙信命。創立は明治二〇年。林泉寺（曹洞宗）は明応六（一四九七）年、謙信の祖父長尾能景が父重景の菩提を弔うために建立。上杉氏の転封とともに会津、米沢へと移転した。現在の林泉寺は慶長三（一五九八）年、春日山城に入った堀秀治が再興したもの。

④金谷山（上越市大貫）　標高は一四五m。日本で初めて明治四四年、オーストリアのレルヒ少佐によってスキー術が伝えられた山。山頂の男山に「日本スキー発祥の地」碑、女山にレルヒ少佐銅像がある。

一五八　刈羽《かりわ》

新潟県刈羽郡刈羽村刈羽

関係地図　1／20万　長岡　1／5万　柏崎

277

かりばのをの

・みかりするかりばのをののならしばのなれはまさらでこひぞまされる　人磨

⑧新古今集　一〇五〇

人人すすめて法文百首歌よみ侍りけるに、悲鳴呦咽痛恋本群

・草ふかきかりばの小野をたちいでて友まどはせる鹿ぞなくなる　素覚法師

⑧新古今集　一九五六

（参考）あさまだきかりばの小野に雪ふればしらふにならぬはし鷹ぞなき　大納言実国　月詣集　一〇一七

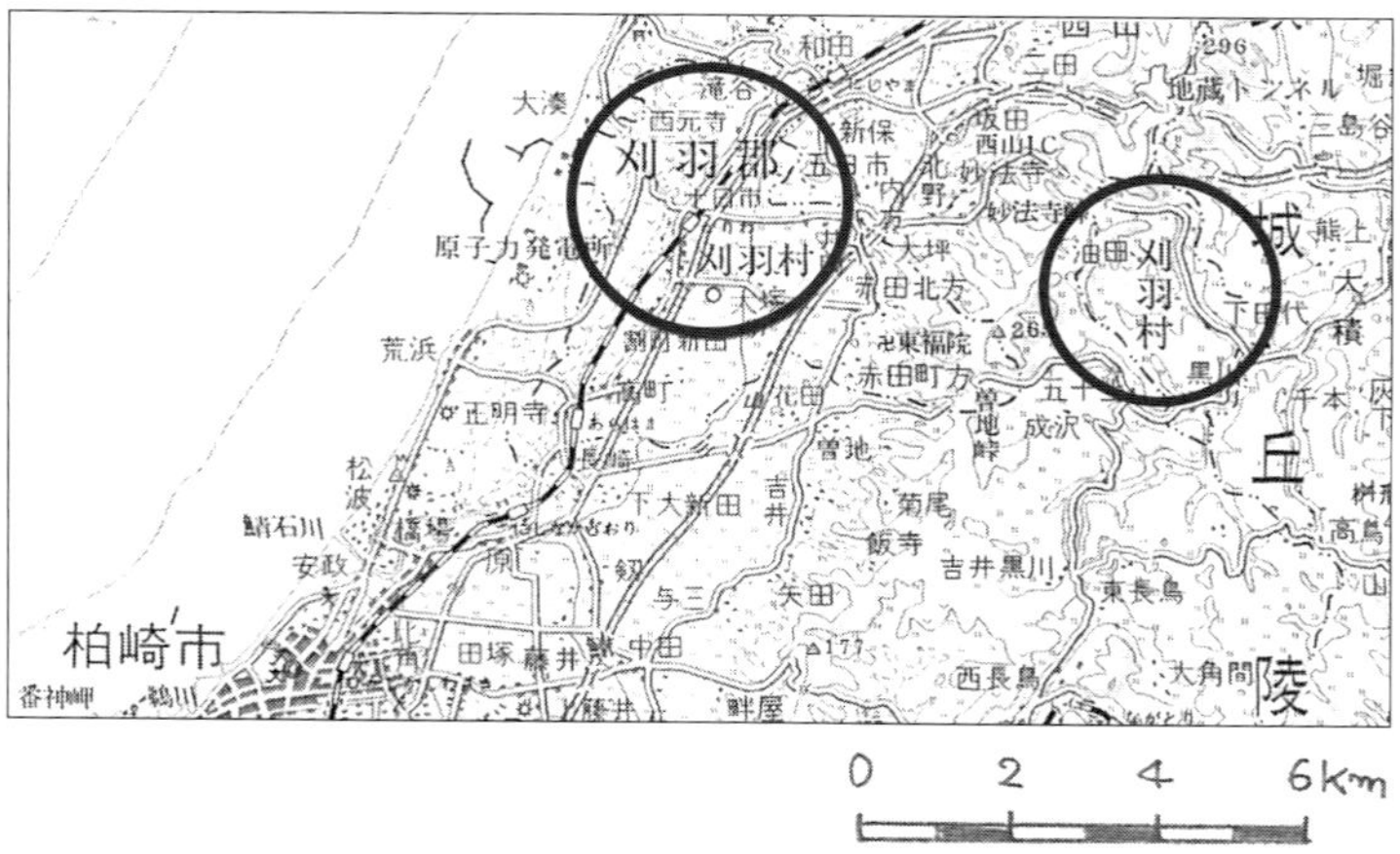

1／20万　長岡

（メモ）

①現在の郡名「刈羽郡」は平安時代中期に「古志郡」から分離した三島郡が、その後、「刈羽郡」と改称したという。

②藤原定家の日記『明月記』正治元（一一九九）年九月二二日に、「苅羽郷」とあり、ここが藤原定家の所領と見られるという。

③刈羽貝塚（刈羽村西谷字源土）　縄文時代前期の遺跡。貝の種類は汽水性のヤマトシジミが主。ニホンジカやイノシシの骨も混在。遺物の多くは土器。石鏃・磨製石斧・耳飾り等の石器も出土という。

④番神堂（柏崎市番神）　鎌倉幕府によって文永八（一二七一）年佐渡に流された日蓮が文永一一年赦免され、佐渡から帰る途上、舟が嵐によってこの地に流され、大乗寺に宿をとったという。その後、真言宗の大乗寺が日蓮宗に改宗する時に、法華経を守護する二九の神と八幡大菩薩を祀ったのが「三十番神」の起こりであり、この番神が最初という。

一五九　初期越後国府跡推定地

新潟県胎内市船戸・城塚辺

関係地図　1／20万 村上　1／5万 中条

172

越後の国

ちちのもとに越後にまかりけるにあふさかのほどより源為善朝臣の許につかはしける

•あふさかのせきうちこゆるほどもなくけさはやみやこの人ぞこひしき　藤原惟規

④後拾遺集　四六六

越後よりのぼりけるに、をばすてやまのもとに月あかかりければ

•これやこの月みるたびにおもひやるをばすてやまのふもとなりける　橘為仲朝臣

④後拾遺集　五三三

（メモ）

①『和名抄』越後国には頚城《くびき》・古志《こし》・三島《しま》・魚沼《うおぬま》・蒲原《かんばら》・沼垂《ぬったり》・石船《いわふね》の七郡がある。貞観一三（八七一）年以前に三島郡は古志郡から分立したという。

②『続日本紀』大宝二（七〇二）年三月一七日条に

越中国の四郡（頚城・古志・魚沼・蒲原）を分けて越後国に属《つ》く

とある。従って、それ以前の越後国は石船郡・沼垂郡の二郡であった。

③『日本書紀』孝徳天皇大化三（六四七）年この年条に、

淳足柵《ぬたりのき》を造りて柵戸《きのへ》（屯田兵）を置く

とある。また、同書の翌孝徳天皇四年この年条に、

磐舟柵《いはふねのき》を治《つく》りて、蝦夷《えみし》に備《そな》ふ。遂に越《こし》と信濃との民を選びて、治めて柵戸を置く

とある。磐舟柵の直接従事又は後方支援をしたのは淳足柵の人々であろう。また、越後国府の仕事をしたのも淳足柵であろう。

④『日本書紀』大化二年八月一四日条に

国国の堤《つつみ》築くべき地《ところ》、溝穿《うなてほ》るべき所、田墾《は》るべき間《ところ》は、均しく給《たま》ひて造《つく》らしめよ

とある。

よって、大化三年に淳足柵を建造する一方で、翌年の磐舟柵建造のための準備—柵（城）を築のための杭その他の材料準備、それを運ふ為の舟の建造、運河の掘削等を進めた。

⑤この地の日本海沿岸部には天然ガス井の記号が多くある。天然ガスを貯えるのは地層の背斜部である。それに対し、地図の中央部、苔の実・竹島等集落の東部は地層の向斜部のため、低地となったので潟湖《せきこ》、紫雲潟となり汽水、海水と淡水のまざった水になり、シジミやカキが生息していた。これらの貝類の貝殻の捨て地、貝塚のある集落が地図の右下方の貝塚・貝屋の集落であろう。

⑥当時、この地に舟で来るには加治川河口を遡上し、当時の潟湖、紫雲寺潟に入り北東進した。この紫雲寺潟も江戸時代中期から商人の請負いで新田となり消滅したという。その後は日本海から新に、落堀川や舟戸川を造り、JR羽越本線中条駅東まで舟で遡上出来るようになった。

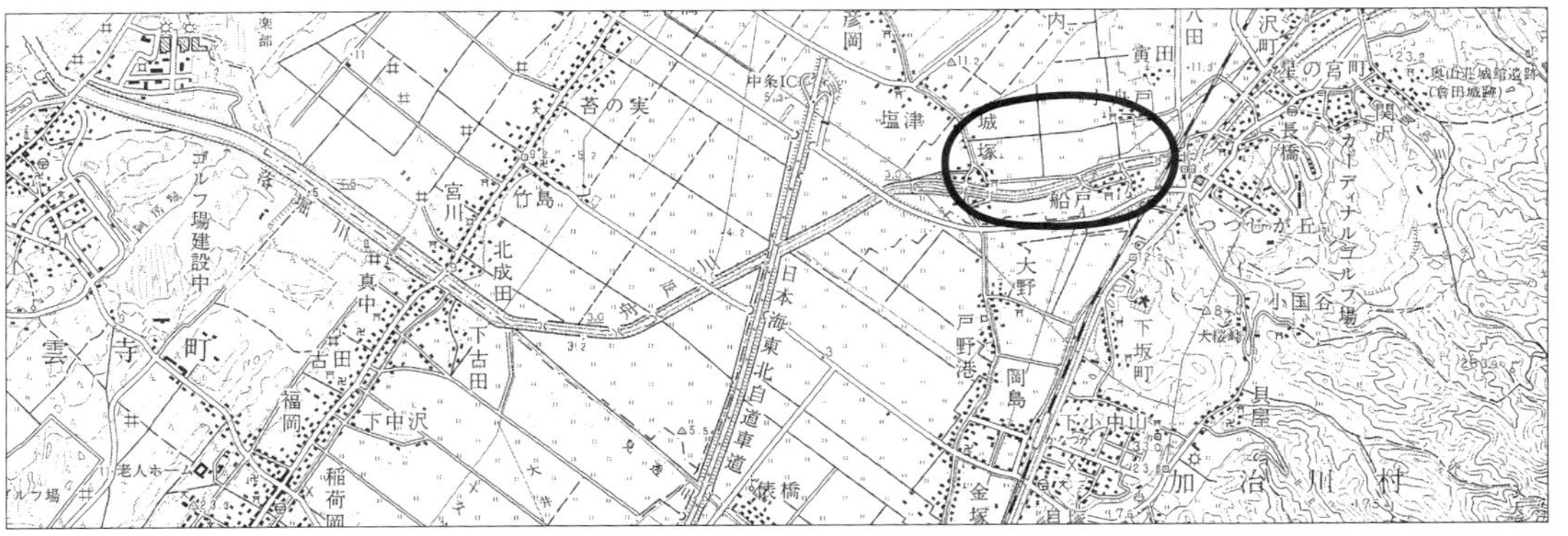

1／5万　中条

⑦この地の胎内市船戸に

(i)蔵ノ坪遺跡　「少目御館」とある木簡や「津」・「王」・「寺」とある墨書土器の出土。

(ii)船戸川崎遺跡　和銅開珎・萬年通宝、人形や馬形の形代《かたしろ》、封緘木簡、人名と数量を記した木簡等出土。

(iii)船戸桜田遺跡　「□合籾五石五斗」・「麻績マ宿奈麻呂」等とある木簡、石製分銅等出土。

の以上の三遺跡がある。

⑧乙宝寺（胎内市乙《きのと》）　天平年間に行基が開創。聖武天皇、後白河天皇の勅願所となったという。三重塔は国重文。鉄筋コンクリート造の大日堂地下室に、お釈迦さまの左目という左眼舎利を納めた塔があると。また、『古今著聞集』六八〇話に「紀躬高の前身の猿、乙寺にて法華経を尊信礼拝の事」がある。それは、

越後の国に乙寺といふ寺に、「法華経」持者の僧……。その後、四十余年をへて、紀躬高朝臣、当国の守《かみ》になりてくだりけりけるに、まづかの寺にまうでて……

等とある。

一六〇　大日岳

新潟県新発田市・東蒲原郡阿賀町境の大日岳（標高二一二八m）

関係地図　1／20万 新潟　1／5万 飯豊山

1／20万 新潟

337

こしのしら山

おほえのちふるがこしへまかりけるむまのはなむけによめる

• 君がゆくこしのしら山しらねども雪のまにまにあとはたづねむ　藤原かねすけの朝臣　①古今集　三九一

• 年深くふりつむ雪を見る時ぞこしのしらねにすむ心ちする　よみ人しらず

②後撰集　四九九

(参考) 千里までけしきにこむる霞にもひとり春なき越の白山　玄玉集　七九

（メモ）

①飯豊山地は二〇〇〇m以上の峰々が連なる稜線が二本ある。一つは西大日岳・大日岳・御西岳・飯豊山の山並み、もう一つは北股岳・御西岳・飯豊山の山並みである。これらの峰々の最高点が大日岳である。

②飯豊神社の古文書には

大日岳祭神の大己貴命。本仏は大日如来。脇仏阿弥陀如来・薬師如来とあるという。現在奥ノ院御西権現が祀られるという。

③大日岳山頂の展望は素晴しく、越後三山（中ノ岳・越後駒ヶ岳・八海山《はっかいさん》）、平ヶ岳・燧ヶ岳・那須・吾妻の山々、また磐梯山・鳥帽子岳・蔵王の山々、月山・鳥海山。また遠く佐渡島も望めると。

④山嶺の降水を集めて流れるのが飯豊川・北股川。やがて加治川と名を変えて日本海に注ぐ。加治川の下流域、越後国府推定地、現在の胎内市に蔵ノ坪・中倉・船戸川崎・船戸桜田の各遺跡がある。

一六一　千年山

新潟県十日町市千年の標高四一一m峰

関係地図　1／20万 高田　1／5万 松之山温泉　1／2.5万 松代《まつだい》

511

ちとせの山

天禄元年大嘗会風俗、千世能山

• ことしよりちとせの山はこゑたえず君がみよをぞいのるべらなる　よしのぶ

③拾遺集　六〇九

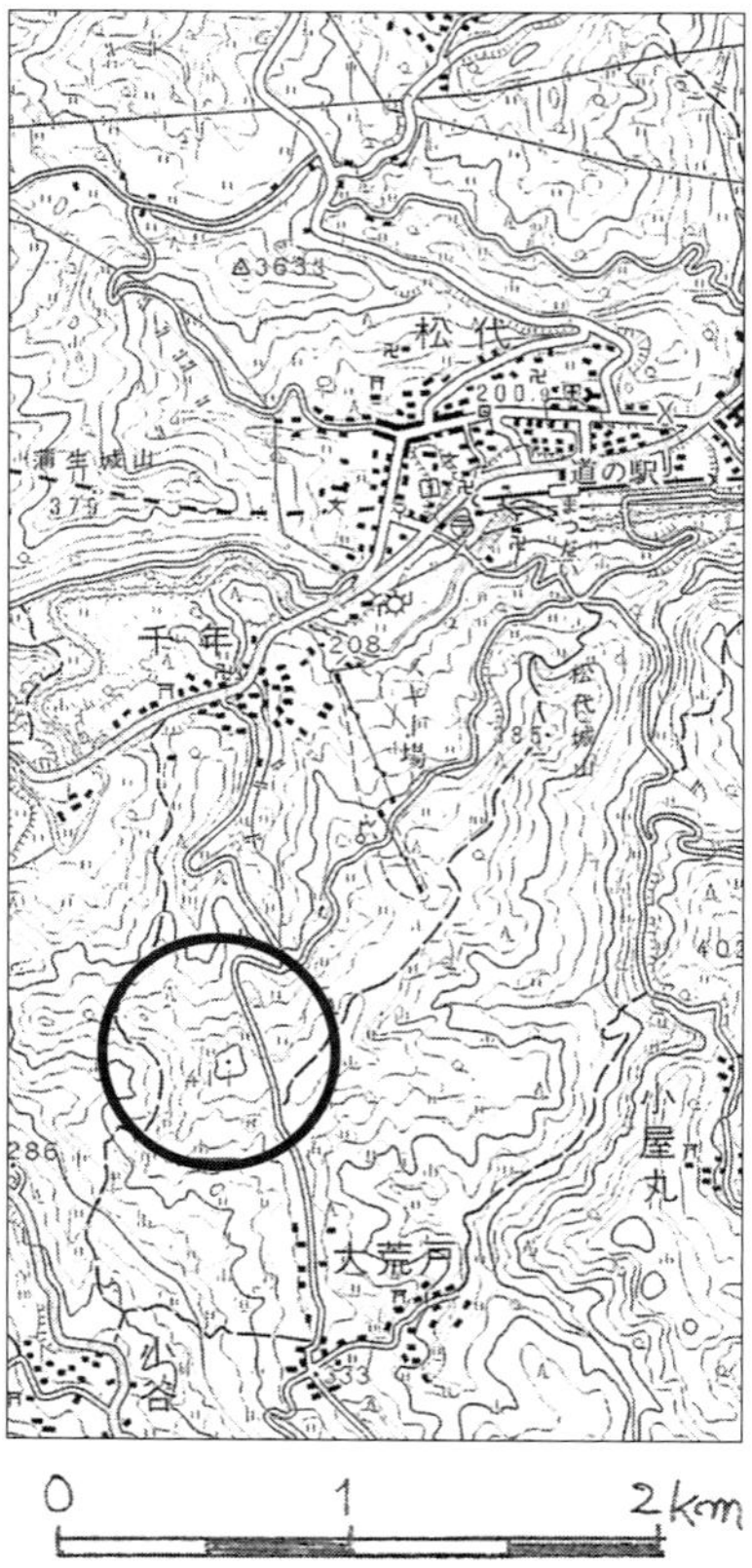

1／5万 松之山温泉

（メモ）

①この標高四一一m峰は北東約八百mの旧松代城と連なっており、「飛岡の峰」の名がある。飛岡の峰の北東約五kmに松《まつ》苧《お》神社が鎮座する。この神社の祭神松苧権現が信濃国から移られる時に当峰「飛岡の峰」の松でしばし休息されたことが、『神号書上帳　慶長四年』にあるという。

②十日町市松代町犬伏の松苧神社は大同二（八〇七）年坂上田村麻呂の創建。現社殿に明応六（一四九七）年建立の墨書銘がある。近世以降は松之山郷六六ヶ村の総鎮守として信仰を集め、遠く京都や奈良、また東北地方からも多くの参拝者があった。神社境内に多数の石仏がある。当社は昔、女人禁制であったので、女人は神社入口にあった白馬観音堂で参詣していた。五月八日の春季祭礼には七歳の男児が無病息災を祈る「七ツ詣り」がある。当社には蝦夷征伐の途中ここに立ち寄った時、馬をつないだと伝え、「駒つなぎの欅」の名がある。

③松之山の大ケヤキ　神社境内に接して立っており推定樹令二千年。目通り幹囲約一五m、高さ約三五m。一帯から縄文中期の土器・石斧等が多く出土という。

一六二　鼓岡山

新潟県胎内《たいない》市鼓岡の山

関係地図　1／20万　村上　1／5万　中条

526

つつみのたけ

・かがり火の所さだめず見えつるは流れつつのみたけばなりけり　紀輔時

③拾遺集　三八八

（参考）大嘗会主基方辰日参音声鼓山をよめる

・おとたかきつづみのやまのうちはへてたのしきみよとなるぞうれしき　藤原行盛

⑤金葉集　三一五

1／5万　中条

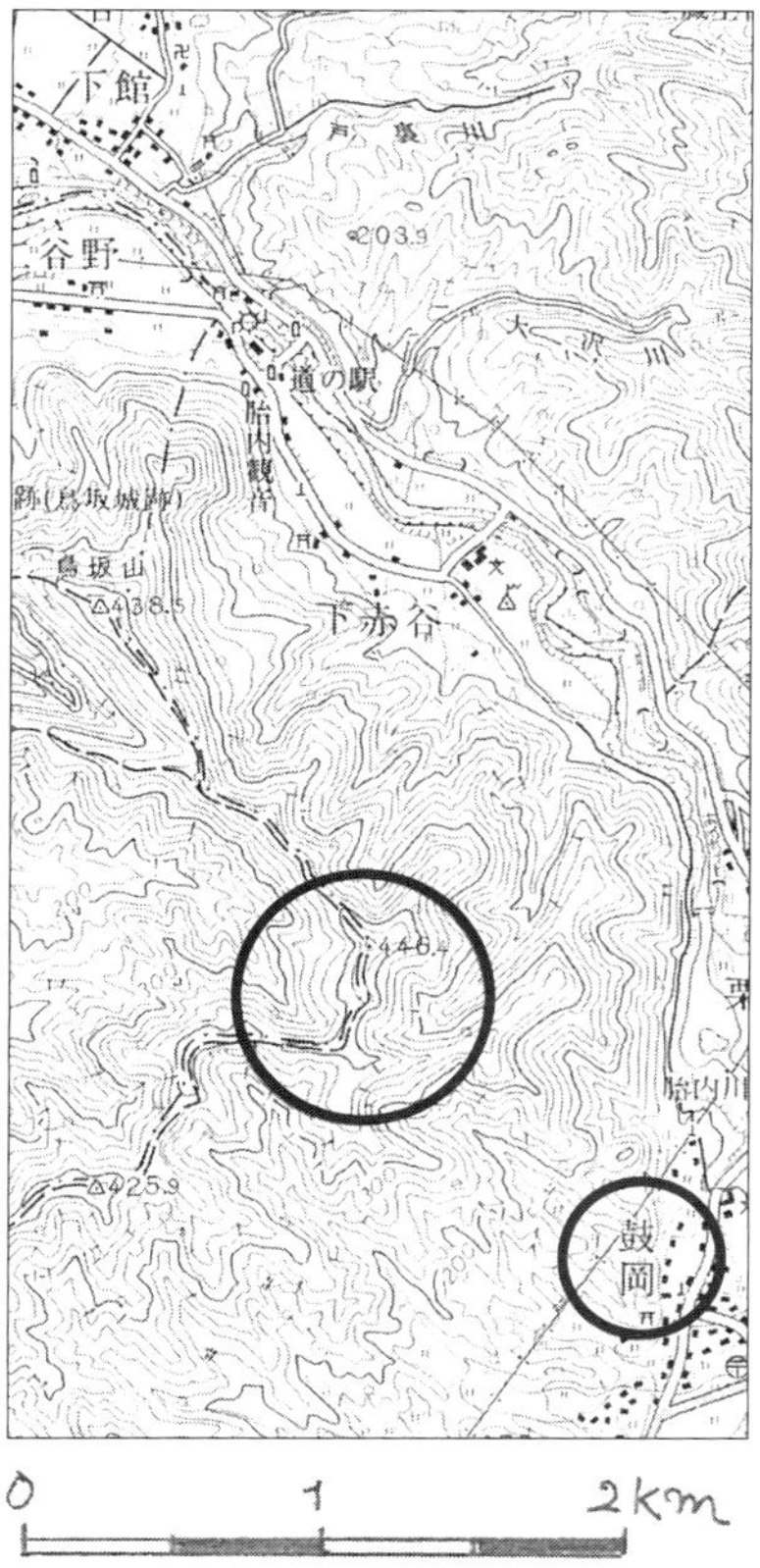

（メモ）

①胎内市鼓岡は「鼓の山」・「鼓の岳」と同義である。新発田市から北の胎内市にのびる標高五六八・〇mの櫛形山を主峰とする約五㎞の櫛形山脈の北部、北端の四四六・四mの峰までが「鼓の岳」である。

②旧黒川村鼓岡。胎内川の中流左岸に位置する。小字道下の通称「姫塚」から五組の金銅製経筒が出土している。うち一個に「弘治二（一五五六）年今月吉日」の紀年銘があると。

③胎内市下赤谷はフジの名所であった。今、標高四三八・五mの鳥坂山を背景に高さ七mの青銅製の観音立像が立つ。昭和四二年の羽越水害で三一人もの人が犠牲になり、それを悼んで三年後に完成。

④黒川村郷土文化伝習館もある。永享八（一四三六）年領主黒川氏実が蔵王の金峰神社に寄進した鰐口、元徳三（一三三一）年製の鉄製柴灯鉢。江戸時代以前の石油採取の道具等を展示している。

一六三　妙高山

新潟県妙高市（標高は南峰二四五四m）

関係地図　1／20万　高田　1／5万　妙高山

337

こしのしら山

おほえのちふるがこしへまかりけるむまのはなむけによめる

・君がゆくこしのしら山しらねども雪のまにまにあとはたづねむ　藤原かねすけの朝臣

①古今集　三九一

こしのくにへまかりける人によみてつかはしける

・よそにのみこひやわたらむしら山の雪見るべくもあらぬわが身は　凡河内みつね

①古今集　三八三

（参考）越の山又このごろのいかならんなべての峰にそそくはつ雪　前中納言定家卿

夫木抄　七一五八

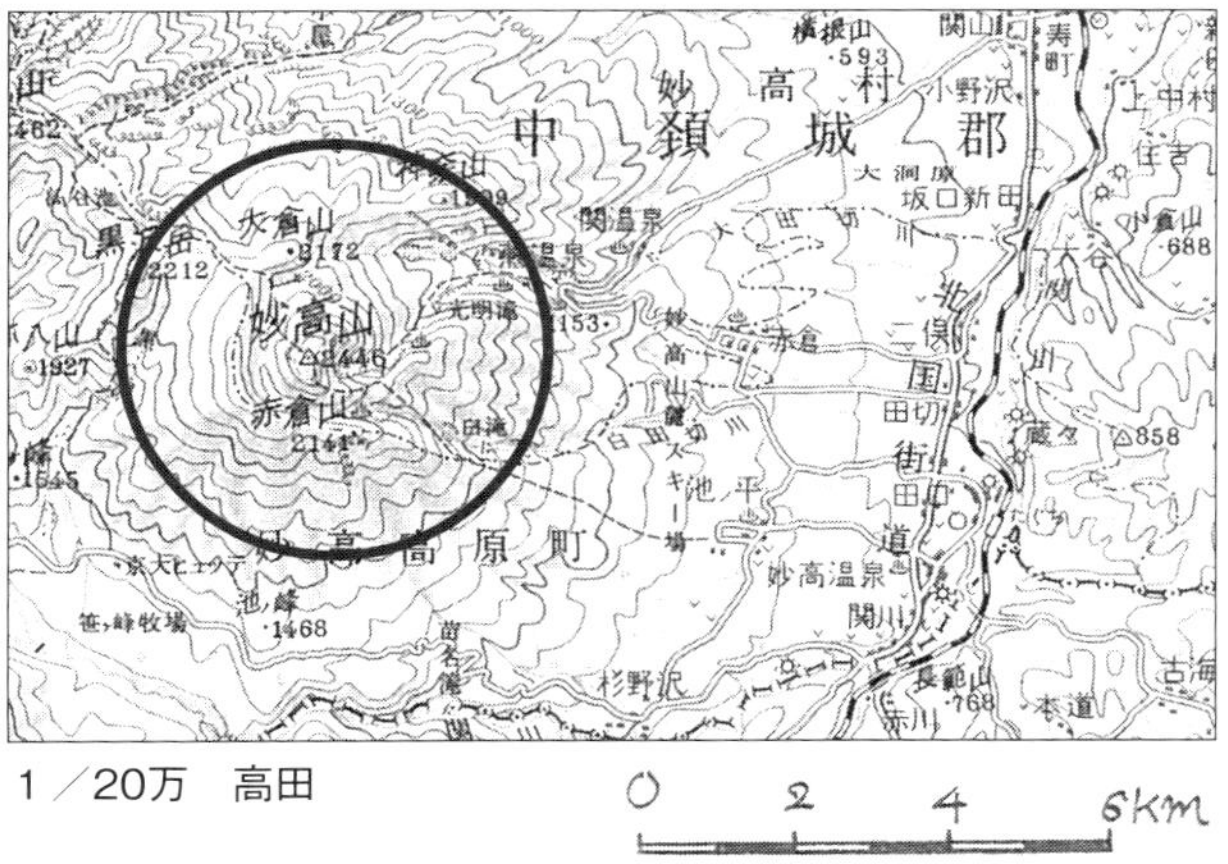

1／20万　高田

（メモ）

①越後国府の推定地として、妙高市国賀や同市今府がある。この地は上越市直江津から舟で関川を遡行すればすぐに行ける。

②妙高山の古名は「越の中山」。これを「名香山」と書いて「みょうこうさん」と読み、妙高山と書いたという。

③妙高市関山に関山神社が鎮座する。祭神は素盞嗚尊・国常立尊・伊弉冉尊　由緒は和銅元（七〇八）年一僧裸にて妙高山頂に登り、神霊を感得し、当社を創立し、関山三社権現と称したという。妙高山は神体山で山頂に奥院があり、関山に里宮。

④妙高山は二重式成層火山。中央火口丘（標高二四四六m）を外輪山の赤倉山（二一四一m）・三田原山（二三四〇m）・大倉山（二一七二m）・神奈山（一九〇九m）・前山（一九三五m）等がかこみ、東に開いたカルデラを作っている。中央火口丘の大きさは一・四㎞×一・八㎞。カルデラ底からの比高は約四〇〇m。またカルデラの大きさは短径二・四㎞、長径は三・四㎞。中央火口丘形成は約四千年前などという。

一六四　有磯海

富山県高岡市、氷見市

関係地図　1／20万 富山　1／5万 富山

60
有そ海

・有そ海の浜のまさごとたのめしは忘るる事のかずにぞ有りける　よみ人しらず
①古今集　八一八

・我も思ふ人もわするなありそ海の浦吹く風のやむ時もなく　ひとしきこのみこ
②後撰集　一二九八

・ありそ海の浦とたのめしなごり浪うちよせてけるわすれがひかな　よみ人しらず
③拾遺集　九七九

・わが恋はありそのうみの風をいたみしきりによする浪のまもなし　伊勢
⑧新古今集　一〇六四

（参考）思ふ事ありその海のうつせがひあはでやみぬる名をやのこさん　大納言師頼　新後撰集　九二七

61
ありその浦

・かくてのみありその浦の浜千鳥よそになきつつこひやわたらむ　よみ人しらず
③拾遺集　六三一

（参考）かからむと　かねてしりせば　こしのうみの　ありそのなみも　みせましものを　大伴家持　万葉集　三九五九

（参考）今はよも思ひもいでじいきて世に有りその浦のうらみわぶとも　関白左大臣　新葉集　一〇〇五

（メモ）

①「ありそ」は「荒磯」と書き、「あらいそ」。つづめて「ありそ」と読む。荒波が打ち寄せ、岩盤が浸食され海食崖又は小島になったり、また船の航行の支障になる岩礁になる。ここには男岩・女岩・義経が雨やどりした義経雨晴岩等がある。海浜には砂泥が海底に持ち去られ、コブシ大、または人頭大の石コロがある。

②寛正六（一四六五）年堯恵の『善光寺紀行』に、有磯海は此国（越中国）の海畔の惣名とあり、今日の富山湾であるが、大伴家持が越中在任中に常に見ていた氷見市海岸から高岡市伏木にかけての近海であろうという。

③万葉集に大伴家持の次の歌がある

・射水川《いみづかは》　い行《ゆ》き廻《めぐ》れる　玉櫛笥《たまくしげ》　二上山は……裾《すそ》みの山の　渋谿《しぶたに》の　崎《さき》の荒《あり》磯《そ》に　朝なぎに　寄する白波　夕なぎに　満ち来《く》る潮《しお》の　いや増しに　絶ゆることなく　いにしへゆ　今のをつに　かくしこそ　見る人ごとに　懸《か》けてしのはめ　三九八五

・渋谿の　崎の荒磯に　寄する波　いやしくしくに　いにしへ思ほゆ　三九八六

・もののふの　八十伴《やそとも》の男《を》の　思ふどち　心遣《や》らむと　馬並《な》めて　うちくちぶりの　白波の　荒磯《ありそ》に寄する　※渋谿《しぶたに》の　崎《さき》の廻《もとほ》り　麻都太江《まつだえ》の　長浜《ながはま》過ぎて　宇奈比《うなひ》川　清き瀬ごとに　鵜川《うかは》立ち　か行《ゆ》きかく行《ゆ》き　見つれども　そこも飽《あ》かにと　布勢《ふせ》の海《うみ》に…　三九九一

※現在の雨晴海岸一帯

④桜谷古墳（高岡市太田字旦保）国指定史跡。かつて十数基あったが開墾で消滅し、現在は二基だけである。一号墳は柄鏡型形態の前方後円墳で全長六二m。前方部の幅三〇m・高さ五・五m。後円部の径三五m・高さ六mの規模。五世紀初めの築造という。二号墳は帆立貝形で全長五〇m。後円部の径は三三m・高さ六m。後円部からは碧玉製の紡錘車や石釧が出土している。四世紀末～五世紀初頃の築造という。消滅した古墳や一号墳の周溝等から内行花文鏡・ガラス製小玉・金環・金銅製帯金具・鉄鏃・鉄剣・鉄鉾また土器や人形も出土しているという。

⑤伏木国分にも岩崎古墳群があったが消滅した。

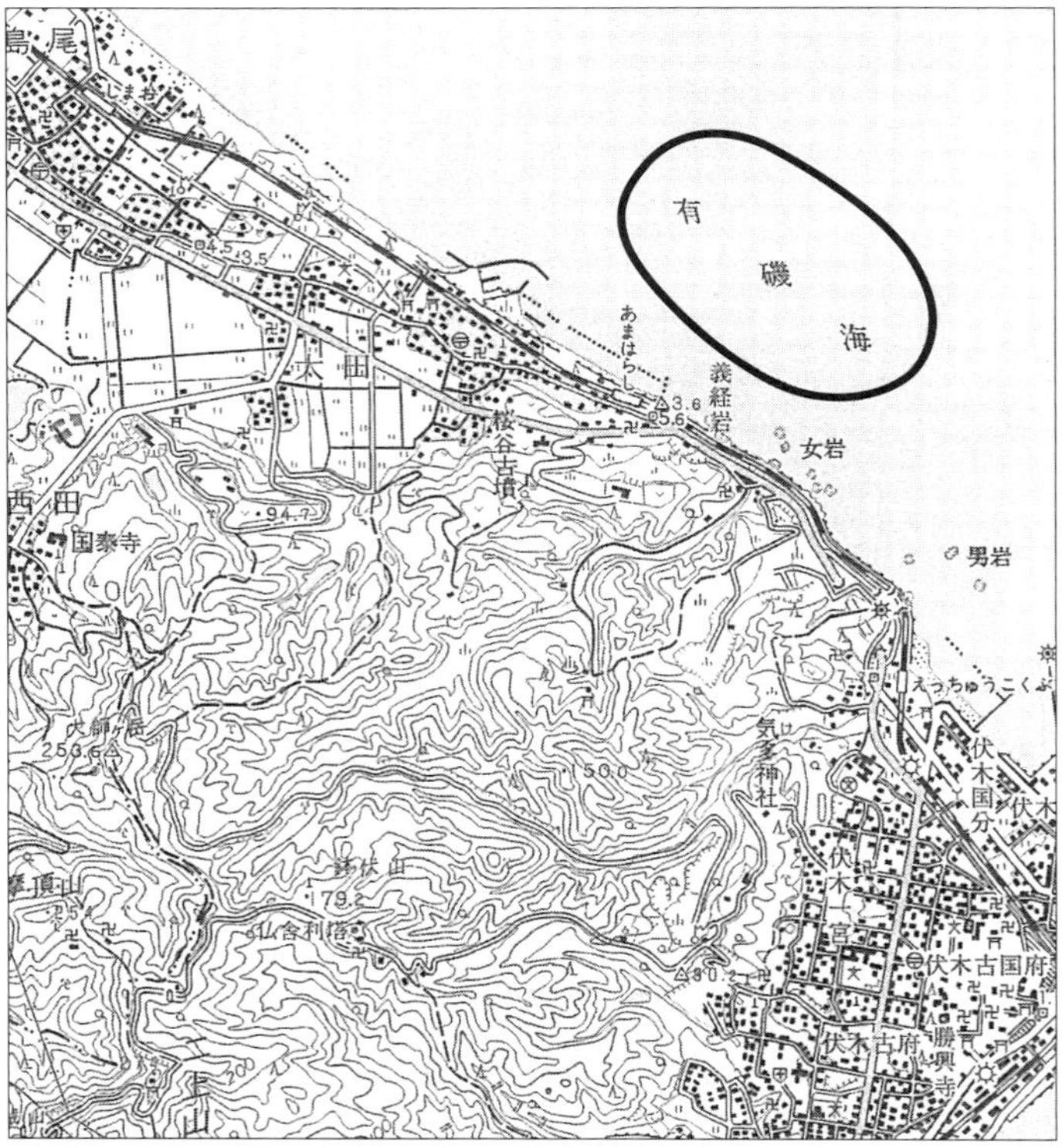

1／5万　富山

0　1　2km

一六五　後立山連峰

富山県、長野県、新潟県にある後立山連峰

関係地図　1／20万 富山、高山

337

こしのしら山

•年ふればこしのしら山おいにけりおほくの冬の雪つもりつつ　ただみ　③

拾遺集　二四九

こしのたかね

京極前太政大臣の高陽院の家の歌合に、雪の歌とてよみ侍りける　治部卿通俊

•おしなべて山のしら雪つもれどもしるきはこしのたかねなりけり

⑦千載集　四五二

（参考）ふみわけぬながめも道やたえぬらんこしのしらねの雪のあけぼの　後鳥羽院御製　夫木抄　七一六八

1／20万　富山(上)・高山(下)

（メモ）

①黒部川の東、立山連峰に対する山並みで、富山県と新潟県・長野県との県境に連なる山並みを言う。

②北は謡曲『山姥』にもなった山姥伝説のある標高二二八七mの白鳥山に初まりハクサンコザクラが群生する朝日岳、「シロウマ」とついた高山植物が約二十種も生育し、後立山連峰の盟主白馬岳、更に南に鑓ヶ岳・唐松岳、龍の牙（水晶）のある五龍岳、鹿島槍ヶ岳・爺ヶ岳、黒部湖に対する針ノ木岳、薬師岳の東に対する野口五郎岳と続き、越中国・飛騨国・信濃国の三国にまたがる標高二八四一mの三俣蓮華岳がある。北端の白鳥山から直線距離で六三kmもの大山、大山脈である。

一六六　越中国府跡

富山県高岡市伏木古国府。勝興寺境内

関係地図　1／20万 富山　1／5万 富山　1／2.5万 伏木

846

ゑちうのくに

をとこにつきてゑちうのくににまかりたりけるに、をとこのこころかはりてつねにはしたなめければ、みやこなるおやのもとへつかはしける　読人不知

•うちたのむ人のこころはあらちやまこしぢくやしきたびにもあるかな

⑤金葉集　五九六

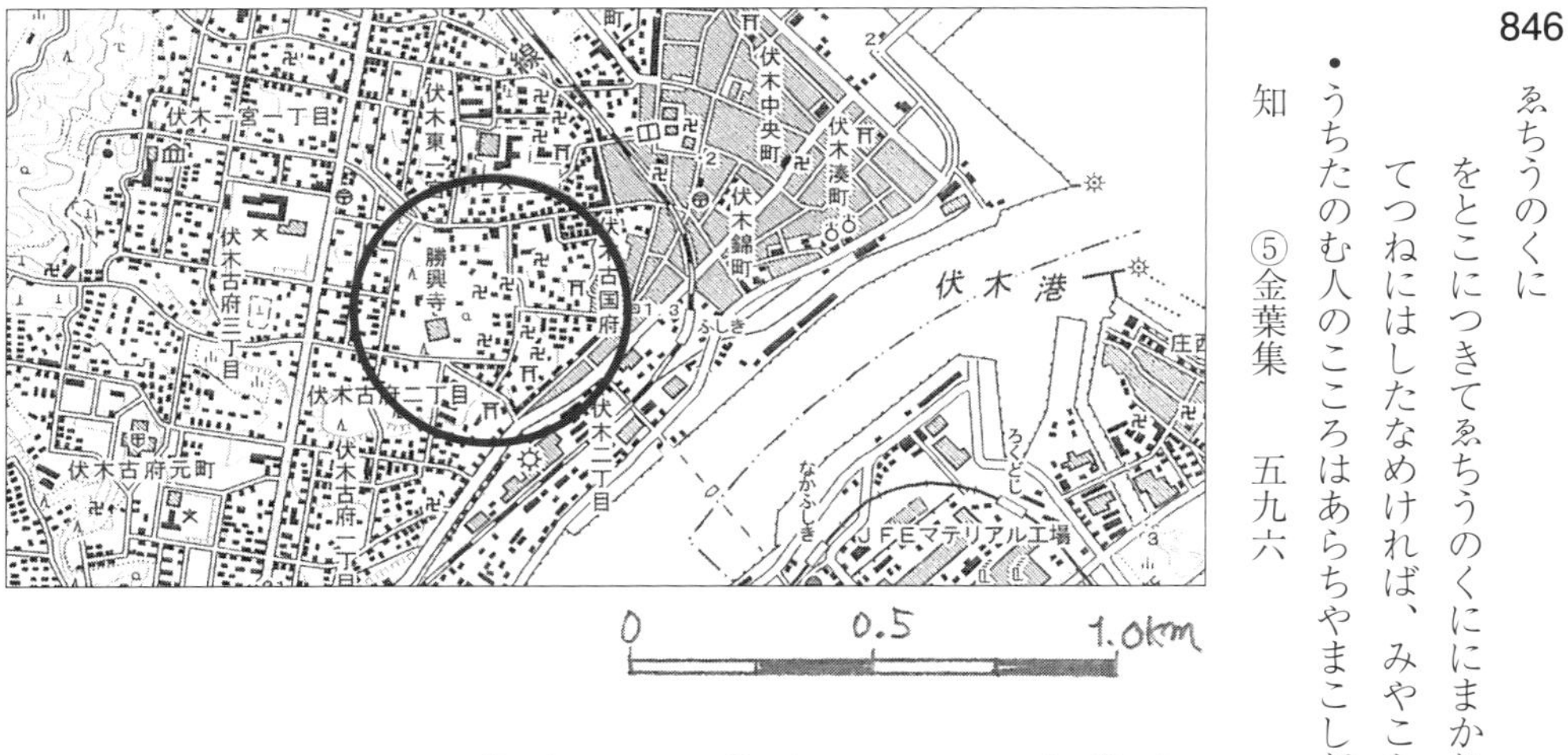

1／2.5万　伏木

（メモ）

①『日本書紀』天智天皇七（六六八）年七月条に、

越国、燃土《もゆるつち》と燃水《もゆるみづ》とを献《たてまつ》る

とある。

②高志（越）の国が越前・越中・越後に分離されたのは天武朝～持統朝という。その最初の表記は持統六年九月二一日条、越前国司、白蛾《しろきひひる》（鵞鳥又は白鳥）献れり（『日本書紀』）という。

③『続日本紀』大宝二（七〇二）年三月一七日条に、

越中国の四郡を分《わ》けて越後国に属《つ》く

とある。

④奈良時代の天平一八（七四六）年から天平勝宝三年の五年間、大伴家持が越中国守であった。家持は、

天平勝宝三年の歌

新しき　年の初めは　いや年に　雪踏《ゆきふ》み平《なら》し　常《つね》かくにもが　四二二九

右の一首は正月二日、守の館にして集宴す。時に降る雪ことに多《さわ》にして、積みて四尺有り

しなざかる　越《こし》に五年《いつとせ》　住み住みて　立ち別れまく　惜しき宵《よひ》かも　四二五〇

と詠んでいる。

一六七　小川橋

富山県下新川郡朝日町を流れる小川に架かる橋

関係地図　1／20万 富山　1／5万 泊

849
をがはのはし
・つくしよりここまでくれどつともなしたちのをがはのはしのみぞある　在原業平朝臣　③拾遺集　三八一
（参考）みちのくのをがはのはしのあゆみ板の君しそむかばわれもそむかん　読人不知　夫木抄　九四一九

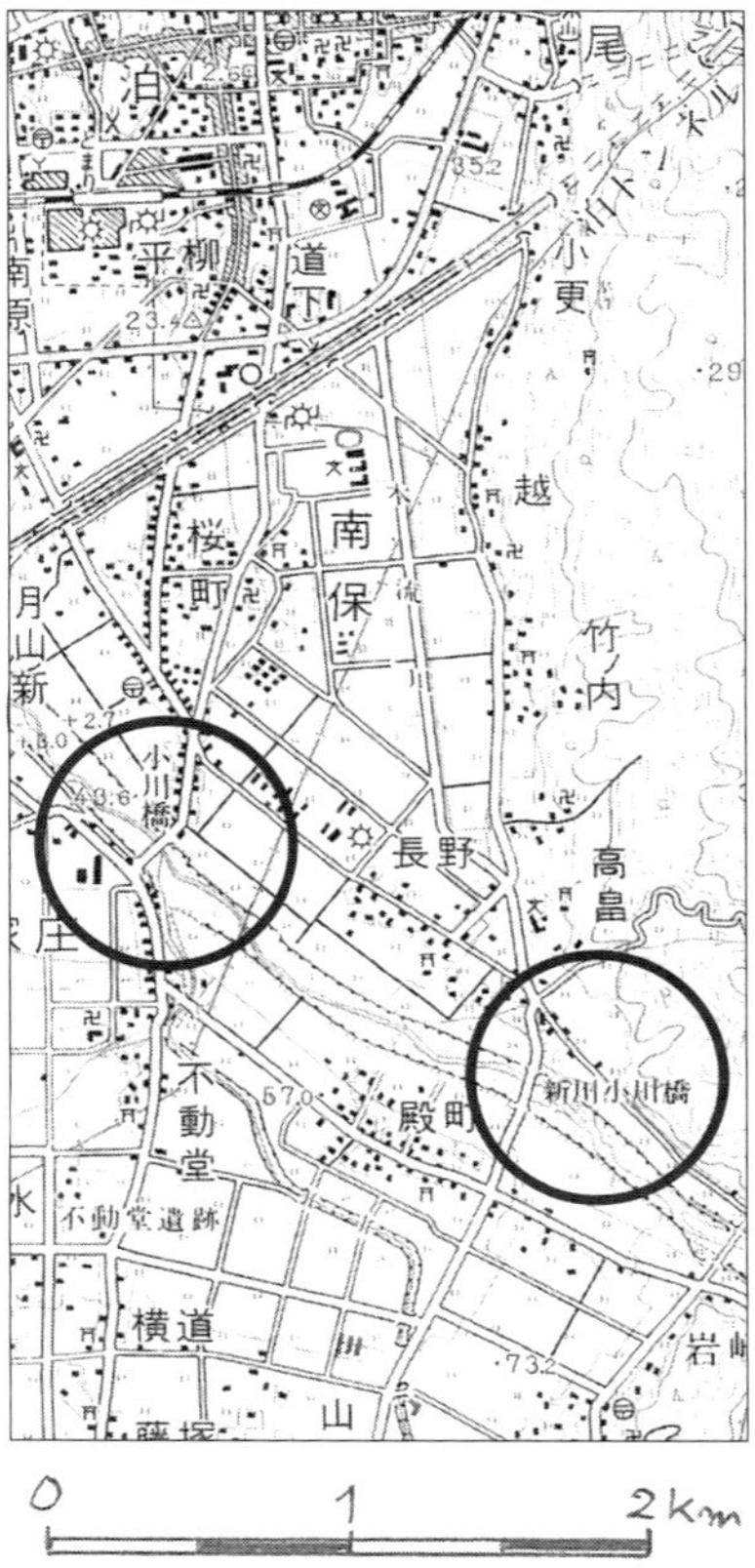

1／5万　泊

（メモ）
①富山県の旧下新川郡内には大河黒部川が流れる。この河の造成した広大な扇状地の東縁を北流するのが「小川」である。この小川の源は標高一五九六mの初雪山・一四〇六mの定倉山・一〇四三mの黒菱山・九五九mの負釣山等である。
②尾安谷が小川温泉元湯の際を通り小川となって、相又谷や荒戸谷の水を併せて北流し、舟川を併せて朝日町赤川で日本海に注ぐ。
③温泉の湯の華《はな》が沈殿・堆積した岩石に天然洞窟露天風呂がある。これが小川温泉元湯。泉質は弱食塩泉で「薬師の湯」とも呼ばれ、疝気《せんき》・打傷・切疵《きりきず》や眼病等に効能がある。金沢の、芭蕉の門人句空も眼病治癒のために来ている。
④姫川・青海川・境川・黒部川が運んだヒスイ（ヒスイ輝石・硬玉）が姫川河口から黒部川にかけての海岸にあるので「ヒスイ海岸」の名がある。万葉集にも、

沼名河《ぬなかは》の　底なる玉　求めて　得し玉かも　拾《ひり》ひて　得し玉かも　あたらしき　君が　老ゆらく惜しも　三二四七

がある。

一六八　小川寺川の橋

富山県魚津市小川寺

関係地図　1／20万 富山　1／5万 魚津、三日市

849
をがはのはし
・つくしよりここまでくれどつともなしたちのをがはのはしのみぞある　在原業平朝臣　③拾遺集　三八一
（参考）みちのくのをがはのはしのあゆみ板の君しそむかばわれもそむかん　読人不知　夫木抄　九四一九

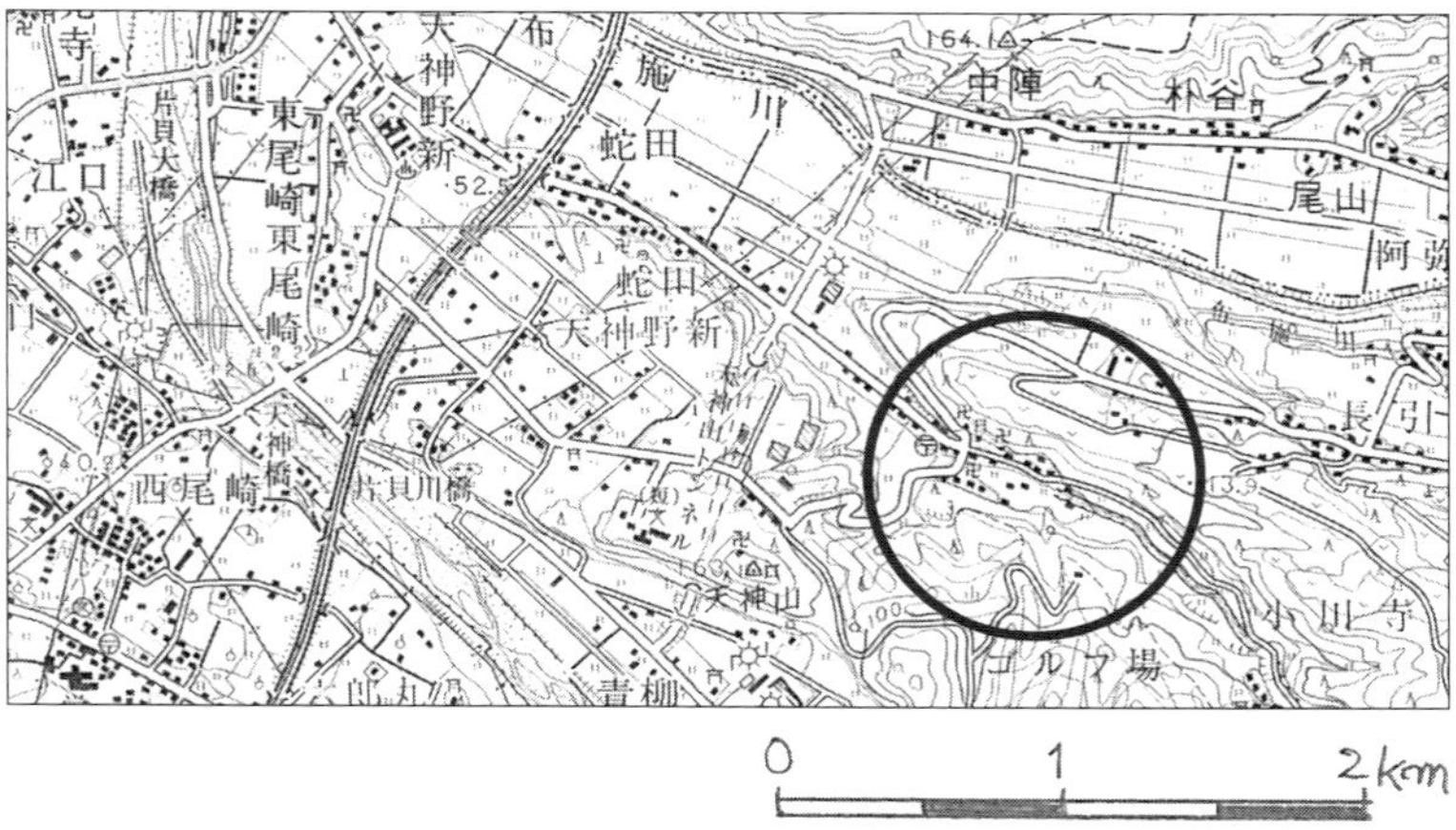

1／5万　三日市（上）・魚津（下）

（メモ）
①小川寺集落の南には富山県内七大河川の一つ、片貝川がある。北には片貝川の支流の布施川が。ここ小川寺地内を流れるのは片貝川の孫川、小川寺川である。川名は地内に小川山千光寺があるに由る。流長は三・八km。
②地図の丸内の寺院は小川山千光寺である。魚津市指定史跡。本尊は銅鋳造の鍍金仏、千手観世音菩薩立像。高さ三七cm。寺伝では大同元（八〇六）年、片貝川の河口、経田浦の後藤氏の網にかかり引き揚げられたという。布施川の源の標高一八五五mの僧ヶ岳を奥の院とし、夏季は山頂に安置していたという。千光寺は、もと塔頭が一六坊もあったというが、今日は心蓮坊・光学坊・蓮蔵坊の三坊。
③魚津といえば蜃気楼。冬の蜃気楼もあるが、雪どけ水の流入する三月から六月のポカポカ日和。場所は魚津漁港周辺が良い。

一六九　おふの浦跡

富山県氷見市大浦一帯

関係地図　1／20万 金沢　1／5万 石動

867

をふのうら

・かたえさすをふのうらなしはつ秋になりもならずも風ぞ身にしむ　宮内卿

⑧新古今集　二八一

(参考) をふのさき　こぎたもとほり　ひねもすに　みともあくべき　うらにあらなくに　大伴家持　万葉集　四〇三七

(参考) おろかにぞ　われはおもひし　をふのうらの　ありそのめぐり　みれどあかずけり　田辺史福麿　万葉集　四〇四九

(参考) をふの浦のうらみてのみぞ世をばふる逢ふことなしになれる身なれば　津守国基　新千載集　一六三〇

1／5万　石動

(メモ)

①越中国守大伴家持時代にあった布施の湖に、南の下田子・堀田から半島状に進入していた陸地。これがまた一段と素晴しい景観を演じていた。

②天平勝宝二（七五〇）年四月六日、布施の水海を遊覧して作る歌

思ふどち　ますらをのこの　木《こ》の暗《くれ》繁《しげ》き思ひを　見明《あき》らめ　心遣《や》らむと　布勢の海に　小舟《をぶね》つら並《な》め　ま櫂《かひ》掛けい漕《こ》ぎ廻《めぐ》れば　乎布《をふ》の浦に　霞たなびき　垂姫（垂姫《たるひめ》の崎《さき》）に　藤波《ふぢなみ》咲きて　浜清く　白波騒《さわ》き　しくしくに　恋はまされど　今日のみに　飽《あ》き足《だ》らめやも　かくしこそ　いや年のはに　春花の　茂《しげ》き盛りに　秋の葉の　もみたむ時に　あり通ひ　見つつしのはめ　この布勢の海を　四一八七

藤波の　花の盛りに　かくしこそ　浦漕ぎ廻《こみ》つつ　年にしのはめ　四一八八

一七〇　田子の浦跡

富山県氷見市田子

関係地図　1／20万 富山、七尾　1／5万 氷見、石動

482

たごの浦

たごのうらの藤の花を見侍りて

・たごの浦のそこさえにほふ藤浪をかざしてゆかん見ぬ人のため　柿本人麿

③拾遺集　八八

・おのがなみにおなじ末ばぞしをれぬる藤さくたごのうらめしの身や　前大僧正慈円

⑧新古今集　一四八二

(参考) たこのうらの　そこさえにほふ　ふぢなみを　かざしてゆかむ　みぬひとのため　内蔵忌寸縄麿《くらのいみきつなまろ》　万葉集　四二〇〇

(参考) いささかに　おもひてこしを　たこのうらに　さけるふぢみて　ひとよへぬべし　久米朝臣広縄　万葉集　四二〇一

1／5万　氷見(上)・石動(下)

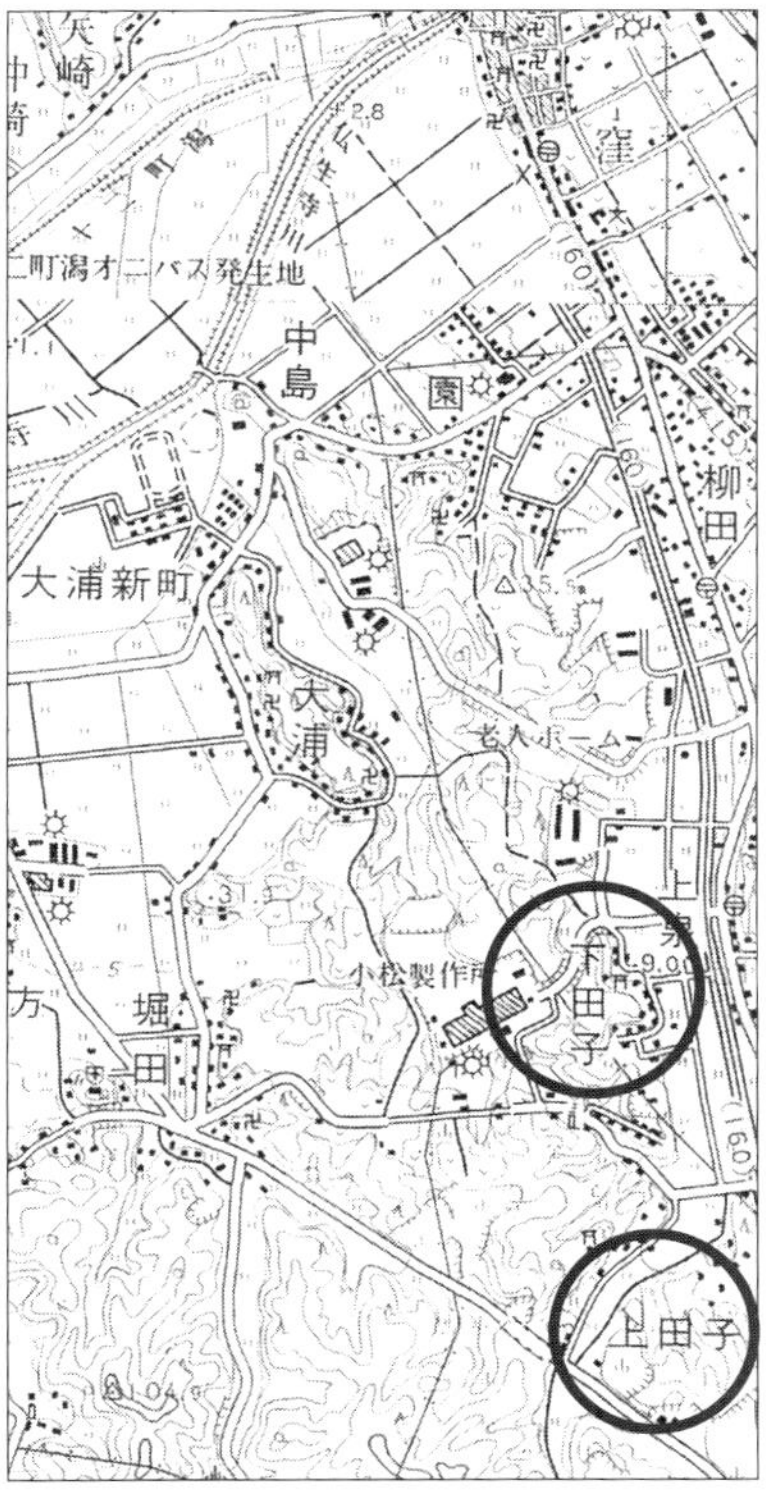

(メモ)

①氷見市上田子・下田子辺に、越中国守大伴家持時代にあった広い布施の湖の畔。

②日吉安清の謡曲「藤」の舞台。その一部を。

……。またあれなる湖は、承り及びたる多胡の浦にてありげに候。立ち寄り見ばやと思ひ候。まことに聞き及びたるよりは一入《ひとしお》なる湖水の景色にて候。またこれなる松に交《まじ》へる藤の、今を盛りと見えて候。

常磐《ときわ》なる松の名たてにあやなくも、かかれる藤の咲きて散るやと、古言《ふるごと》の思ひ出でられて候。

一七一　立山連峰

富山県富山市、中新川郡、魚津市等

関係地図　1／20万 富山、高山

336

こしのしらね

・年深くふりつむ雪を見る時ぞこしのしらねにすむ心ちする　よみ人しらず

②後撰集　四九九

こしのくにへまかりける人によみてつかはしける

・よそにのみこひやわたらむしら山の雪見るべくもあらぬわが身は　凡河内みつね

①古今集　三八三

（参考）おしなべてかすめる花とみゆるかなこしのしらねの春の明ぼの　二条院さぬき

夫木抄　一三一五

1／20万　高山

（メモ）

①越中国庁、現在の高岡市伏木古国府から東方の奈呉の浦や越ノ潟の上に南北に連なる山並が立山連峰である。

②標高一二七四m烏帽子山に始まり僧ヶ岳・駒ヶ岳と続き、二四〇〇m級の毛勝三山（毛勝山・釜谷山・猫又山）・赤谷山・池ノ平山、標高二九九八mの剱岳、別山と続き立山。立山からは浄土山、ハクサンコザクラの群生する五色ヶ原を持つ鷲岳と鳶山と続く。リンネ草がひっそりと花開く越中沢岳、そして薬師岳、太郎山・上《かみ》ノ岳《だけ》・黒部五郎岳、終点の三俣蓮華岳。この間四六km。その盟主が立山である。守大伴宿祢家持も天平一九年、

立山に　降り置ける雪を　常夏に　見れども飽かず　神からならし

と詠んでいる。（表紙裏写真⑨参照）

一七二　奈呉

富山県射水市

関係地図　1／20万 富山　1／5万 富山

575

なごえ

寄水鳥恋

・あふこともなごえにあさるあしがものうきねをなくと人はしらずや　摂政左大臣

⑤金葉集　四五四

（参考）みなとかぜ　さむくふくらし　なごのえに　つまよびかはし　たづさはに　なく　大伴宿祢家持　万葉集　四〇一八

577

なごのうみ

晩霞といふことをよめる

・なごのうみのかすみのまよりながむればいる日をあらふおきつしらなみ　後徳大寺左大臣

⑧新古今集　三五

（参考）なごのうみの　おきつしらなみ　しくしくに　おもほえむかも　たちわかれなば　大伴宿祢家持　万葉集　三九八九

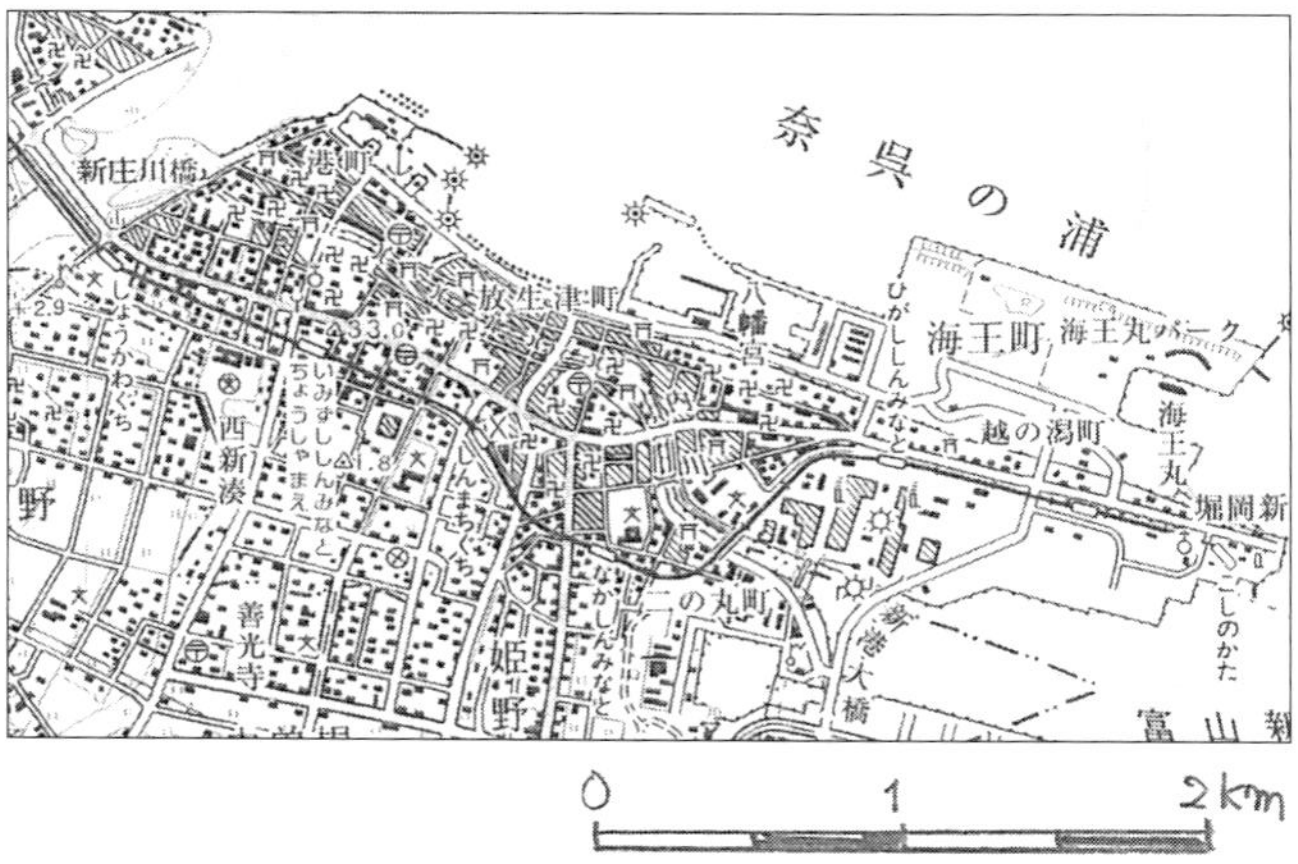

1／5万　富山

（メモ）

①「奈呉江」はかつての放生津潟。または越ノ潟と呼ばれた潟湖《せきこ》。縄文時代には東は神通川、西は庄川に達し、南は射水丘陵に達する東西一四km、南北の最大八kmにも達する広大な湖であった。富山湾との境に砂洲があり、所々の切れ目から海水が入り魚貝類が生息していた。あいの風鉄道呉羽駅北に小竹貝塚や蜆ヶ森貝塚がある。奈呉の海は、奈呉江の北の海である。

②天平感宝元（七四九）年五月越中国守大伴家持が作る歌

……射水川《いみづかは》（小矢部川）　雪消溢《ゆきげはふ》りて　行く水の　いや増しにのみ　鶴《たづ》が鳴く　奈呉江の菅の　ねもころに　思ひ結ぼれ　嘆きつつ　吾が待つ君……

一七三　日置神社旧社地推定地

富山県富山市沖

関係地図　1／20万　富山　1／5万　魚津

188　おきのゐ

おきのゐ

・おきのゐて身をやくよりもかなしきは宮こしまべのわかれなりけり　をののこまち

①古今集　一一〇四

（参考）ほととぎすおきのゐの里は過ぎぬなりいかなる人の夢むすぶらん　従三位範宗卿　夫木抄　二九一四

（参考）よもすがらたもとにつたふ白露のおきのゐのさとに月を見るかな　第三のみこ　夫木抄　一四六八一

1／5万　魚津

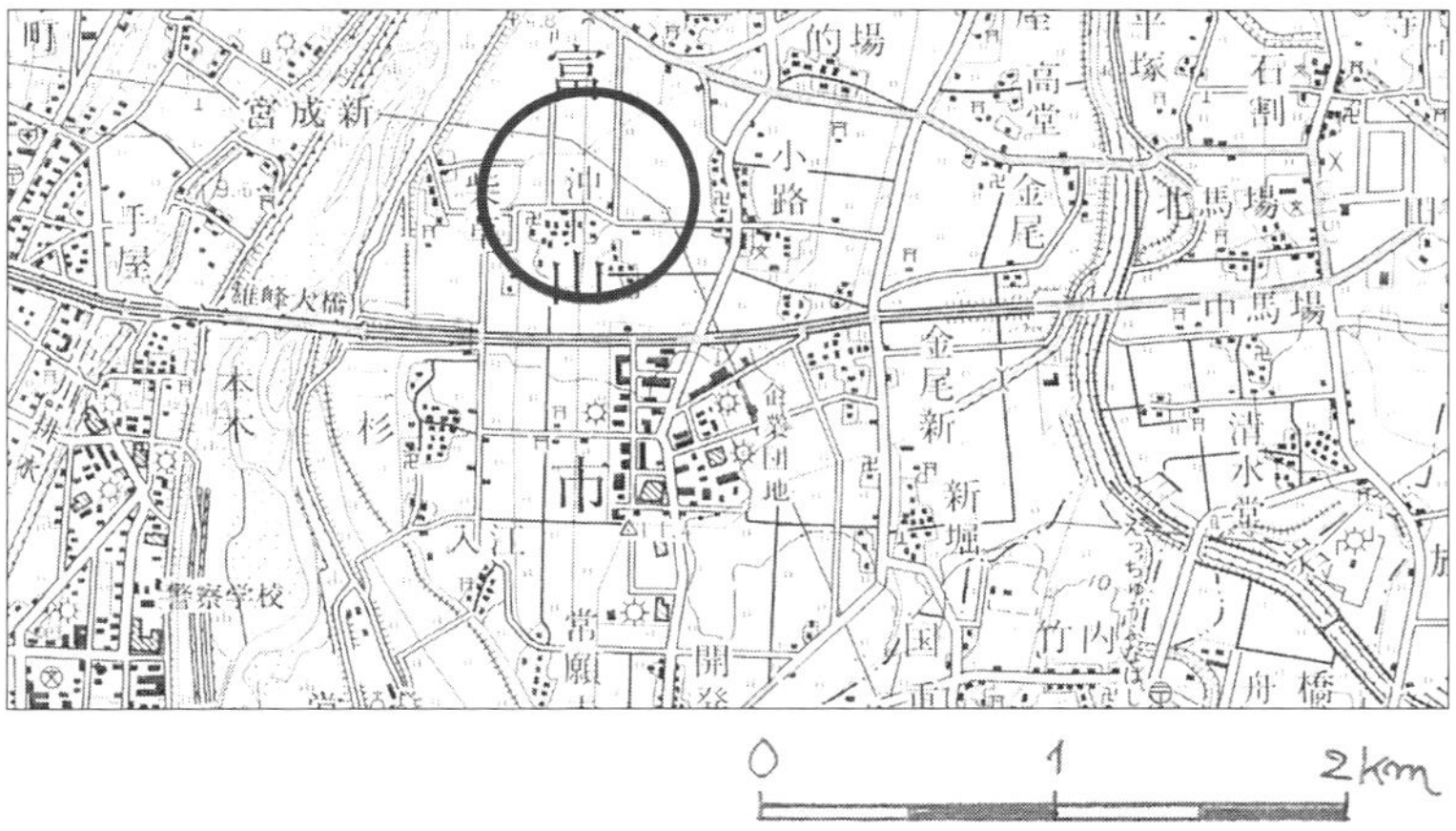

（メモ）

①立山町日置鎮座の日置神社は、『延喜式神名帳』越中国新川郡七座中の一、「日置《ヒオキノ》神社」。初期社地に湧水があったか。

②『越中国式内等旧社記』に

日置神社、式内一座、入部郷日置村鎮座、沖御前と称す。祭神大山守命

とあるという。富山市沖、立山町日置、ともに常願寺川の河川敷のすぐ右岸にある。

③『出雲国風土記』日置郷の条に、

郡家の正東《まひがし》四里なり。志紀嶋の宮に御宇《あめのしたしろ》しめしし天皇（欽明天皇）の御世、日置の伴部《ともべら》等、遣《つかは》され来て、宿停《とど》まりて政為《まつりごとせ》し所なり。故、日置といふ。

とある。

④折口信夫は、「一年中の暦を示して農作業の方針を示す」・「日を置く」。日置の伴部等の仕事は天体観測や今までの経験から暦を作り、それを示すのが大切な仕事であったという。

一七四　二上山

富山県高岡市、氷見市

関係地図　1／20万　富山　1／5万　富山

683　ふたかみやま

夏月のこころをよめる

・たまくしげふたかみやまのくもまよりいづればあくる夏のよの月　源親房

⑤金葉集　一五二

（参考）しぶたにの　ふたがみやまに　わしぞこむといふ　さしはにも　きみのみために　わしぞこむといふ　旋頭歌　越中国歌　万葉集　三八八二

1／5万　富山

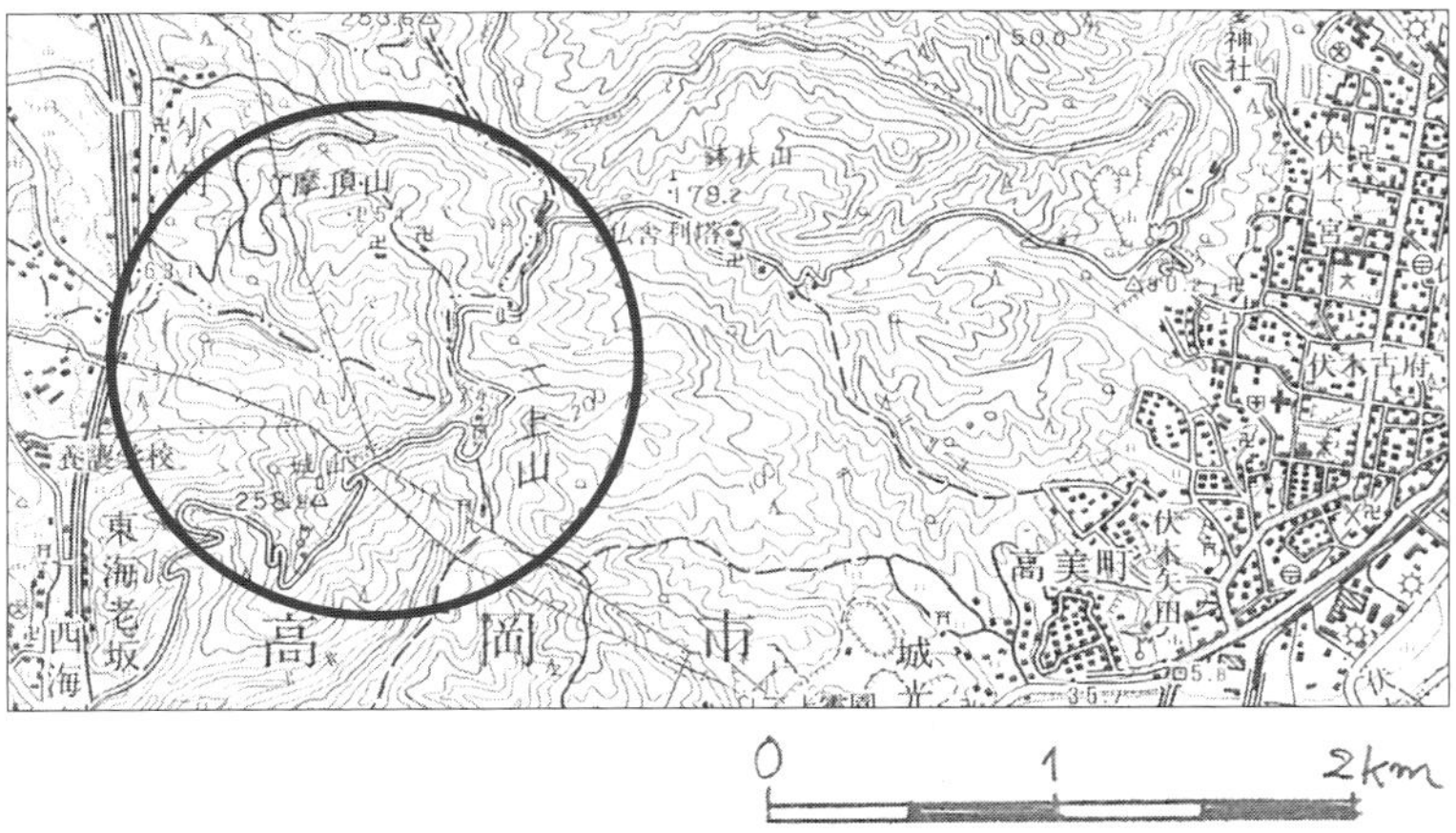

（メモ）

①二上山は高岡市と氷見市との境にある。全体になだらかな山で、山頂が二つあるので「二上山」。神社のある東峰の標高は二七四m、三角点のある西峰は二五八・九m。頂上からの展望は素晴しい。二上山はかつては神の宿る山、神体山として崇められ山麓に里宮延喜式内社射水郡内社の射水神社があったが、明治八年、高岡市内の古城公園に移された。

②射水神社　祭神は二上神。由緒として、古来越中国総鎮護として二上山に鎮座。延喜の制名神大社。貞観元（八五九）年正三位。僧行基が勅により養老寺を建立して神仏習合をはかり、社家社僧も多く隆盛を極めたという。

③天平一九（七四七）年三月三〇日越中国守大伴家持、興に依りて作る二上山賦

射水川《いみづがわ》　い行《ゆ》き廻《めぐ》れる　玉櫛笥《たまくしげ》　二上山は　春花《はるはな》の　咲ける盛りに　秋の葉の　にほへる時に　出《い》で立ちて　振《ふ》り放《さ》け見れば　神《かむ》からや　そこば貴《たふと》き　山からや　見が欲《ほ》しからむ　統《す》め神《かみ》の　裾《すそ》みの山の　渋谿《しぶたに》の……　三九八五

一七五　小川町の橋　石川県白山市小川町・上小川町

関係地図　1／20万　金沢　1／5万　金沢

849
をがはのはし
・つくしよりここまでくれどつともなしたちのをがはのはしのみぞある　在原業平朝臣　③拾遺集　三八一
（参考）みちのくのをがはのはしのあゆみ板の君しそむかばわれもそむかん　読人不知　夫木抄　九四一九

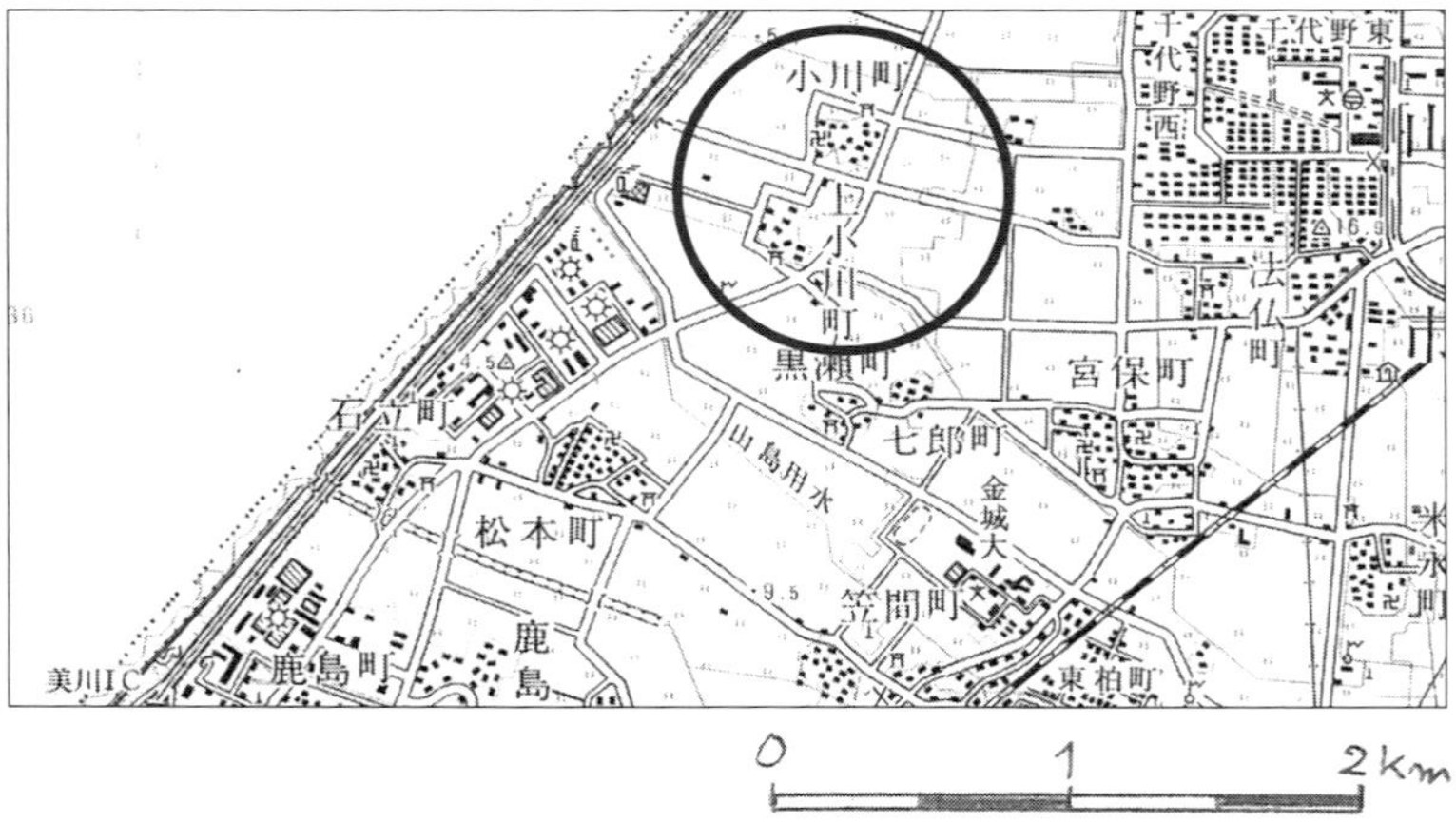

1／5万　金沢

（メモ）
①当地の西側に日本海がある。海岸に沿っては砂丘があり、そこに北陸自動車道がある。現在は水田が多く農業用水路や排水路しかないが、古代には自然に形成された小河川があったであろう。
②小川町の鎮守は小白山神社。上小川町の鎮守は小河神社である。
③野々市市御経塚に御経塚遺跡がある。国史跡。縄文時代後期中葉から晩期にかけての集落遺跡。その中心部に竪穴住居群があって、その周囲に墓地がある。出土品は祭祀や呪術など儀式用の石製品や土偶、石を配置した配石遺構などという。
④JR北陸本線松任駅南に浄土真宗大谷派の聖興寺がある。門前に、曹洞宗大乗寺四三代住持無学愚禅が文化一二（一八一五）年に立てた「千代尼塚在此境内」の石標がある。本堂左に千代尼堂（草風庵）と千代尼塚といわれる句碑がある。辞世の句といわれる

　月を見て我はこの世をかしく哉

句で、寛政一一（一七九九）年、千代（素園尼）二五回忌に建立。句は、

　朝顔につるべとられてもらひ水
　風の日はよふ仕事する案山子《かかし》かな
　鶯は人も寝させて初音かな

等々多い。

一七六　沖　町　石川県金沢市沖町

関係地図　1／20万　金沢　1／5万　金沢

188
おきのゐ
・おきのゐて身をやくよりもかなしきは宮こしまべのわかれなりけり　をののこまち　①古今集　一一〇四
（参考）ほととぎすおきゐの里は過ぎぬなりいかなる人の夢むすぶらん　従三位範宗卿　夫木抄　二九一四
（参考）よもすがらたもとにつたふ白露のおきゐのさとに月を見るかな　第三のみこ　夫木抄　一四六八一

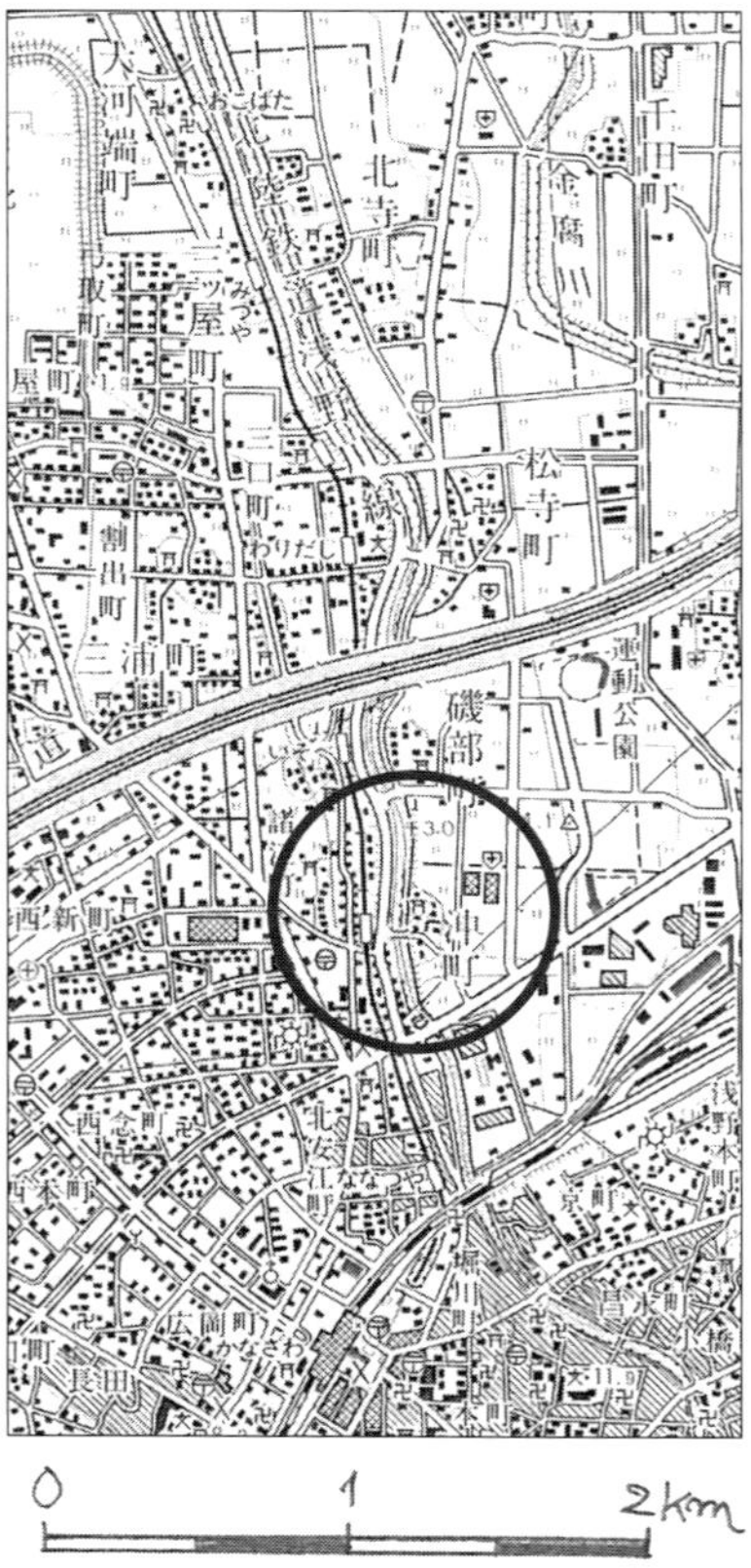

1／5万　金沢

（メモ）
①沖町は浅野川右岸にあり、南は京町で古今集の歌の題「をきのゐ・みやこじま」にピッタリである。
②はじめ加賀国加賀郡。のち河北郡小坂荘となる。鎌倉時代に「興保《おきほ》」がある。『海老名文書』嘉暦二（一三二七）年八月二五日付関東下知状に

　海老名太郎忠国法師法名宗心与加賀国興・浅野両保雑掌信智等相論下知…

とあるという。
③当地を浅野川は湯涌温泉の湯の川、標高八三九mの医王山《いおうぜん》・奥医王山を源とする医王山川などを合せている。
④湯涌温泉は養老二（七一八）年、紙漉き職人また白鷺の発見等の伝説あり。
⑤医王山は養老年中泰澄大師建立の惣海寺を中心に四八ヶ寺、三千坊による一大霊場であり、阿育王の仏舎利塔があったと。

一七七　加賀国府跡推定地

石川県小松市古府町

関係地図　1／20万 金沢　1／5万 鶴来

217

加賀

左京大夫顕輔、加賀守にてくだり侍りけるにいひつかはしける

・よろこびをくはへにいそぐたびなればおもへどえこそとどめざりけれ　源俊頼朝臣　⑥詞花集　一七四

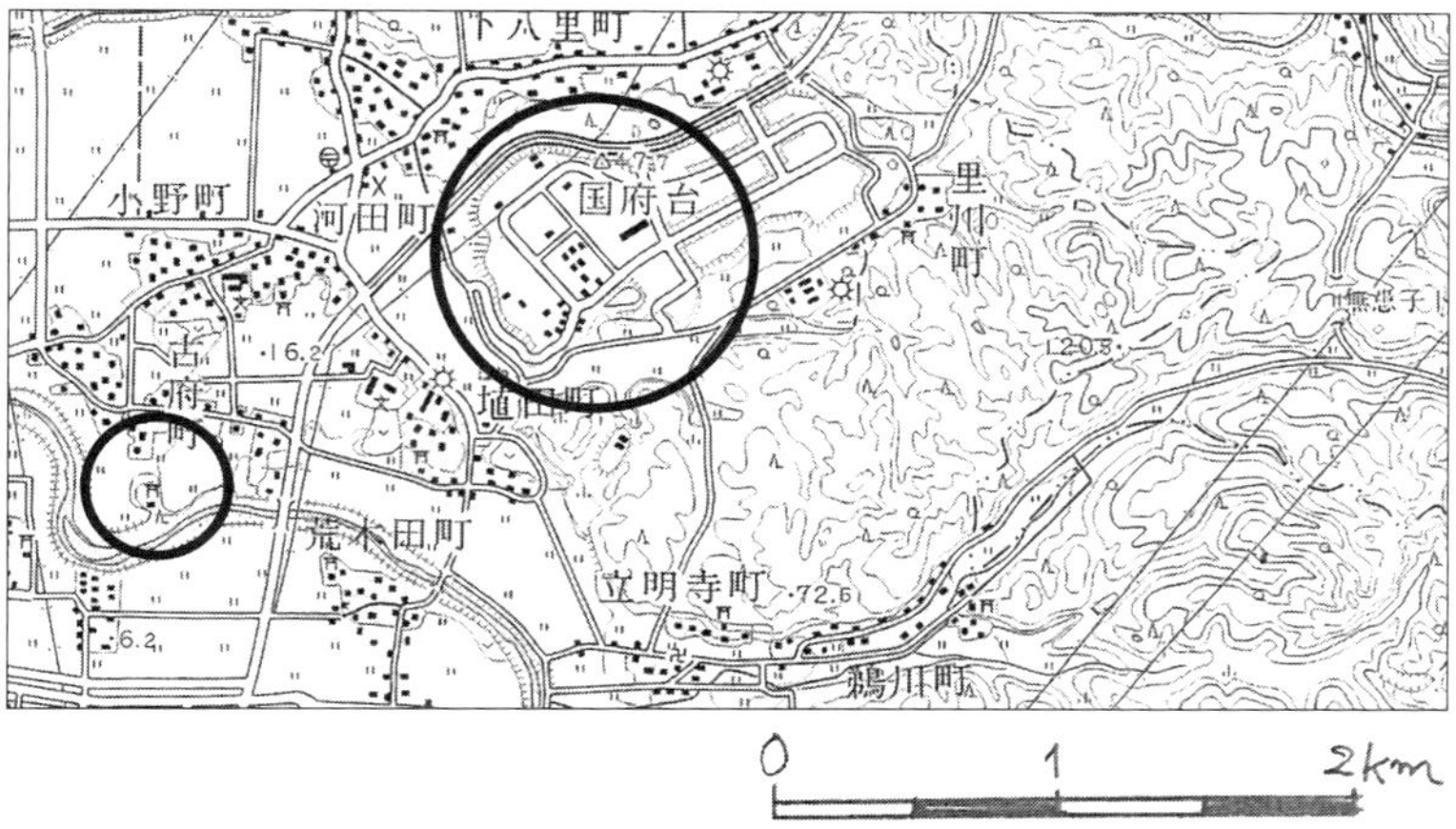

1／5万 鶴来

（メモ）

①国府台が加賀国国府跡推定地。この地が加賀国府・加賀国分寺等の有力推定地という。しかし、確証的遺跡の検出はない。

②加賀国の立国について『日本紀略』淳和天皇紀弘仁一四（八二三）年三月一日条に、

割越前国江沼加賀二郡。為加賀国。以部内潤遠。民人愁苦也。是日。任官。

とある。また、同書、同年六月四日条に、

加賀国江沼郡管郷十三。駅四。割五郷二駅。更建一郡。号能美郡。加賀郡管郷十六。駅四。割八郷一駅。更建一郡。号石川郡。以地広人多也。

等とある。

③古府町、梯川に架かる荒木田大橋の西四～五百mの右岸に石部《いそべ》神社が鎮座する。祭神は櫛日方別命『延喜式神名帳』加賀国能美《ノミノ》郡石部《イソヘノ》神社。由緒は国府の南に位置するので府南社。後世舟見と誤り、社殿も舟見山と呼ばれた。府南の総社と称せられ、国司の崇敬社であった。

④古府町の北西約一里の地に高堂《たかんどう》遺跡がある。ここから奈良・平安時代の建物群、「金光明最勝王経四天王護国品」と記した木簡等が出土。

⑤国府台一帯には十九堂山《じゅうくどうやま》遺跡・古府シマ遺跡・古府遺跡、前方後円墳二基・前方後方墳一基を含む六二基の古墳のある河田山古墳群等がある。

一七八　川島

石川県鳳至郡穴水町川島

関係地図　1／20万 七尾　1／5万 穴水

251

かはしま

しのびてものいひ侍りける女の、つねに心ざしなしとゑんじければ、つかはしける

・君にのみしたのおもひはかはしまの水の心はあさからなくに　従三位季行　⑦千載集　八六五

（参考）あひ見ては心ひとつをかはしまの水のながれてたえじとぞ思ふ　業平朝臣　続後撰集　八三七

（参考）わするなよさすが契をかはしまにへだつるとしの波はこゆとも　権大僧都堯孝　新続古集　一二一六

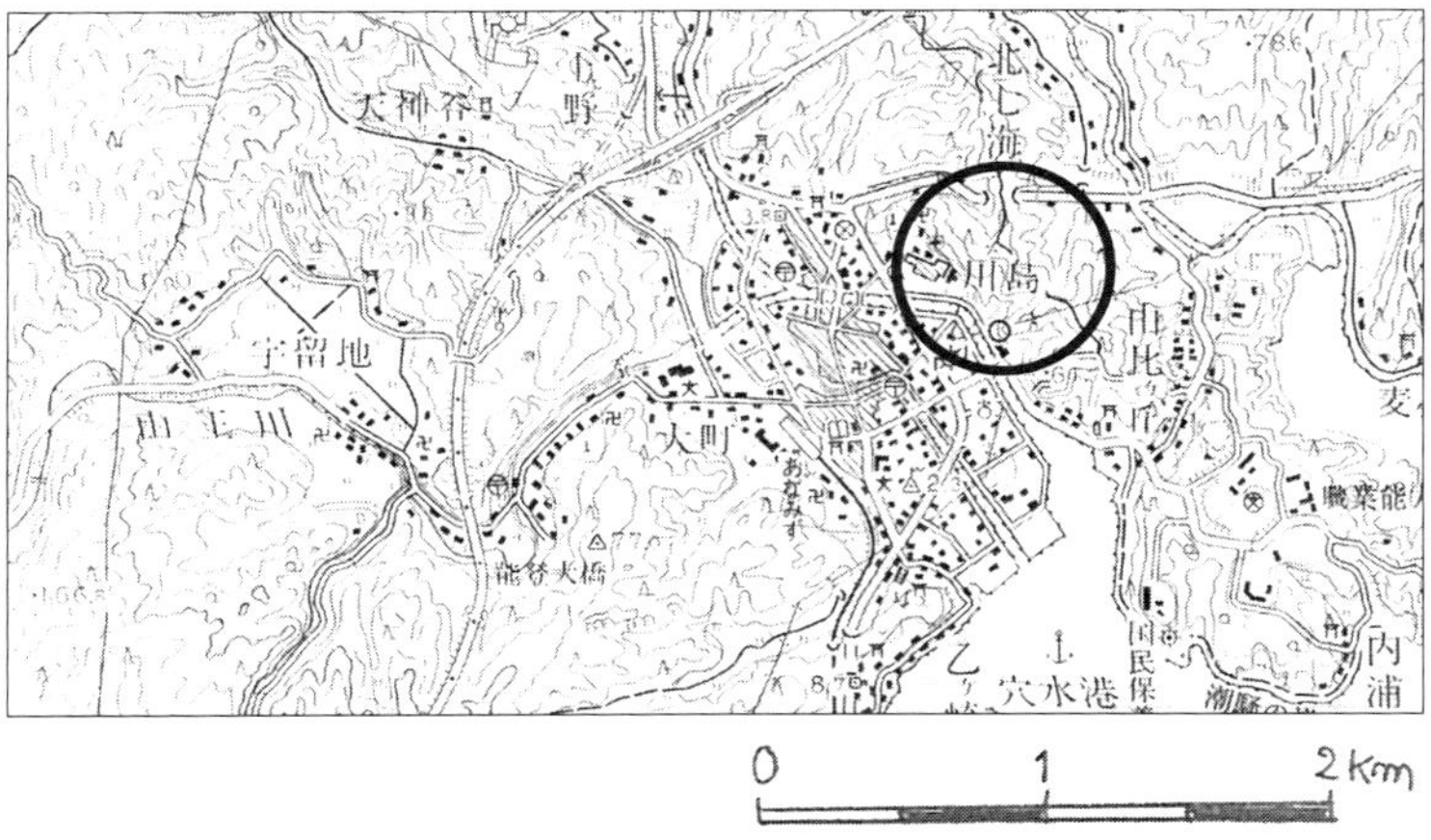

1／5万 穴水

（メモ）

①石川県鳳珠郡穴水町の穴水港には北から小又川、北西から天神川、西から山王川が流入していた。今日は天神川と山王川とも併せて真名井川として穴水港に注ぐ。以上三河川は水とともに土砂も流入するので島・三角洲を形成する。現在、穴水町大字川島は真名井川の北東側であるが、南西側の低湿地も川島である。

②穴水町は『延喜式神名帳』鳳至郡であった。旧郡内九社のうち穴水町に四社鎮座する。

③美麻奈比古神社（字川島）　祭神は美麻奈比古神　美麻奈比咩神　往古より穴水郷三六ヶ村の氏神。

④諸橋稲荷神社（六郷大社）・神目伊豆伎比古神社（字前波）　諸橋六郷の惣社。

⑤辺津比咩神社（字大町）　祭神田心姫命　湍津姫命　市杵島姫命　由緒。祭神は道主貴。正殿の下に神秘な石柱あり。九月の奉燈祭にキリコの供奉がある。

一七九　篠原町

石川県加賀市篠原町

関係地図　1／20万 金沢　1／5万 小松　1／2.5万 小松

395

しの原

和歌所歌合に、羇中暮といふ事を

・古郷も秋はゆふべをかなみとて風のみおくるをののしのはら　皇太后宮大夫俊成女　⑧新古今集　九五七

・世中はうきふししばししのはらやたびにしあればいもゆめにみゆ　皇太后宮大夫俊成　⑧新古今集　九七六

1／2.5万　小松

（メモ）

①『牧野日本植物図鑑』に、篠竹は「すずたけ」で、多くは樹木の下草となって一面に密集繁茂しているとある。

②『和名抄』加賀国江沼郡九郷中に竹原郷があり、篠原は「竹原郷」か。

③加賀市と小松市に日本海沿岸にそって発達する海岸砂丘の東側に潟湖が出来、後に今江潟・柴山潟・木場潟の江沼三湖に三分された。今日、今江潟は全部干拓され、残った二潟は縮小されたが現存する。この江沼三湖の一帯が「竹原郷」であったのであろう。

④加賀市篠原町の篠原神社の南西方約二百mの地の真竹が明治九年に突然変異を起こし、緑色の幹に黄金色の筋が節毎に表裏交互につく品種となり、金明竹（国天然）と命名された。

⑤『平家物語』巻第七「篠原合戦」の場である。寿永二（一一八三）年、五月一二日倶利伽羅合戦後の五月二一日、ここで再び合戦するが平家軍は敗走。その中でこの戦いを今生最後の戦いと思い、髪まで染めて参戦した約七〇歳の老兵長井斎藤別当実盛ただ一騎で引き返し、木曽義仲軍と戦い戦死。首実検のための「実盛の首洗池」や「実盛塚」がある。古戦場は篠原神社一帯。

一八〇　高田の山推定地

石川県七尾市中島町横田

関係地図　1／20万 七尾　1／5万 七尾

470

たか田の山

・なけやなけたか田の山の郭公このさみだれにこゑなをしみそ　よみ人しらず　③拾遺集　一一七

（参考）せきとめてせがゐの水にたねまきしたかたのやまはさなへとるなり　正二位忠宗卿　夫木抄　二五五八

（参考）雨の下かくこそは見めかへはらやたかだのむらはへぬとしぞなき　前中納言匡房卿　夫木抄　一四八三五

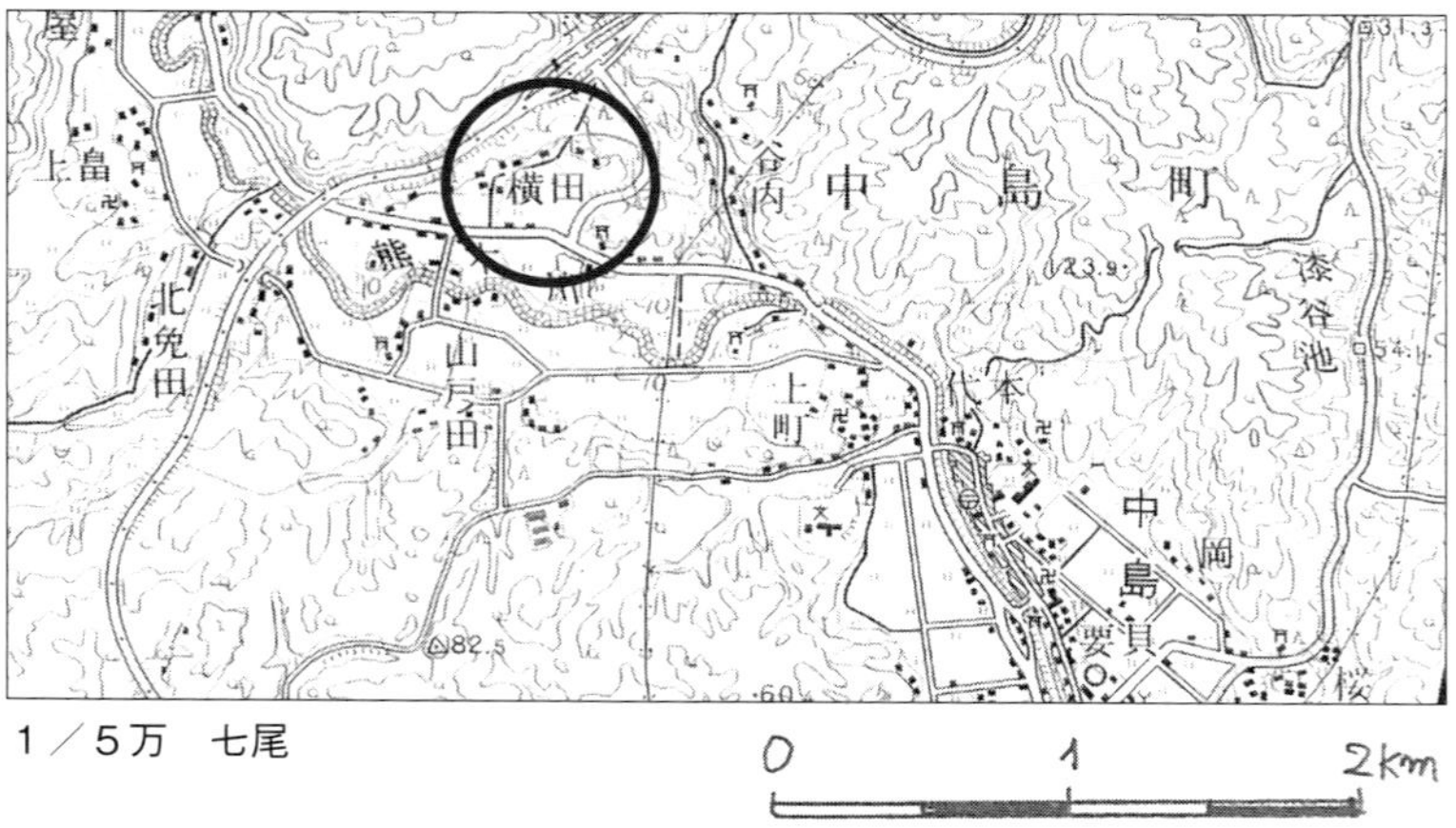

1／5万　七尾

（メモ）

①『和名抄』能登国能登郡熊来郷。『万葉集』に、能登の郡にして香島の津より舟を発し、熊来の村をさして往く時の歌、

香島より　熊来をさして　漕ぐ舟の　楫《かぢ》取る間なく　都し思ほゆ　大伴家持　四〇二七

がある。

②鎌倉時代は能登国鹿島郡熊来荘本郷であった。『藤津比古神社文書』の貞応三（一二二四）年一〇月一日の熊木荘立券状案に「高田里」があり「不作田二町八反四」とあるという。

③藤津比古神社は『延喜式神名帳』能登国羽咋郡一四座中にある。七尾市中島町藤瀬に鎮座。祭神は藤津比古神　熊野速玉神。景行帝の御世の鎮座。治承年間に熊野権現と習合せられたと。

④同じく神名帳の久麻加夫都阿良加志比古神社が中島町宮前に鎮座。祭神は都奴賀阿良斯止神、阿良期止神。

⑤中島町横田は初め「高田」であったが北に藤津社、南に久麻加夫都社の鎮座により、両鎮守の横の田、「横田」になったのであろう。

一八一　高田町

石川県七尾市高田町

関係地図　1／20万 七尾　1／5万 七尾

470

たか田の山

・なけやなけたか田の山の郭公このさみだれにこゑなをしみそ　よみ人しらず

③拾遺集　一一七

（参考）せきとめてせがゐの水にたねまきしたかたのやまはさなへとるなり　正二位忠宗卿　夫木抄　二五五八

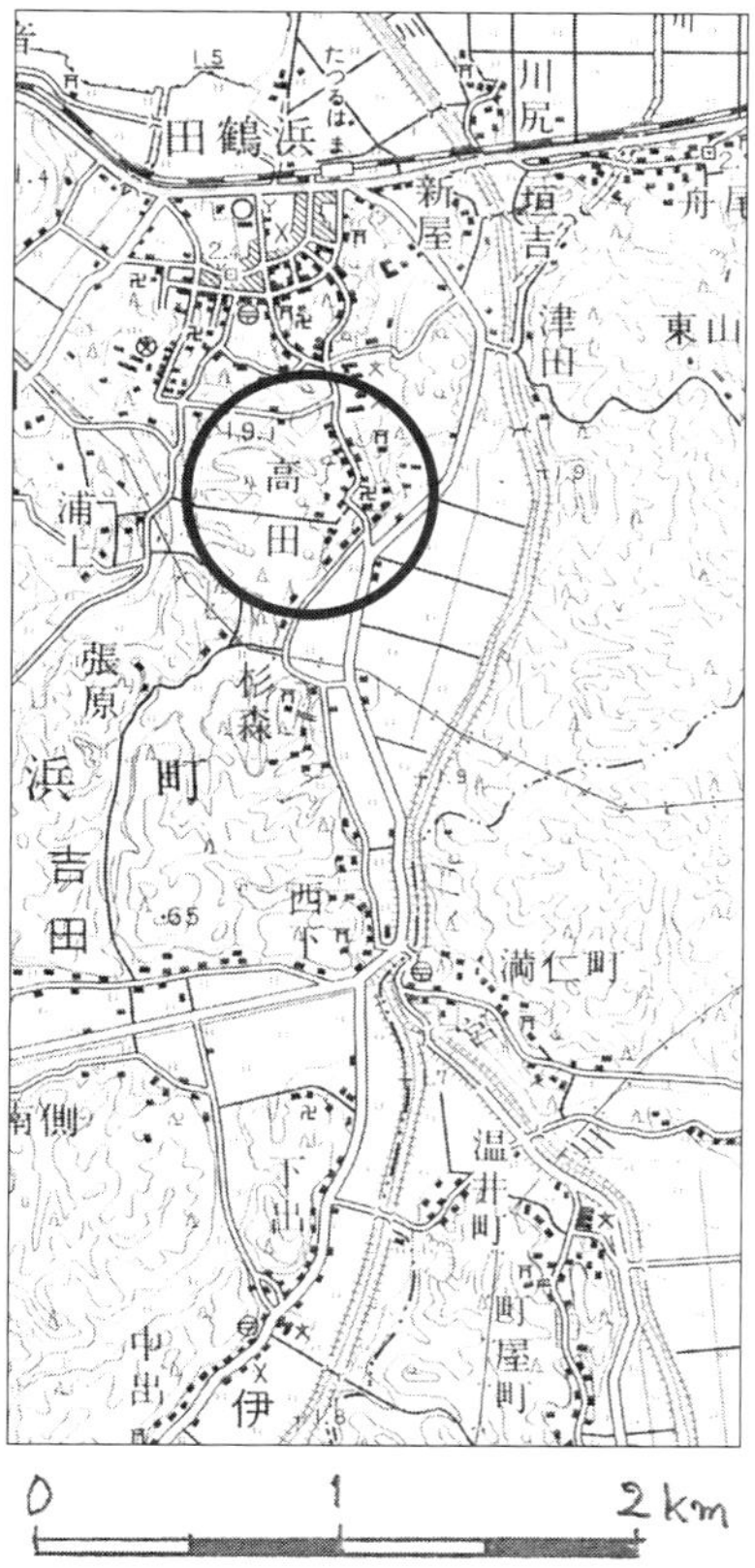

1／5万　七尾

（メモ）

①七尾市高田町を含めた周辺に、中世の能登国の高田氏の館跡と伝える地がある。この一帯は鎌倉時代から見える「高田保」で承久三（一二二一）年九月の能登国田数注文に「公田数二町六反九（本ハ五町一反）」と見えると。田鶴浜・高田・杉森・川尻・新屋・垣吉・下の七ヶ村が高田保であったという。

②七尾市所口町ハ部に能登生国玉比古神社（気多本宮）が鎮座する。延喜式内社。第八代孝元天皇の御創建に係るという。第一〇代崇神天皇が当社祭神の分霊を羽咋竹津浦、現在の羽咋市寺家町に勧請し気多神社と称し、当社を気多本宮と称した。前田利家は当社を字明神野へ遷し、社殿を造営したと。

③『延喜式神名帳』能登郡に伊夜比咩神社がある。また同書越後国蒲原郡に名神大社伊夜比古神社があり、両社は対か。伊夜比咩神社は能登島町向田《こうだ》に鎮座。祭神は大屋津姫命。

④和倉温泉は大同年間の発見。はじめ海底で温泉が涌出していたので「涌浦」。後「和倉」となったという。

一八二　能登国府跡

石川県七尾市古府《ふるこ》町

関係地図　1／20万 七尾　1／5万 七尾

623

のと

通宗朝臣のとのかみにてはべりけるとき国にてうたあはせし侍けるによめる

・山ざくらしらくもにのみまがへばやはるの心のそらになるらん　源縁法師

④後拾遺集　一一二

（参考）のとのうみに　つりするあまの　いざりひの　ひかりにいませ　つきまちがてり　万葉集　三一六九

（参考）とぶさたて　ふなぎきるといふ　のとのしまやま　けふみれば　こだちしげしも　いくよかむびぞ　大伴宿祢家持　旋頭歌　万葉集　四〇二六

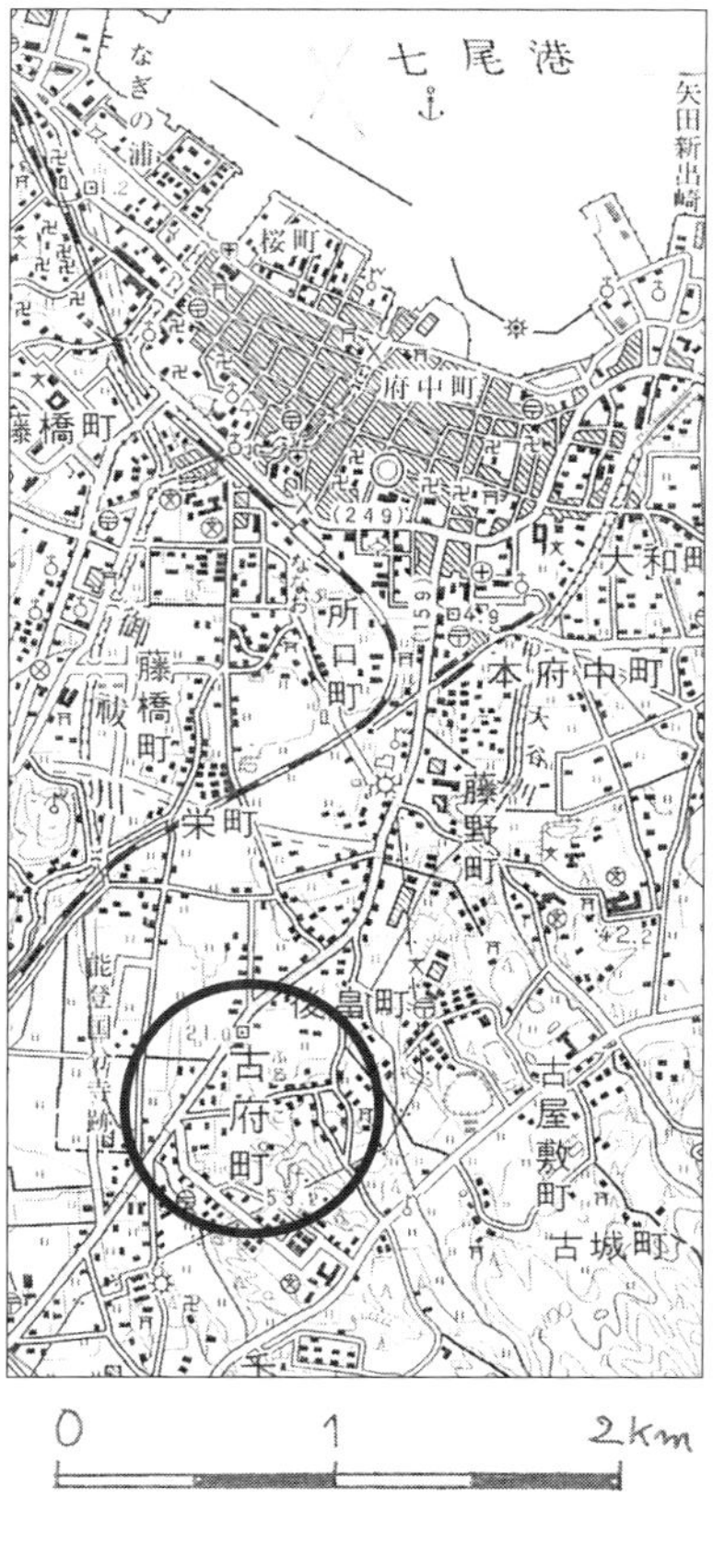

1／5万　七尾

（メモ）

①『日本書紀』斉明天皇六（六六〇）年三月条に

時に能登臣馬身龍《のとのおみまむたつ》、敵《あた》の為に殺されぬ。

とある。

②『続日本紀』養老二（七一八）年五月二日条に、

越前国の羽咋《はくひ》・能登・鳳至《ふげし》・珠洲《すず》の四郡を割き《さ》て始めて能登国置く。

とある。しかし天平一三年廃国され越中国に併合。天平勝宝九年に復活した。

③国府は能登臣の根拠地香島津（七尾港）に設けられたが、国庁そのものは確認されていないという。

一八三　白山　石川県、岐阜県

関係地図　1／20万 金沢　1／5万 白山

337　こしの白山

加賀のかみにて侍りける時、しら山にまうでたるをおもひいでて、日吉の客人の宮にてよみ侍りける

・としふともこしの白山わすれずはかしらのゆきをあはれともみよ　左京大夫顕輔　⑧新古今集　一九一二

335　こしぢのしら山

女につかはしける

・いとはれてかへりこしぢのしら山はいらぬに迷ふ物にぞ有りける　源よしの朝臣　②後撰集　一〇六三

1／20万　金沢

（メモ）

①白山は白山スーパー林道を北端としてもほぼ南北方向に約三〇kmも連っている。その盟主は標高二七〇二mの御前峰である。峰々から流れる水は越中の庄川、加賀の手取川、越前の九頭龍川、美濃の長良川の清流となりそこに住む人々の生命の水、農作物を生育させる水となる。よって、人々の命を守護する神、神体山として永く崇められてきた。加賀の里宮、白山比咩神社は崇神天皇の御世白山市船岡山に創祀。越前の里宮は九頭龍川の源に平泉寺《ひらしみずじ》白山神社。濃尾の里宮は長良川の源、美濃馬場長滝白山神社。

②白山火山は加賀室・古白山・新火山の三つの成層火山と、火砕丘のうぐいひ平火山で構成されている。（表紙裏写真⑩参照）

一八四　宝達川橋　石川県羽咋郡宝達志水町《ほうだつしみず》小川

関係地図　1／20万 七尾　1／5万 石動、津幡

849　をがはのはし

・つくしよりここまでくれどつともなしたちのをがはのはしのみぞある　在原業平朝臣　③拾遺集　三八一

（参考）みちのくのをがはのはしのあゆみ板の君しそむかばわれもそむかん　読人不知　夫木抄　九四一九

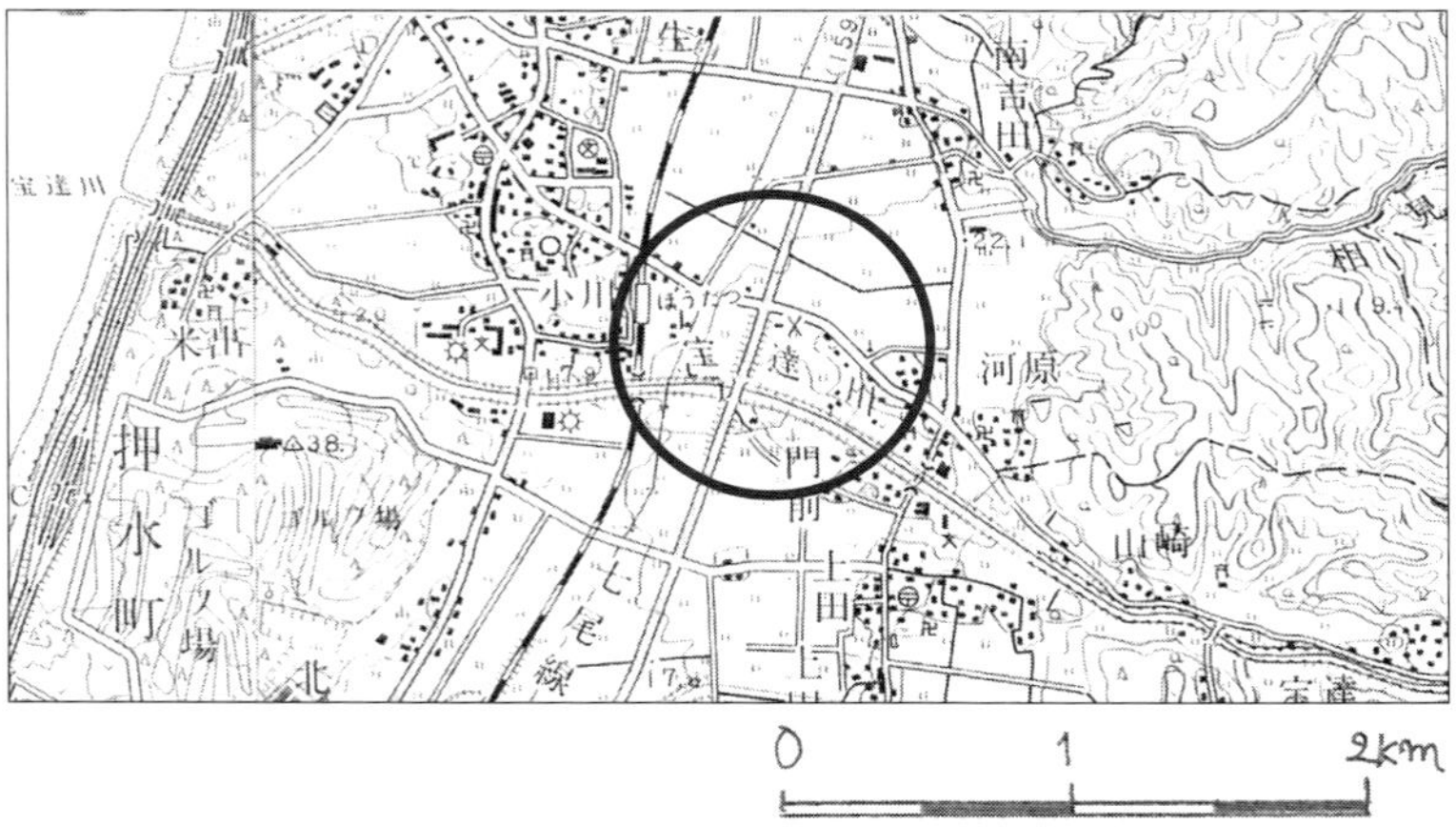

1／5万　津幡（左）・石動（右）

（メモ）

①能登国羽咋郡大泉《おおしみず》荘のうち。小川村にあった光専寺文書の天正四（一五七六）年六月の覚乗坊宛文書に、能登国から近江国に出奔していた前能登国守護の畠山義綱が、再度の入国作戦を開始するに当り、入国したあかつきには以前のように光専寺覚乗坊に大師号を寄進する約束している内容のものがあるという。

②小川集落内を流れる河川は宝達川である。宝達川の源に標高六三七mの宝達山がある。山頂に『延喜式神名帳』能登国羽咋郡一四座の一社、手速比咩神社が鎮座する。里宮の宝達神社が宝達志水町上田、同町東間《あずま》に手速比メ神社がある。

③宝達山《ほうだつさん》は飛騨帯宝達山花崗岩体よりなっている。この宝達山花崗岩体は南北約六km・東西約六kmであるが、正方形ではなく北東～南西方面にのびその長さは約八・五km。構成岩石は角閃石黒雲母花崗閃緑岩・トーナル岩・黒雲母花崗閃緑岩・細粒黒雲母花崗岩・アプライト質花崗岩である。北半部には片麻岩・角閃岩・結晶質石灰岩などの飛騨変成岩類や閃緑岩の小岩体が散在する。黒雲母花崗閃緑岩中の黒雲母の生成年代は一・七億年、中生代ジュラ紀である。などという。

一八五　青葉山《あおばさん》

福井県大飯郡高浜町神野・山中・高野

関係地図　1／20万　宮津　1／5万　丹後由良、小浜外

67

あをばの山

秋歌とてよみ侍りける

•ときはなるあをばの山も秋くれば色こそかへねさびしかりけり　前大僧正覚忠

⑦千載集　二七三

建久九年、大嘗会悠紀歌、青羽山

•たちよればすずしかりけり水鳥の青羽の山の松の夕かぜ　式部大輔光範

⑧新古今集　七五五

（参考）あきのつゆは　うつしにありけり　みづとりの　あをばのやまの　いろづくみれば　三原王　万葉集　一五四三

1／20万　宮津

（メモ）

①青葉山《あおばさん》、標高六九三m。山の西側から眺めると東・西二つの頂上が馬の耳のように見えるので馬耳山。東から望むと二つの峰が重なりピラミッド状に見えるので若狭富士と呼ばれる。

②航海のよき目標となる。白山を開いた泰澄大師は白山比咩神社の分霊を山頂に勧請。南東の中腹に真言宗中山寺、南西の中腹の京都府舞鶴市松尾に西国霊場第二九番札所の松尾寺がある。山頂に両寺、中山観音・松尾観音の奥院がある。

③青葉山を形成する岩石は、第三紀の終りの鮮新世に噴出した青葉山安山岩類で、主にカンラン石複輝石安山岩質の火砕岩類で溶岩をはさんでいる。山頂付近では岩石が露出し、また風化して奇岩怪石が多く、洞穴・鎖場・ハシゴ場がある。信仰登山の山であり中山口・高野口・今寺口・松尾寺口の登り口がある。

一八六　越前国府跡

福井県越前市（旧武生市）府中一丁目。越前市役所等一帯

関係地図　1／20万　岐阜　1／5万　鯖江

173

越前

兼綱朝臣めなくなりてのち越前になりてまかりくだりけるに装束つかはすとてよみはべりける

•ゆゆしさにつつめどあまるなみだかなかけじとおもふたびのころもに　源道成朝臣

④後拾遺集　五七八

越前守景理ゆふさりにこむといひておとせざりければよめる

•ゆふつゆをあさぢがうへとみしものをそでにおきてもあかしつるかな　大輔命婦

④後拾遺集　六八二

1／5万　鯖江

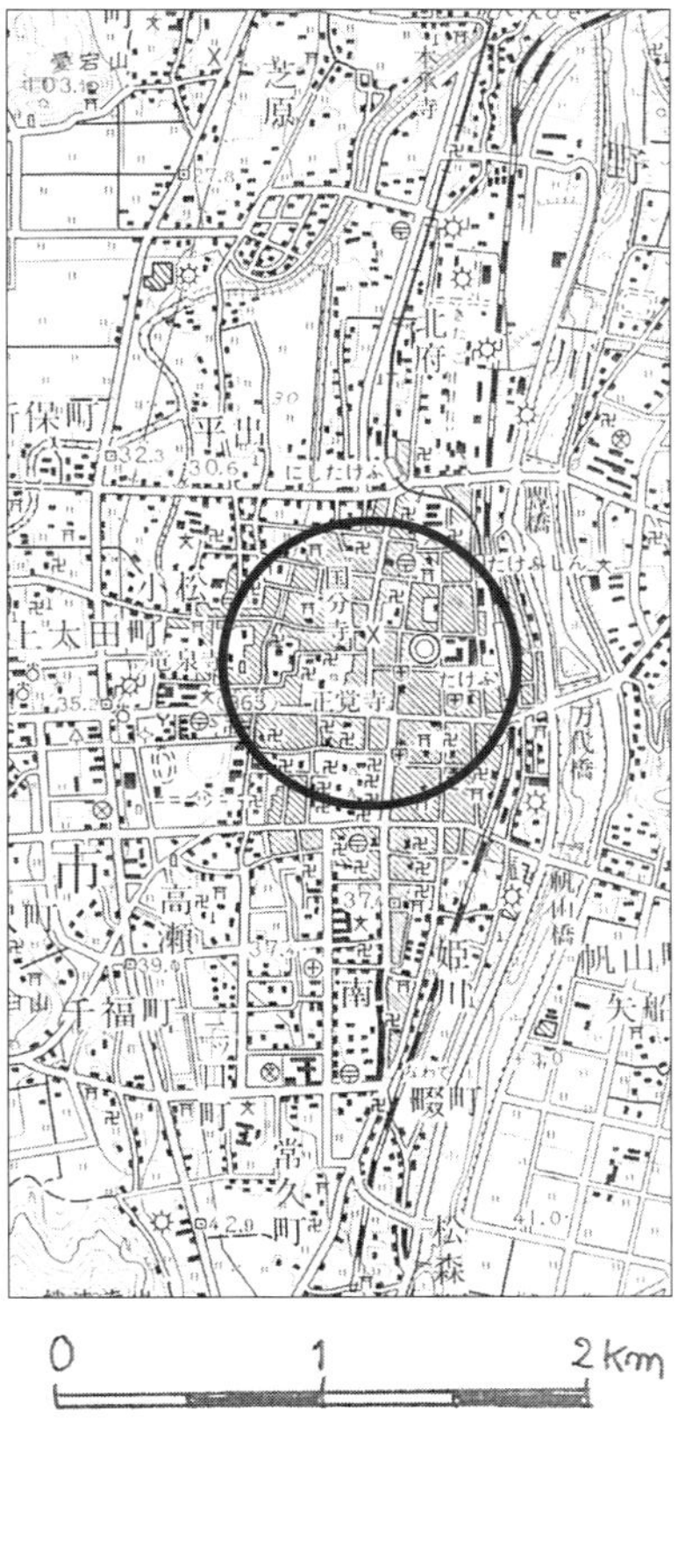

（メモ）

①越前国は現在の福井県東半部。西半部は旧若狭国。『国造本紀』の若狭国造の次に高志国造。三国国造・角鹿国造と続いている。これら三国造は一三代成務天皇の御世に阿閇臣、宗我臣、吉備臣の子孫を国造としたと。

②越前国の初見は『日本書紀』持統天皇六（六九二）年九月二一日条で

越前国司、白蛾《しろきひひる》（鵝鳥。又は白鳥か）献《たてまつ》れり

とある。この時の越前国には能登国や加賀国が含んでいた。能登国は『続日本紀』養老二（七一八）年五月二日条に

越前国の羽咋・能登・鳳至・珠洲の四郡を割きて始めて能登国を置く。

とある。また『日本紀略』弘仁一四（八二三）年三月一日条に、

割㆓越前国江沼加賀二郡㆒。為㆓加賀国㆒。

とある。

一八七　小川

福井県三方上中郡若狭町小川

関係地図　1／20万　宮津　1／5万　西津

849　をがはのはし

・つくしよりここまでくれどつともなしたちのをがはのはしのみぞある　業平朝臣　③拾遺集　三八一

（参考）みちのくのをがはのはしのあゆみ板の君しそむかばわれもそむかん　読人不知　夫木抄　九四一九

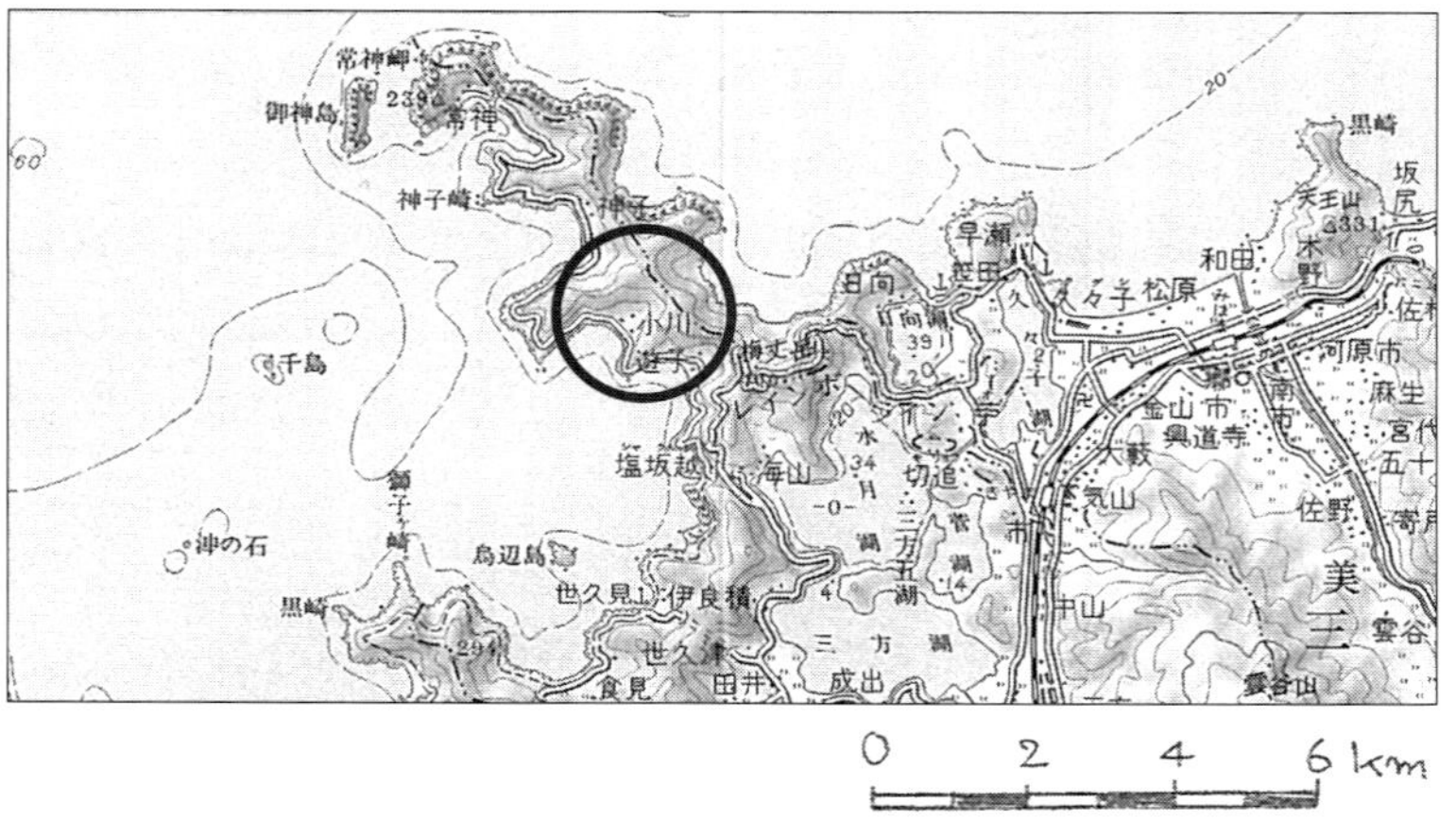

1／20万　宮津

（メモ）

①小川集落のある半島を常神半島という。直線距離約七kmの間に、塩坂越《しゃくし》・遊子《ゆうし》・小川・神子《みこ》・常神《つねかみ》の五集落が点在する。この常神半島は常に風浪浸食のため、海食崖が形成され、東半部は漁場に不適の故、集落はない。西半部といえど定住出来る土地が少ないので漁村は点在。

②『日本書紀』仲哀天皇二（一九三）年六月一〇日条に、

（神功）皇后、角鹿《つのが》（敦賀）より発《た》ち行《いでま》して、渟田門《ぬたのみなと》に到りて、船上に食す。時に海鯽《たひ》魚、多に船の傍《そば》に聚《あつま》れり。皇后、酒を以て鯽魚に灑《そそ》きたまふ。鯽魚、即ち醉ひて浮びぬ。時に、海《あ》人《ま》、多《さは》に其の魚を獲て歓《よろこ》びて曰はく、「聖王《たま》の所賞ふ魚なり」といふ。故、其の處の魚、六月に至りて、常に傾浮《あぎと》ふこと醉へるが如し。

とある。この最後の「常に」によって「常神」の名がついたか。

③『神名帳』若狭国三方郡に「常神《ツネノ》社」があり、現在も鎮座する。

④半島先端の常神集落の東《ひがし》氏家に「常神のソテツ」（国天然）がある。根元から八本に分かれ根回りは五・二m。目通り幹回り一・四五mを最大、一m以上五本。高さ五mをこすもの四本。最高は六m。

一八八　川島町

福井県鯖江市川島町

関係地図　1／20万　岐阜　1／5万　鯖江

251　かはしま

しのびてものいひ侍りける女の、つねに心ざしなしとゑんじければ、つかはしける

・君にのみしたのおもひはかはしまの水の心はあさからなくに　従三位季行　⑦千載集　八六五

（参考）あひ見ては心ひとつをかはしまの水のながれてたえじとぞ思ふ　業平朝臣　続後撰集　八三七

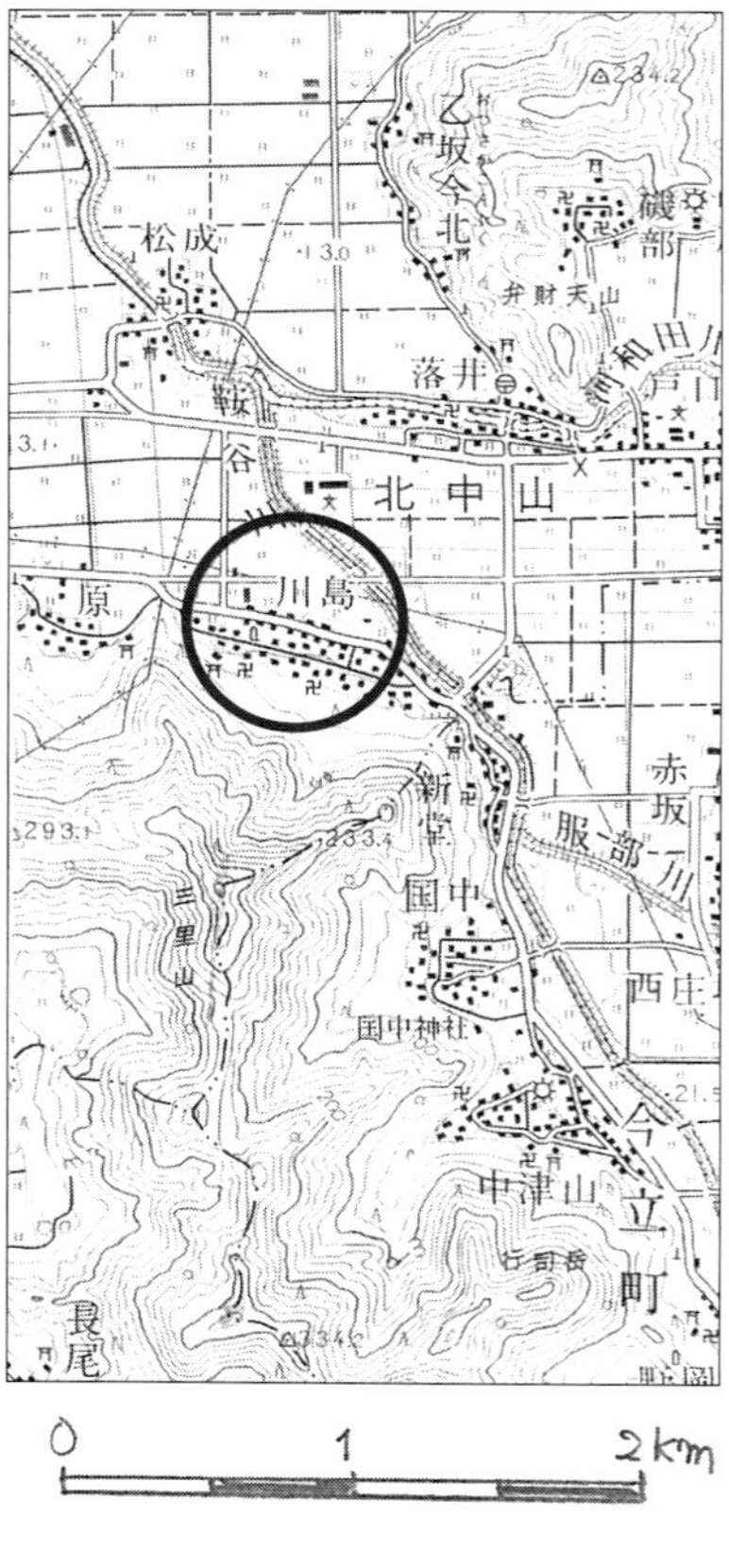

1／5万　鯖江

（メモ）

①『慶長国絵図』中に「河島村」があり、それは三里山の北東麓に位置し、村の中央部を鞍谷川が流れているという。

②三里山の山麓と北東麓の新堂に円墳や方形墳が八基もあり、中山古墳群、東山古墳群の名がある。

③『太平記』巻一九の「日野川原の激戦記」中に新田義貞方武将として、

川島左近蔵人惟頼は三百余騎にて三峰の城より馳せ来たり

とある。この惟頼は昔、延喜一五（九一五）年鎮守府将軍となった藤原利仁の子孫で、ここ三里山の南麓に住んでいたといい、その館跡があると。

④川島町の鎮守は『延喜式神名帳』今立郡の加多志波神社である。祭神は多加意加美神。

⑤隣接の国中町にも神名帳の国中神社が鎮座。祭神は越比古神　越比咩神　彦火火出見尊。越前国神名帳に従一位国中大明神とあると。

一八九　鞍骨川

福井県丹生郡越前町小川

関係地図　1／20万 金沢、岐阜　1／5万 福井、鯖江

849

をがはのはし

・つくしよりここまでくれどつともなしたちのをがはのはしのみぞある　業平朝臣

③拾遺集　三八一

（参考）みちのくのをがはのはしのあゆみ板の君しそむかばわれもそむかん　読人不知　夫木抄　九四一九

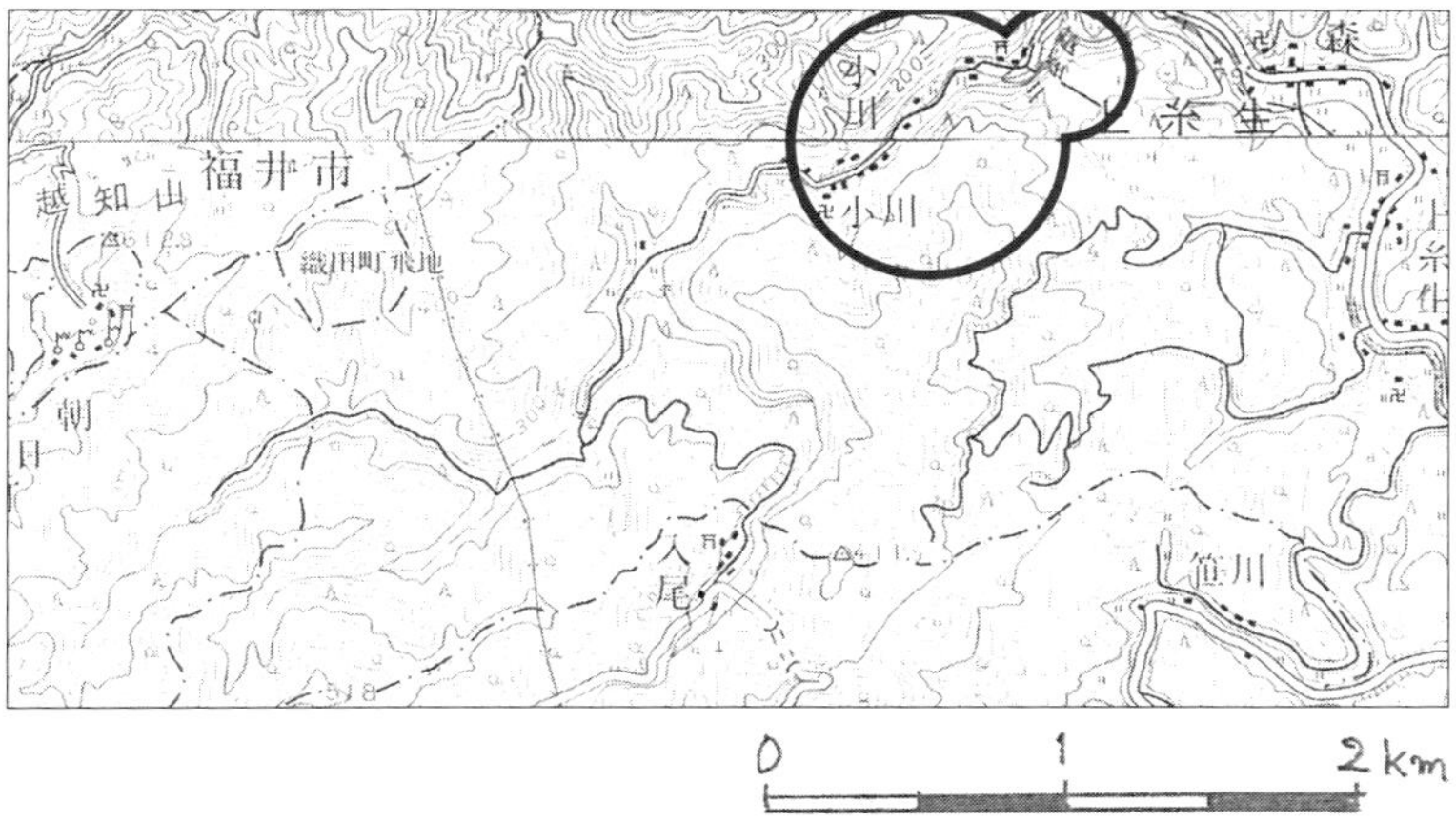

1／5万　福井(上)・鯖江(下)

（メモ）

①ここ越前町小川集落を東北東流する河川は鞍骨川である。鞍骨川の源は花立峠や標高六一二・八mの越知山《おちさん》、大谷寺・越知神社の付近である。この鞍骨川は標高五三二・四mのエボシ山を源にする笈松川を併せ、流れ、やがて天谷川と合流し越知川となる。

②小川集落は越知山への登山道であったので山岳信仰の遺跡が多く残っている。牛ヶ窪、独鈷水などの地名もある。

③小川集落内に慶円寺がある。古くは泰澄寺と称したが、親鸞聖人に帰依して浄土真宗に改宗。慶長一七（一六一二）年、寺号を慶円寺とした。

④越知神社（越前町大谷寺）　祭神は伊邪那美神　大山祇神　火産霊神。由緒は元正天皇の御代養老二（七一八）年泰澄の開創。古来当社、別山、奥の院、これを越知山三所大権現という。

⑤大谷寺　越知山修験の中心地で、泰澄大師が白山を開く前に修行した越知山の別当寺が大谷寺。平安時代末の白山三所権現本地仏、伝泰澄入寂廟塔の九重塔、三尊形式の泰澄大師・浄定《きよさだ》行者・臥《ふせり》行者坐像や泰澄由来の遺品があると。

一九〇　高田の山

福井県坂井市丸岡町上久米田一帯の山

関係地図　1／20万 金沢　1／5万 永平寺

470

たか田の山

・なけやなけたか田の山の郭公このさみだれにこゑなをしみそ　よみ人しらず

③拾遺集　一一七

（参考）せきとめてせがゐの水にたねまきしたかたのやまはさなへとるなり　正二位忠宗卿　夫木抄　二五五八

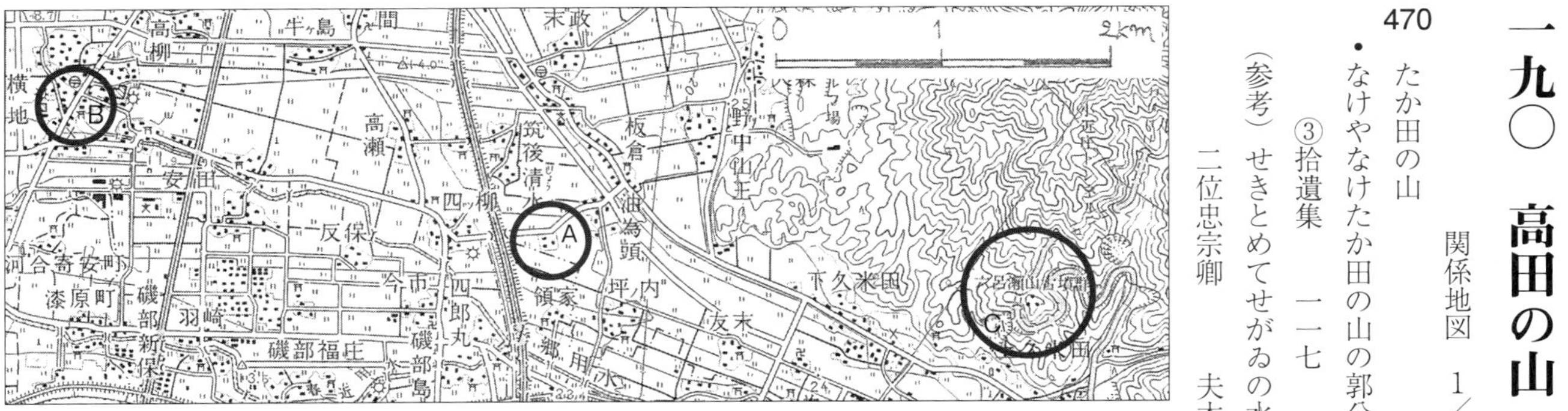

1／5万　永平寺　A 高向神社　B 布久漏神社　C 六呂瀬山古墳群

（メモ）

①この地は『和名抄』越前国坂井郡高向《たかむく》郷である。そして第二六代継体天皇の母振媛一族の地である。即位前の継体天皇が幼・少・青・壮の五七年間お過ごしになった地である。その高向郷の山が単に「タカタ」の山と呼ばれたであろう。

②現在の坂井市丸岡町高田に『延喜式神名帳』の高向神社、丸岡町北横地に布久漏《ふくろ》神社が鎮座する。高向神社は即位前の継体天皇や振媛一族のお過ごしの地であろう。布久漏神社の地は継体天皇の円媛皇女が住まわれ、遠祖応神天皇・神功皇后の二柱の霊を鎮祭された所という。

③継体天皇は第一五代応神天皇五世の孫、父は彦主人王《ひこうしのおほきみ》。母は第一一代垂仁天皇七世の孫。坂井郡三国から振媛を近江国三尾郷に迎えご結婚。まもなく継体天皇ご誕生。天皇未だ幼年なのに父王の死去。振媛は天皇をここ高向郷でご養育。天皇五七歳の時、第二五代武烈天皇が崩御。御子がなかったので大伴金村大連《おおむらじ》の提案で「性慈仁孝順」な継体天皇にと。

④六呂瀬山古墳群の一号墳は全長一四〇m、三号墳は全長八五m。ともに前方後円墳。

一九一　玉江跡推定地

福井県福井市旧花堂《はなんどう》

関係地図　1／20万 金沢、岐阜　1／5万 福井、鯖江

495

玉江

　ひとびとあまたしりて侍りける女のもとに、友だちのもとより、このごろは思定めたるなめり、たのもしき事なりと、たはぶれおこせて侍りければ

・玉江こぐあしかりを舟さしわけて誰をたれとか我は定めん　　よみ人しらず

　②後撰集　一二五一

・なつかりのたまえのあしをふみしだきむれゐるとりのたつそらぞなき　　源重之

　④後拾遺集　二一九

　崇徳院に百首歌たてまつりける時、はるごまのうたとてよめる

・みごもりにあしのわかばやもえぬらん玉江のぬまをあさる春ごま　　藤原清輔朝臣

　⑦千載集　三五

（参考）夏ふかく玉江にしげる蘆の菜のそよぐや舟のかよふなるらん　　法性寺入道前太政大臣

　続詞花集　一四三

（メモ）

①松尾芭蕉『おくのほそ道』に
　漸《やうやう》白根が嶽（白山）かくれて比那が嵩《だけ》（日野山）あらはる。あさむづ（浅水川）の橋をわたりて、玉江の蘆は穂に出《いで》にけり

とある。

②歌名勝の「玉江」は『越藩拾遺録』に
　花堂村南端にある石橋

とあり、現在、狐川に架かる「玉の江二の橋」付近で、芭蕉はこの付近の川辺の蘆を愛でたものという。

③芭蕉『ひるねの種』に
　月見せよ玉江の蘆を刈《から》ぬ先

とある。

④謡曲『山姥』の一節に、
　都を出でてさざ波や、志賀の浦舟こがれ行《ゆ》く、末は有乳の山越えて、袖に露散る玉江の橋、かけて末ある越路の旅、思ひやるこそ、遙かなれ。

とある。

⑤旧花堂《はなんどう》村は現在の花堂一～二、花堂中一～二、花堂南一～二、花堂北一の広い範囲である。村名の由来は福井、北ノ庄城下の端に位置したので「端道」の意という。

⑥この地の北には足羽山が南東方向から北西方向に流れている。西には南から日野川が北流し、志津川を併せて北流し、先づ足羽川に注ぎ、その足羽川が更に九頭龍川に注ぎ日本海に流入する。

⑦花堂各町内や月見町・大島町内等には狐川・江端川・朝六川・高橋川などの小河川がある。以上のような多くの河川が天然自然の状態の時代には、あちらこちらに数多くの湖沼や湿地の存在が想像される。それらにヨシ・マコモ・アヤメ・キショウブ・コウホネなどが、それぞれ季節に花を咲かせていたであろう。そこが河川であったり入江であれば、「玉江」であった。

⑧花堂の北に標高一一六・五ｍの足羽山、その南に標高一二〇ｍの八幡山、その東に兎越山《おさごえやま》がある。これらを足羽三山と呼ぶ。いずれも新生代第三紀中新世地層で構成するが、足羽山は建材・墓石として加工しやすい緑色凝灰岩で、「笏谷《しゃくだに》石《いし》」の名で県内外に出荷される。

⑨足羽山の名は善住山、足羽神社馬来田山など。善住山は足羽神社祭神善住大明神。馬来田山は継体天皇の息女馬来田姫を斎宮にしたによると。

⑩足羽神社の祭神は継体天皇・生井神・福井神他。神名帳にあり。

⑪足羽三山に小山谷古墳・山頂古墳・龍ヶ岡古墳・稲荷山古墳・宝石山古墳・柄鏡塚古墳がある。舟形石棺や家形石棺、また木棺や多くの副葬品が出土している。

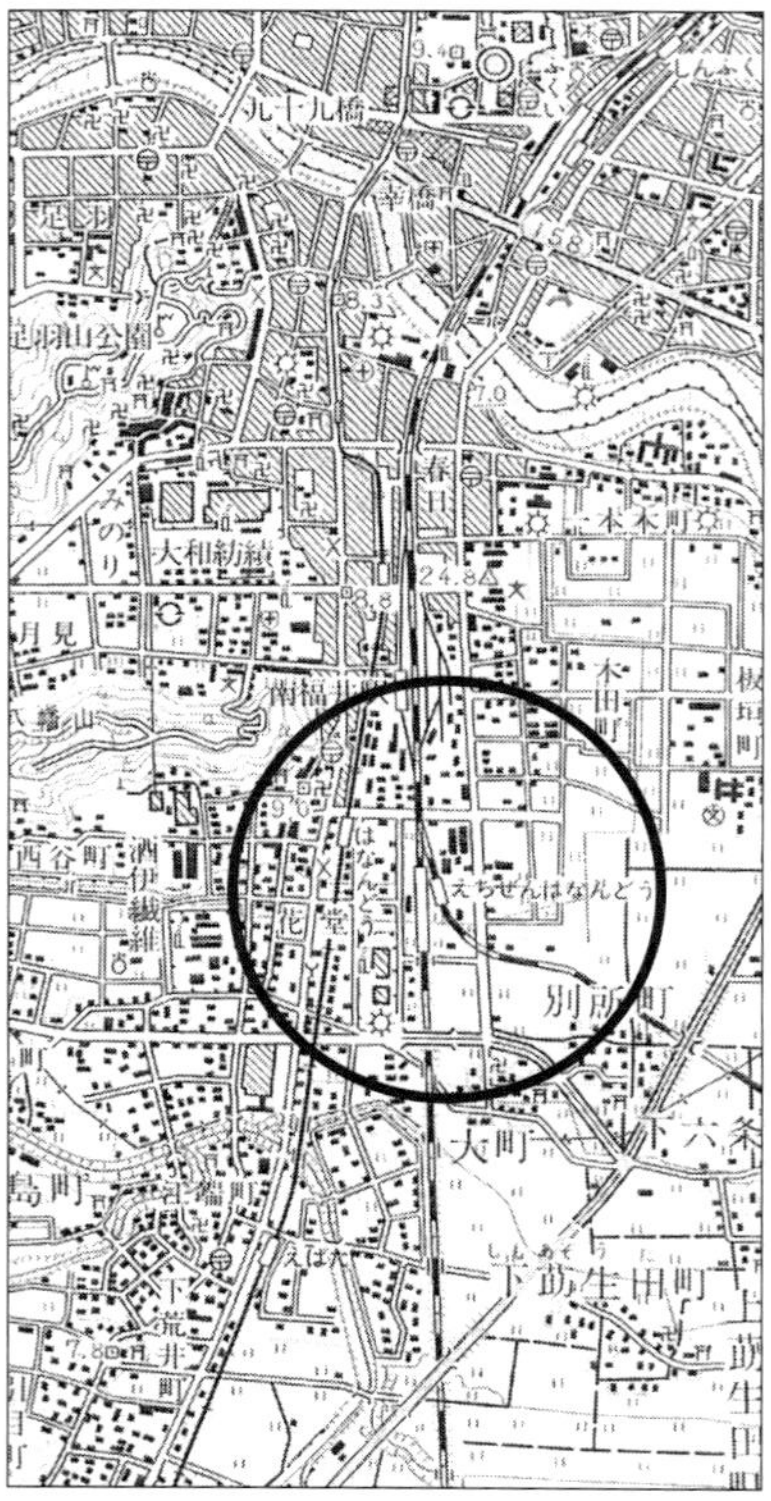

1／5万　福井

一九二　玉江跡推定地

福井県福井市浅水町・浅水二日町・浅水三ケ町等

関係地図　1／20万 金沢　1／5万 福井、鯖江

495　玉江

承暦二年内裏歌合にあやめをよめる　　春宮大夫公実

・たまえにやけふのあやめをひきつらんみがけるやどのつまにみゆるは　⑤金葉集　一三〇

守覚法親王家に、五十首歌よませ侍りける旅歌　　皇太后宮大夫俊成

・夏かりのあしのかりねもあはれなりまたえの月の明がたの空　⑧新古今集　九三二

（参考）なつかりの玉えの蘆をふみしだきむれゐる鳥のたつ空ぞなき　　古六帖　四三三四

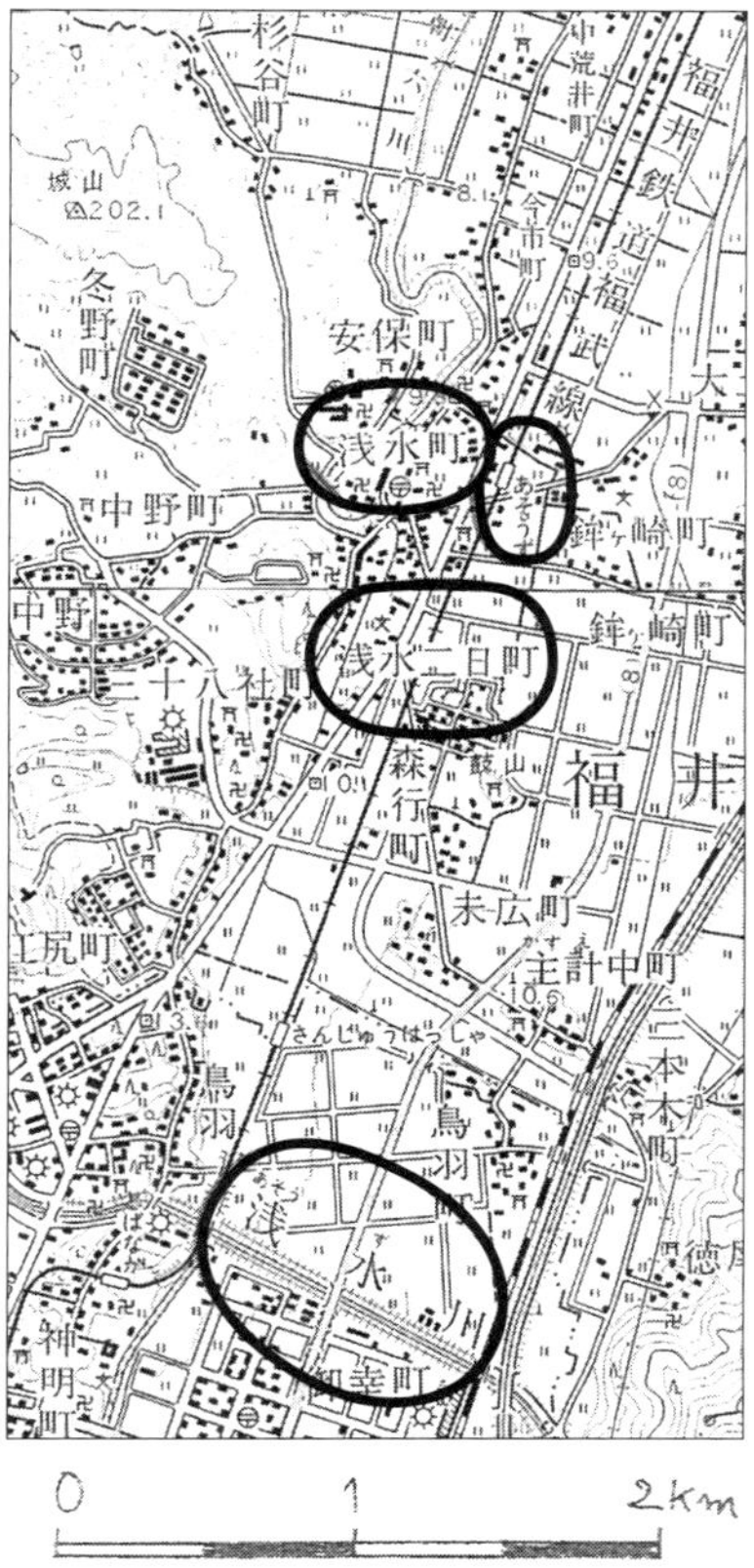

1／5万　福井(上)・鯖江(下)

（メモ）

①飯尾宗祇『名所方角抄』に

あさふ津と云所に江川有。是を玉江と云

とあると。

②福井市に浅水町《あそうず》・浅水二日町・浅水三ケ町がある。また、福井鉄道福武線には浅水駅がある。しかし現在の浅水川はずっと南方で約八〇度西折して流れ去り、この地を北流するのは朝六川である。これは、いつの時代にか水害対策のため流路変更工事のためである。朝六川が元浅水川であり、それがおくのほそ道の旅で芭蕉が渡った浅水橋である。

③福鉄泰澄の里近くに泰澄寺・鼓山・三十八社町などある。

一九三　玉川川

福井県丹生郡越前町血ケ平・玉川

関係地図　1／20万 宮津　1／5万 梅浦

496　たまがは

正子内親王のゑあはせし侍けるかねのさうしにかき侍ける　　相摸

・みわたせばなみのしがらみかけてけりうの花さけるたまがはのさと　④後拾遺集　一七五

卯花をよめる　　摂政左大臣

・うのはなのさかぬかきねはなけれどもなにながれたるたまがはのさと　⑤金葉集　一〇一

（参考）しら波の音ばかりしてみえぬかな霧たちわたる玉川の里　　修理大夫顕季　新続古集　五四八

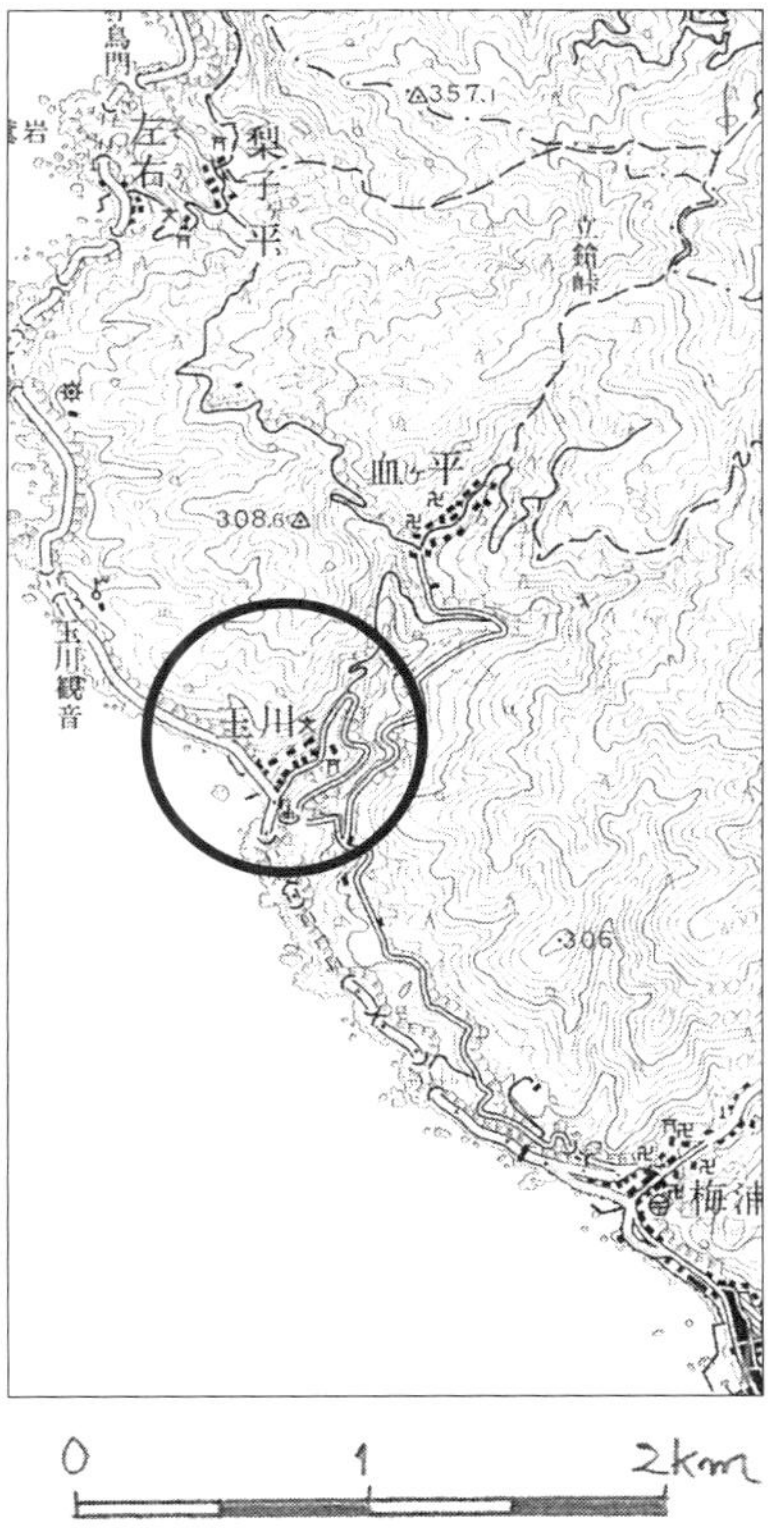

1／5万　梅浦

（メモ）

①玉川川は立鎗峠から血《ち》ケ平《だいら》集落を通り玉川漁港に注ぐ。この血ケ平村の名の由来を『越前志』（坂野二蔵）などに、

越前町織田の剱大明神（神名帳の剱神社。祭神は気比大神・素盞鳴大神・忍熊大神）が此所にて合戦をなさった時、血が玉となって流れたので玉川と云。

とあると。

②玉川浦は建暦二（一二一二）年文書に「越前気比宮政所作田所当米注進状」があり気比大社の社領であった。

③玉川観音は海食崖中の岩穴内に西面して坐している。この故に古来この地を越前御崎と呼ばれている。しかし近隣の者といえど拝した者はなし。是人作ノ不ㇾ及霊仏也といわしている。

一九四　敦賀湾　福井県敦賀市敦賀

関係地図　1／20万　岐阜　1／5万　敦賀

533

つるがの浦

あひしりて侍りける人の、あからさまにこしの国へまかりけるに、ぬさ心ざすとて

・我をのみ思ひつるがの浦ならばかへるの山はまどはざらまし　よみ人しらず

②後撰集　一三三五

（参考）角鹿の津で船に乗る時、笠朝臣金村が作る歌

・こしのうみの　つのがのはまゆ　おほぶねに　まかぢぬきおろし　いさなとり　うみぢにいでて　あへきつつ　わがこぎゆけば　ますらをの　たゆひがうらに　あまをとめ　しほやくけぶり　くさまくら　たびにしあれば　ひとりして　みるしるしなみ　わたつみの　てにまかしてある　たまたすき　かけてしのひつ　やまとしまねを　万葉集　三六六

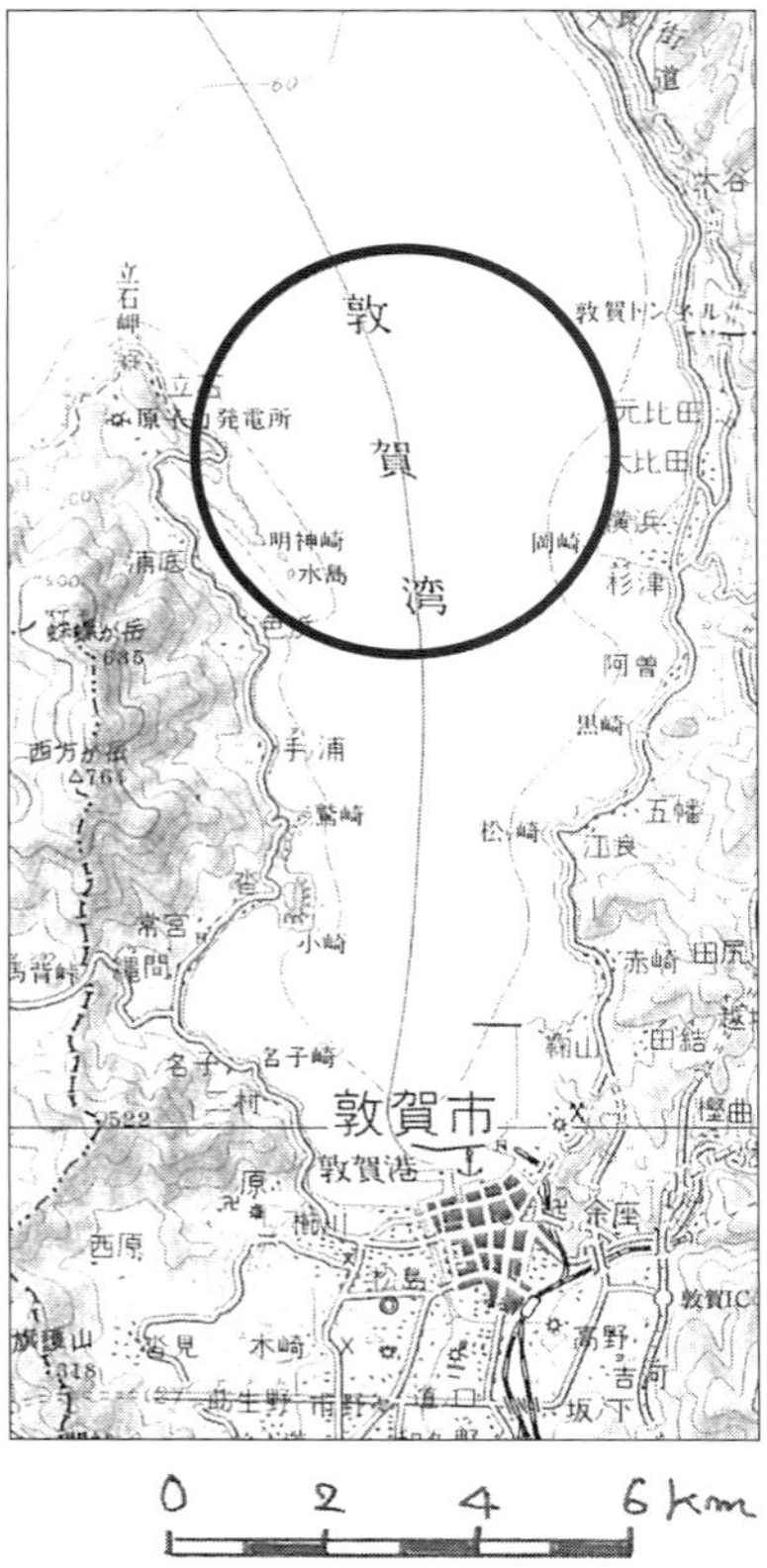

1／20万　岐阜

（メモ）

①『正倉院文書』天平勝宝七（七五五）年九月二六日の越前国雑物収納帳に「敦賀津定米七百三二石六斗九升」とあると。

②敦賀は京都や奈良と北陸地方とを結ぶ重要地点であった。『延喜式』には越前以北の北陸道六ヶ国の官物はすべて舟による海路で敦賀津に運び、そこから陸路で琵琶湖北岸の海津に運び、そこから舟で湖上を南下し大津へ。大津から京に運送していた。この経路は物資だけでなく、官人の通路でもあった。

一九五　乗鞍岳・岩籠山等　福井県敦賀市関（国有林）・滋賀県高島市

関係地図　1／20万　岐阜　1／5万　敦賀

57

あらちやま

をとこにつきてゐちうのくににまかりたりけるに、をとこのこころかはりてつねにはしたなめければ、みやこなるおやのもとへつかはしける

・うちたのむ人のこころはあらちやまこしぢくやしきたびにもあるかな　読人不知

⑤金葉集　五九六

（参考）やたののの　あさぢいろづく　あらちやま　みねのあわゆき　さむくふるらし　万葉集　二三三一

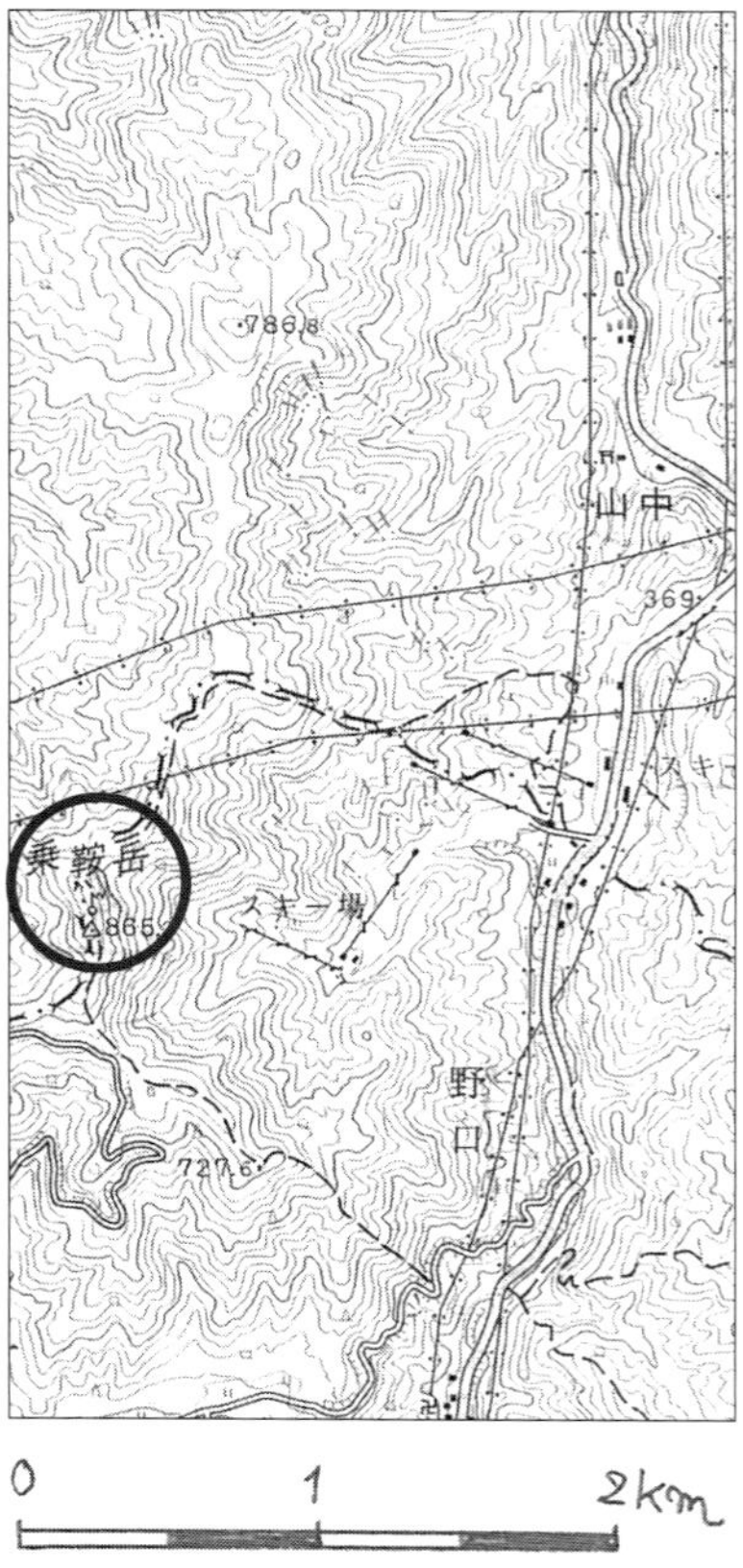

1／5万　敦賀

（メモ）

①『名蹟考』には「曳田と山中との間、西の方の山なり」とあるという。愛発山は有乳・荒血・荒道・荒茅等と書かれた。

②白山伝説に、白山の白山姫が志賀の唐崎明神と夫婦になって懐妊し、臨月が近づいたので里帰りのため有乳山に来た時に、山中で急に産気づき破水を流したので「荒血山」といったという。

③古代の山の街道は谷道より見晴らしが良く、雪崩なく吹留りのない尾根道であったという。西行に

あらち山さかしく下る谷もなくかじきの道をつくる白雪

がある。

④天智六（六六七）年愛発関が設置された。図中の山中村の南一七町に越前から近江に越える「七里半越之国境」、山中峠（愛発峠）がある。愛発山は標高七八六・八m岩籠山の南に連なる岩龍・鴈《かり》・乗鞍と続く「疋田八郷の山々」を称したという。

一九六　箱ケ岳

福井県三方上中郡若狭町堤

関係地図　1／20万 宮津　1／5万 熊川

526　つつみのたけ

・かがり火の所さだめず見えつるは流れつつのみたけばなりけり　紀輔時

③拾遺集　三八八

(参考)おとたかきつづみのやまのうちはへてたのしきみよとなるぞうれしき

藤原行盛　⑤金葉集　三一五

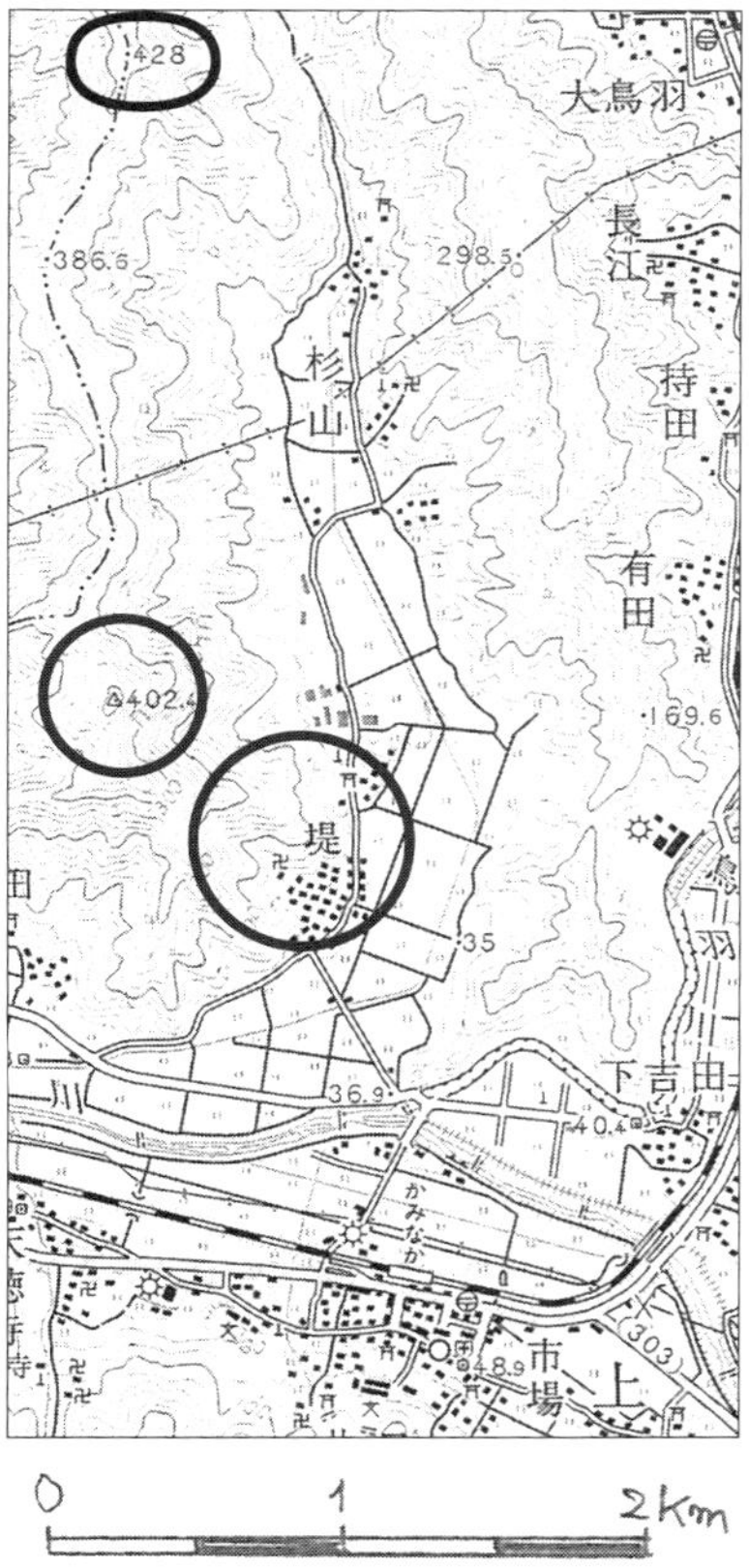

1／5万 熊川

(メモ)

①『群書四』若狭国守護職次第に、建久七(一一九六)年頃、若狭国守護となった若狭忠季が「津々見右衛門次郎」と。

②『東寺百合文書』文永二(一二六五)年一一月日付の若狭国惣田数帳案に

津々見保　三八町六反三五八歩

とあると。

③『角川福井県地名辞典』近世の堤村の神社として筥大明神(近代に波古神社)がある。当地で灌漑用溜池を板や丸木などで箱を組んで造成したものであろう。この溜池の上の山を箱ケ岳といった。それは四〇二・四m又は四二八m峰であろう。

④JR小浜線沿線の旧上中町に古墳が多くある。それを上中古墳群と言う。

⑤字脇袋地区に全長六七mの前方後円墳の西塚古墳、全長九〇mの前方後円墳の上ノ塚古墳、全長約六〇mあった中塚古墳。いずれも国史跡がある。

⑥字天徳寺地区に全長六七mの前方後円墳の十善の森古墳。

⑦字日笠地区に白鬚神社古墳・上船塚古墳・下船塚古墳、いずれも国史跡がある。

一九七　鉢伏山

福井県敦賀市、南条郡南越前町

関係地図　1／20万 岐阜　1／5万 今庄

102　いつはた

あひしりて侍りける人の、あからさまにこしの国へまかりけるに、ぬさ心ざすとて

・我をのみ思ひつるがの浦ならばかへるの山はまどはざらまし　よみ人しらず

②後撰集　一三三五

返し

・君をのみいつはたと思ひこしなればゆききの道ははるけからじを　よみ人しらず

②後撰集　一三三六

(参考)かきくらしこしのかた道ふる雪に五幡山をおもひこそやれ　藤原範綱

夫木抄　八一六八

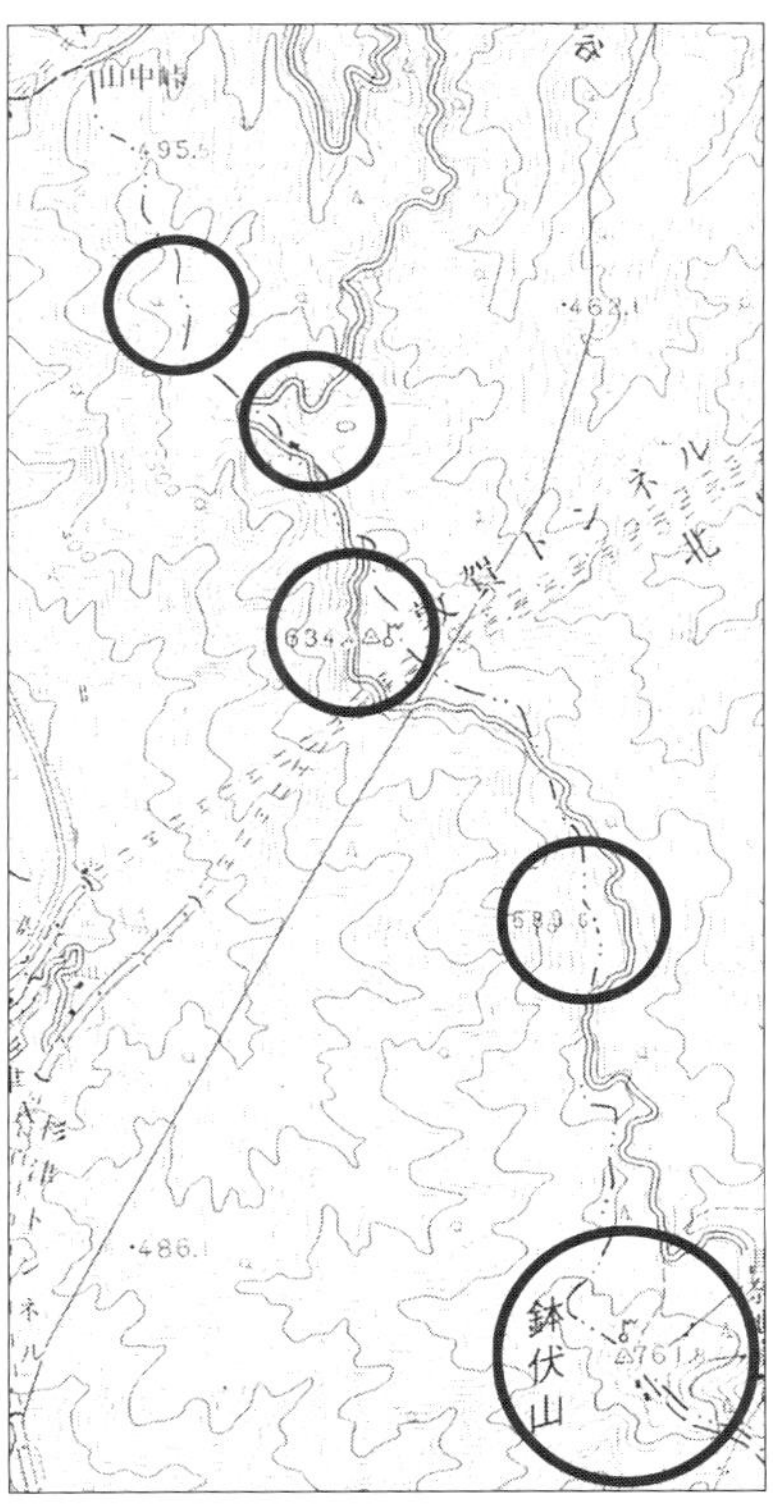

1／5 今庄

(メモ)

①山中峠から敦賀市と南越前町との分水嶺を旗指物《はたざしもの》を背負った勇者が南進する姿を連想するもの。それは五幡の坂(山中峠)から南に標高四九五・五m峰、五八〇m峰、六三四・四m峰、六八九・六m峰、そして電波塔のある鉢伏山の五つの峰。これらはほぼ一〜一・五km間隔である。敦賀市の延喜式名神大社気比神宮記に、「これら五つの峰に各一つ、合計五つの旗や幡がひるがえる。その所を五幡神と命名した」と。

②敦賀市五幡に『延喜式神名帳』の五幡神社が鎮座する。

一九八　八田《はった》

福井県丹生郡越前町八田

関係地図　1／20万　岐阜　1／5万　鯖江

796

やたの

・やたののにあさぢ色づくあらち山みねのあは雪さむくあるらし　人麿

⑧新古今集　六五七

（参考）やたののの　あさぢいろづく　あらちやま　みねのあわゆき　さむくふるらし　万葉集　二三三一

（参考）もののふのやたののすすきうちなびきをしかつまよぶ秋はきにけり　寂延法師　続後撰集　二八〇

（参考）吹く風のあらちのたかね雪さえてやたのかれのにあられふるなり　衣笠前内大臣　玉葉集　一〇一一

1／5万　鯖江

（メモ）

①越知川（現在日野川）に注ぐ和田川の流域には岩開・佐々生・蝉口・野・宇呂・八田・開谷等の集落があり、和田川流域が「八田野」であった。中世の織田荘内八田別所のうちの開谷・宇呂・北谷・水上で「八田村」を構成していた。寛元三（一二四五）年四月一七日の「公性譲状」に「八田別所」があるという。

②図中に蝉丸墓がある。田圃の中に径数mの築山があり、三基の宝篋印塔があり、一つをあの有名な蝉丸墓と伝える。蝉丸はこの地で病に倒れ、「死んだら七尾七谷の真ん中に埋めてくれ」と遺言したと。近くの舟場集落に蝉丸ケ池があり、池の底にクスノキ材製の丸木舟があるという。

一九九　三崎山

福井県丹生郡越前町大字織田小字堤

関係地図　1／20万　岐阜　1／5万　鯖江

526

つつみのたけ

・かがり火の所さだめず見えつるは流れつつのみたけばなりけり　紀輔時

③拾遺集　三八八

（参考）おとたかきつづみのやまのうちはへてたのしきみよとなるぞうれしき　藤原行盛　⑤金葉集　三一五

1／5万　鯖江

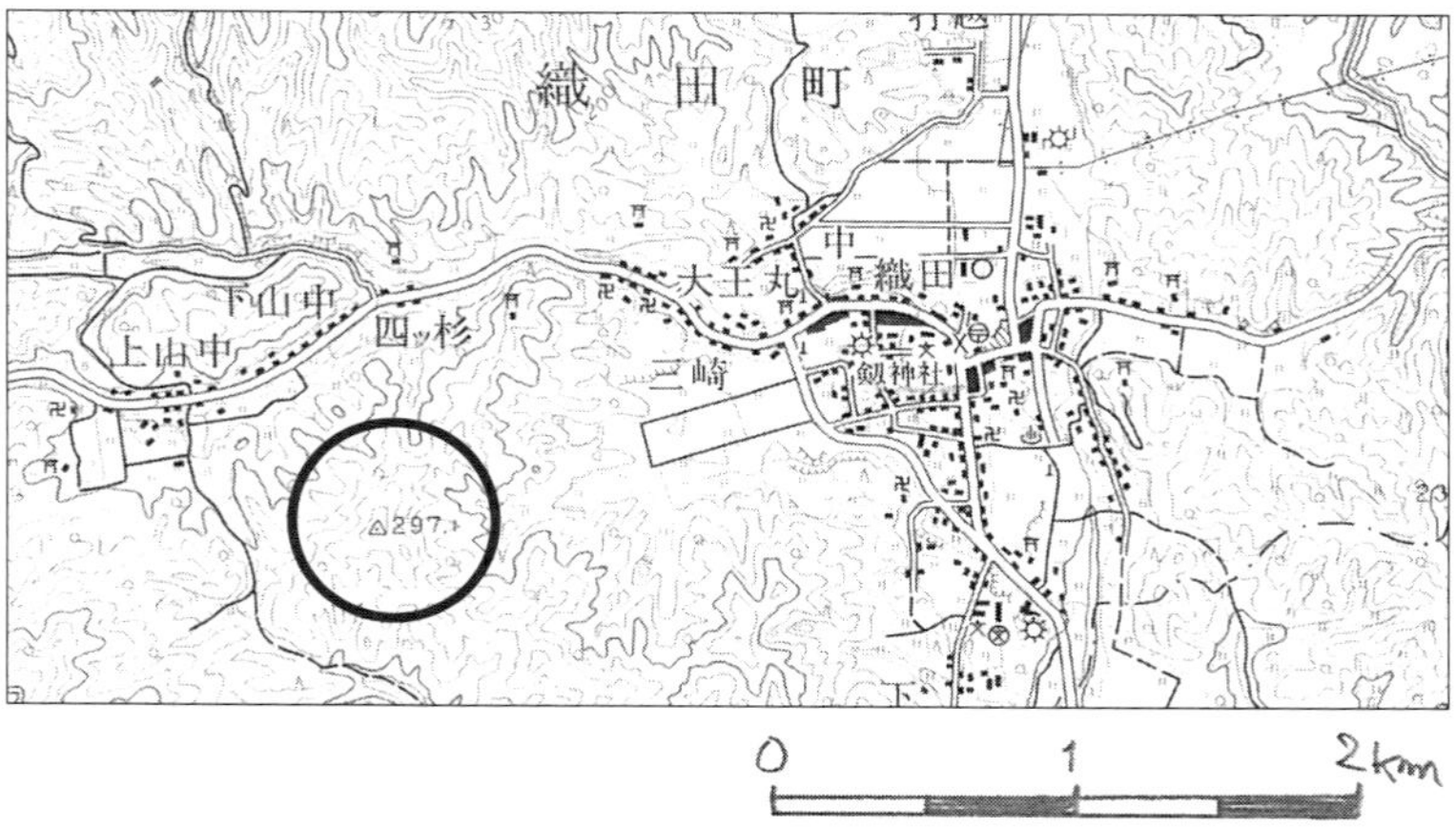

（メモ）

①戦国時代、越前国丹生北郡織田荘のうち。『山岸家文書』織田荘内指出帳に

堤之道場分　半　分米斗　道林兵衛二郎作

と見える。『劔神社文書』の天正五年柴田勝家検地文書中の九ケ村中に堤村がある。また劔神社の西方に、戦国時代に浦道であった所、現在の梅浦や大樟《おこのぎ》への道中に「堤」の小字を残すという。

②現在、丹生郡越前町、劔神社鎮座する織田地内に灌漑用堤が五、大王丸地内に一、中地内に三、下河原地内に三、平地内に七もある。

③これら堤へ水を供給する山の一つとしては標高二九七・一m峰がある。これを仮に「三崎山」とする。

④劔神社（越前町織田）　祭神は気比大神　素盞嗚大神　忍熊《おしくま》大神　『神名帳』敦賀郡の劔神社・織田神社。由緒は大昔、素盞嗚大神を祀る。後、神功皇后摂政の頃、仲哀天皇第三皇子忍熊王が賊党を討ちし時、素盞嗚大神の神助を得て賊を討ち得た。その報恩の為にここに劔大神を祭祀という。火伏の鐘の名ある梵鐘がある。その鐘銘は

劔御子寺鐘

神護景雲四（七七〇）年九月十一日

二〇〇　山中峠　福井県南条郡南越前町

関係地図　1／20万　岐阜　1／5万　今庄

257

かへる山

寛平御時きさいの宮の歌合のうた

•白雪のやへふりしけるかへる山かへるがへるもおいにけるかな　在原むねやな

①古今集　九〇二

•わすれなん世にもこしぢのかへる山いつはた人にあはんとすらむ　伊勢

⑧新古今集　八五八

(参考)かへるみの　みちゆかむひは　いつはたの　さかにそでふれ　われをしおもはば　大伴宿祢家持　万葉集　四〇五五

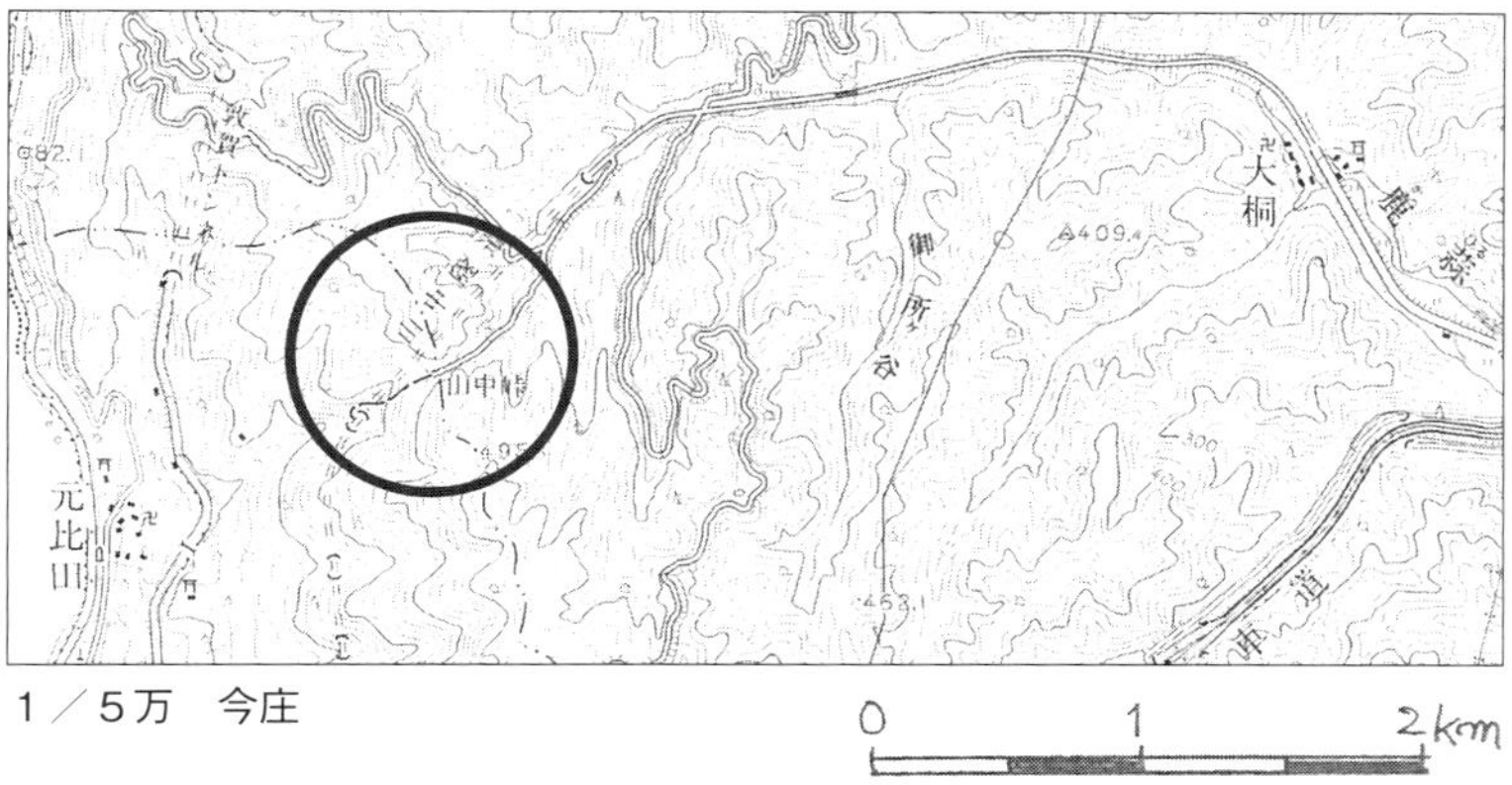

1／5万　今庄

(メモ)

①古代の官人は難儀であった愛発山を越えてようやく越前国角鹿津（敦賀湾舟着場）に着く。そこで安楽な船に乗って敦賀湾を北上して山中峠の西海岸の元比田の舟着場で下船する。冠岩のある岡崎周辺の波浪が大きい時は波穏やかな杉津で下船したという。

②元比田の下船、村の鎮守貴船神社で祭神に天候静穏で船が無事到着したことも感謝し、今後の旅の安全を祈り標高三八〇mの山中峠へと向う。

③山中峠は鹿蒜川《かへるかわ》の源の一つ。ここから谷にそって字山中にあった鹿蒜神社、次に字大桐集落の加比留神社（現日吉神社か）、字新道の鹿蒜田口神社（現田口神社）等に参拝しながら鹿蒜川が日野川に注ぐ今庄村に出る。

④『和名抄』敦賀郡に「鹿蒜郷」がある。中でも、鹿蒜川の流域である、敦賀湾側との分水嶺の東面が鹿蒜山である。この分水嶺を敦賀湾から眺めたもの、それが五幡山で、鹿蒜山と五幡山は表裏一体である。

二〇一　小笠原　山梨県北杜市明野町小笠原

関係地図　1／20万　甲府　1／5万　韮崎

848

をがさはら

春ごまをよめる

•もえいづるくさばのみかはをがさはらこまのけしきも春めきにけり　僧都覚雅

⑥詞花集　一三

(参考)をがさはら焼野のすすきつのぐめばすぐろにまがふ甲斐のくろ駒　皇太后宮大夫俊成　夫木抄　一〇三八

(参考)みやこまでなつけてひくはをがさはらへみのみまきのこまにぞありける　貫之　夫木抄　一〇一一五

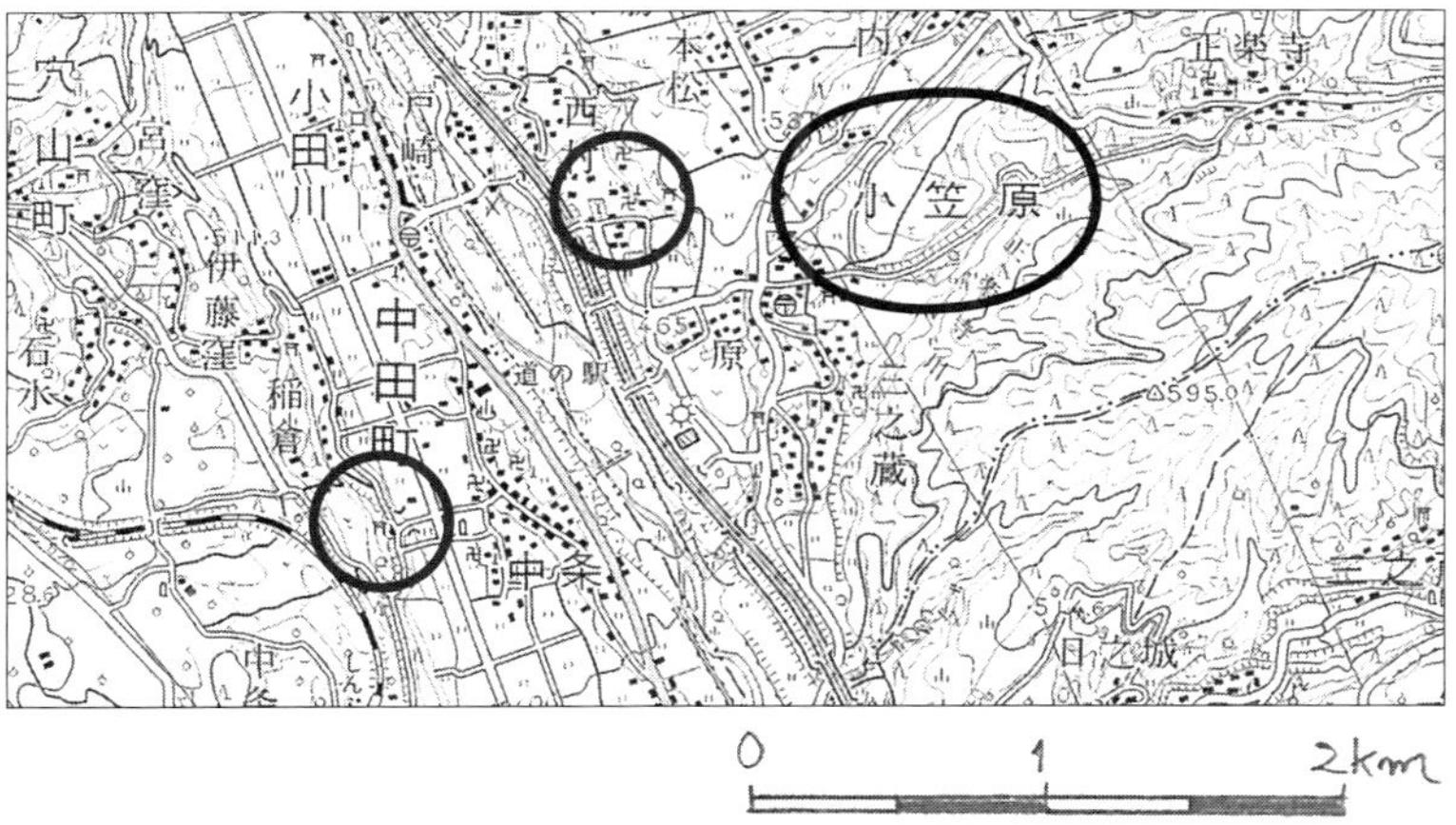

1／5万　韮崎

(メモ)

①小笠原は『和名抄』東海国・甲斐国・巨麻《こま》郡眞衣《まきの》郷。

②律令制下の甲斐国は「黒駒」の馬の産地。官牧として初め真衣野・穂坂・柏前の三牧があった。その後多くの准官牧や私牧が立てられた。その一つが小笠原牧。『西宮記』応和元（九六一）年九月一〇日条に

於本殿覧後院小笠原馬、賜親王及右大臣子小舎人実正

とあるという。『吾妻鏡』建暦元（一二一一）年五月一九日条に、

小笠原御牧の牧士と、奉行人三浦兵衛尉義村の代官と喧嘩の事有り、今日沙汰を経らる……

とある。

③小笠原地内に牧場時代の多くの遺跡や地名がある。(a)韮崎市中田町中條に御牧神社　(b)北杜市明野町小笠原は甲斐源氏の小笠原長清の支配下。福性院に、墓の五輪塔があり近くに館跡があると。

二〇二　甲斐国府跡推定地

山梨県笛吹市春日居町国府

関係地図　1/20万 甲府　1/5万 甲府

252

かひ

　かひのくにへまかりける時みちにてよめる　みつね

•夜をさむみおくはつ霜をはらひつつ草の枕にあまたたひねぬ　①

古今集　四一六

　かひのくににあひしりて侍りける人とぶらはむとてまかりけるを、みち中にてにはかにやまひをしていまいまとなりにければ、よみて京にもてまかりて母にみせよといひて人につけ侍りけるうた　在原しげはる

•かりそめのゆきかひぢとぞ思ひこし今はかぎりのかどでなりけり

①古今集　八六二

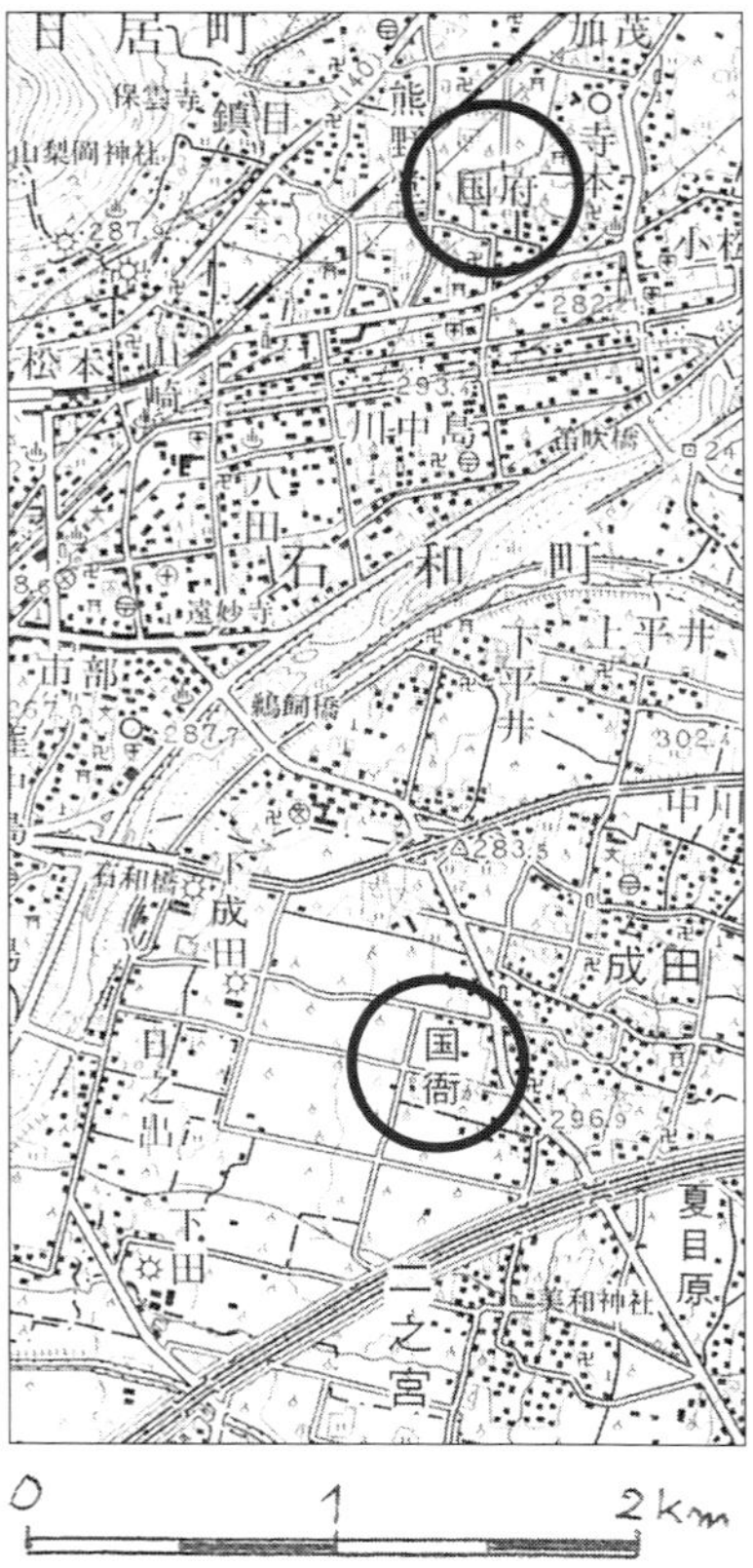

1/5万　甲府

（メモ）

①国府は『和名抄』に「国府在八代郡」とあり、現在の笛吹市御坂町国衙《こくが》にあったという。ただし、東山梨郡、現在の笛吹市春日居町にも字国府《こう》があり、初期にはそこに国府が置かれたという。

②笛吹川の南、御坂町には甲斐二の宮美和神社、一宮町には甲斐国分寺跡・甲斐国分尼寺跡・甲斐一の宮浅間神社がある。

③甲斐奈神社（笛吹市一宮町東原）　祭神は国常立尊・高皇彦霊尊・伊弉諾尊・伊弉冊尊。社号は林部宮・橋立明神・神祖明神と変化した。また祭神も国中の諸神をすべて勧請したので甲斐国惣社であった。『延喜式神名帳』山梨郡甲斐奈神社。朝廷によって大古に創祀されたという。

二〇三　荒神山《こうじんやま》

山梨県山梨市東・北。山梨市西に大石神社

関係地図　1/20万 甲府　1/5万 御岳昇仙峡　1/2.5万 塩山

129

いはでの山

　百首歌たてまつりける時、恋のうたとてよみ侍りける　左京大夫顕輔

•思へどもいはでの山に年をへてくちやはてなん谷の埋木

⑦千載集　六五一

　歌合し侍りける時、しのぶこひの心をよみ侍りける　顕昭法師

•人しれぬ涙の川のみなかみやいはでの山の谷のした水　⑦千載

集　六六七

（参考）つらきをもいはての山のたにゝおふるくさのたもとぞつゆけかりける

よみ人しらず　新勅撰集　一三一四

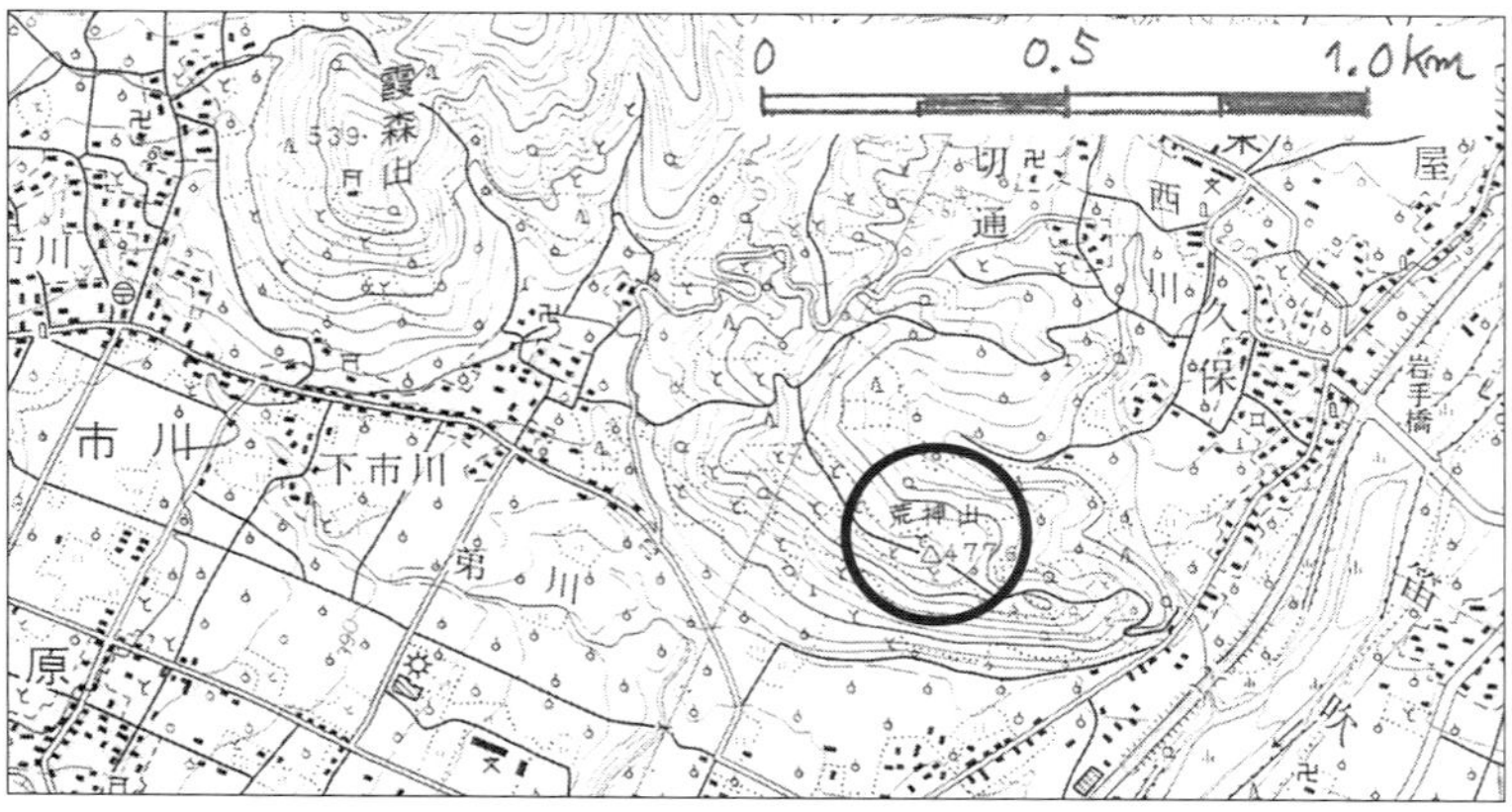

1/2.5万　塩山

（メモ）

①岩手村《いわで》。甲府盆地の北東、笛吹川上流の右岸に沿う傾斜地の久保・紺屋・切通・西条・花後・丸山の六集落で構成。西の岩手山、天狗山・霞森山そして荒神《こうじん》山《やま》と巨大な岩石がつらなって、笛吹川に迫っているに由る。

②甲府深成岩体は甲府盆地を環状に囲むように分布している。その拡がりは南北四五km・東西三〇kmに達し、我国の新第紀花崗岩体で最大の底盤状複合岩体という。岩質・貫入関係・形成時期等で古いものから順に昇仙峡・徳和・芦川・小鳥の四型に分類されている。ここ荒神山は徳和型花崗閃緑岩で構成されている。主に角閃石・黒雲母を含む中～粗粒の花崗閃緑岩～石英閃緑岩という。

二〇四　白根山

山梨県・静岡県

関係地図　1／20万　甲府

253

かひがね

・かひがねをさやにも見しがけけれなくよこほりふせるさやの中山　かひうた

①古今集　一〇九七

・かひがねをねこし山こし吹く風を人にもがもや事づてやらむ　かひうた

①古今集　一〇九八

（参考）かひがねははやゆきしろし神な月しぐれてこゆるさやの中山　蓮生法師

続後撰集　一三〇九

254

かひのしらね

隆経朝臣甲斐守にて侍ける時たよりにつけてつかはしける

・いづかたとかひのしらねはしらねどもゆきふるごとにおもひこそやれ　紀伊式部

④後拾遺集　四〇四

（参考）雪つもるかひのしらねをよそにみてはるかにこゆるさやの中山　大江茂重

新千載集　八一二

（メモ）

①今日、北岳・間ノ岳・農鳥山の三山を〝白根三山〟と鳴んでいる。しかし古くは塩見山、荒川岳・赤石岳・聖岳、また鳳凰三山・駒ヶ岳・仙丈ヶ岳をもひっくるめた山々。秋が深くなれば嶺々には雪を頂いた山々がすべて白嶺であったことであろう。

②この地域を構成する岩石について、古いものから記す。

a．三波川《さんばがわ》帯御荷鉾《みかぶ》帯　三波川帯は関東山地に始まり、西南日本の中央構造線の外側に接して、中部地方の天竜川、紀伊半島や四国を経て九州佐賀関半島まで七〇〇km以上に及ぶ結晶片岩の地域。一般に北側ほど高変成。三波川結晶片岩中の低変成度岩帯を御荷鉾変成帯と呼んだ。

b．秩父帯　三波川帯の南の最も外側の

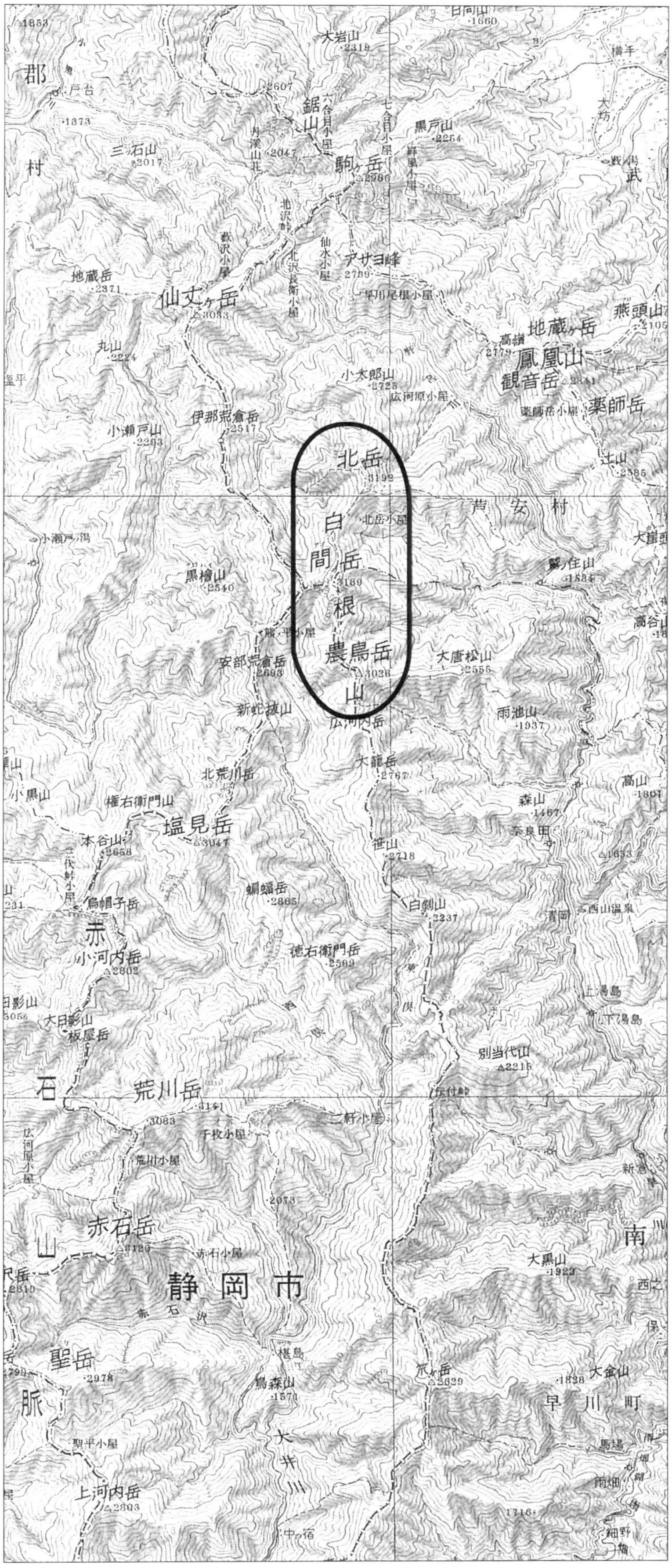

1／20万　甲府

地帯で、弱～非変成古成層を主体とし、古成層を含む。

c．四万十層群　関東山地から赤石山地、紀伊半島・四国南部をへて九州南部まで、西南日本の太平洋側。四万十帯に分布する中生代～古第三紀の地層。主に頁岩・砂岩の互層からなり、ときにレキ岩・石灰岩・チャート・赤色頁岩・玄武岩質溶岩や火砕岩をはさむ。

d．瀬戸川帯　四万十帯のうち古第三紀～中新世の地層。砂岩・泥岩・チャート・石灰岩など。

e．甲斐駒ヶ岳深成岩体　新生代第三紀に貫入した角閃石黒雲母花崗岩で、甲斐駒ヶ岳や鳳凰三山を構成する。

f．高草山層群　糸魚川静岡構造線にそって、その東縁によってせまく分布する。焼津市高草山～大崩海岸にかけての高草山周辺に分布する火砕岩層。

③南の海からフィリピン海プレートが一億年とかの長期にわたり、年間数cmの速度で、堆積物をのせて東海―紀伊―四国沖に長くつらなる南海海溝に沈み込んでいく。その時、海底地殻とその上にのっている堆積物の密度差、堆積物は軽いために、海底地殻は地球内部、マントルにまで入り込むようであるが、上にあった堆積物はそこにある岩盤にいろいろな形で付加するようである。これらの堆積物が四万十層群となった。

④糸魚川静岡線構造線と秩父帯との裂け目を見つけて北に向って入り込んできたのが赤石楔状地であり、四万十帯層群である。

⑤最近の研究によると、三千m級の峰々の連なる赤石山脈、また南アルプスは最近の百万年間に形成されたという。一年間にたった三㎜ずつの上昇を百万年間継続するだけで。

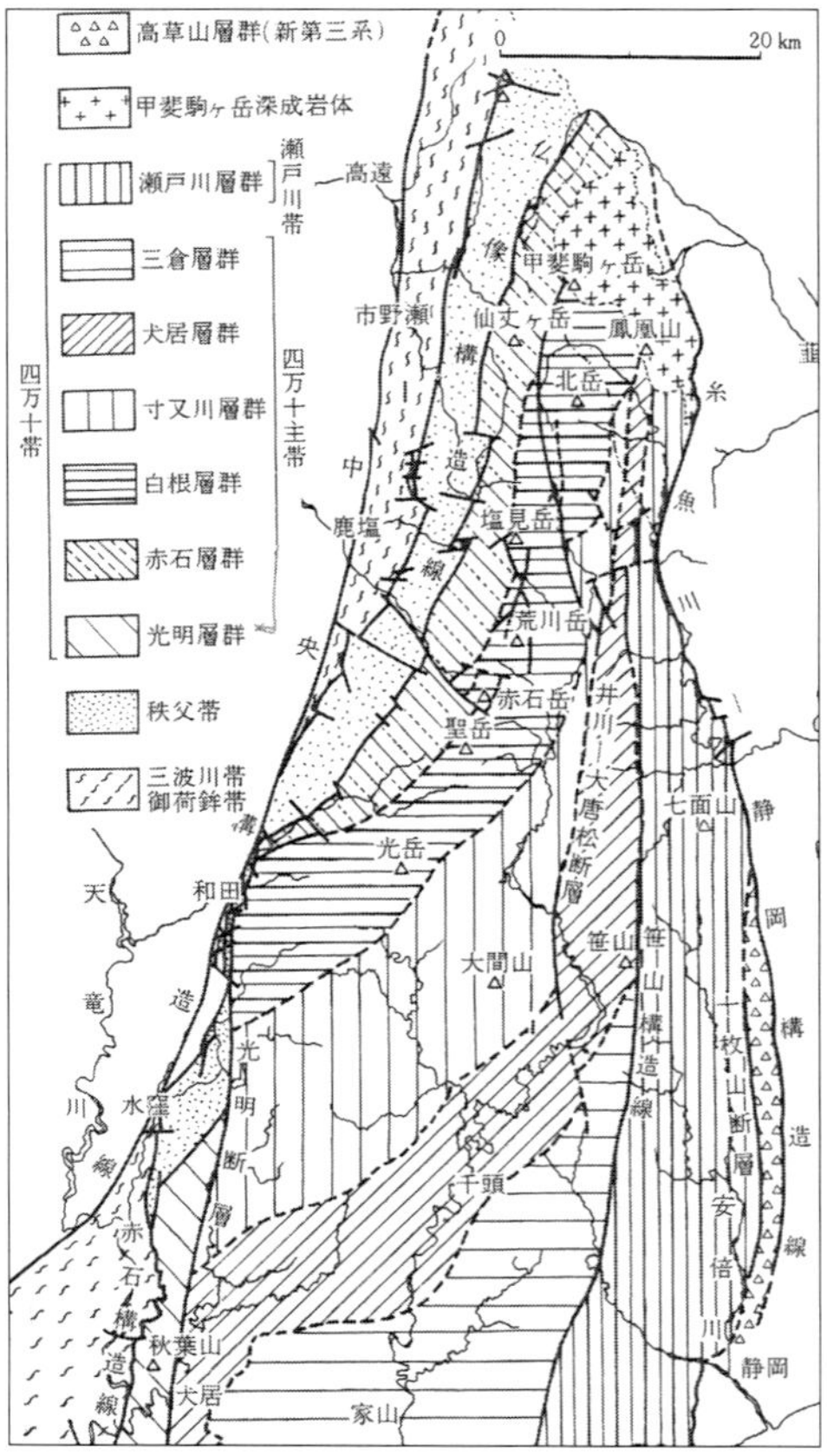

赤石楔状地地質図（狩野・松島　1986より）

二〇五　塩ノ山

山梨県甲州市塩山上於曽《えんざんかみおぞ》

関係地図　1／20万 甲府　1／5万 御岳昇仙峡　1／2.5万 塩山

403

しほの山

・しほの山さしでのいそにすむ千鳥きみが世をばやちよとぞなく　よみ人しらず　①古今集　三四五

（参考）こよひこそ月もみちけるしほの山さしでのいそに雲もかからず　新六帖　二九六

（参考）こゑはみなやちよときけばしほの山いそべのちどりためしにぞひく　大納言経道卿　夫木抄　六八四八

1／2.5万　塩山

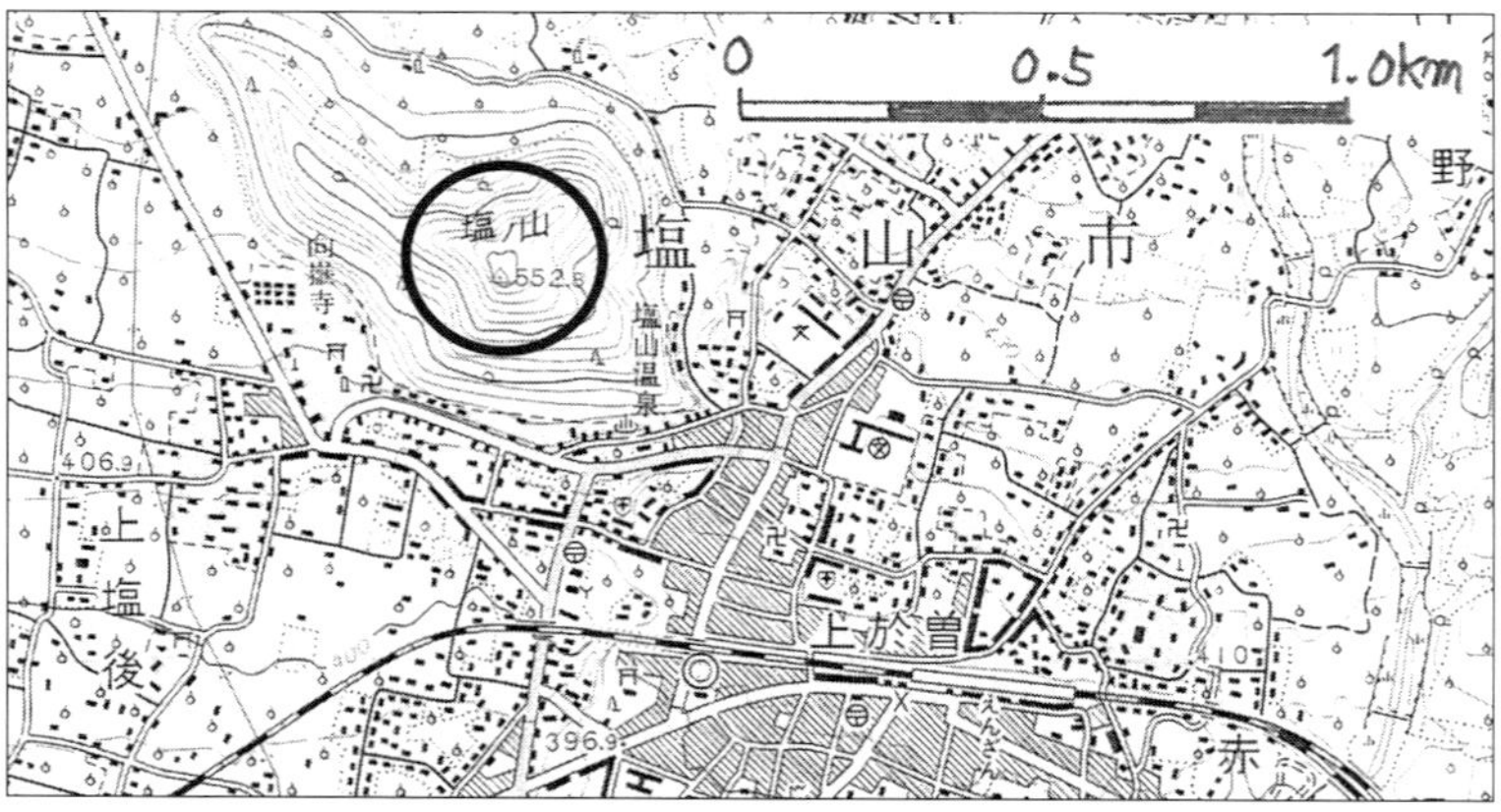

（メモ）

①塩ノ山は第三紀鮮新世に噴火した水ヶ森火山噴出物から構成されるのであろう。特に白色系の軽石を含む山口軽石凝灰岩が表面にあるので、塩が、またゴマ塩が積っているように見えるので「塩ノ山」の名があるのであろう。

②菅田《かんだ》天神社（甲州市塩山上於曽）　承和九（八四二）年創建。寛弘元（一〇〇四）年、菅原道真を相殿に祭祀。以来甲斐源氏の守護神として崇敬。本殿には素戔嗚尊と五男三女を祀る。

③向嶽寺（甲州市塩山上於曽）臨済宗、天授四（一三七八）年抜隊得勝が塩ノ山に開創。天授六年甲斐国守護武田信成の保護を得て現在地に建立。絹本著色の朱達磨図が有名。賛は甲州東光寺の開山でもある渡来僧蘭渓道隆。

香至国之季子　般若多羅之克家
遊竺乾破六宗之執見
来震旦開五葉之奇花
香伝日域　瑞応河沙
少林元不墜霊芽　移向侯門発異葩
建長蘭渓　道隆　為朗然居士　拝賛

二〇六　須玉川

山梨県北杜市須玉町《すたまちょう》

関係地図　1／20万 甲府　1／5万 韮崎

496

玉川

堀河院御時、百首歌たてまつりける時、擣衣のこころをよみ侍りける　源俊頼朝臣　⑦

・松かぜのおとだに秋はさびしきに衣うつなり玉川のさと

千載集　三四〇

百首歌めしける時、氷のうたとてよませ給うける　皇太后宮大夫俊成

・月さゆる氷のうへにあられふり心くだくる玉川のさと

⑦千載集　四四三

（参考）君ませば物もおもはずたまがはのせにふすあゆのやなぼこりして　古六帖　一五二二

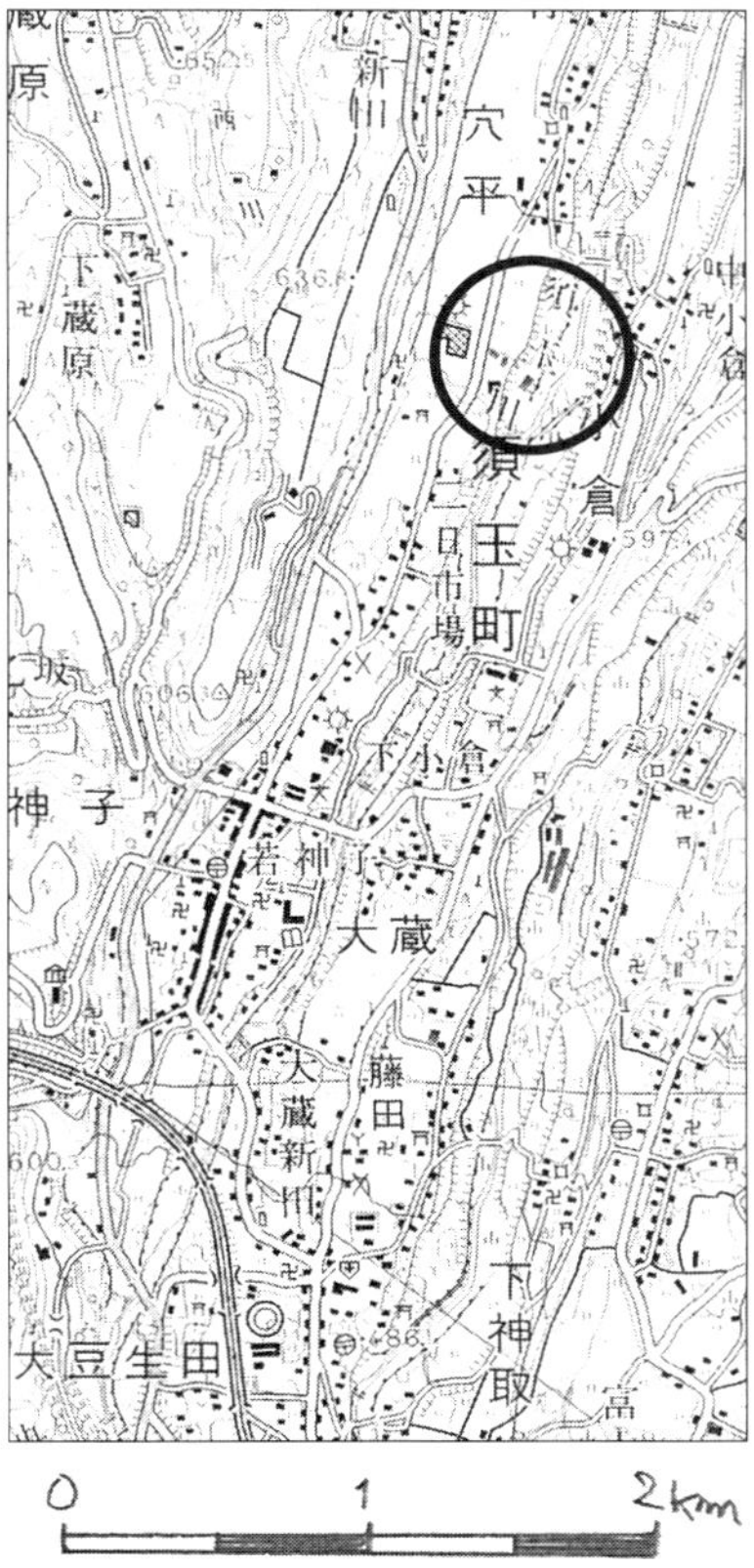

1／5万　韮崎

（メモ）

①この川は標高二八九九ｍの赤岳と二七一五ｍの権現岳を源とする大門川と川俣川が旧須玉町上津金で合流し須玉川となる。やがて北杜市須玉町大豆生田《まめようだ》で塩川に注ぐ。

②『国志』によれば「此ノ川ハ各所其ノ名ヲ異ニス大抵浅川村（現北杜市高根町浅川）玉ノ権現祠近クヨリ玉川ト呼ブ」とあり、深玉川・須玉川・桐樹川と部分名称があったという。

③須玉川流域の須玉町若神子に諏訪大神社がある。祭神は健御名方命　八坂刀売命　『延喜式神名帳』巨麻郡の笠屋《カサヤノ》神社で、昔笠宿の神事があったと。穴山村に穂見神社（中社）、駒井村に当麻戸神社（下社）があり当社号笠屋は上の意という。

二〇七　高田の山

山梨県西八代郡市川三郷町高田

関係地図　1／20万 甲府　1／5万 鰍沢、甲府

470

たか田の山

・なけやなけたか田の山の郭公このさみだれにこゑなをしみそ　よみ人しらず

③拾遺集　一一七

（参考）せきとめてせがゐの水にたねまきしたかたのやまはさなへとるなり　正二位忠宗卿　夫木抄　二五五八

（参考）雨の下かくこそは見めかへはらやたかだのむらはへぬとしぞなき　前中納言匡房卿　夫木抄　一四八三五

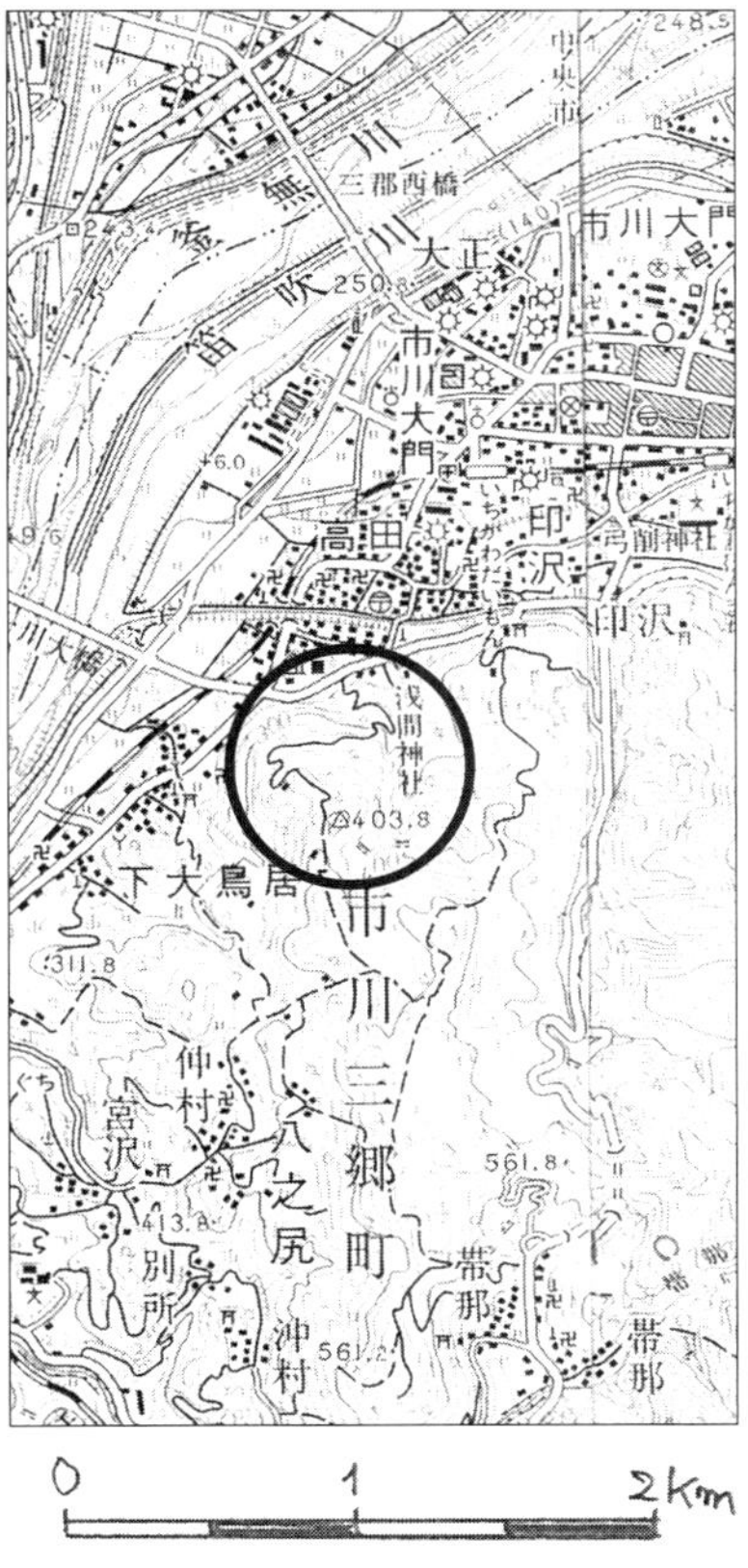

1／5万　鰍沢(左)・甲府(右)

（メモ）

①地名の由来は、甲府盆地の氾濫原よりも高い、小河川の印川の扇状地に立地している。山地から流れ下る印川の水を最大限に活用して稲作をしたのが、ここ市川高田の先人達である。

②当地に一宮浅間神社（一の宮）がある。貞観七（八六五）年に正体山（真富岳）の浅間大社を勧請したという。祭神は木花咲耶姫命・瓊々杵之尊・彦火々出見尊。大昔は二宮三宮も当社中にあり、末社が一三社も鎮座していたが今は五社。他に境内に生祠二祠が現存という。

③市川大門印沢に弓削《ゆげ》神社（二ノ宮）がある。祭神は瓊々杵尊・木花咲耶姫命・彦火々出見尊・日本武尊・大伴武日命。社伝に日本武尊東征の帰途、大伴武日命を此地に止むと。その館跡に社を建てたのが当社と。社名は靭部《ユギベ》に由ると。

二〇八　丹波天平

山梨県北都留郡丹波山村丹波天平

関係地図　1／20万 甲府　1／5万 丹波、三峰

312

くまのくらといふ山寺

　くまのくらといふ山寺に賀縁法師のやどりて侍りけるに、ぢゅうぢし侍りける法師に歌よめといひ侍りければ

・身をすてて山に入りにし我なればくまのくらはむこともおぼえず　よみ人しらず

　③拾遺集　三八二

（メモ）

①熊倉といふ山寺跡推定地として、ここ丹波天平、標高一三四三mの地がふさわしい。ここは南北の幅は狭いが東西に約二kmものなだらかな地が続いている。この地の僧はコスゲも栽培していたかもしれない。『古今和歌六帖』に

　かひのくにつるのこほりのいたのなるしらたまこすげかさにぬひてん

がある。この地が幅狭く長い「板形」であるので、「板野」＝丹波天平であろう。

②飯尾宗祇にも

　はるはると甲斐の高根はみえかくれ板野の小菅すえなひくなり

がある。

③ここ丹波天平を拠点として隣接の熊倉山、それに続く前飛龍・飛龍山・竜喰山・雲取山や三峰山にすぐに行ける。

④地図上の滝記号だけでも火打石谷には四つ、小常木谷に七つもある。これら滝が連なる様子はあたかも白龍が天に昇る様である。その先にあるのが前飛竜や飛龍山、また龍喰山などである。

⑤飛龍山の山頂南西に飛龍権現の祠がある。古来から神体山であったであろうが、現在の祠は文明年間（一四六九—一四八七）の創建という。岩窟があるので大洞山の別称がある。

⑥大菩薩嶺（標高二〇五七m）　甲州市とここ北都留郡丹波山村境。名前の由来の一つとして、後三年の役（一〇八三～一〇八七）で奥州に向かった新羅三郎源義光は大菩薩峠で通行に難儀していた時、樵夫が現れ道案内後消え去った。義光は峠から西の方に目をやると遥かに八旒の源氏の旗である白旗が翻るのが見え、これは軍神の御加護によるものと遥拝し「八幡大菩薩」と声高に讃嘆したに由るという。

⑦この地は『和名抄』甲斐国都留郡征茂《せも》郷。その後南隣する小菅村とともに丹波山郷であったが文禄年間の検地で丹波山村と小菅村二村になったという。

⑧丹波山村と小菅村の惣社は小菅村川久保鎮座の箭弓《やぎゅう》神社。祭神は天日鷲命。

⑨丹波山村の寺院は真言宗智山派の宝蔵寺・法興寺、臨済宗鎌倉建長寺末の福寺がある。

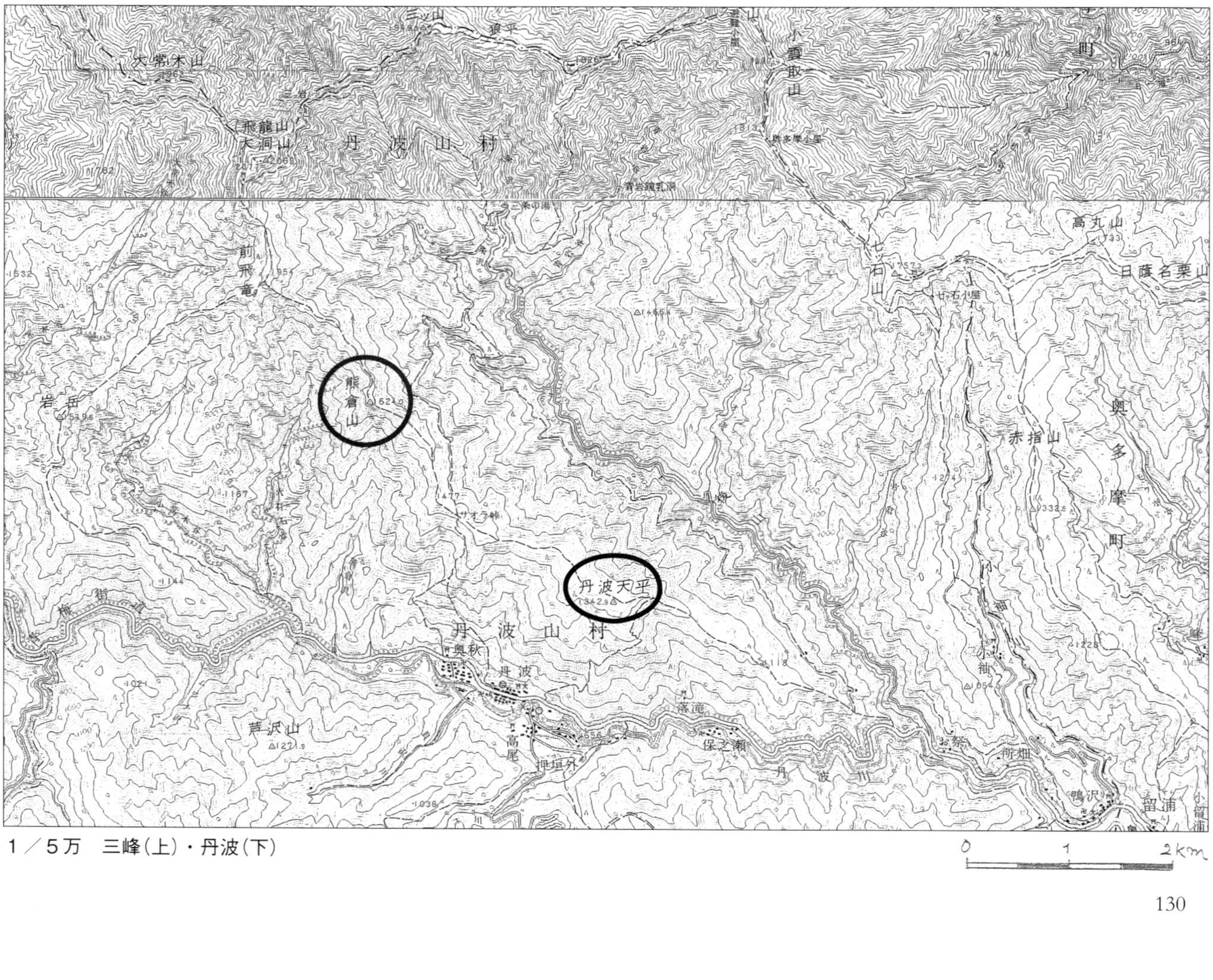

1／5万　三峰(上)・丹波(下)

二〇九　堤山

山梨県北杜《ほくと》市高根町《たかねちょう》堤

関係地図　1／20万 甲府　1／5万 八ヶ岳

526

つつみのたけ

・かがり火の所さだめず見えつるは流れつつのみたけばなりけり　紀輔時

③拾遺集　三八八

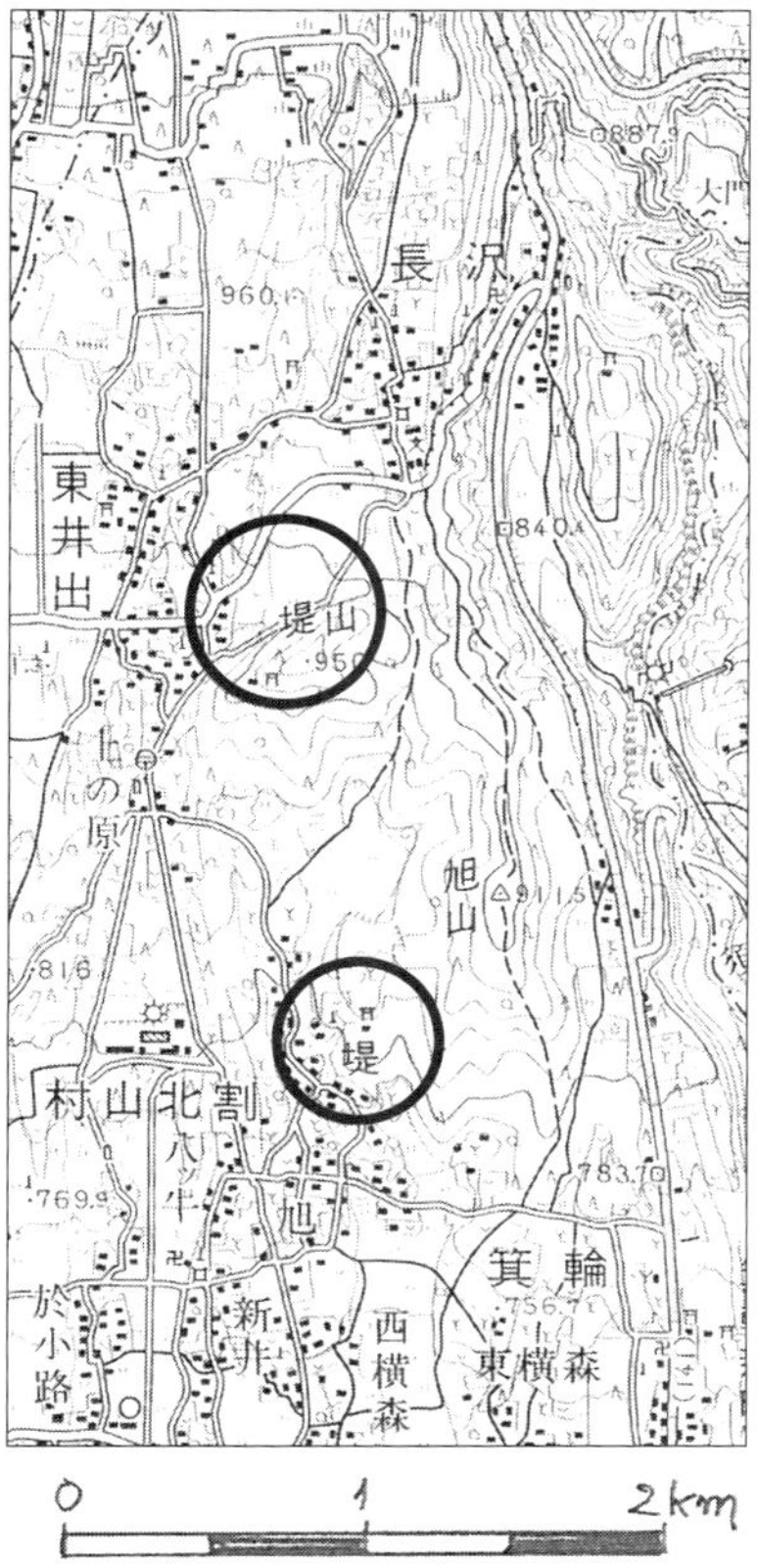

1／5万　八ヶ岳

（メモ）

①北杜市高根町堤の山。農業用水のない時代や未完な時代は、ここ堤山や旭山の適地に数多くの灌漑用の溜池を築造したのであろう。その名残りが「堤」「堤山」「旭山」等なのであろう。

②近現代には農業用水が完備したので、不要な、また不整備な池は事故のもとなるので、そのような池は撤去したのであろう。

③堤集落の神社は伊野明神。社地は五〇〇坪、神領一反九畝余で古くは池塘があった時に水神を祀っていたという。

④寺は曹洞宗清光寺末の大悲山慈聞院。本尊は観世音菩薩という。

⑤大門川の大門ダム横、北杜市高根町清里に「弘法大師の清水」がある。

二一〇　都留郡（『和名抄』）

山梨県上野原市鶴川・鶴島の周辺一帯

関係地図　1／20万 東京　1／5万 上野原

534

つるのこほり

かひへまかりける人につかはしける

・君が世はつるのこほりにあえてきね定なきよのうたがひもなく　伊勢

②後撰集　一三四四

（参考）君がため命かひにぞわれは行くつるのこほりに千世はうるなり　忠岑

新千載集　二一六六

（参考）かひのくにつるのこほりのいたのなるしらたまこすげかさにぬひてん

古六帖　一二六二

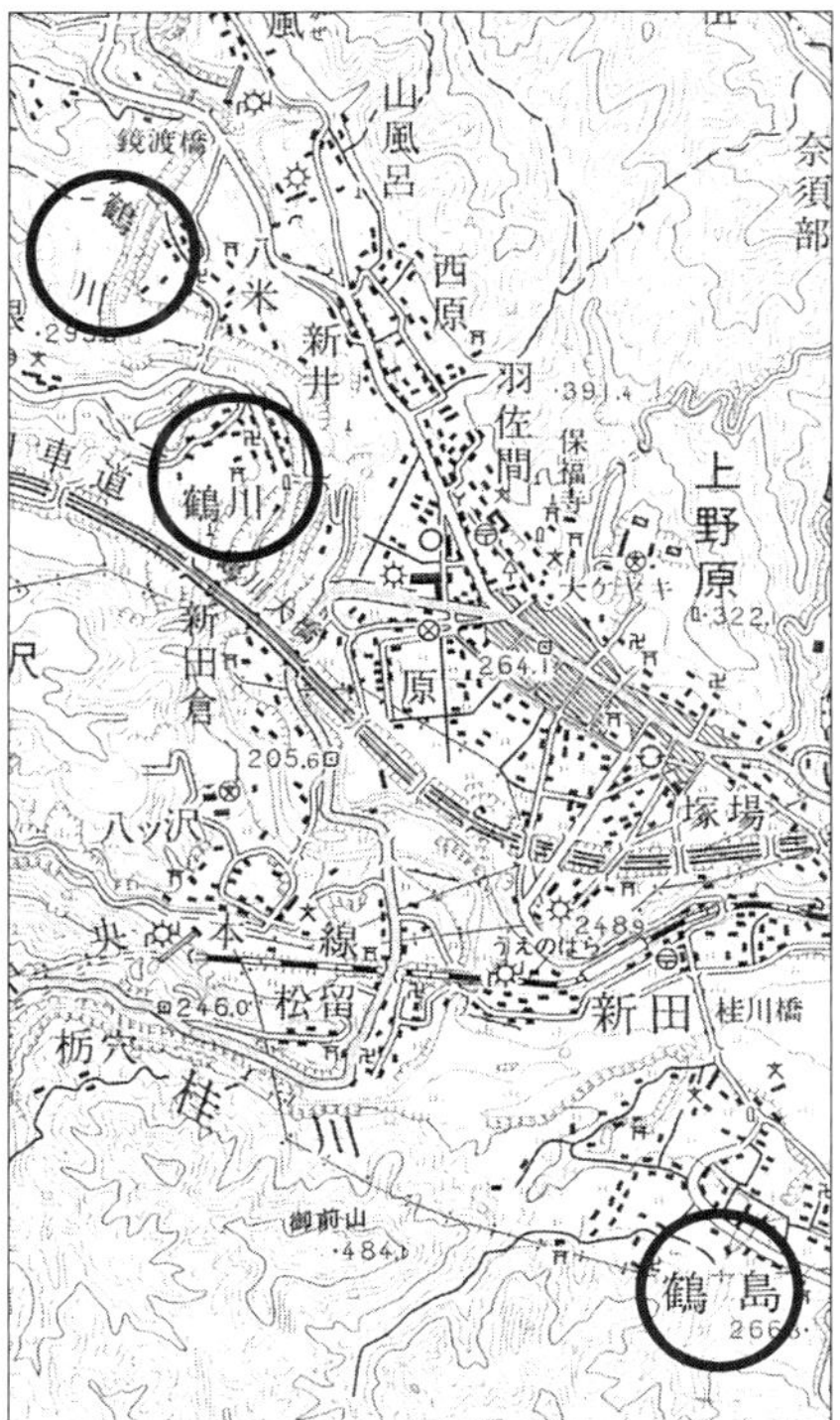

1／5万　上野原

（メモ）

①郡名の由来は富士山の足が蔓葛のつるのように北へ北へと伸びる様子を嘉字に当てたという。

②天平宝字五（七六一）年の正倉院文書『甲斐国司解』に

都留郡散仕矢作部宮麻呂

とあると。

③上野原市鶴島で北からの鶴川が桂川に合流する。万葉集に

武路我夜《むろがや》の都留の堤《つつみ》の成りぬがに子ろは言へどもいまだ寝なくに　三五四三

の「都留の堤」は鶴川の堤であると。

④鶴島には元三大師作如来坐像を本尊とする法性寺。リューマチ性疾患に効能あるつる鉱泉がある。

二一一　万力公園辺

山梨県山梨市万力区

関係地図　1／20万 甲府　1／5万 御岳昇仙峡　1／2.5万 塩山

362

さしでのいそ

・しほの山さしでのいそにすむ千鳥きみがみ世をばやちよとぞなく　　よみ人しらず　①古今集　三四五

（参考）しほのやまさしでのいその秋の月やちよすむべきかげぞみえける　　前大納言雅言　新後撰集　一五七九

（参考）おきつしほさしでのいそのはま千鳥風さむからしよはにともよぶ　　権中納言長方　玉葉集　九一八

（参考）さよ千鳥空にこそ鳴け塩の山さしでの磯に波やこすらん　　忠房親王　新千載集　六六九

1／2.5万　塩山

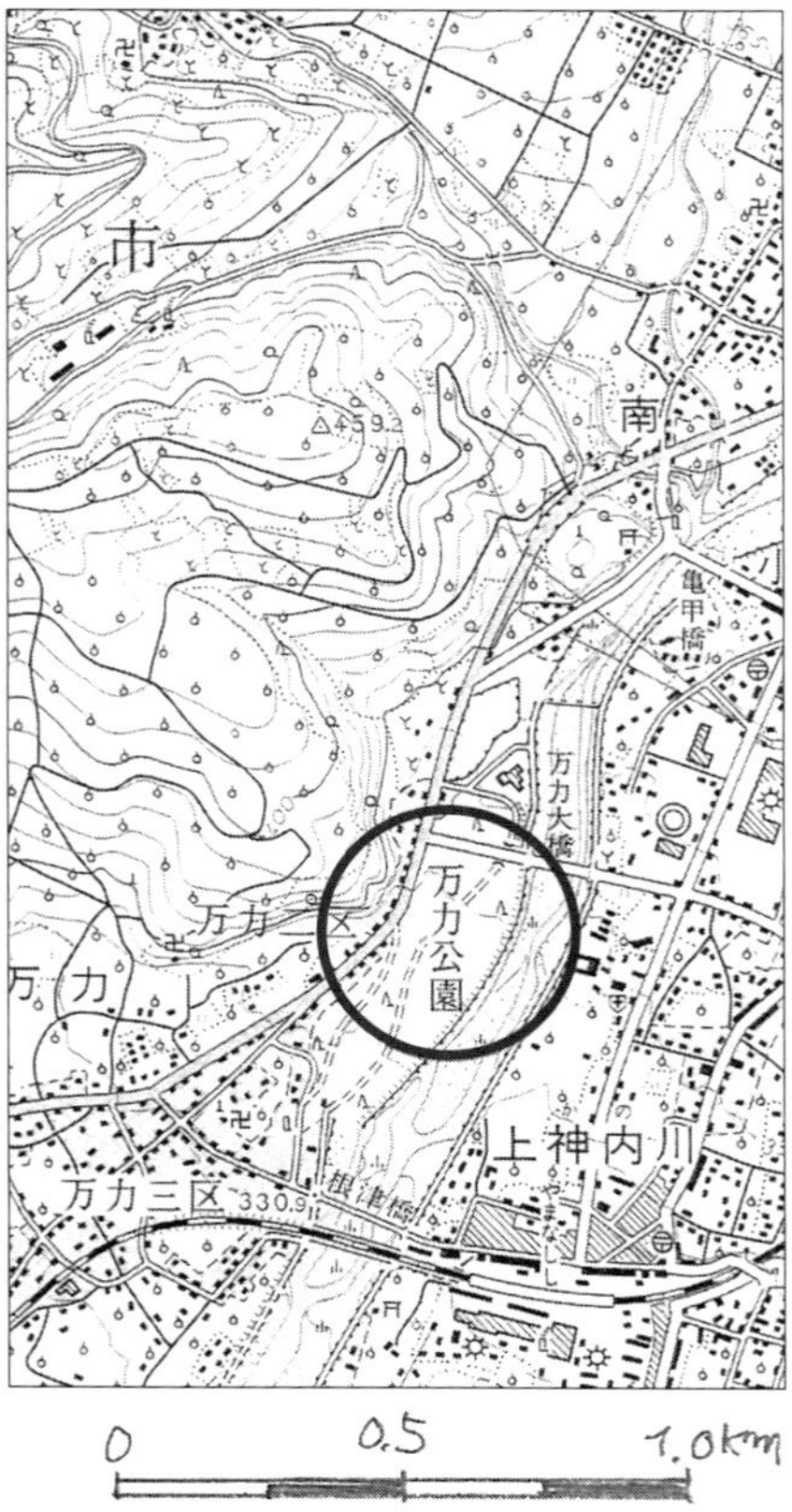

（メモ）

①笛吹川の右岸、万力集落内の霊岩寺、JR中央本線笛吹川橋梁辺りは河川改修以前の川幅は広く一kmもあった。その上流には根津橋・万力大橋、またちどり湖、亀甲橋がある。この辺の右岸に奇岩絶壁が続き古樹うっ蒼と茂り、木蔭にはウグイスやその他の啼鳥が、下の清流には鮎が、また昆虫を求める磯千鳥・小夜千鳥がいたであろう。しかし戦国時代には武田信玄が堤を築き水防林を植樹したという。

②周辺に夢窓疎石開山の恵林寺、平安時代の約三〇軒もの住居跡ある日下部遺跡等々あり。

二一二　浅間の野ら

長野県松本市浅間温泉・南浅間・原等の一帯

関係地図　1／20万 高山、長野　1／5万 松本、和田

20

あさまののら

崇徳院に百首歌たてまつりける時、恋歌とてよめる

・露ふかきあさまののらにをがやかるしづのたもともかくはぬれじを　　藤原清輔朝臣　⑦千載集　八五九

（参考）いかがせんかかるうきよにあふちさくあさまのもりのあさましのみや　中務卿のみこ鎌倉　夫木抄　一〇〇七六

（参考）はしちかくあさまにねやをしつらひて空行く月をいれぬ夜ぞなき　　源仲正　夫木抄　五二三八

1／5万　松本（左）・和田（右）

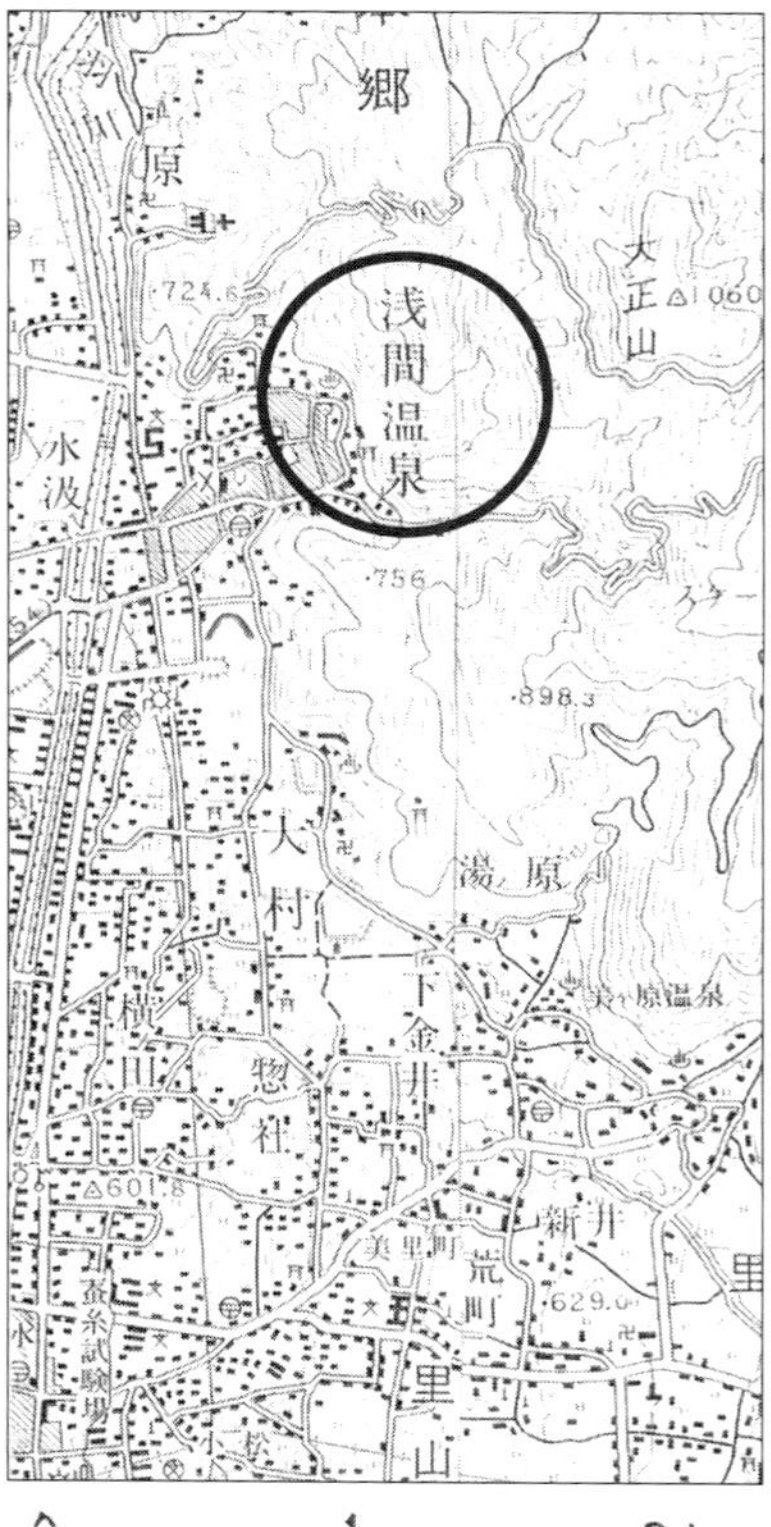

（メモ）

①『日本書紀』天武天皇一四年一〇月一〇日条に

信濃に遣して、行宮《かりみや》を造らしむ。蓋し、束間《つかま》温湯に幸さむと擬《おも》ほすか。

②『和名抄』信濃国に筑摩《つかま》郡がある。以上から「束間」＝「筑摩」。そして「束間温泉」＝「浅間温泉」とすれば、「浅間の野ら」は浅間温泉周辺一帯、もっと広く見れば旧筑摩郡の野等になろう。

③桜ヶ丘古墳（松本市浅間温泉）桜ヶ丘丘陵にある径約一・五mの円墳。昭和三〇年の調査では内部主体は主室に副室を併設する竪穴式石室で、自然石で構築された内法長二・五m・幅一・二mの主室に続く内法長一・九m・幅〇・六mの副室がある。主室から刀・剣・鉾・衝角付冑等、副室から金銅天冠と剣・玉類が出土している。

二一三　浅間温泉

長野県松本市浅間温泉

関係地図　1／20万 高山、長野　1／5万 松本、和田

115　いぬかひのみゆ

・鳥のこはまだひなながらたちていぬかひの見ゆるはすもりなりけり　よみ人しらず

③拾遺集　三八三

（メモ）

①平均標高六七〇mのこの浅間温泉は、原始時代から利用されていたと思われ、下浅間に数カ所の住居跡・遺跡の出土地がある。

②四～五世紀頃、この地方に大和朝廷の有力氏族大伴氏が来住という。桜ヶ丘古墳など十数基の古墳が浅間温泉の周囲にある。また温泉地の南の大村地区に平安時代の廃寺跡がある。

③温泉は単純泉で湧出量が多い。泉温は四六～五二℃。胃腸病・婦人病・皮膚病などに効能。北アルプスの展望また登山、冬は美鈴湖のスケートと好適地。

④『和名抄』筑摩《つかま》郡に良田《よしだ》・宇賀・辛《から》犬《いぬ》・錦服《にしごり》・山家・大井の六郷がある。

⑤『日本書紀』天武天皇一四（六八五）年一〇月一〇日条に、

軽部朝臣足瀬・高田首新家・荒田尾連麻呂を信濃に遣して、行宮を造らしむ。蓋し、束間《つかま》温湯（＝浅間温泉？）に幸さむと擬《おも》ほすか。

とある。

⑥中世にはこの地を支配していた犬飼（犬甘）氏の名から「犬飼の御湯」と呼ばれた。

⑦犬飼城山（松本市蟻ケ崎）平地との比高一五〇mの高所。現在は松本城山、城山公園として市民に親しまれている。

『信府統記』に「古城跡ノ山アリ、久敷城山ト云伝ヘテ、誰人ノ築クト云フコト知レス、中比犬飼氏ノ人在城セリトカヤ」とあると。

⑧放光寺（松本市蟻ケ崎　放光寺）

当寺は古代この地の辛犬《からいぬ》郷を背景に開創。『信府統記』に「桓武天皇ノ延暦年中、上州の沙門勝道草創ナリ、田村将軍ノ建立ノヨシ云伝フ、住持代数モ分明ナラズ」と。寺域は犬飼城山の北北東約五〇〇mの地点が旧地で、開き松古墳跡・仁王門跡・山王山・弁天池・本堂跡・墓地・観音堂等がある。明治になり廃寺となったが、その後当地で復興し、本尊十一面観音や大日如来・泉小太郎像など一一体。

⑨総社伊和神社（松本市物社）

この地は平安時代初期、小県郡から国府移転に伴った時の物社鎮座地という。

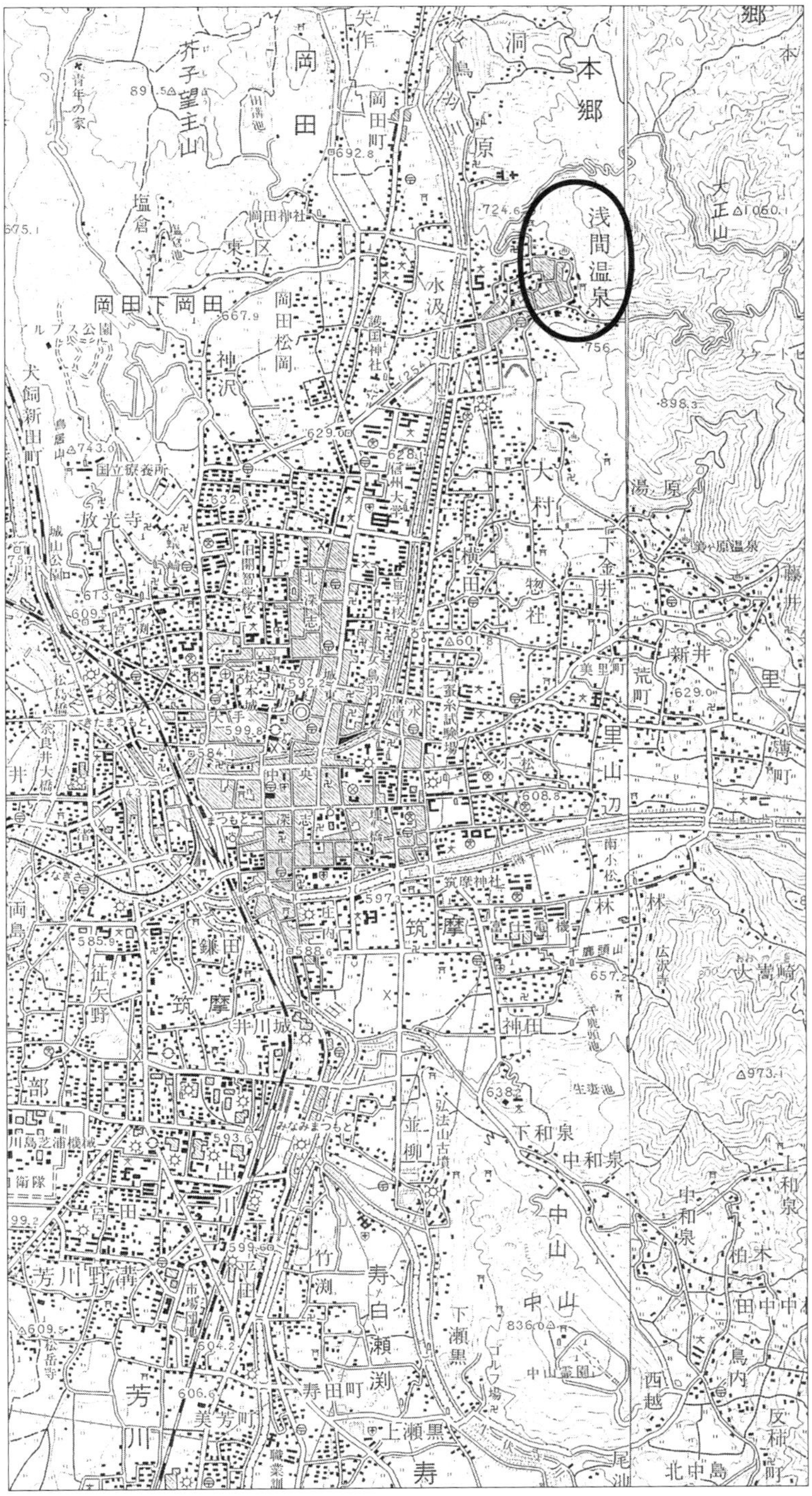

1／5万　松本(左)・和田(右)

二一四　浅間山

長野県北佐久郡・群馬県吾妻郡

関係地図　1／20万　長野　1／5万　軽井沢

19　あさまのたけ

・いつとてかわがこひやまむちはやぶるあさまのたけのけぶりたゆとも　よみ人しらず　③拾遺集　六五六

あづまの方にまかりけるに、あさまのたけに煙のたつを見てよめる

・しなのなるあさまのたけに立つけぶりをちこち人のみやはとがめぬ　業平朝臣　⑧新古今集　九〇三

（参考）山びこもとはばこたへよけぶりたつあさまのたけにおもひありとは　新六帖　一五三四

（参考）雲はれぬあさまのたけも秋くればけぶりをわけてもみぢしにけり　俊頼朝臣　夫木抄　六二三八

21　あさまの山

・雲はれぬあさまの山のあさましや人の心を見てこそやまめ　なかき　①古今集　一〇五〇

しなのへまかりける人に、たき物つかはすとて

・しなのなるあさまの山ももゆなればふじのけぶりのかひやなからん　するが　②後撰集　一三〇八

（参考）うらみてもしるしなけれどしなのなるあさまの山のあさましや君　古六帖　八九三

（参考）いたづらに何とけぶりのあさま山あさましながら世にたてるらん　民部卿為家卿　夫木抄　八七三五

（メモ）

①浅間山は円錐形の成層火山の黒斑山《くろふやま》（標高二四〇四m）・前掛山（標高二五二四m）および中央火口丘の釜山（標高二五六八m）・溶岩円頂丘および石尊山《せきそんざん》（標高一六六八m）・小浅間山（標高一六五五m）等から構成されている。

②浅間火山の根の大きさは約三〇km・四〇kmもある。

③最古の浅間火山は黒斑火山。形は円錐形の成層火山で、その標高は約二八〇〇m。

④約二万年前に仏岩火山と小浅間山が活動した。

⑤一万三千～一万千年前に再び仏岩火山が活動。

⑥数千年前から前掛山が約一〇回位大型噴火（プリニー式噴火）を繰り返した。その最後の噴火が天明三（一七八三）年の五月九日に始まった。噴火の初期には大量の火山灰・スコリア（鉄分を比較的多量に含み黒っぽい色の軽石）また軽石が空高く二万m以上にも吹き上げられ偏西風によって東方に流され降下堆積した。

⑦この時の噴火は約三ヶ月間も続き、普通の火山爆発・火砕流・火山泥流・溶岩流と続いた。

⑧八月五日午前十時には大音響とともに大爆発がありその音は江戸にも達したという。この時火口から大量の高温岩塊が放出され北側の山腹を流下した。その長さは五・五km・最大の厚さは五〇mもある。これが現在の鬼押し出しである。

⑨成層圏にまで火山灰が吹き上り、長らくそこにとどまり、太陽放射量の減少のため農作物の生育不順が長らく続き天明の大飢饉となった。

1／20万　長野

二二五　小川川

長野県下伊那郡喬木《たかぎ》村小川

関係地図　1／20万　飯田　1／5万　飯田

849　をがはのはし

・つくしよりここまでくれどつともなしたちのをがはのはしのみぞある　在原業平朝臣　③拾遺集　三八一

（参考）みちのくのをがはのはしのあゆみ板の君しそむかばわれもそむかん　読人不知　夫木抄　九四一九

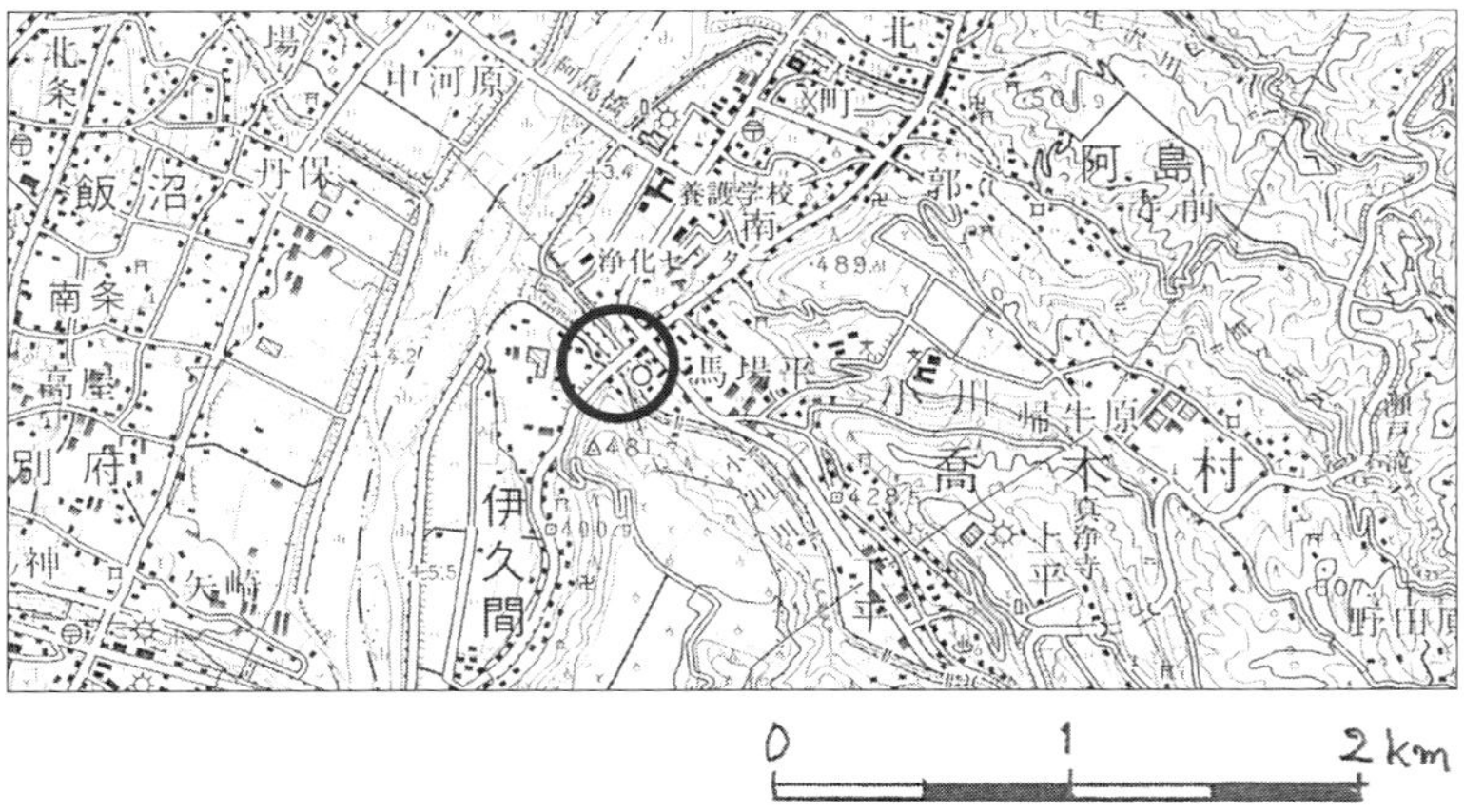

1／5万　飯田

（メモ）

①天竜川の中流、左岸である。天竜川の東岸から何本もの小中河川が大河天竜川に注ぐ一本に小川川がある。下伊那郡喬《たか》木《ぎ》村役場近くの主要地方道一八号伊那生田飯田線には小川渡橋が架かる。古くは舟の渡船場があったのであろう。

②戦国時代に「小川郷」がある。この小川川流域が郷域であったろう。文明七（一四七五）年九月一五日に文永寺の宗詢が京都醍醐寺理性院宗典を招いて結縁潅頂の時の『結縁潅頂兼日用意事』文書に、

一、聴聞所事……小河

とある。また永禄六（一五六三）年一二月一日、常陸の人愛珍が信州伊那郡於小川唐土で

卜部一流秘伝

を書写したという。

③小字上耕地に小川ノ湯温泉がある。その対岸に医泉寺がある。この寺院は久寿元（一一五四）年に比叡山の栄連僧都が開創という。寛永一七（一六四〇）年堂舎を焼いたが鎌倉時代作の日光菩薩・月光菩薩両像が難をのがれたという。

二二六　小川の橋

長野県木曽郡上松《あげまつ》村小川

関係地図　1／20万　飯田　1／5万　上松

849　をがはのはし

・つくしよりここまでくれどつともなしたちのをがはのはしのみぞある　在原業平朝臣　③拾遺集　三八一

（参考）みちのくのをがはのはしのあゆみ板の君しそむかばわれもそむかん　読人不知　夫木抄　九四一九

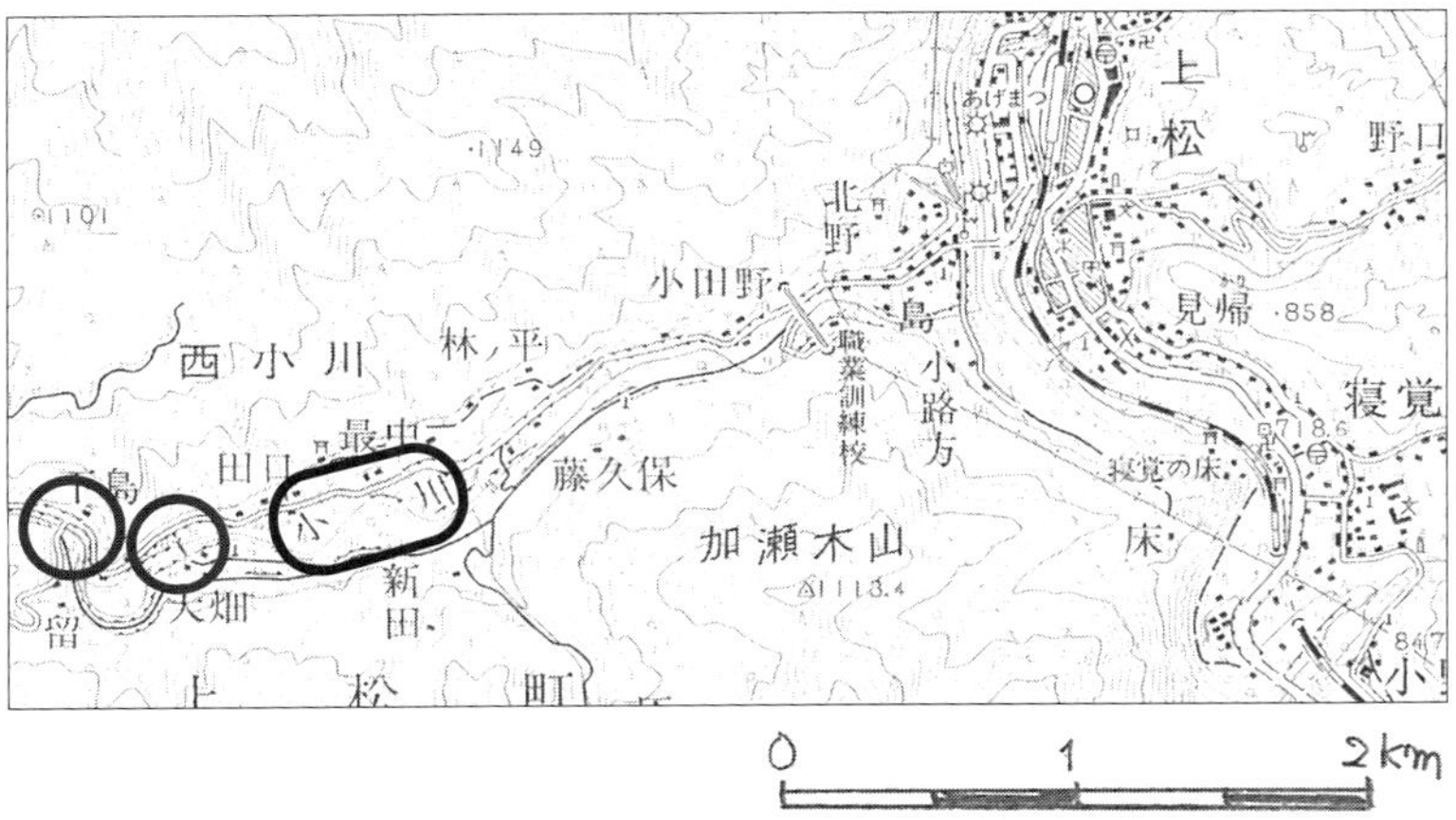

1／5万　上松

（メモ）

①上松町の大字は九つあるが、その面積は小川・荻原・上松の順に小さくなる。しかもこれらはともに木曽川の左右両岸、東西両岸にまたがっている。東岸の小川は東小川、西岸の小川は西小川である。

②大字小川地内には西から注ぐのは小川、東から木曽川に注ぐのは滑川・中沢・十王沢川である。これら四河川ともに小川の川であり、それに架かる橋もすべて小川（集落）の橋である。

③地内の縄文遺跡は西の最中、林の平北野、東小川の徳名・荻野・野尻など十数カ所にある。

④『続日本紀』和銅六（七一三）年七月七日の条に

吉蘇路を通す

とある。この道は東小川の徳原・芦島の奥を通っていたという。

⑤国名勝・寝覚の床がある。木曽川に沿って白亜紀末期の優白色・中～細粒の黒雲母花崗岩（苗木・上松花崗岩）が作る奇岩の景勝。

⑥西小川一帯は木曽檜の産地で伊勢神宮の御用材として古来伐り出された。赤沢には姫宮神社や姉渕神社が鎮座。また森林資料館や森林鉄道記念館がある。

二一七　鹿教湯《かけゆ》温泉

長野県上田市鹿教湯温泉

関係地図　1／20万　長野　1／5万　和田

578

なすのみゆ

身のしづみけることをなげきて、勘解由判官にての題する、源したがふの長歌の返しとて

•世の中を　おもへばくるし　わすれれば　えもわすられず　たれもみな　おなじみ山の　松がえと　かるる事なく　すべらぎの　ちよもやちよも　つかへんと　たかきたのみを　……　世をしも思ひ　なすのゆの　たぎるゆゑをも　かまへつつ　わが身を人の　身になして　おもひくらべよ　ももしきに　あかしくらして　とこ夏の　くもゐはるけき　みな人に　おくれてなびく　我もあるらし　よしのぶ　③拾遺集　五七二

（参考）しなのなるなすのみゆをもあむさばや人をはぐくみやまひやむべく　読人不知　夫木抄　一二四九五

（メモ）

①内村川の本流に沿う温泉。泉質は単純泉。泉温は二一～五三℃。高血圧・中風（脳梗塞）・動脈硬化・神経痛などに効能。「中風の湯」として古来有名。付近の景観と伝統を生かし、日本屈指の温泉温療研究所や医療施設が多い。

②鹿教湯は文殊湯・那須湯と呼ばれた。文殊菩薩の化身である鹿が猟師に当温泉を教えたにより「鹿教湯」となったと。

③五台橋を渡ると元禄年間建立の文殊堂（県指定）がある。浴槽はもと、川岸を下って鹿教湯と河原湯の二槽が並んでいた。昭和三一年、鹿教湯・大塩・霊泉寺の三温泉を「丸子温泉郷」と呼ぶ。

④霊泉寺温泉は霊泉寺建立の時、安和元（九六八）年に湧出したと。

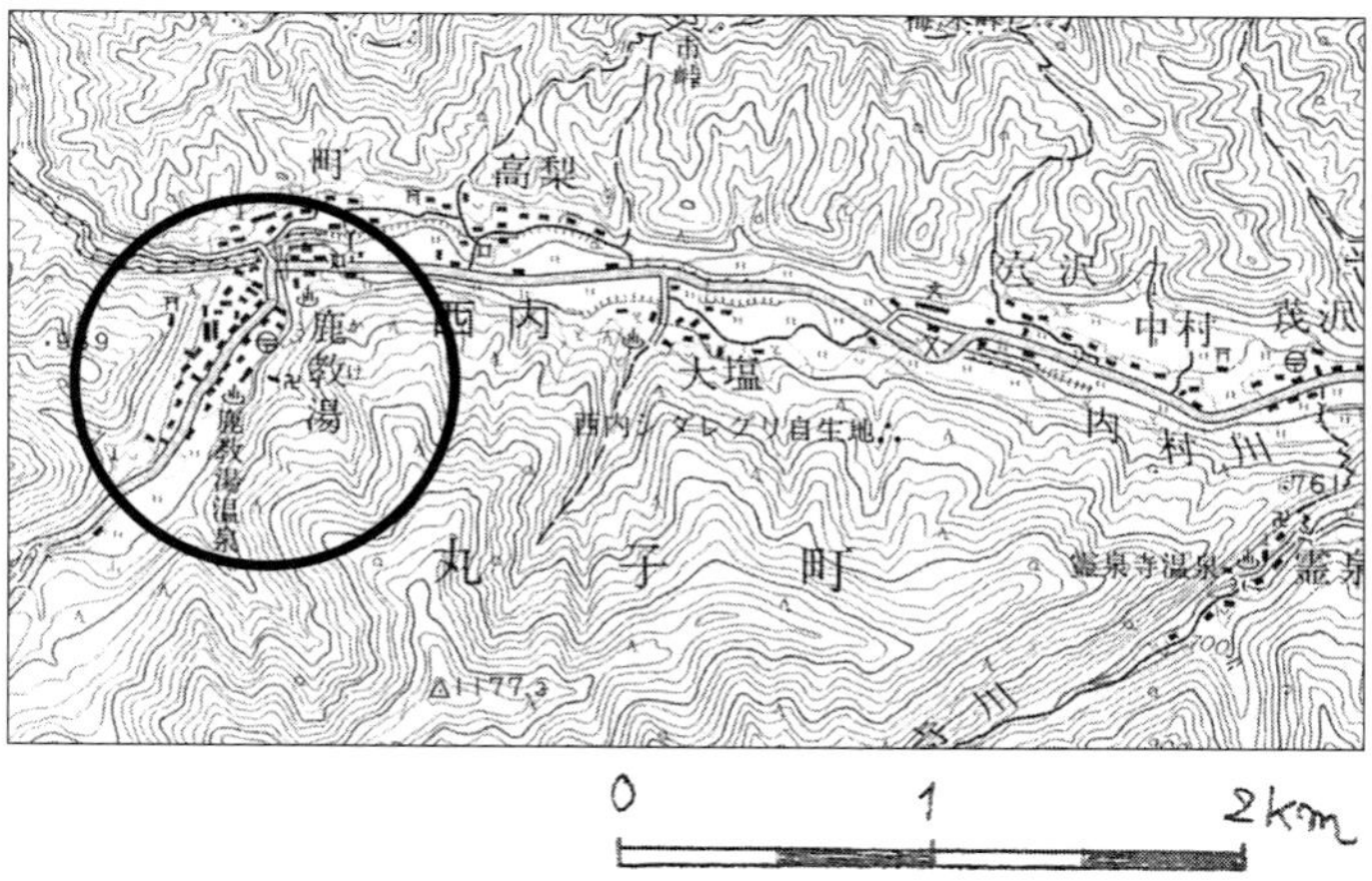

1／5万　和田

二一八　冠着山《かむりきやま》

長野県千曲市羽尾《はねお》・東筑摩郡筑北村坂井

関係地図　1／20万　長野　1／5万　坂城

861

をばすて山

•わが心なぐさめかねつさらしなやをばすて山にてる月を見て　よみ人しらず

①古今集　八七八

•かへりけんそらもしられずをばすての山よりいでし月を見しまに　源重光朝臣

②後撰集　六七五

越後よりのぼりけるに、をばすて山のもとに月あかかりければ

•これやこの月みるたびにおもひやるをばすてやまのふもとなりける　橘為仲朝臣

④後拾遺集　五三三

ちち永実しなののかみにてくだり侍りけるともにまかりてのぼりたりけるころ、左京大夫顕輔が家に歌合し侍りけるによめる

•名にたかきをばすてやまもみしかどもこよひばかりの月はなかりき　藤原為実

⑥詞花集　二八八

378

さらしなの山

しなののくににくだりける人のもとに、つかはしける

•月影はあかず見るともさらしなの山のふもとにながゐすな君　つらゆき

③拾遺集　三一九

堀河院御時、百首歌たてまつりける時、よめる

•いづこにも月はわかじをいかなればさやけかるらむさらしなのやま　隆源法師

⑦千載集　二七七

皇太后宮大夫俊成十首歌よみ侍りける時、よみてつかはしけるうた、月の歌

•月みればはるかにおもふさらしなの山も心のうちにぞありける　右のおほいまうちぎみ

⑦千載集　二八〇

•さらしなの山よりほかにてる月もなぐさめかねつこの比のそら　躬恒

⑧新古今集　一二五九

（メモ）

①長野盆地南の兜形の特徴ある円頂をもたげる独立峰。普通輝石を含む安山岩で頂部を構成。標高一二五二m。姨捨山・

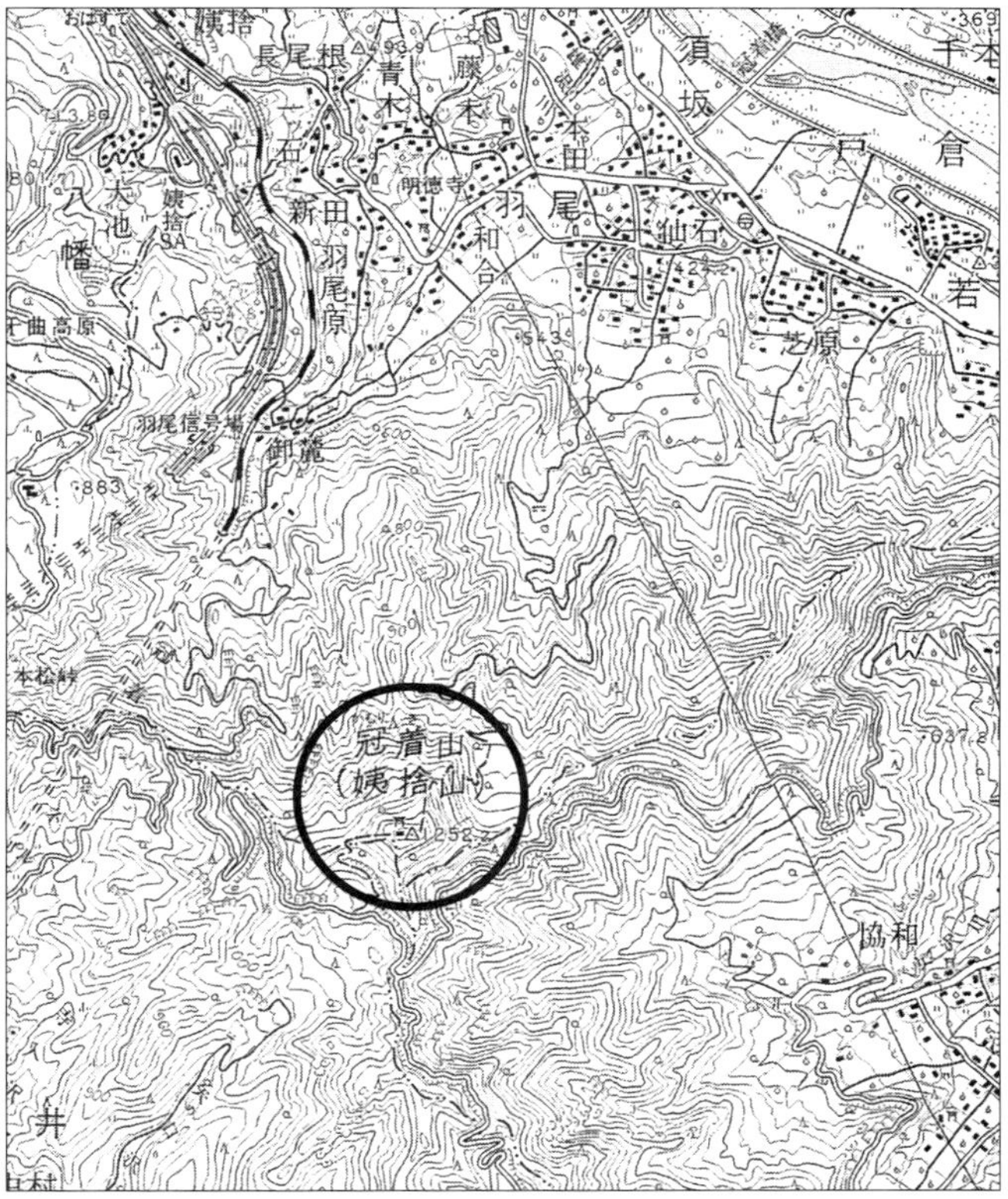

1／5万　坂城

更級山・冠山等の別名がある。
②『大和物語』百五十六　姥捨　に
信濃の国に更級といふ所に、男すみけり。若き時に、親は死に………
そして、古今集の歌と続き、
またいきて迎へもてきにける。それよりのちなむ、をばすて山といひける
とある。
③『芭蕉翁文集』に、
姨捨山は八幡といふ里より、一里ばかり南に西南に横をれて、冷じく高くもあらず、かど〳〵しき岩なども見えず、ただあはれふかき山のすがたなり。なぐさめかねしといひけんもことわりにしられて、そぞろに悲しきに、何故にか老たる人を捨たらんと思ふに、いとど涙も落そひければ、
俤や姨ひとりなく月の友
とある。
④千曲市上山田に智識寺大御堂がある。真言宗。国重文。寺伝では奈良時代天平年間に冠着山の東麓に創建。その後古屋という所に移転し鎌倉時代、源頼朝の帰依によって現在地に移ったという。本尊は木造十一面観音立像。
⑤千曲市八幡姨捨に国名勝「姨捨・田毎の月」がある。その中心に天台宗長楽寺がある。元禄元年芭蕉はここに来た。境内に巨石の姨石があり芭蕉面影塚、句碑歌碑が林立という。
⑥千曲市若宮（戸倉温泉）に佐良志奈神社、同市上山田に波閇科《ハヘシナ》神社がある。ともに『神名帳』更科郡の神社。

二一九　川上沢の橋

長野県上水内郡小川村
関係地図　1／20万 高山、長野　1／5万 大町

849　をがはのはし
・つくしよりここまでくれどつともなしたちのをがはのはしのみぞある　在原業平朝臣　③拾遺集　三八一
（参考）みちのくのをがはのはしのあゆみ板の君しそむかばわれもそむかん　読人不知　夫木抄　九四一九

1／20万　高山(左)・長野(右)

（メモ）
①標高一三七八m虫倉山の南西麓、土尻川上流域の山間部に位置する。「小川荘」は平安末期～南北朝期に見える荘園名。
②天養二（一一四五）年七月九日の『鳥羽院庁下文』に、
院庁下　信濃国小川御庄公文等
とあり、戸隠領、大法師増証領であったという。
③『吾妻鏡』文治二（一一八六）年三月一二日条に
上西門院御領　小河庄
とある。
④小川村高府《たかふ》に武部《たけぶ》神社が鎮座。祭神は日本武尊　誉田別尊　由緒は日本武尊東夷征伐の遺功を永く残すために地名「竹生」を武部として残し、尊の皇子建部稲依別王の勅により鎮斎し、小川庄の総社としたという。
⑤小川村小根山《おねやま》に小根山小川神社が鎮座。祭神は健御名方命　大己貴命　事代主命。由緒は『神名帳』水内郡《ミノチ》小川神社。昔、小川古川に土豪某が勧請し地名により小川神社と称した。
⑥小川村稲丘に真言宗高山寺の三重塔（県指定）がある。元禄一一（一六九八）年、大町の木食山居が建立した。

二二〇　川中島

長野県長野市川中島平

関係地図　1／20万 長野　1／5万 長野

251

かはしま

しのびてものいひ侍りける女の、つねに心ざしなしとゑんじければ、つかはしける　従三位季行

・君にのみしたのおもひはかはしまの水の心はあさからなくに

⑦千載集　八六五

（参考）いたづらに枕ばかりをかはしまのよそにあふせの名にやながれん　妙光寺内大臣　新葉集　八四三

（参考）わするなよさすが契をかはしまにへだつるとしの波はこゆとも　権大僧都尭孝　新続古集　一二一六

1／20万　長野

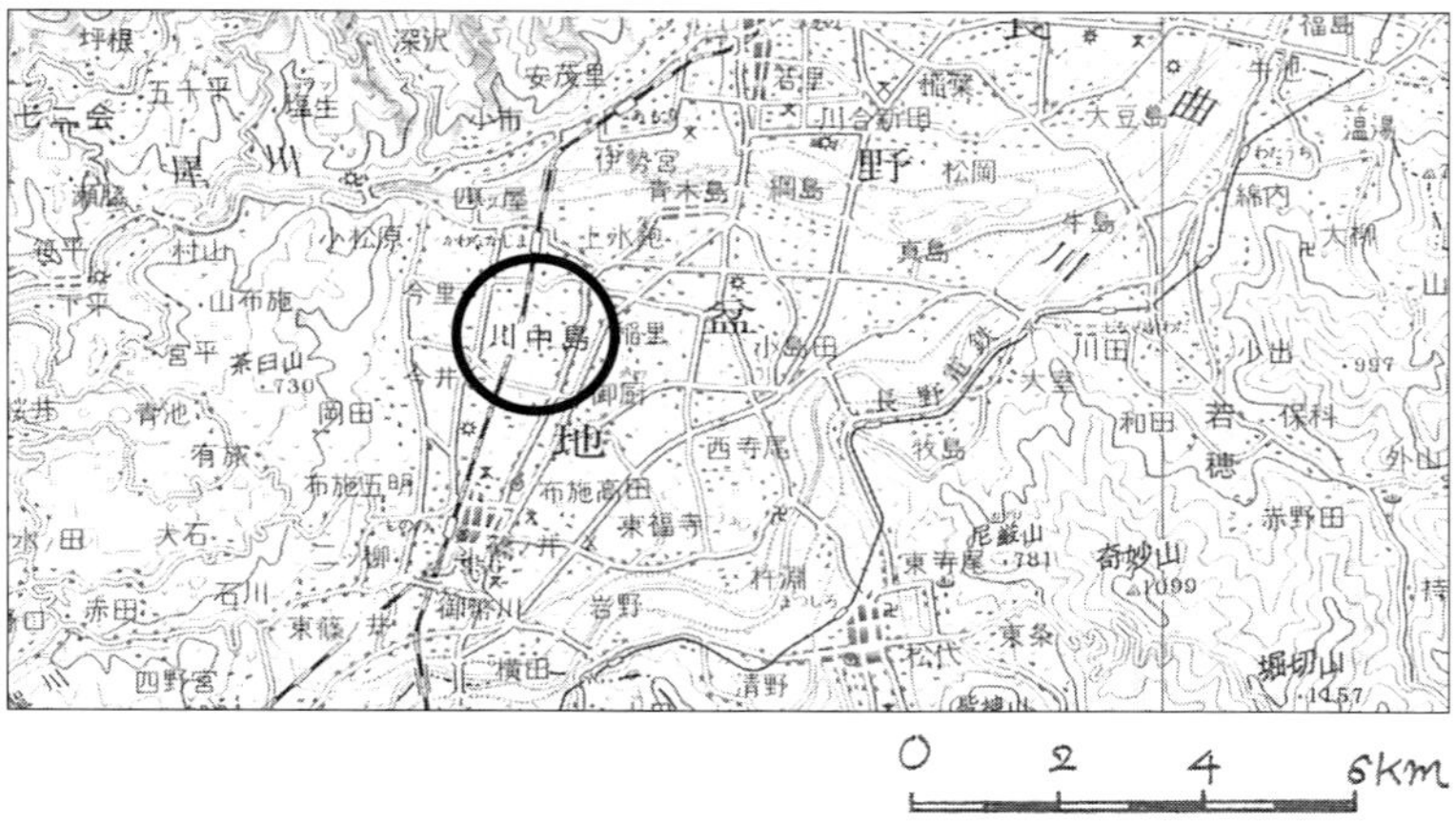

（メモ）

①川中島平は長野市善光寺平の一部で、長野市篠ノ井地区を中心とする地域。北は犀川、南と東を千曲川、西は犀川丘陵、南西を聖川に限られている。面積は約四五㎢もあり、扇状地性の沖積低地。扇頂部の標高は約三七〇m、最低所は犀川と千曲川との合流点で三四〇m。

②千曲川は遠く南佐久郡と山梨県境の国師ヶ岳二五九二m。同金峰山標高二五九九m・同甲武信ヶ岳二四七五mの山々を源にし、一方犀川は北アルプスを源とする高瀬川・梓川と木曽の塩尻市奈良井の茶臼山二六五三mを源とする奈良井川が併り、その両川が千曲川となって信濃川となる。

③信濃川は幹線流路延長は第一位。水量も多いがレキ・砂泥の運搬量も多く、またあちこちでの川中島構築量もまた多いであろう。

二二一　桐原牧神社

長野県長野市桐原字古野

関係地図　1／20万 長野　1／5万 長野

305

きりはらの駒

少将に侍りける時、こまむかへにまかりて　大弐高遠

・相坂の関のいはかどふみならし山たちいづるきりはらのこま

③拾遺集　一六九

（参考）夕暮の月よりさきに関こえて木のしたくらき桐原のこま　正三位知家　続拾遺集　二九三

（参考）鹿のたつ野べのにしきのきりはらはのこりおほかる心ちこそすれ　西行法師　続詞花集　二一六

（参考）打ちなびくを花あしげの春ごまの立ちわたりたるきりはらののべ　中納言国信卿　夫木抄　一〇二八

1／5万　長野

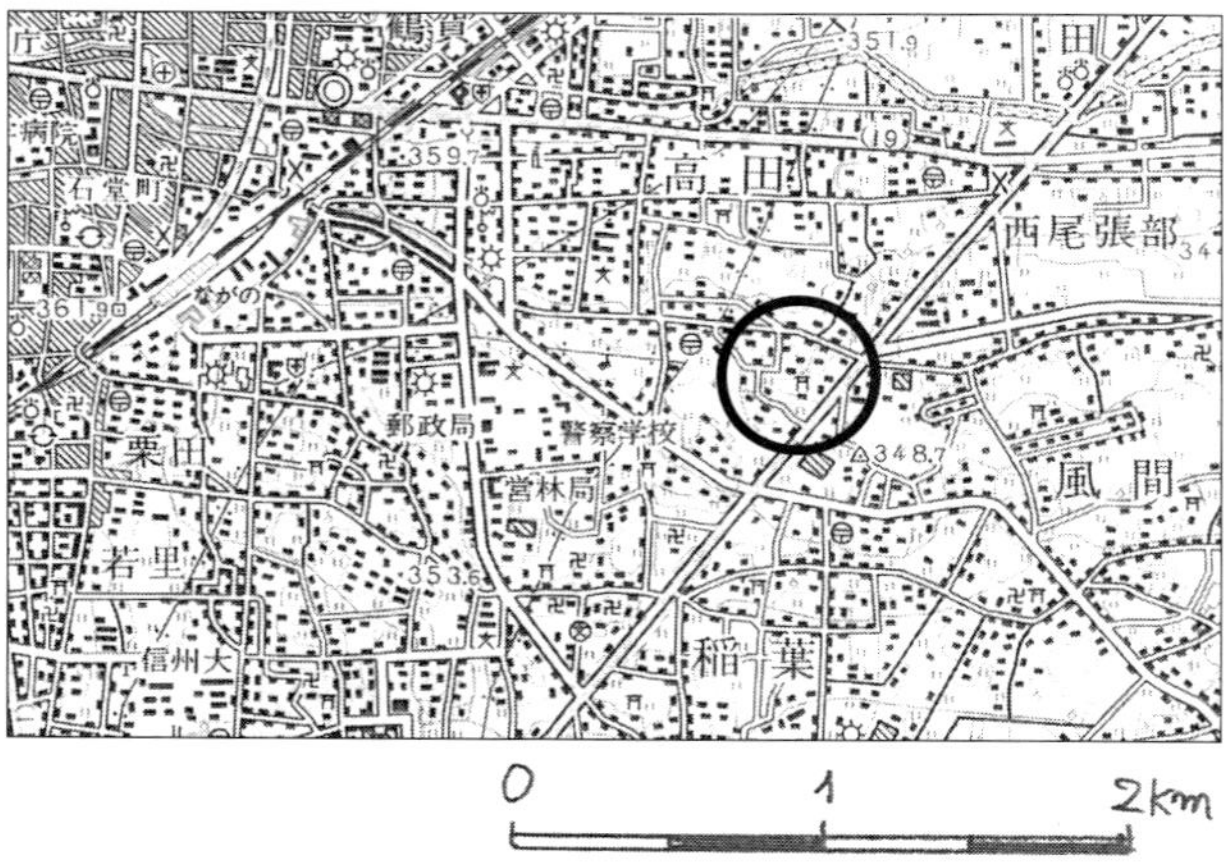

（メモ）

①桐原牧神社一帯。

②『北山抄』に

応和元（九六一）年一一月四日、召桐原駒廿疋、於南庭覧之……後院牧御馬多如此

とあると。

③応永一一（一四〇四）年一二月日の『市河氏貞軍忠状』に

一一年九月高梨左馬助依背上意、為御退治、大将細河兵庫助殿奥郡御発向時、桐原・若槻・下芋之要害責落

とある。この時の城跡が神社東隣にある。

④湯福《ゆぶく》神社（長野市長野字湯福）　祭神は健御名方命荒魂神。『日本書紀』持統天皇五（六九一）年八月二三日条に、

使者を遣して龍田風神、信濃の須波、水内等の神を祭らしむ

とある。須波は諏訪大社、水内は『延喜式神名帳』信濃国水内郡の「健御名方富命彦神、別神社〈名神大〉」。祭神は健御名方神の子。もと善光寺地に鎮座。

二三二　木曽の桟《かけはし》跡

長野県木曽郡上松《あげまつ》町

関係地図　1／20万 飯田　1／5万 上松

288

きそぢのはし
女のもとにつかはしける

・中中にいひもはなたでしなのなるきそぢのはしのかけたるやなぞ　源頼光
③拾遺集　八六五

女のかよふ人あまたきこゆるに、つかはしける

・あさましやさのみはいかにしなのなるきそぢのはしのかけわたるらん　平実重
⑦千載集　八六二

289

きそのかけぢ
山寺にこもりて侍りける時、心あるふみを女のしばしばつかはし侍りければよみてつかはしける

・おそろしやきそのかけぢのまろ木ばしふみみるたびにおちぬべきかな　空人法師
⑦千載集　一一九五

(参考) 分けくらすきそのかけはしたえだえに行末ふかきみねの白雪　後京極摂政前太政大臣
続拾遺集　七〇〇

(参考) 駒なづむ木曽のかけぢの喚子どりたれともわかぬ声きこゆなり　西行上人
夫木抄　一八四〇

(メモ)
①木曽の桟《かけはし》　木曽郡上松《あげまつ》町にあった。元禄一〇年の菊本賀保著『国花万葉記』に
木曽の掛橋、あげ松と云宿より福島へ越る間也。則掛橋と云里有。山の岨《そば》に渡したる橋也。名景きそじのはし、きそのかけぢのまる木ばし共よめり
とあると。木曽の桟は木曽川に架けられたものではなく、山の岨《そば》道の途切れた所に渡したもので、現在の桟の古跡が最大であった。かつて桟は木曽路の至る所にあったが、江戸期には波計《はばかり》桟道《さんどう》(木曽の桟) のみとなったという。よって「木曽路のはし」と「木曽路のかけぢ」と同じもの。

②『夜明け前』(嶋崎藤村) の一節、
木曽路はすべて山の中である。あるところは岨《そば》づたひに行く崖の道であり、あるところは数十間の深さに臨む木曽川の崖であり、あるところは山の尾をめぐる谷の入口である。

③『続日本紀』大宝二 (七〇二) 年一二月一〇日条に、
始めて美濃国に岐蘇の山道を開く。
とある。また同書和銅六年七月七日条に、
美濃・信濃の二国の堺、径道険隘《けんあい》にして、往還艱難《かんなん》なり。仍《よりて》吉蘇路を通す。
とある。旧来の東山道が坂本駅から御坂峠を越えて阿知駅に至る峻路であったに対し、喜蘇路は坂本駅からさらに木曽川沿いに恵奈郡を北上し県坂《あがたさか》を越えて信濃国筑摩郡に至るもので万葉集の
信濃路は今の墾《は》り道刈りばねに足踏《ふ》ましなむ沓《くつ》はけ我《わ》が背《せ》
三三九九
の歌の道かという。

④狭義の木曽路は贄川・奈良井・上松・三留野・妻籠・馬籠。また中山道を木曽路とも。(表紙裏写真⑪参照)

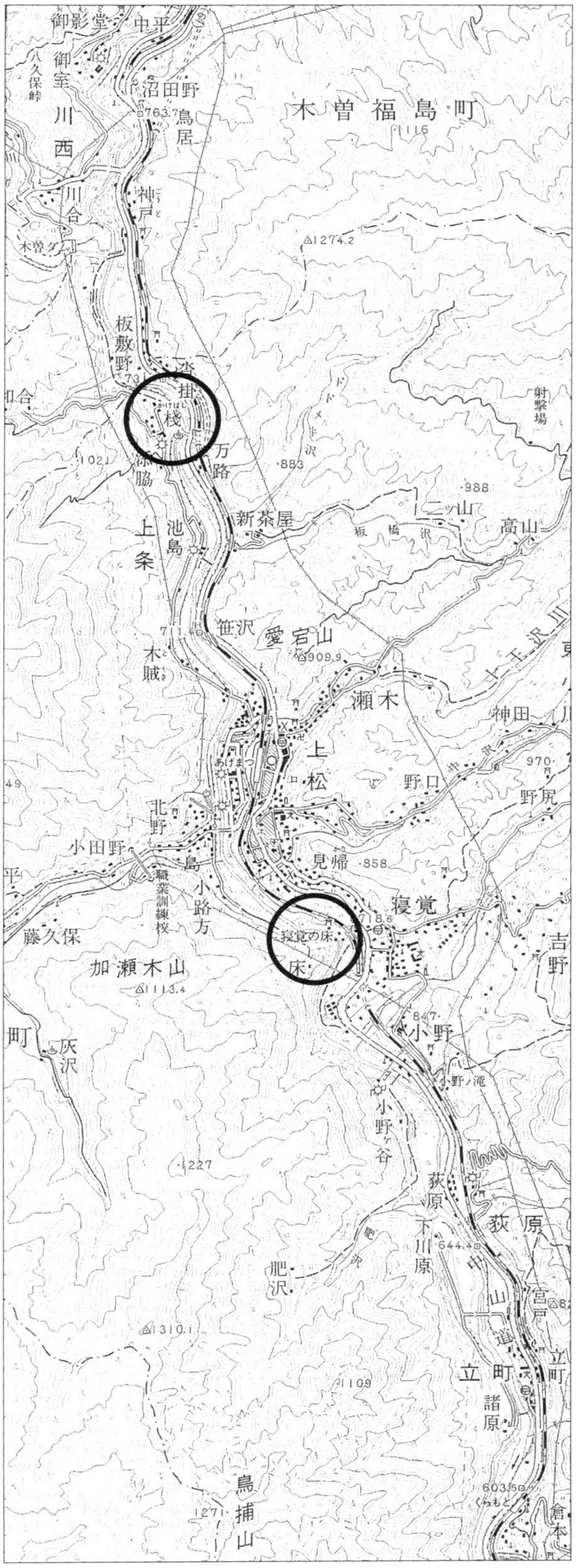

1／5万　上松

二二三　桐原の駒

長野県松本市入山部字東桐原、西桐原

関係地図　1／20万　長野　1／5万　和田

305

きりはらの駒

少将に侍りける時、こまむかへにまかりて　大弐高遠

・相坂の関のいはかどふみならし山たちいづるきりはらのこま

③拾遺集　一六九

(参考) てる月はつもれる雪の心地して玉かと見ゆるきり原の駒　前大納言隆季卿　夫木抄　五三二九

(参考) 打ちなびくを花あしげの春ごまの立ちわたりたるきりはらののべ　中納言国信卿　夫木抄　一〇二八

1／5万　和田

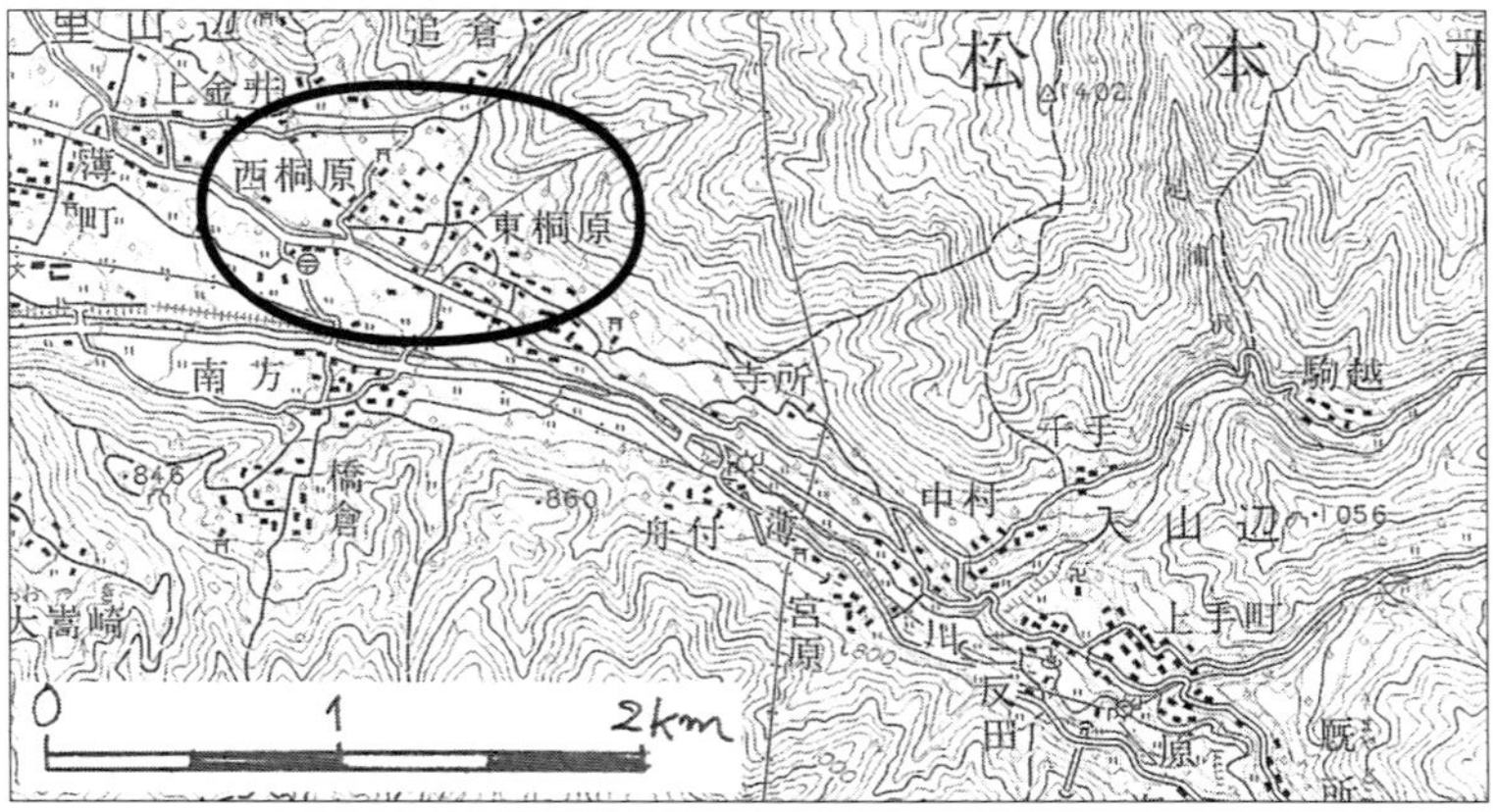

（メモ）

①桐原牧跡は薄川右岸の段丘面から山辺《やまべ》谷北側山地を形成する山辺山南斜面にかけての地域。筑摩郡のうち、図中の○は現柴宮社。駒形神社の社伝をもつという。

②地内に駒越・厩所《うまやところ》・駒籠・厩ノ館・駒形・厩所坂・駒形・厩所堀・鞍掛など牧場関係地名が残っている。

③『北山抄』巻二「年中要抄下」八月七日牽甲斐勅旨御馬事に、応和元（九六一）年一一月四日に駒牽行事があり、

召桐原駒廿疋、於南庭覧之……後院牧御馬多如此、又不召馬寮

とあり、桐原牧は後院牧であった。

④桐原城跡（松本市入山辺字桐原）標高九〇〇m、比高一〇〇mの地に、一八m×三六mの主郭を持つ。土塁、大空堀がある。府中小笠原氏に属した桐原氏の居城で寛正年間（一四六〇―一四六五）桐原真智の築城。五代後の天文一九年武田に攻められ落城という。

二二四　熊　倉

長野県安曇野市豊科高家《たきべ》字熊倉

関係地図　1／20万　高山　1／5万　松本

312

くまのくらといふ山寺

くまのくらといふ山寺に賀縁法師のやどりて侍りけるに、ぢゅうぢし侍りける法師に歌よめといひ侍りければ　よみ人しらず

・身をすてて山に入りにし我なればくまのくらはむこともおぼえず

③拾遺集　三八二

（メモ）

①「熊倉といふ山寺」は「穂高岳」の前。東にある常念岳にゆかりがあるのでなかろうか。この山はピラミッド型の山で、四月にもなると雪形に「常念坊」が出現するという。その常念坊の姿というのは法衣をまとい徳利を下げ、そしてここ、信濃国安曇郡高家《たきべ》郷、この郷内に熊倉村も含む高家郷の住民の平穏な生活を願って歩く姿であるという。その常念岳を源とする川が烏川であり、その流域に烏川集落があり、更に下流に熊倉集落がある。「烏」・「熊」そして常念坊の共通点、それは「黒」である。熊倉庵の庵主は常念坊ではなかったか?

②『和名抄』高家郷には『延喜式神名帳』の穂高神社がある。本宮はここ安曇市穂高町本郷。本宮祭神は穂高見命・綿津見命・瓊々杵命。奥宮は松本市安曇明神池畔。奥宮祭神は穂高見命。由緒は主祭神穂高見命は社伝によると、神代の昔、人跡未踏の穂高岳に御降臨になり、重畳たる中部山岳を開発されるとともに梓川の流域、安曇・筑摩を沃野となし、神胤をこの地に繁栄せられた。古より天下の名社として皇室の崇敬極めて篤く、『延喜式神名帳』には「安曇郡穂高《ホタカノ》神社名神大」とある。祭神は古くは一座、「海神綿積豊玉彦神子穂高見命」一座であったが、中世三宮と称し、本殿を大宮・南宮・若宮の三殿としてある。天文一八（一五四九）年の『造宮定日記』に「穂高正一位五所大明神」としている。また、明応一〇（一五〇一）年の『三宮穂高社御造宮定日記』では安曇郡高家・八原・前科・村上の四郷中、村上郷以外の三郷が造宮奉仕をしているという。

③江戸時代の熊倉村の鎮守は、春日大明神。ほかに薬師堂・地蔵堂・毘沙門堂があり、薬師堂前に

信濃十七番札所成相組熊倉村鶴尾山仏法寺　そして御詠歌

の刻された石碑があると。今日もこの地に仏法寺があるので、ここが熊倉庵の旧地?

④安曇野市西穂高牧に満願寺（真言宗豊山派）がある。坂上田村麻呂開創。寺前に三途河、死出山、六道や一三六地獄の体相などがあると。

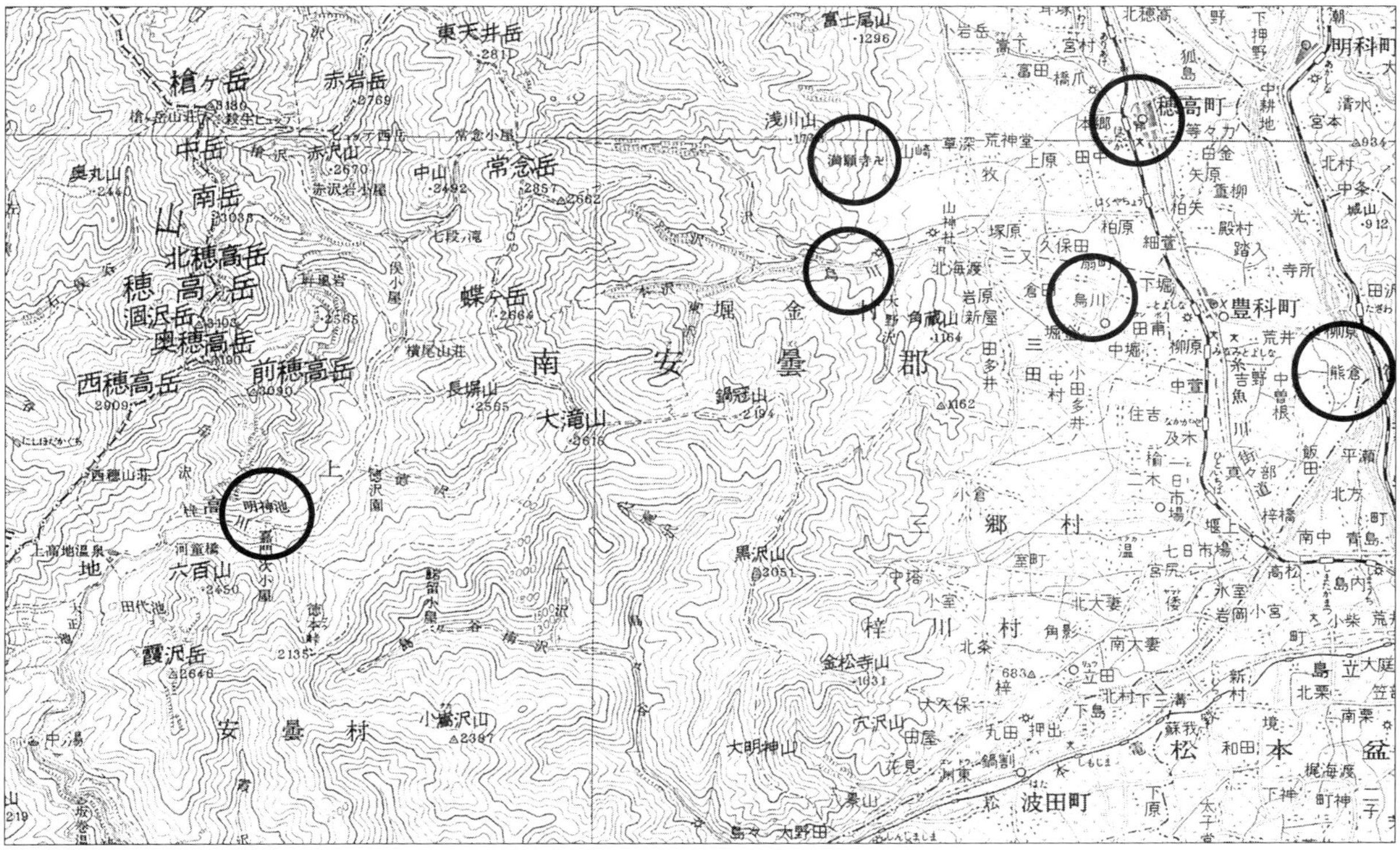

1／20万　高山

0　2　4　6Km

二二五　熊倉

長野県上水内郡信濃町大字柏原字熊倉

関係地図　1／20万 高田　1／5万 戸隠

312

くまのくらといふ山寺

くまのくらといふ山寺に賀縁法師のやどりて侍りけるに、ぢゅうぢし侍りける法師に歌よめといひ侍りければ

・身をすてて山に入りにし我なればくまのくらはむこともおぼえず　よみ人しらず

③拾遺集　三八二

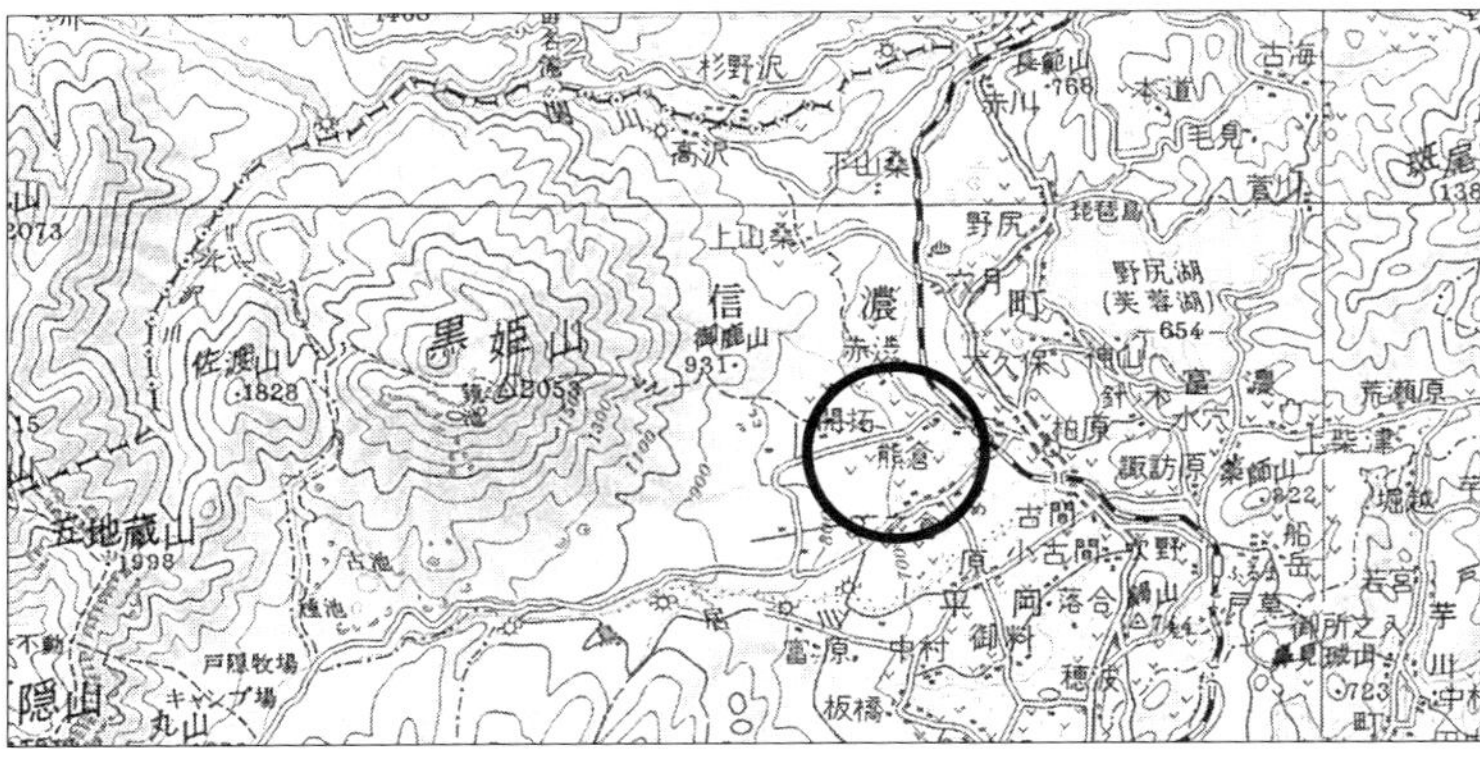

1／20万　高田

0　2　4　6Km

（メモ）

①信濃町柏原　黒姫山火山の東山麓の高原に位置する。黒姫山には役小角が始めてこの山に登ったと伝える。また寛仁四（一〇二〇）年恵心僧都が黒姫弁財天の像を刻んで奉納したという。

②熊倉　江戸期の「熊倉新田村」。寛文一〇（一六七〇）年柏原宿問屋中村四郎兵衛が開発。元禄年間までに柏原村枝郷として成立。柏原宿で人馬が間に合いかねる時に応援に出ていたという。

③野尻湖　信濃国の最北端にあるので、「信濃尻湖」。つづめて「野尻湖」になったと。西の黒姫火山と飯縄火山、東の斑尾火山にはさまれている。斑尾火山の噴出物による堰止湖。湖水面の海抜高度は六五四ｍ。面積約三・七㎢。最深は三七・五ｍ。ビワの形をした島、琵琶島がある。別名弁天島。島に宇賀神社が鎮座。祭神は倉稲魂命・市杵島姫命。昔は弁財天、宇賀弁財天と称す。天平二年五月、僧行基が諸国遍歴の際社殿創建と伝承。

④明治七年に天台宗修験派大聖院が廃寺という。この寺が平安時代以来の熊倉寺院であったのでは？

⑤この地は小林一茶生誕地。また一茶終焉土蔵、一茶俤堂・一茶記念館・一茶郷土民俗資料館などがある。

二二六 熊倉寺跡推定地

長野県佐久市内山境の標高一二三四mの熊倉峰

関係地図 1／20万 長野 1／5万 御代田

312

くまのくらといふ山寺

くまのくらといふ山寺に賀縁法師のやどりて侍りけるに、ぢゅうぢし侍りける法師に歌よめといひ侍りければ

・身をすてて山に入りにし我なればくまのくらはむこともおぼえず よみ人しらず

③拾遺集 三八二

1／20万 長野

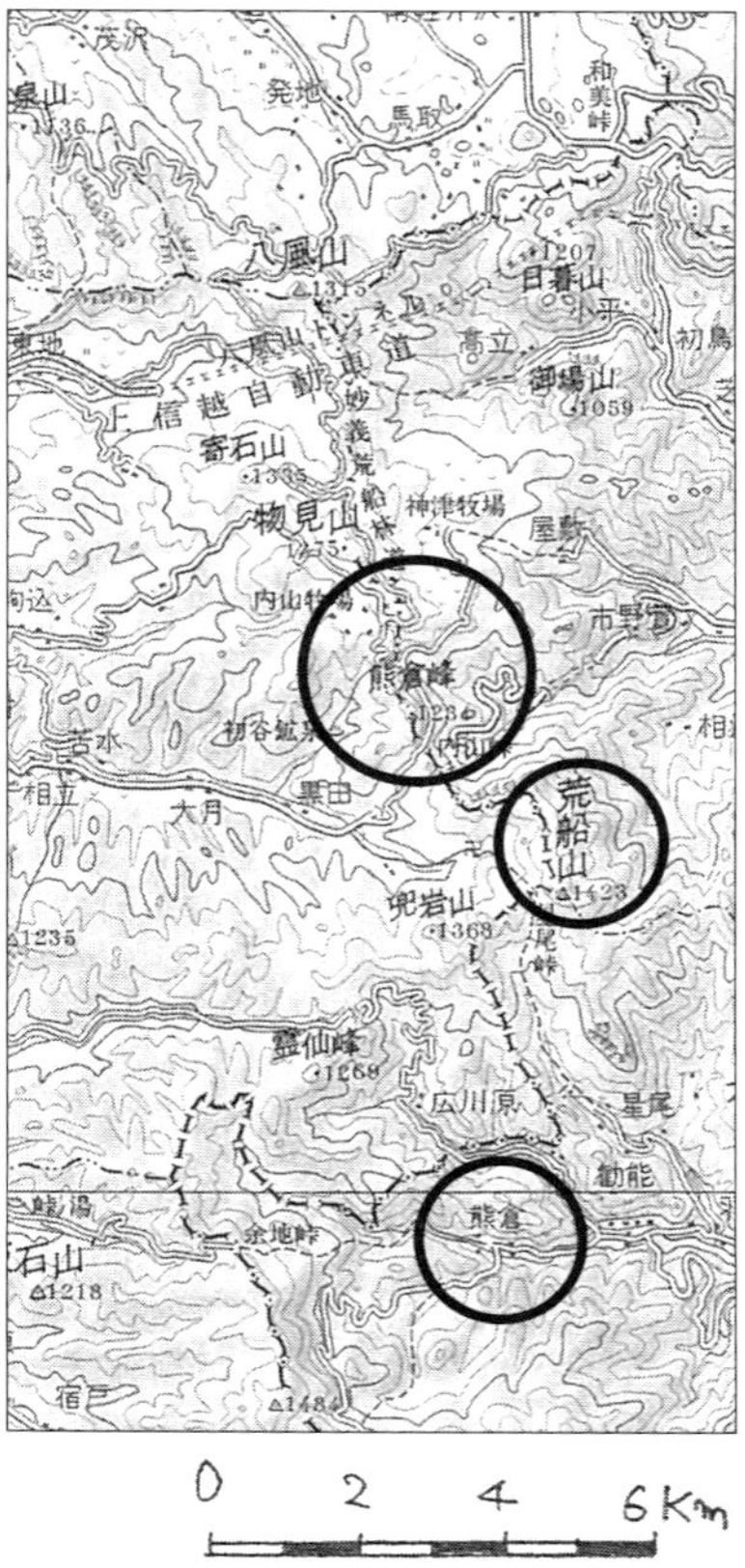

（メモ）

①熊倉峰・南に荒船山、兜岩山を南に、一帯を源に西流し千曲川に合流するのが滑津川である。この川は源流から佐久市平賀までの一帯は佐久市大字内山であるので、ここを流下する滑津川を「内山峡」と呼ばれる。その長さ約一二km。

②滑津川流域の大月・苦水では八月一四日に、松井では秋の彼岸中日（秋分の日）に「なんまいだ」と称する子供の行事がある。小学校三年生から中学一年生までの男子が殆んど参加する。一〇八個の玉に縄を通した長さ約五mの大きな数珠を持って、各家の庭先に円陣を作り、年長者の鉦《かね》たたきの音に合わせて、ナンマイダ、ナンマイダと唱えながら大きな数珠を手繰る。各家を廻り終えると、大きな数珠を集落の入口の馬頭観音に巻き付け、「早く病気はあっちへ行け」と言って、一斉に集落に逃げ帰るという。

③苦水集落、大月集落と遡上して右方から合流してくる大沼沢を渡って間もなく、道路左に「孝子亀松の墓碑」がある。天明三年狼から父を救い時の老中松平定信から賞せられたと伝える。

二二七 信濃国府跡推定地

長野県上田市常田《ときだ》辺

関係地図 1／20万 長野 1／5万 上田 1／2.5万 上田

393

しなの

女のもとにつかはしける

・中中にいひもはなたでしなのたるきそぢのはしのかけたるやなぞ 源頼光

③拾遺集 八六五

ちちのしなのなる女をすみ侍りけるもとにつかはしける

・しなのなるそのはらにこそあらねども我がははきぎといまはたのまん 平正家

④後拾遺集 一一二七

（参考）しなのなる すがのあらのに ほととぎす なくこえきけば ときすぎにけり 信濃国歌 万葉集 三三五二

1／2.5万 上田

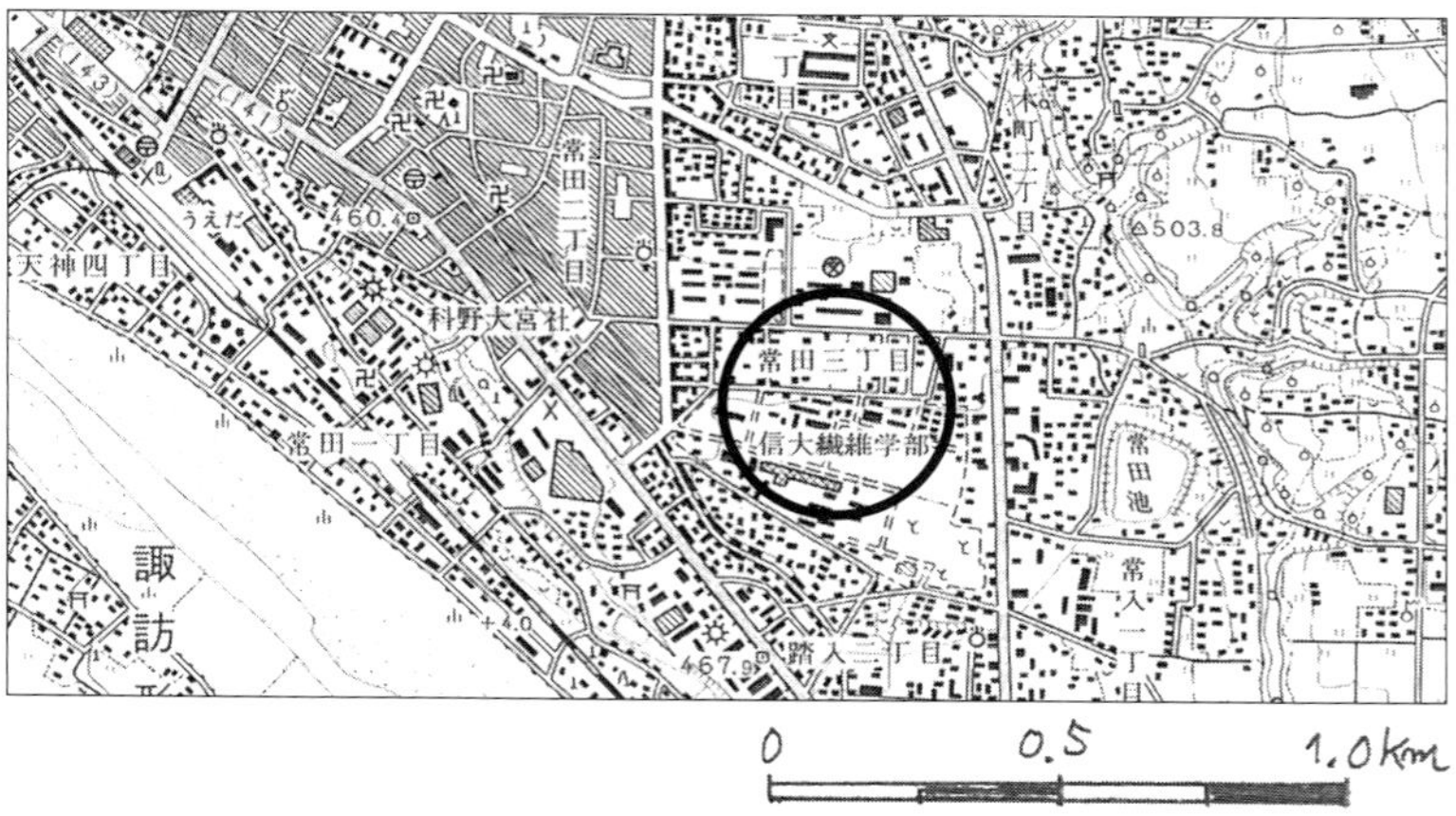

（メモ）

①信濃総社とみられる科野大宮社付近一帯に道路状遺構・掘立柱建物群・古代瓦類が出土した。

②科野《しなの》大宮社（上田市常田） 祭神は大己貴命 事代主命 （相殿）建南方富命

由緒は第一〇代崇神天皇の当時科野国造の建五百連命の創立。科野大国魂神と尊称。国府庁の祭祀をする総社であったという。

③その後、『和名抄』に信濃国国府在筑摩郡。とあり松本市に移る。伊科神社のある惣社地区。七三棟の住民跡・多量の瓦類・帯金具・緑釉陶器等出土の松本市本郷の大村遺跡か。

④長野市に一宗一派に偏しない善光寺がある。『日本書紀』天智天皇三（六六四）年三月条に、百済王《くだらのこきし》善光王等を以て難波に居《はべ》らしむとある。この善光王が開創者では？

二二八　園原

長野県下伊那郡阿智村智里字園原

関係地図　1／20万　飯田　1／5万　中津川

454

そのはら

しなののみさかのかたかきたるゐに、そのはらといふ所に、たび人やどりてたちあかしたる所を

平定文家歌合

・たちながらこよひはあけぬそのはらやふせやといふもかひなかりけり　藤原輔尹朝臣　⑧新古今集　九一三

・そのはらやふせ屋におふるははきぎのありとはみえてあはぬきみかな　坂上是則　⑧新古今集　九九七

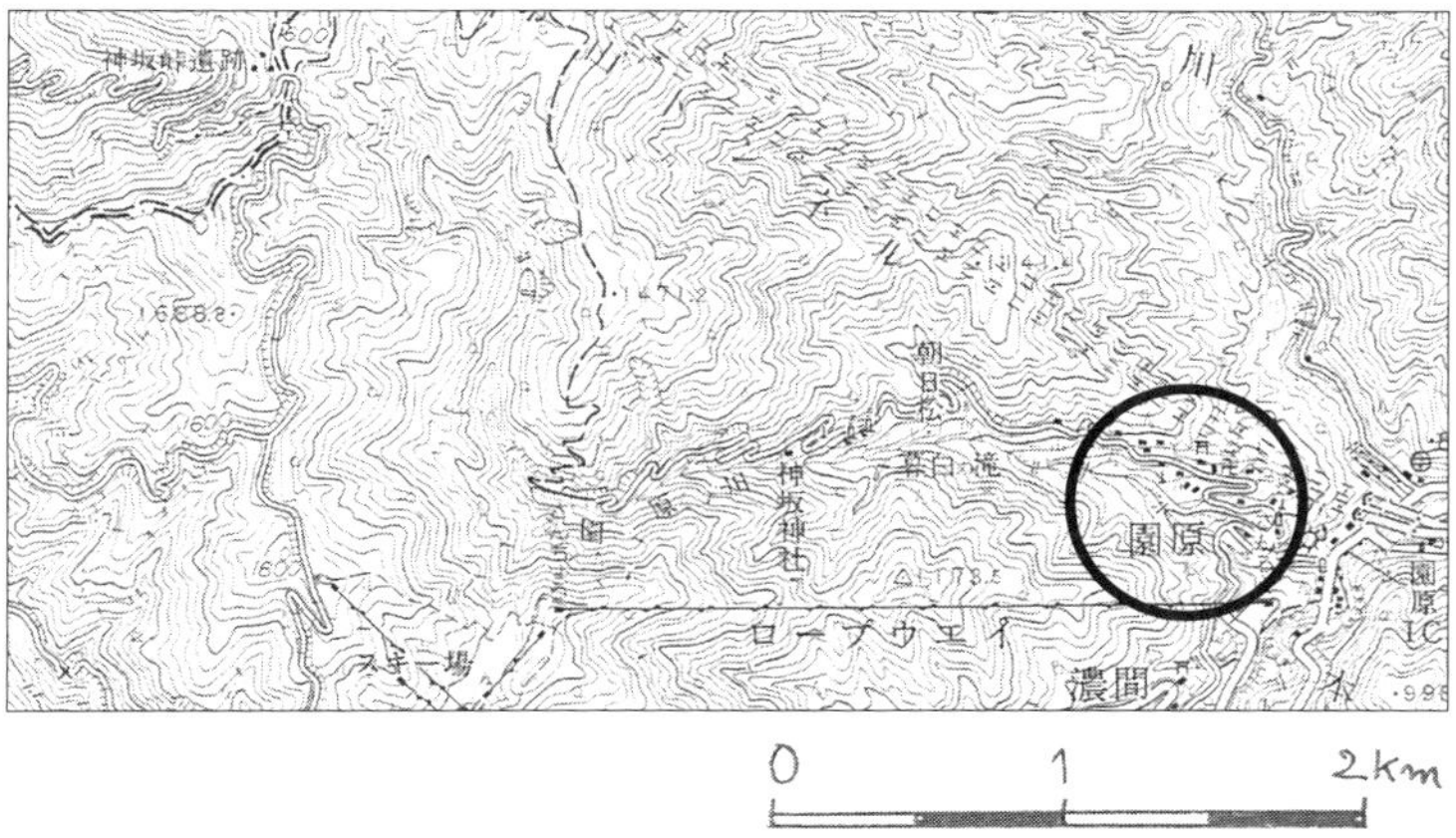

1／5万　中津川

（メモ）

①伝教大師最澄は弘仁八（八一七）年東山道を下った。美濃の坂本から御坂峠を越えて信濃国阿智駅《あちのうまや》までの道中で難渋したので、御坂峠の信濃側と美濃側の両方に旅人を救済する布施屋「広拯院」・「広済院」を設けて、旅人の休宿の便に供した。最澄の弟子の仁忠著『叡山大師伝』に次のようにある。

大師東征の日信濃坂に赴く。其の坂数十里なり。雲を踏み、漢《そら》に跨り露を排《はら》って錫を策《つ》くに馬はあがきて風を喰い、人は吟《うめ》きて気を吐き、尚一日の行程に能《あた》はず。ただ半山に宿してわずかに聚落に達す。大師この坂の艱難《かんなん》にして往還に宿無きを見て、誓って広済・広拯の両院を置き陟黜《ちょくちゅつ》（登り・降り）に便あらしめ、公私の損ずること無からしむ。美濃の境内を広済と名づけ、信濃の境内を広拯と名づくなり。

広拯院跡が月見堂である。園原には箒木・姿見池・朝日松・長者屋敷跡等ある。

二二九　武石沖

長野県上田市武石沖

関係地図　1／20万　長野　1／5万　小諸、和田

188

おきのゐ

・おきのゐて身をやくよりもかなしきは宮こしまべのわかれなりけり　をののこまち　①古今集　一一〇四

（参考）ほととぎすおきのゐの里は過ぎぬなりいかなる人の夢むすぶらん　従三位範宗卿　夫木抄　二九一四

（参考）衣うつきぬたのおとをしるべにておきのゐのさとをたづねつるかな　第三のみこ　夫木抄　五七九一

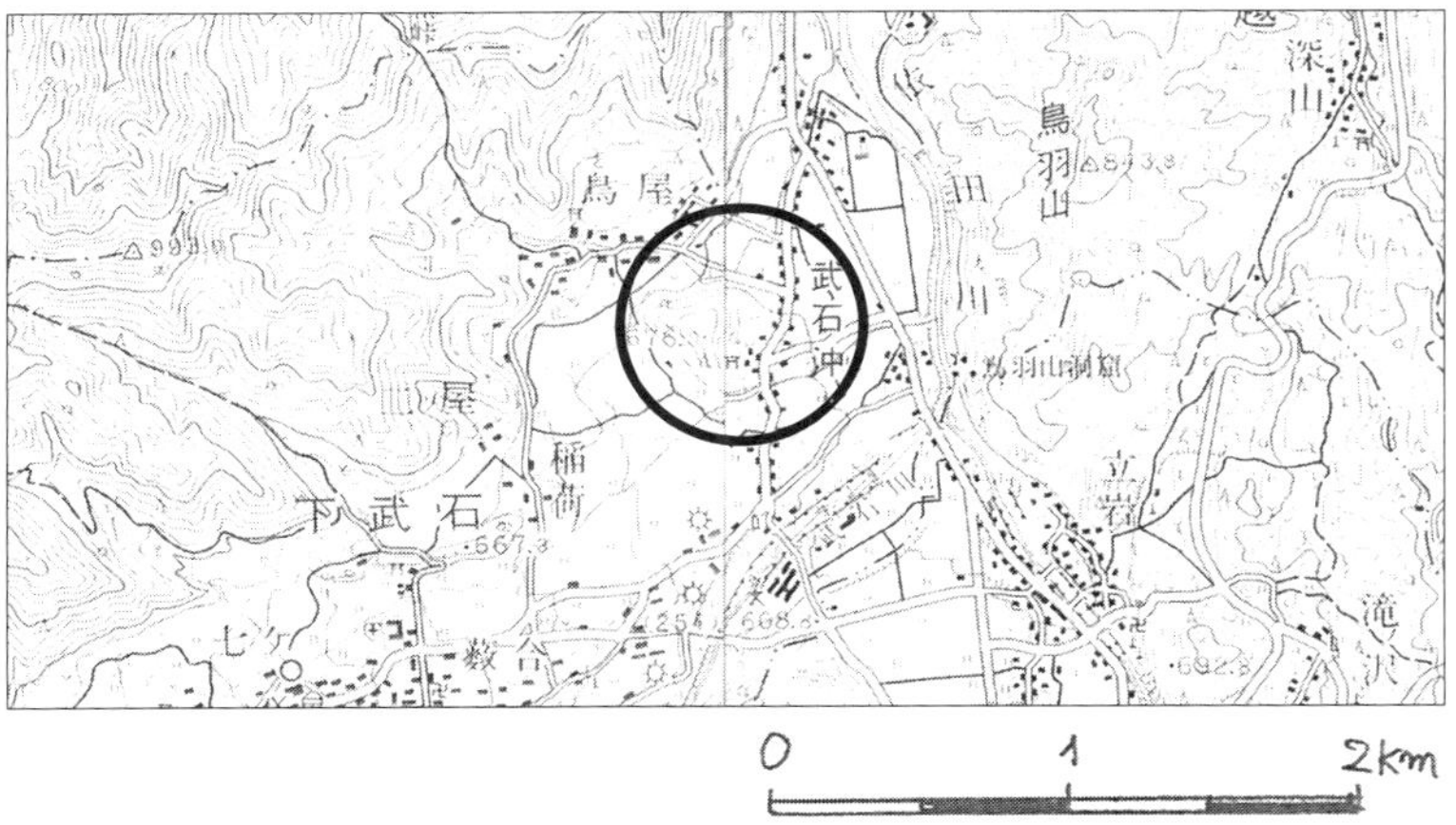

1／5万　和田(左)・小諸(右)

（メモ）

①武石沖地内に清水・湧水があったのであろう。

②沖は武石川左岸に位置する。地名の由来は(a)上武石字堀之内の領主館の門田に対する沖田のこと　(b)地形起源説がある。

③字荒宿・鳥羽には縄文中期～後期や平安期の遺物が散見する。

④字塩地口には縄文中期の遺物が散見。

⑤字五日町内に諏訪道と松本道分岐点に成立した鎌倉期の三斎市跡がある。

⑥字五輪前には鎌倉期と見られる五輪塔残欠がある。

⑦沖村の入口に牛の形をした巨石があり、当地の開発神が乗って来た牛が石と化したのだという伝承から「牛石様」の名がある。これは隣村の立岩の住民からは笹焼明神としても信仰されてきた。

⑧腰越の依田川断崖に鳥羽山洞窟（国史跡）がある。これは古墳時代の仮埋葬、殯葬墓《もがりばか》という宗教遺跡という。

⑨上田市東内に貞観元（八五九）年慈覚大師開基の法住寺虚空蔵堂（国重文）がある。

一二三〇　都住山（仮称）

長野県上高井郡小布施町・高山村、中野市

関係地図　1／20万　高田　1／5万　中野

526　つつみのたけ

・かがり火の所さだめず見えつるは流れつつのみたけばなりけり　紀輔時

③拾遺集　三八八

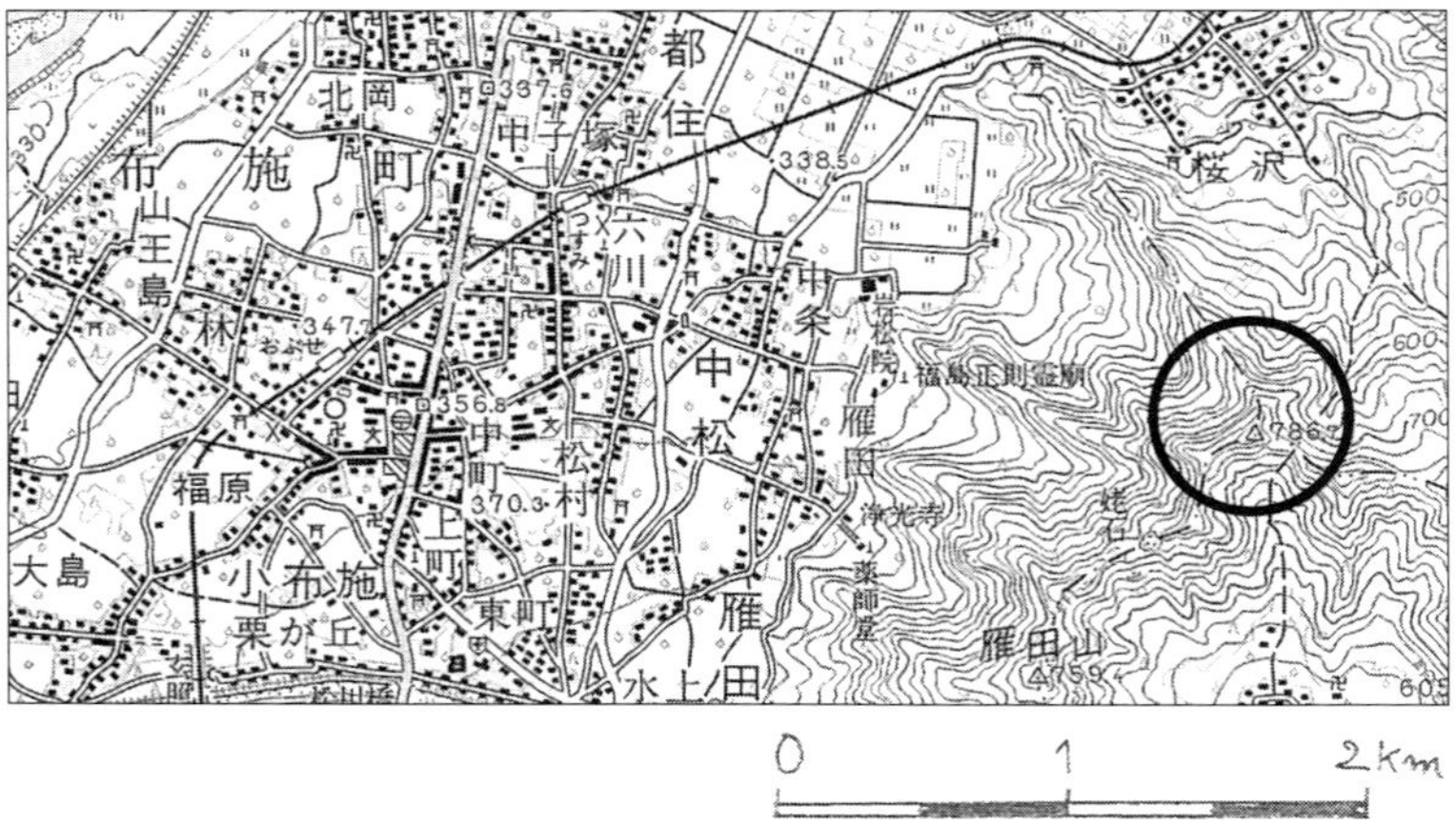

1／5万　中野

（メモ）

①小布施町雁田、中野市桜沢及び上高井郡高山村中山の一市二町にまたがる山は標高七八六・七mである。この峰の南西峰、標高七五九・四m周辺が中世の堤郷のようであるので、この山を地名をとって仮に「都住山」とする。

②嘉暦四（一三二九）年三月日の諏訪社上社頭役の順番を定めた『鎌倉幕府下知状案』の一番御射山（松本市・上田市境に標高一六〇五m三才山あり・御射神社秋宮あり）左頭の条に、

東条庄内本郷・甕・法連・新保郷地頭等、小布施・部木田・治・真野・矢島・堤郷地頭等

とある。

③堤郷は桜沢郷を本領とする桜沢氏が領有しており、寛正四（一四六三）年には桜沢入道禅沢が堤郷の頭役を勤めていた。

④長野電鉄長野線の小布施駅の次の駅が「都住《つすみ》駅」である。桜沢・都住・六川・中条・小布施等が「堤郷とその周辺」であり、そこに灌漑用堤・溜池があったであろう。

⑤浄光寺（真言宗）・室町中期の薬師堂（国重文）。寺伝では天平二年僧玄明草創、大同四年坂上田村麻呂・僧悦導の建立。巌松院（曹洞宗）。福島正則は関原合戦後に安芸・備後二国の大大名となったが晩年に、ここ高井郡高井邑に蟄居。寛永元年七月一二日、六四歳で病歿。巌松院で火葬された。

一二三一　別所温泉

長野県上田市別所温泉

関係地図　1／20万　長野　1／5万　坂城

585　ななくりのいでゆ

やむごとなき人を思ひかけたるをとこにかはりて　相摸

・つきもせずこひになみだをわかすかなこやななくりのいでゆなるらん

④後拾遺集　六四三

（参考）よの人のこひのやまひの薬とやななくりのゆのわきかへるらん　二条太皇太后宮肥後

夫木抄　一二四八八

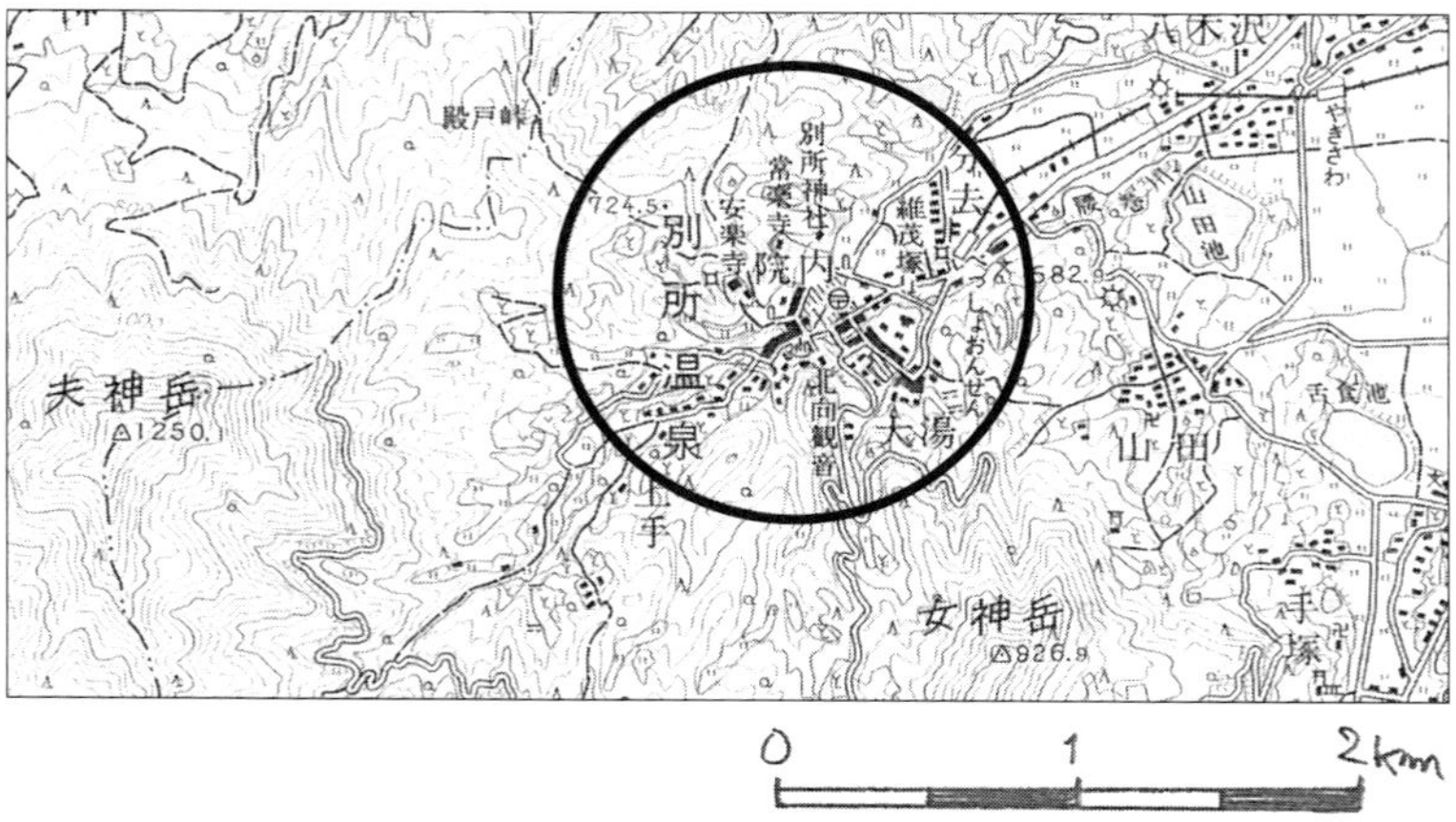

1／5万　坂城

（メモ）

①夫神《おがみ》岳標高一二五〇m、女神岳九二七mの山麓、標高六〇〇mにある温泉。

②昔、東征を続ける日本武尊の軍勢が保福寺峠にさしかかると、白髪の翁が現われ、「この山中に七つの湯が湧いており、人々の七つの苦を取り除いてくれる」と言って消えたという。その後、山中を探すと翁の言った七つの出で湯があったので、尊は「七苦離の湯」と名付けられ、軍勢一同が入浴し、長旅の疲労を除いたという。

③ここ別所温泉には三楽寺があった。

a．安楽寺　現在は曹洞宗。開創は天長年間。八二四～八三四。中興開山は中国無準師範の孫弟子・樵谷惟仙禅師。惟仙禅師は木曽源氏の出自といわれ、鎌倉時代に宋に渡り、別山祖智禅師の印可を受け、寛元四（一二四六）年鎌倉建長寺開山蘭渓道隆禅師と同船して帰国した。当寺は信州で最初の禅寺。木造八角三重塔（国宝）は日本唯一。

b．常楽寺　天長年間慈覚大師によって開創。北向観音の本坊である。境内に高さ二八一cmの石造多宝塔（国重文）がある。（長楽寺は今はない）

一三一　野沢温泉

長野県下高井郡野沢温泉村豊郷《とよさと》

関係地図　1／20万 高田　1／5万 飯山

115　いぬかひのみゆ　　　よみ人しらず

・鳥のこはまだひなながらたちていぬかひの見ゆるはすもりなりけり

③拾遺集　三八三

（メモ）

①犬飼（犬甘）の地名は鷹飼と関係を有し、天応元（七八一）年朝廷から信濃国内に二〇戸の破格の封戸を受けた葛木犬養神と由縁があるという。②地名の由来は鷹狩の時の勢子として役立つ犬を飼育する犬飼部に由来するともいう。③この一帯は古来巣鷹山であり、慶長年間には巣守が置かれた。元和五（一六一九）年には野沢で二〇カ所の巣鷹山管理保護があった。そのための巣守は野沢九名、坪山一名いた。後、飯山城主松平氏の時から馬曲・計見山（現木島平集落）までの管理をした。④野沢村の中央を標高一六五〇m毛無山を源とする湯沢川が流れる。野沢はこの渓流に沿って湧出する温泉を中心に発達した。中世は「湯山」と称されたが、弘治三（一五五七）年六月一五日の武田晴信の「市川藤若宛書状」で（長尾）景虎野沢の湯に至って陣を進めその地へ取り懸るべき……が最初という。⑤野沢温泉　源泉は三三。泉温四〇～九五℃。泉質は単純硫黄泉。糖尿病・胃腸病・リューマチ・婦人病・中風・痔・切り傷・火傷・皮膚病等に効能。⑥温泉の歴史は約一三〇〇年前僧行基が小菅山へ巡錫の際、野沢の湯煙りを発見。天暦年間（九四七―九五六）から利用。寛永年間に飯山藩主が湯治場を許可。共同浴場に痔湯・皮膚湯・切り傷湯・火傷湯などが有るという。⑦小菅神社（飯山市瑞穂字蓮池）　祭神は素盞嗚命以下六柱。奥社は天武天皇白鳳八年の創建。役小角の勧請。里社は大同元年坂上田村麻呂の再建。小菅修験の中心。

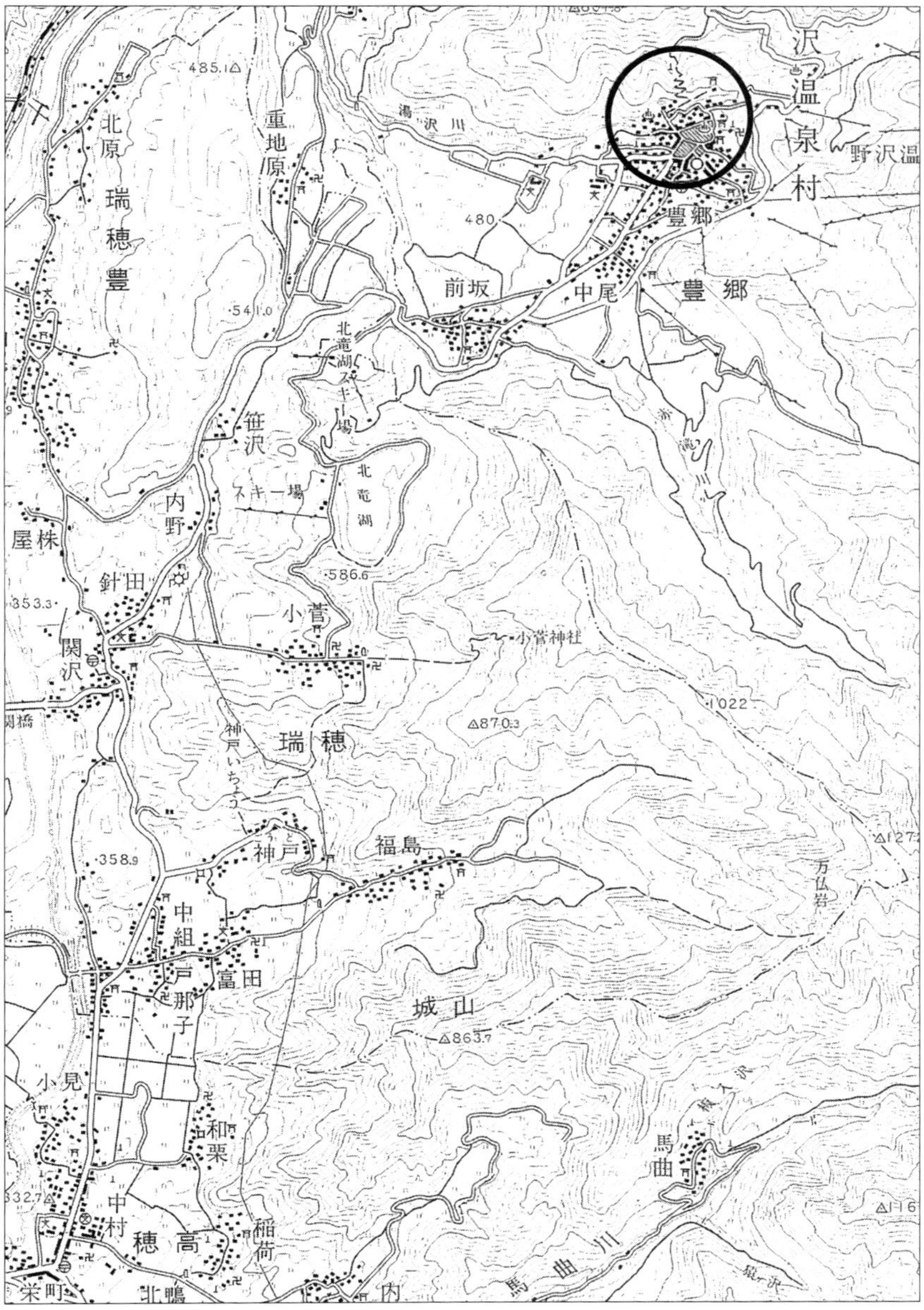

1／5万　飯山

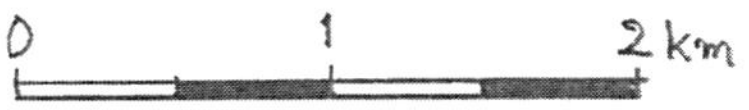

二三三　神坂峠《みさかとうげ》

長野県下伊那郡阿智村智里・岐阜県中津川市神坂《みさか》

関係地図　1／20万　飯田　1／5万　中津川

738

みさか

為善朝臣みかはのかみにてくだりはべりけるにすのまたといふわたりにおりゐてしなののみさかをみやりてよみ侍ける

・しらくものうへよりみゆるあしびきの山のたかねやみさかなるらん　能因法師

④後拾遺集　五一四

（参考）ちはやぶる　かみのみさかに　ぬさまつり　いはふいのちは　おもちちがため　埴科郡神人部子忍男　万葉集　四四〇二

0　1　2km

1／5万　中津川

（メモ）

①東山道の最大の難所、標高一五九五m。『日本書紀』景行天皇四〇（一一〇）年、日本武尊東征紀に

是より先に信濃坂を度《わた》る者《ひと》、多《さは》に神の気《いき》を得て瘼《を》を臥《ふ》せり。但《ただ》白き鹿を殺したまひしより後に、是の山を踰《こ》ゆる者は蒜《ひる》を嚼《か》みて人及び牛馬に塗る。自づから神の気《いき》に中《あた》らず

とある。

②多くの幣が峠付近で見つかっていた。昭和四三年発掘では円板（鏡形）・剣形・勾玉・臼玉などの神器形石製模造品一四〇〇余点をはじめ多くの土器類等の遺物と積石塚が発見され昭和五六年国史跡に。

③阿智には式内阿智神社。里宮は昼神集落に、奥宮は阿智川上流二kmの山麓台地に鎮座。祭神は思兼命《おもいかねのみこと》・表春命《うわはるのみこと》。

二三四　望月の駒

長野県佐久市望月・御馬寄、東御《とみ》市御牧原、小諸市等

関係地図　1／20万　長野　1／5万　小諸

789

もち月のこま

延喜御時月次御屏風に

・あふさかの関のし水に影見えて今やひくらんもち月のこま　つらゆき　③

拾遺集　一七〇

花山にまかりて侍りけるに、こまひきの御むまをつかはしたりければ

・もち月のこまよりおそくいでつればたどるたどるぞ山はこえつる　素性法師

③拾遺集　四三八

後白河院、栖霞寺におはしましけるに、駒引のひきわけのつかひにてまゐりけるに

・さがの山千代のふるみち跡とめて又露わくるもち月の駒　定家朝臣　⑧新

古今集　一六四六

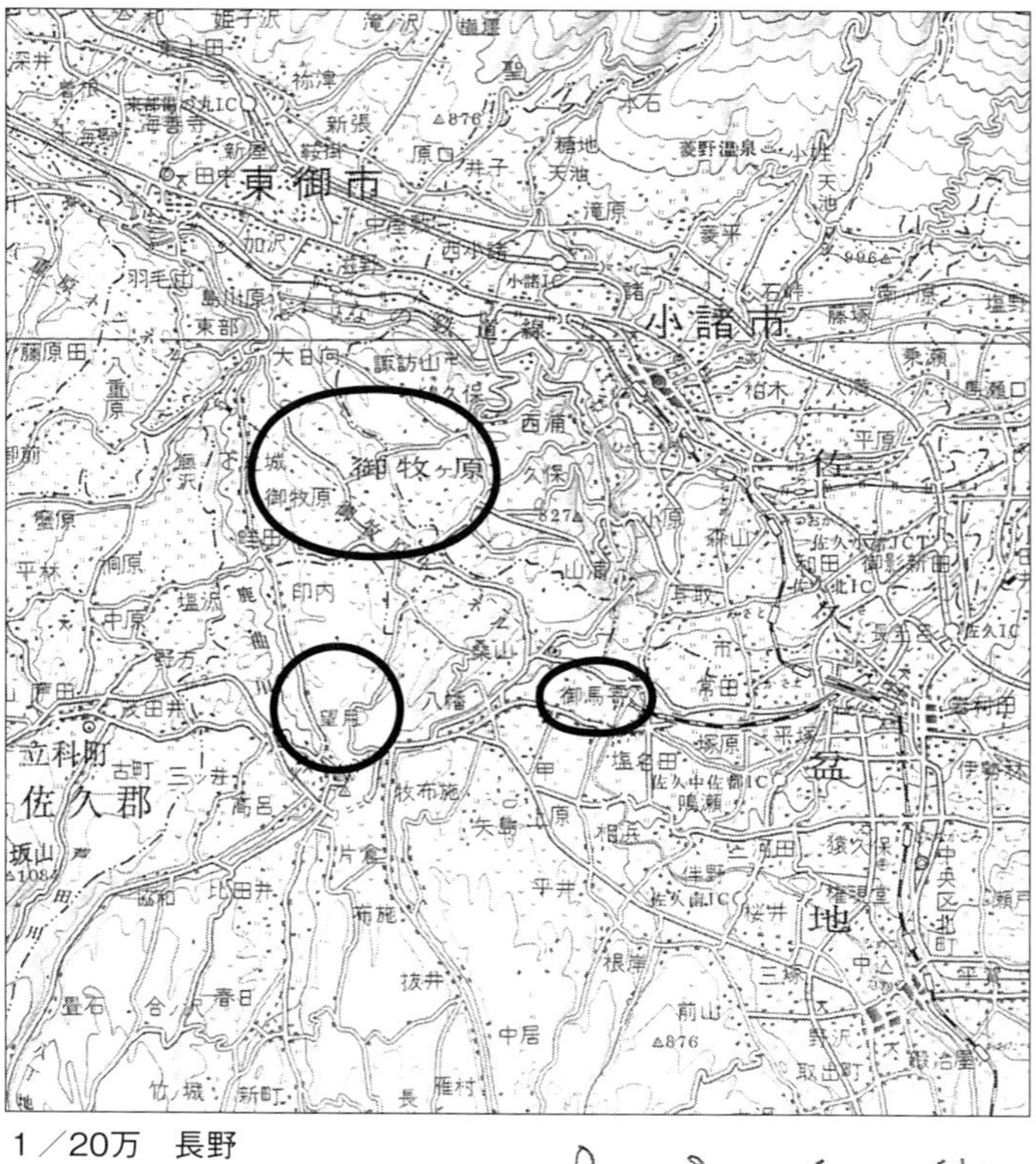

1／20万　長野

0　2　4　6Km

（メモ）
①望月牧は現在の佐久市望月・布施・八幡・御馬寄・東御市御牧原・小諸市に広くまたがっていた。小諸市山浦、佐久市の方々に現在でも「御牧原」「御牧地」がある。
②望月は蓼科山の北麓、鹿曲《かくま》川中流域に位置する。地名の由来は貞観七（八六五）年望月牧の駒を八月十五日望の月の日に、武徳殿に於て天皇が叡覧される事に由来するという。
③望月の牧は平安時代東国三二もの勅旨牧（官牧）中の筆頭で、信濃国で年間の貢馬八〇頭中二〇頭を献上していた。
④『三代実録』貞観七年一二月一九日条に、

是日。制。信濃国勅使牧御馬。元八月二十九日貢レ之。今定二十五日一。

⑤『吾妻鏡』文治二（一一八六）年三月一二日条に

小中太光家、使節として上洛す、是左典廐の賢息（高能）、首服を加へしめ給ふ可きに依りて、御馬三疋、長持、二棹を献ぜらるるの故なり、

左馬寮領

注進　信濃国

笠原御牧　官所　岡屋　平野　小野牧　大塩牧　大塩牧　塩原　北内大野牧　大室牧　常盤牧　萩金井高井野牧　吉田牧　笠原牧南條・北條　望月牧　新張牧　塩河牧　菱野緒鹿牧　多々利牧　等々

とある。
⑥東御市大日当集落には当時の馬の逃走を防ぐための野馬除《よ》け土手の一部が残っており、約一二〇mにわたって松並木も見られるという。
⑦御牧関係神社のいくつかを
・小諸市柏木の駒形神社
・佐久市塚原の駒形神社
・立科町藤沢の駒方神社
・東御市御牧原の御牧神社

一二三五　糸貫川

岐阜県本巣市・北方町・瑞穂市

関係地図　1／20万　岐阜　1／5万　大垣

101　いつぬきがは

・きみがよはいくよろづよかかさぬべきいつぬきがはのつるのけごろも　藤原道経　⑤金葉集　三二三

（参考）莚田のいつぬき川につらゐてやどる月には敷く物ぞなき　大納言成道　続後拾集　四五〇

（参考）むしろ田のいつぬき河のしき波にむれゐる鶴の万代の声　後京極摂政前太政大臣　新千載集　二二七八

（参考）たづのすむいつぬき川のしき波に猶たちまさる御代の数かな　惟明親王　新続古集　七九五

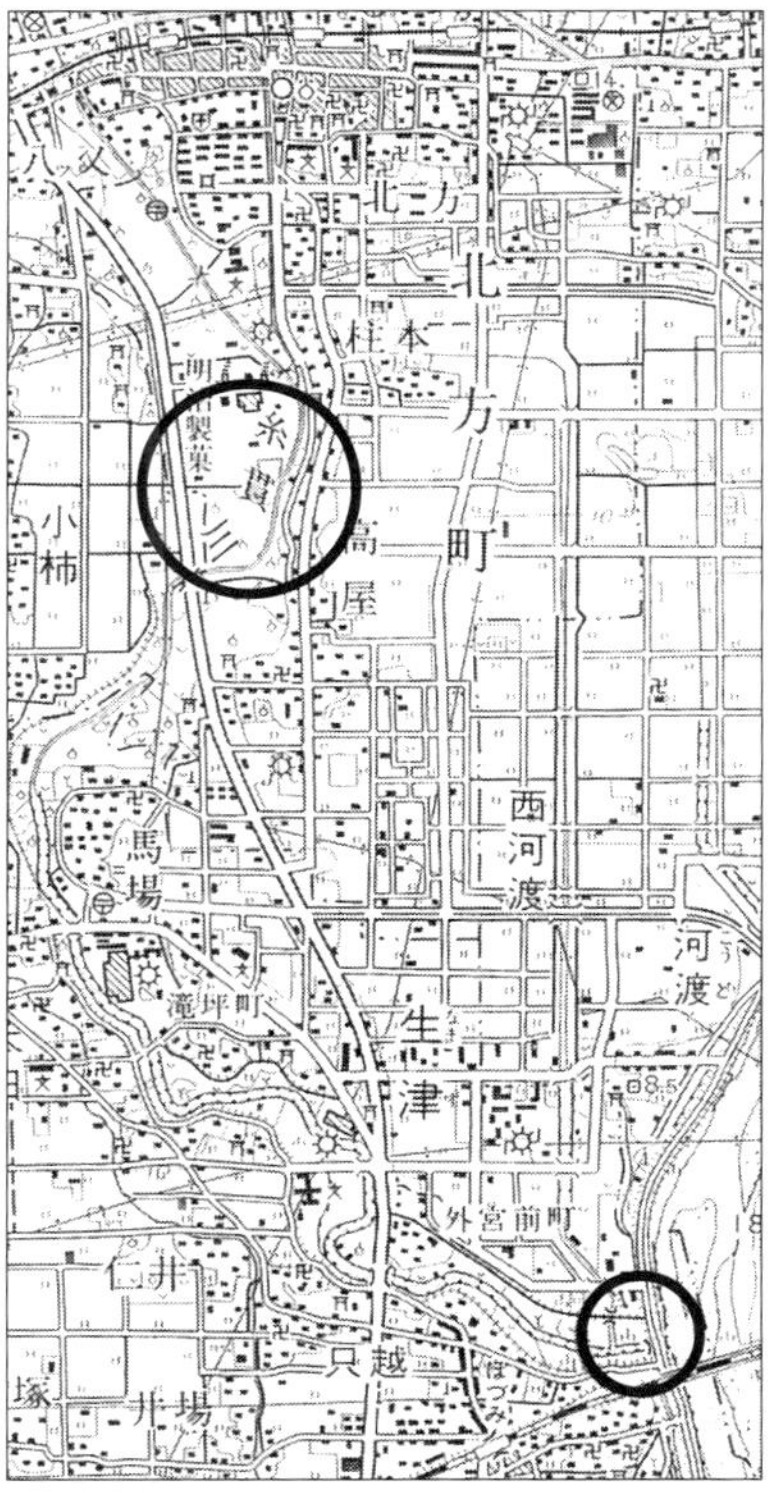

1／5万　大垣

（メモ）
①糸貫川は根尾川の下流であったが、享禄三（一五三〇）年の洪水で現根尾川ができてから水量が著しく減少し昭和二五年に廃川とした。しかし雨水・生活用水・工場廃水等処理のため本巣市山口の住吉神社下の根尾川で取水をし復活した。川の延長は約一五km。
②『催馬楽』に「席田《むしろだ》のや　席田のやいぬき河《がは》にや住む鶴の　いぬき河にや住む鶴の　住む鶴のや　住む鶴の　千歳《ちとせ》をかねてぞ遊び合へる　千歳をかねてぞ遊び合へる」がある。
③流路近くの北方町北方に弘仁二（八一一）年嵯峨天皇勅命、空海創建円鏡寺がある。当寺の北東の西運寺は各務支考が開いた美濃派俳諧拠点水上道場（県史跡）。

二三六　岩崎神社

岐阜県不破郡垂井町岩手

関係地図　1／20万　岐阜　1／5万　長浜

129　いはでの山

百首歌たてまつりける時、恋のうたとてよみ侍りける　　左京大夫顕輔

・思へどもいはでの山に年をへてくちやはてなん谷の埋木

⑦千載集　六五一

歌合し侍りける時、しのぶこひの心をよみ侍りける　　顕昭法師

・人しれぬ涙の川のみなかみやいはでの山の谷のした水　　⑦千載集　六六七

1／5万　長浜

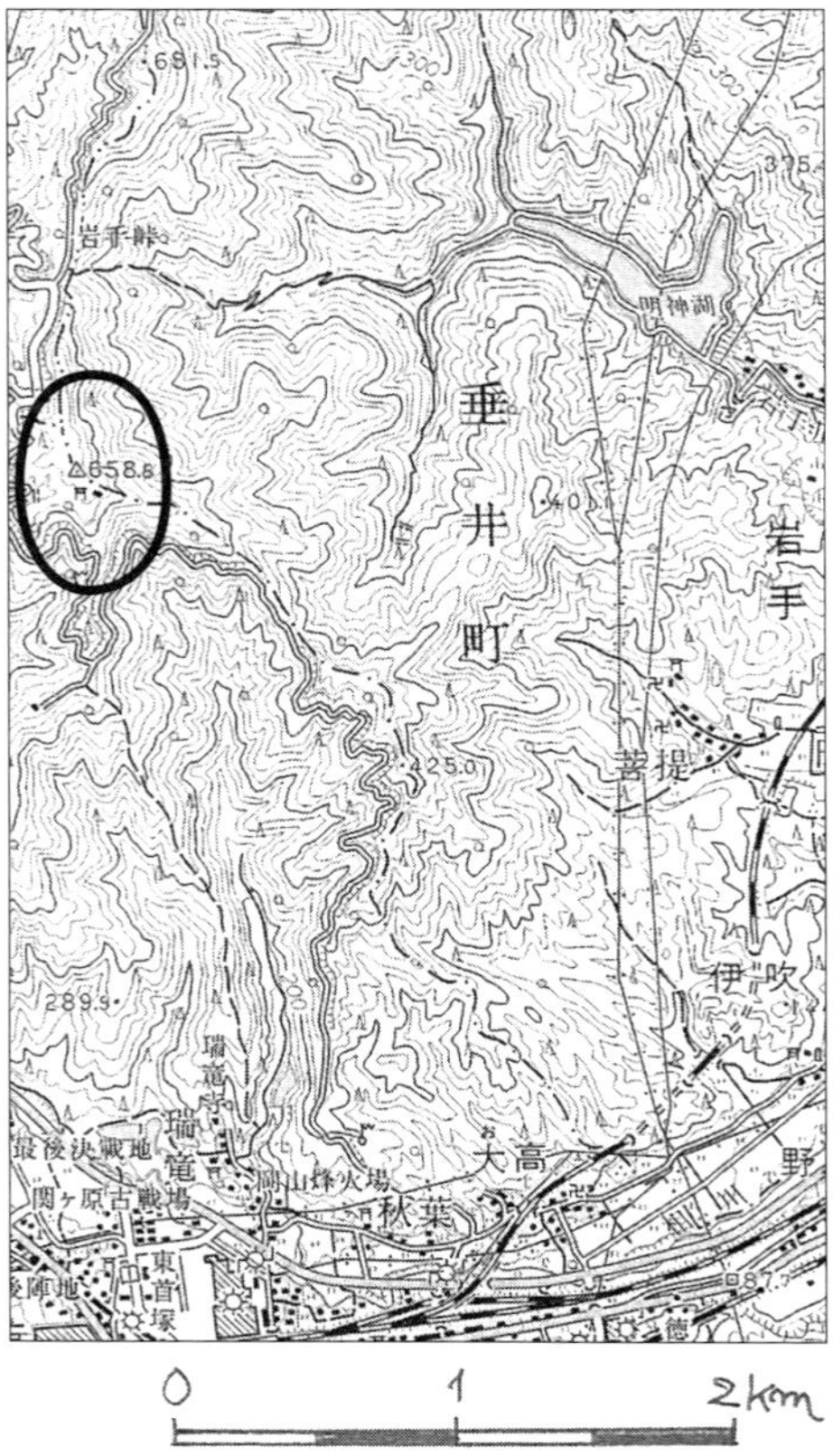

（メモ）

①「いはでの山」は標高六五八・八m、岩崎神社鎮座の山である。この神社入口に大きな岩の磐境《いわさか》がある。この巨石がこの神社名や集落名、また小学校名となる。

②この地は美濃国不破郡岩手郷であった。『京都大学文書』の嘉元四（一三〇六）年六月一二日付昭慶門院御領目録に

美濃国広重　課役十五万疋の内に

兵衛督局　石手郷

とあると。

③岩崎神社蔵棟札の中の文正元（一四六六）年の棟札に

源朝臣岩手又四郎長敏、岩手中務丞長

仍によって寛正二年六月立柱…

とある。

④この地は永禄初年に竹中重元・重治の所領となった。重治は現在の岩手小学校辺に陣屋を築いた。また竹中氏の菩提寺は曹洞宗普賢山禅幢寺。

二三七　岩　田

岐阜県岐阜市岩田西・岩田東等

関係地図　1／20万　岐阜　1／5万　岐阜

126　岩田のをの

思野花といへることをよめる　　藤原伊家

・いまはしもほに出でぬらむ東ぢの岩田のをののしののをすすき

⑤金葉集　六八〇

・秋といへばいはたのをののははそ原時雨もまたず紅葉しにけり　　覚盛法師

⑦千載集　三六八

（参考）見わたせばいはたのをのの朝がすみ立出でてたれかわかなつむらん　　藻

壁門院但馬　　夫木抄　二六二

1／5万　岐阜

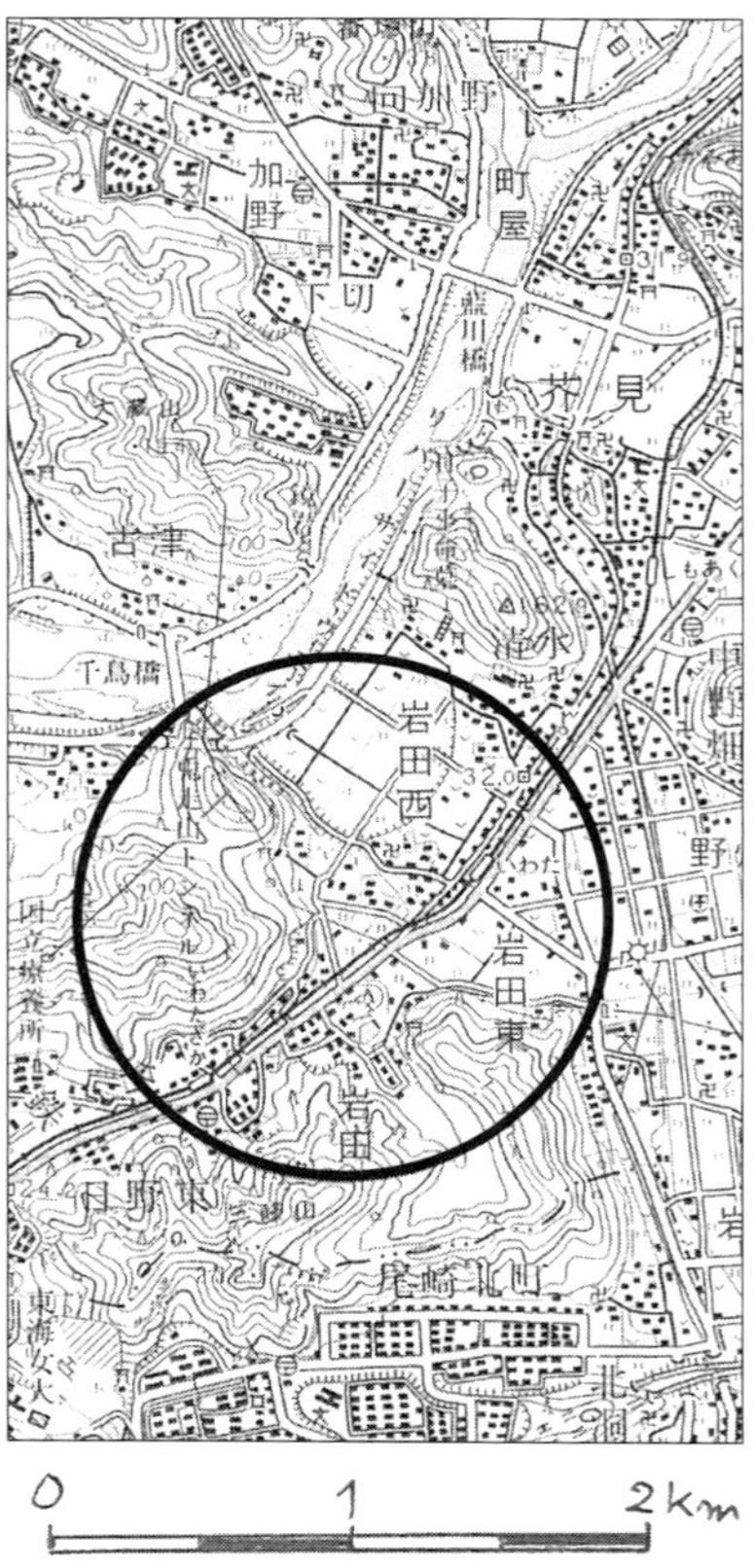

（メモ）

①「岩田の小野」は岐阜市。長良川の左岸。標高二五〇・八m三峰山の北麓。標高一六三mの清水山の西に位置し岩田西・岩田東・岩田坂が「岩田の小野」の範囲。神社は伊波乃西神社、寺は曹洞宗林陽寺等がある。

②平安末~織豊期の石田荘《いわた》であったらしい。『天理図書館文書』の治承四（一一八〇）年五月一一日付の皇嘉門院仮名譲状に「石田荘」があると。

③岐阜市琴塚左衛門新田に琴塚古墳（国史跡）がある。前方後円墳で全長一一五m。円筒埴輪が出土。五世紀後半の築造と推定。また物部氏の同族で第一二代景行天皇の皇妃五十琴姫命《いそことひめ》の墳墓の伝承がある。この東約五百mに長さ七〇mの柄《から》山《やま》古墳（県史跡）があり鶏埴輪が出土。

二三八　鵜沼

岐阜県各務原市鵜沼

関係地図　1／20万　岐阜　1／5万　岐阜

166

うぬま

・あづまぢのかたへまかりけるにうるまといふところにて

あづまぢにここをうるまといふことはゆきかふ人のあればなりけり　源重之

④後拾遺集　五一五

（参考）よそにきくうるまのしまのうるさくはいひだにはなておもひたえなん

従二位家隆卿　夫木抄　一七二六七

（参考）行通ひさためかたきは遊人の心うるまのわたりなりけり　藤原仲文

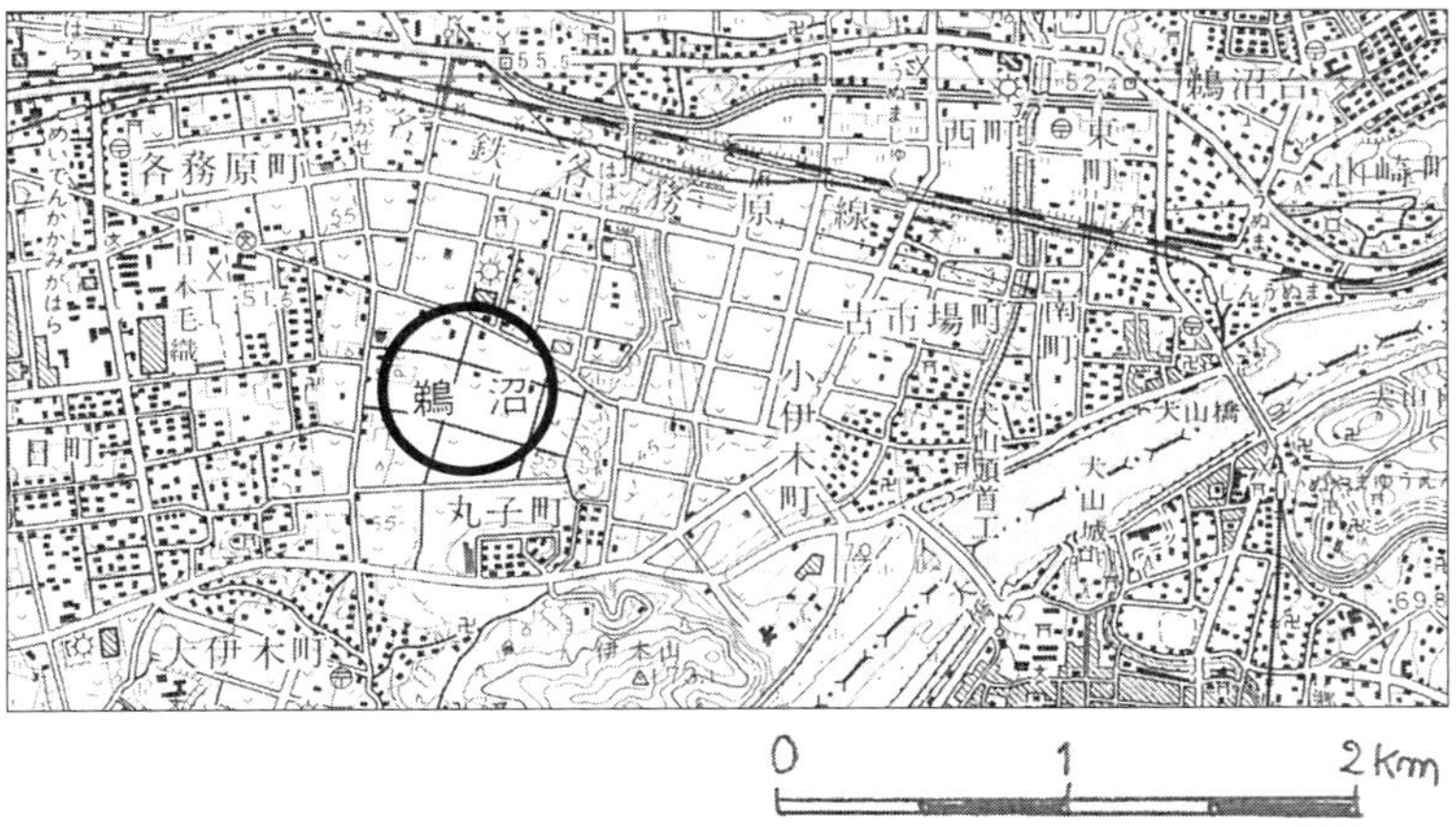

1／5万　岐阜

（メモ）

①木曽川中流右岸に位置し、各務原市。「うぬま」・「うるま」と呼ばれ「鵜渭」・「宇留摩（間）」と書かれた。地名の由来は、現在も湖沼があるが、古来沼地が多く鵜が餌をあさった土地だからとか、古代の東山道の駅家《うまや》郷の「うぬま」が「うまや」がなまって「うぬま」になったとか。

②『続日本紀』神護景雲三（七六九）年九月八日条に、

尾張国言《まう》さく「この国と美濃国との堺に鵜沼川（木曽川）有り。今年大水ありて、その流道を没みて、日毎に葉栗・中嶋・海部《あま》の三郡の百姓を侵し損へりとある。

③鵜沼の渡し　内田の渡しともいった。各務原市鵜沼と愛知県犬山市内田を結ぶ渡し。現在の鵜沼市・古市場あたりで木曽川を渡り犬山・善師野《ぜんじの》を経て可児《かに》駅（御嵩町）へ通じていたという。木曽川は古代から交通運輸の日本ラインであった。

④JR鵜沼駅近に村国神社、各務おがせ町に村国真墨田《ますみた》神社が鎮座。ともに『神名帳』各務郡にある村国真墨田《まくらたの》神社・村国神社二座という。

二三九　沖

岐阜県羽島市上中町沖

関係地図　1／20万　名古屋　1／5万　津島

188

おきのゐ

・おきのゐて身をやくよりもかなしきは宮こしまべのわかれなりけり　をののこまち

①古今集　一一〇四

（参考）ほととぎすおきのゐの里は過ぎぬなりいかなる人の夢むすぶらん　従三位範宗卿　夫木抄　二九一四

（参考）よもすがらたもとにつたふ白露のおきのゐのさとに月を見るかな　第三のみこ　夫木抄　一四六八一

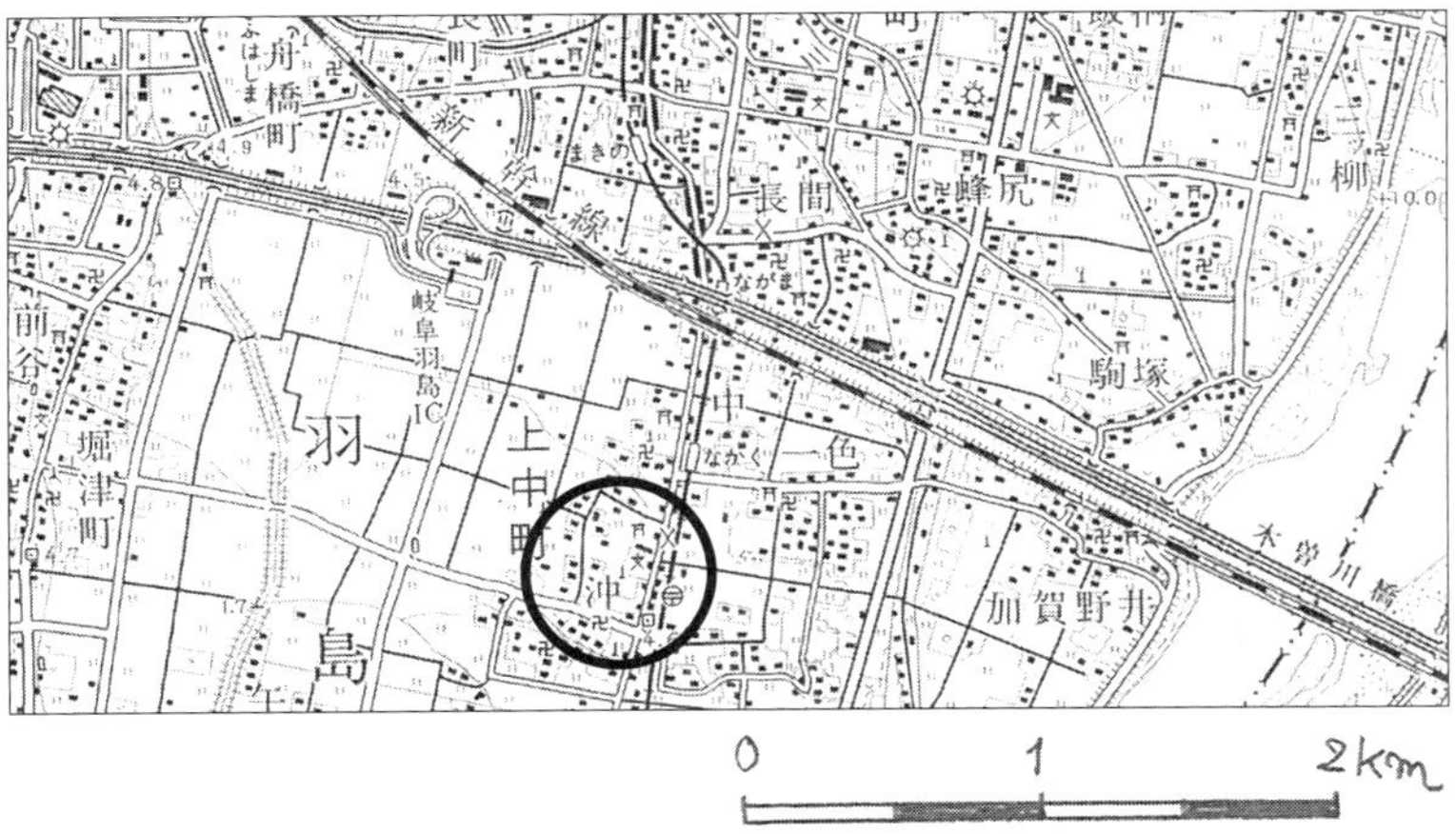

1／5万　津島

（メモ）

①ここは木曽川の右岸（西）、長良川の左岸（東）に位置する三角洲（デルタ）地帯である。ここ羽島市の一帯に良い帯水層・透水層があり、掘ると清水・湧水が出るようだ。地名に下中町加賀井や桑原町八町は羽島市上水道水源地にもなり、飲用水の供給をしている。

②織豊期に見える地名。本能寺の変後、尾張を領国とした織田信雄は天正一一年、不破勝兵織に

六百貫文　西かゝの井・木つつ・おきを宛行《あてが》っている。

③中観音堂（円空記念館）　羽島市上中町中　以前は旧名古屋街道沿いにあり、洪水時の避難小屋の水屋だったという。洪水時は堂内は水につかり円空仏が傷み、ひどいもの何百体も焼いたという。昭和四七年鉄筋コンクリート二階建になった。二階に円空仏安置。隣に円空資料館。

④円空は美濃の人。幼にして出家。臨済宗。富士山・白山で修行。美濃国、現在の関市池尻の弥勒寺を中興。のち東国・蝦夷で説法化導。晩年池尻に還り間なく寂す。宝暦・明和頃活躍。

二四〇　位　山

岐阜県高山市一之宮町・下呂市萩原町山之口

関係地図　1／20万　高山　1／5万　三日町

317　位山

清慎公七十賀し侍りけるに、竹のつゑをつくりて

• 位山峯までつける杖なれど今よろづよのさかのためなり　よしのぶ　③拾遺集　二八一

人のかうぶりし侍りけるに

• こ紫たなびく雲をしるべにて位の山の峯をたづねん　もとすけ　③拾遺集　一一七〇

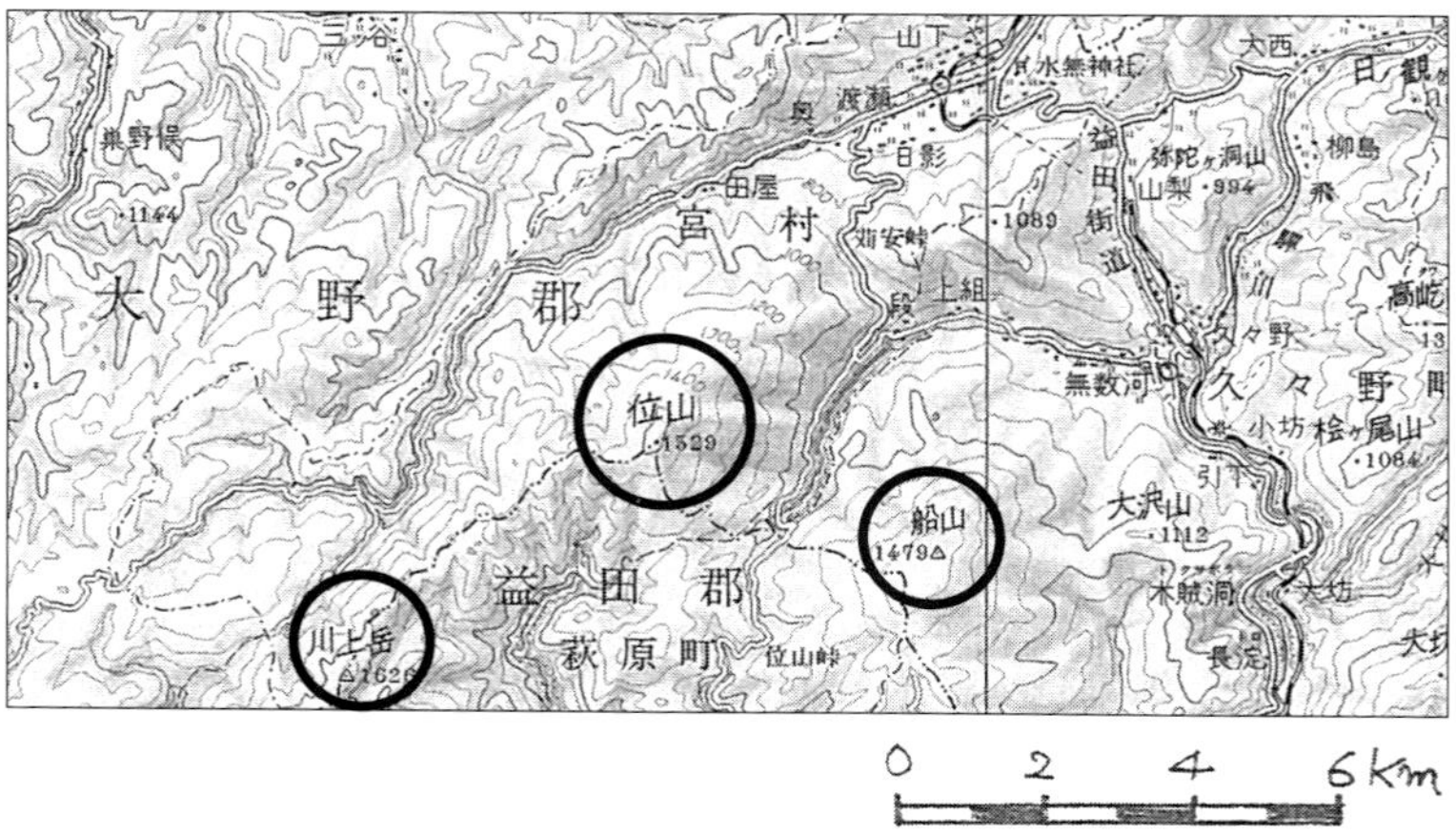

1／20万　高山

（メモ）

①位山は岐阜県高山市一之宮町と下呂市萩原町山之口にまたがる山。

②飛騨一宮水無神社は高山市一之宮町に鎮座する。祭神は御歳大神。由緒は農耕に不可欠な水を主宰する神、水無《みなし》大神を主神として、神武天皇八幡大神其也七〇柱を奉斎している。創立は一三代成務天皇の御世といわれ、飛騨国一の宮、飛騨国総社を兼ねたという。天慶五（八八一）年従四位。『延喜式神名帳』大野郡水無《ミツナシノ》神社。

③位山は水無神社の神体山として奥宮と称している。山頂から山麓にかけて巨石群があり、不思議な文字の刻みもある。

④位山は乗鞍岳から西に派生する位山分水嶺の主峰。天孫降臨、天の岩戸、また両面宿儺等の伝説がある。また男神位山と女神川上岳、女神船山をめぐる恋争い伝説もあると。

⑤山名の由来はイチイ科のイチイが古来笏の材料として朝廷に献上されていたによるという。

二四一　墨　俣

岐阜県大垣市墨俣町

関係地図　1／20万　岐阜　1／5万　大垣

428　すのまた

為善朝臣みかはのかみにてくだりけるにすのまたといふわたりにおりゐてしなののみさかをみやりてよみ侍ける

• しらくものうへよりみゆるあしびきの山のたかねやみさかなるらん　能因法師　④後拾遺集　五一四

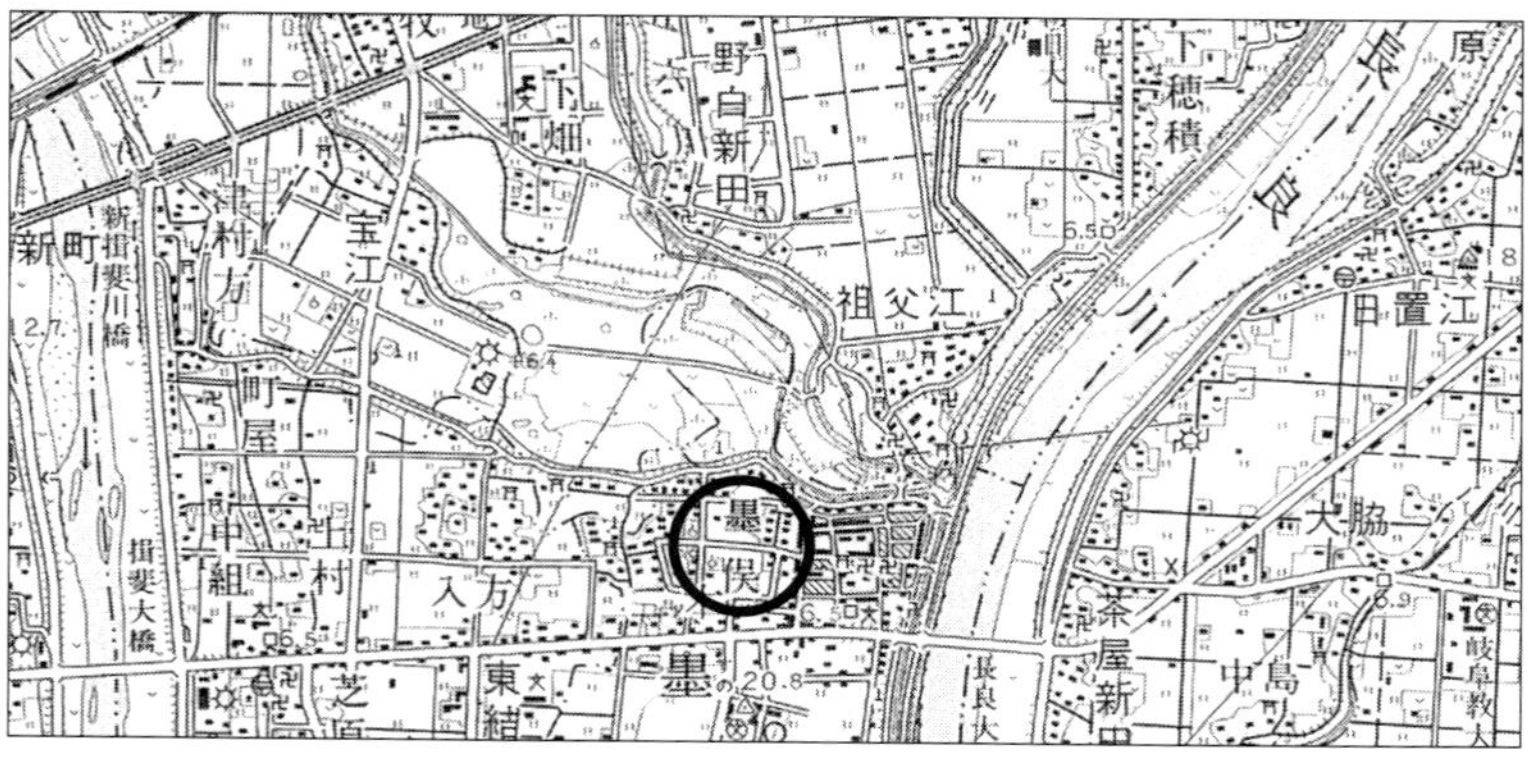

1／5万　大垣

（メモ）

①現在の大垣市墨俣町墨俣・同町二ツ木、同町さい川・同町先入方・同町上宿・同町下宿であり東を長良川、西を揖斐川が流れる。「墨俣」は洲俣・洲股・須股とも書かれ、長良川犀川などの諸河川の合流点を意味する「洲の俣」が地名という。

②『十六夜日記』一〇月一九日条に、洲俣とかや言《い》ふ川には、舟を並べて、まさき（テイカカズラ）の綱にやあらん、かけとどめたる浮橋（船橋）あり。いと危うけれど渡る。此川、堤の方はいと深くて片方は浅ければ、

片淵の深き心はありながら人目づつみにさぞせかるらん

仮の世の往き来と見るもはかなしや身の浮舟を浮橋にして

とある。

③墨俣神社（大垣市墨俣町墨俣）　祭神墨俣大神　由緒は『延喜式神名帳』の美濃国安八郡の墨俣《クロマタ》神社。『美濃国神名帳』には従五位下墨俣明神。往古渡船場南にあったが犀川改修により現在地に移った。

④承和二（八三五）年六月二九日付『太政官符』には「尾張・美濃両国境墨俣河の渡船が二艘から四艘に加増、また両岸ともに布施屋新設」とあるという。

二四二　高田神社

岐阜県飛驒市古川町太江《たいえ》

関係地図　1／20万　高山　1／5万　飛驒古川

470

たか田の山

・なけやなけたか田の山の郭公このさみだれにこゑなをしみそ　よみ人しらず

③拾遺集　一一七

（参考）せきとめてせがゐの水にたねまきしたかたのやまはさなへとるなり　正二位忠宗卿

夫木抄　二五五八

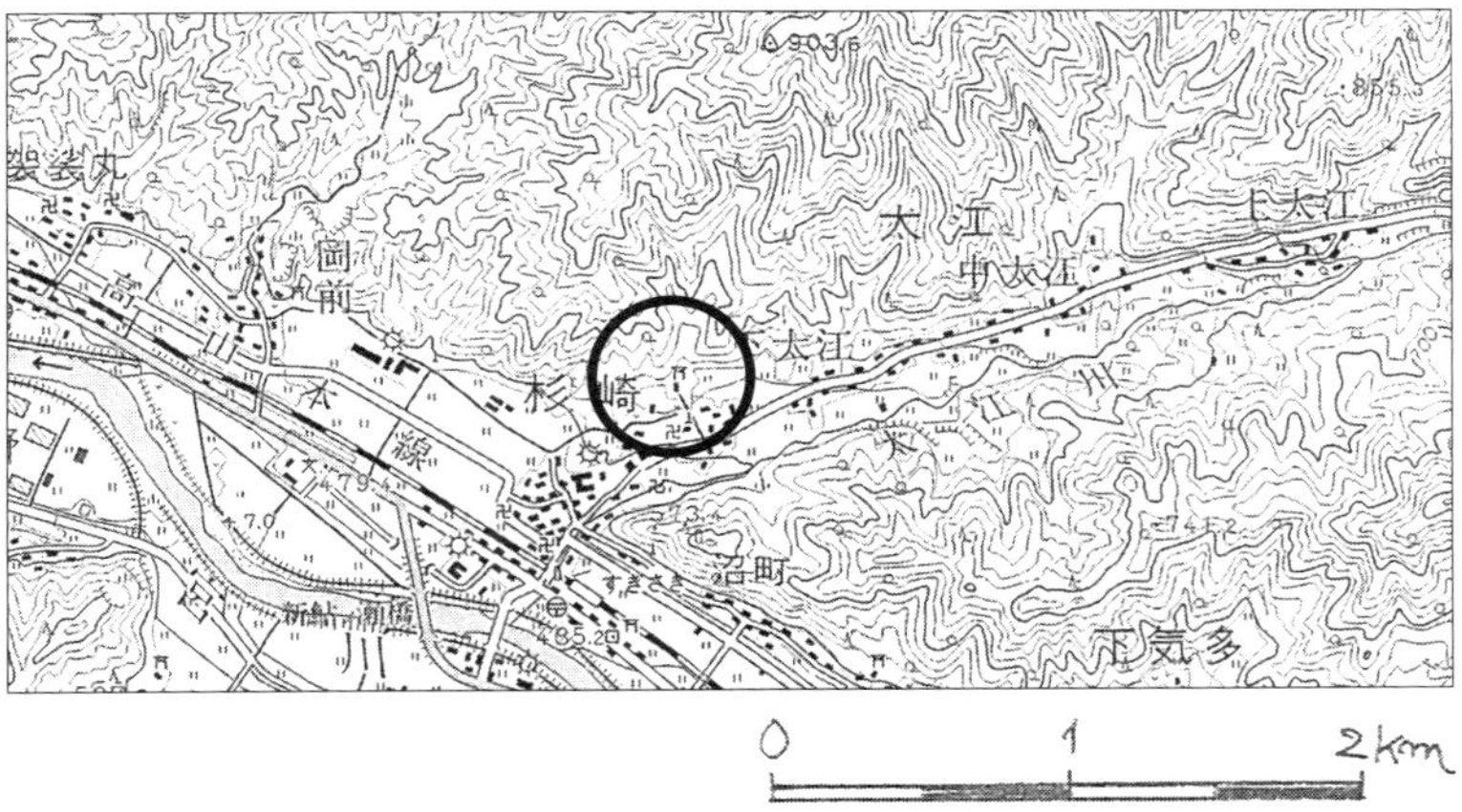

1／5万　飛驒古川

（メモ）

①ここ飛驒市古川太江《たいえ》字神垣内に高田神社が鎮座する。祭神は高魂神《たかむすびのかみ》（六郷県座神）他四柱。由緒は『延喜式神名帳』の飛驒国荒城郡の高田神社《タカタノ》。『日本三代実録』貞観九（八六七）年一〇月五日条に、

「授飛驒国従五位下阿多由太神・高田神従五位上」

とある。

②飛驒市古川町太江・古川町杉崎地内の東に越中東街道の通る神原峠、南に標高一〇五八mの安峰山、また北に標高一一三七m峰、それに続く稜線が西に張り出している。その西端に標高九〇三・六m峰があり、その山麓に高田神社が鎮座する。高田神社も古代は九〇三・六m山頂近に鎮座していたであろう。

③これら山々で囲まれた田畑が高田であり、古代は山裾からの湧水が用水として利用されていた。

④杉崎廃寺跡（県史跡）　古川西小学校北方の県道四七三号、古川町杉崎字岡前の諏訪神社近。この廃寺跡は古代から近世にかけて栄えた宮谷寺《きゅうこくじ》跡といわれる。

⑤小島城跡（古川町沼町・県史跡）　飛驒国司姉小路家代々の居城。姉小路基継・済継は歌人でもあった。歌塚「柳御所」は旧国道にある。

二四三　谷汲山華厳寺

岐阜県揖斐郡揖斐川町谷汲徳積

関係地図　1／20万　岐阜　1／5万　谷汲

492

たにくみ

三十三所観音をがみたてまつらんとてところどころまゐりける時、みののたにくみにてあぶらのいづるをみてよみ侍りける

・よをてらすほとけのしるしありければまだともし火もきえぬなりけり　前大僧正覚忠

⑦千載集　一二一一

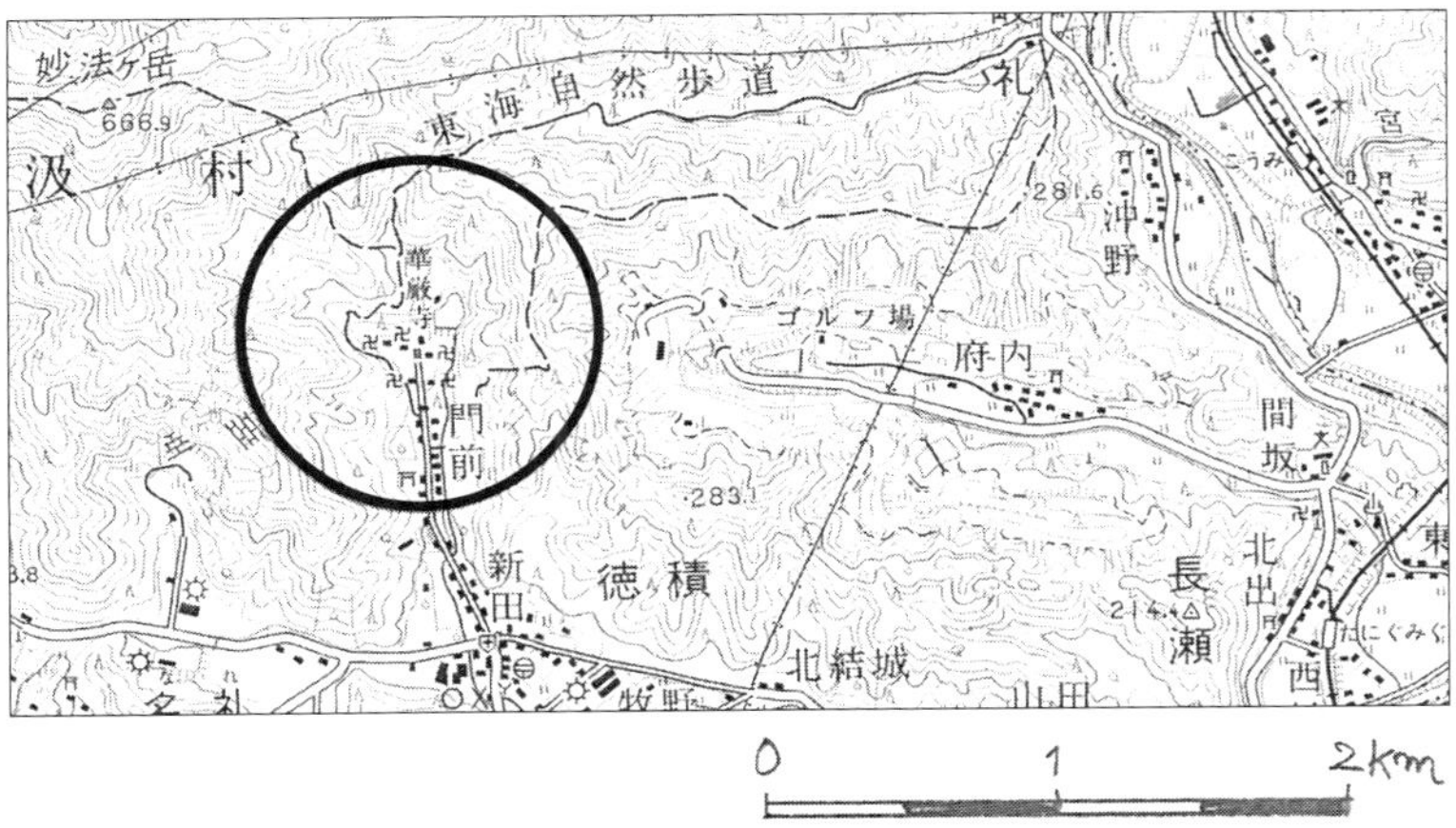

1／5万　谷汲

（メモ）

①寺伝によれば、延暦一七（七九八）年、現在の福島県会津の黒河郷に住んでいた大口大領が十一面観音の造立を祈願した。そしてエノキの大木を授かり京都の仏師に製作を依頼した。観音像完成の報を受け、京に行き、受け取り、この地の、華厳寺の南、丸山まで来た所急に重くなり一寸も動かなくなったという。その夜大領はこの地に留まりたいとの観音様の夢のお告げを受けこの地に安置したのが御縁という。その後、堂塔建立のために岩を掘った所、油が湧き出したので、その油を観音様の灯明としたので「谷汲」の名となったという。この故事をお耳にされた醍醐天皇（在位八九七—九三〇）は「谷汲山」の勅額を贈された。また花山法皇は寛和二（九八六）年巡幸になり、当寺を西国札所の満願所と定められた。御詠歌は

世を照らす仏のしるしありければまだともしびも消えぬなりけり

である。また開基は豊然上人。

②横蔵寺（谷汲神原）　天台寺。延暦二〇年桓武天皇の勅願により最澄が当地の三輪次郎大夫を施主として創建。舎利堂の舎利仏（ミイラ）は文化一四年入定の妙心法師。入定時の姿で拝されるという。

二四四　垂井の清水　岐阜県不破郡垂井町垂井

関係地図　1／20万 岐阜　1／5万 大垣　1／2.5万 大垣

503

たる井

藤原頼任朝臣みののかみにてくだり侍りけるともにまかりて、そののちとし月をへてかのくにのかみになりてくだり侍りて、たる井といふいづみをみてよめる　藤原隆経朝臣　⑥詞花集　三九〇

・むかしみしたる井のみづはかはらねどうつれるかげぞとしをへにける

（参考）わが袖のしづくにいかがくらべみむまれにたる井の水のすくなき　参議為相　夫木抄　一二四七三

1／2.5万　大垣

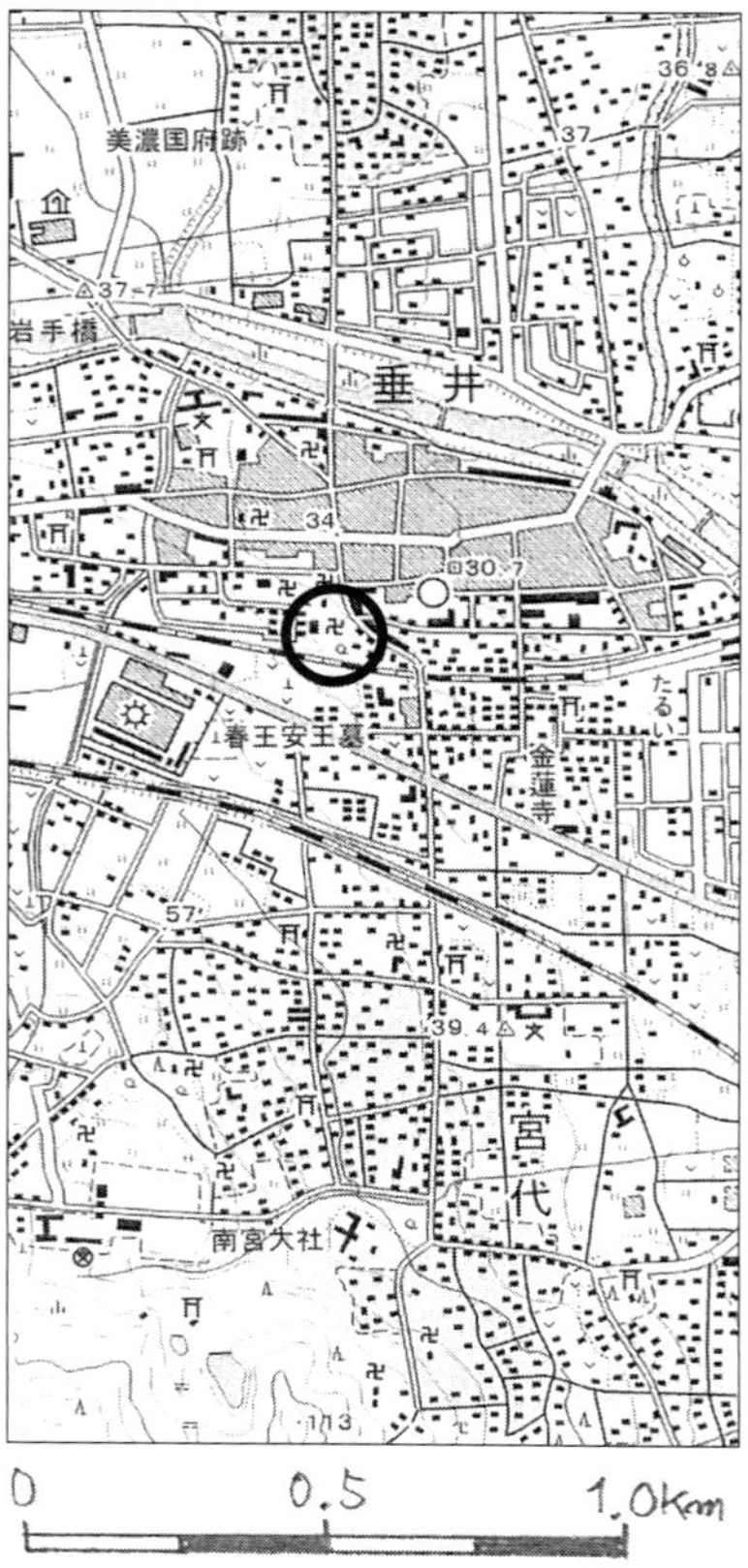

（メモ）

①「垂井の清水」は昔の「木曽路垂井宿」、玉泉禅寺の前にあり、これが地名となった。

②『藤河の記』（一条兼良）文明五（一四七三）年五月五日の節に、

申《さる》の時計《ばかり》に垂井の宿に着く。……昔のごとくならば此所に遊女などあるべきにや。杜牧が「珠簾《たますだれ》十里揚州路」と言へる事を思ひなずらへ侍りて、

あさはかに心なかけそ玉簾垂井の水に袖も濡れなん

とある。

③『木曽路名所図会』に、

此の清水は特に清冷にして味ひ甘く寒暑（冬でも夏でも）に水温は変らないので旅人は渇きをしのいだ。

とある。

二四五　南宮山　岐阜県不破郡垂井町宮代・大垣市上石津町牧田

関係地図　1／20万 岐阜　1／5万 大垣

760

みののをやま

・おもひいづやみののを山のひとつ松ちぎりしことはいつもわすれず　伊　勢

⑧新古今集　一四〇八

（参考）いかなりしみののをやまのいはね松ひとりつれなきとしをへぬらん　正三位知家　続後撰集　一一七四

（参考）むかしとてかたるばかりの友もなしみののを山の松のふる木は　前大納言為家　新後撰集　一四六七

（参考）松たてるみのの小山の木かげとてともなきせみも独なくなり　後九条内大臣　夫木抄　三六〇九

1／5万　大垣

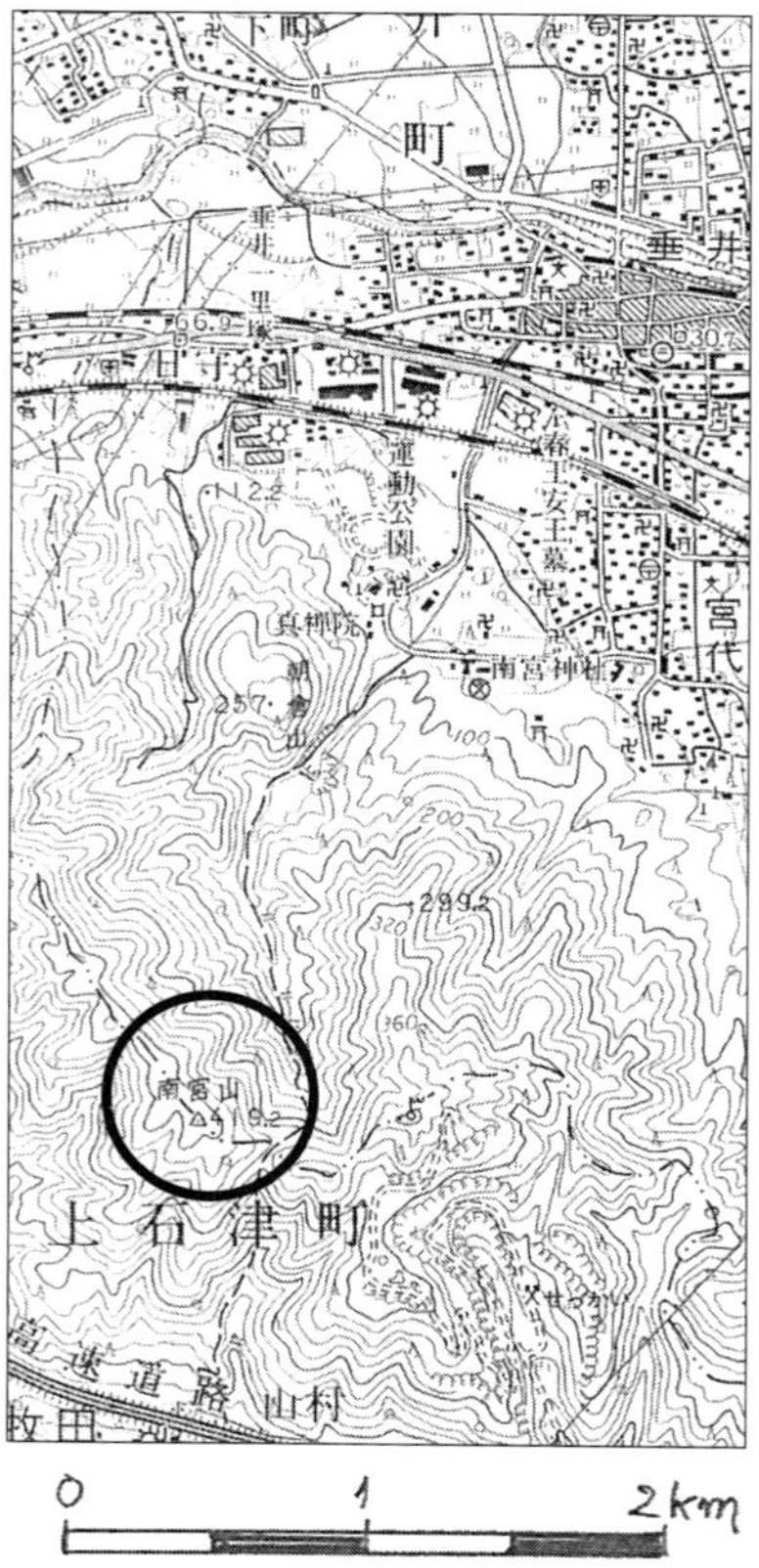

（メモ）

①この地は美濃国。『和名抄』に、

美濃国。国府在不破郡

とある。よって不破郡の山は美濃国の山であるし、また不破郡の山でもある。この地に鎮座の南宮神社は美濃国の鎮守であった。

②南宮山は「美濃のを山」・「美濃の中山」・「不破の山」・「不破の中山」と詠まれている。

③みののをやま

・わがこふるみののをやまのひとつ松ちぎりし心いまもわすれず　古六帖　八六八

・あづまぢのみののを山の嵐にもあふぎのかぜをおもひ忘るな

三御子　後葉集　二五三

④みのの中山

・いろかはるみののなかやまあきこえてまたとほざかるあふさかのせき

前中納言定家

続古今集　一二七一

・宮こをばそなたとばかりかへりみて聞こえかぬるみのの中山

よみびとしらず

続拾遺集　六六八

⑤不破の山

・不破の山風もたまらぬ関の屋をもるとはなしにさける花かな

後鳥羽院御製

夫木抄　八六五五

・かけまくも　ゆゆしきかも　言はまくも　…　真木《まき》立《た》つ　不破山越えて　高麗剣《こまつるぎ》　和射見《わざみ》が原の　行宮《かりみや》に　天降《あも》りいまして　天の下　……　高市皇子尊《たけちみこのみこと》の城上《きのへ》の殯宮《あらきのみや》の時に

柿本朝臣人麻呂

万葉集　一九九

⑥不破の中山

・みののくにふはのなか山雪きえてとくるこほりのせきのふぢがは

中務卿のみこ鎌倉

夫木抄　七〇七八

⑦大垣市垂井町宮代鎮座の南宮神社　祭神は金山彦命　彦火火出見命　見野命　由緒等は、美濃国の一宮。『延喜式神名帳』の美濃国、不破郡の仲山金山彦神社　名神大である。皇城鎮護。当国総鎮守。神武天皇即位の元年に神霊を斎祀。崇神天皇五（BC九三）年に府中より現在地に遷座し「南宮神社」と称したという。

⑧南宮神社経塚群（南宮山中腹）県史跡。

⑨大領神社（垂井町宮代）　祭神は宮勝《みやすぐ》木実《このみ》。南宮神社宮司の不破氏の祖で、壬《じん》申《しん》の乱の功績者。不破郡の大領。

⑩真禅院（垂井町宮代）　天台宗。行基の創建。南宮神社の別当寺であったが、明治初年の神仏分離で現在地に移転独立した。本地堂と三重塔はともに国重文。

⑪南宮山全山が南宮神社社域。

二四六　飛騨国府跡

岐阜県高山市国府町木曽垣内《きそがいと》。阿多由太神社辺

関係地図　1／20万　高山　1／5万　飛騨古川

659　ひだ

・とにかくに物はおもはずひだたくみうつすみなはのただひとすぢに　人まろ

③拾遺集　九九〇

・さだもりがすみ侍りける女に、くにもちがしのびてかよひ侍りけるほどに、さだもりまうできければ、まどひてぬりごめにかくしてうしろのとよりにがし侍りけるつとめて、いひつかはしける　くにもち

・宮つくるひだのたくみのてをのおとほとほとしかるめをも見しかな

③拾遺集　一二二六

（参考）しらまゆみ　ひだのほそえの　すがとりの　いもにこふれか　いをねかねつる　万葉集　三〇九二

1／5万　飛騨古川

（メモ）

①『和名抄』飛騨国。国府在大野郡とある。国府所在地は一定しなく、高山市国府町広瀬町字山崎、同市上岡本町下岡本町等の推定地がある。

②風土記に云はく、此の国は、本、美濃の内なり。往昔《むかし》、江州の大津に王宮を造り時、此の郡より良き材を多く出して、馬の駄《だ》に負せて来る。其の速きこと飛ぶが如し。因りて改めて飛騨《ひだ》の国と称ふ。

③阿多由太神社《あだゆだ》（高山市国府町木曽垣内《きそがいと》）祭神大年御祖神他　由緒は『延喜式神名帳』飛騨国荒城郡の阿多由太神社。古来より木曽垣内・三日町・半田の産土神。

二四七　藤古川

岐阜県不破郡関ヶ原町玉・藤下等

関係地図　1／20万　岐阜　1／5万　長浜

445
関のふぢ河

元慶の御べのみののうた

・みののくに関のふぢ河たえずして君につかへむよろづよまでに　神あそびのうた　①古今集　一〇八四

（参考）我までは代代にかはらずつかへきぬ猶末たゆな関の藤河　前大納言為世
続千載集　一九二二

（参考）たのむぞよ関の藤河末までと思ふ心を君にふかめて　一条内大臣
新千載集　一八七四

（参考）つかへきておこたらぬ身の名をだにも後までとめよ関の藤川　民部卿光資
新葉集　一一七四

1／5万　長浜

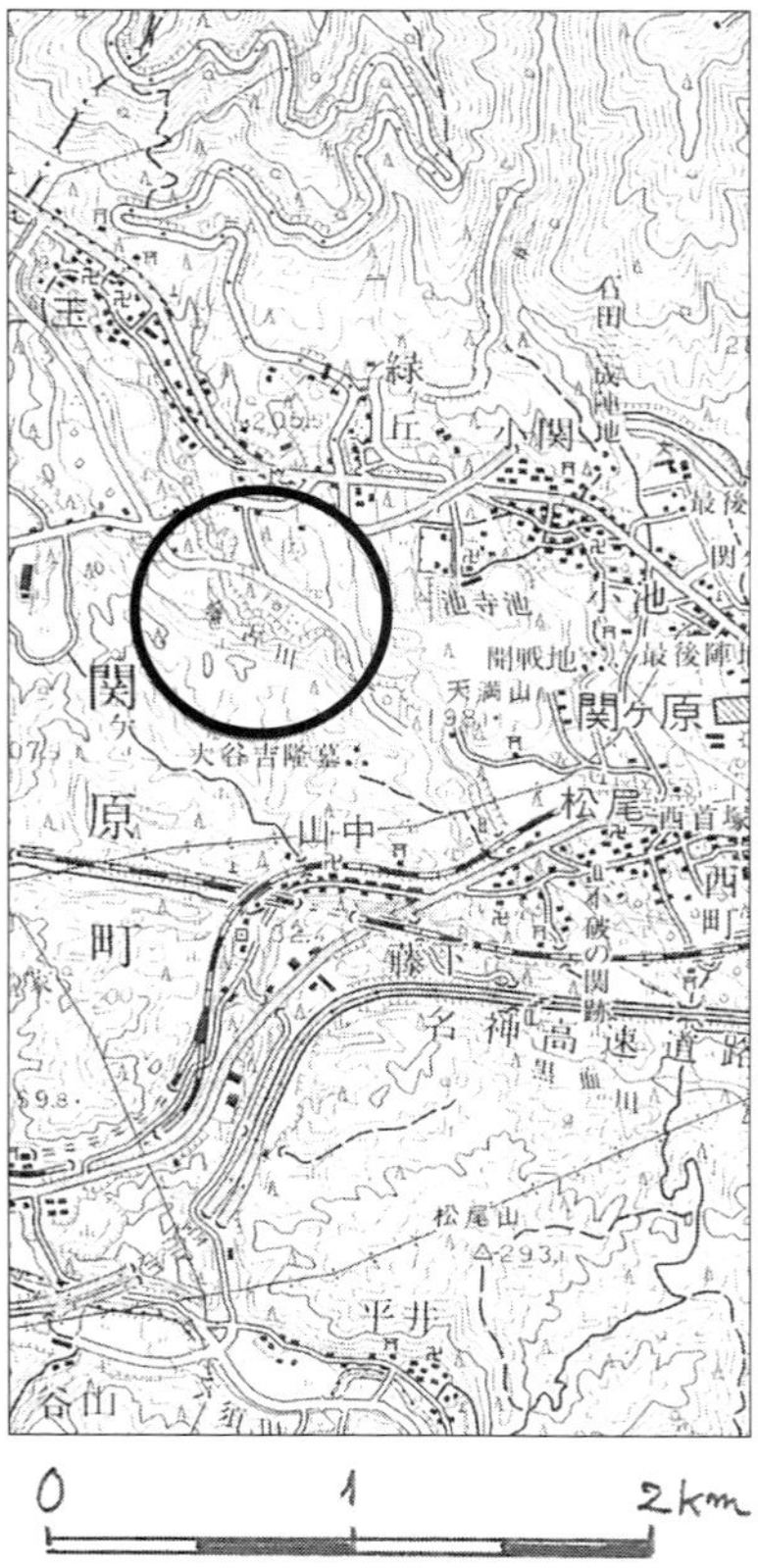

（メモ）

①滋賀県米原市藤川の伊吹山（標高一三七七・四m）の南斜面を源として関川町玉を経て、不破関跡の西側を流れ大垣市上石津町牧田で牧田川に注ぐ。

②六七二年の壬申の乱の時、大海人皇子（後の天武天皇）の高市皇子と大友皇子（弘文天皇）とはこの川をはさみ相対した。土地の人々は戦中はそれぞれの軍勢を支援し、戦後はそれぞれの軍勢の人を弔った。藤下《とうげ》には大友皇子を祭神とする八幡神社、東の松尾には大海人皇子を祭神とする井上神社がある。「井上」の社号の由来は直下に清水の湧出の存在と。

二四八　船来山

岐阜県本巣市上保《かみのほ》・岐阜市上西郷

関係地図　1／20万　岐阜　1／5万　大垣

689
ふなきの山

もみぢなほあさしといふこころを今上よませたまふついでにたてまつりはべりける

・いかなればふなきの山のもみぢばのあきはすぐれどこがれざるらん　右大弁通俊　④後拾遺集　三四六

（参考）あづまぢや舟木の山の木の間よりほのかにみゆる夕づくよかな　源忠季
夫木抄　八六三〇

（参考）あらしふくふなきの山のもみぢ葉はしぐれのあめにいろぞこがるる　権中納言経忠　新勅撰集　三五四

1／5万　大垣

（メモ）

①船来山は標高一一六・五m。本巣市上《かみの》保《ほ》と岐阜市上西郷《かみさいごう》の境界にある。北々西—南南東方向に約二km伸びる逆さ船型の山である。昔カイコを養育する桑を栽培したので「桑山」とも呼ばれた。古生代の砂岩や粘板岩で構成という。『和名抄』の美濃国本巣郡船木郷。

②『藤川の記』（一条兼良）文明五（一四七三）年に、

美濃国の歌所その所は何処とも知らねともとして

五月雨の紅葉《もみぢ》を染《そ》むるためしあらば
舟木の山のいかに焦がれん

がある。

二四九　不破の関跡

岐阜県不破郡関ヶ原町松尾

関係地図　1／20万 岐阜　1／5万 長浜

691

ふはのせき

おなじ家にひさしう侍りける女の、みののくににおやの侍りける、とぶらひにまかりけるに

• 今はとて立帰りゆくふるさとのふはのせきぢにみやこわするな　藤原きよただ

②後撰集　一三一三

旅のうたとてよめる

• あられもるふはのせきやにたびねして夢をもえこそとほざかりけれ　大中臣親守

⑦千載集　五四〇

1／5万 長浜

（メモ）

①不破の関は『和名抄』美濃国不破郡に奈良時代から平安時代にかけてあった関所。東海道の伊勢国鈴鹿郡の関、北陸道の越前国敦賀郡愛発《あらち》の関とともに律令時代の三関の一つ。

②『一代要記』白鳳元（六七二）年三月条に

　初置不破関

とあるという。

③不破関は奈良時代を通じ謀反や天皇崩御時に関所を固める使が派遣されているが『続日本紀』延暦八（七八九）年七月一四日条に、

伊勢・美濃・越前等の国に勅して曰はく、「関を置く設《まうけ》は、……、その三国の関は一切に停め廃《や》めて、有《も》てる兵器・粮糒は国府に運び収《をさ》め、自外《そのほか》の館舎は便郡に移し建つべし」

とある。

④発掘によるとその規模は東北四六〇m・南北四三二mであったと。

二五〇　美濃国府跡

岐阜県不破郡垂井町府中

関係地図　1／20万 岐阜　1／5万 大垣　1／2.5万 大垣

759

みののくに

元慶の御べのみののうた

• みののくに関のふぢ河たえずして君につかへむよろづよまでに　みののうた

①古今集　一〇八四

おなじ家にひさしう侍りける女の、みののくににおやの侍りける、とぶらひにまかりけるに

• 今はとて立帰りゆくふるさとのふはのせきぢにみやこわするな　藤原きよただ

②後撰集　一三一三

1／2.5万 大垣

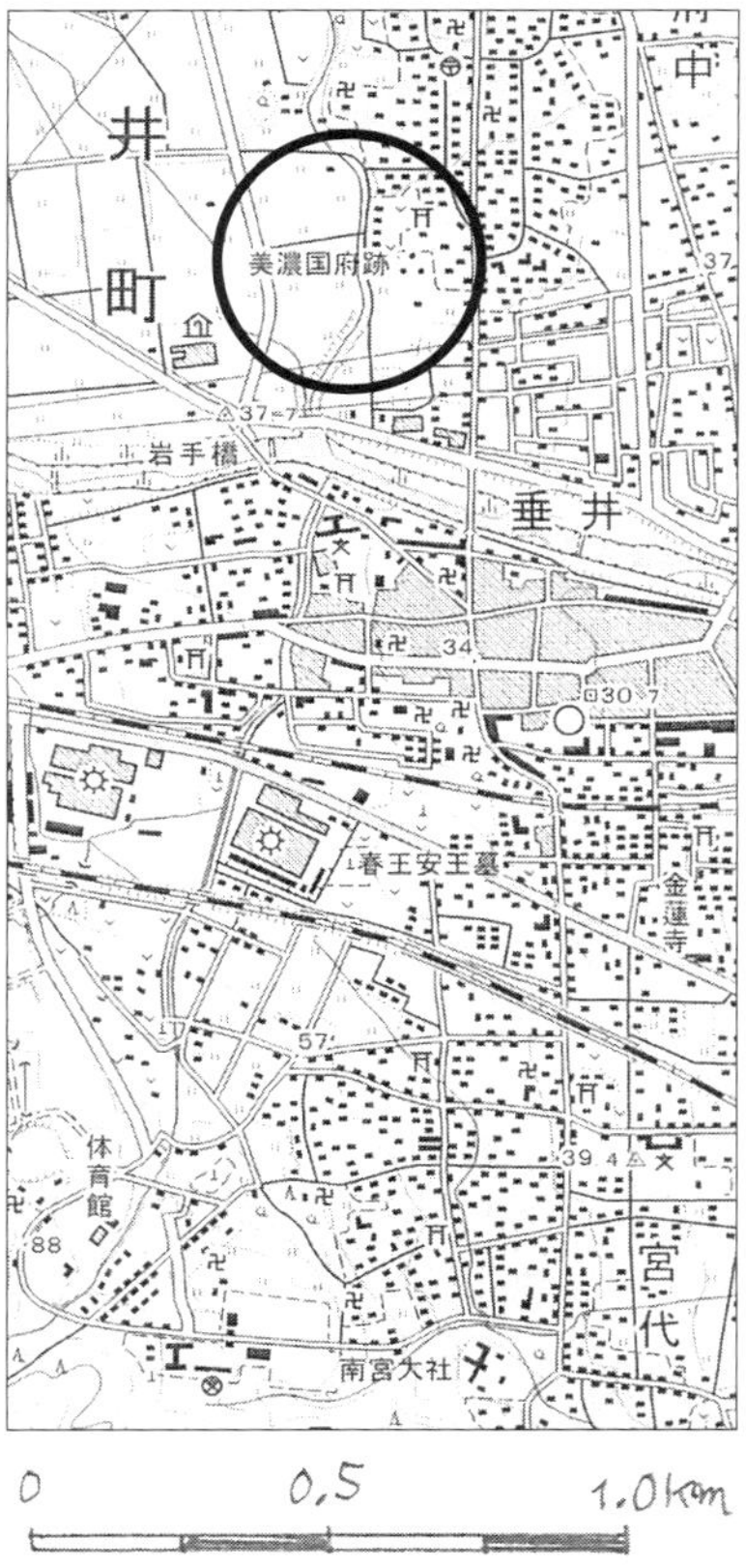

（メモ）

①「美濃」は三野・御野・美乃とも書かれ、「美濃国」は美州・濃州とも称した。

②地名の由来は各務野・青野・賀茂野（または大野）の三野があるので三野。また天皇家の狩野である「禁野」の意で「御野」と呼ばれたなどいろいろ説がある。

③美濃国は大化前代の三野前国造《みぬのみちのくち》（本巣《もとす》国造）・三野後国造《みぬのみちのしり》・牟義都《むげつ》・額田国造（池田郡）等を合せて美濃国とした。

④美濃国は『和名抄』で東山国美濃国。また美濃国。国府在不破郡。とある。現在の不破郡垂井町府中。府中地内を南東する岩手川に架かる岩手橋の北にある御旅神社辺である。

⑤安八《あんぱち》郡は大海人《おおあまの》皇子（後の天武天皇）の湯沐の地であり、壬申の乱（六七二年）の皇子の拠点となった。

二五一　浅羽の野ら跡

静岡県袋井市浅羽・浅名・浅岡等一帯

関係地図　1／20万　豊橋　1／5万　磐田

16　あさはののら

崇徳院に百首歌たてまつりける時、恋歌とてよめる　　藤原清輔朝臣　⑦千載集　八五九

・露ふかきあさまののらにをがやかるしづのたもともかくはぬれじを

この歌は『清輔集』では「あさはののら」とある。以下、「あさはののら」について記す。

（参考）くれなゐの　あさはののらに　かるかやの　つかのあひだも　あをわすらすな　万葉集　二七六三

（参考）冬はいまだあさはののらにおく露のゆきよりふかきしののめのみち　前中納言定家卿　夫木抄　六五六八

1／5万　磐田

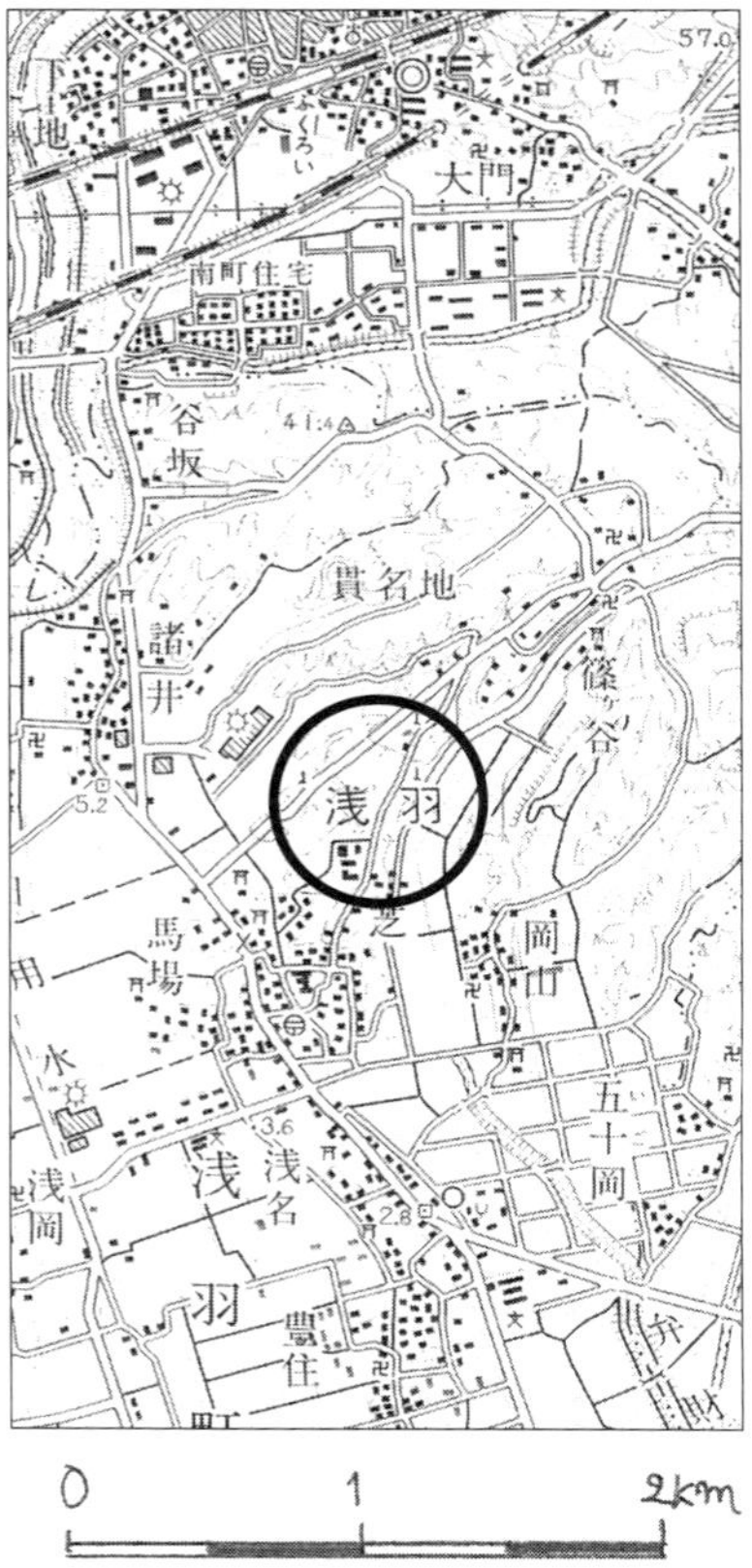

（メモ）

①遠州灘に注ぐ太田川の支流原野谷《はらのや》川の左岸に位置する。この辺に貫名地古墳群・響ケ谷古墳。また古墳時代の篠ケ谷遺跡がある。

②『吾妻鏡』治承五（一一八一）年四月三〇日条に、

遠江国浅羽庄司宗信、依安田三郎義定之訴、雖被収公所領、謝申之旨不等閑之間、安田亦執申之、仍且……

などとある。

③江戸期の浅羽荘は山名郡のうち。諸井・長溝・一色・新堀など三六ケ村。現在の浅羽町・福田町東部付近という。

二五二　伊豆国府跡推定地

静岡県伊豆の国市田京《たきょう》。広瀬神社辺

関係地図　1／20万　静岡　1／5万　沼津　1／2.5万　韮山

99　伊豆

善祐法師の伊豆のくにになが されけるに　　伊勢　②後撰集　一三一九

・別れてはいつあひみんと思ふらん限あるよのいのちともなし

（参考）まかなしみ　ぬらくしけらく　さならくは　いづのたかねの　なるさはなすよ　駿河国歌　万葉集　三三七三

（参考）いづのうみに　たつしらなみの　ありつつも　つぎなむものを　みだれしめめや　伊豆国歌　万葉集　三三六〇

1／2.5万　韮山

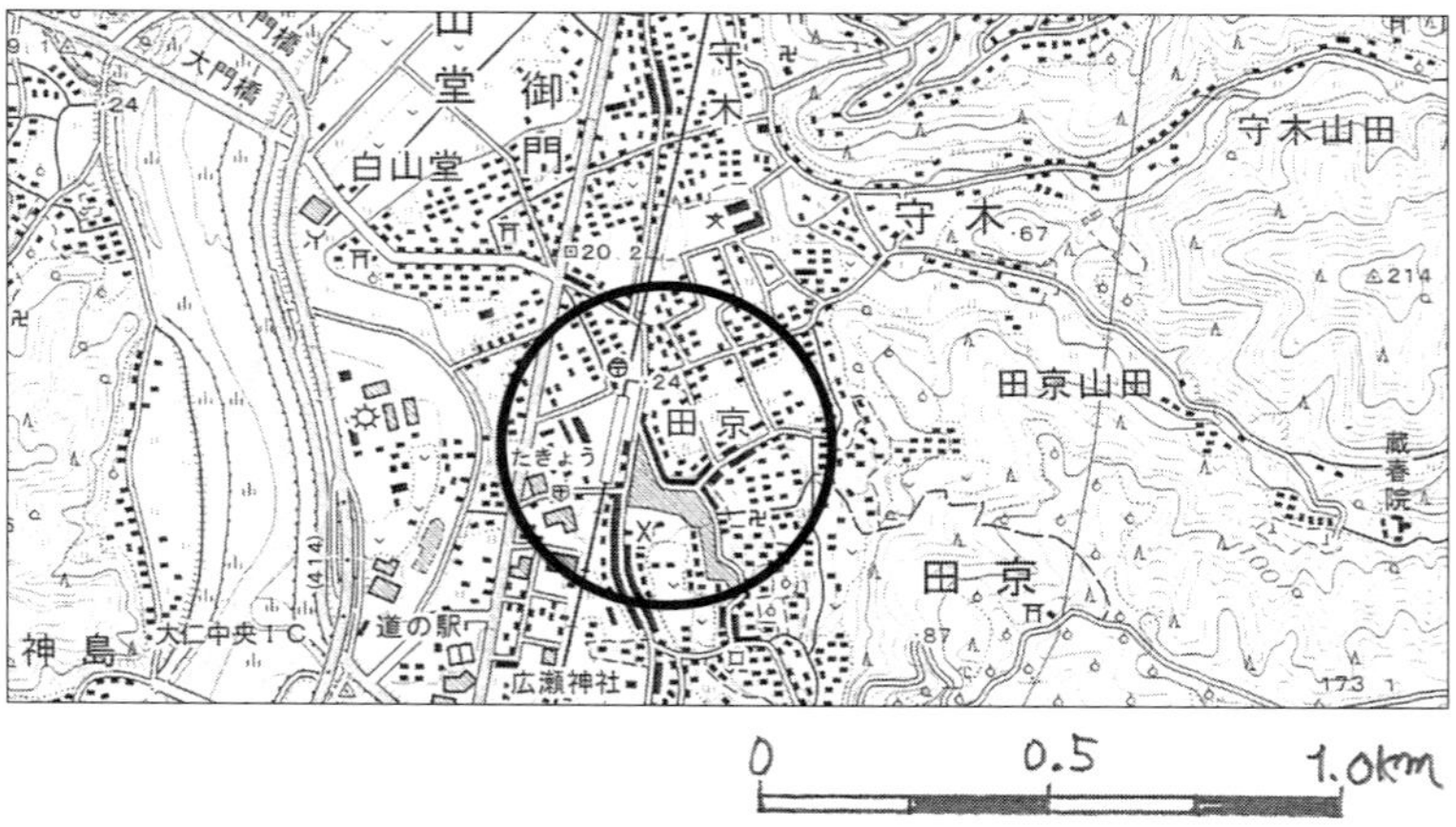

（メモ）

①『日本書紀』応神天皇五（二七四）年冬一〇月条に

伊豆国に科《ふりおほ》せて、船を造らしむ。長さ十丈《とつえ》。船既に成りぬ。誠に海に浮く。便ち軽く泛《うか》びて疾《と》く行くこと馳《はし》るが如し。故《かれ》、其の船を名けて枯野《からの》と曰《い》ふ。

とある。船材はクスノキで、天城山で切り出され伊豆市松ケ瀬で建造という。今日その地に神名帳の軽野神社（祭神軽野神）が鎮座する。

②伊豆国府は最初現在の伊豆の国市田京《たきょう》にあったが不便なので三島市に移されたという説と、最初から三島に置かれたという説がある。

③『延喜式神名帳』賀茂郡の「伊豆三嶋神社名神大月大新嘗」と「伊古奈比咩命神社名神大」はともに下田市白浜に鎮座した。

二五三 入野

静岡県浜松市西区入野《いりの》町一帯

関係地図 1／20万 豊橋 1／5万 浜松

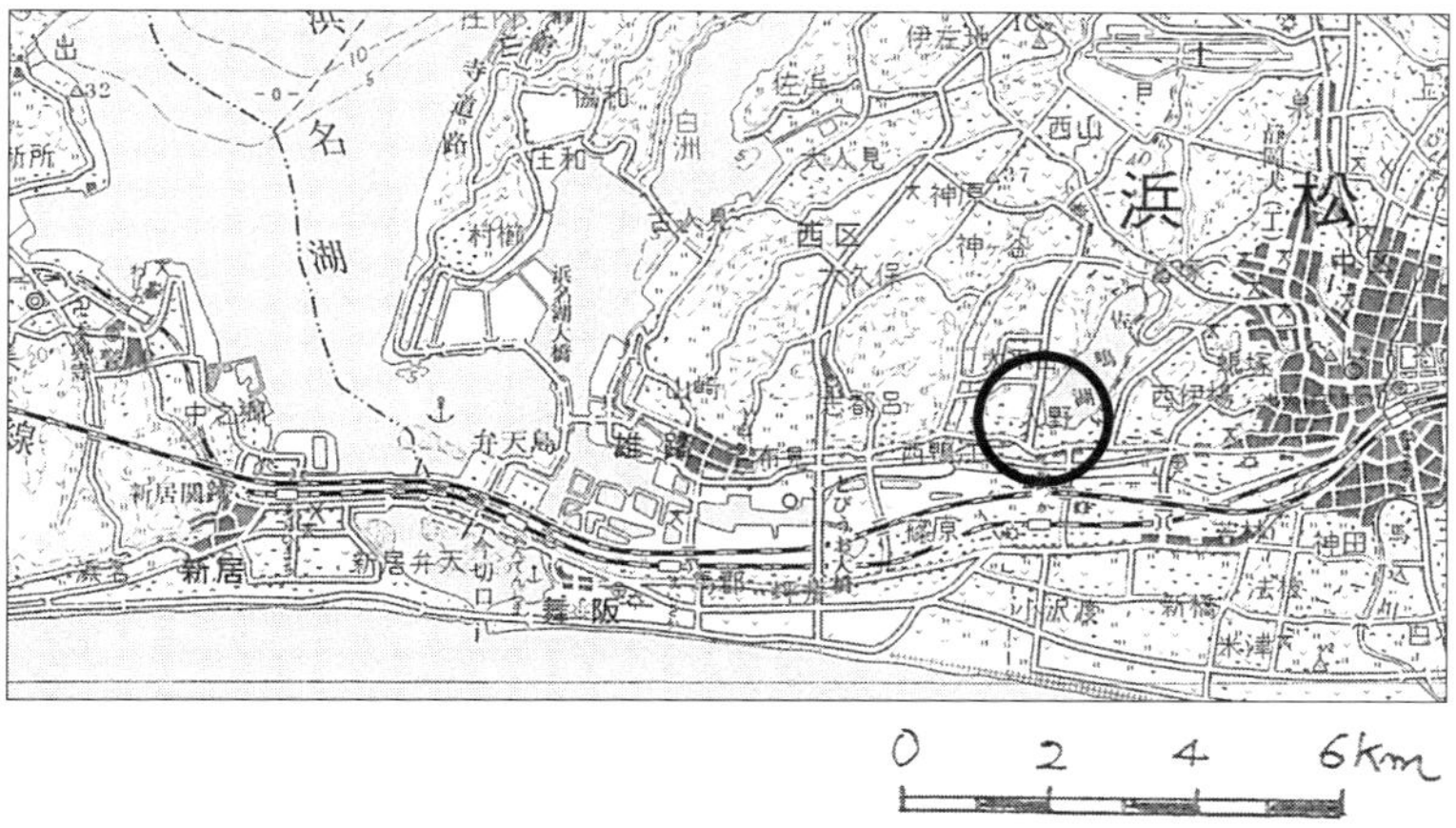

1／20万 豊橋

143 いる野

嘉承二年きさいのみやの歌合に、すみれをよめる 源顕国

•道とほみいる野の原のつぼすみれ春のかたみにつみてかへらん

⑦千載集 一一〇

•さをしかのいるのの薄はつをばないつしかいもがたまくらにせん 人丸

⑧新古今集 三四六

（参考）さをしかの いりののすすき はつをばな いづれのときか いもがてまかむ 万葉集 二二七七

（メモ）

①浜名湖の東部、佐鳴湖《さなるこ》の南岸に位置する。地名の由来は北部の「入り江」、南部の「富野」とを合わせたものと。ここには東川古墳群と入野古墳があると。

②約三～四km東、浜松市中区東伊場に「伊場遺跡」がある。古墳時代の竪穴住居跡・弥生時代の三重の環濠・奈良時代の掘立柱遺構・役所風建物等が復元され公園となっている。出土品等は資料館で保存・展示されている。縄文時代から鎌倉時代までの四千年間の複合遺跡。環濠から土器・木製農耕具、木製の鎧・銅製釣針・木簡・墨書土器・硯等出土という。

③中区鴨江の甲江山鴨江寺は大宝二（七〇二）年僧行基の開山。中世に南朝方の鴨江城となっていた。

④中区東伊場は江戸時代の国学者賀茂真淵の生誕地。縣居《あがたい》神社は真淵を祭神とする神社。天保一〇年浜松藩主、後の老中水野忠邦が中心となって創建という。

二五四 宇津ノ谷峠

静岡県静岡市駿河区丸子・藤枝市岡部町岡部

関係地図 1／20万 静岡 1／5万 静岡

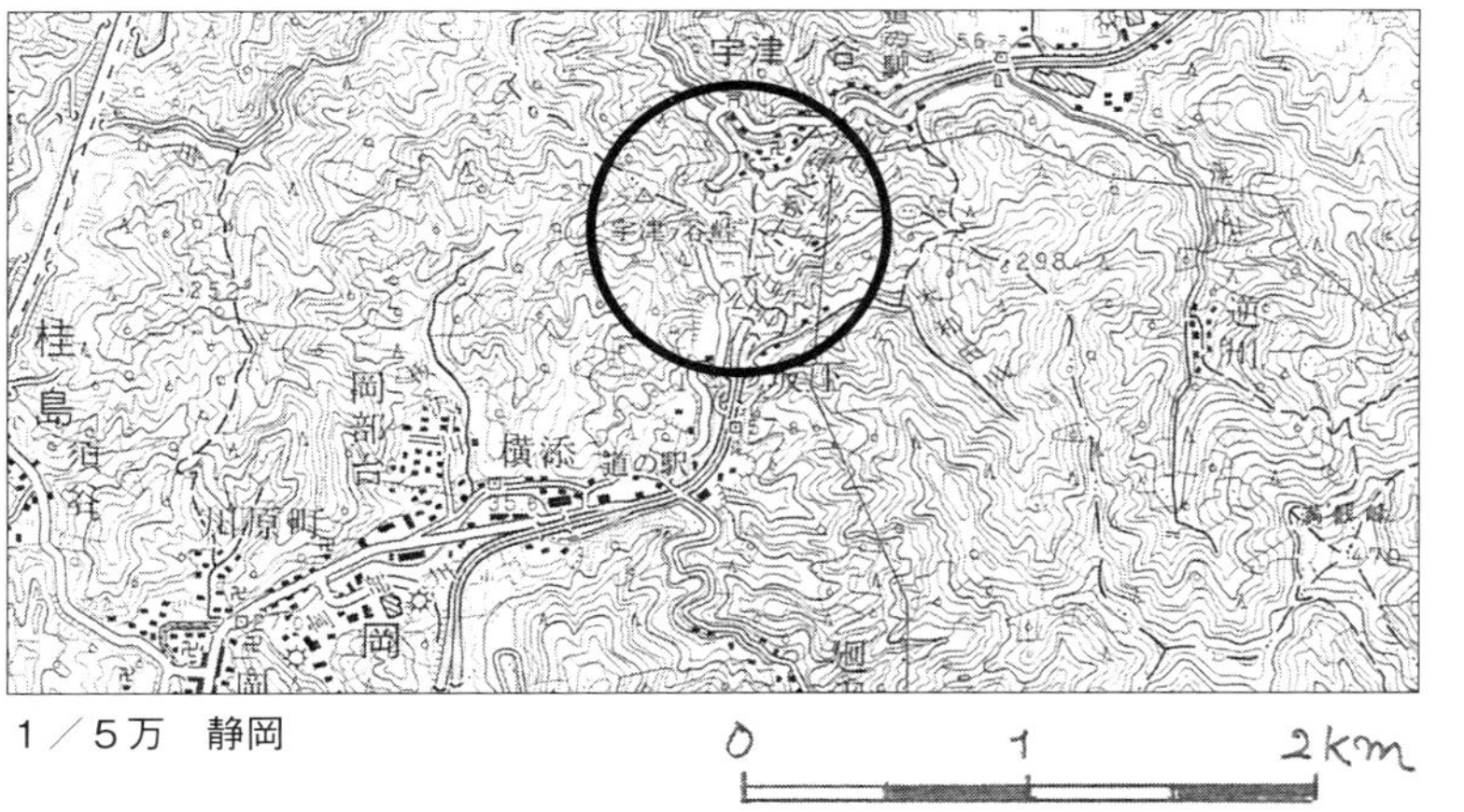

1／5万 静岡

158 うつの山

するがのくにうつの山にあへる人につけて、京につかはしける 業平朝臣

•するがなるうつの山辺のうつつにも夢にも人にあはぬなりけり

⑧新古今集 九〇四

和歌所にて、をのこどもたびの歌つかうまつりしに 家隆朝臣

•旅ねするゆめぢはゆるせうつの山せきとはきかずもる人もなし

⑧新古今集 九八一

詩を歌に合せ侍りしに、山路秋行といへることを 定家朝臣

•宮こにもいまや衣をうつの山夕しも払ふつたのしたみち ⑧新古今集 九八二

（メモ）

①「宇津ノ谷」は安倍川支流の丸子川上流域に位置。『和名抄』駿河国有度郡の「宇都乃也内屋郷」。現在の静岡市駿河区大字宇津ノ谷・丸子・鎌田付近。

②宇津ノ谷峠 静岡市駿河区丸子と藤枝市岡部町岡部の境。安倍川支流丸子川と瀬戸川水系岡部川の分水界。標高一七〇m。古来、東海道の隘路《あいろ》の一つ。平安中期以降は蔦の細道や宇津ノ谷峠、現在の県道二〇八号トンネル上の宇津ノ谷峠や、この峠の東約八百mの蔦《つた》の細道を通った。

③現在江戸期の峠道には、天保五年人馬安全など祈願した自然石の題目宝塔や鼻取地蔵堂・お羽織屋、十団子ゆかりの曹洞宗慶龍寺等がある。

④俳句を二句

山芋も茂りてくらし宇津の山 許六

うら枯や馬も餅食う宇津の山 其角

二五五　有度の浜

静岡県静岡市焼津市～静岡市清水区の浜辺まで

関係地図　1／20万 静岡　1／5万 吉原、駒越、静岡

160　うどはま

式部大輔資業伊予守にて侍ける時かのくにのみしまの明神にあづまあそびしてたてまつりけるによめる

・うどはまにあまのはごろもむかしきてふりけんそでやけふのはふりこ　能因法師　④後拾遺集　一一七二

・うどはまのうとくのみやはよをばへむ浪のよるよるあひみてしかな　読人しらず　⑧新古今集　一〇五一

（参考）いつとなくこひするがなるうどはまのうとくも人のなりまさるかな　相摸　新勅撰集　一二九八

（参考）うどはまのあまのはごろもはるはきていまもかすみのそでやふるらん　従二位家隆卿　夫木抄　一一七九七

（メモ）

①『和名抄』駿河国、有度《宇止》郡の浜。『東海道名所図会』に、有度海は有度郡の海浜をいふ。風土記にいふ、久能浦より御穂呉服《くれは》神社の前に至るまでを有度海といふ。

②有度郡は、西端は現在の焼津市の北部の標高五〇一mの高草山、南は駿河湾に面し、その郡域は標高三〇七・二mの有度山をとりまくように位置している。『日本書紀』大化二（六四六）年三月一九日条にある「菟砺の人」は「有度の人」であるという。

③『延喜式神名帳』有度郡内に伊河麻神社・草薙神社・池田神社がある。

④伊河麻神社（静岡市駿河区中田本町）祭神応神天皇。もと井鎌明神、また八幡宮とも称した。

⑤草薙《くさなぎ》神社（静岡市清水区草薙）祭神日本武尊。当地は日本武尊東夷御討征の時、天叢雲《あめのむらくも》の霊剣で草を薙ぎ野火の難を逃れ、賊徒を平定された旧跡。また、景行天皇の五三年に、天皇東国巡遊の時、この地で日本武尊の霊を鎮祭されたのを当社の創祀としている。

⑥『海道記』貞応二（一二二三）年四月一四日条に、

宇度浜ヲ過レバ、波ノ音風ノ声、心澄処ニナン。浜ノ東南ニ霊地ノ山寺アリ。四方高晴テ、四明天台ノ末寺也。……

とある。この寺がいく多の返遷を経た姿が現在の補陀洛山鉄舟寺である。

⑦この寺はもと補陀洛山久能寺で、久能山の山頂にあった。永禄一一（一五六八）年武田信玄が山頂に久能山城築城のため、久能寺は現在地に移された。明治になって廃仏毀釈になり寺は荒廃した。明治一六年、山岡鉄舟は地元有志と協力して寺を再興し「補陀洛山鉄舟寺」となった。当寺記に、それ当山は推古天皇御宇、久能忠仁卿駿河の国守に任じ、当国に下り、ある時、田猟《かり》し給ひ、深山に入る。所に老杉の株より金色の光あり、殆どあやしみこれを探り見給ふに、閻浮檀金長《みたけ》五寸許《ばかり》の千手観世音を得給ふ。奇特の思ひ胆に銘じ、即仏院を営て安置し奉り、百町の田園を喜捨して寺産《じさん》とす。ある夜八旬の老僧香染の袈裟を掛て、久能卿の枕上に立て、我は補陀洛山の浄土より度衆生の為にここに永く影現すと、いひ終え夢覚む。故に山号を補陀洛山という。本願名をもって久能寺となる。後、養老七（七二三）年大僧正行基菩薩、巡国の砌《みぎり》、当地に立寄。金像を胸中に蔵《おさめ》て、みづから千手大悲の像を彫刻して安ず、今の本尊是なり。と。

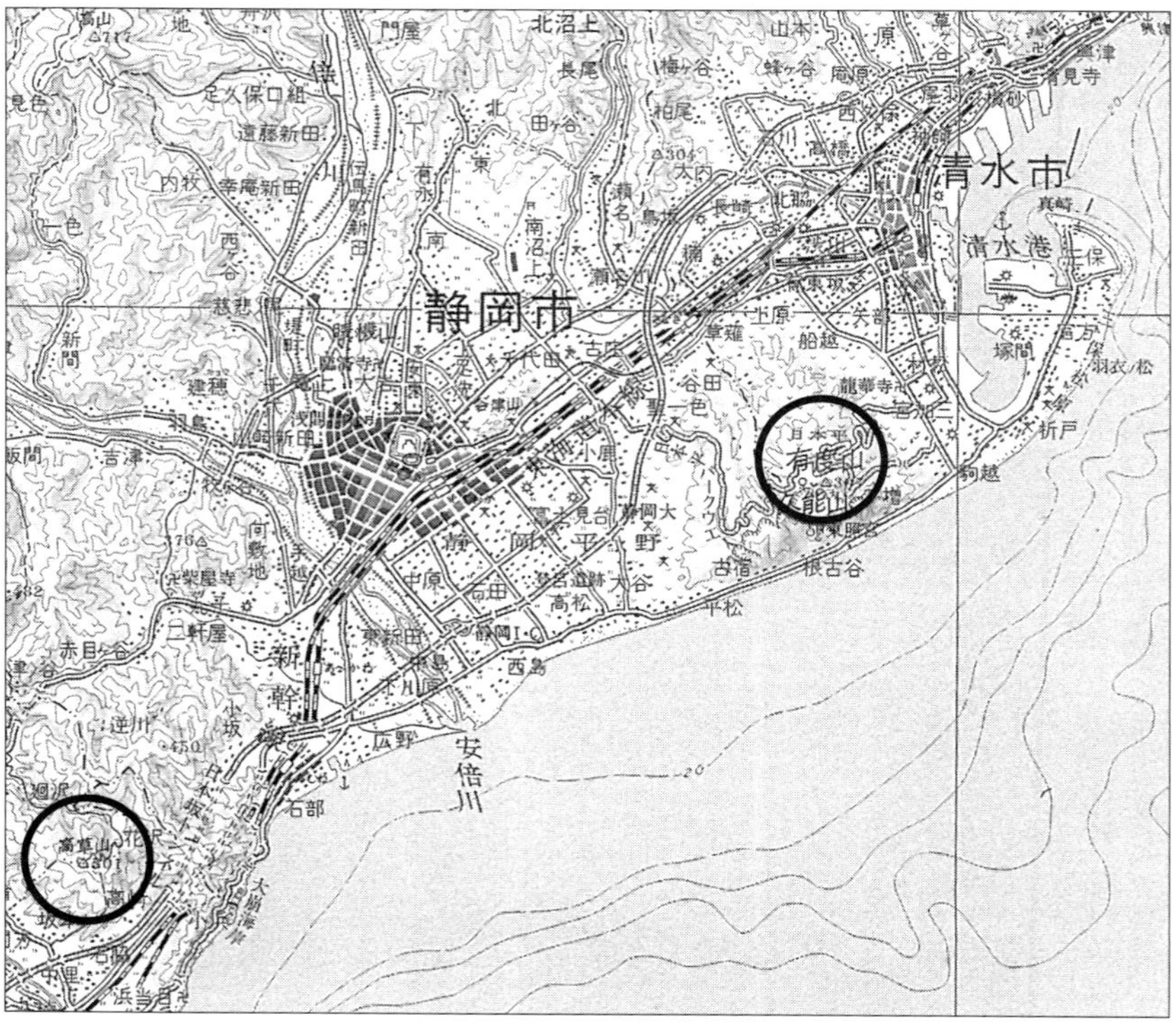

1／20万　静岡

二五六　小河郷（『和名抄』）

静岡県三島市清水町

関係地図　1／20万　静岡　1／5万　沼津

849

をがはのはし

・つくしよりここまでくれどつともなしたちのをがはのはしのみぞある　在原業平朝臣　③拾遺集　三八一

（参考）みちのくのをがはのはしのあゆみ板の君しそむかばわれもそむかん　読人不知　夫木抄　九四一九

1／5万　沼津

（メモ）

①『和名抄』伊豆国田方郡小河郷。郷名の由来は郷内には湧水が多く、小河川の水源となっている。比定地は地図上部に位置する現在の三島市壱町田付近から三島市中心部を経て、駿東郡清水町湯川（左下）付近にかけての地域。この地には三島大社や伊豆国分寺跡がある。

②駿東郡清水町湯川には小河泉神社（地図左下の○内）が鎮座する。当社は『延喜式神名帳』田方郡の「小河泉《ヲカハイヅミ》水神社」といわれている。

③三島大社（三島市大宮町）　祭神事代主命　大山祇命　由緒として事代主命は古来より俗に恵比須様といわれ、福徳の神として商工業漁業者から崇敬されている。また大山祇命は山森農産者の守護神として崇敬されてきた。当社は初め下田下白浜に鎮座したので、『延喜式神名帳』には伊豆国賀茂郡に、「伊豆三嶋神社名神大月次新嘗」とある。

④伊豆国分寺塔跡（三島市泉町）　現在、ここには日蓮宗国分寺がある。本堂裏に古代の国分寺跡（国史跡）の礎石がある。

二五七　勝俣池跡推定地

静岡県牧之原市勝俣・中・勝間一帯

関係地図　1／20万　静岡　1／5万　掛川

242

かつまたのいけ

関白前大まうちぎみいへにてかつまたのいけをよみ侍りけるに

・とりもゐでいくよへぬらんかつまたのいけにはいひのあとだにもなし　藤原範永朝臣　④後拾遺集　一〇五三

ふりつづみ

・いけもふりつつみくづれて水もなしむべかつまたに鳥のゐざらん　二条太皇太后宮肥後　⑦千載集　一一七二

（参考）かつまたの　いけはわれしる　はちすなし　しかいふきみが　ひげなきごとし　新田部親王にたてまつる歌　万葉集　三八三五

1／5万　掛川

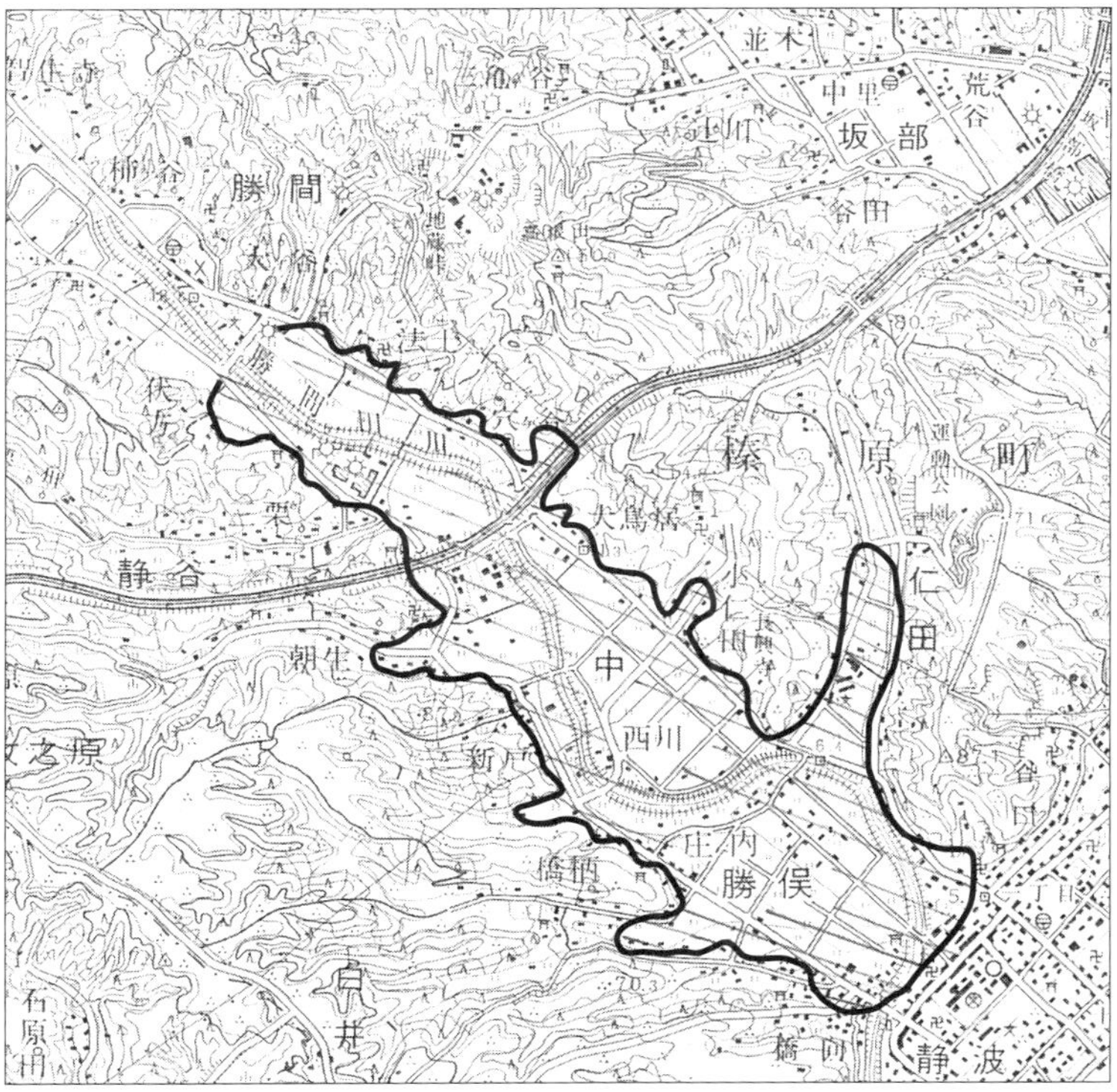

（メモ）

①『和名抄』遠江国榛原郡《はいばら》「勝田郷《加都万田》」。勝間田川流域。牧ノ原台地に並行し、北西から南東方に開けた沖積平地に位置する。中世の土豪勝間田氏関係の遺跡や伝承が多いという。勝田郷の範囲は現在の勝間田川流域の大字勝間・勝田・中を中心とする一帯である。

②勝間田川は島田市金谷町切山を源とし、南東流し、牧ノ原市勝俣で駿河湾に注ぐ。流長約一五㎞。流域面積は約三六㎢。中流の勝田集落付近で幅四百～六百mの谷底平野を形成した。小字に「大沼」があり、「勝俣の池」又はその名残りを表わしている。この地には「花かつみ又はかつみ」と呼ばれるマコモやショウブの仲間を表現する「加都万」が沼沢等の浅水中に多く自生していたので自然発生的に、地名が「加都万多」になったのであろう。地図の斜線部が沼沢地、勝俣の池部であったであろう。

③勝間田城跡（牧之原市勝田）　山稜上にある室町時代の尾根式山城跡。『今川記』の文明八（一四七六）年の記事に、

五百餘騎を二手に作り、横地・勝間田が城を取巻、夜昼息をもつかせず攻戦ひ

とあるのが当城のことという。

④当城は平安時代末頃から勝田庄《かつまた》を領有した勝田氏の本城であった。県史跡。標高一一五m付近の東西二つの曲輪に分かれた一城別郭式山城。東の曲輪が本丸で、東西二五m・南北三〇mの方形曲輪。周囲に土塁が巡り、北東及び南東の枝尾根には各二重濠が切られている。細尾根を隔てた西に東西三〇m・南北二〇mの二の丸跡がある。

⑤飯室乃神社《いいむろの》（牧之原市細江）　飯室山に鎮座　祭神高皇産霊神　由緒は欽明天皇三〇（五六九）年に勧請。『延喜式神名帳』榛原郡飯津佐和乃神社《イヒツサワノ》。江戸時代に大井八幡宮、明治期は大井神社と称していた。

⑥服織田神社《はとりた》（牧之原市静波）　十二そうさん。祭神麻立比古命　天八千比売命

由緒は景行天皇七（七七）年の勧請。『延喜式神名帳』榛原郡服織田神社。

⑦白鬚遺跡《しらひげ》（牧之原市白勝俣字白鬚）　勝間田川河口から約三㎞上流の標高約八mの地。昭和二八年、幅約三m、深さ約三〇㎝、長さ約一〇mの溝状遺構から足の踏み場もない程に白鬚式土器と呼ばれる古式土師器が発見された。

⑧薬師堂（牧之原市中）　大山神社と並んで薬師堂がある。この薬師堂は和歌山県高野山金剛峯寺、根来寺《ねごろ》など盛んにした真言宗の覚鑁《かくばん》（一〇九五－一一四三）が開創した成安寺の名残りという。

二五八　清見が関跡

静岡県静岡市清水区興津清見寺町。清見寺

関係地図　1／20万 静岡　1／5万 吉原　1／2.5万 興津

303

きよみがせき

家に歌合し侍りけるによめる　左京大夫顕輔

・よもすがらふじのたかねに雲きえてきよみがせきにすめる月かな

（参考）わすれずよきよみがせきのなみまよりかすみてみえしみほのうらまつ　中務卿親王　続古今集　八五八

（参考）さすらふる心に身をもまかせずは清見が関の月を見ましや　僧正行意　新後撰集　五八八

（参考）故郷を思ひ出でつつ秋風に清見が関をこえむとすらん　能因法師　新千載集　七五四

1／2.5万 興津

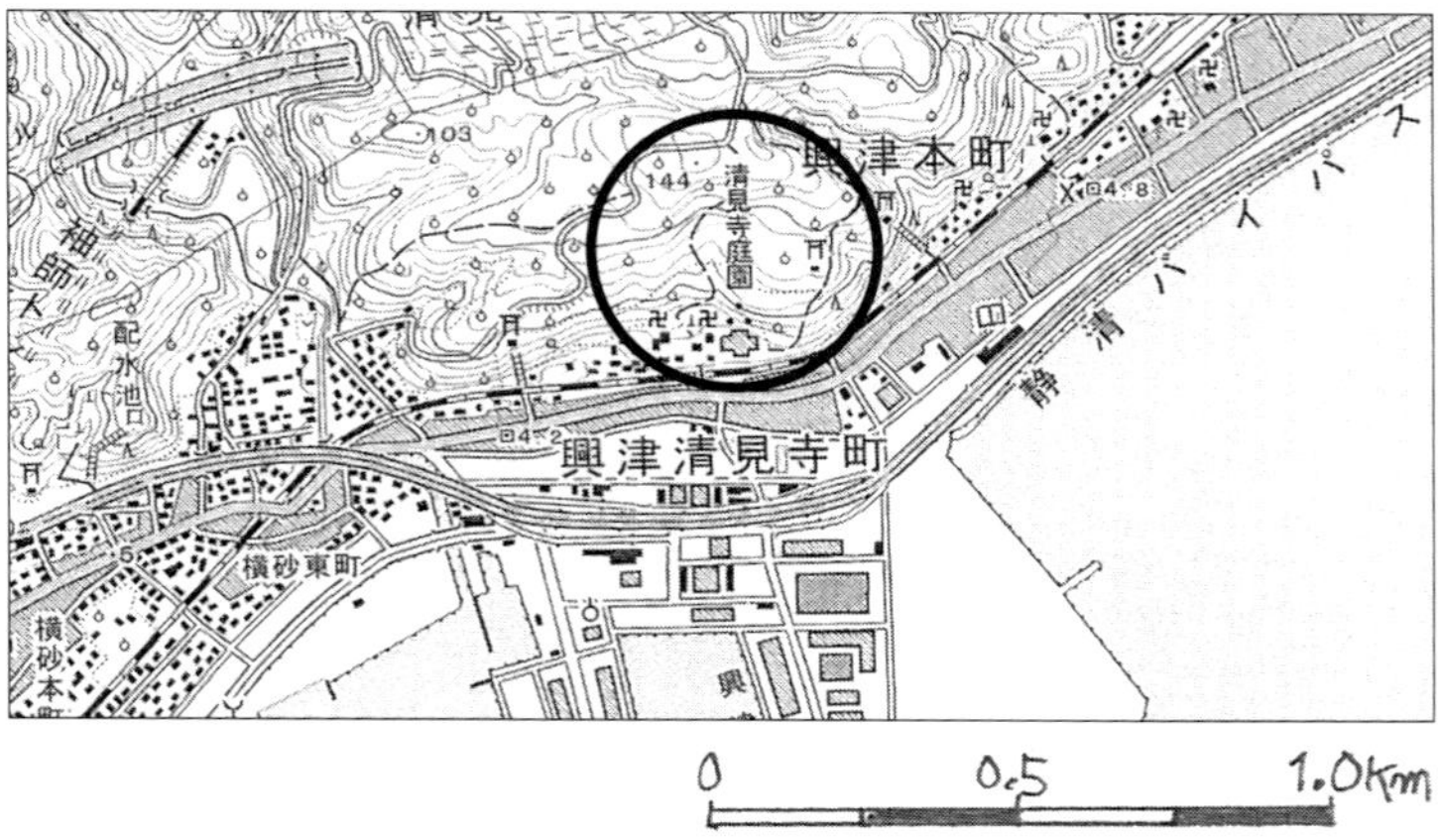

（メモ）

①清見興国禅寺求玉院（臨済宗妙心寺派）白鳳時代、天武天皇の御世に国家鎮護の関寺として清見ヶ関の設置とともに仏堂が創建された。弘長元（一二六一）年京都東福寺開山円尓弁円の法嗣関聖明元が清見長者の帰依をうけて再興。関の古跡は当寺の門前にあるという。

清見寺ゆく手にうつる花の色もいくほどもなく紅葉しにけり　豊臣秀吉

②『和名抄』駿河国廬原郡《いほはら》息津郷《をきつ》。清見関。また浄見関。初見は『日本紀略』天慶三（九四〇）年一月二五日条に、

駿河国岫崎関為凶党被打破

とあり、「岫崎関《くきがさきのせき》」が清見関である。また『朝野群載』天暦一〇（九五六）年六月二一日条に、

国内帯清見・横走両関、坂本暴戻之類、得地往反

とあり、両関は駿河国以西の守りであった。

二五九　清見潟跡

静岡県静岡市清水区興津清見寺町周辺の清見潟公園など

関係地図　1／20万　静岡　1／5万　吉原

304

清見がた

嘉応二年法住寺殿の殿上歌合に、関路落葉といへる心をよみ侍りける　右近大将実房

• 清見がた関にとまらでゆく船は嵐のさそふこのはなりけり

⑦千載集　三六二

百歌の歌たてまつりし時、旅歌　家隆朝臣

• ちぎらねど一夜はすぎぬきよみがた浪にわかるるあか月の雲

⑧新古今集　九六九

水無瀬の恋の十五首歌合に　雅経

• 見し人の面影とめよ清見がた袖にせきもる波のかよひぢ　⑧新古今集　一三三三

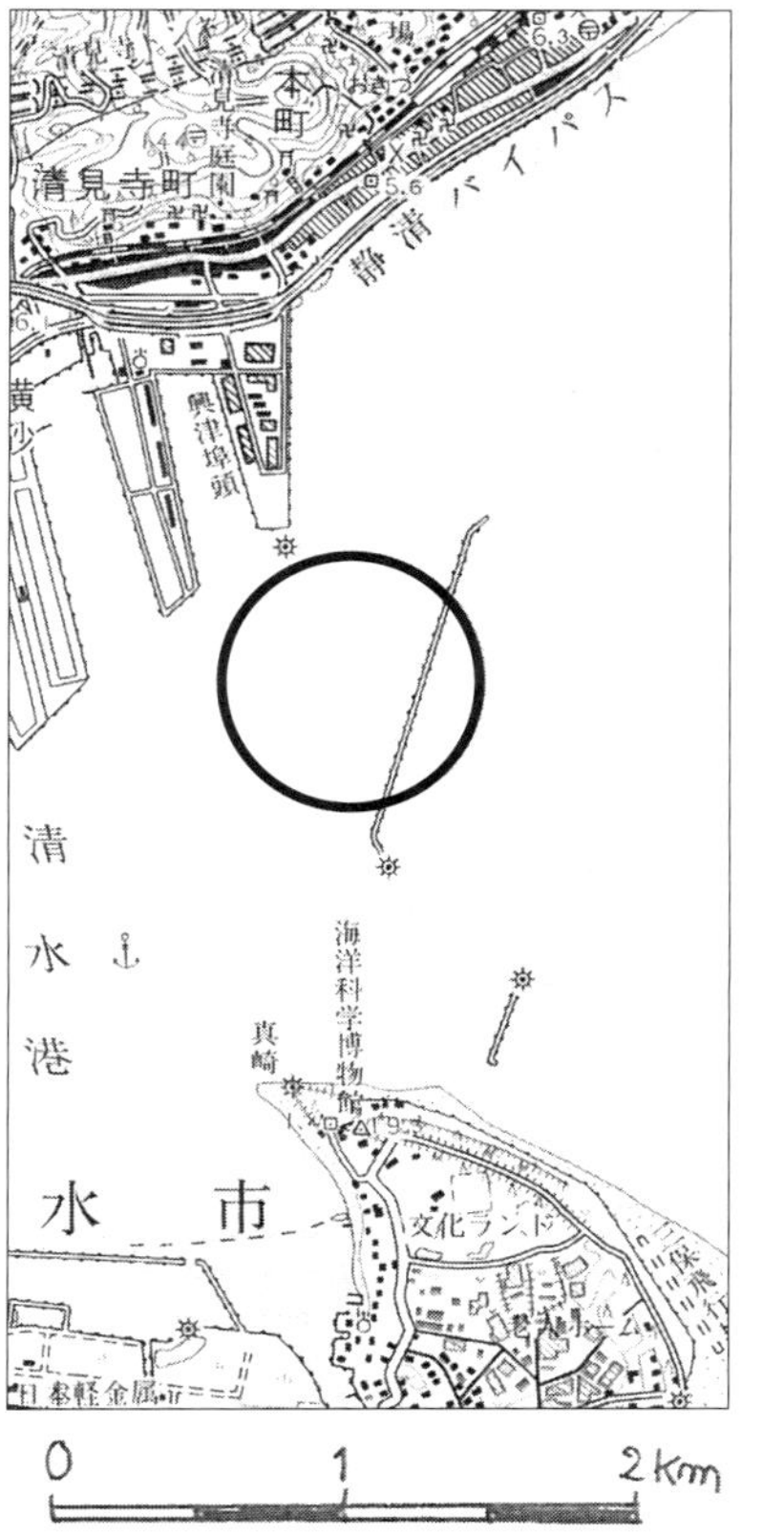

1／5万　吉原

（メモ）

①「清見潟」は駿河湾奥部の興津に面する海岸。清水区西部から突出する砂嘴《さし》の三保の松原で抱えられる「三保の浦」のことである。大型船着岸用のいくつもの埠頭構築のため、古来からの自然の海岸が消滅したので「清見潟跡」とした。

②『万葉集』の上野国司田口益人の歌

廬原の清見の崎の三保の浦のゆたけき見つつもの思ひもなし　二九六

③清見潟月すむ夜半の浮雲は富士の高嶺の煙なりけり　山家集

④清見潟波ものどかに晴るる日は関より近き三保の松原　兼好法師家集

二六〇　木枯ノ森

静岡県静岡市葵区羽鳥

関係地図　1／20万　静岡　1／5万　静岡　1／2.5万　静岡西部

333

こがらしのもり

思ふ人侍りける女に物のたうびけれど、つれなかりければつかはしける歌の返し　よみ人しらず

• こがらしのもりのした草風はやみ人のなげきはおひそひにけり

②後撰集　五七二

千五百番歌合に　定家朝臣

• きえわびぬうつろふ人の秋の色に身をこがらしのもりのした露

⑧新古今集　一三二〇

（参考）人しれぬ思ひするがのくにこそ身を木がらしのもりは有りつれ　よみ人しらず　新後拾集　九五七

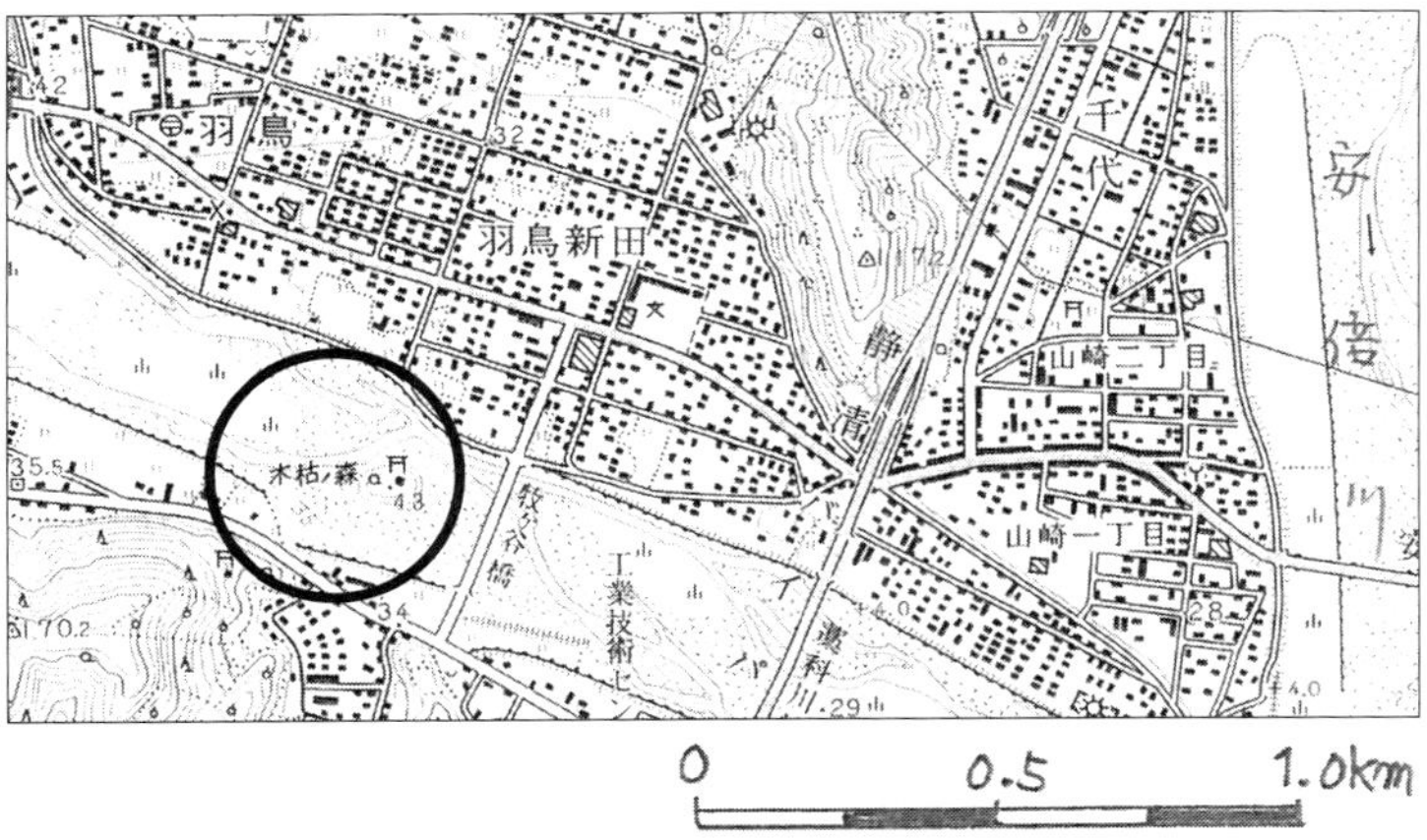

1／2.5万　静岡西部

（メモ）

①静岡市葵区羽鳥地内の藁科川河川敷の河床中央の中州にある長径百m・比高十m足らずの基盤岩を覆う、こんもりとした森が「木枯の森」である。渇水時には歩いて渡れる。

②森の中に木枯八幡神社が鎮座している。天明八（一七八八）年本居宣長の撰文で駿府居住の文人野沢昌樹らが建てた「木枯の森碑」、医師・国学者の花野井有年の歌碑

ふきはらふこずゑのおとはしづかにて名のみたかきこがらしの森

があると。

③『枕草子』一九三段に

森は殖槻《うゑつき》の森、石田《いはた》の森、木枯の森

とある。

④約二km下流に同規模の基盤岩の小丘、舟山がある。

二六一　小河郷《こがは》（『和名抄』）

関係地図　1／20万　静岡　1／5万　静岡

静岡県焼津市小川・東小川など

849

をがはのはし

• つくしよりここまでくれどつともなしたちのをがはのはしのみぞある　在原業平朝臣　③拾遺集　三八一

（参考）みちのくのをがはのはしのあゆみ板の君しそむかばわれもそむかん　読人不知　夫木抄　九四一九

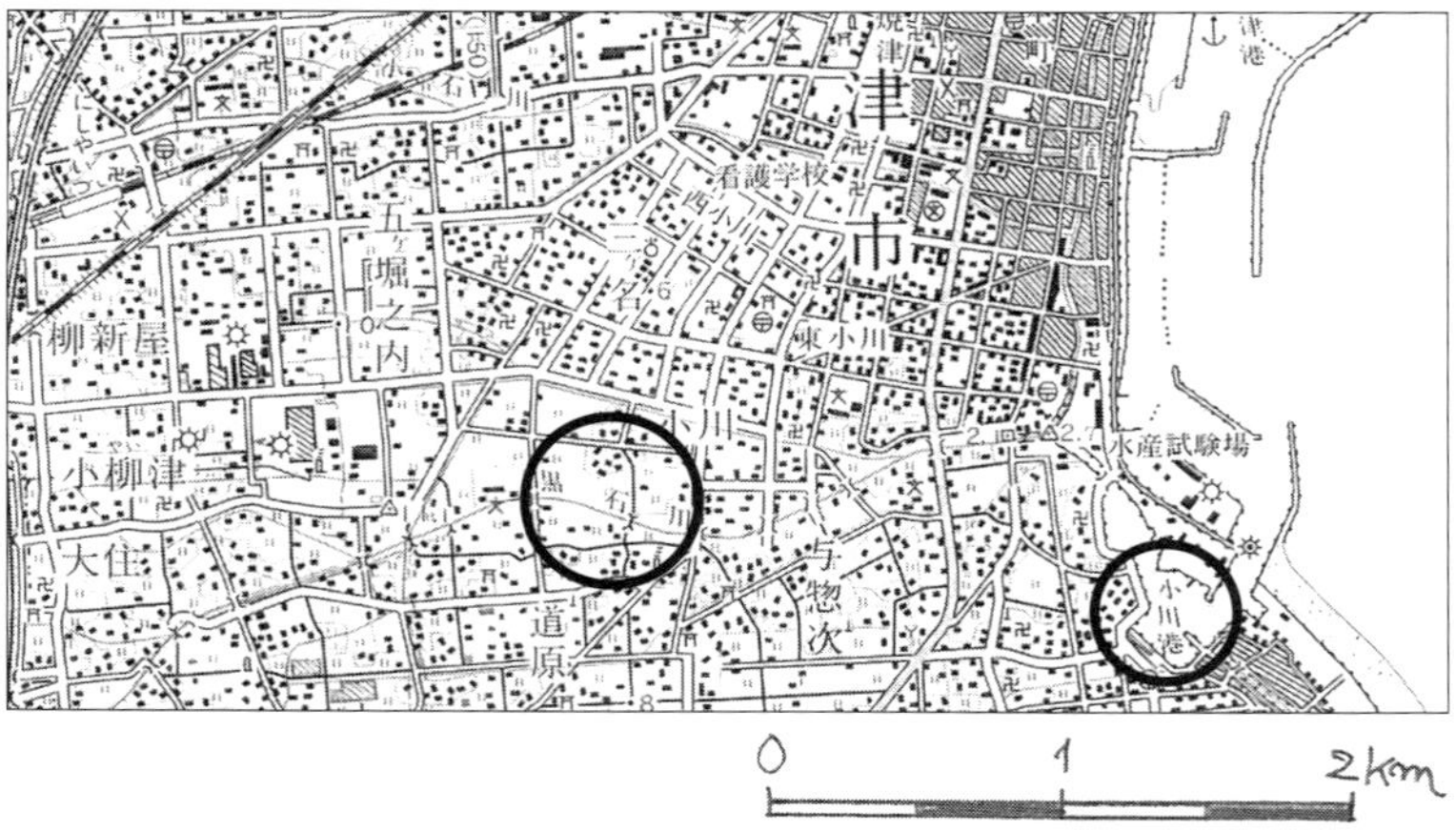

1／5万　静岡

（メモ）

①焼津市南部の字小川《こがわ》・字西小川・字東小川・字小川新町があり、西から黒石川が東に流れ、やがて駿河湾の入江、黒石川の河口である「小川漁港」に注ぐ。地内に弥生古墳時代の小深田遺跡、古墳時代の赤塚遺跡、平安時代の道場田遺跡等があるという。

②この地は『和名抄』駿河国、益頭郡《末志豆》。小河郷。

③『高山寺本和名抄』の「東海駅」では、

……猪鼻—栗原—門摩—横尾—初倉—「小河」—横—息津—蒲原—

などとある。

④連歌師柴屋軒宗長は大永六（一五二六）年二月一一日、当地の住人長谷川元長の屋敷で連歌会、千句会を興行している。『宗長日記』に、

小川　一一日の早朝に、小川へまかり立ぬ。小川長谷川元長、千句懇望。さりがたきにより、一三日始行。千句三日。発句、

松の葉は花ぞみつしほ山ざくら

また、

つばめ飛雨ほのけぶる柳かな

行《ゆく》とくといづこもかりの名残哉

などとある。

二六二　小夜の中山

関係地図　1／20万　静岡　1／5万　掛川

静岡県掛川市佐夜鹿《さよしか》

376

さやの中山

• あづまぢのさやの中山なかなかになにしか人を思ひそめけむ　とものり　①古今集　五九四

からうじてあひしりて侍りける人に、つつむことありてあひがたく侍りければ

• あづまぢのさやの中山中中にあひ見てのちぞわびしかりける　源宗于朝臣　②後撰集　五〇七

行路初雪といへる心をよみ侍りける

• よなよなのたびねのとこに風さえてはつ雪ふれるさやの中山　八条前太政大臣　⑦千載集　五〇二

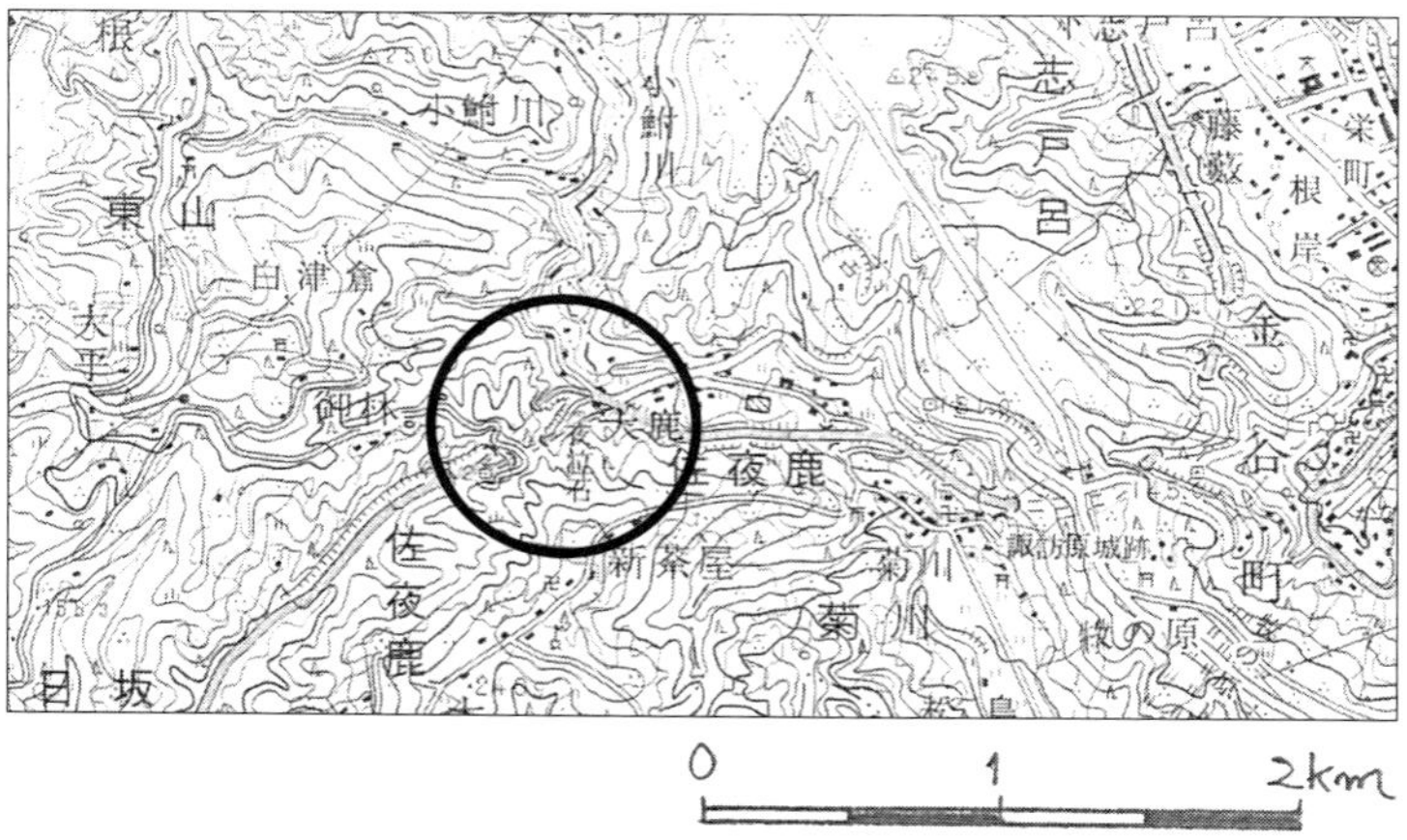

1／5万　掛川

（メモ）

①小夜《さよ》の中山は掛川市佐夜鹿《さよしか》と、島田市佐夜鹿との間の峠。標高二五〇m。現掛川市日坂《にっさか》の日乃坂神社や法讃寺辺にあった日坂宿と島田市菊川の法音寺又は菊川神社辺にあった菊川宿の間の東海道の難所の一つであった。

②表記は小夜・佐夜・佐益・佐野と書き、中山は長山とも書き、古くは「さや」と読んでいた。これは佐野郡の中山の意で谷の間にある尾根なので「中山」と。ここは『和名抄』遠江国佐野郡であった。

③掛川市佐夜鹿に小夜の中山公園がある。ここには夜泣石の伝承のある茶店「扇屋」がある。夜泣石はこの峠の名物で、東隣の子育観音久延寺境内にあったが、今は国道一号沿に移っている。

二六三　駿河国府跡推定地

静岡県静岡市葵区駿府城公園・城内町・駿府町など

関係地図　1／20万　静岡　1／5万　静岡

439
するが

・するがなるたごの浦浪たたぬひはあれども君をこひぬ日はなし　よみ人しらず
①古今集　四八九

・恋をのみ常にするがの山なればふじのねにのみなかぬ日はなし　よみ人しらず
②後撰集　五六五

するがのくにうつの山にあへる人につけて、京につかはしける

・するがなるうつの山辺のうつつにも夢にも人にあはぬなりけり　業平朝臣
⑧新古今集　九〇四

1／5万　静岡

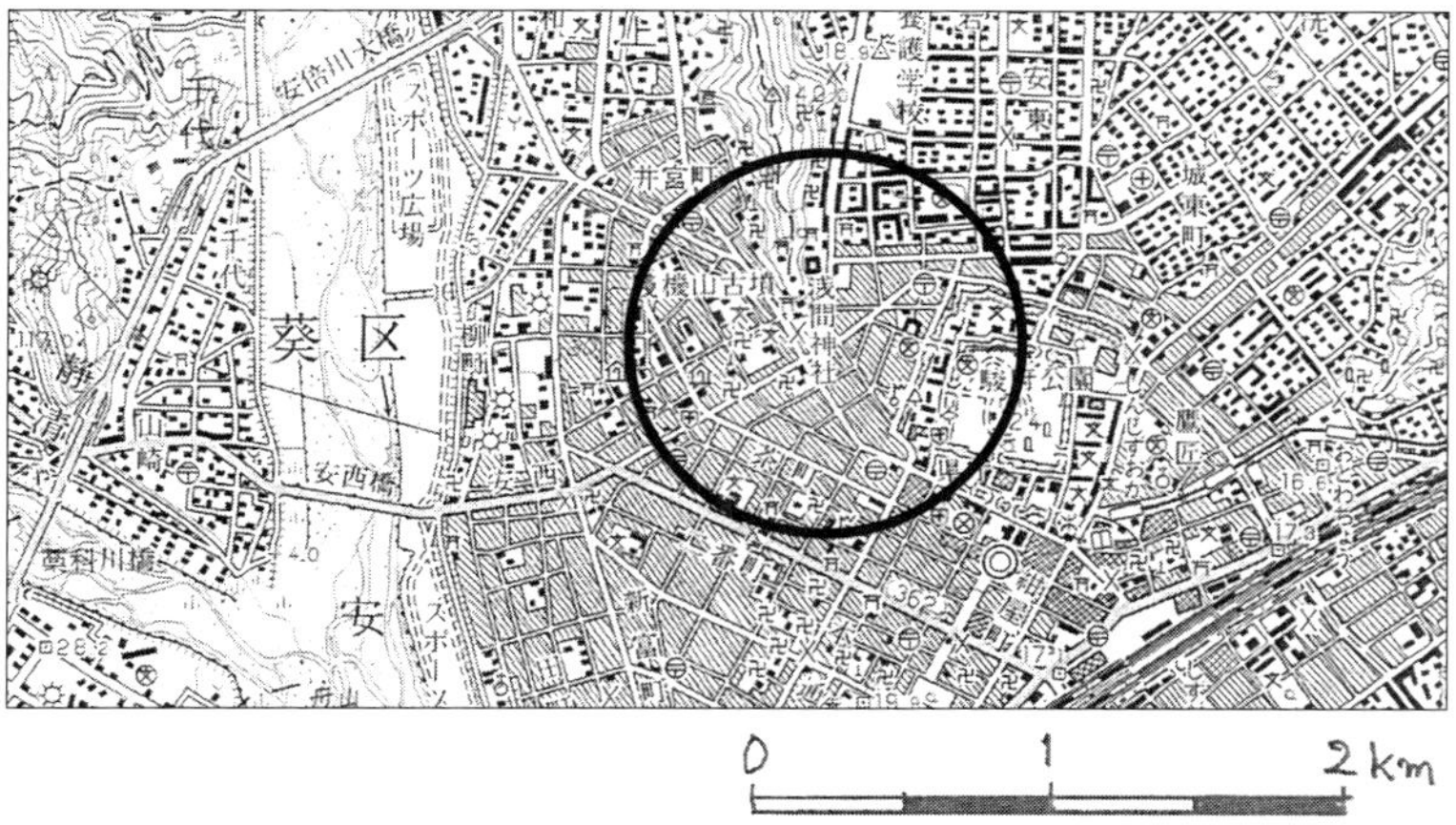

（メモ）

①大化改新以前の珠流河国・廬原国・伊豆国の三国が大化二（六四六）年一月一日の「改新之詔《かいしんのみことのり》」で一国に統合され「駿河国」が建置された。国府ははじめ珠流河国駿河郷（現沼津市）にあったという。

②『扶桑略記』天武天皇九（六八〇）年七月条に、

　別駿河二郡。為伊豆国。

とある。この後、国府は安倍郡に移されたという。現在の静岡市葵区長谷町という。

③賤機山《しずはたやま》古墳　静岡市葵区宮ケ崎町浅間神社背後。直径約三〇m・高さ六mの円墳。長さ六・八m、幅二・四mの横穴式石室中に凝灰岩の家型石棺がある。石棺から六鈴鏡破片・馬具・大刀・須恵器が出土している。国史跡。

④宮ヶ崎町に『神名帳』の神部神社と大歳御祖神社、更に平安期勧請の浅間神社の三社が鎮座。

二六四　田子の浦

静岡県富士市・静岡市清水区

関係地図　1／20万　静岡　1／5万　吉原

482
たごの浦

女のもとより、心ざしのほどをなんえしらぬといへりければ

・わがこひをしらんと思はばたごの浦に立つらん浪のかずをかぞへよ　藤原興風
②後撰集　六三〇

小一条のおほいまうちぎみの家の障子に

・たごの浦に霞のふかく見ゆるかなもしほのけぶりたちやそふらん　よしのぶ
③拾遺集　一〇一八

・たごのうらにうち出でてみれば白妙の富士のたかねに雪はふりつつ　赤人
⑧新古今集　六七五

1／20万　静岡

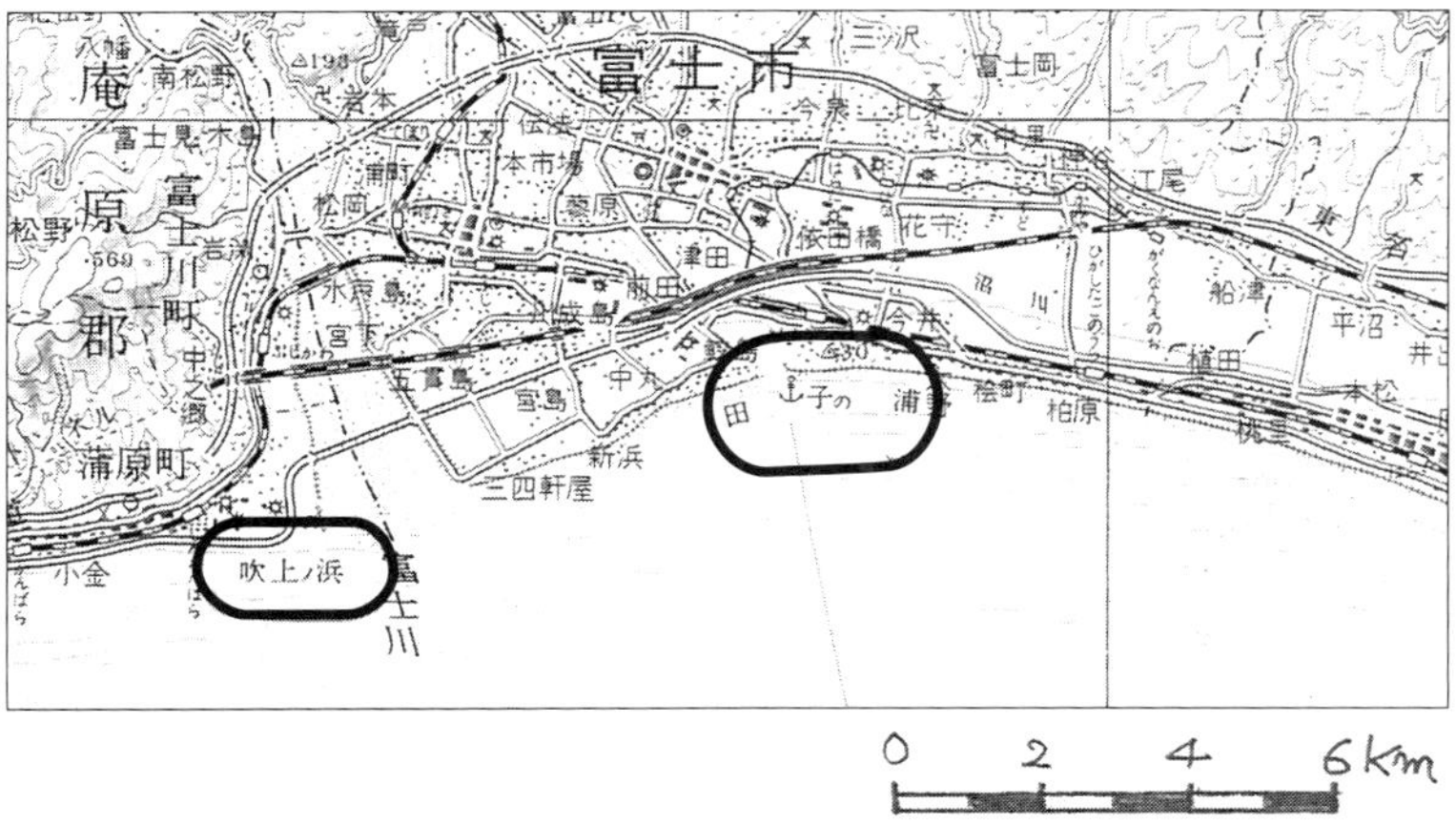

（メモ）

①田子の浦は静岡県東部で、富士山南麓の駿河湾に面する海岸一帯という。『名所方角抄』には富士川河口を挟んで広くは、西は三保の入江から東は浮島ヶ原までの海岸の総称。しかし一般には庵原《いはら》郡蒲原《かんばら》町の海岸、吹上の浜を中心とした海岸をいうと。

②『続日本紀』天平勝宝二（七五〇）年三月一〇日条に、

　駿河国守従五位下楢原《ならはら》造東人《あづまひと》ら、部《ぶ》内盧原《ないいほはら》郡多胡浦《たごのうら》の浜に黄金《くがね》を獲て献《たてまつ》る。練金《ねりがね》一分、沙金《しゃきむ》一分。

とある。現在の静岡市清水区に字蒲原小金があり、実際に金の産した女夫岩がある。地内の中尾羽根川親水公園内を流れる小川で砂金が採取されたのか。

③清水区蒲原に和歌宮神社が鎮座。祭神は木之花佐久夜毘売命。当社は山辺赤人が田子の浦の歌を詠んだ古跡という。

二六五　玉　川

静岡県三島市玉川・駿東郡清水町玉川

関係地図　1／20万　静岡　1／5万　沼津

496

玉川

• 玉河にさらすてづくりさらさらに昔の人のこひしきやなぞ　よみ人しらず

③拾遺集　八六〇

正子内親王のゑあはせし侍けるかねのさうしにかき侍ける　相　摸

• みわたせばなみのしがらみかけてけりうの花さけるたまがはのさと

④後拾遺集　一七五

堀河院御時、百首歌たてまつりける時、擣衣のこころをよみ侍りける　源俊頼朝臣

• 松かぜのおとだに秋はさびしきに衣うつなり玉川のさと　⑦

千載集　三四〇

(参考)しら波の音ばかりしてみえぬかな霧たちわたる玉川の里　修理大夫顕季

新続古集　五四八

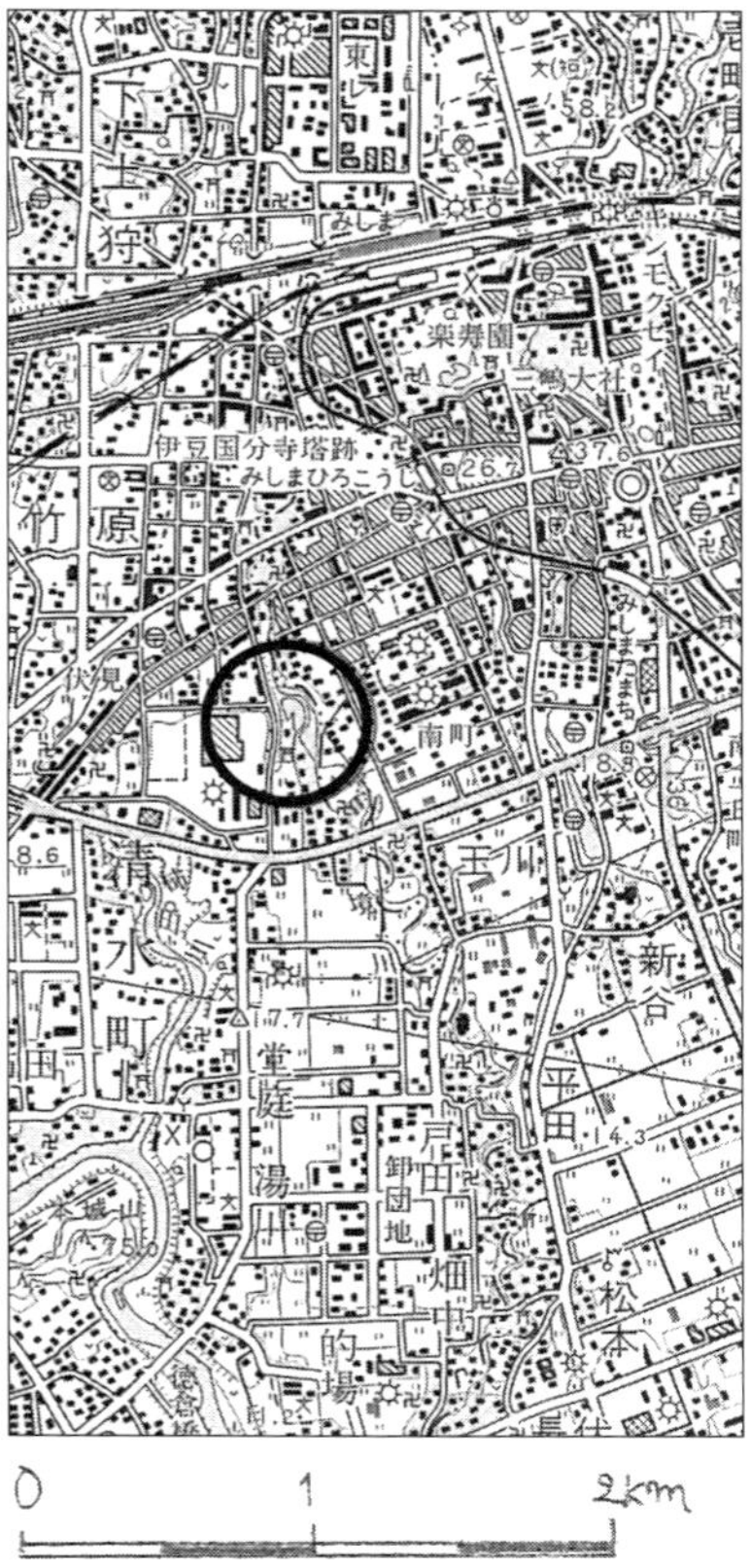

1／5万　沼津

(メモ)

①東に位置する三島市と西に位置する駿東郡清水町の境界に境川は北から南に流れている。三島市、清水町の両方に玉川集落があり、現在、清水町域に玉川池(丸池)があり、いつも水を満々とたたえ、玉川・堂庭・湯川・久米田《くまんでん》・戸田・畑中・的場の集落の田畑を灌漑する水源になっている。「境川」も昔は玉川であったか。

②この地は中世の「玉川郷」。安貞二(一二二八)年三月二〇日付『三島神社文書』関東裁許状に

三島宮領伊豆国玉河郷

とあるという。

二六六　遠江国府跡推定地

静岡県磐田市中央町。府八幡宮

関係地図　1／20万　豊橋　1／5万　磐田　1／2.5万　磐田

539

遠江国

ある人いやしき名とりて遠江国へまかるとて、はつせ河をわたるとてよみ侍りける　よみ人しらず

• はつせ河わたるせさへやにごるらん世にすみがたきわが身と思へば

②後撰集　一三五〇

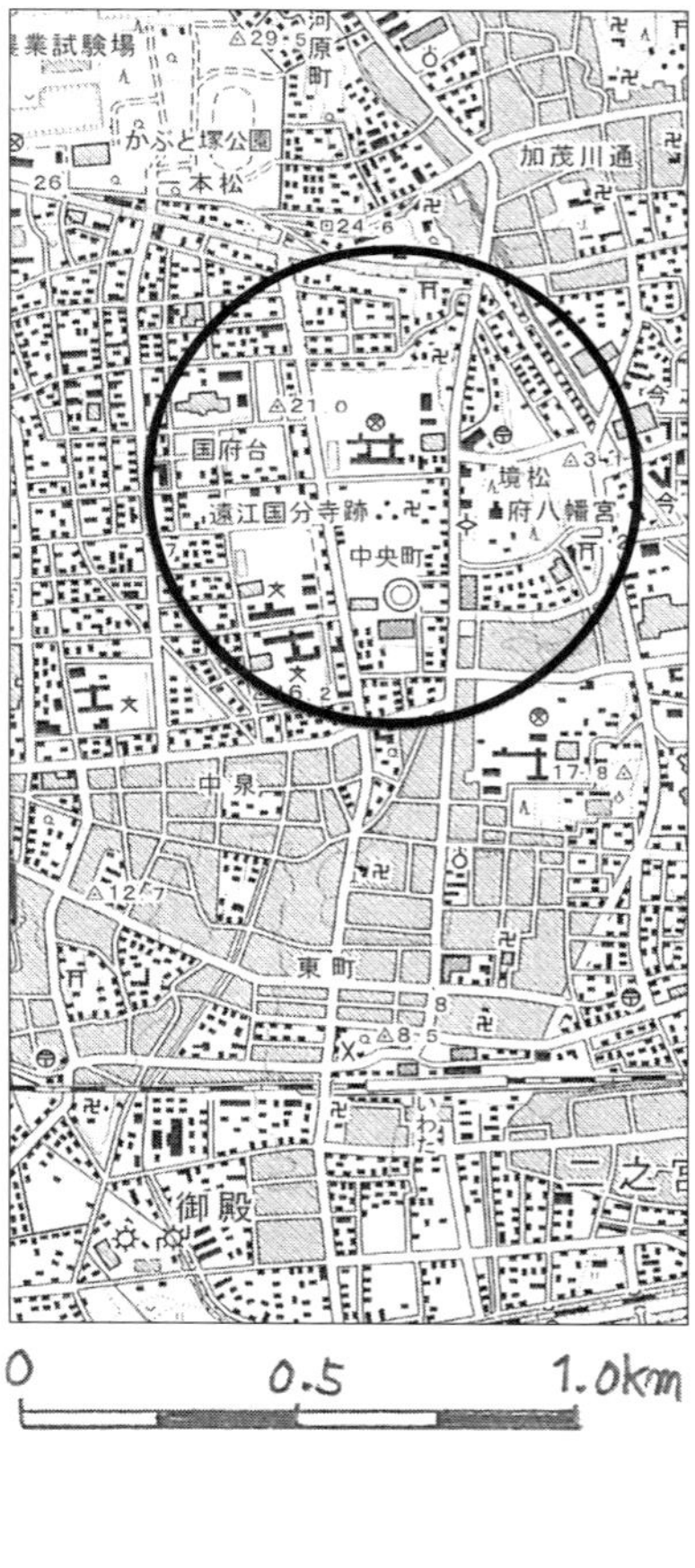

1／2.5万　磐田

(メモ)

①『国造本紀』に遠淡国造として、

志賀高穴穂(成務)朝。以二物部連祖伊香色雄命児印波呉命一。定二賜国造一。

とある。その他素賀国・久努国等の国が大化改新後、遠淡海国に統合されたという。更に、元明天皇和銅六(七一三)年五月二日の勅、

畿内と七道との諸国の郡《こほり》・郷《さと》の名は、好《よ》き字を着けしむ

により、「遠江国」となったという。

②国府は現在の磐田市中泉の府八幡宮付近という。すぐ西側に国分寺跡、この北側に「国分尼寺」の地名があると。

③府八幡宮は国司が奉仕したのでこの名がある。神名帳の磐田郡の入見《イルミ》神社かという。奈良時代国守桜井王《さくらゐのおほきみ》が国府の守り神を祭ったのが創祀という。『万葉集』に、「遠江守桜井王、天皇に奉る歌」

九月《ながつき》のその初雁《はつかり》の使《つかひ》にも思ふ心は聞こえ来《こ》ぬかも　一六一四

天皇の報和《こた》へ賜《たま》ふ御歌

大《おほ》の浦《うら》のその長浜に寄する波ゆたけく君を思ふこのころ　一六一五

等がある。

二六七　浜名の橋跡　　静岡県浜松市・湖西市《こさい》

関係地図　1／20万　豊橋　1／5万　浜松

640

はまなのはし

恒徳公家の障子に

・しほみてるほどにゆきかふ旅人やはまなのはしとなづけそめけん　　かねもり

③拾遺集　三四二

ちちのともに遠江国にくだりてとしへてのちしもつけの守にてくだりはべりけるに、はまなのはしのもとにてよみ侍ける

・あづまぢのはまなのはしをきてみればむかしこひしきわたりなりけり　　大江広経朝臣　④後拾遺集　五一六

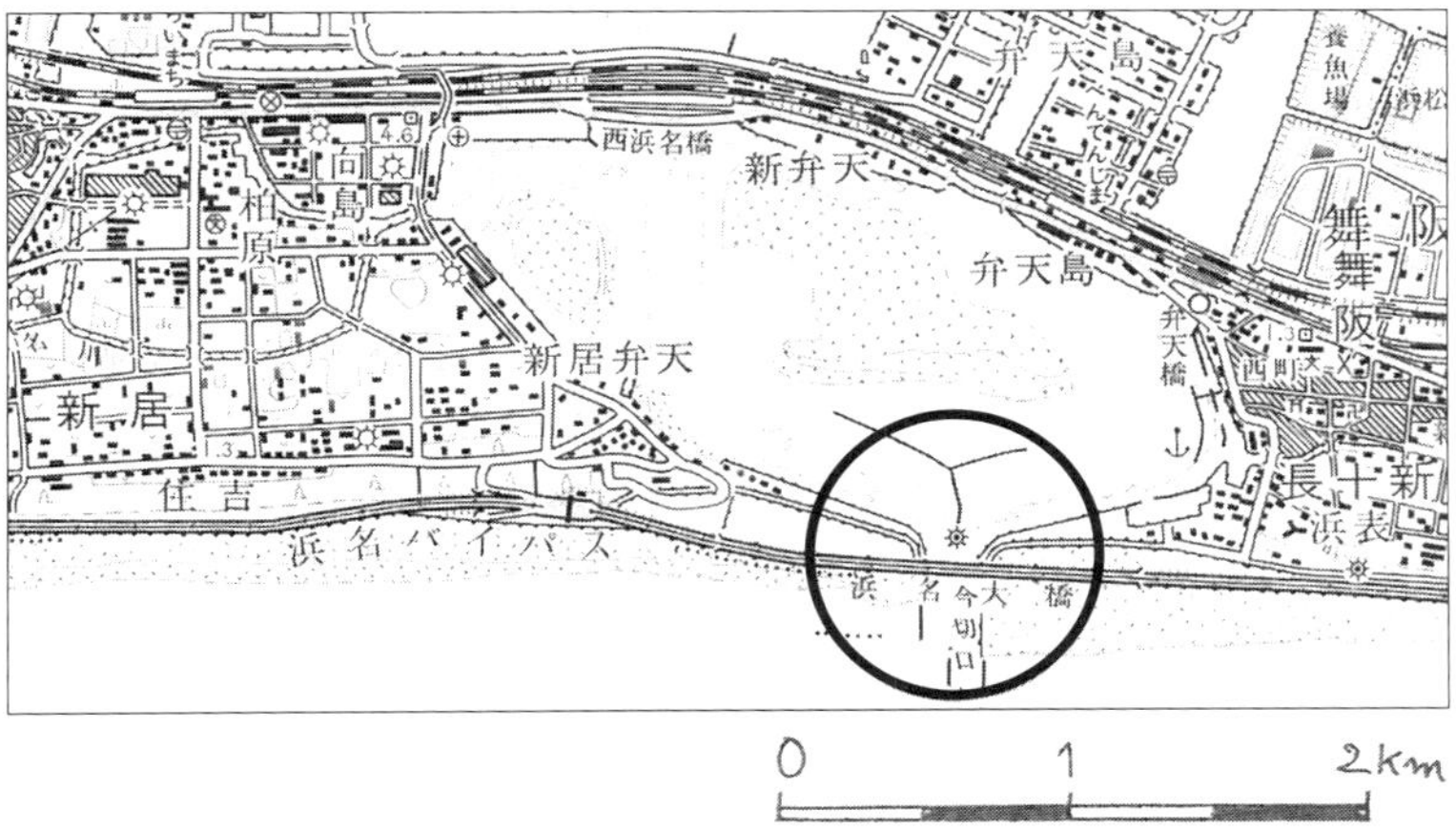

1／5万　浜松

（メモ）

①『正倉院文書』天平一二年の浜名郡輪租帳に「新居《にい》郷」と「津築《つづき》郷」があってそれぞれ官戸は一一〇戸・三八戸。住民は六七七人・二六八人と。新居郷は今の浜名湖西岸、津築郷は三ケ日町大字都筑辺という。

②『日本三代実録』元慶八（八八四）年九月一日条に

遠江国浜名橋長五十六丈。広一丈三尺。高一丈六尺。貞観五年（八六三）年修造。歴廿餘年。既以破壊。勅給彼国正税稲一万二千六百四十束改作焉。

とある。

③『東海道名所図会』〔割註〕に

今切《いまきれ》　後土御門院宇明応八（一四九九）年六月一〇日、大地震して湖と潮《うしお》とのあいだきれて海とひとつに成て入海となる。これを今切といふ。

とある。その後いくたの変遷をしている。以上により、この地を「浜名の橋跡」に。

二六八　富士山　　静岡県、山梨県

関係地図　1／20万　甲府　1／5万　富士山

679

ふじ

ふじの山のかたをつくらせ給ひて、ふぢつぼの御方へつかはす

・世の人のおよばぬ物はふじのねのくもゐにたかき思ひなりけり　　天暦御製

③拾遺集　八九一

・いつとなく心そらなるわがこひやふじのたかねにかかるしらくも　　相摸

④後拾遺集　八二五

・みちすがら富士のけぶりもわかざりきはるるまもなき空のけしきに　　前右大将頼朝　⑧新古今集　九七五

（参考）ふじのねに　ふりおくゆきは　みなつきの　もちにけぬれば　そのよふりけり　　高橋連虫麿　　万葉集　三二〇

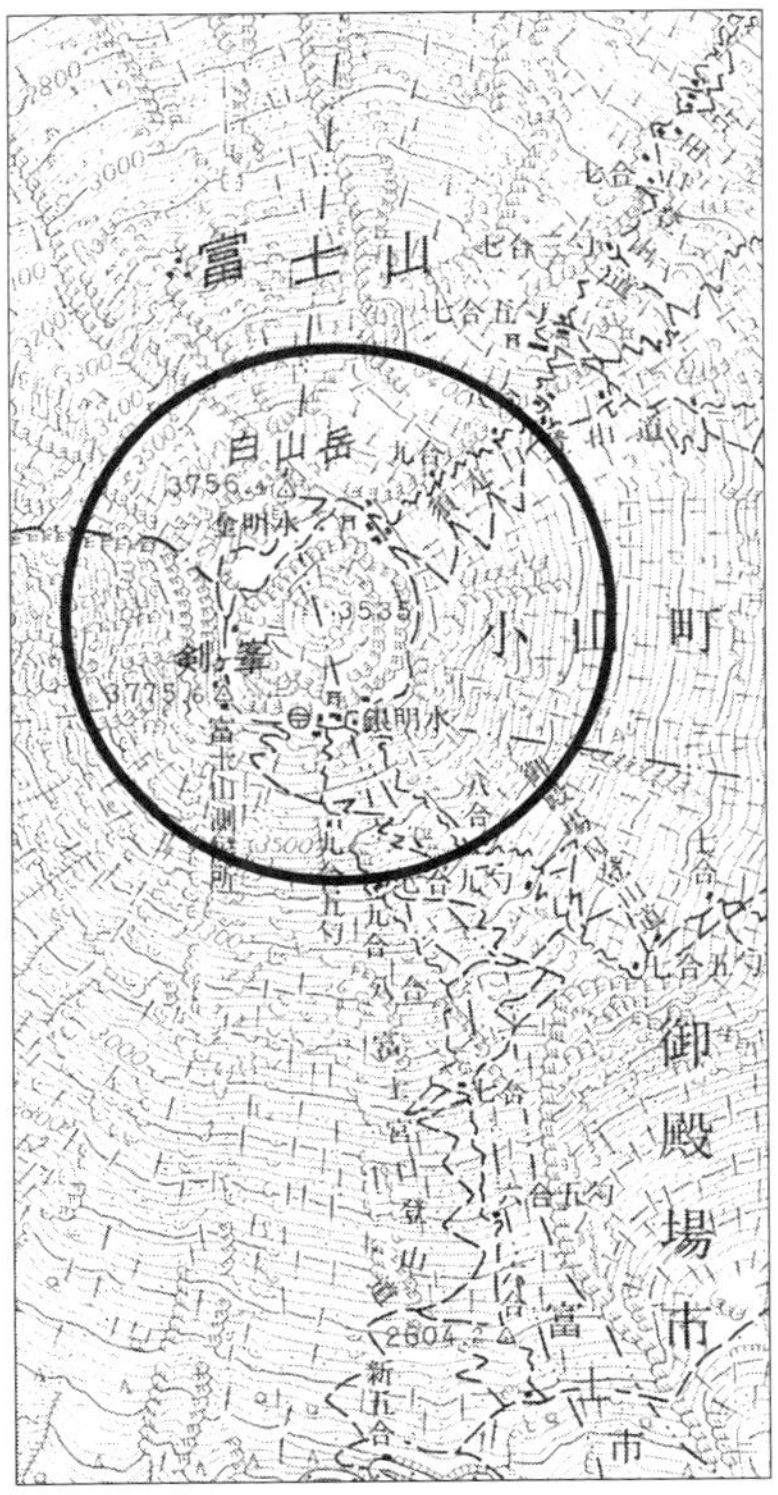

1／5万　富士山

（メモ）

①富士山は静岡県・山梨県にまたがってそびえる秀麗な円錐型の成層火山。頂上に八葉の峰々があるがその最高点は剣ケ峰、標高は三七七五・六m。日本の最高点。世界遺産。

②頂上の火口の直径は五百〜六百m。深さは約二四〇m。火山底面の直径は約三八km。山腹に大室山・長尾山・宝永火山等約七〇の寄生火山がある。

③富士火山は小御岳《こみたけ》火山・古富士火山・新富士火山・寄生火山等の複合火山である。火山活動は数十万年前に始まる。中でも新富士火山・寄生火山活動は一万年前以降の活動という。

二六九　本宮山《ほんぐうさん》

静岡県周智郡森町薄場・磐田市

関係地図　1／20万 豊橋　1／5万 天竜

791　もる山

もる山のほとりにてよめる

・しらつゆも時雨もいたくもる山はしたばのこらず色づきにけり　つらゆき

①古今集　二六〇

・たびゆかばそでこそぬるれもる山のしづくにのみはおほせざらなん　よみ人しらず

③拾遺集　三四一

・おさふれどあまるなみだはもる山のなげきにおつるしづくなりけり　藤原忠隆

⑤金葉集　四四七

1／5万　天竜

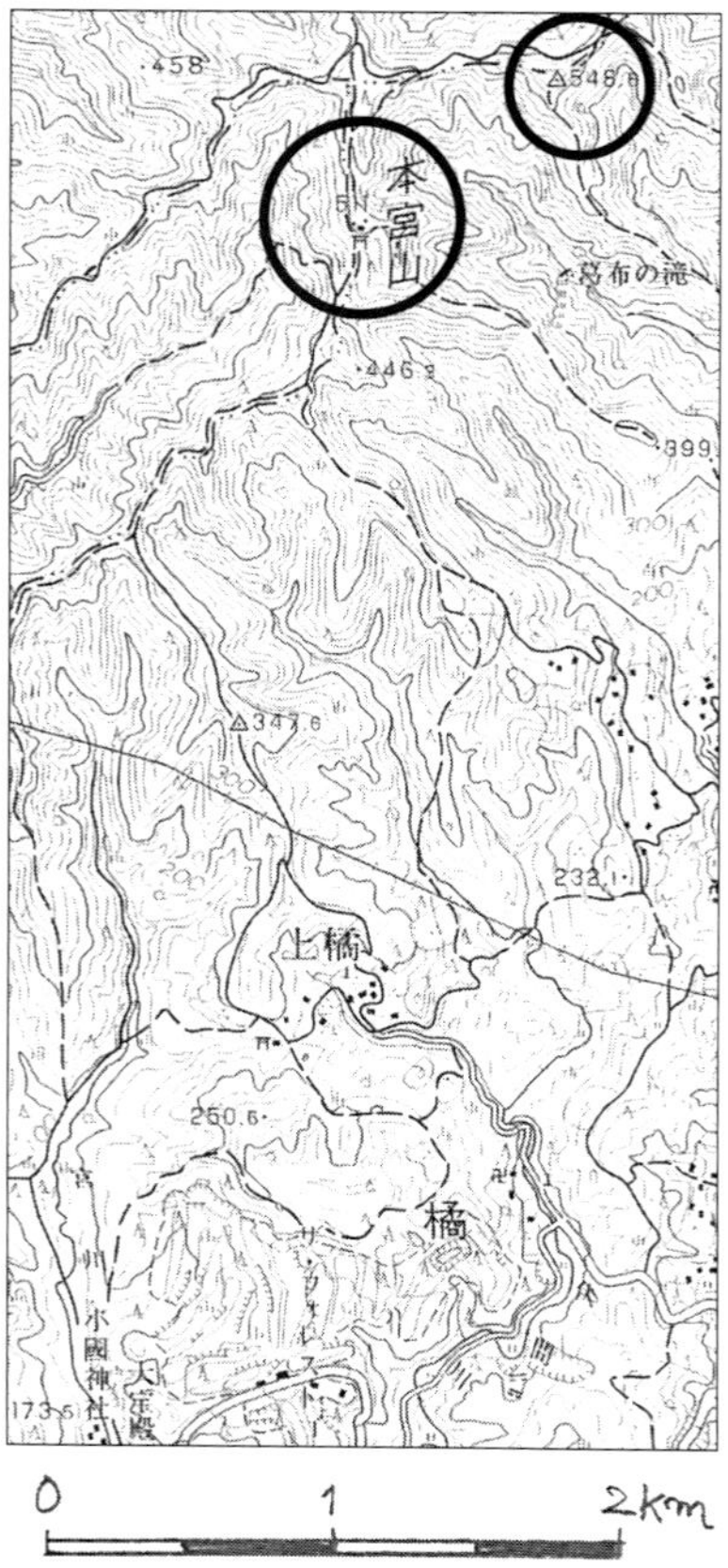

（メモ）

①地名「森」の由来は、『古事記』景行天皇記の大碓命と三野前国造（開化天皇皇子彦坐王子八爪命の皇女の子孫の「守ノ君」に追うという。また、東・西・北の三方を樹木に囲まれた里の意で「三木（森）の里」ともいう。地内に蓮華寺古墳群・西脇古墳群がある。

②森町五川に小国神社（一宮様）が鎮座する。祭神は大己貴命。社記には欽明天皇の御代遠州中心地の本宮峰（現奥宮）に御神霊が出現。それが天聴に達し祭祀。次いで大宝元（七〇一）年勅使が参向し、十二段の舞楽が現社殿の里宮で奏されたという。『延喜式神名帳』遠江国周知《スチ》郡小国神社。貞観一六年従四位。

③森町森の蓮華寺。文武天皇の草創。（表紙裏写真⑭参照）

二七〇　伊良湖岬《いらごみさき》

愛知県田原市伊良湖町

関係地図　1／20万 伊良湖岬

141　いらこがさき

百首のうたの中に、松をよめる

・玉もかるいらこがさきのいはねまついく代までにかとしのへぬらん　修理大夫顕季

⑦千載集　一〇四四

（参考）あまのかるいらこがさきのなのりその名のりもはてぬほととぎすかな

前中納言匡房　続後拾集　二〇〇

1／20万　伊良湖岬

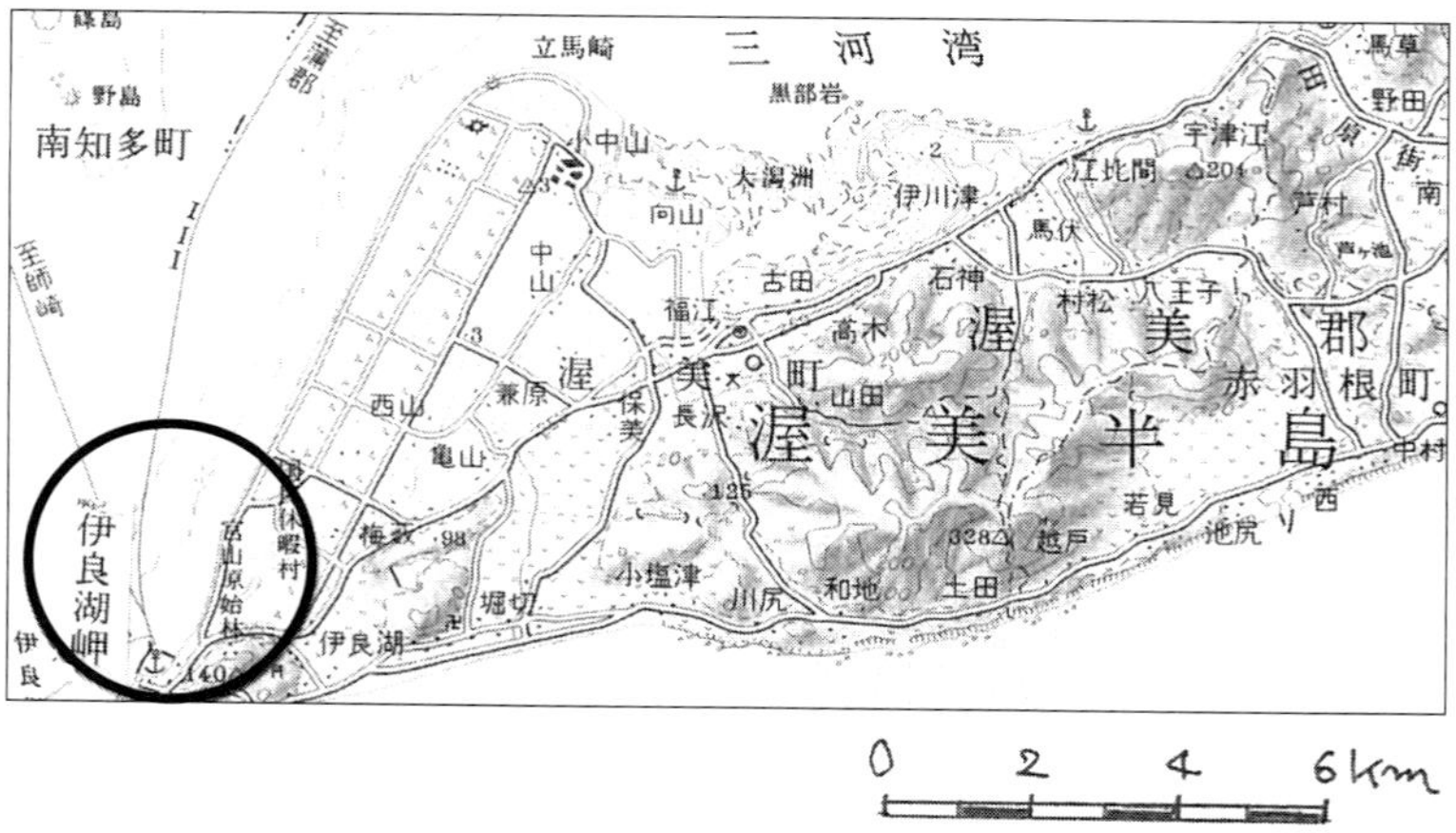

（メモ）

①『万葉集』に「いらごの歌」が三首。

a．麻続王《をみのおほきみ》、伊勢国伊良虞嶋に流さゆる時に、人の哀傷《かな》しびて作る歌

打麻乎　麻続王　白水郎有哉　射等籠荷四間乃　珠藻苅麻須　二三

b．麻続王、これを聞きて感傷《かな》しびて和《こた》ふる歌

空蟬之　命乎惜美　浪尓所湿　伊良虞能嶋之　玉藻苅食　二四

c．伊勢国に幸す時に京に留まれる柿本朝臣人麻呂が作る歌

潮左為二　五十等児乃嶋辺　榜船荷　妹乗良六鹿　荒嶋廻乎　四二

である。これによると、当地は渥美半島の先端でなく伊勢国の島であった。豊島排水路を作り干拓され縮小された伊良湖もなかった。そして三重県志摩半島から菅島・答志島・大築海島・小築海島・神島に続く「五十等児乃嶋」であった。

②伊良湖岬　渥美半島の先端。伊良湖崎灯台がある伊良湖古山付近。この地は古生代の秩父古生層のチャート・石灰岩、また蛇紋岩から構成という。

③田原市堀切町に鎌倉時代に再建された東大寺大仏殿用瓦窯跡が三基ある。

二七一　岡田川の橋

愛知県知多郡東浦町緒川

関係地図　1／20万 名古屋　1／5万 半田

849　をがはのはし

・つくしよりここまでくれどつともなしたちのをがはのはしのみぞある　在原業平朝臣　③拾遺集　三八一

（参考）みちのくのをがはのはしのあゆみ板の君しそむかばわれもそむかん　読人不知　夫木抄　九四一九

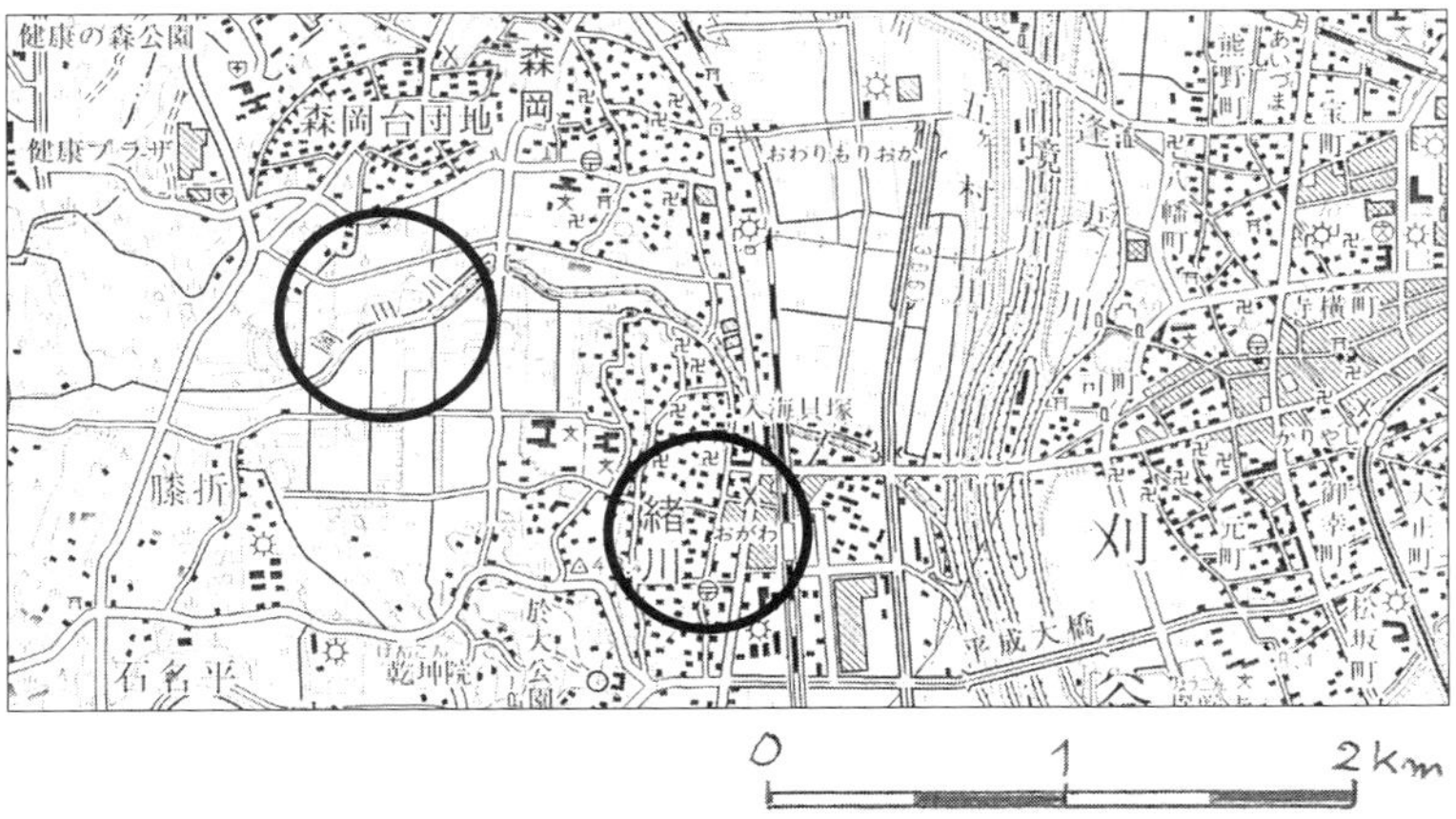

1／5万　半田

（メモ）

①この地の東に逢妻川・境川・五ヶ村川の三河川が平行して南流している。しかし古代や中世には少し北部で合流して、大河であったであろう。

②この地を西から東に東流する岡田川がある。これは「小河」・「小川」である。

③文永二（一二六五）年一二月七日の『将軍家政所下文案』に「尾張国知多郡英比郷内小河村一宮住人」の雅継源法師が当地の地頭職に任じられているという。

④入海《いりみ》貝塚（東浦町緒川字屋敷）　発掘調査によると、縄文時代早期後半の保存状態良好な貝塚。また土器・石鏃・石斧等の石器や骨角器が出土。土器では尖底深鉢形で口縁部に刻目突帯《きざみめとったい》をめぐらした入海式土器の標式遺跡でもあると。当遺跡（神社）の西に縄文晩期の宮西貝塚がある。

⑤入海《いりみ》神社（東浦町緒川）　祭神弟橘媛命由緒は宝亀三（七七二）年日本武尊の妃を祀り熱田神宮摂社水向明神は当社と。延喜式の入見神社。境内は縄文遺跡で昭和二八年国史跡に指定。

二七二　小河郷（『和名抄』）

愛知県安城市小川町・姫小川町

関係地図　1／20万 豊橋　1／5万 岡崎

849　をがはのはし

・つくしよりここまでくれどつともなしたちのをがはのはしのみぞある　在原業平朝臣　③拾遺集　三八一

（参考）みちのくのをがはのはしのあゆみ板の君しそむかばわれもそむかん　読人不知　夫木抄　九四一九

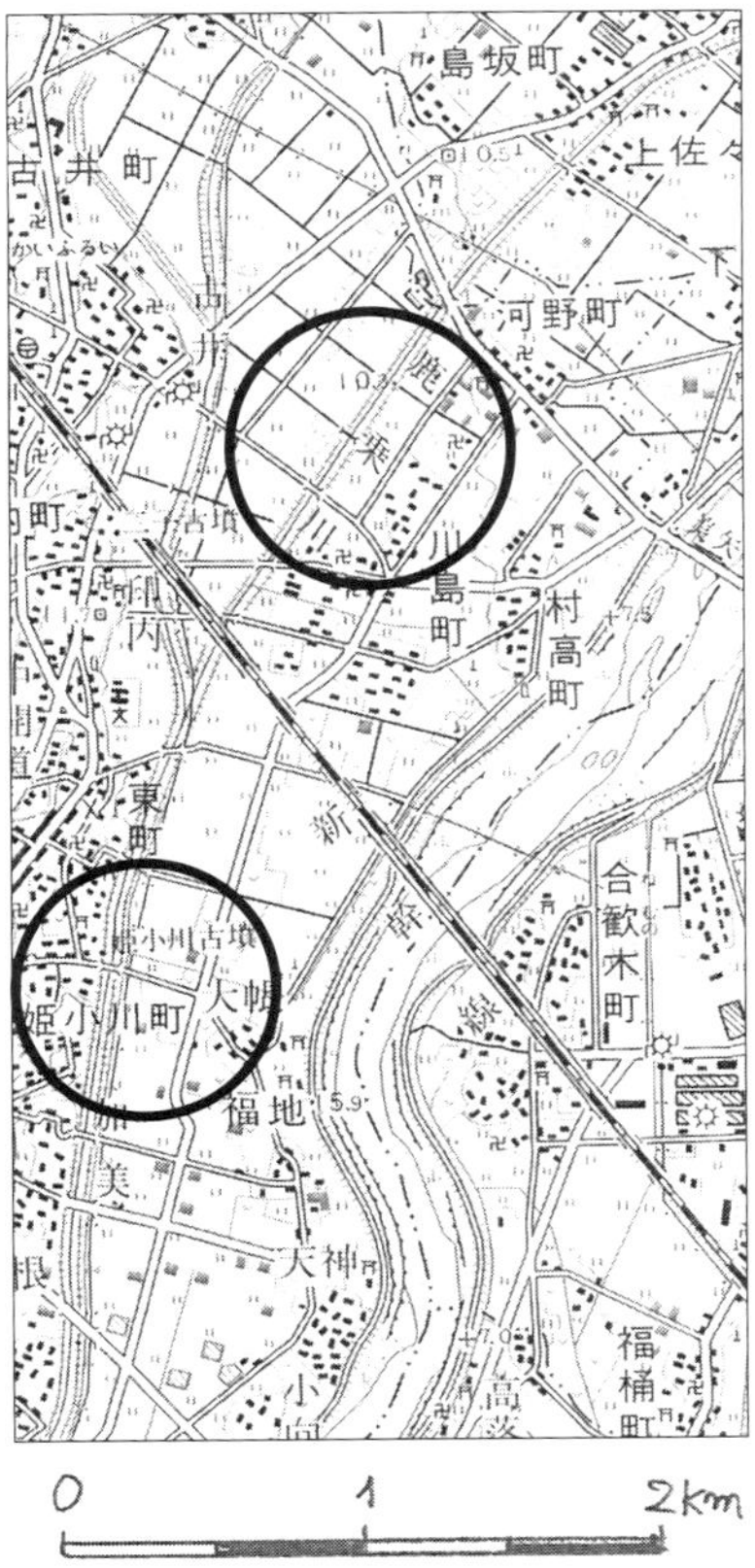

1／5万　岡崎

（メモ）

①この地は『和名抄』参河国碧海《阿乎美》郡小河郷。地内には弥生中期～古墳時代前期の瓶ノ懸遺跡・加美遺跡・姫下遺跡がある。また桜井古墳群に属する姫小川古墳（国史跡）・姫古墳・王塚古墳（消滅）・加美古墳がある。

②この地は大河矢作川下流右岸の沖積低地から碧海台地の中央部を流れる山田川の開析谷にかけて位置する。地名の由来は『碧海郡誌』では鹿乗川を「小川」と呼んだによるとあると。近世でも矢作川は「大川」と呼ばれていたという。

③姫小川古墳（安城市姫小川町姫）国史跡。現在は浅間神社の境内にある。前方後円墳の後円部の墳上に社殿がある。全長約六五ｍ。前方部の高さは五ｍ、後円部の高さは九ｍ。古くから「王塚」と呼ばれていた。伝説では七世紀中頃、孝徳天皇の皇女綾姫がこの地に配流され、永住されたのでその頃の墳基という。周辺には方墳の獅子塚・姫塚がある。この北約一kmの安城市桜井町印内《いない》二タ子に二子古墳（国史跡）全長八一ｍの前方後方墳がある。

二七三　沖　村

愛知県北名古屋市沖村

関係地図　1／20万 名古屋　1／5万 名古屋北部

188

おきのゐ

・おきのゐて身をやくよりもかなしきは宮こしまべのわかれなりけり　をののこまち　①古今集　一一〇四

（参考）ほととぎすおきゐの里は過ぎぬなりいかなる人の夢むすぶらん　従三位範宗卿　夫木抄　二九一四

（参考）よもすがらたもとにつたふ白露のおきゐのさとに月を見るかな　第三のみこ　夫木抄　一四六八一

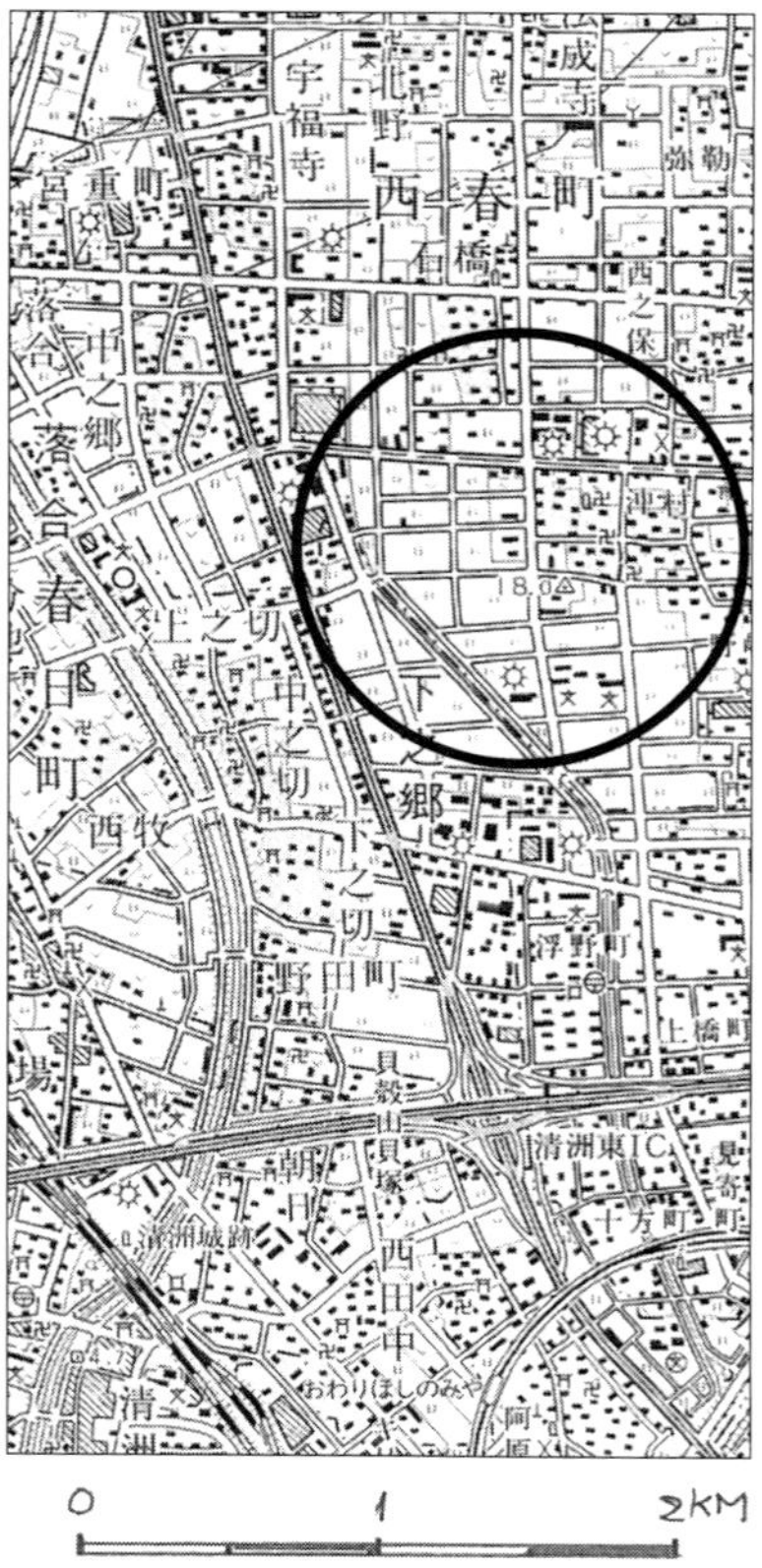

1／5万　名古屋北部

（メモ）

①五条川中流左岸に位置する。『地名考』に、「沖とは深田の広向《ひろて》をさし」とあり、沖村と中之郷村との間が、少しの出水にも海のようになる低湿地であったので、中之郷あたりの住人が「沖」の名をつけたという。

②地内の日吉神社、また松林寺・入明寺・光運寺に清水や湧水があったのか？また地内の白木小学校は「小字井島」であり、この地に「沖の井」があるのか？。

③貝殻山貝塚（国史跡）（清須市朝日字貝塚）　濃尾平野北部の木曽川の形成した犬山扇状地と南部の名古屋台地に挟まれた標高五m以下の沖積地にある弥生時代の貝塚を中心とする遺跡。当遺跡は稲作を生活基盤とし、貝食後に貝塚を形成、また条痕文のある弥生式土器を製作・便用の生活の証という。この地を中心としてこの時代の遺跡が拡大したという。

④隣接の愛知県清洲貝殻山貝塚資料館では屈葬の埋葬人骨二体をはじめ円窓付土器・木製品・骨角器・石器・金属器などの出土品を保管・展示をしている。

二七四　尾張国府跡推定地

愛知県稲沢市国府宮・松下

関係地図　1／20万 名古屋　1／5万 名古屋北部

864

をはり

七月ついたちころにをはりにくだりけるに、ゆふすずみにせき山をこゆとてしばしくるまをとどめてやすみはべりてよみ侍ける

・こえはてばみやこもとほくなりぬべしせきのゆふ風しばしすずまん　赤染衛門　④後拾遺集　五一一

みちのくの任はててのぼり侍りけるに、をはりのくにのなるみのにすずしのなき侍りけるをよめる

・ふるさとにかはらざりけりすずむしのなるみののべのゆふぐれのこゑ　橘為仲朝臣　⑥詞花集　一二二

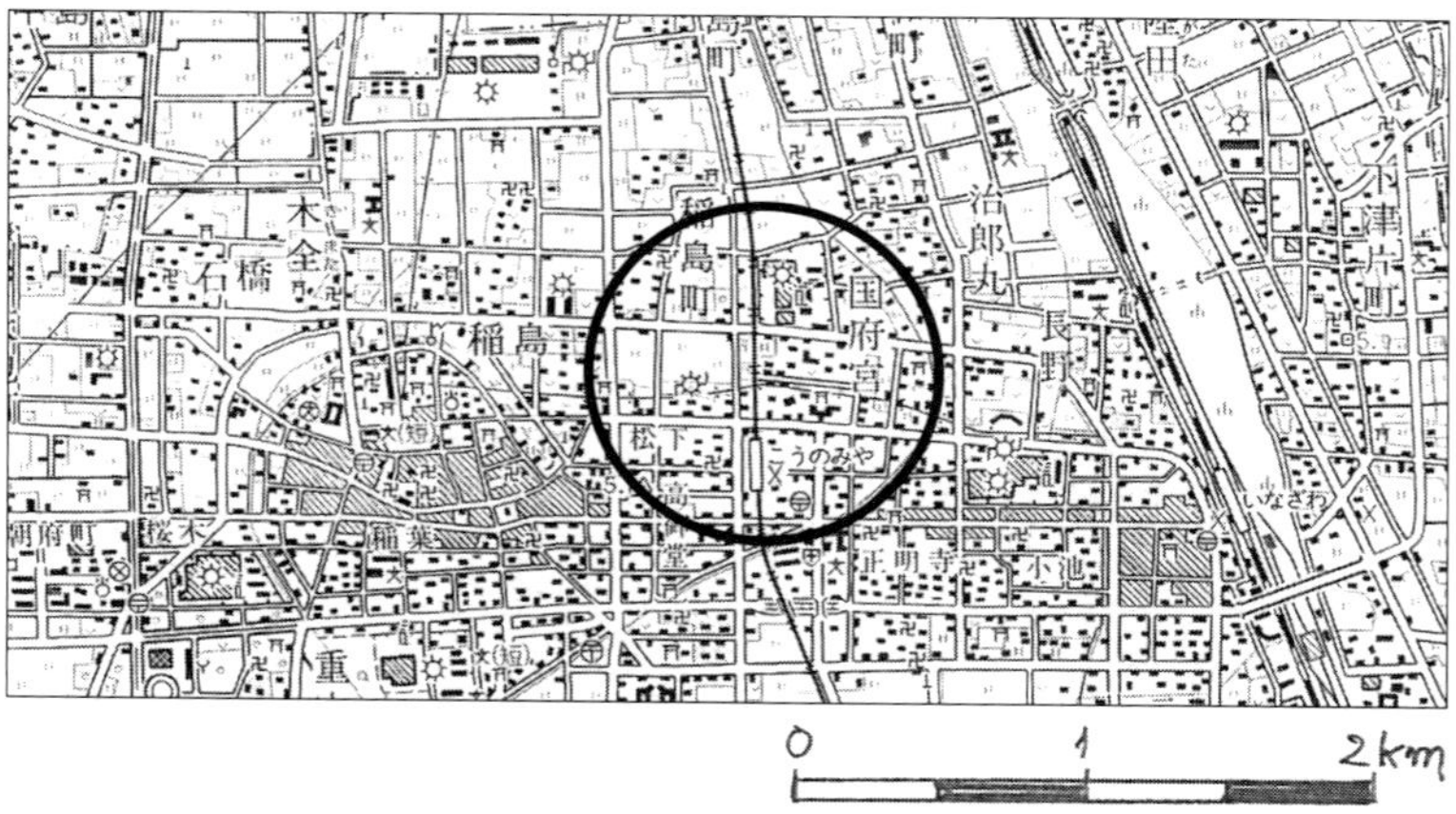

1／5万　名古屋北部

（メモ）

①尾張国府跡として稲沢市松下から国府宮付近が通説という。その理由は、この地域から高級な陶磁器や国衙の事務に使用されたらしい遺物の出土があるという。

②ここはやがて日光川に注ぐ三宅川右岸の広大な自然堤防上に位置している。

③名鉄名古屋本線国府宮《こうのみや》駅北には「尾張学校院跡」石碑が建っている。これは平安時代の漢学者で歌人。また侍従兼尾張国権守であった大江匡衡《まさひら》（九五二～一〇一二）が尾張に赴任した時、再興した学校院を記念したものという。表記にある赤染（右）衛門は妻である。

④尾張大国霊神社（国府宮）　稲沢市国府宮町　祭神尾張大国霊神　由緒は古く、この地に人が住み始めた頃で、人々の日常生活の守護神であった。『神名帳』中嶋郡宗形神社・尾張大国霊神社・大御霊神社の三社が仁寿二（八五三）年以来の国府宮三社という。

二七五　笠　山

愛知県田原市浦町

226

関係地図　1／20万　豊橋　1／5万　豊橋

かさゆひのしま

・しはつ山うちいでて見ればかさゆひのしまこぎかくるたななしをぶね　大歌所御歌　①古今集　一〇七三

（参考）しはつやま　うちこえみれば　かさゆひの　しまこぎかくる　たななしをぶね　高市連黒人　万葉集　二七二

（参考）かさゆひの島たちかくす朝霧にいやとほざかるたななしを舟　土御門院御製　新後撰集　三三三

1／5万　豊橋

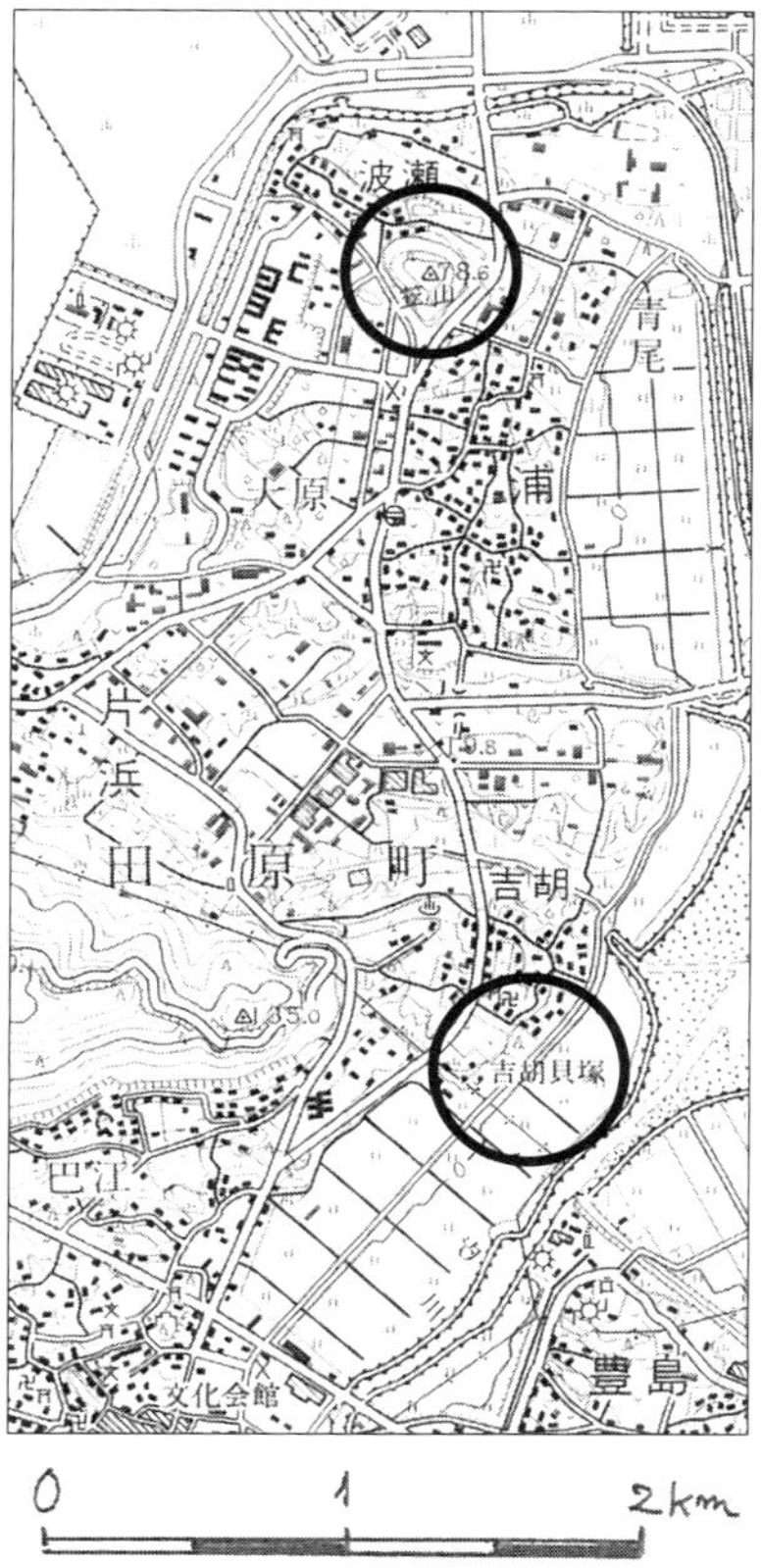

（メモ）

①『三河国名所図会』には「笠島」とあるという。この笠山の西約三kmの海上に姫島がある。笠山、姫島は共に渥美湾を航行する船舶の目標であったという。山名の由来は「笠」を伏せたような美しい山容による。笠山・姫島ともに三波川変成岩類のカンラン岩及び蛇紋岩で構成。

②田原市吉胡《よしご》町に吉胡貝塚（国史跡）がある。この吉胡貝塚は縄文時代後期から晩期にかけての貝塚で、その広さは〇・四ha。この貝塚は一九二二年京都帝国大学清野謙次博士の発掘で三〇七体の人骨が発見。一九五一年の発掘で更に三三体の人骨を発見。埋葬状態は一六三体は屈葬、一六体伸展葬。甕棺葬は四二体、一二五体は抜歯の風習。一九八〇年の調査では縄文住居―中央に炉跡をもつ竪穴住居跡が出土という。この地は吉胡貝塚史跡公園になっている。

二七六　川島町

愛知県安城市川島町

251

関係地図　1／20万　豊橋　1／5万　岡崎

かはしま

しのびてものいひ侍ける女の、つねに心ざしなしとゑんじければ、つかはしける

・君にのみしたのおもひはかはしまの水の心はあさからなくに　従三位季行　⑦千載集　八六五

（参考）いたづらに枕ばかりをかはしまのよそにあふせの名にやながれん　妙光寺内大臣　新葉集　八四三

（参考）わするなよさすが契をかはしまにへだつるとしの波はこゆとも　権大僧都堯孝　新続古集　一二一六

1／5万　岡崎

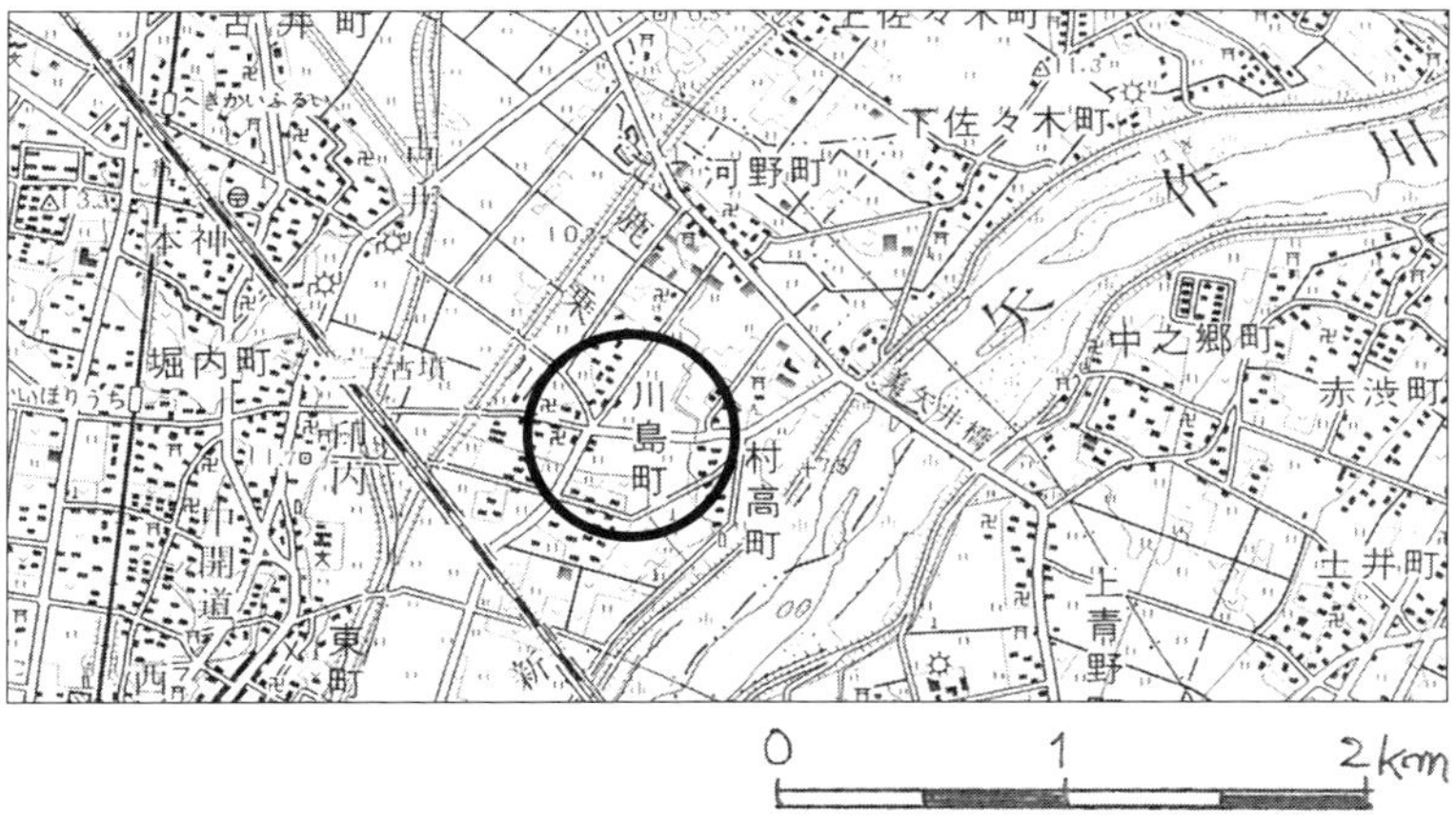

（メモ）

①この地は『和名抄』参河国幡豆《はず》郡。

②矢作《やはぎ》川右岸の沖積低地に位置する。地名の由来は、現在の矢作川が人工的な堤防もなかった時の大河が作った中洲（中の島）であるによる。

③地内に弥生時代中期・後期から古墳時代の集落跡である楠遺跡がある。この遺跡から奈良時代のものとみられる陶硯が出土している。

④この地には戦国時代後半には太田主計・左馬助父子や鈴木小五郎が居住したという。現在も字太田屋敷に堀と土塁がある中世の土豪屋敷跡があるという。

⑤『日本写経綜鑑』の安養寺大般若経巻二三一の応永三三（一四二六）年五月付奥付に

参洲志貴庄内河島郷於安養寺書写畢

とあるという。

二七七　志賀須賀渡跡

愛知県豊橋市船町

関係地図　1／20万　豊橋　1／5万　豊橋

382

しかすがの渡

大江為基あづまへまかりくだりけるに、あふぎをつかはすとて　赤染衛門

• 惜むとてなきものゆゑにしかすがの渡ときけばただならぬかな

③拾遺集　三一六

屏風のゑに、しかすがのわたりゆく人たちわづらふかたかけるところをよめる　藤原家経朝臣

• ゆく人もたちぞわづらふしかすがのわたりやたびのとまりなるらん

⑤金葉集　五八三

1／5万　豊橋

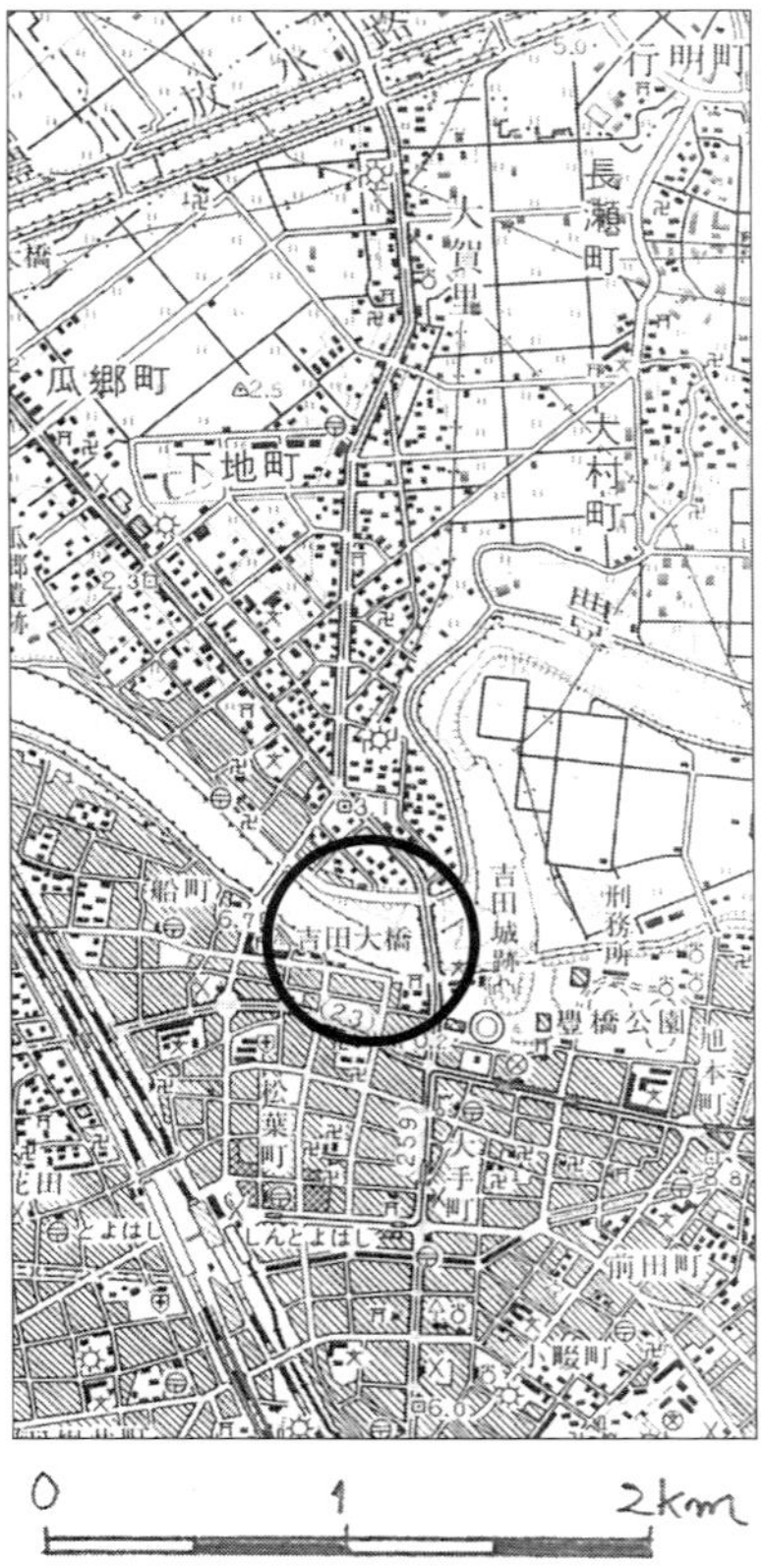

（メモ）

①平安期から戦国期の渡名。三河国のうち。『延喜式』兵部省諸国駅伝馬条の渡津駅という。豊川河口の渡し場で、その位置は現在の国道一号の「吉田大橋」付近という。この橋の南橋詰西に吉田神社が鎮座し東に吉田城跡がある。

②湊町神明社（豊橋市湊町）　祭神天照皇大神　豊受姫大神。当社の創祀は白雉元（六五〇）年。この辺は伊勢神宮の荘園と同じ性格の「吉田御園《よしだみその》」といわれ、毎年、伊勢神宮へ御灯明料を奉献した。

③安久美神戸《あくみかんべ》神明社（豊橋市八町通り）　祭神天照皇大神。由緒は天慶二（九三九）年平将門の乱に対し朱雀天皇が伊勢神宮に平定祈願をされた。その後、平定成就のお礼に『和名抄』参河国渥美《阿豆美》郡の渥美《安久美》郷を寄進し「安久美神戸」と称し当社を創建という。

二七八　高田の山推定地

愛知県名古屋市瑞穂区高田町

関係地図　1／20万　名古屋　1／5万　名古屋南部

470

たか田の山　よみ人しらず

• なけやなけたか田の山の郭公このさみだれにこゑなをしみそ

③拾遺集　一一七

（参考）せきとめてせがゐの水にたねまきしたかたのやまはさなへとるなり　正二位忠宗卿　夫木抄　二五五八

1／5万　名古屋南部

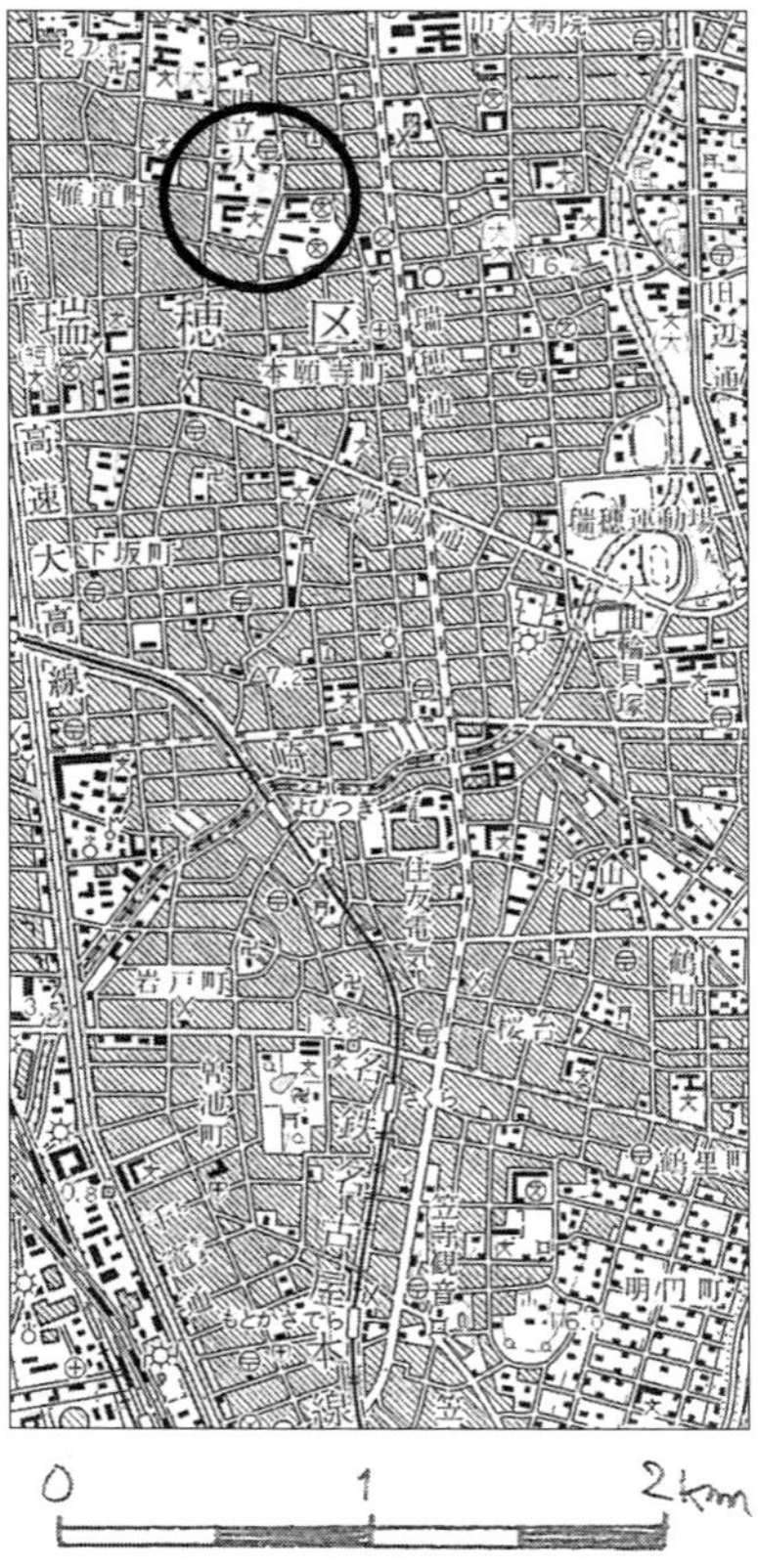

（メモ）

①この地は名古屋市瑞穂区高田町である。町内には瑞穂ヶ丘中学校・高蔵高校中学校・名古屋経済大学があり、本来周辺より少し高地であった。中世や近世には水田にはならず畑地であったであろう。

②新堀川（精進川）左岸に位置し、御器所《ごきそ》台地の一部という。『吾妻鏡』建久元（一一九〇）年六月二九日条の「尾張国住人高田四郎重家の宅が高田村新池にあったとすれば平安末期に、すでに高田村があったという。

③瑞穂区山下通に大曲輪遺跡がある。名古屋市内最大級の貝塚を主体とした遺跡で国史跡。縄文前期の貝層の上層に縄文後期・晩期、更に弥生時代から歴史時代に及ぶ遺物の包含層があり、縄文土器・石器・土偶・土製耳飾りなど多量に出土。昭和五五年競技場改築工事に際しての発掘調査時に、縄文時代前期の貝塚から仰臥屈葬の成人男性の人骨が出土。円形竪穴住居跡・隅丸方形竪穴住居も出土。貝層の貝はバイガイ・アカニシを中心に少量のカキ・シジミ。

二七九　堤の山

愛知県豊田市堤本町・堤町等

関係地図　1／20万　豊橋　1／5万　豊田

526

つつみのたけ

・かがり火の所さだめず見えつるは流れつつのみたけばなりけり　紀輔時

③拾遺集　三八八

1／20万　豊橋

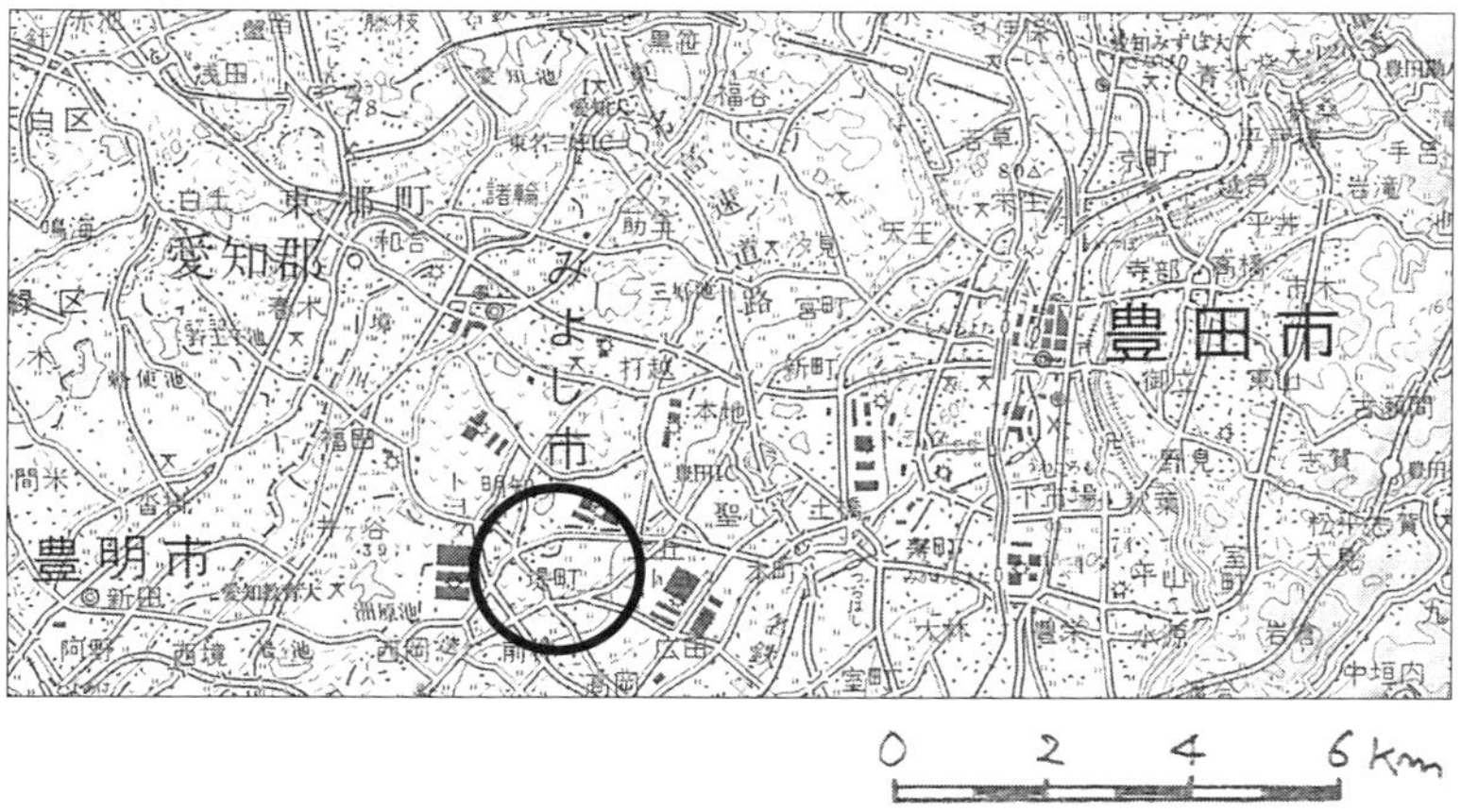

（メモ）

①この辺は堤町に標高三五m、逢妻女川をはさんだ南の高岡町に四二m、名鉄豊田線日進駅辺で七八mと一〇〇m未満の低丘陵地が広がっている。この低丘陵地の谷会に灌漑用の堤を造成し溜池とし、そこの貯水を無駄なく利用し農作物を栽培していた。

②江戸期の「堤村」は現在の豊田市域だけでも堤町・堤本町・本田町・西岡町・大島町・前林町・高丘新町・高岡本町・高岡町・本町と広い。

③『碧海《あおみ》郡誌』では「根岸の里」と呼ばれ、町・本地・本多・西山・大島・前林・新馬場・今泉・平松の九区域で構成されていたという。

④元亀元（一五七〇）年には万五郎池が築造され、元禄年間（一六八八～一七〇四）には五月池が築造されている。この約一三〇年間に九つの溜池が築造され、現在も立入池・本地池・西上池・金池・白沢池・阿知和池・鴻巣池・大島笹池等が確認できるという。これらの中には、古代に築造された堤を改造し、貯水量を増大したものもあろう。

⑤これら多くの溜池の水で育ったイネが、秋には豊稔万作となれば、ここ豊田の地に笛や太鼓、また鼓の音があちらこちらで聞えたことであろう。

二八〇　東谷山《とうごくさん》

愛知県名古屋市守山区・瀬戸市

関係地図　1／20万　豊橋　1／5万　瀬戸

791

もる山

・たびゆかばそでこそぬるれもる山のしづくにのみはおほせざらなん　よみ人しらず

③拾遺集　三四一

・おさふれどあまるなみだはもる山のなげきにおつるしづくなりけり　藤原忠隆

⑤金葉集　四四七

関白前太政大臣の家にてよめる

・あきのよの月のひかりのもるやまはこのしたかげもさやけかりけり　藤原重基

⑥詞花集　九九

1／5万　瀬戸

（メモ）

①標高一九八・四mの東谷山は名古屋市守山区上志段味《かみしだみ》と瀬戸市十軒町にまたがっている。

②『続日本紀』和銅三（七一〇）年三月二九日条に、

初めて守山戸《もりやまべ》を充《あ》てて、諸山《やまやま》の木を伐《こ》ることを禁《いさ》めしむ

とある。この地が「守山」であるのは、その時、この地に守山戸という山守が置かれた証ではなかろうか。

③東谷山頂に『延喜式神名帳』の尾張戸《ヲハリヘ》神社が鎮座する。祭神は天火明命　天香語山命。祭神は尾張氏の祖先を祭祀という。またこの山の西腹には無数の古墳があり、太古より尾張氏等一族の本貫の地であったことを示しているという。

④竜泉寺（名古屋市守山区吉根《きっこ》字松洞《まつほら》）天台宗。山号は松洞山。寺伝では最澄が延暦年間、熱田神宮参籠時に多々羅池に出現した銅造馬頭観音を祀ったことが草創。

二八一　鳴海跡　愛知県名古屋市緑区・昭和区

関係地図　1／20万　名古屋、豊橋

603 なるみ

下野国にまかりける時、尾張国なるみといふ所にてよみ侍りける

・おぼつかないかになるみのはてならむ行へもしらぬたびのかなしさ　前中納言師仲

⑦千載集　五一八

604 なるみ潟

最勝四天王院の障子に、なるみの浦かきたるところ

・浦人の日もゆふぐれになるみがたかへる袖より千鳥鳴くなり　権大納言通光

⑧新古今集　六五〇

水渚常不満といふ心を

・おしなべてうき身はさこそなるみがたみちひるしほのかはるのみかは　崇徳院御歌

⑧新古今集　一九四五

605 なるみ野

みちのくの任はててのぼり侍りけるに、をはりのくにのなるみのにすずむしのなき侍りけるをよめる

・ふるさとにかはらざりけりすずむしのなるみののべのゆふぐれのこゑ　橘為仲朝臣

⑥詞花集　一二一

606 なるみの浦

ものへまかりけるになるみのわたりといふところにて人をおもひいでてよみはべりける

・かひなきはなほひとしれずあふことのはるかなるみのうらみなりけり　増基法師

④後拾遺集　七三〇

としをへたるこひといへる心をよみ侍りける

・君こふとなるみのうらのはまひさぎしをれてのみもとしをふるかな　後頼朝臣

⑧新古今集　一〇八五

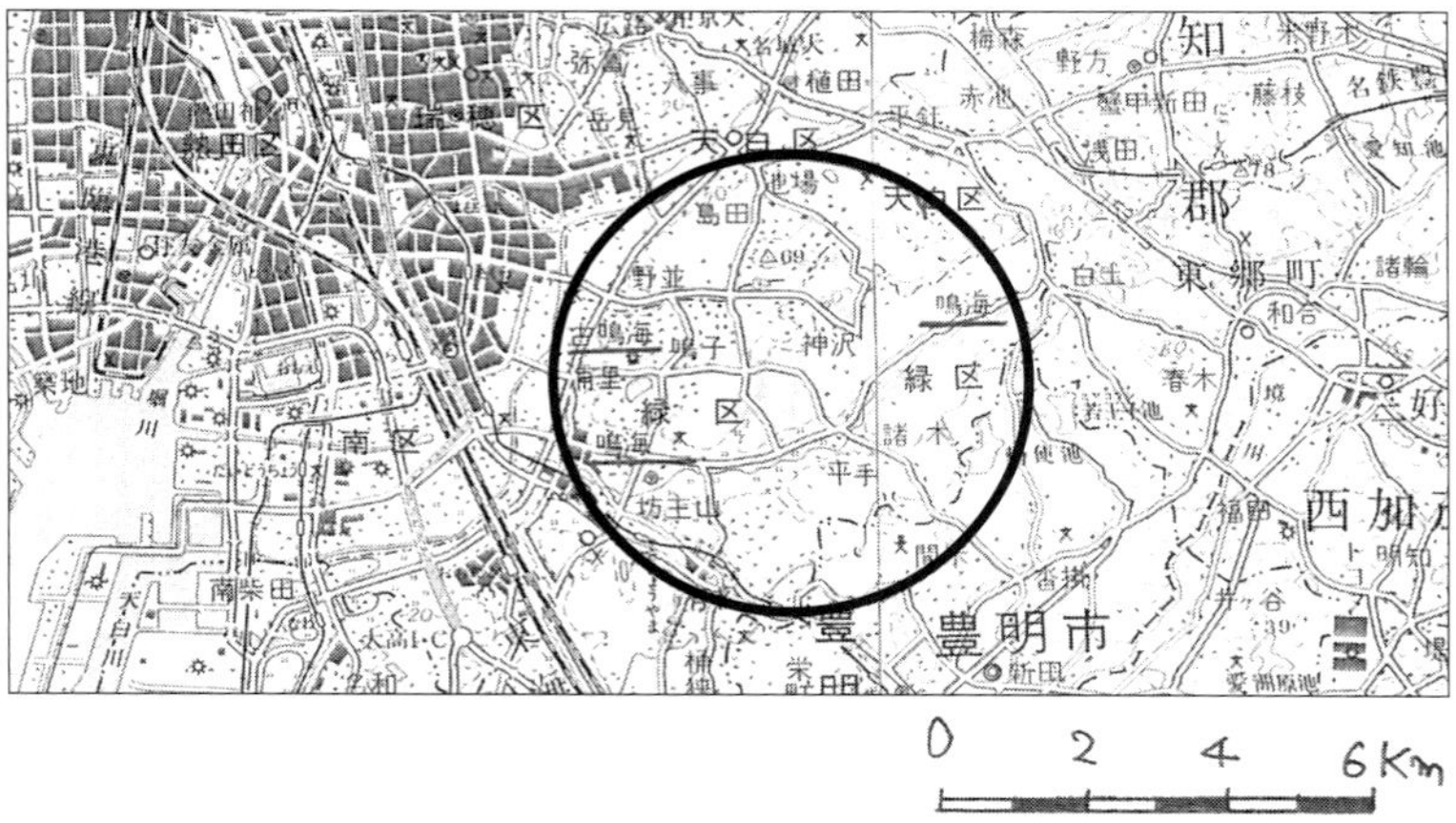

1／20万　名古屋（左）・豊橋（右）

（メモ）

①濃尾平野の東端。知多半島基部の低丘陵地帯。太古には海岸線が陸地に深く入り込んで、広い入江「鳴海潟」を形成していたので、交通の難所であった。しかし、近世初期までには海岸線が南に後退した。

②この地には先土器時代以降の各時代の遺跡が分布という。中でも縄文時代の遺跡と、緑釉陶器を焼いた古代の古窯跡群が特色であると。

③『和名抄』尾張国愛智《阿伊知》郡成海《奈留美》郷。『延喜式神名帳』に、成海神社《ナルミノ》と火上姉子神《ホノカミアネコノ》社がある。

④成海神社（名古屋市緑区鳴海町字乙子山）　祭神日本武尊　宮簀媛命　由緒は朱鳥元（六八七）年六月の創祀。今東宮明神と呼ばれ、この地の生土神。

⑤松尾芭蕉は鳴海に四回も訪れて知足《ちそく》・業言《ぼくげん》らの鳴海六俳仙と交流。芭蕉存命中唯一の碑、貞亨四（一六八七）年建立の千鳥塚がある。

⑥芭蕉貞亨四年一〇月二五日からの旅の紀行『笈の小文』に、

　鳴海にとまりて

　星崎《ほしざき》の闇を見よとや啼千鳥

飛鳥井雅章《あすかいまさあき》公の此宿にとまらせ給ひて、

　都も遠くなるみがたはるけき海を中にへだてて

と詠じ給ひけるを、自《みづから》かゝせたまひてたまはりけるよしをかたるに、

　京まではまだ半空や雪の雲

などとある。

⑦鳴海潟は「宵月《よいづき》の浜」とも呼ばれた。

二八二　引馬野遺称地　愛知県豊川市御津《みと》町御馬《おんま》

関係地図　1／20万　豊橋　1／5万　豊橋

654

ひくまの

百首歌の中に子日の心をよめる　大蔵卿匡房

・春霞たちかくせどもひめこ松ひくまの野べに我はきにけり

⑤金葉集　六六六

（参考）ひくまのに　にほふはりはら　いりみだれ　ころもにほはせ　たびのしるしに　長忌寸奥麿　万葉集　五七

（参考）ひくまののかやがしたなる思ひ草またふた心なしとしらずや　藤原仲実朝臣　続詞花集　五九一

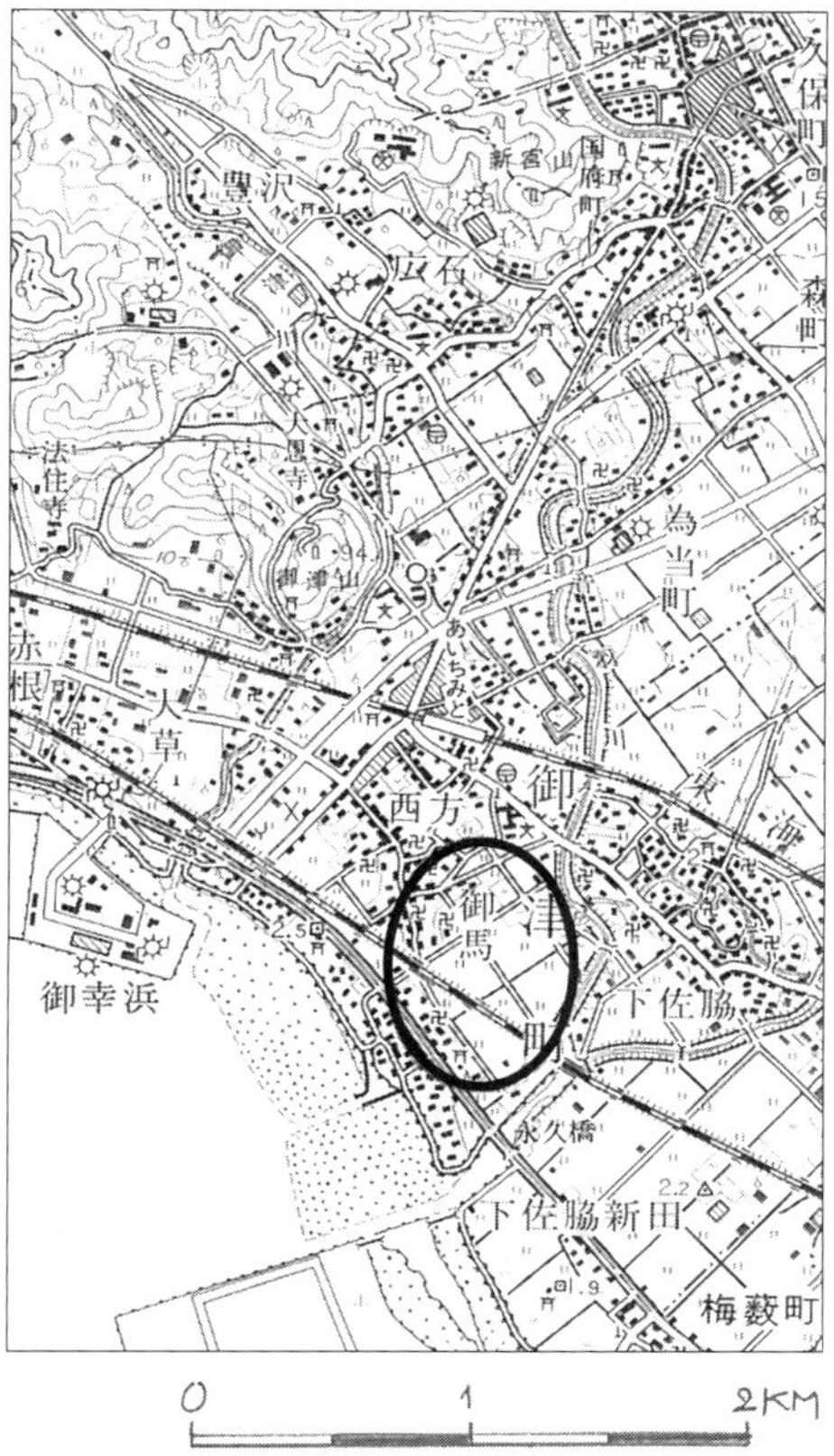

1／5万　豊橋

（メモ）

①「引馬野」は近世の宝飯郡御馬村、現在の豊川市御津《みと》町御馬の地に比定されている。新幹線南の引馬神社地より北、新幹線の北、「御馬字」辺であろう。

②引馬神社（天正様）御津町御馬　祭神素盞嗚尊。正暦年中（九九〇—九九五）京都八坂神社より勧請。正平五（一三五〇）年今川範国社殿造営。

③御津《みと》神社　御津町広石　祭神大国主命　事代主命・建御名方命。由緒は祭神が伊勢よりこの御津山の北麓の地に下られ、船津大明神と称された。『延喜式神名帳』参河国宝飯郡御津《ミツノ》神社。古来御津庄七郷一二ケ村の総産土神、また三河国府津（港）の守護神として信仰が篤い。古代にはこの辺まで三河湾が湾入していたであろう。

二八三　二村山　愛知県豊明市二村台

関係地図　1／20万　豊橋　1／5万　豊田

685

ふたむら山

・くれはどりあやに恋しく有りしかばふたむら山もこえずなりにき　清原諸実

②後撰集　七一二

返し

・唐衣たつをしみし心こそふたむら山のせきとなりけめ　よみ人しらず

②後撰集　七一三

武蔵国よりのぼり侍りけるに、三河のくにのふたむら山のもみぢをみてよめる　橘能元

・いくらともみえぬもみぢのにしきかなたれふたむらの山といひけむ

⑥詞花集　一三一

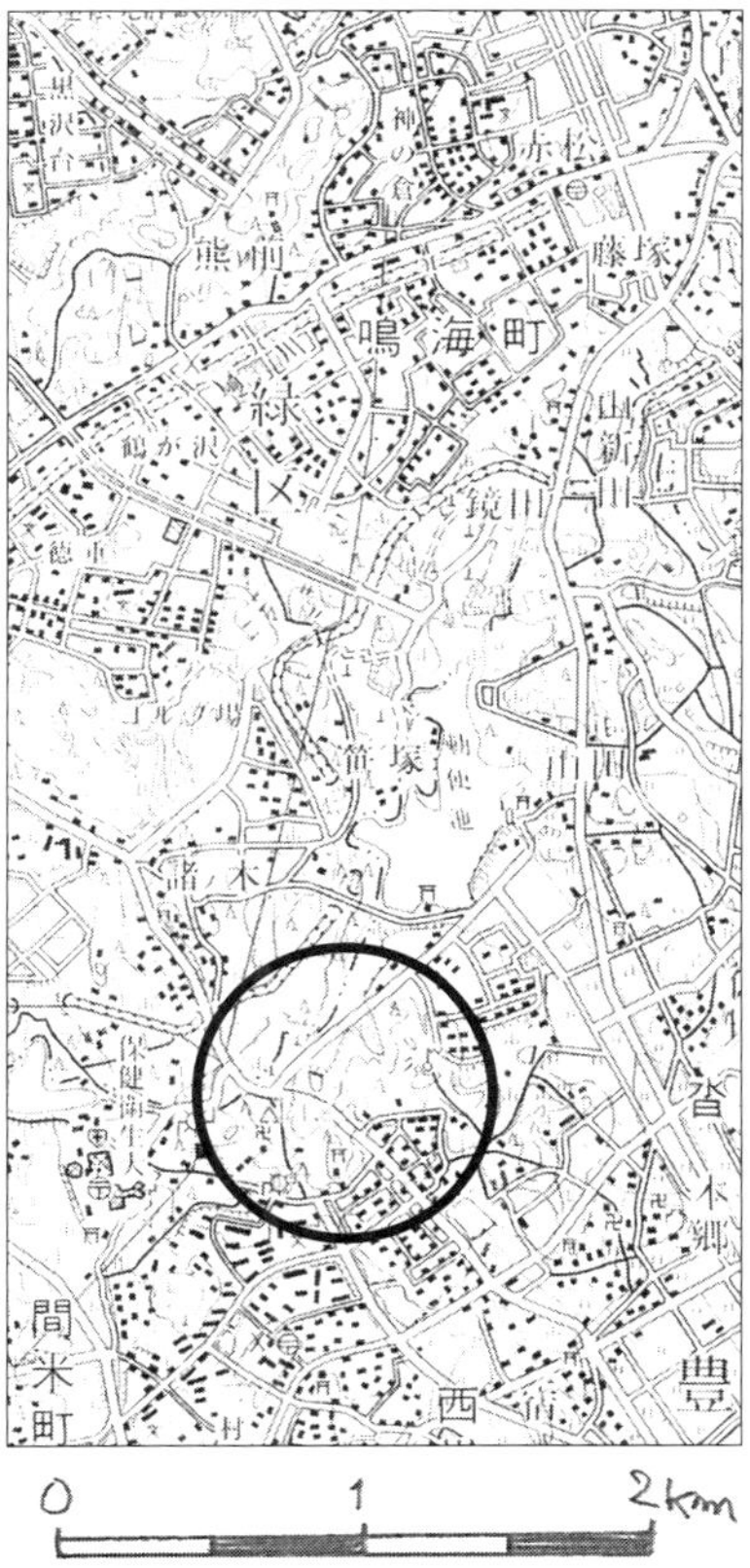

1／5万　豊田

（メモ）

①豊明市二村台の標高七一・八mの二村山。近くに豊明神社や峠地蔵堂がある。二村山は名勝、その山麓に勅使池・皿池・荒巻池・濁池などある。

②二村山の丘陵地を昭和四八年以降に宅地造成して「二村台」となる。

③この地は『和名抄』尾張国山田郡両村《布多無良》郷。『延喜式』兵部省諸国駅伝馬条の尾張三駅、馬津駅・新溝駅・両村駅の両村駅があった。その遺跡と思えるのが軒丸瓦二点・丸平瓦多数ある豊明市沓掛町上高根の「上高村行者堂遺跡」。

二八四　三河国府跡推定地

愛知県豊川市久保町・白鳥町

関係地図　1／20万　豊橋　1／5万　御油、豊橋

733　みかは

あづまのかたにまかりけるに、やつはしにてよめる

・やつはしのわたりにけふもとまるかなここにすむべきみかはとおもへば　道因法師　⑦千載集　一一九七

（参考）いもあれも　ひとつなれかも　みかはなる　ふたみのみちゆ　わかれかねつる　高市連黒人　万葉集　二七六

（参考）恋ひせんとなれるみかはのやつ橋のくもでに物をおもふ比かな　古六帖　一二五九

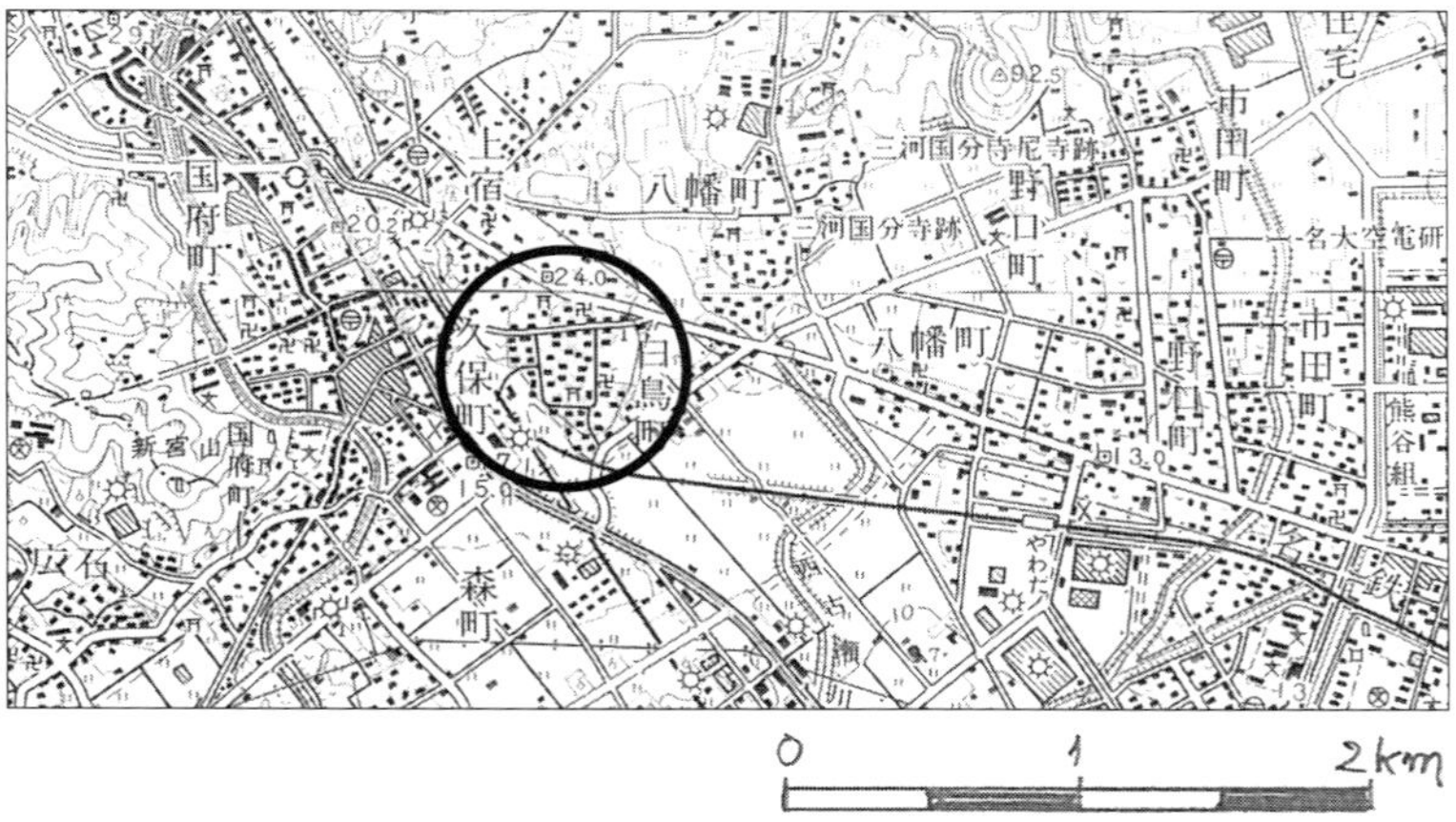

1／5万　御油（上）・豊橋（下）

（メモ）

①豊川市久保町・白鳥町辺といわれる。

②総社（三河総社）は豊川市白鳥町上郷中に鎮座する。祭神は三河国総社神　由緒は一三代成務天皇の五（一三五）年出雲色大臣命の五世の孫知波夜命三河国造に任ぜられ、社祠を整備して祖神を合斎した。後に国内諸神を勧請し国司の遙拝所となった。永和四（一三七八）年一二月の棟札に、

惣社五八社大神宮

と記されているという。

③この地には参河国造と穂国造があった。参河国造は西三河の矢作川流域、穂国造は東三河の豊川流域を支配していた。大化年間（六四五～六四九）に両国造が統合し「三河国」が成立。西三河を流域としていた矢作《やはぎ》川の名が「御河」であったので、その名をつけたという。

二八五　三ヶ根連山

愛知県西尾市東幡豆《はず》町・額田郡幸田《こうた》町

関係地図　1／20万　豊橋　1／5万　蒲郡

401　しはつ山

・しはつ山うちいでて見ればかさゆひのしまこぎかくるたななしをぶね　大歌所御歌　①古今集　一〇七三

（参考）しはつやま　うちこえみれば　かさぬひの　しまこぎかくる　たななしをぶね　高市連黒人　万葉集　二七二

（参考）しはつ山ならのした葉をりしきてこよひはさねんみやこひしみ　皇太后宮大夫俊成　続後撰集　一二九七

（参考）塩かぜにうらはれわたるしはつ山こぎいづる舟も月やみるらん　源俊定朝臣　夫木抄　八九〇三

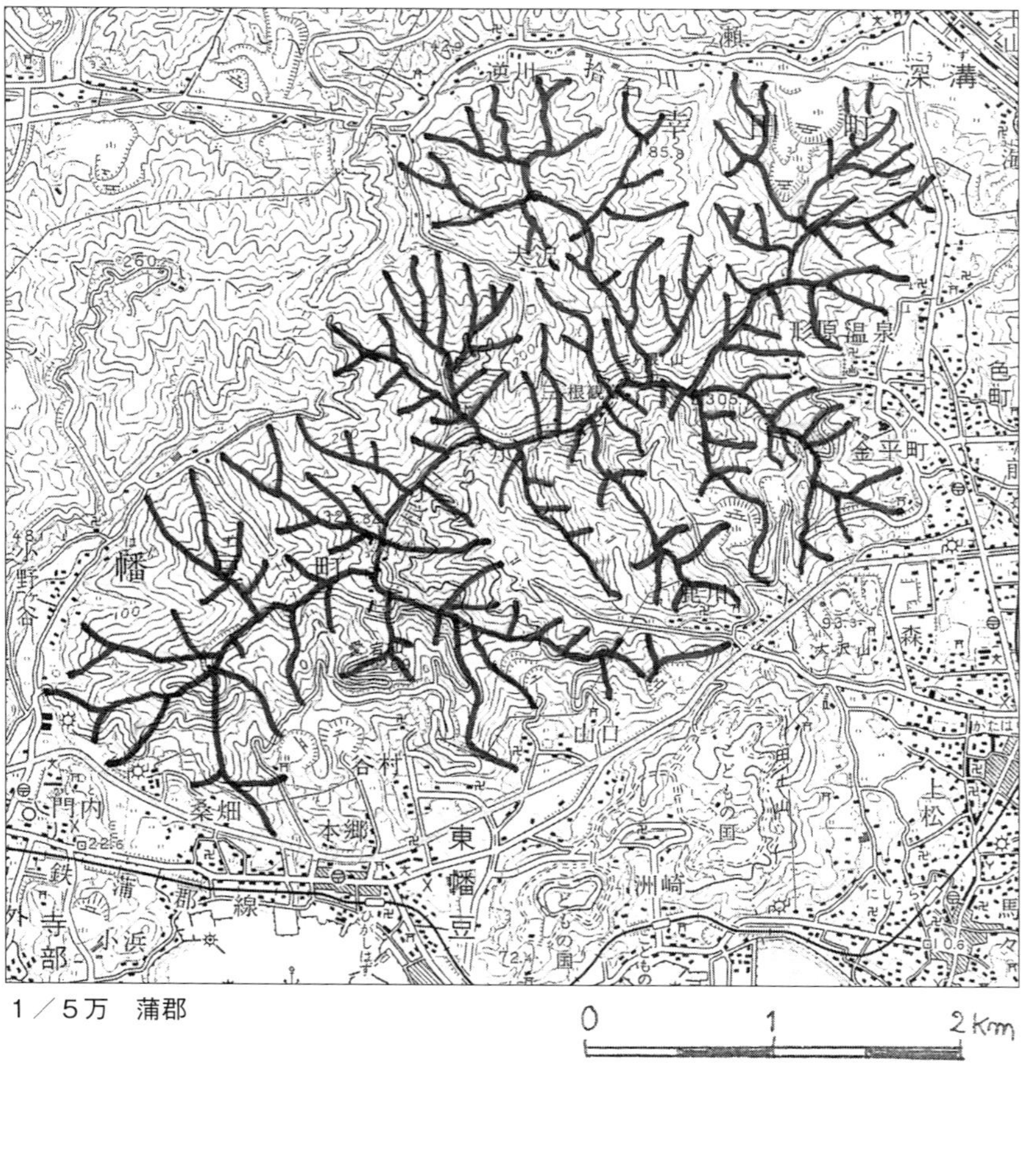

1／5万　蒲郡

（メモ）

①三ヶ根連山は東峰の三角点の標高は三〇五・七m、西峰、電波塔のある西峰の標高は三四〇m、南峰の三角点の標高は三二四・八mである。これら東・西・南の三つの峰があるので「三ヶ根山」の名がある。しかし、南峰の南に標高二六九mの愛宕山がある。これで四峰となり、「四極山《しはつやま》」の山名が生れたのかもしれない。

②稜線図を作ると、ここ三ヶ根山は東西約五km・南北線三kmのこじんまりとした山体ではあるが、四方八方に実に、複雑に稜線のドッシリとした山である。それで「四極山」の名が生じたのかもしれない。

③西尾市吉良町津平に志羽都《しはと》神社が鎮座する。「志羽都」は「しはつ」とも読める。先人も「三ヶ根連山」を「四極山」と称していたのだろう。当社の祭神は建津枚命・菅原道真・速秋津比咩神。社伝には、景行天皇の御世に、この地を開拓した建津枚命を開拓の祖として祀ったという。また、当社の北西にかって磯泊《しはと》社が鎮座し、速秋津比咩神を祀っていたという。『三河国内神名帳』に、

　正五位下　磯泊天神坐幡豆郡

とあるという。大正二年一〇月、磯泊社・天神社を合祀したと。

④三ヶ根連山　領家変成岩で構成。山頂付近はクロマツ・シイの天然林がある。旧宝飯《ほい》郡との境界付近に三社権現があったが、現在、御神体は観音堂内に併祀という。観音堂は真言宗醍醐寺派。山号は寒峰山。縁起には本尊聖観音像は行基作。神亀元（七二四）年の夏、この辺に疫病が流行し万民が苦しんだその時の事。此の里の沖中に夜々光を放ち、それが天に輝き、諸人あやしみ良く見ると大木が浪間に漂っていた。光の元はこの大木であると知り、陸に引揚げて見てこれこそ疫病神かと火で焼失を試みてもダメ。この事が行基菩薩の耳に届き、行基、是誠に霊木と。そして一刀三礼を重ねてこの尊像を作ると縁起にあると。

尊像は左手に半開の蓮華を持ち右手は大悲施無畏印を結ぶと。三河観音札場第一三番札所。御詠歌は

　来迎の必ずあらんはづなれば
　　三ヶ根山に待ち玉ふかや

である。この三ヶ根山の観音と、同じ木で作られた西尾市西幡豆町小野ヶ谷の龍蔵観音菩薩であり、今日も兄弟観音と呼ばれているという。

⑤西尾市東幡豆町森地内に多くの古墳がある。特に標高五〇mの高地頂部に位置する「とうてい山古墳」からは轡二、金銅張鉄製馬具飾板一九枚などの鉄製馬具、大刀一・刀子一・鉄鏃一三・瑪瑙・水晶玉類二六・金張銅製耳輪三が発見されているという。また石室の材料はここから約九kmも沖にある佐久島の凝灰質砂岩であり、石棺に赤色顔料が塗付されていたなどという。

二八六　宮路山

愛知県豊川市御津町金野・赤坂町

関係地図　1／20万　豊橋　1／5万　御油

771　宮ぢ山

②後撰集　九一八

・君があたり雲井に見つつ宮ぢ山うちこえゆかん道もしらなく　よみ人しらず

（参考）嵐こそふきこざりけれみやぢ山まだ紅葉葉のちらでのこれる　菅原孝標朝臣女　玉葉集　八九一

（参考）紫の雲と見つるはみやぢ山なたかき藤のさけるなりけり　増基法師　夫木抄　二一四一

（参考）あひ見つつ猶おぼつかなみや路山こやしかすがのわたりなるらん　読人不知　夫木抄　八八六四

1／5万　御油

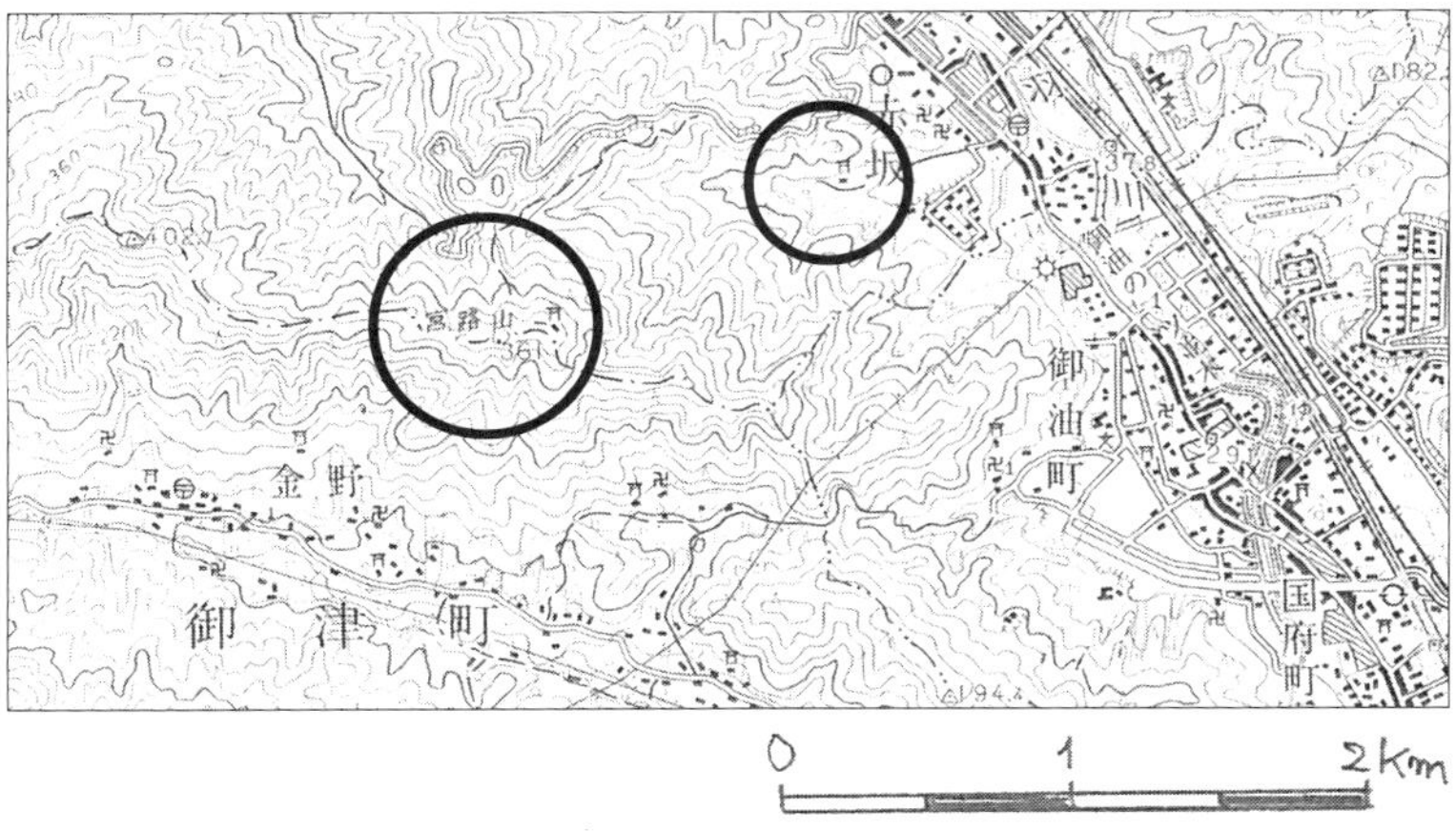

（メモ）

①標高三六一m宮路山。山頂西に宮道天《みやじ》神社峰社、西麓に里宮が鎮座。

②宮道天神社（豊川市赤坂町）祭神は建貝児王命・草壁皇子・大山咋命。由緒は白鳳年間（六五〇〜六五四）、草壁皇子以来代々赤坂の地を領せられ、宮路山に一小祠を祀らる。長保（九九九〜一〇〇三）の頃村民は三神を合祀し産土神として崇敬。大宝二（七〇二）年持統天皇御巡幸の頓宮にて之を宮路山と称し、神号を宮道天神と称えた。拝殿は元亀二（一五七一）年の創建で、元禄八（一六九五）年に再建。

③『更級日記』に

　宮路山といふ所越ゆるほど十月晦日《かみなづきつごもり》なるに、紅葉散らで盛《さか》りなり。

とあって、表記の『玉葉集』の歌がある。

二八七　八　橋

愛知県知立市八橋町他

関係地図　1／20万 豊橋　1／5万 豊田　1／2.5万 知立

797 やつはし

つらかりけるをとこに歌を渡した返し　よみ人しらず

•うちわたし長き心はやつはしのくもでに思ふ事はたえせじ

②後撰集　五七〇

源のよしたねが参河のすけにて侍りけるむすめのもとに、はははのよみてつかはしける　赤染衛門

•もろともにゆかぬみかはのやつはしはこひしとのみや思ひわたらん

③拾遺集　三一七

1／2.5万 知立

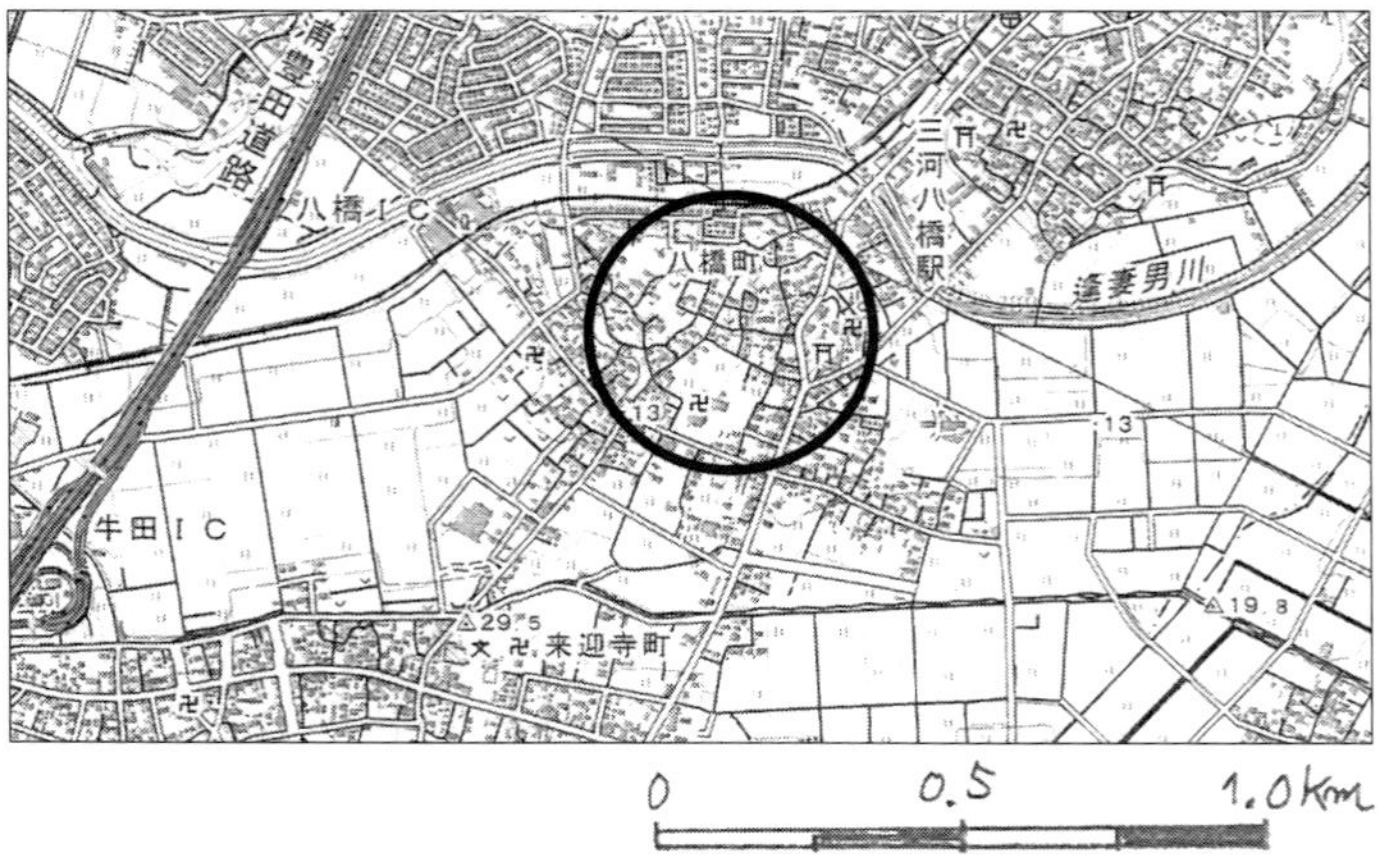

（メモ）

①『伊勢物語』九段に

むかし、をのこありけり。そのをのこ、身をえうなき物に思ひなして、京にはあらじ、あづまの方に住むべき国求めにとて行きけり。もとより友とする人ひとりふたりしていきけり。道知れる人もなくて、まどひいきけり。三河の国、八橋といふ所にいたりぬ。そこを八橋といひけるは、水ゆく河の蜘蛛手《くもで》なれば、橋を八つわたせるによりてなむ八橋といひける。その沢のほとりの木の蔭に下りゐて、乾飯《かれいひ》食ひけり。その沢にかきつばたいとおもしろく咲きたり。それを見て、ある人のいはく、「かきつばたといふ五《いつ》文字《もじ》を句の上にすゑて、旅の心をよめ」といひければ、よめる。

から衣きつゝなれにしつましあればはる〴〵きぬる旅をしぞ思ふ

②クモ類の足数は「八」。逢妻男川・逢妻女川、合流後の逢妻川に八つの橋があったのであろう。

③無量寿寺（知立市八橋町）寺伝では慶雲元（七〇四）年豊田市駒場町で創建。延喜二（九〇二）年現在地に移ったという。

二八八　麻生浦

三重県鳥羽市浦村町

関係地図　1／20万 伊勢　1／5万 鳥羽

866 をふの海

伊勢のみゆきにまかりとまりて　人まろ

•をふの海にふなのりすらんわぎもこがあかものすそにしほみつらんか

③拾遺集　四九三

867 をふの浦

伊勢うた

•をふのうらにかたえさしおほひなるなしのなりもならずもねてかたらはむ

①古今集　一〇九九

•桜あさのをふのうらなみ立ちかへり見れどもあかず山なしの花　俊頼朝臣

⑧新古今集　一四七三

1／5万 鳥羽

（メモ）

①浦村町の東の字本浦と、西の字今浦間に長さ約三百mの「麻生の浦大橋」が架かる。その南に、奥行約二・五kmもある生浦湾がある。

②志摩国。「麻生浦」は平安―室町期に見える浦名。浦口の北には麻倉島《おぐらしま》や大村島があり麻の栽培がされていたのでその名があるという。

③『顕注密勘』に、当村で栽培された「ナシ」を斎宮寮に献じていたことがあるという。

二八九　阿曽浦

三重県度会郡南伊勢町阿曽浦

関係地図　1／20万　伊勢　1／5万　贄浦

866 をふの海

伊勢のみゆきにまかりとまりて

・をふの海にふなのりすらんわぎもこがあかものすそにしほみつらんか　人まろ

③拾遺集　四九三

（参考）をふの海のおもはぬうらにこすしほのさてもあやなくたつけぶりかな

寂蓮法師　新勅撰集　七六〇

867 をふの浦

・桜あさのをふのうらなみ立ちかへり見れどもあかず山なしの花　俊頼朝臣

⑧新古今集　一四七三

1／5万　贄浦

（メモ）

①「をふ」は「苧生」という。苧生は「苧《ちょ》」の生える所。苧は「からむし」。カラムシは麻の一種で、その皮を用いて縄を作り、また布を織る。

②『牧野植物図鑑』に、カラムシは茎蒸《からむし》の意で茎《から》を蒸して皮をはぎ取るからである。一名「真麻」で真正の麻の意である。漢名は「苧麻《チョマ》」とある。

③ここ阿曽浦は「麻生浦」で、カラムシの生えていた所、苧生の浦であった。

二九〇　伊賀国府跡

三重県伊賀市坂之下

関係地図　1／20万　名古屋　1／5万　上野

70 いが

ためよしがいがにまかりはべりけるに人人餞たまひけるにかはらけとりて

・かくしつつおほくのひとはをしみきぬわれをおくらんことはいつぞや　源兼澄

④後拾遺集　四八八

1／5万　上野

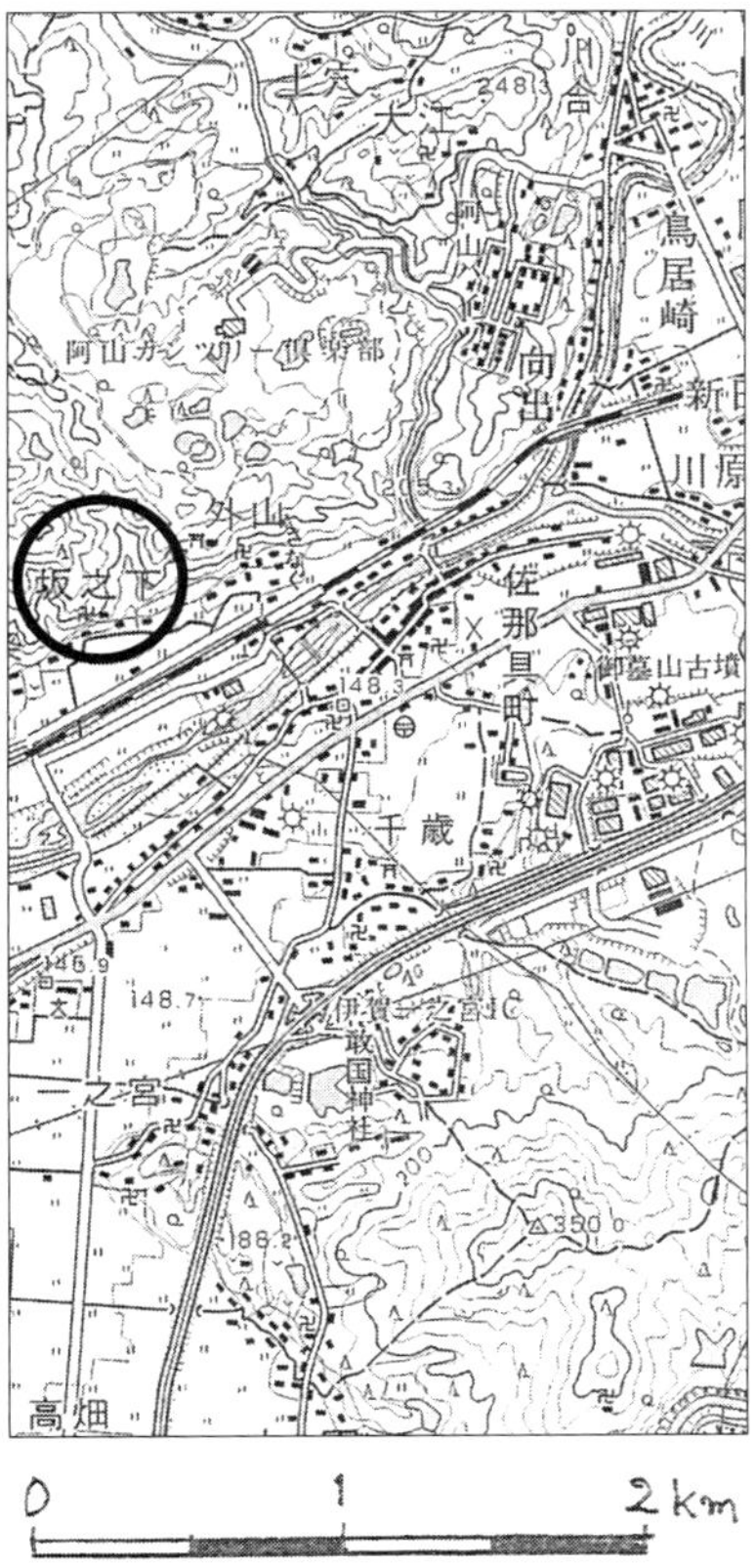

（メモ）

①伊賀国府政庁跡はJR関西本線佐那具駅の西方約六百mの坂之下地区。

②『国造本紀』に

伊賀国造　志賀高穴穂（成務）朝御世。皇子（垂仁皇子）意知別命三世孫武伊賀都別命定㆓賜国造㆒。飛鳥（天武）朝割置如㆑故。

とあり、「武伊賀都分命」の名が国名と。

③敢国《あえくに》神社（上野市一之宮）　祭神敢国津神　一座（主神）大彦命　（配祀）少彦名命・金山毘売命。伊賀国一宮。由緒は伊賀国開拓の祖神を祀る。『延喜式神名帳』伊賀国阿拝《安倍》郡「敢国神社大」。

④御墓山《みはかやま》古墳（上野市佐那具町字天王下）全長約一八〇m。前方部幅約八〇m・後円部径約一〇〇mの前方後円墳。墳丘には葺石があり、円筒埴輪・形象埴輪の埋設があり周濠跡がある。三重県内最大。築造は五世紀。敢国神社の主神、大彦命の陵墓と伝える。大彦命は第八代孝元天皇の皇子。四道将軍の一人であった。

⑤『日本書紀』天武一二年一二月一三日条に「諸王五位伊勢王・大錦下羽田公……、併て判官・録吏・工匠者等を遣して、天下に巡行《ありき》て、諸国の境堺を限分《さか》ふ。」とある。

二九一　五十鈴川

三重県伊勢市

関係地図　1／20万　伊勢　1／5万　伊勢

87　いすずの河

承暦二年内裏の歌合に、祝の心をよみ侍りける　前中納言匡房

・君が代はひさしかるべしわたらひやいすずの河の流たえせで

⑧新古今集　七三〇

767　みもすそがは

承暦二年内裏歌合によみはべりける　民部卿経信

・きみがよはつきじとぞおもふかみ風やみもすそがはのすまむかぎりは

④後拾遺集　四五〇

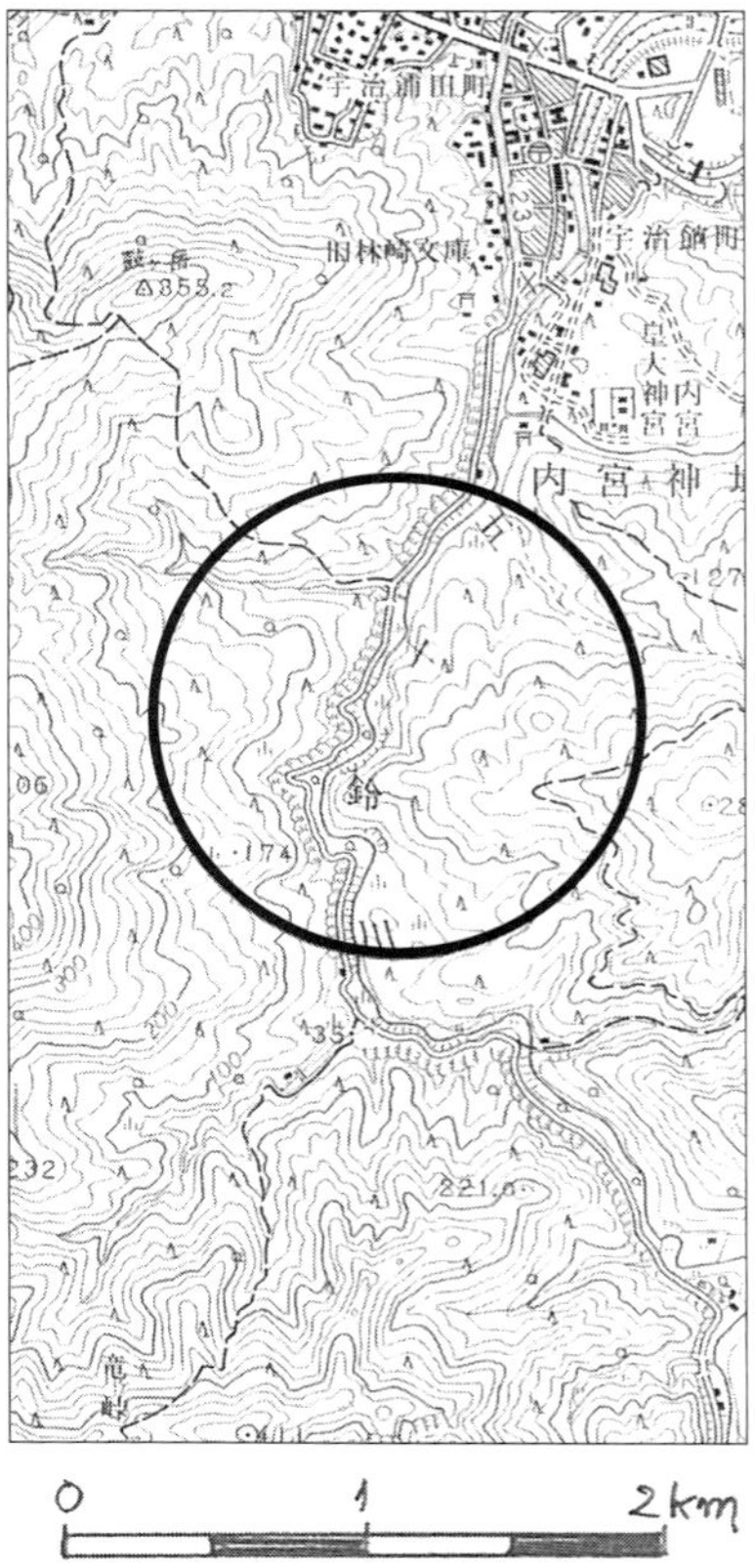

1／5万　伊勢

（メモ）

①五十鈴川は伊鈴川・御裳濯川・宇治川・神路川とも呼ばれる。

②東部の島路山や逢坂山を源とする島路川は内宮南部の祢宜山や神路山を源とする五十鈴川に、内宮の御手洗場の上流で流入する。その後、内宮境内を流れ下り、やがて二川となる。一川は瀬田川に合流し、一川は二見町江から伊勢湾に注ぐ。流長は約一〇km。

③『日本書紀』垂仁天皇二五年三月一〇日条に、

天照大神を豊耜入姫《とよすきいりひめ》より離《はな》ちまつりて、倭姫命《やまとひめのみこと》に託けたまふ。爰《ここ》に倭姫命、大神を鎮め坐《ま》させむ處を求めて……

とある。また、『倭姫命世記』に、

五十鈴之河上仁遷幸。于時河際倭姫命御裳裔《スソ》長計加礼侍介留於洗給倍利。従其以降「際」号御裳須曽河也。

二九二　伊勢国府跡

三重県鈴鹿市国府町長《ちょう》ノ城《しろ》

関係地図　1／20万　名古屋　1／5万　四日市　1／2.5万　鈴鹿

88　伊勢

業平朝臣の伊勢のくににまかりたりける時、斎宮なりける人にいとみそかにあひて又のあしたに人やるすべなくて思ひをりけるあひだに、女のもとよりおこせたりける　よみ人しらず

・きみやこし我や行きけむおもほえず夢かうつつかねてかさめてか

①古今集　六四五

返し　なりひらの朝臣

・かきくらす心のやみに迷ひにき夢うつつとは世人さだめず

①古今集　六四六

（参考）かむかぜの　いせのくににも　あらましを　なにしかきけむ　きみもあらなくに　大来皇女　万葉集　一六三

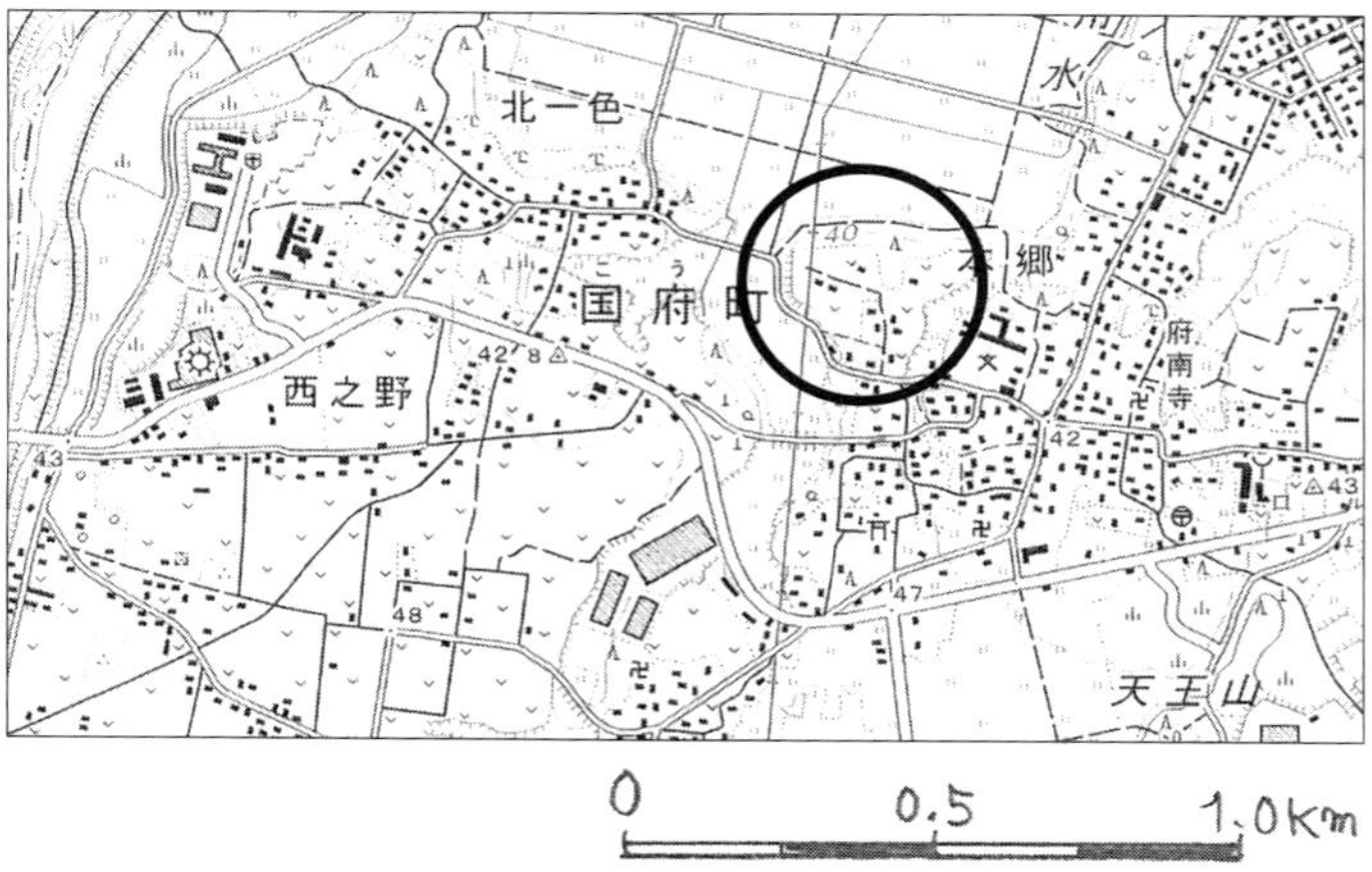

1／2.5万　鈴鹿

（メモ）

①国府小学校前を西に進むと、北方の半島状に突き出た丘陵上に伊勢国府跡と戦国時代の国府《こう》城跡の二つの遺跡が重ってある。小字「長ノ城」は、この地に関氏の一族である国府氏が築城したによると。

②伊勢国府はここを北辺に八町（約九百m）四方の国府が営まれたらしく、布目瓦・土師器・須恵器などの出土はあるが、決定的国衙の遺構の発見はないと。

③鈴鹿市国府町本郷に三宅神社が鎮座する。伊勢国内の神々を一所で祀る惣社であり、「惣社大明神」と呼ばれていた。

④鈴鹿市国府町に「西の野古墳群」がある。一三基中の一号墳は王塚古墳（国史跡）。長径六三m・高さ六・五m。周濠・外堤がある前方後円墳。一一号墳は椀塚の名のある長径五〇m、前方後円墳など。

二九三　伊勢の海

三重県・伊勢湾

関係地図　1／20万 伊勢、名古屋

90　伊勢の海

・伊勢の海につりするあまのうけなれや心ひとつを定めかねつる　　読人しらず

　①古今集　五〇九

（参考）いせのうみの　おきつしらなみ　はなにもが　つつみていもが　いへづとにせむ　　安貴王　　万葉集　三〇六

91　いせのはま

　月前旅宿といへるこころをよめる

・あたら夜をいせのはま荻をりしきていも恋しらにみつる月かな　　藤原基俊

　⑦千載集　五〇〇

（参考）かむかぜの　いせのはまをぎ　をりふせて　たびねやすらむ　あらきはまべに　　碁檀越の妻　　万葉集　五〇〇

1／20万　名古屋（上）・伊勢（下）

（メモ）

①伊勢の海は「伊勢湾」。それに面する海岸・海浜が「伊勢の浜」である。

②昭和二八年、「伊勢ノ海県立公園」成立。それは、伊勢湾に面した鈴鹿市から津市にかけての海岸。北の鈴鹿市金沢川河口、千代崎から鼓ヶ浦、津市豊津浦・栗真町屋町・高洲町・贄崎浦・阿漕浦・御殿場・香良洲町の雲出川河口までの約二八kmの海岸に面した海。この海は白砂青松の風光明媚な海岸、遠浅の海で波静かな海という。

二九四　伊勢の島

三重県

関係地図　1／20万 伊勢

89　伊勢しま

・伊勢しまやいちしのうらのあまだにもかづかぬ袖はぬるるものかは　　道因法師

　⑦千載集　八九三

（参考）いせのあまのあさなゆふなにかづくてふみるめに人をあくよしもがな　　よみ人しらず　　①古今集　六八三

（参考）いせのうみの　いそもとどろに　よするなみ　かしこきひとに　こひわたるかも　　笠女郎　　万葉集　六〇一

（参考）いせしまやはるかに月のかげさえてとほきひがたにちどりなくなり　　藤原基政　　続古今集　六一三

1／20万　伊勢

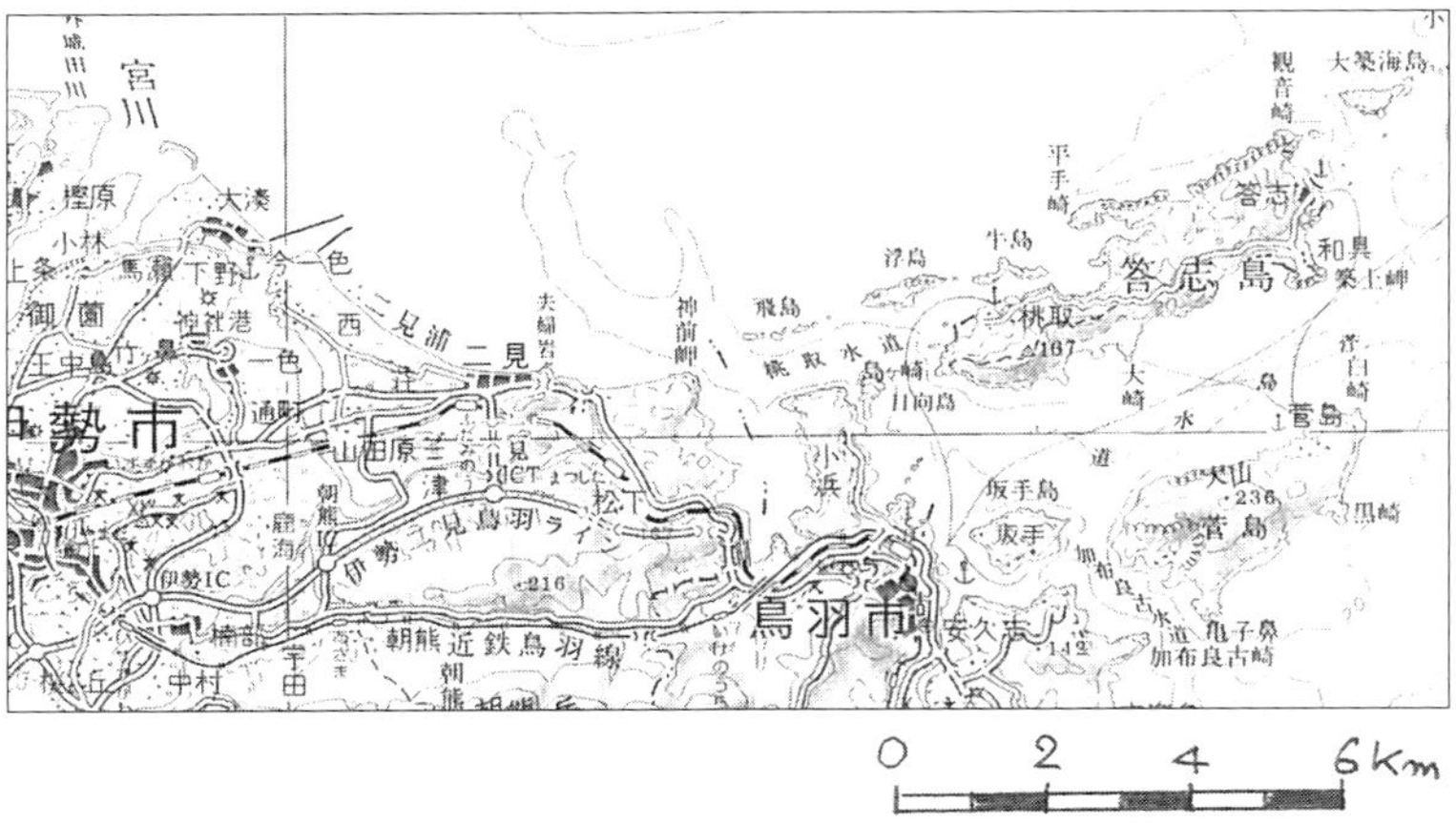

（メモ）

①紀伊半島・知多半島・渥美半島、これら三つの半島に囲まれた海が伊勢湾である。「伊勢の島」はこの伊勢湾にある島である。

②伊勢湾の南北の奥行きは約八〇km、東西の幅は約四〇km。水深の最大は約三五m。

③南の湾口部に西南日本中央構造線に沿って南西から北東に伸びる二本の島列がある。外洋側に坂手島・菅島・神島そして渥美半島先端の「伊良湖古山」に。内湾側は飛島・浮島・牛島・答志島・大《お》築海島《づくみしま》・小築海島《こつくみしま》そして渥美半島の笠山や姫島である。

④『古事記』神武天皇記の歌に

神風《かむかぜ》の　伊勢の海の　生石《おひし》に　這《は》ひ廻《もとほ》ろふ　細螺《しただみ》の　這《は》ひ廻《もとほ》り　撃《う》ちてし止まむ

がある。

二九五　一志の駅跡推定地

三重県松阪市

関係地図　1／20万 伊勢　1／5万 二本木、松阪

97　いちしのむまや

公卿勅使にてかへり侍りけるいちしのむまやにてよみ侍りける

・たちかへり又もみまくのほしきかなみもすそ河のせぜのしら浪　中院入道右大臣　⑧新古今集　一八八一

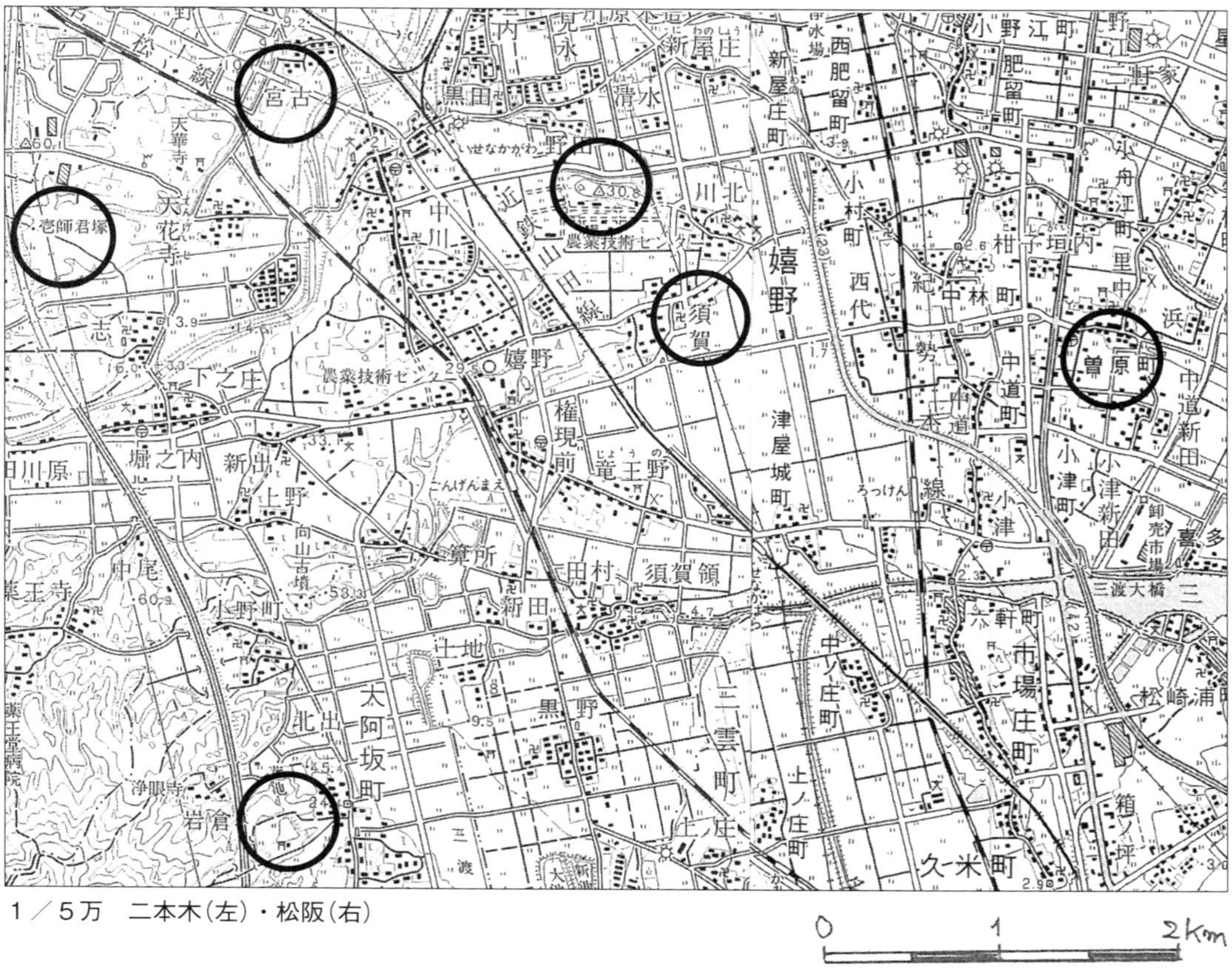

1／5万　二本木（左）・松阪（右）

（メモ）

①『権記』寛弘二（一〇〇五）年一二月一三日条に

　壱志郡駅家

とある。伊勢公卿勅使参宮時の駅家で、鈴鹿（関）駅の次駅としてあるという。

②「壱志郡駅家」と所在地として

(i)『勢陽五鈴遺響』外は「曽原村説」。曽原村は現在の松阪市曽原町。

(ii)『三国地誌』外は「須賀村説」。須賀村は現在の松阪市嬉野須賀町。

(iii)『地名辞典』は「宮古村説」。宮古村は現在の松阪市嬉野宮古町。

③松阪市須賀町の三重県農業技術センター内に「西山古墳」がある。曽原はこの古墳から約二・五km、須賀は古墳と同地内、宮古は約二kmである。ということは、壱志駅家は、西山古墳を中心に半径二・五km以内に存在したということ。

④西山古墳　三重県農業技術センター内。標高三〇・八mの三角点のある独立丘陵の北西端部に位置し、全長四三・六mの前方後方墳。前方部を北北西に向けて築造。前方部の長さ一七・五m、幅一一・四m、高さ約二m。後方部は一辺二四m、高さ約三・五m。測量調査後に盗掘とブルドーザーによって後方部が壊されたが墳丘は復旧されたという。

⑤『古事記』第五代孝昭天皇記に、

御子、天押帯日子命、次に大倭帯日子国押人命。故、弟帯日子国忍人命は天下治めたまひき。兄天押帯日子命は春日臣・大宅臣・粟田臣・小野臣・柿本臣・壱比韋臣・大坂臣・阿那臣・多紀臣・羽栗臣・知多臣・牟耶臣・都怒山臣・伊勢の飯高君・壱師君《いちしのきみ》・近淡海国造の祖なり。

とある。ここ『和名抄』伊勢国壱志郡、現在の松阪市嬉野一志町にある壱師君塚の主であろう。

⑥壱師君塚は嬉野一志町字筒野にあるので「筒野古墳」。標高約三〇m、比高約一五mの丘稜線上に築造された前方後方墳。周辺に八基の小円墳がある。筒野古墳は全長三九・五m。一辺二六・八m、高さ四mの後方部に幅八m・長さ一三m・高さ約一mの前方部があるという。大正三年墳頂部の発掘後の記憶による報告では地表下約一丈の深さに、長さ一丈六尺・幅四・五尺の粘土槨があった。その中に鏡三面、石釧二個、水晶切子玉六個、管玉二個が存在。築造は四世紀末と推定されている。

⑦向山《むかいやま》古墳　嬉野小野町　当古墳も前方後方墳で全長七一・四m。後方部は一辺四〇m・高さ三・四m。東側に幅二六・七m・長さ三一・二m・高さ三mの前方部がある。外表に葺石や円筒埴輪列がある。築造は四世紀後半という。

⑧松阪市大阿坂町宮池南と、同市小阿坂町坊谷池東に「阿射加神社」が鎮座する。祭神は猿田彦大神。『延喜式神名帳』壱志郡に「阿射加《アザカ》神社三座並名神大」とある。

二九六　一志の浦

三重県津市香良洲町・雲出長常町、松阪市星合町等

関係地図　1／20万 伊勢、名古屋　1／5万 松阪

96

いちしのうら

恋歌とてよめる

・伊勢しまやいちしのうらのあまだにもかづかぬ袖はぬるるものかは　道因法師

⑦千載集　八九三

太神宮にたてまつりける百首歌の中に、わかなをよめる

・今日とてや礒なつむらむ伊勢島やいちしの浦のあまのをとめご　皇太后宮大夫俊成

⑧新古今集　一六一二

（参考）あづさゆみいちしのうらのはるの月あまのたくなはよるもひくなり　源家長朝臣　新勅撰集　一二九〇

1／20万　名古屋（上）・伊勢（下）

（メモ）

①国界や郡界等は古来、山嶺や河川である。ここ一志郡は、古代の郡界は不詳ではあるが、北の安濃郡との堺は「相川」、南の飯高郡との堺は「堀坂川」と推定されている。

②河川は一雨毎に河道を変え、土地の人々によって河道付替えも行なわれるが、一志郡の海岸を現在の地図で見ると、北は津市の阿漕浦・藤方から南は松阪市三渡川の河口、松崎浦の範囲であろう。

③雲出川河口南の小野江は「北海道」命名、また樺太・千島踏破の松浦武四郎生家・同記念館がある。また松阪城跡周辺には本居宣長宅跡・同旧宅・同墓がある。

二九七　岩《いわ》出《で》

三重県度会郡玉城町岩出

関係地図　1／20万 伊勢　1／5万 伊勢

127

いはで

おなじ所にて見かはしながら、えあはざりける女に　よみ人しらず

・河と見てわたらぬ中にながるるはいはで物思ふ涙なりけり

②後撰集　六三六

・風さむみ声よわり行く虫よりもいはで物思ふ我ぞまされる　よみ人しらず

③拾遺集　七五一

後朝の心をよめる

・わがこひはおぼろのし水いはでのみせきやる方もなくてくらしつ　としよりの朝臣

⑤金葉集　六八八

百首歌たてまつりける時、恋のうたとてよみ侍りける

・思へどもいはでの山に年をへてくちやはてなん谷の埋木　左京大夫顕輔

⑦千載集　六五一

1／5万　伊勢

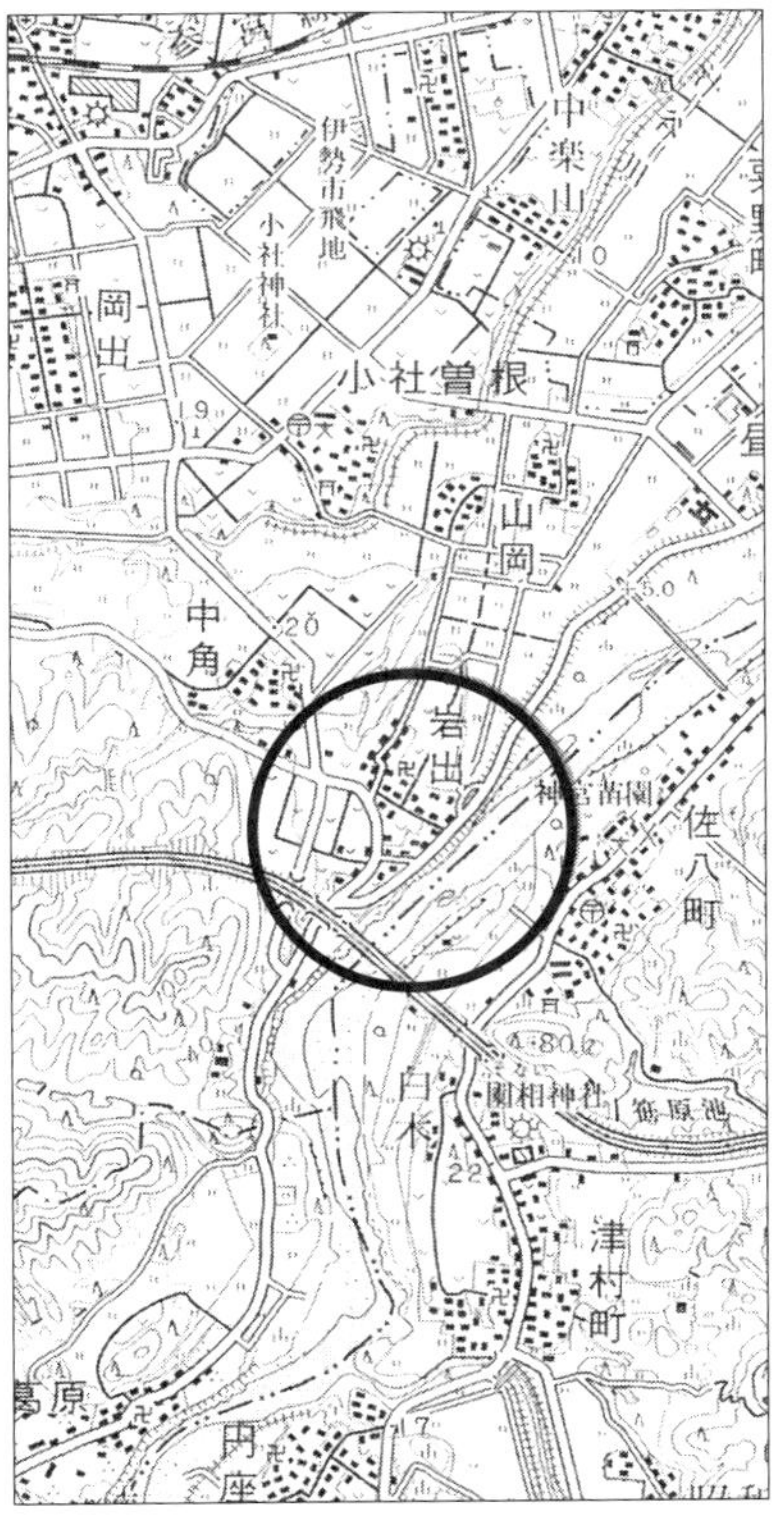

（メモ）

①伊勢平野の南部、宮川の左岸に位置する。そこには伊勢自動車道「宮川橋」が架かる。

②河川の水量が多い時には、流水がその岩盤に接して流れる程に、岩が突出しているのであろう。

③宮川の上流、度会郡度合町上久具には、『延喜式神名帳』度会郡の「久久都《ククツ》比売《ヒメノ》神社」が鎮座する。

二九八　小野の古江跡推定地

三重県松阪市小野江町辺

関係地図　1／20万　伊勢　1／5万　松阪

860　をののふるえ

俊頼朝臣伊勢の国にまかる事ありていでたちける時人人餞し侍りける時よめる

・いせのうみのをののふるえにくちはててみやこのかたへかへれとぞおもふ　参議師頼

⑤金葉集　三四二

（参考）ながれあしの末葉もみえず成りにけり小野の湊の五月雨の比　藤原基任

新千載集　二六六

（参考）みなとこすゆふなみすずしいせのうみのをののふるえのあきのはつかぜ

中務卿親王　続古今集　二九三

1／5万　松阪

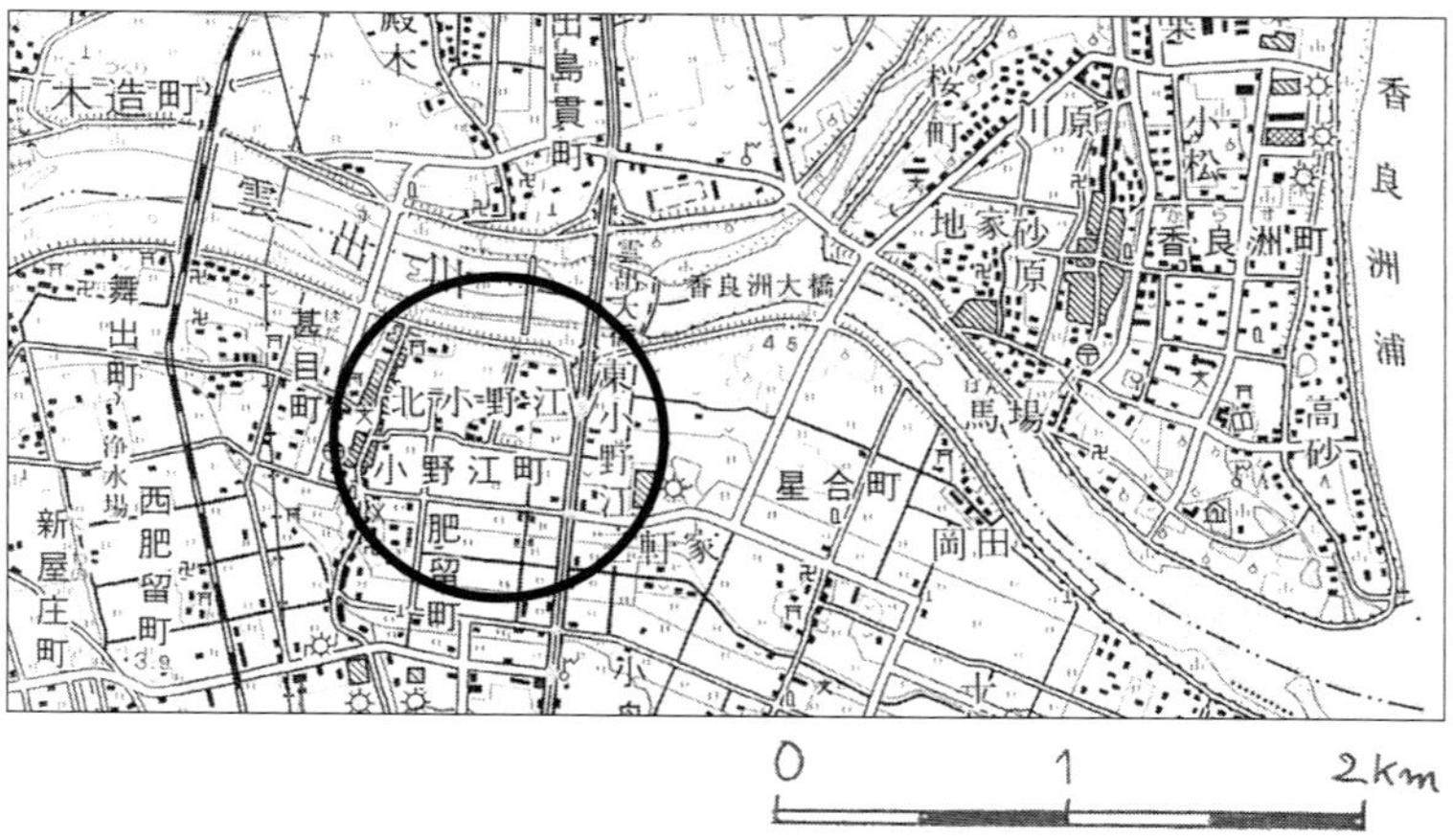

（メモ）

①雲出川河口右岸は松阪市小野江町である。現在の小野江町は森村と須川村が合併した町。地内の神社は西は小野江神社。東は須賀神社である。

②対岸の雲出川左岸は津市雲出島貫《しまぬき》町である。

③「小野江」の地名の由来は雲出川の両岸、「須川村」と「島貫村」間の舟の渡しを「小野古江の渡し」と称したに由るという。

④康永元（一三四二）年の坂士仏の『伊勢太神宮参詣記』に

水上より時雨くだる。雲出川のはやき波をしのぎ。小野のふるえわたりなむど申名所を過行にも。あはれみやこの人とともに見てゆかましかば。しらぬみちもものうかざらまじとおもひ出て。松風いとさむき三渡の浜にもつきぬ。

とある。三渡川（涙川）は此所の南三kmに。

二九九　神路山

三重県伊勢市宇治今在家町・横輪町・矢持町

関係地図　1／20万　伊勢　1／5万　伊勢

260　神ぢ山

高野山をすみうかれてのち、伊勢国ふたみのうらの山でらに侍りけるに、大神宮の御山をば神ぢ山と申す、大日如来御垂跡をおもひてよみ侍りける

・ふかくいりて神ぢのおくをたづぬれば又うへもなきみねの松かぜ　円位法師

⑦千載集　一二七八

太神宮のうたの中に

・ながめばや神ぢの山に雲きえてゆふべの空を出でむ月かげ　太上天皇

新古今集　一八七五　⑧

834　わしのたかね

伊勢の月よみのやしろにまゐりて、月をみてよめる

・さやかなるわしのたかねの雲ゐよりかげやはらぐる月よみのもり　西行法師

⑧新古今集　一八七九

1／20万　伊勢

（メモ）

①神路山は伊勢市宇治にあり、神宮の神苑をめぐる御山の総称。周囲約二七km。西は鼓ヶ岳・前山・鷲嶺・竜ヶ峠。南は八祢宜山・剣峠・逢坂峠を経て山嶺をめぐり、島路山から宇治今在家に至る。

②昔は神路山を式年御造替の御杣と定めており、神宮宮城林は古くからスギ・ヒノキが植栽され、常緑広葉樹との共存が図られ自然林と同じく老木も共存。

三〇〇　川島町

三重県四日市市川島町

関係地図　1／20万　名古屋　1／5万　四日市

251　かはしま

しのびてものいひ侍りける女の、つねに心ざしなしとゑんじければ、つかはしける

•君にのみしたのおもひはかはしまの水の心はあさからなくに　従三位季行

⑦千載集　八六五

(参考)たえじとは契りしものを川島の水のながれのなど氷るらん　西音法師　続後拾集　九一五

(参考)わするなよさすが契をかはしまにへだつるとしの波はこゆとも　権大僧正堯孝　新続古集　一二一六

1／5万　四日市

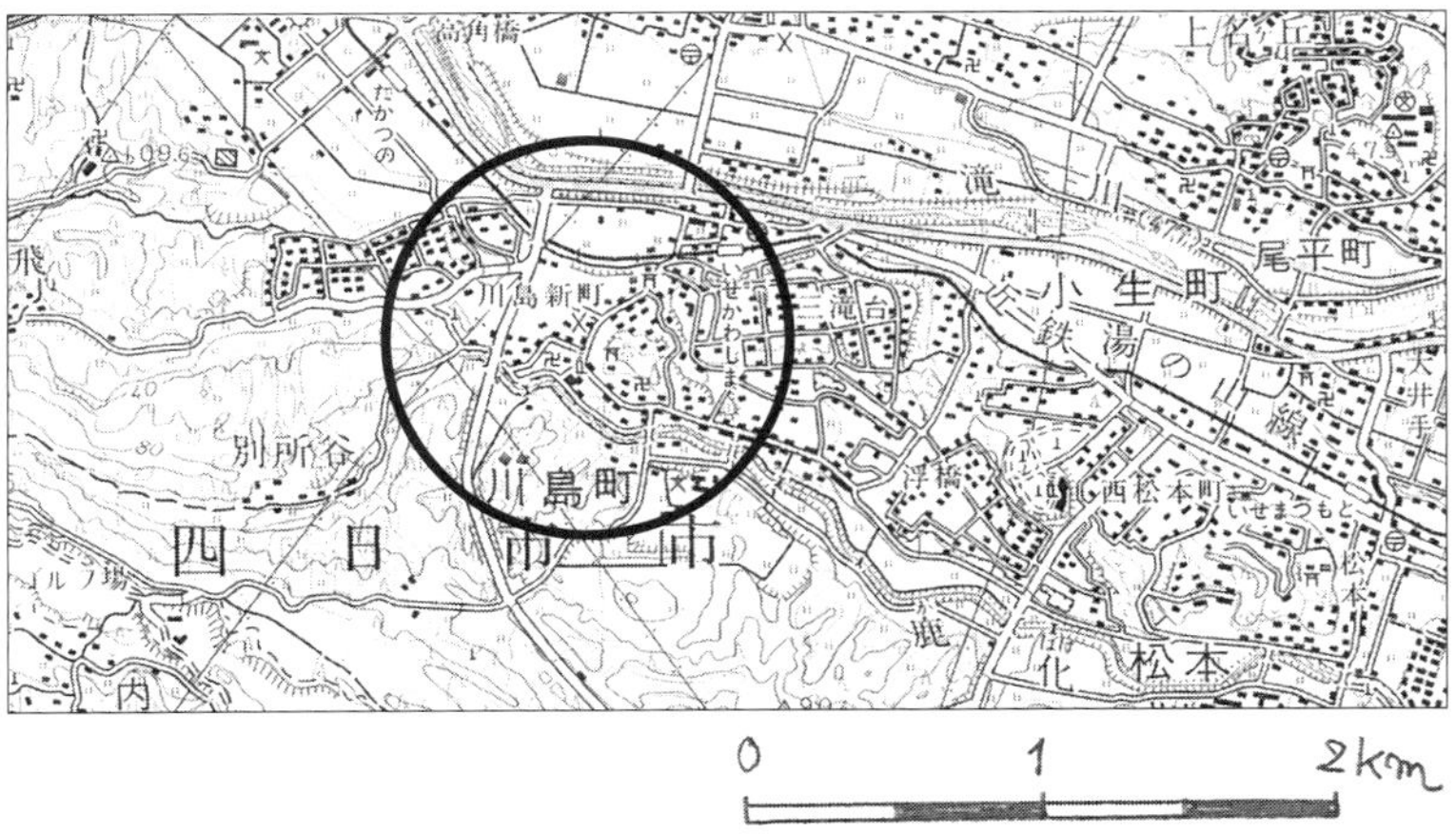

(メモ)
①標高一二〇九・八mの御在所山を源とする三滝川中流右岸の丘陵地に位置する。
②地名の由来は、源義経の家来であった当地の伊勢三郎義盛の子孫に河島五郎義晴・河島宮内大夫永時がおり、その名前「河島」にちなむという。当地に、伊勢三郎義盛の首塚との伝承のある「三郎塚」があるという。
③川島地内に真宗西福寺がある。もと金剛寺と称していたという。境内に伊勢三郎義盛の墓と伝える宝篋印塔がある。

三〇一　霧生

三重県伊賀市霧生

関係地図　1／20万　伊勢　1／5万　名張

306　きりふのをか

贈皇后宮の御うぶやの七夜に、兵部卿致平のみこのきじのかたをつくりて、たれともなくてうたをつけて侍りける

•あさまだききりふのをかにたつきじは千世の日つぎの始なりけり　清原元輔

③拾遺集　二六六

(参考)あけくれにきりふのをかにたつしかはつまのゆくへも見えずとやなく　清輔朝臣　夫木抄　四七三七

(参考)たちこむるきりふのをかのもみぢばの色をば風のつてにてぞしる　郁芳門院安芸　夫木抄　九二〇二

1／5万　名張

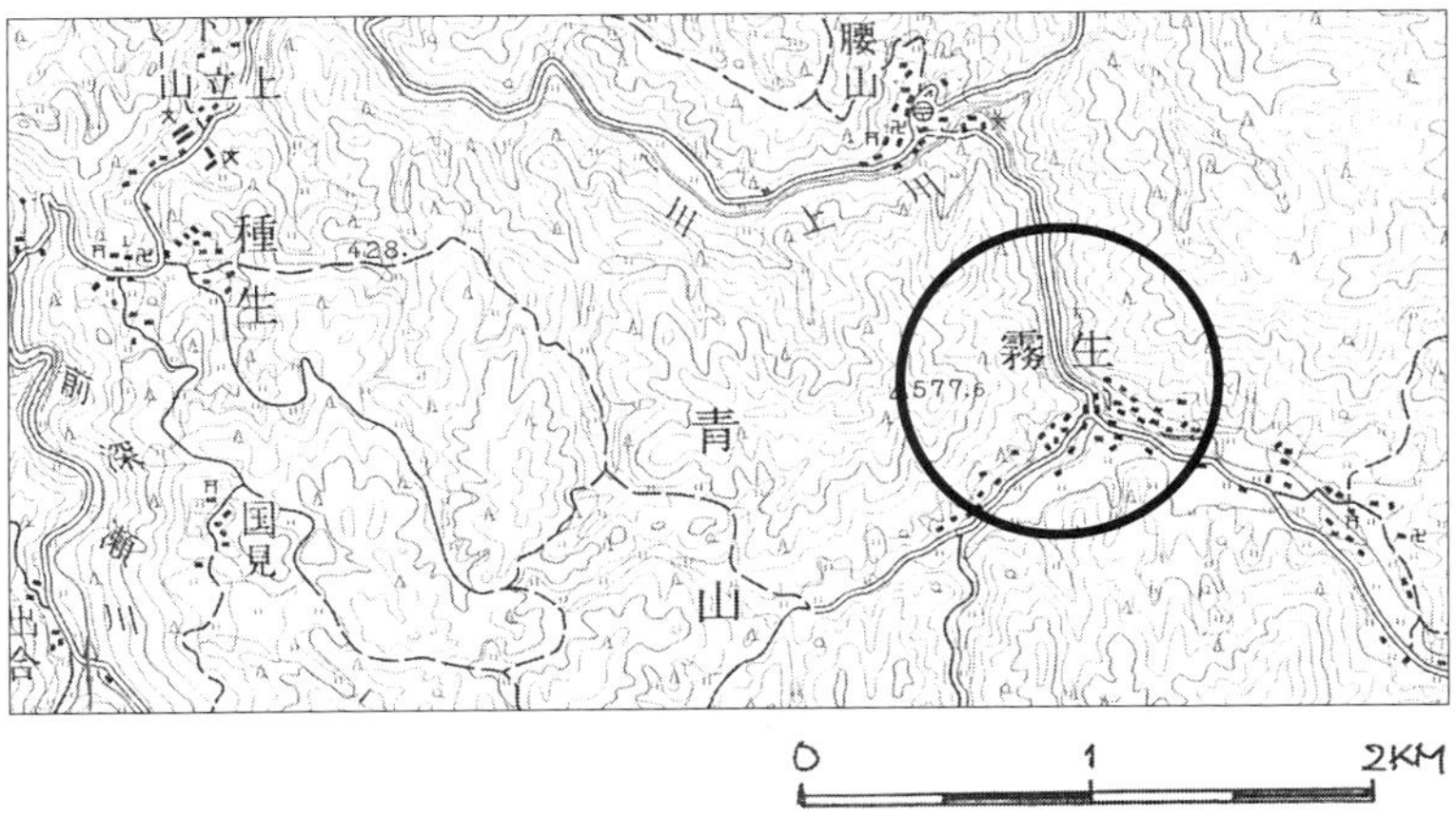

(メモ)
①川上川とその支流和木川の合流する小平地に位置する。合流点付近にわずかな扇状地があり、両河川に沿って農耕地と集落がある。
②地名の由来は、川の周辺で、よく川霧が発生するのでこの集落名という。
③弘安五(一二八二)年一〇月日の黒田荘悪党の追捕を訴えた東大寺衆徒等申状案に

爰当庄住人之内注進交名人等、或大和国八峯山幷伊賀国黒田坂山賊、当国霧生之夜罸、黒田・簗瀬両庄内放火殺害等之大犯重畳

と『東大寺文書』にあると。
④地内の曹洞宗、護国山天照寺は初め天正寺、本尊は釈迦如来坐像。寺伝では、延元元(一三三六)年、後醍醐天皇の勅で建立。境内に「正平一七(一三六二)年二月二三日」刻銘。総高一・六mの石造五重塔がある。

三〇二 熊野灘　三重県、和歌山県

関係地図　1／20万 伊勢

735

みくまののうら

屏風に、みくまののかたかきたる所

・さしながら人の心を見くまののうらのはまゆふいくへなるらん　かねもり

③拾遺集　八九〇

おなじところなるをとこのかきたえにければよめる

・いくかへりつらしと人をみくまののうらめしながらこひしかるらむ　和泉式部

⑥詞花集　二六九

（参考）みくまのの　うらのはまゆふ　ももへなす　こころはおもへど　ただにあはぬかも　柿本朝臣人麿　万葉集　四九六

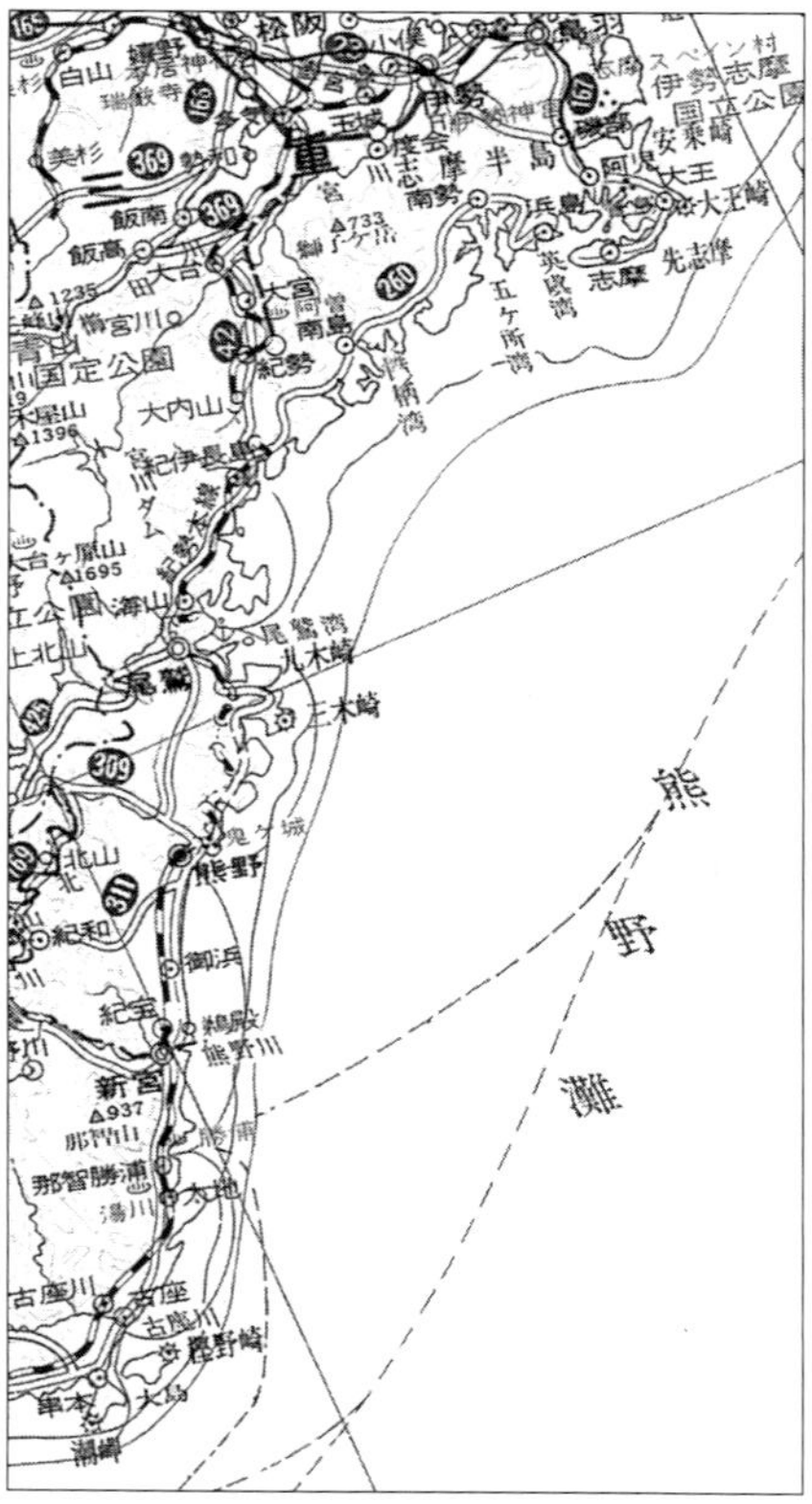

1／20万　伊勢

0　50km

（メモ）

①紀伊半島南東海岸沖合い一帯の海域。半島南端の潮岬から志摩半島南東端の大王崎の間の沖合い。

②『日本書紀』神武天皇即位前紀戊午（即位前三年。BC六六三）年六月二三日条に、

遂に狭野《さの》（現在の新宮市佐野）を越えて、熊野の神邑《みわのむら》（新宮市新宮）に到り、且《すなは》ち天磐盾《あまのいはたて》（新宮の神倉山）に登る。仍《よ》りて軍を引きて漸に進む。海の中にして卒《にはか》に暴風に遇ひぬ。皇舟漂蕩《みふねただよ》ふ。時に稲飯命《いなひのみこと》、乃《すなは》ち歎きて曰く、…… 天皇独、皇子手研耳命と、軍を帥ゐて進みて、熊野の荒坂津、亦の名は丹敷浦《にしきのうら》（熊野市二木島町）に至ります。

とある。

三〇三 倉部山　三重県伊賀市・亀山市にまたがる標高七〇〇m無名峰

関係地図　1／20万 名古屋　1／5万 亀山、水口

322

くらぶ山

くらぶ山にてよめる

・梅花にほふ春べはくらぶ山やみにこゆれどしるくぞ有りける　つらゆき

①古今集　三九

承暦二年御前にて殿上の御をのこども題をさぐりて歌つかうまつりけるに、時雨をとりてつかうまつれる

・かみな月しぐるるままにくらぶやましたてるばかりもみぢしにけり　源師賢朝臣

⑤金葉集　二五七

320

くらぶの山

・君がねにくらぶの山の郭公いづれあだなるこゑまさるらん　よみ人しらず

②後撰集　八六七

（メモ）

①むかし、むかしある所に背競《くら》べをしている南北二つの山がありました。この二つの山の標高はともに七〇〇mでした。その二つの山を源に西に流れている川は倉部川でした。現在、北の山は滋賀県甲賀市と三重県伊賀市にまたがっています。南の山は三重県伊賀市と亀山市にまたがっています。ある時、北の山の頂上に大明神が降臨し、油の火のような大光明を発したので、油日岳の名がつき、油日大明神（岳大明神）と称される奥宮が祭られました。また、北西山麓の甲賀市甲賀町油日小字稲葉に里宮の油日神社が祭られました。一方、南の無名峰は依然として無名峰であるが、この山こそ、「競部山」が「暗部山」と呼ばれる山であろう。

②油日岳は中生代末の白亜紀貫入の花崗岩で構成されている。花崗岩は一般に、優白色で白っぽい岩石である。また無名峰は古生代から中生代の堆積岩である頁岩・砂岩・チャート類で構成されている。特に頁岩といえば一般に硯に見るように黒っぽい。北に接する山が白っぽい山なので、南の黒っぽい岩石から成る無名峰は一段と黒っぽく見えるので、「暗部山」の名が付き、歌名所にまでなった。

③伊賀市下柘植《つげ》には標高七六六mの霊山《れいざん》がある。山名はインドの霊鷲山に似ているに由るという。山上には天台宗の開祖最澄が弘仁年間（八一〇―八二三）に創建した霊山寺があったが、一五八一年の天正伊賀の乱で焼失した。現在の霊山寺

は寛文年間（一六六一—一六七三）、黄檗山万福寺第五代高泉性潡の弟子瑞見禅師によって霊山の西中腹に再建された。
④霊山頂上の土塁で囲まれた窪地は霊山寺の奥之院とされ、石塔や宝篋印塔が点在する。石室があり、延宝三（一六七五）の金銅製聖観音立像が、永仁三（一二九五）年刻銘の石造台座上に安置されている。
⑤山頂には霊山山頂遺跡（県史跡）・経塚遺跡があり、銅鏡・刀剣・香蓋等多数が出土という。

1／5万　水口（左）・亀山（右）

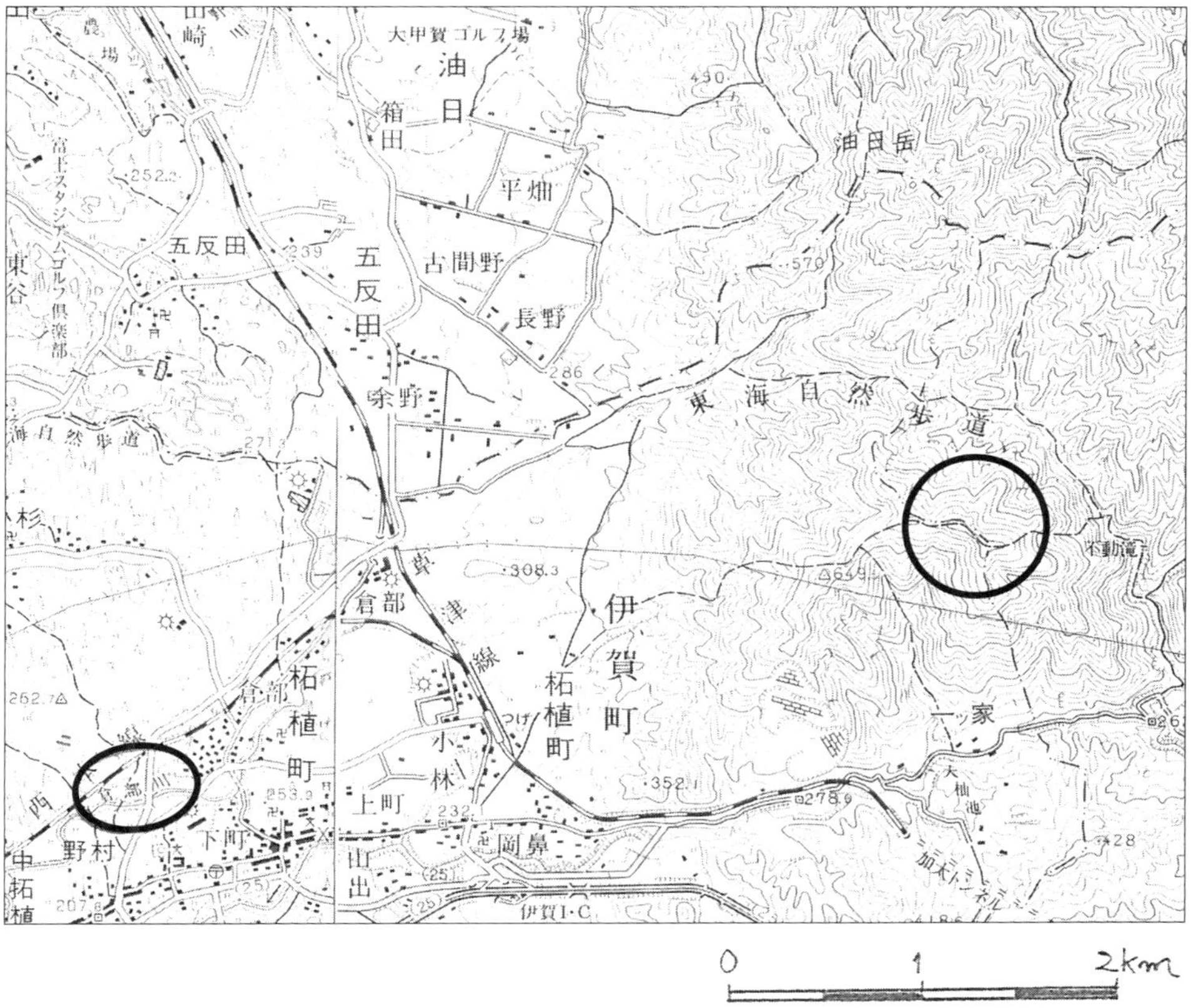

三重県松阪市市場庄町

三〇四　米ノ庄神社境内

関係地図　1／20万　伊勢　1／5万　松阪

836

忘井

天仁元年斎宮群行のとき、わすれ井といふ所にてよめる

・わかれゆく都のかたの恋しきにいざむすびみむ忘井の水　斎宮甲斐　⑦千載集　五〇七

（参考）すずしさに月もすみけり岩まくらこよひぞ夏をわすれ井の水　従二位忠宗卿　夫木抄　一二四五八

1／5万　松阪

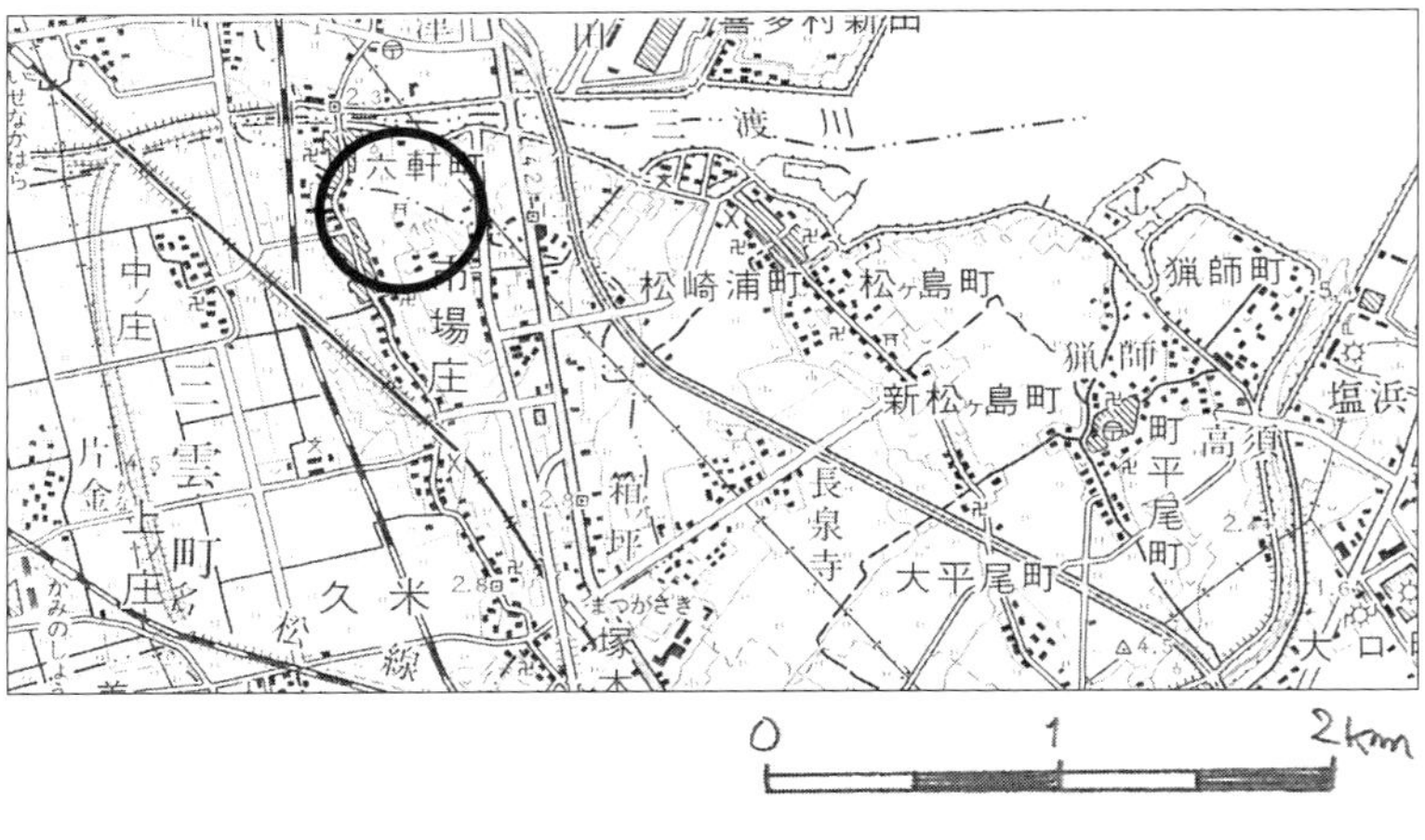

（メモ）
①松阪市市場庄町の米ノ庄神社境内に忘井旧跡がある。
②『三国地志』に
忘井、此井今、市場庄にある方四間許《ばか》りの森の中に石井あり。長さ三尺横二尺許、今猶忘井と云ふ。往古の官道なり
とある。
③米ノ庄神社（松阪市市場庄）　明治四一年、市場庄村内の六社を熊野神社に合祀し「米ノ庄神社」と単称した。その時までの熊野神社は「市場の長宮」と呼ばれ、宮古の忘井と同様に忘井旧跡がある。
④「忘れ井」とは、清水の湧水量が減少したため、井戸としての価値も減少し、人々から忘れられた井戸といわれる。
⑤護法山神楽寺（松阪市市場庄）　曹洞宗。本尊薬師如来。もと熊野権現社の別当寺で権現坊護国院と称す。慶長一六（一六一一）年越中新川郡大安寺（現富山県下新川郡朝日町沼保）の五世聖山巌祝が曹洞宗に改宗と。

三〇五　斎宮跡

三重県多気郡明和町斎宮字斎王

関係地図　1／20万　伊勢　1／5万　松阪

100　いつき

大神宮のやけてはべりけることしるしに伊勢国にくだりてはべりけるに、いつきのぼりはべりてこのみや人もなくて、さくらいとおもしろくちりければたちとまりてよみ侍ける　右大弁通俊

・しめゆひしそのかみならばさくらばなをしまれつつやけふはちらまし

④後拾遺集　一三六

（参考）かけまくも　ゆゆしきかも　いはまくも　あやにかしこき　あすかの　まかみがはらに　ひさかたの　……　わたらひの　いつきのみやゆ　かむかぜに　……　柿本朝臣人麿　万葉集　一九九

1／5万　松阪

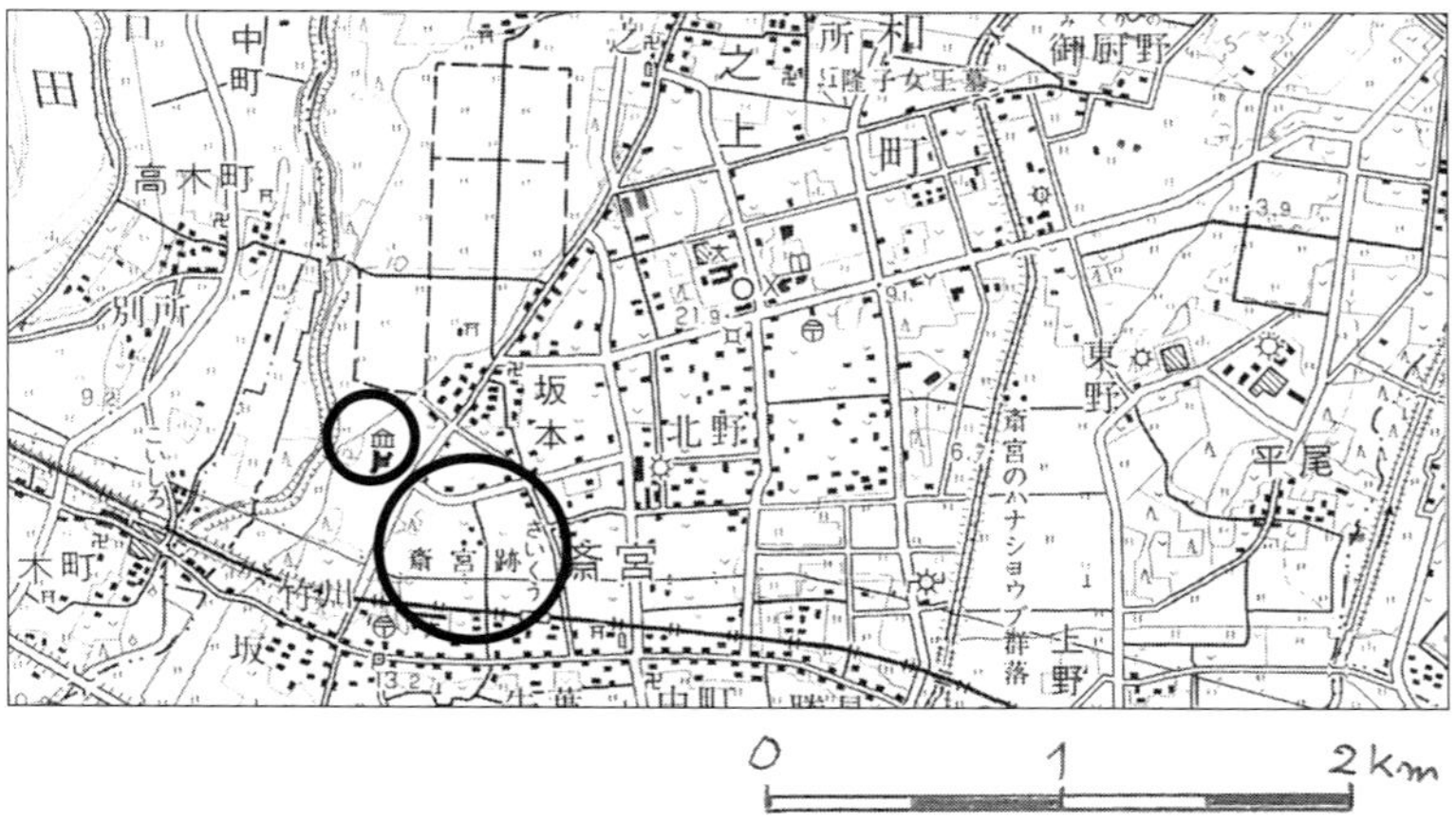

（メモ）

①斎宮は天照大神の杖となって仕える「御杖代」として歴代天皇によって派遣された「斎王」の宮殿と事務・運営に当った斎宮寮のあった所。

②斎王は未婚の内親王または女王の中から占いによって選ばれ、三ヶ年間の精進潔斎の後に、ここ伊勢国の斎宮に群行した。そして、原則天皇の譲位や崩御により務めを終え退任、都に帰った。

③斎宮には女官・官人、また雑役人が約八百人もおり、多くの建物があったと。

④「斎宮跡」（国史跡）は斎王の森を中心に東西二km・南北七百mと推定。昭和四五年以来発掘調査がされ、その出土品の保存・展示は「斎宮歴史博物館」で。

⑤『催馬楽』

竹河《たけかは》の橋の詰《つめ》なるや　橋の詰なるや
花園《はなぞの》に　はれ　花園に我をば放てや
我をば放てや　少女伴《めざしたぐ》へて

がある。

三〇六　榊原温泉

三重県津市榊原町

関係地図　1／20万　名古屋　1／5万　津西部

585　ななくりのいでゆ

やむごとなき人を思ひかけたるをとこにかはりて　相摸

・つきもせずこひになみだをわかすかなこやななくりのいでゆなるらん

④後拾遺集　六四三

（参考）いちしなる岩ねにいづるななくりのけふはかひなきゆにもあるかな　橘俊綱朝臣　夫木抄　一二四八六

返事　大納言経信卿

いちしなるななくりの湯も君がためこひしやまずときけば物うし　夫木抄　一二四八七

1／5万　津西部

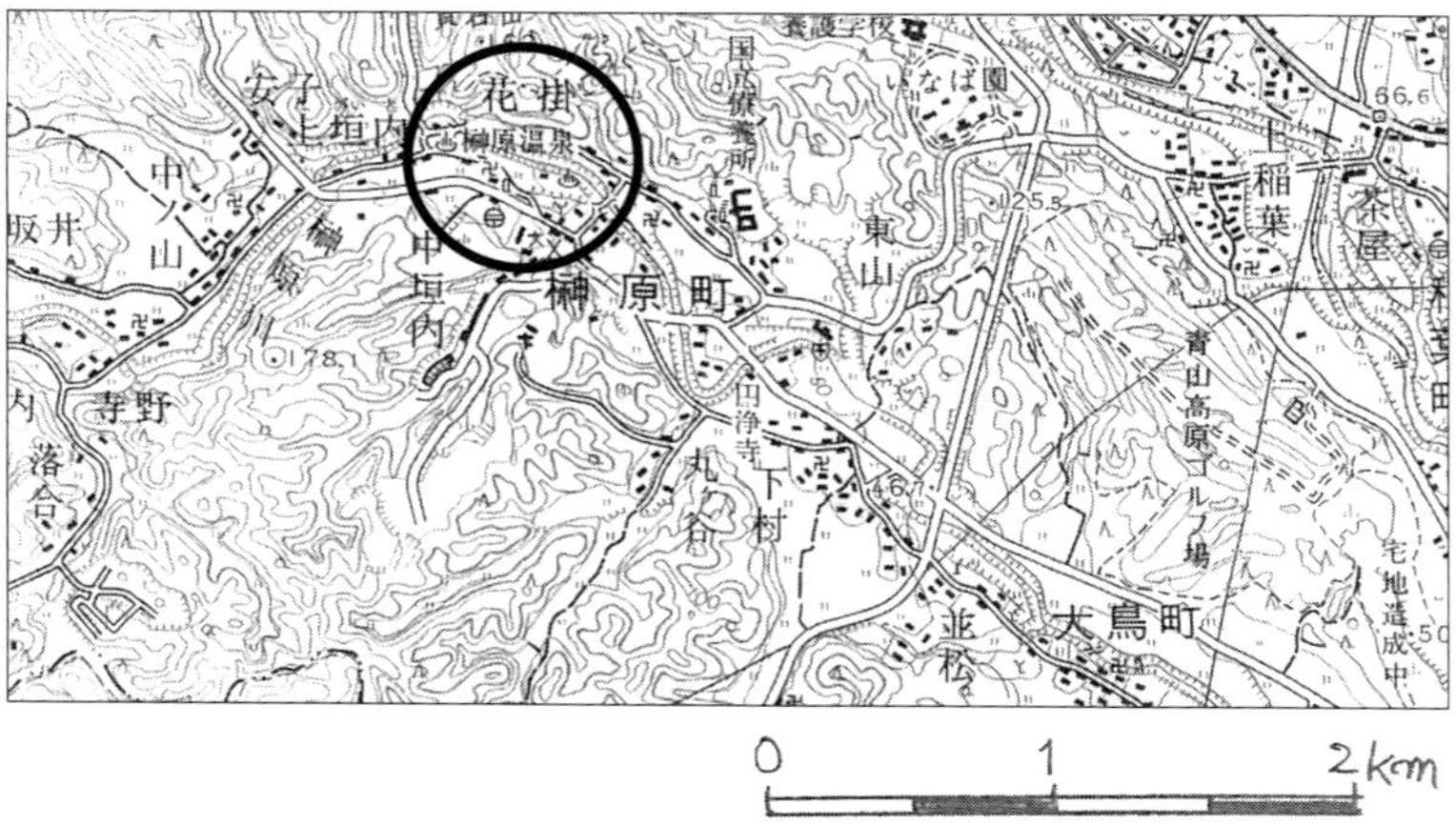

（メモ）

①津市一色に七栗の湯元と伝える湯出谷古跡（現在冷泉）がある。ここは現在の榊原温泉とは離れているが、ここも昔は七栗温泉の範囲であったのかと。

②榊原温泉は標高一六二mの貝石山《かいせきやま》の裾を流れる榊原川の河原から湧出。その温度は三五℃。弱アルカリ性単純硫化水素泉。江戸末の木版本『温泉来由記』に、

泉源は貝石山の北側山裾にあって、その中腹に温泉明神（現在の射山神社）の社殿があったが、社殿を榊原川の南岸に移したら、泉源も現在地に移った。

とある。

③享保一二（一七二七）年の『湯元之図』に、湯屋に大湯船が二部屋、小湯船が一部屋、客舎は射山神社の東西に五棟、南北に二棟、屋舎もある。大小の部屋の総数は七八と。

④『神名帳』の壱志郡に射山《サヤマ》神社がある。

三〇七　三渡川

三重県松阪市松崎浦町・同市小津町

関係地図　1／20万 伊勢　1／5万 松阪　1／2.5万 松阪港

594

涙河

なりひらの朝臣の家に侍りける女のもとによみてつかはしける

・つれづれのながめにまさる涙河袖のみぬれてあふよしもなし　としゆきの朝臣

①古今集　六一七

をとこの伊勢のくにへまかりけるに

・君がゆく方に有りてふ涙河まづは袖にぞ流るべらなる　よみ人しらず　②後撰集　一三二七

・なみだがはおなじ身よりはながるれどこひをばけたぬものにぞありける　和泉式部

④後拾遺集　八〇二

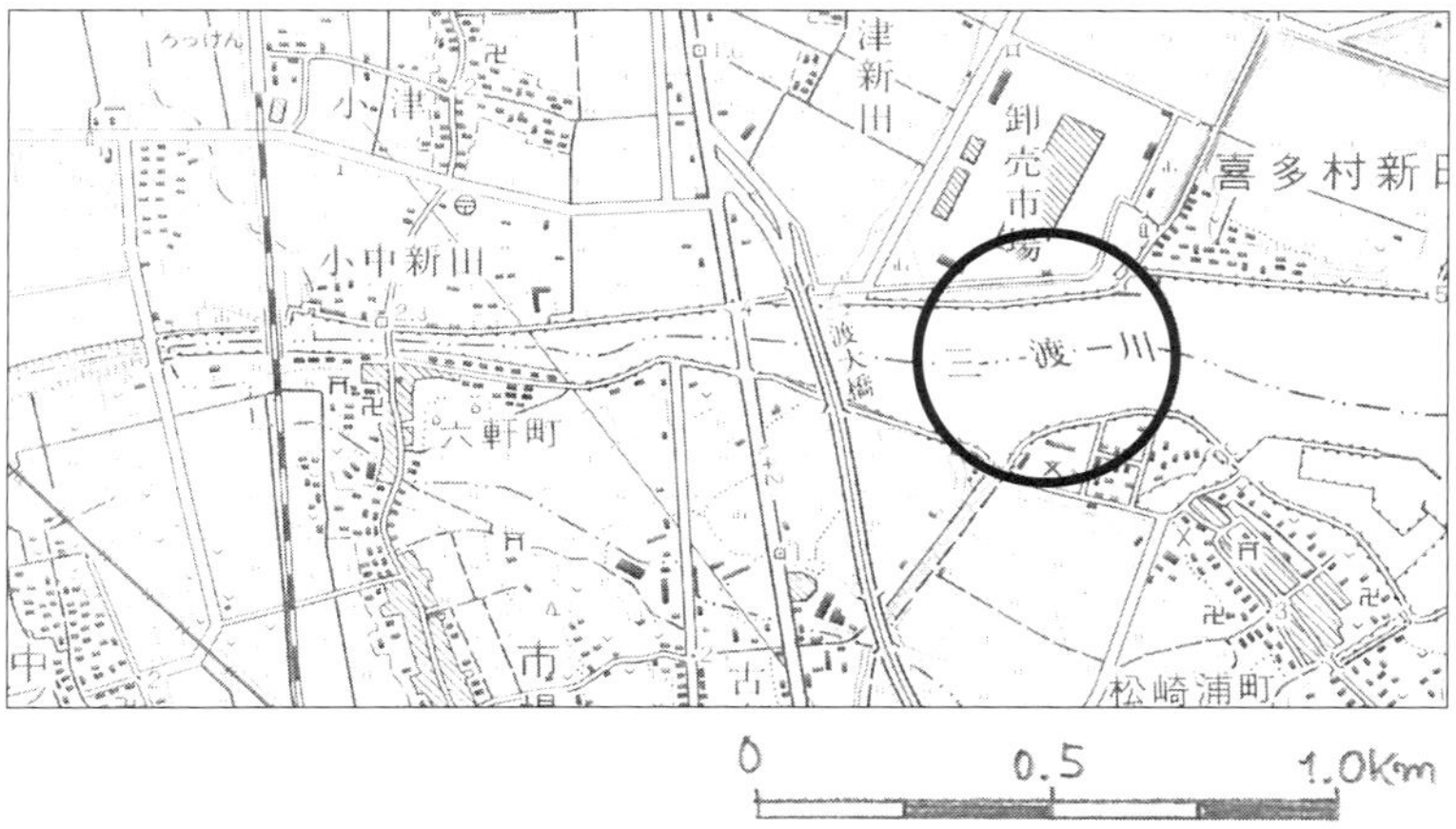

1／2.5万 松阪港

（メモ）

①「涙川」は松阪市松崎浦町と同市小津町の境を東流して伊勢湾に注ぐ三渡川という。

②「涙川」がここ「三渡川」に定着したのは江戸初期という。『勢陽雑記』に、

三渡りの中に流るる泪川《なみだがわ》袖岡山の雫なるらむ

とあると。また『伊勢名所拾遺集』に

尾津村と松崎との間に流るる川を三渡と云。是を涙川とも云へり

とあると。尾津村は現在の松阪市小津町、松崎は同市松崎浦町である。

三〇八　潮干の潟跡推定地

三重県四日市市茂福《もちぶく》・鵤町《いかるがまち》一帯

関係地図　1／20万 名古屋　1／5万 桑名、四日市

404

しほひのかた

天平十二年十月、伊勢国にみゆきしたまひける時

・いもにこひわかの松原みわたせばしほひのかたにたづなきわたる　聖武天皇御歌　⑧新古今集　八九七

千五百番歌合に　定家朝臣

・たづね見るつらき心のおくのうみよしほひのかたのいふかひもなし

⑧新古今集　一三三二

（参考）おうのうみの　しほひのかたの　かたもひに　おもひやゆかむ　みちのながてを　門部王　万葉集　五三六

（参考）伊勢島やしほひのかたの朝なぎに霞にまがふわかのまつばら　後鳥羽院御製　風雅集　二二

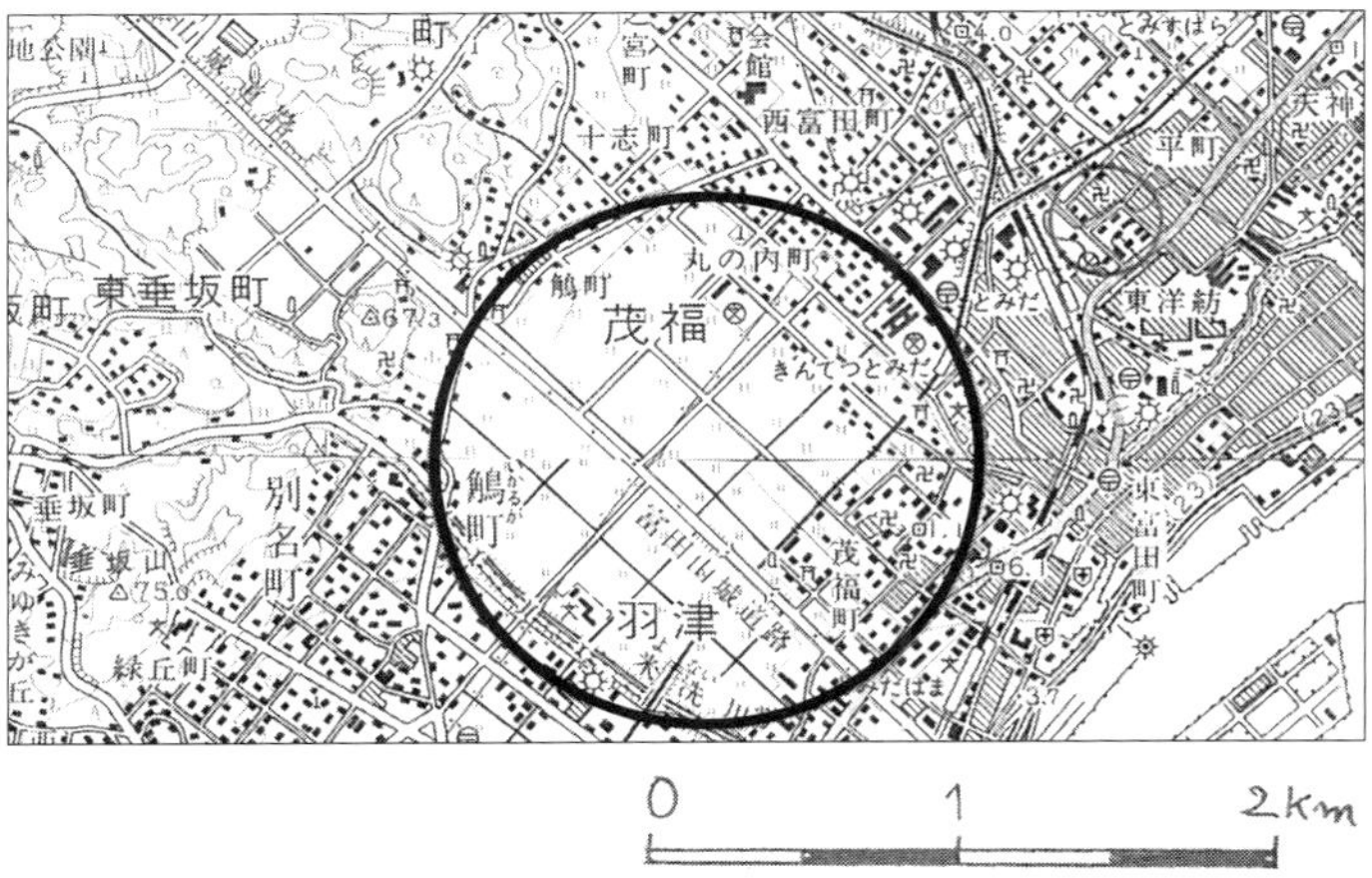

1／5万 桑名（上）・四日市（下）

（メモ）

①ＪＲ関西本線富田駅北約二〇〇ｍに聖武天皇神社が鎮座する。

②『続日本紀』天平一二（七四〇）年一〇月二九日条に、

伊勢国に行幸したまふ

とあり、伊勢神宮に奉幣。一一月二三日条に、

鈴鹿郡赤坂頓宮を発し、朝明《あさけ》郡に到る。

とある。また同年二五日条に、

桑名郡石占《いしうら》に至りて頓《とど》まり宿る。

とある。聖武天皇御一行は一一月二三日から二五日までの二泊三日間、朝明郡においでになった。その場所が後に、ここ四日市市松原町の聖武天皇神社ではなかろうか。当時は朝明川の自然堤防、また南南西―北北東方向の洲浜があり、その西側には広く「潮干の潟」があったと思える。

三〇九　神宮　三重県伊勢市

関係地図　1/20万　伊勢　1/5万　伊勢

460

大神宮

大神宮のやけてはべりけることしるしに伊勢国にくだりてはべりけるに、いつきのぼりはべりてこのみや人もなくて、さくらいとおもしろくちりければたちとまりてよみ侍ける

・しめゆひしそのかみならばさくらばなをしまれつつやけふはちらまし　右大弁通俊

④後拾遺集　一三六

1/5万　伊勢

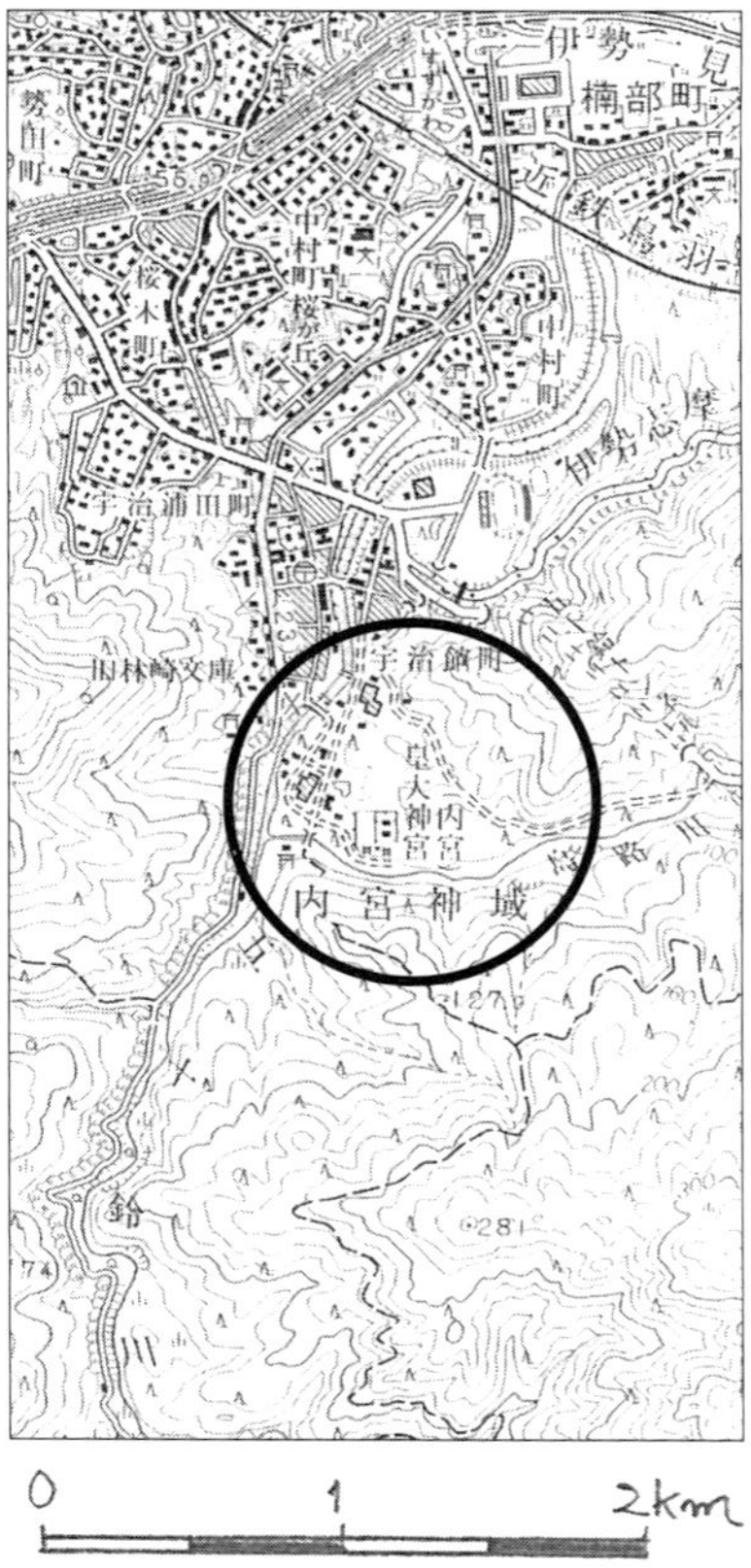

（メモ）

①祭神は（皇大神宮）天照坐皇大御神。（豊受大神宮）豊受大御神。

②古くは伊勢大神宮・大神宮・二所大神宮などと呼ばれたが、明治四年以降は「神宮」を正式名称とし、一般には伊勢神宮・お伊勢さまなど。皇大神宮（内宮）、豊受大神宮（外宮）および両宮に所属する宮社の総称名が「神宮」である。

③皇大神宮は五十鈴川のほとり、神路山麓、古くは宇治里伊鈴河上の大山中に鎮座といわれた。豊受大神宮は伊勢市街南端の高倉山麓、古くは度会《わたらい》の山田原に鎮座といわれた。

④両宮にはそれぞれ別宮・摂社・末社・所管社と呼ばれる多数の付属宮社があって、これらを総括して神宮を構成。その広がりは伊勢・松阪・鳥羽の三市、多気・度会・伊勢の三郡に点在している。

⑤『延喜式神名帳』伊勢国度会郡に、「大神宮三座相殿坐神二坐並大預月次新嘗等祭」がある。

三一〇　鈴鹿川　三重県

関係地図　1/20万　名古屋　1/5万　四日市

426

すずか川

郁芳門院いせにおはしましけるころあからさまにくだりけるに、すずかがはをわたりけるによめる

・はやくよりたのみわたりしすずか川おもふことなるおとぞきこゆる　六条右大臣北方

⑤金葉集　五四〇

・最勝四天王院の障子にすずか河かきたる所

すずか河ふかき木のはにひかずへて山田の原のしぐれをぞきく　太上天皇

⑧新古今集　五二六

（参考）すずかがは　やそせわたりて　たがゆゑか　よごえにこえむ　つまもあらなくに　万葉集　三一五六

1/5万　四日市

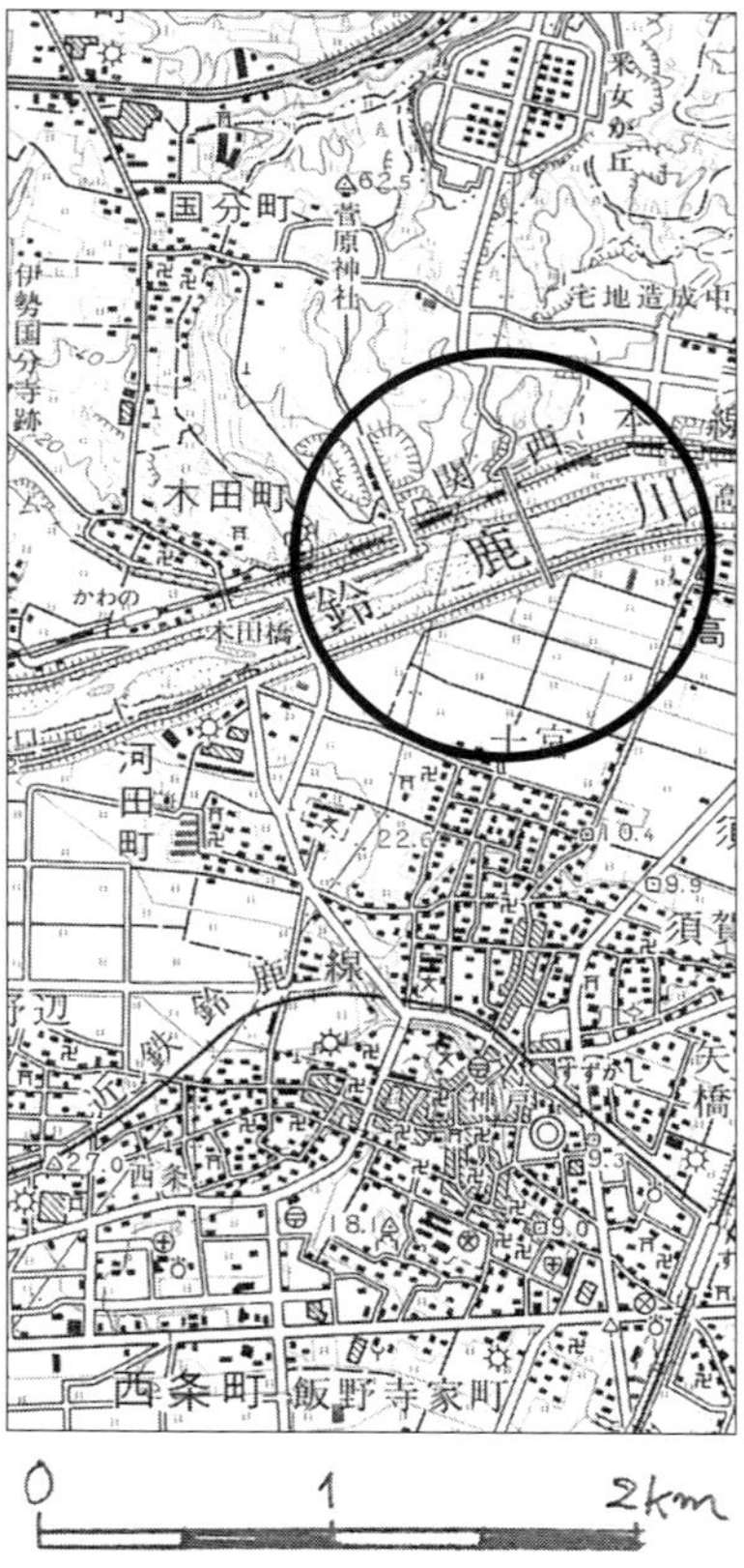

（メモ）

①標高三七八mの鈴鹿峠、標高七七三・三mの高畑山等を源にする鈴鹿川は、八《や》十《そ》瀬《せ》川・関川・高岡川等の名がある。流長約三八km。流域面積三二〇㎢。

②名前の由来は大海人皇子（後の天武天皇）が川を二頭の鹿の背で越え、駅路鈴をつけて渡られたによるという。

③『催馬楽』に

鈴鹿河八十瀬の滝を　皆人の愛《め》づるも著《しる》く　時に会《あ》へる　時に会へるかも

がある。

三一一　鈴鹿山　三重県・滋賀県・岐阜県

関係地図　1／20万　名古屋

427

すずか山

天暦十一年九月十五日斎宮くだり侍りけるに、内よりすずりてうじてたまはすとて

• 思ふ事なるといふなるすずか山こえてうれしきさかひとぞきく　村上天皇御製

③拾遺集　四九四

円融院御時斎宮くだり侍りけるに、母の前斎宮もろともにこえ侍りて

• 世にふれば又もこえけりすずか山昔の今になるにやあるらん　斎宮女御

③拾遺集　四九五

しぐれをよめる

• 神な月しぐれの雨のふるたびにいろいろになるすずか山かな　摂政家参河

⑤金葉集　二六〇

1／20万　名古屋

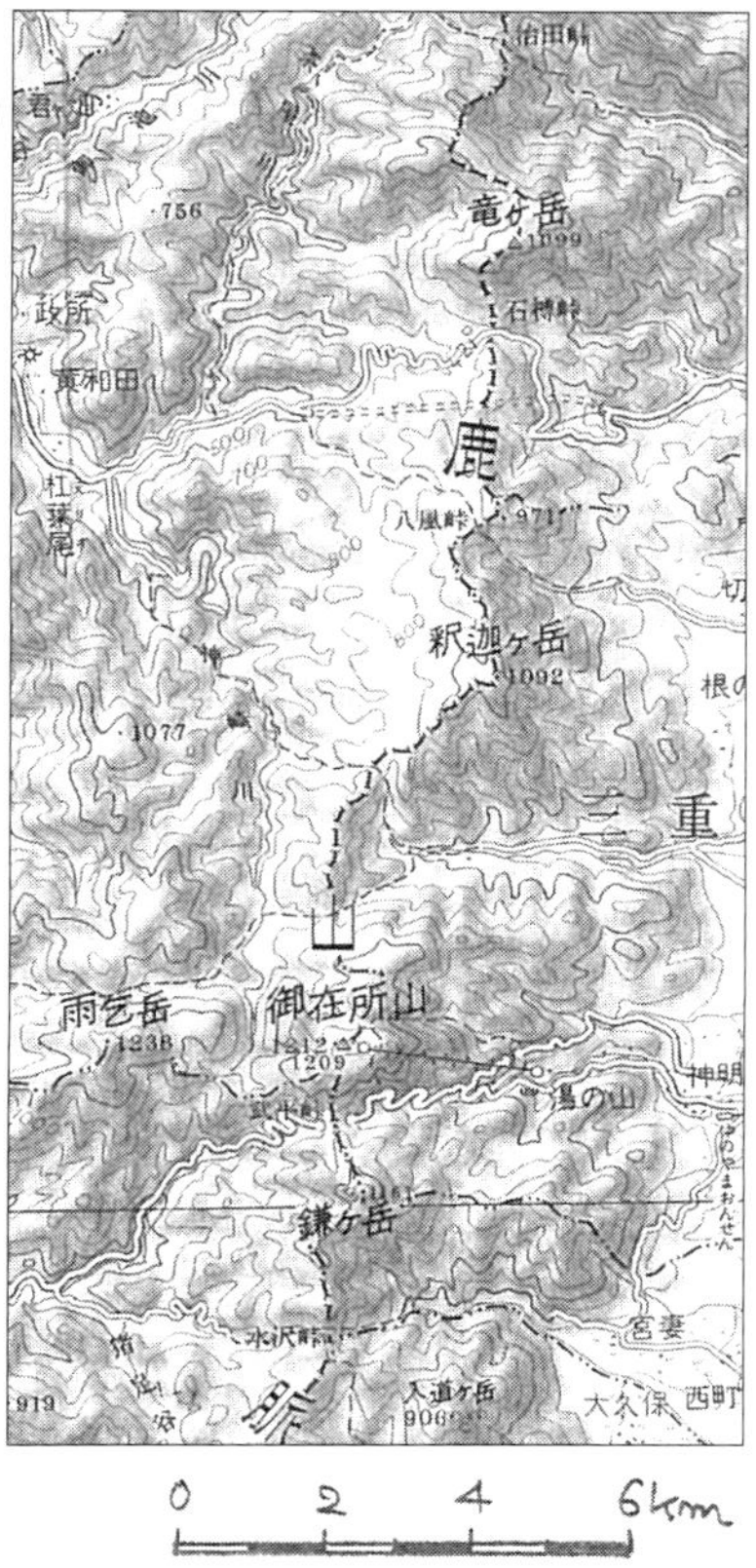

（メモ）

①「鈴鹿郡」は伊勢国一三群の一。「鈴鹿」の地名の由来の一つに、『勢陽五鈴遺響』に「鈴の口が裂けているように山や谷が裂けて河川が流出する地形に由来」とあると。

②鈴鹿山脈は三重県・岐阜県・滋賀県の県境に位置。北は関ケ原の狭隘部《きょうあいぶ》の伊吹山地から南は加太《かぶと》越えで布引山地に接続。総延長約五〇km。

③鈴鹿山は鈴鹿峠辺の山々。「鈴鹿馬子《まこ》唄　坂は照る照る　鈴鹿は曇る　あひの土山《つちやま》　雨が降る」がある。

三一二　竹川集落　三重県多気郡明和町竹川

関係地図　1／20万　伊勢　1／5万　松阪

480

たけ河

• もみぢばのながるる時はたけ河のふちのみどりも色かはるらむ　みつね

③拾遺集　一一三一

（参考）神代より色もかはらぬたけかはのよよをば君にかぞへわたらん　源　順

続詞花集　三一八

（参考）たはれをがこゑも更けぬる竹川の水むまやにはかげもとまらじ　光明峰寺入道摂政

夫木抄　九八

（参考）たけかはやゆたのをみればはるばるとやまだのはらの松は雲なり　鴨長明

夫木抄　九八九八

1／5万　松阪

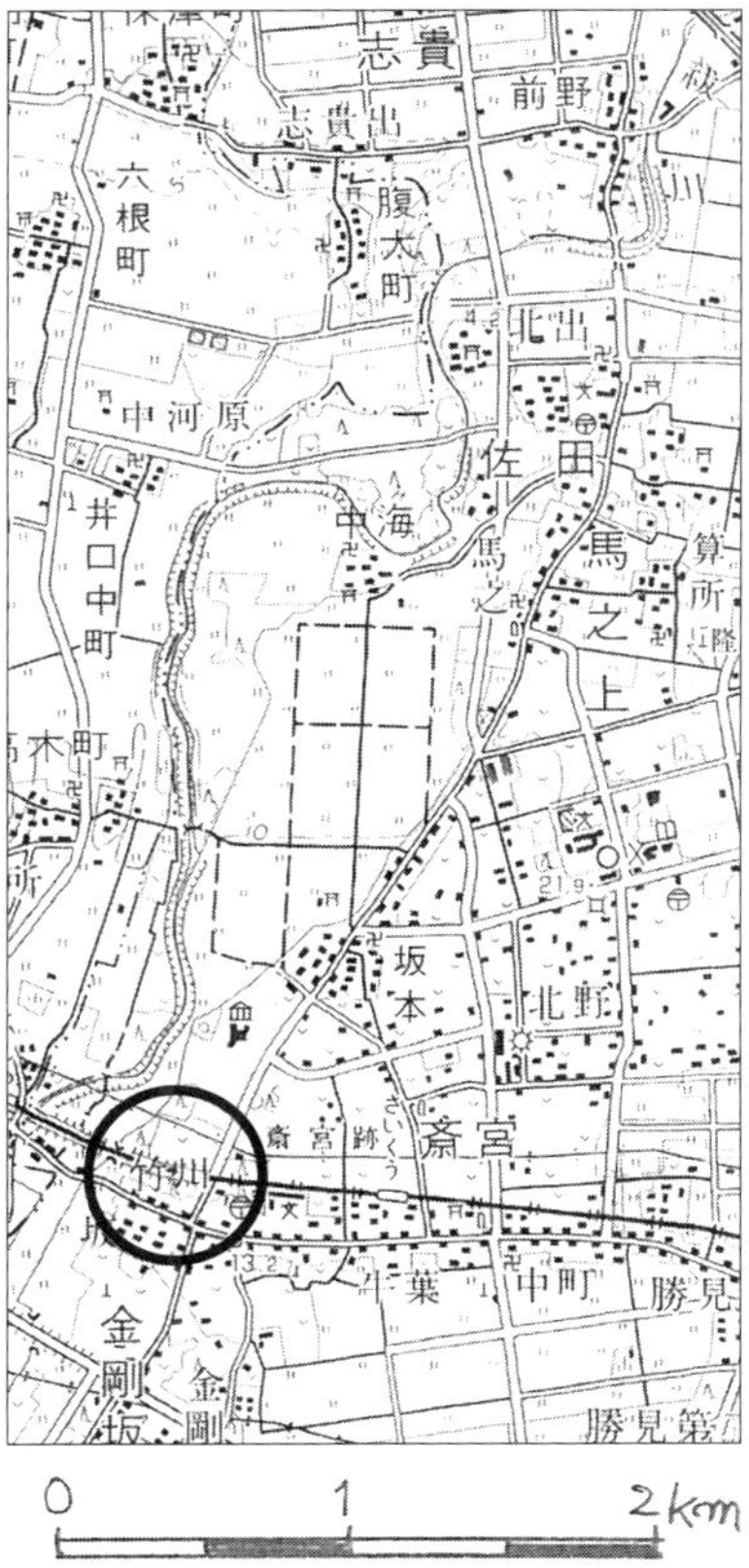

（メモ）

①東に隣接するのは同町斎宮。祓川《はらいかわ》右岸の平坦地に位置する。地名「竹川」の由来は『和名抄』伊勢国多気《竹》郡多気《多介》郷を流れる多気川（祓川）に近いに由ると。北部の字古里には古墳群がある。また、地内には奈良平安期の住居跡等がある。

②古代、斎宮の伊勢神宮奉仕時や、六月・一二月の月次祭には祓川でお祓いがあった。

③竹神社（明和町斎宮）　祭神長白羽神他一一柱。垂仁天皇の御代多気連の祖宇加乃日子及び其子吉志比古が皇大神の遷幸に供奉して此地に留り、孝徳天皇の御代多気郡設置時、その子孫が郡領に任ぜられた。明治四四年竹川より移る。『神名帳』の竹神社。

三一三　千尋の浜

三重県伊勢市二見町江《え》

関係地図　1／20万　伊勢　1／5万　答志、鳥羽

513

ちひろのはま

西四条の斎宮まだみこにものし給ひし時、心ざしありておもふ事侍りけるあひだに、斎宮にさだまりたまひにければ、そのあくるあしたにさか木の枝にさしてさしおかせ侍りける

・伊勢の海のちひろのはまにひろふとも今は何てふかひかあるべき　あつただの朝臣　②後撰集　九二七

(参考) いせのうみのちひろのはまのまさごもて君がよにへんかずはかぞへん
元　輔　夫木抄　一一七四七

(参考) たくなはをちひろのはまのくりかへしこれにやあまのよをつくすらん
読人不知　夫木抄　一一七四八

1／5万　答志(上)・鳥羽(下)

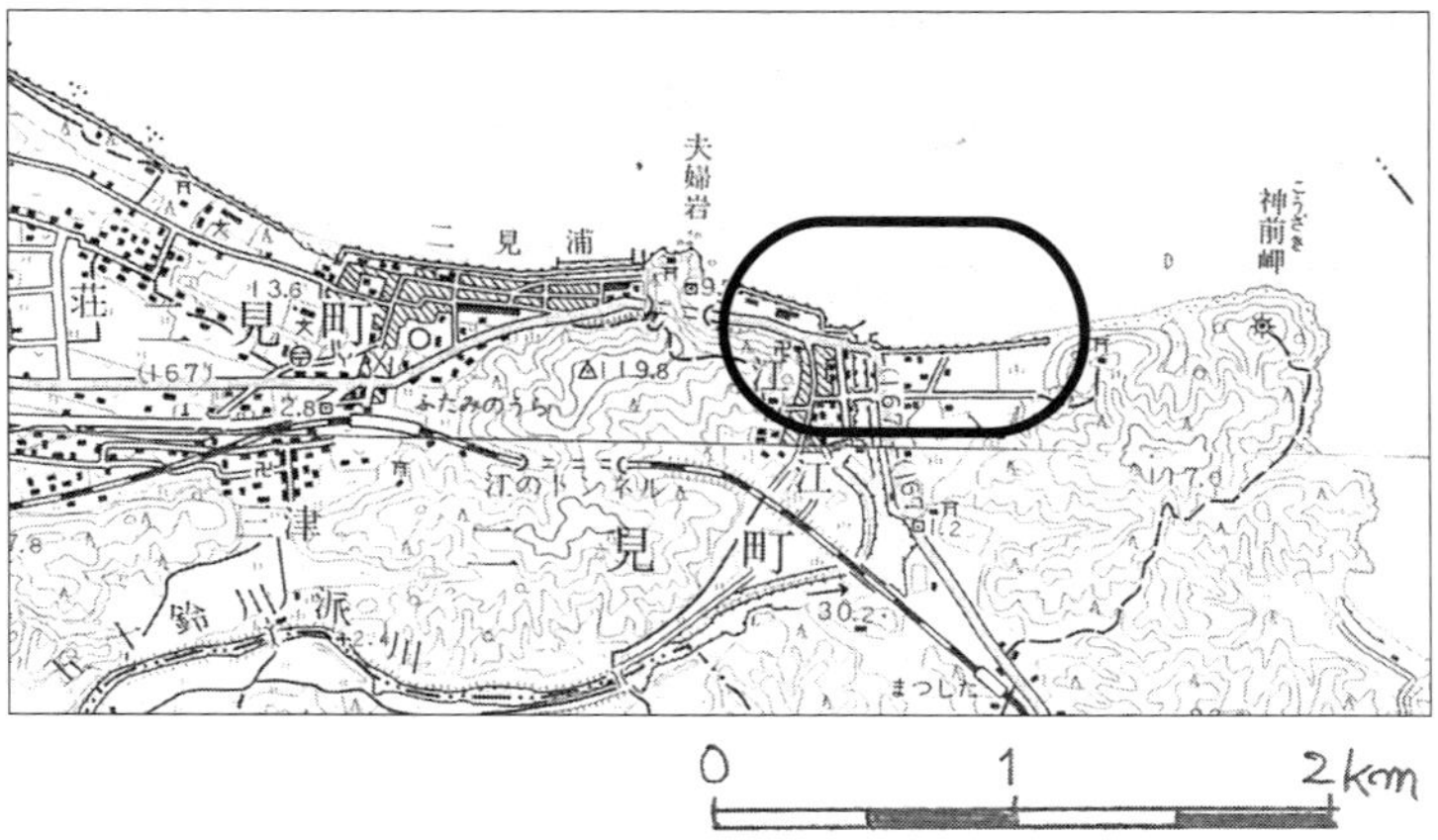

(メモ)

①五十鈴川派川の河口。伊勢市二見町江《え》の夫婦岩・二見興玉神社から東の神前岬にかけての浜。約二㎞。一尋《ひろ》を二mとすると、ちょうど千尋《ちひろ》となる。

②二見興玉《おきたま》神社（地図の夫婦岩の神社）祭神は御食津大神　猿田彦大神。由緒は昔、水荒神、三狐神社とも称され、興玉と三宮社を合祀したもの。奈良天平年中僧行基がこの地に勧請したと云う。古来参宮の前にこの千尋の浜で沐潮し、ここを浜参宮と呼んだという。

三一四　皷の山

三重県いなべ市北勢《ほくせい》町皷

関係地図　1／20万　名古屋　1／5万　津島、桑名

526

つつみのたけ

・かがり火の所さだめず見えつるは流れつつのみたけばなりけり　紀輔時
③拾遺集　三八八

(参考) おとたかきつづみのやまのうちはへてたのしきみよとなるぞうれしき
藤原行盛　⑤金葉集　三一五

1／5万　津島(上)・桑名(下)

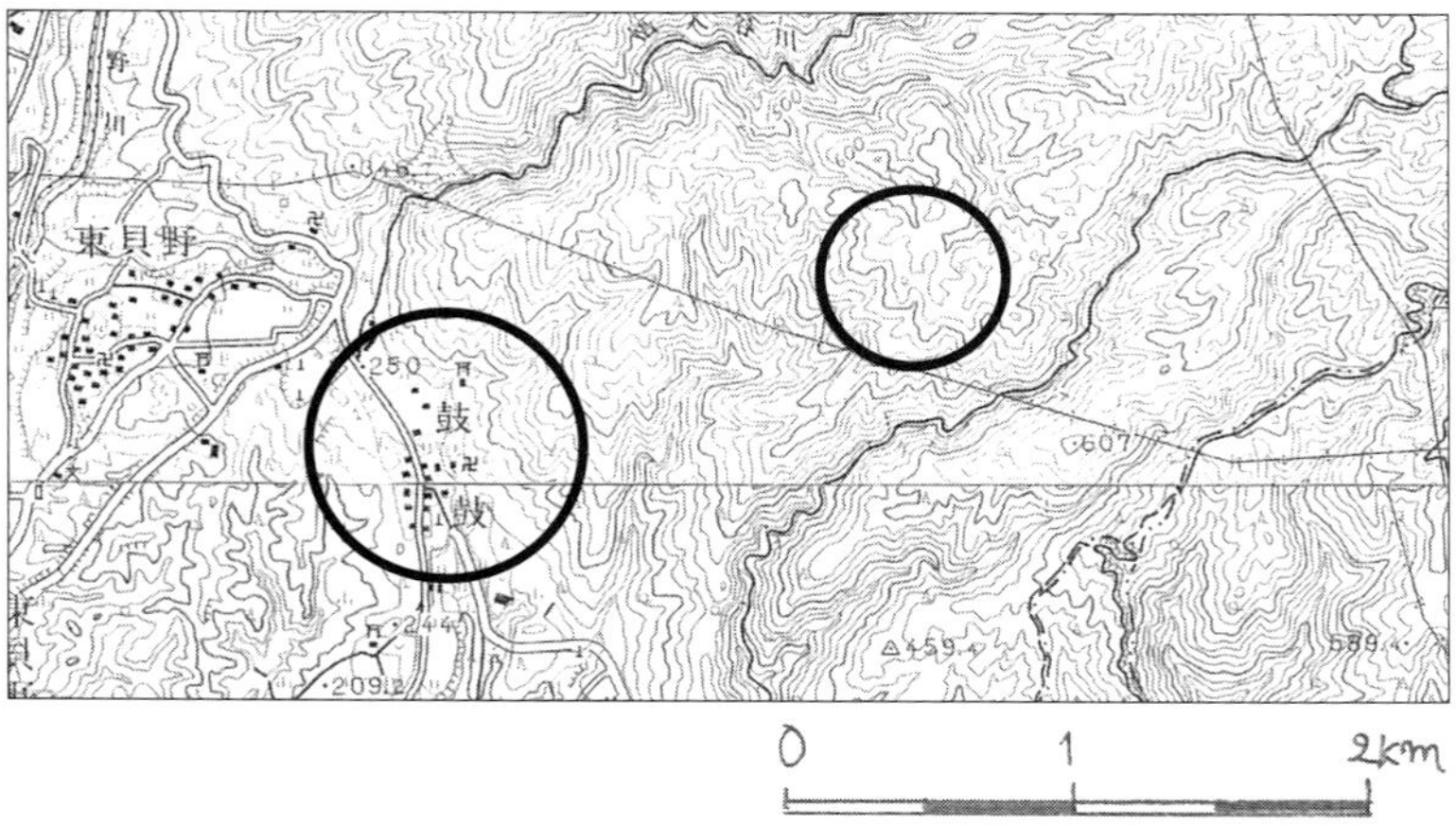

(メモ)

①員弁川支流の尾山谷川と山田川に挟まれた山腹丘陵に位置する。古くは「皷ケ原」と称したという。

②いなべ市北勢町皷の神社は波羅神社。周辺同市北勢町平野新田には平野神社、北勢町東の北勢町北中津原は中原神社、北勢町西貝野も貝野神社、北勢町東貝野は貝野神社と、「野」・「原」字が神社についている如く、周辺一帯が低山地であるので、灌漑用溜池の築造が必要な土地であった。

③北勢町飯倉には「式内社石神社」が鎮座する。『延喜式神名帳』員弁郡に「石《イシノ》神社」がある。

④北勢町皷には教昌寺がある。当寺は浄土真宗興正寺派。山号は月光山。乳房薬師と伝えると。

三一五　鼓ヶ岳　三重県伊勢市宇治今在家町

関係地図　1／20万　伊勢　1／5万　伊勢

526　つつみのたけ

・かがり火の所さだめず見えつるは流れつつのみたけばなりけり　紀輔時

③拾遺集　三八八

（参考）おとたかきつづみのやまのうちはへてたのしきみよとなるぞうれしき

藤原行盛　⑤金葉集　三一五

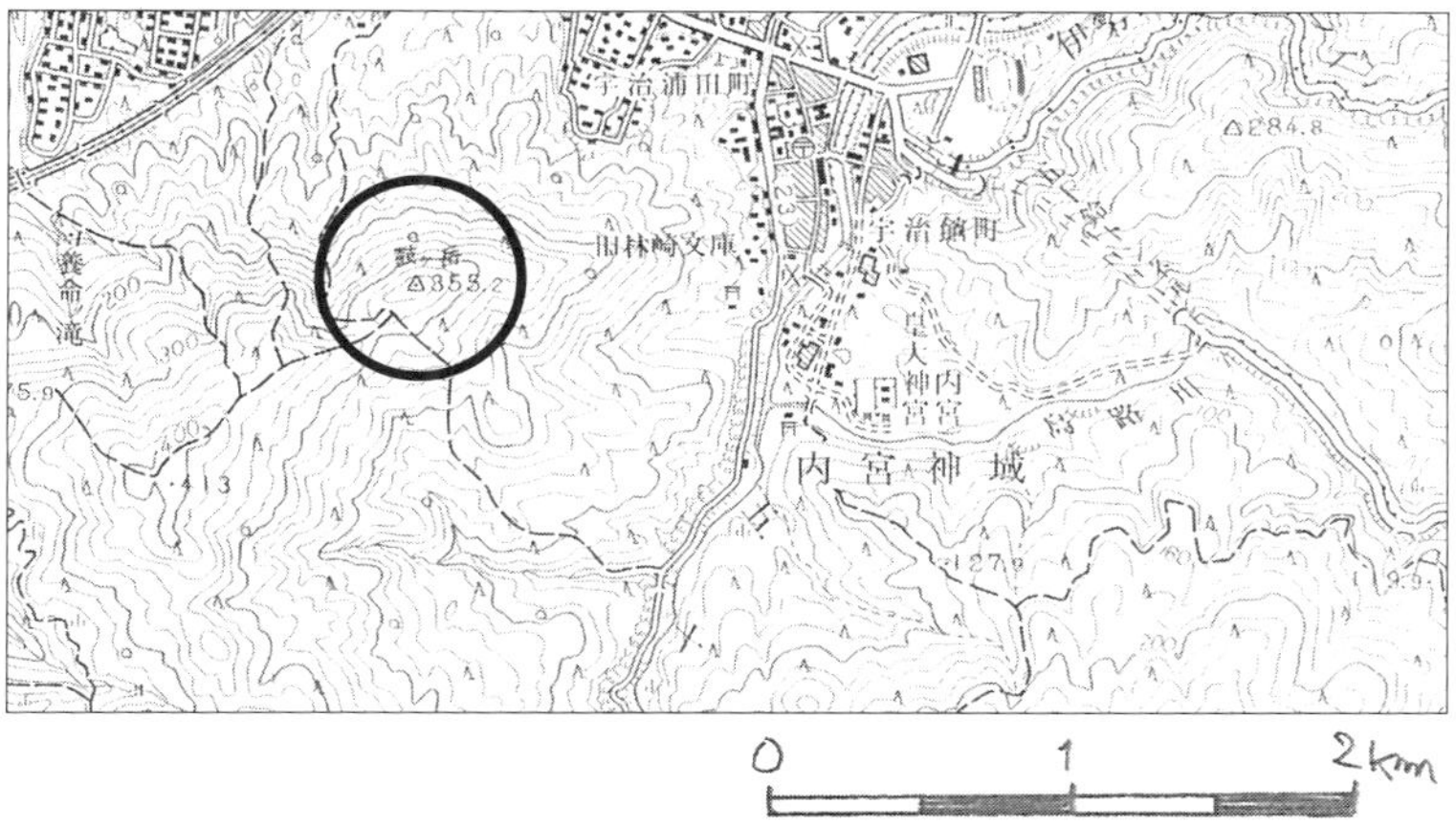

1／5万　伊勢

（メモ）

①鼓ヶ岳の標高は三五五・二m。伊勢市宇治今在家町。東山麓に宇治神社が鎮座する。五十鈴川をはさんだ対岸に皇大神宮（内宮）が鎮座する。

②皇大神宮の西北西には神楽殿がある。神楽を奏する楽器は笛・太鼓・鼓・その他である。楽器が発する音色は五十鈴川の川面や、この鼓ヶ岳の山と響き合って豊かとなり、祭神天照坐皇大御神のお心を豊かにするのであろう。

③旧林崎《はやしざき》文庫（伊勢市宇治今在家町）

国史跡。当文庫の前身は内宮祢宜の荒木田経延が岡田村に設けた文庫。それが正平二（一三四七）年火災で焼失した。約三百年後の慶安元（一六四八）年、山田に外宮権祢宜出口延佳らが豊宮崎文庫を設立した。これに刺激された宇治年寄らが今在家町の丸山に文庫の設置を計画した。山田奉行岡部駿河守も協力、幕府も一五〇両出し貞享三（一六八六）年内宮文庫が誕生した。文庫は元禄三（一六九〇）年、この地に移転し林崎文庫となった。明治六年、蔵書・建物すべてを神宮に寄贈。蔵書約一万一千冊は神宮文庫に。旧文庫の庭に柴野栗山の林崎文庫記、本居宣長の林崎ふみくらの詞、沢田東江の孝経碑があると。

三一六　長　浜　三重県奥伊勢湾岸

関係地図　1／20万　名古屋

566　ながはま

・きみが世は限もあらじながはまのまさごのかずはよみつくすとも　仁和の御べのいせのくにの歌　①古今集　一〇八五

おほやけのつかひにいせのくにまかりて帰りまうできて少将内侍の歌の返しに

・たがためにわれがいのちを長浜の浦にやどりをしつつかはこし　兼輔朝臣

②後撰集　九四五

天喜四年皇后宮の歌合にいはひの心をよませ給ひける

・ながはまのまさごのかずもなにならずつきせずみゆるきみがみよかな　後冷泉院御製　⑤金葉集　三三一

1／20万　名古屋

（メモ）

①表記の古今集の歌は、仁和の御嘗、第五八代光孝天皇（在位八八四—八八七）の大嘗祭時の歌。悠紀方が伊勢国員弁《いなべ》郡であったという。この員弁郡は古代の桑名郡の西に位置し、伊勢湾には接していなかった。

②「長浜」は「海浜」である。これを奥伊勢湾に求めると地図の位置である。鼓ヶ浦・豊津浦と続いて津市へ。更に阿漕浦へと南に続く。

三一七　中村川の橋

三重県松阪市嬉野町中川・嬉野町上小川等

関係地図　1／20万 伊勢　1／5万 二本木

849　をがはのはし

・つくしよりここまでくれどつともなしたちのをがはのはしのみぞある　在原業平朝臣　③拾遺集　三八一

（参考）下り立ちてをがはの橋は渡れども名にはた濡れぬものにぞありける　和泉式部　和泉式部続集

1／20万 伊勢

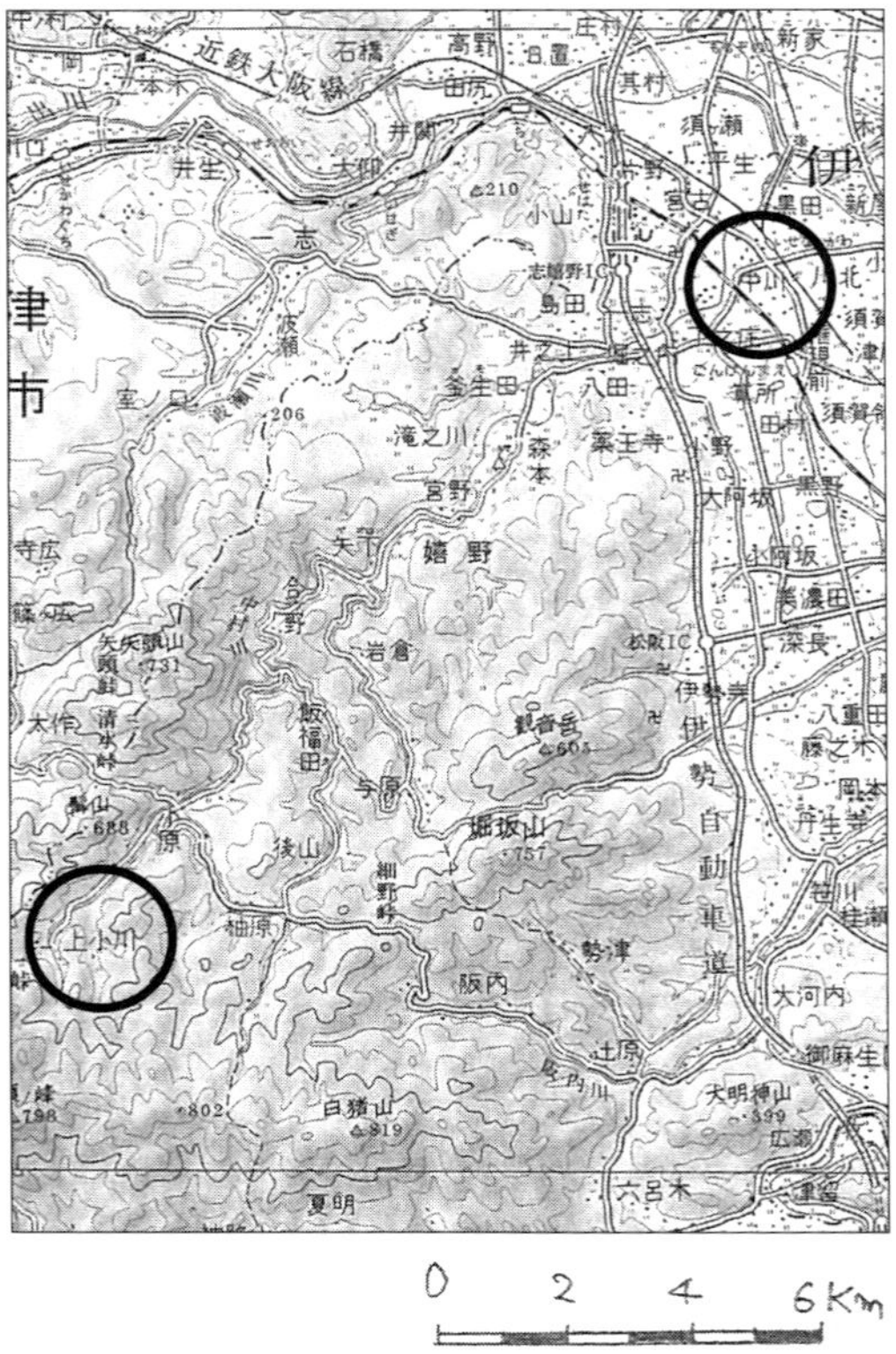

（メモ）

①松阪市旧嬉野町を流域とする中村川が松阪市嬉野黒田町垣内で、大河雲出川《くもずがわ》に注いでいる。中村川は雲出川に対し常に「小川」であるので、合流点にあと一km余にした主要地方道二四号に架かる橋の名称も「小川橋」である。

②中村川流域の松阪市嬉野中川新町に小川神社が鎮座。祭神は高淤加《たかおかみ》神ほか一神。『延喜式神名帳』伊勢国壱志郡に小《ヲ》川《カハノ》神社がある。

③中村川の最上流部は松阪市嬉野上小川町である。この地は元は「宇気郷《うきさと》村上小川」であった。この地の宇気郷神社所蔵の応永一二（一四〇五）年の棟札に、

　一志郡四郷内小河郷八王子殿

とある。また、永享一二（一四四〇）年の棟札に、

　一志郡小河郷

とあるにより、当「宇気比神社」は式内小川神社と。

三一八　錦の浦

三重県度会郡大紀町《たいきちょう》錦

関係地図　1／20万 伊勢　1／5万 長島

608　にしきのうら

にしきのうらといふところにて

・なにたかきにしきのうらをきてみればかづかぬあまはすくなかりけり　道命法師　④後拾遺集　一〇七五

1／5万 長島

（メモ）

①この地は南に熊野灘を望むリアス式海岸。錦地内で、東から奥川、北から中河内川、西から河内川が集まり一つとなって錦港に注いでいる。

②『和名抄』では志摩国英虞郡八郷の一つ、「二色郷」。

③地内に曹洞宗金蔵寺がある。この寺は福井県永平寺末で、寛政二（一七九〇）年の再建。木曽義仲の四天王の一人、樋口次郎兼光の位牌があるという。

④木曽義仲の姫の金襴の打ちかけを金蔵寺に奉納された事から、「二色」地名が「錦」地名になったと伝える。また『和名抄』以前は「丹敷」であったとも。（表紙裏写真⑮参照）

三一九 祓川

三重県多気郡明和町中海・佐田等

関係地図 1／20万 伊勢 1／5万 松阪

860 俊頼朝臣伊勢の国にまかる事ありていでたちける時人人餞し侍りける時よめる

をののふるえ

・いせのうみのをののふるえにくちはてでみやこのかたへかへれとぞおもふ　参議師頼　⑤金葉集　三四二

（参考）みなとこすゆふなみすずしいせのうみのをののふるえのあきのはつかぜ　中務卿親王　続古今集　二九三

（参考）伊勢の海のをののみなとのおのづからあひみるほどの浪のまもがな　衣笠内大臣　新後撰集　八九五

212 おほよど

・おほよどのまつはつらくもあらなくにうらみてのみもかへるなみかな　よみ人しらず　⑧新古今集　一四三三

むすめの斎王にぐしてくだり侍りて、おほよどのうらにみそぎし侍るとて

・おほよどの浦に立つ波かへらずは松のかはらぬ色をみましや　女御徽子女王　⑧新古今集　一六〇六

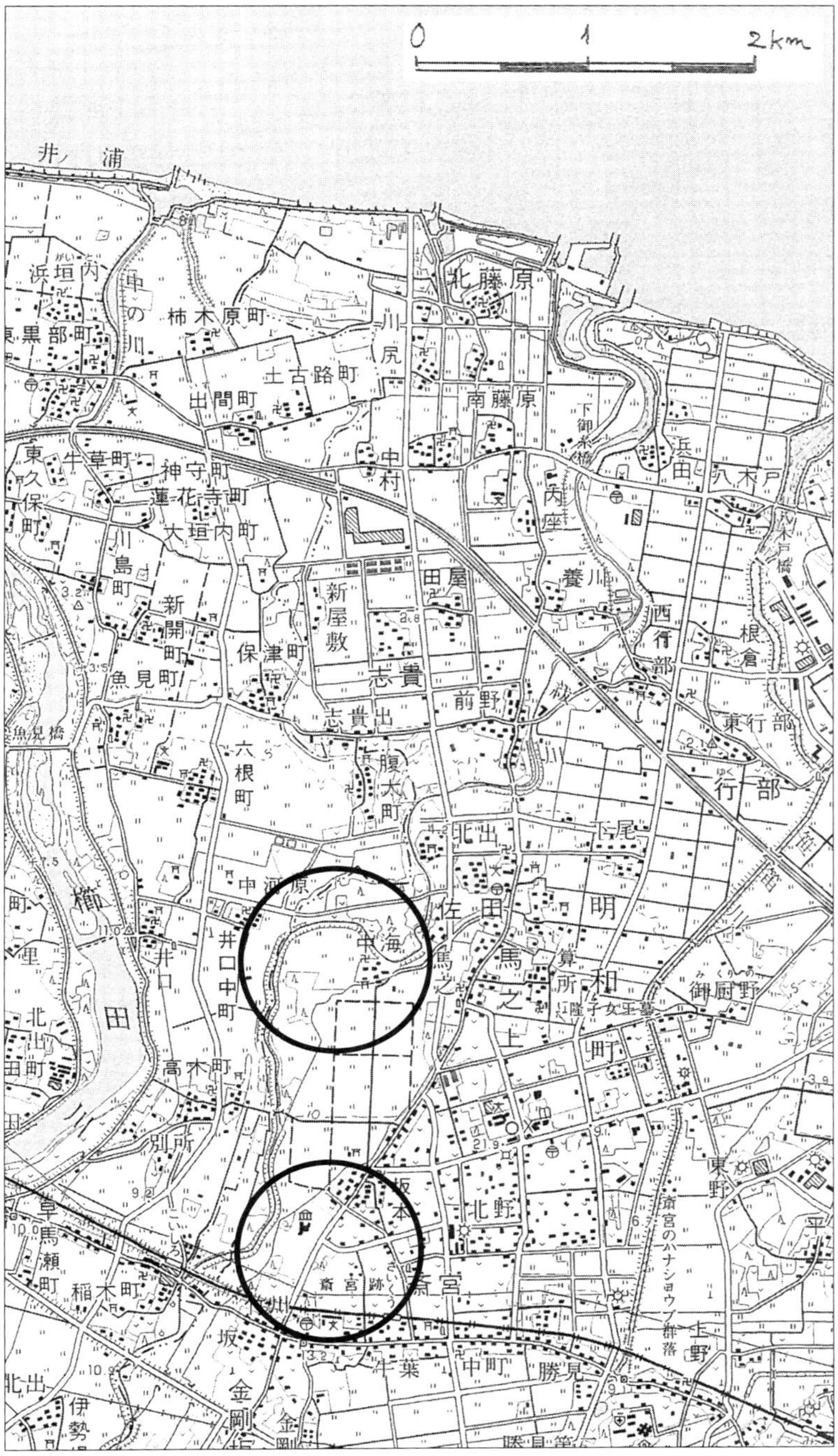

1／5万 松阪

（メモ）

①斎宮には斎王以下七～八百人もの人々がいたという。これらの人々の仕事に必要な物資や生活物資は伊勢神宮領から船で、伊勢湾へ、そして祓川を遡行して斎王宮の船着場で荷上げされていた。それは垂仁天皇の御世からではなくても、随分古い時代から継続されていたことであろう。

②現在の祓川の河口は多気郡明和町北藤原にある。また祓川の取水口は多気郡多気町朝長地内の櫛田川である。近くにJR紀勢本線多気駅がある。いつの時代にかここで取水された清水で、「みそぎ」が行なわれ、また、その水で船の運行がされていた。

③祓川の中程に明和町中海《なこみ》がある。この「中海集落」は低湿地で、そんなに遠くない時代まで湖沼、または祓川の「淀み」であったであろう。歌にある「大淀」であり、船からの荷上げ場、また船への積み荷場であったであろう。また、荷上げ待ち、積み荷待ち、また出港待ちの場所であり、多くの船がいたであろう。

④明和町中海から祓川河口までの船舶の航路が「小野の江」。ここに斎王宮が出来て以来の航路であるので「小野の古江」といえるであろう。

⑤『延喜式神名帳』多気郡に五二座鎮座。その中に「麻続《オミノ》神社」（字中海）がある。

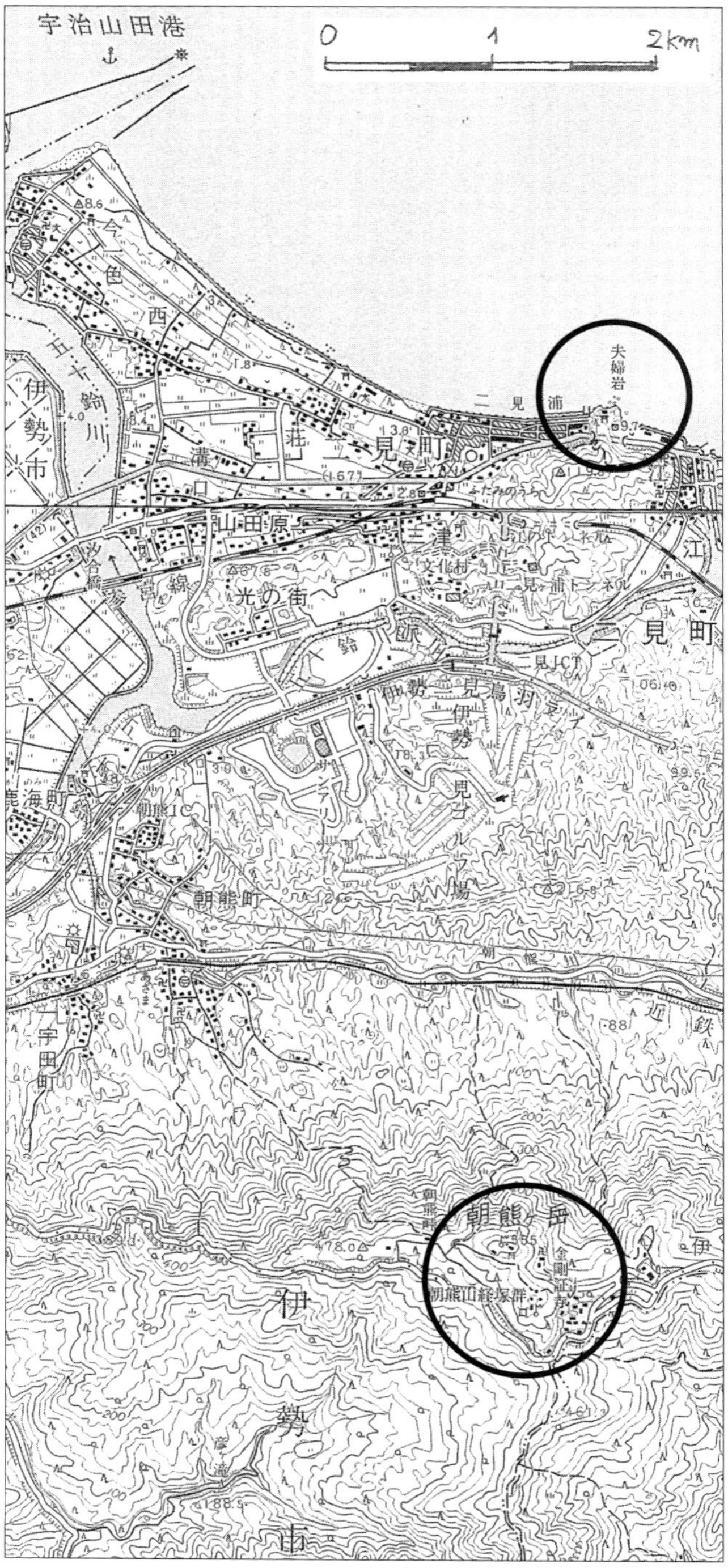

1／5万　答志（上）・鳥羽（下）

三二〇　二見の浦

三重県伊勢市二見町江《え》・二見町茶屋

関係地図　1／20万　伊勢　1／5万　答志、鳥羽

301

きよきなぎさ

しのびてかよひ侍りける人、いまかへりてなどたのめおきて、おほやけのつかひにいせのくにゝまかりて帰りまうできて、ひさしうとはず侍りければ

・人はかる心のくまはきたなくてきよきなぎさをいかですぎけん　少将内侍

②後撰集　九四四

返し

・たがためにわれがいのちを長浜の浦にやどりをしつつかはこし　兼輔朝臣

②後撰集　九四五

（参考）伊せの海のきよきなぎさはさもあらばあれわれはにごれる水にやどらん

釈教歌　玉葉集　二六一七

これは善光寺阿弥陀如来御歌となん

684

ふたみのうら

い勢のくにのふたみのうらにてよめる

・たまくしげふたみのうらのかひしげみまきゑにみゆるまつのむらだち　大中臣輔弘

⑤金葉集　五四四

・あけがたきふたみのうらによる波の袖のみぬれておきつ島人　実方朝臣

⑧新古今集　一一六七

（参考）二見潟月をもみかげ伊勢の海の清き渚の春のなごりに　後鳥羽院集

（メモ）

①五十鈴川河口右岸の一色町から夫婦岩のある立石崎までの約五kmの海岸を「二見浦」という。また、二見ケ浦・二見潟・二見沖等ともいう。

②『伊勢参宮名所図会』などに、およそ次のようにある。

二見は清き渚、打越浜の辺りの惣名《そうみょう》にて、これを立石《たていし》といふは注連《しめ》を張った二つの石よりの名である。この辺り汐が干《ひ》けばいろ〳〵の貝が拾え、海藻がある。ある時は地引き網を引く海人《あま》の仕技《わざ》などおもしろい。夫婦岩は沖合七百m先の海中に鎮座する猿田彦大神縁《ゆか》りの霊石「興玉神石《おきたまかみいし》」である。五月から七月にかけてはこの夫婦岩の間から昇る朝日「日の神」を拝する鳥居の役目を果たしている。また、この地は清渚であり「垢離《こり》かき場」の名がある。山田宇治に住む人は、参宮前には必ずここで垢離かきをしてからでないと宮中に入らないという。

③夫婦岩の南約五kmに朝熊《あさま》ヶ岳がある。『日本書紀』垂仁天皇二五（BC五）年、垂仁天皇が皇女倭姫命《やまとひめのみこと》に天照大神のお気に入りの地を探して、そこに鎮座しなさいと指示なさった。倭姫命は大和国・近江国・美濃国と巡り、ここ伊勢国においでになる。倭姫命はここにもお住みになった。その所を「朝熊の宮」と称した。その間に神鏡を鋳造されたという。よって「朝熊宮」を「鏡の宮」とも呼ぶ。

④『倭姫命世記』に「朝熊神社櫛玉命。霊石坐。保於止志神。石坐。苔虫神。石坐。大山祇。石坐。朝熊水神。石坐。宝鏡二面。日月所レ化白銅鏡是也。」とある。

三二一　吹飯の浦跡推定地　三重県伊勢市吹上

関係地図　1／20万 伊勢　1／5万 松阪、伊勢

678

ふけひの浦

寄浦恋といへるこころをよめる

・まちかねてさよもふけひのうらかぜにたのめぬ浪のおとのみぞする　二条院内侍参河　⑦千載集　八七九

殿上はなれ侍りて、よみ侍りける

・あまつ風ふけひの浦にゐるたづのなどか雲井にかへらざるべき　藤原清正　⑧新古今集　一七二三

(参考) ときつかぜ　ふけひのはまに　いでゐつつ　あかふいのちは　いもがためこそ　万葉集　三二〇一

(メモ)

①勢田川河口一帯は砂浜である。また、この一帯は宮川の分流が合流して河原を形成し、砂塵の吹上げが激しかったので、「吹上」・「福貴上」などと呼ばれたという。

②普通吹上というと沙・砂を吹き上げる「吹沙」であるが、風の強い時には少し大粒の飯粒大のものを――とも思われるが風でなくて、海の波の荒い時に、砂浜に吹上げる、打上げる――それを言ったものか。

③天福二(一二三四)年一月二〇日の度会広光処分状に

箕曲郷世木村字吹上

とあると。度会広光は現伊勢市岩淵三丁目の光明寺を建立した「吹上政所大夫」。箕曲《みのわ》郷は『和名抄』度会郡。

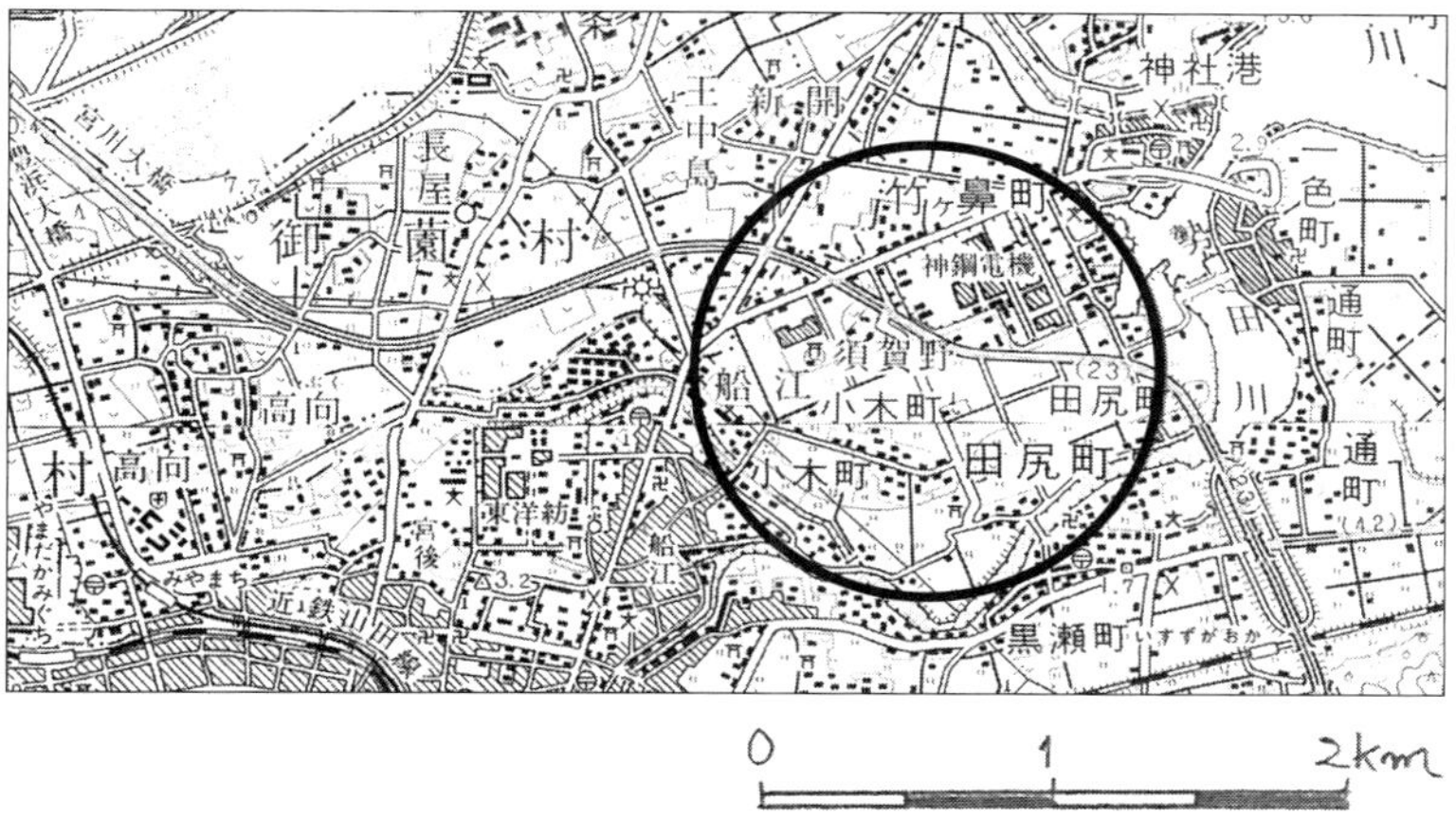

1／5万　松阪(上)・伊勢(下)

三二二　宮川　三重県多気郡・度会郡・伊勢市

関係地図　1／20万 伊勢　1／5万 伊勢

768

みや河

外宮にてよみ侍りける

・ちぎりありてけふみや河のゆふかづらながきよまでもかけてたのまん　藤原定家朝臣　⑧新古今集　一八七二

(参考) 朝ゆふにあふぐ心を猶てらせ浪もしづかにみや川の月　後鳥羽院御製　続拾遺集　一四〇七

(参考) 君が代のしるしとこれをみや川の岸の杉むら色もかはらず　後京極摂政前太政大臣　風雅集　二一八八

(参考) ながれいでてみあとたれますみづがきは宮河よりやわたらひのしめ　西行上人　夫木抄　一五九七五

838

わたらひ

承暦二年内裏の歌合に、祝の心をよみ侍りける

・君が代はひさしかるべしわたらひやいすずの河の流たえせで　前中納言匡房　⑧新古今集　七三〇

(参考) わたらひの　おほかはのへの　わかひさぎ　わがひさならば　いもこひむかも　柿本朝臣人麿　万葉集　三一二七

(参考) わたらひの　いもひのみやこ　かみ風に　いぶきまどはし　あまぐもを　日のめもみせず　とこやみに　おほひたまひて　人丸　夫木抄　一四二一四

(参考) いく代へぬここに秋風わたらひのこほりのうちに宮ゐせしより　後京極摂政　夫木抄　一四五三四

(メモ)

①宮川は度合川《わたらいがわ》・度会川《わたりあいがわ》とも呼ばれ、奈良県との県境、日出ヶ岳(標高一六九四・九m)の南の谷「堂倉谷」と北の谷「西ノ谷」が合流し大杉谷となり、やがて宮川(度会川)となって北流・東流する。その間、多気郡大台町・度会郡度会町を経て伊勢市大湊町で伊勢湾に注ぐ。流長九一㎞。

②『風土記逸文』に、

風土記に云はく、度会と号《なづ》くるは、川に作《おこ》る名のみ。五十鈴《いすず》は、神風《かむかぜ》の百船《ももふね》の度会の県《あがた》、佐古久志呂宇治の五十鈴の河上と謂ふ。皆、古語に因りて名づ

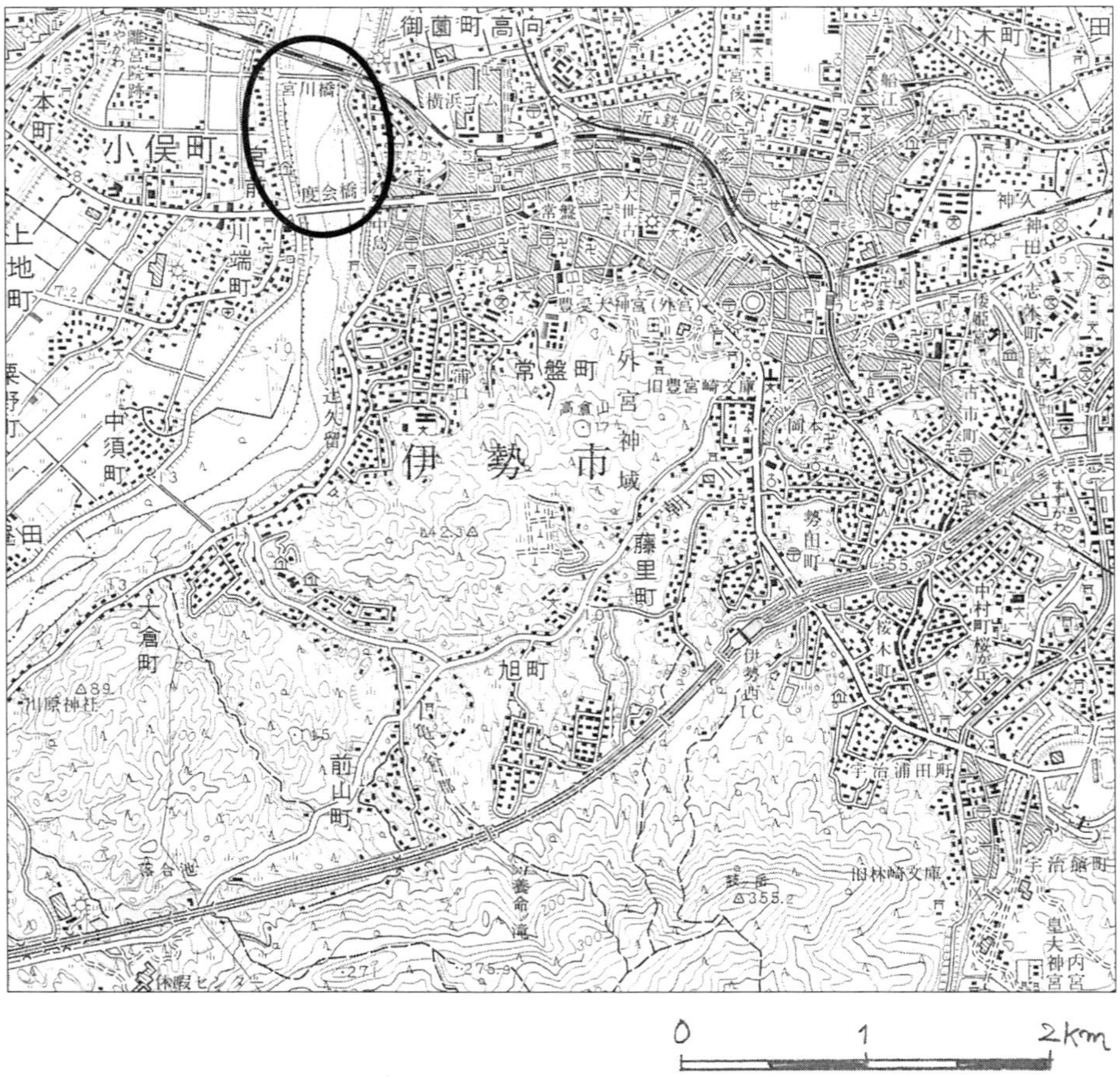

くるなり。さこくしろは、河の水流れ通りて、底に通《いた》る儀《こころ》なり。

とある。

③伊勢市小俣町本町離宮山に離宮院跡がある。この離宮院は斎王が斎宮から月次《つきなみ》祭《さい》と神嘗祭《かんなめさい》のため伊勢神宮参内するときに宿泊する離宮として造営されたもの。はじめ現伊勢市沼木郷高川原にあったが、延暦一六（七九七）年に現在地に移された。この離宮は伊勢神宮の政庁や駅家でもあったので、この一帯は古代の政治・経済・交通の要地であった。

④『延喜式神名帳』度会郡に五八座ある。うち大社一四座。大神宮三座・荒祭宮・滝原宮・伊佐奈岐宮二座・月読宮二座・度会宮四座・高宮は月次新嘗である。

三二三　山田の原

三重県伊勢市豊川町一帯

関係地図　1／20万 伊勢　1／5万 伊勢

802

山田の原

- きかずともここをせにせむ時鳥山田の原のすぎのむら立　西行法師　⑧新古今集　二一七
- 神風や山田の原のさかきばに心のしめをかけぬ日ぞなき　越　前　⑧新古今集　一八八四

（参考）かみのますやまだのはらのつるの子はかへるよりこそ千世はかぞへめ　順　玉葉集　一〇四五

（参考）誰か又山田の原のゆきわけて神代の跡にわかなつむらん　後九条内大臣　夫木抄　二三二

（メモ）

①伊勢市山田。古くは「山田原」といわれていた。宮川下流右岸の沖積平地と低丘陵地に位置。

②山田原は豊受大神宮（外宮）の鎮座地。古くは外宮周辺の狭い地域を指していたが、次第に多くの民家が建ち「山田」が市街地の総称名となった。

③「山田」には三日市（岩淵町）・五日市（下馬所前野町）・六日市（岡本町）・八日市（八日市場前）等中世に市が成立したり、多くの座が形成された。

④『和名抄』度会郡沼木《ぬき》郷であったが、山田郷として独立。朝熊山の経塚から出土の平治元（一一五九）年八月一五日銘経筒に

度会郡山田郷

とあると。

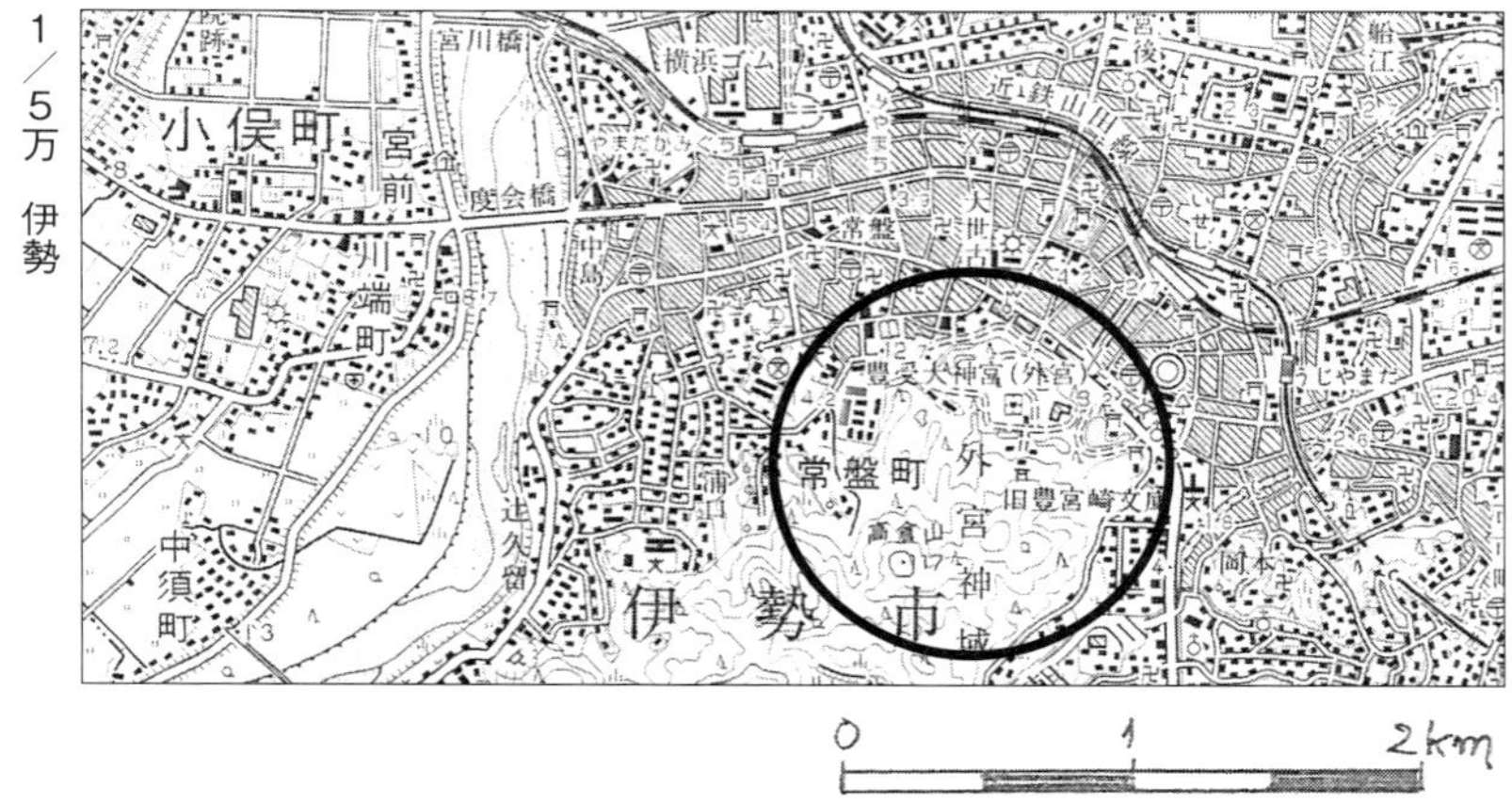

三二四　わかの松原跡推定地

三重県四日市市松原町

関係地図　1／20万 名古屋　1／5万 桑名

832

わかの松原

天平十二年十月、伊勢国にみゆきしたまひける時

・いもにこひわかの松原みわたせばしほひのかたにたづなきわたる　聖武天皇御歌　⑧新古今集　八九七

(参考) いもにこひ　あがのまつばら　みわたせば　しほひのかたに　たづなきわたる　聖武天皇御歌　万葉集　一〇三〇

右一首今案ずるに、吾松は三重郡にある。河口行宮を相去ること遠しか、もし疑うらくは、朝明《あさけ》行宮に御在の時製せられる御歌を、伝え誤れるか。

(参考) 雲ふればわかの松原うづもれてしほひのたづの声ぞさむけき　藤原雅永朝臣　新続古集　七一六

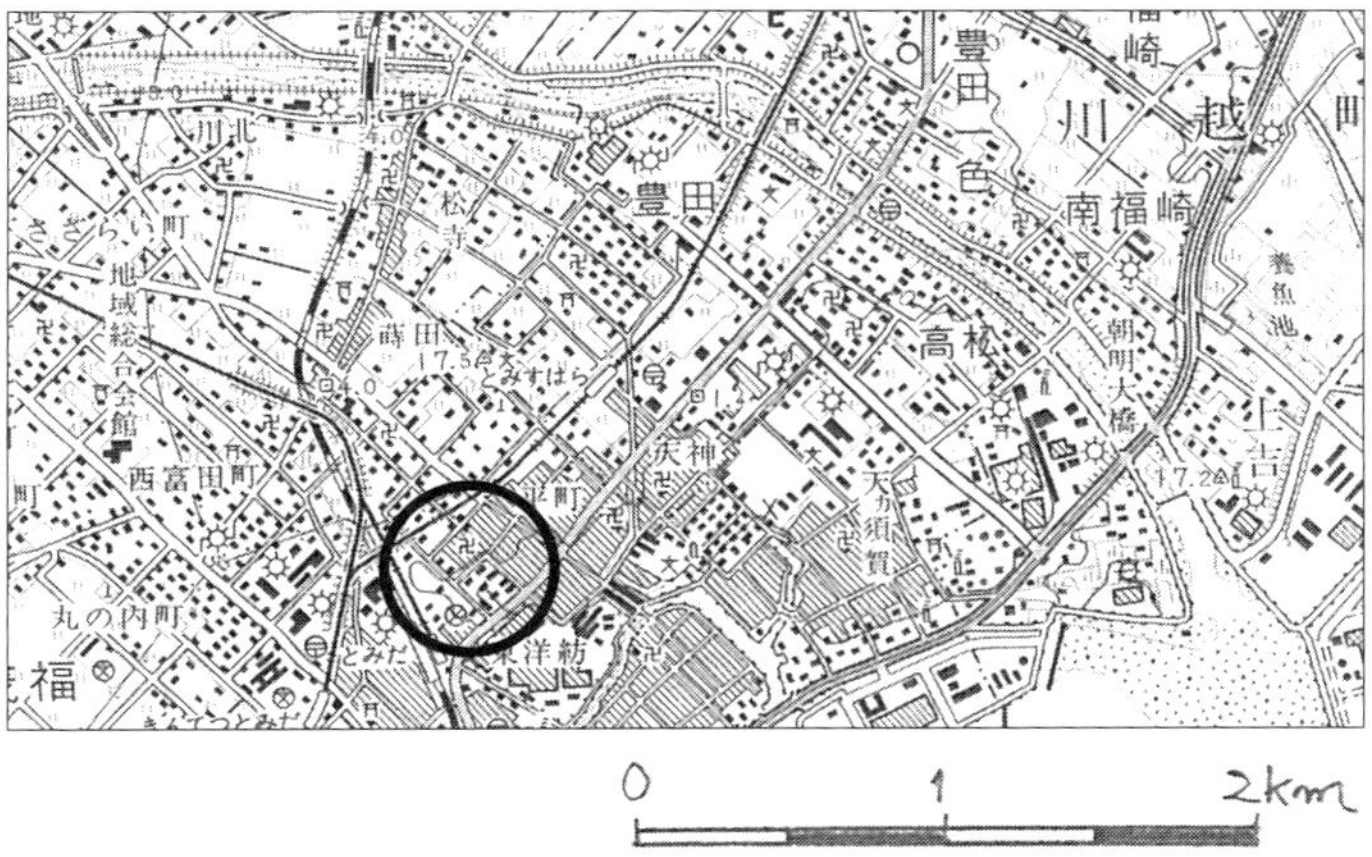

1／5万　桑名

(メモ)

①JR関西本線富田駅北東の四日市市松原町の松原公園に接して聖武天皇神社が鎮座する。

②『続日本紀』天平一二（七四〇）年一〇月二九日伊勢行幸に出発され伊勢神宮に奉幣後、一一月二三日、鈴鹿郡赤坂頓宮を発し、朝明郡に到る。とある。また、同月二五日条に、桑名郡石占に至りて頓《とど》まり宿る。とある。聖武天皇はこの地の行宮に二日間御滞在になり、その後神社となったのであろう。

③近くの朝明川の自然堤防上にも松原があり、それが今日の三重郡朝日町高松や四日市市松寺へと進展したのであろう。

三二五　忘井旧跡

三重県松阪市嬉野宮古町字西出

関係地図　1／20万 伊勢　1／5万 二本木

836

忘井

天仁元年斎宮群行のとき、わすれ井といふ所にてよめる

・わかれ行く都のかたの恋しきにいざむすびみむ忘井の水　斎宮甲斐　⑦千載集　五〇七

(参考) すずしさに月もすみけり岩まくらこよひぞ夏をわすれ井の水　従二位忠定卿　夫木抄　一二四五八

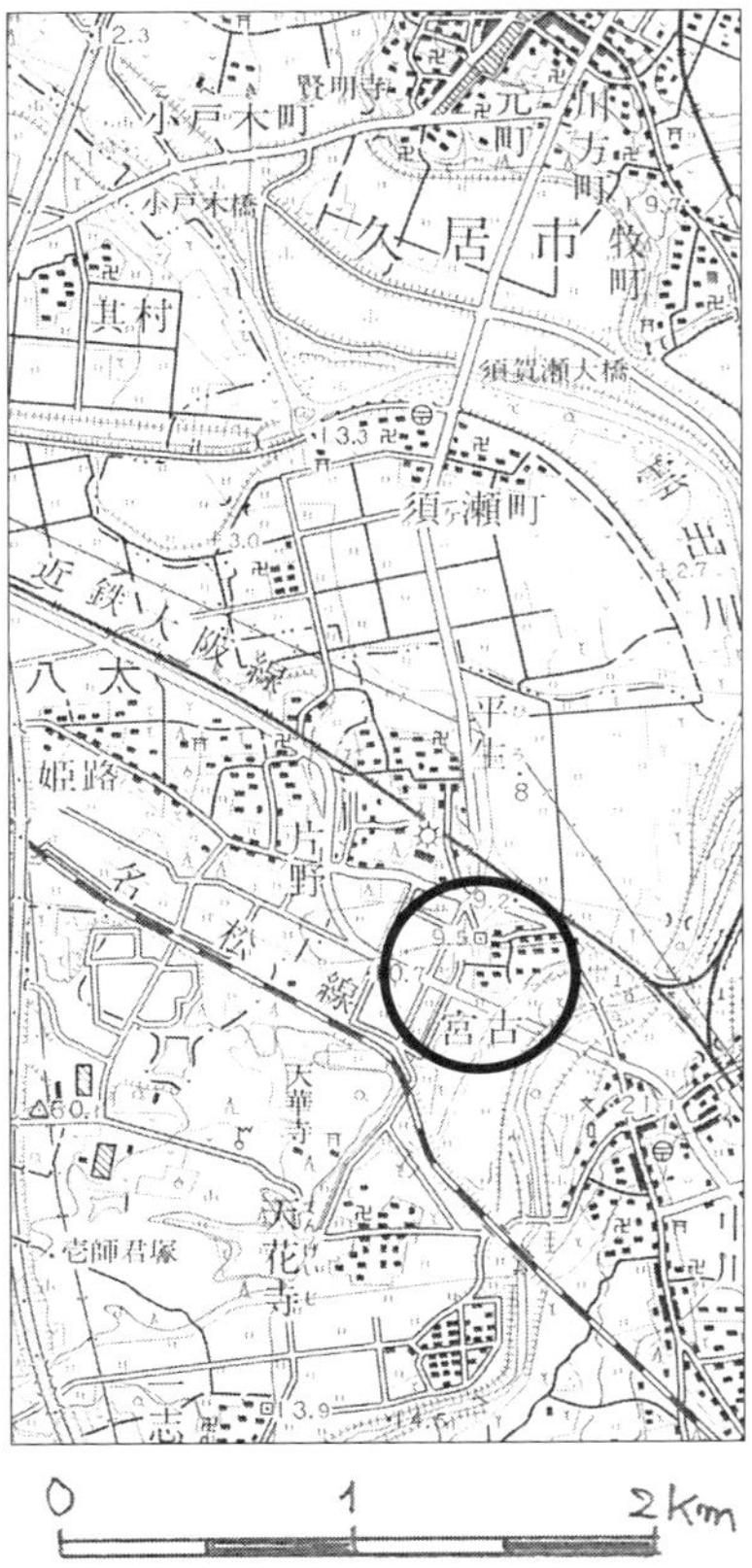

1／5万　二本木

(メモ)

①「忘井旧跡」は宮古集落南端、交通信号のある「宮古西交差点」のすぐ東、小橋を渡った北手（北側）広場に接してある。鳥羽天皇の皇女姰子内親王が、斎宮に向われる時、この忘井の水に映ったお姿をご覧になり心の迷いを鎮められたとの伝承がある。

②「宮古」の地名は『一志郡史』に、「壱師郡家」に由来するという。地内には「郡市《こおりいち》」の小字や、現在「小川社」に合祀された「郡市神社」跡が残っており、その地に「一志郡家」があったろうという。

三二六　逢　坂

滋賀県・京都府の県境

関係地図　1／20万　京都及大阪

45　相坂

・相坂の嵐のかぜはさむけれどゆくへしらねばわびつつぞぬる　よみ人しらず

①古今集　九八八

（参考）あふさかを　うちいでてみれば　あふみのうみ　しらゆふばなに　なみたちわたる　万葉集　三二三八

47　相坂山

女につかはしける

・終夜ぬれてわびつる唐衣相坂山にみちまどひして　よみ人しらず　②後撰集　六二二

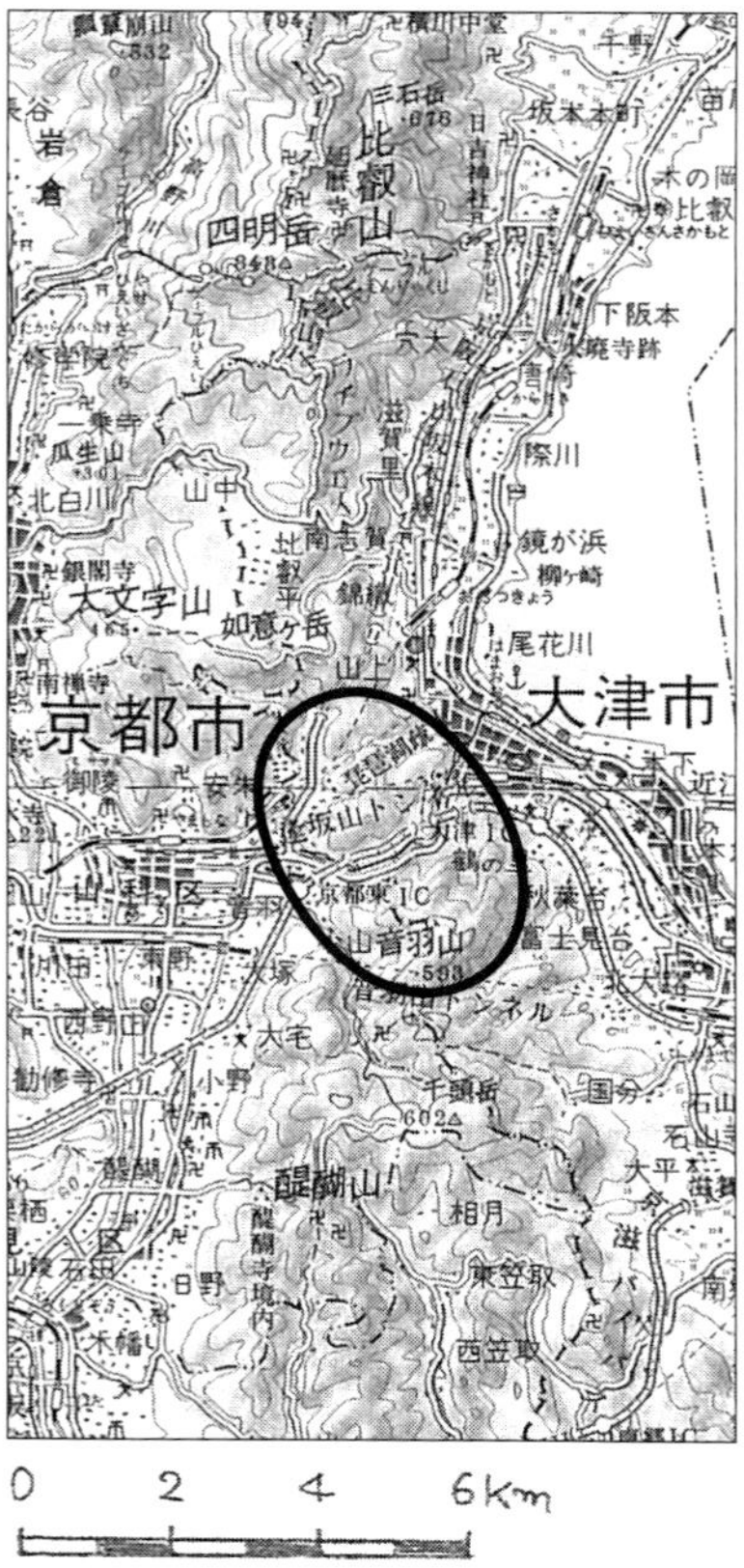

1／20万　京都及大阪

（メモ）

①仲哀天皇の皇后（神功皇后）とその皇子（後の応神天皇）が倭に御帰還の時、応神天皇の異腹の兄、忍熊王《おしくまのみこ》側と応神天皇側とが戦になった。『古事記』に

爾に頂髪《たきふさ》の中より設けし弦を採り出して、更に張りて追い撃ちき。故、逢坂《あふさか》に逃げ退《そ》きて、対《むか》ひ立ちて亦戦ひき。爾に追ひ迫《せ》め敗《やぶ》りて沙々那美《ささなみ》に出で、悉《ことごと》に其の軍を斬りき。是に其の忍熊王、伊佐比宿祢《いさひのすくね》と共に追ひ迫めらえて、船に乗り海に浮びて歌ひて曰はく、

いざ吾君《あぎ》　振熊が　痛手負《いたて》はずは

鳰鳥《にほどり》の　淡海《あふみ》の海に　潜《かづ》きせなわ

とうたひて、即ち海に入りて共に死にき。

とある。ここ両軍を逢った所が「逢坂」。

三二七　逢坂山関跡推定地

滋賀県大津市逢坂一丁目。長安寺辺

関係地図　1／20万　京都及大阪　1／5万　京都東南部
1／2.5万　京都東南部

46　相坂の関

相坂の関に庵室をつくりてすみ侍りけるに、ゆきかふ人を見て

・これやこのゆくも帰るも別れつつしるもしらぬもあふさかの関　蟬　丸

②後撰集　一〇八九

・有明の月もしみづにやどりけりこよひはこえじあふ坂のせき　藤原範永朝臣

⑦千載集　四九八

500　たむけの山

嘉応二年法住寺殿の殿上歌合に、関路落葉といへる心をよみ侍りける

・もみぢばをせきもる神にたむけおきてあふ坂山をすぐる木がらし　権中納言実守

⑦千載集　三六三

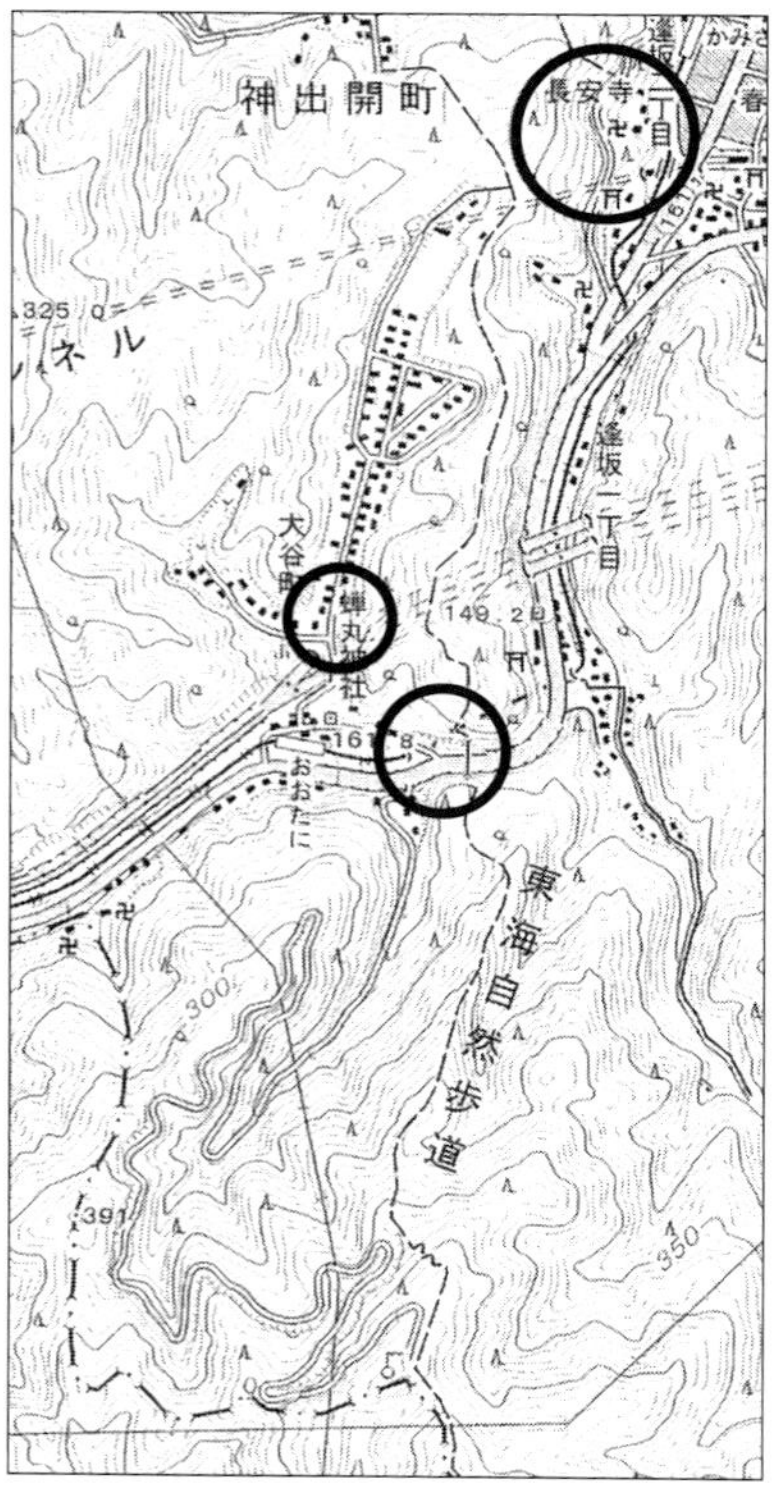

1／2.5万　京都東南部

0　0.5　1.0Km

（メモ）

①鈴鹿・不破・合坂（相坂）に関所があった。ここ逢坂山関跡は定かでないと。

②時代とともに移動したのかもしれない。

③その一。京阪電鉄京津線大谷駅下車。うなぎ料理「かねよ」前大津方面百mの旧大津警察署逢坂検問所跡東側に「逢坂山関址」碑がある。

④その二。京阪電鉄京津線上栄町駅南の長安寺・関蟬丸神社付近。

⑤その三。京津線大谷駅北の蟬丸神社付近。

⑥関蟬丸神社　弘仁一三年、小野朝臣峯守が逢坂山の坂の守護神として山上山下に創祀という。

三二八　朝日郷（『和名抄』）

滋賀県長浜市湖北町山本・延勝寺等

関係地図　1／20万　岐阜　1／5万　竹生島

17

朝日郷

悠紀方朝日郷をよめる

・くもりなきとよのあかりにあふみなるあさひのさとはひかりさしそふ　藤原敦光朝臣　⑤金葉集　三一六

長和五年、大嘗会悠紀方風俗歌、近江国朝日郷

・あかねさす朝日のさとのひかげぐさ豊明のかざしなるべし　祭主輔親　⑧新古今集　七四八

（参考）あふみなる朝日の里はけふよりぞ世のさかふべき光見えける　読人しらず　玉葉集　一〇九五

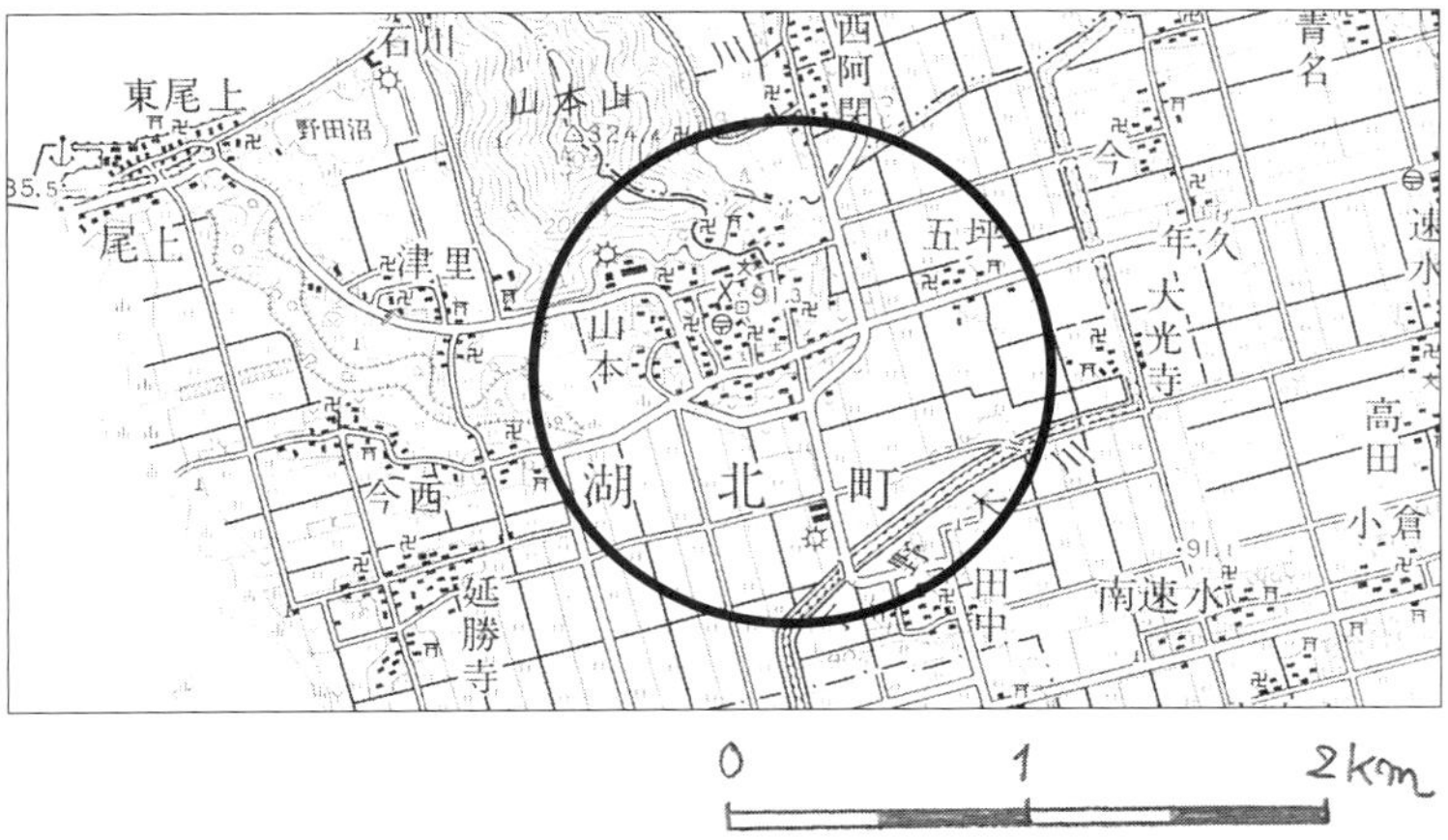

1／5万　竹生島

（メモ）

①『和名抄』近江国浅井郡「朝日郷《安佐比》」。現在の長浜市湖北町石川、湖北町今西、湖北町延勝寺、湖北町尾上、湖北町五坪、湖北町田中、湖北町津里、湖北町東尾上、湖北町山本、大光寺町に比定されると。中世には国衙領として残り、斉藤氏が住して「朝日氏」を号していたという。

②地勢は北部に標高三二四・四mの山本山があるが殆んど平野。西に琵琶湖がある。山本山の北から余呉川が山本山を東を南流し津里と今西の間を西流して琵琶湖に注いでいる。

③北から湖北町石川・津里《つのさと》・東尾上町・尾上・今西・延勝寺など湖岸の集落では、フナ・コイ・マス・小鮎・エビ・貝類を水揚げして生計を助けている人もいると。

④『延喜式神名帳』浅井郡に「比伎多利神社」がある。湖北町今西に同名神社が鎮座する。

三二九　阿星山

滋賀県湖南市・栗東市

関係地図　1／20万　京都及大阪、名古屋　1／5万　京都東北部、近江八幡

516

千世能山

天禄元年大嘗会風俗、千世能山

・ことしよりちとせの山はこゑたえず君がみよをぞいのるべらなる　よしのぶ　③拾遺集　六〇九

（参考）まさごよりいはねとなれるちとせやまこや君が世のためしなるらむ　読人しらず　万代集　三七七九

（参考）春たちてかすみたなびくちとせ山麓の里の花もめづらし　藤原正家朝臣　夫木抄　一二九三

（参考）峰つづき松のみしげくみゆるかなこれや千とせの山路なるらん　中納言師時卿　夫木抄　八二三一

（メモ）

①阿星山《あぼしやま》は現在湖南市東寺・平松と、栗東市観音寺にまたがった山で、標高は六九三・一m。花崗岩から成る。

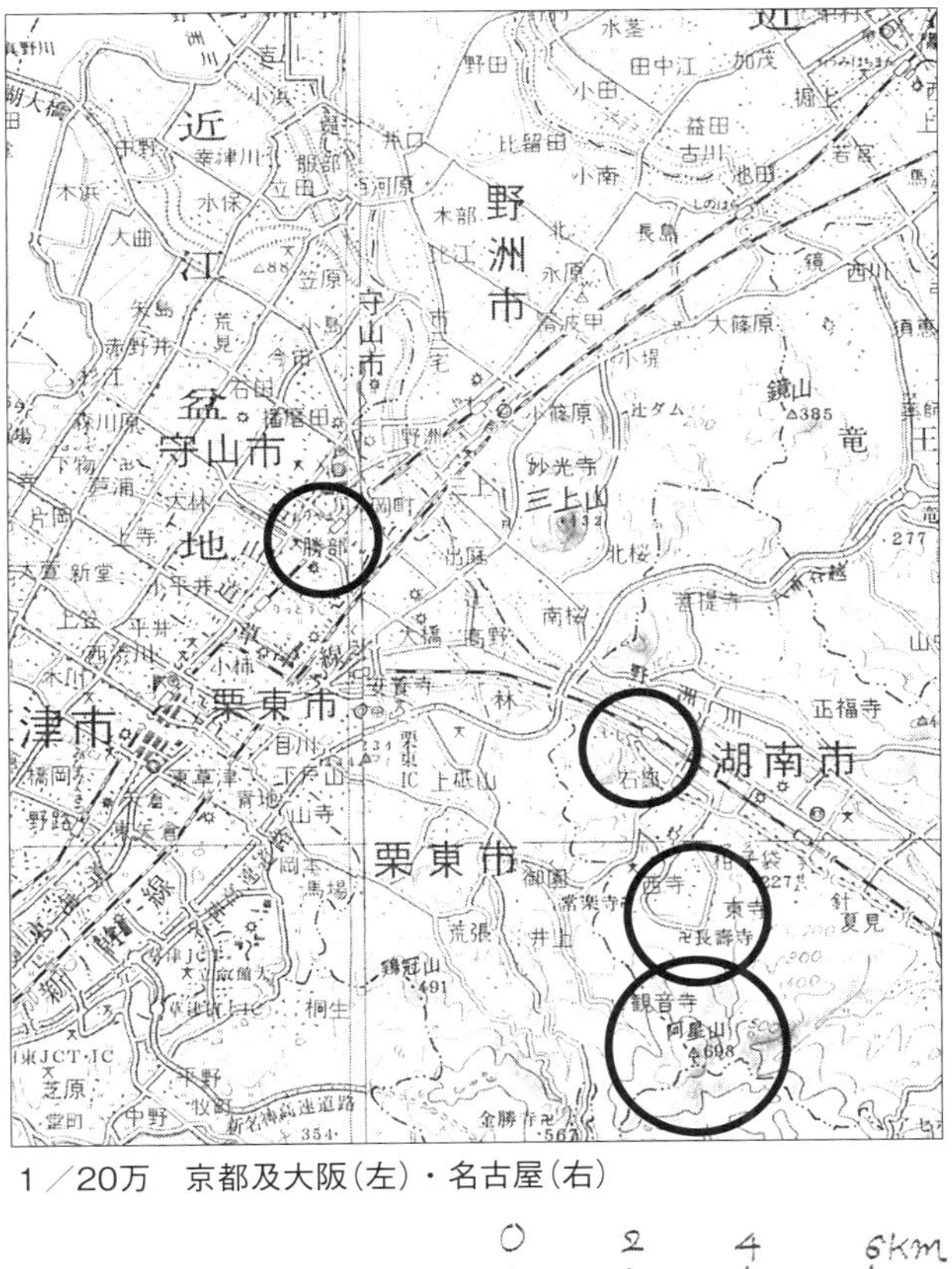

1／20万　京都及大阪（左）・名古屋（右）

②この山は東海道石部宿の南方約五kmの山で、江戸時代は「石辺山」である。『芭蕉七部集』猿蓑に

見やるさへ旅人さむし石部山　　大津尼智月

がある。山頂には草木が生えていなく、花崗岩の白っぽい岩肌がそのまま出ていたのでこのような句が出来たのか。

③『万葉集』には

白真弓石辺の山の常磐なる命なれやも
恋ひつつ居らむ　　二四四四

がある。白っぽい岩肌の石部山への「白真弓」か。

④石部宿を滋賀県の大河野洲川が流れる。この野洲川が作った広大な扇状地、また下流の三角洲の一帯に開発された水田・畑地に水を供給している。この地を領していたのは物部氏であったようである。

⑤守山市勝部には勝部神社が鎮座する。祭神は天火明命（太陽）・宇麻志間知命。物部布津主神。大化五（六四九）年に物部郷の総社として物部宿祢広国別人連が物部大明神として創建。建長四（一二五二）年一一月一一日、勝部重文・玉岡道国・千代《ちしろ》景国ら「物部」を本姓とする人々らが武運長久・家名興隆を願って勝部大明神に金灯篭を寄進している。勝部神社の南東約八百mの地に守山市千代町がある。

⑥既述のことを総合すると、千代《ちしろ》氏が、城を築いたと思える地は長寿寺のある阿星山一帯であろう。この辺での最高点は電波塔のある阿星山。この山が千歳の山の代表にふさわしい。名称中の「ア」は人がこの世で最初に発する音である。また、真言宗の観法に「阿字観」がある。それは一切の言語は皆「ア」の音から出る。故に「阿」字を観ずると一切諸法の根本義に達するという。

⑦長寿寺。天台宗。東寺ともいう。聖武天皇が天平年間、信楽宮へ遷都の時、鬼門守護として建立。開基は良弁僧正。山号は阿星山。現在の本堂（国宝）の内陣中央に国宝の厨子。厨子内には秘仏の本尊地蔵菩薩。行基大士作。厨子の左に釈迦如来坐像（国重文・像高一七七cm）、右に阿弥陀如来坐像（国重文・像高一四二cm）。本堂右には収蔵庫。本堂の斜め前に国重文の弁天堂。本堂の左側高所に白山神社と拝殿（国重文）。長寿寺の山門右の林道、更に登山道を登ると阿星山山頂。昔は数百もの山坊があった巨大山岳伽藍であった。それが織田信長の焼き討ちに遭い焼失という。この山は、石部金山の銅鉱を紫楽宮へ運ぶ運搬路でもあった。

⑧阿星山常楽寺（西寺）　天台宗。和銅年間に良弁僧正（金粛菩薩《きんしょう》）が開いた阿星山五千坊の一つであった。その後衰え、仁平年間（一一五一―一一五四）に行胤が再興したという。本堂（国宝）内陣の厨子（国宝）本尊如意輪観音。三重塔（国宝）・楼門等。

三三〇　安楽律院

滋賀県大津市坂本本町

関係地図　1／20万 京都及大阪　1／5万 京都東北部

68

安楽・正法房

秋のころ山にのぼりて、よかはの安楽の五僧のもとにまかれりけるに、正法房の障子にかきつけ侍りける

・なほざりにかへるたもとはかはらねど心ばかりぞすみぞめのそで　　藤原公衡朝臣

⑦千載集　一一三六

1／5万　京都東北部

（メモ）

①飯室不動堂の北に天台宗安楽律院がある。安楽律院に来る人は身も心も清浄にして霊感に触れようという意

摂僧大界并摂衣界

の碑がある。安楽律院は寛和元（九八五）年、慈忍の父、藤原師輔一門の僧叡桓によって開基。のち恵心。『往生要集』著の源信（九四二〜一〇一七）も隠棲という。

②当時、安楽律院に五人の僧が住んでいた。僧の棲み家である坊に、正法房があった。

③ここ安楽律院に藤原定家の爪塚や、

ふむだにも縁なるてふ此山の土となる
身はたのもしきかな

の歌碑があるという。

三三一　飯室不動堂

滋賀県大津市坂本本町

関係地図　1／20万　京都及大阪　1／5万　京都東北部

134

いひむろ

成房朝臣法師にならむとて、いひむろにまかりて京の家にまくらばこをとりにつかはしたりければ、かきつけて侍りける

・いきたるかしぬるかいかにおもほえず身よりほかなるたまくしげかな　則忠朝臣女　③拾遺集　一二〇九

法師になりていひむろにはべりけるにゆきのあした人のもとにつかはしける

・おもひやれゆきもやまぢもふかくしてあとたえにける人のすみかを　信寂法師　④後拾遺集　四一三

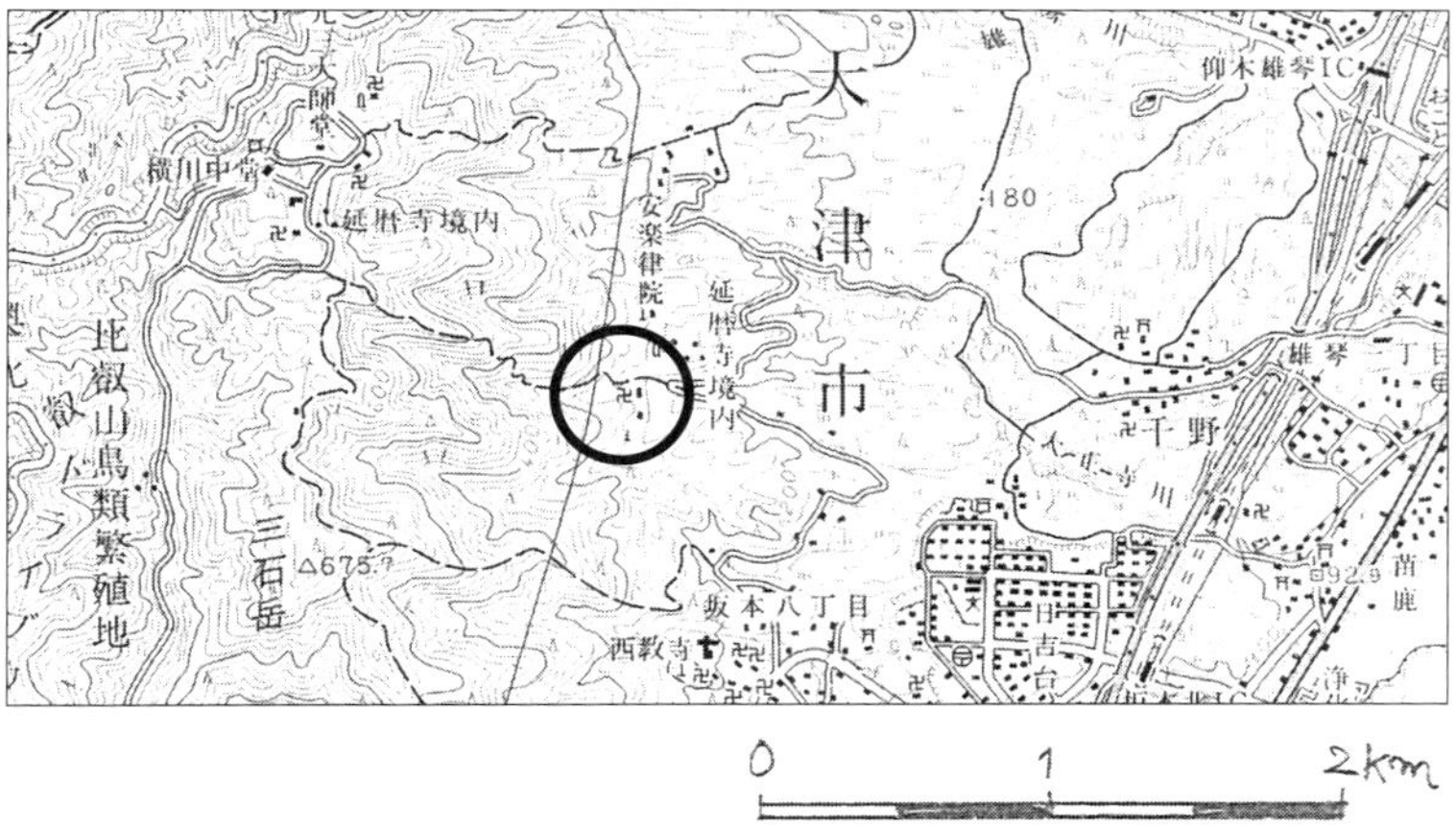

1／5万　京都東北部

（メモ）

①叡山三魔所《さんましょ》の一つである慈忍和尚廟の隣が延暦寺松禅院である。松禅院の北に飯室不動堂がある。

②飯室は横川《よかわ》の別所として開かれた所で、飯櫃《はんき》童子が老仙人の姿をして慈覚大師円仁に御飯を献じたという伝説から「飯室」の名がついたという。不動堂は慈恵大師良源が弟子の尋禅《じんぜん》（慈忍）のために建立した妙香坊が、一条天皇（在位九八六—一〇一一）の勅願寺となり、妙香院と称された。その妙香院に不動堂が建立され、現在に到っているという。不動堂本尊は不動明王。

三三二　伊加賀崎推定地

滋賀県大津市石山寺辺

関係地図　1／20万　京都及大阪　1／5万　京都東南部

71

いかがさき

・かぢにあたる浪のしづくを春なればいかがさきちる花と見ざらむ　兼覧王　①古今集　四五七

（参考）われはただ風にのみこそまかせつれいかがさきざき人は行きける　和泉式部　続後拾遺集　五二七

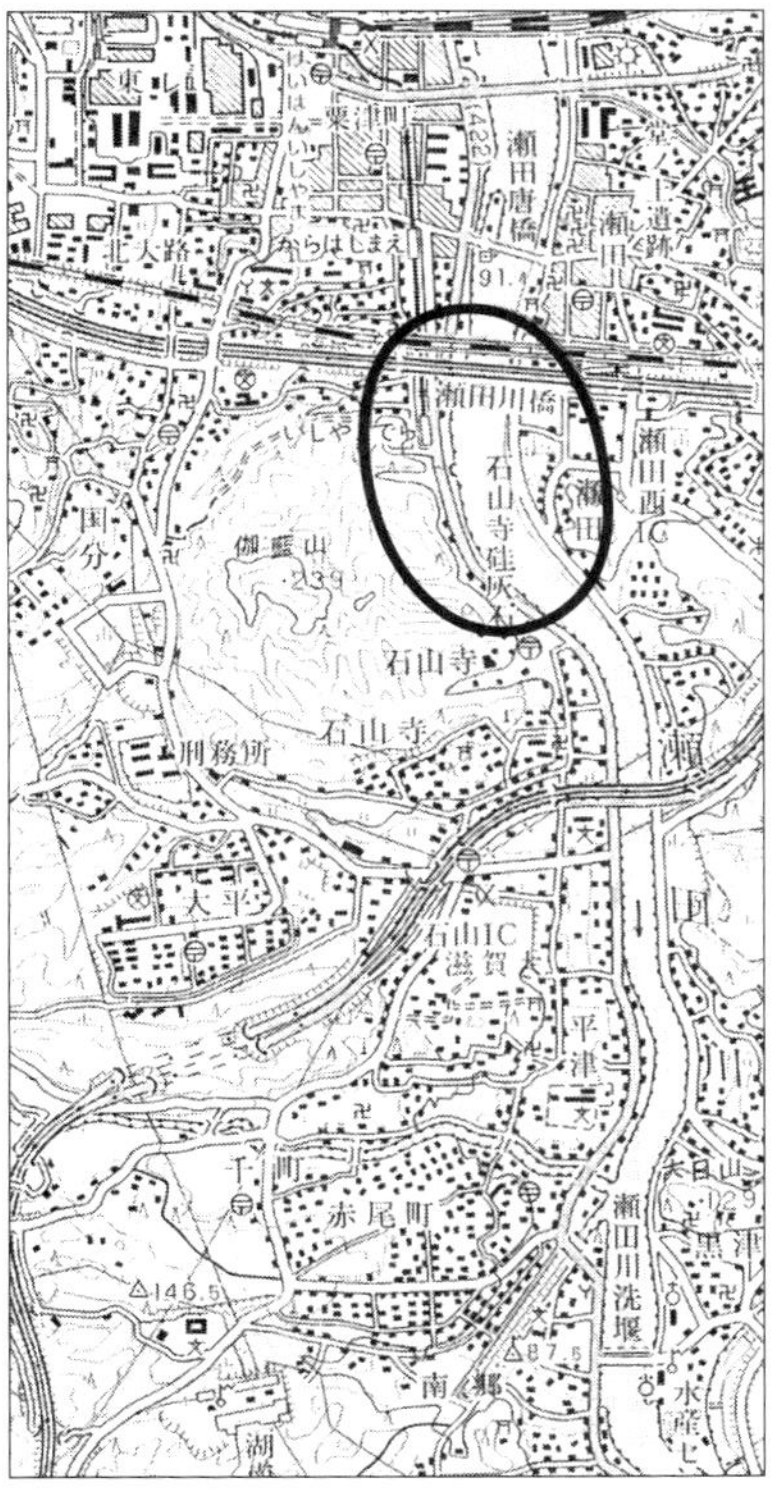

1／5万　京都東南部

（メモ）

①『蜻蛉日記』第九二段「石山詣で」天禄元（九七〇）年に、石山、今日の大津市石山寺の石山寺山門前、又は大浜辺で瀬田川の舟に乗船し、

いかが崎、山吹の崎などいふところどころを見やりて、蘆のなかより漕ぎ行。まだ物たしかにも見えぬほどに、はるかなる梶の音して心ぼそくうたひ来る舟あり。行きちがふほどに「いづくのぞや」と問ひたれば、「石山へ、人の御むかへに」とぞ答ふなる。

……。瀬田の橋の本《もと》ゆきかかるほどにぞ、ほの〲と明けゆく。

とある。これによると、「伊加賀崎」は石山の舟着場と瀬田の唐橋の間にあることになる。

②石山寺は標高二三九mの伽藍山の南東麓にある。伽藍山は古生代～中生代の地層（砂岩・頁岩・チャート）や珪灰石から出来、それらの岩盤が瀬田川にまで張り出していた。それが「伊加賀崎」であった。後、舟運の支障となり削り取られたのであろう。

三三三　石山寺

滋賀県大津市石山寺

関係地図　1／20万　京都及大阪　1／5万　京都東南部

86　石山

高階成順石山にこもりてひさしうおとしはべらざりければよめる　伊勢大輔

・みるめこそあふみのうみにかたからめふきだにかよへしがのうら風

④後拾遺集　七一七

石山にまうで侍りて、月をみてよみ侍りける　藤原長能

・都にも人や待つらん石山の峰に残れる秋のよの月　⑧新古今集

一五一四

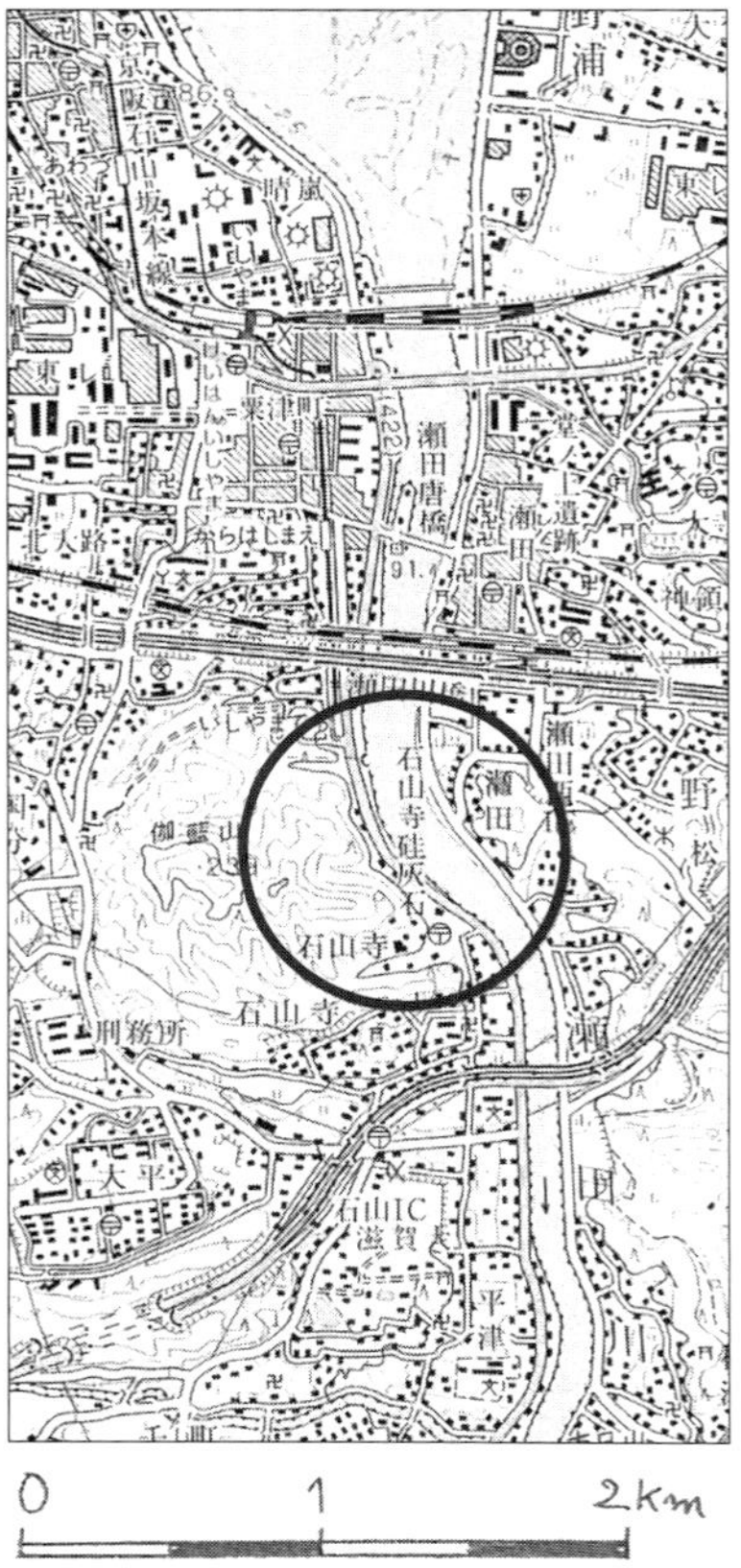

1／5万　京都東南部

（メモ）

①山号は石光山。境内の国指定天然記念物珪灰石の姿に因んだ山号。真言宗仁和寺御室派。当寺の縁起には、天智天皇の御世、この山の周辺に紫雲が常に見られるので、天皇は不思議にお思いになり勅使を派遣して調査をさせられた。すると山の中腹に八葉の巌石があり、それから奇雲が発生し下りてたなびいていた。それから約百年、東大寺大仏造立のための黄金の不足を御心配された聖武天皇が、この地に伽藍を建立して、本尊如意輪観音をその八葉の巌石に安置するようにとの夢のお告げをお受けになり、天平勝宝元（七四九）年、良弁僧正を開基としたという。西国巡礼一三番札所、御詠歌は、のちのよをねがうこころはかろくともほとけのちかひおもきいしやま

②近江八景の「石山の秋月」。月見亭がある。

三三四　板井の清水跡

滋賀県東近江市大字合戸《ごうど》

関係地図　1／20万　名古屋　1／5万　近江八幡

95　いたゐのし水

・わがかどのいたゐのし水さととほみ人しくまねばみくさおひにけり　神あそびのうた　①古今集　一〇七九

故郷月よめる　俊恵法師

・ふるさとのいたゐのし水みくさゐて月さへすまず成りにけるかな　⑦千載集　一〇一一

（参考）みくさゐるいた井のし水としふりてこころのそこをくむ人ぞなき　後京極摂政前太政大臣　続古今集　一二〇五

（参考）跡みえてさすがにたえぬ古里のいた井の清水影もかはらず　権中納言為行　新続古今集　二〇〇九

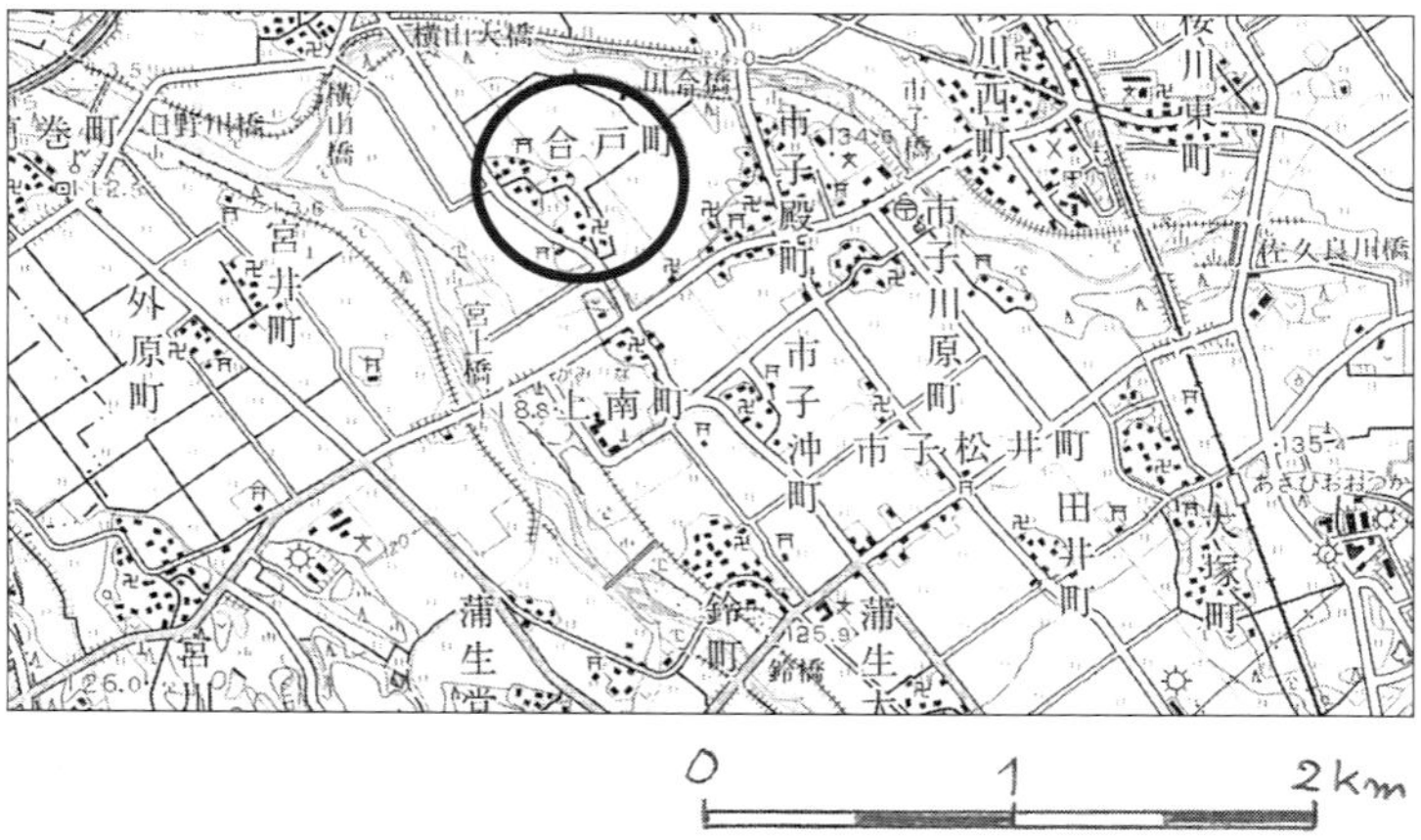

1／5万　近江八幡

（メモ）

①「板井清水」は東近江市合戸《ごうど》町の板井神社境内にあった泉水。

②この合戸町内の微高地に「伊田牛明神」があり、創祀年代は不明というが、正安年代（一二九九―一三〇一）に再建された社殿が永正年代（一五〇四―一五二〇）に戦火で焼失。永正三年に現在の東近江市石塔町の石塔寺蓮華院の僧尋成が社殿を再建。更に安永一〇（一七八一）年に拝殿が再建された。

③この社殿のそばに、水草が一本たりとも生えていないきれいな泉水があったが、今はその跡らしい窪地があるだけという。かつての泉水の水源は石塔寺だとの伝承があるが、地形的には合戸町内を流れる日野川の伏流水という。

三三五　板倉の山田

滋賀県高島市今津町薗生《ゆう》

関係地図　1／20万 岐阜　1／5万 熊川、竹生島

94　いたくらのやまだ

今上大嘗会悠紀方屏風に、あふみのくにいたくらの山田にいねおほくかりつめり、これを人みたるかたかきたるところによめる

• いたくらのやまだにつめるいねをみてをさまれるよのほどをしるかな　左京大夫顕輔　⑥詞花集　三八四

(参考) あしびきのいたくら山の峰までもつめるかりほをみるがうれしさ　前中納言匡房卿　夫木抄　八一八一

(参考) いたくらのはしをばたれもわたれどもいなおほせどりぞすぎかてにする　権中納言公実卿　夫木抄　九三九八

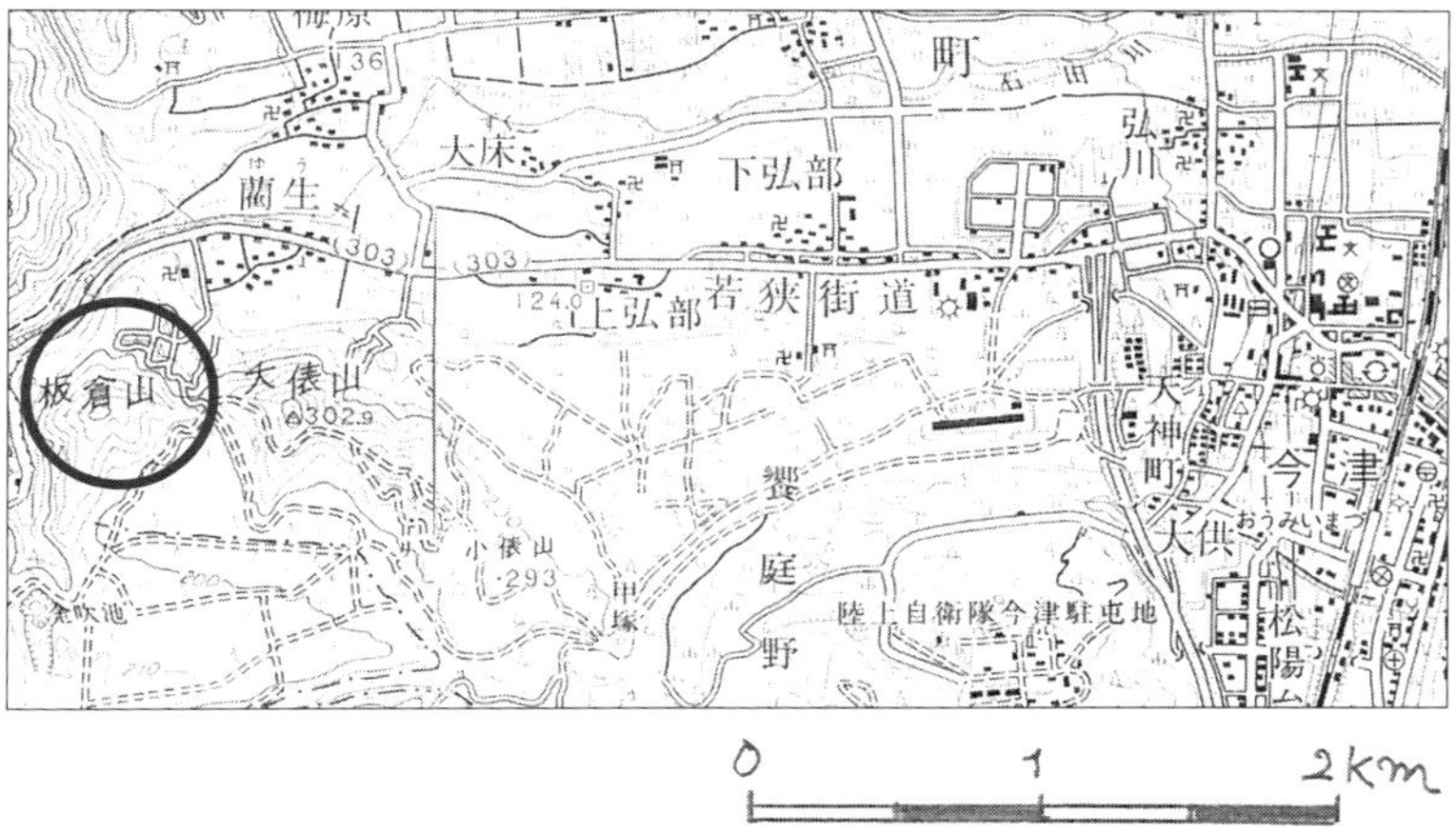

1／5万　熊川(左)・竹生島(右)

（メモ）

①「板倉の山田」とは高島市今津町薗生の板倉山と大俵山周辺の水田。

②板倉山は「板蔵山」とも書かれたという。饗庭《あえば》野台地の北端で、板倉山の標高は三〇一m、東に標高三〇二・九mの大俵山が接し、犬の耳、猫の耳のように対を成す二峰である。

③『高島郡誌』に

元暦元（一一八四）年後鳥羽天皇の大嘗祭の時には、悠紀所の材をとるべき地として可採鶏尾琴料材山、近江国高島郡板倉山乙下合に卜定されたり。

とあるという。

④高島市今津は現福井県、若狭国小浜から九里半街道を陸送した北国・東国の諸荷物を、大津まで湖上運送するための積荷港であった。宿場町、また小浜と竹生島を結ぶ巡礼道として発達した。南の高島市新旭町饗庭には木津（古津）がある。

三三六　伊吹山

滋賀県米原市

関係地図　1／20万 岐阜　1／5万 長浜

135　いぶき

をんなにはじめてつかはしける

• かくとだにえやはいぶきのさしもぐささしもしらじなもゆるおもひを　藤原実方朝臣　④後拾遺集　六一二

• けふも又かくやいぶきのさしも草さらばわれのみもえやわたらん　和泉式部　⑧新古今集　一〇一二

• あふことはいつといぶきのみねにおふるさしもたえせぬおもひなりけり　中宮大夫家房　⑧新古今集　一一三一

(参考) あぢきなやいぶきのやまのさしもぐさおのがおもひに身をこがしつつ　古六帖　三五八六

139　いやたかの山

• 近江なるいやたか山のさか木にて君がちよをばいのりかざらん　かねもり　③拾遺集　六一〇

(参考) ……あふみぢの　あふさかやまに　たむけして　わがこえゆけば　ささなみの　しがのからさき　さまくあらば　またかへりみむ　みちのくま　やそくまごとに　なげきつつ　わがすぎゆけば　いやとほに　さとさかりきぬ　いやたかに　やまもこえきぬ　つるぎたち　さやぬきいでて　いかごやま　いかにかわがせむ　ゆくへしらずて　穂積朝臣老　万葉集　三二四〇

(参考) 空はれててらす月日のあきらけき君をぞあふぐいやたかの山　経光　玉葉集　一一〇一

（メモ）

①標高一三七七・三mの伊吹山山頂付近の大字は米原市伊吹・弥高・上野・藤川・上平寺・太平寺・大久保等がある。従って伊吹山は古来、いろいろな名で呼ばれてきたであろう。万葉集では弥高山、八代集では伊吹山と詠まれている。

②伊吹山の登山口は米原市上野の三之宮神社の横にある。そこから山頂迄の登山道は約六km。所要時間は約四時間である。山頂には日本武尊像がある。

③伊吹山には植物が約一二五〇種生育している。この山で発見され、「イブキ〇〇」の名の付いた植物として、イブキカラシ・イブキシダ・イブキシモツケ・イブキジャコウソウ・イブキスミレ・イブ

キトリカブトなどと多い。

④『日本書紀』景行天皇四〇（一一〇）年の条に、

是《ここ》に、（日本武尊）近江の五十葺山《いぶきやま》に荒ぶる神有ることを聞きたまひて、即ち剱を解《ぬ》きて宮簀媛《みやすひめ》が家に置きて、徒《たむなで》に行《い》でます。胆吹山《いぶきやま》に至るに、山の神、大蛇《おろち》に化りて道に当れり

とある。

⑤奈良時代、役行者が伊吹山を山岳霊場として開いたと伝える。その後、仁寿年間（八五一～八五四）、僧三修が寺院を建立すると、次第に堂舎が増加した。それらが、弥高護国寺・長尾護国寺・太平護国寺・観音護国寺に分けられ、「伊吹山寺」と総称された。

1／5万　長浜

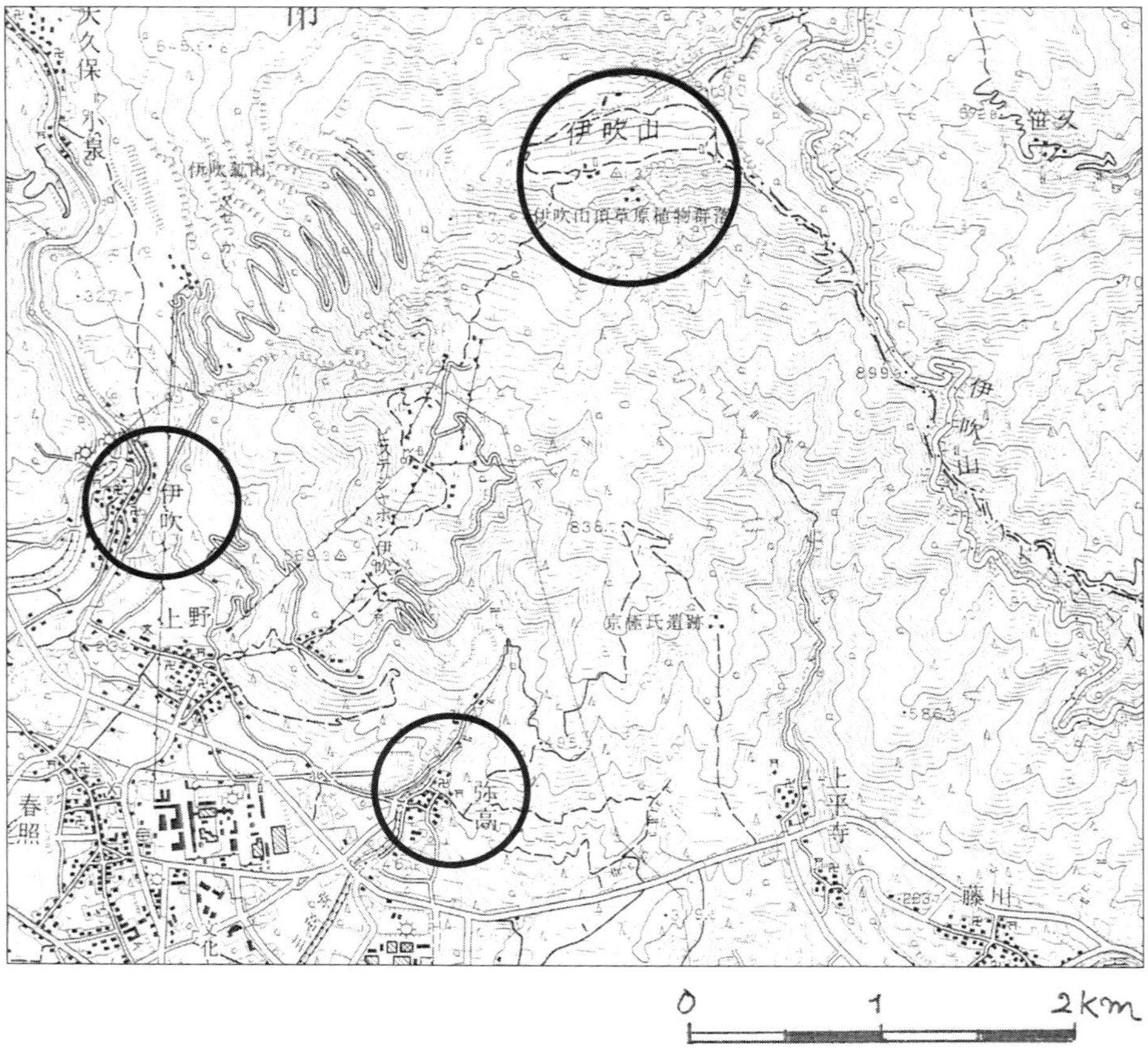

三三七　岩倉山

滋賀県近江八幡市・東近江市

関係地図　1／20万 名古屋　1／5万 近江八幡

117　いはくら山

・うごきなきいはくら山にきみがよをはこびおきつつちよをこそつめ　よみ人しらず　③拾遺集　六〇〇

（参考）あしびきのいはくらやまの日かげくさかざすや神のみことなるらむ　権中納言頼資　新勅撰集　四八八

（参考）よとのみはいはくら山にをさめおきて万代までもきみにつたへん　兼盛　夫木抄　八一六〇

1／5万　近江八幡

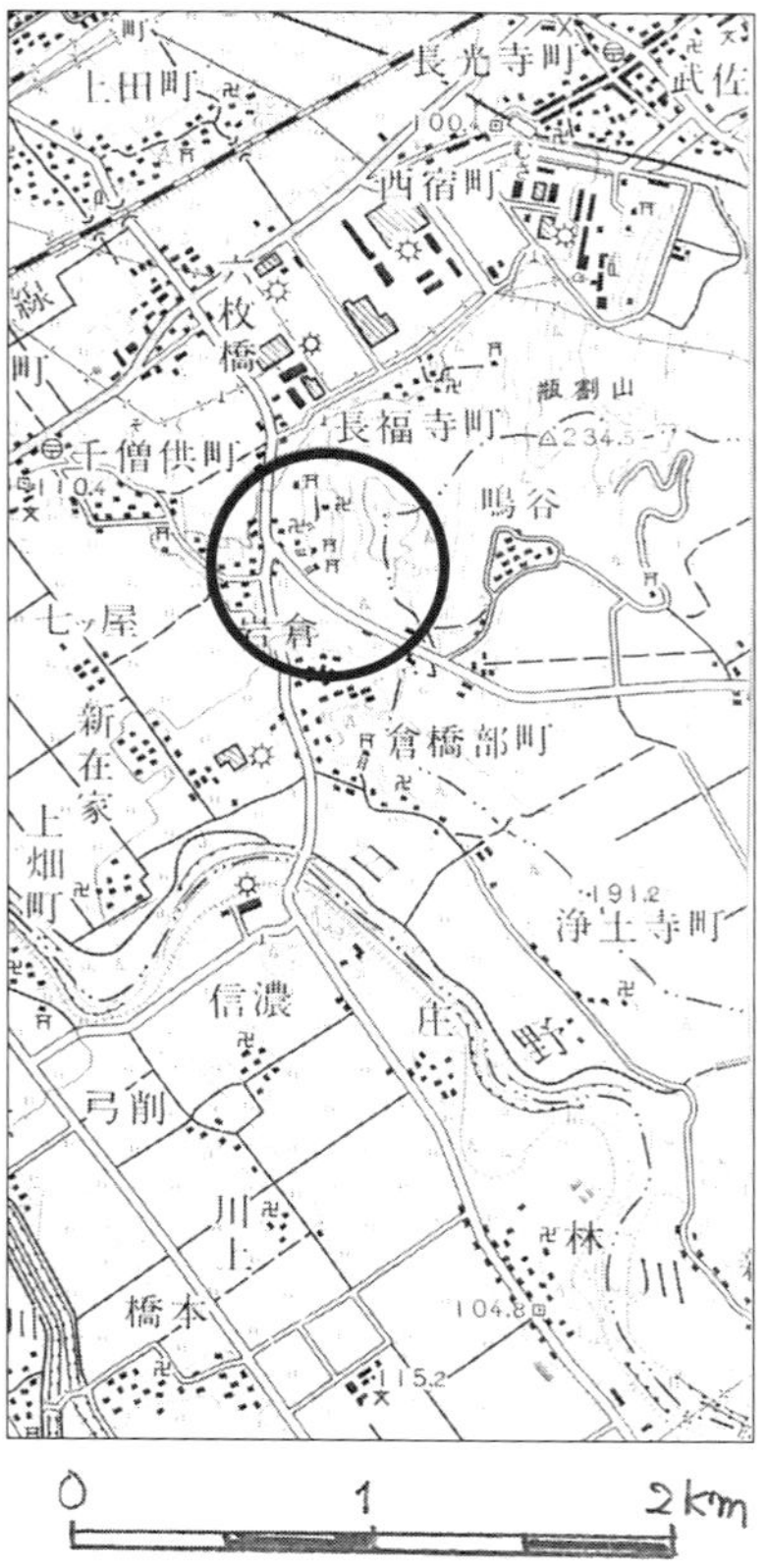

（メモ）

①近江八幡市馬淵町及び長福寺町と、東近江市上平木町との境にある標高二二七mの岩倉山、その東の標高二三四・五mの瓶割山《かめわりやま》（通称長光寺山）が双耳峰を形作っている。両山とも山麓に古墳が散在する。特に瓶割山の東山麓には瓶割山古墳群がある。

②岩倉山の西山麓に馬見岡神社が鎮座。祭神は天津日子根命、天戸間見命の父子神。『延喜式神名帳』に蒲生郡馬見岡神社二座とある。

③岩倉山の山上には磐座《いわくら》があり、山腹には岩倉山北古墳群・南古墳群、妙感寺古墳、神社前の水田中には岩塚古墳・ラカン塚古墳・トギス塚古墳・住蓮坊古墳・供養塚古墳など五～七世紀の古墳がある。

④岩倉山・瓶割山は花崗斑岩や流紋岩から形成。中世から石材を産出し、近江八幡市の八幡城、また大坂城、聚楽第などに使用された。

三三八　打出浜

滋賀県大津市松本～石場～打出浜一帯

関係地図　1／20万　京都及大阪　1／5万　京都東北部
1／2.5万　京都東北部

153

打出のはま

・近江なる打出のはまのうちいでつつ怨みやせまし人の心を　よみ人しらず
③拾遺集　九八二

（参考）にほの海は氷とくらししら波のうち出のはまに春風ぞ吹く　源兼氏朝臣
続後拾集　三八

（参考）こまなめてうちでの浜をみわたせば朝日にさわぐしがの浦波　後鳥羽院
御製　新後拾集　八七二

（参考）おきつ波うち出のはまの浜ひさ木しほれてのみやとしのへぬらん　鎌倉
右大臣　夫木抄　一三八八二

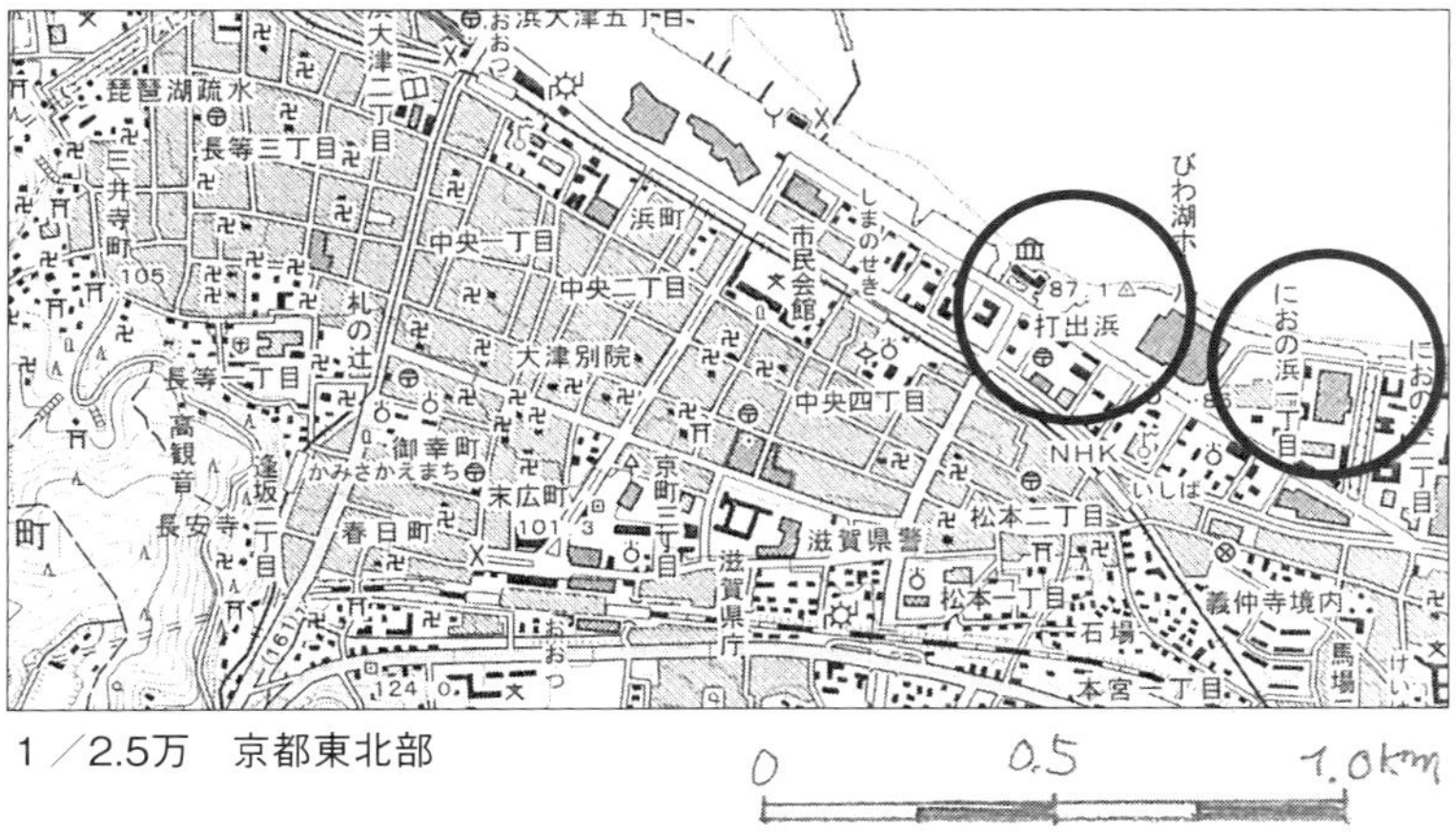

1／2.5万　京都東北部

（メモ）

①「打出の浜」は現在の大津市打出浜・石場・松本辺。更に、この地と琵琶湖との間の「なぎさ公園」やにおの浜を含めた一帯。

②『東海道名所図会』に、
打出浜　京師より逢坂山を越て、初て湖水へ打出る浜をいふなるべし。今の松本の渡口にはあらず
とある。

③この地は旧東海道沿いで、石山詣に向かう多くの貴族が通過した。また船着場があり、特に江戸期には、対岸の矢橋《やばせ》、現在の草津市矢橋町とは数多くの船が行き来していたという。

④『蜻蛉日記』天禄元年七月条に、
やりすごして今は立ちてゆけば、関うち越えて、打出の浜に死にかへりて至りたれば、先立ちたりし人、舟に菰屋《こもや》形《かた》ひきて設けたり
とある。

三三九　蒲生野《うねの》

滋賀県近江八幡市、蒲生郡竜王町等

関係地図　1／20万　名古屋　1／5万　近江八幡

161

うねの

・近江よりあさたちくればうねののにたづぞなくなるあけぬこのよは　あふみぶり
①古今集　一〇七一

（参考）あかねさす　むらさきのゆき　しめのゆき　のもりはみずや　きみがそでふる　額田王　万葉集　二〇

（参考）すがのねのながきはるべのかすむ日にうねののたづのこゑぞのどけき
新六帖　二五六六

（参考）いく秋かつれなきつまをうねののにあふみちしらでしかのなくらん　従
三位忠兼卿　夫木抄　四八四四

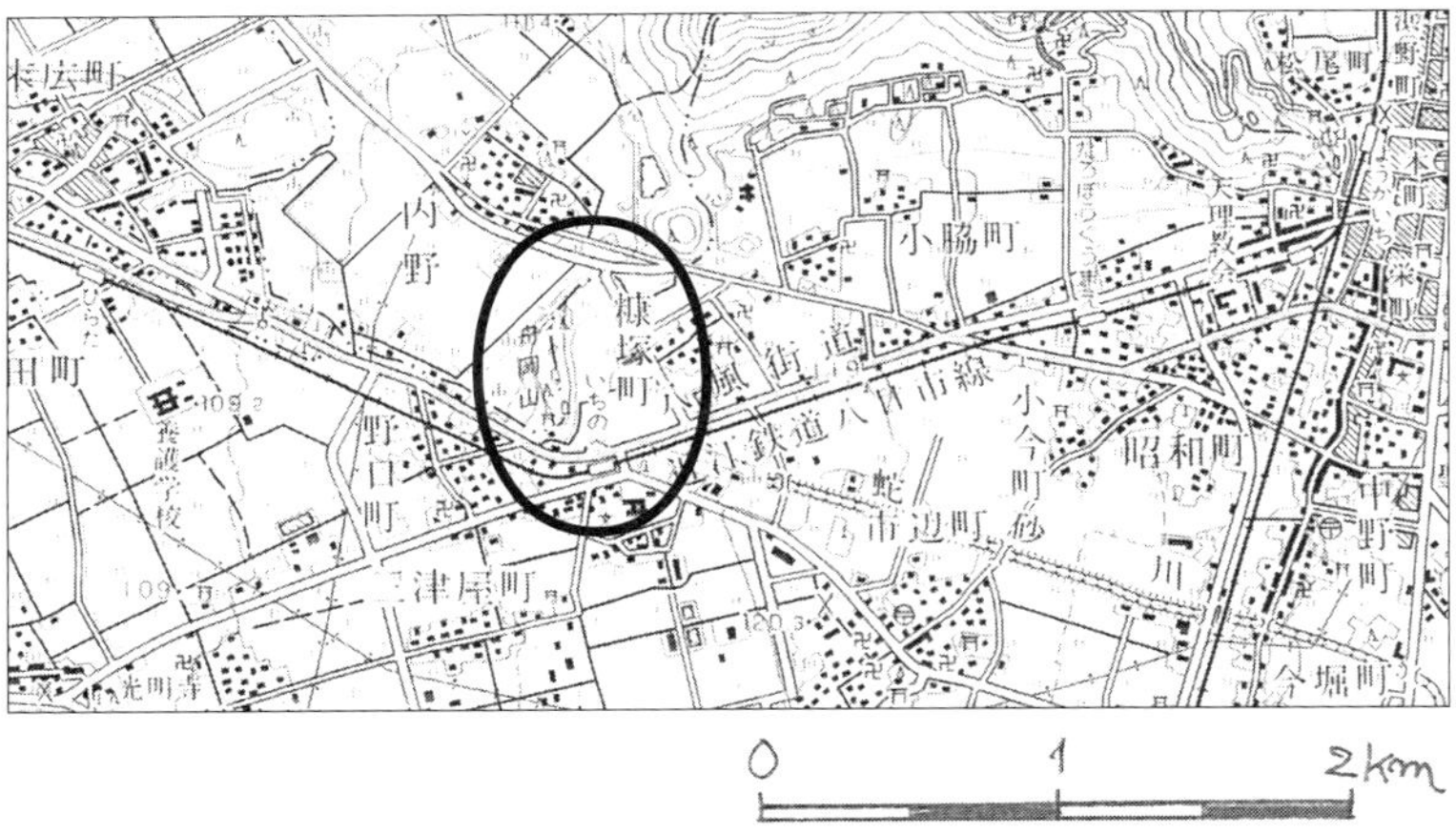

1／5万　近江八幡

（メモ）

①「蒲生野」は「うねの野」の別称。『輿地志略』に、六本野・莉荻野《たらの》・遺迩野《ひちの》・紫野・しめ野・うね野と。この一帯は、朝鮮からの渡来人により、古くから開かれた地域で、彼等の技術で造られた布施の溜池、また狛の長者の伝説があると。

②この一帯に広くガマが生えていた。よって「蒲生野」の字が当てられた。

③「蒲生野」は広義には愛智川《えち》西岸の元八日市市、蒲生郡安土町・日野町・蒲生町一帯である。狭義には八日市市と安土町の境界にある舟岡山、舟を伏せた形の山。また、畠の畝《うね》の形の山、現在の東近江市糠塚町と、近江八幡市安土町内野の境界の標高一五二ｍの舟岡山。近江鉄道八日市線市辺駅北の山の周辺。近江八幡市内野・蒲生野、東近江市糠塚町・野口町・三津屋町・市辺町辺を指すという。

三四〇　延暦寺

滋賀県大津市坂本本町

関係地図　1／20万　京都及大阪　1／5万　京都東北部

646　ひえ

比叡山中堂建立時

・阿耨多羅三藐三菩提のほとけたち我が立つ杣に冥加有らせ給へ　伝教大師

⑧新古今集　一九二〇

源心座主になりてはじめてやまにのぼりけるに、やすみけるところにてうたよめと申しければよめる

・としをへてかよふやまぢはかはらねどけふはさかゆくここちこそすれ　良暹法師

⑤金葉集　五二八

（参考）法の水あさくなり行く末のよをおもへばかなしひえの山でら　慈鎮和尚

夫木抄　一六四六九

（参考）むかしわがかどでにしてしひえの山心よわくはいづるものかは　読人不知

夫木抄　八九三四

（メモ）

①比叡山延暦寺は比叡山中にある。天台宗総本山。伝教大師最澄は近江国分寺の住職であった行表《ぎょうひょう》のもとで得度し、奈良の東大寺の戒壇院で受戒。その後、比叡山に登り、延暦四（七八五）年比叡山上に、一乗止観院を建てたのが延暦寺の草創という。

②・七九四年桓武天皇平安京に遷都

・七九六年東寺・西寺・鞍馬寺を創建

・八〇四年最澄・空海・橘逸勢ら遣唐使に随行

・八〇五年最澄帰国

・八一九年三月一五日最澄、比叡山の戒壇設立を願う

・弘仁一三（八二二）年六月一一日、比叡山に戒壇建立を許される

・弘仁一四（八二三）年二月二六日、比叡山寺を改める。比叡山に一乗止観院を建立した延暦四年の元号に因み、「延暦寺」の名を賜う

③円証が西塔を、円仁が横川《よかわ》を開き叡山の三塔が成立した。後、空海の甥、円珍が貞観元（八五九）年別院として園城寺《おんじょうじ》を開き「寺門」と呼ばれたに対し、延暦寺は「山門」と称された。

④延暦寺中興の祖と称せられる一三世座主良源（九一二～九八五）の頃には寺院の規模はほぼ完成し、学問・論議も興隆した。

⑤延暦寺は日本の歴史・文化に重きをなしてきた。天台寺門宗の智証大師・空也上人、融通念仏宗の良忍上人、浄土宗の法然上人、臨済宗の栄西禅師、曹洞宗の道元禅師、浄土真宗の親鸞聖人、日蓮宗の日蓮上人、時宗の一遍上人、天台真盛宗の真盛上人など数多くの祖師がこの山で修行をし、一宗を興している。

⑥比叡山は、俗に、三塔一六谷といわれている。三塔とは東塔・西塔・横川である。東塔には東谷・南谷・西谷・北谷・無動谷の五谷。西塔には東谷・南谷・北谷・南尾谷・北尾谷の五谷。横川には香芳谷・戒心谷・解脱谷・兜率谷・飯室谷・般若谷の六谷がある。

⑦表記の比叡山中堂とは根本中堂のこと。根本中堂（国宝）は一一間×六間の入母屋造・銅板葺。本尊は薬師如来。前に不滅の灯明がある。

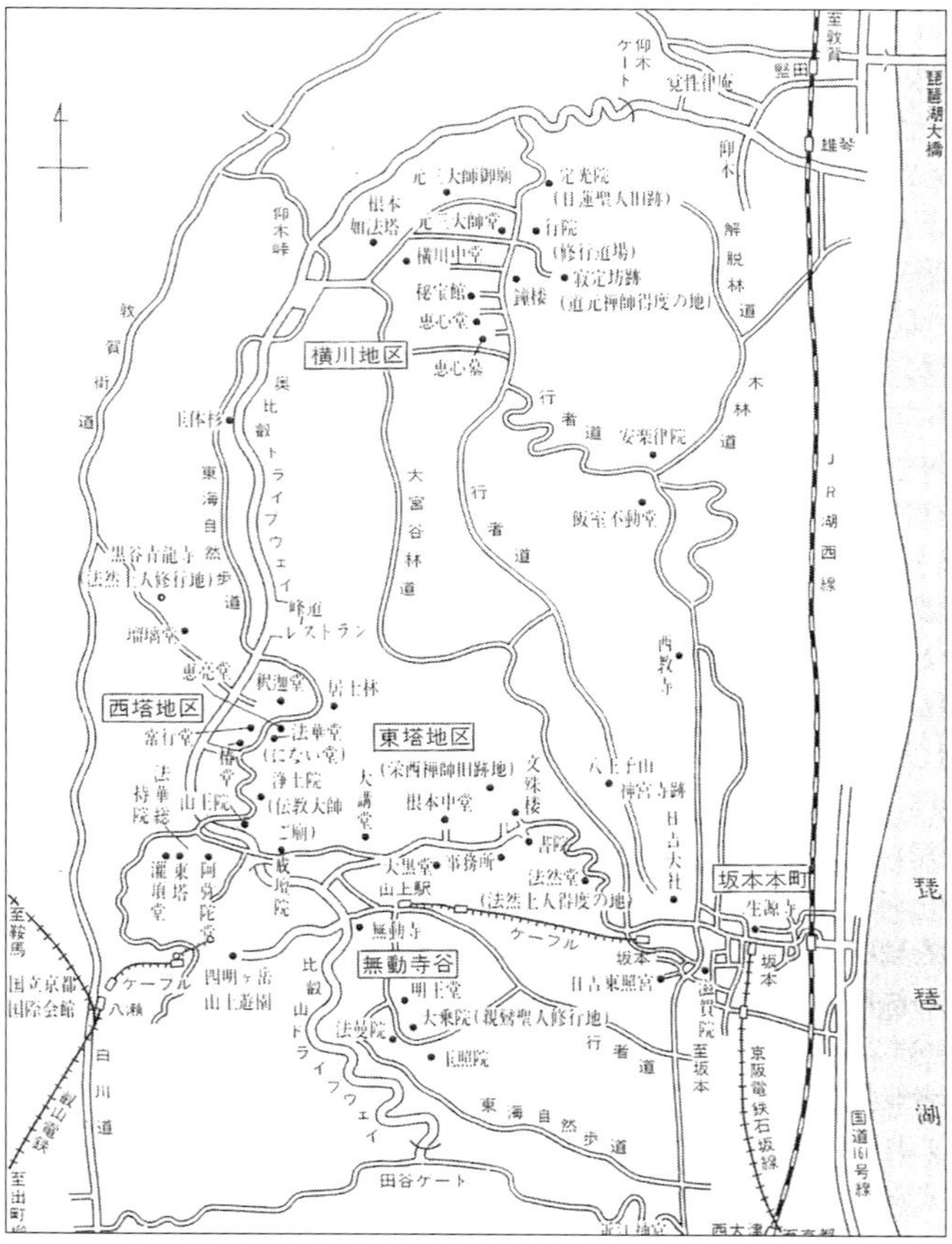

延暦寺山内図

三四一　老蘇の森

滋賀県近江八幡市安土町東老蘇。奥石神社の森

関係地図　1／20万 名古屋　1／5万 近江八幡

177

おいそのもり

相摸守にてのぼりはべりけるに、おいそのもりのもとにてほとゝぎすをききてよめる

・あづまぢのおもひいでにせんほとゝぎすおいそのもりのよはの一こゑ　大江公資朝臣　④後拾遺集　一九五

・かがみをみるにかげのかはりゆくをみてよめる

かはりゆくかがみのかげを見るたびにおいひのもりのなげきをぞする　源師賢朝臣　⑤金葉集　五九九

百首歌たてまつりし時、夏歌の中に

・時鳥なほ一こゑは思ひいでよおいそのもりのよはのむかしを　民部卿範光　⑧新古今集　二〇七

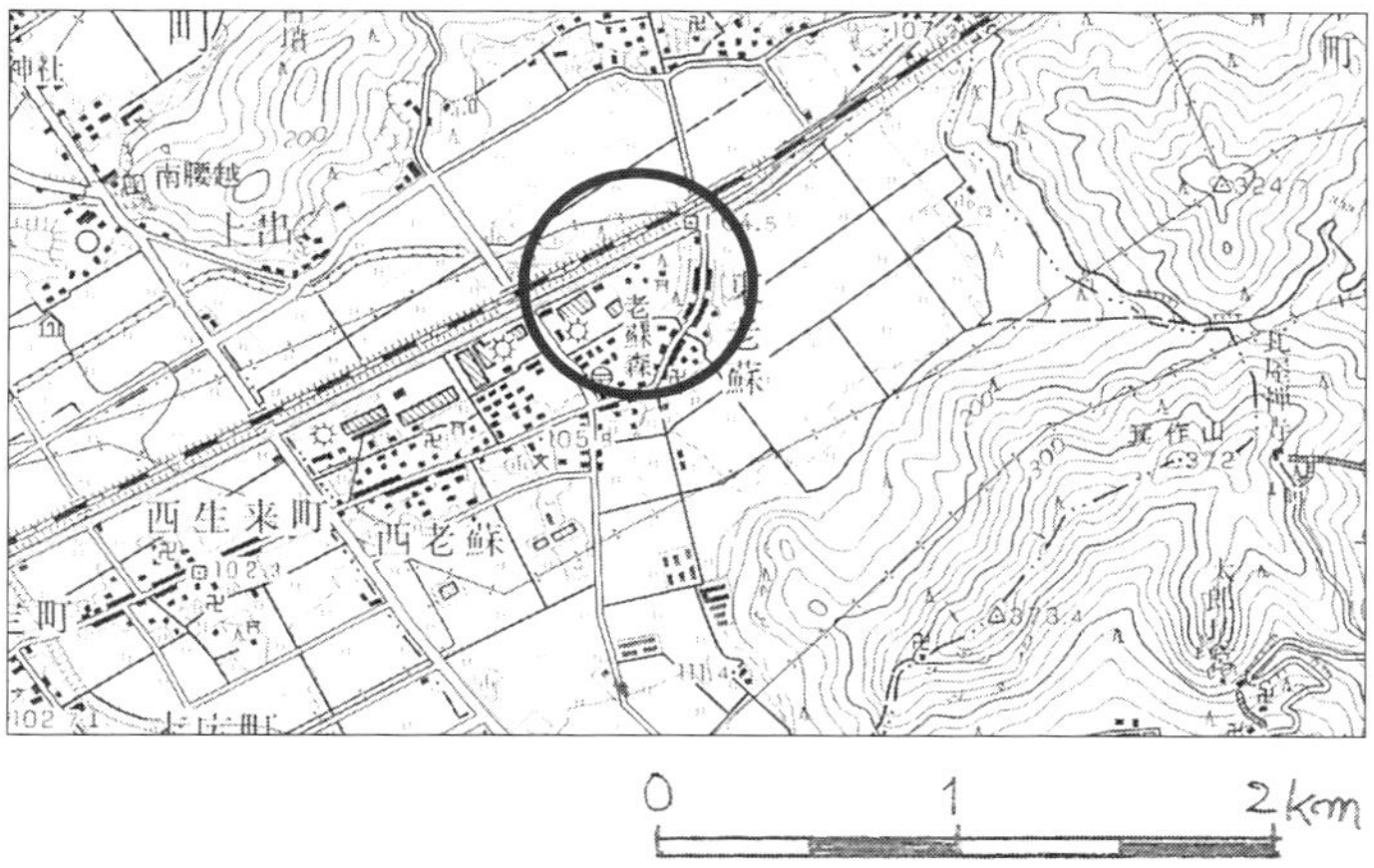

1／5万　近江八幡

（メモ）

①東海道新幹線の南際、近江八幡市安土町東老蘇にある。安土町西老蘇もあるので、東西両老蘇集落の鎮守、奥石神社の杜（森）である。

②奥石神社　祭神天津児屋根命。由緒は、第七代孝霊天皇の御代、石辺大連《いしべのおおむらじ》がスキ・マツ・ヒノキなどを植えると、たちまちに生い茂って大森林となったという。その石辺大連の創祀。『延喜式神名帳』蒲生郡の奥石神社。昭和二四年文部省史蹟指定。

③「老蘇の森」の意から考えると、この地の古木・枯木を見た人が用水を作り、灰など肥料を与えた所、それらの樹木が蘇生して、大森林になった。そのようにした人こそ「石辺大連」。花咲爺さんであろう。（表紙裏写真⑫参照）

三四二　大国郷（『和名抄』）

滋賀県愛知郡愛荘町・東近江市

関係地図　1／20万 名古屋　1／5万 近江八幡

201

おほくにのさと

・年もよしこがひもえたりおほくにのさとたのもしくおもほゆるかな　かねもり　神楽歌　③拾遺集　六一四

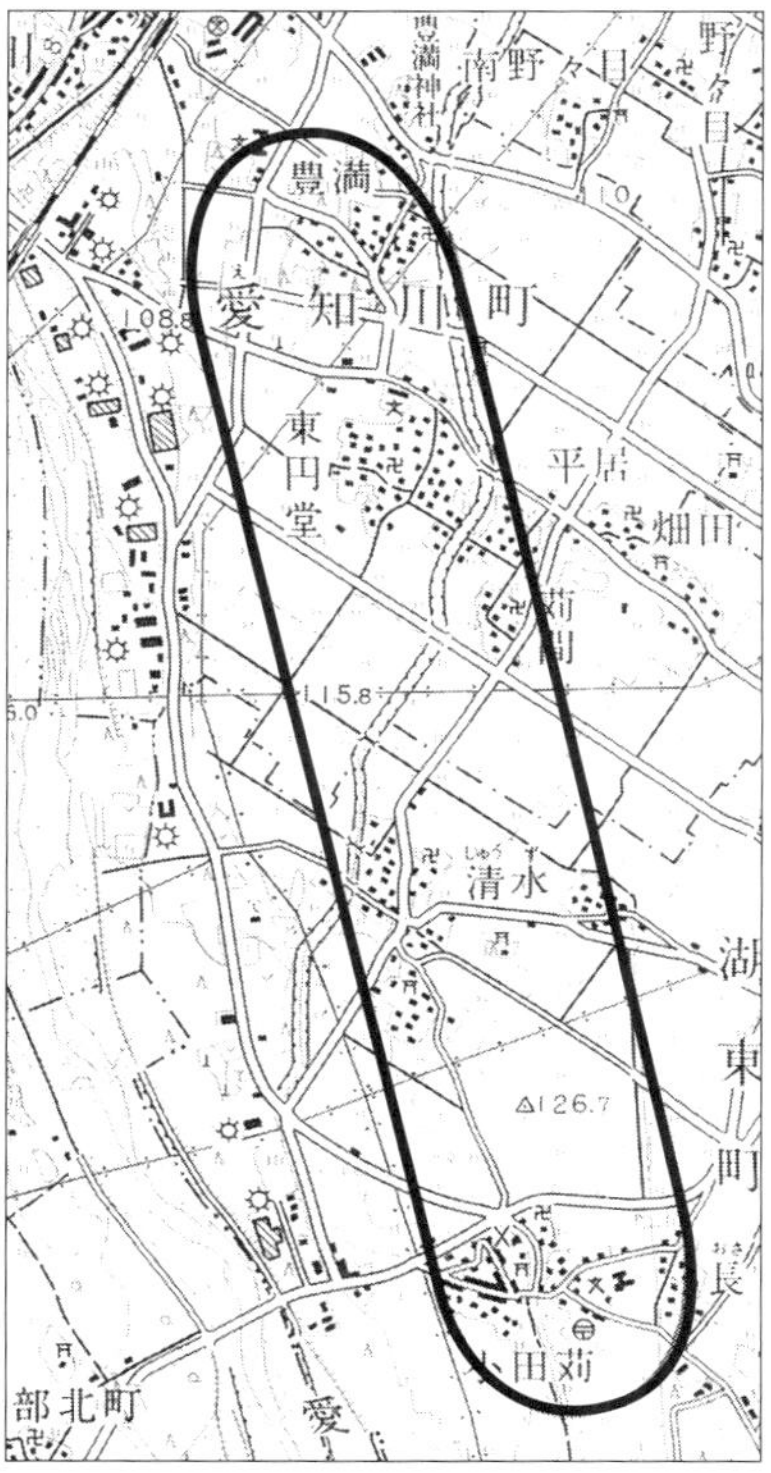

1／5万　近江八幡

（メモ）

①『和名抄』に、近江国愛知郡「大国郷」がある。

②『平安遺文』に、延暦一五（七九六）年から延喜二（九〇二）年にかけての二九通の土地売券が存在。売券の大部分が東大寺僧安宝・依知秦公浄男・調首新麿等の土地集積を物語り、このことが東大寺愛智荘、のちの大国荘の基礎を作ったという。

③大国郷は現在の愛知川右岸（東）の愛荘町豊満・東円堂・苅間、東近江市の北・南・大の清水町、清水中町、小苅田町、北・南・東菩提寺町などに相当という。

④愛荘町豊満に豊満神社が鎮座する。祭神は大国主命・足仲彦命（仲哀天皇）・息長足姫命（神功皇后）・誉田別命（応神天皇）。社伝では神功皇后の三韓出兵の時、この社の竹を軍旗の竿にしたので勝利したという。それで当社に「旗の宮」の名がある。この「旗」は「秦氏《はた》」に通じ、秦氏は大国荘の長である。当社は秦氏一族、大国荘の人々の心の支えであった。

⑤愛荘町愛知川に宝満寺がある。寺伝では、当寺は「大国寺《だいこくじ》」と称し、大国荘の寺院で、豊満神社の別当寺であった。建暦二（一二一二）年、住持が親鸞に帰依し、真宗となったという。

三四三　大蔵山

滋賀県甲賀市水口町水口《みなくち》

関係地図　1／20万 名古屋　1／5万 水口

202

おほくら山

・みつぎつむおほくら山はときはにていろもかはらずよろづ世ぞへむ　よしのぶ
神楽歌　③拾遺集　六〇四

後冷泉院御時、大嘗会御屏風の大蔵山をよめる

・うごきなきおほくら山をたてたればをさまれるよぞひさしかるべき　式部大輔
資業　④後拾遺集　四五九

(参考) 昔よりおほくら山といひそめて久しきみよの数をつむらむ　藤原兼光朝
臣　月詣集　六六

(参考) 数しらず秋のかりほをつみてこそおほくら山の名にはおひけれ　皇太后
宮大夫俊成卿　夫木抄　八五四一

1／5万　水口

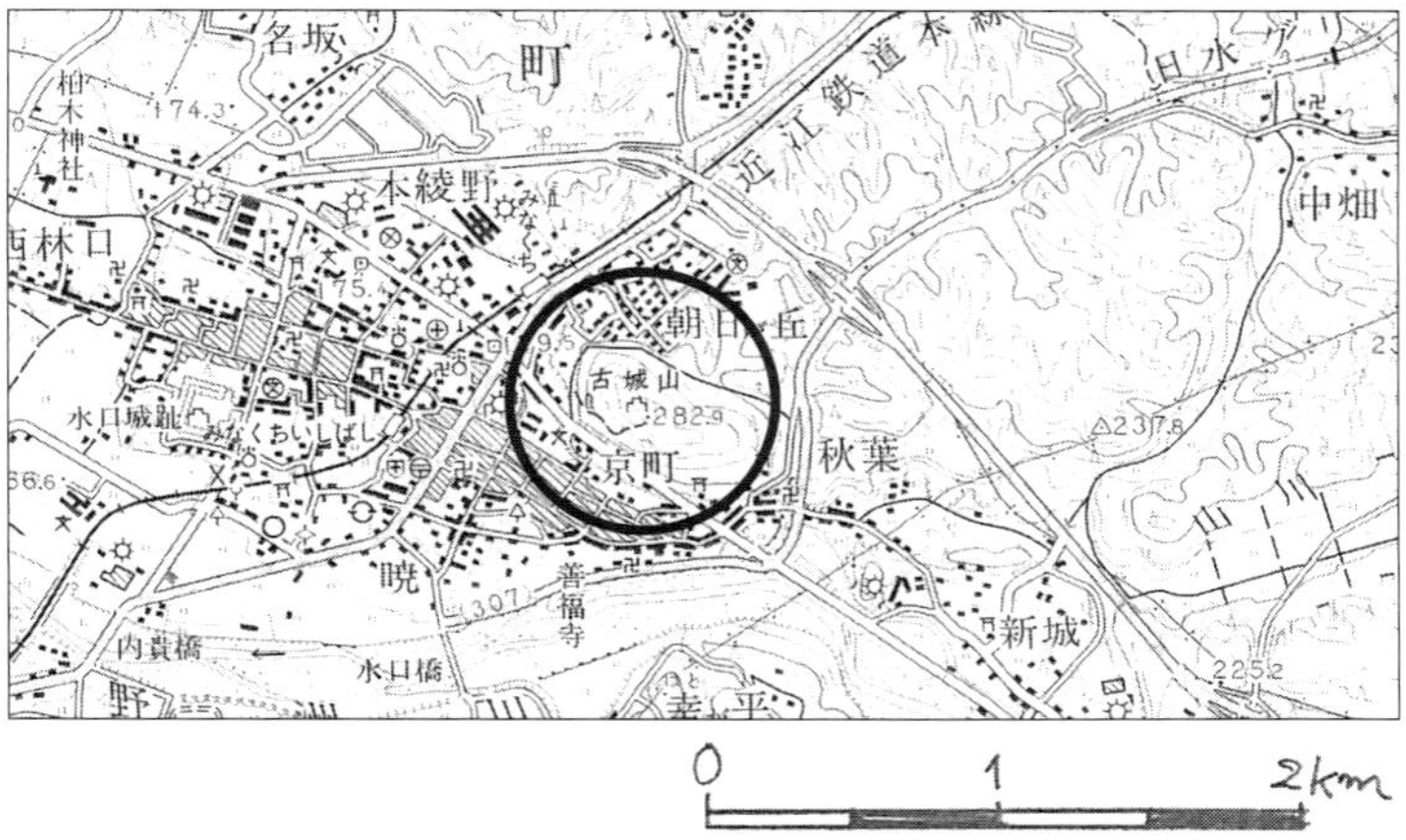

（メモ）

①近江鉄道本線水口駅の南東五百m。標高二八二・九m。古くは大岡山・大蔵山・岡山と呼ばれた。石英斑岩から構成。

②天正一三（一五八五）年七月中村一氏《かずうじ》がここに岡山城を築いた。その後、増田長盛・長束正家らが居城。慶長五（一六〇〇）年廃城。現在は山腹に石垣が少し残る。明治三四年、公園となる。

③水口城跡　水口町桐が丘（県史跡）。古城山の城が廃城後ここに築城。現在は石垣と堀が残る。城名は水口城と碧水城。小堀遠州が築城。天和二（一六八二）年、加藤明友が初めて城主として入城。水口藩二・五万石。加藤氏歴代が居城。本丸御殿は将軍宿館として建造された。

④水口町水口に水口神社が鎮座。祭神大水口宿祢命は饒速日命六世の孫石心大臣命の孫。郷土開拓の祖。成務天皇の御世の創立。式内社。

三四四　大　津

滋賀県大津市浜大津駅一帯

関係地図　1／20万 京都及大阪　1／5万 京都東南部
1／2.5万 京都東北部

205

おほつ

和泉式部石山にまゐりけるにおほつにとまりてよふけてききければ、人のけはひあまたしてののしりけるをたづねければ、下人のよねしらげ侍るなりとまうしければよめる

・さぎのゐるまつばらいかにさわぐらんしらげはうたてさととよむなり　和泉式
部　⑤金葉集　五五六

(参考) 近江荒都を過ぐる時柿本朝臣人麿作歌
……あまざかる　ひなにはあれど　いはばしる　あふみのくにの　ささなみの　おほつのみやに　あめのした　しらしめしけむ　すめろきの　かみのみことの　おほみやは　ここときけども　おほとのは　ここといへども　はるくさの　しげくおひたる　かすみたつ　……　万葉集　二九

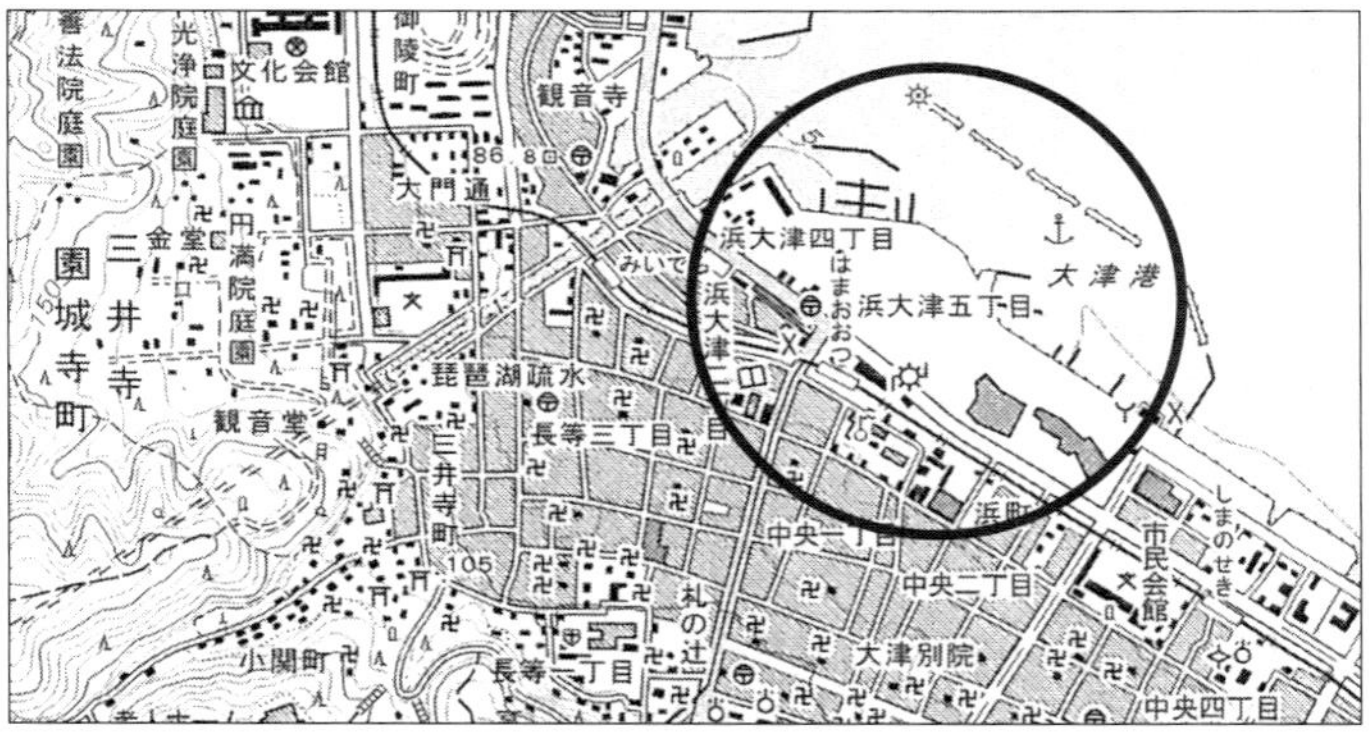

1／2.5万　京都東北部

（メモ）

①『大漢和辞典』（諸橋）に、「津」わたし。わたしば。舟に乗せて人を渡す處。また、ふなつき。みなとなどとある。よって「大津」は「津」の規模の大きなものとなる。

②現在の大津港は大津市浜大津にある。京阪石山坂本線浜大津駅下車がよい。しかし織豊期には大津七浦があった。

③ここ大津は陸路京都に。瀬田川・淀川からは大阪・奈良に通じる。また、大津から発進した船を今津に着ければ若狭国小浜へ。塩津に着ければ北陸や北国に、長浜や彦根に着ければ東山道諸国に、対岸の守山・草津に着ければ東海道諸国へとつながる。このように大津は人の交通、物資の流通に非常に大きな役割を担っていた。

三四五　大津宮跡

滋賀県大津市錦織《にしこおり》一帯

関係地図　1／20万　京都及大阪　1／5万　京都東北部
1／2.5万　京都東北部

50　あふみの宮

大津の宮のあれて侍りけるを見て

・さざなみやあふみの宮は名のみして霞たなびき宮ぎもりなし　人まろ　③

拾遺集　四八三

206　おほつの宮

(参考)近江荒都を過ぐる時柿本朝臣人麿作歌

……　あまざかる　ひなにはあれど　いはばしる　あふみのくにの　ささなみの　おほつのみやに　あめのした　しらしめしけむ　すめろきの　かみのみことの　おほみやは　ここときけども　おほとのは　ここといへども　はるくさの　しげくおひたる　かすみたつ　はるひのきれる　ももしきの　おほみやところ　みればかなしも　万葉集　二九

1／2.5万　京都東北部

(メモ)

①『日本書紀』天智天皇六(六六七)年三月一九日条に、

都を近江に遷す。

とある。また、同書一〇年一二月三日条に、

天皇、近江宮に崩《かむあが》りましぬ。

とある。また、同書、天武天皇元(六七二)年七月二三日条に、

大友皇子、走《に》げて入らむ所無し。乃ち還りて山前《やまさき》に隠れて、自ら縊れぬ。

などとある。この時が大津宮の閉宮か。

②錦織遺跡(大津市錦織)　御所之内遺跡とも呼ばれる。民家の改築で発掘したら、巨大な柱穴七基が出土。大津宮関連遺跡に、天智七年一月一七日建立の崇福寺跡(国史跡)、他に南滋賀町廃寺跡(国史跡)がある。

三四六　近江国庁跡

滋賀県大津市三大寺一三

関係地図　1／20万　京都及大阪　1／5万　京都東南部

182　近江

・近江のやかがみの山をたてたればかねてぞ見ゆる君がちとせは　大伴くろぬし

神あそびのうた　①古今集　一〇八六

(参考)……　あまざかる　ひなにはあれど　いはばしる　あふみのくにの　ささなみの　……　柿本朝臣人麿　万葉集　二九

49　あふみぢ

女のもとにつかはしける

・あふみぢをしるべなくてもみてしかな関のこなたはわびしかりけり　源中正

②後撰集　七八五

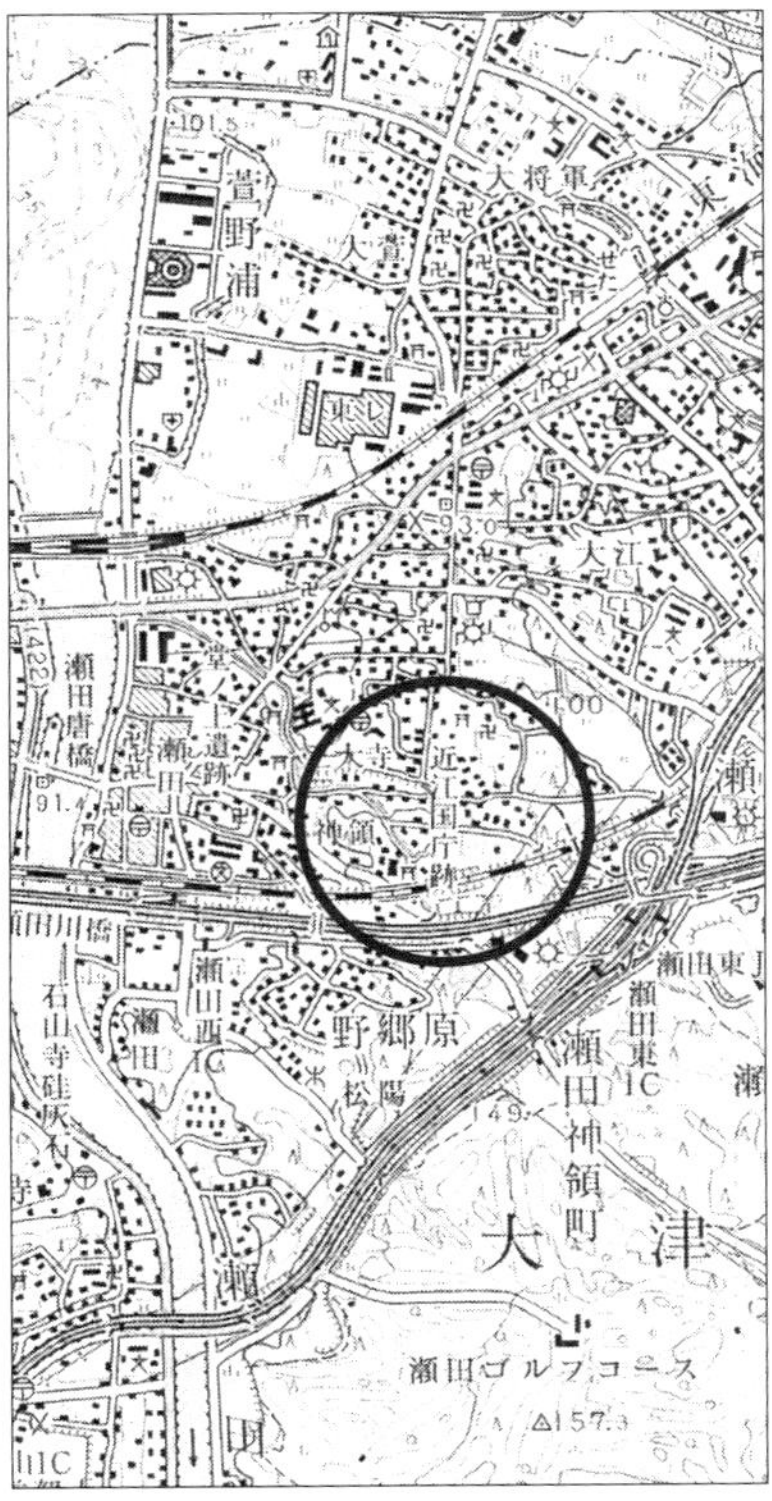

1／5万　京都東南部

(メモ)

①近江国庁跡　大津市三大寺　昭和三八年、雇用促進住宅の建設工事中に瓦・塼《せん》建物の遺構が出土。その後の発掘調査で南北の両正殿・東西の両脇殿、それらを囲む重廊の築地垣・中門・南門等の遺構を確認。その規模は一辺八町の方形。

②現在の滋賀県内には、東海道五宿、中山道九宿、北国街道六宿、その他西近江路・朝鮮人街道・御代参街道・北国脇往還・若狭街道、それに湖上水運と交通路が実に多かった。

③中国の洞庭湖にならって琵琶湖の美景として粟津の晴嵐・石山の秋月・堅田の落雁・唐崎の夜雨・瀬田の夕照・比良の暮雪・三井の晩鐘・矢橋の帰帆が八景。

三四七　小川戸谷橋

滋賀県高島市朽木小川《こがわ》

関係地図　1／20万　京都及大阪　1／5万　北小松

849　をがはのはし

・つくしよりここまでくれどつともなしたちのをがはのはしのみぞある　在原業平朝臣　③拾遺集　三八一

（参考）下り立ちてをがはの橋は渡れども名には濡れぬものにぞありける　和泉式部集

1／5万　北小松

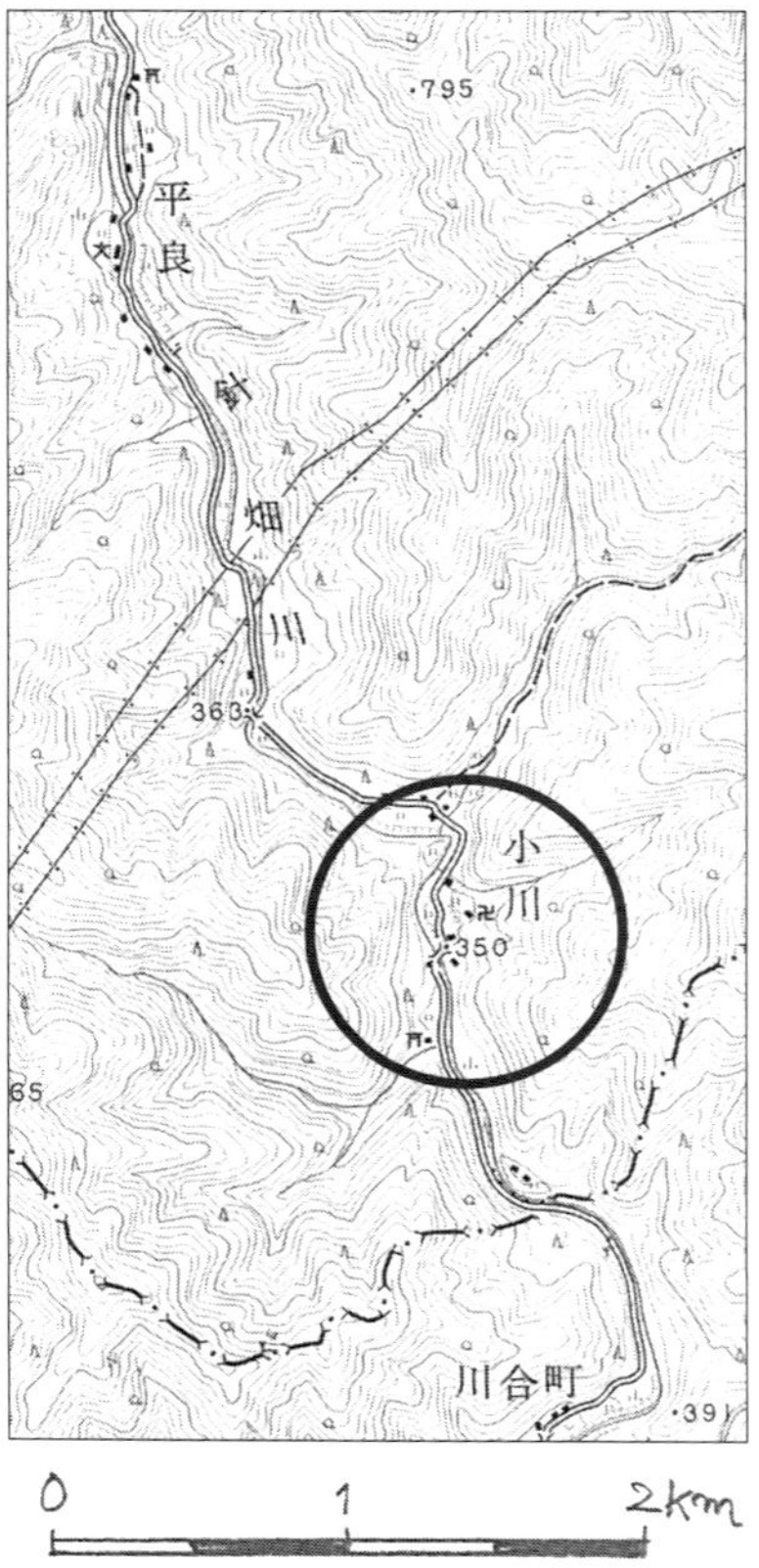

（メモ）

①針畑川は滋賀県・福井県・京都府の境をなす標高七七五・九ｍの三国岳に発し、東流・南流、また東流して大津市葛川梅ノ木町で、大河安曇川に注ぐ。

②現在高島市朽木小川は、「小河村」として平安期から見える。鎮守の思子淵《しこぶち》神社蔵の『大般若経』奥書に、永久年間（一一一三―一一一七）・康治年間（一一四二―一一四三）・文治年間（一一八五―一一八九）などがあり、

高島郡朽木荘小河村崇廟御経也

と記されている。また「思子淵神社」は安曇川筋に七社あり、古代の筏神の信仰を伝えているという。

三四八　雄琴の里

滋賀県大津市雄琴・仰木《おおぎ》・堅田辺

関係地図　1／20万　京都及大阪　1／5万　京都東北部　1／2.5万　堅田

853　をごとのさと

雄琴郷をよめる

・まつかぜのをごとのさとにかよふにぞをさまれるよのこゑはきこゆる　藤原敦光朝臣　⑤金葉集　三一七

（参考）ときはなるまつのしらべにひくことはをごとにきみをちとせとぞなる　ふかやぶ　古六帖　二二五六

（参考）ながきよの秋のしらべとひくことはをごとに君を千とせとぞなる　つらゆき　古六帖　三四〇〇

1／2.5万　堅田

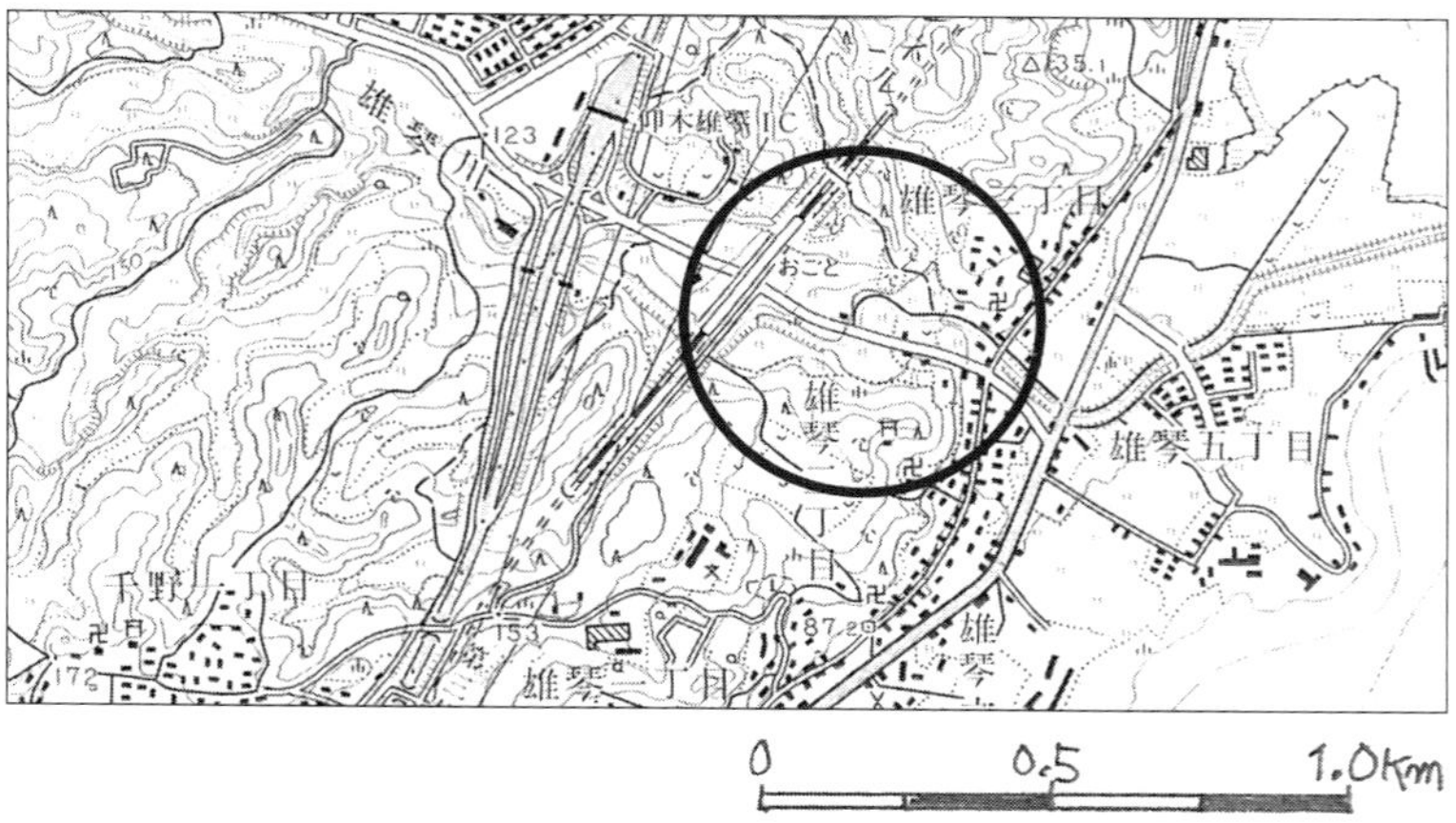

（メモ）

①琵琶湖大橋　大津市今堅田と守山市今浜町を結ぶ有料橋。昭和三九年九月二七日に開通。琵琶湖の最狭部に架かる橋で、この橋の北を北湖、南を南湖に分ける。橋の総延長は二・五八㎞。橋梁部分は一・三五㎞。

②雄琴は南湖の西岸で、延暦寺横川東斜面を源に東流する雄琴川の三角洲上に位置する。また、西近江路（北国街道）が貫通する。

③「雄琴」の地名は、この地を開いた小槻氏今雄宿祢による名。また、雄琴・雌琴の伝承にちなむ地名ともいう。

④大津市雄琴に雄琴神社が鎮座。祭神は大炊神・今雄宿祢他。由緒は大炊神は仁寿元（八五一）年勲功により雄琴荘を賜わり法光寺を創建。その子孫が今雄宿祢を祀り社殿を創建したのが創祀という。

⑤法光寺境内のラジウム泉の霊泉を利用しているのが雄琴温泉。大正一三年開業。

三四九　膳所《おものの》の浜跡

滋賀県大津市黒津

関係地図　1／20万 京都及大阪　1／5万 京都東南部

215

おもののはま

・とどこほる時もあらじな近江なるおもののはまのあまのひつぎは　かねもり

③拾遺集　六〇八

（参考）あま人もおもののはまのはまづとを月にあけぬといまやいそがん　正三

位知家卿　夫木抄　一一七五四

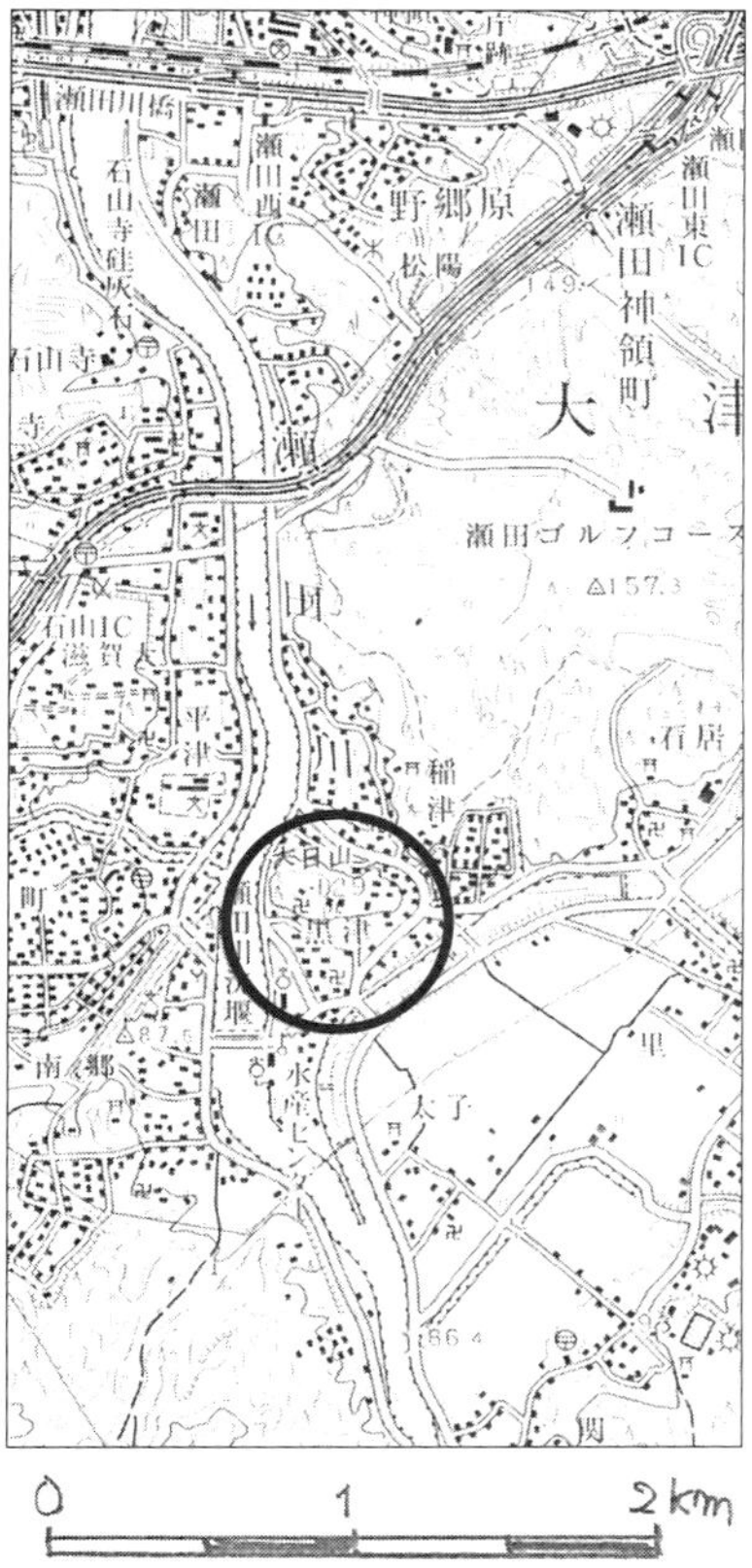

1／5万　京都東南部

（メモ）

①南流する瀬田川に、西流する大戸川《だいどがわ》が注ぐ大津市黒津の南に伸びる瀬田川の浅瀬が「おもののの浜」、又は「供御《くご》の瀬《せ》」である。琵琶湖から流れ出る瀬田川が運ぶ土砂が、すぐ南で合流する大戸川の水流に押し止められ、この地に堆積して形成された。

②地名の由来は、天智天皇の近江朝時代に、大津から大和吉野山へ逃れようとした大海人皇子（後の天武天皇）が、対岸の瀬田川西岸の現大津市南郷の人々の指示で、この瀬を渡り、黒津に着いた時、皇子を哀れと思った村人が、供物を献じたからという。また、平安時代、朝廷に氷魚（子鮎）などの供御を献じる田上網代《たなかみあじろ》が置かれたからともいう。

③黒津浜（大津市黒津）　大日山（標高一二九m）の麓にある瀬田川・大戸川舟運の拠点の一つで、膳所藩公認の積荷浜であった。慶安四（一六五一）年には、瀬田川内船として川船・猟船が三〇船あったという。

三五〇　園城寺《おんじょうじ》

滋賀県大津市園城寺町二四六

関係地図　1／20万 京都及大阪　1／5万 京都東北部

1／2.5万 京都東北部

729

三井寺

三井寺にて人人恋歌よみけるによめる

・つらしともおもはん人はおもひなんわれなればこそ身をばうらむれ　僧都公円

⑤金葉集　四八八

三井寺やけて後、すみ侍りける房をおもひやりてよめる

・すみなれし我が古郷はこの比や浅茅がはらに鶉鳴くらん　大僧正行尊　⑧

新古今集　一六八〇

（参考）ながむれば心のそこぞすみまさる三井のし水にうつる月かげ　前大僧正

道珍　玉葉集　二六九〇

（参考）にごるなと世をこそいのれ底ふかき三井の清水を汲みそめしより　二品

法親王仁誉　新葉集　六二一

（メモ）

①『東海道名所図会』他によれば、園城寺は、「長等山園城寺。一名三井寺、又寺門」とある。この寺は、もと天智天皇第五の皇子、大友皇子の殿舎である。荘園城邑の地であったので園城寺と号された。天智天皇は天智六年に大津宮に遷都され、同七年に崇福寺を建立された。崇福寺には金色丈六の弥勒仏を安置された。その翌年の天智八（六六九）年に園城寺を草創されたという。

②園城寺金堂の側に「御井」がある。この御井の清水を天智・天武・持統の三天皇御誕生の時、産湯に用いたので「御井」の名がある。また、この清水は三密潅頂の閼伽《あか》とするので「三井」と号された。また、「閼伽井《あかい》」とも呼ばれている。この御井は、古来から名泉で、はげしからず、鈍《にぶ》からず清妙※八徳を具し、冬夏に増減なく味甘しという。

※中国雲南省の鶏足山、南京東の鍾山にあって清・冷・香・柔・甘・浄・不饐・触痾の八徳がある。

③御井は現在、国重文の閼伽井屋の中にある。苔むした大小の石組みがあり清水が音を発して涌出している。

④空海の甥円珍が一四才の時、比叡山第二代座主義真に師事。その後、仁寿三（八五三）年四〇歳の時入唐し、梵字悉曇章・種々印法。天台学・密教を学び在唐六年、帰国し比叡山山王院に住む。貞観元（八五九）年、智証大師円珍が荒廃

していた園城寺に移り、唐院を建て、延暦寺の別院として再興し、将来した経論等を蔵した。貞観一〇年、円珍は第七代延暦寺座主となり、勅許を得て園城寺を伝法潅頂道場とした。この後、天台宗に第五代慈覚大師円仁の系統の「山門派」と智証大師円珍の系統の「寺門派」の別が生じたという。

⑤円珍、延暦寺座主在職二四年、寛平三（八九一）年一〇月二九日死去。年七八。その後、門弟達が円珍の遺骨・彫像、主な典籍等を持って比叡山を下り、ここに天台寺門派の法灯を掲げたという。

1／2.5万　京都東北部

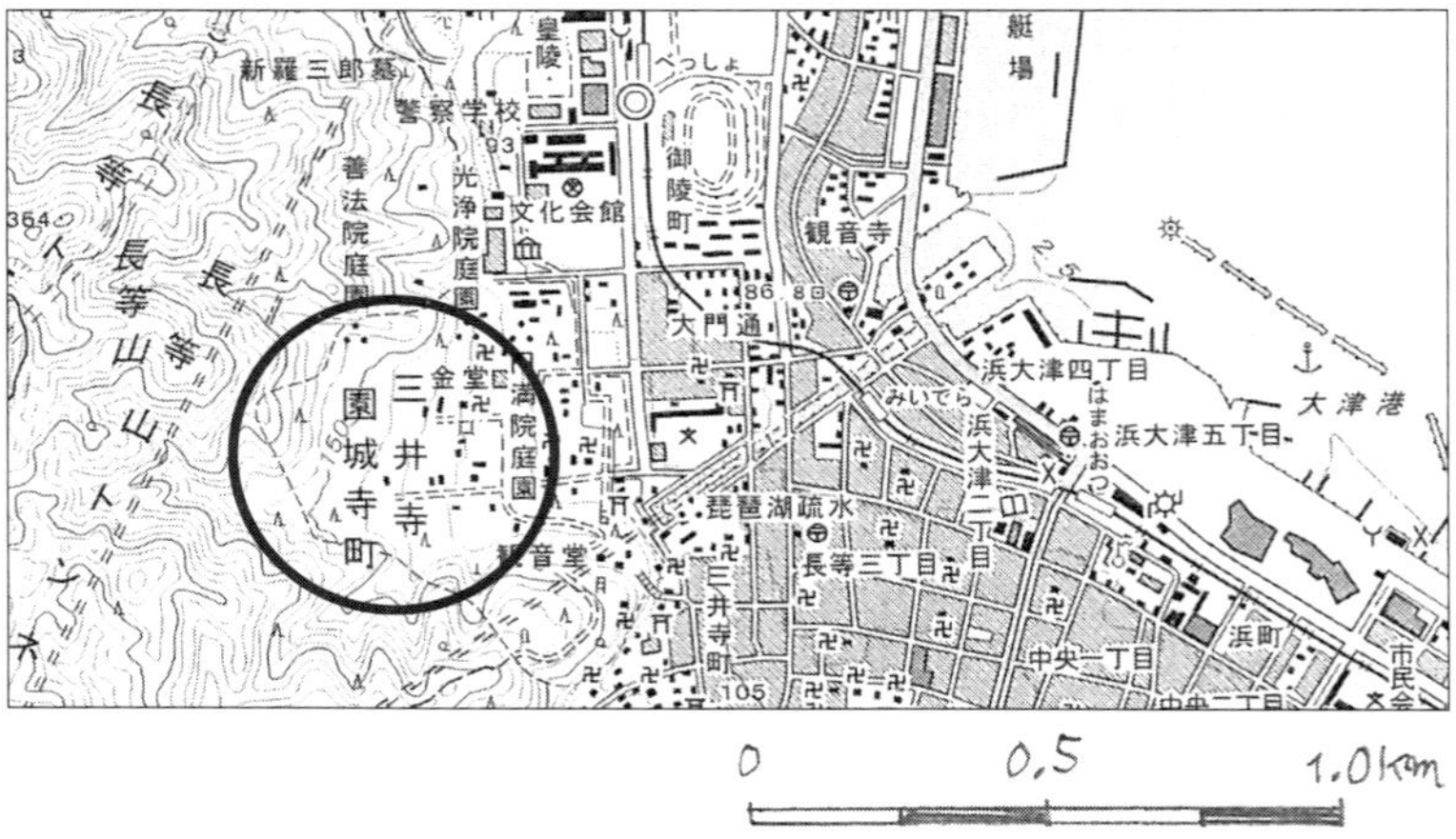

⑥園城寺の鐘は近江八景の一つ、「三井の晩鐘」にあり、天下三名鐘の一つである。三井の古鐘は国宝金堂の上の方の霊鐘堂にある。「弁慶引きずり鐘」の名がある。また、俵藤太秀郷が近江富士の名のある三上山の大百足を退治して龍宮から得た大鐘と伝えられる。延暦寺と争った時弁慶がひきずり上げたが、「三井寺へいのう〳〵（帰ろう〳〵）」と鳴ったので、山上から谷へ蹴落としたところ破《わ》れ鐘になったという。よって、玄円の歌、

　さざなみや三井の古寺かねはあれど
　　むかしにかへる声は聞へず

がある。この古鐘は高さ五尺五寸・口径四尺一寸・厚三寸五分・龍頭一尺一寸五分。伝には天竺祇園精舎の北東方の吊鐘であったともいう。

⑦西国観音霊場第一四番札所観音堂

『東海道名所図会』に次のようにある。

　正法寺。南院にあり。初めは聖願寺と号す。世俗巡礼観音、或は高観音とも称す。西国巡礼十四番札所なり。本尊如意輪観音、脇士（左愛染、右毘沙門）寺門伝記云、後三条院御願寺なり。延久四（一〇七二）年の春、後三条帝御不豫月を累《かさ》ねて平癒せず、時に大僧都頼範詔を奉《うけ》て一寺を建て、金色等身如意輪観音像を安置して祷《いの》るに、忽《たちまち》日を歴《へ》ずして御悩平癒す。

三五一　鏡山

滋賀県野洲市大篠原・蒲生郡竜王町鏡・山面《やまづら》

関係地図　1／20万 名古屋　1／5万 近江八幡

218

かがみの山

• 近江のやかがみの山をたてたればかねてぞ見ゆる君がちとせは　　大伴くろぬし

①古今集　一〇八六

これは、今上の御べのあふみのうた

219

かがみ山

• 万代をあきらけく見むかがみ山ちとせのほどはちりもくもらじ　　中務

③拾遺集　六一三

宇治前太政大臣家歌合に月をよめる

• かがみやまみねよりいづる月なればくもるよもなきかげをこそみれ　　一宮紀伊

⑤金葉集　一九六

1／5　近江八幡

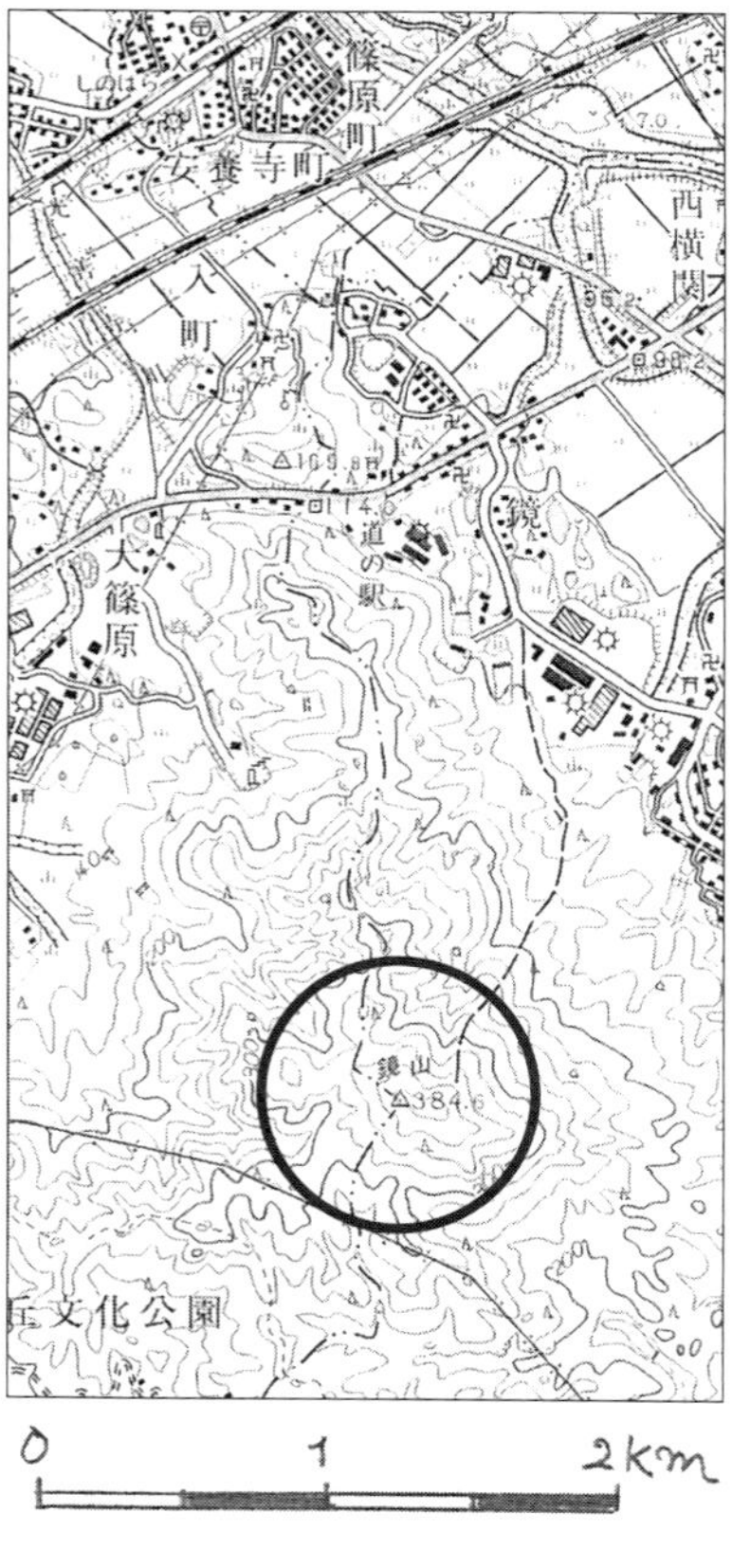

（メモ）

①『木曽路名所図会』「鏡山」に、街道の石にあり。或人の説には天日槍《あまのひぼこ》といへる者、日の鏡を収めしより名付初し也。此裔たたりて陶人となり陶を作りたる。今に土中より出る。後、志賀楽にうつるといふ。

②蒲生郡竜王町鏡集落は鏡山の北山麓に位置し、中山道沿いにある。村名は、昔、天日之命がこの地で鏡を作った故事に由来するという。

③昔、義経が東国へ下向の時、ここ鏡宿の沢氏に止宿した。その夜強盗が入ったので退治したという。その後この村の神事にはこの家の棟に幣を立てたという。

三五二　鶴翼山

滋賀県近江八幡市船木町・小船木町・宮内町等

関係地図　1／20万 名古屋　1／5万 近江八幡

689

ふなきのやま

もみぢなほあさしといふこころを今上よませたまふついでにたてまつりはべりける　右大弁

• いかなればふなきのやまのもみぢばのあきはすぐれどこがれざるらん

通俊　④後拾遺集　三四六

（参考）あらしふくふなきの山のもみぢ葉はしぐれのあめにいろぞこがるる　権中納言経忠　新勅撰集　三五四

（参考）さざ波や船木の山のほととぎすほにいでていまぞ鳴きわたるなる　左京大夫顕輔卿　夫木抄　八六二八

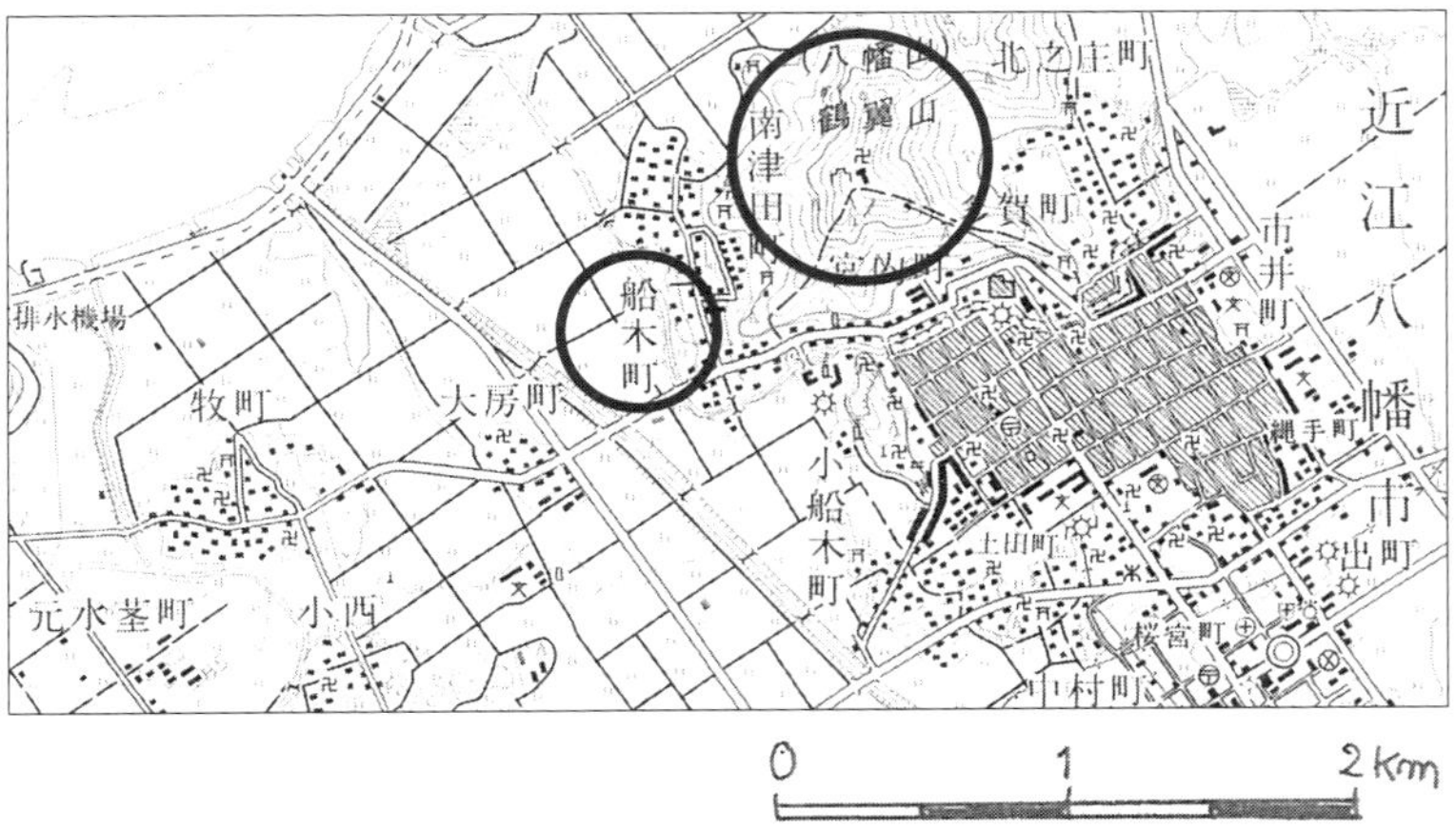

1／5万　近江八幡

（メモ）

①近江八幡市に船木町・小船木町があり、その北に標高二七一・七ｍの鶴翼山（八幡山）がある。

②「舟木」の地名は、この地は造船用材の積出地であったに由来するという。『和名抄』蒲生郡に「舩木郷」がある。この地には船木が育つ「船木山」と、船木を集めた「船木の山」の両方があった。更に、筏に組んで運送する「八幡堀川」まで揃っていた。

③鶴翼山（八幡山）に天正一三（一五八五）年、紀伊征伐・四国征伐に従って功があった羽柴秀次は翌年、近江二〇万石を領し八幡山を居城とした。しかし、文禄四（一五九五）年七月秀次は自害した。秀次の生母、秀吉の姉日秀は京都村雲の地に瑞龍寺を創建し菩提を弔った。しかし昭和三八年村雲から秀次ゆかりの、八幡城本丸跡に瑞龍寺は移築された。

三五三　亀　丘

滋賀県大津市御陵町

関係地図　1／20万 京都及大阪　1／5万 京都東北部　1／2.5万 京都東北部

266

かめのをか

御冷泉院御時大嘗会御屏風、近江国亀山松樹多生たり　式部大輔

• よろづよにちよのかさねてみゆるかなかめのをかなる松のみどりは

資業　④後拾遺集　四五八

268

かめ山

みちのくにのかみこれともがまかりくだりけるに、弾正のみこのかうやくつかはしけるに　戒秀法師

• かめ山にいくくすりのみ有りければとどむる方もなき別かな

③拾遺集　三三一

（参考）千代ふべきかめのお山の秋の月くもらぬかげは君がためかも　前大納言俊定　風雅集　二一六五

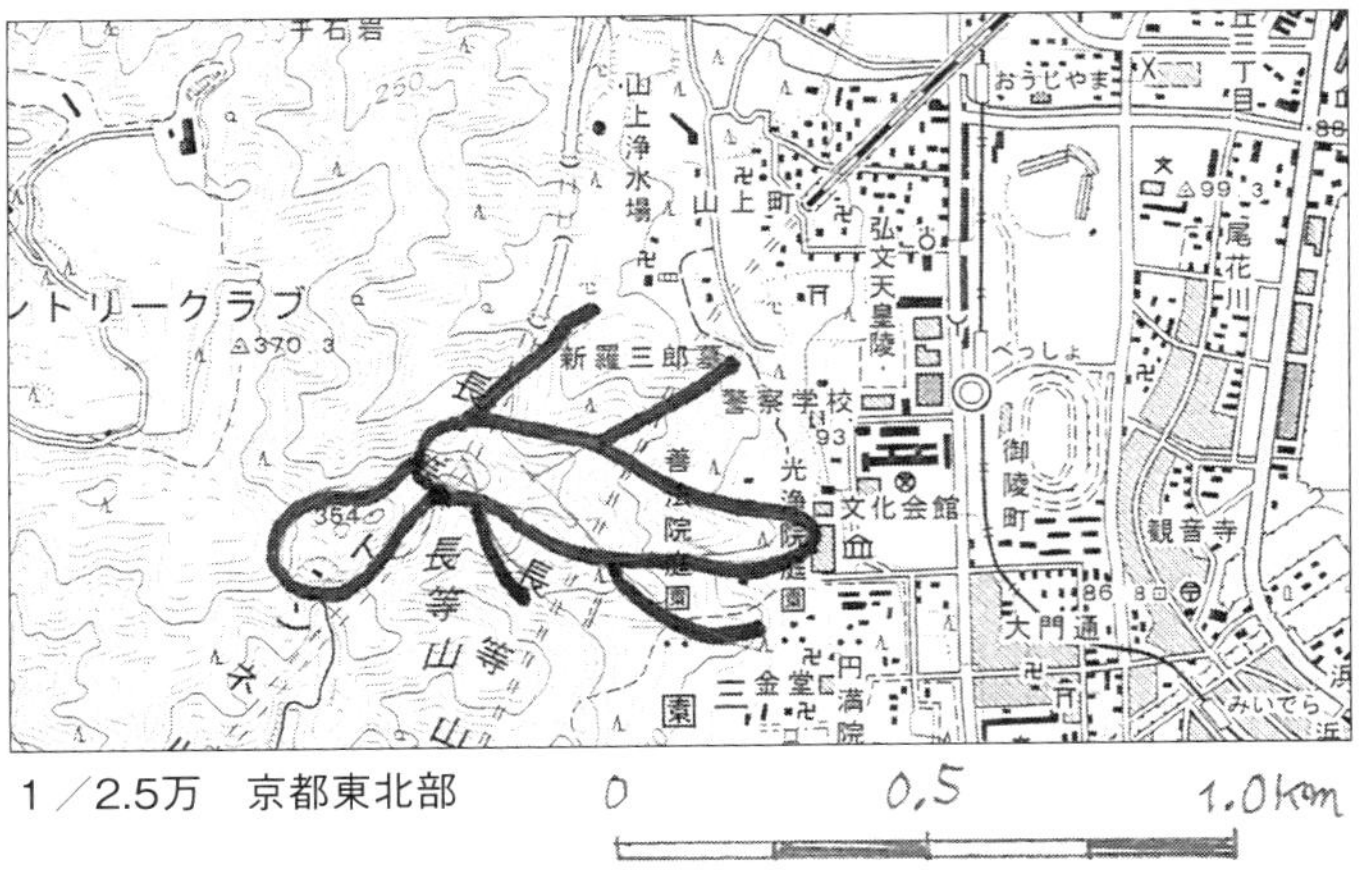

1／2.5万　京都東北部

（メモ）

①亀岡とも書く。大津市御陵町。標高三五四ｍの長等山《ながらやま》付辺。長等山山頂を頭をもたげた亀にして、光浄院庭園をふさふさした尾の先端、フェノロサ墓を右前足、警察学校を右後足、善法院を左後足、湖西線長等トンネルを左前足とすると、敵が来た時に、甲羅の中に蔵めると、頭・尾・前足・後足の六つがそろう。甲羅の幅を大きくすると、亀になる。

②亀岳は大津市役所の裏あたり。かつての三井寺北院内という。壬申の乱で敗れた大友皇子が縊死されたのがこの場所と推定され、明治一〇年、弘文天皇山陵とされた。現在の大津市御陵町の町名は、このことに由来。平安末期頃までは、近江国の古地とされ、名所とされ、新嘗祭には注進されていると。

三五四　鴨川の橋

滋賀県高島市安曇川町上小川・下小川

関係地図　1／20万 名古屋　1／5万 彦根西部

849

をがはのはし

・つくしよりここまでくれどつともなしたちのをがはのはしのみぞある　在原業平朝臣　③拾遺集　三八一

（参考）みちのくのをがはのはしのあゆみ板の君しそむかばわれもそむかん　読人不知　夫木抄　九四一九

（参考）下り立ちてをがはの橋は渡れども名には濡れぬものにぞありける　和泉式部集

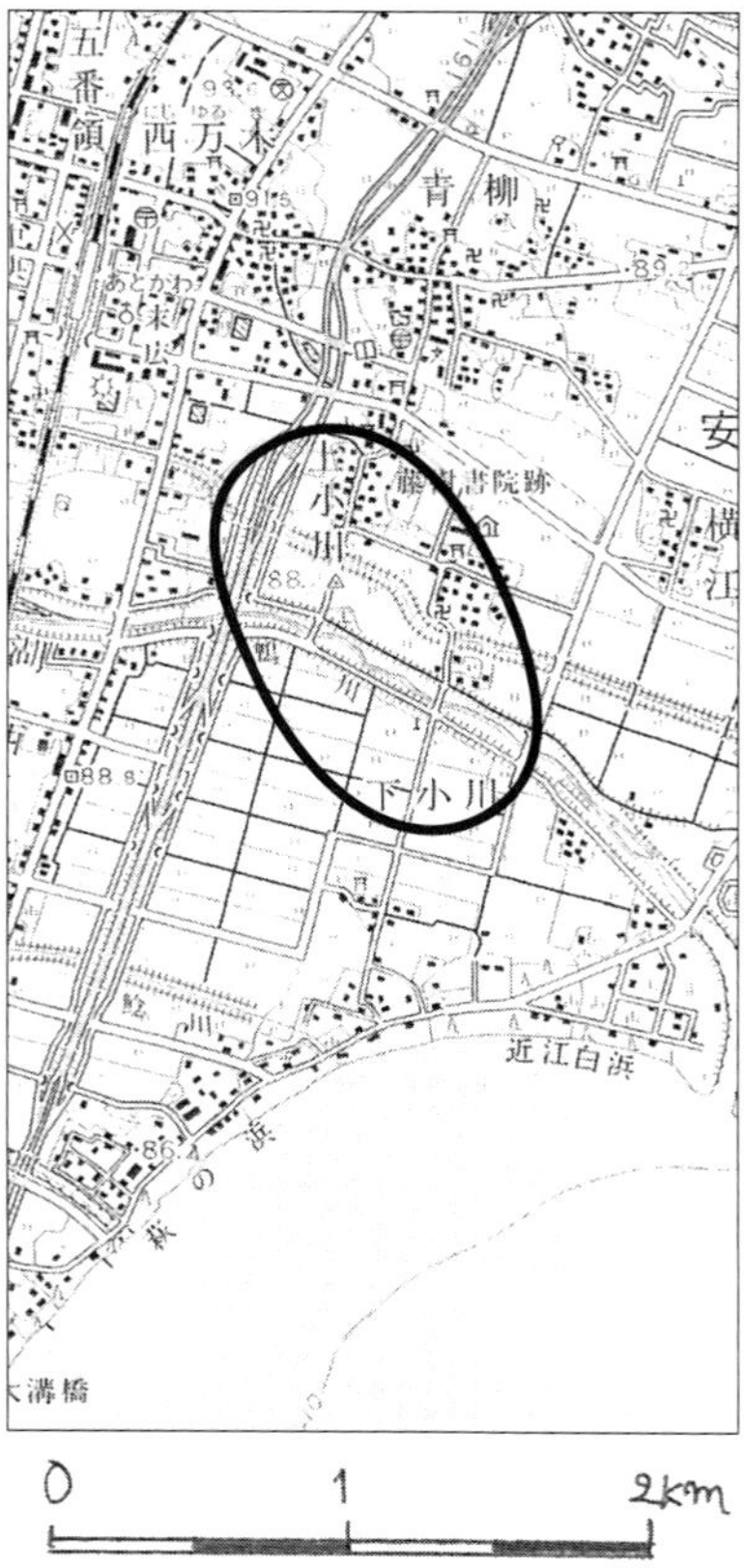

1／5万　彦根西部

（メモ）

①高島市安曇《あど》川《がわ》町上小川は鴨川の上流に、安曇川町下小川は下流側に位置している。下小川集落には国狭槌神社・若宮神社が鎮座し、上小川集落には藤樹神社が鎮座する。また隣接の鴨集落には志呂志神社が鎮座する。

②鎌倉期には、この地に「小川保」があり、保内には志賀郡日吉神社領早尾神供祭料所があった。また、応永三〇（一四二三）年の「御八講法式」の定置文には、下小川字宮筋の八王子権現を中心として講が結ばれていたという。

③この地は古代の天皇、欽明天皇の父、敏達天皇・用明天皇・推古天皇の祖父に当たる継体天皇の御誕生地である。

④また、江戸期の儒者中江藤樹の学問の地であり、藤樹書院跡・藤樹神社・藤樹記念館がある。

三五五　唐崎

滋賀県大津市唐崎一丁目

関係地図　1／20万 京都及大阪　1／5万 京都東北部　1／2.5万 京都東北部

276

からさき

・かの方にいつからさきにわたりけむ浪ぢはあとものこらざりけり　あほのつねみ　①古今集　四五八

粟田右大臣家の障子に、からさきに祓したる所にあみひくかたかける所

・みそぎするけふからさきにおろすあみは神のうけひくしるしなりけり　平祐挙　③拾遺集　五九五

・さざなみや志賀のからさき風さえてひらのたかねに霰ふるなり　法性寺入道前関白太政大臣　⑧新古今集　六五六

（参考）さざなみの　しがのからさき　さきくあれど　おほみやひとの　ふねまちかねつ　柿本朝臣人麿　万葉集　三〇

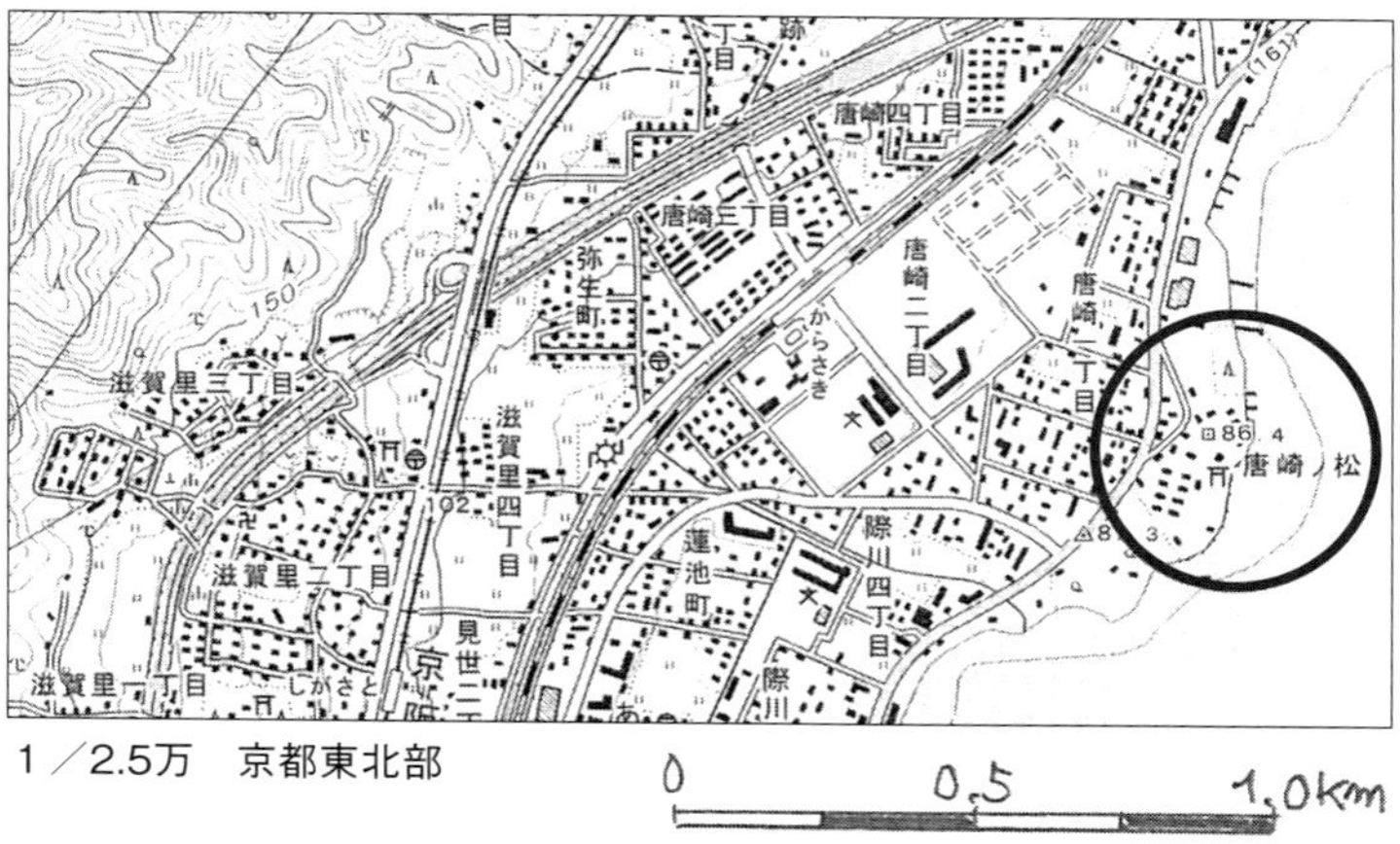

1／2.5万　京都東北部

（メモ）

①大津市唐崎に唐崎神社が鎮座。神社は日吉神社の末社。祭神は女神の唐崎大明神で、松の精とも。又、海少童命《わたずみのみこと》とも。

御神詠は

まひ遊ぶ声すみやかにわたずみを

しずやの小すけ末かけて守《も》れ

山王例祭が四月中《なか》ノ申日申刻《さるのひさるのとこく》に至れば七社の神輿が大宮より下り、八柳より船で一散に漕ぎ出して辛崎の松の辺湖上に並んだという。境内に大きな黒松があり、近江八景の一、唐崎の一つ松。株の圍は五尋・高さ三丈餘。『懐風藻』に

詠孤松　大納言直二中臣朝臣大島

隴上孤松翠　凌雲心本明

餘根堅厚地　貞質指高天

弱枝異蓑草　茂葉同桂栄

孫楚高貞節　隠居悦笠軽

がある。

三五六　川　島

滋賀県高島市安曇川町川島

関係地図　1／20万 名古屋　1／5万 彦根西部

251
かはしま

しのびてものいひ侍りける女の、つねに心ざしなしとゑんじければ、つかはしける

・君にのみしたのおもひはかはしまの水の心はあさからなくに　従三位季行

⑦千載集　八六五

（参考）あひ見ては心ひとつをかはしまの水のながれてたえじとぞ思ふ　業平朝臣　続後撰集　八三七

（参考）たえじとは契りしものを川島の水のながれのなど氷るらん　西音法師　続後拾集　九一五

1／5万 彦根西部

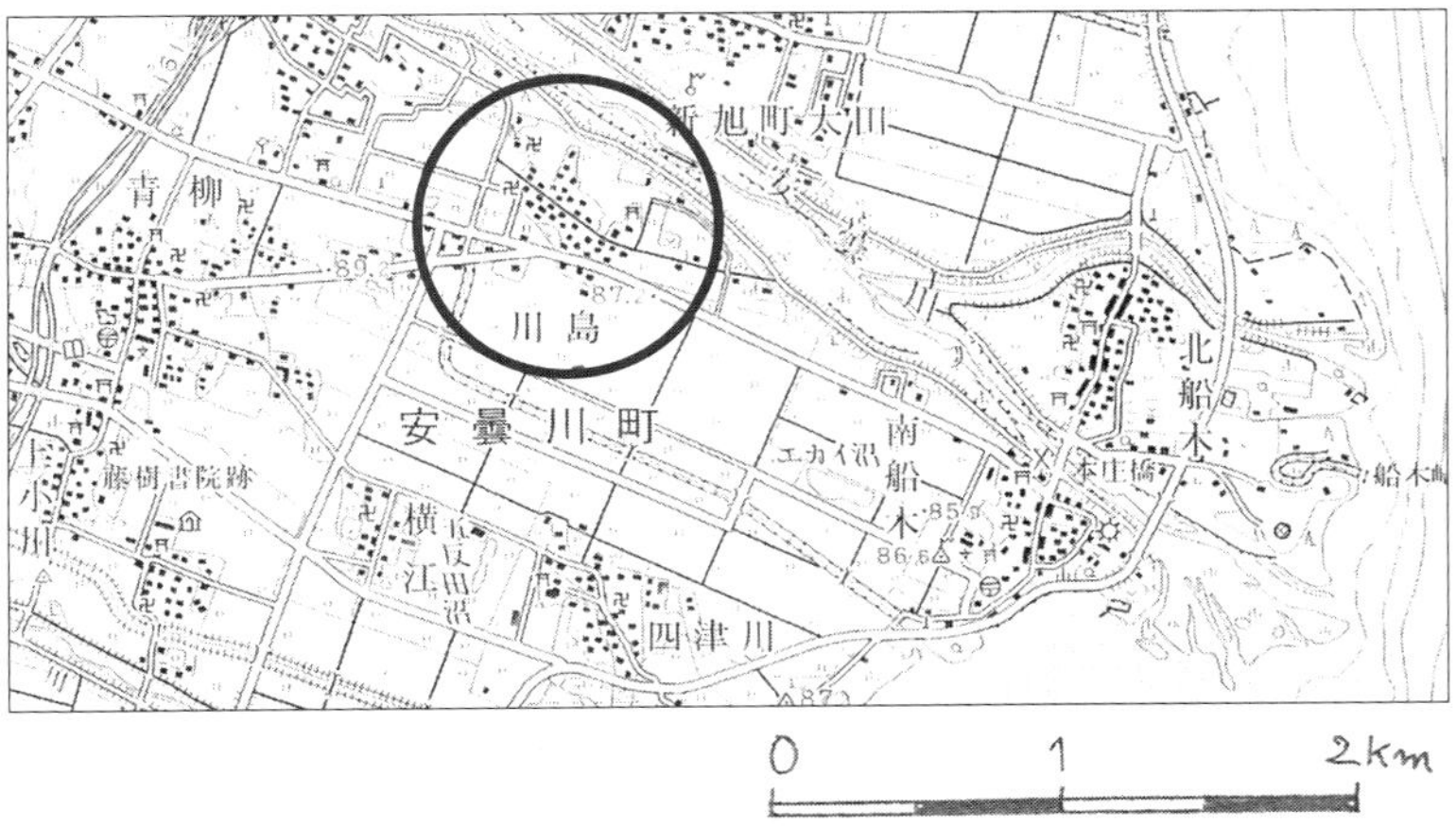

（メモ）

①高島市内を北流してきた安曇川の河口部右岸（南）に位置する。

②地名の由来は安曇川の三角洲（デルタ）部の南流と北流にはさまれた土地であることによる。

③もう一つは、天智天皇の第二子の河島《嶋》皇子の居住地かともいう。

④『万葉集』に、紀《き》伊の国に幸す時に、川島皇子の作らす歌、

白波の　浜松が枝の　手向けくさ　幾代までにか　年の経ぬらむ　三四

がある。また、『懐風藻』に、

五言。山斎。一絶。

塵外年光満　林間物候明

風月澄遊席　松桂期交情

がある。

⑤安曇川町川島集落には『延喜式神名帳』高島郡に、「阿志都弥《あしづみ》神社」が鎮座する。

三五七　きませの山推定地

滋賀県大津市仰木町・京都府左京区大原

関係地図　1／20万 京都及大阪　1／5万 京都東北部

300
きませの山

・わがせこがきませの山とひとはいへど君もきまさぬ山のならし　人まろ

③拾遺集　八一八

（参考）わがせこを　こちこせやまと　ひとはいへど　きみもきまさず　やまのなにあらし　万葉集　一〇九七

（参考）わがせこがきまさぬよひの秋風はこぬひとよりもうらめしきかな　曽祢好忠　③拾遺集　八三三

1／5万 京都東北部

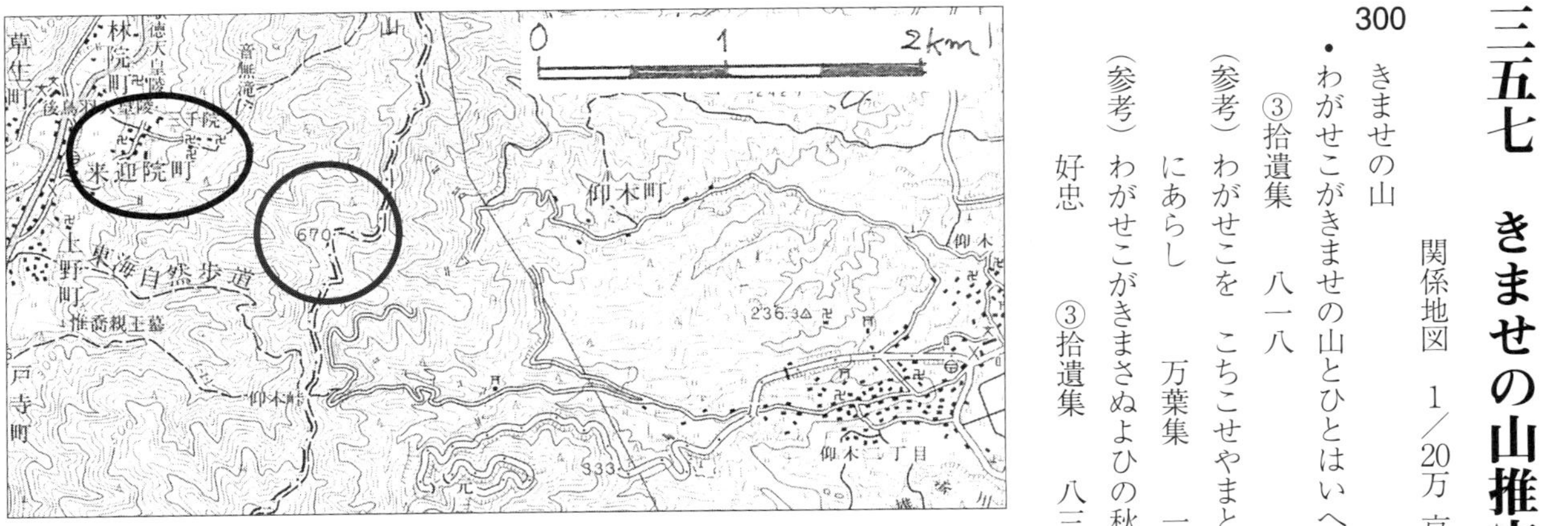

（メモ）

①滋賀県大津市仰木《おおぎ》町と京都府左京区大原との境の標高六七〇mの無名峰。この山の西は左京区大原来迎院町で、来迎院・遮那院・蓮成院・浄蓮華院がある。

②「来迎《らいげい》」は㋐来り迎える　㋑仏の霊が現われて来り迎える　と辞典にある。この六七〇m峰の東部の住民にとって、夕日・入陽は阿弥陀如来があたかも西方の極楽浄土から手を差しのべてお迎えのお姿に見えたのであろう。また、歩いて行く場合は、約一km南、標高五七〇mの仰木峠から来迎院に行ける。

③大原来迎院町にある来迎院は、仁寿年間（八五一―八五四）慈覚大師円仁が、中国の天台山を模して堂塔伽藍を建立し、天台声明《しょうみょう》の道場とした。その後、天仁二（一一〇九）年、融通念仏の開祖聖応大師良忍が再興。

三五八　霧生の岡

滋賀県大津市上田上桐生町及桐生一帯

関係地図　1／20万 京都及大阪　1／5万 京都東南部

306

きりふのをか

贈皇后宮の御うぶやの七夜に、兵部卿致平のみこのきじのかたをつくりて、たれともなくてうたをつけて侍りける　清原元輔

・あさまだききりふのをかにたつきじは千世の日つぎの始なりけり

③拾遺集　二六六

（参考）あけくれにきりふのをかにたつしかはつまのゆくへも見えずとやなく

清輔朝臣　夫木抄　四七三七

（参考）たちこむるきりふのをかのもみぢ葉の色をば風のつてにてぞしる　郁芳門院安芸　夫木抄　九二〇二

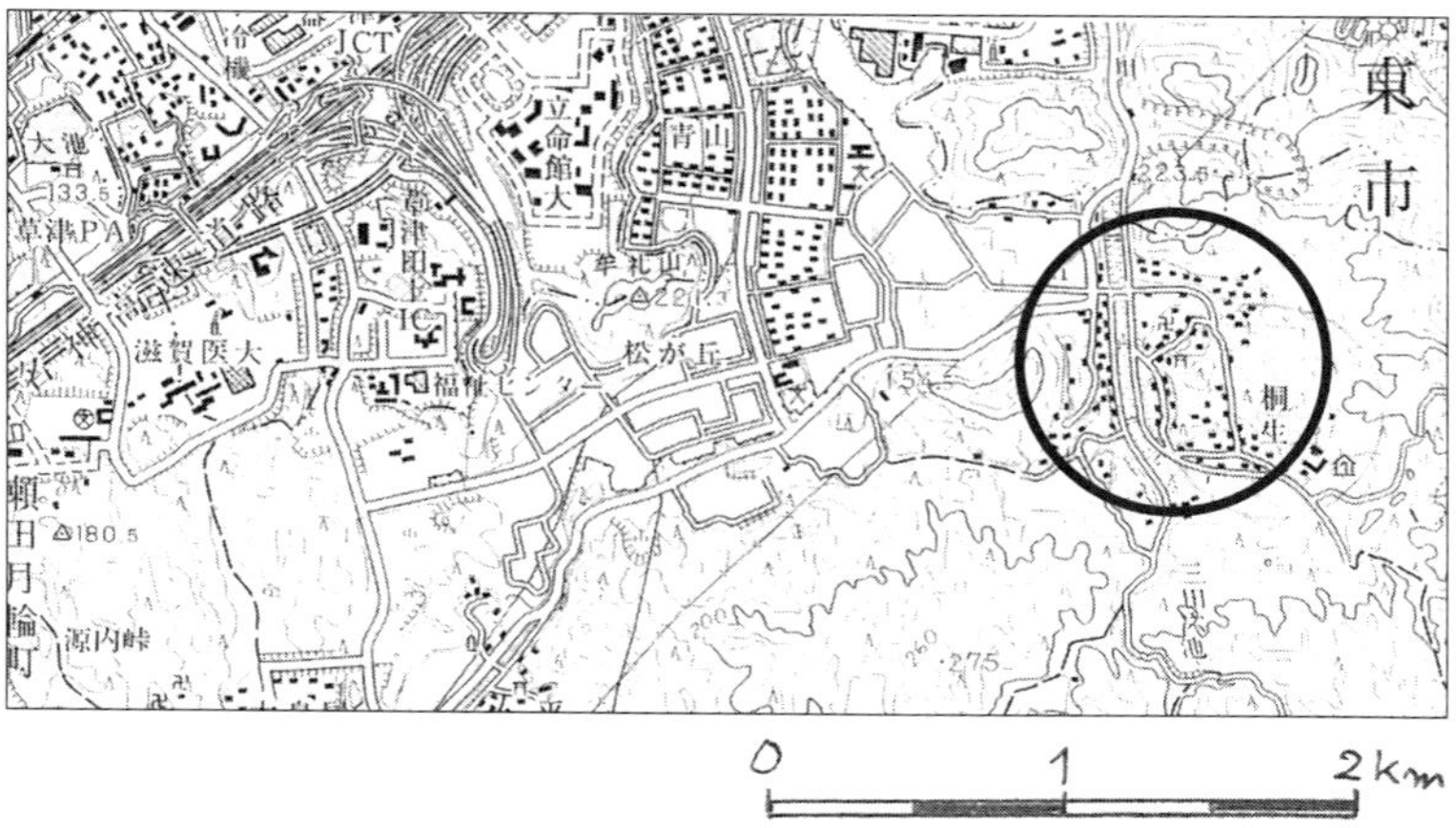

1／5万　京都東南部

（メモ）

①山間の小盆地で、西に大戸川、北に伯母川がある。また、丘陵地には多数の灌漑用溜池があり、早朝の放射冷却時には、朝霧の発生がよくあったのであろう。

②〇内の鎮守は貞治四（一三六五）年再建の矢幹《やの》神社。

③〇内の寺院は真宗大谷派正休寺。当寺に延徳三（一四九一）年の銘文をもつ梵鐘がある。この梵鐘は京都市北野神社の旧鐘である。その銘は

奉鋳工　北野宮寺宝前草鯨壱躯
扶桑福田浮提宝地　馳神真際排弘誓門
求法道邦進成就砌　密頌金魂新鋳梵鐘
名翼豊山華外鳧氏　声翻長楽霜底鵝王
千載良珍万代亀鏡　天地長久国家吉祥
現当平安親俗無事　功徳円満慈悲万行
願以小善利益一如　施入願主小倉掃部
佐伯直有　延徳三年辛亥孟夏吉
日良辰誌之　大工国久

とある。

三五九　朽　木

滋賀県高島市朽木

関係地図　1／20万 京都及大阪、宮津

309

くち木

恋の心をよめる　藤原顕輔朝臣

・としふれど人もすさめぬわがこひやくち木のそまのたにのむもれ木

⑤金葉集　三八三

としごろたえ侍りにける女の、くれといふものたづねたりける、つかはすとて　藤原仲文

・花さかぬくち木のそまのそま人のいかなるくれにおもひいづらむ

⑧新古今集　一三九八

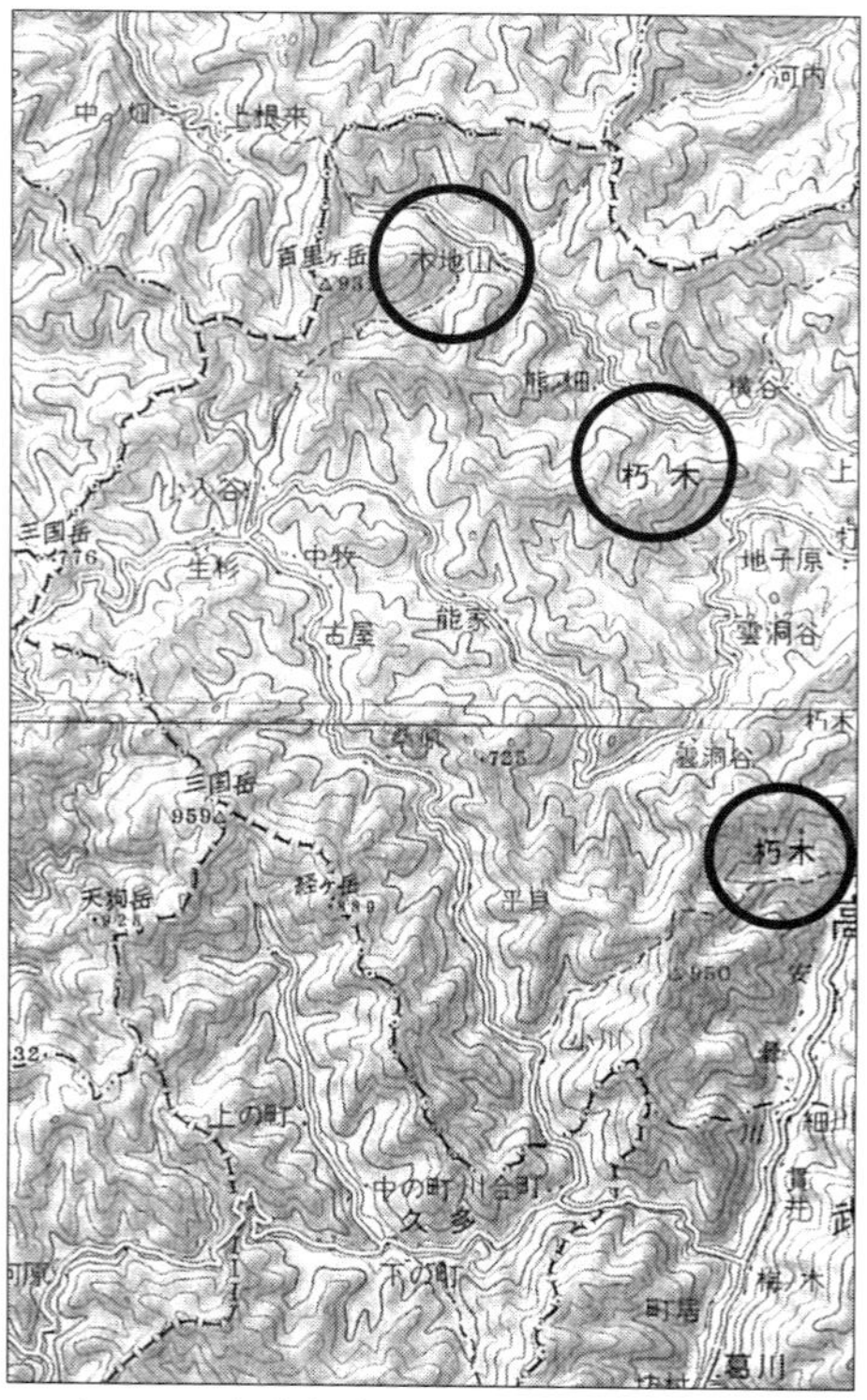

1／20万　宮津（上）・京都及大阪（下）

（メモ）

①古くは朽木谷の名で知られ、周囲は標高五百～九百mの山々に囲まれ、近江・若狭・丹波三国の国境の三国岳、近江・丹波・山城三国の国境の三国岳がある。

②「杣」字は「皇国所造会意字、非漢字。」江談抄以為山田福吉造是字」と。また、㋐材木を採る山　㋑山林から伐り出した材木　㋒きこり　更に、「杣山」は材木を伐り出すために樹木を植えつけた山。などとある。

③朽木の杣人達は米は杣田で栽培し、山林から柴・薪を作り、炭を焼き、建築用材は筏に作り針畑川・北川・麻生川を下り、大川の安曇川、そして琵琶湖へと運んでいた。山は山神、筏のことは思子淵神にお願いして。

三六〇　栗本郡（『和名抄』）　滋賀県

関係地図　1／20万 京都及大阪　1／5万 京都東南部

326

くるもと

・あふみてふなはたかしまときこゆれどいづらはここにくるもとのさと　読人不知　⑤金葉集　四九六

（参考）うちとけてこよひあふみと思はずは何かはさらにくるもとの里　藤原為盛　為忠後度百首

（参考）くるもとやせたのはしげたたわむまではこびつづくるみつき物かな　元輔　夫木抄　一五〇三五

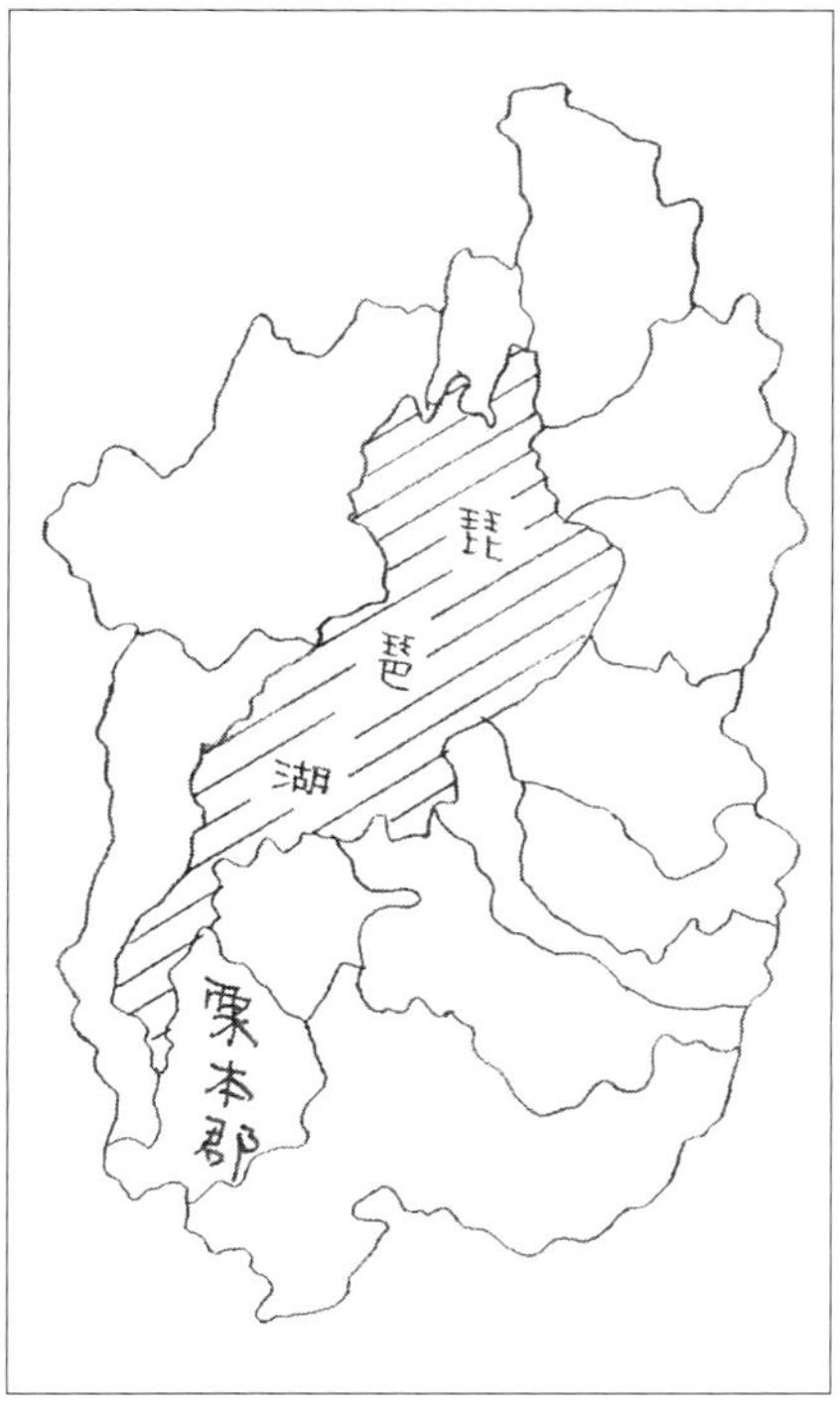

（メモ）

①『和名抄』近江国栗本郡《久留毛止》。近江国国府在栗本郡とある。

②高山寺本『和名抄』には「栗太郡」。栗本郡・栗太郡は現在は栗太郡がないが、近世までの栗本郡・栗太郡は栗太市・草津市と大津市・守山市の一部を含む地域から構成されていた。

③原始や古代の郡域での人類の活動は縄文時代中期から知られ、栗東市に霊仙寺遺跡がある。弥生時代のものは栗東市中沢遺跡・小柿遺跡、草津市の志那中遺跡・烏丸崎遺跡、古墳としては栗東市に小槻大社古墳群、草津市に北谷古墳群・南笠古墳群などが知られる。

④白鳳時代とされる寺院跡は十数カ所もあり、古代からの人類の活動場であった。

⑤栗本郡は古東山道の通過地であったが、平安時代には東山道・東海道両道の分岐地となり、その分岐点は瀬田駅（推定地は堂ノ上遺跡）であった。

三六一　己高山《こだかみやま》　滋賀県長浜市木之本町古橋《ふるはし》、高山町

関係地図　1／20万 岐阜　1／5万 横山

339

こだかみやま

宇治前太政大臣の家歌合に雪の心をよめる

・ころもでによごのうらかぜさえさえてこだかみやまに雪ふりにけり　源頼綱朝臣　⑤金葉集　二七八

（参考）さざ浪やこたかみ山に雲はれてあしりの興に月おちにけり　俊恵法師　夫木抄　八六七一

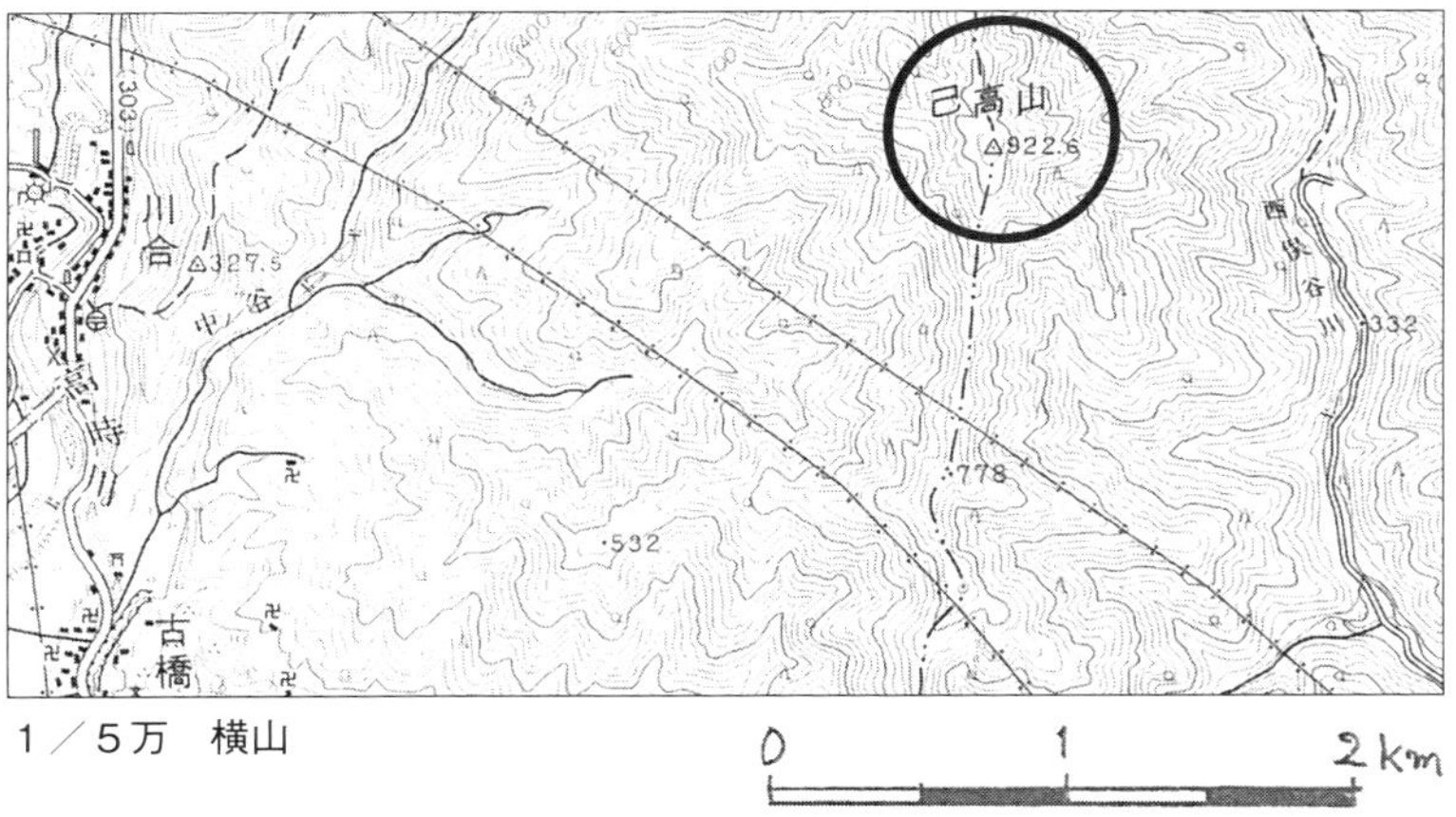

1／5万　横山

（メモ）

①ここ己高山には己高山諸寺を中心として、白山信仰系の一大仏教圏を形成していたという。己高山諸寺縁起によると、神亀元（七二四）年行基菩薩の開基。のちに泰澄大師、伝教大師の関与という。そして、嘉吉元（一四四一）年の『興福寺官務牒疏《ちょうそ》』には、己高山五箇寺として、法華寺・石道寺《しゃくどうじ》・観音寺・高尾寺・安楽寺がある。また観音寺の別院として飯福寺・鶏足寺・円満寺・石道寺・法華寺・安楽寺をあげているという。

②法華寺の本尊は薬師如来で行基の草創。観音寺は己高山山上にあり泰澄の開基で、僧房は一二〇宇あり、衆徒口は六〇あったという。

③長浜市木之本町古橋に与志漏《よしろ》神社が鎮座する。祭神は素佐之男命・波多八代之宿祢命。宝物は元社坊であった己高山七坊の一つであった戸岩寺の仏像数体と十所権現の御神体。由緒に、景行天皇の御代、武内宿祢が北陸道巡視のときに建立。平安～室町期には鶏足寺の鎮守。浅井氏の崇敬が厚く、亮政が本殿を改築、長政が神田寄進、またお市の方は屏風を寄進している。

三六二　坂田郡（『和名抄』）　滋賀県長浜市、米原市

関係地図　1／20万　岐阜　1／5万　長浜

357　坂田

仁安元年、大嘗会悠紀歌たてまつりけるに、稲舂歌

・あふみのや坂田のいねをかけつみて道ある御世のはじめにぞつく　皇太后宮大夫俊成　⑧新古今集　七五三

（参考）このほどはあまつをとめらいとまなみさかたのさなへいそぎとるなり　前大納言顕朝卿　夫木抄　一六五八九

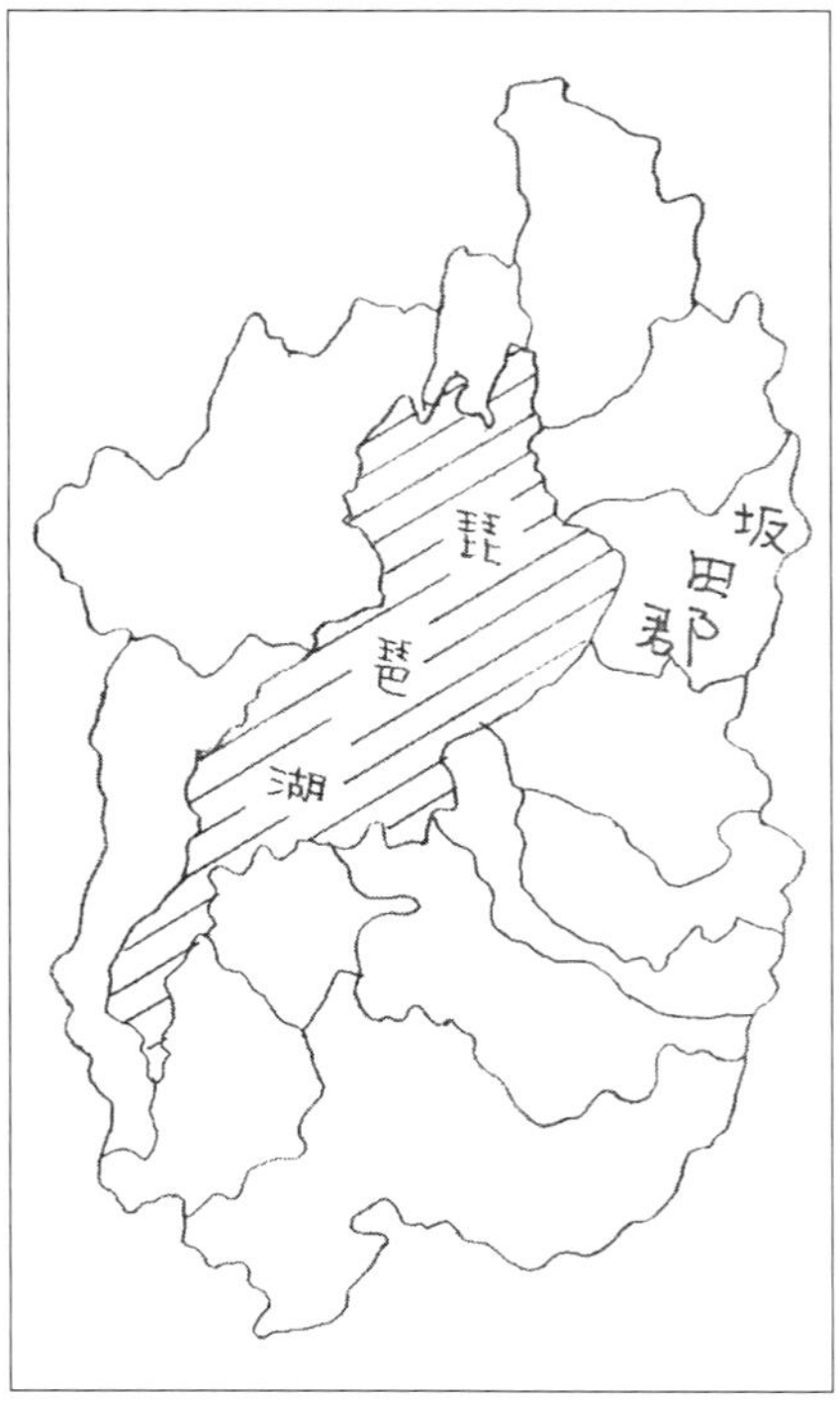

（メモ）

①『和名抄』の坂田郡には、大原・長岡・上坂・下坂・細江・朝妻・上丹《かみつにふ》・阿那・駅家の九郷がある。

②郡名の初見は『日本書紀』允恭天皇七（四四四）年の条で、

時に弟姫《おとひめ》（衣通郎姫《そとほしのいらつめ》）、母に随ひて、近江の坂田に在《はべ》り

とある。また、同書、推古天皇一四（六〇六）年五月五日条に、

近江国の坂田郡の水田二〇町を給ふ。（鞍作）鳥、此の田を以て、天皇の為に、金剛寺を作る。是今、南淵の坂田尼寺と謂ふ。

とある。

③「坂田」は「さかた」の他に、「さのかた」「さぬかた」と読まれたらしいと。『万葉集』に次の歌がある。

・沙額田《さぬかた》の　野辺《のべ》の秋萩　時なれば　今盛《さか》りなり　折りてかざさむ　二一〇六

・しなたつ　筑摩《つくま》さのかた　息長《おきなが》の　遠《を》智《ち》の小菅《こすげ》　編《あ》まなくに　い刈り持ち来　敷かなくに　い刈り持ち来て　置きて　我を偲《しの》はす　息長の　遠智の小菅　三三二三

三六三　滋賀郡（『和名抄』）　滋賀県大津市の一部

関係地図　1／20万　京都及大阪　1／5万　京都東北部

381　しが

故郷花といへる心をよみ侍りける

・さざ浪やしがのみやこはあれにしをむかしながらの山ざくらかな　よみ人しらず　⑦千載集　六六

日吉社の歌合とて人人よみ侍りける時、よめる

・さざ浪や志賀の花ぞのみるたびにむかしの人の心をぞしる　祝部宿祢成仲　⑦千載集　六七

（参考）ささなみの　しがのおほわだ　よどむとも　むかしのひとに　またもあはめやも　柿本朝臣人麿　万葉集　三一

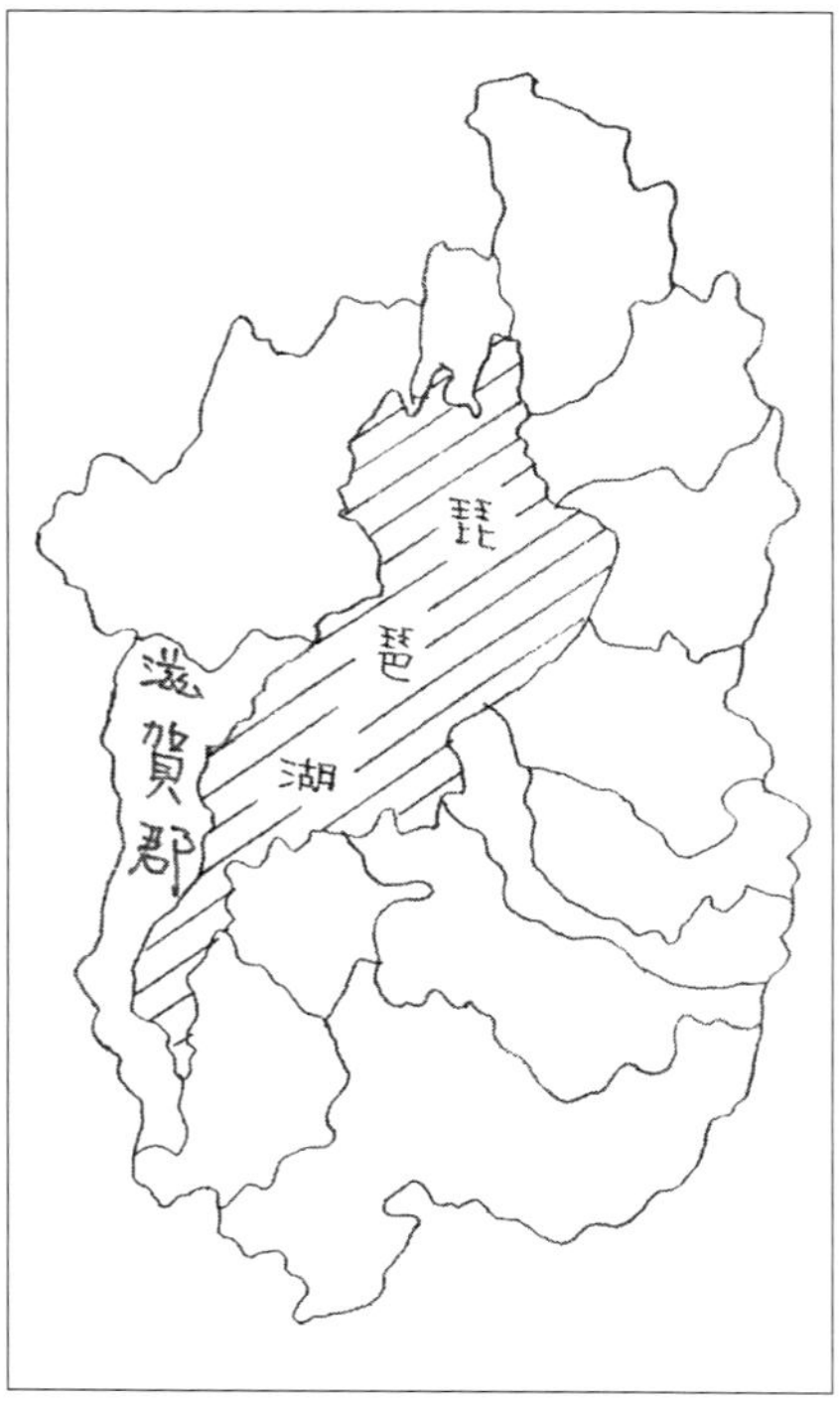

（メモ）

①『和名抄』滋賀郡に、古市《ふるち》・真野・大友・錦部《にしこり》の四郡がある。郡名の初見は『紀日本紀』養老元（七一七）年九月二七日条に、

還りて近江国に至りたまふ。……。志《し》我《が》・依《え》智《ち》の二郡の今年の田租と、行宮に供せる百姓の租とを免す。

とある。

②『神名帳』滋賀郡神社は、那波加神社・倭神社・石坐《イハ井ノ》神社・神田神社・小野神社二座名神大・日吉《ヒヨシノ》神社名神大・小椋《ヲクラノ》神社

である。

③郡衙・郡家の所在地として㋐大津市滋賀里　㋑大津市坂本六丁目の郡園神社・倉園神社付近　などが考えられると。

三六四　志賀山峠

滋賀県大津市南滋賀町・山中町

関係地図　1／20万 京都及大阪　1／5万 京都東北部

385

しがの山

しがの山ごえに女のおほくあへりけるによみてつかはしける

・あづさゆみはるの山辺をこえくれば道もさりあへず花ぞちりける　つらゆき

①古今集　一一五

山路落花をよめる

・さくらばなみちみえぬまでちりにけりいかがはすべきしがのやまごえ　橘成元

④後拾遺集　一三七

（メモ）

①大津市西部、現在比叡山ドライブウェーを横切る点の、標高約四二〇mの地点を志賀山峠と呼ばれていた。この点の近くの崇福寺から西、京都市白川へ出る道を「滋賀の山越え」。大津市山中町を通るので「山中越え」。更に、京都市北白川に通じるので「白川越え」等といわれていた。

②崇福寺は天智天皇の勅願寺で天智天皇七（六六八）年の建立。それ以来、崇福寺（志賀山寺）参りの人々が平安時代まで多く通ったと伝える。

1／5万　京都東北部

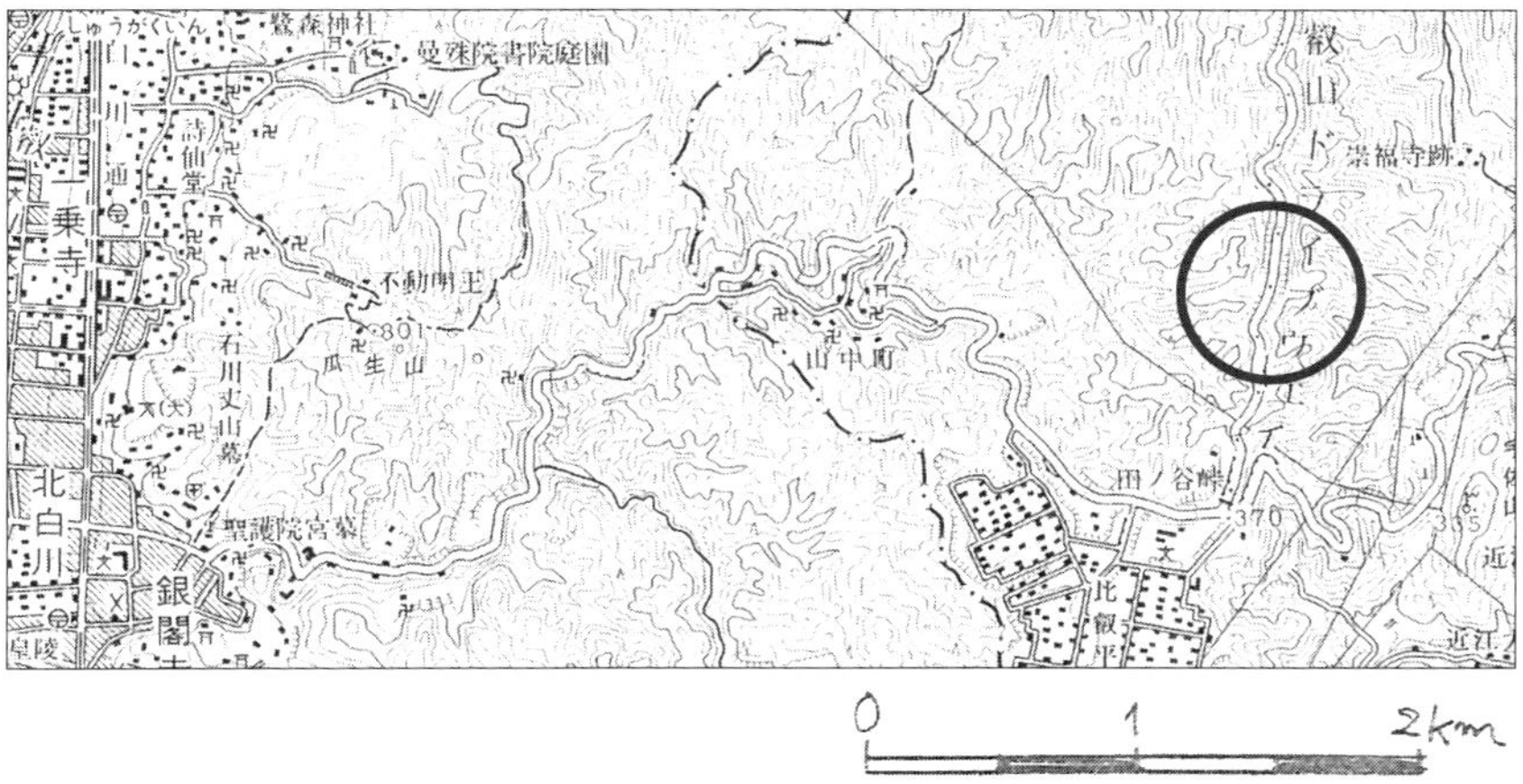

三六五　紫香楽宮跡

滋賀県甲賀市信楽町黄瀬《きのせ》

関係地図　1／20万 名古屋　1／5万 水口　1／2.5万 信楽

388

しがらき

百首歌中に雪をよめる

・みやこだに雪ふりぬればしがらきのまきのそま山あとたえぬらん　隆源法師

⑤金葉集　二九一

寛和二年内裏歌合に霞をよめる

・きのふかもあられふりしはしがらきのとやまのかすみ春めきにけり　藤原惟成

⑥詞花集　二

（参考）しがらきのそま山ざくらはるごとにいく世宮木にもれてさくらむ　藤原頼氏朝臣　新勅撰集　一〇五〇

（メモ）

①「マキの杣山」は祖先達がマキ（真木）マツ・スギ・ヒノキなどを植林し育てる山。外山は奥山に対する山の外。人里に近い山。

②信楽は琵琶湖の南に位置し、南北約二〇km・東西約三五kmの地塊山地で信楽高原とも。広く花崗岩で構成され、陶土となる長石やアプライトが多く産するので信楽焼を生産。

③現在の甲賀市信楽町黄瀬に聖武天皇が紫香楽宮を造営。東西九〇m・南北一一〇mの丘陵地に講堂・金堂・鐘堂・経楼・僧房等建立され、今日もこれらの礎石約三三〇個がそのまま残っているという。国史跡。天平一四～七年の都。

1／2.5万　信楽

三六六　篠原郷（『和名抄』）　滋賀県野洲市

関係地図　1／20万　名古屋　1／5万　近江八幡

395　しの原

• あさぢふのをののしの原しのぶとも人しるらめやいふ人なしに　読人しらず
①古今集　五〇五

ひとにつかはしける

• あさぢふのをののしの原忍ぶれどあまりてなどか人のこひしき　源ひとしの朝臣
②後撰集　五七七

和歌所歌合に、羇中暮といふ事を

• 古郷も秋はゆふべをかたみとて風のみおくるをののしのはら　皇太后宮大夫俊成女
⑧新古今集　九五七

1／20万　名古屋

（メモ）

①「篠竹《しのだけ》」　全体に細く、葉もこまかな竹・笹の仲間の総称。スズタケ（スズは篠と同じ意）・アズマネササ（アズマシノ）・ヤダケなど。

②和名抄の篠原郷は現在の日野川左岸の平野部と鏡山北西麓一帯で篠竹の繁茂していた所。郷域は大篠原・小篠原・入町・小堤・紺屋町・高木・長島・小南・上屋・北・中北・永原・冨波を含む範囲と。

③『東関紀行』仁治三（一二四二）年八月一三日条に、

篠原といふ所を見れば、東へはるかに長き堤あり、北には里人栖《すみか》をしめ、南に池のおもて遠く見えわたる。……

とある。

三六七　十二坊山　滋賀県湖南市岩根

関係地図　1／20万　名古屋　1／5万　近江八幡

124　いはせ山

しのびたる人につかはしける

• いはせ山谷のした水うちしのび人のみぬまは流れてぞふる　よみ人しらず
②後撰集　五五七

恋うたあまたよみ侍りけるに

• かくとだにおもふ心をいはせ山した行く水のくさがくれつつ　後徳大寺左大臣
⑧新古今集　一〇八八

（参考）われをのみいはせの山にこるなげきくやしともえぬ日ぞなかりける
④古六帖　九〇八

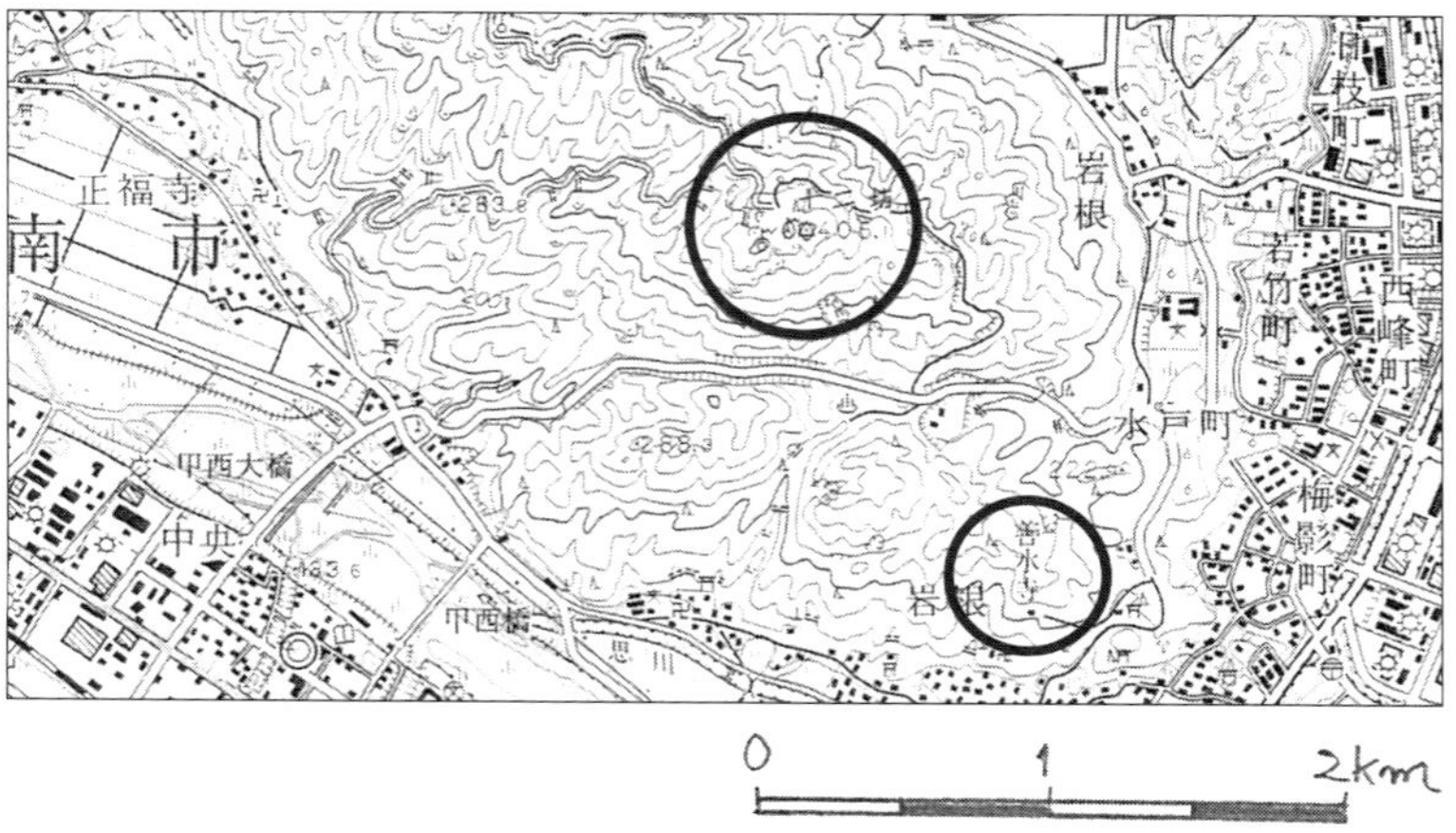

1／5万　近江八幡

（メモ）

①正福寺古墳群は野洲川中流右岸の十二坊山麓に分布し、岩瀬谷古墳群・寒谷《かんだに》古墳群・丸保《まるほ》古墳群・塚山古墳から成る古墳時代後期の群集墳である。岩瀬谷古墳群は円墳一七基で構成されている。

②岩瀬谷古墳群は「岩瀬谷」にあろう。谷があれば山、岩瀬山があるであろう。はじめ岩瀬山と呼ばれたが、後に坊舎が出来、その坊舎が十二坊になったので、狭域、広域の人々に理解しやすいように、「十二坊山」の名で呼ばれるようになったであろう。

③その坊舎の本寺としては、

一．湖南市岩根の天台宗善水寺。この寺は和銅年間に、国家鎮護の道場として創建。和銅寺と称した。

二．湖南市菩提寺の少菩提寺。この寺は天平三年、東大寺建立に尽した良弁の開基が考えられる。

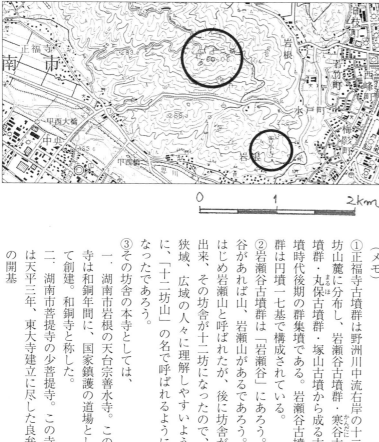

三六八　双六市場跡推定地

滋賀県蒲生郡日野町大字三十坪。八千鉾神社辺

関係地図　1／20万　名古屋　1／5万　近江八幡

424

すぐろく　　　　　　　　　　　　　　　　　　よみ人しらず　③拾遺集　一二一四

・すぐろくのいちばにたてるひとづまのあはでやみなん物にやはあらぬ

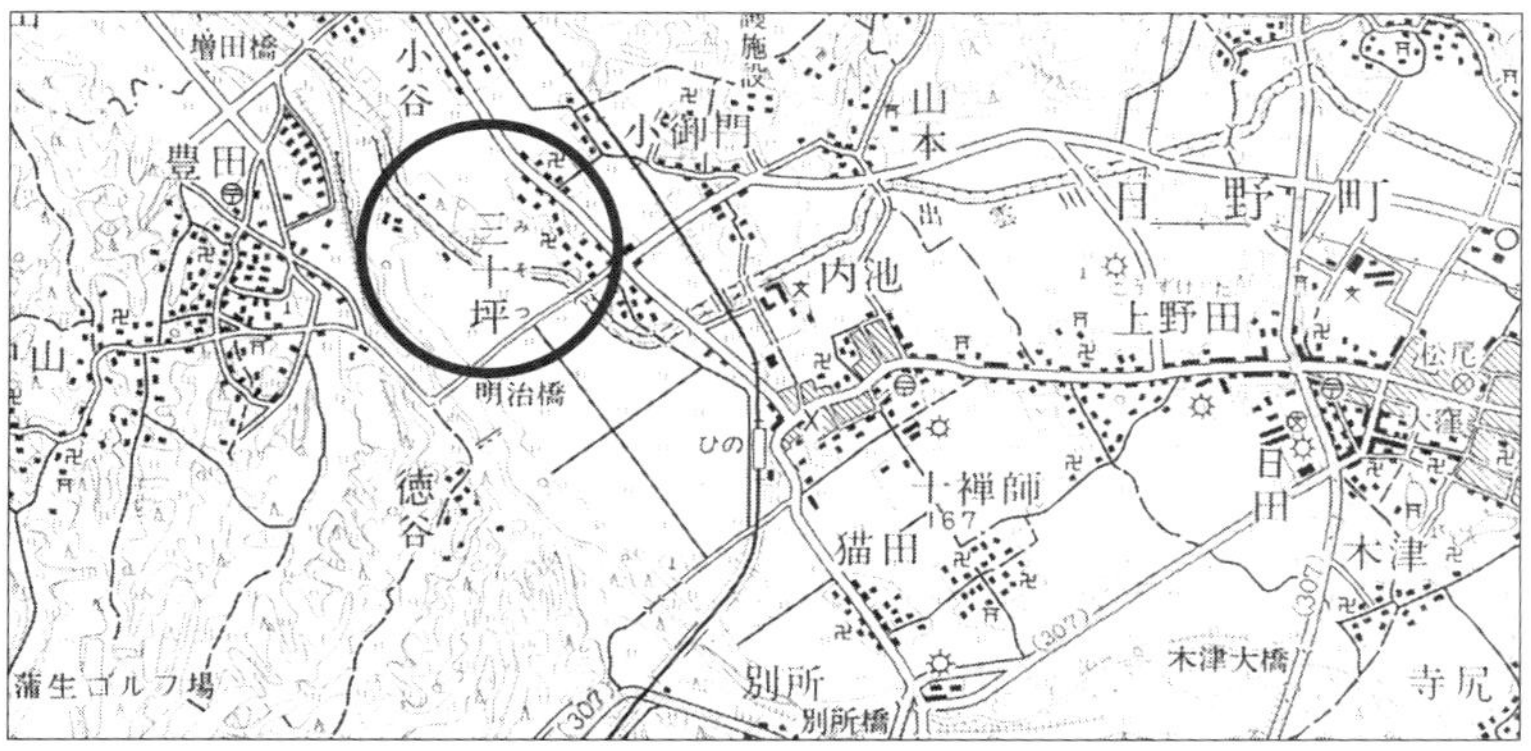

1／5万　近江八幡

0　1　2km

（メモ）

①双六市場跡推定地として、現在の蒲生郡日野町三十坪《みそつ》の八千鉾神社辺がふさわしい。旧三十坪村のうちの野辺村域に江戸時代初期に併合され、現在も、集落南部の約一〇戸の家屋敷地に「すごろく」の小字を残しているという。

②永禄年間（一五五八―一五六九）頃の『蒲生家支配帳』には「双六村」の記載があり、天文二（一五三三）年・同三年の日野町割の時、この村の住人が移住したのが現在の日野町大窪の双六町であると伝える。大窪は三十坪の約三km東である。

③大窪には近江日野商人館があり、日野商人の行商品・道中具・店頭に並べた品や日野商人の作品等が保存・展示されているという。

④日野町村井に綿向《わたむき》神社が鎮座　祭神は天穂日命《あめのほひのみこと》・天夷鳥命《あめのひなどりのみこと》・武三熊大人《うし》命。由緒として、もと鈴鹿山脈御在所岳から西に派生する標高一一一〇mの綿向山の山頂にあったが、蒲生氏がこの地に移した。『延喜式神名帳』の「馬見岡《ムマミノヲカ》神社二座」。祭神天穂日命は天照大神の第二子。

⑤綿向山は養蚕の地、日野町のシンボルの山なので、「綿つむぎ」が転訛して綿向山。里宮は綿向神社、山頂奥社は大嵩神社。

⑥日野町村井に浄土宗信楽《しんぎょう》院がある。蒲生家菩提寺。本堂背後の墓地東端に「延慶元（一三〇八）年」刻銘の宝篋印塔がある。

三六九　関寺跡推定地

滋賀県大津市逢坂二―三―一八。現長安寺辺

関係地図　1／20万　京都及大阪　1／5万　京都東北部　1／2.5万　京都東北部

442

関寺

やまひし侍りて、あふみの関寺にこもりて侍りけるに、まへのみちより関院のご石山にまうでけるを、ただいまなん行きすぎぬると人のつげ侍りければ、おひてつかはしける　　　　としゆきの朝臣　②後撰集　一一二六

・相坂のゆふつけになく鳥のねをききとがめずぞ行きすぎにける

1／2.5万　京都東北部

0　0.5　1.0km

（メモ）

①『近江名所図会』に、

関寺　古の関寺は三井寺五別所近松寺の内也。近松寺は大寺にて坊舎も数多《あまた》ありし事古書に見えたり。

長安寺　是関寺の跡也と云。此寺遊行流。本尊は観世音。関寺の本尊は五丈の弥勒にて日本三大仏。寺内に古の礎とも思へる大石あり。小町百歳の木像あり。小野小町年老いて関寺の辺に住んだという。その時の歌

あはれなり我身のはてやあさみとり
　つゐには野べの露とおもへば

牛塔　関寺長安寺の前にあり。古図には五重の石塔なれども今一重※。淡海志に此塔を霜牛塔又迦葉塔といへり。栄花物語又更科日記から考えると、関寺という大寺は逢坂の西の麓の「弥勒谷」の地か。

などとある。

※大きな石造宝塔で高さ約三・三m。無地塔身で六角形の笠が乗る。国重文。

三七〇　関の小川

滋賀県大津市逢坂一丁目

関係地図　1／20万　京都及大阪　1／5万　京都東南部

446

せきのをがは

太皇太后宮扇合に人にかはりて紅葉の心をよめる

・おとはやまもみぢちるらしあふさかのせきのをがはににしきおりかく　源俊頼朝臣　⑤金葉集　二四六

・夕されば玉ゐるかずもみえねどもせきのをがはのおとぞすずしき　藤原道経　⑦千載集　二一一

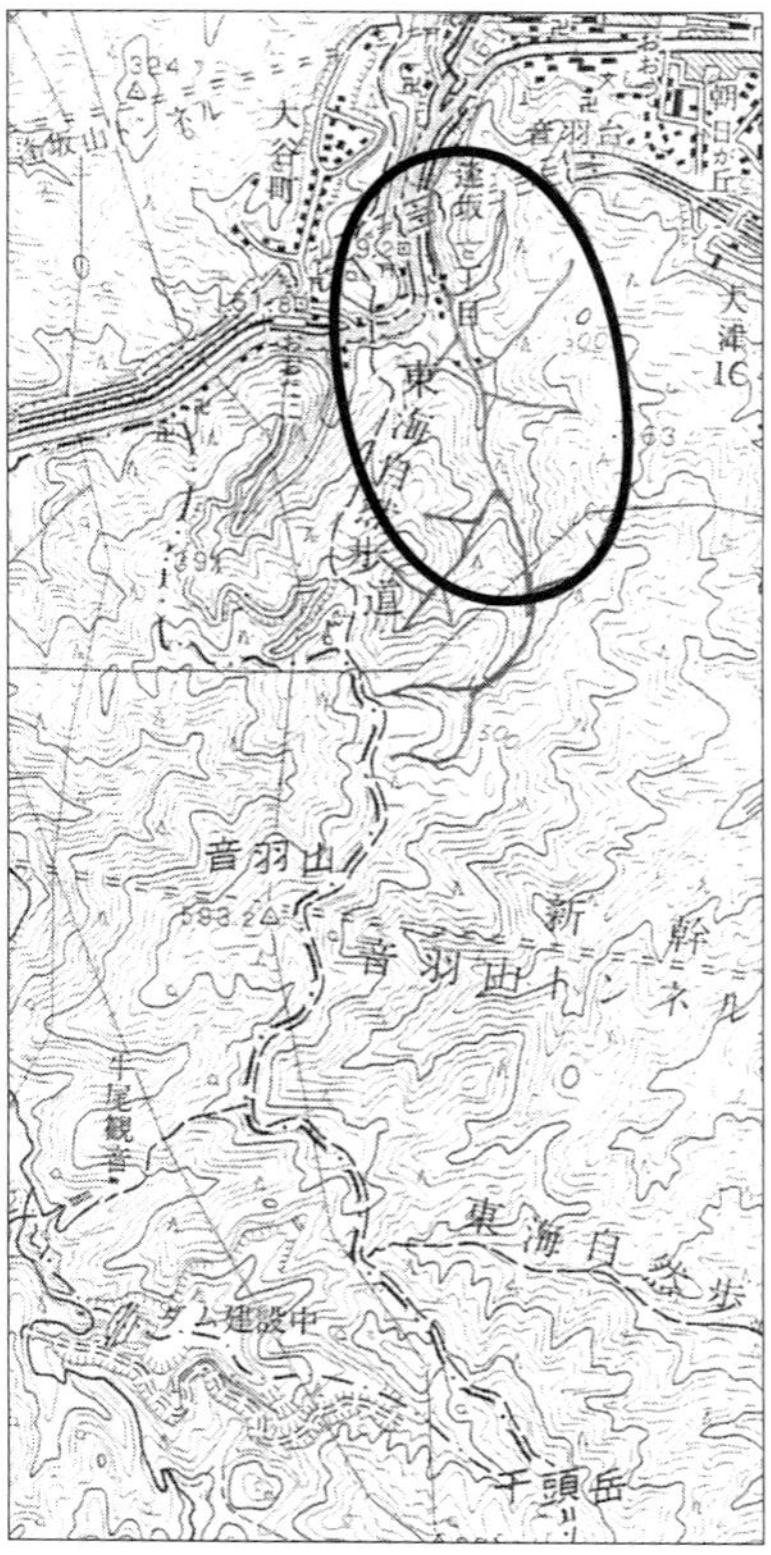

1／5万　京都東南部

（メモ）

①『東海道名所図会』に、

関小川　相坂山の南渓より流れ出る小川なり、大津にて吾妻川《あづま》といひ、すへは鏡川となづけて湖水に入。

そして、

新千載　立かへりなを相坂のいしま行関の小川の花のしらなみ　家隆

とある。

②図は関小川の水系図。音羽山の北尾根五三四ｍを源としている。

③『近江名所図会』は、

関の小川、又は関川といふ

とあるだけ。

三七一　関の清水

滋賀県大津市逢坂一―一五―六。関蝉丸神社下社

関係地図　1／20万　京都及大阪　1／5万　京都東北部　1／2.5万　京都東南部

444

関のし水

延喜御時月次御屏風に

・あふさかの関のし水に影見えて今やひくらんもち月のこま　つらゆき　③拾遺集　一七〇

うへのをのこどもところのなをさぐりてうたたてまつりはべりけるにあふさかのせきのこひをよませたまひける

・あふさかのなをもたのまじこひすればせきのし水にそでもぬれけり　御製　④後拾遺集　六三二

中院右大臣家にて、独行関路といへるこころをよみ侍りける

・こえて行くともやなからむあふ坂のせきのし水のかげはなれなば　大納言定房　⑦千載集　五二三

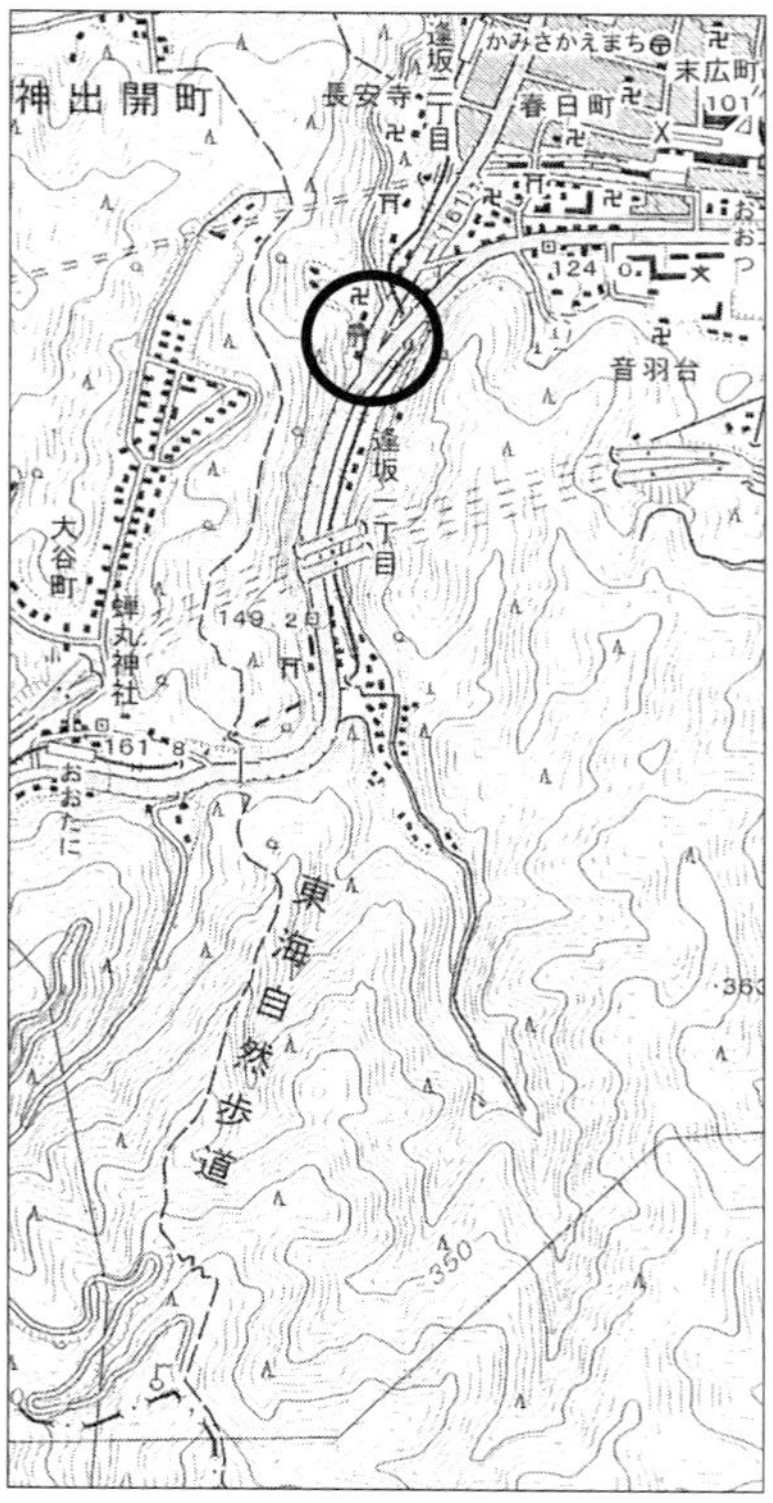

1／2.5万　京都東南部

（メモ）

①『東海道名所図会』に、

関清水明神ノ祠　清水町にあり。関明神の御旅所《おたびしよ》とす。社内に関ノ清水あり、後世准《なぞらへ》作る物か

とある。京阪バス上関寺下車。

②関蝉丸神社下本社　祭神豊玉姫命　相殿蝉丸。弘仁一三（八二二）年小野朝臣岑守が逢坂山の山上山下の二所に分祀して坂神と称す。天安元（八五七）年に逢坂の関を開設し、関所の鎮護神と崇敬し、関明神と称す。天慶九（九四六）年蝉丸の霊を合祀すという。

三七二　膳所神社

滋賀県大津市膳所行啓町他

関係地図　1／20万　京都及大阪　1／5万　京都東南部　1／2.5万　瀬田

42　あはづのもり

あひしりて侍りける人の、あふみの方へまかりければ

・関こえてあわづのもりのあはずともし水にみえしかげをわするな　よみ人しらず

②後撰集　八〇一

41　あはづの

はるごまをよめる

・あはづののすぐろのすすきつのぐめばふゆたちなづむこまぞいばゆる　権僧正静円

④後拾遺集　四五

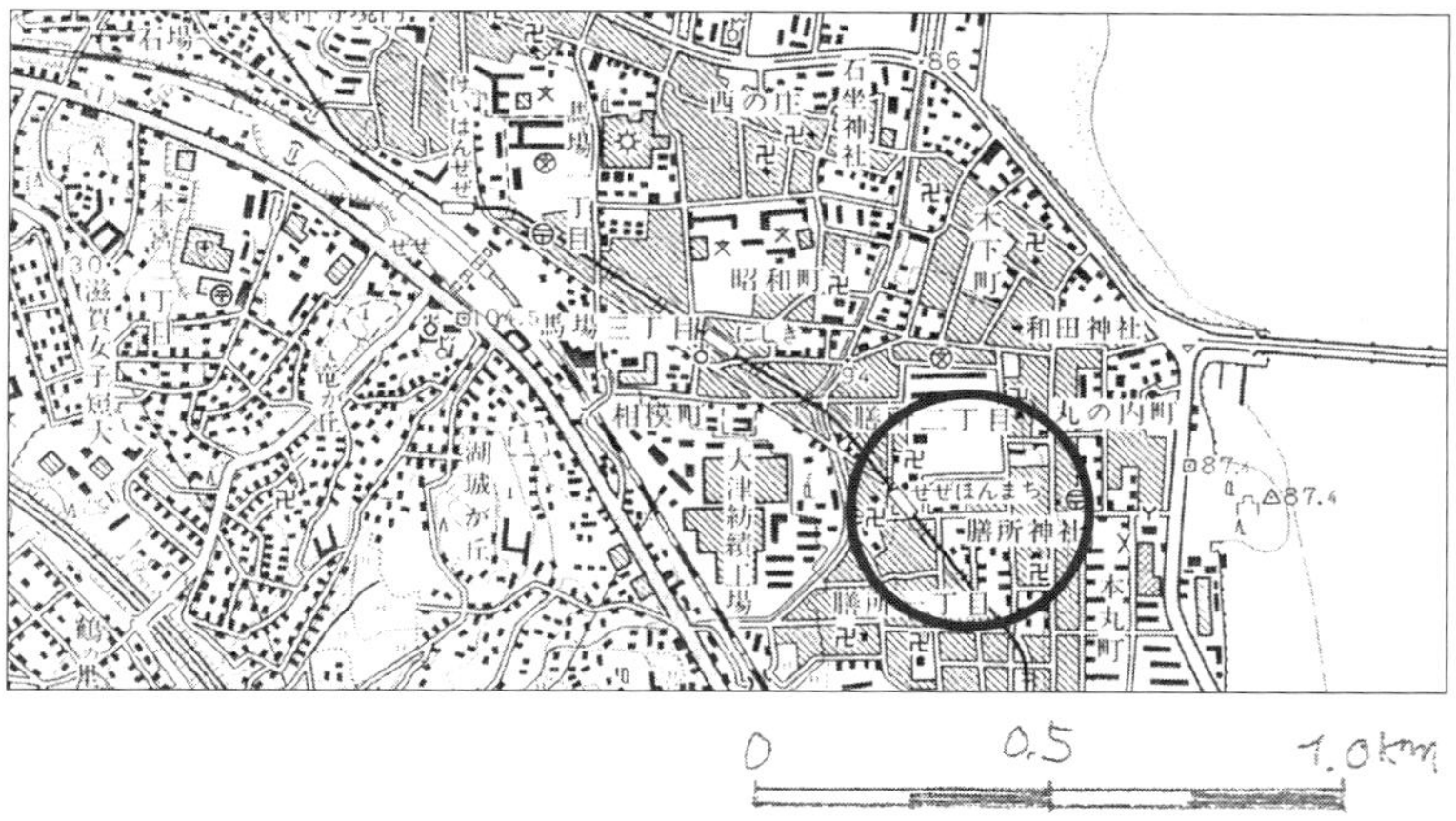

1／2.5万　瀬田

（メモ）

①粟津の森を膳所神社とした。祭神は豊受比売命。由緒として天智天皇大津の宮に御遷都の際、此地を御厨所とお定めになる。天武天皇六年当社を大和より移し、大膳職御厨社として祭祀という。

②『日本書紀』天武天皇元年七月一三日条に、

大友皇子・左右大臣等、僅に身免れて逃げぬ。男依等、即ち粟津岡の下に軍す。

とある。「粟津岡」は大津市膳所。

③『吾妻鏡』元暦元（一一八四）年一月二〇日条に、

一条次郎忠頼已下の勇士、諸方に競ひ走り、遂に近江国粟津辺に於て、相模国の住人石田次郎をして、義仲を誅戮せしむ。

とある。義仲墓はここ義仲寺に愛妾巴御前の供養塚とある。義仲寺に芭蕉墓もある。

―幻住庵はうき世に遠し
木曽殿と塚をならへて―

三七三　瀬田唐橋

滋賀県大津市唐橋町・同市瀬田

関係地図　1／20万　京都及大阪　1／5万　京都東南部

448　せたの長橋

堀河院御時、百首歌たてまつりけるに

・槙のいたも苔むすばかり成りにけりいく世へぬらむせたの長橋　前中納言匡房

⑧新古今集　一六五六

（参考）わするなよせたのながはしながらへて猶世中にすみもわたらば　橘俊綱朝臣　続後撰集　八九五

（参考）にほの海やかすみてくる春の日にわたるも遠しせたのながはし　前大納言為家　新後撰集　三三

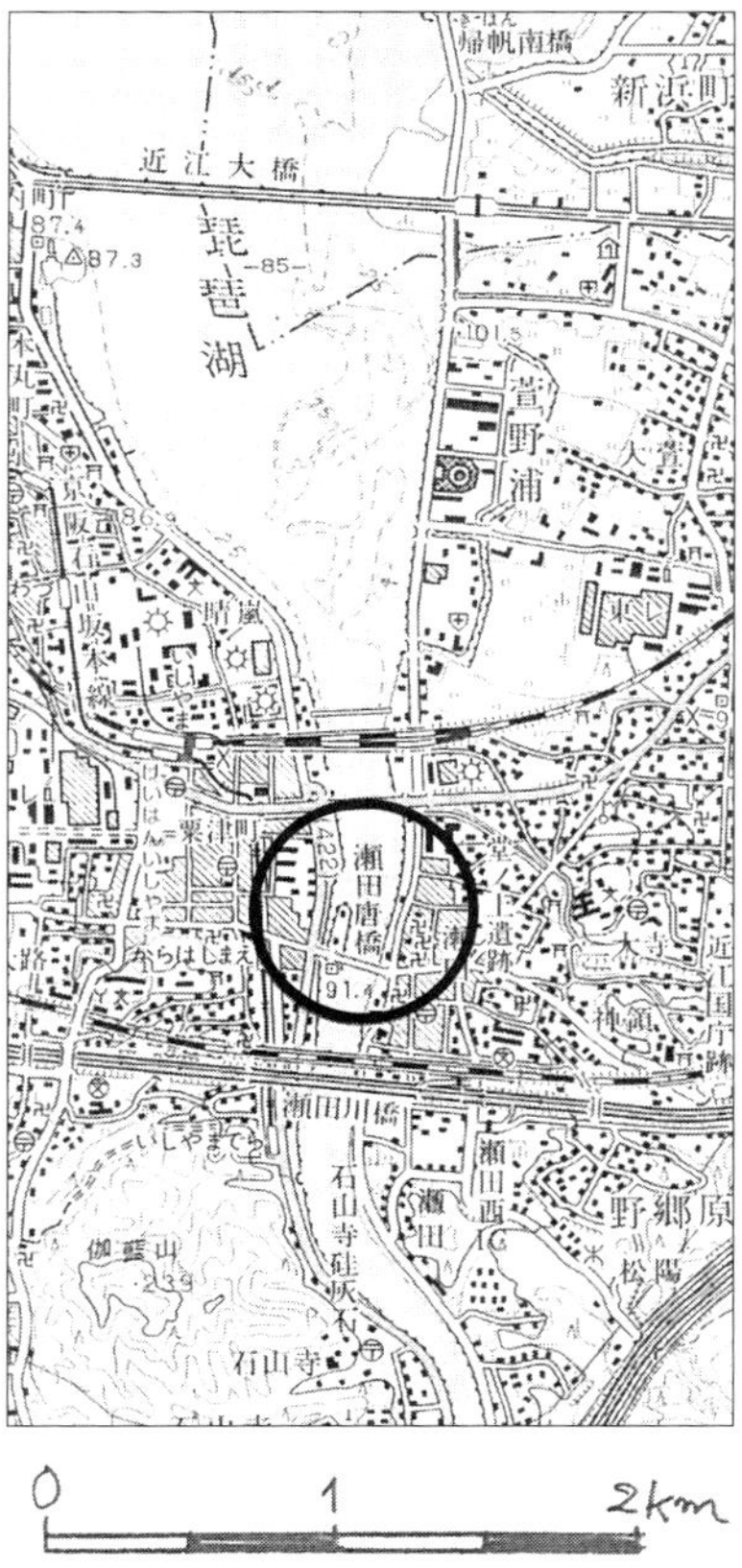

1／5万　京都東南部

（メモ）

①近江八景の一つ「瀬田夕照」といわれる瀬田の唐橋は近江国内の降水を集めた琵琶湖から流れる瀬田川にかかる橋。左岸（東）は大津市瀬田、右岸（西）は同市唐橋町。

②『東海道名所図会』には、小橋長サ二三間、大橋長サ九六間。中島あり。三代実録曰、貞観一一年一二月四日勢田橋焼ると云云。一名青柳橋《あおやぎばし》、和歌には勢田ノ長橋、或はから橋、とどろきの橋とも詠り。などとある。

③現在の橋は、大橋は全長一七二m、小橋は全長五一・七五m。幅はともに一二m。橋の東詰から下流五〇mに守護神を祀る龍宮社が鎮座。

④室町期以前の橋は現在より上流、約三百mの蛍谷付近にあったという。

三七四　芹　川

滋賀県犬上郡多賀町・彦根市

関係地図　1／20万　名古屋　1／5万　彦根東部

84　いさらがは

『後拾遺和歌集』の「後拾遺和歌抄序」に

……、めにつき心にかなふをばいれたり、よにあるひときくことをかしこしとし、みることをいやしとすることわざによりて、ちかきよのうたに心をとどめむことかたくなむあるべき、しかはあれど、のちむためによしのがは、といひながさむひとにあふみのいさらがは、いささかにこのしふをえらべりこのことけふにはじまれることにあらず、ならのみかどは万葉集廿巻をえらびてつねのもてあそびものとしたまへり……

（参考）あふみぢの　とこのやまなる　いさやがは　けのこのごろは　こひつつもあらむ　岡本天皇御製　万葉集　四八七

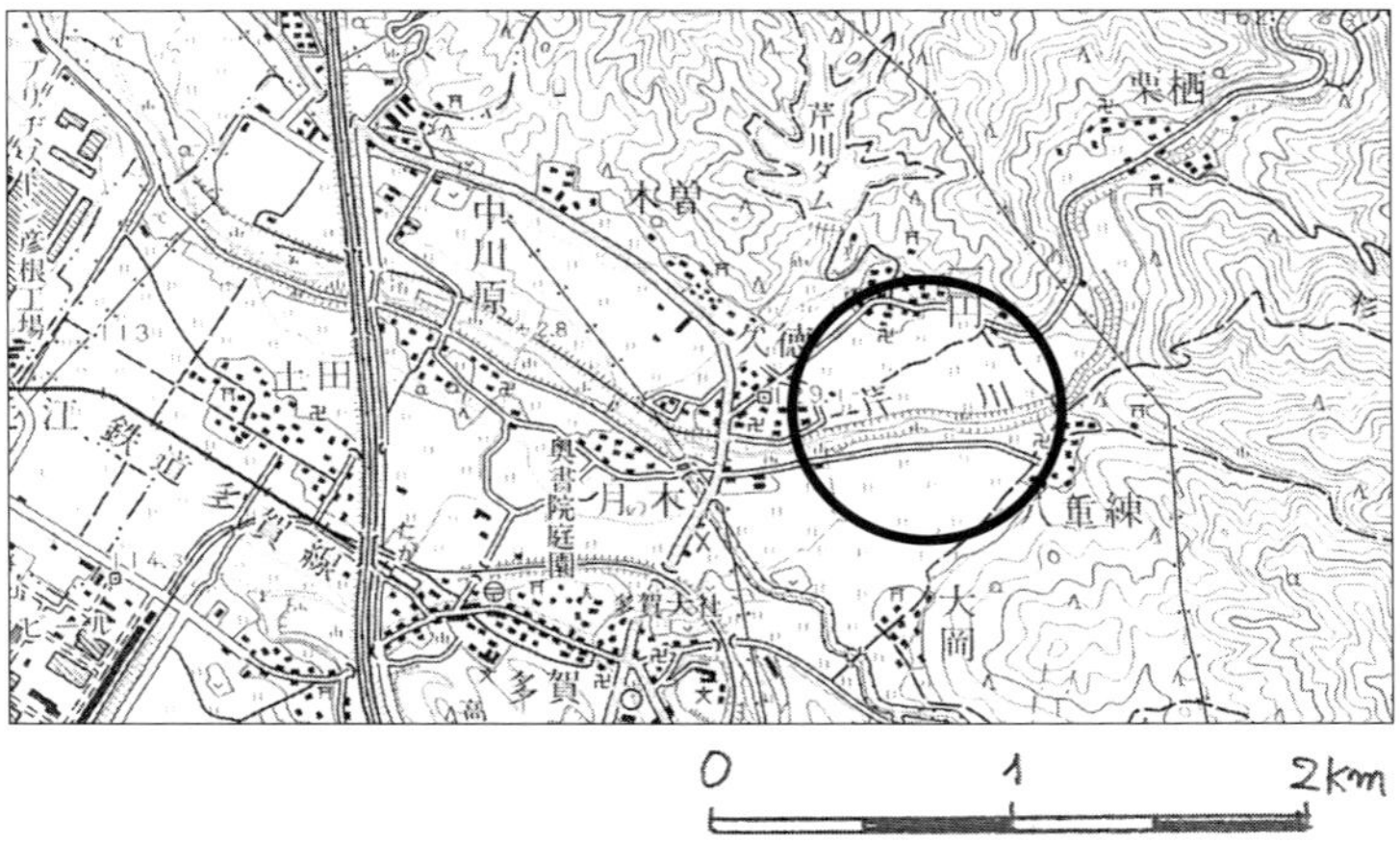

1／5万　彦根東部

（メモ）

①『木曽名所図会』に、「大堀村の東端にあり。一名大堀川ともいふ」とある。大堀村は現在の彦根市大堀町。大堀町に芹川が流れている。

②芹川の流れ北の彦根市古沢町には標高二三二・五mの佐和山がある。この山に築城したのは鎌倉時代初期、佐々木定綱の六男、六郎時綱で佐和氏を名乗ったと。文禄四（一五九五）年、豊臣秀吉の家臣石田三成が入城。関ヶ原合戦後は井伊氏が領主となり佐和山城を破壊しその資材を彦根城築城に使用したという。

③佐和山の北西山麓に龍潭寺がある。井伊家発祥の地、静岡県遠州井伊谷の菩提寺を移したもの。方丈・庫裏などの建材は遠州から移し、山門は佐和山城の門を移したという。方丈の襖絵は蕉門十哲の森川許六の作。

三七五　崇福寺跡

滋賀県大津市滋賀里町甲

関係地図　1／20万　京都及大阪　1／5万　京都東北部　1／2.5万　京都東北部

386　志賀の山寺

思ふ事侍りけるころ、志賀にまうでて

・世中をいとひがてらにこしかどもうき身ながらの山にぞ有りける　よみ人しらず　②後撰集　一二三三

少納言藤原統理に年ごろちぎること侍りけるを、志賀にて出家し侍るときていひつかはしける

・さざなみやしがのうら風いかばかり心の内の涼しかるらん　右衛門督公任　③拾遺集　一三三六

（参考）穂積皇子に勅して、近江の志賀の山寺に遣はす時に但馬皇女に作らす歌

おくれゐて　こひつつあらずは　おひしかむ　みちのくまみに　しめゆへわがせ　但馬皇女　万葉集　一一五

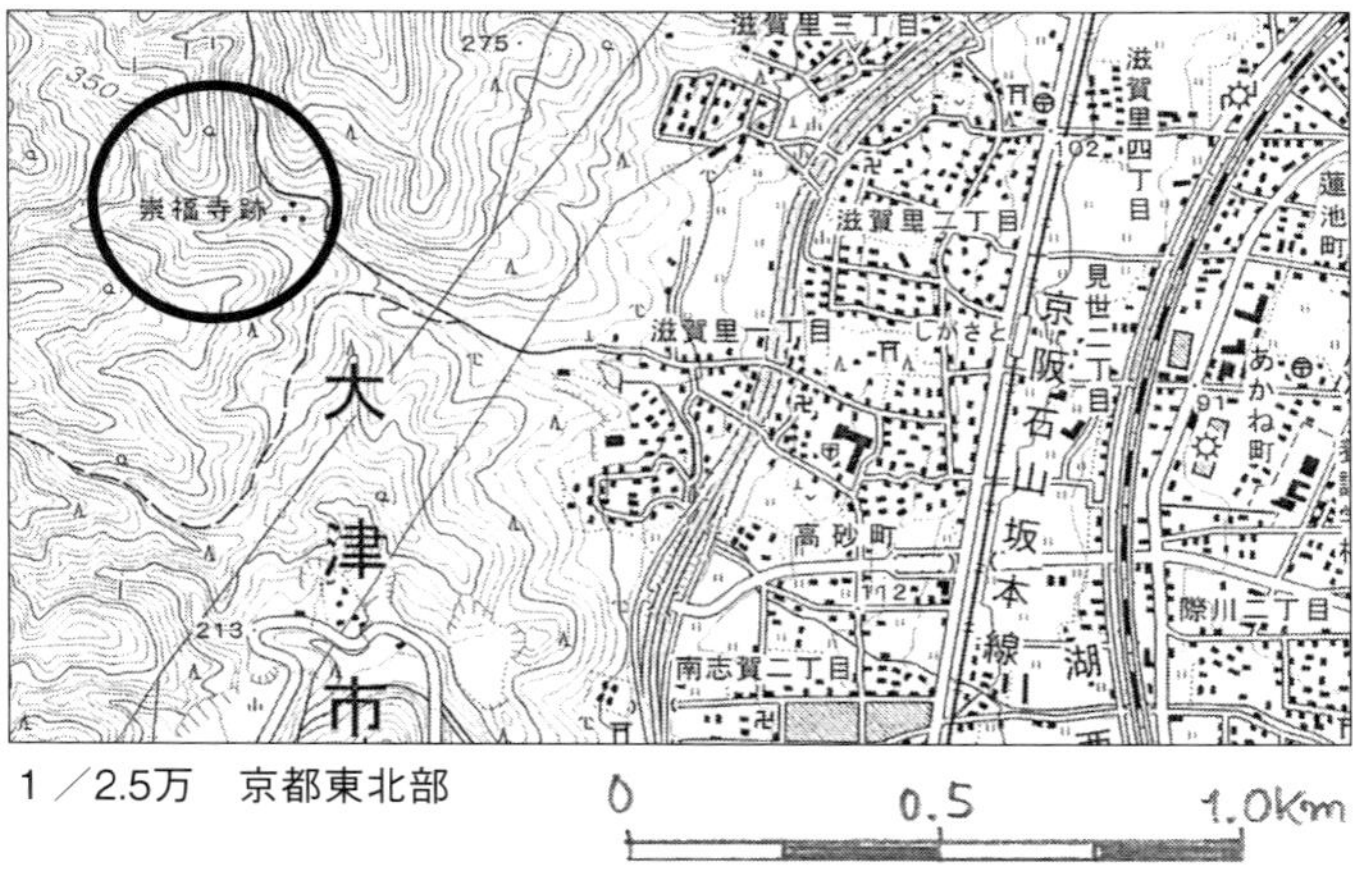

1／2.5万　京都東北部

（メモ）

①『扶桑略記』天智天皇七（六六八）年正月一七日条に、

於近江国志賀郡、建崇福寺

とある。

②崇福寺跡は、京阪石山坂本線滋賀里駅の西の山中にある。天智天皇の勅願により、近江京の鎮護のため六六八年に、宮城北西に建立。金堂・講堂・三重塔などが配置され、平安時代まで存続したという。現在は礎石等が残存し、国史跡。また、三重塔心礎からは舎利容器「瑠璃壺」が発見され国宝に指定されている。

③『続日本紀』文武天皇大宝元（七〇一）年八月四日条に、

近江国の志我山寺《しがさんじ》の封、庚子《かのえね》の年起《よ》り計《かぞ》ふるに三〇歳に満ちとある。

三七六　大戸川《だいと》

滋賀県大津市田上

関係地図　1／20万 京都及大阪　1／5万 京都東南部

491

たなかみ河

内裏御屏風に

・月影のたなかみ河にきよければ網代にひをのよるも見えけり　清原元輔

③拾遺集　一一三三

たなかみにてよみ侍りける

・たびねするあしのまろやのさむければつまぎこりつむ舟いそぐなり　大納言経信

⑧新古今集　九二七

（参考）かがり火のひかりもうすく成りにけりたなかみ河の明ぼのの空　後光明峰寺前摂政左大臣

新後撰集　二二二七

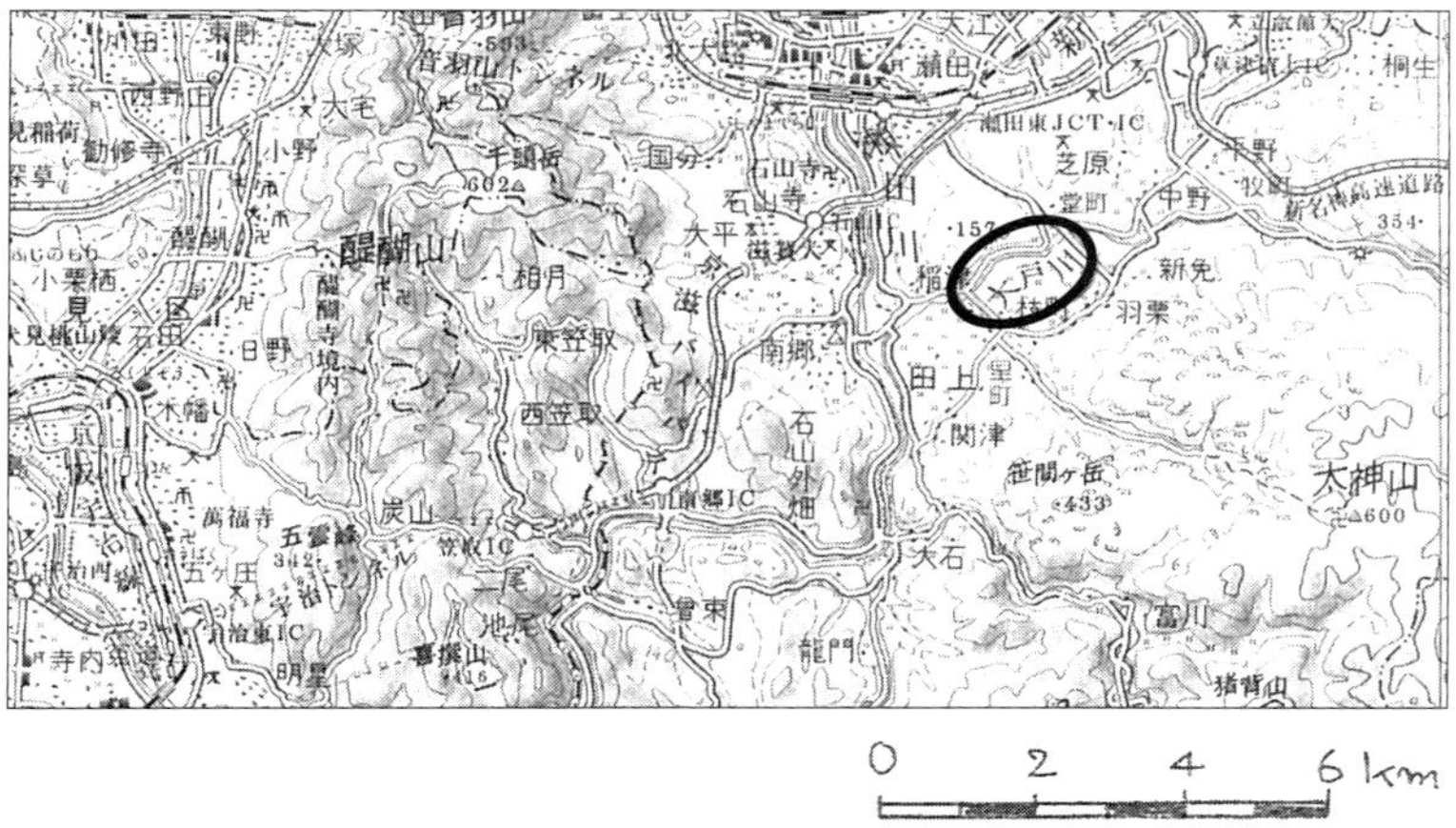

1／20万　京都及大阪

（メモ）

①田上川は大津市田上付近を流れる大戸《だいと》川の別称。大戸川は太神山の北麓を西流して大津市田上の黒津で瀬田川に注ぐ。

②『日本書紀』雄略天皇一一（四六七）年五月一日条に、

近江国栗太郡言さく「白き鸕鷀《う》、谷上《たなかみの》浜《はま》（現黒津）に居り」とまうす。因りて詔して川瀬舎人《かはせのとねり》（管理者）を置かしむ。

とある。これが、後、元慶七（八八三）年一〇月二六日に始まる田上網代《たなかみあじろ》の前身という。

③『日本書紀』神功皇后摂政元年三月の条に、

淡海《あふみ》の海《み》　瀬田の済《わたり》に　潜《かず》く鳥　田上《たなかみ》過ぎて　菟道《うぢ》に捕《とら》へつ

の歌謡がある。

三七七　多賀のお山

滋賀県犬上郡多賀町

関係地図　1／20万 名古屋　1／5万 彦根東部

473

たかのを山

寛治二年、大嘗会屏風に、たかのをの山をよめる

・とやかへるたかのを山の玉つばきしもをばふとも色はかはらじ　前中納言匡房

⑧新古今集　七五〇

（参考）みかりするたかのをやまにたつきじや君がちとせのひつぎなるらむ　左京大夫顕輔

万代集　三八二二

（参考）ましらふの鷹のを山のあさ狩に霜うちはらふ峰のしひ柴　民部卿資宣卿

夫木抄　八四二七

（メモ）

①「高のお山」は『和名抄』近江国犬上郡「田可郷」の山。

②多賀町多賀には多賀大社が鎮座する。多賀大社の奥宮は鈴鹿山脈の標高五八〇mの杉坂峠の高地に鎮座するので「高の宮」と呼ばれたという。それが多賀宮に転じたという。

②この地の支配者、古代氏族犬上県主《あがたぬし》、または犬上君を祀ったものとされている。『延喜式神名帳』には、犬上郡、多何《たかの》神社二座とある。祭神は伊邪那岐命・伊邪那美命二座である。『古事記』にも「伊邪那岐大神者坐二淡海之多賀一也」とある。

③多賀大社の奥宮の鎮座地、杉坂峠で神体山二柱をさがすと、東または東南東約二〜三kmの地に八〇八m峰男体山、八一八mの高室山・女体山がある。八〇八m峰が「鷹ノ尾山」であろう。

④多賀大社の祭神は伊勢神宮の祭神天照大神の親神、また夫婦神である。延命長寿・縁結びの神として古来親しまれている。また、

・お伊勢参らば、お多賀へ参れ、お伊勢お多賀の子でござる

・お伊勢へ七度、熊野へ三度、お多賀様へは月参り

などと歌われてきた。

⑤多賀大社社務町横の、小さな松の木の根元に寿命石、一名笈掛石、または枕石と呼ばれる石がある。この石は鎌倉時代に東大寺大仏殿再興の声のかかった俊乗坊重源が、当社祭神に二〇年間の寿命の延命を祈祷し、よって大仏殿再興をするために、七日間参籠した。すると不思議にも柏の葉に「莚《むしろ》」の字が現われたので再興に着手したという。そして一八年目にして成就したと。

⑥多賀大社の南約一kmに胡宮神社（祭神伊邪那伎命・伊邪那美命・事勝国勝長狭

命）が鎮座。平安時代以来の巨刹敏満寺の跡で、庭園は国名勝。

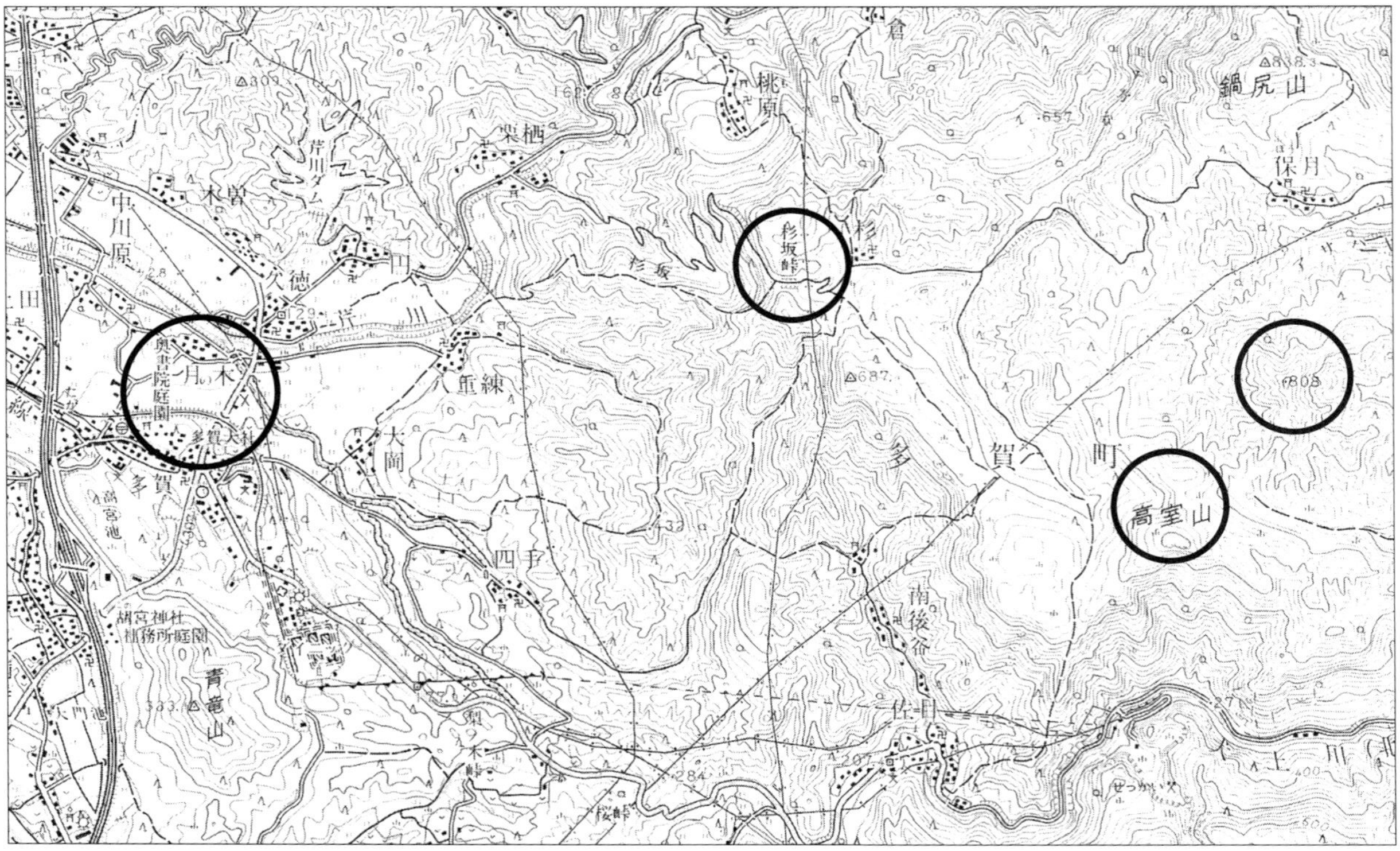

1／5万　彦根東部

三七八　高島郡（『和名抄』）

滋賀県高島市

関係地図　1／20万 宮津、京都及大阪、岐阜、名古屋

469

たかしま

• たかしまやみをの中山そまたてゝつくりかさねよちよのなみくら　よみ人しらず　③拾遺集　六〇五

• あふみてふなはたかしまときこゆれどいづらはここにくるもとのさと　読人不知　（参考）いづくにか　わがやどりせむ　たかしまの　かつののはらに　このひくれなば　高市連黒人　万葉集　二七五　⑤金葉集　四九六

（参考）いづくにかしばしすぐさん高島のかちのにかかる夕立の空　為道朝臣　新千載集　二九七

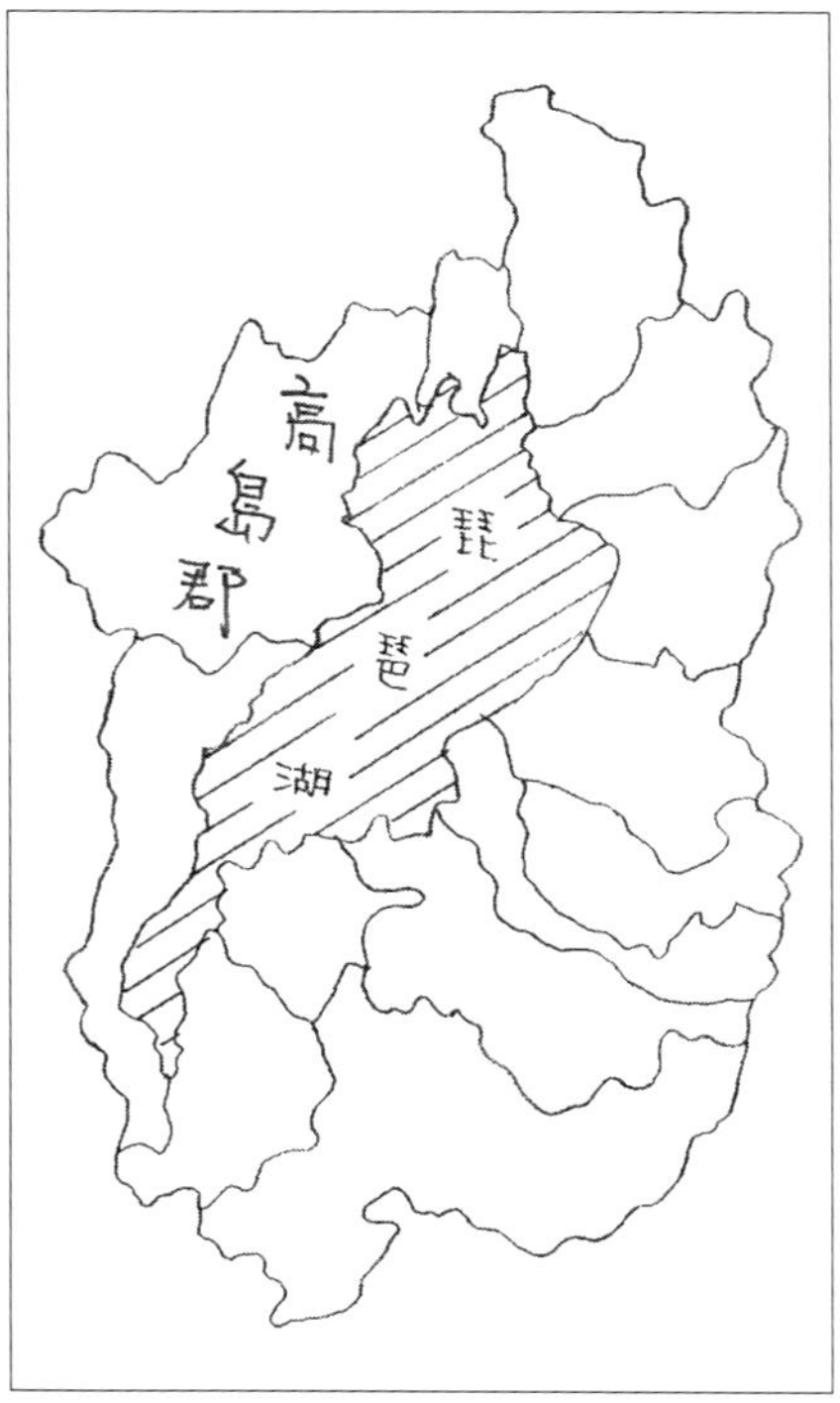

（メモ）

①『和名抄』高島郡に神戸《かんべ》・三尾《みお》・高島・角野《つの》・木津《こつ》・桑原・善積・川上・大處・鞆結《ともゆひ》の一〇郷《さと》がある。

②郡名の初見は『日本書紀』継体天皇即位前紀に

男大迹天皇《をほとのすめらみこと》は誉田天皇《ほむだのすめらみこと》（応神天皇）の五世の孫、彦主人王《ひこうしのおほきみ》の子なり。母を振《ふる》媛《ひめ》と曰《まう》す。振媛は活目天皇《いくめのすめらみこと》（垂仁天皇）の七世の孫なり。天皇の父、振媛が顔容《かほ》姝妙《きらぎら》しくして、甚だ媺色《うるはしきいろ》有りといふことを聞きて、近江国の高嶋郡の三尾《みを》の別業《なりどころ》より……

とある。

③高島郡の集落は琵琶湖北西岸一帯と、安曇川・石田川・知内川の沿岸に点在する。郡内は山地が広く分布する。

三七九　岳山

滋賀県高島市高島町小字下拝戸

関係地図　1／20万 京都及大阪、名古屋　1／5万 北小松

778

みをの中山

・たかしまやみをの中山そまたててつくりかさねよちよのなみくら　よみ人しらず

③拾遺集　六〇五

（参考）おほみふね　はてさもらふ　たかしまの　みをのかつのの　なぎさしおもほゆ　万葉集　一一七一

（参考）おもひつつ　くれどきかねて　みをのさき　まながのうらを　またかへりみつ　碁師歌　万葉集　一七三三

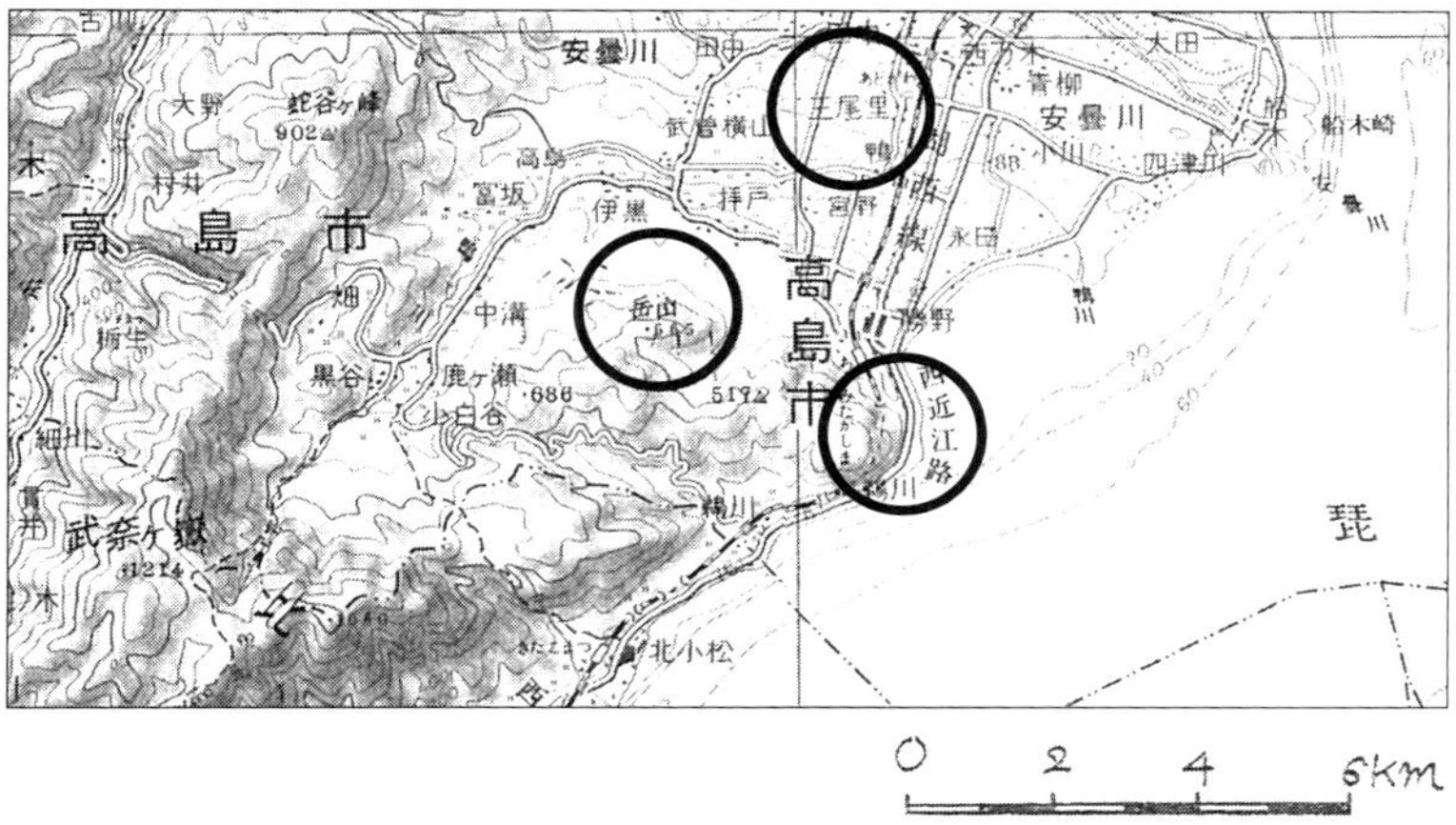

1／20万　京都及大阪（左）・名古屋（右）

（メモ）

①『和名抄』高島郡に三尾郷がある。三尾の山はこの三尾郷の山である。現在、高島市に大々字三尾里がある。これは古代の「三尾郷」の中心地という。

②三尾山は水尾山・三尾の杣山・中山とも呼ばれた。『輿地志略』に、

此山に則、岳山の観音あり、此辺の山続き総名を三尾山という。此山麓、湖水の辺を三尾崎

とある。また、『鴻溝録』に、

乙羽山の惣名なり、三尾中山共云、山の峯北より望めば三峯なれば三尾といえるか

とある。地図の〇は標高五六五mの岳山。その稜線上東約六〇〇mに岳観音堂あり。この稜線の湖との接点が三尾崎《みをがさき》。今、白《しら》鬚《ひげ》神社があり、明神崎。表記碁師の歌の地。

③『日本書紀』継体天皇即位前紀に「三尾の別業」がある。この地は垂仁天皇皇子石衝別王《いわつくわけおう》に出自を持つ三尾氏の本貫。大字拝戸に磐衝別命《いわつくわけのみこと》・比咩命《ひめのみこと》を祭神とし、神名帳名神大月次新嘗の水尾神社が鎮座。

三八〇　龍田川の橋

滋賀県高島市マキノ町在原

関係地図　1／20万 岐阜　1／5万 敦賀

849

をがはのはし

・つくしよりここまでくれどつともなしたちのをがはのはしのみぞある　在原業平朝臣

③拾遺集　三八一

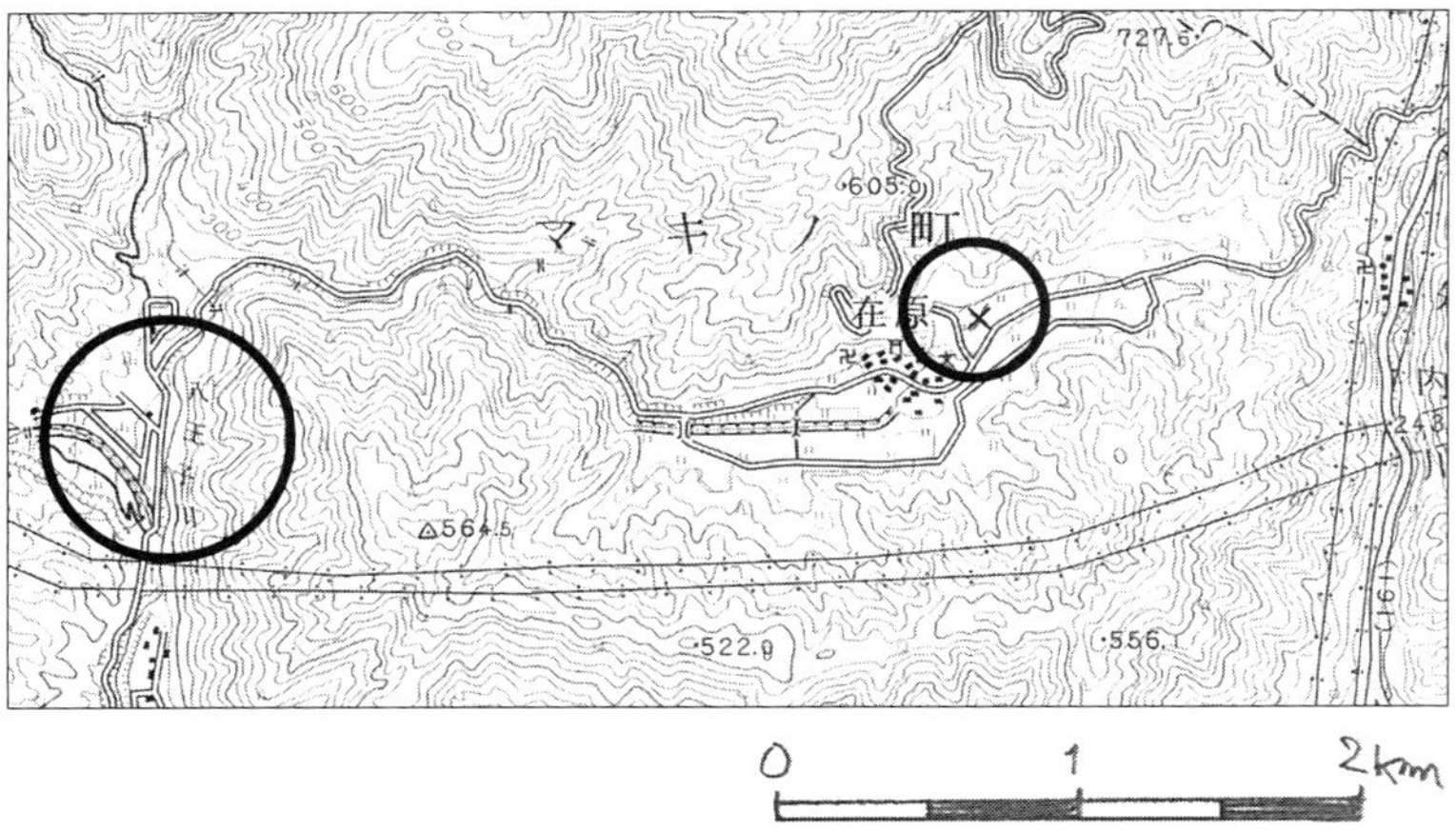

1／5万　敦賀

（メモ）

①高島市マキノ町在原集落は、滋賀県北端で福井県敦賀市に接する。そこに標高八六五・二mの乗鞍岳がある。又、稜線の東には国境高原スノーパークがあり、この一帯は雪深い山中である。東から小峠谷川が西流し、在原業平墓（図中の×印）の西側を龍田川が南流し二川が合流して、やがてマキノ町白谷地区で北部から南流する川と併合して、スサノオ尊ゆかりの名、八王子川となって南流する。

②在原集落の北東方の林の中に宝篋印塔がある。高さ六五cm。遠くから訪れる人も多いという。この塔は後世に建てられた業平供養塔ともいわれる。

③在原集落の寺院、正法院過去帳に、

業平朝臣、平城天皇皇子阿保親王五男也。陽成天皇御宇元慶四（八八〇）年庚子正月二十八日卒ス。享保亥年（一七一九）迄、八百四十年。墓有村東北之山根

とある。

④『百人一首』の業平の歌は、

千早ふる神代もきかず龍田川
からくれないに水くくるとは

である。歌中の龍田川は今も乗鞍岳に発し、村の中央を通ってやがて知内川となって琵琶湖に注いでいる。

三八一　田上

滋賀県大津市田上地区・大石地区

関係地図　1／20万　京都及大阪　1／5万　京都東南部

490

たなかみ

みやこにすみわびてあふみにたなかみといふところにまかりてよめる　源俊頼

・あしびたくまやのすみかはよのなかをあくがれいづるかどでなりけり

⑥詞花集　三四八

（参考）ゆふたたみ　たなかみやまの　さなかづら　ありさりてしも　いまにあらずと　万葉集　三〇七〇

（参考）ころもでのたなかみ山の朝霞たちかさねても春はきにける　前大納言為氏　続千載集　四〇

1／20万　京都及大阪

（メモ）

①田上は瀬田川の東岸。『和名抄』栗本郡勢多郷の南に接する山谷の総称名。『日本書紀』は「谷上」。『吾妻鏡』は「手上」と書き、語源は「谷の上」。現在の大津市田上地区・大石地区に相当。

②『日本後紀』延暦一八（七九九）年九月条に「近江国小神（＝田上）旧牧」とあり、「田上牧」があった。

③奈良時代以前から「田上杣」があった。田上山は杣山であり、『正倉院文書』に、田上山作所・田上鎰懸山《かぎかけやま》作所などがあると。『万葉集』に「藤原の宮の役民の作る歌」（一—五〇）があり田上山の真木《まき》が出る。

④太神山は田上山・田神山とも書かれ、農耕の神・司水の山で「田の神の山」の意。山は花崗岩。山上の不動寺本堂は舞台造りで国重文。

三八二　玉緒山《たまのお》

滋賀県東近江市布施町・稲垂町《いなたり》・上羽田町《かみはねだ》

関係地図　1／20万　名古屋　1／5万　近江八幡

498

たまのを山

仁和の御時大嘗会の歌　よみ人しらず

・がまふのたまのを山にすむつるの千とせは君がみよのかずなり

③拾遺集　二六五

（参考）青柳の糸にかかれるしら露のたまのをやまに春雨ぞふる　従二位行家卿　夫木抄　八四七

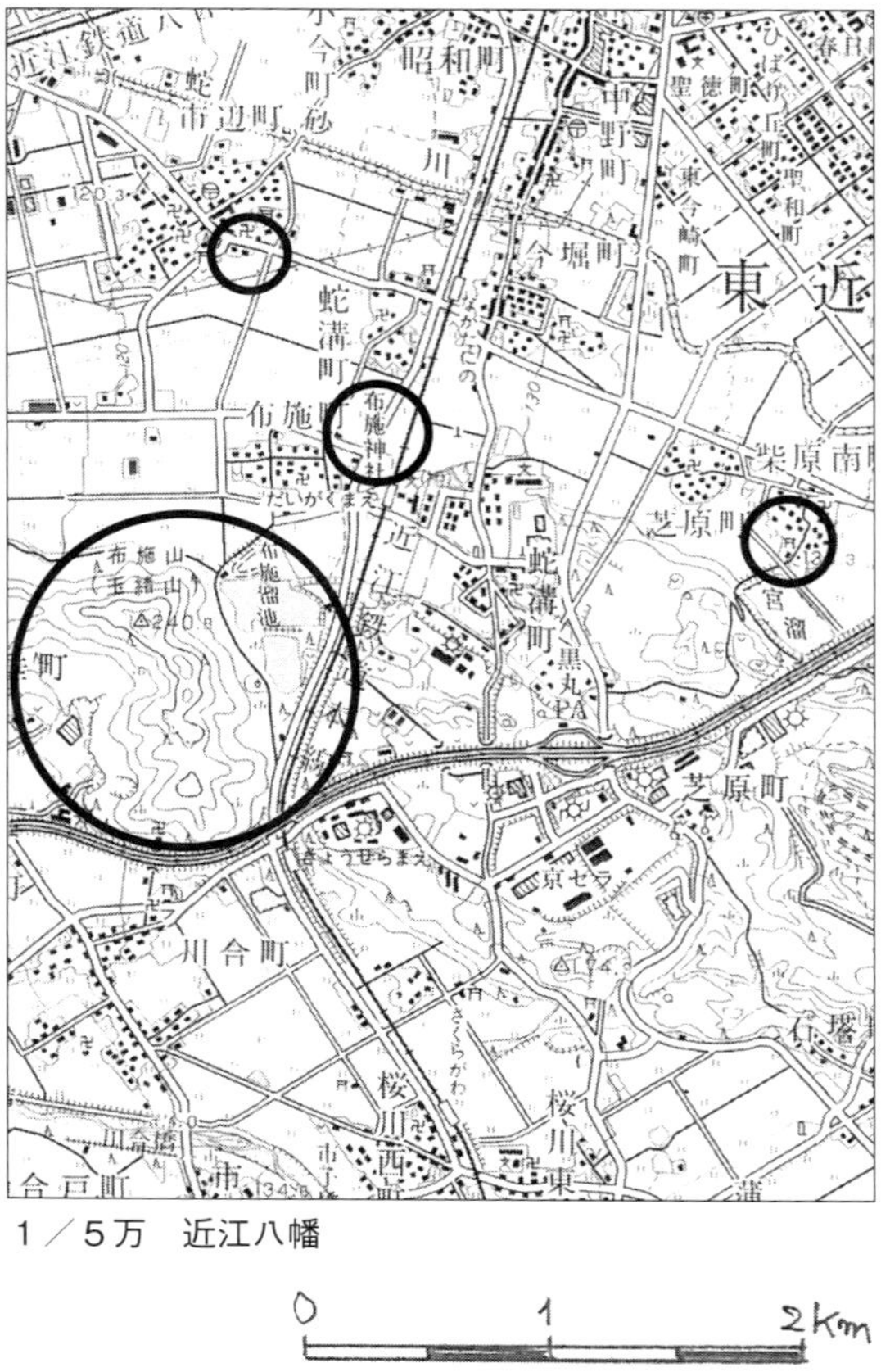

1／5万　近江八幡

（メモ）

①東近江市布施町・稲垂町・上羽田町にまたがる標高二四〇・八mの山。布施山とも呼ばれる。

②布施神社は布施町に鎮座。初め五社大明神と呼ばれ、日吉十禅師社を勧請。境内に布施氏祖神の春日神を祀る。本殿は鎌倉期建造で国重文。

③柴原南町に玉緒神社が鎮座。柴原郷三カ村の産土神。別当寺であった祥光寺は正暦二（九九一）年の開基。

④布施溜池　布施溜・布施大池とも呼ばれ面積一二ha。天平宝字八（七六四）年の築造という。

⑤近くの市辺町に履中天皇皇子の市辺押磐皇子御陵、名神高速道路沿いに顕宗塚古墳があるなどと。

三八三　竹生島

滋賀県長浜市早崎町竹生島

関係地図　1／20万　岐阜　1／5万　竹生島

509

ちくぶしま

ちくぶしまにまうで侍りける時、もみぢのかげの水にうつりて侍りければ

・水うみに秋の山べをうつしてははたばりひろき錦とぞ見る　法橋観教　③

拾遺集　二〇三

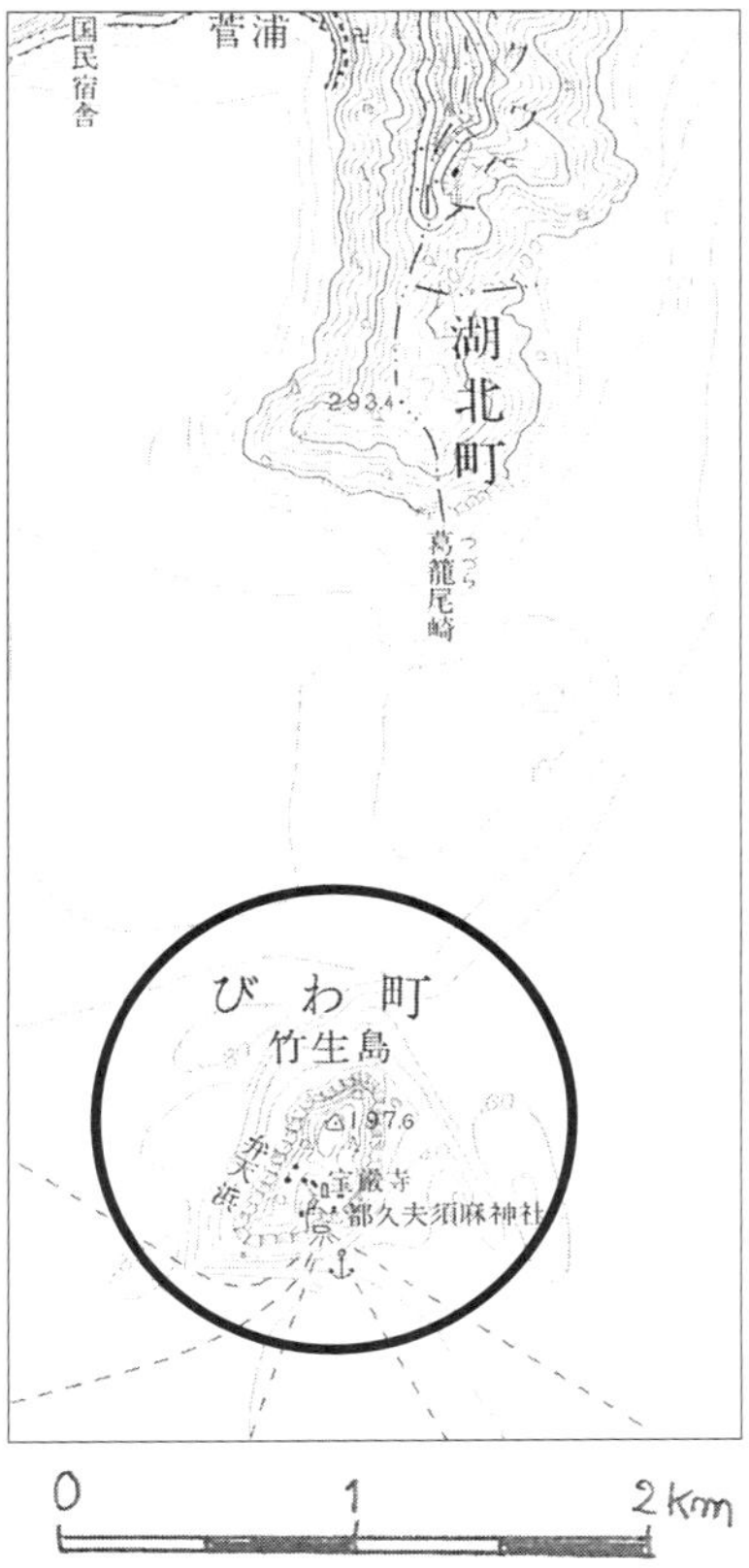

1／5万　竹生島

（メモ）

①竹生島は長浜市早崎町に属し、湖岸に竹生神社辺津宮がある。島は琵琶湖北端部に北から突き出た葛籠尾崎《かづらおさき》の南約二kmにある。島は長さ約七五〇m・幅約三〇〇m。周囲約二km。最高点は一九七・六m。中生代末頃の花崗岩類で形成され、周囲は切り立った断層崖で、南東部にただ一つの港がある。琵琶湖八景の「竹生島の沈影」で、島の一帯が国名勝・国史跡に指定されている。

②巌金山宝厳寺は西国三三カ所観音霊場。第三〇番札所。宗派は真言宗豊山派、本尊は大弁財天女。『近江名所図会』に、

・本社弁財天女　天降天女と号す。長立像七寸三分。一説に行基作。

・宇賀神　左右二神阿吽宇賀神と称す。弘法大師作。

・観音堂　四臂千手像　長《みのたけ》　六尺三寸行基作。

・祖堂　行基大士の像を安置す。

などとある。御詠歌は、

月も日も波間に浮かぶ竹生島

船に宝を積むここちして

である。

③謡曲に、『竹生島』（伝金春禅竹作）がある。

三八四　千坂の浦遺称地

滋賀県彦根市八坂町・三津屋町等

関係地図　1／20万　名古屋　1／5万　彦根西部

510

ちさかのうら

平治元年大嘗会悠紀方風俗歌、近江国ちさかのうらをよめる　参議俊憲

・君が代のかずにはしかじかぎりなきちさかのうらのまさごなりとも

⑦千載集　六三七

（参考）いくちよをいくさかゆかん御代なれやちさかのうらに千鳥なくなり　皇太后宮大夫俊成卿　夫木抄　六八四〇

（参考）わがきみはちさかのうらにむれてゐるたづやくもゐのためしなるらん　前中納言匡房卿　夫木抄　一一四三〇

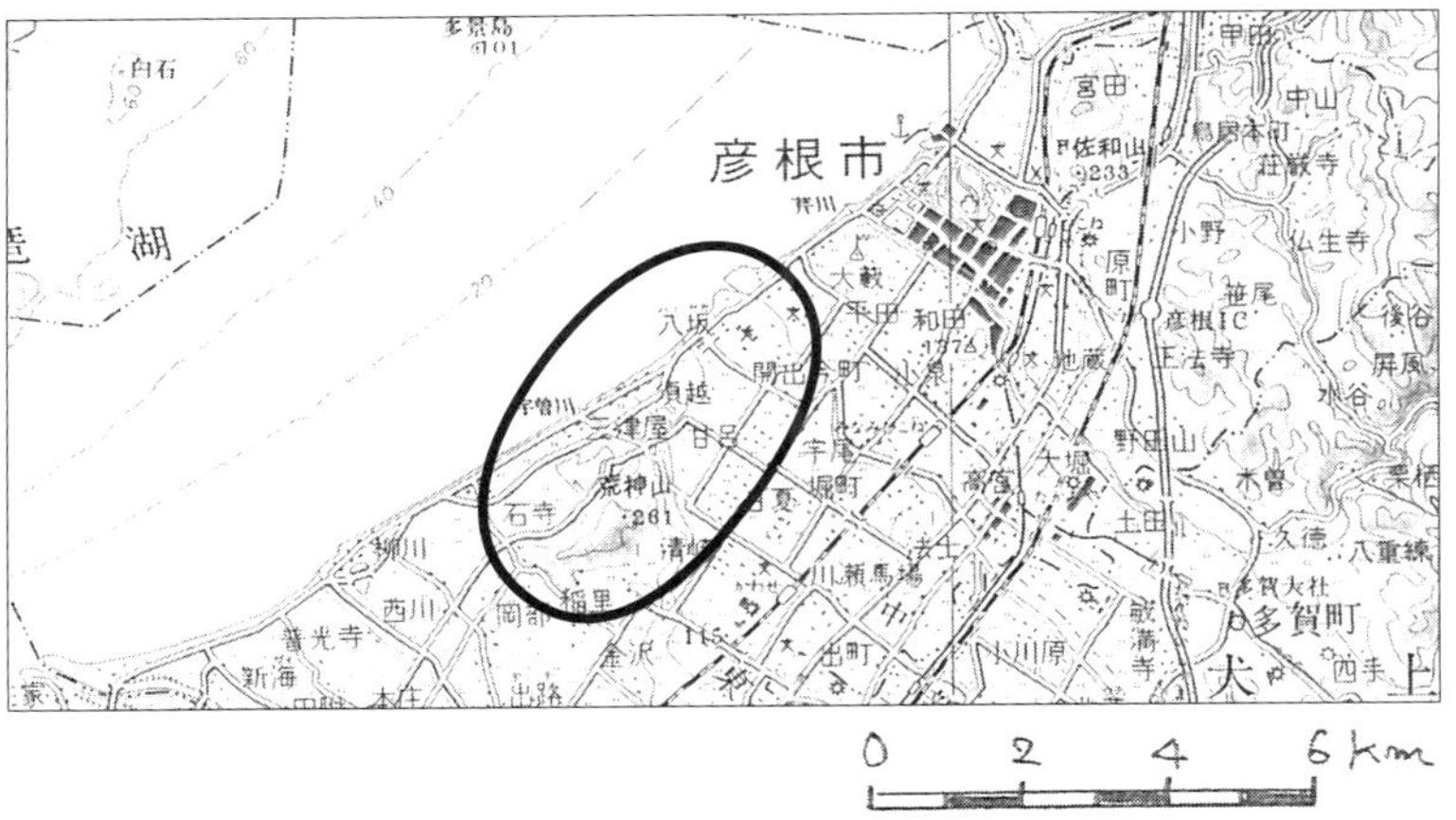

1／20万　名古屋

（メモ）

①この地には八坂町《はっさか》・須越町・三津屋町そして標高二八四mの荒神山がある。さらに甘呂町《かんろ》に野田沼内湖、三津屋町に曽根沼がある。

②『温故録』の「八坂」項に、

八坂、此処昔は八十の湊と云う由、廻船往行の湊也。……、南の浜を青根が浦とも云う由、されども名所の寄にも本歌も見えず。虚実を知らず、千坂の浦と云うも此所の由也

とあると。また、『輿地志略』の八坂村に、

千坂浦、八坂村より北の浜をいう

とあると。

③歌が詠まれたのは今より約九百年前のこと。この地の湖沼や荒神山には三つの、いやそれより多くの舟の発着場や、水産業の好漁場、特に、荒神山周辺は好漁場であったのではなかろうか。

④荒神山頂上の荒神山神社の祭神は火産霊神で継体天皇の御代よりの社。

三八五　筑摩神社

滋賀県米原市朝妻筑摩

関係地図　1／20万 名古屋　1／5万 彦根東部

524 つくまのまつり

・いつしかもつくまのまつりはやせなんつれなき人のなべのかず見む　よみ人しらず　③拾遺集　一二一九

523 つくまのかみ

御あがもののなべをもちてはべりけるを台ばんどころより人のこひはべりければつかはすとてなべにかきつけはべりける

・おぼつかなつくまのかみのためならばいくつかなべのかずはいるべき　藤原顕綱朝臣　④後拾遺集　一〇九八

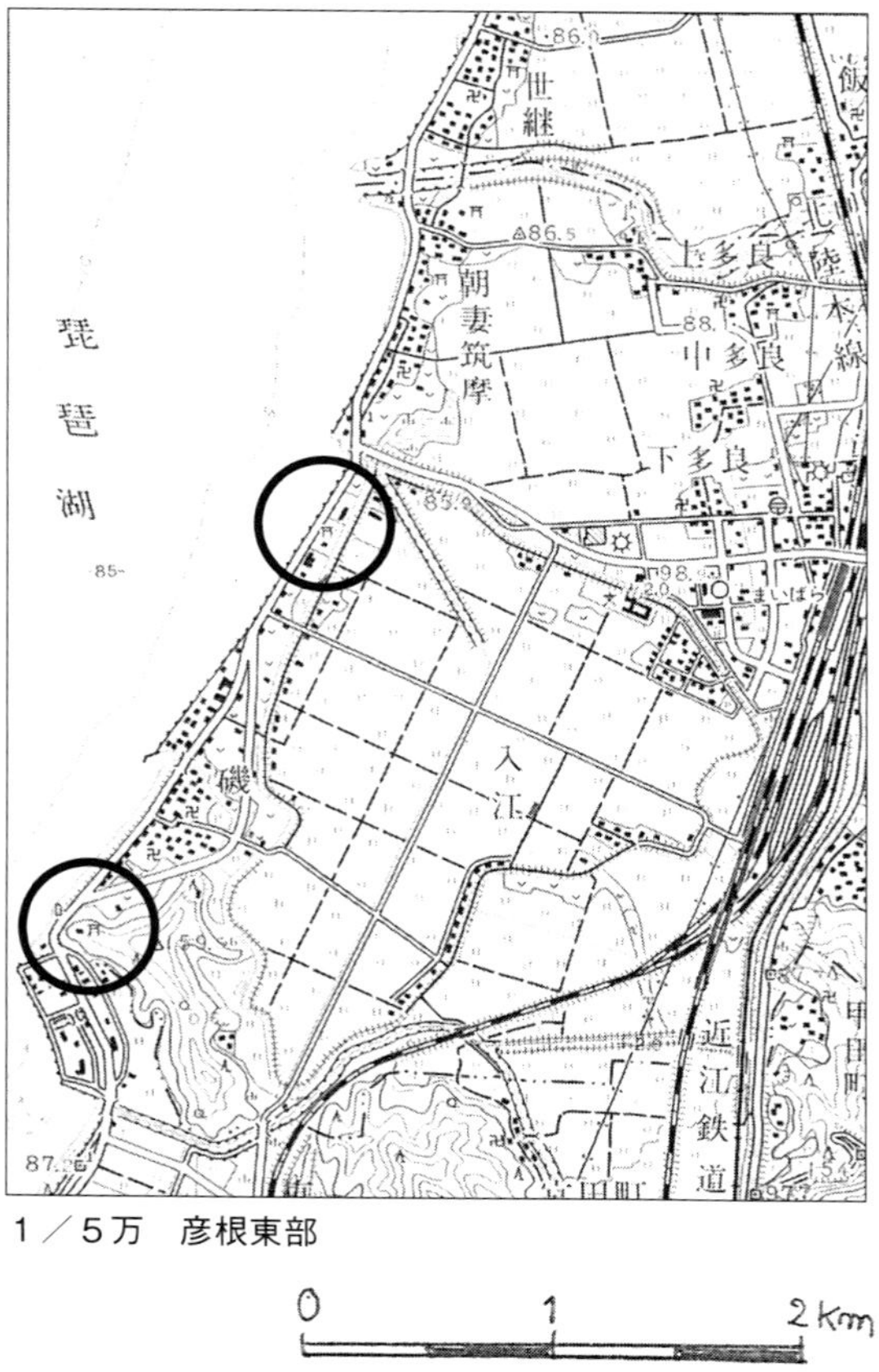

1／5万　彦根東部

（メモ）

①筑摩《ちくま》神社（米原市朝妻筑摩）　祭神は大御饗津神　大年神　稲倉魂神。創建は孝安天皇二八（BC三六五）年。桓武天皇の御代に大膳職御厨所を置かれる。仁寿二（八五二）年神位を受ける。『延喜式神名帳』坂田郡の日撫《ヒナデノ》神社。

②『伊勢物語』百二十　筑摩の祭に

むかし、男、女のまだ世《よ》経ずとおぼえたるが、人の御もとにしのびてもの聞えて、のち、ほど経て

近江なる筑摩の祭とくせなむつれなき人のなべのかずかず見む

とある。

③南の丸は磯崎神社。祭神　日本武尊。

三八六　筑摩の沼跡

滋賀県米原市朝妻筑摩・入江一帯。蓮池はその名残り

関係地図　1／20万 名古屋　1／5万 彦根東部

522 つくまえのぬま

永承六年五月五日殿上根合によめる

・つくまえのそこのふかさをよそながらひけるあやめのねにてしるかな　良暹法師　④後拾遺集　二一一

をんなのもとにつかはしける

・あふみにかありといふなるみくりくる人くるしめのつくまえのぬま　藤原道信朝臣　④後拾遺集　六四四

（参考）つくまのに　おふるむらさき　きぬにそめ　いまだきずして　いろにいでにけり　笠女郎　万葉集　三九五

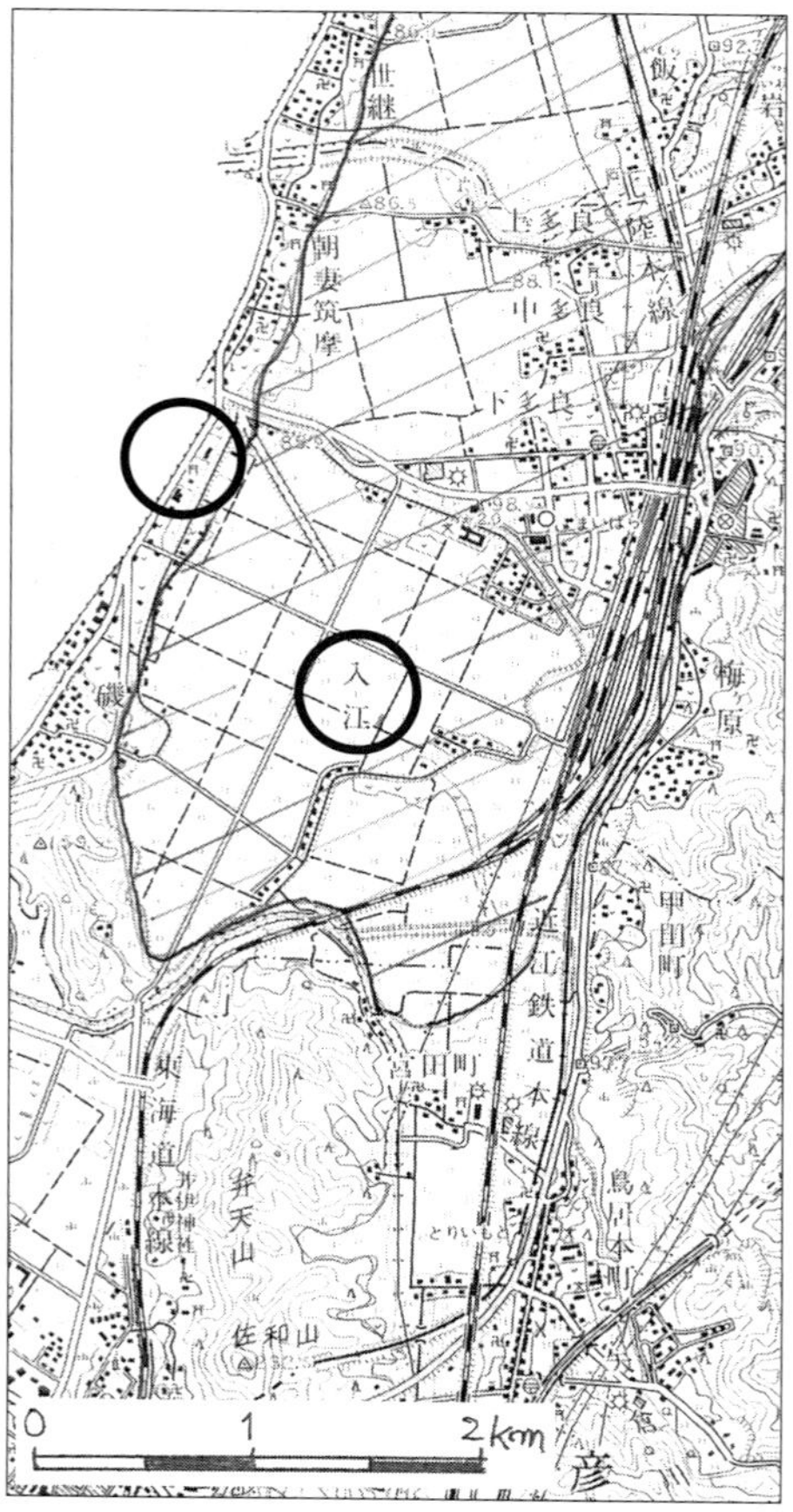

1／5万　彦根東部

（メモ）

①今から約千年前は、現在の湖岸一帯には砂洲があり、JR米原駅の西や北の一帯は大きな湖沼であり、部分的には野や湿地であった。現在の米原市入江には入江があり、特に入江神社辺は湊。船の発着場であった。

②『近江名所図会』の旦妻里《あさつまさと》に、

昔地知湊にして繁昌の所。昔の江口神崎の如く。遊女など有しにや世に朝妻船の図有りて遊女烏帽子装束にて舞遊ぶ体見る

そして

にほの海やあさづま舟も出でにけりつなぐ氷を風やとくらん　家長

などとある。

三八七　床の山

滋賀県彦根市正法寺・原町・小野町

関係地図　1／20万　名古屋　1／5万　彦根東部

543

とこの山

こひしくはしたにを思へ紫の下

・いぬがみのとこの山なるなとり河いさとこたへよわがなもらすな　①古今集

一一〇八

この歌、ある人、あめのみかどのあふみのうねめにたまへるとと

（参考）あふみぢの　とこのやまなる　いさやがは　けのころごろは　こひつつもあらむ　岡本天皇御製　万葉集　四八七

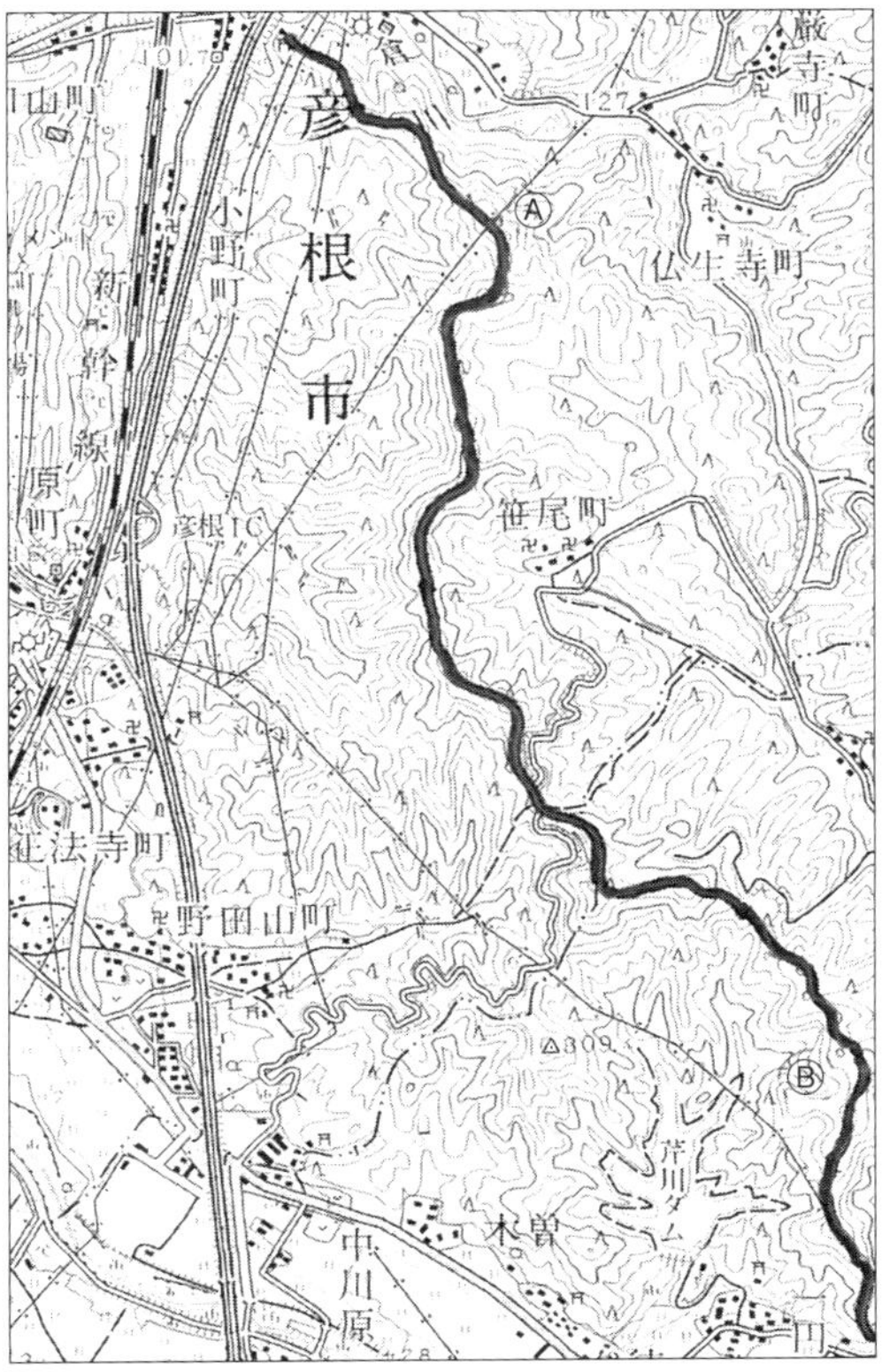

1／5万　彦根東部

（メモ）

①図中の黒い線が「床の山」の稜線である。この稜線の北端が鳥居本町で標高約一二〇m。そこから水平距離で約一km南に登ると標高約三〇〇mのB点。また、南端の山麓一円集落の標高は約一〇〇m。そこから水平距離で約一km北に登ると標高約三〇〇mのB点。A点とB点の直線距離は約三km。その間の標高差はわずかに約八〇mで、殆んど水平である。離れて眺めると山全体の形はベッド・床・寝床のように見える。又は伏せたフライパン、または炒《い》り鍋の断面に似ているので「鍋尻山」の名がある。五万分の一地形図「彦根東部」の鍋尻山標高八三八・三mとは別である。

②正法寺山とも呼ばれるようであるが、昔は正法寺領であったのか。

三八八　中手川の橋

滋賀県甲賀市信楽町小川

関係地図　1／20万　名古屋　1／5万　水口　1／2.5万　信楽

849

をがはのはし

・つくしよりここまでくれどつともなしたちのをがはのはしのみぞある　在原業平朝臣　③拾遺集　三八一

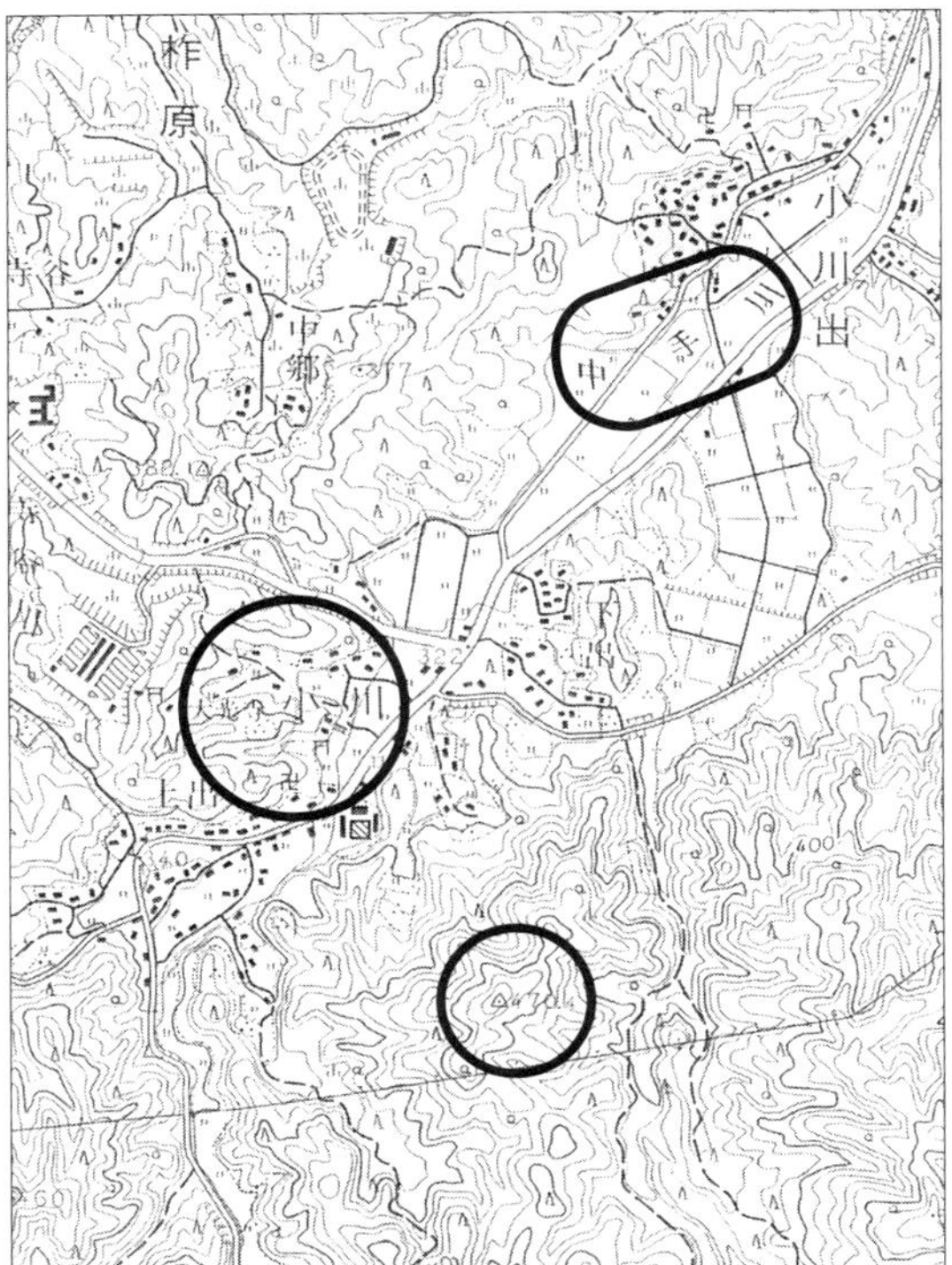

1／2.5万　信楽

（メモ）

①甲賀市信楽町小川集落内には中手川が流れている。この中手川は下流に隣接する信楽町江田で大戸《だいど》川に注ぐ。大戸川に比すると、中手川は小川であるので、集落も、河川も「小川」となった。

②この地域は近衛家領の庄園「信楽庄」であった。信楽庄は宮町・勅旨《ちょくし》・神山《こうやま》・小川・多羅尾《たらお》・柞原《ほそはら》・黄瀬《きのせ》・牧を信楽八村として庄域としていた。奈良時代以来良材を産した杣山《そまやま》であり、杣の庄園でもあったという。

③『後法興院日記』応仁二（一四六八）年八月一九日条に、近衛政家は、この日戦乱を避け、京都府宇治田原町を経て近衛領の小河大興寺（現大光寺？）に到着とあると。大光寺は真言宗智山派。寺伝では天平一〇（七三八）年行基開基。聖武天皇の勅願所。また正応二（一二八九）年近衛家基が当寺に隠棲という。

④標高四七〇mの城山には一三〇五〜一五九五年に「小川城」があった。

三八九　長等山

滋賀県大津市園城寺町

関係地図　1／20万　京都及大阪　1／5万　京都東北部

1／2.5万　京都東北部

570

ながらの山

わかう侍りける時はしがにつねにまうでけるを、年おいてはまゐり侍らざりけるに、まゐり侍りて

• めづらしや昔ながらの山の井はしづめる影ぞくちはてにける　　よみ人しらず

②後撰集　一一三五

安和元年大嘗会風俗、ながらの山

• 君が世のながらの山のかひありとのどけき雲のゐる時ぞ見る　　大中臣能宣

③拾遺集　五九八

1／2.5万　京都東北部

0　0.5　1.0km

（メモ）

①大津市園城寺町の、現在JR湖西線に長等山トンネルがある。また、国道一六一号の西大津バイパスに長等トンネルがある。この下り線は標高三五四m長等山直下を通っている。

②『平家物語』巻第七　忠教都落条に、薩摩守忠教は五條の三位俊成卿の宿所におはして、撰集のあるべき由承候しかば生涯の面目に一首なりともとて、秀歌とおぼしきを百余首書あつめられたる巻物を、鎧のひきあはせより取出でて俊成卿に奉る。そして西に都落と。その巻物の中の一首

さざなみや志賀の都はあれにしを
むかしながらの山ざくらかな

が千載集の六六　よみ人しらずである。

三九〇　野路の玉川

滋賀県草津市野路がふさわしい。源は牟礼山（二二一・九m）

関係地図　1／20万　京都及大阪

1／5万　京都東南部、京都東北部

622

野ぢの玉川

権中納言俊忠かつらの家にて、水上月といへるこころをよみ侍りける

• あすもこむ野ぢの玉川はぎこえて色なる浪に月やどりけり　　源俊頼朝臣

⑦千載集　二八一

（参考）はぎこえていろなるなみにさをしかのしがらみかかるのぢのたまがは

権僧正公朝　　夫木抄　四七〇三

（参考）うづらなく野ぢのたま川けふみればはぎこすなみに秋風ぞふく　　従二位家隆卿　　夫木抄　五六五八

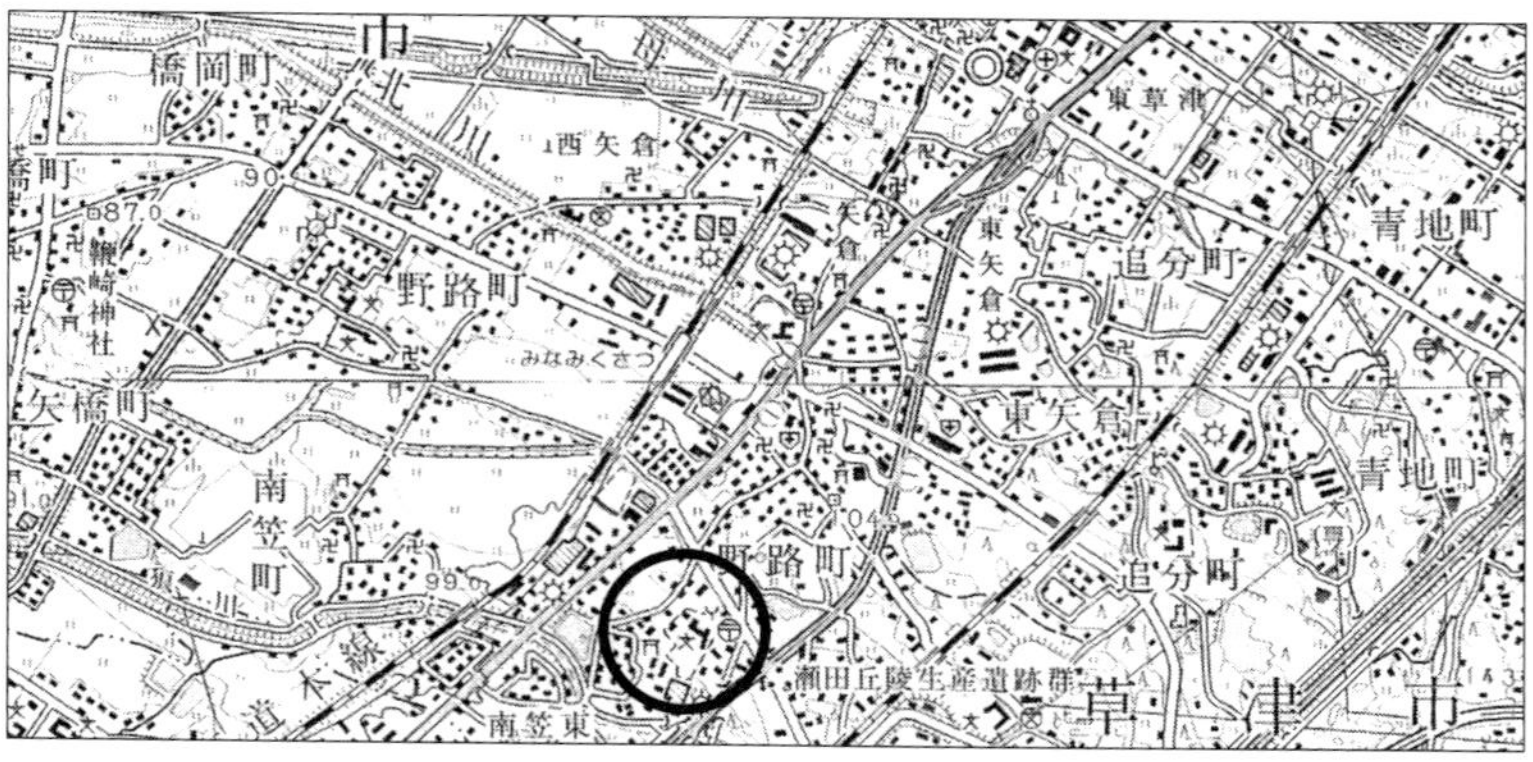

0　1　2km

1／5万　京都東北部（上）・京都東南部（下）

（メモ）

①『東海道名所図会』に、

野路玉川　野路、里西の端にあり。道の傍《かたはら》に長サ二間許《ばかり》　巾一間半の埋れし跡あり。これなん玉川の古跡といふ。とある。挿画有り。

②野路駅の西入口に弁天池があり、そこより少し入った東海道筋に古来の歌枕、「野路の玉川」があった。「萩の玉川」とも呼ばれ、平安時代にはかなり広く、清水が滾滾《こんこん》と湧き出ており、旅人の憩いの場であったと伝える。しかし、東海道の宿駅が野路から草津の宿に移った後は衰退したという。昭和五一年、地元の人々によって復元された。その場所は草津市立玉川小学校の近く。近くを流れる十禅寺川の伏流水が清水の湧水の元という。そこには小さな池と歌碑がある。

三九一　野島が崎跡推定地

滋賀県東近江市福堂町・乙女浜町

関係地図　1／20万　名古屋　1／5万　彦根西部

620

野じまがさき

家に百首歌よませ侍りける時、たびの歌とてよみ侍りける　皇太后宮大夫俊成

・あはれなる野じまがさきのいほりかな露おく袖に浪もかけけり

⑦千載集　五三一

（参考）露しげき野島が崎のたびねには波こさぬ夜も袖ぞぬれける　後鳥羽院御製　続後拾集　五六七

（参考）うちなびく野島がさきの夏草に夕波かけて浦風ぞ吹く　中務卿宗尊親王　新続古集　二七七

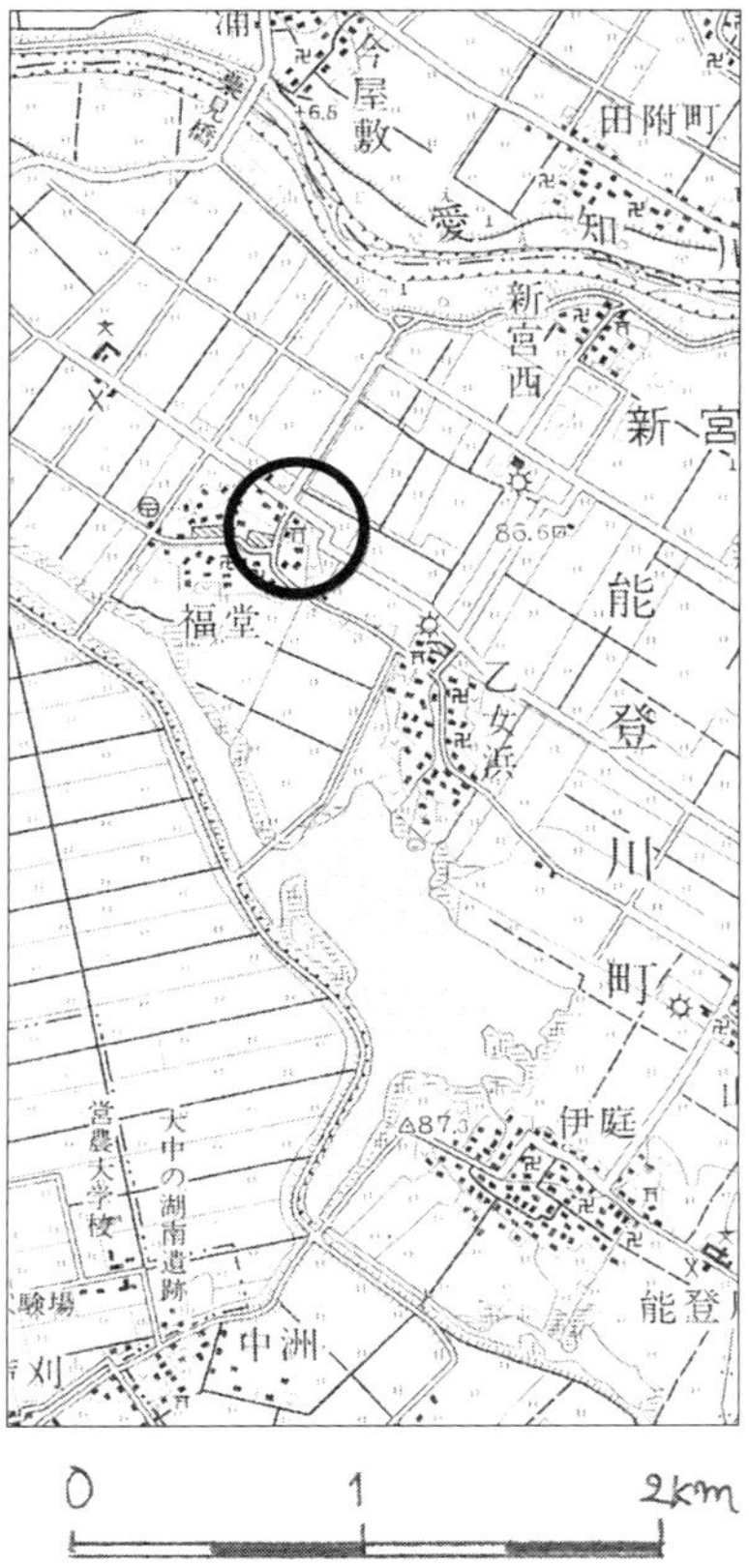

1／5万　彦根西部

（メモ）

①東近江市福堂町の鎮守は野島崎神社、同市乙女浜町の鎮守は浜之神社である。そして現在でも、その南、乙女浜地内に伊庭内湖がある。古代の野島崎神社は伊庭内湖へ船を導く大切な鎮守の森であったであろう。

②『輿地志略』に、

野島ケ崎　山にあらず、山続きの島にもあらず。野原の浜にして、洲崎なりとあり、「砂浜」であったという。

③『夫木抄』四二一九番に

浪あらふかからにしきとも見ゆるかな　のじまがさきの秋萩の花　皇太后宮俊成卿

がある。

三九二　走　井

滋賀県大津市大谷町二七―九。月心寺内

関係地図　1／20万　京都及大阪　1／5万　京都東南部　1／2.5万　京都東南部

630

はしり井

清慎公五十賀の屏風に　もとすけ

・はしり井のほどをしらばや相坂の関ひきこゆるゆふかげのこま

③拾遺集　一一〇八

石山よりかへりはべりけるみちにはしりゐにてしみづをよみ侍ける　堀川太政大臣

・あふさかのせきとはきけどはしりゐのみづをばえこそとどめざりけれ

④後拾遺集　五〇〇

（参考）おちたぎつ　はしりゐみづの　きよくあれば　おきてはわれは　ゆきかてぬかも　万葉集　一一二七

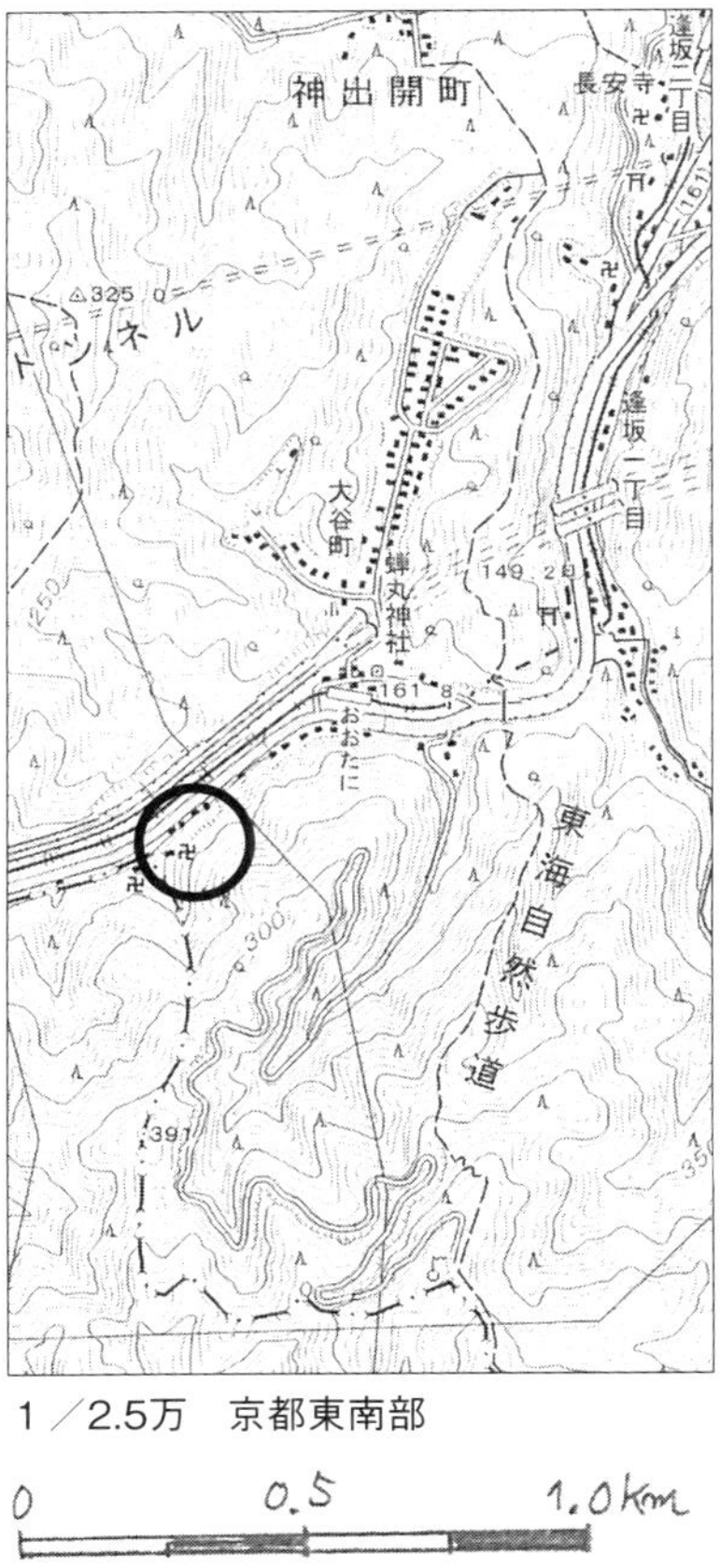

1／2.5万　京都東南部

（メモ）

①『東海道名所図会』走井に、

逢坂、大谷町茶店の軒端《のきば》にあり。後の山水ここに走り下って涌水る事、瀝々《れきれき》として寒暑に増減なく甘味なり。夏日往来の人渇を凌《しの》ぐに便とす。また、百歳《ももとせ》堂―走井前栽《ぜんざい》の上の山にあり。厨子に小野小町百歳の像を安ず。座像一尺、右の手に筆左に短冊を持、運慶の作といふ。姥桜堂前にあり。笹原薬師―百歳堂右にあり。石像の薬師を安ず。

等とある。

②荒廃していた当地に大正三年、京都の日本画家橋本関雪が旧跡保存して別邸を作り、昭和二一年に寺院月心寺と号す。境内には走井・庭園・小町像・句碑等あり。

三九三　飯道山

滋賀県甲賀市信楽町宮町・水口町三大寺

関係地図　1／20万 名古屋　1／5万 水口

280

かれひやま

・あふみにかありといふなるかれひやまきみはこえけり人とねぐさし　読人不知

⑤金葉集　五〇三

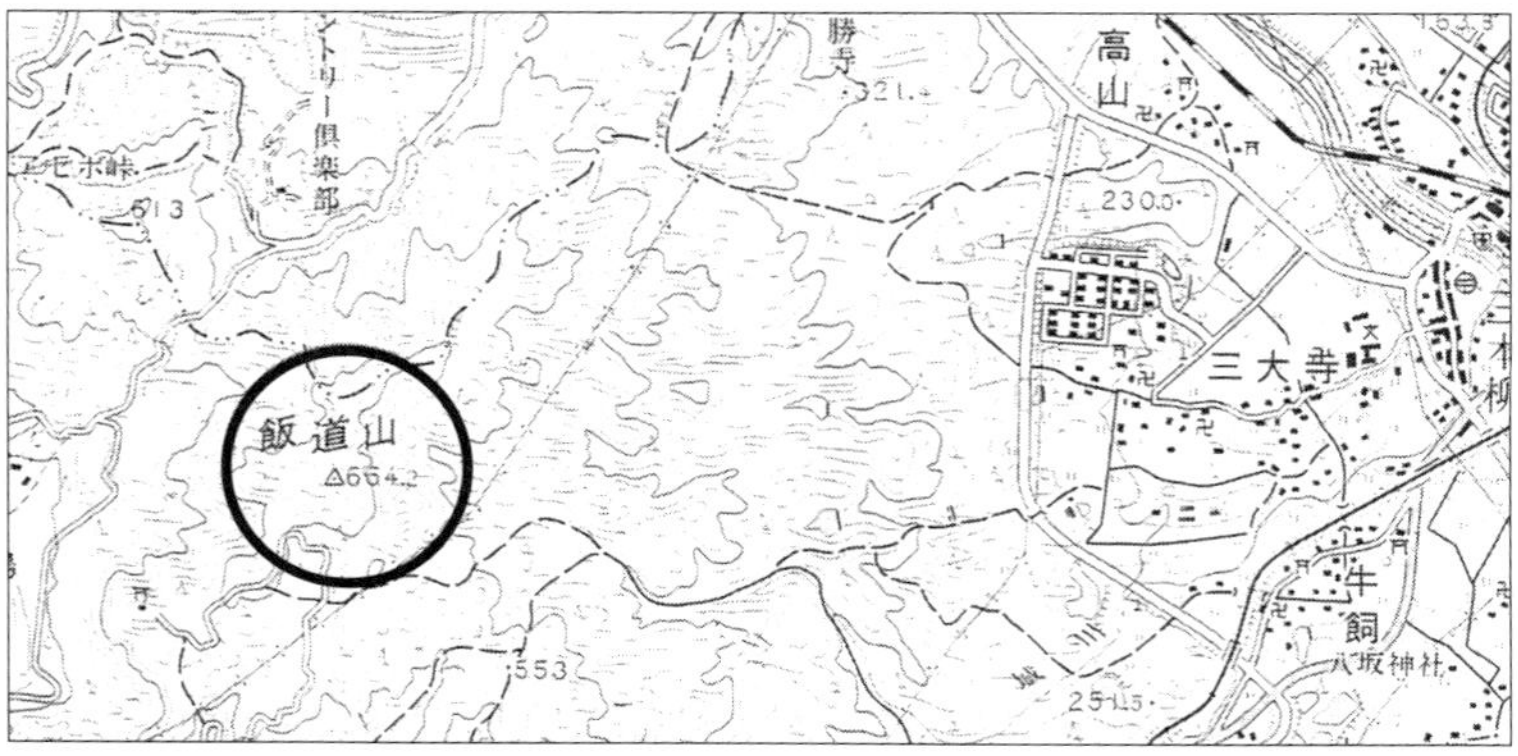

1／5万　水口

i．飯道権現　延喜式神名帳には飯道神社。神体は熊野三所権現。本堂に薬師・弥陀・釈迦・十二神将を安ず。また、大師堂に元三大師を安ず。

ii．飯道山は、元明天皇の和銅七（七一四）年八月一五日、天童妙相を現じて甲賀郡髶岳《しょうがだけ》に霊雲がたなびいたので、斎宮介《いつきのすけ》という人が、熊野権現の霊告を受け当山に登山した。そのお告げに従って登る飯を盛りたる形が道傍に見えた。斎宮介がそこに登りよく見ると、梛《なぎ》の花が飯を盛った形に見え、それを道標として登り、影向石《ようごうせき》のそばに熊野三所権現を勧請したのが飯道神社。

iii．その後、聖武天皇が信楽宮に遷都なさった時、信楽宮の鬼門守護として、天平一五（七四三）年八月、南都興福寺の安皎《あんこう》法師が登山して、伽藍を造営して両部の霊場とした。

（メモ）

①餉山は、甲賀市三大寺、同市信楽町宮町の境に位置する標高六六四・二mの山。近江の大峯と呼ばれる修験道の霊山。別名としては飯道寺山・金寄山・飯童子山・退齢山などがある。

②『東海道名所図会』に、などとある。

③全山は花崗岩で構成され、のぞき岩・不動押し分け谷・蟻の塔渡し・胎内くぐりなどの奇岩怪石の行場がある。ここで役小角が大和大峯に入る前に修行したと伝える。

三九四　比叡山

滋賀県大津市・京都府京都市

関係地図　1／20万 京都及大阪　1／5万 京都東北部

647

比叡山

ひえにのぼりてかへりまうできてよめる

・山たかみみつつわがこしさくら花風は心にまかすべらなり　つらゆき　①

古今集　八七

冬よりひえの山にのぼりて、はるまでおとせぬ人のもとに

・ながめやる山べはいとどかすみつつおぼつかなさのまさる春かな　藤原きよただがむすめ

③拾遺集　八一七

（参考）ひえの山高ね嵐のうき雲にゆき吹きわたすしがのうら波　民部卿為家卿

夫木抄　七七七二

（参考）ひえの山そのおほだけはかくれねどなほ水のみはながれてぞふる　俊頼朝臣

夫木抄　九〇九五

1／20万　京都及大阪

（メモ）

①比叡山は滋賀県・京都府県境近くの山並み。標高八四八・三mの大比叡ヶ岳を主峰に南の標高四七二mの如意ヶ岳から四明ヶ岳・大比叡ヶ岳・釈迦ヶ岳（横高山）・水井山、そして仰木峠まで直線距離で約一〇kmの山並みである。それらの峰々をほぼ通るのが比叡山ドライブウェイ・奥比叡山ドライブウェイである。

②構成岩石は古生代二畳紀～中生代ジュラ紀の砂岩・頁岩が主という。

三九五　日吉大社《ひよしたいしゃ》

滋賀県大津市坂本本町

関係地図　1／20万 京都及大阪　1／5万 京都東北部

586 ななの社

述懐の心を

・わがたのむななの社のゆふだすきかけてもむつのみちにかへすな　前大僧正慈円　⑧新古今集　一九〇二

（参考）みちまもる七のやしろのめぐみこそわが七そぢの身にあまりけれ　前大納言為世　続千載集　九〇二

（参考）空にすむ星となりても君が代をともにぞまもる七の神がき　法印経賢　新続古集　二一二四

614 二宮

日吉社にたてまつりける歌の中に、二宮を

・やはらぐるかげぞふもとにくもりなきもとの光はみねにすめども　前大僧正慈円　⑧新古今集　一九〇一

648 ひえの社

ひえのやしろにてよみ侍りける

・ねぎかくるひえの社のゆふだすきくさのかきはもことやめてきけ　僧都実因　③拾遺集　五九三

649 日吉の客人の宮

加賀のかみにて侍りける時、しら山にまうでたるをおもひいでて、日吉の客人の宮にてよみ侍りける

・としふともこしの白山わすれずはかしらのゆきをあはれともみよ　左京大夫顕輔　⑧新古今集　一九一二

668 日よしのみ神

後三条院御時はじめて日吉の社に行幸侍けるにあづまあそびにうたふべきうたおほせごとにてよみはべりけるに

・あきらけき日よしのみかみきみがため山のかひあるよろづよやへん　大弐実政　④後拾遺集　一一六九

（参考）君まもる神も日よしの影そへてくもらぬ御世をさぞてらすらん　前大僧正仁澄　続千載集　八九八

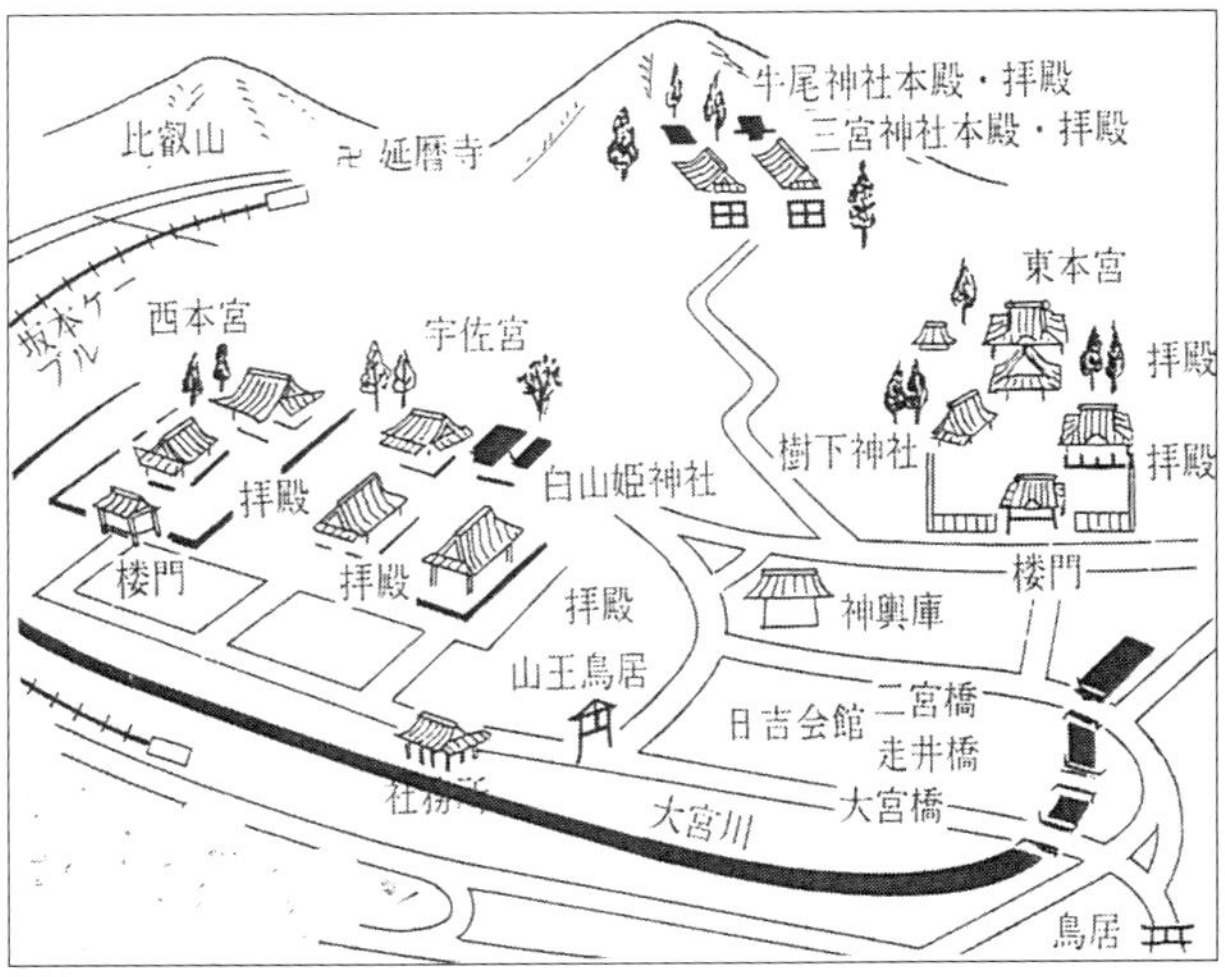

日吉大社境内図

（メモ）

①『古事記』上巻「大国主神の事績―（ハ）大年神の系譜」の条に、

大山咋神、亦名山末之大主神。此神者坐近淡海国之日枝山、亦坐葛野之松尾、用鳴鏑神者也。

とある。

②西本宮本殿は大比叡とも。天智天皇が大津宮の造営時に大和の三輪明神を勧請。八王子山には懸崖造りの牛尾神社本殿拝殿と三宮神社本殿拝殿が建つ。ここが奥宮で日吉大社の根源。後、牛尾の神が東本宮、三宮の神が樹下神社に発展したと。東本宮の祭神は小比叡と呼ばれ、地主神の大山咋神、樹下神社祭神は鴨玉依姫命。西本宮のすぐ東に宇佐宮本殿、その東に白山姫神社の「客人の宮」二社が鎮座。表記の「二の宮」は八王子山の地主神・大山咋神を祀る牛尾神社である。

③『懐風藻』に石見守麻田連陽春《いわみのかみあさだのむらじやす》の漢詩「藤江守の稗叡山《ひえの》の先考が旧禅處の柳樹を詠む作に和す一首」がある。

近江惟帝里　稗叡寔神山　山静俗塵寂
谷間眞理専　於穆我先考　独悟闡芳縁
宝殿臨空構　梵鐘入風伝　烟雲万古色
松柏九冬堅
日月荏苒去　慈範独依依　寂寞精禅處
俄為積草墀　古樹三秋落　寒花九月哀
唯餘両楊樹　孝鳥朝夕悲

④この詩によると、八王子山の、やがて樹下神社に発展する三宮神社は二本の柳樹の下にあったのか。

三九六　比良山地

滋賀県大津市

関係地図　1／20万 京都及大阪　1／5万 北小松

670 ひらの山

花のうたとてよみ侍りける　左近中将良経

・さくらさくひらの山かぜ吹くままに花になりゆくしがのうら浪

⑦千載集　八九

ひらのたかね

・さざなみや志賀のからさき風さえてひらのたかねに霰ふるなり　法性寺入道前関白太政大臣

⑧新古今集　六五六

（参考）ささなみの　ひらやまかぜの　うみふけば　つりするあまの　そでかへるみゆ　万葉集　一七一五

1／20万　京都及大阪

（メモ）

①「比良山」とは、比良山地・比良山系を表わす総称名という。古くは比羅山又は小松山といわれた。ジョン・バチエラーによると、「ヒラ」はアイヌ語で「険しい崖のある山」という。比良山地は琵琶湖の西岸とほぼ並行し、東西二～一〇km。南北約一五kmで、北部は広く南部は狭い地塁山地。東側は湖岸に急崖で接し、西側は花折《はなおれ》断層で切断された直線的な安《あ》曇川《どがわ》の断層谷で丹波（朽木）山地と境されている。

②主峰は武奈《むな》ヶ嶽《だけ》。東半は主として花崗岩、西半は主として古生層からなる。

③近江八景に「比良の暮雪」。冬の季節風が強く比良颪に「比良八荒」の名あり。

三九七　琵琶湖

滋賀県

関係地図　1／20万 名古屋、京都及大阪、岐阜

184 近江のうみ

・流れいづる涙の河のゆくすゑはつひに近江のうみとたのまん　よみ人しらず

②後撰集　九七二

615 にほの海

崇徳院に百首歌たてまつりける時、恋歌とてよめる　上西門院兵衛

・我がそでの涙やにほの海ならんかりにも人をみるめなければ

⑦千載集　八五五

和歌所歌合に、湖辺月といふことを　藤原家隆朝臣

・にほの海や月のひかりのうつろへば浪の花にも秋は見えけり

⑧新古今集　三八九

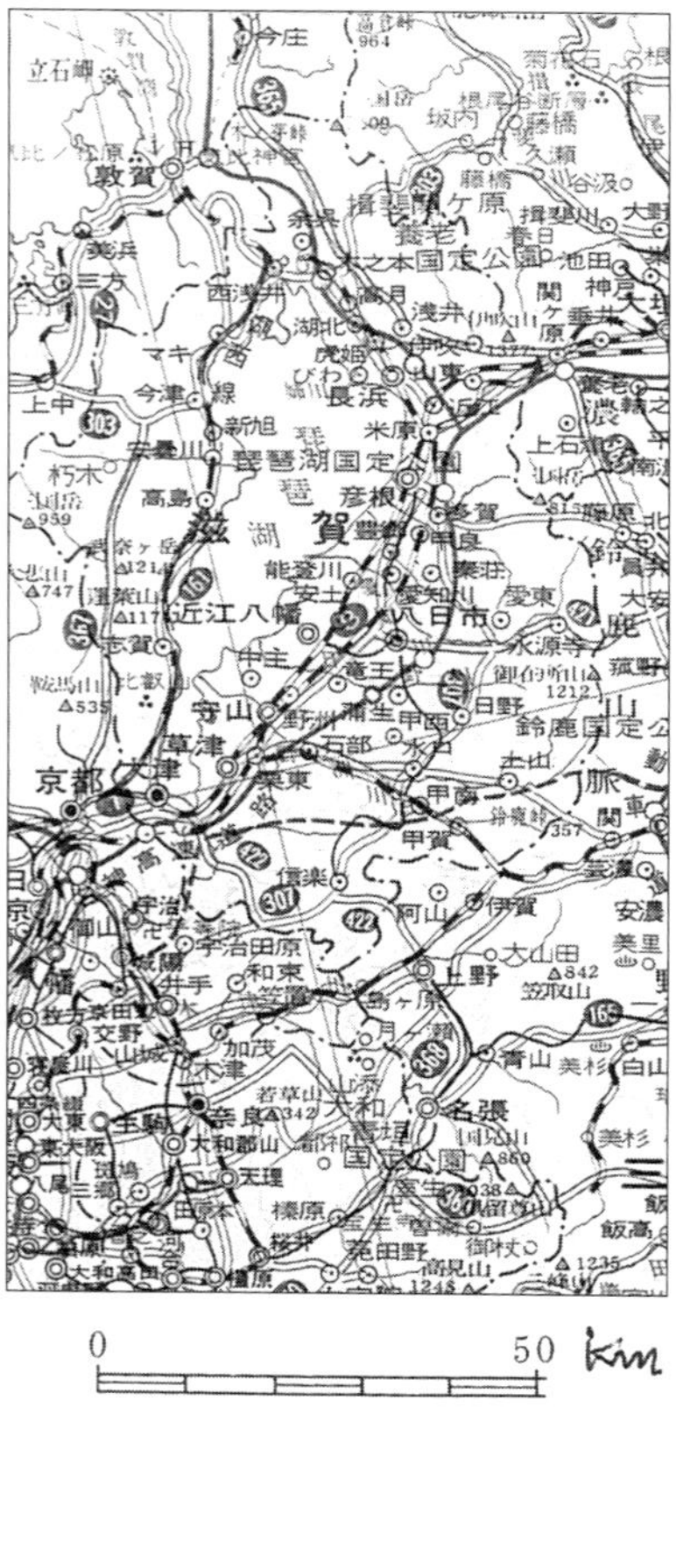

（メモ）

①琵琶湖は滋賀県中央部にある断層陥没湖。面積は約六八〇㎢で日本一。湖面海抜八五m。最大深度一〇四m。湖中に沖島・竹生島・多景島がある。古くは近海の海・鳰の海と呼ばれた。

②万葉集では淡海乃海（一五三）、近江海（二七三）、近海乃海（一一六九）、淡海之海（一三九〇）、淡海（二四三九）、相海之海（三三三九）等とある。（　）内は歌番号。

③『日本書紀』神功皇后摂政元年三月条では「阿布祢能祢《あふみのみ》」とある。

④「にほどり」はカイツブリのこと。漢字は「鳰」。各地の池・沼・湖などに棲む水鳥で河川で見ることは極めて少ない。水を泳ぐことと潜ることは上手。陸上歩行は下手で時には前に転ぶという。

三九八　船木の山　滋賀県高島市安曇川町北船木・同南船木

689

関係地図　1／20万 名古屋　1／5万 彦根西部

ふなきのやま

もみぢなほあさしといふこころを今上よませたまふついでにたてまつりはべりける　右大弁

・いかなればふなきのやまのもみぢばのあきはすぐれどこがれざるらん

通後　④後拾遺集　三四六

（参考）あしりがたこぎ行くふねはたかしまのあどのみなとにとめにけんかも

読人しらず　夫木抄　一一八八三

（参考）たかしまの　あどのみなとを　こぎすぎて　しほつすがうら　いまかこぐらむ　小弁　万葉集　一七三四

1／5万　彦根西部

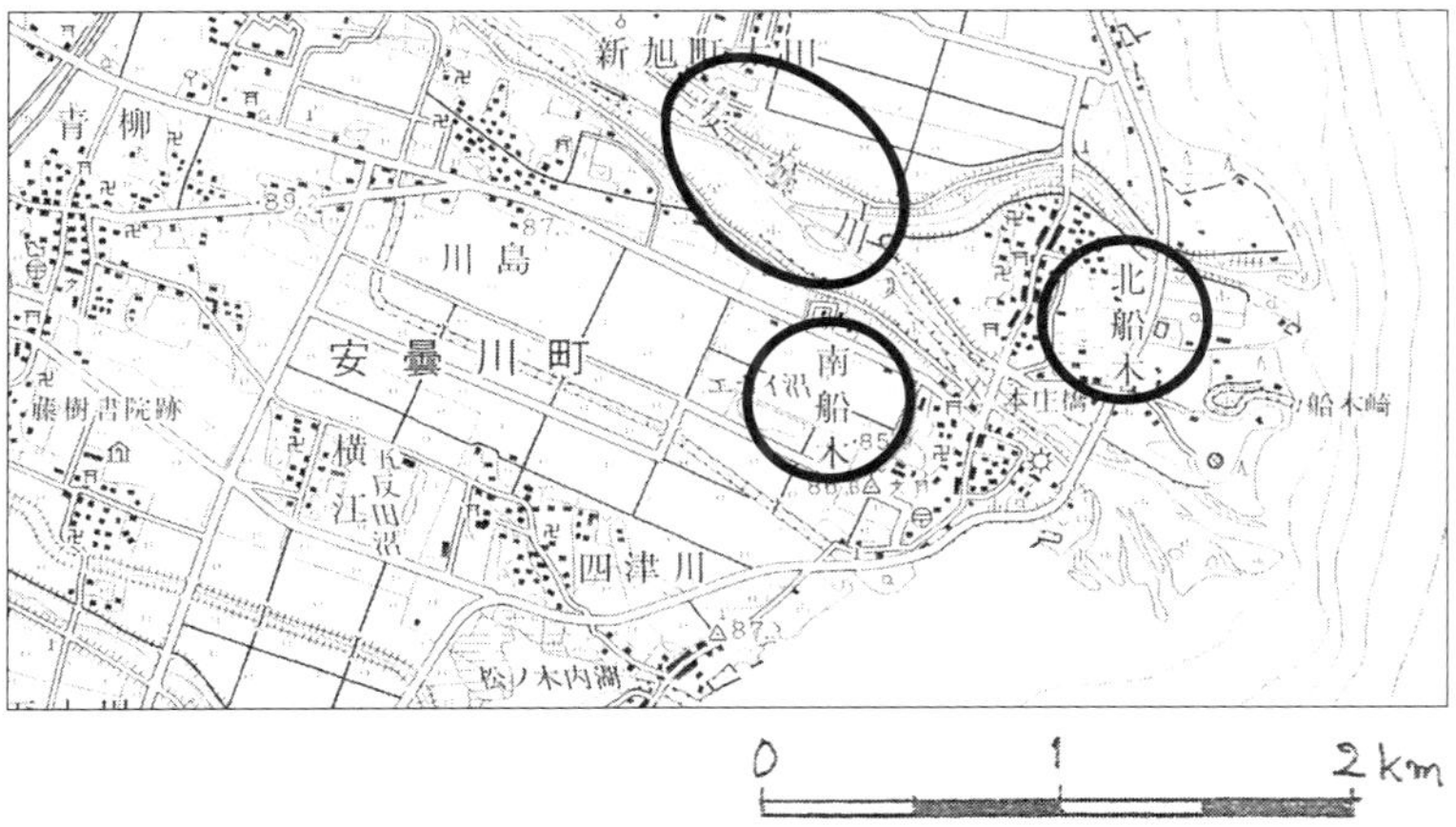

（メモ）

①ここ安曇川《あどかわ》河口は、古来安曇川上流部で杣人達が植林し育てた木材を、伐採し、筏に組んで運搬して来た木材を山と積む集積地であった。この木材の多くで、琵琶湖・瀬田川、また淀川、それにつらなる桂川・宇治川・木津川、また瀬戸内海を往来する無数の船を作られたであろう。よって、ここ安曇川河口部は「安曇の水門《みなと》」であるが、「船木」の地名ともなった。

②本当の舟木の山は安曇川流域である。

③安曇川河口の北岸、現在の北船木か？は船木北浜と呼ばれていた。貞永元（一二三二）年六月の官宣旨にその名があると。それによれば北浜には安曇河御厨《みくりや》の神人漁者が居住していた。この御厨は京都上賀茂社領であって、禁裏御所とされていたという。

三九九　松が崎　滋賀県近江八幡市長命寺町

719

関係地図　1／20万 名古屋　1／5万 近江八幡

松がさき

・ちとせふる松がさきにはむれゐつつたづさへあそぶ心あるらし　清原元輔

③拾遺集　六〇七

・つるのすむ松がさきにはならべたる千世のためしを見するなりけり　かねもり

③拾遺集　六一七

1／5万　近江八幡

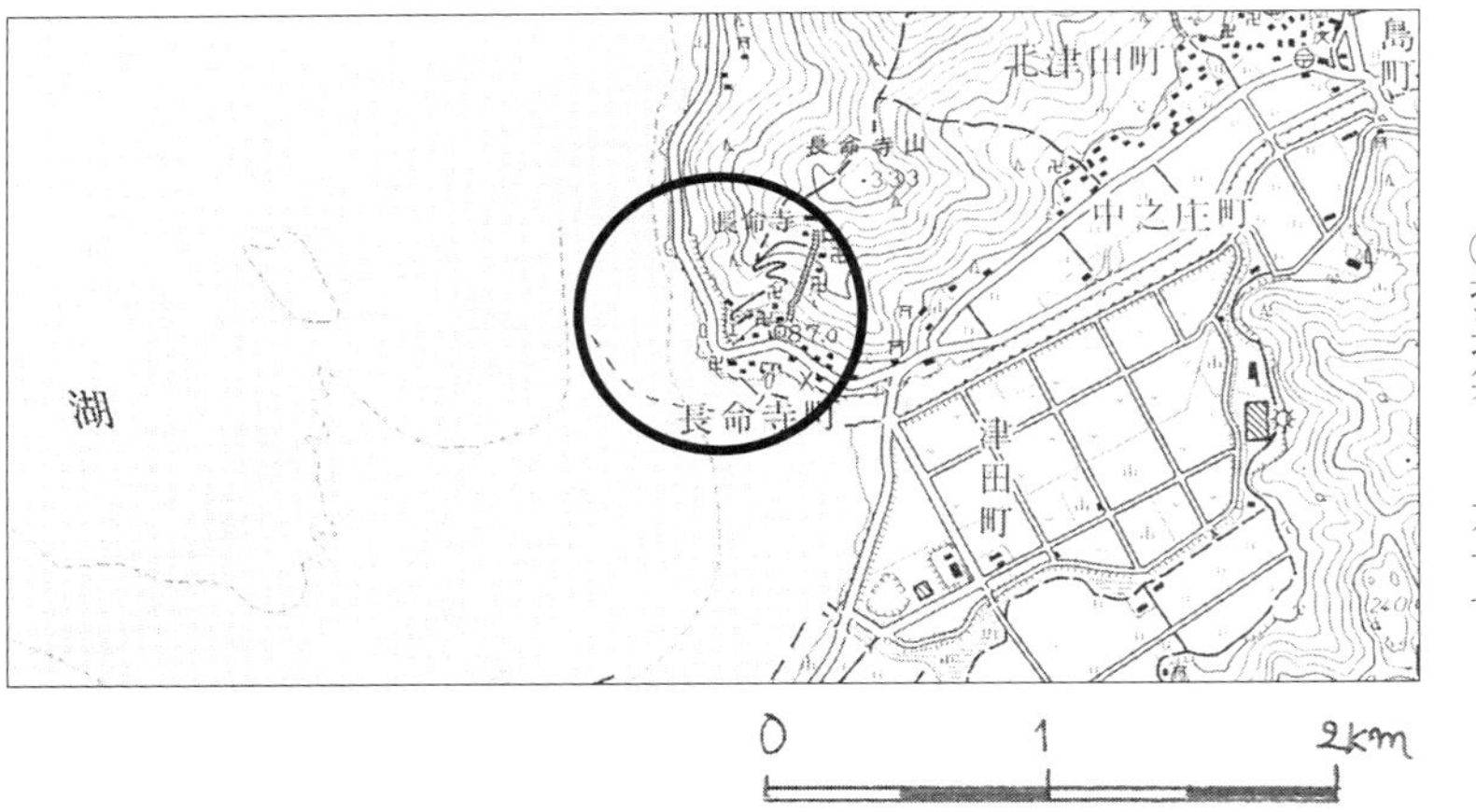

（メモ）

①「松が崎」は、標高三三三mの長命寺山西麓の崎である。ここは冬季の季節風による風浪で波食崖が作られている。南には長命寺港がある。西国三三観音霊場三一番札所長命寺参詣者の船の発着場であった。現在も湖岸や長命寺山には松の美林が見られ「白砂青松」であろう。

②長命寺　山号は姨綺耶山《いきやま》。『長命寺のしおり』には、

人皇一二代景行天皇二〇（AD九〇）年、長寿の大臣武内宿祢が当山に登り、「寿命長遠諸願成就」文字を柳の巨木に記し、長寿を祈り、三百歳以上もの長寿を保ち、六代の天皇に仕えたという。その後、聖徳太子が諸国歴訪の折、当山に来臨され、柳の巨木の「寿命長遠諸願成就」の文字と、観世音菩薩の御影を拝せられ感歎されていると、忽ち厳の影より白髪の老翁が現われ、「此の霊木で千手十一面観音三尊一体の聖像を刻み、伽藍を建立すれば、武内大臣も大いに喜び、諸国の民等しく崇拝する寺となるであろう」と告げて失《う》せられた。太子は早速、尊像を刻み伽藍を建立、そして長命寺と命名。時に推古天皇二七（六一九）年という。

四〇〇　真野の入江跡

滋賀県大津市真野

関係地図　1／20万 京都及大阪　1／5万 京都東北部

725　まののいりえ

堀河院御時御前にて各題をさぐりて歌つかうまつりけるに、すすきをとりてつかまつれる

• うづらなくまののいりえのはまかぜにをばななみよる秋のゆふぐれ　源俊頼朝臣　⑤金葉集　二三九

(参考) くもはらふひらやまかぜに月さえてこほりかさぬるまののうらなみ　大納言経信　続古今集　六一八

(参考) 風ふけばまのの入江による波を尾花にかけて露ぞみだるる　瑒子内親王　新拾遺集　三四七

1／5万　京都東北部

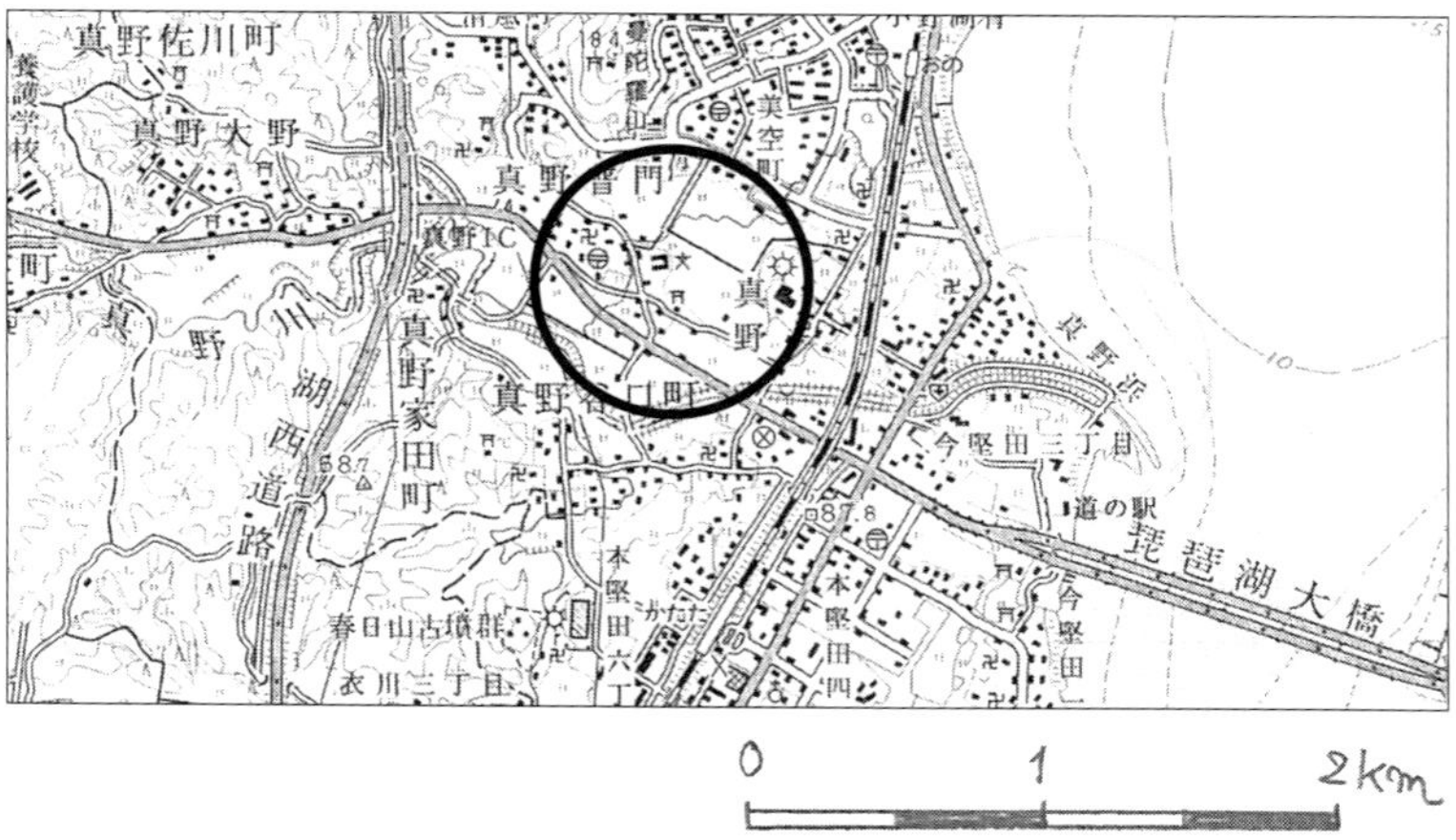

(メモ)

①『和名抄』滋賀郡の「真野郷」。琵琶湖最狭部の西岸で真野川下流域一帯である。この地には国史跡の春日山古墳群他多くの古墳群がある。また古代から中世にかけての集落跡も点在する。

②「真野の入江」は大津市真野町の北部にあって、現在の琵琶湖岸より約五百m内陸に入った入江。『輿地志略』には、

今は埋まりて田地と成れり。浦とも浜ともいえるは此地の事也

とあるという。

③真野普門三丁目に神田神社が鎮座。祭神は彦国葺命・天足彦国入命。この地に住んでいた和迩《わに》氏が伊勢内宮の御供田に奉斎。持統天皇四年真野臣《まのおみ》の氏姓が与えられた。後、嵯峨天皇の御代社を創建。『延喜式神名帳』の神田《カンタノ》神社。真野自動車教習所東の正源寺に当社の梵鐘がある。その銘は「江洲志賀郡真野庄　神田社突鐘也　正応三(一二九〇)十月廿八日奉鋳入」。

四〇一　三上山

滋賀県野洲市三上

関係地図　1／20万 名古屋　1／5万 近江八幡

734　みかみの山

• ちはやぶるみ神の山のさか木ばはさかえぞまさるすゑの世までに　よしのぶ　③拾遺集　六〇一

• 万代の色もかはらぬさか木ばはみかみの山におふるなりけり　よみ人しらず　③拾遺集　六〇二

今上御時、元暦元年大嘗会悠紀方風俗歌三神山をよめる

• ときはなるみかみの山のすぎむらややほ万代のしるしなるらん　藤原季経朝臣　⑦千載集　六四〇

1／5万　近江八幡

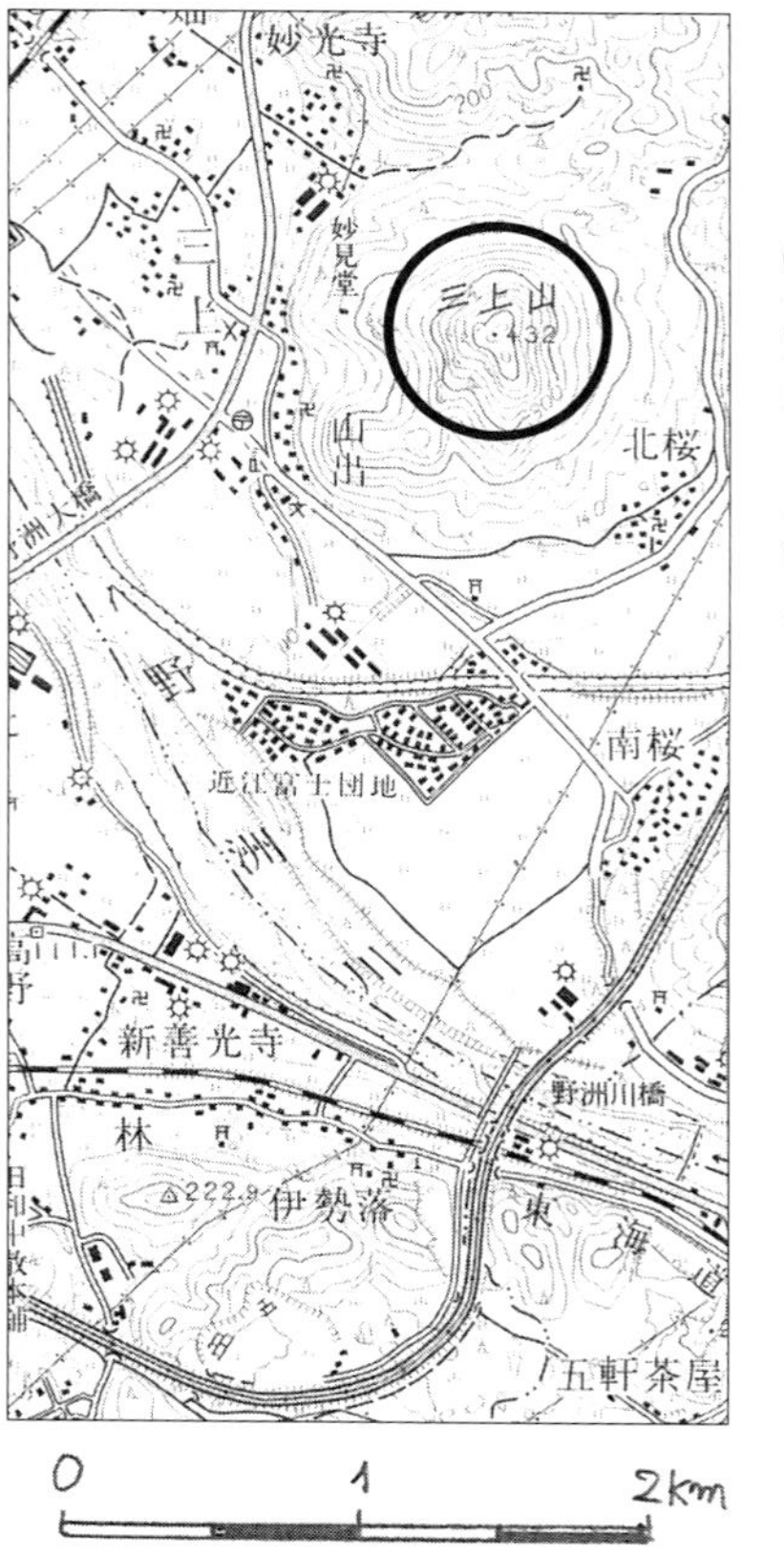

(メモ)

①三上山。近江富士・御神山・百足山等の名がある。花崗岩で構成されるコニーデ型の山容をしているので遠くからでもわかる。山頂に磐座があり、神体山。

②西側山麓に里宮、御上《みかみ》神社が鎮座する。祭神は天之御影命。由緒として、第七代孝霊天皇六(BC二八五)年の創祀という。古来わが国鍛冶の祖神と崇め、浄火守護の神として尊信。元正天皇養老二(七一八)年、山頂より現在地に奉遷し内外末社を造営。平城天皇大同元(八〇六)年近江の地に神戸二戸を充てられ、貞観一七(八七五)年三上神に従三位が授けられる。『延喜式神名帳』野洲郡の「御上神社名神大月次新嘗」である。また、木曽義仲・源頼朝・足利尊氏・豊臣秀吉等武門の崇敬が厚い。本殿は国宝、楼門・拝殿・摂社の若宮神社は国重文。

四〇二　水茎《みずぐき》の岡《おか》

744

滋賀県近江八幡市牧町

関係地図　1／20万　名古屋　1／5万　近江八幡

水ぐきのをか

・水ぐきのをかのやかたにいもとあれとねてのあさけのしものふりはも　みづぐきぶり　①古今集　一〇七二

千五百番歌合に

・みづぐきのをかのくずはもいろづきてけさうらがなし秋のはつ風　顕昭法師　⑧新古今集　二九六

・みづぐきのをかの木の葉をふきかへしたれかは君をこひんとおもひし　読人しらず　⑧新古今集　一〇五六

（参考）あきかぜの　ひにけにふけば　みづくきの　をかのこのはも　いろづきにけり　万葉集　二一九三

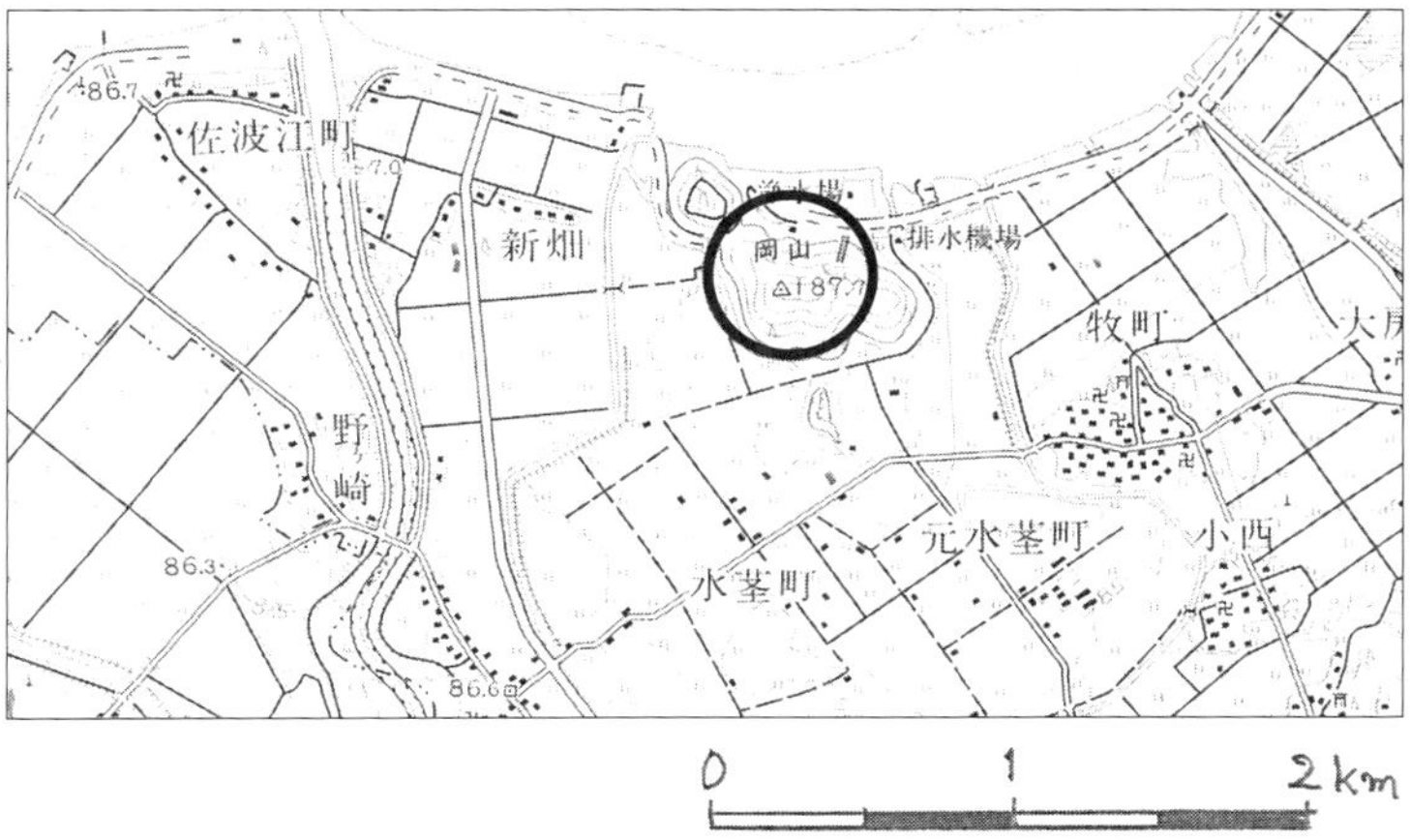

1／5万　近江八幡

（メモ）

①近江八幡市牧町の仮称元岡島は現在の大きさは約一km。一帯が湖面であった頃はそれより大きく、花崗岩や溶結凝灰岩で構成された島であった。その後、東の白鳥川、西の日野川から水とともに流入する砂で砂洲が形成され、岡島と陸続きとなり「陸繋島《りくけいとう》」となった。島の最高点は岡山で、標高一八九m。平地との比高は約百m。

②岡島は湖水に浮かぶ島で、筆舌、文章、また絵、また言葉で上手に表現しきれない程の絶景、あの龍宮城よりも美しい光景であった。絵に描いた馬が外の草を食べに出たと伝えられる平安時代の絵師巨《こ》勢金岡《せかなおか》が、ここ岡島の景色が描けなくて筆を投げたという故事から「水茎」の名がついたと。「水茎」とは、消息・手跡。水茎の跡、筆。

四〇三　御津の浜

750

滋賀県大津市比叡辺

関係地図　1／20万　京都及大阪　1／5万　京都東北部　1／2.5万　京都東北部

みつの浜

日吉祢宜成仲、七十賀し侍りけるにつかはしける

・ななそぢにみつの浜松おいぬれば千代の残は猶ぞはるけき　清輔朝臣　⑧新古今集　七四四

述懐の心を

・もろ人のねがひをみつの浜風に心すずしきしでのおとかな　前大僧正慈円　⑧新古今集　一九〇四

（参考）松さむきみつの浜べのさよ千鳥ひがたの霜に跡やつけつる　土御門院御製　続拾遺集　四一七

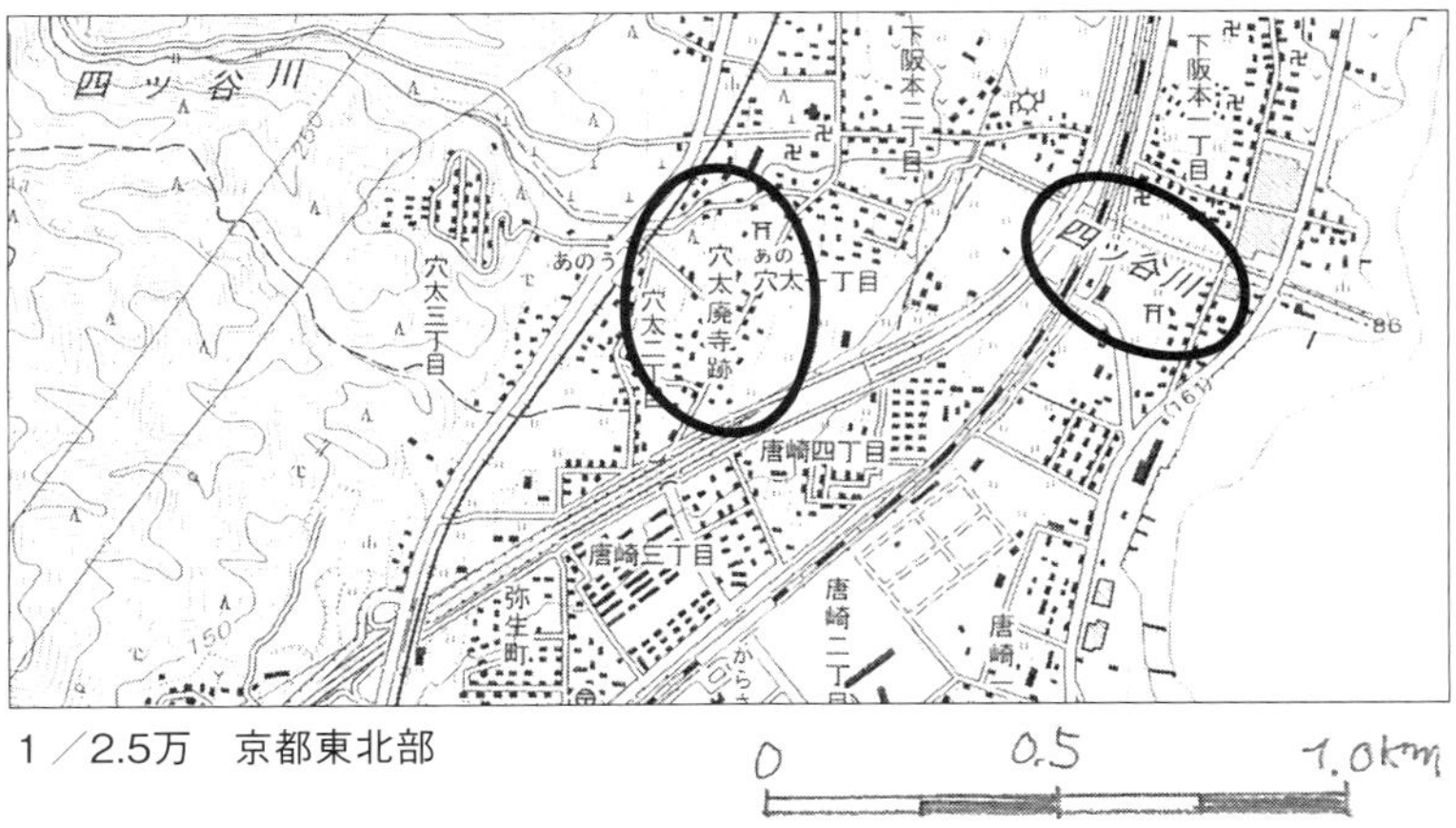

1／2.5万　京都東北部

（メモ）

①大津市に「三津浜」・「三津浦」の名がある。現在の大津市唐崎以北で、比叡辻あたりにかけての琵琶湖岸を指す。ここは『和名抄』滋賀郡大友郷の湖岸に相当する「志津《しづ》」（右〇内神社志津若宮神社）・「戸津《とづ》」・「今津」の「三津」か。

②「御津浜」とも書かれる。『古事記』成務天皇記に、

若帯日子天皇（成務天皇）、近淡海の志賀の高穴穂宮に坐しまして、天下治めたまひき。

とある。この高穴穂宮（左〇内）は現在大津市穴太《あのう》に鎮座する高穴穂神社境内外という。高穴穂神社の祭神は事代主命・成務天皇の父君の景行天皇である。御津浜はこの宮への発着地であり、荷物は四ツ谷川を遡上した。この地は古くから開かれ、山手に古墳群が多く、近くに白鳳時代の瓦の出土地―穴太廃寺跡、また竪穴住居跡がある。

四〇四　無動寺谷

滋賀県大津市坂本本町

関係地図　1／20万　京都及大阪　1／5万　京都東北部
1／2.5万　京都東北部

781　無動寺

れいならぬこと侍りけるに、無動寺にてよみ侍りける

・たのみこし我がふる寺の苔のしたにいつかくちなむ名こそをしけれ　前大僧正慈円　⑧新古今集　一七四一

459　大乗院

春ごろ、大乗院より人につかはしける

・見せばやな志賀の辛崎ふもとなる長柄の山の春のけしきを　前大僧正慈円　⑧新古今集　一四六九

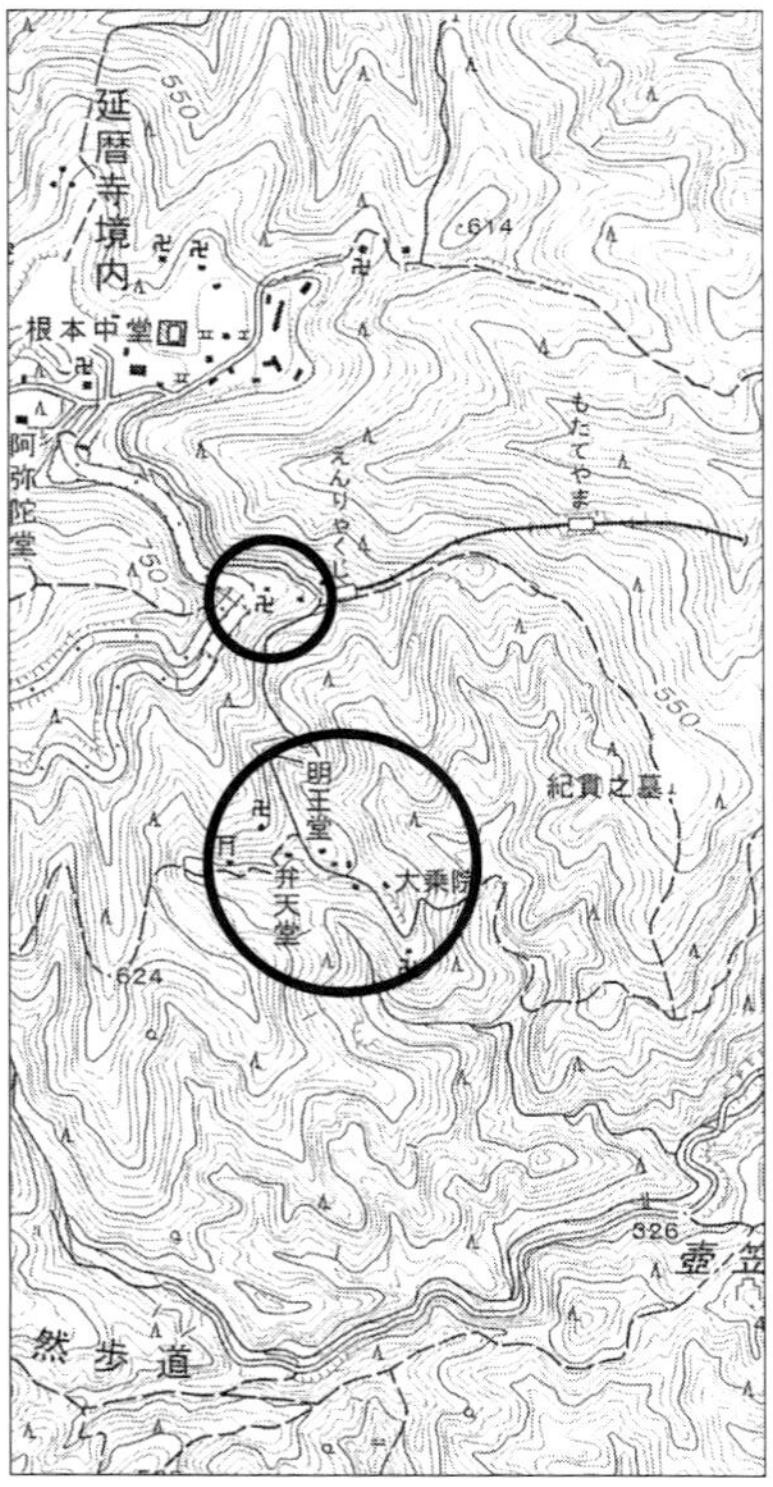

1／2.5万　京都東北部

（メモ）

①東塔、止観院には五谷がある。その一つに無動寺谷がある。叡山南嶺に位置し、根本中堂の南一km。明王堂を本堂とする。貞観七（八六五）年、慈覚大師円仁の弟子相応が一宇を草創し無動寺と号す。本尊は相応が葛川《かつらがわ》参籠《さんろう》で感得した不動明王。左右の脇壇には大威得《だいいとく》・金剛夜叉《こんごうやしゃ》・降三世《こうさんぜ》・軍荼利《ぐんだり》の四明王像を安置。庭前に矜迦羅《こんがら》・制多迦《せいたか》二童子影向《ようごう》の松があったが今は矜迦羅松だけ。明王堂の下に大乗院がある。これは慈鎮和尚の旧坊、親鸞聖人修学の遺跡である。庭前に西行桜がある。

②東塔を止観院と号し、東谷・西谷・南谷・北谷・無動寺谷がある。この東塔には四十六坊があった。

四〇五　守山寺

滋賀県守山市守山町

関係地図　1／20万　京都及大阪、名古屋　1／2.5万　草津、野洲

791　もる山

もる山をこゆとて

・葦引の山の山もりもる山も紅葉せさする秋はきにけり　つらゆき　②後撰集　三八四

・たびゆかばそでこそぬるれもる山のしづくにのみはおほせざらなん　よみ人しらず　③拾遺集　三四一

・おさふれどあまるなみだはもる山の山のなげきにおつるしづくなりけり　藤原忠隆　⑤金葉集　四四七

1／2.5万　草津（左）・野洲（右）

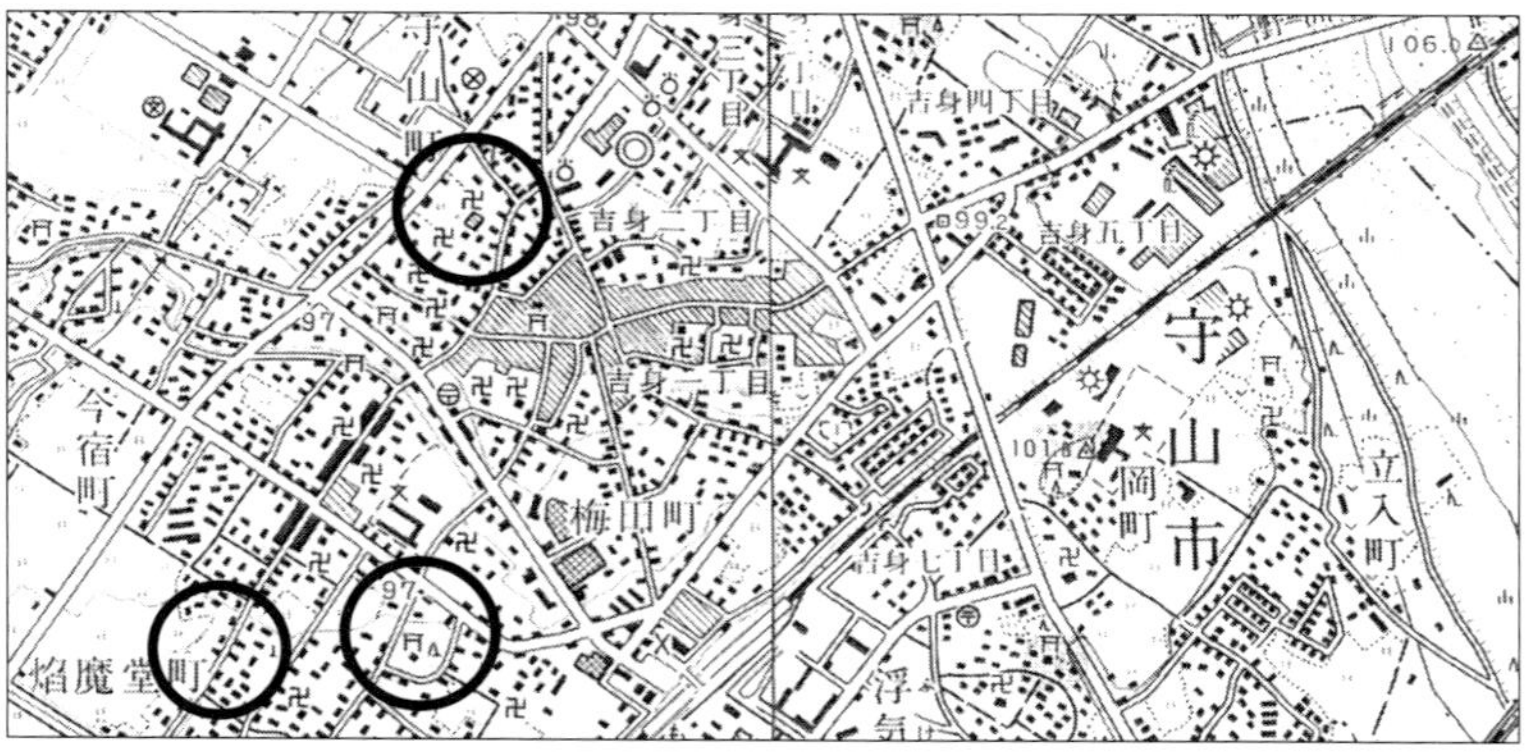

（メモ）

①『木曽名所図会』に、

守山観音堂は駅中にあり。天台宗にして東門院守山寺と号す。本尊は千手観音・十一面観音両像を安ず。延鎮の作。桓武天皇勅願にして田村将軍の建立也。当山至りて古寺にして本堂の側に田村塔不動堂あり。鎮守は天満宮勧請し惣門には二王を安しかたはらに釣鐘堂あり。

とある。伝教大師開基は延暦一三（七九四）年。延暦寺三千坊の東端に位置するので東門院の名がある。

②勝部町に勝部神社が鎮座。祭神は物部氏の祖であるので物部神社と称した。『日本三代実録』元慶六（八八二）年一〇月九日条に、

「授近江国正六位上物部布津神従五位下」

とあるのが当社という。

③中山道のバス停「守山農協」に一里塚がある。県内中山道中唯一。県史跡。

四〇六　緒神山

滋賀県米原市・長浜市境の日光寺山周辺一帯の山地

関係地図　1／20万　岐阜　1／5万　長浜

792　諸神

寛治元年堀川院御時、大嘗会悠紀方神あそびのうた、諸神郷をよめる

• いにしへの神の御代よりもろがみのいのるいはひはきみがよのため　前中納言匡房

⑦千載集　一二八三

元暦元年今上御時、大嘗会悠紀方歌よみてたてまつりける、神あそびの歌、近江国諸神郷をよめる

• もろ神の心にいまぞかなふらし君をやちよといのるよごとは　藤原季経朝臣

⑦千載集　一二八七

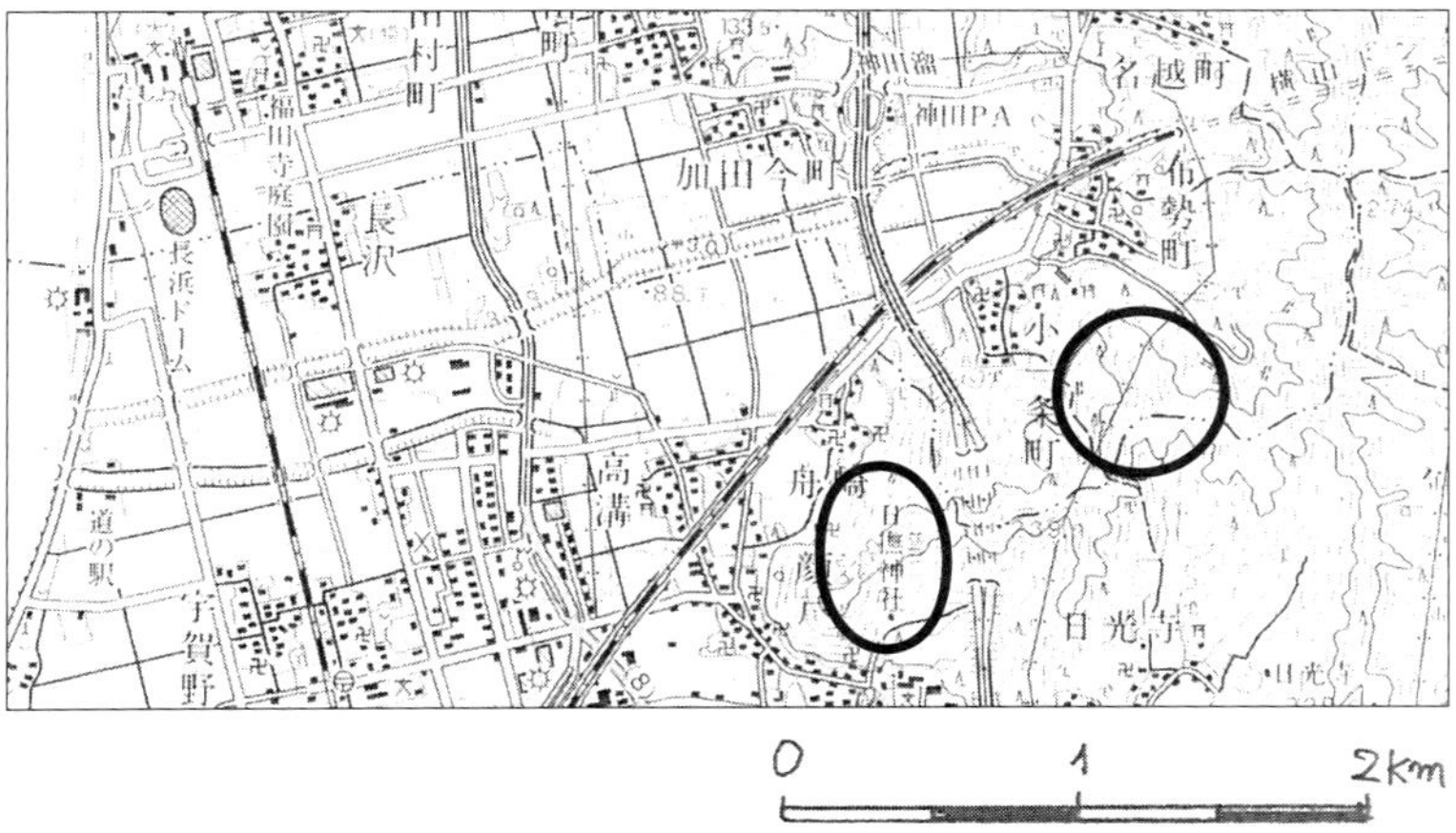

1／5万　長浜

（メモ）

①辞書は「緒」ははじめ、起始。「神」は天の神。また、「天神、謂五帝及日月星辰也」ともある。よって「緒神」は太陽、天照大神であって伊勢神宮の祭神。

②地図の〇印は南麓に日光寺があり、集落名も米原市日光寺。山も日光寺山。標高は二六四m。また西隣の顔戸《ごうど》集落には日撫神社が鎮座する。祭神は少毘古名命《すくなびこなのみこと》・応神天皇・息長宿祢王《おきながすくねおう》。少毘古名命は国土経営と医薬の神。息長宿祢王は第九代稚日本根子彦大日日天皇（開化天皇）の曽孫であり、神功皇后（息長足姫尊《おきながたらしひめのみこと》）の父。『神名帳』坂田郡の日撫《ヒナデノ》神社。当社は神功皇后三韓征伐凱陣後に創建。創立時に朝妻庄内十カ村を付与し給うたという。当社に弘安六（一二八三）年奉鋳の古鐘がある。その銘の一部、

近江国坂田南郡法勝寺御領朝妻庄内日撫社……

③日光寺山北麓に緒頭山《もろかみやま》古墳群があり、土器や金環が出土。

四〇七　野洲川

滋賀県

関係地図　1／20万　京都及大阪、名古屋

794　やす河

• よろづ世をみかみの山のひびくにはやす河の水すみぞあひにける　もとすけ

③拾遺集　六〇三

（参考）わぎもこに　またもあふみの　やすのかは　やすいもねずに　こひわたるかも　万葉集　三一五七

（参考）をさまれるときにあふみのやすかははいくたびみよにすまんとすらむ　宮内卿永範　続古今集　一九一一

（参考）やす川といかでか名にはながれけんくるしきせのみある世とおもふに　前大納言為兼　風雅集　九二六

1／20万　京都及大阪

（メモ）

①『日本書紀』天武天皇元年七月一三日条に「安河の浜《やすのかはほとり》に戦ひて大きにと破りつ」とあり、古くは「安河」と表記された。

②野洲川は甲賀市土山町大河原の鎌ヶ岳（標高一一六一m）・雨乞岳（一二三八m）を源に西流・南流し、甲賀市土山町南土山で皇大神宮の宮地を求めてこの地に来た倭姫命や坂上田村麿を祭神とする田村神社鎮座地を流れる田村川を併せる。更に湖南市三雲で杣川を併せる。その他いくたの小河川を併せ守山市小浜町で琵琶湖に注ぐ。

③野洲川の主流延長約六〇km・流域面積約三九〇km²。名前の由来は安国造《やすのくにのみやつこ》の支配地を流れる川であったに由ると。

四〇八　木綿園遺称地

滋賀県守山市三宅町他

関係地図　1／20万 京都及大阪　1／5万 京都東北部

807　木綿園

久寿二年院御時、大嘗会悠紀方の神楽歌、近江国木綿園をよみ侍りける

・神うくるとよのあかりにゆふそののひかげかづらぞはへまさりける　宮内卿永範　⑦千載集　一二八四

（参考）ゆふそのの日かげのかづらかざしもてたのしくもあるか豊のあかりの　皇太后宮大夫俊成　玉葉集　一〇九九

（参考）をちこちの卯の花月夜あかければひるとぞ見ゆるゆふそのの村　前中納言匡房卿　夫木抄　一四八六〇

（メモ）

①久寿二（一一五五）年一一月一〇日は後白河天皇の大嘗会である。次の藤原俊成の歌は、仁安元（一一六六）年の六条天皇大嘗会のものである。

②天正八（一五八〇）年九月の『近江芦浦観音寺領指出目録』には

九石九斗五升　長束結園

とあり、結園荘の一部は芦浦観音寺領となっていたという。

③平安期の木綿園村は現在の守山市欲賀町・三宅町・大門町・大林町・横江町、草津市芦浦町・長束町のあたりという。

④草津市片岡町に印岐志呂神社が鎮座する。祭神は大己貴神。由緒としては、天智天皇の勅願により奈良県の三輪大社より勧請。『延喜式神名帳』栗太郡の印岐志呂神社。

1／5万　京都東北部

四〇九　横《よ》川《かわ》

滋賀県大津市坂本本町

関係地図　1／20万 京都及大阪　1／5万 京都東北部

811　横河

少将高光、横河にのぼりて、かしらおろし侍りにけるを、きかせ給ひてつかはしける

・都より雲の八重たつおく山の横河の水はすみよかるらむ　天暦御歌　⑧新古今集　一七一八

秋のころ山にのぼりて、よかはの安楽の五僧のもとにまかれりけるに、正法房の障子にかきつけ侍りける

・なほざりにかへるたもとはかかはらねど心ばかりぞすみぞめのそで　藤原公衡朝臣　⑦千載集　一一三六

（メモ）

①横川を首楞厳院と号し、兜卒・香芳・飯室・般若・戒心・解脱の六谷があり、横川飯室には別処に安楽谷がある。また、横川一四坊・飯室谷五坊とも。

②各谷のこと

ア．兜卒谷に慧心院あり。永観元（九八三）年創建。ここで源信が念仏三昧を修す。

イ．香芳谷に定光院があって日蓮が一二年間修練。

ウ．解脱谷に華蔵院があって道元得度。

エ．飯室谷に宝満寺があって円仁供養。

オ．安楽谷に安楽律院があって、恵心僧都が往生要集を撰述した。

③横川中堂は仁明天皇嘉祥元（八四八）年、円仁勅に依り建立。本尊は聖観音、脇侍は毘沙門天・不動尊。中堂を中心とし、これに付属する諸堂舎を首楞厳院という。現中堂は慶長九年淀殿の改築。

1／5万　京都東北部

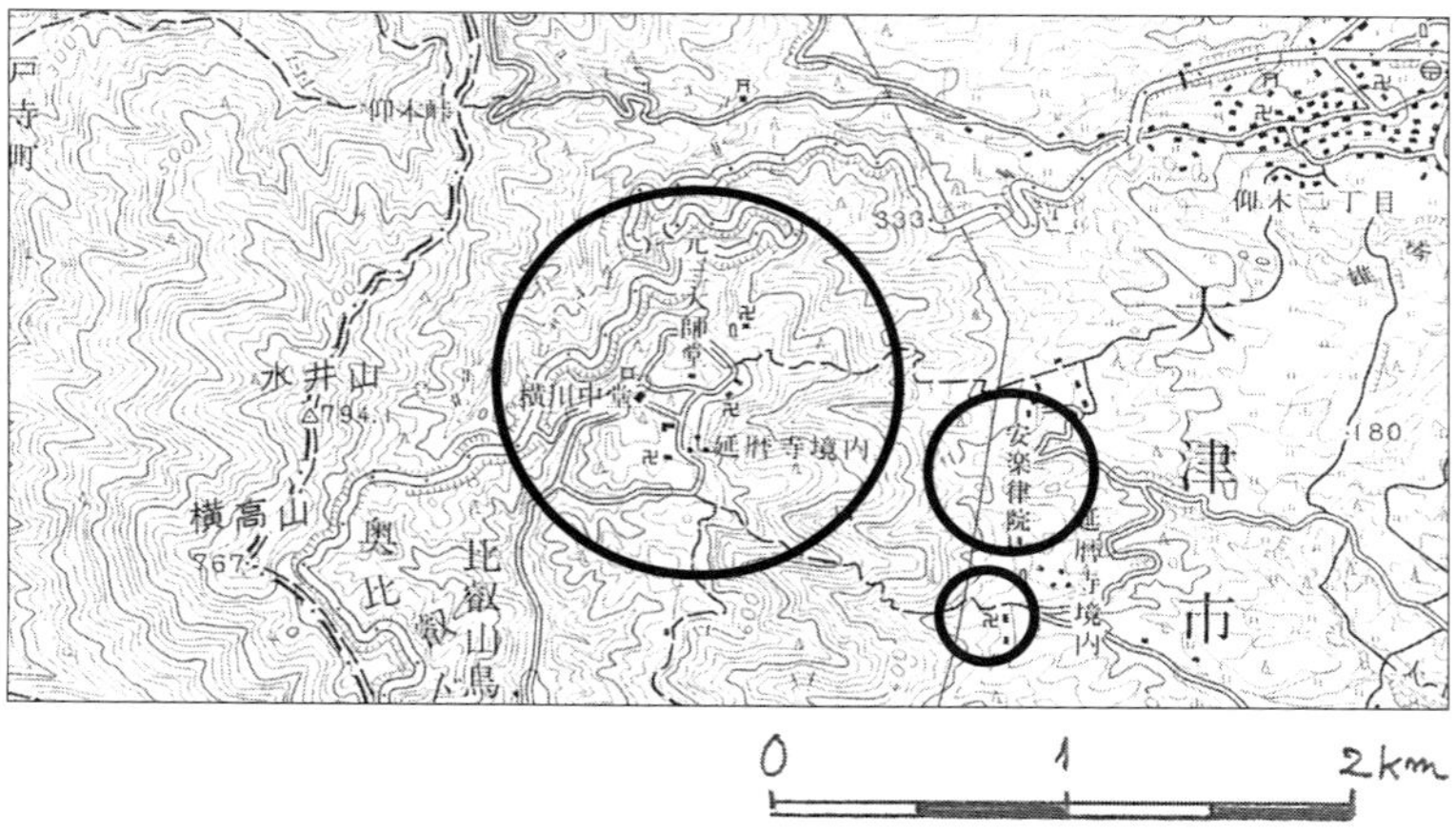

四一〇　余呉湖

滋賀県長浜市余呉町・木之本町

関係地図　1／20万 岐阜　1／5万 敦賀

812
よごのうら

宇治前太政大臣の家歌合に雪の心をよめる　源頼綱朝臣　⑤金葉集　二七八

・ころもでによごのうらかぜさえさえてこだかみやまに雪ふりにけり

(参考)さえまさるいぶきのたけの山おろしにこほりはてたるよごのうらなみ　民部卿為家卿　夫木抄　九〇九六

(参考)よごの海にきつつなれけん乙女子があまの羽衣ほしつらんやぞ　好忠　夫木抄　一〇三二二

1／5万　敦賀

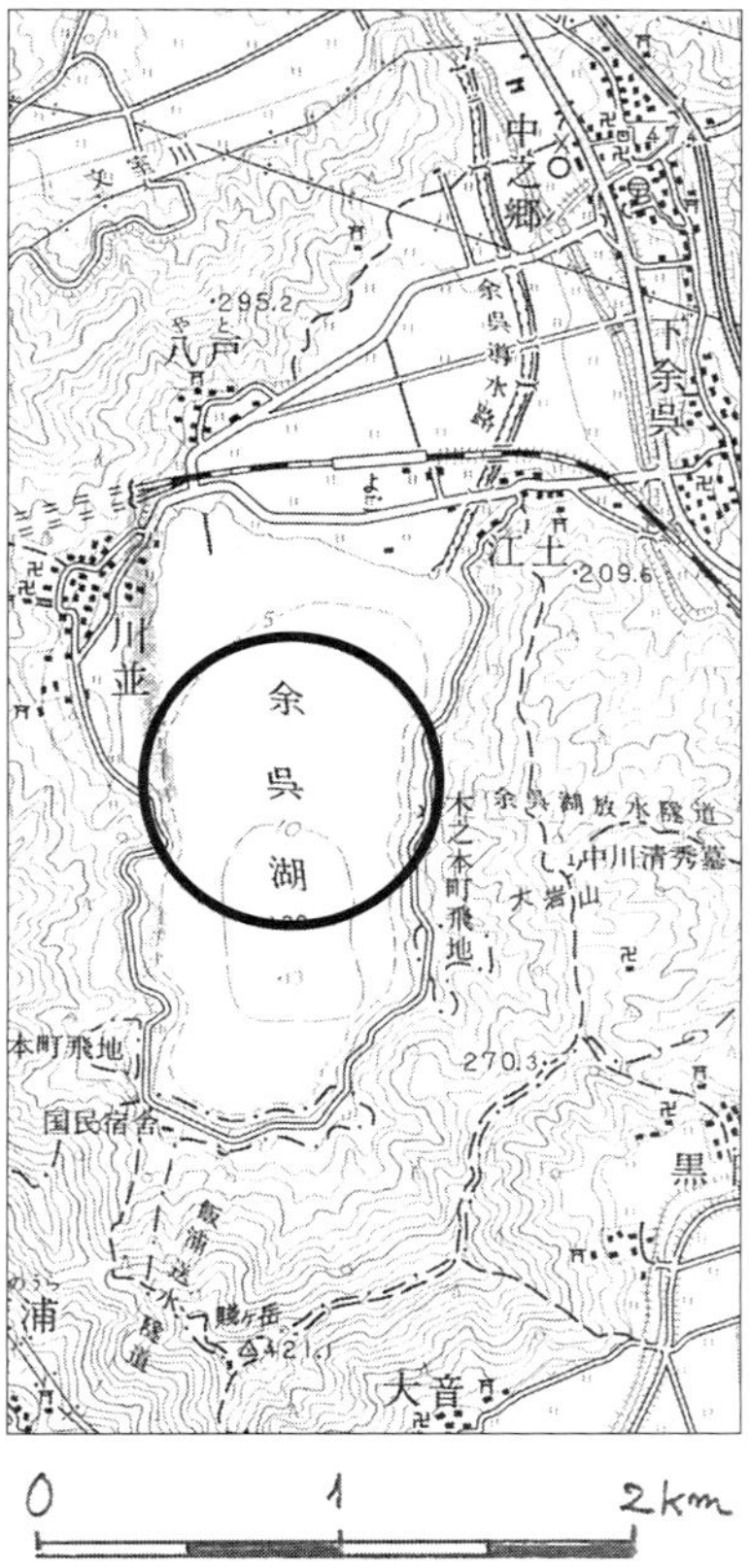

(メモ)

①余呉湖は、琵琶湖の「大江《おおえ》」に対し「伊香《いかご》の小江《おえ》」ともいわれた。琵琶湖と同じく新生代第三紀の陥没湖。南北一九六〇m・東西九七〇m。周囲約七km。最大深度一三m。北岸以外の三方は山。北岸湖畔に天女が羽を掛けたと伝える衣掛柳の大木がある。

②『風土記』逸文に、

近江の国伊香《いかご》の郡《こほり》。與胡《よご》の郷《さと》。伊香の小江《をうみ》。郷の南にあり。天《あめ》の八女《やをとめ》、倶《とも》に白鳥と為《な》りて、天より降りて、江《うみ》の南の津に浴《かはあ》みき。時に、伊香刀美《いかとみ》、西の山にありて遙かに白鳥を見るに、其の形奇異《あや》し。因《よ》りて若し是れ神人《かみ》かと疑《おも》ひて、往きて見るに、実に是れ神人なりき。ここに、伊香刀美、感愛《めづるこころ》を…

などとある。

四一一　吉田の里

滋賀県犬上郡豊郷町吉田、愛荘町下八木・畑田等

関係地図　1／20万 名古屋　1／5万 彦根西部、近江八幡

814
よしだのさと

③拾遺集　六一五　かねもり

・名にたてるよしだのさとの杖なればつくともつきじ君がよろづ世

(参考)名にたてるよし田のさとのいねなればつくともつきじちよの秋まで　能宣朝臣　夫木抄　一四六二二

(参考)よしだののきねにもまつはあらねどもまにまに見ゆるかぐらおかかな　読人不知　夫木抄　九一五〇

(参考)しぐれせぬよしだの村のあきをさめかりほすいねのはかりなきかな　中納言匡房卿　夫木抄　一四八三三

1／5万　彦根西部(上)・近江八幡(下)

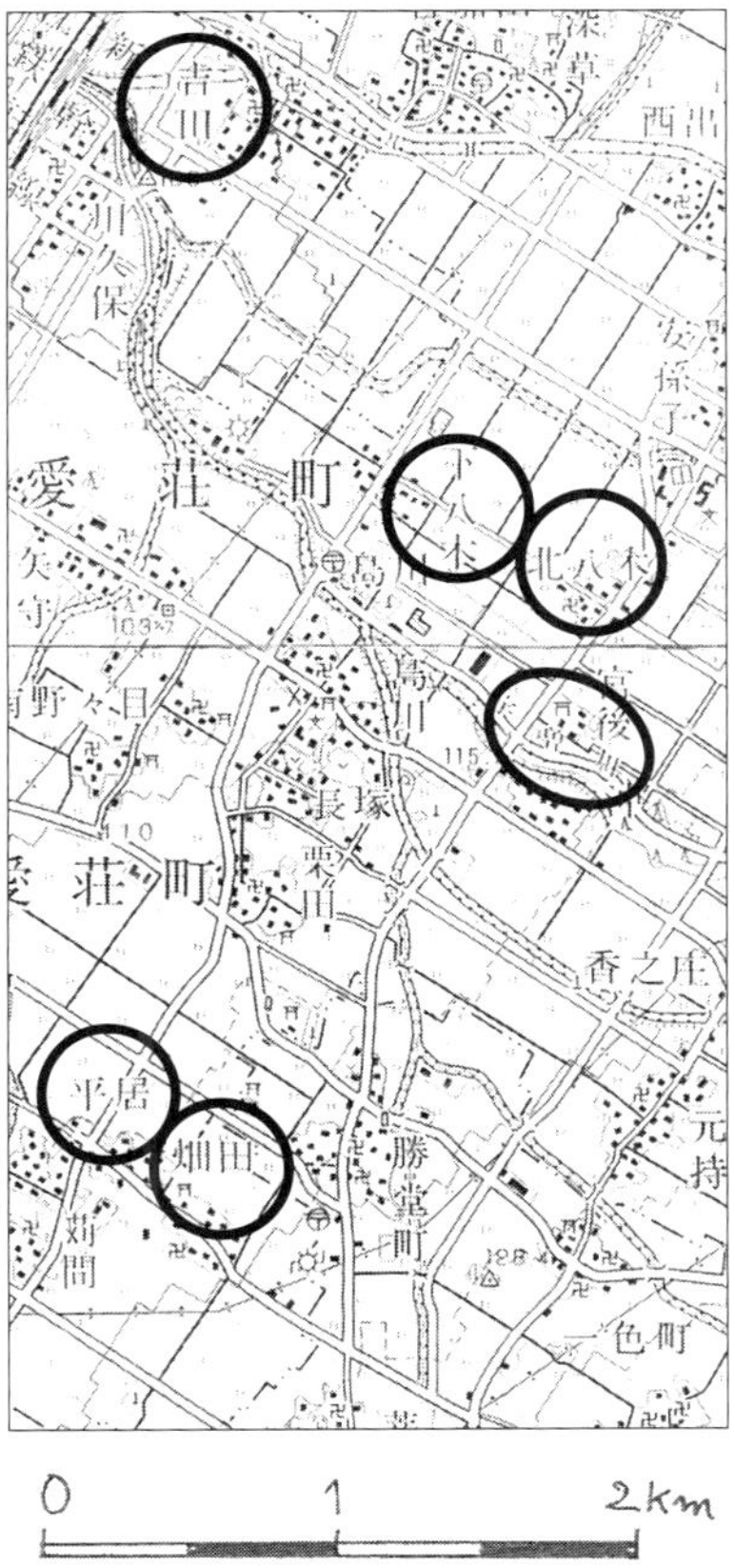

(メモ)

①「吉田郷」は愛智郡のうち。『平安遺文』(四九七七)に次のような文書があると。

天治二(一一二五)年に、善田《よしだ》郷とあり、長野・蚊野《かのの》郷を加えた三カ郷内の公田一〇町を尊勝寺領香荘《こうのそう》の寄人が請作することを認めている。

②鎌倉末には日吉社領愛智郡四カ郷の一郷としてあると。

③現在の宇曽川中流域・安壺川流域。犬上郡豊郷町吉田、愛知郡愛荘町下八木・北八木・平居・畑田《はたけた》等々かという。

四一二　若松の森

滋賀県東近江市外町《とのちょう》。若松天神社の森

関係地図　1／20万 名古屋　1／5万 近江八幡

833　わか松のもり

院御時、久寿二年大嘗会悠紀方風俗歌、近江国わか松のもりをよめる

・すべらぎのすゑさかゆべきしるしにはこだかくぞなるわか松のもり　宮内卿永範

⑦千載集　六三六

（参考）ふた葉なるわかまつのもりとしをへて神さびんまできみはましませ　前中納言匡房卿

夫木抄　一〇〇一四

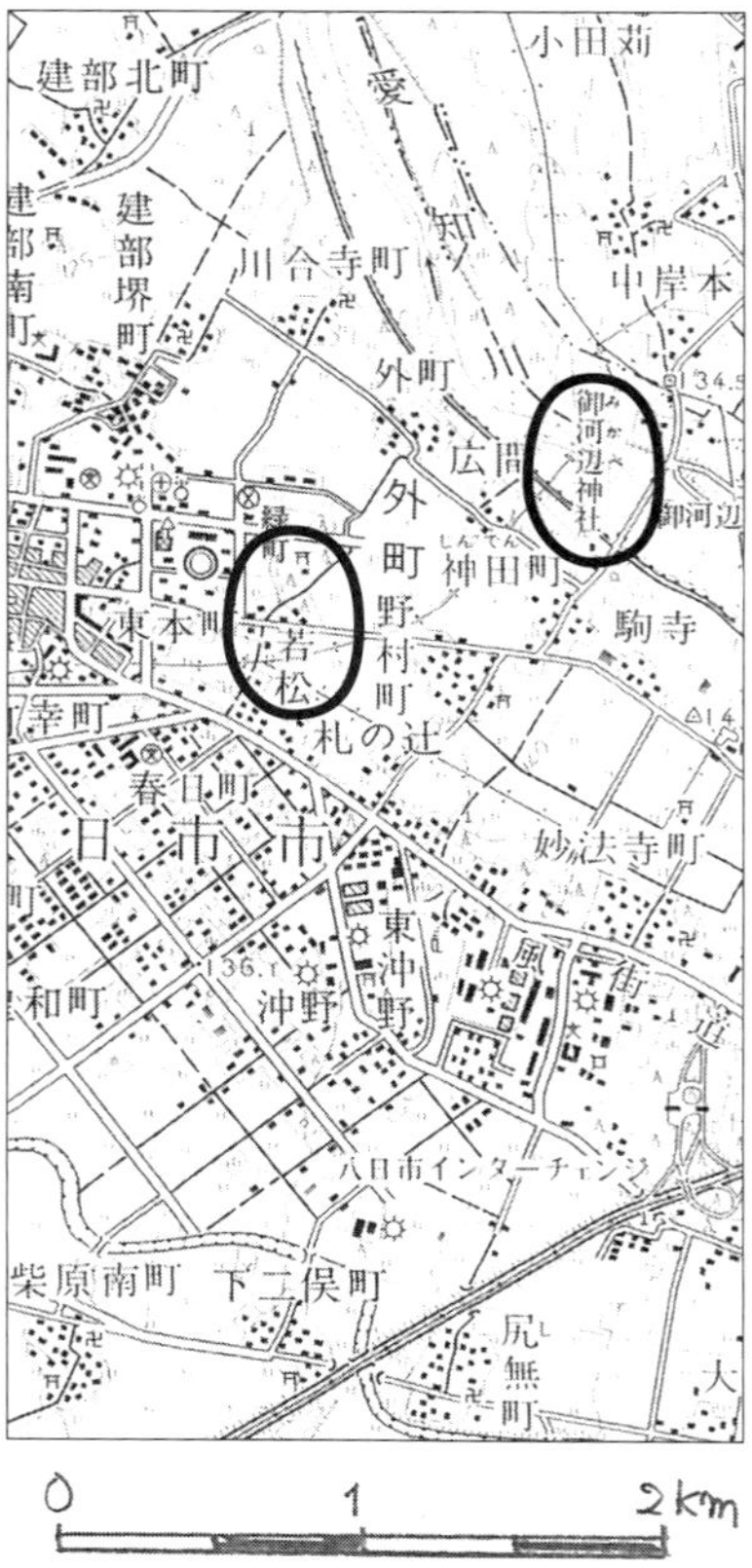

1／5万　近江八幡

（メモ）

①若松集落の鎮守の森は単に「天神社」、若松集落の鎮守の森は、集落名の「若松の森」と呼ばれていた。

②東に隣接の神田町には河桁御河辺神社《かわけたみかわへ》（みかべさん）が鎮座。祭神は天湯川桁命・瀬織津姫命・稲倉塊命。『延喜式神名帳』神崎郡の「川桁神社《カハケタノ》」。明治までは三川辺（御河辺）大明神と称されていたが、明治初年に現社名となる。

③社蔵の『鎮座記』には、第二八代宣化天皇の御代に、神崎郡司の玉祖宿祢磯戸彦が神前川（現愛知川）の河辺で、水中から御出現する河桁の神三神に出会い、そこに祭壇を作り、社を建立し、神社を創祀したという。その後、惟喬《これたか》親王の子小椋兼賢王の崇敬が厚かった。現社殿は慶長一五年に再建。二月初午《はつうま》の日が例祭で、御輿は御旅所の若松天神社に渡行されているという。

四一三　県の井戸伝承地

京都府上京区京都御所中立売御門内（一条北東洞院西角）

関係地図　1／20万 京都及大阪　1／2.5万 京都東北部

7　あがたのゐど

あがたのゐどといふ家より、藤原治方につかはしける

・宮こ人きてもをらなんかはづなくあがたのゐどの山吹の花　橘のきんひらが女

②後撰集　一〇四

（参考）かはづなくあがたのゐどに春くれてちりやしぬらんやまぶきの花　後鳥羽院御製

続後撰集　一五五

（参考）山吹の花もてはやす人もなしあがたの井戸は都ならねば　妙光寺内大臣家中納言

新葉集　一〇五六

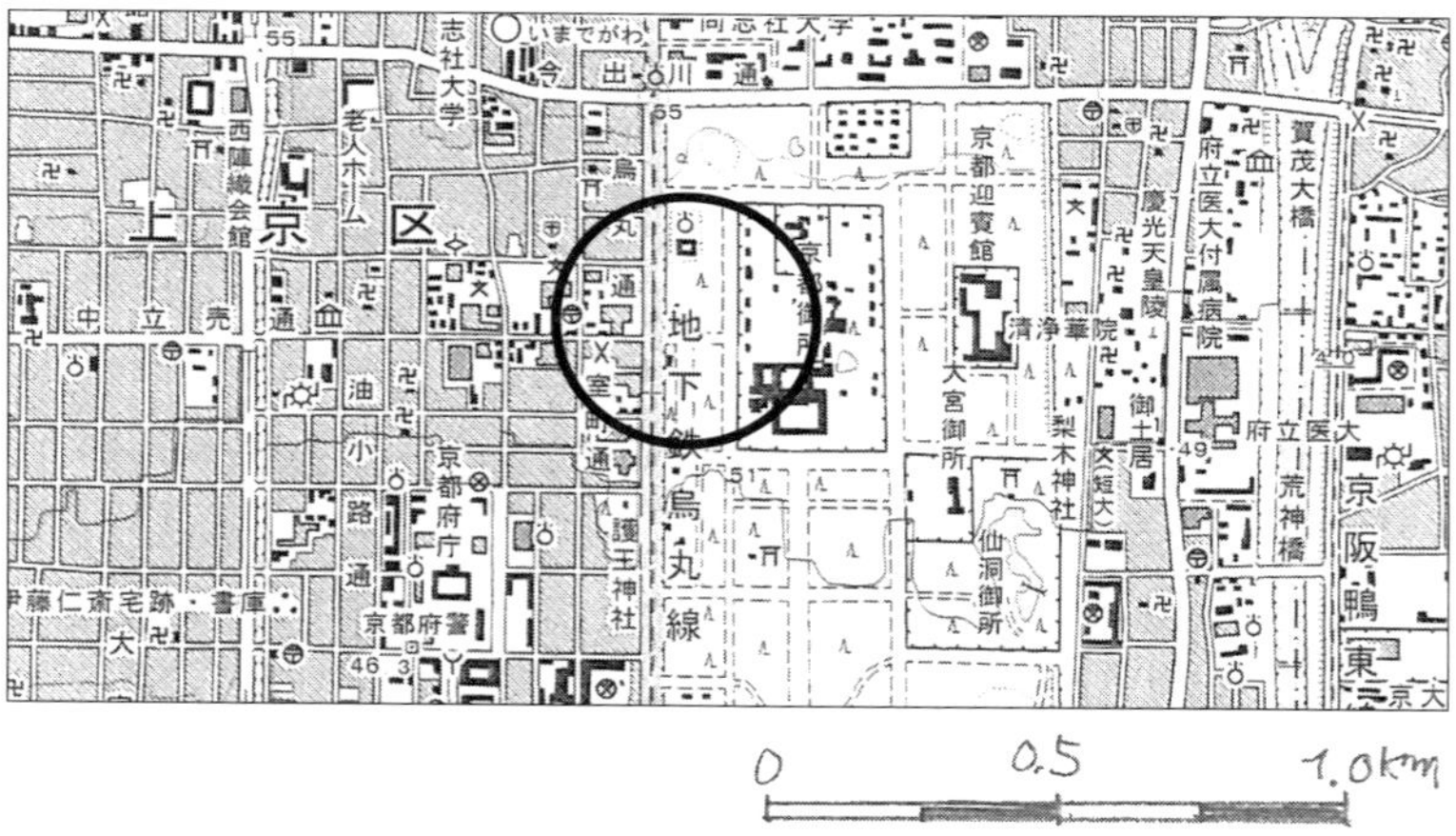

1／2.5万　京都東北部

（メモ）

①『都名所図会』に

県井戸は洛陽の名所なり。古《いにしへ》一条の北東洞院《ひがしのとういん》の西にある。（割註）県宮傍にありしなり、此ゆへに名とす。

とある。

②中立売御門内の北、一条家屋敷跡にあるという。古くは橘家の井戸であったものと伝え、『枕草子』第一九段に、

家は九重の御門《みかど》二条宮居《みやゐ》、一条もよし。…

小野宮、紅梅、県の井戸。…

がある。

③『大和物語』百十一段　別れ路の川に、

大膳の大夫《かみ》きんひらのむすめども、県の井戸といふ所にすみけり。おほいこは、后《きさい》の宮に、少将の御《ご》といひてさぶらひけり。三にあたりけるは、備後の守さねあきら……

等々とある。

四一四　朝日山

京都府宇治市

関係地図　1／20万　京都及大阪　1／5万　京都東南部　1／2.5万　宇治

18　朝日山

霧をよめる

・ふもとをば宇治の川霧たちこめて雲ゐに見ゆる朝日山かな　春宮大夫公実

⑥詞花集　四一九

（参考）あきらけき御代のはじめの朝日山あまてる神の光さしそふ　前参議為長

続拾遺集　七六〇

（参考）朝日山のどけき春のけしきより八十氏人も若菜つむらし　前大納言為家

風雅集　一八

1／2.5万　宇治

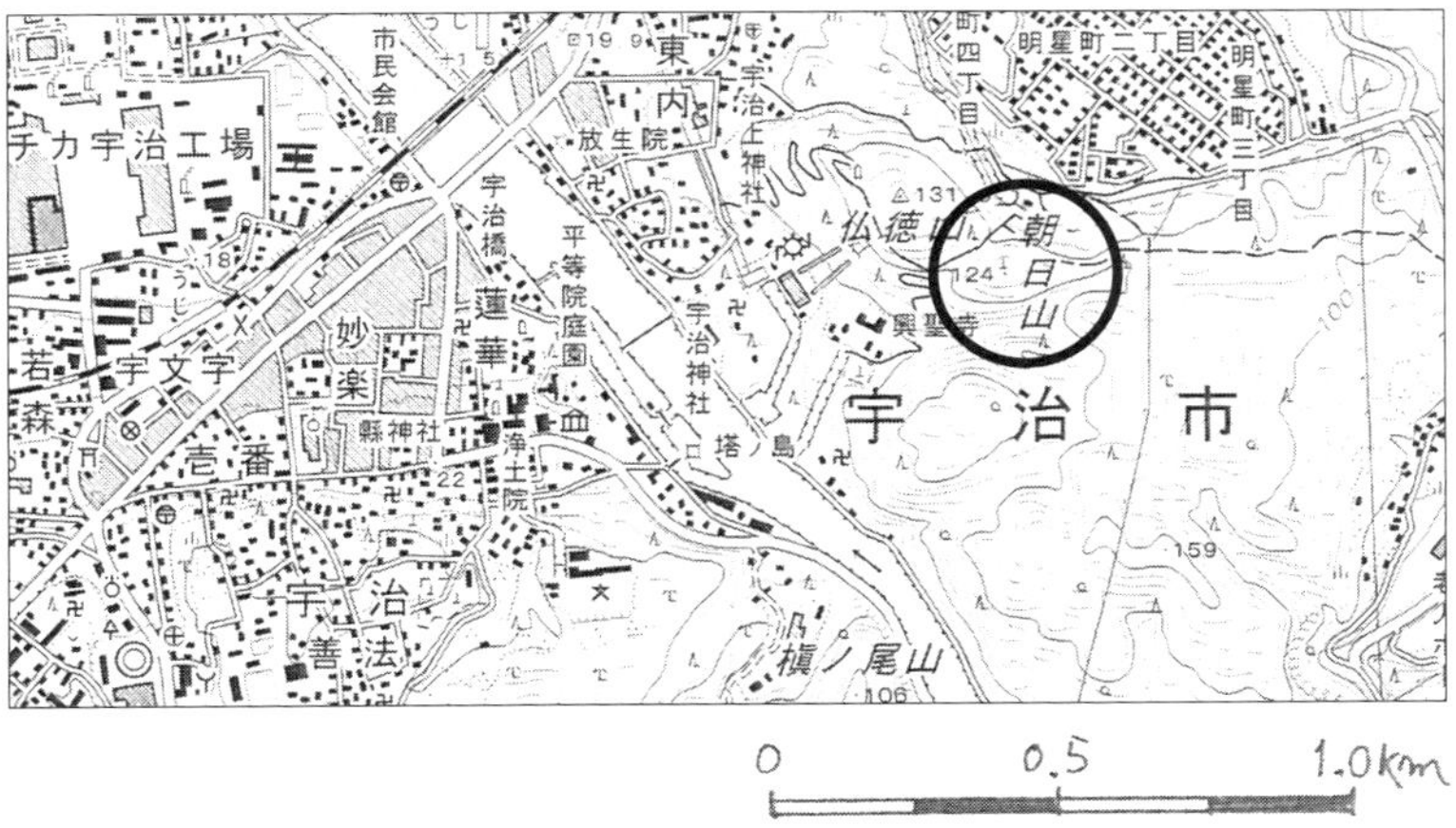

（メモ）

地図上の「朝日山」は朝日の昇る山。観測位置や季節で変化する。

①朝日山、標高一二四mは宇治橋の南東約一km・宇治川の右岸に位置する。しかし、むしろ南に約五百mの標高一五九m峰が良い。

②「朝日山」の名は山麓の真言宗恵心院や宇治川左岸の平等院の山号でもある。

③恵心院の開基は恵心僧都源信（九四二―一〇一七）という。本尊の大日如来は弘法大師作。薬師堂の尊像も同作。恵心僧都七六歳の像もあると。源信僧都の歌、

われだにもまづ極楽にむまれなば
知るもしらぬもみな迎へてん
新古今集　一九二五

がある。

④朝日山頂上は興聖寺境内。朝日観音堂や、菟道稚郎子《うじのわかいらつこ》墓碑等が建つ。菟道稚郎子は仁徳天皇の弟で、ともに応神天皇皇子。兄に皇位を譲る為に自死という。

四一五　愛宕山

京都府京都市右京区嵯峨水尾・嵯峨清滝

関係地図　1／20万　京都及大阪　1／5万　京都西北部

30　あたごの峯

たかをにまかりかよふ法師に名たち侍りけるを、少将しげもとがききつけて、まことかといひつかはしたりければ　八条のおほいぎみ

・なき名のみたかをの山といひたつる君はあたごの峯にやあるらん

③拾遺集　五六二

（参考）あたごやましきみのはらにゆきつもりはなつむ人のあとだにもなし　好忠

万代集　二九五七

（参考）わがためは何のあたごの山なれやこひしとおもふ人のいるらん　読人不知

夫木抄　八七三二

1／5万　京都西北部

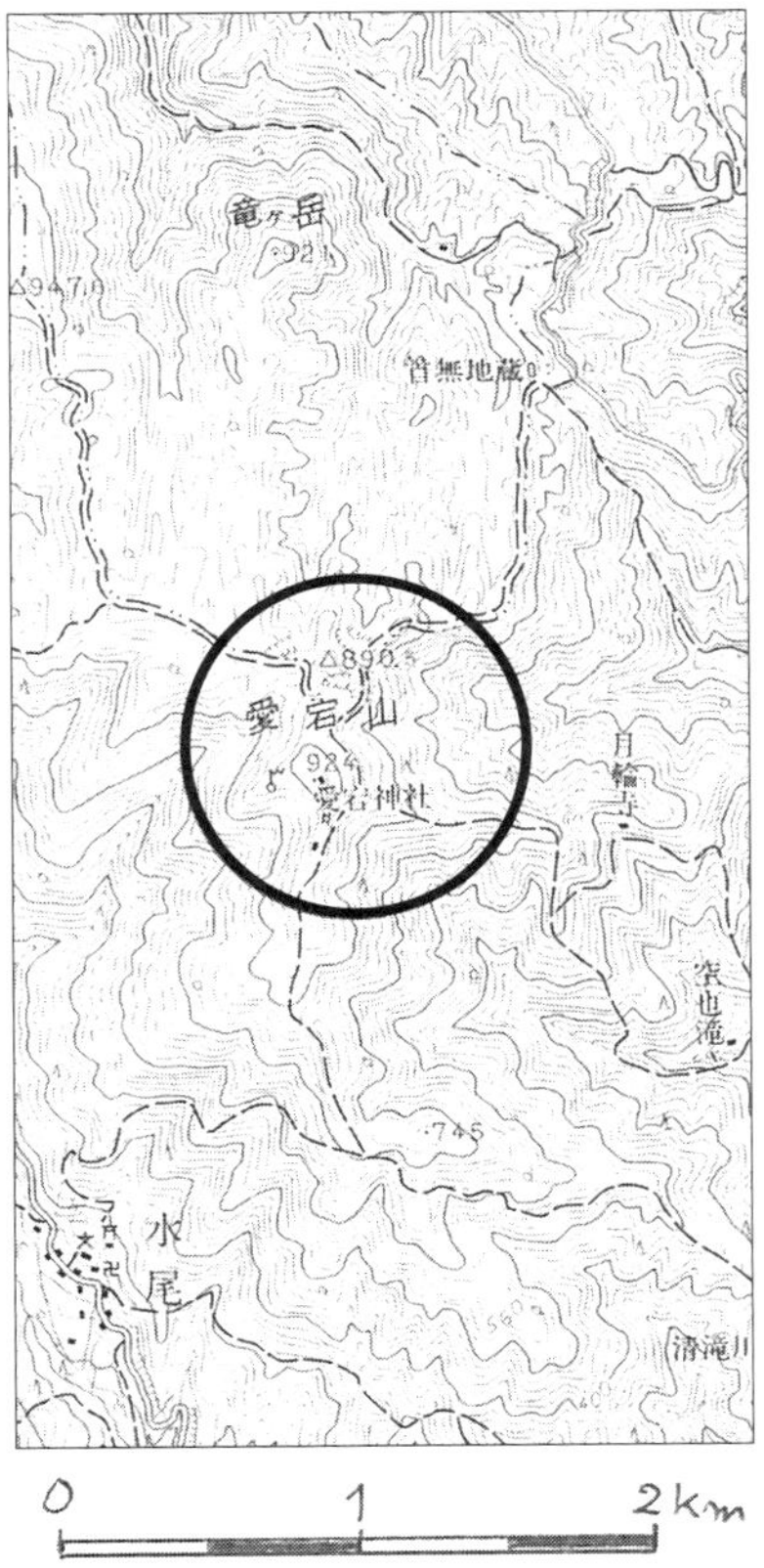

（メモ）

①愛宕山。標高九二四m。愛宕山は朝日ケ峰・大鷲ケ峰・高雄山・竜上山・鎌倉山の五峰からなり、朝日ケ峰頂上に愛宕神社が鎮座。京都市内の東の比叡山に対し西に聳ゆる山。和気清麿が唐の五台山にならい朝日ヶ峰に建立という一堂「白雲寺」の名をとって「白雲山」の名あり。

②愛宕山は大宝年中、役行者小角が泰澄を伴って開いたという。山頂に愛宕神社が鎮座。『延喜式神名帳』丹波国桑田郡の阿多古神社。のち鷹ヶ峰を経て天応元（七八一）年僧慶雲と和気清麿が光仁天皇の勅により王城鎮護の神として愛多護大権現を勧請。祭神の一人、迦具槌《かぐつち》命は火神。火伏《ひぶせ》神として崇敬。分社が全国に八百社。また天狗姿の祭神も祀る。

四一六　穴太寺《あなおじ》

京都府亀岡市曽我部町穴太東ノ辻四六

関係地図　1／20万　京都及大阪　1／5万　京都西北部

35　あなう観音

あなうの観音をみたてまつりて

・みるままに涙ぞおつるかぎりなき命にかはるすがたとおもへば　前大僧正覚忠

⑦千載集　一二一二

（参考）しかりとてそむかれなくに事しあればまづなげかれぬあなう世中　小野たかむらの朝臣　①古今集　九三六

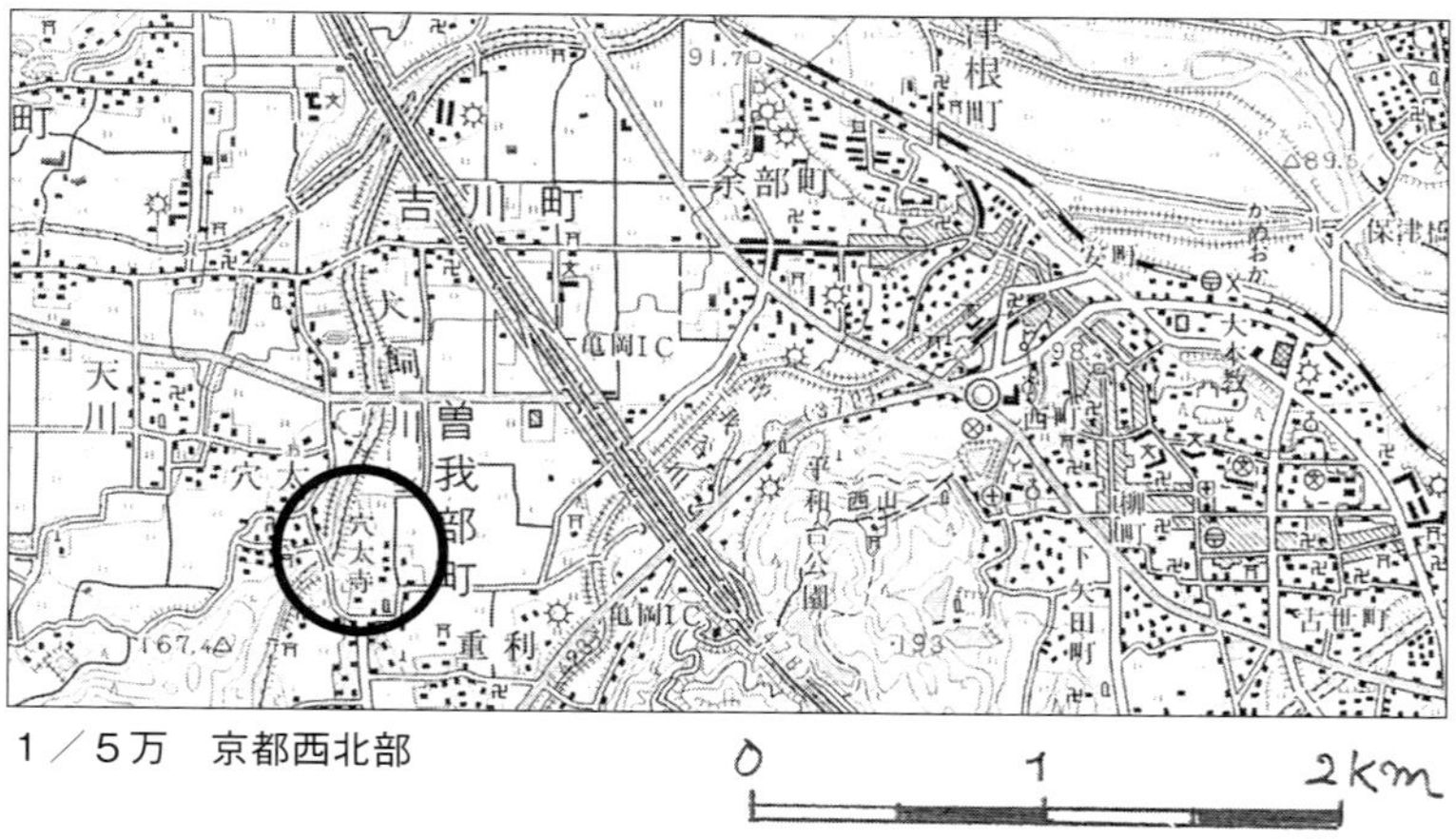

1／5万　京都西北部

（メモ）

①天台宗。山号は菩提山。本尊は薬師如来・聖観音の二仏。慶雲二（七〇五）年の創建。開基は大伴古麿。寺名は穴穂寺。西国三十三所観音霊場・第二一番札所。御詠歌は

かかる世に生まれあう身のあな憂やと思わで頼め十声一声

である。

②『扶桑略記』中の穴穂寺縁起からとして記す応和二（九六二）年の記事に、

丹波国桑田郡宇治宿祢宮成、依婦女勧企造仏思、則同郡菩提寺（号穴穂寺）観音像是也、遣使京洛、求仏工人、沙弥感世応請往到、仏工感世毎日転読法華経、其中諳誦普門品、日々必誦三十三巻、奉仕観音為多年業、随宮成語、造金色観音像、其功既畢、檀越施物、宮成本性猛悪、窃進到大江山、隠立途側、射害仏工感世、奪取所与禄物、帰宅已畢、明日参寺拝新造観音、其像胸前立矢、昨日所放之箭也、従疵赤血流出、慈眼似泣、金躰如悩、少低而立矣、宮成見之、心懐憂苦、悲涙歎息、則知此像代彼受苦、為知仏師存亡、…

などとある。『今昔物語集』にも載る。

四一七　天橋立

京都府宮津市大垣・文珠

関係地図　1／20万　宮津　1／5万　宮津

52　あまのはしだて

公任卿家にてもみぢ、あまのはしだて、こひとみつの題を人人によませけるに、おそくまかりて人人みなかくほどになりければ、みつのだいをひとつによめるうた

・こひわたる人に見せばやまつのはのしたもみぢするあまのはしだて　藤原範永朝臣　⑤金葉集　四二一

丹後国にまかりける時、よめる

・おもふことなくてぞみましよさの海のあまのはしだて都なりせば　赤染衛門

⑦千載集　五〇四

1／5万　宮津

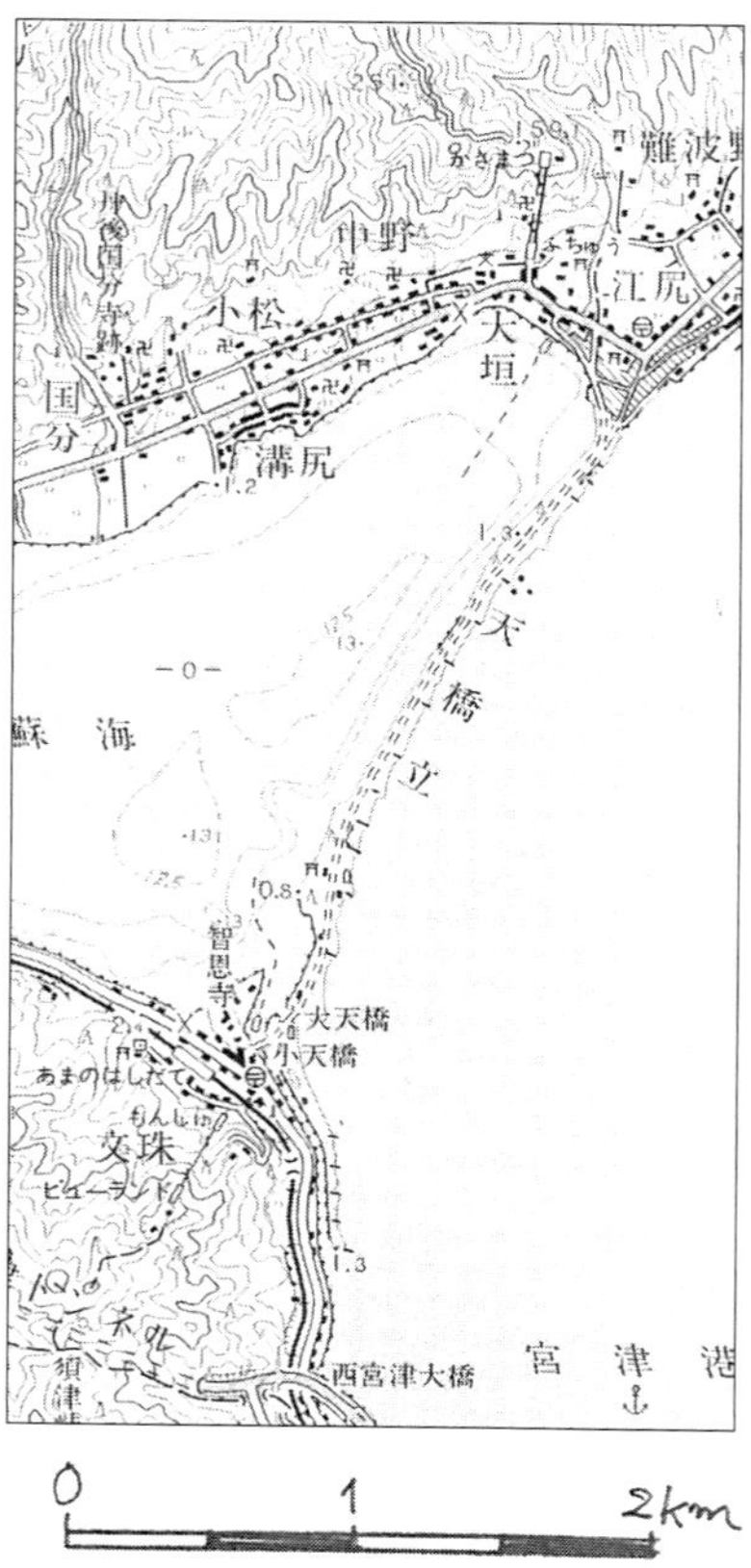

（メモ）

①宮津湾北側の江尻の浜から南岸の文珠まで延びた細長い砂嘴《さし》で、宮津湾を外海《そとうみ》と内海《うちうみ》の阿蘇海《あそかい》に分ける。南で切れる。白砂と約七千本の黒松・赤松から成る白砂青松の砂嘴、長さ約三・三km。

②『丹後国風土記』逸文に、

與謝の郡。郡家の東北の隅の方に速石《はやし》の里《さと》あり。此の里の海に長く大きなる前《さき》あり。長さは一千二百二九丈《つゑ》、広さは或る所は九丈以下、或る所は十丈以上、二〇丈以下なり。先《さき》を天《あま》の椅《はし》立《だて》と名づけ、後《しり》を九志《くし》の浜と名づく。然云《しかい》ふは、国生《くにう》みましし大神、伊射奈《いざな》芸命《ぎのみこと》、天《あめ》に通《かよ》ひ行《い》でまさむとして、椅《はし》を作り立《た》てたまひき。故《かれ》に、天の椅立と云ひき。神の御寝《みね》ませる間に仆《たふ》れ伏《ふ》しき。……

とある。

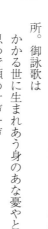

四一八　天穂日命神社

京都府京都市伏見区石田森西。石田小学校東隣り

関係地図　1／20万 京都及大阪　1／2.5万 京都東南部

125

いはたのもり

やましろのかみになりてなげき侍りけるころ、月のあかかりけるよ、まできたりける人のいかがおもふととひ侍りければよめる

・やましろのいはたのもりのいはずともこころのうちをてらせ月かげ　藤原輔尹朝臣　⑥詞花集　三〇四

（参考）やましなの　いはたのもりに　ぬさおかば　けだしわぎもに　ただにあはむかも　宇合卿　万葉集　一七三一

（参考）きくからにもゆるおもひは山城のいはたのもりになくよぶこどり　古六帖　一〇五五

（参考）雉子鳴くいはたのもりのつぼすみれしめさすばかり成りにけるかな　修理大夫顕季　続詞花集　三六

126

いはたのをの

思野花といへることをよめる

・いまはしもほに出でぬらむ東ぢの岩田のをののしののをすすき　藤原伊家　⑤金葉集　六八〇

堀河院御時、百首歌たてまつりける時、すみれをよめる

・きぎすなくいはたのをののつぼすみれしめさすばかり成りにけるかな　修理大夫顕季　⑦千載集　一〇九

・山城のいは田のをののははそはらみつつや君が山ぢこゆらむ　式部卿宇合　⑧新古今集　一五八九

（参考）ははそちるいはたのをののこがらしに山ぢしぐれてかかるむらくも　中務卿親王　続古今集　五七七

（メモ）

①石田杜《いわたのもり》は天穂日命《あめのほひのみこと》神社の森といわれる。

②天穂日命神社は伏見区石田森に鎮座する。『延喜式神名帳』宇治郡に「天穂日命《アマノホヒノ》神社」がある。古くは石田村集落の東方丘陵上に鎮座とされるが、石田村集落西方のもと田中明神の鎮座地であった「石田の森」に鎮座している。

③天穂日神社の祭神の天穂日命は出雲氏の祖神であり、この付近に居住していた出雲氏系の氏族が祀ったものであろう。

④天穂日命神社は石田神社とも呼ばれる。田中明神の祭神の天照大神・大山咋神を合祀したので田中神社の名もあった。

⑤「石田の小野」は天穂日命神社の神力の及ぶ所、神社の氏子達の生活圏の田野である。

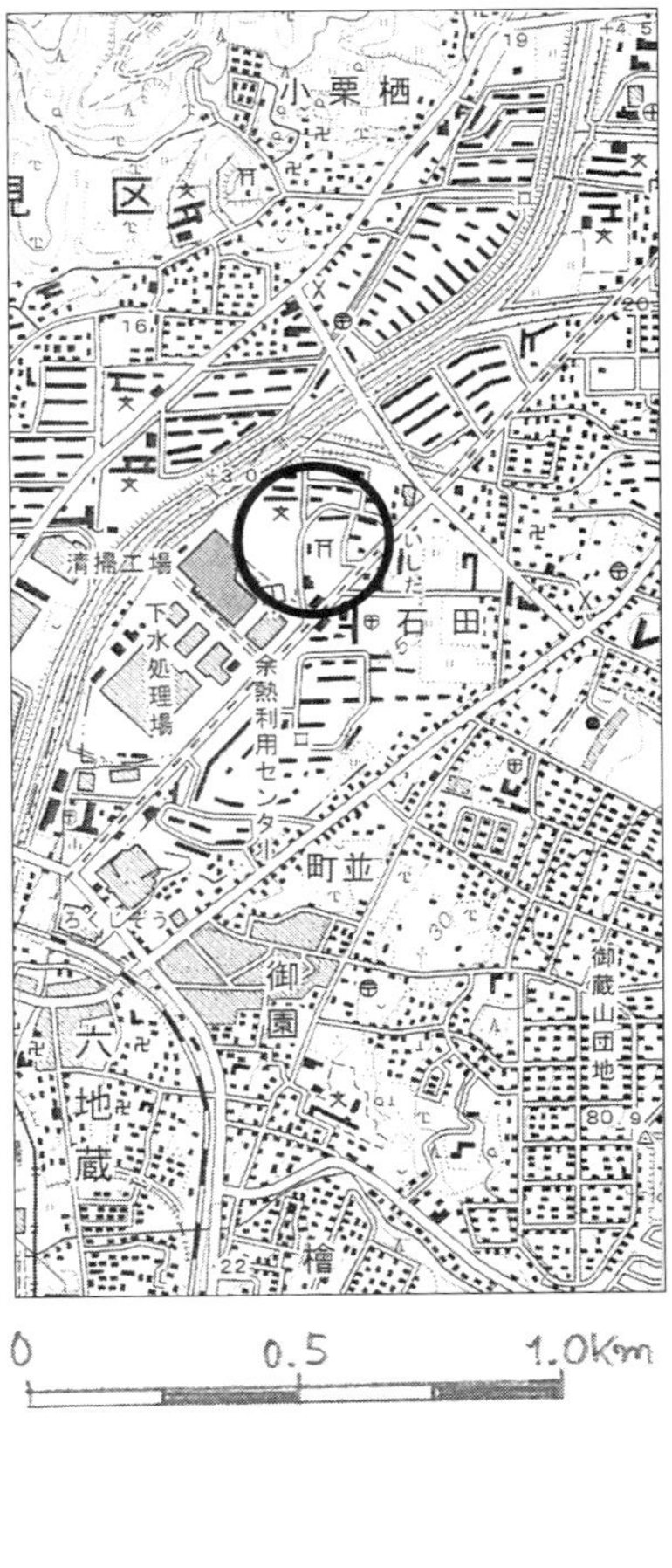

1／2.5万　京都東南部

四一九　嵐　山

京都府京都市西京区嵐山

関係地図　1／20万　京都及大阪　1／5万　京都西北部

56

あらしの山

・とふ人も今はあらしの山かぜに人松虫のこゑぞかなしき　よみ人しらず

③拾遺集　二〇五

嵐の山のもとをまかりけるに、もみぢのいたくちり侍りければ　右衛門督公任

・あさまだき嵐の山のさむければ紅葉の錦きぬ人ぞなき　③

拾遺集　二一〇

承保三年十月今上みかりのついでに大井川にみゆきせさせ給によませたまへる　御　製

・おほゐがはふるきながれをたづねきてあらしの山のもみぢをぞみる

④後拾遺集　三七九

1／5万　京都西北部

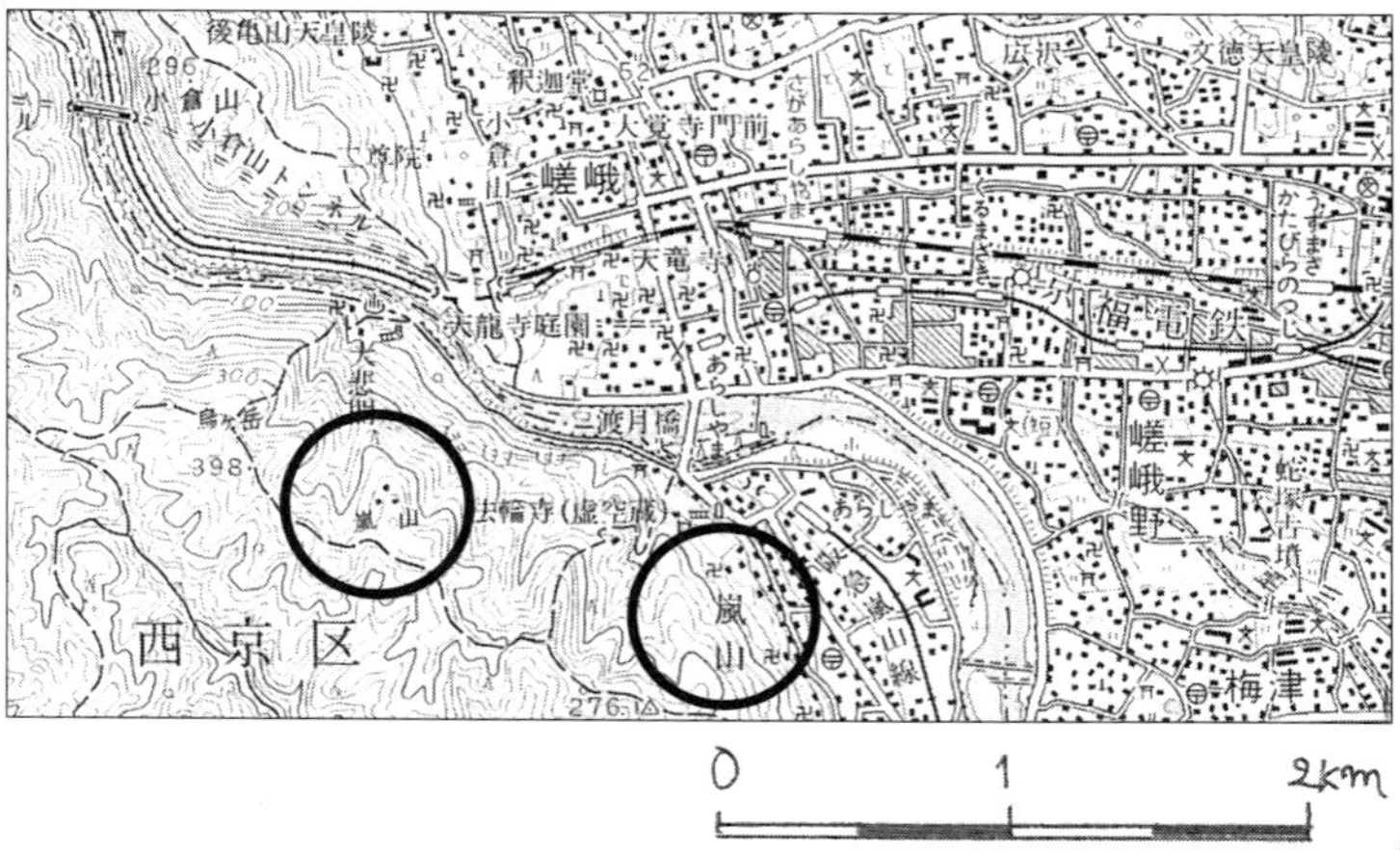

（メモ）

①渡月橋の西方にそびゆる標高三八一・五mの山が嵐山。北西に標高三九八mの烏ケ岳、さらに西、山上ケ峰へ。南東の標高二七六・一mの松尾山に続く。また、嵐山の北から東へ桂川（保津川《ほづ》・大堰川《おおい》）が流れる。

②山名の由来は『日本書記』顕宗紀三（四八六）年二月の条に、

奉《つかまつ》るに歌荒樔田《うたあらすだ》を以てす。歌荒樔田は、山背国の葛野《かどの》郡に在り。

とある。長崎県壱岐島の県主が祀った月読社の分祀が『神名帳』葛野郡の「葛野坐月読神社名神大月次新嘗」で、この神社が現在の嵐山山頂の南東約一・五kmの松尾山東麓（字松室）の月読神社。この地、歌荒荒樔の山が「嵐山」であると。

③山頂に嵐山城跡、北中腹に千光寺大悲閣、東麓に行基開基の法輪寺がある。

四二〇　有栖川跡遺称地

京都府京都市北区。鷹峰→紫竹→大徳寺

関係地図　1／20万　京都及大阪　1／5万　京都西北部

59

ありす川

二条太皇太后宮、賀茂のいつきと申しける時、本院にて松枝映水といへる心をよみ侍りける　京極前太政大臣

・ちはやぶるいつきの宮のありす川松とともにぞかげはすむべき

⑦千載集　六一六

禎子内親王かくれ侍りて後、悰子内親王かはりゐ侍りぬとききて、まかりてみければなにごともかはらぬやうに侍りけるも、いとどむかし思ひいでられて、女房に申し侍りける　中院右大臣

・ありすがはおなじながれはかはらねどみしや昔のかげぞわすれぬ

⑧新古今集　八二七

1／5万　京都西北部

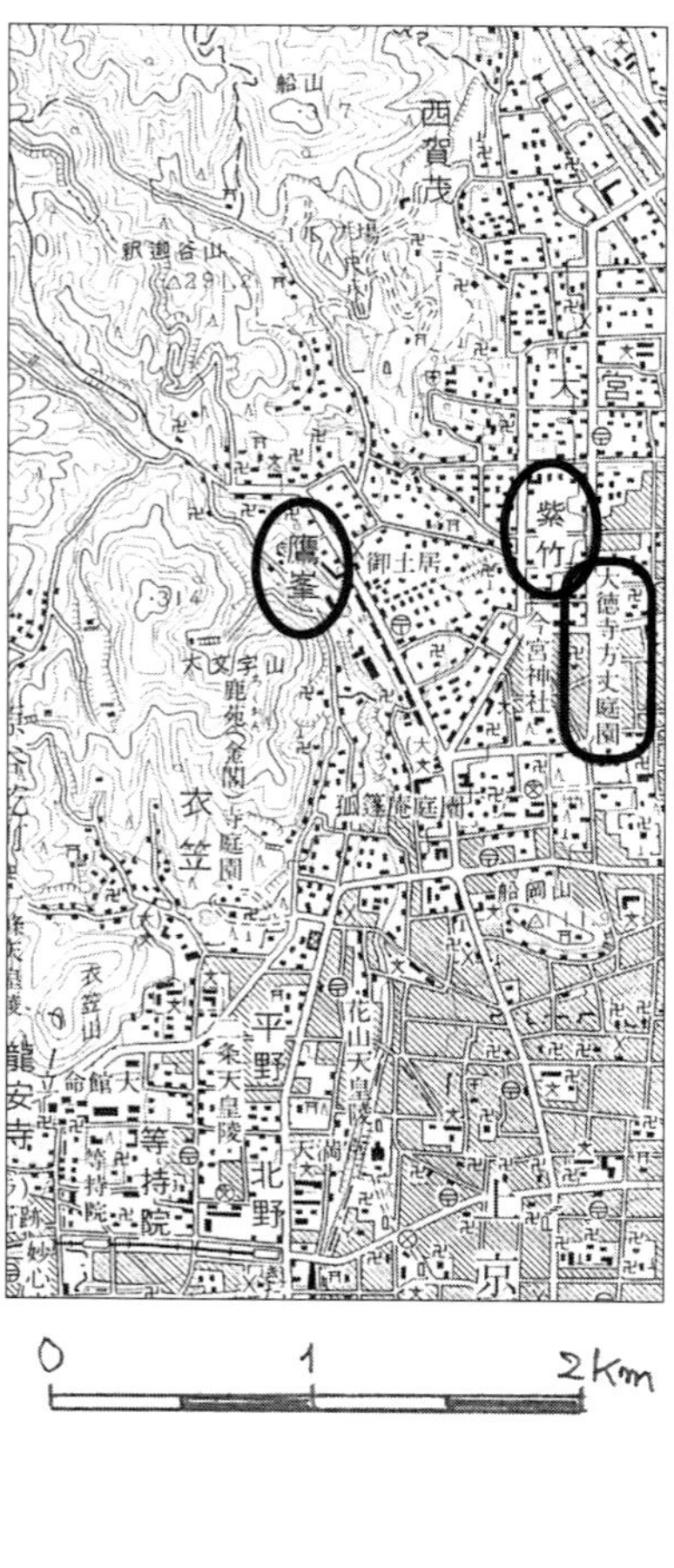

（メモ）

①『京都府地誌』・『愛宕郡史』によると、有栖川は京都市北区鷹峯の東山麓で紙屋川（天神川）から分流。その後、紫竹を東流し、大徳寺門前を経て大宮通を南流し、上立売通を東流して堀川に注いでいたという。現在は廃川。

②この河川水を斎王が禊き祓に使用されていたという。

③『夫木抄』に凡河内躬恒の歌、

おとに聞くいつきの宮のありす河
ただふなをかのわたりなりけり　一一二〇〇

がある。

四二一　粟　田

京都府京都市東山区粟田口。粟田神社が鎮座

関係地図　1／20万　京都及大阪　1／2.5万　京都東北部

39　あはた

あはぢのまつりごと人の任はててのぼりまうできてのころ、兼輔朝臣のあはたの家にて

・ひきてうえし人はむべこそ老いにけれ松のこだかく成りけるかな　みつね

②後撰集　一一〇七

母のために、あはたぐちの家にて、仏くやうし侍りける時、はらからみなまうできあひて、ふるきおもかげなどさらにしのび侍りけるをりしも、雨かきくらしふり侍りければ、かへるとて、かの堂の障子にかきつけ侍りける

・たれもみな涙の雨にせきかねぬ空もいかがはつれなかるべき　右大将忠経

⑧新古今集　八四二

1／2.5万　京都東北部

（メモ）

①『和名抄』山城国愛宕郡に上粟田郷・下粟田郷がある。

②『山州名跡志』に、「粟田は総名なり、その方境東は白河を限り、西は鴨川を限り、北は二条東を限り、是を下粟田と云ふ。其北は北白河に至りて、上粟田と号す」とあると。

③粟田口は京中より三条通を経由して東海道・東山道への出口。三条口・三条橋口・大津口の名もある。京都七つ口の中で最も重要な出入口の一つという。

四二二　粟田の山

京都府京都市東山区・宇治市（青蓮院将軍塚）

関係地図　1／20万　京都及大阪　1／5万　京都東北部　1／2.5万　京都東北部、京都東南部

40　あはたの山

そめどの、あはた

・うきめをばよそめとのみぞのがれゆく雲のあはたつ山のふもとに　あやもち

①古今集　一一〇五

このうた、水の尾のみかどのそめどのよりあはたへうつりたまうける時によめる

（参考）あはたやまこゆともこゆとおもへども猶あふ坂ははるけかりけり　古六帖　八九九

（参考）みちのくちあはたの山に秋霧の立野の駒も近づきぬらし　好忠　夫木抄　五三四四

（参考）見るたびにけぶりのみたつあはた山はれぬかなしき世をいかにせむ　読人しらず　夫木抄　八七二九

1／2.5万　京都東北部（上）・京都東南部（下）

（メモ）

①粟田山は愛宕《於多岐》・宇治両郡の境界に連なる山々。神明山・大日山から厨子奥山・安祥子山等を含む山々の総称。

②『文徳天皇実録』斉衡三（八五六）年一〇月二一日条に、「以山城国宇治郡粟田山施入安祥寺」とあり、粟田山の主要部は宇治郡に属していた。

四二三　生《いく》野《の》

京都府福知山市生野

関係地図　1／20万 京都及大阪　1／5万 福知山

80　いくの

和泉式部保昌にぐして丹後にはべりけるころ、みやこに歌合侍りけるに、小式部内侍うたよみにとられて侍りけるを定頼卿つぼねのかたにまうできて、歌はいかがせさせ給ふ、丹後へ人はつかはしてけんや、つかひまうでこずや、いかに心もとなくおぼすらんなど、たはぶれてたちけるをひきとどめてよめる

・おほえやまいくののみちのとほければふみもまだみずあまのはしだて　小式部内侍　⑤金葉集　五五〇

平治元年、大嘗会主基方、辰日参入音声、生野をよめる

・おほえ山こえていくののすゑとほみ道あるよにもあひにけるかな　刑部卿範兼　⑧新古今集　七五二

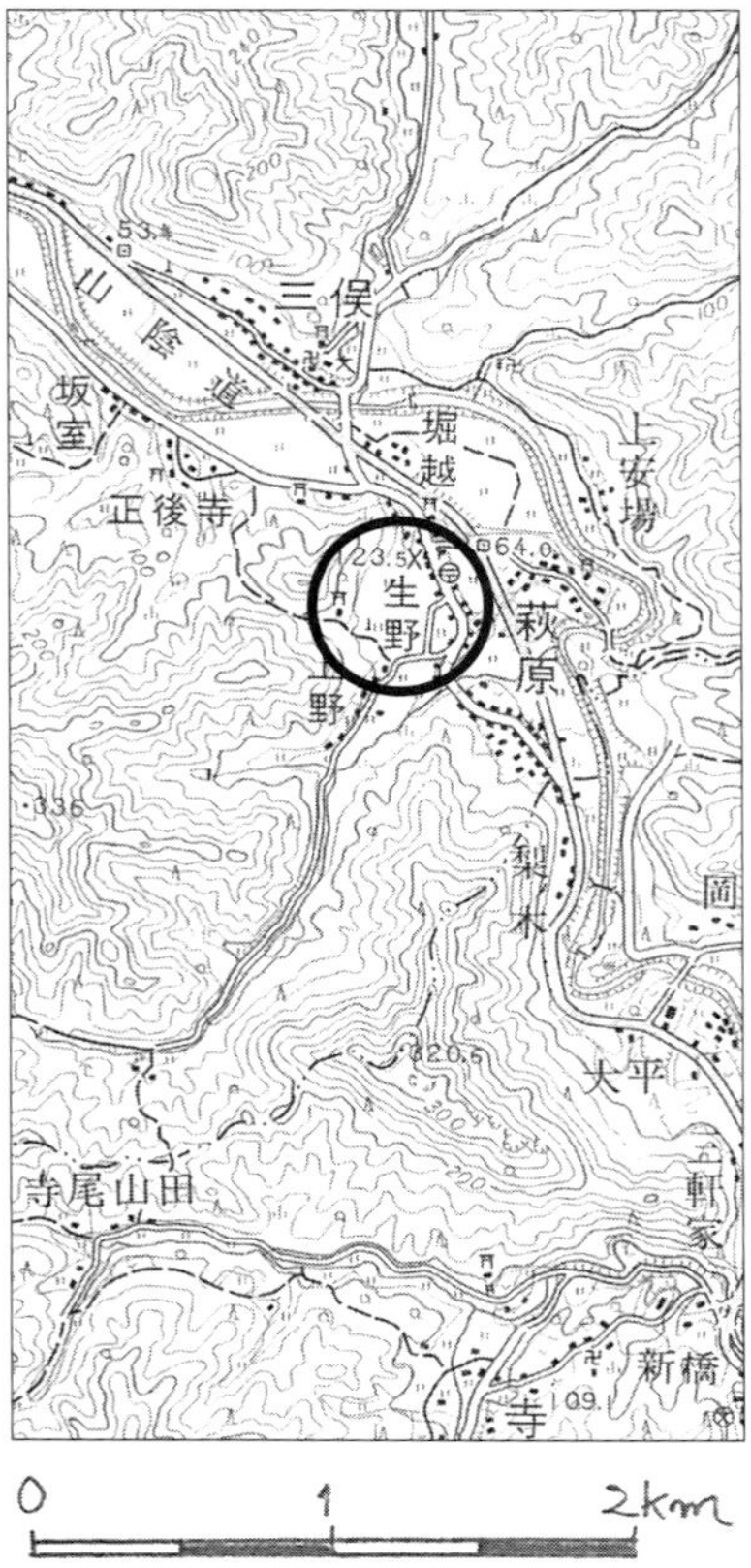

1／5万　福知山

（メモ）

①生野集落は由良川の支流土師《はぜ》川の中流に位置し、集落内を京街道が通る。近世には生野宿として栄えた。本陣及び旅宿屋七軒あったと。

②生野神社。祭神天鈿女命《あめのうずめのみこと》。『延喜式神名帳』丹波国天田郡の生野神社。

③集落北端に生野天神社が鎮座。麻呂子親王が鬼賊の退治を祈願して建立された六人部七天神の一社。祭神大戸道尊。大戸辺尊。

四二四　石前《いしさき》氷室跡推定地

京都府京都市北区衣笠氷室

関係地図　1／20万 京都及大阪　1／5万 京都西北部　1／2.5万 京都西北部

666　ひむろやま

百首歌たてまつりける時、氷室のうたとてよみ侍りける

・あたりさへすずしかりけりひむろ山まかせし水のこほるのみかは　大炊御門右大臣　⑦千載集　二〇九

（参考）影しげみすずみにきつるひむろ山こほりて冬もたちとまりけり　新六帖　四六七

（参考）ひむろとの稲ばが末の夕影に夏と秋とをふきみだりぬる　慈鎮和尚　夫木抄　三七〇一

（参考）みかりせし御幸にあへる氷室山とけぬはじめをたれはじめけん　民部卿為家卿　夫木抄　三七一五

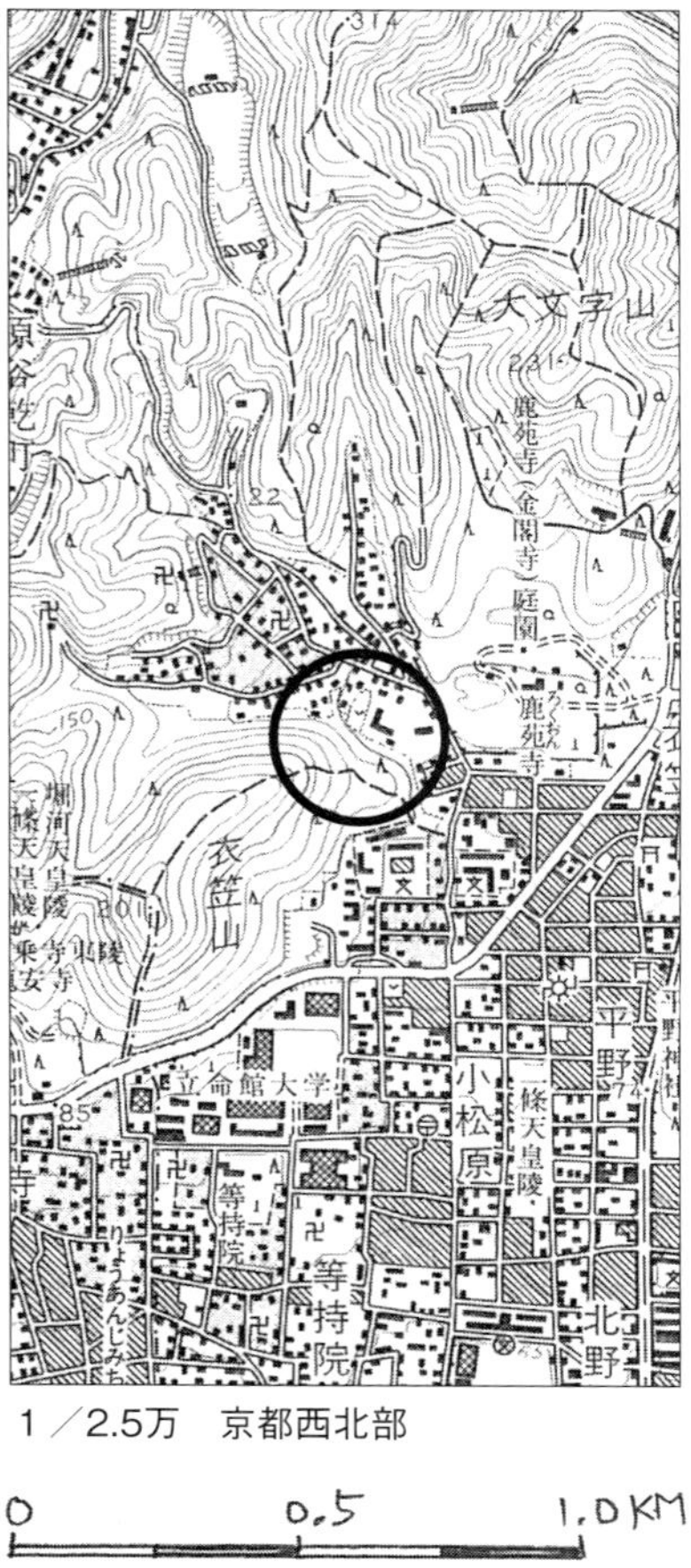

1／2.5万　京都西北部

（メモ）

①氷室山は標高二〇一ｍの衣笠山。この山の北東山麓に氷室跡と推定。

②『延喜式』愛宕郡内氷室の一つ。金閣寺の西辺りから蓮華谷火葬場に至る周辺にあったと推定されている。「石前《いしさき》」の地名は現在ない。金閣寺西、宇多川西岸に「氷室池」と呼ばれる小池があり、その付近が氷室町であると。

③『山城名勝志』に、今鹿苑寺西有「氷室谷」、是石影《いわかげ》氷室ノ跡ナルニヤとあるという。

四二五　泉の杣

京都府相楽郡和束町杣田を中心とする一帯

関係地図　1／20万 京都及大阪　1／5万 奈良

105

泉の杣

・『新古今集』仮名序に、

しかはあれども、伊勢のうみきよきなぎさのたまもは、ひろふともつくることなく、いづみのそましげき宮木は、ひくともたゆべからず云々

とある。

（参考）みやぎひく　いづみのそまに　たつたみの　やむときもなく　こひわたるかも　万葉集　二六四五

（参考）心なきいづみのそまの宮木だにひく人あればくちはてぬ世を　後久我太政大臣　新後撰集　一四三四

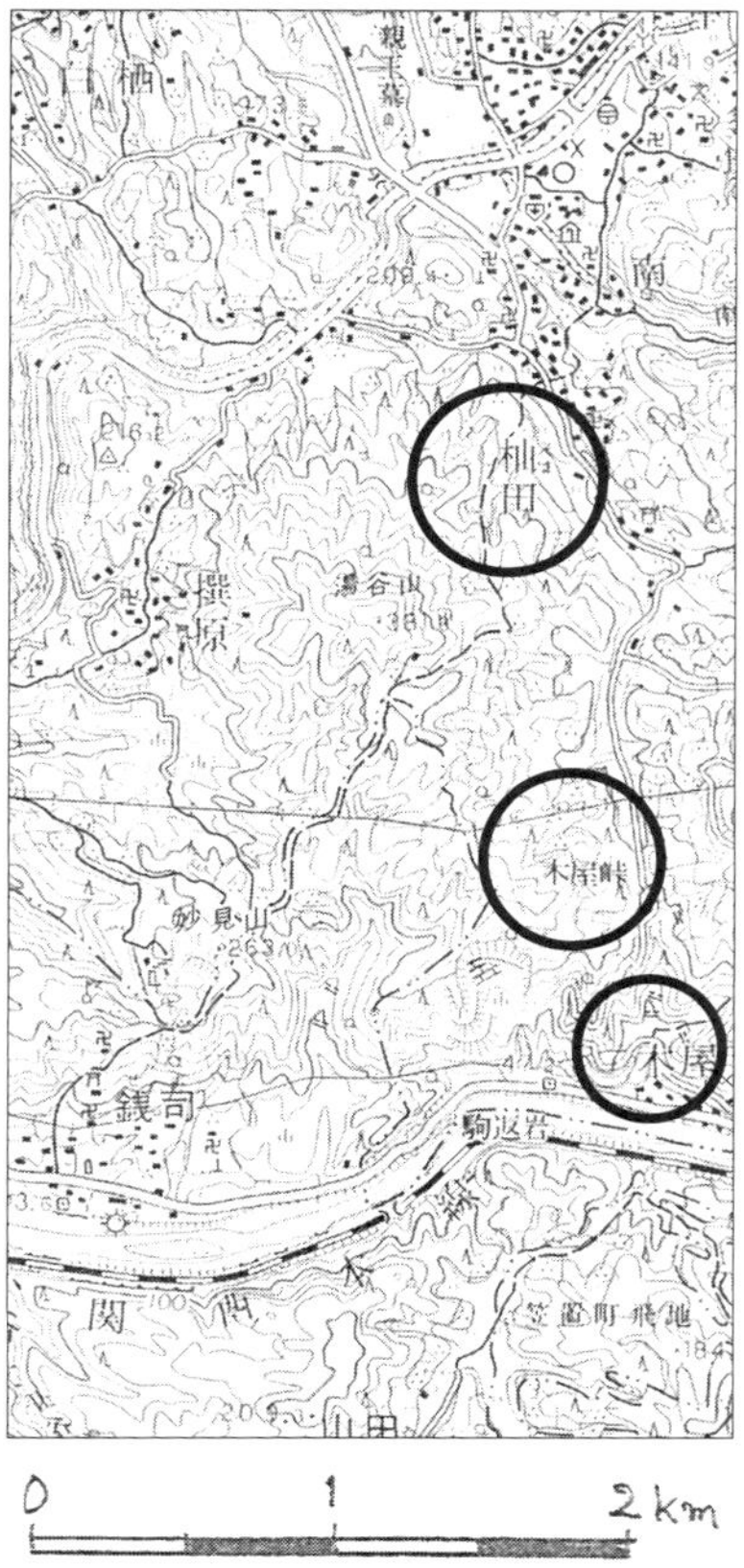

1／5万 奈良

（メモ）

①『和名抄』山城国相楽郡水泉《以豆美》郷の杣。

②相楽郡には「和束《わずか》町杣田・和束町木屋」がある。

③「和束杣」は木津川（泉川）支流の和束川流域の和束郷一帯に比定される奈良興福寺領の杣で、奈良時代以来興福寺を支え続けている建築用材・燃料用材の植林・生育管理・伐採・積出し等をすべてしてきた集落。

④その範囲は北は標高六八一mの鷲峰山に連なる山地、南は杣山とも呼ばれる標高三八二mの湯谷《ゆや》山、東から南にかけては南山城村の童仙房に連なる山地で囲まれる。また、用材・燃料積出し船の発着津は木屋浜であった。

四二六　一条院跡

京都府京都市上京区飛弾殿町・小寺町等

関係地図　1／20万 京都及大阪　1／2.5万 京都東北部

98

一条院

十月ばかりにものへまゐりはべりけるみちに一条院をすぐとてくるまをひきいれてみはべりければ、ひたきやなどの侍けるをみてよめる　赤染衛門

・きえにけるゑじのたくひのあとをみてけぶりとなりしきみぞかなしき　④後拾遺集　五九二

（参考）一条のみのりをたもつ人のみぞ三世の仏の師とはなりける　新続古集　八一五

この歌は、一条院の御時、上総介時重といふもの国にくだりて千部法花経をよませ侍りける夜の夢に、日吉十禅師のしめさせ給ひけるとなむ

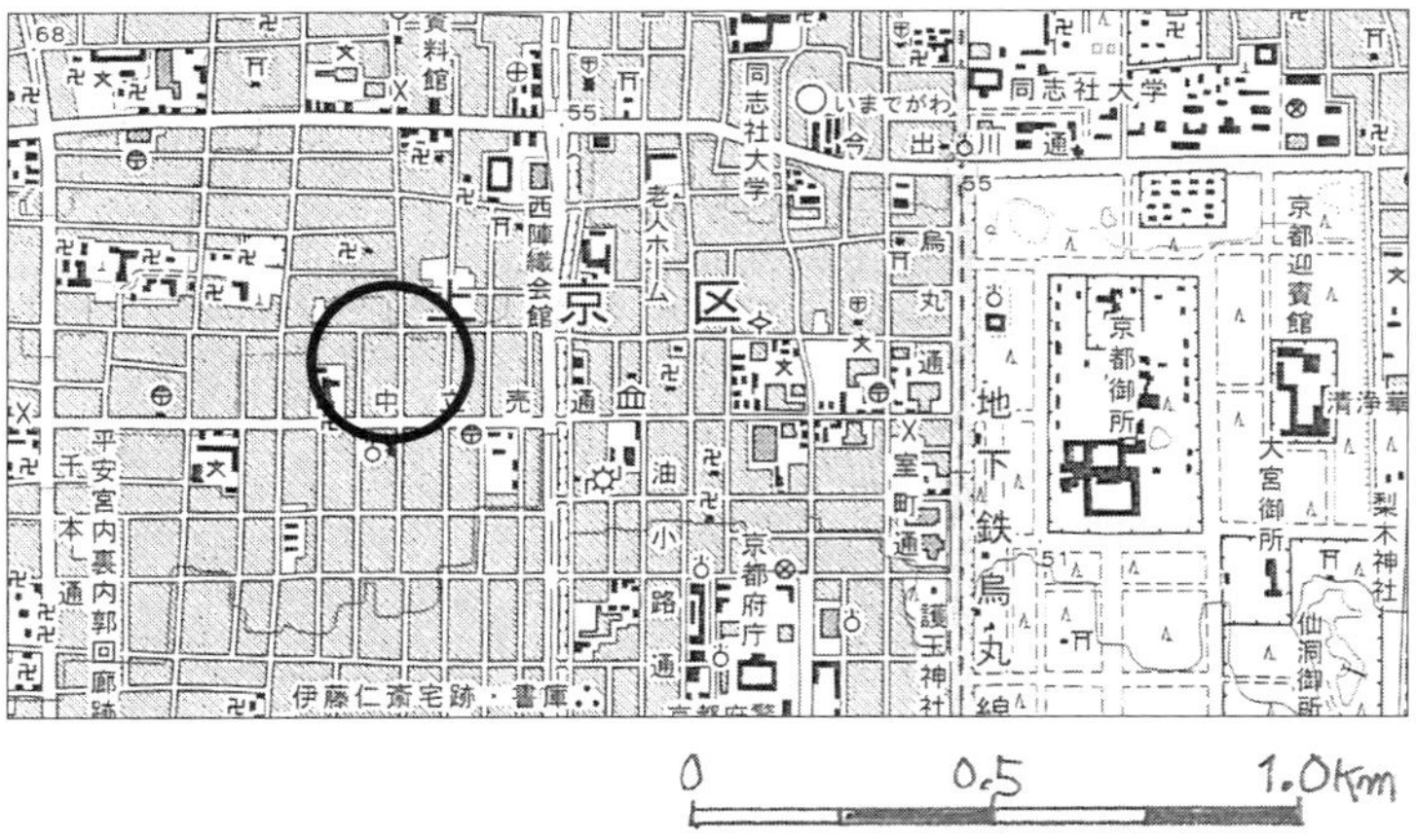

1／2.5万 京都東北部

（メモ）

①第六六代一条天皇は天元三（九八〇）年六月一日御誕生。寛弘八（一〇一一）年六月二二日、ここ一条院にて崩御された。後宮の皇后サロンに清少納言、中宮サロンに紫式部がいたと。

②上京区堀川通一条上ル晴明町に晴明神社がある。当社は寛弘四年に一条天皇の勅旨により創建。祭神安倍晴明。境内に晴明の念持力で湧出したと伝える晴明井がある。飲用すると悪疫難病が治ると。屋根軒瓦に刻んだ神社の神紋の星は「呪符」で、魔除けの力があるという。

③戻橋　上京区堀川下之町の一条通堀川の上に架かる。安倍晴明が一二神将を此橋下に鎮め事を行う時は喚《さけ》んで是を使うと。また、延喜一八（九一八）年文章博士三善清行葬送時、この橋上で子浄蔵の陀羅尼の徳・念珠力で清行蘇生後、「戻橋」の名がつく。

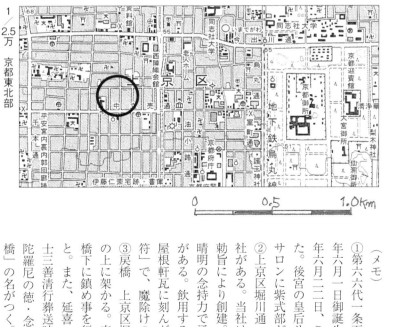

四二七　井手

京都府綴喜郡井手町井手

関係地図　1／20万　京都及大阪　1／5万　奈良

839

ゐで

・かはづなくゐでの山吹ちりにけり花のさかりにあはましものを　よみ人しらず

①古今集　一二五

この歌は、ある人のいはく、たちばなのきよともが歌なり

・かくれぬに忍びわびぬるわが身かなゐでのかはづと成りやしなまし　忠房朝臣

②後撰集　六〇六

ゐでといふ所に、山吹の花のおもしろくさきたるを見て

・山吹の花のさかりにゐでにきてこのさと人になりぬべきかな　恵慶法師

③拾遺集　六九

1／5万　奈良

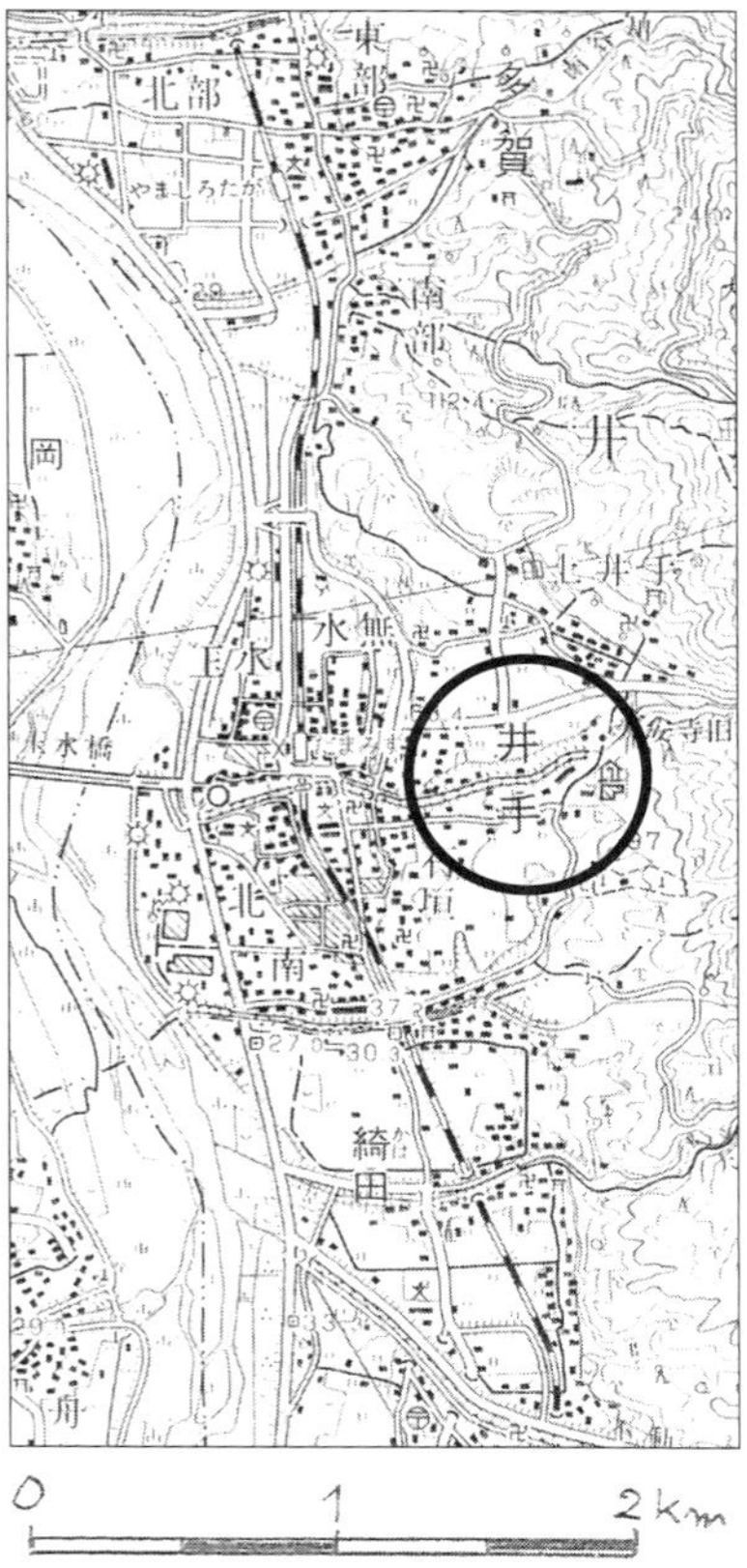

（メモ）

①『都名所図会』に、井堤里《ゐでのさと》は玉水《たまみづ》の宿のひがしなり。井堤左大臣橘諸兄《たちばなのもろえ》公の旧跡は、此里の南に石垣村といふあり、此所のひがし上村《うへむら》の山本にあり。岩《いは》の松中島《まつなかのしま》はむかしの泉水の跡にして、今は田の字《あざな》となりぬ。昔、紅《くれなゐ》の藤ありて、其残苗今此地にあり。又井手の蛙《かはづ》はここに限りて色は少し黒きやうに見え、形《なり》はいと大きにもあらず、よの常の蛙のやうに踊りありく事も侍らず、常に水にのみ住て、夜更《ふく》るほどに鳴つれなるはいみじう心も清《すみ》て、物哀《ものあはれ》なる声にてなん侍りける。

とある。

②『伊勢物語』百二二段にあり。

四二八　今宮神社

京都府京都市北区紫野今宮町二一

関係地図　1／20万　京都及大阪　1／2.5万　京都西北部

136

いまみや

・いまよりはあらぶる心ましますな花のみやこにやしろさだめつ　藤原長能

④後拾遺集　一一六五

このうたはある人云、よのなかのさわがしうはべりければふなをかのきたにいまみやといふ神をいはひておほやけも神馬たてまつりたまふとなんいひつたへたる

1／2.5万　京都西北部

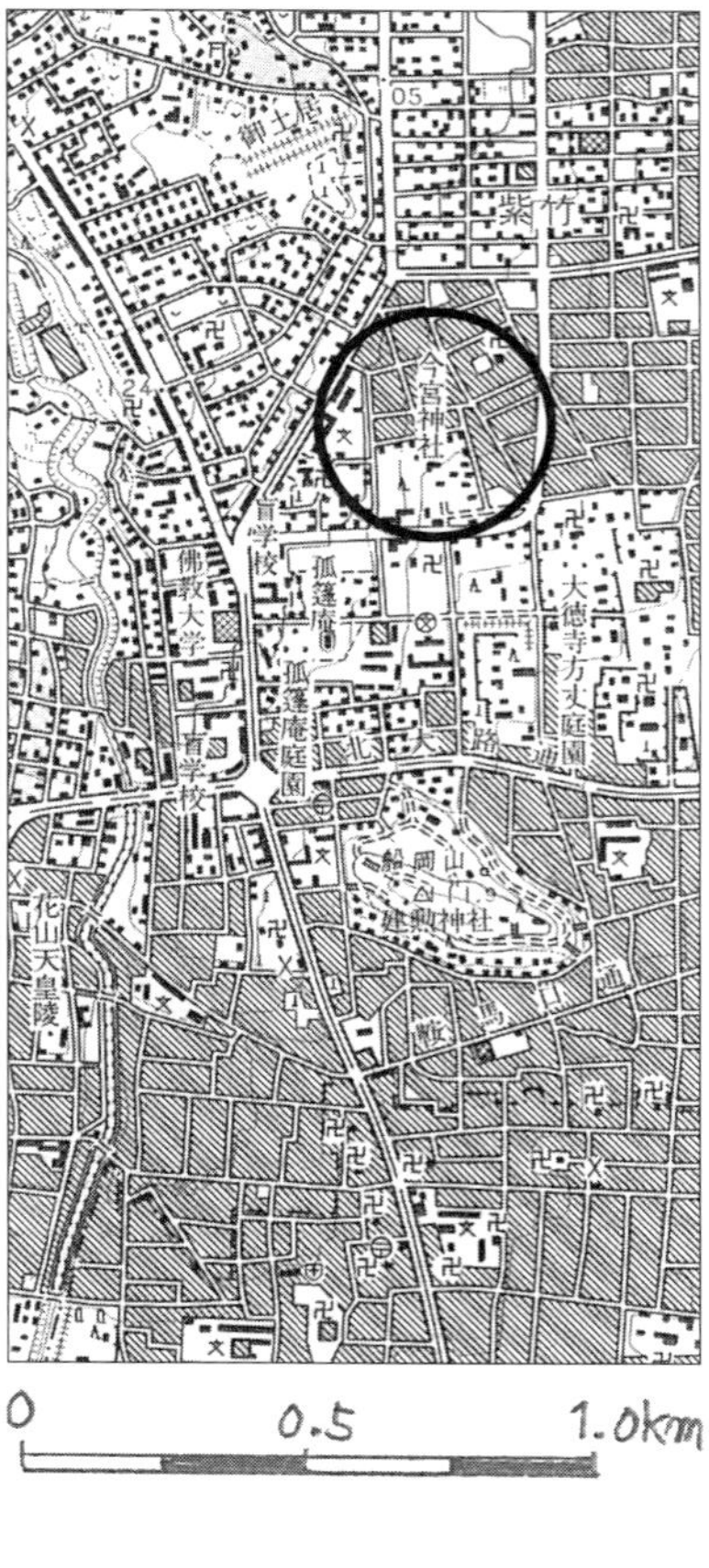

（メモ）

①『日本紀略』一条天皇長保三（一〇〇一）年五月九日条に、

於二紫野一祭二疫神一。号二御霊会一。依二天下疾疫一也。是日以前。神殿三宇。瑞垣等。木工寮修理職所レ造也。又御輿内匠寮造レ之。京中上下多以集二会此社一。号二之今宮一。

とある。

②今宮神社（北区紫野今宮町）祭神大己貴命・事代主命・櫛稲田姫命・素盞嗚男命。由緒は、一条天皇の正暦五（九九四）年疫神のために御霊会を修む。これが当社の初めで、長保三年神殿三宇を造り疫神を紫野に祭り御霊会を行った。号《なづ》けて今宮といい、又紫野明神という。この後毎年五月九日に内蔵寮から官幣を立てて祭が行なわれた。これ今宮祭。弘安七年正一位。

③今宮祭の様子は『梁塵秘抄口伝集』巻一四に次のようにある。その始まりは、ちかきころ久寿元（一一五四）年三月のころ、京ちかきもの男女紫野社……である。

四二九　納野《いるの》

京都府京都市西京区大原野石見町

関係地図　1／20万　京都及大阪　1／2.5万　京都西南部

143

いる野

嘉承二年きさいのみやの歌合に、すみれをよめる

•道とほみいる野の原のつぼすみれ春のかたみにつみてかへらん　源顕国

⑦千載集　一一〇

•さをしかのいるのの薄はつをばないつしかいもがたまくらにせん　人丸

⑧新古今集　三四六

(参考) たちのしり　さやにいりのに　くずひくわぎも　まそでに　きせてむとかも　なつくさかるも　旋頭歌　万葉集　一二七二

1／2.5万　京都西南部

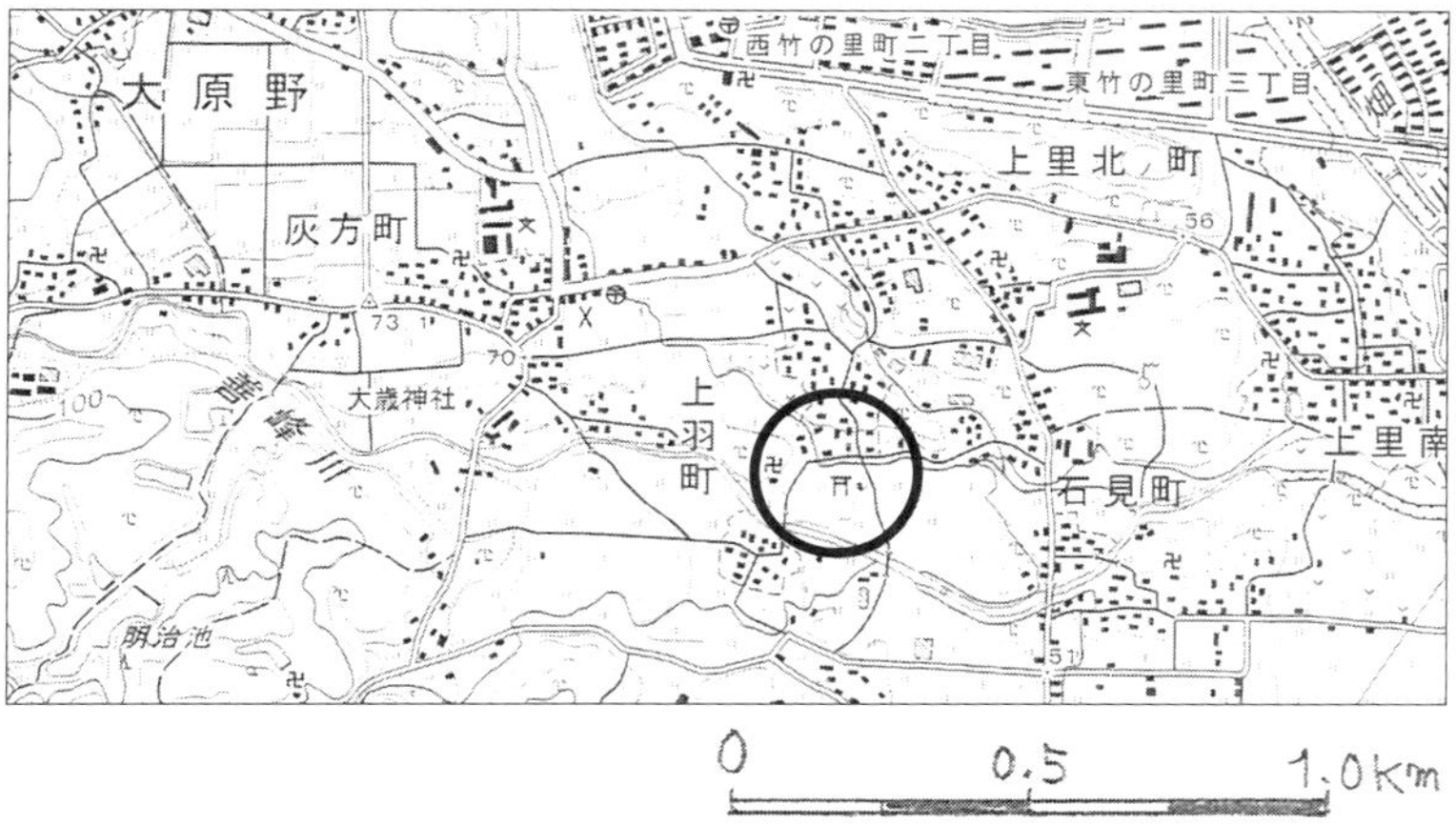

（メモ）

①図の○内の神社は入野神社（西京区大原野上羽町《うえば》）である。祭神は武甕槌命《たけみかづちのみこと》・斎王・中臣氏の祖の天児屋根命《あめのこやねのみこと》・姫大神の四柱であり、大原野神社と同じである。社伝によると、旧鎮守地は現在の大原野神社（西京区大原野南春日町）の位置、または、大原野神社の祭礼時に神輿の御旅所であったであろうという。

②表記の万葉集の歌の原文は、

釼後　鞘納野迩　葛引吾妹

真袖以　著点等鴨　夏草刈母

である。文中に「納野《いるの》」があり、この歌は柿本朝臣人麻呂の歌集中の歌。人麻呂がここ納野で詠んだものかといわれる。

四三〇　岩清水

京都府八幡《やはた》市八幡高坊《たかぼう》

関係地図　1／20万　京都及大阪　1／5万　京都西南部　1／2.5万　淀

118

いはし水

八幡にまうでてよみ侍ける

•ここにしもわきていでけんいはし水神の心をくみてしらばや　増基法師

④後拾遺集　一一七四

郁芳門院の根合にいはひの心をよめる

•よろづよはまかせたるべしいはしみづながきながれをきみによそへて　六条右大臣

⑤金葉集　三〇六

石清水の社の歌合とて、人人よみ侍りける時、社頭月といへる心をよめる

•いはし水きよきながれのたえせねばやどる月さへくまなかりけり　能蓮法師

⑦千載集　一二八〇

(参考) いはし水たのみをかくる人はみなひさしく世にもすむとこそきけ　前右近大将頼朝　続後撰集　五四四

1／2.5万　淀

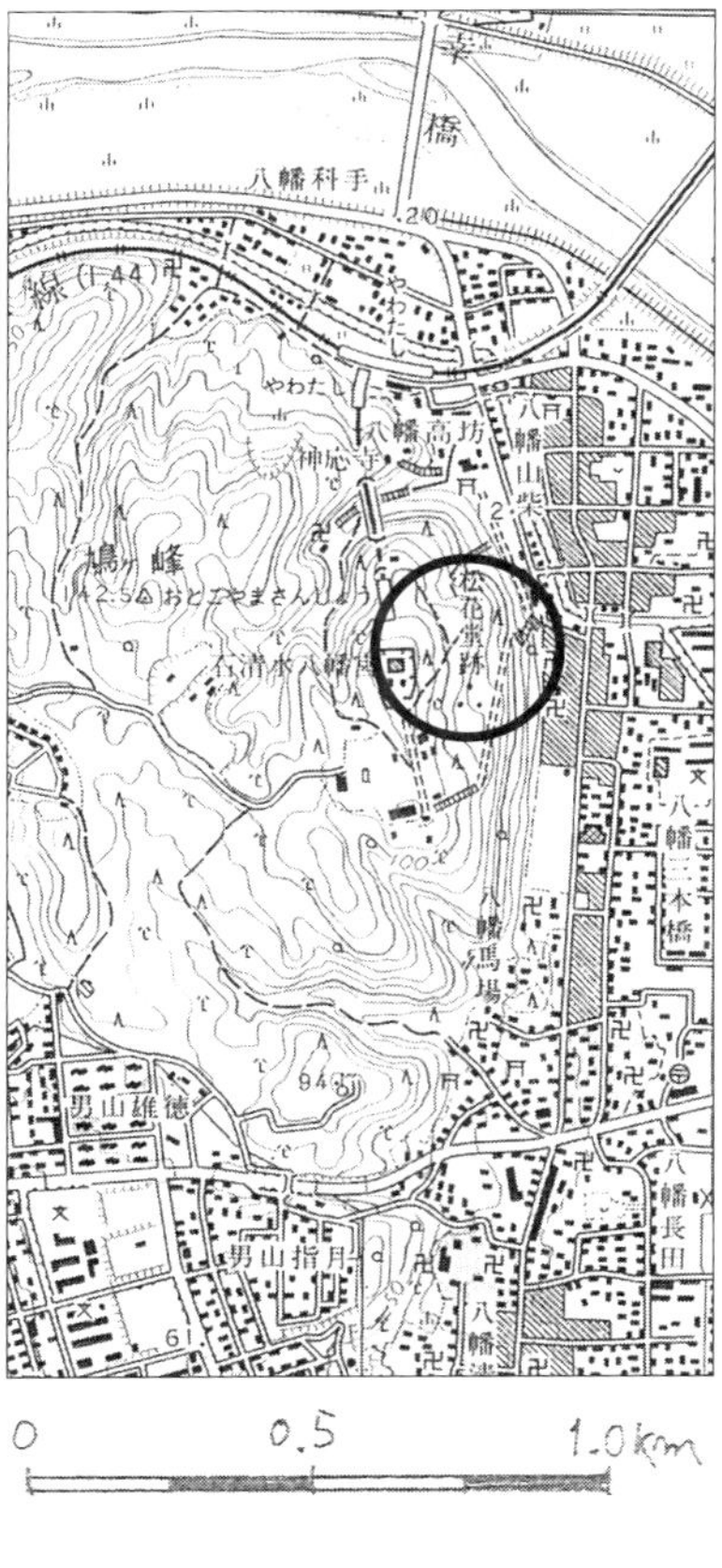

（メモ）

①石清水は八幡宮本殿の東門から下った山腹から湧出している。男山が霊域であるとされた根元。現在、摂社石清水社が鎮座。泉殿がある。

②石清水の傍に「滝本坊」がある。これは松花堂惺々翁昭乗の住房。文禄慶長頃の人で書畫をよくした。今荒廃し泉坊あり。『梁塵秘抄』四九五の一首、山鳩《やまばと》は何處《いづく》か鳥栖《とくら》石清水、八幡《やはた》の宮の若松の枝《えだ》

四三一　石清水八幡宮　京都府八幡市八幡高坊

関係地図　1／20万　京都及大阪　1／5万　京都西南部
1／2.5万　東淀

119
いはし水神

八幡にまうでてよみ侍ける

・ここにしもわきていでけんいはし水神の心をくみてしらばや　増基法師

④後拾遺集　一一七四

石清水にまゐりて侍ける女のすぎのきのもとにすみよしの松をいはひて侍ければかみのやしろのはしらにかきつけ侍りける

・さもこそはやどはかはらめすみよしの松さへすぎになりにけるかな　よみ人しらず

④後拾遺集　一一七六

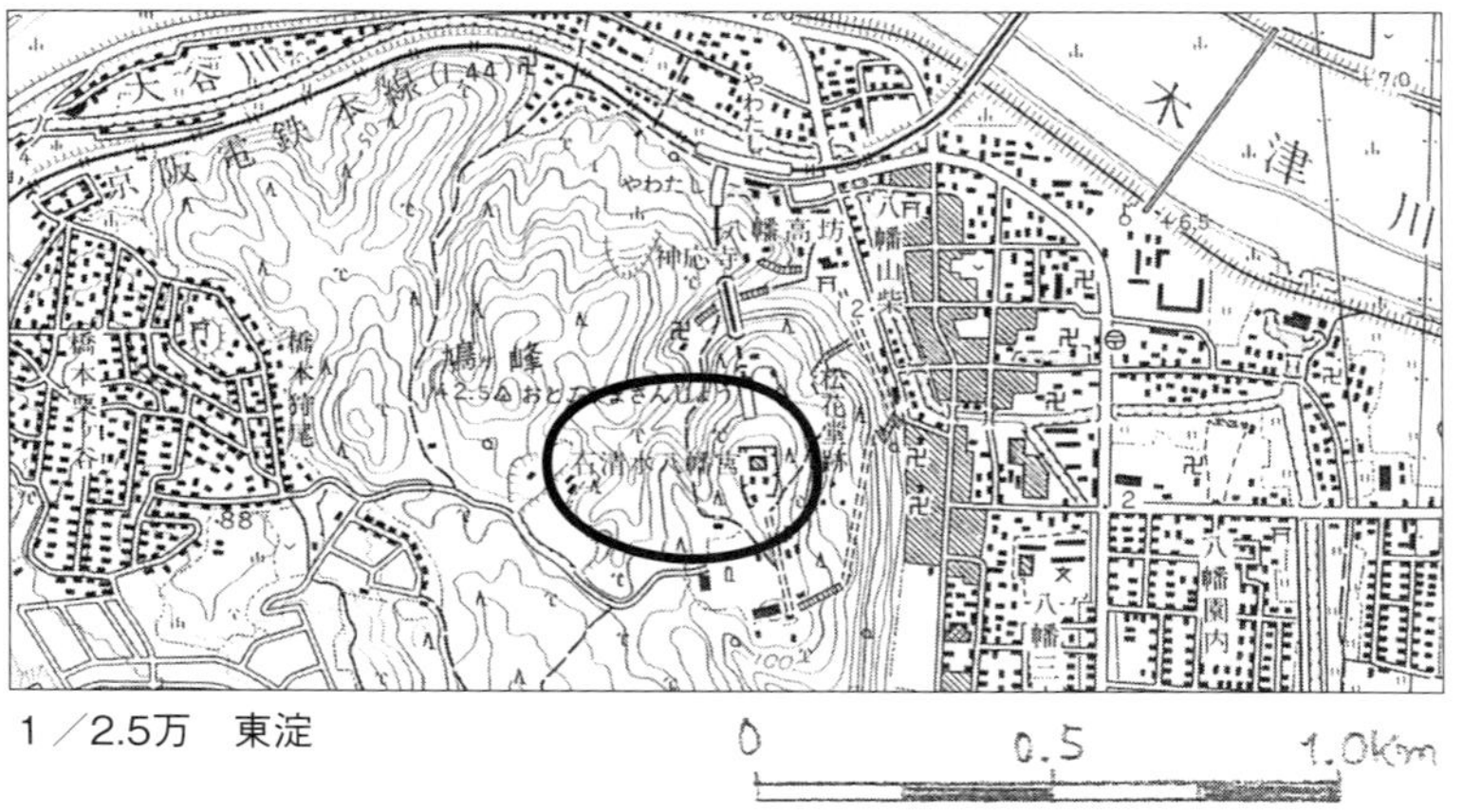

1／2.5万　東淀

（メモ）
①石清水八幡宮は山城国と河内国の接する辺りの淀川左岸の男山に鎮座する。この男山には、八幡宮鎮座以前から石清水寺があった。貞観元（八五九）年四月、現奈良市の大安寺僧行教が九州大分県宇佐市の宇佐八幡宮に参詣すると、祭神の八幡大菩薩が行教の修善―一夏九旬参籠して、昼は大乗経を読み、夜は真言を誦する―に感応され、京の近くで国家を鎮護しようとの託宣があった。それでここに六宇の宝殿が造営されたので翌二年に三所の祭神が遷座されたという。その祭神は誉田別命（本地仏は阿弥陀又は釈迦）・息長帯比売命（本地仏は観音又は文殊）・比咩大神（本地仏は勢至又は普賢）。②天慶五（九四二）年四月二七日、平将門・藤原純友追賽として始められた石清水臨時祭の歌に

イノリクルヤハタノミヤノイハシミヅ
ユクスヘトヲクツカエマツラム

がある。

四三二　右近の馬場跡　京都府京都市上京区馬喰町・鳥居前町辺

関係地図　1／20万　京都及大阪　1／2.5万　京都西北部

147
右近のむまば

右近のむまばのひをりの日、むかひにたてたりけるくるまのしたすだれより女のかほのほのかに見えければ、よむでつかはしける　在原業平朝臣

・見ずもあらず見もせぬ人のこひしくはあやなくけふやながめくらさむ

①古今集　四七六

返し

・しるしらぬなにかあやなくわきていはむ思ひのみこそしるべなりけれ　よみ人しらず

①古今集　四七七

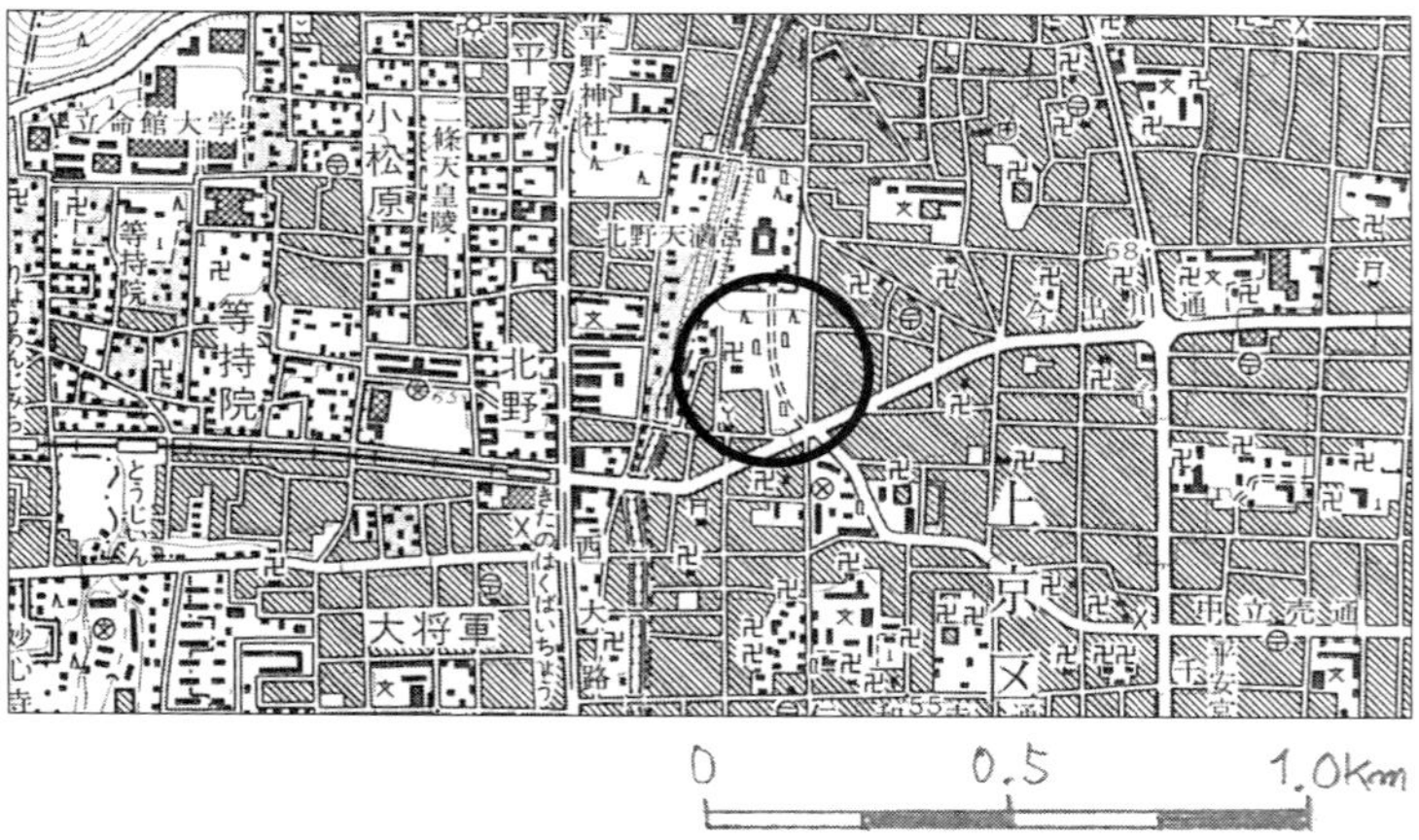

1／2.5万　京都西北部

（メモ）
①右近馬場には桜宮があり、「天照大神を祝ひ奉れり」とあり、北野天満宮の一ノ鳥居辺りが跡地であるという。②京都市には「右近馬場通」があって、これに面する町は、上神明町・東小路・西小路・北町・鳥居前町・馬喰町・大将軍東竪町・法花寺辻子《ずし》・大将軍下竪町・西京上之町・川瀬町・天満町・西京片町・西京竪町・西京下之町であったと。③『類聚国史』承和六（八三九）年二月一三日条に、

天皇先幸二神泉苑一、次遊二覧北野一、皇太子従レ駕、山城国献二御贄一、便駐二蹕於右近衛馬埒一、命二先駆近衛等一、騁二試御馬之遅疾一、日暮還宮。

とある。④『伊勢物語』九九段「ひをりの日」、『古今著聞集』巻十「馬芸」に右近馬場が出る。

四三三　宇治川

京都府宇治市

関係地図　1／20万　京都及大阪　1／5万　京都東南部

152

うぢ河

宇治のあじろにしれる人の侍りければまかりて

•うぢ河の浪にみなれし君ませば我もあじろによりぬべきかな　大江興俊

②後撰集　一一三六

女の許につかはしける

•かずならぬ身をうぢ河のあじろ木におほくの日をもすぐしつるかな　よみ人しらず

③拾遺集　八四三

（参考）うぢかはを　ふねわたせをと　よばへども　きこえずあらし　かぢのおともせず　万葉集　一一三八

1／20万　京都及大阪

（メモ）

①琵琶湖から流出する瀬田川に信楽川・西笠取川・曽束川等が流ぎ、やがて京都府内だけを流れるようになると「宇治川」と名を変える。その後田原川・志津川を併せ、宇治市街地を通り、京都市伏見区を流れ、久世郡久御山《くみやま》町を流れ、八幡市八幡地内で、北東から南西流する桂川、東方から西流する木津川を併せると、「淀川」と名を変えて大阪湾に向う。

②「宇治川」の史書の初出は、『日本書紀』垂仁天皇三（BC二七）年の条に、天日槍《あめのひほこ》（新羅王子）菟道河《うぢがは》より泝《さかのぼ》りて、北近江国の吾名邑《あなのむら》に入りて暫《しばら》く住む。であると。

③宇治市内に槙島・葭島・大八木島等の地名がある。これらは宇治川のかつての中洲の遺称である。

四三四　宇治の里

京都府宇治市宇治

関係地図　1／20万　京都及大阪　1／5万　京都東南部

154

宇治の里

最勝四天王院の障子に、うぢがはかきたるところ

•はしひめのかたしき衣さむしろに待つよむなしき宇治の曙　太上天皇

⑧新古今集　六三六

（参考）さむしろに霜をかさねてこよひもや衣うつらむ宇治の郷人　藤原雅頴　新続古集　一七四四

（参考）しぐれゆくまきのを山の秋風にころもうつなりうぢのさと人　下野　夫木抄　五七六五

（参考）嵐吹くまきのを山の松かげにたえずやころもうぢの里人　権中納言国通　夫木抄　八六〇二

1／20万　京都及大阪

（メモ）

①『和名抄』山城国に、宇治郡に宇治郷。久世郡にも宇治郷がある。現在の宇治川右岸の宇治郡宇治郷と左岸の久世郡宇治郷の地で、古来交通の要衝であり、平安京在住の貴族の別荘地・遊覧地であった。

②宇治の地には、宇治川・宇治渡・宇治橋・喜撰山などの歌枕がある。また、皇族・貴族の別業の名としては、宇治院・県院・離宮などがある。

③歌一首、

里の名をわが身にしれば山しろのうぢのわたりぞいとどすみうき　紫式部

新拾遺集　一七六七

四三五　宇治橋

京都府宇治市宇治

関係地図　1／20万　京都及大阪　1／2.5万　宇治

156

うぢばし

・わすらるる身をうぢばしの中たえて人もかよはぬ年ぞへにける　よみ人しらず　①古今集

又は、こなたかなたに人もかよはず

八二五

・ちはやぶる宇治の橋守なれをしぞあはれとは思ふ年のへぬれば　よみ人しらず

①古今集　九〇四

（参考）さむしろに衣かたしきこよひや我をまつらむうぢのはしひめ

又は、うぢのたまひめ　よみ人しらず　①古今集　六八九

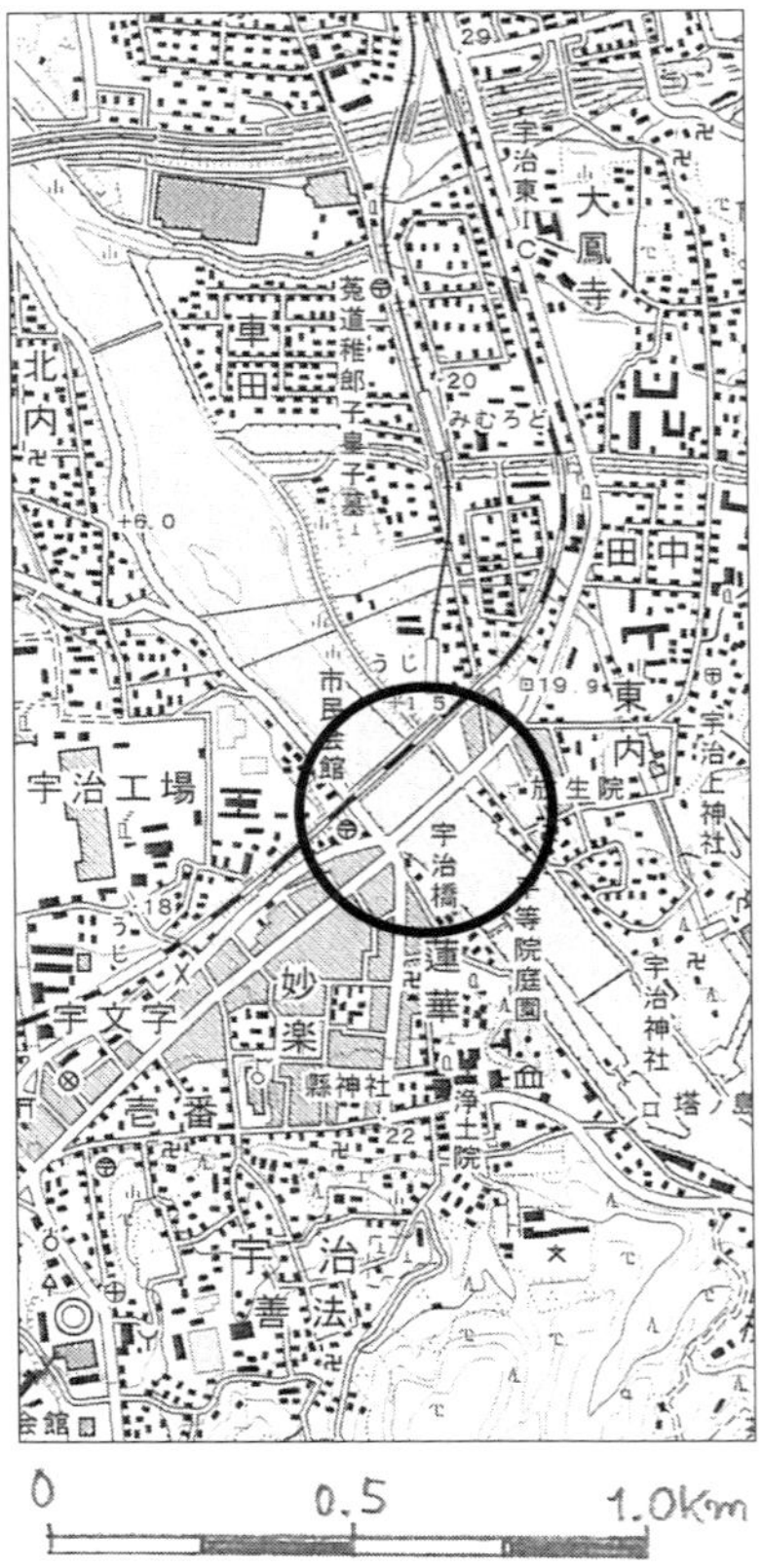

1／2.5万　宇治

（メモ）

①宇治橋は、長さ八三間五尺五寸。日本三名橋の一つ。『水鏡』孝徳天皇の条に、大化二（六四六）年道登といひし者の宇治橋は渡し初めたりしなり

とある。

②寛政三（一七九一）年四月、宇治橋造橋碑断片（国重文）を発見。その銘は、大化二年元興寺道登・道昭、奉勅始造宇治川橋、石上銘曰、

浼々横流　其疾如箭　脩々征人　停騎成市　欲赴重深　人馬亡命　従古至今　莫知杭葦　世有釈子　名曰道登　出自山尻　恵満之家　大化二年丙午之歳　構立此橋　済度人畜　即因微善　爰発大願　結因此橋　成果彼岸　法界衆生　普同此願　夢裡空中　導其苦縁

とある。この碑片は、橋寺放生院境内にある。道昭は入唐。玄奘三蔵に学び帰国。

四三六　宇治平等院

京都府宇治市宇治蓮華

関係地図　1／20万　京都及大阪　1／2.5万　宇治

155

宇治平等院

宇治平等院の寺主になりてうぢにすみつきて、ひえの山のかたをながめやりてよめる

・うじがはのそこのみくづとなりながらなほくもかかるやまぞこひしき　忠快法師　⑤金葉集　五九〇

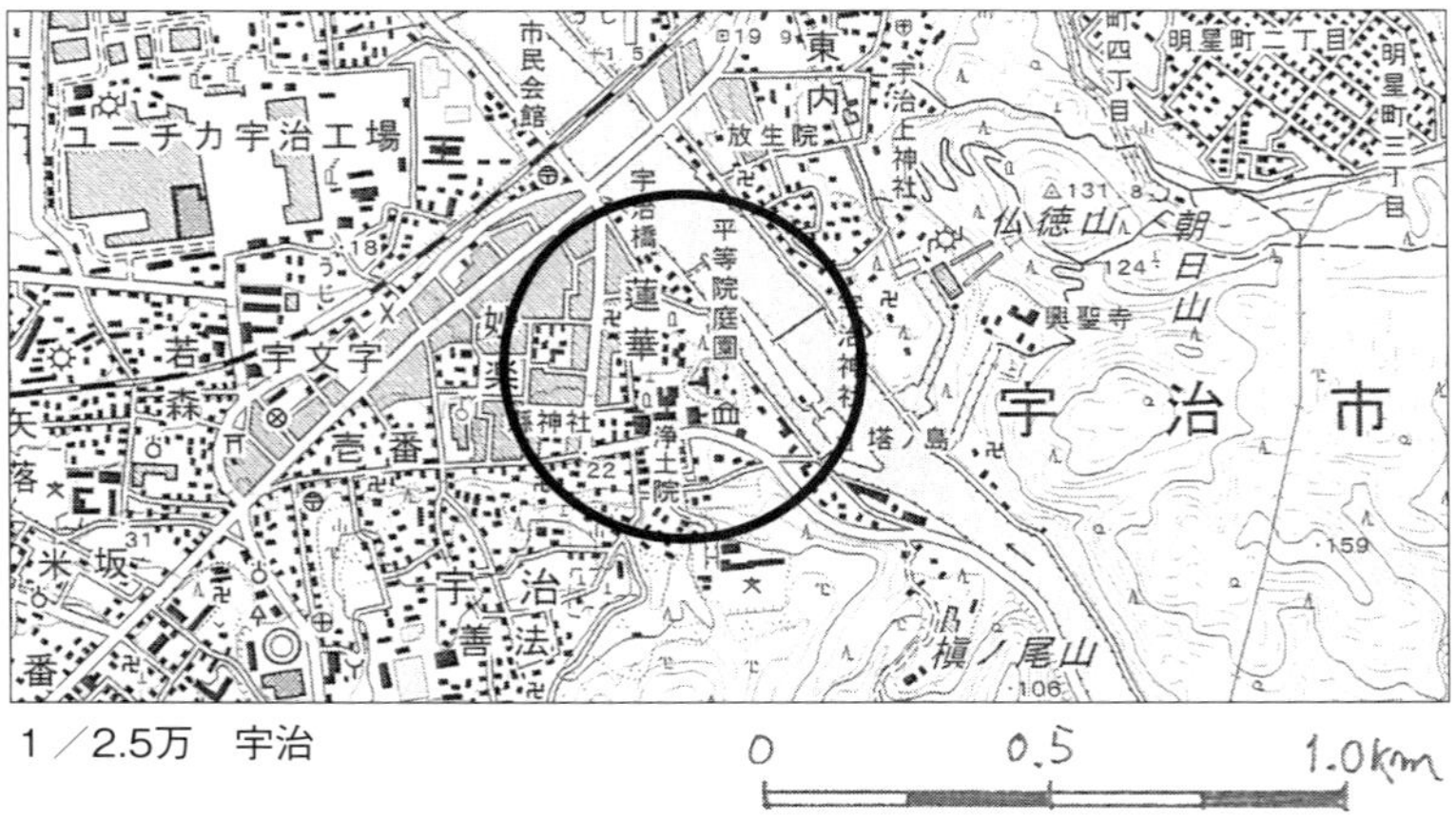

1／2.5万　宇治

（メモ）

①平等院の地は、初め嵯峨天皇皇子源融（八二二―八八九）の別荘地。後、陽成院の行宮が建立され宇治院と号す。また、左大臣源雅信領。長徳四（九九八）年一〇月藤原道長が宇治院を得て山荘とした。その子頼通が末法の初年という永承七（一〇五二）年に、この地に仏殿を草創。

②『扶桑略記』永承七年三月二八日条に、

左大臣捨二宇治別業一為レ寺。安二置仏像一。初修二法華三昧一。号二平等院一。

とある。また、『伊呂波字類抄』に、

改二宇治別業一為レ寺（五間・四面）、中尊大日（東向）

とあると。

③翌天喜元（一〇五三）年春には現在の国宝阿弥陀堂が建造され、二月一九日に

御仏奉渡（丈六阿弥陀仏一躰）、丑刻出京、午刻奉レ坐二仏壇一

と、『定家朝臣記』にあると。この阿弥陀堂が鳳凰堂と呼ばれるのは近世初期という。その後法華堂・多宝塔・五大堂・経蔵・不動堂・護摩堂等が建立された。しかし、現存するのは阿弥陀堂と文治元（一一八五）年頃の再興の観音堂。

④藤原道長時代建立の木幡寺の梵鐘がある。この梵鐘は寛弘二（一〇〇五）年九月鋳鐘。「六時抜苦　四恩登蓮　滅罪生善　功徳無辺」等の銘有り。

四三七　太秦《うずまさ》

京都府京都市右京区太秦

関係地図　1／20万　京都及大阪　1／5万　京都西北部

159　うづまさ

衛門のみやすん所の家うづまさに侍りけるに、そこの花おもしろかなりとてをりにつかはしたりければ、きこえたりける

- 山ざとにちりなましかば桜花にほふさかりもしられざらまし　　②後撰集　六八

1／5万　京都西北部

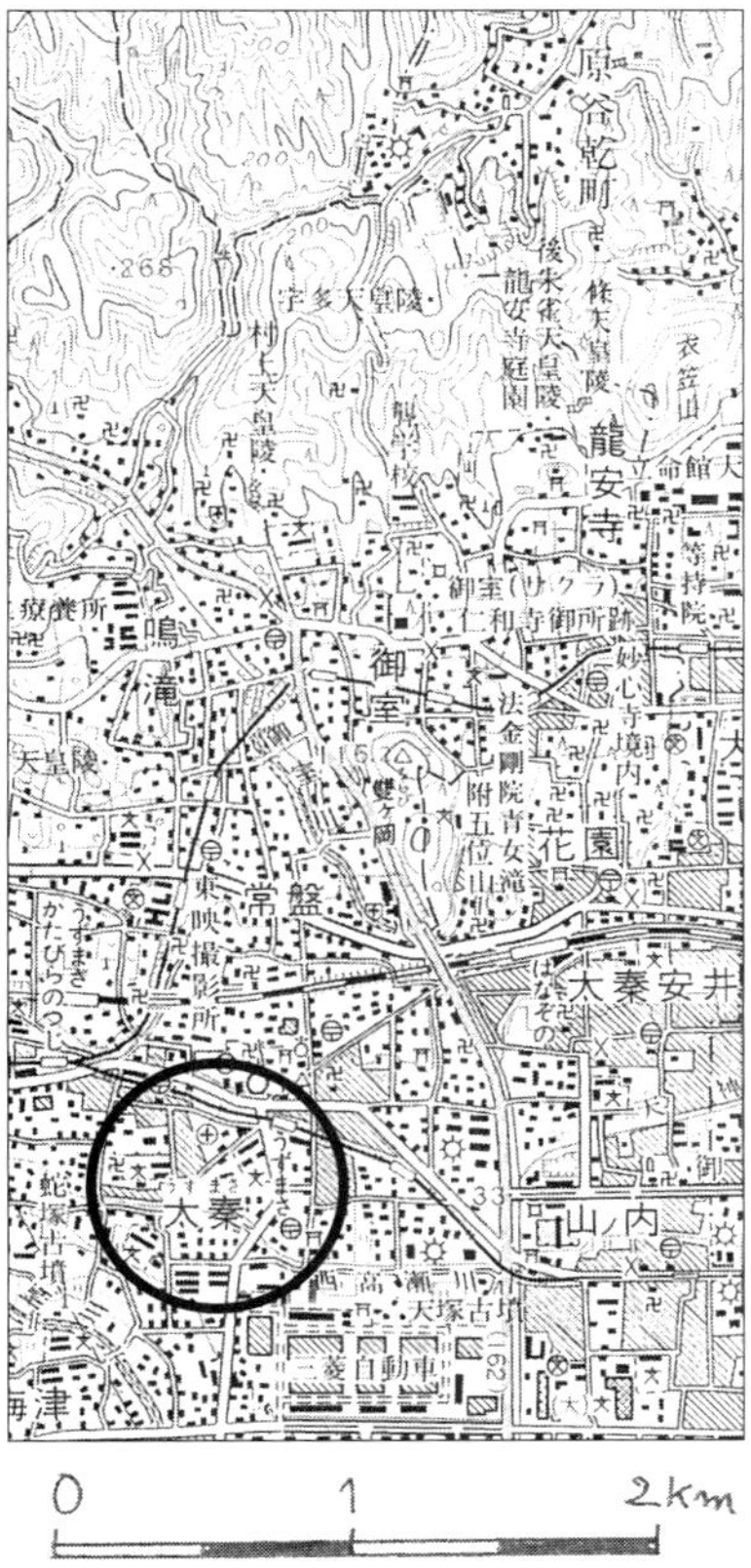

（メモ）

①桂川の東北部。北に双《ならび》ヶ丘・宇多野・鳴滝の山々がひかえる。西は嵯峨野に続く。『和名抄』の葛野郡《かどの》「葛野郷」。現在の町名では青木ヶ原町・青木元町・荒木町・石垣町・和泉式部町・一ノ井町・一町芝町・井戸ヶ尻町など六五町内が太秦である。

②この地は、古くは葛野県主《あがたぬし》や賀茂県主の一族が、この広大な土地を領有して根城を置いたが、その後渡来系の秦氏《はた》が進出した。

③『日本書紀』雄略天皇一五（四七一）年条に、

秦《はた》の民《たみ》を臣連《おみむらじ》等に分散《あか》ちて、各《おのおの》欲《ねがひ》の随《まにま》に駈使《つかまつ》らしむ。（中略）、庸調《ちからつき》の絹《きぬ》縑《かとり》を奉献《たてまつ》りて、朝庭《みかど》に充積《つ》む。因《よ》りて姓《かばね》を賜《たま》ひて禹豆麻佐《うつまさ》と曰《い》ふ。

とある。これが「太秦《うづまさ》」の地名由来。

④秦氏は土木工事技術にも優れ、桂川に大堰を造り、嵯峨野の開発をした。また、仏教伝来につれ、蜂岡寺、後の広隆寺を建立した。

四三八　宇多院跡推定地

京都府京都市中京区七条坊門北・西洞院西二町

関係地図　1／20万　京都及大阪　1／2.5万　京都東南部

150　宇多院

宇多院に子曰せんとありければ、式部卿のみこをさそふとて

- ふるさとののべ見にゆくといふめるをいざもろともにわかなつみてん　　行明親王　②後撰集　一〇

宇多院に侍りける人にせうそこつかはしける返事も侍らざりければ

- うだののはみみなし山かよぶこ鳥よぶこゑにだにこたへざるらん　　よみ人しらず　②後撰集　一〇三四

1／2.5万　京都東南部

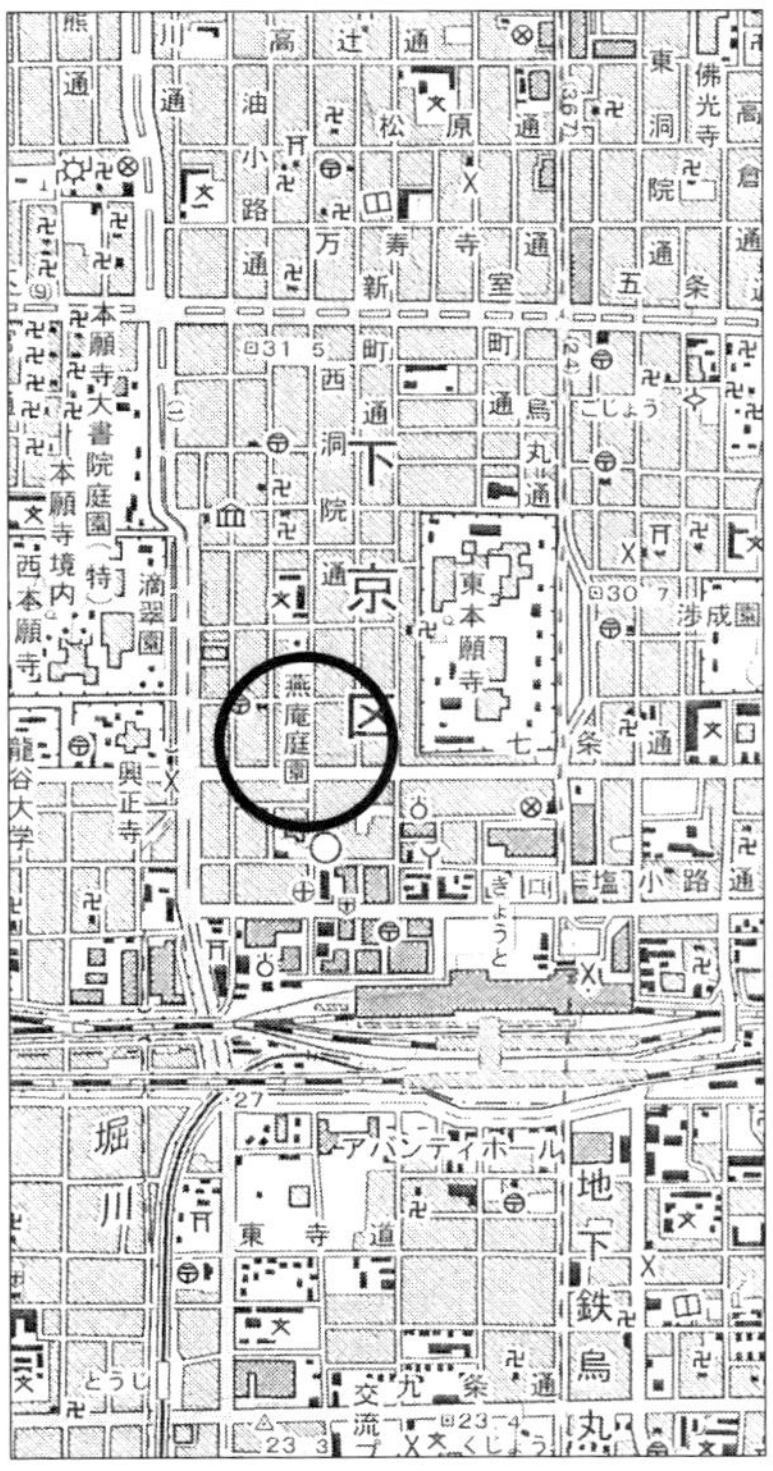

（メモ）

①第五九代宇多天皇は貞観九（八六七）年五月五日御誕生。承平元（九三一）年七月一九日崩御。在位は仁和三（八八七）年八月二六日～寛平九（八九七）年七月三日。

②寛平九年七月、位を醍醐天皇に譲られ、太上天皇と称せられ、延喜四（九〇四）年三月仁和寺に移られた。その間、約七年間の御所が宇多院。

③『大和物語』第一段に「亭子《ていじ》の院」がある。宇多天皇の譲位後の御所が亭子院であったので「亭子の帝《みかど》」の御名がある。『拾芥抄』に、亭子院は七条坊門北、西洞院西二町、寛平法皇御所。元東七条后温子家とあると。

四三九　梅《うめ》津《づ》

京都府京都市右京区梅津

関係地図　1／20万　京都及大阪　1／5万　京都西北部、京都西南部

782

むめづ

師賢朝臣梅津の山荘にて田家秋風といふこころをよめる

・やどちかき山だのひたにてもかけでふく秋風にまかせてぞみる　源頼家朝臣

④後拾遺集　三六九

師賢朝臣の梅津に人人まかりて田家秋風といへることをよめる

・ゆふさればかどたのいな葉おとづれてあしのまろ屋に秋風ぞふく　大納言経信

⑤金葉集　一七三

もものそのもものはなを見て

・ももぞののもものはなこそ　さきにけれ　頼慶法師

むめづのむめは　ちりやしぬらん　公資朝臣

⑤金葉集　六四九

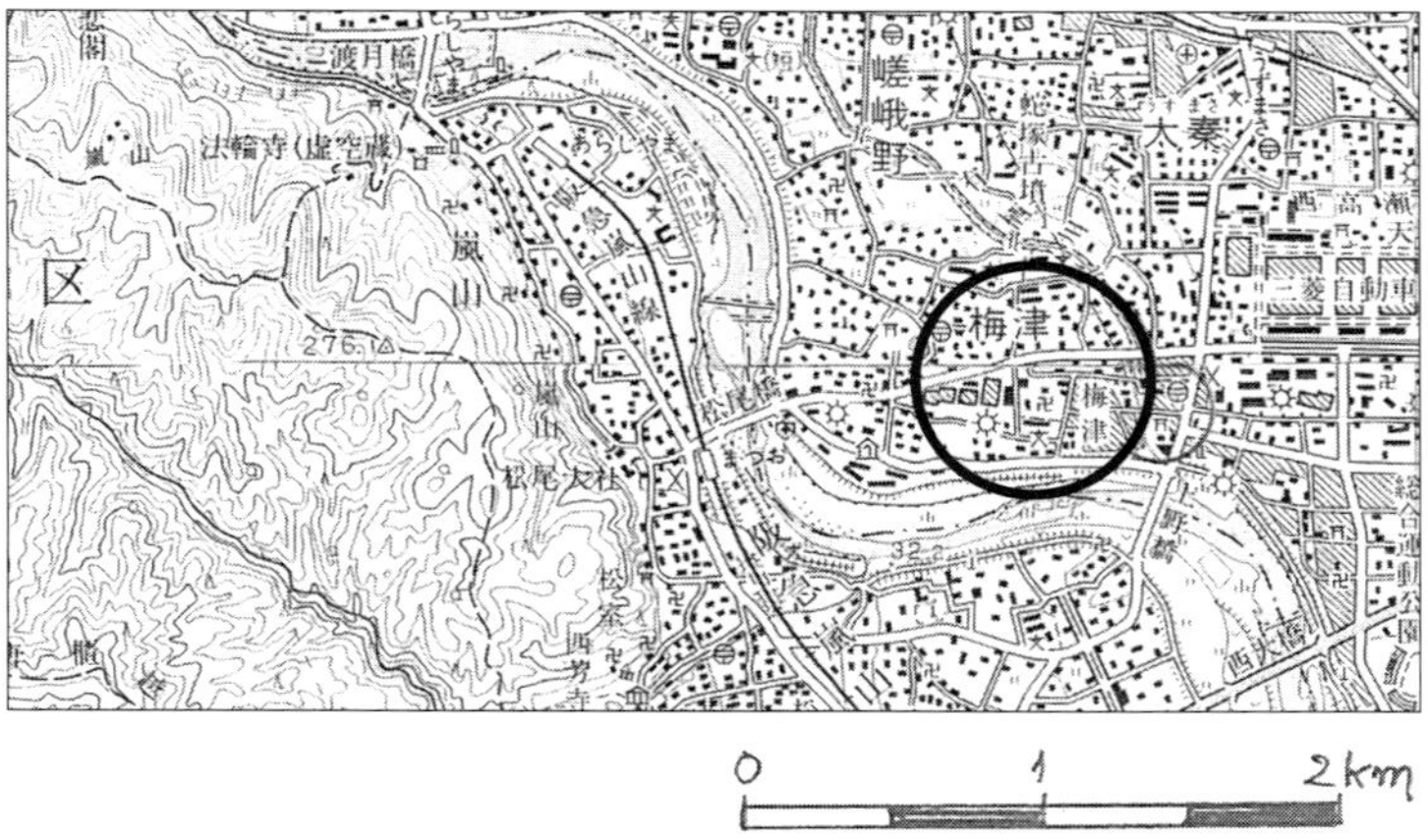

1／5万　京都西北部(上)・京都西南部(下)

（メモ）

①梅津は太秦の南、現四条通を西に延長した所。桂川左岸。古くより水陸交通の要衝の地で、桂川を通じて丹波からの材木の陸揚げ地であった。

②桂川の梅津辺りの呼称。歌にも

梅津河ゐせきの水ももるなかとなりにける身をまづぞうらむる　和泉式部

夫木抄　一一〇六九

がある。

③梅宮大神宮が右京区梅津フケノ川町に鎮座。『延喜式神名帳』山城郡葛野郡の「梅宮坐神四座並・名神大月次新嘗」。祭神は酒解神（大山祇神）・大若子神（瓊々杵尊）・小若子神（産火々出見尊）・酒解子神（木花咲耶姫命）・嵯峨天皇・仁明天皇・檀林皇后・贈太政大臣橘清友。相楽郡井出庄で創祀。後、この地に移す。境内に子授けの「またげ石」がある。

四四〇　宇良神社

京都府与謝郡伊根町本庄浜一九一

関係地図　1／20万　宮津　1／5万　冠島

745

みづのえ

元長のみこのすみ侍りける時、てまさぐりに、なにいれて侍りけるはこにかありけん、したおびしてゆひて、又こむ時にあけむとてものかみにさしおきていで侍りにけるのち、つねあきらのみこにとりかくされて、月日ひさしく侍りてありし家にかへりて、このはこをもとながのみこにおくるとて

・あけてだに何にかは見むみづのえのうらしまのこを思ひやりつつ　中務

②後撰集　一一〇四

1／5万　冠島

（メモ）

①『日本書紀』雄略天皇二二（四七八）年七月条に、

丹波国の餘《よ》社《ざ》郡の管《つつ》川《かは》の人瑞江浦嶋子、舟に乗りて釣す。遂に大亀を得たり。便《たちまち》に女《をとめ》に化為《な》る。是《ここ》に浦嶋子、感《たけ》りて婦《め》にす。相《あひ》逐《したが》ひて海に入る。蓬《とこ》莱山《よのくに》に到りて、仙衆《ひじり》を歴《めぐ》り観《み》る。

とある。

②宇良神社（与謝郡伊根町本庄浜浦島）祭神浦島太郎・曽布谷次郎・伊満太三郎・島子・亀姫。曽布谷次郎と伊満太三郎は太郎の弟。島子は太郎が授った子。『延喜式神名帳』丹後国与謝郡の宇良神社。浦島大明神・筒川大明神とも。

③伊根の漁師の「なげ節」に、

本庄浦島、島じゃとうたに、島じゃござんせぬ田圃中

とあり、傍らに筒川が流れる。（表紙裏写真⑬参照）

四四一　雲居寺跡

京都府京都市東山区下河原町

関係地図　1／20万　京都及大阪　1／2.5万　京都東北部

168

雲居寺

瞻西上人　雲居寺の房にて、未飽郭公といへる心をよめる

・などてかくおもひそめけん時鳥ゆきのみやまの法のすゐかは　源俊頼朝臣　⑦千載集　一九二

瞻西上人、雲居寺にて結縁経の後宴に歌合し侍りけるに、野風の心をよめる

・秋にあへずさこそはくずの色づかめあなうらめしの風のけしきや　藤原基俊　⑦千載集　三五二

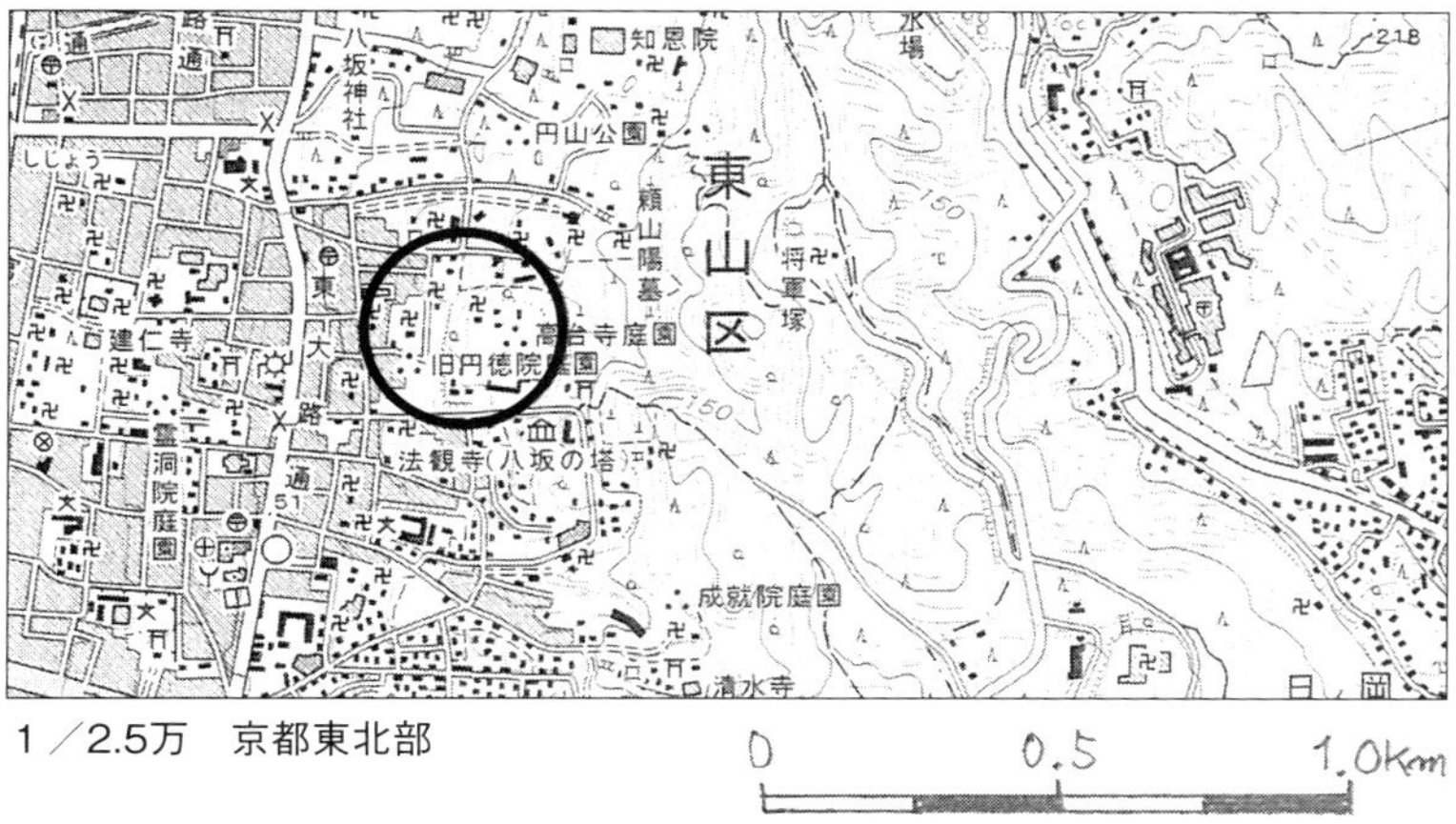

1／2.5万　京都東北部

（メモ）

①『続日本後紀』承和四（八三七）年二月二七日条に、

従五位下菅野朝臣永岑言、亡父参議従三位真道朝臣、奉為桓武天皇、所建立道場院一区、在山城国愛宕郡八坂郷、雖其疆界接八坂寺、而其形勢猶宜別院、由是、道俗号曰八坂東院、伏望、限以四至、別為一院、置僧一口、永俾護持、許之。

とある。仁明天皇の承和四年に菅野永岑が桓武天皇の御冥福を祈って八坂郷の地に八坂寺（法観寺）に接して「八坂東院」を建立。これが雲居寺の草創。

②『百錬抄』天治元（一一二四）年七月一九日条に、

瞻西上人於雲居寺、供養金色八丈阿弥陀如来像。貴賤結縁。摂政書額。号證応弥陀院。

とあり、僧瞻西が丈八丈の如来像を安置し、堂を「応阿弥陀院」と号したという。

四四二　雲林院跡

京都府京都市北区紫野雲林院町。現雲林院一帯

関係地図　1／20万　京都及大阪　1／2.5万　京都東北部

169

雲林院

雲林院にてさくらの花のちりけるを見てよめる

・桜ちる花の所は春ながら雪ぞふりつつきえがてにする　そうく法師　①古今集　七五

後冷泉院東宮と申しけるときうへのをのこども花みんとて雲林院にまかれりけるによみてつかはしける

・うらやましはるのみやびとうちむれておのがものとやはなをみるらん　良暹法師　④後拾遺集　一一一

五月ばかりに雲林院の菩提講にまうでてよみ侍りける

・むらさきの雲の林をみわたせばのりにあふちの花さきにけり　肥後　⑧新古今集　一九二九

1／2.5万　京都東北部

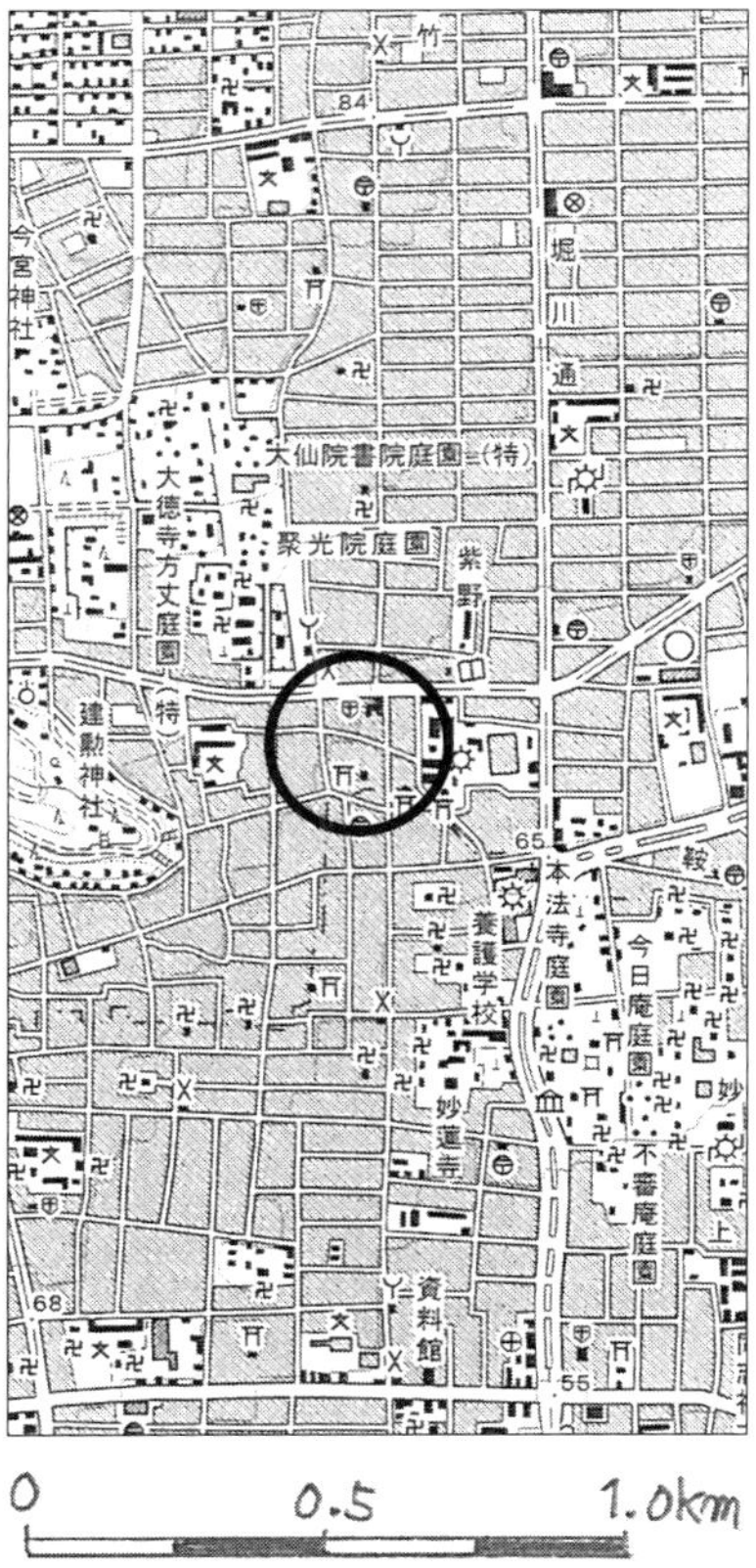

（メモ）

①『都名所図会』に、

雲林院は紫野にあり、淳和帝の離宮なり。仁明天皇の御子常康親王これを伝へ領し給ふ。其後、天暦帝の御時、僧正遍昭を別当に補せられ、堂塔厳重に建られたり。今雲林院と唱て、此ほとりの郷名となり、旧跡わづかに残る。昔は桜の名所なれば、和歌には、雲《くも》の林と詠める。

とある。

②淳和天皇は桓武天皇皇子。第五三代。

四四三　円宗寺跡

京都府京都市右京区御室竪町・小松野町付近

関係地図　1／20万　京都及大阪　1／2.5万　京都西北部

175　円宗寺

円宗寺のはなを御覧じて後三条院御事などおぼしいでてよませ給ひける

・うゑおきし君もなきよにとしへたるはなはわが身のここちこそすれ　三宮

⑤金葉集　五一八

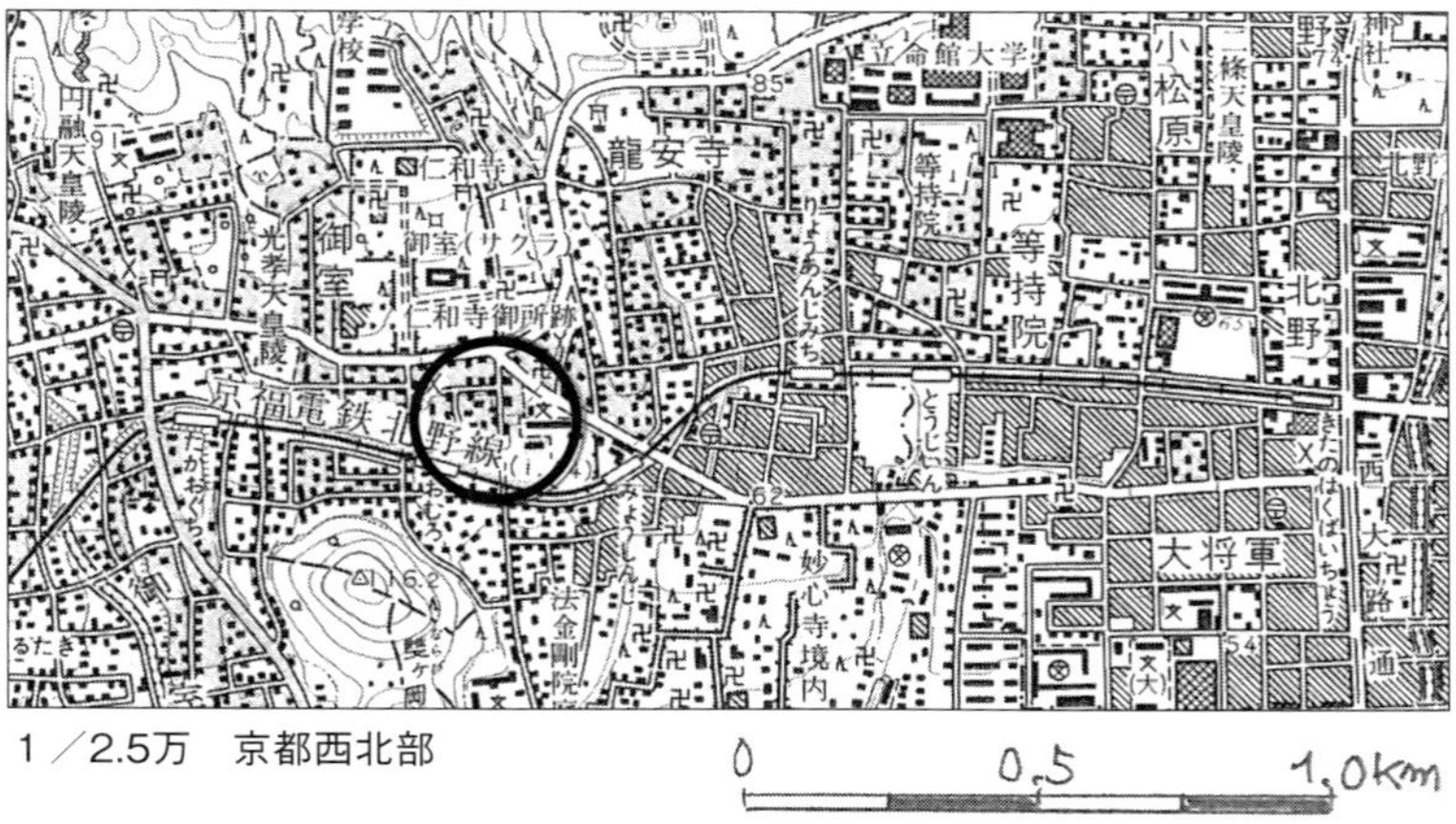

1／2.5万　京都西北部

（メモ）

①『扶桑略記』延久二（一〇七〇）年一二月二六日条に、

仁和寺之南傍

とある。また、『山城名勝志』に、

仁和寺説曰、旧蹟今曰円宗林、在尊寿院（仁和寺塔頭）東、此処今為妙心寺支配地。

などとある。現在の御室竪町・御室小松野町辺かという。

②円宗寺は第七一代後三条天皇の勅願寺で、初め円明寺と称し、延久二（一〇七〇）年一二月二六日天皇の行幸、皇太子の行啓のもと落慶法要が挙行された。

③金堂に二丈金色摩訶毘盧遮那如来像一体・丈六金色薬師如来像一体・金色一字金輪像一体・丈六彩色六天像各一体を安置。講堂に一丈八尺金色釈迦如来像一体・丈六金色普賢文殊観音弥勒等像各一体を安置。法花堂に三尺金銅塔一基などと『扶桑略記』にあると。

④この地には既に円融天皇勅願の円融寺、一乗天皇勅願の円教寺、後朱雀天皇勅願の円乗寺があった。更に寛平元（八八九）年建立の宇多天皇の御室《おむろ》仁和寺があり、仁和寺の院家として建立されたらしく、いずれも天皇の後院的性格を持ち、後には陵の造築、墓守りの意味を持っていたという。

四四四　円城寺跡

京都府京都市左京区鹿ヶ谷宮ノ前町

関係地図　1／20万　京都及大阪　1／2.5万　京都東北部

176　円城寺

かしらおろしてのち、東山のはなみ侍りけるに、円城寺のはなおもしろかりけるをみて、よみ侍りける

・いにしへにかはらざりけり山ざくら花は我をばいかがみるらん　前中納言基長

⑦千載集　一〇五五

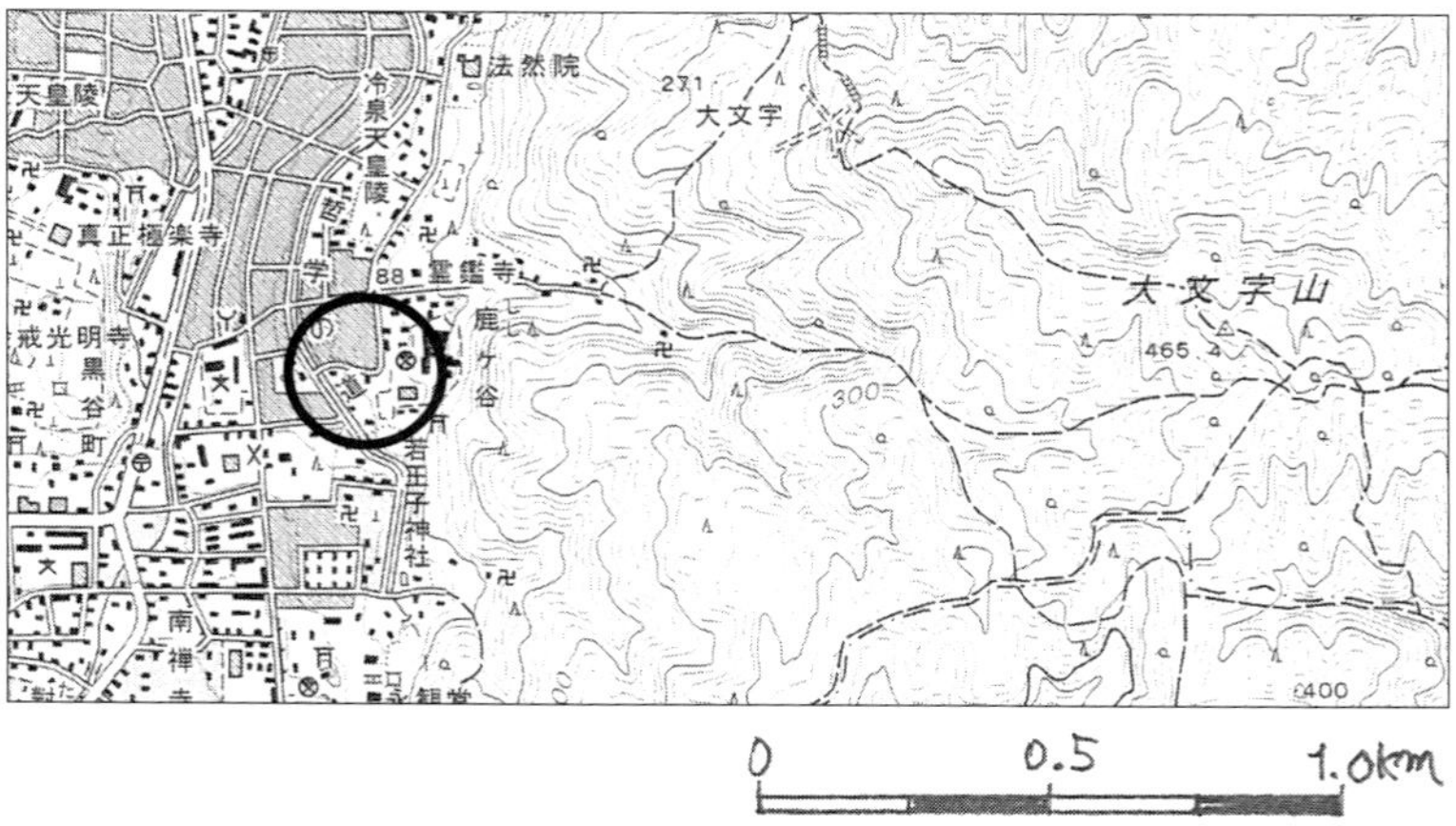

1／2.5万　京都東北部

（メモ）

①円成寺は初め円城寺と書かれ、現在大《おお》豊《とよ》神社の地にあった真言宗仁和寺の院家。

②右大臣藤原氏宗の山荘地であったが、氏宗死後に、宇多天皇の後宮に仕えた妹の尚侍藤原淑子が発願して、真言僧益信を別当として創建した寺である。寛平元（八八九）年七月二五日に定額寺となった。

③宇多上皇の戒師を務め、東寺一長者にもなった円城寺僧正益信は、延喜六（九〇六）年三月七日死去。同年九月一九日には宇多上皇の皇子、斉世親王（真寂）が円城寺宮として入寺された。以来、明信・禎喜・頼助・頼舜などの法親王や藤原一族の子息が代々法嗣を継ぎ、仁和寺の院家として高い寺格を保っていた。北に隣接の桜谷町は当時は桜の名所であった。表記の歌は、ここの桜を詠んだものという。

④応仁元（一四六七）年八月二日の兵火に遭い、当寺は衰退。乱後に奈良市忍辱《にんにく》山《せん》に移され、やがて廃寺という。

四四五　老ノ坂

京都府京都市西京区・亀岡市

関係地図　1／20万 京都及大阪　1／2.5万 京都西南部

200

おほえ山

平治元年、大嘗会主基方、辰日参入音声、生野をよめる

・おほえ山こえていくののすゑとほみ道あるよにもあひにけるかな　刑部卿範兼

⑧新古今集　七五二

（参考）わがこひはおほえのやまのあきかぜはふきてしそらの声にぞありける

古六帖　九一五

（参考）たにはぢの　おほえのやまの　さなかづら　たえむのこころ　わがおもはなくに　万葉集　三〇七一

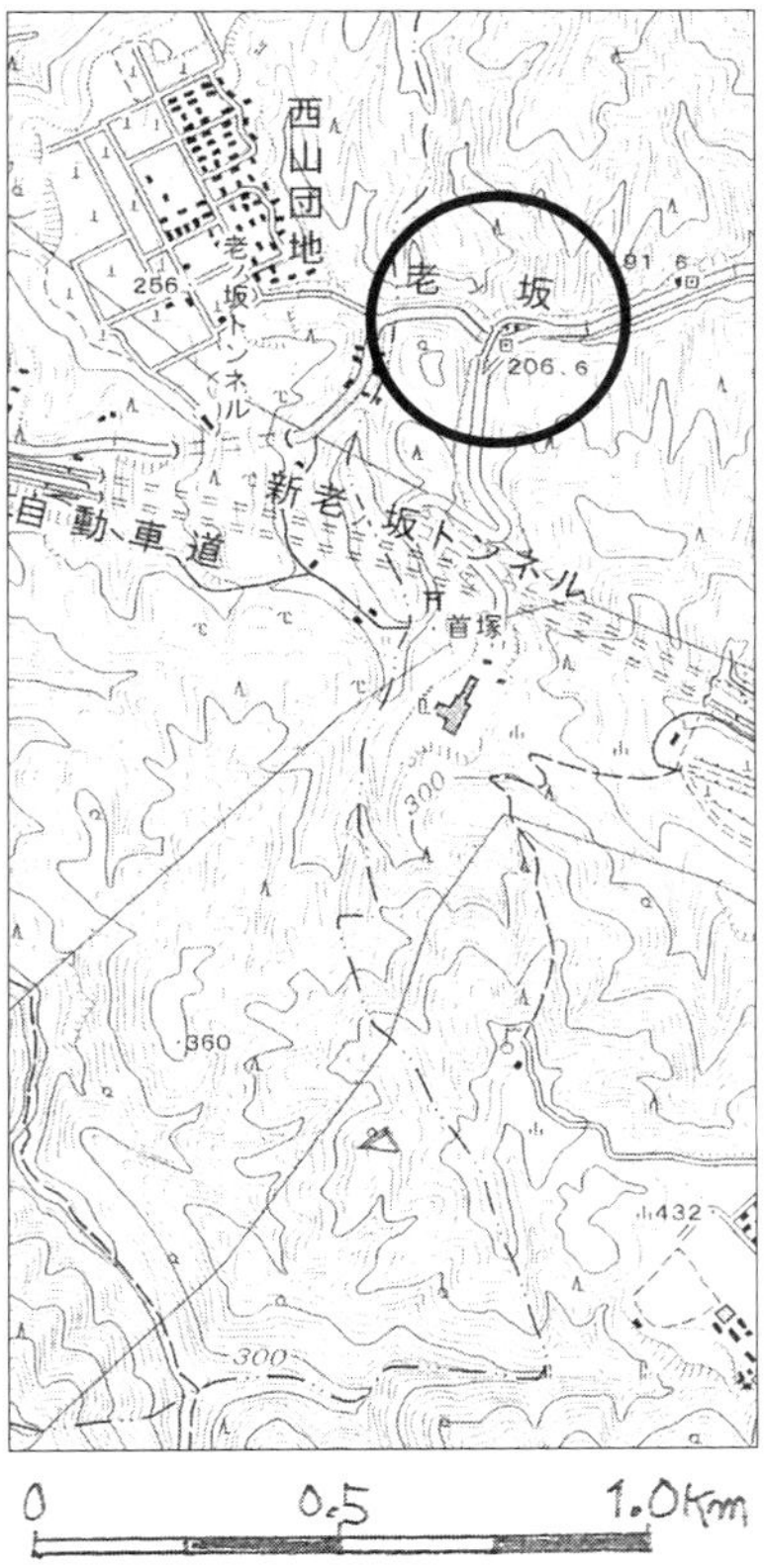

1／2.5万　京都西南部

（メモ）

①「老ノ坂」は京都市西京区大枝と亀岡市篠町王子にまたがる。

②『日本後紀』大同元（八〇六）年三月二三日条に

此日。日赤㆑無光。大井。比叡。小野。栗栖野等山共焼。

とある「大井山」が「大枝山」という。古歌や説話中の「おおえの山」はここ老ノ坂そのものを指すことが多いと。

③「大枝山」の最高点は四八〇m。老ノ坂南約一km。ここ老ノ坂周辺には酒呑童《しゅてんどう》子《じ》首塚、子安地蔵（峠地蔵）、また国分石がある。

四四六　大堰

京都府京都市右京区中ノ島町（渡月橋）辺

関係地図　1／20万 京都及大阪　1／5万 京都西北部

178

大井

大井なる所にて、人人さけたうべけるついでに

・大井河うかべる舟のかがり火にをぐらの山も名のみなりけり　なりひらの朝臣

②後撰集　一二三一

十月のついたちにうへのをのこども大井川にまかりてうたよみはべりけるによめる

・おちつもるもみぢをみればおほゐがはゐせきに秋もとまるなりけり　前大納言公任

④後拾遺集　三七七

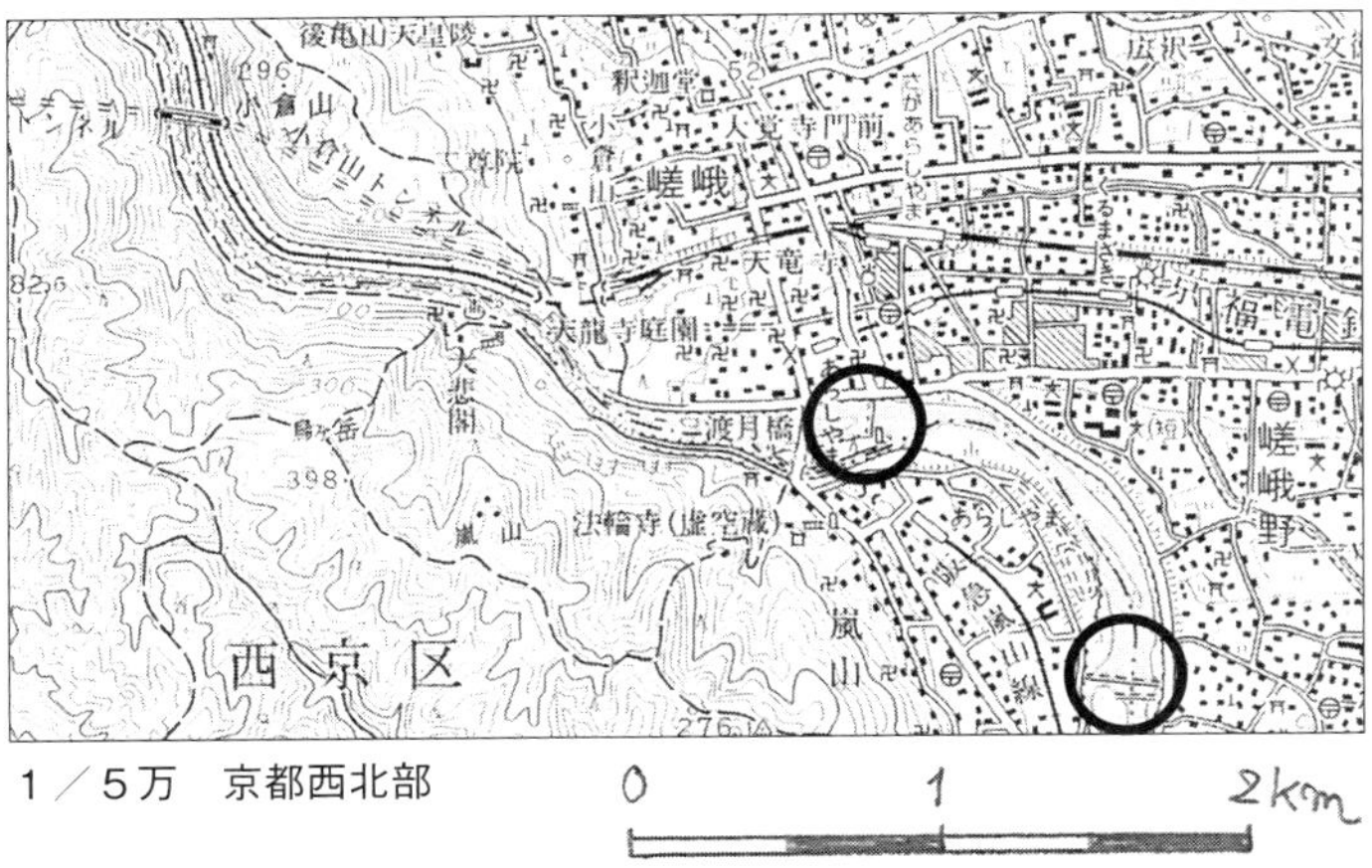

1／5万　京都西北部

（メモ）

①桂川の左岸、右京区嵯峨天竜寺造路町に大井神社が鎮座する。臨川寺の西にある小社。祭神は倉稲魂神。秦氏がここに大きな堰堤を築造し、構築した用水に水を揚げ、開拓した田畑に水を送った。その用水路の水が毎年、期待通りに作物を育てていただくようにとの願いを込めて創祀したのが大井神社。『延喜式神名帳』には山城国乙訓郡大井神社とある。しかし、葛野郡の誤植ではともいわれている。『日本三代実録』貞観一八（八七六）年七月二一日条に、

授㆓山代大堰神従五位下㆒

とある。

②大堰川は保津川の下流。川の左岸には嵯峨、右岸に松尾辺がある部分をいう。ここには嵐山や渡月橋がある。今は川全体を桂川というが、昔の「桂川」は西京区桂辺から下流部であった。

四四七　大炊御門高倉の内裏跡

京都府京都市中京区鍵屋町・坂本町等

関係地図　1／20万　京都及大阪　1／2.5万　京都東北部

211　おほひの御門たかくらの内裏

二条院御時、おほひの御門たかくらの内裏に侍りけるに、鶴契遐年といへる心をよみ侍りける

・いく千代とかぎらぬたづのこゑすなり雲井のちかきやどのしるしに　大炊御門右大臣　⑦千載集　六二七

1／2.5万　京都東北部

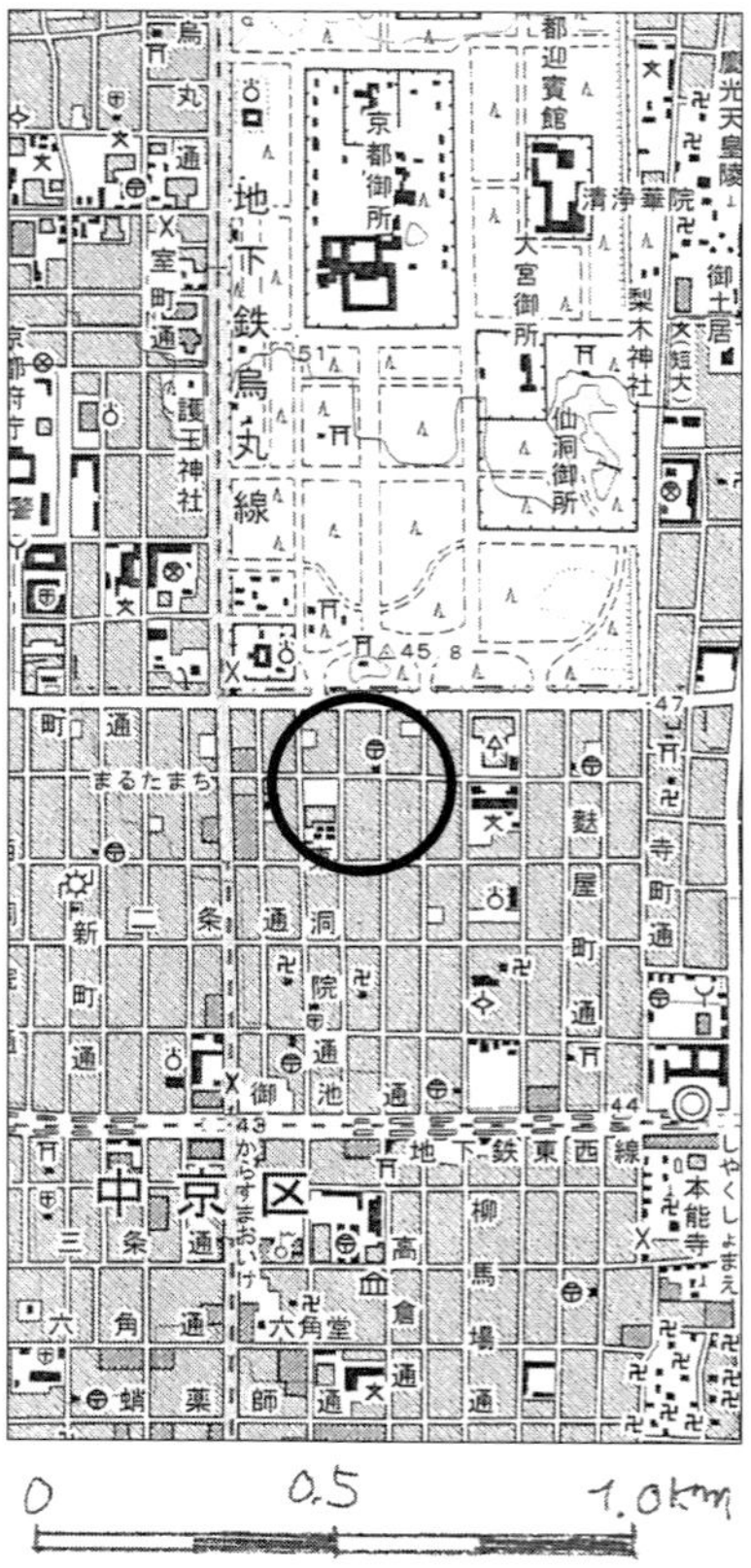

（メモ）

①大炊御門高倉の内裏跡を「大炊御門高倉邸跡」とすれば、これは藤原氏の別邸の一つという。そして、保元の乱（一一五六年七月）の中心人物の一人、左大臣藤原頼長が長承四（一一三五）年から久安六（一一五〇）年までの一六年間居住した。その後、東三条邸に入ったという。

②『台記別記』久安四年八月九日条に、

（大炊御門高倉邸）大炊御門北、高倉東、方一町亭

とあり、約百十m四方の亭で、これは、現在の中京区橘町・鍵屋町の全域。坂本町の東側、四丁目の西側付近に相当するという。

四四八　大内山

京都府京都市右京区御室《おむろ》大内

関係地図　1／20万　京都及大阪　1／2.5万　京都西北部

199　おほうち山

二条院御時、としごろおほうちまもることをうけたまはりて、みかきのうちには侍りながら、昇殿はゆるされざりければ、行幸ありける夜、月のあかりけるに女房のもとに申し侍りける

・人しれぬおほうち山のやまもりはこがくれてのみ月をみるかな　前右京権大夫頼政　⑦千載集　九七八

（参考）白雲のここのへにたつみねなればおほうち山といふにぞありける　中納言兼輔　新勅撰集　一二六五

（参考）いにしへのおほうち山のさくらばなおもかげならでみぬぞかなしき　前大納言為家　続古今集　一五一一

1／2.5万　京都西北部

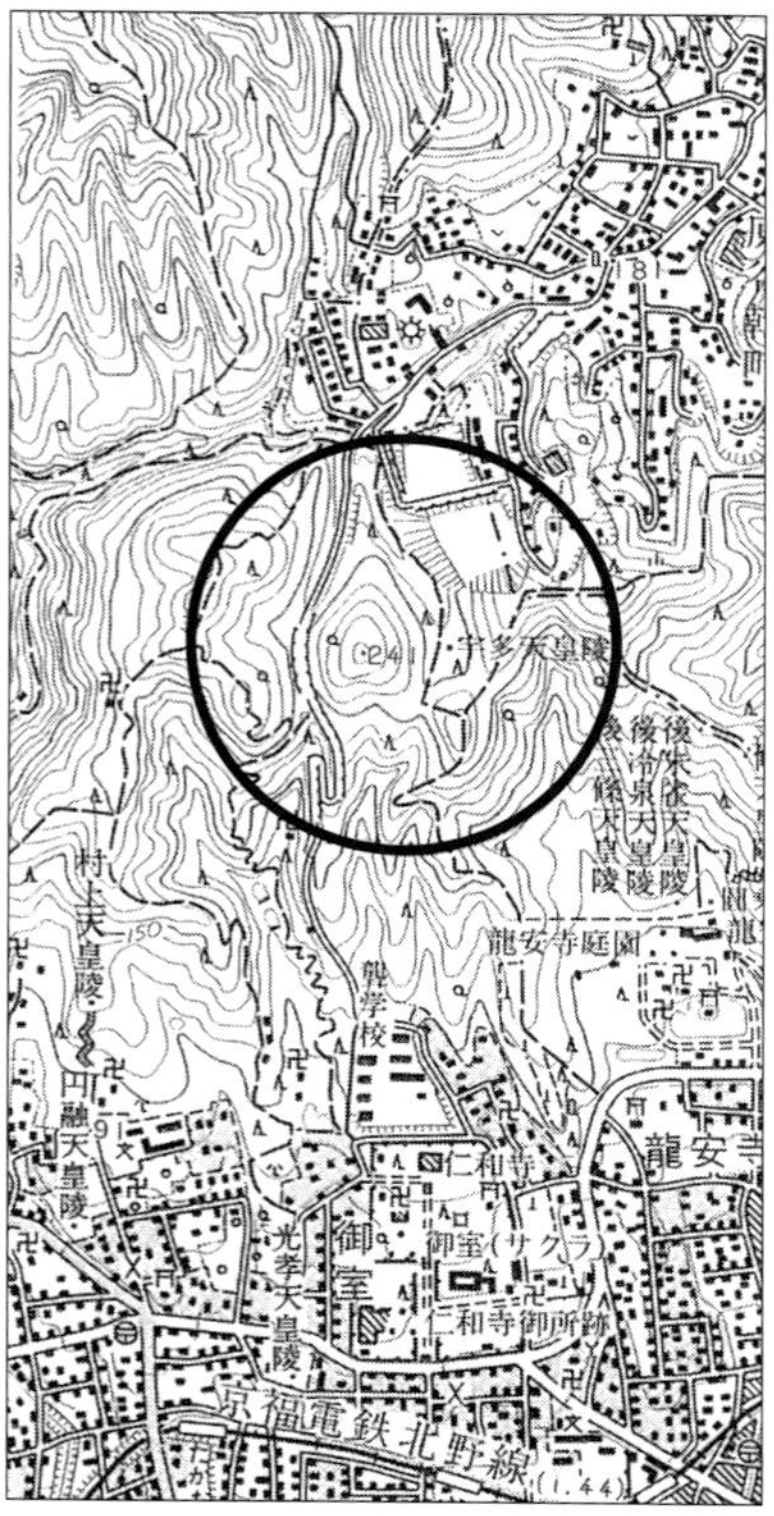

（メモ）

①京都市右京区御室大内《おむろおおうち》の標高二四一mの山、大内山の麓に仁和寺がある。当寺は光孝天皇の勅願で仁和二年起工。天皇は仁和三年八月崩御。天皇の御遺志を継がれた宇多天皇は工事を進められ完成し、仁和四（八八八）年八月一七日落慶法要を挙行され、山号は「大内山」、寺号は「仁和寺」とされた。

②『大漢和辞典』（諸橋轍次）に、内裏　天子の宮殿。転じて宮中。禁裏。内裡。［王建、送宮人入道詩］に入静猶焼内裏香。などともある。

四四九　大江山

京都府与謝郡与謝野町・福知山市

関係地図　1／20万 宮津　1／5万 大江山

200
おほえやま

和泉式部保昌にぐして丹後にはべりけるころ、みやこに歌合侍りけるに、小式部内侍うたよみにとられて侍りけるを定頼卿つぼねのかたにまうできて、歌はいかがせさせ給ふ、丹後へ人はつかはしてけんや、つかひまうでこずや、いかに心もとなくおぼすらんなど、たはぶれてたちけるをひきとどめてよめる　小式部内侍

・おほえやまいくののみちのとほければふみもまだみずあまのはしだて
⑤金葉集　五五〇

1／5万　大江山

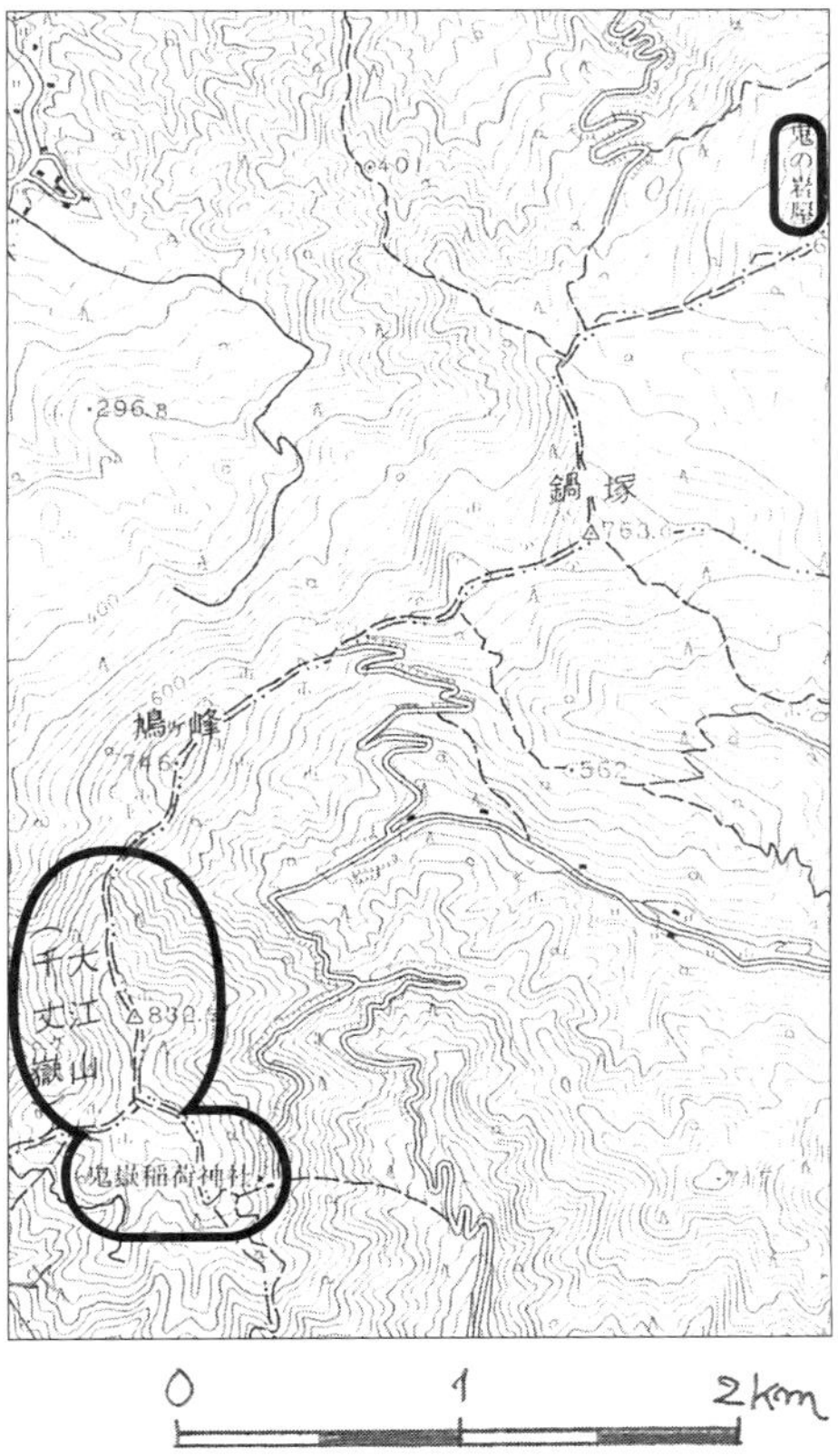

（メモ）

①大江山は別名千丈ヶ岳・御岳・与謝の大山。福知山市と与謝郡加悦《かや》町にまたがる。丹後山地の中央にあり、鍋塚山・鳩ヶ峰などの大江山群の最高峰。標高八三二・五m。東側山腹に広大な湿原・千丈ヶ原がある。山頂からは石川県能登半島・鳥取県大山まで見えるという。

②山は花崗岩・超塩基性岩体の大江山岩体で構成され仏性寺鉱山・河守鉱山・大河山鉱山がある。

③鬼の山伝説が二つ。一つは用明天皇皇子の鬼退治。もう一つは御伽草子「酒呑童子」。謡曲「羅生門」・「大江山」。

四五〇　大沢池

京都府京都市右京区嵯峨大沢町

関係地図　1／20万 京都及大阪　1／5万 京都西北部

203
おほさはの池

おほさわの池のかたにきくうゑたるをよめる　とものり

・ひともと思ひしきくをおほさはの池のそこにもたれかうゑけむ
①古今集　二七五

左大将朝光かよひはべりけるをんなにあだなること人にいはるなりといひはべりければをむなのよめる　よみ人しらず

・ねぬなはのねぬなのおほくたちぬればなほおほさはのいけらじやよに
④後拾遺集　九一六

（参考）大沢の池の水草かれにけりながき夜すから霜やおくらん　鎌倉右大臣
夫木抄　一〇八〇〇

1／5万　京都西北部

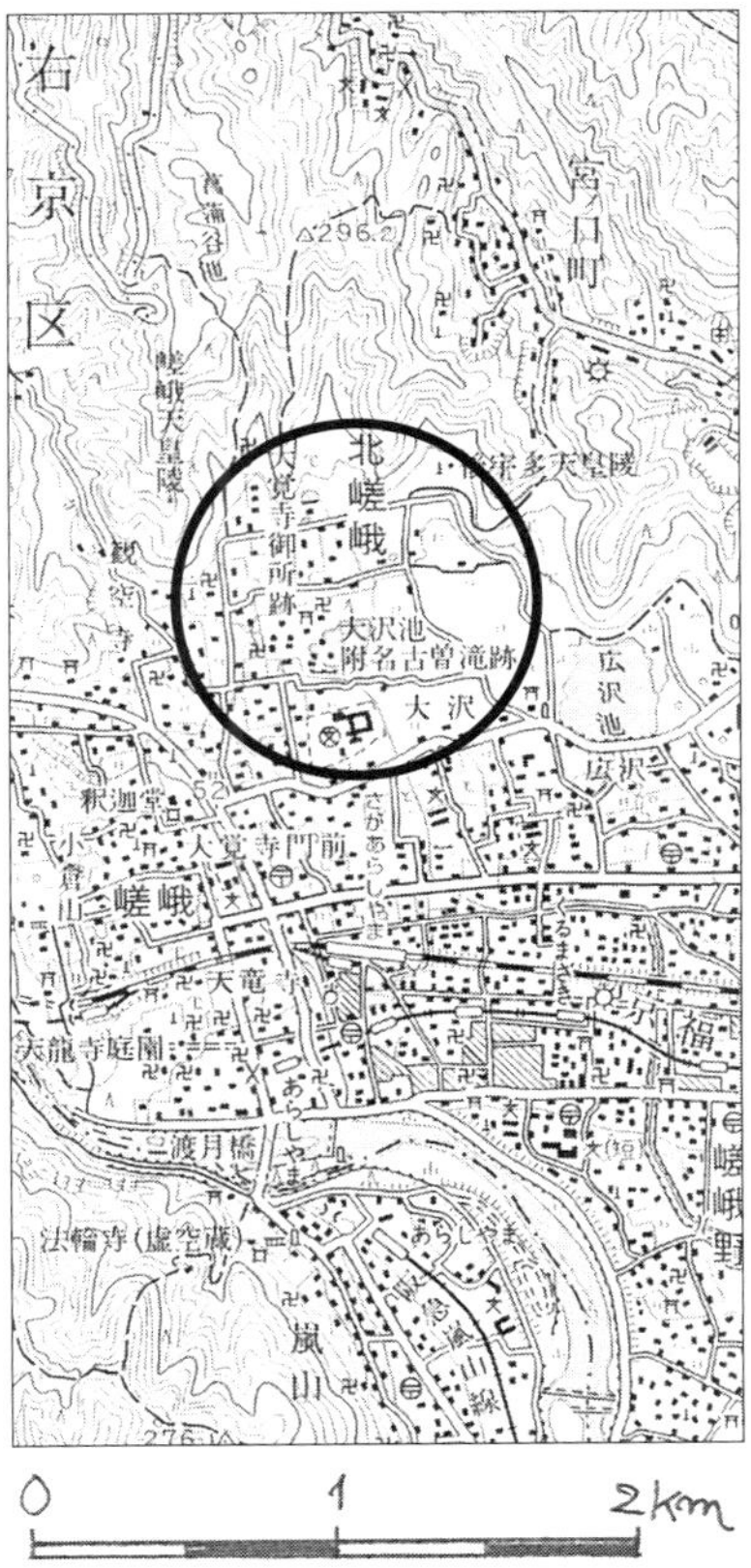

（メモ）

①大覚寺の東にある池。嵯峨天皇の離宮・嵯峨院の旧苑池である。最古の庭園池とされ、中国「洞庭湖」になぞらえて「庭湖《ていこ》」の名がある。池の中には北に天神島、その東に菊之島があって、その間に庭湖石を配置していると。嵯峨天皇はここで野菊をつみ、それを瓶にさしたところ、天地人の法にかなったといわれ、嵯峨流華道の基となったという。国名勝。

②池のめぐりに五社明神・名古曽滝と伝えある石組の旧跡・心経殿跡・大池池石仏群（鎌倉時代）等がある。また、桜・紅葉・月の名所であった。

四五一　大原　京都府京都市左京区大原

関係地図　1／20万　京都及大阪　1／2.5万　大原

208 大はら

良暹法師大はらにこもりゐぬときてつかはしける　素意法師

・みくさゐしおぼろのしみづそこすみて心に月のかげはうかぶや

④後拾遺集　一〇三六

おほはらにすみはじめけるころ、俊綱朝臣のもとへいひつかはしける　良暹法師

・おほはらやまだすみがまもならはねばわがやどのみぞけぶりたえたる

⑥詞花集　三六七

雪朝、大原にてよみ侍りける　寂然法師

・尋ねきてみちわけわぶる人もあらじいくへもつもれ庭の白雪

⑧新古今集　六八二

1／2.5万　大原

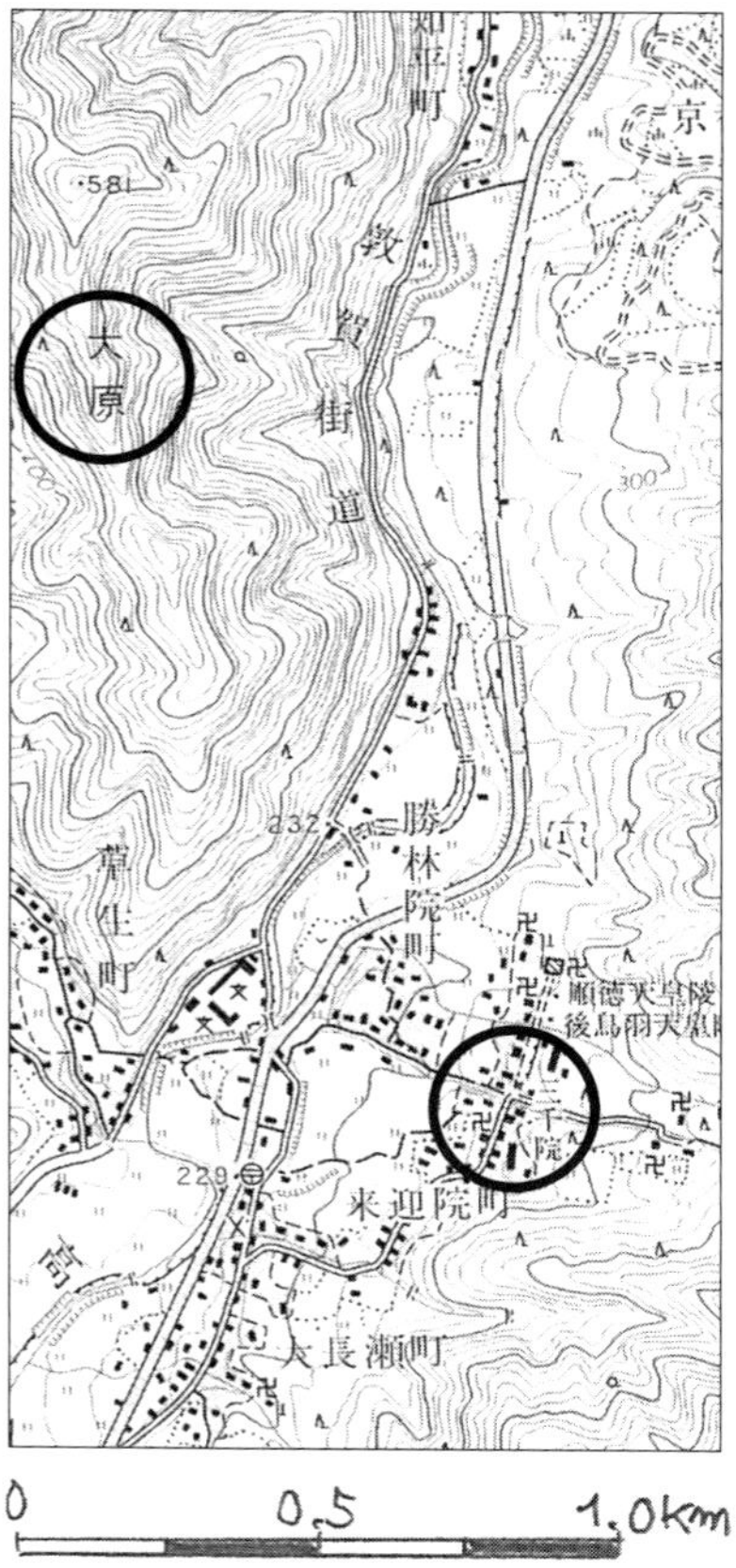

（メモ）

①左京区大原は八瀬以北の高野川上流地域。小原とも記されると。周辺の山々に囲まれ、南北に狭い大原盆地が小天地を作っているという。

②『九暦』天徳元（九五七）年一一月一六日条に、

大原牧貢鷹一連・馬四疋・又牧司清原相公貢鞲《こう》（矢を入れるうつぼ）二枚・熊皮五枚

とあると。

③大原は薪・柴・炭の生産・販売元。

④比叡山延暦寺の影響が古来大であった。

⑤大原は「大原八郷」もある広い地。

四五二　大原川　京都府京都市左京区大原を源流とする高野川

関係地図　1／20万　京都及大阪　1／5万　京都東北部

209 大原河

雨ふる日おほはら河をまかりわたりけるに、ひるのつきたりければ　恵慶法師

・世の中にあやしき物は雨ふれど大原河のひるにぞありける　③

拾遺集　五五〇

1／20万　京都及大阪

（メモ）

①「大原川」は高野川が「大原八郷」又は「大原郷九カ村」を流れる間の名称。

②大原八郷は黒川道祐の『北肉魚山行記』に、

大原八郷ト云、京ヨリ入口左ニ傍テ井森アリ、其北戸寺、上野、尾流、勝林寺、来迎寺、左ノ方ニ野村、草生ナリ、小弟子ヲ添テハ九郷ナレトモ、コレハ遙ノ奥北方ナル故ニ、先ハ八郷ト云フ

とあると。小弟子は地図の「小出石《こでし》」である。

③大原郷全域の産土神は大原野村に鎮座する江文神社である。祭神は宇賀魂神。伝承では、池にすむ大蛇の害を避ける為、里人が一ヶ所に集まった。いつしか神社の鎮座地もその地、ここになったと。節分。立春前夜に、「大原雑居寝」をして一夜を明かしたことが井原西鶴『好色一代男』にあると。

④地図の古知平の寺は「古知谷光明山阿弥陀寺。浄土宗。本尊阿弥陀如来は恵心僧都源信作。開基の弾性は九歳で出家し、「念仏諸行に勝る」を授る。晩年この地に至り一宇建立。慶長一八年死去。四一。背後の七一八m焼杉山も大原川源の一。

四五三　大原野

京都府京都市西京区大原野

208

おほはら

関係地図　1／20万　京都及大阪　1／5万　京都西南部

二条のきさきのまだ東宮のみやすんどころと申しける時におほはらのにまうでたまひける日よめる

・おほはらやをしほの山もけふこそは神世の事も思ひいづらめ　なりひらの朝臣

①古今集　八七一

左大臣の家のをのこご女ご、かうぶりしもぎ侍りけるに

・おほはらやをしほの山のこ松原はやこだかかれちよの影みん　つらゆき

②後撰集　一三七三

1／5万　京都西南部

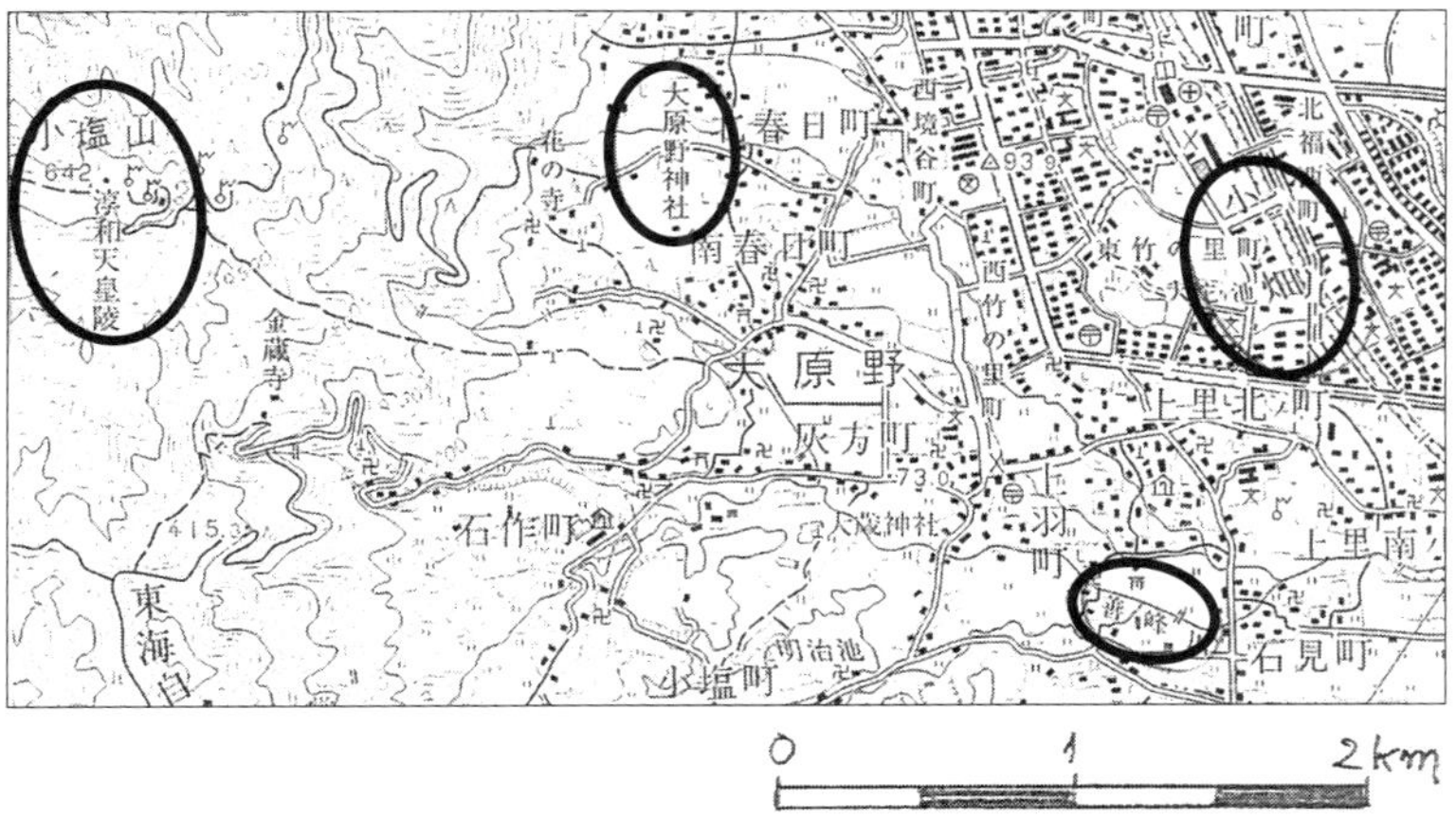

（メモ）

①「大原野」は小畑川《おばたがわ》と善峰川《よしみねがわ》とに囲まれた小塩山東麓の谷口扇状地である。この場所は、原始は原野と沼沢の地であったと。それが、長岡京が作られて以来開発されてきた。

②「大原野」なる地名の初出は、『類聚国史』延暦一一（七九二）年二月一八日条に、

（桓武天皇）遊猟于大原野

とある。また、『日本三代実録』光孝天皇仁和三（八八七）年五月二八日条に、

勅以山城国乙訓郡大原野。為太上天皇（陽成天皇）遊猟之地。

などとある。

四五四　小川郷（『和名抄』）

京都府亀岡市千代川町小川辺

849

をがはのはし

関係地図　1／20万　京都及大阪　1／2.5万　亀岡

・つくしよりここまでくれどつともなしたちのをがはのはしのみぞある　在原業平朝臣

③拾遺集　三八一

1／2.5万　亀岡

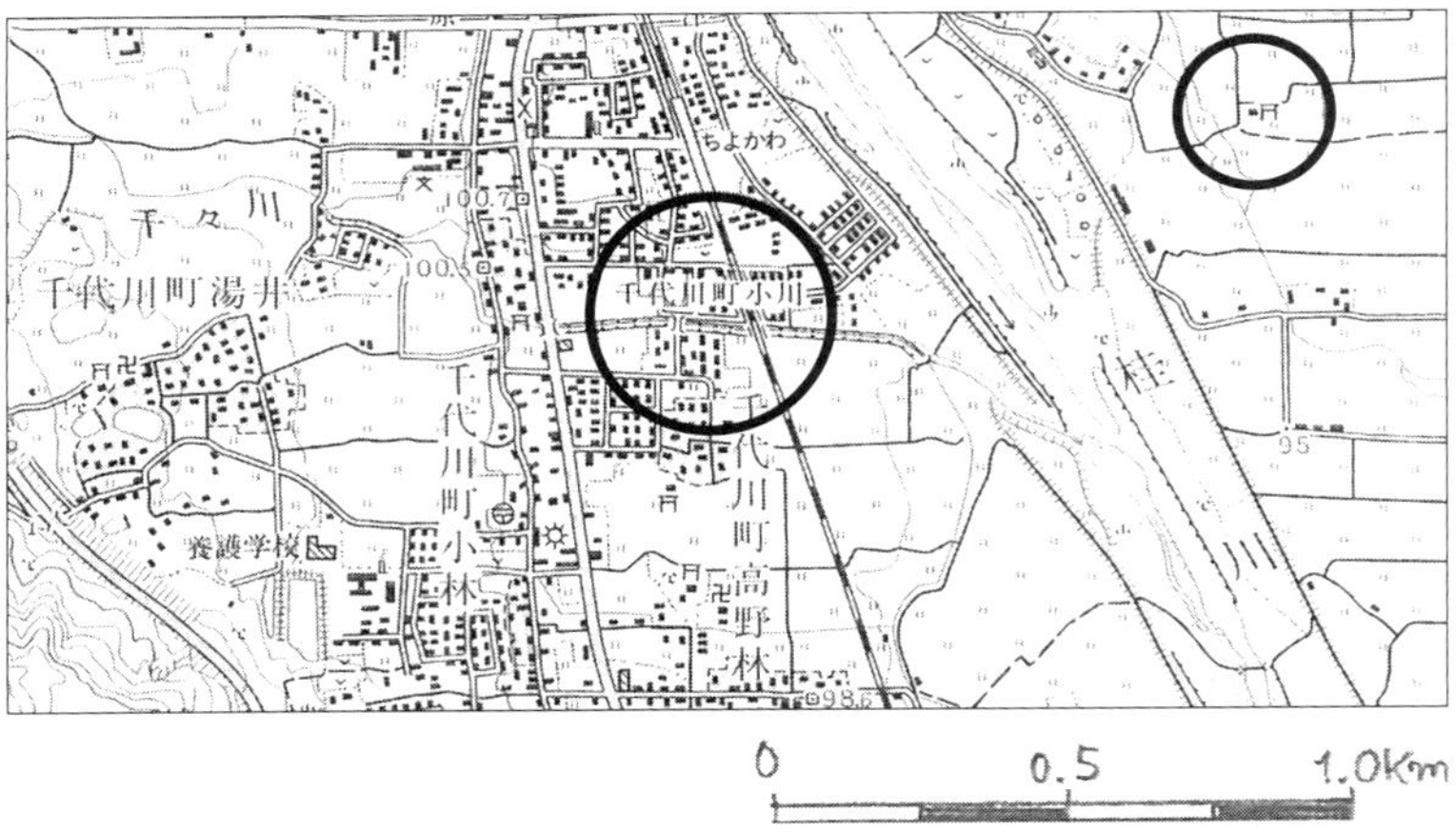

（メモ）

①ここは『和名抄』丹波国桑田郡小川郷である。その範囲は、現在の亀岡市馬路・旭・千歳・千代川、薭田野の一部および船井郡の一部地域という。

②桂川の左岸（東）の亀岡市馬路町字月読に、小川月読神社が鎮座する。『延喜式神名帳』に、丹波国桑田郡の「小川月読神社名神大」とある。祭神は月読尊。伝承には、応仁（一四六七―一四六九）年間の洪水で社地が流失とあると。

③この小川月読神社の東南東約二kmの亀岡市千歳町国分に丹波国国分寺跡がある。今、そこに国分寺がある。

④千々川は亀岡市宮前《みやざき》町神前《こうざき》の佐々尾《ささお》神前を東流し、千代川町小川地内を、千代川町小林地内でJR山陰本線下を流れ、大河桂川に流入する。「小川」の川の名前を挙げよとなれば、それは「千々川」となる。

四五五　小倉山

京都府京都市右京区嵯峨亀山町

関係地図　1／20万　京都及大阪　1／5万　京都西北部

850

をぐらの山

ながつきのつごもりの日大井にてよめる

・ゆふづく夜をぐらの山になくしかのこゑの内にや秋はくるらむ　　つらゆき

①古今集　三一二

人のもとにつかはしける

・如何せむをぐらの山の郭公おぼつかなしとねをのみぞなく　　藤原師尹朝臣

②後撰集　一九六

九条右大臣家の賀の屏風に

・あやしくもしかのたちどの見えぬかなをぐらの山に我やきぬらん　　平兼盛

③拾遺集　一二八

1／5万　京都西北部

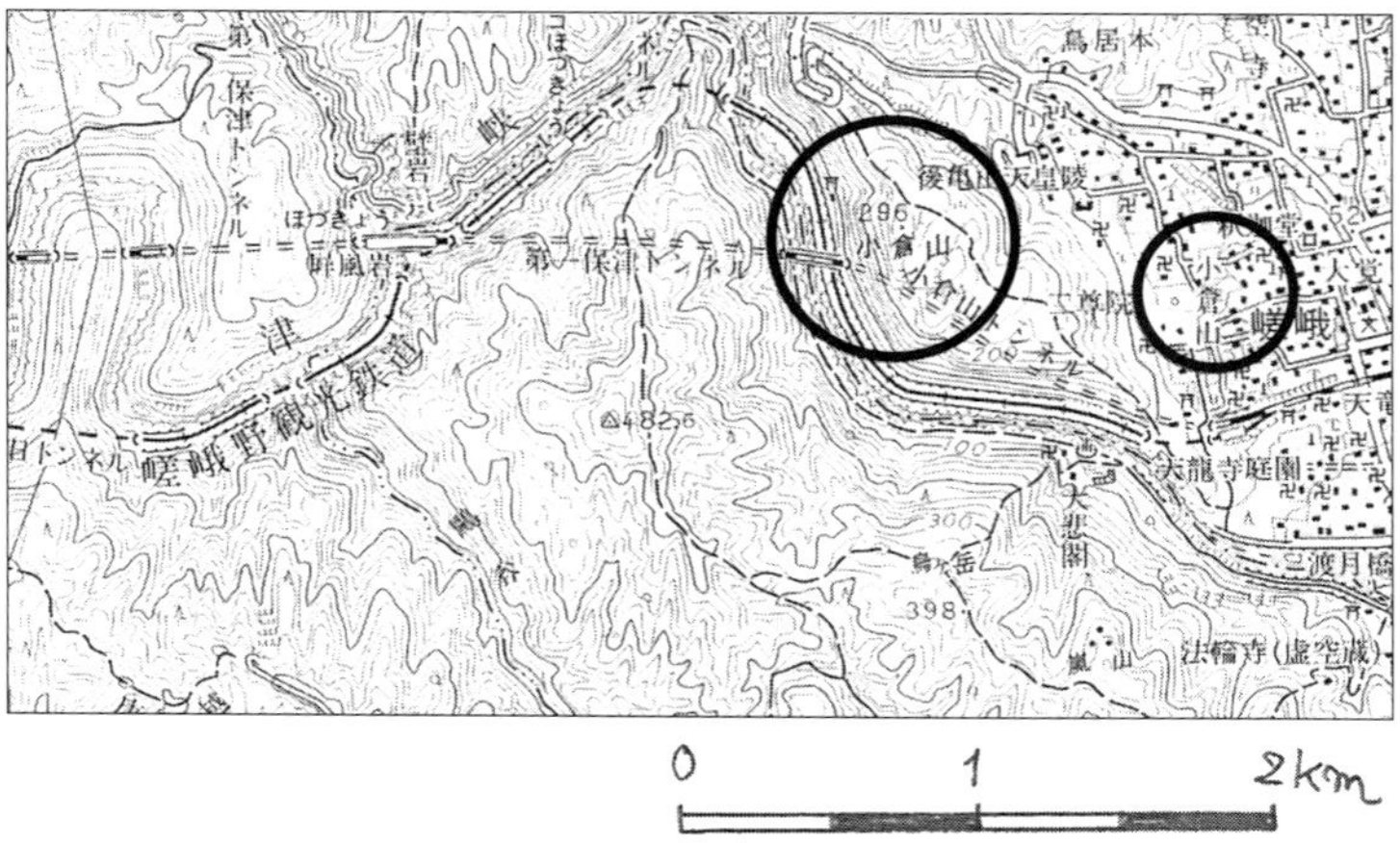

（メモ）

①小倉山は桂川の左岸にあり、標高二九六m。対岸に嵐山がある。小倉山は雄蔵山・小椋山とも書かれる。これは、樹木が繁茂して、濃緑色で暗く感ずるに由来するという。

②この地に、向井去来の隠棲所落柿舎がある。その制札に、

一．我家の俳諧にあそふへし　世の理屈をいふべからず

一．雑魚寐には心得あるべし　大鼾をかくべからず

一．朝夕堅く精進と思ふべし　魚鳥忌にはあらず

一．隣の居膳をまつべし　火の用心にはあらず

等々とある。

四五六　長田《おさだ》

京都府福知山市長田

関係地図　1／20万　京都及大阪　1／5万　福知山

190

長田村

寿永元年、大嘗会主基方稲春歌、丹波国長田村をよめる

・神世よりけふのためとややつかほにながたのいねのしなひそめけむ　　権中納言兼光

⑧新古今集　七五四

1／5万　福知山

（メモ）

①『日本書紀』神代上（第五段・一書第一一）に、

稲を以ては、水田種子《たなつもの》とす。又因りて天邑君《あまのむらきみ》を定む。即ち其の稲種《いなね》を以て、始めて天狭田《あまのさなだ》及長田《ながた》に殖《う》う。其の秋の垂穎《たりほ》、八握《やつかほ》に莫莫然《しな》ひて、甚た快し。

とある。

②福知山市川北に稲粒神社が鎮座する。祭神は保食神。現本殿は寛政一一（一七九九）年の再建。

③阿毘地神社（福地山市興《おき》）　祭神天照大神。観音寺・興二集落の産土神。『延喜式神名帳』丹波国何鹿《イカルカ》郡の阿比地神社。

④一宮神社（福地山市堀字小谷）　祭神大己貴命。慶雲四（七〇七）年聖徳太子の弟麻呂子親王の創建と伝える。

⑤広峰古墳群（福知山市東羽合）　京都亨栄学園の校地一帯には、前方後円墳一、円墳三、形状不明墳一、方墳四九がある。発掘調査で前方後円墳から、「景初四（AD二四〇）年五月丙午之日」銘の盤龍鏡が出土している。

四五七　小《お》塩《しお》山

京都府京都市西京区大原野

関係地図　1／20万 京都及大阪　1／5万 京都西南部

210　おほはら山　和泉式部

・こりつめてまきのすみやくけをぬるみおほはら山のゆきのむらぎえ

④後拾遺集　四一四

854　をしほの山　なりひらの朝臣

二条のきさきのまだ東宮のみやすんどころと申しける時におほはらのにまうでたまひける日よめる

・おほはらやをしほの山もけふこそは神世の事も思ひいづらめ

①古今集　八七一

左大臣の家のをのこご女ご、かうぶりしもぎ侍りけるに　つらゆき

・おほはらやをしほの山のこ松原はやこだかかれちよの影みん

②後撰集　一三七三

1／5万　京都西南部

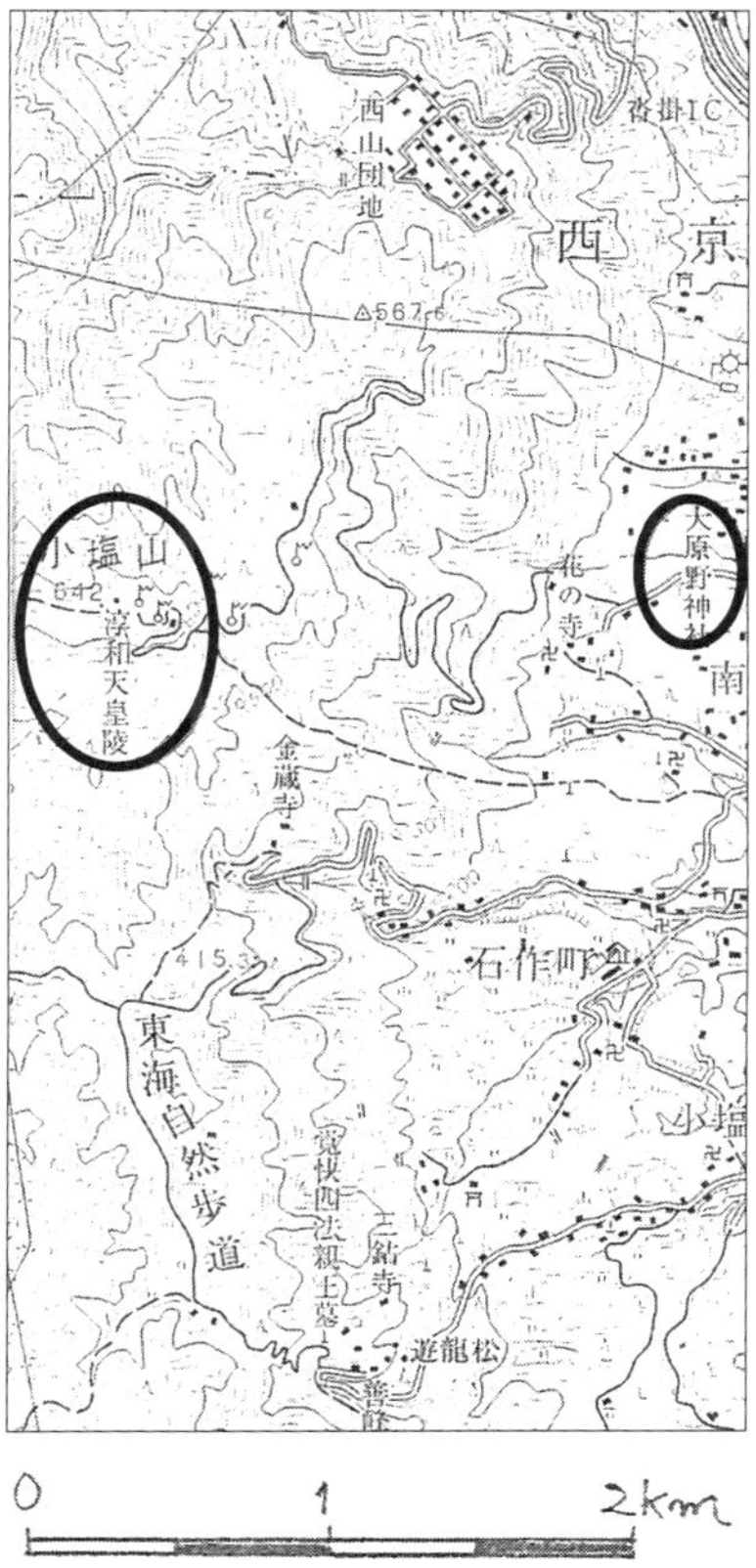

（メモ）

①小塩山の東麓に大原野神社が鎮座。よって「大原山」の代表は小塩山とする。

②山頂は東西の二峰あり、西峰を大原山と呼ばれる。山頂は第五三代淳和天皇陵とされる。『続日本後紀』承和七（八四〇）年五月六日条に、

今、宜しく骨を砕ひて粉と為して、山中に散ぜしめよ

とある。そして、同書同年同月一三日条に

御骨砕粉、奉㆑散㆓大原野西山嶺㆒

とある。

四五八　男　山

京都府八幡市八幡《やわた》高坊

関係地図　1／20万 京都及大阪　1／5万 京都西南部

858　をとこ山

僧正遍昭がもとにならへまかりける時に、をとこ山にてをみなへしを見てよめる　ふるのいまみち

・をみなへしうしと見つつぞゆきすぐるをとこ山にしたてりと思へば

①古今集　二二七

・今こそあれ我も昔はをとこ山さかゆく時も有りこしものを　よみ人しらず

①古今集　八八九

（参考）なほてらせ世世にかはらずをとこ山あふぐみねよりいづる月かげ　後久我太政大臣

続後撰集　五四五

1／5万　京都西南部

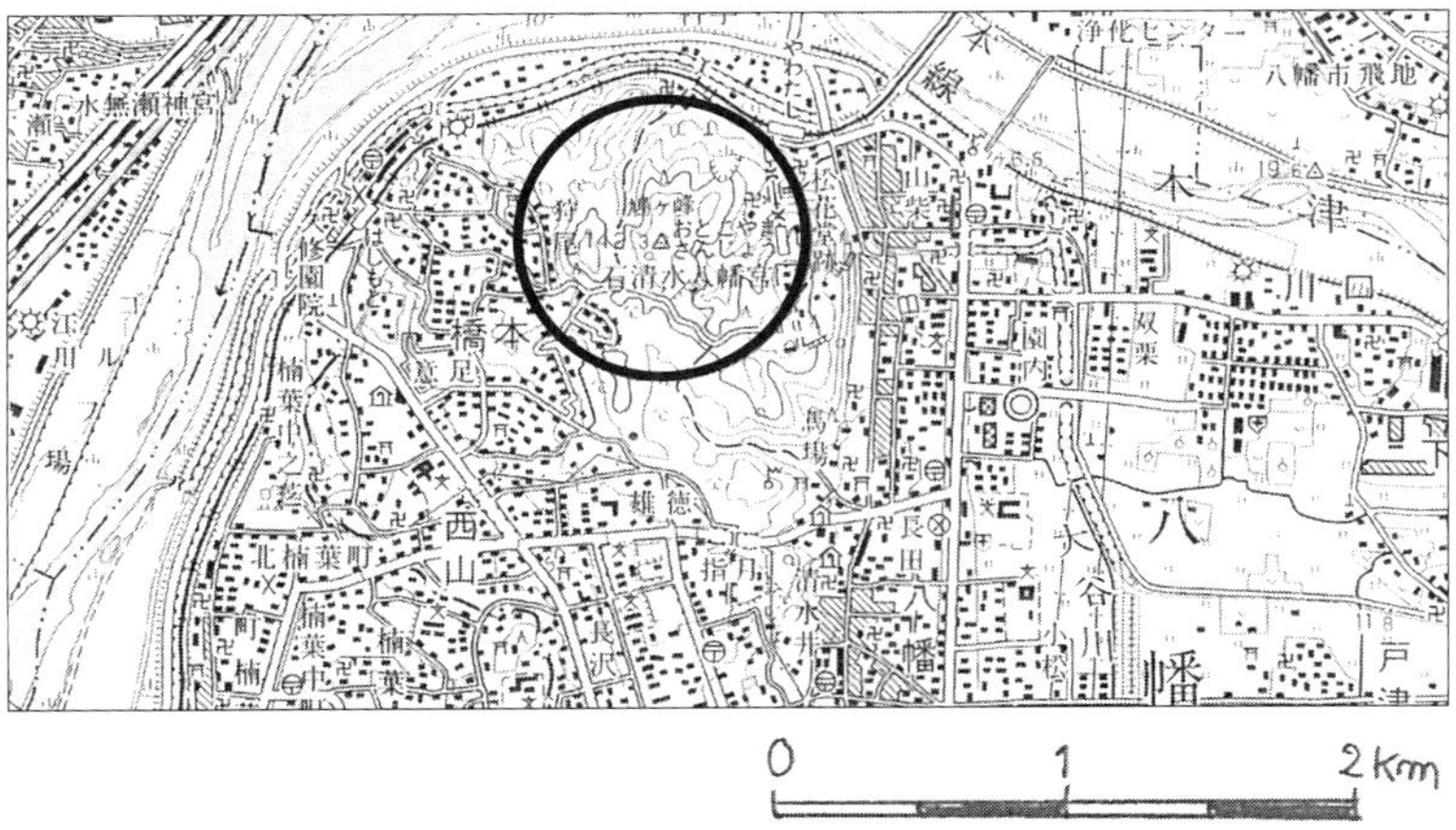

（メモ）

①男山に登るには、京阪本線八幡市駅下車。すぐに京阪男山ケーブルに乗車。男山山上駅で下車すれば良い。眼前には最高点、標高一四二・三mの鳩ヶ峰が見える。

②男山は雄徳山《おとこやま》・八幡山《やわたやま》・鳩ヶ峰などと呼ばれる。この男山は丘陵をなして南に続き、国道一号の通る洞《ほら》ヶ峠で河内国と接する。

③『日本後紀』桓武天皇延暦一五（七九六）年九月一日条に、

勅。遷都以来。于㆑今三年。牡山烽火。無㆑所㆓相当㆒。非常之備。不㆑可㆓暫闕㆒。宜㆘山城河内両国。相共量㆓定便処㆒置㆗彼烽燧㆖。

とあり、ここが古来要害の地であった。

④ここ男山丘陵には銅鐸出土の武部各遺跡、石錐出土の井の元遺跡がある。また前方後円墳・円墳、また隼人の墓と伝承のある横穴群もある。

四五九　音無滝

京都府京都市左京区大原来迎院町

関係地図　1／20万　京都及大阪　1／5万　京都東北部

193 おとなしのたき

　家に歌合し侍りけるによめる

・こひわびてひとりふせやによもすがらおつるなみだやおとなしのたき　中納言俊忠　⑥詞花集　二三二

（参考）いく夜とか袖のしがらみせきもみむちぎりし人は音なしの滝　土御門院御製　続拾遺集　八五四

（参考）人しれぬ心のうちのみなかみにせくや涙のおとなしの滝　従三位為信　新千載集　一一三一

（参考）おとなしのたきのみなかみ人とはばしのびにしぼるそでやみせまし　前大納言為家　続古今集　一〇二五

192 おとなしのさと

・恋ひわびぬねをだになかむ声たてていづこなるらんおとなしのさと　よみ人しらず　③拾遺集　七四九

（参考）おとなしのさとの秋風夜をさむみしのびに人やころもうつらん　民部卿為家卿　夫木抄　五七五二

（参考）こほりみなみづといふ水はとぢつれど冬はいづくも音なしのさと　和泉式部　夫木抄　一四五九七

（メモ）

①『都名所図会』によると、「音無滝」は京都市左京区の大原小学校・大原中学校前で、高野川本流から分《わ》かれた「呂律川《ろりつかわ》」の上流にある。この呂律川は南北二川に分かれる。南の川は呂《りょ》川《せん》、北の川は律川《りつせん》と呼ぶ。音無滝は来迎院の東四丁、律川の上流、約四百mにある。

②この音無滝は、落差は二丈、約六m余りで、みどり色の岩に添って水は南に流れ落ちる。緑濃い木々がうっそうと生え茂っている。よって陰涼は心身に徹し毛や骨が悚然として近づき難しとある。

③音無滝は『源氏物語』夕霧の巻にある。

　いつとかはおどろかすべき明けぬ夜の夢さめてとか言ひしひとこと

上※より落つる。

とや書き給つらむ、おし包みて、なごりも、「いかでよからむ」など口ずさび給へり。人召して給ひつ。御返事をだに見つけてしかな、なほいかなることぞ、とけしき見まほしうおぼす。日《ひ》たけて持てまゐれる。紫のこまやかなどとある。

※「上より落つる」は、上より落ちる滝であろうと。古歌に、
いかにしていかによからむ小野山の上より
おつる音無しの滝
があると。

この地、来迎院東の滝の落下する山は、「小野山」である。

④音無滝の岩が平らであるので、水が流れ落ちても、古来音がないのでこの名と。また来迎院再興の良忍上人の呪文で音を止めたとも伝える。

1／5万　京都東北部

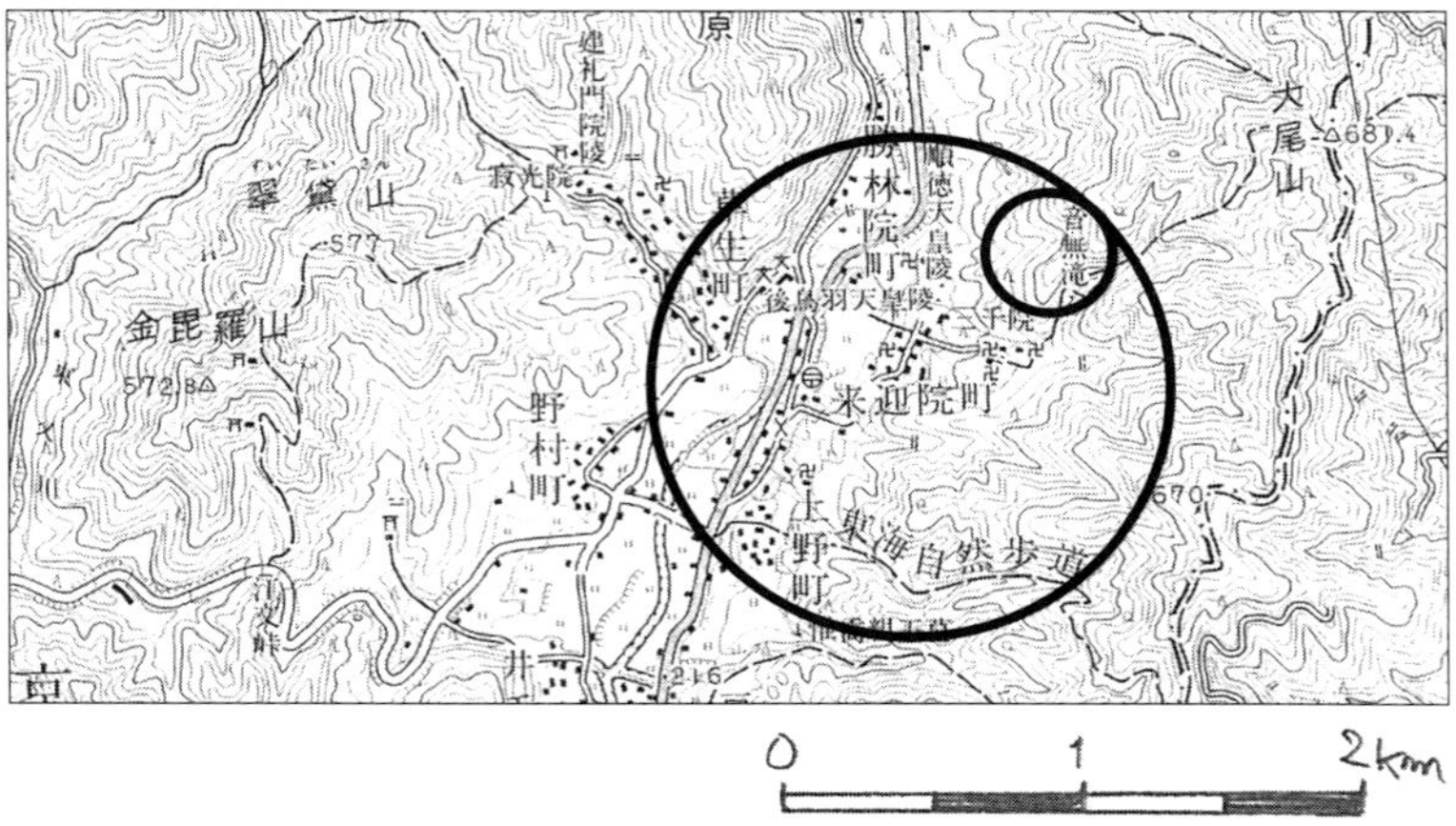

⑤音を出すのは滝と雷。雷の音は地球のどこでも。「音なしの里」は、音なしの滝のある所だけである。

なる紙すくよかにて、小《こ》少将ぞ例の聞こえたる。たゞおなじさきにかひなきよしを書きて、

　いとほしさに、かのありつる御文に、手習すさびたまへるを盗みたる。とて、中に引きやりて入たる、目には見給うてけり、とおぼすばかりのうれしさぞいと人わろかりける。そこはかとなく書き給へるを、見つゞけ給へれば、

　朝夕になく音《ね》をたつる小野山はたえぬ涙やおとなしの滝

四六〇　音羽川

京都府京都市左京区一乗寺

関係地図　1/20万　京都及大阪　1/2.5万　京都東北部

194

おとは河

権中納言敦忠が西さかもとの山庄のたきのいはにかきつけ侍りける

・おとは河せきいれておとすたきつせに人の心の見えもするかな　伊　勢

③拾遺集　四四五

権中納言通俊、後拾遺えらび侍りけるころ、まづかたはしもゆかしくなど申して侍りければ、申しあはせてこそとて、まだきよがきもせぬ本をつかはして侍りけるを、みて返しつかはすとて　周防内侍

・あさからぬ心ぞみゆる音羽河せき入れし水のながれならねど

⑧新古今集　一七二八

1/2.5万　京都東北部

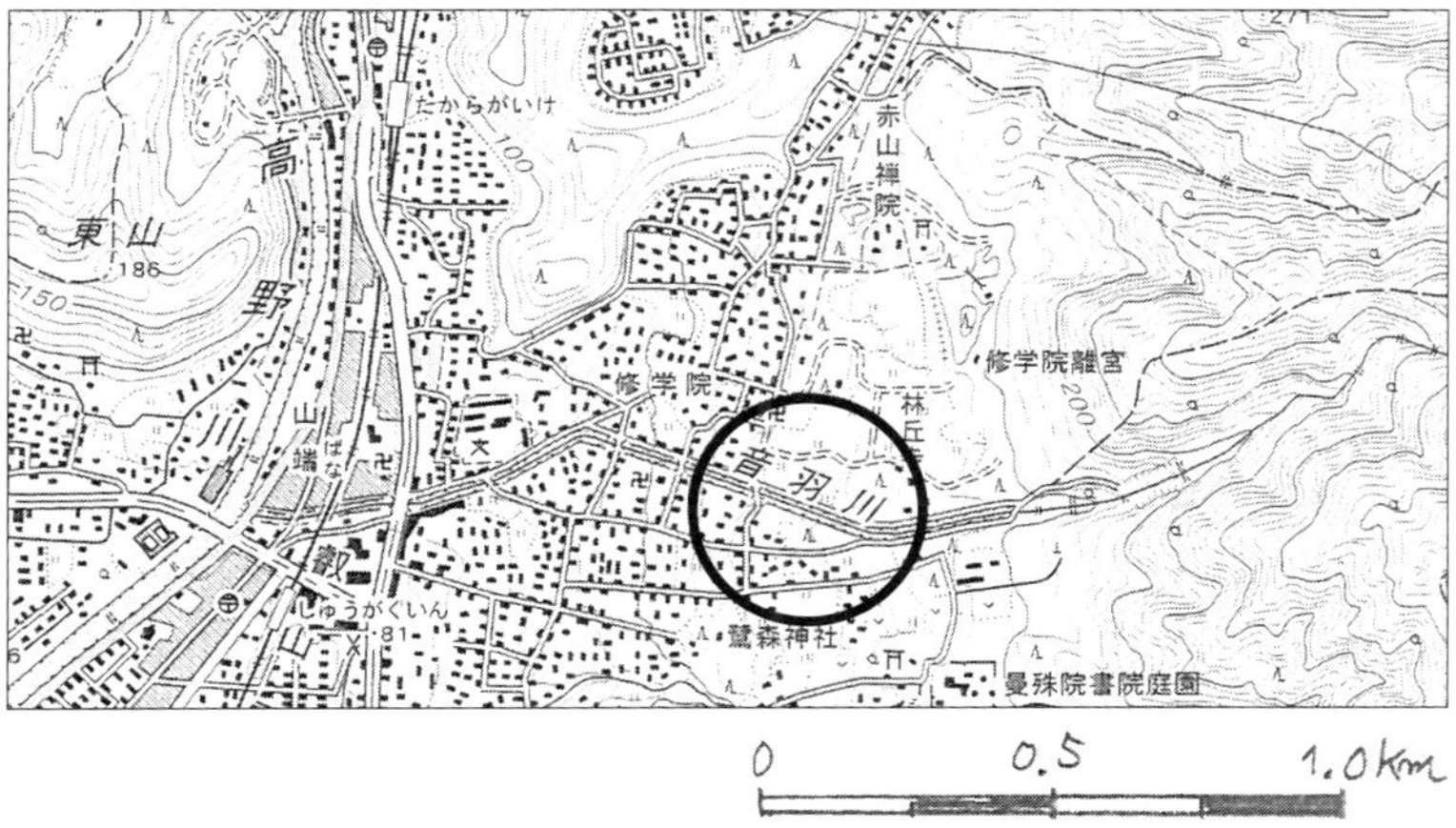

（メモ）

①音羽川は京都市左京区一乗寺と修学院にまたがる標高八三八mの四明岳に発し、一乗寺の谷々の水を集めて、修学院離宮の南を西に流れて、高野川に注ぐ。

②『山城名跡巡行志』には、

音羽河　在雲母路鷺森北。水源自比叡山出。遶修学院西入高野河。

とあると。

③『宇津保物語』に、

千景《ちけい》のおとゝいものさうしをしてへ給ふ程に、山里の心ぼそげなる殿まうけ給てぞ住給ける。其わたりはひえ坂本小野のわたり、音羽川ちかくて滝の音水の声あはれに聞ゆる所なり。

等々の記述があるという。

四六一　音羽川

京都府京都市東山区清水寺境内の音羽の滝が源流

関係地図　1/20万　京都及大阪　1/2.5万　京都東南部

194

おとは河

・よそにのみきかましものをおとは河渡るとなしに見なれそめけむ　藤原かねすけの朝臣　①古今集　七四九

・ありとのみおとにききつつおとはがはわたらば袖にかげもみえなん　読人しらず　⑧新古今集　一〇五五

（参考）おとはがはおとにのみこそききわたれすむなる人のかげをたのみて　九条右大臣　続後撰集　六九〇

（参考）おとはがはゆきげのなみもいはこえてせきのこなたにはるはきにけり　前中納言定家　続古今集　一二

1/2.5万　京都東南部

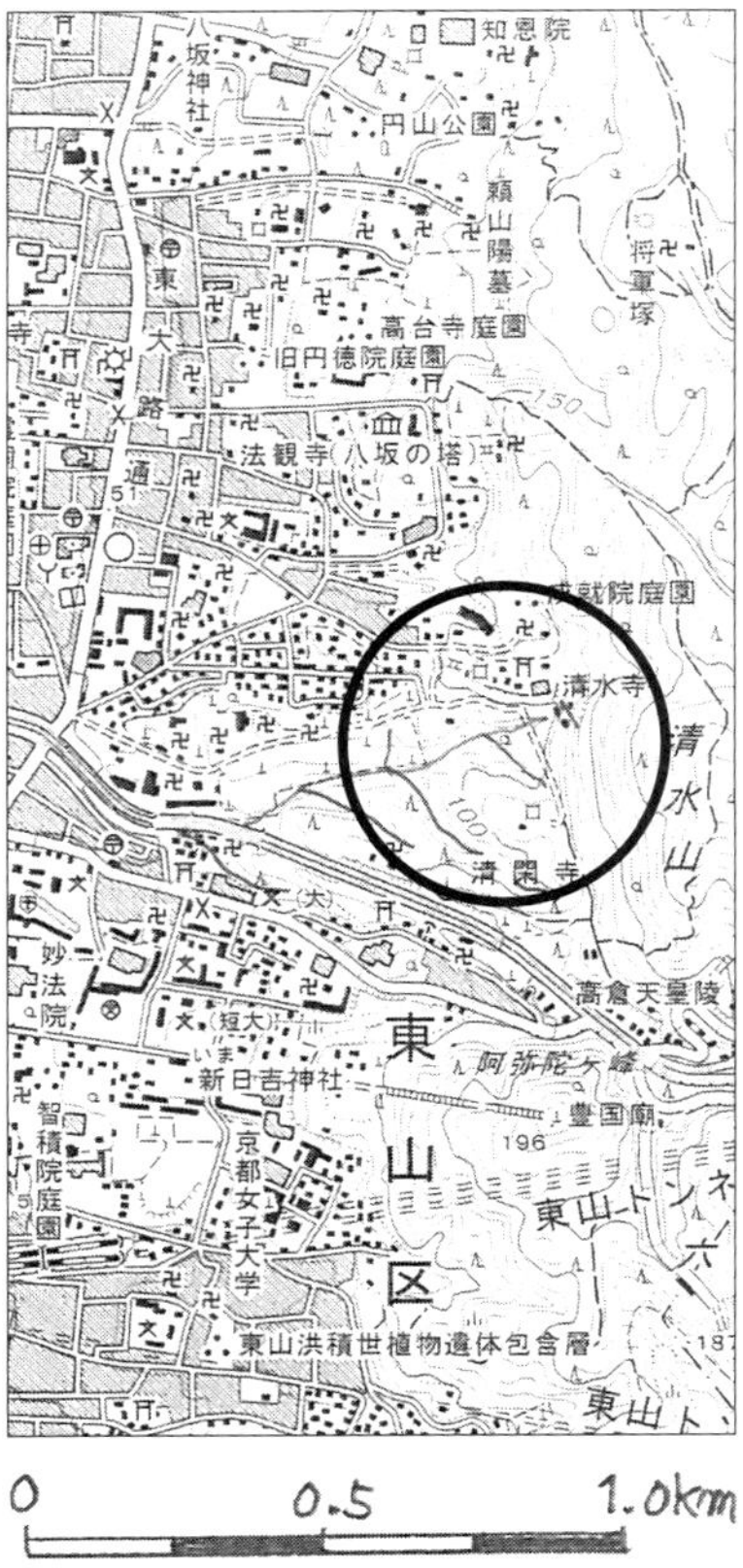

（メモ）

①清水の音羽の滝を源流とする音羽川は、その後、レストラン舌切茶屋やレストラン忠僕茶屋辺を流れ下る川、音羽川となる。

②清水寺の舞台から眺める錦雲渓（音羽川か）が景観が素晴しく、春は桜、秋は紅葉の名所となり、春秋には夜間特別拝観があるという。

四六二　音羽の滝

京都府京都市左京区一乗寺字砂坂辺

関係地図　1／20万　京都及大阪　1／5万　京都東北部

195

おとはのたき

ひえの山なるおとはのたきを見てよめる

・おちたぎつたきのみなかみとしつもりおいにけらしなくろきすぢなし　ただみね　①古今集　九二八

おなじたきをよめる

・風ふけど所もさらぬ白雲はよをへておつる水にぞ有りける　みつね　①古今集　九二九

権中納言敦忠が西さかもとの山庄のたきのいはにかきつけ侍りける

・おとは河せきいれておとすたきつせに人の心の見えもするかな　伊勢　③拾遺集　四四五

（メモ）

①『拾遺都名所図会』に、

古今抄云、白川音羽滝は、「雲母坂《きららざか》」の上、水呑峠地蔵堂のわきより流る、滝なり。八雲御抄云、音羽滝は山城ひえの山の麓なり。

とある。ここの「雲母坂」は比叡ドライブウェイの通る稜線西の「砂坂」かと思える。この一帯は長石・石英・雲母を主成分鉱物とする花崗岩で構成。長石は溶け、石英・雲母からなる砂の坂。雲母が光をキラキラ反射。

②正徳元（一七一一）年刊の『山州名跡志』に、

音羽谷在二雲母寺南一入レ東也。土人云二尾田谷一は例の片音なり、号二音羽滝一、今滅して水所々に流る。昔此所より石を出す事今の如二白河一、其時滝滅しぬ。

とあると。

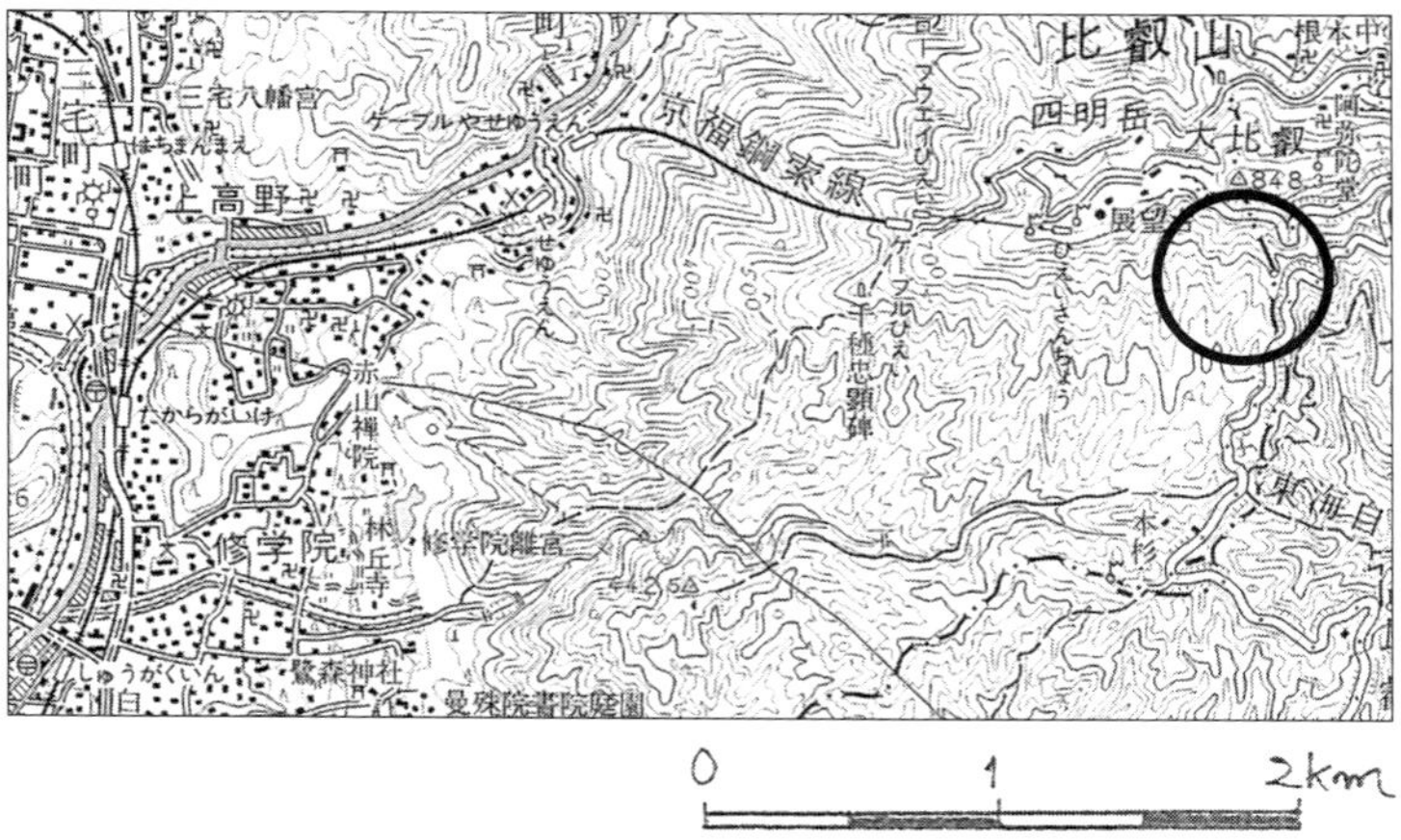

1／5万　京都東北部

四六三　音羽の滝

京都府京都市東山区清水寺境内

関係地図　1／20万　京都及大阪　1／2.5万　京都東南部

195

おとはのたき

ふるうたにくはへてたてまつれるながうた

・くれ竹の　世世のふること　なかりせば　いかほのぬまの　いかにして　思ふ心を　のばへまし　あはれむかしべ　ありきてふ　人まろこそは　うれしけれ　身はしもながら　ことのはを　あまつそらまで　きこえあげ　すゑのよまでの　あととなし　今もおほせの　くだれるは　ちりにつげとや　ちりの身に　つもれる事を　とはるらむ　これをおもへば　けだものの　くもにほえけむ　心地して　……わたくしの　おいのかずさへ　やよければ　身はいやしくて　年たかき　ことのくるしさ　かくしつつ　ながらのはしの　ながらへて　なにはのうらに　たつ浪の　浪のしわにや　おぼほれむ　さすがにいのち　をしければ　こしのくになる　しら山の　かしらはしろく　なりぬとも　おとはのたきの　おとにきく　おいずしなずの　くすりがも　君がやちよを　わかえつつ見む　壬生忠岑

①古今集　一〇〇三

（メモ）

①西国観音霊場第一六番札所、音羽山清水寺の御詠歌は、

松風や音羽の滝の清水《きよみず》をむすぶ心は涼しかるらん

である。

②この「音羽の滝」は奥ノ院の下にあり、滝口は三筋、西の方に落下し、春夏秋冬水量に増減なく一定しているという。

③この水は都五名水の一つとされ、清水寺を草創した延鎮法師の草庵跡が奥ノ院という。奥ノ院の本尊は千手観音立像。近くの阿弥陀堂は本尊は阿弥陀如来立像で「滝山寺《りゅうさんじ》」という。

1／2.5万　京都東南部

四六四　音羽ノ滝

京都府京都市山科区小山等

関係地図　1／20万　京都及大阪　1／2.5万　京都東南部

195
おとはのたき

・山しなのおとはのたきのおとにのみ人のしるべくわがこひめやも　うねめのたてまつれる　①古今集　一一〇九

（参考）たきの糸はたえてひさしく成りぬれど名こそ流れて猶きこえけれ　右衛門督公任　③拾遺集　四四九

（参考）あしひきの山路しらねどまどはれずおとはの滝のこゑのしるさに　古六帖　一七一二

（参考）手にむすぶ音羽の滝に夏さびてすずしく成りぬもりの下風　慈鎮和尚　夫木抄　一二三四七

1／2.5万　京都東南部

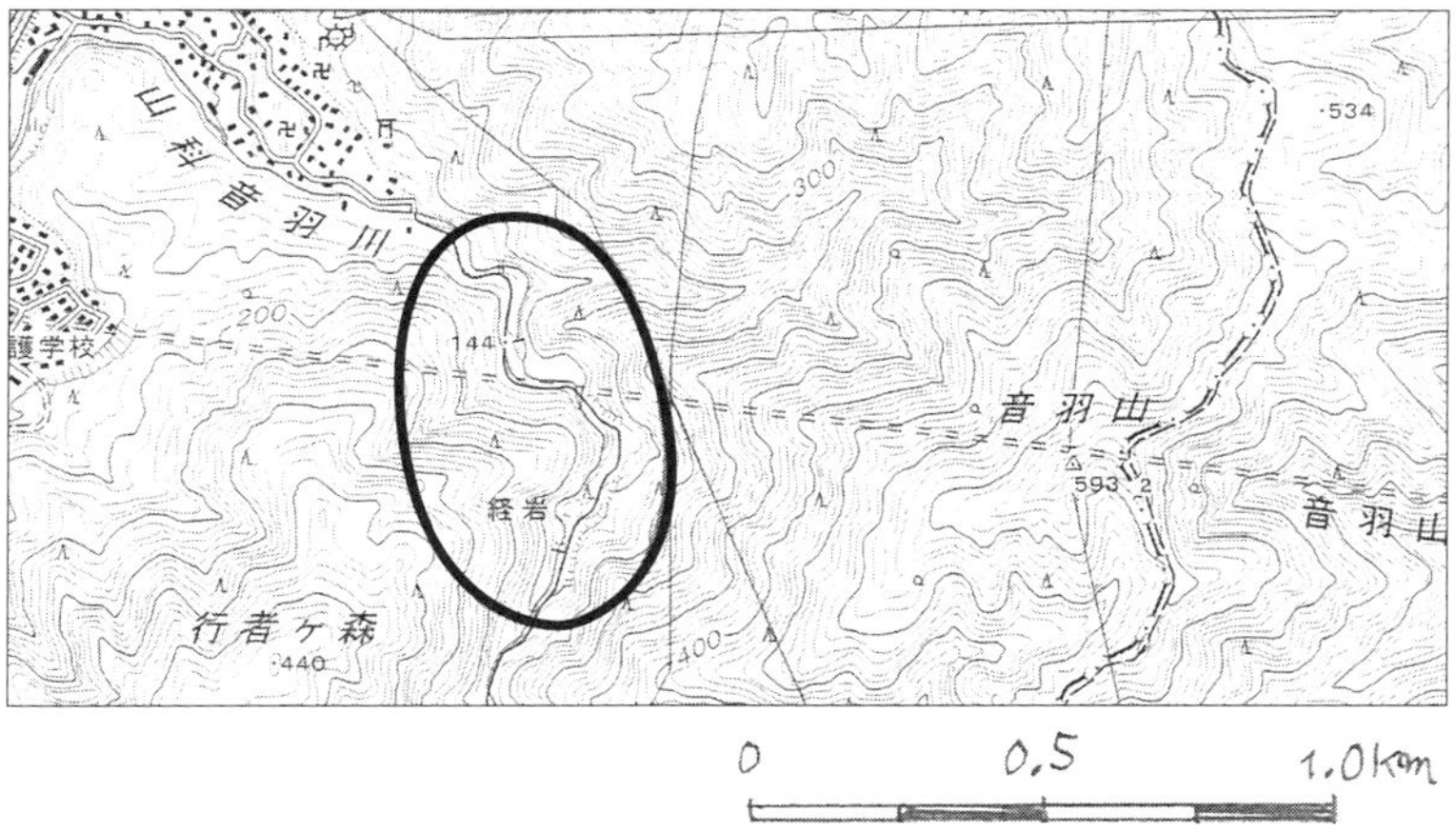

（メモ）

①「音羽ノ滝」は山科音羽川に懸る滝である。

②『拾遺都名所図会』の「牛尾山《うしのおやま》には、音羽山をいふ。法厳寺という観音堂あり。

とある。また「布引滝」の項には、

牛尾山にあり。高さ三丈餘、幅三間計《ばかり》、岩上に布を引くがごとし

ともある。

③『都名所図会』牛尾山《ぎゅびさん》法厳寺に、

七曲の上にあり。真言宗にして本尊は十一面観音なり。天智天皇の御作、脇士は不動、毘沙門天、又行叡居士、延鎮法師の像を安置す。天智帝の社神明社あり。不動滝・天狗杉は鐘楼の傍にあり。黒泥巌・金生水は堂前にあり。智証大師比両品を以て紺紙金泥の曼荼羅を書写し給うとぞ

などとある。

四六五　音羽山

京都府京都市山科区小山

関係地図　1／20万　京都及大阪　1／5万　京都東南部

196
おとは山

おとは山をこえける時に郭公のなくをききてよめる　きのとものり

・おとは山けさこえくれば郭公こずゑはるかに今ぞなくなる　①古今集　一四二

・松虫のはつこゑさそふ秋風はおとは山よりふきそめにけり　よみ人しらず　②後撰集　二五一

立春日よみはべりける

・あふさかのせきをやはるもこえつらんおとはの山の今日はかすめる　橘俊綱朝臣　④後拾遺集　四

郭公をたづねけるひはきかで二日ばかりありてなきけるをききて

・ほととぎすおとはのやまのふもとまでたづねしこゑをこよひきくかな　橘成元　⑤金葉集　一〇八

1／20万　京都及大阪

（メモ）

①「音羽山の名前の由来として、『和歌初学抄』に、

オトスルコトソフ

とあると。その音は、滝の音、鳥の声などか。

②『都名所図会』に、

音羽山　又牛尾山ともいふ。追分より東南の山なり。音羽里・小山村は道のほとりにありて一流の山川あり、是を音羽川といふ。水上は山科音羽滝にして、古より和歌多し。この流れ右に見て、左に傍《そ》ふて、牛尾観音堂に登る道に安履石《あんりいし》あり。行叡居士の沓《くつ》此石上にありしといふ。弘法腰掛石、鮎戻滝、調子滝、音羽ノ滝は路の右にあり。

などとある。

四六六　小野

京都府京都市左京区八瀬・大原

関係地図　1／20万 京都及大阪　1／5万 京都東北部

859

をの

惟喬のみこのもとにまかりかよひけるを、かしらおろしてをのといふ所に侍りけるに正月にとぶらはむとてまかりたりけるに、ひえの山のふもとなりければ雪いとふかかりけり、しひてかのむろにまかりいたりてをがみけるにつれづれとしていと物がなしくてかへりまうできてよみておくりける　なりひらの朝臣

・わすれては夢かとぞ思ふおもひきや雪ふみわけて君を見むとは

①古今集　九七〇

三百六十首の中に

・み山木をあさなゆふなにこりつめてさむさをこふるをののすみやき　曽祢好忠

③拾遺集　一一四四

1／20万　京都及大阪

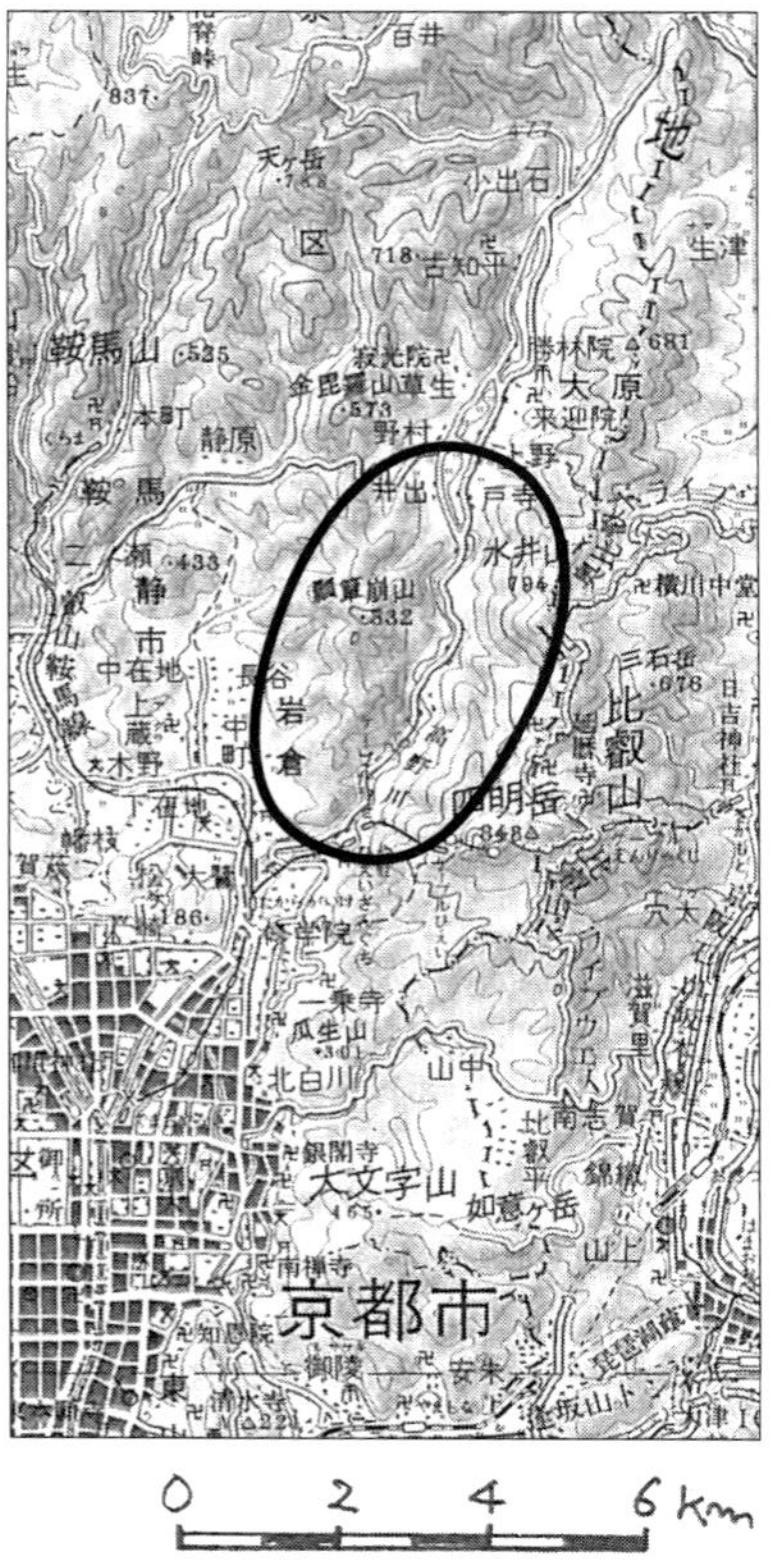

（メモ）

①『和名抄』山城国愛宕郡に「小野郷」がある。

②北村季吟の『菟芸泥赴』に、

愚案　高野村の東を小野畑と云。この処に小野橋とてあり。すべて小野九郷とて九郷の総名とぞ。小野の東の高き地形を高野といふ。又松崎の辺南に山際迄を小野と云、をの、氷室などよめるもここにや

とあると。

③表記、業平歌の詞書に、小野は比叡山の麓で、雪深い地とある。

四六七　朧の清水

京都府京都市左京区大原字草生町。寂光院辺

関係地図　1／20万 京都及大阪　1／2.5万 大原

213

おぼろのしみづ

良暹法師大はらにこもりゐぬときてつかはしける　素意法師

・みくさゐしおぼろしみづそこすみて心に月のかげはうかぶや

④後拾遺集　一〇三六

かへし　良暹法師

・ほどへてや月もうかばんおほはらやおぼろのしみづすむなばかりぞ

④後拾遺集　一〇三七

後朝の心をよめる　としよりの朝臣

・わがこひはおぼろのし水いはでのみせきやる方もなくてくらしつ

⑤金葉集　六八八

1／2.5万　大原

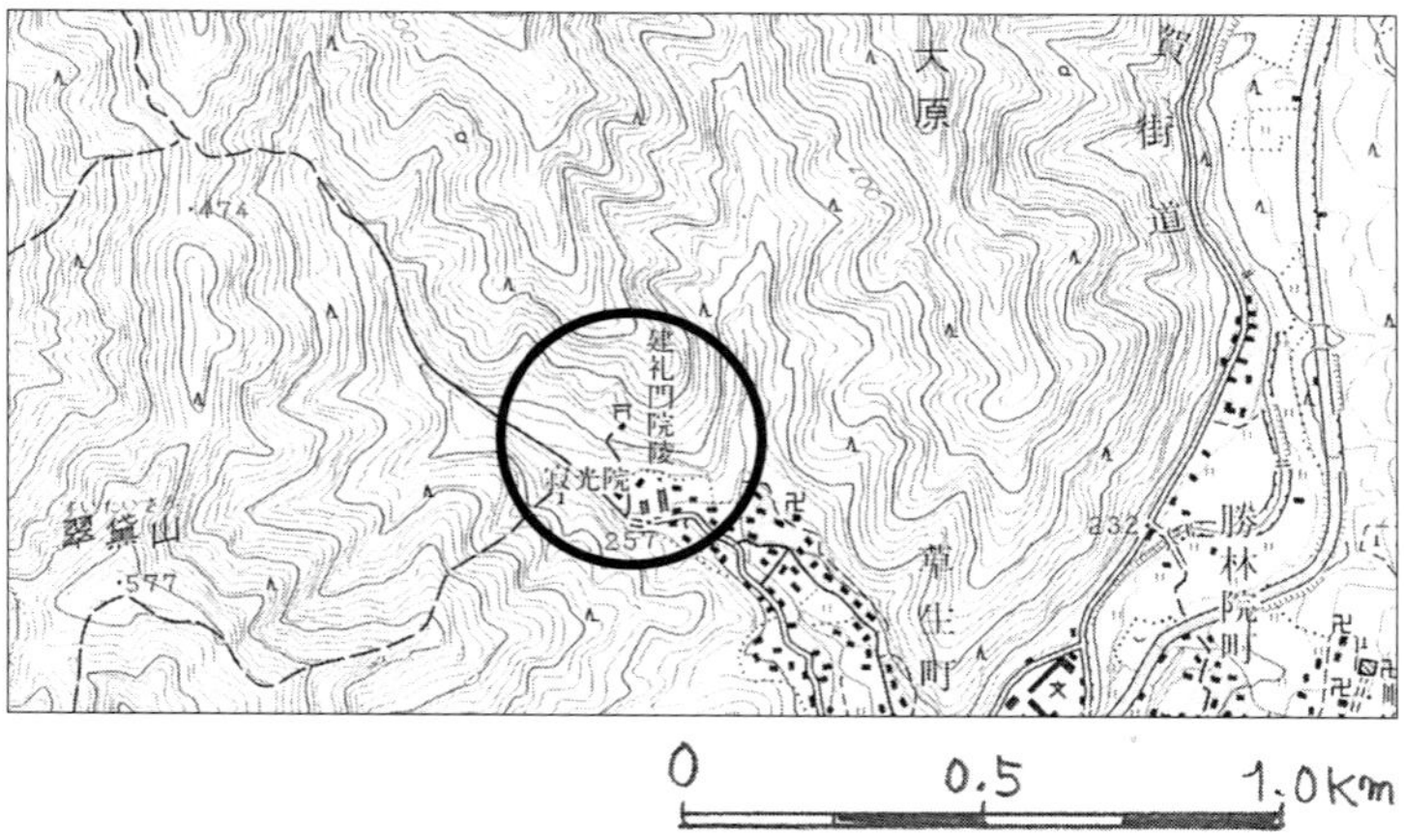

（メモ）

①草生町の名水。三千院から寂光院へ通じる道の傍にある。名前の由来は、建礼門院徳子が朧月夜に、わが身をその水に写したことに由来すると伝える。

②寂光院（草生町）は、三千院・来迎院・勝林院の西、大原川（高野川）を隔てた翠黛山《すいたいさん》（別名小塩山）の麓にある。天台宗延暦寺に属する尼寺で、寺伝では聖徳太子の創建。本尊は聖徳太子作地蔵菩薩立像。

③文治元（一一八五）年、建礼門院が寂光院の傍に庵を造り、壇ノ浦で滅亡した平家一門と、わが子安徳天皇の菩提を、ここで弔ったという。建礼門院は建保元（一二一三）年一二月この地で死去。

四六八　笠取山

京都府宇治市東笠取・西笠取

関係地図　1／20万　京都及大阪　1／5万　京都東南部

225

かさとり山

これさだのみこの家の歌合によめる　　ただみね

・あめふればかさとり山のもみぢばはゆきかふ人のそでさへぞてる

①古今集　二六三

宗于朝臣のむすめ、みちのくにへくだりけるに　　よみ人しらず

・いかで猶かさとり山に身をなしてつゆけきたびにそはんとぞ思ふ

②後撰集　一三二五

返し　　よみ人しらず

・かさとりの山とたのみし君をおきて涙の雨にぬれつつぞゆく

②後撰集　一三二六

1／5万　京都東南部

（メモ）

①宇治市東笠取集落（北）・同市西笠取集落（南）にまたがる標高三七〇ｍの山。全山雑木が繁茂。古くは醍醐・笠取山地を広く表わした呼名であった。

②山名の由来は「笠」の形、雨天時また晴天時の雨や強い日射を避けるための笠の形をしているに由る。

四六九　花　山

京都府京都市山科区上花山《かざん》・北花山

関係地図　1／20万　京都及大阪　1／2.5万　京都東南部

227

花山

春花山に亭子法皇おはしまして、かへらせたまひければ　　僧正遍昭

・まてといはばいともかしこし花山にしばしとなかん鳥のねもがな

③拾遺集　一〇四三

堀河院御時女房たちを花山の花見せにつかはしたりけるが、かへりまゐりて御前にてうたつかうまつりけるに、女房にかはりてよませ給ひける　　堀河院御製

・よそにてはいはこすたきと見ゆるかなみねのさくらやさかりなるらむ

⑤金葉集　四三

1／2.5万　京都東南部

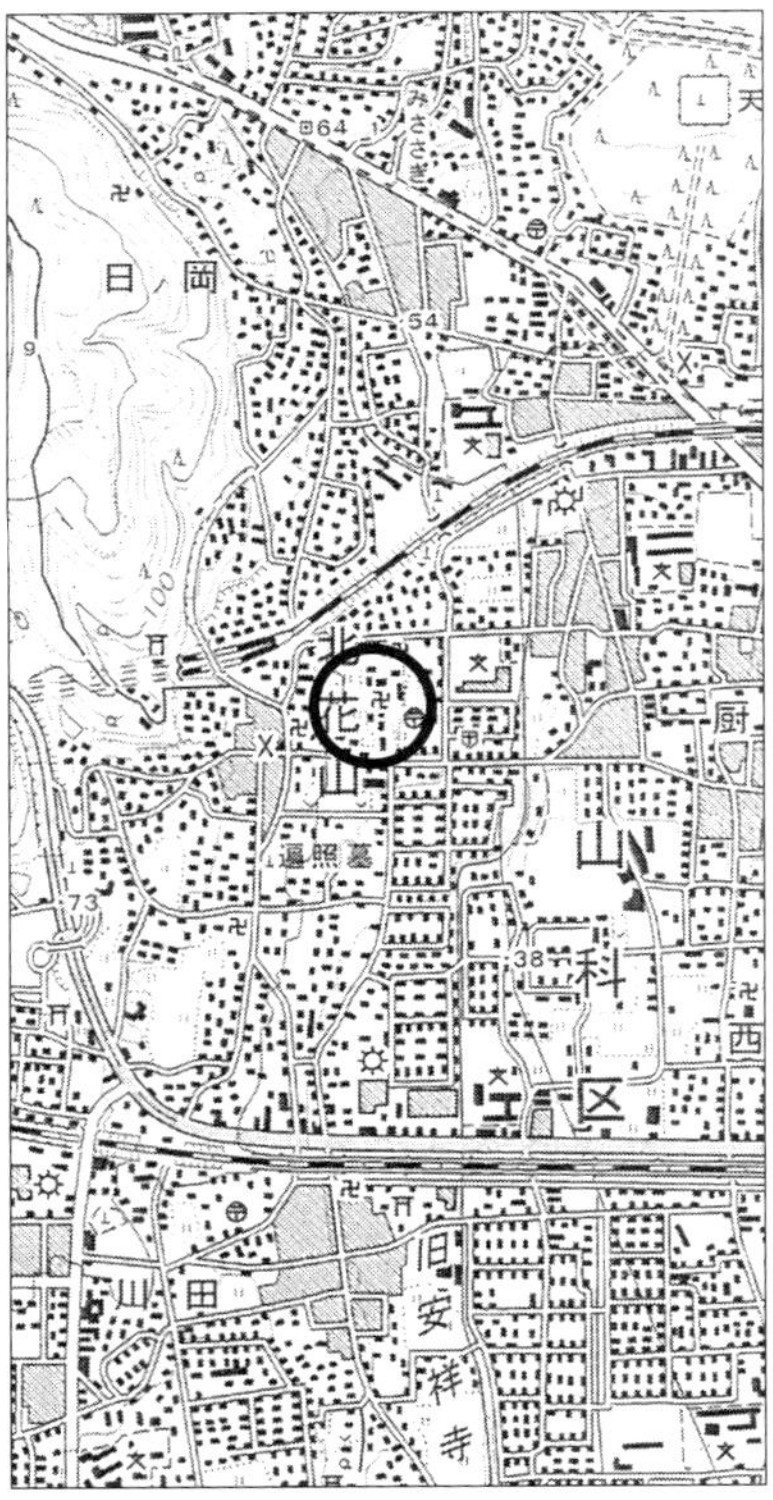

（メモ）

①花山山の頂上近くに京都大学花山《かさん》天文台が昭和四年に建設された。

②この地は天智天皇の御代は「華頂《かちょう》」と称されていたが、平安京遷都後に「花山」に改称という。

③元慶寺（図中の〇内）は花山山《かさんざん》の東南麓に位置する。山号は華頂山。天台宗。本尊薬師如来。『日本三代実録』元慶元（八七七）年一二月九日条に、

詔以二元慶寺一為二定額寺一。………。先レ是。法眼和尚位遍昭上表言。中宮有レ身之日。今上降誕之時。遍昭発心誓願。草二創此寺一。

とある。遍昭は嘉祥三（八五〇）年、仁明天皇崩御により出家。貞観一一（八六九）年、陽成天皇の御誕生に際し、当寺の造寺を発願したとある。

四七〇　鹿背山

京都府木津川市鹿背山

関係地図　1／20万 京都及大阪　1／5万 奈良

237 かせ山

・都いでて今日みかの原いづみ河かは風さむし衣かせ山　よみ人しらず　①
古今集　四〇八

（参考）かせのやま　こだちをしげみ　あささらず　きなきとよもす　うぐひすの　こゑ　田辺福麿　万葉集　一〇五七

（参考）ますらをがこさかのみちもあとたえてゆきふりにけり衣かせ山　権大納言公実　続後撰集　五〇七

（参考）みむろつき　かせ山ぎはに　さく花の　色めづらしき　もも鳥の　こゑなつかしく　読人不知　夫木抄　一〇九七

1／5 奈良

（メモ）

①鹿背山は木津川市鹿背山にある。その最高点は標高二〇三・九mの大野山。

②木津川北の対岸、木津川市一帯は奈良時代の恭仁京であった。その中心は加茂町例幣《れいへい》である。ここに恭仁宮跡や四宮神社がある。加茂町西には恭仁神社がある。

③「鹿背山」は山の形が恭仁宮を見てすわる鹿の背の形をしているに由るのであろう。

四七一　桂

京都府京都市西京区桂

関係地図　1／20万 京都及大阪　1／5万 京都西南部

243 桂

大井に紅葉のながるるを見侍りて

・いろいろのこのはながるる大井河しもは桂のもみぢとや見ん　壬生忠岑
③拾遺集　二一二

経長卿のかつらのやまざとにて人人うたよみけるによめる

・こよひわがかつらのさとの月を見ておもひのこせることのなきかな　大納言経信
⑤金葉集　一九一

（参考）たづぬべき人もあらしに紅葉ちるかつらの里は月のみぞすむ　読人不知
後葉集　五一五

1／20万 京都及大阪

（メモ）

①「桂」は山城国葛野郡。「葛野郡」中の一字は「葛」。茎の繊維で布、根からくず粉をとる「くずかずら」。この地一帯にくずかずらが多かったのであろう。「かずら」が後に、かつら、「桂」へ。

②『山城国風土記』逸文に、月読尊《つくよみのみこと》、天照大神の勅を受けて、豊葦原《とよあしはら》の中国《なかつくに》に降りて、保食《うけもち》の神の許に到りましき。時に、一つの湯津桂《ゆつかつら》の樹あり、月読尊、乃ち其の樹に倚《よ》りて立たしましき。其の樹の有る所、今、桂の里と号く。とある。

四七二　桂川

京都府京都市・亀岡市

関係地図　1／20万　京都及大阪　1／5万　京都西北部、京都西南部

163 梅津河

・なのみしてなれるも見えず梅津河ゐせきの水ももればなりけり　よみ人しらず

③拾遺集　五四八

(参考)梅津河ともす鵜ぶねのかがり火にそこのみくづもかくれざりけり　恵慶法師　夫木抄　三一七四

(参考)梅津河ゐせきの水ももるなかとなりける身をまづぞうらむる　和泉式部　夫木抄　一一〇六九

179 大井河

奥山の菅の根しのぎふる雪下

・けふ人をこふる心は大井河ながるる水におとらざりけり　古今集　一一〇六

後冷泉院御時、うへのをのこども大井河にまかりて、紅葉浮水といへる心をよみ侍りけるに

・ちりかかるもみぢながれぬ大井河いづれゐせきの水のしがらみ　大納言経信

⑧新古今集　五五五

549 戸無瀬河

百首歌たてまつりける時、よめる

・いかにしていはまもみえぬ夕霧にとなせのいかだおちてきつらん　前参議親隆

⑦千載集　三四五

(参考)大井河ふるきみゆきのながれにてとなせの水もけふぞすみける　大宮右大臣　新勅撰集　四七九

609 西河

法皇にし河におはしましたる日、つるすにたてりといふことを題にてよませたまひける

・あしたづのたてる河辺を吹く風によせてかへらぬ浪かとぞ見る　つらゆき

①古今集　九一九

244 桂河

(参考)久方のあまてる月のかつら河秋の今夜の名にながれつつ　山階入道前左大臣　新千載集　四九八

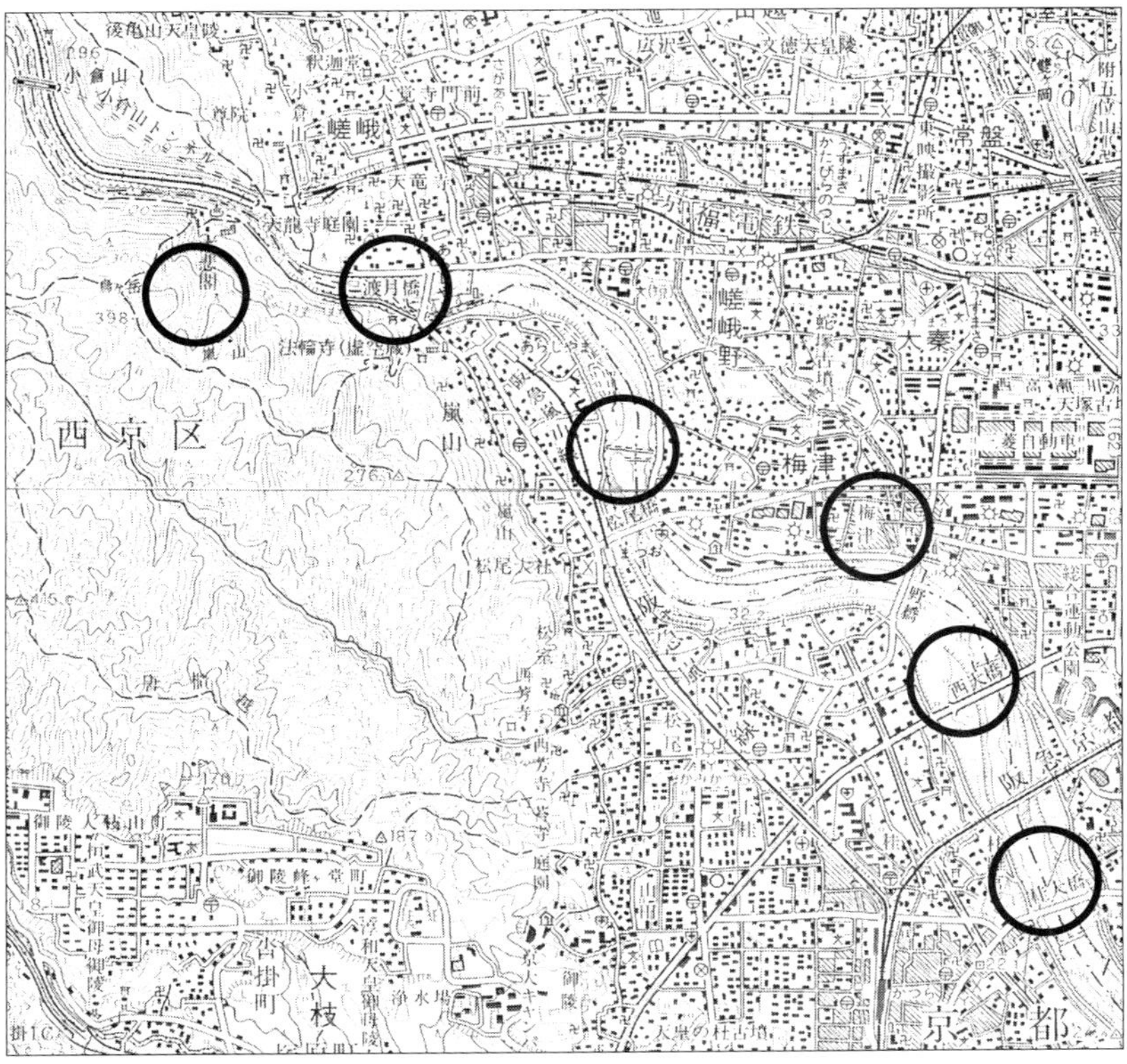

1／5万　京都西北部(上)・京都西南部(下)

(メモ)

①桂川は『和名抄』山城国葛野郡の川。『日本後紀』延暦一八(七九九)年一二月四日条に

勅。山城国葛野川。近在二都下一。毎レ有二洪水一。不レ得二徒渉一。大寒之節。人馬共凍。来往之徒。公私同苦。宜下二楓佐比二渡。各置二度子一。以省中民苦上。

とある。

②梅津に「梅宮坐四座並名神大月次新嘗」の鎮座、渡月橋辺には田畑に水を供給する用水に水をあげるための堰を構築、嵐山北面には戸難瀬滝流入地、現在の西京区辺には西河、亀岡市追分から渡月橋までは建築用材の筏運搬の安全保持などによる、桂川の部分名称―梅津河・大井河・大堰川・戸難瀬河・西河・保津河・保津峡などがついた。

③桂川は京都市左京区の標高七四一mの大悲山を源とし、多くの支流を併せ、やがて宇治川・木津川とあわさり淀川となって大阪湾に向う。淀川となるまでの延長は約一〇八km。

四七三　桂宮跡推定地

京都府京都市西京区御所町辺

関係地図　1／20万　京都及大阪　1／5万　京都西南部
　1／2.5万　京都西南部

248　かつらのみや

・秋くれば月のかつらのみやはなるひかりを花とちらすばかりを　源ほどこす

①古今集　四六三

かつらに侍りける時に、七条の中宮のとはせ給へりける御返事にたてまつれりける

・久方の中におひたるさとなればひかりをのみぞたのむべらなる　伊　勢

①古今集　九六八

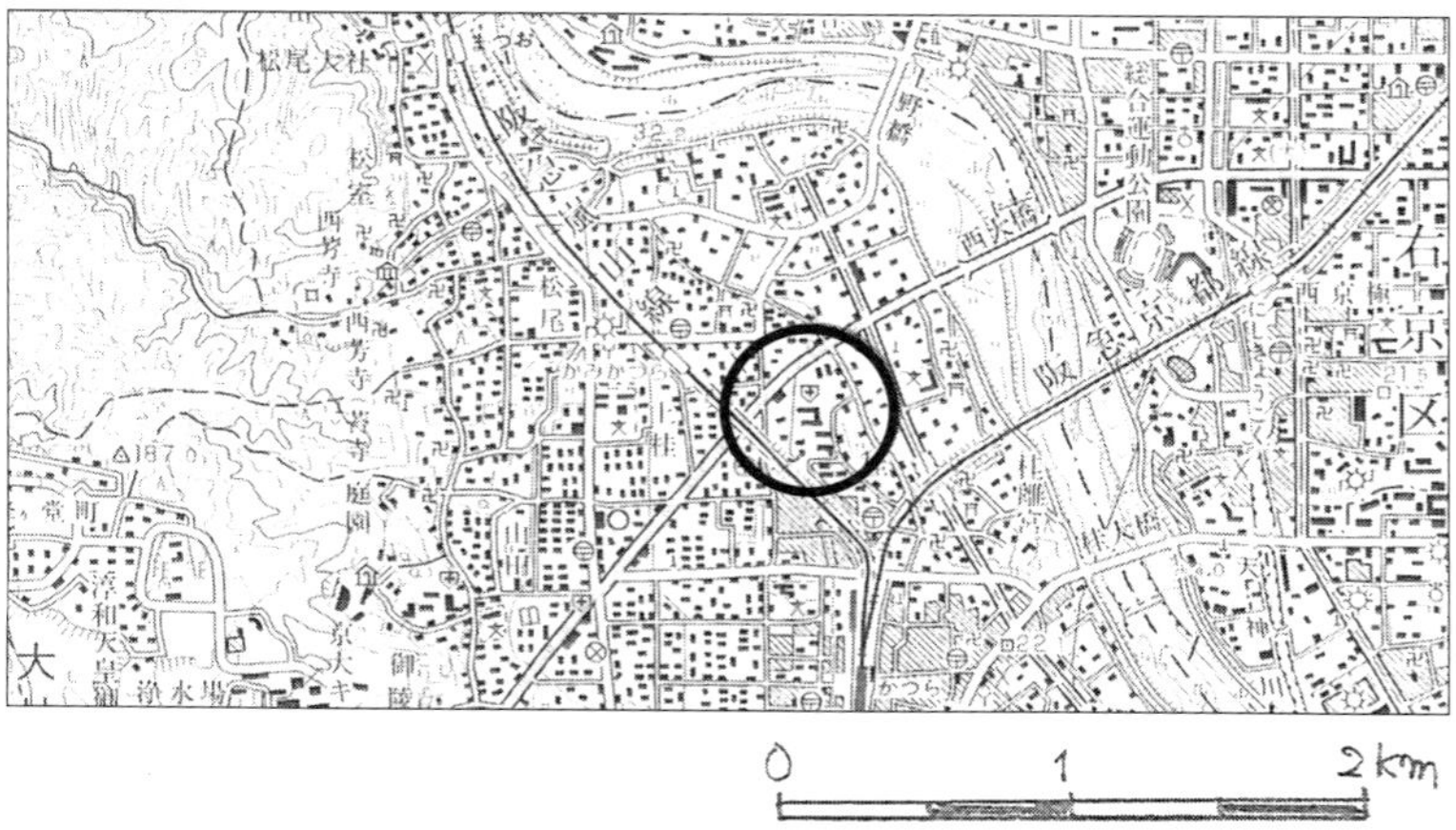

1／5万　京都西南部

（メモ）

①表記の歌の作者伊勢は、宇多天皇の御子を産み、その御子を桂宮に置いて七条中宮温子に仕えたという。

②『拾遺都名所図会』に、

伊勢宅　むかしの歌人伊勢女此里に住けるよし、諸書に見えたり。

　いせがかつらの家におはして梅の枝にむすびつけさせ給ひける

梅の花香だに残さずちりにけりうらみてなとかおしまざりけん　亭子院御製　新拾遺集　五九

がある。

③『源氏物語』松風の巻に、

けふは猶、桂殿にとて、そなたざまにおはしましぬ。にはかなる御あるじとさはぎて、鵜飼ども召したるに、海人のさへづりおぼし出でらる。………

　月のすむ川のをちなる里なればかつらのかげはのどけかるらむ

うらやましう。

などとある。

四七四　月輪寺

京都府京都市右京区嵯峨清滝月ノ輪町

関係地図　1／20万　京都及大阪　1／5万　京都西北部
　1／2.5万　京都西北部

517　月のわ

かつらなるところに人人まかりてうたよみにまたこむといひてのちに、そのかつらにはまからで月のわといふところに人人まかりあひて、かつらをあらためてきたるよしよみはべりけるにかはらけとりて

・さきの日にかつらのやどをみしゆゑはけふ月のわにくべきなりけり　祭主輔親

④後拾遺集　一〇六〇

249　月輪寺

小野宮のおほきおほいまうちぎみ、月輪寺に花見侍りける日よめる

・たがたにかあすはのこさむ山桜こぼれてにほへけふのかたみに　清原元輔

⑧新古今集　一五〇

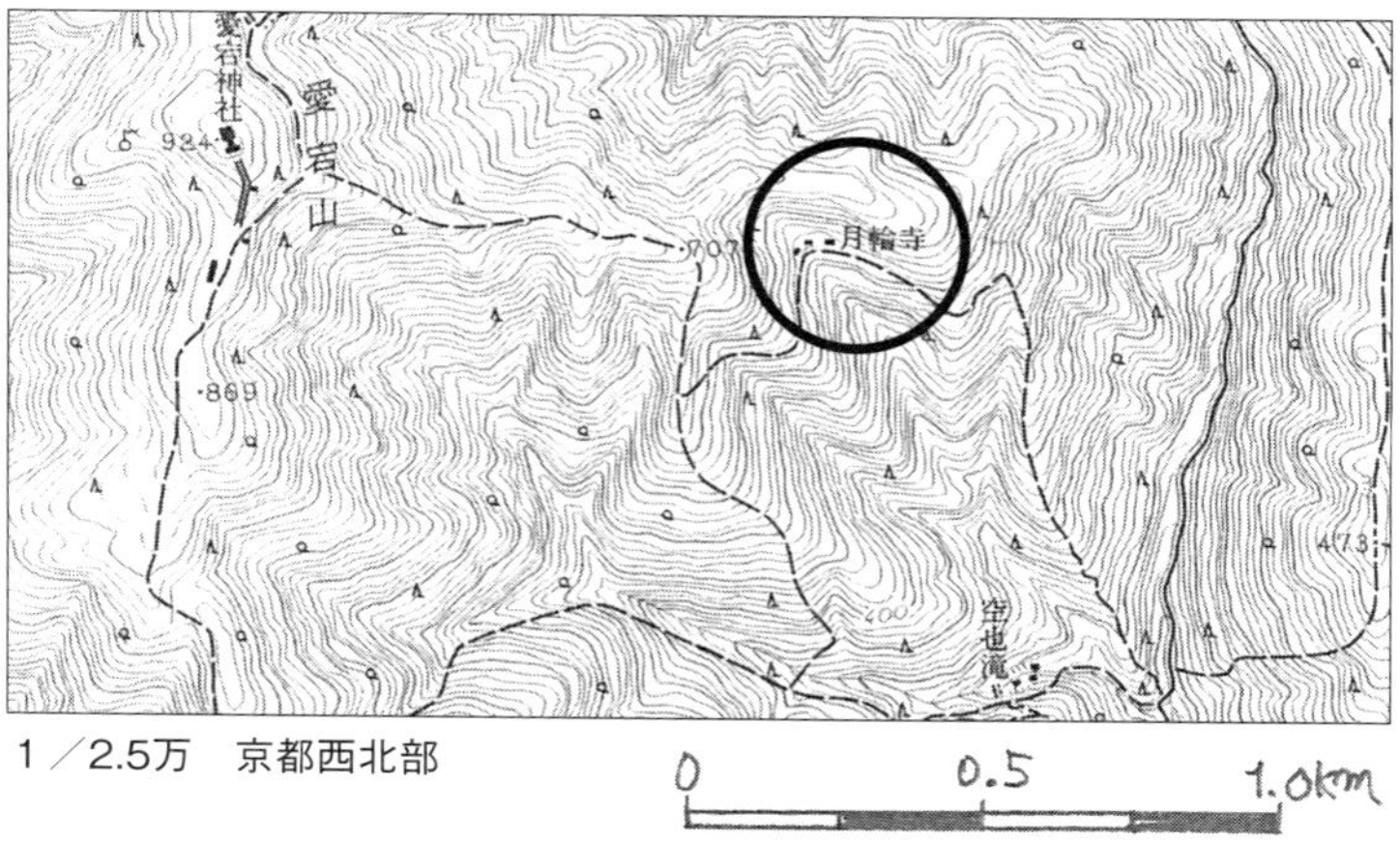

1／2.5万　京都西北部

（メモ）

①標高九二四m愛宕山東の大鷲峰山腹にある。山号は鎌倉山。天台宗。本尊は十一面観音。「つきのわでら」ともいう。

②天応元（七八一）年、慶俊僧都の開創。寺号「月輪」は開基時に出土した宝鏡の文字「奇観自在　照体普弥綸　仏祖大円鑑　人天満月輪」によるという。

③空也上人が此地に幽居された時、当寺の寒蟬滝《ひぐらしのたき》より龍女婦人と化して現れ、上人に妙経を授り、忽成仏した。其の報恩として後山の巌を穿ち所、清泉が湧出したので、龍女水と命名された。水量今日まで増減なく、当寺の生活水にしていると。

④九条関白太政大臣兼実公は出家し、円証と名乗り、当地に閑居し、当寺を中興した。承元元（一二〇七）年浄土一門配流の時、法然・親鸞は兼実を訪ねた時、その形身として自刻の木像を残している。

四七五　月林寺跡《がつりんじ》

京都府京都市左京区一乗寺・修学院月輪寺町

関係地図　1／20万 京都及大阪　1／5万 京都東北部

250

月林寺

清慎公月林寺にまかりけるに、おくれてまうできてよみ侍りける

・昔わが折りし桂のかひもなし月の林のめしにいらねば　藤原後生　③拾遺集　四七二

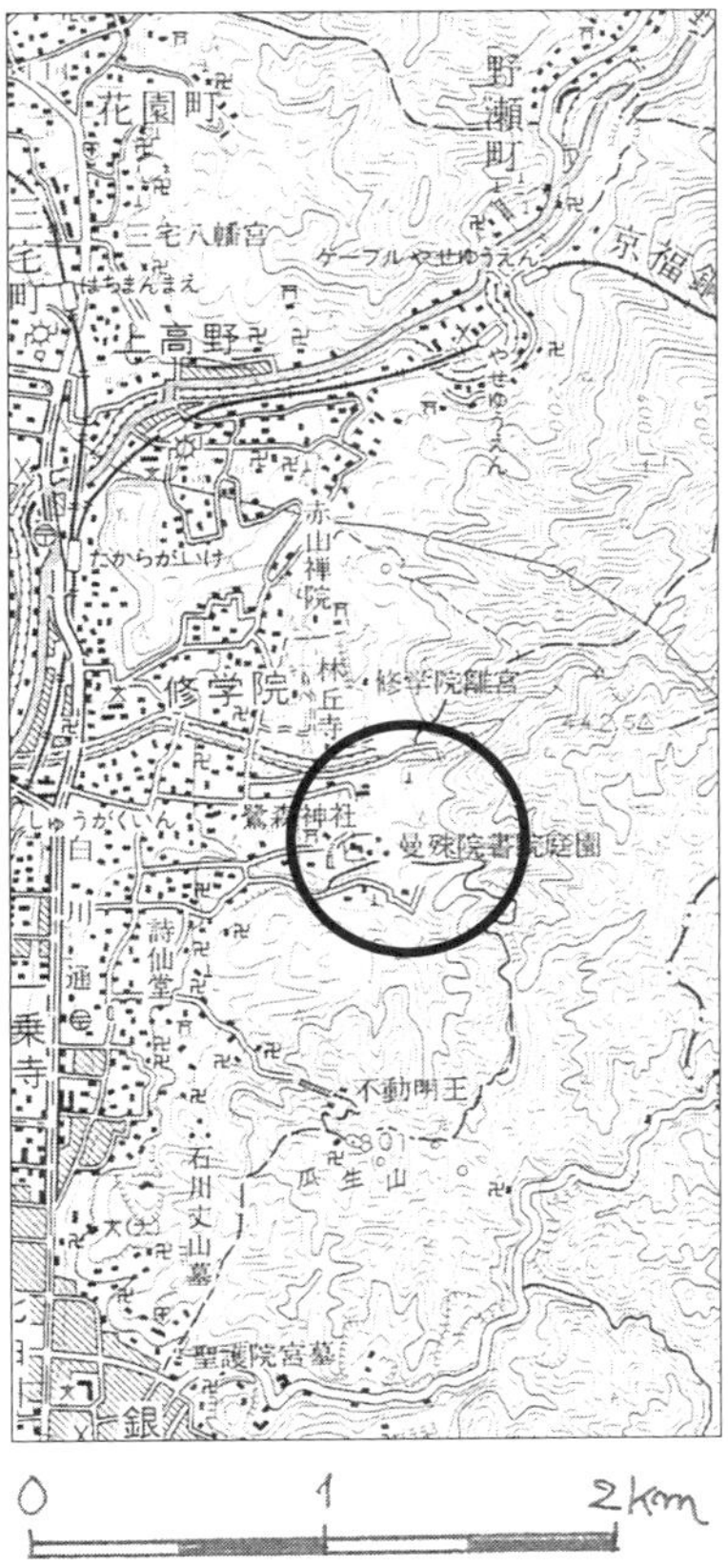

1／5万　京都東北部

（メモ）

①『山城名勝志』に、

竹内門跡坊官云　月林寺今曼殊院地旧跡也

とあり、曼殊院及びその北西一帯であるとある。

②天台宗延暦寺に属し、叡山三千坊の一。『西宮記』に

三月三日御灯貞観以来於霊厳寺被奉、寛平（八八九―八九七）初用月林寺

とあると。

③『日本紀略』康保四（九六七）年二月二八日条に、

左大臣実頼向月林寺翫花

とある。

④『扶桑略記』応和四（九六四）年三月一五日条に、

由聞法歓喜讃之心、講法花経以経中一句為其題作詩歌詠也

とあり、法華経の信仰を深めながら、また詩歌詠の場でもあった。

四七六　上　狛

京都府木津川市山城町上狛

関係地図　1／20万 京都及大阪　1／5万 奈良

344

こま

三位国章、ちひさきうりを扇におきて、藤原かねもりにもたせて、大納言朝光が兵衛佐に侍りける時、つかはしたりければ

・おとにきくこまの渡のうりつくりとなりかくなりなる心かな　③拾遺集　五五七

返し

・さだめなくなるなるうりのつら見てもたちやよりこむこまのすきもの　③拾遺集　五五八

（参考）こまやまに　なくほととぎす　いづみがは　わたりをとほみ　ここにかよはず　田辺福麿　万葉集　一〇五八

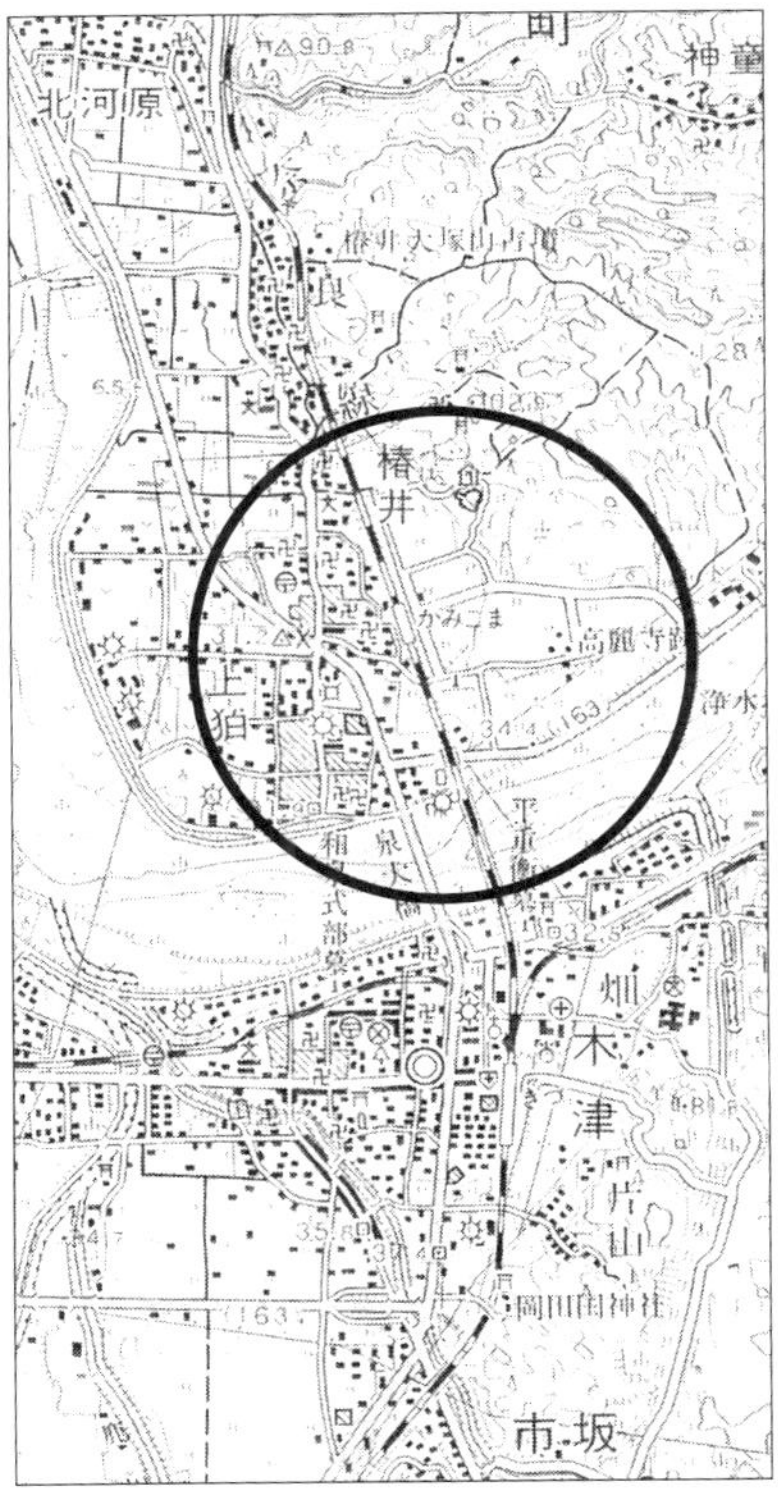

1／5万　奈良

（メモ）

①『和名抄』山城国相楽郡の「大狛郷」。ここ上狛は大狛郷の南半部に当るという。

②木津川市山城町上狛高麗寺に、国史跡の高麗寺跡がある。『日本書紀』欽明天皇三一（五七〇）年四月二日条に、越人の江渟臣《えぬまのおみ》裙代《もしろ》が「高麗の使者が漂着したので保護しております」と申し上げた。すると、「山城国相楽郡の館で静養させよ」との指示が出た。とある。この地の高麗寺は、この「高麗の館」であろうと。

四七七　甘南備山《かむなび》

京都府京田辺市薪《たきぎ》甘南備山、甘南備神社も
（二一七ｍ）

関係地図　１／20万 京都及大阪　１／５万 大阪東北部、奈良

261

神なび山

・ちはやぶる神なび山のもみぢばに思ひはかけじうつろふものを　よみ人しらず
　①古今集　二五四

・たびねしてつまごひすらし郭公神なび山にさよふけてなく　よみ人しらず
　②後撰集　一八七

・おのがつま恋ひつつなくや五月やみ神なび山の山ほととぎす　読人しらず
　⑧新古今集　一九四

（参考）たびにして　つまごひすらし　ほととぎす　かむなびやまに　さよふけてなく
　万葉集　一九三八

1／5万　大阪東北部（左）・奈良（右）

（メモ）

①河内国境近の山。富士山型山で、古来「神の山」「甘南備山」の名がある。山頂に神南備神社が鎮座。『延喜式神名帳』綴喜郡の甘南備神社。山頂の神社の傍に甘南備寺があったが現在は酬恩庵辺。山頂の眺望は良い。山頂から北の大住にかけて水晶（石英）があると。

②甘南備寺（京田辺市薪字垣内）　宗派は黄檗宗。山号は医王山。本尊薬師如来。天平年間、行基が山頂で開山。更にその前に、役小角も山頂で柴灯護摩供養の秘法を修したという。

四七八　亀ノ尾の山

京都府京都市右京区嵯峨亀ノ尾町

関係地図　１／20万 京都及大阪　１／2.5万 京都西北部

267

亀の尾の山

さだときのみこのをばのよそぢの賀を大井にてしける日よめる

・亀の尾の山のいはねをとめておつるたきの白玉千世のかずかも　きのこれをか
　①古今集　三五〇

（参考）万代とかめのを山の松かげをうつしてすめるやどの池水　太上天皇
　続拾遺集　七二五

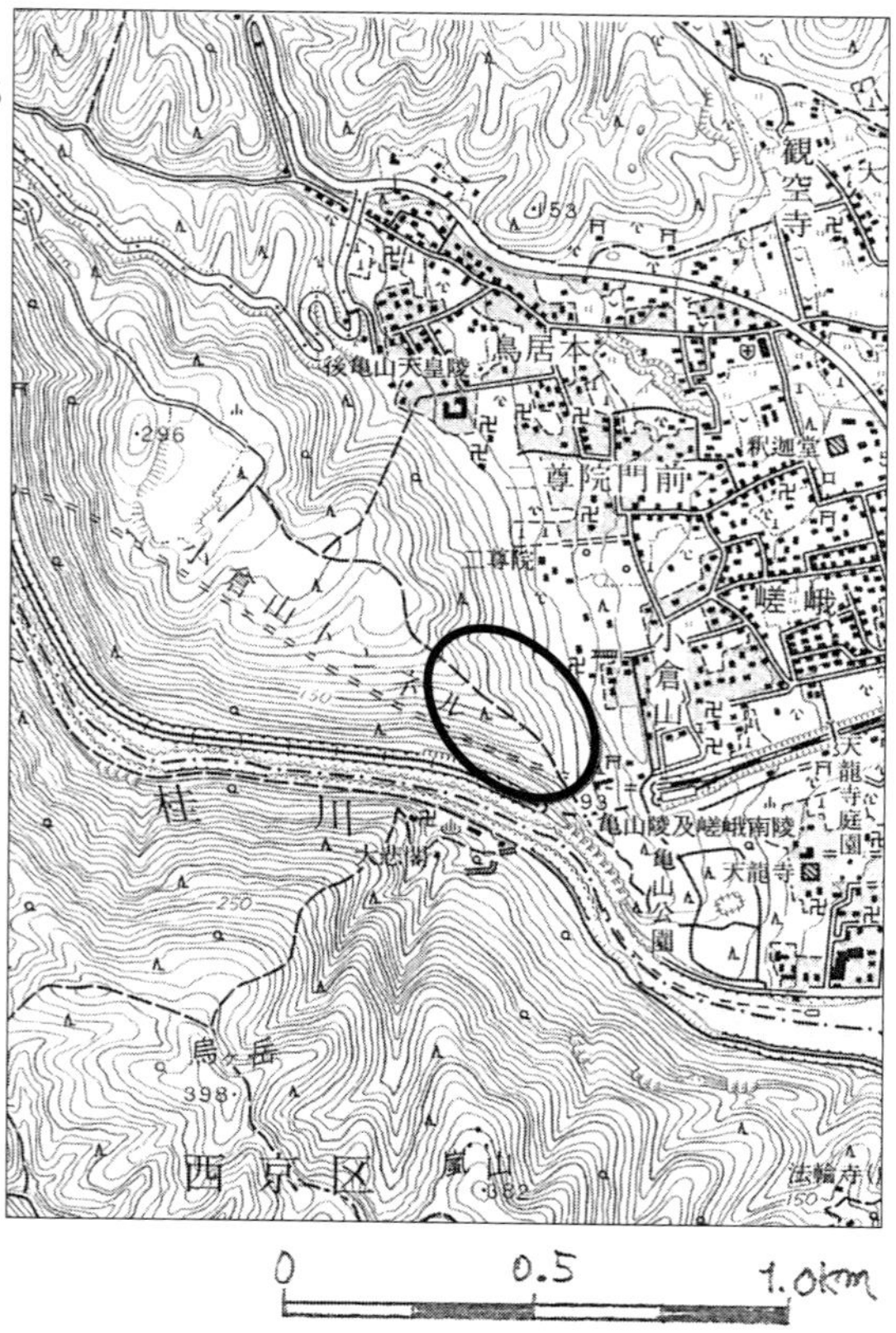

1／2.5万　京都西北部

（メモ）

①「亀ノ尾の山」は標高二九六ｍの小倉山頂から南東の亀山公園（嵐山公園）まで。この地の町名は亀ノ尾町。小倉山頂上の亀の頭。標高約二百ｍまでは甲羅。それから下が亀ノ尾である。

②第九〇代亀山天皇、第九九代後亀山天皇の御陵は小倉山や亀ノ尾山にある。亀山天皇陵は右京区北嵯峨朝原山町の蓮華峯寺。陵名は「亀山陵」。同天皇火葬塚は亀山公園内。また後亀山天皇陵は右京区嵯峨鳥居本小坂町。陵名は「嵯峨小倉陵」である。

四七九　賀茂川　京都府京都市北区上賀茂

関係地図　1／20万　京都及大阪　1／5万　京都東北部

85　いしかはやせみのを川

鴨社歌合とて人人よみ侍りけるに、月を　鴨長明

・いしかはやせみのを川のきよければ月もながれを尋ねてぞすむ

⑧新古今集　一八九四

（参考）君がよもわがよもつきじ石川やせみのをがはのたえじとおもへば　鎌倉右大臣　続古今集　一九〇一

（参考）石川や蟬の小川のながれにもあふせありやとみそぎをぞする　隆信朝臣　夫木抄　三八三二

1／5万　京都東北部

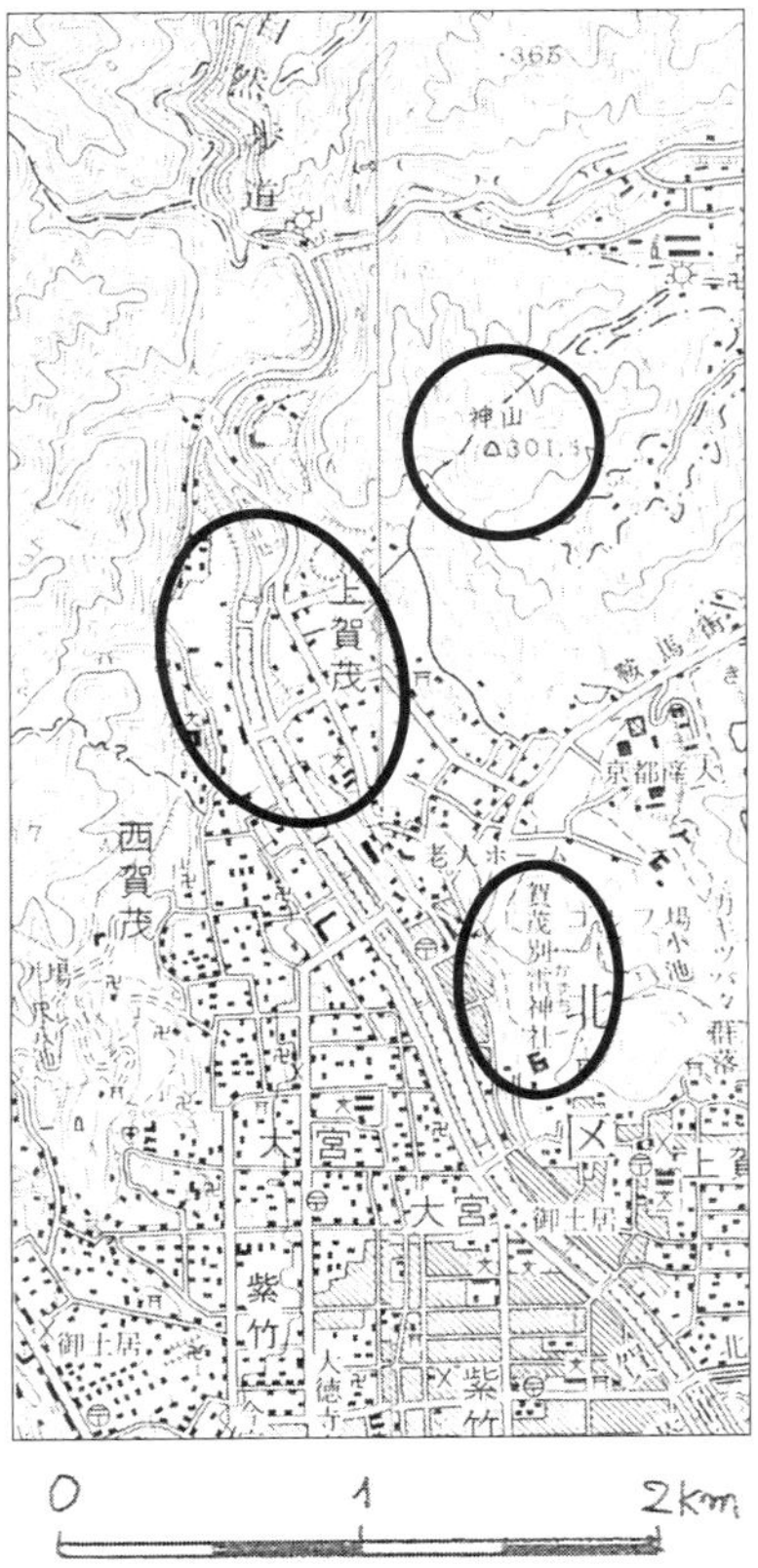

（メモ）

①『山城国風土記』逸文に、……葛野河《かどのかは》（桂川）と賀茂河との会ふ所に至りまし、賀茂川を見迥《みはる》かして、言《の》りたまひしく、「狭小《さ》くあれども、石川の清川《すみかは》なり」とのりたまひき。仍《よ》りて、名づけて石川の瀬見の小川と曰ふ。

②北区上賀茂の地、上賀茂神社の北約二kmの地に「神山《こうやま》」がある。標高三〇一・四m。山頂は岩石が露出し、その中の最大の石を「神の降臨石」と言う。上賀茂神社の磐座である。

③辞書に「石川」は川底に石ころのある川。「瀬」は砂石の上に水のせせらぐ所。あさせ。「瀬、水流沙上也」とある。

④以上より「石川の瀬見の小川」は神山の東から上社付近までの賀茂川の名称。

四八〇　鴨　川　京都府京都市

関係地図　1／20万　京都及大阪　1／5万　京都東北部

269　かも河

みな月ばらへしに河原にまかりいでて、月のあかきを見て　よみ人しらず

・かも河のみなそこすみててる月をゆきて見むとや夏ばらへする

②後撰集　二一五

賀茂臨時祭の使にたちてのあしたに、かざしの花にさして左大臣の北の方のもとにいひつかはしける　兵衛

・ちはやぶるかもの河辺のふぢなみはかけてわするる時のなきかな

③拾遺集　一二三五

（参考）かもがはの　のちせしずけく　のちもあはで　いもにはわれは　いまならずとも　万葉集　二四三一

1／5万　京都東北部

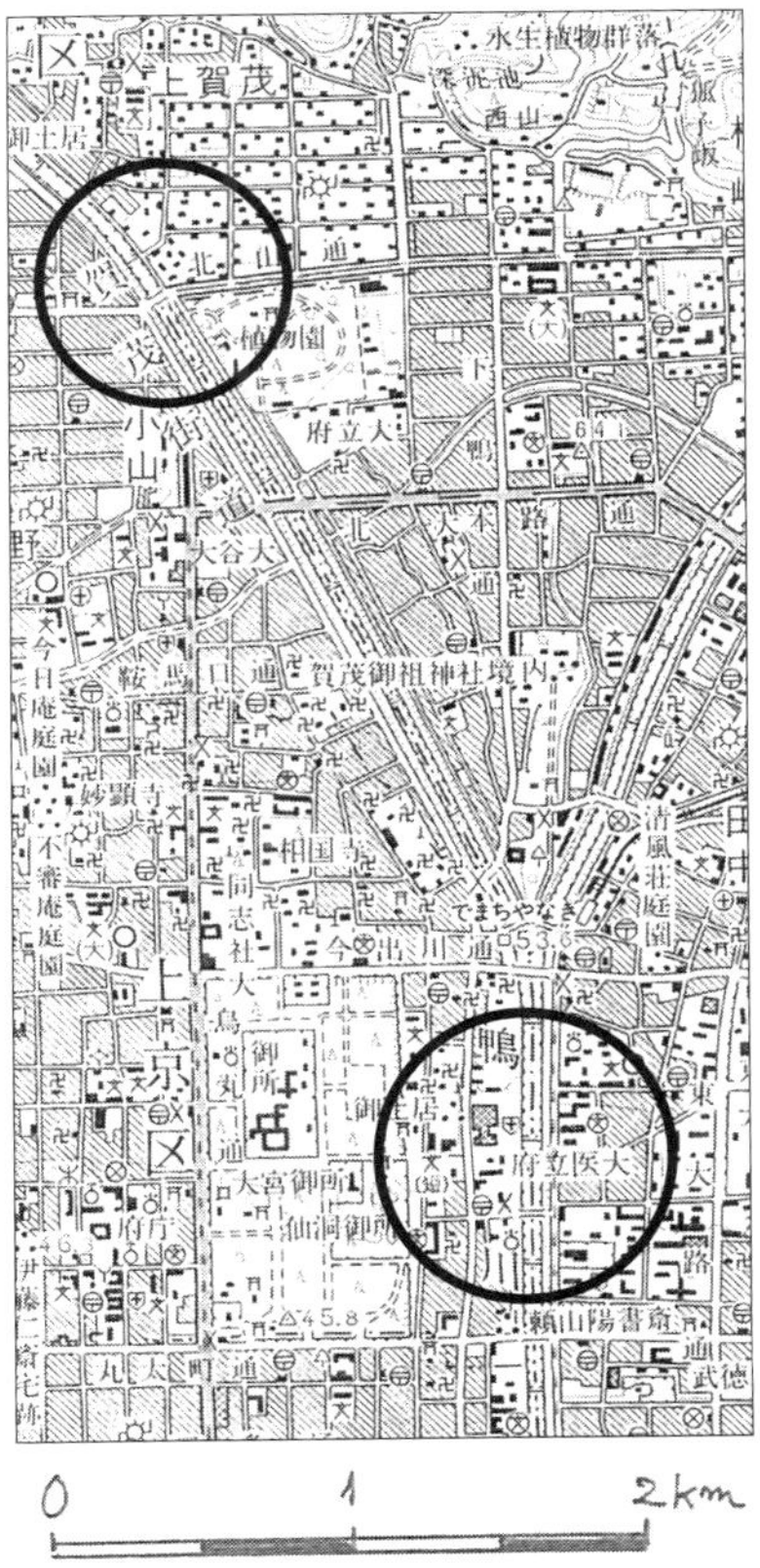

（メモ）

①「かも川」は、鴨川・賀茂川・加茂川等と表記される。この川は賀茂別雷神社の神体山である標高三〇一・五m神山、山麓の里宮上社・下社の辺を流れるにより「かも川」と呼ばれたであろう。

②かも川は、京都市北区雲ヶ畑と同区大森にまたがる標高八九五・八m。桟敷ヶ岳を源とする。はじめ祖父谷川・雲ヶ畑岩屋川であるが、北区雲ヶ畑で、雲ヶ畑岩屋川・祖父谷川・中津川が併さり鴨川（賀茂川）となる。その後、鞍馬川・静原川・高野川を併せ曲流し、やがて伏見区下鳥羽で大河桂川に注ぐ。

四八一　賀茂社斎院跡

京都府京都市北区紫野。上御所田町、西御所田町・東御所田町辺

関係地図　1／20万　京都及大阪　1／2.5万　京都東北部

270

賀茂のいつき

賀茂のいつきときこえける時、本院のすいがきに、あさがほの花のさきかかりて侍りけるをよめる

• かみがきにかかるとならばあさがほもゆふかくるまでにほはざらめや　禖子内親王　⑥詞花集　一一四

二条太皇大后宮、賀茂のいつきと申しける時、本院にて松枝映水といへる心をよみ侍りける

• ちはやぶるいつきの宮のありす川松とともにぞかげはすむべき　京極前太政大臣　⑦千載集　六一六

1／2.5万　京都東北部

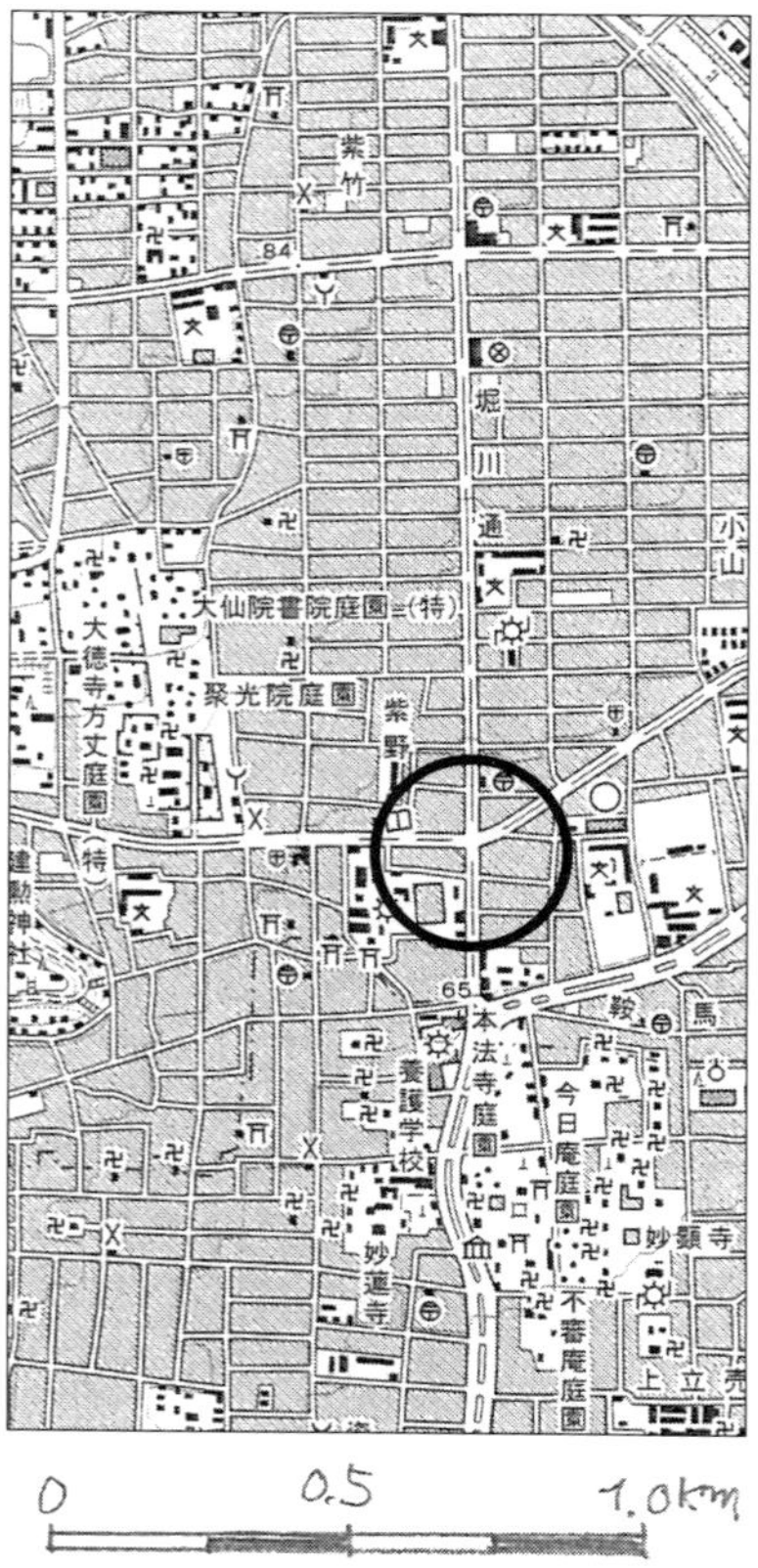

（メモ）

①賀茂社の斎院、紫野院の御所は現在の京都市北区。雲林院南隣辺であったかといわれる。

②表記の千載集の歌は康和元（一〇九九）年四月一日の歌会時のものかといわれる。『師通記』に題「松葉映水」があるという。有栖川は当時、この斎院辺を流れていたという。

③賀茂社の初代斎院は嵯峨天皇の第九皇女有智子内親王であった。また、後鳥羽院時代、嘉陽門院、第八三代土御門院治の元久元（一二〇四）年卜定、以後断絶したという。

四八二　賀茂《かも》御祖《みおや》神社

京都府京都市左京区下鴨泉川町五九

関係地図　1／20万　京都及大阪　1／2.5万　京都東北部

271

かもの社

• ちはやぶるかもの社のゆふだすきひと日も君をかけぬ日はなし　読人しらず　①古今集　四八七

延喜御時、賀茂臨時祭の日、御前にてさかづきとりて　三条右大臣

• かくてのみやむべきものかちはやぶるかもの社のよろづ世を見む　②後撰集　一一三一

（参考）きくたびにたのむ心ぞすみまさるかもの社のみたらしのこゑ　前中納言定家　玉葉集　二七六六

（参考）千早振かものやしろの葵草かざすけふにもなりにけるかな　皇太后宮大夫俊成　続後拾集　一六二

1／2.5万　京都東北部

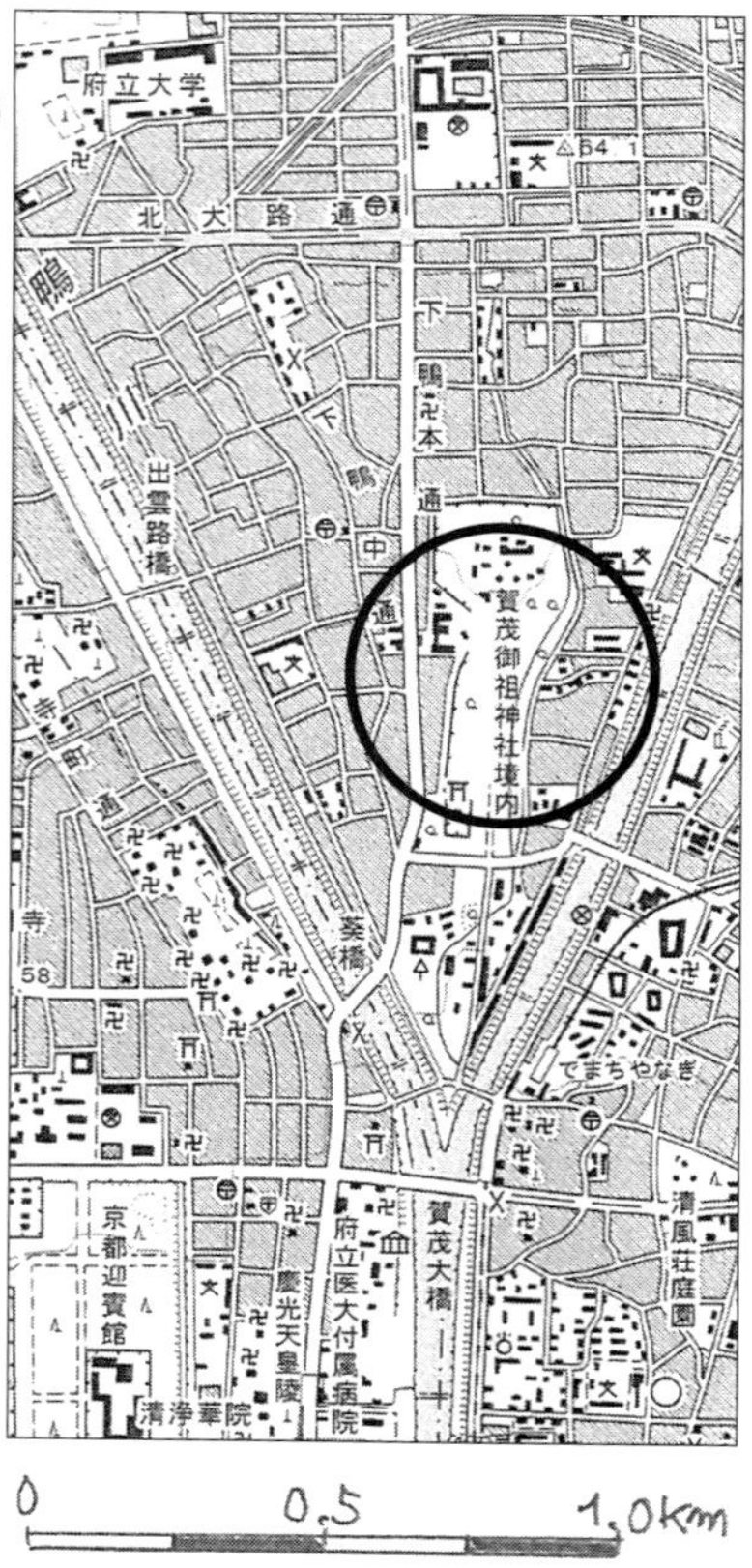

（メモ）

①賀茂御祖神社（下鴨神社）の由緒は、東本殿の祭神玉依媛命は　西本殿の祭神建角身命の御女で、上賀茂神社の祭神の御母である。建角身命は日向の高千穂峯に天降り坐した神で、神武天皇御東征の砌、大和平定に当り、数々の偉勲を樹てられた。その後、大和国葛木の峯、山城国岡田の賀茂、更に山城国北山に長く留り給う。その後、第一〇代崇神天皇七年以前には現在地に祀るという。

②『延喜式神名帳』山城国愛宕郡の「賀茂御祖神社二座普、名神大月次相嘗新嘗」である。

四八三　賀茂別雷《かもわけいかづち》神社

京都府京都市北区上賀茂本山町

関係地図　1／20万 京都及大阪　1／2.5万 京都東北部

271

かものやしろ

冬の賀茂のまつりのうた

・ちはやぶるかものやしろのひめこまつよろづ世ふともいろはかはらじ　藤原敏行朝臣　①古今集　一一〇〇

まつりのかへさにゑひさまだれたるかたかきたるところを

・とのへしかものやしろのゆふだすきかへるあしたぞみだれたりける　安法法師　④後拾遺集　一〇八〇

左大将朝光ちかごとふみをかきて、かはりおこせよとせめ侍りければ、つかはしける

・ちはやぶるかものやしろの神もきけ君わすれずはわれもわすれじ　馬内侍　⑦千載集　九〇九

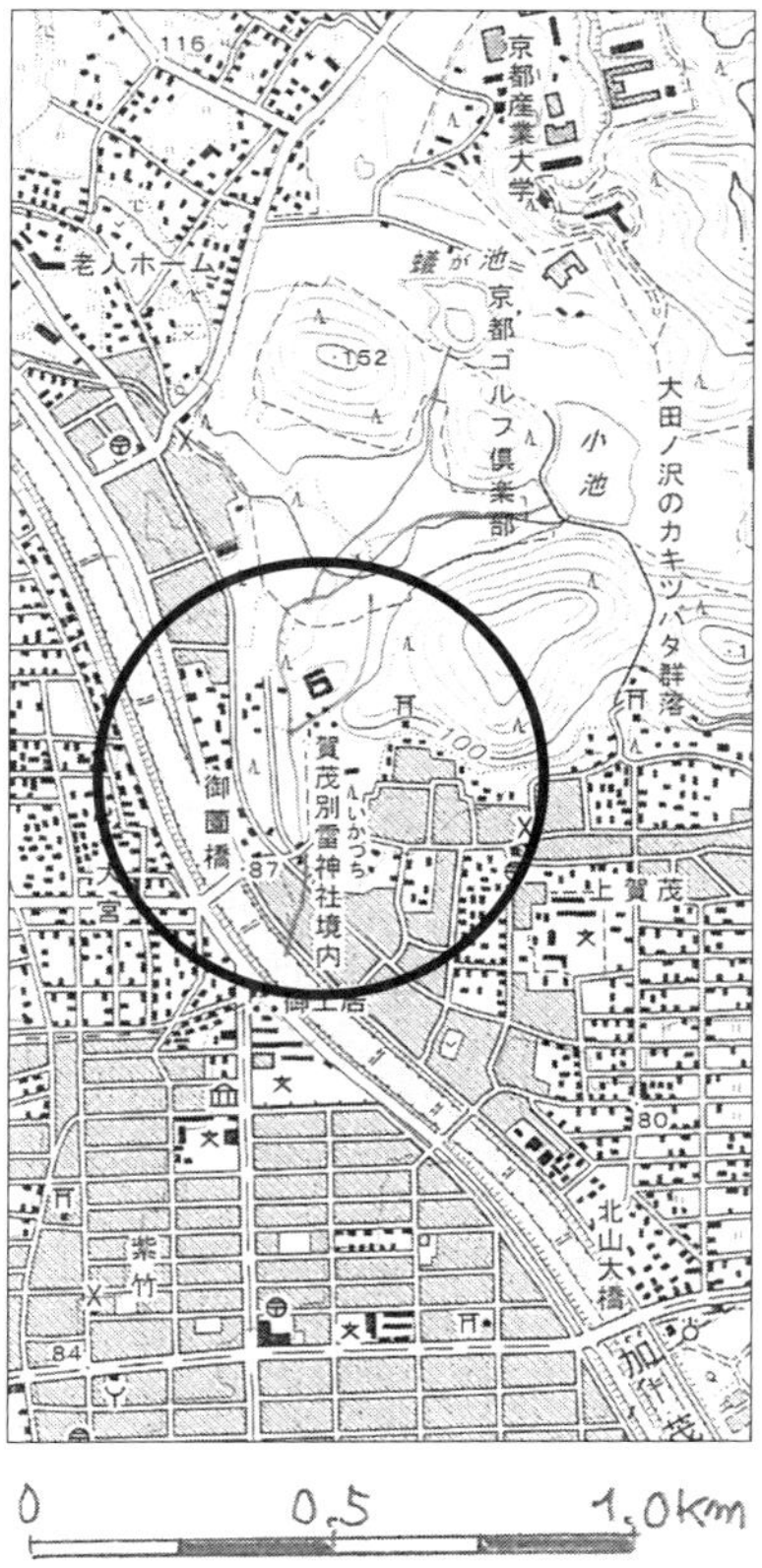

1／2.5万　京都東北部

（メモ）

①祭神賀茂別雷神　由緒は第一〇代崇神天皇の御代、本社の北西神山に祭神が御降臨御鎮座。欽明天皇の御代より皇室の御崇敬が厚く、桓武天皇が平安京を営まれた時に、遙祭殿を本殿として御遷座。その後、皇城鎮護の神となされた。

②『延喜式神名帳』山城国愛宕郡の「賀茂別雷神社亦若雷名神大月次相嘗新嘗」とあり、山城国一の宮。山城国総地主神。

四八四　高陽院《かやいん》跡

京都府京都市上京区米屋町・六町目他

関係地図　1／20万 京都及大阪　1／2.5万 京都東北部

273

高陽院

寛治八年さきのおほきおほいまうちぎみの高陽院の歌合に、さくらのうたとてよめる

・山ざくらにほふあたりの春がすみ風をばよそにたちへだてなん　中納言女王

⑦千載集　四八

同じく

・山ざくらをしむこころのいくたびかちる木のもとにゆきかかるらん　内侍周防

⑦千載集　八一

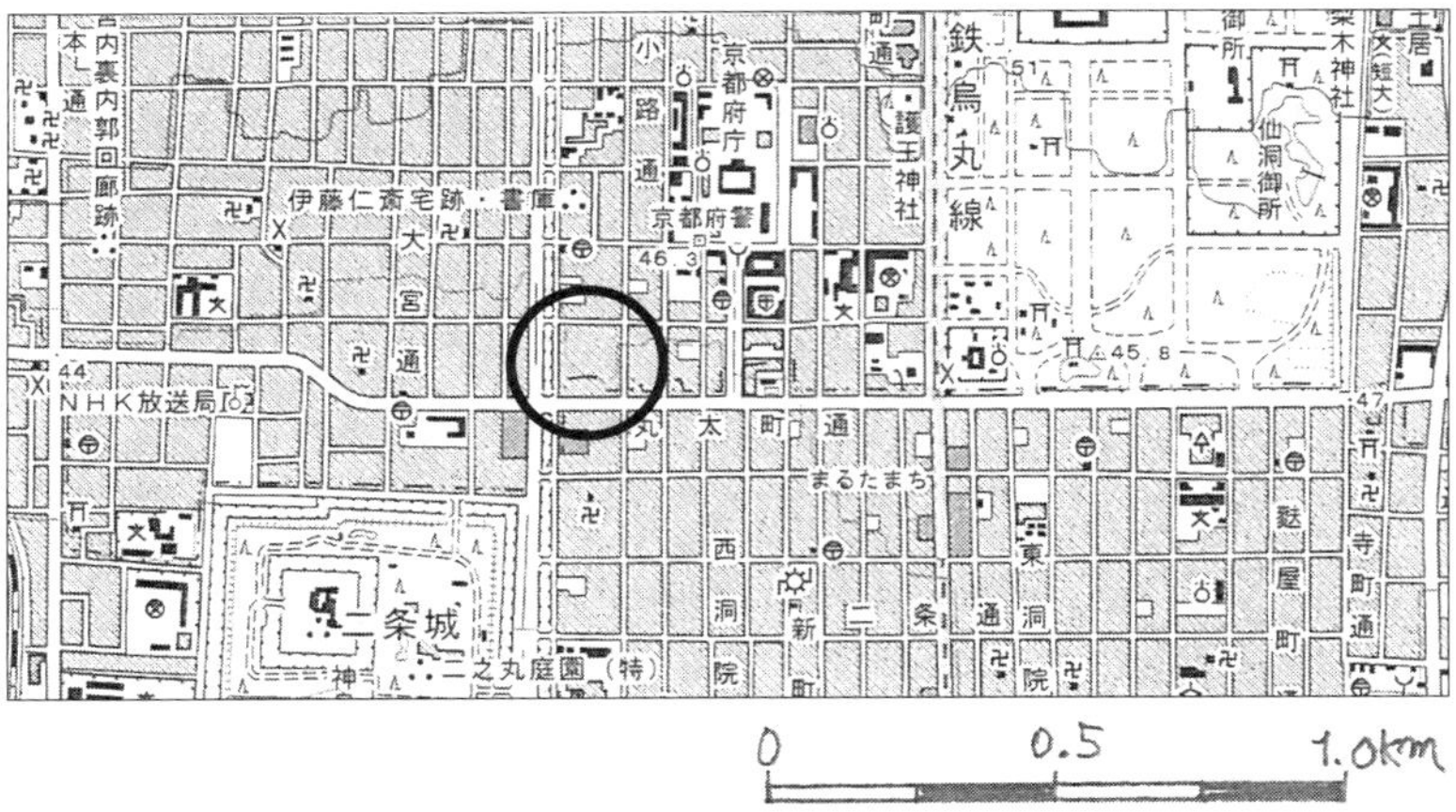

1／2.5万　京都東北部

（メモ）

①第五〇代桓武天皇の皇子賀陽親王の邸宅。賀陽院とも表記すると。

②『拾芥抄』に、中御門南堀川東、南北二町、南一町役入「賀陽親王家」とあり、同書東京図には、中御門大路南・大炊御門大路北・堀川小路東・西洞院大路西の四町に「高陽院殿」とあると。

③これは現在の上鍛冶町・米屋町・六町目・中之町・横鍛冶町・大文字町・丸太町・七町目・夷川町・西山崎町・東魚屋町・田中町・東竹屋町・西竹屋町に関係と。

④高陽院は関白藤原頼道の時、壮麗な殿舎に拡張。『栄花物語』巻二三・三六等にその様子が書かれる。また、後朱雀・後冷泉・後三条・白河・堀川・鳥羽の第六九代天皇から第七四代天皇の里内裏でもあった。

四八五　川島（『和名抄』）　京都府京都市西京区川島

関係地図　1／20万 京都及大阪　1／5万 京都西南部

251
かはしま

しのびてものいひ侍りける女の、つねに心ざしなしとゑんじければ、つかはしける

・君にのみしたのおもひはかはしまの水の心はあさからなくに　従三位季行
⑦千載集　八六五

（参考）あひ見ては心ひとつをかはしまの水のながれてたえじとぞ思ふ　業平朝臣　続後撰集　八三七

（参考）たえじとは契りしものを川島の水のながれのなど氷るらん　西音法師　続後拾集　九一五

1／5万　京都西南部

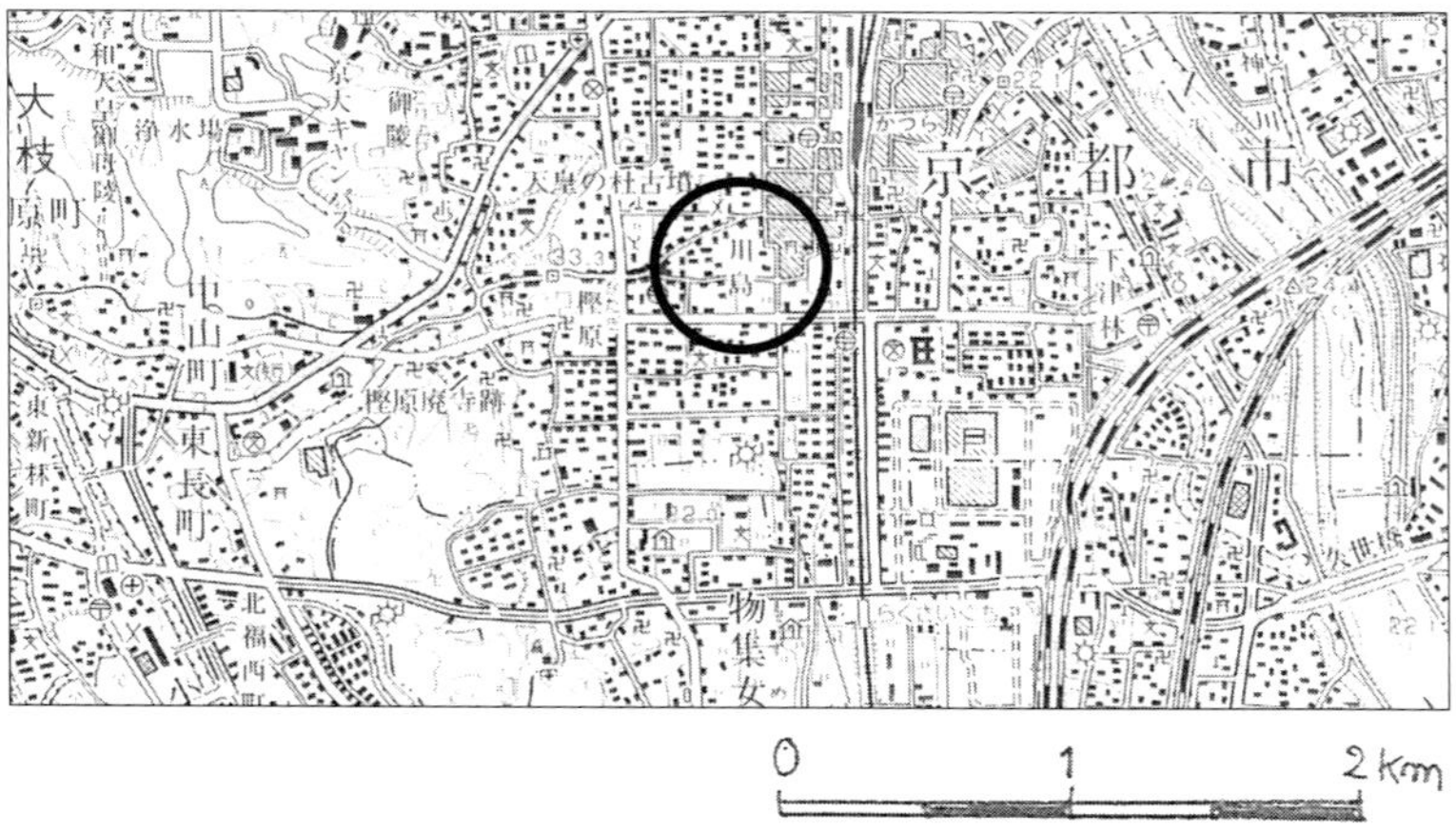

（メモ）

①江戸時代の川島村は、葛野《かどの》郡の最南端の集落であった。当村は山陰道と西国街道の合する交通の要衝地であった。また、北は下桂村・千代原村、東は下津林村、西は御陵村・岡村、そして南には現在の向日《むこうし》市、以前の乙訓郡が接する。

②川島村の由来は、『和名抄』山城国葛野郡「川島郷」である。中世には「革島庄」になっている。

③中世の当地は「革島庄」であった。仁平三（一一五三）年は左大臣藤原頼長の所領であった。

④近くに飛鳥時代建立の四天王寺式伽藍配置の寺院―八角塔・中門・廻廊・築地・金堂跡等確認の国史跡樫原廃寺跡。全長八六m、三段築成で葺石・埴輪列のある前方後円墳である国史跡天皇の杜古墳等がある。

四八六　閑院跡　京都府京都市中京区古城《ふるしろ》町・下古城町他

関係地図　1／20万 京都及大阪　1／2.5万 京都東北部

282
閑院

花山院東宮と申しけるとき閑院におはしまして秋月をもてあそびたまひけるによみはべりける

・あきのよの月みにいでてよはふけぬわれもありあけのいらでさかさん　大弐高遠　④後拾遺集　二五〇

閑院の家にて、はじめて対松争齢といへるこころをよみ侍りける

・千とせふるをのへの小松うつしうゑて万代までのともとこそみめ　入道前関白太政大臣　⑦千載集　六二八

・万代もすむべきやどにうゑつれば松こそ君がかげをたのまめ　源通能朝臣
⑦千載集　六二九

1／2.5万　京都東北部

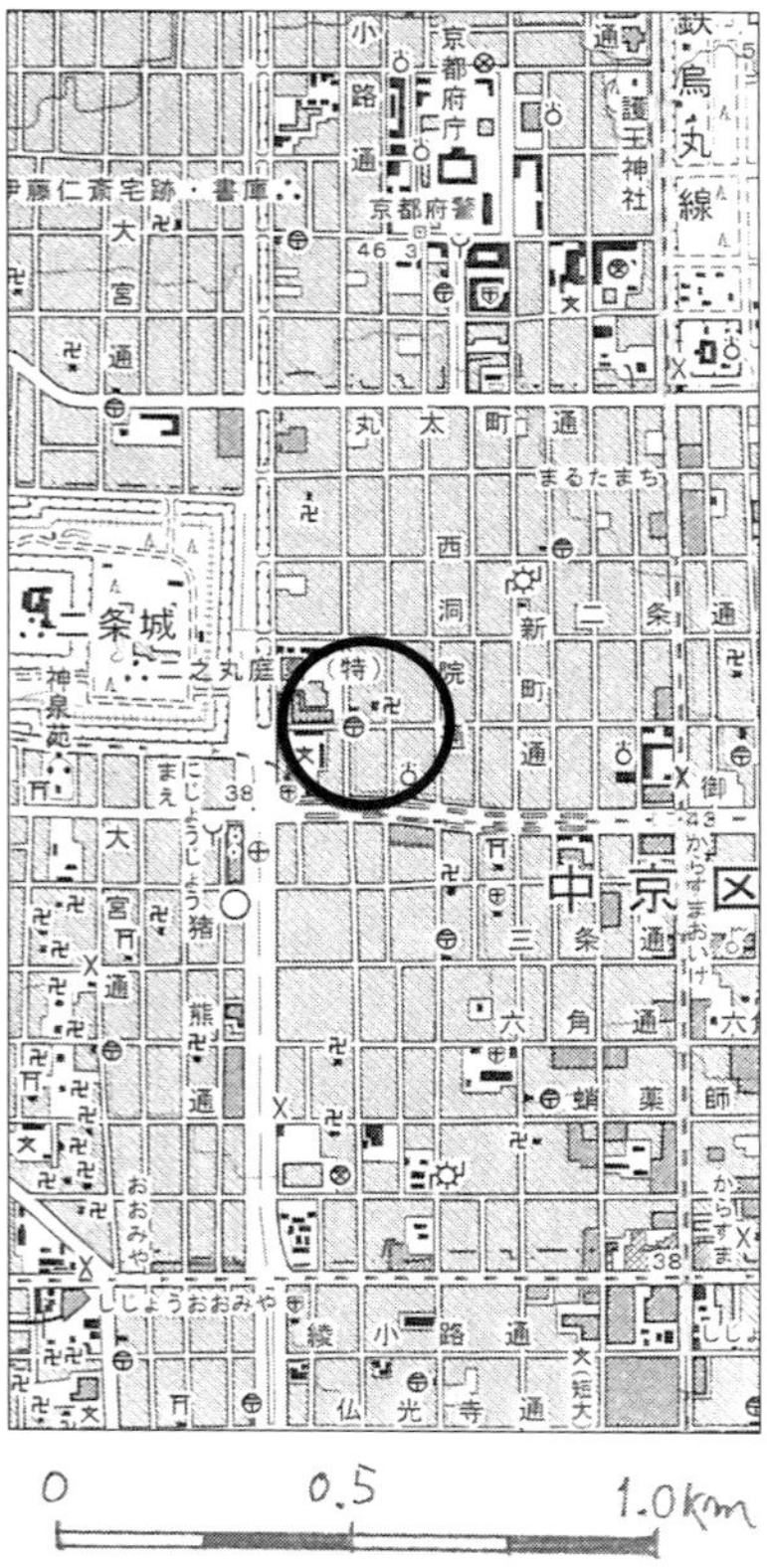

（メモ）

①弘仁一二（八二一）年～天長三（八二六）年の間、右大臣、そして左大臣であった藤原冬嗣の邸跡。

②『今昔物語集』巻第二二、第七話に、

今昔、閑院の右の大臣と申す人御《おわし》ましけり。御名をば冬嗣となむ申ける。世の思之糸止事無《いとやんごとなく》して才極て賢く御けれども、御年若くして失給ひにけり。

とある。

③『拾芥抄』の東京図は、東三条殿の西、堀河院の東に二町として「閑院冬嗣公家」とあると。現在の古城町・下古城町・西大黒町・二条油小路町・二条西洞院町他と。

四八七　喜撰山

京都府宇治市池尾《いけのお》

関係地図　1／20万 京都及大阪　1／5万 京都東南部

157

うぢ山

・わがいほは宮このたつみしかぞすむ世をうぢ山と人はいふなり　きせんほうし

①古今集　九八三

なが月のつごもりの日、もみぢにひをつけておこせて侍りければ

・宇治山の紅葉を見ずは長月のすぎゆくひをもしらずぞあらまし　ちかぬがむすめ

②後撰集　四四〇

（参考）うぢ山のむかしのいほの跡とへば都のたつみ名ぞふりにける　法眼慶融

玉葉集　二二五四

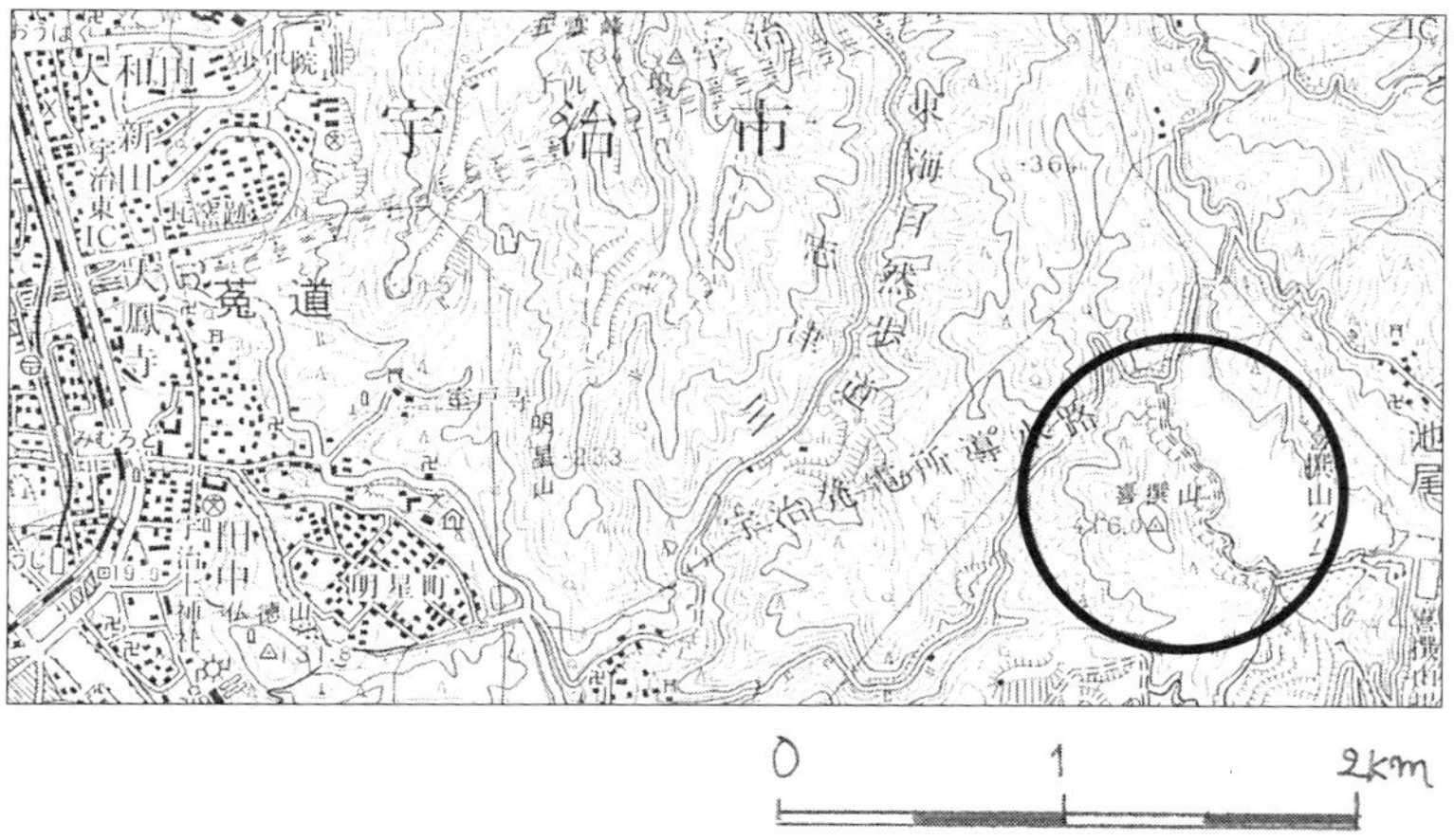

1／5万　京都東南部

（メモ）

①『都名所図会』に、

「宇治山」は三室戸山の南なり、喜撰法師此所に住給ひしとなん

とある。また、

「喜撰岳」は三室戸より一里ばかり巽《たつみ》（南東）にして櫃川《ひつかは》村の山上にあり。ここに岩窟ありて、これを喜撰洞といふ。此絶頂より喜撰法師雲に乗じて登天し給ふとぞ。頓阿が『井蛙抄《せいあせう》』に、喜撰が住家は三室のおくなりといひ。長明無名抄には、三室戸のおく二〇餘町ばかり、山中に入て、宇治山の喜撰が住ける跡あり。家はなけれど堂の礎などさだかにあり、これら必ず尋てみるべき事なりとかけり。

とある。

②隠棲地付近には「高浄水」という湧水があったことが『山州名跡志』にあり、宇治郷の雨乞いの場であったという。

四八八　北岩倉

京都府京都市左京区岩倉

関係地図　1／20万 京都及大阪　1／5万 京都東北部

116

いはくら

安和元年大嘗会風俗、いはくら山

・うごきなきいはくら山にきみがよをはこびおきつつちよをこそつめ　よみ人しらず

③拾遺集　六〇〇

天禄元年大嘗会風俗、いはくら山

・けふよりはいはくら山に万代をうごきなくのみつまむとぞ思ふ　よしのぶ

③拾遺集　六一一

僧正明尊かくれてのち、ひさしくなりて、房などもいはくらにとりわたして、草おひしげりてことざまになりけるをみて

・なき人のあとをだにとてきてみればあらぬさとにも成りにけるかな　律師慶暹

⑧新古今集　八一九

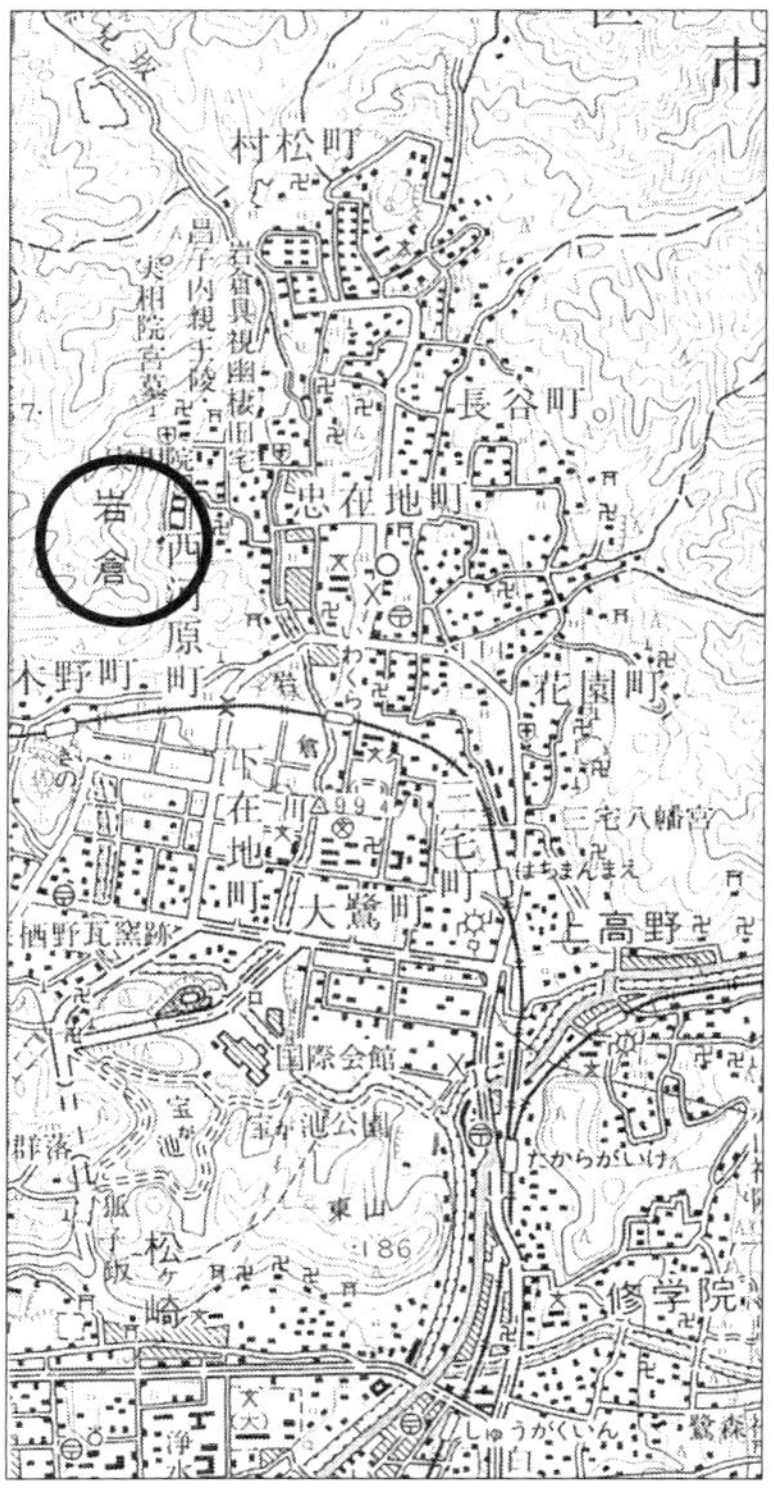

1／5万　京都東北部

（メモ）

①地名の由来は、平安遷都時に桓武天皇が持っていらした経巻を平安京の東西南北の山上に埋蔵させ、王城鎮護とされたによる。

②経巻埋納の山は北岩倉は左京区岩倉。東岩倉は左京区粟田口の大日山。西岩倉は西京区大原野石作町の金蔵寺。南岩倉は不明。

③『三代実録』元慶四（八八〇）年十月一三日条に「山城国正六位上石坐神授従五位下」とある。

四八九　北白川

京都府京都市左京区北白川

関係地図　1／20万　京都及大阪　1／2.5万　京都東北部

290

北白河

北白河の山庄に、花のおもしろくさきて侍りけるを見に、人人まうできたりければ

・春きてぞ人もとひける山ざとは花こそやどのあるじなりけれ　右衛門督公任

③拾遺集　一〇一五

しらかはに花みにまかりてよめる

・しらかはの春のこずゑをみわたせばまつこそはなのたえまなりけれ　源俊頼朝臣

⑥詞花集　二六

（参考）秋の夜の月もなほこそすみまされ世世にかはらぬしら川の水　前右兵衛督為教

新後撰集　三五二

1／2.5万　京都東北部

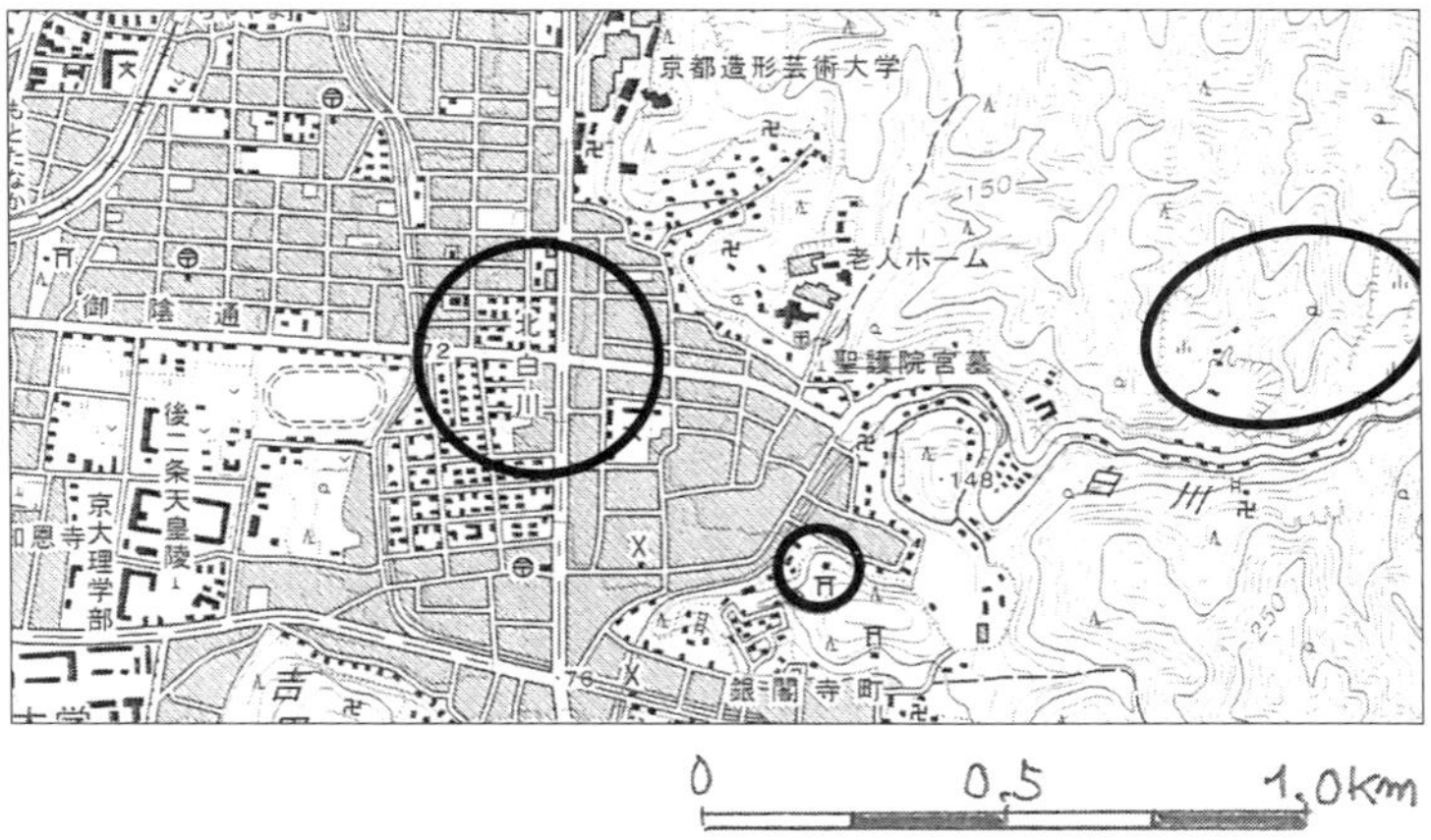

（メモ）

①『都名所図会』に、

北白川は銀閣寺の北なり。里の名にして、川は民家の中を西へ流る。是なん名所三白川の其一なり

とある。そして挿絵の中に、

北白川の里人は石工を業として、山に入って石を切出し燈籠手水鉢其外さまざまの物を作りて…

などとある。地図の右楕円内は採石場である。

②図中の小○は北白川天満宮。白川沿いに近江へ抜ける志賀越道《しがごえ》（山中越《やまなかごえ》）の入口、南側の丘陵上に鎮座。祭神は少彦名命。当地北白川の産土神。創立は不明であるが、本来農耕神であったが、後に天神信仰と結んだと。当社は初め宮の前にあったが、文明年間に足利義政の発願で現在地に遷座という。

四九〇　北野天満宮御旅所

京都府京都市中京区御輿ヶ岡町

関係地図　1／20万　京都及大阪　1／2.5万　京都西北部

737

みこしをか

延喜御時、きたのの行幸にみこしをかにて

・みこしをかいくその世世に年をへてけふのみ行をまちてみつらん　枇杷左大臣

②後撰集　一一三二

（参考）みゆきせしふるき北野のみこし岡あはれむかしはさぞなこひしき　新六帖　六〇二

（参考）みこしをかあたりの雪やきえぬらんふるきあらしてわかなつむなり　民部卿為家卿　夫木抄　九二〇五

（参考）いくよとかきたののはらのみこしをかとだちのあともふりまさるらん　民部卿為家卿　夫木抄　九二〇六

1／2.5万　京都西北部

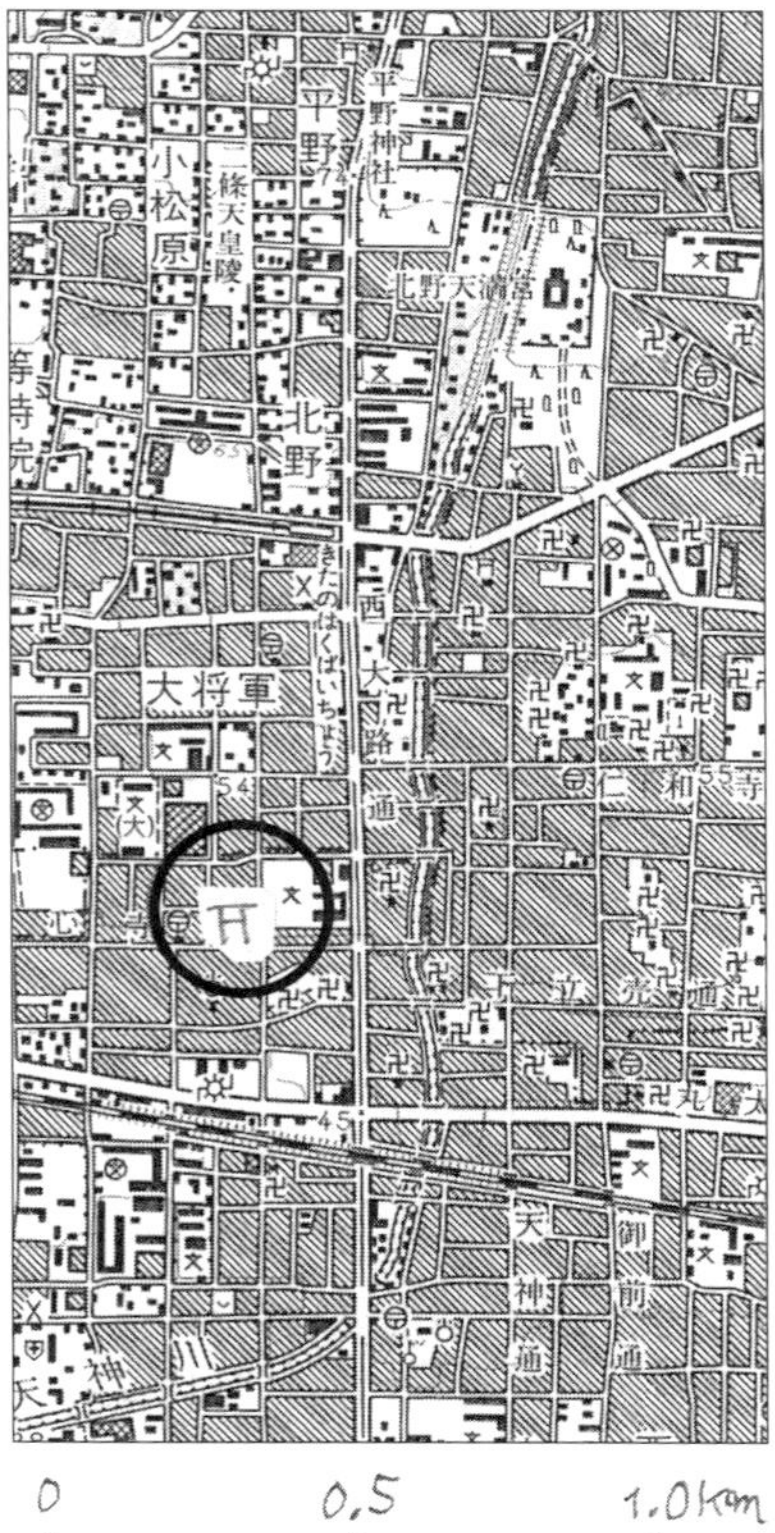

（メモ）

①北野社の祭礼に、

・宮祭　八月五日

・梅花祭　二月二五日

・瑞饋祭　一〇月一日神幸祭　一〇月四日還幸祭

等がある。それら祭日の神輿の御旅所が中京区御輿ヶ岡町にある。そこには、三所之社・拝殿・調屋があると。

②『愚管抄』元禄一三年に、

天神ハウタガイナキ観音ノ化現ニテ、末法ザマノ王法ヲマヂカクマモラントヲボシメシテ、カカルコトハアリケルトアラハニシラルルコト也。

とある。

四九一　北野天満宮

京都府京都市上京区御前《おんまえ》通今出川上ル馬喰町

関係地図　1／20万　京都及大阪　1／5万　京都西北部
1／2.5万　京都西北部

291　きたの

延喜御時、きたのの行幸にみこしをかにて

・みこしをかいくその世世に年をへてけふのみ行をまちてみつらん　枇杷左大臣

②後撰集　一一三二

292　北野宮

北野宮歌合に、忍恋の心を

・わが恋はまきのしたばにもる時雨ぬるとも袖の色にいでめや　太上天皇

⑧新古今集　一〇二九

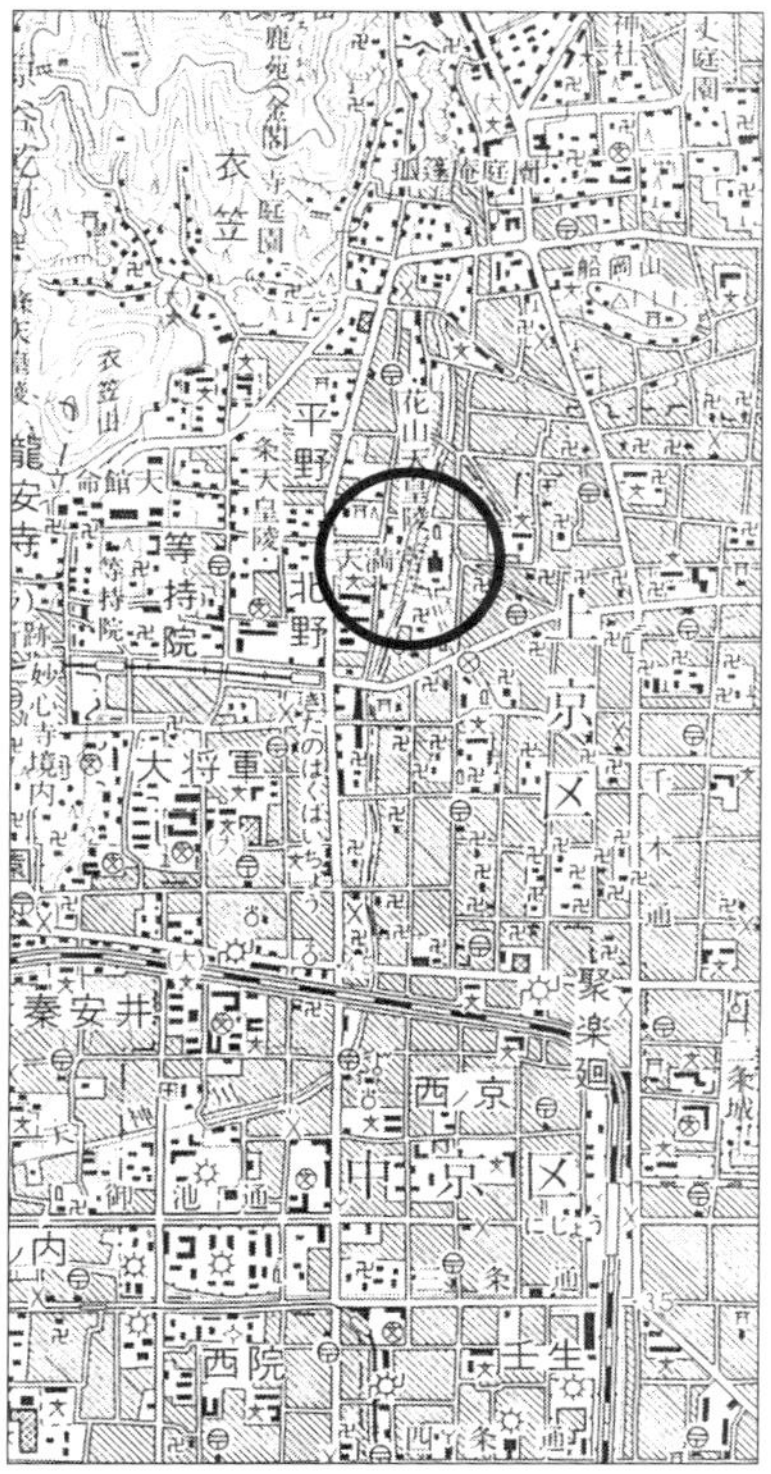

1／5万　京都西北部

0　1　2km

（メモ）

①「北野」は、北野天満宮辺一帯をいう。『和名抄』山城国葛野《かどの》郡「上林《かむつはやし》郷」。

②『日本後紀』桓武天皇延暦一五（七九六）年一一月二日条に、

遊二猟於北野一

とある。また、『日本三代実録』陽成天皇元慶元（八七七）年二月一五日条に、

放童放レ火焼二北野一。延二及山嶺一。火燎乱熾。不レ可二撲滅一。勅遣下六府官人已下一滅上レ之。

とある。以上を見ただけでも、北野の皇室の遊猟地。また鹿・馬？等の放牧地、右近の馬場の地であった。

③始めて菅原道真霊の小祠が北野右近馬場に祀られたのが天慶五（九四二）年。

④天暦元（九四七）年社殿造営。

⑤天徳三（九五九）年右大臣藤原師輔神殿造営などと伝う。

四九二　木津川

京都府

関係地図　1／20万　京都及大阪　1／5万　奈良

103　いづみ河　①

・都いでて今日みかの原いづみ河かは風さむし衣かせ山　よみ人しらず

古今集　四〇八

・泉河のどけき水のそこ見ればことしはかげぞすみまさりける　かねもり

③拾遺集　六一六

ならに侍従と申しけるわらはの、いづみ川にみをなげて侍りければよめる

・なにごとのふかき思ひにいづみ川そこの玉もとしづみはてけん　僧都範玄

⑦千載集　五九六

（参考）いづみがは　ゆくせのみづの　たえばこそ　おほみやところ　うつろひゆかめ　万葉集　一〇五四

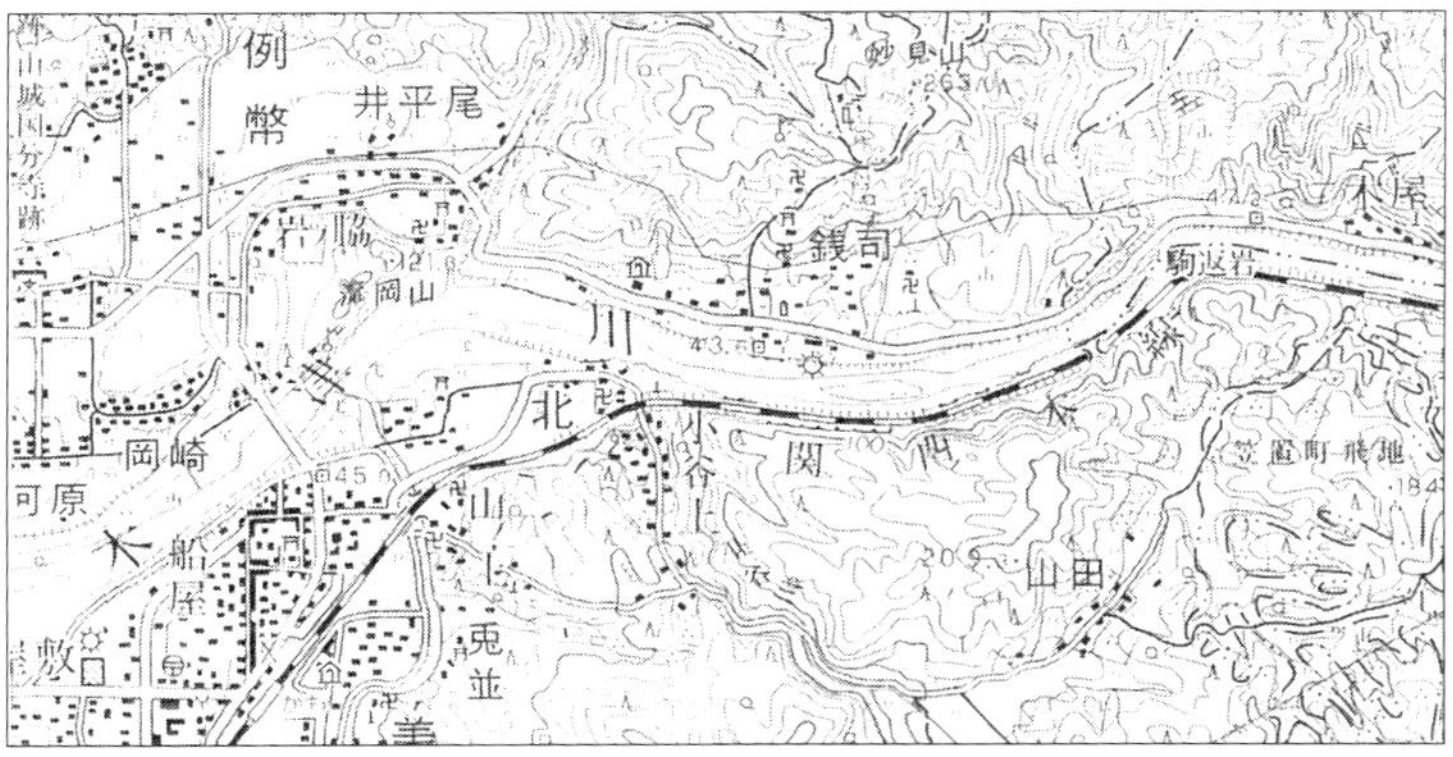

1／5万　奈良

0　1　2km

（メモ）

①木津川の古称。『日本書紀』崇神天皇一〇（BC八八）年九月条に、

更那羅山《またならやま》を避《さ》りて、進みて輪韓河《わからがは》に到りて埴安彦《はにやすひこ》と、河を挟《はさ》みて屯《いは》ゐて、各相挑《あいいど》む。故、時人、改めて其の河を号けて、挑河《いどみかは》と曰《い》ふ。今、泉河と謂ふは訛《よこなば》れるなり。

とある。

②『都名所図会』に、

木津川。一名泉川。河海抄曰、泉川といふは、木津川をいふなり。八雲御抄には、柞《ははそ》の杜《もり》のもとなりとぞ。……。木津川の水源は伊州山田郡阿知といふ所より出、伊賀半国の水此川に流れ、末は淀川に落る。霖雨にあらず晴天の日にても東風つよく吹くときは満水して堤に溢る。白砂常に流れて……

などとある。木津川には奈良に木材を陸揚げする舟着場「木津」がある。

四九三　貴船川

京都府京都市左京区鞍馬貴船町

関係地図　1／20万　京都及大阪　1／5万　京都東北部

299

きぶね河

蔵人にならぬことをなげきて、としごろかもの社にまうで侍りけるを、二千三百度にもあまりけるとき、貴布祢のやしろにまうでて、かしらにかきつけ侍りける　　平実重

・いまでになどしづむらんきぶねがはかばかりはやき神をたのむを

⑦千載集　一二七〇

かくてのちなん、ほどなく蔵人になり侍りける、近衛院の御時なり

家に百首歌合し侍りけるに、祈恋といへる心を　　摂政太政大臣

・いく夜われなみにしをれてきぶね河袖に玉ちるもの思ふらん

⑧新古今集　一一四一

1／5万　京都東北部

（メモ）

①貴船川は、貴船集落北方の標高七百mの芥生峠を源とす。そこから貴船集落内を南流し貴船口に到り、鞍馬川と合流する。その後は賀茂川の一支流。延長約六km。

②貴船川は貴船社の御手洗川として神聖な川として親しまれてきた。流水は清涼で、川には奇岩怪石が多く至る所に滝が懸る。また夏には蛍の名所。

③文安四（一四四七）年の『中原康富記』に、

　みそぎする貴布祢の川の瀬をはやみ
　　流るる年を半過ぬる

とある。

四九四　貴船神社

京都府京都市左京区鞍馬貴船町一八二

関係地図　1／20万　京都及大阪　1／5万　京都東北部

298

きぶね

をとこにわすられて侍けるころきぶねにまゐりてみたらしがはにほたるのとび侍けるをみてよめる　　和泉式部

・ものおもへばさはのほたるをわがみよりあくがれにけるたまかとぞみる

④後拾遺集　一一六二

御かへし

・おくやまにたぎりておつるたきつせにたまちるばかりものなおもひそ

④後拾遺集　一一六三

このうたはきぶねの明神の御かへしなり、をとこのこゑにて和泉式部がみみにきこえけるとなんいひつたへたる

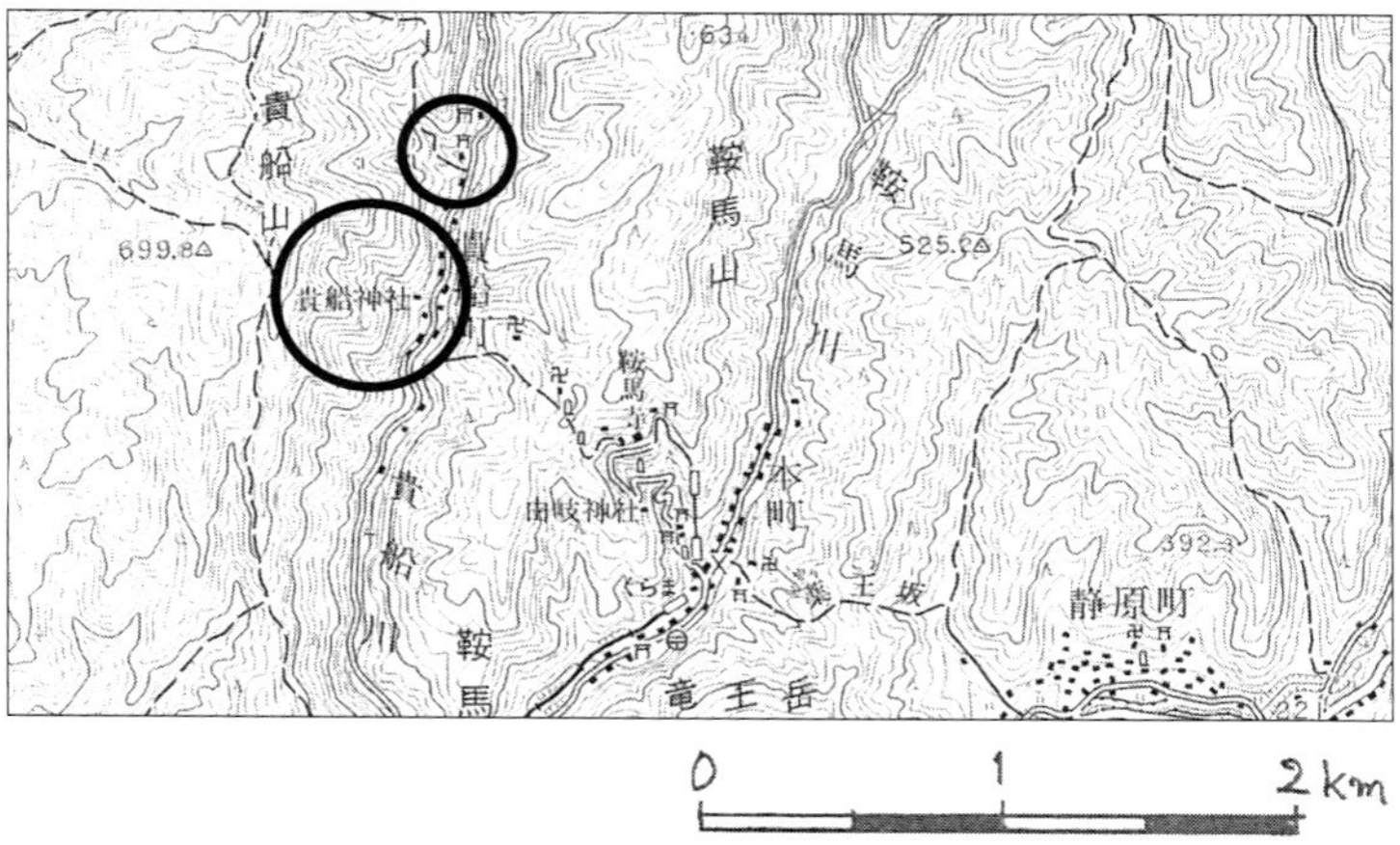

1／5万　京都東北部

（メモ）

①この一帯は樹木がよく生育する。鞍馬山中で見られるように樹根が地表に網目の如く張られているので、「木生根」・「木生嶺」などといわれる。

②貴船神社の祭神は高霊龗《たかおかみ》神。水事を主宰し、止雨・祈雨に霊験。古来、朝廷及び庶民の尊崇が厚く、全国各地に当社が勧請される。当社境内には老杉古檜繁茂し、閑雅幽遂の別天地である。山麓の本社の上流約五百m。地図の○には奥社がある。古代の本社である。『延喜式神名帳』愛宕郡の「貴布祢神社名神大月次新嘗」である。社伝によれば、玉依姫が黄船に乗って淀川から賀茂川を経て、貴船川畔の地に上陸し、奥社の一宇の祠を営まれたのが当社の草創と伝える。

四九五　清滝川

京都府京都市右京区嵯峨清滝

関係地図　1／20万　京都及大阪　1／5万　京都西北部

302

きよたきがは

・きよたきのせぜのしらいとくりためて山わけ衣おりてきましを　神たい法し

①古今集　九二五

水上月をよめる

・くものなみかからぬさよの月かげをきよたきがはにうつしてぞ見る　前斎宮六条

⑤金葉集　一八七

月のうた十首よみ侍りける時、よめる

・いかだおろすきよたき川にすむ月はさをにさはらぬ氷なりけり　俊恵法師

⑦千載集　九九一

1／5万　京都西北部

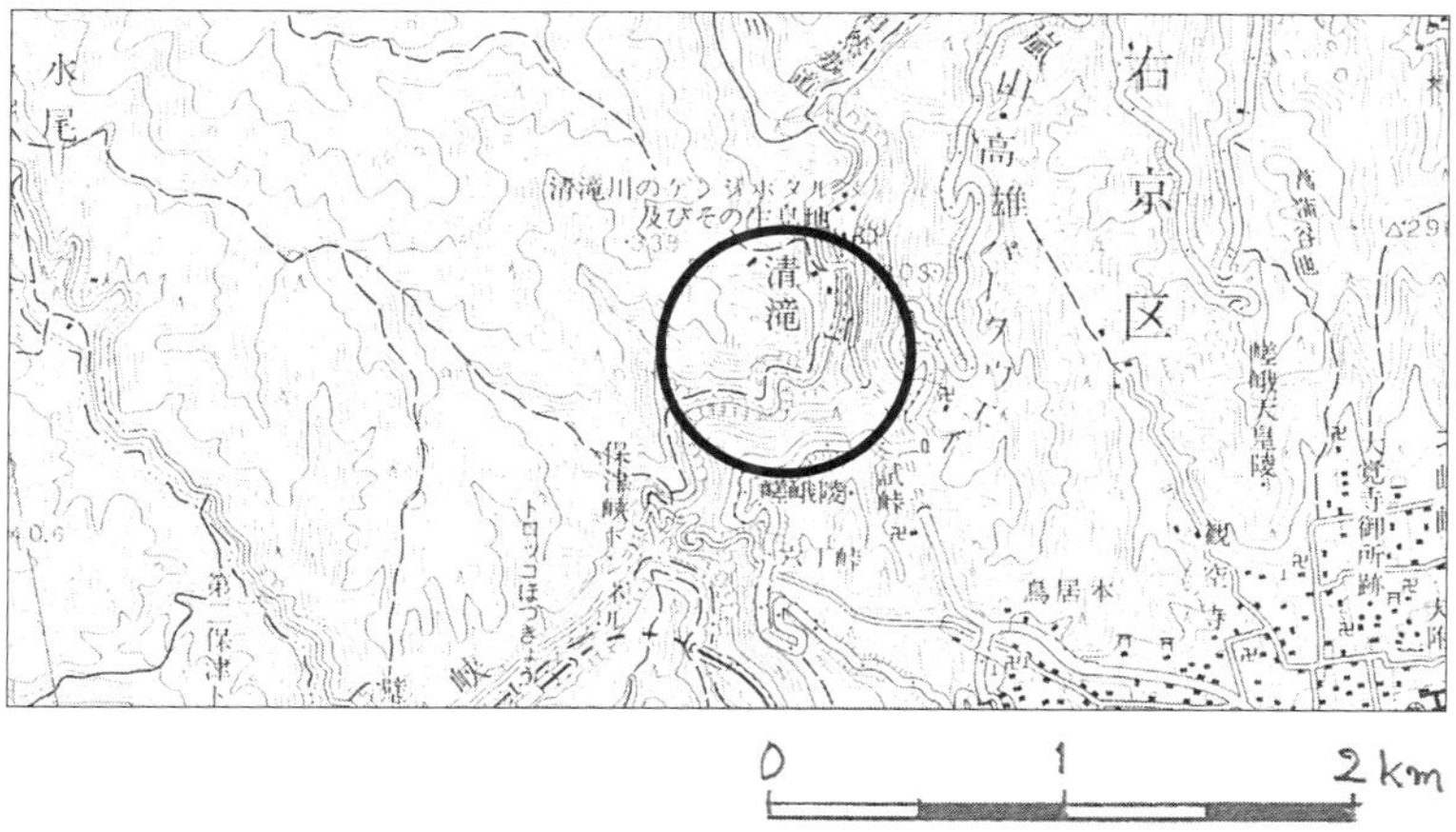

（メモ）

①清滝川は京都市北区大森の標高八九六mの栈敷ヶ岳を源に曲流しながら、全体的に南流している。奇石怪石が多く、紅葉多い名勝地である。その間、約二〇km。

②『山州名跡志』に、

高山寺門前橋下流也、此流何所ニモ雖無有滝巌ノ流窟曲アル故云滝也、和歌ニ於栂尾詠清滝於愛宕云清滝今此下流故也

とあると。

③清滝川下流には栂尾山高山寺・槙尾山西明寺・高雄山神護寺がある。

・高山寺は真言宗系単立。一説に、宝亀五（七七四）年華厳宗寺院として開創。その後いく多の変遷後、平安期末に文覚上人の再興。

・西明寺は空海の高弟智泉が神護寺別院として創建。

・神護寺は和気清麿の奉行で創建。

四九六　雲《くも》田《た》

京都府福知山市萩原小字雲田

関係地図　1／20万　京都及大阪　1／5万　福知山　1／2.5万　市島

316

雲田

平治元年大嘗会の主基方稲春歌、丹波国雲田村をよめる

・あめつちのきはめもしらぬ御代なれば雲田のむらのいねをこそつけ　刑部卿範兼

⑦千載集　六三八

1／2.5万　市島

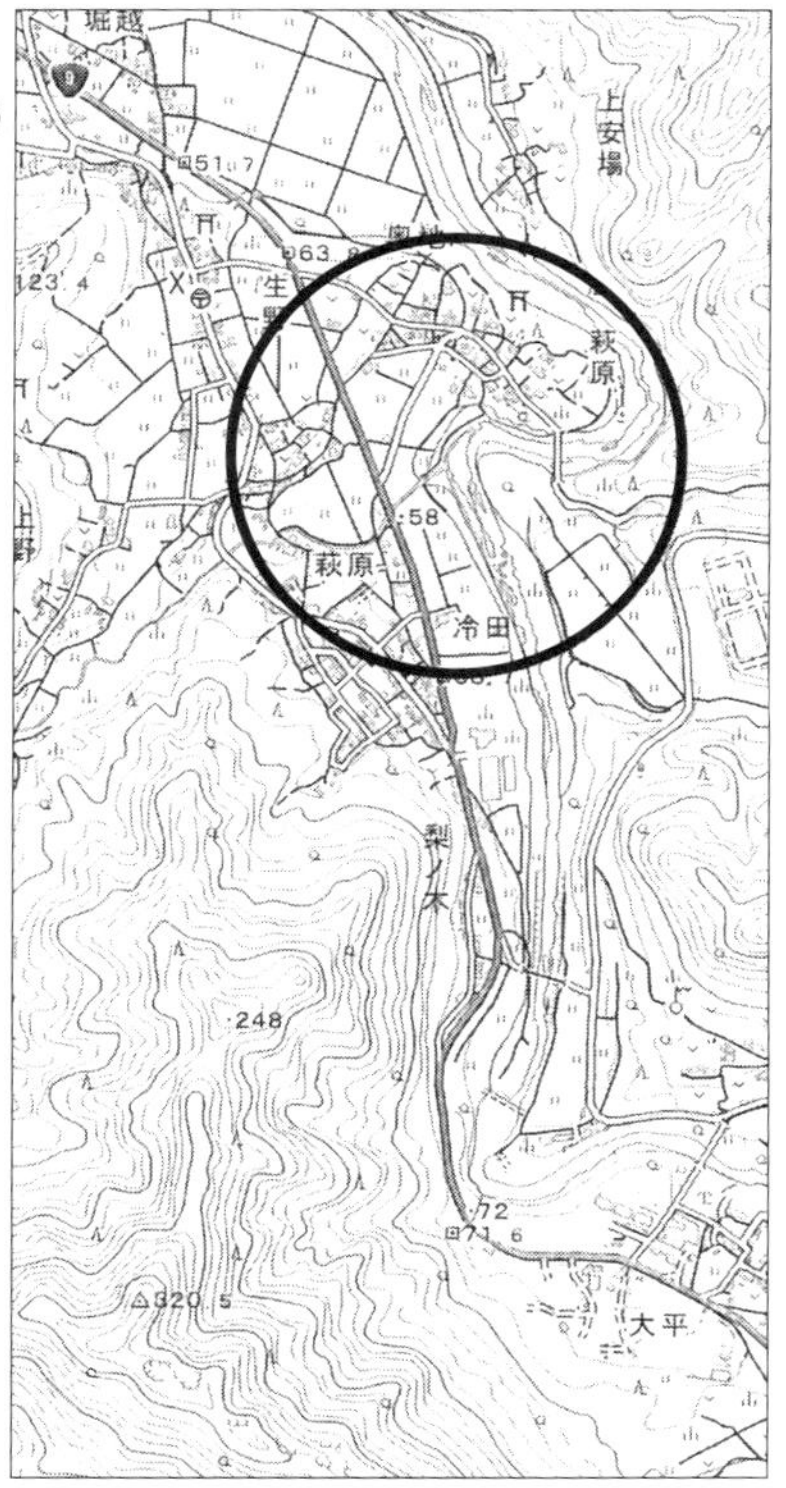

（メモ）

①福知山市萩原・萩原新町は、由良川の支流土師《はぜ》川の中流に位置する。『丹波志』には、

萩原村　綾部領　高百七拾四石三斗六升　民家四七戸　此所古萩多ク生セリ、依之地名トス

とあると。また同書に、

此村内に具足師・弓師・矢師・弦師ト云字ノ所有、其由緒不知之

とあると。

②雲田《くもだ》　福知山市字萩原小字雲田は由良川の支流土師川の中流左岸萩原の小字名である。『丹波志』に、

天神ノ森ノ北二十間斗《ばかり》低ク平地田地也、此所ヲ雲田ト云所有。今萩原ノ分ナリ、今俗ニコマ田ト云（中略）按ニ天田ノ名雲田ヨリ起ル歟

とあると。そして『丹波志』に、隣村の生野神社の項には、

生野神社　今萩原村ノ地ニ雲田ト字スル田地在、上古明神天降玉フ古跡ナリ、今若宮ト唱フ

とあるという。

四九七　鞍馬山

京都府京都市左京区鞍馬

関係地図　1／20万　京都及大阪　1／5万　京都東北部

323

くらまの山

浄蔵くらまの山へなんいるといへりければ

・すみぞめのくらまの山にいる人はたどるたどるも帰りきななん　平なかきがむすめ　②後撰集　八三二

くらまにまうで侍りけるをりに、みちをふみたがへてよみ侍りける

・おぼつかなくらまの山の道しらで霞の中にまどふけふかな　安法法師　③拾遺集　一〇一六

321

くらふ山

・君がねにくらぶの山の郭公いづれあだなるこゝろまさるらん　よみ人しらず　②後撰集　八六七

1／5万　京都東北部

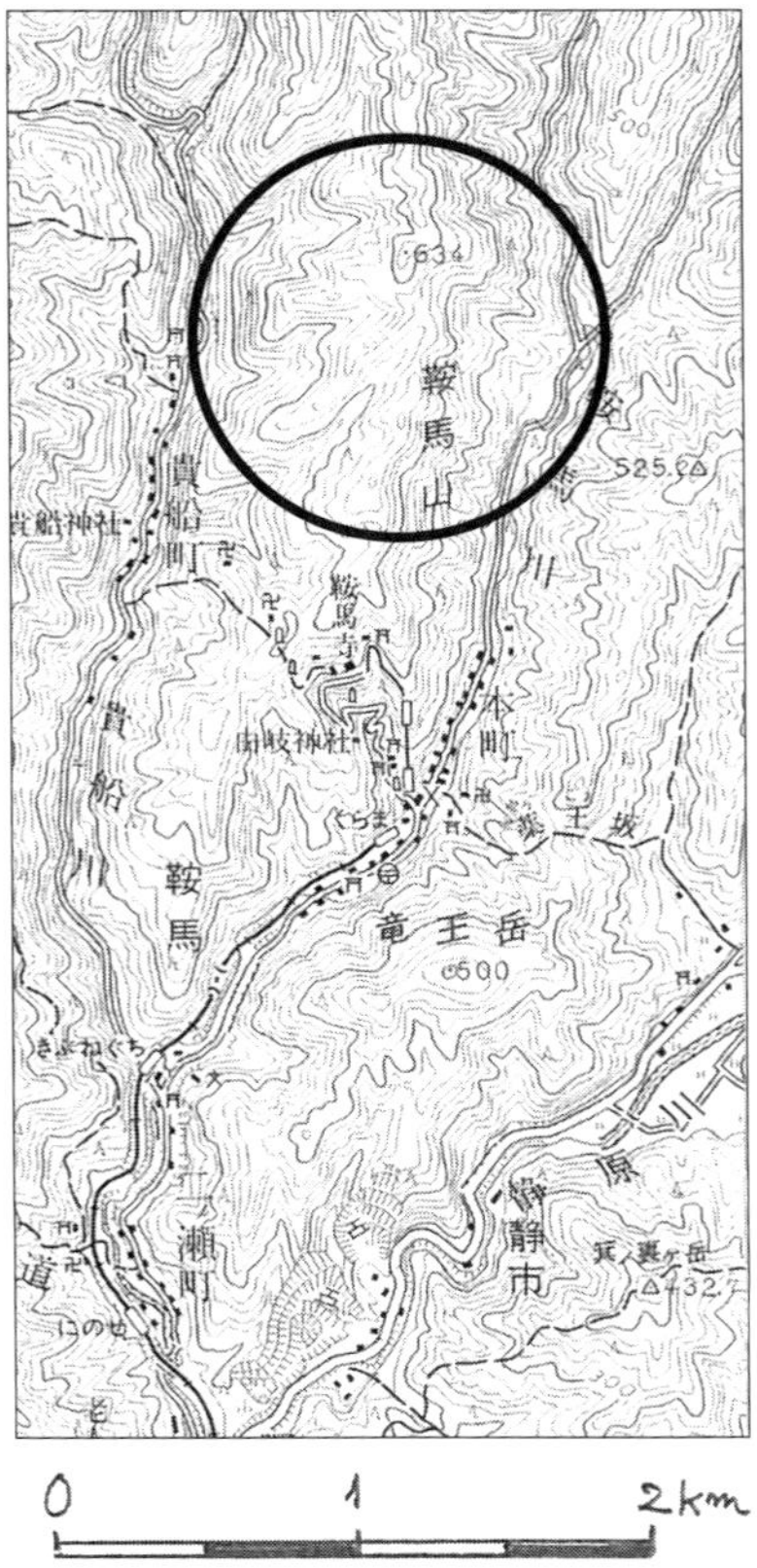

（メモ）

①暗部山について『都花月名所』は鞍馬と同じ。『京羽二重』がつくま山のつつき。『山城名勝志』は貴布祢山と同じ。などという。

②鞍馬山標高五八四m。『山城名勝志』に、「崑玉集に云、鞍馬山は闇山也、水は幽陰の物なれば闇といふなり、水の神まします所故、くらまやまといふ」と。

③由岐神社。祭神大己貴命・少彦名命。天慶三（九四〇）年創建。神社の東に「涙滝」有り。『源氏物語』若紫の歌に

吹まよふ深山おろしに夢さめて涙もよほす滝のをとかな

がある。

四九八　栗野郷（『和名抄』）

京都府京都市北区小野・西賀茂等

関係地図　1／20万　京都及大阪　1／5万　京都西北部

325

くるす

・白浪のうちかくるすのかわかぬにわがたもとこそおとらざりけれ　すけみ　③拾遺集　三七七

（参考）山しろの　くるすのもりの　草なたをりそ　おのがとき　たちさかゆくとも　草なたをりそ　読人不知　旋頭歌　夫木抄　一〇〇五五

（参考）ま萩原千草の糸をくるす野に日をへておるや錦なるらん　権中納言雅縁　新続古集　三九六

1／5万　京都西北部

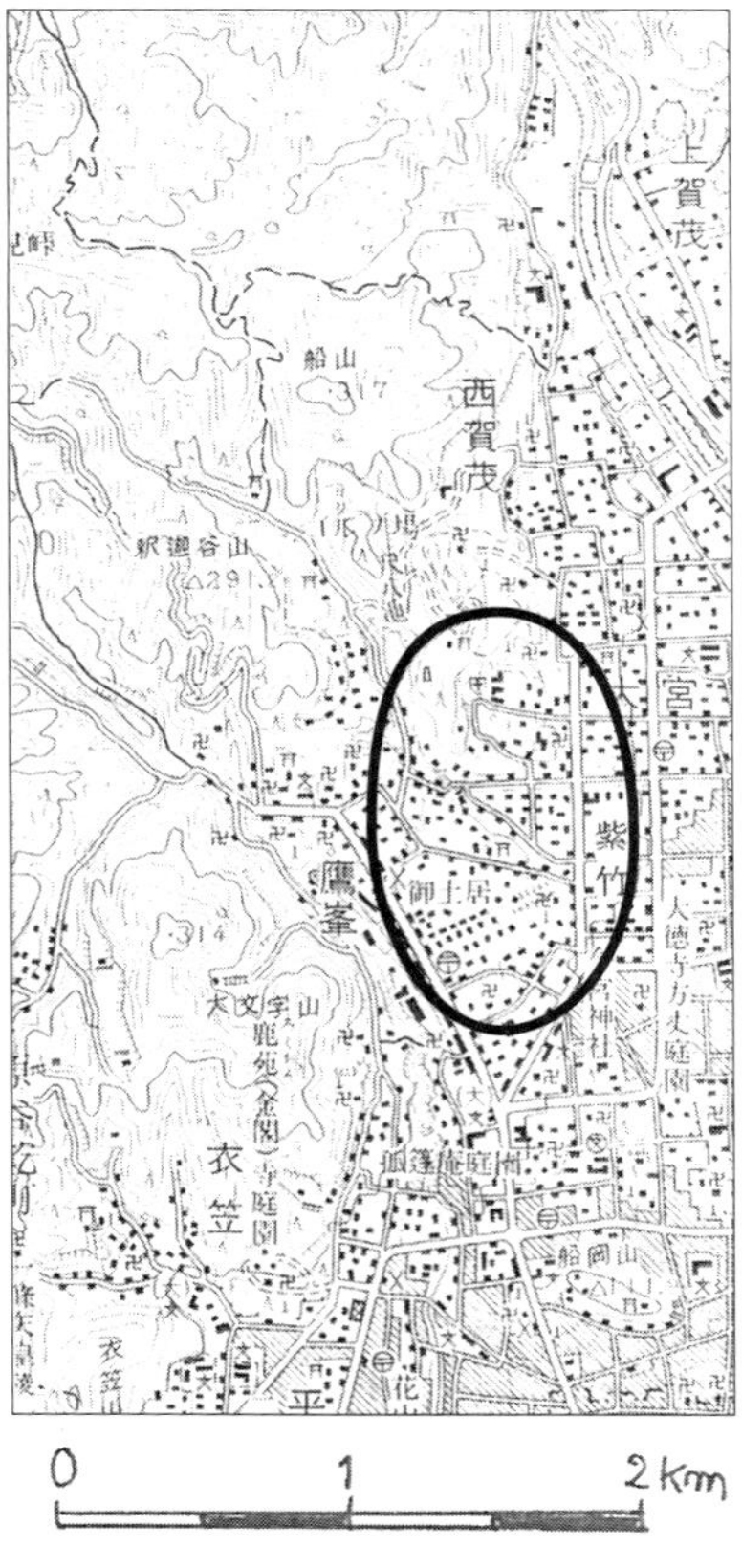

（メモ）

①『和名抄』の栗野郷《久留須乃》は鷹ヶ峰の東、西賀茂の南一帯に広がる野。『類聚国史』延暦一四（七九五）年一〇月二八日条に、

遊猟栗栖野

とある。また、『三代実録』貞観一六（八七四）年八月二四日条に、

権律師法橋上人位宗叡豫造御願寺。在山城国愛宕郡栗栖野。堂舎頽覆。仏像元在北山高岑寺。貞観一三年大雨水。自然以大巌石。塞其道路。行人不通。去高岑寺。移立於栗栖野。

とある。これは、水害で破壊された高岑《たかがみね》寺の仏像を栗栖野の寺に移して、天台僧の宗叡が御願寺を建立したことを記し、現在の鷹峯の近くであることを示す。

②ここ栗栖野は萩の名所。時には「見くるす（見苦し）野」ともいわれた。

四九九　光明山寺跡

京都府木津川市山城町綺田《かばた》字光明仙

関係地図　1／20万 京都及大阪　1／2.5万 田辺

331
光明山

僧都頼基光明山にこもりぬとききてつかはしける　橘能元

・うらやましうき世をいでていかばかりくまなきみねの月を見るらん

⑤金葉集　五三八

返し　僧都頼基

・もろともににしへややゆくと月かげのくまなきみねをたづねてぞこし

⑤金葉集　五三九

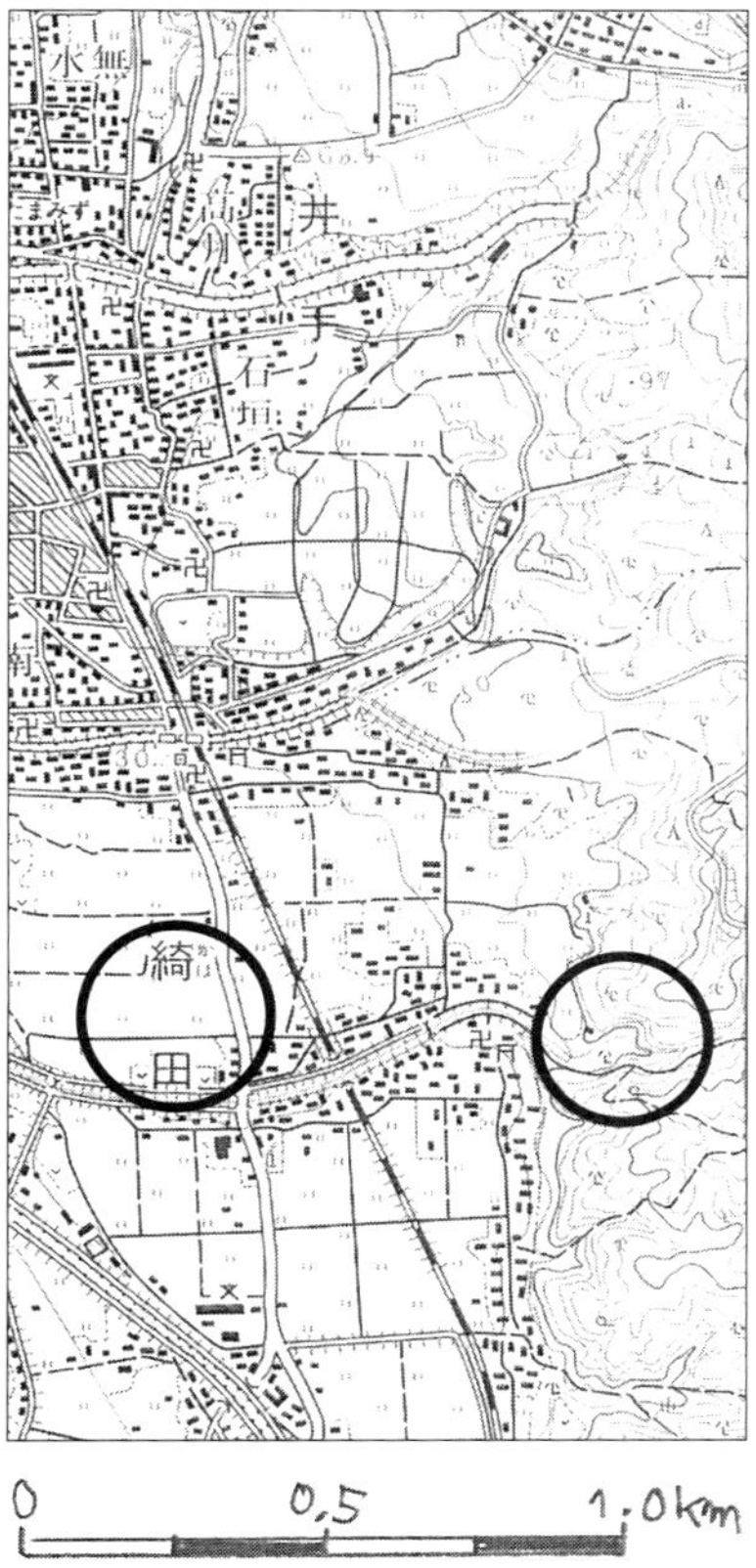

1／2.5万 田辺

（メモ）

①山城町綺田《かばた》集落東部の山地の天神川上流に位置する。寺跡はやや開けた平地で、現在は水田。周囲は山で竹林などという。

②長承三（一一三四）年八月一〇日成立の『東大寺要録』巻第六末寺章第九に、

光明山寺　在二山城国一　東大寺厳瑚已講
之建立也

とある。

③『興福寺官務牒疏』（一四四一年）に、

光明山寺、在二相楽郡相谷棚倉山一、僧房二十八宇、末山二十八宇、交衆二十口、宇多天皇勅願、広沢寛朝僧正之開基、本尊薬師仏、然永承四（一〇四九）年再建、弘覚僧都也、

とあると。

④『平家物語』巻四の「宮御最後」に、

以仁王が南都へ落ちる途中、
光明山の鳥居のまへにて追ツかけ…

とある。

五〇〇　神《こう》山《やま》

京都府京都市北区上賀茂

関係地図　1／20万 京都及大阪　1／5万 京都東北部

265
神山

・さかきとるうづきになれば神山のならのはがしはもとつはもなし　曽祢好忠

④後拾遺集　一六九

卯花誰牆といふことをよめる

・かみやまのふもとにさけるうのはなはたがしめゆひしかきねなるらん　中納言実行

⑤金葉集　一〇二

あふひをよめる

・いかなればその神山のあふひぐさ年はふれどもふた葉なるらん　小侍従

⑧新古今集　一八三

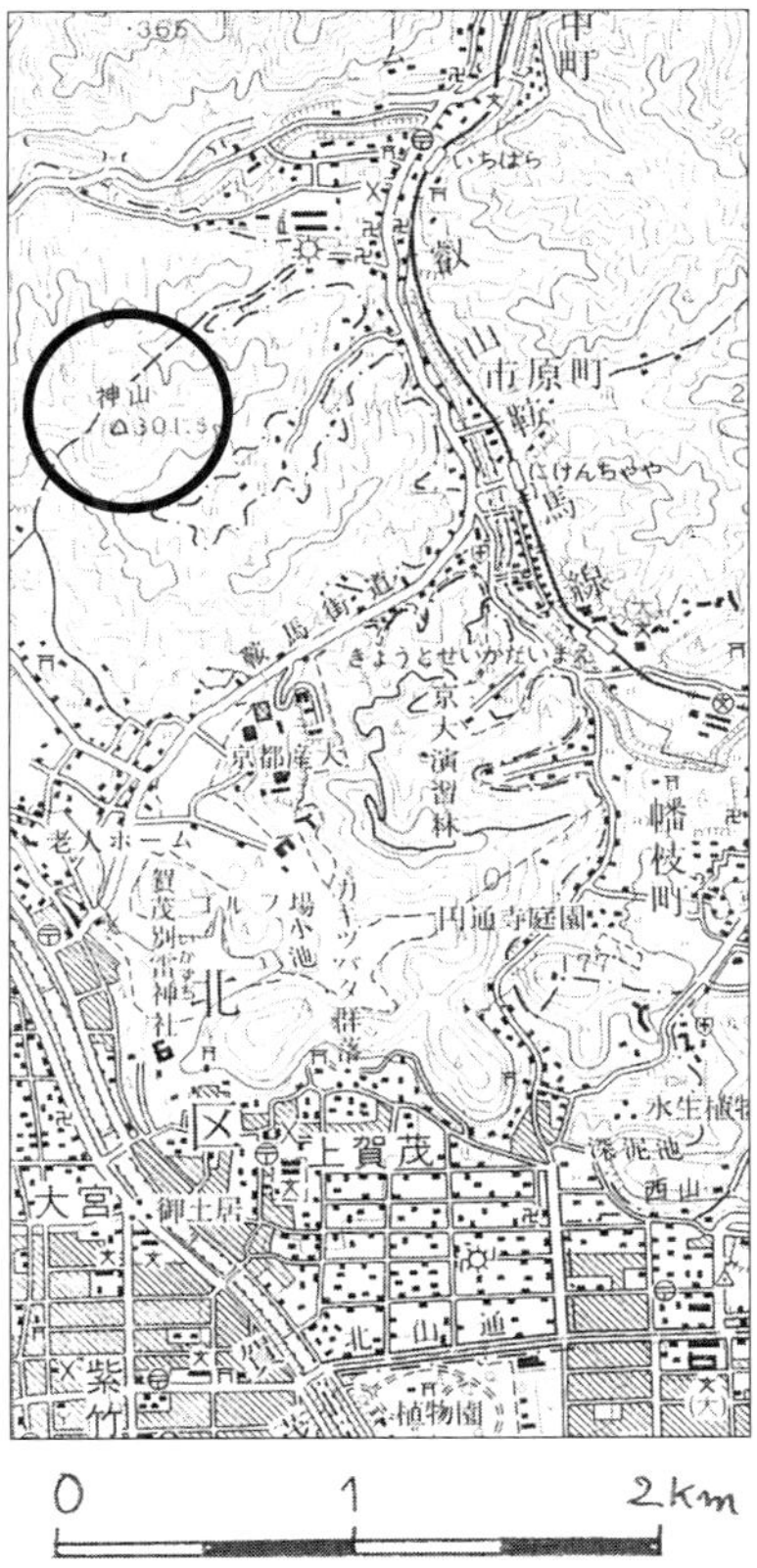

1／5万 京都東北部

（メモ）

①山頂に岩石が露出。中の最大のものが降臨石で、上賀茂神社の磐座。『名所都鳥』に

ある説に、賀茂の明神はじめて此所にあらはれ給ふ。さるによって御生所《みあれ》の山とも、御影《みかげ》山ともいふなりと、又賀茂山ともいふ也

とあると。

②上賀茂神社の御神体は「雷様」。雷は空中放電で雷鳴発生。その空中放電で空中窒素と水・水蒸気が結合してアンモニアが合成される。この窒素肥料と水を植物に供給されると生育がドン〲進む。よって、雷様・雷様であった。

五〇一　広隆寺

京都府京都市右京区太秦《うずまさ》蜂岡町

関係地図　1／20万　京都及大阪　1／5万　京都西北部
1／2.5万　京都西北部

149　うずまさ

れいならで、うずまさにこもりて侍りけるに、心ぼそくおぼえければ　周防内侍

•かくしつつゆふべの雲となりもせであはれかけても誰か忍ばむ

⑧新古今集　一七四六

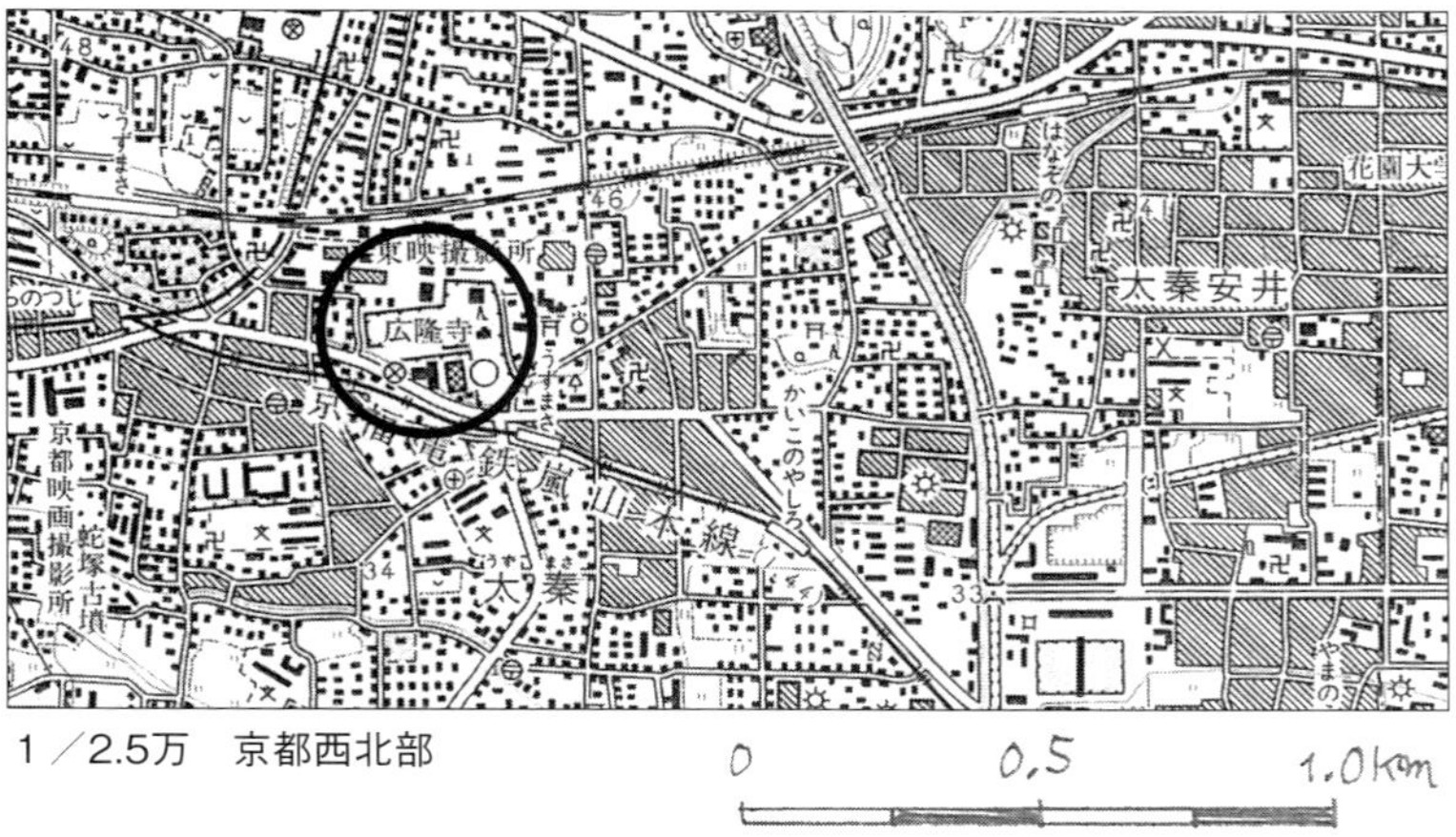

1／2.5万　京都西北部

（メモ）

①『都名所図会』に、

太秦《うづまさ》広隆寺は洛陽二条通の西なり。太秦は里の名。昔応神天皇の御宇秦人《しんじん》日本に来り。蚕をやしなひ、機織をたくみ、帛綿《いとわた》をつくりて、人々の膚をあため侍りぬ。故に膚を秦と訓じて氏を賜《たまは》り、天皇ふかく賞したまひ、此地をくだし給ひぬ。秦氏則秦始皇の廟を建けるより、太の字を加えて太秦と訓む。

とある。また、蜂岡寺《ほうかうじ》。後に広隆寺と改む。広隆《ひろたか》は川勝《かはかつ》の名なりともある。

②『日本書紀』推古天皇一一（六〇三）年一一月一日条に、

皇太子《ひつぎのみこ》、諸《もろもろ》の大夫《まへつきみたち》に謂《かた》りて曰《のたま》はく、「我、尊き仏像有《たも》てり。誰か是の像を得て恭拝《ゐやびまつ》らむ」とのたまふ。時に、秦造《はたのみやつこ》河勝《かはかつ》進みて曰はく、「臣《やつがれ》、拝みまつらむ」といふ。便《すで》に仏像を受く。因りて蜂岡寺《はちのをかでら》を造る。

とある。また同書同天皇二四年七月条に、

新羅《しらぎ》、奈末竹世士《なまちくせいし》を遣《まだ》して、仏像を貢《たてまつ》る。

とあり、『太子伝』に高さ二尺の金銅仏で蜂岡寺に安置され、時々光を放ったとあると。更に同書同天皇三一年七月条に、

新羅、大使奈末智洗尓《なまちせんに》を遣し、任那、達率《だちそち》奈末智《なまち》を遣して、並に来朝り。仍りて仏像一具及び金塔并て舎利を貢る。

とあり、この仏像は葛野の秦寺に安置したとある。

五〇二　久《こ》我《が》

京都府京都市伏見区久我

関係地図　1／20万　京都及大阪　1／5万　京都西南部

332　こが

春ごろこがにまかれりけるついでに、ちちのおとどの墓所のあたりの花のちりけるをみて、むかし花をしみ侍りける心ざしなどおもひいでてよみ侍りける　権中納言通親

•ちりつもるこけのしたにもさくら花をしむ心やなほのこるらん

⑦千載集　一一五五

（参考）まくらがの　こがのわたりの　からかぢの　おとだかしもな　ねなへこゆゑに　万葉集　三五五五

（参考）いとはやもなきぬるかりかこがのもりきにはふつたも紅葉あへなくにおほとものろう女　古六帖　一〇五二

1／5万　京都西南部

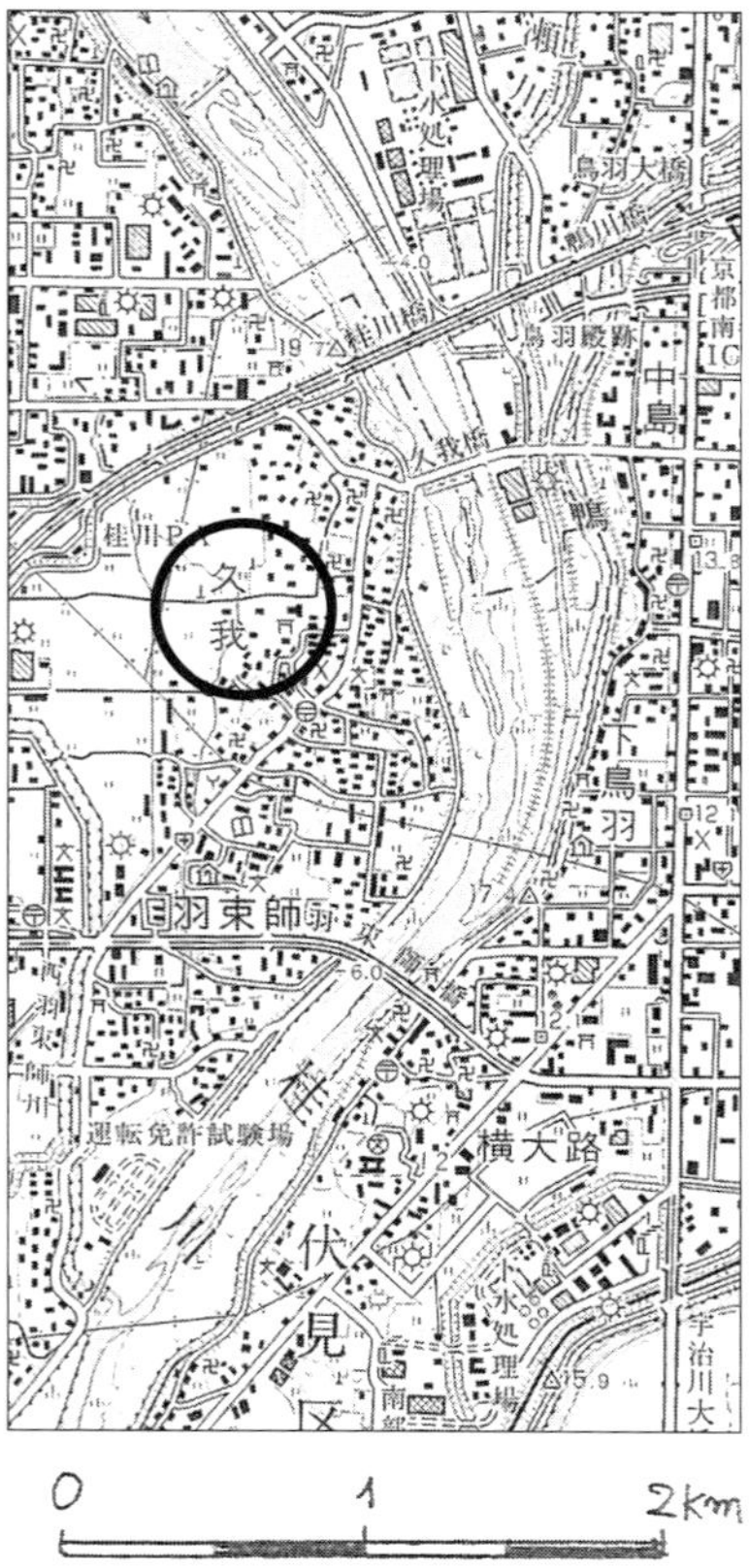

（メモ）

①一二世紀初頭までには当地に久我《こが》家の別邸、久我水閣（久我山庄）が造られ、久我家とのつながりが深められ、久我家領上下庄となった。慶長六（一六〇一）年、久我庄は消滅したという。

②図中○内の神社が久我神社。祭神別雷神・建角身神・玉依比売。承応四（一六五五）年の拝殿棟札に「森大明神」とあると。『延喜式神名帳』乙訓《ヲトクニノ》郡の「久何《クカノ》神社」。『三代実録』清和天皇貞観八（八六六）年八月一四日条に、

授二山城国正六位上興我万代継神従五位下一

とある。

五〇三　木枯《こがらし》の森

京都府京都市右京区太秦東蜂岡町。大酒《おおさけ》神社境内

関係地図　1／20万 京都及大阪　1／5万 京都西北部
1／2.5万 京都西北部

333

こがらしのもり

思ふ人侍りける女に物のたうびけれど、つれなかりければつかはしける

・思ふ人おもはぬ人の思ふ人おもはざらなん思ひしるべく　よみ人しらず

②後撰集　五七一

返し

・こがらしのもりのした草風はやみ人のなげきはおひそひにけり　よみ人しらず

②後撰集　五七二

千五百番歌合に

・きえわびぬうつろふ人の秋の色に身をこがらしのもりのした露　定家朝臣

⑧新古今集　一三二〇

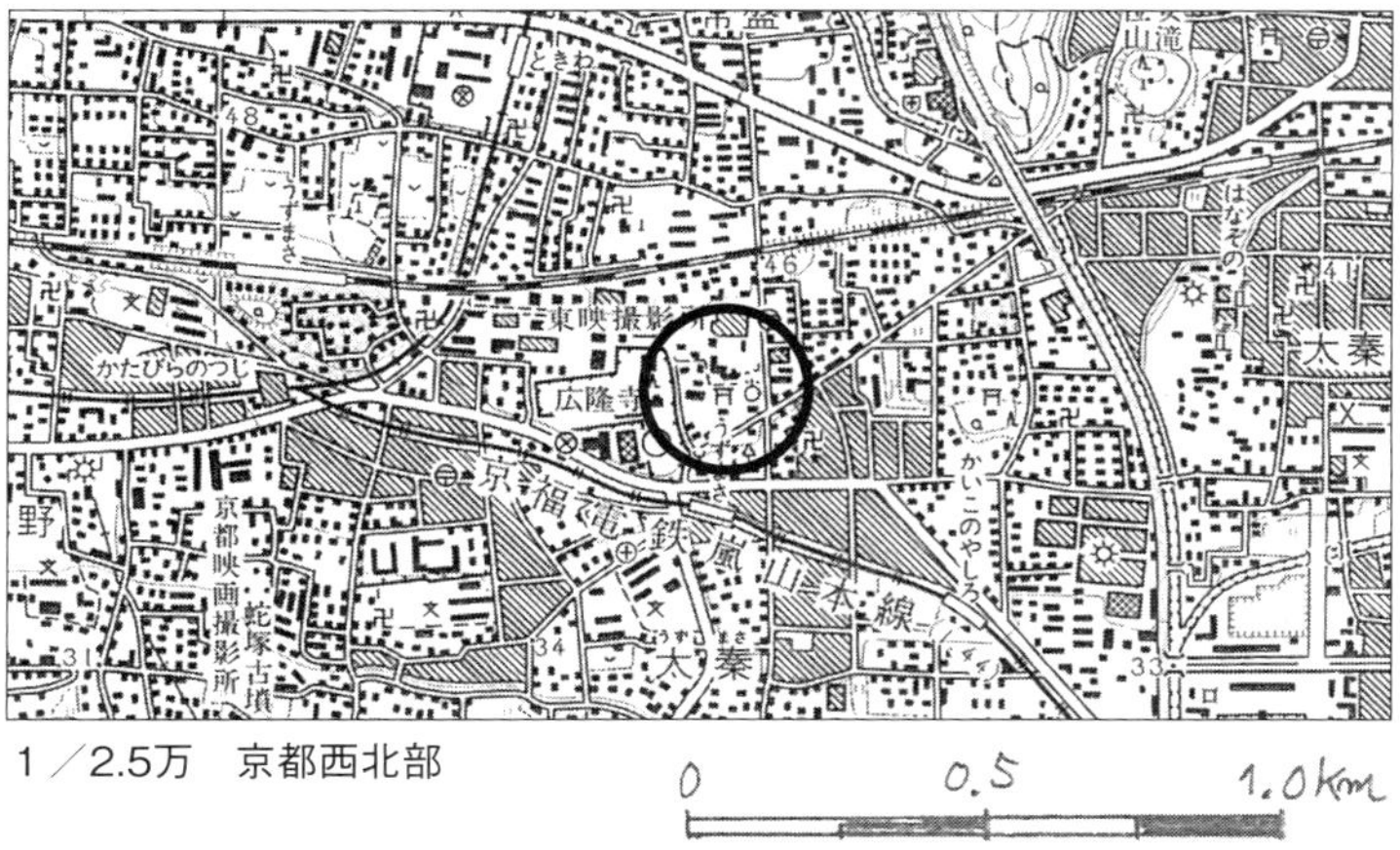

1／2.5万　京都西北部

（メモ）

①現在は式内社「大酒神社元名大辟神」境内に鎮座。祭神木枯明神。

②『広隆寺縁起』に、およそ次のようにあると。

清和天皇の御代（八五八〜八七六）、勅により乙訓郡より薬師仏を広隆寺に迎えたところ、薬師仏を作った向日《むこう》明神が広隆寺門前の槻木に影向。そしてその木が急に枯れたという。そこで神霊をこの地に移し、「木枯の明神」と名付けたところ、その枯木は再び蘇生したとある。

③『三代実録』清和天皇貞観四（八六二）年四月二四日条に、

授二皇太后宮无位木枯神従五位下一。

とある。

五〇四　木島《このしま》神社

京都府京都市右京区太秦森ヶ東町

関係地図　1／20万 京都及大阪　1／2.5万 京都西北部

341

このしま

このしまにあまのまうでたりけるを見て

・水もなく舟もかよはぬこのしまにいかでかあまのなまめかるらん　すけみ

③拾遺集　三七八

（参考）あなしにはこのしまのみやしろたへのゆきにまがへるなみはたつらむ

俊頼朝臣　新勅撰集　一三五七

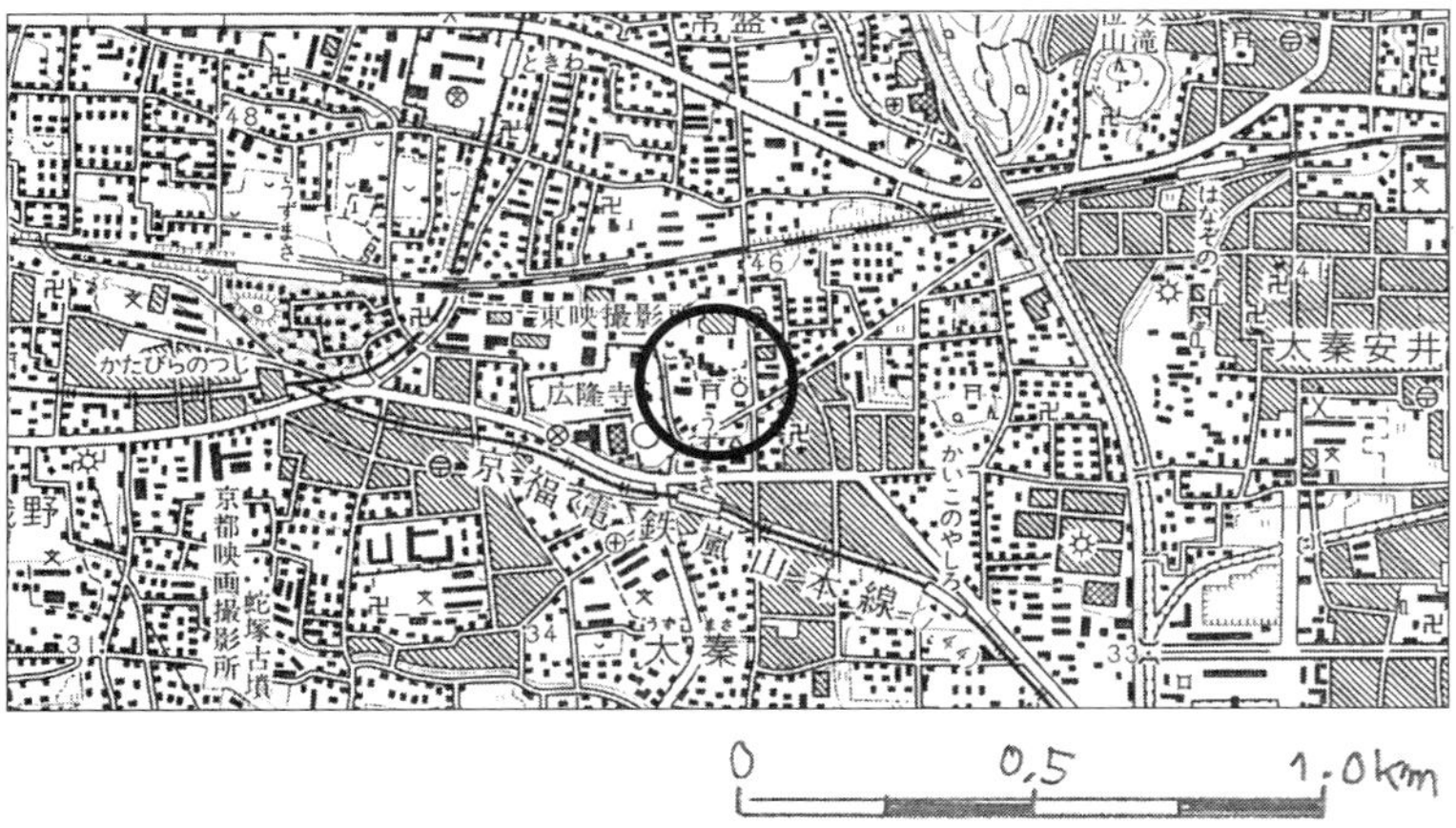

1／2.5万　京都西北部

（メモ）

①太秦の東方、御室川の西に鎮座。祭神は天之御中主神ほか四神。『延喜式神名帳』葛野郡の「木嶋坐天照御魂神社名神大月次相嘗新嘗」である。秦氏ゆかりの神社。

②『続日本紀』大宝元（七〇一）年四月三日条に、

勅《みことのり》して、山背《やましろ》国葛野《かどの》郡の月神《つくよみのかみ》・樺《かに》井《はゐ》神・波都賀志《はつかし》神等の神稲《かむしね》、今より以後、中臣氏に給ふ。

とある。

③『三代実録』貞観元（八五九）年正月二七日条に、

奉レ授二従五位下木嶋天照御魂神正五位下一。

とある。

④当社本殿の右側に養蚕神社がある。太秦は養蚕・機織・染色の技術で繁栄した秦氏の地である。また、境内には年中湧水する「元糺《もとただす》の池」がある。池の中に三《み》柱《はしら》の鳥居があり、禊の行場。夏の土用の丑の日に、この池に手足を浸すと諸病、特にしもやけ・脚気にかからないという俗信がある。

五〇五　木　幡

京都府宇治市木幡

関係地図　1／20万　京都及大阪　1／5万　京都東南部
1／2.5万　京都東南部

342

こはた

・山しなのこはたの里に馬はあれどかちよりぞくる君を思へば　人まろ
拾遺集　一二四三　③

かるかや

・わかこまをしばしとかるかやましろのこはたのさとにありとこたへよ　源俊頼朝臣　⑦千載集　一一七三

（参考）やましなの　こはたのやまを　うまはあれど　かちよりわがこし　なをおもひかねて　万葉集　二四二五

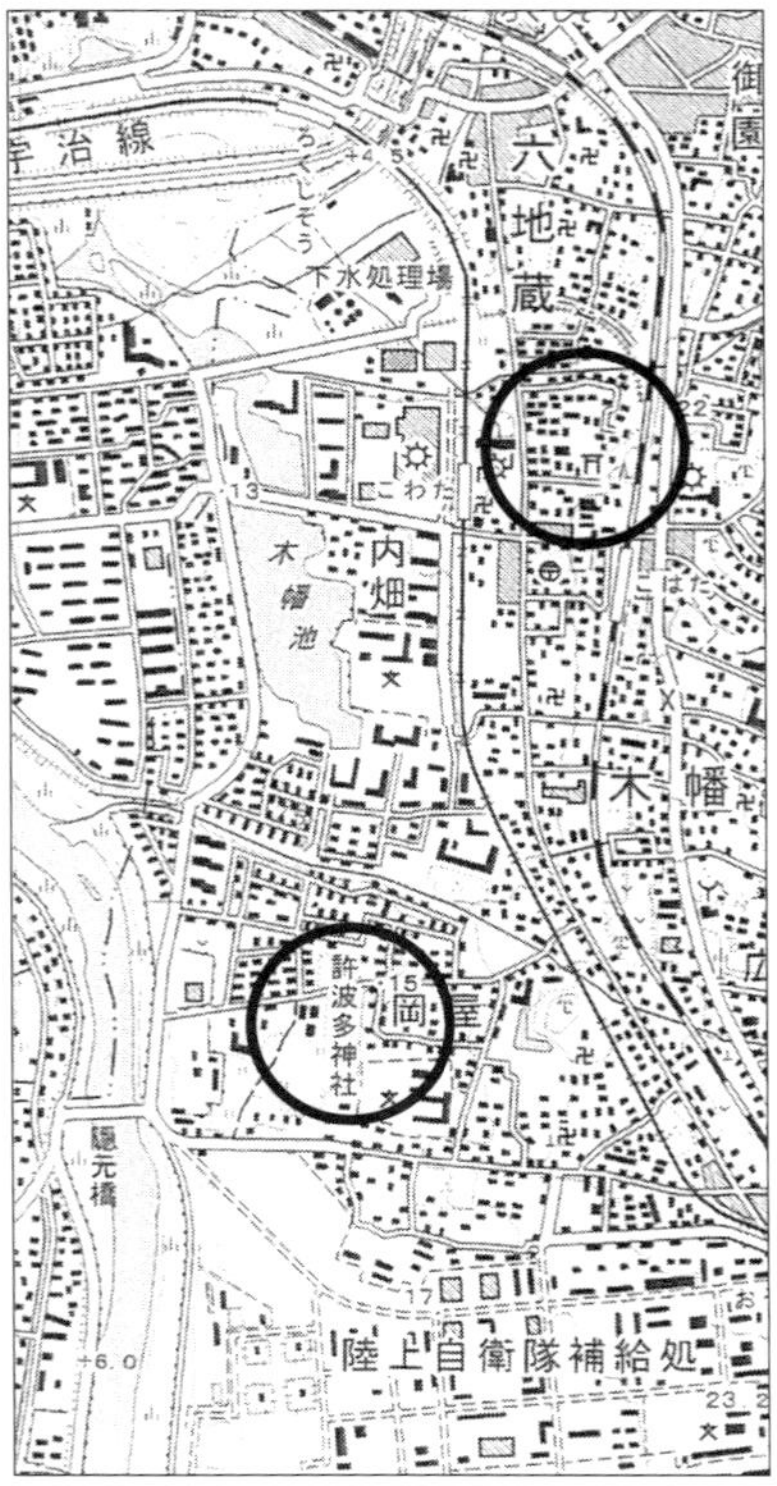

1／2.5万　京都東南部

（メモ）

①「木幡」は現在の宇治市北部に位置する。しかも近世の木幡村域だけでなく、北は伏見山をも含む広域であったという。

②宇治市五ヶ庄古川、図の下の○に許波多神社がある。祭神は天忍穂耳尊・瓊々杵尊・磐余彦尊。社伝では壬申の乱に先立って近江から大和吉野に向った大海人皇子、後の天武天皇が当社に参拝し、柳の枝の鞭を社頭に挿して戦勝を祈願されたら、その鞭が芽吹いて繁茂したので社地は柳山、社は柳明神と称した。故地の柳山が図中下方の自衛隊補給処。明治九年に御旅所であった現在地に遷座。同名神社が上方の○内にもある。両社ともに『延喜式神名帳』宇治郡の「許波多神社三座並大月次新嘗」である。

五〇六　木幡川

京都府京都市・宇治市

関係地図　1／20万　京都及大阪　1／5万　京都東南部

343

こはた河

・こはた河こはたがいひし事のはぞなきなすすがむたきつせもなし　よみ人しらず　③拾遺集　七〇六

（参考）よそに見てふしみもしらぬこはたがはこはたがゆゑにぬるるたもとぞ　寂蓮法師　万代集　一八三四

（参考）こはた川こはたがためのから衣ころもさびしきつちのおとかな　前中納言定家卿　夫木抄　五七九八

（参考）五月雨にいかにかもせんこはた河かちより人のわたる瀬もなし　従二位行家卿　夫木抄　一一一六五

1／5万　京都東南部

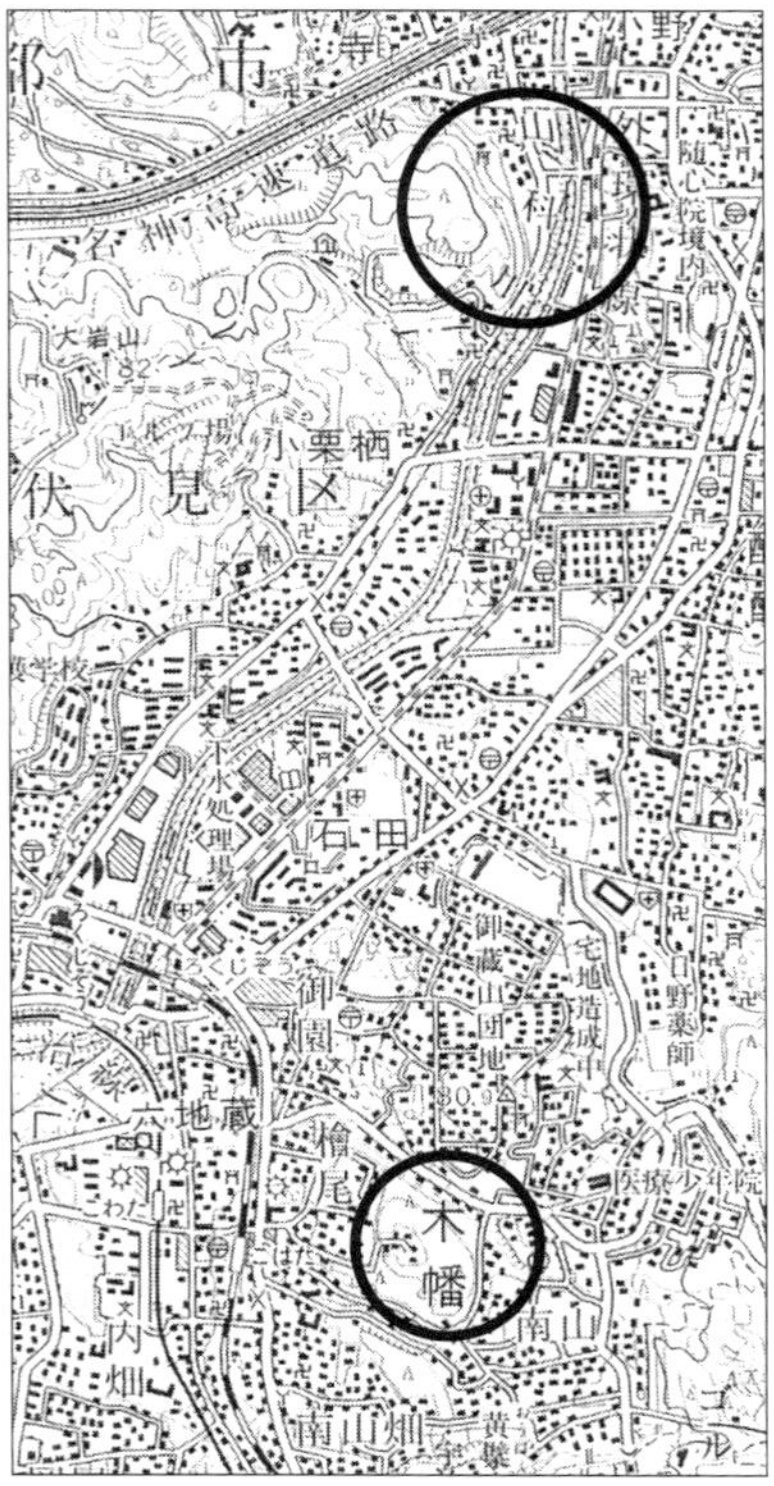

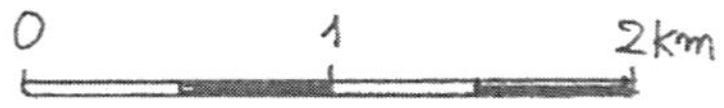

（メモ）

①地図の上の○に山科川があり、下の○、現在の木幡地区に向って流れている。しかし、次第に西向きに変え、京阪宇治線の下を通ると、急に流れを西に変えている。これは近世の人々による河道変更と考えると、現在の木幡地内を流れていた川は山科川である。よって山科川が、古代の「木幡川」であったであろう。

②宇治川の木幡及び五ヶ庄地内での地方名とも考えられる。

五〇七　惟喬親王庵室跡推定地

京都府京都市左京区大原上野町字御所田

関係地図　1／20万 京都及大阪　1／5万 京都東北部

350

惟喬のみこの室

惟喬のみこのもとにまかりかよひけるを、かしらおろしてをのといふ所に侍りけるに正月にとぶらはむとてまかりたりけるに、ひえの山のふもとなりければ雪いとふかかりけり、しひてかのむろにまかりいたりてをがみけるにつれづれとしていと物がなしくてかへりまうできてよみておくりける　なりひらの朝臣　①古今集　九七〇

• わすれては夢かとぞ思ふおもひきや雪ふみわけて君を見むとは

（参考）僧正遍昭によみておくりける　これたかのみこ　①古今集　七四

• さくら花ちらばちらなむちらずとてふるさと人のきても見なくに

（参考）白雲のたえずたなびく岑にだにすめばすみぬる世にこそ有りけれ　これたかのみこ　①古今集　九四五

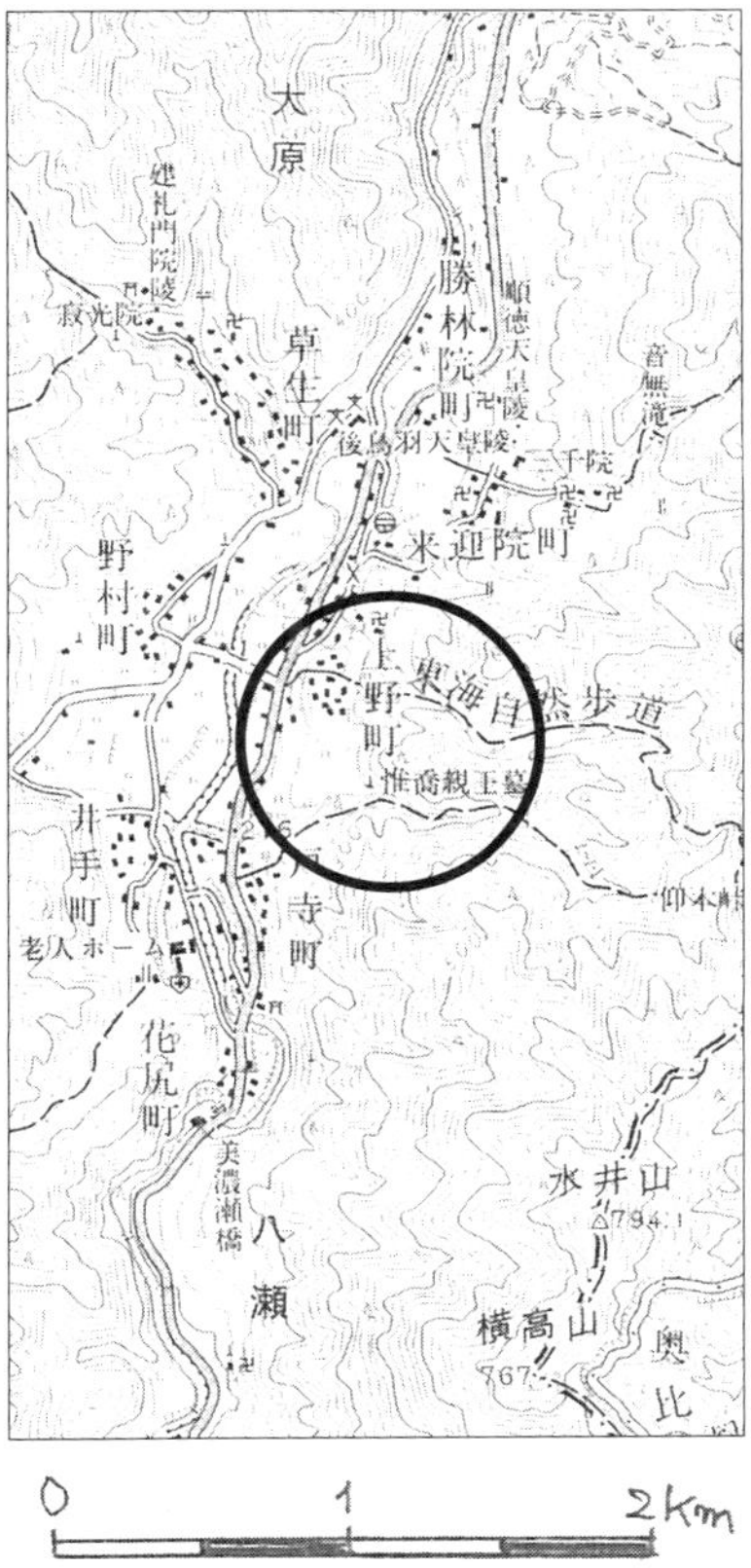

1／5万　京都東北部

（メモ）

①『伊勢物語』八三段「小野」にほぼ同様の文がある。惟喬親王の庵跡は京都市左京区大原辺。この地に惟喬親王墓がある。

②在原業平と文徳天皇はまた従兄弟。文徳天皇の皇子が惟喬親王（八四四〜八九七）である。貞観一四（八七二）年秋病によって出家。法名素覚。寛平九年二月二〇日薨去。

五〇八　西院跡

京都府京都市右京区西院西淳和院町・東淳和院町他

関係地図　1／20万 京都及大阪　1／2.5万 京都西南部、京都西北部

354

西院

西院の后、御ぐしおろさせ給ひておこなはせ給ひける時、かの院のなかじまの松をけづりてかきつけ侍りける　素性法師　②後撰集　一〇九三

• おとにきく松がうらしまけふぞ見るむべも心あるあまはすみけり

西院辺に、はやうあひしれりける人をたづね侍りけるに、すみれつみけるをむなしらぬよし申しければ、よみ侍りける　能因法師　⑧新古今集　一六八四

• いその神ふりにし人を尋ぬればあれたるやどにすみれつみけり

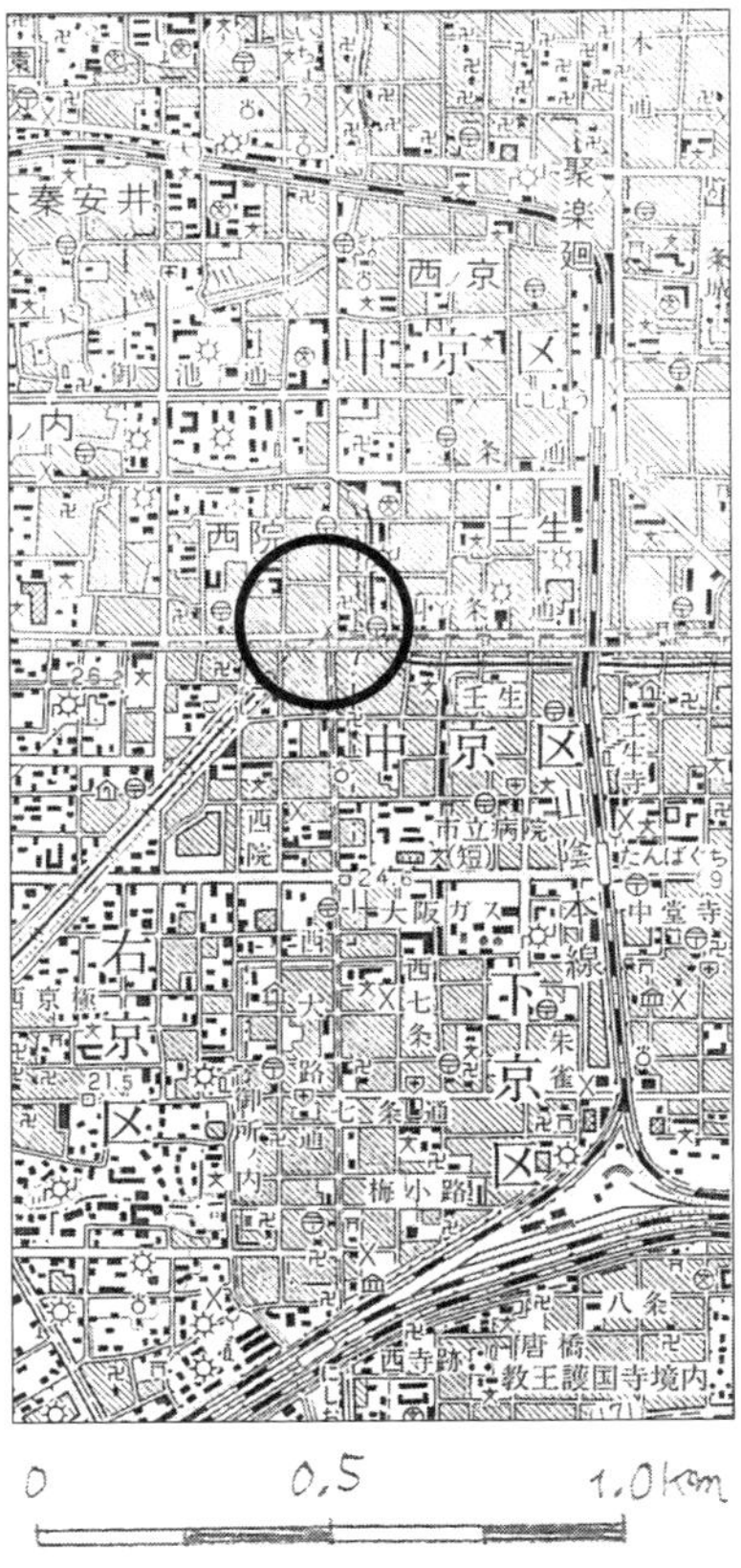

1／2.5万　京都西北部(上)・京都西南部

（メモ）

①「西院」は初め南池院、別名を西院といい、第五三代淳和天皇の後院であった。『拾芥抄』に、

四条北、西大宮東、橘大后家、或云淳和院、天長上皇離宮、今西院

とあると。これは現在の西淳和院町・東淳和院町の全域と巽町・高山寺町・中京区の壬生淵田町などの一部に相当と。

②淳和上皇は承和七（八四〇）年五月八日西院で崩去。

③『三代実録』貞観二（八六〇）年五月一一日条に、

助二修淳和（正子）太后斎会一也。先是。淳和太后於二院裏一設二斎会一。限レ以二五日一。講二法華経一。是日斎講竟矣。

とある。

五〇九　最勝寺跡

京都府京都市左京区岡崎最勝寺町

関係地図　1／20万　京都及大阪　1／2.5万　京都東北部

355

最勝寺

最勝寺の桜は、まりのかかりにて久しくなりにしを、その木としふりて、風にたうれたるよしきき侍りしかば、をのこどもにおほせて、この木をその跡にうつしうゑさせし時、先まかりて見侍りければ、あまたのとしどしくれにし春まで、たちなれにけることなどおもひいでてよみ侍りける

・なれなれてみしは名残の春ぞともなどしら河の花の下かげ　藤原雅経朝臣

⑧新古今集　一四五六

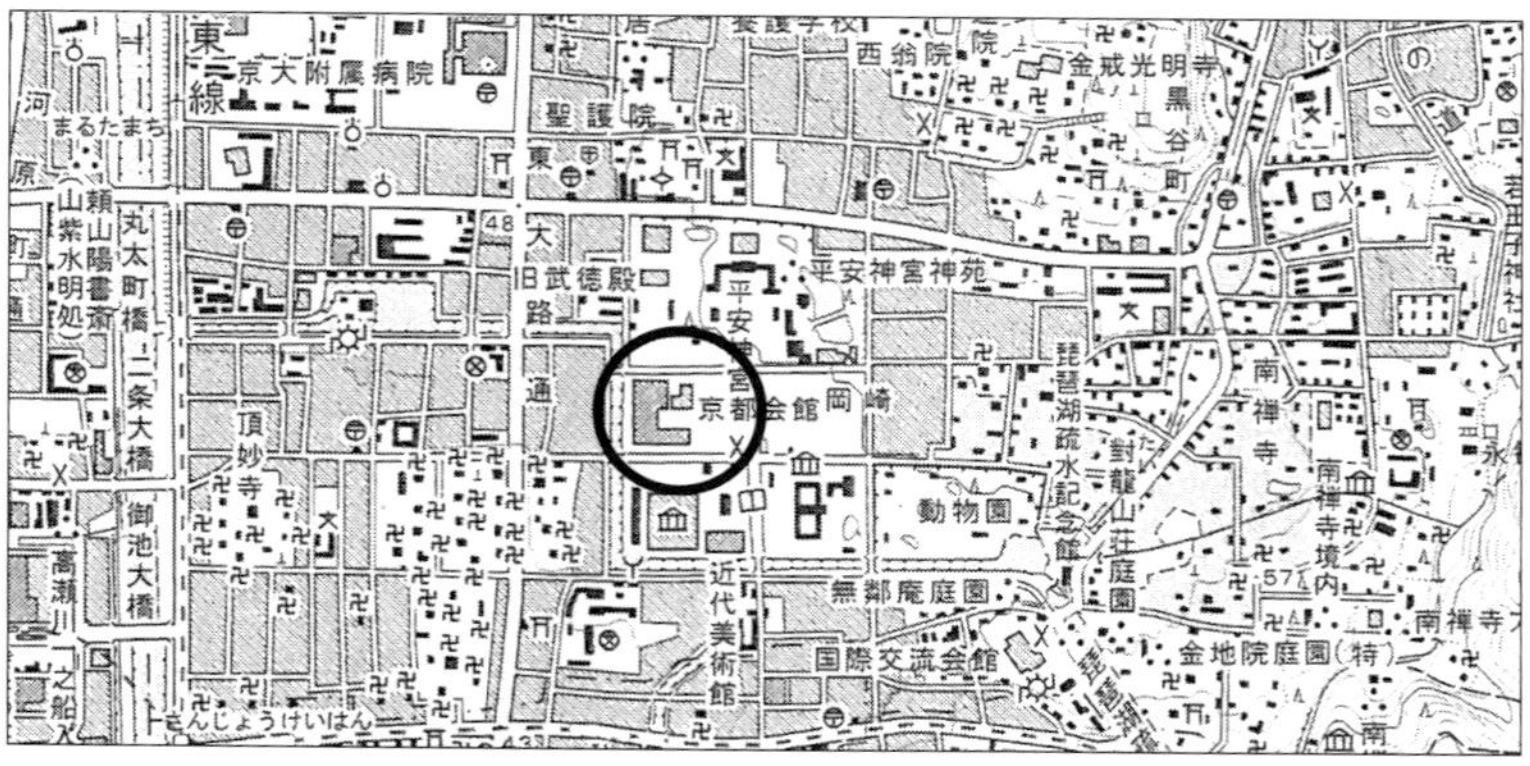

1／2.5万　京都東北部

0　0.5　1.0Km

（メモ）

①『山槐記』応保元（一一六一）年七月七日条に、

大炊御門東行　尊勝寺東大路南行　最勝寺北大路東行　法勝寺西大路南行　入御阿弥陀堂西南築垣下

とあると。また南境は『阿娑縛抄』諸寺略記に、

最勝寺者在㆓尊勝寺東㆒

とあると。最勝寺は鳥羽天皇御願寺で、規模は一町四方であったと。

②創建は元永元（一一一八）年。一二月一七日落慶法要が営まれ鳥羽天皇・白河上皇が臨席。『百錬抄』に、

供㆓養最勝寺㆒。有㆓行幸㆒。

とある。

③応仁の乱で廃寺となったという。現在の京都市美術館別館辺。

④最勝寺は鴨川の東岸、白河の地に主として院政期に皇室によって建立された寺、六勝寺の一つ。白河天皇法勝寺、堀河天皇尊勝寺、鳥羽天皇最勝寺、待賢門院の円勝寺、崇徳天皇成勝寺、近衛天皇延勝寺である。

五一〇　最勝四天王院跡

京都府京都市東山区五軒町

関係地図　1／20万　京都及大阪　1／2.5万　京都東北部

356

最勝四天王院

最勝四天王院の障子に、よしの山かきたる所　太上天皇

・みよしののたかねのさくら散りにけりあらしもしろき春のあけぼの

⑧新古今集　一三三

最勝四天王院の障子に、あさかのぬまかきたる所

・野辺はいまだあさかのぬまにかる草のかつみるままにしげる比かな　藤原雅経朝臣

⑧新古今集　一八四

最勝四天王院障子に、あぶくま河かきたる所

・君が代にあふくま川のむもれ木も氷のしたに春をまちけり　家隆朝臣

⑧新古今集　一五七九

1／2.5万　京都東北部

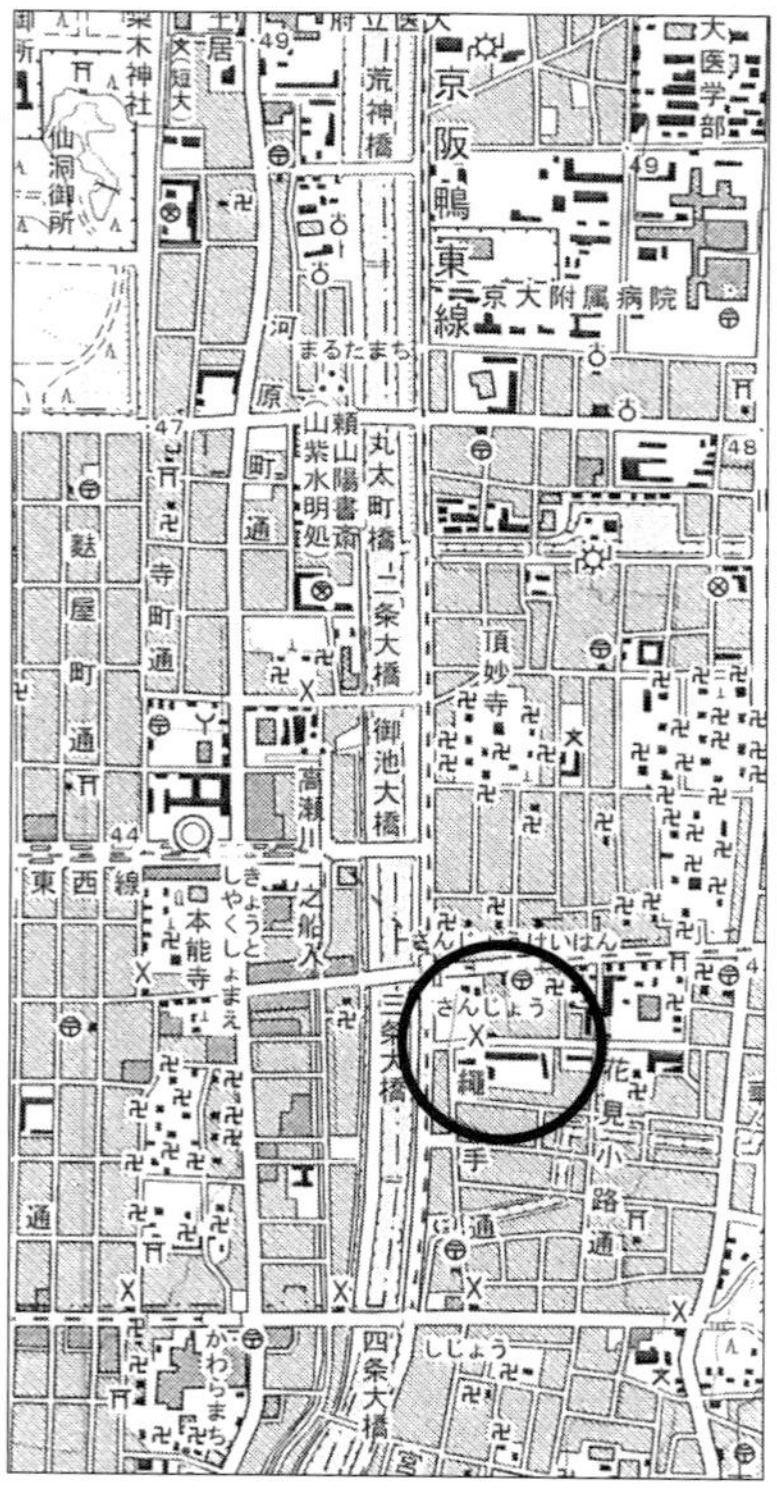

0　0.5　1.0Km

（メモ）

①後鳥羽上皇が三条白川橋辺に建立された寺。『百錬抄』承元元（一二〇七）年一一月二三日条に、

最勝四天王院供養習礼。仍上皇御幸。

とあり、同書同年同月二七日条に、

上皇御堂御所御移徒也。

とある。翌年三月二五日条に、

今日、最勝四天王院薬師堂奉㆑居㆓御仏㆒。

同月二八日条に

最勝四天王院内薬師堂供養也。仍上皇御幸。

などとある。承久元（一二一九）年四月焼亡。その後、同年七月一九日より五辻殿へ移築が始まった。

五一一　嵯峨野

京都府京都市右京区嵯峨野

関係地図　1／20万　京都及大阪　1／5万　京都西北部

358　さがの

はなみにまかりけるにさがのをやきけるを見てよみ侍ける

・こはぎさくあきまであらばおもひいでむさがのをやきしはるはその日と　賀茂成助　④後拾遺集　八〇

法輪寺にまうで侍るとて、さがのに大納言忠家がはかの侍りけるほどに、まかりてよみ侍りける

・さらでだに露けきさがののべにきて昔のあとにしをれぬるかな　権中納言俊忠　⑧新古今集　七八五

公時卿母身まかりてなげき侍りけるころ、大納言実国もとに申しつかはしける

・かなしさは秋のさがののきりぎりす猶ふるさとにねをやなくらむ　後徳大寺左大臣　⑧新古今集　七八六

1／5万　京都西北部

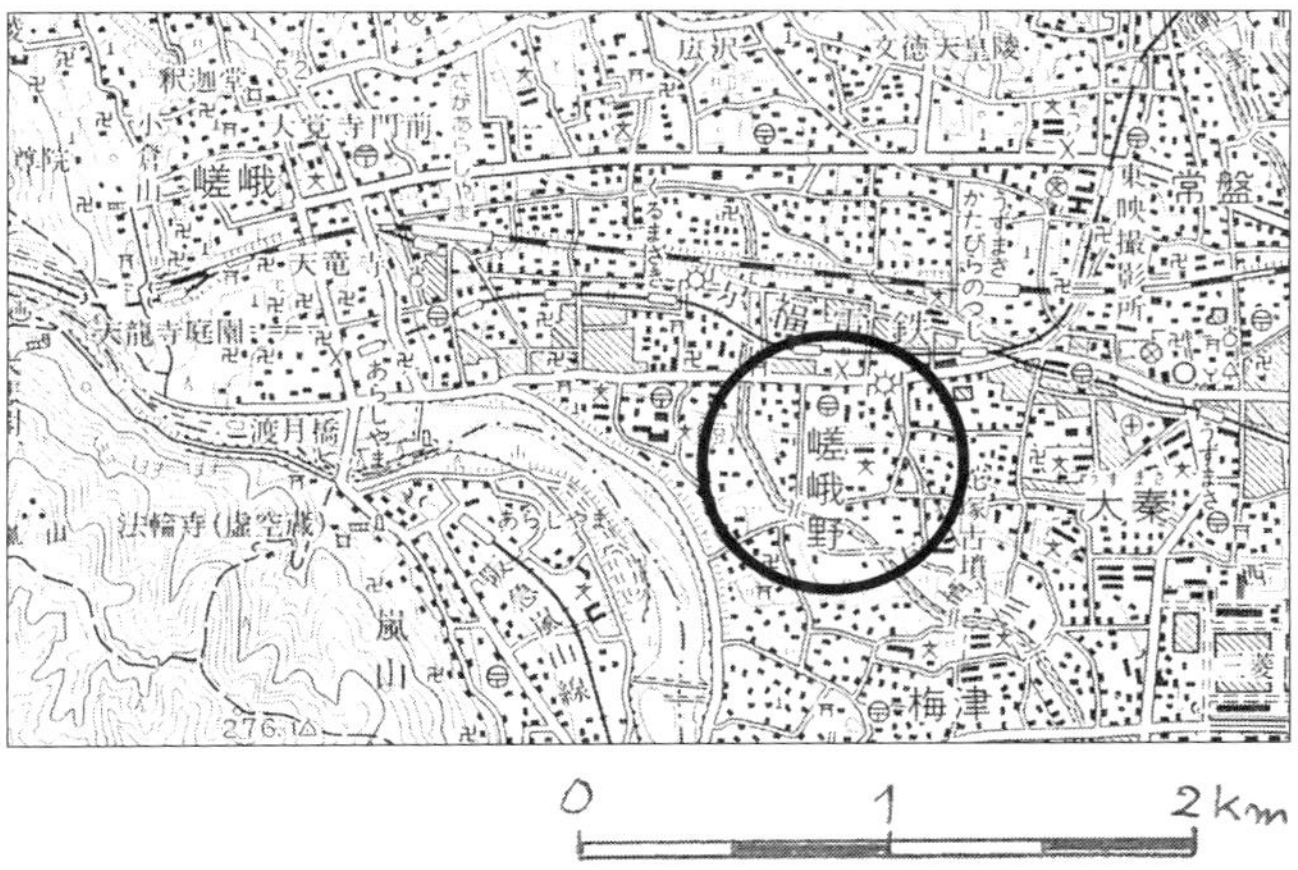

（メモ）

①東は太秦、西は小倉山、北は上嵯峨の山麓、南は桂川を境とする平坦な平野。昔は現在の桂川、昔の葛野《かどの》川のあふれた水、たび重なる溢水によって形成された沼沢地であったが、渡来系の秦氏一族が葛野川を改修し、罧原堤※を完成し、また田畑の開拓、用水の構築、大堰川とした葛野川から用水を揚げ、田畑のすみずみにまで水を供給し、肥沃な農地に変えた。

※罧《ふしづけ》　諸橋大漢和辞典に、柴を水中に積んで魚を聚め捕えるしかけ。罧者以柴積水中以取魚、扣、撃也。魚聞撃舟声、蔵柴下、壅而取之。

とある。これによると、昔、大河に堰《せき》を作るのに柴と石を交互に積み重ねたものか？

五一二　嵯峨の山

京都府京都市右京区嵯峨・北嵯峨

関係地図　1／20万　京都及大阪　1／5万　京都西北部

359　嵯峨の山

仁和のみかど、嵯峨の御時の例にて、せり河に行幸したまひける日

・嵯峨の山みゆきたえにしせり河の千世のふるみちあとは有りけり　在原行平朝臣　②後撰集　一〇七五

後白河院、栖霞寺におはしましけるに、駒引のひきわけのつかひにてまゐりけるに

・さがの山千代のふるみち跡とめて又露わくるもち月の駒　定家朝臣　⑧新古今集　一六四六

（参考）いにしへの秋にもこえてさがの山すそ野の月は影もくもらず　権律師浄弁　続後拾遺集　一〇三一

（参考）年をへてあれこそまされさがの山君がすみこしあとはあれども　二品法親王寛尊　風雅集　一七九一

1／5万　京都西北部

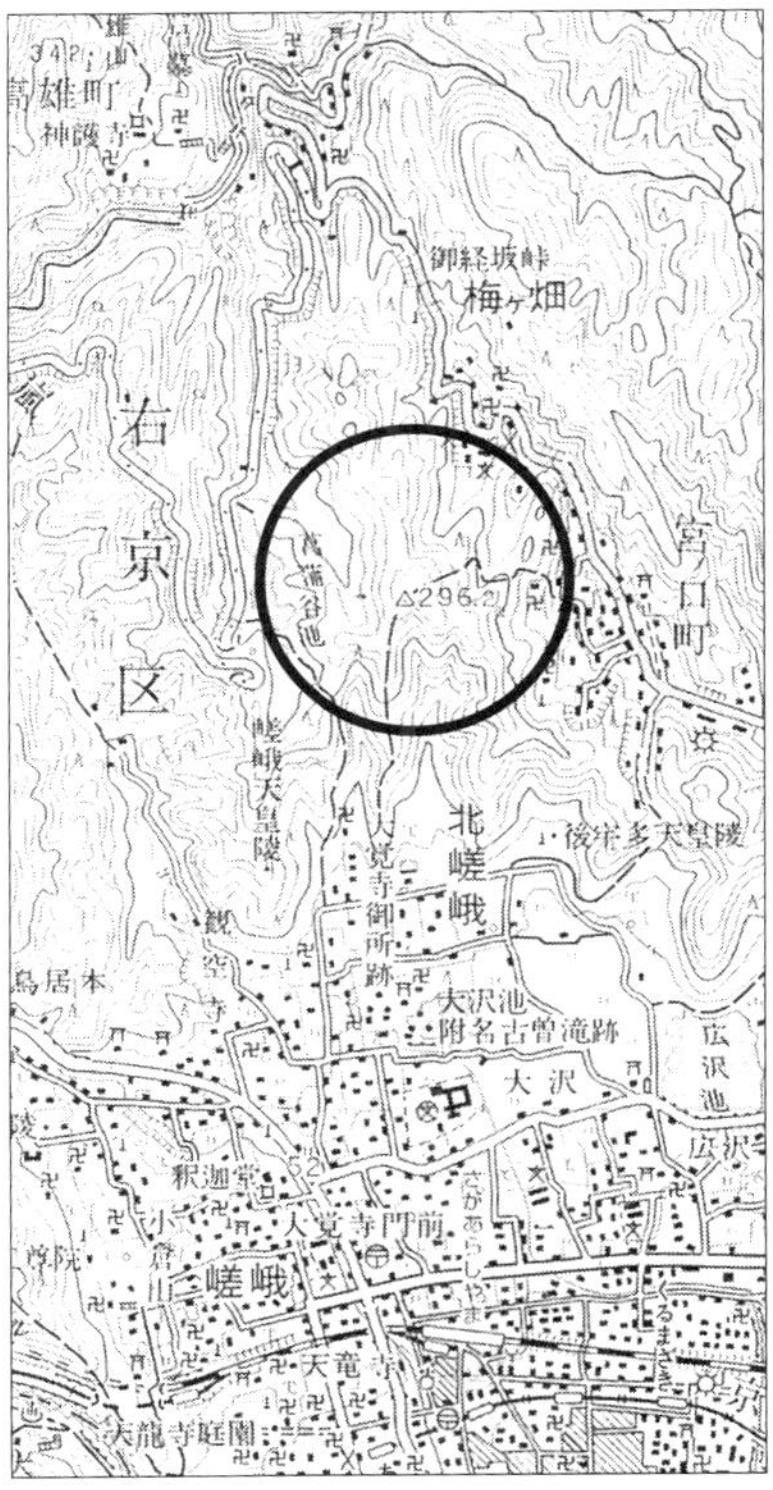

（メモ）

①「嵯峨の山」は嵯峨野周辺の山。それは、小倉山、大沢池・広沢池。または菖蒲谷池周辺に及ぶ北嵯峨の丘陵地であろう。

②京都市右京区嵯峨釈迦堂に、第五二代嵯峨天皇の皇子源融の山荘「棲霞観」があった。融死後、阿弥陀如来像が安置され棲霞寺。その後中国宋国から釈迦生身仏がもたらされ安置され清涼寺となったと。

五一三　沢山・桃山・鷹峯辺

京都府京都市北区大北山・鷹峯辺

関係地図　1／20万 京都及大阪　1／5万 京都西北部

293

きた山

うりむゐんのみこのもとに、花見にきた山のほとりにまかれりける時によめる

・いざけふは春の山辺にまじりなむくれなばなげの花のかげかは　そせい

①古今集　九五

北山に紅葉をらむとてまかれる時によめる

・見る人もなくてちりぬるおく山の紅葉はよるのにしきなりけり　つらゆき

①古今集　二九七

(参考) きたやまに　たなびくくもの　あをくもの　ほしはなれゆき　つきをはなれて　太上天皇御製　万葉集　一六一

1／5万 京都西北部

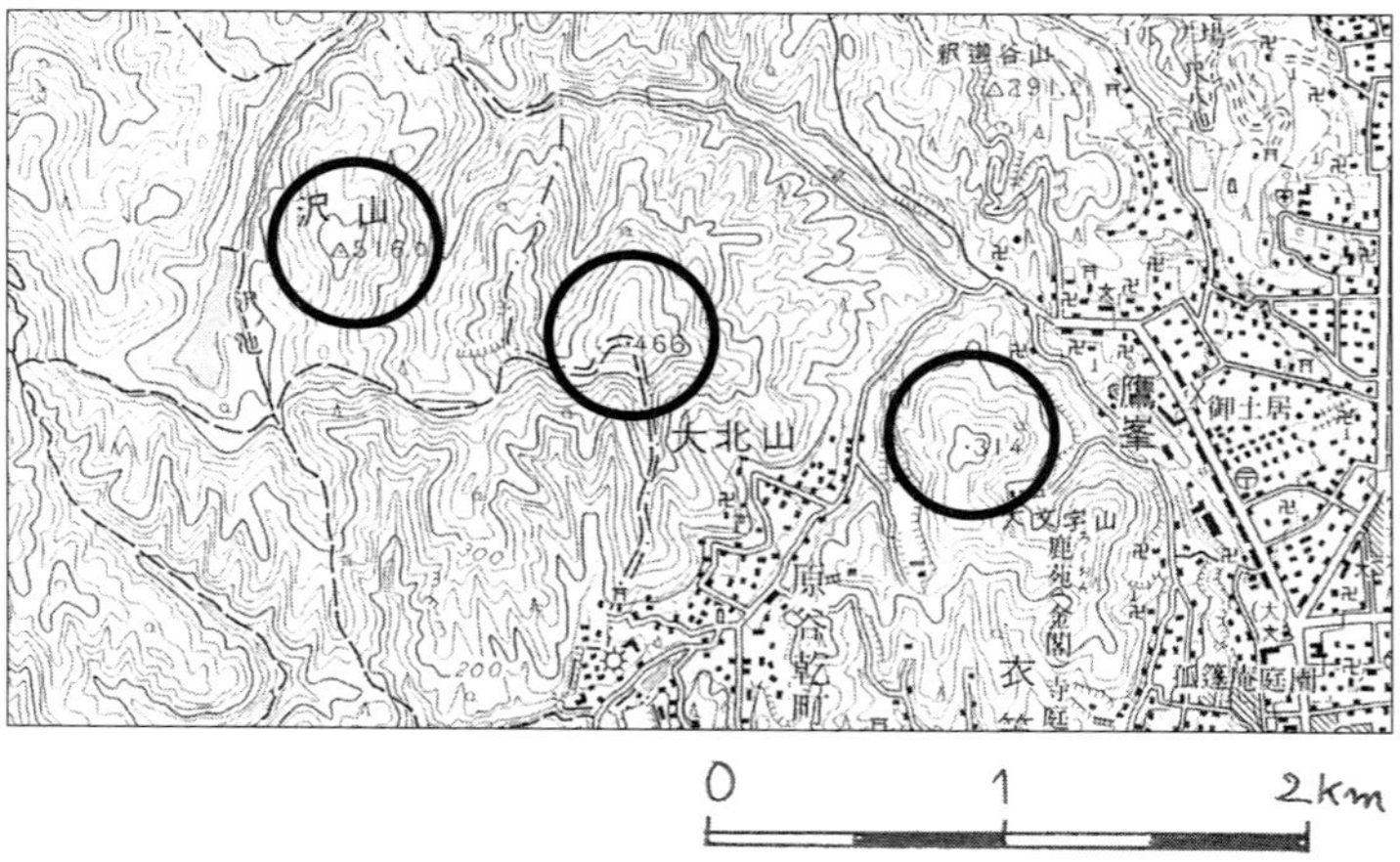

（メモ）

①図中の○は左から沢山・桃山・鷹峯である。『雍州府志』・『山州名跡志』に、この地には天峯・鷲峯・鷹峯の三峯があり、秋冬には鷹網を張って鶏を猟したとあると。

②現在沢山・桃山・鷹峯の三山は西北西―東南東方向に、ほぼ等間隔に並んでいるので、この三山が古代の天峯・鷲峯・鷹峯であろう。

③この地は『和名抄』山城国愛宕郡の「栗野郷《久留須乃》」である。毎年、各種のタカが来て、巣を作り、産卵・抱卵をする地である。雛が生れると、見廻り人（鷹匠）はすぐに巣から取り出し、その雛を一人前に鷹狩りが出来るよう育てる場でもあった。

五一四　清水山《しみずやま》

京都府京都市東山区清水寺背後の清水山

関係地図　1／20万 京都及大阪　1／2.5万 京都東南部

196

おとは山

おとはの山のほとりにて人をわかるとてよめる

・おとは山こだかくなきて郭公君が別をしむべらなり　つらゆき

①古今集　三八四

女の許につかはしける

・有りとのみおとはの山の郭公ききにきこえてあはずもあるかな　よみ人しらず

②後撰集　一五八

うへのをのこども、暁望山雪といへる心をつかうまつりけるに

・おとは山さやかに見するしら雪をあけぬとつぐる鳥の声かな　高倉院御製

⑧新古今集　六六八

1／2.5万 京都東南部

（メモ）

①ここ京都市東山区の音羽山は、西国観音霊場第一六番札所音羽山清水寺の音羽の滝の懸る山、標高二四二・三mの清水山が最適であろう。

五一五　下出雲寺跡

京都府京都市上京区藪之内町

406

関係地図　1／20万 京都及大阪　1／2.5万 京都東北部

しもついづもでら

しもついづもでらに人のわざしける日、真せい法師のだうしにていへりける事を歌によみてをののこまちがもとにつかはしける

・つつめども袖にたまらぬ白玉は人を見ぬめの涙なりけり　あべのきよゆきの朝臣

①古今集　五五六

返し

・おろかなる涙ぞそでに玉はなす我はせきあへずたきつせなれば　こまち

①古今集　五五七

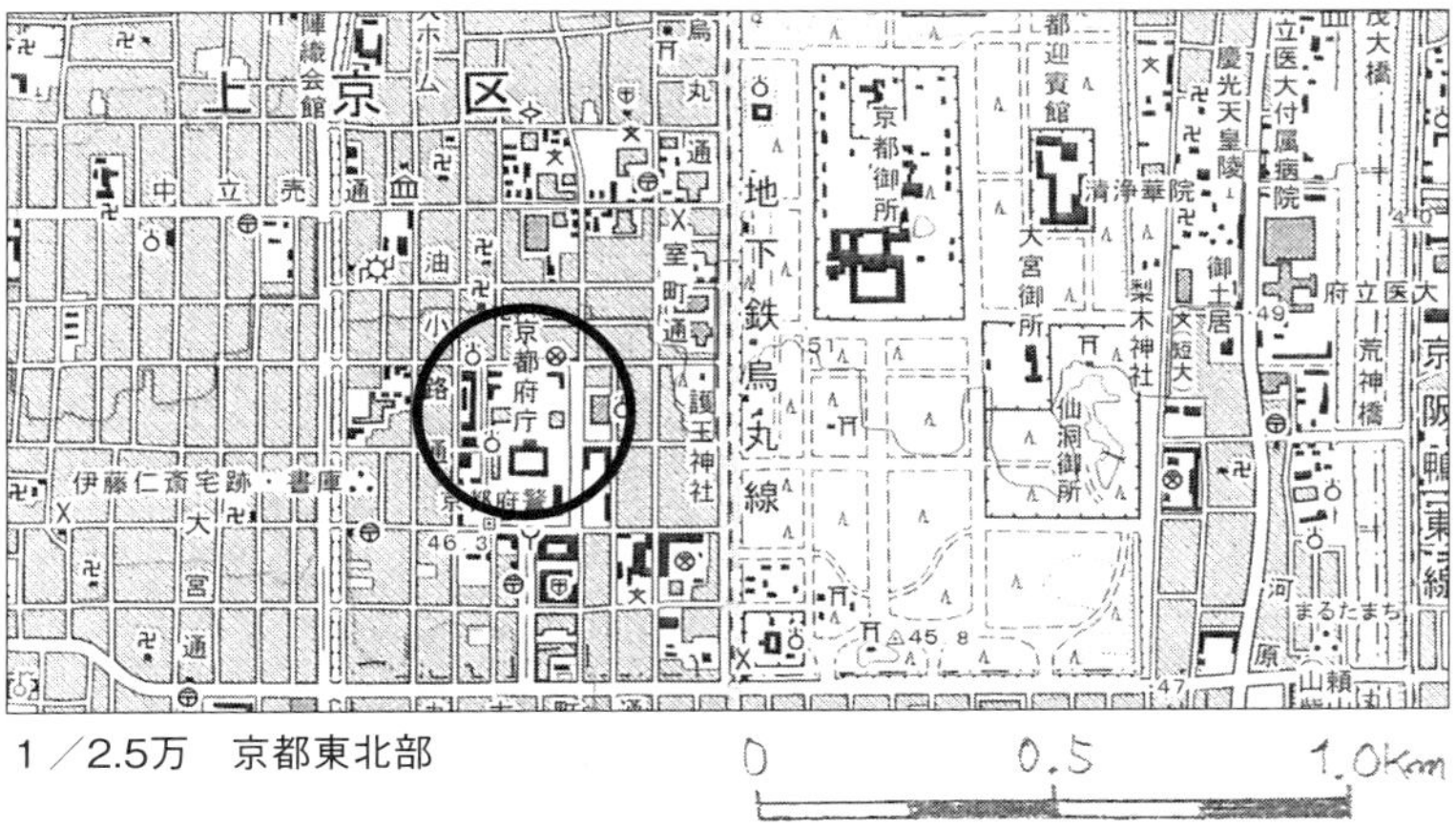

1／2.5万　京都東北部

（メモ）

①古い地図に、現在の京都市上京区藪之内町辺に「下出雲寺大伽藍、鎮守御霊社」とあり、下御霊神社の神宮寺であった。その場所は貞享元年刊『菟芸泥赴』や宝暦四年刊『山城名跡巡行志』に、

・町通鷹司の北、御霊の地

・町尻勘解由小路

などとあると。

②延長四（九二六）年三月一四日付『出雲寺文書』に

「建立之後二百余年」として伝教大師開基

とあると。また『古今為家抄』に

出雲司成季と云者の建立也

とあると。明治三七年京都府庁本館建設工事中に太秦広隆寺と同じ布目瓦出土。

③上京区上御霊前通に御霊神社が鎮座する。祭神は崇道天皇　井上大皇后　他戸親王　藤原大夫人　橘逸勢　文屋宮田麿　火雷神他で俗に八所御霊と称され国家守護、皇居産土神、都民擁護神である。

五一六　下狛

京都府相楽郡精華町下狛

344

関係地図　1／20万 京都及大阪　1／5万 奈良

こま

・おとにきくこまの渡りのうりつくりとなりかくなりなる心かな　藤原国章

③拾遺集　五五七

返し

・さだめなくなるなるうりのつら見てもたちやよりこむこまのすきもの　藤原朝光

③拾遺集　五五八

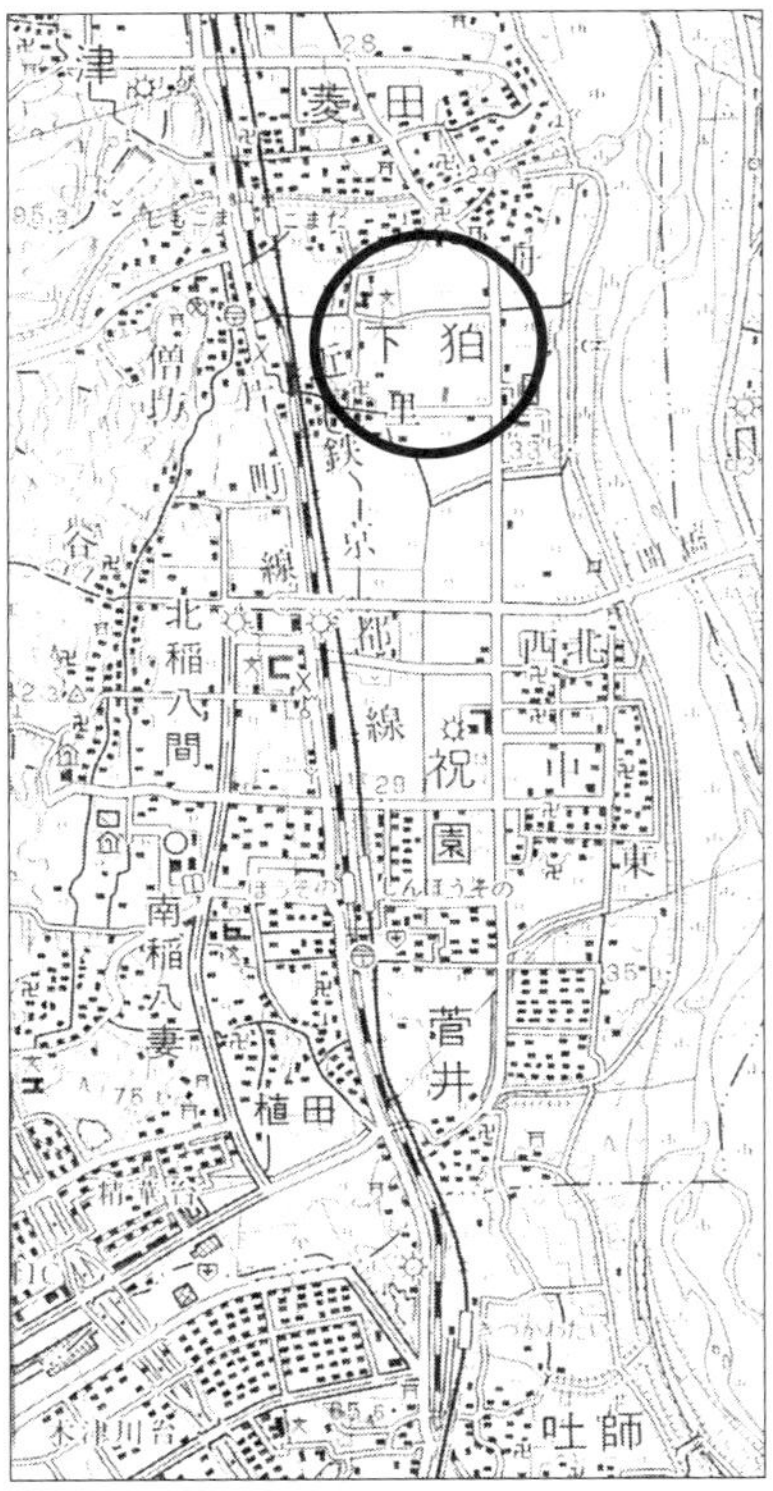

1／5万　奈良

（メモ）

①「下狛」は木津川中流域左岸に位置する。地内に木津川支流の煤谷川《すすたに》が東流する。五世紀頃から高句麗系の渡来人が住みついたという。また、下狛より木津川上流約三kmの右岸に「上狛」がある。

②『和名抄』山城国相楽《さがらく》郡下狛郷。

③『催馬楽』山城に、

山城の狛のわたりの瓜作
なよや
らいしなや　さいしなや
瓜作
瓜作　はれ
瓜作我を欲しと言ふ
如何にせむ　なよや
らいしなや　さいしなや
……

などとある。

五一七　釈迦堂

京都府京都市右京区嵯峨釈迦堂藤ノ木町

関係地図　1/20万　京都及大阪　1/2.5万　京都西北部

441　栖霞寺

後白河院、栖霞寺におはしましけるに、駒引のひきわけのつかひにてまゐりけるに

・さがの山千代のふるみち跡とめて又露わくるもち月の駒　定家朝臣　⑧新古今集　一六四六

1/2.5万　京都西北部

（メモ）

①貞観一四（八七二）年～寛平七（八九五）年の長きにわたり左大臣をつとめた嵯峨天皇の皇子、源融《とおる》（八二二～八九五）の山荘棲霞観があった。

②融の死後、その子息が供養のためと、寛平七年阿弥陀如来を造立し棲霞観内に安置し、棲霞寺と号した。

③その後、天慶八（九四五）年に等身大の釈迦如来像を安置した釈迦堂が出来た。

④東大寺僧奝然《ちょうねん》が永観元（九八三）年入宋し、生身の釈迦仏を持ち帰ったが伽藍建立の志を果たさずに長和五（一〇一六）年に死去した。その弟子盛算《じょうさん》が棲霞寺境内に堂を建立し、師の宋国よりの生身の釈迦仏を安置し清涼寺と号し自ら開山となった。

⑤霊宝館には棲霞寺本尊阿弥陀三尊坐像がある。中尊のお顔は源融のおもかげがあるといわれる。霊宝館には多くの仏像がある。厄除地蔵尊や、文明一六（一四八四）年鋳造の梵鐘など。

五一八　上東門院跡

京都府京都市上京区京都御苑内大宮御所

関係地図　1/20万　京都及大阪　1/2.5万　京都東北部

411　上東門院

一条院、上東門院に行幸させ給けるによめる

・君がよにあふぐまがはのそこきよみちとせをへつつすまむとぞおもふ　入道前太政大臣　⑥詞花集　一六一

上東門院御屏風に十二月つごもりのかたかきたるところによめる

・ひととせをくれぬとなにかをしむべきつきせぬちよの春をまつには　前大納言公任　⑥詞花集　一六八

1/2.5万　京都東北部

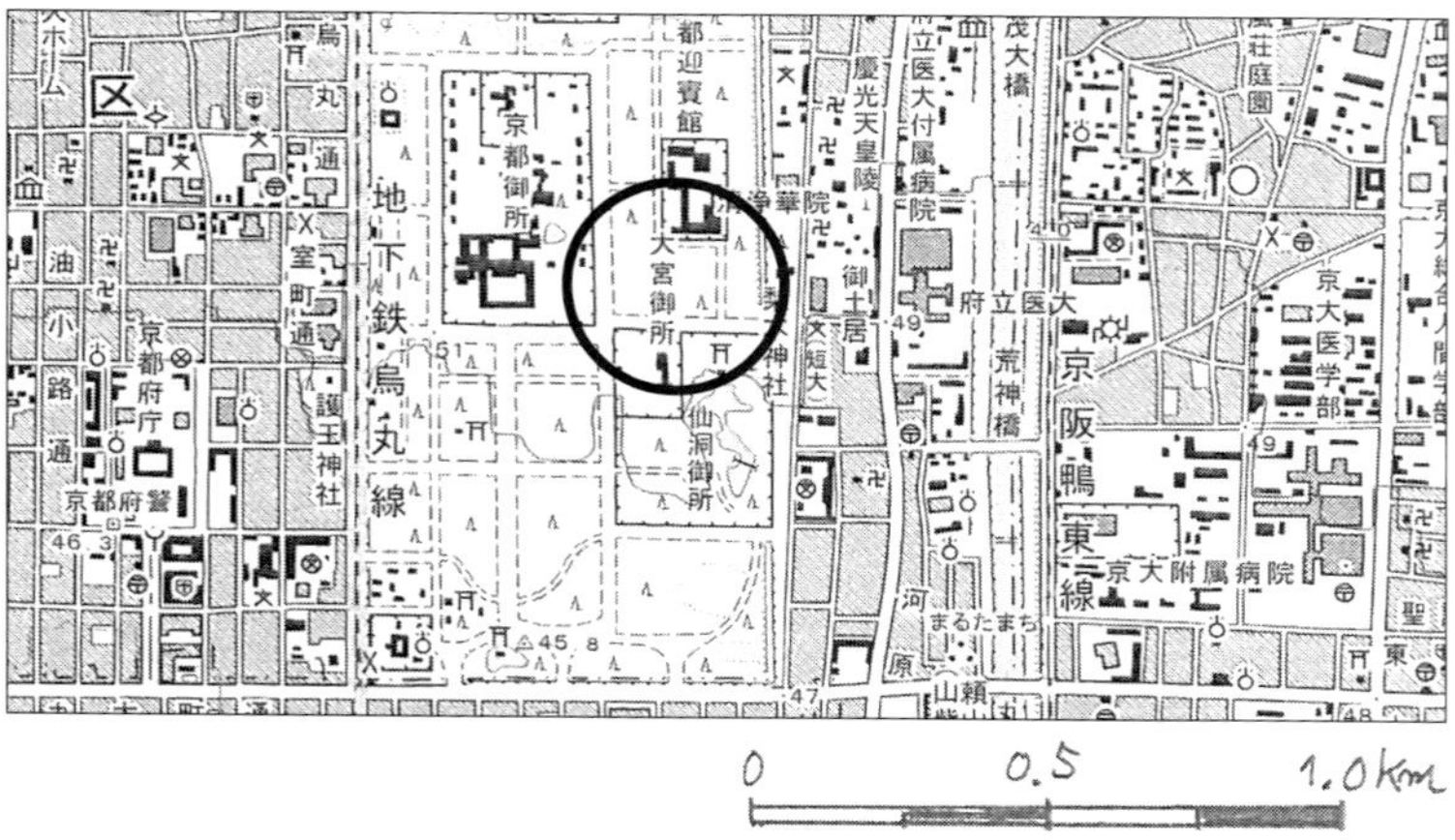

（メモ）

①上東門院。藤原道長の長女彰子は一条天皇の中宮となり後一条天皇、後朱雀天皇の母となり、上東門院と呼ばれた。

②上東門院（御殿）は初め土御門殿と呼ばれ、左大臣源雅信の邸宅であった。藤原道長はその娘倫子を妻とし、雅信の死後、土御門殿を伝領した。

③土御門殿位置は『拾芥抄』に、

土御門南京極西

とあり、現在の京都御苑内大宮御所の北部分に当るという。この土御門殿は京極殿や大内裏の上東門に通じる土御門大路に面しているので「上東門第」とも。

④『紫式部日記』の最初に、

秋のけはひ入り立つままに、土御門殿の有様、いはむかたなくをかし。池のわたりの梢ども、遣水《やりみづ》のほとりの草むら、おのがじし色づきわたりつつ……

とある。

⑤のち、中宮彰子が伝領し、「上東門院」と号した。

五一九　白川

京都府京都市左京区

関係地図　1／20万　京都及大阪　1／2.5万　京都東北部

413

白河

さきのおほきおほいまうちぎみをしらかはのあたりにおくりける夜よめる

・ちの涙おちてぞたぎつ白河は君が世までの名にこそ有りけれ　そせい法し

①古今集　八三〇

・なにごとをはるのかたみにおもはまし今日しらかはの花みざりせば　伊賀少将

たかくらの一宮の女房花みに白河にまかれりけるによみはべりける

④後拾遺集　一一九

・ゆくすゑをせきとどめばやしらかはのみづとともにぞはるもゆきける　土御門右大臣

白河にてはなのちりてながれけるをよみ侍ける

④後拾遺集　一四六

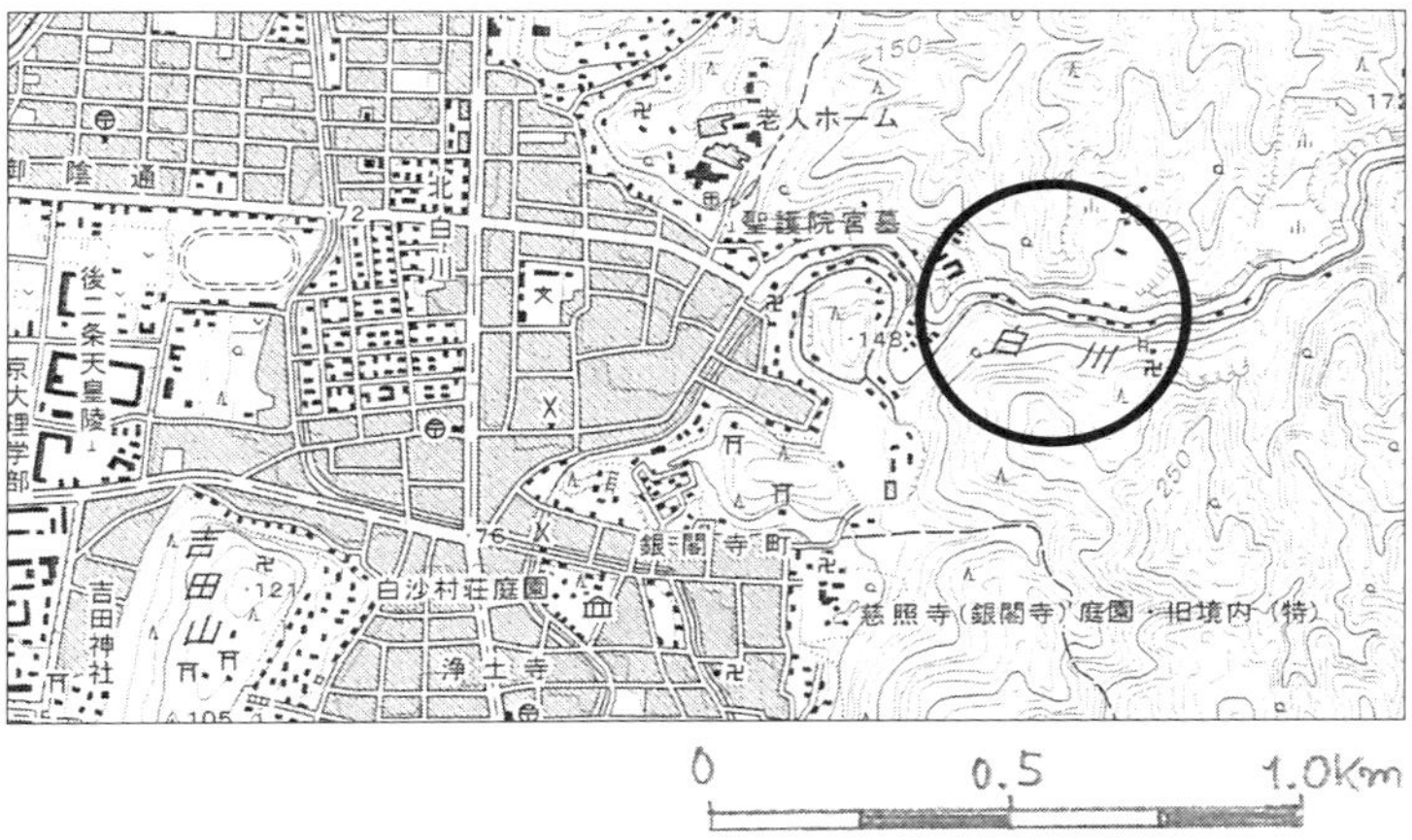

1／2.5万　京都東北部

（メモ）

①ここの白川は河川名でなく地区名とする。白川地区には「白川」という川が流れる。その流域が「白河」「白川」である。加意ヶ嶽北西麓で、白川山の西麓に開ける扇状地の傾斜段丘に位置する。

②白川の北側、右岸は北白川。白川の南側、左岸は南白川。「白川」の名の由来は、中生代末に貫入した白っぽい岩石である花崗岩が分布するによる。またその花崗岩の風化生成物も白っぽい砂、白色の長石や半透明、透明な石英が主であるによる。

③『雍州府志』に、

上粟田北白川山土中悉白石也、村民農業之暇事石工、故随其用而斫取之、大盤採者至長二三丈、凡朝廷宮殿之柱礎市鄽溝渠之界石并石壁石橋并欄礎石碑碣石塔等物無不用之、其盤穿時所砕散之砂石至白、是謂白砂

とある。

五二〇　白河殿跡

京都府京都市左京区岡崎

関係地図　1／20万　京都及大阪　1／5万　京都東北部　1／2.5万　京都東北部

415

白河殿

後朱雀院の御時、うへのをのこどもひんがし山の花み侍りけるに、雨のふりければ、白河殿にとまりておのおの歌よみ侍りけるによみ侍りける

・はるさめにちる花みればかきくらしみぞれし空の心ちこそすれ　大納言長家

⑦千載集　八二

やよひのつごもりごろ、白川殿に御かたたがへの行幸ありける夜、春残二日といへる心をうへのをのこどもつかうまつりけるついでに、よませ給うける

・われもまた春とともにやかへらましあすばかりをばここにくらして　二条院御製

⑦千載集　一二一

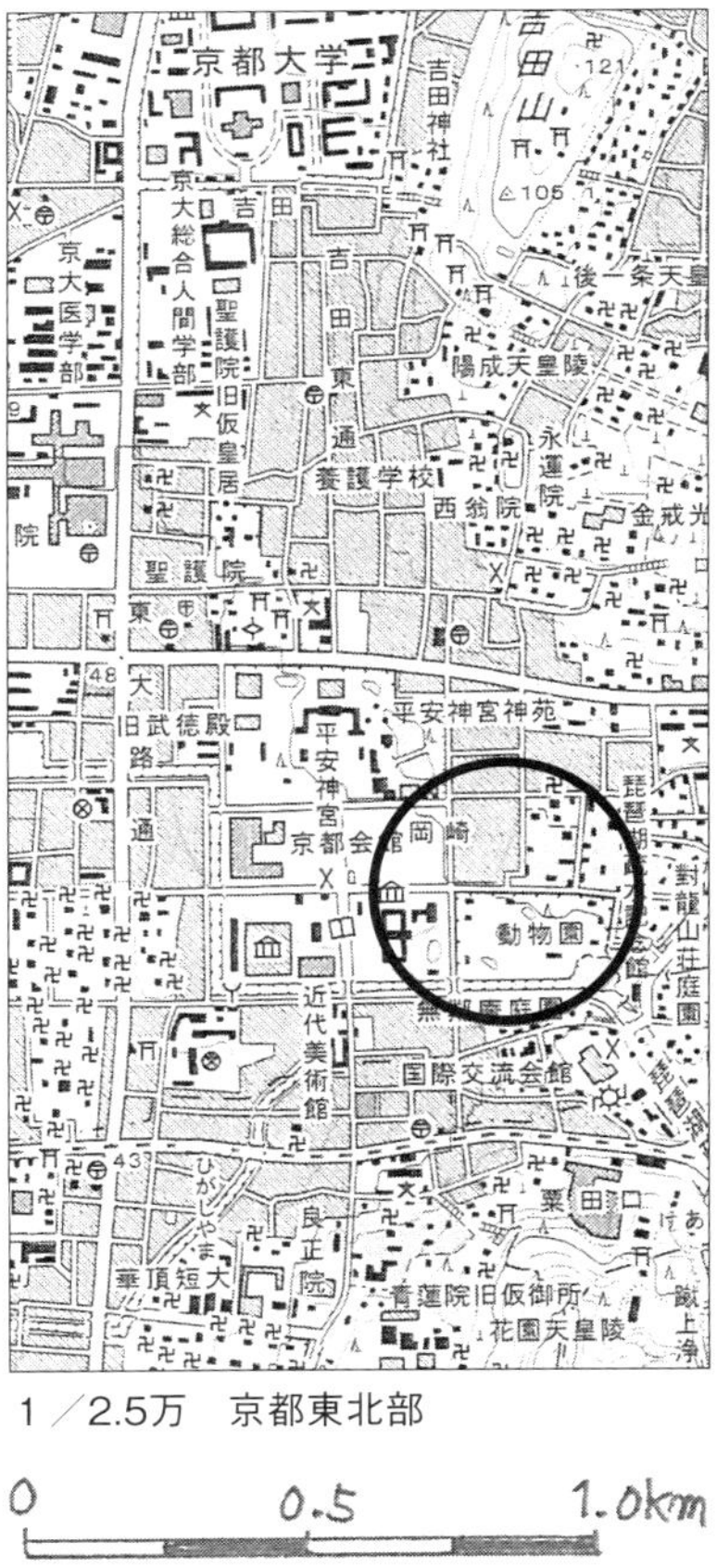

1／2.5万　京都東北部

（メモ）

①白河殿は関白藤原頼通（九九〇～一〇七四）が伝領した藤原家累代の土地。

②藤原師実（一〇四二～一一〇一）は頼通の第三子。師実は源師房の女麗子を室とし、師房の孫女賢子を養う。延久二（一〇七〇）年、師実は突然賢子を東宮（後の白河天皇）妃に納れよとの勅を拝する。

③師実より土地が献上され、法勝寺の造営が承保二（一〇七五）年に始まる。その場所は今日の京都市動物園周辺の方四町。金堂の正面、阿弥陀堂の東に池があり、そこの釣殿御所は旧白河殿の左大臣家累代の釣殿であったという。

五二一　白河南殿跡

京都府京都市左京区中川町・秋築町等

関係地図　1／20万　京都及大阪　1／2.5万　京都東北部

144

院北面

院北面にて橋上藤花といふ事をよめる　大夫典侍

• 色かへぬまつによそへてあづまぢのときはのはしにかかるふぢなみ

⑤金葉集　八一

白河花見御幸に　新院御製

• たづねつる我をや春もまちつらんいまぞさかりににほひましける

⑤金葉集　三〇

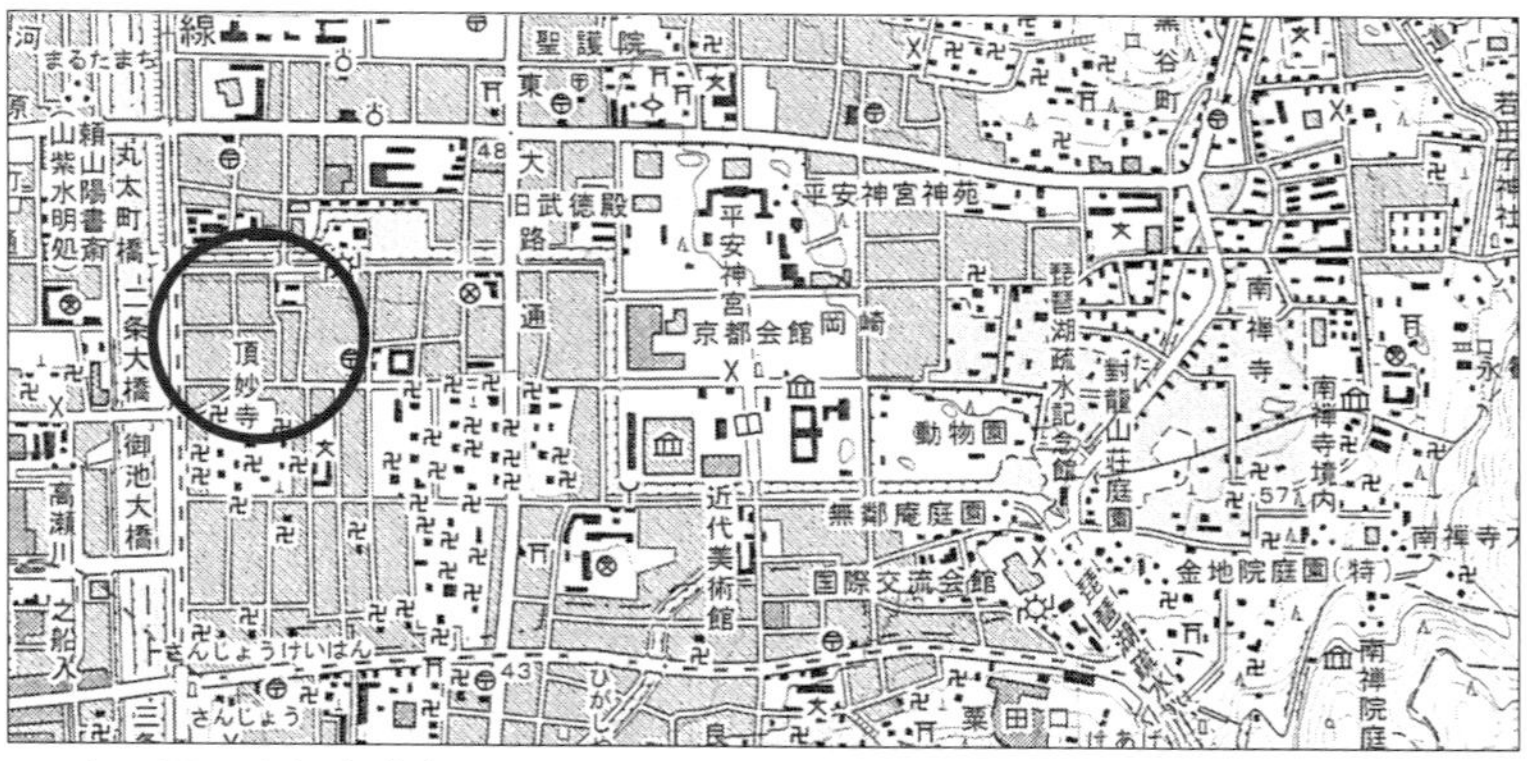

1／2.5万　京都東北部

（メモ）

①白河南殿跡は左京区聖護院蓮華蔵町・秋築町・石原町一帯である。

②北は大炊御門《おおいのみかど》大路末、南は二条大路末、西は仏所小路を限る地に建造され、南北に長く二町、約二二〇mを占めたと。跡地は岡崎公園の西、二条通の北側の地。

③この南殿はもと前大僧正覚円の坊舎の地。嘉保二（一〇九五）年五月に造営された。殿内の地形は『中右記』に、

渡御泉殿、御覧新堂地形、遠山之体、前池之横宛如蓬莱歟

とあると。

④この白河南殿の北面に居所を持ち、南殿全体を警護する侍・武士が院北面の侍。

⑤南殿の西に蓮華蔵院があり、本堂の阿弥陀堂に丈六九体の阿弥陀仏を本尊とした。よって、この南殿を「上皇移徙白河阿弥陀堂御所号泉殿」と『百錬抄』にあると。

⑥蓮華蔵院は白河院の没後は鳥羽院によって維持され、仁平二（一一五二）年一二月一八日には宝荘厳院と並んで、「百体阿弥陀仏」の造仏供養が営まれたと。

五二二　白川の滝

京都府京都市左京区

関係地図　1／20万　京都及大阪　1／5万　京都東北部　1／2.5万　京都東北部

416

白河のたき

おほきおほいまうちぎみの白河の家にまかり渡りて侍りけるに、人のざうしにこもり侍りて　中務

• 白河のたきのいと見まほしけれどみだりに人はよせじものをや

②後撰集　一〇八六

返し　おほきおほいまうちぎみ

• しらかはのたきのいとなみみだれつつよるをぞ人はまつといふなる

②後撰集　一〇八七

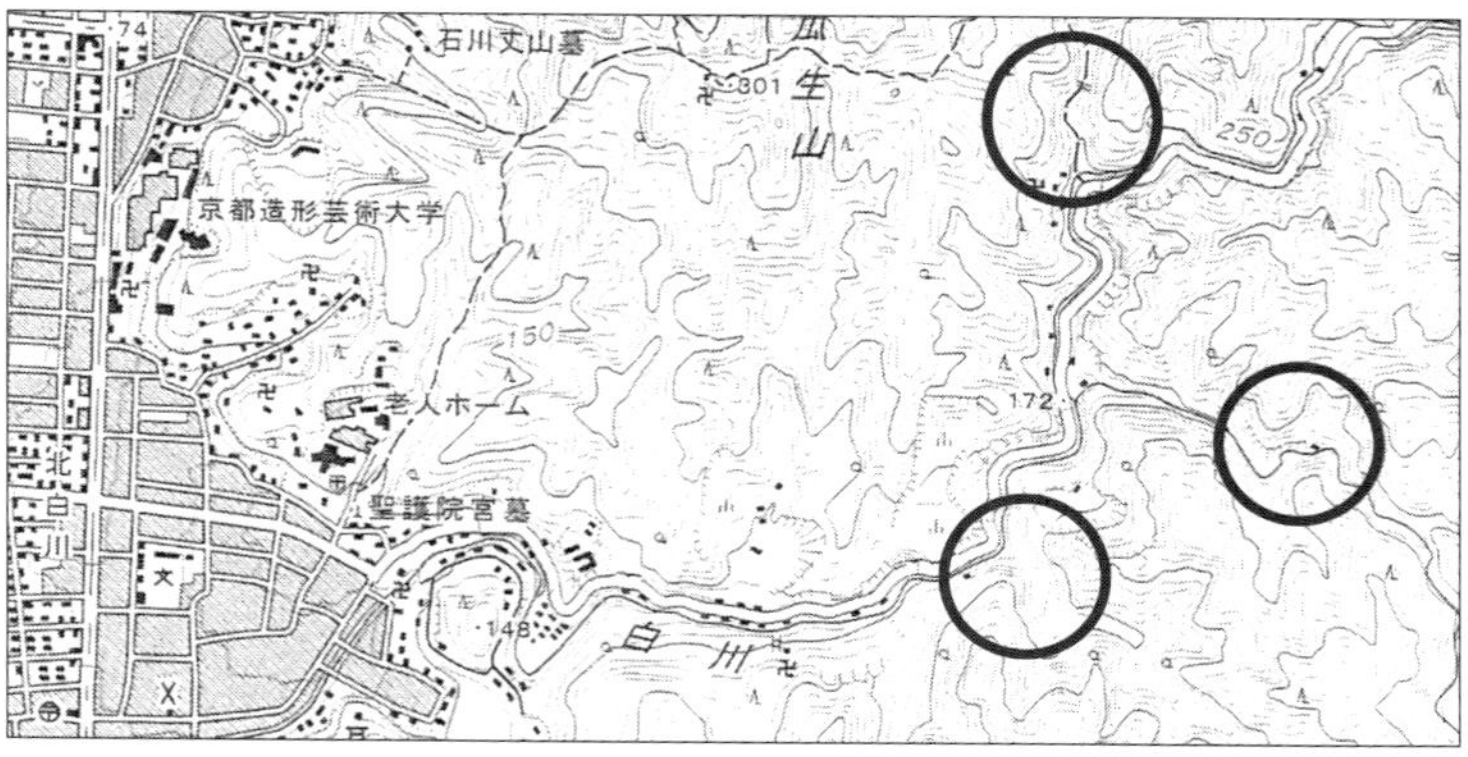

1／2.5万　京都東北部

（メモ）

①白川の流れは、標高八四八mの比叡山と標高四七二mの如意ヶ岳の間の東山山中に発し、西へ流下して京都盆地に入る。谷口で南へ折れて吉田山の東側を南流し、東山区との境にある岡崎法勝寺町の動物園付近で琵琶湖疎水に合して流れる。その後、五百mほどの近代美術館で疎水から分かれて南西流し、東山区に入り四条大橋の北で鴨川に注ぐ。延長約九km。

②上流部は白っぽい岩石の花崗岩地帯。川床は白っぽい石英砂・長石砂を主とする砂であるので流れも「白川」。

③地図中には採石場が多く、古来、地形の変化が大きかったであろう。また、白川の滝の位置は本流・支流ともいくつか考えられるが、現在の所、〇の位置に考えられる。しかし、落差五〇m、百mと大きなものは望めない。

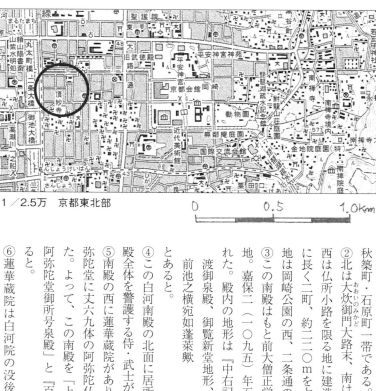

五二三　白河北殿跡

京都府京都市左京区東丸太町・東竹屋町等

関係地図　1／20万　京都及大阪　1／2.5万　京都東北部

144

院北面

院北面にて橋上藤花といふ事をよめる　大夫典侍

・色かへぬまつによそへてあづまぢのときはのはしにかかるふぢなみ

⑤金葉集　八一

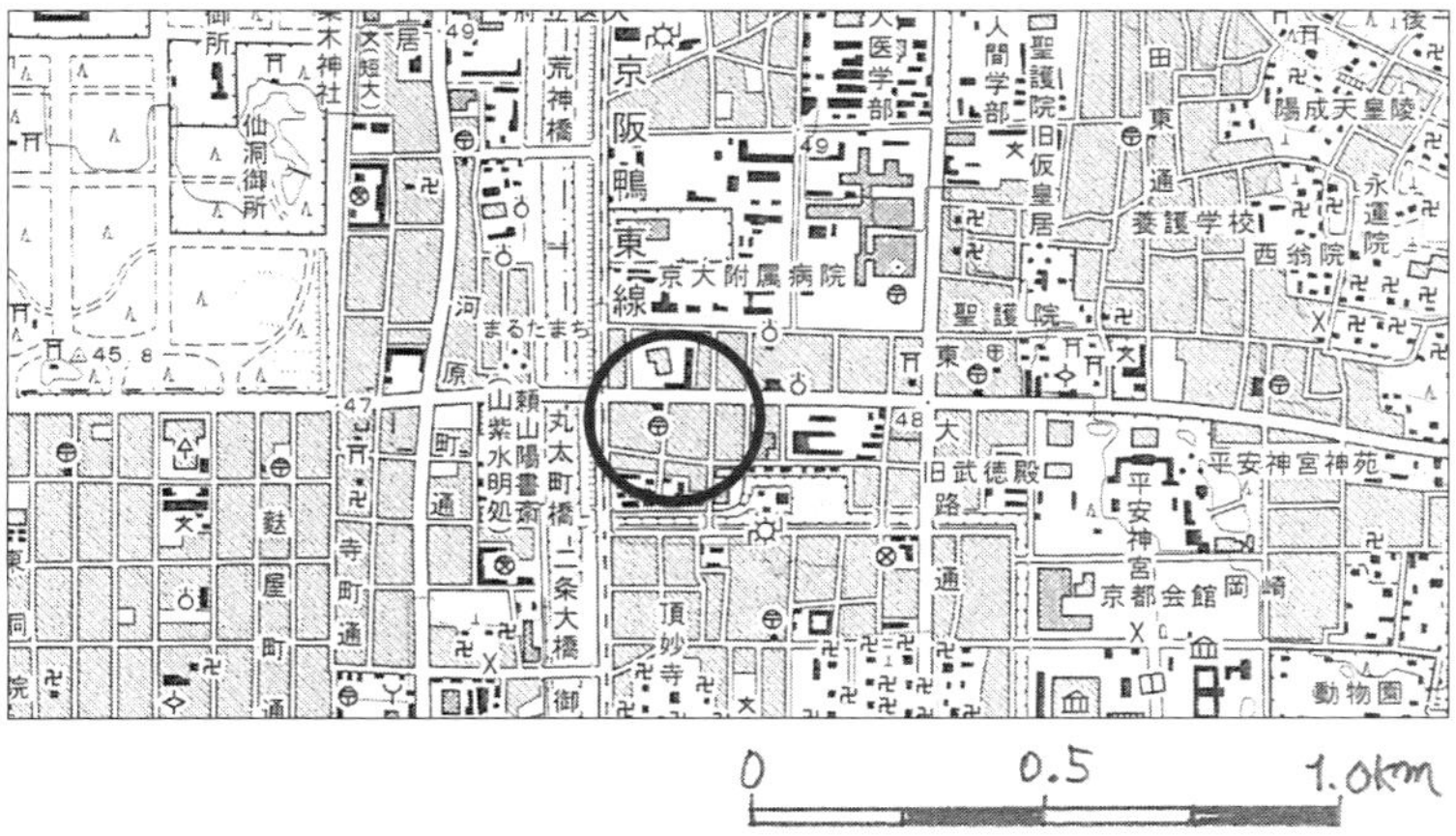

1／2.5万　京都東北部

（メモ）

①白河北殿は白河法皇によって、左京区聖護院川原町・東丸太町・東竹屋町・聖護院東寺領町一帯に造営された院御所の一つ。鴨川東の中御門《なかのみかど》大路末・大炊御門《おおいのみかど》大路末・仏所小路に囲まれた、方四町（一辺約四百四〇m四方）を占める。その跡地は熊野神社の西、丸太町通を挟んで南一帯の地である。

②白河南殿の造営、嘉保二（一〇九五）年から二三年後の元永元（一一一八）年三月に造営され、大炊御門末に南門があったという。

③白河法皇は白河北殿に元永元年七月一〇日にここに移られた。その様子は『中右記』に

今夕可渡御白河北新小御所也。仍日入後参院、是正親町与東洞院本御所也

とあると。その後、大治四（一一二九）年に拡充されたが、この年七月、法皇は崩御された。

④天養元（一一四四）年五月に焼失したが、すぐに再興され、同年一〇月二六日鳥羽法皇の遷御があった。

五二四　神宮寺山

京都府京都市北区上賀茂本山

関係地図　1／20万　京都及大阪　1／2.5万　京都東北部

240

かたをかのもり

賀茂にまうでて侍りけるに、人の、郭公なかなんと申しけるあけぼの、かたをかのこずゑをかしく見え侍りければ　紫式部

・郭公こゑまつほどはかたをかのもりのしづくにたちやぬれまし

⑧新古今集　一九一

（参考）かたをかのもりのこの葉もいろづきぬわさ田のおしねいまやからまし　右衛門督為家　新勅撰集　二九七

（参考）かねてだにすずしかりしを片岡のもりの梢の秋の初かぜ　後二条院権大納言典侍　玉葉集　四五八

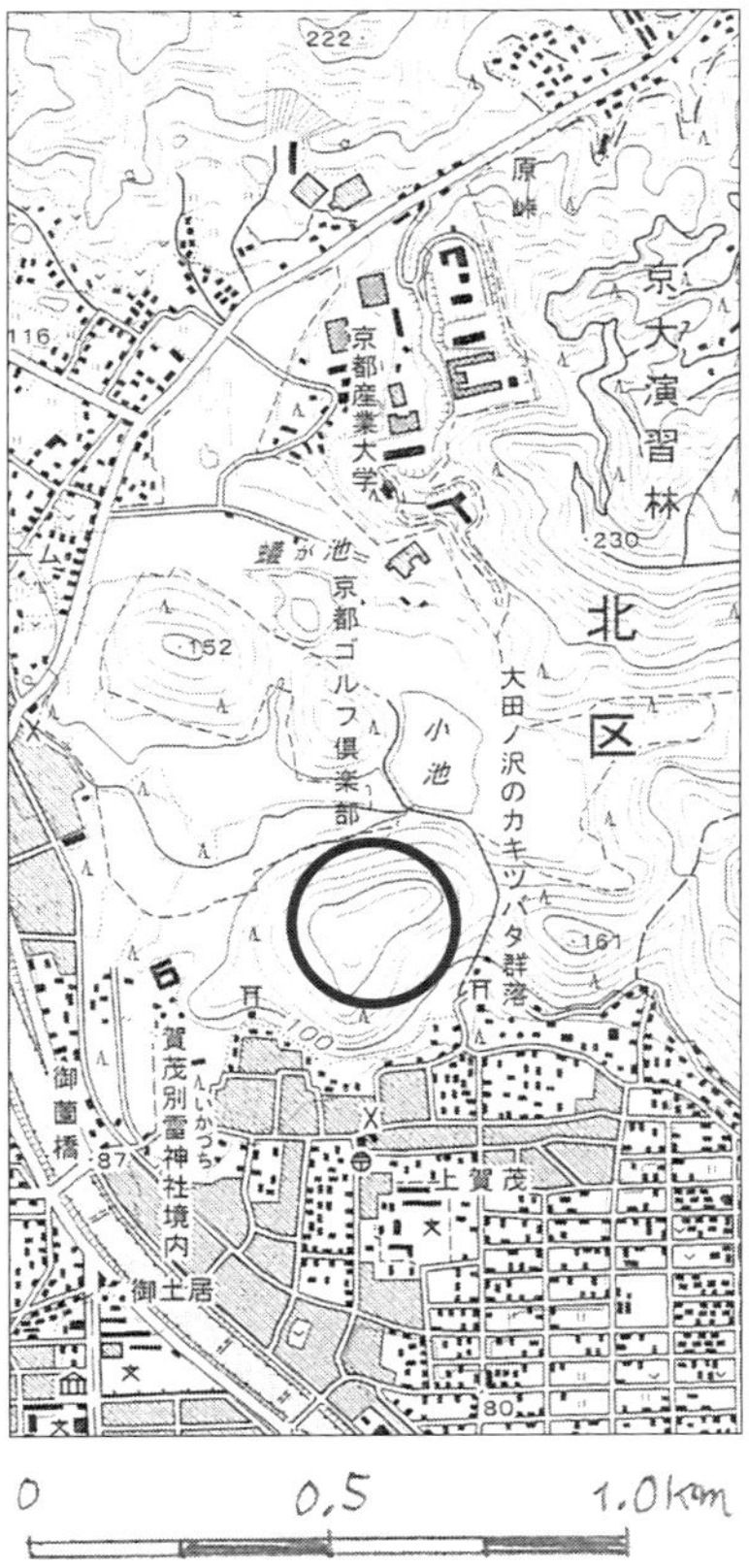

1／2.5万　京都東北部

（メモ）

①片岡の森は、賀茂別雷神社本殿東の標高一七五m神宮寺山の森のこと。この山は片岡山・片山・賀茂山・二葉山・日蔭山等と呼ばれる。

②この山の西山麓の神社は『延喜式神名帳』山城国愛宕郡の「片山御子神社大月次相嘗新嘗」である。祭神事代主神。

③近世の『菟芸泥赴』に、

是地主の神也、祭所の神は一言神、葛城ノ一言主といふは別にや、片岡は土地の名也、故に社号とせり、一名鶴カ国といふ、片岡森と云もここ也。

とあると。

④神宮寺山は片山御子神社の神体山であると。

五二五　神護寺　京都府京都市右京区梅ヶ畑高雄町

関係地図　1／20万　京都及大阪　1／5万　京都西北部

479

たかをの山

たかをにまかりかよふ法師に名たち侍りけるを、少将しげもとがききつけて、まことかといひつかはしたりければ

・なき名のみたかをの山といひたつる君はあたごの峯にやあるらん　八条のおほいぎみ

③拾遺集　五六二

（参考）きよたきやせぜのいは波たかを山人もあらしの風ぞ身にしむ　高弁上人

新勅撰集　六二五

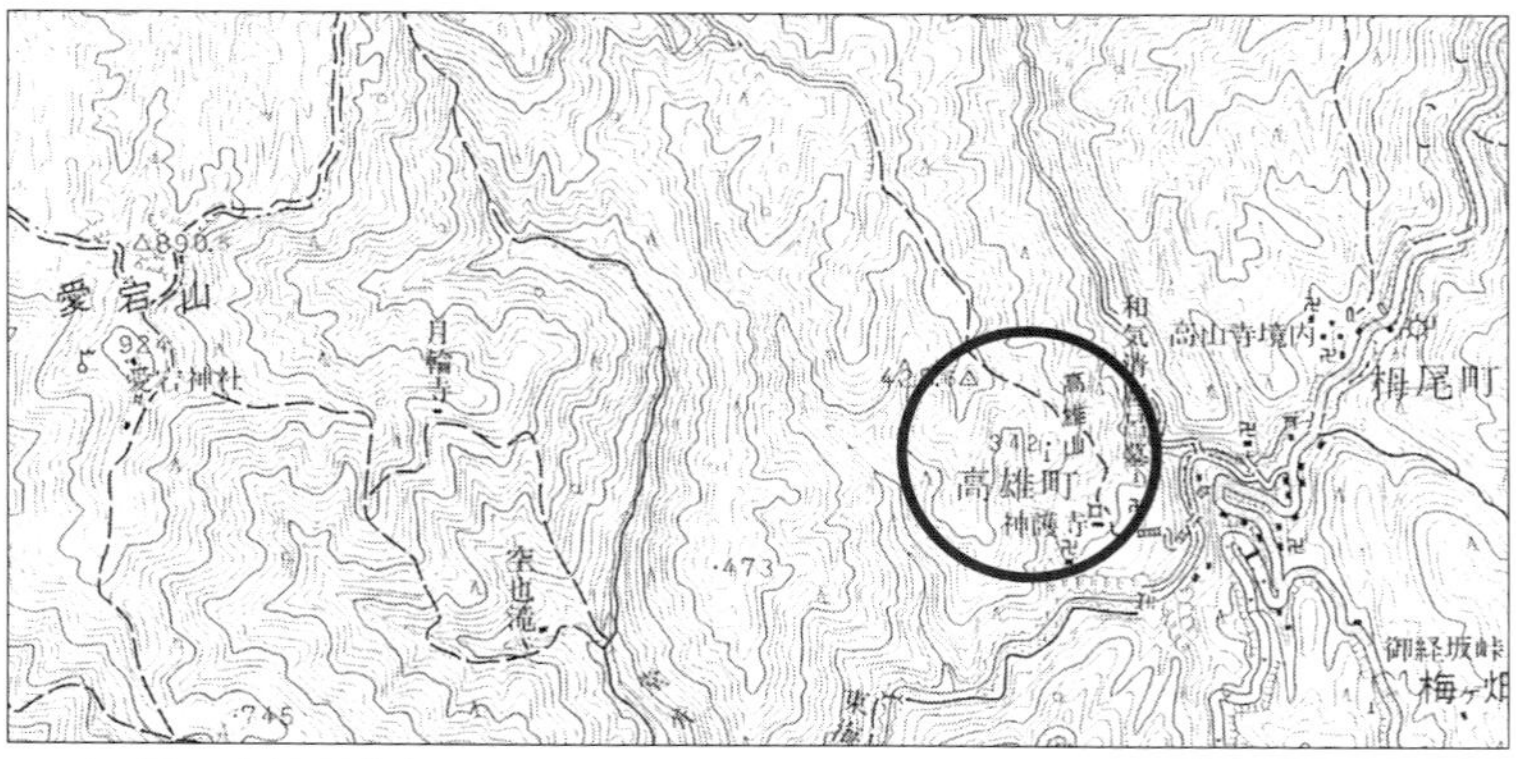

1／5万　京都西北部

0　1　2km

（メモ）

①高雄山の東山腹にある。古くは高雄山・高尾山寺。正式名は神護国祚真言寺。創建は不詳であるが、天応元（七八一）年に奈良南部の大安寺の慶俊を本願主、和気清麻呂を奉行として、標高九二四mの愛宕山頂に愛宕権現を祀った時、愛宕五坊の一つに数えられていたという。

②その後清麻呂は寺の復興を志したが、延暦一八（七九九）年に子の弘世・真綱に再興をたくし六七歳で歿し、この地に葬られた。二人は復興を進め延暦二一年最澄を招いて法華会を、また延暦二四年に唐から帰朝した最澄を招いて潅頂法を修している。

③唐から帰朝した空海が高雄寺に入り、弘仁元（八一〇）年に仁王経法を修し、弘仁一四年まで当寺を本拠とした。

④その後、空海の弟子真済や文覚、明恵上人が入寺している。

⑤鐘楼には国宝の梵鐘がある。貞観一七（八七五）年鋳造で「三絶の鐘」。銘は、

　愛宕之山神護之寺　三宝既備六度無虧
　唯所有梵鐘形小音　窄故禅林寺少僧都

などとあり、続いている。

五二六　神明寺跡推定地　京都府京都市下京区神明町の神明神社

関係地図　1／20万　京都及大阪　1／2.5万　京都東北部

419

神明寺辺無常所

神明寺の辺に無常所まうけて侍りけるが、いとおもしろく侍りければ

・をしからぬいのちやさらにのびぬらんをはりの煙しむるのべにて　もとすけ

③拾遺集　五〇二

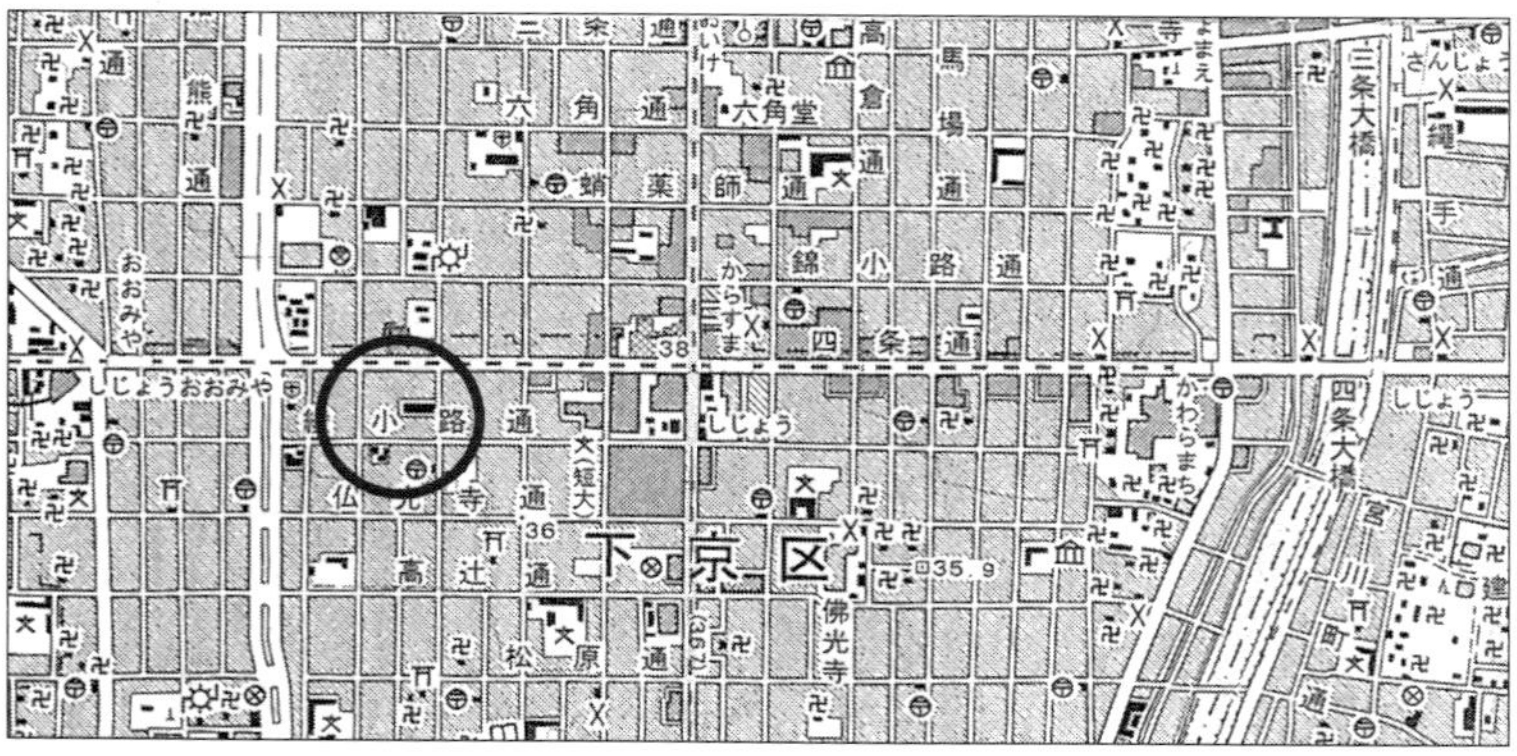

1／2.5万　京都東北部

0　0.5　1.0km

（メモ）

①寛永一八（一六四一）年以前の平安城町並図には「神明町」と。また、寛永一四年洛中絵図では「竹屋町」。寛文（一六六一～一六七二）後期洛中洛外之絵図で「綾神明町」とあるという。

②現町名「神明町」の北側に神明神社が鎮座する。この神社は、『坊目録』に、

　延暦年中（七八二～八〇六）に、伊勢外宮神・同内宮神を祭神として創建。平安時代末に源頼政が勅を奉じて化生を射る時、当社に祈願し、事が成就し、のち数品の兵器を献納した。

とあると。

③神明神社は天明八（一七八八）年、元治元（一八六四）年の大火で二度も類焼したが、明治時代に再建された。明治時代初の神仏分離以前は、天台宗護王山立願寺円光院と称していたという。宝暦一二（一七六二）年刊の『京町鑑』に、

　神事九月一六日一七日也

とあると。現在も九月一六日の祭日があり、その時、源頼政の奉納した矢じりなど宝物を展示していると。

④源頼政（一一〇四～一一八〇）は武将・歌人。保元の乱では後白河帝に、二条帝即位日に狂人を捕え、平治の乱は二条帝に仕へ、従三位と。辞世は、

　うもれ木の花咲くこともなかりしにみのなるはてぞ悲しかりける

である。

五二七　朱雀院跡

京都府京都市中京区壬生花井町・壬生天池町他

関係地図　1／20万　京都及大阪　1／2.5万　京都西北部、京都西南部

425

朱雀院

朱雀院に人人まかりて閑庭梅花といへる事をよめる　大納言経信

• けふここに見にこざりせばむめの花ひとりやはるのかぜにちらまし

⑤金葉集　一九

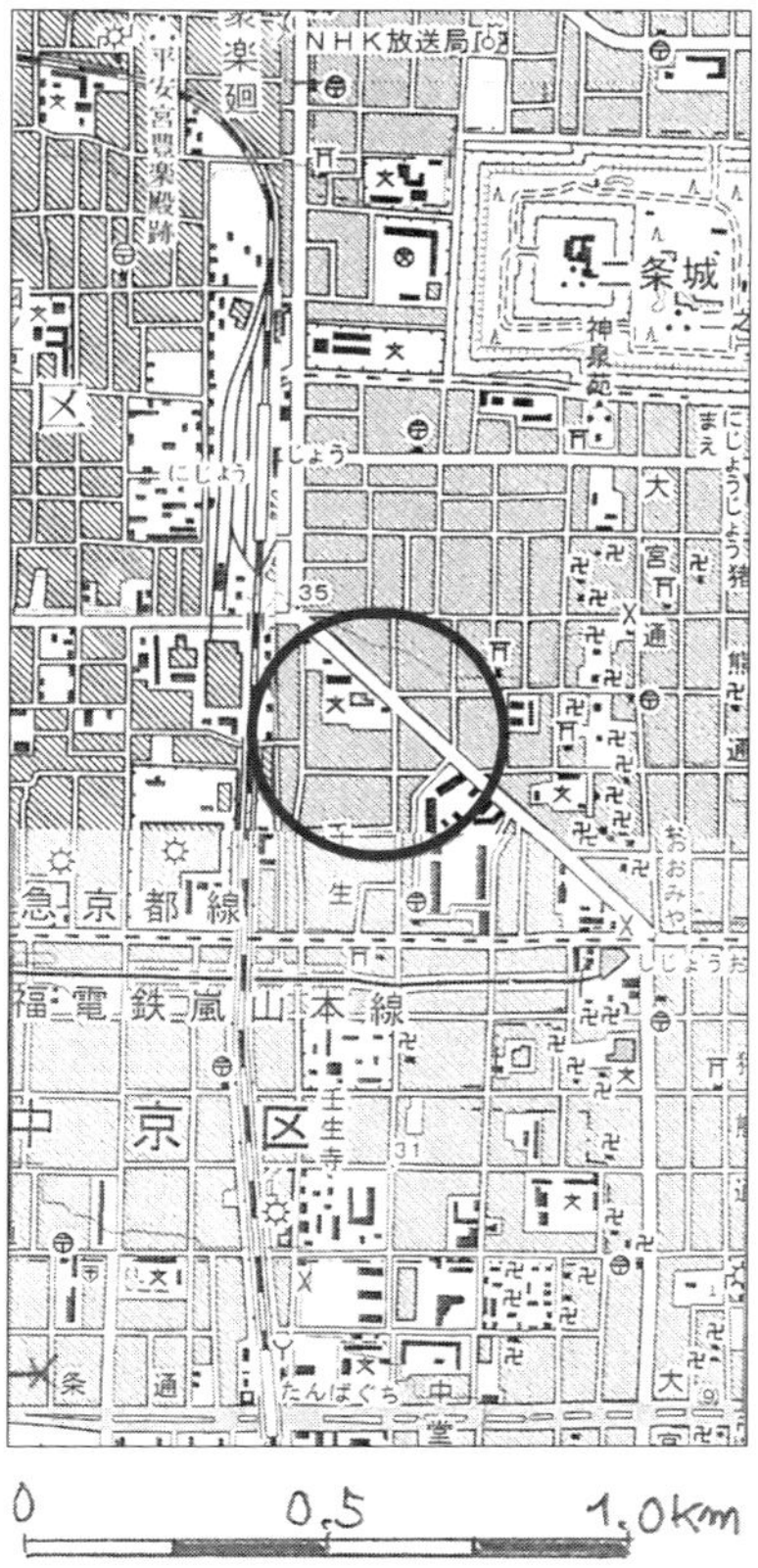

1／2.5万　京都西北部（上）・京都西南部（下）

（メモ）

①朱雀院は嵯峨上皇の離宮の一つ。その後、宇多天皇・醍醐天皇もここを使用されたという。

②宇多天皇は譲位後に後院とされた。『拾芥抄』に

累代後院、或号四条後院、三条南朱雀西四丁、四条北西坊城東

とある。現在の壬生花井町・壬生天地町の全域と、壬生朱雀町・壬生御所ノ内町の西側一部などという。

③『続日本後紀』承和三（八三六）年五月二五日条に、

以平城京内空閑地二百三〇町奉充太皇太后朱雀院

とあるという。

④宇多天皇は退位翌年、『日本紀略』昌泰元（八九八）年二月一三日条に、

上皇避位。御東院皇后宮別寝。今月一七日。初欲移御於朱雀院。

とあり、同書同年同月一七日条に、

太上天皇移御於朱雀院。

とある。さらに、同書同年四月二五日条に、

中宮温子自五条宮遷御於朱雀院。

などとある。

五二八　清滝宮《せいりょうぐう》

京都府京都市伏見区醍醐伽藍町

関係地図　1／20万　京都及大阪　1／2.5万　京都東南部

458

醍醐の清滝の社

醍醐の清滝の社に歌合し侍りける時、よめる　読人不知

• ふる雪にのきばの竹もうづもれて友こそなけれ冬の山ざと

⑦千載集　四六二

（参考）きよたきのせぜのしらいとくりためてやまわけごろもおりてきましを

しんたい法師　古六帖　一七〇二

（参考）山ざくら人しらねどもきよ滝のそこなる花やながれいづらん　中務

夫木抄　一二三七六

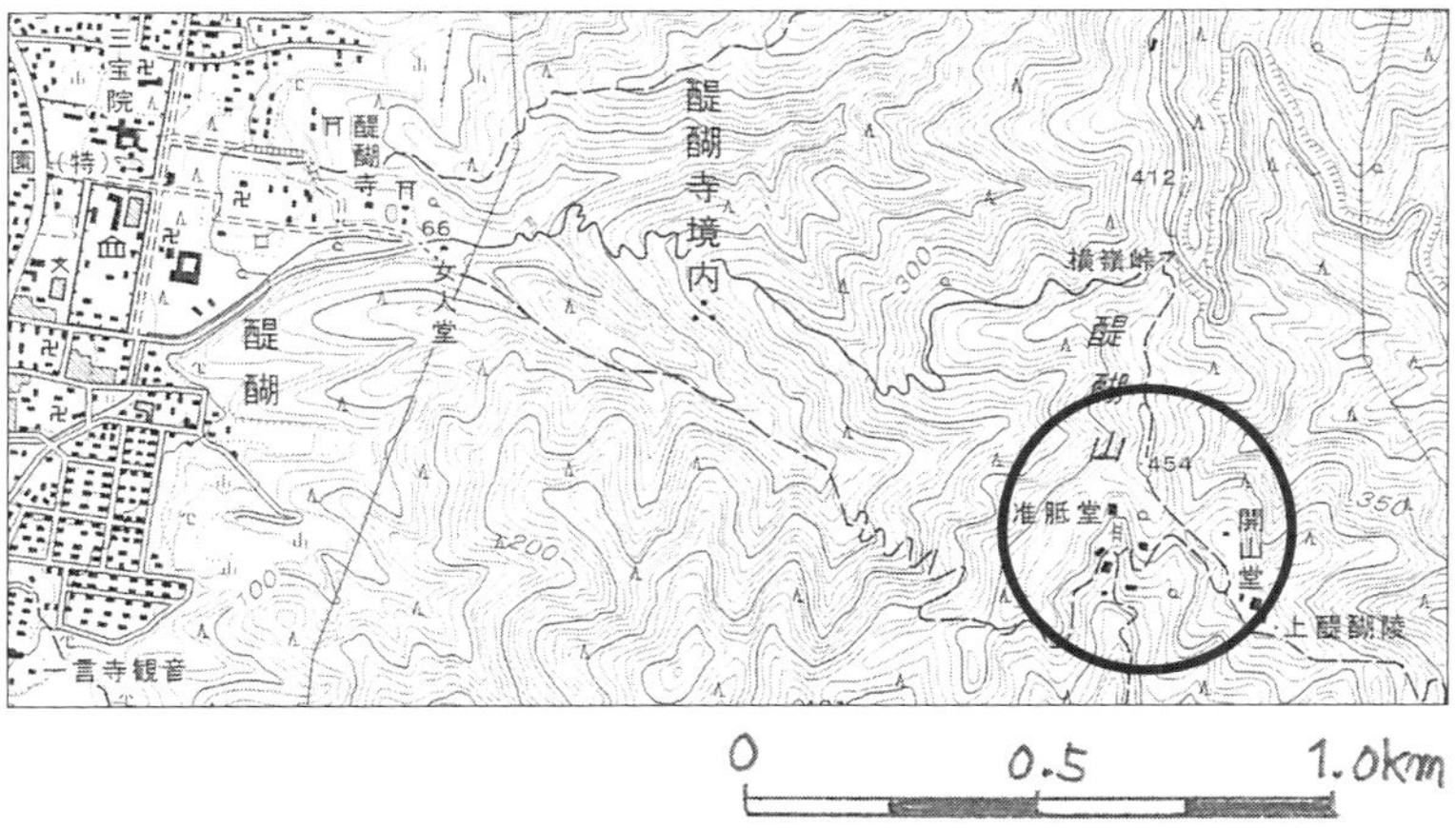

1／2.5万　京都東南部

（メモ）

①醍醐山（標高四五四ｍ）の山上を上醍醐という。ここには准胝堂・如意輪堂・五大堂・薬師堂・開山堂の諸堂がある。清滝宮はここ上醍醐の入口に鎮座する。

②醍醐寺開山理源大師聖宝は醍醐寺の守護神として、清滝権現を勧請し、祀ったのが清滝宮である。清滝宮内には龍神影向石があるという。宮の傍には「閼伽井」とも称される醍醐水がこんこんと湧出と。

③応仁・文明の乱で、文明二（一四七〇）年八月二〇日、清滝宮本殿・拝殿、その他多くが焼失。その後、清滝宮本殿・拝殿、その他多くが再興された。昭和一四年に本殿が焼失、後の再建であるので、拝殿は国宝、本殿は国重文。

④清滝宮は入母屋造檜皮葺。本殿は拝殿横の高い所に二社並んでいる。前に八角形燈籠二基あり、弘安八（一二八五）年と刻銘があると。

五二九　世尊寺跡

京都府京都市上京区栄町

関係地図　1/20万　京都及大阪　1/2.5万　京都東北部

447　世尊寺

世尊寺のもものはなをよみはべりける　出羽弁

• ふるさとのはなのものいふよなりせばいかにむかしのことをとはまし

④後拾遺集　一三〇

790　ももぞの

ももぞのの斎院の屏風に

• 梅の花春よりさきにさきしかど見る人まれに雪のふりつつ　よみ人しらず

③拾遺集　一〇〇七

ももぞののももの花を見て

• もものはなこそさきにけれ　頼慶法師

むめづのうめはちりやしぬらん　公資朝臣

⑤金葉集　六四九

1/2.5万　京都東北部

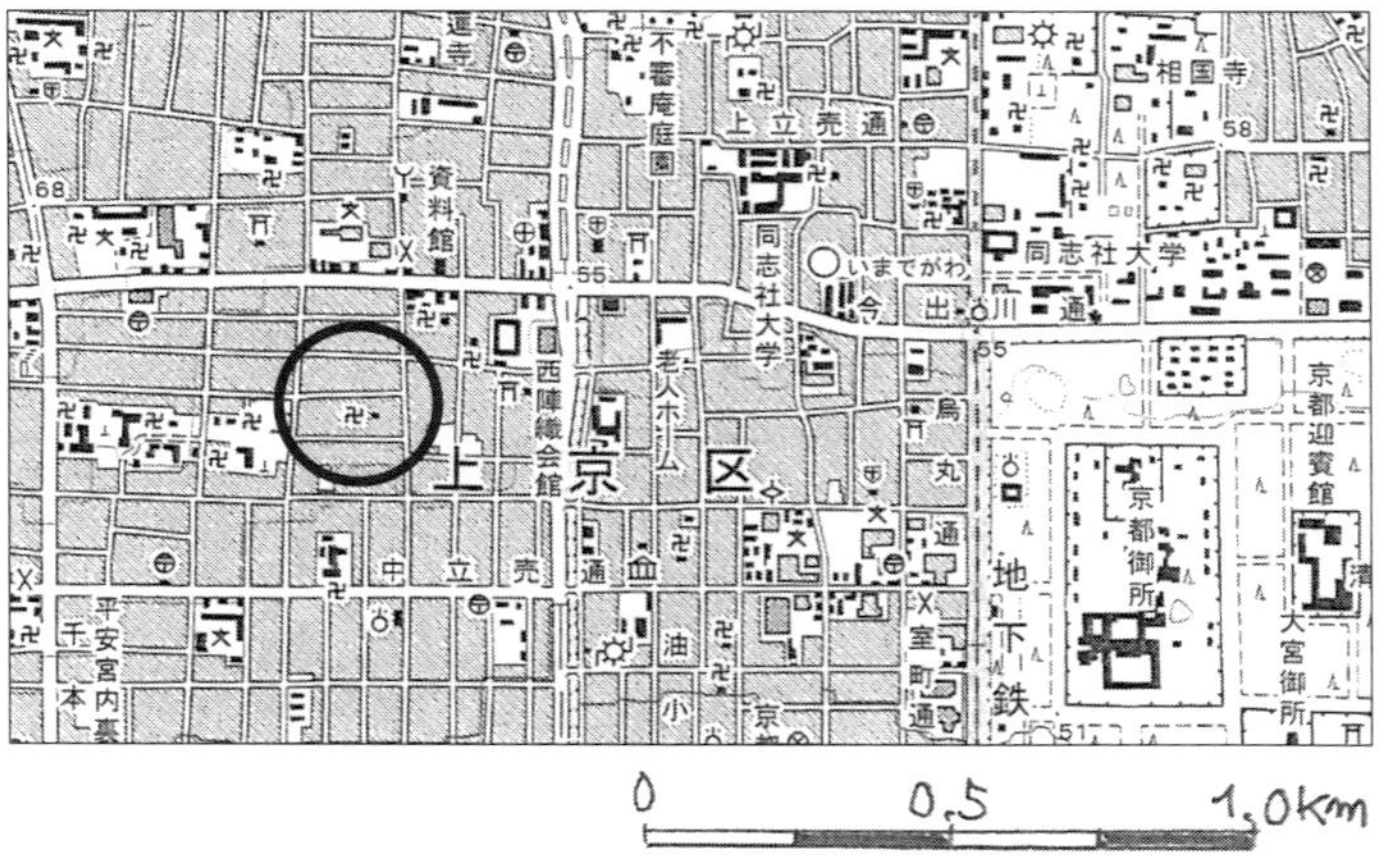

（メモ）

①藤原行成（九七二〜一〇二七）が建立した寺院。行成は多芸宏才で、特に書で名をあげその系統を「世尊寺様」という。

②『拾芥抄』に、

一条北、大宮西、本小路東、無路南

とあり、一条の北、大宮の西に位置した。

③世尊寺は、藤原行成の邸宅を寺院としたもの。はじめ清和天皇の第六子貞純親王の邸宅であった。邸宅が桃園の地にあったので、貞純親王は「桃園親王」と。

④「桃園」という地名は、『延喜式』内膳司にある「京北園」に由来。これは天皇供御の果実や蔬菜類を栽培した菜園（御園）で主として桃の木を植えていた。

⑤『百錬抄』に、行成は長保三（一〇〇一）年三月二九日世尊院御堂と。堂内に、大日如来、普賢・十一面観音・不動尊・降三世明王の五仏を安置と。

五三〇　芹川跡

京都府京都市伏見区下鳥羽芹川町・東芹川町・西芹川町辺

関係地図　1/20万　京都及大阪　1/2.5万　京都東南部

449　せり河

仁和のみかど、嵯峨の御時の例にて、せり河に行幸したまひける日　在原行平朝臣

• 嵯峨の山みゆきたえにしせり河の千世のふるみちあとは有りけり

②後撰集　一〇七五

（参考）けさだにもよをこめてとれせりかはやたけだのさなへふしたちにけり　よみ人しらず　続古今集　二三六

（参考）せりかはのなみもむかしにたちかへりみゆきたえせぬさがのやまかぜ　後京極摂政前太政大臣　続古今集　一七五〇

（参考）いまも猶ふるきながれのたえずして昔をうつすせり河の水　権中納言公雄　続千載集　一九二三

1/2.5万　京都東南部

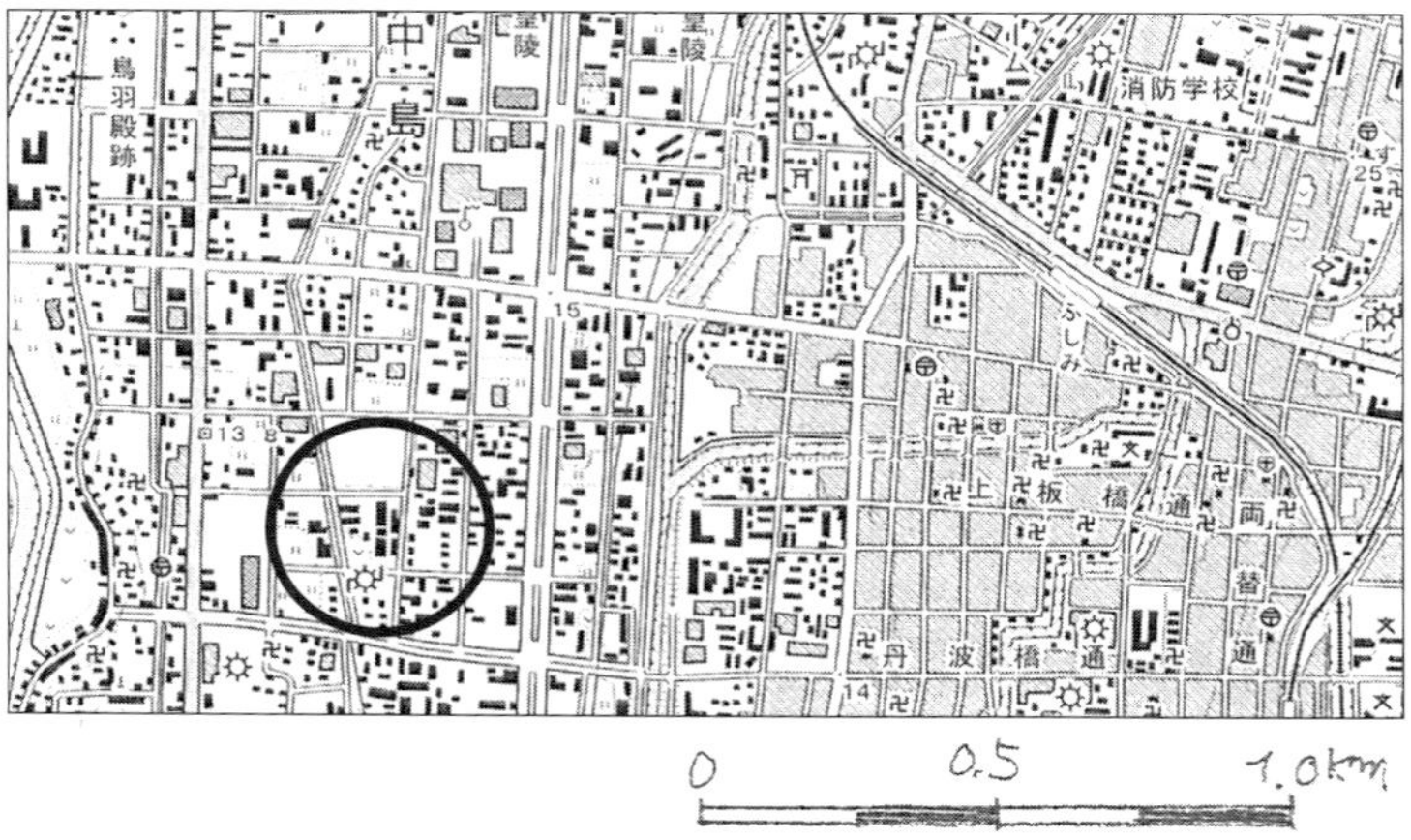

（メモ）

①江戸時代の芹川村は、北は竹田村、東は毛利治部村、西・南は下鳥羽村に接していたという。

②『山州名跡志』に、

芹川（地名）　在城南宮南五町許

古此所に清流アリテ三尺ノ根芹ヲ生ズ。因テ為名ト云。其水源鴨川ノ下流ニシテ、東ノ方竹田ヨリ入シト。今絶ス。民居凡ソ方一町為村名。

とし、

③『類聚国史』延暦一五（七九六）年正月一一日条に、

遊猟于芹川野

とあると。また、『三代実録』元慶六（八八二）年一二月二一日条に、

勅。今新加禁。莫聴放鷹追兎。紀伊郡芹川野。

とある。

五三一　仙洞御所

京都府京都市上京区

関係地図　1／20万 京都及大阪　1／2.5万 京都東北部

629

はこやの山

百首歌よみ給ひける時、いはひのうた

• うごきなくなほ万代ぞたのむべきはこやの山のみねの松かげ　式子内親王

⑦千載集　六二五

摂政右大臣に侍りける時、百首歌よませ侍りけるに、祝歌五首がうちに、よみ侍りける

• ももちたびうらしまの子はかへるともはこやの山はときはなるべし　皇太后宮大夫俊成

⑦千載集　六二六

（参考）こころをし　むがうのさとに　おきてあらば　ばこやのやまを　みまくちかけむ

万葉集　三八五一

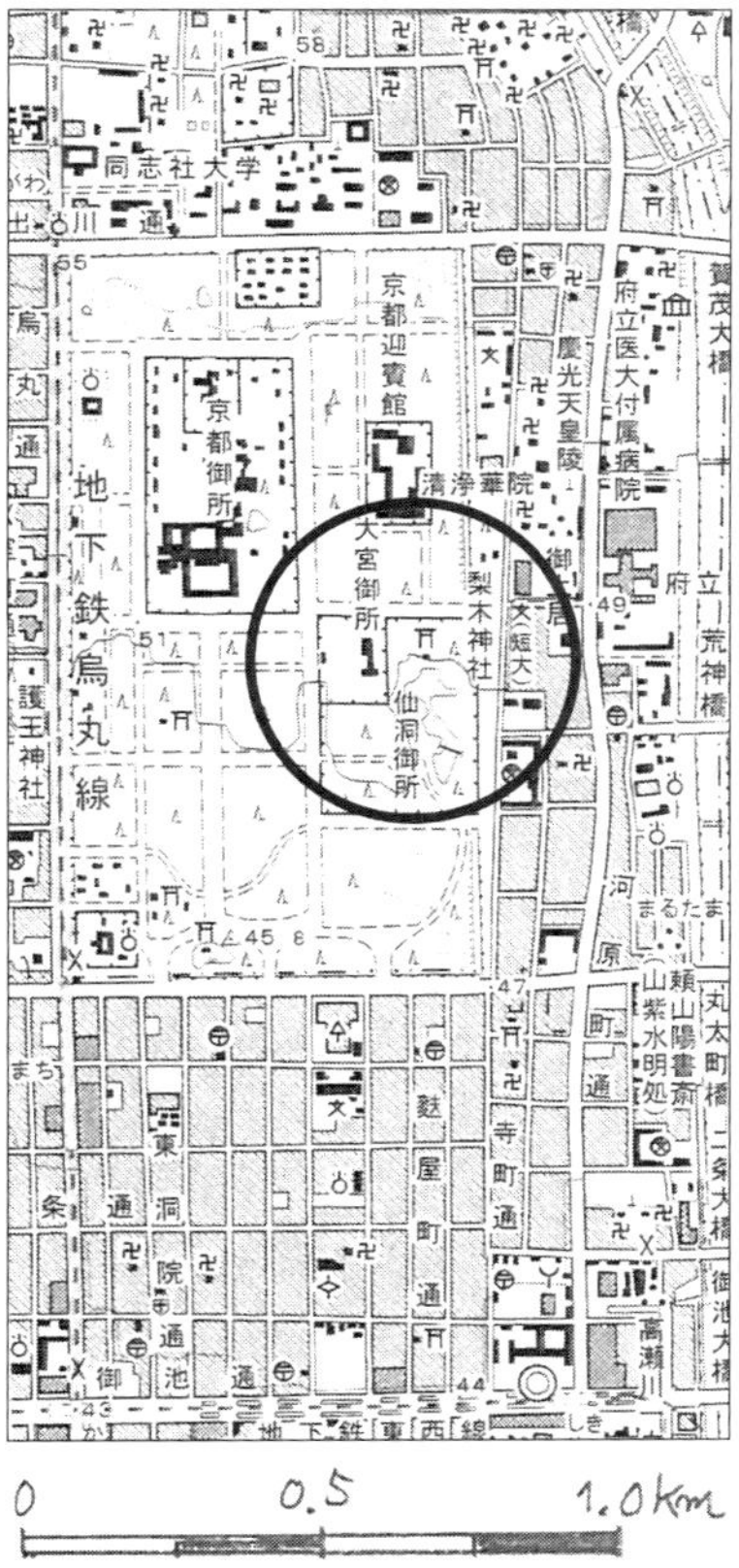

1／2.5万　京都東北部

（メモ）

①『大漢和辞典』の「姑射」に、

〔山海経、海内北経〕列姑射、在海河州中、姑射国、在海中、属列姑射。〔山海経、東山経〕盧其山、又南三百八十里、曰姑射之山、又南水行三百里、流砂百里、曰北姑射之山、又南三百里、曰南姑射之山。

②同書姑射山には、

㊀仙人の居るといふ山。㊁太上天皇のいます御所。院の御所。仙洞御所等とある。また『荘子、逍遙篇』には、

藐姑射之山有神人居焉。肌膚若冰雪、淖約若處。不食五穀、吸風飲露、乗雲気、御飛竜……

とある。

五三二　禅林寺

京都府京都市左京区永観堂町四八

関係地図　1／20万 京都及大阪　1／2.5万 京都東北部

450

禅林寺

禅林寺に人人まかりて山家秋晩といふ心をよみはべりける

• くれゆけばあさぢがはらのむしのねもをのへのしかもこゑたてつなり　源頼家朝臣

④後拾遺集　二八一

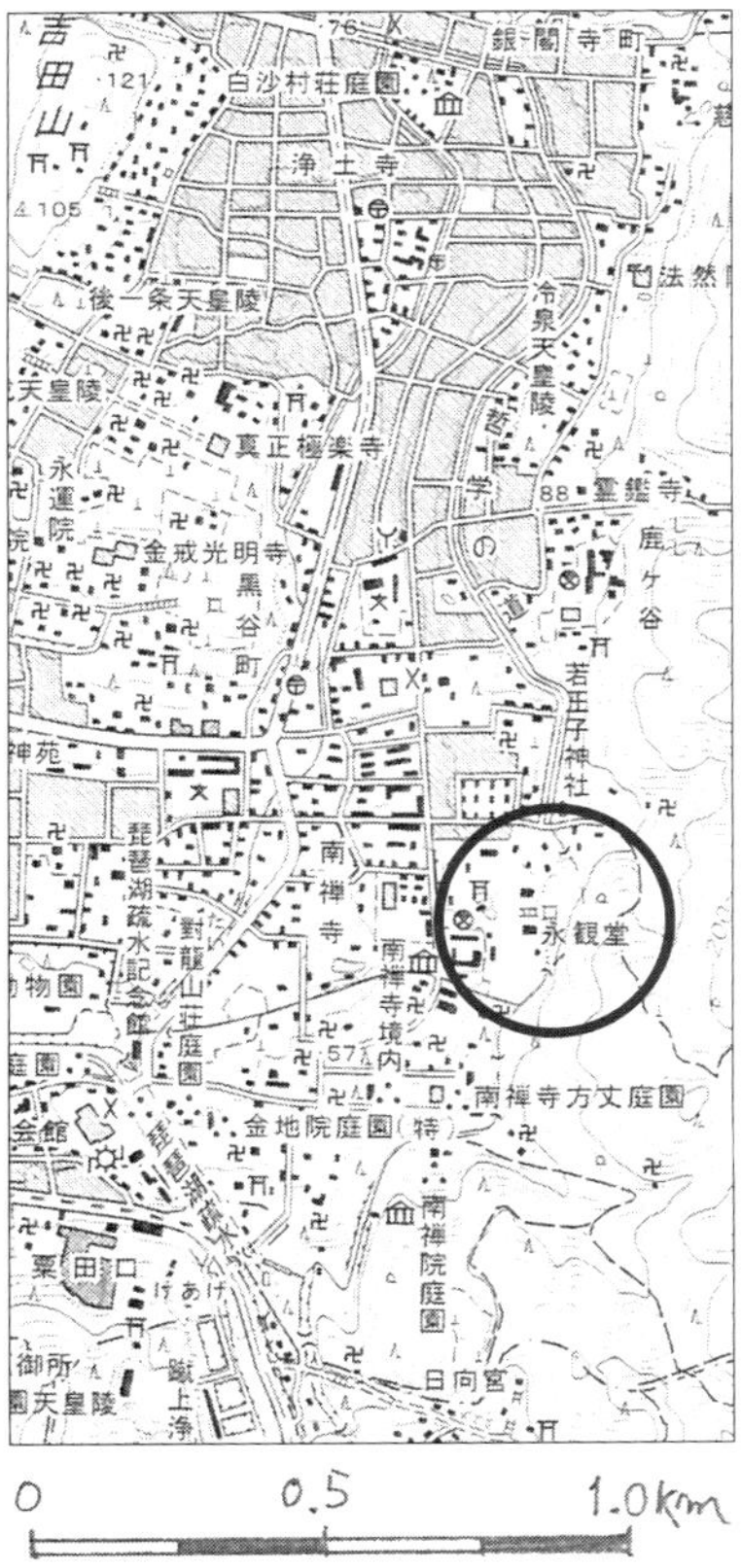

1／2.5万　京都東北部

（メモ）

①禅林寺は、来迎山禅林寺。浄土宗西山禅林寺派総本山。

②藤原関雄（八〇五～八五二）仁寿二（八五二）年斎院長官であった。晩年の性閑静を好み東山の旧宅で林泉を愛したという。

③仁寿三年に藤原関雄がなくなると、空海の孫弟子の真紹（七九七―八七三）が藤原関雄の東山の別荘を買い宗教道場とした。

④『三代実録』清和天皇貞観五（八六三）年九月六日条に、

以山城国愛宕郡道場一院預於定額。賜名禅林寺。先是。律師伝灯大法師位真紹甲牒偁。

などとある。

⑤一五条の『禅林寺清規』がある。その中に、

仏法は人によって生かされる。自分は人の鏡となり薬となる人を育てたい。

がある。

⑥清和天皇元慶二（八七七）年、寺内に御願堂を建立と。

⑦承暦年間に中興の永観律師が本尊大日如来を阿弥陀如来に替えた後に、永観堂とも呼ばれる。

五三三　大覚寺

京都府京都市右京区嵯峨大沢町一四

関係地図　1／20万　京都及大阪　1／5万　京都西北部

456

大覚寺

大覚寺に人人あまたまかりたりけるに、ふるきたきをよみ侍りける

・たきの糸はたえてひさしく成りぬれど名こそ流れて猶きこえけれ　右衛門督公任　③拾遺集　四四九

大覚寺のたきどのをみてよみ侍ける

・あせにけるいまだにかかりたきつせのはやくぞ人はみるべかりける　赤染衛門　④後拾遺集　一〇五八

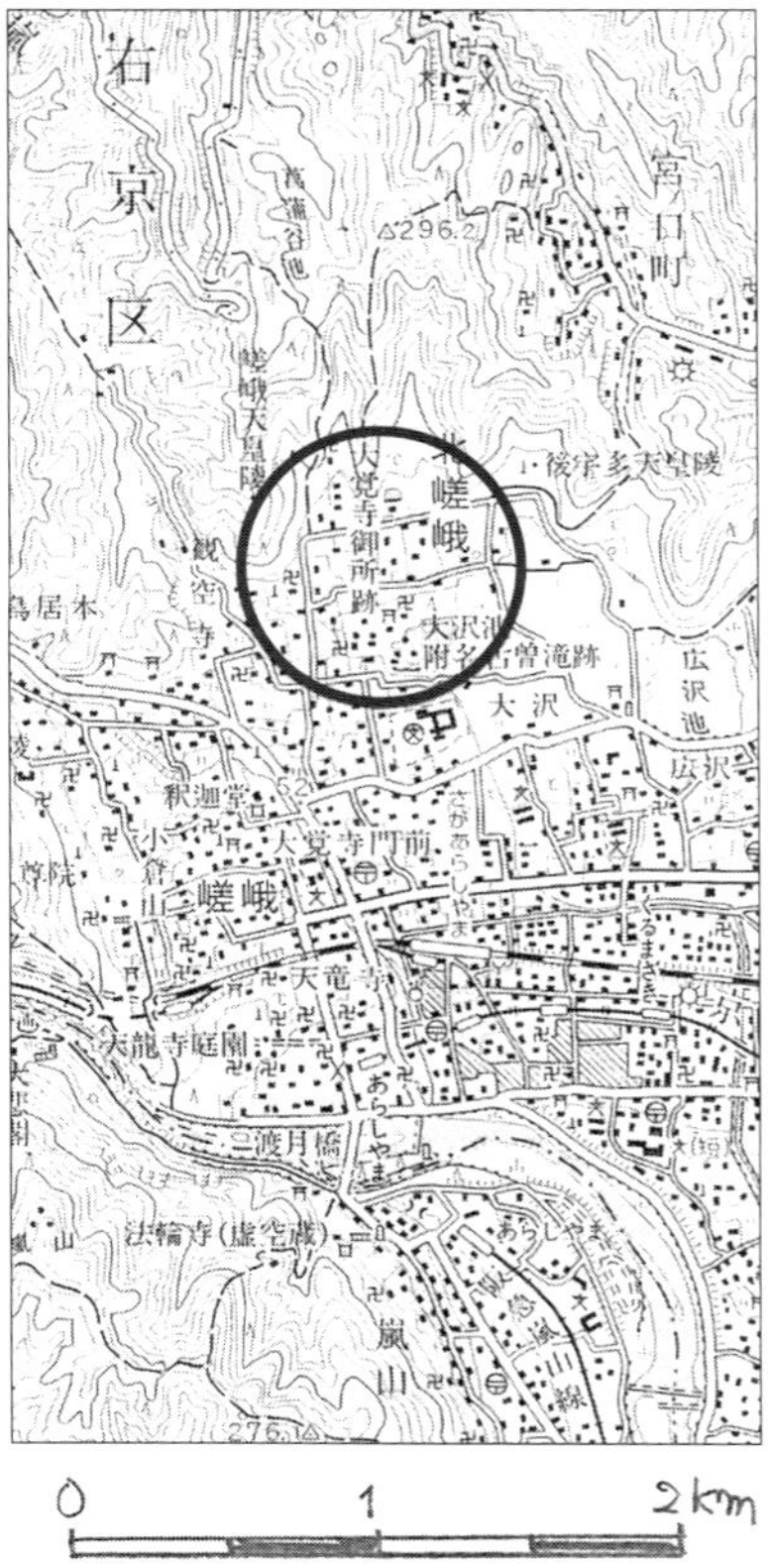

1／5万　京都西北部

（メモ）

①嵯峨天皇の離宮、嵯峨院を貞観一八（八七六）年、恒寂法親王を開山として寺とした。門跡寺院。

②真言宗大覚寺派大本山。山号は嵯峨山。本尊は五大明王。嵯峨天皇の精神を礎とした華道嵯峨御流の総司所。鎌倉時代後期には後嵯峨・亀山・後宇多の三上皇が入寺されたので、嵯峨御所とも称された。

③『三代実録』貞観一八年二月二五日条に、

淳和太皇太后。請以嵯峨院為大覚寺曰。嵯峨院者。太上天皇昔日閑放之地也。外霞之後。渉日既深。階庭不披。台榭亦壊。仍比年頗加修葺。僅避風雨。尋想宿昔之餘哀。欲守終焉於此地。而今尊像禅経。時修敬礼。鐘磬香花。随以安置。伽藍之体。仏地之端。五六年来。適然具足。（中略）。勅曰。宜随太后御願。賜額曰大覚寺。頒行天下。

とある。

五三四　醍醐

京都府京都市伏見区醍醐伽藍町

関係地図　1／20万　京都及大阪　1／5万　京都東南部　1／2.5万　京都東南部

457

醍醐

醍醐の桜会に花のちるを見てよめる

・けふもなほをしみやせましのりのためちらすはなぞとおもひなさずは　珍海法師母　⑤金葉集　六四三

醍醐の清滝の社に歌合し侍りける時、よめる

・ふる雪にのきばの竹もうづもれて友こそなけれ冬の山ざと　読人不知　⑦千載集　四六二

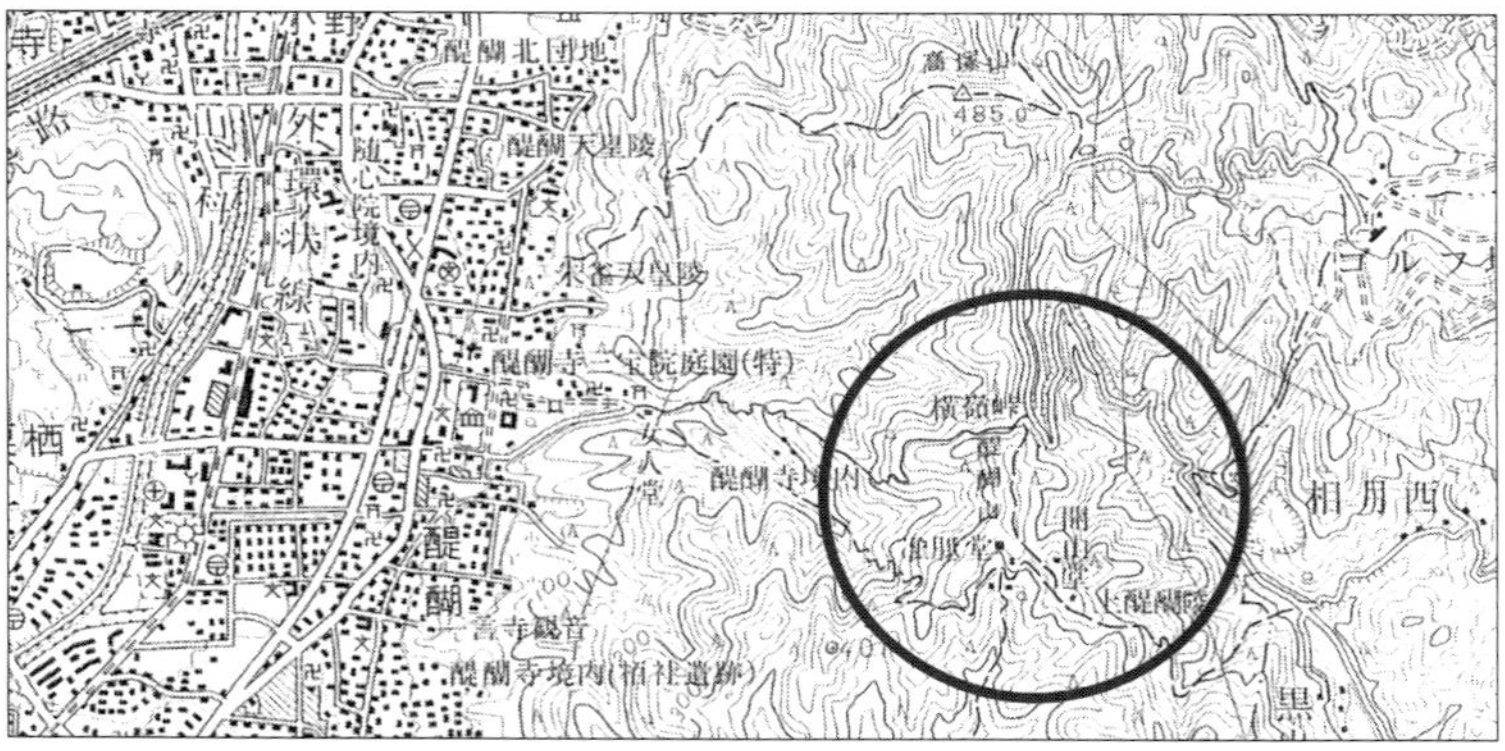

1／5万　京都東南部

（メモ）

①醍醐寺開山、理源大師聖宝（八三二〜九〇九）は一六歳のとき空海の弟子真雅の下で薙染する。以後、真言密教・三論・唯識・華厳を学ぶ。また、役行者に私淑し、大和の高峯に登り苦修錬行し、吉野川に渡船を設け吉野への便を計った。また、金峯山上に金剛蔵王像を安置。

②貞観一六（八七四）年、聖宝が紫雲に導かれて、標高四五四mの醍醐山に登る。そこで老翁姿の地主神横尾明神に出会った。明神は、泉の水を飲んで、

醍醐味なるかな

と話して姿を消したという。聖宝もその水を飲むと、やはりうまい。そこで、泉のほとりの柏の木で准胝観音、如意輪観音の両観音を刻み、観音堂に安置したのが醍醐寺、特に上醍醐寺の草創。

③深雪山上醍醐寺（醍醐山上）

西国観音礼場第一一番札所

本尊　准胝観世音菩薩

御詠歌　逆縁ももらさで救う願なれば

准胝堂はたのもしきかな

五三五　橘の小島旧地　京都府宇治市宇治（旧矢落）

関係地図　1／20万 京都及大阪　1／5万 京都東南部

485
橘の小島
・今もかもさきにほふらむ橘のこじまのさきの山吹の花　よみ人しらず　①
古今集　一二一
（参考）そのかやなほとまるらんたちばなのこじまによせしよはのうきふね
太上天皇　続古今集　一六四三
（参考）ほととぎすやどりやすらんたち花のこじまがさきのあけぼののそら　光
明峰寺入道摂政　夫木抄　二七九〇

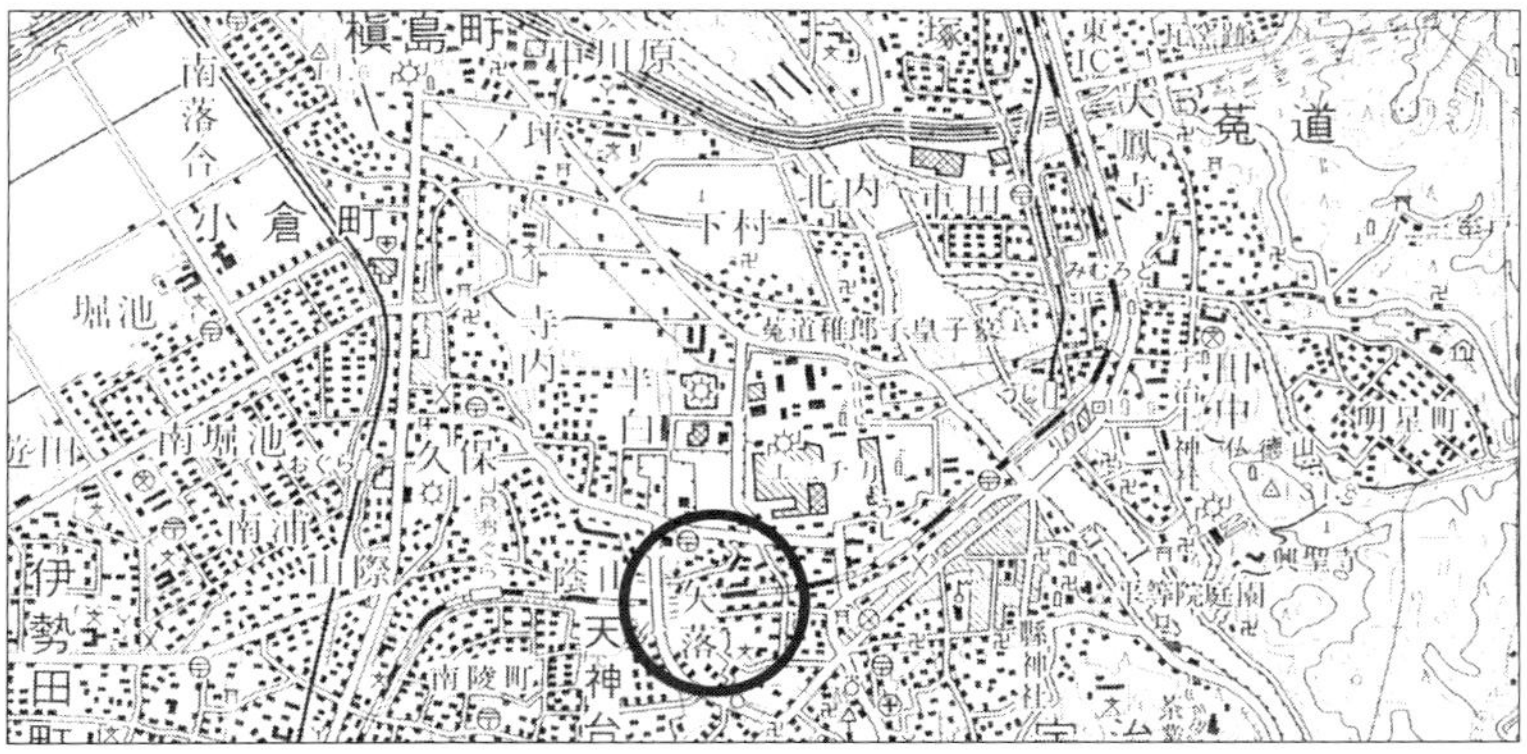

1／5万　京都東南部

0　1　2km

（メモ）
①橘の小島は宇治市中部、宇治橋南西方の、かつての宇治川の中洲。現在の橘島は昭和初年に定められたという。中世以前の「橘の小島」はヤマブキの花吹く景勝地であったと。
②『源氏物語』浮舟の巻に、
有明の月澄みのぼりて、水の面《おもて》もくもりなきに、「これなむたち花の小島」と申て、御舟しばしさしとどめたるを見たまへば、大きやかなる岩のさまして、されたる常磐木《ときは》の影しげれり。「かれ見たまへ。いとはかなけれど、千年も経《ふ》べき緑の深さを」とのたまひて、
年経《としふ》ともかはらむものか橘の小島のさきにちぎる心は
女もめづらしからむ道のやうにおほえて
たち花の小島の色はかはらじをこのうき舟ぞゆくゑ知られぬ
などとある。
③橘の小島は平家物語・太平記の戦場であった。よって、「矢落」を橘の小島の中心とした。

五三六　玉　川　京都府綴喜郡井手町井手

関係地図　1／20万 京都及大阪　1／5万 奈良

840
ゐでのかは
天暦御時歌合に
・春ふかみゐでのかは浪たちかへり見てこそゆかめ山吹の花　源したがふ
③拾遺集　六八
水辺款冬
・かぎりありてちるだにおしき山吹をいたくなをりそゐでのかはなみ　摂政右大臣　⑤金葉集　七七
ゐでの玉川
841
・こまとめてなほ水かはむ款冬《やまぶき》の花の露そふゐでの玉川　皇太后宮大夫俊成
⑧新古今集　一五九

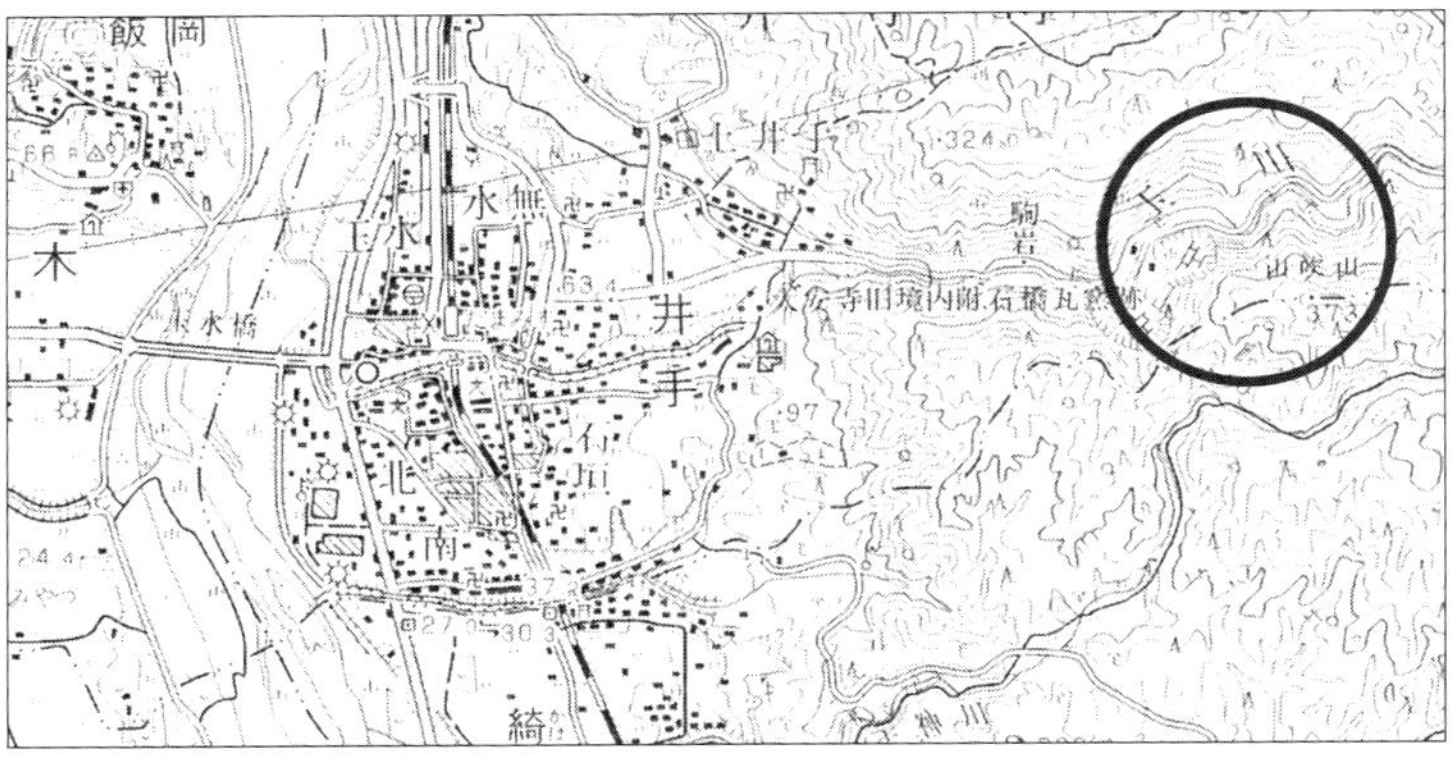

1／5万　奈良

0　1　2km

（メモ）
①井手の玉川は井堤川・水無川・玉河・井手川などという。井手町井手の山中を源に、井手山中央部で美しい渓谷をなして西流し井手扇状地を形成した。扇端部の水無集落・石垣集落付近から河床が平地部より高い「天井川」をなし、木津川に注ぐ。延長二・五km・流域面積約八km²。
②「水無川」は玉川の古名。名前の由来は日頃水が乏しいことに由来と。
③井手の玉川はヤマブキの名所で、上流に棲息するカジカエルとともに歌に詠まれる。このヤマブキは、奈良時代にこの地の領主左大臣橘諸兄《たちばなのもろえ》が山吹を愛し、玉川の汀《みぎは》に隙なく植えさせたもの。花は小土器《こかわらけ》の大きさで幾重ともなく重りて、花の盛りには黄金の堤であったと。
やまぶきはあやなくさきそ花みんとうゑてし君がかよひこなくに　夫木抄

五三七　丹後国府跡推定地

京都府宮津市大垣

関係地図　1／20万　宮津　1／5万　宮津

504

丹後

公基朝臣丹後守にてはべりける時、国にて歌合し侍けるによめる　すずしき

・しかのねに秋をしるかなたかさごのをのへのまつはみどりなれども

④後拾遺集　二八二

丹後国にて保昌あすかりせんといひけるよしかのなくをききてよめる　和泉式部

・ことわりやいかでかしかのなかざらんこよひばかりのいのちとおもへば

④後拾遺集　九九九

1／5万　宮津

（メモ）

①『続日本紀』和銅六（七一三）年四月三日条に

丹波国の五郡を割《さ》きて、始めて丹後国を置く。

とある。『和名抄』丹後国には、

国府在加佐郡行程上七日下四日和銅六年割丹波国五郡置此国

として、

加佐　與謝　丹波　竹野　熊野

の五郡がある。

②丹後国分寺跡（宮津市国分）　ここには京都府立丹後郷土資料館と国分寺がある。この南の一帯が丹後国分寺跡（国史跡）で、現在金堂・塔・中門の礎石が残っている。

③この近辺には小字名として飯役《いいやく》・飯役前・飯役浜・大門、また飯役社がある。この「いいやく」は「印やく」のことで、国司の象徴の国印を収めた櫃の鍵であるので、国府を表わすという。

④籠神社（宮津市大垣）　祭神は彦火明命　豊受大神　天照大神　海神　天水分神。『神名帳』与謝郡籠神社名神大月次新嘗。丹後国一之宮。

五三八　丹波国府跡推定地

京都府亀岡市千代川町北ノ庄

関係地図　1／20万　京都及大阪　1／5万　京都西北部

505

丹波

俊綱朝臣丹波守にて侍ける時かのくにの臨時のまつりのつかひにてふぢの花をかざして侍けるを見て　良暹法師

・ちとせへんきみがかざせるふぢのはな松にかかれる心地こそすれ

④後拾遺集　四五七

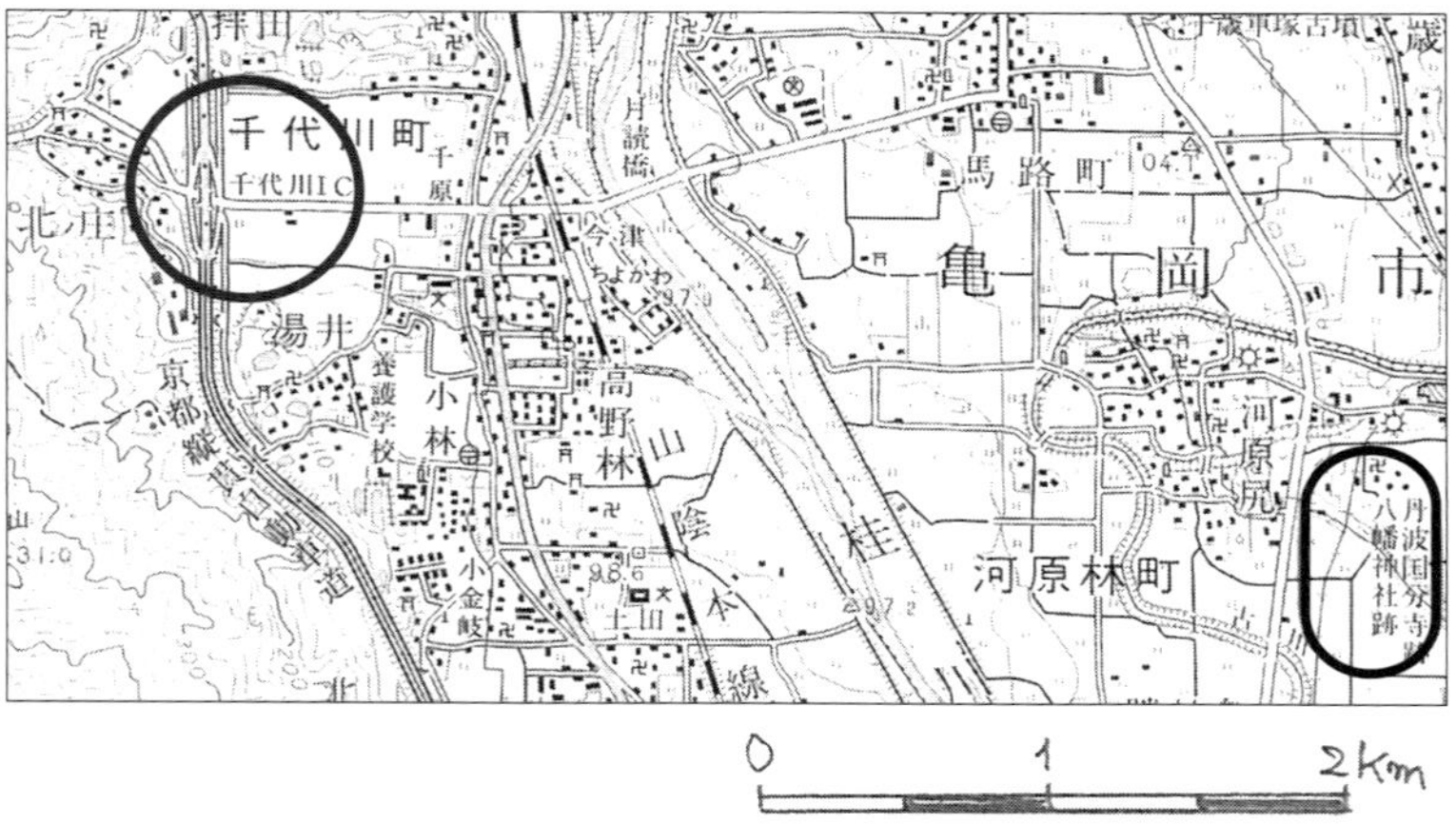

1／5万　京都西北部

（メモ）

①『和名抄』丹波国に、

国府在桑田郡行程上一日下半日　桑田　船井　多紀　氷上《ひかみ》　天田《あまた》　何鹿《いかるか》

とある。

②JR山陰本線並河駅のすぐ東側に大井神社が鎮座する。祭神は木股命　月読命　市杵島姫命。『延喜式神名帳』桑田郡の大井神社。社伝では和銅三（七一〇）年に創祀。松尾大社の祭神が亀にのって大井川（桂川）を遡って、後鯉に乗り継いでこの地に鎮座という。貞観八（八六六）年、当社境内での競馬が許され、現在も駆馬の神事が続いているという。

③昭和五六年～平成元年にバイパス工事に先立つ文化財調査が実施された。それによると、亀岡市千代川町北ノ庄の京都縦貫自動車道千代川インターチェンジ周辺から、掘立柱建物跡・身分証明になる石帯・承和七（八四〇）年記銘の木簡などが出土し、この地周辺が国庁跡推定地にされている。

五三九　千年山

京都府南丹市八木町神吉

関係地図　1／20万　京都及大阪　1／5万　京都西北部

516

千世能山

天禄元年大嘗会風俗、千世能山

・ことしよりちとせの山はこゑたえず君がみよをぞいのるべらなる　よしのぶ

③拾遺集　六〇九

512

千年山

元暦元年今上御時、大嘗会主基方歌よみてたてまつりける、神楽歌、丹波国千年山をよめる

・千とせ山神のよませるさかきばのさかえまさるはきみがためとか　藤原光範朝臣

⑦千載集　一二八八

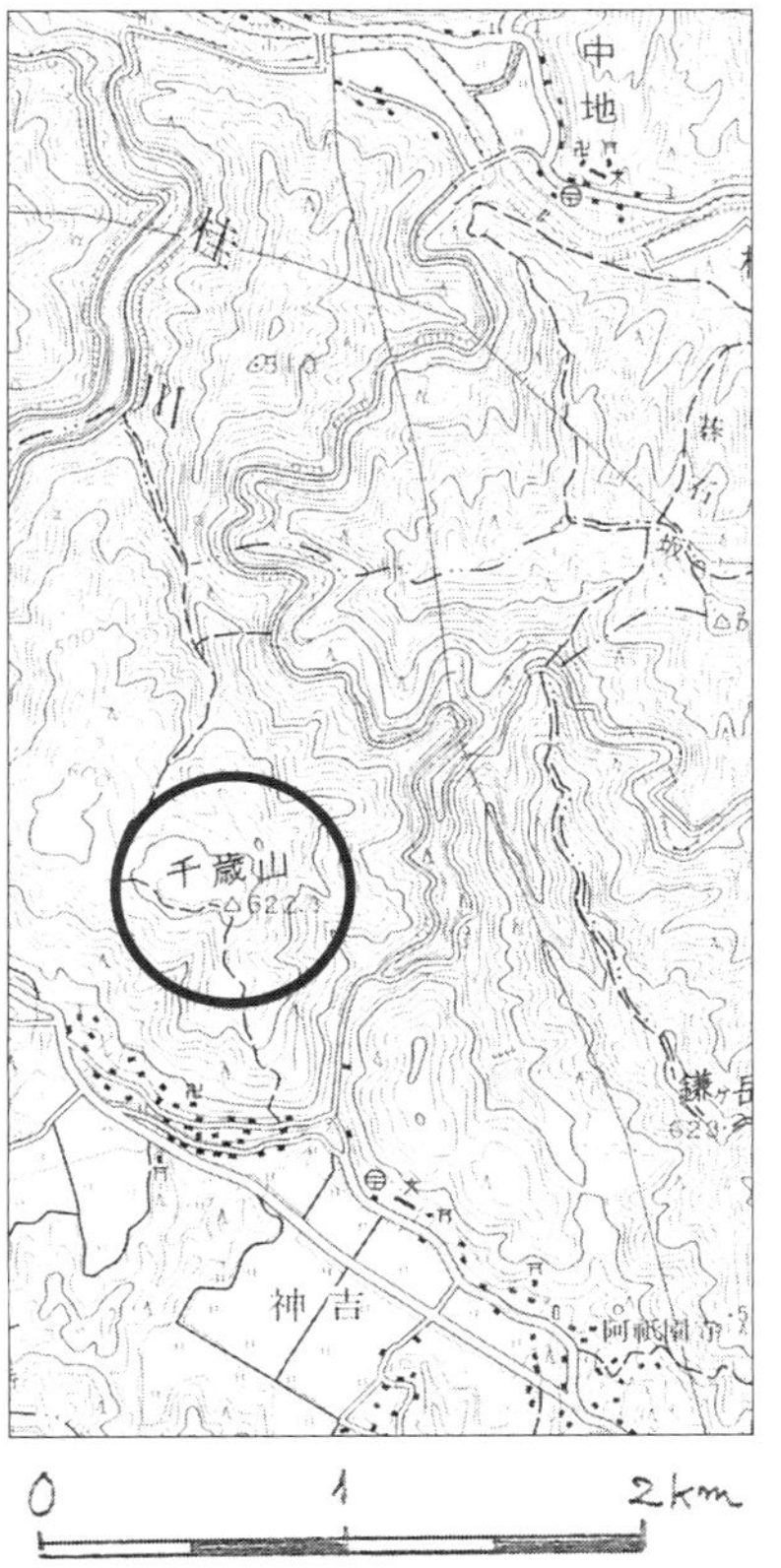

1／5万　京都西北部

（メモ）

①南丹市八木町神吉《かみよし》に標高六二二・三mの千歳山がある。ここは『和名抄』丹波国桑田郡有頭《うつ》郷の一部といわれる。しかし承久三（一二二一）年の『北条時房書状』に「丹波国神吉氷室司」の記載から桑田郡「池辺《いけのべ》郷」の一部との考えもある。

②『日本紀略』円融天皇天禄元（九七〇）年三月五日条に、「於二太政大臣職曹司一、被レ定二大嘗会悠紀主基国一。近江。丹波。又被レト二両国郡一。」とある。また同書同年一一月一七日条に、「大嘗会。仍天皇幸二八省院一。悠紀近江。主基丹波。」とある。ここ八木町は現在でも地味肥沃であり、京都府の穀倉地帯という。

五四〇　長楽寺

京都府京都市東山区八坂鳥居前町東入ル円山町六二六

関係地図　1／20万　京都及大阪　1／2.5万　京都東北部

514

長楽寺

長楽寺にてふるさとのかすみの心をよみはべりける

・山たかみみやこのはるをみわたせばただひとむらのかすみなりけり　大江正言

④後拾遺集　三八

長楽寺にすみはべりけるころ二月ばかりに人のもとにいひつかはしける

・おもひやれかすみこめたる山ざとのはなまつほどのはるのつれづれ　上東門院中将

④後拾遺集　六六

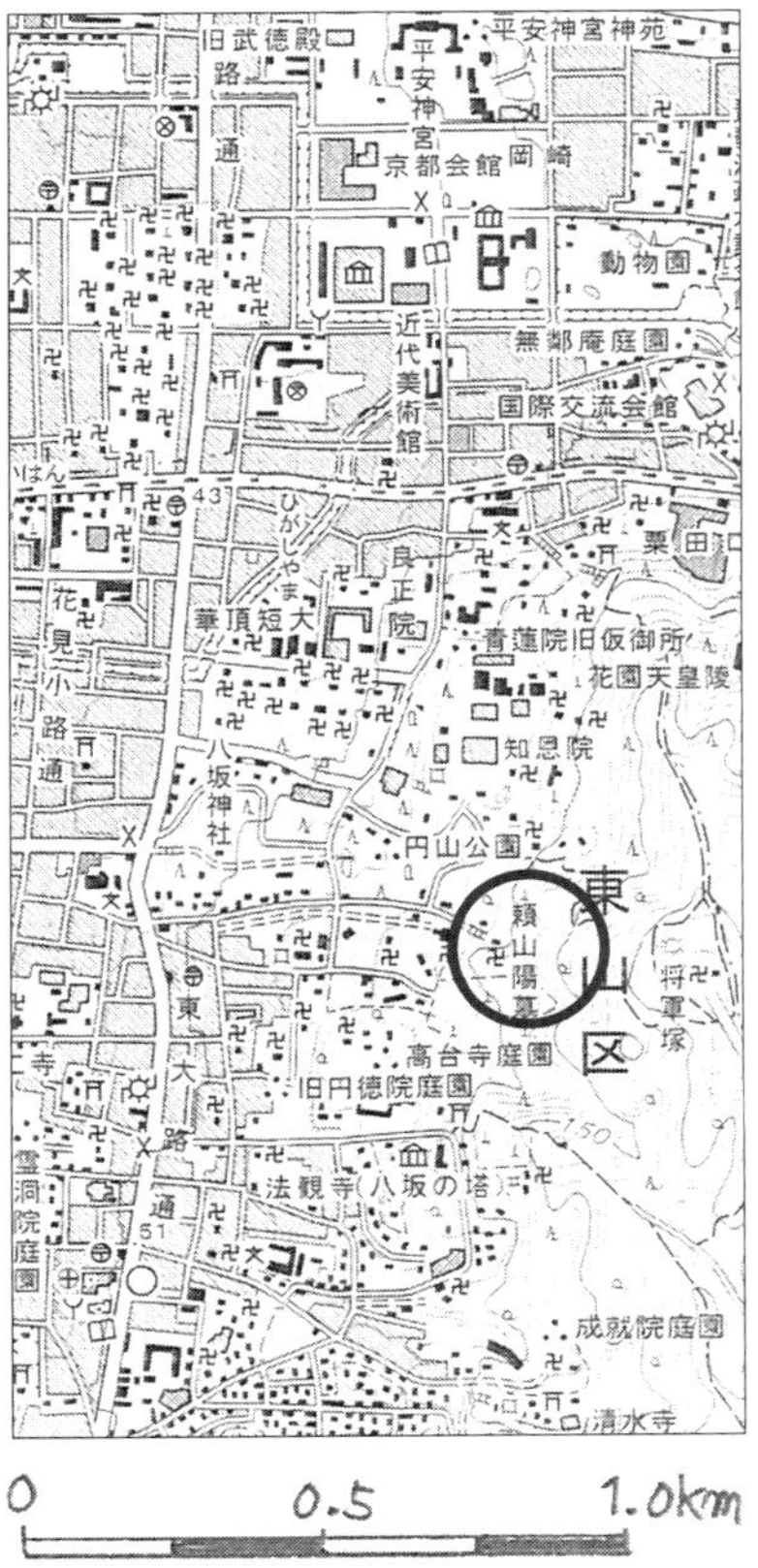

1／2.5万　京都東北部

（メモ）

①長楽寺は時宗。洛陽三三所観音霊場・第七番札所。本尊は千手観音。開創は延暦二四（八〇五）年、桓武天皇の御願により最澄開山の説があるという。

②第六六代一条天皇の御代（九八六—一〇一一）、当寺の新堂の壁に巨勢広高が地獄変相図を描いて有名になったことが『今昔物語集』にあると。

③文治元（一一八五）年三月、源平の壇ノ浦の合戦で、建礼門院徳子は入水されたが、助けられ、その後当寺で尼となられたという。当寺には建礼門院の布施と伝える安徳天皇の平服（直衣《のうし》）で作られたという二つの幡があるという。

④至徳二（一三八五）年、国阿上人が入寺され、時宗に改宗と。

五四一　千世の古道

京都府京都市内裏より釈迦堂への一条通りの道

関係地図　1／20万　京都及大阪　1／5万　京都西北部

515

千世のふるみち

仁和のみかど、嵯峨の御時の例にて、せり河に行幸したまひける日

・嵯峨の山みゆきたえにしせり河の千世のふるみちあとはありけり　在原行平朝臣　②後撰集　一〇七五

後白河院、栖霞寺におはしましけるに、駒引のひきわけのつかひにてまゐりけるに

・さがの山千代のふるみち跡とめて又露わくるもち月の駒　定家朝臣　⑧新古今集　一六四六

(参考) 春くれば千世のふる道ふみわけてたれせり河のわかなつむらん　従二位家隆　新続古集　五三

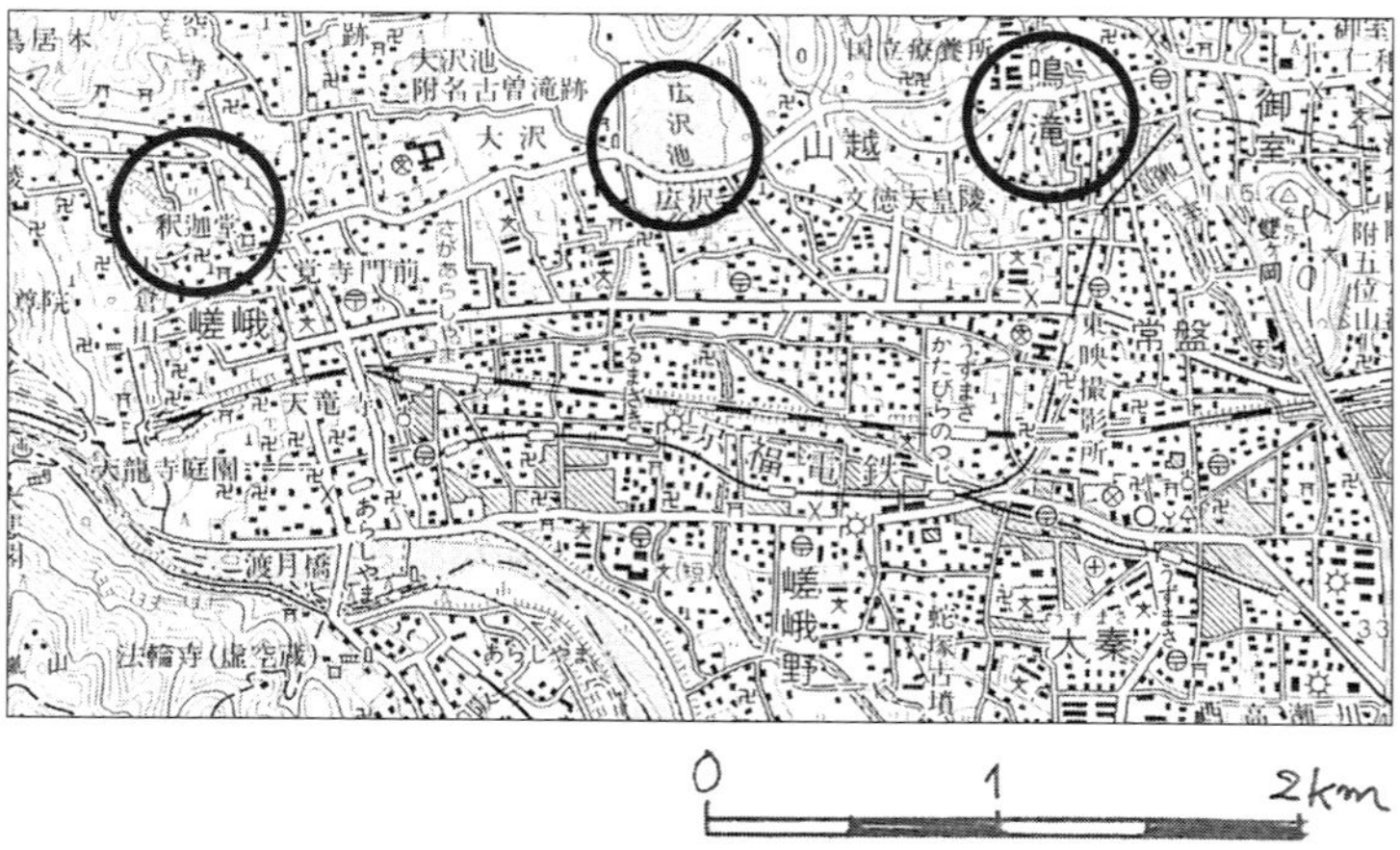

1／5万　京都西北部

(メモ)

①千代の古道とは、皇居・鳴滝・広沢池そして嵯峨天皇の御所を結ぶ道という。

②『雍州府志』には、

在二帯取池西南一、是則自レ京所レ赴二上嵯峨一而是道称二上道一傍レ北所レ行也

と。

③『山州名跡志』は、

千代ノ古道トハ比喩ノ詞也、元来其所在ニハ非ルナリ、但、皆嵯峨ニ千代ノ布留道ヲ詠ハ、因二件歌※一後人作意也

として千代の古道を否定している。

※件歌は、表記の最初の歌在原行平の歌。

五四二　鼓ヶ岳

京都府宮津市畑、与謝郡与謝野町男山《おとこやま》、京丹後市大宮町新宮

関係地図　1／20万　宮津　1／5万　宮津

526

つつみのたけ

・かがり火の所さだめず見えつるは流れつつのみたけばなりけり　紀輔時　③拾遺集　三八八

528

つづみのやま

大嘗会主基方辰日参音声鼓山をよめる

・おとたかきつづみのやまのうちはへてたのしきみよとなるぞうれしき　藤原行盛　⑤金葉集　三一五

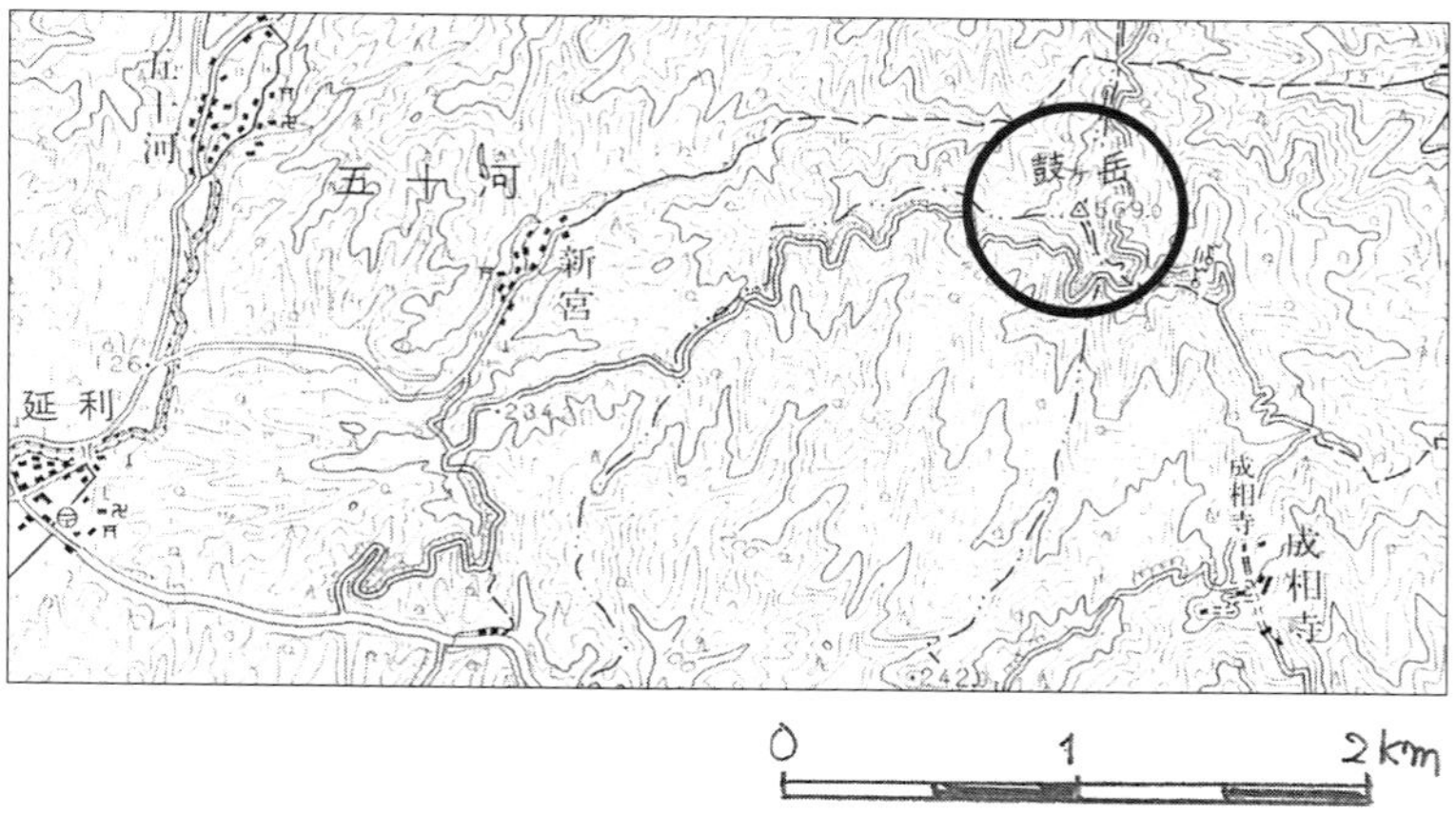

1／5万　宮津

(メモ)

①標高五六九ｍの鼓ヶ岳は宮津市成相寺《なりあいじ》及び畑、与謝郡与謝野町男山、京丹後市大宮町新宮にまたがる山。山の東南中腹に成相寺がある。この成相寺の寺号が山名であったのでなかろうか。現在の寺の山号は成相山《なりあいさん》。寺号は成相寺。草創時は海波が岸を打つ音が鼓の音のように心地よく聞え、またその音が山嶺に反響して一段と美しい音になったのではなかろうか。その音というのは海波の音と、山嶺に反射する二つの音が重なる成相の音、鼓の合奏の音であるのであろう。よって「鼓ヶ岳」の名となった。

②成相寺は慶雲元（七〇四）年、真応上人が老人から授かった聖観音像を草庵に安置したのが当寺の草創という。本尊には橋立観音・美人観音の名がある。御詠歌は

波の音松のひびきも成相の風ふきわたす天の橋立

西国観音霊場、第二八番札所である。

③『今昔物語集』巻第一六に「丹後の国の成合観音の霊験の語」として、成相寺の観音様の有難い話がある。

五四三　鼓　山

京都府船井郡京丹波町橋爪・中台

関係地図　1／20万　京都及大阪　1／5万　綾部

526
つつみのたけ
・かがり火の所さだめず見えつるは流れつつのみたけばなりけり　紀輔時
③拾遺集　三八八

528
つづみのやま
大嘗会主基方辰日参音声鼓山をよめる
・おとたかきつづみのやまのうちはへてたのしきみよとなるぞうれしき　藤原行盛　⑤金葉集　三一五

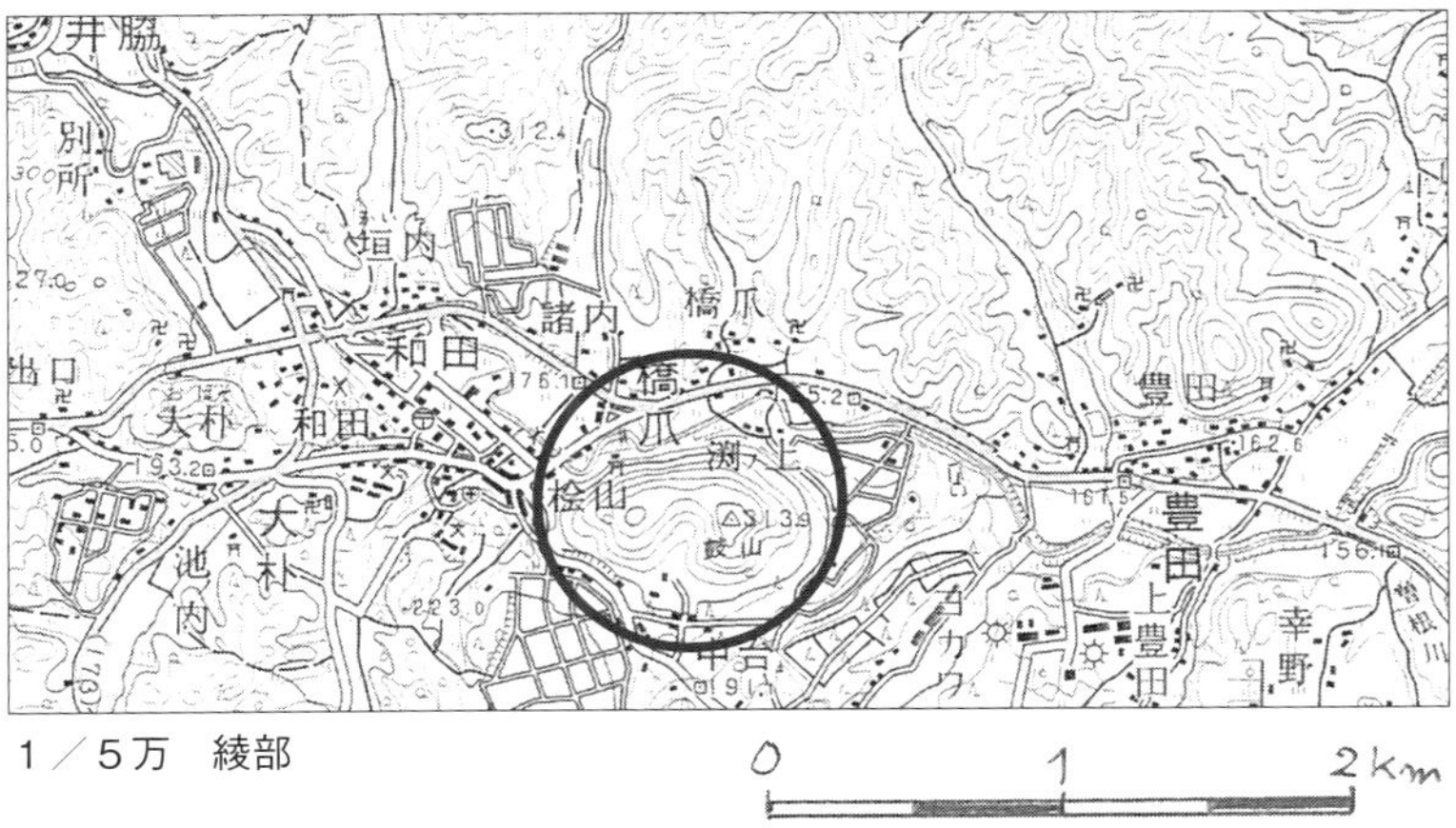

1／5万　綾部

（メモ）

①標高二一三・九mの鼓山は、船井郡京丹波町橋爪・同町中台《ちゅうだい》にまたがっている。また、鼓山の北側山裾を高屋川が東流し、同町豊田から北流しやがて大河の由良川に注ぐ。

②鼓山の周辺には遺跡・寺社がある。そのいくつかをあげる。

（中台集落）
・西岸寺（曹洞宗）　門前に宝篋印塔があり和泉式部墓と伝える。
・中台登窯跡群　奈良時代の登窯跡五基がある。

（曽根集落）
・何鹿《いつしか》神社（祭神品陀別命・大山祇命・彦狭知命）。『延喜式神名帳』丹波国船井郡の「出石鹿岾部《いつしかいそべ》神社」。社伝では天武天皇の御代の創祀。
・塩谷古墳群（現在は公園）　直径八m～一五・五mの円墳一二基から成る。五号墳から巫女形人物埴輪二体出土。

（塩田谷）
・岩山神社（祭神大己貴命）　『延喜式神名帳』丹波国船井郡の「弁奈貴神社」。

五四四　天神川

京都府京都市上京区紙屋川町

関係地図　1／20万　京都及大阪　1／2.5万　京都西北部

264
かみやがは
・うばたまのわがくろかみやかはるらむ鏡の影にふれるしらゆき　つらゆき
①古今集　四六〇

（参考）かりにてもわかるとおもへば神やがは瀬瀬の千鳥のみだれてぞ啼く　読人しらず　夫木抄　一〇九九〇

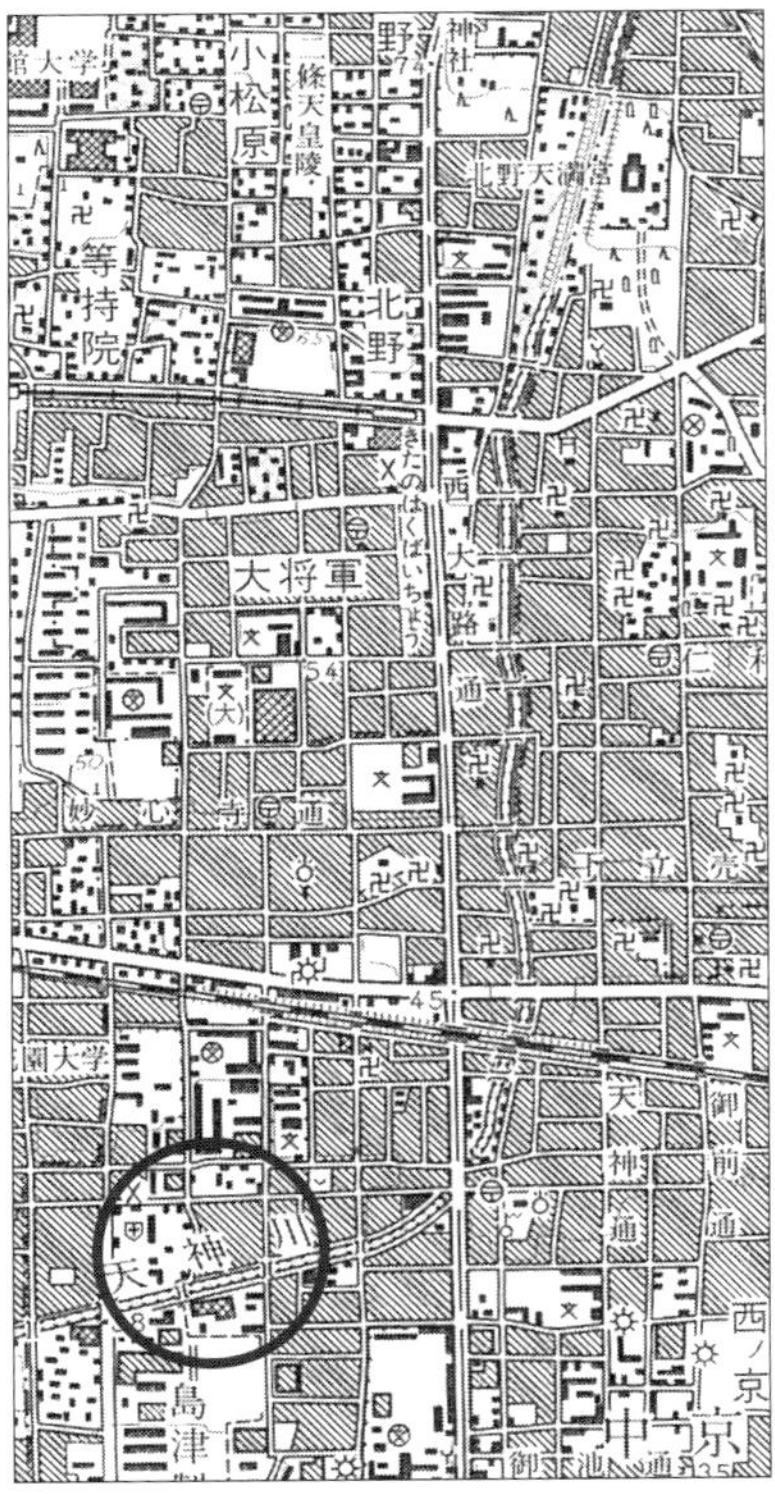

1／2.5万　京都西北部

（メモ）

①現在名「天神川」は京都市北区鷹峯や鷲峯を源とし、衣笠・北野・大将軍と流れ、中京区西ノ京を通り右京区太秦安井で御室川を併せる。その後南区吉祥院新田で桂川に注ぐ。

②江戸時代までは紙屋川が一般的で時には「かい川」。現在は鷹峯千束町以南を天神川と称し、全長約一四km。源から千束町までは紙屋川。

③『雍州府志』に、

紙屋川、在北野社西、源出自千束村北、南経吉祥院東、自下鳥羽西入淀川、北野南有宿紙村、古於斯川製宿紙、故号紙屋川云

とあると。辞書で「縮紙」を調べると薄墨色のすきがえしの紙。薄墨紙・紙屋紙。とある。また、紙屋紙は平安時代の上質紙で綸旨紙ともいう。とある。

④『源氏物語』蓬生の巻に

……心得たるこそ見所もありけれ、うるはしき紙屋紙《かむやがみ》、陸奥国紙《みちのくにがみ》などのふくだめるに、古言どもの目馴れ……

とある。

五四五　常盤の森跡

京都府京都市右京区常盤森町及西町辺

関係地図　1／20万　京都及大阪　1／5万　京都西北部
1／2.5万　京都西北部

541

ときはのもり

十月ばかり、ときはのもりをすぐとて

・しぐれの雨そめかねてけり山しろのときはのもりの槙の下ばは　能因法師

（参考）ふきそむるおとだにかはれ山しろのときはのもりの秋のはつかぜ　内大臣

⑧新古今集　五七七　新勅撰集　一二六九

（参考）ほととぎすふりいでてなけおもひ出づる常盤の杜の五月雨の空　前関白左大臣一条　続拾遺集　一七九

（参考）山しろのときはの杜は名のみして下草いそぐ夏は来にけり　順徳院御製　新後撰集　一五八

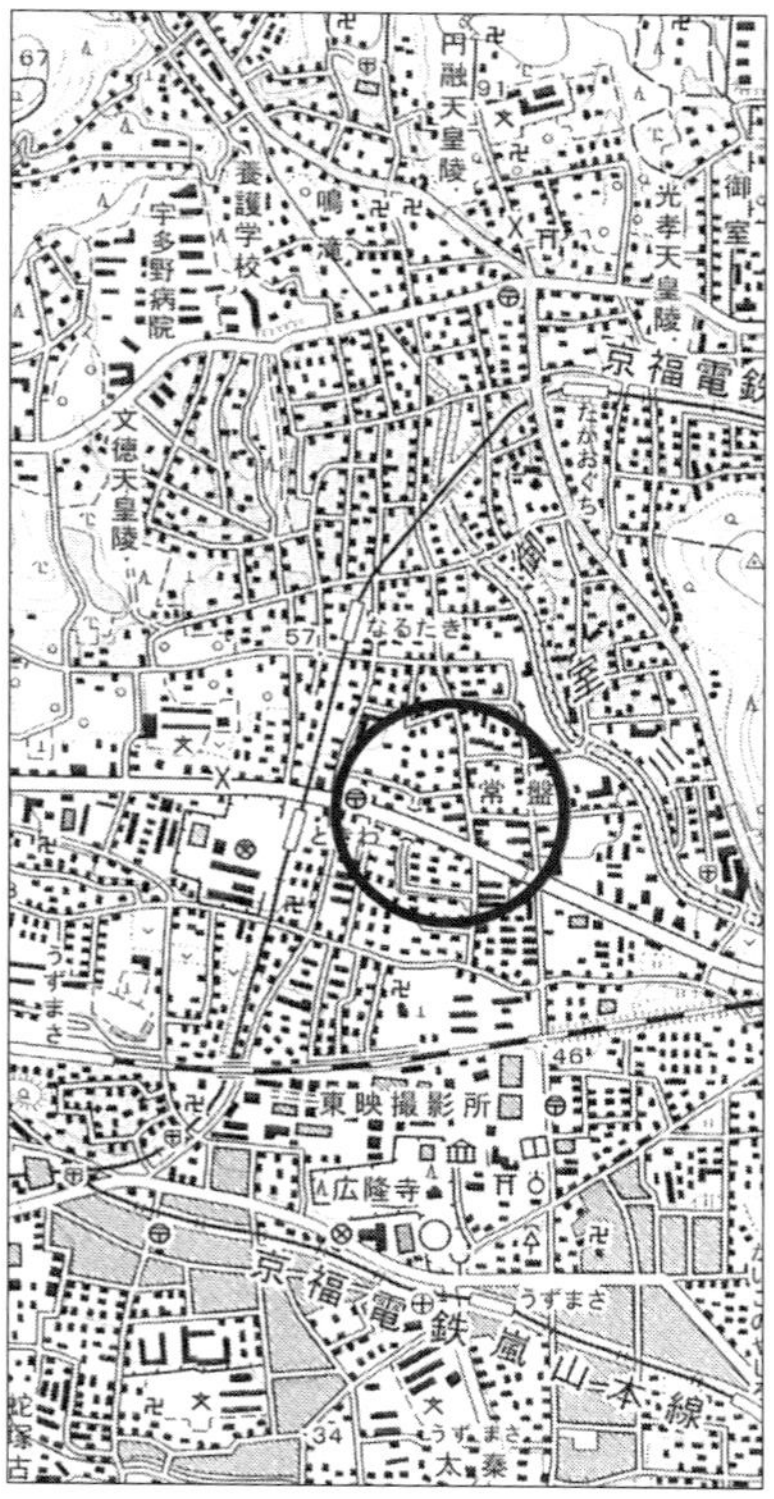

1／2.5万　京都西北部

0　0.5　1.0km

（メモ）

①『長秋記』天永四（一一一三）年八月一一日条に、鳥羽天皇の松尾行幸の記事に、

自一条支辻子北行、自中御門末西行、経常盤杜南、至浮橋。

とあると。

②『山州名跡志』に、

在里中往還道北側、杜下有小堂、安石彫阿弥陀仏、杜八榎椋也、古歌二八詠椎柴青柳。

とある。

③明治一〇年代の『京都府地誌』に、

字西、町人家ノ北ニアタル。今耕野

とあると。

五四六　常盤の山

京都府京都市右京区段ノ上町・草木町辺

関係地図　1／20万　京都及大阪　1／5万　京都西北部
1／2.5万　京都西北部

542

ときはの山

・思ひいづるときはの山の郭公唐紅のふりいでてぞなく　よみ人しらず　①

古今集　一四八

・紅葉せぬときはの山は吹く風のおとにや秋をききわたるらん　大中臣能宣

③拾遺集　一八九

実行卿家の歌合にかすみの心をよめる

・あさまだきかすめるそらの気色にやときはの山ははるをしるらん　少将公教母

⑤金葉集　九

・秋くればときはのやまの松かぜもうつるばかりに身にぞしみける　和泉式部

⑧新古今集　三七〇

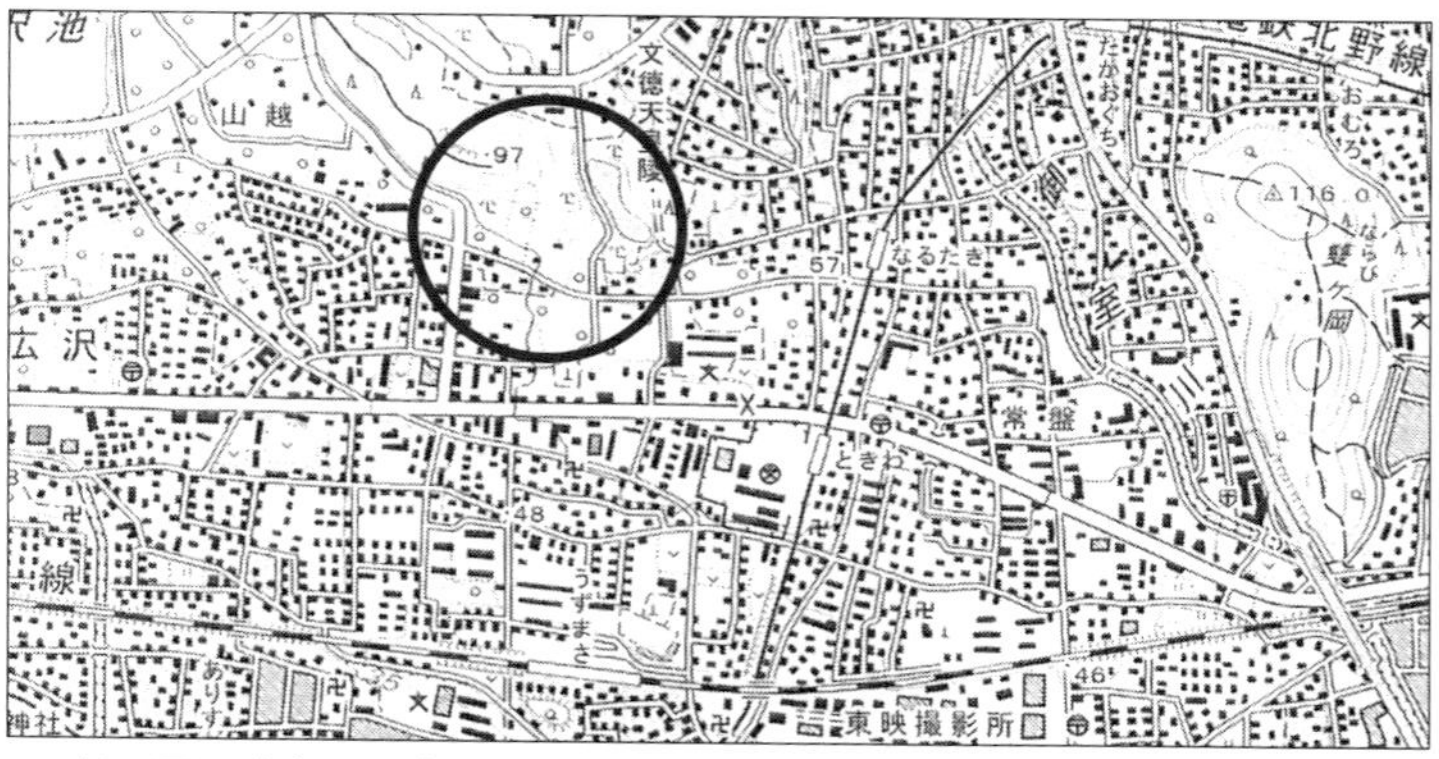

1／2.5万　京都西北部

0　0.5　1.0km

（メモ）

①『京師巡覧集』に、

トキハ山トイヘド里ノアタリニ山モナシ、昔ハ此辺ニ岡山ナドアリシニヤ

とあると。

②昔は一地名の範囲は広大であった。『和名抄』の郷の範囲は一つの村、町、時には市の範囲のこともある。平地が広く続けば、その向うの山地は近くに迫って見える。まして常緑樹の茂る山地であれば近くに見える。よって、地図の〇の位置は許容範囲であろう。

五四七　徳岡氷室跡推定地

京都府京都市右京区鳴滝宇多野谷

関係地図　1／20万　京都及大阪　1／2.5万　京都西北部

666

氷室山

氷室をよみ侍りける

・春あきものちのかたみはなきものをひむろぞ冬のなごりなりける　仁和寺後入道法親王覚性　⑦千載集　二〇八

（参考）なつなれどさえこほりたるひむろ山まどひのなかのさとりなりけり　新六帖　四七〇

（参考）冬とぢし岩戸あけても氷室守夏はとほさぬ関路なりけり　皇太后宮大夫俊成卿　夫木抄　三七〇五

（参考）外は夏あたりの水は秋にしてうちは冬なる氷室山かな　後京極摂政　夫木抄　三七二〇

1／2.5万　京都西北部

（メモ）

①『延喜式』主水司に、

山城国葛野郡徳岡氷室一所

とあると。また、『朝野群載』巻八に、康和三（一一〇一）年正月二一日付の「主水司氷解文」に、

徳岡御室六合

とあると。

②『山城名跡巡行志』に

徳岡氷室　宇多氷室　在宇多山

とあると。「宇多山」は宇多野谷のことであろう。京都は盆地。しかも、図の〇の地は東西南北とも山地。盆地の中の盆地で、氷生産の最適地である。

五四八　戸無瀬の滝

京都府京都市西京区嵐山

関係地図　1／20万　京都及大阪　1／2.5万　京都西北部

550

となせのたき

落葉蔵水といへることをよめる

・おほゐがはちるもみぢ葉にうづもれてとなせのたきはおとのみぞする　大中臣公長朝臣　⑤金葉集　二五三

・おほゐ川となせのたきに身をなげてはやくと人にいはせてしかな　空人法師　⑦千載集　一一四三

（参考）あらしふく山のあなたのもみぢばをとなせのたきにおとしてぞみる　大納言経信　続古今集　五六五

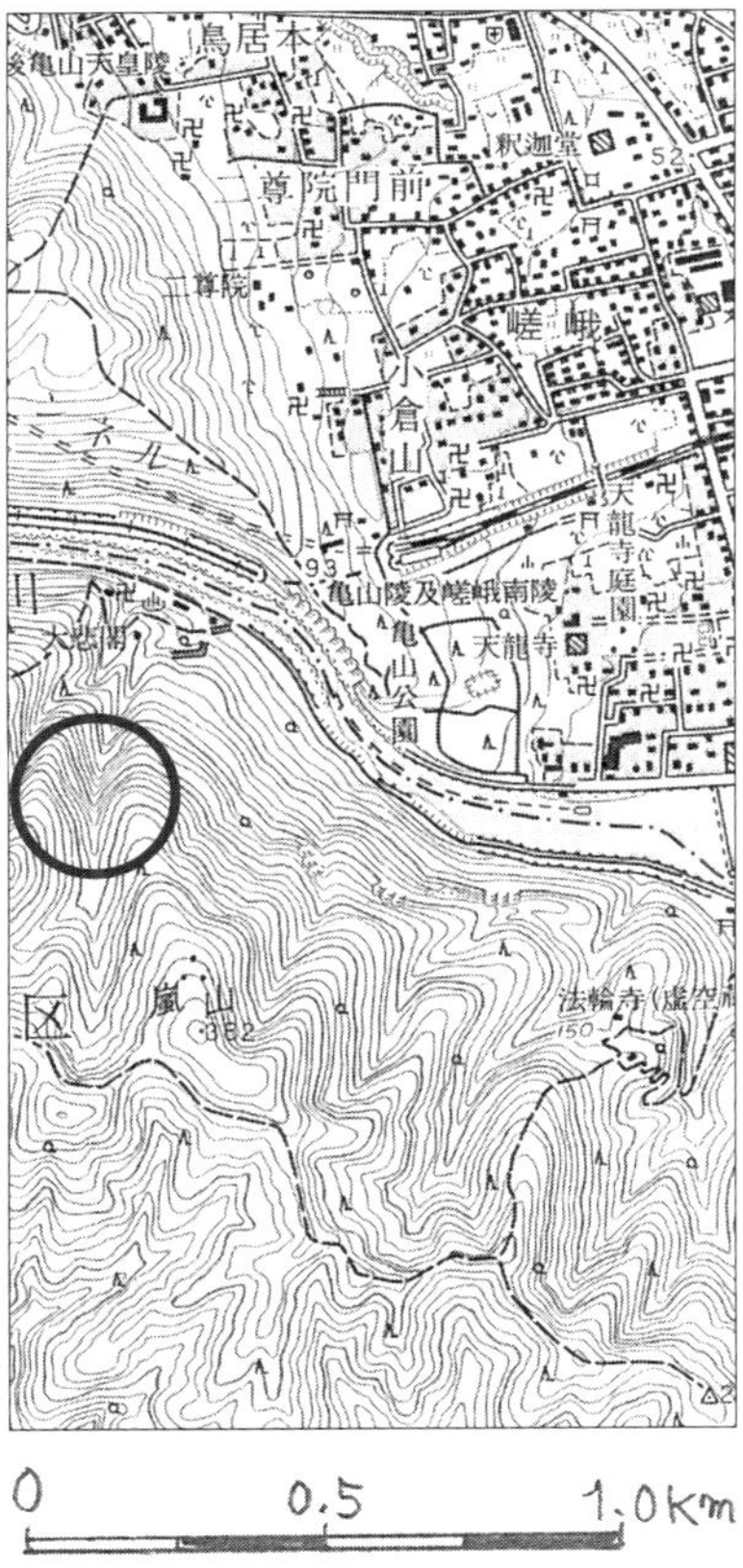

1／2.5万　京都西北部

（メモ）

①桂川の渓谷のうち亀岡より嵐山渡月橋付近までを嵐峡。また保津峡と呼ぶ。特に、渡月橋付近は国指定史跡名勝。渡月橋少し上流の櫟谷《いちいだに》宗像《むなかた》神社（祭神市杵島姫命）上流には蛇谷《へびだに》・戸無瀬滝・千鳥ヶ淵などがある。千鳥ヶ淵は『源平盛衰記』に、滝口入道を恋した横笛の入水地と。

②『都名所図会』に、

戸無瀬滝は櫟谷の西にあり。大井川に落る也。

とある。また、挿絵では嵐山頂上下に座禅石、その少し右下に蔵王堂。また少し右下にとなせの滝がある。その下に千鳥淵。その川上に大悲閣がある。座禅石とは夢想国師坐禅石。謡曲『西行桜』に、

ここはまた嵐山、戸無瀬に落つる、滝の波までも、花は大堰河井堰に雪やかかるらん。

とある。

五四九　鳥　羽　京都府京都市南区南部・伏見区

関係地図　1／20万　京都及大阪　1／5万　京都西南部

551
とば

・つのくにのなにはおもはず山しろのとはにあひ見むことをのみこそ　よみ人しらず　①古今集　六九六

・やましろのとばたのおもをみわたせばほのかにけさぞ秋かぜはふく　曽祢好忠　⑥詞花集　八二

五十首歌たてまつりし時、月前聞雁といふことを

・おほえ山かたぶく月の影さえてとばたの面におつるかりがね　前大僧正慈円　⑧新古今集　五〇三

（参考）雲井とぶかりのはかぜに月さえてとば田のさとに衣うつなり　後鳥羽院御製　続後撰集　三九三

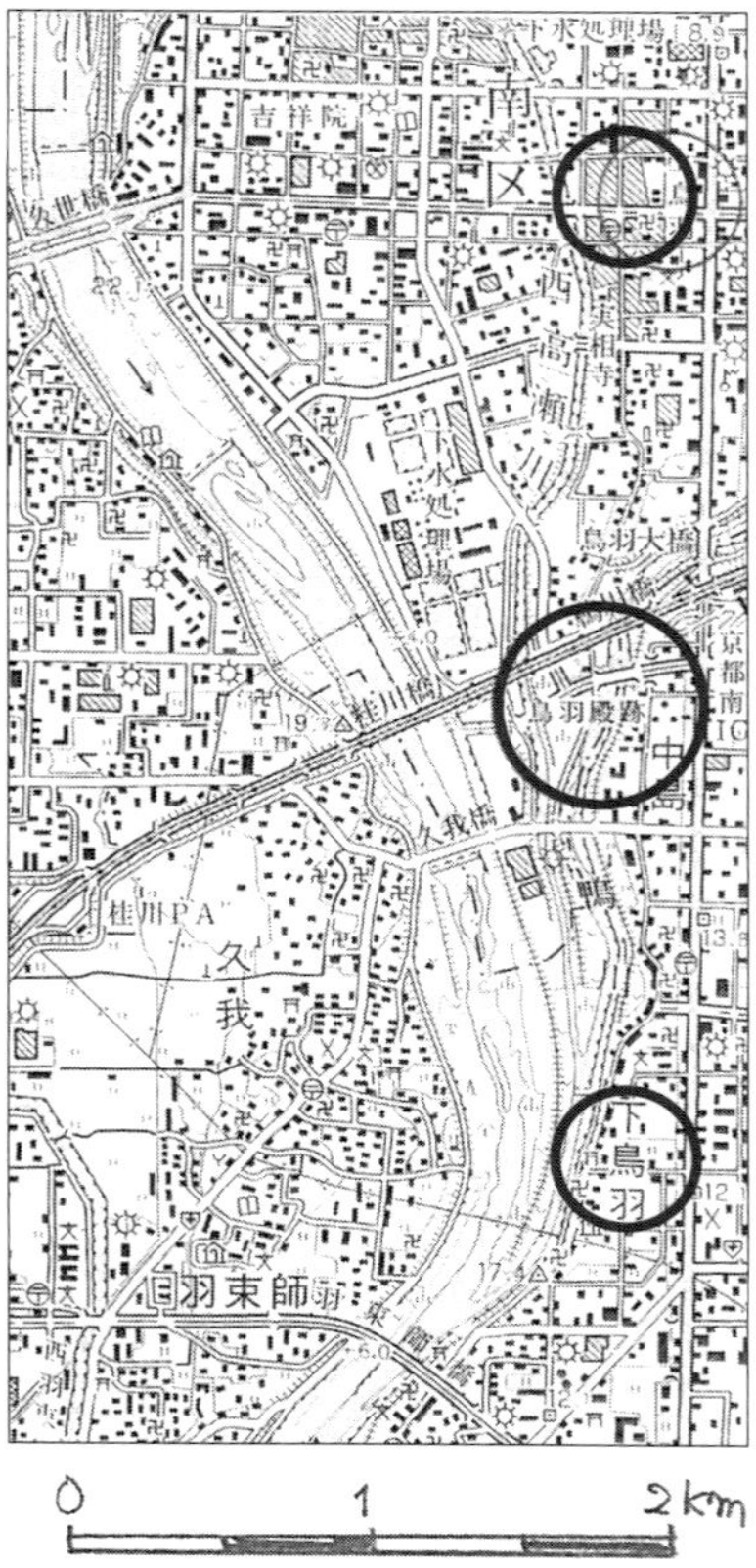

1／5万　京都西南部

（メモ）

①『和名抄』紀伊郡に「鳥羽郷」。表記はまれに十羽・飛羽。平安京の南、桂川・鴨川の流域で低地。巨椋池に至る三栖方面までの汎称。

②『仁和寺文書』貞観一四（八七二）年三月九日の「貞観寺田地目録帳」に、

鳥羽地九町二段二百三〇歩在同郡、内蔵寮地

とあるのが初見と。

③この地に白河上皇の鳥羽離宮。次いで鳥羽法皇の安楽寿院など造営。また、京都の水陸交通上の要地で、交通業従事の多くの人々の生活の場であった。

五五〇　鳥羽殿跡　京都府京都市伏見区中島、南区上鳥羽等

関係地図　1／20万　京都及大阪　1／2.5万　京都東南部

144
院北面

院北面にて橋上藤花といふ事をよめる

・色かへぬまつによそへてあづまぢのときはのはしにかかるふぢなみ　大夫典侍　⑤金葉集　八一

552
鳥羽殿

鳥羽殿におはしましけるころ、常見花といへる心ををのこどもつかうまつりけるついでに、よませ給うける

・さきしよりちるまでみれば木のもとに花も日かずもつもりぬるかな　白河院御製　⑦千載集　七七

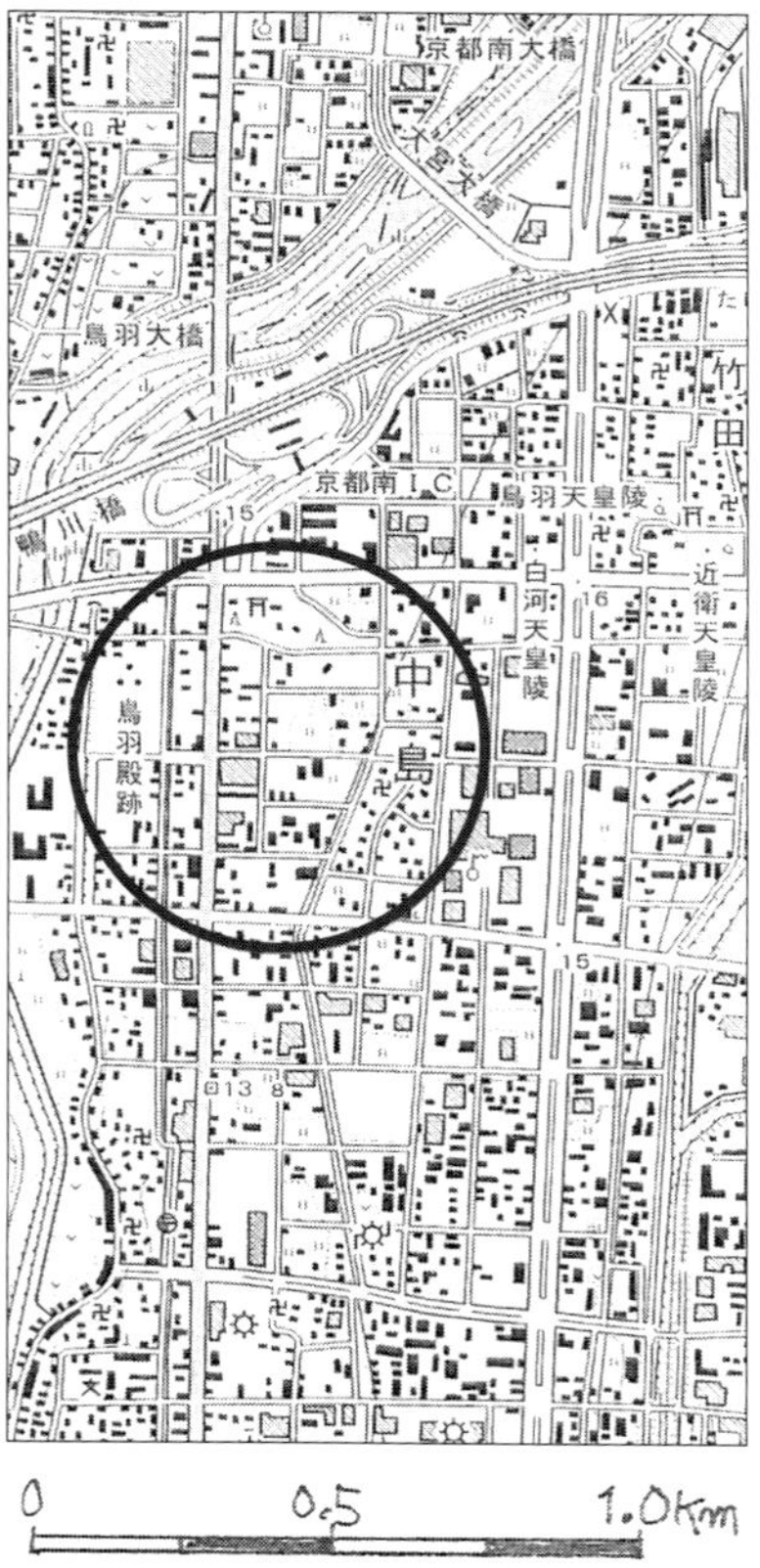

1／2.5万　京都東南部

（メモ）

①鳥羽殿は、鳥羽一帯に一一世紀末、白河天皇が退位後の後院として造営された離宮。「城南の離宮」・「鳥羽の離宮」といわれ、一四世紀頃まで使用された。

②現在の京都市南区上鳥羽、伏見区竹田・中島・下鳥羽一帯に当る。全域は一八〇ha。

③『扶桑略記』応徳三（一〇八六）年一〇月二〇日条に、

・公家近来九条以南鳥羽山荘新建㆓後院㆒。

・堀㆑池築㆑山。池広南北八町。東西六町。水深八尺有餘。殆近㆓九重之淵㆒。或模㆓於蒼海㆒作㆑嶋。或写㆓於蓬山㆒畳㆑巌。泛㆑船飛㆑帆。煙浪渺々。風流之美不㆑可㆓勝計㆒。

などとある。

五五一　鳥戸野

京都府京都市東山区今熊野他

関係地図　1／20万　京都及大阪　1／5万　京都東南部

557

とりべの

入道前太政大臣のさうそうあしたに人人まかりかへるにゆきのふりてはべりければよみはべりける

•たきぎつきゆきふりしけるとりべのはつるのはやしの心地こそすれ

法橋忠命

④後拾遺集　五四四

（参考）あはれなりわが身にちかきとりべ野の煙をよそにいつまでかみん　典侍光子

新後撰集　一五〇四

（参考）鳥べ野のけぶりの末もあはれなりいつかはと思ふ心ぼそさに　僧正宋縁

新続古集　一五八一

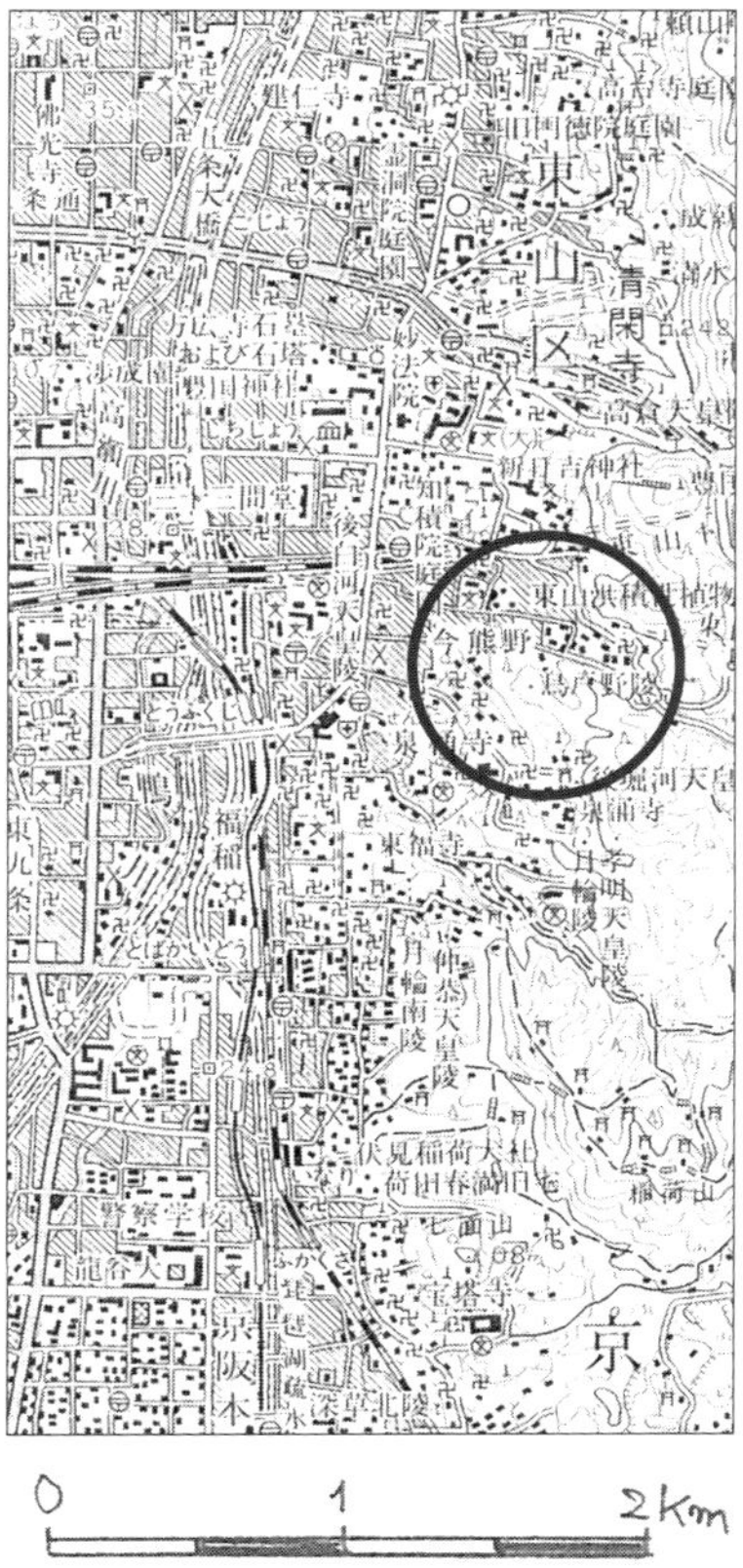

1／5万　京都東南部

（メモ）

①『和名抄』山城国愛宕郡の「鳥戸郷《とりべ》」。現在の京都市東山区の中央部から南方部にかけての広い地域で、当時は原野であった。この地には平安京以前から鳥辺氏が住んでいた。「鳥辺野」は鳥戸野・鳥部野と表記される。

②鳥辺野は鳥辺山の山麓を指すものと思うが、鳥辺山そのものとの考えもあると。

③北は現在の五条坂付近から南は今熊野までの範囲。東山の山麓から鴨川にかけての広域であり、古来葬送の地。

五五二　鳥辺山

京都府京都市東山区今熊野辺

関係地図　1／20万　京都及大阪　1／2.5万　京都東南部

558

とりべ山

•とりべ山たににけぶりのもえたたばはかなく見えし我としらなん　よみ人しらず

③拾遺集　一三二四

入道一品宮かくれたまひてさうそうのともにまかりてまたのひさがみがもとにつかはしける　小侍従命婦

•はれずこそかなしかりけれとりべ山たちかへりつるけさのかすみは

④後拾遺集　五四五

堀川中宮かくれ給てわざの事はててあしたによませ給ける　円融院御製

•おもひかねながめしかどもとりべやまはてはけぶりもみえずなりにき

⑥詞花集　三九五

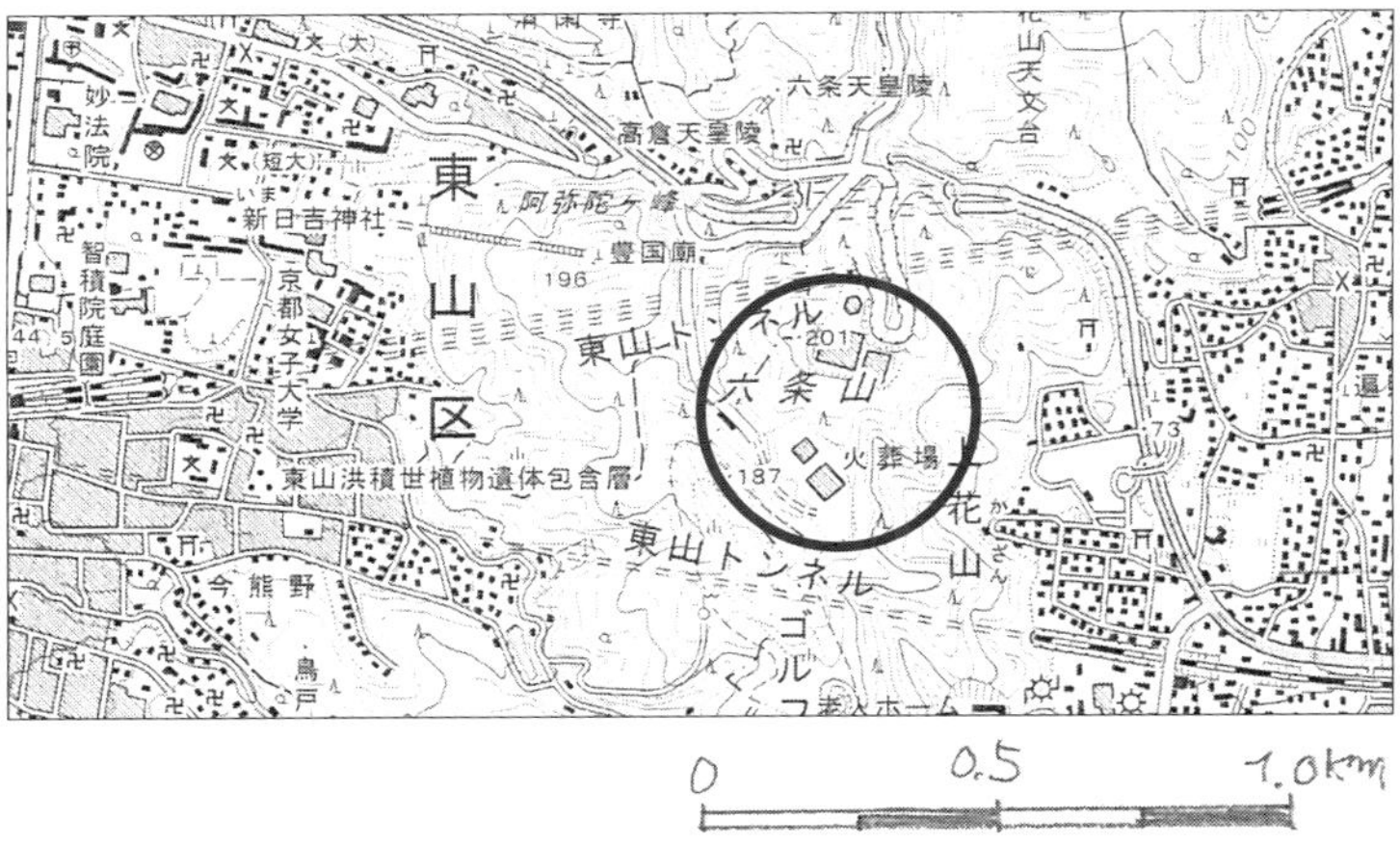

1／2.5万　京都東南部

（メモ）

①『山城国風土記』逸文に、山城国の風土記に云《い》はく、南鳥部《みなみとりべ》の里。鳥部と称《い》ふは、秦公伊呂具《はたのきみいろぐ》が的《いくは》の餅《もちひ》、鳥と化《な》りて、飛び去《ゆ》き居《を》りき。其の所の森を鳥部と云ふ。とある。

②『日本紀略』天長三（八二六）年五月一〇日条の淳和天皇皇子恒世親王死去の記事として、

葬恒世親王於山城国愛宕郡鳥部寺以南。

とある。ここの鳥部寺は、現在の妙法院前側町の現妙法院辺にあった寺院という。

五五三　長岡京跡

京都府長岡京市・向日市

関係地図　1／20万　京都及大阪　1／5万　京都西南部
1／2.5万　京都西南部

560

長岡

業平朝臣のははのみこ長岡にすみ侍りける時に、なりひら宮づかへすとて時時もえまかりとぶらはず侍りければ、しはすばかりにははのみこのもとよりとみの事とてふみをもてまうできたり、あけて見ればことばはなくてありけるうた

・老いぬればさらぬ別もありといへばいよいよ見まくほしき君かな　①古今集
九〇〇

返し

・世中にさらぬ別のなくもがな千世もとなげく人のこのため　なりひらの朝臣
①古今集　九〇一

1／2.5万　京都西南部

（メモ）

①『続日本紀』延暦三（七八四）年五月一六日条によると、この日中納言藤原朝臣小黒麻呂外六名を山背国乙訓《おとくに》郡長岡村に派遣し遷都にどうか視察させたと。

②同書、同年六月一〇日条には、中納言藤原朝臣種継外一〇人を造長岡宮使に任命。そして都城の経始、宮殿の造営開始。

③同書、同年同月一三日条には、紀朝臣船守を賀茂大神社に派遣。奉幣し、遷都を報告。

④同書、同年一一月一一日条に、
天皇、長岡宮に移幸《みゆき》したまふ。
とあり、遷都。

⑤長岡宮跡（向日市鶏冠井町《かいで》）の大極殿は国史跡。現在公園で、南公園に大極殿跡、北公園に小安殿跡がある。

⑥向日神社の創立は養老二年。神名帳の乙訓坐大雷《オトクニニマヌオホイカツチノ》神社名神大月次新嘗。

五五四　中川跡

京都府京都市上京区寺町通。中川

関係地図　1／20万　京都及大阪　1／2.5万　京都東北部

561

なかがは

師賢朝臣ものいひわたりけるをたえじなどちぎりてのちもまたたえてとしごろになりにければ、かよはしけるふみをかへすとてそのはしにかきつけてつかはしける

・ゆくすゑをながれてなにたのみけんたえけるものをなかがはのみづ　式部命婦　④後拾遺集　九六六

希会不絶恋といへるこころをよめる

・いかなればながれはたえぬ中川にあふせのかずのすくなかるらん　藤原顕家朝臣　⑦千載集　八八九

1／2.5万　京都東北部

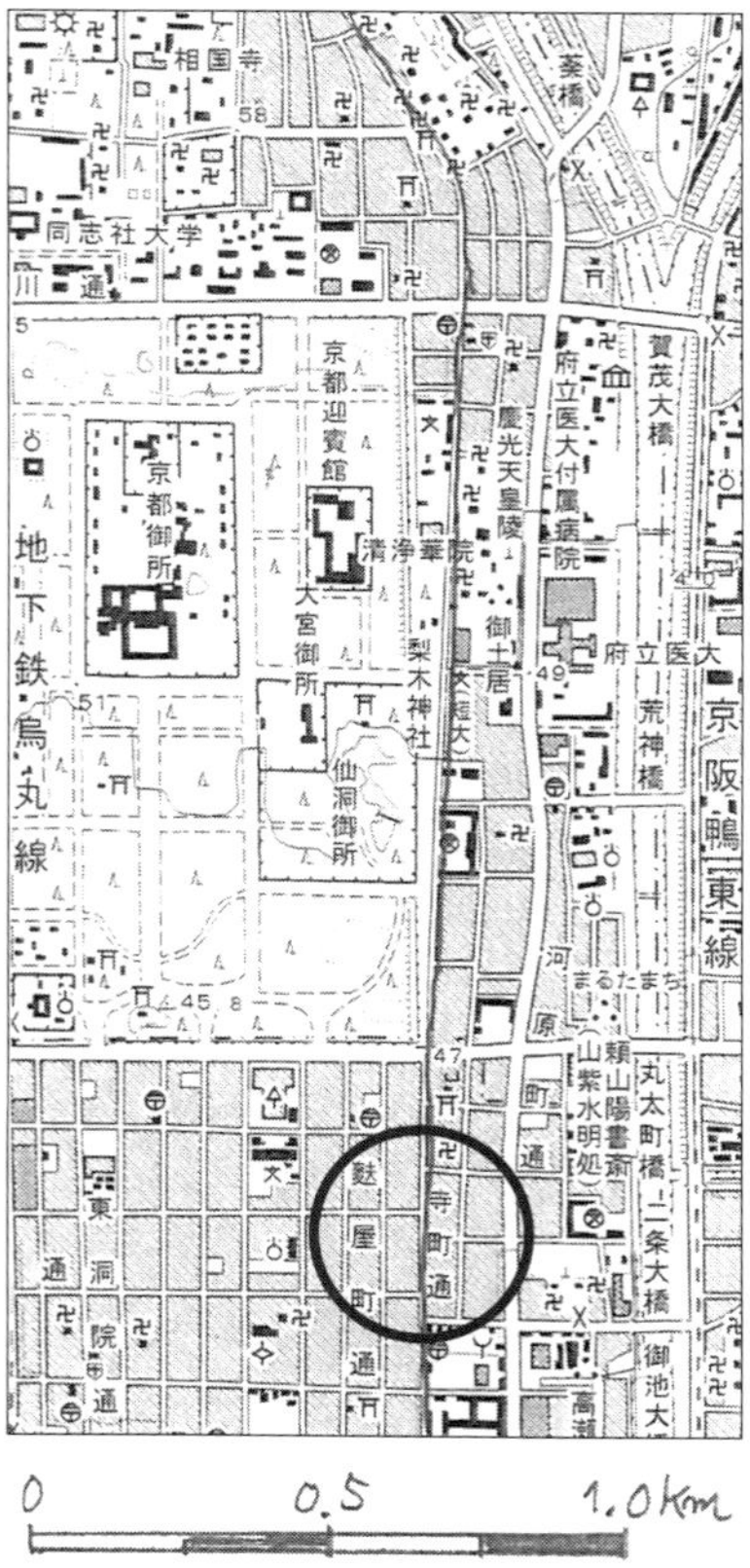

（メモ）

①中川は今出川の下流の名称。北小路（ほぼ現在の今出川通）から東京極大路（ほぼ現在の寺田通）沿いに南流し、賀茂川に注ぐまでの流路で、「京極川」とも呼ばれた。現在は暗渠化され、地表からは見えない。

②『類聚三代格』寛平八（八九六）年四月一三日条の「大政官符」に、

諸家幷百姓墾田多在二堤西一皆用二中河水一、今加二実検一須聴二開墾一、何者件等田、以二堤西中河水一灌二漑之一、不レ可レ為二堤防之害一

とある。

五五五　長谷町

京都府京都市左京区岩倉長谷町

関係地図　1／20万　京都及大阪　1／5万　京都東北部

563

ながたに

よをそむきてながたにに侍りけるころ入道の中将のもとよりまだすみなれじかしなど申したりければ

・たにかぜになれずといかがおもふらん心ははやくすみにしものを　前大納言公任　④後拾遺集　一〇三五

・たにのとをとぢやはてつる鶯のまつにおとせで春のくれぬる　法成寺入道前太政大臣　⑦千載集　一〇六一

（参考）人のいのちながたに山にほるといはばしぬるところはあらじとぞおもふ　前大納言　夫木抄　八四七九

（参考）いはくらやしほそめたる紅葉ばをながたに川におしひたしたる　西行上人　夫木抄　一一〇四七

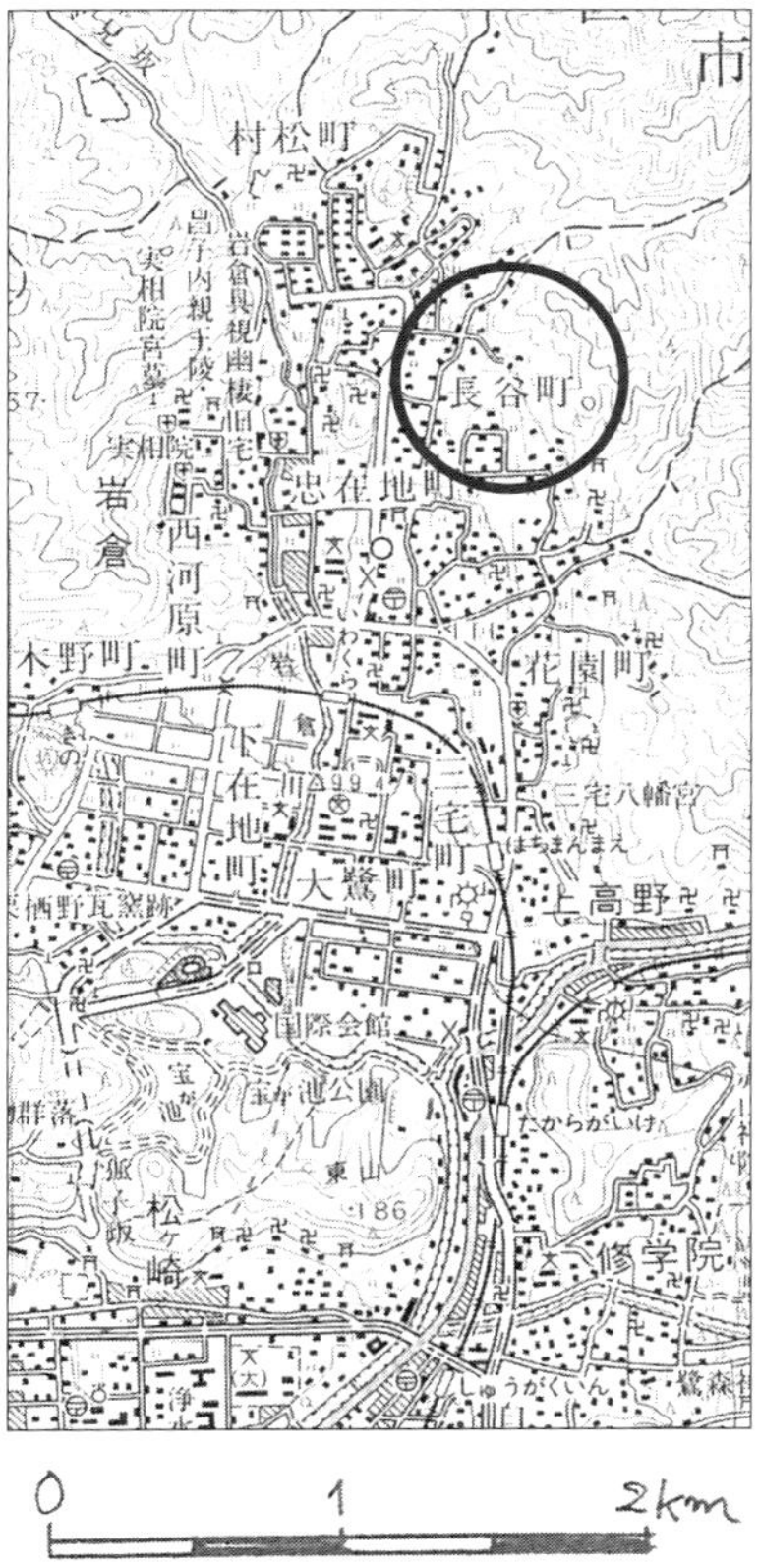

1／5万　京都東北部

（メモ）

①長谷町は岩倉盆地の東北、瓢箪崩山西麓に流れ出る長谷川沿いの地。東は八瀬、西は岩倉、南は中村に接する。ここには、平安時代に聖護院や解脱寺があった。藤原公任の隠棲地でもあった。

②この地の風俗に、習慣に、明治・大正時代は、村の婦女子は常に頭に手拭をかぶり、口の歯は染めるのが一般的であったという。

五五六　奈具海

京都府宮津市脇・由良地区の海

関係地図　1／20万　宮津　1／5万　丹後由良

577

なごの海

晩霞といふことをよめる

・なごのうみのかすみのまよりながむればいる日をあらふおきつしらなみ　後徳大寺左大臣　⑧新古今集　三五

（参考）なごのうみやとわたる舟のゆきずりにほの見し人のわすられぬかな　権中納言俊忠　続後撰集　七〇〇

（参考）なごの海につまよびかはしなくたづのこゑうらがなしさ夜や深けぬる　中務卿宗尊親王　玉葉集　二一一二

（参考）なごの浦にとまりをすればしきたへの枕にたかき奥つしらなみ　後二条院御製　続千載集　七八五

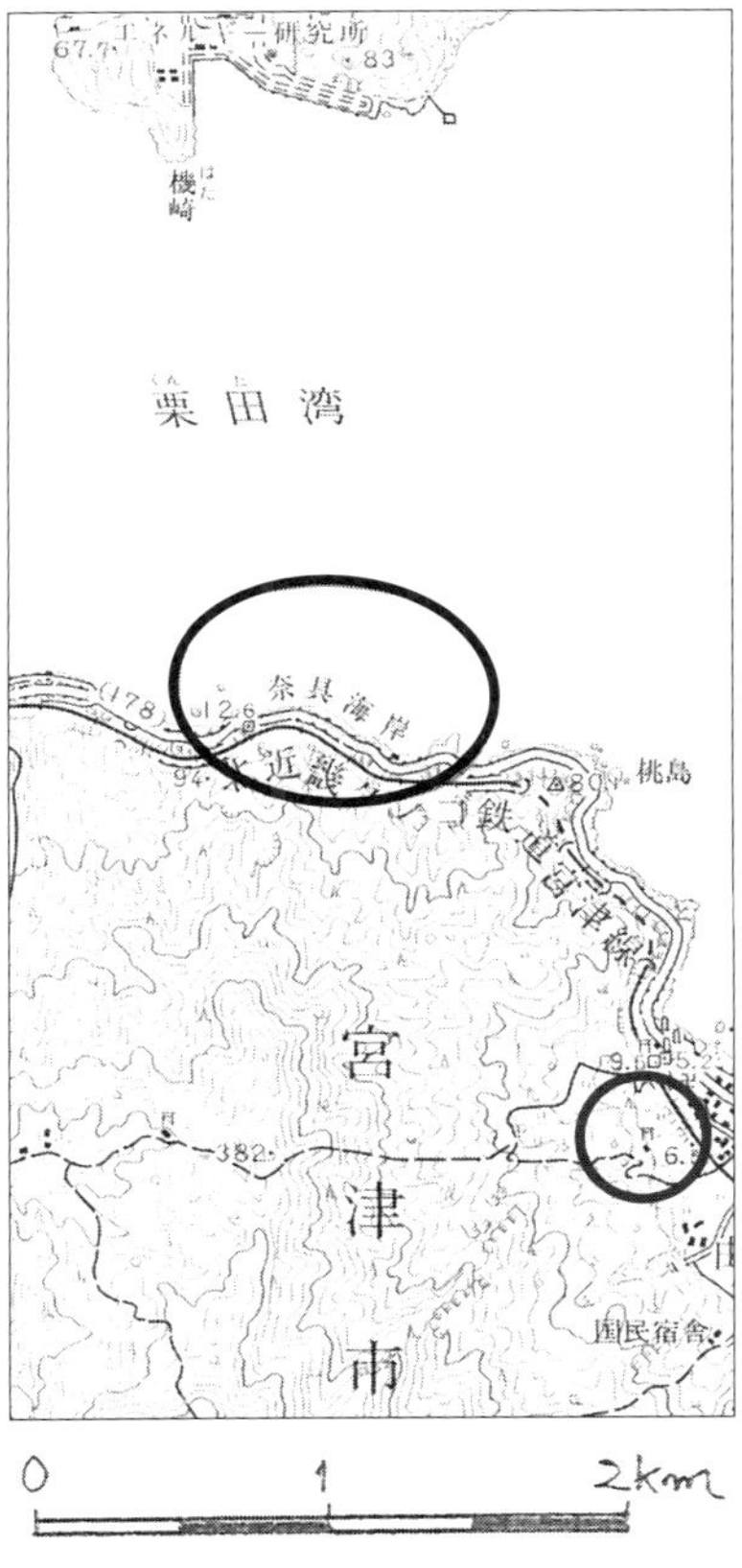

1／5万　丹後由良

（メモ）

①「なごの海」は栗田湾である。奈具海岸は地図の栗田湾の南海岸。宮津市由良・脇地区。北近畿タンゴ鉄道宮津線と国道一七八号がほぼ並んで通る。地図中の○は奈具神社。祭神は豊宇賀能売命。『延喜式神名帳』の丹後国加佐郡奈具神社。

②『丹後国風土記』逸文に、比治山羽衣伝説がある。それは、比治の里の比治山の頂に真奈井があり八人の天女が水浴していた。その中の一人の羽衣を隠し、娘となることを条件に返した。その天女は酒造が上手であった。その天女の名が祭神、豊宇賀能売命であったと。

五五七　楢《なら》の小川《おがわ》

京都府京都市北区上賀茂

関係地図　1／20万　京都及大阪　1／2.5万　京都東北部

597

ならのをがは

・みそぎするならのをがはのかはかぜにいのりぞわたるしたにたえじと　八代女王　⑧新古今集　一三七六

（参考）風よそぐならのをがはのゆふぐれはみそぎぞ夏のしるしなりける　正三位家隆　新勅撰集　一九二

（参考）年へぬるならの小河にみそぎしていのりしせをも猶すぐせとや　光明峰寺入道前摂政左大臣　続拾遺集　八五六

1／2.5万　京都東北部

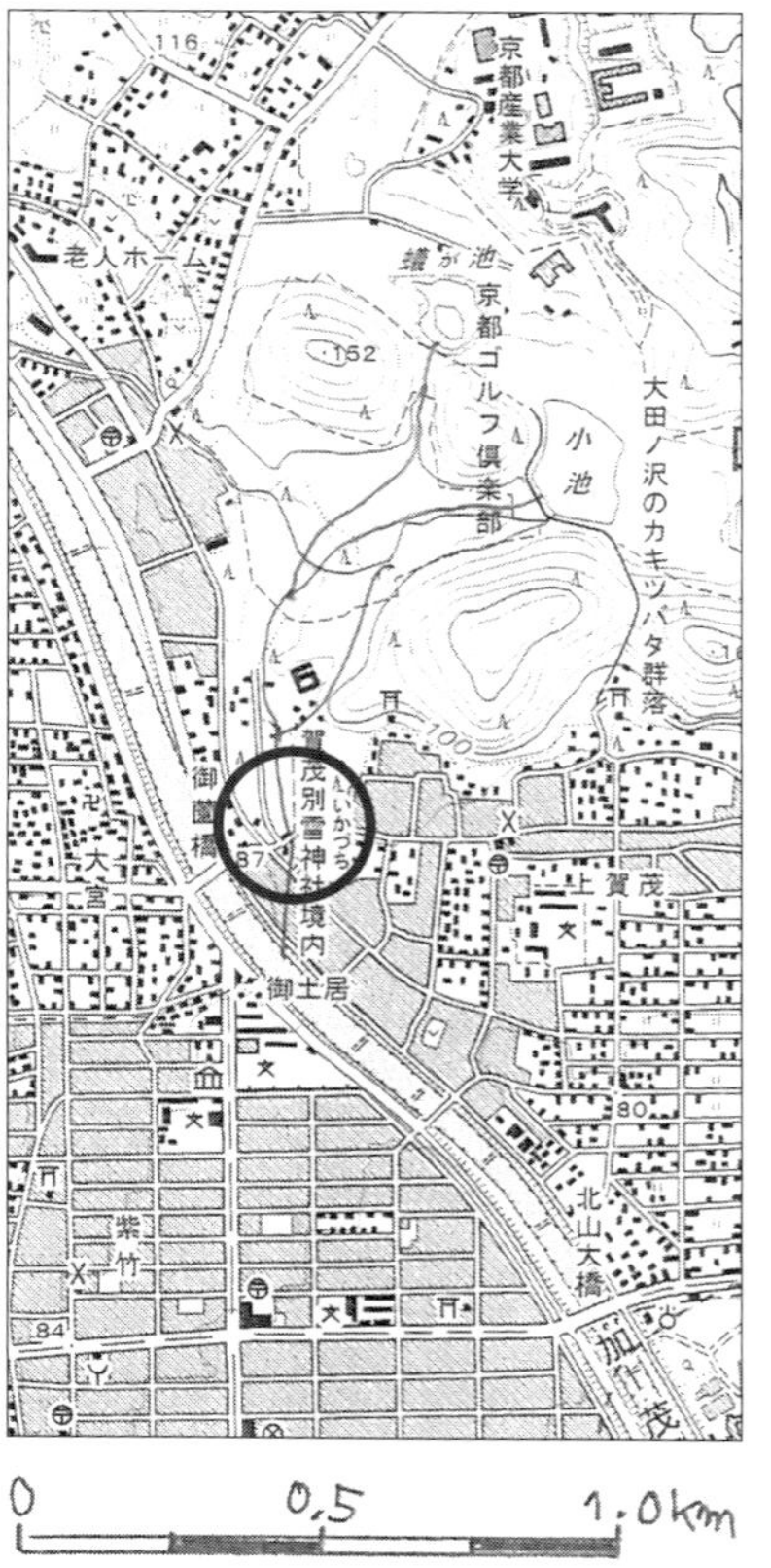

（メモ）

①小池を源とする御物忌川《みものいみ》は上賀茂神社本殿の東から、蟻が池を源とする御手洗川は本殿の西からそれぞれ南流し、橋殿《はしどの》の少し上流で合流し、「楢の小川」となる。六月末の夏越《なごし》の祓《はらい》はみそぎで、表記の歌が詠まれている。

②現在は小池を源とする御物忌川は本殿北で御手洗川に注ぎ、更に鴨川から分水した明神川と併せ、年中の水量の確保につとめている。

③『都名所図会』の挿絵には、橋殿の上流と下流それぞれに橋があり、下流の橋の少し下流左岸に「楢の杜」が鎮座している。

五五八　双の池跡

京都府京都市右京区宮ノ上町の西光庵辺

関係地図　1／20万　京都及大阪　1／2.5万　京都西北部

600

ならびの池

まだあはず侍りける女のもとに、しぬべしといへりければ、返事にはやしねかしといへりければ、又つかはしける

・おなじくは君とならびの池にこそ身をなげつとも人にきかせめ　よみ人しらず　②後撰集　八五五

1／2.5万　京都西北部

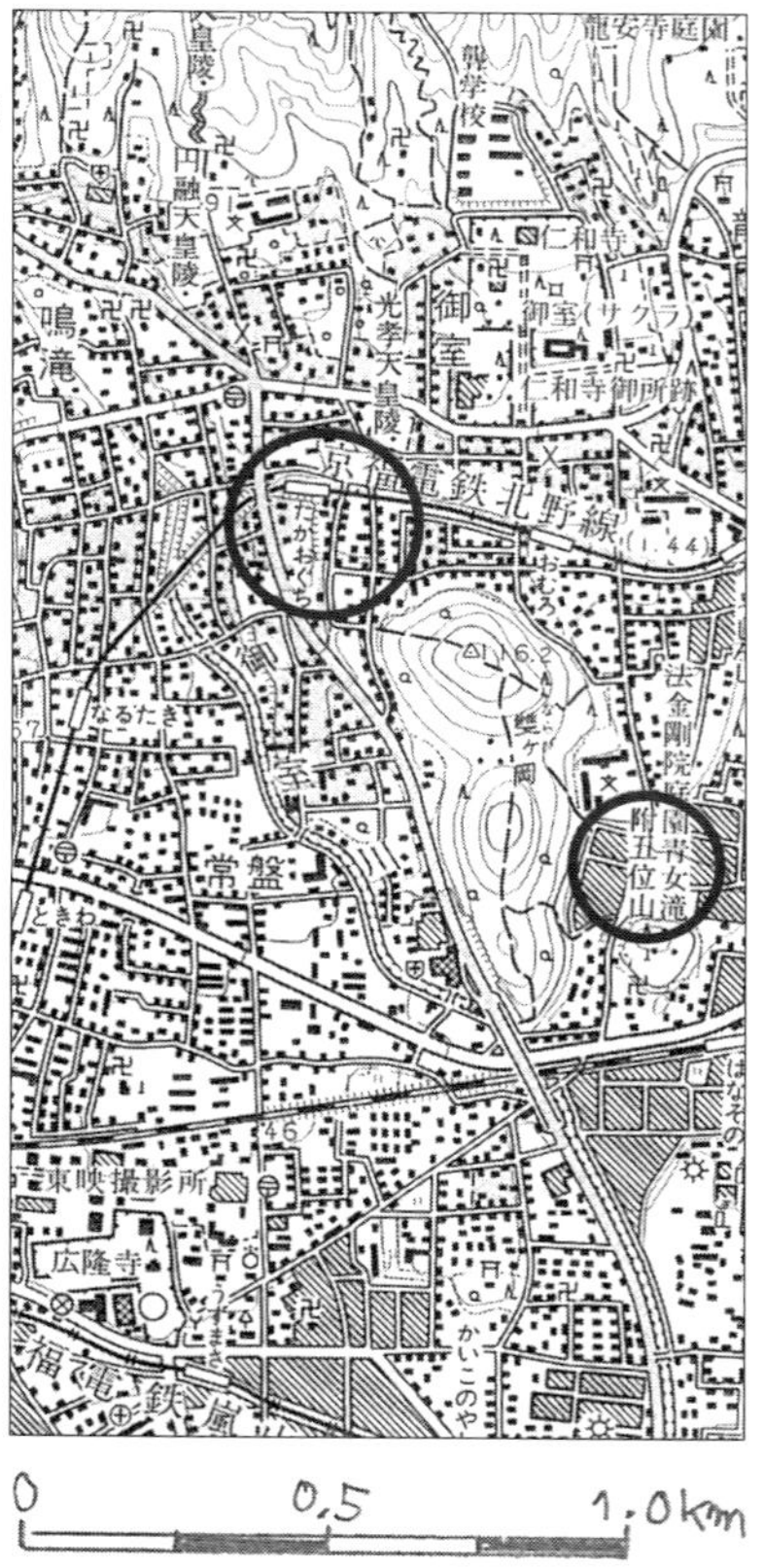

（メモ）

①法金剛院の西側は国名勝双ケ丘《ならびがおか》である。北から一ノ丘（標高一一六m）・二ノ丘・三ノ岳と並ぶ。ここに三一基の円墳からなる「双ケ岡古墳」がある。最大の円墳一ノ丘は清原夏野（七八二〜八三七）の墓との伝承がある。夏野の山荘は法金剛院の地。

②『都名所図会』に、西光庵は双の池の上にあり。浄土宗にして向阿上人開基なりとある。向阿上人は法然上人の宗風に共鳴し、都塵を避けこの地に移り浄土宗の弘通に尽した。西光庵は上人入寂の地で墓がある。

③ここは双ケ丘と五位山の間に位置し、「双ノ池」があったので「池上」と呼ばれた。上人の歌に、

池上に我だにあれば吉水の流れの末は絶えじとぞ思ふ

がある。

五五九　西岩倉

京都府京都市西京区大原野石作町《いしづくり》。金蔵寺《こんぞうじ》辺

関係地図　1／20万　京都及大阪　1／2.5万　京都西南部

116

いはくら

はなのさかりに藤原為頼などともにいて、いはくらにまかりけるを、中将宣方朝臣、などかかくと侍らざりけむ、のちのたびだにかならず侍らんときこえけるを、そのとし中将も為頼もみまかりける、またのとしかの花をみて、大納言公任のもとにつかはしける

・春くればちりにし花もさきにけりあはれ別のかからましかば　中務卿具平親王

⑦千載集　五四五

（参考）いはくらの　をのゆあきづに　たちわたる　くもにしもあれや　ときをしまたむ　万葉集　一三六八

1／2.5万　京都西南部

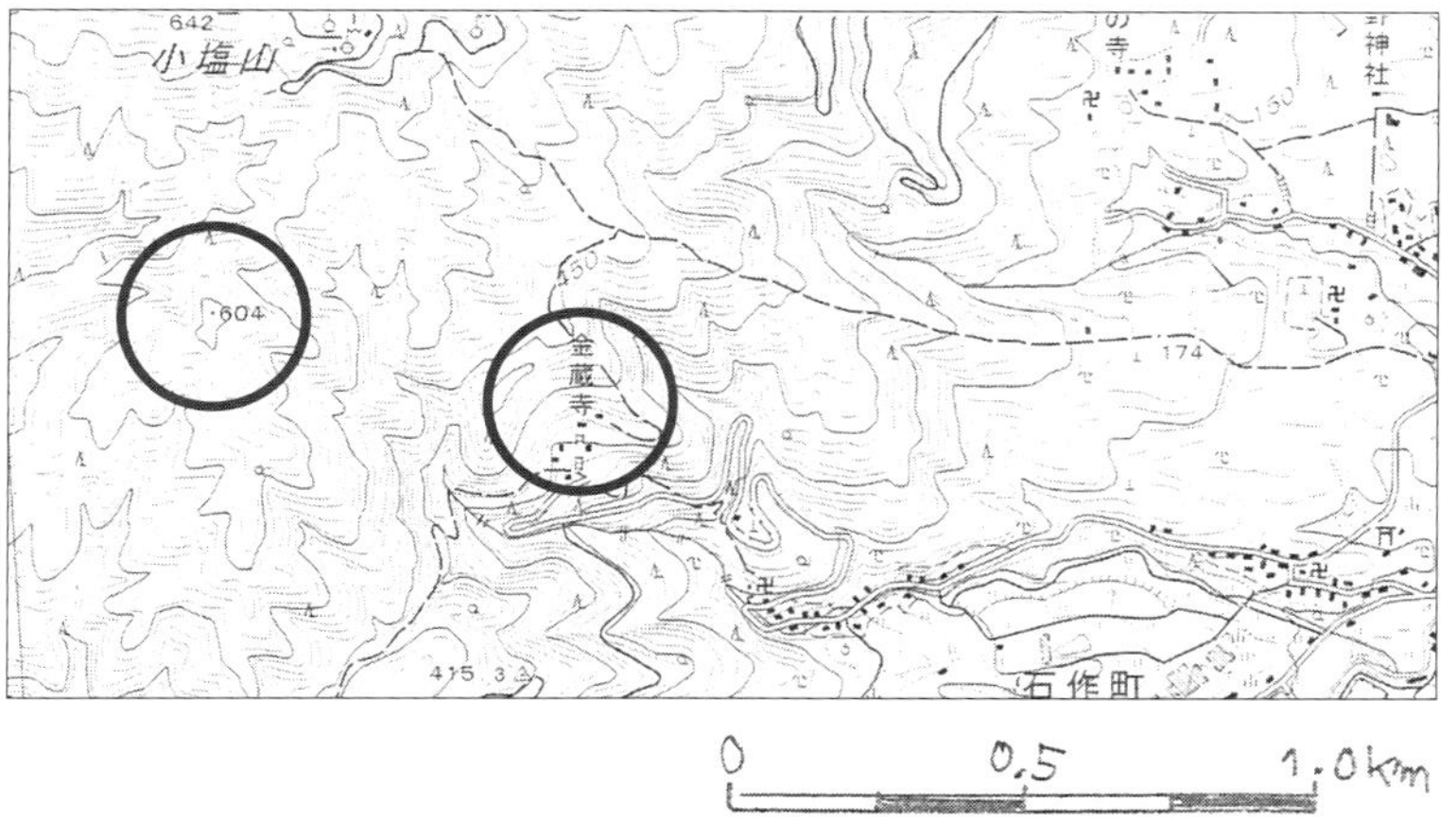

（メモ）

①『都名所図会』に、

西岩倉金剛寺《こんごうじ》は灰方《はいかた》の南、長峯坂本の西山上《さんじょう》にあり。桓武帝の御宇平安京遷都の時、王城の四方へ経王を収められ、此所も其一所にして岩倉と号す。石蔵《せきぞう》此山上にあり。天台宗にして、本尊は十一面観世音なり。向日《むかふの》明神の御作。不動堂には五大尊を安置し、念仏堂には阿弥陀仏を安置す。滝は三段に流れて一の滝二の滝三の滝といふ。向日明神化現し給ふ所なりとぞ。開基は隆豊禅師。此人は薩州河辺の人、父は薩摩大守重命《しげなが》なり。一三歳にして出家し、（大和）（吉野）龍門寺の道昭に随ふて禅法を聞き、元興寺の義淵に就て維摩会を暁《さと》し、……

などとある。

②当寺は元正天皇の勅願所として養老二（七一八）年隆豊禅師の開創。

五六〇　西坂本

京都府京都市左京区修学院辺

関係地図　1／20万　京都及大阪　1／5万　京都東北部

610

西さかもと

権中納言敦忠が西さかもとの山庄のたきのいはにかきつけ侍りける

・おとは河せきいれておとすたきつせに人の心の見えもするかな　伊　勢

③拾遺集　四四五

中納言敦忠まかりかくれてのち、ひえのにしさかもとに侍ける山ざとに、人人まかりて花見侍けるに

・いにしへはちるをや人の惜みけん花こそ今は昔こふらし　一条摂政　③拾遺集　一二七九

1／5万　京都東北部

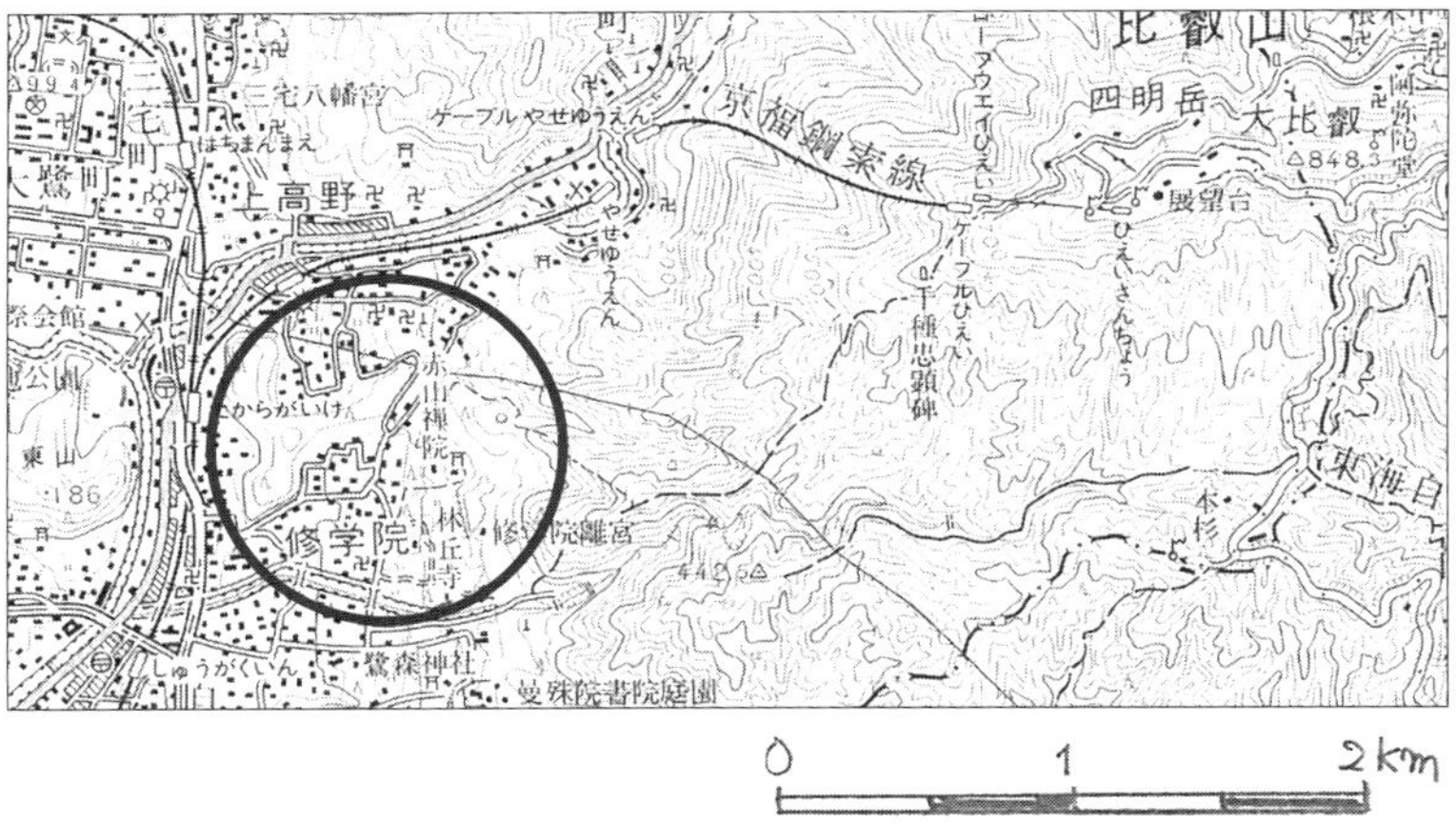

（メモ）

①西坂本は、滋賀県大津市坂本の「東坂本」に対する地名。京都市左京区修学院辺。比叡山の西側山麓。ここには藤原敦忠の山荘があったと。

②藤原敦忠は平安朝の歌人。ＡＤ八九九～九〇九年左大臣であった藤原時平の子。醍醐・朱雀両朝に仕え、官は権中納言に至った。天慶六（九四三）年死去。

③敦忠の歌に、

まさただがむすめに言ひはじめ侍りける、侍従に侍ける時

・身にしみて思心の年経ればつゐに色にも出でぬべき哉　権中納言敦忠

拾遺集　六三三

ある人の賀し侍けるに

・千年経る霜の鶴をば置きながら久しき物は君にぞありける　権中納言敦忠

拾遺集　一一七六

などがある。

五六一　西三条内裏跡

京都府京都市中京区役行者町・烏帽子屋町等

関係地図　1/20万　京都及大阪　1/2.5万　京都東北部

144

院北面

院北面にて橋上藤花といふ事をよめる

・色かへぬまつによそへてあづまぢのときはのはしにかかるふぢなみ　大夫典侍

⑤金葉集　八一

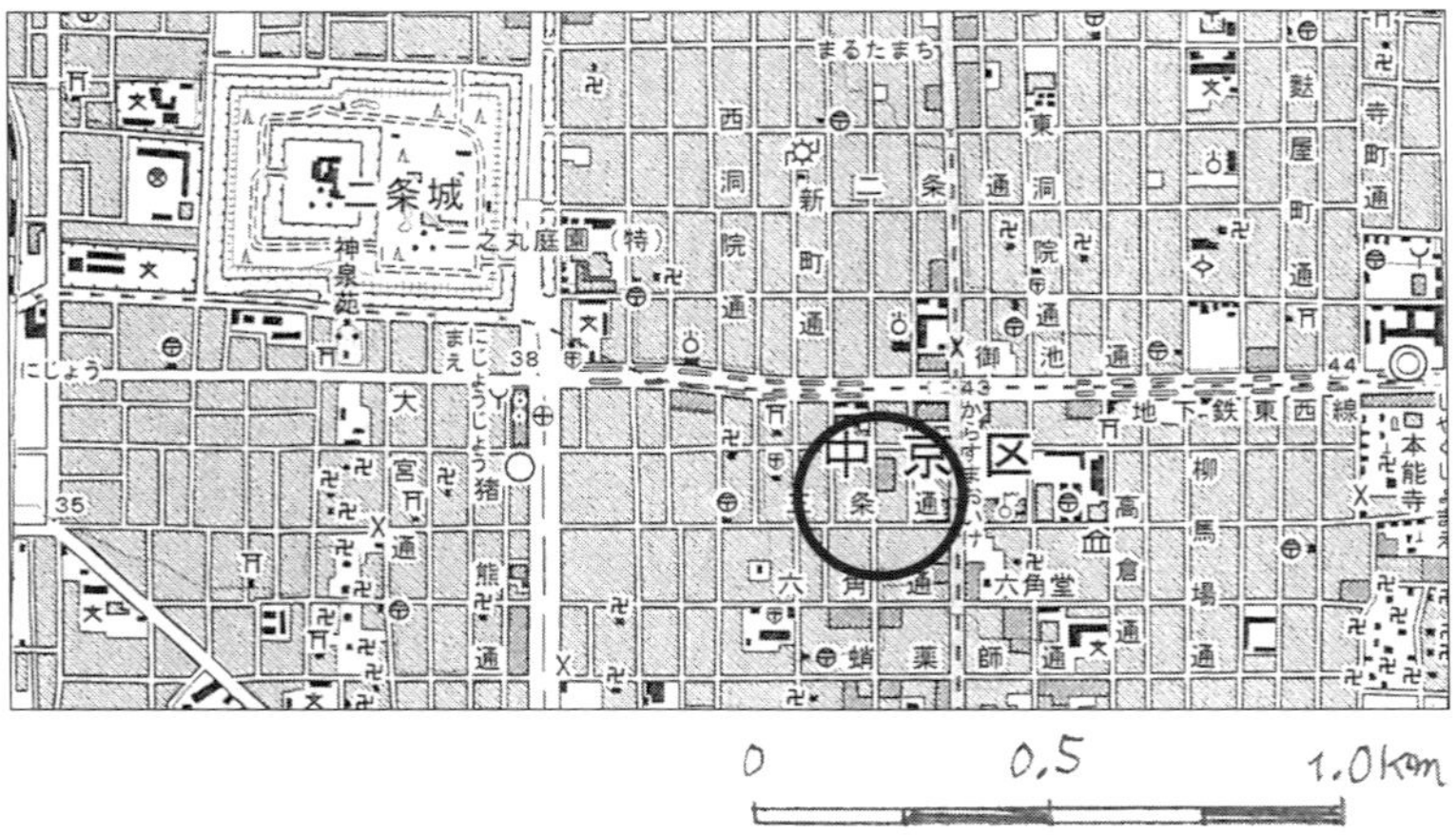

1/2.5万　京都東北部

『百錬抄』大治元（一一二六）年八月一〇日条に、

太上法皇渡㆓御新造室町殿㆒、号㆓泉殿㆒、顕隆卿造㆓進之㆒

とあると。また、『拾芥抄』東京図は三条大路北、烏丸小路西の方一町に

西三条内裏

と記すという。そして、現在の柿本町南側を中心に、場之《ばの》町・御倉町・役行者町の一部に当るという。

③西三条内裏には白川院と鳥羽上皇が同時にお住まいの時があったらしいと。

④白河法皇は大治四（一一二九）年七月七日、ここで崩御された。その後は鳥羽上皇が伝領され、大治五年一二月二六日、

三条西御所修理之後初有渡御

の記載があるという。その後、焼亡と造営を繰返しながら、前斎院統子、待賢門院璋子、後白河院と建春門院滋子、後鳥羽天皇の母七条院殖子の御所となった。

⑤西三条内裏警護の武士の居所が、当内裏の北面、院北院にあった。その侍・武士が「院北面の武士」であった。

（メモ）

①西三条内裏跡は「三条室町殿跡」ともいう。

②白河法皇の住された最後の院御所。

五六二　西大寺《にしのおおでら》跡

京都府京都市南区唐橋西寺町。唐橋西寺公園

関係地図　1/20万　京都及大阪　1/5万　京都西南部、京都東南部

1/2.5万　京都西南部

611

西大寺

西大寺のほとりの柳をよめる

・あさみどりいとよりかけてしらつゆをたまにもぬける春の柳か　僧正遍昭

①古今集　二七

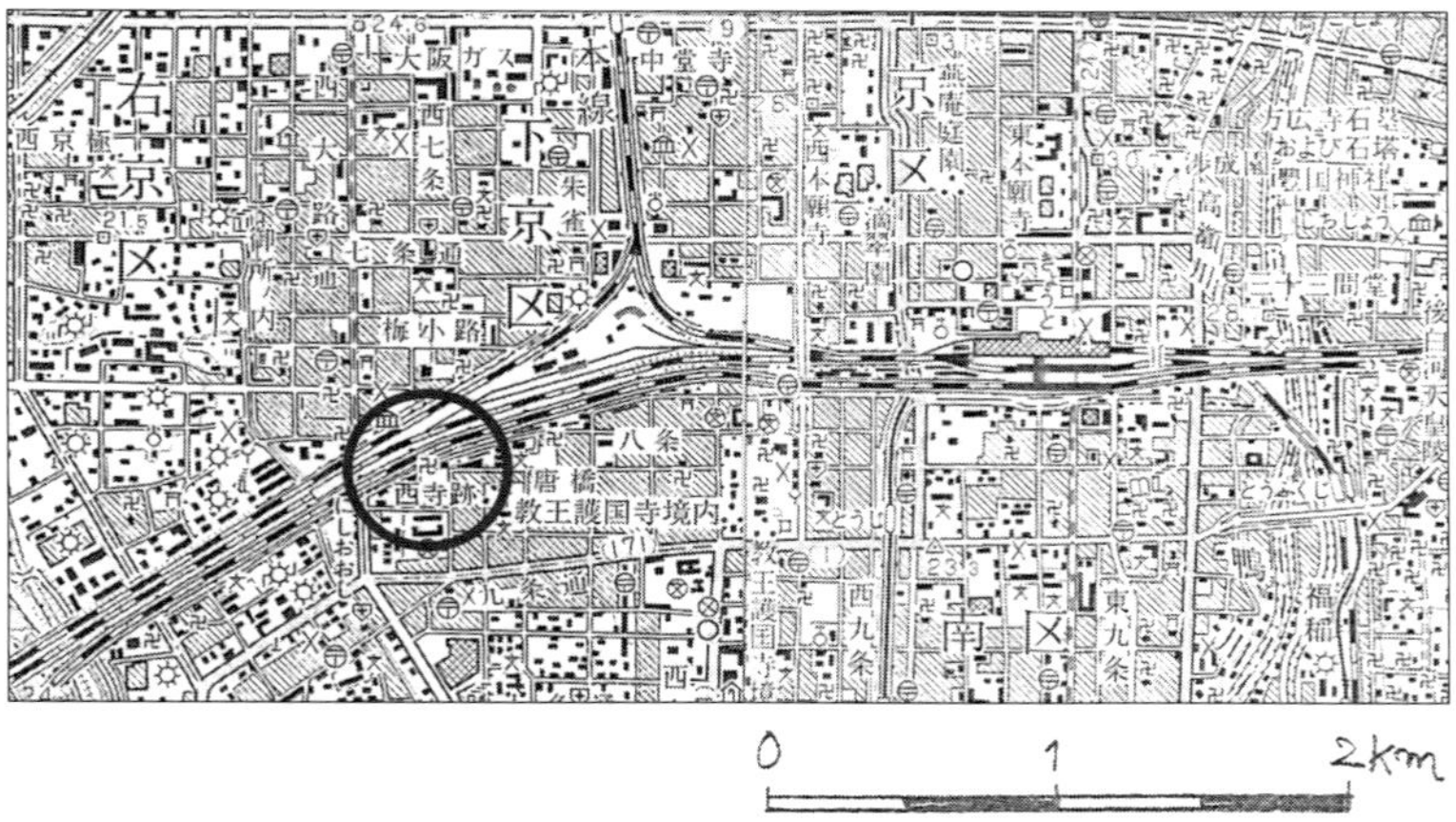

1/5万　京都西南部(左)・京都東南部(右)

（メモ）

①京都市南区唐橋西寺公園には、国史跡西寺《さいじ》跡があり、碑と礎石がある。

②西寺は、桓武天皇延暦一五（七九六）年、大納言藤原伊勢人《いせんど》を造寺長官として、東西二寺を建立し、左右両京の鎮護とされた。両寺とも方二町、一辺約二百m四方の境域であった。

③西寺の開基は少僧都慶俊。弘仁一四（八二三）年守敏僧都に与え、東寺の空海に対せしむ。後、浄土宗西山派。本尊は阿弥陀如来。

④西寺から勧操《ごんそう》が出ている。正暦元（九九〇）年と保延元（一一三五）年の火災、また、天福元（一二三三）年の火災では消滅した。その後は、西方寺と称する小庵となった。明治末に有志が仏堂を再興して西寺の名称にもどした。現在唐橋平垣町の浄土宗西寺である。

⑤勧操は三論宗。第五三代淳和天皇の御世に西寺を掌せられた。天長三（八二六）年に大僧都に任ぜられ、翌四年五月七日、西寺の北院で死去。七〇歳。

五六三　西ノ京

京都府京都市中京区西ノ京

関係地図　1／20万 京都及大阪　1／5万 京都西北部

612　にしの京

にしの京にすみはべりける人のみまかりてのち、まがきのきくを見てよめる

・うゑおきしあるじはなくてきくの花おのれひとりぞつゆけかりける　恵慶法師

④後拾遺集　三四七

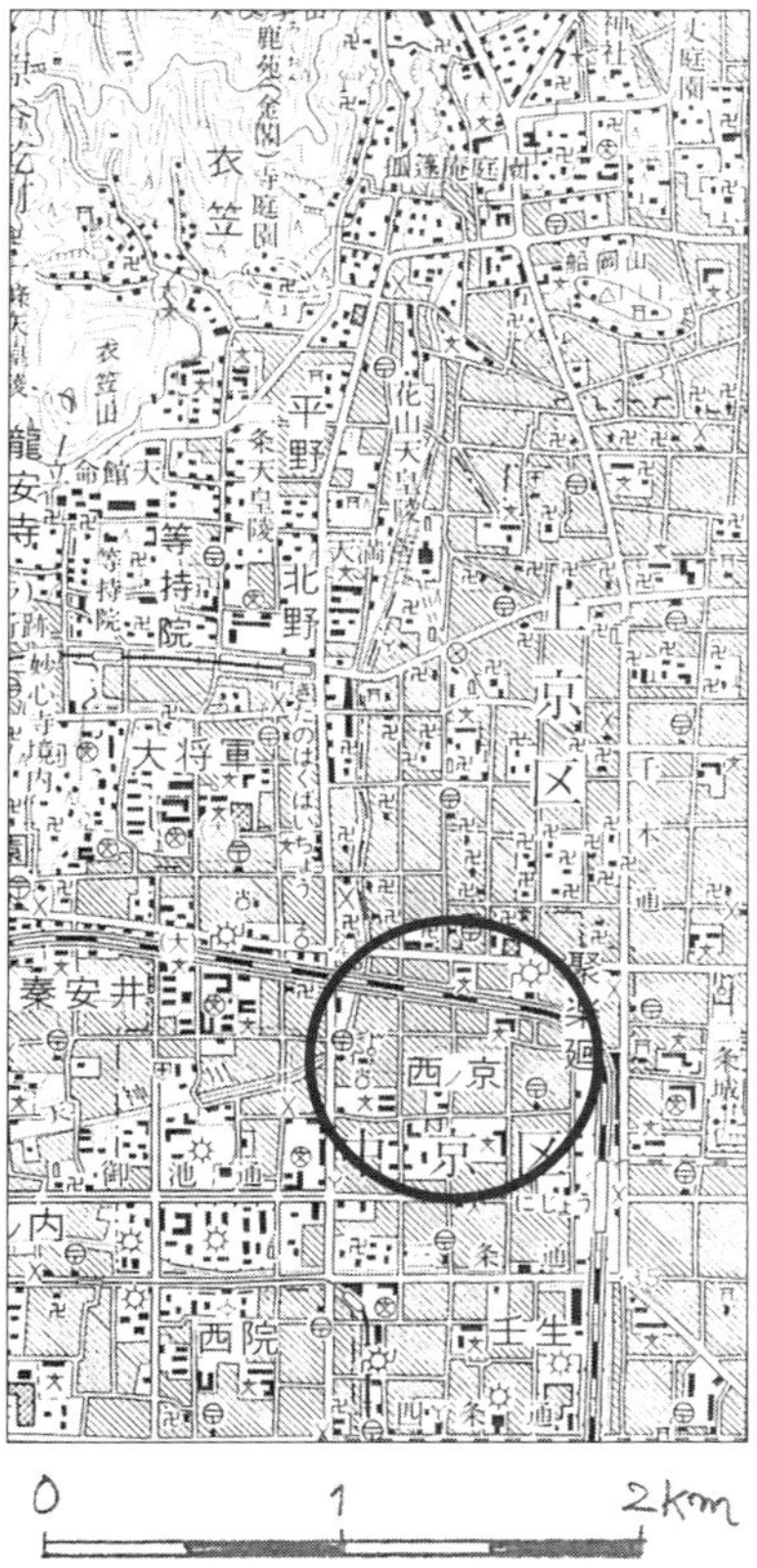

1／5万　京都西北部

（メモ）

①現在の「西ノ京」は京都市中京区にあり、「西ノ京」に属する町名は六三もある。しかし、千年も昔の大古に中京区が存在したかは不明。

②京都市には左京区と右京区がある。地理的に左京区は東に位置し、「東ノ京」。右京区は西に位置するので「西ノ京」である。

③現在は、京都市が広大になったので、左京区と右京区の接するのは北部だけ。中・南部は、両区の間に、下京区・中京区・上京区・北区が南から北に入っている。

④表記の歌の作者恵慶法師は生没年未詳。寛和年間（九八五〜九八七）頃の人、播磨講師を務めたという以外不明と。

⑤『後拾遺集』（一〇〇〇）の恵慶の歌の「詞」に、

西宮のおほいまうちぎみの家を見ありきてよみ侍りける

とある。これは醍醐天皇皇子源高明邸で現在の中京区壬生付近にあった。よって広い西ノ京中の壬生付近では。またこの地に鑑真和上開創という壬生寺がある。

五六四　西宮跡

京都府京都市中京区壬生森町辺

関係地図　1／20万 京都及大阪　1／2.5万 京都西北部

613　にしのみや

にしのみやのおほいまうちぎみつくしにまかりてのちすみはべりけるにしのみやのいへをみありきてよみ侍ける

・松かぜもきしうつなみももろともにむかしにあらぬおとのするかな　恵慶法師

④後拾遺集　一〇〇〇

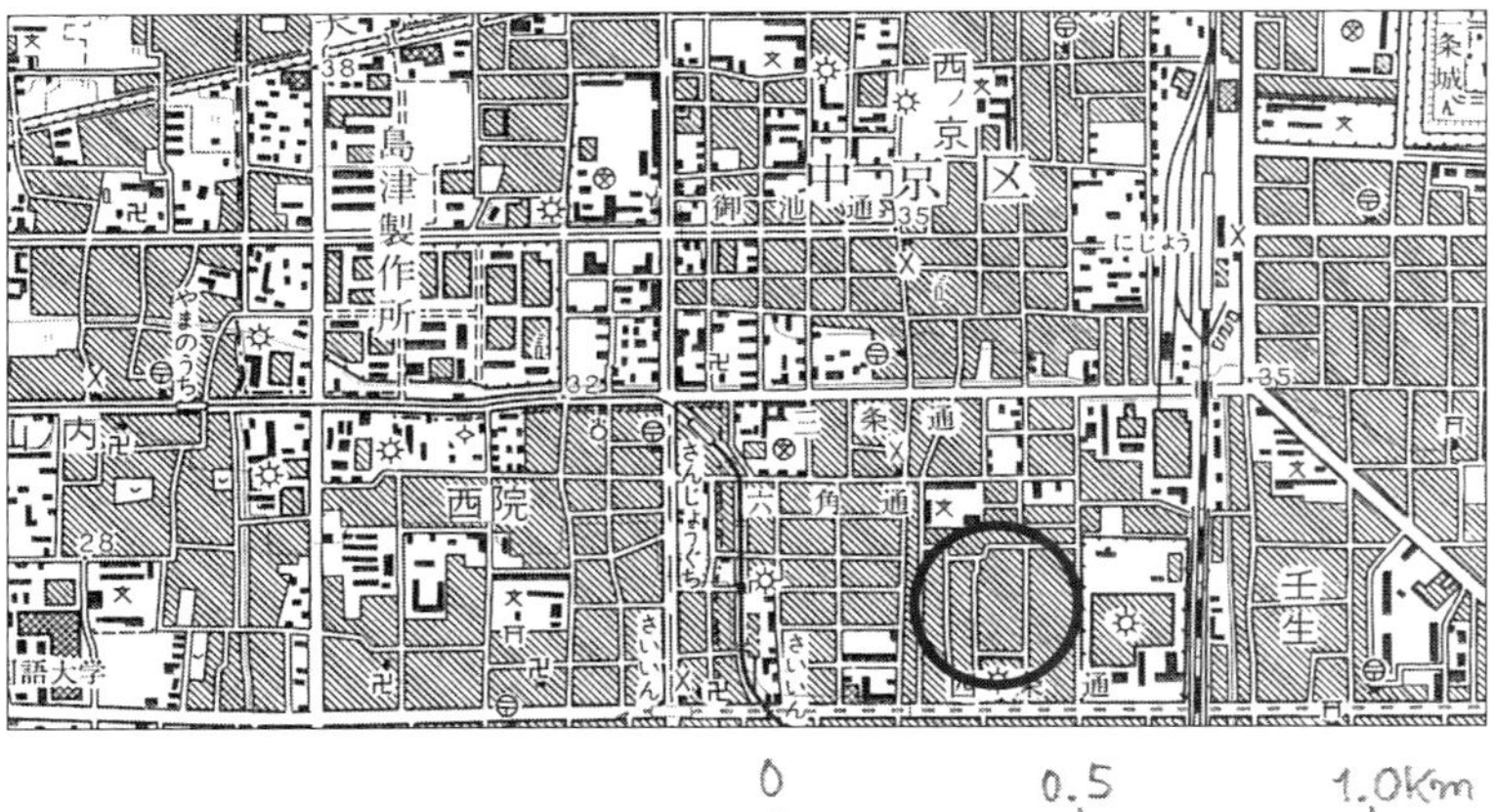

1／2.5万　京都西北部

（メモ）

①『拾芥抄』に

四条北、朱雀西、高明御子家

とあり、醍醐天皇皇子で西宮殿と呼ばれた源高明《みなもとのたかあきら》（九一四〜九八二）の邸宅跡。所在地は現在の中京区壬生森町・壬生神明町辺。

②源高明は康保四年一〇月正二位、同年一二月左大臣。西宮殿、又は西宮左大臣と称された。安保二（九六九）年二月大宰員外帥に貶されて筑紫に配流。天禄三（九七二）年四月二〇日帰京。天元五（九八二）年一二月一六日死去。六九歳。

③慶滋保胤の『池亭記』に、

往年一つの東閣有り。華堂朱戸、竹樹泉石、誠に是れ象外の勝地なり。主人事有りて左転し、屋舎火有りて、自ら焼く。……、其の後主人帰ると雖も、永く重ねて修はず。子孫多しと雖も、永く住まはず。荊棘間を鎖し、孤狸穴に安むず。

などとある。

五六五　仁和寺

京都府京都市右京区御室《おむろ》大内三三

関係地図　1／20万　京都及大阪　1／2.5万　京都西北部

617

仁和寺

仁和寺にきくのはなめしける時にうたそへてたてまつれとおほせられければ、よみてたてまつりける

・秋をおきて時こそありけれ菊の花うつろふからに色のまされば　平さだふん

①古今集　二七九

仁和寺にすませ給ひけるころ、いつまでさてはなどみやこよりたづね申したりければよませ給ひける

・かくてしもえぞすむまじき山ざとのほそたにがはのこころぼそさに　三宮

⑤金葉集　五三二

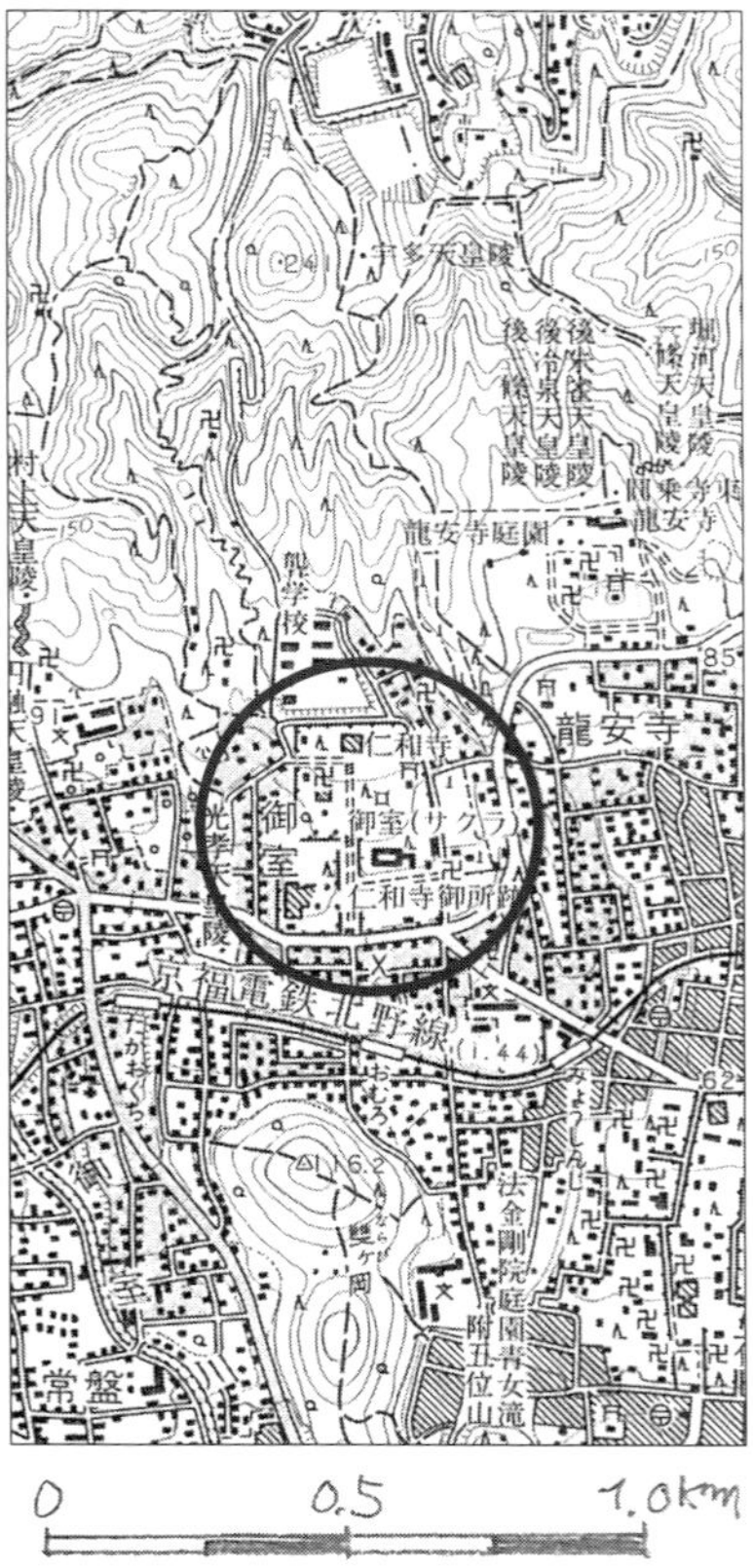

1／2.5万　京都西北部

（メモ）

①双ヶ丘《ならびがおか》の北、大内山の南麓に位置。山号は大内山。真言宗御室派総本山。仁和寺門跡、御室御所と称す。本尊は阿弥陀三尊。光孝天皇等身の如来と。

②仁和二（八八六）年光孝天皇の勅願により建設。しかし、天皇崩御により次の宇多天皇が翌年完成された。また翌仁和四（八八八）年落慶供養があり、年号「仁和」を寺号とした。『日本紀略』宇多天皇仁和四年八月一七日条に、

於新造西山御願寺。先帝周忌御斎会。准国忌之例。

とある。

③寛平九（八九七）年宇多天皇譲位。二年後当寺で出家。寺内に僧坊の御室を営まれ、仁和寺第一世となられる。

五六六　野宮《ののみや》神社

京都府京都市右京区嵯峨野々宮町

関係地図　1／20万　京都及大阪　1／2.5万　京都西北部

625

野の宮

野の宮に斎宮の庚申し侍りけるに、松風入夜琴といふ頭をよみ侍りける

・ことのねに峯の松風かよふらしいづれのをよりしらべそめけん　斎宮女御

③拾遺集　四五一

ながら月のころ、野の宮に前栽うゑけるに

・たのもしなのの宮人のうう花しぐるる月にあへずなるとも　源順

⑧新古今集　一五七六

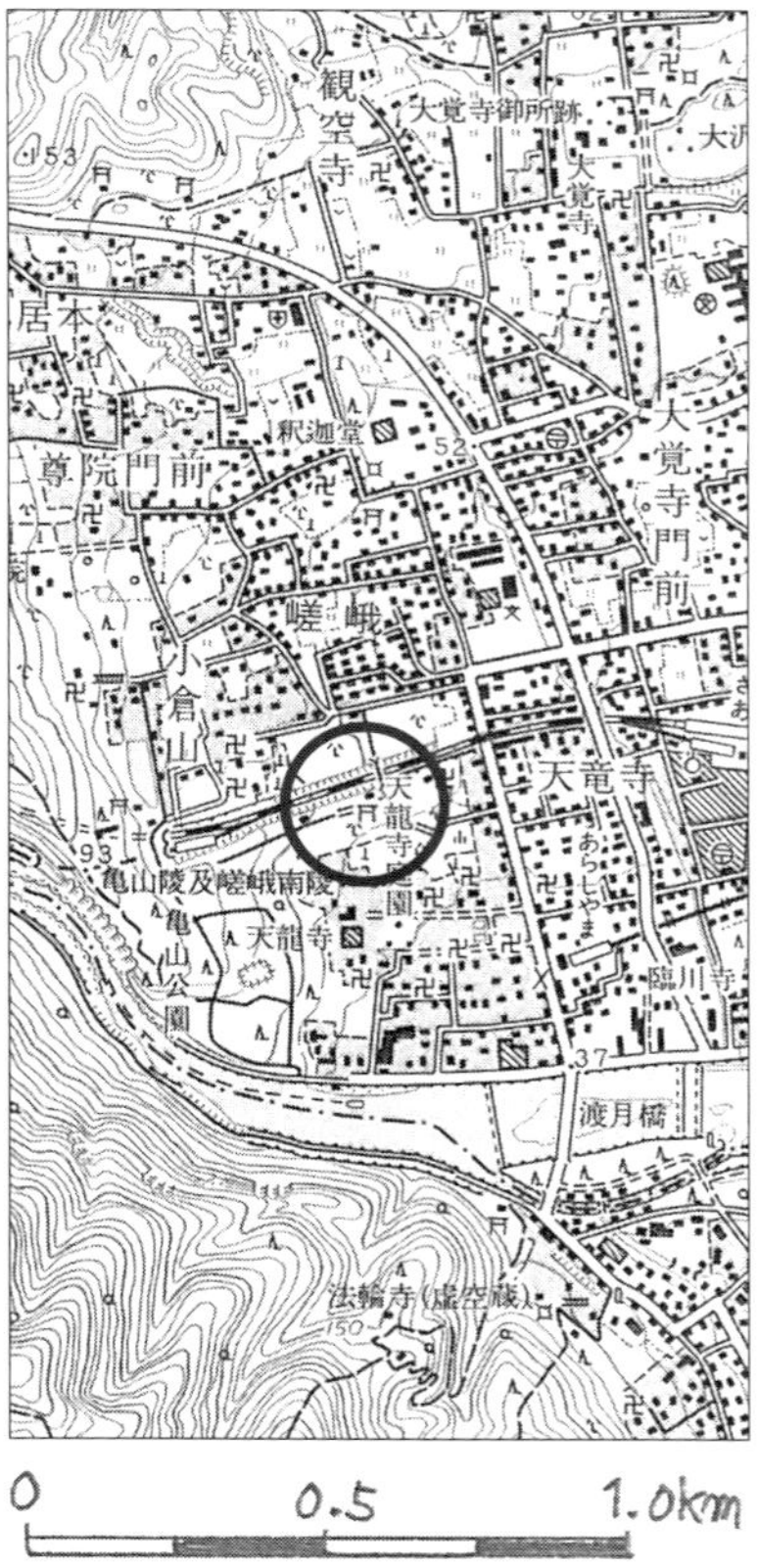

1／2.5万　京都西北部

（メモ）

①ＪＲ山陰本線の線路南わきの竹藪に神社がある。祭神は天照大神。伊勢神宮の斎宮の潔斎所であった。嵯峨天皇の皇女仁子が斎王となった時に始められたという。

②入口に鳥居がある。この鳥居は黒木であったが現在は合成樹脂という。小柴垣・石の井戸・神明造の社殿・苔庭等のある静寂境。

③『源氏物語』「賢木の巻」に、源氏が野宮の御息所を訪ねる場面がある。それには、

ものはかなげなる小柴垣を大垣にて、板屋ども、あたりあたりいとかりそめなり。黒木の鳥居ども、さすがに神々《かうがう》しう見わたされて、わづらはしきけしきなるに、神官の物ども、ここかしこにうちしはふきて、をのがどちものうち言ひたる……

とある。

五六七　野々宮神社

京都府京都市右京区西院日照町《さいいんひでりちょう》

関係地図　1／20万　京都及大阪　1／2.5万　京都西南部

625

野の宮

野の宮に斎宮の庚申し侍りけるに、松風入夜琴といふ題をよみ侍りける　斎宮女御

・ことのねに峯の松風かよふらしいづれのをよりしらべそめけん

③拾遺集　四五一

ながめのころ、野の宮に前栽うゑけるに　源順

・たのもしなのの宮人のううる花しぐるる月にあへずなるとも　⑧

新古今集　一五七六

1／2.5万　京都西南部

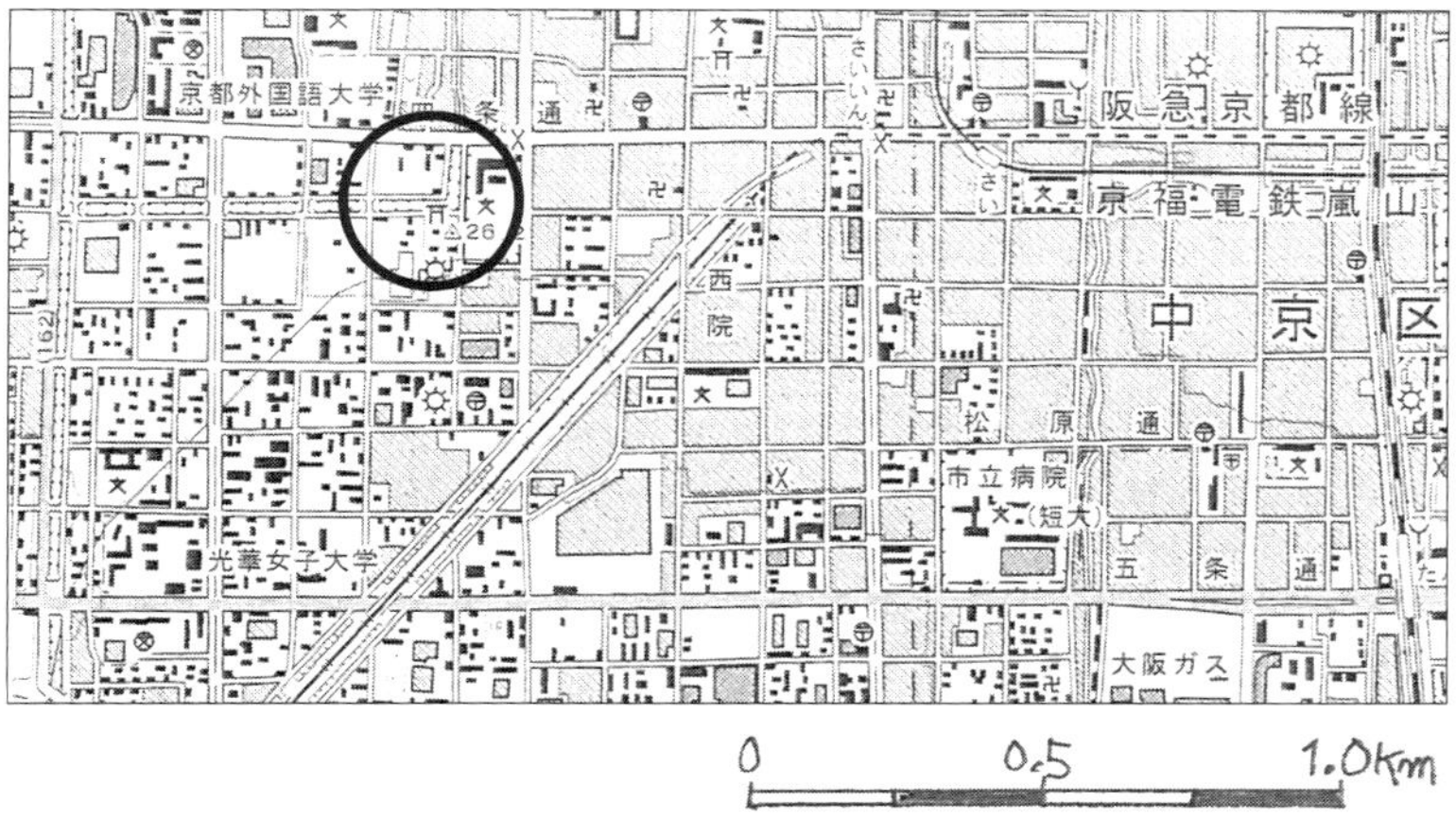

（メモ）

①四条通の南で、葛野《かどの》東通の一本西側の通り、旧木辻大路の西側に鎮座する。四条中学校グランド西側である。『山城名勝志』で「野宮森」と呼ばれていると。祭神は倭姫命・布勢田親王。

②また、『山城名勝志』に、平安時代、「西四条斎宮」とも呼ばれ、伊勢斎宮の潔斎所であったという。

③江戸時代には、現在西院春日町鎮座の西院春日神社の御旅所であった。『山城名跡巡行志』に、

或云斎宮、在西院西五町許平林中、拝殿社東向、此所今春日住吉例祭神輿旅所也。

とあると。

五六八　羽束師の森

京都府京都市伏見区羽束師志水町二一九

関係地図　1／20万　京都及大阪　1／2.5万　京都西南部

631

はづかしのもり

・わすられて思ふなげきのしげるをや身をはづかしのもりといふらん　よみ人しらず

②後撰集　六六四

この集（金葉集）撰し侍りけるとき、うたこはれておくるとてよめる　藤原顕輔朝臣

・いへのかぜふかぬものゆゑはづかしのもりのことの葉ちらしはてつる

⑤金葉集　五五五

（参考）いかにせむ人の見るめもはづかしの森の雫にぬるるたもとを　よみ人しらず

続詞花集　六〇八

1／2.5万　京都西南部

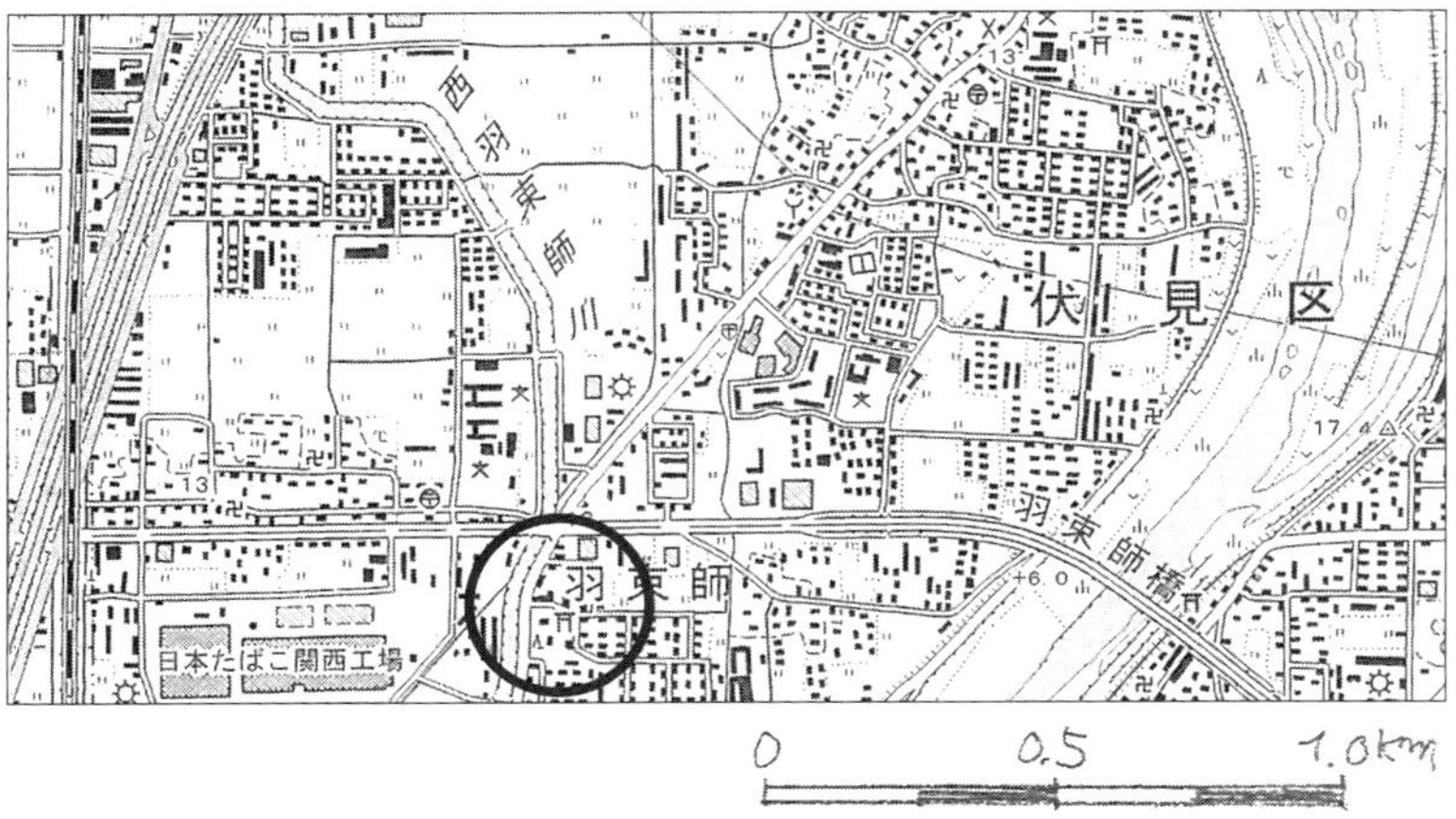

（メモ）

①羽束師の森は、京都市伏見区羽束師志水町西端の長権堂橋下流右岸に鎮座する羽束師神社の森である。古代は大きな森であったであろう。

②羽束師神社は、『延喜式神名帳』では山城国乙訓郡の羽束師坐高御産日神社《ハツカシニマスタカミムスヒノ》大月次新嘗である。祭神は高御産日神　神御産日神。創立は雄略天皇二一（四七七）年。天智天皇四（六六五）年藤原鎌足公に勅して再建。延暦三（七八四）年再建。大同三（八〇八）年斎部広成が奏聞を経て摂社一一社を建立したという。

③『続日本紀』大宝元（七〇一）年四月三日条に、

山背国葛野郡の波都賀志神に神稲、今より以後、中臣氏に給ふ。

とある。

五六九　祝園神社

京都府相楽郡精華町祝園

関係地図　1／20万　京都及大阪　1／5万　奈良

638　ははそのもり

永承四年内裏歌合に

・いかなればおなじしぐれにもみぢするははそのもりのうすくこからん　堀川右大臣　④後拾遺集　三四二

むすめのさうしかかせけるおくにかきつけける

・このもとにかきあつめつることの葉をははそのもりのかたみとは見よ　源義国妻　⑥詞花集　三八〇

・時わかぬ浪さへいろにいづみ河ははそのもりに嵐ふくらし　定家朝臣　⑧新古今集　五三二

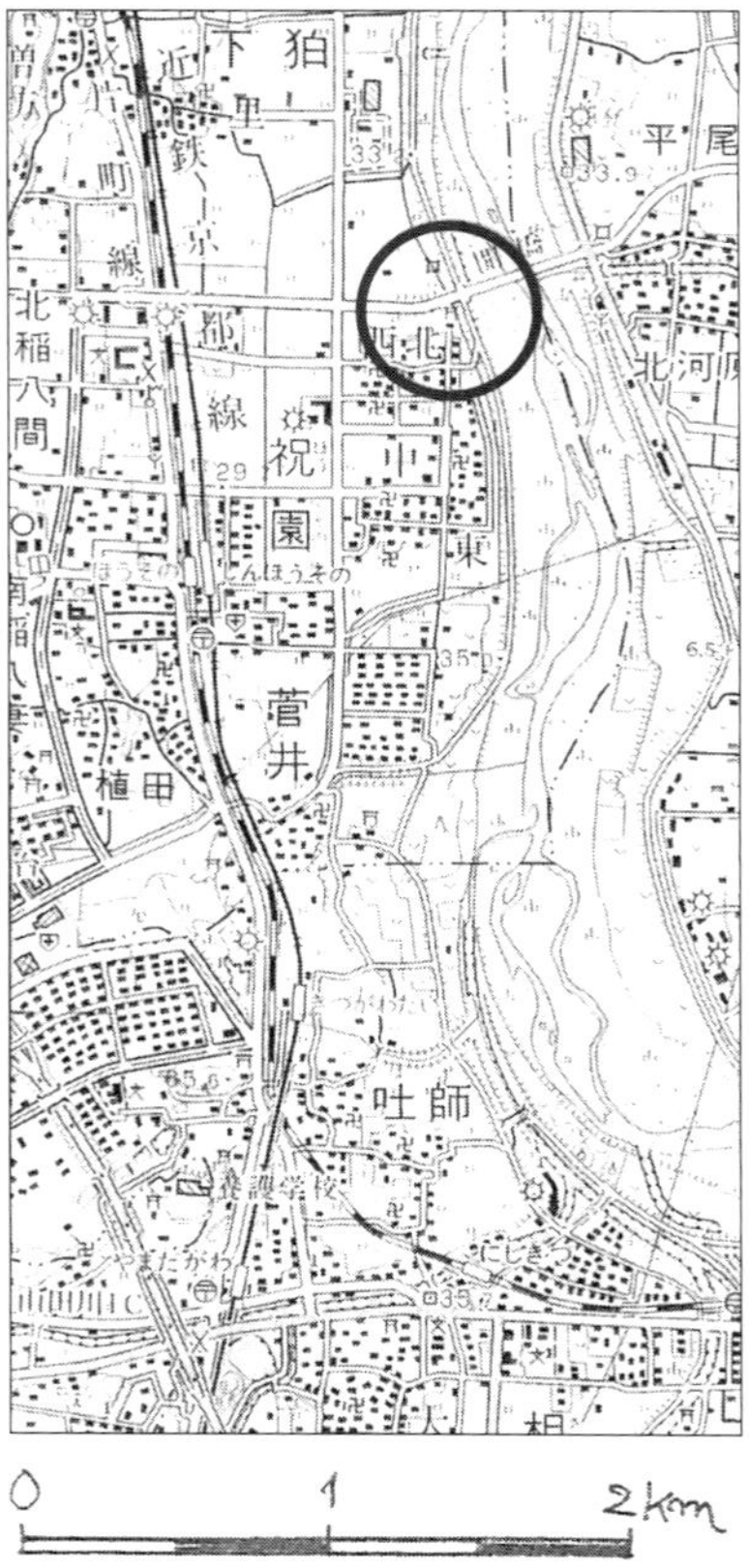

1／5万　奈良

（メモ）

①「柞ノ杜」は相楽郡精華町祝園町北部、木津川左岸に位置する祝園神社の森。

②『日本書紀』崇神天皇一〇（BC八八）年九月条に、武埴安彦《たけはにやすひこ》が謀反した時、天皇の命を受けた彦国葺《ひこくにふく》がこれを迎撃し、軍勢の過半を殺したので屍骨《ほね》多《さわ》に溢《はふ》れたとある

—故《かれ》、其の處を号《なづ》けて、羽振苑《はふりその》と曰《い》ふ—

とある。

③当地は京都と奈良（南都）を結ぶ交通の要地である。陸路は勿論、木津川を航行する船上からも目立つ社叢であった。秋の黄葉・紅葉も詠まれている。

④「柞《ははそ》」はコナラ・クヌギ等ドングリをつける木の古称である。

五七〇　東三条《ひがしさんじょう》内裏跡

京都府京都市中京区烏丸三条

関係地図　1／20万　京都及大阪　1／2.5万　京都東北部

650　東三条

太皇太后宮東三条にてきさきにたたせ給けるに家の紅梅をうつしうゑられてはなのさかりにしのびにまかりていとおもしろくさきたるえだにむすびつけ侍ける

・かばかりのにほひなりともむめのはなしづのかきねを思ひわするな　弁めのと　④後拾遺集　六一

651　東三条院

東三条院に東宮わたりたまひていけのうきくさなどはらはせ給けるに

・きみすめばにごれる水もなかりけりみぎはのたづも心してゐよ　小大君　④後拾遺集　四五五

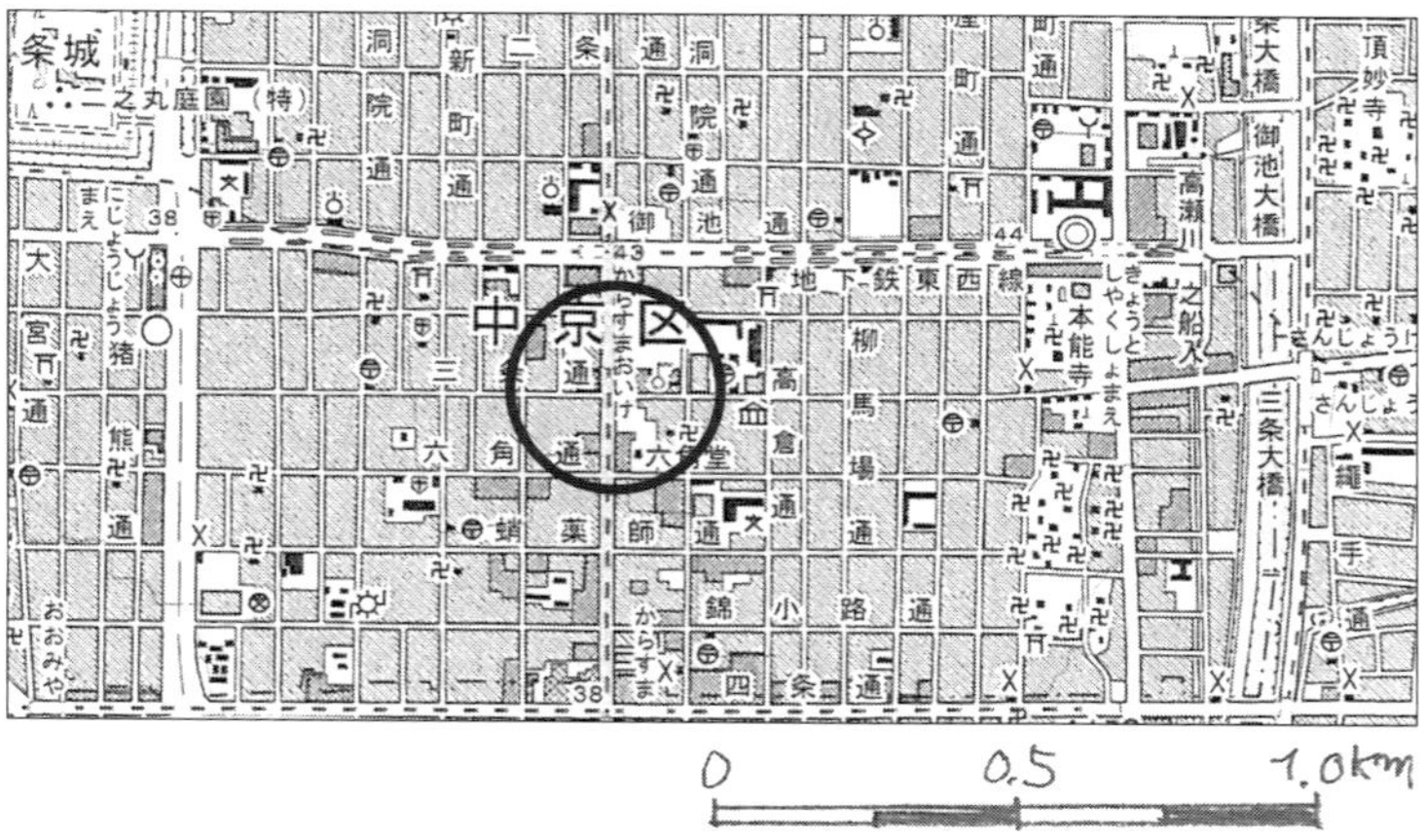

1／2.5万　京都東北部

（メモ）

①東三条内裏は閑院の東隣にあった。釜座《かまんざ》通押小路《おしのこうじ》の角に東三条殿跡碑があると。

②『拾芥抄』によれば、東三条殿は醍醐天皇皇子の重明《しげあきら》親王の邸宅を藤原良房が譲り受けたもので、現在の上松屋町・下松屋町・中之町・橋之町・頭町・二条西洞院などの一部を含む、東西約一三〇m、南北約二八〇mに及ぶ大邸宅であった。

③東三条殿はその後、一時、宇多上皇の後院や、藤原兼家の女で一条天皇の母詮子《せんし》の御所となったが、ほぼ藤原氏の氏長者に引き継がれている。保元の乱（一一五六年）時は頼長の邸宅で、崇徳上皇方の拠点となった。仁安元（一一六六）年に焼失。

五七一　東　山　京都府京都市・滋賀県大津市

関係地図　1／20万 京都及大阪

652

東山

子にまかりおくれて侍りけるころ、東山にこもりて

・さけばちるさかねばこひし山桜思ひたえせぬ花のうへかな　中　務　③拾遺集　三六

基長中納言東山に花み侍けるに、ぬのころもきたるこ法師してたれともしらせでとらせ侍ける

・ちるまではたびねをせなむこのもとにかへらば花のなたてなるべし　加賀左衛門　④後拾遺集　一二四

1／20万　京都及大阪

（メモ）

①鴨川の左岸。京都盆地の東を区切る南北の峰の総称。「東山」は現在、大津市にまたがる比叡山から伏見区稲荷山までが一般的。東山は「東山三十六峰」として賞されている。その山は、北から比叡山・御生《みあれ》山・赤《せき》山・修学院山・葉《は》山・一乗寺山・茶山・瓜生《うりゅう》山・北白川山・月待《つきまち》山・如意ヶ嶽・吉田山・紫雲山・善気《ぜんき》山・椿《つばき》ヶ峰《みね》・若《にゃく》王子山・南禅寺山・大日山・神明山・粟田山・華頂《かちょう》山・円《まる》山・長楽寺山・双林寺山・東大谷山・高台寺山・霊山《りょうぜん》・鳥辺山・清水《きよみず》山・清閑寺《せいかんじ》山・阿弥陀ヶ峰・今熊野《いまくまの》山・泉《せん》山・恵日《えにち》山・光明峰《こうみょうみね》・稲荷山である。

②東山は建築用材調達地・葬地・住宅別荘地又花の名所として親しまれてきた。

五七二　氷室山　京都府京都市左京区上高野氷室山

関係地図　1／20万 京都及大阪　1／2.5万 京都東北部

666

ひむろ山

をののひむろ山のかたにのこりの花たづね侍りける日、僧都証観が房にてこれかれ歌よみ侍りけるによめる

・したさゆるひむろの山のおそざくらきえのこりける雪かとぞみる　源仲正　⑦千載集　一〇四

百首歌たてまつりける時、氷室のうたとてよみ侍りける

・あたりさへすずしかりけりひむろ山まかせし水のこほるのみかは　大炊御門右大臣　⑦千載集　二〇九

（参考）くるとあくととけんごもなき氷室山いつかながれし谷河の水　土御門院御製　新続古集　三二五

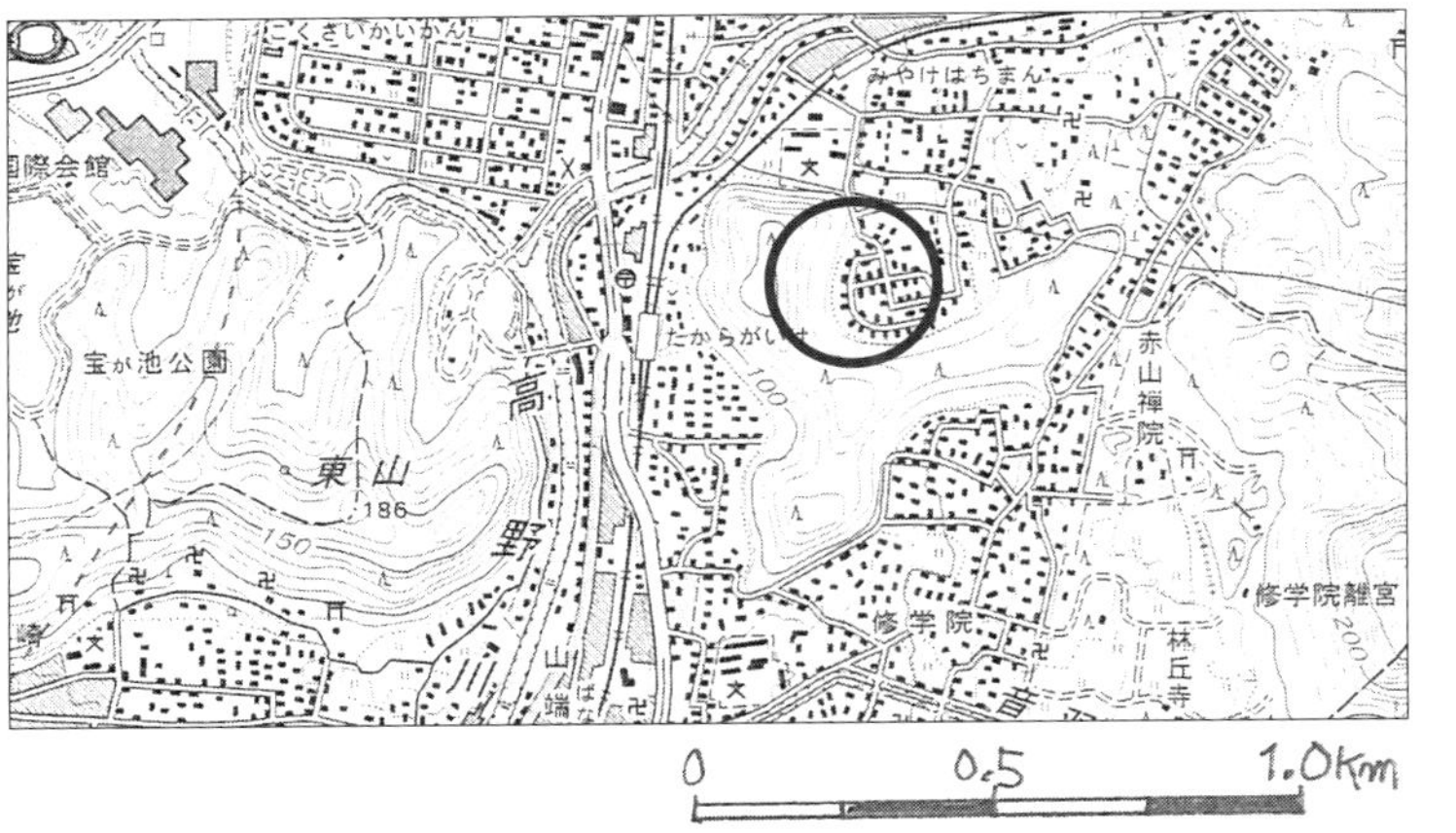

1／2.5万　京都東北部

（メモ）

①地図の〇印辺にある標高一三〇～一五〇mの山々全体が氷室山である。氷を作り、氷室で保存した場所が、直射日光の当らない〇印の位置であったろう。

②この山の名が「氷室山」と呼ばれるので、『延喜式』の愛宕郡内五氷室の一つと推定されている。

③北山麓の学校は上高野小学校である。

④近くに修学院離宮・曼殊院・赤山禅院があり、多量の氷の需要があるであろう。

五七三　氷室山

京都府京都市北区西賀茂氷室町

関係地図　1／20万　京都及大阪　1／5万　京都西北部

666

ひむろ山

をののひむろ山のかたにのこりの花たづね侍りける日、僧都証観が房にて

これかれ歌よみ侍りけるによめる

・したさゆるひむろの山のおそざくらきえのこりける雪かとぞみる　源仲正

⑦千載集　一〇四

百首歌たてまつりける時、氷室の歌とてよみ侍りける

・あたりさへすずりかりけりひむろ山まかせし水のこほるのみかは　大炊御門右大臣

⑦千載集　二〇九

（参考）かぎりあればふじのみ雪の消ゆる日もさゆる氷室の山の下柴　順徳院御製

新続古集　三二六

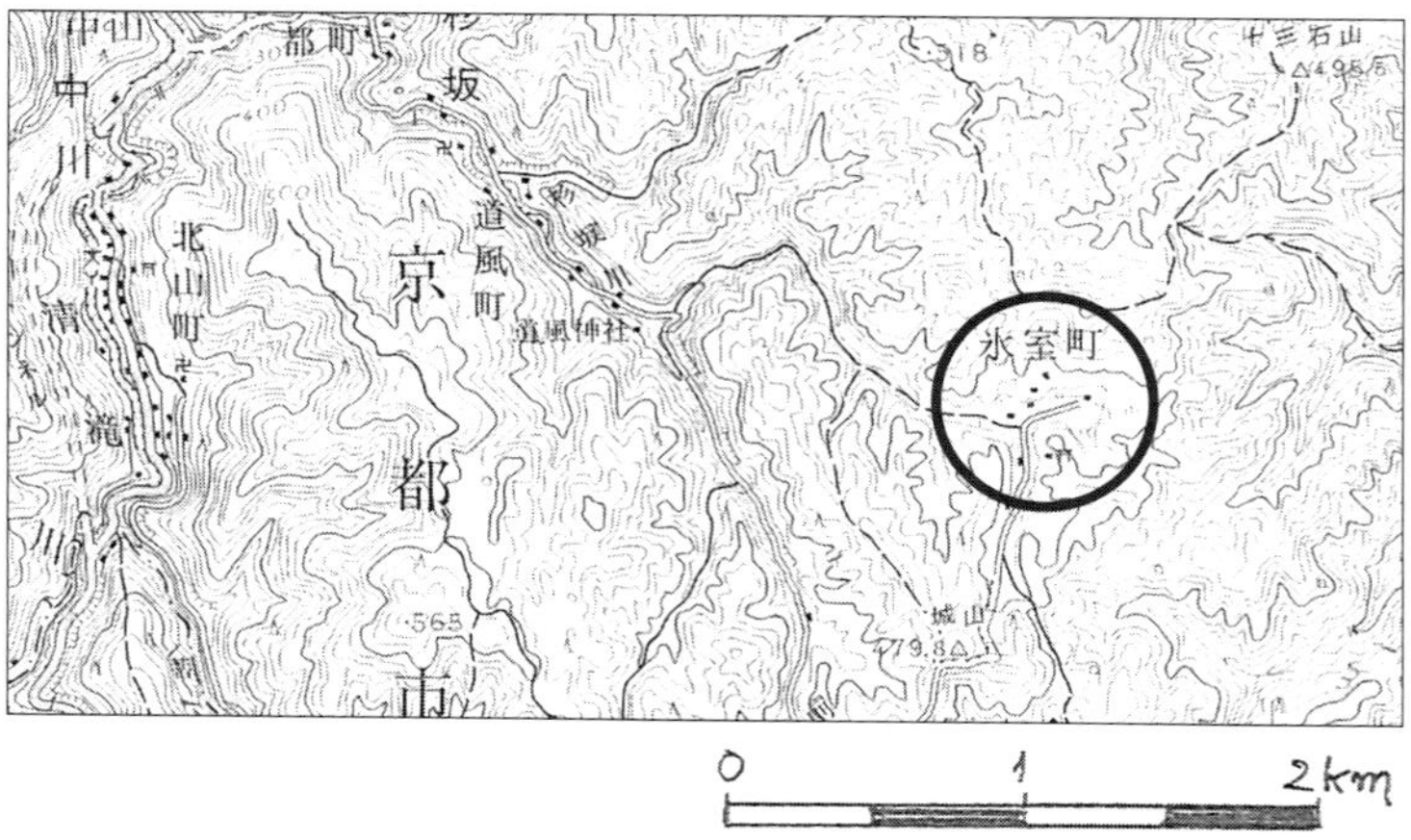

1／5万　京都西北部

（メモ）

①氷室町の神社は氷室社。『拾遺都名所図会』に、

氷室社。紫竹村の北三〇町餘氷室村にあり。祭神未考。此所にいたる南に氷室坂あり。四面みな山にして境方嶮岨なり。いにしへ此ところ氷室あり。

とある。そして、延喜式に見えたる氷室、山城及び諸国共に五九六所なり。当国氷室の地多くは廃して今わづかに遺れり。また、氷室社図では、下に壁・戸なしの拝殿があり、その上、十数段の石段の上に本社、その左側に二摂社がある。この拝殿は、後水尾天皇の中宮東福門院（徳川秀忠の娘）の御殿の鎮守の建物を移したものという。

②氷室山の城山に築城したのは明智光秀。その城の名は「堂ノ庭城」。

五七四　氷室山

京都府南丹市八木町氷所《ひどころ》

関係地図　1／20万　京都及大阪　1／5万　京都西北部

666

ひむろ

氷室をよみ侍りける

・春あきものちのかたみはなきものをひむろぞ冬のなごりなりける　仁和寺後入道法親王覚性　⑦千載集　二〇八

（参考）水むすぶゆふべより猶すずしきはひむろにむかふ杉のしたかげ　賀茂経久　玉葉集　一九四〇

（参考）とけがたき心とみしはひむろ山ただ我からのつらさなりけり　大納言実国　月詣集　四八七

（参考）さしもいま日かげにうときひむろやまいはかきもみぢちりやおほひし

新六帖　四六九

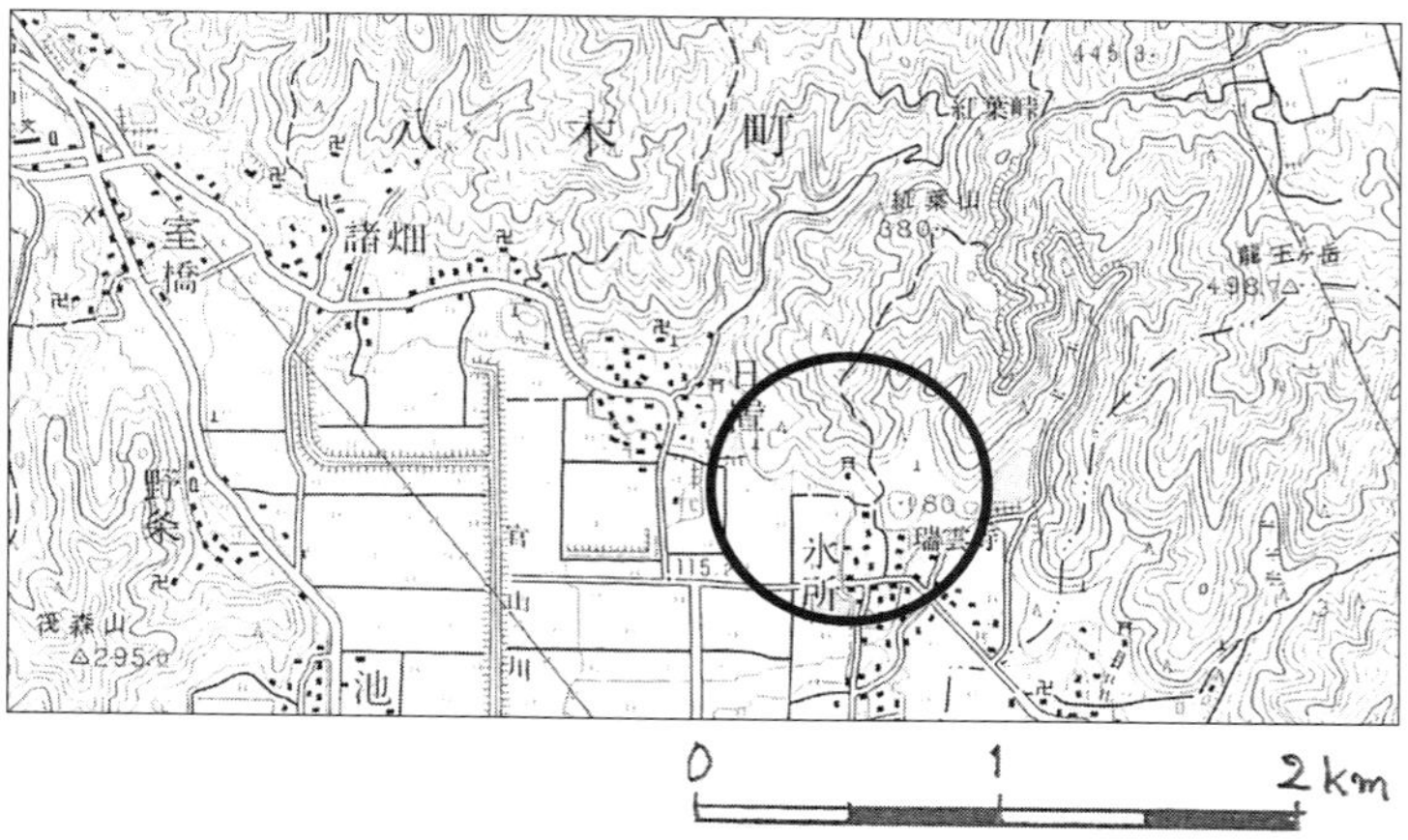

1／5万　京都西北部

（メモ）

①氷室山は、南丹市八木町氷所の標高三八〇mの紅葉山である。この山の南麓に氷室神社が鎮座する。

②『延喜式』（主水司）の諸国氷室の一所「丹波国桑田郡池辺一所、五丁輪一駄」はここか、紅葉山北麓。又は竜王ヶ岳の北又は東麓、そこには池があるので、その周辺と考えられている。

③承久三（一二二一）年八月二四日の相模守北条時房の『氷室文書』に

丹波国神吉氷室司等訴事、早可相尋子細候也、又件地未補地頭候、進可沙汰候也、謹言

とある。

④宮増《みやます》作謡曲『氷室』の一句に、

国土豊かに栄《さか》ゆくや千年《ちとせ》の山も近かりき

とある。当地の東に接する神吉の山。

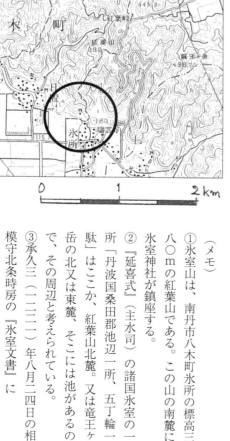

五七五　平野神社

京都府京都市北区平野宮本町一

関係地図　1／20万　京都及大阪　1／2.5万　京都西北部

669　平野祭

はじめて平野祭に男使たてし時、うたふべきうたよませしに　大中臣能宣

•ちはやぶるひらのの松の枝しげみ千世もやちよも色はかはらじ

③拾遺集　二六四

源遠古朝臣こうませて侍りけるに

•おひしげれひらのの原のあやすぎよこき紫にたちかさぬべく　もとすけ　神

楽歌　③拾遺集　五九二

(参考)なにはづに冬ごもりせしはなれやひらののまつにふれるしらゆき　従

二位家隆　続古今集　七一三

1／2.5万　京都西北部

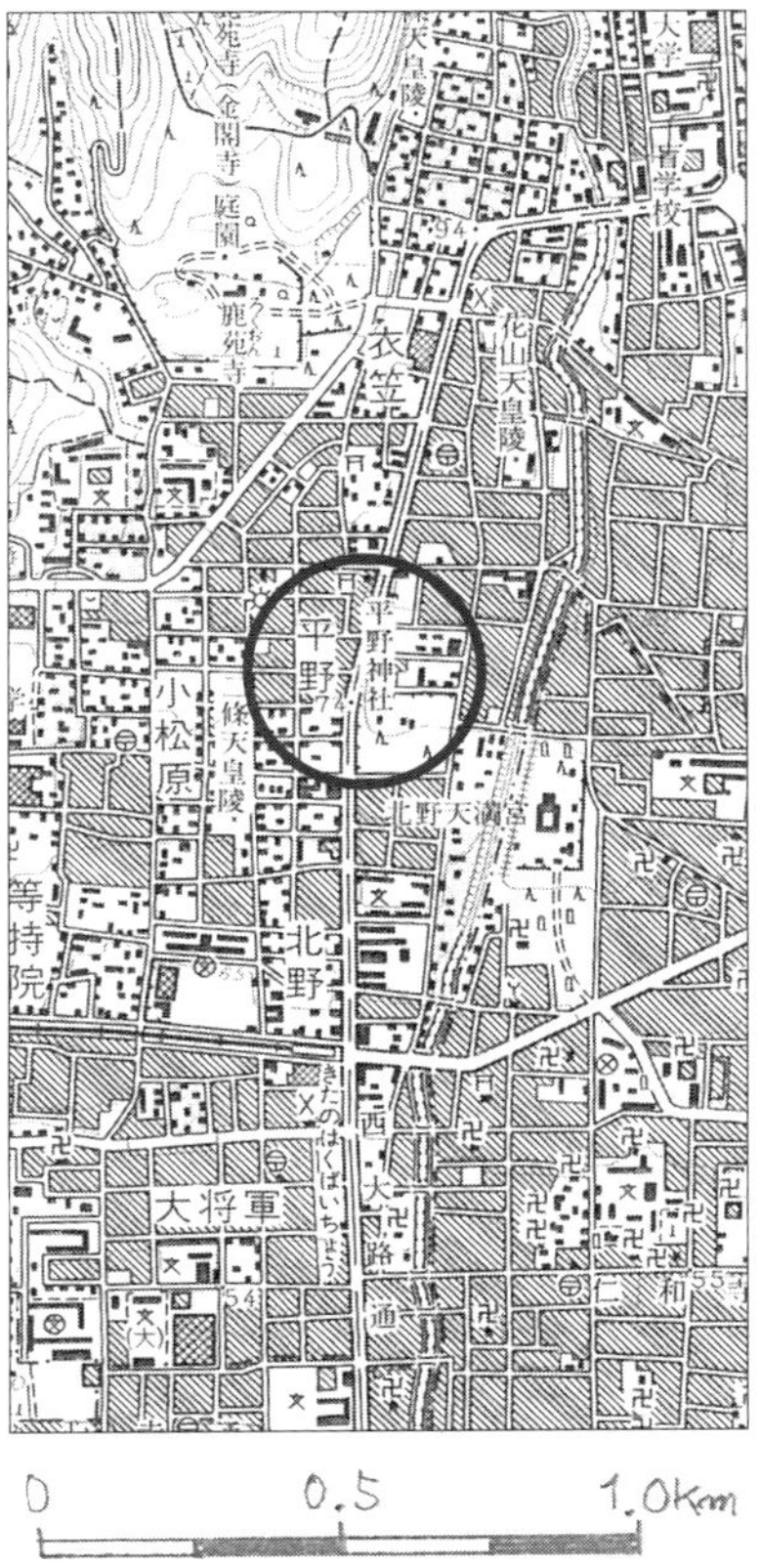

(メモ)

①『延喜式神名帳』葛野郡の平野祭神四社並名神大月次新嘗である。第一殿今木神《いまきの》・第二殿久度神《くどの》・第三殿古開神《ふるあきの》・第四殿比売神《ひめ》。

②今木神は今外国から来た新しい神の意で、桓武天皇御母の遠祖百済国聖明王。久度神は聖明王の遠祖仇首王。古開神は古関神で、古は沸流王、関は肖古王で朝鮮王。比売神は神を奉斎する女性。

③第六四代円融天皇天元四(九八一)年、初めて行幸せられる。また、毎年四月、一一月上の申《さる》の日に平野祭が挙行。

五七六　広沢池

京都府京都市右京区嵯峨広沢町

関係地図　1／20万　京都及大阪　1／2.5万　京都西北部

672　広沢

広沢の月を見てよめる

•すむ人もなきやまざとのあきのよは月のひかりもさびしかりけり　藤原範永朝

臣　④後拾遺集　二五八

侍従のあまひろさはにこもるとききてつかはしける　藤原範永朝臣

•山のはにかくれなはてそ秋の月このよをだにもやみにまどはじ

④後拾遺集　八六七

(参考)老いてみるわがかげのみやかはるらむむかしながらのひろさわの池　天

台座主道玄　新後撰集　一四六八

1／2.5万　京都西北部

(メモ)

①広沢池は音戸山《おんど》の南の麓、大覚寺・大沢池の東にある。東西・南北とも三町、約三三〇m。周囲は一六町という。近辺集落の水田の灌漑用水として使用。

②伝説では、永祚元(九八九)年、寛朝僧正が北西の朝原山に遍照寺を建立した時、この池を開削したので、遍照寺池の別名がある。

③広沢池の南西隅に児社《ちごのやしろ》がある。黒川道祐の『嵯峨行程』に、

小児社池ノ西ニアリ、小児寛朝ノ登天ヲ歎キ、釣殿橋ヨリ、此ノ池ニ投シテ死ストナン、童子スラ有其心者如此、……、小児死後、此ノ村民ノ夢ニ告テ云ク、我ハ是レ文殊ノ化現也、小社ヲ立テ崇敬アルベシト、故ニ此ノ辺土人、毎年九月一三日祭之ナリ

とあると。池には弁才天社がある。

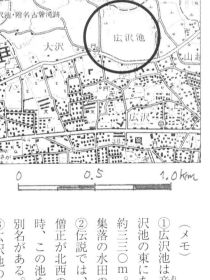

674

五七七　枇杷殿跡

京都府京都市上京区近衛町・鷹司町等

関係地図　1／20万　京都及大阪　1／2.5万　京都東北部

枇杷どの

枇杷どのの皇太后宮わづらひ給ひける時、ところをかへてこころみむとて外にわたりたまへりけるを、かくれ給ひてのち、陽明門院一品内親王と申しけるびはどのにかへりたまへりけるに、ふるき御帳のうちに菖蒲、くす玉などのかれたるが侍りけるをみて、よみ侍りける

・あやめ草なみだの玉にぬきかへてをりならぬねを猶ぞかけつる　弁乳母

⑦千載集　五五六

かへし

・玉ぬきしあやめのくさはありながらよどのはあれん物とやはみし　江侍従

⑦千載集　五五七

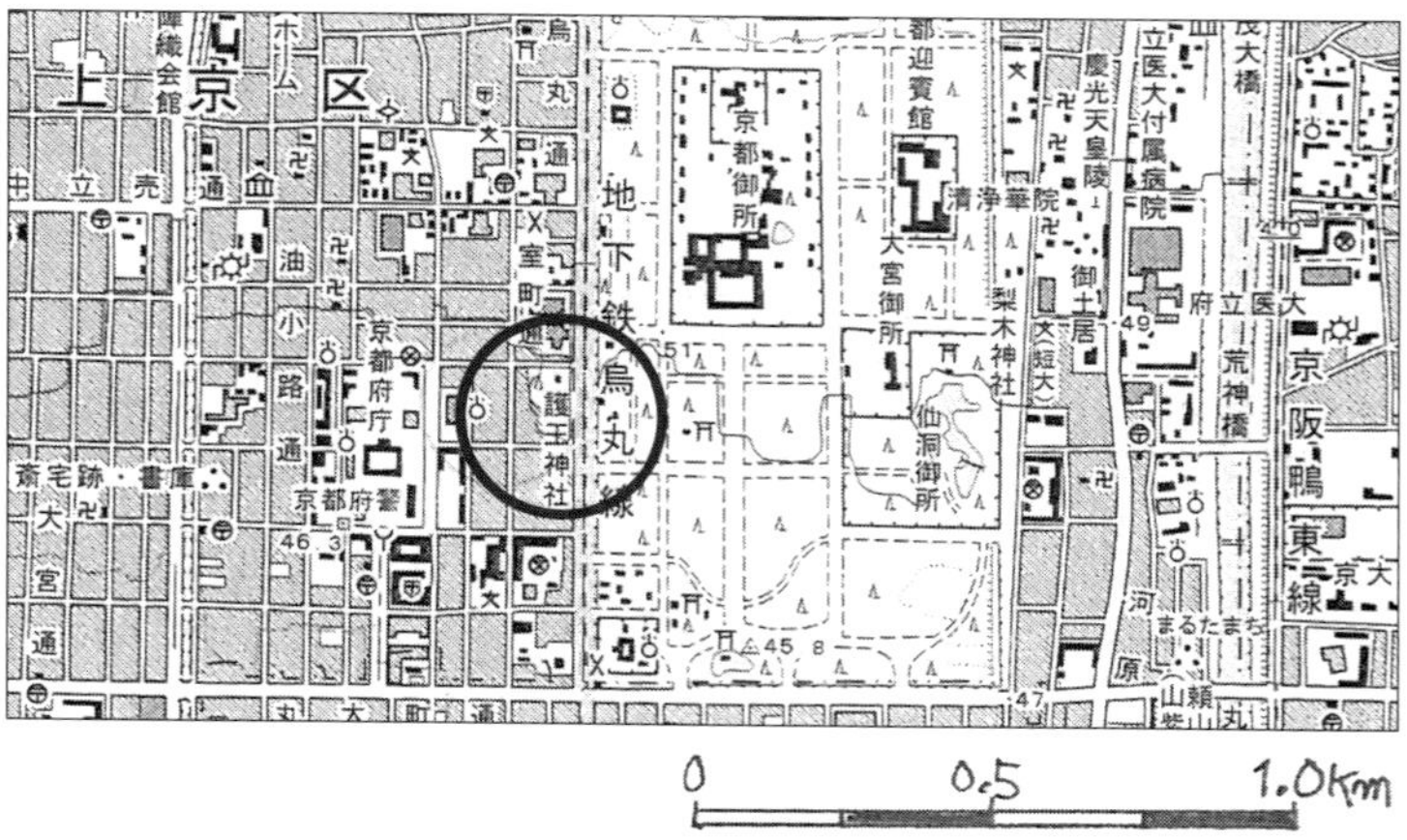

1／2.5万　京都東北部

（メモ）

①AD八七二～八九一年、右大臣・太政大臣の藤原基経の邸宅。後に、枇杷大臣と呼ばれた基経の息仲平が住んだ。

②『拾芥抄』に、

近衛南、室町東、或鷹司ノ南、東洞院西一町

とあると。現在の地名では東は烏丸通、西は室町通、北は出水通、南は下立売通にわたる方一町の地と、京都御苑内の方一町の地で、ともに「枇杷殿」の標示があると。

③後に藤原道長が伝領し、一条天皇・三条天皇の里内裏になった。『日本紀略』一条天皇寛弘六年一〇月一九日条に、

天皇自二織部司一遷二幸左大臣枇杷第一。

とある。

675

五七八　深草の里

京都府京都市伏見区深草

関係地図　1／20万　京都及大阪　1／5万　京都東南部　1／2.5万　京都東南部

深草のさと

ほりかはのおほきおほいまうち君身まかりにける時に、深草の山にをさめてけるのちによみける

・ふかくさののべの桜し心あらばことしばかりはすみぞめにさけ　かむつけのみねを

①古今集　八三二

中納言顕長が墓所の堂、ふかくさのさとに侍りけるにまかりてよめる

・年をへてむかしをしのぶ心のみうきにつけてもふかくさのさと　法眼長真

⑦千載集　六〇一

千五百番歌合に

・秋をへてあはれも露もふか草のさととふ物は鶉なりけり　前大僧正慈円

⑧新古今集　五一二

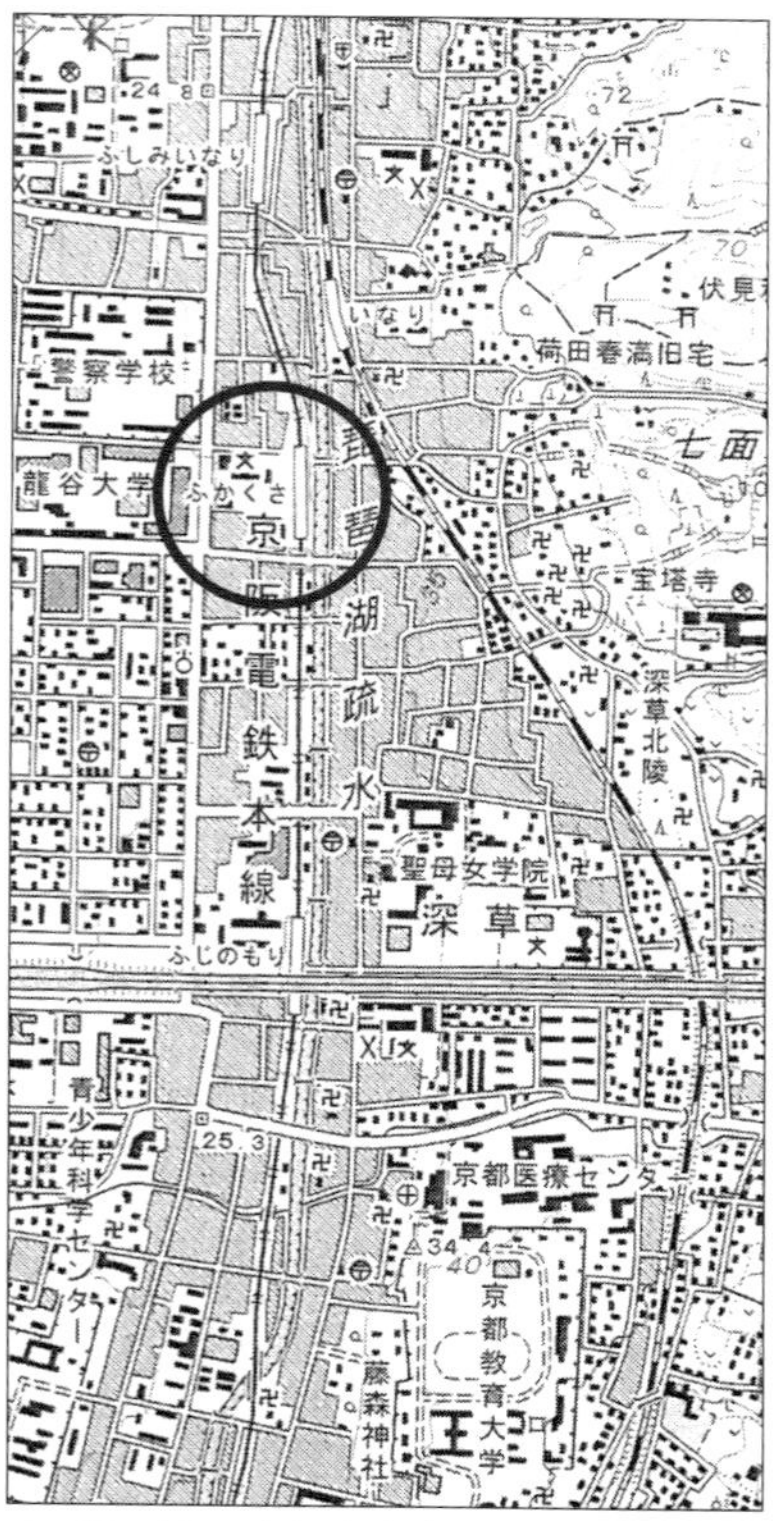

1／2.5万　京都東南部

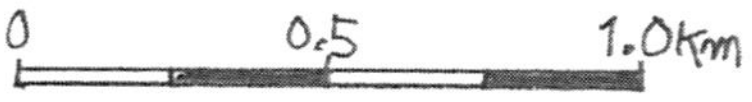

（メモ）

①『和名抄』山城国紀伊郡に「深草郷」がある。今日、京都市伏見区大字深草・深草稲荷・深草大亀谷等があり小字が一三〇以上もある広範囲。

②『日本書紀』第二九代欽明天皇即位前紀（五三九年）に「深草里」がある。

天皇幼《わか》くましましし時に、夢に人有りて云《まう》さく、「天皇、秦大津父《はだのおほつち》といふ者を寵愛《めぐ》みたまはば、壮大《をとこさか》に及《いた》りて、必ず天下《あめのした》を有《し》らさむ」とまうす。寐驚《みゆめさ》めて使《つかひ》を遣《つかは》して普《あまね》く求むれば、山背国《やましろ》の紀郡の深草里より得つ。

五七九　深草の山

京都府京都市伏見区深草地内の山

関係地図　1／20万　京都及大阪　1／2.5万　京都東南部

676

深草の山

ほりかはのおほきおほいまうち君身まかりにける時に、深草の山にをさめてけるのちによみける

・空蝉はからを見つつもなぐさめつ深草の山煙だにたて　僧都勝延　①古今集　八三一

延喜御時中宮歌合

・なつくれば深草山の郭公なくこゑしげくなりまさるなり　よみ人しらず　③拾遺集　一一三

（参考）ふかくさのやまのすそののあさぢふに夕かぜさむみうずらなくなり　寂超法師　続古今集　四八八

1／20万　京都及大阪

（メモ）

①深草の山は『和名抄』深草郷の山。

②京都市の東山のうち、稲荷山の南にある七面山・二石山等一帯の山々の総名。南方に宝塔寺があり、南方をJR奈良線が通る。

③『紀伊郡誌』によると、この地の人々は深草山を「御草山」と呼んでいたという。江戸時代には、将軍上洛の時、深草山の草を、馬の飼料用に刈って与えていたという。

④現在小字名に、飯食《いいじき》山・兜《かぶと》山・極楽寺山・笹山・真宗院山・石峰《せきほう》寺山・僧坊山・砥粉《とのこ》山・宝塔寺山などの町名がある。

五八〇　伏見の里

京都府京都市伏見区

関係地図　1／20万　京都及大阪　1／5万　京都東南部

680

ふしみのさと

ふしみといふ所にて

・名にたちてふしみのさとといふ事はもみぢをとこにしけばなりけり　よみ人しらず　②後撰集　一二九七

きさらぎのころほひはなみに俊綱朝臣のふしみの家に人人まかれりけるにたれともしられでさしおかせはべりける

・うらやましいるみともがなあづさゆみふしみのさとのはなのまとゐに　皇后宮美作　④後拾遺集　七九

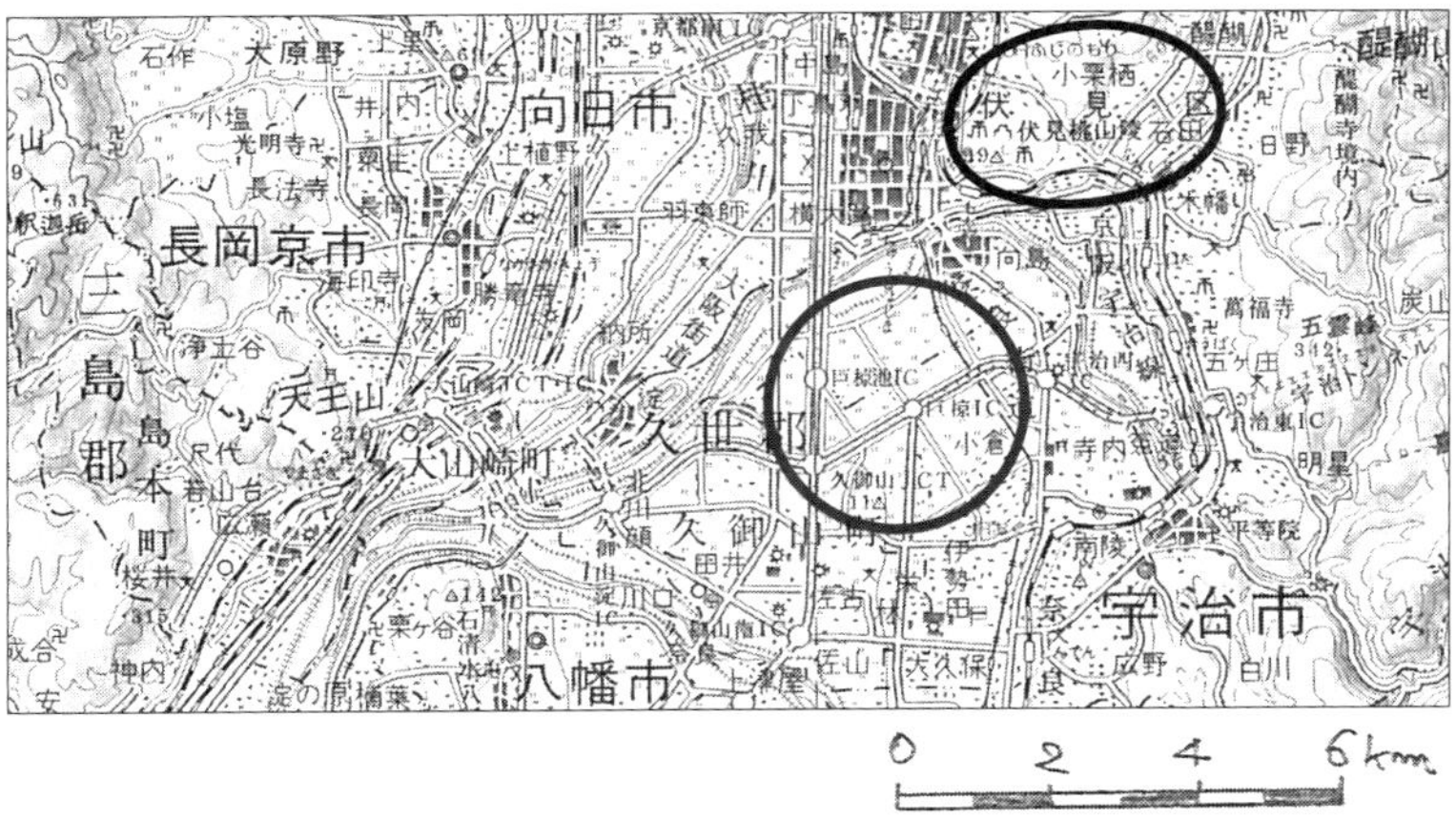

1／20万　京都及大阪

（メモ）

①「伏見」は俯見・臥見・伏水等と書く。伏見は山城国紀伊郡の東南部を占め、南は宇治川、巨椋池に接し、東に東山連峰南端の桃山丘陵がある。

②地名の由来は、

・「伏水」の字義から狩猟場である巨椋池を狩人が「伏し見る」から。

・「宇治川の水が伏し湛う所」。

・木津川上流の大和国菅原伏見に土師の長が住み、この地が土師部の居住地のため「伏見」と。

などが考えられると。

③『日本書紀』雄略天皇一七（四七三）年三月二日条に、土師連《はじのむらじ》等《ら》に詔《みことのり》して、「朝夕《あしたゆふべ》の御膳《みけつもの》盛《も》るべき清器《きよきうつは》を進《たてまつ》らしめよ」とのたまへり。是《ここ》に、土師連の祖《おや》吾笥《あけ》、仍《よ》りて山背国《やましろのくに》の内村《うちのむら》・俯見村《ふしみのむら》の私の民部《かきべ》を進《たてまつ》る。

とある。

五八一　伏見山

京都府京都市伏見区

関係地図　1／20万 京都及大阪　1／5万 京都東南部

681

ふしみ山

百首歌たてまつりし時

• ふしみ山松のかげよりみわたせばあくる田のもに秋風ぞふく　皇太后宮大夫俊成　⑧新古今集　二九一

(参考) ふしみ山ふもとのいなば雲はれてたのもにのこるうぢの川霧　前大僧正実超　風雅集　六六七

(参考) 伏見山かどたのきりは夜をこめて枕にちかきしぎの羽がき　光厳院御製　新後拾集　七五八

(参考) 伏見山ふもとの小田のいねがてに松風さむしさをしかの声　養徳院贈左大臣　新続古集　五〇五

(メモ)

①伏見山は、江戸時代の堀内村の中央付近にある。現在、伏見区桃山町古城山の明治天皇伏見桃山陵の辺りが頂上。

②ここを中心に、豊臣秀吉が伏見城を築城した。しかし、江戸時代中期には桃の木が群生したので「桃山」と呼ばれた。

③『山城名跡巡行志』(宝暦四年・一七五四年刊)には、

伏見山　在㆓古城の西㆒、松原山　在㆓同山ノ北㆒、……、倶ニ詠㆓和歌㆒、木幡山・伏見山・松原山倶ニ一所也、東ヲ云㆓木幡山㆒、西ヲ云㆓伏見山㆒、北ヲ云㆓松原山㆒其麓ヲ云㆓大亀谷㆒、当山桃花多シ花ノ時諸人賞㆑之。

とあると。

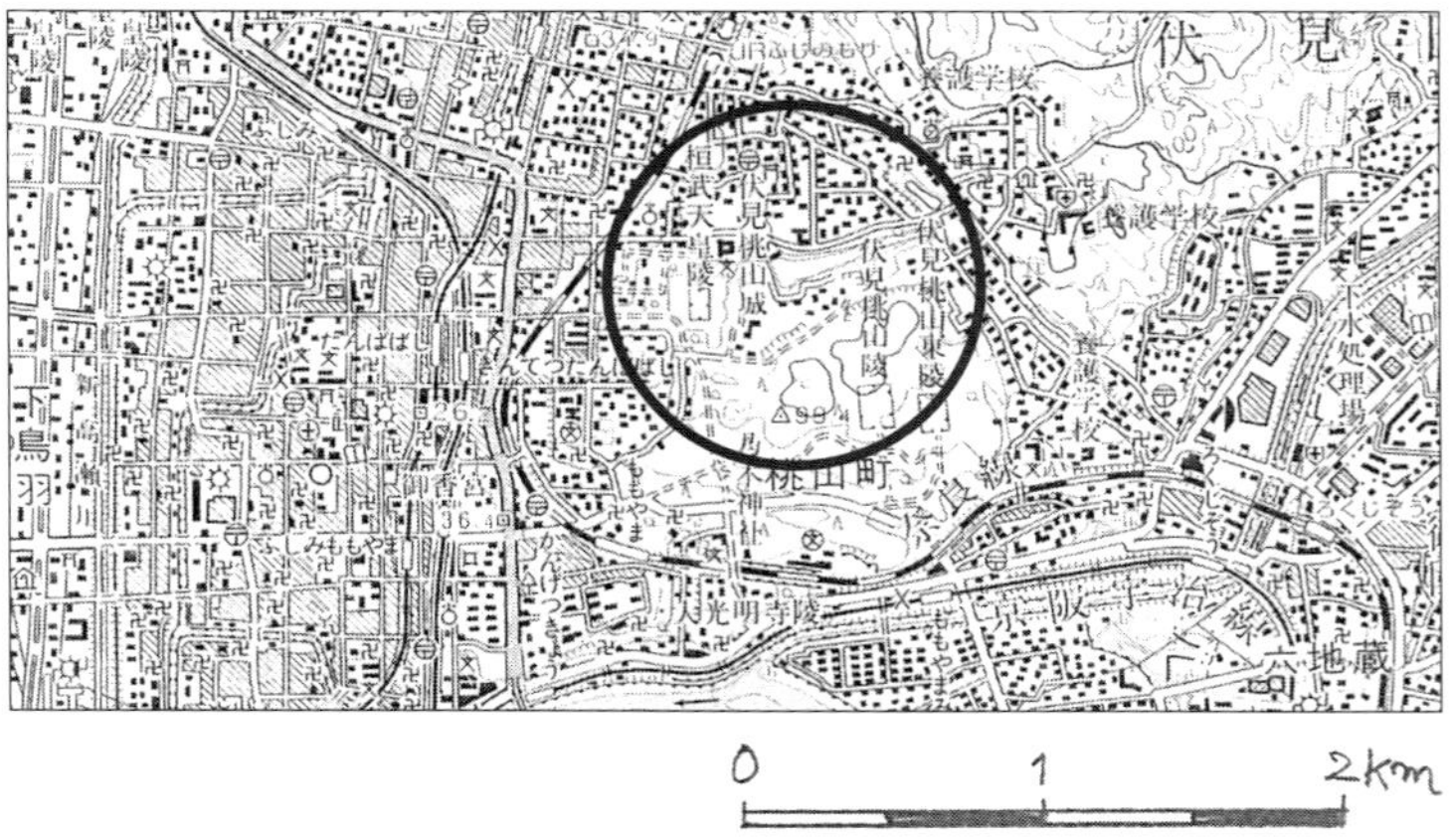

1／5万　京都東南部

五八二　憂田《うきた》の森推定地

京都府京都市左京区静市市原町

関係地図　1／20万 京都及大阪　1／5万 京都東北部　1／2.5万 京都東北部

146

うき田の森

摂政左大臣家にて恋のこころをよめる

• あふことのなきをうき田の森に住むよぶこどりこそわが身なりけれ　藤原為真朝臣　⑤金葉集　七一三

(参考) かくしてや　なほやまもらむ　おほあらきの　うきたのもりの　しめにあらなくに　万葉集　二八三九

(参考) 行く雲のうき田のもりのむら時雨過ぎぬとみればもみぢしてけり　源兼氏朝臣　新後撰集　四二四

(参考) 春くればうき田の杜にひくしめやなはしろ水のたよりなるらん　従二位家隆　続拾遺集　一三三

198

おほあらきのもり

• おほあらきのもりのした草おひぬれば駒もすさめずかる人もなし　よみ人しらず　①古今集　八九二

いとまにてこもりゐて侍りけるころ、人のとはず侍りければ

• おほあらきのもりの草とやなりにけむかりにだにきてとふ人のなき　壬生忠岑　②後撰集　一一七八

• いたづらにおいぬべらなりおほあらきのもりのしたなる草葉ならねど　躬恒　③拾遺集　一〇八一

(参考) かくしてや　なほやおいなむ　みゆきふる　おほあらきのの　しのにあらなくに　万葉集　一三四九

(メモ)

①左京区静市市原町の補陀洛寺は現在、〇中三寺の最も東の一寺である。当寺は九～一〇世紀の清原深養父《ふかやぶ》、元輔の祖父又は父、清少納言の曽祖父又は祖父といわれる清原深養父の幽棲地であるが、その旧地は、これより北東方向という。現在庭に、正面向って左に四位の少将塚、右に小町塚がある。それで小町寺の名がある。小町の歌に、

秋風の吹くにつけてもあなめ〳〵

小野とはいはじ薄《すすき》おひたり

がある。

②市原地内には経塚がある。これは空也上人が自らの法華経を納めた所。また、この周辺一帯は死葬の地という。

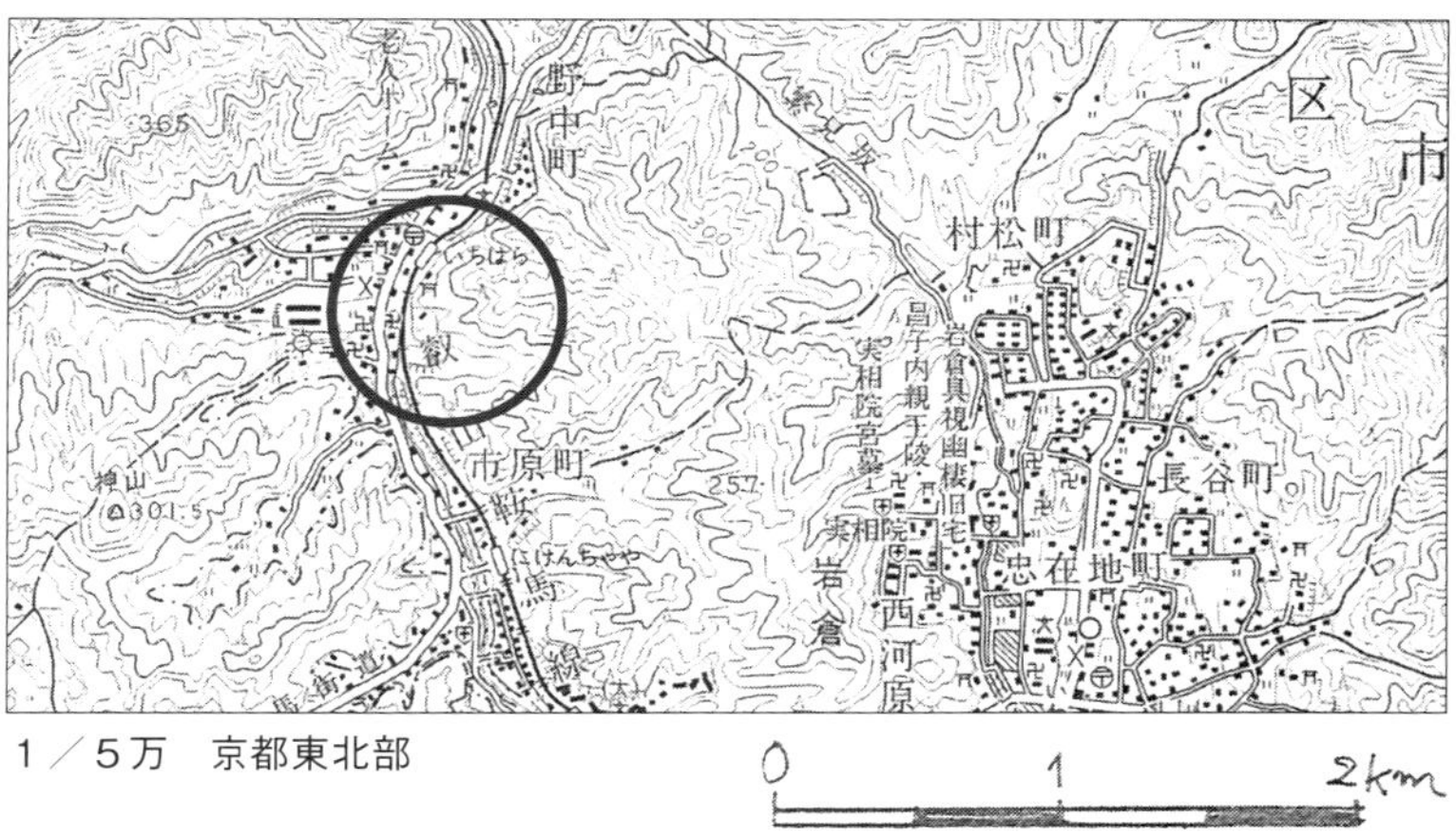

1／5万　京都東北部

③『広辞苑』の「あらき」は荒城・殯とあり、貴人の本葬をする前に棺に死体を納めて仮に祭ること。また、その場所とある。また「浮き田」には、涅田《うきた》のことで低湿地、泥の深い田とある。泥の深い田は足が沈み、農作業をしていても疲れ、晴れ〱しない田。心憂い田である。④昭和四〇年頃までは、火葬場は人々の住宅地から離れた農地・田圃の一角にあった。家での葬儀後に、棺を輿に乗せ、四人でかついで火葬場に来る。焼き場前の「南無阿弥陀仏」名号石の前の石の乗せ、僧の経。そして、死去後にそれまで生きていたハンノキを伐採し、薪を作り、それを焼き場に並べ、その上に棺を横に据え、乾燥した薪・藁を積み青竹三本を組んで点火をする。場所によっては約三間四方の火葬小屋もあった。翌朝、親族が骨拾いをする。残った灰は横に出したり、また小川に流したこともあろう。⑤伏見区淀の與杼神社旧鎮座地は桂川右岸にある。ここ市原町での死葬地・火葬場適地を挙げると、補陀洛寺（小町寺）南の西に開いた谷入口であろう。火葬時刻の夕方には太陽（大日如来・阿弥陀如来）が西の峯上にあり、それを見ながら西方極楽浄土に往生と。⑥空也。醍醐三（九〇三）年生。天禄三（九七二）年死去。醍醐天皇皇子又は仁明天皇の皇子常康親王の息かと。いまだ出家しない前から日本全国、五畿七道に至り、利生の念厚かった。特に道を作り、橋を架け、あるいは井戸を掘り、また死屍を目にすればそれを火葬して厚く弔ったという。天慶元（九三八）年京都の鞍馬山に入って仏道修行をしていると、常に来訪する鹿がいたので時々餌をやったりしていた。その鹿が猟師の定盛で矢で射殺されたことを知り、その死骸を貰い受け、皮は裘（皮衣・毛衣）に、角は杖頭にさして、鉦《かね》を叩き、口には念仏をとなえながら都をまわったと。また、町家の柱には

一度《ひとたび》も南無阿弥陀仏と言ふ人の
はちすの上に上らぬはなし

と書いたと伝える。

五八三　船岡山

京都府京都市北区紫野北舟岡山

関係地図　1／20万　京都及大阪　1／5万　京都西北部

690

ふなをか

・ふなをかの中にたてるをみなへしわたさぬ人はあらじとぞ思ふ　よみ人しらず
③拾遺集　一一〇〇

三条院御時に上達部殿上人など子日せんとし侍けるに、斎院女房ふなをかにものみむとし侍けるをとどまりにければ、そのつとめて斎院にたてまつれ侍ける

・とまりにしねのびの松をけふよりはひかぬためしにひかるべきかな　堀川右大臣
④後拾遺集　二九

1／5万　京都西北部

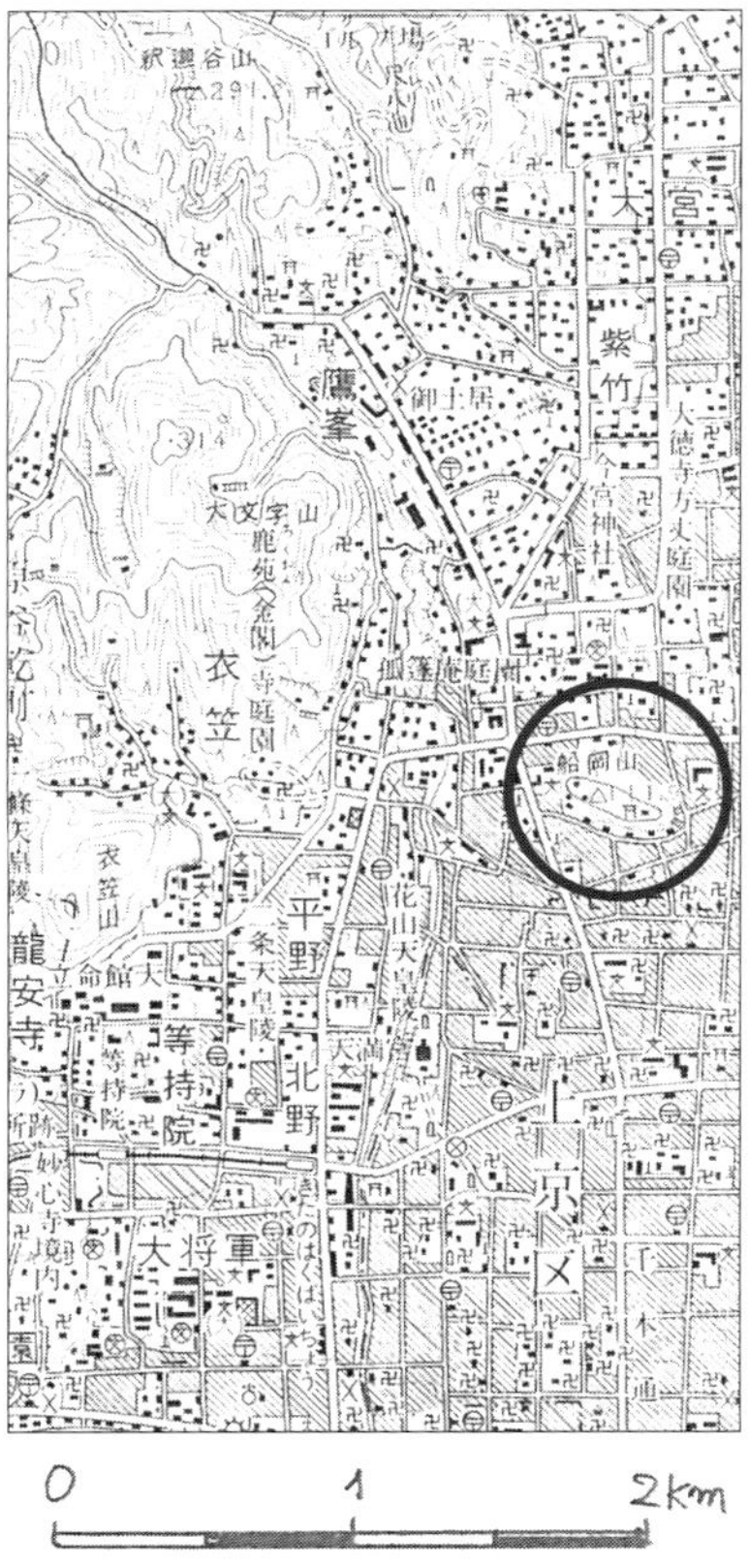

（メモ）

①船岡山は京都市北区の大徳寺の南にある標高一一一・九mの山。『都名所図会』に、

舟岡山は紫野の西にあり、舟の形に似なれば名とせり。応仁年中此山に砦をかまへ、細川山名の両陣数度合戦ありしなり

とある。『扶桑京華志』は、舟は舟でも伏舟に似たりとある。その大きさは東西二町、南北一町程。

②船岡山は平安京正中線の北延長上にあり、平安京構想の基準点であった。

③『日本紀略』正暦五（九九四）年六月二七日条に、

為疫神修御霊会。木工寮修理職造神輿二基。安置北野船岡上。

とあり、祭祀の場でもあった。

五八四　平安京跡　京都府京都市

関係地図　1／20万　京都及大阪

494　たひらのみやこ

千載和歌集序

やまとみことのうたはちはやぶる神代よりはじまりて、ならのはの名におふみやにひろまれり、たましきたひらのみやこにしては、延喜のひじりの御世には古今集をえらばれ、天暦のかしこきおほむときには後撰集をあつめたまひ、白河のおほんよには後拾遺を勅せしめ、堀川の先帝はももちのうたをたてまつらしめたまへり、おほよそこのことわざわがよの風俗として、これをこのみもてあそべば名を世世にのこし、これをまなびたづさはらざるはおもてをかきにしてたてらむがごとし、かかりければ、この代にむかれとむまれわが国にきたりときたる人は、たかきもくだれるもこのうたをよまざるはすくなし、聖徳太子はかたをかやまのみことをのべ、伝教大師はわがたつそまのことばをのこせり、よりて代代の御みかどもこのみちをばすてたまはざるをや、……

1／20万　京都及大阪

（メモ）

①『日本紀略』延暦一二年一月一五日条に「遣大納言藤原小黒麿等。…為遷都也」。三月一日条に、「幸葛野巡覧新京」。三月一二日条に、「築新京宮城」等と。

②『日本紀略』延暦一三年一〇月二二日条に「車駕遷于新京」。また、同年一一月八日条に、「子来之民。謳歌之輩。異口同辞。号曰平安京」。とある。

五八五　平安京大内裏跡　京都府京都市上京区千本通下立売下ル他

関係地図　1／20万　京都及大阪　1／2.5万　京都西北部

462　内裏（御所）

長治二年三月五日内裏にて竹不改色といへる事をよませ給へる

• ちよふれどおもがはりせぬかはたけはながれてのよのためしなりけり　堀河院御製　⑤金葉集　三〇五

285　きさいのみや（皇后宮・中宮）

堀河院の御時、きさいのみやにて花契遐年といへる心を、うへのをのこどものつかうまつりけるに、よませたまうける

• 千とせまでをりてみるべききさくら花こずゑはるかにさきそめにけり　堀河院御製　⑦千載集　六一一

きさいのみやにはじめてまゐれりける女房のことひくをきかせ給うて、よみたまひける

• ことのねにかよひそめぬる心かな松ふく風にあらぬ身なれど　二条院御製　⑦千載集　六七六

334　弘徽殿

後冷泉院御時弘徽殿女御の歌合に苗代の心をよめる

• やまざとのそとものをだのなはしろにいはまのみづをせかぬひぞなき　藤原隆資　⑤金葉集　七五

後一条院御時弘徽殿女御歌合に祝の心をよめる

• きみがよはすゑのまつ山はるばるとこすしらなみのかずもしられず　永成法師　⑤金葉集　三一三

皇后宮弘徽殿におはしましけるころ、俊頼にしおもてのほそ殿にてたちながら人に物申しけるに、よのふけゆくままにくるしかりければ、つちにゐたりけるをみてたたみをしかせばやと女の申しければ、たたみはいしだみしかれてはべりと申すをききてよめる

• いしだたみありけるものをきみにまたしく物なしとおもひけるかな　皇后宮大弐　⑤金葉集　五九三

409　承香殿

春立ちける日、承香殿女御のもとへつかはしける

• よとともにこひつつすぐるとし月はかはれどかはるここちこそせね　一条院御

製　⑥詞花集　一九二

607
南殿（紫宸殿）

南殿の桜を見て
•みるからにはなのなたてのみなれども心はくものうへまでぞゆく　高岳頼言
④後拾遺集　九四

蔵人になりてのあき南殿の月をもてあそびてよみはべりける
•よそなりしくものうへにてみるときもあきの月にはあかずぞありける　源道済朝臣
④後拾遺集　二五五

後冷泉院御時、月のあかかりけるよ女房たちぐして南殿にわたらせ給ひたりけるに、にはのはなかつちりておもしろかりけるをご覧じて、これを見しりたらん人に見せばやとおほせごとありて、中宮御方に下野やあらんとてめしにつかはしたりければまゐりたるを御覧じて、あのはなをりてまゐれとおほせごとありければをりてまゐりたるを、ただにてはいかがとおほせごとありければつかうまつれる
•ながきよの月のひかりのなかりせばくもゐのはなをいかでをらまし　下野
⑤金葉集　六九

687
藤壺（飛香舎）

延喜御時、藤壺の藤の花宴せさせ給ひけるに、殿上のをのこどもうたつかうまつりけるに
•ふぢの花宮の内には紫のくもかとのみぞあやまたれける　皇太后宮権大夫国章
③拾遺集　一〇六八

324
蔵人所

延喜御時、八月十五夜、蔵人所のをのこども月のえんし侍りけるに
•ここにだにひかりさやけき秋の月雲のうへこそ思ひやらるれ　藤原経臣
③拾遺集　一七五

162
采女町

まだ少将に侍りける時、うねべまちのまへをまかりわたりけるに、あすかのうねべながめいだして侍りけるにつかはしける
•人しれぬ人まちがほに見ゆめるはたがたのめたるこよひなるらん　小野宮太政大臣
③拾遺集　一二二〇

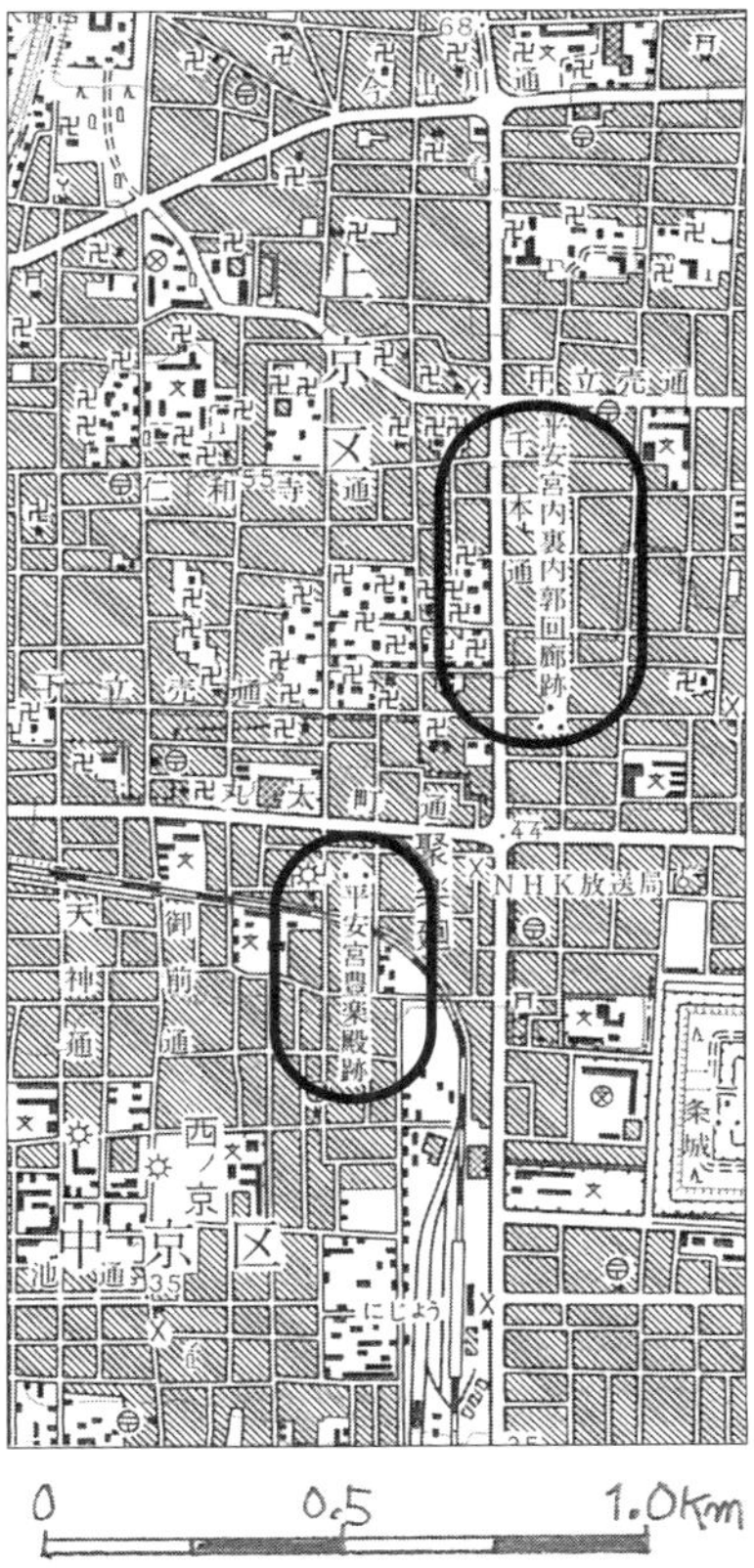

1/2.5万　京都西北部

（メモ）
①『日本紀略』延暦一二（七九三）年三月一日条に、
令五位已上及諸司主典已上進役夫。築新京宮城。
とある。同書同一三年七月一日条に、
遷東西市於新京。且造廛舎。且遷市人。
とある。同書同一三年一〇月二二日条に、
車駕遷于新京。
とある。同書同年一一月八日条に、
宜改山背国為山城国。又子来之民。謳歌之輩。異口同辞。号曰平安京。
とある。
②『類聚国史』巻七十二歳時三　踏歌の、延暦一四年一月一六日条に、
宴侍臣。奏踏歌曰。山城顕楽旧来伝。帝宅新成最可憐。郊野道平千里望。山河擅美四周連。新京楽。平安楽土。万年春。冲襟乃眷八方中。不日爰開億載宮。壮麗裁規伝不朽。平安作号験無窮。新年楽。平安楽土。万年春。新年正月北辰来。満宇韶光幾処開。麗質佳人伴春色。分行連袂儛皇垓。新年楽。平安楽土。万年春。卑高泳沢洽歓情。中外含和満頌声。今日新京太平楽。年々長奉我皇庭。新京楽。平安楽土。万年春。賜五位已上物有差。

とある。
③『日本紀略』延暦一五年一月一日条に、
皇帝御大極殿受朝賀。
とある。
④『東宝記』に、延暦一五（七九六）年に、東寺・西寺・鞍馬寺創建とあると。

五八六　遍照寺

京都府京都市右京区嵯峨広沢西裏町一四

関係地図　1／20万　京都及大阪　1／2.5万　京都西北部

698

遍照寺

遍照寺にて、池辺雪といへる心をよみ侍りける

・浪かけばみぎはの雪もきえなまし心ありてもこほる池かな　仁和寺法親王守覚

⑦千載集　四五六

遍照寺にて月をみて

・すだきけむ昔の人はかげたえてやどもる物は有明の月　平忠盛朝臣

⑧新古今集　一五五二

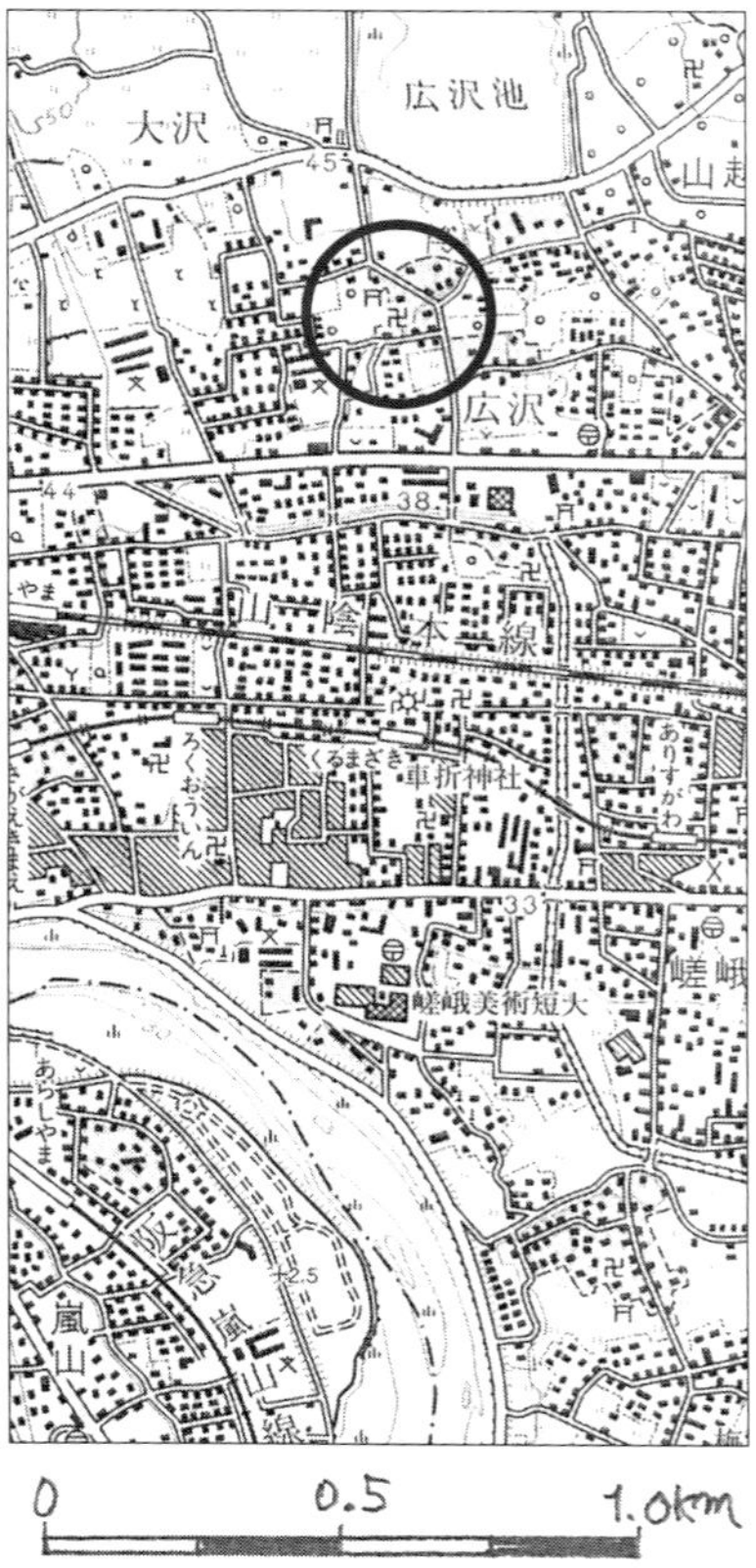

1／2.5万　京都西北部

（メモ）

①遍照寺は広沢池の南にある。山号は広沢山。本尊は十一面観音。真言宗御室派の準別格本山。第六五代花山天皇の勅願により永祚元（九八九）年、第五九代宇多天皇の御孫寛朝僧正が開創した。

②『百錬抄』一条天皇永祚元年一〇月二五日条に、

僧正寛朝供㆓養遍照寺㆒。

とある。

③寛朝（九一六～九九八）は、延長四（九二六）年、宇多法皇の禅室にて剃髪し僧となる。康保四（九六七）年仁和寺別当。貞元二（九七七）年西寺別当。寛和元（九八五）年一二月大僧正。長徳四（九九八）年六月一二日寂。八三歳。

五八七　法興院跡

京都府京都市中京区清水町辺

関係地図　1／20万　京都及大阪　1／2.5万　京都東北部

699

法興院

中関白のいみに法興院にこもりてあか月がたにちどりのなき侍りければ

・あけぬなりかものかはせにちどりなく今日もはかなくくれむとすらん　円昭法師

④後拾遺集　一〇一四

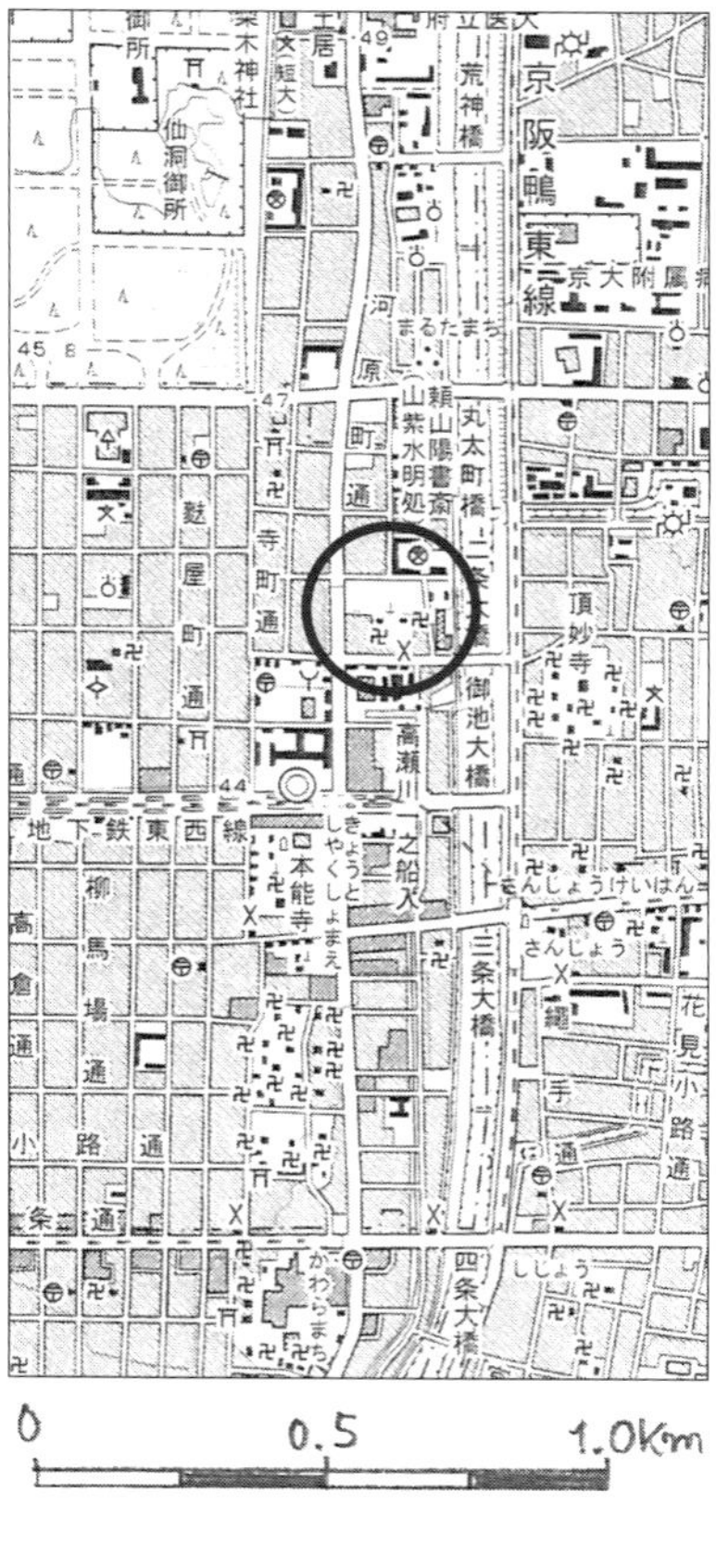

1／2.5万　京都東北部

（メモ）

①法興院はAD九七八～九九〇年に右大臣・関白・太政大臣を勤めた藤原兼家（九二九～九九〇）に二条京極邸があった。永祚二（九九〇）年五月に出家し、邸を寺とした。その場所は、京都市中京区の法雲寺辺であったと。

②二条通り、北京極東の場にあった法興院関白二条院藤原兼家の邸を永祚二年、兼家は出家して寺とし、翌年七月真喜法師が導師として落成供養をした。

③正暦五（九九四）年二月、兼家の子道隆は境内に積善寺を建立供養をし、丈六毘盧遮那金色像、釈迦・薬師・六天王及び図絵釈迦一万体等を安置し、一条天皇の御願寺となされた。

④『新古今集』に兼家の歌、

・春霞たなびきわたるをりにこそかかる山辺はかひもありけれ　一四四七

・かかる瀬もありけるものを宇治河の絶えぬばかりも歎きけるかな

がある。

五八八　法金剛院

京都府京都市右京区花園扇野町四九

関係地図　1／20万　京都及大阪　1／2.5万　京都西北部

700

法金剛院

待賢門院かくれさせ給うてのち、法金剛院にてほととぎすのなき侍りけるに

・故郷にけふこざりせばほととぎすたれかむかしを恋ひてなかまし　仁和寺後入道法親王覚性　⑦千載集　五八八

建延二年法金剛院に行幸ありて、菊契多秋といへるこころをよませ給うけるに、よみ侍りける

・君が代をなが月にしもしら菊のさくや千とせのしるしなるらん　法性寺入道前太政大臣　⑦千載集　六一九

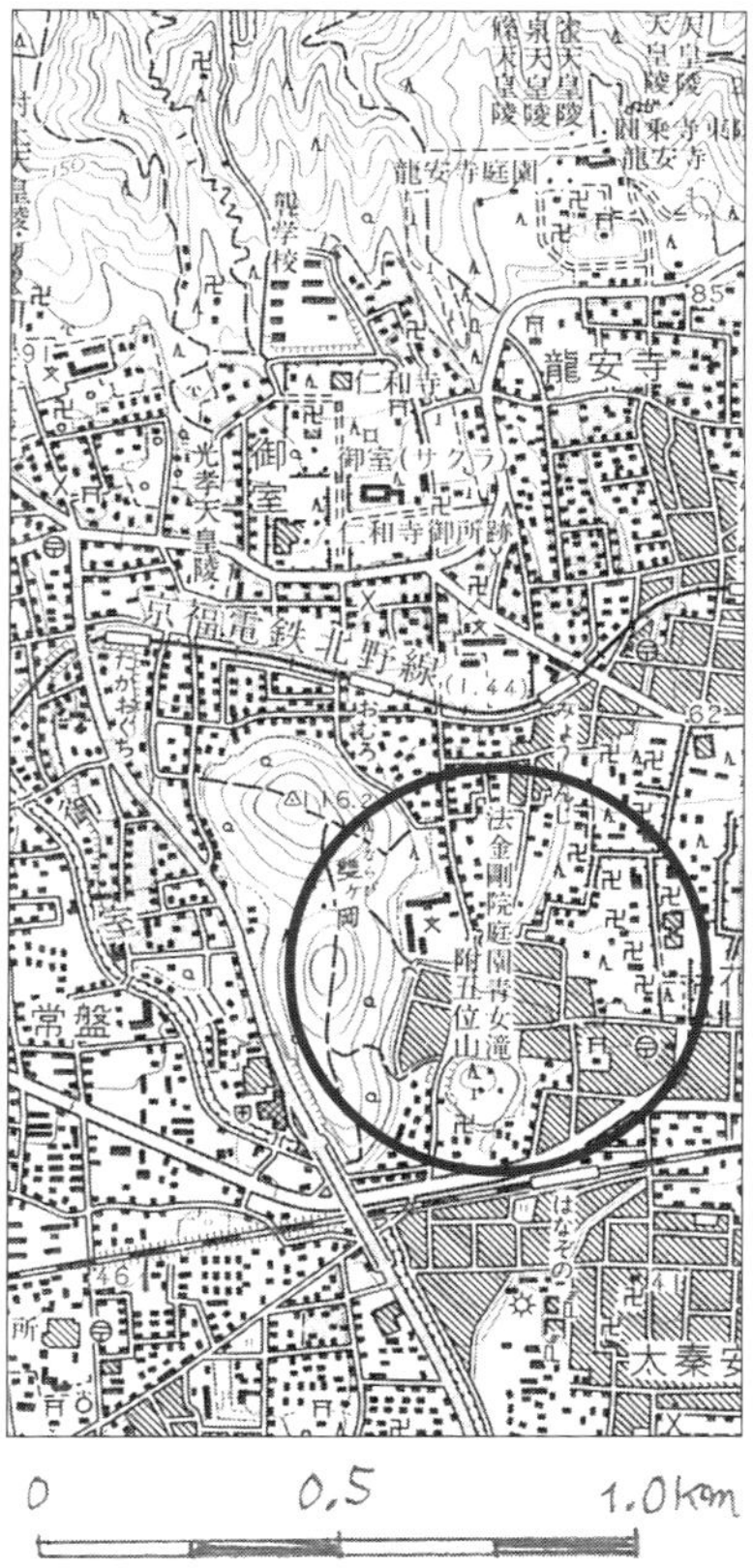

1／2.5万　京都西北部

（メモ）

①双ヶ丘の三ノ岳東、五位《ごい》山を背に南面してある。律宗。山号は五位山。本尊阿弥陀如来。寺地は平安時代の初、八三二—八三七年右大臣であった清原夏野の山荘の地。夏野死後、山荘は寺となり、寺号は双丘寺となる。

②『三代実録』貞観元（八五九）年八月二一日条に、

皇太后屈‐請二六十僧於双丘寺一。限二五箇日一。講二法華経一。奉‐為二田邑（文徳）天皇一。修二周忌之斎一也。群臣百寮皆悉参会。

とある。

③『百錬抄』大治五（一一三〇）年一〇月二五日条に、

待賢門院供‐養二法金剛院一

とある。

五八九　法住寺《ほうじゅうじ》・法住寺殿跡

京都府京都市東山区三十三間堂廻り町辺

関係地図　1／20万　京都及大阪　1／2.5万　京都東南部

701

法住寺

斉信民部卿のむすめにすみわたりはべりけるにかのをんなみまかりにければ法住寺といふところにこもりゐて侍けるに月を見て

・もろともにながめし人もわれもなきやどにはつきやひとりすむらん　民部卿長家　④後拾遺集　八五五

法住寺殿にて五月御供花のとき、をのこども歌よみ侍りけるに、契後隠恋といへる心をよみ侍りける

・たのめこし野べのみちしば夏ふかしいづくなるらんもずの草ぐき　皇太后宮大夫俊成　⑦千載集　七九五

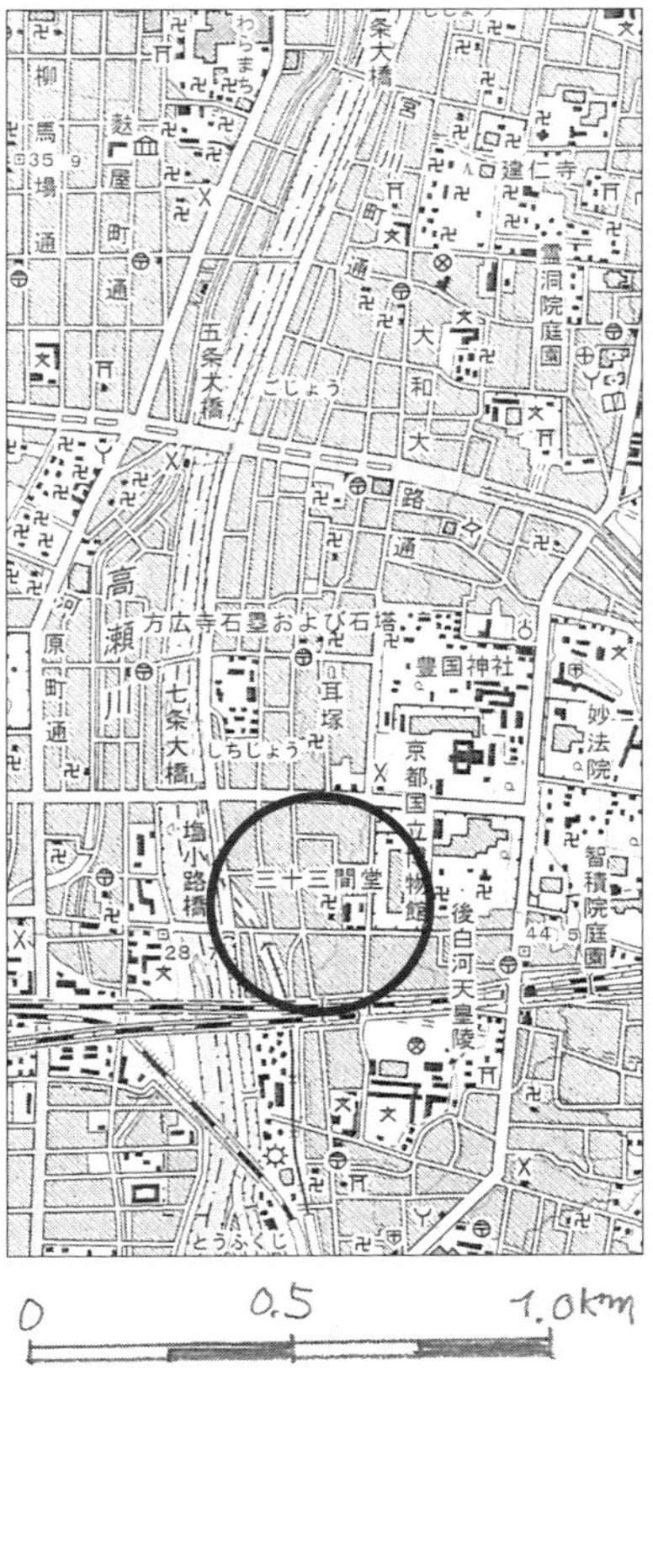

1／2.5万　京都東南部

（メモ）

①法住寺・法住寺跡に、文永三（一二六六）年建立の国宝三十三間堂がある。

②三十三間堂（蓮華王院）南大門近くに「法住寺殿跡」碑がある。法住寺はＡＤ九九一～九九二年太政大臣であった藤原為光が花山天皇女御であった娘忯子《しし》の死を悼み建立した。

③その後、その場所に後白河天皇が後院として法住寺殿を造営。永暦二（一一六一）年より院政の拠点とされた。規模は七条大路を挟んで大和大路以来、約四百ｍ四方の広大さ。

④平清盛が法住寺殿を襲う。建久三（一一九二）年再興。丈六の阿弥陀三尊を安置した。その後、市中大火で延焼。

五九〇　法成寺跡

京都府京都市上京区宮垣町・荒神町・松蔭町一帯

関係地図　1／20万 京都及大阪　1／2.5万 京都東北部

702

法成寺

入道前太政大臣法成寺にて念仏おこなひはべりけるころ後夜の時にあはんとてちかきところにやどりてはべりけるにとりのなきはべりければむかしを思ひいでてよみ侍ける　ゐでのあま

・いにしへはつらくきこえしとりのねのうれしきさへぞ物はかなしき　④後拾遺集　一〇一九

花のさかりに法成寺にまゐりて、金堂のまへの花のちりけるをみてよめる　皇太后宮大夫俊成

・ふりにけりむかしをしらばさくら花ちりのすゑをもあはれとはみよ　⑦千載集　一〇七一

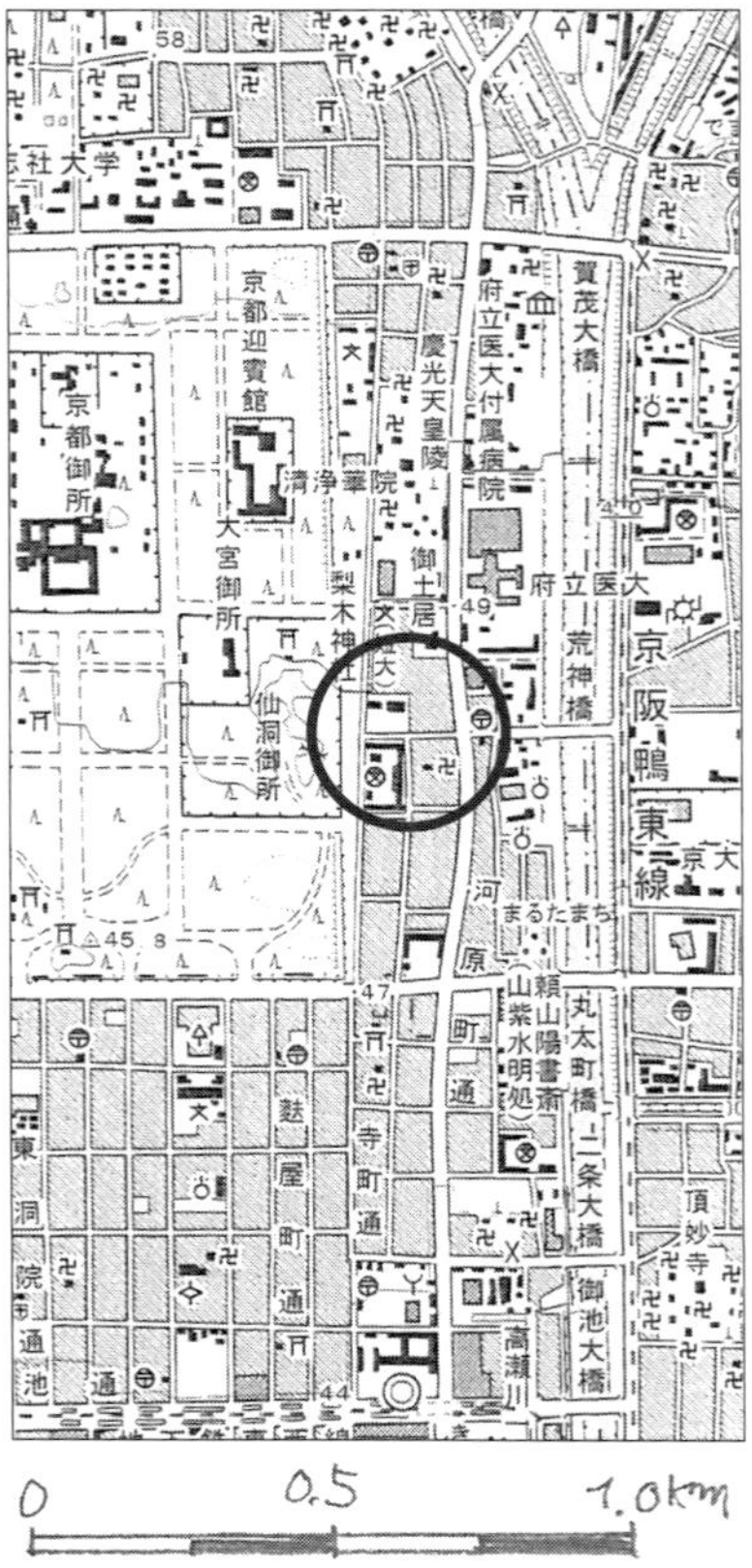

1／2.5万　京都東北部

（メモ）

①仙洞御所東の鴨沂《おうき》高校のグランド南の塀に「従是東北法成寺趾」碑がある。藤原道長建立の大寺。のち、上東門院と。

②藤原道長は寛仁二（一〇一八）年に源雅信から伝領の地に土御門殿を再建。翌年、道長出家。土御門殿の東に阿弥陀堂（無量寺院）の造立開始。寛仁四年末に完成。九体の丈六仏を安置。次いで十斎堂・三昧堂・金堂・五大堂を建立し、万寿元（一〇二四）年落成供養し、法住寺と号す。また御堂とも称されたので、道長は御堂関白と称された。

③道長は万寿四（一〇二七）年一二月四日死去。六二歳。

五九一　法輪寺

京都府京都市西京区嵐山虚空蔵山町

関係地図　1／20万 京都及大阪　1／2.5万 京都西北部

703

法輪寺

法輪に道命法師のはべりけるとぶらひにまかりたるよ、よぶこどりのなきはべりければよめる　法円法師

・われひとりきくものならばよぶこどりふたこゑまではなかせざらまし　④後拾遺集　一六一

ほうりむにまゐりてよみ侍りける　源道済

・としごとにせくとはすれどおほゐがはむかしのなこそなほながれけれ　④後拾遺集　一〇五九

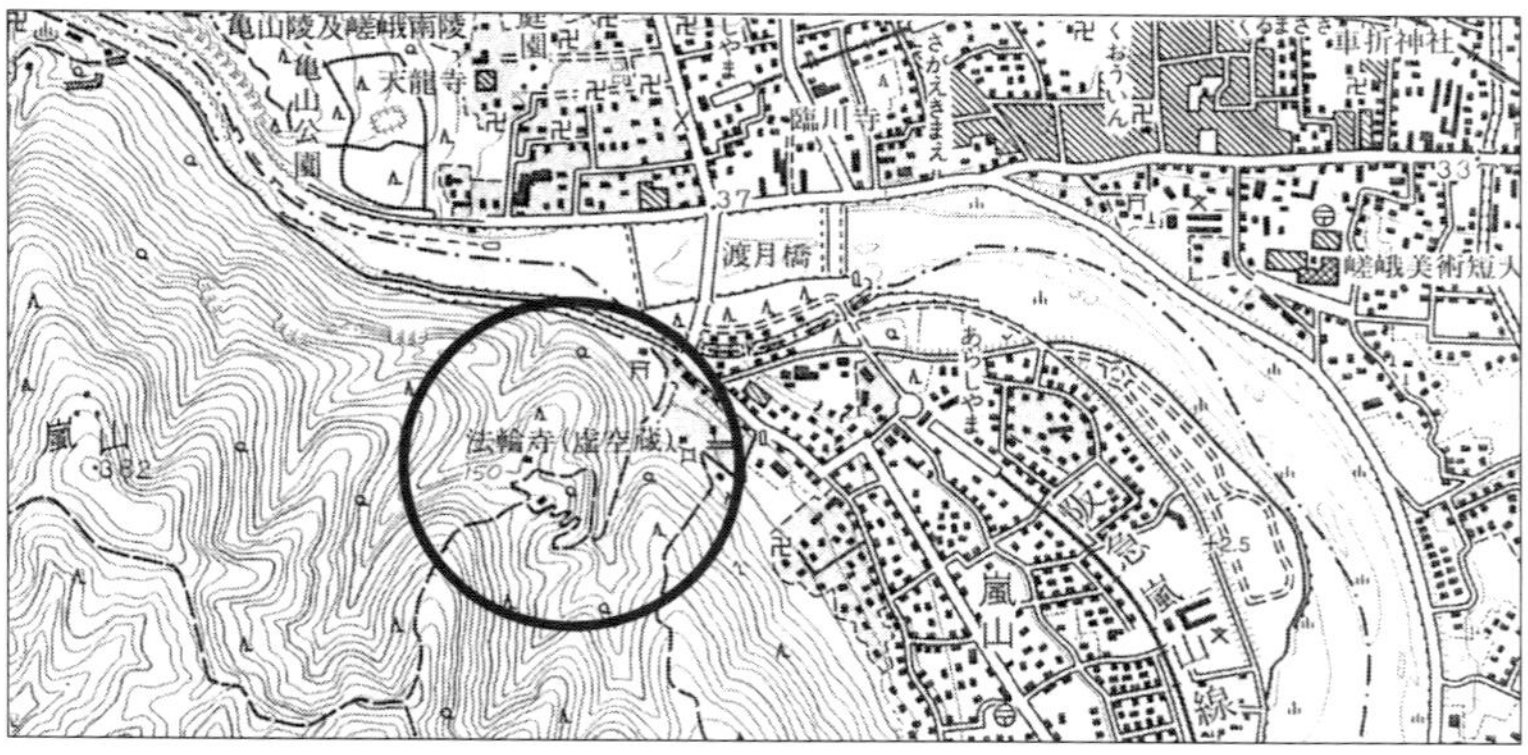

1／2.5万　京都西北部

0　0.5　1.0km

（メモ）

①渡月橋を見下ろす松尾山北麓の虚空蔵山にある。山号は初め木上山・日照山と。現在、智福山。本尊は虚空蔵菩薩。

②『源平盛衰記』巻第四〇に、およそ次のようにある。

法輪寺は道昌僧都の建立である。道昌は現在の香川県出身。天長五（八二八）年、三〇歳の時に弘法大師に灌頂を受けた。その後、虚空蔵求聞持法を修しようとしていた時、大師から葛井寺で修せよとの指示を受けた。翌年、葛井寺に参籠。百日間の行法をしていると、早朝東天に明星天子が来影して虚空菩薩が袖に出現した。数日後、道昌はその形像を造り、木像の御身に納入して神護寺で師空海の供養を受けた。その後、貞観一六（八七四）年、ここに寺を建立し、霊像を安置し、葛井寺を改め法輪寺とした。寺内の阿弥陀堂は和銅六年行基創建の葛井寺跡。

五九二　菩提樹院跡

京都府京都市左京区吉田神楽岡町

関係地図　1／20万 京都及大阪　1／2.5万 京都東北部

705

菩提樹院

菩提樹院に後一条院の御影をかきたるをみて、みなれまうしけることなど
おもひいでてよみ侍ける　　出羽弁

・いかにしてうつしとめけむくもゐにてあかずわかれし月のひかりを

④後拾遺集　五九三

二条院、菩提樹院におはしまして後の春、むかしをおもひ出でて、大納言
経信まゐりて侍りける又の日、女房の申しつかはしける　　読人しらず

・いにしへのなれし雲井を忍ぶとや霞をわけて君たづねけむ

⑧新古今集　一七二四

1／2.5万　京都東北部

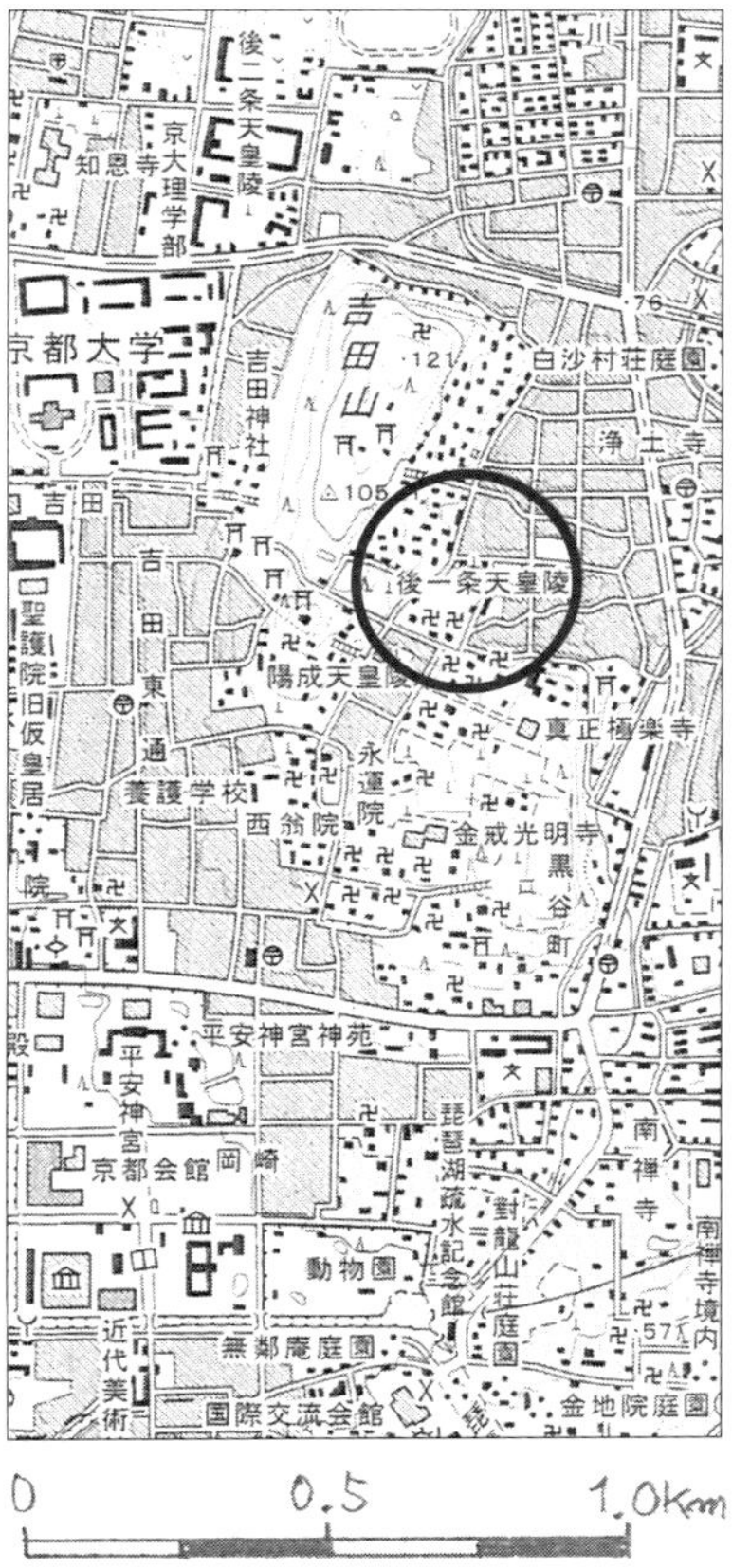

（メモ）

①菩提樹院陵は後一条天皇及び後冷泉天皇中宮章子内親王を葬る。

②後一条天皇は父は一条天皇、母は藤原道長の娘上東門院彰子。後一条天皇は長元九（一〇三六）年四月一七日崩御。同年五月一九日、神楽岡東面の浄土寺西原で火葬。遺骨は浄土寺に安置されたが、神楽岡東に菩提樹院の伽藍の建立が始まり、長暦元（一〇三七）年六月二日、上東門院によって落慶供養が行われた。『百錬抄』長暦元年六月二日条に、

上東門院供-養菩提樹院-。後一条院御墓所。号-桜下-。

とある。表記の歌はこの時のものという。

菩提樹院は南北朝以降は不明という。

五九三　堀河院跡

京都府京都市中京区油小路町、押堀町

関係地図　1／20万 京都及大阪　1／2.5万 京都東北部

708

堀河院

堀河院におはしましける比、閑院の左大将の家のさくらををらせにつかはすとて　　円融院御歌

・かきごしに見るあだ人の家桜花ちるばかり行きてをらばや

⑧新古今集　一四五一

御返し　　左大将朝光

・をりにこと思ひやすらむ花桜有りしみゆきの春をこひつつ

⑧新古今集　一四五二

1／2.5万　京都東北部

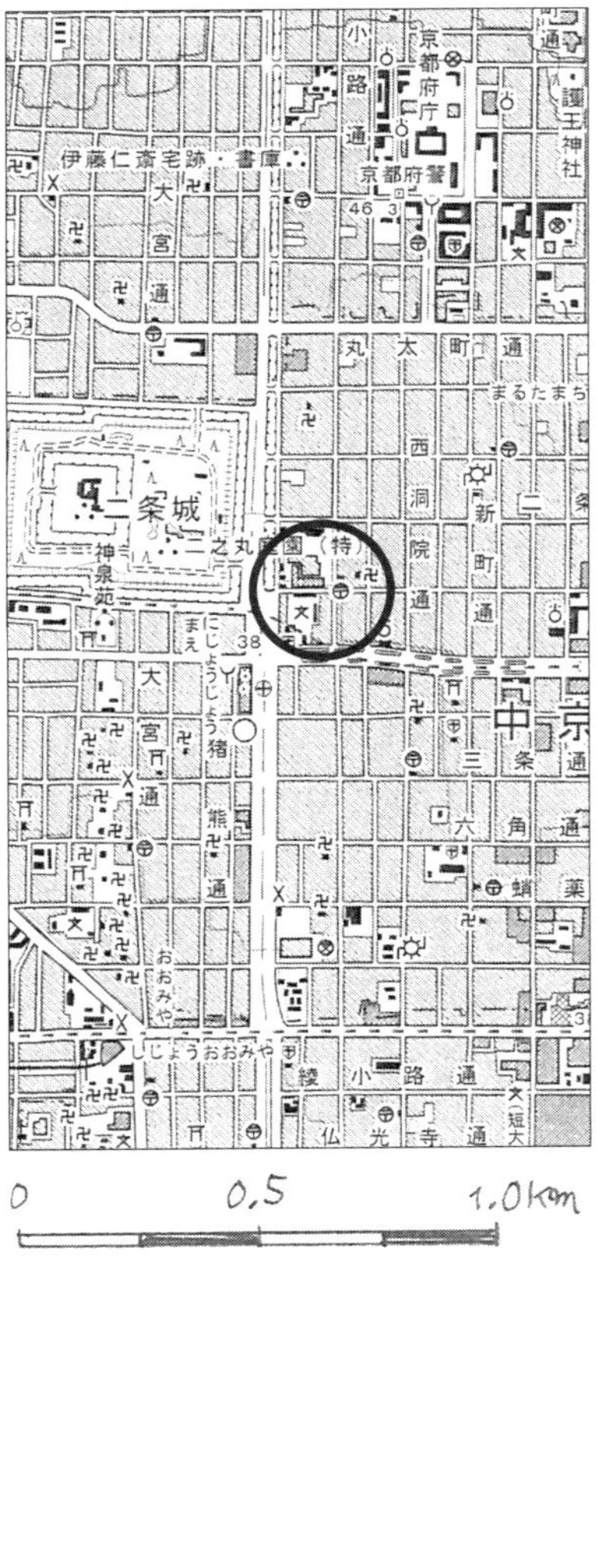

（メモ）

①二条城の東、京都堀川音楽高校や京都国際ホテルANAクラウンプラザ等が建ち並ぶ一帯が堀河院跡で、国際ホテル前に堀河院跡の説明板が立つという。

②AD八七二〜八九一年の摂政であった藤原基経の邸で、第七三代堀川院は表向きの場として堀川院を、内向きの場（住居）として隣接の閑院をご使用されたと。閑院も基経の邸であった。

③藤原基経の孫、兼通のとき、貞元元（九七六）年五月、内裏が火災のため第六四代円融天皇が内裏再建までの約一年間、ここに遷御された。その折、内裏のように改築され「今内裏」と称されたという。これが里内裏の最初という。

五九四　槇島跡

京都府宇治市槇島町

関係地図　1／20万　京都及大阪　1／5万　京都東南部

710　槇の島

河霧をよめる

・うぢがはのかはせも見えぬゆふぎりにまきのしま人ふねよばふなり　藤原基光

⑤金葉集　二四〇

（参考）あじろもるまきのしまもりいとまなみひをのよるしもいやはねらるる

新六帖　九八八

（参考）槇のしまさらしかけたる手作に見えまがふまでさぎぞむれゐる　素覚法師

夫木抄　一〇五四二

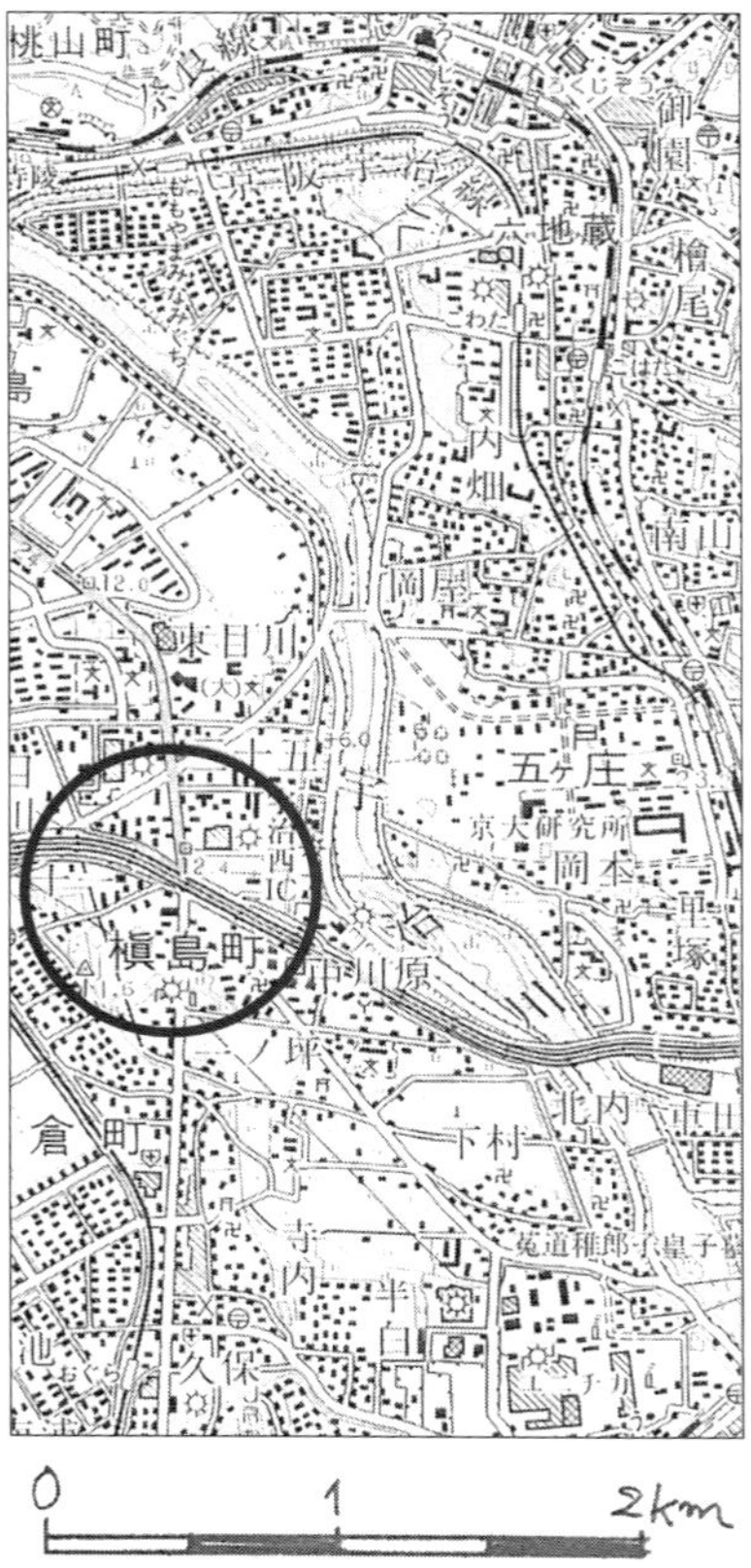

1／5万　京都東南部

（メモ）

①槇島は宇治川の網状流地帯の中洲の一。

②『太平記』巻第一四「将軍御進発、大渡・山崎等合戦の事」に、

敵に心安く陣を取らせじとて、橘の小島・槇島・平等院のあたりを、一宇も残さず焼き払ひける程に……

とある。

③文禄三（一五九四）年、豊臣秀吉は槇島堤を築き、宇治川最北の河道を途中から北へ導き、伏見へ周回させ槇島は宇治郷・小倉・向島と陸続きとなった。

④当地は昔、漁業を中心としていたが、弘安年間（一二七八～一二八七）に、宇治川の網代が禁止となった。変って曝布業が盛んとなり「宇治布」で知られていた。表記の歌はその様子を詠んでいる。

五九五　松《まつ》の尾山《おやま》

京都府京都市西京区嵐山宮町三

関係地図　1／20万　京都及大阪　1／2.5万　京都西北部

722　松のをやま

一条院の御時はじめてまつのをの行幸侍りけるにうたふべきうたつかうまつりけるに

・ちはやぶる松のをやまのかげみればけふぞちとせのはじめなりける　源兼澄

④後拾遺集　一一六八

寛治八年関白前太政大臣高陽院歌合に、いはひの心を

・よろづよを松のをやまのかげしげみ君をぞいのるときはかきはに　康資王母

⑧新古今集　七二六

（参考）としをへて松のをやまのあふひこそいろもかはらぬかざしなりけれ　祐子内親王家紀伊

続古今集　一九三

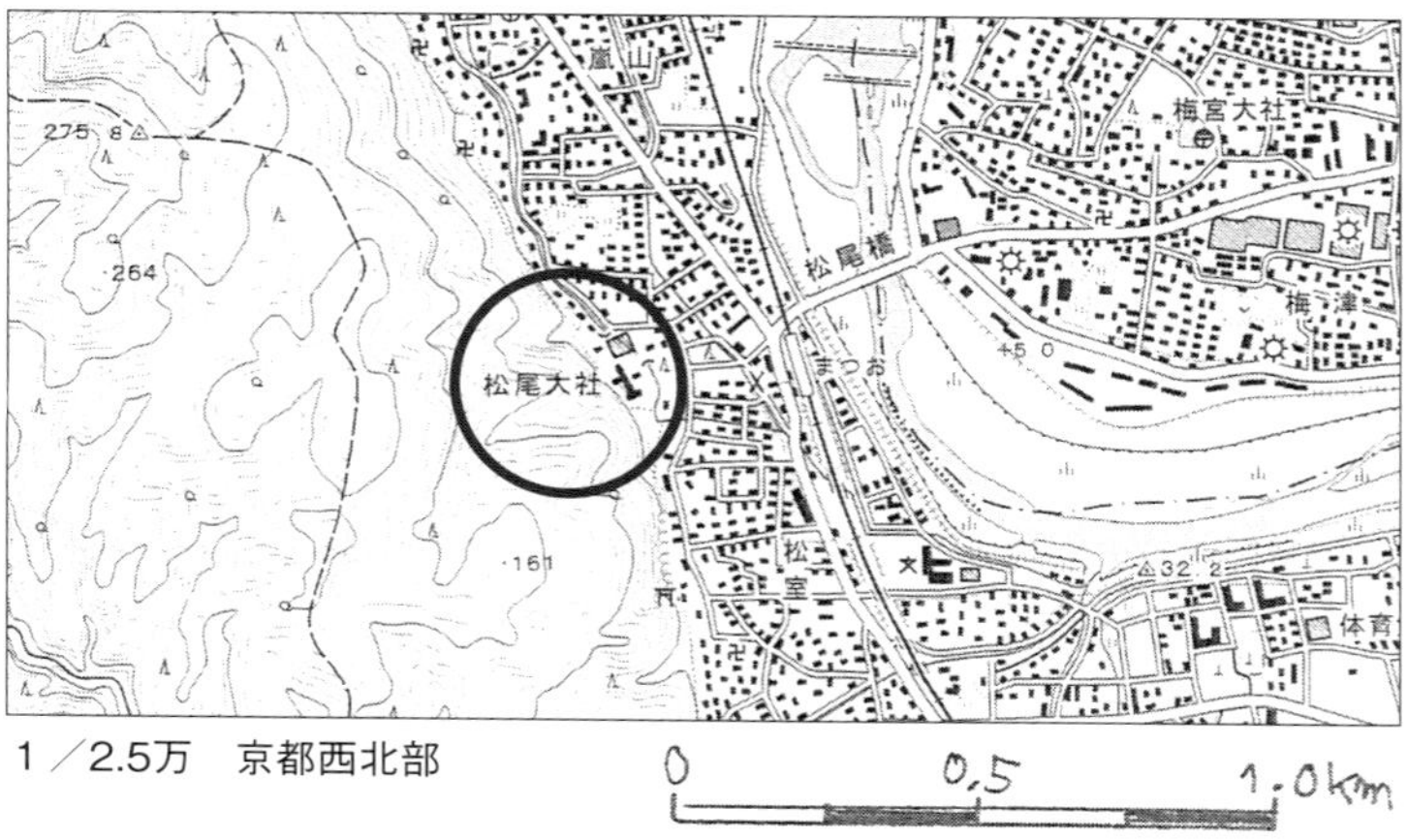

1／2.5万　京都西北部

（メモ）

①松尾山は松尾大社の鎮座する山。『都名所図会』に、

松尾社は梅津の西にあり。別雷山《わけいかづちやま》は社のうしろの山なり、当社の明神の降臨の地なり、松尾山ともいふ。本社は祭る所二座にして、大山咋神《おほやまくひのしん》市杵島姫《いつきしまひめ》なり。神秘あり。大宝元（七〇一）年に秦都理《はたのとり》といふ人社を建て、分土山《わけつちやま》より遷し奉る。鎮座記には、元明帝和銅二（七〇九）年四月一一日、始て加茂より山城国山田庄荒子山《あらしやま》に伝へ奉る。加茂の丹塗《にぬり》の矢化して松尾の神と現ず。則秦良兼同く正光松尾の守護となる。今の社司の遠祖なり。松尾七社、月読社、櫟谷社《いちいたに》、三の宮、宗像社、衣手社、四大神、当本社。

②『延喜式神名帳』葛野郡の「松尾神社二座並名神大月次相嘗新嘗」である。

五九六　瓶の原

京都府木津川市加茂町

関係地図　1／20万　京都及大阪　1／5万　奈良

732

みかの原

・都いでて今日みかの原いづみ河かは風さむし衣かせ山　よみ人しらず　①
古今集　四〇八

・みかのはらわきてながるるいづみ河いつみきとてかこひしかるらむ　中納言兼輔　⑧新古今集　九九六

（参考）みかのはら　ふたぎののへを　きよみこそ　おほみやところ　さだめけらしも　田辺福麿　万葉集　一〇五一

1／5万　奈良

（メモ）

①「みかが」の由来は「水処」といわれる。『都名所図会』には、

瓶《かめ》原　狛里の東一里にあり。むかし、瓶を埋置《うづみおき》けり、それに河水流入てわきかへるやうに出るなりとぞ。瓶原は総名にして、中に多村あり。西村・川原・岡崎・井平尾・東村・登大路・仏生寺・奥畑等なり。

とある。

②これによると、滋賀県境から流れ来る和束川《わづかがわ》は、今日木津川市加茂町井平尾で木津川に注いでいる。その合流点付近をよく見ると、左岸（東）の湾漂山と、右岸（西）の片原山とは古代には連なっていたように見える。よって和束川は、木津川市加茂町河原まで流れ、そこで合流していたであろう。特に、その合流点の河茂町河原の河川敷には、甌穴《おうけつ》（ポットホール）があったのであろう。

③瓶原には天平一二年甕原宮・恭仁京が造営された。約四年で廃都され、山城国分寺が建立された。

五九七　御影山

京都府亀岡市千歳町千歳出雲

関係地図　1／20万　京都及大阪　1／5万　京都西北部
1／2.5万　亀岡

516

千世能山

天禄元年大嘗会風俗、千世能山

・ことしよりちとせの山はこゑたえず君がみよをぞいのるべらなる　よしのふ
③拾遺集　六〇九

（参考）真砂よりいはねになれる千とせ山こや君が代のためしなるらむ　よみ人しらず　続後拾集　六〇三

（参考）峰つづき松のみしげくみゆるかなこれや千とせの山路なるらん　中納言師時卿　夫木抄　八二三一

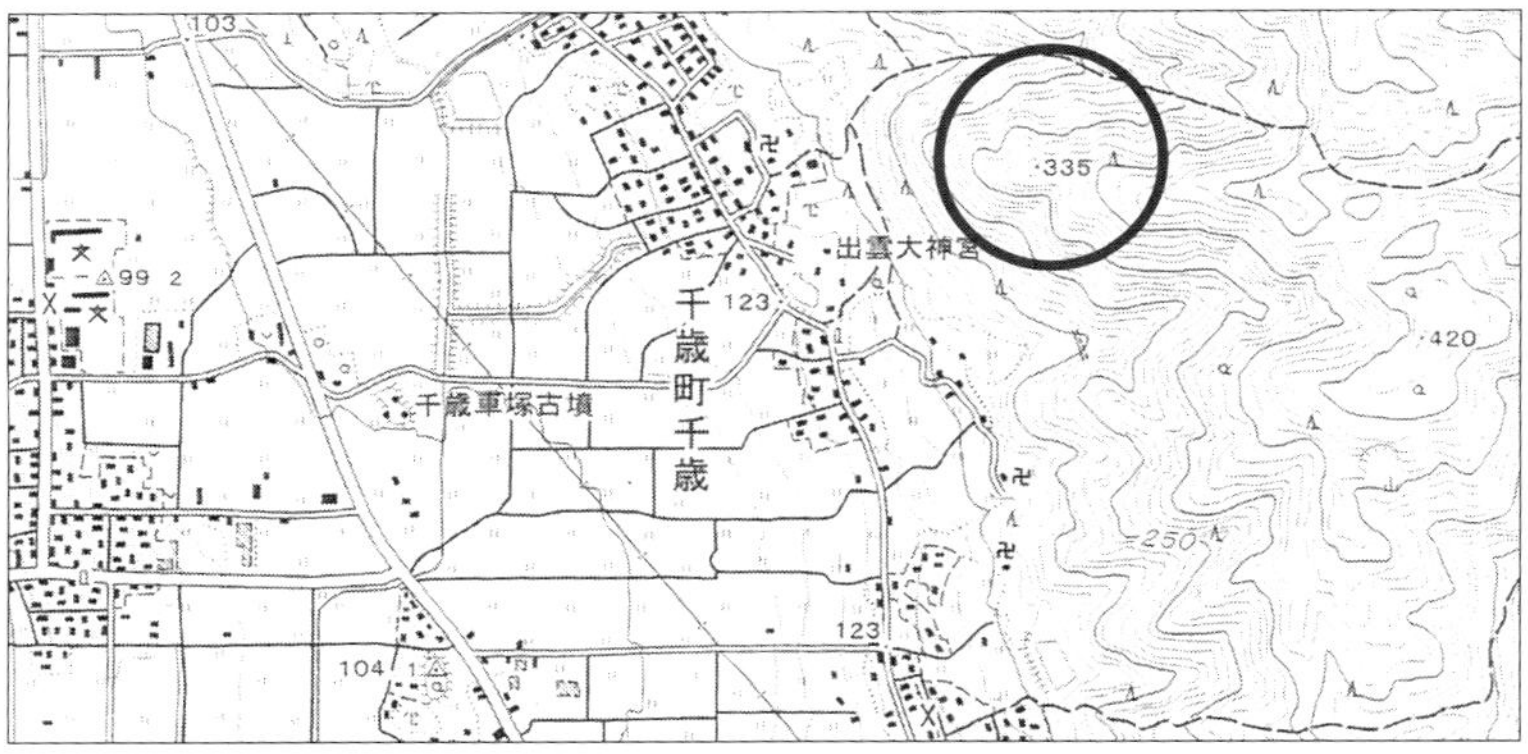

1／2.5万　亀岡

（メモ）

①出雲大神宮背後の山、標高三三五ｍの山が御影山である。この山が狭義の千歳山である。広義の「千歳山」は、亀岡市千歳町の山々、それは北の標高六一六ｍの三郎ヶ岳から南の標高六三六ｍの牛松山まで、直線距離約四㎞の山々である。

②御影山々麓に『延喜式神名帳』の丹波国桑田郡の「出雲神社名神大」丹波国一宮が鎮座する。表記の御影山は当社の神体山であるという。祭神は大己貴尊・三穂津姫命。農業神。

③千歳の山々に冬積った雪は稲作に欠かせない貯水池である。千歳集落の人々が生活するになくてはならない。

④出雲大神宮には長禄三（一四五九）年以前から続く出雲風流花踊りが毎年四月一八日にあるという。

⑤出雲大神宮境内に古墳がある。また西に千歳車塚古墳（国史跡）がある。全長七九ｍの周濠をもつ前方後円墳。

五九八　御蔵山《みくらやま》

736

京都府宇治市木幡御蔵山《おぐらやま》

関係地図　1／20万　京都及大阪　1／2.5万　京都東南部

みくら山

ままきのやたて

・みくら山ま木のやたててすむたみはとしをつむともくちじとぞ思ふ　源俊頼朝臣　⑦千載集　一一七四

（参考）わがこひはみくらのやまにうつしてむほどなき身にはおき所なし　古六帖　八七〇

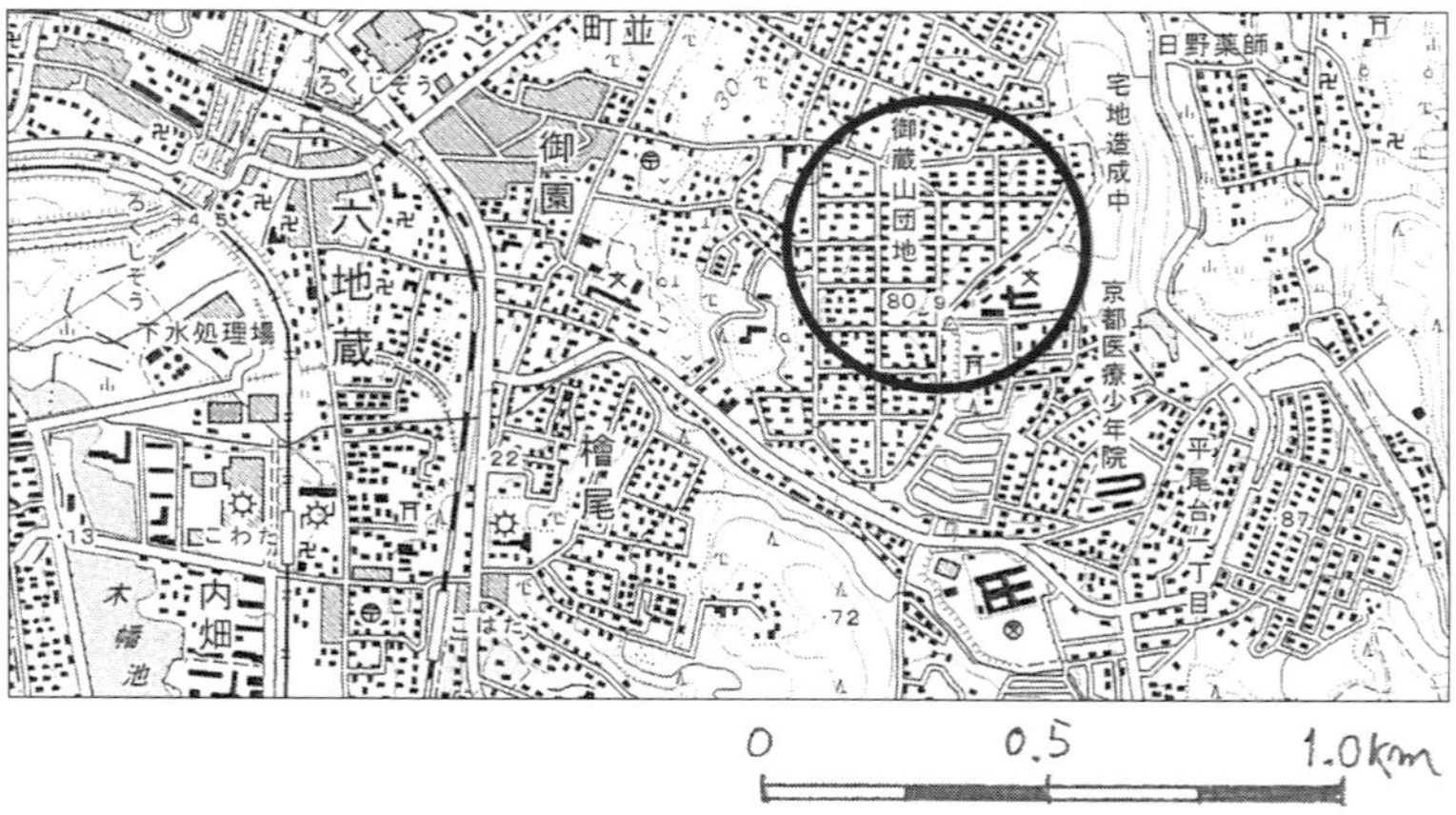

1／2.5万　京都東南部

（メモ）

①現在、標高八〇・九m三角点のある御蔵山がある。

②『栄花物語』に、

この山の頂を平げさせ給て、高き石をば削り、短き所をば埋させ給ひなどして

藤原道長が浄妙寺を建立したその山との伝承があると。

③浄妙寺跡地とされる場所は、現在の御蔵山の西方であるので、昔の「御蔵山」は現在よりは広域の丘陵であったと考えられている。

④現在の宇治市御蔵山には御蔵山小学校がある。その道の南には、御蔵山聖天と宝寿寺がある。

五九九　御手洗《みたらし》川

742

蟻ヶ池からの川

京都府京都市北区上賀茂本山町三三九

関係地図　1／20万　京都及大阪　1／2.5万　京都東北部

みたらし河

・恋せじとみたらし河にせしみそぎ神はうけずぞなりにけらしも　読人しらず　①古今集　五〇一

かもにまうでて侍りけるをとこの見侍りて、いまはなかくれそいとよく見てき、といひおこせて侍りければ

・そらめをぞ君はみたらし河の水あさしやふかしそれは我かは　伊勢　③拾遺集　五三四

賀茂成助にはじめてあひて物申しけるついでにかはらけとりてよめる

・ききわたるみたらしがはのみづきよみそこのこころをけふぞ見るべき　津守国基　⑤金葉集　五九二

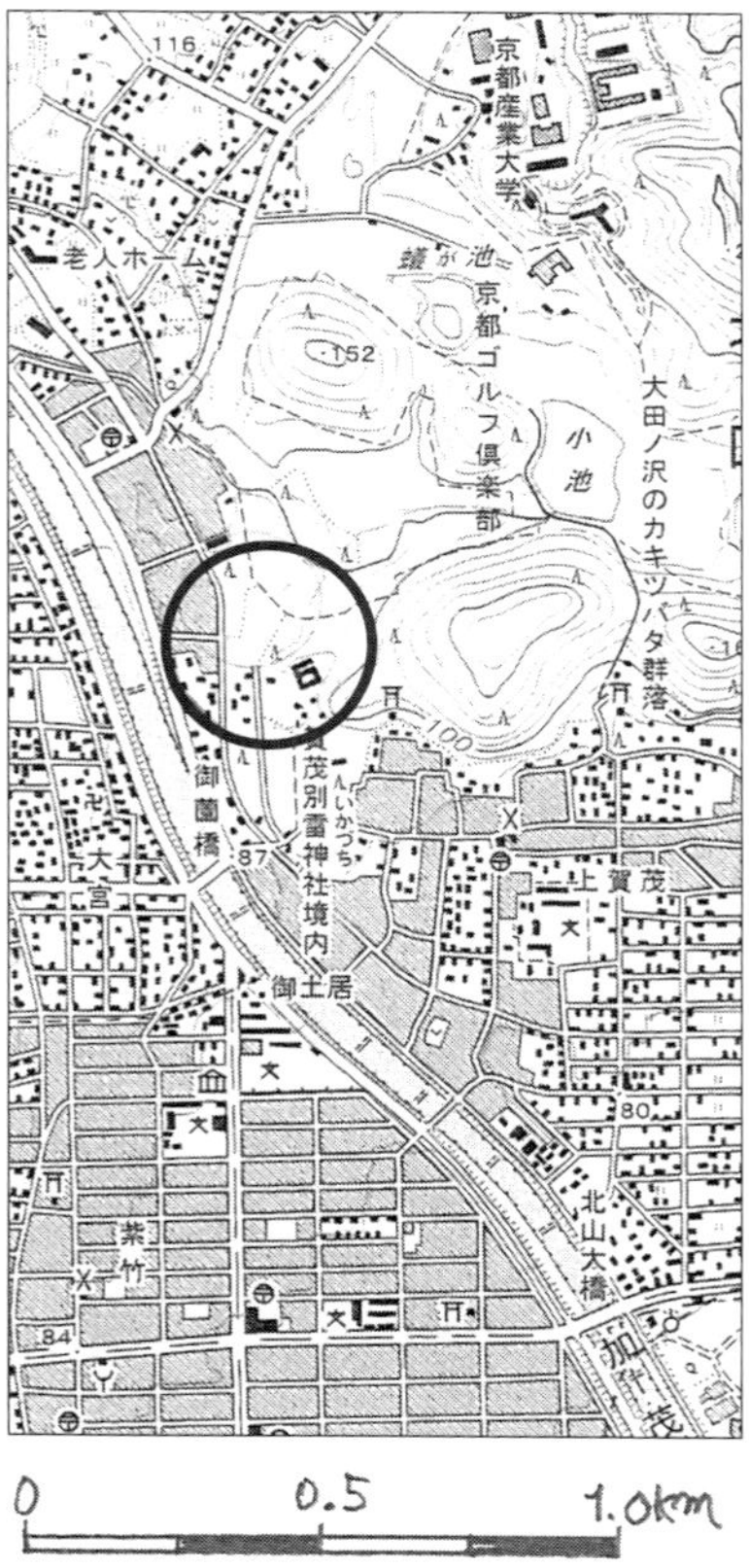

1／2.5万　京都東北部

（メモ）

①御手洗川は、現在明神川と呼ぶ。賀茂川の分水で柊原から分水し、南流し、上賀茂神社の社殿の背後を廻って楼門の南に流れ、東から南に向って流れてくる御《お》物忌《ものい》川と合流し「楢の小川」と名を変える。神社境内を出ると再び明神川となり、一部は賀茂川に注ぐ。残りは上賀茂社家町の北を東流する。

②『永昌記』長治三（一一〇六）年四月一三日条に、

去夜寅刻、別雷社宝殿焼亡云々、預驚㆓焔気㆒、浸㆓衣裳於御手洗川㆒、令㆑消㆑之

とあると。

六〇〇　水江吉野神社推定地

京都府京丹後市切畑・小西

関係地図　1／20万　宮津　1／5万　宮津

746　みづのえのよしのの宮

千五百番歌合に　正三位季能

・みづのえのよしのの宮は神さびてよはひたけたる浦の松かぜ

⑧新古今集　一六〇四　右大臣

（参考）神代よりくもらぬかげや水のえのよし野の宮の秋の夜の月

新後撰集　三八二　鎌倉右大臣

（参考）あさがすみたてるを見ればみづのえのよしののみやに春はきにけり

続後撰集　五

1／20万　宮津

（メモ）

①図中の○は切畑権現山。南北に約二・三kmも峰続きの連嶺。北端標高四〇八m、南端は四六五m。この山は近海航行漁船の良い目標となり遭難防止の神。また山頂に、祭神広国押武金日神の吉野神社がある。この神は五月田植えをしたイネ苗の根付けをよくし、豊作を助ける神という。

②山の真北の網野に網野神社鎮座。祭神は第九代開化天皇の皇子日子坐王、住吉大神、水江浦島子神。『延喜式神名帳』丹後国竹野郡網野神社。浦島子神は日子坐王の裔という。この地に日本海側最大、全長一九八mの前方後円墳がある。

③北東端の○は、開化天皇の妃《みめ》竹野比売の出身地。

六〇一　美豆の御牧跡

京都府久世郡久御山《くみやま》町森

京都府伏見区淀美豆町他

関係地図　1／20万　京都及大阪　1／5万　京都西南部

751　みづのみまき

宇治前太政大臣家にて三十講ののち、うたあはせしはべりけるにさみだれをよめる　さがみ

・さみだれはみづのみまきのまこもぐさかりほすひまもあらじとぞ思ふ

④後拾遺集　二〇六　皇太后宮大夫俊成女

（参考）舟とむるみづのみまきのまこも草からでかりねの枕にぞしく

玉葉集　一二四一　従二位家隆

（参考）春ぞみしみづのみまきにあれし駒ありもやすらむ草がくれつつ

新後拾遺集　二五二　俊頼朝臣

（参考）ひきかくるみづのみまきのあやめぐさねにねをそへてたまとつらぬく

夫木抄　二六二四

752　みづのもり

人のもとにつかはしける　よみ人しらず

・逢ふ事をよどに有りてふみづのもりつらしと君を見つるころかな

②後撰集　九九四

返し　よみ人しらず

・みづのもりもるこのごろのながめには怨みもあへずよどの河浪

②後撰集　九九五

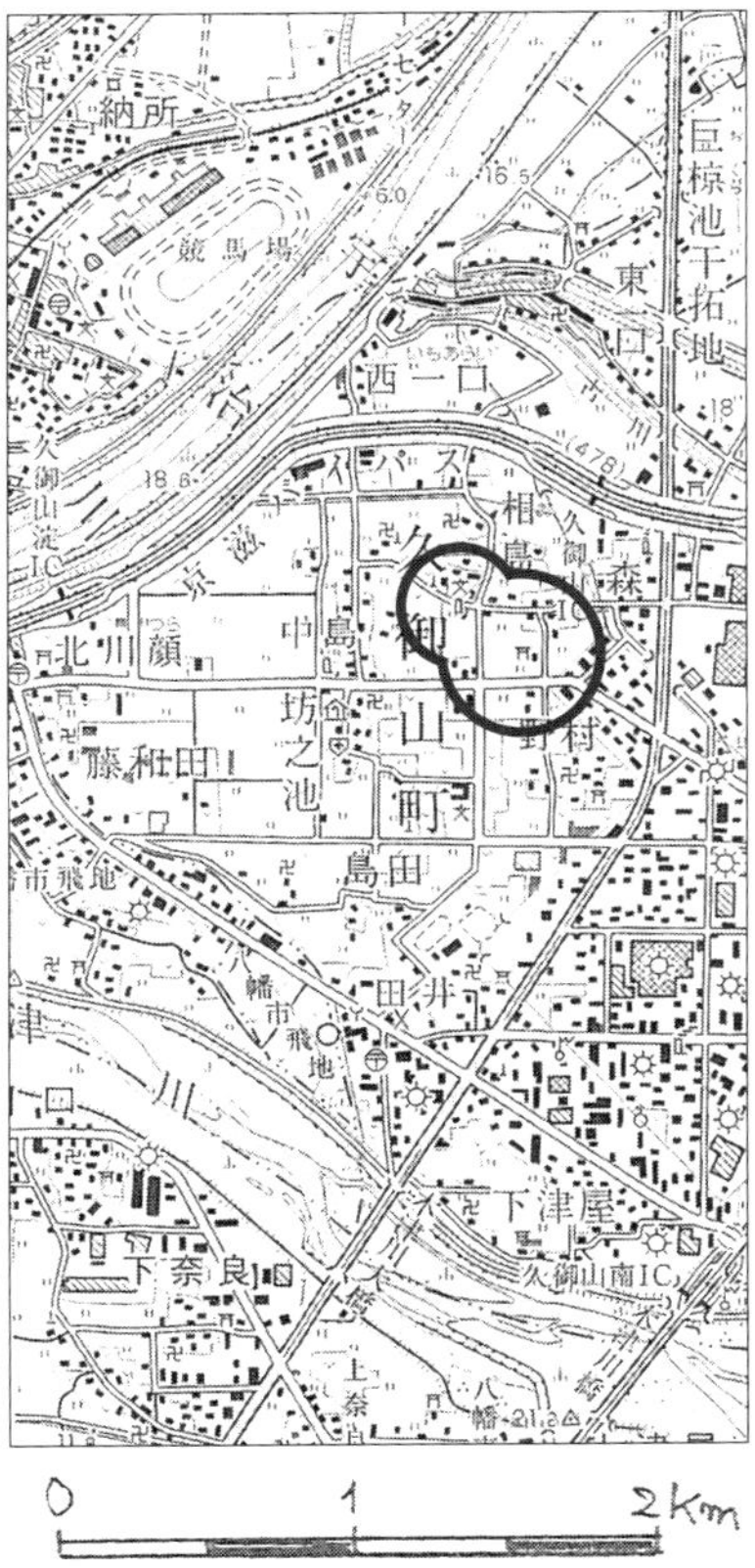

1／5万　京都西南部

（参考）よど河のむかひにみゆるみつのもりよそにのみしてこひわたるかな
新六帖　六〇七

748 みつのさと

隔河恋といへるこころをよめる

・山しろのみつののさとにいもをおきていくたびよどに舟よばふらん　前右京権大夫頼政　⑦千載集　八八七

（参考）さみだれはかつみが葉すゑ水こえて家路にまどふみつの里人　平康頼
玄玉集　九五

（参考）船よばふよどのわたりのかは千鳥みづののさとにつまやこふらし　権僧正公朝　夫木抄　六八〇四

（参考）余所にのみみつ野のまこもいかで猶かりそめにだに枕かはさん　芬陀利花院前関白内大臣　続後拾集　七六九

（メモ）

①この地は北に宇治川、南に木津川が西流して流れ込む巨椋池《おぐらいけ》があった。そのめぐりに古代の朝廷の御牧の一つ、美豆牧が置かれていた。

②久御山町森字宮東に玉田神社が鎮座する。祭神は武甕槌神・誉田別尊・武内宿祢命・天児屋根命。社伝では和銅三（七一〇）年、平城遷都に際し宮城鬼門の鎮守として元明天皇の勅願で創建。また、美豆野御牧、玉田菱玉田神社は美豆野々神社と共に御牧郷地の神といわれ、往古春日明神と称せられた。

③図中の○内の学校は御牧小学校。学校の南西側に石碑がある。碑面に「御牧馬寮」と刻字がある。この辺りから北方伏見にかけてが「美豆牧」である。

④御牧小学校の北西の寺は浄土宗蓮台寺である。寺の開創は寛仁三（一〇一九）年というが、地蔵堂本尊地蔵菩薩は行基作といわれる。苦しみを取り除く苦抜地蔵と呼ばれ、俗に釘貫《くぎぬき》地蔵と称し厚く信仰されている。

⑤歌枕に「美豆の小島」がある。「美豆」の地名は京都市伏見区桂川・宇治川にはさまれた所「美豆町」がある。しかし、ここ玉田神社が美豆の森。その周辺が広く美豆である。古代に美豆の小島と推定されるのは、近くの相島《おじま》集落や中島集落である。この地は巨椋池中の島であった。続古今集に、順徳院御歌、

　人ならぬいはきもさらにかなしきはみつのこじまの秋の夕ぐれ

また、新葉集に、中務卿宗良親王の、

　いざとだにいふ人なくて数ならぬみつのこじまの松はふりにき

がある。

六〇二　紫野

京都府京都市北区紫野

関係地図　1／20万　京都及大阪　1／5万　京都東北部
1／2.5万　京都東北部、京都西北部

783 むらさきの

円融院法皇うせさせたまひてむらさきのに御さうそう侍けるに、ひととせこのところにて子日せさせたまひしことなどおもひいでてよみはべりける　左大将朝光

・むらさきのくものかけてもおもひきやはるのかすみになしてみむとは　④後拾遺集　五四一

後一条院御時賀茂行幸はべりけるに上東門院みこしにのらせ給ひてむらさきのよりかへらせたまひにける又のあしたきこえさせはべりける　選子内親王

・みゆきせしかものかはなみかへるさにたちやよるとぞまちあかしつる　④後拾遺集　一一〇九

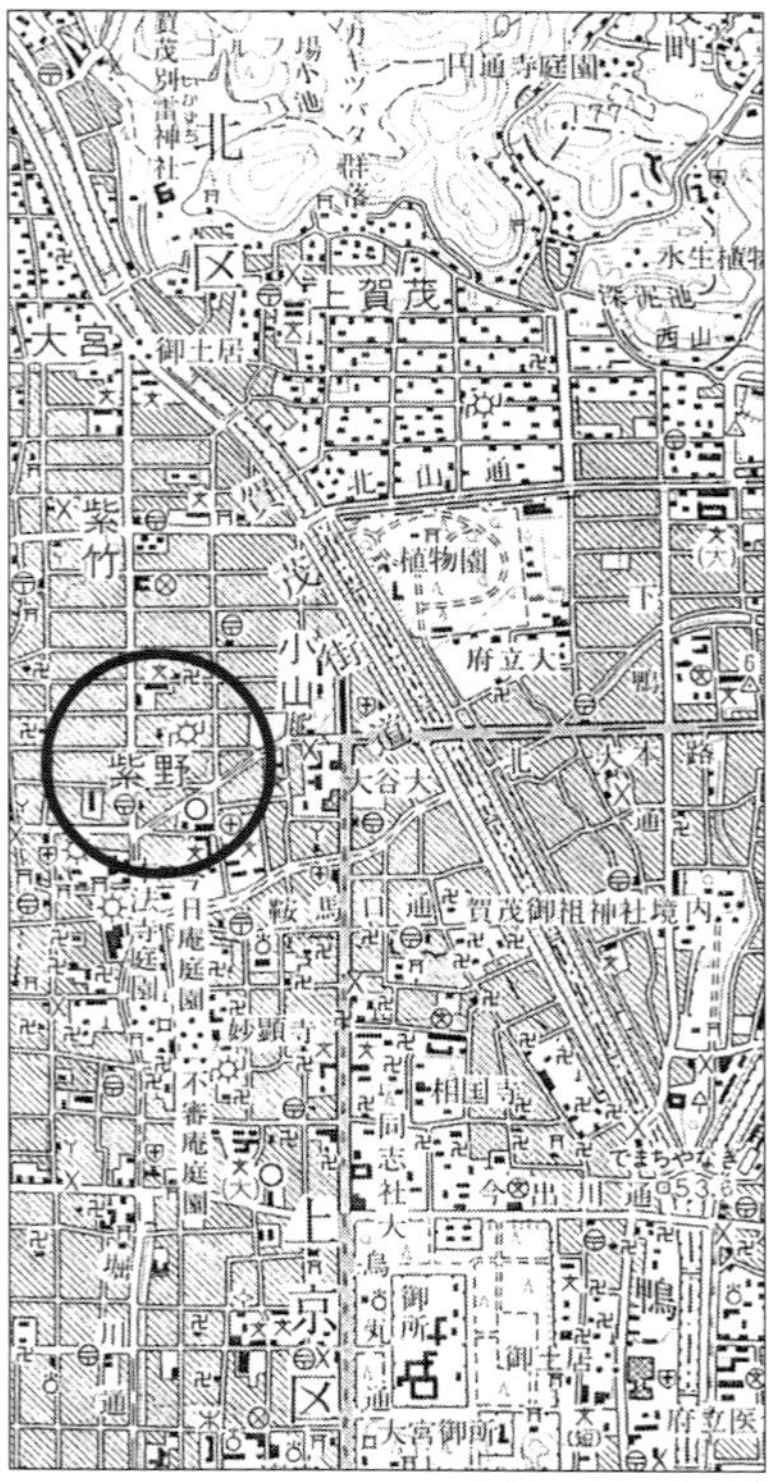

1／5万　京都東北部

（メモ）

①『愛宕郡村志』に、

古代は大野郷の内なり、舟岡山東北一帯の地を紫野と称す。蓋し大内裏の北に在る広き野原にて御猟又遊覧の地たり。

とあると。

②史料の初見は、『類聚国史』延暦一四（七九五）年冬一〇月一日条の

遊二猟於紫野一。

であると。

③紫野には賀茂社の斎王御所「斎院」が置かれた。『日本文徳実録』仁寿二（八五二）年四月一九日条に、

賀茂斎内親王（恵子）禊二於河浜一。是日始入二紫野斎院一。

とある。

六〇三　桃園

京都府京都市上京区横大宮町・梨木町等

関係地図　1／20万　京都及大阪　1／2.5万　京都東北部

790

ももぞの

ももぞのにすみ侍りける前斎院屏風に　つらゆき

•白妙のいもが衣にむめの花色をもかをもわきぞかねつる　③拾遺集　一七

ももぞのの斎院の屏風に　よみ人しらず

•梅の花春よりさきにさきしかど見る人まれに雪のふりつつ　③拾遺集　一〇〇七

1／2.5万　京都東北部

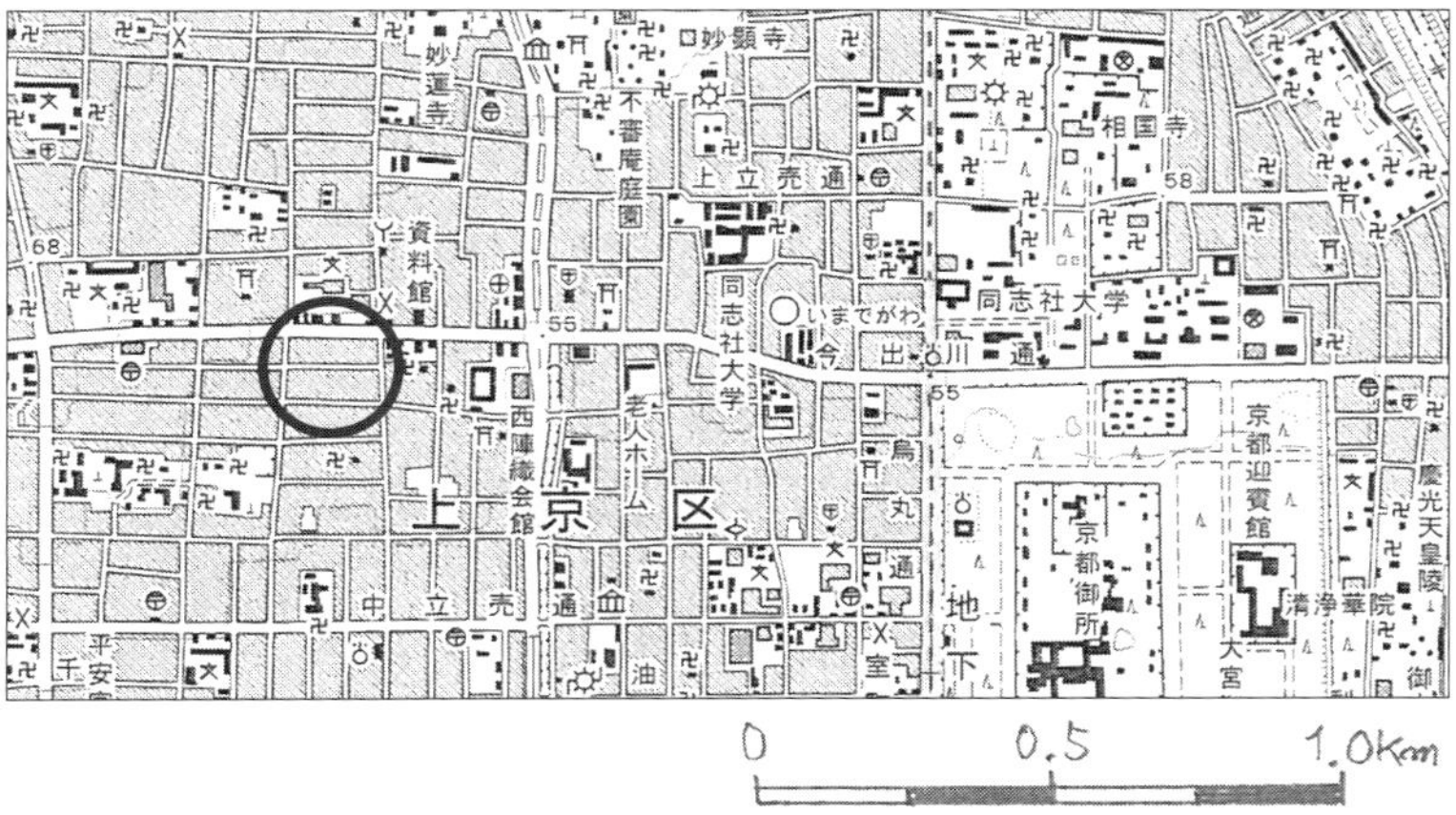

（メモ）

①「桃園」は『拾芥抄』に、

同世尊寺南、源保光卿家。

とあり、「世尊寺」は

一条北、大宮西、本小路東、無路南。

とあり、第五六代清和天皇皇子貞純親王以来の邸宅地で、代々の親王や斎院の居所となったという。

②表記の前斎院・斎院は桃園兵部卿克明親王の同母姉妹の宣子かという。

③桃園兵部卿克明《かつあきら》親王（九〇三～九二七）は第六〇代醍醐天皇の第一皇子。母は更衣源封子。延喜四（九〇四）年一一月親王に。同一〇年正月内宴に列して帯剣。同一一年一一月名を将順から克明に改める。同一六年清涼殿で元服し、三品に叙せらる。延長五（九二七）年四月兵部卿。この年、九月二四日死去。二五歳。親王は琴を弾じ絃歌を奏された。また、博雅正雅・清雅であったと。

六〇四　焼杉山

京都府京都市左京区大原

関係地図　1／20万　京都及大阪　1／5万　京都東北部

210

おほはらやま

人のすみたてまつらむいかがといひたりければよめる　よみ人不知

•心ざしおほはら山のすみならばおもひをそへておこすばかりぞ　④後拾遺集　一二〇八

少将井の尼、大原よりいでたりとききて、つかはしける　和泉式部

•世をそむくかたはいづくにありぬべしおほはら山はすみよかりきや　⑧新古今集　一六四〇

返し　少将井尼

•おもふことおほはら山のすみがまはいとどなげきの数をこそつめ　⑧新古今集　一六四一

1／5万　京都東北部

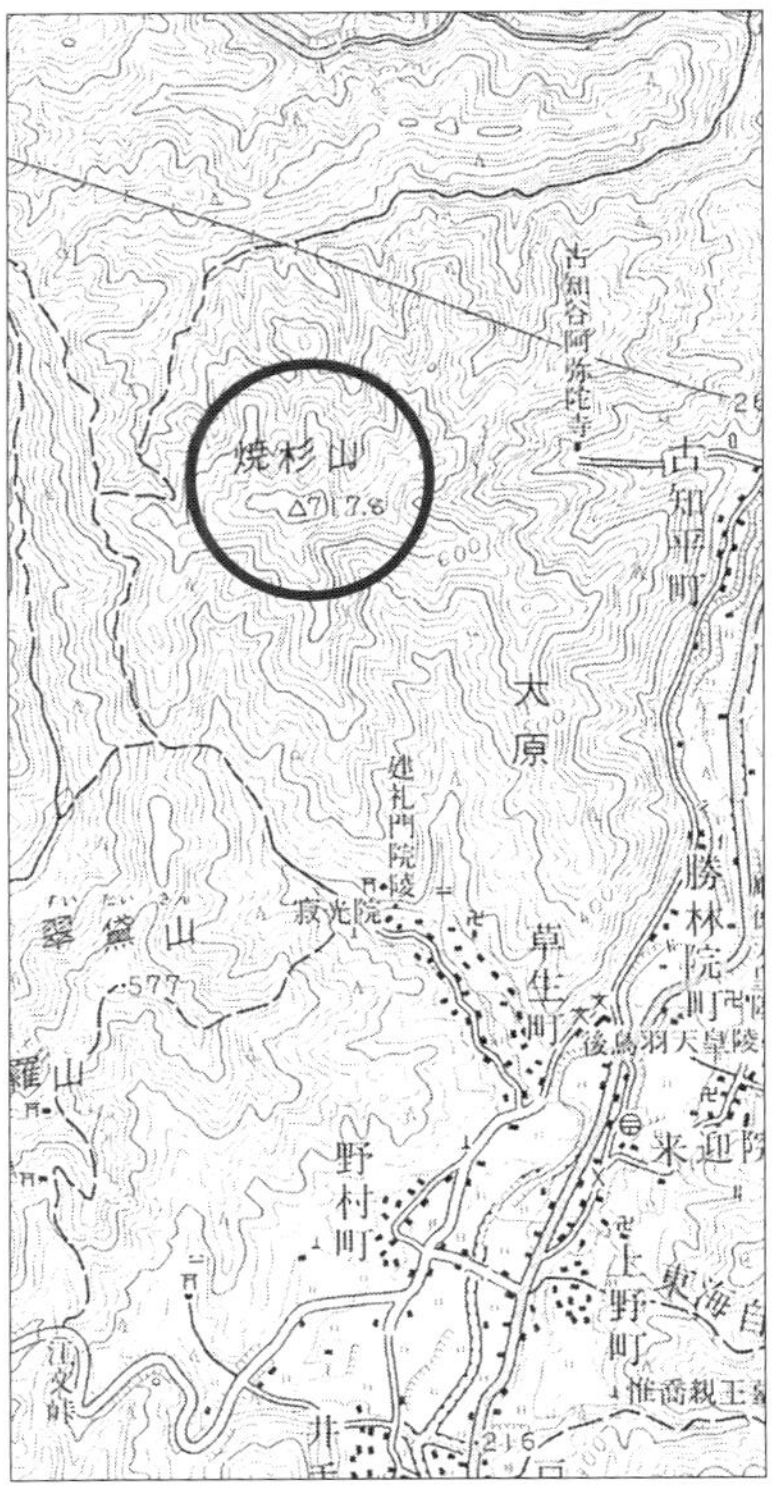

（メモ）

①ここ大原は洛中への柴・薪・炭など燃料の生産地。柴・薪・炭を生産するには、その元である「木」の植林・管理・伐採。一〇月・一一月にもなると炭焼竈を築造し、木を適当な長さに切り、割り、竈に並べて入れ二～三日むし焼きにする。

②昭和三五年頃までは全国の山々で、風のない、朝凪の早朝など、一〇本、二〇本もの白煙が山麓から立ち昇っていたものです。

③「大原山」の代表は、名前から見ても標高七一七・六mの「焼杉山」が最もふさわしい。

六〇五　八坂神社

京都府京都市東山区祇園町北側六二五

関係地図　1／20万　京都及大阪　1／2.5万　京都東北部

263 284

祇園

かみのその

後三条院御時、祇園に行幸侍けるにあづまあそびにうたふべきうためしはべりければよめる　藤原経衡

• ちはやぶるかみのそのなるひめこ松よろづよふべきはじめなりけり

④後拾遺集　一一七〇

（参考）ちはやぶる神のそのふのゆふだすきかけていくよの末まもるらん　法印顕詮　新千載集　九九七

（参考）逢坂の杉よりすぎにかすみけり祇園精舎の春の明ぼの　皇太后宮大夫俊成卿　夫木抄　八四

1／2.5万　京都東北部

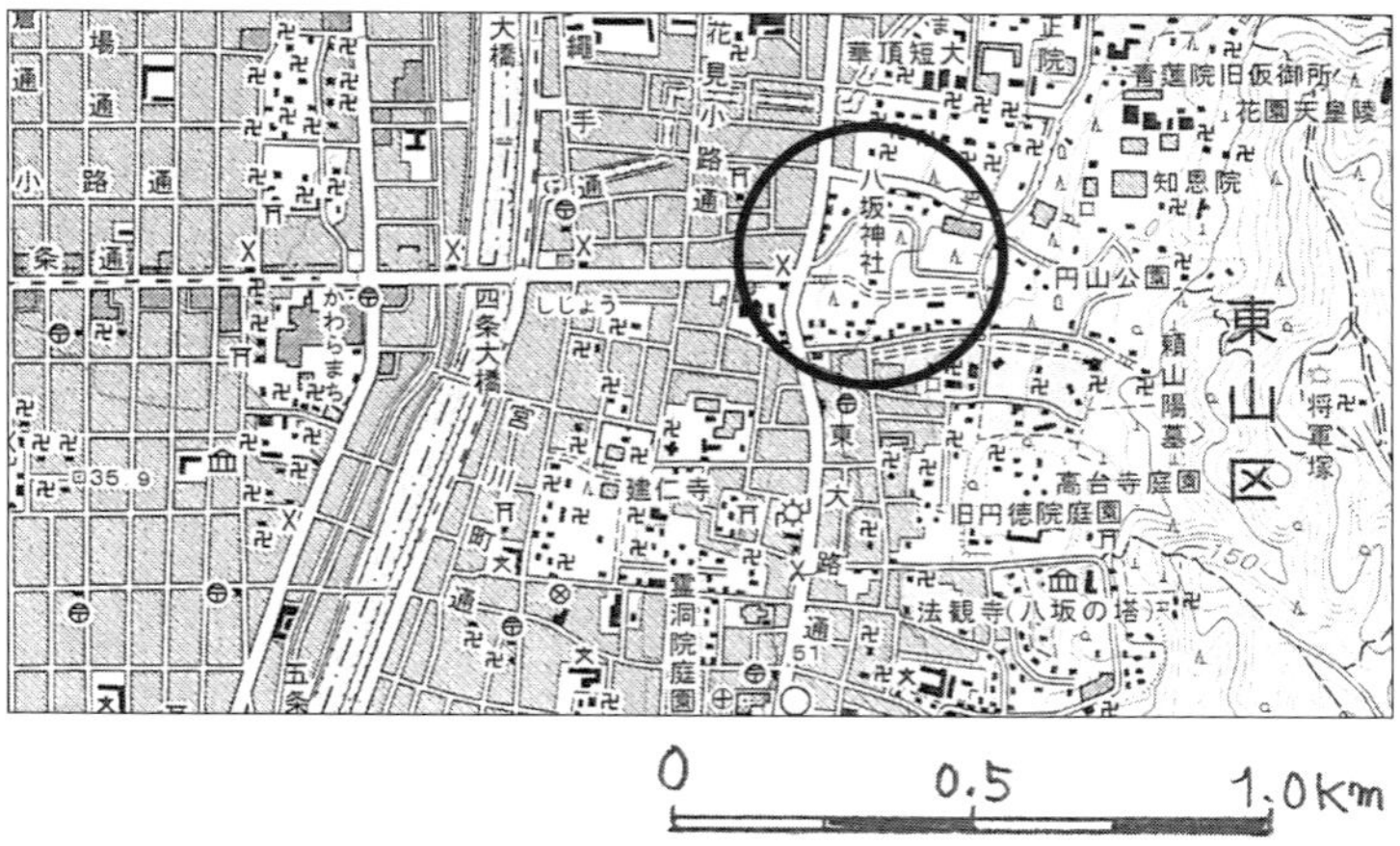

（メモ）

①八坂神社　祭神素盞嗚尊　櫛稲田媛命　五男三女八柱。この地は『和名抄』愛宕郡「八坂郷」。第一〇代崇神天皇の后八坂振大海媛、一二代景行天皇の后八坂入媛等のゆかりの地。また古くより文化がひらけ、摂津国の四天王寺とともに日本最古の法観寺がある。

②第三七代斉明天皇の御代に来貢し高麗の伊利之は「八坂造」の姓を賜ってこの地に住み、また紀百継は祭祀のため八坂郷の丘一所を賜っている。

③東山区八坂上町に法観寺がある。現在臨済宗。当寺には崇竣二（五八九）年聖徳太子建立説と、白鳳七（六七八）年八坂造建立説がある。当寺の八坂の塔、五重塔は室町時代の再建、国重文。近くに、日本三庚甲の一寺である八坂庚甲堂（天台宗・金剛寺）がある。

六〇六　山　崎

京都府乙訓郡大山崎町大山崎辺

関係地図　1／20万　京都及大阪　1／5万　京都西南部

798

山ざき

源のさねがつくしへゆあみむとてまかりけるに、山ざきにてわかれをしみける所にてよめる　しろめ

• いのちだに心にかなふ物ならばなにか別のかなしからまし　①古今集　三八七

山ざきより神なびのもりまでおくりに人人まかりて、かへりがてにしてわかれをしみけるによめる　源さね

• 人やりの道ならなくにおほかたはいきうしといひていざ帰りなむ

①古今集　三八八

1／5万　京都西南部

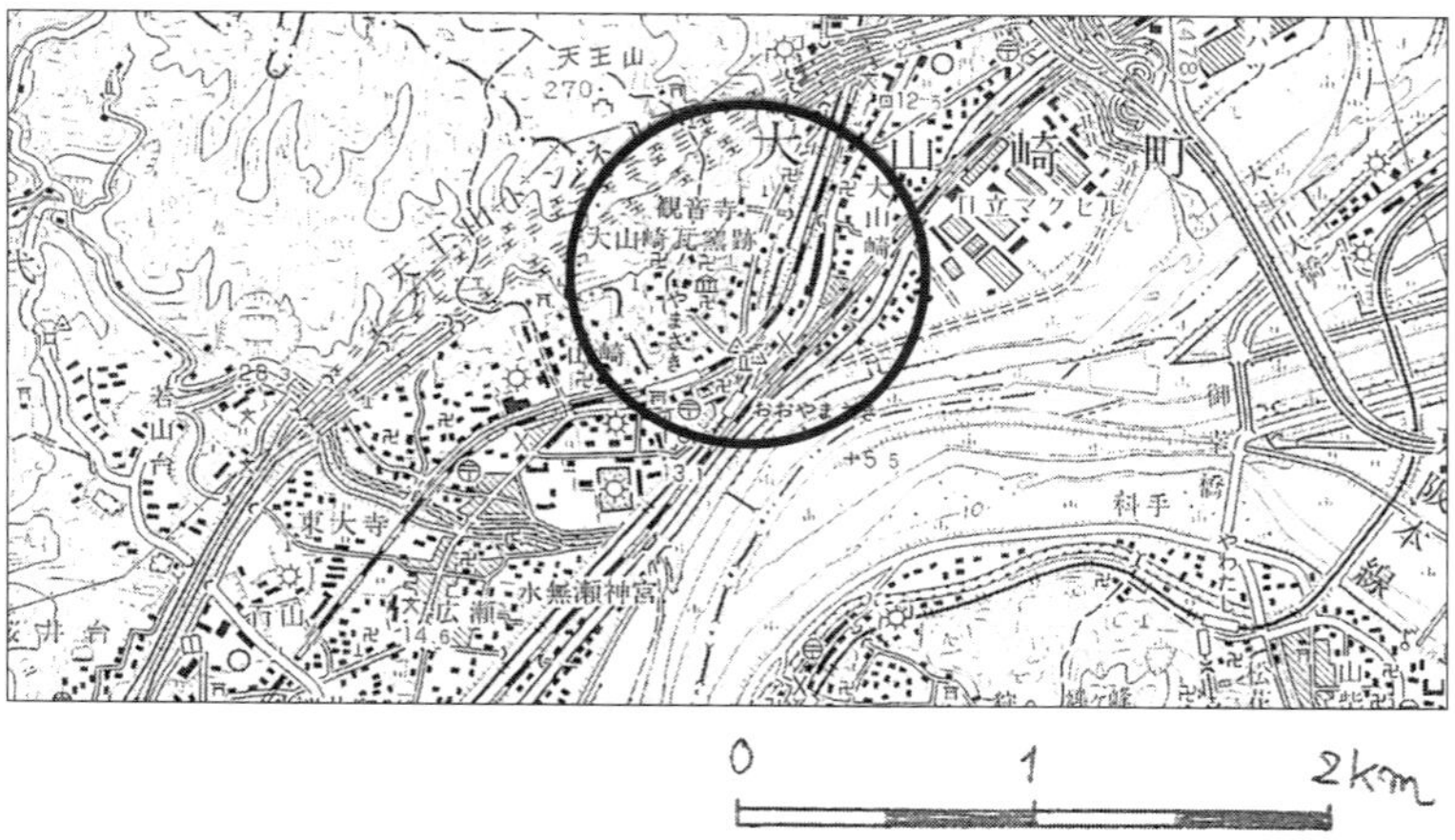

（メモ）

①『和名抄』山城国乙訓郡の「山埼郷」。その郷域は、現在の大山崎町大山崎から大阪府三島郡島本町山崎の水無瀬《みなせ》川付近までという。

②「山崎」は山埼・山碕・山前とも書かれる。「やまざき」の初見は、『日本書紀』孝徳天皇白雉四（六五三）年是歳《このとし》条に、

天皇、恨みて国位《くに》を捨《さ》りたまはむと欲《おもほ》して、宮を山碕に造らしめたまふ。

という。

③山崎の地は古来、軍事上及び交通上の要衝の地であった。地名の由来は、水中に突出した岬のような天王山の地勢によるという。このような地勢は淀川地溝帯の形成により、対岸の男山との連なりを断たれた産物である。

④離宮八幡、又はその神人に関する時は「大山崎」、他は「山崎」を使うと。

六〇七　山　科

京都府京都市山科区

関係地図　1／20万　京都及大阪　1／5万　京都東南部

799

山しな

・山しなのおとはの山のおとにだに人のしるべくわがこひめかも　読人しらず

①古今集　六六四

先帝おはしまさで、世中思ひなげきてつかはしける

・はかなくて世にふるよりは山しなの宮の草木とならましものを　三条右大臣

②後撰集　一三八九

返し

・山しなの宮の草木と君ならば我はしづくにぬるばかりなり　兼輔朝臣　②

後撰集　一三九〇

（参考）やましなの　こはたのやまを　うまはあれど　かちよりわがこし　なをおもひかねて　万葉集　二四二五

1／20万　京都及大阪

（メモ）

①『和名抄』山城国宇治郡の「山科郷」。東は逢坂山山系、西と北は東山山系に囲まれた山科盆地北部に位置する。

②郷名は『扶桑略記』天智天皇一〇（六七一）年一二月三日天皇崩。同一二月五日。天皇駕レ馬。幸二山階郷一。更無二還御一。永交二山林一。不レ知二崩所一。山陵山城国宇治郡山科郷北山。高二丈。方一四町。が早い例という。

③『伊勢物語』七十八段に「山科の宮」がある。

六〇八　山科音羽川

京都府京都市山科区

関係地図　1／20万　京都及大阪　1／5万　京都東南部

194

おとは河

・よそにのみきかましものをおとは河渡るとなしに見なれそめけむ　藤原かねすけの朝臣　①古今集　七四九

・ありとのみおとにききつつおとはがはわたらば袖にかげもみえなん　読人しらず　⑧新古今集　一〇五五

（参考）おとはがはたきのみなかみゆききえてあさひにいづる水のしらなみ　光明峰寺入道前摂政左大臣　続古今集　一五

（参考）春のくる朝けの風の音羽河滝ついはねも氷とくらし　後照念院関白太政大臣　新拾遺集　一五

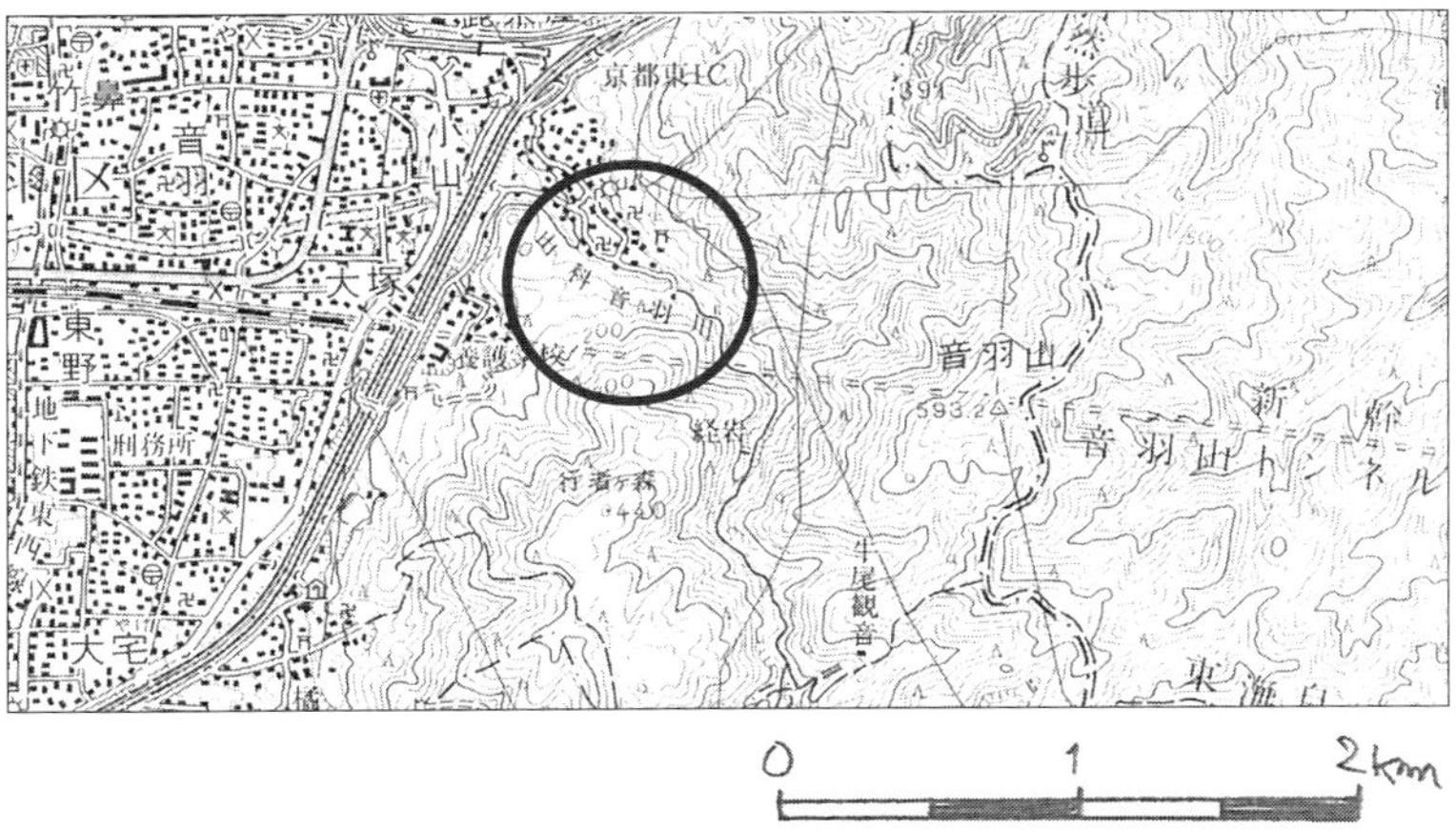

1／5万　京都東南部

（メモ）

①山科音羽川の源は京都府伏見区醍醐・滋賀県大津市国分にまたがる標高六〇〇mの千頭岳である。千頭岳の京都市伏見側には東部山間治水利水ダムがある。それから約二km流下すると牛尾観音の西麓に至る。

②山科音羽川が名神高速道路下を流れ、国道一号の下を流れ、山科区音羽の音羽川小学校の南に来るまでが「山科音羽川」である。その後、山科区西野地区に入り、国道一号や東海道新幹線の下を通り南流すると、完全に「山科川」と名を変える。

③『山城志』に、

音羽川　源自音羽山・音羽滝、経過小山・大塚・音羽・東野・椥辻《なぎつじ》等、至勧修寺入山科川

とあると。音羽山麓から中腹長尾の法厳《ほうごん》寺《じ》に至る間に蛙石・経石・仙人窟・五丈岩・銚子ノ滝・蛇ノ淵などの景勝があると。

六〇九　山城国府跡

京都府乙訓郡大山崎町大山崎・離宮八幡宮辺

関係地図　1／20万 京都及大阪　1／2.5万 淀

801　山しろ

・つのくにのなにはおもはず山しろのとはにあひ見むことをのみこそ　よみ人しらず　①古今集　六九六

やましろのかみになりてなげき侍りけるころ、月のあかかりけるよ、まできたりける人のいかがおもふととひ侍りければよめる

・やましろのいはたのもりのいはずともこころのうちをてらせ月かげ　藤原輔尹朝臣　⑥詞花集　三〇四

恋うたあまたよみ侍りけるに

・もらさばやおもふ心をさてのみはえぞ山しろのゐでのしがらみ　殷富門院大輔　⑧新古今集　一〇八九

1／2.5万　淀

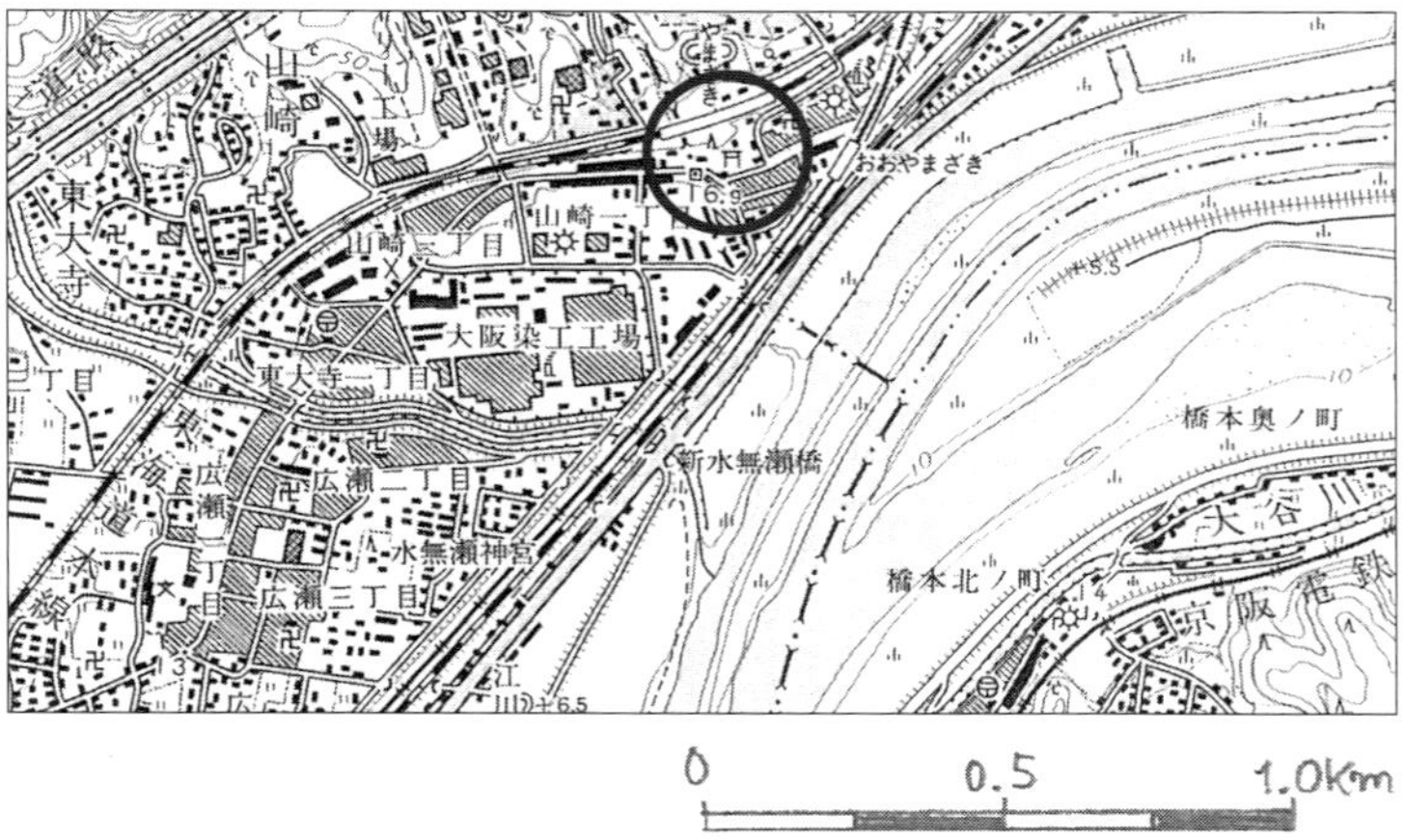

（メモ）

①『国造本紀』に、

山城国造　橿原（神武）朝御世。阿多振命為二山代国造一。

山背国造　志賀高穴穂（成務）朝御世。以二曽能振命一定二賜国造一。

とある。

②木津川市山城町上狛、上狛駅周辺の大里・新在家の八町（約九百ｍ）四方が山背国府跡推定地である。ここが那羅山の背後であり「山背」そのものであると。

③『日本紀略』延暦一三（七九四）年一一月八日条に、

宜下改二山背国一為中山城国上。

とある。

④『和名抄』山城国に

源唱朝臣為方之時奏明以河陽離宮為国府

とあり、当時河陽離宮が国府であった。

六一〇　由良川河口

京都府宮津市・舞鶴市

関係地図　1／20万 宮津　1／5万 丹後由良

809　ゆらのと

・ゆらのとをわたるふな人かぢをたえ行くえもしらぬ恋のみちかも　曽祢好忠　⑧新古今集　一〇七一

（参考）朝まだき霞も八重の塩風に由良の戸わたる春の舟人　後鳥羽院御製　続後拾集　三六

810　ゆらのみなと

百首歌たてまつりし時

・かぢをたえゆらのみなとによるふねのたよりもしらぬおきつしほかぜ　摂政太政大臣　⑧新古今集　一〇七三

1／5万　丹後由良

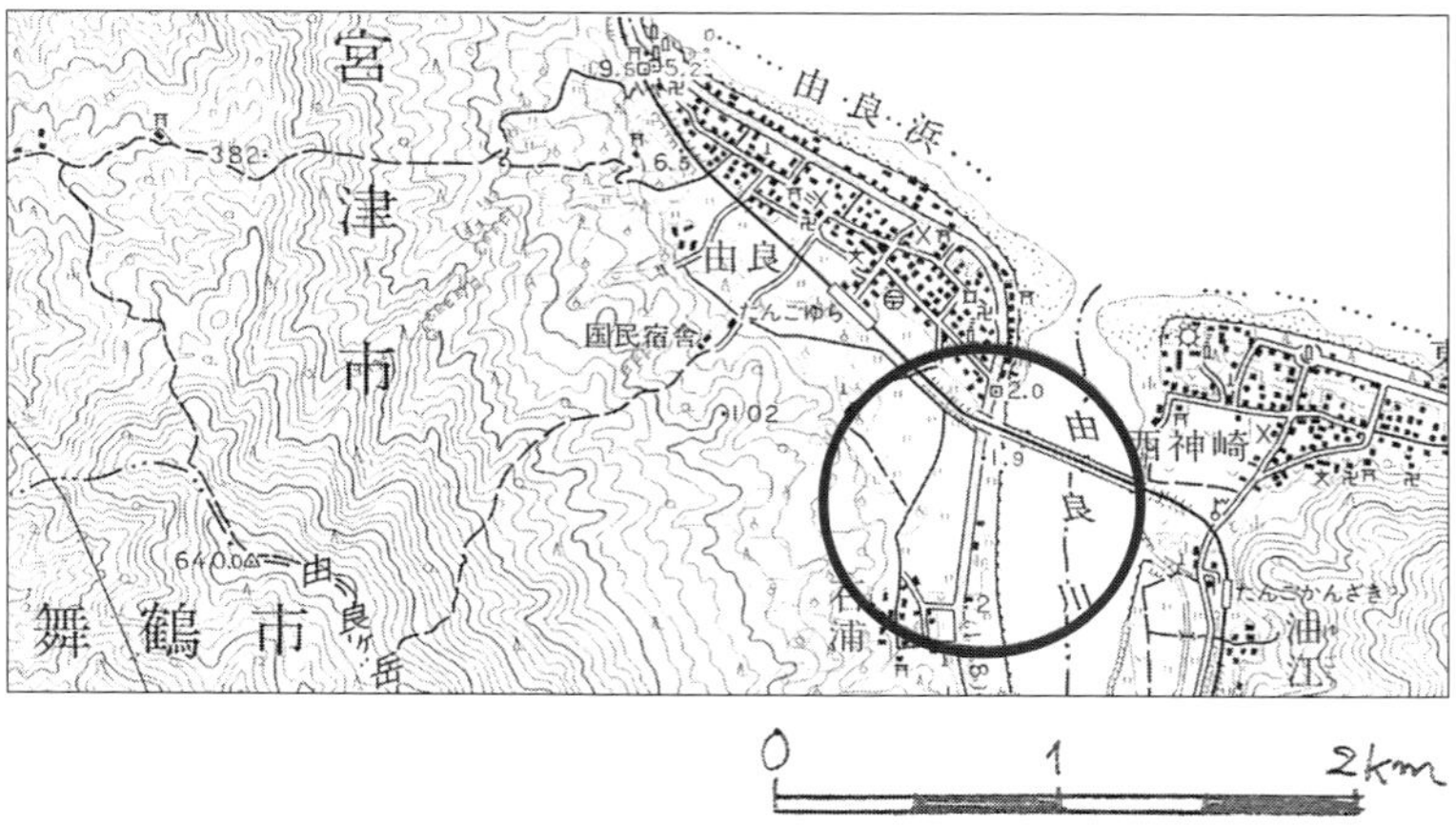

（メモ）

①由良川は京都府・滋賀県・福井県の三府県にまたがる標高七六六ｍの三国岳等を源にし、丹波国・丹後国を流れ、宮津市由良で日本海に注ぐ。幹線流路長一四六km・流域面積一八八〇㎢の大河である。

②由良川は河川勾配が緩やかであり舟運に利用。河口の由良湊は西廻り航路と内陸水運の接点として栄えた。

③由良川出入口の河口は狭く、少し高い。この河口が「由良の門」である。また、由良には「由良の湊千軒長者」という言葉があり、廻船業が盛んであり、河口付近は「船溜り地」であった。

④由良川河口右岸、舞鶴市西神崎も同様であり、湊十二社権現（現湊十二神社）が鎮座。集落の鎮守であるが船運業との関係が深く、千石船の船絵馬が奉納されているという。

⑤山椒大夫・安寿姫・厨子王ゆかりの地である。

六一一　与謝の海

京都府宮津市、与謝郡伊根町・与謝野町の栗田湾・宮津湾・阿蘇海

関係地図　1／20万　宮津

813

よさの海

丹後国にまかりける時、よめる　赤染衛門

・おもふことなくてぞみましよさの海のあまのはしだて都なりせば

⑦千載集　五〇四

（参考）よさのうみかすみわたれる明方におきこぐふねのゆくへしらずも　権中納言長方　風雅集　一四三〇

（参考）よさの海のあまのしわざとみしものをさも我がやくとしほたるるかな　和泉式部　新拾遺集　一〇二六

1／20万　宮津

（メモ）

①『和名抄』丹後国に与謝《よさ》郡がある。与謝郡が面する海が「与謝海」。しかし、一般には宮津湾かともいわれる。

②宮津湾は若狭湾の支湾で、南東側は黒崎、北西側は丹後半島波見崎で囲まれる。宮津湾の奥は天橋立で区切られ、西側は内海《うちうみ》・阿蘇海《あそうみ》と呼ぶ。

③『丹後国風土記』逸文「天椅立」に、久志備《くしび》の浜（天椅立）と云ひき。此《こ》を中間《なかつま》に久志《くし》と云へり。此《これ》より東《ひむがし》の海を与謝《よさ》の海と云ひ、西の海を阿蘇《あそ》の海と云ふ。

とある。

六一二　吉田山

京都府京都市左京区吉田神楽岡町

関係地図　1／20万　京都及大阪　1／2.5万　京都東北部

220

かぐらをか

後一条院の御八講に菩提樹院にまゐり侍りけるに、かぐらをかにて郭公のなき侍りければよめる　律師慶暹

・いにしへを恋ひつつひとりこえくればなきあふ山のほととぎすかな

⑦千載集　一九一

（参考）君が代をいのるいのりのかぐらをか松も千とせの色やそふらし　新六帖　六〇一

（参考）かぐらをかふきまふ風のつてごとにふりすぎこゆるすずむしの声　大炊御門右大臣　夫木抄　五六三〇

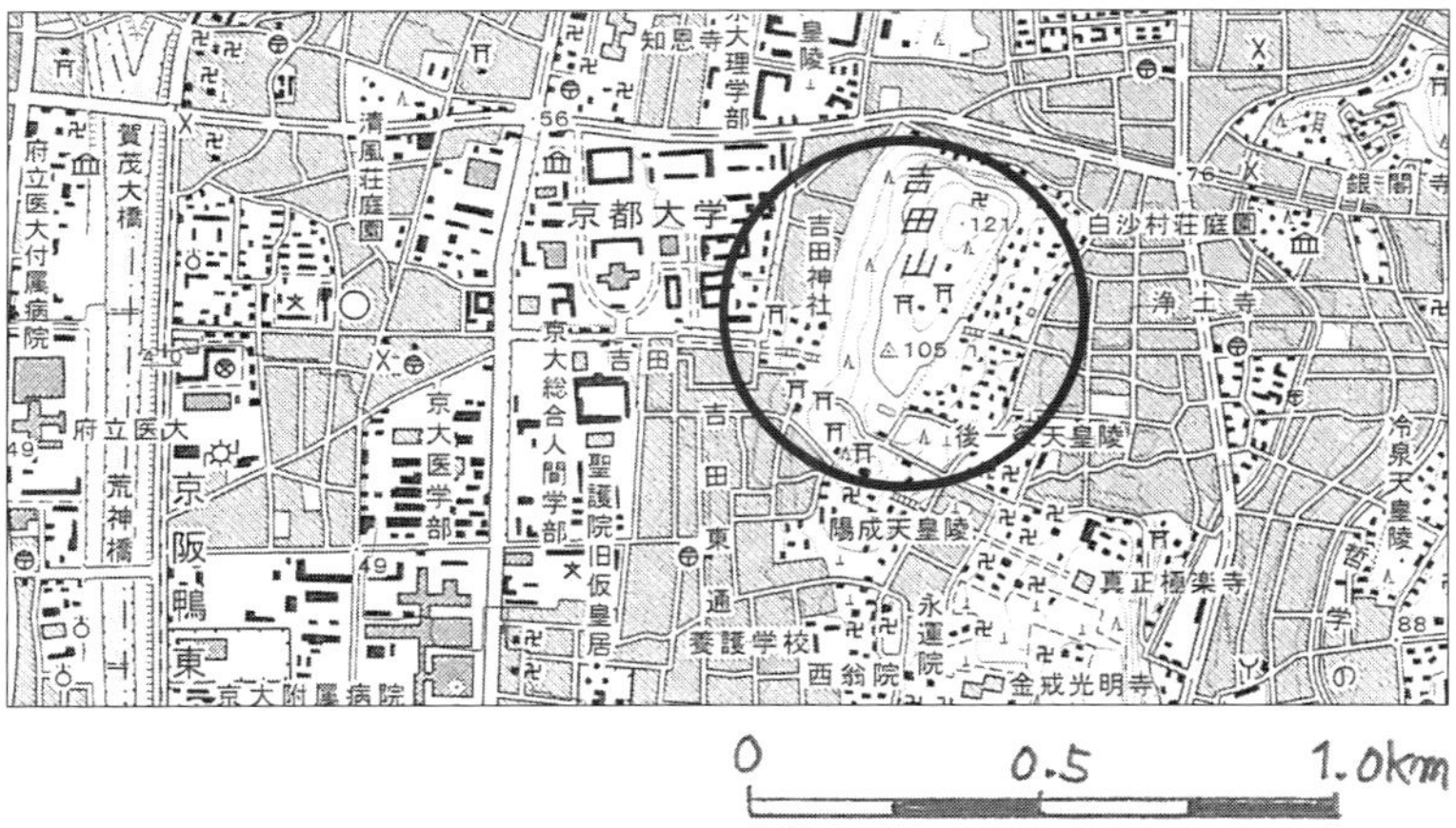

1／2.5万　京都東北部

（メモ）

①「吉田山」標高一〇二・六mの丘。『都名所図会』に次のようにある。

吉田宮斎場所は神楽岡にあり。神代の天照大神、天の岩戸に入給えば、八百万の神達集まりて神楽を奏せし。其所降りて山となりしより号《なづく》るなり。当社は清和天皇の御宇貞観二（八六〇）年中納言山蔭卿の勧請、又一説には卜部《うらべの》兼延《かねのぶ》の造立ともいふ。

また、『新続古今集』の歌、

百とせをはや四かへりの霜をへて
たえぬ吉田の神まつりかな　兼熙

を挙げている。

②この吉田山は、神の神殿、「神座《かみくら》」であったと想像され、「神座《かみくら》」が「神楽岡」になったのでなかろうかとも考えられている。

六一三　淀

京都府京都市伏見区淀

関係地図　1／20万 京都及大阪　1／5万 京都西南部
1／2.5万 淀

819　よど
・まこもかるよどのさは水雨ふればつねよりことにまさるわがこひ　つらゆき
①古今集　五八七

821　よどの
五月五日わりなくてもりいでたる所に、こもといふ物ひきたりしもわすれがたさにいひつかはしける　相摸
・あやめにもあらぬまこもをひきかけしかりのよどののわすられぬかな
⑤金葉集　三八八

1／5万　京都西南部

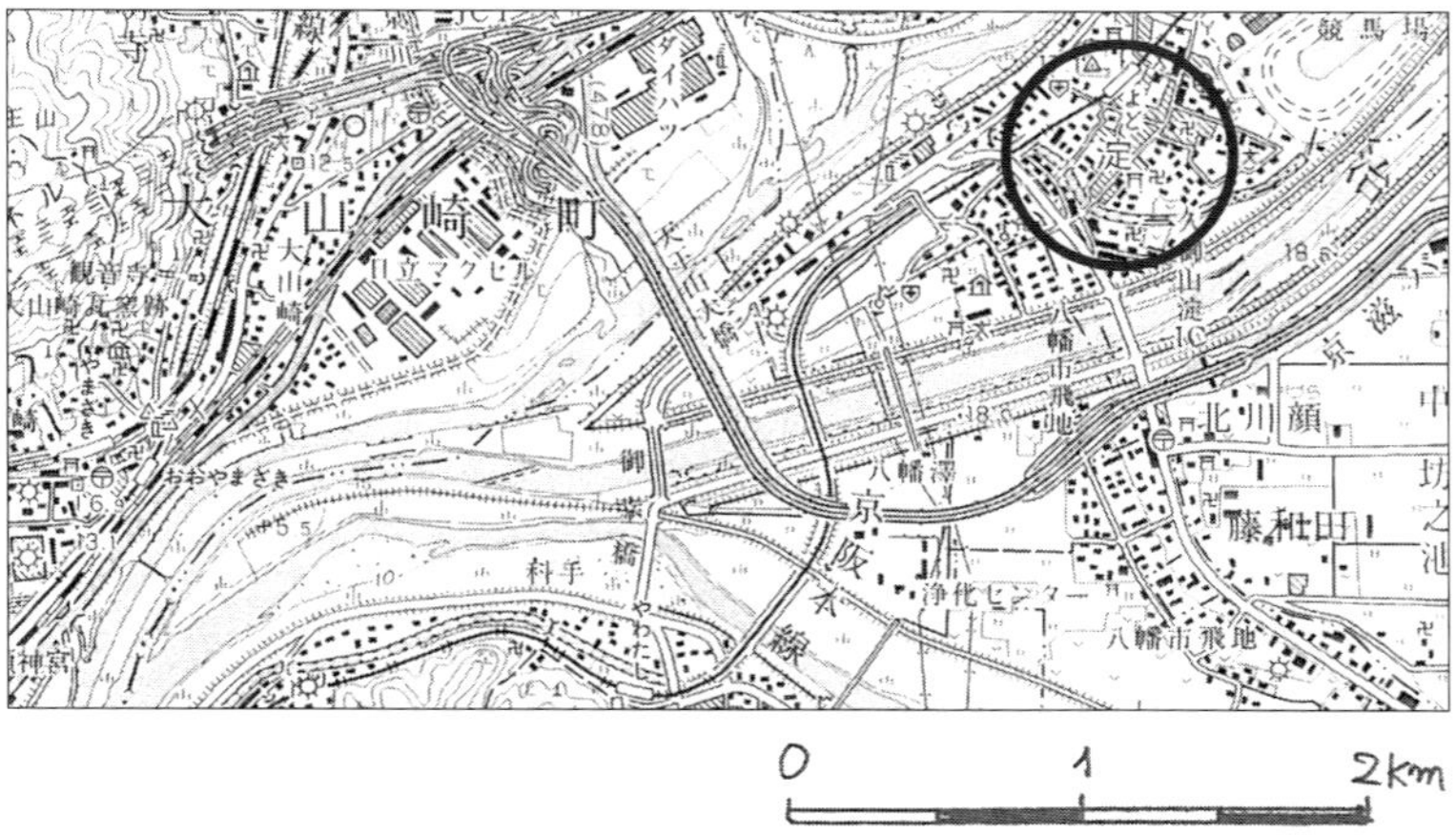

（メモ）
①「淀」は与等・与度・澱等と書かれた。中央を宇治川、北から桂川が南西流し、南を木津川が北西流する。
②淀は山城国の紀伊郡と久世郡にまたがる。『日本後紀』桓武天皇延暦二三（八〇四）年七月二四日条に、
幸二与等津一。
とあり、水陸交通の要衝であった。
③淀は巨椋池の西端にあり、桂川・鴨川・宇治川・木津川が合流し淀川となる付近にある。名前は、島や洲の総称が与度・与等・澱の本義とされる。
「延喜式」では淀は山陽道・南海道諸国、大宰府からの雑物運漕の海路終点であったという。
④京都市伏見区淀本町に与杼《よど》神社が鎮座。祭神は高皇産霊神・速秋津姉命・豊玉姫命。伏見区水垂町から明治三三年現在地に。『神名帳』の乙訓郡与杼神社。

六一四　淀　川

京都府・大阪府・滋賀県

関係地図　1／20万 京都及大阪

820　よど河
・よど河のよどむと人は見るらめど流れてふかき心あるものを　よみ人しらず
①古今集　七二一

延喜御時歌合に
・さみだれはちかくなるらしよど河のあやめの草もみくさおひにけり　よみ人しらず
③拾遺集　一〇八

よどがは
・うゑていにし人もみなくに秋はぎのたれ見よとかは花のさきけむ　在原元方
③拾遺集　三七九

1／20万　京都及大阪

（メモ）
①淀川は滋賀県の降水を集める琵琶湖を水源とするので、流水量は多い。古来水運・漁業・灌漑に、また明治以降は上水道・工業用水として利用されてきた。
②『続日本紀』延暦七（七八八）年九月二六日条に、
詔曰、朕以二眇身一、忝承二鴻業一。水陸有レ便、建二都長岡一。
とある。難波京・平城京・恭仁京・長岡京・平安京のいずれも淀川水系の流域。
③淀川は通常、乙訓郡大山崎町の南で合流する桂川・宇治川・木津川の下流部から大阪湾に注ぐまでをいう。琵琶湖周辺上流部は瀬田川。中流部は宇治川。古くは澱む川。巨椋池を通る川なので「澱川」と書かれた。

六一五　与杼神社旧社地辺

京都府京都市伏見区水垂《みずたれ》町

関係地図　1／20万 京都及大阪　1／2.5万 淀

146 うき田の森

摂政左大臣家にて恋のこころをよめる

・あふ事のなきをうき田の森にすむよぶこどりこそわが身なりけれ　藤原為真朝臣　⑤金葉集　七一三

（参考）したくさは葉ずゑばかりになりにけりうきたのもりの五月雨のころ　皇太后宮大夫俊成　続後撰集　二一一

198 大荒木の杜

・おほあらきのもりのした草おひぬれば駒もすさめずかる人もなし　よみ人しらず　①古今集　八九二

（参考）かくしてや　なほやまもらむ　おほあらきの　うきたのもりの　しめにあらなくに　万葉集　二八三九

1／2.5万　淀

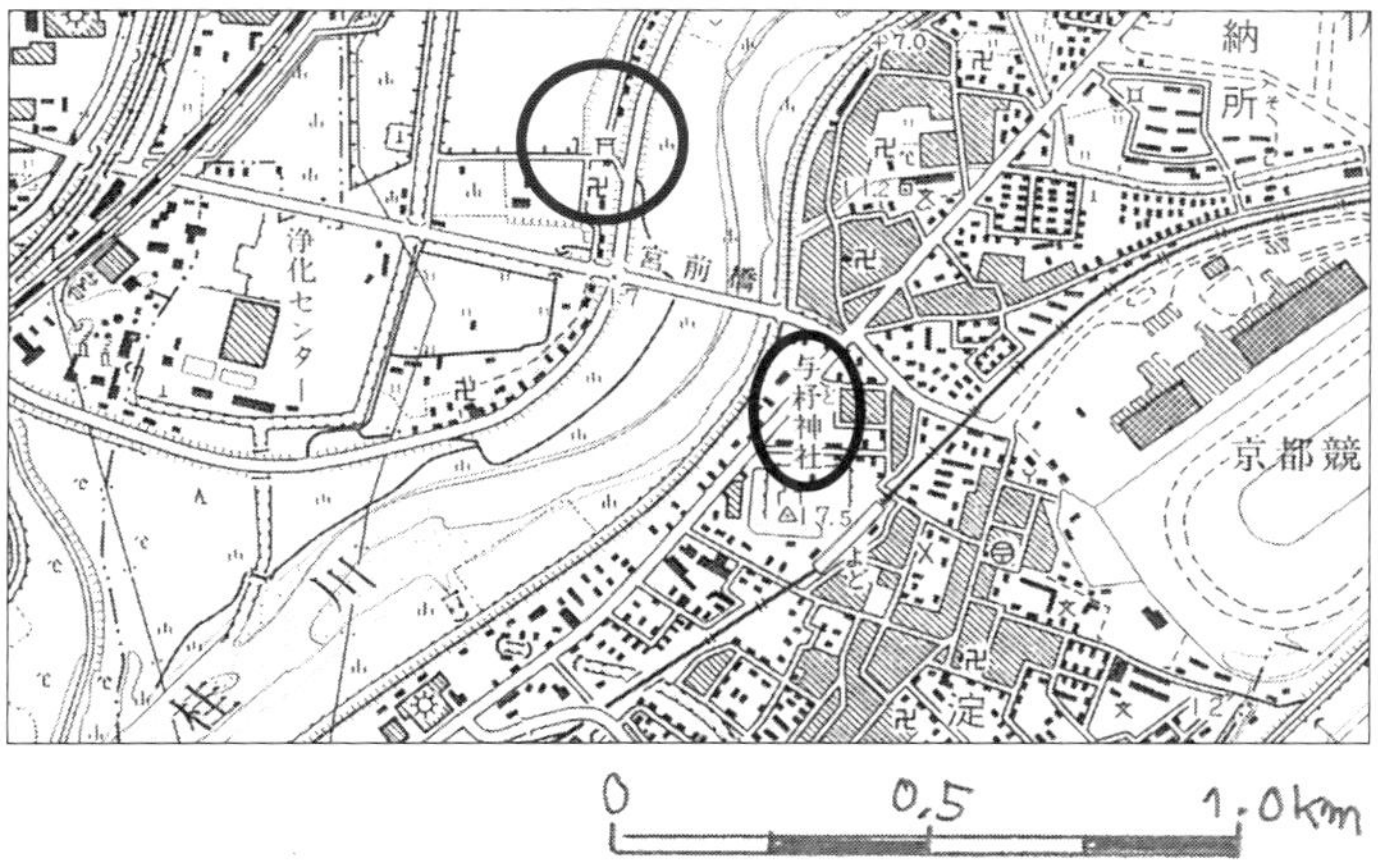

（メモ）

①与杼神社旧社地は右岸○辺。ここに与杼神社が明治三三年まで鎮座。『都名所図会』におよそ次のようにある。

・淀姫の社は小橋の西にあり。祭る神は三坐にして、中央は淀姫神。ひがしの間千観内供《せんかんないく》、西の間天神。当社は千観法師の勧請なり。此所の産沙神とす。菅神筑紫へおもむき給ふとき、此所より舟に乗給ふとぞ。

・大荒木杜　いにしへ此ほとりにありしと見えたり、今さだかならず。

・浮田の森　むかし此辺にありと見えたり。大荒木の杜・注連《しめ》縄など詠合せし和歌多し。

②『三代実録』貞観元年一月二七日条に、

奉レ授二正六位上與度神従五位下一

とある。

六一六　淀津跡

京都府京都市伏見区納所辺

関係地図　1／20万 京都及大阪　1／5万 京都西南部

823 よどのわたり

天暦御時御屏風に、よどのわたりする人かける所に

・いづ方になきてゆくらむ郭公よどのわたりのまだよぶかきに　壬生忠見　③拾遺集　一一三

・ふしづけしよどの渡をけさ見ればとけんごもなく氷しにけり　平兼盛　③拾遺集　二三四

（参考）朝霧によどのわたりをゆく舟のしらぬわかれも袖ぬらしけり　土御門院御製　続千載集　七七二

1／5万　京都西南部

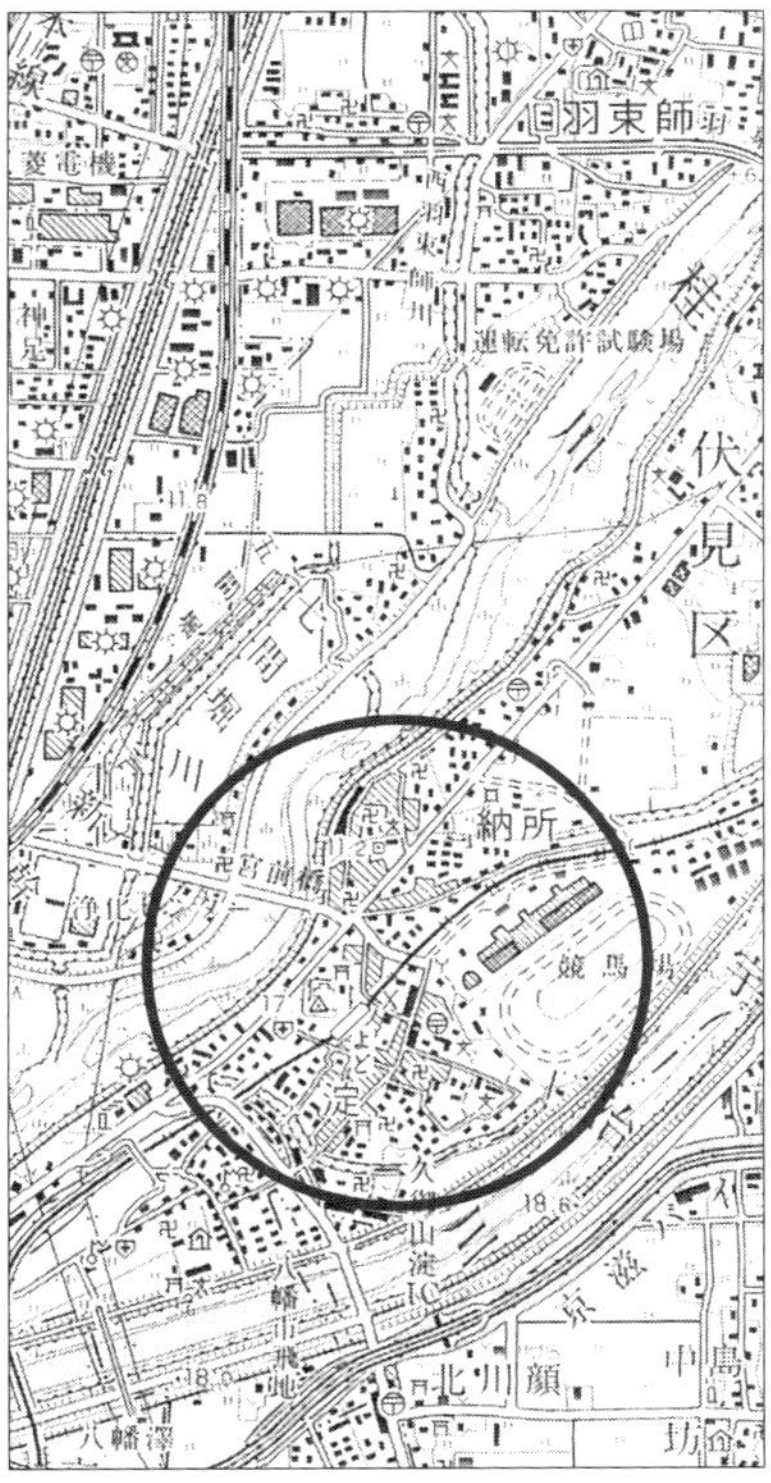

（メモ）

①「淀津」は水上交通・軍事上の要地であった。平安末～鎌倉期は「淀魚市」として栄え、鎌倉後期に関所が置かれ、豊臣秀吉は淀城（古城）を築き、江戸期は淀新城が築かれた。

②淀新城の城下町は池上《いけがみ》町・下津《しもつ》町・新《しん》町。更に城外町として納所《のうそ》町・水垂《みずたれ》町・大下津《おおしもつ》町があった。以上六町が「淀六町」であり、「淀津（淀渡）」の範囲であろう。更に北の納所には陸揚物保管倉庫があった。

③納所町の桂川に架かる宮前橋の左岸上流、約五〇ｍに朝鮮通信使の用いた階段「唐人雁木旧跡」があると。

④淀川水運で、平城京・恭仁京（木津川）、長岡京・平安京・大津京（宇治川）、難波京（淀川）が成立・維持されていた。

六一七　淀の継橋旧地

京都府京都市伏見区・宇治市

関係地図　1／20万　京都及大阪　1／5万　京都西南部

822

よどのつぎはし

実行卿家歌合に、恋の心をよみ侍りける

・しるらめやよどのつぎはしよとともにつれなき人をこひわたるとは　長実卿母

⑤金葉集　三七四

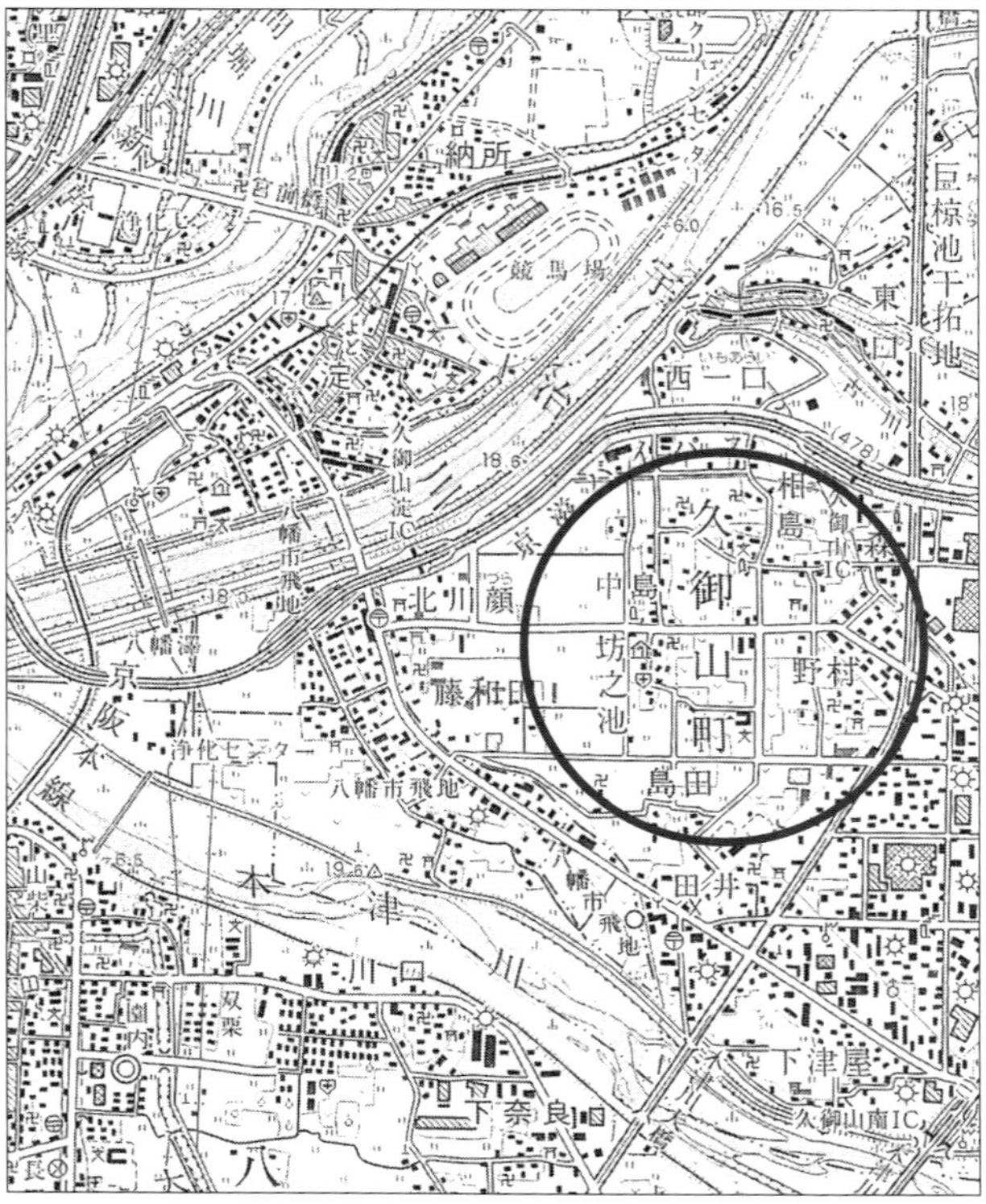

1／5万　京都西南部

0　1　2km

（メモ）

①巨椋池（淀の海）は京都盆地の中央部、宇治市小倉町の北西部一帯に存在していた湖。『夫木和歌抄』に、

こほりゐるよどのおほわだ冬さむみいつかはる日にとけんとすらん　匡房卿

がある。

②巨椋池は年々縮小されつつも第二次世界大戦前に干拓されるまでは、水面標高一一・四m。周囲一六km・面積約八百ha。

③梅雨期や台風期には桂川・鴨川・宇治川・木津川等からの水量が一気に増加し、淀川での洪水被害が大きくならないよう水量調整の役割をしていた。周辺住民は常日頃は橋なしで陸地を自由に往来しているが、水量増加・水面上昇で、橋から橋への往来となる。これらの橋が「継橋」である。

六一八　霊山寺《りょうぜんじ》跡

京都府京都市東山区清閑寺霊山町

関係地図　1／20万　京都及大阪　1／2.5万　京都東北部

827

霊山

霊山にこもりたるひとにあはむとてまかりたりけるにみまかりてのち十三日にあたりてものいみすとききはべりて

・ぬしなしとこたふる人はなけれどもやどのけしきぞいふにまされる　能因法師

④後拾遺集　五五三

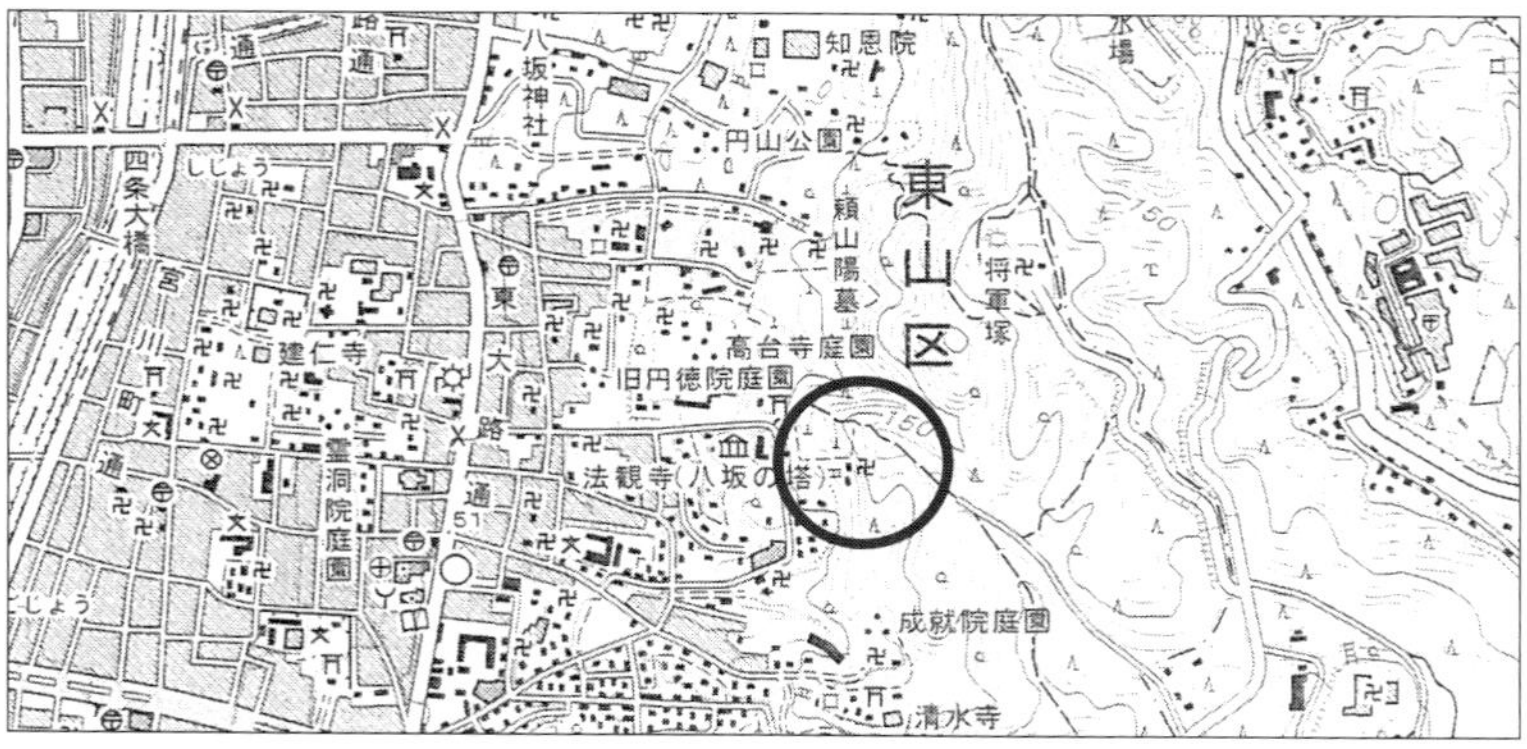

1／2.5万　京都東北部

0　0.5　1.0km

（メモ）

①霊山（霊鷲山）にあった現正法寺の前身の寺。天台宗。延暦寺末。『見聞随身抄』に、

天慶八（八八四）年第五八代光孝天皇が堂宇建立

とあると。また、開基は最澄と。また、宇多天皇が勅願寺として、堂塔を整えられ、本尊釈迦仏を安置されたと。

②『日本紀略』一条天皇寛弘元（一〇〇四）年三月一八日条に、

霊山堂供養

とある。これは、霊山寺釈迦堂の供養と推定されている。

③南北朝期に霊山寺は荒廃した。弘和三（一三八三）年、時宗の国阿が再興。時宗寺院とし、寺号を正法寺に改め、塔頭に霊山寺を置き、明治まで伝えられた。現在の真宗興正寺霊山別院の地が、塔頭霊山寺の跡という。

六一九　冷泉院跡《れいぜい》

京都府京都市中京区二条通堀川西入ル二条城町五四一内。現二条城内

関係地図　1／20万　京都及大阪　1／2.5万　京都東北部

828

冷泉院

冷泉院はじめてつくらせ給てみづなどせきいれたるをご覧じてよませ給ける

・いはくぐるたきのしらいとたえせでぞひさしくよよにへつつみるべき　後冷泉院御製

④後拾遺集　四五四

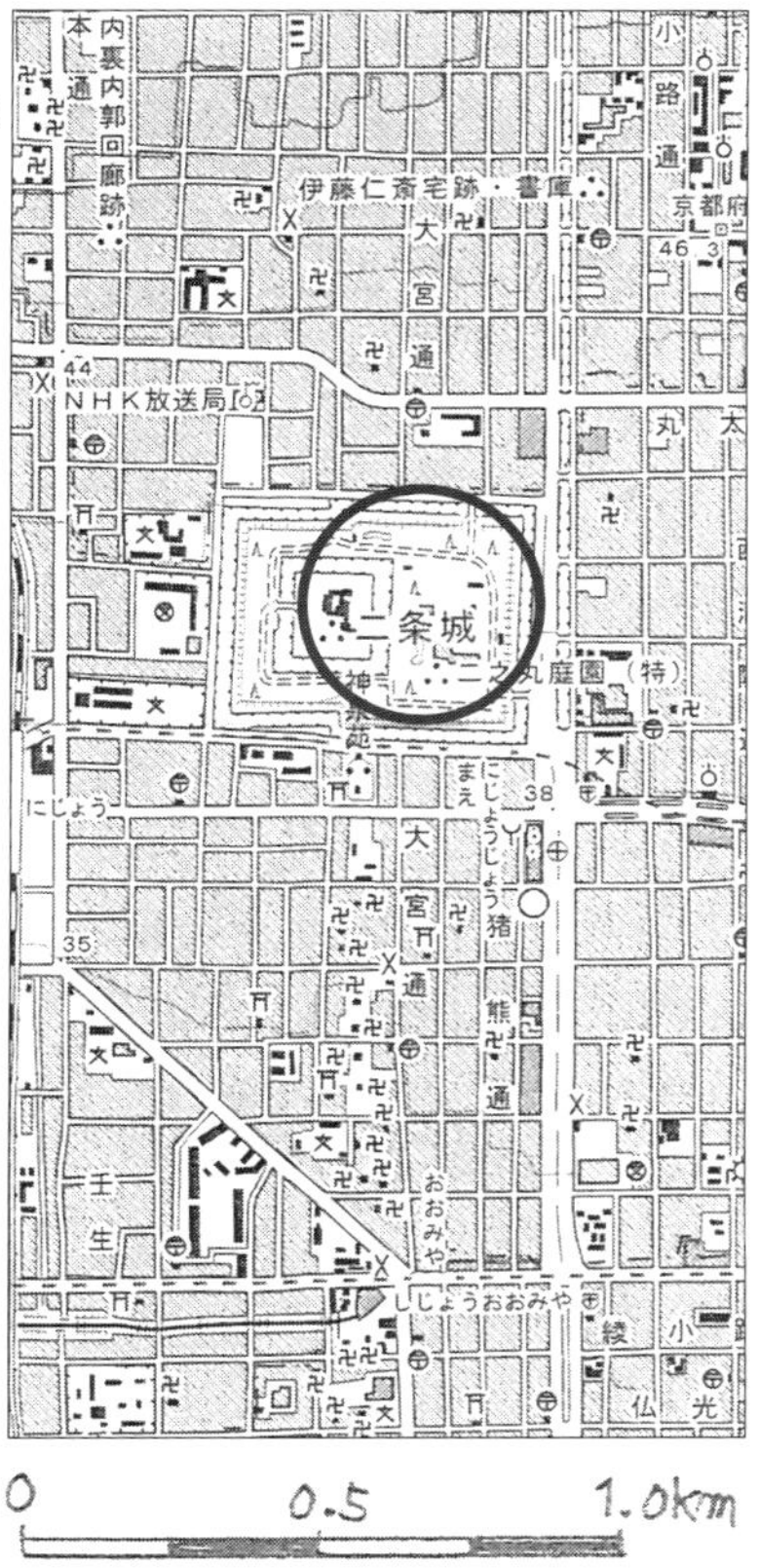

1／2.5万　京都東北部

（メモ）

①『拾芥抄』に、

大炊御門南堀川西、嵯峨天皇御守、此院累代後院、弘仁帝本名冷然院云云、而依火災、改然字為泉、天暦御記、然者改冷然為冷然也。

とあると。

②これより、初め冷然院と称し、大炊御門大路南、堀川小路西の地にあった。これは現在の二条城町内の北東の地。

③『日本紀略』嵯峨天皇弘仁一四（八二三）年四月一〇日条に、

帝遷于冷然院。

とある。また、同書淳和天皇天長七（八三〇）年八月二六日条に、

皇后詣冷然院。奉賀新造寝殿。

とある。

④『本朝文粋』詩序の「暮春侍宴冷泉院池亭同賦花光水上浮応製　菅三品」に、

冷泉院者。万葉之仙宮。百花之一洞也。景趣幽奇。煙霞勝絶。聖上暫出紫闥。近幸綺閣以来……記言者昔勤也。叙事者新責也。敢対華塘。聊献実録。云尓。謹序。

とある。

六二〇　蓮華心院跡

京都府京都市右京区常盤古御所町辺

関係地図　1／20万　京都及大阪　1／2.5万　京都西北部

829

蓮華心院

仁和寺法親王道性蓮華心院にてかくれ侍りにけるのち、月忌の日、かの墓所にまかりけるに、山に雲かかりて心ぼそく侍りければよめる

・山のはにたなびく雲やゆくへなくなりし煙のかたみなるらん　覚蓮法師

⑦千載集　六〇〇

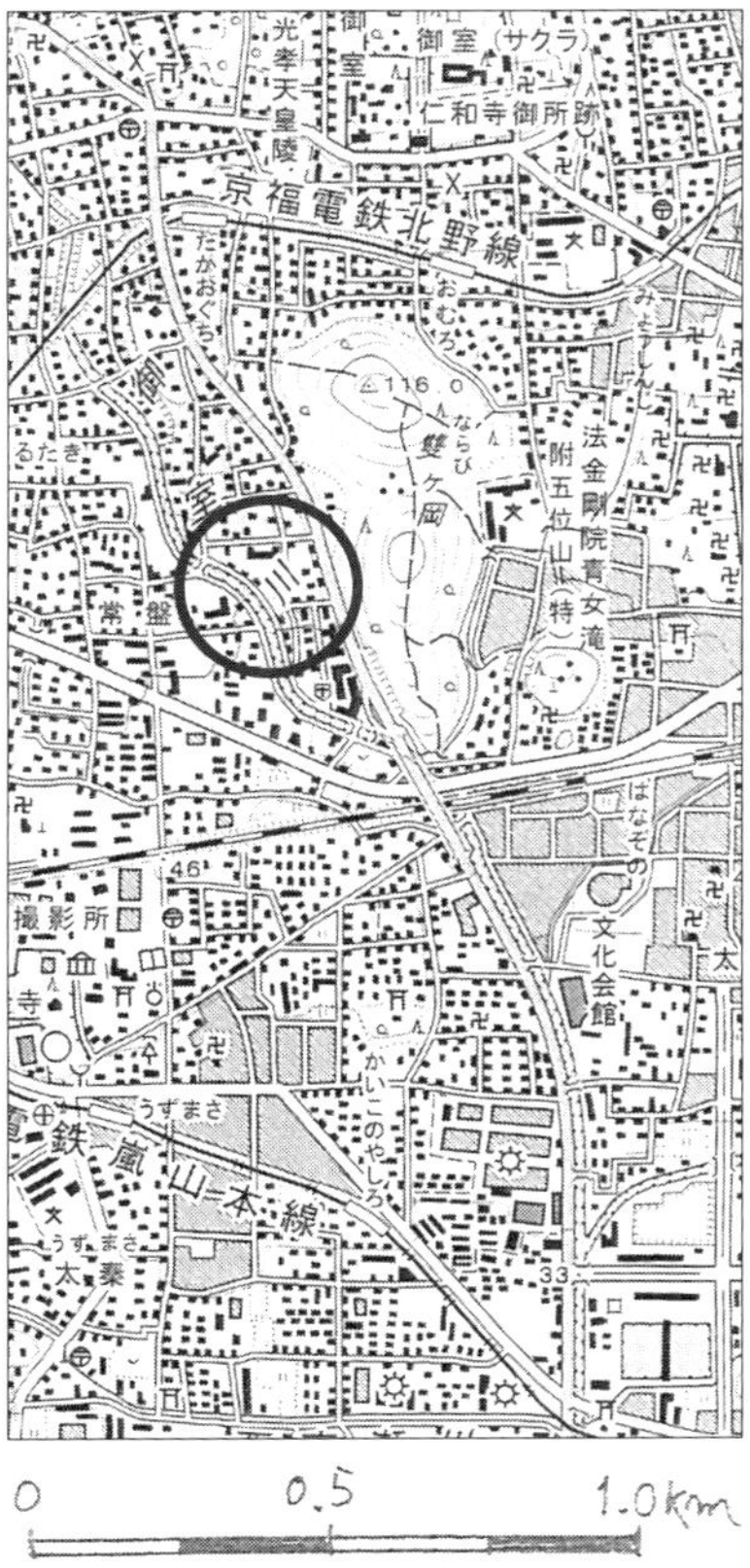

1／2.5万　京都西北部

（メモ）

①双ヶ丘の南西麓。『山城名勝志』に、

今常盤村内ニ古御所ト云所アリ。仁和寺御室近世迄此所ニ坐ス耳《ノミ》ニアラズ、八条女院ノ坐シケル常盤殿モ此所ナルヘシ

とあると。

②常盤殿は、第七四代鳥羽天皇の皇女八条女院暲子内親王の山荘。八条女院は後に、常盤殿を寺に改め、「蓮華心院」と称された。

③『吉記』高倉天皇承安四（一一七四）年二月二三日条に、

今日八条院常磐辺、建立精舎、令供養給、仁和寺法親王為御導師……法皇有臨幸兼日渡御法金剛院、自被院所幸也、公卿・殿下及右大臣已下十有余輩参仕

とあり、この時落慶供養であったと。

④『百錬抄』同日条に、

八条院（暲子）仁和寺御堂供養。上皇有臨幸。同日。於最勝光院小御堂。被始行理趣三昧。

とある。

六二一　六波羅密寺

京都府京都市東山区松原道大和大路東入ル2丁目轆轤町

830

関係地図　1／20万　京都及大阪　1／2.5万　京都東南部

六波羅密寺

六波羅といふてらのかうにまゐりはべりけるにきのふまつりのかへさみけるくるまのかたはらにたちて侍ければいひつかはしける

•きのふまでかみに心をかけしかどけふこそのりにあふひなりけれ　相摸

④後拾遺集　一一四一

六波羅密寺の講の導師にて、高座にのぼるほどに、聴聞の女房のあしをつみ侍りければよめる　良喜法師

•人のあしをつむにてしりぬわがかたへふみおこせよとおもふなるべし

⑦千載集　一一九四

1／2.5万　京都東南部

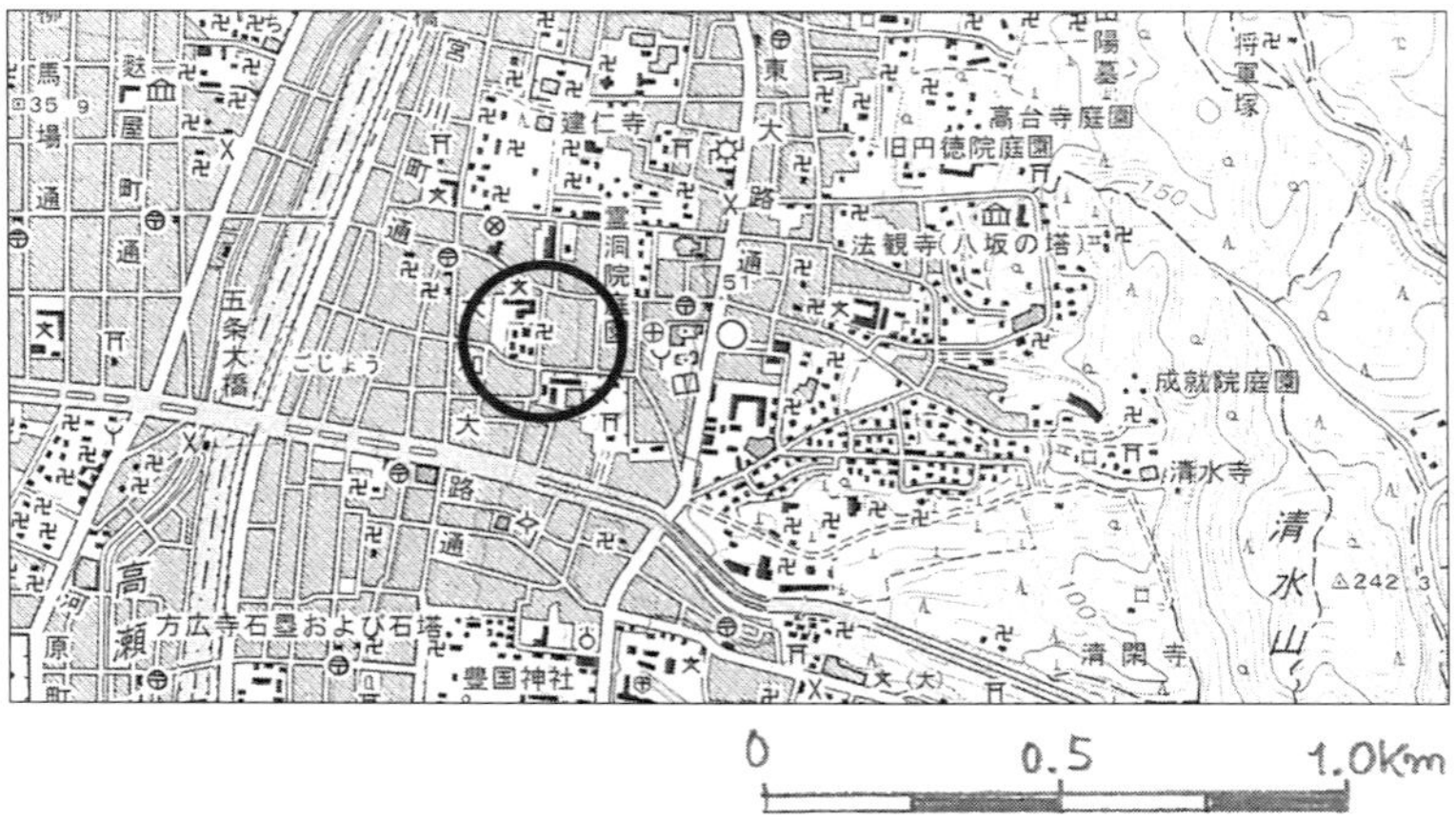

（メモ）

①空也（九〇三～九七二）が天暦五（九五一）年、京都に悪疫が流行した時、第六二代村上天皇は市聖空也に悪疫退散の勅を下された。空也は自ら高さ一丈の十一面観音像を刻み、車に安置して市中を廻り、青竹を八葉の蓮花のように割り、茶をたてて小梅干と結昆布《むすびこんぶ》を入れ仏前に捧げ、その茶を病人に飲ませ歓喜勇躍しつつ念仏を唱えて病魔を退散させた。また四方に勧進し六原に伽藍を建立し、観音を奉安し、応和三（九六三）年九月二三日落慶供養し、西光寺と号した。

②第二代中信《ちゅうしん》は寺域を拡大し、六原の名に因んだ六種の実践修行「布施・持戒・忍辱・精進・禅定・明度無極」の六波密行の名―六波羅密寺と改めた。

③西国観音礼場第一七番札所。御詠歌は、

重くとも五つの罪はよもあらじ六波羅堂へ参る身なれば

である。

六二二　芥川

大阪府高槻市

10

関係地図　1／20万　京都及大阪　1／5万　大阪東北部

あくた河

延喜御時、承香殿女御の方なりける女に、もとよしのみこまかりかよひ侍りける、たえてのちいひつかはしける　承香殿中納言

•人をとくあくた河てふつのくにの名にはたがはぬ物にぞありける

③拾遺集　九七七

•つのくにのまろやは人をあくたがはきみこそつらきせぜは見えしか　読人不知

⑤金葉集　四九五

1／5万　大阪東北部

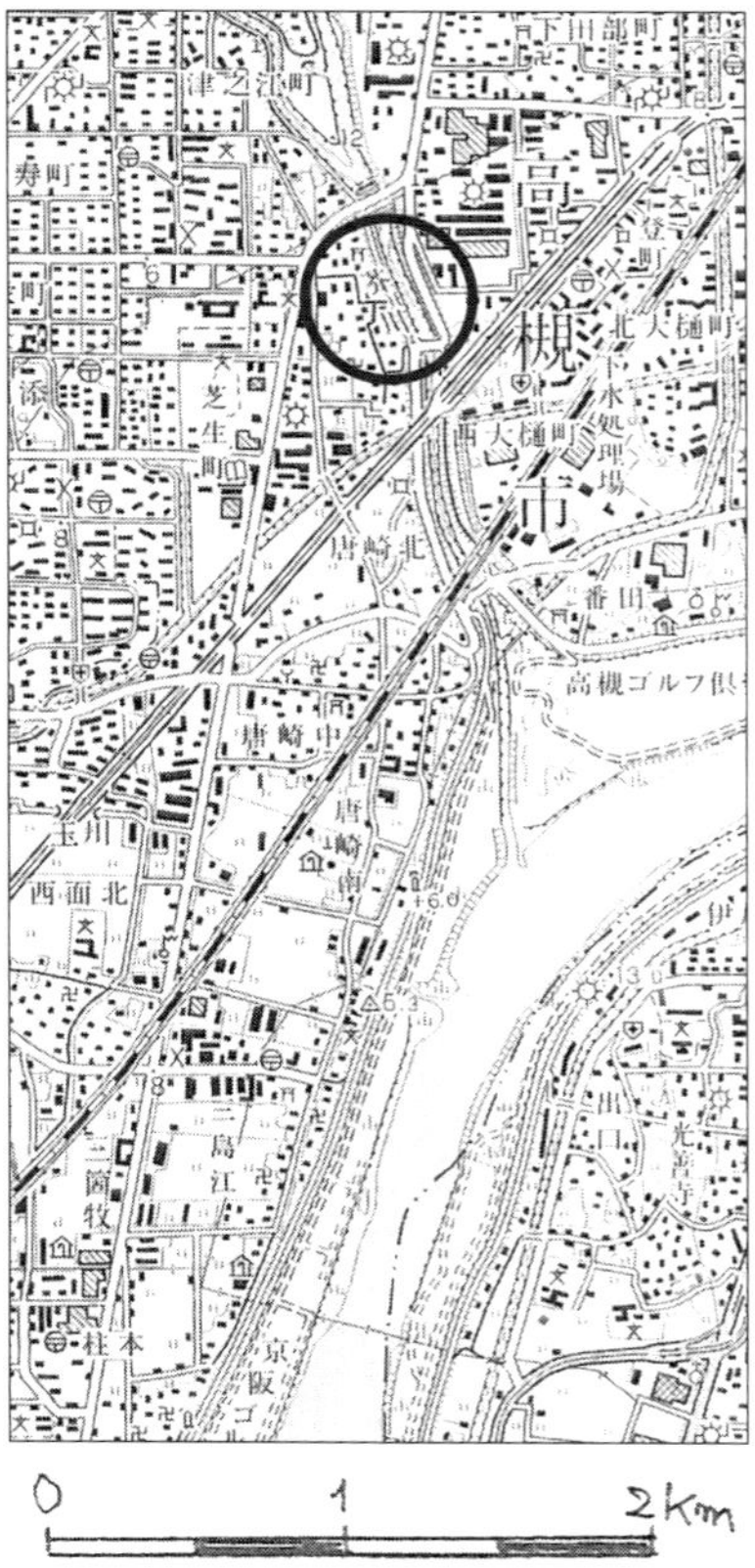

（メモ）

①芥川は、大阪府高槻市の最北端と京都府亀岡市にまたがる、標高五二三・五mの明神岳を源とする田能川が南流し、出《いず》灰《りは》川を併せ、「原の池」を通り摂津峡を経て、やがて高槻市唐崎で淀川に注ぐ。流路延長二二km。

②高槻市芥川町に「芥川宿」があった。天保年間（一八三〇―一八四四）には旅籠屋三三軒、家数二五三軒。芥川橋の両袂に地蔵が祀られている。西岸に立像のお迎え地像。東岸に母子地蔵。芥川宿の東端に「芥川の一里塚」がある。初め、西国街道を挟んで南北に塚を築き、祠を建て木が植えられていたが、今は南側の塚だけ。

③『伊勢物語』第六話芥河があり、

芥河といふ河を率ていきければ、草の上に置きたりける露を、「かれは何ぞ」となむ男に問ひける。……鬼ある所ともしらで、神さへいといみじう鳴……

とある。

六二三　浅沢旧地

大阪府大阪市住吉区上住吉・墨江一帯

関係地図　1／20万 和歌山　1／2.5万 大阪西南部

15 あさざはをの

左衛門督家成が家に歌合し侍りけるによめる

・すみよしのあさざはをののわすれみづたえだえならであふよしもがな　藤原範綱　⑥詞花集　二三九

(参考) すみのえの　あさはをのの　かきつはた　きぬにすりつけ　きむひしらずも　万葉集　一三六一

14 あささわぬま

中院入道右大臣中将に侍りける時、歌合し侍りけるに、さみだれのうたとてよめる

・五月雨にあささはぬまの花かつみかつみるままにかくれゆくかな　藤原顕仲朝臣　⑦千載集　一八〇

1／2.5万　大阪西南部

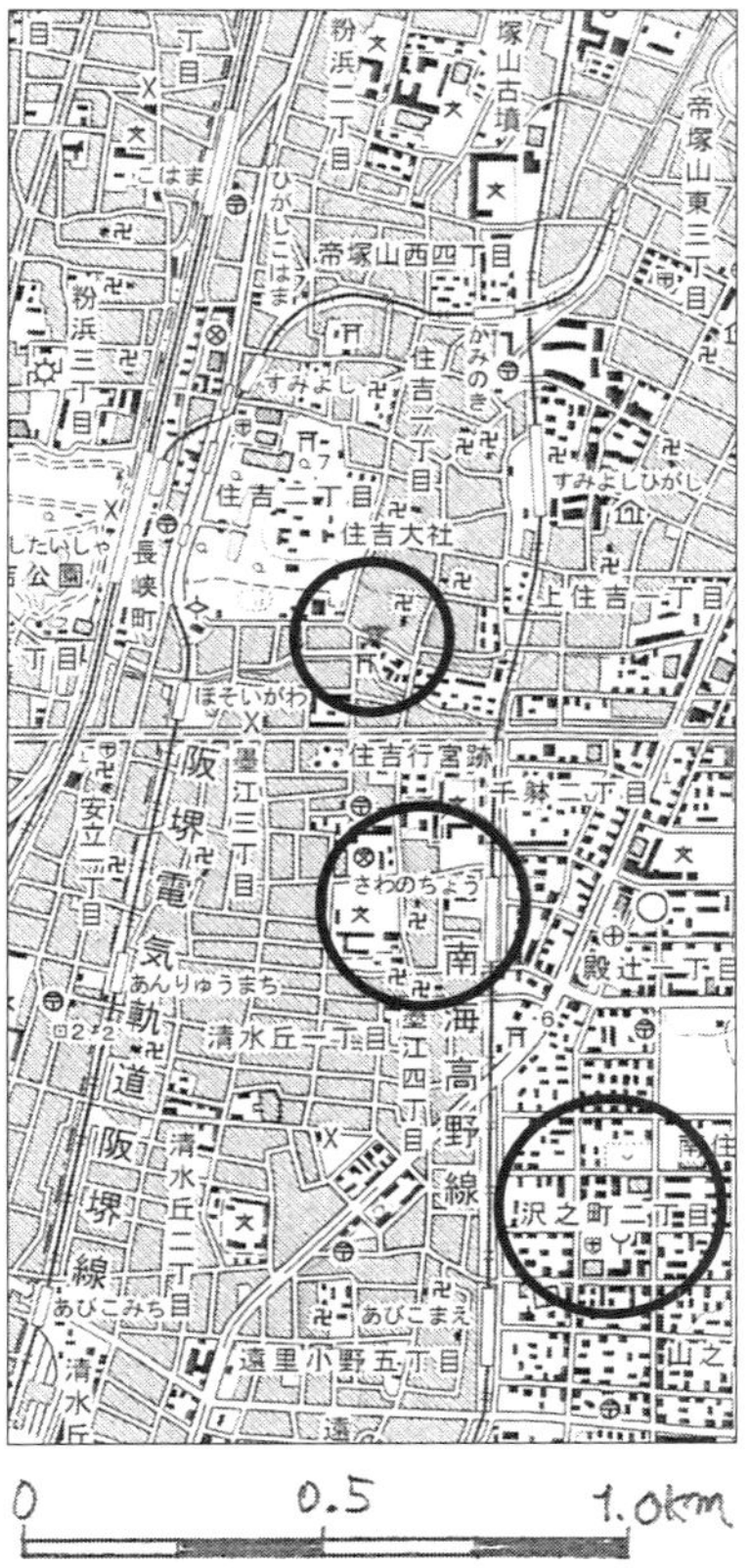

(メモ)

①『摂津名所図会』に、「浅沢」は、本殿(住吉大社)より弐町許巽《たつみ》、東南にあり。古来カキツバタの名所也、今田圃となるとある。また、「浅沢小野」は、今の大歳神社、細江の南のほとり以東の田圃という。等とある。

②大歳神社の北、「住江の細江」対岸に浅沢神社が鎮座。

③浅沢は「沢」がつく程に低地、沼沢地であり、その中心に「浅沢沼」があり、その傍に弁財天が祀られる。

六二四　蘆の浦跡

大阪府大阪市浪速区芦原町・塩草町

関係地図　1／20万 和歌山　1／2.5万 大阪西南部

24 あしのうら

しのびたる人に

・人ごとのたのみがたさはなにはなるあしのうらばのうらみつべしな　よみ人しらず　②後撰集　九四三

物にこもりたる人に、しりたる人のつぼねならべて正月おこなひていづる暁に、いときたげなるしたうづをおとしたりけるを、とりてつかはすとて

・あしのうらのいときたなくも見ゆるかな浪はよりてもあらはざりけり　よみ人しらず　②後撰集　一二六二

・いのちあらばいまかへりこんつのくにのなにはほりえのあしのうらばに　大江嘉言　④後拾遺集　四七六

(参考) みなとの　あしのうらばを　たれかたをりし　わがせこが　ふるてをみむと　われぞたをりし　柿本人麿　万葉集　一二八八　旋頭歌

1／2.5万　大阪西南部

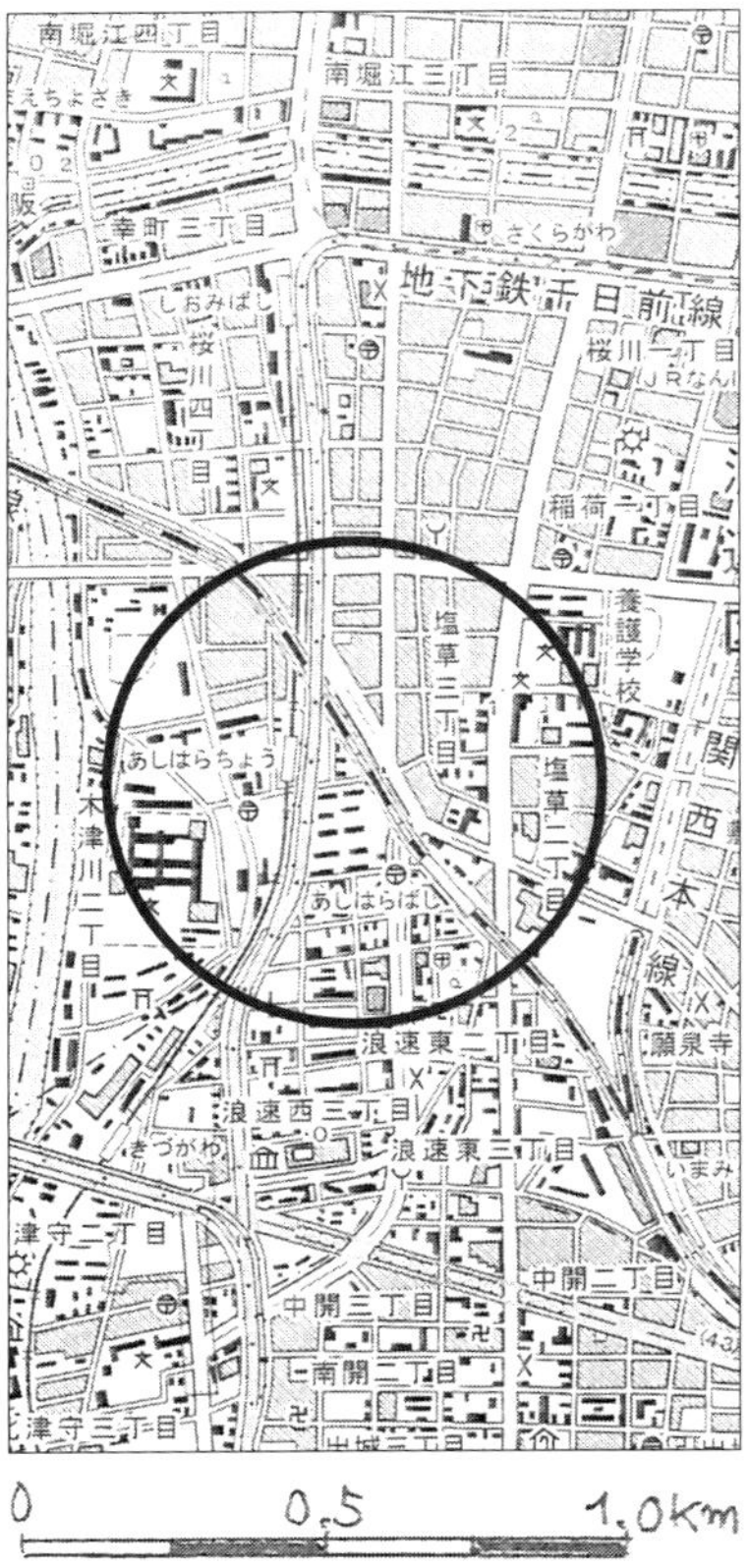

(メモ)

①ＪＲ大阪環状線芦原駅・南海高野線(汐見橋線)の芦原町駅がある。

②昔、この辺に鼬川《いたちがわ》が流れ、その一帯の低湿地にアシが繁茂していたことによる地名。

六二五　あぢふの池跡

大阪府大阪市天王寺区味原町・味原本町

関係地図　1／20万 和歌山　1／2.5万 大阪東南部

34　あぢふのいけ

・かはかみやあぢふのいけのうきぬなはうきことあれやくる人もなし　曽祢好忠

（参考）④後拾遺集　八七二

おしてる　なにはのくには　あしかきの　ふりにしさとと　ひとみなの　おもひやすみて　つれもなく　ありしあひだに　うみをなす　ながらのみやに　まきばしら　ふとたかしきて　をすくにを　をさめたまへば　おきつとり　あぢふのはらに　もののふの　やそとものをは　いほりして　みやこなしたり　たびにはあれども　笠朝臣金村　万葉集　九二八

たづの鳴くあしべの浪に袖ぬれてあぢふの宮に月を見るかな　少僧都玄覚　夫木抄　一四二八七

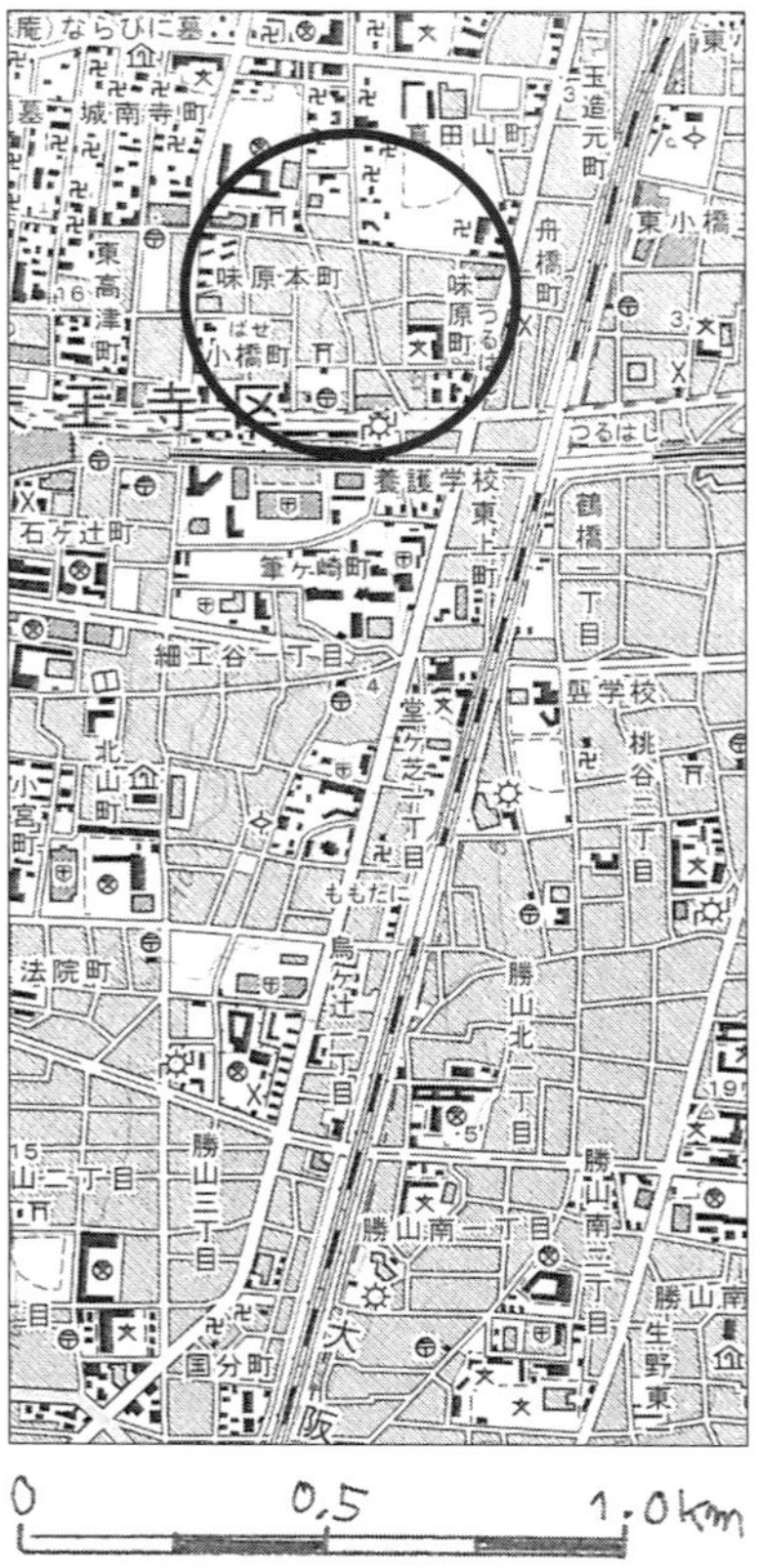

1／2.5万　大阪東南部

（メモ）

①『和名抄』摂津国東生郡味原郷。味原郷の池は、近世まで灌漑用池として利用。大正七年廃池。埋め立てられ住宅地となる。

②ＪＲ大阪線鶴橋駅が近くにある。

③平安～室町期には、この一帯が味原牧であった。『類聚三代格』元慶八（八八四）年九月一日付太政官符に、

応復旧行味原牧乳課法年限事

………乳牛院立飼牛惣一四頭。……復旧将勘四歳巳上一二歳巳下之課。

……

などとある。

六二六　あぢふの池跡

大阪府摂津市別府一帯

関係地図　1／20万 京都及大阪　1／5万 大阪東北部　1／2.5万 吹田

34　あぢふのいけ

・かはかみやあぢふのいけのうきぬなはうきことあれやくる人もなし　曽祢好忠

（参考）④後拾遺集　八七二

やすみしし　わがおほきみの　ありがよふ　なにはのみやは　いさなとり　うみかたづきて　たまひりふ　はまへをちかみ　あさはふる　なみのおとさわく　ゆふなぎに　かぢのおときこゆ　あかときの　ねざめにきけば　いくりの　しほひのむた　うらすには　ちどりつまよび　あしへには　たづがねとよむ　みるひとの　かたりにすれば　きくひとの　みまくほりする　みけむかふ　あぢふのみやは　みれどあかぬかも　田辺福麿　万葉集　一〇六二

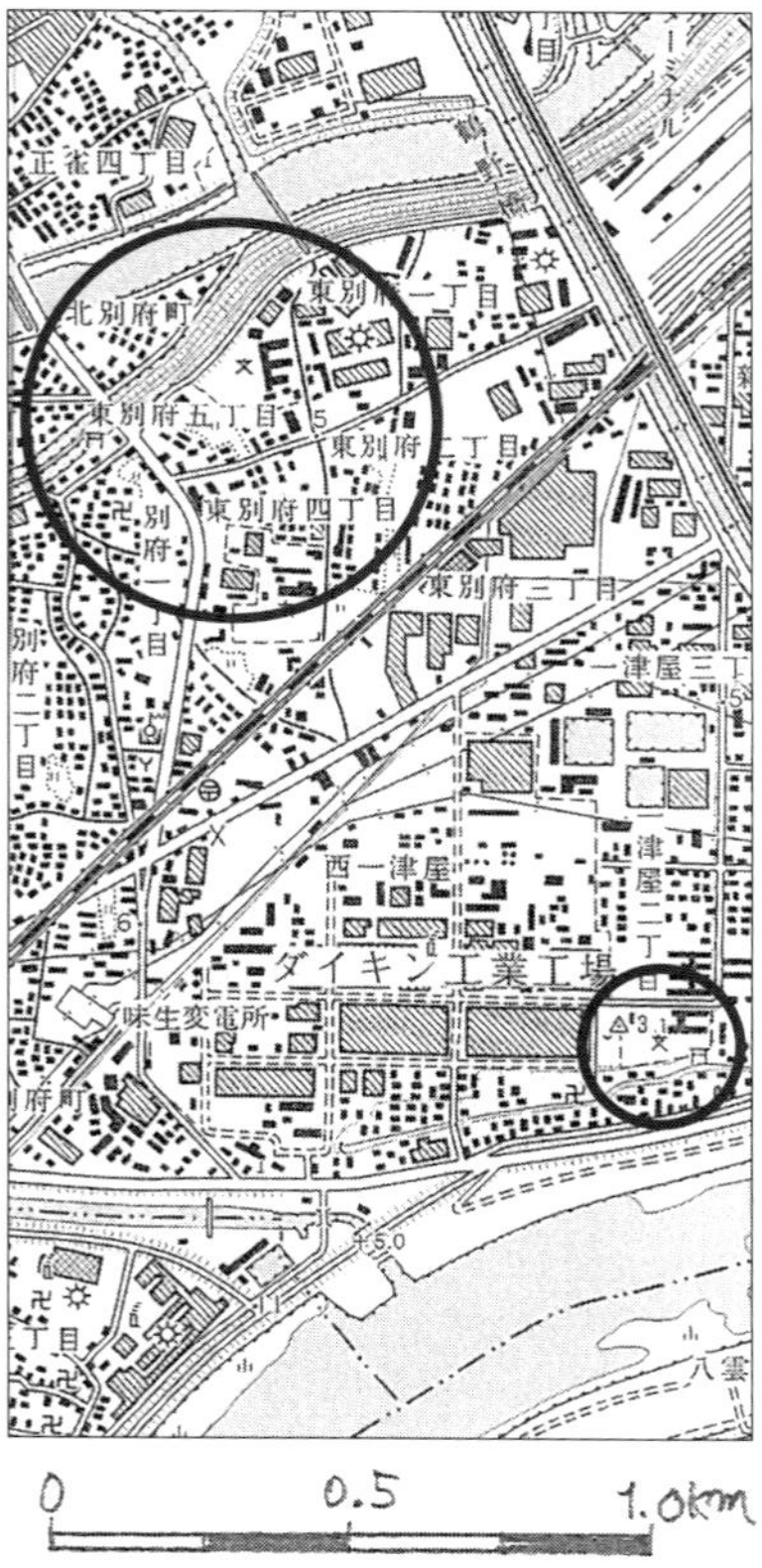

1／2.5万　吹田

（メモ）

①「味生の池跡」は、現在の摂津市別府で、南に淀川、北に安威《あい》川が流れている。「味生」は鯵生・味原とも書かれた。

②鯵生は摂津国島下郡内。『続日本紀』延暦四（七八五）年正月一四日条に、使《つかひ》を遣《つかは》して、摂津国神下《かみした》・梓江《あづさえ》・鯵生《あぢふ》野《の》を掘りて三国川に通《つう》せしむ。とあり、水害がよく発生するので、淀川の分流として三国川（現在の神崎川）が開削された。しかし、「行基年譜」の天平一三年にも「次田堀川」が開削されている。

③摂津市一津屋の味生小学校南東隅に味生神社鎮座。図中の小丸。もと鯵生に鎮座した同神社を延暦四年、別府・一津屋・新在家に分祀した一社という。

六二七　阿武の松原旧地

大阪府茨木市・高槻市

関係地図　1／20万　京都及大阪　1／5万　京都西南部

48

あふのまつばら

皇后宮にて人人恋歌つかうまつりけるによめる

・みちのくのおもひしのぶにありながらこころにかかるあふのまつばら　大宰大弐長実

⑤金葉集　四二九

石清水歌合とて、人人よみ侍りける時、寄松恋といへる心をよみ侍りける

・はかなしな心づくしに年をへていつともしらぬあふの松原　権中納言経房

⑦千載集　七六四

（参考）たがためかあふのまつばらなをとめてわれにつれなきいろをみすらん

大納言良教　続古今集　一〇八六

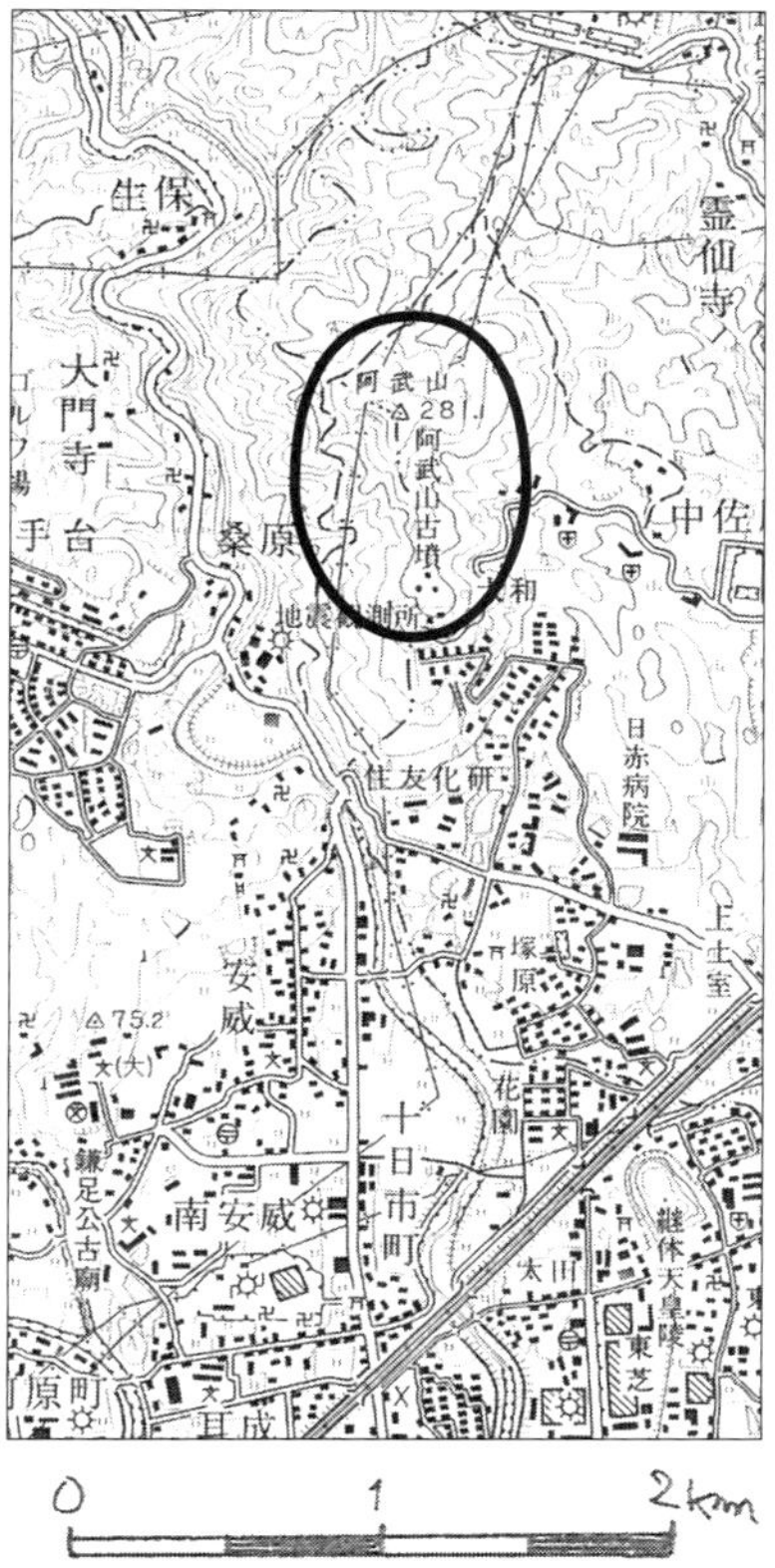

1／5万　京都西南部

（メモ）

①茨木市安威《あい》と高槻市奈佐原《なさはら》にまたがる標高二八一・一mの阿武山は、蛇山、またその山容の美しさから美人山の名がある。西麓には山に沿って安威川が、曲流しながら南流。山の東側や南側の平野は、古来、阿武野の名で呼ばれた。

②阿武山の南尾根筋の標高二一四m地点に、京都大学地震観測所がある。観測所建設時に阿武山古墳が発見され、外面は黒漆、内面は朱漆の塗られた夾紵棺が出土。棺内に男性人骨。金糸、ガラス玉を銀の針金で連ねた玉枕が伴出という。

③全山樹木のない草山というが、古代には一帯は松林、秋には秋の香「マツタケ」が出たことであろう。

六二八　天野川

大阪府四条畷市・交野市・枚方市

関係地図　1／20万　京都及大阪　1／5万　大阪東北部

51

あまのかは

これたかのみこのともにかりにまかりける時に、あまの河といふ所の河のほとりにおりゐてさけなどのみけるついでに、みこのいひけらく、かりしてあまのかはらにいたるといふ心をよみてさかづきはさせといひければよめる

・かりくらしたなばたつめにやどからむあまのかはらに我はきにけり　在原なりひらの朝臣

①古今集　四一八

あまのかはらをすぐとて

・むかしきく天の河原を尋ねきて跡なき水をながむばかりぞ　摂政太政大臣

⑧新古今集　一六五四

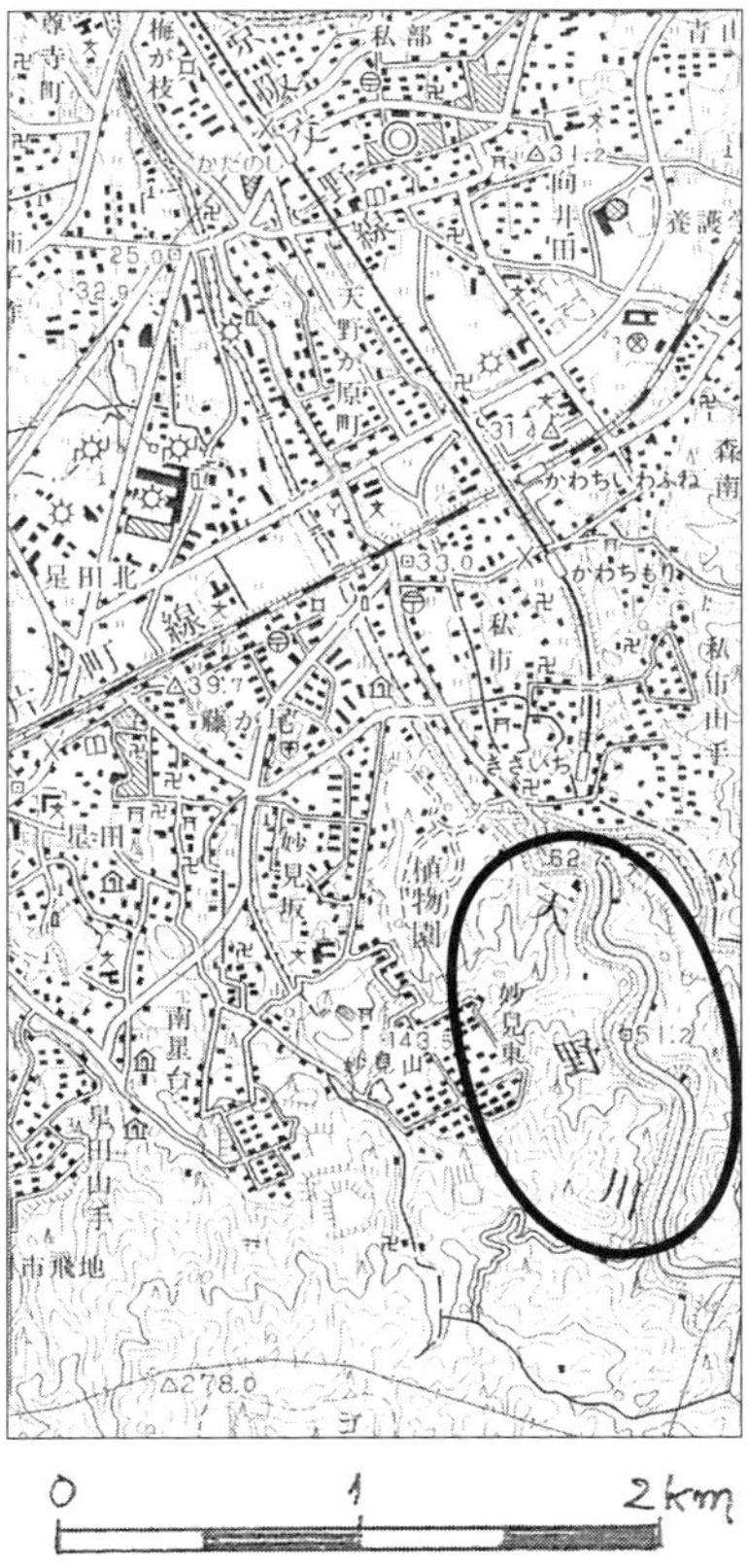

1／5万　大阪東北部

（メモ）

①奈良県生駒市南田原町と大阪府四条畷市上田原を源にし、北〜北西流し、交野市を経て、枚方市に入り同市岡で淀川に注ぐ。指定流路延長一三・六km。

②『河内名所図会』は、当川は幽渓で、仙女の羽衣伝説をのせる。それにちなんで「天川」と号すとある。その一節、一人の仙女ありて渓水に浴し逍遥す。其所少年の戯に其衣を密《かく》す故に帰る事能はず。遂に夫婦と成りて後三年を経て飛去る。

③上流には船形の巨石あり。しかし、下流は白砂で、あたかも銀河の如しという。

六二九　伊加賀崎

大阪府枚方市伊加賀の伊賀美神社鎮座地（宮山）

関係地図　1／20万 和歌山　1／5万 大阪東北部　1／2.5万 枚方

71　いかがさき

・かぢにあたる浪のしづくを春なればいかがさきちる花と見ざらむ　兼覧王

①古今集　四五七

（参考）われはただ風にのみこそまかせつれいかがさきざき人は行きける　和泉式部　続後拾集　五二七

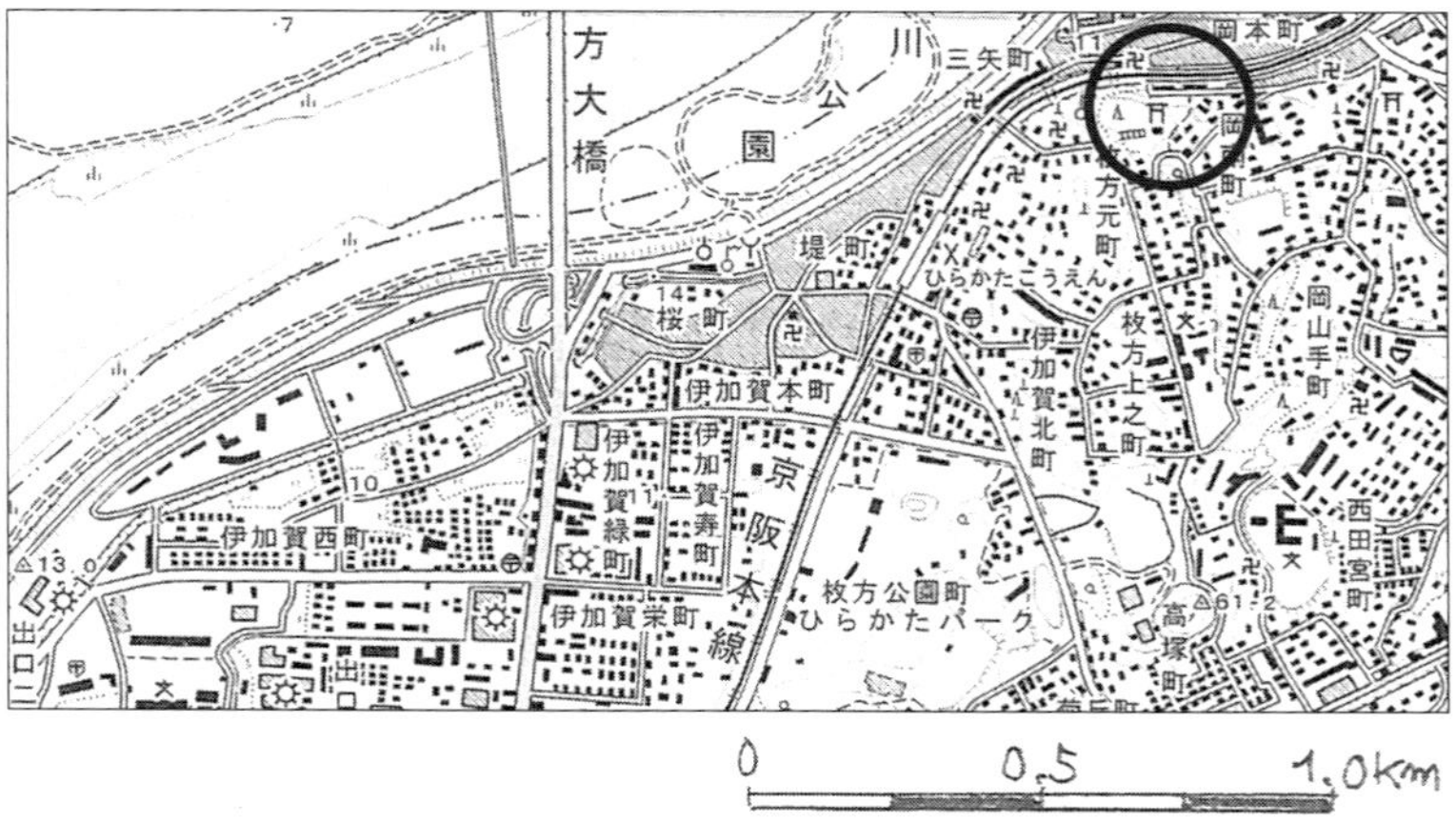

1／2.5万　枚方

（メモ）

①伊加賀は、『和名抄』河内国茨田《万牟田》郡伊《い》香《かが》郷。郷域は、現在の枚方市伊加賀地区から三矢町・岡を含む一帯という。

②『延喜式神名帳』茨田郡意賀美神社が枚方市枚方上之町宮山に鎮座する。『日本書紀』孝元天皇七（BC二〇八）年二月二日条に、

妃伊香色謎命《みめいかがしこめのみこと》、彦太忍信命《ひこふつおしのまことのみこと》を生む。

とある。また同書、開化天皇六（BC一五二）年正月一四日条に、

伊香色謎命を立てて皇后とす。后、御間城入彦五十瓊殖天皇（崇神天皇）を生れます。

とある。

③意加美神社は神名帳にある。意加美神社の前は「伊加賀色許男命」を祭神とする神社が鎮座し、その祭神名を当地名としたといわれる。神社鎮座地が伊加賀崎。

④『蜻蛉日記』天禄元（九七〇）年七月記に、

いかゞ崎、山吹の崎などいふところどころを見やりて、蘆のなかより漕ぎ行。まだ物たしかにも見えぬほどに、はるかなる梶《かじ》の音して心ぼそくうたひ……

とある。

六三〇　生駒山

大阪府・奈良県境の生駒山（標高六四二・三m）

関係地図　1／20万 京都及大阪　1／5万 大阪東北部

81　伊駒のたけ

・あきしのや外山のさとや時雨るらん伊駒のたけに雲のかかれる　西行法師

⑧新古今集　五八五

82　いこまのやま

・わがやどのこずえの夏になるときはいこまの山ぞみえずなりぬる　能因法師

つのくにのこそべといふところにてよめる

④後拾遺集　一六七

83　いこまやま

・きみがあたりみつつををらむいこまやま雲なかくしそ雨はふるとも　読人しらず

⑧新古今集　一三六九

（参考）いもがりと　うまにくらおきて　いこまやま　うちこえくれば　もみちちりつつ　万葉集　二二〇一

1／5万　大阪東北部

（メモ）

①大阪府と奈良県境の生駒山地。その主峰が生駒山。河内郡では草香山とも呼ばれた。この山地は主体は花崗岩。山頂部の長径約六km・短径約四kmは生駒斑レイ岩で構成。

②奈良県側の東腹に、役小角が開いたと伝える般若窟がある。その下に宝山寺がある。同寺は「生駒の聖天さん」として大阪商人の信仰を集めている。

六三一　和泉国府跡

大阪府和泉市府中町五—二

関係地図　1／20万 和歌山　1／5万 岸和田

104

いづみのくに

貫之がいづみのくにに侍りける時に、やまとよりこえまうできてよみてつかはしける

・君を思ひおきつのはまになくたづの尋ねくればぞありとだにきく　藤原ただふさ

①古今集　九一四

題をさぐりてこれかれ歌よみけるに、しのだのもりの秋風をよめる

・日をへつつおとこそまされいづみなるしのだのもりのちえの秋風　藤原経衡

⑧新古今集　三〇七

（参考）いづみなるあら山桜咲きぬらしまきのはしのぎかかる白雲　権僧正公朝

夫木抄　一一二八

1／5万　岸和田

（メモ）

①『続日本紀』霊亀二（七一六）年四月一九日条に、大鳥・和泉・日根の三郡を割きて、始めて和泉監を置く。とある。河内国から分離。和泉監役所が泉井上神社の地。

②この一帯に湧水「和泉」があり、国名となる。泉井上神社境内の泉はその一つ。「国府清水」の名があり大阪府史跡。

③和泉監は一時廃止されたが、天平宝字元（七五七）年五月八日和泉国が再置された。神名帳和泉国和泉郡の泉井上神社は昔の、和泉国庁の中央に位置したと。

六三二　磐手の山

大阪府高槻市安満磐手町

関係地図　1／20万 京都及大阪　1／5万 京都西南部

129

いはでの山

百首歌たてまつりける時、恋のうたとてよみ侍りける

・思へどもいはでの山に年をへてくちやはてなん谷の埋木　左京大夫顕輔

⑦千載集　六五一

歌合し侍りける時、しのぶこひの心をよみ侍りける

・人しれぬ涙の川のみなかみやいはでの山の谷のした水　顕昭法師　⑦千載集　六六七

（参考）つらきをもいはての山のたにおふるくさのたもとぞつゆけかりけるよみ人しらず　新勅撰集　一三一四

（参考）おもふ事いはでの杜のことのはしのぶ色のふかきとをしれ　津守国基　続千載集　一〇八二

1／5万　京都西南部

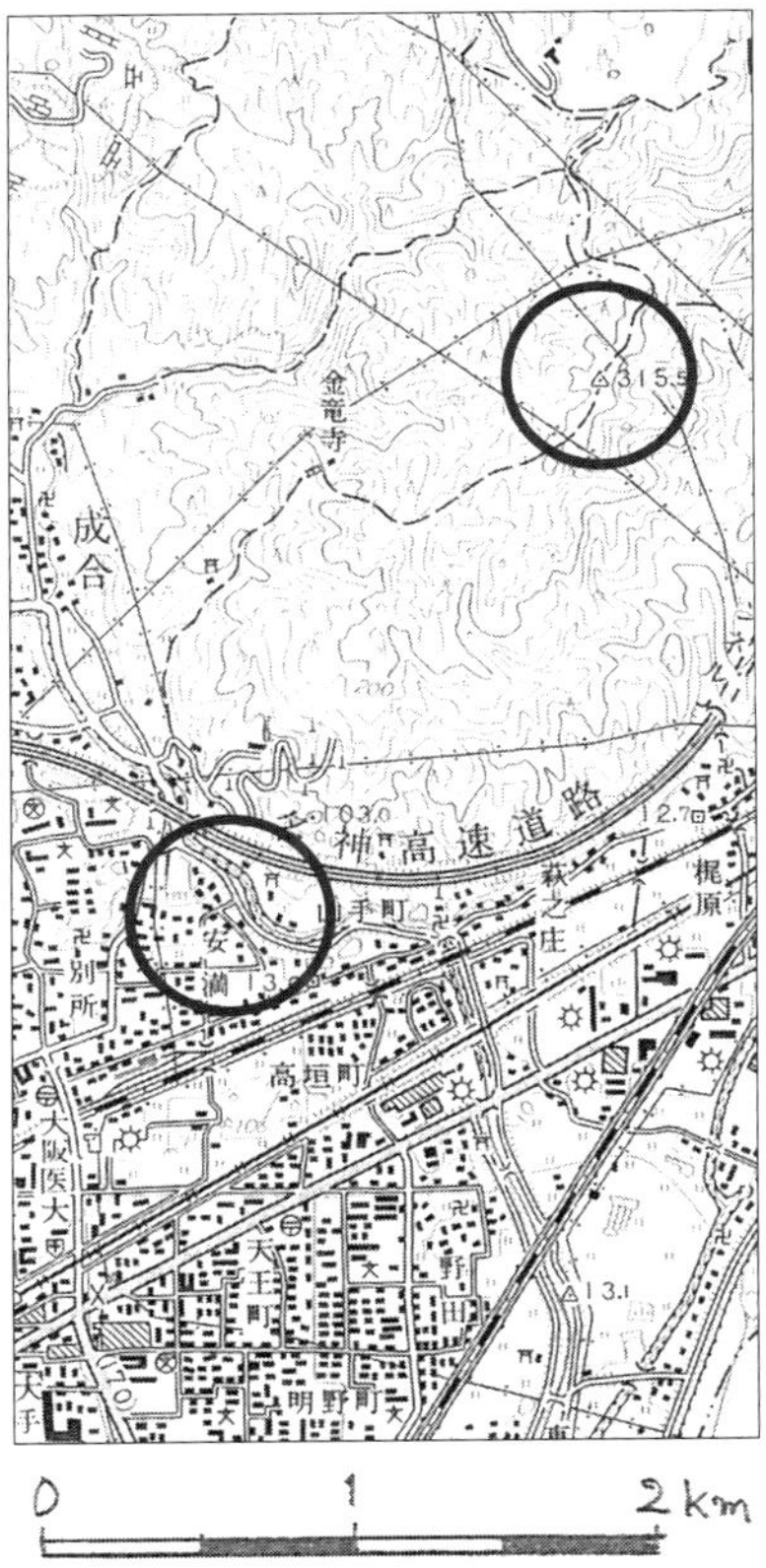

（メモ）

①高槻市安満磐手杜《いわてのもり》神社が鎮座する。祭神は武甕槌命《たけみかつちのみこと》・天児屋根命《あめのこやねのみこと》・斎主神《いわいぬしのみこと》・姫大神。社伝に、天智天皇五（六六六）年、藤原鎌足の勧請という。この付近は大和の春日社領の安満荘であったという。

②磐手の山は磐手杜神社背後の山、標高三一五・五mの山である。

六三三　江口

大阪府大阪市東淀川区北江口・南江口

関係地図　1／20万 京都及大阪　1／5万 大阪東北部

170

江口

天王寺へまうで侍りけるに、にはかに雨のふりければ、江口にやどをかりけるに、かし侍らざりければよみ侍りける

・世中をいとふまでこそかたからめかりのやどりをもをしむ君かな　西行法師

⑧新古今集　九七八

返し

・世をいとふ人としきけばかりのやどに心とむなとおもふばかりぞ　遊女妙

⑧新古今集　九七九

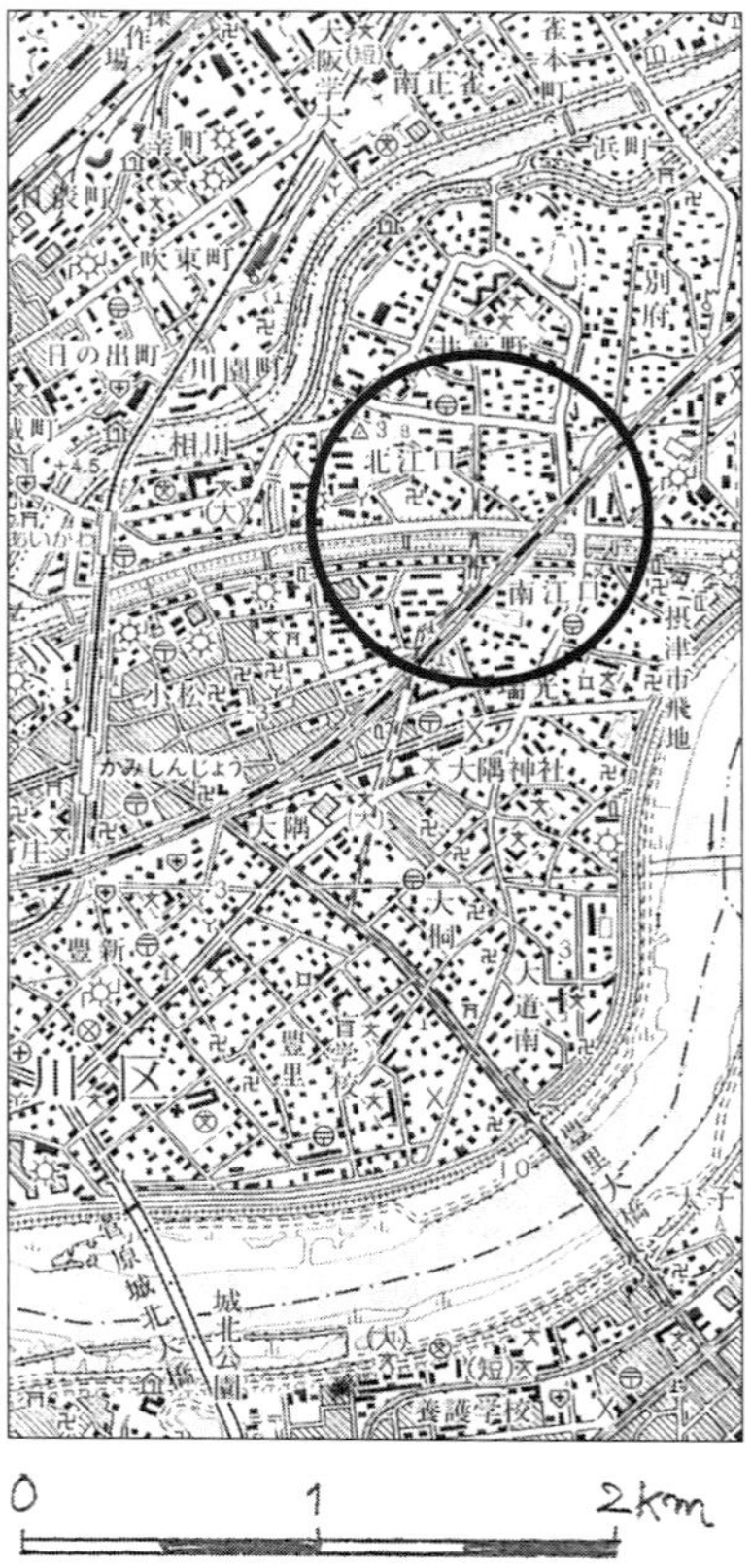

1／5万　大阪東北部

（メモ）

①東淀川区。淀川の右岸に位置し、その支流である神崎川は、これより北西流する。地名は淀川の川尻に位置し、難波江への起点であったことに由ると。古くから要津として栄えたという。

②『日本書紀』推古天皇一六（六〇八）年六月一五日条に、

客等、難波津に泊れり。是の日、飾船《かざりふね》三十艘を以て、客等を江口に迎へて、新しき館に安置らしむ。

とある。

③東淀川区南江口に法華霊場宝林山寂光寺がある。通称「江口君堂」。遊女妙が仏門に帰依し、元久二（一二〇五）年に草創した尼僧寺院。君堂に長約一尺の江口君像・普賢菩薩像・境内に江口君墓・西行塔と桜。表記の歌はここでの歌？

六三四　大江の岸跡

大阪府大阪市中央区石町辺

関係地図　1／20万 京都及大阪　1／2.5万 大阪東北部

837 180

大江の岸

わたのべ

つのくににくだりてはべりけるに旅宿遠望心をよみ侍ける

・わたのべやおほえのきしにやどりしてくもゐにみゆるいこま山かな　良暹法師

④後拾遺集　五一三

（参考）ふねよばふこゑもおよばずなりにけりおほえのきしのさみだれのころ

源長俊朝臣　万代集　六八六

（参考）わたのべやはしのうはてをはじめにておほかるきぢのつまやしろかな

権僧正公朝　夫木抄　九四五一

（参考）五月雨は日かずふれどもわたのべのおほへのきしはひたらざりけり　隆源法師　夫木抄　一二二七三

（メモ）

①平安時代の摂津国府は、現在の大阪市東区石町付近にあったと推定されている。その所一帯を「渡辺《わたのべ》」と称し、その地の渡しを渡辺《わたのべ》の渡し・国府の渡し・浪速の渡し・窪津の渡し・大江の渡し等と呼ばれていた。法性寺入道関白に、

都人ありやととはば津のくにのこふのわたりにわぶとこたへよ

がある。

②大川（旧淀川）に架かる天満橋と天神橋の間の左岸（南岸）に現在八軒家浜船着場がある。この地は古来、八軒家浜と称されてきた。それは八軒の旅籠が並んでいたに由るという。

③京都と大阪を往来する船が昼となく夜となく入船・出船し、かまびすかったと『摂津名所図会』にある。特に、四天王寺・住吉大社、または熊野・高野等への参詣者の上陸地として重要な機能をしていたという。熊野参詣九十九王子社の第一王子社の窪津王子（又の名渡辺王子）は大川の南岸にあったという。

④大阪市中央区久太郎町四丁目渡辺（難波別院南御堂裏）に坐摩《いかすり》神社が鎮座する。祭神は生井神・福井神・綱長井神・阿須波神・波比祇神。五神を総称して坐摩神。この祭神は古来、住居守護・旅行安全・安産の神と崇敬されてきた。現在の天満橋付近に「渡辺橋」が架かり、その南詰にあって、摂津国西成郡唯一の式内社であり、大社でもあった。『延喜式神名帳』に、西成郡の

坐摩神社大月次新嘗

1／2.5万 大阪東北部

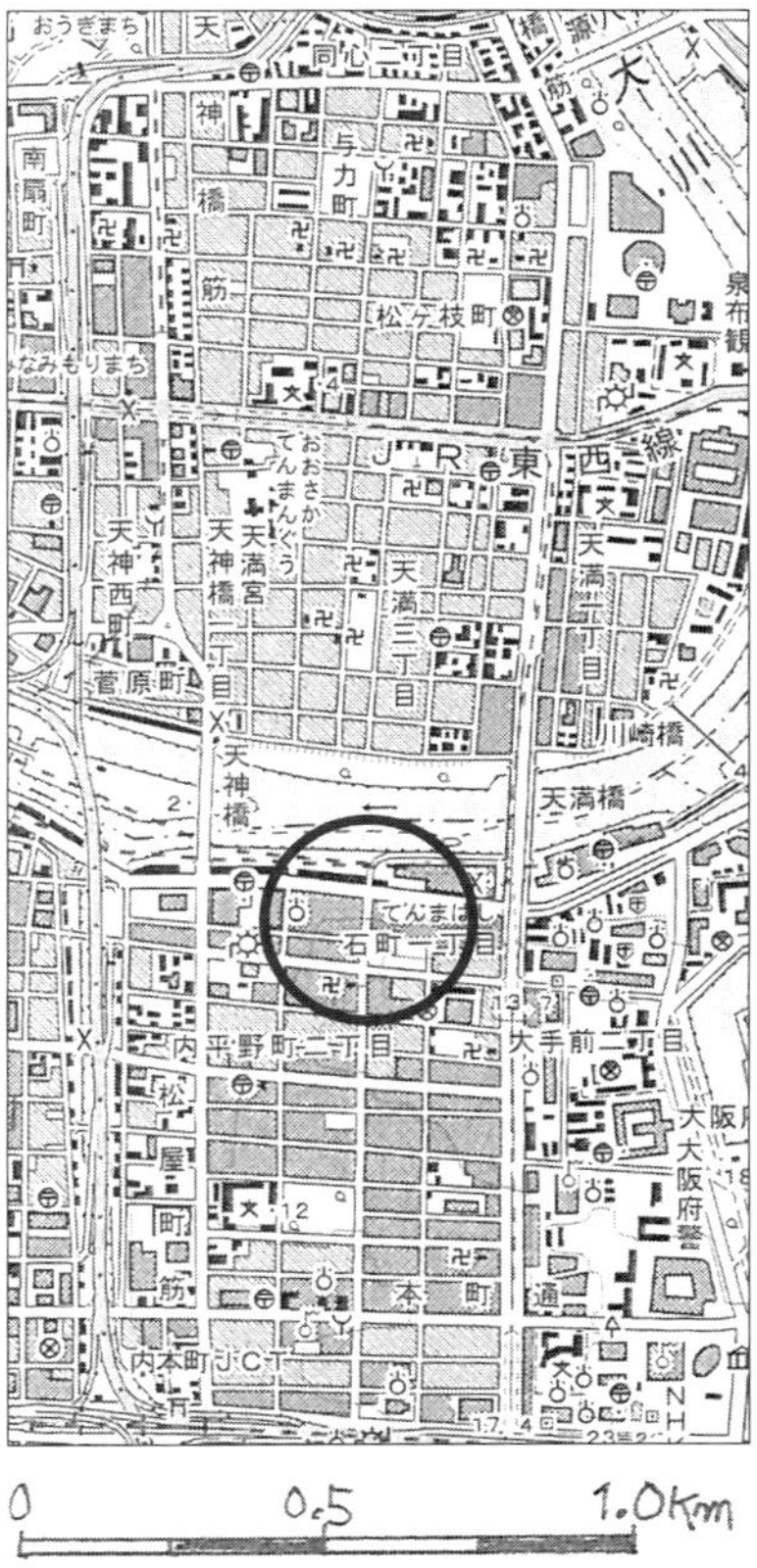

とある。天正一一（一五八三）年、大坂城築城時に、もとの地名とともに現在地に遷座された。現在は石町にも坐摩神社がある。この地が旧鎮座地？

⑤坐摩神社の由緒。大宮地之霊として神武天皇の御世に、天皇二祖の神勅に従い、宮中に奉斎されたのが創祀。「イカスリ」は居所を領知する意。

⑥境内西向きに火防陶器神社がある。祭神は大陶祇神・迦具突智神。大阪市西区靭南通一丁目から移された。陶器問屋街の守護神として崇敬。毎年、この地で七月二三日～二六日に陶器祭りがある。

六三五　興津の浜跡

大阪府泉大津市松之浜町・助松町等の海岸

関係地図　1／20万 和歌山　1／5万 大阪西南部

186

おきつのはま

貫之がいづみのくにに侍りける時に、やまとよりこえまうできてよみてつかはしける

・君を思ひおきつのはまになくたづの尋ねくればぞありとだにきく　藤原ただふさ

①古今集　九一四

返し

・おきつ浪たかしのはまの浜松の名にこそ君をまちわたりつれ　つらゆき

①古今集　九一五

守覚法親王家に、五十首歌よませ侍りける旅歌

・ことゝへよおもひおきつの浜ちどりなくなくいでし跡の月かげ　藤原定家朝臣

⑧新古今集　九三四

1／5万 大阪西南部

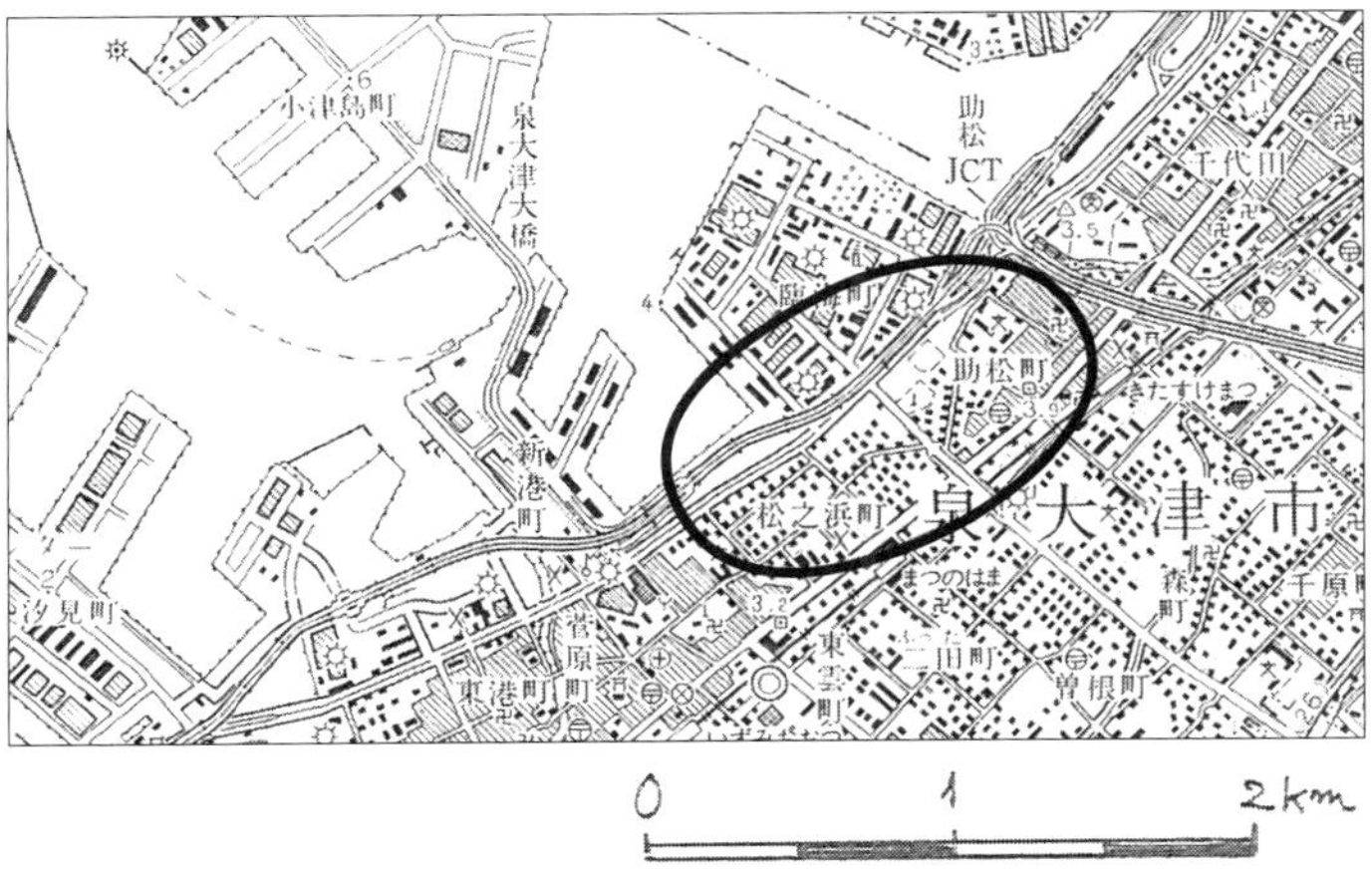

（メモ）

①興津の浜は現在の泉大津市の大阪湾岸にあった浜。この浜は西国三三所観音霊所第四番札所施福寺近くを流れる東槇尾川、標高六〇〇mの槇尾山を源とする槇尾川、標高八五八mの和泉葛城山を源とする手滝川、また松尾川等を併せた大津川が大量に運搬した土砂が形成した砂洲である。そこに美しい青松白砂の浜、大津浜。また興津の浜が形成された。

②現在は、臨海工業地帯の埋立地造成で、景観が一変した。

③施福寺は第二九代欽明天皇（在位五三九～五七一年）の病気平癒の勅願により行満が開創。後、役行者・行基・空海等ゆかりの寺。

六三六　笠結島跡推定地

大阪府大阪市東成区深江南三丁目・深江稲荷神社辺

関係地図　1／20万 京都及大坂　1／2.5万 大阪東北部

226

かさゆひのしま

しはつ山ぶり

• しはつ山うちいでて見ればかさゆひのしまこぎかくるたななしをぶね　大歌所御歌

(参考) しはつやま　うちこえみれば　かさぬひの　しまこぎかくる　たななしをぶね　高市連黒人　万葉集　二七二

①古今集　一〇七三

(参考) かさゆひの島たちかくす朝霧にいやとほざかるたななしを舟　土御門院御製　新後撰集　三三三

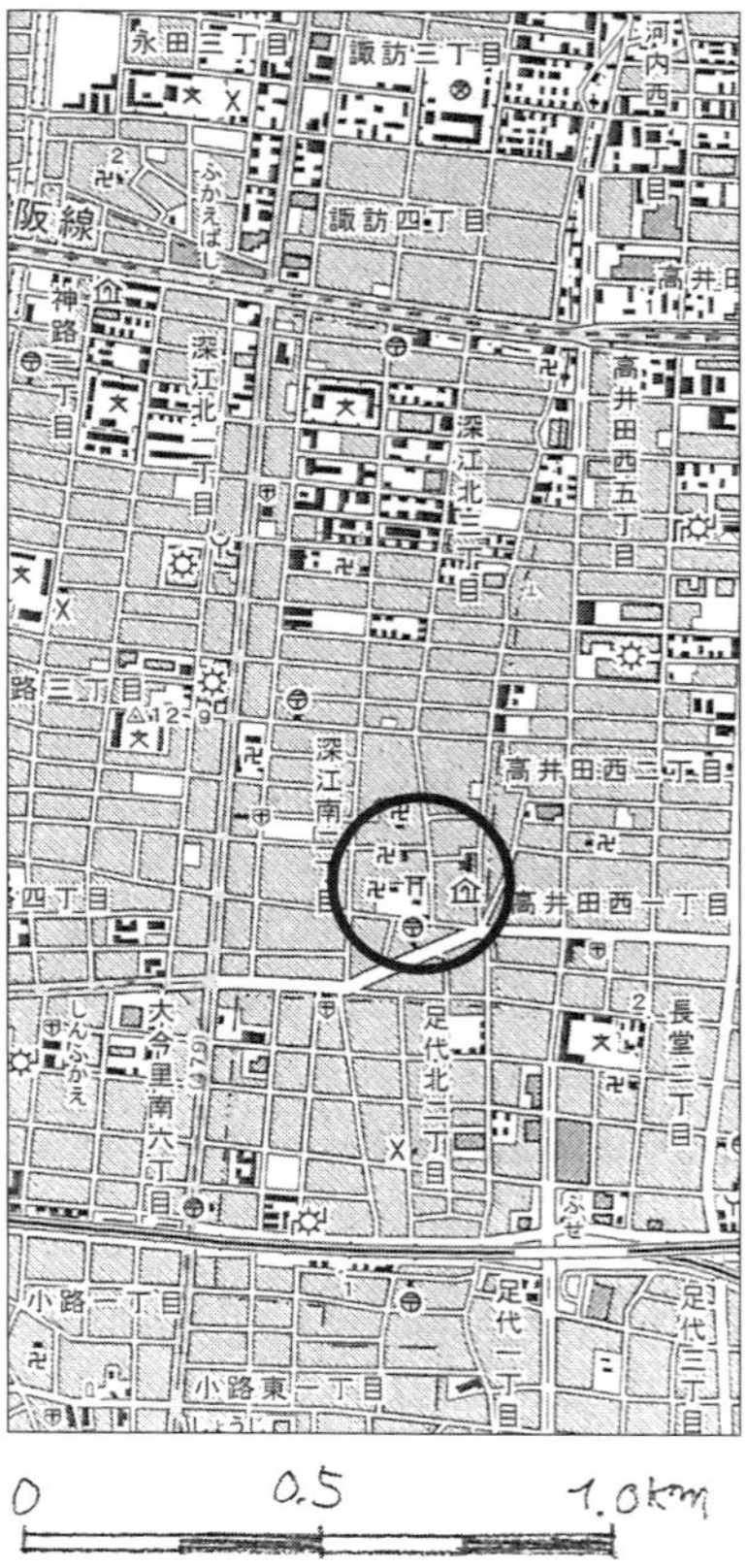

1／2.5万　大阪東北部

(メモ)

①「四極山」を住吉神社と難波宮との間に位置するとすれば、「笠縫島」は大阪市東成区深江から東大阪市足代《あじろ》にかけての昔の入江の島と考えられると。

②これによって、地図を見ると、大阪市東成区深江南三丁目に鎮座する深江稲荷神社を中心とする辺りがふさわしい。

③寺院は門徒衆の移動とともに移転することがあるが、鎮守社は通常は移動しない。

六三七　交　野

大阪府交野市・枚方市

関係地図　1／20万 京都及大坂　1／2.5万 淀

238

かたの

えがたう侍りける女の家のまへよりまかりけるを見て、いづこへいくぞといひいだして侍りければ

• 逢ふ事のかたのへとてぞ我はゆく身をおなじなに思ひなしつつ　藤原ためよ

②後撰集　九一七

鷹狩の心をよめる

• ことわりやかたののをのになくきぎすさこそはかりの人はつらけれ　内大臣家越後

⑤金葉集　二八三

• 鶉なくかたのにたてるはじ紅葉ちりぬばかりに秋風ぞふく　前参議親隆

⑧新古今集　五三九

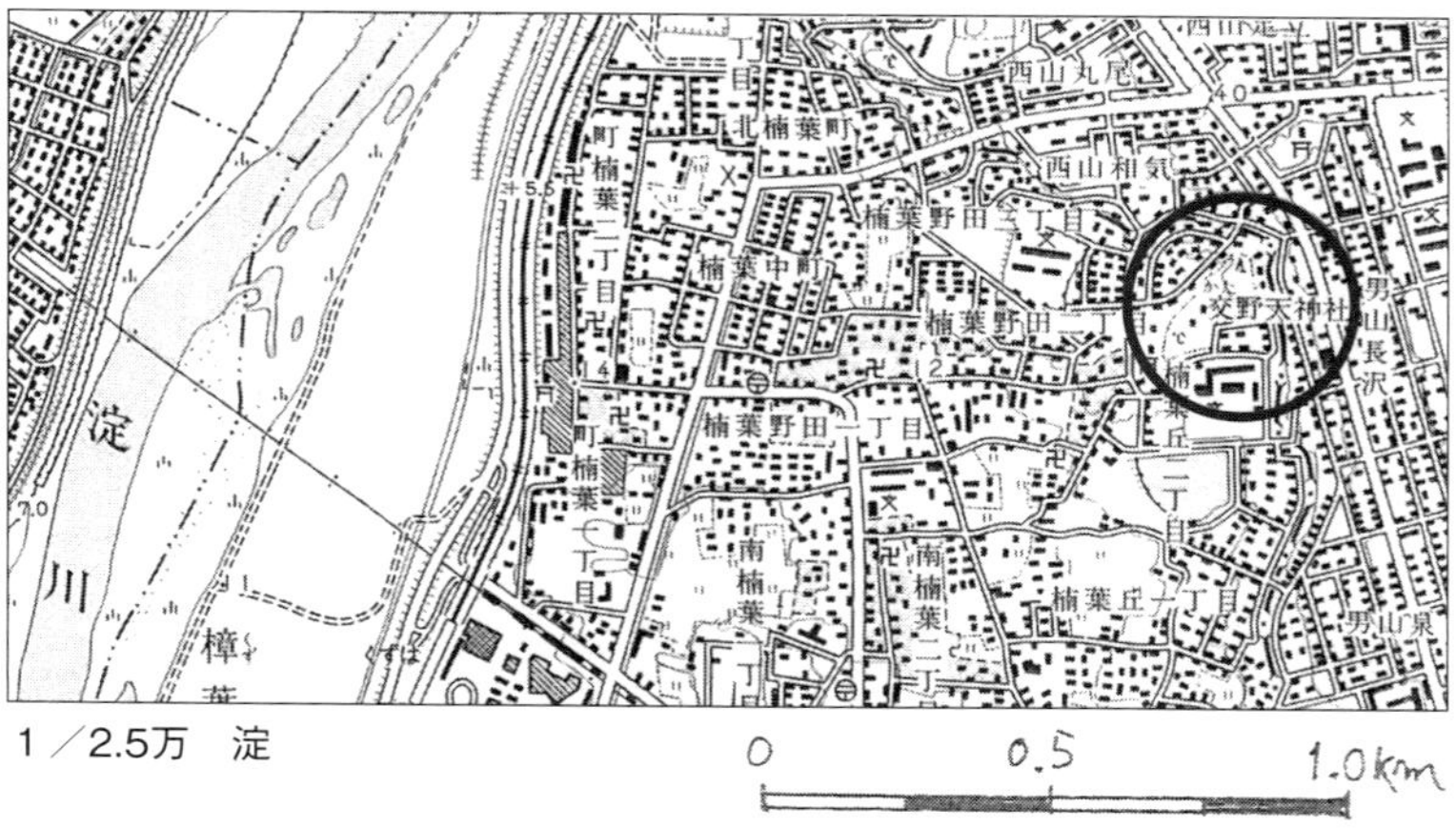

1／2.5万　淀

(メモ)

①『和名抄』河内国に「交野《加多乃》郡」がある。もと河内国茨田《まった》郡に属していたが、大宝令施行時に郡を二分し設置と。

②『古事記』第一〇代崇神天皇「建波迩安王の反逆」の節に、

久須婆《くすば》之《の》度《わたり》

がある。図中の「楠葉」である。『日本書紀』継体天皇元（五〇七）年正月一四条に

天皇、樟葉宮《くすはのみや》に行至《いた》りたまふ。

とある。交野郡「葛葉郷《久須波》」。図中の枚方市楠葉である。この地は古来、水陸交通の要衝地であった。

六三八　河尻跡推定地

大阪府大阪市東淀川区江口辺。古淀川河口辺

関係地図　1／20万 京都及大坂　1／5万 大阪東北部

281　河尻

大納言経信、太宰帥にてくだりけるに、河尻にまかりあひてよめる

・むとせにぞきみはきまさむすみよしのまつべき身こそいたくおいぬれ　津守国基　⑥詞花集　一七七

源惟盛としごろ侍るものにて、箏のことなどをしへ侍りけるを、土左国にまかりける時、かはじりまでおくりにまうできたりけるに、青海波の秘曲のことぢたつることなどをしへ侍りて、そのよしの譜かきてたまふとて、おくにかきつけて侍りける

・をしへおくかたみをふかくしのばなん身はあを海の浪にながれぬ　入道前太政大臣　⑦千載集　四九四

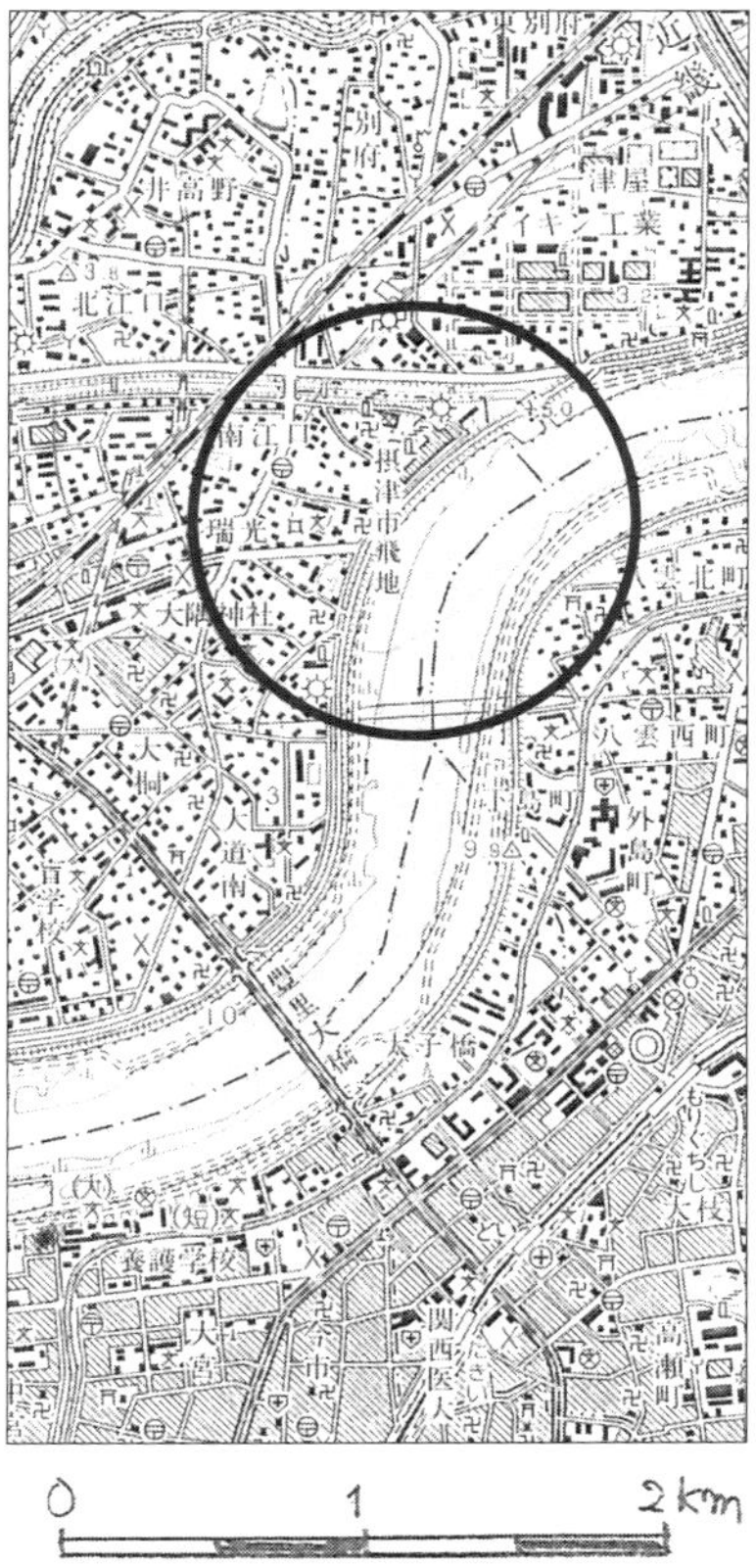

1／5万　大阪東北部

（メモ）

①「河尻」は淀川の川尻。河口付近である。大阪市中央区石町《こくまち》にあった「大江の岸（渡）」。淀川の流水を分水する神崎川の入口、東淀川区江口辺であろう。京都から船で淀川を下って、山陽道・西海道・南海道の各方面への分岐点という水陸交通の要衝であった。

②表記の源経信（一〇一六〜一〇九七・閏正月六日）は嘉保元（一〇九四）年六月大宰権帥に任命。翌二年七月大宰府に下向、時に八〇歳。任期は五年、帰京は六年目で八六歳。経信は大宰府で死去。源俊頼の父。

六三九　河内国府跡

大阪府藤井寺市国府二丁目・惣社二丁目

関係地図　1／20万 和歌山　1／5万 大阪東南部

256　かふちのくに

・風ふけばおきつ白浪たつた山よはにや君がひとりこゆらむ　よみ人しらず　①古今集　九九四

ある人、この歌は、むかしやまとのくにになりける人のむすめにある人すみわたりけり、この女おやもなくなりて家もわるくなりゆくあひだにこのをとこかふちのくにに人をあひしりてかよひつつかれやうにのみなりゆきけり、さりけれどもつらげなるけしきも見えでかふちへいくごとにをとこの心のごとくにしつついだしやりければ、あやしと思ひてもしなきまにことせんざいのなかにかくれて見ければ、夜ふくるまでことをかきならしつつうちなげきてこの歌をよみてねにければ、これをききてそれより又ほかへもまからずなりにけりとなむいひつたえたる

（参考）かふちめの　てそめのいとを　くりかへし　かたいとにあれど　たへむとおもへや　万葉集　一三一六

1／5万　大阪東南部

（メモ）

①河内《加不知》国は『和名抄』畿内国―山城国・大和国・河内国・和泉国・摂津国―五ヶ国の一国。

②国府遺跡は藤井寺市惣社・国府にまたがる。その位置は仁徳天皇皇子の第一九代允恭天皇陵と、東側の飛鳥期建立と考えられている衣縫廃寺跡に挟まれた地。

③基壇痕跡・築地跡・掘立柱建物跡群などの国庁関連遺構。須恵器・土師器・施釉陶器等生活関連遺物が出土という。

六四〇　古曽部

大阪府高槻市古曽部町

関係地図　1／20万 京都及大阪　1／5万 京都西南部

338

こそべ

　つのくにのこそべといふところにてよめる

・わがやどのこずゑの夏になるときはいこまの山ぞみえずなりぬる　能因法師

④後拾遺集　一六七

つのくにこそべといふところにこもりゐて、前大納言公任のもとへいひつかはしける

・ひたぶるにやまだもる身となりぬればわれのみ人をおどろかすかな　能因法師

⑥詞花集　三三四

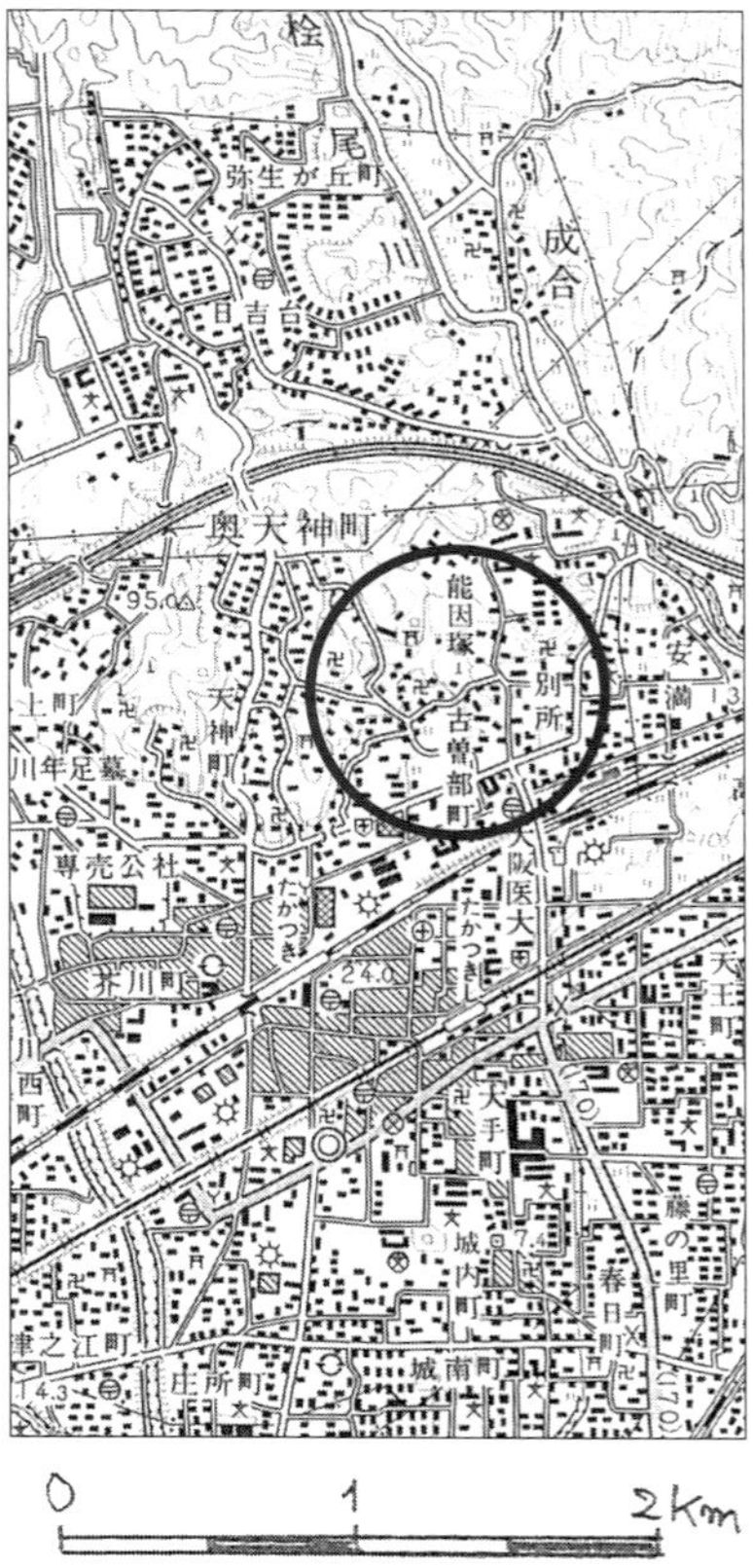

1／5万 京都西南部

（メモ）

①「古曽戸」は、古くは「社戸」と書かれた。ここは芥川下流左岸、檜尾川上流右岸に位置する。

②『和名抄』摂津国島上郡。『日本書紀』孝徳天皇大化元（六四五）年一一月三〇日に、

中大兄、阿倍渠曽倍臣《あへのこそへのおみ》・佐伯部子麻呂《さへきべのこまろ》、二）年七月一三日条に、

とある。また、同書天武天皇元（六七二）年七月一三日条に、

男依等《をよりら》、安河《やすのかは》に戦ひて大きに破りつ。則ち社戸臣大口《こそへのおみおほくち》・土師連千嶋《はじのむらじちしま》を獲たり。

とある。前記の阿倍氏と後記の社戸氏は同族という。

③能因法師（九八八—一〇五〇頃）は俗名橘永愷。摂津の難波・児屋、そしてこの古曽部に住んだ。この地に能因法師墳（古曽部町三丁目一〇）がある。

六四一　讃良氷室跡

大阪府四条畷市清滝の室池

関係地図　1／20万 京都及大阪　1／5万 大阪東北部

666

氷室山

　百首歌たてまつりける時、氷室のうたとてよみ侍りける

・あたりさへすずしかりけりひむろ山まかせし水のこほるのみかは　大炊御門右大臣

⑦千載集　二〇九

（参考）かぎりあればふじのみ雪の消ゆる日もさゆる氷室の山の山柴　順徳院御製

新続古集　三二六

（参考）さなへとるひむろのを田の郭公こゑおちかかるほととぎすかな　入道前太政大臣

夫木抄　二七六五

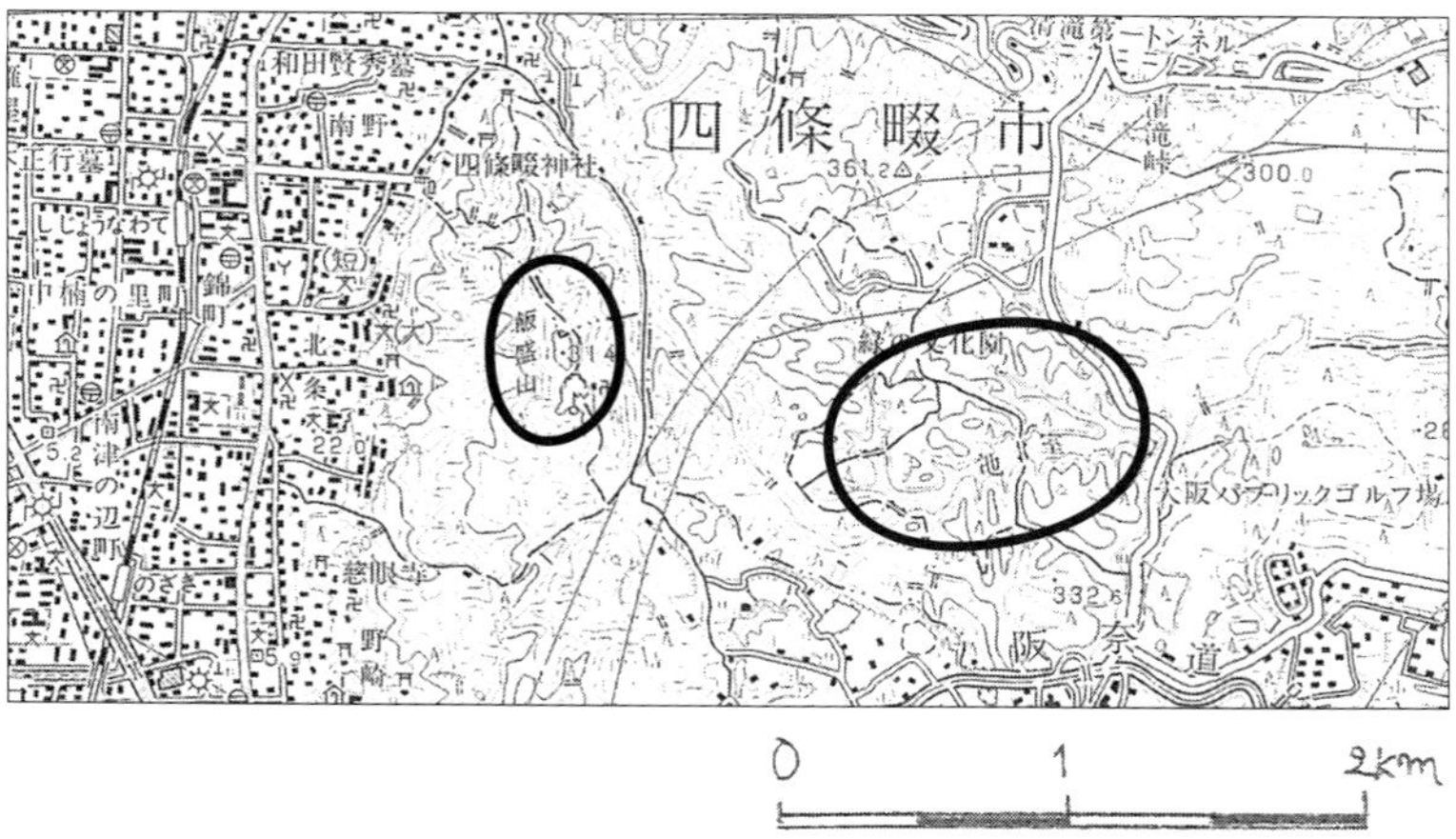

1／5万 大阪東北部

（メモ）

①『河内名所図会』讃良郡《さらら》内に、

氷室址　甲可南の属村滝村にあり。今、室池といふ。

とある。

②『延喜式』（主水司）に、

河内国讃良郡讃良一所、四丁輪一駄

とあり、讃良氷室は二室あり、「氷池」は五八所在したという。そして「養老」の年号のある平城宮出土木簡中に、

再浦氷所

があり、ここも元正天皇の養老年間（七一七～七二三年）から皇室に氷を貢納していたという。

③この地の標高は二七〇～二八〇ｍで氷室山と呼ばれていた。その後、西から東へ砂溜池・中池・古池・新池が近接して並ぶ総面積約一七haの室池となり、そこの水は権現川となって流れ、灌漑用水として活用されている。

六四二　五月山

大阪府池田市五月丘

363

関係地図　1／20万 京都及大阪　1／5万 広根、大阪西北部

さ月山

・さ月山こずゑをたかみ郭公なくねそらなるこひもするかな　つらゆき　①古今集　五七九

延喜御時月次御屏風に

・さ月山このしたやみにともす火はしかのたちどのしるべなりけり　つらゆき　③拾遺集　一二七

・さ月山うの花月よ時鳥きけどもあかず又なかむかも　読人しらず　⑧新古今集　一九三

（参考）さつきやま　はなたちばなに　ほととぎす　こもらふときに　あへるきみかも　万葉集　一九八〇

1／5万　広根（上）・大阪西北部（下）

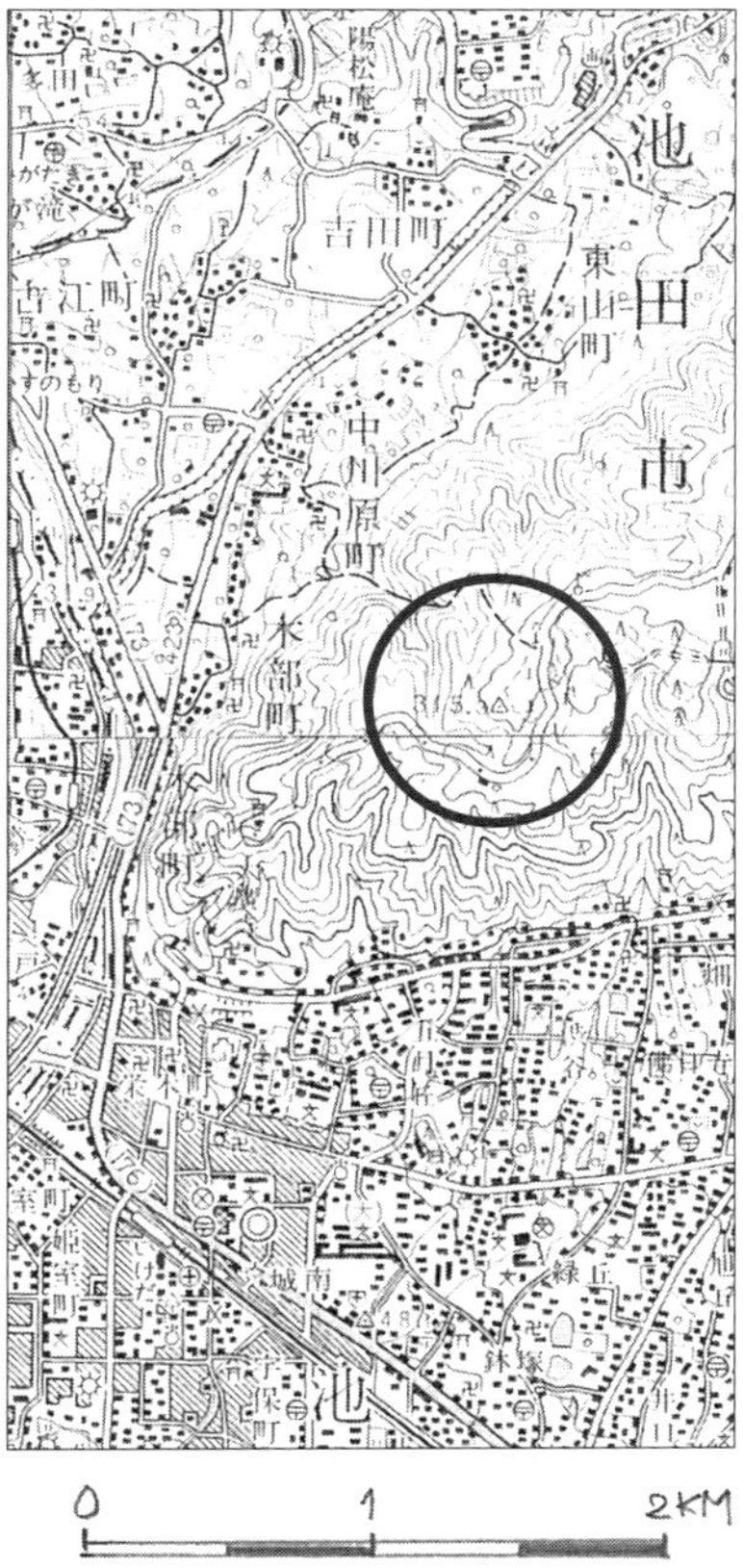

（メモ）

①池田市のほぼ中央部まで舌状に延びる丘陵。その範囲や山頂の特定は困難であるが、標高三一五・三mの三角点がある。近くに日の丸展望台があり大阪平野、大阪湾が望見。

②『摂津名所図会』に、

・五月山　池田の北ノ方にあり。摂津志曰、実ハ佐伯山也。今訛て五月山。五月山・佐伯山は一所二名なるべし。

・佐伯山は五月山の旧名なるべし。『日本書紀』仁徳天皇紀・崇峻天皇紀・斉明天皇紀等の「佐伯部・佐伯連」の領地の山と。

六四三　佐備川

大阪府富田林市佐備

371

関係地図　1／20万 和歌山　1／5万 五條

さび江

忠房朝臣つのかみにて、新司はるかたがまうけに屏風てうじて、かのくにの名ある所所ゑにかかせて、さび江という所にかけりける

・年をへてにごりだにせぬさびえには玉も帰りて今ぞすむべき　ただみね　②後撰集　一一〇五

（参考）よとともにちりもたえせぬさびえにもうつれる月はくもらざりけり　御製　続詞花集　一八六

1／5万　五條

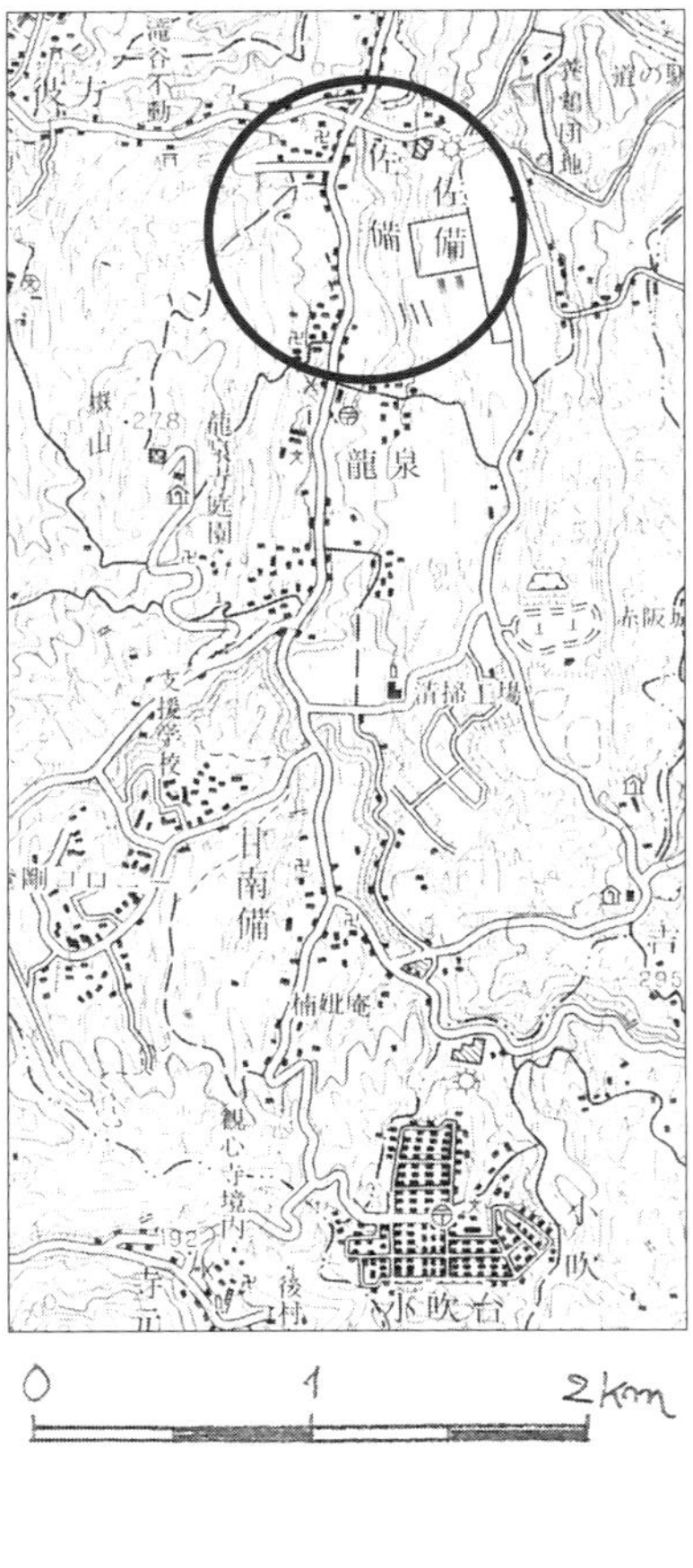

（メモ）

①「にごりだにせぬさび江」とあるので、これは佐備地区を流れる川名である。「佐備」は『和名抄』河内国石川郡の佐備郷。現在の富田林市佐備である。

②佐備川は大阪市南河内郡千早赤阪村中津原を源とする。いくつかの河川を併せ富田林市に入り、同市佐備地内を北流する。同市富田林町で北流する石川に注ぐ。佐備川を併せた石川は柏原市安堂町で西流する大和川に注ぐ。

③「佐備」は佐美とも書かれた。佐備と書かれた古文書に、『正倉院文書』の天平勝宝二（七五〇）年三月二三日付勘籍に、

□□（佐伯）諸上〈年一九　河内国石川郡佐備郷戸主佐伯宿祢形見戸口〉

とあると。

④『延喜式神名帳』に佐備神社・咸《カン》古《コ》佐《サ》備《ヒ》神社の二社がある。

六四四　敷津の浦旧地

大阪府大阪市浪速区敷津西・敷津東一帯

関係地図　1／20万　和歌山　1／2.5万　大阪東南部

390
しきつのうら

住吉社の歌合とて、人人よみ侍りける時、旅宿時雨といへる心をよみ侍りける

・もしほ草しきつのうらのねざめには時雨にのみや袖はぬれける　俊恵法師

⑦千載集　五二六

しきつのうらにまかりてあそびけるに、ふねにとまりてよみ侍りける

(参考)すみのえの　しきつのうらの　なのりその　なはのりてしを　あはなくもあやし　万葉集　三〇七六

391
しきつの浪

・ふねながらこよひばかりは旅ねせむしきつの浪に夢はさむとも　実方朝臣

⑧新古今集　九一六

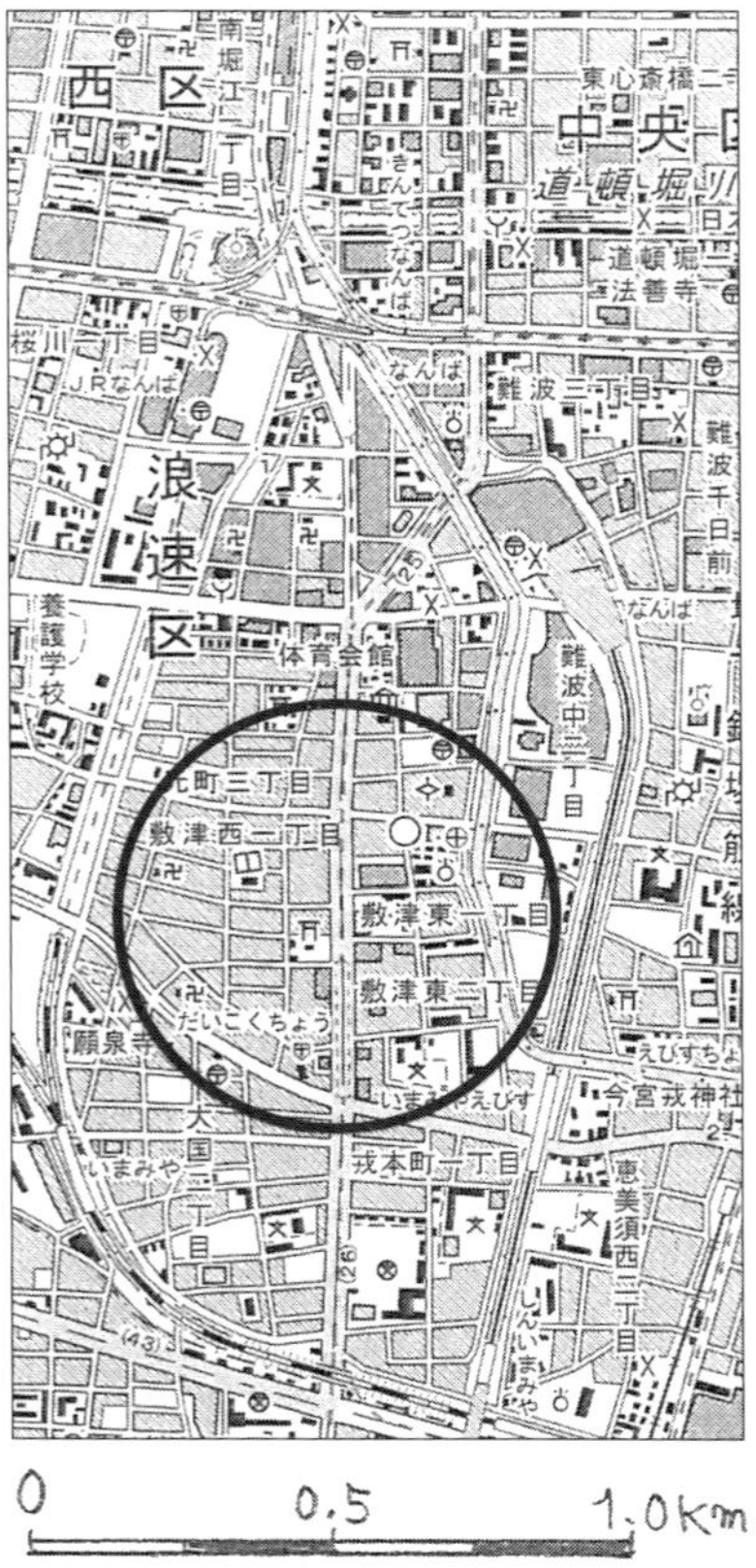

1／2.5万　大阪東南部

(メモ)

①「敷津」は古代の摂津国西成郡。現在の大阪市浪速区敷津東・敷津西・塩草・浪速東、西成区北開・中開等。

②『太平記』巻第六、元弘二年七月に、藻塩草志城津《しきつ》の浦、住吉・難波の里にたく篝は、漁舟にとぼすいさり……とある。これらの地点は天王寺を海側から包囲する地点を並べたもの。

③敷津は、難波浦・今宮浜・木津浦等の総称名かともいわれている。

六四五　四天王寺

大阪府大阪市天王寺区四天王寺一―一一―一八

関係地図　1／20万　和歌山　1／2.5万　大阪東南部

535
天王寺

屏風絵に天王寺西門に法師のふねにのりて西ざまにこぎはなれいくかたかきたるところをよめる

・あみだぶととなふるこゑをかぢにてやくるしきうみをこぎはなるらん　源俊頼朝臣

⑤金葉集　六四七

天王寺にまゐりて、舎利ををがみたてまつりてよみ侍りける

・たきぎつき煙もすみてさりにけんこれやなごりとみるぞかなしき　瞻西上人

⑦千載集　一二〇九

天王寺御幸のとき、古寺忍昔といへるこころをよめる

・よをすくふあとはむかしにかはらねどはじめたてけん時をしぞ思ふ　藤原定長朝臣

⑦千載集　一二五三

536
天王寺のかめ井

天王寺にまゐりてかめゐにてよみ侍ける

・よろづよをすめるかめゐのみづはさはとみのをがはのながれなるらん　弁乳母

④後拾遺集　一〇七一

天王寺のかめ井の水を御覧じて

・にごりなきかめ井の水をむすびあげて心のちりをすすぎつるかな　上東門院

⑧新古今集　一九二六

(参考)よろづよも御法のながれたえじとやかめ井の水のきよくすむらん　皇太后宮大夫俊成　夫木抄　一二四六七

(参考)まれにとく御法の跡をきてみればうき木にあへるかめ井なりけり　郁芳門院安芸　新後撰集　六八〇

(メモ)

①『日本書紀』推古天皇元(五九三)年是歳条に、始めて四天王寺を難波の荒陵《あらはか》に造る。とある。

②四天王寺は日本最古の官寺。山号は荒陵山。どの宗派にも属さない「和宗」。飛鳥期に創設された時は、敬田院・悲田院・施薬院・療病院の四ヶ院から成る大寺院であった。この中の敬田院が信仰の中心として現在の寺域にある「和宗総本山荒陵山敬田院四天王寺」。荒陵寺、難

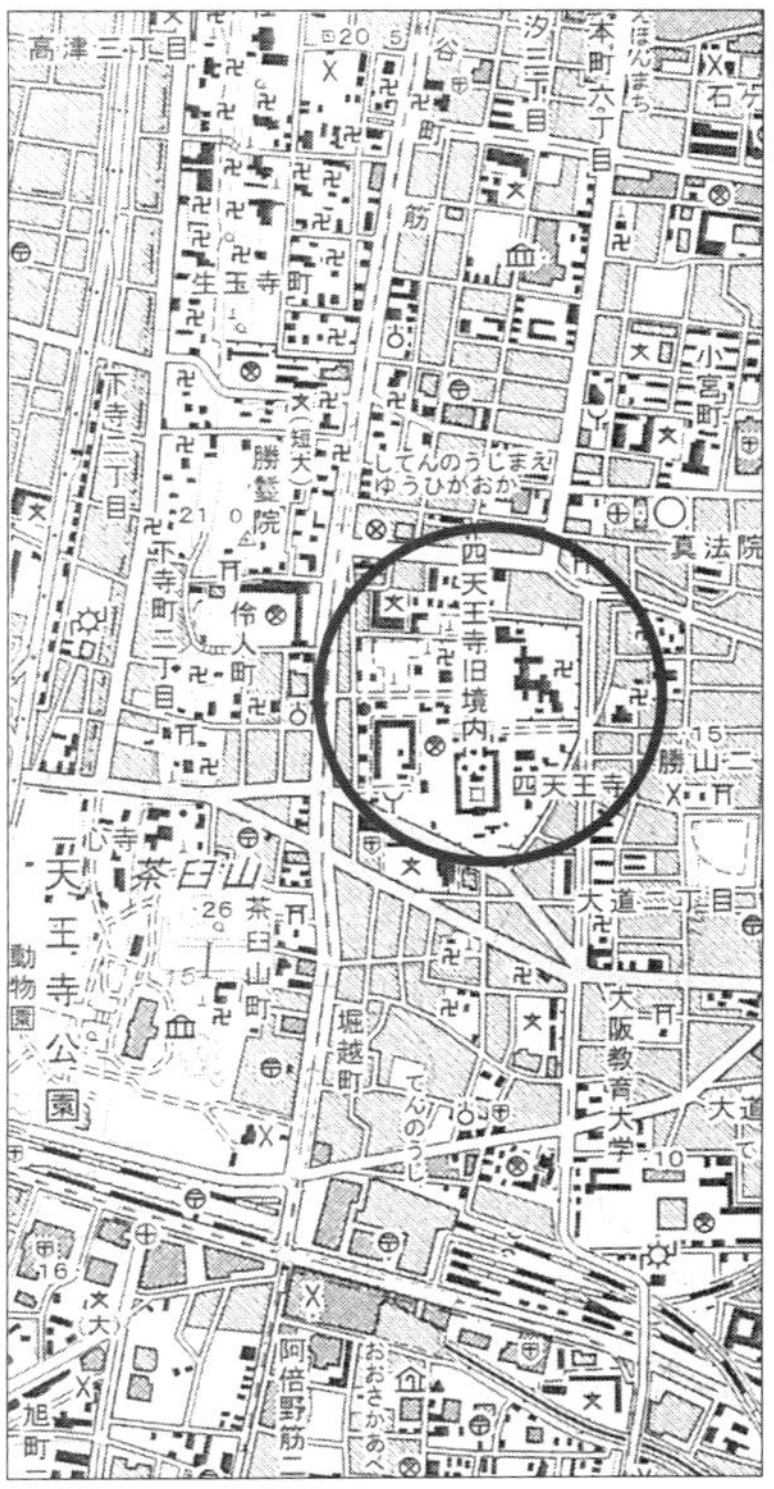

1／2.5万　大阪東南部

0　0.5　1.0Km

波寺、三津寺ともいわれる。略して天王寺。本尊は救世観世音菩薩。

③草創について『日本書紀』用明天皇二（五八七）年四月条によれば、崇仏論争の後、物部守屋大連と蘇我馬子宿祢大臣との間に戦いが生じ、苦戦中の馬子軍に従っていた厩戸皇子《うまやどの》（のちの聖徳太子）が白膠《ぬるで》の木で四天王像を作り「守屋に勝ったならば、四天王のために寺を建立する」と誓われた。そして戦勝出来たので一寺を建立されたのが草創という。

④四天王寺は「金光明経」四天王品の持国・増長・広目・多聞の四天王が「金光明経を持する国王人民を守護するという思想に基づいて創建された。

⑤日本を襲来するのは古代の中国・朝鮮であるので、四天王像は金堂に西面して安置されたと。また、四天王寺伽藍は外国使節の日本の入口、難波津の岸頭に建ち、その姿は威風堂々とした寺院であったという。

⑥その伽藍は中門・五重塔・金堂・講堂を一直線に配した四天王寺式伽藍配置である。

⑦北西の隅に施薬院、北東の隅に悲田院、その間に療病院があった。

⑧『摂津名所図会』「亀井」項に、およそ次のようにある。

・宝蔵の南にある。その楼を亀井堂といふ。堂は桁行六間三尺・奥行三間五寸。霊泉は金堂の青龍池より流れ出る。白石の間から玉のような清水が湧出し、白石玉出水となる。昔、皇太子、聖徳太子がお姿を映され、その姿を楊枝で紙に書かれたので影向井《ようこうのゐ》の名がある。

・また、石鐫《いしのみ》で作った亀から流れ出るので亀井の名がある。

⑨西行の『山家集』に、

天王寺へまゐりて、亀井の水を見て
よめる

・あさからぬ契の程ぞくまれぬる亀井の
水に影うつしつつ

がある。

六四六　四極山推定地

大阪府大阪市天王寺区茶臼山町

関係地図　1／20万 和歌山　1／2.5万 大阪東南部

401　しはつ山　しはつ山ぶり

・しはつ山うちいでて見ればかさゆひのしまこぎかくるたななしをぶね　大歌所御歌　①古今集　一〇七三

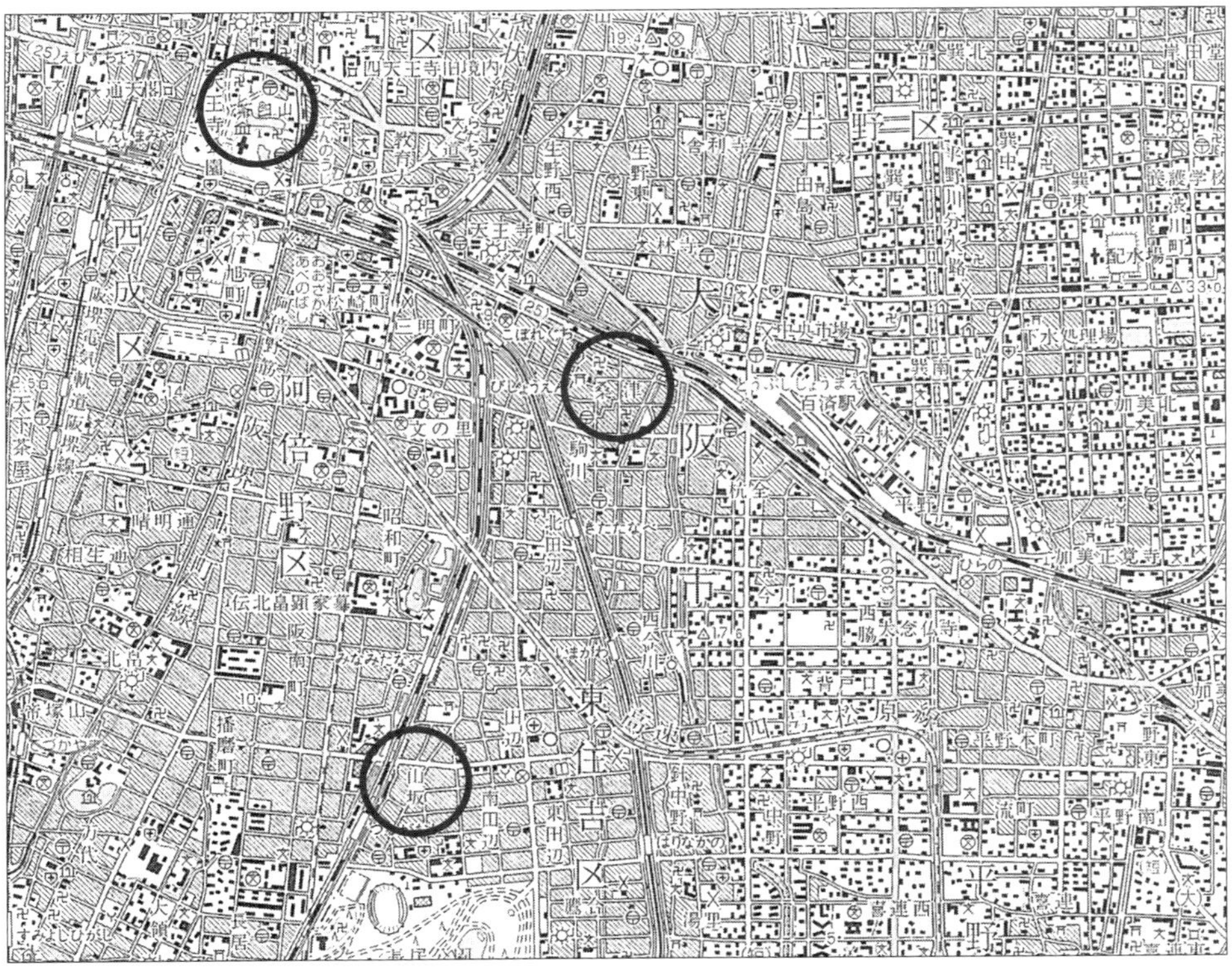

1／2.5万　大阪東南部

0　0.5　1.0Km

(参考) しはつやま　うちこえみれば　かさぬひの　しまこぎかくる　たななしをぶね　高市連黒人　万葉集　二七二

(参考) しはつ山ならのした葉ををりしきてこよひはさねんみやこひしみ　皇太后宮大夫俊成　続後撰集　一二九七

(参考) しはつ山ならのわか葉にもる月の影さゆるまで夜は深けにけり　俊頼朝臣　新続古集　三三二

(参考) 風ふけば空にひがたのしほつ山花ぞみちくるおきつしら波　後九条内大臣　夫木抄　八九〇九

③よって、四極山は、現在の東住吉区桑津に最も近い山、天王寺公園の標高二六mの茶臼山がその代表である。

(メモ)

①『日本書紀』雄略天皇一四(四七〇)年正月一三日条に、

身狭村主《みさのすぐり》青《あを》等、呉国《くれのくに》の使と共に、呉の献《たてまつ》れる手末《たなすえ》の才伎《てひと》、漢織《あやはとり》・呉織《くれはとり》及び衣縫《きぬぬひ》の兄《え》媛《ひめ》・弟媛《おとひめ》等を将《ゐ》て、住吉津《すみのえのつ》に泊る。是の月に、呉の客の道を為《つく》りて磯歯津路《しはつのみち》に通《かよは》す。呉坂《くれさか》と名《なづ》く。

とある。

②これによると、中国の古代の呉国が派遣した漢織や呉織の女工及び衣縫の製縫女工の姉妹等を連れて身狭村主らが上町台地の西岸、住吉津に上陸し宿泊した。そしてこの月に、上町台地の東側に呉坂(これは呉からの織女・縫女　を通すため新設した意味を込めた名称)、現在の東住吉区山坂一～三にまたがる長い坂道が完成したので、呉国からの女工らを上町台地の帝塚山に登り、新設の呉坂を下り、上町台地東側、磯歯津、現在の東住吉区桑津であろう渡し場で上船し難波潟を渡り、生駒の暗峠、そして泊瀬朝倉宮に向うのであろう。

六四七　信太の森

大阪府和泉市葛の葉町(葛の葉稲荷神社)一帯

関係地図　1／20万 和歌山　1／5万 岸和田
1／2.5万 堺、岸和田東部

394

しのだのもり

永承五年六月五日祐子内親王家の歌合によめる

・夜だにあけばたづねてきかむほととぎすしのだのもりのかたになくなり　能因法師　④後拾遺集　一八九

・わがおもふことのしげさにくらぶればしのだのもりのちえはかずかは　増基法師　⑥詞花集　三六五

堀河院御時、百首歌たてまつりける時、よぶこ鳥をよめる

・おもふことちえにやしげきよぶこ鳥しのだのもりのかたに鳴くなり　前中納言匡房　⑦千載集　一〇七

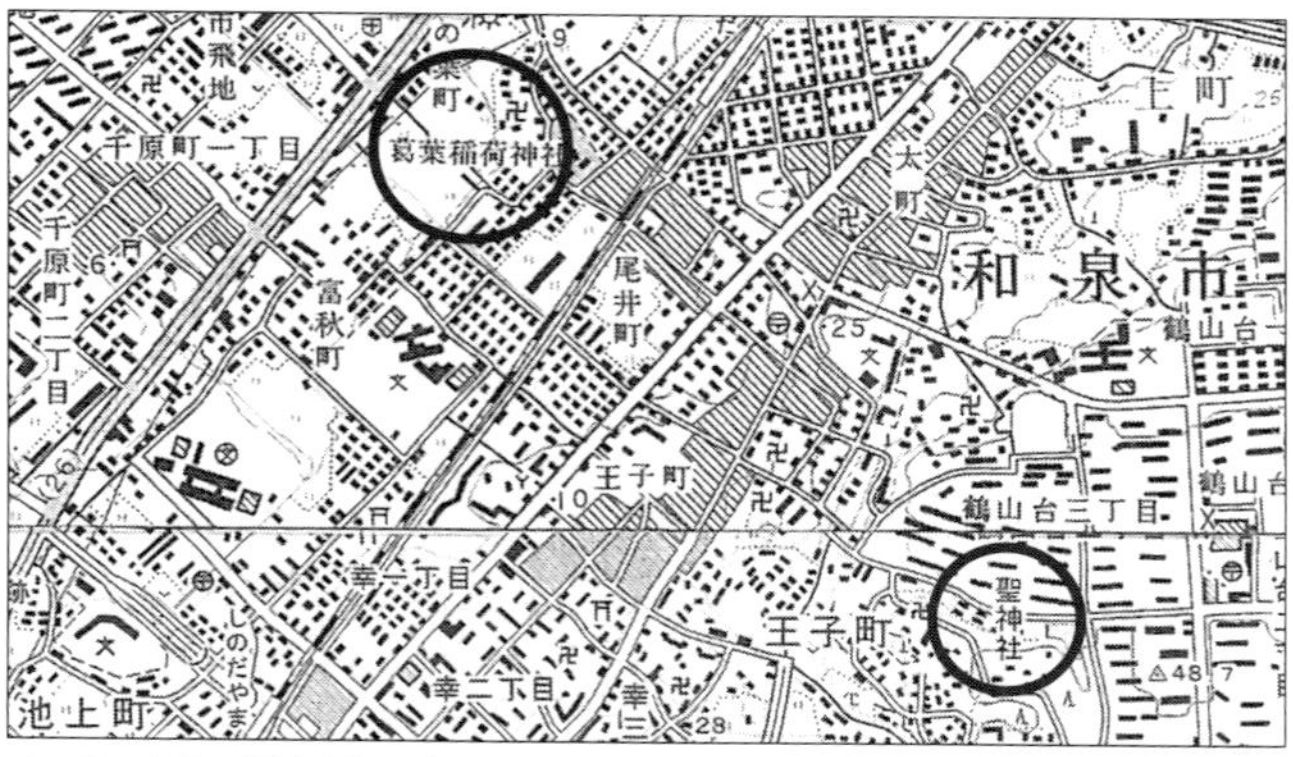

1／2.5万　堺(上)・岸和田東部(下)

(メモ)

①信太の森は、聖神社や葛の葉稲荷神社の森等一帯。聖神社は『延喜式神名帳』和泉国和泉郡の「聖神社鍬靫《くわ・うつぼ》」。祭神聖大神。聖大神は須佐男尊の御孫。大年神の御子神であり、古来信太大明神。白鳳三(六七五)年信太首が創祀。聖武天皇の御世大旱に際し降雨の祈願により神領を御寄進。後白河天皇宸筆の「正一位信太聖大明神」の神額の御奉納等有り。信太の森の白狐は有名。

②竹田出雲作人形浄瑠璃「芦屋道満大内鑑」に登場の白キツネ、

恋しくばたづねきてみよ和泉なる
しのだの森のうらみくずの葉

の舞台。ここには白狐がクズの葉を着て姿見をした姿見の池がある。

③この地は槇尾川右岸一帯の標高五〇～八〇mの高位段丘面。黄金塚古墳・信太千塚など古墳、大規模集落跡の池上遺跡がある。(表紙裏写真⑯参照)

六四八　住の江故地

大阪府。大阪市・堺市

関係地図　1／20万　和歌山

434

住の江

いづみのくににまかりけるに、うみのつらにて

・はる深き色にもあるかな住の江のそこも緑に見ゆるはま松　よみ人しらず

②後撰集　一一一

右大将済時住吉にまうで侍りけるともにてよめる

・松みればたちうきものをすみのえのいかなるなみかしづ心なき　藤原為長

④後拾遺集　一〇六五

七条のきさいの宮の五十賀屏風に

・すみのえのはまのまさごをふむたづはひさしき跡をとむるなりけり　伊勢

⑧新古今集　七一四

（参考）あれうつ　あられまつばら　すみのえの　おとひをとめと　みれどあかぬかも　長皇子　万葉集　六五

436

すみよしのうら

人のもきはべりけるによめる

・すみよしのうらのたまもをむすびあげてなぎさの松のかげをこそみめ　清原元輔

④後拾遺集　四四六

花山院御ともにくまのにまゐりはべりけるみちにすみよしにてよみはべりける

・すみよしのうらかぜいたくふきぬらしきしうつなみのこゑしきるなり　兼経法師

④後拾遺集　一〇六四

（参考）すみのえの　おきつしらなみ　かぜふけば　きよするはまを　みればきよしも　万葉集　一一五八

437

住吉の岸

・住吉の岸のひめ松人ならばいく世かへしととはましものを　よみ人しらず

①古今集　九〇六

ひたたれこひにつかはしたるに、うらなんなき、それはきじとやいかがとひたれば

・住吉の岸ともいはじおきつ浪猶うちかけようらはなくとも　藤原元輔　②後撰集　一〇九六

・住吉の岸におひたる忘草見ずやあらましこひはしぬとも　よみ人しらず

③拾遺集　八八八

住吉にまゐりてよみはべりける

・わすれぐさつみてかへらむすみよしのきしかたのよはおもひいでもなし　平棟仲

④後拾遺集　一〇六六

（参考）しらなみの　ちへにきよする　すみのえの　きしのはにふに　にほひてゆかな　車持朝臣千年　万葉集　九三二

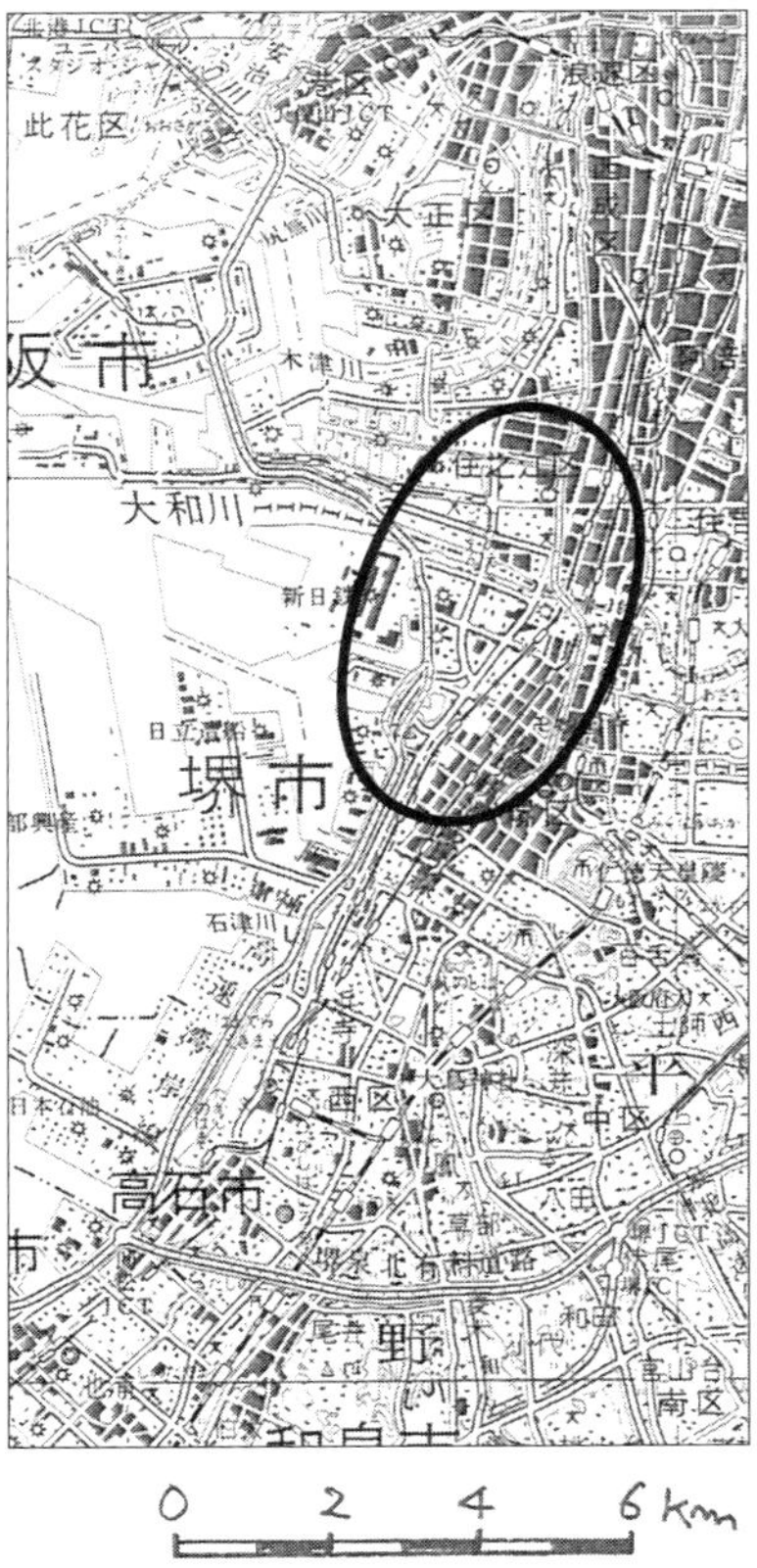

1／20万　和歌山

（メモ）

①現在、大阪市住之江区住之江一～三、西住之江一～四、同市住吉区一～四がある。ここが江戸期の住吉浦。宝永元（一七〇四）年に、新大和川の開削される前には粉浜村があった。住の江、住吉の浜、住吉の岸等は、大阪湾岸の総称名である。

②新大和川の開削後の、享保（一七二三）年よりの新田開発により住吉の浦周辺一帯の景観は一変。更に、その後の阪神工業地帯の新展により、古代の景観を想像することも困難となる。

③『伊勢物語』六十八段　住吉の浜

むかし、男、和泉の国へいきけり。住吉の郡、住吉の里、住吉の浜をゆくに、いとおもしろければ、おりゐつつゆく。ある人、「住吉の浜とよめ」といふ。

雁《かり》鳴きて菊の花さく秋はあれど春のうみべにすみよしのはま

とよめりければ、みな人々よまずなりにけり。

④『梁塵秘抄』に、

・沖つ風吹きにけらしな住吉の、松の下枝《しづえ》を洗ふ白波

がある。

六四九　住吉の細江

大阪府大阪市住吉区・住之江区

関係地図　1／20万 和歌山　1／2.5万 大阪東南部

438

住吉の細江

・すみよしのほそえにさせるみをつくしふかきにまけぬ人はあらじな　相摸　⑥詞花集　三二二

（参考）すみよしのきしのまつかぜわたるなりほそえのみぎは氷しぬらし　仁和寺入道二品親王覚性　万代集　一四〇九

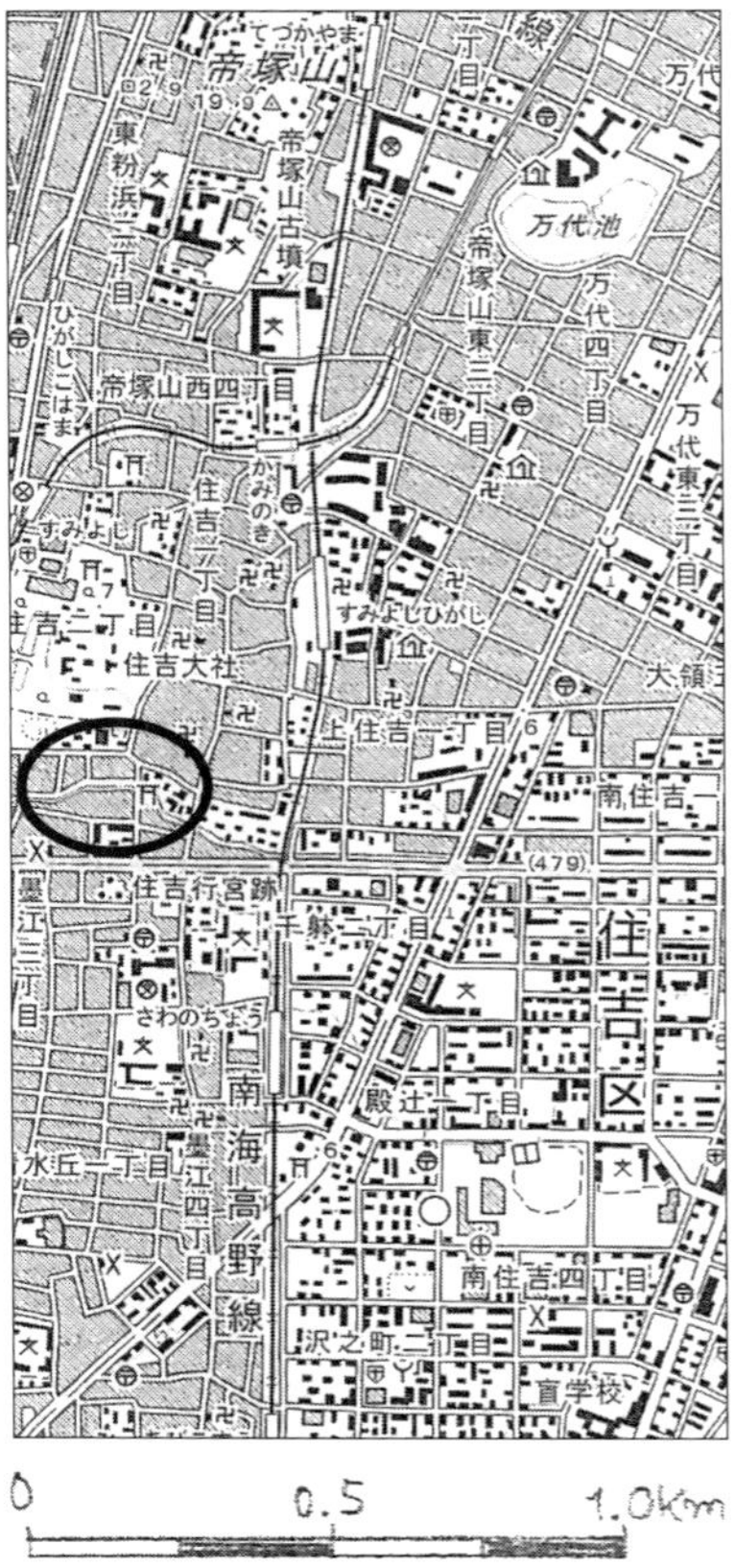

1／2.5万　大阪東南部

（メモ）

①住吉大社の南、約百mの地を東から西に向って流れる川が「住吉の細江」である。現在の名称は住吉川。南海高野線の細江鉄橋下から約四km西流して大阪湾に注ぐ。

②『梁塵秘抄』の今様を数首あげる。

・住吉の松さへ変はるものならば、何か昔の標《しるし》ならまし　五三五

・住吉の松の梢に神さびて、緑に見ゆる朱《あけ》の玉垣　五三八

・住吉のお前の岸の光《ひか》れるは、海人《あま》の釣して帰るなりけり　五四〇

・幾返《いくかへ》り波の白木綿掛けつらむ、神さびにける住吉の松　五四三

六五〇　住吉大社

大阪府大阪市住吉区住吉二

関係地図　1／20万 和歌山　1／2.5万 大阪西南部

435

すみよし

一品宮天王寺にまゐらせ給ひて日ごろ御念仏せさせ給ひけるに、御ともの人人すみよしにまゐりて歌よみけるによめる

・いくかへりはなさきぬらんすみよしのまつもかみよのものとこそきけ　源俊頼朝臣　⑤金葉集　五三〇

（参考）おほきみの　みことかしこみ　さしならぶ　くににいでます　はしきやし　わがせのきみを　かけまくも　ゆゆしかしこし　すみのえの　あらひとがみ　ふなのへに　うしはきたまひ　つきたまはむ　しまのさきざき　よりたまはむ　いそのさきざき　あらきなみ　かぜにあはせず　つつみなく　やまひあらせず　すむやけく　かへしたまはね　もとのくにへに　石上乙麿卿　万葉集　一〇二〇・一〇二一

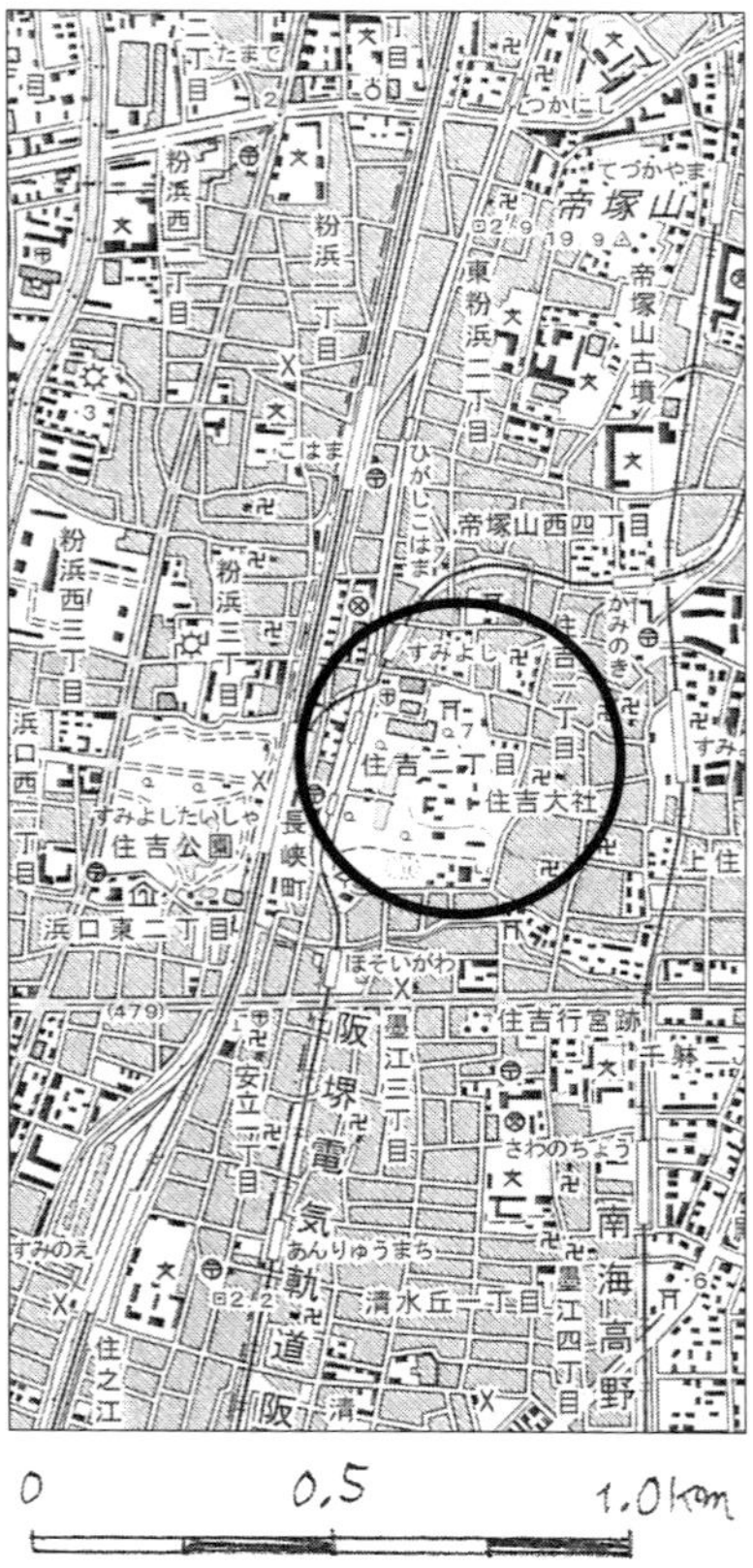

1／2.5万　大阪西南部

（メモ）

①『延喜式神名帳』摂津国住吉郡の住吉坐神社四座　並名神大月次相嘗新嘗である。祭神は底筒男命・中筒男命・表筒男命・息長足姫命（神功皇后）。三筒男命は神功皇后三韓御征の時の守護神。凱旋後皇后が摂津国菟原郡（現神戸市）に元住吉社を創祀。後、仁徳天皇の御代当地に遷座という。その後神功皇后を加える。当社は武神、航海守護、さらに和歌の神として崇敬されている。

六五一　関戸の院跡

大阪府三島郡島本町山崎

関係地図　1／20万　京都及大阪　1／2.5万　淀

443

せきとの院

　源公貞が大隅へまかりくだりけるに、せきとの院にて、月のあかかりけるに、わかれをしみ侍りて

・はるかなるたびのそらにもおくれねばうら山しきは秋のよの月　　平兼盛

③拾遺集　三四七

　せきとの院といふ所にて、羇中見月といふ心を

・草枕ほどぞへにける都いでていくよかたびの月にねぬらむ　　大江嘉言

新古今集　九三一　　⑧

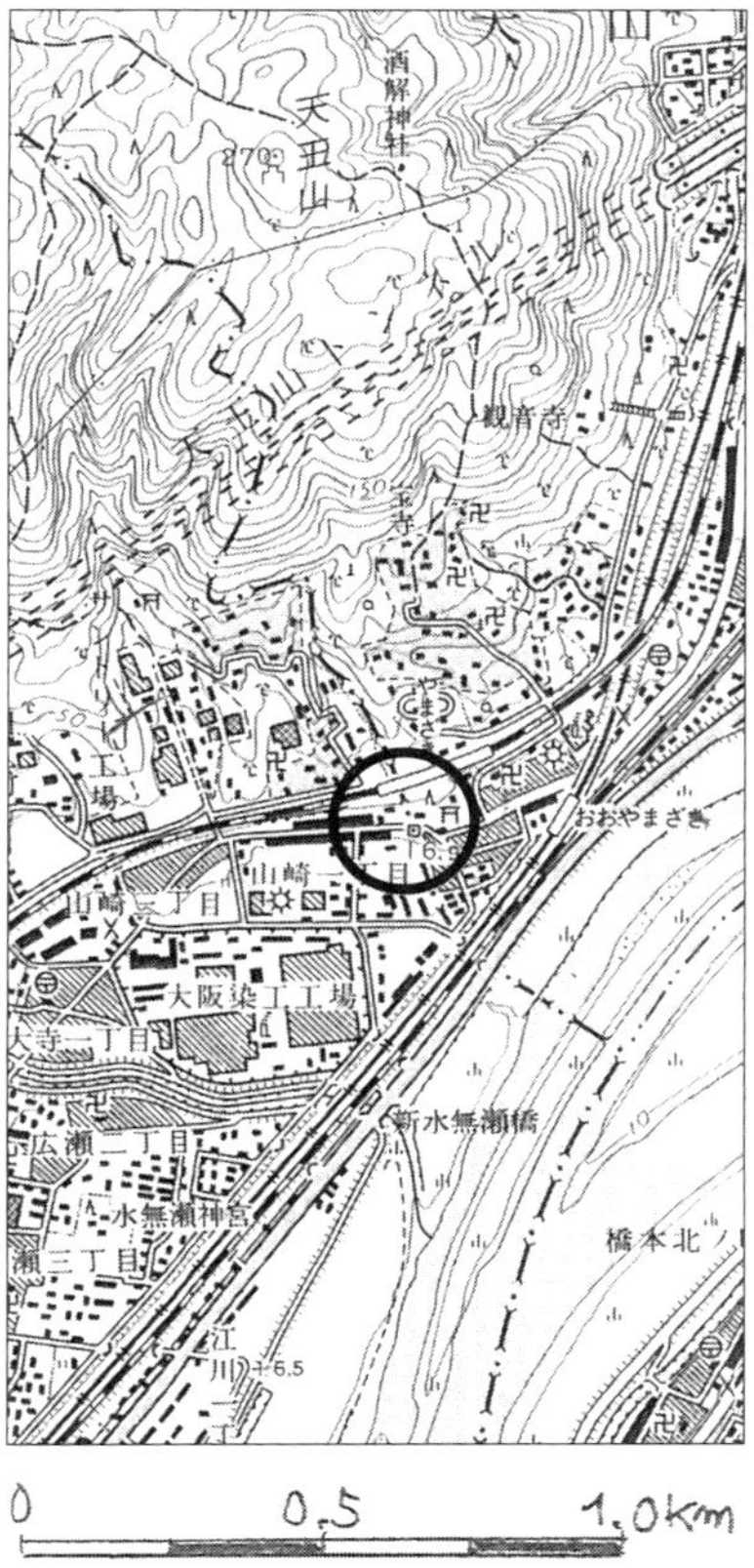

1／2.5万　淀

(メモ)

①ＪＲ東海道本線山崎駅前の南側にある森は、大山崎離宮八幡宮。その前の東西に延びる西国街道を西に進むと「従是東山城国」の石碑がある。東は山城国、西は摂津国。今も東は京都府、西は大阪府の境。

②この石碑の傍の神社は関戸明神。祭神は大己貴命・天児屋根命。本殿は大阪府指定文化財。室町中期の建造という。

③古代、この地に山崎関があった。関の廃止後、その地に、公営宿泊施設の関戸院が設置された。都から西国に行く貴族・官人の宿泊所となっていた。また、送別の場。

六五二　摂津国府跡推定地

大阪府大阪市中央区西心斎橋辺

関係地図　1／20万　京都及大阪　1／2.5万　大阪東北部

529

津のくに

・つのくにのなにはのあしのめもはるにしげきわがこひ人しるらめや　　つらゆき

①古今集　六〇四

　土左が平定文に歌をおくった、その返し

・君を思ふふかさくらべにつのくにのほり江見にゆく我にやはあらぬ　　定文

②後撰集　五五四

(参考)つのくにの　うみのなぎさに　ふなよそひ　たしでもときに　あもがめもがも　　塩屋郡上丁丈部足人　　万葉集　四三八三

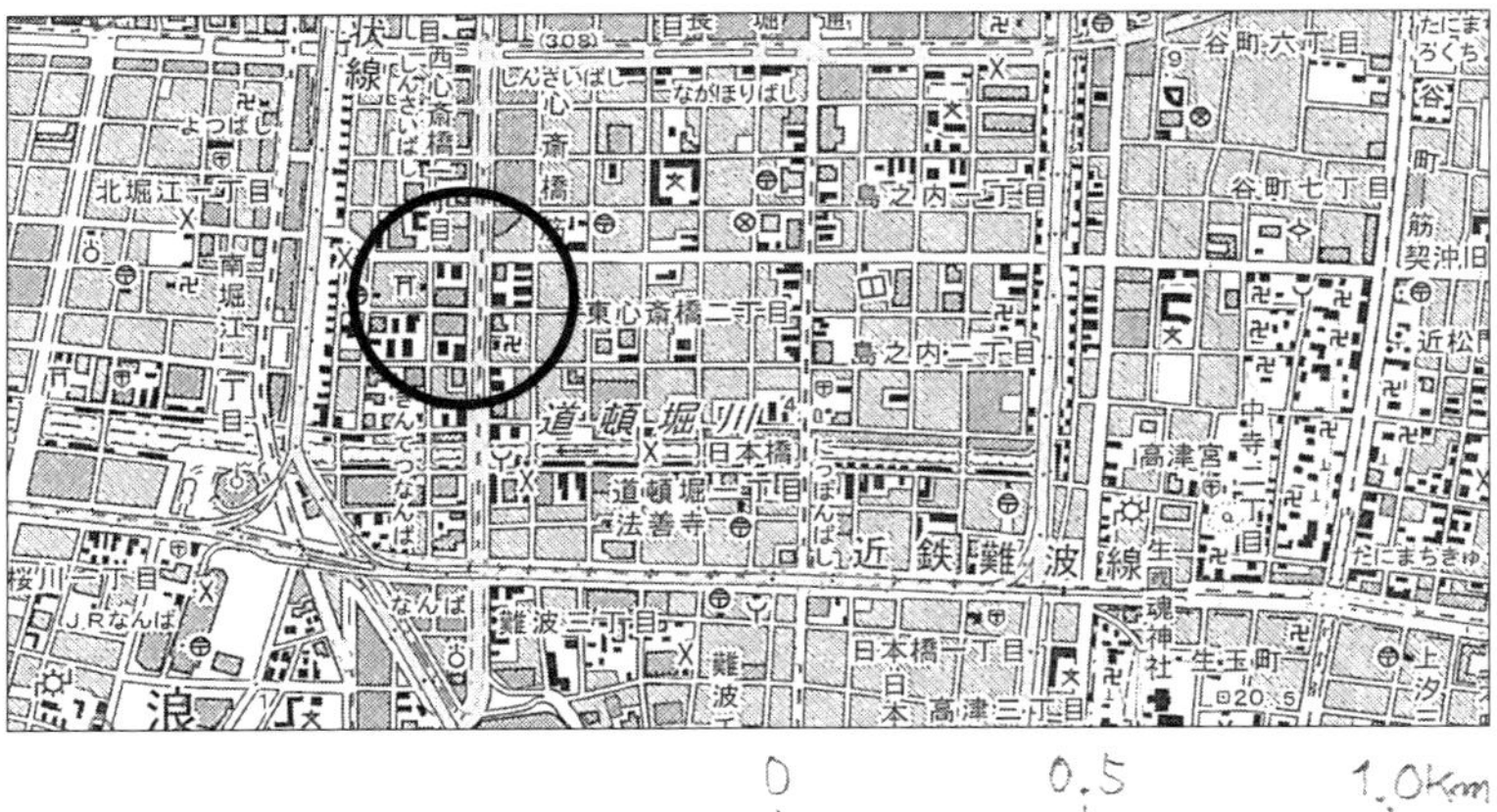

1／2.5万　大阪東北部

(メモ)

①「摂津国」とは「津の官務を摂する国」の意。難波津は四世紀から大陸や、朝鮮半島に対する門戸として、外交・軍事・経済等で重要であった。

②難波津は『日本書紀』応神天皇二二(二九一)年三月五日条に、天皇、難波に幸《いでま》して、大隅宮《おおすみのみや》に居《ま》します。とある。更に、三韓・随・唐からの外国使節接待機関として、継体天皇六(五一二)年には難波館、推古天皇一六(六〇八)年には難波高麗館、舒明天皇二(六三〇)年には三韓館を設置。

③摂津に「摂津職」を設置。難波津と、難波津のある国の統治を兼ねていた。

④大阪市中央区西心斎橋二丁目の御津八幡神社や、同区心斎橋二丁目の三津寺辺に摂津職庁舎を考える。

六五三　高師浜

大阪府高石市高師浜丁

関係地図　1／20万 和歌山　1／5万 大阪西南部

467　たかしのうら

堀河院御時、中納言俊忠の歌への返し

• おとにきくたかしのうらのあだなみはかけじや袖のぬれもこそすれ　一宮紀伊

⑤金葉集　四六九

（参考）おきつなみたかしのうらにかぜたちぬはやこぎかへれあまのつりぶね

前大僧正教縁　　万代集　三二七三

468　たかしのはま

貫之がいづみのくにに侍りける時の藤原ただふさの歌への返し　つらゆき

• おきつ浪たかしのはまの浜松の名にこそ君をまちわたりつれ

①古今集　九一五

（参考）おほともの　たかしのはまの　まつがねを　まくらきぬれど　いへししのはゆ　置始東人　万葉集　六六

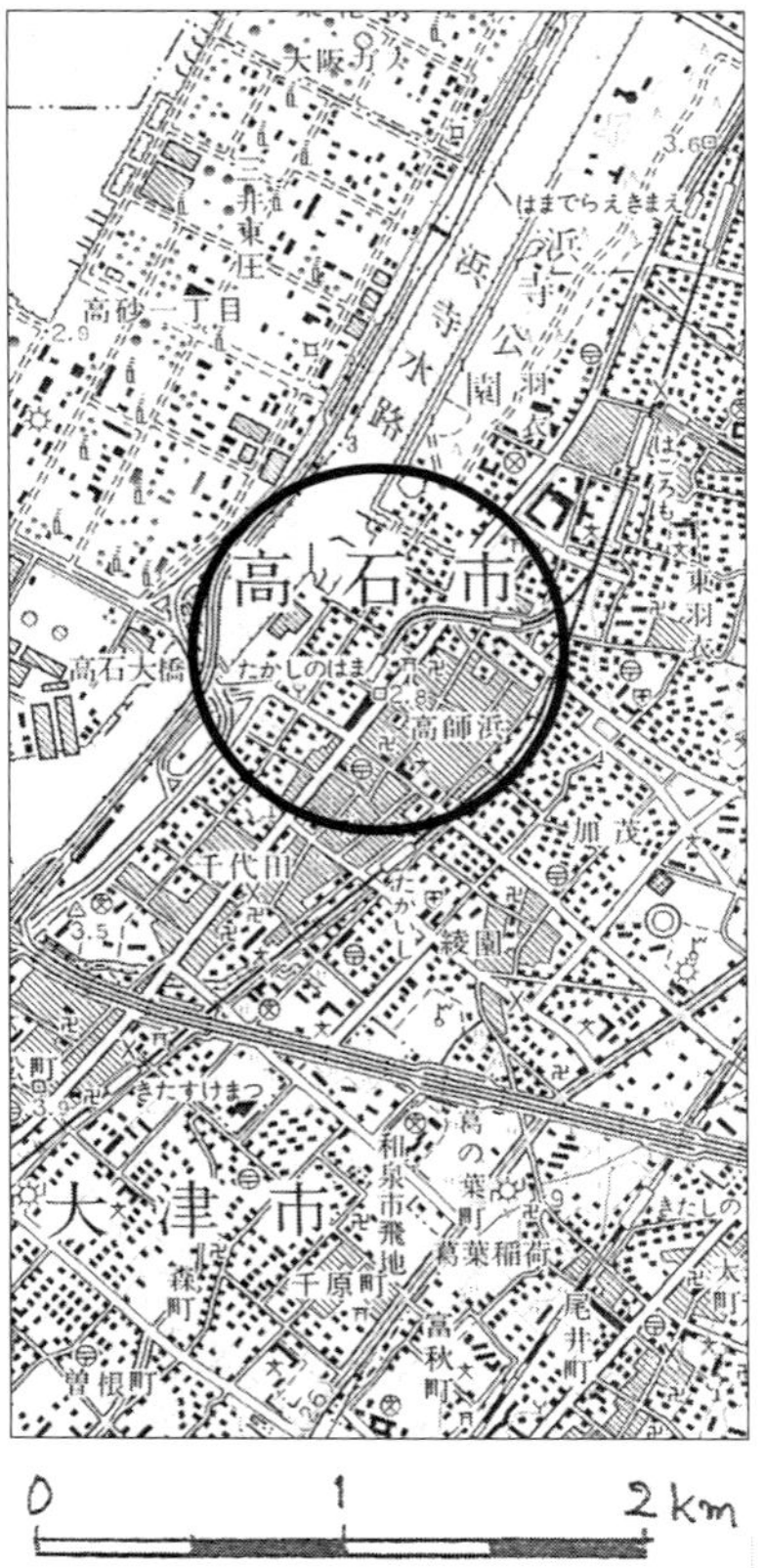

1／5万　大阪西南部

（メモ）

①高師浜は、近年までは白砂青松の美しい景観であったと。表記万葉歌は、文武天皇三（六九九）年正月に文武天皇・持統太上天皇が難波宮行幸時の歌という。

②高師の浜は、現在の堺市浜寺地区に達する広大な浜であった。昭和三五年頃から臨海工業地帯建設のために、巨大な埋立地が造成され、美しい景観が姿を消した。

六五四　高津宮跡推定地

大阪府大阪市天王寺区真田山町一帯

関係地図　1／20万 京都及大阪　1／2.5万 大阪東北部

471　たかつのみや

秋なにはのかたにまかりて月のあかかりけるよ、ぐしたる人人よみけるに
よめる

• いにしへのなにはのことをおもひいでてたかつのみやに月のすむらん　参議師頼　⑤金葉集　一九七

（参考）あれにけるたかつの宮をきてみればまがきの虫やあるじなるらん　後鳥羽院御製　夫木抄　一四二七四

（参考）はるの夜の月にむかしやおもひいづるたかつの宮ににほふむめがえ　覚延法師　新勅撰集　四二

（参考）あれにけるたかつの宮のほととぎすたれとなにはのことかたるらん　権中納言長方　新勅撰集　一六三

（参考）むかしおもふたかつのみやの跡ふりてなにはのあしにかよふ松かぜ　前大僧正慈鎮　玉葉集　二六一四

（参考）冬の十月、難波の宮に幸《いでま》す時に、笠朝臣金村《かさのあそみかなむら》が作る歌
おしてる　難波の国は　葦垣《あしがき》の　古《ふ》りにし里と　人皆の　思ひやすみて　つれもなく　ありし間《あひだ》に　続麻《うみを》なす　長柄《ながら》の宮に　真木柱《まきばしら》　太高敷《ふとたかし》きて　食《を》す国を　治《をさ》めたまへば　沖つ鳥　味経《あぢふ》の原に　もののふの　八十伴《やそとも》の男《を》は　廬《いほ》りして　都成《みやこな》したり　旅にはあれども　万葉集　九二八

（メモ）

①今日、大阪市中央区高津《こうづ》一丁目一番地に高津宮が鎮座する。祭神は仁徳天皇・応神天皇・仲哀天皇・神功皇后外。当社はもと、大阪市天王寺区真田山町の真田山の北にあった。後、豊臣秀吉の大坂城築城時に現在地に移したという。

②『東海道中膝栗毛』の編「大坂見物」に、
高津新地に出、まづ高津の御みやにまいる。ここはむかし、仁徳天皇のたかきやにのぼりてみればとゐいじ絵ひし旧地にして今にはんじやういふばかりなし
とある。

③『日本書紀』仁徳天皇元（三一三）年一月三日条に、
即天皇位す。難波に都つくる。是を高津宮と謂《まう》す。即ち宮垣室屋《みかきおほとの》、堊色《うはぬり》せず。桷《はへき》梁《うつはり》柱《はしら》楹《うだち》、藻飾《ゑかきかざ》らす。

とある。高津宮は上町台地の舟着場。宮

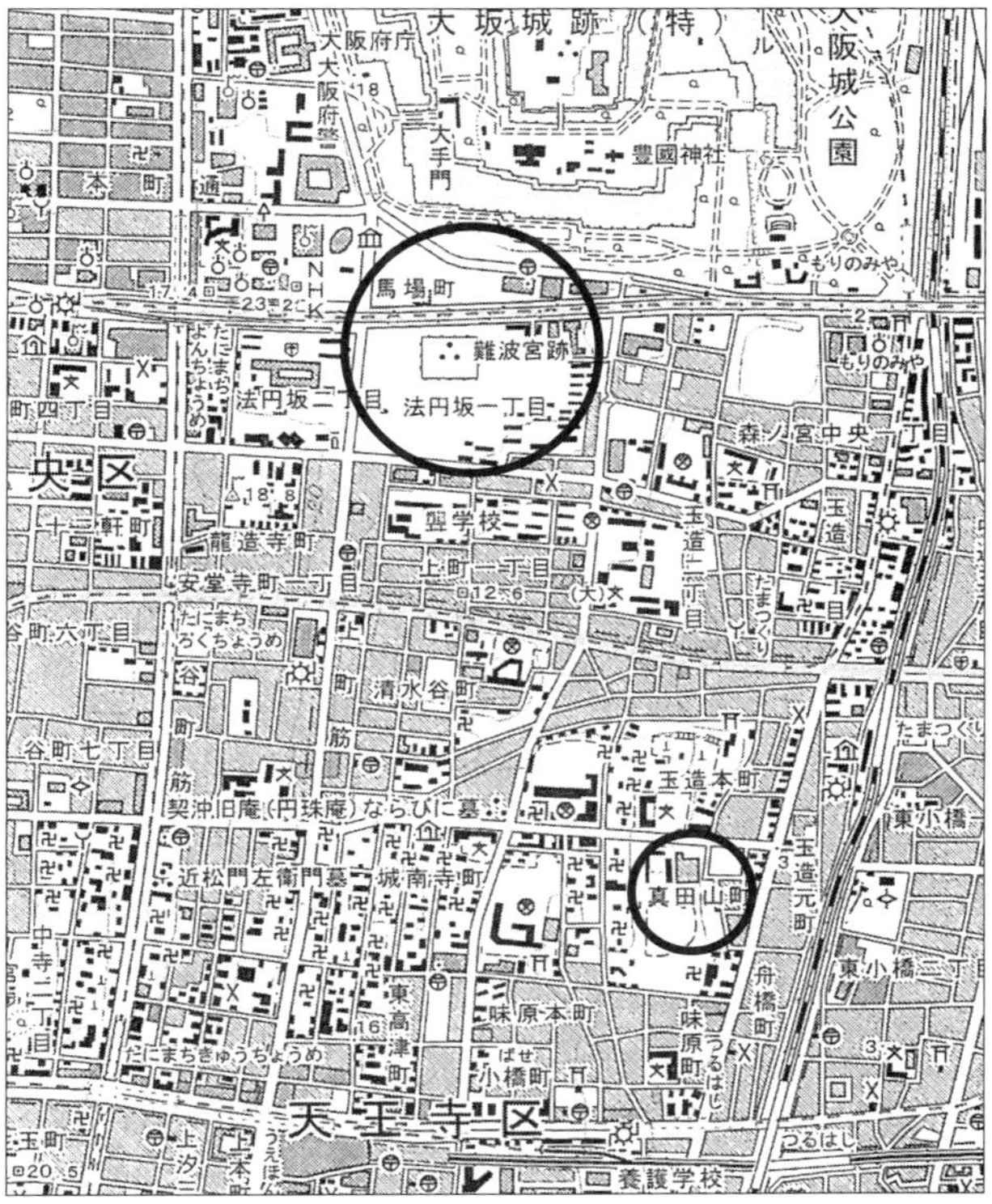

1／2.5万　大阪東北部

は質素・簡素であったという。
④難波宮の発掘調査は昭和二九年二月二〇日より約五〇年間行なわれた。場所は大坂城南の大阪市中央区法円坂町を中心とする一帯。宮室や官衙の跡が出土した。それらは四期に分けられる。
第一期　白雉三（六五二）年九月完成の長柄豊碕宮
第二期　天武天皇時に改造。朱鳥元（六八六）年一月一四日難波宮全焼。
第三期　再興難波宮
第四期　神亀三（七二六）年～天平六（七三四）年聖武天皇御世の改造。延暦一二（七九三）年桓武天皇御世、難波宮を廃止。
⑤第二期、焼失時の難波宮の範囲は、東西約六六〇m、南北約七四〇m。
⑥表記の万葉歌は神亀二年一〇月一〇日平城宮を聖武天皇が御出発。この行幸時の歌を一首、
山部宿祢赤人が作る歌
・天地《あめつち》の　遠きがごとく　日月《ひつき》の　長きがごとく　おしてる　難波の宮に　我《わ》ご大君《おほきみ》　国知らすらし　御食《みけ》つ国　日の御調《みつき》と　淡路《あはぢ》の　野島《のしま》の海《あ》人《ま》の　海の底《わた》　沖つ海石《いくり》に　鰒玉《あはびたま》　さはに潜《かつ》き出《で》　舟《ふな》並めて　仕《つか》へ奉《まつ》るし　貴《たふと》し見れば
⑦八代集やその他の歌の「たかつの宮」は、大坂城の南で出土した「難波宮」跡を見て詠まれたのであろう。

495

六五五　玉江跡

大阪府高槻市三島江辺

関係地図　1／20万 京都及大阪　1／5万 大阪東北部

玉江
・玉江こぐこもかり舟のさしはへて浪まもあらばよらむとぞ思ふ　よみ人しらず
③拾遺集　六六六
・なつかりのたまえのあしをふみしだきむれゐるとりのたつそらぞなき　源重之
④後拾遺集　二一九
・さみだれにたまえのみづやまさるらんあしのした葉のかくれゆくかな　源道時朝臣　⑤金葉集　一三七
（参考）みしまえの　たまえのこもを　しめしより　おのがとぞおもふ　いまだかりねど　万葉集　一三四八

1／5万　大阪東北部

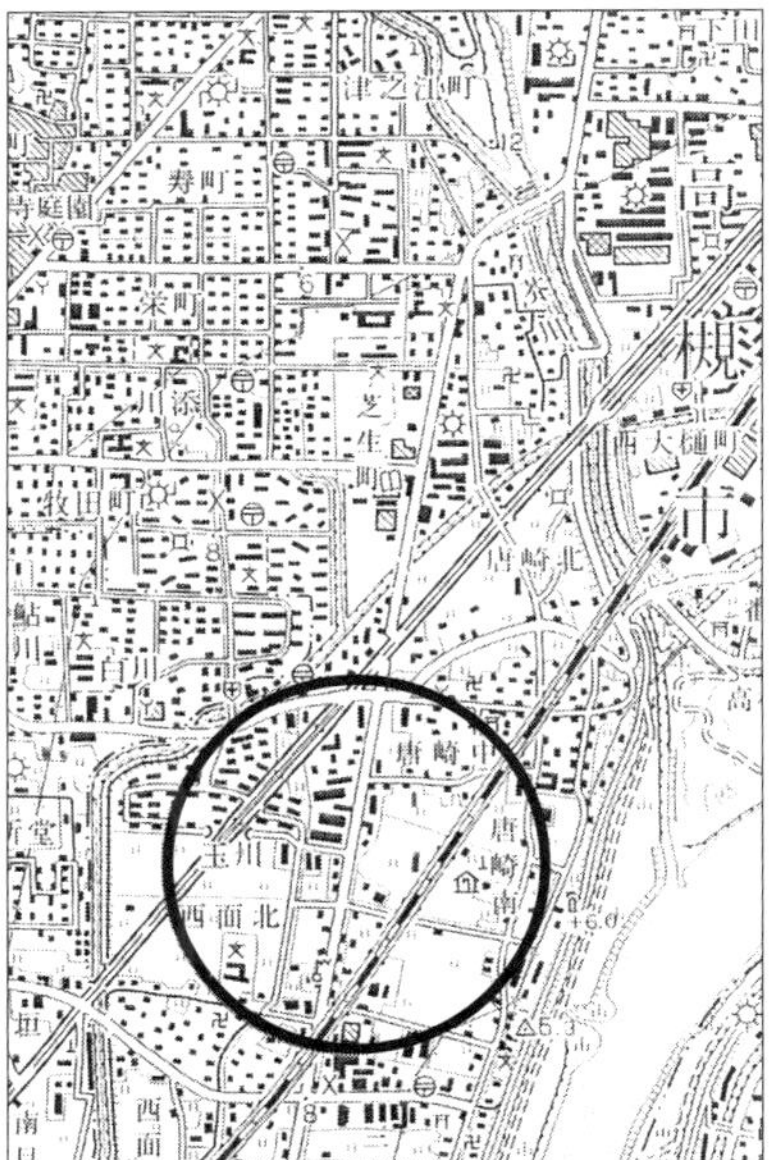

（メモ）
①『地名辞書』では「三島の玉江」の跡が「現在の玉川」であると。歌枕の「玉江」・「三島江」の範囲は、現在の高槻市三島江一～四丁目・三箇牧一～二丁目・柱本新町・柱本一～七丁目・三島江・更には淀川下流の現摂津市鳥飼に至る淀川右岸一帯であった。
②「玉江」は「三島江」の異称であり、更には美称でもあった。
③高槻市三島江二丁目に三島鴨神社が鎮座する。祭神は大山祇命・事代主命。祭神大山祇命は「和多志の大神」とも呼ばれ航海の神。社伝では当社は伊予の三島神・伊豆の三島神と同体という。

六五六　田蓑島旧地

大阪府大阪市北区中之島

関係地図　1／20万 京都及大阪　1／2.5万 大阪西北部

499

たみのの島

・なにはがたしほみちくらしあま衣たみのの島にたづなき渡る　よみ人しらず

①古今集　九一三

たみののしまのほとりにて雨にあひて

・雨によりたみののしまをわけゆけど名にはかくれぬ物にぞ有りける　つらゆき

③拾遺集　三四三

（参考）あま衣たみののしまにやどとへばゆふしほみちてたづぞなくなる　前太政大臣　続後撰集　一三二八

（参考）ほさでけふいくかになりぬあまごろもたみののしまのさみだれの比　高階重茂　風雅集　一五一三

1／2.5万　大阪西北部

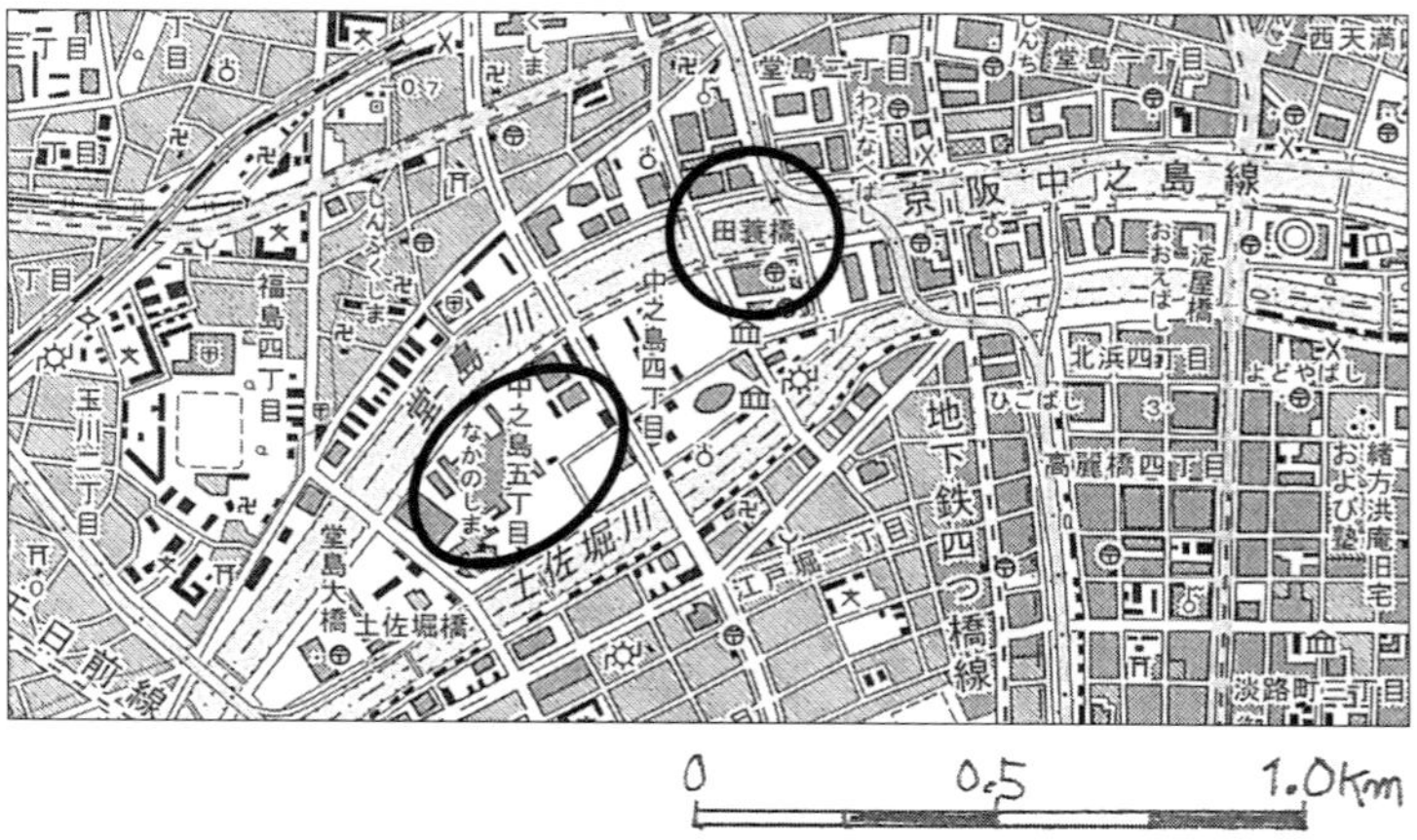

（メモ）

①現在、旧淀川であった大川は、大阪市役所のある中之島のために、堂島川（北）と土佐堀川（南）の二つの川となって、約三km西流し、中洲がなくなった西で再び合流したと思う間もなく、西方へは安治川、南方へは木津川となって分流している。

②砂洲である「中之島」の中程北側に、「田蓑橋」が堂島川に架かる。よって、端的に言うと、現在の中之島が田蓑島であったのであろう。

六五七　田蓑島推定地

大阪府大阪市西淀川区佃一丁目の田蓑神社一帯

関係地図　1／20万 京都及大阪　1／5万 大阪西北部

499

たみのの島

なにはへまかりける時、たみののしまにて雨にあひてよめる

・あめによりたみのの島をけふゆけど名にはかくれぬ物にぞ有りける　つらゆき

①古今集　九一八

たみののしまのほとりにて雨にあひて

・雨によりたみののしまをわけゆけど名にはかくれぬ物にぞ有りける　つらゆき

③拾遺集　三四三

（参考）あめのしたのどけかるべし難波がたたみののしまにみそぎしつれば　津守経国　新後撰集　一六〇四

1／5万　大阪西北部

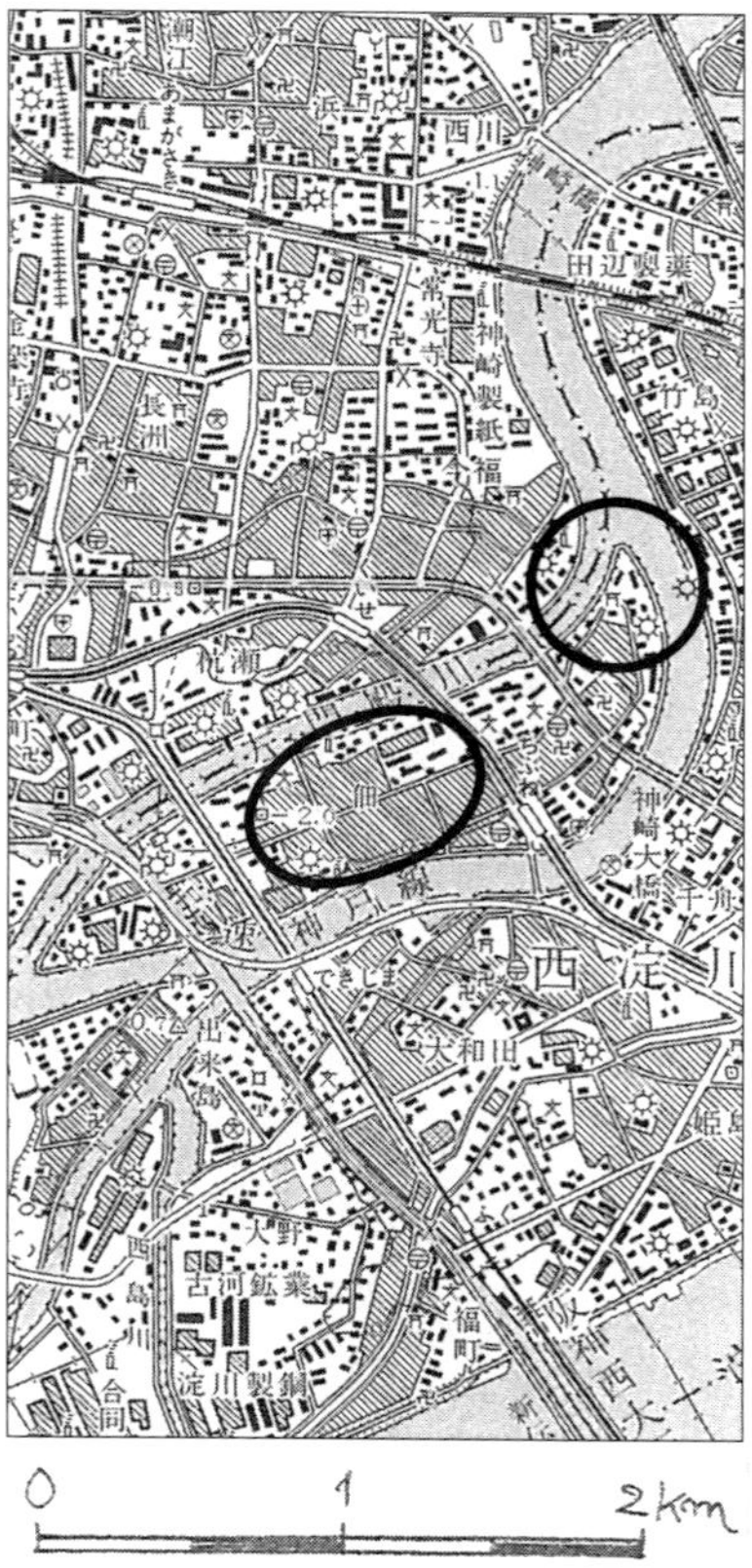

（メモ）

①大阪市西淀川区佃一丁目に田蓑神社が鎮座。この地は東に神崎川が南流、西に左門殿川が南西流する。佃町は北から南に、一丁、二丁、そして七丁がある。一丁目で二流になり七丁目で一流となり、名を中島川と改める。これにより、現在の佃町の地が「田蓑島」となる。

②田蓑神社。祭神は神功皇后・底筒男命・中筒男命・表筒男命。神社鎮座地を「元田蓑島」と呼ぶのは、神社横に「田蓑の池」と呼ばれる池があるに由る。当社は現在も崇敬されるのは、神功皇后三韓征討時の船の鬼板※を今に伝えるに由ると。

※鬼板　鬼瓦の代りに用いる木製の棟飾りのこと。

六五八　津守跡

大阪府大阪市西成区津守・北津守・南津守等

関係地図　1／20万　和歌山　1／2.5万　大阪西南部

531　つもりのうら

中納言家成、すみよしにまうでて歌よみ侍りける時、よみ侍りける

・神世よりつもりのうらにみやゐしてへぬらんとしのかぎりしらずも　大納言隆季　⑦千載集　一二六一

（参考）おほぶねの　つもりがうらに　のらむとは　まさしにしりて　わがふたりねし　大津皇子　万葉集　一〇九

532　つもりのおき

家に百首歌よませ侍りける時、たびの歌とてよみ侍りける

・はるばるとつもりのおきをこぎゆけばきしの松かぜとほざかるなり　摂政前右大臣　⑦千載集　五二九

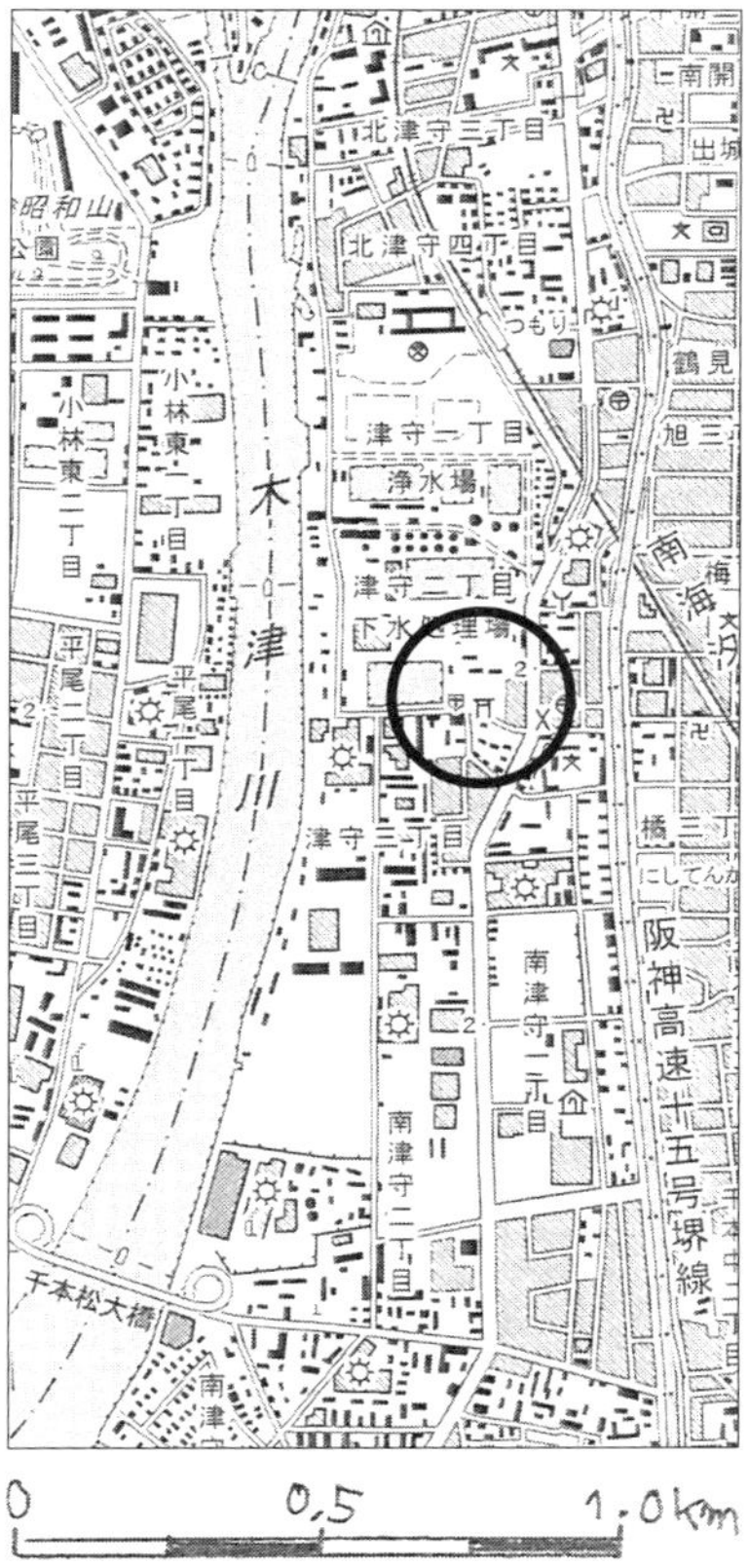

1／2.5万　大阪西南部

（メモ）

①『和名抄』摂津国西成《にしなり》郡に「津守郷」がある。津守は木津川下流左岸に位置する。古くは、上町台地西方の大阪湾一帯の広い範囲を指したという。

②淀川は河口部で幾筋にも分かれ、それぞれの川尻の大坂湾一帯に津守村があった。そして古代の難波の港津は海浜の東に入った岸辺に寺院や布施屋等宿泊施設があったという。

③西成区津守三丁目に津守神社が鎮座。当社は京都の横井・金屋両氏が元禄一一（一六八〇）年、幕府に上納金を出して新田開発に着手。その時の創建（図中○）。

六五九　長居の浦旧地

大阪府大阪市東住吉区長居公園・住吉区長居東西他

関係地図　1／20万　和歌山　1／2.5万　大阪東南部

571　ながゐのうら

千鳥をよめる

・霜さえてさ夜もながゐのうらさむみ明けやらずとや千鳥鳴くらん　法印静賢　⑦千載集　四二七

（参考）あらしふくいこまの山の雲はれてなが井の浦にすめる月影　権中納言国信　新後撰集　三六八

（参考）おきつ波立ちわかるとも音に聞くながゐの浦にふなとどめすな　崇徳院御製　新千載集　七四五

（参考）君が代はながゐの浦のさざれ石の岩ねの山となりはつるまで　藤原顕綱朝臣　新千載集　二三四四

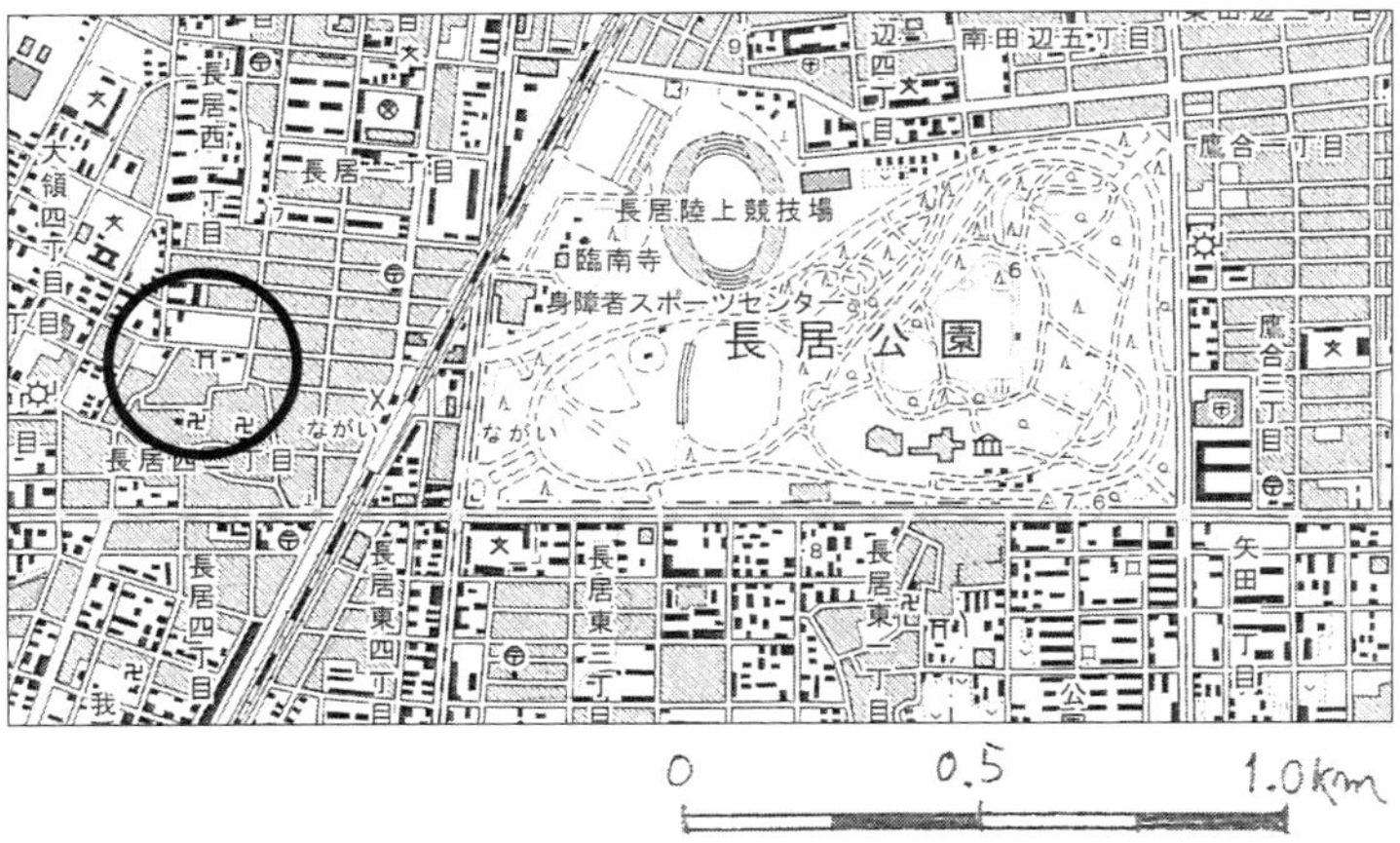

1／2.5万　大阪東南部

（メモ）

①明治二七年から大正一四年の所属自治体に「長居村」がある。初めは住吉郡。明治二九年からは東成《ひがしなり》郡の所属となる。

②現在、住吉区内に長居東一～四丁目、長居一～四丁目、長居一～三丁目。東住吉区内に長居公園がある。

③大阪市住吉区長居西二丁目に神須牟地神社が鎮座する。当社は『延喜式神名帳』摂津国住吉郡の「神須牟地神社鍪靫」であり、長居の浦の鎮守であったであろう。図中○内は当社である。

六六〇　長柄橋

大阪府大阪市北区・東淀川区～東淀川区

関係地図　1／20万 京都及大阪　1／2.5万 大阪東北部

568　ながらの橋

・世中にふりぬる物はつのくにのながらのはしと我となりけり　よみ人しらず

①古今集　八九〇

入道摂政の賀しはべりける屏風に、ながらのはしのかたかきたるところをよめる

・くちもせぬながらのはしのはしばしらひさしきほどのみえもするかな　平兼盛

④後拾遺集　四二六

・くちにける長柄の橋を来てみればあしのかれはに秋風ぞふく　後徳大寺左大臣

⑧新古今集　一五九六

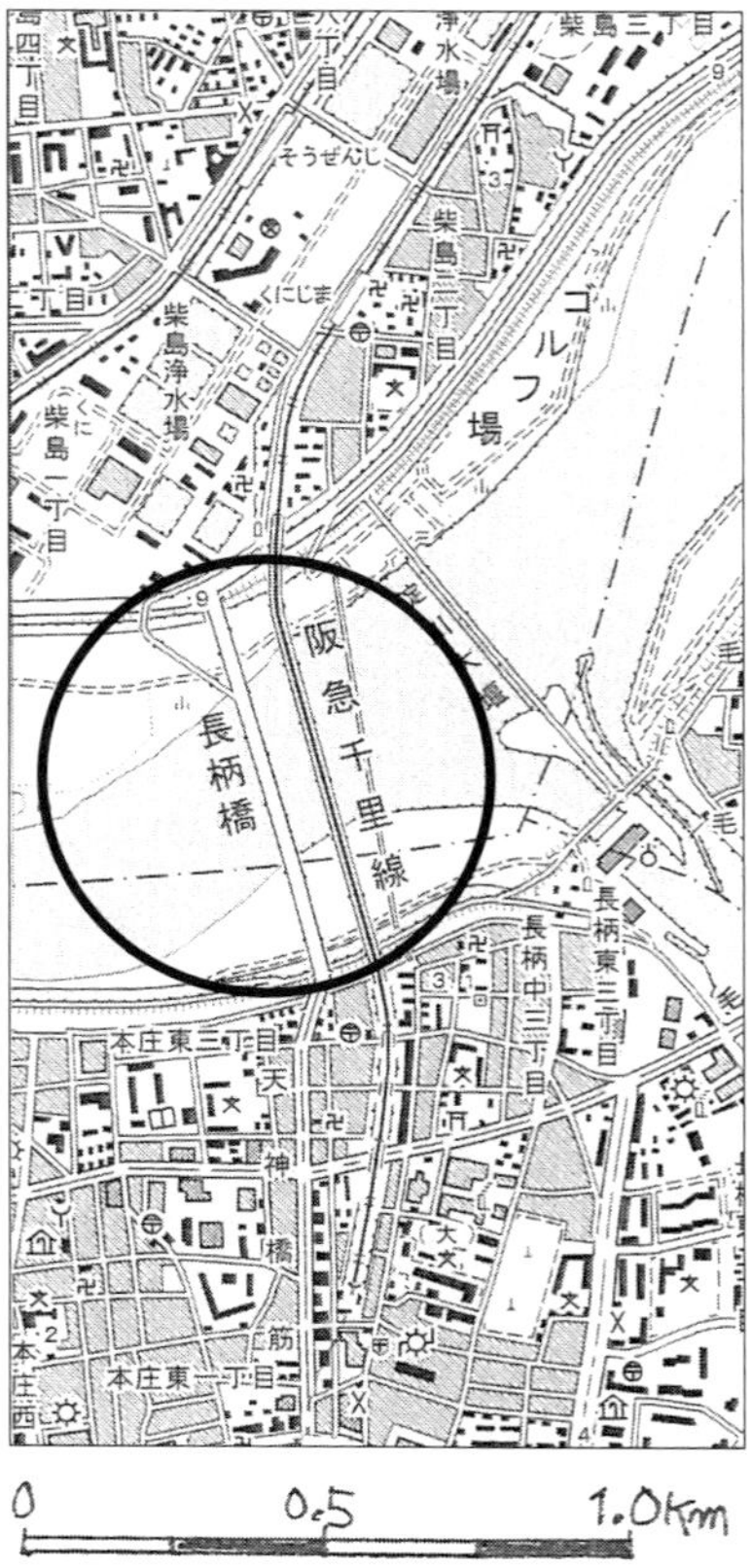

1／2.5万　大阪東北部

（メモ）

①現在の長柄橋は昭和五八年完成。幅二〇m・長さ六五六m。

②古代の長柄橋は長さ一里もあったという。これは一橋でなく島から島、また島へ渡した橋の合計と。また、推古天皇の頃の架橋には、垂水の長者巌《いわお》氏が入水し人柱となったという。

③『日本後紀』嵯峨天皇弘仁三（八一二）年六月三日条に、「遣使造摂津国長柄橋」とある。また、『文徳実録』仁寿三（八五三）年一〇月一一日条に、「摂津国奏言。長柄三国両河。頃年橋梁断絶。人馬不通。請准堀江川。置二隻船。以通済渡。許之。」とある。

六六一　長柄の浜跡

長柄八幡宮

大阪府大阪市北区長柄東・長柄中

関係地図　1／20万 京都及大阪　1／2.5万 大阪東北部

567　ながら

人のむすめに名たち侍りて

・世中をしらずながらもつのくにのなには立ちぬる物にぞ有りける　よみ人しらず

②後撰集　一二〇一

（参考）数ならでながらへきつるうき身をも君がためにと猶をしむかな　源直氏

新拾遺集　一八四九

569　ながらのはま

ながらのはしをよみ侍りける

・春の日のながらのはまに舟とめていづれか橋と問へどこたへぬ　恵慶法師

⑧新古今集　一五九五

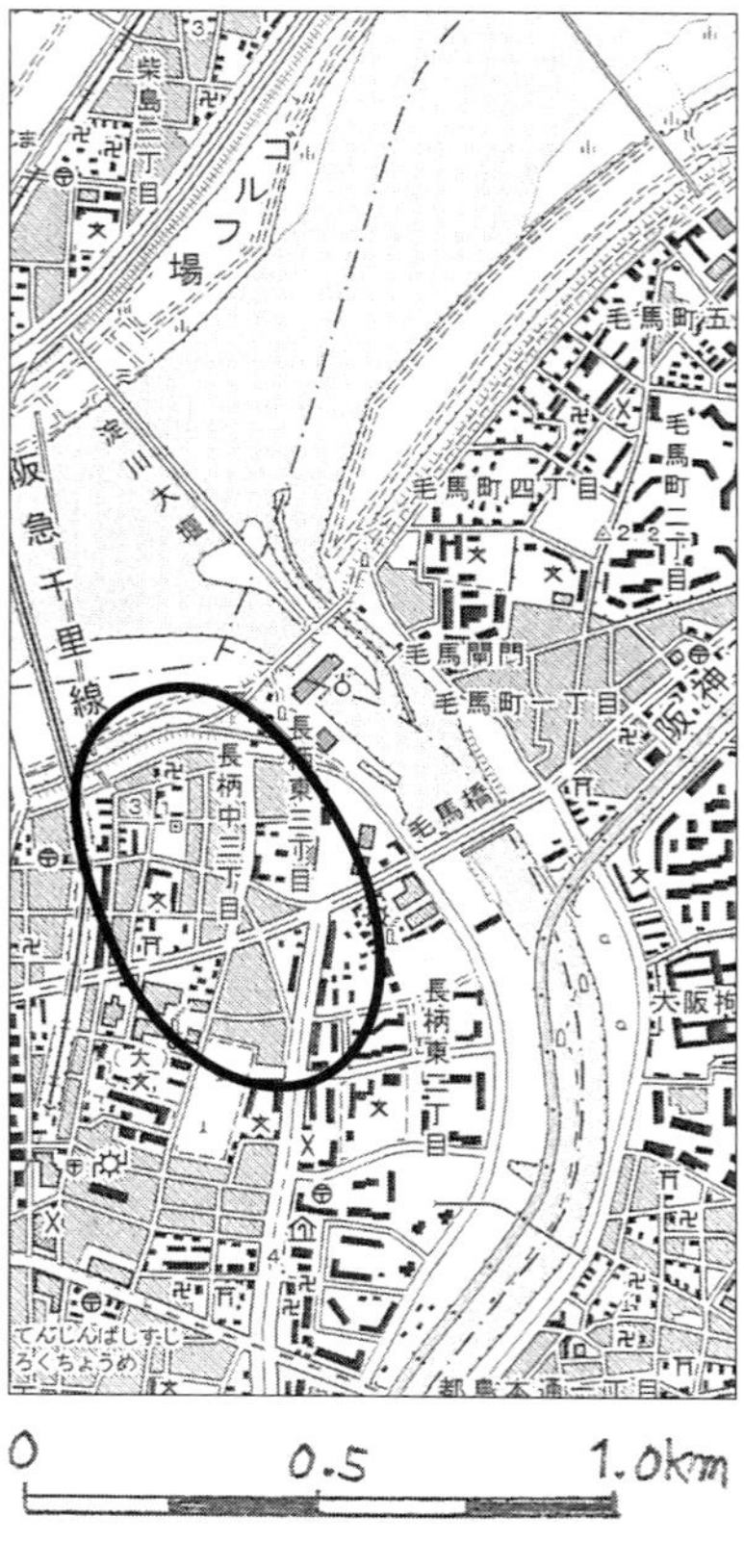

1／2.5万　大阪東北部

（メモ）

①『和名抄』摂津国西成《にしなり》郡に「長源郷」がある。この長源郷が「長柄郷」という。淀川下流で、大川（旧淀川）の分岐点が長柄の浜跡という。ここは、古来、難波と北摂地方とを結ぶ交通要衝地であった。

②天平三（七三一）年七月五日付の住吉大社司解（平遺補1）に、長柄船瀬本記……右船瀬泊欲遣唐貢調使調物積船舫造泊、天皇念行時、大神訓賜、我造長柄船瀬とあり、船瀬（港）造営という。

③図中〇内の神社は長柄八幡宮である。長柄集落全体の鎮守であったであろう。

六六二　渚の院跡

572

大阪府枚方市渚元町九

関係地図　1／20万　京都及大阪　1／2.5万　枚方

なぎさの院

なぎさの院にてさくらを見てよめる

・世中にたえてさくらのなかりせば春の心はのどけからまし　在原業平朝臣

①古今集　五三

(参考) 風ふけばなぎさの花すすきなびくやなみのよするなるらん　右大臣　月詣集　六三五

(参考) うちつけになぎさのをかの松かぜにそらにも浪のたつかとぞきく　信明朝臣　夫木抄　九一六六

1／2.5万　枚方

(メモ)

①渚の院は第五五代文徳天皇(八二七～八五八)の離宮があり、後に惟喬親王の所領となった。

②枚方市渚元町の地区集会所「渚之院会館」の北隣が「渚の院跡」「渚院址」碑と鐘楼がある。渚院は後に観音寺となった。その観音寺は明治維新後、廃寺となり、鐘楼だけ残った。

③『土左日記』の承平五(九三五)年二月九日、紀貫之が土佐から任を終えて帰京の日記に、次のようにある。

かくて船《ふね》ひき上《のぼ》るに、渚の院といふところを見つゝゆく。その院、昔を思ひやりてみれば、おもしろかりける所なり。後方《しりへ》なる岡には、松の木どもあり。中の庭には、梅の花さけり。こゝに人々のいはく、「これ、むかし名高く聞えたるところなり。故惟喬親王《のみこ》のおほむともに、故在原業平の中将の、「よのなかにたえてさくらのさかざらばはるのこゝろはのどけからまし。」といふうた詠める所なりけり」。

六六三　難　波

587

大阪府大阪市及びその周辺

関係地図　1／20万　京都及大阪、和歌山

なには

つのくににあからさまにまかりて京なるをむなにつかはしける

・こひしきになにはのこともおもほえずたれすみよしのまつといひけん　大江匡衡朝臣

④後拾遺集　七一九

秋なにはのかたにまかりてよめる

・いにしへのなにはのことをおもひいでてたかつのみやに月のすむらん　参議師頼

⑤金葉集　一九二

・つのくにの難波の春はゆめなれやあしのかれはに風わたるなり　西行法師

⑧新古今集　六二五

(参考) やそくには　なにはにつどひ　ふなかざり　あがせむひろを　みもひともがも　足下郡上丁丹比部国人　万葉集　四三二九

1／20万　京都及大阪(上)・和歌山(下)

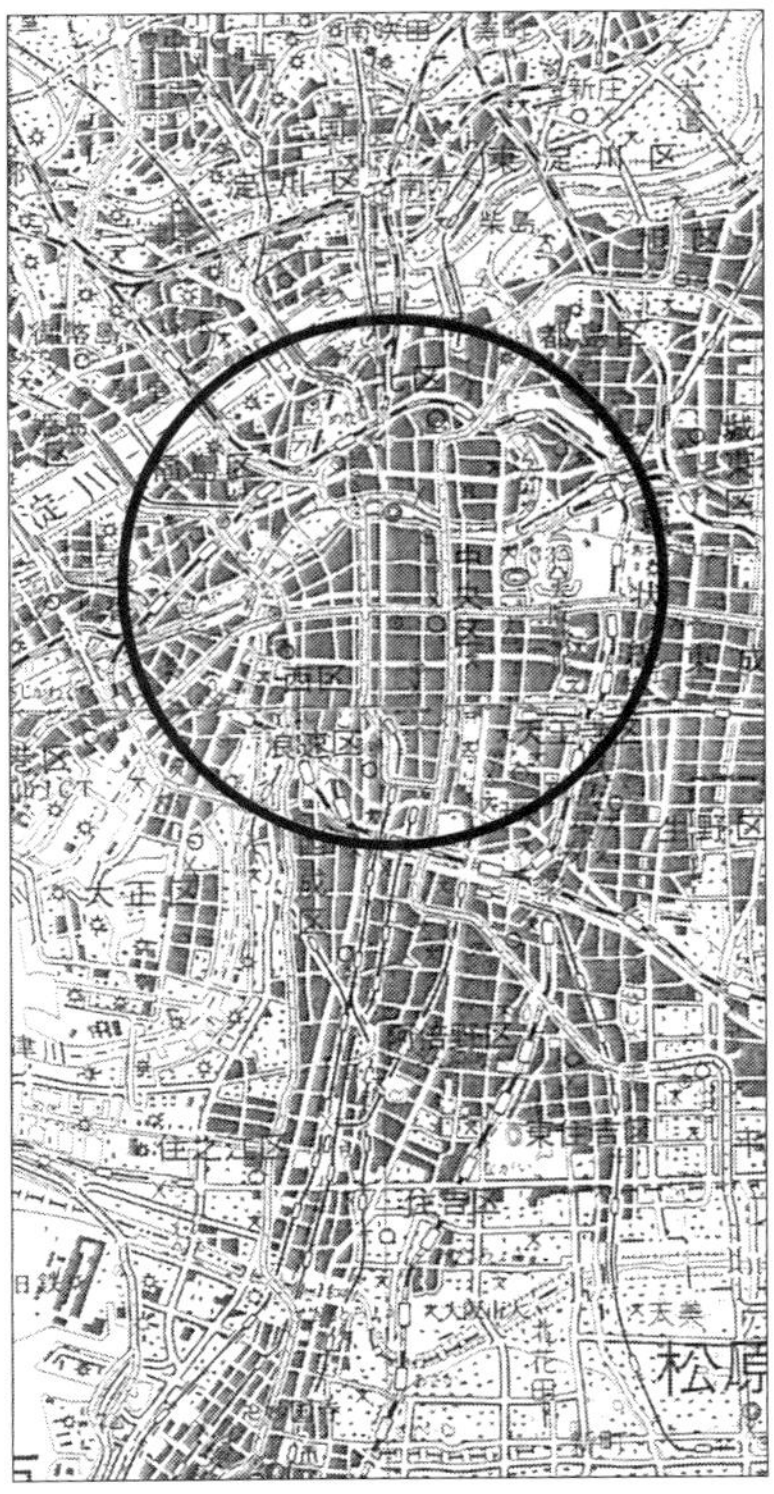

(メモ) 戊

①『日本書紀』神武天皇即位前紀　戊《つちのえ》午年《うまのとし》(BC六六三)二月一一日条に、皇師《みいくさ》遂に東《ひむがし》にゆく。舳艫《ともへ》相接《あひつ》げり。方《まさ》に難波碕《なにはのみさき》に到るときに、奔《はや》き潮《なみ》有りて太《はなは》だ急《はや》きに会ひぬ。因《よ》りて、名《なづ》けて浪速国《なみはやのくに》とす。亦浪花《またなみはな》と曰《い》ふ。今、難波と謂《い》ふは訛《よこなま》れるなり。とある。難波碕は上町台地北端から天満付近をいう。

六六四　難波潟跡

大阪府大阪市・東大阪市・生駒市

関係地図　1／20万　京都及大阪、和歌山

588　なにはえ

新院位におはしまし時、御前にて、水草隔船といふことをよみ侍りける

・なにはえのしげきあしまをこぐ舟はさをのおとにぞゆくかたをしる　大蔵卿行宗　⑥詞花集　二八六

（参考）なにはえやよるみつしほのほど見えてあしのかれはにのこるあさしも　後鳥羽院御歌　続古今集　五九九

（参考）なには江のあしまにやどる月みれば我が身ひとつもしづまざりけり　左京大夫顕輔　後葉集　四五九

（参考）春雨に水は増りて難波江のあしの若葉ぞもえ出でにける　藤原在実　月詣集　六九一

589　なにはがた

なにはにまかれりける時よめる

・なにはがたおふるたまもをかりそめのあまとぞ我はなりぬべらなる　つらゆき　①古今集　九一六

・なにはがたうらふくかぜになみたてばつのぐむあしのみえみみえずみ　読人不知　④後拾遺集　四四

（参考）なにはがたはまべのあしをふみしだきなくらむたづはわがためにかも　伊勢　万代集　三二四五

308　くさかえ（草香江・日下江）

（参考）くさかえの　いりえにあさる　あしたづの　あなたづたづし　ともなしにして　大納言大伴卿　万葉集　五七五

（参考）くさかえの入江の蘆のしげければ有りとも見えであさりするたづ　権僧正公朝　夫木抄　一〇六八八

591　難波の海

（参考）ただこえの　このみちにてし　おしてるや　なにはのうみと　なづけけらしも　神社忌寸老麿　万葉集　九七七

（参考）さくらばな　いまさかりなり　なにはのうみ　おしてるみやに　きこしめすなへ　兵部少輔大伴宿祢家持　万葉集　四三六一

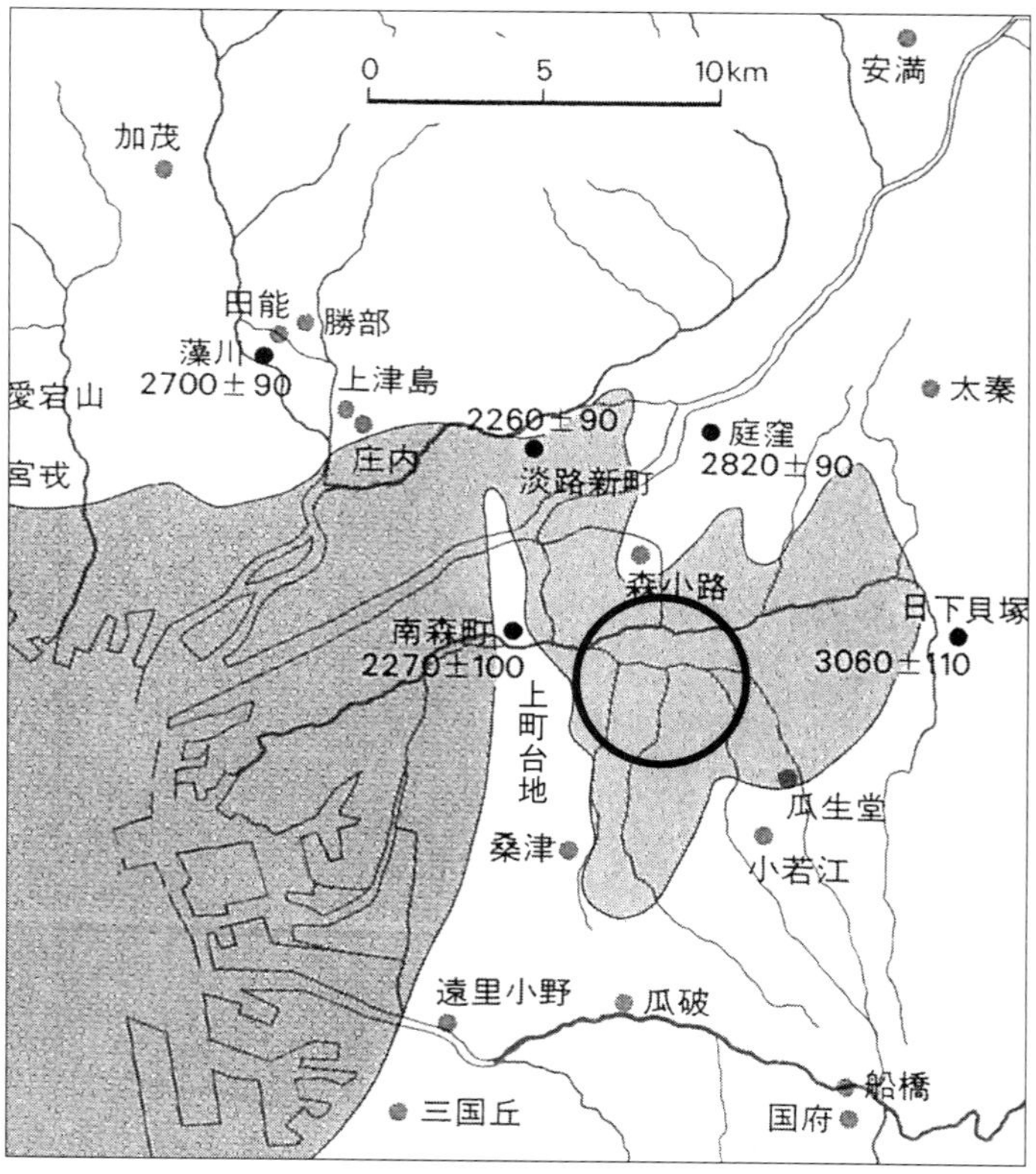

『日本の自然』（一九七七年・平凡社）より

（メモ）

①古代の上町台地東に大きな潟があった。図は今から一八〇〇～一六〇〇年前の古地理図である。この潟湖《せきこ》は難波江・難波潟・草香江・草香潟・日下江また難波の海と呼ばれていた。この広大な潟湖に大和川や淀川の大河、その他の中小河川が流入し、大量の河川水とともに土砂レキ流入し、大隅島や姫島等が形成された。

②『日本書紀』舒明天皇二（六三〇）年是歳条に、

改めて難波の大郡及三韓の館を修理る。

とある。ここにある「大郡」・「三韓の館」は上町台地の東側、難波潟の沿岸の地に相当といわれている。

六六五　難波の御津跡　大阪府大阪市中央区心斎橋筋辺

関係地図　1／20万 京都及大阪　1／2.5万 大阪東北部

592
なにはのみつ

・おしてるやなにはのみつにやくしほのからくも我はおいにけるかな
　又は、おほとものみつのはまべに　よみ人しらず　①古今集　八九四

590
なにはづ

・なにはづをけふこそみつの浦ごとにこれやこの世をうみわたる舟　業平朝臣
　身のうれへ侍りける時、つのくににまかりてすみはじめ侍りけるに
　②後撰集　一二四四

（参考）なにはつに　みふねはてぬと　きこえこば　ひもときさけて　たちばしりせむ　山上憶良　万葉集　八九六

207
おほとものみつ

・いざこどもはや日のもとへおほとものみつの浜松まちこひぬらん　山上憶良
　もろこしにてよみ侍りける
　⑧新古今集　八九八

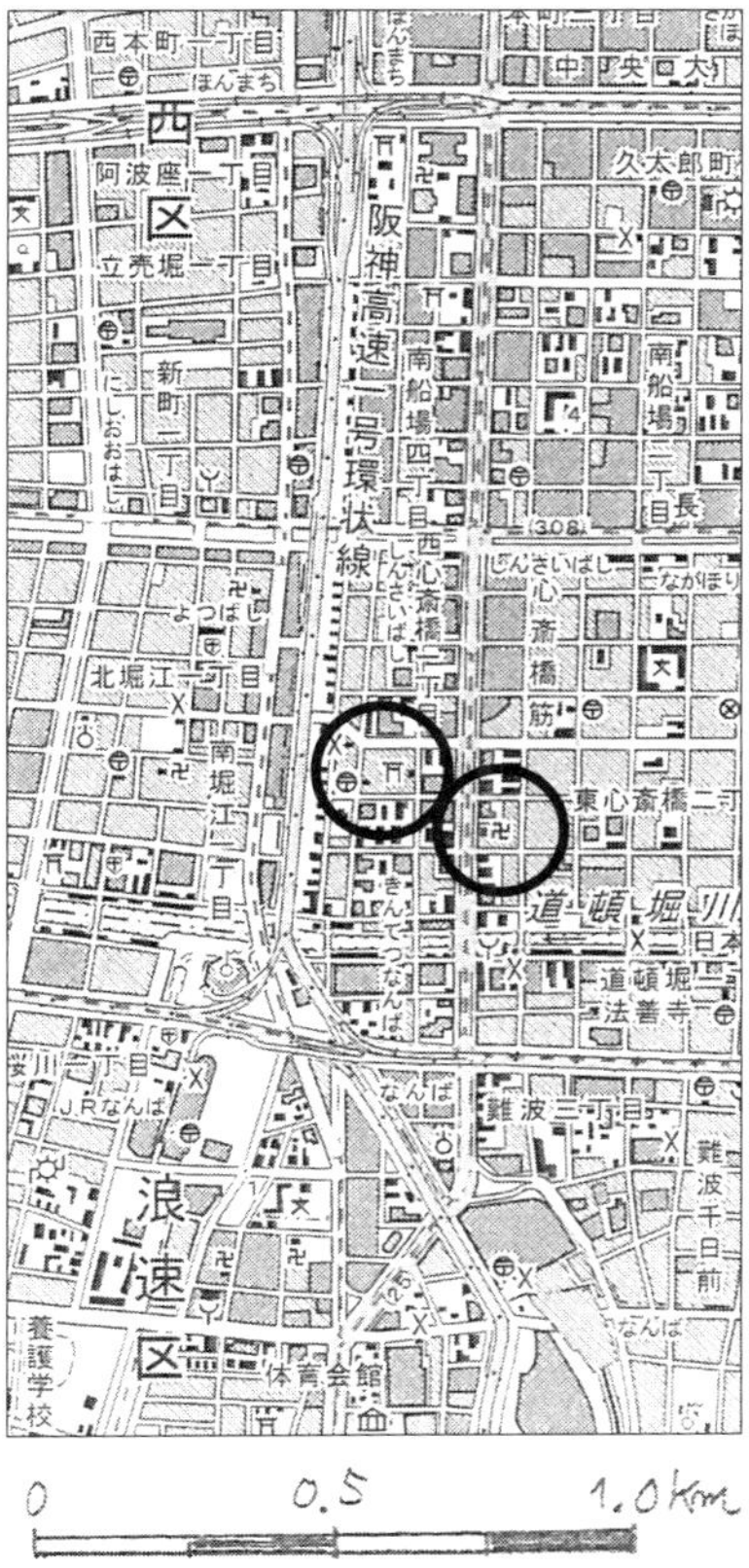

1／2.5万　大阪東北部

（メモ）
①古来、難波津は東成郡西成郡にわたり墨江津・大伴の御津と呼ばれた。後世、大坂と称される地。
②図中の○は三津寺と御津八幡宮。

六六六　難波堀江跡　大阪府大阪市中央区・西区辺

関係地図　1／20万 京都及大阪　1／2.5万 大阪西北部

593
なにはほりえ

・ほり江こぐたななしを舟こぎかへりおなじ人にやこひわたりなむ　よみ人しらず
　①古今集　七三二

・つのくにのほり江のふかく思ふとも我はなにはのなにとだに見ず　よみ人しらず
　③拾遺集　八八三

（参考）おしてる　なにはほりえの　あしへには　かりねたるかも　しものふらくに　万葉集　二一三五

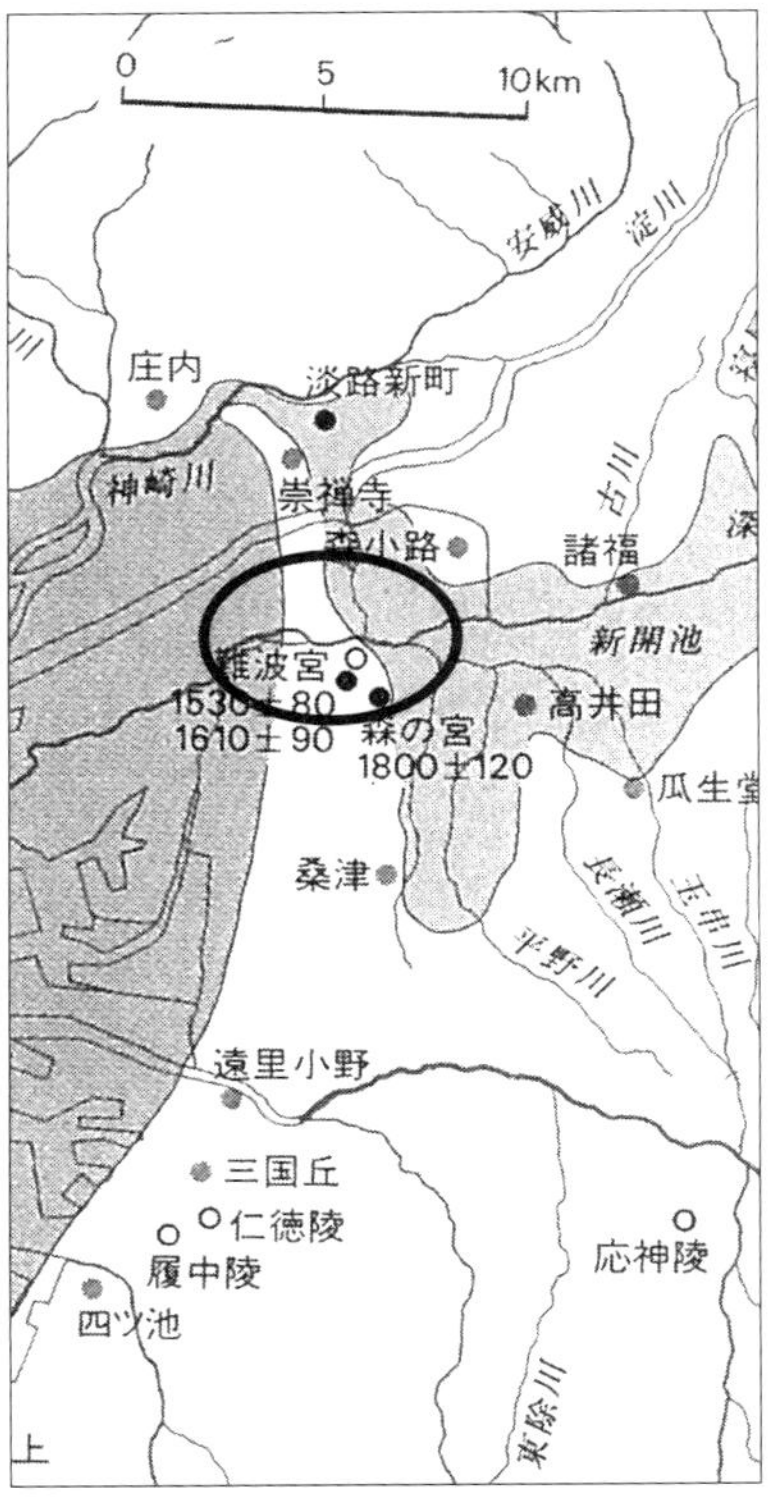

『日本の自然』（一九七七年・平凡社）より

（メモ）
①『日本書紀』仁徳天皇一一（三二三）年四月一七日条に、
群臣《まへつきみたち》に詔《みことのり》して曰《のたま》はく、「今朕《われ》、是の国を視れば、郊《の》も沢《さは》も曠《ひろ》く遠くして、田圃《たはたけ》少く乏《とも》し。旦《また》河の水横《よこさま》に逝《なが》れて、流末駃《かはじりと》からず。聊《いささか》に霖雨《ながめ》に逢へば、海潮逆上《うしほさかのぼ》りて、巷里《むらさと》船に乗り、道《みち》路《おほち》亦泥《うひぢ》になりぬ。故《かれ》、群臣、共《とも》に視《み》て、横《よこしま》なる源《うなかみ》を決《さく》りて海に通《かよは》せて、逆流《さかふるこみ》を塞《ふさ》ぎて田宅《なりどころ》を全《また》くせよ」とのたまふ。

　冬十月に、宮の北の郊原《の》を掘りて、南の水《かは》を引きて西の海に入る。因《よ》りて其の水《かは》を号《なづ》けて堀江《ほりえ》と曰《い》ふ。

とある。
②これによれば、仁徳天皇の難波高津宮の北の郊原を掘って川を作り、南の曠野の水溜り水を大阪湾に排水したと。それは、現在の平野川→土佐堀川→安治川辺に難波堀江が造作されたであろう。

六六七　原の池跡　大阪府高槻市原

関係地図　1／20万 京都及大阪　1／5万 京都西南部

643　はらのいけ

氷逐夜結

・むばたまのよをへてこほるはらのいけははるとともにやなにもたつべき　藤原孝善　④後拾遺集　四二二

（参考）むべしこそ氷とぢけれ霜枯の冬野につづく原の池水　藤原信実朝臣　新千載集　六四七

（参考）はらのいけに生ふるたまものかりそめにきみを我がおもふ物ならなくに　古六帖　一六七三

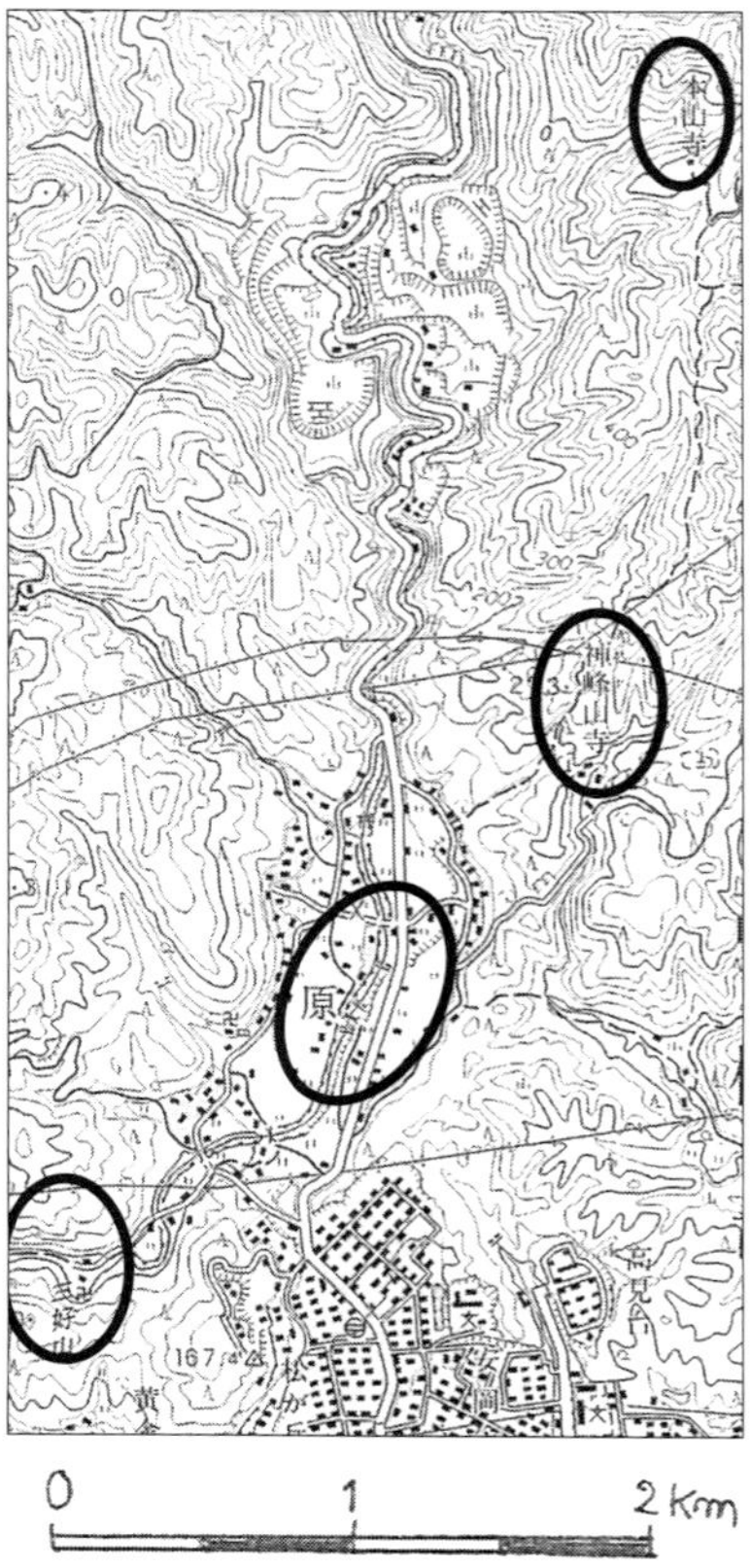

1／5万　京都西南部

（メモ）

①芥川上流域に位置。地図には池は見えない。しかし良く見ると、神武山《かぶやま》口で芥川に架かる大森橋から下流約七百mの河幅は広い。これは原集落の下流部の標高一八〇mの三好山の北麓で、芥川の川幅が急に狭くなり、摂津峡を作り、春の融雪期、梅雨期、台風シーズンには降水全部を下流へと通せないので人工的調整池である。昔は、なかったので原集落には日常的に「原の池」があった。その大きさは東西約五百m、南北約二kmに達したであろう。

②原集落には役行者伽藍建立という天台宗神峯山寺がある。麓には本院の根本山宝塔院、標高六四〇mの山上に奥院の北山霊雲院がある。この神峰山は、畿内近国霊場「比叡・比良・伊吹・神岑・愛宕・今岑・葛木」の七高山の中。

六六八　引　野　大阪府堺市東区・美原区

関係地図　1／20万 和歌山　1／5万 大阪東南部

653　ひきの

・梓弓ひきののつづらすゑつひにわが思ふ人に事のしげけむ　よみ人しらず　①古今集　七〇二

この歌は、ある人、あめのみかどのあふみのうねめにたまひけるとなむ申す

・夏びきのてびきのいとをくりかへし事しげくともたえむと思ふな　よみ人しらず　①古今集　七〇三

この歌は、返しによみてたてまつりけるとなむ

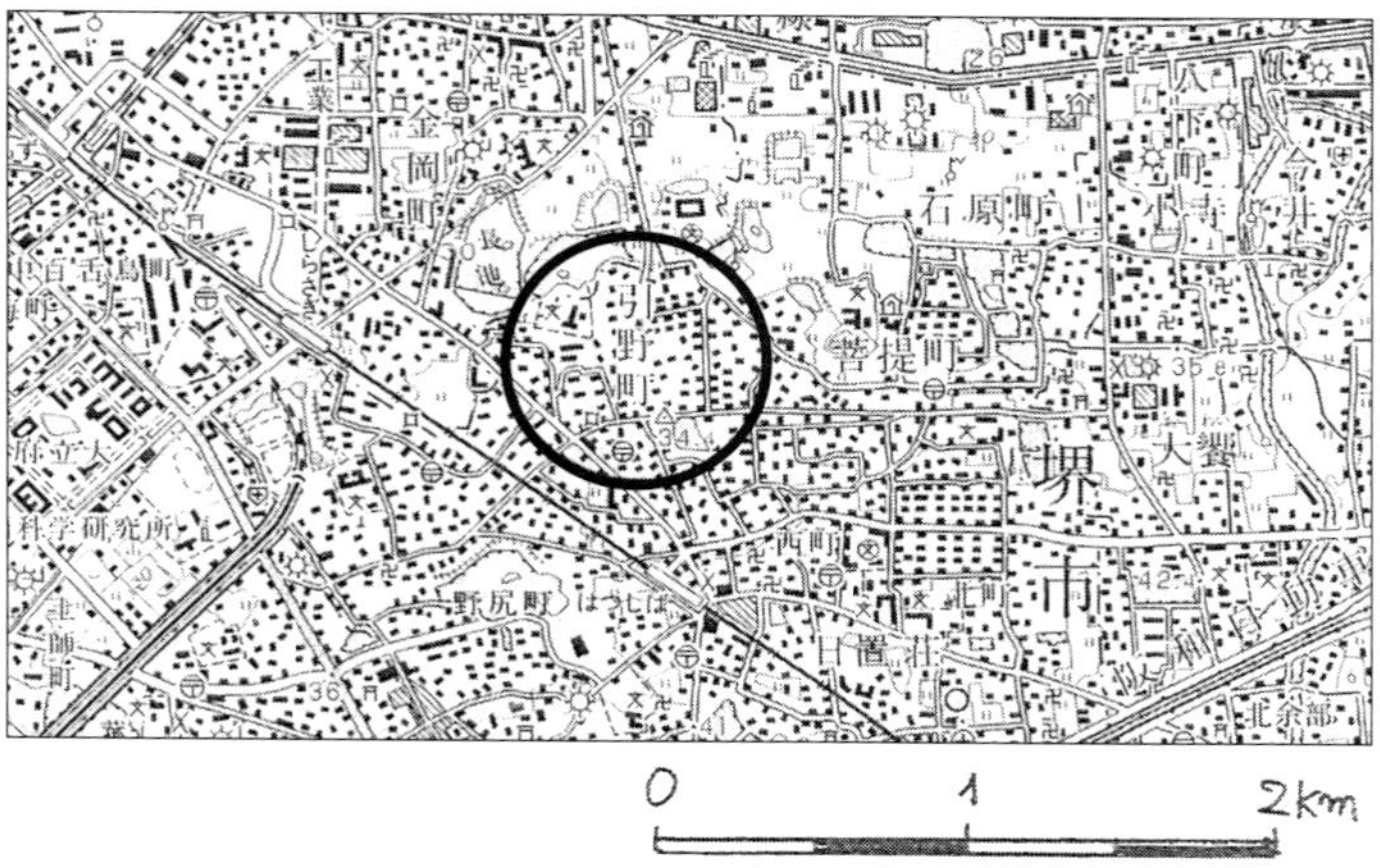

1／5万　大阪東南部

（メモ）

①大阪府堺市東区に日置荘北町・日置荘北町一～三丁目・日置荘田中町・日置荘西町一～八丁目・日置荘原寺町、更に引野町・菩提町一～五丁目がある。更に、堺市美原区大饗《おわい》・菩提。以上の地が日置荘相当という。

②この地は大和川南岸の高燥地で、西除川中流左岸に位置する。『新撰姓氏録』に、

日置部《ひきべ》　天櫛玉命男天櫛耳命之後

とあり、日置氏の居住地。

③『日本書紀』垂仁天皇三九（ＡＤ一〇）年一〇月条、一《ある》に云はくに、五十瓊敷皇子《いにしきのみこ》、茅渟《ちぬ》の菟砥《うと》の河上に居《ま》します。鍛名《かぬちな》は河上に喚《め》して、大刀一千口を作らしむ。是の時に、楯部《たてぬひべ》・玉作部・日置部《ひおきべ》等并《あは》せて十箇の品部《とものみやつこら》もて、五十瓊敷皇子に賜ふ。とある。平安～戦国期の日置《ひき》荘の野が、歌の「引野」であろう。

六六九　日根

関係地図　1／20万 和歌山　1／5万 岸和田　1／2.5万 樽井
慈眼院、日根神社か、大阪府泉佐野市日根野

662 ひね

亭子院御ぐしおろして、山山寺寺修行したまひけるころ、御ともに侍りて、和泉国ひねといふ所にて、人人歌よみ侍りけるによめる

・故郷のたびねの夢に見えつるは恨みやすらむまたとゝはねば　橘良利

新古今集　九一二　⑧

（参考）いづみなるひねのこほりのひねもすにこひてぞくらす君がしるらん

古六帖　一二八五

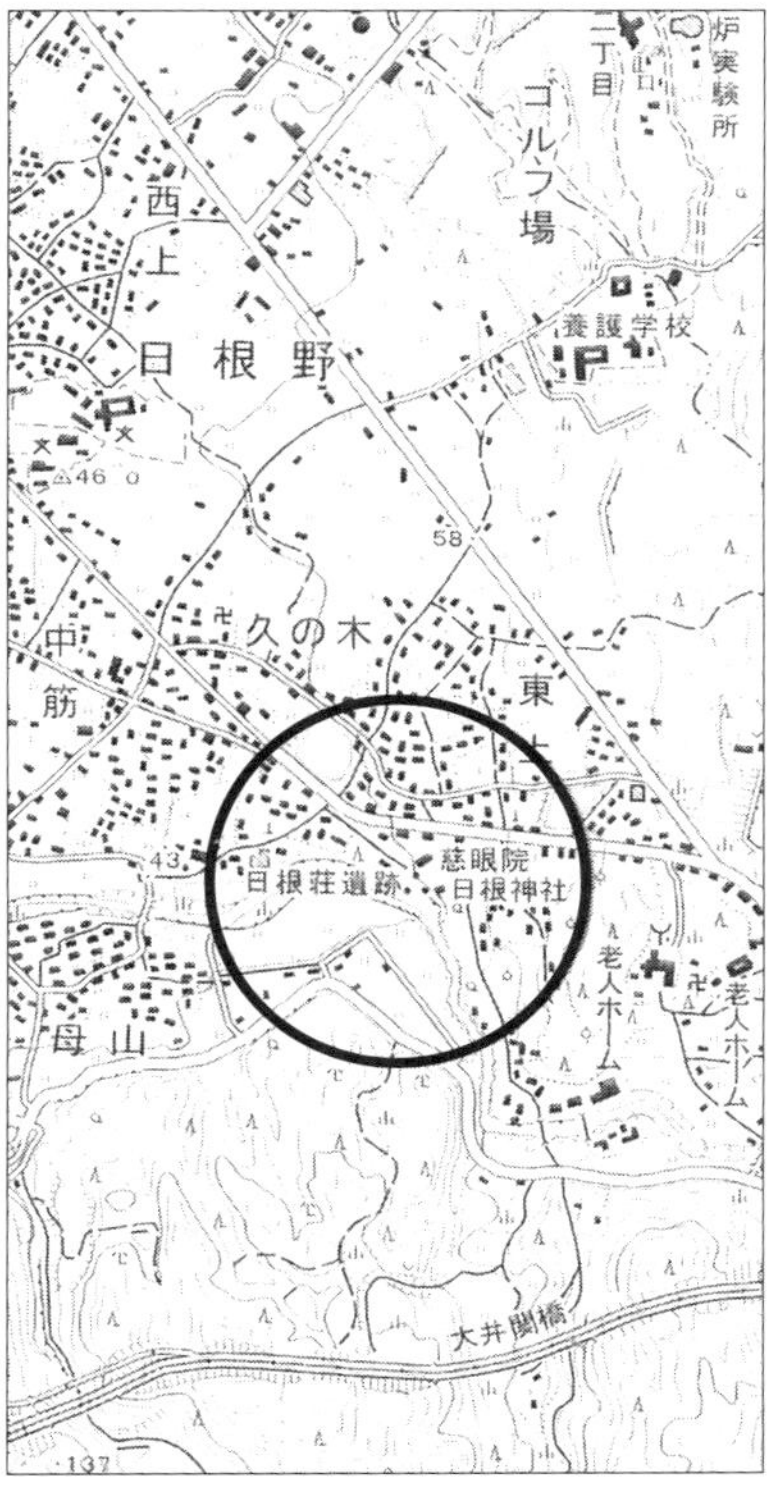

1／2.5万　樽井

（メモ）

①『和名抄』和泉国に日根郡があり、近義・賀美・呼唹《お》・鳥取《ととり》の四郷がある。日根郡は和泉国三郡の南西端、現在の大阪府の最西南端に位置する。

②泉佐野市日根野を樫井川が北に、また西へ流れている。この日根野集落に日根神社と慈眼院がある。

③日根神社。祭神は鸕鷀草葺不合尊《うがやふきあへずのみこと》・玉依姫命。『延喜式神名帳』の日根神社鏊轂。由緒は仲哀天皇二（一九二）年に、神託により二神を創祀という。

④『日本書紀』允恭天皇八（四一九）年条に、

天皇、則ち宮室《みや》を河内《かふち》の茅渟《ちぬ》に興造《た》て、衣通郎姫《そとほしのいらつめ》を居らしめたまふ。此《これ》に因《よ》りて、屢《しばしば》日根野に遊猟《かり》したまふ。

とある。

⑤ここに井堰山願成就寺福寿院（真言宗）がある。本尊薬師如来。天武天皇・聖武天皇勅願所。空海が整備。多宝塔国宝有。

六七〇　氷室古墳

関係地図　1／20万 京都及大阪　1／5万 京都西南部
大阪府高槻市氷室町辺

665 氷室

氷室をよみ侍りける

・春あきものちのかたみはなきものをひむろぞ冬のなごりなりける　仁和寺後入道法親王覚性　⑦千載集　二〇八

（参考）くるとあくとゝけんごもなき氷室山いつかながれし谷河の水　土御門院御製　新続古集　三一五

（参考）すべらぎのみことのすゑしきえせねばけふもひむろのおものたつなり　俊頼朝臣　夫木抄　三七一〇

（参考）いにしへのつげののみかりそれよりや氷室のおものたてはじめけん　中務卿親王　夫木抄　三七一六

1／5万　京都西南部

（メモ）

①『日本書紀』仁徳天皇六二（三七四）年、是歳条に、

額田大中彦皇子《めかたのおほなかつひこのみこ》、闘鶏《つけ》に猟《かり》したまふ。時に皇子、山の上より望《おせ》りて、野の中を瞻《み》たまふに、物有り。其の形廬《いほ》の如し。及ち使者を遣《つか》して視《み》しむ。還《かへ》り来て曰さく、「窟《むろ》なり」とまうす。因りて闘鶏稲置大山主《つけのいなきおほやまぬし》を喚《め》して、問ひて曰《のたま》はく、「其の野の中に有るは、何の窖《むろ》ぞ」とのたまふ。啓《まう》して曰さく、「氷室なり」とまうす。

とある。

②図中に、氷室町、闘鶏山古墳《つけやま》がある。

六七一　氷室古蹟

大阪府枚方市氷室台辺

関係地図　1／20万 京都及大阪　1／5万 大阪東北部

666

氷室山

百首歌たてまつりける時、氷室のうたとてよみ侍りける

・あたりさへすずしかりけりひむろ山まかせし水のこほるのみかは　大炊御門右大臣　⑦千載集　二〇九

（参考）水むすぶゆふべより猶すずしきはひむろにむかふ杉のしたかげ　賀茂経久　玉葉集　一九四〇

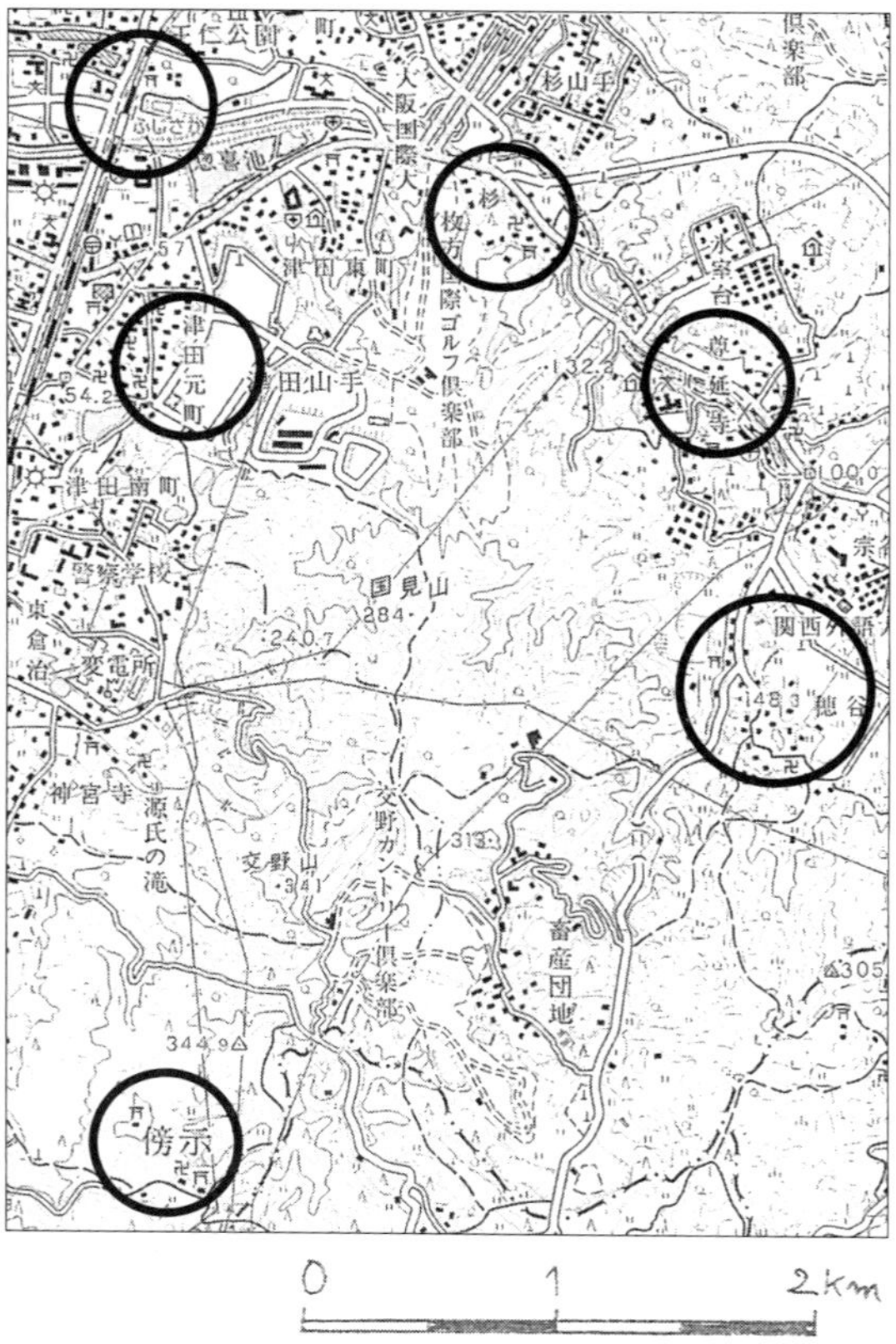

1／5万　大阪東北部

（メモ）

①生駒山地の西に位置し、穂谷川が西流する。氷室台の「氷室」は、平安時代に皇室の氷室が当地にあったに由るという。

②枚方市穂谷に「三之宮神社」が鎮座する。『三宮神社所蔵文書』には、

・当社は氷室郷物社。

・穂谷傍示杉藤坂芝村津田村を氷室郷と称す。

とあると。

③『河内名所図会』に、

氷室古蹟　傍示村杉村尊延寺村の三邑あり今ことごとく是廃す。

とある。

六七二　吹飯の浦

大阪府泉南郡岬町深日漁港辺

関係地図　1／20万 和歌山　1／5万 和歌山

678

ふけひのうら

寄浦恋といへるこころをよめる

・まちかねてさよもふけひのうらかぜにたのめぬ浪のおとのみぞする　二条院内侍参河　⑦千載集　八七九

月のうた十首よみ侍りける時、よめる

・さよちどりふけひのうらにおとづれてゑじまがいそに月かたぶきぬ　藤原家基　⑦千載集　九九〇

（参考）ときつかぜ　ふけひのはまに　いでゐつつ　あかふいのちは　いもがためこそ　万葉集　三二〇一

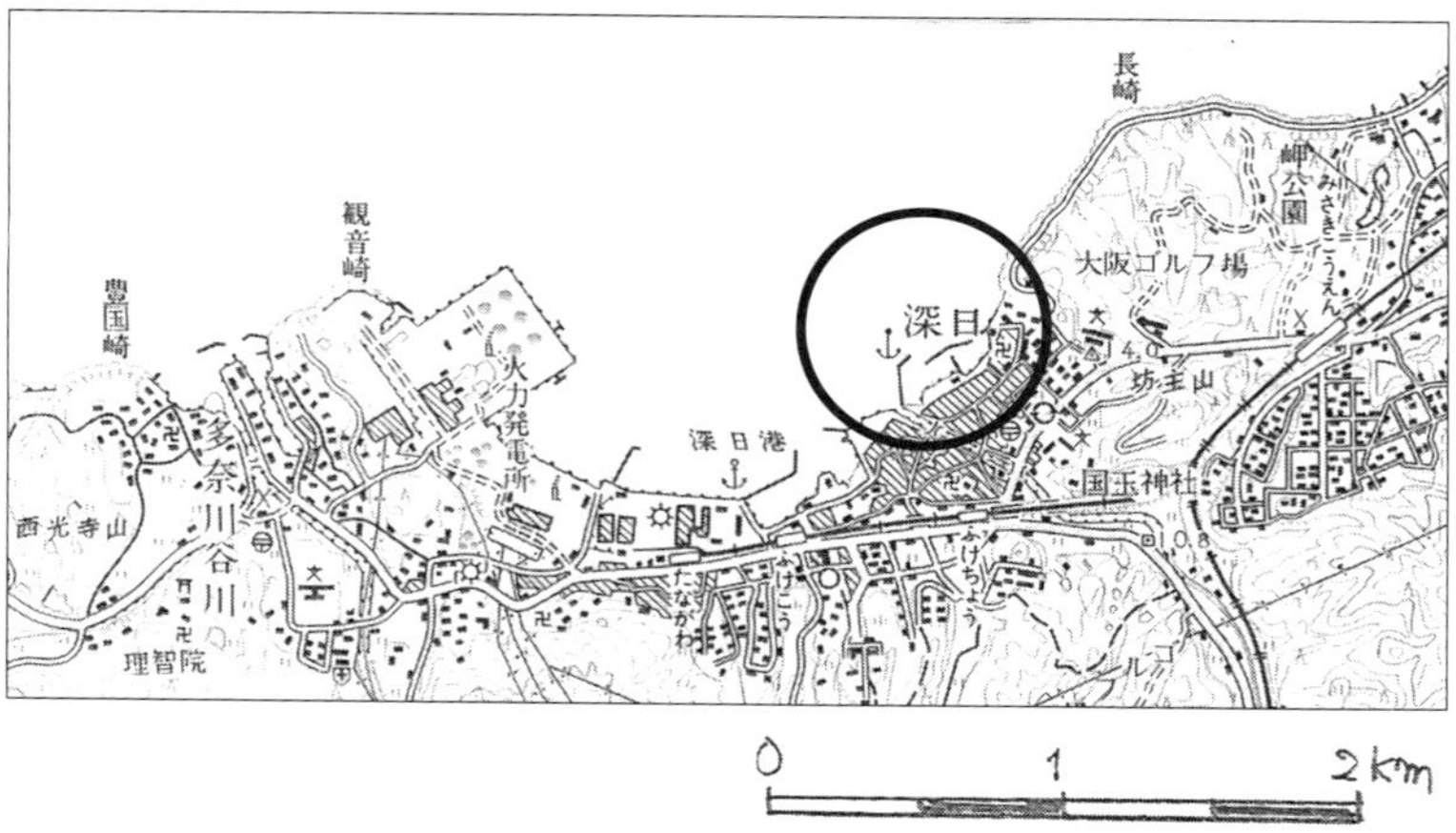

1／5万　和歌山

（メモ）

①「吹飯の浦」は現在の「深日《ふけ》の浦」。深日はふけ・ふけいとも言い、吹飯・吹井とも書かれた。『和名抄』和泉国日根郡鳥取《ととり》郷のうち。

②『続日本紀』天平神護元（七六五）年一〇月二六日条に、

和泉国日根《ひね》郡深日行宮《ふけひのかりみや》に到りたまふ。時に西の方暗瞑《くら》くして、常に異なりて風ふき雨ふる。

とある。

③『大和物語』三〇段ふけゐの浦　に、

故右京の大夫宗于《かみむねゆき》の君の歌、沖つ風ふけゐの浦に立つ浪のなごりにさへやわれはしづまむ

がある。

④南海本線深日町《ふけちょう》駅前に浄土宗宝樹《ほうじゅ》寺がある。当寺には紀淡海峡で漁網にかかった氷河時代に住んでいたナウマン象の化石を千点以上も保管・展示している。

六七三　待兼山

大阪府豊中市待兼山町、箕面市境

関係地図　1／20万 京都及大阪　1／2.5万 伊丹

715

まちかねやま

堀河院御時百首歌たてまつりけるによめる

・こぬ人をまちかねやまのよぶこどりおなじこころにあはれとぞきく　太皇太后宮肥後　⑥詞花集　四七

寛治八年、前太政大臣高陽院歌合に、郭公を

・夜をかさねまちかね山の時鳥雲井のよそに一声ぞきく　周防内侍　⑧新古今集　二〇五

（参考）明くるまで待ちかね山のほとときすけふもきかでやくれんとすらむ　藤原顕綱朝臣　続後拾集　一六八

1／2.5万　伊丹

（メモ）

①待兼山は豊中市と箕面市にまたがる標高七七mの小丘。現在の大阪大学理学部のある待兼山一丁目で、昭和三九年、校舎建設工事中に、大阪層群上部、第四紀中期更新世の淡水成砂質粘土層内から、体長約八mのワニの化石を発見。マチカネワニと命名された。

②待兼山の北縁に、南面して古墳時代前期の待兼山古墳がある。前方後円墳。唐草文帯四神獣鏡一、車輪石三、石釧一、鍬形石一が出土している。

③『枕草子』に、

山は　おぐら山。かせ山。……たむけ山。まちかね山。たまさか山。みみなし山。

とあり、古来遊山の名所であった。

六七四　三島江跡

大阪府高槻市三島江・三箇牧《さんがまき》・柱本《はしらもと》等

関係地図　1／20万 京都及大阪　1／5万 大阪東北部

739

みしま江

・みしま江の玉江のあしをしめしよりおのがとぞ思ふいまだからねど　柿本人麿　③拾遺集　一二一二

・みしまえにつのぐみわたるあしのねのひとよのほどにはるめきにけり　曽祢好忠　④後拾遺集　四二

みしまえのはるの心をよめる

・はるがすみかすめるかたや津のくにのほのみしまえのわたりなるらん　源頼家朝臣　⑥詞花集　二七二

（参考）みしまえの　いりえのこもを　かりにこそ　われをばきみは　おもひたりけれ　万葉集　二七六六

1／5万　大阪東北部

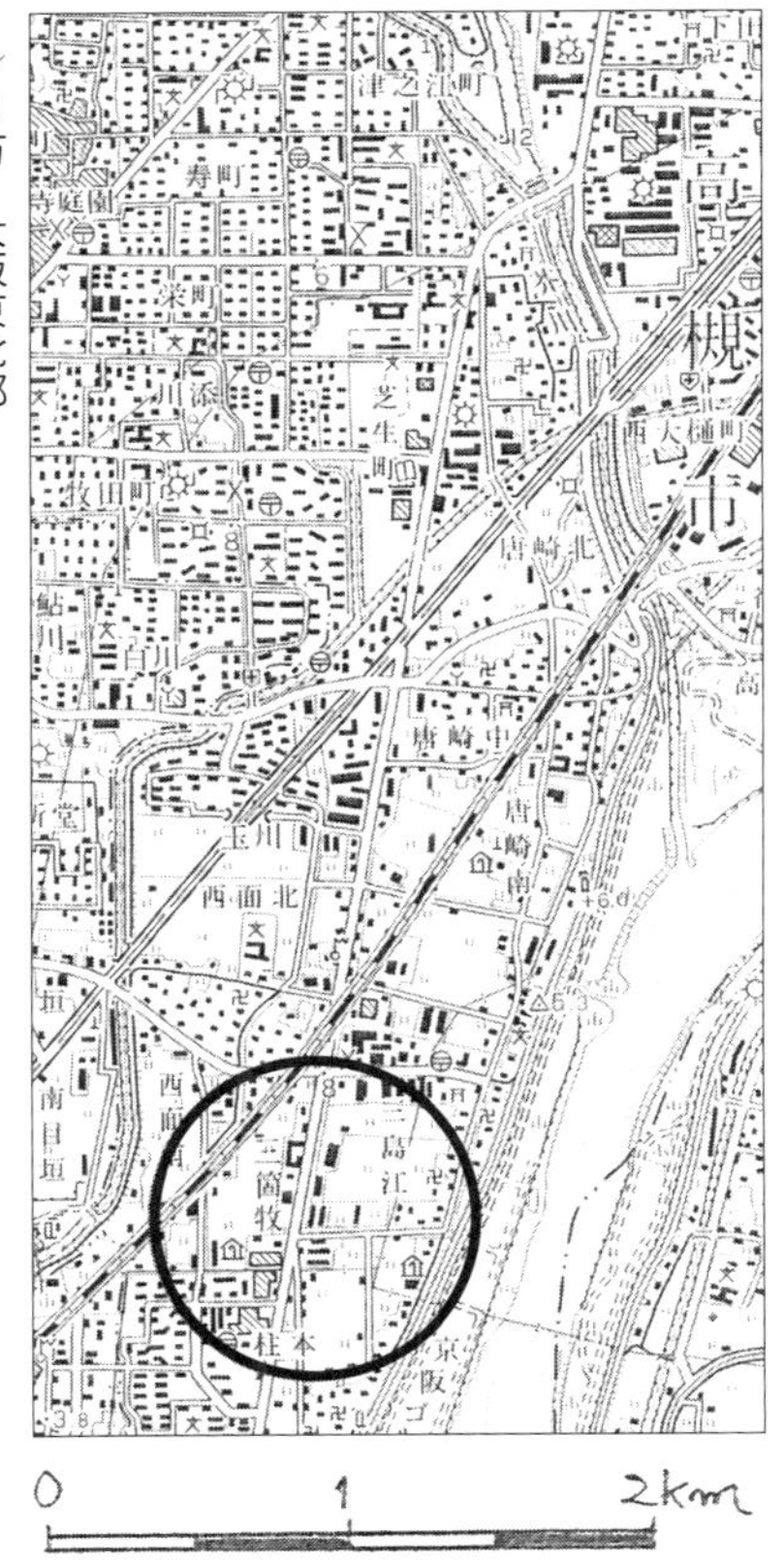

（メモ）

①現在の高槻市三島江付近から淀川中流右岸一帯にあった湖沼。地図を眺めると北東―南西方向の湖沼で、幅約二・五km・長さ約六km。ここに芥川や安威川が流入するというもの。

②『続日本紀』神護景雲三（七六九）年二月二一日条に、

摂津国嶋上郡の人正六位上三嶋県主広《あがたぬしひろ》調《つき》に姓宿祢を賜ふ。

とある。高槻市三島江、茨木市三島丘があり、芥川・安威川流域が三島県主の居住地であった。

③高槻市三島江と枚方市出口松ヶ鼻間に「三島江の渡し」があった。

六七五　三津寺

大阪府大阪市中央区心斎橋筋二、三津寺
関係地図　1/20万　京都及大阪　1/2.5万　大阪東北部

749
みつのてら
・我を君なにはの浦に有りしかばうきめをみつのあまとなりにき　よみ人しらず
①古今集　九七三
この歌は、ある人、むかしをとこありけるをうなの、をとことはずなりにければなにはなるみつのてらにまかりてあまになりて、よみてをとこにつかはせりけるとなむいへる
返し
・なにはがたうらむべきまもおもほえずいづこをみつのあまとかはなる　よみ人しらず
①古今集　九七四

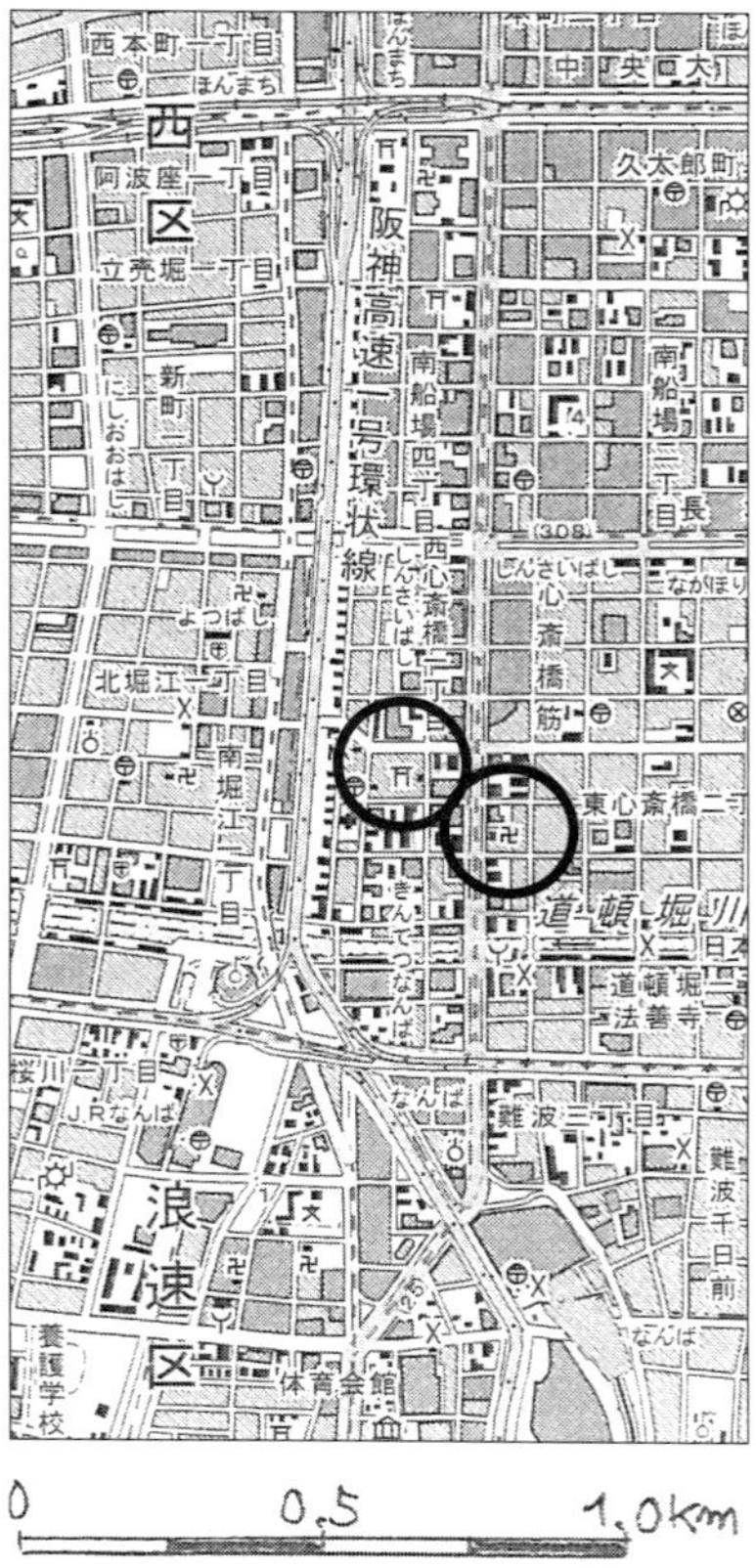

1/2.5万　大阪東北部

（メモ）
①道頓堀川下流の北岸にある。昔、この両方に海浜があり、難波の御津・三津などと書かれていた。「三津」の地名由来は、現在もこの地にある「三津寺」。真言宗大福院三津寺に由るという。
②近くの中央区西心斎橋二丁目に御津八幡宮がある。祭神は応神天皇・仲哀天皇・神功皇后。由緒は、天平時代の奈良東大寺大仏殿建立に際し、手向山八幡神を筑紫の宇佐神宮より勧請された時、一時当地に御祀りされていた。その後、改めて永久に当地の氏神として奉祀され現在に至る。

六七六　水無瀬川

乙女の滝　水無瀬神宮
大阪府三島郡島本町広瀬・東大寺など
関係地図　1/20万　京都及大阪　1/5万　京都西南部

753
みなせ河
・事にいでていはぬばかりぞみなせ河したにかよひてこひしきものを　とものり
①古今集　六〇七
人のもとにふみつかはしけるをとこ、人に見せけりときてつかはしける
・みな人にふみみせけりなみなせ河その渡こそまづはあさけれ　よみ人しらず
②後撰集　一二一八
をのこども詩をつくりて歌にあはせ侍りしに、水郷春望といふことを
・見わたせば山もとかすむ水無瀬河夕は秋となに思ひけむ　太上天皇　⑧新古今集　三六
（参考）こひにもぞ　ひとはしにする　みなせがは　したゆわれやす　つきにひにけに　笠女郎　万葉集　五九八

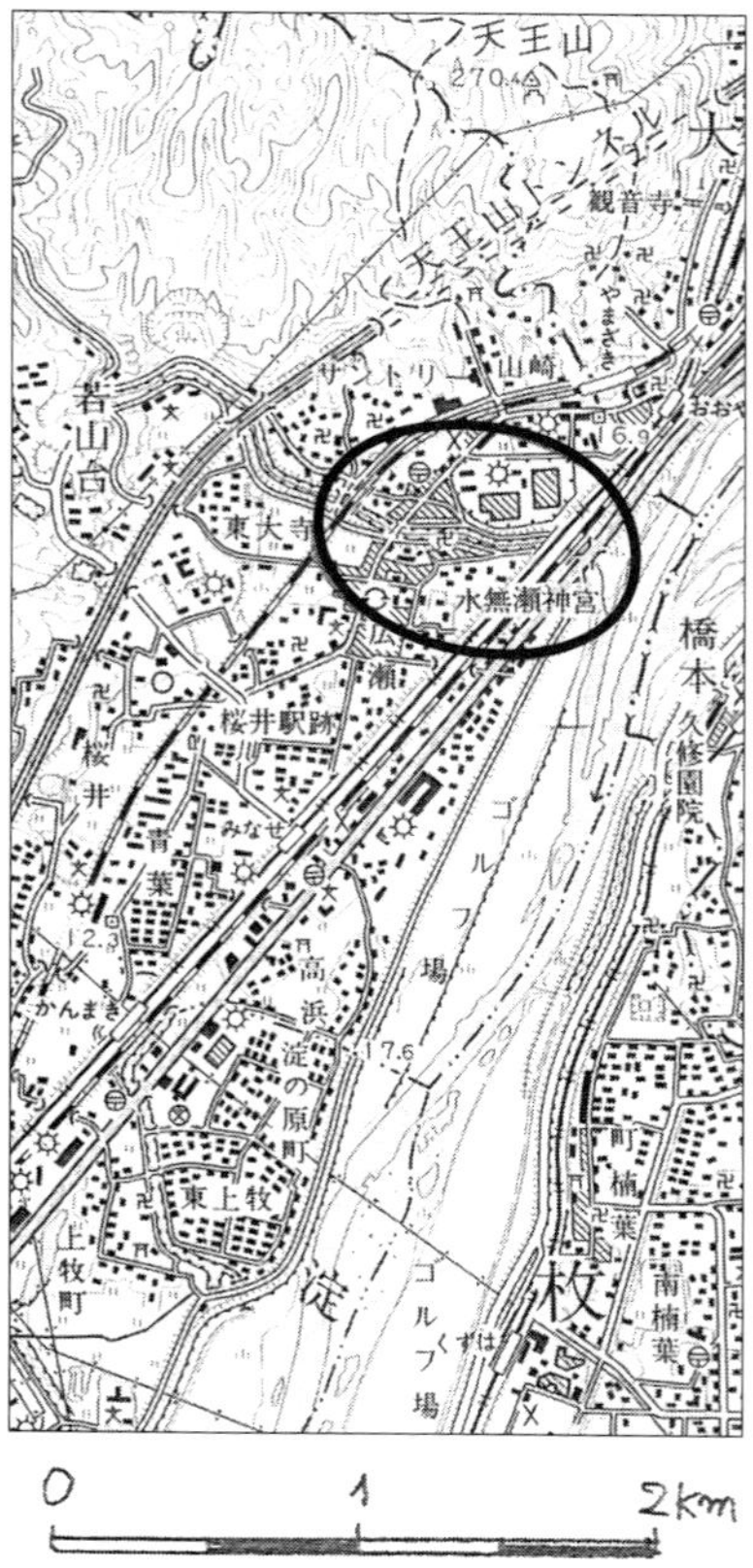

1/5万　京都西南部

（メモ）
①水無瀬川は京都府との県境のポンポン山や釈迦岳に源を発し、山崎で桂川に注ぐ川。
②奈良～戦国期に東大寺の水無瀬荘があった。水無瀬地区の水田は約二・五ha。背後に山が迫り、前面は淀川の地で小動物や野鳥が生息する好狩猟場であった。また、古来山水の景勝地で、貴族の別荘があった。現在の島本町の役場付近に、後鳥羽上皇の離宮、水無瀬殿があった。

六七七　滝安寺《りゅうあんじ》

大阪府箕面《みのお》市箕面公園二

関係地図　1／20万 京都及大阪　1／5万 広根

758

みのおの山寺

みのおの山寺にひごろこもりて、いで侍りけるあかつき、月のおもしろく侍りければ

・このまもるあり明の月のおくらずはひとりや山のみねを出でまし　仁和寺後入道法親王覚性　⑦千載集　一〇〇一

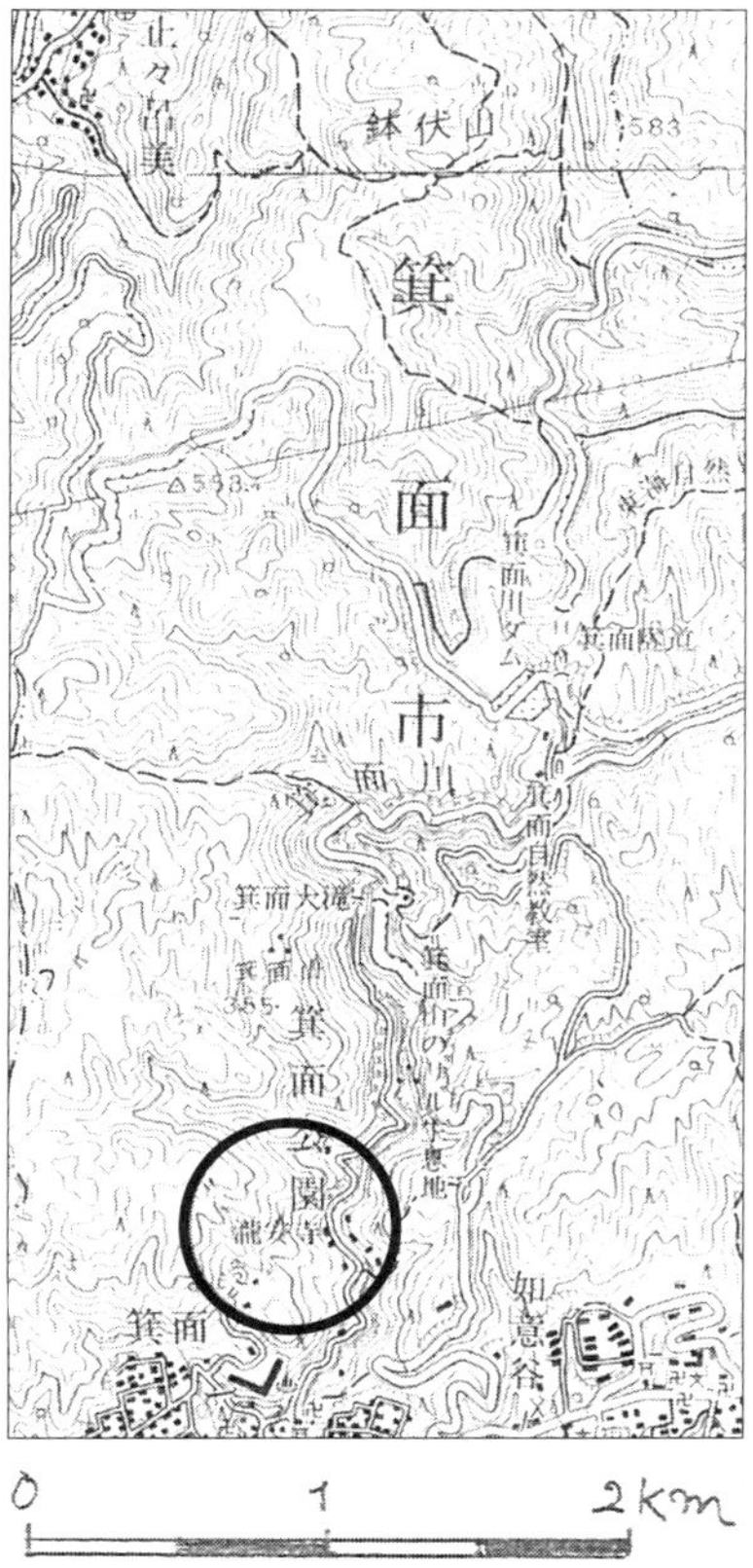

1／5万　広根

（メモ）

①箕面山吉祥院滝安寺。白雉年中（六五〇～六五四年）役行者小角夢に当山の滝口に入って龍樹大士に謁し、覚めて後、弁滝（箕面大滝）のもとに堂を建立し、弁戝天像を安置し、箕面寺と号したのが草創。当弁戝天は竹生島・厳島・江ノ島の弁財天と共に四所弁財天と称せられる。

②当寺には行基・空海・円珍・法然・日蓮・蓮如等高僧が訪れた。また天皇家の祈祷所であった。特に、後醍醐天皇が隠岐へ流された元弘三（一三三三）年、護良親王が当寺に祈祷を依頼され、後御帰還され、天皇から「滝安寺」号を下賜された。

③現在の山門は文化六（一八〇九）年光格天皇が京都御所から移築された門。

④観音堂は豊臣秀吉の母が寄進したという。観音堂本尊は木造如意輪観音。本尊のめぐりに弘法大師・智証大師・千観上人等諸像がある。

⑤箕面滝は古くは五香の滝とも呼ばれた。落差約三三ｍ。周辺には唐人の戻り岩の他に巨石・奇岩多く国天然記念物。

六七八　明石海峡

兵庫県明石市・淡路市

関係地図　1／20万 徳島、和歌山　1／5万 須磨、明石

2

明石

はりまのあかしといふところにしほゆあみにまかりて月のあかかりけるよ中宮の台ばんどころにたてまつりはべりける　中納言資綱

・おぼつかなみやこのそらやいかならむこよひあかしの月をみるにも　④後拾遺集　五二三

3

明石の浦

・ほのぼのと明石の浦の朝霧に島がくれ行く舟をしぞ思ふ　よみ人しらず　①古今集　四〇九

このうたは、ある人のいはく、柿本人麿が歌なり

（参考）みわたせば　あかしのうらに　ともすひの　ほにぞいでぬる　いもにこふらく　門部王　万葉集　三二六

4

明石の沖

海辺月といへるこころをよめる

・ながめやる心のはてぞなかりけるあかしのおきにすめる月影　俊恵法師　⑦千載集　二九一

5

明石の瀬戸

鳥羽殿にて旅宿月といふ事をよめる

・われこそはあかしのせとにたびねせめおなじみづにもやどる月かな　春宮大夫公実　⑤金葉集　一七九

6

明石の門

・あまさがるひなのながぢをこぎくればあかしのとより山としまみゆ　人　麿　⑧新古今集　八九九

（参考）あはしまに　こぎわたらむと　おもへども　あかしのとなみ　いまださわけり　万葉集　一二〇七

（参考）ともしびの　あかしおほとに　いらむひや　こぎわかれなむ　いへのあたりみず　柿本朝臣人麿　万葉集　二五四

（参考）あかしがた　しほひのみちを　あすよりは　したゑましけむ　いへちかづけば　山部宿祢赤人　万葉集　九四一

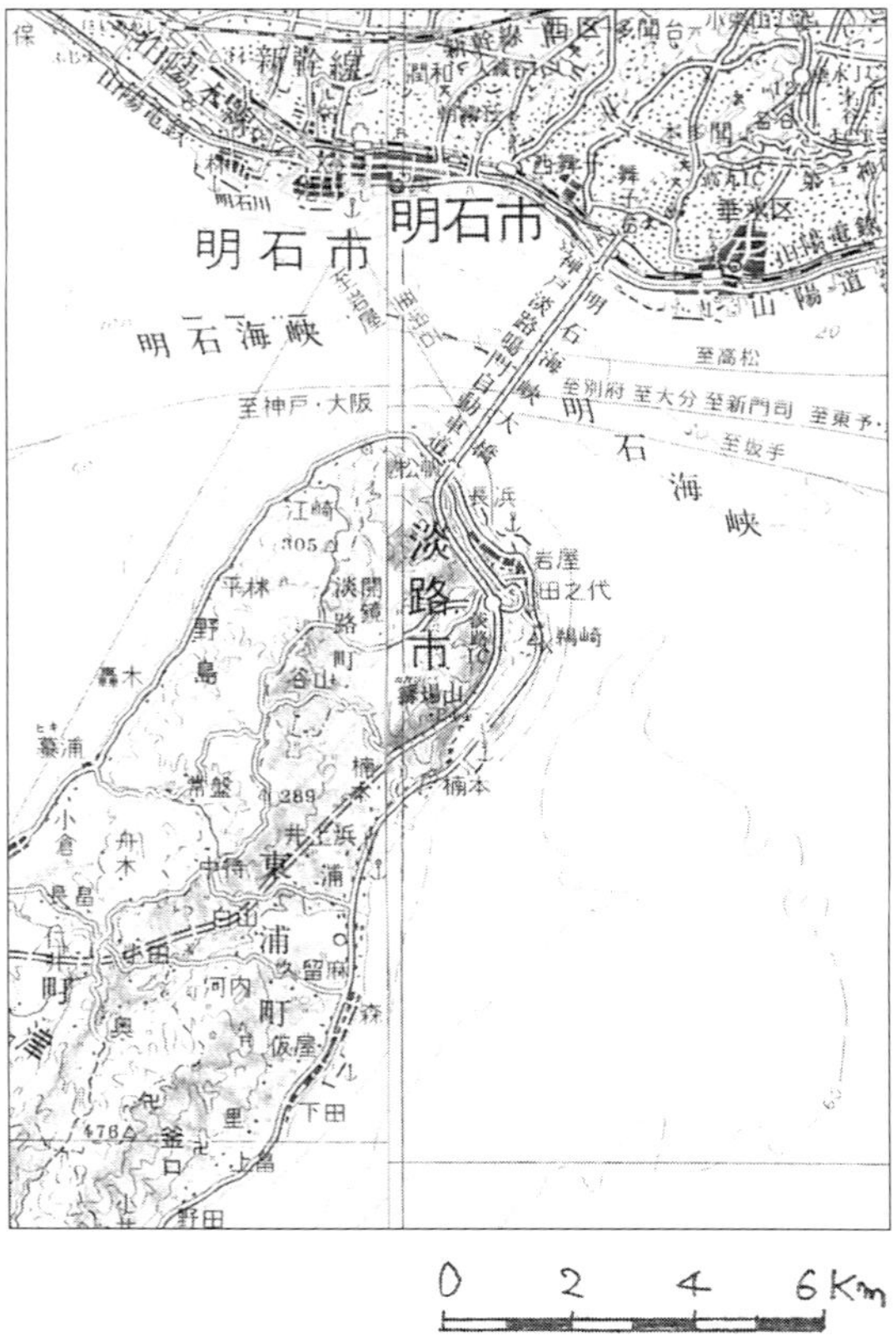

1／20万　徳島(左)・和歌山(右)

（メモ）

①『播磨国風土記』逸文「速鳥」に、播磨の国の風土記に曰《い》はく、明石の駅《うま》家《や》。駒手《こまで》の御井《みゐ》は、難波の高津の宮の天皇（仁徳天皇）の御世、楠、井の上に生ひたりき。朝日には淡路島を蔭《かく》し、夕日には大倭嶋根《やまとしまね》を蔭しき。仍《すなは》ち、其の楠を伐りて舟に造るに、其の迅《はや》きこと飛ぶが如く、一檝《ひとかぢ》に七浪《ななみ》を去《ゆ》き越《こ》えき。仍りて速鳥《はやとり》と号く。ここに、朝夕に此の舟に乗りて、御食《みけ》に供へむとして、此の井の水を汲むに、一旦《ある》、御食の時に堪《た》へざりき。故、歌作《うたよ》みして止めき。唱に曰《い》はく、

住吉の　大倉向きて飛ばばこそ
速鳥と云はめ　何か速鳥

とある。

②明石駅は駅馬三〇疋。また、『続日本後紀』承和一二（八四五）年八月七日条に、淡路国石屋浜（現淡路市石屋）と、播磨国明石浜に初めて船ならびに渡子を置き、もって往還に備たとある。また船泊り施設を兼ねたかと。

③明石海峡は幅三・八km。大阪湾と播磨灘の間を干満に伴って流れる潮流は、この海峡で速度を増す。北緯三四度三七分・東経一三五度一分では西北西方向の平均は時速八・七km。東南東方向の平均流速は時速八・七km。一〇分間に約一・五kmも進む。速い時は一〇分間に約二km進むという。従って、船は潮流に乗るべきである。それが潮待ち。

六七九　芦屋

兵庫県芦屋市から神戸市東部にかけての地

関係地図　1／20万 京都及大阪　1／5万 大阪西北部

25
あしのや
つのくにへまかりけるみちにて
・あしのやのこやのわたりにひはくれぬいづちゆくらんこまにまかせて　能因法師　④後拾遺集　五〇七
このはいたうちりけるひ相摸からの歌の返し
・やへぶきのひまだにあらばあしのやにおとせぬ風はあらしとをしれ　中納言定頼　④後拾遺集　九五六
（参考）あしのやの　うなひをとめの　おくつきを　ゆきくとみれば　ねのみしなかゆ　高橋連虫麻呂　万葉集　一八一〇

26
あしやのさと
百首歌たてまつりし時
・いさり火のむかしのひかりほの見えてあしやのさとにとぶ蛍かな　摂政太政大臣　⑧新古今集　二五五

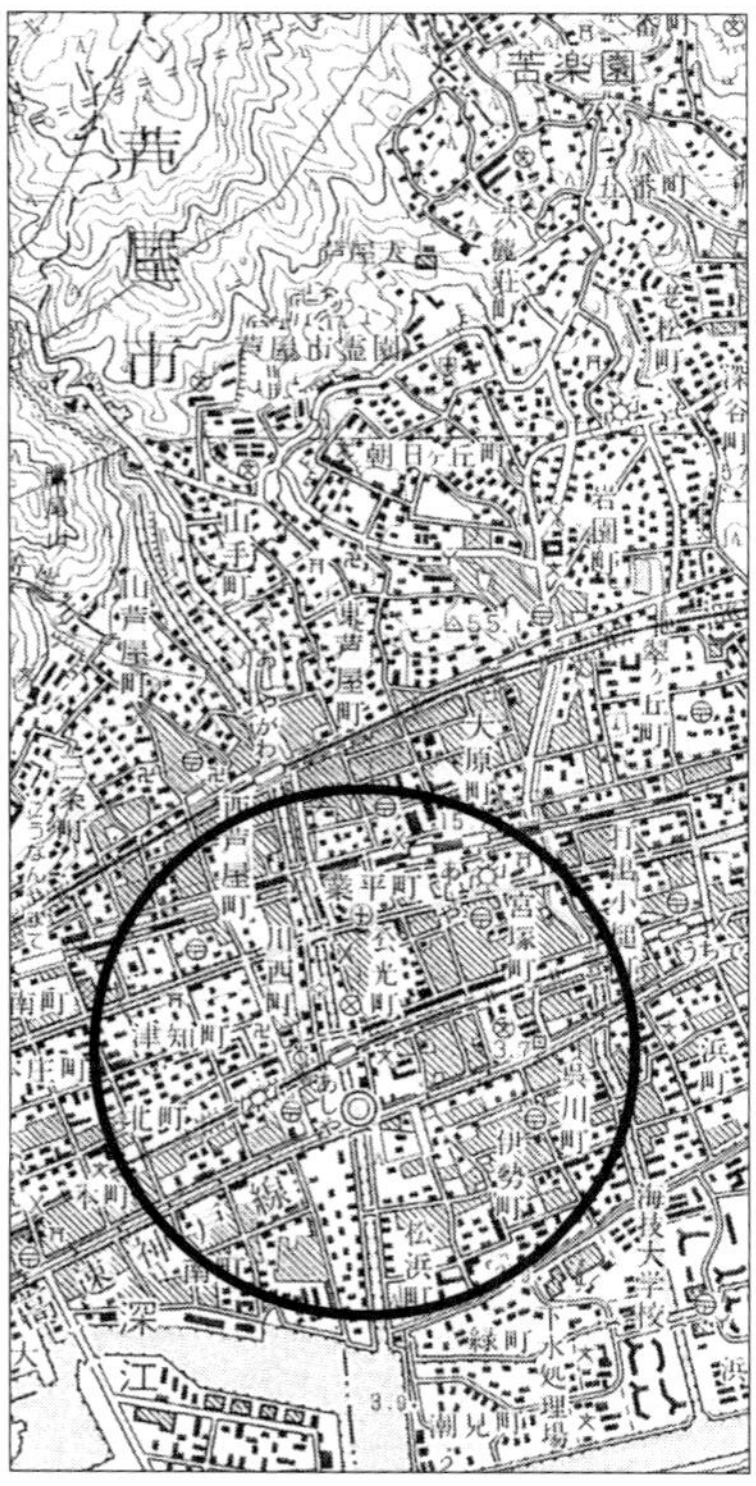

1／5万　大阪西北部

（メモ）

①『和名抄』摂津国兎原郡の「葦屋郷」。現在の芦屋市の南西部。奈良時代に、血沼壮士と兎原壮士の二人の男に求婚された葦原の兎原処女の伝説があり、田辺福麻呂や高橋連虫麻呂の歌が『万葉集』にある。この物語は謡曲「求塚」ともなる。

②『伊勢物語』八十七段布引の滝に、「むかし、男、津の国、菟原の郡、蘆屋の里にしるよしして、いきてすみけり。」とある。

六八〇　逢ふの松原

兵庫県姫路市白浜町辺

関係地図　1／20万 姫路　1／5万 姫路

48　あふのまつばら

皇后宮にて人人恋歌つかうまつりけるによめる

・みちのくのおもひしのぶにありながらこころにかかるあふのまつばら　大宰大弐長実　⑤金葉集　四二九

石清水歌合とて、人人よみ侍りける時、寄松恋といへる心をよみ侍りける

・はかなしな心づくしに年をへていつともしらぬあふの松原　権中納言経房　⑦千載集　七六四

（参考）たがためかあふのまつばらなをとめてわれにつれなきいろをみすらん　大納言良教　続古今集　一〇八六

（参考）はりまがたうらみてのみぞ過ぎしかどこよひとまりぬあふの松ばら　修理大夫顕季　風雅集　一〇八九

（参考）はりまがたうらみてもなほたのめとやすゐにありてふあふの松ばら　正三位季能卿　夫木抄　九九三三

（メモ）

①『播磨国風土記』餝磨《しかま》郡条に、

ア．餝磨と号《なづ》くる所以《ゆゑ》は、大三間津日《おほみまつひて》子命《のみこと》（第五代孝昭天皇?・）、此処に屋形を造りて座《ま》しし時、大きなる鹿ありて鳴きき。その時、王、勅《の》りたまひしく、「壮鹿《しか》鳴くかも」とのりたまひき。故、餝磨の郡と号く。

イ．安相《あさこ》の里条に、

但馬の国造阿胡尼命《あこねのみこと》、英保《あぼ》の村の女に娶《あ》ひて、此の村に卒《を》へき。遂に墓を造りて葬りき。

とある。「安相《あさこ》の里」旧名を麻生山。標高一七三mの小富士山辺という。

ウ．英保《あぼ》の里《さと》条に、

土《つち》は中《なか》の上《かみ》なり。右、英保と称《い》ふは、伊豫《いよ》の国の英保の村の人、到来《き》たりて此処《ここ》に居りき。故《かれ》、英保の村と号《なづ》く。

とある。英保は現在の姫路市阿保（市川右岸）。市川左岸には姫路市四郷町東阿保がある。この集落内に標高一七五・二mの仁寿山がある。

エ．更に、美濃の里条には、

継《へぎ》の潮《みなと》　土《つち》は下《しも》の中《なか》なり。右、美濃と号くるは、讃岐《さぬき》の国の弥濃《みの》の郡の人、到来《き》たりて居《を》りき。

とある。美濃は現在の姫路市四郷町見野。

②「逢ふの松原」は『和歌初学抄』・『八雲御抄』は「播磨国」という。『和名抄』幡磨国餝磨郡の英保郷や三野郷の小富士山（旧名安相山《あさかやま》）辺で、大昔、阿胡尼命と安保郷の女が生活をしたという。その場所が、松原八幡神社辺であったかもしれない。山陽電鉄本線白浜の宮駅南の◯印。この一帯で松露も多く生えたであろう。

③松原八幡神社　創建は天平宝字七（七六三）年。縁起によれば白浜海中に夜毎に光る物があったので、白浜の人がそこから「八幡大菩薩」と記した朽木を拾い上げ目賀川の河口に祀った。このことが朝廷に聞え、勅使が下向して目賀の北山に仮殿を造り神体を移した。弘仁年間（八一〇～八二四年）嵯峨天皇が神田を寄進され栄えたという。松原別宮・松原八幡宮とも呼ばれ、中世には山城石清水八幡宮領松原庄の総鎮守であった。

1／5万　姫路

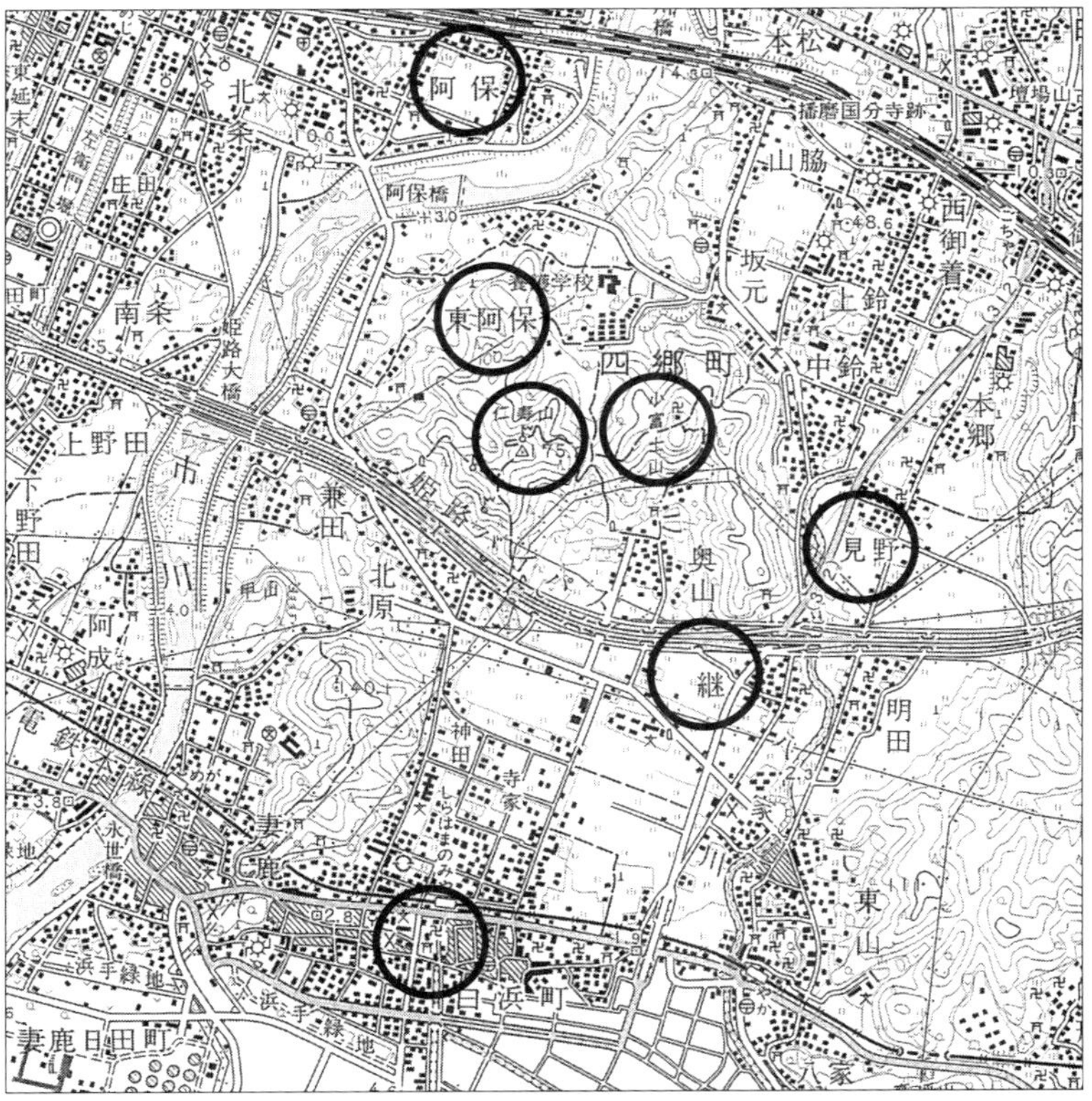

六八一　有馬温泉

兵庫県神戸市北区有馬町

関係地図　1／20万 京都及大阪　1／5万 大阪西北部
1／2.5万 宝塚

63

ありまのゆ

ありまのゆにまかりたりけるによめる

・いさやまたつづきもしらぬたかねにてまづくる人にみやこをぞとふ　宇治前太政大臣　⑥詞花集　三八六

ありまのゆにしのびて御幸侍りける御ともに侍りけるに、ゆの明神をばわの明神となん申し侍りける、ものにかきつけて侍りける

・めづらしくみゆきをみわの神ならばしるしありまのいでゆなるべし　按察使資賢　⑦千載集　一二六七

（参考）万葉集四六〇、大伴坂上郎女悲嘆尼理願死去作歌の左註

右新羅国尼曰理願也、遠感王徳帰化聖朝、於時寄住大納言大将軍大伴卿家既径数紀焉、惟以天平七年乙亥忽沈運病既趣泉界、於是大家石川命婦依餌薬事往有間温泉而不会此喪、但郎女独留葬送屍柩訖、仍作此歌贈入温泉　とある。

1／2.5万　宝塚

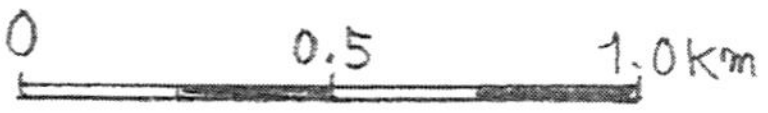

（メモ）

①畿内最古の名泉。発見は神代。大己貴命・少彦名命の発見。

②金泉は食塩泉、源泉温度九四℃。銀泉は炭酸泉、源泉温度五四℃。その他ラジウム泉がある。これら源泉は愛宕山北斜面の東西五百m・南北百mにある。温泉・冷泉合計三〇以上もある。

六八二　有馬菅畑跡

兵庫県神戸市北区有馬町

関係地図　1／20万 京都及大阪　1／5万 三田
1／2.5万 宝塚、有馬

62

ありますげ

・みな人のかさにぬふてふ有ますげありてののちもあはんとぞ思ふ　人まろ　③拾遺集　八五八

（参考）おほきみの　みかさにぬへる　ありますげ　ありつつみれど　ことなきわぎも　万葉集　二七五七

（参考）ひとみなの　かさにぬふといふ　ありますげ　ありてのちにも　あはむとぞおもふ　万葉集　三〇六四

（参考）大宮のみかさにぬへるありますげありつつみれどことなきわぎもこ　古六帖　三九四三

1／5万　三田

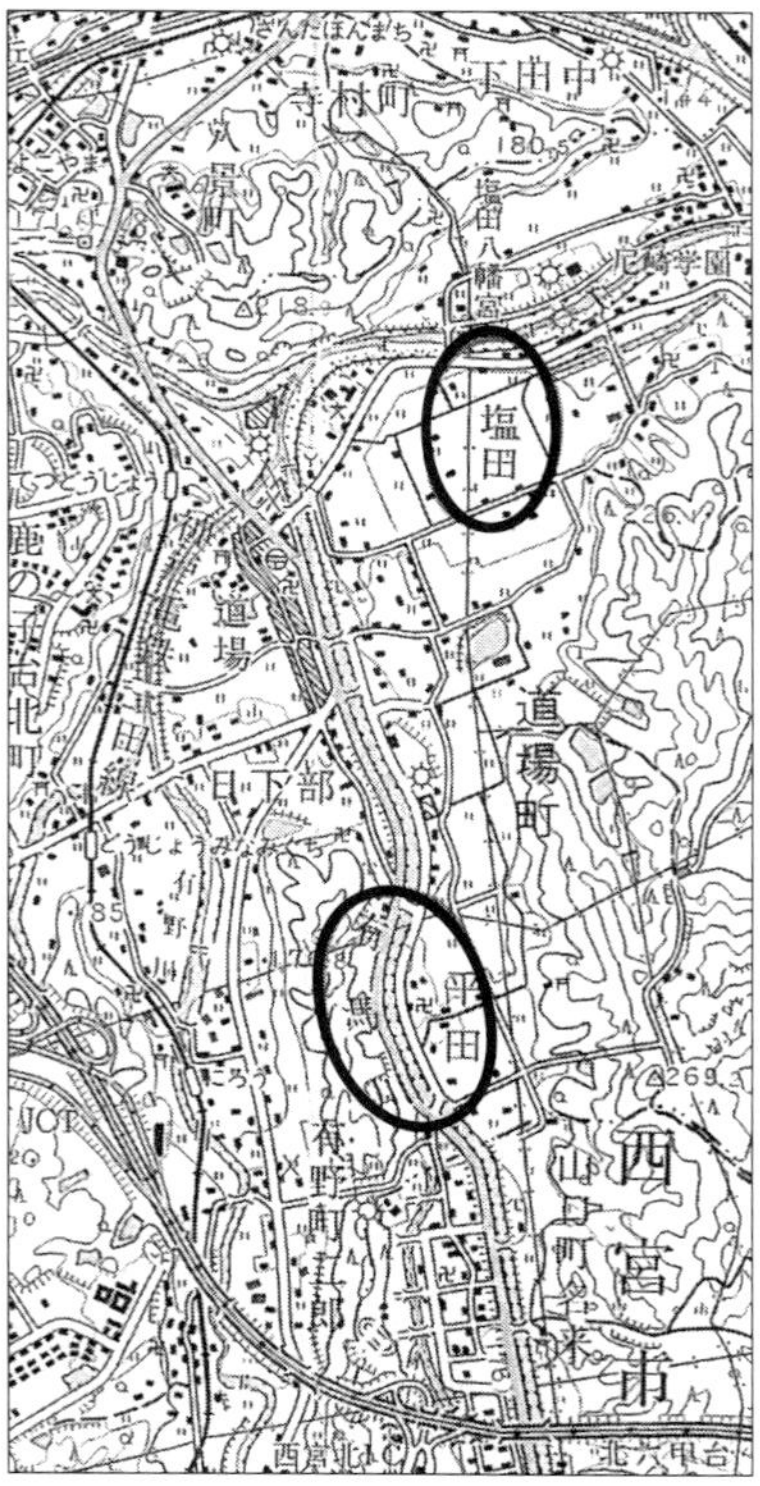

（メモ）

①有馬川は神戸市北区有馬町の標高九三一・三mの六甲山を源に、白石滝・蓑滝・滑滝からの流水を集め滝川となる。更に、瑞宝寺谷水を併せ有馬川となって下流で、有野川・長尾川を併せ北区道場町で、大河武庫川に注ぐ。

②道場町塩田や平田周辺は低湿地で、古来、菅の生育地である。その加工品の笠や蓑は有馬温泉の名産物であった。

六八三　淡路島

兵庫県淡路市・洲本市・南あわじ市を含む淡路全島

関係地図　1／20万　徳島、和歌山

37　あはぢ島

・わたつ海のかざしにさせる白妙の浪もてゆへる淡路しま山　よみ人しらず

①古今集　九一一

・住吉の岸にむかへあはぢ島あはれと君をいはぬ日ぞなき　人まろ　③拾遺集　九二六

関路千鳥といへることをよめる

・あはじしまかよふちどりのなくこゑにいくよねざめぬすまのせきもり　源兼昌

⑤金葉集　二七〇

（参考）なにはがた　しほひにたちて　みわたせば　あはぢのしまに　たづわたる　みゆ　万葉集　一一六〇

38　淡路しま山

・春といへばかすみにけりなきのふまで浪まに見えし淡路島山　俊恵法師

⑧新古今集　六

帝国書院『新詳高等地図』（昭和四〇年）

（メモ）

①淡路島は『和名抄』では南海国。伊伊・淡路・阿波・讃岐・伊豫・土佐。国府は三原郡。現在の南あわじ市市市・市

十一ヶ所・市三条。

②『国造本紀』に淡路国造　難波高津（仁徳）朝御世。神皇産霊尊九世孫矢口足尼定㆓賜国造㆒。とある。

六八四　生　田

兵庫県神戸市中央区

関係地図　1／20万　京都及大阪　1／2.5万　神戸首部

76　生田の池

・つのくにのいくたの池のいくたびかつらき心を我に見すらん　よみ人しらず

③拾遺集　八八四

（参考）とへかしないくたの池に月影もりの秋風吹くにつけつつ　俊成卿女

夫木抄　一〇七四〇

77　生田の浦

・いくたびかいくたの浦に立帰り浪にわが身を打ちぬらすらん　よみ人しらず

②後撰集　五三二

返し

・立帰りぬれてはひぬるしほなればいくたの浦のさがとこそ見れ　よみ人しらず

②後撰集　五三三

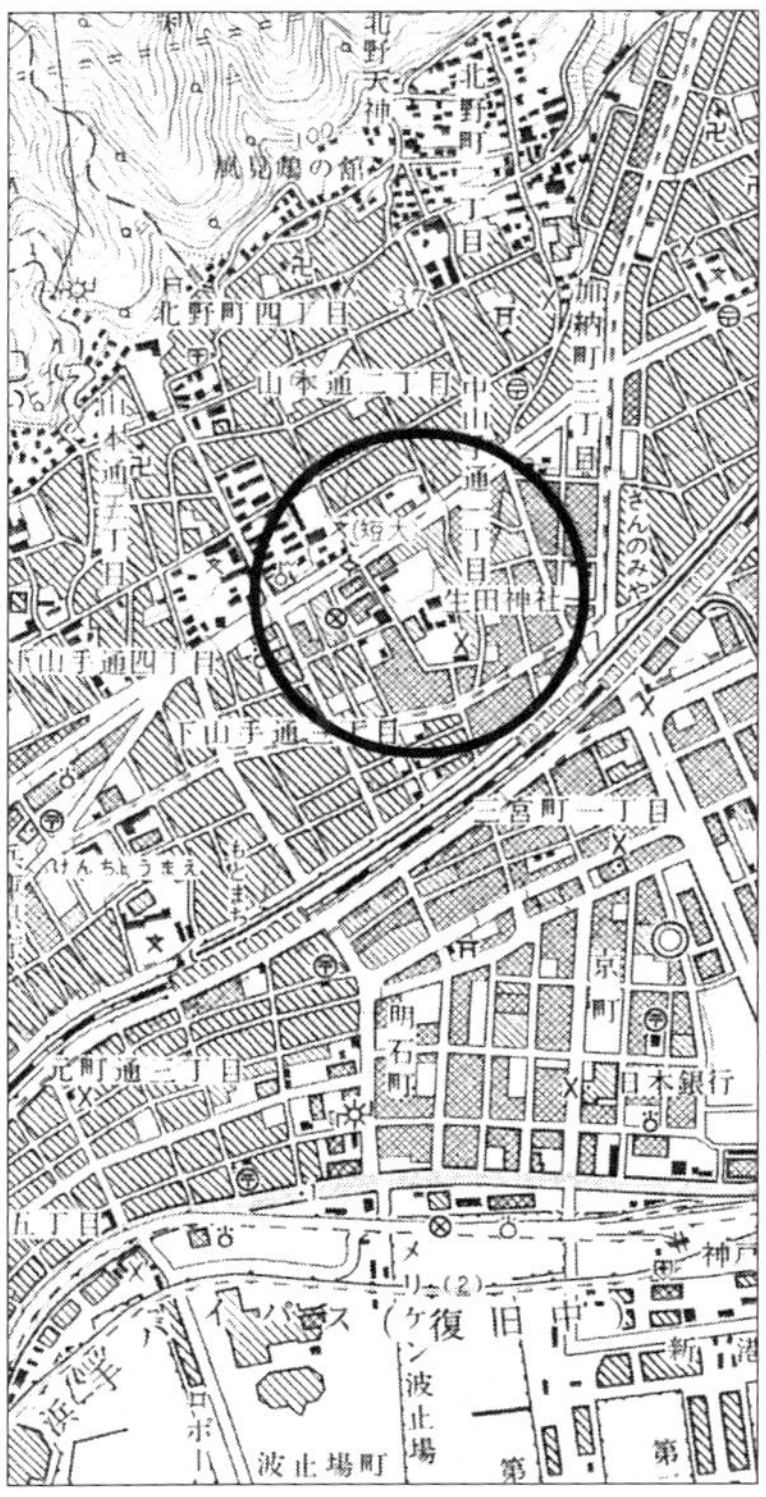

1／2.5万　神戸首部

（メモ）

①生田神社は、生田川左岸の砂山に創祀という。しかし、砂山の崩落があり現在地に移ったと。創祀の神社境内には月を映す池があった。池があったので創祀か。

②生田の浦の背後に諏訪山断層がある。

この断層の北で山地が急に高くなる。山地の南に布引花崗閃緑岩が分布、北には少し新しいより白っぽい黒雲母花崗岩（御影石）がそびえる。生田の浦は石英・長石を主成分とする白砂と、青松の美観であったであろう。

六八五　生田川

布引の滝あり
兵庫県神戸市中央区、生田神社境内を流れていた川
関係地図　1／20万　京都及大阪　1／2.5万　神戸首部

78　いくたの川

・恋ひわびぬちぬのますらをならなくにいくたの川にみをやなげまし　藤原道経　⑦千載集　七三三

（参考）津の国の生田の川の水上はいまこそみつれ布引の滝　藤原基隆　新続古集　二〇一五

（参考）みなかみの山のたきつせこほるらしいく田のかははゆく水もなし　民部卿為家卿　夫木抄　七〇九五

（参考）いかばかりふかき心のそこを見ていくたの川に身をしづめけん　前中納言定家卿　夫木抄　一〇九一二

1／2.5万　神戸首部

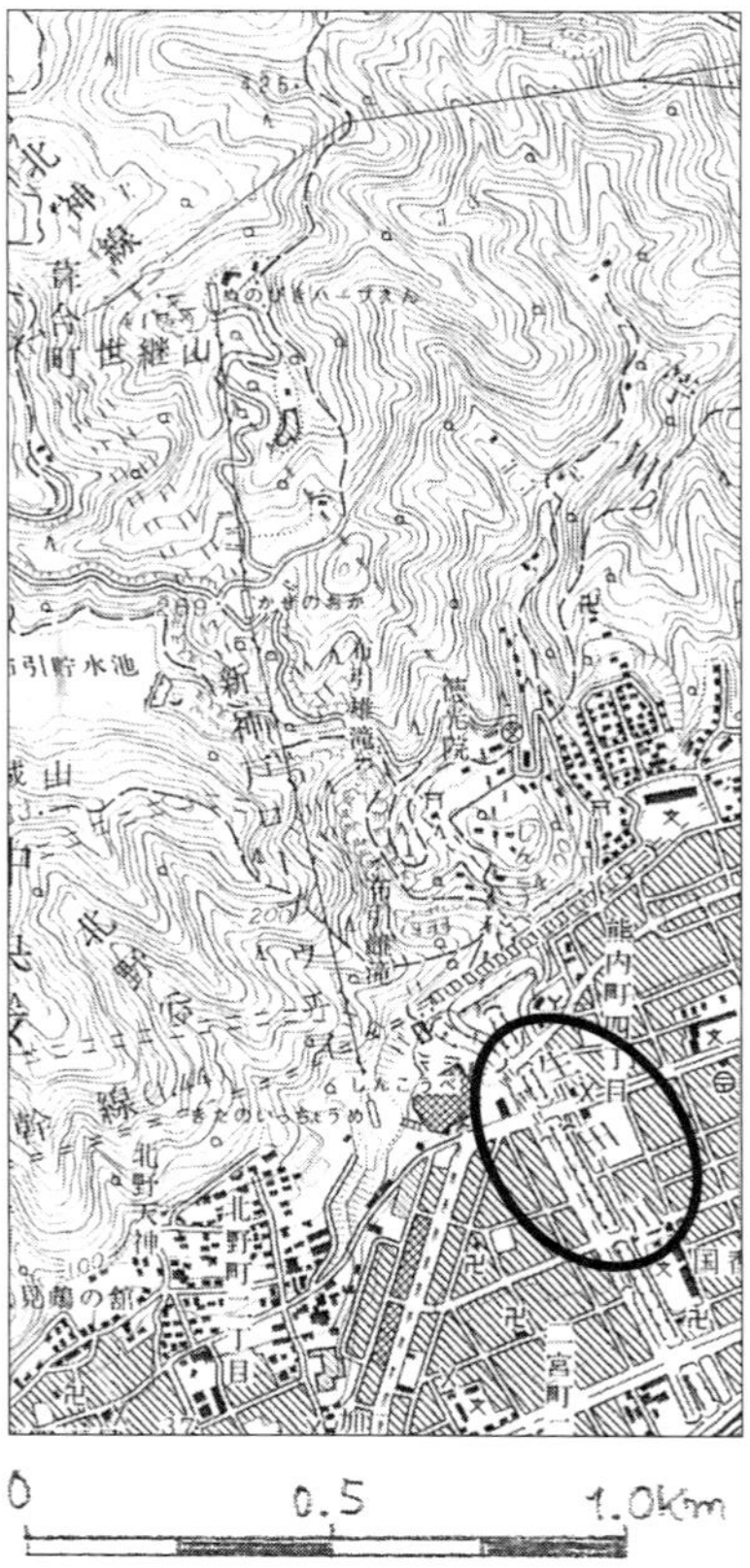

（メモ）
①旧生田川は、現在の新神戸駅付近から三ノ宮駅西端を流れ、神戸市役所付近を経て大阪湾に注いでいた。慶応三（一八六七）年の神戸港開港時に流路変更。
②現在は、神戸市中央区をほぼ南流して大阪湾に注ぐ。上端は苧川《おがわ》との合流点から下流は新生田川と呼ばれ、約一・八km。水源は布引貯水池を更に遡った六甲山中の神戸市杣谷峠付近。
③『万葉集』には高橋虫麻呂歌「菟原処女をめぐる妻争いの伝説歌」がある。『大和物語』百四十七段に「生田川」があり摂津国の姓は菟原《うばら》、いま一人は和泉国の姓は血沼の二人の男と、摂津乙女の伝説がある。

六八六　生田神社

兵庫県神戸市中央区下山手通一―二
関係地図　1／20万　京都及大阪　1／2.5万　神戸首部

79　いくたのもり

清家ちちのともにあはのくにににくだりてはべりけるとき、かのくにのをんなにものいひわたりはべりけり、ちちのくにになりうつりてまかりのぼりにければをんなのたよりにつけてつかはしける

・こころをばいくたのもりにかくれどもこひしきにこそしぬべかりけれ　読人不知　④後拾遺集　七三二

つのくににかよふ人のいまなむくだるといひてのちにもまだ京にありけるをききて人にかはりてよめる

・ありてやはおとせざるべきつのくにのいまぞいくたのもりといひしは　赤染衛門　④後拾遺集　一一四〇

・きのふだにとはむとおもひしつのくにのいくたの森に秋はきにけり　藤原家隆朝臣　⑧新古今集　二八九

1／2.5万　神戸首部

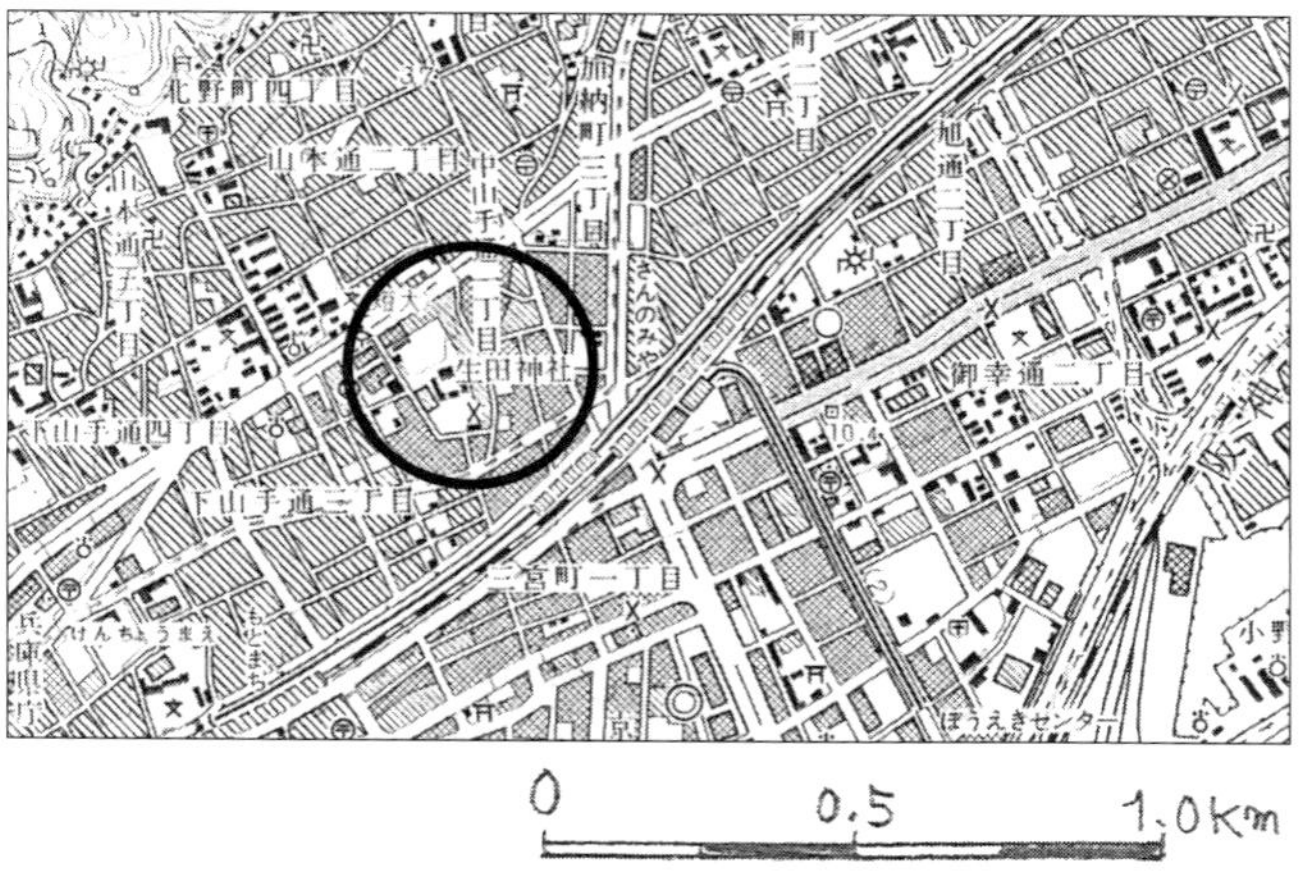

（メモ）
①生田神社の森。神戸市中央区。生田川の西方で、河川改修前の旧生田川右岸の平野部に鎮座。
②生田神社は神功皇后が三韓からの帰路、御船が沖で動かなくなり、稚日女尊《わかひるめのみこと》が活《いく》田長峡国《たながをのくに》に祀れとのお告げがあり創祀（『日本書紀』神功皇后摂政元年条）。
③はじめ生田川左岸の砂山《いさごやま》に創祀されたが、砂山の西側が崩落しかけたので、現在地に遷座。
④『延喜式神名帳』八部郡《やたべ》の生田神社名神大月次相嘗新嘗である。

六八七　猪名

関係地図　1／20万　京都及大阪　1／5万　大阪西北部
1／2.5万　大阪西北部

兵庫県尼崎市・伊丹市・大阪府池田市他

842
猪名野
・しながどりゐなのふし原とびわたるしぎがはねおとおもしろきかな　神楽歌
③拾遺集　五八六
かれがれになるをとこのおぼつかなくなどいひたるによめる
・ありまやまゐなのささはら風ふけばいでそよ人をわすれやはする　大弐三位
④後拾遺集　七〇九

843
猪名の柴山
・いかばかりふるゆきなればしながどりゐなのしばやまみちまどふらん　藤原国房　④後拾遺集　四〇八
（参考）しながどり　ゐなやまとよに　ゆくみづの　なのみよそりし　こもりづまはも　万葉集　二七〇八

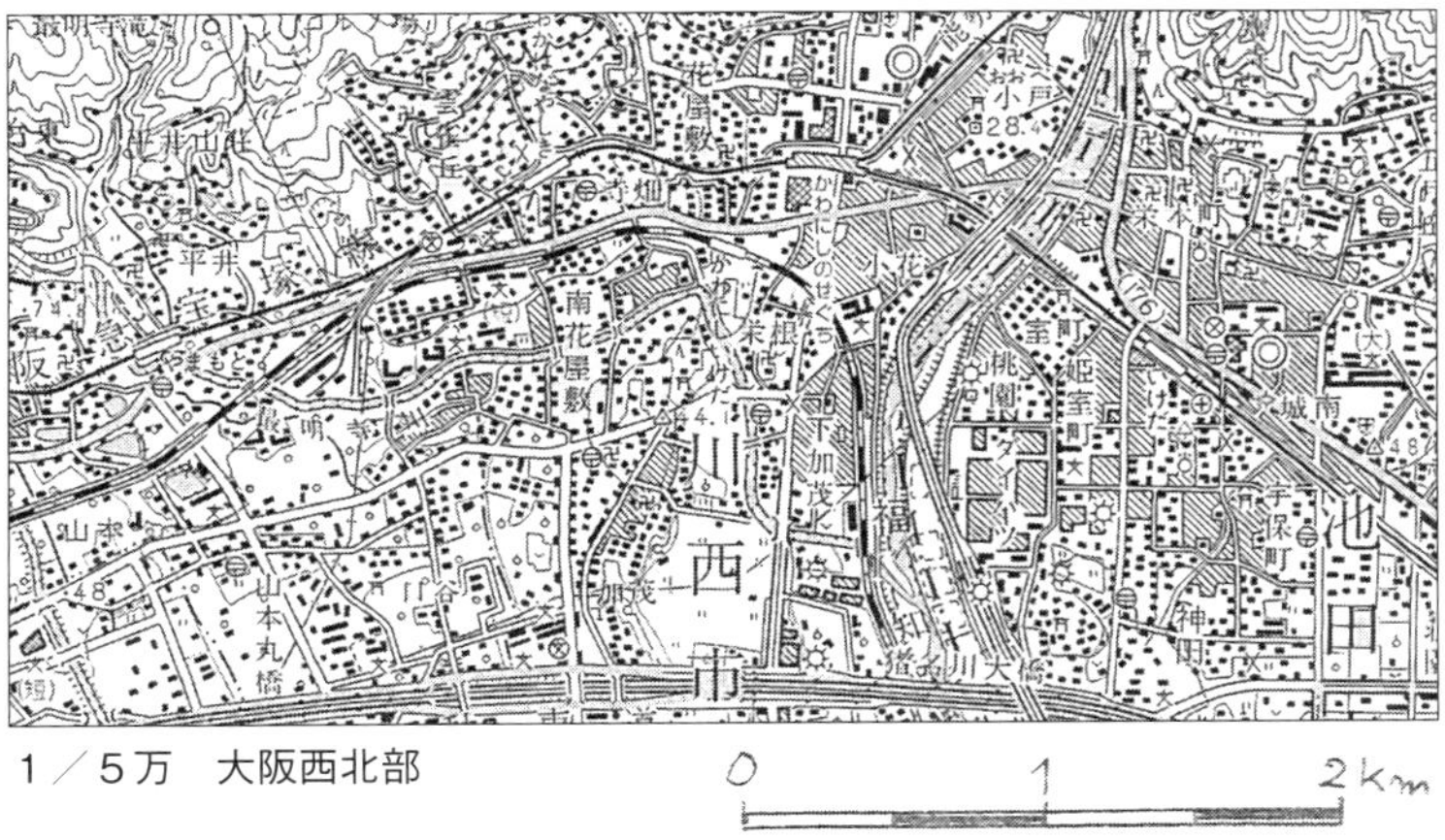

1／5万　大阪西北部

（メモ）
①猪名川は兵庫県川辺郡猪名川町の北部、鳥飼山（標高五二八m）・昼ヶ岳（五九五m）・大野山（七五三・五m）等を源として南流、また東南流して川西市入り、その後、余野川や最明寺川らを併せ、やがて大阪湾に注ぐ。その流長は約四五km。流域面積は約三八〇ha。
②猪名川の上流は建築材・造船材が豊富なので伐採され筏で運送された。
③「猪名野・猪名の柴山」はこの猪名川の働きで、兵庫県の猪名川町・宝塚市・西宮市・伊丹市他に及ぶ広大な平原が形成された。この猪名野の北辺には笹山や柴山などがある。

六八八　猪名の湊跡

関係地図　1／20万　京都及大阪　1／5万　大阪西北部
1／2.5万　大阪西北部

兵庫県尼崎市猪名寺

844
ゐなのみなと
夜泊鹿といへるこころをよめる
・うきねするゐなのみなとにきこゆなりしかのねおろすみねの松かぜ　藤原隆信朝臣　⑦千載集　三一三
（参考）おほうみに　あらしなふきそ　しながとり　ゐなのみなとに　ふねはつるまで　万葉集　一一八九
（参考）さしのぼるゐなのみなとのゆふしほにひかりみちたる秋のよのつき　入道前太政大臣　続古今集　四〇五

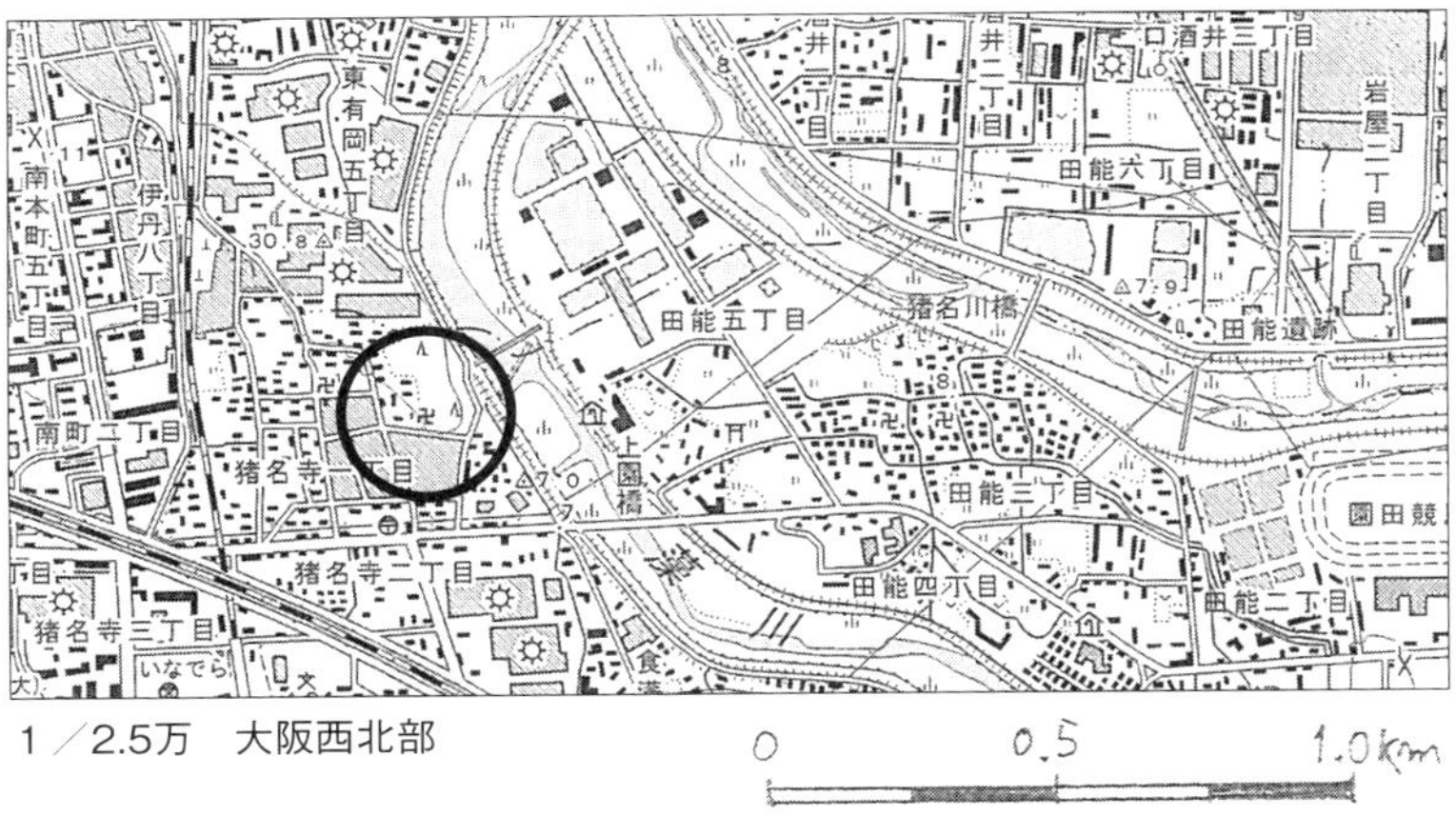

1／2.5万　大阪西北部

（メモ）
①尼崎市猪名寺字左璞丘に現在、法園寺（真言宗）がある。この寺の森の中に、古代の猪名寺廃寺跡がある。昭和二七年の第一次調査で塔跡基壇や回廊跡、また白鳳時代の鴟尾片、奈良・平安・鎌倉の各時代の古瓦・瓦釘等が出土した。昭和三三年の第二次調査で、更に出土品等があり、当廃寺は東に金堂、西に塔、北に講堂を配置。その規模は東西約八一m・南北約四九mという。
②天正六（一五七八）年、織田信長と荒木村重との戦で焼失した。
③このような大寺院があれば当然多くの参詣人や信者がある。その輸送の為に多くの船が猪名川を往来する。その船の発着場、それが、「猪名の湊」であったろう。また、藻川は寺の行事時の船泊り地として作られた河川であろう。

六八九　印南野

関係地図　1／20万　姫路　1／5万　高砂　兵庫県加古郡稲美《いなみ》町印南一帯

112　いなびの

女のほかに侍りけるを、そこにとをしふる人も侍らざりければ、心づからとぶらひて侍りける返事につかはしける

・かり人のたづぬるしかはいなびのにあはでのみこそあらまほしけれ　よみ人しらず　②後撰集　一〇〇九

113　いなみの

・をみなへし我にやどかせいなみののいなといふともここをすぎめや　よしのぶ　③拾遺集　三四八

（参考）いなみのの　あさぢおしなべ　さぬるよの　けながくしあれば　いへししのばゆ　山部宿祢赤人　万葉集　九四〇

1／5万　高砂

（メモ）

①「いなみ野」・「いなび野」ともいう。現在の加古川市から東、明石市にかけての平野のこと。『和名抄』播磨国印南郡のこと。古代は、この地より以西が畿外であった。

②『万葉集』に、神亀三（七二六）年九月一五日に、播磨国印南野に幸《いでま》す時、笠朝臣金村が作る歌がある。それは、

名寸隅《なきすみ》の　舟瀬ゆ見ゆる　淡路島　松《まつ》帆《ほ》の浦に　朝なぎに　玉藻刈りつつ　夕なぎに　藻塩焼きつつ　海人娘子《あまをとめ》　ありとは聞けど　見に行かむ　…

とある。

六九〇　入佐山

兵庫県豊岡市出石町入佐

関係地図　1／20万　鳥取　1／5万　出石　1／2.5万　出石

142　いるさの山

寄山恋といへる事をよめる

・こひわびておもひいるさのやまのはにいづる月日のつもりぬるかな　大中臣公長朝臣　⑤金葉集　四一四

郭公のうたとてよみ侍りける

・夕づくよいるさの山のこがくれにほのかにもなくほととぎすかな　権大納言宗家　⑦千載集　一六三

1／5万　出石

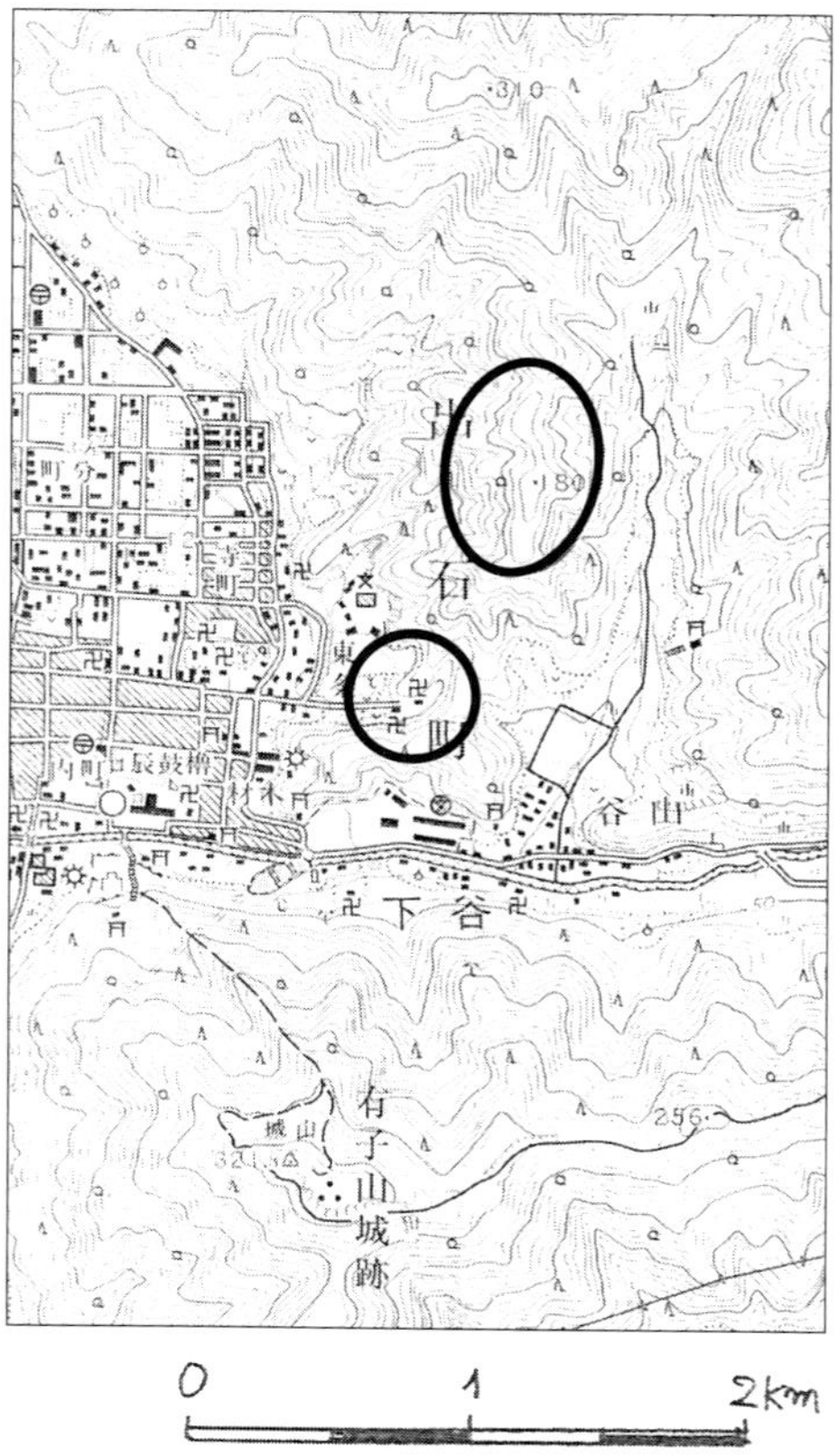

（メモ）

①図中の○宗鏡寺背後の山。臨済宗宗鏡寺は、桜並木の坂道を東の入佐山へ進むとあるという。当時は一族の菩提を弔うため山名時熙《ときひろ》が建立。山名氏の重臣秋庭《あきば》綱典《つなのり》の次男として天正元（一五七三）年に生まれた沢庵和尚は唱念寺に一〇歳で入り、一四歳で宗鏡寺に移り禅僧となる。三四歳で京都大徳寺首座となった。そして元和二（一六一六）年出石城主小出吉英に進言し、荒廃していた宗鏡寺を再興。元和六年、沢庵は出石に戻り、入佐山に「投渕軒《とうえんけん》」を建て、一衣一鉢、八年間自炊し、修業。投渕軒は、一間の居室、南北に障子、濡れ縁があり、室内に炉一つの建物であったと伝える。

六九一　絵　島　　兵庫県淡路市岩屋

関係地図　1／20万 和歌山　1／5万 須磨　1／2.5万 須磨

845　ゑじま

月のうた十首よみ侍りける時、よめる

・さよちどりふけひのうらにおとづれてゑじまがいそに月かたぶきぬ　　藤原家基

⑦千載集　九九〇

眺望の心をよめる

・春がすみゑじまがさきをこめつれば浪のかくともみえぬけさかな　　藤原重綱

⑦千載集　一〇五〇

（参考）うきねするゑじまが磯のなみの上にうつしてぞみる星合の空　　法眼長真

月詣集　六二二

1／2.5万　須磨

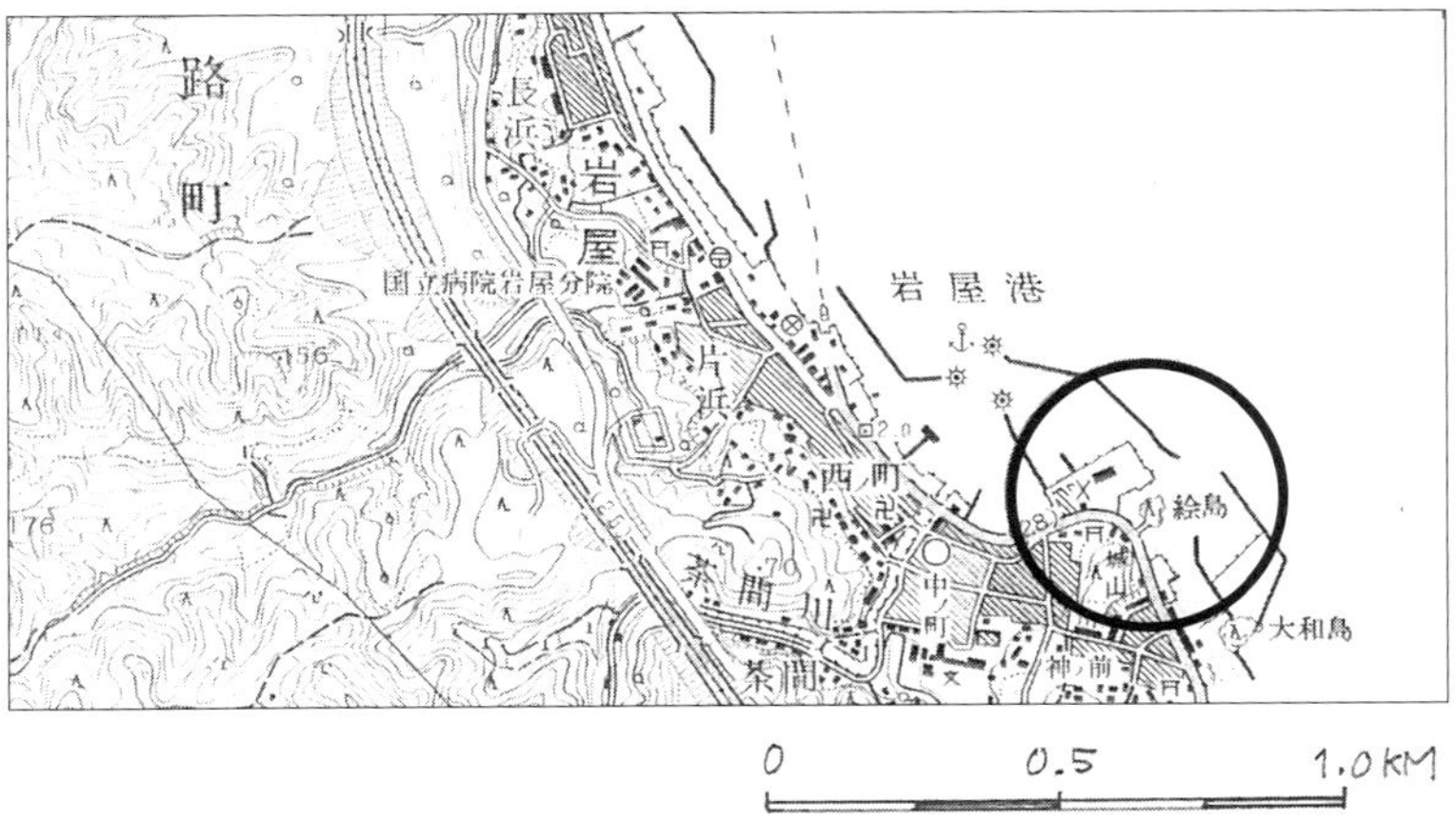

（メモ）

①淡路島北端部、淡路市岩屋にある。岩屋城山東にある小島。『枕草子』に、

島は八十島。浮島。たはれ島、絵島、松が浦島。豊浦の島。籬の島。

とある。

②古来、月の名所。『平家物語』巻五「月見」に、

福原の新都にまします人々、名所の月を見んとて、或は源氏の大将の昔の跡をしのびつ、須磨より明石の浦づたひ、淡路のせとをおしわたり、絵島が磯の月を見る。或は白良《しらら》・吹上《ふきあげ》・和歌の浦・住吉・難波・高砂・尾上の月のあけぼのをながめて帰る人もあり。旧都に残る人々は、伏見・広沢の月を見る。

などとある。

六九二　尾上神社　　兵庫県加古川市尾上町長田

関係地図　1／20万 姫路　1／5万 高砂

466　高砂のをのへ

これさだのみこの家の歌合によめる

・あきはぎの花さきにけり高砂のをのへのしかは今やなくらむ　　藤原としゆきの朝臣

①古今集　二一八

・かくしつつ世をやつくらむ高砂のをのへにたてる松ならなくに　　よみ人しらず

①古今集　九〇八

内大まうちぎみのいへにて人人さけたうべてうたよみ侍けるに、はるかに山ざくらをのぞむといふ心をよめる

・たかさごのをのへのさくらさきにけりと山のかすみたたずもあらなん　　大江匡房朝臣

④後拾遺集　一二〇

堀河院御時、百首歌たてまつりける時、よめる

・たかさごのをのへのかねのおとすなり暁かけて霜やおくらん　　前中納言匡房

⑦千載集　三九八

465　高砂の峰

夏夜、ふかやぶが琴ひくをききて

・みじか夜のふけゆくままに高砂の峰の松風ふくかとぞきく　　藤原兼輔朝臣

②後撰集　一六七

・高砂の峰の白雲かかりける人の心をたのみけるかな　　よみ人しらず　②後撰集　六五二

（メモ）

①高砂は『和名抄』播磨国賀古郡。『扶桑略記』後三条天皇延久二（一〇七〇）年二月一四日条に、

停二廃高砂厨魚一。令レ供二精進物一。

とある。高砂御厨から魚介類を供していたのを今後、精進物に改めるとある。

②江戸期の『高砂神社之記』（高砂市高砂町東宮町）によると、高砂御厨は正暦元（九九〇）年、一条天皇が高砂神社に「御厨荘」を御寄進されたに始まるという。高砂御厨の領域は、江戸期の高砂・小松原・荒井・養田・池田の五ヶ村に及んでいたという。現在の加古川河口の東西（左右両岸）にまたがっていた。

③「高砂」地名の由来は、うず高く堆積した砂浜地の名称。「伊佐古」が「タカイサゴ」→「タカサゴ」に転訛したとい

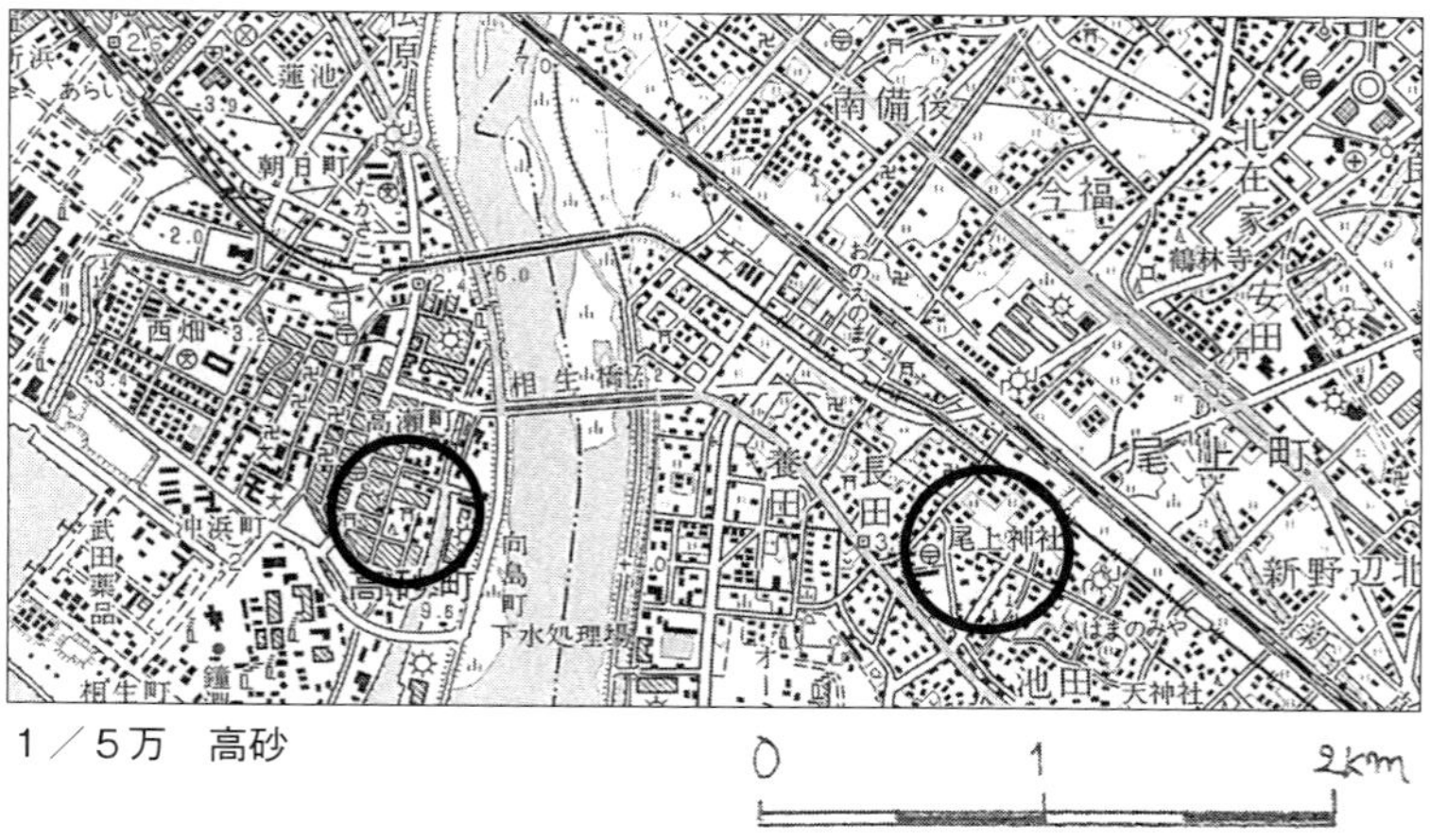

1／5万　高砂

う。古代・中世の「高砂」の地は、加古川対岸の尾上町、隣接する小松原・荒井など含む広域名称であった。現在地に限定されたのは近世以降。

④山陽電鉄本線尾上の松駅下車。加古川市尾上町長には尾上神社がある。祭神は住吉三神の表筒男命・中筒男命・底筒男命と息長足姫命（神功皇后）。由緒は、神功皇后が三韓凱陣の時、住吉大社をこの地に鎮祭。当社に「尾上の鐘」国重文がある。これは朝鮮鐘。顕宗二（一〇一一）年鋳造。鐘の通高一二七cm・口径七三cm。表に浮彫り天蓋と仏坐像。二飛天等がある。古来、この一帯は「高砂の尾上」といわれる景勝地。鐘の音がよく響くので「響灘」の名がある。また、境内には五代目霊松尾上の松（相生の松）がある。

⑤高砂市高砂町東宮町に高砂神社（ぎをんさん）が鎮座する。祭神は素盞嗚尊・大己貴命・奇稲田姫命。由緒は神功皇后新羅より凱旋の途次、鹿児（加古）の水《みな》門《と》（高砂）に泊し大己貴命の神託を蒙り祭祀したのが創祀。本多忠政が姫路藩主となり、三代目相生松を継植したという。

⑥謡曲『高砂』の一節、

・里人を相待つところに、老人夫婦来れり。いかにこれなる老人に尋ぬべき事の候。
・こなたの事にて候か何事にて候ぞ。
・高砂の松とはいづれの木を申し候ぞ。
・唯今木蔭を清め候こそ砂松の松にて候へ。
・高砂の住《すみ》の江《え》の松に相生《あいおい》の名あり。当所と住吉《すみよし》とは国を隔てたるに、何とて相生の松とは申し候ぞ。
・仰せの如く古今の序に、高砂住の江の松も、相生のやうに覚えとありさりながら、この尉《じょお》は津の国住吉の者、これなる姥《んば》こそ当所の人なれ。知る事あらば申さ給へ。
・不思議や見れば老人の、夫婦一所にありながら、遠き住の江高砂の、浦山国を隔てて住むと、いふは如何なる事やらん。

などと続く。

六九三　御前の浜

兵庫県西宮市御前の浜

関係地図　1／20万 京都及大阪　1／5万 大阪西北部

214　おまへのおき

広用社の歌合とて、人人よみ侍りける時、海上眺望といへる心をよみ侍りける

・はるばるとおまへのおきをみわたせばくもゐにまがふあまのつり舟　右衛門督頼実

⑦千載集　一〇四八

（参考）ゆきふかき御前のはまに風ふけばまつのうれこすおきつしらなみ　前中納言実守

万代集　一五九〇

（参考）朝なぎにおまへの沖を漕出でて雲をば海の物としりぬる　隆信朝臣

夫木抄　一〇六〇九

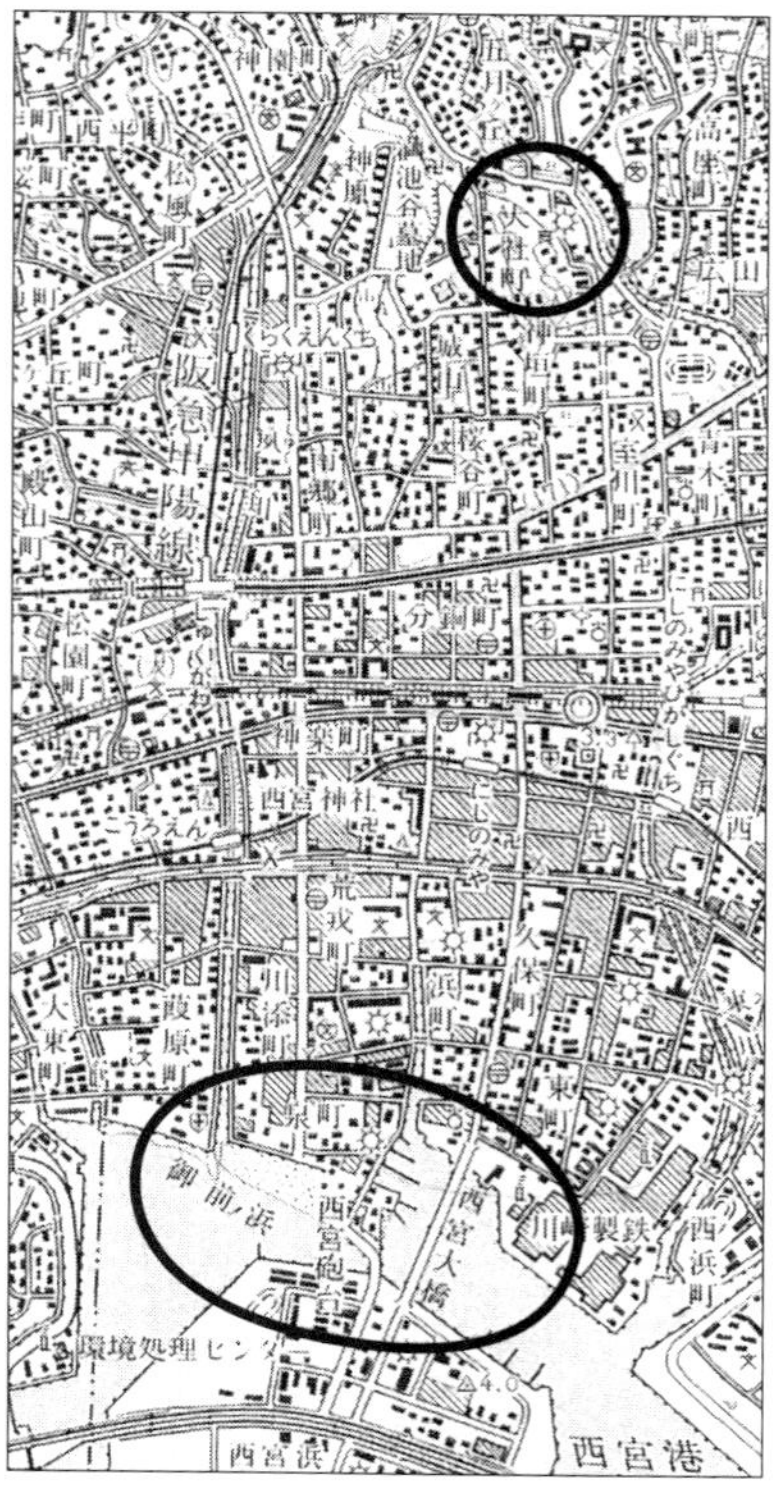

1／5万　大阪西北部

（メモ）

①「御前の沖」は西宮市大社町の広田神社南の現在の御前ノ浜一帯である。当時は、現在の西宮神社辺まで海岸であったかもしれない。

②『和名抄』武庫郡に「広田郷」がある。また、『日本書紀』神功皇后摂政元（二〇一）年二月条に、

天照大神、誨《おし》へまつりて曰はく、「我が荒魂をば、皇后に近くべからず。当に御心を広田国に居らしむべし」とのたまふ。

とあり、この地に創祀。神名帳の名神大月次相嘗新嘗で、雨乞祈祷・害虫駆除・疫病退散・更に官位に、和歌上達にも霊験豊富な御祭神である。

六九四　昆　陽

兵庫県伊丹市昆陽

345

関係地図　1／20万 京都及大阪　1／5万 大阪西北部

こや

百首歌の中に

・あしのはにかくれてすみしつのくにのこやもあらはに冬はきにけり　源重之

③拾遺集　二二三

つのくにへまかりけるみちにて

・あしのやのこやのわたりにひはくれぬいづちゆくらんこまにまかせて　能因法師

④後拾遺集　五〇七

・つのくにのこやとも人をいぶべきにひまこそなけれあしのやへぶき　和泉式部

④後拾遺集　六九一

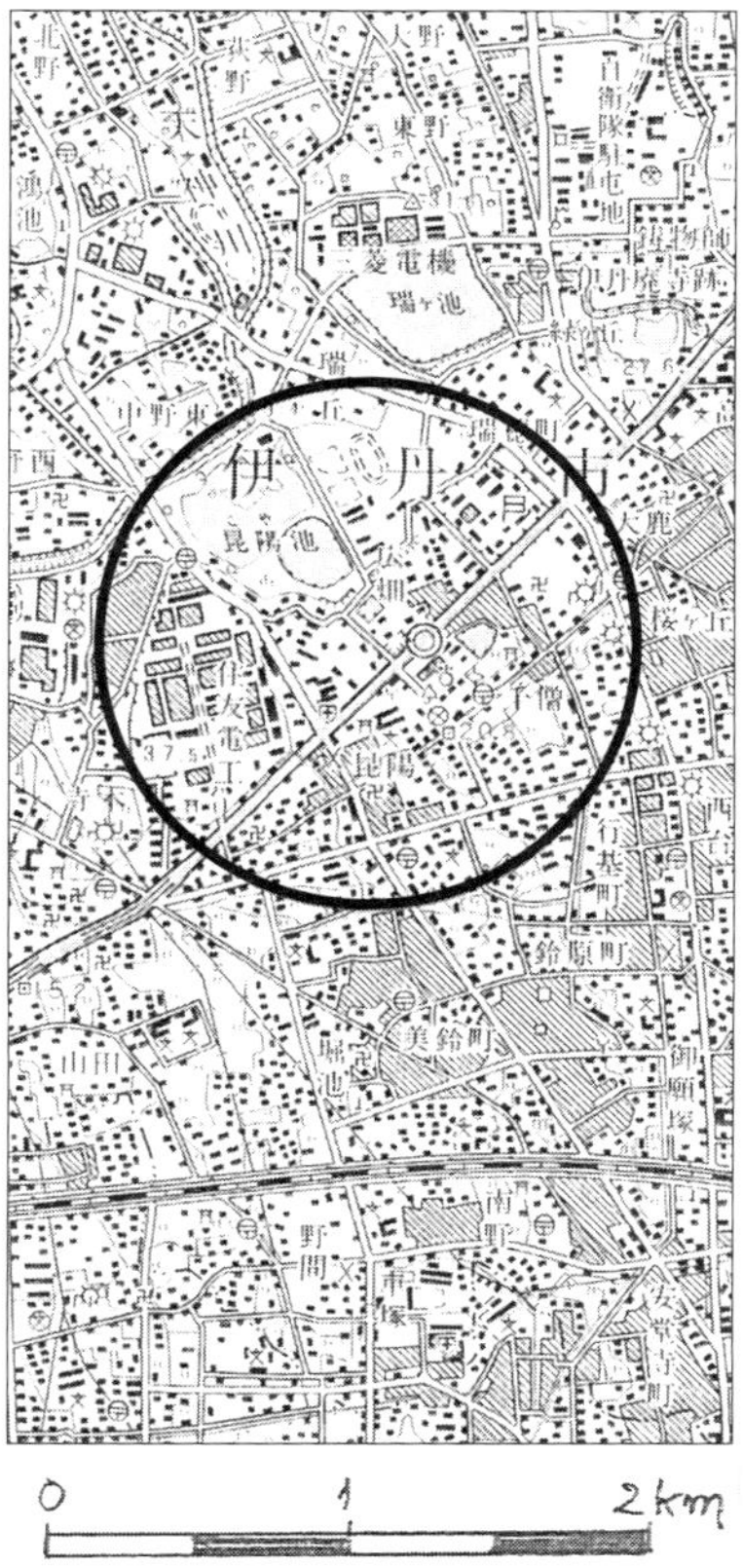

1／5万　大阪西北部

（メモ）

①『和名抄』摂津国武庫郡に「児屋郷」がある。猪名川と武庫川との中間の平野部に位置。中臣氏がこの地を支配し、祖先の天児屋根尊の名をとって「児屋」と命名。そこに行基が寺を建立し「児屋寺」と呼ばれたという。その後、和銅六（七一三）年頃、佳字を選んで「昆陽寺」となり、地名も「昆陽」となったという。

六九五　昆陽池

兵庫県伊丹市昆陽池三丁目

346

関係地図　1／20万 京都及大阪　1／5万 大阪西北部

こやのいけ

入道前太政大臣の修行のもとにて冬夜の氷をよみ侍ける

・かもめこそよがれにけらしゐなのなるこやのいけ水うはごほりせり　僧都長算

④後拾遺集　四二〇

百首歌中に氷をよめる

・しながどりゐなのふしはらかぜさえてこやのいけみづこほりしにけり　藤原仲実朝臣

⑤金葉集　二七三

・こやの池に生ふるあやめのながきねはひくしらいとの心ちこそすれ　待賢門院堀川

後葉集　九九

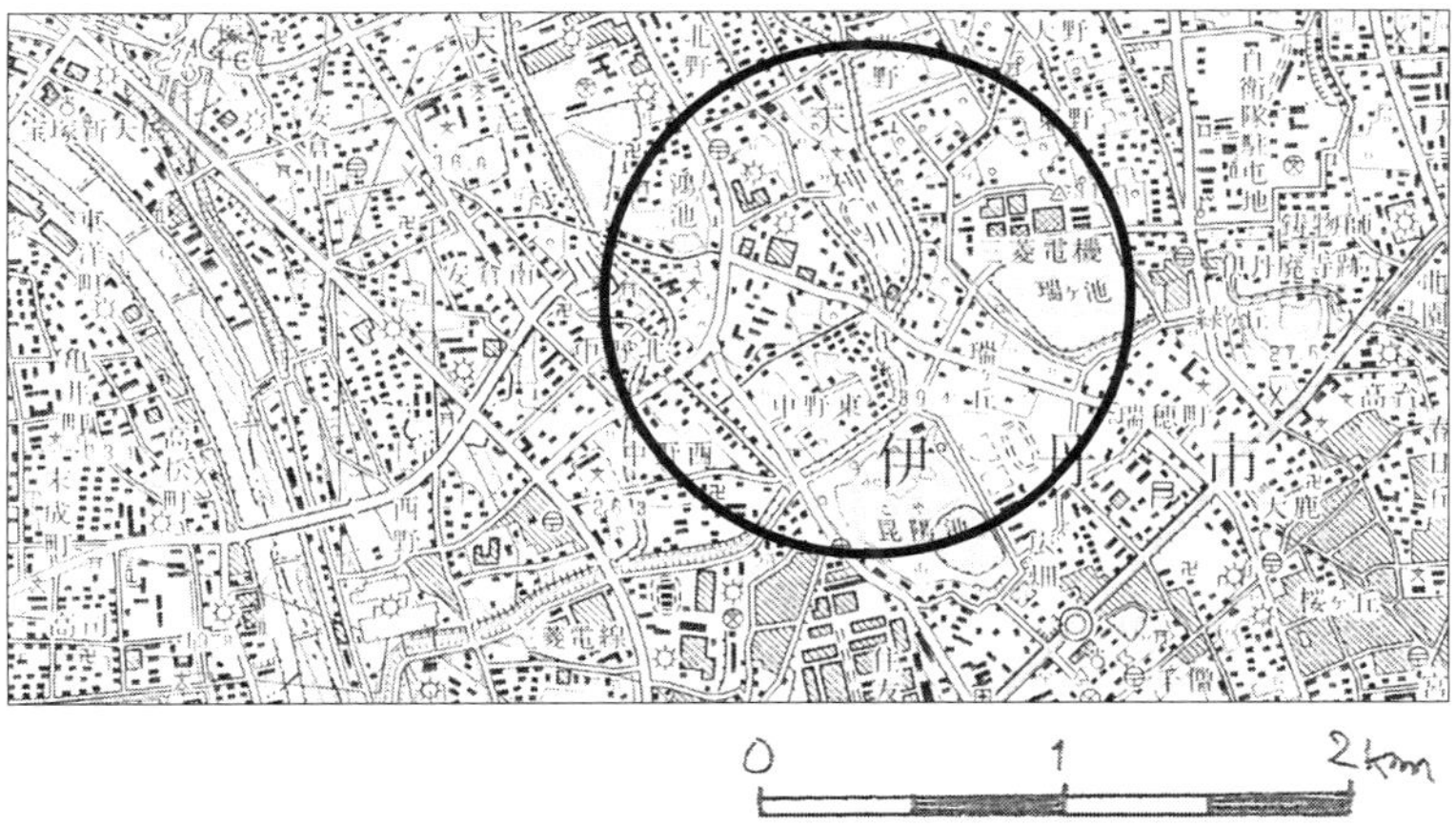

1／5万　大阪西北部

（メモ）

①行基菩薩は天平三（七三一）年、島崐陽院をこの地に設立し、窮乏している農民を救済した。また、崐陽上池・崐陽下池の二池を築造した。更にこの二池の灌漑用水活用のための用水路、各一二〇〇丈、約三・六kmにも及ぶ用水路「崐陽上溝・崐陽下溝」を築造したという。

②昆陽池の築造時の規模は不明というが、江戸期には、東西五百間（九百m）・南北三百八間（五五四m）、その広さは約五〇haであった。現在は約三〇haの昆陽池公園となり、その中に約一二haの自然池と五haの貯水池とがある。

六九六　飾磨

英賀神社　津田天満神社
兵庫県姫路市飾磨区
関係地図　1／20万　姫路　1／5万　姫路

387

しかま

・いとせめて恋しき時ははりまなるしかまにそむるかちよりぞくる　よみ人しらず　⑤金葉集　七一七
・はりまなるしかまにそむるあながちに人をこひしとおもふころかな　曽祢好忠　⑥詞花集　二三〇
・わがこひはあひそめてこそまさりけれしかまのかちのいろならねども　藤原道経　⑥詞花集　二三四

（参考）わたつみの　うみにいでたる　しかまがは　たえむひにこそ　あがこひやまめ　万葉集　三六〇五

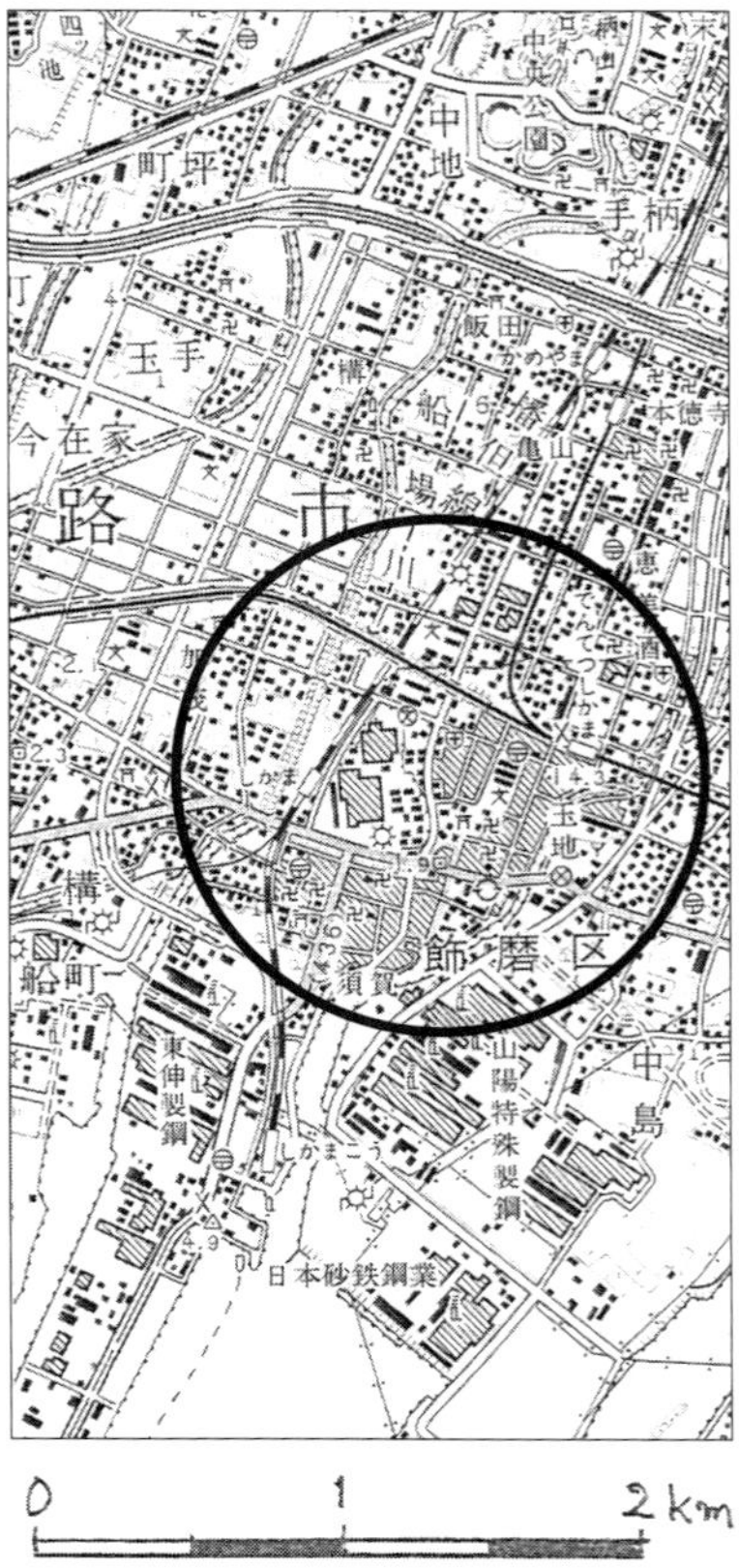

1／5万　姫路

（メモ）

①現在、姫路市に飾磨区がある。西に夢前川、東に市川が流れている。

②『播磨国風土記』に、飾磨《しかま》と号《なづ》くる所以《ゆゑ》は、大三間津日子命《おほみまつひこのみこと》、此処《ここ》に屋形《やかた》を造りて座《ま》し時、大きなる鹿ありて鳴きき。その時、王、勅《の》りたまひしく、

壮鹿《しか》鳴くかも

とのりたまひき。故《かれ》、飾磨の郡と号く。

とある。

③歌に、「飾磨に染むる」とあるのは、飾磨が藍の産地として有名。特に、褐染《かちぞめ》でよく知られていたことによる。

六九七　書写山円教寺

兵庫県姫路市書写二九六八
関係地図　1／20万　姫路　1／5万　龍野

412

書写

書写のひじりにあひにはりまのくにおはしましてあかしといふところの月をごらんじて

・月かげはたびのそらとてかはらねどなほみやこのみこひしきやなぞ　花山院御製　④後拾遺集　五二二

書写のひじり結縁経供養し侍けるに人人あまたふせおりはべりけるなかにおもふ心やありけんしばしとらざりければよめる

・つのくにのなにはのことかのりならぬあそびたはぶれまでとこそきけ　遊女宮木　④後拾遺集　一一九七

1／5万　龍野

（メモ）

①開基の性空上人（九一〇～一〇〇七）は三六歳の時比叡山に登り、慈慧僧正を拝し剃髪受戒。更に源信・覚運に学ぶ。間もなく九州霧島山で庵居・坐禅・誦経。更に福岡県背振山で修業すること二〇年。

②康保三（九六六）年書写山に草庵を結ぶ。寛和二（九八六）年円融上皇・花山上皇の行幸ある。特に花山上皇は「円教寺」号を与え、勅願寺とされた。

③晩年通宝山弥勒寺を創建し、寛弘四年そこで死去。性空は神崎の遊女を生身の普賢菩薩である夢を見たという。また和歌をよくし、『新古今集』に次歌がある。

松の木の焼けけるを見て

千年ふる松だにつくる世の中にけふとも知らで立てるわれかな　一七九一

六九八　須磨

兵庫県神戸市須磨区

関係地図　1／20万 和歌山　1／5万 須磨

430

すま

・すまのあまのしほやく煙風をいたみおもはぬ方にたなびきにけり　よみ人しらず　①古今集　七〇八

天暦御屏風に

・もしほやく煙になるるすまのあまは秋立つ霧もわかずやあるらん　よみ人しらず　③拾遺集　一〇九六

百首歌たてまつりける時、月の歌とてよめる

・はりまがたすまの月夜めそらさえてゑじまがさきに雪ふりにけり　前参議親隆　⑦千載集　九八九

(参考)すまひとの　うみへつねさらず　やくしほの　からきこひをも　あれはするかも　平群氏女郎贈「越中守大伴宿祢家持」歌　万葉集　三九三二

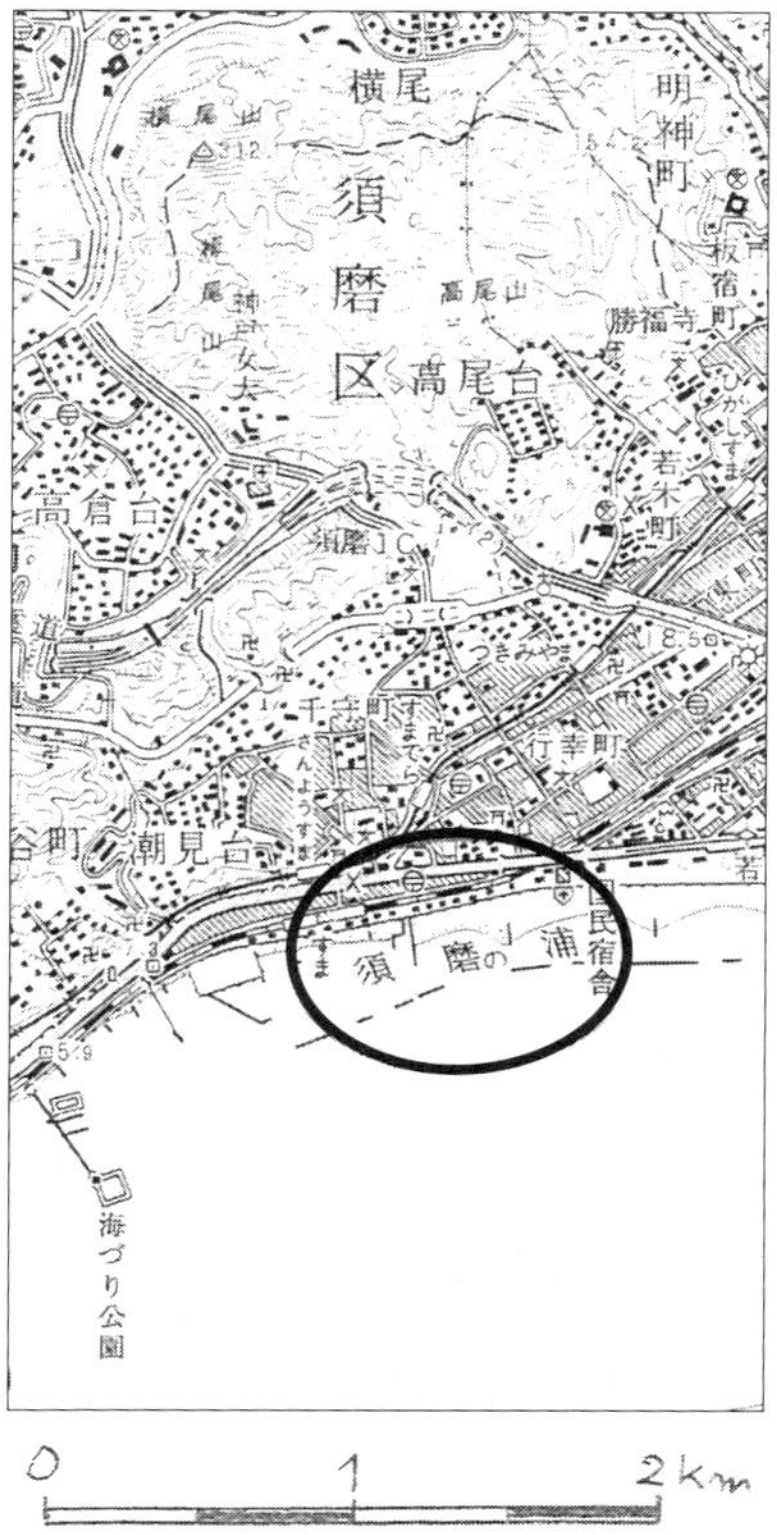

1／5万　須磨

(メモ)

①須磨は、『和名抄』摂津国八部《やたべ》または八田部《やたべ》郡の「八部郷」か。六甲山地の南西端に位置する海岸部と山間部がある。地名の由来は「洲浜」が洲間となったか。

②神戸市須磨区離宮前町に「松風村雨堂碑」がある。在原業平の兄在原行平が光孝天皇(在位八八四～八八七年)に歌を献上し、天皇の怒りにふれ須磨に流された。須磨の浜辺に汐汲みに来た姉妹「もしお」(松風)・「こふじ」(村雨)に世話をされた庵跡という。謡曲「松風」の舞台。

六九九　須磨の浦

兵庫県神戸市須磨区の浦

関係地図　1／20万 和歌山　1／5万 須磨

431

すまの浦

田むらの御時に事にあたりてつのくにのすまといふ所にこもり侍りけるに、宮のうちに侍りける人につかはしける

・わくらばにとふ人あらばすまの浦にもしほたれつつわぶとこたへよ　在原行平朝臣　①古今集　九六二

349

こりずまの浦

・風をいたみくゆる煙のたちいでても猶こりずまのうらぞこひしき　つらゆき　②後撰集　八六五

(参考)すまのあまの　しほやききぬの　なれなばか　ひとひもきみを　わすれておもはむ　山部宿祢赤人　万葉集　九四七

1／5万　須磨

(メモ)

①神戸市須磨区に一ノ谷町一～五、潮見台町一～五、須磨浦通一～六がある。一の谷町には須磨浦公園があり園内には標高二四八mの鉢伏山、二三七mの鉄拐山があり、源平合戦場の一ノ谷がある。

『源平盛衰記』巻第三七に、

　一ノ谷の後に篠《しの》が谷と云ふ所に人の音しければ、押寄せて何者ぞと問ふ、名乗る事はなくて散々に射ければ、此奴原《やつばら》は平家の雑兵にこそ有るらめ、……、辰の半に鵯越《ひよどりごえ》一ノ谷の上鉢伏磯の途《みち》と云ふ所に打登《うちのぼ》る。

などとある。

②明治四五年三月『尋常小学唱歌』に、「ひよどりごえ」がある。それに、

　一、鹿も四つ足　馬も四つ足　鹿の越えゆく　この坂道　馬の越せない　道理はないと　大将義経　まっさきに

とある。

七〇〇　須磨の関跡

兵庫県神戸市須磨区関守町一丁目。関守稲荷神社

関係地図　1／20万 和歌山　1／2.5万 須磨

432

すまのせき

関路千鳥といへることをよめる

・あはぢしまかよふちどりのなくこゑにいくよねざめぬすまのせきもり　源兼昌

⑤金葉集　二七〇

法性寺入道前太政大臣、内大臣に侍りける時、関路月といへるこころをよみ侍りける

・はりまぢやすまのせきやのいたびさし月もれとてやまばらなるらん　中納言師俊

⑦千載集　四九九

関路暁月といへるこころをよめる

・いつもかく有あけの月のあけがたは物やかなしきすまの関守　法眼兼覚

⑦千載集　五三五

1／2.5万　須磨

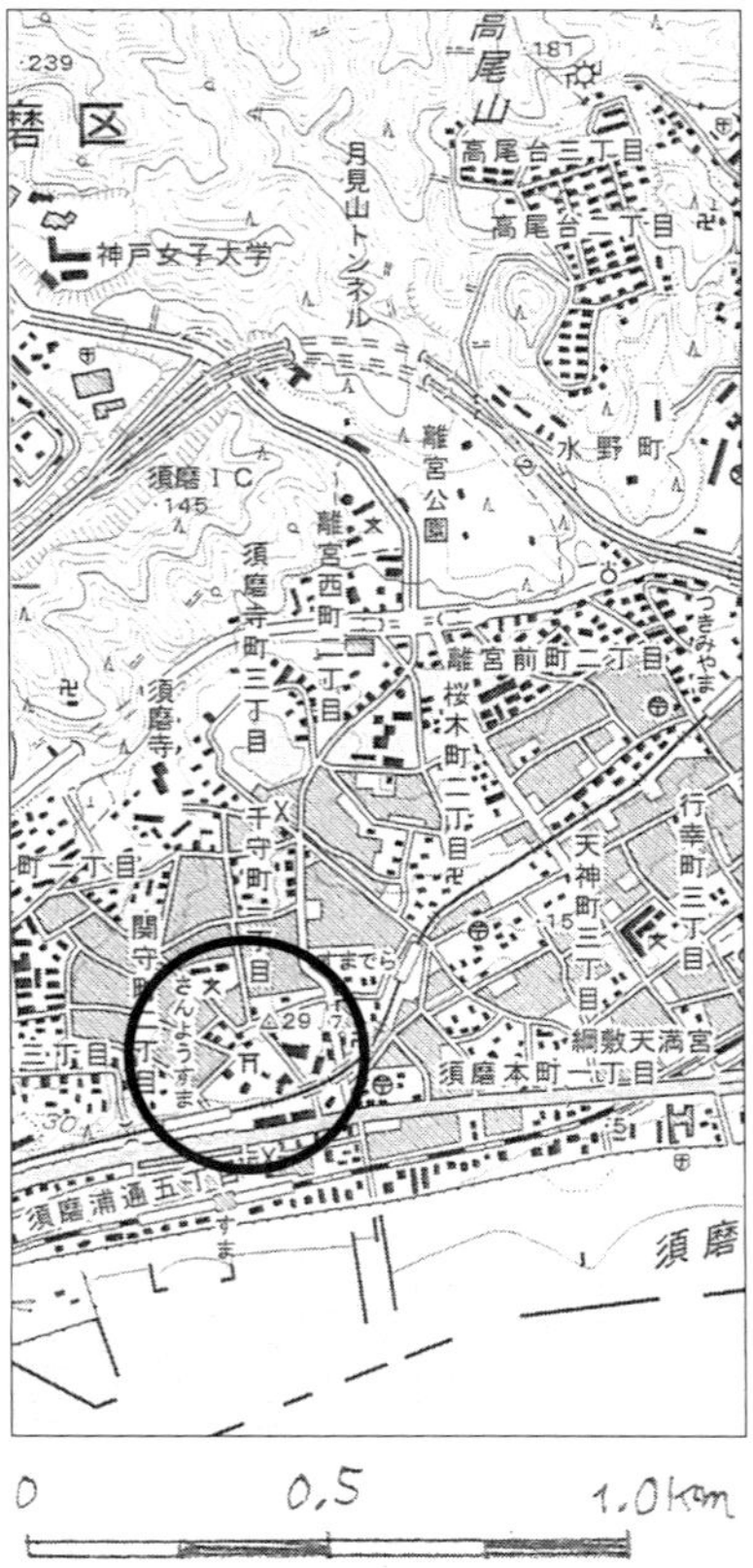

（メモ）

①山陽電鉄本線電鉄須磨駅北約百mに、関守稲荷神社がある。この神社に「史跡須磨関屋跡石碑」があり、関の守護神を祀る。ここに須磨の関守が住んだといわれ、境内に表記の源兼昌の歌碑がある。

②『枕草子』一〇七段に、関は相坂。須磨の関。鈴鹿の関。岫田《くきた》の関。白河の関。衣の関…とある。『梁塵秘抄』四七四に次がある。

須磨の関和田《わだ》の岬をかい廻《ま》うたる車船《くるまぶね》、牛窓《うしまど》かけて潮や引くらん

七〇一　高田の山

兵庫県赤穂郡上郡《かみごおり》町神明寺・宇治山等

関係地図　1／20万 姫路　1／5万 上郡

470

たか田の山

・なけやなけたか田の山の郭公このさみだれにこゑなをしみそ　よみ人しらず

③拾遺集　一一七

（参考）せきとめてせがゐの水にたねまきしたかたのやまはさなへとるなり　正二位忠宗卿　夫木抄　二五五八

（参考）雨の下かくこそは見めかへはらやたかだのむらはへぬとしぞなき　前中納言匡房卿　夫木抄　一四八三五

1／5万　上郡

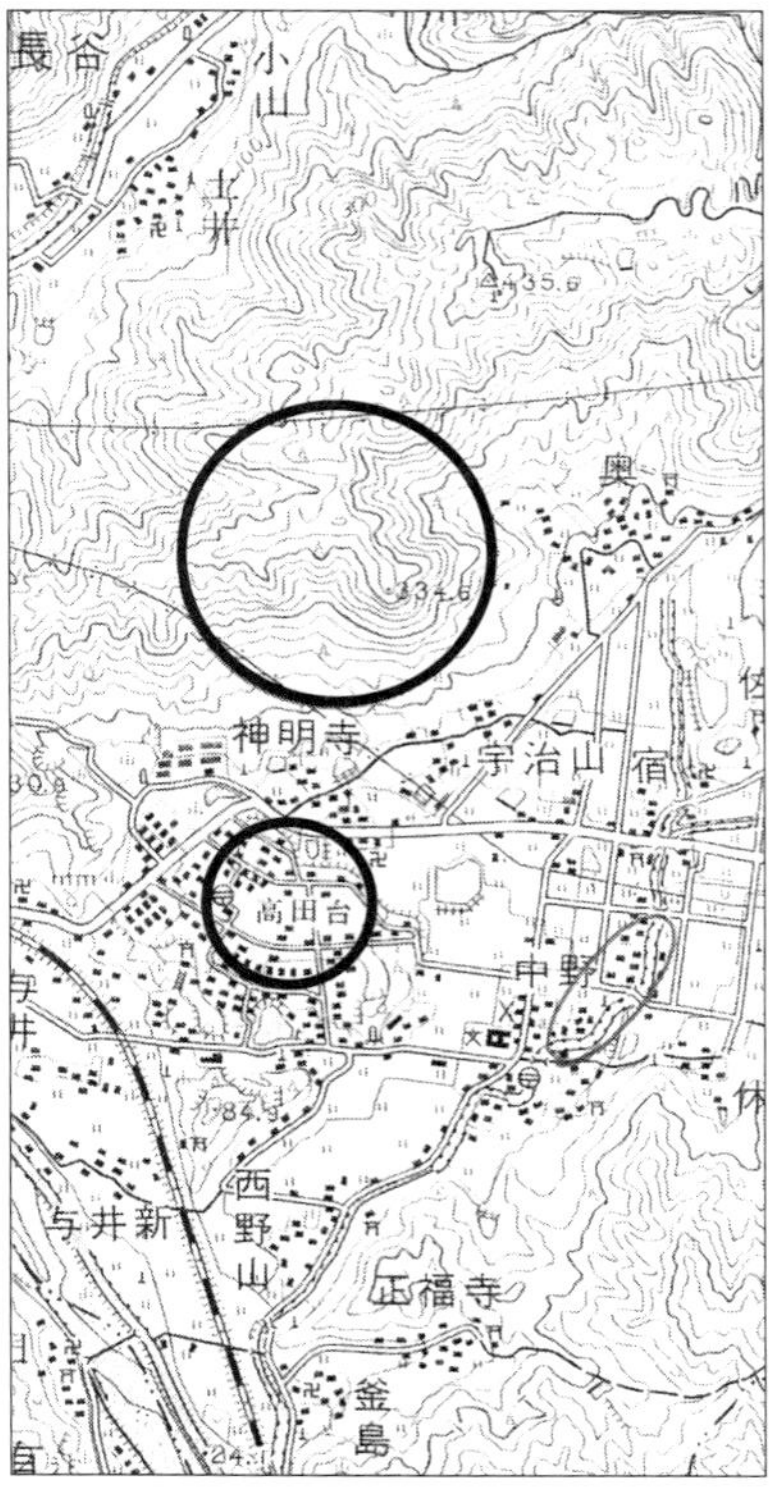

（メモ）

①「高田」は『和名抄』播磨国赤穂郡に「高田郷」がある。現在地名として、地内に、高田川が南流し、高田台がある。また、古代には山陽道が通り、地内に高田駅があった。駅馬二〇匹置かれていた。天平勝宝九（七五七）年八月二〇日の「解文断簡」に、

高田駅家戸主牧田連麻呂

とあり、現在の神明寺・宇治山・宿付近という。ここを山陽道が通っていた。

②神明寺に、神明寺遺跡がある。塔心礎はないが、国府式瓦の長坂寺式軒丸瓦と北宿式軒平瓦の二種の瓦が出土し、高田駅家跡といわれている。

③高田駅家は「高田郷」の中心である。その背後の山、標高三三四・六mの山から北東に連なる山々は高田の山である。

七〇二　高田の山

関係地図　1／20万　鳥取　1／5万　出石　1／2.5万　八鹿

兵庫県豊岡市日高町水上・国分寺・祢布等

470

たか田の山

・なけやなけたか田の山の郭公このさみだれにこゑなをしみそ　よみ人しらず

③拾遺集　一一七

(参考)せきとめてせがゐの水にたねまきしたかたのやまはさなへとるなり　正二位忠宗卿　夫木抄　二五五八

(参考)雨の下かくこそは見めかへはらやたかだのむらはへぬとしぞなき　前中納言匡房卿　夫木抄　一四八三五

1／5万　出石

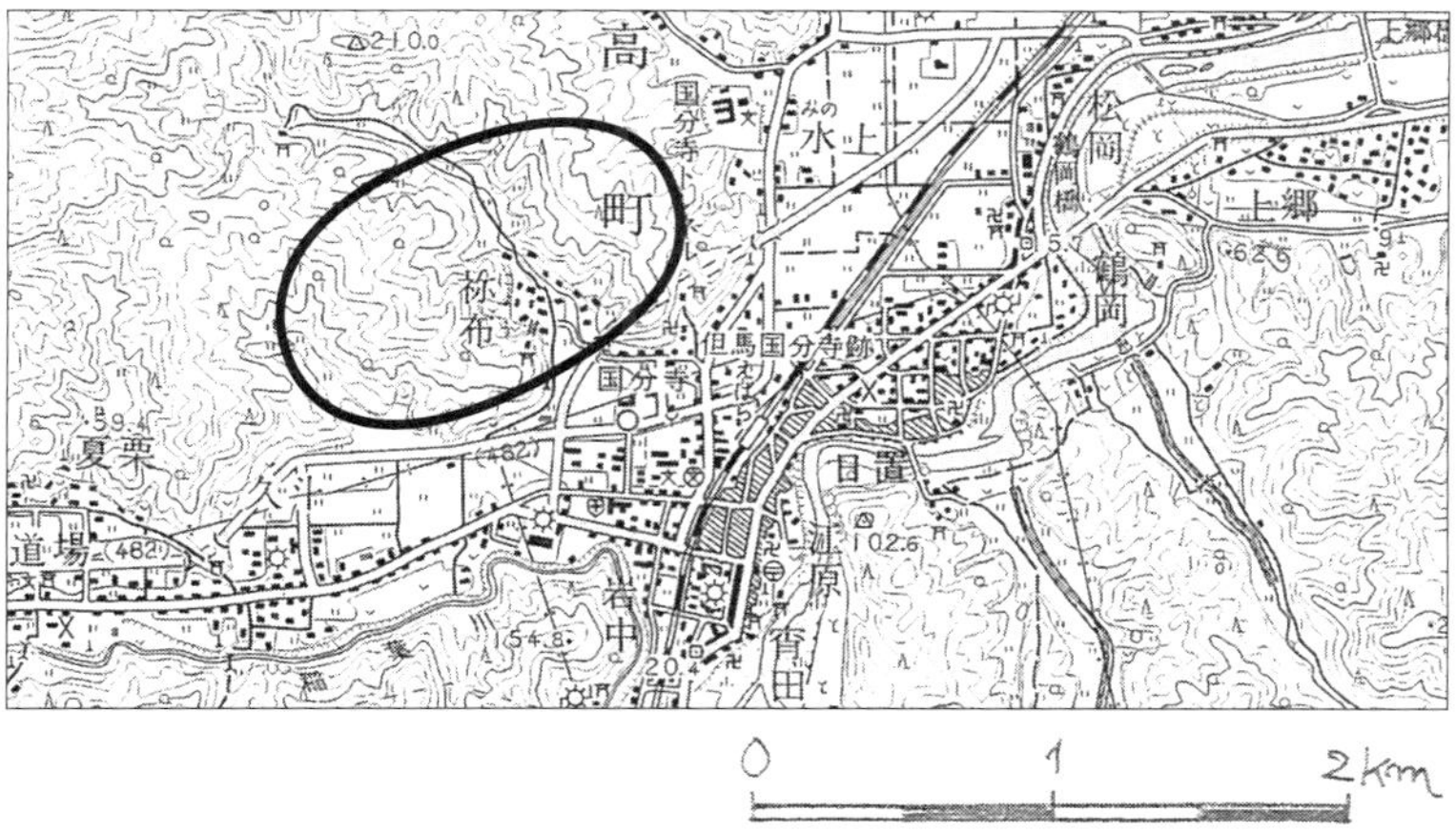

(メモ)

①『和名抄』但馬国気多郡に「高田郷」がある。高田郷は円山川下流域に位置する。『日本後紀』桓武天皇延暦二三(八〇四)年正月二六日条に、

遷但馬国治於気多郡高田郷。

とあり、延暦二三年以降、但馬国庁がここ高田郷に置かれた。

②江戸時代成立の『但馬考』によると、高田郷の郷域は、

夏栗・久斗・祢布・石立・国分寺・水上

の六集落にあてているという。

③よって高田郷の山は、水上集落と夏栗集落を結ぶ標高二〇〇m位の山々の総称である。

七〇三　垂　水

関係地図　1／20万　和歌山　1／5万　須磨　1／2.5万　須磨

兵庫県神戸市垂水区

502

たるみ

・いはそそぐたるみのうへのさわらびのもえいづる春になりにけるかな　志貴皇子

⑧新古今集　三二

(参考)いのちをし　さきくよけむと　いはばしる　たるみのみづを　むすびてのみつ　万葉集　一一四二

(参考)いはばしる　たるみのみづの　はしきやし　きみにこふらく　わがこころから　万葉集　三〇二五

(参考)さわらびはいまはをりにもなりぬらんたるみのこほりいはそそくなり　皇太后宮大夫俊成　続古今集　三六

(参考)もえいづる時はきにけり岩そそくたるみの山の峰のさわらび　源仲業　夫木抄　八四二四

1／2.5万　須磨

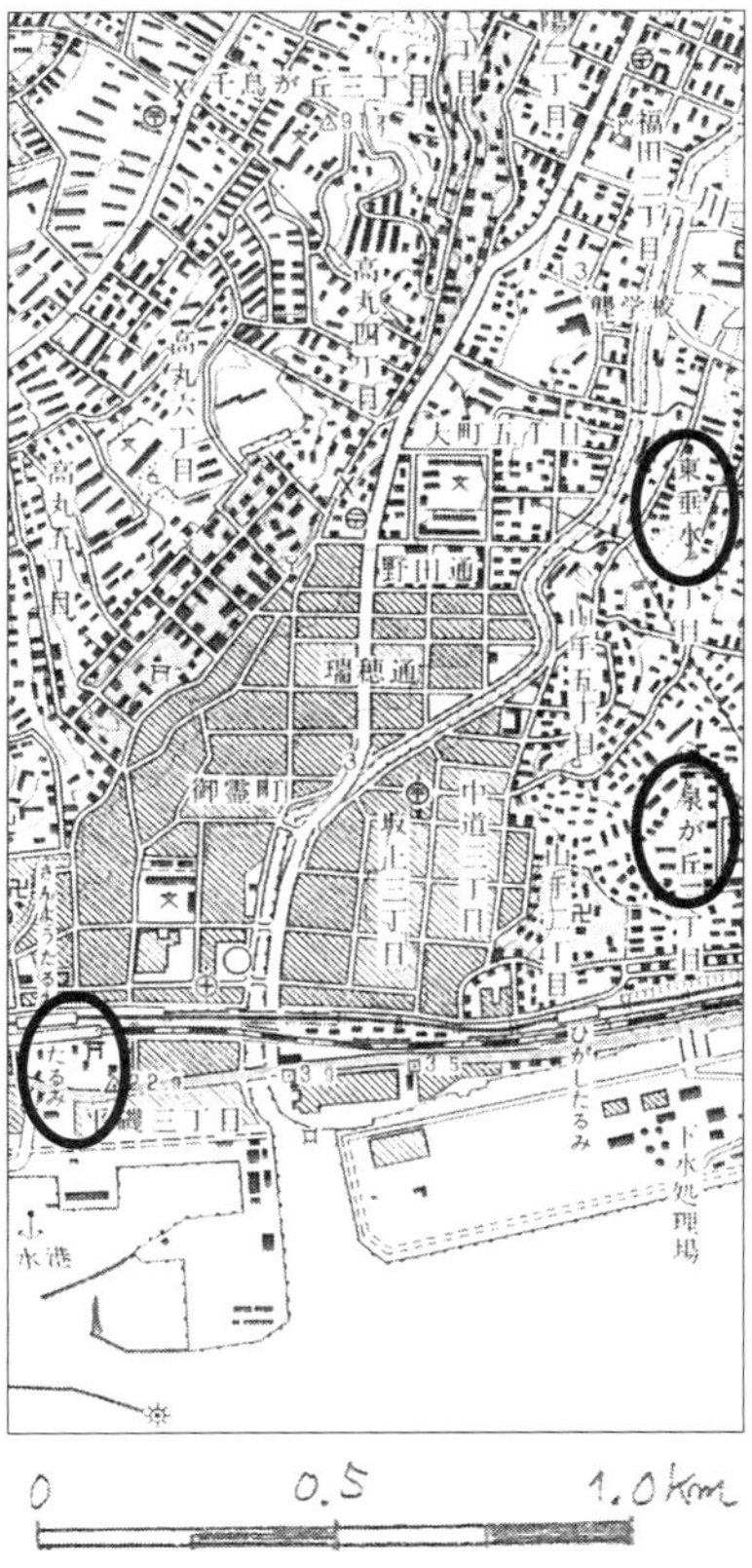

(メモ)

①「垂水」。『和名抄』播磨国明石郡に「垂見郷」がある。この地には活断層の須磨断層・横尾山断層・高塚山断層があり、花崗岩質岩石の断層崖のあちこちに滝・垂水が見られた。山地から海岸線が近いので、滝を海上交通の船からでも良く眺められた。

②現在の神戸市垂水区には、東から塩尾川・福田川・山田川の三河川があり、花崗岩質の白砂を運び、白砂青松の美景を演出した。

七〇四　富島《とし ま》が埼

兵庫県淡路市富島《としま》

関係地図　1／20万　徳島　1／5万　明石

547　としまがさき

関路千鳥といへる事をよめる

・風はやみとしまがさきをこぎゆけば夕なみ千鳥立ちゐなくなり　神祇伯顕仲

⑤金葉集　六八四

（参考）しまづたひ　としまのさき（敏馬乃埼）を　こぎみれば　やまとこほしく　たづさはになく　万葉集　三八九

（参考）あなしふくとしまがさきの入しほに友なしちどり月になくなり　喜多院入道二品のみこ　夫木抄　六八八八

（参考）玉もかるとしまを過ぎて夏草の野島が崎に船ちかづきぬ　人丸　新拾遺集　七五九

1／5万　明石

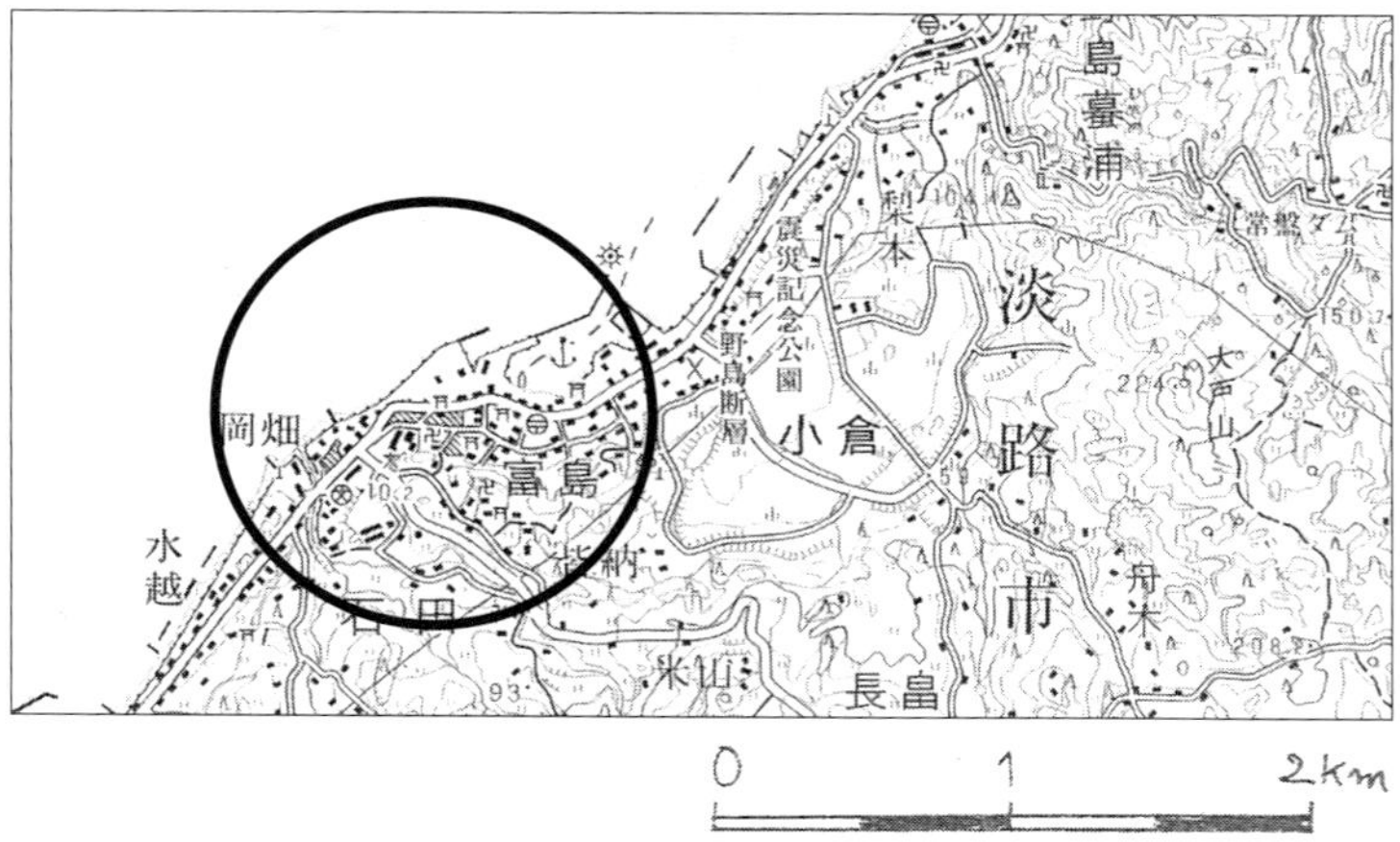

（メモ）

①「富島《としま》」は『和名抄』淡路国津名郡のうち。淡路島北部、富島川河口にあり、播磨灘に面する。現在は淡路市富島。

②富島が崎は富島漁港の突堤辺か？　この一帯は平成七年一月一七日朝の「阪神淡路大地震」の震源地。活断層の所在地である。富島漁港のすぐ北の淡路市野島蟇浦《ひきのうら》には北淡震災記念公園・野島断層保存館がある。

七〇五　敏馬神社鎮座地

兵庫県神戸市灘区岩屋中町

関係地図　1／20万　京都及大阪　1／2.5万　神戸首部

546　としまが磯

鳥羽殿歌合に恋の心をよめる

・よとともにそでのかわかぬわが恋やとしまがいそによするしらなみ　藤原仲実朝臣

⑤金葉集　四二六

（参考）たまもかる　みるめ（敏馬）をすぎて　なつくさの　のしまのさきに　ふねちかづきぬ

一本云、をとめ（処女）をすぎて　なつくさの　のしまがさきに　いほりすわれは

柿本朝臣人麿　万葉集　二五〇

1／2.5万　神戸首部

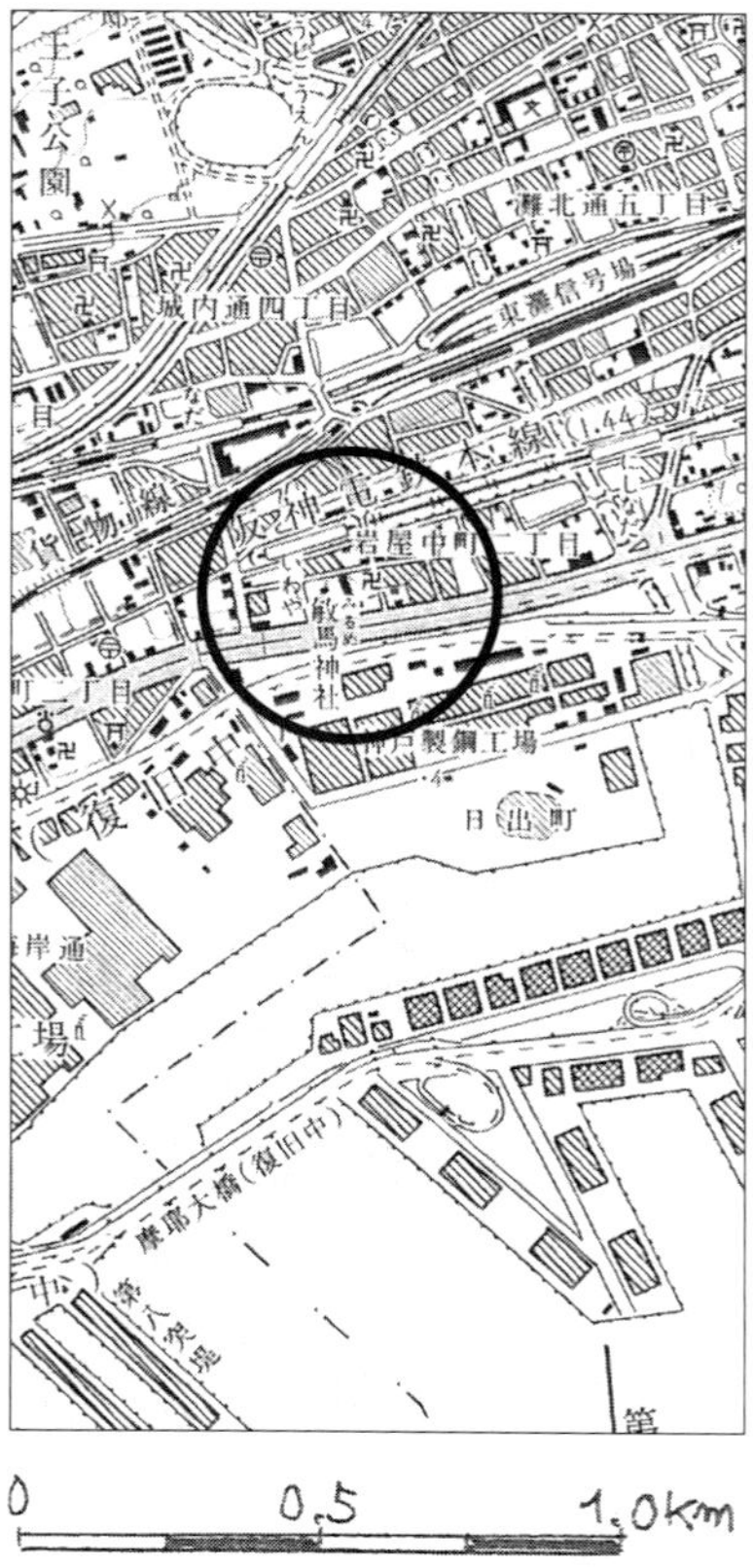

（メモ）

①摂津国風土記逸文「美奴売松原」によると、美奴売神は初め摂津国能勢郡の美奴売山、現在の標高五六四mの三原山に鎮座した。神功皇后が九州行幸の時、諸神を神崎、現在の尼崎市神崎川河口に呼んで、私は福が欲しい。皆様、神々に供物をするから教えてと。すると美奴売神は私の山にスギがある。その木で造船し、福を求めに行けば良い。私は守護すると。そして新羅に行き福を積んで帰還した。その途中、この地に敏馬神社を創祀し、その船を神に献上したと。

②敏馬神社は式内社で、岩屋大石味泥の産土大神と。祭神は素盞嗚尊・天照大神・熊野座大神・倉稲魂神。

七〇六　長洲の浜旧地

兵庫県尼崎市長洲一帯

関係地図　1／20万 京都及大阪　1／5万 大阪西北部

562

長洲の浜

・ひとしれずおつる涙はつのくにのながすと見えて袖ぞくちぬる　よみ人しらず

③拾遺集　六七六

・こひわびぬかなしき事もなぐさめんいづれながすのはまべなるらん　よみ人しらず

③拾遺集　九八八

（参考）いはちどりあやなくねはなにゆゑにながすのはまのなかばまちけん

中納言兼輔卿　夫木抄　六九〇〇

（参考）よろづよをわれにゆづるやこゑたえずながすのはまになきわたるらん

相模　夫木抄　一一七八二

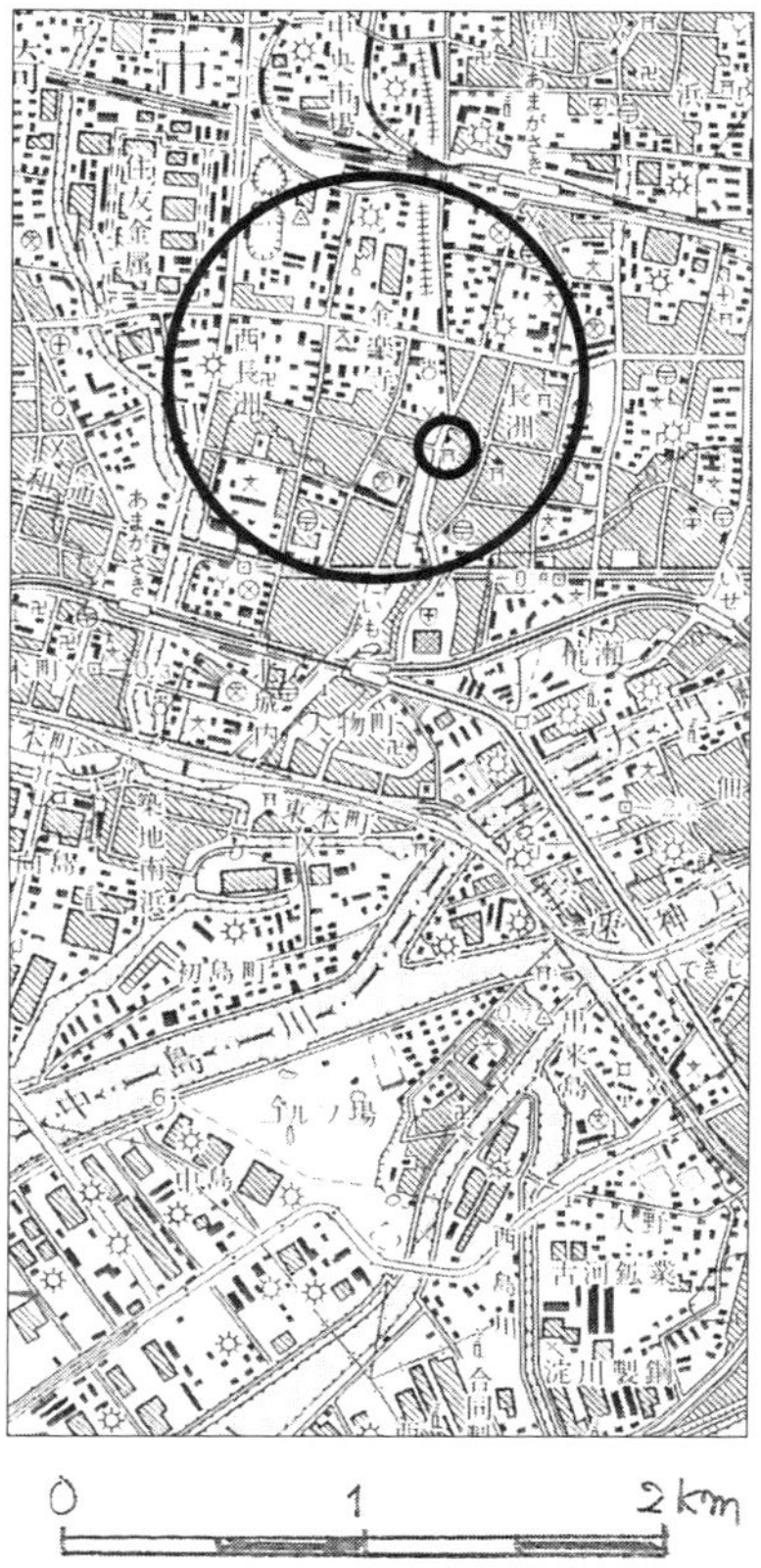

1／5万　大阪西北部

（メモ）

①長洲の浜は、淀川河口の西の海岸一帯。現在の大阪市淀川区・西淀川区・尼崎市・西宮市・芦屋市に及んだ広域の砂浜。

②尼崎市長洲本通三丁目に長洲天満宮が鎮座。延喜元（九〇一）年、九州大宰府に左遷された菅原道真は下向の途中、潮待ちのため当地に一泊。道真一行は一番鶏で出立することになっていたが、ここではワザと、ニワトリに夜明け前に鳴かせ早立ちさせたという伝承があり、以来当長洲地区ではニワトリを飼育しなかったという。潮待ち時に自画像を描き、宿の長に賜ふた。これを祭りて生土神とす。毎年二月二五日遠近より多数の参詣者があったと摂津名所図会にある。

七〇七　灘の塩屋跡

兵庫県芦屋市・神戸市灘区・東灘区

関係地図　1／20万 京都及大阪　1／5万 大阪西北部

580

なだの塩屋

・あしのやのなだのしほやきいとまなみつげのをぐしもささずきにけり　在原業平朝臣　⑧新古今集　一五九〇

海辺のこころを

・今さらにすみうしとてもいかならむなだのしほ屋の夕暮の空　藤原秀能

⑧新古今集　一六〇五

（参考）あしのやのなだのしほやのあまのとをおしあけがたぞはるはさびしき

順徳院御歌　続古今集　五四

（参考）あしのやのなだのしほぢをこぐ舟の跡なき波に雲ぞかかれる　読人不知

続千載集　一六三八

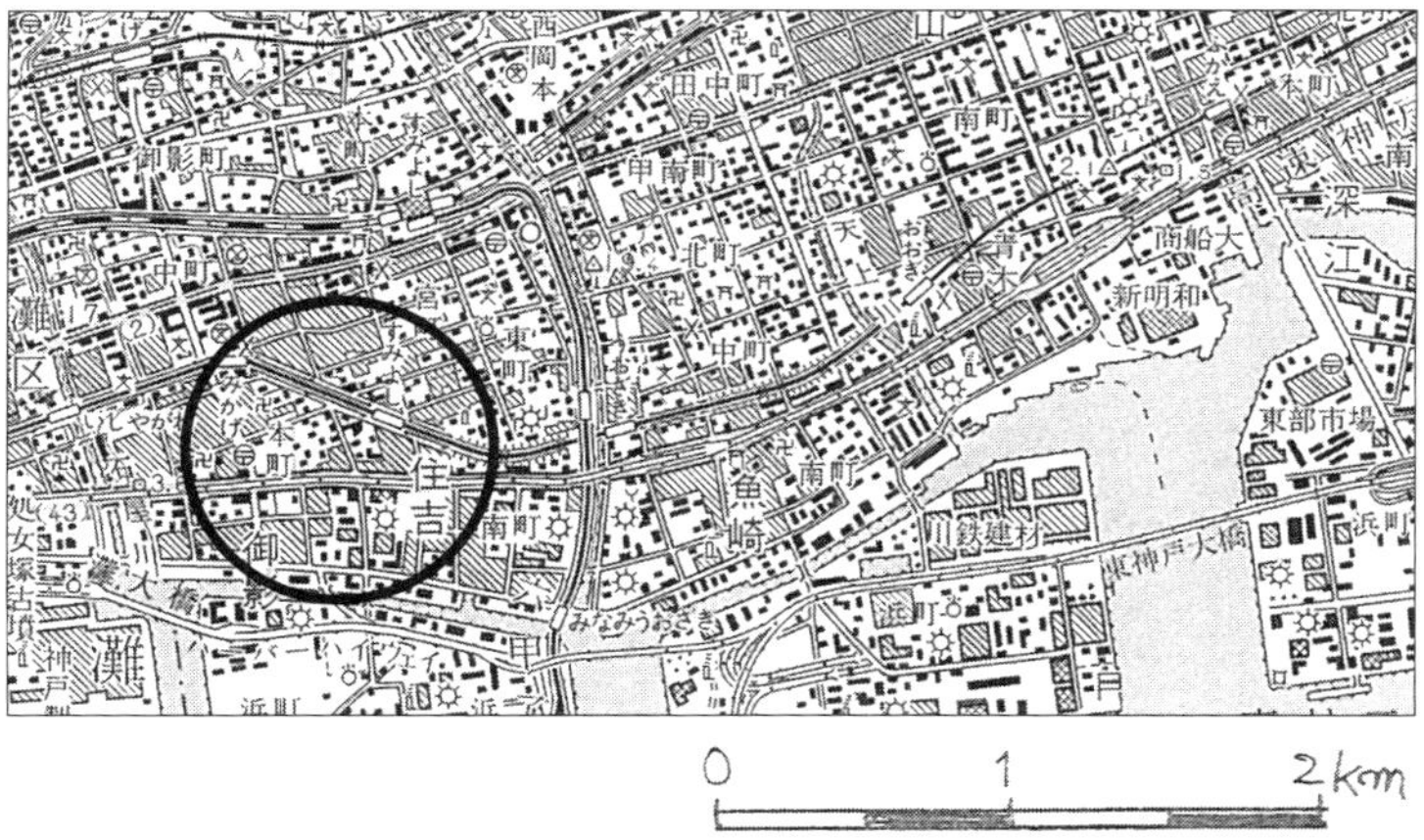

1／5万　大阪西北部

（メモ）

①芦屋は、『和名抄』摂津国兎原郡に「葦屋郷」がある。『伊勢物語』八十七段布引の滝に表記の在原業平の歌がある。

②これによると、蘆屋の浜辺が「蘆屋の灘」である。「灘」とは干満による潮流が速く、また波浪が高く、航海や漁労に危険な海である。

③蘆屋の灘の「灘」が今日独立して、神戸市東灘区や灘区になったものか。この地域には六甲山地からの湧水を利用した酒造所―剣菱酒造・宝酒造・菊正宗酒造・白鶴酒造等がある。

七〇八　鳴尾

兵庫県西宮市鳴尾町

関係地図　1／20万　京都及大阪　1／5万　大阪西北部

601

鳴尾

広田社の歌合とて、人人よみ侍りける時、海上眺望といへる心をよみ侍りける

・けふこそはみやこのかたの山のはもみえずなるをのおきに出でぬれ　権大納言実家　⑦千載集　一〇四六

（参考）秋さむくなるをのうらの海士人は波かけごろもうたぬ夜もなし　大江貞重　続千載集　五四九

（参考）しほかぜはなるをのまつにおとづれてわだのいりえにやどるつきかげ　仁和寺入道二品親王覚性　万代集　三二八一

（参考）吹く風のなるをにたてるひとつ松さびしくもあるか友なしにして　中務卿みこ　夫木抄　一三七六九

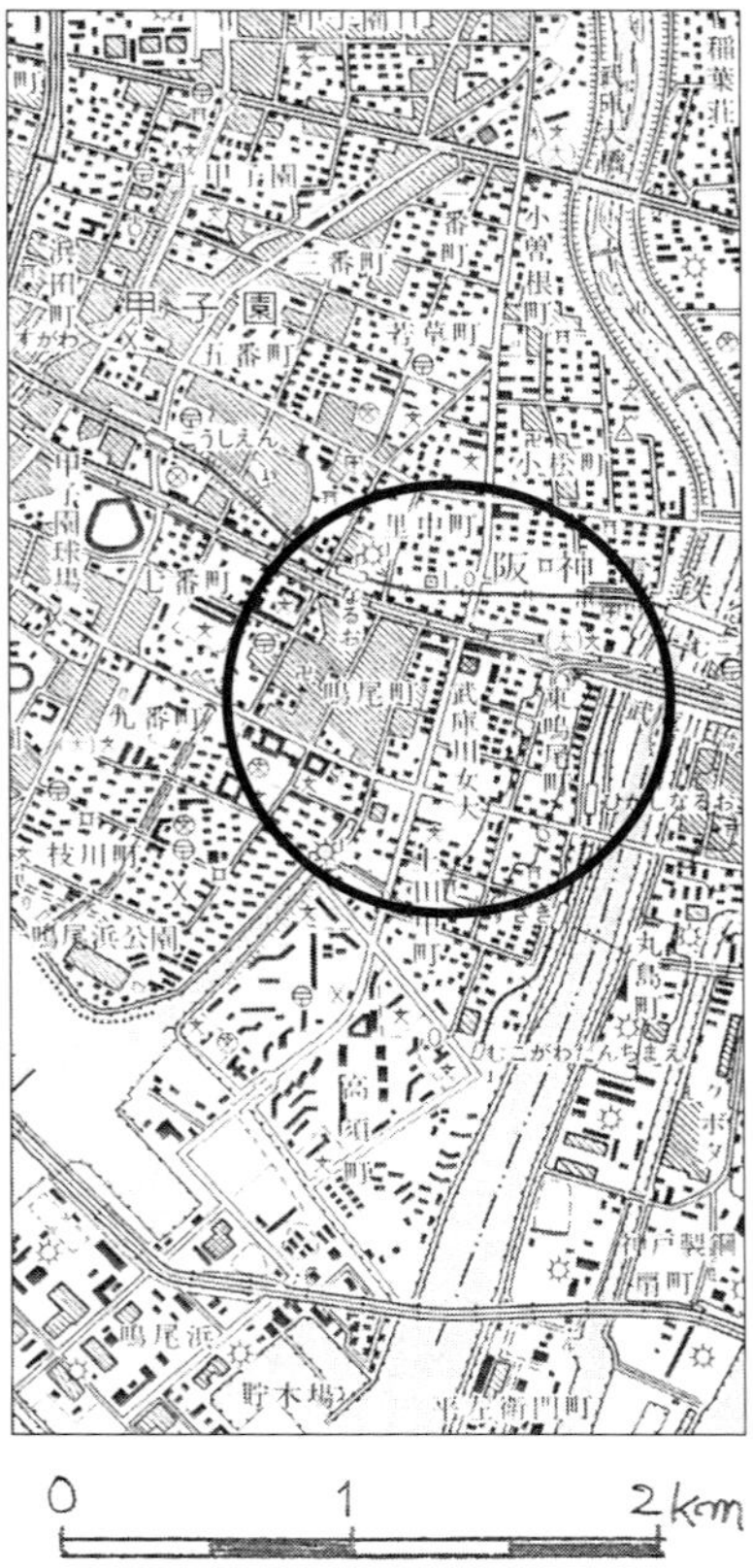

1／5万　大阪西北部

（メモ）

①『和名抄』摂津国武庫郡のうち。武庫の浦に面した松の美しい景勝地。謡曲にも鳴尾が、『藤栄《とおえい》』に出る。それは、僧行僧（実は最明寺入道時頼）が鳴尾潟芦屋の里に着く。そこの地頭が死に、その総領月若が幼少であったので、一族の藤栄《とおえい》が横領していた。それを時頼が正す筋。

②船津の機能もあり、夫木抄に、

うらさびてあはれなるをのとまりかな　松風さえてちどりなくなり　澄西法師

がある。

七〇九　布引の滝

兵庫県神戸市中央区葺合町

関係地図　1／20万　京都及大阪　1／2.5万　神戸首部

618

布引のたき

ぬのびきのたきにてよめる

・こきちらす滝の白玉ひろひおきて世のうき時の涙にぞかる　在原行平朝臣　①古今集　九二二

布引の滝の本にて人人あつまりて歌よみける時によめる

・ぬきみだる人こそあるらし白玉のまなくもちるか袖のせばきに　なりひらの朝臣　①古今集　九二三

宇治前太政大臣ぬのびきのたき見にまかりたりけるともにまかりてよめる

・しらくもとよそにみつればあしびきのやまもとどろにおつるたきつせ　大納言経信　⑤金葉集　五四五

左衛門督家成ぬのびきのたきみにまかりて歌よみ侍りけるによめる

・雲ゐよりつらぬきかくるしら玉をたれぬのびきのたきといひけん　藤原隆季朝臣　⑥詞歌集　二八五

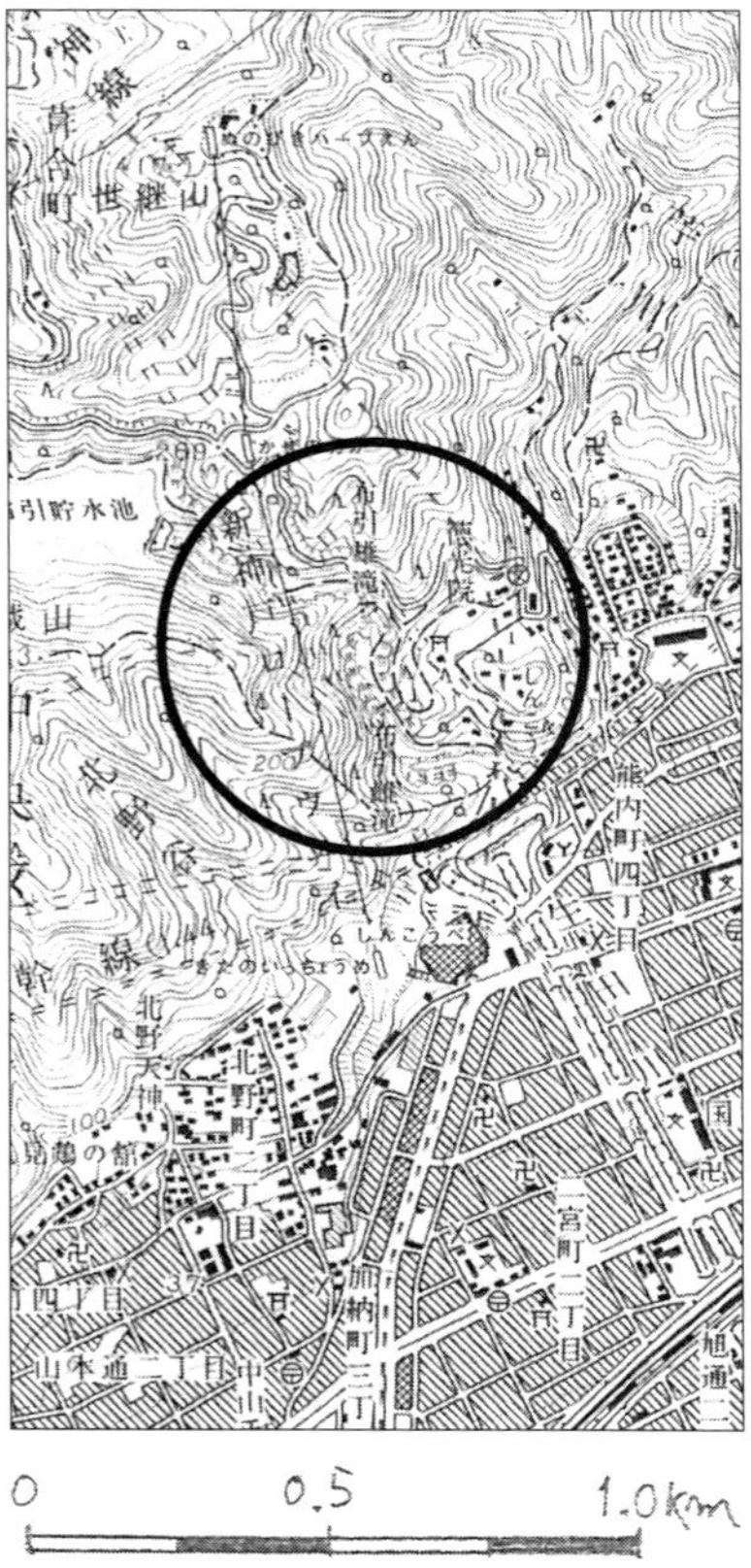

1／2.5万　神戸首部

（メモ）

①生田川水源の花崗岩崖に懸かる。上流から雄滝《おんだき》・夫婦滝・鼓ヶ滝・雌滝《めんだき》と続く。雄滝の落差は四三m。巌頭から五段に折れて落下。夫婦滝落差六m。雌滝落差一九m。布をさらしているやさしさという。

②伊勢物語・平治物語・源平盛衰記等の舞台になっている。

七一〇　野島が崎

兵庫県淡路市野島蟇の浦辺

関係地図　1／20万　徳島　1／5万　明石

620　野じまがさき

夏草をよめる

・しほみてば野じまがさきのさゆりばに浪こすかぜのふかぬ日ぞなき　源俊頼朝臣　⑦千載集　一〇四五

・ことはむ野島がさきのあま衣浪と月とにいかがしをるる　七条院大納言　⑧新古今集　四〇二

（参考）あはぢの　のしまのさきの　はまかぜに　いもがむすべし　ひもふきかへす　柿本朝臣人麿　万葉集　二五一

619　野じまの浦

・玉もかるのじまの浦のあまだにもいとかく袖はぬるるものかは　源雅光　⑦千載集　七一三

（参考）あさなぎに　かぢのおときこゆ　みけつくに　のしまのあまの　ふねにしあるらし　山部宿祢赤人　万葉集　九三四

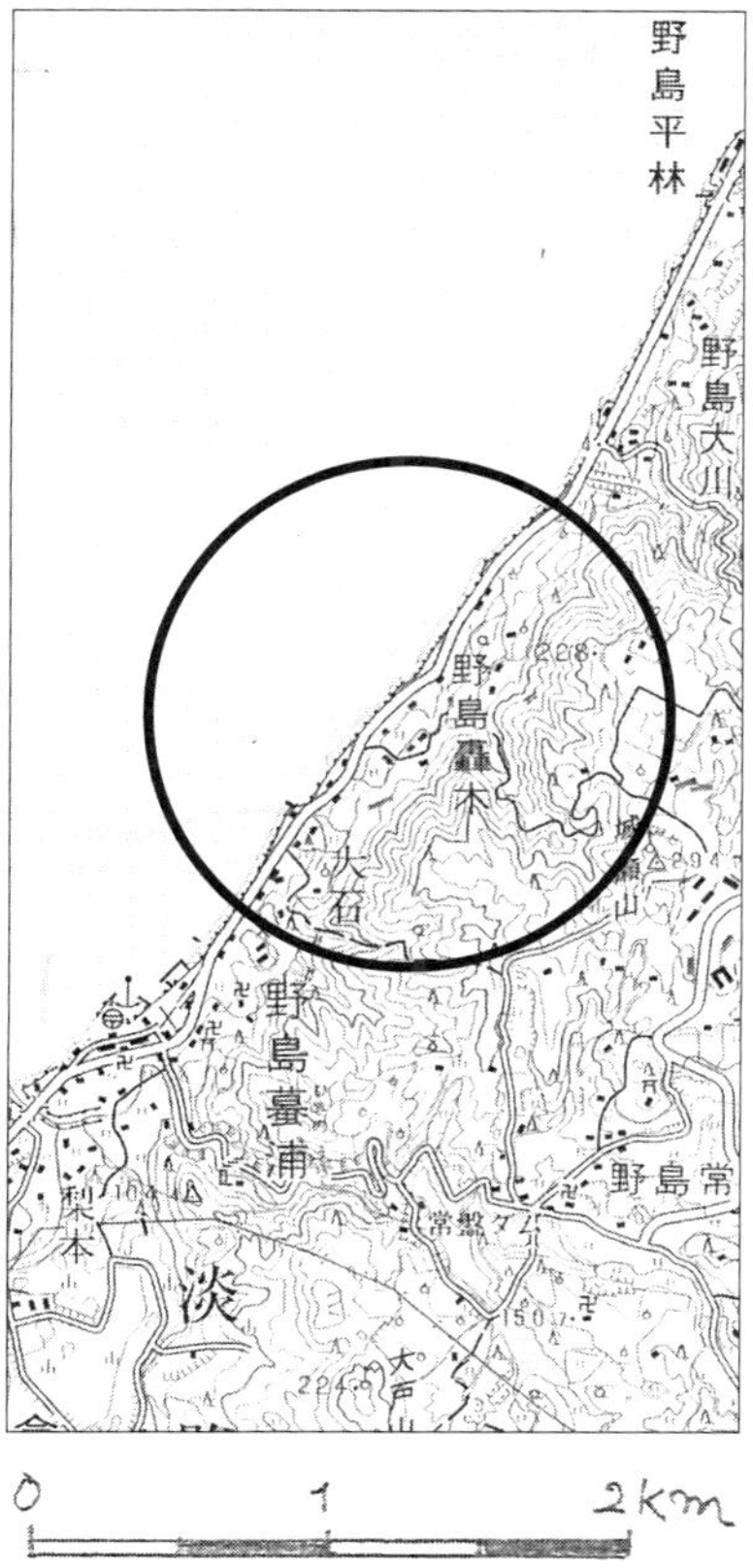

1／5万　明石

（メモ）

①淡路市野島蟇浦の岬。現在の大阪湾沿岸を船旅した時、人麻呂が表記の歌を詠んで有名。しかし、現在は波の浸食作用で西浦一帯の海岸線が後退し、柿本朝臣人麻呂が見た野島の崎は消失したという。

七一一　野中の清水

兵庫県明石市魚住町清水

関係地図　1／20万　姫路　1／5万　高砂

624　野中のし水

あひすみける人、心にもあらでわかれにけるが、年月をへてもあひ見むとかきて侍りけるふみを見いでてつかはしける　よみ人しらず

・いにしへの野中のし水見るからにさしぐむ物は涙なりけり　②後撰集　八一三

家に歌合し侍りけるに、あひてあはぬ恋といふことをよめる　藤原仲実朝臣

・くみみてしこころひとつをしるべにて野なかのしみづわすれやはする　⑥詞花集　二六三

（参考）ささふかき野中のしみづ風すぎてさらにむかしの心をぞくむ　大蔵卿有家卿　夫木抄　一二五二八

（参考）いなみ野や野中のしみづむすぶての玉ゆらすずしささのかり露　具親朝臣　夫木抄　一二五二九

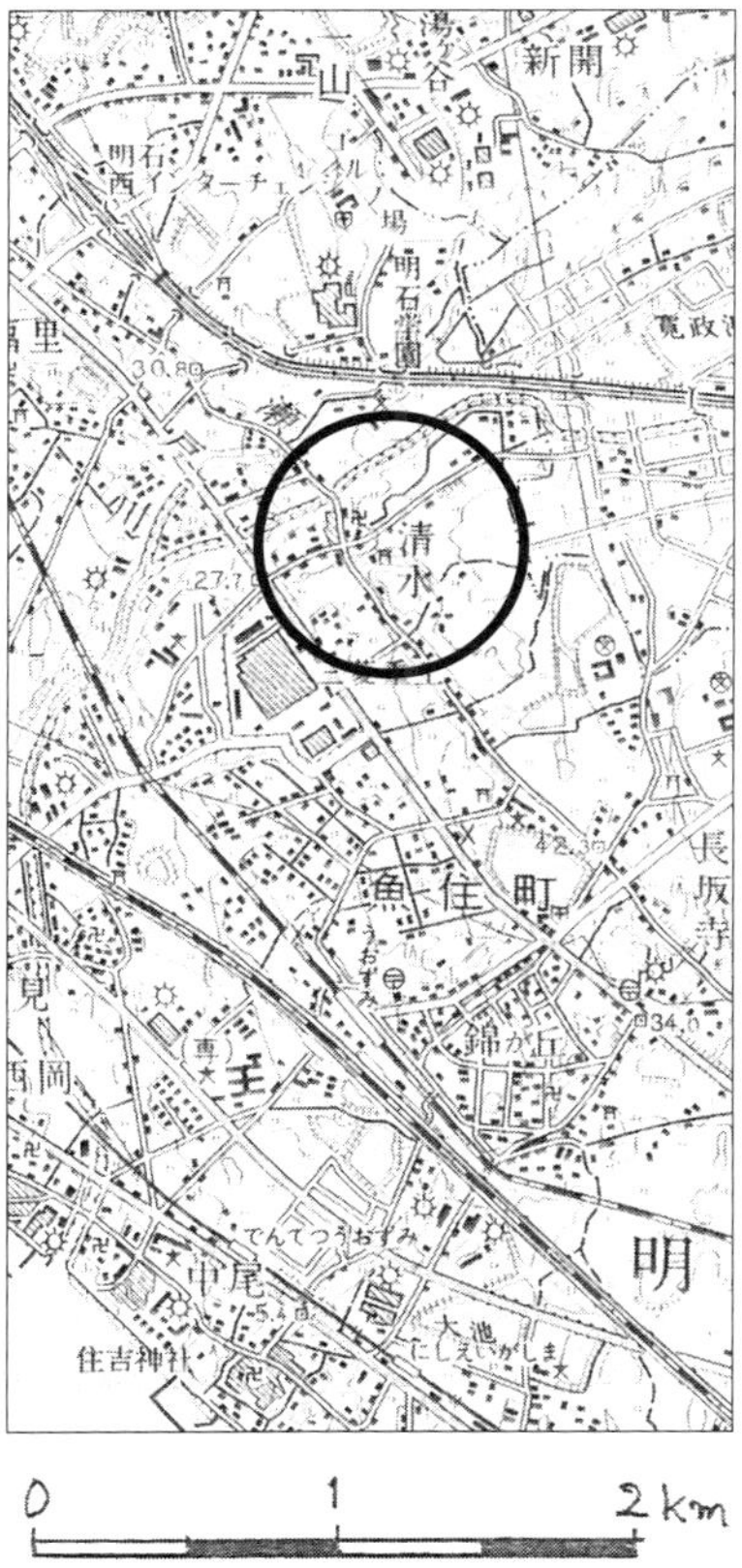

1／5万　高砂

（メモ）

①明石市魚住町清水集落には清水神社、西福寺がある。また集落内を瀬戸川が流れる。洪積台地の開析谷の谷頭部で地下水の湧水が見られるという。

②地下水の湧水のある所に、清水神社や西福寺が創建されたのであろう。

七一二　野中の清水跡

兵庫県神戸市西区岩岡町野中

関係地図　1／20万　姫路　1／5万　高砂

624

野中のし水

・いにしへの野中のし水ぬるけれど本の心をしる人ぞくむ　よみ人しらず

①古今集　八八七

もとのめにかへりすむときききて、をとこのもとにつかはしける

・わがためはいとどあさくやなりぬらん野中のし水ふかさまされば　よみ人しらず

②後撰集　七八四

（参考）いかにして野中のし水思ひいでてわするばかりに又なりぬらん　前左兵衛督惟方

風雅集　一七八五

（参考）いにしへの野中のし水よにいづるもとの心はいまこそはきけ　読人不知

後葉集　五七七

（参考）今更に何かは袖をぬらさましのなかのしみづおもひ出でずは　二条大宮別当

続詞花集　六五一

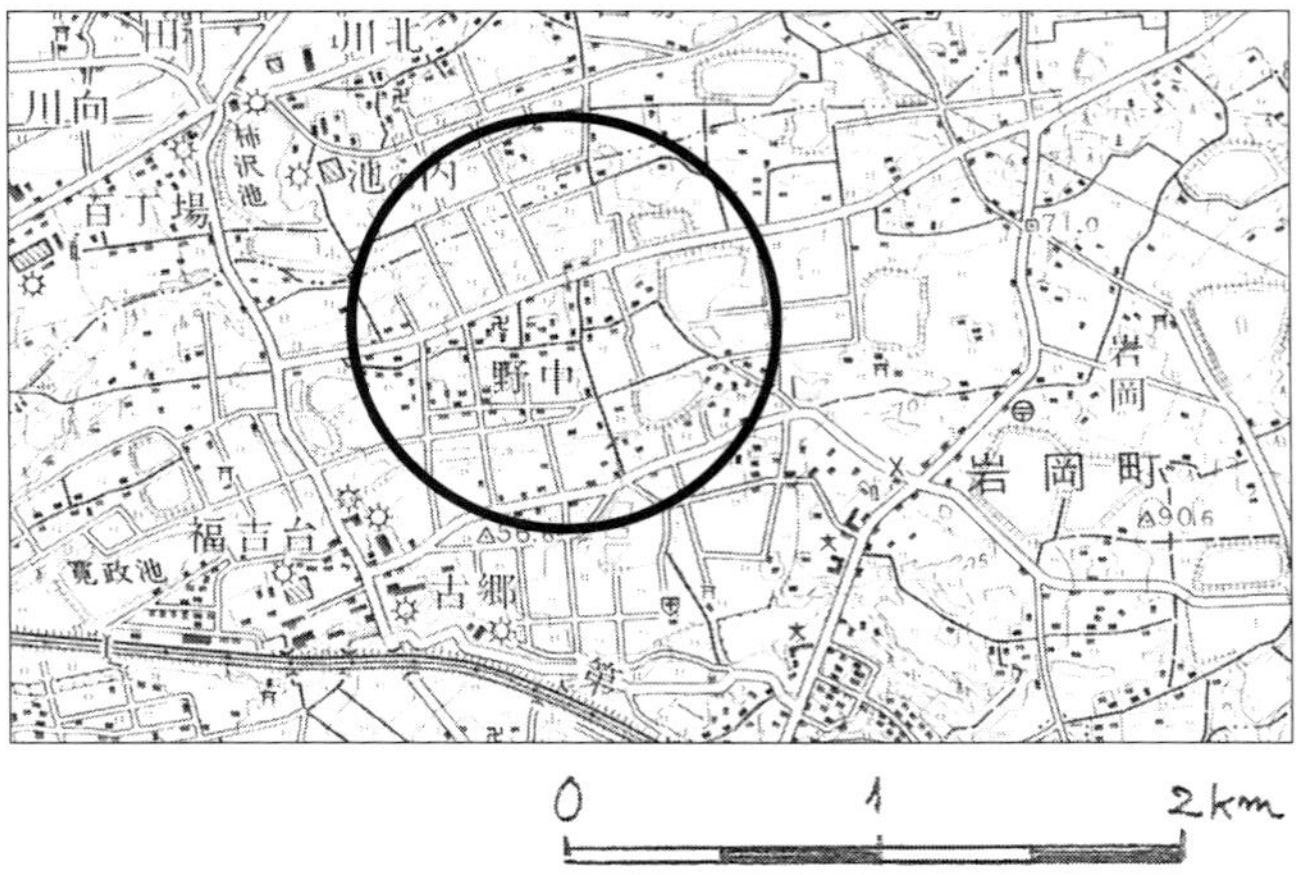

（メモ）

①現在、その所という場所に、長さ三〇m・幅一〇mの琵琶形の池と、その来歴を示す石碑があり、史跡公園となっている。西行が書写山円教寺に参詣の途中、この地に立ち寄り、

昔見し野中の清水かはらねばわが影をもや思い出づらん

と詠んだと。

②元禄三（一六九〇）年、明石藩は清水を浚え、岸を築いて、制札を立てたと伝える。明石藩主は、当清水をよく茶事に用いたともいう。また、元禄年間、酒造家大和屋が酒造用とし、また正徳二（一七一二）年には『野中清水醸酒記』が書かれたという。

七一三　羽束山

兵庫県三田市香下《かした》

関係地図　1／20万　京都及大阪　1／5万　広根

632

はつかの山

頼綱朝臣、つのくにのはつかといふ所に侍りける時、つかはしける

・秋はつるはつかの山のさびしきに有明の月を誰と見るらむ　前中納言匡房

⑧新古今集　一五七一

（参考）かぎりありてはつかのさとに住む人は今日かあすかと世をもなげかじ　和泉式部集

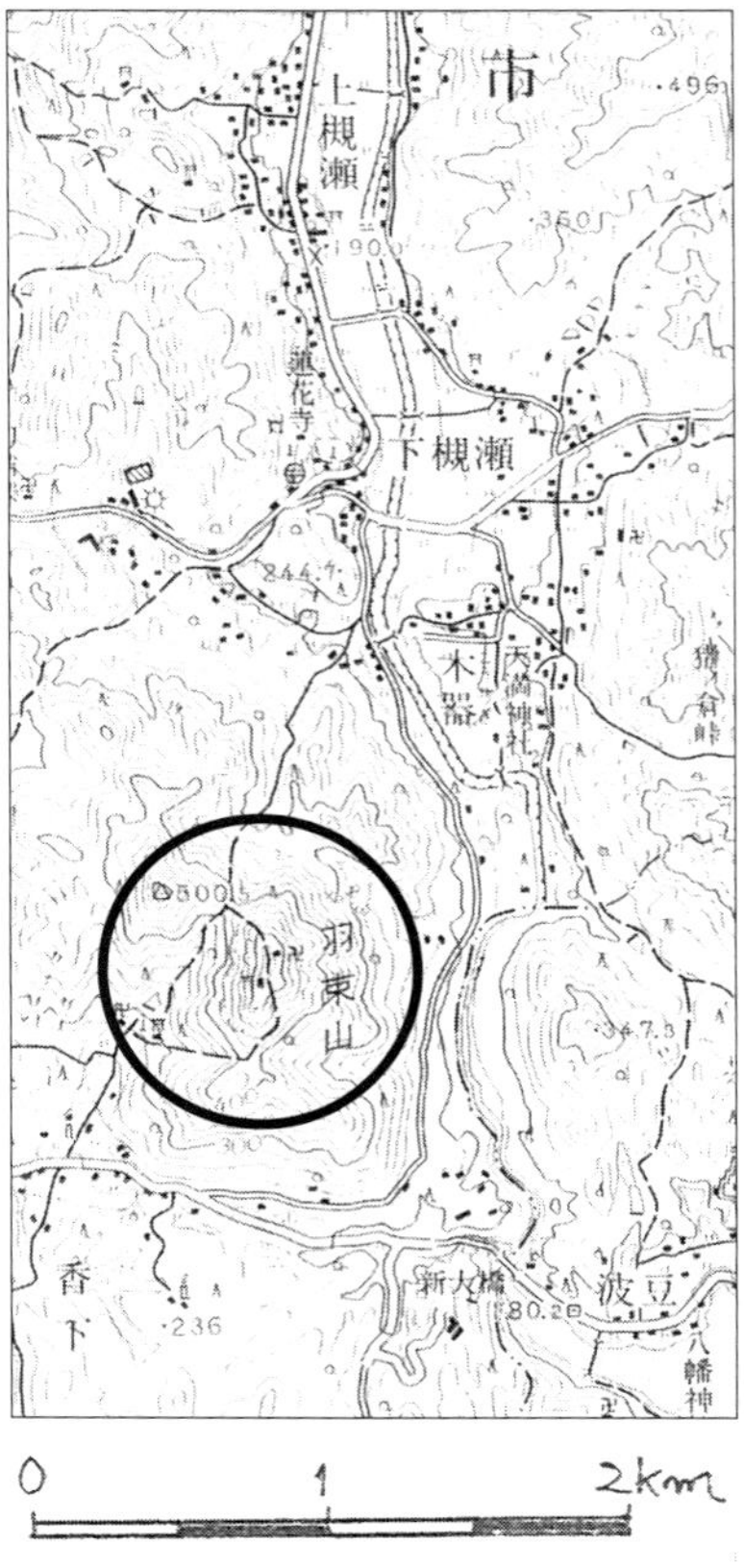

（メモ）

①羽束山は三田市香下にある。標高五二四m。地図山頂に神社と寺院がある。よって、三角点は北西の雌岳にある。標高五〇〇・五m。

②羽束郷は『和名抄』摂津国有馬郡にある。『摂津名所図会』に、

羽束山　香下村の上方にあり。一名香下山といふ。峰頭高く聳へ形尖りて削るが如し。

とある。

③香下寺　三田城鬼門擁護の祈願所とす。本尊十一面観世音菩薩立像。三尺五寸。敏達天皇一二（五八三）年、百済国日羅道者開基として此山の霊木伐りて尊像・台座の両方とも、日羅作の霊仏という。

七一四　早瀬川

兵庫県佐用郡佐用町早瀬の地を流れる作用川

関係地図　1／20万 姫路　1／5万 上郡

641
はやせ川

百首歌の中に、鵜河の心をよませ給うける　崇徳院御製

・はやせ川みをさかのぼるうかひ舟まづこの世にもいかがくるしき

⑦千載集　二〇五

・老いらくの月日はいとどはやせ河かへらぬ浪にぬるる袖かな　大僧正覚弁

⑧新古今集　一七七六

（参考）はやせ河わたるふなびとかげをだにとどめぬ水のあはれ世中　入道前太政大臣　新勅撰集　一二三二

（参考）はやせがはなびくたまものしたみだれくるしや心みがくれてのみ　後京極摂政前太政大臣　続後撰集　六五五

1／5万　上郡

（メモ）

①『和名抄』播磨国佐用《さよ》郡に「速瀬郷」がある。現在の「佐用川」の速瀬郷内の名称が「早瀬川」であった。

②『播磨国風土記』に、速湍《はやせ》の里《さと》　土《つち》は上《かみ》の中《なか》なり。川の湍《せ》の速きに依る。速湍の社に坐す神は広比《ひろひ》売命《めのみこと》、散用都比売命《さよつひめ》の弟《いろと》なり。とある。

七一五　播磨潟

兵庫県・岡山県・香川県・徳島県

関係地図　1／20万 姫路・徳島

645
はりまがた

・わがやどははりまがたにもあらなくにあかしもはてで人のゆくらん　よみ人しらず

③拾遺集　八五五

百首歌たてまつりける時、月の歌とてよめる　前参議親隆

・はりまがたすまの月夜めそらさえてゑじまがさきに雪ふりにけり

⑦千載集　九八九

広田社の歌合とて、人人よみ侍りける時、海上眺望といへる心をよみ侍りける　権中納言実宗

・はりまがたすまのはれまにみわたせば浪は雲ゐのものにぞありける

⑦千載集　一〇四七

1／20万　姫路・徳島

（メモ）

①現在名は播磨灘。その海域は東は淡路島、西は岡山県児島半島と香川県大崎の鼻との間の備讃瀬戸で囲まれた海域である。それは兵庫県・岡山県・香川県・徳島県の四県に及び、東西約七〇km・南北約六〇kmの瀬戸内海である。この海域の海水の出入り口は明石海峡・鳴門海峡・備讃瀬戸の三つ。それぞれの幅は順に、約五km・約五km・約一五kmである。

②播磨潟は水深は浅く、深い所で四二mという。また沿岸各地では漁業の他に製塩が盛んであった。

七一六　播磨国衙跡

兵庫県姫路市総社本町。姫路郵便局地

関係地図　1／20万　姫路　1／2.5万　姫路南部

644

はりま

・いとせめて恋しき時ははりまなるしかまにそむるかちよりぞくる　よみ人しらず　⑤金葉集　七一七

・はりまなるしかまにそむるあながちに人をこひしとおもふころかな　曽祢好忠　⑥詞花集　二三〇

播磨守に侍りける時、三月ばかりにふねよりのぼり侍りけるに、つのくにに山ぢといふところに参議為通朝臣しほゆあみて侍るときききてつかはしける

・ながゐすなみやこのはなもさきぬらんわれもなにゆゑいそぐつなでぞ　平忠盛朝臣　⑥詞花集　二七五

1／2.5万　姫路南部

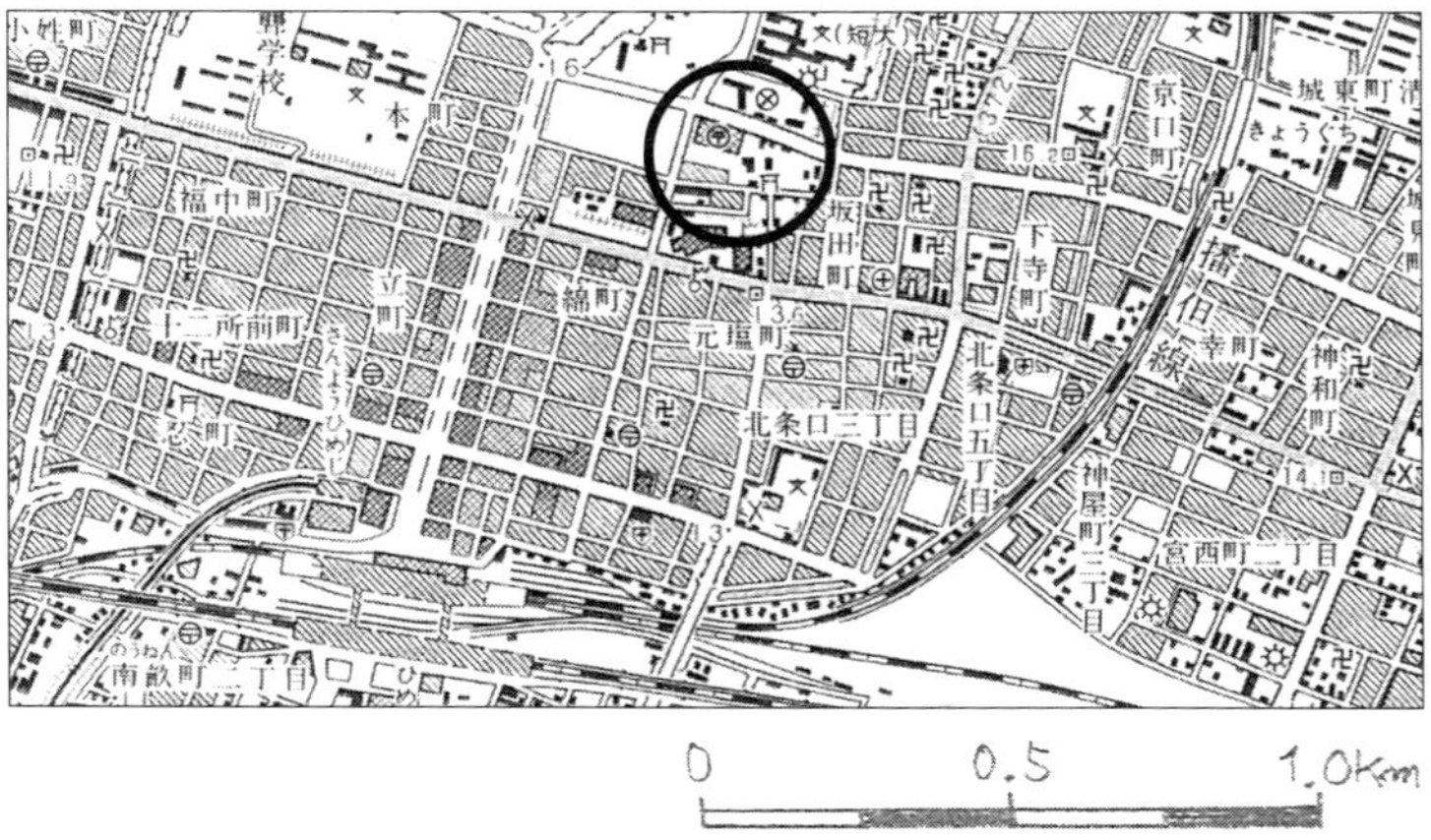

（メモ）

①『和名抄』播磨国には、

　国府在餝磨郡

とある。図中の○には国衙遺跡や播磨総社がある。

②播磨総社射楯兵主神社。祭神射楯神兵主神　『延喜式神名帳』の射楯兵主神社二座。当社ははじめ水尾山に祀られていた兵主神社を、延暦六（七八七）年坂上田村麻呂が国衙荘小野江に移し、射楯神を合祀。後、安徳天皇養和元（一一八一）年播磨国一六郡一七四座の神を合祀して播磨国総社、又は府中社と称した。

③『旧事本紀』によると、播磨国には針間国・針間鴨国・明石国があった。それぞれに国造がおかれ、姫路市御国野町国分寺の壇徳山、加西市玉丘町の玉丘、神戸市西区の五色山の五色塚等前方後円墳は国造墳墓といわれる。

七一七　日岡山

兵庫県加古川市加古川町大野

関係地図　1／20万　姫路　1／5万　高砂

223

加古の島

・かこのしま松原ごしになくたづのあなながながしきく人なしに　よみ人しらず　③拾遺集　四五九

（参考）いなびのも　ゆきすぎかてに　おもへれば　こころこほしき　かこのしまみゆ　柿本朝臣人麿　万葉集　二五三

（参考）かこのしままつばらごしに見わたせばありあけの月にたづぞなくなる　後鳥羽院御歌　続古今集　一六三七

（参考）あさりするたづぞなくなるかこの島松ばらとほく塩やみつらん　従二位行家　玉葉集　二一一三

1／5万　高砂

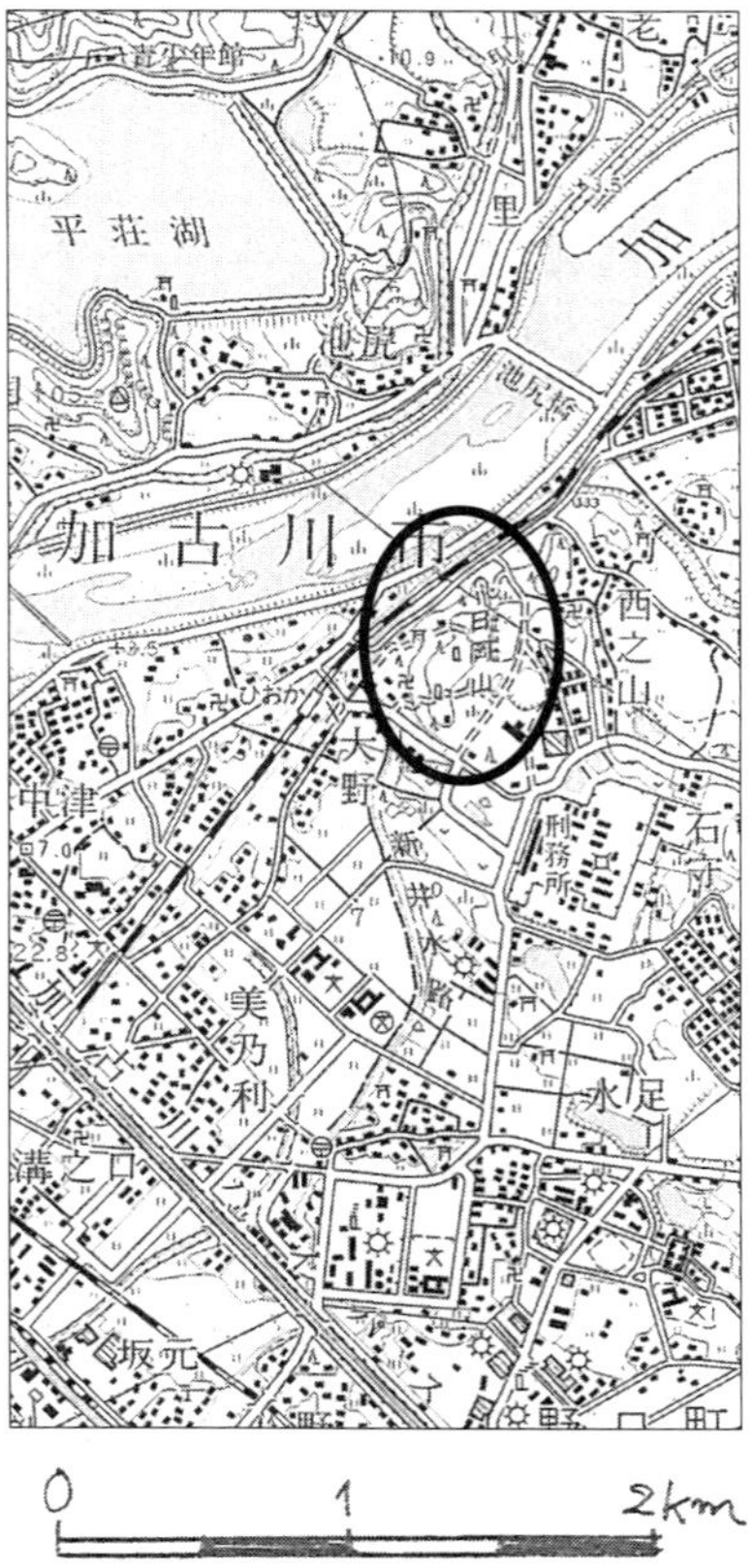

（メモ）

①日岡山は標高約六〇m。加古川の氾濫原中の、中生代末頃の流紋岩質火砕岩層の残丘である。『播磨国風土記』（賀古の郡）に、天皇がこの山頂で、

　四方《よも》を望み覧《み》て、勅《の》りたまひしく、「此の土《くに》は、丘《をか》と原野《はらの》と甚広大《いとひろ》くして、此の丘を見るに鹿児《かこ》の如し」とのりたまひき。故《かれ》、名づけて賀古《かこ》の郡《こほり》といふ。み狩《かり》せし時、一つの鹿、此の丘に走り登りて鳴きき。其の声は比々《ひひ》といひき。故《かれ》、日岡《ひをか》と号《なづ》く。坐《いま》す神は、大御津歯命《おほみつはのみこと》のみ子、伊波都比古《いはつひこ》命なり。

とある。

②日岡山周辺に遺跡多い。中でも、山頂に伝景行天皇皇后印南別嬢御陵前方後円墳（比礼墓）が有名。

七一八　広田神社

兵庫県西宮市大社町

関係地図　1／20万　京都及大阪　1／5万　大阪西北部

673

広田社

神祇伯顕仲ひろたにて歌合し侍るとて、寄月述懐といふことをよみてとこひ侍りければつかはしける

・なにはえのあしまにやどる月みればわが身ひとつもしづまざりけり　左京大夫顕輔　⑥詞花集　三四七

広田社の歌合とて、人人よみ侍りける時、海上眺望といへる心をよみ侍りける

・けふこそはみやこのかたの山のはもみえずなるをのおきに出でぬれ　権大納言実家　⑦千載集　一〇四六

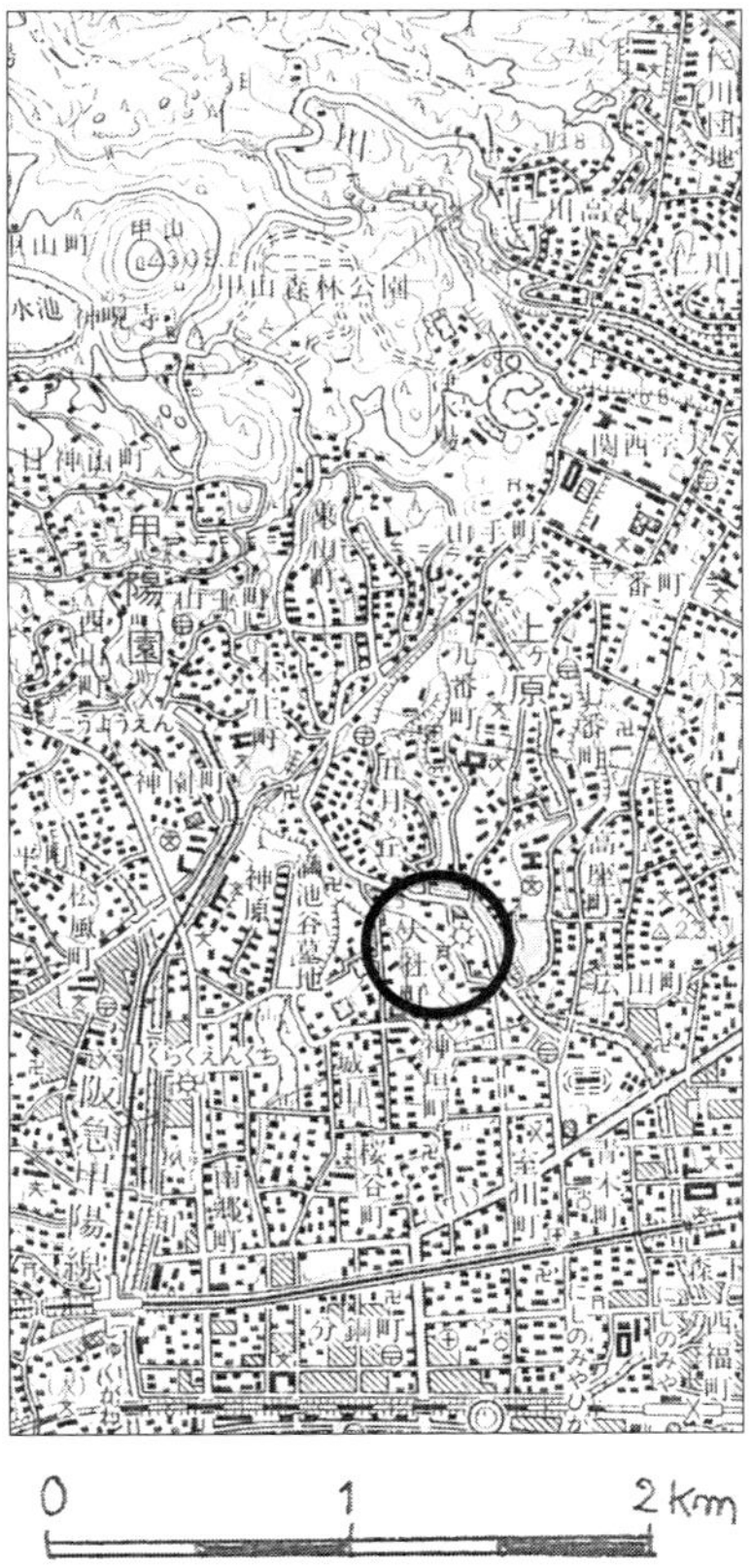

1／5万　大阪西北部

（メモ）

①神功皇后、三韓より帰還の時のこと、『日本書紀』に、

務古水門《むこのみなと》に還りましてト《うら》ふ。是に、天照大神、誨《おし》へまつりて曰《のたま》はく、「我が荒魂《あらみたま》をば、皇后に近くべからず、当《まさ》に御心を広田国《ひろたのくに》に居らしむべし」とのたまふ。即ち山背根子《しましろのねこ》が女葉山媛《むすめはやまひめ》を以て祭《いは》はしむ。

とある。

②広田神社　祭神天照大御神荒魂。『延喜式神名帳』摂津国武庫郡の広田神社名神大月次相嘗新嘗である。古来伊勢皇大神の御別体として朝野の崇敬を聚めている。

七一九　藤江の浦

兵庫県明石市藤江・東藤江

関係地図　1／20万　徳島　1／5万　明石

686

ふぢえの浦

・かもめゐるふぢえの浦のおきつすによぶねいざよふ月のさやけさ　神祇伯顕仲　⑧新古今集　一五五四

（参考）あらたへの　ふぢえのうらに　すずきする　あまとかみらむ　たびゆくわれを　柿本朝臣人麿　万葉集　二五二

（参考）おきつなみ　へなみしづけみ　いざりすと　ふぢえのうらに　ふねぞさわける　山部宿祢赤人　万葉集　九三九

（参考）むらさきの藤江のきしの松がえによせてかへらぬなみぞかかれる　太上天皇　続後撰集　一五七

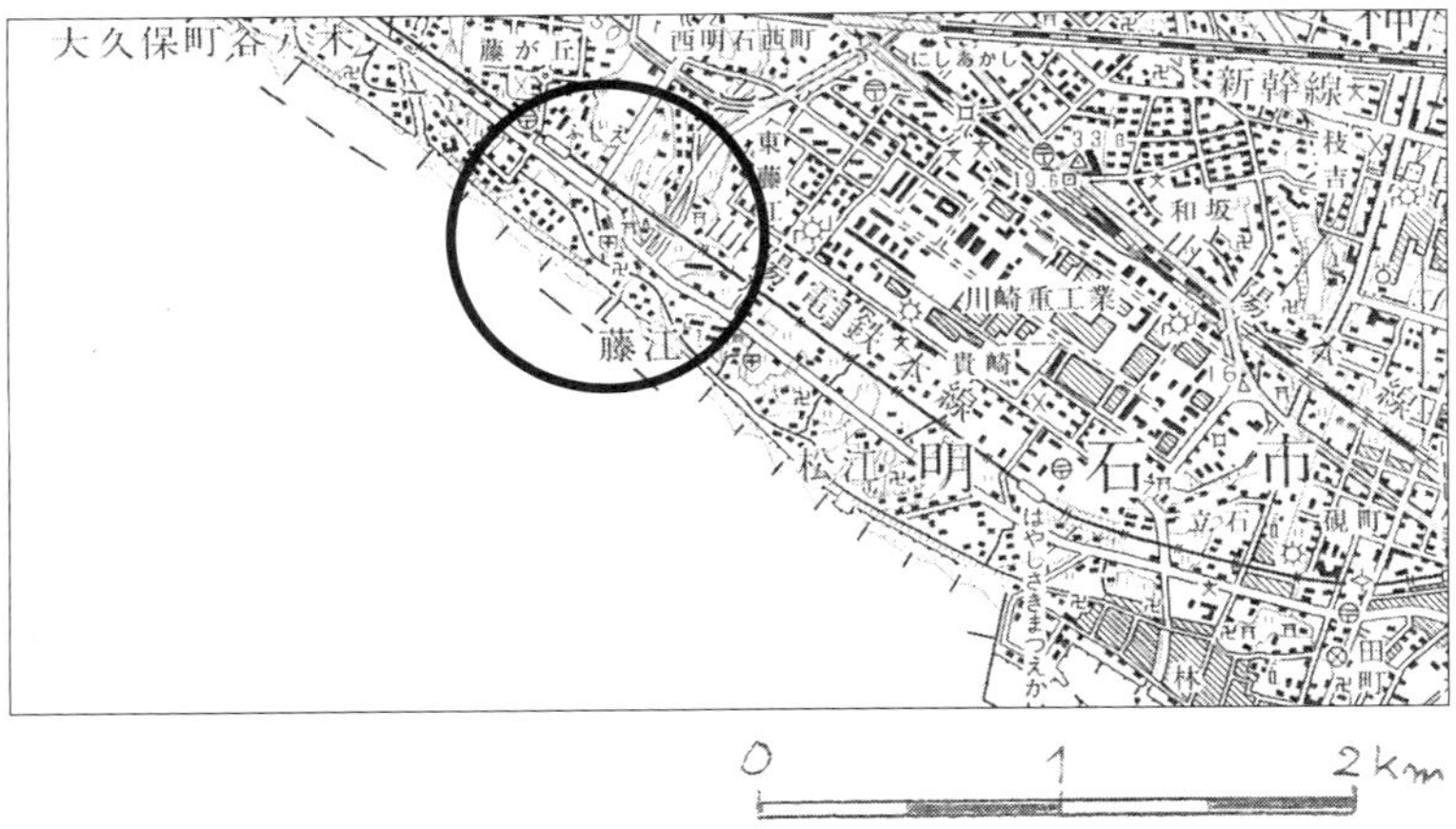

1／5万　明石

（メモ）

①『和名抄』播磨国明石郡に「葛江《布知衣》郷」がある。平城宮出土木簡に、朋（明）郡葛江里　丹人部由毛万呂俵とあると。

②藤江は明石市の藤江川の流域。屏風ヶ浦の北一帯に位置するという。地名の由来は、フジの木が多かったに由るという。また、景勝地として有名で、数多くの地名説話が伝わる。例えば、

・住吉の神がフジの枝を海に流して、その流れ着いた所を神社鎮座として、「藤枝」「藤江」としたと。

・鉄船《かなふね》の森に大きなフジの木があり、泥藤（紫黒の花）を咲かせたために、鉄船の森（地名）になったと。

など。

七二〇　二見の浦

兵庫県明石市二見町

関係地図　1／20万　姫路　1／5万　高砂

684

ふたみのうら

・あけがたきふたみのうらによる波の袖のみぬれておきつ島人　実方朝臣

⑧新古今集　一一六七

（参考）夕づくよおぼつかなきをたまくしげふたみのうらはあけてこそみめ　中納言かねすけ　古六帖　一八九一

（参考）いつしかと雁は来にけりたまくしげふたみのうらのあけがたの空　皇太后宮大夫俊成　夫木抄　四八八七

（参考）かすみ行くはるのしほやのけぶりかなふたみのうらのあけぼののそら　慈鎮和尚　夫木抄　一一七二三

1／5万　高砂

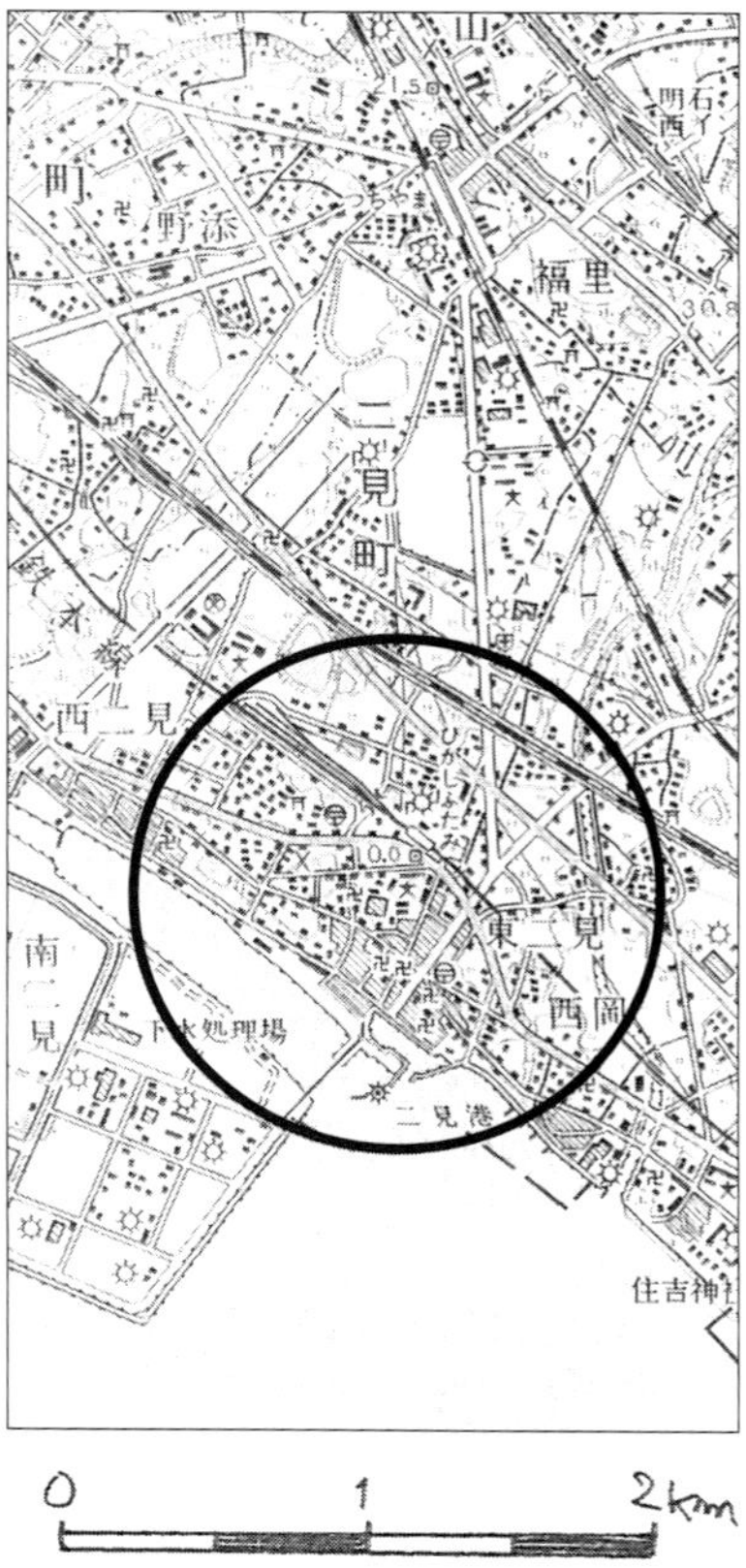

（メモ）

①瀬戸川河口の西、屏風ヶ浦の海岸沿いに、明石市二見町東二見、二見町西二見がある。『播磨巡覧記』に「二見浦」が出、この地の海辺とあると。また、『播磨鑑』には、明石浦の西に続く東幡の名所としてのせ、『播磨名所巡覧図会』は、加古郡名所として「二見浦」をのせているという。

②地名の由来としては、「崖のある海岸」を意味するという。また、二見町東二見鎮座の御厨神社伝には、神功皇后が三韓に行かれる時にこの地を見られ、帰還時に再び見られたによっての地名とあると。また、屏風ヶ浦の断崖が瀬戸川で切れ、再び断崖が出現したに由る等々。

七二一　二見の浦跡

兵庫県豊岡市城崎町上山《うやま》・赤石（玄武洞西）

関係地図　1／20万　鳥取　1／5万　城崎　1／2.5万　城崎、豊岡

684

ふたみのうら

たじまのくにのゆへまかりける時に、ふたみのうらといふ所にとまりてゆふさりのかれいひたうべけるに、ともにありける人人のうたよみけるついでによめる

・ゆふづくよおぼつかなきを玉匣ふたみの浦は曙てこそ見め　ふぢはらのかねすけ

①古今集　四一七

1／5万　城崎

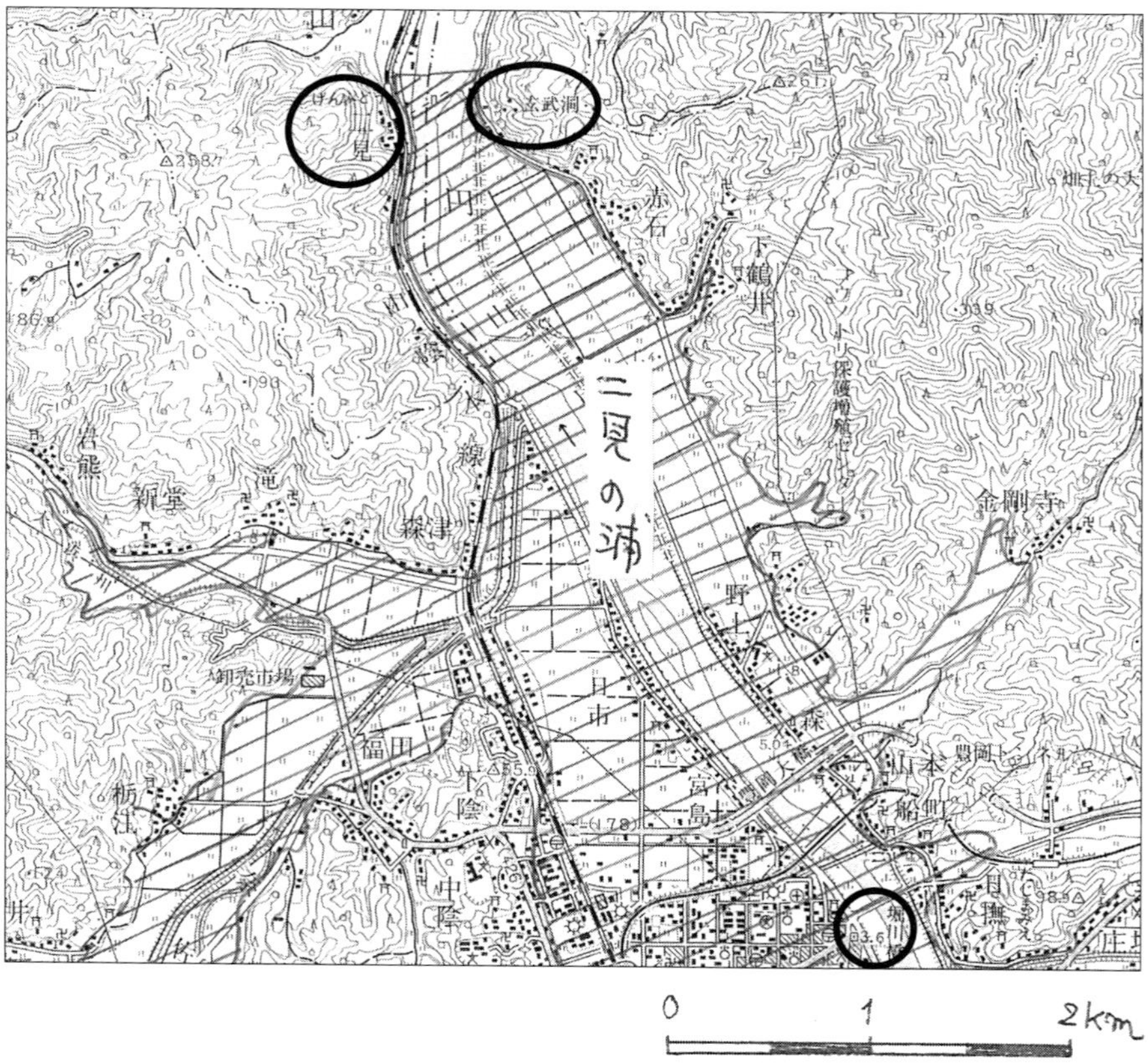

（参考）たまくしげふたみのうらの郭公あけがたにこそなきわたるなれ　前中納言匡房卿　夫木抄　二八〇二

（参考）たまくしげふたみのうらのゆふづくよあけても見ぬはゆめぢなりけり　順徳院御製　夫木抄　一一五九〇

（メモ）

①円山川は中国山地の分水嶺、標高六四〇・一mを源流とする。本流の流長は六八km、流域面積一三〇〇km²の大河である。河川勾配は上流部六〇分の一～七〇分の一、しかし下流部は一四〇〇分の一とゆるやかである。特に河口から一三・四kmも上流地点でもわずかに六mという。図下部の堀川橋近くの主要地方道三号沿いの水準点標高は三・六mである。

②現在は柱状節理で有名な玄武洞溶岩の円山川の河床にあった岩石、きっと、これまでに少しずつ、少しずつ削り取り今日のように円山川の流水が溜ることなく流れるようになったが、八百年前、千二百年前はこのようでなかったであろう。図は古代の水陸分布図―古地理図である。

③城崎温泉　七世紀初め、舒明天皇の御代、足を傷めた一羽のコウノトリが毎日沼地の同じ場所に降り立っていた。これを毎日眺めていた農夫が不審に思い、その場に行って発見したと伝える。その温泉が鴻の湯である。養老元（七一七）年道智上人が難病人救済のため、一千日の曼陀羅修法の末、掘り当てた温泉が「まんだら湯」である。また、道智上人が天平年間、十一面観音立像を本尊として温泉寺（真言宗）を開創した。現在境内には山門・薬師堂・十王堂・聖天堂・薬師庵・行者堂・本坊・鐘楼・多宝塔・七所明神社・奥ノ院大師堂等多くの建造物があるという。

七二二　真野の入江跡

兵庫県神戸市長田区東尻池町・西尻池町辺

関係地図　1／20万 京都及大阪　1／2.5万 神戸南部

725 まののいりえ

堀河院御時御前にて各題をさぐりて歌つかうまつりけるに、すすきをとりてつかまつれる

•うづらなくまののいりえのはまかぜにをばななみよる秋のゆふぐれ　源俊頼朝臣　⑤金葉集　二三九

（参考）かりねする真野の入江の秋のよにかたしく袖は尾花なりけり　源親長朝臣　続千載集　八〇三

（参考）わぎもこが　そでをたのみて　まののうらの　こすげのかさを　きずてきにけり　万葉集　二七七一

（参考）まののいけの　こすげをかさに　ぬはずして　ひとのとほなを　たつべきものか　万葉集　二七七二

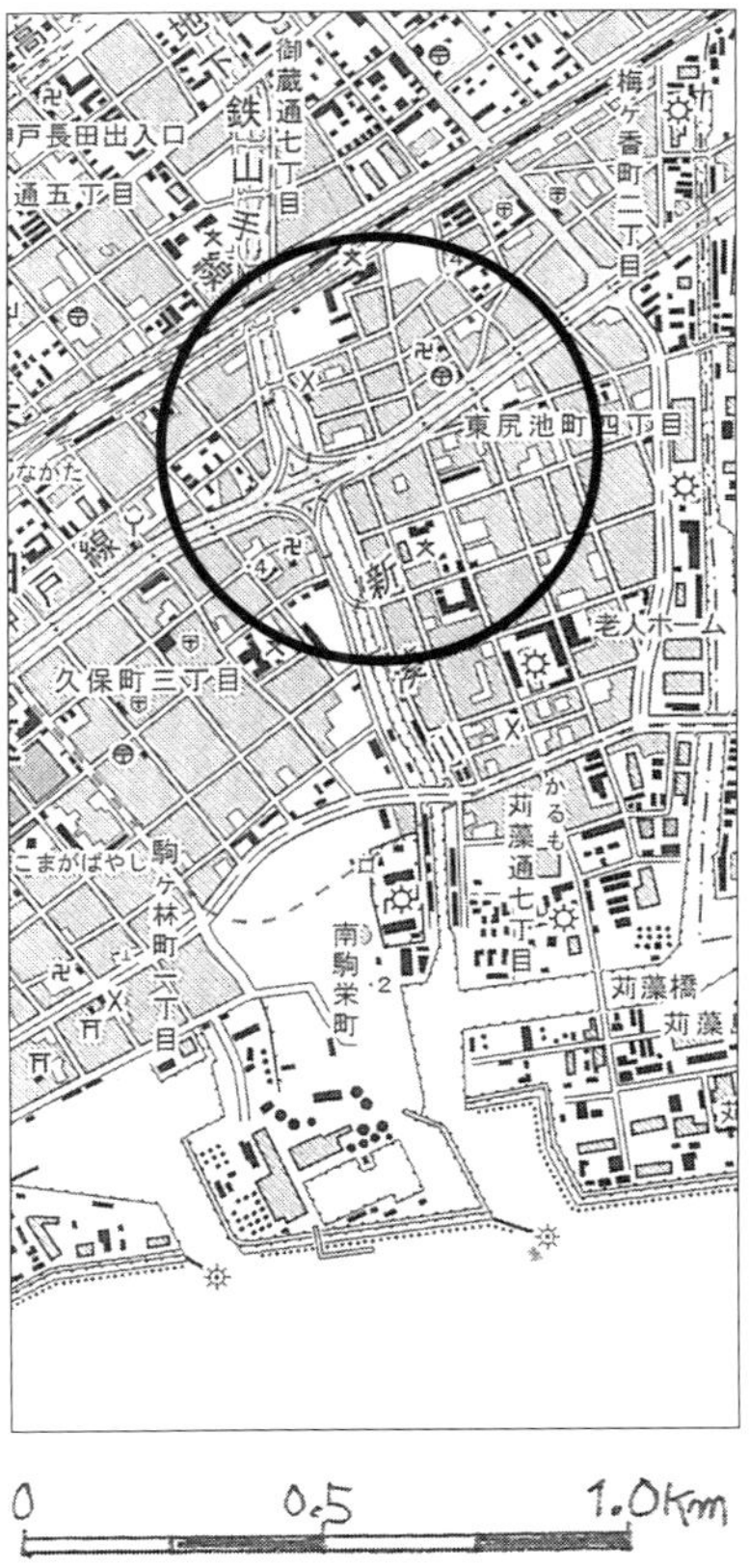

1／2.5万　神戸南部

（メモ）

①「真野」は、『和名抄』摂津国八田部《夜多倍》郡に「長田郷」がある。現在の神戸市長田区で、新湊川の左岸に位置する。現在の町名は、長田区東尻池町一―一〇丁目、同区西尻池町一―五丁目一帯に比定されている。ここに、「真野の入江」又、「真野の池」があったので、町名として残った。

②地物で示すと、高速神戸二号線湊川Jct・真野公園・真野小学校・市営真野住宅等。

七二三　真野の萩原

兵庫県神戸市長田区真野町一帯

関係地図　1／20万　京都及大阪　1／2.5万　神戸南部

727

まののはぎはら

はぎをよめる

・しらすげのまののはぎはらつゆながらをりつる袖ぞ人なとがめそ　大宰大弐長実　⑤金葉集　二二九

・おく露もしづ心なく秋風にみだれてさけるまのの萩原　祐子内親王家紀伊　⑧新古今集　三三二

（参考）いざこども　やまとへはやく　しらすげの　まののはりはら　たをりてゆかむ　高市連黒人　万葉集　二八〇

しらすげの　まののはりはら　ゆくさくさ　きみこそみらめ　まののはりはら　黒人妻答歌　万葉集　二八一

（参考）まののうらの　よどのつぎはし　こころゆも　おもへやいもが　いめにしみゆる　吹芡刀自　万葉集　四九〇

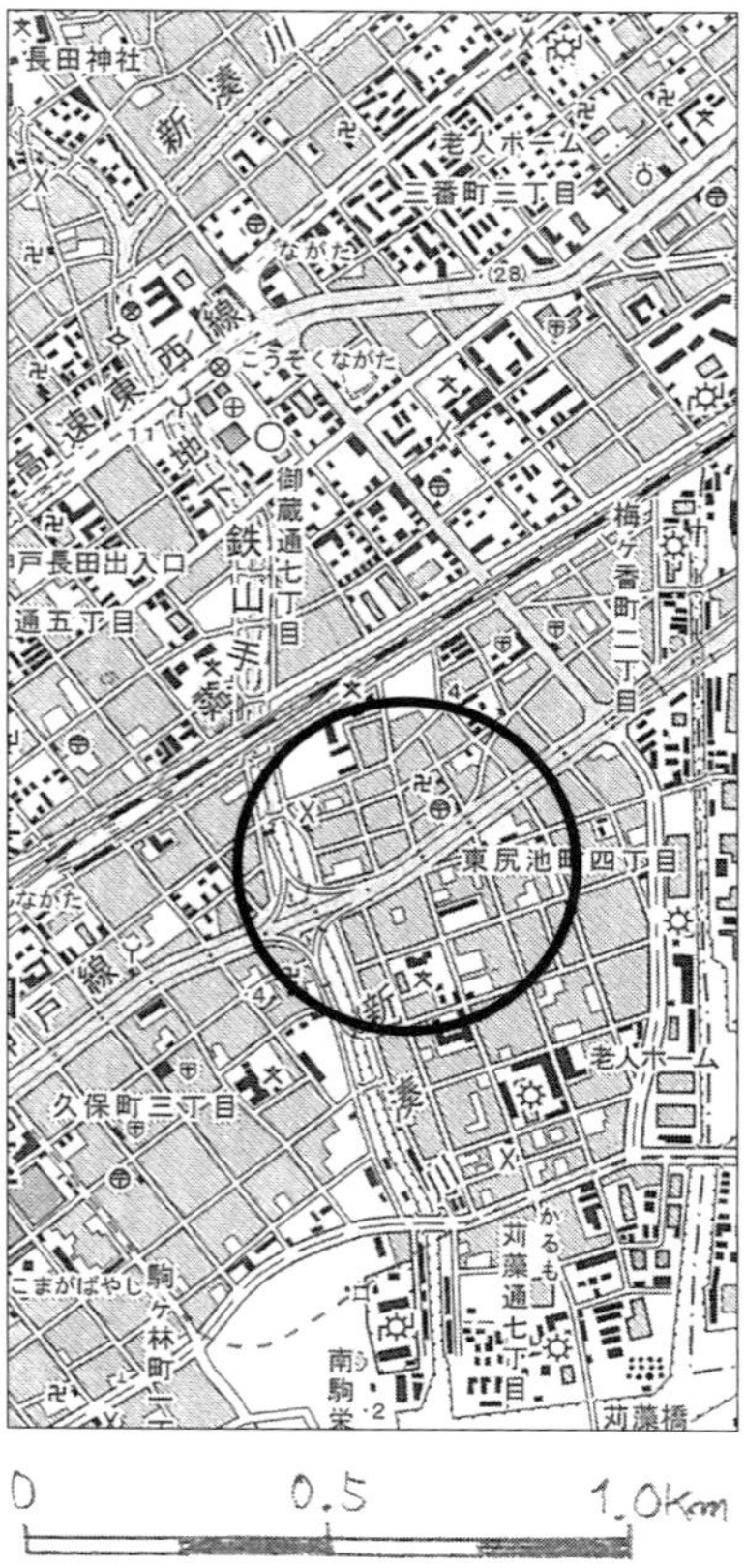

1／2.5万　神戸南部

（メモ）

①神戸市長田区真野にあった「真野の入江」「真野の池」は勿論、周辺一帯の低湿地にはヨシ・アシ・マコモ等の植物が繁茂していた。

②低湿地である故、所々に水溜りが出来る。そのような所に間伐材を二～三本縛って、飛び〳〵の橋としたのが「継ぎ橋」である。

七二四　円山川

兵庫県豊岡市日高町上郷

関係地図　1／20万　鳥取　1／5万　出石　1／2.5万　江原

328

けたがは

源頼光が但馬守にてありける時、たちのまへにけたがはといふかはのある、かみよりふねのくだりけるをしとみあくるさぶらひしてとてはせければ、たでと申す物をかりてまかるなりといふをききて、くちずさみにいひける

・たでかるふねのすぐるなりけり　源頼光朝臣

これを連歌にききなして

あさまだきからろのおとのきこゆるは　相模母　⑤金葉集　六五九

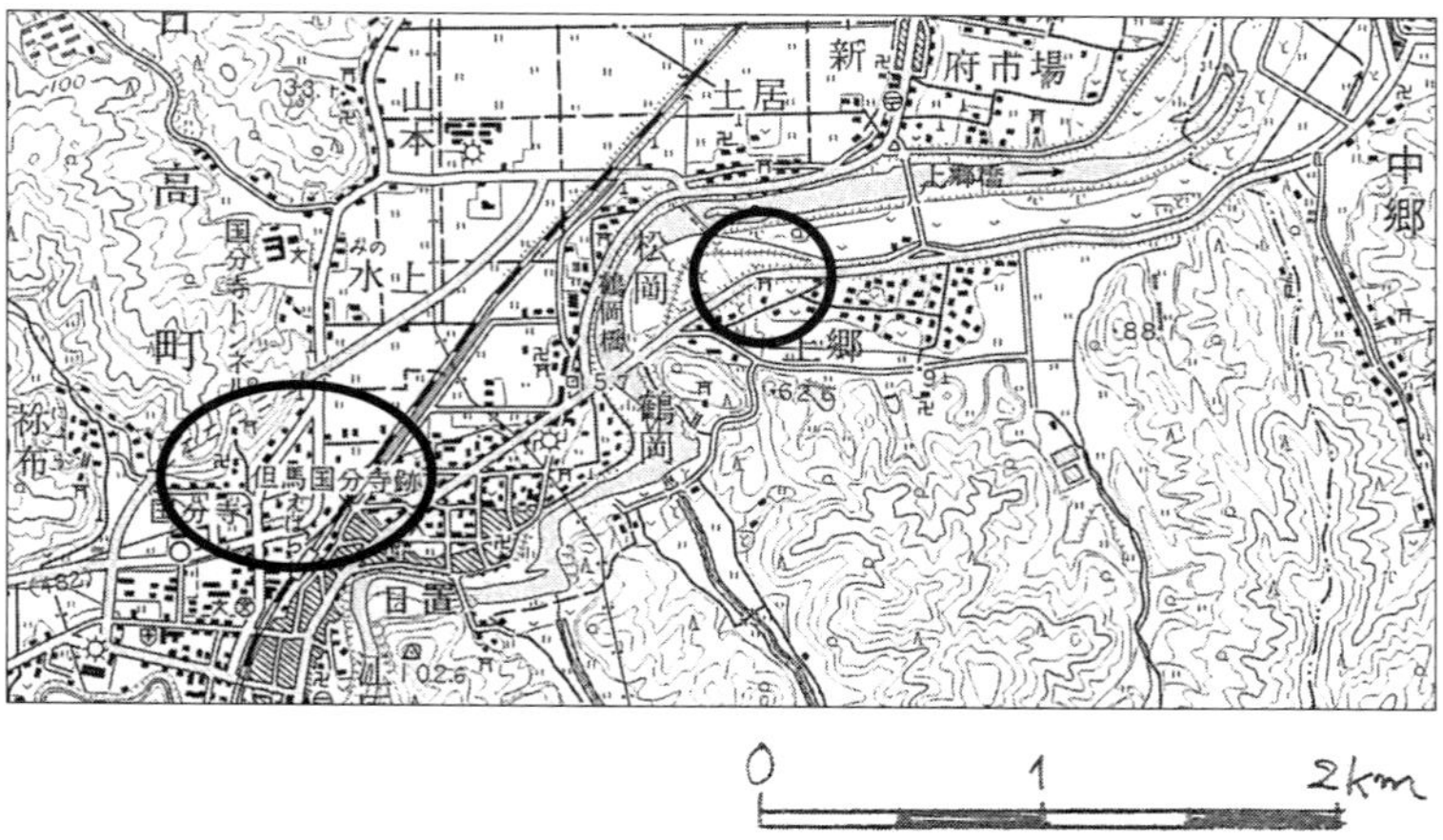

1／5万　出石

（メモ）

①『和名抄』但馬国府は気多郡にあった。現在の豊岡市日高町祢布《にょう》（ＪＲ山陰本線江原駅西）の「祢ケ森遺跡」という。気多郡高田郷に作られた第二次但馬国府は九世紀前半の二間×九間以上の東西方向の大型掘建柱建物、四脚門をもつ築地塀跡が出土。また、第一次但馬国府は豊岡市日高町国分寺周辺であったという。

②但馬国分寺跡（豊岡市日高町国分寺）昭和四八年の発掘調査で、塔の礎石、一辺一六ｍ四方の基壇や金堂跡、焼失時の灰層や多量の瓦等を確認したと。

③地図〇内に、郷社気多神社が鎮座。祭神は大己貴命。『延喜式神名帳』但馬国気多郡の、気多神社。古来総社大明神と称されて崇敬されたという。

④以上により、「気多川」は、郷社気多神社辺を流れる円山川の、気多郡内、また但馬国庁内での呼称であった。

七二五　湊

兵庫県南あわじ市湊・湊里

関係地図　1／20万　徳島　1／5万　鳴門海峡

754　みなと

みなとといふところをすぐとてよめる

・おもふことなけれどぬれぬわがそではうたたあるのべのはぎのつゆかな　能因法師　④後拾遺集　二九六

・みなといりの葦わけを舟さはりおほみわが思ふ人にあはぬころかな　人まろ　③拾遺集　八五三

（参考）みなとの　あしのうらばを　たれかたをりし　わがせこが　ふるてをみむと　われぞたをりし　旋頭歌　柿本朝臣人麿　万葉集　一二八八

1／5万　鳴門海峡

（メモ）

①南あわじ市湊は、三原川河口左岸に位置する。播磨灘に面する。古代から中世にかけて、淡路国の国府津の役割を果たした。近世以降は淡路島西海岸最大の港。

②橘為仲朝臣の歌、

　おなしくに、みはらといふ所にて、

宮こにてみしにおとらぬ月なれやもしほの煙立まかふとも

がある。

③西あわじ市湊里に湊口神社鎮座。祭神速秋津比古命・速秋津比売命・誉田別尊。『延喜式神名帳』淡路国三原郡の「湊口神社」。当社の古跡地は、現在「沖の荒神」と呼ばれる高台であったという。周辺の湊貝岩層からアンモナイトが出る。

七二六　湊川

兵庫県神戸市兵庫区福原町。湊川公園

関係地図　1／20万　京都及大阪　1／2.5万　神戸首部

755　みなと川

夜泊鹿といへるこころをよめる

・みなと川うきねのとこにきこゆなりいく田のおくのさをしかのこゑ　刑部卿範兼　⑦千載集　三一二

・みなと川夜ふねこぎいづるおひかぜに鹿のこゑさへせとわたるなり　道因法師　⑦千載集　三一五

（参考）みなと川夏のゆくてはしらねどもながれてはやきせぜのゆふしで　順徳院御歌　風雅集　四四五

（参考）湊川もみぢ吹きこす木がらしに山本くだるあけのそほ舟　良心法師　新続古集　六三一

1／2.5万　神戸首部

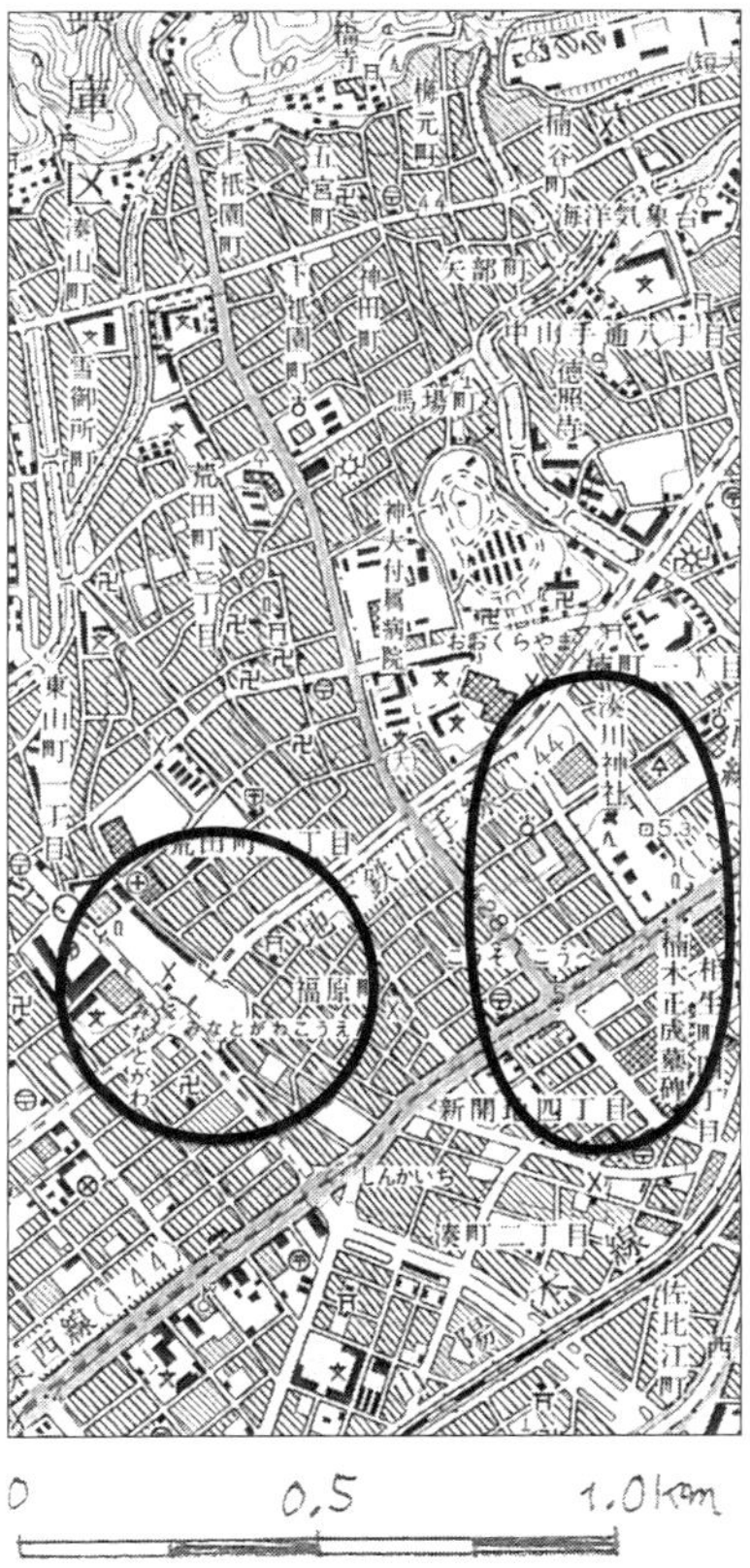

（メモ）

①湊川は神戸市兵庫区湊山町で、石井川と天王谷川と併せ、新湊川となって大阪湾に注ぐ。

②ここは源平の合戦や太平記の合戦の場であった。建武三（一三三六）年五月二五日条に、

……吉良・石塔・高・上杉の人々六千余騎にて、湊川の東へ懸け出でて、後を切らんとぞ取り巻きける。正成・正季また取って返してこの勢にかかり、懸けては打ち違へて殺し、懸け入っては組んで落ち……

などとあり、楠正成らは自害。

七二七　六甲山　兵庫県神戸市北区有馬町の山

関係地図　1／20万 京都及大阪　1／5万 大阪西北部

64 ありまやま

かれがれになるをとこのおぼつかなくなどいひたるによめる　大弐三位

・ありまやまゐなのささはら風ふけばいでそよ人をわすれやはする

④後拾遺集　七〇九

・しながどりゐなのをゆけばありまやま夕ぎりたちぬやどはなくして　よみ人しらず

⑧新古今集　九一〇

(参考) ゐなのうらみを　こぎくれば　ありまやま　ゆふぎりたちぬ　やどりはなくて　万葉集　一一四〇

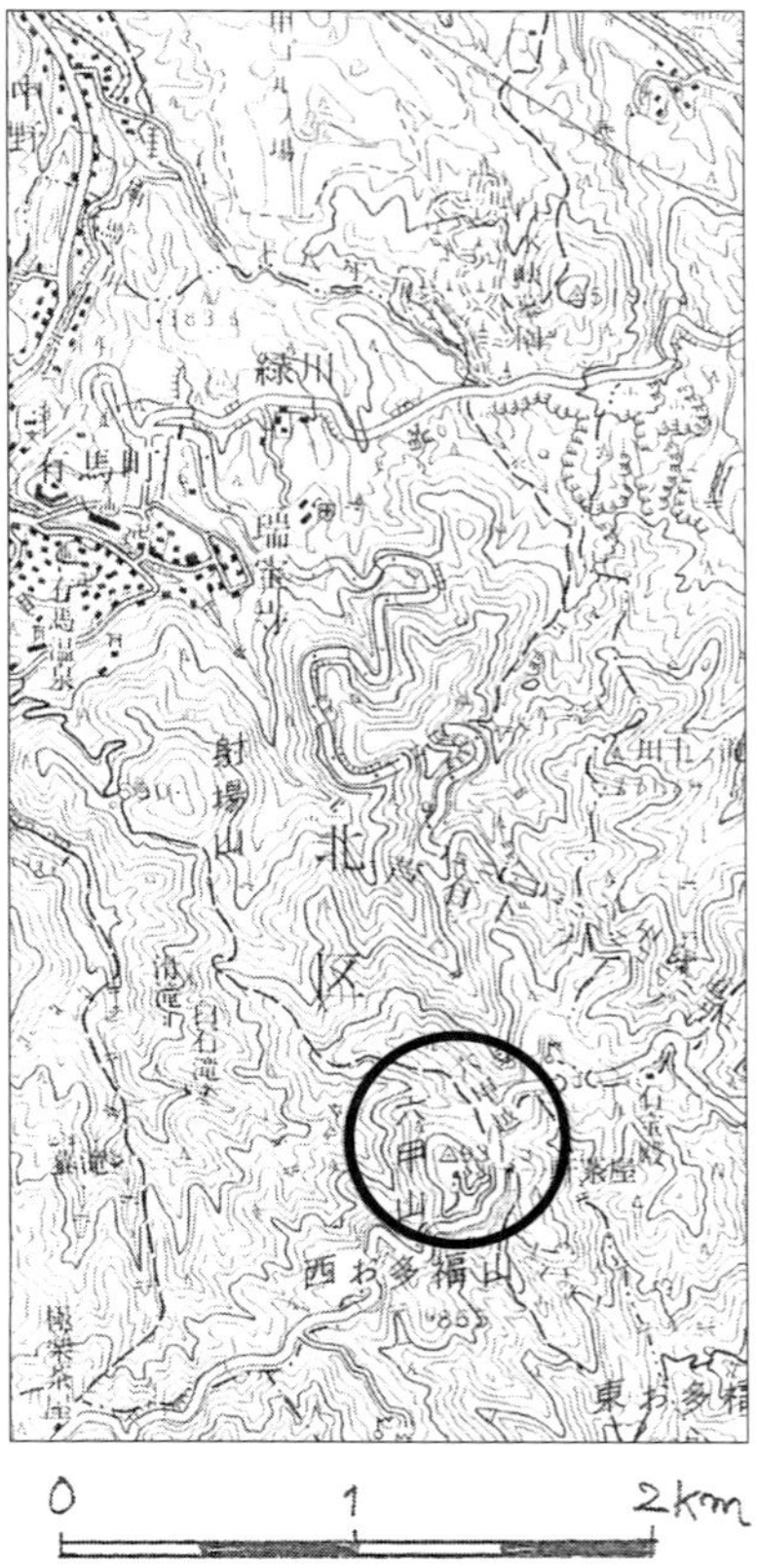

1／5万 大阪西北部

(メモ)

①『和名抄』摂津国に「有馬郡」がある。有馬山は有馬郡の山。

②有馬温泉周辺の山の標高は三百m、五百m、また高くても七百m。これらの山の中にあってすぐわかる山、それは一等三角点本点のある標高九三一・三mの六甲山。この山の東半部は武庫郡、西半部は有馬郡である。六甲山は有馬の山代表。

③次の伝説がある。第一四代仲哀天皇と先后との皇子麛坂皇子・恐熊皇子は、父仲哀天皇崩御後に、神功皇后をにくんで兵をおこした。神功皇后の三韓よりの御帰還をこの地で待っていた。しかし、このことを知り麛坂王と五人の逆臣を殺し、その兜首六頭をこの峯に埋めたので、六甲山の名がついたという。

④六甲山は花崗岩が構成。同じ花崗岩は御影にも産するので石材名は「御影石」。

七二八　青根ヶ峰　奈良県吉野郡吉野町吉野山

関係地図　1／20万 和歌山　1／5万 吉野山　1／2.5万 新子《あたらし》

66 あをね

春日社歌合とて人人よみ侍りける時、よめる　顕昭法師

・よし野川みかさはさしもまさらじをあをねをこすや花のしら浪

⑦千載集　六五

(参考) みよしのの　あをねがたけの　こけむしろ　たれかおりけむ　たてぬきなしに　万葉集　一一二〇

(参考) よし野川いはせの浪による花やあをねが峰にきゆるしらくも　従三位頼政　風雅集　二五六

(参考) 雲かかるあをねが峰の苔莚いくよへぬらんしる人ぞなき　修理大夫顕季　新拾遺集　一七四三

(参考) みよし野のあをねが嶺は名のみして時雨にうつる木木のもみぢば　中宮　新葉集　三九四

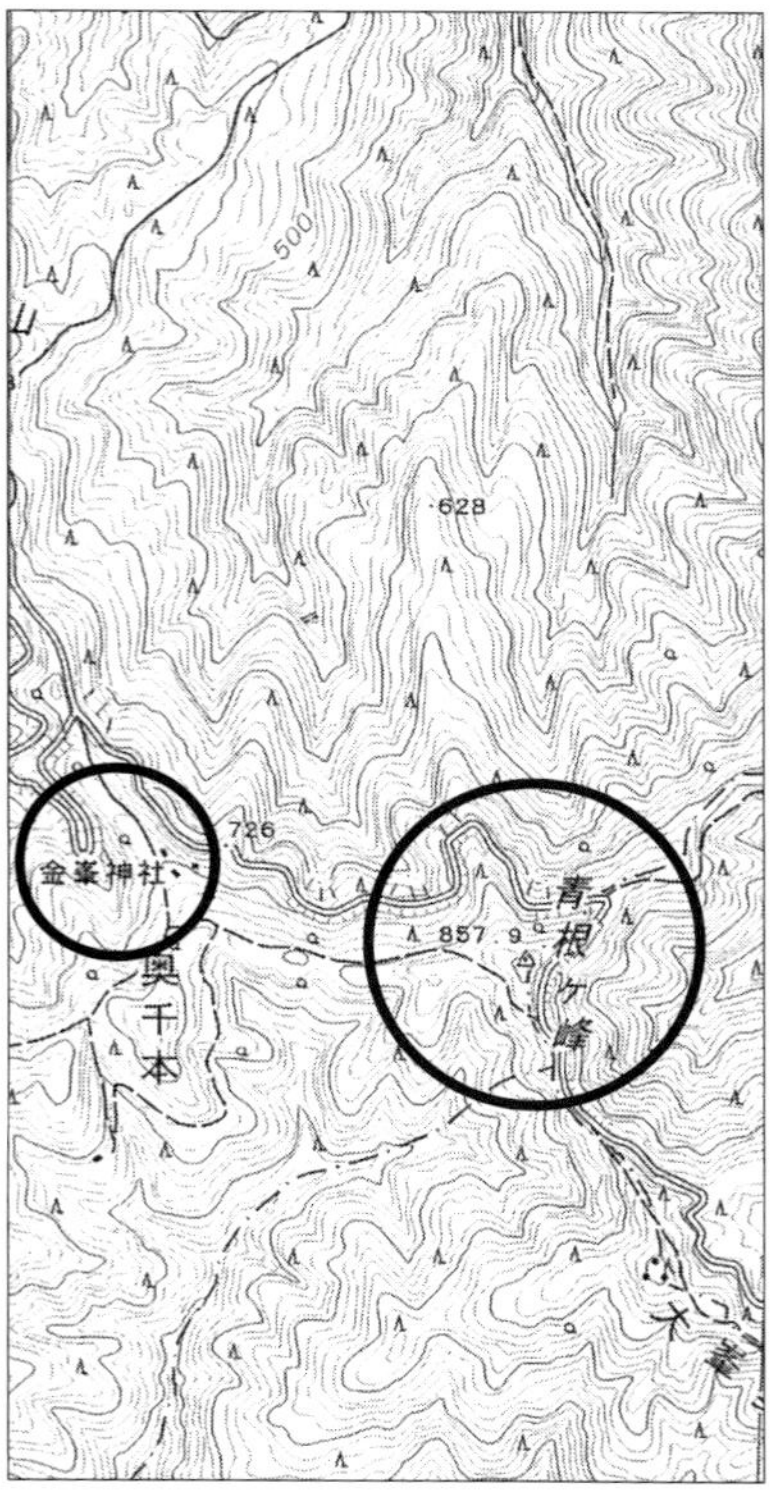

1／2.5万 新子

(メモ)

①青根ヶ峰は吉野山の最高峰。標高は八五七・九m。吉野町奥千本・喜佐谷、川上村西河、黒滝村槙尾の三町村に及ぶ。

②山腹には『延喜式神名帳』の吉野水分神社大月次新嘗がある。神名帳には更に、金峯神社名神大月次新嘗がある。地図の〇印。

七二九　蜻蛉の滝

奈良県吉野郡川上村大滝

関係地図　1／20万 和歌山　1／2.5万 新子

193 おとなしのたき

家に歌合し侍りけるによめる

・こひわびてひとりふせやによもすがらおつるなみだやおとなしのたき　中納言俊忠

⑥詞花集　二三二

817 よしののたき

・おとにのみありとききこしみよしのの滝はけふこそ袖におちけれ　読人しらず

⑧新古今集　九九一

(参考) いつよりかいもせの中におちそめてよし野の滝を袖にせくらん　後小松院御製

新続古集　一〇六三

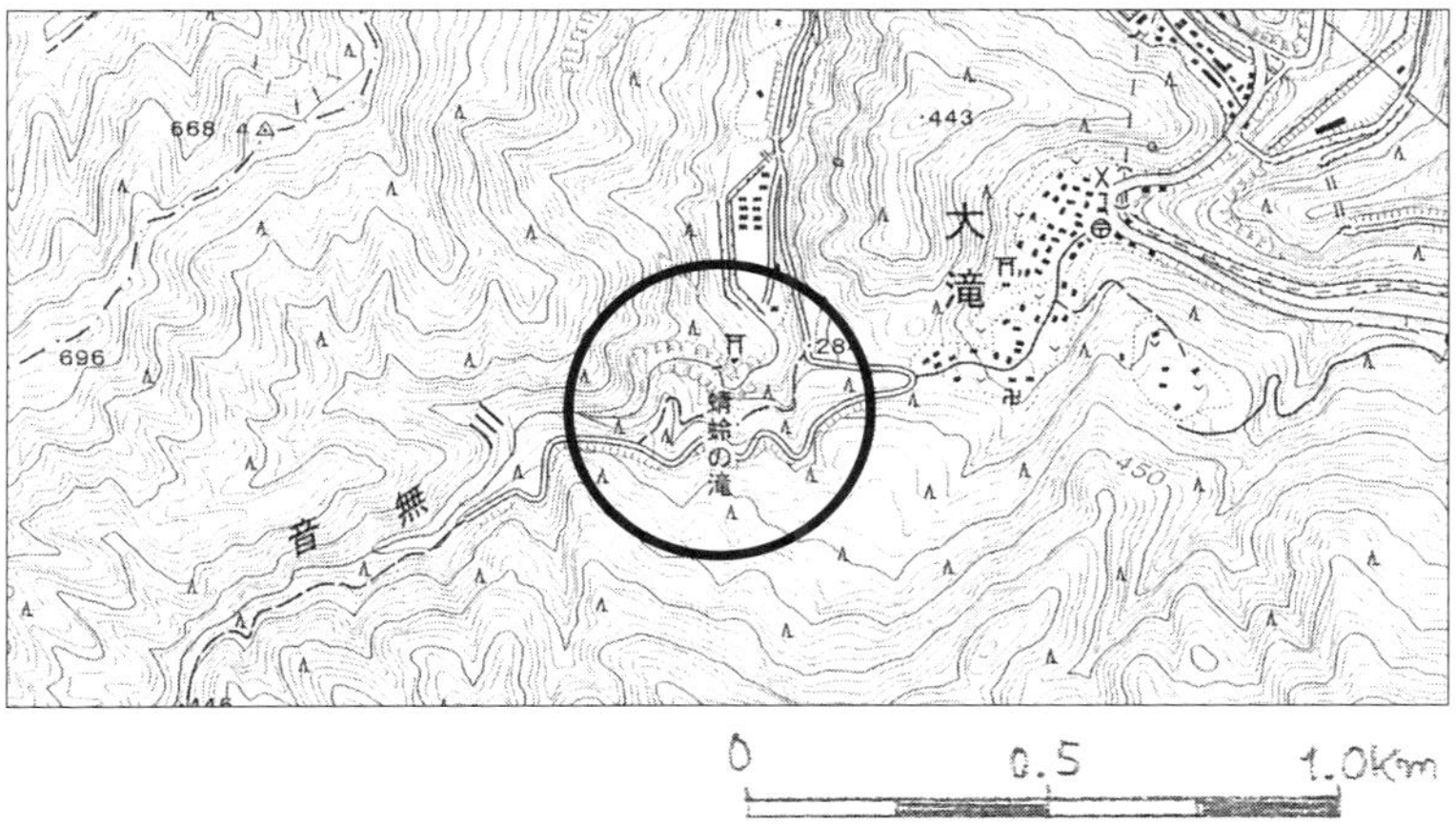

1／2.5万　新子

(メモ)

①蜻蛉の滝は、青根ケ峯の中腹、女人結界碑から音無川に沿って下る約六km地点にある。音無川に懸る滝であるので、「音無滝」の名も当然。

②松尾芭蕉は貞享五（一六八八）年にこの地に旅し、『笈の小文』に、

西河《にじかう》

ほろ〳〵と山吹ちるか滝の音

蜻鳴《せいめい》が滝

とある。元禄九（一六九六）年貝原益軒『和州巡覧記』に、

清明が滝　青折が峯より一里有。此滝は、岩間より漲落る滝也。一二間許もあらんか、甚見事なる滝也。滝の上、岩の間に淵有。此下の辺蜻蛉の小野とて名所なり。

とある。滝の側面巌上に弁天宮あり。付近に不動明王像と役行者像を祀る不動堂がある。

七三〇　秋津の野辺

奈良県吉野郡吉野町宮滝・御園・菜摘辺

関係地図　1／20万 和歌山　1／5万 吉野山

9 秋つののべ

よしの の宮にたてまつるうた

・ちはやぶる　わがおほきみの　きこしめす　あめのしたなる　草の葉も　うるひにたりと　山河の　すめるかうちと　みこころを　よしののくにの　花ざかり　秋つののべに　宮ばしら　ふとしきまして　ももしきの　大宮人は　舟ならべ　あさ河わたり　ふなくらべ　ゆふかはわたり　この河の　たゆる事なく　この山の　いやたかからし　たま水の　たぎつの宮こ　見れどあかぬかも　人まろ

③拾遺集　五六九

(参考) みよしのの　あきづのをのに　かるかやの　おもひみだれて　ぬるよしぞおほき　万葉集　三〇六五

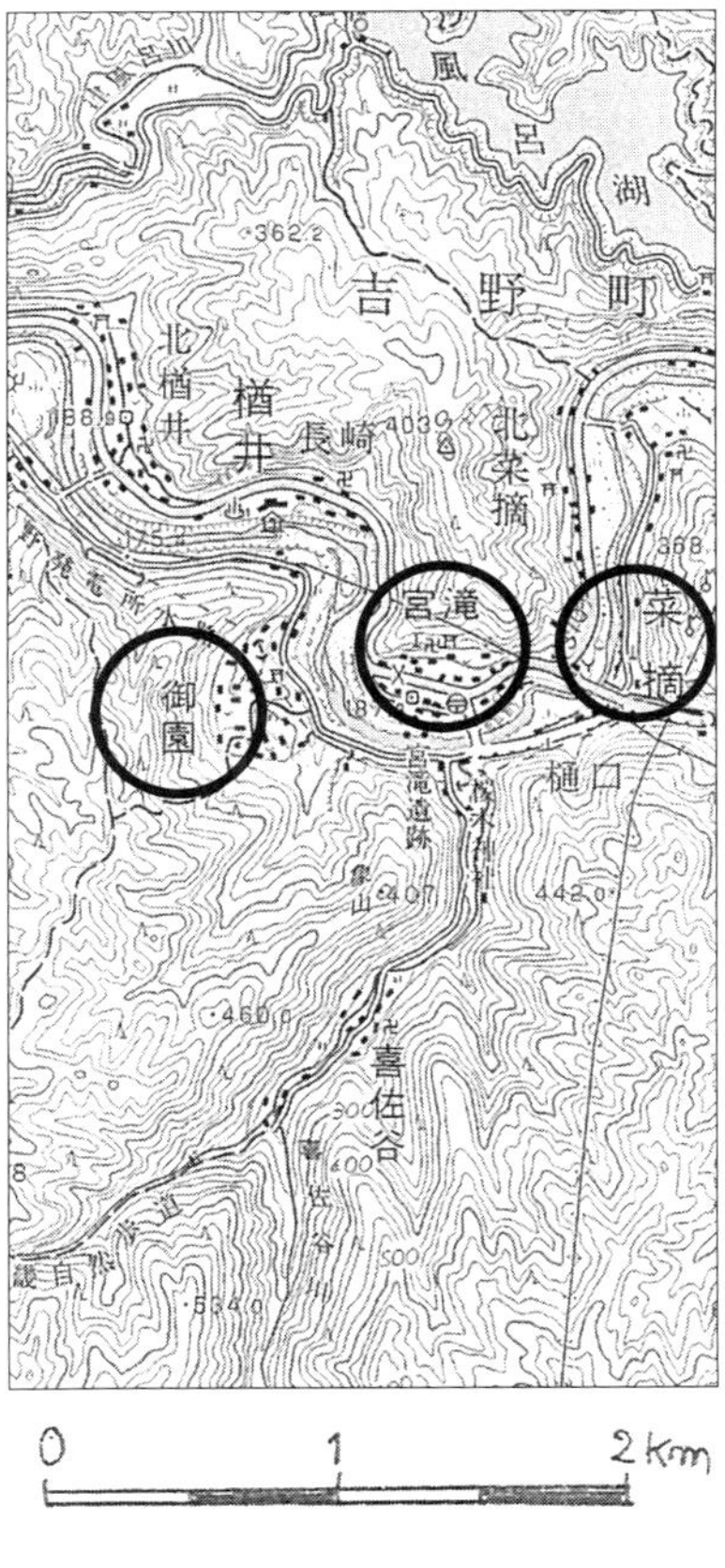

1／5万　吉野山

(メモ)

①「秋津野」は吉野町宮滝にあった吉野宮辺。秋津野は秋津小野、蜻蛉小野とも書かれる。

②『日本書紀』雄略天皇四（四六〇）年八月条に、

一八日に吉野宮に行幸す。二〇日河上の小野に幸す。……虻、疾く飛び来て天皇の臂をくふ。是に、蜻蛉、忽然に飛び来て虻をくひてもて去ぬ。……。因りて蜻蛉を讃めて、此の地を名けて蜻蛉野とす。

とある。この地には「蜻蛉の滝」もある。

七三一　朝《あした》の原

奈良県北葛城郡王寺町葛下

関係地図　1／20万 和歌山　1／5万 大阪東南部

23　朝の原

・霧立ちて雁ぞなくなる片岡の朝の原は紅葉しぬらむ　よみ人しらず　①古今集　二五二

・春立ちて朝の原の雪見ればまだふる年の心地こそすれ　平祐挙　③拾遺集　七

草花告秋といへることをよめる

・さきそむるあしたのはらのをみなへしあきをしらするつまにぞありける　源雅兼朝臣　⑤金葉集　一六八

（参考）あすからはわかなつませむかたをかのあしたのはらは今日ぞやくめる　人丸　和漢朗詠集　三五

（参考）またれつるこころもしるく春くればあしたの原にうぐひすぞなく　読人不知　夫木抄　三五六

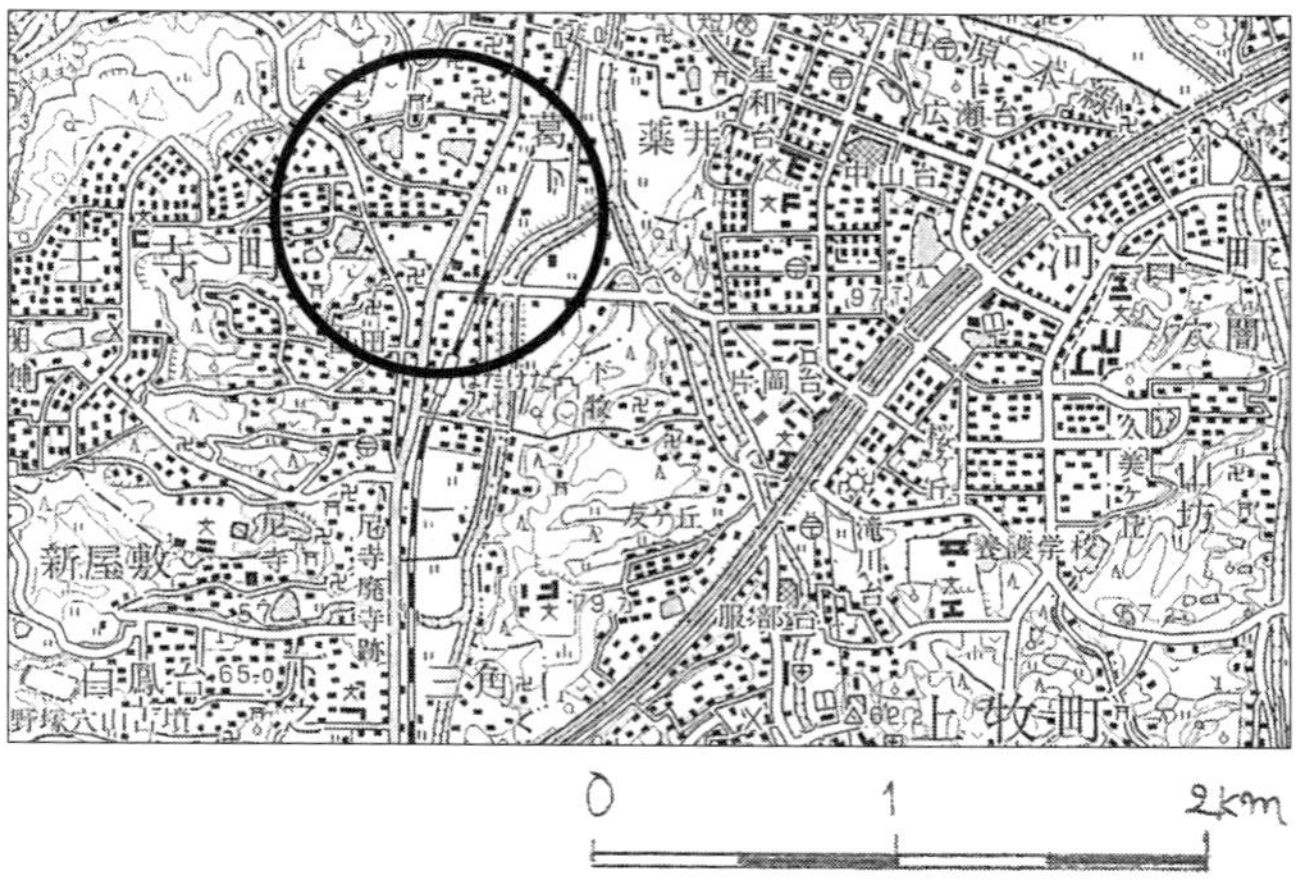

1／5万　大阪東南部

（メモ）

①「葦田の原」は古代、平安期に大和国葛下郡にあった地名。『延喜式』諸陵寮に

片岡葦田墓　茅渟皇子。在大和国葛下郡。兆域東西五町。南北五町。無守戸。とあると。茅渟皇子は第三〇代敏達天皇の孫、皇極・孝徳両天皇の父。

②『日本書紀』天武天皇元年七月癸巳是日条に「葦池の側に戦ふ」とある。この「葦池」は「葦田池」で「肩岡池」に同じという。

③同書推古天皇一五年是歳条に、「冬に倭国に、肩岡池作る」とある。『大和志』に「葛下郡葦田池、在王寺村。広三百三十余畝。一名片岡池」とある。葦田池にヨシ・アシが繁茂したものか。

七三二　飛鳥川

奈良県高市郡明日香村栢森の飛鳥神奈備神の加夜奈留美命神社下を流れる飛鳥川

関係地図　1／20万 和歌山　1／5万 吉野山

27　あすか河

年のはてによめる

・昨日といひけふとくらしてあすかがは流れてはやき月日なりけり　はるみちのつらき　①古今集　三四一

・あすか河心の内にながるればそこのしがらみいつかよどまん　よみ人しらず　②後撰集　一〇一三

（参考）あすかがは　あすだにみむと　おもへやも　わがおほきみの　みなわすれせぬ　柿本朝臣人麿　万葉集　一九八

262　かみなみ川

・かはづなくかみなみ川にかげ見えていまかさくらむ山吹の花　厚見王　⑧新古今集　一六一

1／5万　吉野山

（メモ）

①飛鳥川は明日香村冬野と桜井市鹿路《ろくろ》間の竜在峠付近を源とし、高市郡明日香村祝戸で冬野川を併せ、大和三山の間を西北流し、橿原市八木と今井の間を流れ、北上し、川西町保田で大和川に注ぐ。流路延長約二五km・流域面積約四三㎢。

②太古は豊浦から北流し天ノ香具山の西方を流れていたが、その後、地殻変動で流路を変えたという。

七三三　飛鳥の里

奈良県高市郡明日香村

関係地図　1／20万 和歌山　1／2.5万 畝傍山

28

あすかの里

和銅三年三月、ふぢはらの宮よりならの宮にうつりたまひける時

・とぶとりのあすかの里をおきていなば君があたりはみえずかも有らん　元明天皇御歌　⑧新古今集　八九六

（参考）ふりにけるあすかのさとのほととぎすなくねばかりやかはらざるらん　岡屋入道前摂政太政大臣　続古今集　二二一

（参考）ふりくらすけふさへ雪に跡たへばあすかの里を誰かとふべき　源兼氏朝臣　続千載集　六八七

1／2.5万 畝傍山

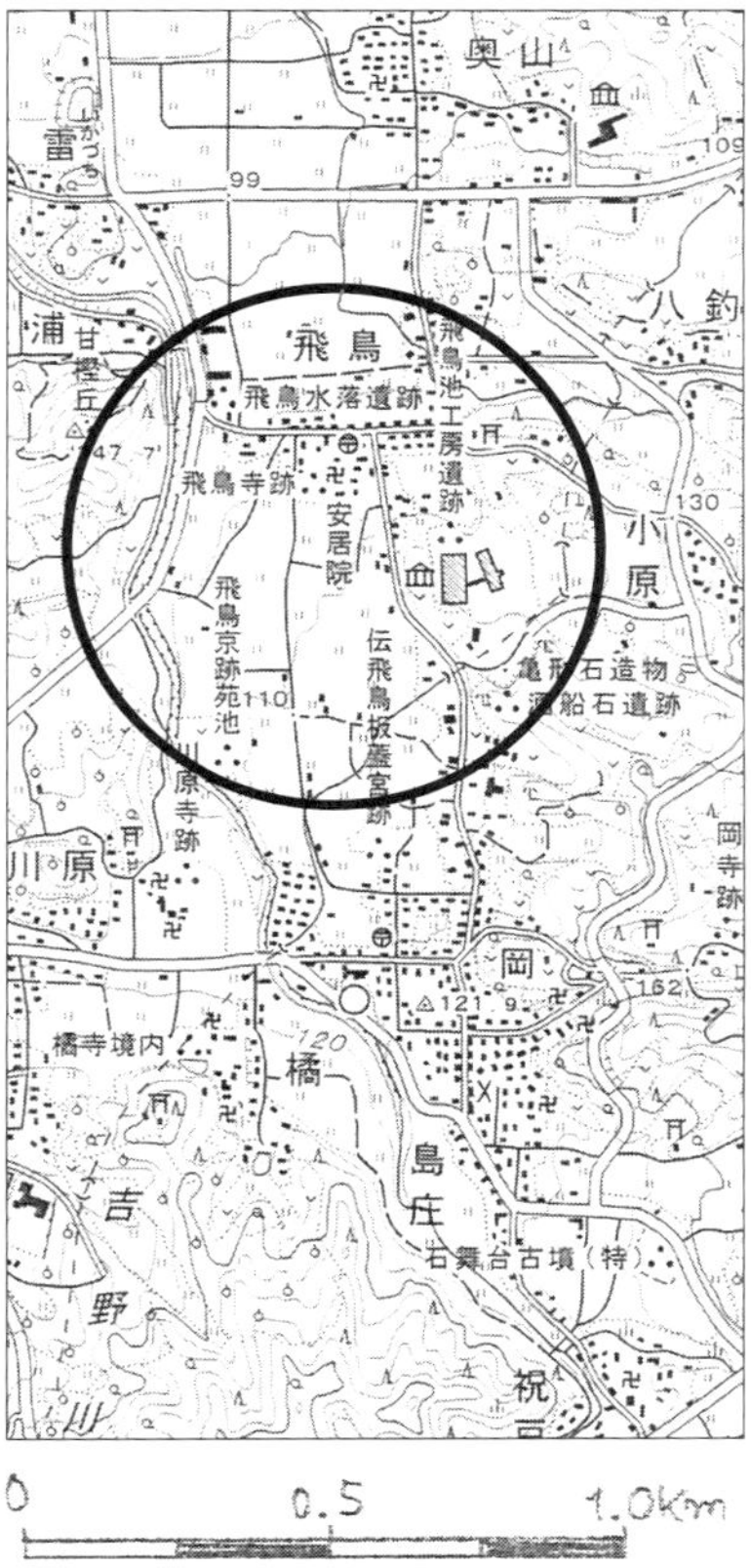

（メモ）

①現在の明日香村は高市郡。大和川支流の飛鳥川上流域に位置。「アスカ」は鳥の「鳥名鶍《いすか》」「鶍《いすか》」「交喙《いすか》」に由来し、イスカが多く群棲していたに由ると。

②イスカはスズメ目アトリ科。小形でスズメよりやや大きく、雄は暗緑色、雌は黄緑色。翼と尾羽は黒褐色。くちばしは上下食い違う。繁殖期は大体二月頃～八月頃。繁殖にはあまり声を出さなく、他の期間は群棲する。

③啼き声は「ジップ・ジップ」または「ギョッ・ギョッ」と地なきしながら飛ぶ。さえずりは「チュピー・チュピー・ツピー・ツピー」と静かな声。好んでマツの種子など食すと。

七三四　阿太の大野

奈良県五條市原町・西阿田町・南阿田町等。吉野川両岸一帯

関係地図　1／20万 和歌山　1／2.5万 五條

32

あだのおほの

野草帯露といへることをよめる

・まくずはふあだのおほののしらつゆをふきなみだりそ秋のはつかぜ　大宰大弐長実　⑤金葉集　一五七

（参考）まくずはら　なびくあきかぜ　ふくごとに　あだのおほのの　はぎのはなちる　万葉集　二〇九六

（参考）おくつゆのあだのおほののまくずはらうらみがほなる松むしのこゑ　後鳥羽院御製　続後撰集　三八〇

（参考）かたみこそあだのおほ野の萩の露うつろふ色はいふかひもなし　前中納言定家　新後撰集　一一四九

1／2.5万 五條

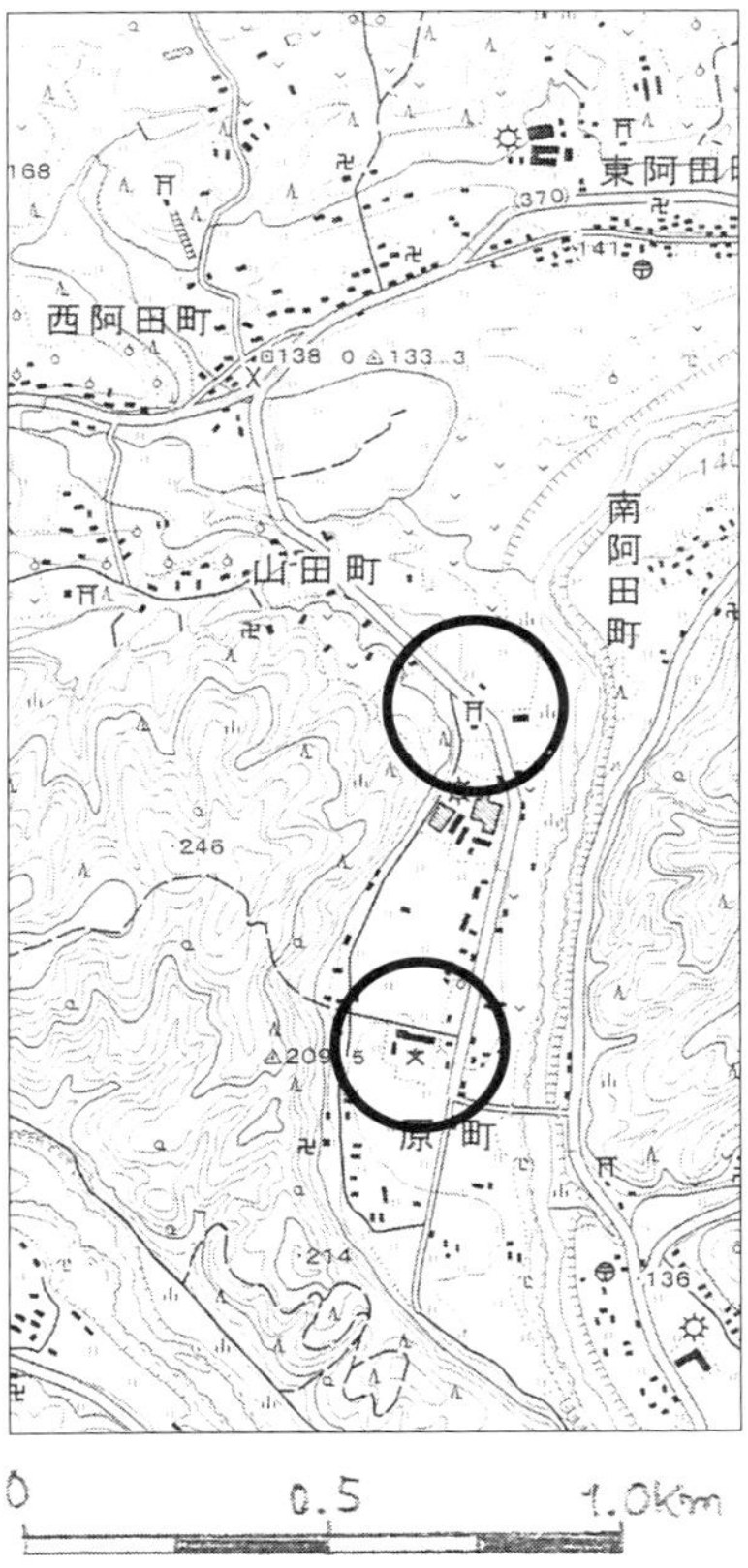

（メモ）

①『和名抄』大和国宇智郡に「阿陀郷」がある。現在、五條市に、西阿田町・東阿田町・山田町・宇野町・原町は吉野川右岸（北側）にある。また同市の南阿田町・島野町は左岸（南側）にある。これらすべての集落が古代の「阿太の大野」であったろう。

②図中の〇内学校は阿太小学校である。また〇内神社は『延喜式神名帳』宇智郡の阿陀比売神社。祭神は阿陀比売命（木花開耶比売命）・火須芹命・火火出見命・火照命。安産の神社として近隣の人々に崇敬されてきたという。

七三五　天香久山

奈良県橿原市南浦町

関係地図　1／20万　和歌山　1／2.5万　畝傍山

53　天のかぐ山

　春のはじめの歌

・ほのぼのと春こそ空にきにけらし天のかぐ山霞たなびく　　太上天皇　⑧新古今集　二

（参考）はるすぎて　なつきたるらし　しろたへの　ころもほしたり　あめのかぐやま　太上天皇御製　万葉集　二八

224　かごやま

　屏風のゐにやまのみねにゐて月みたる人かきたるところによめる

・かごやまのしら雲かかるみねにてもおなじたかさぞ月はみえける　大江嘉言　⑥詞花集　三〇二

1／2.5万　畝傍山

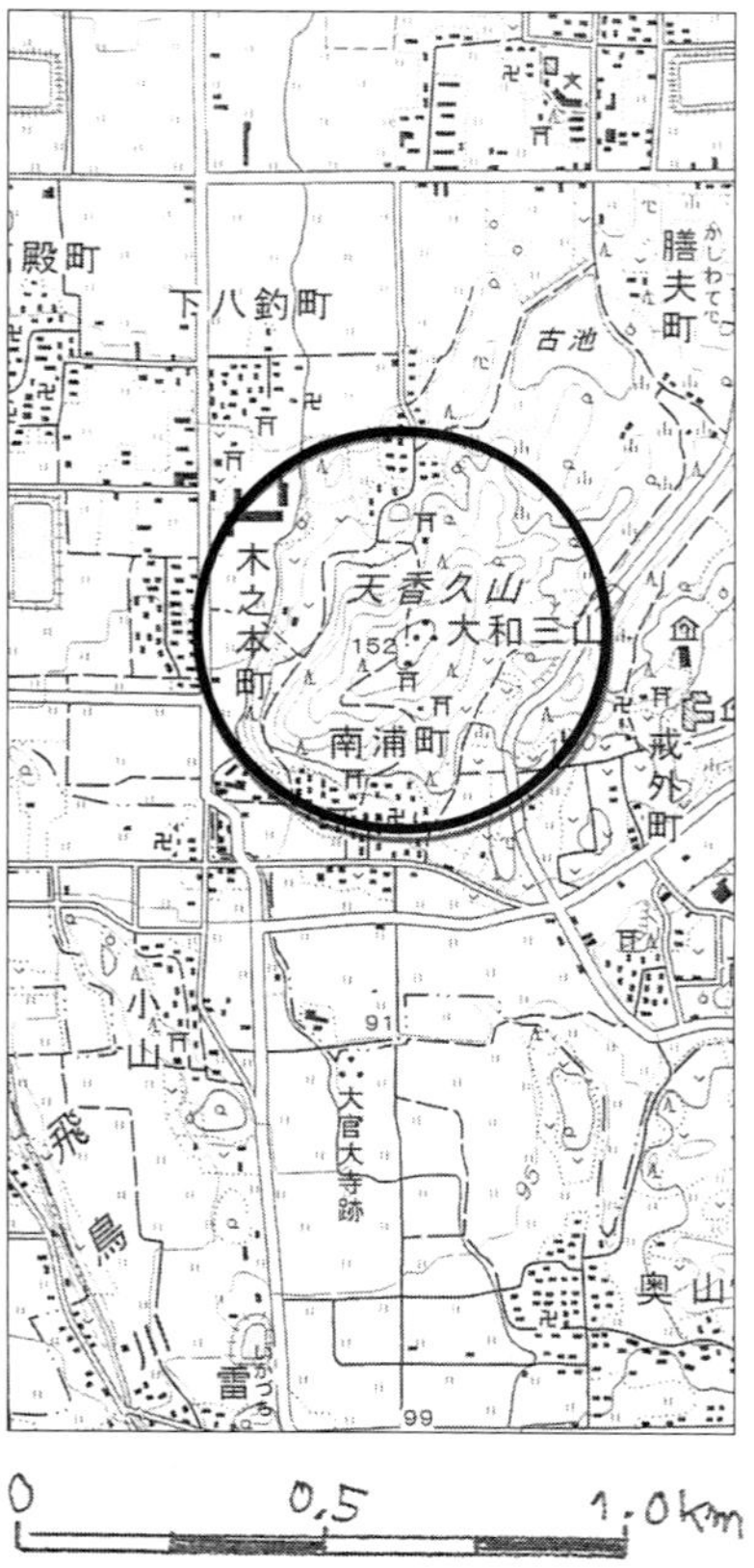

（メモ）

①大和三山の一つ。天の香久山の北側山腹には天香久山神社。山頂には国常立《くにとこたち》神社。南山麓の南浦《みなみうら》町には天照大神の岩戸隠れの場と伝える、岩戸を神体とする天岩戸神社がある。

②天香久山神社は『延喜式神名帳』大和国十市郡の

天香山坐櫛真命神社大月次新嘗元名大麻呂井天和神

という。

七三六　荒木神社

奈良県五條市今井町九〇五

関係地図　1／20万　和歌山　1／2.5万　五條

198　おほあらきのもり

・おほあらきのもりのした草おいぬれば駒もすさめずかる人もなし　よみ人しらず　①古今集　八九二

　いとまにてこもりゐて侍りけるころ、人のとはず侍りければ

・おほあらきのもりの草とやなりにけむかりにだにきてとふ人のなき　壬生忠岑　②後撰集　一一七八

・いたづらにおいぬべらなりおほあらきのもりのしたなる草葉ならねど　躬恒　③拾遺集　一〇八一

（参考）かくしてや　なほやまもらむ　おほあらきの　うきたのもりの　しめにあらなくに　万葉集　二八三九

1／2.5万　五條

（メモ）

①集落の北端で、荒木山を背に鎮座。『延喜式神名帳』では、

大和国宇智郡　荒木神社

祭神は不詳であるが、度会延経「神名帳考証」では、

建荒木命または大荒木命と。「神社覈録」では荒城朝臣を祭神と見ていると。当社の北には荒坂峠や荒坂池があり、この地の地主神かと。

②神社は旧伊勢街道に面し、万葉歌の「浮田の杜」とされ、奈良県史跡に指定。

七三七　斑鳩

奈良県生駒郡斑鳩町

関係地図　1／20万 和歌山　1／2.5万 信貴山

74 いかるが

うゑ人かしらをもたげて、御返しをたてまつる

・いかるがやとみのを河のたえばこそわがおほきみのみなをわすれめ　③拾遺集　一三五一

(参考)いかるがの　よるかのいけの　よろしくも　きみをいはねば　おもひぞわがする　万葉集　三〇二〇

(参考)いかるがやとみのを川のながれこそたえぬ御法のはじめなりけれ　権僧正良聖　新千載集　九一九

(参考)いかるがやよるかの池はこほれどもとみの小川ぞながれ絶えせぬ　権僧正公朝　夫木抄　一〇七八〇

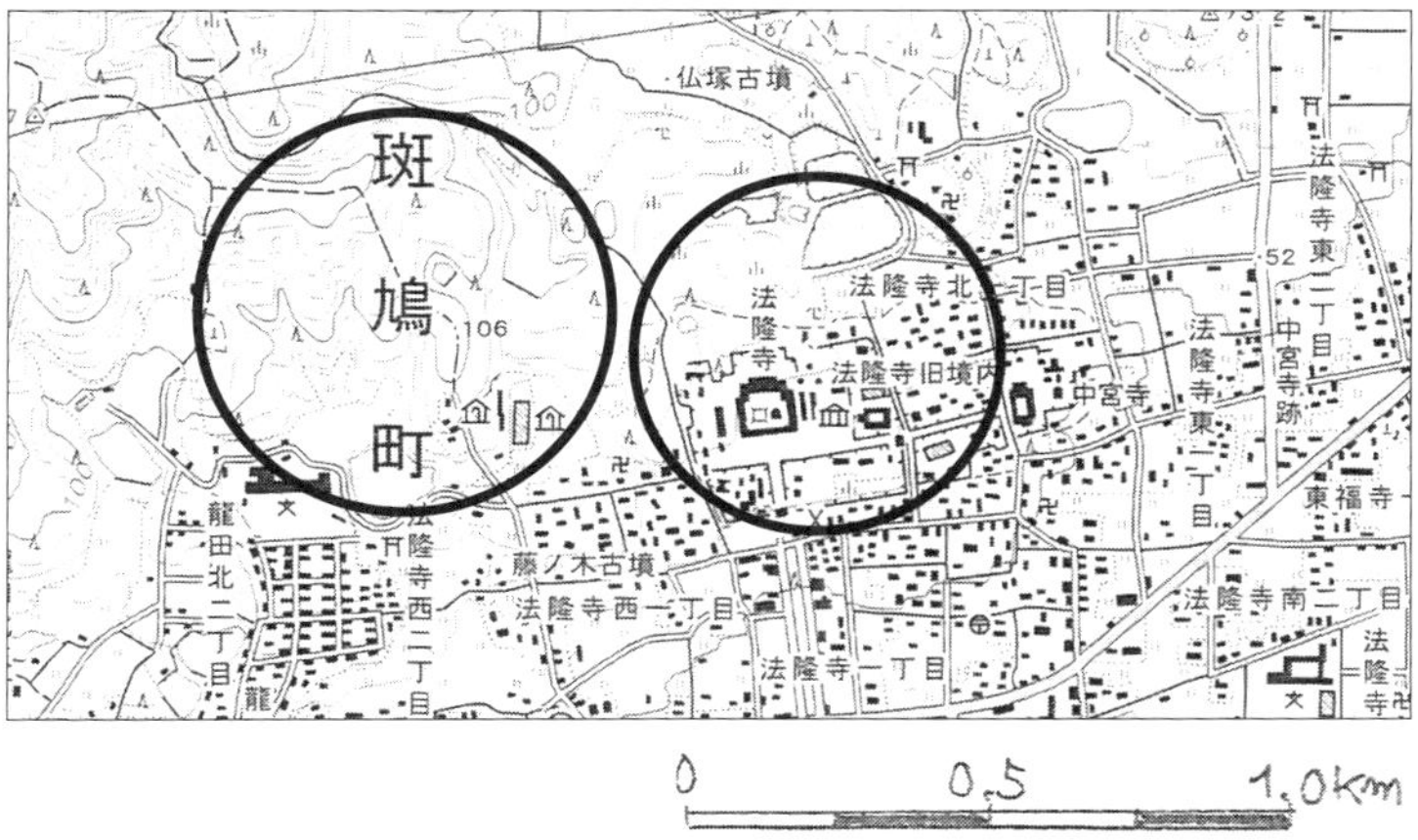

1／2.5万　信貴山

(メモ)

①「斑鳩《いかるが》」は鳩科のジュズカケ、またはスズメ科のマメマワシをさす。

②斑鳩は矢口丘陵の南端、大和盆地の西北隅で、大和川右岸に位置する。地名の由来は、この地に斑鳩が群棲していたに由るという。

③イカル　スズメ科の中で最大で、体は丸々と肥え、嘴が太く短く黄色。大豆を与えると、嘴に挟んで上手に廻し、縦に上下に挟まった時に、プチッとかみ割って食ふ習性があるので「豆廻し」の別名がある。

④鳴き声は「キッキツ」。「キョッ・キョツ」と地なきをし、「キャー、キコ・キー」・「キキ、キコ・キキキー」とさえずり、月・日・星と聞えるので三光鳥の名もある。旅鳥で、夏は北海道や東日本、冬は南日本・西日本で過ごす。

七三八　石上寺跡推定地

奈良県天理市石上町字寺内

関係地図　1／20万 和歌山　1／5万 桜井　1／2.5万 大和郡山

92 いそのかみでら

ならのいそのかみでらにて郭公のなくをよめる

・いそのかみふるき宮この郭公声ばかりこそむかしなりけれ　そせい　①古今集　一四四

(参考)むかしよりうゐけん時を人しれずはなにふりぬるいその神でら　後鳥羽院宮内卿　夫木抄　一六四五四

(参考)仁和のみかどみこにおはしましける時、ふるのたき御覧ぜむとておはしましけるみちに遍昭がははの家にやどりたまへりける時に、庭を秋ののにつくりておほむ物がたりのついでによみてたてまつりける　僧正遍昭

・さとはあれて人はふりにしやどなれや庭もまがきも秋ののらなる　①古今集　二四八

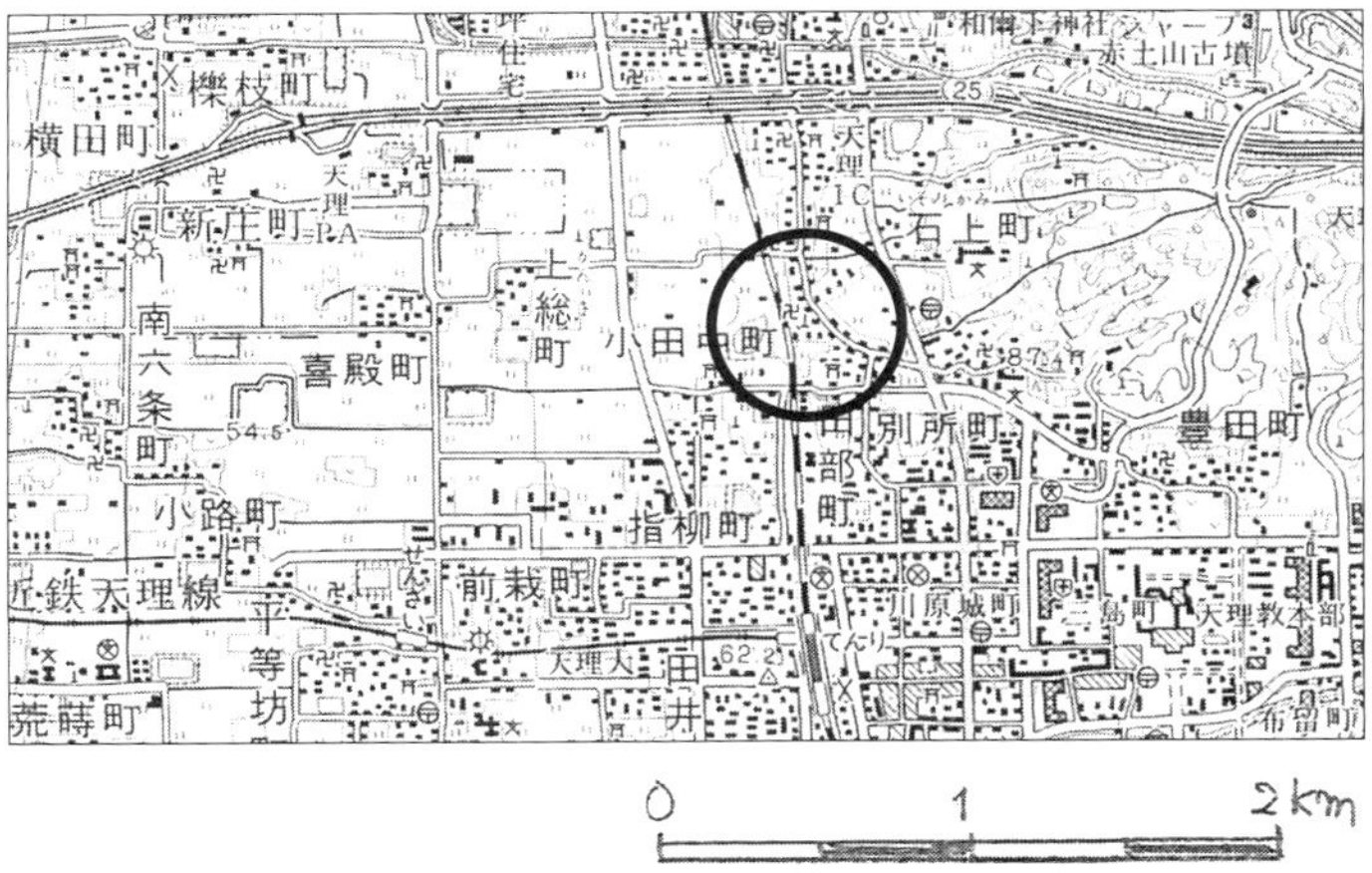

1／5万　桜井

(メモ)

①天理市石上町字寺内に寺跡がある。JR桜井線東、花園寺・石上市神社辺に、基壇状の高まりをもつ遺構がある。その周囲からは奈良時代の塼仏片・古瓦片などが出土。

②石上寺跡辺がかつての石上市や石上衢(石上交叉点)の所在地であったと考えられている。

③石上寺は、『興福寺大和国雑役免坪帳』には、

石上寺田畠四町四反百二〇歩

とあると。

七三九　石上布留の社

奈良県天理市布留町三八四の石上神宮

関係地図　1／20万　和歌山　1／5万　桜井

93　いその神ふるの社

・いその神ふるの社のゆふだすきかけてのみやはこひむと思ひし　よみ人しらず

③拾遺集　八六七

冬歌あまたよみ侍りけるに

・はつ雪のふるの神すぎうづもれてしめゆふ野べは冬ごもりせり　権中納言長方

⑧新古今集　六六〇

さうしに、あしでながうたなどかきて、おくに

・みな人のそむきはてぬるよの中にふるの社の身をいかにせん　女御徽子女王

⑧新古今集　一七九六

（参考）いそのかみ　ふるのかむすぎ　かむさびて　こひをもあれは　さらにするかも　万葉集　二四一七

1／5万　桜井

（メモ）

①石上神宮の祭神は、布都御魂神・布留御魂神・布都斯御魂神である。布都御魂神は初代天皇の神武天皇が大和に入られた時、武甕雷神を帯びていたという「平国之剣《くにむけのつるぎ》」（布都御魂）であるという。由緒は第一〇代崇神天皇の御世、宰相伊香色雄命、勅を奉じて天保玖羅を石上の高庭に起し、神剣を宮中より移し鎮め、石上大神と称えて大いに国家鎮定の祭を行い給うた。『延喜式神名帳』大和国山辺郡の、　石上坐布都御魂神社大月次相嘗新嘗である。

七四〇　妹背の山

奈良県吉野郡吉野町飯貝・河原屋

関係地図　1／20万　和歌山　1／2.5万　吉野山

137　妹背の山

・流れては妹背の山のなかにおつるよしのの河のよしや世中　読人しらず

①古今集　八二八

はらからどちいかなることか侍りけん

・君と我いもせの山も秋くれば色かはりぬる物にぞありける　よみ人しらず

②後撰集　三八〇

たびにてよみ侍りける

・おほなむちすくなみ神のつくれりし妹背の山を見るぞうれしき　人まろ

③拾遺集　六一九

（参考）せのやまに　ただにむかへる　いものやま　ことゆるせやも　うちはしわたす　万葉集　一一九三

1／2.5万　吉野山

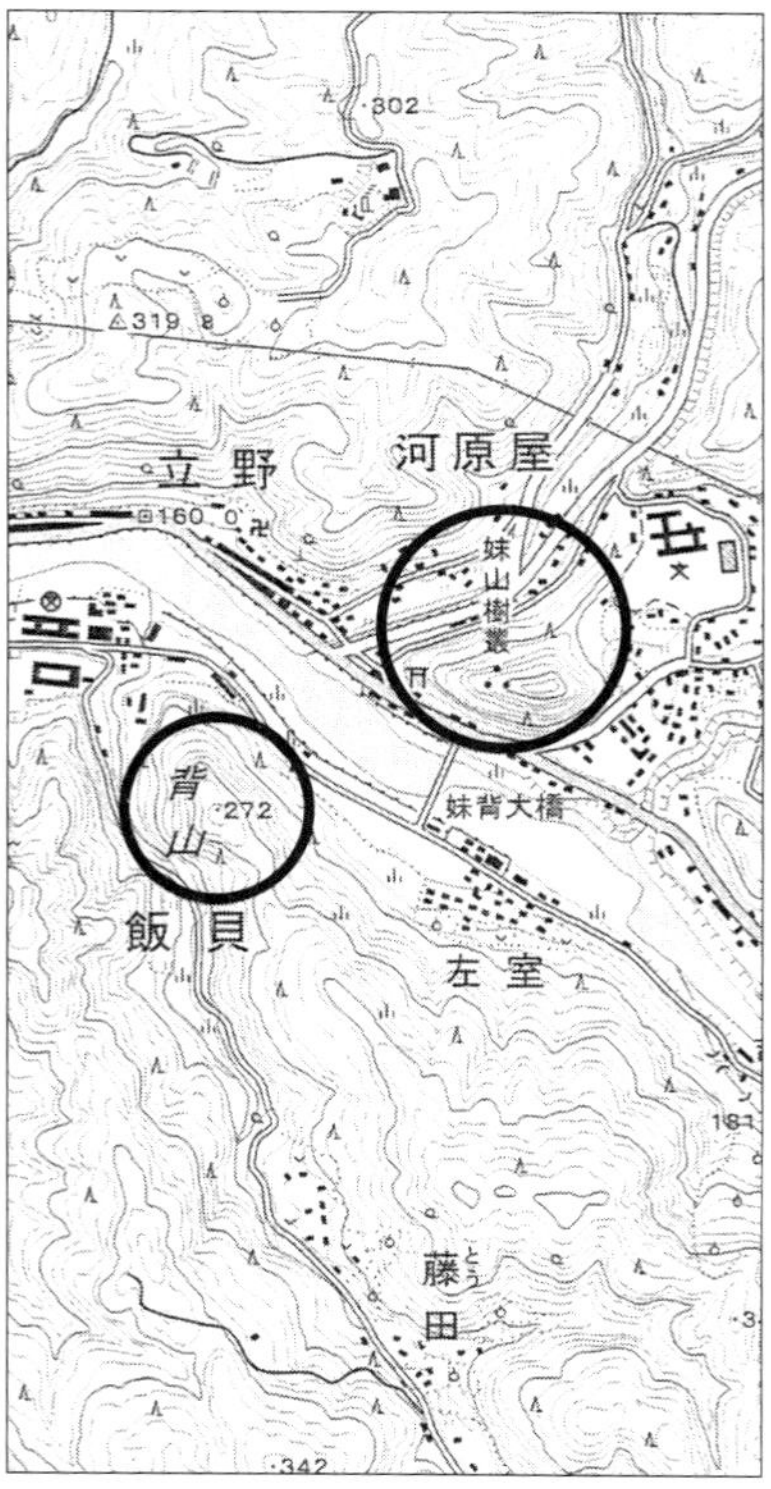

（メモ）

①吉野町飯貝に標高二七二mの背山がある。吉野川の対岸、吉野町河原屋に標高二六〇mの妹山がある。今日、妹山と背山を結ぶ「妹背大橋」がある。

②妹山は、古来、大名持神鎮座の山。妹山にはツルマンリョウ・ルリミノキ・テンダイウヤク・ホングウシダ等の暖地性植物群が繁茂しているので「妹山樹叢」として、国指定天然記念物である。

七四一　岩瀬の森推定地

奈良県生駒郡斑鳩町神南・稲葉車瀬等

関係地図　1／20万 和歌山　1／2.5万 信貴山

123

いはせのもり

しのびてすみ侍りける人のもとより、かかるけしき人に見すなといへりければ

・竜田河たちなば君が名をしみいはせのもりのいはじとぞ思ふ　もとかた

②後撰集　一〇三三

（参考）かむなびの　いはせのもりの　よぶこどり　いたくななきそ　あがこひまさる　鏡女王　万葉集　一四一九

（参考）かみなびのいはせのもりの郭公ならしのをかにいつかきなかむ　田原天皇御製　新勅撰集　一四五

（参考）神なびのいはせのもりのはつしぐれしのびしいろはあきかぜぞふく　順徳院御歌　続古今集　九九一

（参考）いはたかきしほだの河に舟うけてさしのぼりたる月をみるかな　中務卿のみこ　夫木抄　一一三〇四

1／2.5万　信貴山

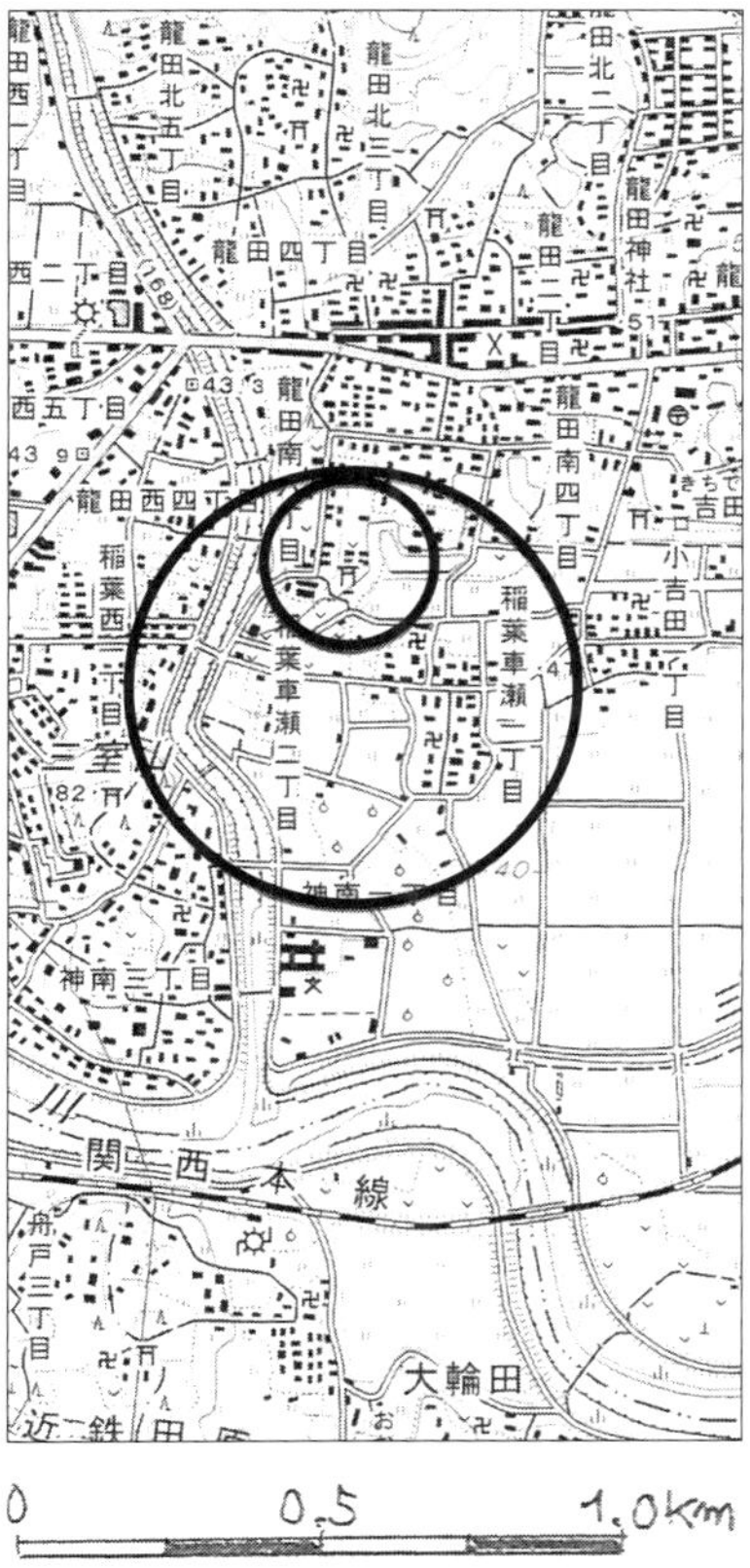

（メモ）

①「岩瀬の森」推定地は、龍田川の左岸（東岸）。現在の斑鳩町塩田橋辺の神南一丁目から北へ、岩瀬橋辺の稲葉車瀬二丁目鎮座の白山神社（小〇内）にかけて広くあった森であろう。

七四二　磐余野

奈良県橿原市・桜井市の磐余池のほとり

関係地図　1／20万 和歌山　1／2.5万 桜井

132

いはれの

よをそむきてのち、いはれのといふところをすぎてよめる

・いはれののはぎのあさつゆはけゆけばこひせしそでの心地こそすれ　素意法師

④後拾遺集　三〇五

（参考）つのさはふ　いはれのやまに　しろたへに　かかれるくもは　おほきみにかも　万葉集　三三二五

（参考）萩が花たれにかみせん鶉なくいはれの野べの秋の夕暮　前内大臣師
続拾遺集　二四六

1／2.5万　桜井

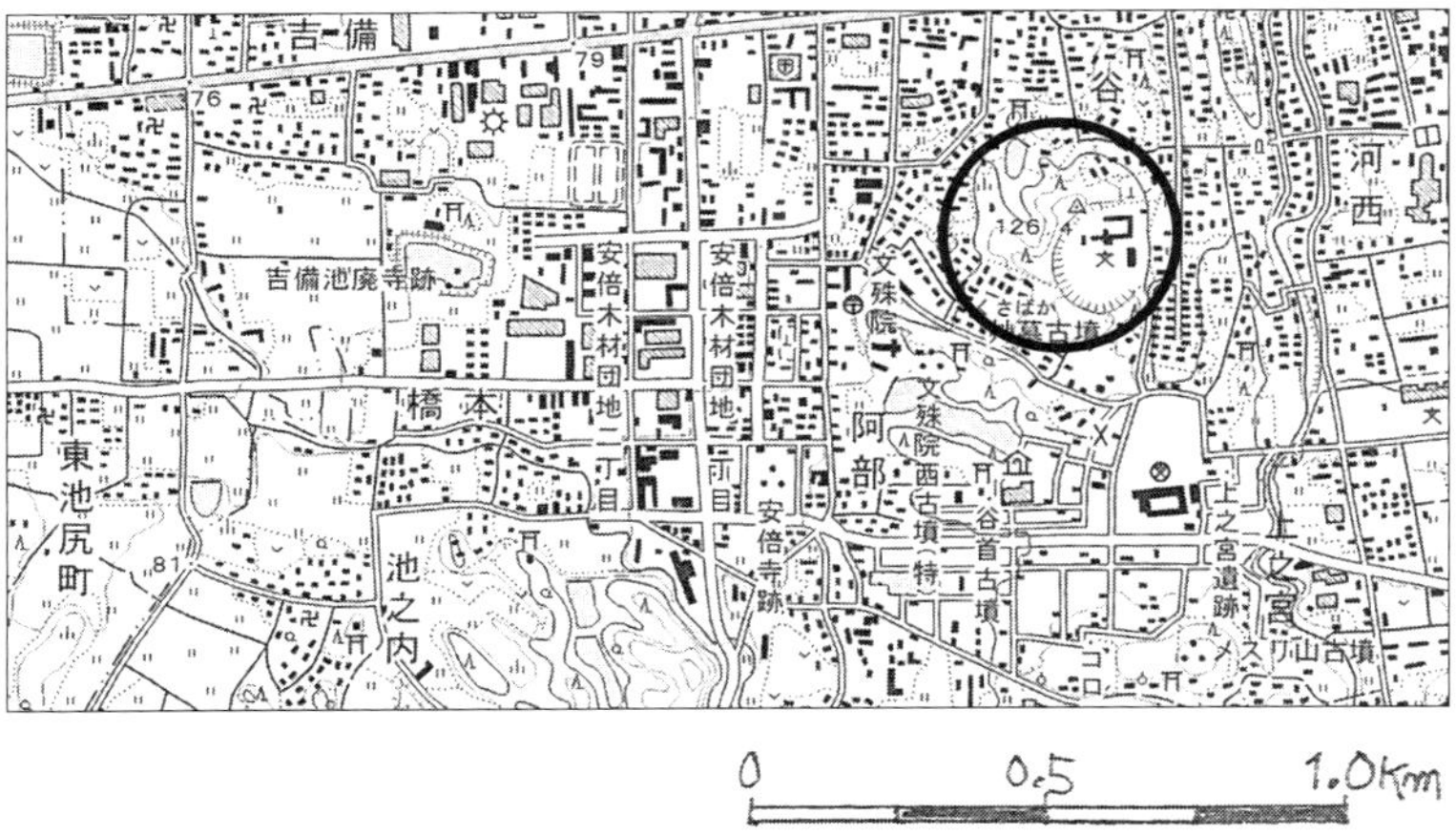

（メモ）

①「磐余」は伊波礼・石村・石寸などと書かれる。天ノ香久山の東北麓にかつてあった磐余池付近から西方へ及ぶ地域。

②表記の万葉歌は文武天皇三（六九九）年七月二一日死去の天武天皇の弓削《ゆげ》皇子、又は慶雲二（七〇五）年五月八日死去の天武天皇の忍壁《おさかべ》皇子の火葬の場面という。牛の両角のように二つの頂を持った「磐余の山」にかかる白雲は皇子かもと。この磐余山と思える山は、桜井小学校の横、三角点標高一二六・四mの山であろう。この山周辺が磐余野である。

③磐余の地は、神功皇后、履中・清寧・継体・用明・敏達各天皇の宮伝承地。桜井市池之内字宮地には稚桜神社がある。また、桜井市谷字菰山には石寸《いわれ》山口神社がある。祭神は大山祇神。『延喜式神名帳』十市郡の石寸山口神社大月次新嘗である。

七四三　磐余池跡

奈良県橿原市東池尻町、桜井市池之内等

関係地図　1／20万 和歌山　1／5万 吉野山

133

いはれの池

・なき事をいはれの池のうきぬなはくるしき物は世にこそ有りけれ　よみ人しらず　③拾遺集　七〇一

（参考）ももづたふ　いはれのいけに　なくかもを　けふのみみてや　くもがくりなむ　大津皇子　万葉集　四一六

（参考）憂世とはいはれの池のいひながらいとふこころの浅くも有るかな　二品法親王性助　続後拾集　一一八七

（参考）よ所にのみいはれの池のねぬなはのねぬなはいかでくるしかるらん　よみ人しらず　新葉集　七一八

（参考）人にのみいはれのいけのあやなくはことなしぐさのやどにさそはん　つらゆき　古六帖　三八五九

1／5万　吉野山

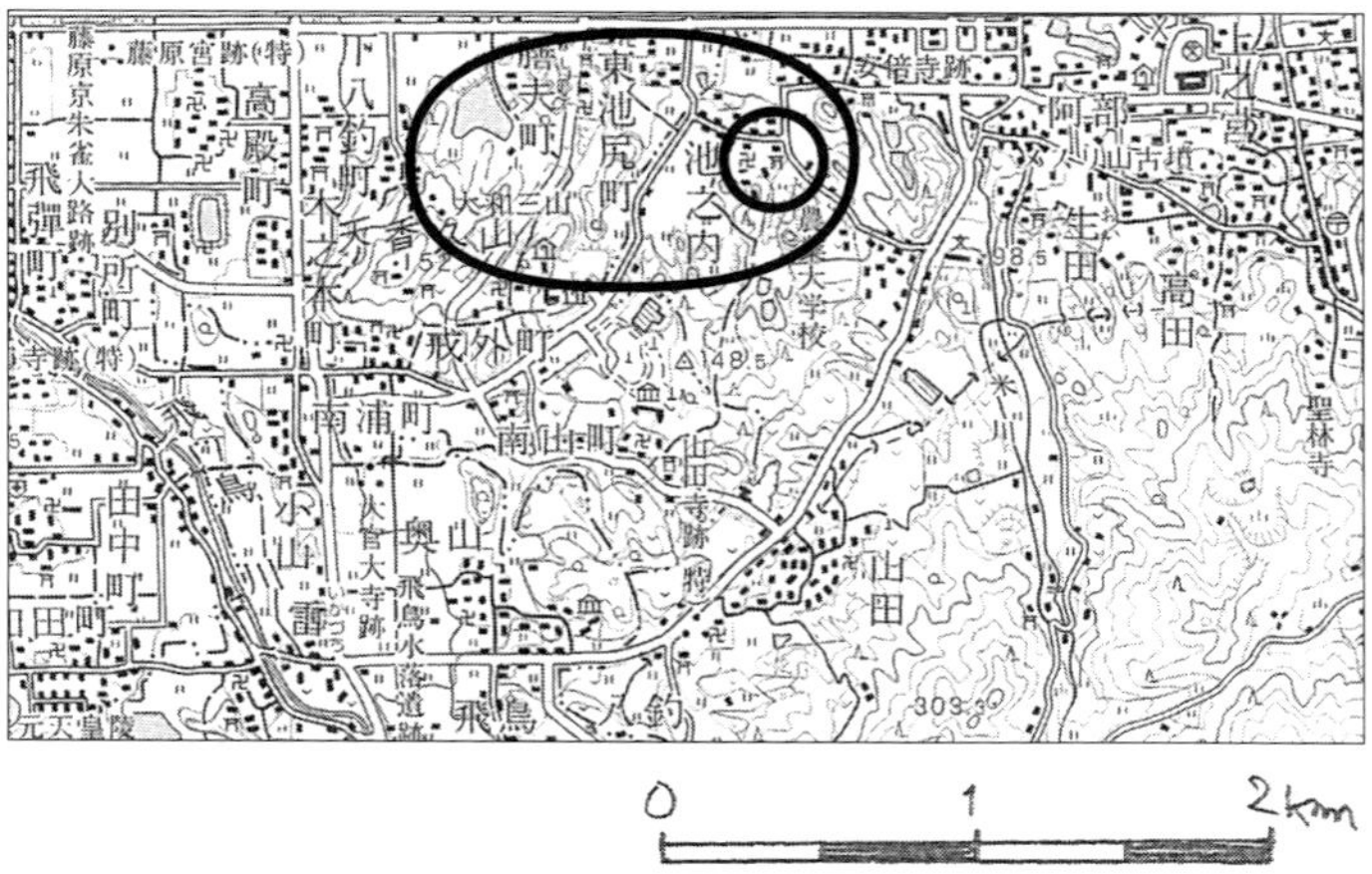

（メモ）

①磐余の池は橿原市池尻町から桜井市池之内町にわたってあった池。小〇中の神社は稚桜神社。

②『日本書紀』履中天皇二（四〇一）年十月条に、

　磐余に都つくる。

とあり、同年十一月条に、

　磐余池を作る。

とあり、同三年冬十一月六日条に、天皇、両枝船《ふたまたぶね》を磐余市磯池《いはれいちしのいけ》に泛《うか》べたまふ。皇妃《みめ》と各分ち乗りて遊宴《あそ》びたまふ。

などとある。

七四四　宇陀野

奈良県宇陀市大宇陀・菟田野・榛原等

関係地図　1／20万 和歌山

151

うだの

　宇多院に侍りける人にせうそこつかはしける返事も侍らざりければ

・うだののはみみなし山かよぶこ鳥よぶこゑにだにこたへざるらん　よみ人しらず　②後撰集　一〇三四

　堀河院の御時、百首歌たてまつりける時、鷹狩の心をよめる

・やかたをのましろのたかを引きすゑてうだのとだちをかりくらしつる　藤原仲実朝臣　⑦千載集　四二一

（参考）けころもを　ときかたまけて　いでまし　うだのおほのは　おもほえむかも　日並皇子尊宮舎人　万葉集　一九一

1／20万　和歌山

（メモ）

①宇陀郡は『和名抄』大和国一五郡の一。飛鳥期から見え、大化改新前の「菟《う》田《だ》県《あがた》」がその前身と。『日本書紀』皇極天皇三（六四四）年三月条に、

頃者《このごろ》、菟田郡の人押坂直《おしさかのあたひ》、一《ひとり》の童子《わらは》を将《い》て、雪の上に欣遊《うれ》しぶ。菟田山《うだのやま》に登りて、便《すなは》ち紫の菌《たけ》の雪より挺《ぬけ》て生《お》ふるを看る。高さ六寸餘。四町許に満……

とある。宇陀野は宇陀郡の野。

②農耕に不可欠な水の配分・調節の神は水分神。現在の宇陀市菟田野上芳野に水分神社。同市大宇陀平尾に水分神社。同市室生下田口に田口水分社。同市榛原下《しも》井足《いだに》に水分神社がある。

③榛原には「宇陀の墨坂神」が鎮座する。

七四五　甘樫丘《うまかしのおか》

奈良県高市郡明日香村豊浦

関係地図　1／20万 和歌山　1／2.5万 畝傍山

261　神なび山

・ちはやぶる神なび山のもみぢばに思ひはかけじうつろふものを　よみ人しらず

①古今集　二五四

・たびねしてつまごひすらし郭公神なび山にさよふけてなく　よみ人しらず

②後撰集　一八七

三百六十首の中に

・神なびのみむろの山をけふみればした草かけて色づきにけり　曾祢好忠

③拾遺集　一八八

（参考）ひとりのみ　みればこほしみ　かむなびの　やまのもみちば　たをりけりきみ　万葉集　三二二四

1／2.5万　畝傍山

（メモ）

①明日香村豊浦小字寺内に「甘樫坐神社並大月次新嘗」が鎮座。境内に片麻岩の板状巨石が東面して立ち「立石《たていし》」と呼ばれる。祭神は大禍津日神。神直日神・大直日神・伊邪諾神・豊比売命。この地は神奈備の森・山である。

②『日本書紀』斉明五（六五九）年三月一七日条に、甘檮丘《うまかしのをか》の東の川上に須弥山を造りて、陸奥《みちのく》と越《こし》との蝦夷《えみし》に饗《あへ》たまふ。とある。東の川が飛鳥川であれば、甘樫丘は現在の明日香村豊浦の東北から西南に連なる丘陵を指す。

七四六　榎本神社

奈良県奈良市春日野町。春日大社内

関係地図　1／20万 京都及大阪　1／5万 奈良

232　かすがの榎のもとの明神

・ふだらくの南のきしにだうたてていまぞさかえむ北の藤なみ　⑧新古今集　一八五四

この歌は、興福寺の南円堂つくりはじめ侍りける時、かすがの榎のもとの明神よみたまへりけるとなむ

（参考）春日なる神垣山のみしめなは猶ひきとめよ春のわかれを　民部卿為家卿　夫木抄　八〇八五

（参考）とぢはてし我がみちひらけ春日山神のみともるありあけの月　後九条内大臣　夫木抄　一六〇一二

1／5万　奈良

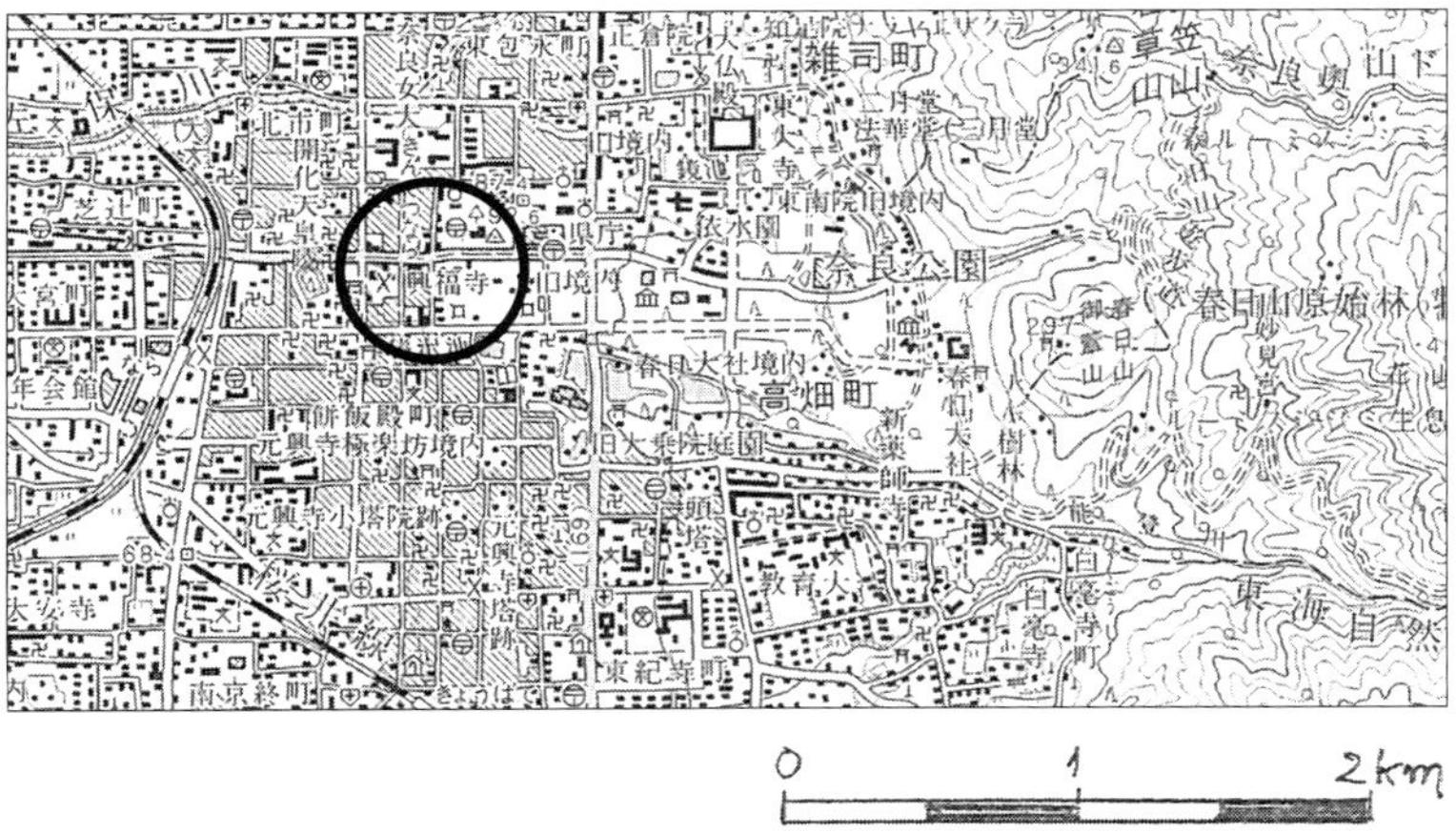

（メモ）

①榎本神社（奈良市春日野町）春日大社回廊内西南隅に鎮座。長承（一一三二～一一三五）「注進状」に、

外院御宝殿之坤角坐字榎本明神所謂巨勢津姫是也

とあると。榎本明神は古くは春日山の地主神。

②文禄二（一五九三）年の「春日御神記録」に

榎本、巨勢姫明神、天上天下間八達神《やちまたのかみ》ニテ御座、鼻長ク衢神、塩土翁、猿田彦ト云説アリ

とあると。

③春日大社祭礼は貞観元年より、二月・一一月の上申日であったと。

七四七　大国見山

奈良県天理市石上町

関係地図　1／20万 和歌山　1／5万 桜井

697

ふるの山

やまとのふるの山をまかるとて

• いその神ふるの山べの桜花うゑけむ時をしる人ぞなき　僧正遍昭　②後撰集　四九

(参考) いそのかみ　ふるのやまなる　すぎむらの　おもひすぐべき　きみにあらなくに　丹生王　万葉集　四二二

453

袖ふる山

• をとめごが袖ふる山のみづがきのひさしきよより思ひそめてき　柿本人麿　③拾遺集　一二一〇

堀河院御時、百首歌のうち、霞のうたとてよめる

• わぎも子が袖ふるやまも春きてぞ霞のころもたちわたりける　前中納言匡房　⑦千載集　九

1／5万　桜井

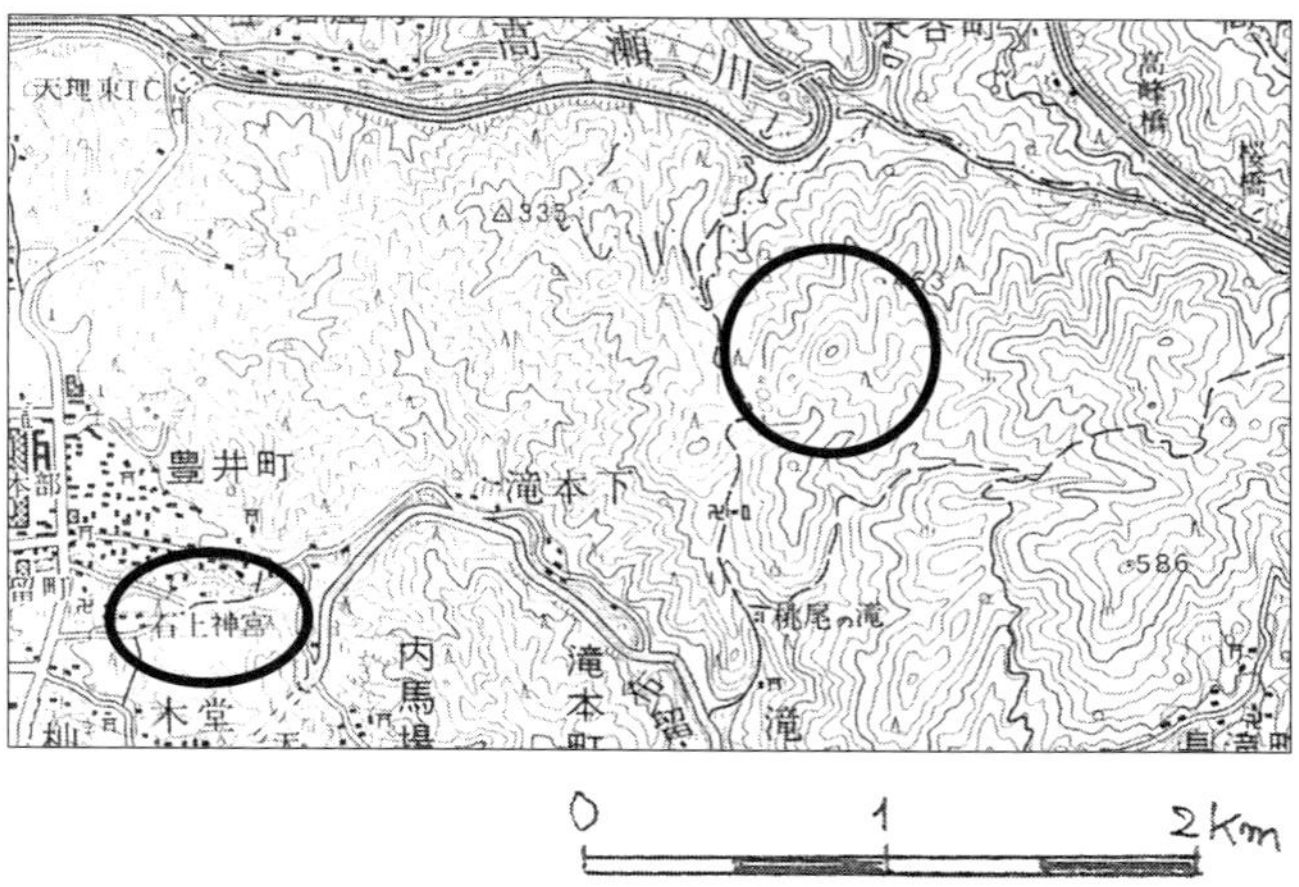

(メモ)

①石上神宮の『社記』に、むかし饒速日尊《はにはやひのみこと》、天上より天神御祖に受来る天璽神宝《あまつしるしのしんぽう》の十種神宝（瀛津《おきつ》鏡・辺津《へつ》鏡・八握剣《やつかのつるぎ》・生玉《いくたま》・足玉《たるたま》・死反玉《まかるかへしのたま》・道反玉《みちかへしのたま》・蛇比礼《おろちのひれ》・蜂比礼《はちのひれ》・品物比礼《くさぐさのもののひれ》）を名けて、天璽瑞宝《あまつしるしのみづのたから》と申す。亦布留御魂神《ふるみたまのかみ》と申す。とある。大国見山は、天上より十種神宝が天降る地として最高である。

②大国見山は美しい三角形の山容である。頂上付近には磐座《いわくら》と思へる巨石が重なっている。山頂には「御山大神」と刻まれた石と、小さな祠がある。また、烽火《のろし》時に使う油を溜めたと伝える穴が残っている。山頂の眺めも素晴しい。

七四八　大峰山脈

奈良県吉野郡十津川村・下北山村

関係地図　1／20万 和歌山　1／5万 釈迦ヶ岳、山上ヶ岳

185

大峰

大峰にておもひがけずさくらの花を見てよめる

• もろともにあはれとおもへ山ざくらはなよりほかにしる人もなし　僧正行尊　⑤金葉集　五二一

熊野へまゐりて、おほみねへいらむとて、としごろやしなひたてて侍りけるめのとのもとにつかはしける

• あはれとてはぐくみたてしいにしへは世をそむけとも思はざりけむ　大僧正行尊　⑧新古今集　一八一三

なげく事侍りける比、おほみねにこもるとて、同行どももかたへは京へかへりねなど申して、よみ侍りける

• おもひいでてもしも尋ぬる人もあらば有りとないひそさだめなきよに　大僧正行尊　⑧新古今集　一八三三

1／5万　釈迦ヶ岳

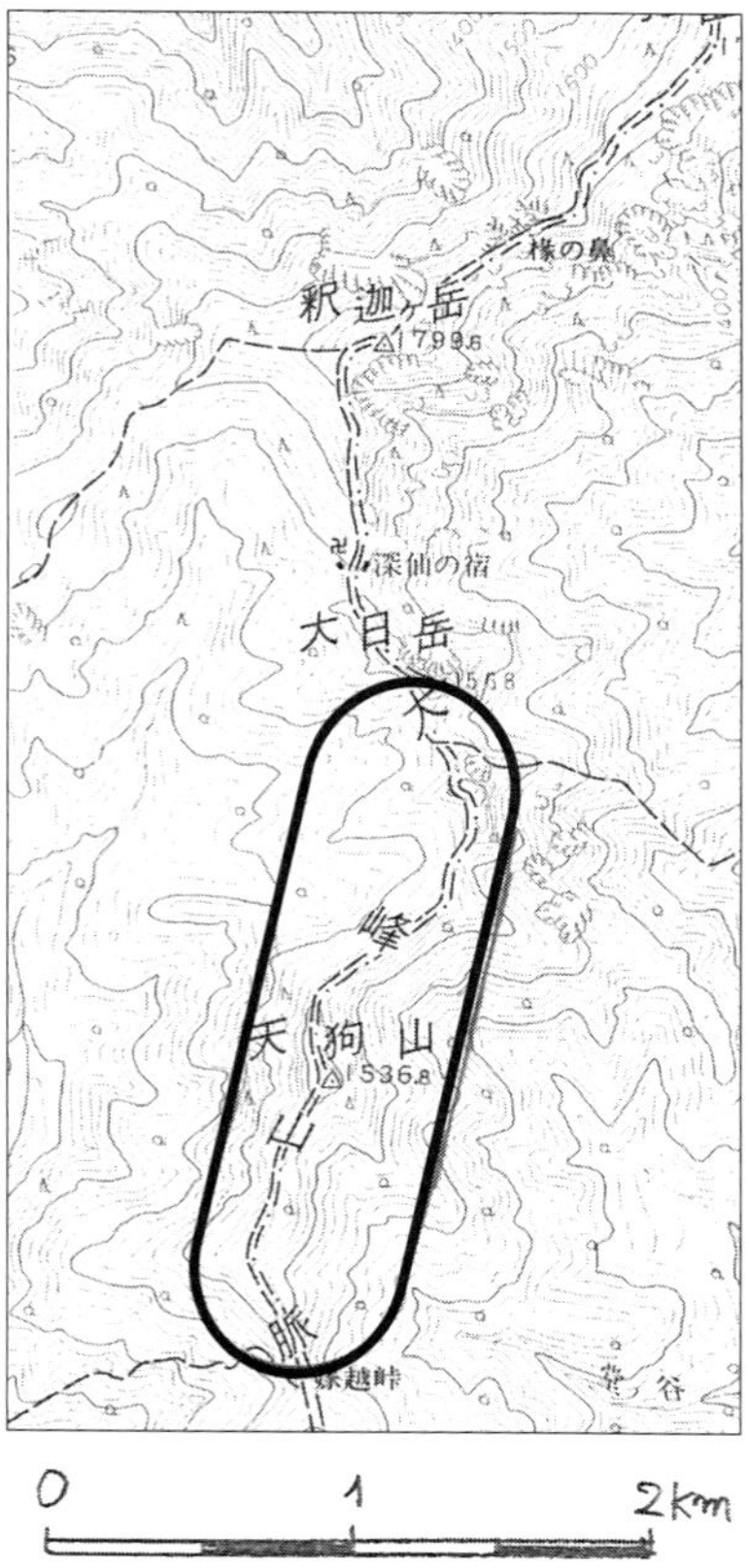

(メモ)

①大峰山系の登山基地洞川の清浄大橋から約六km、標高一七一九mの大峰山山頂に大峯山寺、山上蔵王堂がある。この山は一般に大峰山と呼ばれるが今日、山上ヶ嶽。

②古来、吉野山からこの山にかけての山を金峯山と呼び山岳信仰の霊域。白鳳年間、役小角が難行苦業の末、金剛蔵王権現を感得し、修験道開創という所。

七四九　音無川

奈良県吉野郡川上村西河・大滝

関係地図　1／20万　和歌山　1／5万　吉野山

191

おとなしのかは

　しのびてけさうし侍りける女のもとにつかはしける

・おとなしのかはとぞつひに流れけるいはで物思ふ人の涙は　もとすけ　③

拾遺集　七五〇

　卯花をよめる

・卯花を音なし河のなみかとてねたくもをらで過ぎにけるかな　源盛清　⑤

金葉集　六七一

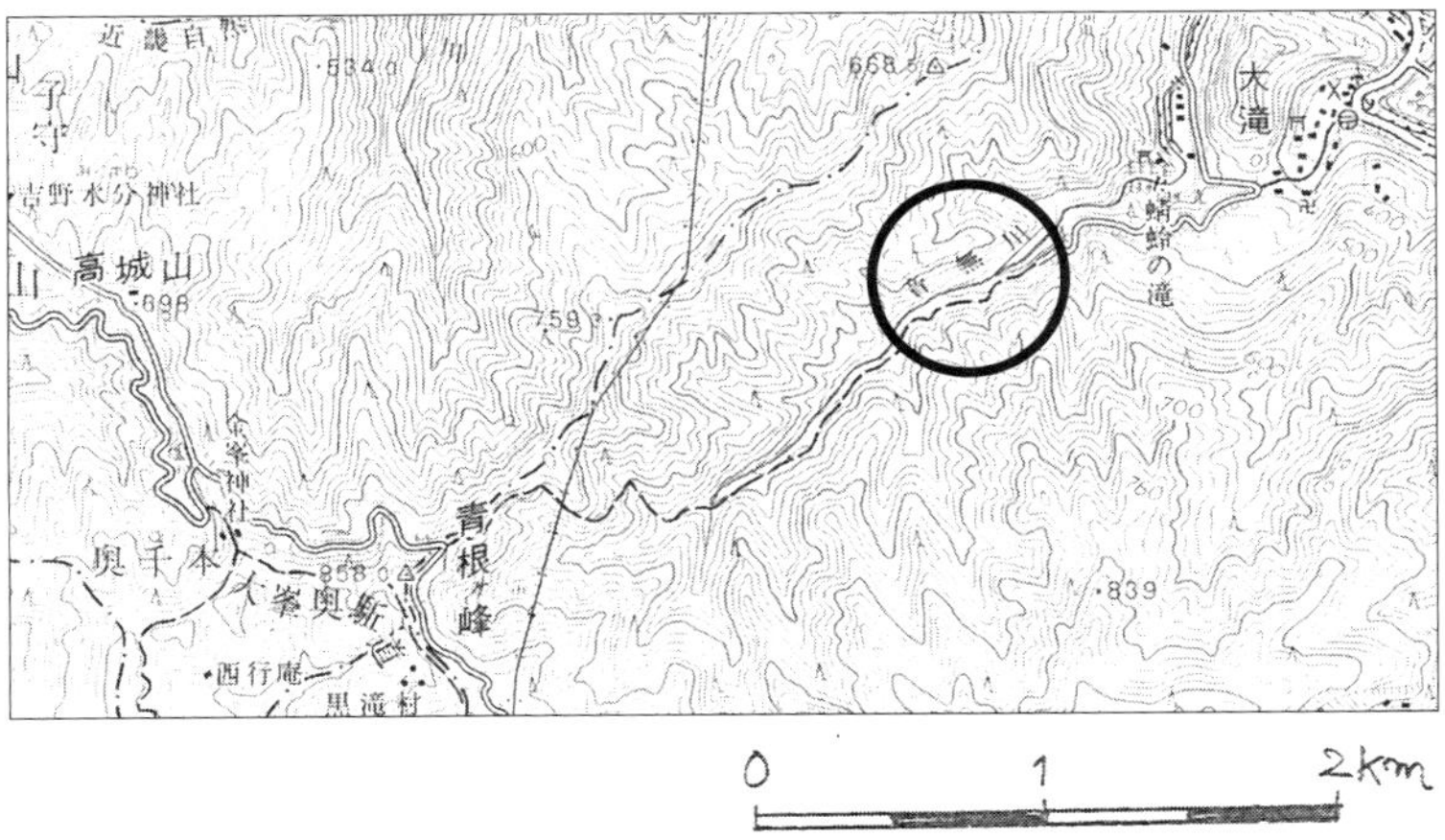

1／5万　吉野山

（メモ）

①吉野山の最高峰、標高八五八mの青根ヶ峯から東流す川、音無川は蜻蛉の滝となって落下する。

②この音無川の流域、蜻蛉の滝の下方、川上村大字西河に仙竜寺跡がある。明治四（一八七一）年五月の『御取調ニ付書上帳』に、

　真言宗紀州高野山西谷吉勝院末仙竜寺

と。明治初年に廃寺となる。

③『三代実録』陽成天皇元慶四（八八〇）年一二月四日条に、

　天皇寄二事頭陀一。意切二経行一。便欲レ歴二覧名山仏壠一。於是始レ自二山城国貞観寺一。至二于大和国東大寺。香山。神野。比蘇。龍門。大滝。摂津国勝尾山諸有名之處一。

とある。ここにある大滝寺が現在の吉野町大滝の「仙竜寺」かと見られている。

④地名「大滝」の由来は、吉野川の水勢が非常に激しく一面の岩畳を奔流していることに由ると。貝原益軒『和州巡覧記』に、「只急流にて大水岩間を漲落る也。よのつねの滝のごとく、高き所より流落にはあらず」とある。

七五〇　音羽山

奈良県桜井市倉橋

関係地図　1／20万　和歌山　1／5万　吉野山

319

くらはし山

　春宮にさぶらひけるゑに、くらはし山に郭公とびわたる所

・さ月やみくらはし山の郭公おぼつかなくもなきわたるかな　藤原実方朝臣

③拾遺集　一二四

（参考）・梯立《はしたて》の　倉椅《くらはし》山を　嶮《さが》しみと　岩掻《か》きかねて　吾《わ》が手取らすも

・梯立の　倉椅山は　嶮しけど　妹と登れば　嶮しくもあらず

『古事記』仁徳天皇記、天皇の弟・速総別王《はさぶさわけのみこ》の歌

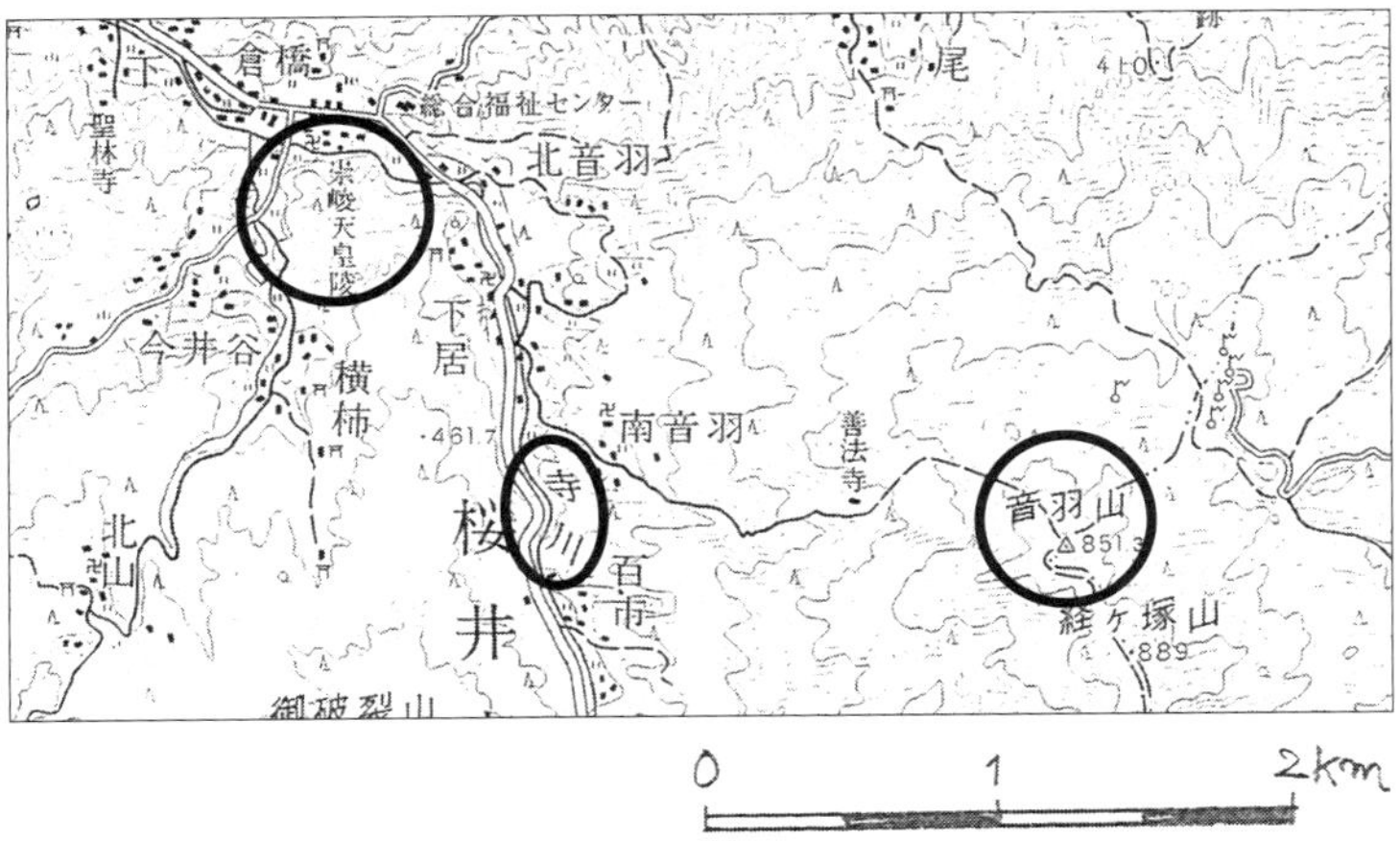

1／5万　吉野山

（メモ）

①倉橋は、元十市郡倉橋村。倉橋山は倉椅山・倉梯山と書かれる。別名は小倉山。現在の桜井市倉橋東南方の標高八五一・三mの音羽山という。

②『日本書紀』崇峻天皇即位前紀（BC五八七）八月二日条に、

　天皇を勧《すす》め進《たてまつ》いて即天皇之位《あまつひつぎしろしめ》さしむ。

また、同書是の月条に、

　倉梯に宮つくる。

とある。『古事記』に「倉梯柴垣宮」と。『日本書紀』崇峻天皇四年一一月三日条に、

　天皇を弑せまつらしむ。是の日に、天皇を倉梯岡陵に葬りまつる。

とある。また、『続日本紀』文武天皇慶雲二（七〇五）年三月四日条に、

　東駕、倉橋離宮に幸したまふ。

とある。図の〇内の金福寺は元宮・元離宮跡か。また寺川は金福寺川で「倉梯川」。

七五一　小墾田の板田の橋跡推定地

奈良県高市郡明日香村豊浦

関係地図　1／20万 和歌山　1／2.5万 畝傍山

862

をばただのいただの橋

勧持品をよめる

・くちはててあやふくみえしをばただのいただのはしもいまわたすなり　法橋泰覚　⑦千載集　一二四三

（参考）をはりだの　いただのはしの　こほれなば　けたよりゆかむ　なこひそわぎも　万葉集　二六四四

（参考）をばただのみやのふるみちいかならんたえにしのちはゆめのうきはし　土御門院御歌　続古今集　一七五三

（参考）をはただのいただのはしのとだえしをふみなほしてもわたる君かな　信法師　玉葉集　二〇七六

1／2.5万　畝傍山

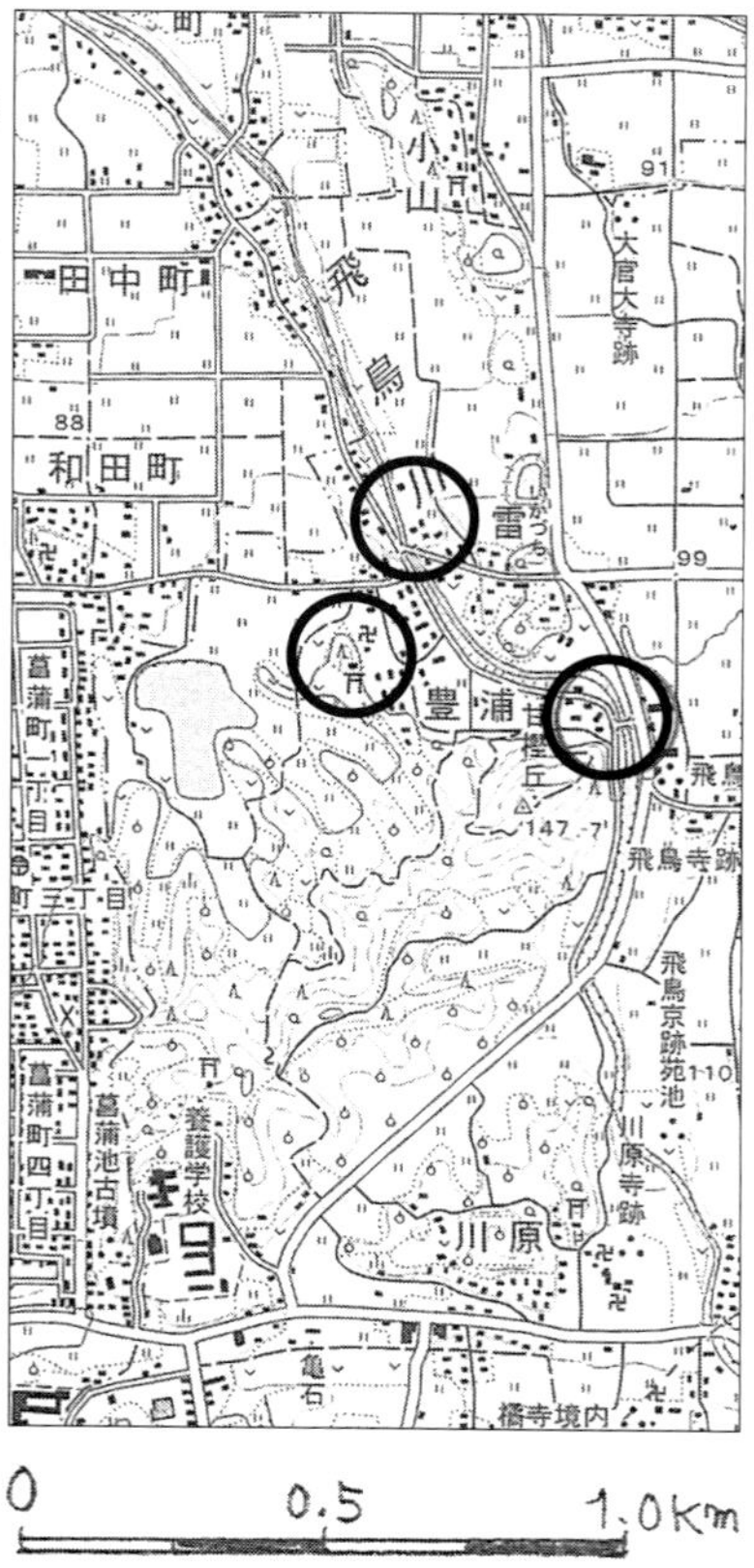

（メモ）

①『日本書紀』持統天皇称制前紀（六八六年）一二月一九日条に天渟中原瀛真人天皇（天武天皇）の奉為に無遮大会を五つの寺、大宮・飛鳥・川原・小墾田豊浦・坂田に設く。とある。この小墾田豊浦に豊浦寺があった。飛鳥寺の北西、飛鳥川西岸にあった尼寺。仏教伝来時に、蘇我稲目の小墾田の家を寺にしたのが草創。江戸時代、広原寺（図の○内）となる。

②「小墾田の板田の橋」は飛鳥川の甘樫橋（図の上流○）と雷橋（下流○）辺にあった板を渡した橋であったろう。

七五二　春日野

奈良県奈良市春日野町・高畑町・鹿野園町一帯

関係地図　1／20万 京都及大阪　1／5万 奈良、桜井

231

かすがの

・かすがのはけふはなやきそわか草のつまもこもれり我もこもれり　よみ人しらず　①古今集　一七

・霞立つかすがののべのわかなにもなり見てしかな人もつむやと　よみ人しらず　②後撰集　八

京極御息所かすがにまうで侍りける時、国司のたてまつりける歌あまたありける中に

・鶯のなきつるなへにかすがののけふのみゆきを花とこそ見れ　藤原忠房朝臣　③拾遺集　一〇四四

・みかさやまかすがのはらのあさぎりにかへりたつらんけさをこそまて　前大納言公任　④後拾遺集　一一一四

（参考）かすがのに　さきたるはぎは　かたえだは　いまだふふめり　ことなたえそね　万葉集　一三六三

1／5万　奈良(上)・桜井(下)

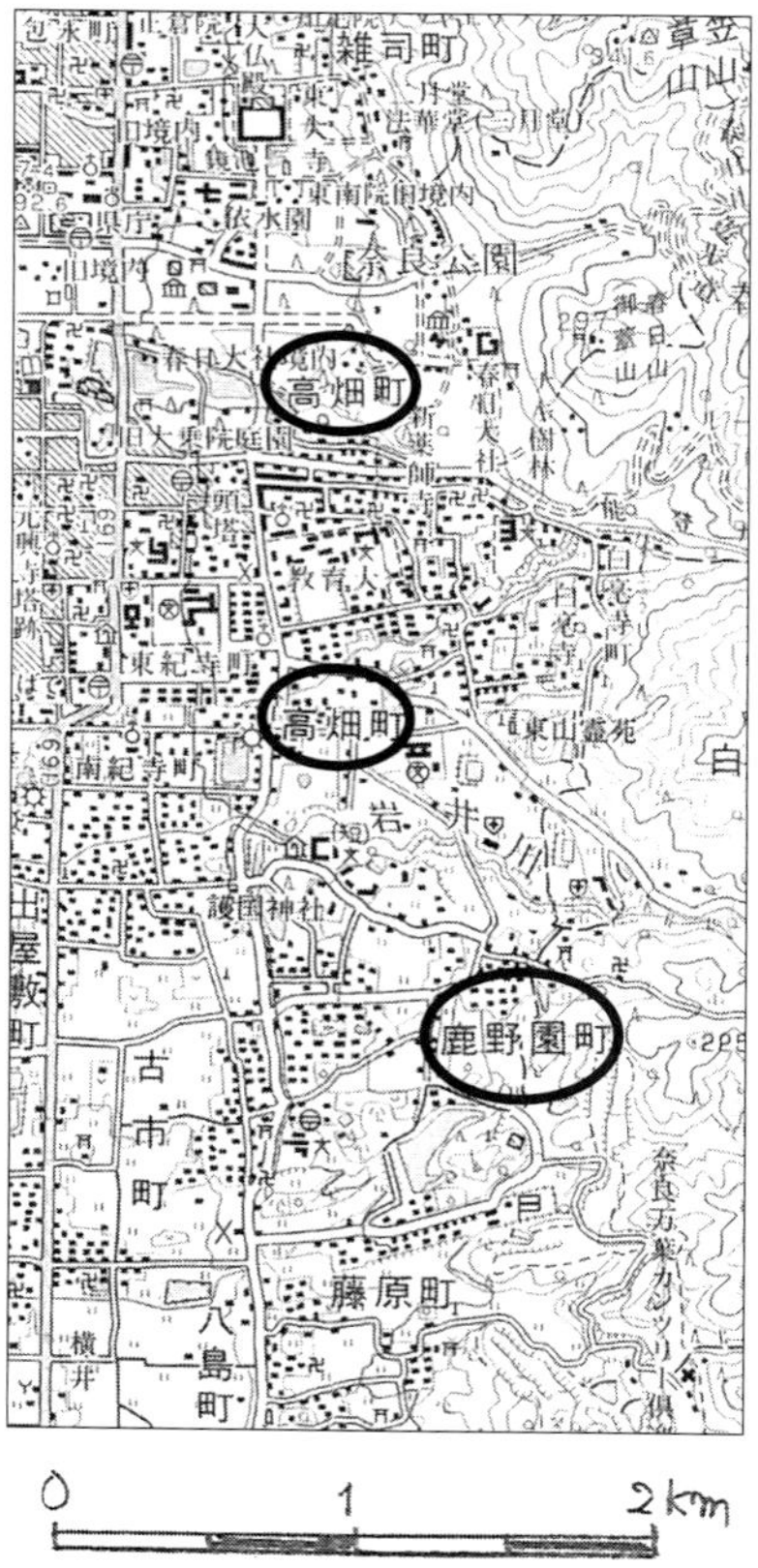

（メモ）

①春日は、『和名抄』大和国添上郡に「春日郷」がある。

②春日野は春日山や春日大社を中心とする春日山麓の西面丘陵地帯。

③「カスガ」は「神栖処《かすが》」。「カス」は崖、「カスガ」で崖地となり、奈良盆地と大和高原の境に春日断層崖存在地と。

七五三　春日大社

奈良県奈良市春日野町

関係地図　1／20万　京都及大阪　1／2.5万　奈良

230 春日社

したしき人のかすがにまゐりて、しかありつるよしなど申しけるをききてよめる

•みかさ山かみのしるしのいちしるくしかありけりときくぞうれしき　藤原実光朝臣　⑤金葉集　五八二

後一条院の御時、はじめて春日社に行幸ありけるに、一条院御ときの例をおぼしいでさせ給うて、よませ給うける

•みかさ山さしてきにけりいそのかみふるきみゆきのあとをたづねて　上東門院　⑦千載集　一二五六

1／2.5万　奈良

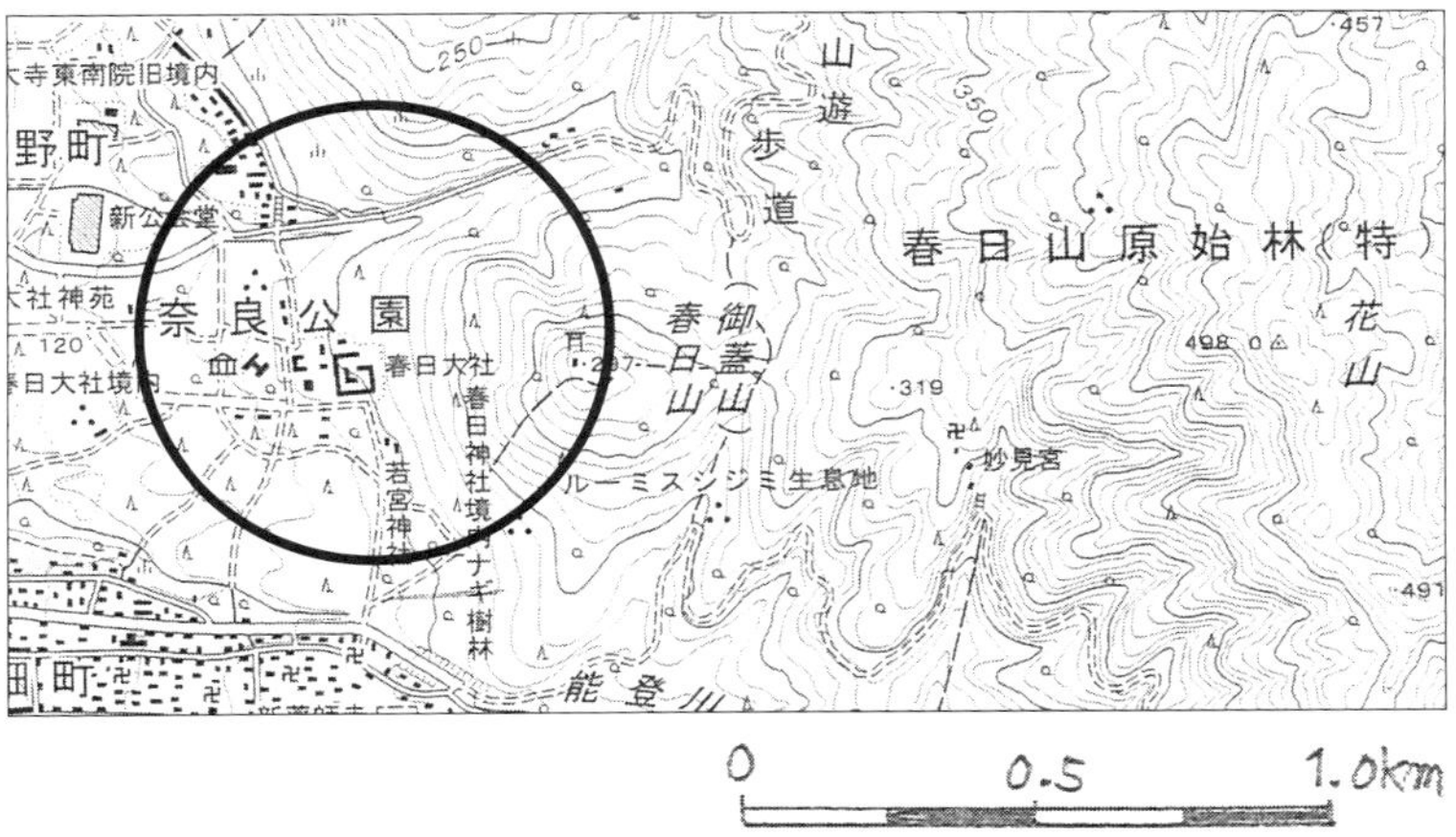

（メモ）

①祭神は（第一殿）武甕槌命（第二殿）経津主命（第三殿）天児屋根命（第四殿）比売神。当社の由緒沿革は、現奈良市に平城京が出来た頃、平城京鎮護の神として、現茨城県鹿島郡の鹿島神宮の武甕槌命を都の東方春日御蓋山の頂上、浮雲峯に祭祀したのが創祀。称徳天皇神護景雲二（七六八）年一一月、現在地に社殿を造営し、現千葉県佐原市の香取神宮の経津主命、現大阪府東大阪市の枚岡神社の天児屋根命、比売神、三柱の大神と共に奉斎され、「四社明神」と尊崇された。

『延喜式神名帳』の大和国添上郡に、

春日祭神四座並名神大月次新嘗

とある。

七五四　春日山

奈良県奈良市雑司町

関係地図　1／20万　京都及大阪　1／5万　奈良

234 かすがの山

春宮のむまれたまへりける時にまゐりてよめる

•峰たかきかすがの山にいづる日はくもる時なくてらすべらなり　典侍藤原よるかの朝臣　①古今集　三六四

かすみをよみ侍りける

•昨日こそ年はくれしか春霞かすがの山にはやたちにけり　山辺赤人　③拾遺集　三

（参考）あまごもり　こころいぶせみ　いでみれば　かすがのやまは　いろづきにけり　大伴家持　万葉集　一五六八

235 かすが山

•春立つとききつるからにかすが山消えあへぬ雪の花とみゆらむ　凡河内躬恒　②後撰集　二

宇治前太政大臣のときのうたよみをめして月のうたよませ侍りけるにもれにければ、公実卿のもとにいひつかはしける

•かすがやまみねつづきてる月かげにしられぬたにのまつもありけり　源師光　⑤金葉集　五三七

731 みかさの山

もろこしにて月を見てよみける

•あまの原ふりさけ見ればかすがなるみかさの山にいでし月かも　安倍仲麿　①古今集　四〇六

兼輔朝臣、宰相中将より中納言になりて、又の年のりゆみのかへりだちのあるじにまかりて、これかれおもひのぶるついでに

•旧里のみかさの山はとほけれど声は昔のうとからぬかな　兼輔朝臣　②後撰集　一一〇六

後冷泉院御時きさいの宮のうたあはせに春日祭をよみはべりける

•けふまつるみかさの山の神ませばあめのしたにはきみぞさかえん　藤原範永朝臣　④後拾遺集　一一七八

（参考）たかくらの　みかさのやまに　なくとりの　やめばつがるる　こひもするかも　山部宿祢赤人　万葉集　三七三

1／5万　奈良

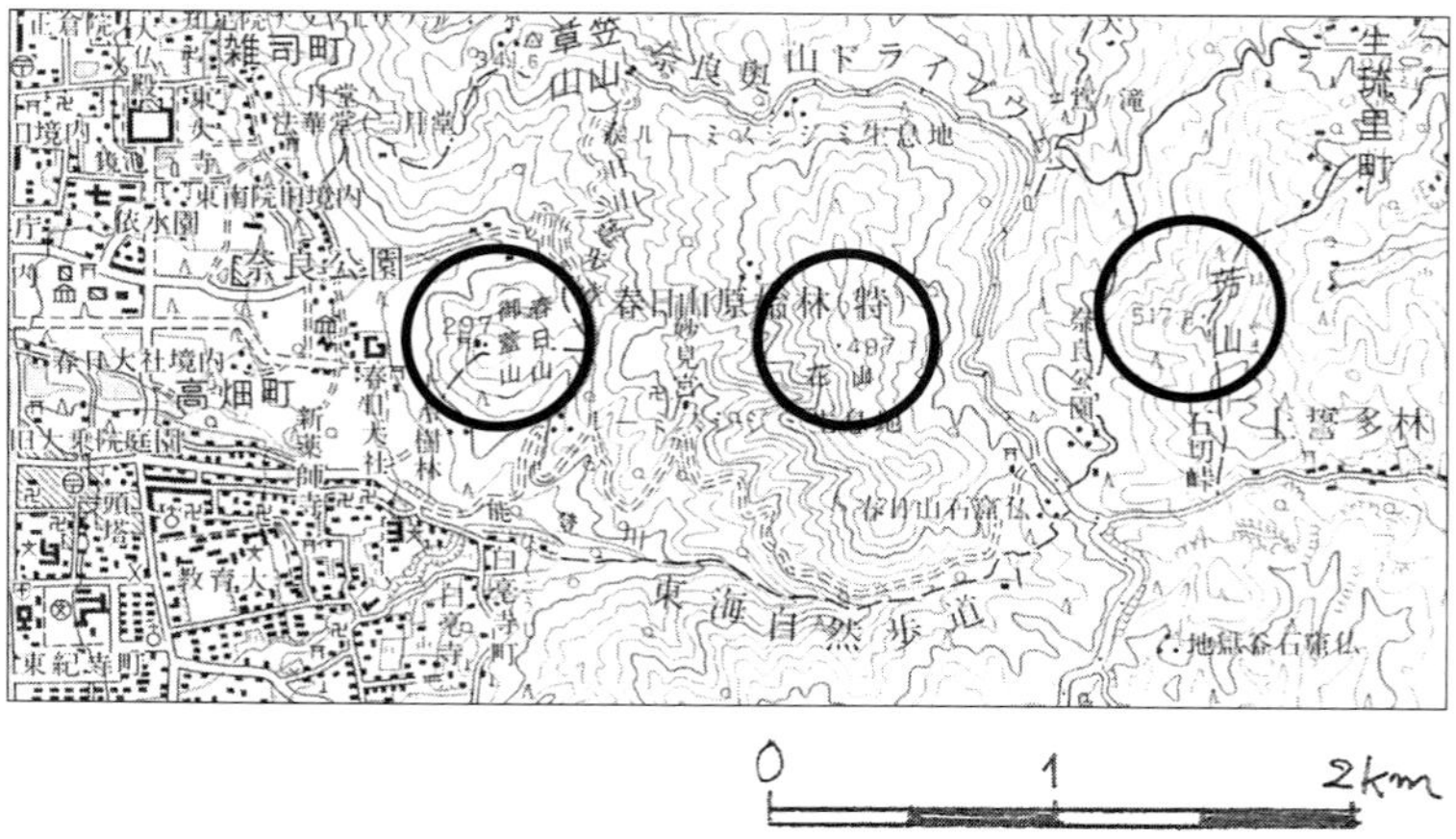

（メモ）

①地図で、春日大社の鎮座する山は標高二九七ｍの御蓋山《みかさやま》、（西峯・低峯）、その東に標高四九八ｍの花山《はなやま》（中峯）、更に東に標高五一七・八ｍの芳山《ほやま》（東峯・高峯）がある。

②御蓋山には、浮雲峯・本宮峯の名がある。

③花山には羽易山《はがいやま》・水屋《みずや》峯の名がある。花山は、春、可憐な草花が山一面に咲き乱れるのであろう。水屋峯の名の由来は、北麓に水谷川の水源があるから。水谷は水屋と言う。羽易山の名は、万葉集の次の歌にある。

うつせみと　念《おも》ひし時に　取り持ちて　吾二人見し　走り出の　堤に立てる　槻《つき》の木の　こちごちの枝の　春の葉の　茂ぎが如く　念へりし　妹にはあれど　頼めりし　児らにはあれど　世の中を　背《そむ》きし得ねば　かぎるひのもゆる荒野《あらの》に　白たへの　天領巾《あまひれ》隠《かぐ》り　鳥じもの　朝立ちいまして　入日なす　隠《かく》りにしかば　吾妹子《わぎもこ》が　形見に置ける　みどり子の　乞《こ》ひ泣くごとに　取り与《あた》ふる　ものしなければ　男《をとこ》じもの　わきばさみ持ち　吾妹子と　二人吾寝し　枕づく　つま屋のうちに　昼はも　うらさび暮らし　夜はも　息づき明かし　嘆けども　せむすべ知らに　恋ふれども　逢ふよしをなみ　大鳥《おほとり》の　羽易《はかひ》の山に　吾《あが》恋ふる　妹はいますと　人の言へば　岩根《いはね》さくみて　なづみ来《こ》し　良《よ》けくもぞなき　うつせみと　念《おも》ひし妹《いも》が　玉《たま》かぎる　ほのかにだにも　見えなく思へば

柿本朝臣人麿　万葉集　二一〇

④芳山には名高山・高峯の名がある。春日山での最高峯である。秋には紅葉はこの山から始まり、冬には降雪はこの山から始まり、雪が最後まで残ることであろう。また、日の出、月の出はこの山から始まる。春日山とは上記山々の総名。

⑤今日、標高三四一・六ｍの山を三笠山・若草山と呼んでいる。

七五五　片岡山

奈良県北葛城郡王寺町本町

関係地図　1／20万　和歌山　1／2.5万　信貴山

241 463

高岡山

片岡山

聖徳太子高岡山辺道人の家におはしけるに、餓ゑたる人みちのほとりにふせり、太子ののりたまへる馬とどまりてゆかず、ぶちをあげてうちたまへどしりへしりぞきてとどまる、太子すなはち馬よりおりて、うゑたる人のもとにあゆみすすみたまひて、むらさきのうへの御ぞをぬぎてうゑ人のうへにおほひたまふ、うたをよみてのたまはく

・しなてるやかたをか山にいひにうゑてふせるたび人あはれおやなし　③拾遺集　一三五〇

になれなれけめやさす竹のきねはやなきいひにうゑてこやせるたび人あはれあはれといふうたなり

うゑ人かしらをもたげて、御返しをたてまつる

・いかるがやとみのを河のたえばこそわがおほきみのみなをわすれめ　③拾遺集　一三五一

239

片岡のすその原

堀河院御時、百首歌たてまつりける時、はるさめのこころをよめる

・はるさめのふりそめしよりかたをかのすそ野の原ぞあさみどりなる　藤原基俊　⑦千載集　三二

1／2.5万　信貴山

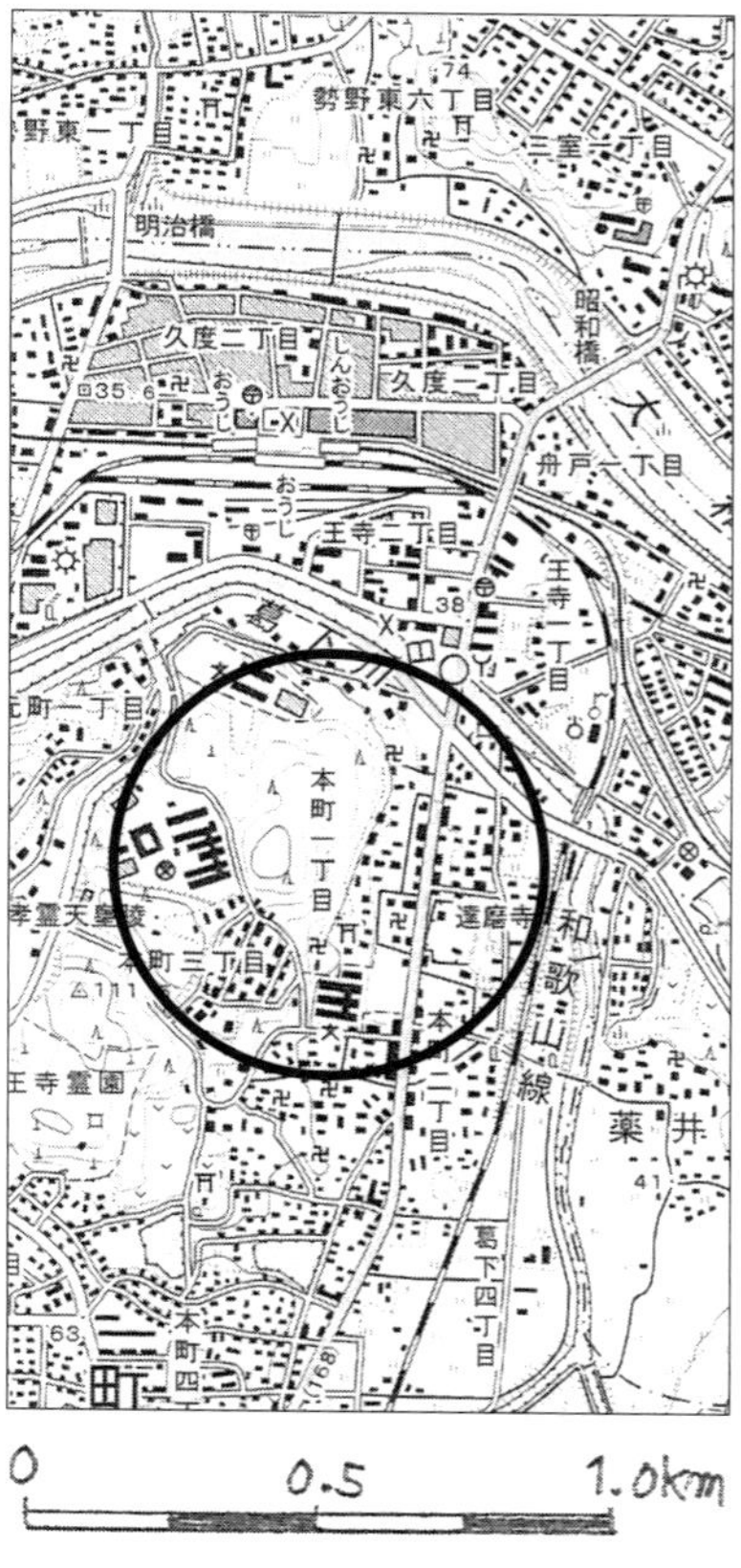

（メモ）

①「片岡」は現在の大和川の支流葛下川の左岸に位置する。また、片岡山、高岡山は同山異名であろう。「片岡の裾野の原」はこの地、丘陵地一帯をさすものであろう。

②『放光寺古今縁起』（正安四年）に、

　第三〇代敏達天皇の皇女が葛木下郡の「片岡中山」に「片岡宮」を造られたにより「片岡媛」と称される。

とあると。

③片岡神社は、王寺町本町二丁目。王寺小学校校舎の北に隣接する。祭神は初め建角身命《たけつのみのみこと》を祀ったが、後世豊受大身・天照大神・八幡大神・住吉大神・清滝大神を祀り「五社大明神」と称し、この地方の惣社であったと。平城天皇大同元（八〇六）年には大和・遠江・近江の地三〇戸を神封に充てられた。『延喜式神名帳』大和国葛下郡の

　片岡坐神社名神大月次新嘗

である。

④片岡神社の社殿の南隣に黄檗宗の放光寺がある。現在は小さなお堂であるが、聖徳太子建立の四六寺院の一つで、片岡王寺（片岡僧寺）の跡であり、現在の「王寺町」の名称の由来の寺。推古天皇六（五九八）年、播磨国から水田を布施された時、聖徳太子は斑鳩寺（法隆寺）。中宮寺・片岡王寺に分賜された記事が『法隆寺資財帳』にあると。片岡神社は片岡王寺の鎮守社であった。現在の放光寺の寺額は、日本黄檗宗の開祖、隠元隆琦の書。

⑤隠元（一五九二―一六七三）　万暦二〇年、明の福州福清で生れる。二一歳時に父を尋ね南海の補陀落山に至り出家。後、黄檗山に登り鑑源禅師に師事。鑑源の死後、その後を継いだ費隠の下に参究し、四三歳時に印可を享けた。長崎の興福寺の逸然に懇請されて、六三歳時に渡日し、長崎興福寺で法を説いたが初め。万治三（一六六〇）年将軍家綱から山城国宇治の地を与えられ、ここに黄檗山万福寺を創建し、日本黄檗宗を開く根拠とした。

七五六　かつ股の池跡推定地

奈良県奈良市あやめ池南九丁目

関係地図　1／20万　京都及大阪　1／2.5万　奈良

242　かつまたの池

　関白前大まうちぎみいへにてかつまたのいけをよみ侍りけるに

・とりもゐでいくよへぬらんかつまたのいけにはいひのあとだにもなし　藤原範永朝臣　④後拾遺集　一〇五三

（参考）かつまたの　いけはわれしる　いちすなし　しかいふきみが　ひげなきごとし　新田部親王婦人　万葉集　三八三五

（参考）かつまたの池にすむてふこひこひてまれにもよそにみるぞかなしき

　古六帖　一六七二

（参考）五月雨のはれせぬ比ぞかつまたの池もむかしのけしきなりける　兵衛

　続詞花集　一三〇

1／2.5万　奈良

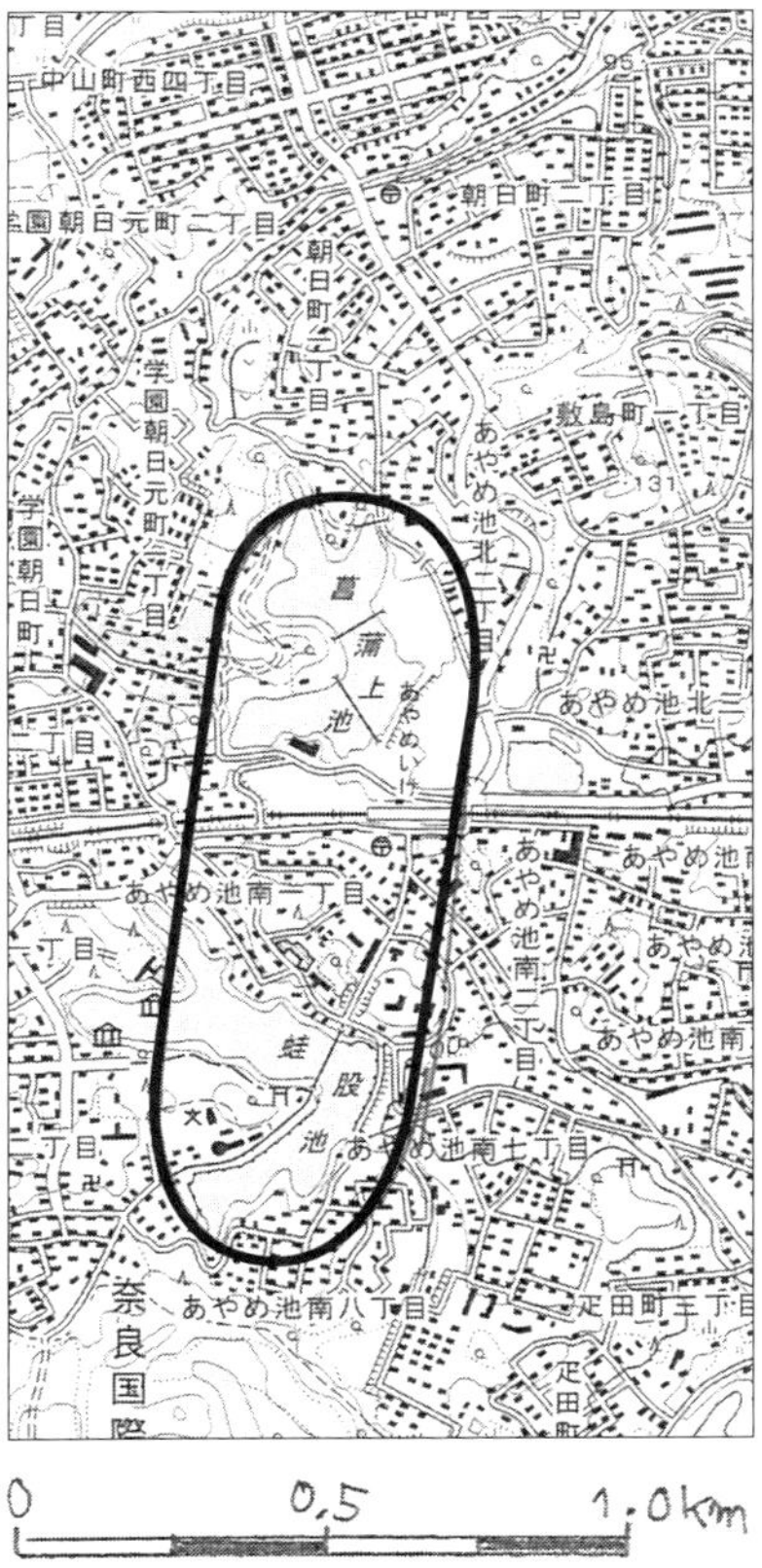

（メモ）

①奈良市あやめ池南九丁目に「蛙股池」がある。これは「勝股池」・「蛙股池」と書いてみれば一字違いである。この池は近世に「大池」と呼ばれていた。

②『日本書紀』推古天皇一一（六〇七）年、是歳条に、

　冬に、倭国に、高市池・藤原池・肩岡池・菅原池作る。

とある。この蛙股池、更にはその北、近鉄奈良線をはさんだ所の「菖蒲上池」は菅原池かとも考えられている。

七五七　勝股の池跡推定地

奈良県奈良市六条・七条の「大池」

関係地図　1／20万　和歌山　1／2.5万　大和郡山

242

かつまたの池

ふりつづみ

• いけもふりつつみくずれて水もなしむべかつまたに鳥のゐざらん　二条太皇大后宮肥後　⑦千載集　一一七二

(参考)かつまたの池の心はむなしくて氷も水も名のみなりけり　寂然法師　新拾遺集　一四六八

(参考)年をへて何たのみけんかつまたのいけに生ふてふつれなしのくさ　古六帖　三五九二

(参考)かつまたの池も緑に見ゆるかな岸の柳の色に任せて　顕仲朝臣　夫木抄　一〇七七四

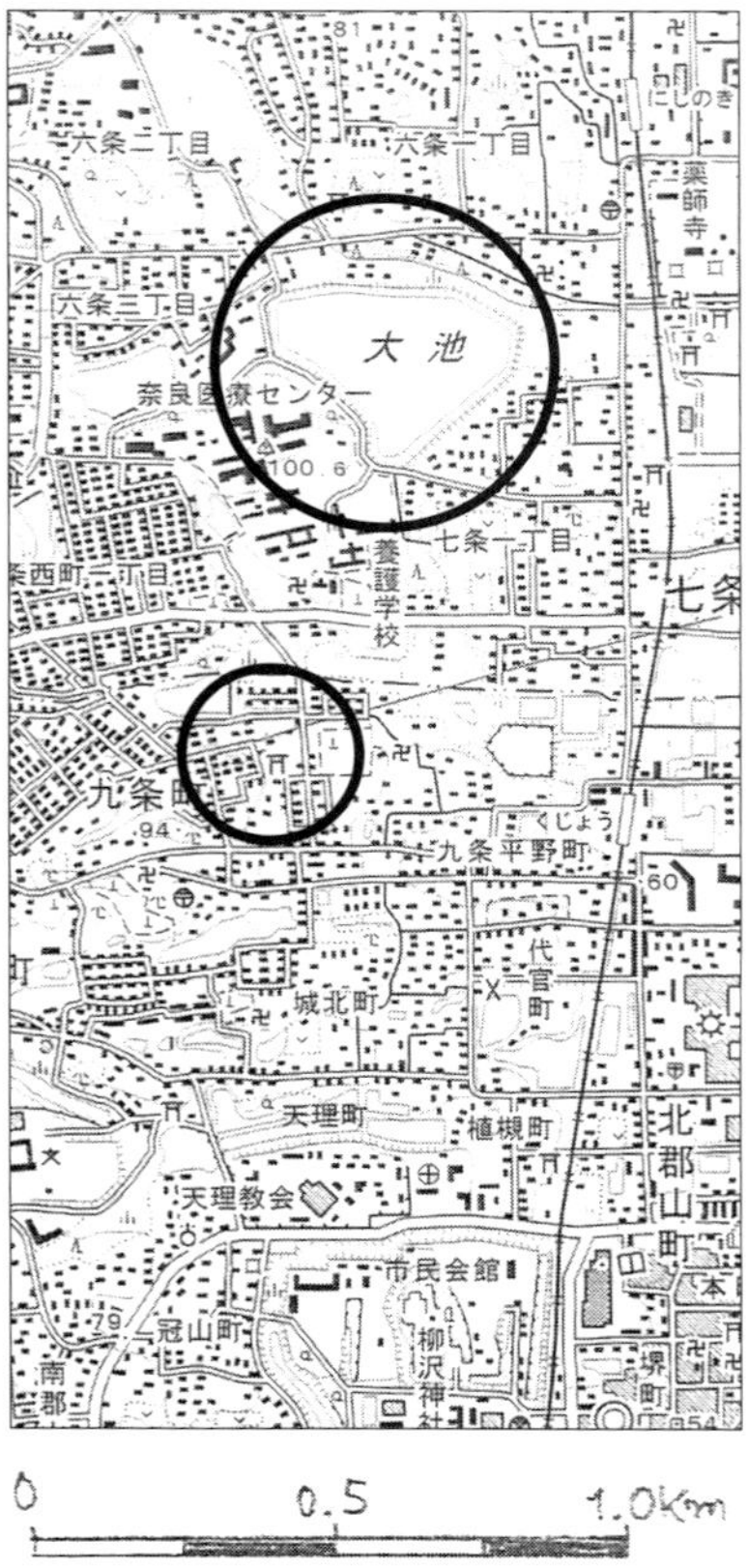

1／2.5万　大和郡山

(メモ)

①奈良市七条町の「大池」は現地では「蟇股池《がるまたいけ》」と呼ばれている。「勝股池」と「蟇股池」は一字違いである。

②大池の南、大和郡山市九条平野町にはクチナシ池や新池がある。また代官町・城北町には青池・尼ケ池など多数の池がある。それら池の間に勝山神社が鎮座する。

③この大沢池は「勝股池」「勝間田池」とも考えられている。

七五八　葛木坐一言主神社

奈良県御所《ごせ》市森脇

関係地図　1／20万　和歌山　1／5万　五條

245

葛木の神

大納言朝光下らふに侍りける時、女のもとにしのびてまかりて、あか月にかへらじといひければ

• いはばしのよるの契もたえぬべしあくるわびしき葛木の神　春宮女蔵人左近　③拾遺集　一二〇一

八月十五夜によめる

• いにしへの月かかりせばかづらきの神はよるともちぎらざらまし　惟宗為経　④後拾遺集　二六一

(参考)かづらきの　そつびこまゆみ　あらきにも　たのめやきみが　わがなのりけむ　万葉集　二六三九

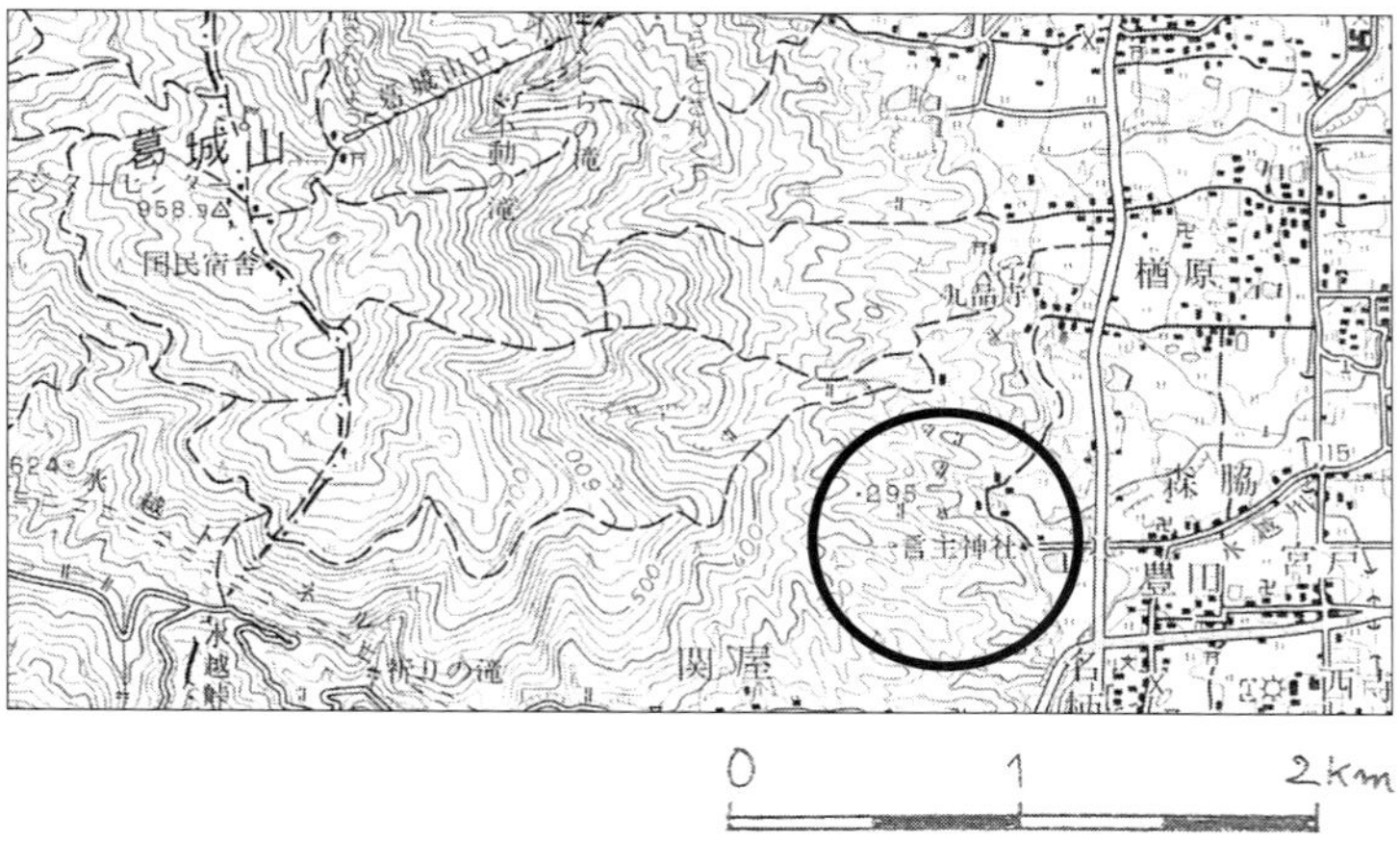

1／5万　五條

(メモ)

①葛木坐一言主神社は『神名帳』に、葛木坐一言主神社名神大月次新嘗とある。俗に「一言神《いちごんじん》さん」と呼ばれる。祭神は事代主命・幼武尊《わかたけのみこと》(雄略天皇)。

②事代主命は素盞嗚尊の子で、吉事一言、凶事一言、言放之葛木一言主神と称して、凶事も吉事も一言で解決する神。一言で願いを聞いてくれるという信仰は今も残っているという。

③雄略天皇が天皇の四(四六〇)年二月に葛城山で狩猟をされた時、この神は天皇と同じ姿で現われ狩猟を競ったと。

④松尾芭蕉の『笈の小文』に、

……明ぼののけしき、いとど艶なるに、彼の神のみかたちあしと、人の口さがなく世にいひつたへ侍れば、

猶見たし花に明行《あけゆく》神の顔

とある。

七五九　葛城の久米路の橋

奈良県御所市高天・吉野郡天川村

関係地図　1／20万 和歌山　1／5万 五條、吉野山

246

かづらきのくめぢのはし

かれにけるをとこの、思ひいでてまできて、物などいひてかへりて

・葛木やくめぢにわたすいはばしの中中にても帰りぬるかな　よみ人しらず

②後撰集　九八五

返し

・中たえてくる人もなきかづらきのくめぢのはしはいまもあやふし　よみ人しらず

②後撰集　九八六

をとこの女のふみをかくしけるを見て、もとのめのかきつけ侍りける

・へだてける人の心のうきはしをあやふきまでもふみみつるかな　四条御息所女

②後撰集　一一二二

堀河院御時、百首歌たてまつりける時、橋歌とてよみ侍りける

・かづらきやわたしもはてぬものゆゑにくめのいはばしこけおひにけり　大納言師頼

⑦千載集　一〇四二

（メモ）

①『日本霊異記』・『今昔物語集』におよそ次のようにある。第四二代文武天皇の御代、大和国葛上郡、茅原村に役の優婆塞が居た。彼は葛木の山で、フジの皮を着物にし、松の葉を食物として、清き泉で、心の垢を洗い浄めて、孔雀明王経の呪を誦し、四十余年葛木の山の岩屋に住んでいた。或る時、五色の雲に乗って仙人の洞窟に通い、夜には諸々の鬼神を召し使い、水を汲ませ、薪を拾わせていた。そのような時に、役行者は吉野の金峰山に蔵王権現を出現させた。役行者は諸々の鬼神を召集して、「ここ葛木山と蔵王権現のいらっしゃる金峰山との間に岩橋を造れ。私の行き来のために」と鬼神らに命じた。諸鬼神等ら愁え、嘆けども役行者に許されないので、あきらめ、多くの大きい石を運び集め金峰山までの空にかける、今日でいうと約三〇kmの岩橋を作り始めた。その時、鬼神等は優婆塞に、「私達は容貌、顔が非常に醜くく、顔を見られるのが恥かしいので真夜中だけ橋作りをさせて欲しい」と言って夜中だけ、岩橋架橋工事をしていた。しかし、完成を見ない前に、葛木一言主神の伝承では工事が中断した。

②葛城山の主峰、標高一一二五mの金剛山（又は標高六五九mの岩橋山）から吉野金峰山、標高一七一九mの大峰山上権現まで、長さ約三〇kmの橋が「葛城のくめ路の橋」である。

1／20万　和歌山

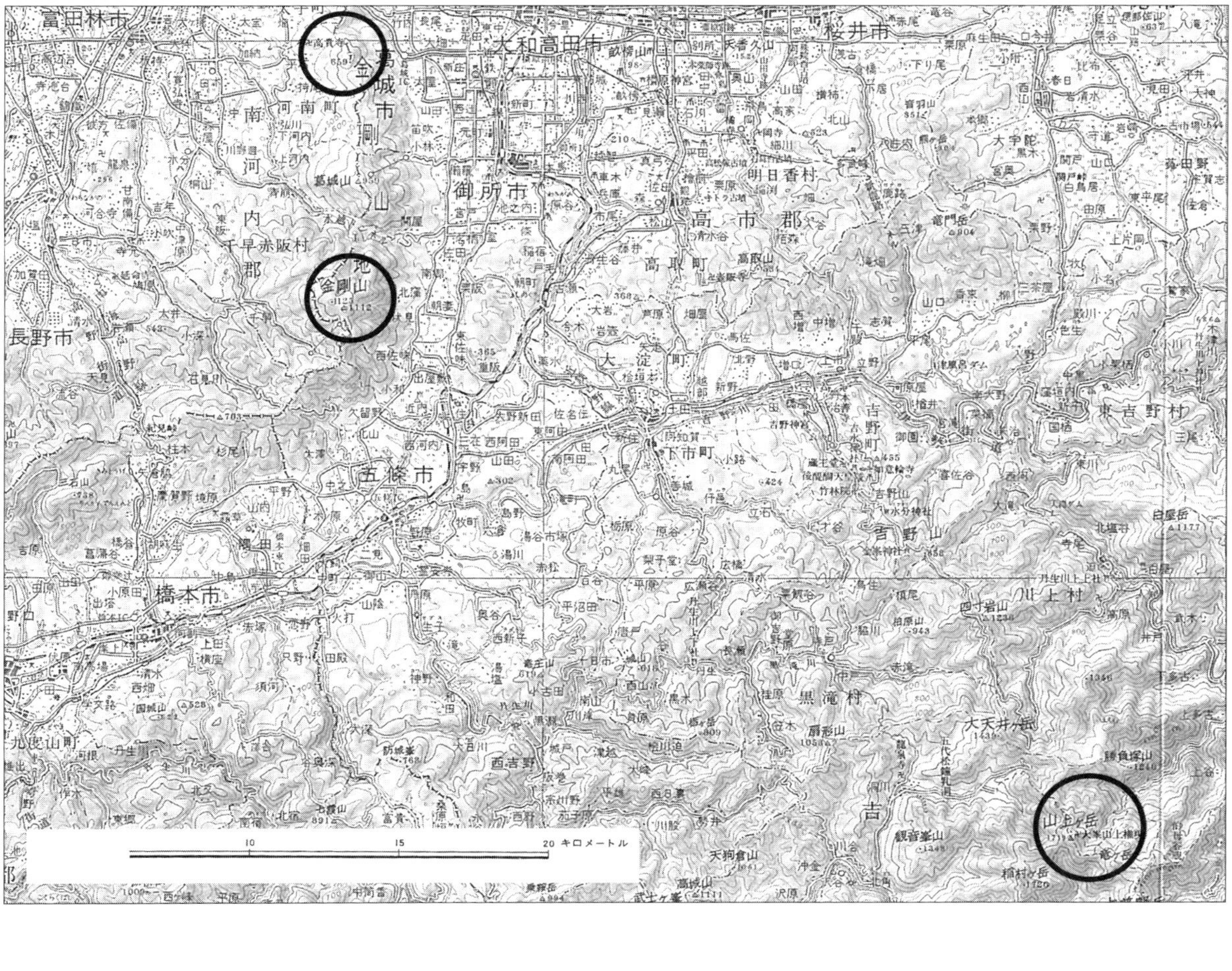

七六〇　葛城山

奈良県・大阪府

関係地図　1／20万　和歌山

247

かづらき山

ふるきやまとまひのうた　①古今集

・しもとゆふかづらき山にふる雪のまなく時なくおもほゆるかな

一〇七〇

・玉かづら葛木山のもみぢばはおもかげにのみみえわたるかな　つらゆき

②後撰集　三九一

・葛木や我やはくめのはしづくりあけゆくほどは物をこそおもへ　よみ人しらず

③拾遺集　七一九

（参考）はるやなぎ　かづらきやまに　たつくもの　たちてもゐても　いもをしぞ

おもふ　万葉集　二四五三

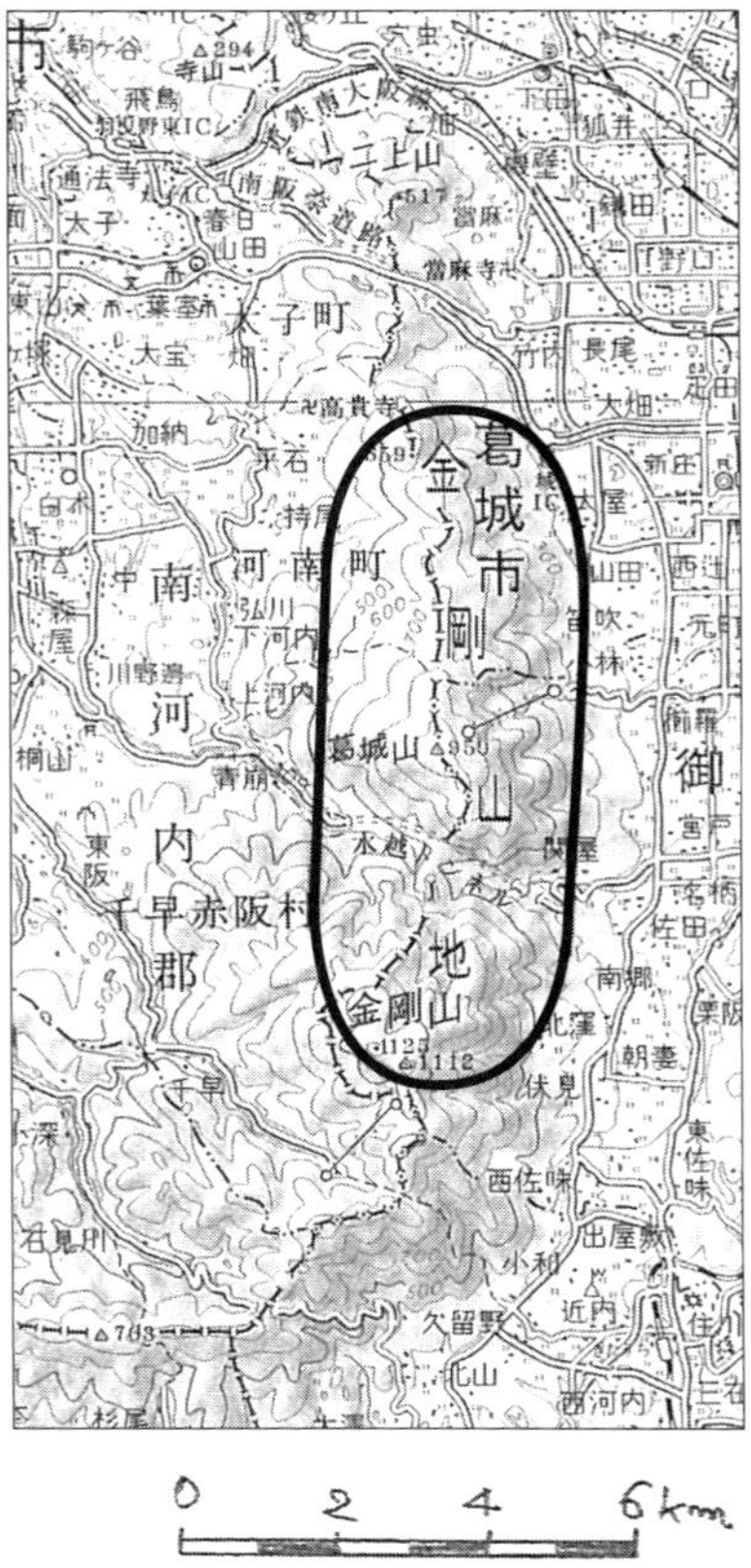

1／20万　和歌山

（メモ）

①奈良県御所《ごせ》市・葛城市と大阪府南河内郡千早赤阪村・河南町の間にまたがる、府県境の山並みが葛城山脈。「葛城山《かつらぎさん》」は、国道三〇九号の水越峠から以北と。

②葛城山の標高は九五八・九m。東側の山麓部に扇状地が形成され、鴨山口神社・一言主神社・火雷神社等が鎮座。中腹には戒那山安位寺（戒那千坊）の遺構がある。

③「葛城山」の名称は昔、金剛山を含む総称であった。

七六一　花林院跡

奈良県奈良市中筋町・坊

関係地図　1／20万　京都及大阪　1／2.5万　奈良

278

花林院

奈良花林院歌合に月をよめる

⑤金葉集　二〇二

・いかなれば秋はひかりのまさるらむおなじみかさの山のはの月　権僧正永縁

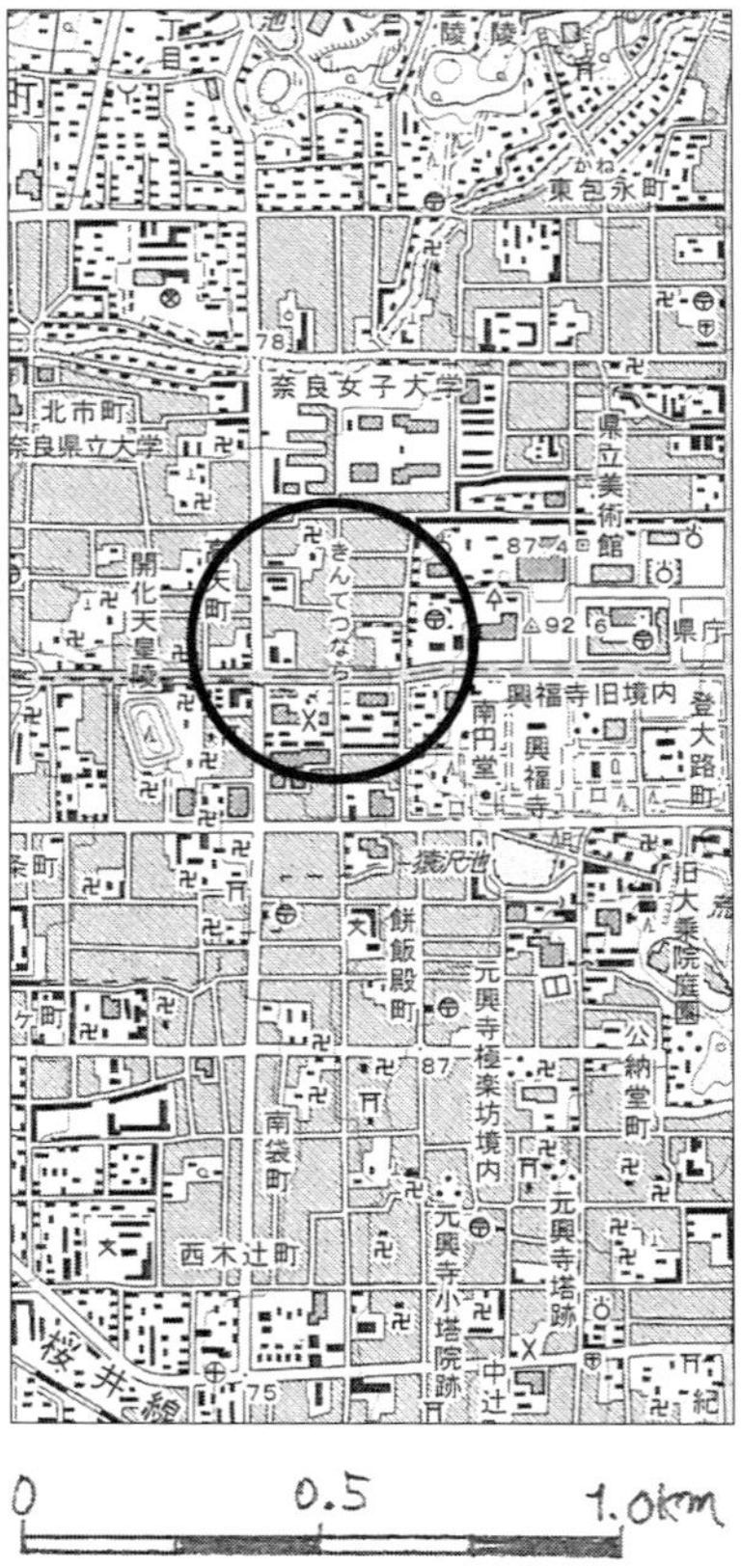

1／2.5万　奈良

（メモ）

①興福寺別院花林院は奈良市中筋町にあったという。中筋町は西御門《にしみかど》町の北、興福寺の西側三門の通りのうち中筋の赤門（敬田門）通りに当るという。『奈良曝』に、

・酢や町と壱所に合、町役四十壱軒

・北辺に花林院の跡あり

などとあるという。旧名は花林院町であり、元禄二（一六八九）年の家数は五四。その中に一乗院門跡家来三、一乗院門跡屋敷三、興福寺専当屋敷一などがある。この最後の「興福寺専当屋敷」が花林院なのであったか。

七六二　象山

奈良県吉野郡吉野町喜佐谷・御園

関係地図　1／20万　和歌山　1／5万　吉野山

287

きさやま

・みよしのきさやまかげにたてる松いくあきかぜにそなれきぬらん　曽祢好忠

⑥詞花集　一一〇

（参考）やまとには　なきてかくらむ　よぶこどり　きさのなかやま　よびぞこゆなる　高市連黒人　万葉集　七〇

（参考）みよしの　きさやまのまの　こぬれには　ここだもさわく　とりのこゑかも　山部宿祢赤人　万葉集　九二四

（参考）つれなくていく秋風を契りきぬきさ山かげのまつとせしまに　順徳院御製　新続古集　一二一四

（参考）さみだれはにふのかはらのそまくだしひかぬによするきさのやまぎは　後徳大寺左大臣　万代集　六七七

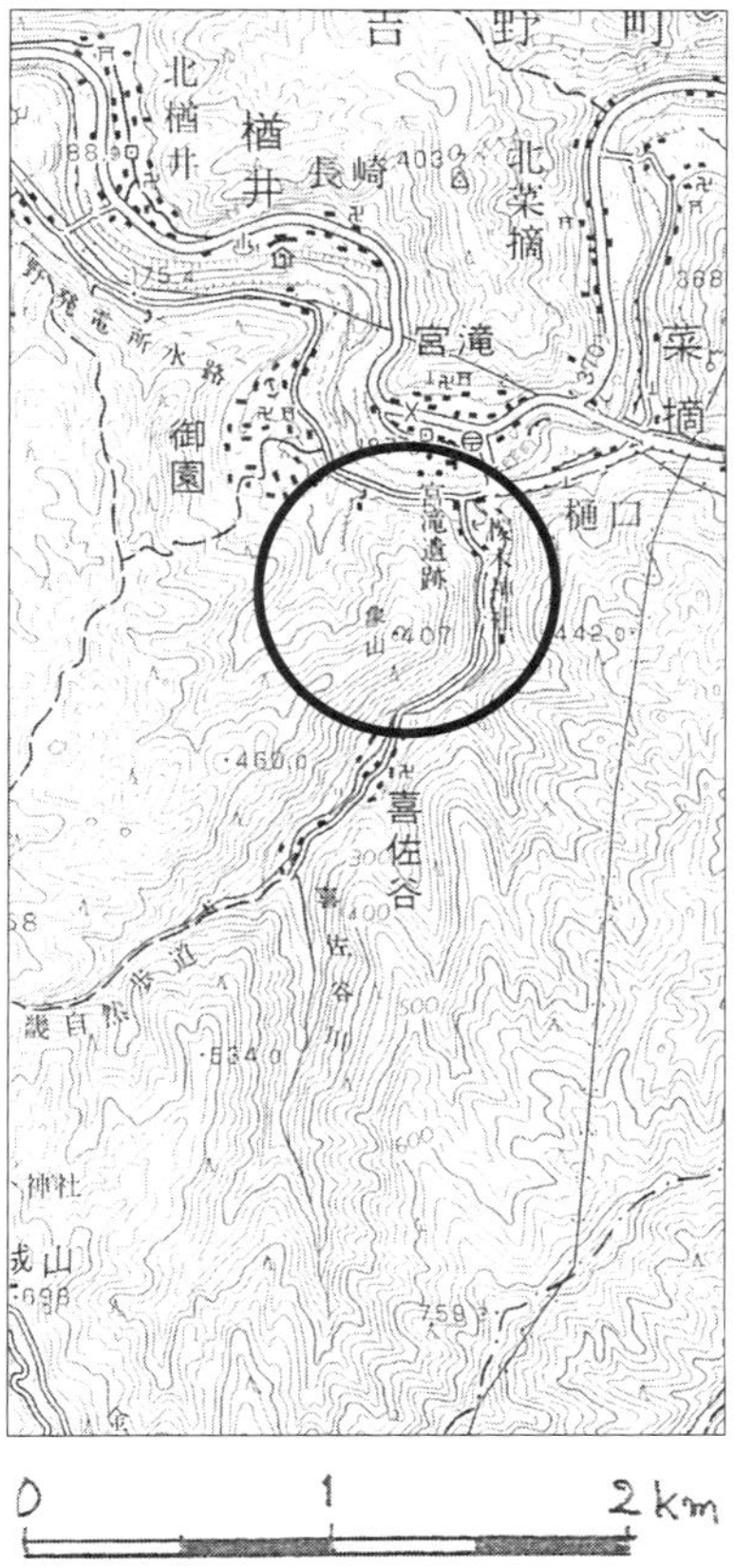

1／5万　吉野山

（メモ）

①吉野川支流に喜佐谷川がある。この喜佐谷川の流れる谷が喜佐谷で、そこに、吉野町喜佐谷集落がある。

②「喜佐」は「象」の佳字で、象牙の木目文のような蛇行状の谷を「象谷」という。地名はこれに由来すと。

③象山の南の山裾の、象川に「仮寝橋《うたたねはし》、一名外象橋《ときさのはし》」がある。源義経が金峯山から下って来て、喜佐谷村の坂馬谷《さかまたに》の山本某氏の家に来て、気がゆるみこの橋でついうたたねをしたと。

七六三　木《き》の丸《まろ》殿跡推定地

奈良県天理市・橿原市・田原本町辺

関係地図　1／20万　和歌山　1／5万　桜井

295

きのまろどの

はつせにまゐりはべりけるにきどのといふところにやどらむとしはべりけるに、たれとしりてかといひければこたへすとてよめる

・なのりせば人しりぬべしなのらねばきのまろどのをいかですぎまし　赤染衛門

④後拾遺集　一〇八三

選子内親王いつきにおはしましけるとき、女房に物申さんとてしのびてまかりたりけるに、さぶらひどもいかなる人ぞなどあらく申してとはせ侍りければ、たたうがみにかきてさぶらひにおかせ侍りける

・かみがきはきのまろどのにあらねどもなのりをせねば人とがめけり　藤原惟規

⑤金葉集　五四七

・あさくらやきのまろどのに我がをれば名のりをしつつ行くは誰が子ぞ　天智天皇御歌

⑧新古今集　一六八九

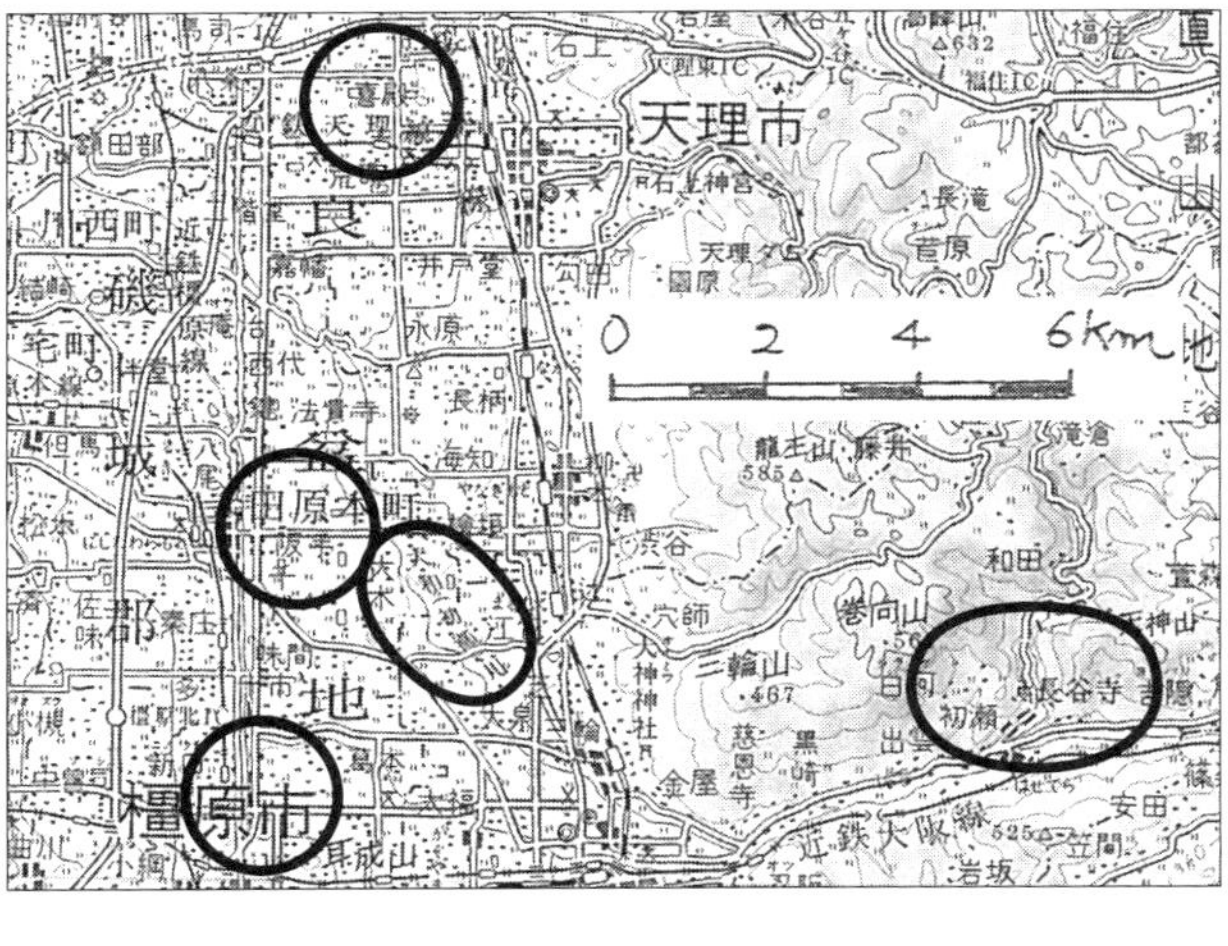

1／20万　和歌山

（メモ）

①現在「きのまろ殿」の町名は奈良県にはない。しかし、「き殿」はある。それは橿原市城殿町・天理市喜殿町である。地図の上の○と下の○である。

②喜殿庄は大和国守を歴任した源頼親の所領のうち、子息肥前守頼房に譲与された荘園の総称という。

③延久二（一〇七〇）年の『興福寺雑役免帳』に、

城下東郷に中喜殿庄一七町二反七五歩がある。現在の田原本町小阪・阪手・西井上という。図の中の○である。

④喜殿庄は山辺郡に「南喜殿庄」。磯城郡に「北喜殿庄」。高市郡に「中喜殿庄」があった。

七六四　興福寺

奈良県奈良市登大路町

関係地図　1／20万 京都及大阪　1／2.5万 奈良

800　山階寺

やましなでらにまかりたりけるに、宋延法師にあひてよもすがらものいひ侍りけるに、ありあけの月みかさ山よりさしのぼりけるをみてよめる

- ながらへばおもひいでにせむおもひいでよきみとみかさのやまのはの月　琳賢法師　⑥詞花集　三〇六

330　興福寺

建久六年、東大寺供養に行幸のとき、興福寺の八重ざくら盛なりけるをみて、枝にむすびつけて侍りける

- 古郷とおもひなはてそ花ざくらかかるみゆきにあふ世有りけり　よみ人しらず　⑧新古今集　一四五七

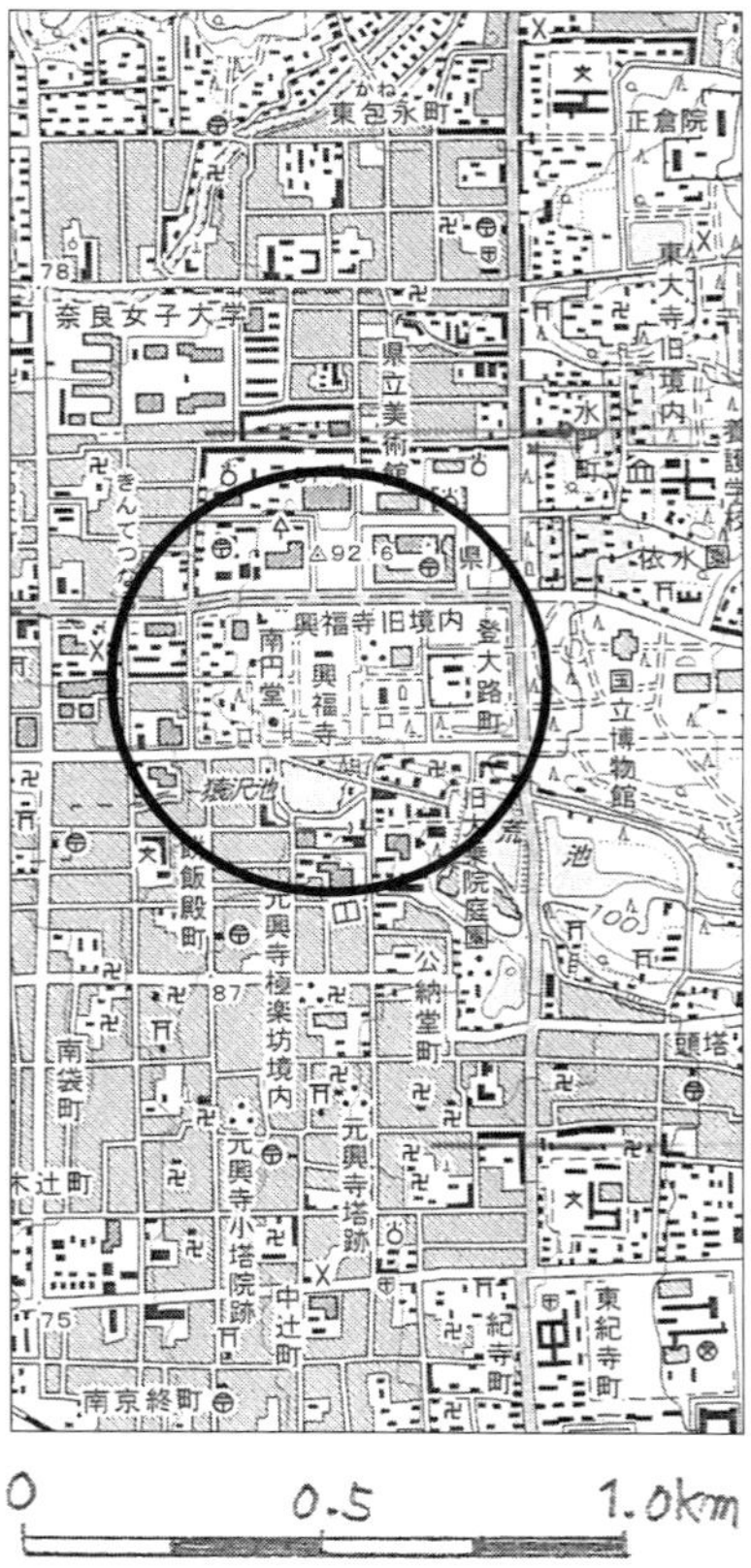

1／2.5万　奈良

（メモ）

①南都七大寺の一つ興福寺は、天智天皇八（六六九）年、藤原鎌足が重病の時、夫人の鏡女王が夫の病気平癒を祈願して、鎌足の念持仏の釈迦丈六像等を安置する堂舎を山階国宇治の山階（山科）に創建。

②天武天皇の飛鳥遷都にともない、山階寺も大和国高市郡厩坂《うまやさか》に移し、厩坂寺と称した。

③和銅三（七一〇）年の平城遷都には、子の藤原不比等が平城京の外京、三条七坊の地に移築して、寺名を現在の「興福寺」に改めたという。

七六五　金剛山

奈良県御所《ごせ》市高天

関係地図　1／20万 和歌山　1／5万 五條　1／2.5万 五條

474　高天

和歌所にて歌つかうまつりしに、春の歌とてよめる

- かづらきやたかまの桜さきにけり立田のおくにかかる白雲　寂蓮法師　⑧新古今集　八七

（参考）かづらきの　たかまのかやの　はやしりて　しめさましを　いまぞくやしき　万葉集　一三三七

478　高天の山

- よそにのみ見てややみなんかづらきやたかまの山の嶺のしら雲　読人しらず　⑧新古今集　九九〇

（参考）霞ゐるたかまの山のしらくもは花かあらぬかかへるたびびと　式子内親王　新勅撰集　六三

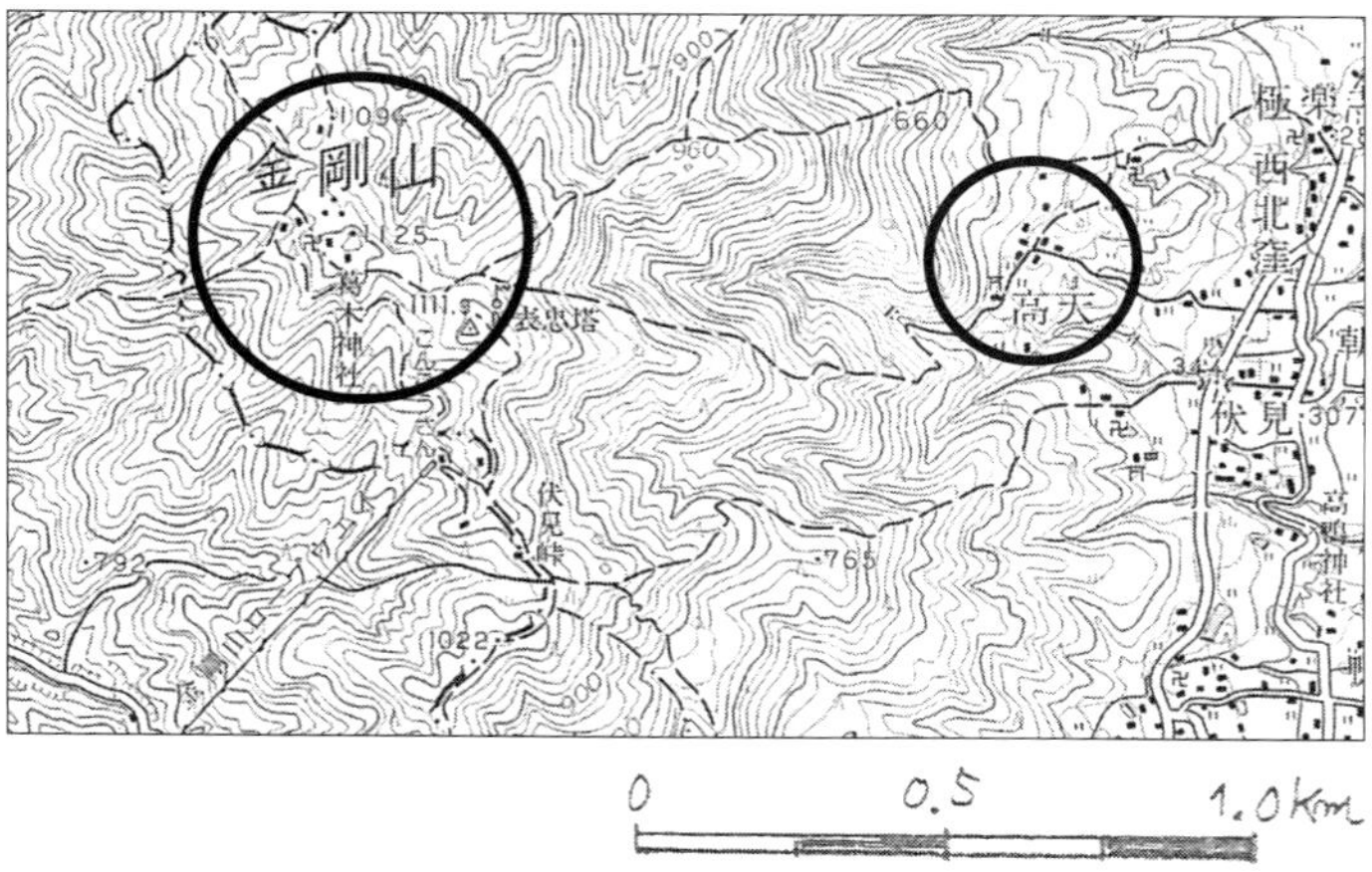

1／2.5万　五條

（メモ）

①「葛城山」の名は、江戸時代までは金剛山を含む総称であった。その葛城山の第一峰は「高天山」と称した。高天山の別称は、標高一一二五mの金剛山である。この山に金剛砂が産出するに由ると。

②貝原益軒の『和州巡覧記』に、高天山　篠峰の南にあり。篠峰より猶高き大山也。是金剛山也。山上に葛城の神社有。山上より一町西の方に金剛山の寺あり。転法輪寺と云。六坊有。山上は大和なり。寺は河内に属せり。とある。

③金剛山頂には葛城家が祭祀する祭神一言主大神の葛木神社が鎮座。御所市鴨神に神名帳の「高鴨阿治須岐詫彦根命神社四座次名神大月并相嘗新嘗」が鎮座。同市高天に「高天彦神社名神大月次相嘗新嘗」が鎮座。

七六六　狭野の渡跡《わたり》

奈良県桜井市慈恩寺

関係地図　1／20万 和歌山　1／2.5万 桜井

369

さののわたり

百首歌たてまつりし時

・こまとめて袖うちはらうかげもなしさののわたりの雪の夕暮　定家朝臣

⑧新古今集　六七一

（参考）くるしくも　ふりくるあめか　みわのさき　さののわたりに　いへもあらなくに　長忌寸奥麿　万葉集　二六五

（参考）月にゆくさののわたりの秋の夜はやどありとてもとまりやはせん　津守国助　新後撰集　五七〇

（参考）三わの崎あらいそもみえず波たちぬいづくよりゆかんよきみちはなし　読人不知　夫木抄　一二一八二

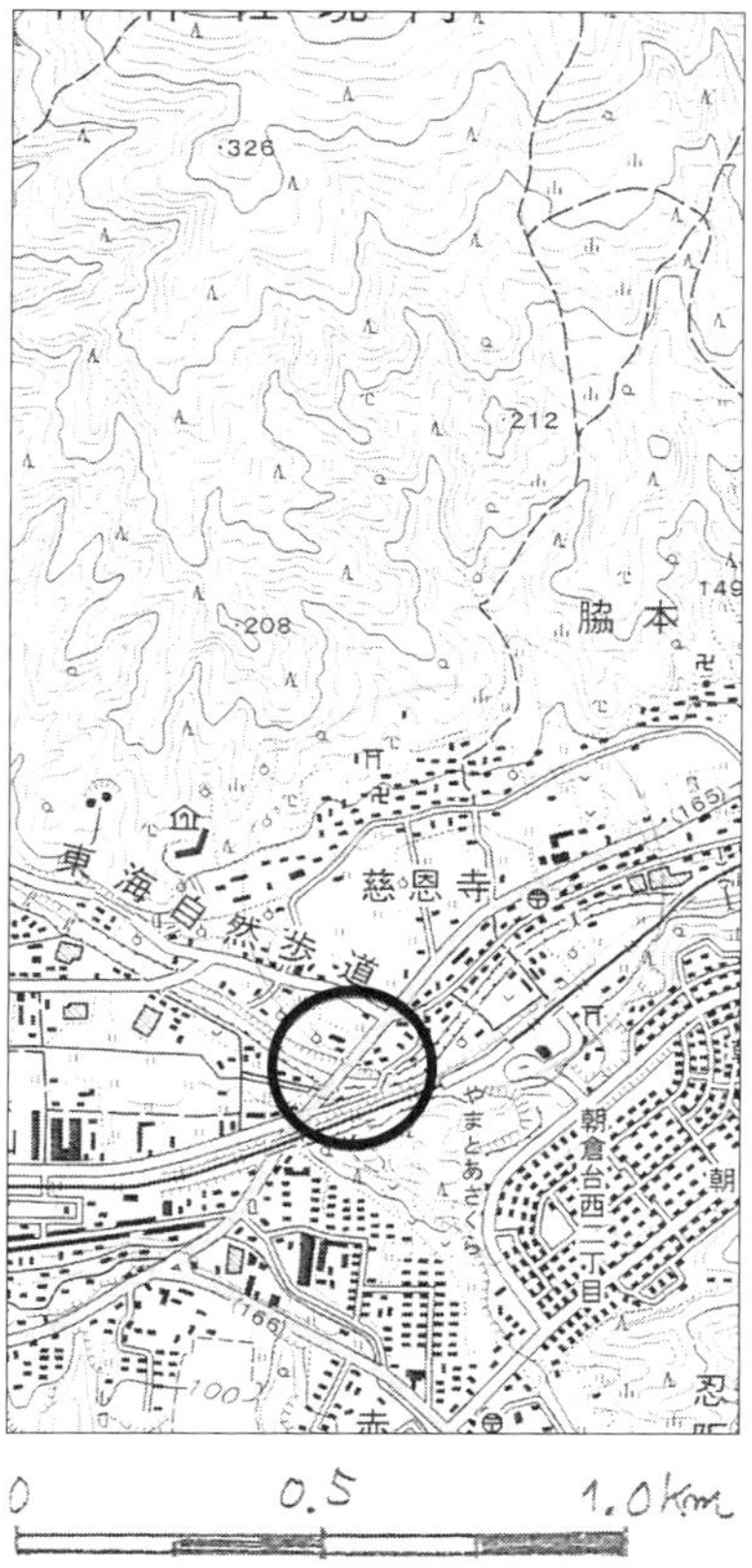

1／2.5万　桜井

（メモ）

①桜井市金屋に「山崎」の地名が残り、三輪山の南側にある「尾崎の突端」を佐（狭）野と称したと。『和州旧跡幽考』・『大和志料』はここを表記万葉歌の「みわの崎」（神《みわ》の崎）、「さのの渡り」狭（佐）野の渡は山崎から初瀬川を渡る津とする。

②現在も初瀬の追分西方に佐野橋（〇内小道）があり、同じく初瀬川国道一六五号の橋は新佐野渡橋である。現在も、古来の佐（狭）野の渡りが伝承されている。

七六七　佐保川

奈良県奈良市・大和郡山市

関係地図　1／20万 京都及大阪、和歌山　1／5万 奈良

372

佐保の河

はつせへまうで侍りけるみちに、佐保山のもとにやどりて、あしたにきりのたちわたりて侍りければ

・もみぢ見にやどれる我としらねばやさほの河ぎりたちかくすらん　恵慶法師

③拾遺集　一九三

（参考）さほがはの　きよきかはらに　なくちどり　かはづとふたつ　わすれかねつも　万葉集　一一二三

597

奈良の小河

・みそぎするならのをがはのかはかぜにいのりぞわたるしたにたえじと　八代女王

⑧新古今集　一三七六

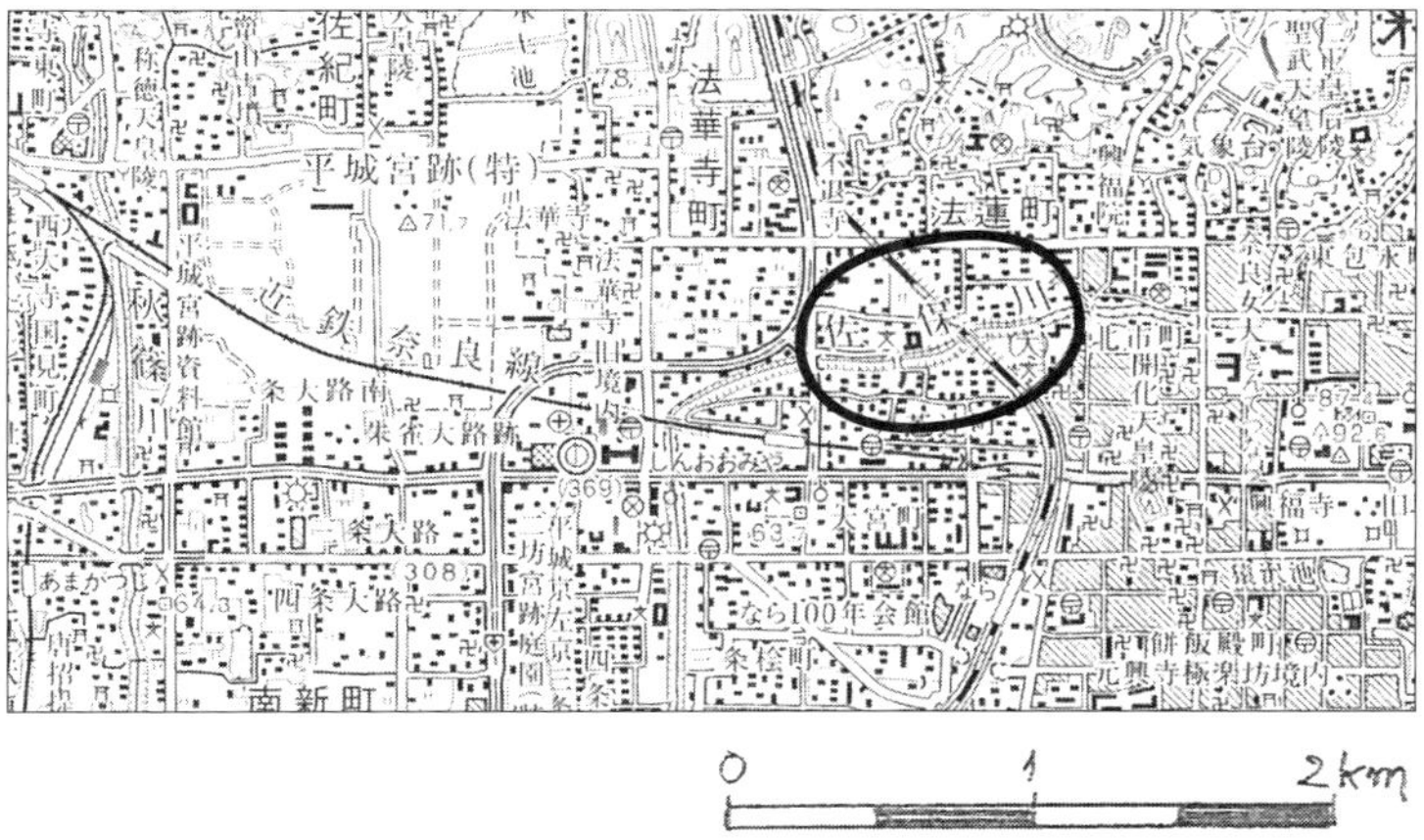

1／5万　奈良

（メモ）

①佐保川は、春日奥山の渓流を合わせ北流。若草山・飯盛山の背後の廻って佐保の里（佐保の内）に出る。東大寺門前を流れる吉城川を合わせ、佐保丘陵の南方、平城京二条大路の北方沿いに西流し、二条三坊付近で南西流して羅城門近くに至り、能登川・岩井川・堀川（秋篠川）を合わせて南流し初瀬川（大和川）に注ぐ。

②「奈良の小河」は佐保川の上流・源流部。

③南都八景の一つに「佐保川の蛍」がある。また、江戸期には佐保川の清流は「奈良晒」と呼ばれた白く晒した麻布の織物業を発展させた。『奈良曝古今俚諺集』に、「般若寺佐保川水清し、この水をもって布を洗い佐保山に敷く、日を経るに従って白くなり上水白雪のごとし」と。

七六八　佐保山

奈良県奈良市法華寺町・法蓮町等一帯

関係地図　1／20万　京都及大阪　1／5万　奈良

373

佐保山

秋のうたとてよめる

・佐保山のははその色はうすけれど秋は深くもなりにけるかな　坂上是則

①古今集　二六七

・はつしぐれふるほどもなくさほ山の梢あまねくうつろひにけり　よみ人しらず

②後撰集　四四四

天徳四年内裏歌合に柳をよめる

・さほひめのいとそめかくるあをやぎをふきなみだりそ春のやまかぜ　平兼盛

⑥詞花集　一四

・入日さすさほの山辺のははそはらくもらぬ雨と木のはふりつつ　曽祢好忠

⑧新古今集　五二九

(参考)さほやまに　たなびくかすみ　みるごとに　いもをおもひいで　なかぬひはなし　大伴宿祢家持

万葉集　四七三

1／5万　奈良

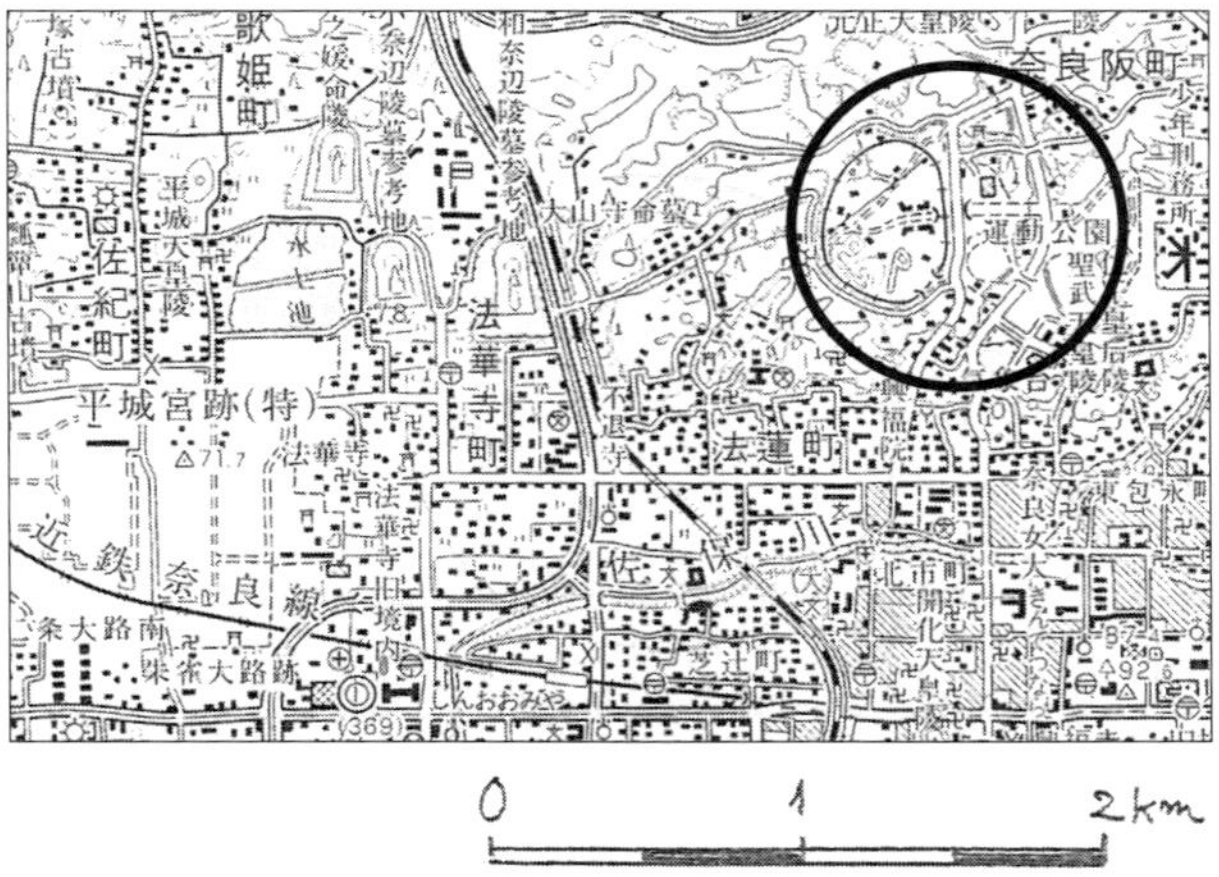

(メモ)

①佐保山は、阿保山・奈保山を含む佐保川北方に広がる丘陵地帯の総称。奈良市佐保山町を中心とし、西は佐紀丘陵に連なる。南西部には平城京跡・法華寺・海竜王寺、北部の小丘陵に佐紀古墳群がある。

②奈良市内で町名で「佐保」のつくのは法蓮佐保山がある。法蓮佐保山二丁目には奈良ドリームランド跡地、法蓮佐保山四丁目には鴻ノ池運動公園があり、その中に陸上競技場・中央体育館・中央武道場等がある。

七六九　猿沢池

奈良県奈良市登大路町

関係地図　1／20万　京都及大阪　1／2.5万　奈良

379

さるさはの池

つつみやき

・わぎもこが身をすてしよりさるさはの池のつつみやきみはこひしき　すけみ

③拾遺集　四一一

さるさはの池にうねべの身なげたるを見て

・わぎもこがねくたれがみをさるさはの池のたまもと見るぞかなしき　人まろ

③拾遺集　一二八九

(参考)さるさはのいけもつらしなわぎもこがたまもかづかばみづもひなまし

古六帖　一六六七

1／2.5万　奈良

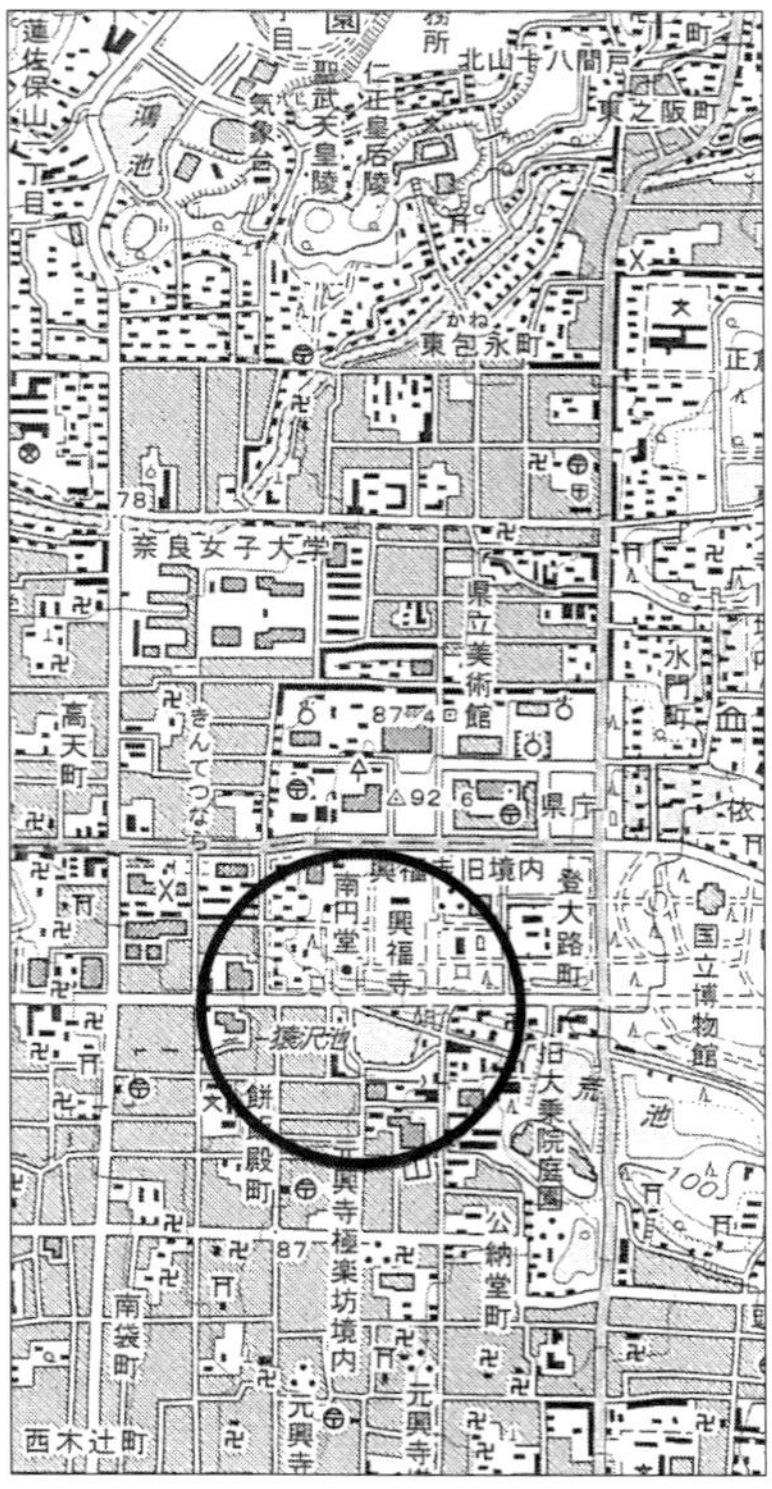

(メモ)

①奈良市登大路町にある興福寺の放生池。池の周囲は約三百m。興福寺の本来の寺地の左京三条七坊の一六町とは別に、三条大路を挟んだその南の、左京四条七坊の北四町に興福寺の花園があり、仏に供える花が栽培されていた。この花園の中に猿沢池があったと。

②『天平記』に、

佐努作波池

とあり、当時池は興福寺の門前であった。

③興福寺七不思議の俗謡に、

澄まず濁らず、出づ入らず、蛙はわかず藻は生えず、魚が七分水三分がある。

七七〇　山上ヶ岳

奈良県吉野郡天川《てんかわ》村洞川《どろ》

関係地図　1／20万 和歌山　1／5万 山上ヶ岳

741

みたけ

みたけにまうで侍りける精進のほど、金泥の法華経かきたてまつりて、かの御やまにをさめたてまつらんとてまゐり侍りける時、おもふ心や侍りけん、物にかきつけておき侍りける

• 夢さめんその暁をまつほどのやみをもてらせのりのともし火　藤原敦家朝臣

⑦千載集　一二一〇

かくてまうで侍りて、かの山にてなんみまかりにける、そののちふるさとにてこのうたはみいでて侍りけるとなん

みたけの笙のいはやにこもりてよめる

• 寂寞のこけのいはとのしづけさに涙の雨のふらぬ日ぞなき　日蔵上人　⑧

新古今集　一九二三

1／5万　山上ヶ岳

（メモ）

①標高一七一九m。別称金峰山・金の御嶽・大峰山。日本を代表する山岳霊山。

②山頂は東西約三百m・南北約五百m。周囲は南北に延びる稜線以外は百m～三百mの急崖。チャートで構成。頂上の山上蔵王堂（大峯山寺）は元禄年間の再建。間口二四m・奥行二〇m。金剛蔵王権現を祀る。現在、大峰山寺は五月三日戸開け、九月二三日戸閉め。昌泰三（九〇〇）年宇多法皇が金峯山に御幸。寛弘四（一〇〇七）年藤原道長が御岳詣。

七七一　敷島

奈良県桜井市金屋、慈恩寺辺

関係地図　1／20万 和歌山　1／5万 桜井　1／2.5万 桜井

389

しきしま

• しきしまややまとにはあらぬ唐衣ころもへずしてあふよしもがな　つらゆき

①古今集　六九七

百首歌たてまつりし時

• しきしまややまとしまねも神代より君がためとやかためおきけん　摂政太政大臣

⑧新古今集　七三六

（参考）しきしまの　やまとのくには　ことだまの　たすくるくにぞ　まさきくありこそ　柿本朝臣人麿　万葉集　三二五四

（参考）敷島やみわの山もとほのぼのとかすむは春や尋ねきぬらん　殷富門院大輔　玄玉集　二四

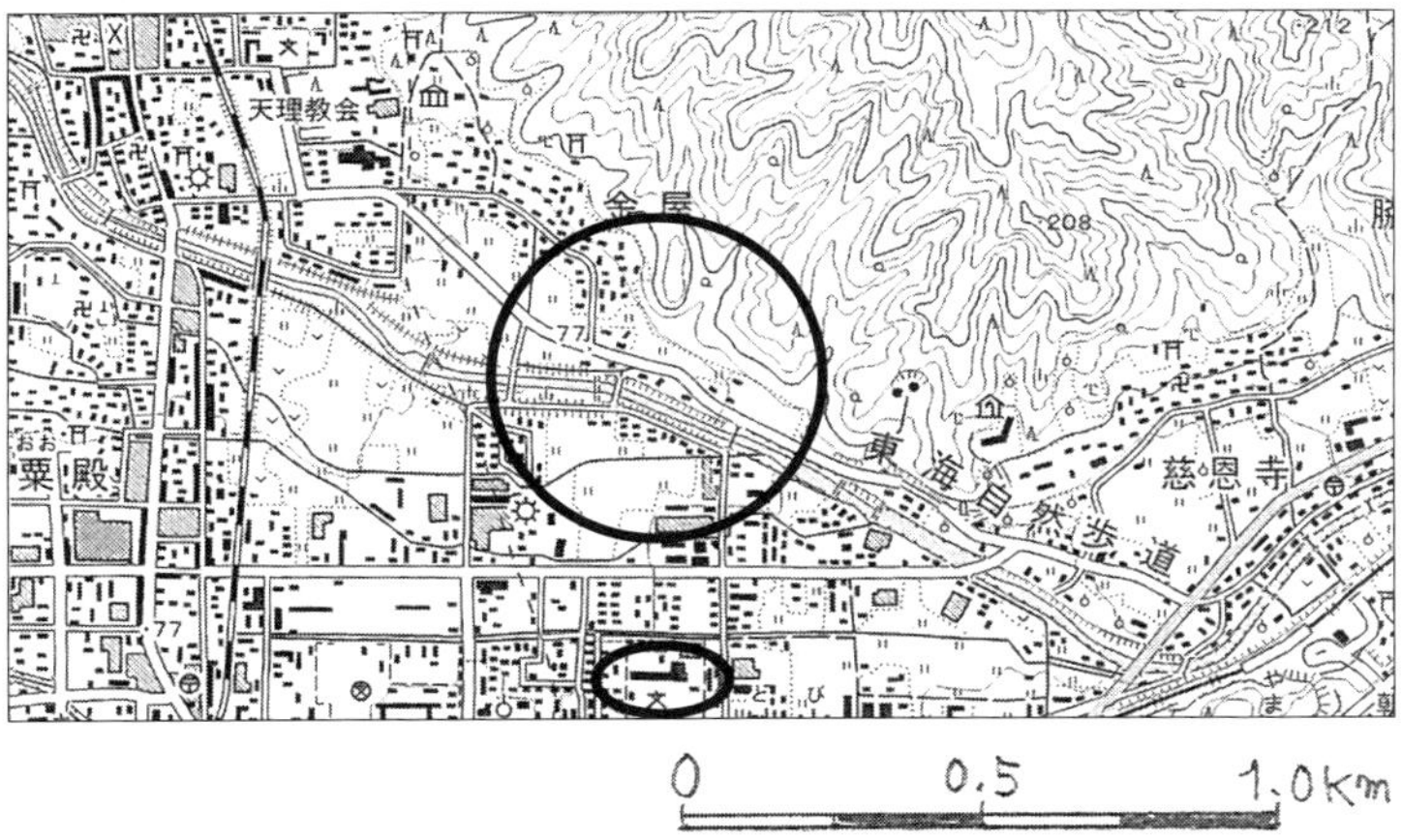

1／2.5万　桜井

（メモ）

①桜井市慈恩寺の、初瀬川の飛鳥堰（小字飛鳥居）に近接して小字「式嶋《しきしま》」があるという。

②『日本書紀』欽明天皇元（五四〇）年七月一四日条に

都《みやこ》を倭国《やまとのくに》の磯城郡《しきのこほり》の磯城嶋に遷《うつ》す。仍《よ》りて号《なづ》けて磯城嶋金刺宮《かなさしのみや》とす

とある。図の小〇中の学校は「城島小学校」である。

③『大和志』に、

三輪村大字金屋ノ東南山崎ノ「シキシマ」ニ垣内《カキウチ》ト称スル田地アリ、是其宮址ナルヘシ「シキシマ」ノ垣内ハ正ニ三輪山山埼ノ「カナサシ」ト字スル処ト初瀬川ヲ隔テテ相隣レリ

とあると。

七七二　笙の窟

奈良県吉野郡上北山村

関係地図　1／20万 和歌山　1／5万 山上ヶ岳

410

笙のいはや

大峰の生のいはやにてよめる

・くさのいほなにつゆけしとおもひけんもらぬいはやも袖はぬれけり　僧正行尊

⑤金葉集　五三三

・やどりするいはやのとこのこけむしろいくよになりぬねこそいられね　前大僧正覚忠

おほみねとほり侍りける時、笙のいはやといふ宿にてよみ侍りける

⑦千載集　一一〇九

・寂莫のこけのいはとのしづけきに涙の雨のふらぬ日ぞなき　日蔵上人

みたけの笙のいはやにこもりてよめる

新古今集　一九二三　⑧

1／5万　山上ヶ岳

（メモ）

①笙《しょう》の窟は大峯七十五靡のうち六二番目の靡。大峯連峰のほぼ中央。文殊岳の山腹にある窟。日蔵上人を初め、多くの修験者が冬籠りをした。

②『太平記』巻二十六「吉野炎上の事」に、日蔵上人が出る。それは、

そもそも、この北野天神の社壇と申すは、承平四（九三四）年八月朔日に、笙の岩屋の日蔵上人頓死《とんし》したまひたりしを、蔵王権現左の御手に乗せたてまつて、炎魔王宮に至りたまふに、第一の冥官《みょうかん》、一人の倶生神を……

などと続く。

七七三　深仙の窟

奈良県吉野郡下北山村・十津川村

関係地図　1／20万 和歌山　1／5万 釈迦ヶ岳

418

神仙

大峰の神仙といふところにひさしう侍りければ、同行どもみなかぎりありてまかりければ心ぼそさによめる

・見し人はひとりわが身にそはねどもおくれぬ物はなみだなりけり　僧正行尊

⑤金葉集　五七六

前大僧正覚忠、みたけよりおほみねにまかりいりて、神仙といふところにて金泥法花経かきたてまつりてうづみ侍るとて、五十日ばかりとどまりて侍りけるに、房覚がくまののかたよりまかりいりけるにつけていひおくりて侍りける

・をしからぬ命ぞさらにをしまるる君がみやこにかへりくるまで　前大納言成通

⑦千載集　一一三二

1／5万　釈迦ヶ岳

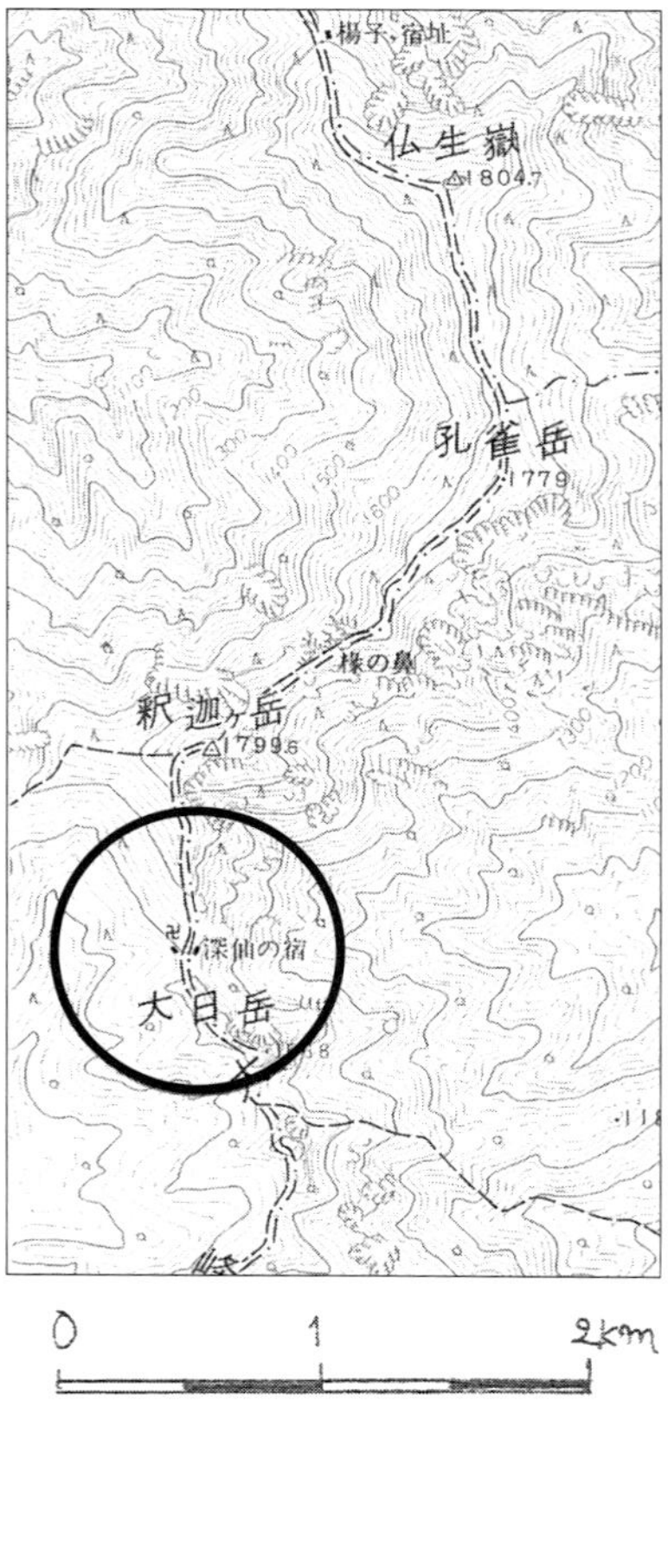

（メモ）

①深仙《じんぜん》の宿は大峯七十五靡《なびき》のうち三八番目の靡。江戸期には本堂には役行者・前鬼・後鬼・八大金剛童子・不動明王を安置。左右に智証大師像と理源大師像とを祀っていた。

②この宿は役小角が自分の三生まで使って精魂こめてこの深仙の三重の窟を作ったと伝えられ、深仙潅頂の行なわれる最極秘所であった。

七七四　菅田の池跡

奈良県天理市二階堂町・大和郡山市八条町・宮堂町辺

関係地図　1／20万　和歌山　1／5万　桜井

422

すがたの池

崇徳院に百首歌たてまつりける時、恋歌とてよめる

・こひをのみすがたの池にみ草ゐてすまでやみなん名こそをしけれ　待賢門院安芸　⑦千載集　八五八

（参考）あせにけるすがたの池のかきつばたいくむかしをかへだて来ぬらん　建礼門院右京大夫　夫木抄　二〇〇四

（参考）をとめ子がすがたの池の荷葉は心よげにも花咲きにけり　大納言師頼卿　夫木抄　三五三七

（参考）かかりけるすがたのいけのをしのこゑききては袖のぬれしかずかは　寂蓮法師　夫木抄　六九八四

1／5万　桜井

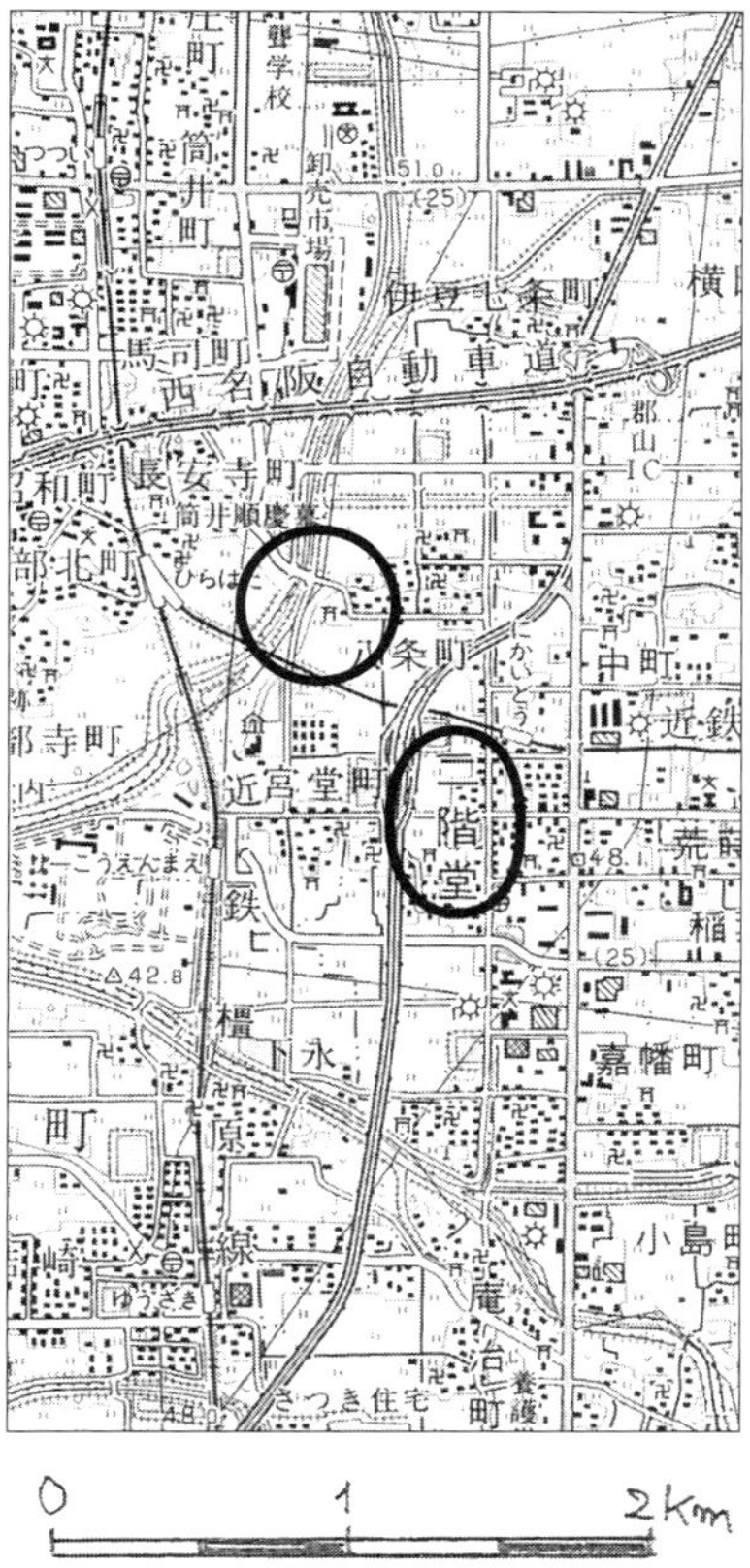

（メモ）

①現在、大和郡山市八条町に菅田神社（図の○内の神社）が鎮座。祭神は菅田比古命。神紋は梅鉢。千有余年の古社。

②この周辺は、北東よりの佐保川と、東南東よりの初瀬川の合流点である。合流点一帯の池（菅田池）は降雨があれば拡大し、なければ縮小する菅田池の地であった。

③『和名抄』大和国山辺郡の石上郷の一部。東大寺の「菅田荘」。一乗院門跡領「菅田上下荘」・大乗院門跡寄所「菅田宮堂」があった。

七七五　菅原や伏見の里

奈良県奈良市菅原町・青野町・宝来一帯

関係地図　1／20万　京都及大阪　1／2.5万　奈良

423

菅原や伏見の里

・いざここにわが世はへなむ菅原や伏見の里のあれまくもをし　よみ人しらず　①古今集　九八一

ふしみといふ所にて、その心をこれかれよみけるに

・菅原や伏見のくれに見わたせば霞にまがふはつせの山　よみ人しらず　②後撰集　一二四二

・恋しきをなぐさめかねてすがはらや伏見にきてもねられざりけり　重之　③拾遺集　九三八

（参考）おほきうみの　みなそこふかく　おもひつつ　もびきならしし　すがはらのさと　石川女郎　万葉集　四四九一

1／2.5万　奈良

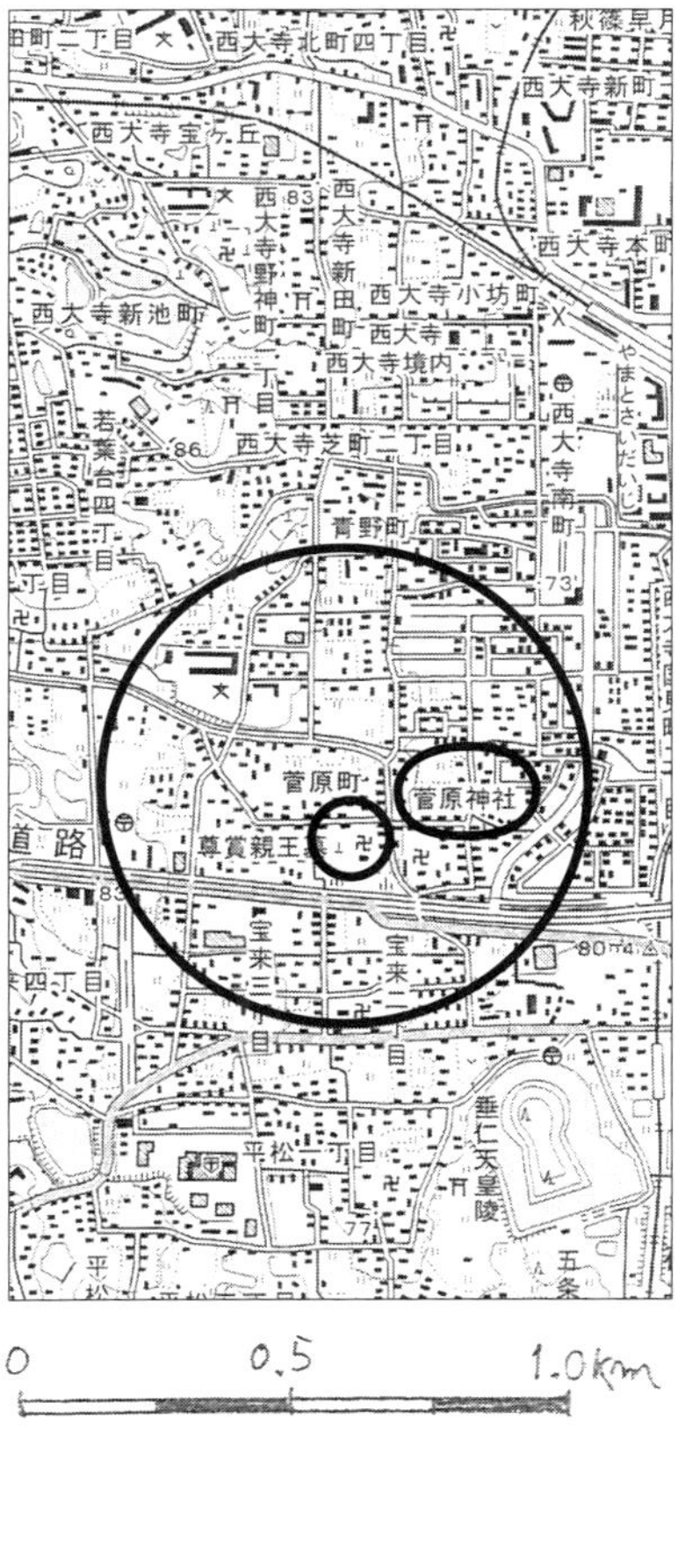

（メモ）

①奈良市菅原は秋篠川中流右岸で、右京三坊大路の沿道。この辺は原野で菅が繁茂していた。伏見はその中の小地名。

②地図の小○は喜光寺。古くは菅原寺と呼ばれ養老五（七二一）年、又は和銅八（七一五）年、行基の開創。菅原氏の氏寺。行基は同寺東南院で死去。寺の境内に伝行基墓がある。現金堂（国重文）は創建時の東大寺大仏殿の十分の一で室町初期の再建。東大寺金堂試み堂の名あり。

③図の菅原神社は菅原氏の氏神。祭神は野見宿祢・菅原道真。神社東百mには道真産湯の池がある。

七七六　高円の野

奈良県奈良市白毫寺町一帯

関係地図　1／20万 和歌山　1／5万 桜井、奈良

475

たかまどの野

法性寺入道前関白太政大臣家の歌合に、野風

・たかまどの野ぢのしの原すゑさわぎそらや木がらしけふ吹きぬなり　藤原基俊

⑧新古今集　三七三

（参考）あきかぜは　ひにけにふきぬ　たかまとの　のへのあきはぎ　ちらまくをしも　万葉集　二一二一

（参考）しら露もこぼれてにほふたかまどの野べの秋萩いまさかりなり　後嵯峨院御製　玉葉集　五〇二

（参考）たかまどの野べの秋はぎいたづらにちりかすぐらんみる人なしに　笠金村　玉葉集　五一四

（参考）たかまどの野べの秋風吹くたびに袂にうつす萩が花ずり　法皇御製　続千載集　三九〇

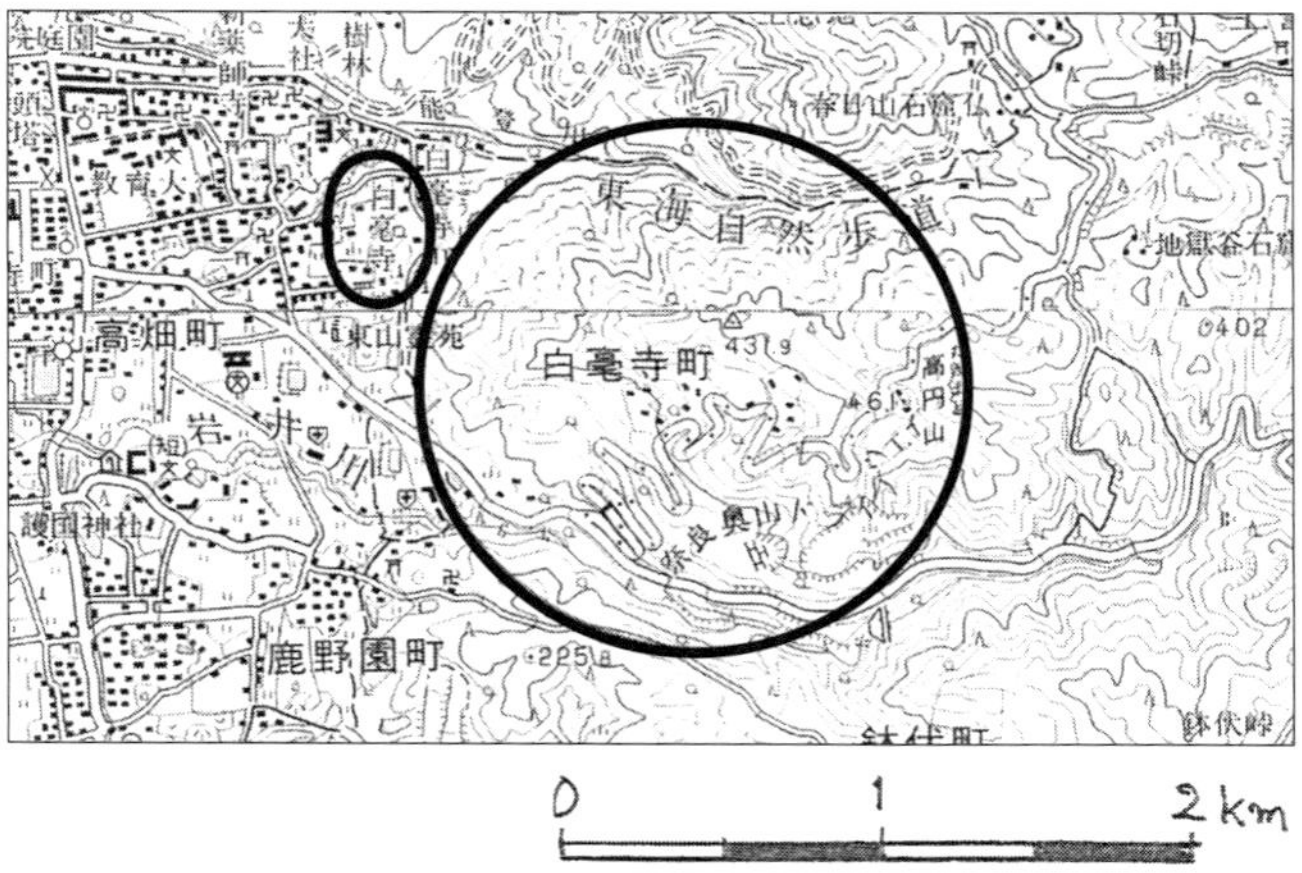

1／5万　奈良(上)・桜井(下)

（メモ）

①高円の野は、高円山周辺一帯のこと。

②白毫寺は奈良市白毫寺町にある。山号は高円山。真言律宗。天智天皇の勅願所と伝えられるが、天智天皇の第七皇子・志貴親王邸が現在の白毫寺境内にあったと伝える。志貴親王の没後、その地に寺が建立されたか。

③「白毫」とは、仏の額にある白い繊毛をいう。仏の相好三十三相の一つであり、十方世界に光明を放つ、仏のシンボルである。

七七七　高円山

奈良県奈良市白毫寺町

関係地図　1／20万 京都及大阪　1／2.5万 奈良

477

たかまど山

雲間微月といふ事を

・しきしまやたかまど山の雲まより光さしそふゆみはりの月　堀河院御歌

⑧新古今集　三八三

（参考）かりたかの　たかまとやまを　たかみかも　いでくるつきの　おそくてるらむ　大伴坂上郎女　万葉集　九八一

（参考）しきしまやたかまどやまの秋風に雲なきみねをいづる月かげ　後鳥羽院御製　続後撰集　三二〇

（参考）かすがのにしぐれふるみゆあすよりはもみぢかざらんたかまどのやま　式部卿真楯　続古今集　五一三

（参考）あづさ弓春の心にいるものはたかまど山のさくらなりけり　大炊御門右大臣　新千載集　一二四

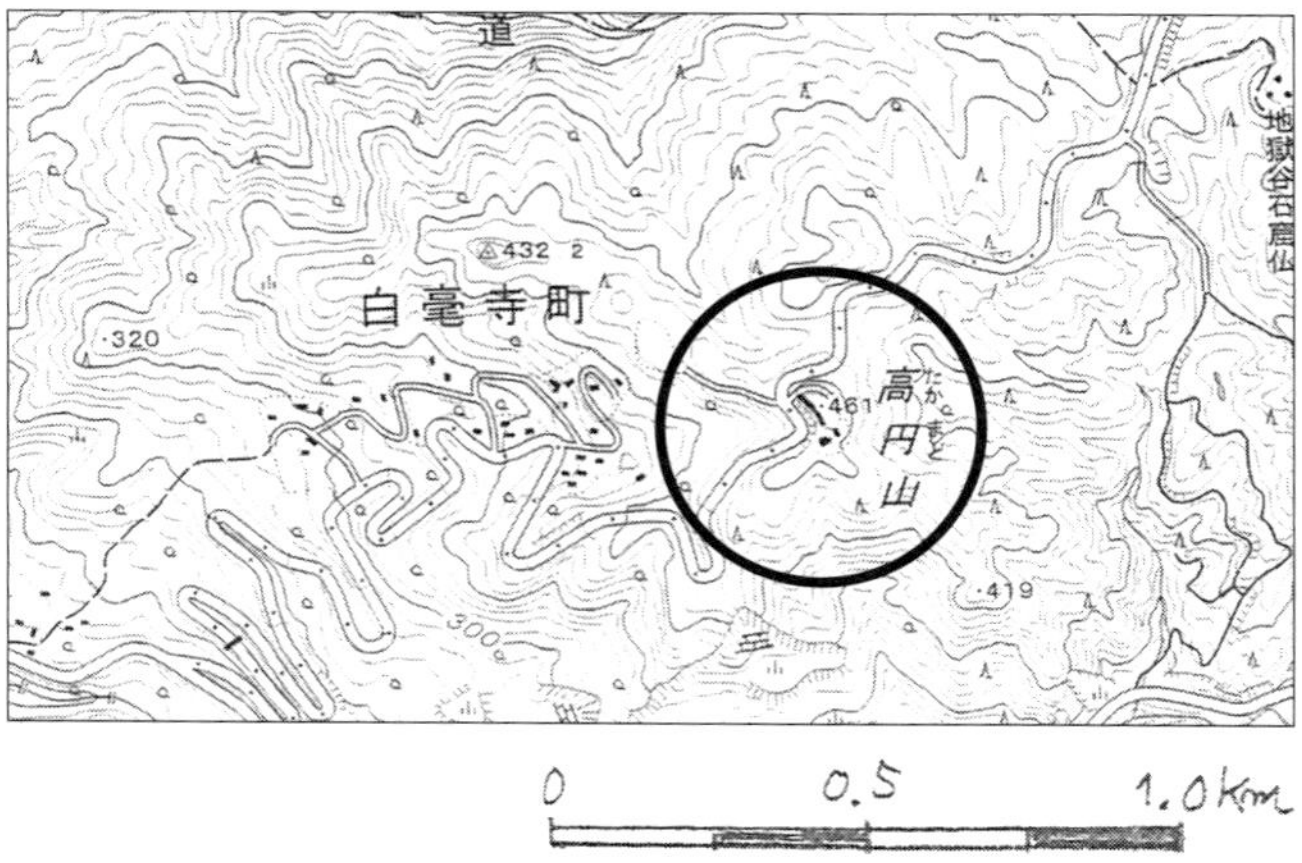

1／2.5万　奈良

（メモ）

①奈良市白毫寺町の東の山。独立標高点四六一ｍの山。また、三角点四三二・二ｍの山等。

②『大和志料』には、

白毫寺ノ上方ニアリ。故ニ白毫寺山トモ称ス

とあると。

③『大和名所記』（和州旧跡幽考）にも、

高円山　三笠山の南に並びて俗に白毫寺山といふ。高円山・高松山同山

とある。万葉集に

高松のこの峰《みね》も狭《せ》に笠立てて満ち盛《さか》りたる秋の香《か》のよさ　二二三三

がある。「秋の香」は「マツタケ」のこと。

七七八　高円離宮跡推定地　奈良県奈良市白毫寺町・古市町辺

関係地図　1／20万 和歌山　1／2.5万 大和郡山

476

たかまとのをのへの宮

水無瀬の恋十五首の歌合に

・里はあれぬをのへの宮のおのづからまちこしよひも昔なりけり　太上天皇

⑧新古今集　一三一三

（参考）みやひとの　そでつけごろも　あきはぎに　にほひよろしき　たかまとの　みや　大伴宿祢家持　万葉集　四三一五

（参考）たかまとの　みやのすそみの　のづかさに　いまさけるらむ　をみなへしはも　大伴宿祢家持　万葉集　四三一六

1／2.5万　大和郡山

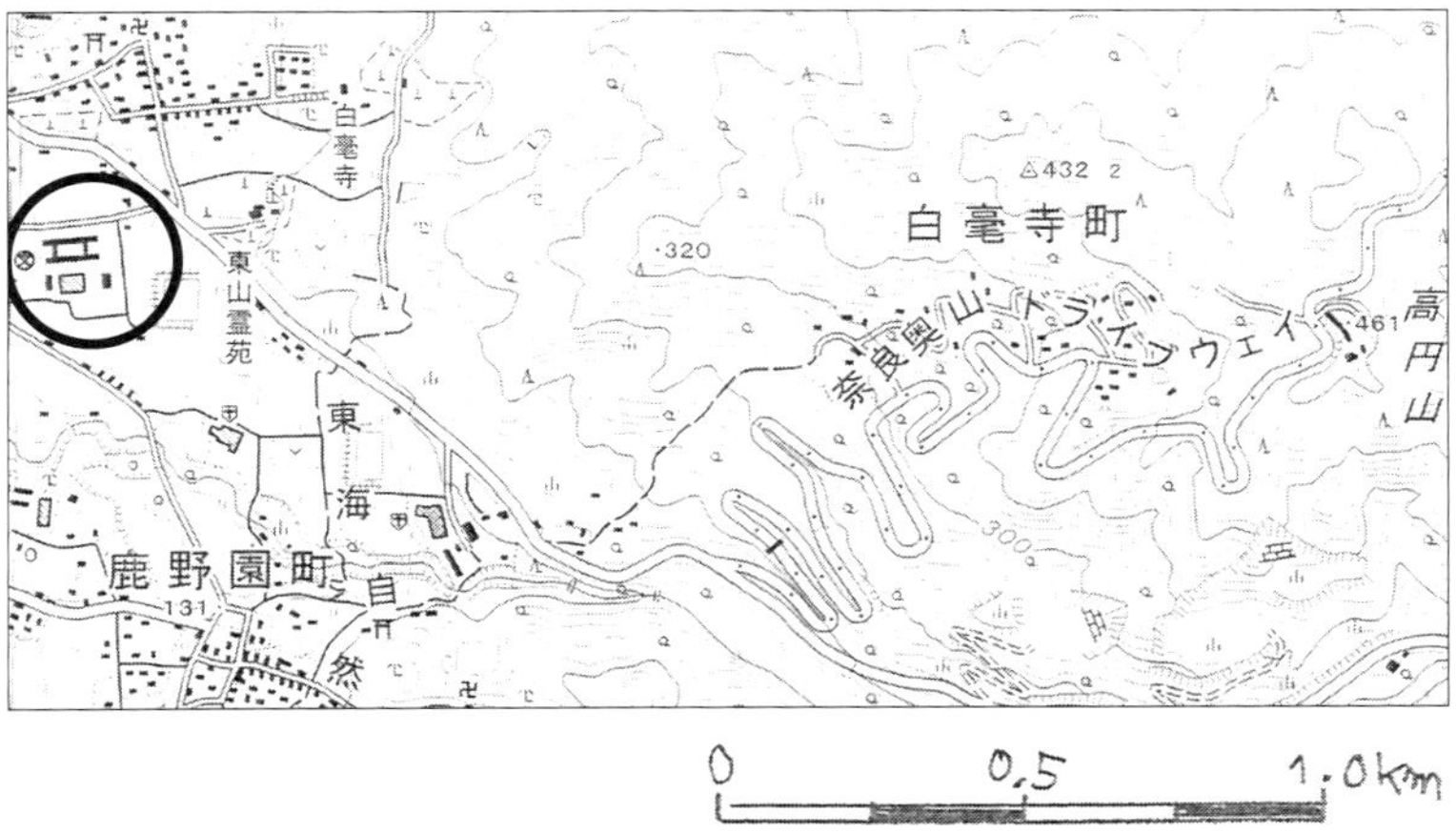

（メモ）

①奈良市白毫寺町に高円高校がある。この高校周辺が白毫寺遺跡である。

②白毫寺町、その隣の鹿野園町や古市町に遺跡が広がる。

③『続日本紀』元明天皇和銅元（七〇八）年九月二七日条に、

春日離宮に至りたまふ。

とある。

④『万葉集』に出る

高円《たかまど》の宮

高円の離宮

高円の野の上の宮

高円の尾の上の宮

はすべて、元明天皇の春日離宮の後身であるという。

七七九　辰市跡　奈良県奈良市杏町《からもも》。辰市神社一帯

関係地図　1／20万 和歌山　1／2.5万 大和郡山

489

たつの市

・無き名のみたつの市とはさわげどもいさまだ人をうるよしもなし　人麿

③拾遺集　七〇〇

（参考）しきしまの道にわが名はたつの市やいさまだしらぬやまとことのは　前中納言定家　風雅集　一八四三

（参考）雲さわぎ日影にのぼるたつの市のうることもなき人をこひつつ　従三位行能卿　夫木抄　一二九一七

1／2.5万　大和郡山

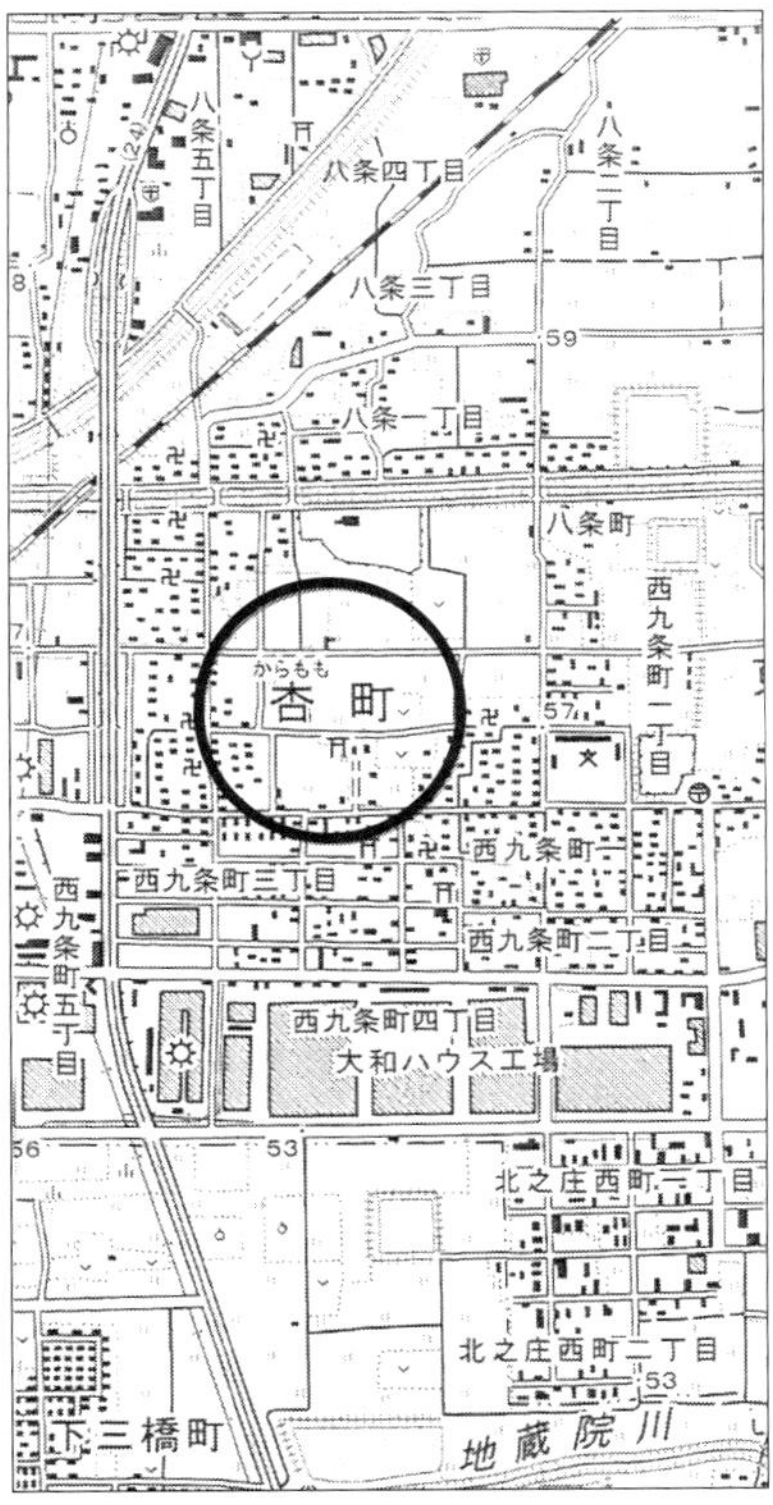

（メモ）

①辰市は佐保川の支流岩井川下流域に位置する。現在の奈良市杏町《からももまち》の一部に当る。図の○内は辰市神社。

②『辰市村史』によると、

・毎月一五日まで開かれた市場が平安遷都後は辰の日だけ開市。

・皇居から見て東南東の方角（辰の方角）に位置する。

の二説があると。

③現在、吉野町佐々羅の意運寺の梵鐘は辰市郷の聖峰寺のもの。銘は、

大和国添上郡辰市郷

聖峰寺鐘一口

右為二親証大菩提為自身滅罪生善

為法界衆生平等利益発□□善願

新所鋳之也兼又四箇条人□并衆分

等各々奉加華所志同前之状如件

建長八年丙辰二月二八日願主等

（聖峰寺は今廃絶）

七八〇　龍田川　奈良県生駒郡斑鳩町

関係地図　1／20万　和歌山　1／5万　大阪東南部

486

竜田河

・竜田河もみぢみだれて流るめりわたらば錦なかやたえなむ　よみ人しらず　①古今集　二八三

　この歌は、ある人、ならのみかどの御歌なりとなむ申す

　二条の后の春宮のみやす所と申しける時に、御屏風にたつた河にもみぢながれたるかたをかけりけるを題にてよめる

・もみぢばのながれてとまるみなとには紅深き浪や立つらむ　そせい　①古今集　二九三

・ちはやぶる神世もきかず竜田河唐紅に水くくるとは　なりひらの朝臣　①古今集　二九四

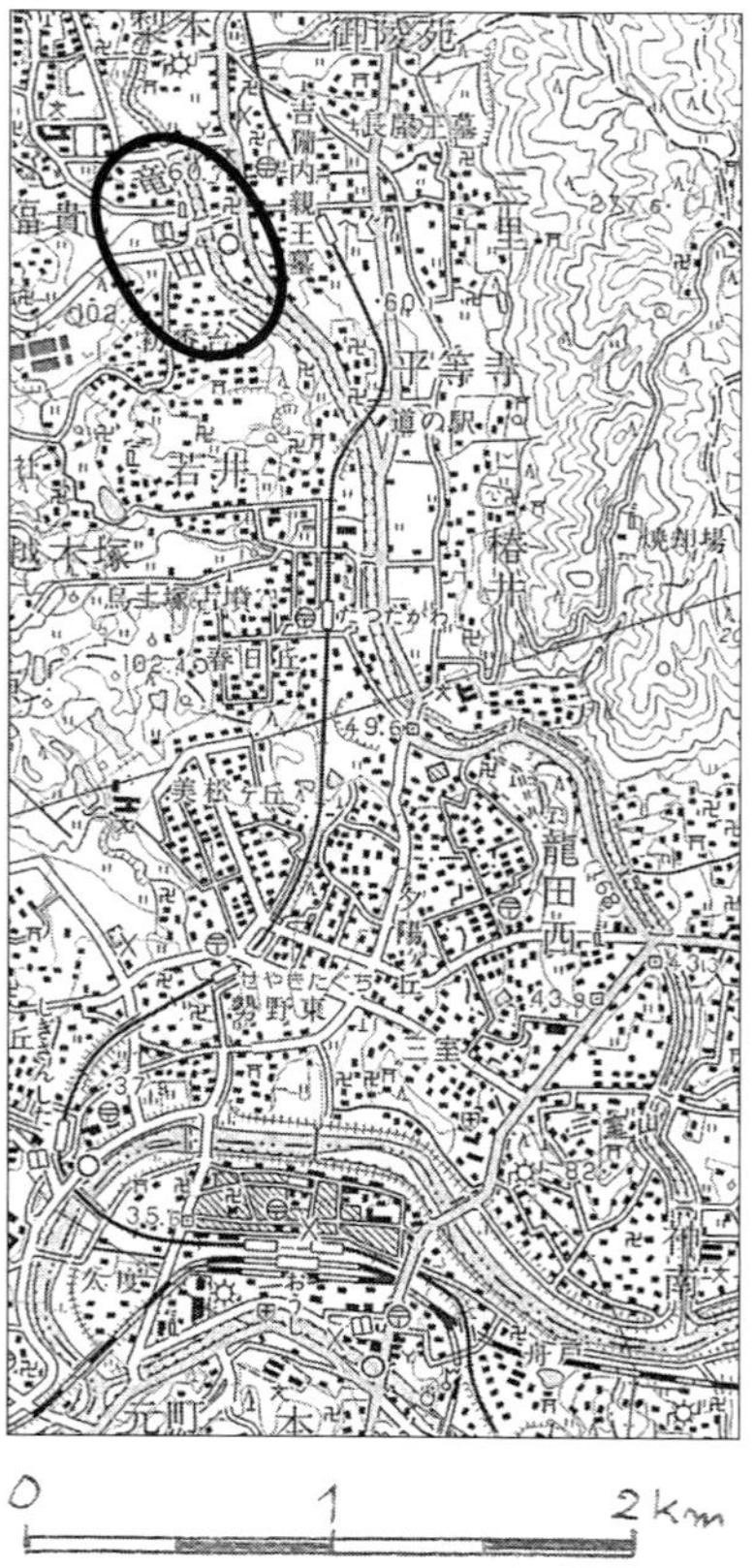

1／5万　大阪東南部

（メモ）

①矢田丘陵の西縁を限る断層崖と生駒山地東斜面とに挟まれた南北に細長い構造谷を南流する。上流の生駒市内では川床勾配はゆるく、蛇行しながら南流。中流の花崗岩域では峡谷をなしている。下流部は大きく曲流し、生駒郡斑鳩町神南で大和川に注ぐ。流長約四二km・流域面積は約五三㎢。

②現在、大和川の一次支川、龍田川と称するが、古くは上流部は生駒川、下流部は平群川と呼ばれていた。

七八一　龍田大社　奈良県生駒郡三郷町立野南一丁目

関係地図　1／20万　和歌山　1／2.5万　信貴山

488

竜田姫

　秋のうた

・竜田ひめたむくる神のあればこそ秋のこのはのぬさとちるらめ　かねみの王　①古今集　二九八

　是貞のみこの家歌合に

・松のねに風のしらべをまかせては竜田姫こそ秋はひくらし　壬生忠岑　②後撰集　二六五

　紅葉をよめる

・たにがはにしがらみかけよたつたひめみねのもみぢにあらしふくなり　藤原伊家　⑤金葉集　二四七

（参考）わがゆきは　なぬかはすぎじ　たつたひこ　ゆめこのはなを　かぜになちらし　高橋連虫麻呂歌集　万葉集　一七四八

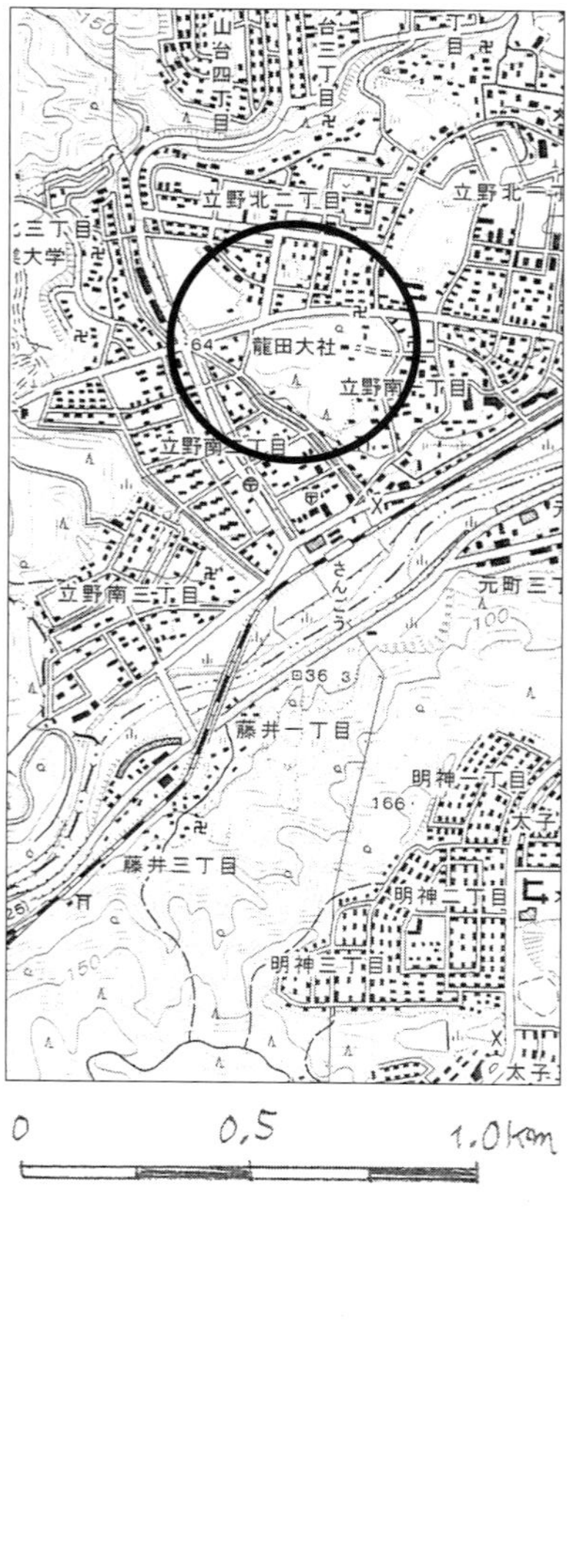

1／2.5万　信貴山

（メモ）

①龍田大社　祭神天御柱命　国御柱命　（神紋）竜田紅葉　（滝祭神事）四月四日　（風鎮祭）七月四日　（由緒）祭神は別名竜田神、又は竜田風神。第一〇代崇神天皇の御代、五穀の凶作が数年も続いた。天皇の夢に龍田神が現われお告げがあったので御創建という。天武天皇三（六七四）年、風神を竜田立野に祀り、以後風神祭が始まったと。『延喜式

神名帳』大和国平群郡の
龍田坐天ノ御柱国ノ御柱神社二座並名神
大月次新嘗
である。

②植物はその植物、自分を大きく生育・成育させる為に、葉の葉緑体で光合成をする。気孔からは二酸化炭素を取り入れ、根からは各種養分を取り入れる。各種養分は固体ではなく、水溶液として取り込む。よって気孔から水蒸気として発散する力—蒸散作用をすることによって、どんどん根から栄養分が吸収される。この蒸散作用を促進させるのが風である。洗濯物がよく乾くのは、天気は晴、しかも風があると良く乾く。風は低気圧の接近がなくても、日常的に吹く。それは山地では山風谷風。昼は谷から山に向って風が吹く—谷風。夜は山から谷に向って風が吹く—山風である。海岸・平野では、海風陸風である。午前一〇時頃、陸地の温度が日照で上昇すると、それで空気も暖められ、大気が膨張—気圧が低くなり海から風が吹いてくる。海風である。午後三時～四時になると、太陽も傾き、またそれまでに海水面も温められ、気圧差がなくなり、海面と陸上間の空気の移動がなくなる。風のない「凪《なぎ》」。風の止まる「凪」である。夜八時頃になると、陸から海に風が吹く。陸風である。

③奈良盆地ではどうか。例えば夏の日中、日照によって奈良盆地の地表温度が上昇すると、上昇気流が生じ、西の大阪湾、河内平野。昔は現在の大阪市にあった広大な難波潟等からの風が直接、又は一度和泉山脈まで行き、この和泉山脈に沿って東へ東へと進み、奈良県西部の低山地から奈良盆地に入る。中でも、すぐに目につくのは大和川沿いである。ここが年間を通じ、よく風が吹くし、また植物の生育の早い地域でもあろう。秋には紅葉・錦を運んでも来るので、龍田姫なのである。

七八二　龍田山

奈良県生駒郡三郷町立野

関係地図　1／20万　和歌山　1／5万　大阪東南部

261

神なび山

・ちはやぶる神なび山のもみぢばに思ひはかけじうつろふものを　よみ人しらず

①古今集　二五四

神なびの山をすぎて竜田河をわたりける時に、もみぢのながれけるをよめる　きよはらのふか

・神なびの山をすぎゆく秋なればたつた河にぞぬさはたむくる

やぶ　①古今集　三〇〇

・たびねしてつまごひすらし郭公神なび山にさよふけてなく　よみ人しらず

②後撰集　一八七

(参考)ひとりのみ　みればこほしみ　かむなびの　やまのもみちば　たをりけりきみ　万葉集　三二二四

(参考)神なびのやまのうへなるいはしみづいはひてぞくむよろづよのため　よみ人しらず　続古今集　一九〇四

487

たつたの山

仁和の中将のみやすん所の家に歌合せむとてしける時によみける

・花のちることやわびしき春霞たつたの山のうぐひすのこゑ　藤原のちかげ

①古今集　一〇八

たつた山をこゆとて

・かくばかりもみづる色のこければや錦たつたの山といふらん　とものり

②後撰集　三八二

やへざくらををりて、人のつかはして侍りければ

・白雲のたつたの山の八重ざくらいづれを花とわきてをりけん　道命法師

⑧新古今集　九〇

(参考)わたのそこ　おきつしらなみ　たつたやま　いつかこえなむ　いもがあたりみむ　万葉集　八三

(参考)きみにより　ことのしげきを　たつたこえ　みつのはまべに　みそぎしにゆく　八代女王　万葉集　六二六

(参考)立田山錦おりかく神無月時雨の雨をたてぬきにして　古六帖　二一二

(参考)たつた山神のたむけもいかばかりあきはもみぢの色にあくらん　新六帖　一三一二

124
いはせ山
しのびたる人につかはしける
・いはせ山谷のした水うちしのび人のみぬまは流れてぞふる　　よみ人しらず
②後撰集　五五七
恋うたあまたよみ侍りけるに
・かくとだにおもふ心をいはせ山した行く水のくさがくれつつ　　後徳大寺左大臣
⑧新古今集　一〇八八
(参考)いはせ山鳥ふみたててはしたかのこすずもゆらに雪はふりつつ　　前中納言定家卿　夫木抄　七四二一

1／5万　大阪東南部

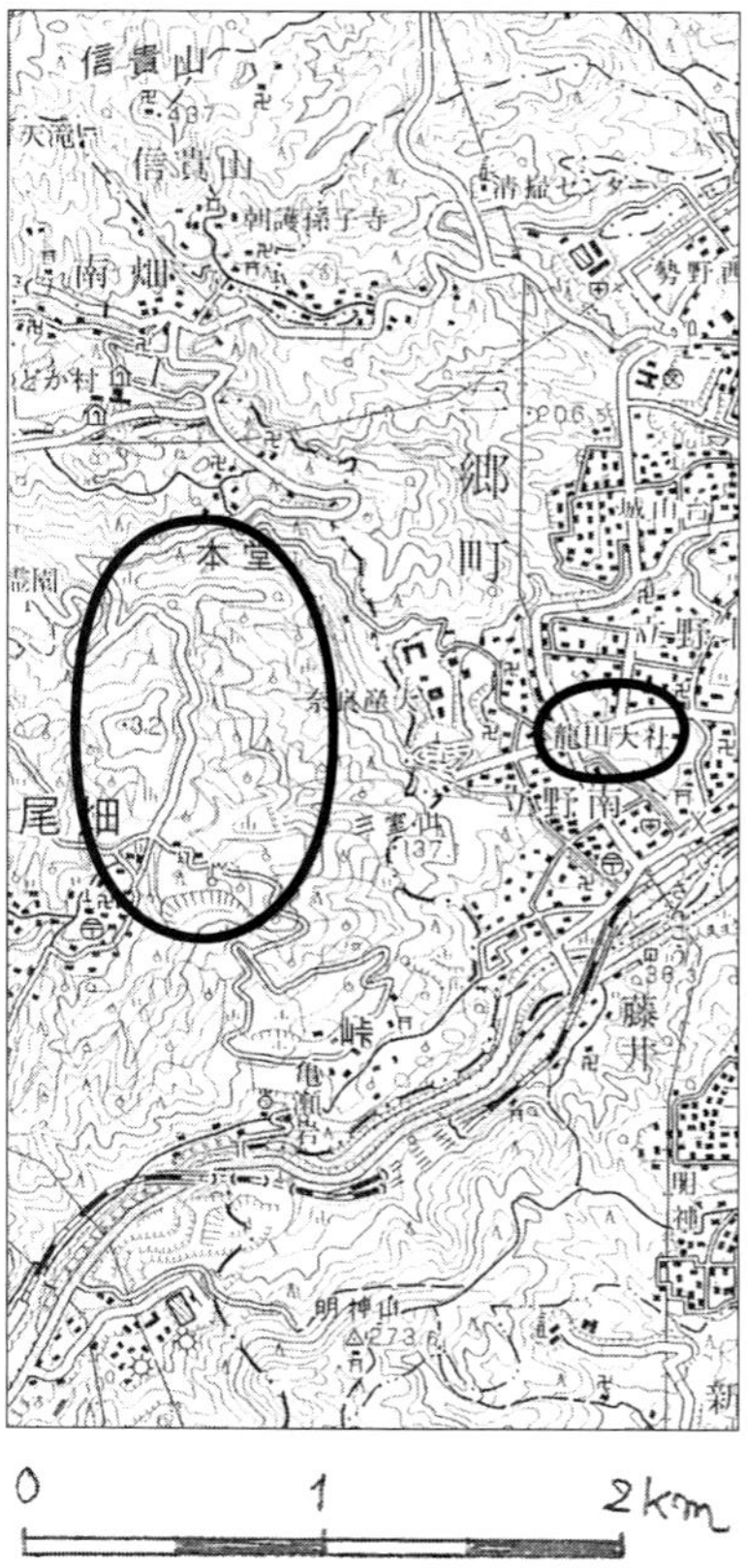

(メモ)
①大阪湾、河内平野や難波潟から奈良県に入って来る風が、奈良県の人々に見える形で流れ込んで来る所は、龍田大社の背後の山々一帯なのであろう。そこの山名を一つあげるとすれば、やはり地図の標高一三七・一mの三室山であろう。
②もう少し標高の高い山では、三二一mの山。それは大阪府柏原市雁多尾畑《かりんどおばた》地内となる。このように低山地なるが故に、海風が入り込めるのである。

七八三　千代橋《ちよはし》

奈良県吉野郡東吉野村小川
関係地図　1／20万 和歌山　1／5万 吉野山

849
をがはのはし
・つくしよりここまでくれどつともなしたちのをがはのはしのみぞある　　在原業平朝臣　③拾遺集　三八一
(参考)ながれよるたにのいはまのもみぢばにをがはのみづのすゑぞわかるる　　後京極摂政太政大臣　万代集　一三五二
(参考)みちのくのをがはのはしのあゆみ板の君しそむかばわれもそむかん　　読人不知　夫木抄　九四一九
(参考)白浪のかかる汀と見えつるはをがはのさとにあける卯の花　　後徳大寺左大臣　夫木抄　一四五九〇

1／5万　吉野山

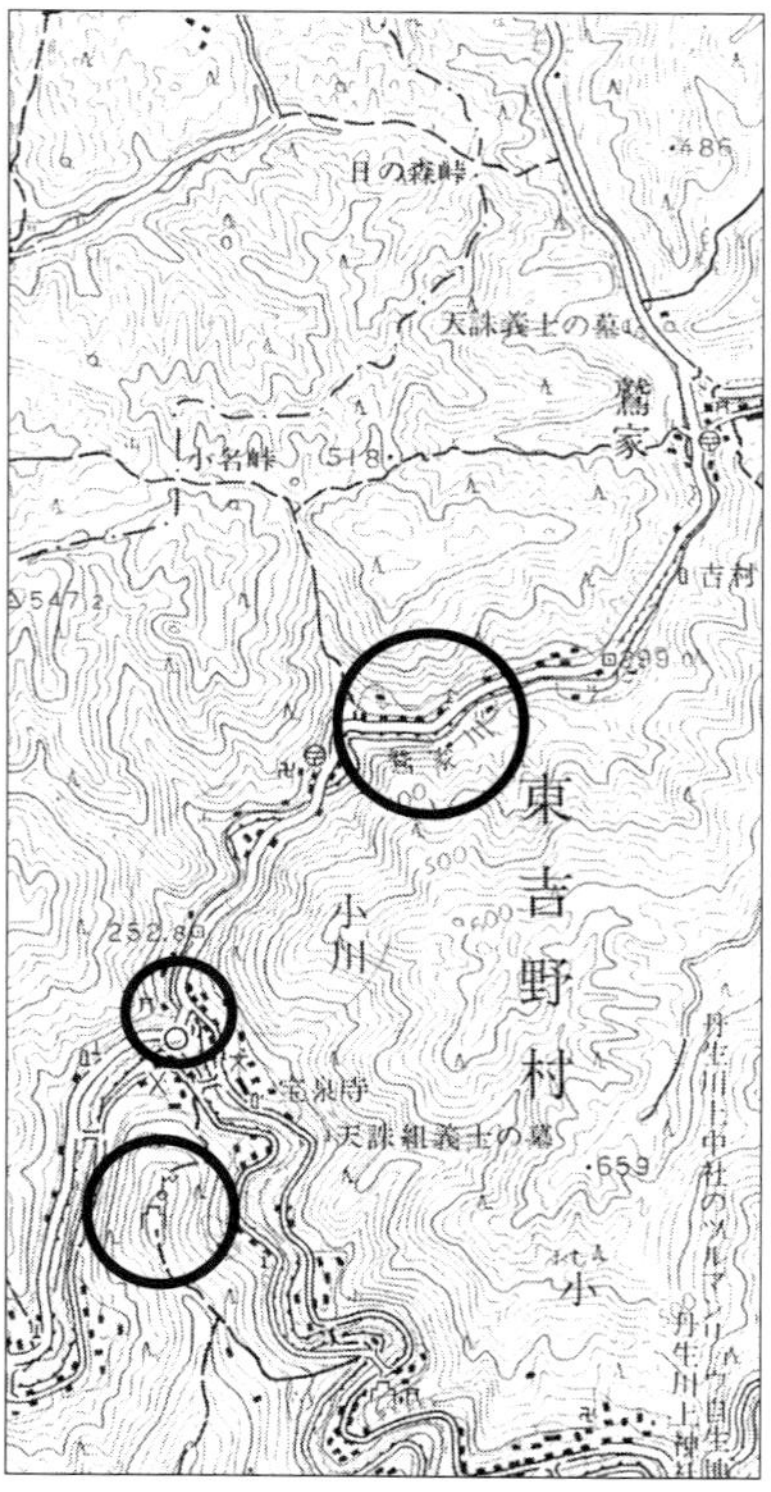

(メモ)
①千代橋は東吉野村小川にある。ここで、吉野川支流高見川に鷲家川が合流する。高見川は大河であり、鷲家川は「小川」である。この小川に架かる橋が「小川の橋」である。合流点にあと二〜三百mという地点、地図の小○内に、現在伊勢街道の橋「千代橋」が架かる。この橋が「小川の橋」である。
②この地は鎌倉期から戦国期にかけて国民小川氏が支配した。また、吉野丹生神社神主として、当地を中心に宇陀郡方面にも勢力を伸ばしていたという。図の下(南の○)の電波塔のある所に小川城跡がある。

七八四　東大寺　　奈良県奈良市雑司町四〇六

関係地図　1／20万 京都及大阪　1／2.5万 奈良

538

東大寺

南天竺より東大寺供養にあひに、菩提がなぎさにきつきたりける時、よめる

・霊山の釈迦のみまへにちぎりてし真如くちせずあひ見つるかな　　行　基

③拾遺集　一三四八

返し

・かびらゑにともにちぎりしあひありて文殊のみかほあひ見つるかな　　婆羅門僧正

③拾遺集　一三四九

建久六年、東大寺供養に行幸のとき、興福寺の八重ざくら盛なりけるをみて、枝にむすびつけて侍りける

・古郷とおもひなはてそ花ざくらかかるみゆきにあふ世有りけり　　よみ人しらず

⑧新古今集　一四五七

1／2.5万　奈良

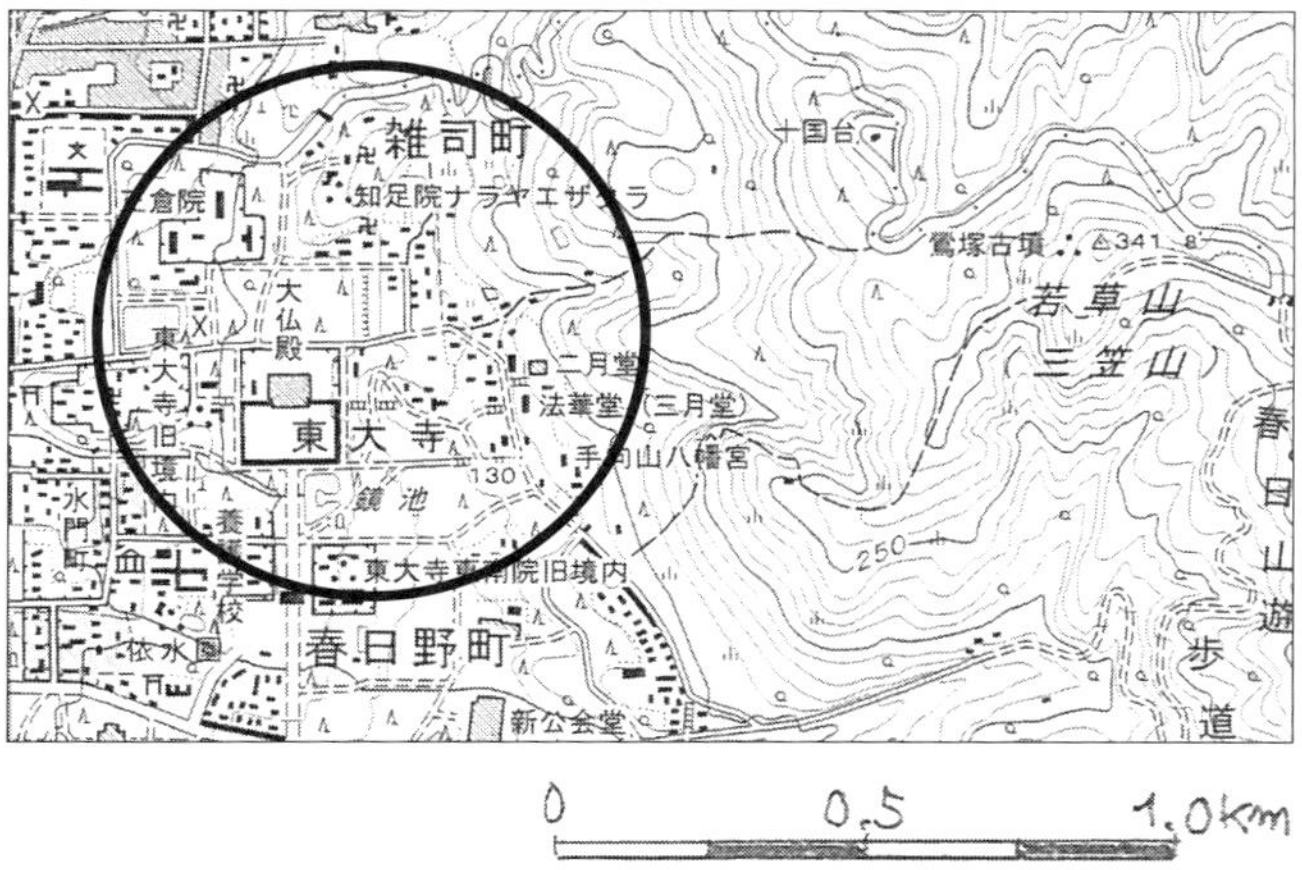

（メモ）

①東大寺は華厳宗大本山。本尊は盧舎那仏。総国分寺・金光明四天王護国寺とも呼ばれ、南都七大寺の一つでもあった。天平一七（七四五）年聖武天皇の発願により創建。天平勝宝元（七四九）年本尊完成。同四年大仏殿完成。勧進は行基。開基は良弁。

②奈良市雑司町字手向山に手向山神社が鎮座。祭神は応神天皇・仲哀天皇・神功皇后・比売大神。東大寺盧舎那仏鋳造の際、仏の守護神として九州宇佐八幡神を守護神として、天平勝宝元年一二月二七日に勧請された。初め、大仏殿付近、鏡池の東側に社殿があった。

七八五　十市郡（『和名抄』）　奈良県橿原市十市町

関係地図　1／20万 和歌山　1／5万 桜井

559

とをち

春日使にまかりて、かへりてすなはち女のもとにつかはしける　　一条摂政

・くればとく行きてかたらむあふ事のとをちのさとのすみうかりしも

③拾遺集　一一九七

雲隔遠望といへる心をよみ侍りける　　源俊頼朝臣

・遠ちには夕立すらしひさかたの天のかぐ山くもがくれ行く

⑧新古今集　二六六

百首歌たてまつりし時　　式子内親王

・ふけにけり山のはちかく月さえてとをちの里に衣うつこゑ

⑧新古今集　四八五

1／5万　桜井

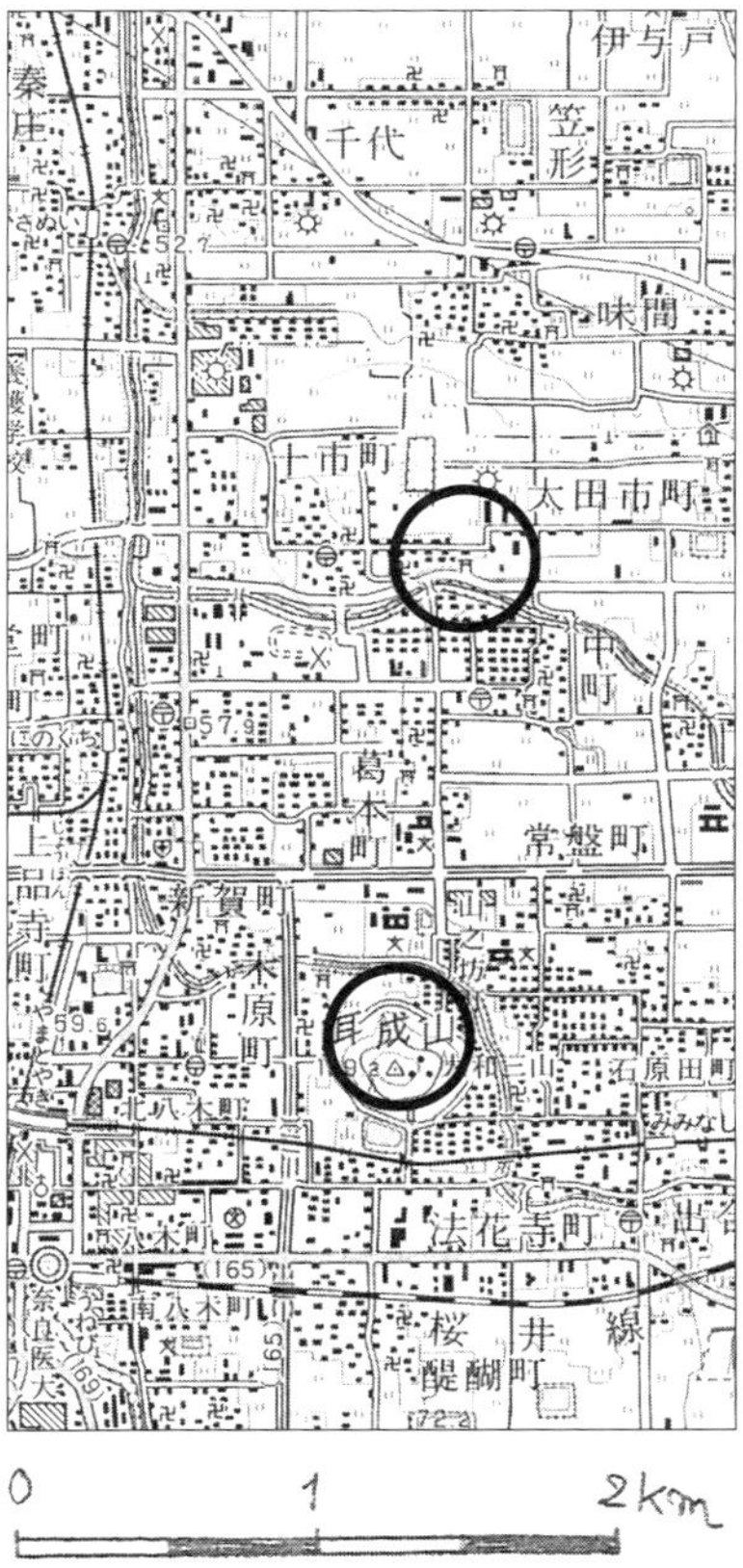

（メモ）

①『和名抄』大和国に、十市郡がある。『延喜式神名帳』十市郡に、十市御県坐神社大月次新嘗がある。当社は図の十市町にあり祭神は豊受大神。また、耳成山頂には、同じく神名帳十市郡の、耳成山口神社大月次新嘗が鎮座する。よって、十市郡の中心、十市里の中心はこの一帯。

七八六　富雄川

奈良県大和郡山市・生駒郡等

関係地図　1／20万 和歌山　1／5万 桜井、大阪東南部

554

とみのを河

うゑ人かしらをもたげて、御返しをたてまつる

・いかるがやとみのを河のたえばこそわがおほきみのみなをわすれめ　③拾遺集　一三五一

天王寺にまゐりてかめゐにてよみ侍ける　弁乳母

・よろづよをすめるかめゐのみづはさはとみのをがはのながれなるらん　④後拾遺集　一〇七一

1／5万　桜井

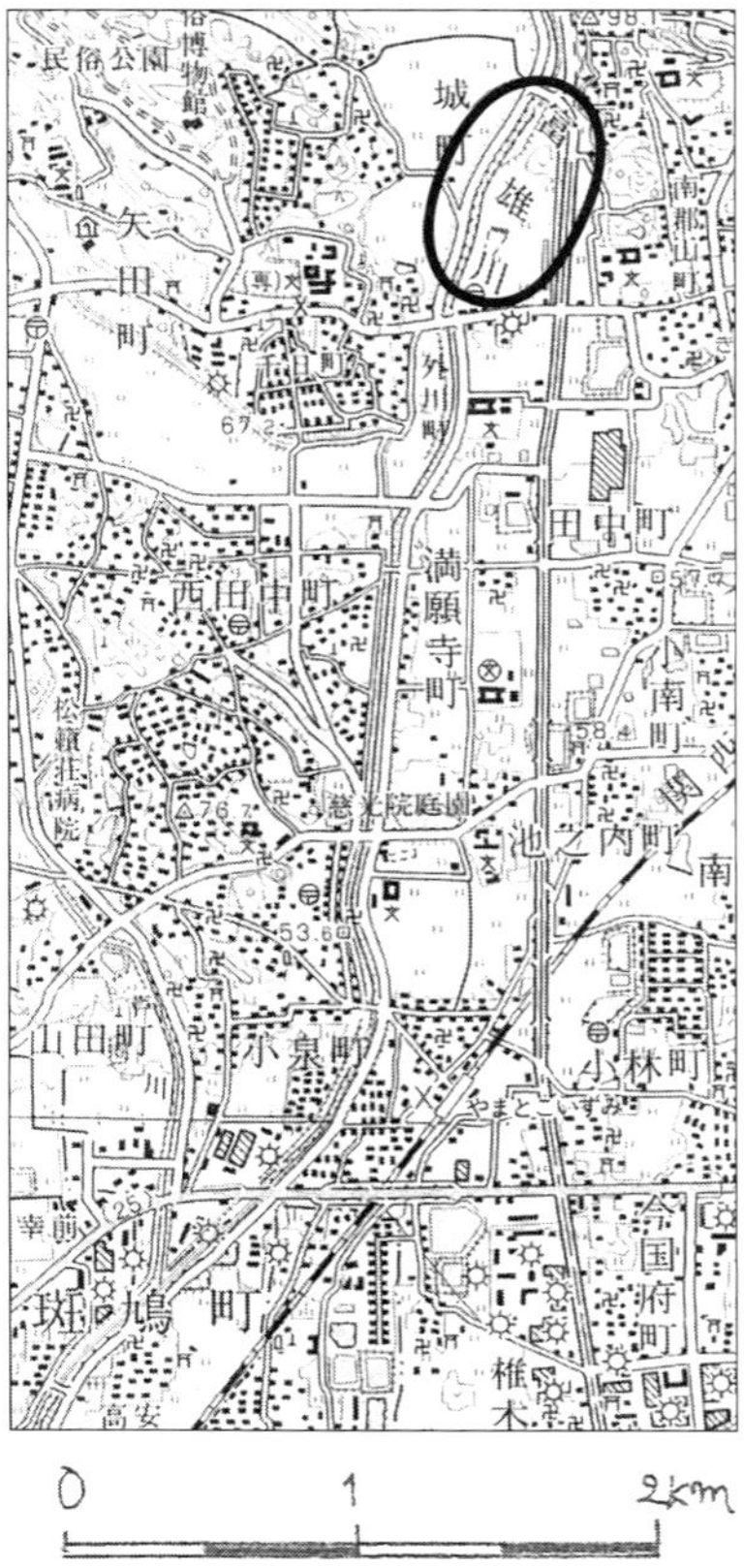

（メモ）

①古くは「富小川」と。生駒市北部の傍《ぼう》示《じ》付近を源とし南流。奈良市・大和郡山市・斑鳩町・安堵町と流れ、大和川に注ぐ。流長約二四km・流域面積四六㎢。

②「とみのをがは」は『日本霊異記』上巻第四縁にある。

皇太子（聖徳太子）、鵤《いかるがの》岡本宮に居《す》住みたまふ時に、縁有りて宮を出で、遊観せむとして幸行す。片岡村の路の側に乞匃人《かたゐ》有り。病を得て臥す。太子見て轝《みこし》より下りたまひ、倶《とも》に語りて問訊《とぶら》ひたまひ、著《き》たまふ衣を脱きて病人を覆ひたまひ、而うして幸行したまふ。遊観既に訖《をは》り、轝を返して幸行したまへば、覆ひたまふ衣を脱きて木の枝に挂け、彼の乞匃無し。太子衣を取りて著たまふ。有《あ》る臣《おみ》白《まう》して曰さく「賤しき人に触れて穢れたる衣、……など等と続き、表記の歌になる。

七八七　菜摘の河

奈良県吉野郡吉野町菜摘辺の吉野川

関係地図　1／20万 和歌山　1／2.5万 新子

581

なつみの河

・よしのなるなつみの河の川よどに鴨ぞなくなる山かげにして　湯原王　⑧新古今集　六五四

（参考）やまたかみ　しらゆふばなに　おちたぎつ　なつみのかはと　みれどあかぬかも　式部大倭　万葉集　一七三六

（参考）ふけゆけばやまかげもなしよしのなるなつみのかはの秋のよの月　中原行実　続古今集　一七三三

（参考）なつみがは山陰にのみぬるかものながれてたたぬうき名ともがな　前中納言氏定　新葉集　六六四

（参考）なつみ川かはおとたえて氷る夜に山かげさむく鴨ぞ鳴くなる　院御製　新後撰集　四九二

（参考）春もなほなつみのかはのあさ氷まだ消えやらず山かげにして　西音法師　玉葉集　一八二八

1／2.5万　新子

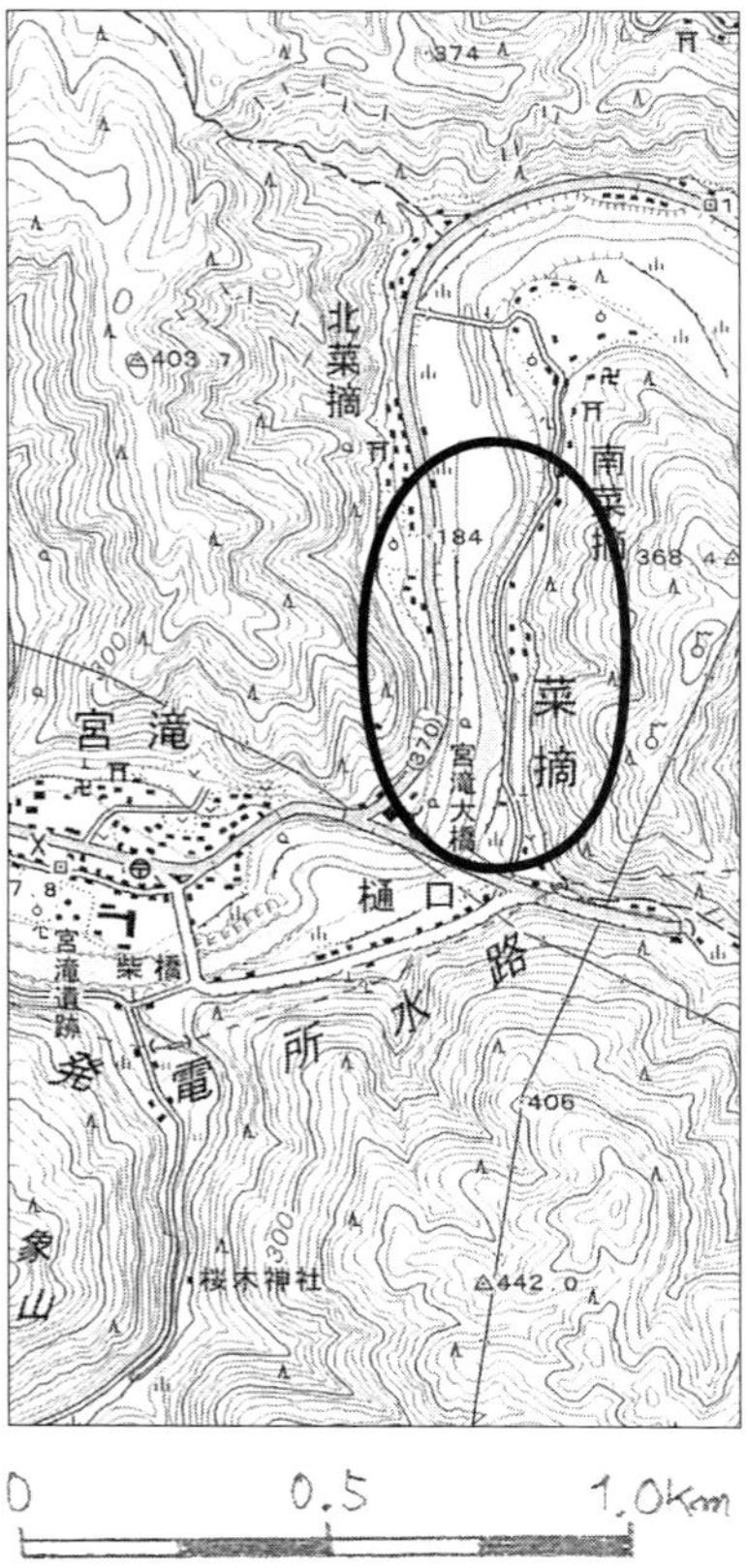

（メモ）

①「菜摘の河」は吉野町菜摘集落付近の吉野川の地区名称。夏見川・菜摘河・夏箕川などと書かれた。

七八八　ならしの岡推定地

奈良県生駒郡三郷町立野《たつの》字坂上。毛無の丘

関係地図　1／20万 和歌山　1／2.5万 信貴山

595

ならしの岡

さくらの花をよめる

・吹く風をならしの山の桜花のどけくぞ見るちらじとおもへば　よみ人しらず

②後撰集　五三

・我が背子をならしの岡のよぶこどり君よびかへせ夜のふけぬ時　山辺赤人

③拾遺集　八一九

坂上郎女につかはしける

・ふるさとのならしのをかに郭公事づけてやりきいかにつげきや　大伴像見

③拾遺集　一〇七七

（参考）かむなびの　いはせのもりの　ほととぎす　毛無乃岳《ならしのをか》に　いつかきなかむ　志貴皇子　万葉集　一四六六

（参考）なき過ぐるならしのをかのほととぎすふる郷人にことやつてまし　法皇御製　続千載集　二五〇

1／2.5万　信貴山

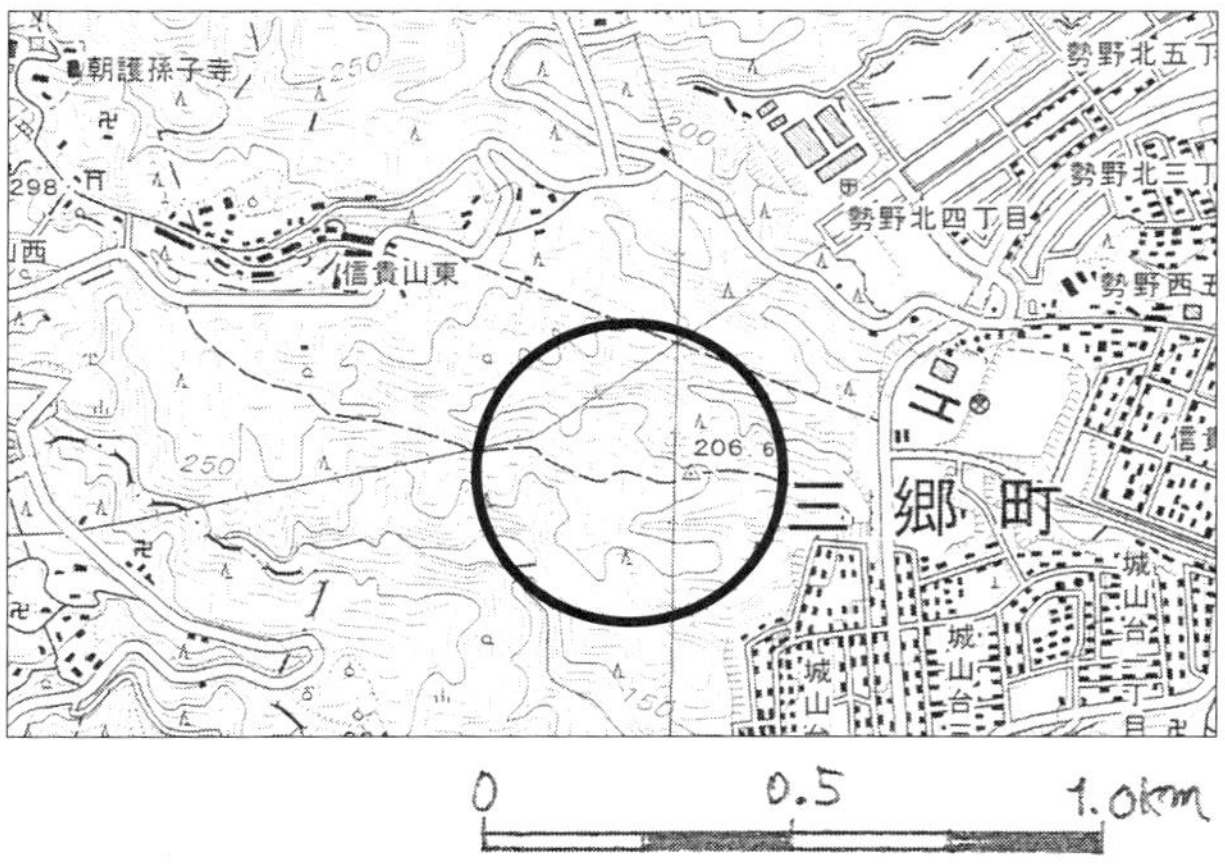

（メモ）

①「ならしの岡」には、

・現在の生駒郡斑鳩町小吉田・目安付近

・現在の生駒郡三郷町立野坂上付近

・飛鳥地域

等の説がある。ここでは、三郷町立野坂上の地図を挙げた。

②平群町信貴山に朝護孫子寺がある。真言宗。寺伝では聖徳太子が用明天皇二（五八七）年、蘇我馬子とともに物部守屋を討つとき、この山で毘沙門天を感得し、戦勝を祈願された。守屋を討ったのでここに毘沙門天を祀り、「信ずべき、貴ぶべき山」であったので「信貴山」と号す。後、命蓮が中興し、朝護孫子寺の名がおこる。

七八九　奈良山

奈良県奈良市奈良阪町。ＪＲ関西本線平城山駅一帯

関係地図　1／20万 京都及大阪　1／5万 奈良

501

たむけ山

朱雀院のならにおはしましたりける時にたむけ山にてよみける

・このたびはぬさもとりあへずたむけ山紅葉の錦神のまにまに　すがはらの朝臣

①古今集　四二〇

・たむけにはつづりの袖もきるべきにもみぢにあける神やかへさむ　素性法師

①古今集　四二一

百首歌の中に、紅葉をよめる

・今ぞしる手向の山はもみぢ葉のぬさとちりかふ名こそ有りけれ　藤原清輔朝臣

⑦千載集　三七二

（参考）ならやまの　みねのもみちば　とればちる　しぐれのあめし　まなくふるらし　内舎人県犬養宿祢吉男　万葉集　一五八五

（参考）よそのみに　きみをあひみて　ゆふたたみ　たむけのやまを　あすかこえいなむ　万葉集　三一五一

1／5万　奈良

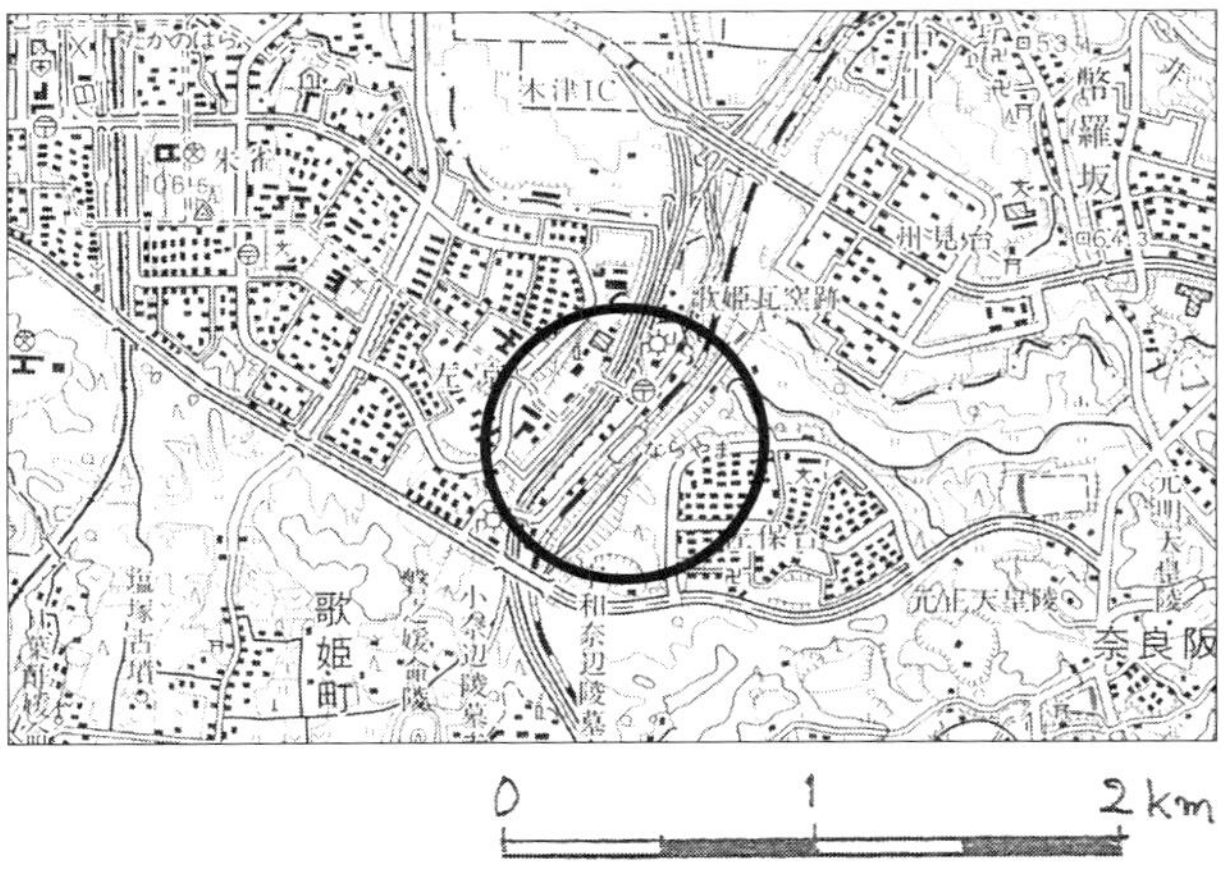

（メモ）

①奈良時代、またはそれ以前の飛鳥時代等に奈良県内にあった都から全国各地に旅に出る時には、ここ奈良山で旅の平穏を祈願して出発したという。

②手向けの坂では、坂の、峠の荒《すさ》ぶる神の御心を和《なご》めるために、「手向けの品」＝幣《ぬさ》をお供えし、祈りを捧げて越えて行った。幣は、円板（鏡形）、剣形、勾玉、臼玉などの神器をかたどった石製模造品や土器類等であった。

七九〇　二上山《にじょうさん》

奈良県葛城市・大阪府太子町の二上山

関係地図　1／20万 和歌山　1／5万 大阪東南部

683

ふたかみやま

夏月のこころをよめる　源親房

・たまくしげふたかみやまのくもまよりいづればあくる夏のよの月

⑤金葉集　一五二

(参考) うつそみの　ひとにあるわれや　あすよりは　ふたがみやまを　いろせと
われみむ　大来皇女　万葉集　一六五

(参考) 郭公あかずも有るかな玉くしげふたかみ山の夜半の一こゑ　よみ人しら
ず　続後拾遺集　一九〇

(参考) おほさかをわがこえくればふたかみのもみぢばながるしぐれふりつつ

読人不知　夫木抄　九二三九

1／5万　大阪東南部

(メモ)

①葛城市と大阪府南河内郡太子町にまたがる山。標高五一七mの北峰(雄岳)、標高四七四・二mの南峰(雌岳)からなる。古代人はこの二峰を男神・女神に見立て「二神山」と呼んだ。

②第三紀火山活動による火山岩。石器に加工されるサヌカイト、建築石材の松香石、研磨用金剛砂となるザクロ石等産出。

③北峰山頂には伝大津皇子墓がある。表記、大来皇女の歌はその時の歌という。

七九一　長谷寺

奈良県桜井市初瀬七三一

関係地図　1／20万 和歌山　1／2.5万 初瀬

634

はつせにまうづ

はつせにまうづる道にならの京にやどれりける時よめる

・人ふるすさとをいとひてこしかどもならの宮こもうきなりけり　二　条

①古今集　九八六

太宰大弐重家入道みまかりてのち、山寺懐旧といへる心をよめる

・はつせ山いりあひのかねをきくたびに昔のとほくなるぞかなしき　藤原有家朝
臣　⑦千載集　一一五四

家に百首歌合し侍りけるに、祈恋といへる心を

・としもへぬいのるちぎりははつせ山をのへのかねのよそのゆふぐれ　定家朝臣

⑧新古今集　一一四二

1／2.5万　初瀬

(メモ)

①長谷寺は真言宗豊山派総本山。現本尊は天文七(一五三八)年造立の木造十一面観音。高さ七・八八m。当寺は天武天皇の朱鳥元(六八六)年、天武天皇の御病気平癒を祈願して僧道明が三重塔を建立し、法華説相銅板を安置したのが草創。

②西国観音霊場第八番札所。御詠歌は、
いくたびも参る心ははつせ寺
山もちかいも深き谷川
である。

七九二　鉢伏山

奈良県奈良市須山町・矢田原町・和田町

関係地図　1／20万 和歌山　1／5万 桜井

233　かすがののとぶひ

をとこのもとより、今はこと人あんなればといへりければ、女にかはりて

・おもはむとたのめし事もあるものをなきなをたてでただにわすれね　よみ人しらず　②後撰集　六六二

返し

・かすがののとぶひののもり見しものをなきなといはばつみもこそうれ　よみ人しらず　②後撰集　六六三

・うらやまし雪のした草かきわけてたれをとふひのわかなるらん　治部卿通俊　⑦千載集　一三

（参考）……はるにしなれば　かすがやま　みかさののへに　さくらばな　このくれがくり　かほとりの　まなくしばなく　つゆしもの　あきさりくれば　いこまやま　とぶひがたけに　はぎのえを　しがらみちらし　さをしかは　つまよびとよむ　やまみれば　……田辺福麿　万葉集　一〇四七

1／5万　桜井

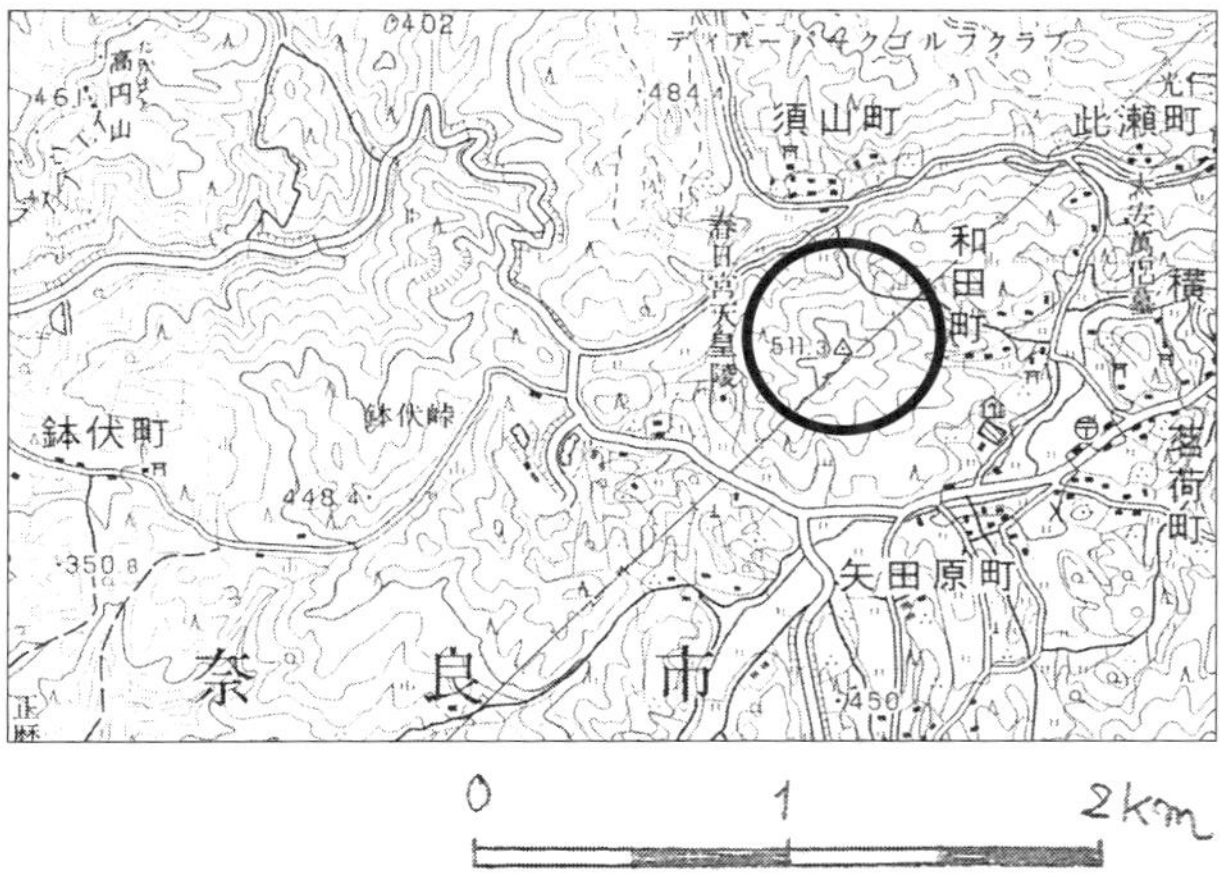

（メモ）

①『続日本紀』元明天皇和銅五（七一二）年一月二三日条に、

河内国高安烽を廃め、始めて高見烽と大和国春日烽とを置きて平城に通せしむ。

とある。また、『大和志』には、

烽火山在鹿野苑東　山中有民家　名鉢伏。和銅五年正月始　春日烽。

とある。

②地図の標高五一一・三mの山が鉢伏山である。山麓に春日宮天皇陵がある。春日宮天皇は志貴皇子で、光仁天皇の御父で、光仁天皇陵は『古事記』の太安万侶墓（国史跡）の東にある。太安万侶墓から火葬人骨と銅製墓誌が出土している。

七九三　初瀬川

奈良県天理市・桜井市

関係地図　1／20万 和歌山　1／5万 桜井

633　はつせ河

・はつせ河　ふるかはのべに　ふたもとあるすぎ　年をへて　又もあひ見む　ふたもとあるすぎ　旋頭歌　よみ人しらず　①古今集　一〇〇九

ある人いやしき名とりて遠江国へまかるとて、はつせ河をわたるとてよみ侍りける

・はつせ河わたるせさへやにごるらん世にすみがたきわが身と思へば　よみ人しらず　②後撰集　一三五〇

（参考）いはばしり　たぎちながるる　はつせがは　たゆることなく　またもきてみむ　紀朝臣鹿人　万葉集　九九一

1／5万　桜井

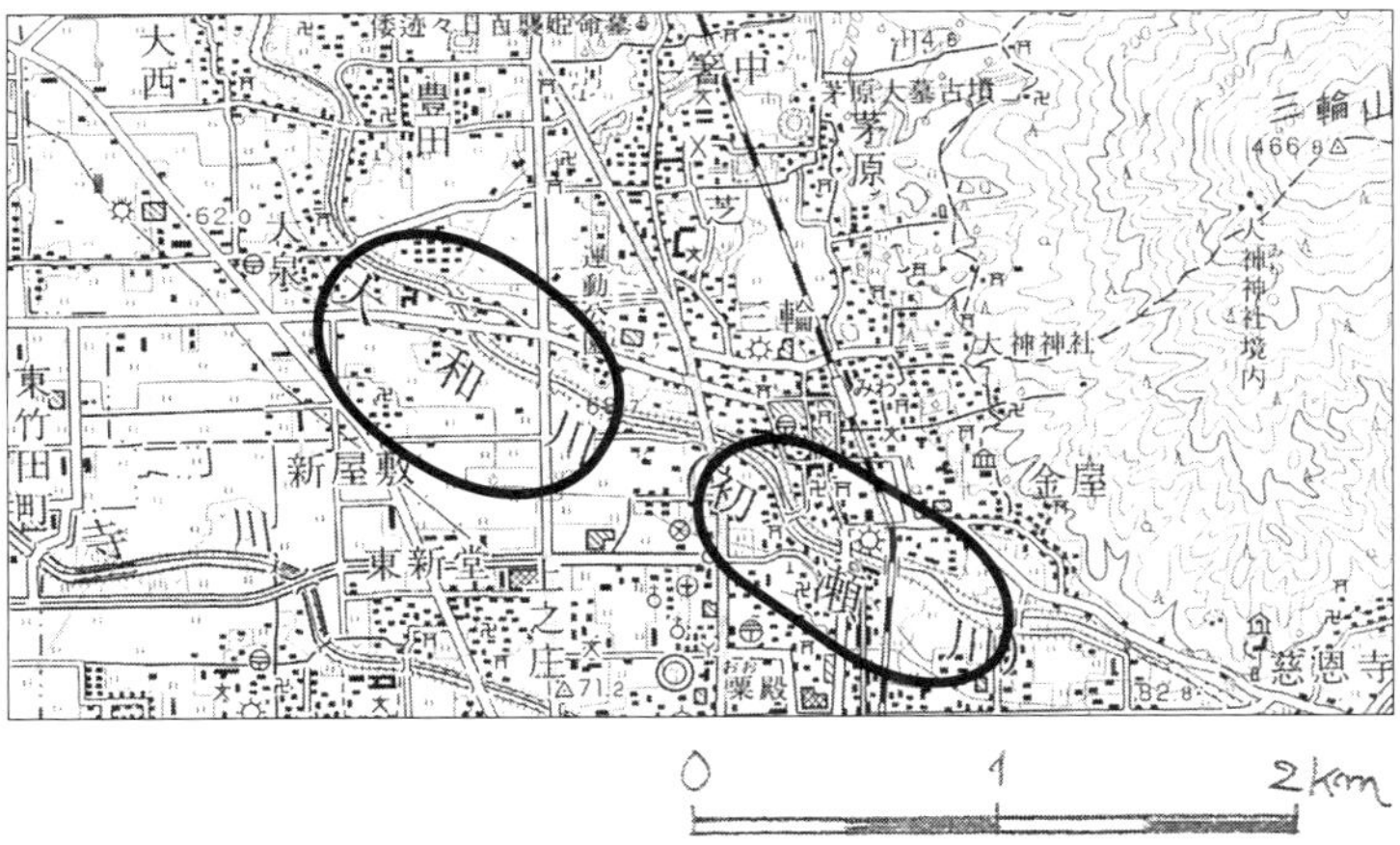

（メモ）

①初瀬川は、泊瀬川・長谷川とも書く。天理市福住町付近を源とし、桜井市小夫《おおぶ》を経てV字谷となって南流し、長谷寺の東方を通り、三輪山の南麓に沿って西流し、大和盆地東南端に出る。のち、纏向《まきむく》川《がわ》や布留川を合わせ天井川《てんじょうがわ》を形成する。そして、佐保川をも併せ、やがて大和川へと成長する。

七九四　初瀬山

奈良県桜井市初瀬

関係地図　1／20万 和歌山　1／5万 桜井

635　はつせ山

遥見山花といへる事をよめる　大蔵卿
匡房

・はつせやまくもゐにはなのさきぬればあまのかはなみたつかとぞ見る

⑤金葉集　五一

霧をよめる　源兼昌

・ゆふぎりにこずゑもみえずはつせ山いりあひのかねのおとばかりして

⑥詞花集　一一二

863　をはつせの山

ふしみといふ所にて、その心をこれかれよみけるに　よみ人しらず

・菅原や伏見のくれに見わたせば霞にまがふをはつせの山

②後撰集　一二四二

（参考）こもりくの　はつせのやまの　やまのまに　いさよふくもは　いもにかも
あらむ　柿本朝臣人麿　万葉集　四二八

1／5万　桜井

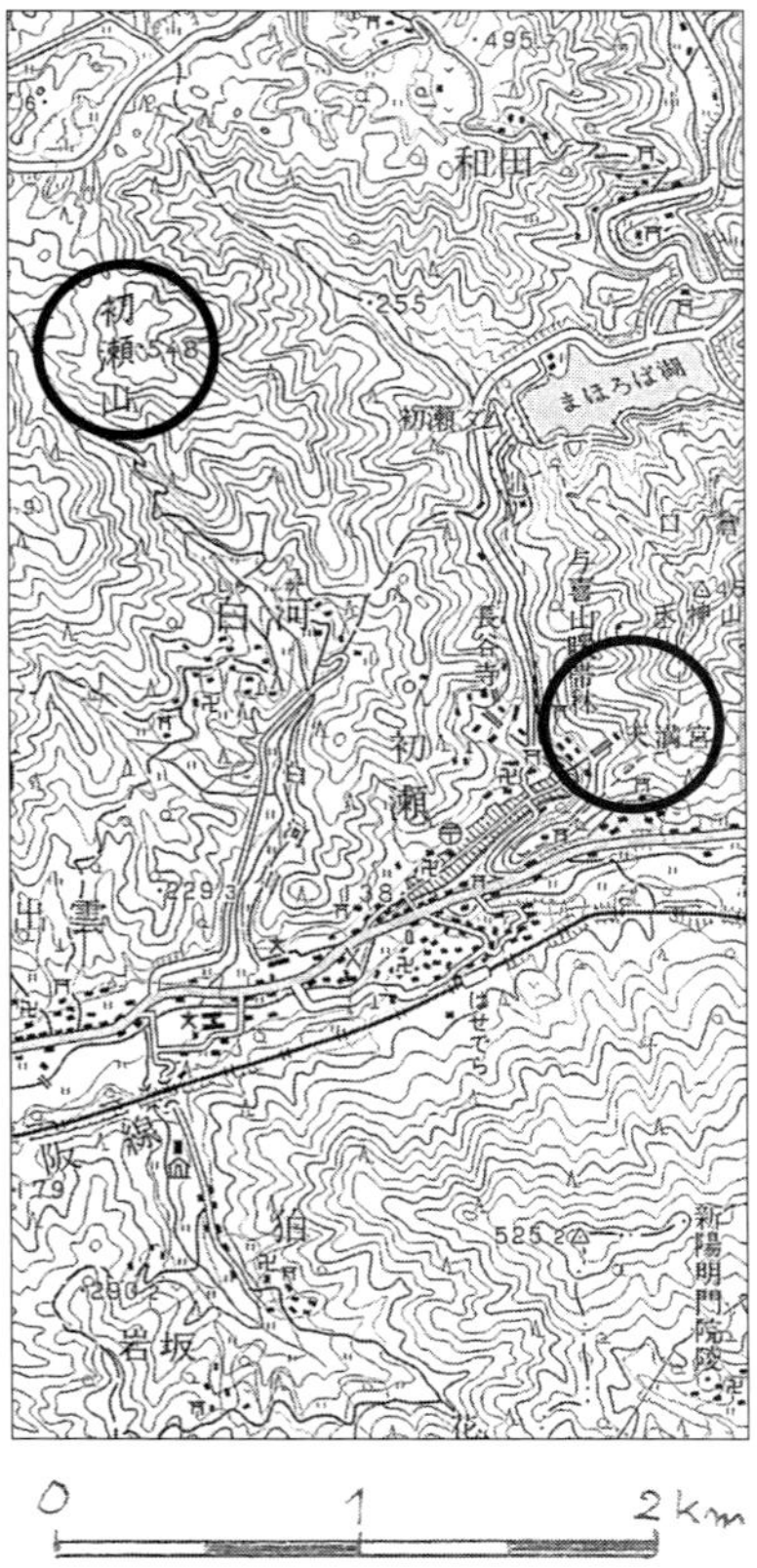

（メモ）

①初瀬山は長谷山・泊瀬山とも書く。

②現在の與喜天満神社は『延喜式神名帳』の長谷山口神社とも言う。神名帳では、大和国城上郡の長谷山口坐神社大月次新嘗で、貞観元年九月八日に風雨祈念の奉幣使が派遣されている。

七九五　日暮しの山

奈良県吉野郡吉野町樫尾・川上村西河の五社峠

関係地図　1／20万 和歌山　1／5万 吉野山

655　ひぐらしの山

法皇宮のたきといふ所御覧じける御ともにて、道まかりけるついでに、ひぐらしの山をまかり侍りて　菅原右大臣

・ひぐらしの山ぢをくらみさよふけてこのすゑごとにもみぢてらせる

②後撰集　一三五七

（参考）ひぐらしのゆきすぎぬともかひもあらじひもとくいももまたじとおもへば
大納言昇　新勅撰集　五〇二

1／5万　吉野山

（メモ）

①『大和名所図会』樫尾山《かしのをやま》に、樫尾村上方にあり。支別を日暮山とも、仏カ嶺ともいふ。とある。吉野町樫尾と川上村西河にまたがる五社峠。今日、東熊野街道の五社トンネル化した。標高は六六八ｍ。

②参考歌の前詞は、亭子院、宮滝御覧じにおはしましける御ともにつかうまつりて、ひぐらし野といふ所をよみ侍りけるとあり、ともに同時の作歌である。

七九六　檜前川《ひのくま》

奈良県高市郡明日香村檜前

関係地図　1／20万　和歌山　1／2.5万　畝傍山

663

ひのくま河

ひるめのうた

・ささのくまひのくま河にこまとめてしばし水かへかげをだに見む　神あそびのうた　①古今集　一〇八〇

（参考）さひのくま　ひのくまがはの　せをはやみ　きみがてとらば　ことよせむかも　万葉集　一一〇九

（参考）駒とめてかげみる水やにごるらんひのくま川の五月雨の比　中臣祐茂　玉葉集　三六三

（参考）こまとむるひのくま河にあらばこそ恋しき人の影をだにみめ　津守国助女　続千載集　一二三九

（参考）すぎやすき日のくま川の年の暮水かふ駒のとまるせもなし　深守法親王　新続古集　七三九

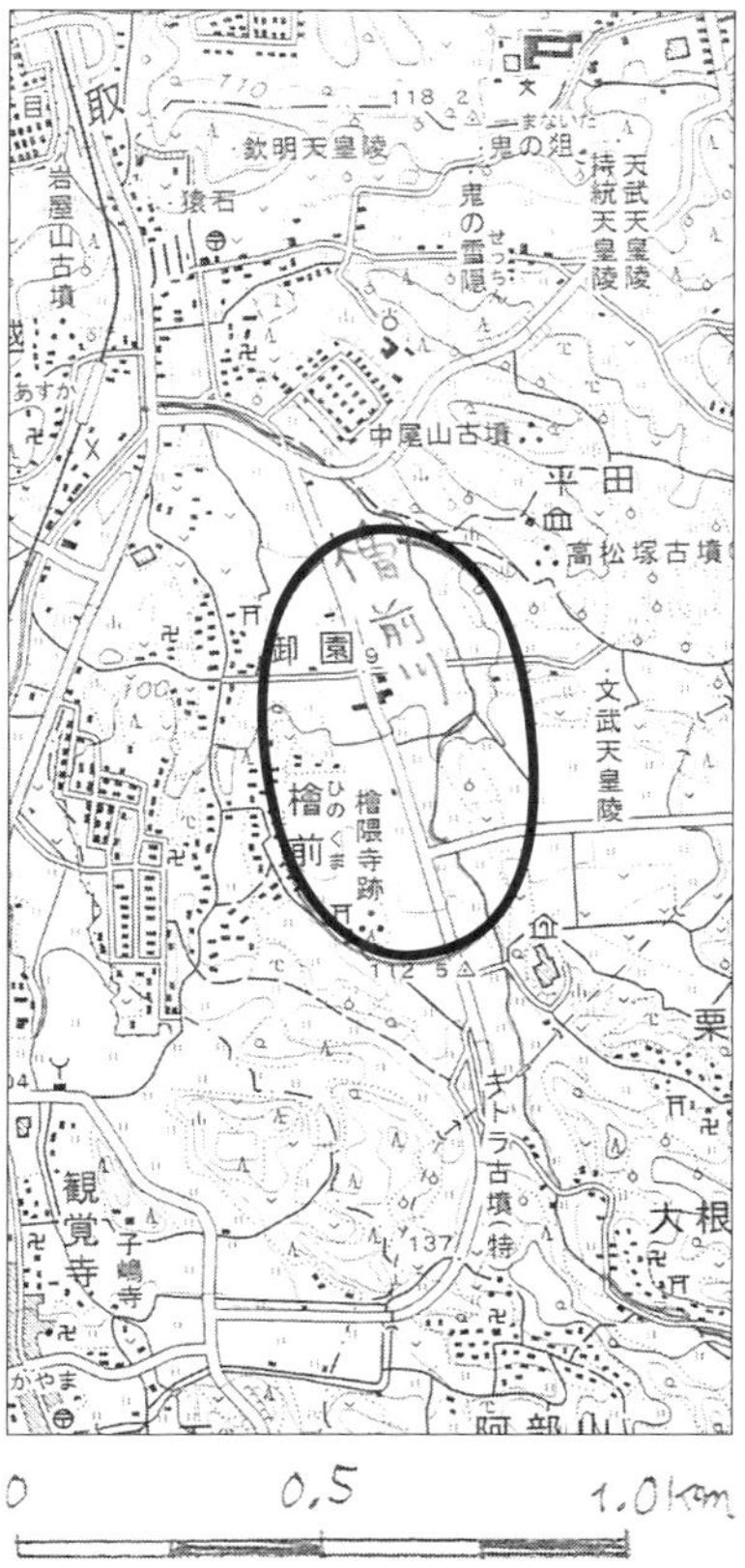

1／2.5万　畝傍山

（メモ）

①檜前川。「前」を「隈」とも作る。高市郡明日香村大根町を源に北流し、キトラ古墳、そして檜隈寺跡や於美阿志神社の東を経て、文武天皇陵・高松塚古墳の西を経て北西流して、高取川に注ぐ。流長二km・流域面積二km²の小河川。

七九七　氷室神社

奈良県奈良市春日野町字野守

関係地図　1／20万　京都及大阪　1／5万　奈良

665

氷室

百首歌たてまつりける時、氷室のうたとてよみ侍りける

・あたりさへすずしかりけりひむろ山まかせし水のこほるのみかは　大炊御門右大臣　⑦千載集　二〇九

（参考）くるとあくとゝけんごもなき氷室山いつかながれし谷河の水　土御門院御製　新続古集　三二五

（参考）かぎりあればふじのみ雪の消ゆる日もさゆる氷室の山の下柴　順徳院御製　新続古集　三二六

（参考）春日山ふるきひむろの跡みるも岩のけしきは猶ぞすずしき　皇太后宮大夫俊成卿　夫木抄　三七〇三

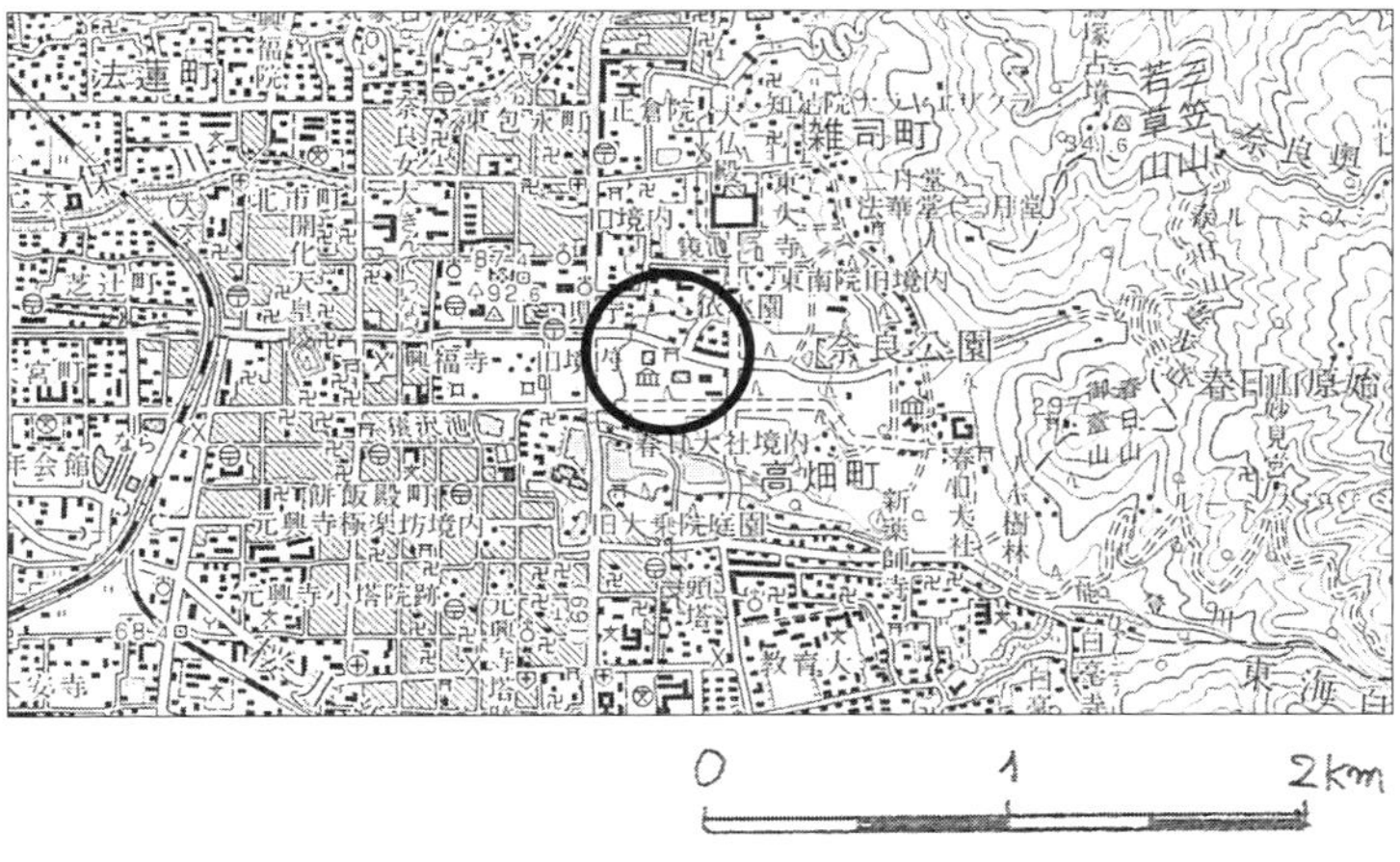

1／5万　奈良

（メモ）

①当社は奈良国立博物館の北側にある。祭神は闘鶏稲置大山主命《つげいなぎおおやまぬしのみこと》・大鷦鷯命《おおさざぎのみこと》（仁徳天皇）・額田大中彦命《ぬかたのおおなかひこのみこと》である。『延喜式』（主水式）によると氷を取る池は大和国に三〇カ所あって、氷池神・氷池風神を祀っていた。当社は『元要記』や社伝によると、平城遷都により、氷室を春日の三笠山麓の吉城川上に作り、和銅三（七一〇）年七月二一日、氷室明神を三笠山の下津岩根宮に創祀した。これを高橋氷室神社と称していたので、『延喜式神名帳』大和国添上郡の「高橋神社」かともいわれる。その後、建保五（一二一七）年現在地へ遷座した。

七九八　氷室神社

奈良県天理市福住町浄土

関係地図　1／20万 和歌山　1／5万 桜井

665

氷室

　氷室をよみ侍りける

・春あきものちのかたみはなきものをひむろぞ冬のなごりなりける　仁和寺後入道法親王覚性　⑦千載集　二〇八

（参考）つげののにおほやまもりがをさめたるひむろぞいまもたえせざりける　藤原仲実朝臣　万代集　七二五

（参考）外は夏あたりの水は秋にしてうちは冬なる氷室山かな　後京極摂政　夫木抄　三七二〇

（参考）さしもいま日かげにうとき氷室山いはかきもみぢちりやおほひし　信実朝臣　夫木抄　三七二七

1／5万　桜井

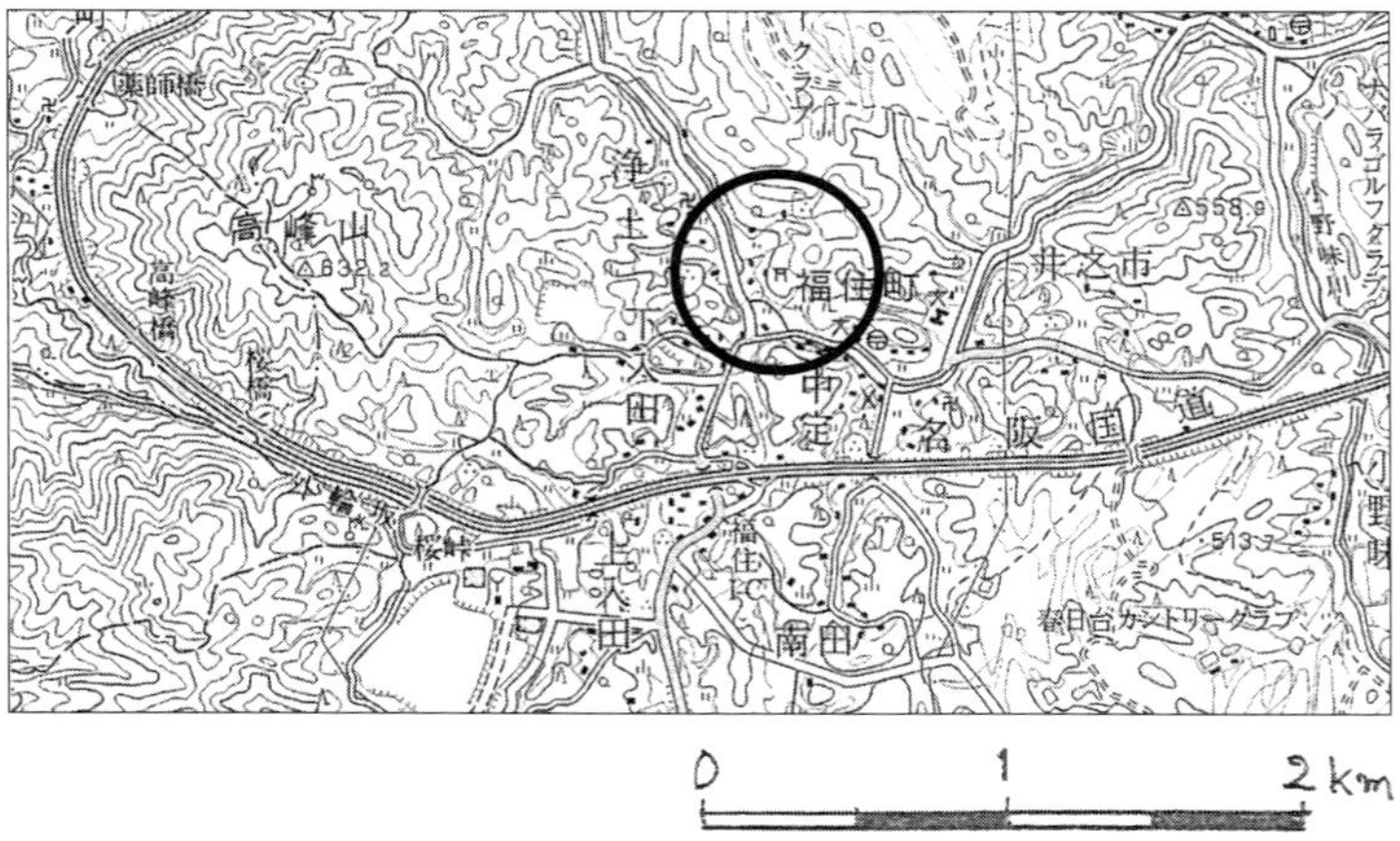

（メモ）

①祭神は闘鶏稲置大山主命・大鷦鷯命（仁徳天皇）・額田大中彦命。闘鶏（都介・都祁）の氷室の守護として当社が創祀。氷室は『日本書紀』仁徳天皇六二年是歳条に、

　額田大中彦皇子、闘鶏《つけ》に猟したまふ。時に皇子、山の上より望《おせ》りて、野の中を瞻たまふに、物有り。……「氷室なり」とまうす。

とある。これ氷室の初見。『延喜式』（主水司）にある氷池風神九所に、山城国五、大和国・河内国・近江国・丹波国各一ある。『元要記』では允恭天皇三（四一四）年正月、三田宿祢が詔を受けて初殿創建という。

②氷室跡は神社背後の標高四九〇m地に二個。穴は長径一〇m・短径八m・深さ二・五mの擂鉢状。周囲に樹木有り。

七九九　藤原宮跡

奈良県橿原市高殿町・醍醐町・別所町

関係地図　1／20万 和歌山　1／2.5万 桜井

688

ふぢはらの宮

　和銅三年三月、ふぢはらの宮よりならの宮にうつりたまひける時

・とぶとりのあすかの里をおきていなば君があたりはみえずかも有らん　元明天皇御歌　⑧新古今集　八九六

（参考）明日香宮より藤原宮に遷居の後、志貴皇子御作の歌

　うねめの　そでふきかへす　あすかかぜ　みやこをとほみ　いたづらにふく　万葉集　五一

（参考）ふぢはらの　おほみやつかへ　あれつくや　をとめがともは　ともしきろかも　万葉集　五三

（参考）かけまくも　あやにかしこし　ふじはらの　みやこしみみに　ひとしもの　みちてはあれども　きみはしも　……　読人不知　万葉集　三三二四

1／2.5万　桜井

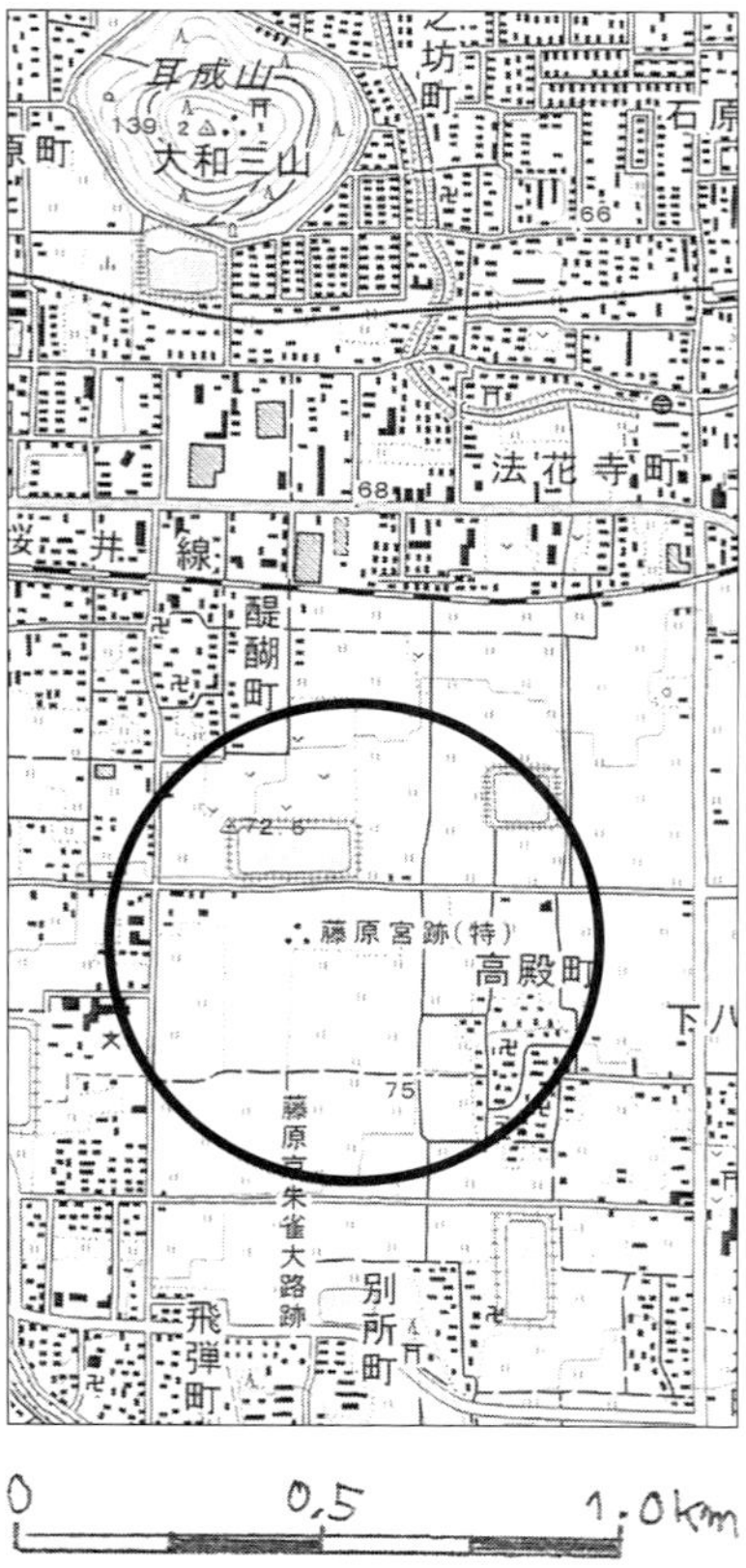

（メモ）

①持統天皇四（六九〇）年一〇月、太政大臣高市皇子が藤原宮地視察。同五年一〇月京地鎮祭。持統八（六九四）年一二月六日飛鳥浄御原宮より藤原宮へ遷座。

②和銅三（七一〇）年三月一〇日元明天皇が平城宮に遷座。

八〇〇　布留川　奈良県天理市布留町

関係地図　1／20万　和歌山　1／2.5万　大和郡山

692　ふるかは

・はつせ河　ふるかはのべに　ふたもとあるすぎ　年をへて　又もあひ見む　ふたもとあるすぎ　旋頭歌
よみ人しらず　①古今集　一〇〇九

摂政太政大臣家にて、詩歌をあはせけるに、水辺冷自秋といふことをよみける

・すずしさは秋やかへりてはつせがはふるかはのべのすぎの下かげ　有家朝臣
⑧新古今集　二六一

(参考)　いそのかみ　ふるのたかはし　たかたかに　いもがまつらむ　よぞふけにける　万葉集　二九九七

1／2.5万　大和郡山

（メモ）

①布留川は「古川」・「振川」とも書かれる。天理市の標高五八五・五mを源にしている。その後、藤井川その他の小河川の水を集めて天理ダムとなる。以後は布留川と名をあらためて北流した後、平野部に入り西流して初瀬川に注ぐ。流長約一一km・流域面積約四〇㎢。

②天理市には「布留の大橋」があった。この橋は石上神宮表参道の布留川に架けられた反《そ》り橋で、長さ一四・六m・幅三・六m。反りが二・四mあって、『石上神宮社記』に、

神剣神田に渡御のための神橋なり、故に大明神の橋という。

とある。再三洪水のために流失し、そのつど約五〇ケ村で架け替えたという。歌の「布留の高橋」はこの橋の上流にあり、「祓殿《はらいど》橋」の名もあったと。

八〇一　布留野　奈良県天理市布留町一帯

関係地図　1／20万　和歌山　1／5万　桜井

694　ふる野

・いその神ふるの草も秋は猶色ことにこそあらたまりけれ　在原元方　②後撰集　三六八

山ざとにこれかれまかりて歌よみ侍りけるに、野草をよめる

・やきすてしふるののを野のまくずはら玉まくばかり成りにけるかな　藤原定通　⑦千載集　一四五

千五百番歌合に

・いその神ふるのの桜たれうゑて春はわすれぬかたみなるらむ　右衛門督通具　⑧新古今集　九六

(参考)　いそのかみ　ふるのわさだの　ほにはいでず　こころのうちに　こふるこのころ　抜気大首　万葉集　一七六八

(参考)　わすられてふるのの道の草しげみつゆわけゆかん心ちこそせね　高陽院木綿四手　続後撰集　九九一

693　ふるからをの

・いそのかみふるからをののもとがしは本の心はわすられなくに　よみ人しらず　①古今集　八八六

(参考)　みな月のそらともいはじゆふだちのふるからをののならのしたかげ　覚盛法師　新勅撰集　一八〇

(参考)　日にそへてみどりぞまさる春雨のふるからをののみちのしばくさ　権中納言長方　続後撰集　六五

(参考)　はつしものふるからをののまくずはらうらがれてのみかへる秋かな　藤原教雅朝臣　続後撰集　四五二

696　ふるのなか道

・いそのかみふるのなか道なかなかに見ずはこひしと思はましやは　つらゆき　①古今集　六七九

(参考)　いその神見し世をいたくしのぶまにわが身もいまはふるのなかみち　権僧正円経　続後撰集　一二〇七

(参考)　いそのかみふるのなかみちたちかへりむかしにかよふやまとことのは　源具親朝臣　続古今集　一七七七

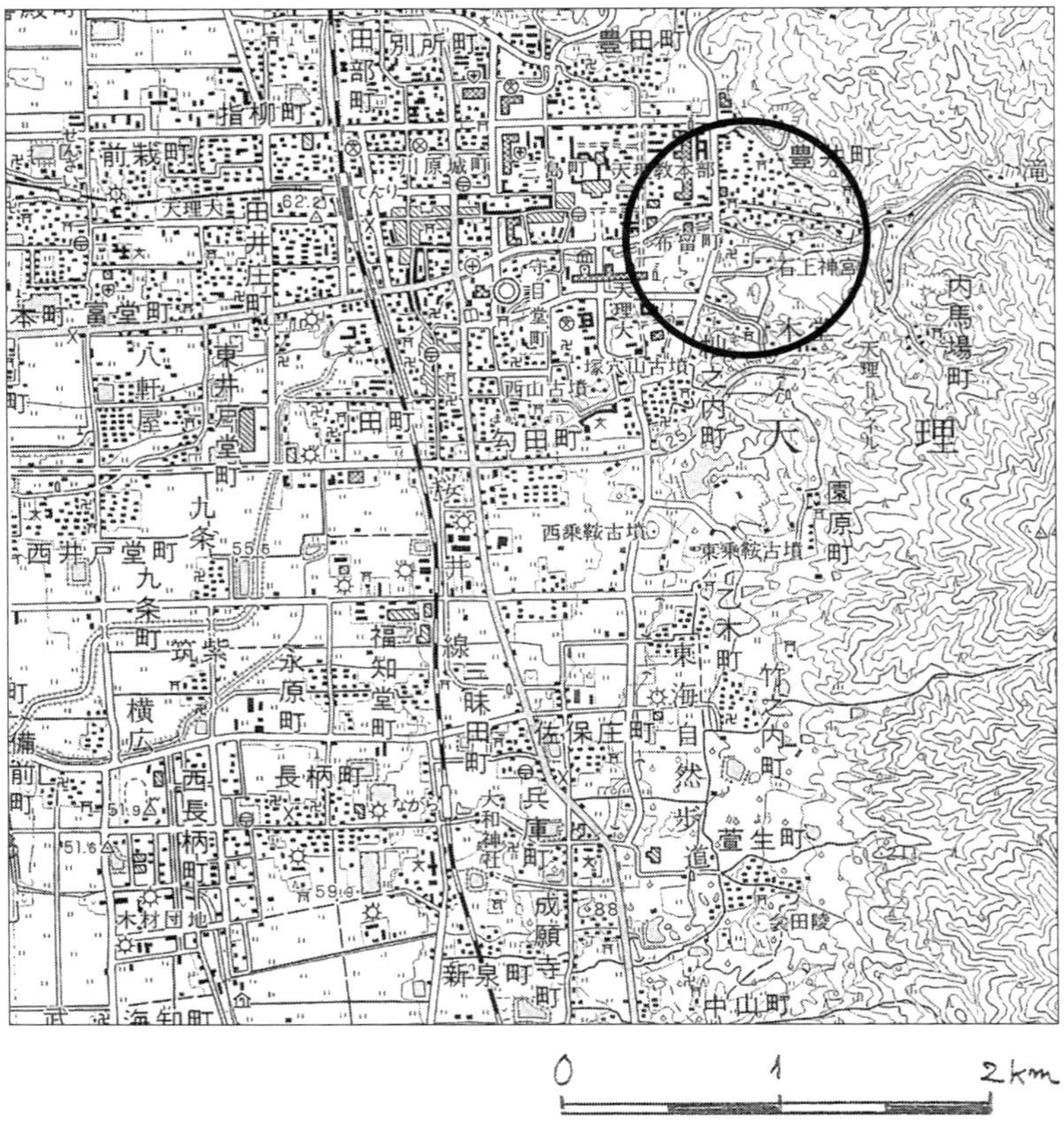

1／5万　桜井

（メモ）

①『大和名所図会』に、

布留野　桃尾に行道の龍の馬場といふ所　ふる野也

とある。布留野は『和名抄』大和国山辺郡の「石上郷」。現在の天理市を流れる布留川沿いにあった原野をさしたもの。

②「布柄《ふるから》小野《をの》」　石上ふるから小野も布留野の名だと『大和名所図会』にある。

また、

石上ふるの中道ともよめり。「から野」とは枯野といふにや「ら」と「れ」と同音也。布留の乾たる野といふにや

とある。

③「布留の中道」は布留野の道である。

695

八〇二　布留の滝

奈良県天理市滝本町の桃尾の滝

関係地図　1／20万 和歌山　1／5万 桜井

ふるのたき

仁和のみかどみこにおはしましける時に、ふるのたき御覧じにおはしましてかへりたまひけるによめる　　兼芸法し

・あかずしてわかるる涙滝にそふ水まさるとやしもは見るらむ

①古今集　三九六

（参考）いまも又ゆきても見ばやいそのかみふるの滝つせあとを尋ねて　　後嵯峨院御製　　続拾遺集　一〇九八

（参考）秋ののに庭をばつくれいまもかもふるのたきみる君もこそくれ　　権僧正公朝　　夫木抄　一二三七二

1／5万　桜井

（メモ）

①布留の滝は桃尾の滝。桃尾の滝は天理市滝本町にあり、石上神宮東方、布留川の支谷に懸る落差二三ｍの滝。布留山周辺には広く中生代白亜紀の花崗岩が分布し、この滝もその花崗岩に懸る。滝の下部には桃の形をした斑糲岩の岩盤が顔を出している。この桃形の岩盤に滝が当り、百条くらいにわかれ滝壺に流下る。それで「百尾の滝」・「桃尾の滝」の名がある。

②この滝は古来、修験道の行場である。滝壺の手前左側に、鎌倉時代に彫られた不動明王・矜羯羅童子・制吒迦童子の「不動三尊」の磨崖仏がある。

八〇三　平城京跡　奈良県奈良市

599

関係地図　1／20万　京都及大阪　1／5万　奈良

ならの京

　はつせにまうづる道にならの京にやどれりける時よめる

・人ふるすさとをいとひてこしかどもならの宮こもうきなりけり　二条
　①古今集　九八六

・身はやくならの宮こと成りにしを恋しきことのまたもふりぬか　よみ人しらず　②後撰集　五六〇

・銀のめぬきのたちをさげはきてならの宮こをねるやたがこぞ　神楽歌　③拾遺集　五八三

　一条院御時ならのやへざくらを人のたてまつりて侍りけるを、そのをり御前に侍りければ、そのはなをたまひて歌よめとおほせられければよめる

・いにしへのならのみやこのやへざくらけふここのへににほひぬるかな　伊勢大輔　⑥詞花集　二九

1／5万　奈良

（メモ）

①『扶桑略記』元明天皇和銅三（七一〇）年三月条に、

　右大臣藤原朝臣不比等。於大和国平城京。始建興福寺金堂。

とある。また、『続日本紀』元正天皇霊亀二（七一六）年五月一六日条に、

　始めて元興寺（大安寺か？）を左京六条四坊に徙《うつ》し建つ。

とある。また、同書養老二（七一八）年九月二三日条に、

　法興寺を新京に遷す。

などとある。

②このようにして平城京が整備・充実されていた。

八〇四　平城宮跡　奈良県奈良市

598

関係地図　1／20万　京都及大阪　1／5万　奈良

ならの宮

　和銅三年三月、ふぢはらの宮よりならの宮にうつりたまひける時

・とぶとりのあすかの里をおきていなば君があたりはみえずかも有らん　元明天皇御歌　⑧新古今集　八九六

（参考）いにしへの奈良の都の宮ばしらこのかたなしに猶のこるかな　中原師光朝臣　続後拾集　一〇九六

（参考）ふるさととなりにしならのみやこにも色はかはらず花はさきけり　ならのみかどの御うた　①古今集　九〇

（参考）あをによし　ならのみやこは　さくはなの　にほへるがごと　いまさかりなり　大宰少弐小野老朝臣　万葉集　三二八

1／5　奈良

（メモ）

①『続日本紀』和銅元（七〇八）年一二月五日条に、

　平城宮の地を鎮め祭る。

とある。同書和銅二年九月二日条に、

　是の日、（元明天皇）車駕、新京の百姓を巡撫したまふ。

とある。同書和銅三年三月一〇日条に、

　始めて都を平城に遷す。

とある。

②『続日本紀』延暦三（七八四）年一一月一一日条に、

　天皇、長岡宮に移幸したまふ。

とあり、平城宮は約七〇年で閉じた。

八〇五　本馬山

奈良県御所市本馬

関係地図　1／20万 和歌山　1／5万 吉野山　1／2.5万 畝傍山

8 秋津洲

•『古今集』真名序に、「仁流二秋津洲之外一」と。

•『新古今集』序に、「風化之楽二万春一、春日野之草悉靡、月宴之契二千秋一、秋津洲之塵惟静」と。

玉依姫

•とびかける天のいはふね尋ねてぞあきつしまには宮はじめける　三統理平

⑧新古今集　一八六七

(参考)やまとには　むらやまあれど　とりよろふ　あめのかぐやま　のぼりたち　くにみをすれば　くにはらは　けぶりたちたつ　うなはらは　かまめたちたつ　うましくにぞ　あきづしま　やまとのくには　息長足日広額天皇登二香具山一望レ国之時御製歌　万葉集　二

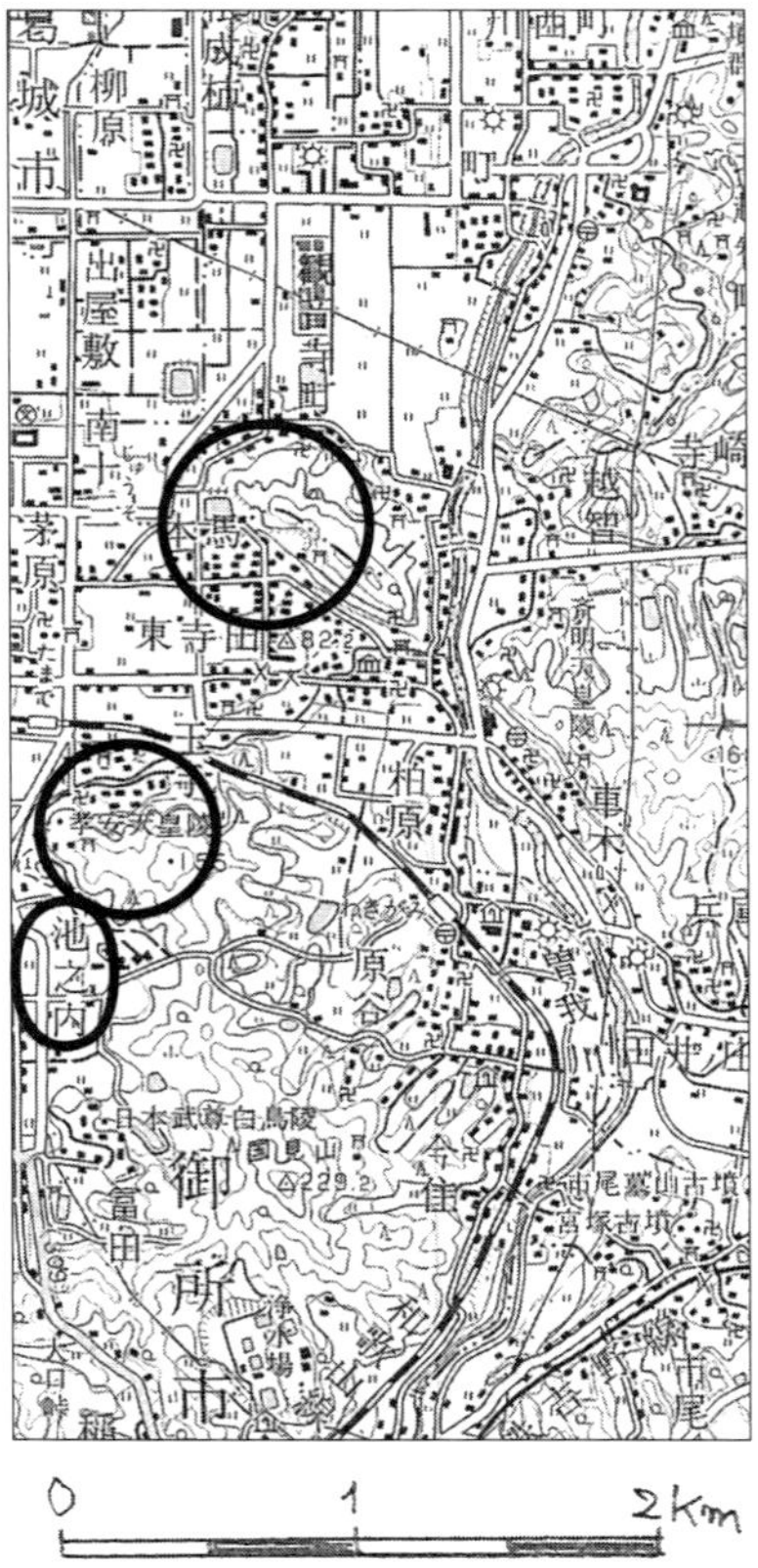

1／5万　吉野山

(メモ)

①御所市本馬に、北西―東南方向に約一km、幅約〇・五kmの標高一三〇～一四〇mの丘陵地がある。これが『日本書紀』神武天皇三一年四月一日条にある「嗛間丘《ほほまのおか》」であり「秋津洲」。秋津島。

②第六代孝安天皇は、二年の冬十月に、都を室の地に遷す。是を秋津嶋宮と謂ふ。と『日本書紀』にある。室は図の池之内の東隣接地。

八〇六　纏向の病足の山

奈良県桜井市

関係地図　1／20万 和歌山　1／5万 桜井

711 まきもくのあなしの山

•まきもくのあなしの山の山人と人も見るがに山かづらせよ　神あそびのうた

①古今集　一〇七六

めのしに侍りてのち、かなしびてよめる

•まきもくの山べひびきてゆく水のみなわのごとによをばわが見る　人まろ

③拾遺集　一三二〇

(参考)まきむくの　あなしのやまに　くもゐつつ　あめはふれども　ぬれつつぞこし　万葉集　三一二六

(参考)まきもくのあなしの山のやまかづら暁かけてかすむ空かな　大蔵卿有家　続後拾集　二七

(参考)こらがてをまきもく山に春されば木葉しのぎて霞たなびく　柿本人麿　風雅集　三一

1／5万　桜井

(メモ)

①病足の山は、桜井市辻・白河・出雲にまたがる標高五六六・九mの巻向山が、その代表。

②巻向山の西側半分には纏向川が流れやがて初瀬川に注ぐ。纏向川流域には第一一代垂仁天皇の都や纏向珠城宮があった。また五十《い》瓊敷皇子《にしきのみこ》に与えた大穴磯部《おほあなしべ》があり、『神名帳』城上郡に「穴師坐兵主神社名神大月次相嘗新嘗」がある。

八〇七　巻向の檜原

奈良県桜井市三輪

関係地図　1／20万 和歌山　1／5万 桜井

712

まきもくのひばら
山をよめる

・なる神のおとにのみきくまきもくのひばらの山をけふ見つるかな　人まろ
③拾遺集　四九〇

・まきもくのひばらの霞立返りかくこそは見めあかぬ君かな　よみ人しらず
③拾遺集　八一六

・まきもくのひばらのいまだくもらねば小松が原にあは雪ぞふる　中納言家持
⑧新古今集　二〇

（参考）まきむくの　ひはらにたてる　はるかすみ　おほにしおもはば　なづみこめやも　柿本朝臣人麿　万葉集　一八一七

（参考）いたづらになにしぐるらんまきもくのひばらが峰は色もかわらじ　中園入道前太政大臣　新続古集　六一四

1／5万　桜井

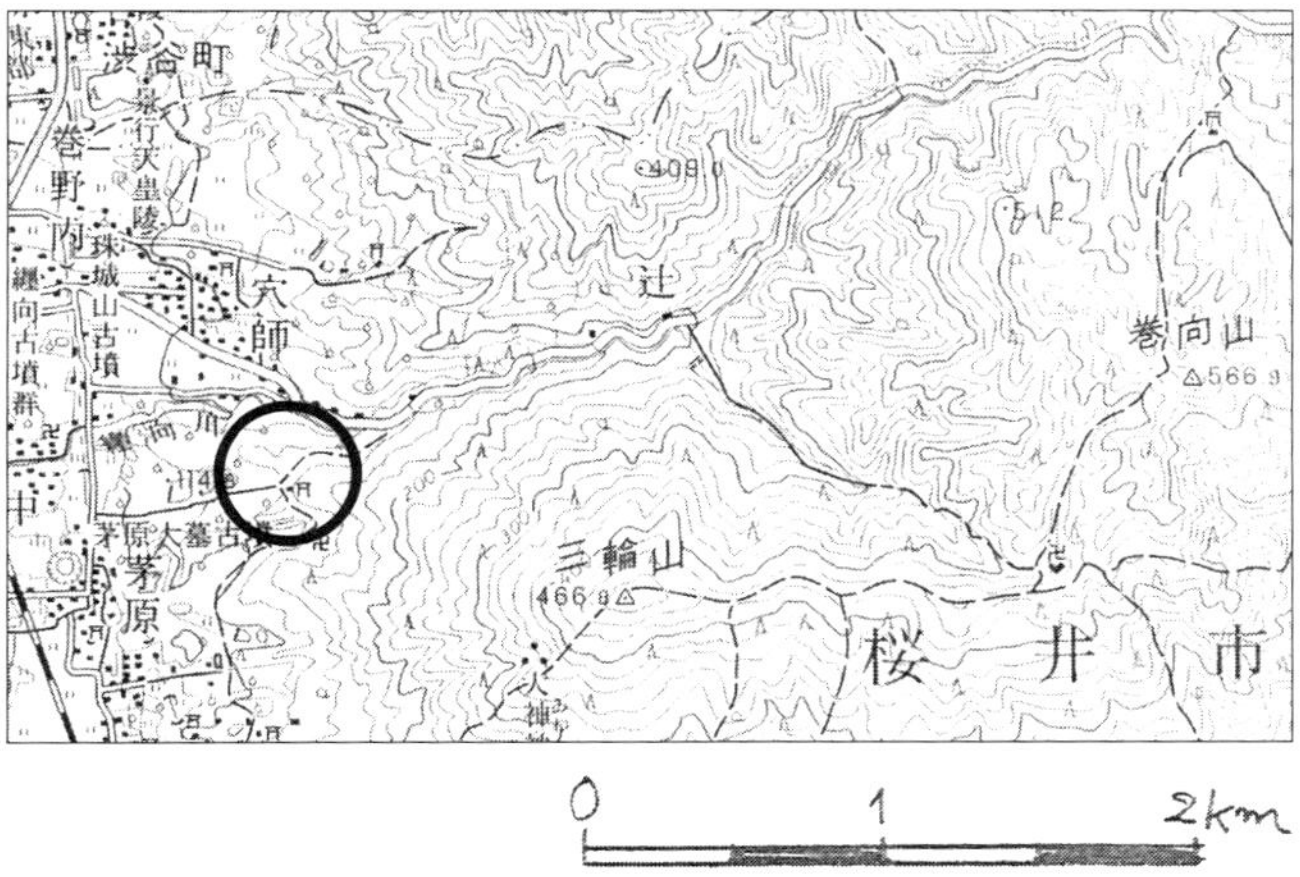

（メモ）

①桜井市三輪地内、標高四六七・一m三輪山の西山麓、纒向川の右岸（南岸）に、図中○に檜原神社がある。この神社辺が第一二代景行天皇の「纒向の日代宮」であったという。

②『延喜式神名帳』大和国城上郡に、

神坐日向《ヒムカヒノ》神社大月次新嘗
巻向坐若御魂神社大月次相嘗新嘗

がある。

八〇八　益田池跡

奈良県橿原市久米町・鳥屋町等

関係地図　1／20万 和歌山　1／5万 吉野山　1／2.5万 畝傍山

714

ます田のいけ

・ねぬなはのくるしかるらん人よりも我ぞます田のいけるかひなき　よみ人しらず
③拾遺集　八九四

・わがこひはますだのいけのうきぬなはくるしくてのみとしをふるかな　小弁
④後拾遺集　八〇三

池氷をよめる

・なみまくらいかにうきねをさだむらんこほりますだのいけのをしどり　前斎宮内侍
⑤金葉集　二九七

1／5万　吉野山

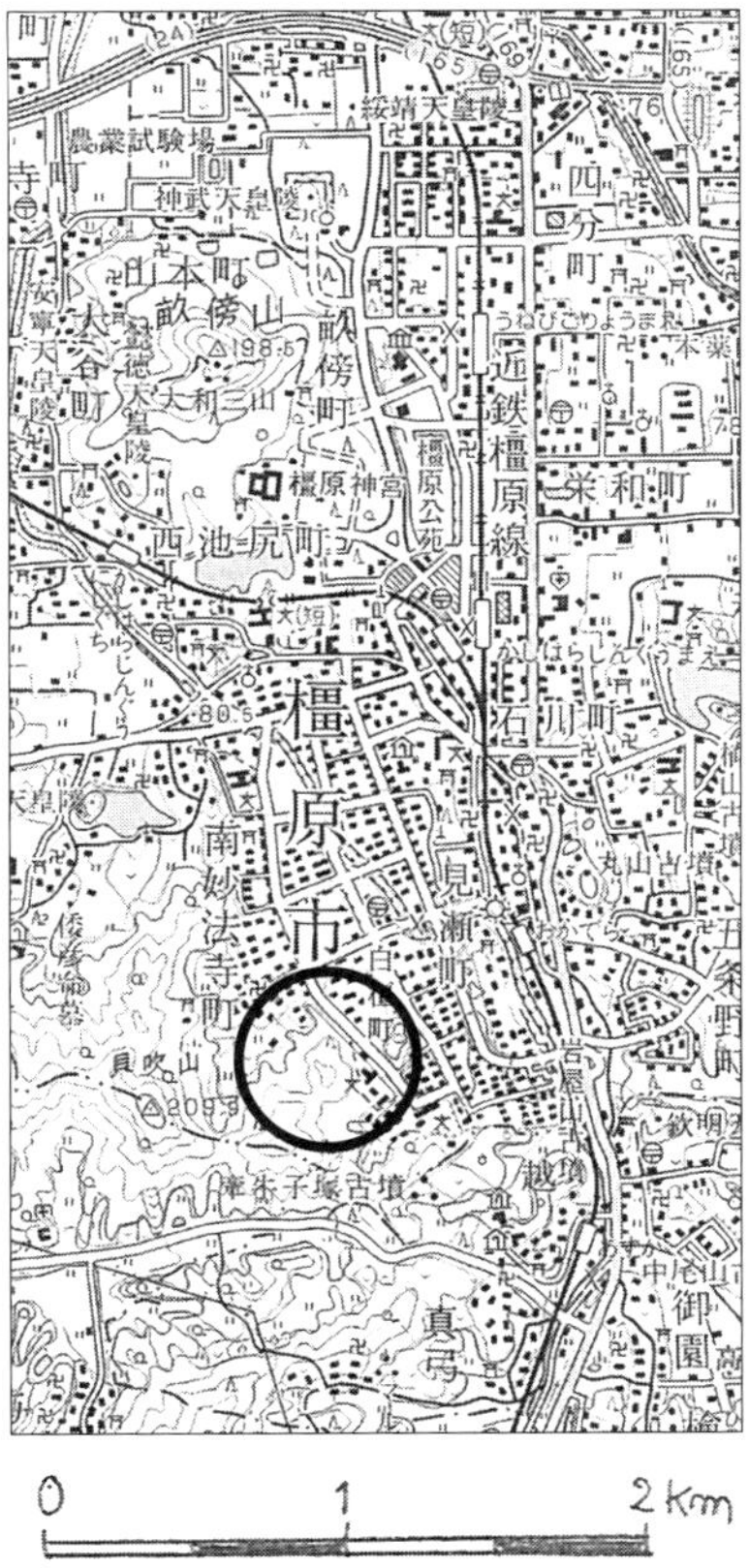

（メモ）

①橿原市久米町から鳥屋町にかけて存在していた灌漑用の溜池。平安時代初期の弘仁一三（八二二）年、権中納言藤原三守が総監督として、高取川中流をせき止める位置に築造。国家的事業で、天長二（八二五）年九月完成した。

②『日本紀略』嵯峨天皇弘仁一四（八二三）年正月二〇日条に、

新銭一百貫賜㆓大和国㆒宛㆘築㆓益田池㆒料㆖。

とある。池の四至として左に竜寺、右に鳥陵、南に大墓、北に畝傍。築造後は広く六郡、面積一二〇〇haを灌漑。池跡南西の橿原市南妙法寺町の丘陵（図の○）上に、弘法大師建立の益田池碑の台石という「益田岩船」と呼ぶ巨石がある。花崗岩で東西一一m・南北八m・高さ五m。碑文は『遍照発揮性霊集』にある。

八〇九　真土山

奈良県五條市

721　関係地図　1／20万 和歌山　1／2.5万 富貴

まつちの山

とほきくにに侍りける人を、京にのぼりたりとききてあひまつに、まうできながらとはざりければ

- いつしかとまつちの山の桜花まちてもよそにきくがかなしさ　よみ人しらず

②後撰集　一二五五

- こぬ人をまつちの山の郭公おなじ心にねこそなかるれ　よみ人しらず　③

拾遺集　八二〇

- たれをかもまつちの山のをみなへし秋と契れる人ぞあるらし　小野小町

⑧新古今集　三三六

- たのめずは人をまつちの山なりとねなましものをいざよひの月　太上天皇

⑧新古今集　一一九七

（参考）あさもよし　きひとともしも　まつちやま　ゆきくとみらむ　きひとともしも　調首淡海　万葉集　五五

1／2.5万　富貴

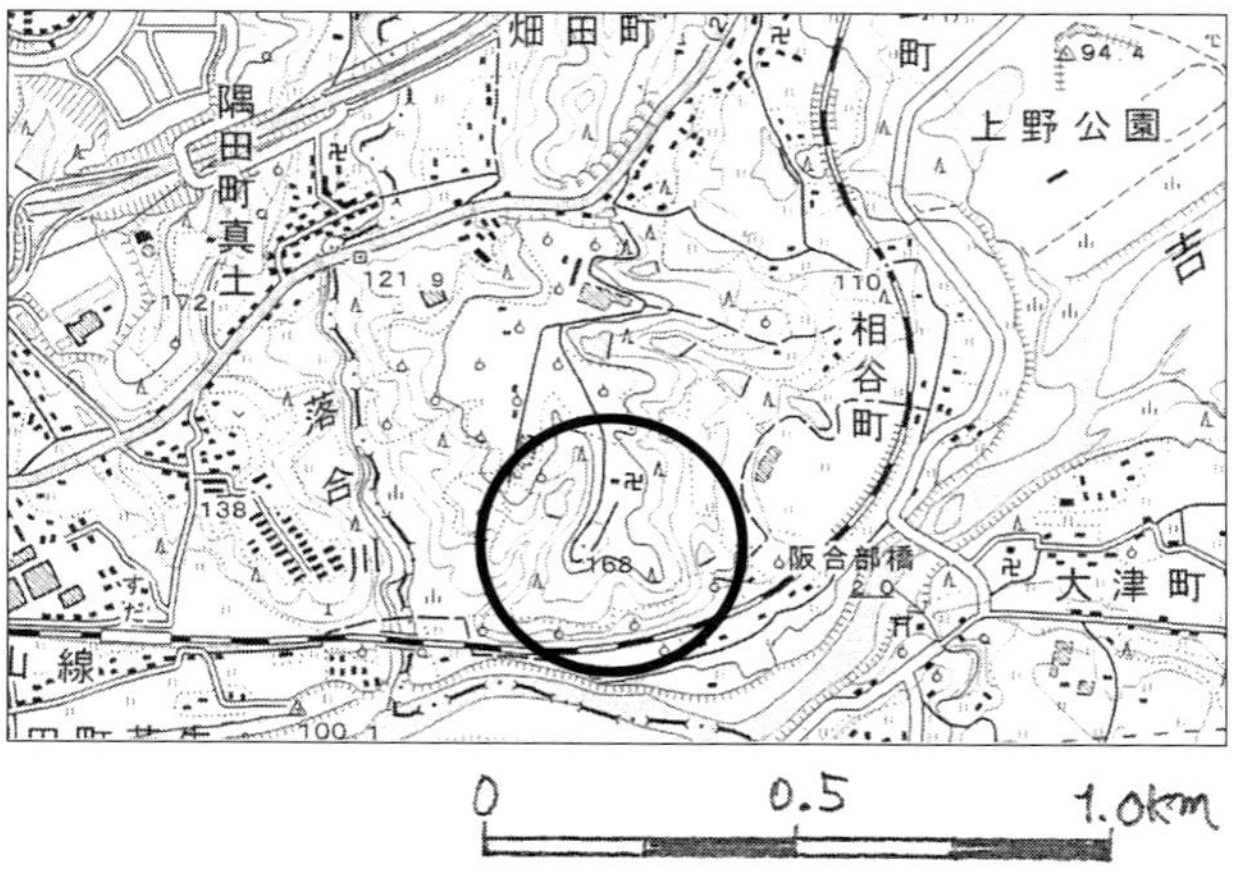

（メモ）

①真土《まつち》。亦土・亦打・又打・信土とも書く。「まつち」は松乳の義で、松脂を採集した山。真土は五條市に接する和歌山県橋本市にある。県境の落合川西岸の山が待乳山と呼ばれる。

②真土峠は図の〇。現在の五條市西端の畑田・上野町付近で、真土山を越える峠。県境の落合川を挟む位置。江戸時代には、和歌山藩の参勤交代、伊勢参り・高野参り・大峰山上参り・吉野名所参り等多くの人が通った。当時の峠茶店では名物の松脂膏、「上野真土邑・俗呼待乳膏薬」が売られていた。

八一〇　御垣が原跡推定地

奈良県吉野郡吉野町宮滝

730　関係地図　1／20万 和歌山　1／5万 吉野山

みかきがはら

天徳四年内裏歌合によめる

- ふるさとは春めきにけりみよしののみかきがはらをかすみこめたり　平兼盛

⑥詞花集　三

- いかにせむみかきがはらにつむせりのねにのみなけどしる人のなき　よみびとしらず

⑦千載集　六六八

（参考）かすみたちゆきもきえぬやみよしののみかきが原にわかなつみらん　皇太后宮大夫俊成　続後撰集　三一

（参考）みよしののみかきにのこる松がえにむかしをかけてさける藤浪　菩提院法親王　夫木抄　二一三五

1／5万　吉野山

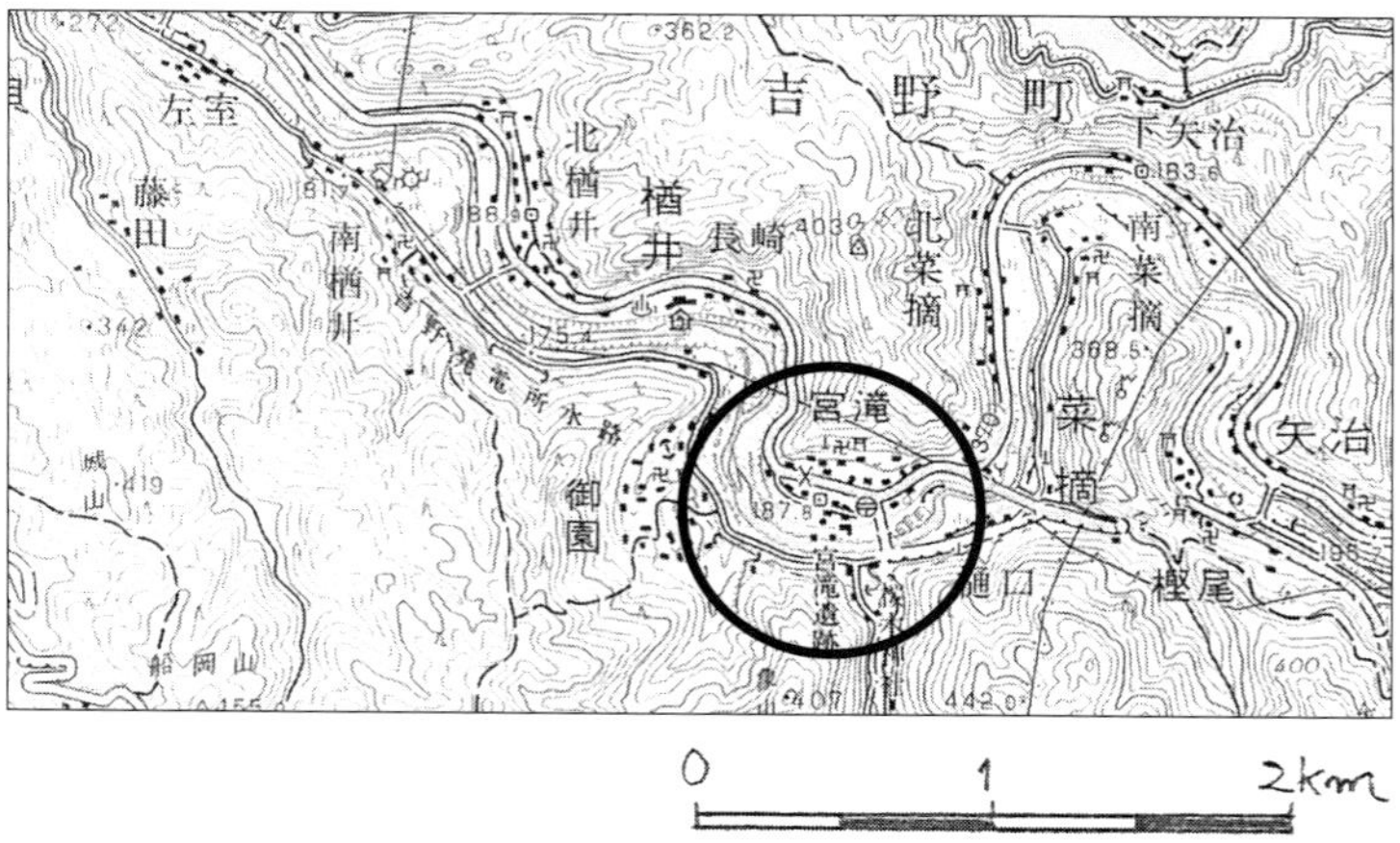

（メモ）

①吉野町宮滝に、国史跡の宮滝遺跡がある。縄文・弥生時代の集落遺跡。飛鳥・奈良期の宮や離宮跡である。ここには離宮跡と見られる石敷の場所が確認されている。よって、表記の天徳四（九六〇）年の歌にある「吉野の御垣が原」にふさわしい。

②吉野宮の『日本書紀』の初見は応神天皇一九（二八八）年一〇月一日であり、

吉野宮に幸す。

とある。そして、この地では大御酒。山の木の実、ヒキガエル。その他、栗・キノコ・年魚など上味とある。

③持統天皇はここ吉野宮へは三〇回以上も行幸されている。よってそれにふさわしい吉野宮であった。奈良時代、吉野宮の西側に瓦葺の吉野離宮造営され、石が敷きつめてあったと。

八一一　耳成山

奈良県橿原市木原町

関係地図　1／20万　和歌山　1／5万　桜井

763　みみなしの山

・みみなしの山のくちなしえてしかな思ひの色のしたぞめにせむ　よみ人しらず　①古今集　一〇二六

宇多院に侍りける人にせうそこつかはしける返事も侍らざりければ

・うだののはみみなし山かよぶこ鳥よぶこゑにだにこたへざるらん　よみ人しらず　②後撰集　一〇三四

返し

・耳なしの山ならずともよぶこどり何かはきかん時ならぬねを　女五のみこ　②後撰集　一〇三五

764　みみなし山

（参考）かぐやまと　みみなしやまと　あひしとき　たちてみにこし　いなみくにはら　万葉集　一四

（メモ）

①奈良盆地の南部に位置する。標高一三九・二m。天ノ香久山・畝傍山とともに大和三山の一つ。山体はトロイデ状で、含ザクロ石安山岩で構成。現在の形は、山頂部の陥没と浸食による残丘と考えられている。

②中腹には『延喜式神名帳』大和国十市郡の

耳成山口神社大月次新嘗

が鎮座する。祭神は大山祇神・高皇産霊神。貞観元（八五九）年正五位を授け、同年風雨の祈によって幣使を奉られた。

1／5万　桜井

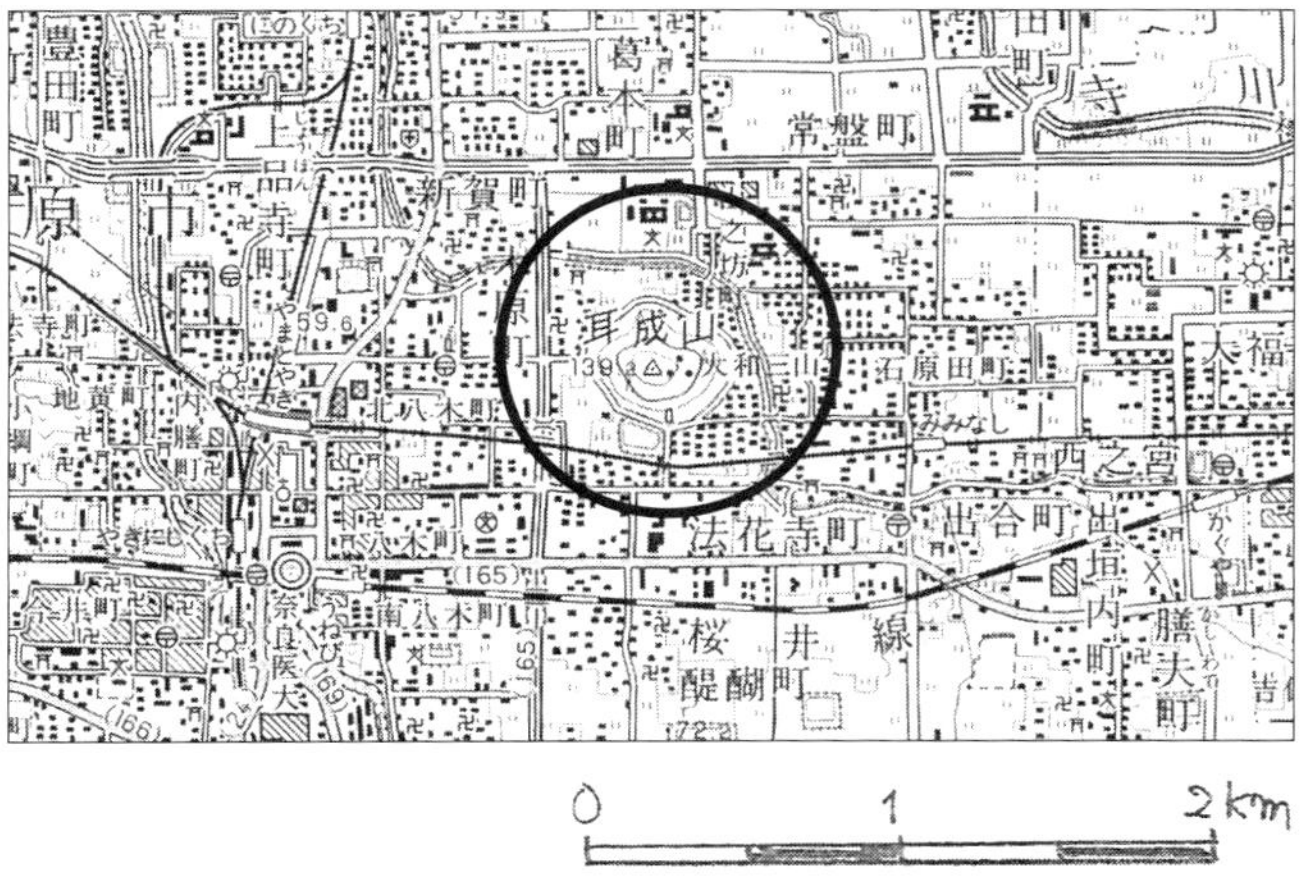

八一二　三室山

奈良県生駒郡斑鳩町神南四丁目

関係地図　1／20万　和歌山　1／2.5万　信貴山

765　みむろの山

これさだのみこの家の歌合のうた

・神なびのみむろの山を秋ゆけば錦たちきる心地こそすれ　ただみね　①古今集　二九六

三百六十首の中に

・神なびのみむろの山をけふみればした草かけて色づきにけり　曽祢好忠　③拾遺集　一八八

766　みむろ山

落葉をよめる

・みむろ山もみぢちるらしたび人のすげのをがさににしきおりかく　大納言経信　⑤金葉集　二六三

（メモ）

①竜田川が間もなく大和川に注ぐ近くの右岸（西岸）の標高八二mの小丘。『経覚私要鈔』に「神南山」と。また、『大和志』には

在神南村、嶺号大島

とあり、神奈備山であると。

②山腹に『延喜式神名帳』大和国平群郡の「神岳神社」がある。山頂の五輪塔は能因法師の供養塔と伝える。

1／2.5万　信貴山

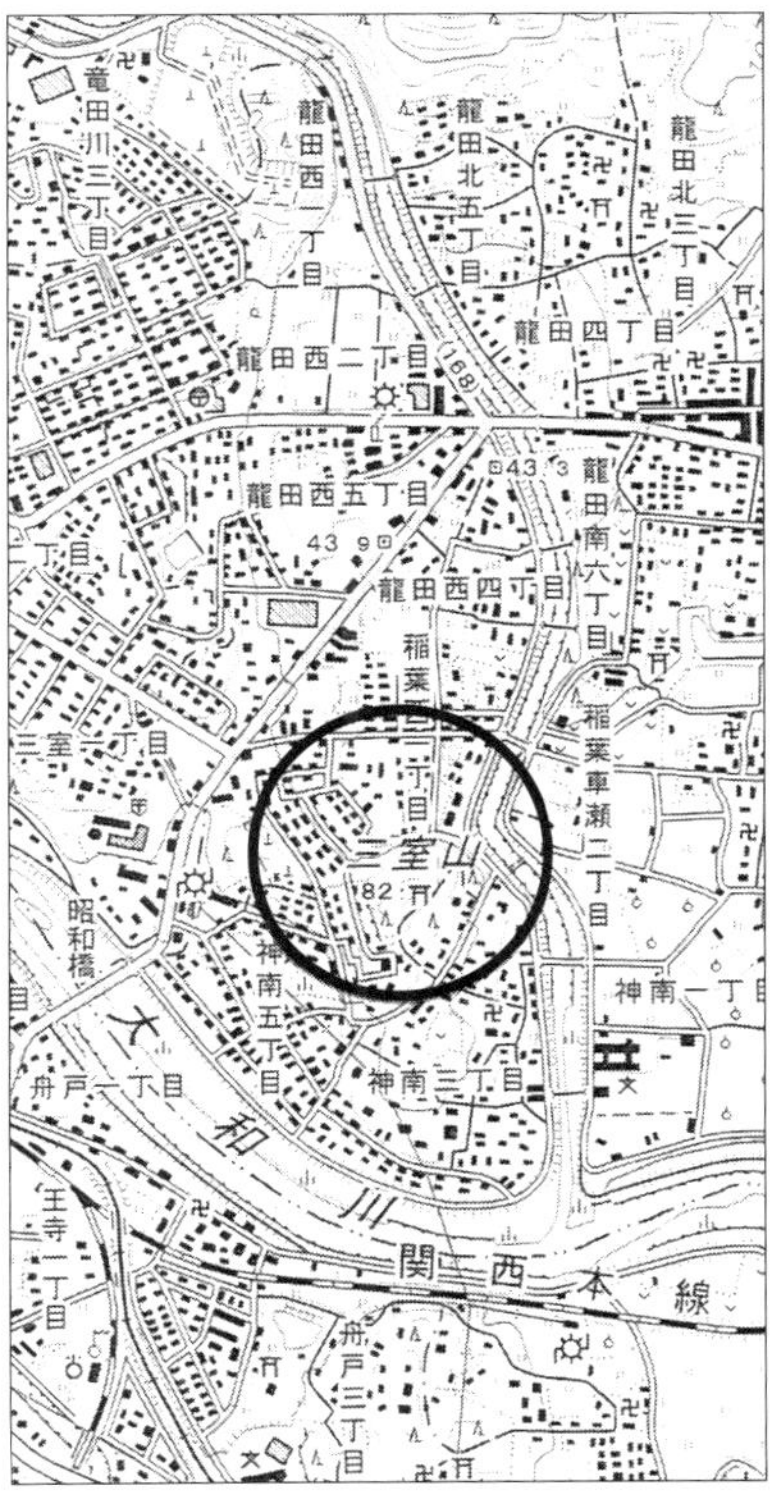

八一三　三室山　奈良県生駒郡三郷町立野《たつの》

関係地図　1／20万 和歌山　1／2.5万 信貴山

765
みむろの山
とりもののうた
・神がきのみむろの山のさかきばは神のみまへにしげりあひにけり　①古今集
一〇七四
奈良のみかど竜田河に紅葉御覧じに行幸ありける時、御ともにつかうまつりて
・竜田河もみぢ葉ながる神なびのみむろの山に時雨ふるらし　柿本人麿　③
拾遺集　二一九

766
みむろ山
堀河院の御時、百首の歌たてまつりけるときよめる
・みむろ山たにに や春のたちぬらむ雪のした水いはたたくなり　中納言国信
⑦千載集　二

1／2.5万　信貴山

（メモ）
①生駒郡三郷町立野と大阪府柏原市雁多尾畑《かりんどおばた》にまたがる標高一三七mの三室山。
②『旧跡幽考』に、
三室山　本宮より四町ばかり。三室は神の社をいへり。三室山は神のいます山なり。
とあり、龍田大社の近くにあるこの山にしていると。

八一四　宮滝　奈良県吉野郡吉野町宮滝

関係地図　1／20万 和歌山　1／5万 吉野山

772
宮のたき
法皇よしののたき御覧じける御ともにて
・いつのまにふりつもるらんみよしのの山のかひよりくづれおつる雪　源昇朝臣
②後撰集　一二三六
・宮のたきむべも名におひてきこえけりおつるしらあわの玉とひびけば　法皇御製
②後撰集　一二三七
法皇宮のたきといふ所御覧じける御ともにて
・水ひきのしらいとはへておるはたは旅の衣にたちやかさねん　菅原右大臣
②後撰集　一三五六
宮の滝といふ所に法皇おはしましたりけるに、おほせごとありて
・秋山にまどふ心をみやたきのたきのしらあわにけちやはててむ　素性法師
②後撰集　一三六七

817
よしのたき
をがたまのき
・みよしののよしののたきにうかびいづるあわをかたまのきゆと見つらむ　とものり
①古今集　四三一
よしののたきを見てよめる
・たがためにひきてさらせるぬのなれや世をへて見れどとる人もなき　承均法師
①古今集　九二四
・冬さむみこほらぬ水はなけれども吉野のたきはたゆるよもなし　よみ人しらず
③拾遺集　二三五
（参考）はやひとの　せとのいはほも　あゆはしる　よしののたきに　なほしかずけり　帥大伴卿　万葉集　九六〇
（参考）一時雨すぎにけらしなみよし野の吉野の滝つ岩たたくなり　勝命法師
新続古集　一七六四
（参考）おとにきくよしののたきもよしやわがそでにおちける涙なりけり　太上天皇　続後撰集　六八六
（参考）としふともよしの滝のしらいとはいかなる世にもたえじとぞ思ふ　藤原道経　続拾遺集　一〇九六

1／5万　吉野山

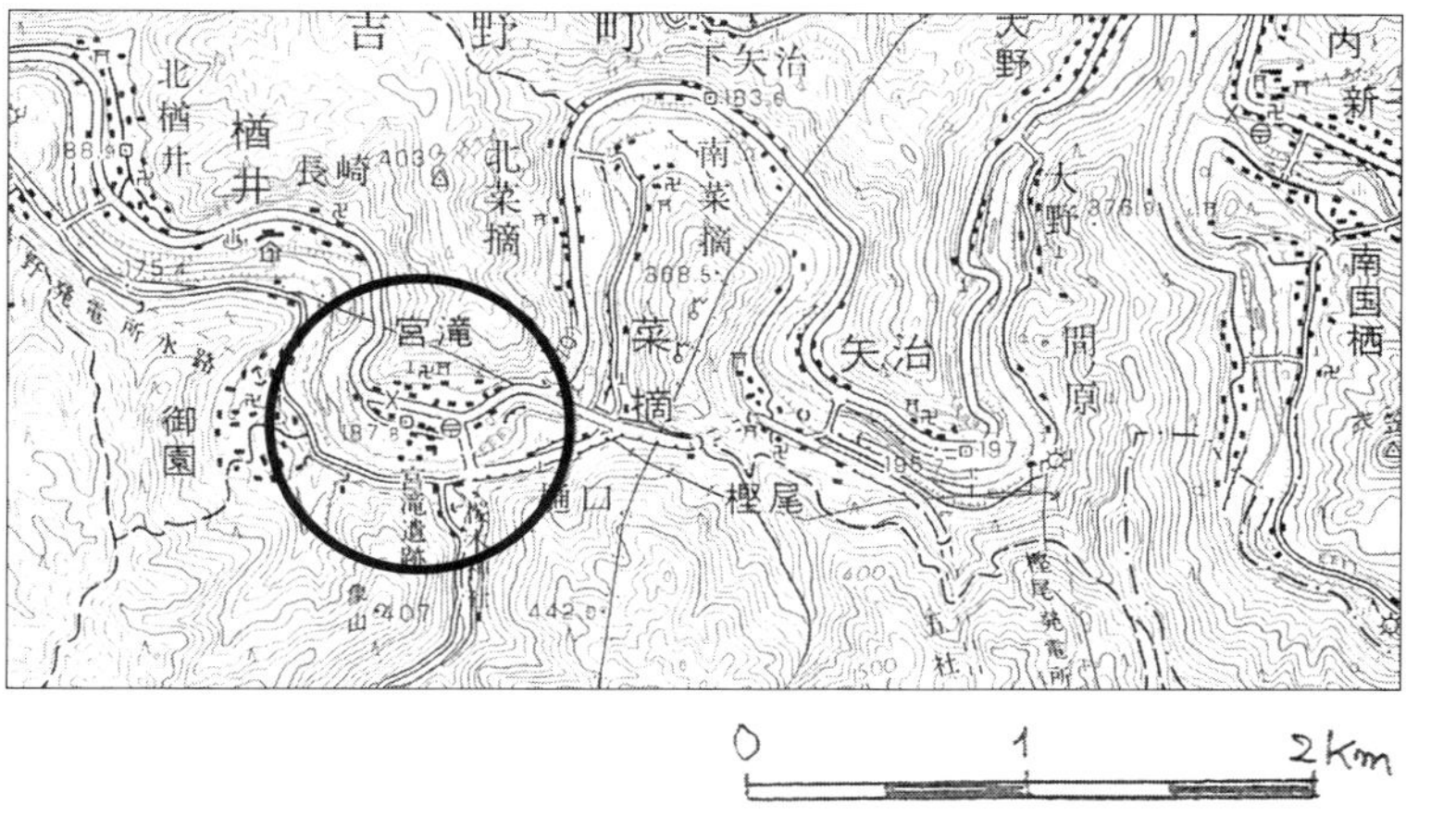

（メモ）

①吉野川中流右岸に位置する。当地は吉野川第一の景勝地で、奇岩絶壁がせまり発電所水路が出来るまでは、激流が岩盤を浸食していた。現在その痕跡が甌穴（ポットホール）として残っている。

②川幅の最も狭い所に木の橋を架け、枝葉をその欄干としていたので「柴橋」と呼ばれた橋がある。大正期に、その橋は鉄線橋に改造された。

③昔、柴橋付近で高い岩から淵に飛込む岩飛びの妙技が行われていた。『大和名所図会』におよそ次のようにある。

宮ノ滝　両崖清麗にして怪石磊砢《らいか》とし、南の岸に屏風岩という名の高くそびえる岩門がある。その下には九重淵という深い淀みがある。銅銭百文を与えれば、水によくなれた錬達の者が、巌の頂上から底知れぬ吉野川に飛込んで、ずっと下流で浮かび上がる。これを「滝飛び」・「岩飛び」といって、旅人の見所の一つである。

八一五　明神山

奈良県北葛城郡王寺町畠田《はたけだ》の明神山（標高二七三・六m）

関係地図　1／20万 和歌山　1／2.5万 大和高田

851　をぐら山

朱雀院のをみなへしあはせの時に、をみなへしといふいつもじをくのかしらにおきてよめる　　つらゆき

・をぐら山みねたちならしなくしかのへにけむ秋をしる人ぞなき

①古今集　四三九

（参考）しらくもの　たつたのやまの　たきのうへの　をぐらのみねに　さきをゐる　さくらのはなは　やまたかみ　かぜしやまねば　はるさめの　つぎてしふれば　ほつえは　ちりすぎにけり　しづえに　のこれるはなは　しましくは　ちりなまがひそ　くさまくら　たびゆくきみが　かへりくるまで

春三月諸卿大夫等難波に下る時の歌　　万葉集　一七四七

1／2.5万　大和高田

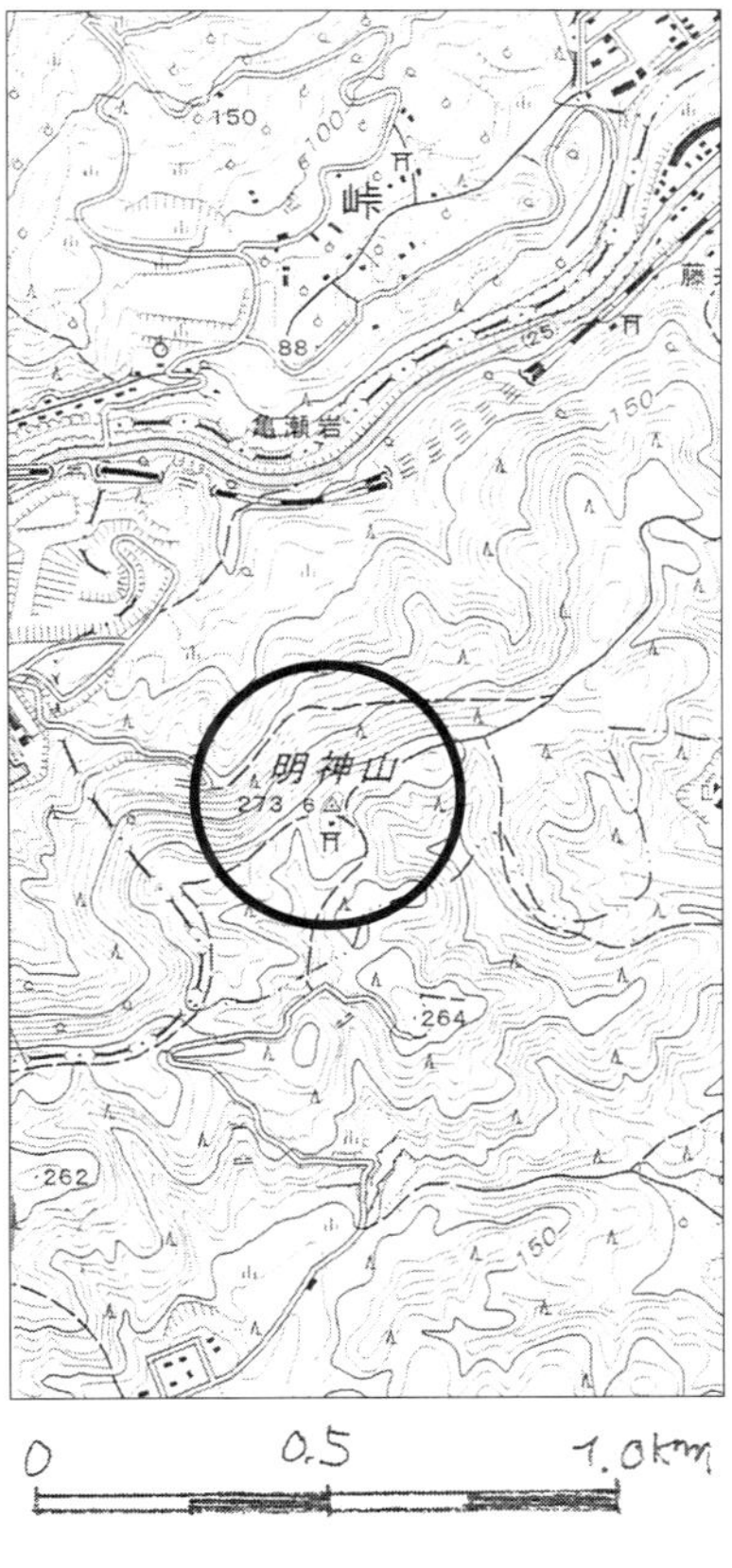

（メモ）

①明神山は北葛城郡王寺町の南西部にある標高二七三・六mの山。二上・葛城山地の北端に位置する。新生代第三紀中新世の二上火山岩の一つ、明神山讃岐岩で構成。

②明神山は小さな台地で、北面は急崖をなし大和川に達する。山中には葉の色が暗緑色の常緑照葉樹が繁茂する故に暗い。よって「おぐらの山」。しかし、春はサクラの花が咲き、匂い、その中を大和国と河内国を多くの人々が往来していた。

八一六　三輪の檜原

奈良県桜井市三輪。檜原神社一帯

関係地図　1／20万 和歌山　1／2.5万 桜井

775

みわのひばら

詠葉

•いにしへに有りけむ人もわがごとやみわのひばらにかざし折りけん　人まろ

③拾遺集　四九一

ながら月のころ、はつせにまうでける道にて読み侍りける

•はつせ山ゆふこえくれてやどとへば三輪の檜原に秋風ぞふく　禅性法師

⑧新古今集　九六六

女のすぎのみをつつみておこせて侍りければ

•たれぞこのみわのひばらもしらなくに心のすぎのわれをたづぬる　実方朝臣

⑧新古今集　一〇六二

(参考)ゆくかはの　すぎにしひとの　たをらねば　うらぶれたてり　みわのひはらは　柿本朝臣人麿　万葉集　一一一九

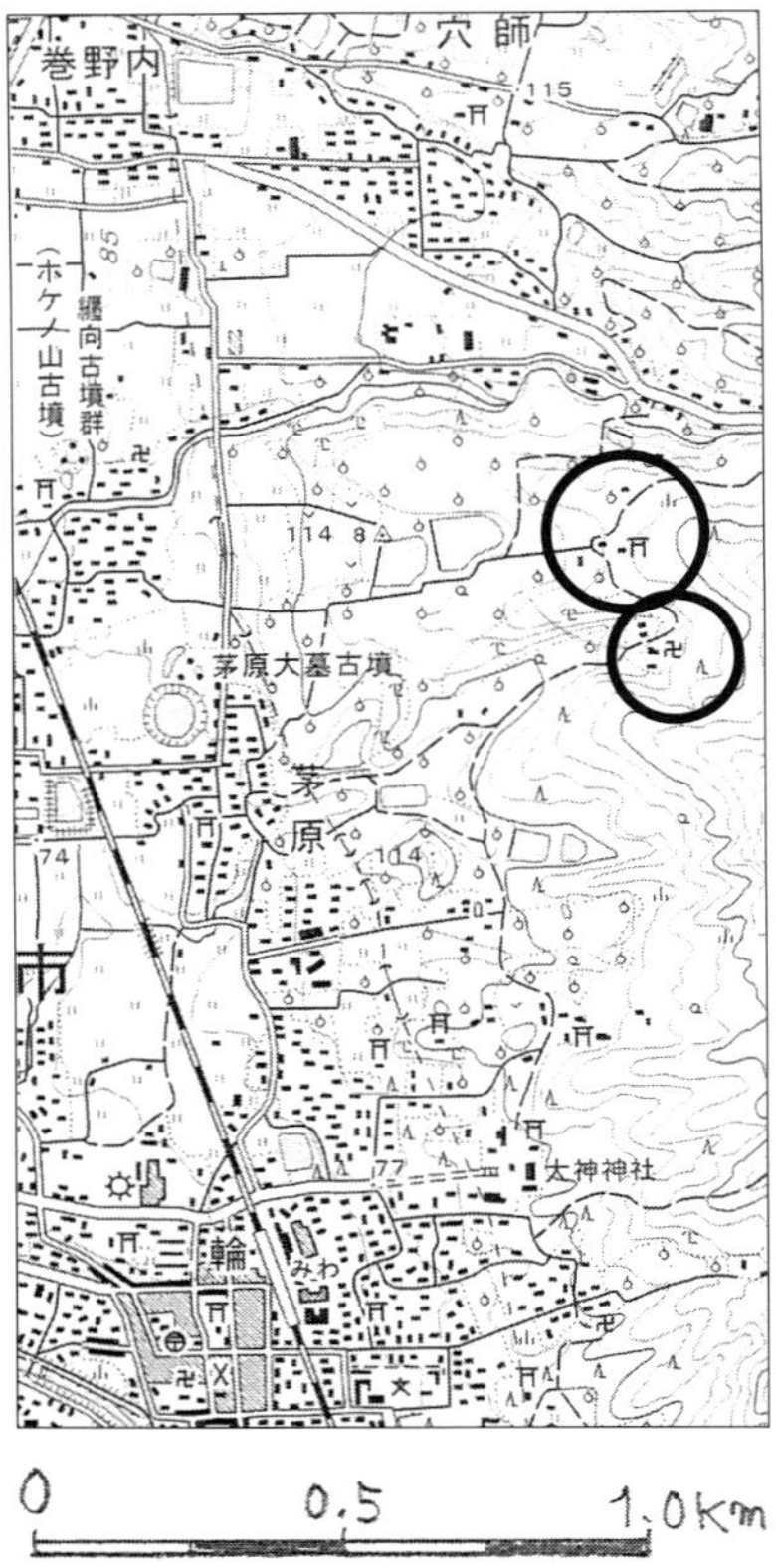

1／2.5万　桜井

(メモ)

①桜井市中央部、三輪山の西北麓にある標高一一〇～一三〇mの丘陵で、「檜原岡」とも呼ばれる。地図○内は大神《みわ》神社の摂社の檜原神社。江戸期までは社殿はあったというが、現存しない。

②檜原神社南の○は玄賓庵。桓武天皇の信仰も篤かったという、奈良興福寺の名僧、玄賓僧都の隠棲地であったと伝える。

八一七　三輪山

奈良県桜井市三輪

関係地図　1／20万　和歌山　1／5万　桜井

261

神奈備山

•たびねしてつまごひすらし郭公神なび山にさよふけてなく　よみ人しらず

②後撰集　一八七

•おのがつま恋ひつつなくや五月やみ神なび山の山ほととぎす　読人しらず

⑧新古今集　一九四

776

みわの山

はつせのみちにてみわの山を見侍りて

•みわの山しるしのすぎは有りながらをしへし人はなくていくよぞ　もとすけ

③拾遺集　四八六

成資朝臣やまとのかみにてはべりけるときものいひわたり侍けり、たえてとしへにけるのち、みやにまゐりてはべりけるくるまにいれさせてはべりける

•あふことをいまはかぎりとみわのやますぎのすぎにしかたぞ恋しき　皇太后宮陸奥

④後拾遺集　七三八

みわのやしろわたりにはべりけるひとをたづぬる人にかはりて

•ふるさとのみわのやまべをたづぬれどすぎまの月のかげだにもなし　素意法師

④後拾遺集　九四〇

霞のうたとてよめる

•春くればすぎのしるしもみえぬかな霞ぞたてるみわの山もと　刑部卿頼輔

⑦千載集　一〇

777

三輪山

•三わ山をしかもかくすか春霞人にしられぬ花やさくらむ　つらゆき　①古今集　九四

(参考)みわやまを　しかもかくすか　くもだにも　こころあらなも　かくさふべしや　井戸王　万葉集　一八

(参考)三輪山は時雨ふるらしかくらくの初瀬のひばら雲かかるみゆ　正二位隆教　新拾遺集　五六六

1／5万　桜井

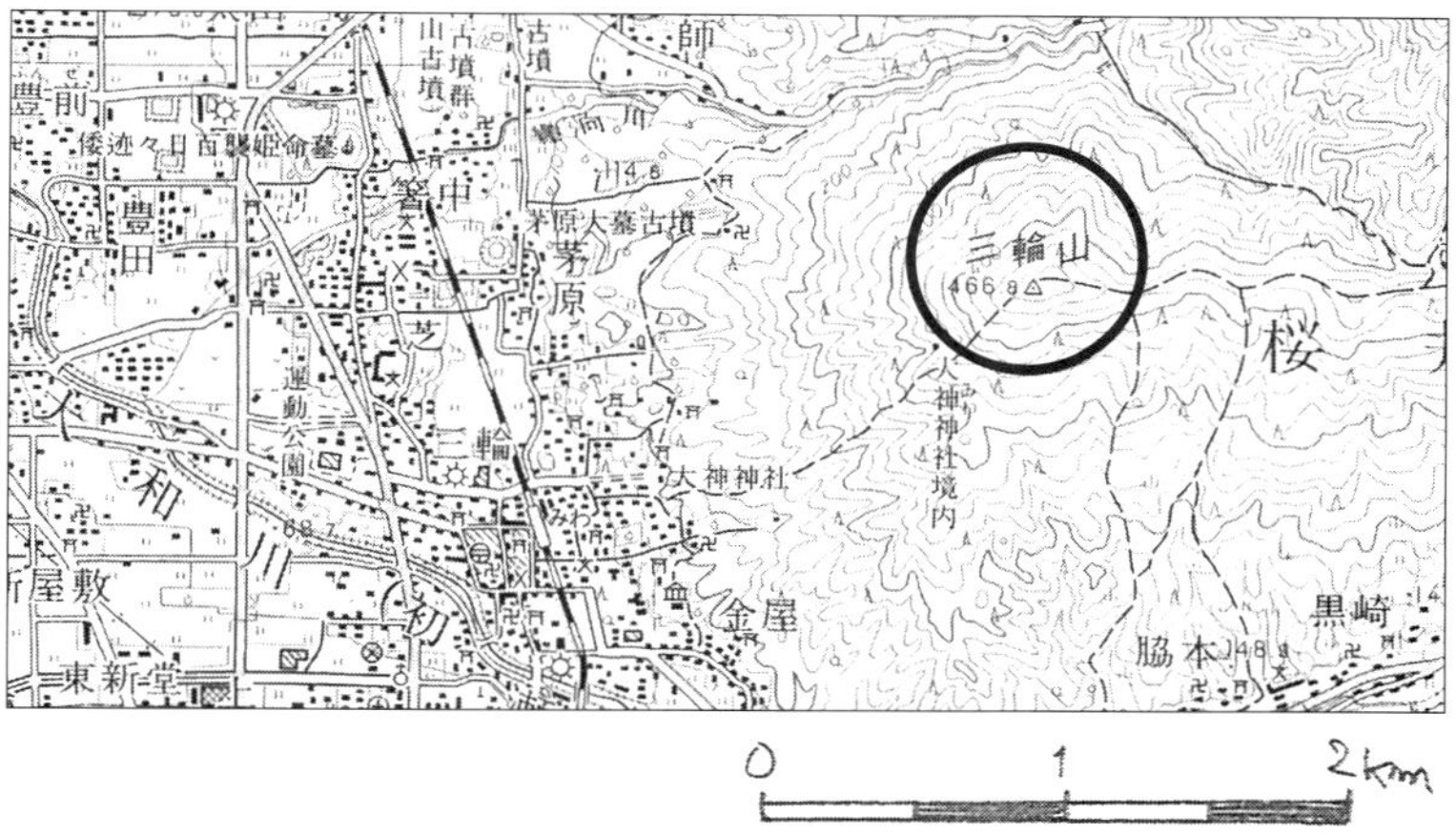

（メモ）

①『古事記』崇神天皇記に三輪山の神のことがある。天皇の御世に、国内に疫病が大流行したので天皇が愁歎なさった時、大物主大神、御夢に顕れて曰《の》りたまはく、「是は我が御心ぞ。故、意富多々《おほたた》泥古《ねこ》を以ちて我が前を祭らしめたまはば、神の気起らず、国も亦安く平ぎなむ」とのりたまひき。

とある。そして河内国で意富多多泥古を捜し求められ、三輪山の神主とされた。

②この意富多多泥古が神の子であると知ったのは、次のことからである。大物主大神が結婚した活玉依毘売《いくたまよりびめ》は素晴しい美人であった。ところで、ここに素晴しい美男子の紳士がいて、夜中に突然陶津《すえつ》耳命《みのみこと》の娘、活玉依毘売の寝所にやって来た。そして互いに意気投合し結婚し、さほど日を重ねないのに姫は妊娠した。そこで親の陶津耳命夫妻は不審に思い、娘に尋ねて言うには、「お前には夫もいないのに、どうして妊娠したのだ」と。娘は、「名前も聞いていないが、美しい男がいて、夜毎に、私の所に来て、ともに暮しているうちに自然に妊娠しました」と。このことを聞いた両親は、その男の素性を知りたいと思い、娘に言うには、「赤土を床のめぐりに散らし、長い麻糸を糸巻に巻いて、その先端を針に通して、それを男の着物の裾に刺しなさい」と言った。その晩も男が通って来たので、娘は両親から聞いたようにした。夜が明けてから見ると、針をつけておいた麻糸は、戸の鍵穴から通り抜けて部屋の外に出ていたので、男は鍵穴から入り、鍵穴から帰ったことがわかった。その糸を追跡して行くと美和山まで行って、神の社で終っていた。そして糸巻に残った麻糸は三勾《みわ》（三輪）しか残っていなかったので、その土地を「美和」という。

③大神《みわ》神社（桜井市三輪字三輪山）　祭神大物主大神。『延喜式神名帳』の、大神大物主《オホミワノオホモノヌシノ》神社名神大月次相嘗新嘗である。神体山なので拝殿だけ。

八一八　六田の淀

奈良県吉野郡吉野町六田《むだ》

関係地図　1／20万　和歌山　1／2.5万　吉野山

780

・これをみよむつ田のよどにさでさしてしをれししづのあさ衣かは　源俊頼朝臣

むつ田のよど

⑦千載集　九五五

建仁元年三月歌合に、霞隔遠樹といふことを

・たかせさすむつだの淀の柳原みどりもふかくかすむ春かな　権中納言公経

⑧新古今集　七二

（参考）おとにききめにはいまだみぬよしのがは　むつたのよどを　けふみつるかも　万葉集　一一〇五

1／2.5万　吉野山

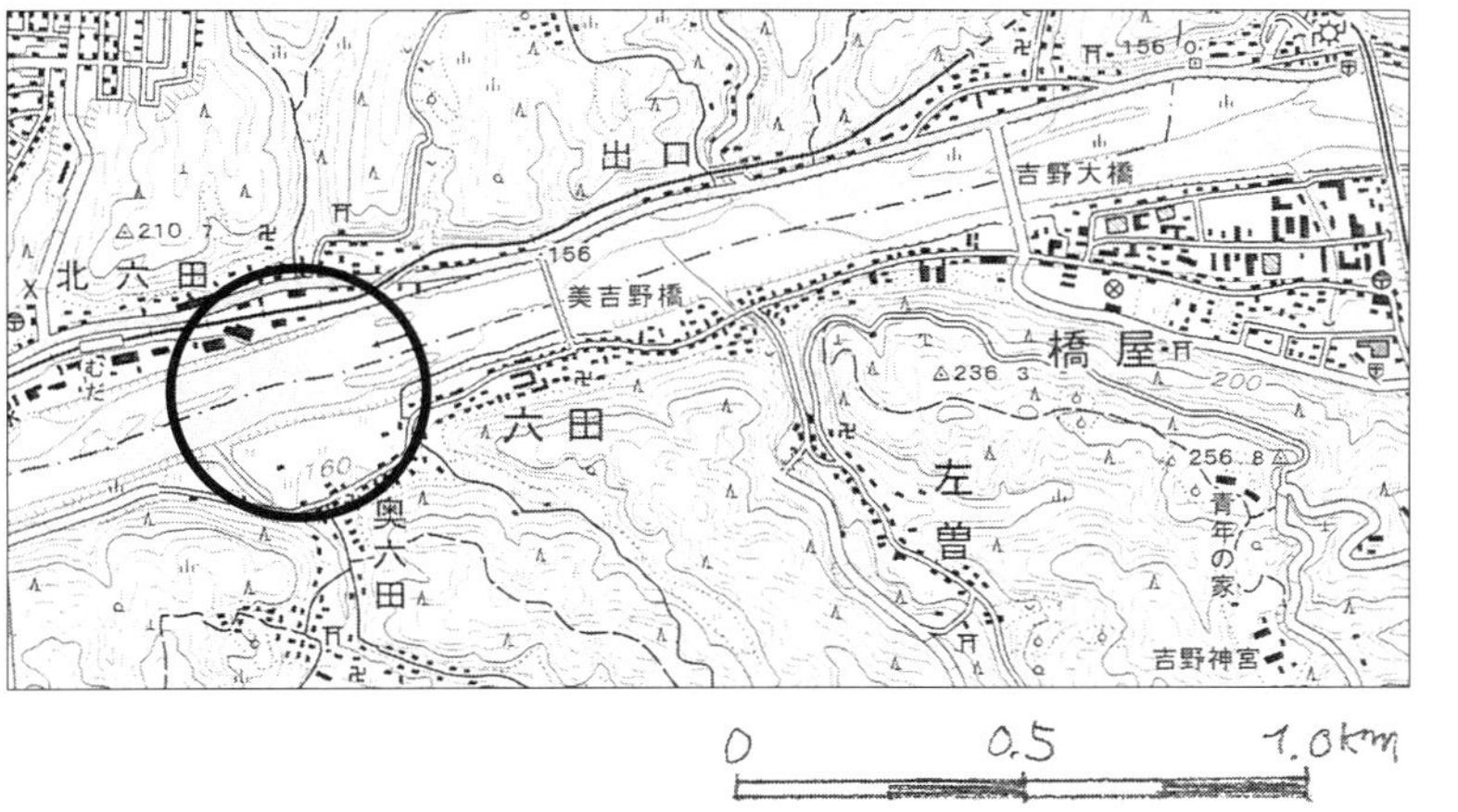

（メモ）

①「六田《むだ》」は古くは「むつだ」と呼ばれた。吉野川中流左岸。地名「むだ」は湿地の意という。

②「六田の淀」は現在の吉野町六田と大淀町北六田付近を流れる吉野川の中で、水がよどみ、渡し舟の置かれた所という。後世、吉野川の四渡しの一つで、柳の渡しとも呼ばれた。

③現在、渡し舟も渡し場もなくなり、替りに橋が架けられた。それらの橋と旧渡しの関係はおよそ次の通り。上流より、桜橋（桜の渡）。椿橋（椿の渡）。美吉野橋（六田渡＝柳の渡）。そして、千石橋（檜の渡）。これらの渡を作ったのは大峰修験道の聖宝理源大師という。

八一九　大和国(『和名抄』)　奈良県

関係地図　1／20万 和歌山　1／5万 桜井

804

大和国

やまとのくににまかれりける時に、ゆきのふりけるを見てよめる

・あさぼらけありあけの月と見るまでによしののさとにふれるしらゆき　坂上これのり
①古今集　三三二

・うち返し君ぞこひしきやまとなるふるのわさ田の思ひいでつつ　よみ人しらず
やまとにあひしりて侍りける人のもとにつかはしける
②後撰集　五一二

（参考）これやこの　やまとにしては　あがこふる　きぢにありといふ　なにおふせのやま　阿閇皇女御作歌　万葉集　三五

1／5万　桜井

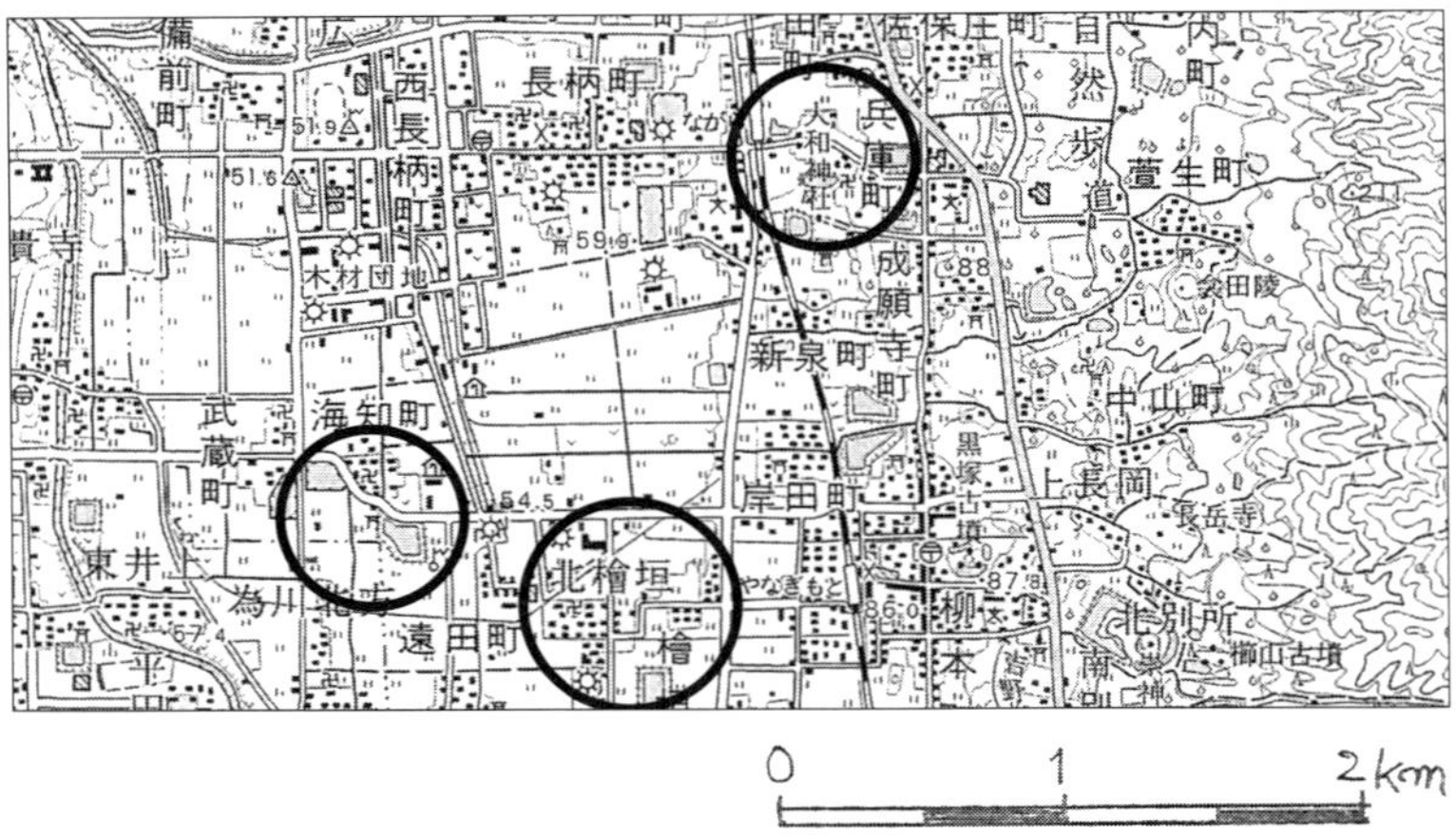

（メモ）

①「大和《やまと》」は大和期からの地名。大倭・倭・大養徳等と書き、「おおやまと」とよんだ。初めは、山辺の道に沿った小地の地名であったという。それが、大和政権の発展に伴い、郷名・国造国名・令制国名などをへて、国号にまで使用対象が広がった。国庁は檜垣辺か。

②「やまと」は「山処」で山に囲まれた地といわれ、三輪山のふもと。『古事記』の仁徳天皇段に、皇后石之日売《いはのひめ》が奈良の山口（奈良山）で詠まれた御歌、

つぎねふや　山代河《やましろがは》（淀川・木津川）を　河上《のぼ》り　我《わ》が上れば　あをによし　奈良を過ぎ　小楯《をだて》　大和を過ぎ　我が見が欲《ほ》し国は　葛城高宮《かづらきたかみや》　我家《わぎへ》のあたり

とある。これは城下郡三宅郷・大和郷を詠んだもの。『神名帳』城下郡に倭恩智神社（現海智町）、山辺郡に「大和坐大国魂神社三座並名神大（現新泉町）」鎮座。

八二〇　大和国府推定地　奈良県橿原市石川町。厩坂寺跡・厩坂宮跡辺

関係地図　1／20万 和歌山　1／2.5万 畝傍山

803

やまと

・うち返し君ぞこひしきやまとなるふるのわさ田の思ひいでつつ　よみ人しらず
やまとにあひしりて侍りける人のもとにつかはしける
②後撰集　五一二

・秋の田のいねてふ事をかけしかば思ひいづるがうれしげもなし　よみ人しらず
返し
②後撰集　五一三

大和守にて侍りける時、入道前太政大臣のもとにて初雪をみてよめる

・としをへてよしののやまにみなれたるめにめづらしきけさのはつゆき　藤原義忠朝臣

⑥詞花集　一五四

（参考）やまとには　なきてかくらむ　よぶこどり　きさのなかやま　よびぞこゆなる　高市連黒人　万葉集　七〇

1／2.5万　畝傍山

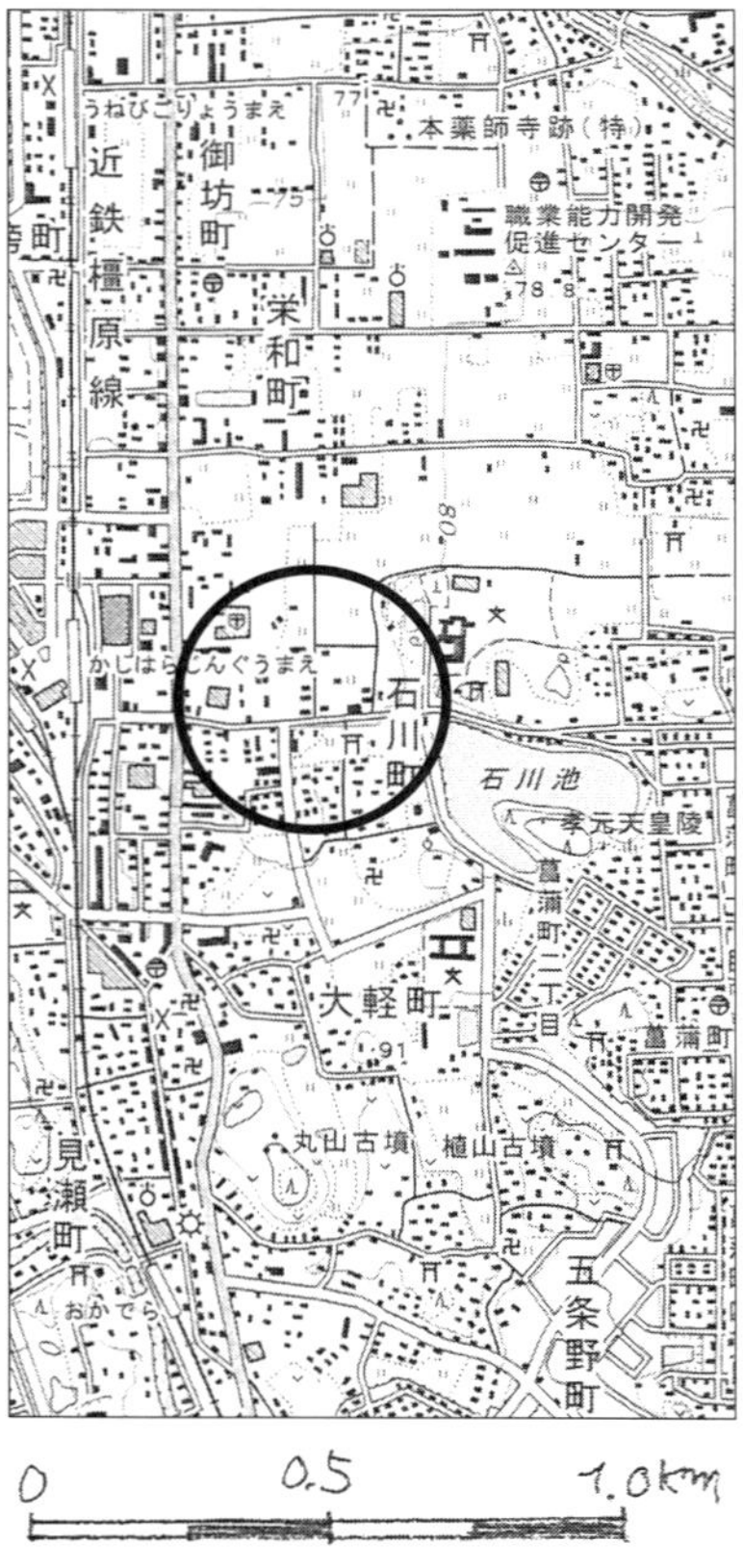

（メモ）

①『和名抄』に
大和国国府在高市郡
とある。

②橿原市石川町と久米町の境。国道一六九号、丈六交差点から柱根や礎石が発掘されているという。
以上により、この辺に大和国府が推定されると。

八二一　山辺の道

奈良県奈良市〜桜井市

関係地図　1／20万 京都及大阪・名古屋・伊勢・和歌山

805　山のべ

はつせへまうづとて、山のべといふわたりにてよみ侍りける

・草枕たびとなりなば山のべにしらくもならぬ我ややどらむ　伊勢　②後撰集　一三五八

（参考）やまのへに　いゆくさつをは　おほくあれど　やまにものにも　さをしかなくも　万葉集　二一四七

（参考）山のべの尾上の月のますかがみ面かげみてや鹿の鳴くらん　権大納言公明　新千載集　四六四

（参考）いつまでと人をばこひん山のべのあせみのはなもさきてちりぬる　新六帖　二五二三

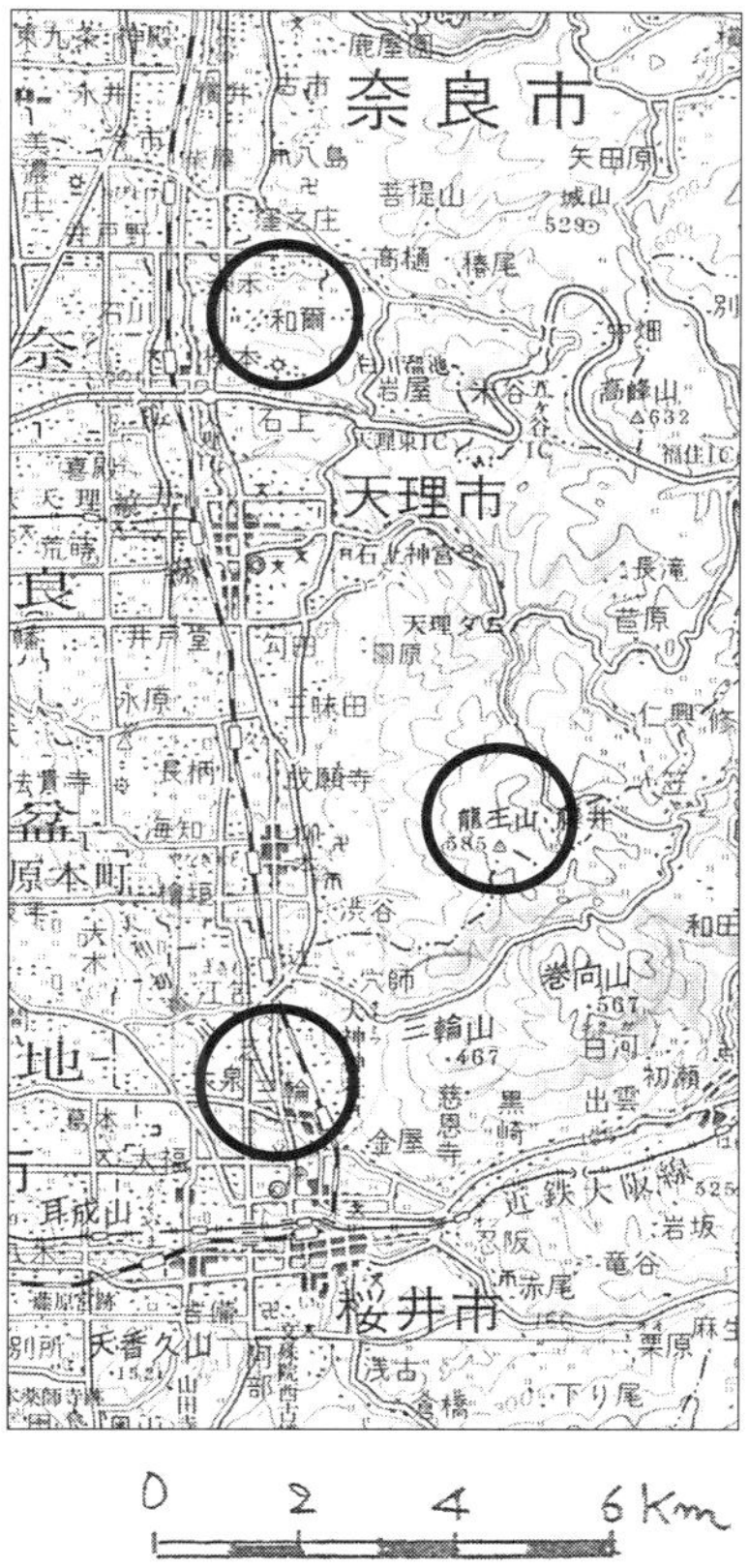

1／20万 和歌山

（メモ）

①「山辺の道」は奈良盆地東縁の山麓を所々曲折しながら、奈良から天理市和爾《わに》町・同市布留町を経由し桜井市三輪・同市海柘榴市に至る古道。

②天理市西井戸堂町には山辺御県坐神社が鎮座。祭神は山辺御県神。『延喜式神名帳』大和国山辺郡の山辺御県坐神社大月次新嘗とある。

八二二　吉野川

奈良県

関係地図　1／20万 和歌山

816　吉野河

よしの河のほとりに山ぶきのさけりけるをよめる

・吉野河岸の山吹ふくかぜにそこの影さへうつろひにけり　つらゆき　①古今集　一二四

・花ざかりまだもすぎぬに吉野河影にうつろふ岸の山吹　よみ人しらず　②後撰集　一一一

（参考）よしのがわ　ゆくせのはやみ　しましくも　よどむことなく　ありこせぬかも　弓削皇子　万葉集　一一九

（参考）よしの川岩こす波にさどりきて光をくだく秋の夜の月　信定法師　玄玉集　一九九

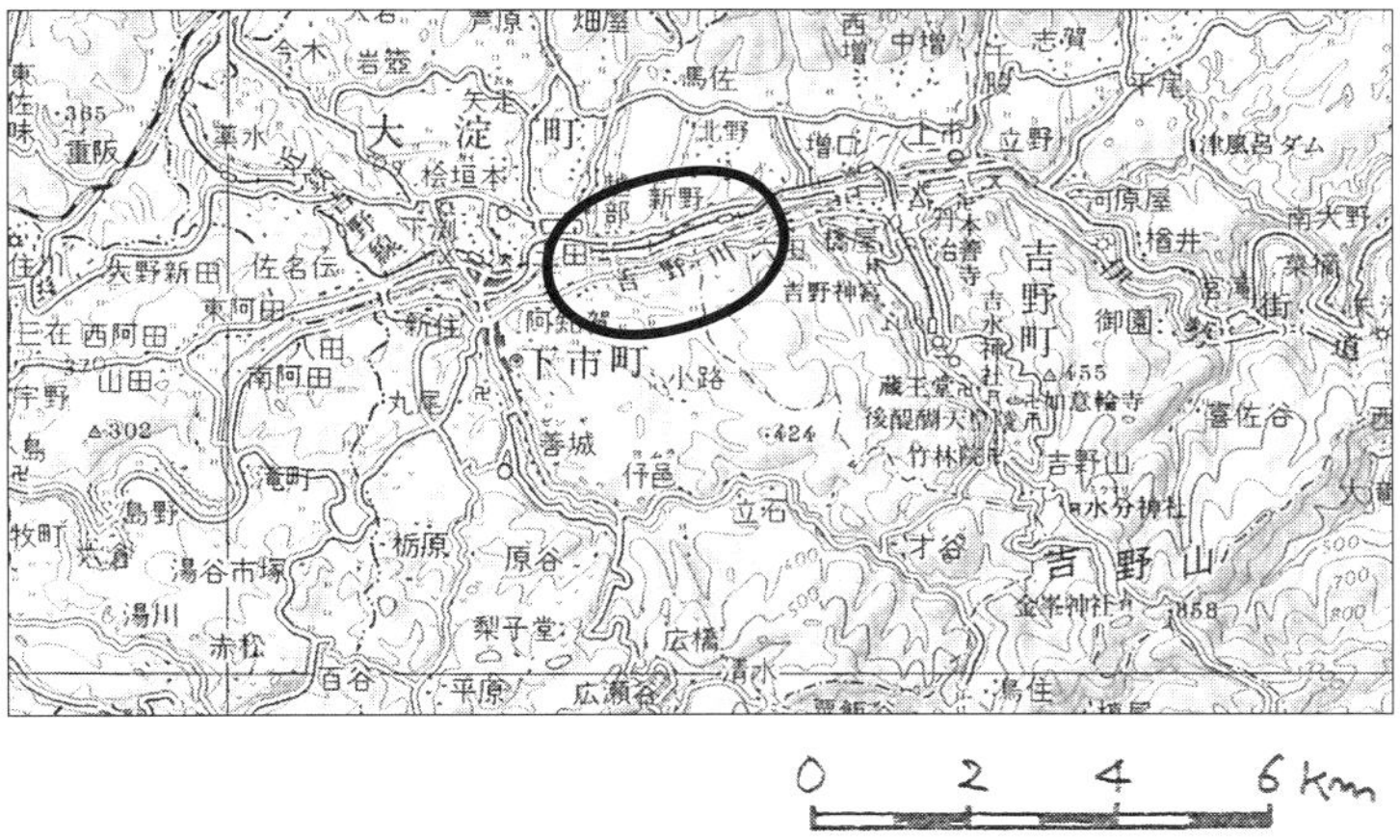

1／20万 和歌山

（メモ）

①「吉野川」とは、紀ノ川のうち、奈良県内を流れる部分をいう。

②紀ノ川は奈良県と三重県との境の標高一四三二ｍの明神岳、標高一四一九ｍの国見山等の山々の連なる台高山脈を源とする。そしてV字形の深い谷を刻みながら曲流しながら西北流する。吉野町立野より下流では、西南日本中央構造線の南側二〜三kmを平行しながら西南西へ流れ、やがて和歌山市で紀伊水道に注ぐ。流長約一三六km。

八二三　吉野郡（『和名抄』）　奈良県吉野郡

関係地図　1／20万　和歌山

815 吉野

やまとのくににまかれりける時、ゆきのふりけるを見てよめる　坂上これのり

・あさぼらけありあけの月と見るまでによしののさとにふれるしらゆき

①古今集　三三二

・冬さむみこほらぬ水はなけれども吉野のたきはたゆるよもなし　よみ人しらず

③拾遺集　二三五

百首歌たてまつりける時、はじめの春のこころをよめる　待賢門院堀河

・雪ふかきいはのかけ道あとたゆるよし野の里も春はきにけり

⑦千載集　三

（参考）よきひとの　よしとよくみて　よしといひし　よしのよくみよ　よきひとよくみ　天武天皇御製歌　万葉集　二七

（参考）山風はなほさむからし三吉野のよしののさとは霞みそむれど　法皇御製　新後撰集　三〇

1／20万　和歌山

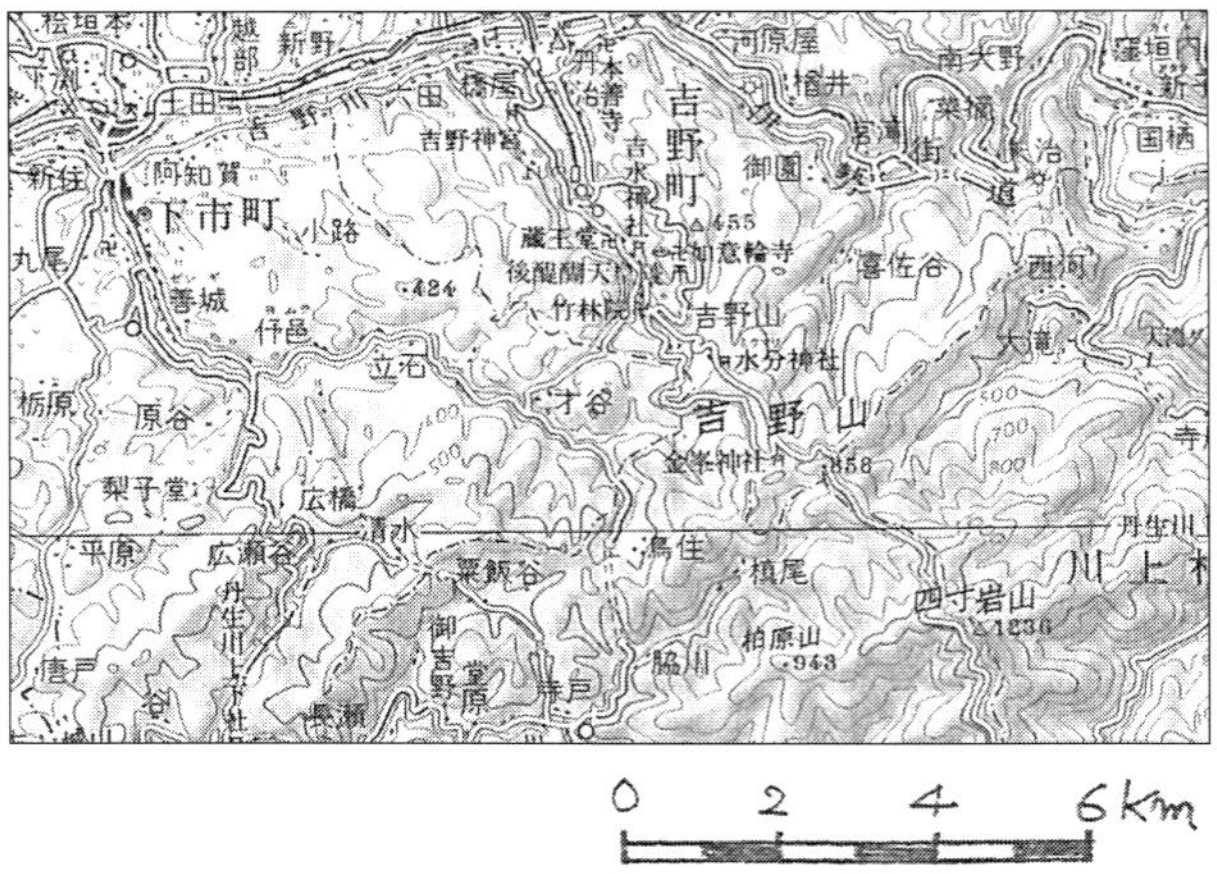

（メモ）

①『和名抄』大和国に吉野郡がある。また、吉野郡《こほり》内に「吉野郷《さと》」もある。歌では、郡を意味するか、郷を意味するか？　それは歌をよく味わうしかない。

②「吉野」とは「よい野」である。表記に芳野や美吉野がある。しかも現在の奈良県での吉野郡の占める面積は六〇～七〇％であり、吉野川流域のすべてである。また、狭くは吉野山周辺だけを表わすこともある。

八二四　吉野山　奈良県吉野郡

関係地図　1／20万　和歌山

818 よしのの山

・春霞たてるやいづこみよしののよしのの山に雪はふりつつ　よみ人しらず

①古今集　三

・かずならぬ身をもちにて吉野山高き歎を思ひこりぬる　よみ人しらず

②後撰集　一一六七

返し

・吉野山こえん事こそかたからめこらむ歎のかずはしりなん　よみ人しらず

②後撰集　一一六八

（参考）みよしのの　たかきのやまに　しらくもは　ゆきはばかりて　たなびけり　みゆ　釈通観　万葉集　三五三

1／20万　和歌山

（メモ）

①吉野の山は、吉野郡の山。しかし、一般的には、大峰山脈の北端に位置する山で、その最高峰、標高八五八mの青根ヶ峰から北西にのびる尾根を吉野山の代表にしている。

②修験道開祖役小角が、この山にこもって金剛蔵王権現を感得して、その木像を作った。その像材をサクラ材としたことによりサクラの木を尊び、またサクラを植林し現在に至る。近鉄吉野線終点吉野駅周辺は下千本。如意輪寺周辺が中千本。吉野水分神社周辺が上千本。西行庵周辺が奥千本サクラである。

八二五　竜門寺跡

奈良県吉野郡吉野町山口

関係地図　1／20万 和歌山　1／5万 吉野山　1／2.5万 古市場

824

竜門寺

竜門寺にまうでて、仙室にかきつけ侍りける

• あしたづにのりてかよへるやどなればあとだに人はみえぬなりけり　能因法師

⑦千載集　一〇三八

おなじ竜門寺のこころをよめる

• 山人のむかしのあとをきてみればむなしきゆかをはらふ谷かぜ　藤原清輔朝臣

⑦千載集　一〇三九

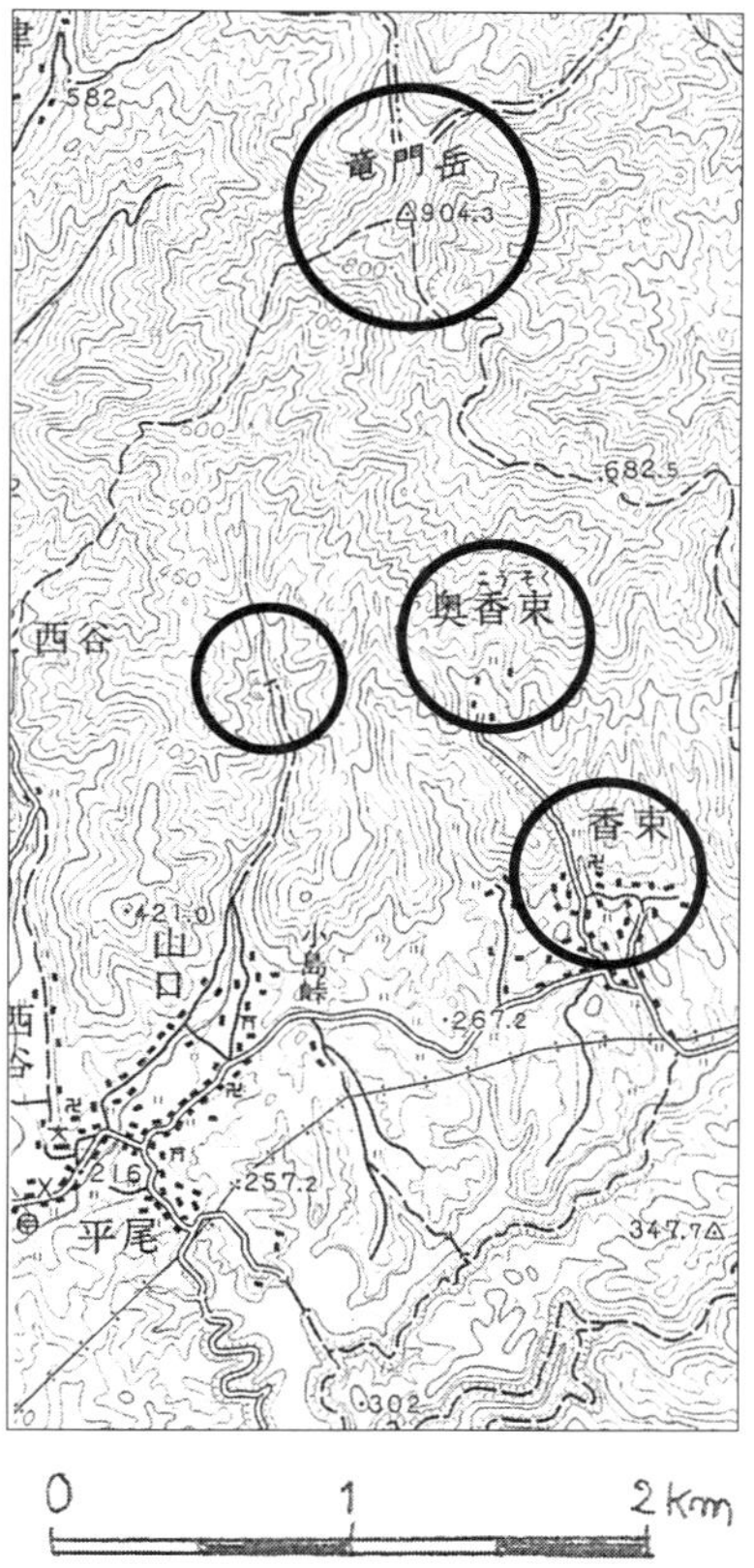

1／5万　吉野山

（メモ）

①吉野町山口にある寺跡。白鳳期（六七二～六九六）に義淵僧正が創建。その場所は山口岳川に沿って龍門滝の上まで約四kmにわたって点在する。龍門滝の上方には塔・本堂・六角堂等の跡があり、奈良時代の古瓦が出土している。下方の入口には大門跡がある。また、子院の仏心院跡には、

元弘三（一三三三）年卯月八日龍門寺

下乗

銘のある石造笠塔婆がある。

②字山口の薬師堂の庫裡は龍門寺のかつての庫裡。薬師堂前庭に「建治四（一二七八）年」銘の石造宝篋印塔がある。また新蔵院・寿福院・観音堂・天満庵室等の跡がある。

③義淵について『元亨釈書』に次のようにある。

入唐稟二智周法師相宗之訣一。周者慈恩基公之上首也。帰朝盛倡二相宗一。受二其業一者。行基。道慈。玄昉。良弁。宣教。隆尊等也。又勤営建。龍蓋寺。龍門寺。龍福寺。皆淵之構造也。大宝三（七〇三）年為二僧正一。神亀五（七二八）年十月寂。

④義淵僧正は天智天皇・天武天皇・持統天皇・文武天皇・元明天皇・元正天皇、そして聖武天皇の七代の天皇から御帰依を受けたという。

⑤『扶桑略記』醍醐天皇昌泰元（八九八）年一〇月二五日条に、

路次向二龍門寺一。礼レ仏捨レ綿。松蘿水石如レ出二塵外一。昇朝臣。友于朝臣。両人手執レ手。向二古仙旧庵一。不覚落涙。殆不レ言レ帰。上皇（宇多上皇）安二坐仏門一。痛感二飛泉一。勅令レ献レ歌。云々。是日。山水多興。人馬漸疲。素性法師。菅原朝臣。昇朝臣等。三騎御レ尾而行。素性法師問曰。此夕可レ致二宿於何処一。菅原朝臣応レ声誦曰。不レ定前途何処宿。白雲紅樹旅人家。山中幽邃無レ人二連句一。菅原朝臣高声呼曰。長谷雄何処在。……

などと続く。このような旅で龍門寺・龍門滝に来ておいでになった。

⑥同じく『扶桑略記』後一条天皇治安三（一〇二三）年一〇月一九日条に、

次二龍門寺一。于レ時仙洞雲深。峡天日暮。青苔巌尖。曝布泉飛。見二其勝絶一。殆欲レ忘レ帰。礼仏之後。留二宿上宿一。霜鐘之声屢驚。露枕之夢難レ結。昔宇多法皇詠二三十一字於仙室一。今禅定相国挑二五千燈於仏台一。以レ今思レ古。随喜猶同レ前。岫下有二方丈之室一。謂二之仙房一。大伴安曇両仙之處。各有二其碑一。菅丞相都良香之真跡、書二于両扉一。……

とある。これは三条上皇に藤原道真他が従った旅であったと。

八二六　竜門の滝

関係地図　1／20万 和歌山　1／5万 吉野山

奈良県吉野郡吉野町山口

825
竜門の滝

　りう門のたきにて

・くる人もなきおく山のたきのいとは水のわくにぞまかせたりける　中納言定頼
　④後拾遺集　一〇五五

やよひの月りう門にまゐりてたきのもとにてかのくにのかみ義忠《のり》がものはなのはべりけるをいかがみるといひ侍りければよめる　弁のめのと

・ものいはばとふべきものをもののはないくよかへたるたきのしらいと
　④後拾遺集　一〇五六

（参考）りゅうもんの滝にふりこし雪ばかりあめにまがひてちる桜かな　前中納言定家卿　夫木抄　一二三二九

（参考）雲とみえ光まどはすながれいでて滝のかどよりきける水かも　素性法師
　夫木抄　一二三三〇

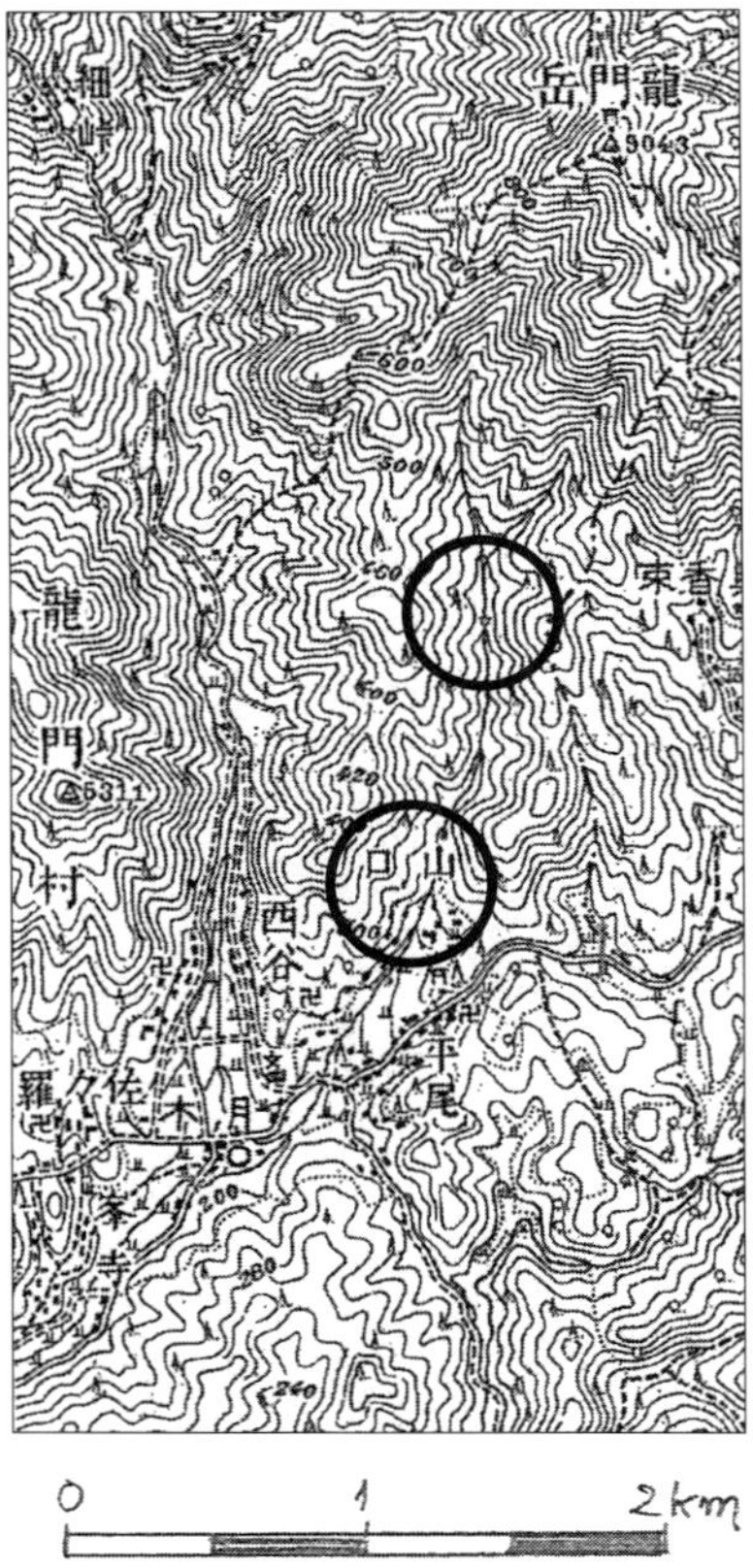

1／5万　吉野山（明治四十一年測図版）

（メモ）

①龍門川の上流部は急流をなしている。その中に滝がある。龍門滝は『大和名所図会』では高さ数丈とある。実際の所、滝は三段から成り、総落差は二四mと。

②この地は滝を中心とした景勝地である。龍門寺は奈良時代初期に義淵僧正によって創建された。（表紙裏写真⑰参照）

八二七　妹山・背ノ山

和歌山県伊都郡かつらぎ町

関係地図　1／20万 和歌山　1／2.5万 粉河

137
いもせの山

　はらからどちいかなることか侍りけん　よみ人しらず

・君と我いもせの山も秋くれば色かはりぬる物にぞありける
　②後撰集　三八〇

・むつましきいもせの山としらねばやはつ秋ぎりの立ちへだつらん　よみ人しらず
　③拾遺集　一〇九五

・いもせやまみねのあらしやさむからんころもかりがねそらになくなり　春宮大夫公実　⑤金葉集　二二一

（参考）せのやまに　ただにむかへる　いものやま　ことゆるせやも　うちはしわたす　万葉集　一一九三

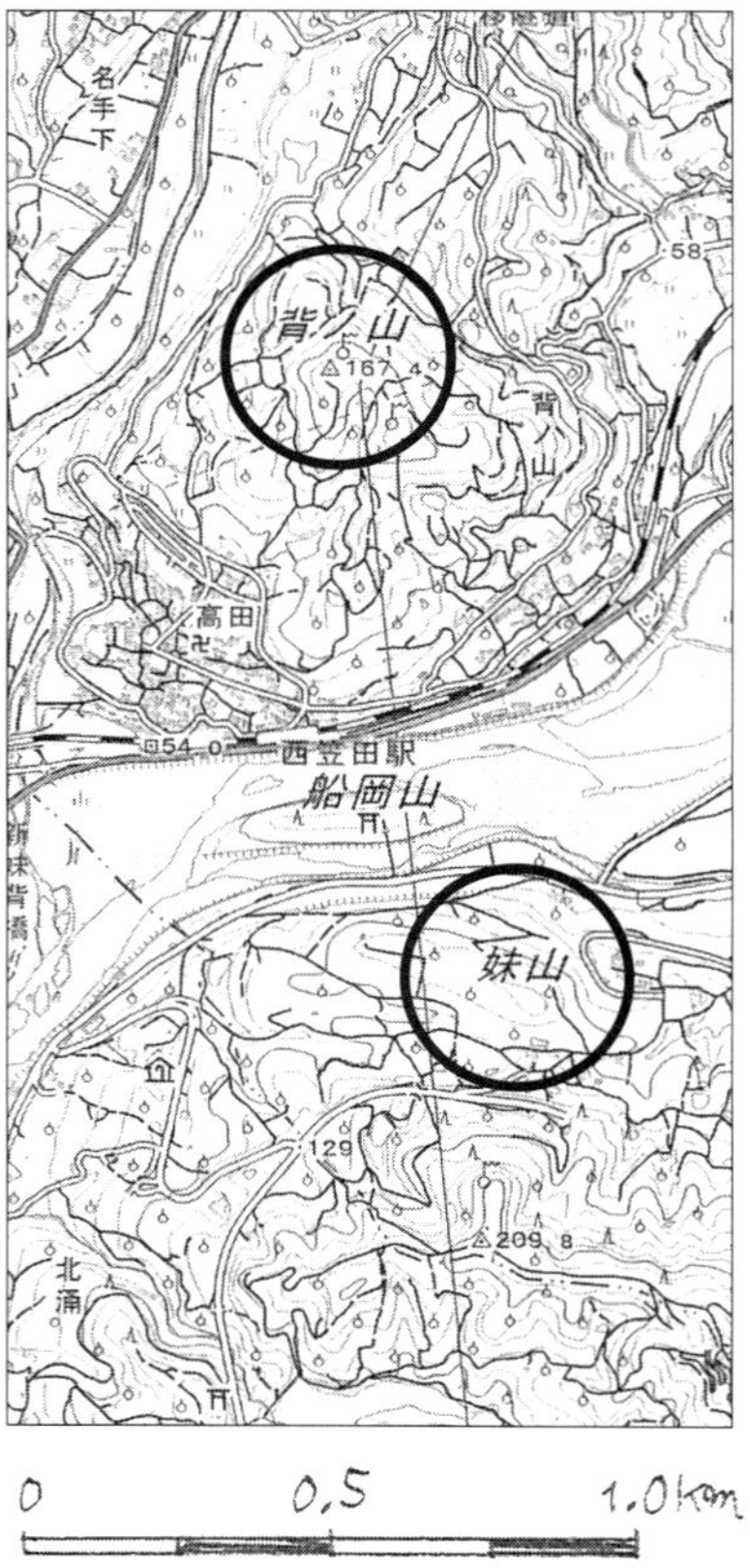

1／2.5万　粉河

（メモ）

①妹山は紀ノ川の左岸。伊都郡かつらぎ町西渋田にあり、標高一二四・一m。背ノ山は紀ノ川の右岸、かつらぎ町高田にあり、標高一六七・四mである。妹山・背ノ山の間に紀ノ川が流れる。その中洲に標高五七・三mの船岡山があり、厳島神社がある。船岡山周辺は緑濃き老樹、花咲く桜、小鳥も多い景勝地で関白藤原頼通も船遊びした地と。

②『続風土記』に、妹山に昔雛子《ひなご》長者が居住したのでその屋敷跡もあり、雛子山の名があり、下を流れる紀ノ川河原は雛子川原ともいわれたと。

八二八　岩代王子社跡

和歌山県日高郡みなべ町西岩代

関係地図　1／20万 田辺　1／2.5万 紀伊南部

121

いはしろのもり

・いはしろのもりのいはじとおもへどもしづくにぬるるみをいかにせん　恵慶法師　④後拾遺集　七七四

忍恋の心をよめる

・物をこそしのべばいはぬ岩代のもりにのみもるわが涙かな　源親房　⑤金葉集　六九六

くまのへまうで侍りしに、いはしろの王子に人人の名などかきつけさせてしばし侍りしに、拝殿のなげしにかきつけ侍りし歌

・いはしろの神はしるらむしるべせよたのむうきよの夢の行末　よみ人しらず　⑧新古今集　一九一〇

(参考)いはしろのもりのたづねていはせばやいくよかまつはむすびはじめし　増基法師　夫木抄　九九八五

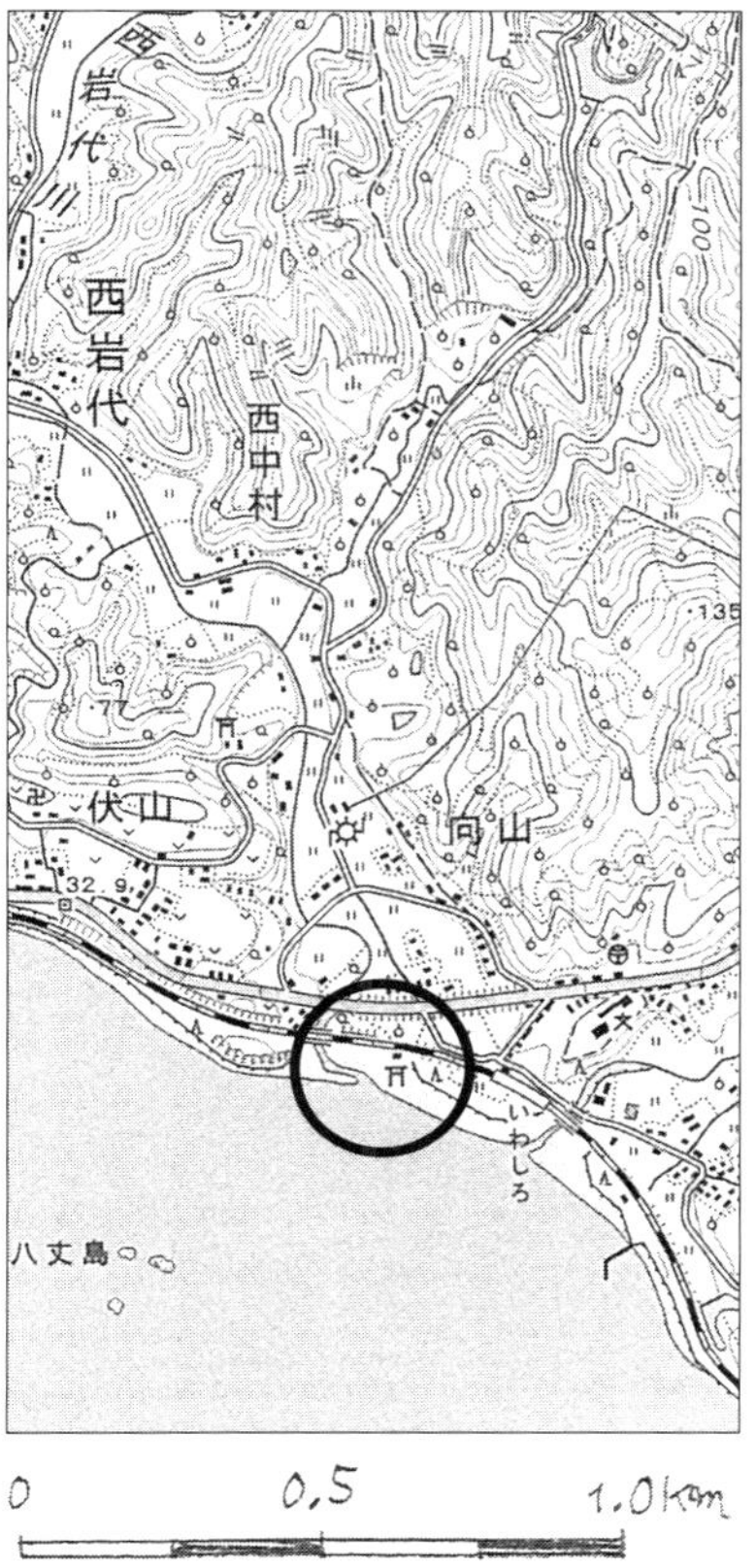

1／2.5万　紀伊南部

（メモ）

①旧王子社は西岩代川の河口にあったが昭和初期の鉄道建設工事の時、現在地に移転された。現在の王子社には朽損した男神坐像があると。

②旧王子社からは陶壺・和鏡等が出土。

③建仁元（一二〇一）年一〇月の『熊野御幸記』に、「番匠を召して拝殿の板をはずしてカンナをかけ、御幸の人数、先達の導師をはじめ供幸の殿上人云々」とある。（表紙裏写真⑱参照）

八二九　岩代の岡

和歌山県日高郡みなべ町

関係地図　1／20万 田辺　1／2.5万 紀伊南部

122

岩代のをか

百首歌たてまつりし時

・ゆくすゑはいまいくよとかいはしろのをかのかやねに枕むすばん　式子内親王　⑧新古今集　九四七

(参考)いはしろの　きしのまつがえ　むすびけむ　ひとはかへりて　またみけむかも　長忌寸意吉麿　万葉集　一四三

120

岩代の松

・いはしろのむすべる松にふるゆきははるもとけずやあらんとすらむ　中納言女王　⑤金葉集　二八六

(参考)いはしろの　はままつがえを　ひきむすび　まさきくあらば　またかへりみむ　有間皇子　万葉集　一四一

1／2.5万　紀伊南部

（メモ）

①岩代は、日高郡みなべ町にあり、大字西岩代・東岩代がある。地内に西岩代川・東岩代川が流れる。西岩代には西岩代八幡神社、東岩代には東岩代八幡神社が鎮座する。

②『日本書紀』斉明天皇四（六五八）年一一月、天皇が紀温湯《きのゆ》へ行幸の際中に謀反の疑いで捕らえられた有間皇子が紀温湯へ護送の途次、ここで松の枝を結んだという。その岡は、伏山辺か。

八三〇　浦の初島跡推定地

和歌山県東牟婁郡那智勝浦町浦神

関係地図　1／20万 田辺　1／5万 那智勝浦

164

浦の初島

・あな恋しゆきてや見ましつのくにの今も有りてふ浦のはつ島　戒仙法師

②後撰集　七四二

（参考）ゆきてこそみるべかりけれ暮れかかるおきつ波まのうらのはつ島　津守国冬　新千載集　一六五六

（参考）さよちどりうらのはつしまゆきかへりありあけの月のそらになくなり　従三位範宗卿　夫木抄　六八八九

（参考）夢の中に行きてや見ましかへすてふ夜半の衣のうらの初しま　中務卿のみこ鎌倉　夫木抄　一〇五〇一

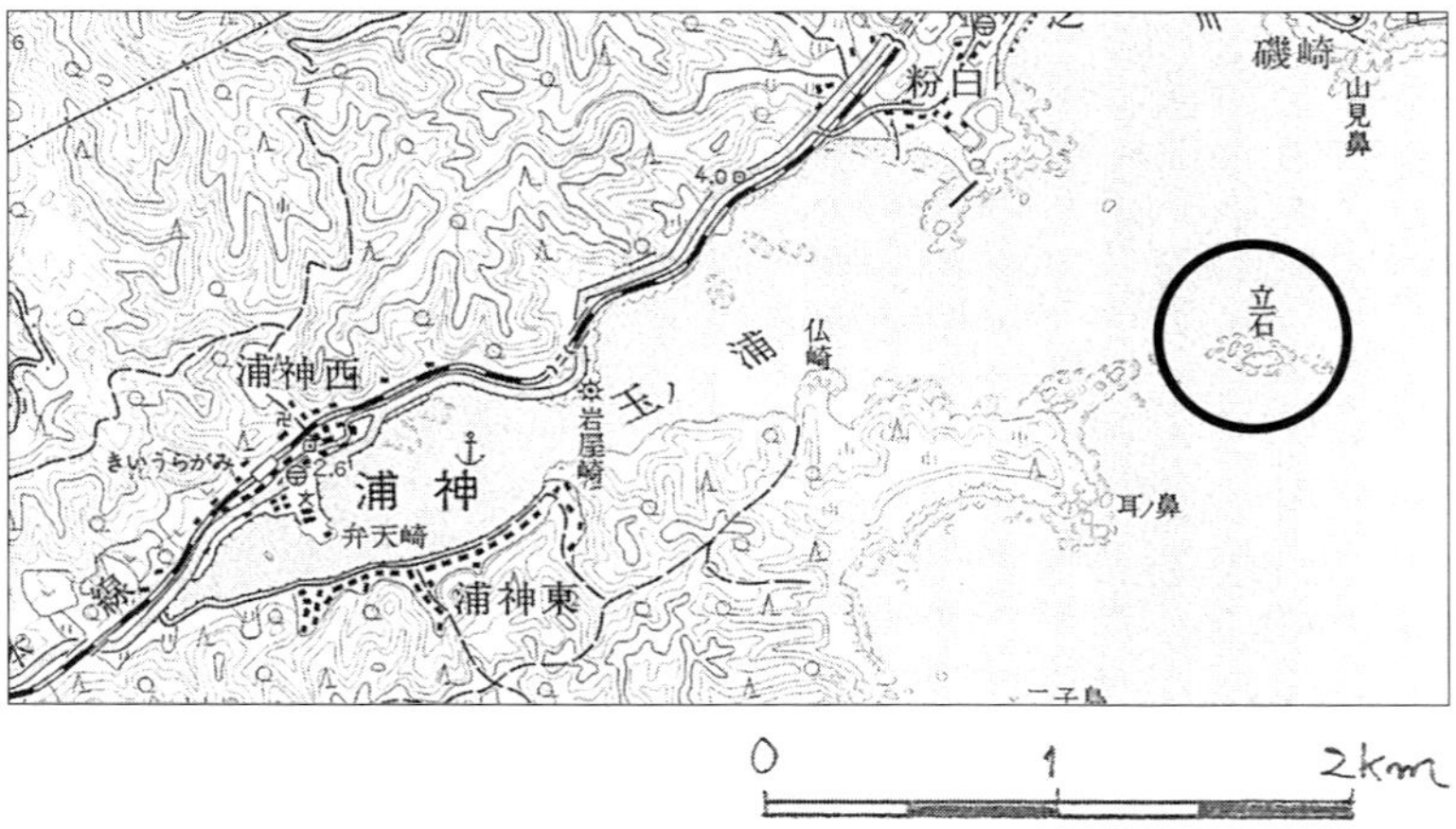

1／5万　那智勝浦

（メモ）

①地名は、地内の塩竈神社内にある「浦神社」の社名にちなむと伝える。

②那智勝浦町浦神地区は浦神湾内にある。この湾は入口こそ幅約一kmあるが、他は狭く約五百m。奥行きは深く、約三kmもある。浦神湾の入口は「玉の浦」。この浦の東端には今日、岩礁や立石なる小島がある。これらは、かつて玉の浦の入口にあった最初の島「初島」の残骸ではなかろうか。約千年前には、立派な島であったが、その後の海水の浸食や、又は地震等のために陥没が起ったのか?

③浦の初島跡推定地の北約二kmの、那智勝浦町下里に「下里古墳　国史跡」がある。この古墳は、五世紀に、砂丘に築造された、紀南で最古の前方後円墳。全長は約五〇mあり、後円部に竪穴式石室があり、管玉・玉杖・ガラス玉・鉄剣片などが出土している。

八三一　音無川

和歌山県田辺市本宮町三越《みこし》・本宮町本宮等

関係地図　1／20万 田辺　1／2.5万 伏拝《ふしおがみ》

191

音無河

くまのにまゐりてあすいでなんとしはべりけるに人人しばしはさぶらひなむや神もゆるしたまはじなどいひはべりけるほどに、おとなしのかはのほとりにかしらしろきからすのはべりければよめる

・山がらすかしらもしろくなりにけりわがかへるべきときやきぬらん　増基法師

④後拾遺集　一〇七六

みやこをいでて、ひさしく修行し侍りけるに、問ふべき人のとはず侍りければ、くまのよりつかはしける

・わくらばになどかは人の問はざらむおとなし河にすむ身なりとも　大僧正行尊

⑧新古今集　一六六二

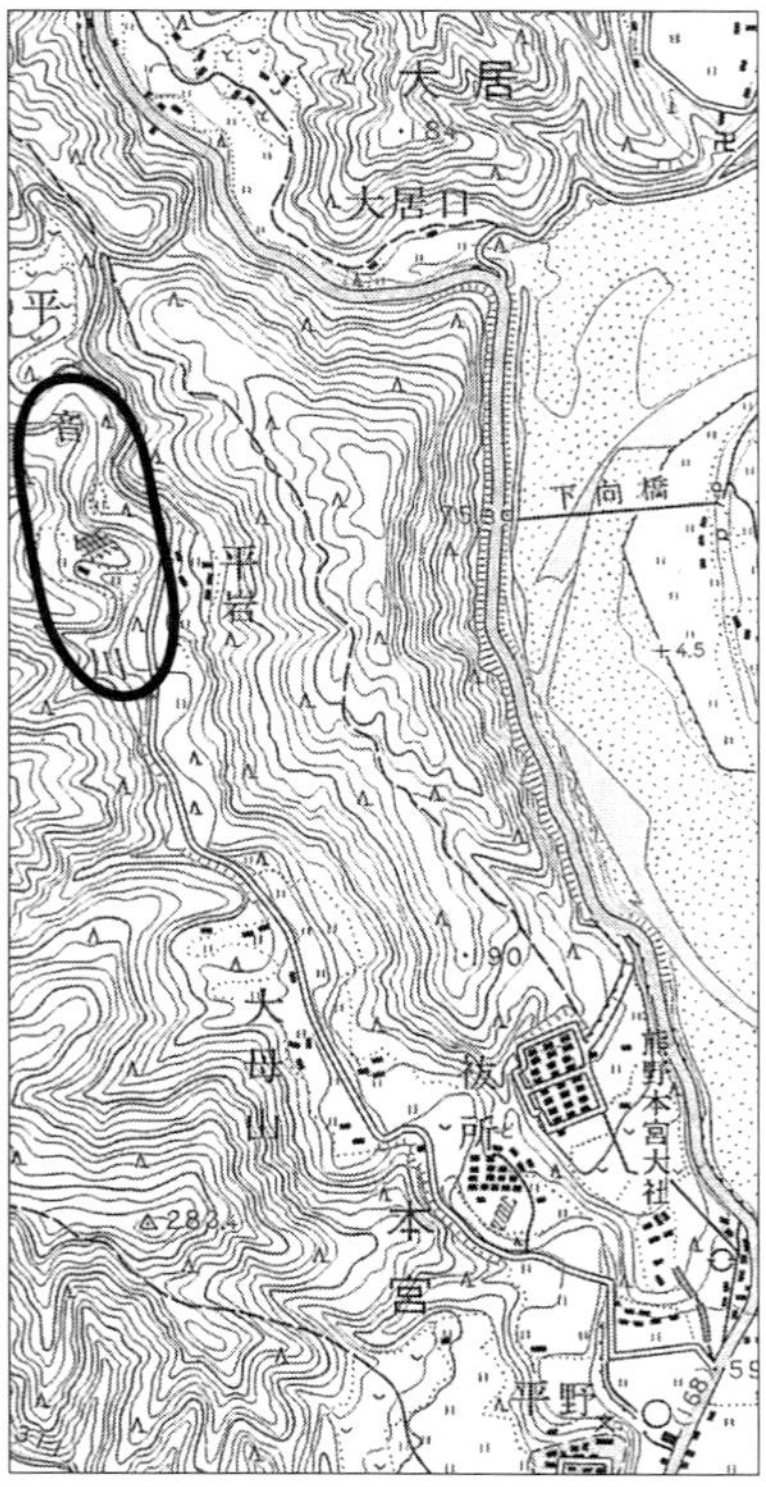

1／2.5万　伏拝

（メモ）

①音無川は熊野川の支流。源流は三越峠。本宮町本宮で熊野川に注ぐ。流長約七・四km。以前は音無川と熊野川との合流点の大斎原《おおゆのはら》に熊野三山の一つ「熊野本宮大社」が鎮座していたが、明治二二年の大洪水で流失し、社殿は旧社地の西の台地に移った。古来、本宮の地を「音無の里」、付近の山を広く「音無の山」と呼んでいたという。

②「音無《おとなし》」とは忌みごもりの「潔斎と慎み」を意味し、熊野本宮大社に至る最後の潔斎垢離場であった。

八三二　音無の里

和歌山県田辺市本宮町本宮

関係地図　1／20万　田辺　1／2.5万　伏拝《ふしおがみ》、本宮

192

おとなしのさと

・恋ひわびぬねをだになかむ声たてていづこなるらんおとなしのさと　よみ人しらず　③拾遺集　七四九

（参考）おしなしのさとの秋風夜をさむみしのびに人やころもうつらん　民部卿為家卿　夫木抄　五七五二

（参考）うきことのしばしきこえぬ時やあると今おとなしのさとをたづねん　民部卿為家卿　夫木抄　一四五九六

（参考）こほりみなみづといふ水はとぢつれど冬はいづくも音なしのさと　和泉式部　夫木抄　一四五九七

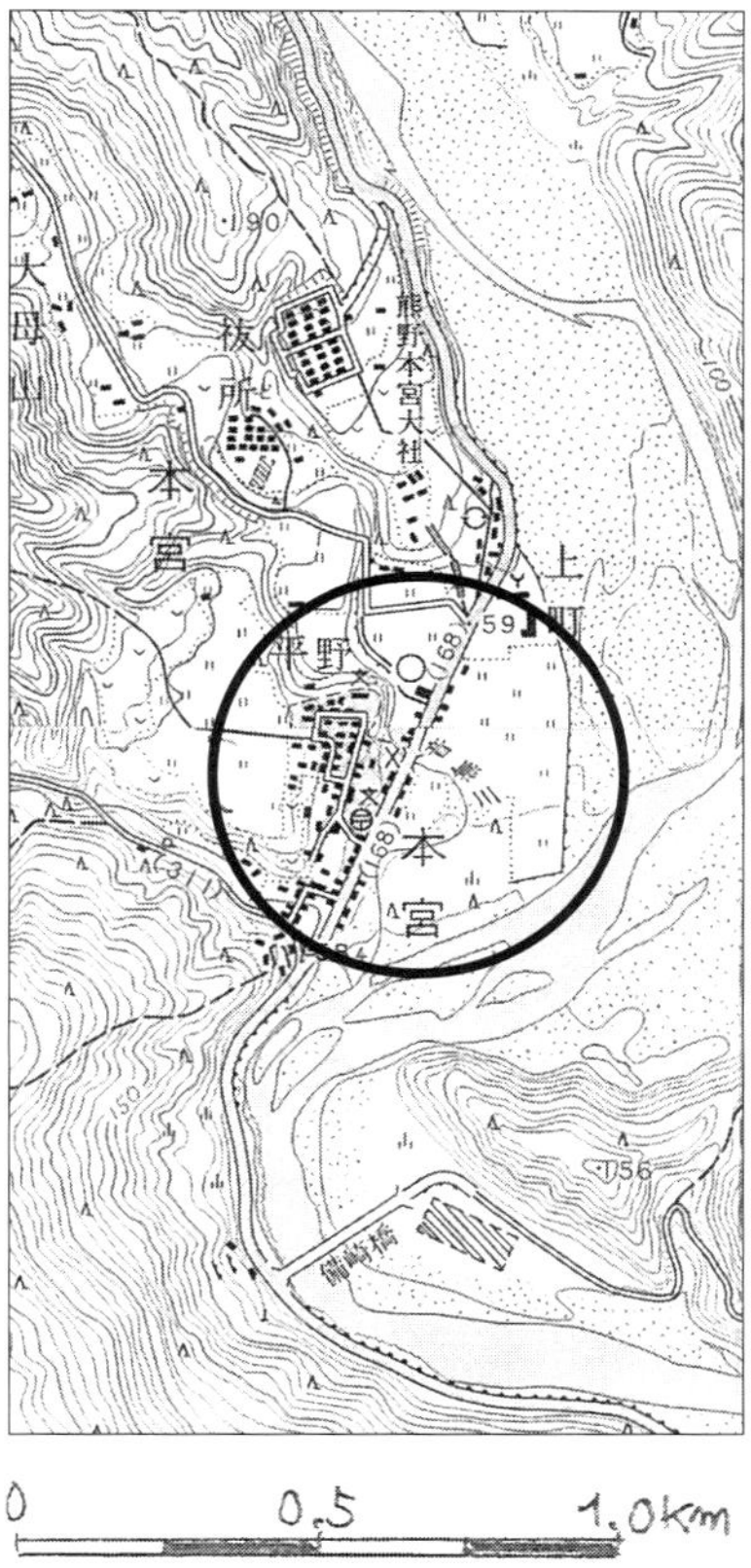

1／2.5万　伏拝(上)・本宮(下)

（メモ）

①音無川と熊野川との合流点の大斎原《おおゆのはら》に熊野三山の一つ「熊野本宮大社」があったが、明治二二年の大洪水で流失し、社殿は旧社地の西の台地に移ったという。古来、本宮の地を「音無の里」と呼んでいた。

②地図にも山地があるが、これら本宮大社一帯の山は「音無山」と呼ばれていた。

八三三　音無の滝

和歌山県田辺市本宮町三越

関係地図　1／20万　田辺　1／2.5万　発心門

193

おとなしのたき

家に歌合し侍りけるによめる

・こひわびてひとりふせやによもすがらおつるなみだやおとなしのたき　中納言俊忠　⑥詞花集　二三二

（参考）おとなしのたきのみなかみ人とはばしのびにしぼるそでやみせまし　前大納言為家　続古今集　一〇二五

（参考）いく夜とか袖のしがらみせきもみむちぎりし人は音なしの滝　土御門院御製　続拾遺集　八五四

（参考）宮こ人きかぬはなきを音なしの滝とは誰かいひはじめけん　能因法師　新拾遺集　一七六三

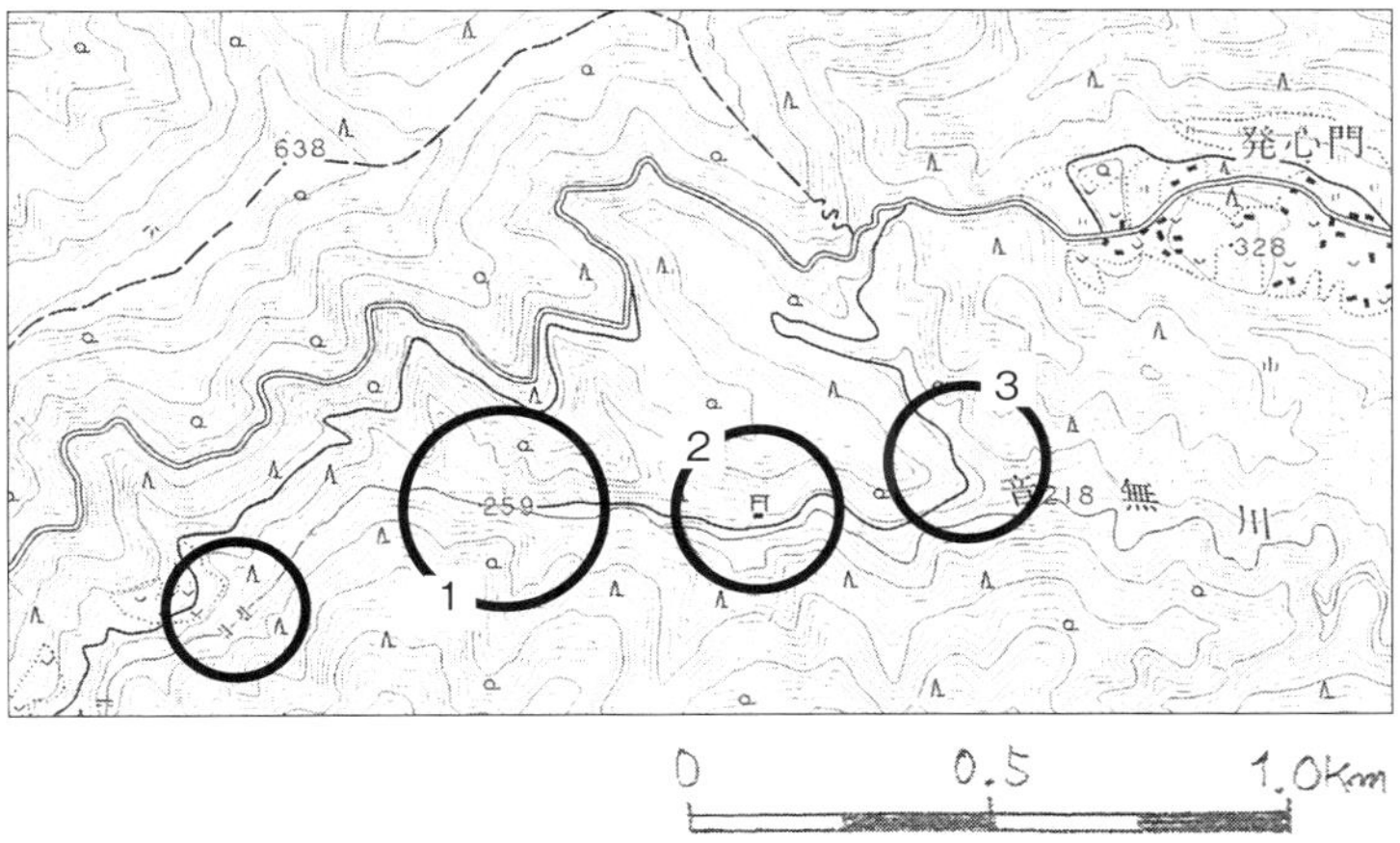

1／2.5万　発心門

（メモ）

①田辺市本宮町を流れる音無川の本・支流の急滝部は「音無の滝」であろう。図の○1・2・3は支流が本流に注ぐ地域である。通常は本流の浸食力は支流のそれより大きいので本流の谷は深くなり、支流の谷は浅い。よって支流が本流に注ぐ部分に急流が出来る。それが滝である。

②最上流部の○内は砂防堰堤である。

八三四　紀伊国府跡

294

和歌山県和歌山市府中。府守神社周辺

関係地図　1／20万 和歌山　1／2.5万 淡輪《たんのわ》

きのくに

きのすけに侍りけるをとこのまかりかよはずなりにければ、かのをとこのあねのもとにうれへおこせて侍りければ、いと心うきことかなといひつかはしたりける返事に

・きのくにのなぐさのはまは君なれや事のいふかひ有りときききつる　よみ人しらず　②後撰集　一二二三

朱鳥五年九月、紀伊国に行幸時

・白波のはま松が枝の手向ぐさいくよまでにか年のへぬらむ　河島皇子　⑧新古今集　一五八八

(参考) きのくにの　さひかのうらに　いでみれば　あまのともしび　なみのまゆみゆ　藤原卿作　万葉集　一一九四

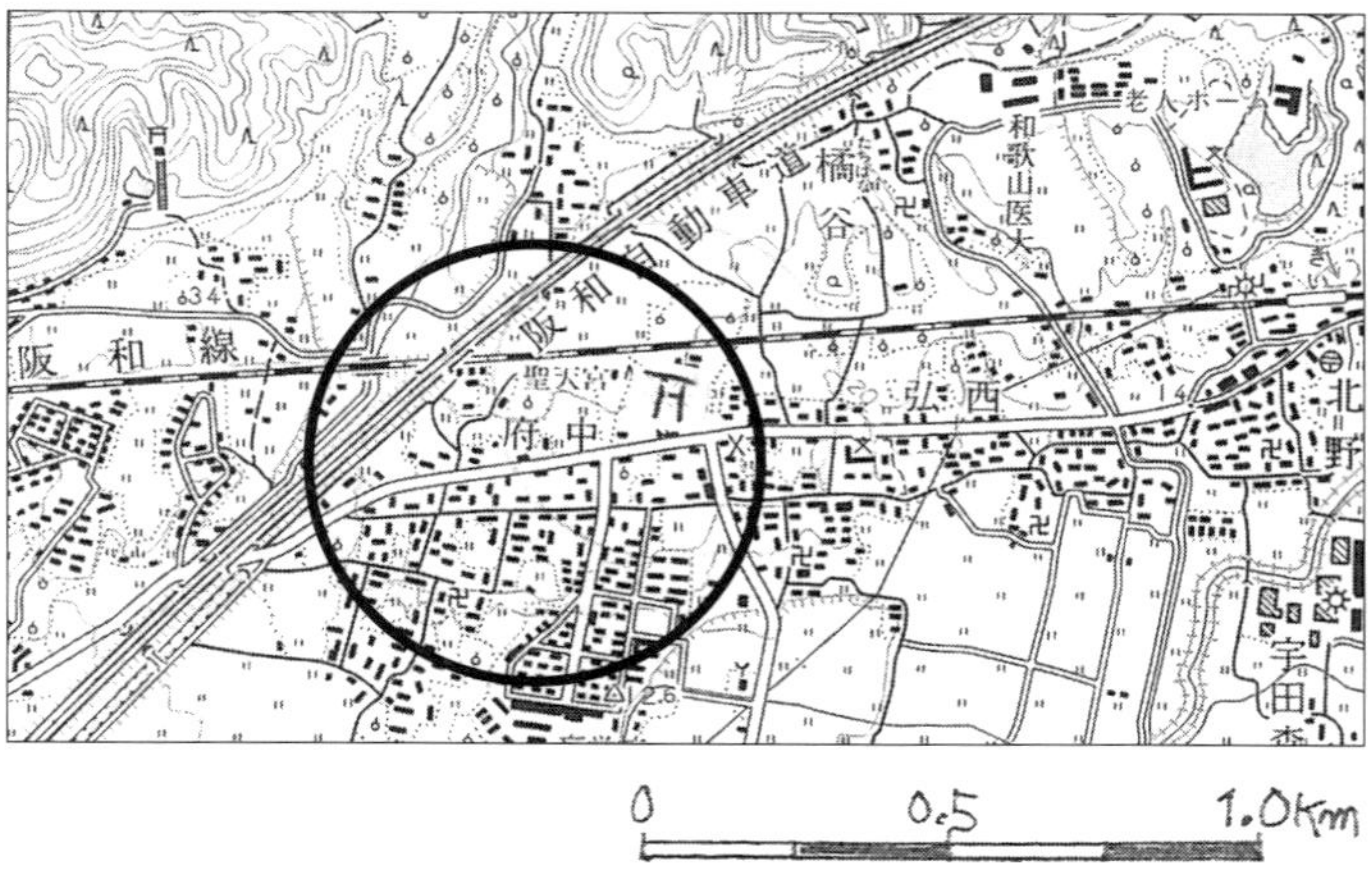

1／2.5万　淡輪

(メモ)

①『和名抄』に、
紀伊国　国府在名草郡
とある。国府の地は現在の和歌山市府中野辺。

②JR阪和線紀伊駅の西、約一・一kmの地は和歌山市府中集落。集落内の聖天宮があり、阪和線との間に府守神社がある。また、主要地方道七号の南に影臨寺《ようりんじ》があり、そこの小字は「御館」である。

③影臨寺の西一帯は小字平林。国府跡と推定されている。北東の小字橘谷には総社明神が鎮座していたと伝える。

八三五　切目《きりめ》王子神社

307

和歌山県日高郡印南《いなみ》町西《にし》ノ地《じ》字元村

関係地図　1／20万 田辺　1／2.5万 印南

切目

熊野にまうで侍りしついでに、切目宿にて、海辺眺望といへるこころを、をのこどもつかうまつりしに

・ながめよとおもはでしもやかへるらむ月まつなみの海人のつり舟　具親　⑧新古今集　一五五九

(参考) きりめやま　ゆきかへりぢの　あさかすみ　ほのかにだにや　いもにあはざらむ　万葉集　三〇三七

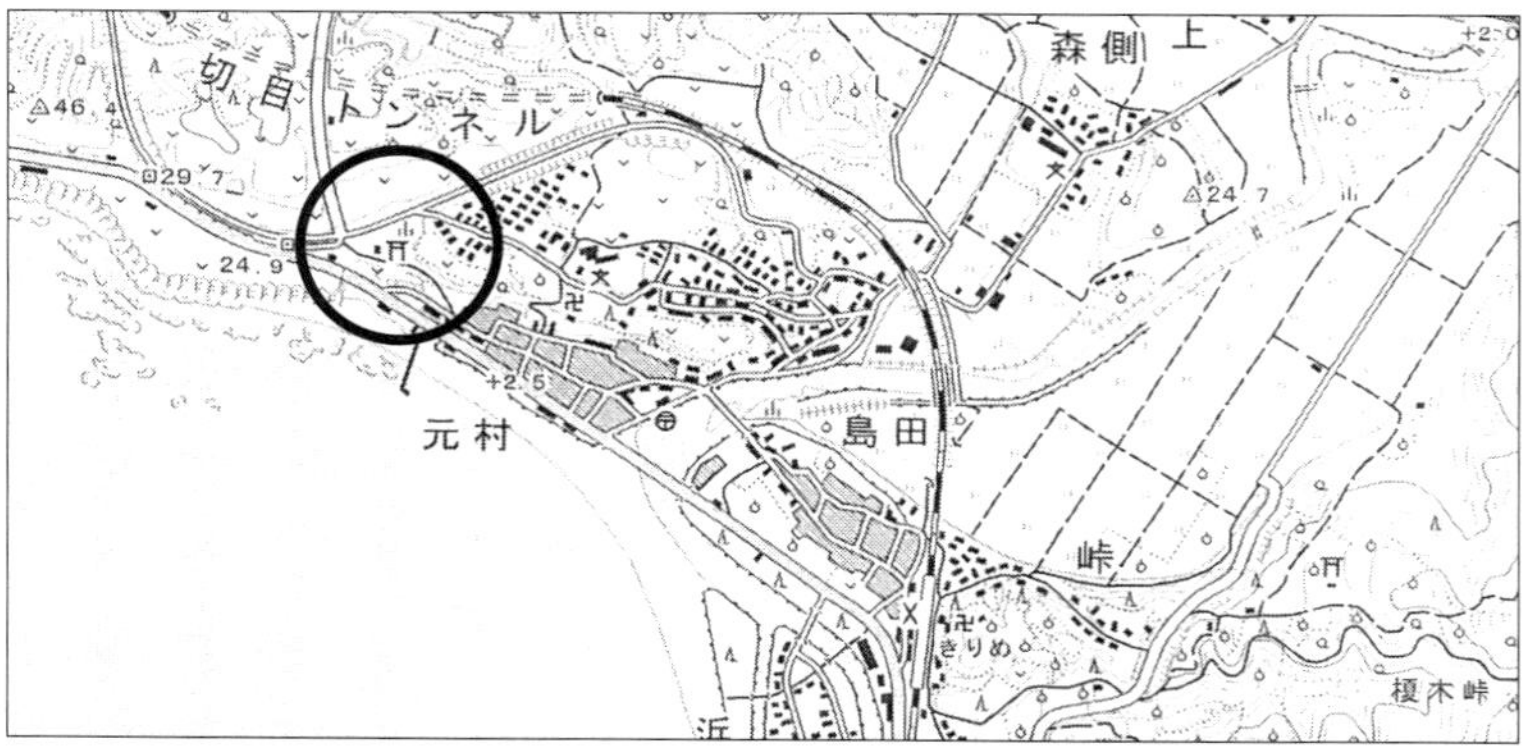

1／2.5万　印南

(メモ)

①切目王子神社。祭神は天照大神・彦火《ひこほ》火出見尊《ほでみのみこと》・天忍穂耳尊《あめのおしほみみのみこと》・瓊々杵尊《ににぎのみこと》・鵜茅《うがや》葺不合尊《ふきあえずのみこと》。由緒は、当社は熊野九十九《つくも》王子の一つで、その中でも特に重要な五体王子社の一つ。『熊野権現御垂迹縁起』に、「熊野権現は唐の天台山から、九州の日子(英彦山)の山峰に降り、四国の石槌山、淡路の遊鶴の峰を経て、紀伊国無漏郡切部山の西の海の、北の岸の玉那木の淵の松の木に止り給ふこと五七年、熊野にうつり給ふ」とあると。また、『切目神社旧紀』に、「崇神天皇六十七(BC三一)年、切目五体王子創建」とあると。

②旧社地は、現社地の東隣の丘で、小字は太鼓屋敷、そこには大塔宮の「旧跡碑」がある。そこには、神楽殿、また小字御神屋敷には頓宮があったと。

③平安・鎌倉期は熊野詣が盛んで、当社はその中継遥拝所。延喜七年から弘安四年までの天皇・上皇の熊野行幸は九〇回以上。そのつど切目で御休息・宿泊。

八三六　熊野川

和歌山県・奈良県・三重県

関係地図　1／20万　田辺、木本

311

熊野河

新宮にまうづとて、熊野河にて　　太上天皇

・くまの川くだすはやせのみなれざをさすがみなれぬ浪のかよひぢ

⑧新古今集　一九〇八

（参考）熊野川せきりにわたすすぎふねのへなみにそでのぬれにけるかな　太上天皇　　続古今集　七三五

1／20万　田辺(左)・木本(右)

0　2　4　6km

（メモ）

①熊野川は、熊野速玉大社や神倉神社の鎮座する和歌山県新宮市新宮の宮所の麓を流れるので「新宮川」の名を持つ。

②熊野川は、奈良県吉野郡の山上ヶ岳を源流とし、奈良・和歌山・三重の三県を流れ、紀伊半島東南で熊野灘に注ぐ。全長約一六〇km。最上流部の名称は大峰川（山上川）。奈良県天川村で天ノ川。同県十津川村で十津川。和歌山県では熊野川と名を変える。この熊野川には「熊野太郎」の名もある。

③和歌山県内を流れる主な支流には、本宮町の三越川・大塔《おおとう》川・田村川、熊野川町日足《ひたり》で合流する赤木川、新宮市の高田川がある。

④熊野川河口から本宮まで九里。三六kmの間を「九里峡」と呼ぶ。熊野川下流部であるが渓谷を形成している。川幅は比較的広いが、島（御船島・昼島等）がある。また、支流の合流点では、支流の浸食作用は弱いので谷は浅く、本流の浸食作用が強いので谷が深いので懸谷を形成。飛雪ノ滝・葵ノ滝・三段ノ滝等となって合流している。

八三七　熊野の本宮跡

和歌山県田辺市本宮町本宮

関係地図　1／20万　田辺　1／2.5万　伏拝、本宮

313

熊野の本宮

・みくまのにこまのつまづくあをつづらきみこそわれがほだしなりけれ　読人不知　⑤金葉集　四九三

熊野にまゐりてたてまつり侍りし　太上天皇

・岩にむすこけふみならすみ熊野の山のかひある行末もがな　⑧新古今集　一九〇七

くまの本宮やけて、としのうちに遷宮侍りしにまゐりて

・ちぎりあればうれしきかかるをりにあひぬわするな神も行末の空　太上天皇

⑧新古今集　一九一一

（参考）みくまののうらのはまゆふももへなすこころはおもへどただにあはぬかも　柿本朝臣人麿　万葉集　四九六

1／2.5万　伏拝(上)・本宮(下)

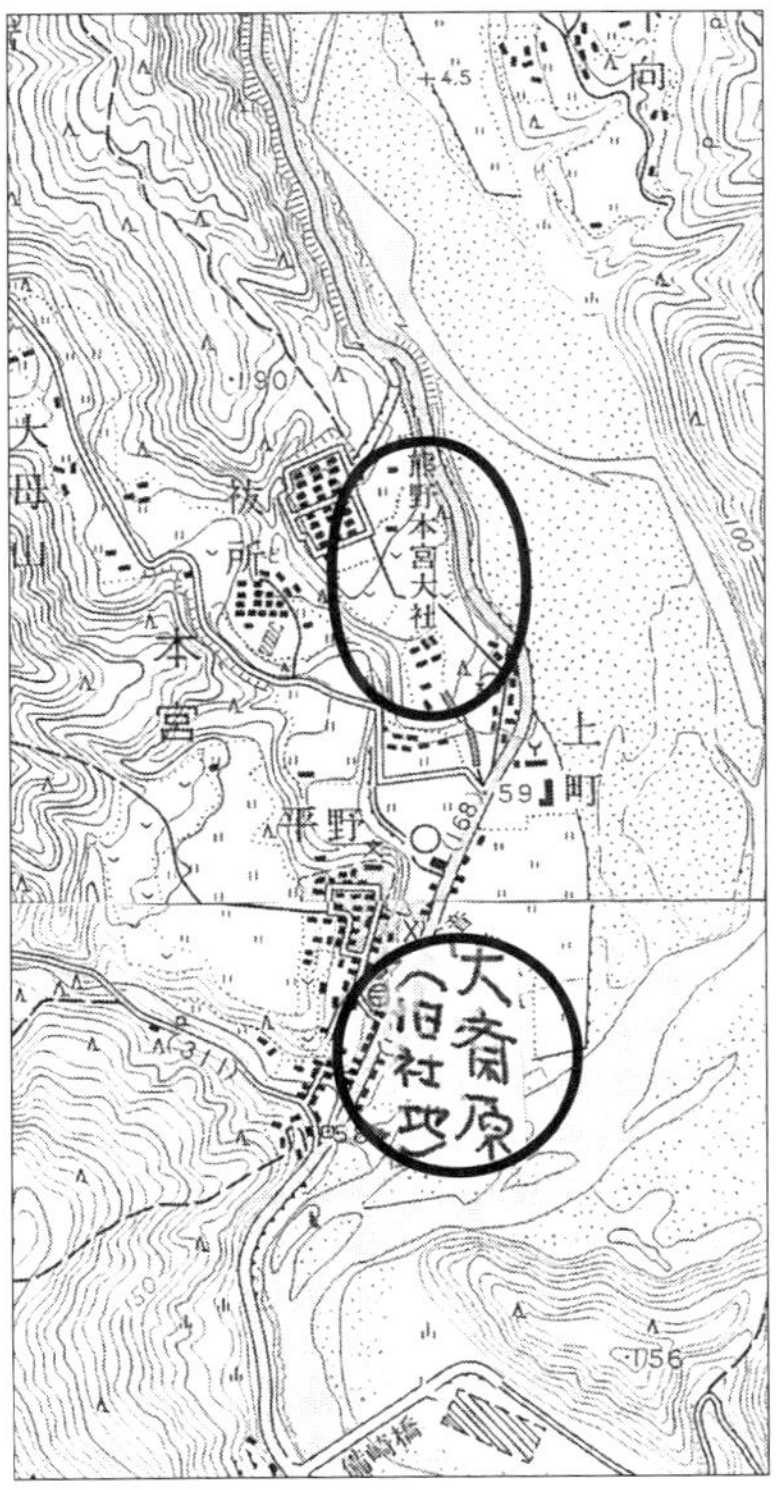

0　0.5　1.0km

（メモ）

①熊野本宮大社は田辺市本宮町本宮に鎮座。『延喜式神名帳』に

紀伊国牟婁郡　熊野坐神社名神大

とある。祭神は家都御子神・天神地祇一三柱。創祀は神代。社殿造営は崇神天皇六五（BC三三）年と。

②上皇の熊野詣は延喜七（九〇七）年宇多法皇の御幸に始まり、花山・白河・鳥羽・崇徳・後白河・後嵯峨・亀山の各上皇の御幸で、百度を越えたという。当社は熊野三山の首座である。

八三八　熊野の山

和歌山県田辺市・新宮市・那智勝浦町

関係地図　1／20万　田辺、木本　1／5万　十津川、新宮、那智勝浦

314

熊野の山

熊野にまゐりてたてまつり侍りし

・岩にむすこけふみならすみ熊野の山のかひある行末もがな　太上天皇　⑧新古今集　一九〇七

（参考）みくまののみなみのやまのたきつせにみとせぞぬれし苔の衣手　法印良守　玉葉集　二七八四

（参考）いざここにわが世はへなんみくま野の山のさくらは咲きそめにけり　後鳥羽院御製　夫木抄　一三六八

1／20万　田辺

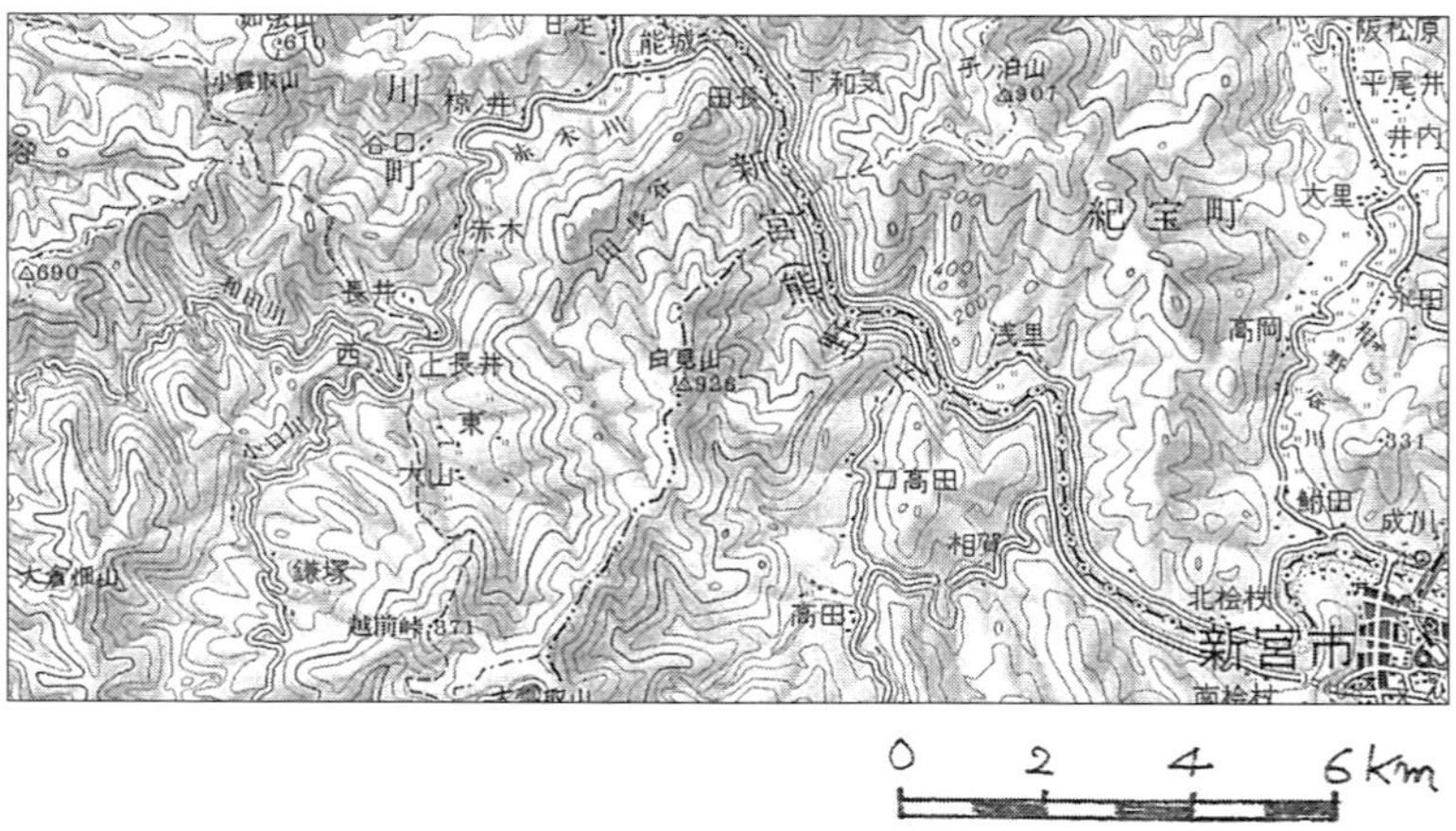

（メモ）

①「熊野国」は大化の改新で紀伊国に合併し、「牟婁郡《むろ》」となった。この地には

熊野本宮大社（熊野坐神社）

熊野速玉大社（熊野速玉神社）

熊野那智大社（熊野夫須美神社）

が鎮座する。この三大社を総称して「熊野三山」又は「熊野三所権現」と呼ばれた。もとは個別の信仰体であったという。

②『続風土記』に、「熊」は「隈」であり古茂留義と。この地は山川幽深で、三重県尾鷲の年間降水量の三〇年間の平均は三九〇〇㎜。国内でも抜群の首位。従って樹木生い茂り死者の霊の隠せる地である。

③神話では熊野は伊弉冉尊が熊野の有馬（現在の三重県熊野市有馬町）の花の窟《いわや》かに葬られたという。熊野国は黄泉国《よみのくに》とされている。花の窟では毎年、お花を供える墓前祭の行事があると。

八三九　熊野速玉大社

和歌山県新宮市新宮

関係地図　1／20万　田辺　1／2.5万　新宮

417

新宮

新宮にまうづとて、熊野河にて

・くまの川くだすはやせのみなれざをさすがみなれぬ浪のかよひぢ　太上天皇　⑧新古今集　一九〇八

（参考）しまがくり　わがこぎくれば　ともしかも　やまとへのぼる　まくまののふね　山部宿祢赤人　万葉集　九四四

（参考）みくまのの神くらやまのいはだたみのぼりはててもなほいのるかな　入道前太政大臣　続古今集　七三六

1／2.5万　新宮

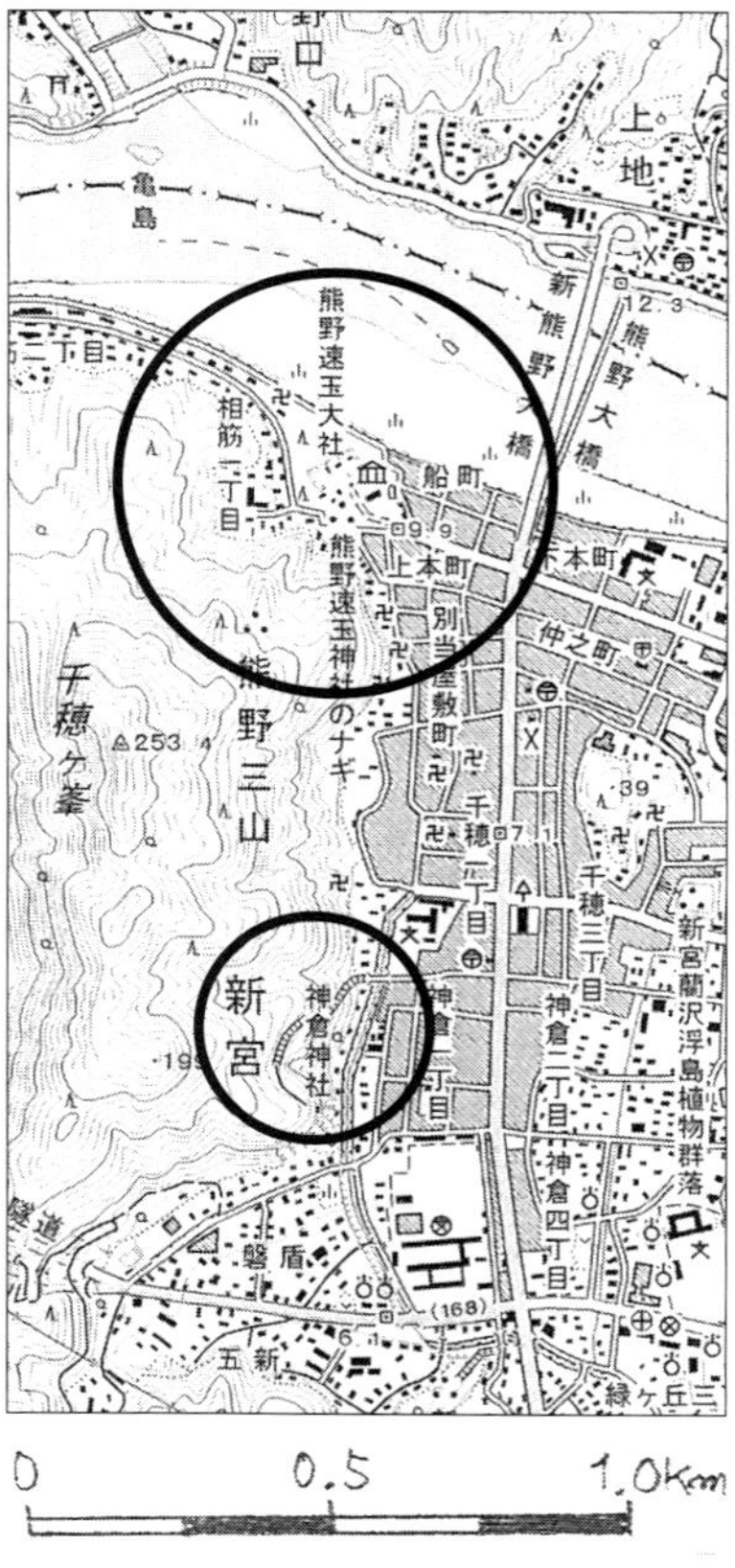

（メモ）

①熊野速玉大社は、熊野権現と称せられる。神代に権現山に降臨された。景行天皇五八（AD一二八）年、現在の社地に移る。権現山は旧社地。現社地は新社地。新社地鎮座により「新宮」。市名も新宮鎮座地故に新宮市と称したか。『延喜式神名帳』には、

紀伊国牟婁郡　熊野早玉神社大

とある。祭神は熊野速玉大神・熊野夫須美大神・家津美御子大神　他天神地祇を一二社に祀る。

②権現山の最高点は標高二五三mの千穂ケ峯。これを神体山とした。後に神倉神社の地に里宮が出来た。AD一二八年に、交通・水運の至便な現在地に移り「新宮」と呼ばれるか。新宮市徐福一丁目に、なぜか「徐福墓」がある。

八四〇　高野山

和歌山県伊都郡高野町

関係地図　1／20万 和歌山　1／5万 高野山

たかのの山

高野にまうで侍りける時、山路にてよみ侍りける

•あとたえてよをのがるべき道なれやいはさへこけの衣きてけり　仁和寺法親王守覚　⑦千載集　一一〇七

高野にまゐりてよみ侍りける

•暁をたかのの山にまつほどやこけのしたにもあり明の月　寂蓮法師　⑦千載集　一二三六

（参考）我あらばよもきえはてじたかのやまたかきみのりののりのともしび　続古今集　六九三

此歌は高野山に人すまずなりけるころ、祈親上人なげき侍りて祈念しけるに、この山の神明とて、夢につげ給ひけるとなん

（参考）これぞこのもろこし舟にのりをえてしるしをのこす松の一もと　さんこの松をみて　阿一上人　風雅集　一七八九

（メモ）

①高野町高野は有田川・貴志川・不動谷川の三河川の最上流域の山間地である。

②「高野山」は高野町にあり、長峰山脈北東部の摩尼山・楊柳山など〝外八葉〟の高野の峰々に囲まれた盆地。そこに弘法大師空海が開創。高野山金剛峯寺を初め、約一三〇の寺刹と二百余の民家があると。古くは七千餘坊もあったと。

③山上の平地を、西院谷・壇場・一心院谷・南谷・五室谷・千手院谷・本中院谷・谷上・小田原谷・蓮華谷・東谷・奥院の一二か所とす。又、奥院を内院、壇場を中院とし、山外の慈尊院も外院、天野を鎮守、有田郡清水寺を別處とした。

古来山上の平地を以て大日如来の浄土、蓮華胎蔵世界に擬し、これを囲む連峯を以て内外八葉の法域であるとした。内八葉とは大塔の四隈をめぐる姑射山《こやさん》・摩尼《まに》山《さん》・楊柳山・転軸山・小塔峯・金剛峯・山王峯・遍照峯を言い、外八葉とは壇場・奥院の両者を囲める虎峯・剣峯・小塔峰・神応峰・山王峰・今来峰・遍照峰・業峰をいうと。

④寺域は丹生明神の神領であったが、弘仁七（八一六）年六月空海が嵯峨天皇に奏請してこれを賜わり伽藍を建立した。

⑤空海は翌弘仁八年に高野山に登り、大伽藍の基礎を開き、金剛峯寺と命名。

⑥空海の遺告に、

去る弘仁七年紀伊国南山を表請し殊に入定處となす、一両草庵を作り、高雄の旧居を去り南山に移入す。厥の峰絶遙にして遠く人気を阻む。吾居住の時頻りに明神ありて衛護す

とある。

⑦寛治二（一〇八八）年二月二六日、同五年二月二九日、康和五（一一〇三）年一一月二五日白河院の行幸。大治二（一一二七）年一一月二日に白河院・鳥羽院の両太上皇の行幸。長承元（一一三二）年一〇月一七日鳥羽院の行幸があり、この年覚鑁勅許を得て伝法院を建立して勅願所となる。また、長承三年には持明房真誉を金剛峯寺・伝法院両寺の座主職に補せられた。

⑧金堂の側に根本大塔がある。この塔は南インドの鉄塔を模したもので、初、弘仁一〇年に創建を発願し、真然の時落成した。金剛峯寺の号は此の宝塔に命じたものである。この塔の一辺は一六間、高さは十丈の多宝塔銅瓦葺であったが、天保一四年に焼失した。古来、この宝塔が一山の中心である。

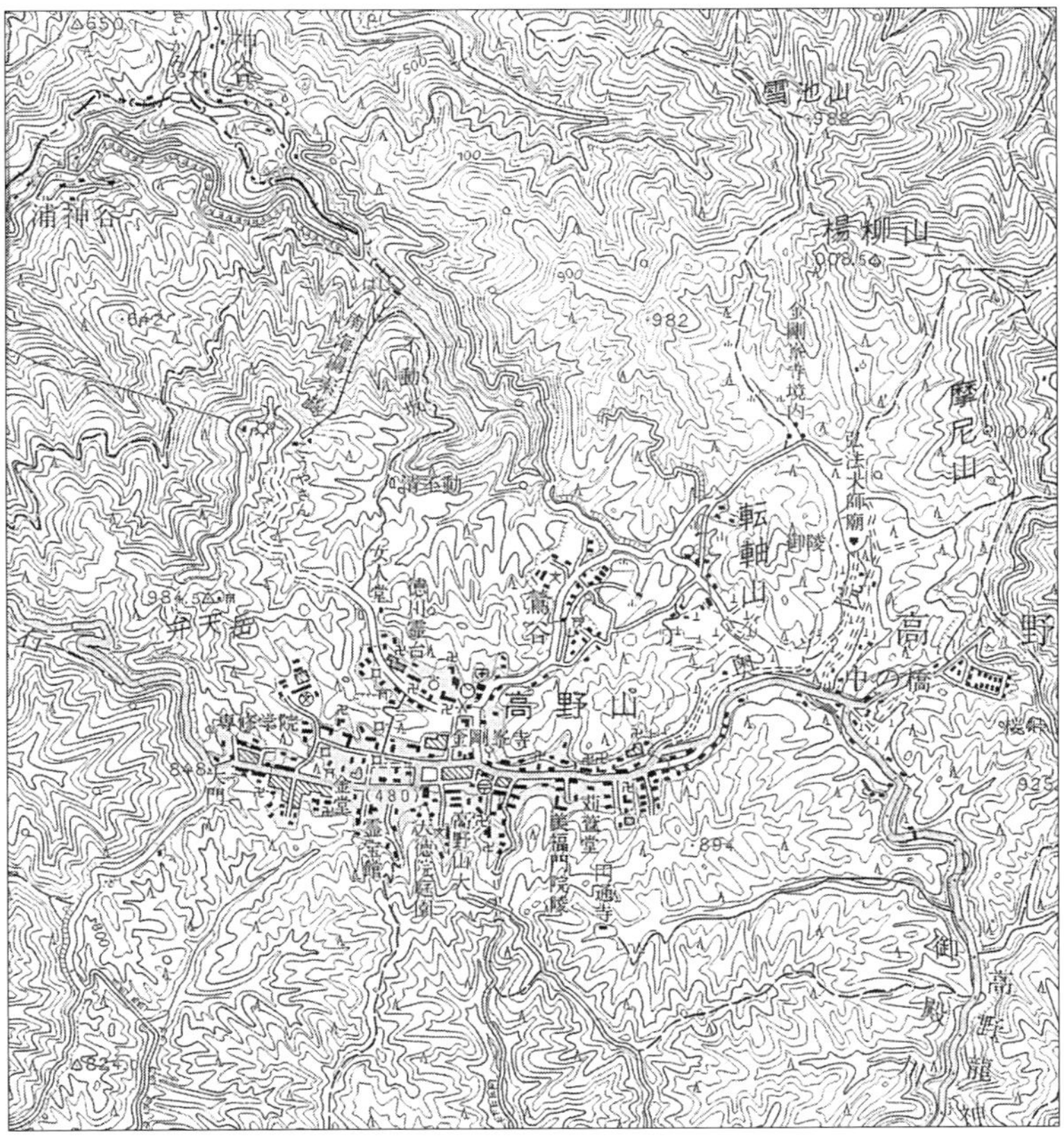

1／5万　高野山

0　1　2km

八四一　高野《こうや》の玉川

和歌山県伊都郡高野町

関係地図　1／20万 和歌山　1／5万 高野山

496

玉川

百首歌めしける時、氷のうたとてよませ給うける

・つらゐてみがける影のみゆるかなまことにいまや玉川の水　崇徳院御製

⑦千載集　四四二

・月さゆる氷のうへにあられふり心くだくる玉川のさと　皇太后宮大夫俊成

⑦千載集　四四三

（参考）高野奥院へまゐる道に、玉川といふ河のみなかみに毒虫のおほかりければ、このながれをのむまじきよしをしめしおきて後よみ侍りける

・忘れてもくみやしつらんたび人のたかののおくのたま川の水　弘法大師

風雅集　一七八八

1／5万　高野山

（メモ）

①高野山奥院は山中で最も幽邃の地。ここを流れる川が「高野の玉川」。

②ここには、空海の廟宇・御供所・灯籠堂等がある。御廟は方三間の宝形造で南面。承和二（八三五）年空海は中院（今の龍光院）で入定するや五十日後に、其定身をここに移し、安置した。延喜一一（九一一）年座主観賢が勅命により檜皮色の法衣を奉りし以来開扉せず。灯籠堂は桁間一八間、梁間七間、廟の拝殿として真然（空海の甥・金剛峯寺二世）が建立した。

八四二　佐野の渡り跡推定地

和歌山県新宮市佐野。佐野川の渡

関係地図　1／20万 田辺　1／5万 新宮

369

さののわたり

百首歌たてまつりし時

・こまとめて袖うちはらふかげもなしさののわたりの雪の夕暮　定家朝臣

⑧新古今集　六七一

（参考）くるしくも　ふりくるあめか　みわのさき　さののわたりに　いへもあらなくに　長忌寸奥麿　万葉集　二六五

（参考）みわのさきゆふしほさせばむらちどりさののわたりに声うつるなり　権大納言実家卿　夫木抄　一二一八三

1／5万　新宮

（メモ）

①新宮市佐野は熊野灘に面し、佐野川流域にある。『続風土記』に、「佐野は狭野」とあり、狭い野の意という。

②『日本書紀』神武天皇即位前紀戊午年六月二三日条に、

遂に狭野《さの》を越えて、熊野の神邑《みわのむら》に至り

とある。神邑は現在の「三輪」。地図には三輪崎がある。神武天皇の上陸地は、地図の南、佐野川の河口。○内の石碑。それは、「神武天皇聖跡狭野顕彰碑」。その近くに佐野王子社跡がある。

八四三　塩屋王子神社

和歌山県御坊市塩屋町北塩屋

関係地図　1／20万　田辺　1／5万　御坊

405　しほやの王子

白川法皇くまのへまゐらせ給うける御ともにて、しほやの王子の御まへにて、人人歌よみ侍りけるに、よみ侍りける　後三条内大臣

・おもふことくみてかなふる神なればしほやにあとをたるるなりけり

⑦千載集　一二五八

白河院くまのにまうでたまへりけるに、御ともの人人しほ屋の王子にて歌よみ侍りけるに

・たちのぼるしほやの煙うら風になびくをかみの心ともがな　徳大寺左大臣

⑧新古今集　一九〇九

（参考）おきつかぜしほやのうらを吹くからにのぼりもやらぬ夕けぶりかな　第三のみこ　夫木抄　一一六九二

1／5万　御坊

（メモ）

①御坊市塩屋町北塩屋にある。祭神は大日孁貴神・伊弉冉命他。『日高郡誌』には、大同年間（八〇六～八一〇年）に魚屋権兵衛が初めてこの地で塩を焼き、小祠を祀ってその発展を祈ったのが創祀という。

②平安末期に熊野詣が盛んになると、熊野街道に面していた当社は、熊野九十九王子社として発展した。

八四四　玉津島旧地

和歌山県和歌山市和歌浦中三

関係地図　1／20万　和歌山　1／2.5万　和歌山

497　玉津島

・わたの原よせくる浪のしばしばも見まくのほしき玉津島かも　よみ人しらず

①古今集　九一一

・玉津島ふかき入江をこぐ舟のうきたるこひも我はするかな　くろぬし　②後撰集　七六八

恋の歌十首人人よみけるに、くれどもとどまらずといへることをよめる　修理大夫顕季

・たまつしまきしうつなみのたちかへりせないでましぬなごりさびしも

⑤金葉集　五一〇

（参考）たまつしま　みれどもあかず　いかにして　つつみもちゆかむ　みぬひとのため　藤原卿　万葉集　一二二二

1／2.5万　和歌山

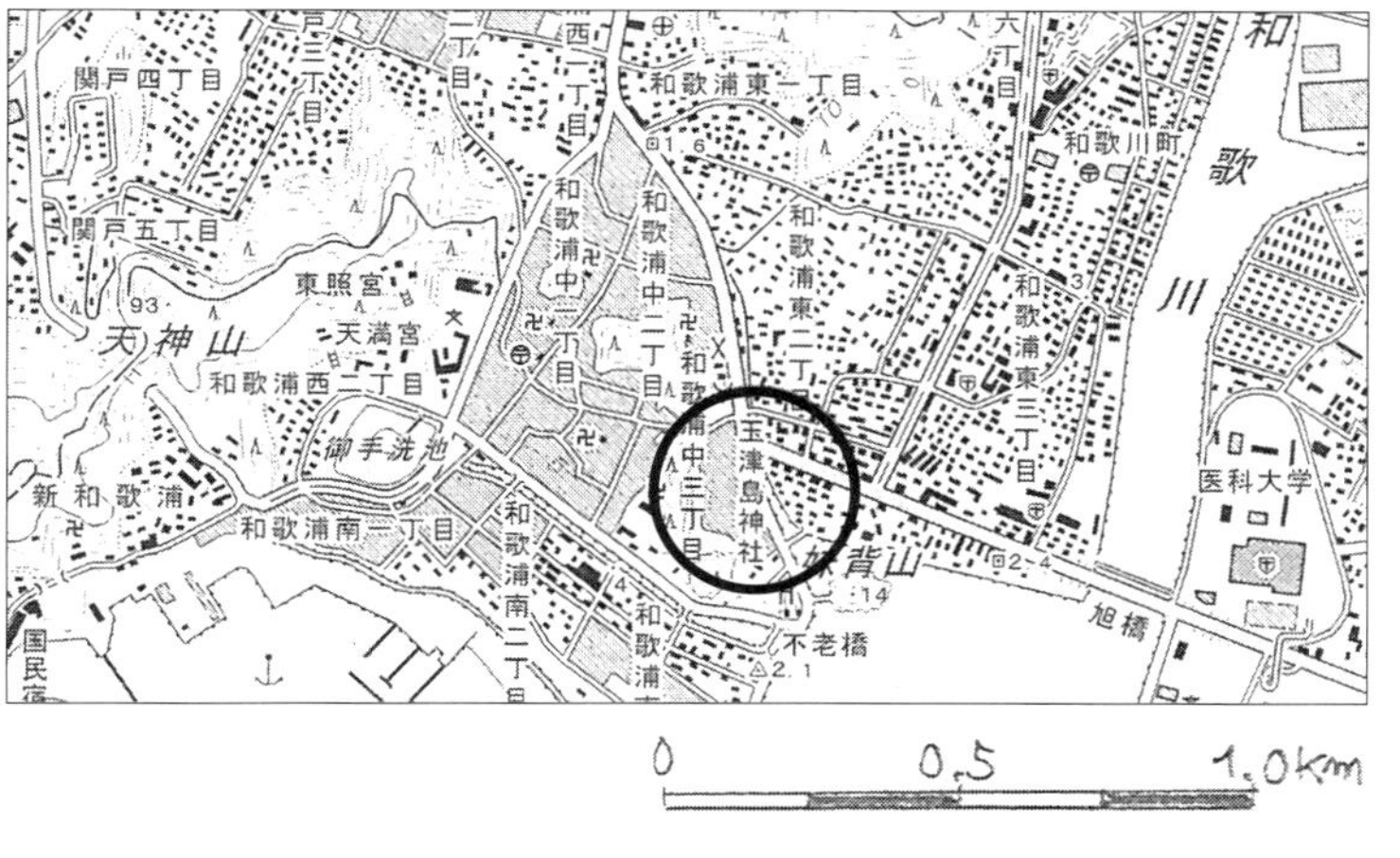

（メモ）

①玉津島は現在、陸上の小山であるが、古くは潮の干満によって、干潮の時に、陸地とつながる島であった。

②『続日本紀』聖武天皇神亀元（七二四）年一〇月の条に、

（八日）海部《あま》郡玉津嶋頓宮に至りて、留《とど》まりたまふこと十有餘日。

（十二日）離宮《とつみや》を岡の東に造る。

（十六日）詔《みことのり》して曰《のたま》はく、「山に登り海を望むに、此間《ここ》最も良し。遠行を労《いたは》らずして、遊覧するに足《た》れり。弱《わかの》浜《うら》の名を改めて、明光浦《あかのうら》とす。守戸《しゅこ》を置きて荒穢《くわうわい》せしむること勿《な》かるべし。春秋二時に、官人を差《さ》し遣《つかは》して、玉津嶋の神、明光浦の霊《みたま》を奠祭《でんさい》せしめる」とのたまふ。

などとある。玉津島神社祭神は稚日女尊・息長足姫尊・衣通姫尊・明光浦霊である。

八四五　地ノ島・沖ノ島

和歌山県有田市初島町

関係地図　1／20万 和歌山　1／5万 海南

164

浦のはつ島

・あな恋しゆきてや見ましつのくにの今も有りてふ浦のはつ島　戒仙法師

②後撰集　七四二

（参考）見るままに浪ぢはるかになりにけりかすめば遠き浦のはつしま　常盤井入道前太政大臣　続拾遺集　三八

（参考）ゆきてこそみるべかりけれ暮れかかるおきつ波まのうらのはつ島　津守国冬　新千載集　一六五六

（参考）入日さす塩瀬の波の末はれて干潟にちかき浦のはつしま　称名院入道内大臣　新続古集　一八〇九

1／5万 海南

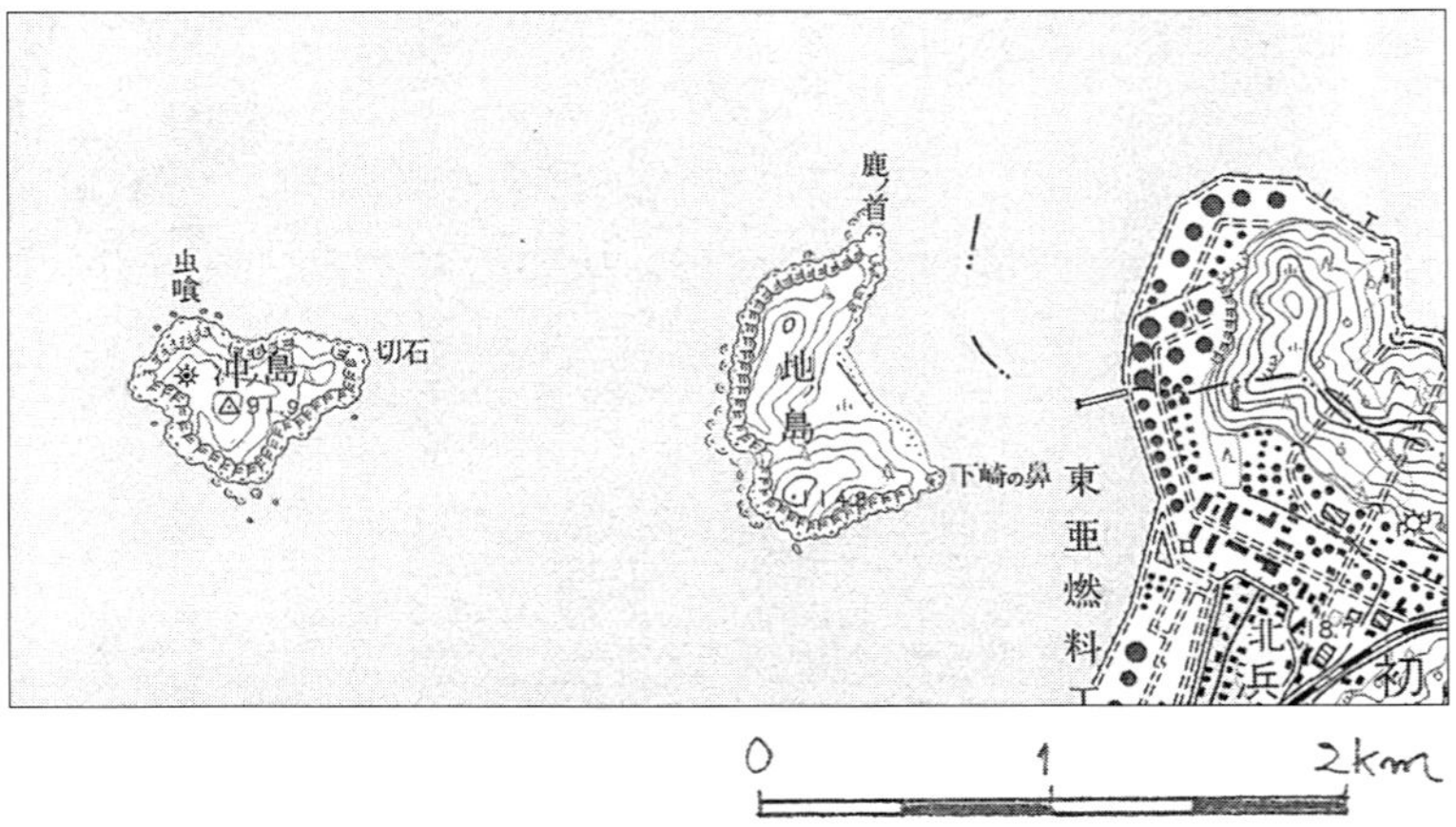

（メモ）

①『玉勝間』（本居宣長）に、
浦の初嶋は、海士郡、浜中庄 椒《ハシカミ》村の八町ばかり海中に、地の嶋といふ有、東西四町あまり、南北八町ばかりの嶋也、其嶋の三町ばかり西に、又嶋有て、沖の嶋といふ、東西五町に、南北六町ばかりあり、此二つの嶋を、浦のはつ嶋といふ
とある。

②『大日本地名辞書』は
初島は泊島の義たるべしとし、海上を往来する船舶が舟泊りする島の意としている。紀伊水道を航行する船や漁船にとっては、地の島・沖ノ島は悪天候時の避難地となった。

八四六　千尋の浜推定地

和歌山県日高郡みなべ町

関係地図　1／20万 田辺　1／2.5万 紀伊南部

513

ちひろのはま

ためあきらの朝臣きのかみに侍りける時に、ちひさきこをいだきいでて、

これいのれ、いのれといひたるうたよめといひ侍りければ　もとすけ

・よろづ世をかぞへむ物はきのくにのちひろのはまのまさごなりけり

③拾遺集　一一六二

（参考）きみがよのかずにくらべばなにならしちひろのはまのまさごなりとも　権大納言公実　続後撰集　一三五二

（参考）すゑとほきちさとのはまに日はくれてあきかぜおくるいはしろの松　寂恵法師　夫木抄　一一七五二

1／2.5万 紀伊南部

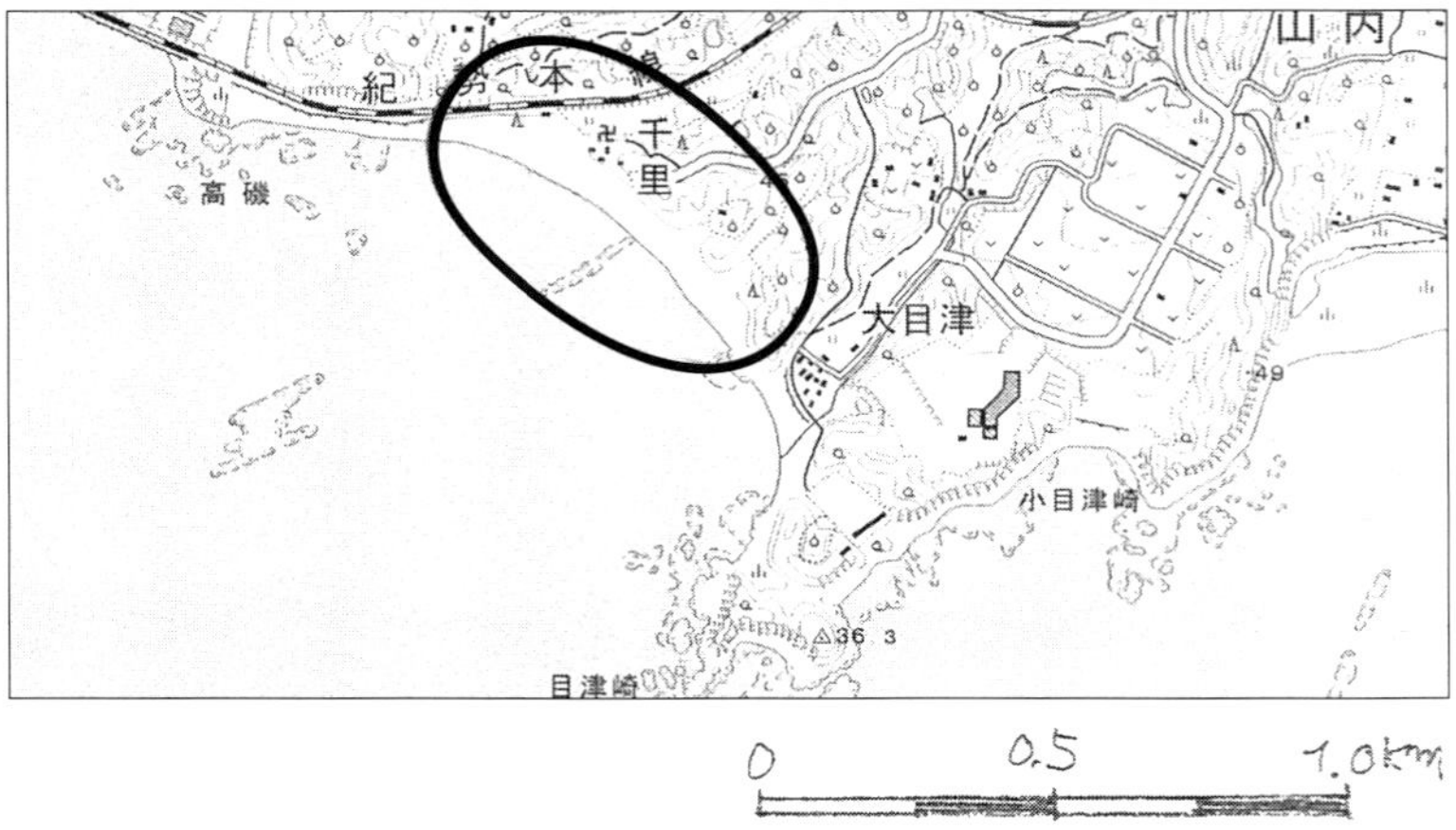

（メモ）

①表記の歌中の「紀伊国の千尋の浜」は地図の千里《せんり》の浜を指すと思う。千里の浜はみなべ町山内にある。この浜は、東岩代川の河口から目津崎までの約一・二kmの海浜。熊野古道であり、海側には高磯・目津崎がある景勝の地。

②西に隣接する印南町島田の中山王子社から砂浜が続くので、この中山王子社から目津崎辺までを「千尋《ちひろ》の浜」と考えた。

③『太平記』巻第二「天下怪異の事」に、元弘元（一三三一）年七月三日、大地震有って、紀伊国千里浜の遠干潟《とほひがた》、にはかに陸地になる事二十余町なり。

④千里《ちさと》の浜、千里《せんり》ケ浜はアカウミガメの産卵地として有名である。

八四七　名草ノ浜

和歌山県和歌山市布引・海南市毛見の浜

関係地図　1／20万 和歌山　1／5万 和歌山、海南

573

なぐさのはま

きのすけに侍りけるをとこのまかりかよはずなりにければ、かのをとこのあねのもとにうれへおこせて侍りければ、いと心うきことかなといひつかはしたりける返事に

・きのくにのなぐさのはまは君なれや事のいふかひ有りとききつる　よみ人しらず　②後撰集　一一二三

隠名恋といへる心を

・あまのかるみるめをなみにまがへつつなぐさのはまをたづねわびぬる　皇太后宮大夫俊成　⑧新古今集　一〇七八

（参考）なぐさやま　ことにしありけり　あがこふる　ちへのひとへも　なぐさめなくに　万葉集　一二一三

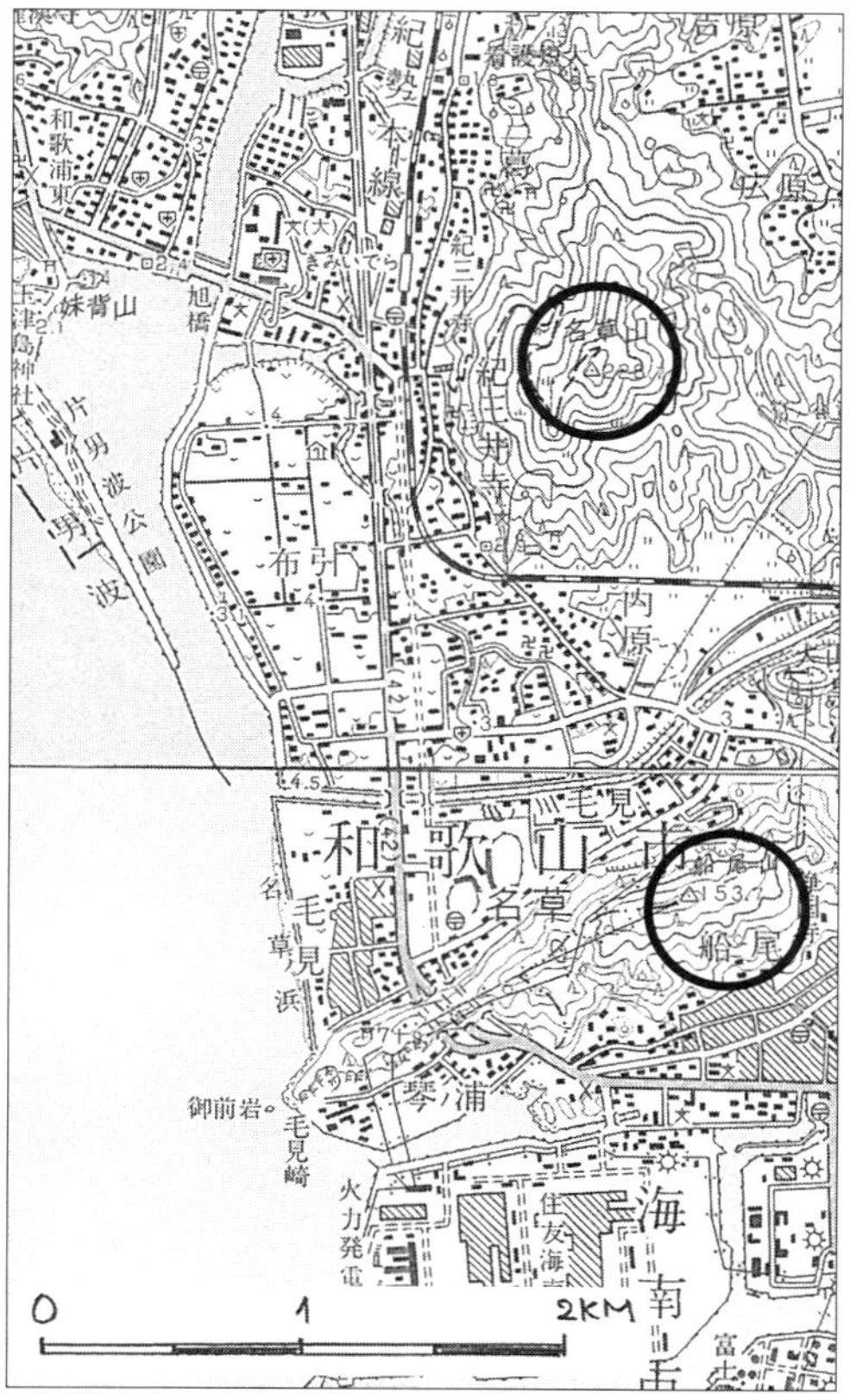

1／5万　和歌山(上)・海南(下)

（メモ）

①『類字名所集』に、昔の地形は今と異なり、三葛・紀三井寺は浜海の地で、名草山々麓にある現三井寺付近は宝亀元（七七〇）年本寺を開創した。当時は山下の地形が今と異なり、現在の山麓集落は入海の浜辺りで、その後、三葛から布引にかけて遠干潟・塩用となった。とある。よって「名草浜」は北の名草山、南の船尾山系の間の浜辺・渚《なぎさ》の一帯。

八四八　那智山青岸渡寺

和歌山県東牟婁郡那智勝浦町那智山

関係地図　1／20万 田辺　1／2.5万 紀伊勝浦、新宮

380

三十三所観音

三十三所観音をがみたてまつらんとてところどころまゐりける時、みののたにくみにてあぶらのいづるをみてよみ侍りける

・よをてらすほとけのしるしありければまだともしびもきえぬなりけり　前大僧正覚忠　⑦千載集　一一二一

（参考）なちのやまはるかにおつる滝つせにすすぐ心のちりものこらじ　式乾門院御匣　続古今集　七三七

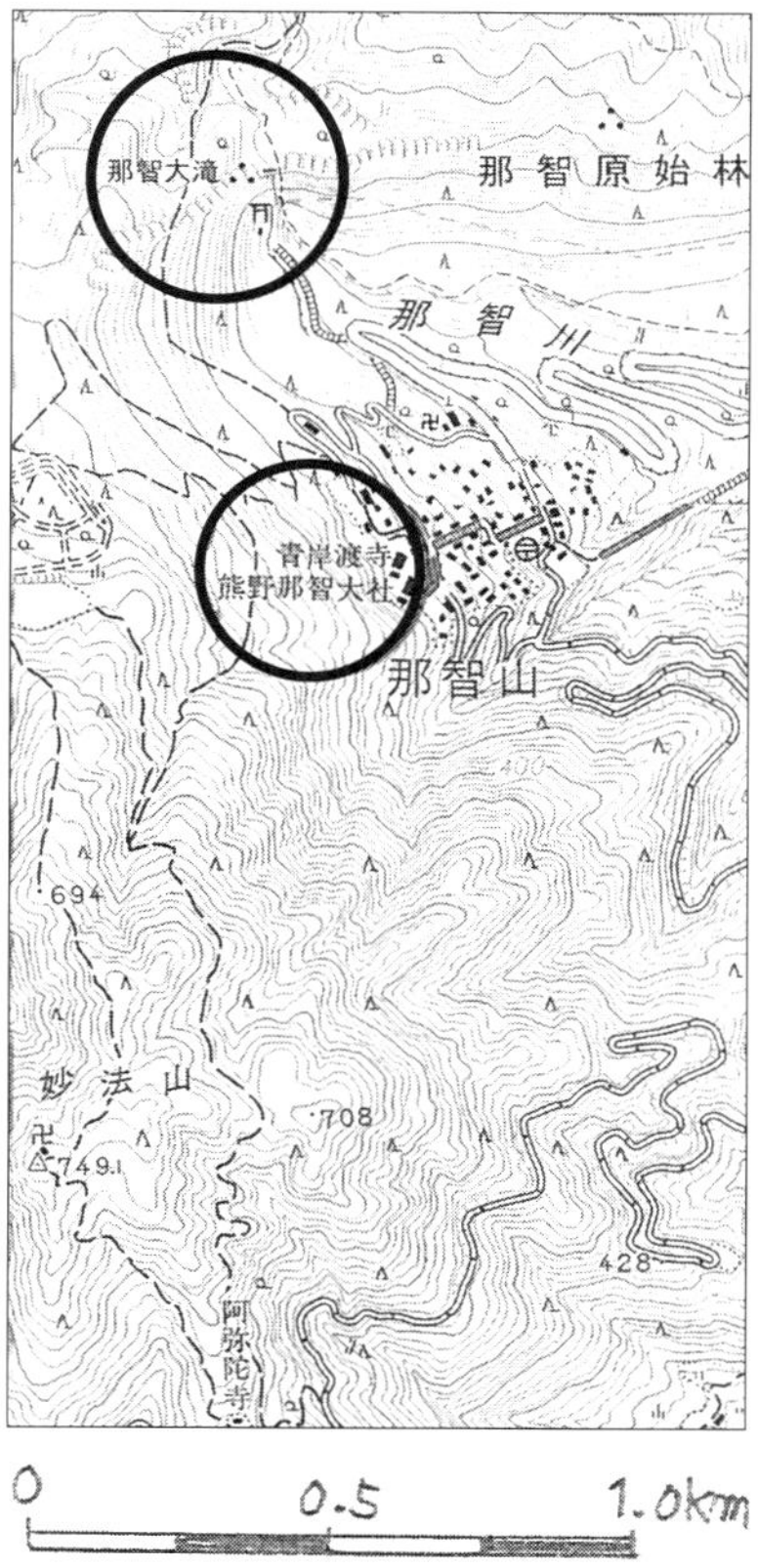

1／2.5万　新宮(上)・紀伊勝浦(下)

（メモ）

①青岸渡寺《せいがんどじ》は天台宗。山号は那智山。世に那智観音堂。西国観音霊場第一番札所。寺伝によると、仁徳天皇の御代、四世紀に熊野浦に一小舟が漂着。中にインドの僧裸形上人一行七客あったが六人は帰国し、裸形上人だけ残り、上人は那智の大滝で修行した。ある日、滝壺より閻浮檀金の如意輪観音を感得して、草堂に安置したのが、当寺の草創。

②後、推古天皇の勅命で伽藍を造営。

③後、僧上仏なる者が身長一丈の如意輪観音像を造り、裸形上人感得の尊像を胸中に納めた。これが今の本尊。

④御詠歌は、

補陀洛や岸打つ波は三熊野の
那智のお山にひびく滝津瀬

⑤「西国三十三カ所観音霊場第一番札所」であるので、当寺も記載した。

八四九　野中の清水

和歌山県田辺市中辺路町野中字方杉。継桜王子

関係地図　1／20万 田辺　1／2.5万 皆地

624

野中のし水

もとのめにかへりすむときゝて、をとこのもとにつかはしける

・わがためにいとどあさくやなりぬらん野中のし水ふかさまされば　よみ人しらず　②後撰集　七八四

家に歌合し侍りけるに、あひてあはぬ恋といふことをよめる

・くみみてしこころひとつをしるべにて野なかのしみづわすれやはする　藤原仲実朝臣　⑥詞花集　二六三

（参考）人はみなもとのこころぞかはりゆくのなかのしみづたれかくむべき　後鳥羽院御歌　続古今集　一七一六

1／2.5万　皆地

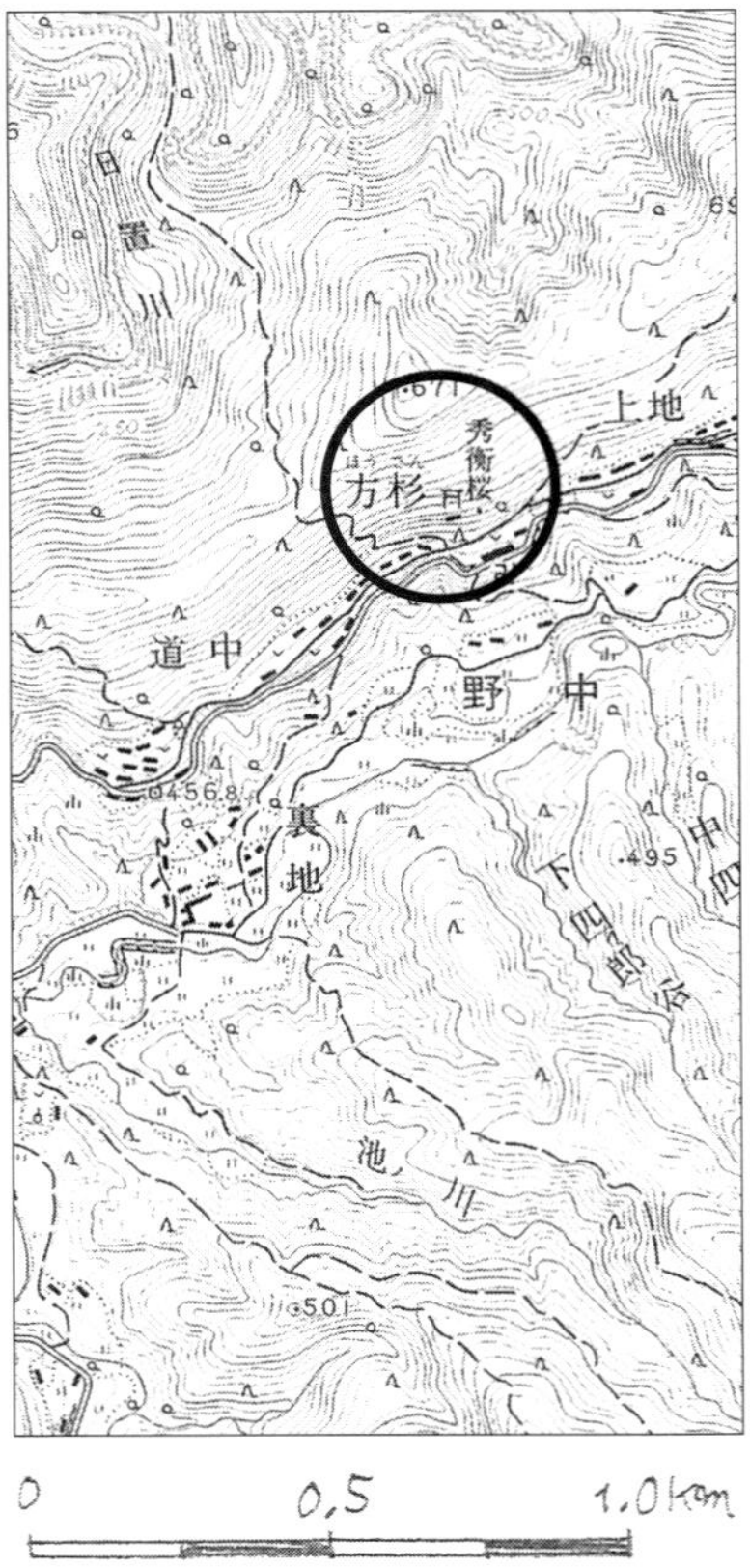

（メモ）

①継桜王子跡。通称「若一王子権現」。『中右記』天仁二（一一〇九）年条に、道左傍有続桜樹、本檜木也、とある。社前下方の湧水が「野中の清水」で当地区の用水。

②『紀南郷導記』に、昔秀衡夫婦参山ノ時、剣ノ山ノ窟ニテ出産セシ其子ヲソコニ捨テ置キ参山ス。此所ニ至リテ仮初ニ桜ヲ手折リテ、戯レニ曰ク、産所ノ子死スベクハ此桜モ枯ルベシ、神明仏陀ノ擁護有リテ若シ命アラバ桜モ枯レマジト云ヒテ、側ノ異木ニサシテ行過ギヌ。……とある。今の秀衡桜は明治二二年頃植えられたもの。

八五〇　雲雀山

和歌山県有田市糸我町中番《なかばん》

関係地図　1／20万 和歌山　1／2.5万 湯浅

109

いとかやま

よぶこどりをよめる

・いとかやまくる人もなきゆふぐれにこころぼそくもよぶこどりかな　前斎院尾張　⑤金葉集　二六

（参考）あてすぎて　いとかのやまの　さくらばな　ちらずあらなむ　かへりくるまで　万葉集　一二一二

（参考）なつびきのいとかの山のほととぎすくるしきまでにまたれてぞなく　源兼昌　夫木抄　二八二〇

（参考）をしめどもいとかの山のもみぢ葉の心よわくも風にちるかな　中院入道右大臣　夫木抄　六二三六

1／2.5万　湯浅

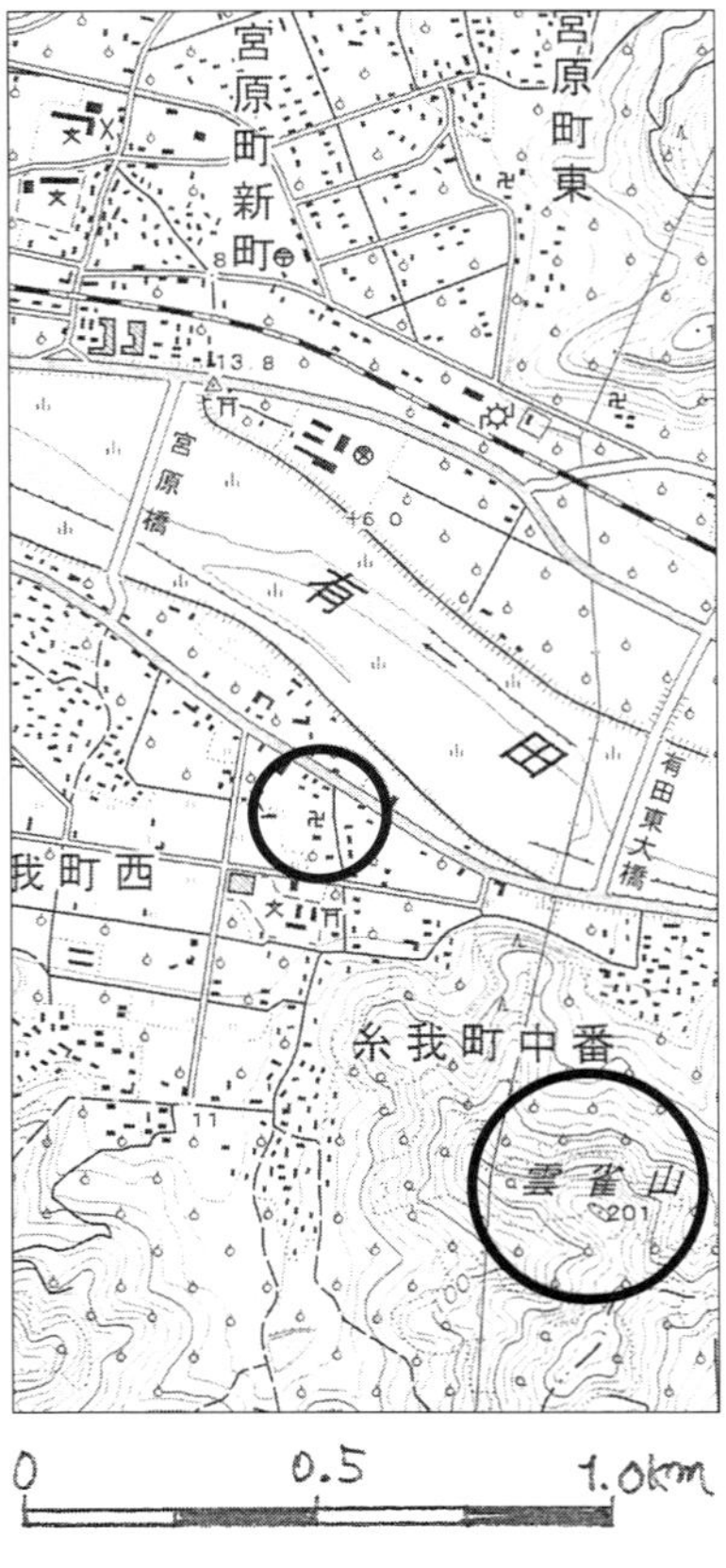

（メモ）

①有田市糸我は有田川下流左岸に位置。中世には糸我荘がある。また『和名抄』では紀伊国在田郡のうち。

②有田川左岸の○内の寺院は有田市糸我町中番。雲雀山《ひばりやま》得生寺。浄土宗。能や浄瑠璃で有名は中将姫ゆかりの寺。伝説によると、中将姫は天平一九（七四七）年、右大臣藤原豊成の娘として生まれた。姫は琴に長じ、天皇の御寵愛を得たが、継母のねたみを買い姫を殺そうとした。継母に刺客として雇われた伊藤春時は、雲雀山で姫に対面した時、姫の崇高な人柄に心打たれ助け、春時夫妻は出家し得生・妙生と名を改め姫に仕えた。

八五一　吹上の浜旧地

和歌山県和歌山市紀の川左岸河口一帯の砂浜

関係地図　1／20万　和歌山　1／5万　和歌山

677

吹きあげ

寛平御時せられけるきくあはせに、すはまをつくりて菊の花うゑたりけるにくはへたりけるうた、ふきあげのはまのかたにきくうゑたりけるによめる

・秋風の吹きあげにたてる白菊は花かあらぬか浪のよするか　すがはらの朝臣

①古今集　二七二

くまのへまゐりはべりけるみちにてふきあげのはまを見て

・みやこにてふきあげのはまを人とはばけふみるばかりいかがかたらん　懐円法師

④後拾遺集　五〇四

堀河院に百首歌たてまつりけるに

・浦かぜにふきあげの浜のはま千鳥なみ立ちくらし夜はに鳴くなり　祐子内親王家紀伊

⑧新古今集　六四六

1／5万　和歌山

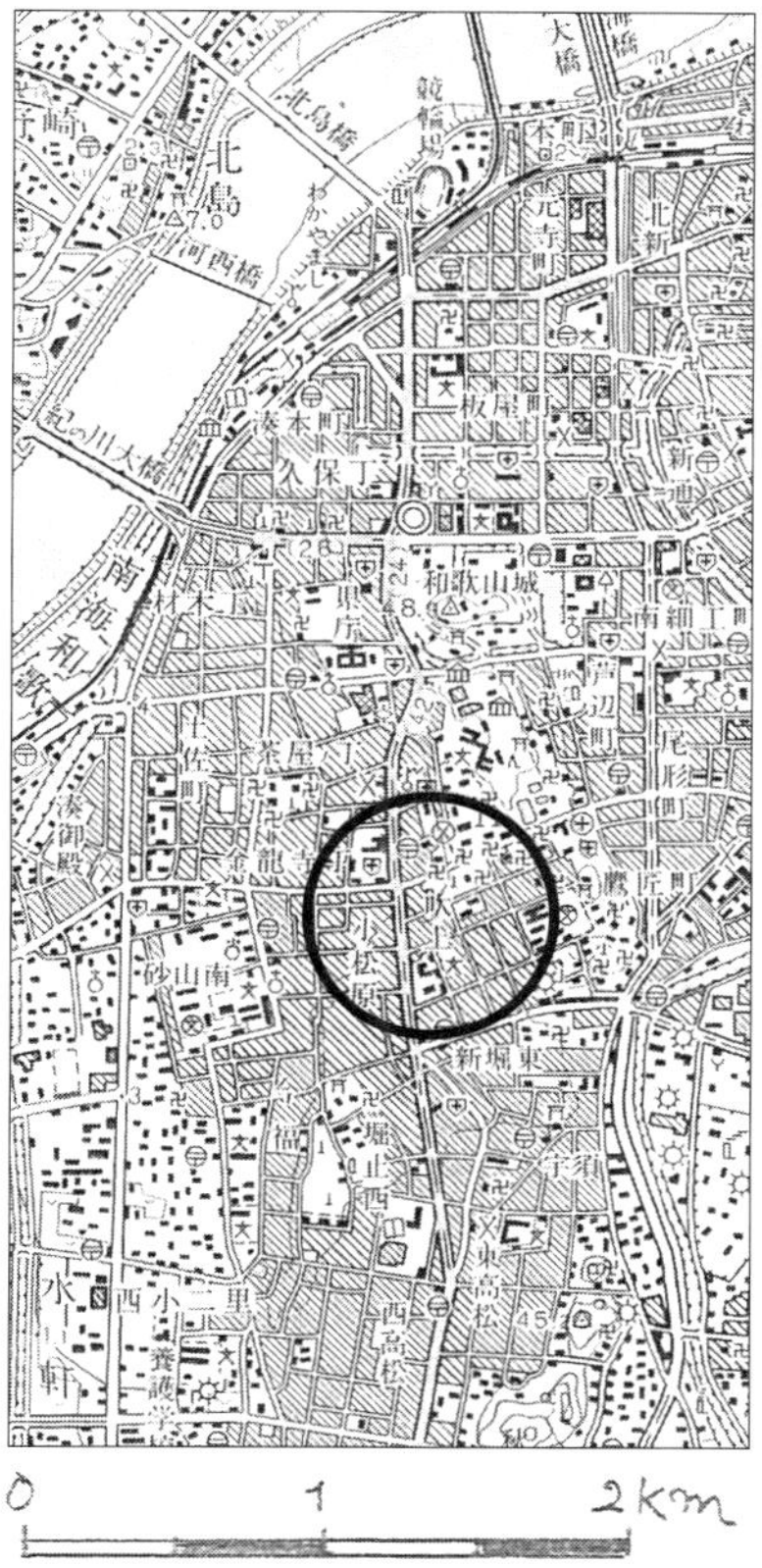

（メモ）

①紀ノ川左岸河口一帯。『続風土記』に、「東は岡に接し、北は湊に接し、西は湊村に接し、南は今福・宇須二村に接す。」とあり、湊通丁北一〜四丁目から北部の湊と岡山砂丘とに囲まれた地域を指すと。

②現国道四二号沿い、及び南部の新吹上武家屋敷地は中級藩士以上の居住地域。新堀川沿いには町屋、その西や城下町南端部は徒及び同心の屋敷を配置したと。

八五二　発心門王子跡

和歌山県田辺市本宮町三越《みこし》字発心門

関係地図　1／20万　田辺　1／2.5万　発心門

706

発心門の王子

くまのにまうで侍りける時、発心門の王子にてよみ侍りける

・うれしくも神のちかひをしるべにて心をおこす門にいりぬる　権中納言経房

⑦千載集　一二六八

（参考）法身の月はわが身をてらせども無明のくもの見せぬなりけり　千観法師

新勅撰集　五七七

（参考）後の世も此よも神にまかするやおろかなる身のたのみなるらん　法印深源

新拾遺集　一四一〇

1／2.5万　発心門

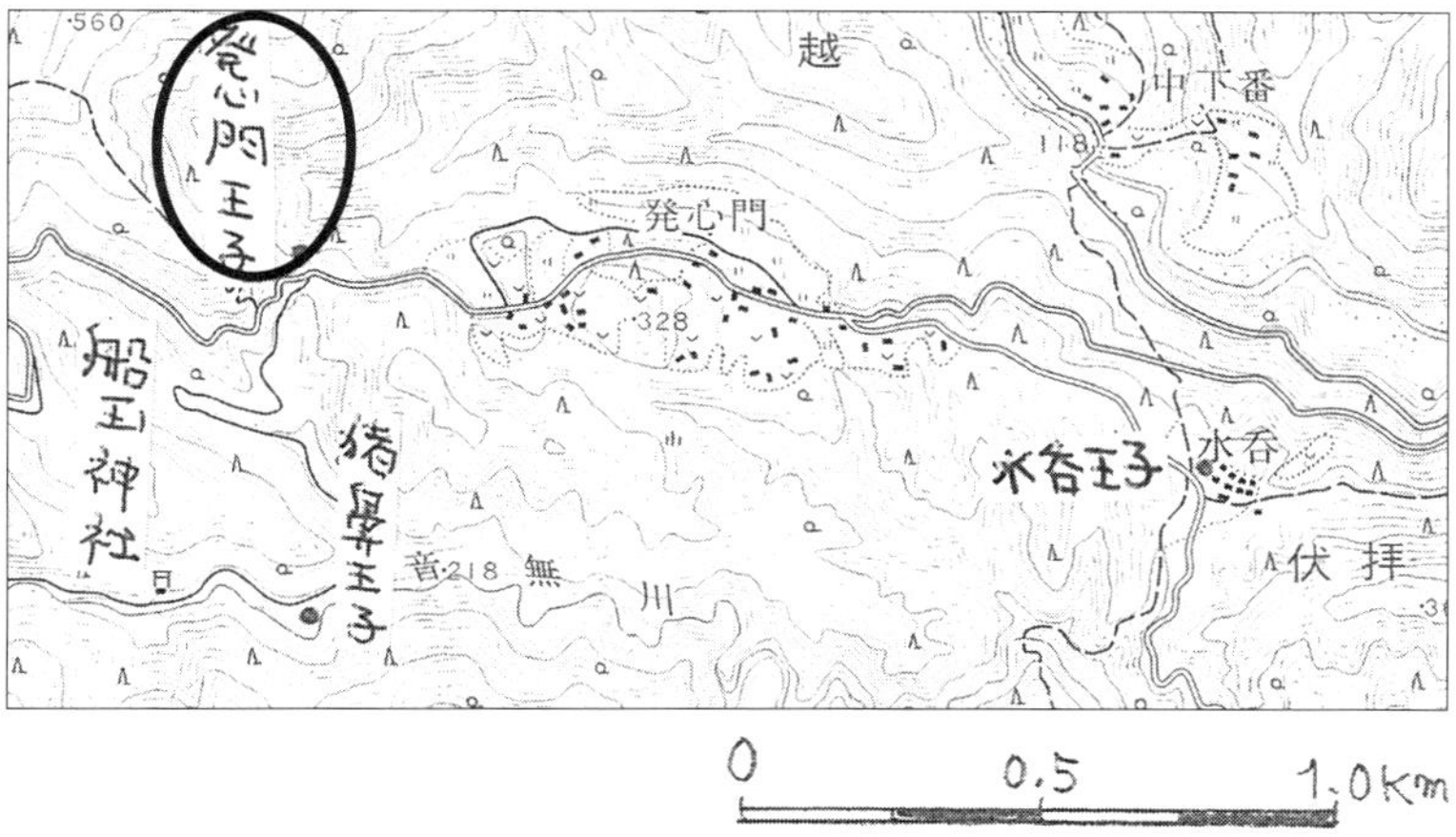

（メモ）

①東牟婁郡本宮町三越《みこし》上久保にある。猪の鼻王子と伏拝王子の間に位置する。

②発心門とは、熊野の聖域の入口を示すために建てられた門のことで、この地に大鳥居があった。熊野本宮参詣の人々は必ず、潔斎してこの大鳥居をくぐった。発心門王子は五体王子の一つ。

③『中右記』天仁二（一一〇九）一〇月条に、

先於其前祓、是大鳥居也。参詣之人必入此門之中

とあると。

④『一遍聖絵』文永一一（一二七四）年段に、

山海千重の雲路を凌《しの》ぎて、岩田河の流れに衣の袖を濯《すす》ぎ、王子数所の礼拝を致して、発心門の水際《みぎわ》に、心の鎖《とざ》しを開き給ふ。藤代・岩代の叢祠には、垂跡の露、玉を磨き、本宮・新宮…

などとある。

八五三　由良の湊

和歌山県日高郡由良町網代。由良港

関係地図　1／20万 和歌山　1／5万 御坊

810

ゆらのみなと

百首歌たてまつりし時

・かぢをたえゆらのみなとによるふねのたよりもしらぬおきつしほかぜ　摂政太政大臣　⑧新古今集　一〇七三

・きのくにやゆらのみなとにひろふてふたまさかにだにあひみてしかな　権中納言長方　⑧新古今集　一〇七五

（参考）いもがため　たまをひりふと　きのくにの　ゆらのみさきに　このひくらしつ　藤原卿　万葉集　一二二〇

（参考）かぜわたるゆらのみなとのゆふしほにかげさしのぼるつきのさやけさ　平政村朝臣　続古今集　四〇六

（参考）きのくにやゆらのみさきの月きよみたまよせかくるおきつしらなみ　源師光　続古今集　三九五

1／5万　御坊

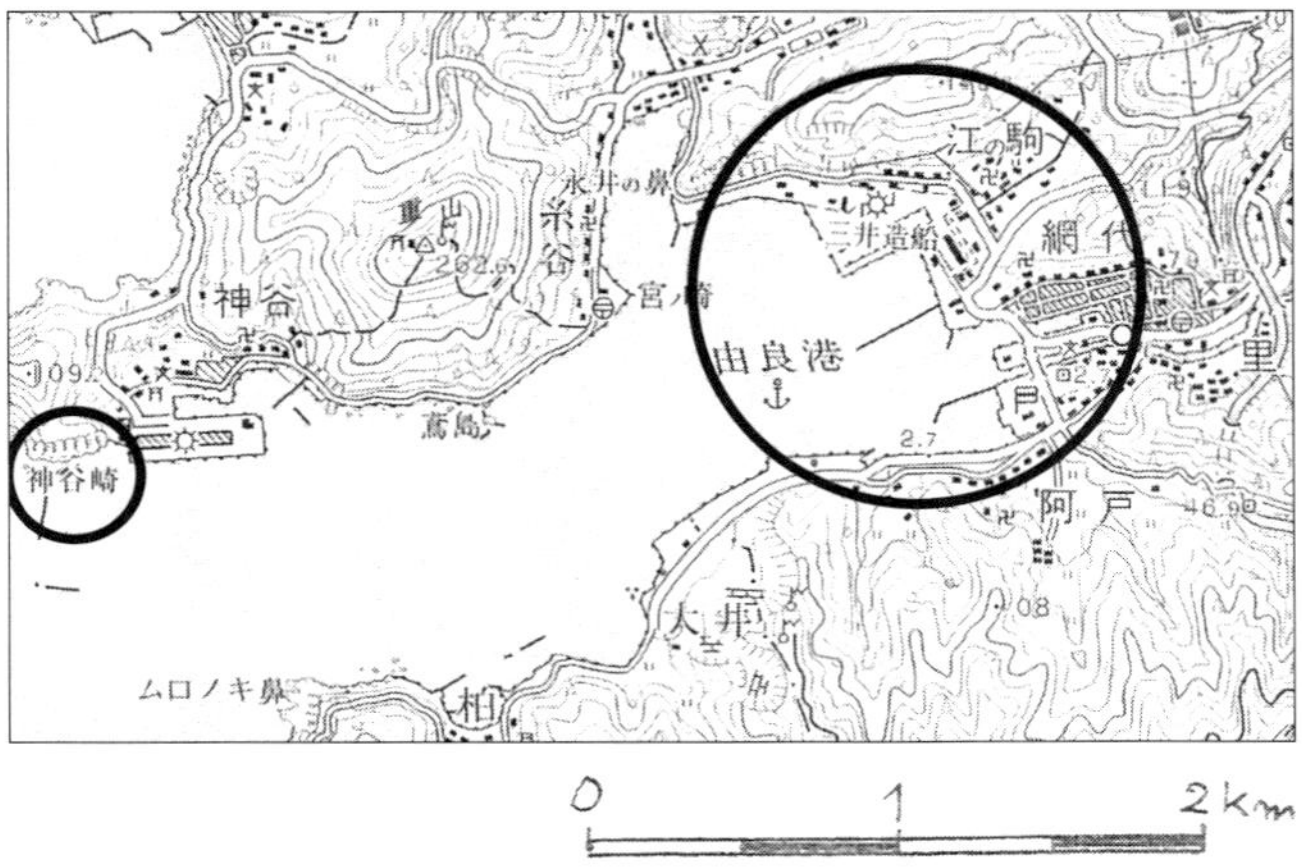

（メモ）

①日高郡由良町は由良川流域にある。紀伊水道に面する。地名「ユラ」は、平らな砂地を意味する「イラ」と同語源であるという。

②当地は南・東・北の三方を山に囲まれ、西方だけが海に面する。古代海人《あま》族の根拠地の一つとされ、『和名抄』紀伊国海部《あま》郡であった。地内には横浜遺跡・大引遺跡・衣奈遺跡等がある。

③歌の「由良の湊」は現在の由良港。「由良御崎」は現由良港入口北の「神谷崎」説の両説があると。

八五四　和歌浦旧地

和歌山県和歌山市和歌浦中の玉津嶋神社周辺一帯

関係地図　1／20万 和歌山　1／5万 和歌山

831

わかのうら

頼国朝臣紀伊守にてはべりける時いふべきことありてまかりて侍りけるをことさらにものもいはざりければよみ侍りける

・おいのなみよせじと人はいとへどもまつらんものをわかのうらには　連敏法師　④後拾遺集　一一三一

堀河院御時中宮女房たちを、亮仲実紀伊守にはべりける時わかの浦見せんとてさそひければ、あまたまかりけるにまからでつかはしける

・人なみにこころばかりはたちそひてさそはぬわかのうらみをぞする　前中宮甲斐　⑤金葉集　五七八

・和歌のうらに月のでしほのさすままによるなくつるの声ぞかなしき　前大僧正慈円　⑧新古今集　一五五六

（参考）わかのうらに　しほみちくれば　かたをなみ　あしへをさして　たづなきわたる　山部宿祢赤人　万葉集　九一九

1／5万　和歌山

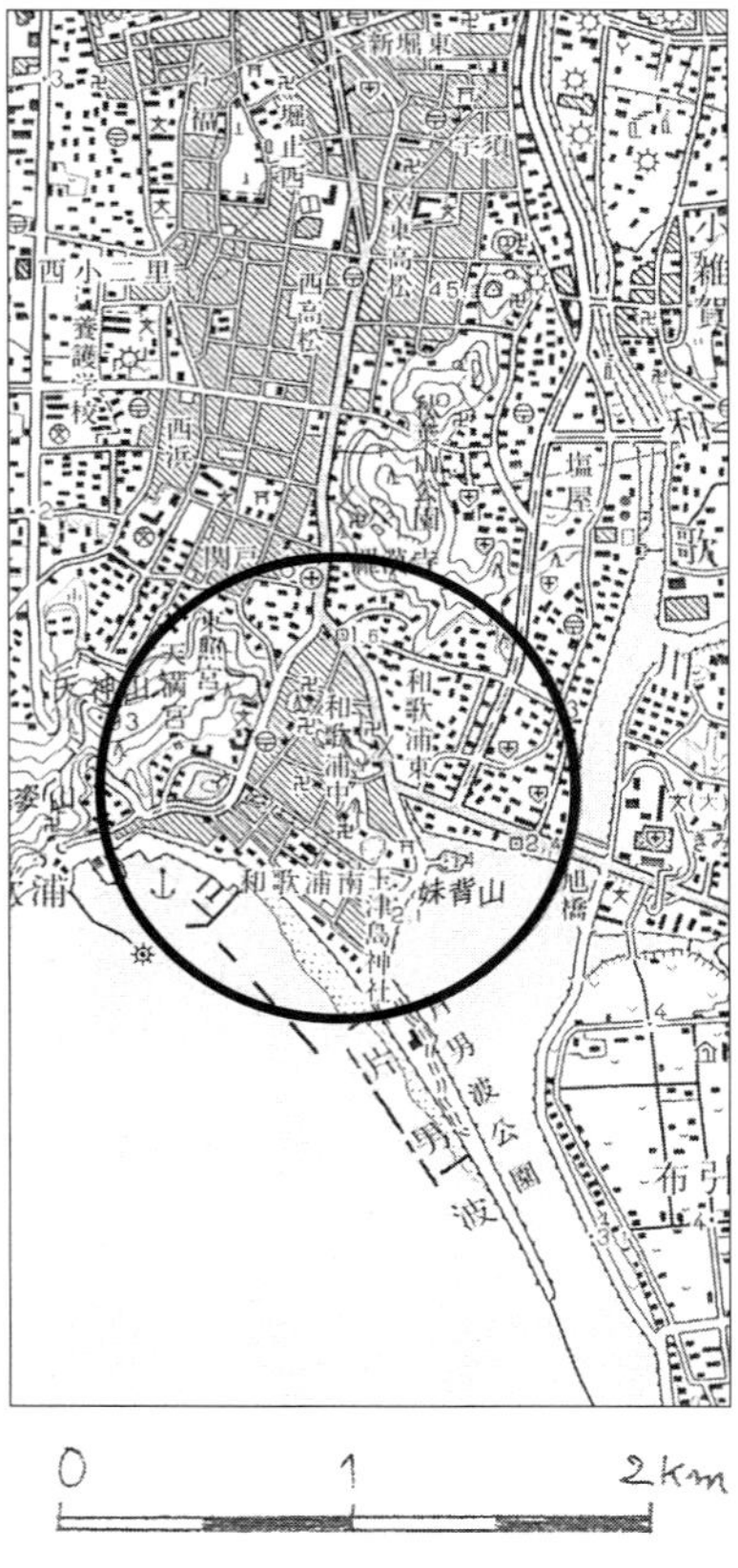

（メモ）

①和歌山市和歌浦は和歌川河口左岸にあり、南は和歌浦湾に面する。

②現在の町名は、和歌浦中・同西・同東・同南がある。

③和歌浦中に玉津島神社・妹背山・明光商店街、和歌浦西に紀州東照宮・和歌浦天満宮がある。

八五五　板井の清水　　鳥取県鳥取市気高町奥沢見《おくぞうみ》。板井神社

関係地図　1／20万　鳥取　1／2.5万　浜村

95　いたゐのし水

故郷月をよめる

・ふるさとのいたゐのし水みくさゐて月さへすまず成りにけるかな　俊恵法師
⑦千載集　一〇一一

（参考）夏ふかきいた井の水のいは枕秋かぜならぬあか月ぞなき　順徳院御製
続拾遺集　二一二

（参考）み草ゐるいた井のし水いたづらにいはぬをくみてしる人はなし　澄覚法親王　新後撰集　八一八

（参考）涼しくはゆきてをくまんみくさゐるいた井の清水里遠くとも　後醍醐院御製　新後拾集　二七六

1／2.5万　浜村

（メモ）

①板井神社は『延喜式神名帳』の、
因幡国気多郡　板井神社
祭神は天明玉命。『和名抄』の大原郷、中世の宮石郷六ケ村の氏神。社蔵縁起に、神功皇后三韓遠征の成功を祈願して祭祀と。その後、天武天皇白鳳四（六七五）年まで勅使派遣されたと。御神体は約六尺四方の青石で、本殿下にあり、祭神天明玉命が際臨と。

②後醍醐天皇は当社の神徳をお聞きになり勅使派遣、社領二四石御寄進と。

③当社の清水は、「板井の清水」。

八五六　板井の清水　　鳥取県日野郡日野町板井原

関係地図　1／20万　高梁《たかはし》　1／2.5万　根雨《ねう》、美作新庄

95　いたゐのし水

神あそびのうた

・わがかどのいたゐのし水さととほみ人しくまねばみくさおひにけり　とりものうた　①古今集　一〇七九

（参考）みくさゐるいた井のし水としふりてこころのそこをくむ人ぞなき　後京極摂政前太政大臣　続古今集　一二〇五

（参考）いまこそはいた井の水のそこまでものこるくまなく月はすみけれ　従二位行家　続拾遺集　二九〇

（参考）跡みえてさすがにたえぬ古里のいた井の清水影もかはらず　権中納言為行　新続古集　二〇〇九

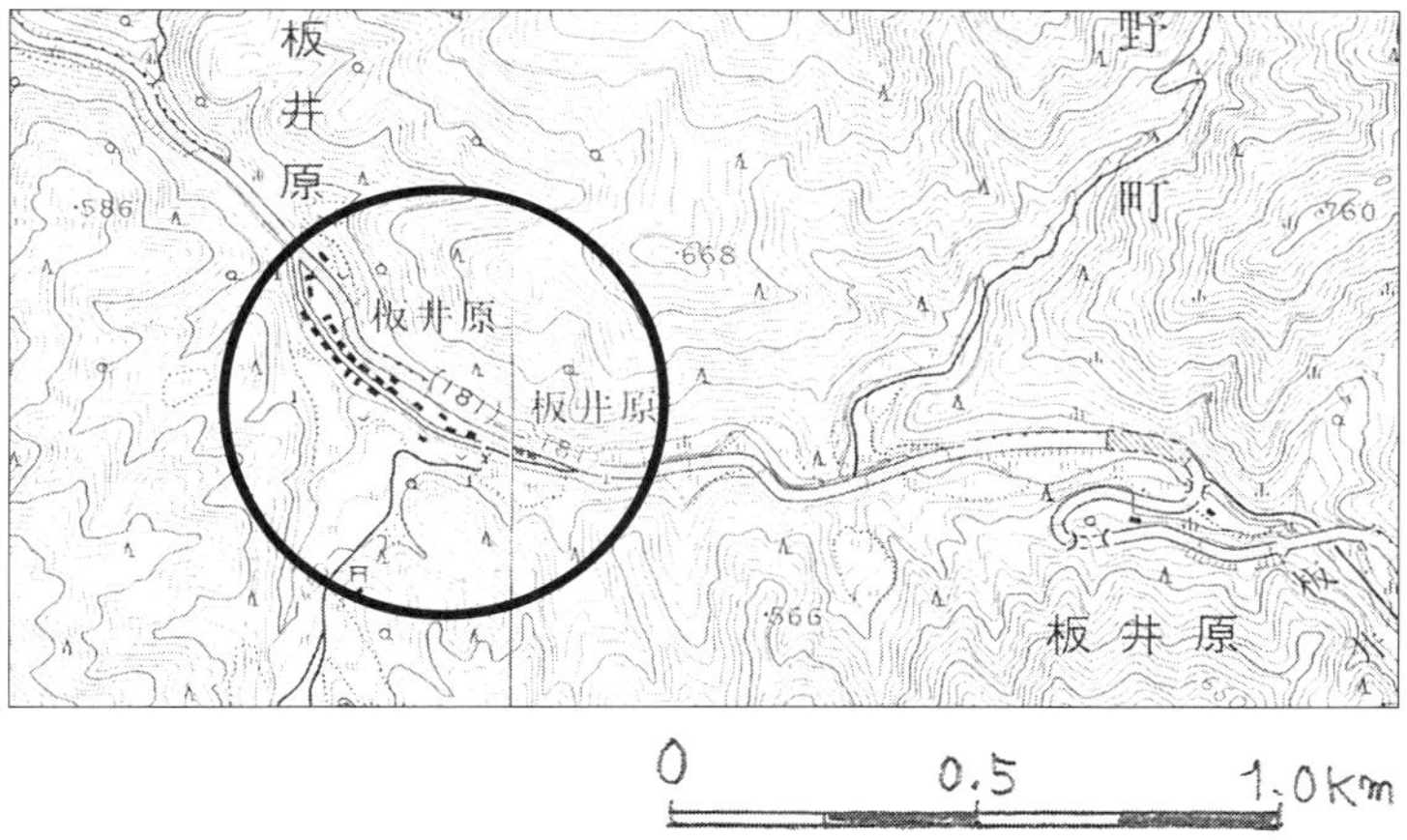

1／2.5万　根雨（左）・美作新庄（右）

（メモ）

①日野町板井原は中国山地の北斜面にある。南の岡山県新見市との県境に、標高一〇七五mの二子山。東の岡山県真庭郡新庄村との間に四十曲峠がある。承久三（一二二一）年、後鳥羽上皇もこの峠をお通りになったであろう。

②「板井原」の地名の由来は、昔、この地に真清水がコンコンと湧出するので、旅人のために板井を設置したに由ると伝える。

③当地は、『和名抄』伯耆国日野郡。元禄一四（一七〇四）年以来、「板井原宿」と呼ばれ、鳥取藩。山陽と山陰を結ぶ交通の要衝、出雲街道が通る。

八五七　因幡国庁跡

鳥取県鳥取市国府町中郷《ちゅうごう》・宮田

関係地図　1／20万　鳥取　1／2.5万　稲葉山

110
いなば

・立ちわかれいなばの山の峰におふる松としきかば今かへりこむ　在原行平朝臣

①古今集　三六五

京に侍りける女子を、いかなる事か侍りけん、心うしとてとどめおきて、
いなばのくにへまかりければ　むすめ

・打ちすてて君しいなばのつゆの身はきえぬばかりぞ有りとたのむな

②後撰集　一三一〇

（参考）天平宝字三年春正月一日於「因幡国庁」賜「饗国郡司等」之宴歌一首

・あたらしき　としのはじめの　はつはるの　けふふるゆきの　いやしけよごと

守大伴宿祢家持　万葉集　四五一六

1／2.5万　稲葉山

（メモ）

①『和名抄』因幡国の項に、
国府在法美郡
とある。当地域には古墳群や条坊跡、国史跡の「伊福吉部徳足比売墓跡」や、因幡一宮の宇倍神社、白鳳期創建の玉鉾廃寺跡がある。

②昭和四七～五四年の発掘調査で、国庁の中心は国府町中郷・宮田地区。主な遺構は掘立柱建物跡・柵・井戸跡等でその広さは一辺約百五〇～二百ｍの方形。出土品は土器・瓦・仁和二（八八六）年銘の木簡・円面硯・石帯等。時期は平安初期～鎌倉期。国史跡。

八五八　稲葉山

鳥取県鳥取市国府町美歎《みたに》

関係地図　1／20万　鳥取　1／5万　若桜《わかさ》

111
いなばの山

・立ちわかれいなばの山の峰におふる松としきかば今かへりこむ　在原行平朝臣

①古今集　三六五

摂政太政大臣家歌合に、秋旅といふ事を

・わすれなむまつとなつげそ中にいなばの山のみねの秋かぜ　定家朝臣

⑧新古今集　九六八

（参考）なきすてていなばの山の時鳥猶たちかへりまつとしらなん　権中納言経平

新後撰集　一九〇

（参考）まつとせし風のつてだに絶えはてていな葉の山につもる白雪　藤原隆博朝臣

続拾遺集　四四九

1／5　若桜

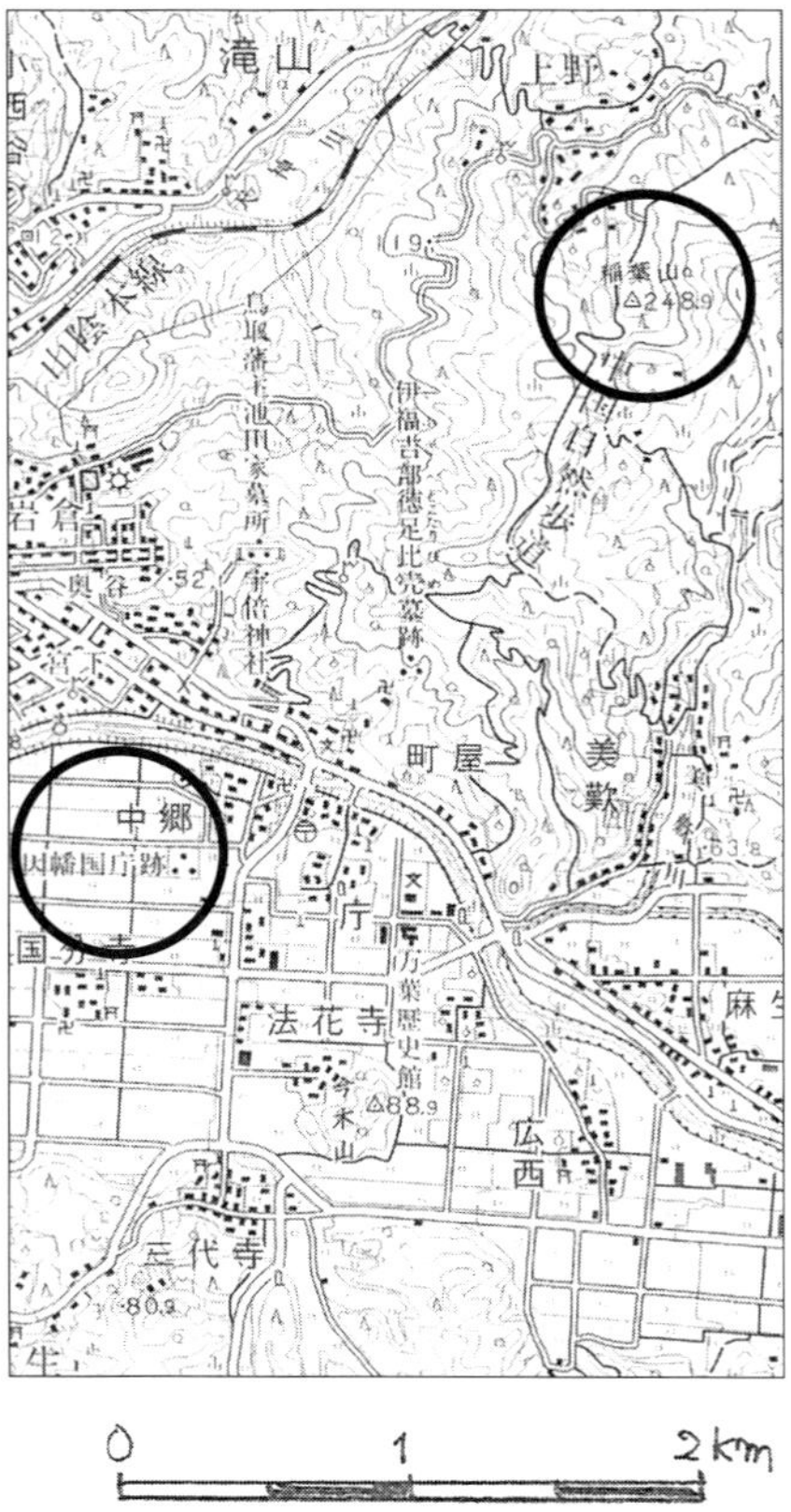

（メモ）

①古くは標高二四九ｍの稲葉山を中心に、標高二百～三百ｍの山々で、因幡国庁辺の山の総称名であった。表記の行平の歌は「百人一首」にある。

②稲葉山全体に松が繁茂していたが、備中守池田長吉が鳥取城建造時に伐採し、以来、ワラビ他の山草の採草地になったという。

八五九　大山

鳥取県西伯郡大山町《だいせんちょう》

関係地図　1／20万　松江　1／5万　大山

461　大山

智縁上人伯耆の大山にまゐりて、いでなんとしけるあか月ゆめにみえけるうた

・山ふかく年ふるわれもあるものをいづちか月のいでて行くらむ　⑧新古今集　一九一八

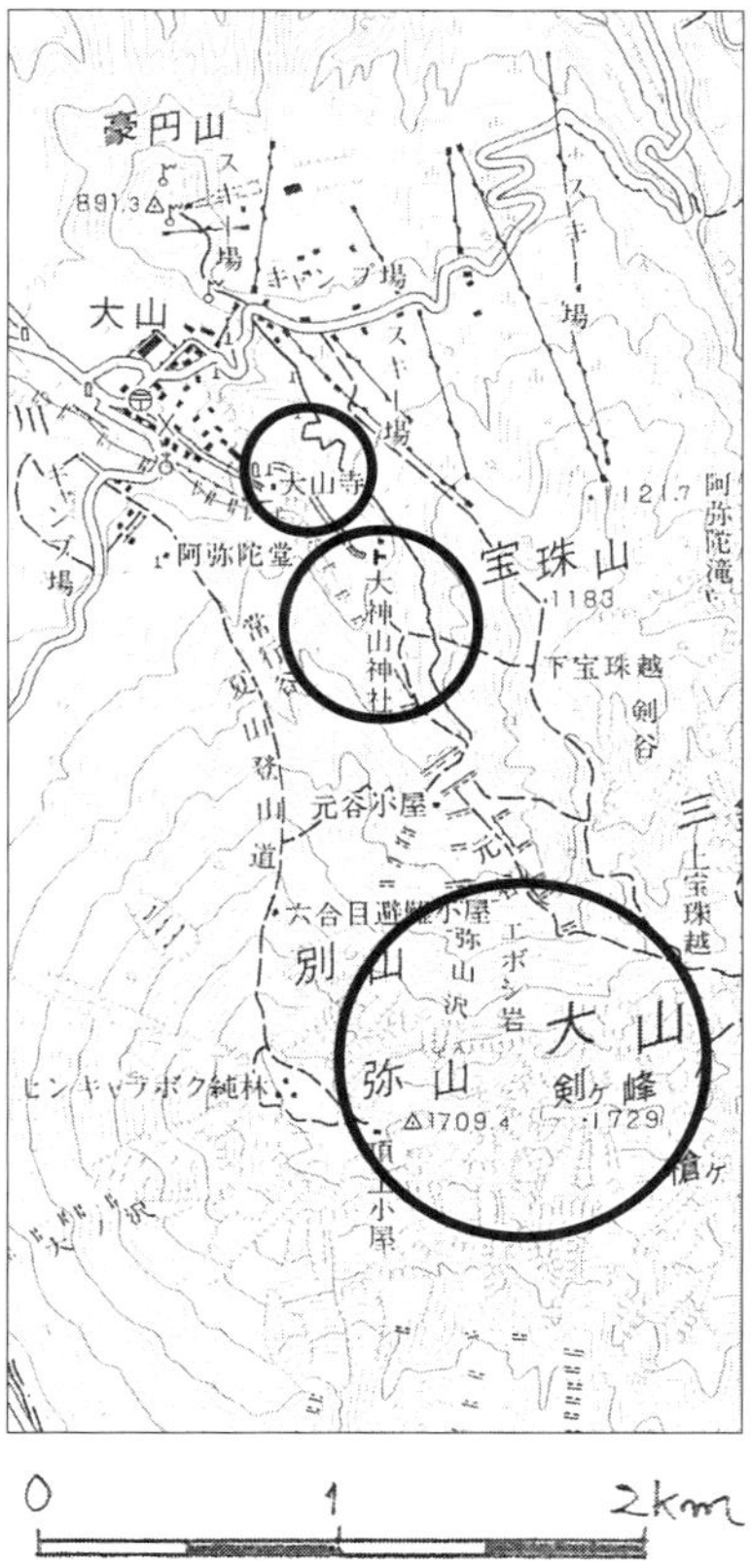

1／5万　大山

（メモ）

①大山は鳥取県西部にあり、鳥取県と岡山県真庭市にまたがる。中国地方の最高峰で、三角点のある主峰弥山の標高は一七二九m。独立峰としての美しさから、伯耆富士・出雲富士の名がある。

②火山で、白山火山帯に属し、複式火山。活動していない死火山。火山形成時代は新生代第四紀。

③この山を開いたのは役行者。『大山寺縁起』によると、開基は奈良時代の養老年間。平安期には大智明権現（地蔵菩薩）を信仰の中心とした天台宗寺院の大山寺が草創され、西明院・南光院・中門院など四〇院以上の寺院があったという。

④現在、奥宮の地に大神山神社がある。当社は『延喜式神名帳』の、伯耆国会見郡の大神《オオミワ》山神社であると。

八六〇　伯耆国庁跡

鳥取県倉吉市国府《こう》字三谷《さんだに》

関係地図　1／20万　松江　1／5万　倉吉　1／2.5万　倉吉

637　ははきのくに

ははきのくにはべりけるはらからのおとしはべらざりければたよりにつかはしける　馬内侍

・ゆかばこそあはづもあらめははきぎのありとばかりはおとづれよかし　④後拾遺集　八七六

（参考）尋ぬればそこともみえずはは木木のありとばかりにまよひけるかな　前大僧正覚実　新千載集　八五〇

1／2.5万　倉吉

（メモ）

①伯耆国庁跡は、倉吉市国府及び同市国分寺にある。倉吉市街地から西に約二kmの国府川左岸の丘陵上にある。

②『和名抄』伯耆国久米郡八代郷。昭和四八～五三年の発掘調査によると、内郭は正殿を中心に置き、南と北に前殿、後殿を配し、東西に細長い脇殿を付している。外郭の広さは東西二七三m、南北二二七・六m。出土遺物は土器・瓦・石帯など。土器中には墨書土器・円面硯・風字硯がある。また国府の存続時期は八世紀～一〇世紀などとある。

③倉吉市国分寺に国庁裏神社（総社）が鎮座する。祭神は大己貴命・少彦名命・他八柱。国守の伯耆国内神社巡拝の便宜のために、国庁の北に一社を創建し、国内の神社祭神を総合祭祀したという。貞観一五（八七三）年従五位下を授けられている。

八六一　青杉ヶ城山

島根県邑智郡美郷町明塚・信喜・梁瀬

関係地図　1／20万 浜田　1／5万 三瓶山

272　鴨山

石見にて、なくなりぬべき時にのぞみて　柿本人丸

・かも山のいはねしまきてあるわれをしらぬかいもがまちつつあらむ

③拾遺集　一三五五

（参考）かもやまの　いはねしまける　われをかも　しらにといもが　まちつつあるらむ　柿本朝臣人麿　万葉集　二二三

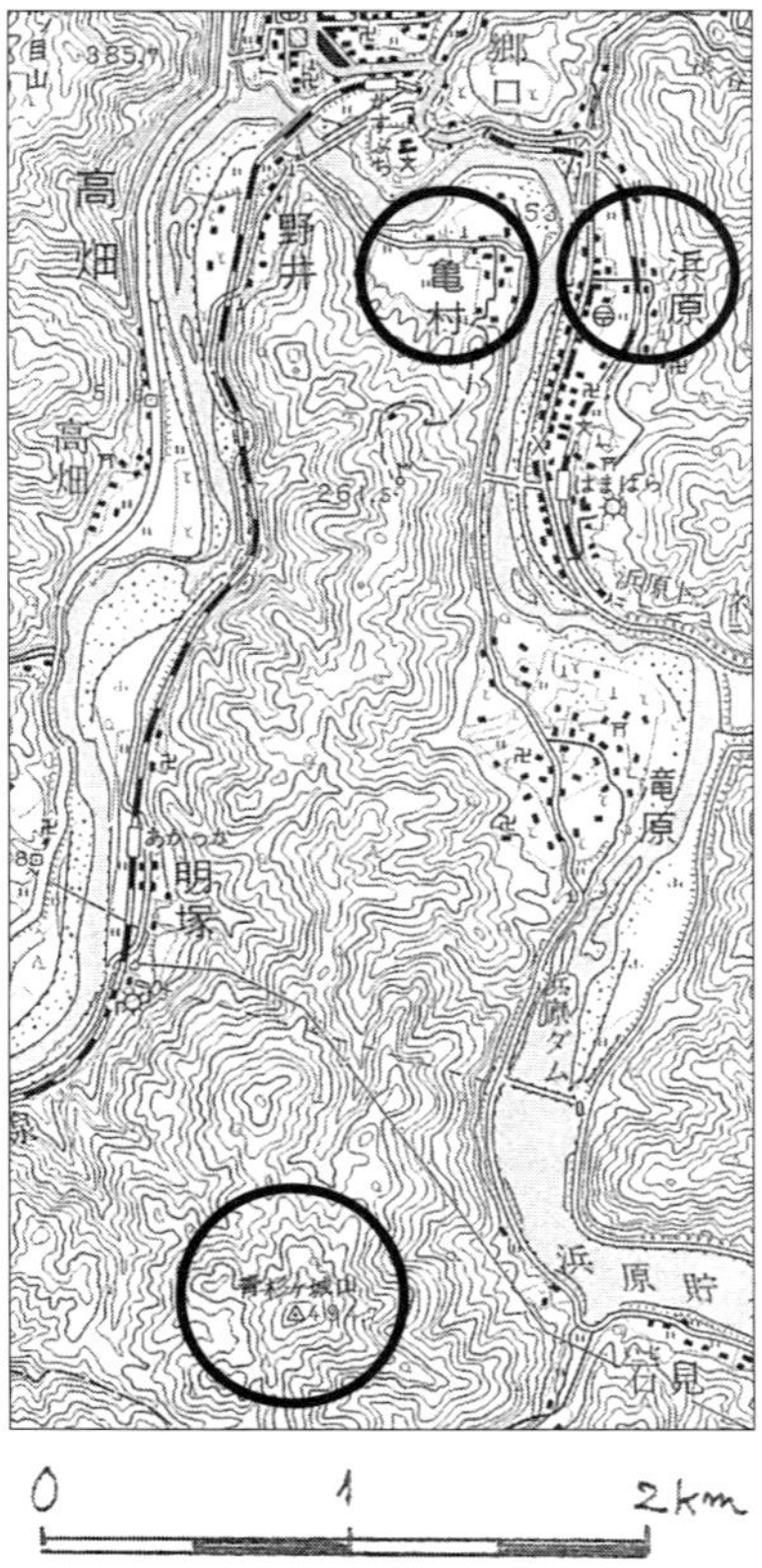

1／5万　三瓶山

（メモ）

①地図の亀村には神社はない。『邑智町誌』神社編の「桂根八幡宮」（大字浜原小字八幡）に次の記載がある。

・天照皇大神はもと大字亀字宮風呂鎮座の若一王子神社の祭神である。

・大年御祖神は右王子神社の境内に鎮座になっていた大歳神社の祭神である。

・大物主命は大字亀字大井後鎮座の金刀比羅神社の祭神である。

・国常立命は大字亀字下角に鎮座の大元神社の祭神である。

右四社を大正三年三月二十三日に本社に合祀した。

それまで亀村に神社があった。

②斎藤茂吉『柿本人麿』「鴨山考」に、「カメ」は「カモ」の転訛とある。現在の亀村は昔は鴨村であると。

③江ノ川には砂鉄、青杉ヶ城山に燃料。鴨族の製鉄所は現在の亀村にあった。また青杉ヶ城山は鴨の頭、亀村・野井は嘴先であり、名実ともに「鴨山」である。

八六二　青野山

島根県鹿足郡津和野町笹山・耕田

関係地図　1／20万 山口　1／5万 津和野

138　妹山

いはみに侍りてなくなり侍りぬべき時にのぞみて　人麿

・いも山のいわねにおける我をかもしらずていもがまちつつあらん

③拾遺集　一三二一

（参考）いもやまのいはねにおけるまろこすげまろこずとてや露けかるらん　従二位行家卿　夫木抄　一三五四〇

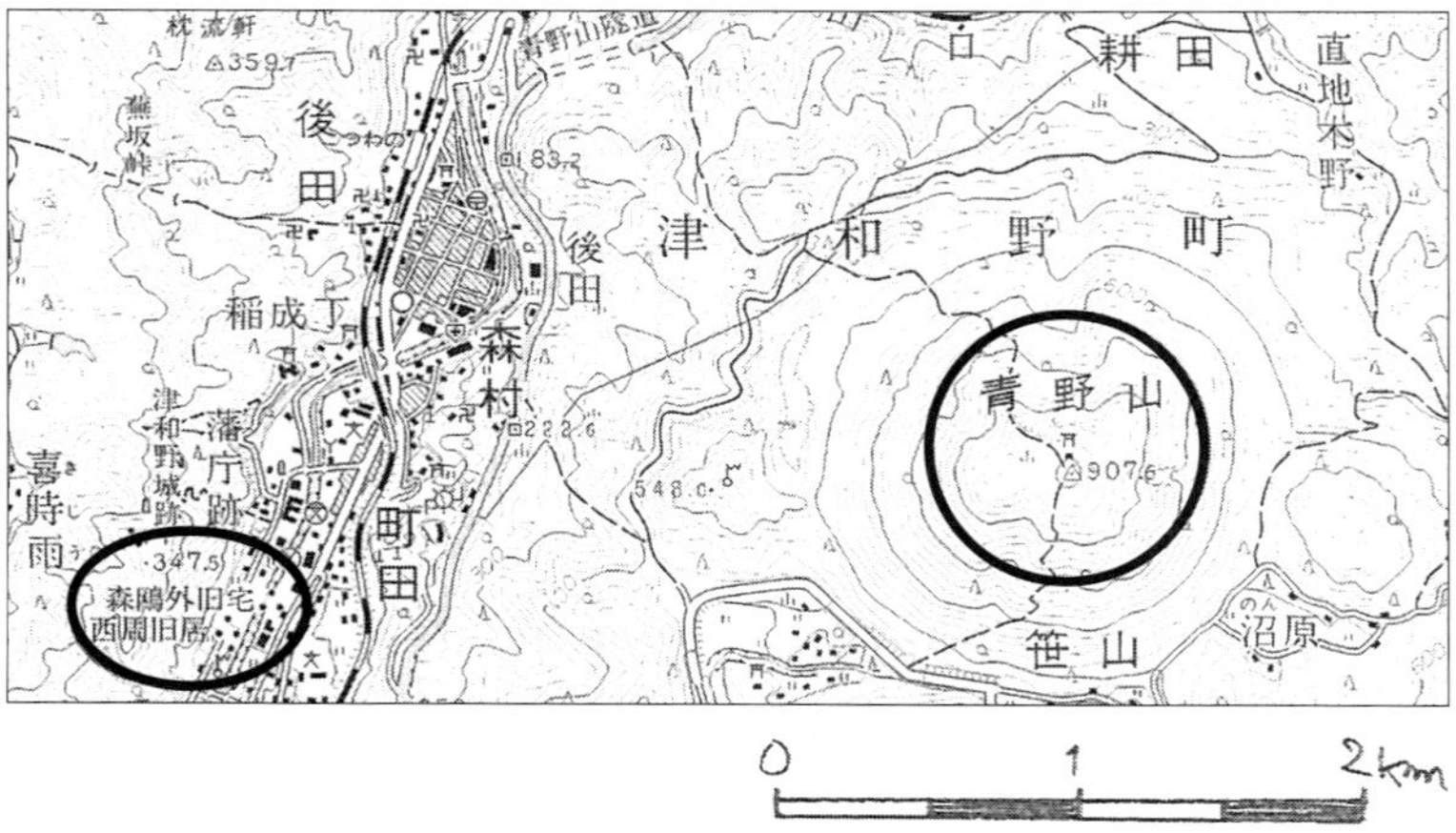

1／5万　津和野

（メモ）

①標高九〇七・六mの青野山は、津和野町の旧津和野町の東にある。大山火山帯白山火山系に属するトロイデ式火山。山頂が丸く、やさしい姿をしているので、古来「妹山」の名があると。等高線はほぼ同心円をなしている。周囲に小青野などの美しい寄生火山を持っている。

②山頂の神社は山王神社。古来雨乞祈願や虫除祈祷等に霊験がある。

③旧津和野町には西周《にしあまね》旧居（国史跡）がある。西周（一八二九—一八九七）は哲学者、心理学者。周が天保三年から嘉永二年までここで生活した。後、江戸に出て中浜万次郎に英語を、オランダ留学等をする。明治年間の哲学興隆の率先者。

④森鴎外旧宅（国重文）。森鴎外（一八六二—一九二二）は明治大正の文学者・医学者。鴎外は誕生から一一歳で父とともに上京するまでここで生活した。

八六三　あふの松原

島根県松江市

関係地図　1／20万　松江

48
あふの松原

石清水歌合とて、人人よみ侍りける時、寄松恋といへる心をよみ侍りける

・はかなしな心づくしに年をへていつともしらぬあふの松原　権中納言経房

⑦千載集　七六四

（参考）たがためかあふのまつばらなをとめてわれにつれなきいろをみすらん

大納言良教　続古今集　一〇八六

（参考）おもひたつ心づくしの行末にあればとたのむあふの松原　妙光寺内大臣

新葉集　八〇五

（参考）をふの海のおもはぬうらにこすしほのさてもあやなくたつけぶりかな

寂蓮法師　新勅撰集　七六〇

1／20万　松江

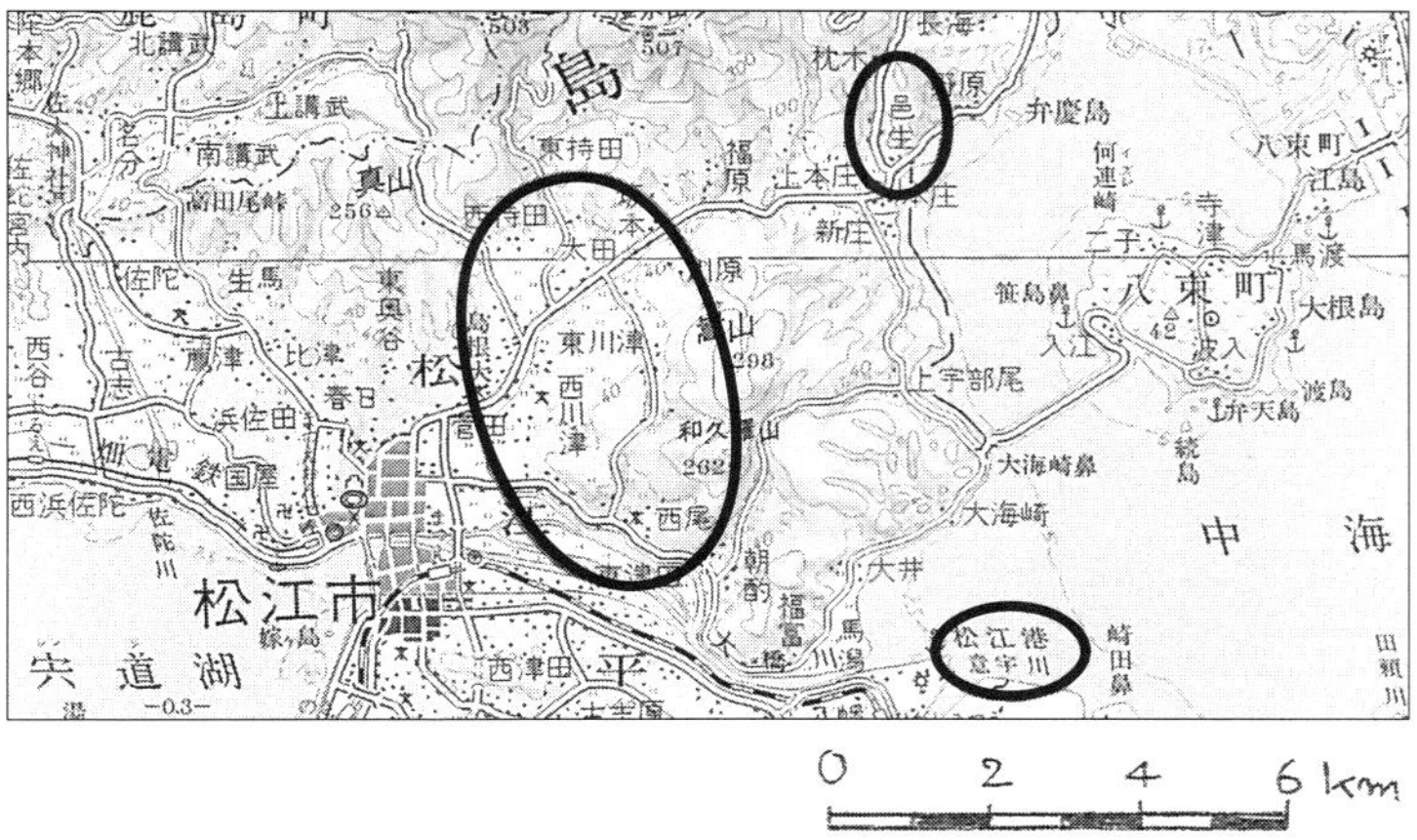

（メモ）

①松江市には邑生《おう》町。飫宇の海。意宇《おう》川などがある。「飫宇の海」とは意宇川の注ぐ海のことで「中海」を指すという。また、意宇郡の北にある湖ということで「宍道湖」を指すという。以上により、中海と宍道湖の共通する所で、松林を形成する陸地。それが「あふの松原」の地とすると、東に中海、西に宍道湖のある松江平野であろう。そのような土地に人が住み、現在の松江市となった。

②宍道湖十景、松江八景に「天倫寺の晩鐘」がある。天倫寺は松江市国屋町にあり、通高八七cm・口径五三cmの梵鐘あり。この鐘は明徳五年、秀関和尚がもたらしたと伝える。その銘に

高麗国東京内廻真寺仏弟子釈□□奉為聖寿天長国泰人安普勧有縁……辛亥へ

顕宗二（一〇一一？）年四月八日

などあり、名鐘。

八六四　出雲国府跡

島根県松江市大草町字中島

関係地図　1／20万　松江　1／5万　松江　1／2.5万　松江

106
出雲

・やくもたついづもやへがきつまごめにやへがきつくるそのやへがきを　①古今集序

出雲へくだるとて能因法師のもとへつかはしける　大江正言

・ふるさとのはなのみやこにすみわびてやくもたつてふいづもへぞゆく　④後拾遺集　四九六

いづものくにながされはべりけるみちにてよみ侍ける　中納言隆家

・さもこそはみやこのほかにやどりせめうたてつゆけきくさまくらかな　④後拾遺集　五三〇

1／2.5万　松江

（メモ）

①出雲国府跡は松江市大草町中島にある。そこに出雲の総社・六所神社が鎮座。神社の北側田地の発掘調査によると、柱間五間・南北四間の四面廂《ひさし》の建物。その後方に数棟の建物があり、それらを囲む一辺約一七〇m四方。これが奈良時代の出雲国府跡。国史跡。

②『和名抄』出雲国　国府在意宇郡とある。『出雲国風土記』意宇《おう》郡に、あちこちの国の余った所に綱をかけ、国来国来《くにこくにこ》と引き寄せて出雲国が出来た。国がある程度大きくなったので八束水臣《やつかみづおみ》津野命《つののみこと》が、「おゑ」とおっしゃったので国引きをやめたという。「故、意宇といふ」とある。

八六五　出雲大社

島根県出雲市大社町杵築東

関係地図　1／20万　大社　1／5万　大社

107

いづもの宮

百首歌めしける時、よませ給うける

・しきしまや　大和のうたの　つたはりを　きけばはるかに　久かたの　あまつ神世に　はじまりて　みそもじあまり　ひともじは　いづもの宮の　や雲よりおこりけるとぞ　しるすなる　それより後は　もも草の　ことのはしげく　ちりぢりに　風につけつつ　きこゆれど　ちかきためしに　ほりかはの　ながれをくみて　さざ浪の　よりくる人に　あつらへて　つたなきことは　はまちどり　あとをすゑまで　とどめじと　おもひながらも　つのくにの　なにはのうらの　なにとなく　ふねのさすがに　此ことを　しのびならひし　なごりにて　よの人ぎきは　はづかしの　もりもやせんと　おもへども　こころにもあらず　かきつらねつる

崇徳院御製　⑦千載集　一一六二

1／5万　大社

（メモ）

①現在の本殿は桁行・梁間ともに六間（約一一m）、高さ八丈（約二四m）。創建時の高さは三二丈あったと伝える。祭神は大国主大神。祭神は縁結びの神、福の神、農耕神。『延喜式神名帳』に、

杵築大社　名神大

とある。

②出雲国造の本貫地は現在の松江市大庭町辺、奉祀神社は熊野大社。また、新国造の火継神事は大庭町の神魂神社であったという。

八六六　妹山推定地

島根県江津市二宮《にのみや》町神主・千田《ちだ》町

関係地図　1／20万　浜田　1／5万　浜田

138

いも山

いはみに侍りてなくなり侍りぬべき時にのぞみて

・いも山のいはねにおける我をかもしらずていもがまちつつあらん　人まろ

③拾遺集　一三二一

（参考）柿本朝臣人麿石見国にありて死に臨む時、自ら傷みて作る歌

・かもやまの　いはねしまける　われをかも　しらにといもが　まちつつあるらむ

万葉集　二二三

1／5万　浜田

（メモ）

①ここには標高二六五・四m天狗山、標高二六一m高野山の二峰がネコの両耳のような双耳峰をなしている。二宮町神主の小字に「恵良」がある。柿本人麻呂の妻「依羅娘子《よさみのをとめ》」を音読みすれば「えら」となり、えらのをとめであったといわれる。人麻呂が石見国より妻に別れて上京する時の歌

石見のや高角山の木の間より吾が振る袖を妹見つらむか　万葉集　一三二

がある。「たかつの山」の「つ」が抜けると「たかの山」になる。高野山は依羅娘子の住居地の山、妹山であった。

②高野山には古墳群がある。それを見て人麻呂は生活し、黄泉《よみ》の国に行った数多くの人を思い、表記の歌を詠んだのであろう。二宮町一帯には山砂鉄が産する。江の川には川砂鉄が産し鴨氏が住んでいたという。

八六七　石見潟

島根県西部の海

関係地図　1／20万　浜田、見島

131

いはみがた

•つらけれど人にはいはずいはみがた怨ぞふかき心ひとつに　よみ人しらず

③拾遺集　九八〇

つつむこと侍りける女の返事をせずのみ侍りければ、一条摂政いはみがたといひつかはしたりければ

•いはみがたなにかはつらきつらからば怨みがてらにきても見よかし　よみ人しらず

③拾遺集　一二六二

(参考)いはみのうみ　うつたのやまの　このまより　わがふるそでを　いもみつらむか　柿本朝臣人麿　万葉集　一三九

(参考)いはみがたうらみぞふかきおきつなみうちよするもにうづもるるみは

古六帖　一八五五

(参考)あけぬなりはやふなでせよいはみがたあさみつしほにちどり鳴くなり

祐盛法師　夫木抄　六八一七

1／20万　見島(左)・浜田(右)

(メモ)

①「石見の海」・「石見潟」は同じで、石見国の海の総称。

②「八重葎」によると、「江津市都野津《つのづ》町の角野浦」・「石見海岸総称」・益田市の飯野浦」等など言われるが共通点は「言い難き思い」や「恨みの連想」の歌で詠まれていると。

八六八　石見国府跡推定地

島根県浜田市下府町《しもこう》。伊甘《いかん》神社辺

関係地図　1／20万　浜田　1／2.5万　下府

130

いはみ

いはみに侍りける女のまうできたりけるに

•いはみなるたかまの山のこのまよりわがふるそでをいも見けんかも　人まろ

③拾遺集　一二三九

いはみに侍りてなくなり侍りぬべき時にのぞみて

•いも山のいはねにおける我をかもしらずていもがまちつつあらん　人まろ

③拾遺集　一三二一

(参考)いはみ野やはるの雪ちる花ざかりたかつの山に風やふくらん　権大納言

実家卿　夫木抄　一四五五

1／2.5万　下府

(メモ)

①『和名抄』石見国に

国府在那賀郡　行程上二十九日下十五日

とある。

②石見国府跡は浜田市下府町《しもこうまち》の伊甘《いかん》神社辺という。伊甘神社には石見総社である府中神社と、「石見国印」を祀る印鑰《いんやく》神社が合祀されている。伊甘神社は『延喜式神名帳』にある。

③一帯には「御所」・「御門」等の字名がある。しかし、国府跡を示す遺構や出土品は未確認という。

八六九　隠岐国府跡

島根県隠岐郡隠岐の島町下西

関係地図　1／20万　隠岐　1／5万　西郷

187
おきのくに

おきのくにになかされける時に舟にのりていでたつとて、京なる人のもとにつかはしける

・わたのはらやそしまかけてこぎいでぬと人にはつげよあまのつり舟　小野たかむらの朝臣　①古今集　四〇七

おきのくにになかされて侍りける時によめる

・思ひきやひなのわかれにおとろへてあまのなはたきいさりせむとは　たかむらの朝臣　①古今集　九六一

(参考) たつ波につづみの声をうちそへてから人よせくおきのしまより　神祇伯顕仲卿　夫木抄　一六七五四

1／5万　西郷

(メモ)

①旧国名。隠岐国は島根半島の北四四kmの日本海に浮ぶ隠岐群島から成る。島後(隠岐の島)・中ノ島・西ノ島・知夫里島他約一八〇の島から成る。

②玉若酢命神社は隠岐の島町下西字宮ノ前に鎮座。祭神は玉若酢命。隠岐開拓の祖。古くは若酢明神、又は総社明神と呼ばれた。貞観一三(八七三)年従五位下。『延喜式神名帳』周吉《すき》郡の玉若酢命神社。

③玉若酢命神社向いの一帯が国府原。ここに隠岐国府跡がある。字能木原で、規格的な掘立柱建物跡が発見されている。

(表紙裏写真⑲参照)

八七〇　おふの河原推定地

島根県松江市大草町辺

関係地図　1／20万　松江　1／2.5万　松江

197
おふの河原

百首歌よませ侍りけるに

・五月雨はおふの河原のまこも草からでや浪の下にくちなむ　入道前関白太政大臣　⑧新古今集　二三一

(参考) まこもかる　おほのがはらの　みごもりに　こひこしいもが　ひもとくあれは　万葉集　二七〇三

(参考) 白すげのおほの川原のかはちどり啼く夜の月のかげの寒けさ　従三位行能卿　夫木抄　一一一一〇

1／2.5万　松江

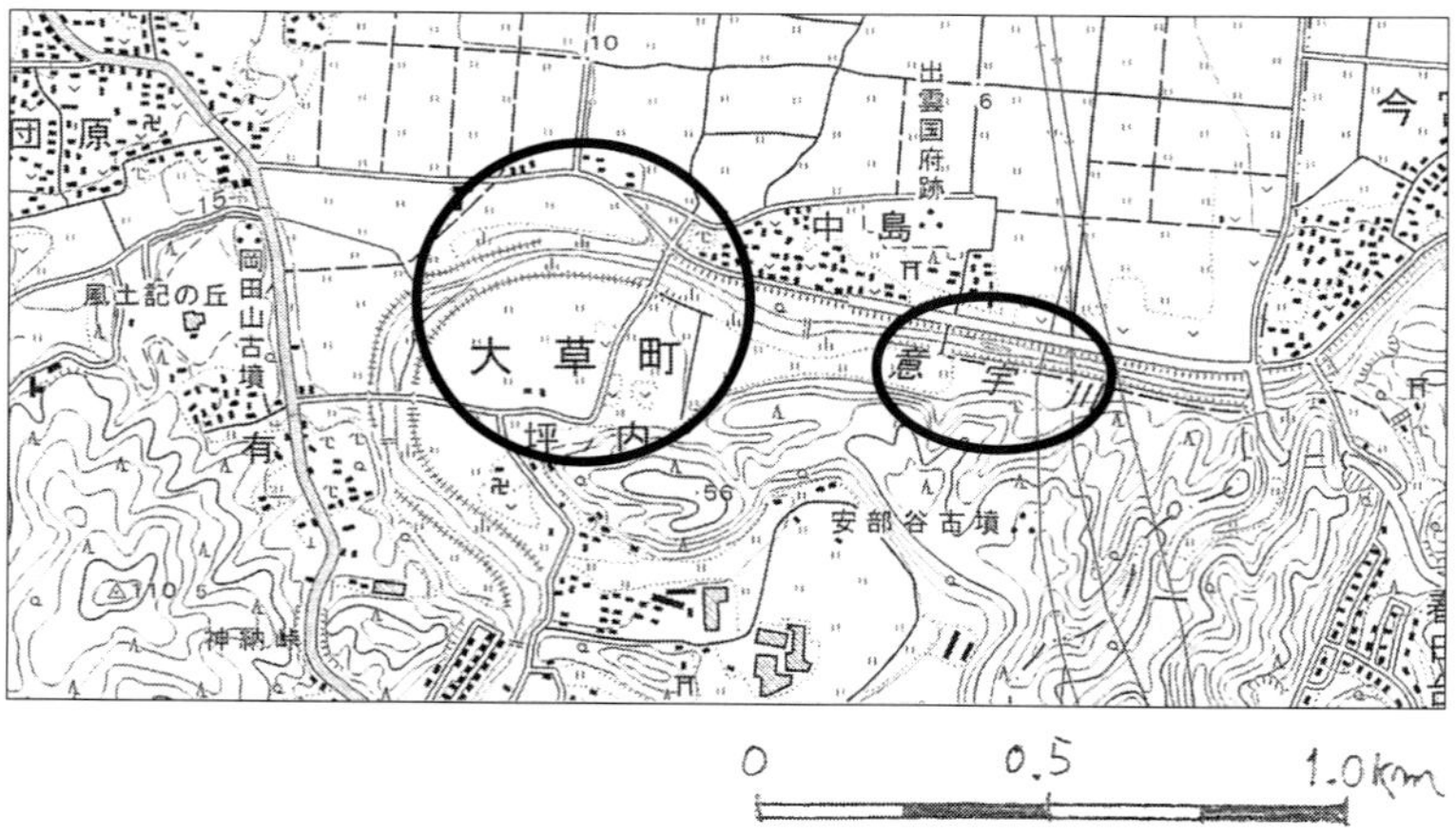

(メモ)

①「おふの河」は現在の意宇川。よって、現在のようにコンクリートや石積みの護岸堤防を持たない、全く、天然自然の意宇川であり、その意宇川が自然に形成した河原が、歌中の「意宇の河原」であろう。その川には春はマス、夏はアユ、秋にはサケが遡上し、春・夏・秋・冬にはそれぞれ季節の鳥、夏にはホタルが飛交ったことであろう。その一部が図の大草町にあった。

②北に出雲国庁があり、中洲、現在の中島があった。

③『出雲国風土記』意宇川に、
源は郡家の正南十八里なる熊野山(現在の標高六一〇・四mの天狗山)より出で、北に流れて、東に折れ流れて入《いり》海《うみ》に入る。年魚《あゆ》・伊久比《いぐひ》あり。

とある。

八七一　加賀の海

島根県松江市島根町加賀

関係地図　1／20万　松江　1／5万　境港

608

にしきのうら

にしきのうらといふところにて

・なにたかきにしきのうらをきてみればかづかぬあまはすくなかりけり　道命法師　④後拾遺集　一〇七五

（参考）なみにしく紅葉の色をあらふゆゑににしきの島といふにや有るらん　西行上人　夫木抄　一〇四三二

1／5万　境港

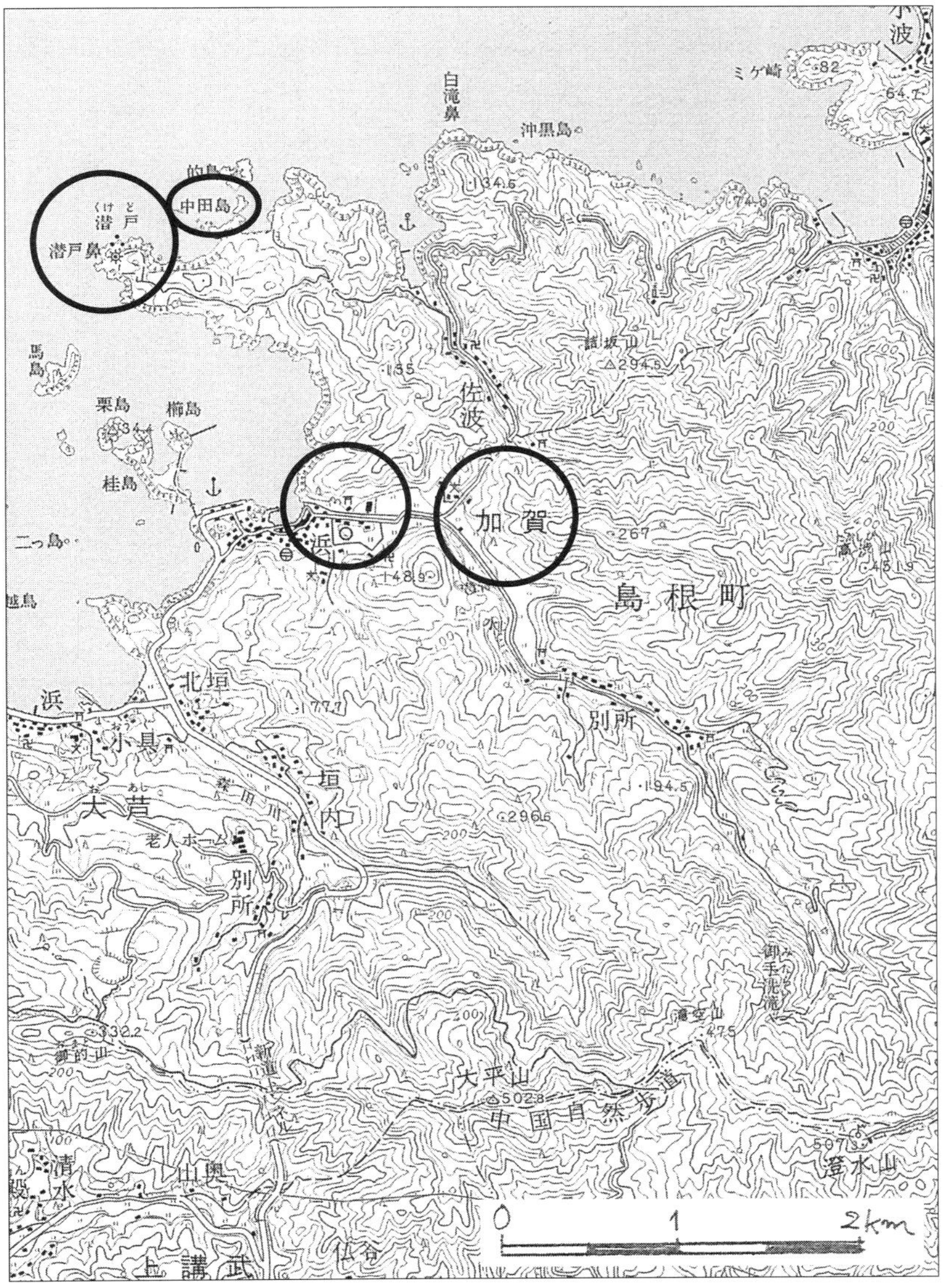

（メモ）

①錦の浦は松江市島根町大字加賀にある加賀の七浦の一つで、現在「田島灘」と呼ばれている、「加賀の潜戸《くけど》」の近くといわれる。潜戸の北には「中田島」があり、この近く。

②島根町加賀字浜に加賀神社（潜戸大神宮）が鎮座する。祭神は枳佐賀比売命・猿田彦命・天照大神・伊弉諾尊・伊弉冉命。社殿は万治二（一六五九）年造営。祭神枳佐賀比売命は神魂命の御子でここ加賀神崎の神窟に猿田彦命を生せ給ふ。其後二神の神霊は久しく岩窟内に奉斎せられたが、後現在地に遷座。

③潜戸大神宮の「潜戸之縁起」に、錦の浦について

天照大神彼の浦に坐す時、神達錦を敷賜ふ浦を錦の浦という也

とあると。

④『出雲国風土記』嶋根郡加賀の郷に、

郡家の北西のかた二四里一百六十歩《あし》なり。佐太《さだ》の大神の生《あ》れまししところなり。御祖《みおや》、神魂命《かむむすびのみこと》の御子、支佐賀比売命《きさかひめのみこと》、「闇《くら》き岩屋《いはや》なるかも」と詔《の》りたまひて、金弓《かなゆみ》もちて射《い》給ふ時に、光加加明《ひかりかがや》きき。故《かれ》、加加《かが》といふ。神亀《じんき》三（七二六）年、字を加賀と改む。

とある。また、同書に、

加賀の社（加賀神社）

がある。これは『延喜式神名帳』嶋根郡の加賀神社。別名「潜戸大神宮」。

⑤加賀の潜戸《くけど》。国天然記念物・国名勝。潜戸鼻半島の先端にある。玄武岩熔岩と凝灰質集塊岩から成る断崖の下方に海食洞門がある。これを新潜戸という。洞門の幅は一〇〜二〇m、高さ二〇〜三〇m、延長は約二百m。波静かな時に舟で入ることが出来る。内部は明るく、海水が澄んでいる。よってこの水を流す川の名は「澄水川《しんじがわ》」。生産地の山は「澄水山」。滝は御手洗滝。旧潜戸に賽の河原があり、葬送遺跡の名残りかとも。

八七二　鴨山跡推定地

島根県益田市久城町浜沖の大瀬

関係地図　1／20万　見島　1／2.5万　益田

272

鴨山

石見にて、なくなりぬべき時にのぞみて

・かも山のいはねしまきてあるわれをしらぬかいもがまちつつあらむ　柿本人丸

③拾遺集　一三五五

1／2.5万　益田

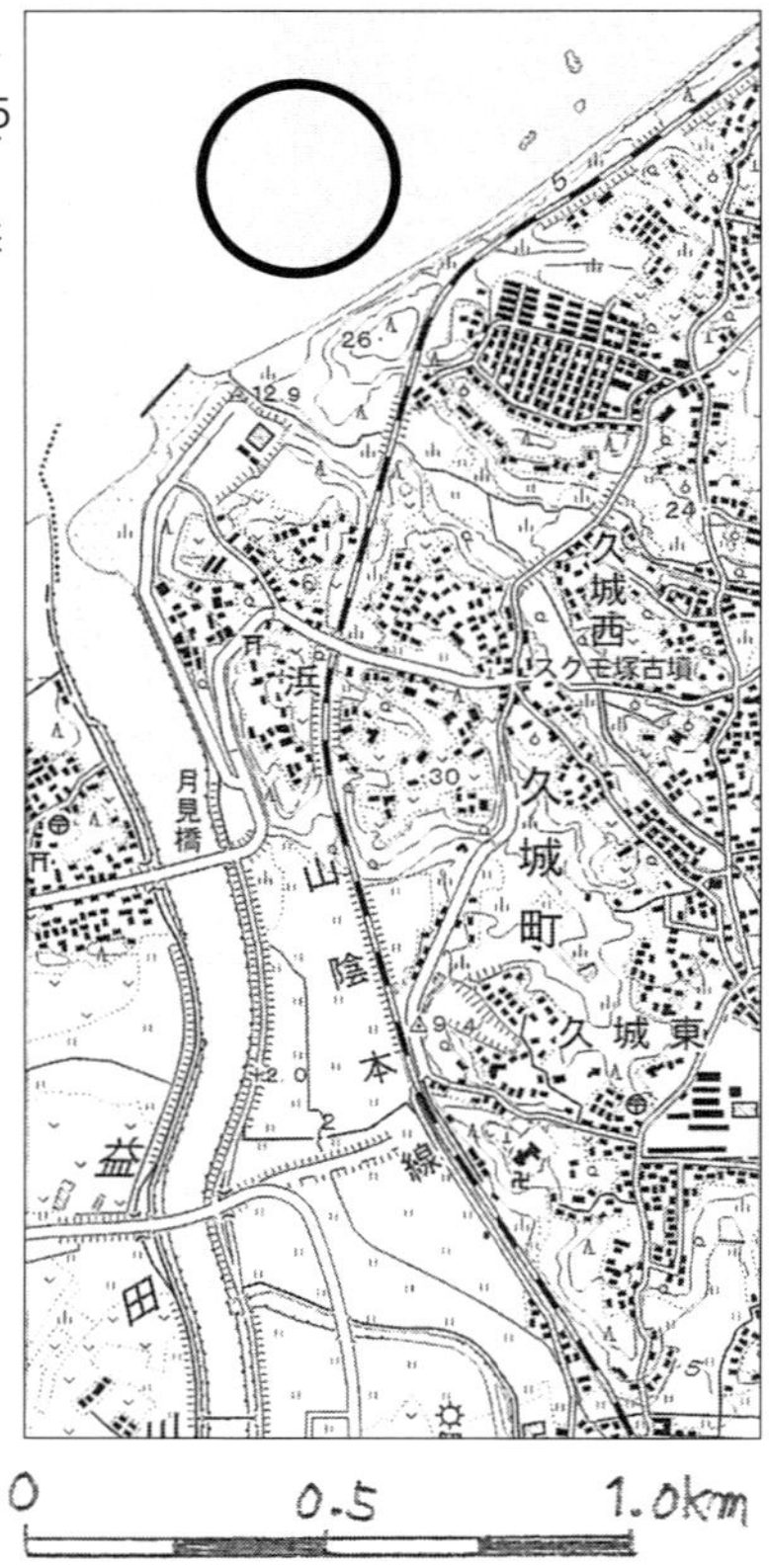

(メモ)

①『益田市誌　上巻』におよそ次のようにある。

「万葉集」を通じて見る時、青・壮時代の人麻呂は大和に住み、朝廷の内舎人《うどねり》(宿直役)として仕え、天皇の行幸や、皇子の行啓の時にはこれに随従し、彼独特の和歌を詠じて慰めていた。晩年の彼は石見国府に赴き、三等官である掾《じょう》の役を勤め、班田収授のため班田使として、石見国内各郡の郡家(郡庁)へ出張した。そして貢朝使となって朝廷への貢物を奉じ、藤原宮へ上京した。しかし、班田収授などの事務で益田へ出張中、当地の鴨山(鴨島)で辞世の歌を遺して永眠した。時に、和銅二(七〇九)年三月一八日(高津柿本神社伝)であったという。鴨島が鴨山であることは、四国の狭峯《さみね》ノ島を狭峯山と言っているのと同じである。

②人麻呂の死は江津市江良の妻に届き、

直《ただ》の逢《あ》はば逢ひかつましじ石川《いしかは》に雲立ち渡れ見つつ偲《しの》はむ　㉂二二五

と詠んだ。石川は高津川清流と。鴨島は万寿三(一〇二六)年五月の大地震で陥没し、島の人麻呂神社は大津波で流れたと。

八七三　須　賀

島根県雲南《うんなん》市大東《だいとう》町須賀

関係地図　1／20万　松江　1／5万　松江

420

素鵝

・やまとうたは、むかしあめつちひらけはじめて、人のしわざいまださだまらざりし時、葦原中国のことのはとして、稲田姫素鵝のさとよりぞつたはれりける。

⑧新古今集序

・夫和歌者、群徳之祖、百福之宗也、玄象天成、五際六情之義未著、素鵝地静、三十一字之詠甫興、爾来源流寔繁、長短雖異、或抒下情而達聞、或宣上徳而致化、或属遊宴而書懐……　⑧新古今和歌集序

(参考)白糸のすかの葉山の月まつとくる夜かけてうつ衣かな　後九条内大臣

夫木抄　八九七八

1／5万　松江

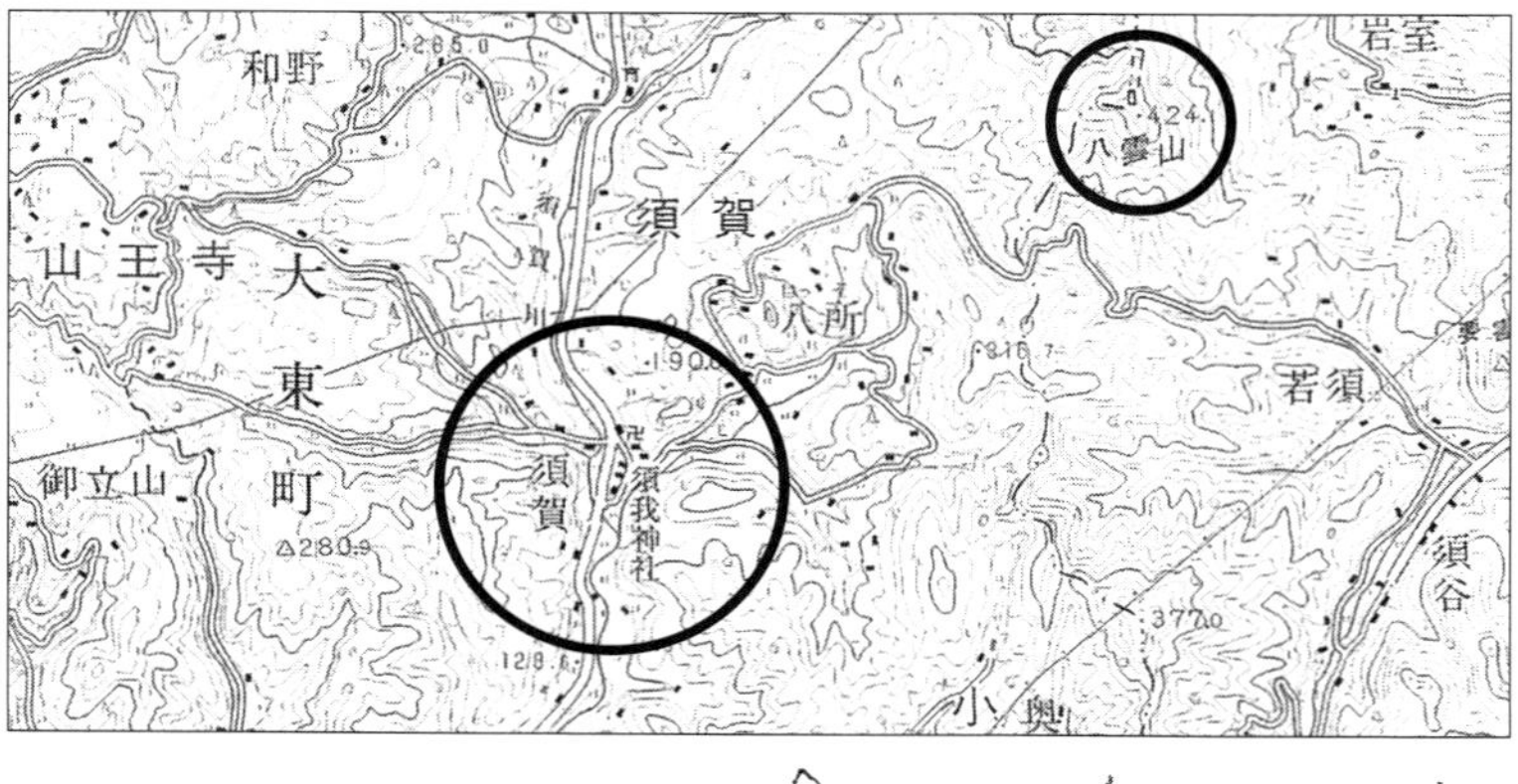

(メモ)

①『古事記』上巻「須賀の宮」に、

故《かれ》、是《ここ》を以《も》ちて其《そ》の速須佐之男命《はやすさのをのみこと》、宮造作《つく》るべき地《ところ》を出雲国に求《ま》ぎたまひき。尓《ここ》に須賀《すが》の地に到り坐《ま》して詔《の》りたまはく、「吾《あれ》此地に来て、我《あ》が御心すがすがし」とのりたまひて、其の地に宮を作りて坐しき。故、其の地をば今に須賀と云ふ。

とある。

②雲南市大東町須賀に須我神社が鎮座。祭神は須佐之男命。清湯山主三名狭漏彦八島野命・稲田比売命・武御名方命。由緒は須佐之男命、八岐大蛇《やまたのおろち》を平けて後、宮地を求めて此地に来て、ここに宮を造り稲田比売命と共に生活された。

③ここ須我宮で、須佐之男命は

や雲たつ　出雲八重垣　妻籠めに　八重垣作る　その八重垣ゑ

と出雲山を眺め歌われ、結婚された。

八七四　袖師の浦

島根県松江市袖師町。宍道湖東岸一帯

関係地図　1／20万 松江　1／2.5万 松江

451

そでしのうら

ふみにかかむによかるべきうたとて俊綱朝臣人人によませはべりけるによめる

・からごろもそでしのうらのうつせがひむなしきこひにとしのへぬらん　藤原国房

④後拾遺集　六六〇

（参考）よる浪のすずしくもあるかしきたえのそでしのうらの秋のはつかぜ　藤原信実朝臣

新勅撰集　二〇二

（参考）わび人の涙はうみのなみなれや袖しの浦によらぬ日ぞなき　俊頼朝臣

続拾遺集　一一一六

（参考）身にあまる思ひを人に見せんとてそでしのうらに飛ぶほたるかな　土御門院小宰相

夫木抄　三三一九

1／2.5万 松江

（メモ）

①松江市栄町の円城寺山の麓で、嫁ヶ島に対する所が「袖師の浦」である。この地がいつの頃に袖師の浦と呼ばれるようになったかは不明。

②現在ＪＲ山陰本線や国道九号が通り、更に埋め立てが進み、その市街地に「袖師町」の町名がある。また少し南に松江湖畔公園が開園され、その通称名が「袖師公園」である。付近に袖師窯もある。

八七五　高田の山

島根県大田市三瓶町池田字高利。高田八幡宮辺

関係地図　1／20万 浜田　1／2.5万 三瓶山西部

470

たかたの山

・なけやなけたか田の山の郭公このさみだれにこゑなをしみそ　よみ人しらず

③拾遺集　一一七

（参考）せきとめてせがゐの水にたねまきしたかたのやまはさなへとるなり　正二位忠宗卿

夫木抄　二五五八

（参考）雨の下かくこそは見めかへはらやたかだのむらはへぬとしぞなき　前中納言匡房卿

夫木抄　一四八三五

1／2.5万 三瓶山西部

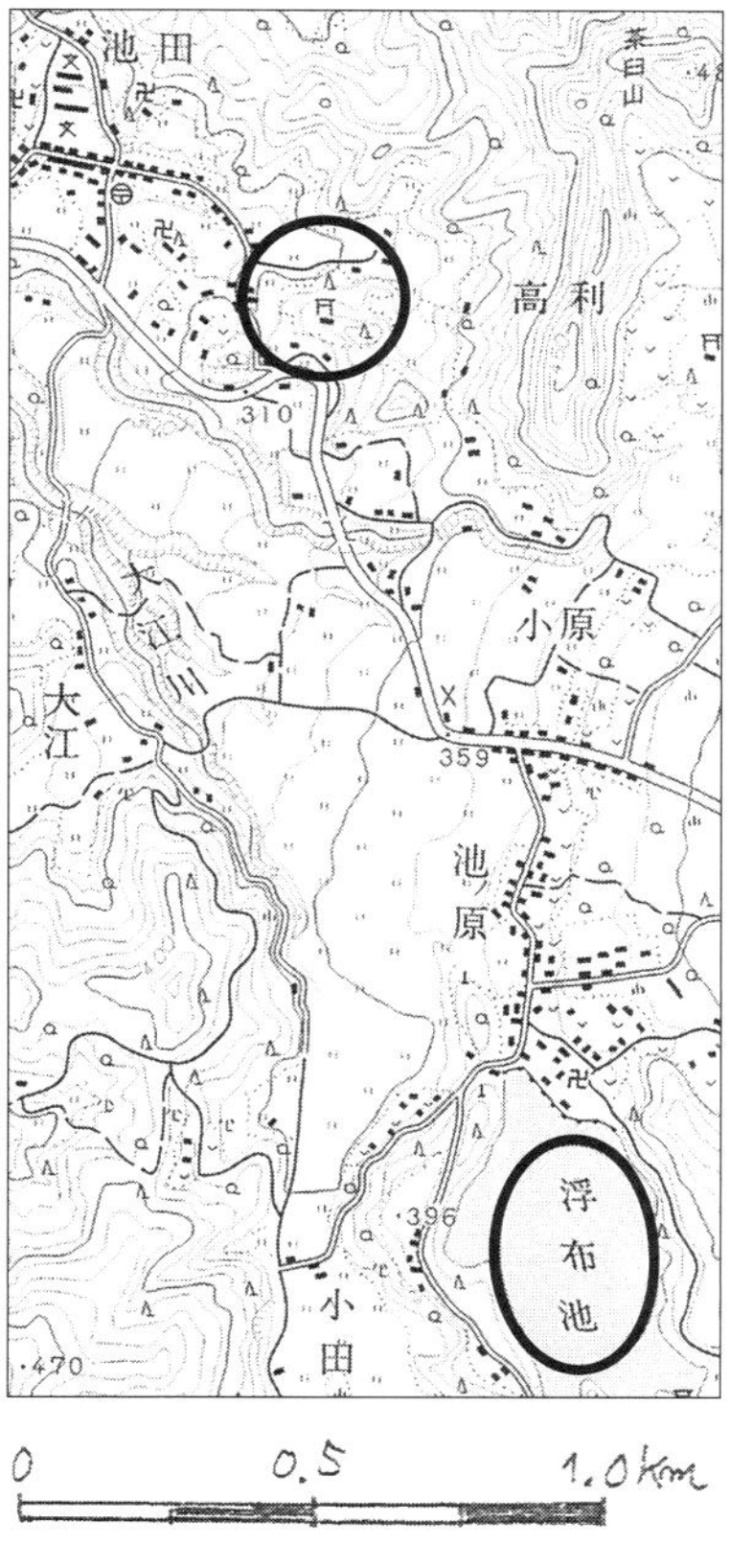

（メモ）

①『和名抄』石見国安濃郡に「高田郷」がある。現在の大田市三瓶町池田・同上山《うやま》・同小屋原・同志学の地辺という。

『八重葎』は

大田市三瓶町池田・志学を地とし、その地の池田八幡宮の棟札に「高田八幡宮」がある。

とある。現在、高田八幡宮となっている。

②大田市三瓶町池田に高田八幡宮鎮座。祭神は品陀和気命・息長帯姫命・帯中津日子命。由緒は、第八三代土御門天皇の御代一祠を創祀。寛喜二（一二三〇）年山城国男山八幡宮より勧請。

③浮布池《うきぬのいけ》がある。三瓶火山で出来た堰止め湖。万葉集に次の歌がある。

君がため浮沼の池の菱摘むと我が染めし袖濡れにけるかも　一二四九

八七六　高田山

島根県隠岐郡隠岐の島町都万

関係地図　1／20万 西郷　1／5万 西郷

470 たかたの山

・なけやなけたか田の山の郭公このさみだれにこゑなをしみそ　よみ人しらず

③拾遺集　一一七

（参考）せきとめてせがゐの水にたねまきしたかたのやまはさなへとるなり　正二位忠宗卿　夫木抄　二五五八

（参考）雨の下かくこそは見めかへはらやたかだのむらはへぬとしぞなき　前中納言匡房卿　夫木抄　一四八三五

1／5万 西郷

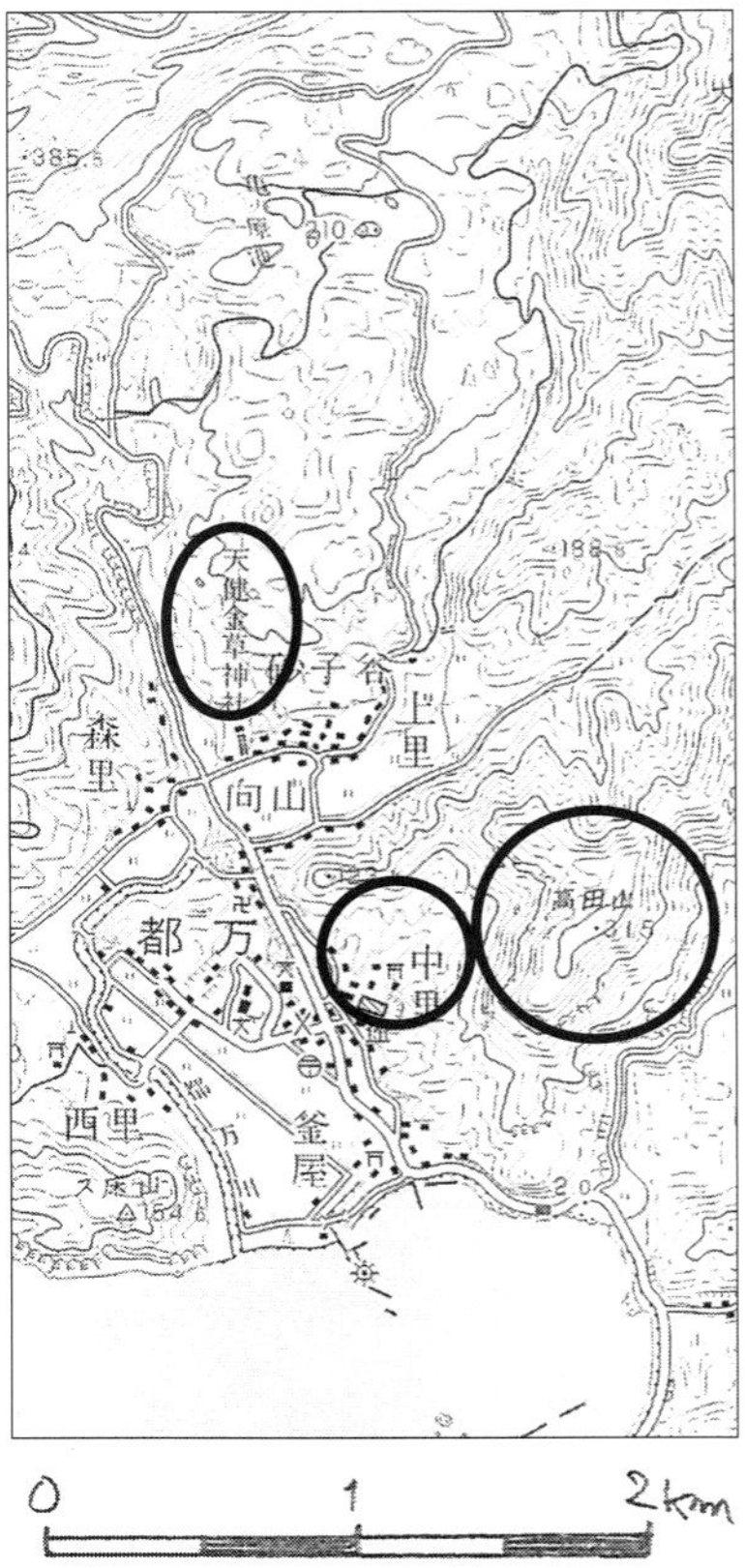

（メモ）

①島後、隠岐郡隠岐の島町都万に標高三一五mの高田山がある。この高田山は流紋岩類からなる岩石山で、巨石神の神体山。麓に祭神国常立尊鎮座の里宮・高田神社がある。当社に至徳四（一三八七）年奉納の「高田明神至徳百首和歌一巻」があり、その序文を関白二条良基が書いている。歌に、

春さむき山はたかたのたかければ雪の下よりたつかすみかな　二条良基

春の夜のあかつきいづる月かげに木のま下てるたかたの山かな　源高秀

などあると。

②同所砂子谷に天健金草《あまたけかなくさ》神社が鎮座。通称は八幡さん。祭神は大屋津媛命・抓津姫尊・誉田別尊・後鳥羽院・後醍醐帝当島に御座の時、奉幣せられた。『延喜式神名帳』の天健金草神社。

八七七　高間の山推定地

島根県江津《ごうつ》市島の星町

関係地図　1／20万 浜田　1／5万 浜田

478 たかまの山

いはみに侍りける女のまうできたりけるに

・いはみなるたかまの山のこのまよりわがふるそでをいも見けんかも　人まろ

③拾遺集　一二三九

（参考）いはみにある　たかつのやまの　このまゆも　わがそでふるを　いもみけむかも　柿本朝臣人麿　万葉集　一三四

（参考）ひさかたのそらもまがひぬくもかかるたかまのやまにゆきのふれれば　後徳大寺左大臣　続古今集　六六三

1／5万 浜田

（メモ）

①「たかまの山」「たかつの山」は一字違いである。江津市島ノ星町に標高四七〇・一mの島ノ星山がある。

②斎藤茂吉『柿本人麿　評釈篇巻之上』に、「都農の郷にある山、即ち『ツヌヤマ』で高く目立つから『高ツヌ山』と云ったもので、今の那賀郡嶋星山である。」とある。

③万葉集一三九に、

石見之海　打歌山乃　木際従　吾振袖乎　妹将見香（石見の海打歌の山の木の際より吾振る袖を妹見つらむか）

がある。賀茂真淵『万葉考』に、「打歌山は打歌《たか》で、打歌津山《たかつやま》の津の字落」と。

④江津市都野津町に柿本神社がある。当社に人麿松・姫松があり、人麿妻の依羅娘子《よさみのおとめ》の墓地または居住地跡かといわれる。

八七八　高間の山推定地

島根県浜田市三隅《みすみ》町室谷《むろたに》

関係地図　1／20万 浜田　1／5万 木都賀《きつか》

478

たかまの山

いはみに侍りける女のまうできたりけるに

・いはみなるたかまの山のこのまよりわがふるそでをいも見けんかも　人まろ

③拾遺集　一二三九

（参考）いはみのや　たかつのやまの　このまより　わがふるそでを　いもみつらむか　柿本朝臣人麿　万葉集　一三二

（参考）霞ゐるたかまの山のしらくもは花かあらぬかかへるたびびと　式子内親王　新勅撰集　六三

1／5万　木都賀

（メモ）

①「たかま山」と「たいま山」は一字違いである。大麻山は浜田市三隅町室谷にある。この室谷地区は江戸時代の室谷村。江戸時代には砂鉄採取の鉄穴役銀が一四匁余課せられていたという。砂鉄・製鉄というと鴨族・鴨山が関係する。

②大麻山《たいまさん》。三隅町大字室谷にある標高五九九m。海岸近くにそびえ、古来船舶航行の目標である。山腹に『延喜式神名帳』石見国那賀郡の大麻山《オホマヤマ》神社がある。祭神は天日鷲命・猿田彦命。由緒は、宇多天皇の御世、仁和四（八八八）年御神託により、寛平元（八八九）年、阿波国板野郡（現鳴門市）の大麻比古神社を勧請し、主祭神大麻彦命、配神を猿田彦命とし、天日鷲命・蔵玉権現も勧請したという。

八七九　高間の山推定地

島根県益田市市原町

関係地図　1／20万 見島　1／2.5万 益田

478

たかまの山

いはみに侍りける女のまうできたりけるに

・いはみなるたかまの山のこのまよりわがふるそでをいも見けんかも　人まろ

③拾遺集　一二三九

（参考）いはみなる　たかつのやまの　このまゆも　わがそでふるを　いもみけむかも　柿本朝臣人麿　万葉集　一三四

（参考）いはみがたたかつの山に雲はれて袖ふる峰をいづる月かげ　後鳥羽院御製　夫木抄　八四〇〇

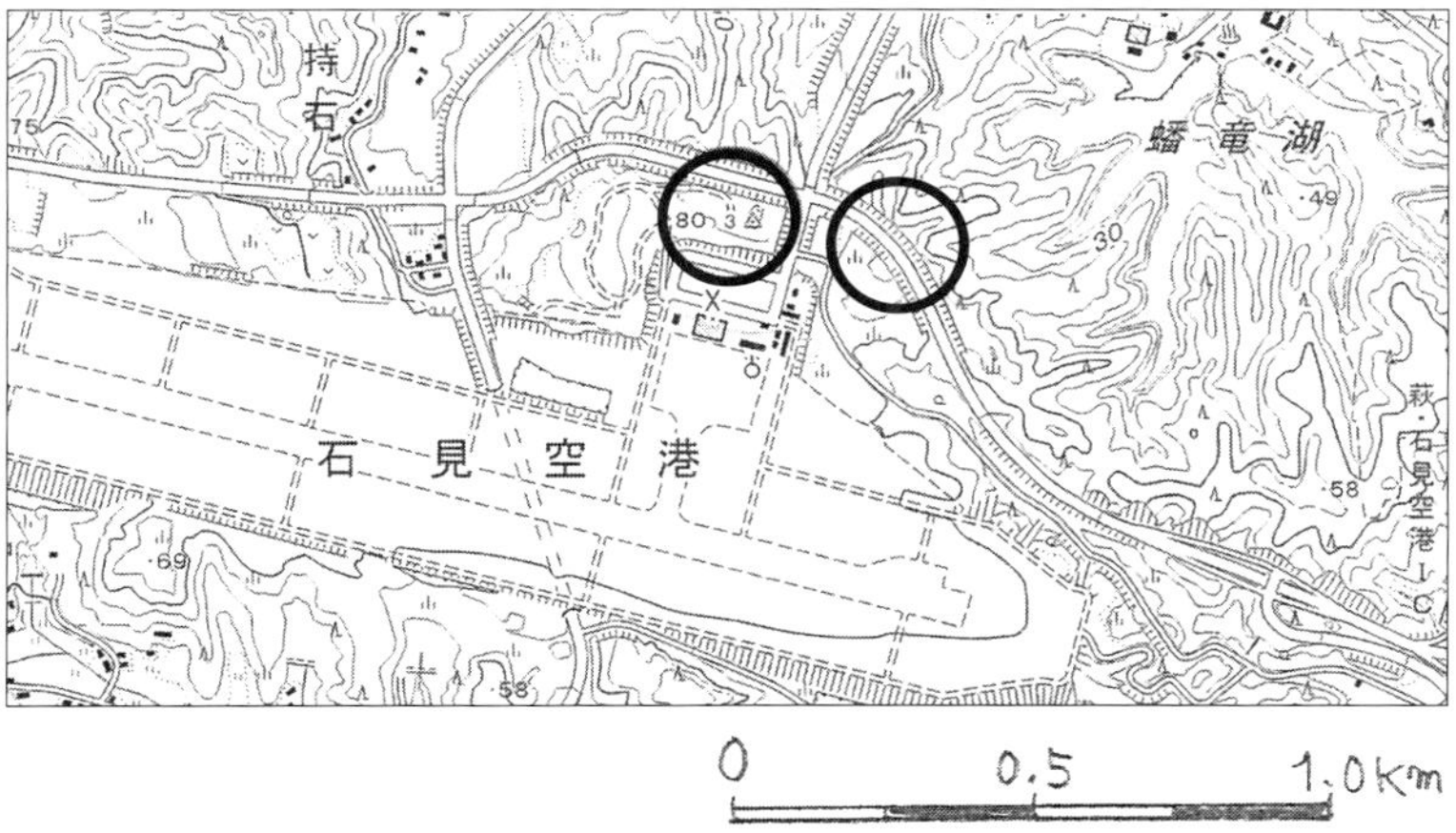

1／2.5万　益田

（メモ）

①表記「拾遺集」の歌は参考歌「万葉集」の異伝。万葉集の「高角山」が「高間の山」となる。

②柿本人麿の出生地は現在の益田市戸田町字宮田。終焉地は益田市高津という。戸田町はJR山陰本線戸田浜田駅があり、戸田町宮田の西谷川左岸に「戸田柿本神社」がある。また、益田市高津町上市に「高津柿本神社」がある。

③「萩・石見空港」は益田市高津にある。この空港の隣接地に三角点があり、その標高は八〇・三mである。また、五万分の一「益田地形図」ではその東、現在の県道三三一号となった○内の位置に、標高八三・六mの独立標高点があった。よって、この二つの標高点地は双耳峰をなしていた。この山を「高角山」と称しても良い。海を航行する船からも良く見え目印となった。

八八〇　鼓の岳

島根県隠岐郡隠岐の島町西村・中村・伊後

関係地図　1／20万 西郷　1／5万 西郷

528

つづみのやま

大嘗会主基方辰日参音声鼓山をよめる

・おとたかきつづみのやまのうちはへてたのしきみよとなるぞうれしき　藤原行盛　⑤金葉集　三一五

（参考）たつ波につづみの声をうちそへてから人よせくおきのしまより　神祇伯顕仲卿　夫木抄　一六七五四

1／5万　西郷

（メモ）

①標高五〇七・六mの大峯山周辺には十個以上の灌漑用池がある。よって大峯山は「堤の山」。佳字で表現すると「鼓の山」。池水使用時の排出口で鼓の音が。

②隠岐島の島後《どうご》に大満寺山六〇七・三m、鷲ヶ峰五六〇m、葛尾山五九七・七mがある。しかし山麓に平坦地化可能地が少ないので鼓の山とはなれなかった。

③優白色の板状アルカリ流紋岩（石英粗面岩）で、隠岐島島後、隠岐の島町の最北端の隠岐白島海岸が構成されている。国天然記念物・国名勝。

④白島海岸の最北端に沖ノ島がある。無人の小島であり、オオミズナギドリの繁殖地。戦後灯台設置で繁殖数が減少した。島前南端の大波加島や、島前・島後間の大森島でも繁殖している。

八八一　袖師の浦・錦の浦旧地

島根県松江市馬潟町・東出雲町錦浜一帯

関係地図　1／20万 松江　1／5万 松江

451

そでしの浦

・からごろもそでしのうらのうつせがひむなしきこひにとしのへぬらん　藤原国房　④後拾遺集　六六〇

（参考）しほのみつ袖しのうらのかたをなみあしべのつるのねをのみぞなく　法印定範　夫木抄　一一四九五

608

錦の浦

にしきのうらといふところにて

・なにたかきにしきのうらをきてみればかづかぬあまはすくなかりけり　道命法師　④後拾遺集　一〇七五

（参考）なみにしく紅葉の色をあらふゆゑににしきの島といふにや有るらん　西行上人　夫木抄　一〇四三一

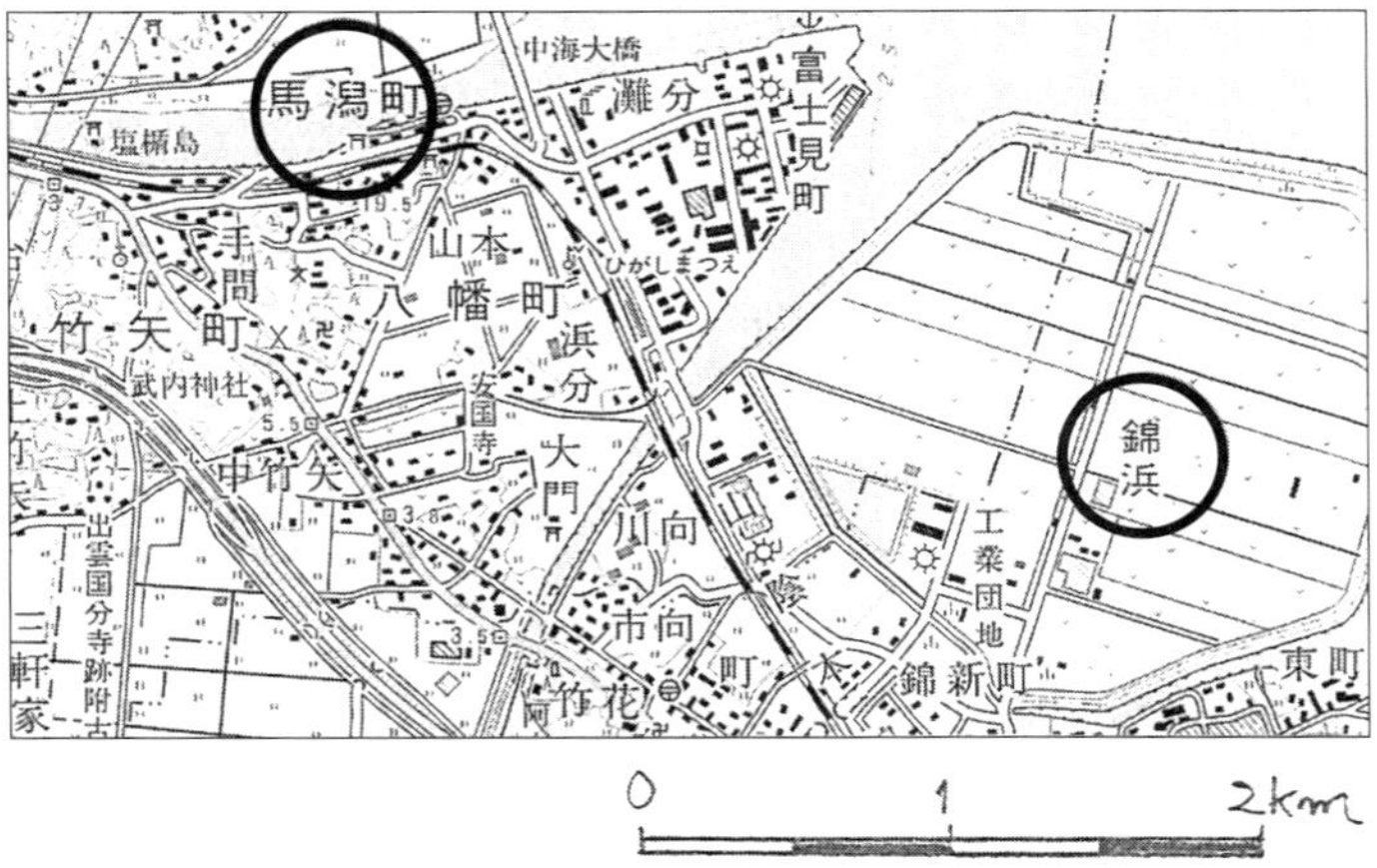

1／5万　松江

（メモ）

①『懐橘談』『雲陽誌』によると、袖師の浦は、八束《やつか》郡東出雲町大字出雲郷《あだかや》の意宇《いう》川の河口付近の中海《なかのうみ》海岸の称とあると。

②『懐橘談』は、あだかえの海辺を錦の浦と云と人おしえぬとし、袖師の浦も此海辺馬形と云あたりと。

③以上によると、「袖師の浦」と「錦の浦は少しく重なるようであるが、
袖師の浦は意宇川河口辺の左岸の松江市馬潟町一帯。錦の浦は意宇川河口辺右岸一帯で、現在の松江市東出雲町錦町・同錦新町であろう。

八八二　みのふの浦推定地

島根県益田市久城町

関係地図　1／20万 見島　1／2.5万 益田

761
身のふの浦

そらごとなげきはべりけるころかたらふ人のたえておとしはべらぬにつかはしける

・うかりける身のふのうらのうつせがひむなしきなのみたつはききや　馬内侍
④後拾遺集　一〇九七

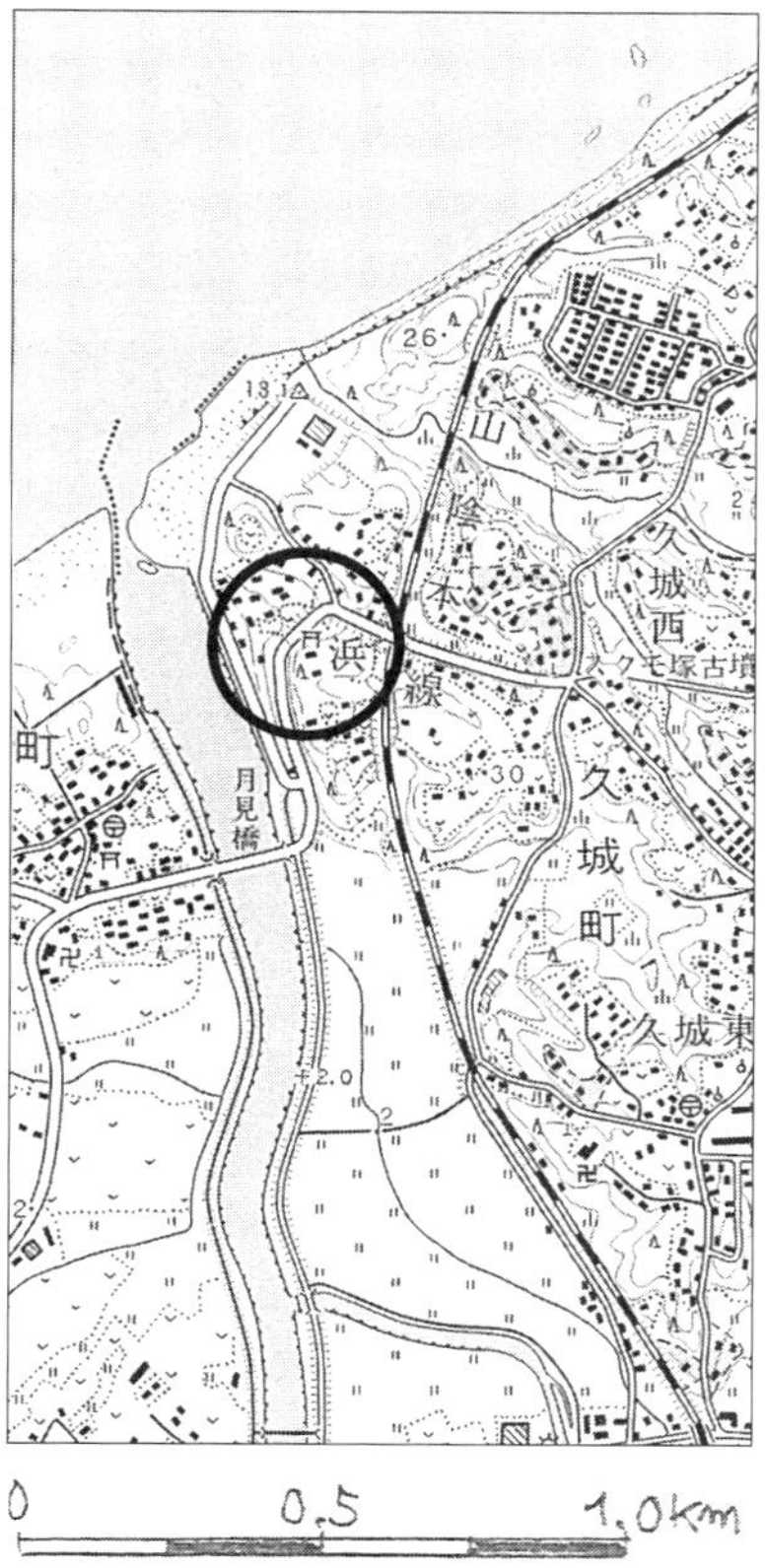

1／2.5万　益田

（メモ）

①『和名抄』石見国に「美濃郡《みの》」がある。

②『八雲御抄』に、「身のうの浦」は「蓑生の浦」で石見国にあると。

③石見国美濃郡内で、「蓑作り」の主材料のカヤ・スゲ・シュロ等の生えている所、また良く茂る所は益田川や高津川河口辺である。

④『延喜式神名帳』石見国美濃郡に、櫛代賀《クシシロカノノ》姫命神社がある。祭神は櫛代賀姫命・応神天皇。櫛代賀姫命は櫛代族の祖神で、当社は天平九（七三七）年に社殿建立。大同元（八〇六）年に、石見観察使の藤原緒縫が益田市大浜浦より現在地に遷座という。当社は石見地方一帯にわたる総氏神。また婦徳の神・裁縫の祖神として崇敬されてきた。

⑤「櫛」は蓑製作時に、カヤ・スゲ・マコモ・シュロの並びを揃えるに重要な道具。よって、当神社の旧社地一帯こそ「蓑生の浦」である。

八八三　稲井跡推定地

岡山県総社市新本字稲井田

関係地図　1／20万 岡山及丸亀　1／5万 玉島

114
いなゐ

後冷泉院御時大嘗会主基方備中国いなゐといふところを人にかはりてよめる

・なはしろのみづはいなゐにまかせたりたみやすげなる君がみよかな　高階明頼
⑤金葉集　三一九

（参考）を小田のなはしろ水はたえぬとも心の池のいひはなたじ　よみ人しらず
②後撰集　七九一

（参考）やまざとのそとものをだのなはしろにいはまのみづをせかぬひぞなき　藤原隆資
⑤金葉集　七五

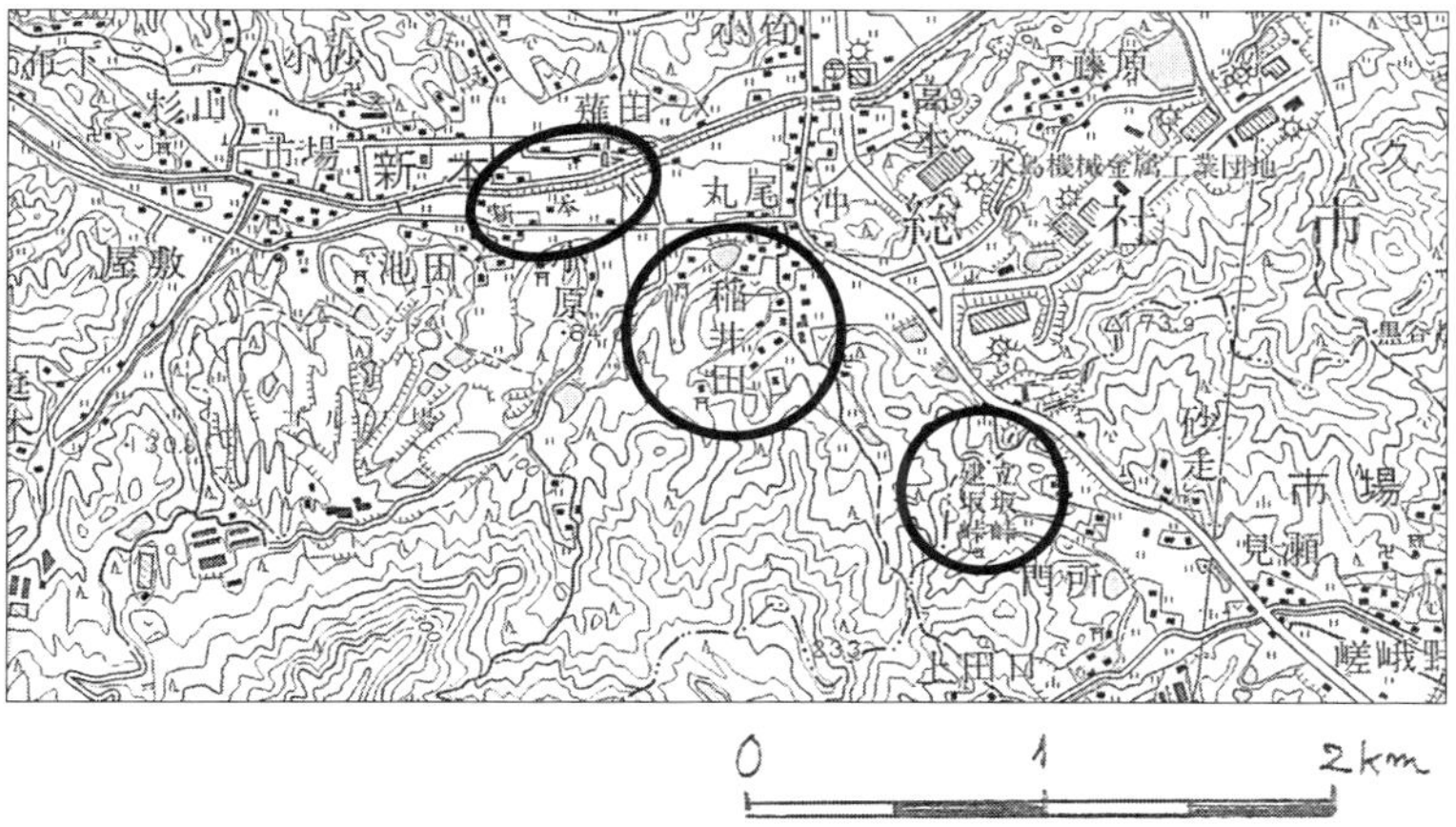

1／5万　玉島

（メモ）

①総社市新本《しんぼん》に「字稲井田」がある。ここや周辺に、イネを生育させる清水があり、そこを水田開発し、「稲井田」地名が生じたとすれば、その清水は「稲井」である。

②この地は『和名抄』備中国下道郡「田《た》上《かみ》郷」に比定と。新本川流域に開発された水田のうち、上流部に位置する。

③図中の〇、立坂峠には立坂弥生墳丘墓がある。

④ここ総社市新本の新本川右岸（南）の河岸段丘に「一倉遺跡」があり昭和五八・五九年の発掘調査で、弥生中期後葉遺物の壺・甕・鉢。弥生後期の竪穴住居・溝・土壙・掘立柱建物等跡、丹塗りの大型壺・高坏・鉢や顔に入墨入りの人面線刻画入りの小型壺。中世初頭の井戸・木棺墓・掘立柱建物・柱穴等が出土している。

八八四　弥高山《いやたかやま》

岡山県高梁市川上町高山《こうやま》

関係地図　1／20万　高梁　1／5万　油木

139　弥高山

大嘗会主基方備中国弥高山をよめる

•ゆきふればいやたかやまのこずゑにはまだゆふながらはなさきにけり　藤原行盛　⑤金葉集　二八七

(参考) 蟬のこゑいやたか山の木のしたやたびゆく人のやどりなるらん　前中納言匡房卿　夫木抄　八一六六

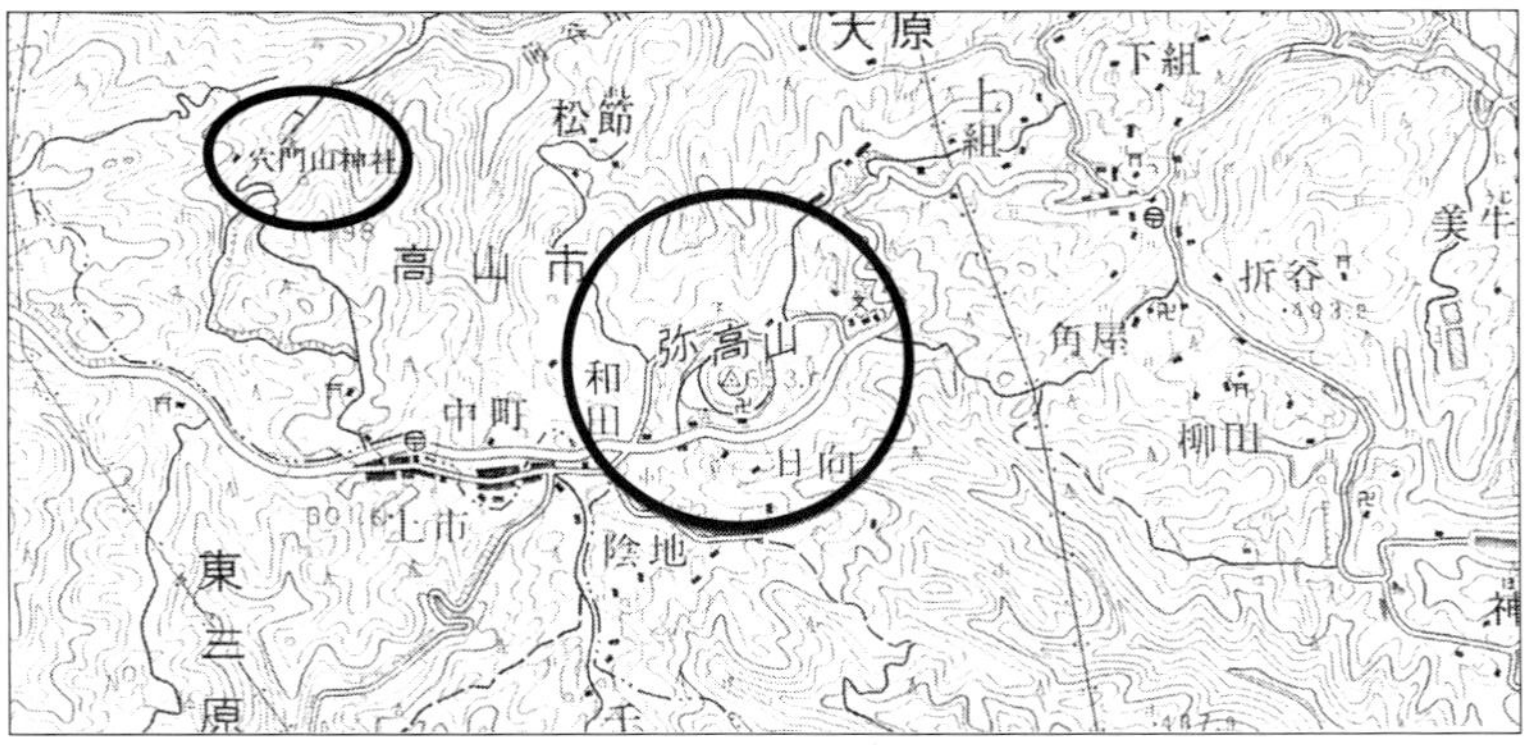

1／5万　油木

(メモ)

①高梁市川上町高山《こうやま》に標高六五三・六mの「弥高山《やたかやま》」がある。ここは岡山県名勝である。

②『倭姫命世記』の五十四年丁丑条に、遷二吉備国名方浜宮一。四年奉レ斎。于レ時吉備国造。進二采女吉備都比売一。又地口御田一。とある。

③川上町高山市《こうやまいち》鎮座の穴門山《あなとやま》神社（名方浜宮）の『穴門山神社由緒大略』によると、同神社は名方浜宮、赤浜宮と称され、祭神は天照大神と倉稲魂大神の二神。相殿に足仲彦命と穴門武姫命の二神を祀ると。そして穴門山神社の由来は、崇神天皇の五四（BC四四）年、皇女豊鍬入姫命に天照大神の魂が鎮められている神聖な鏡を託して、天照大神の宮を建立する清浄な適地を探し、吉備国名方浜宮に鏡を祀り奉仕した。のち、今の伊勢神宮の地に遷宮したが、吉備国造采女が社殿を建て宮司となり、写しの鏡を鋳して神体とした。神の居する山は神山《こうやま》（神体山）。のち高山となる。里宮があり門前町のある所は「高山市《こうやまいち》」である。

八八五　勝間田の池旧地

岡山県勝田郡勝央町《しょうおう》

関係地図　1／20万　姫路　1／5万　津山東部

242　かつまたのいけ

関白前大まうちぎみいへにてかつまたのいけをよみ侍りけるに

•とりもゐでいくよへぬらんかつまたのいけにはいひのあとだにもなし　藤原範永朝臣　④後拾遺集　一〇五三

ふりつづみ

•いけもふりつつみくづれて水もなしむべかつまたに鳥のゐざらん　二条太皇大后宮肥後　⑦千載集　一一七二

(参考) かつまたの　いけはわれしる　はちすなし　しかいふきみが　ひげなきがごとし　おそばの婦人　万葉集　三八三五

(参考) なはしろの水ふみにごしけふよりはさなへとるらんかつまたのさと　読人不知　夫木抄　一四六一二

1／5万　津山東部

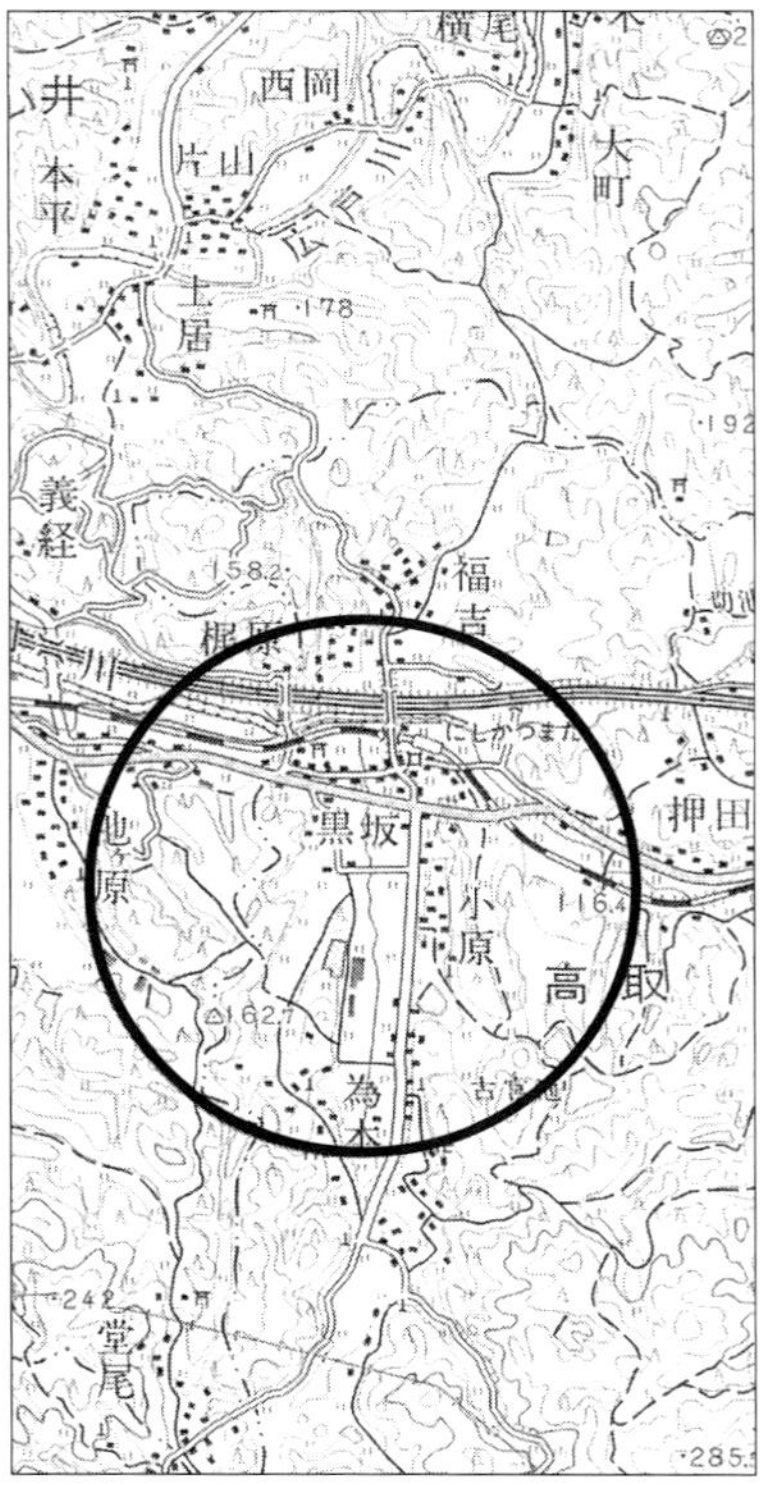

(メモ)

①勝間田町には多くの小池があり灌漑用として役立っている。「勝間田」は、秦人の勝部一族が開発した地、「勝部田《かちべた》」が転訛したものという。

②『美作国風土記逸文』に、

日本武尊、櫛を池に落し入《イレ》給ふ。因て号二勝間田池一。云々。玉かつまとは櫛の古語也。

とあり、地名の由来という。

八八六　唐　琴

岡山県倉敷市児島唐琴

関係地図　1／20万　岡山及丸亀　1／2.5万　下津井

275　唐琴

からことといふ所にて春のたちける日よめる

・浪のおとけさからことにきこゆるは春のしらべや改るらむ　　安倍清行朝臣

①古今集　四五六

からことという所にてよめる

・宮こまでひびきかよへるからことは浪のをすげて風ぞひきける　　真せいほうし

①古今集　九二一

（参考）さよふけてなくねもかなしから琴のしらべにかよふこのうちのつる　　土御門院御製　　夫木抄　一二六二八

1／2.5万　下津井

（メモ）

①倉敷市。児島半島中央に位置する。地先の海面を「唐琴の浦」「琴の浦」と呼ばれる。唐琴天満宮や琴霊殿がある。

②菅原道真は、太宰府へ流謫の途次、風により浪の緒かけて夜もすがら

　汐や弾くらん唐琴の浦

と詠んだという。また、崇徳天皇の大治二（一一二七）年、百済の王女が引網で唐琴を弾いて望郷の念を紛らしたのが起りともいう。

③『備前記』に、

　村の前の山が唐琴の形に似るので、海辺を「琴浦」といい、また干潮時の波の響きが唐琴の音に似る

などとあるという。（表紙裏写真⑳参照）

八八七　川島旧地

岡山県倉敷市玉島地区

関係地図　1／20万　岡山及丸亀

251　かはしま

しのびてものいひ侍りける女の、つねに心ざしなしとゑんじければ、つかはしける

・君にのみしたのおもひはかはしまの水の心はあさからなくに　　従三位季行

⑦千載集　八六五

（参考）あひ見ては心ひとつをかはしまの水のながれてたえじとぞ思ふ　　業平朝臣　　続後撰集　八三七

（参考）わするなよさすが契をかはしまにへだつるとしの波はこゆとも　　権大僧都堯孝　　新続古集　一二一六

1／20万　岡山及丸亀

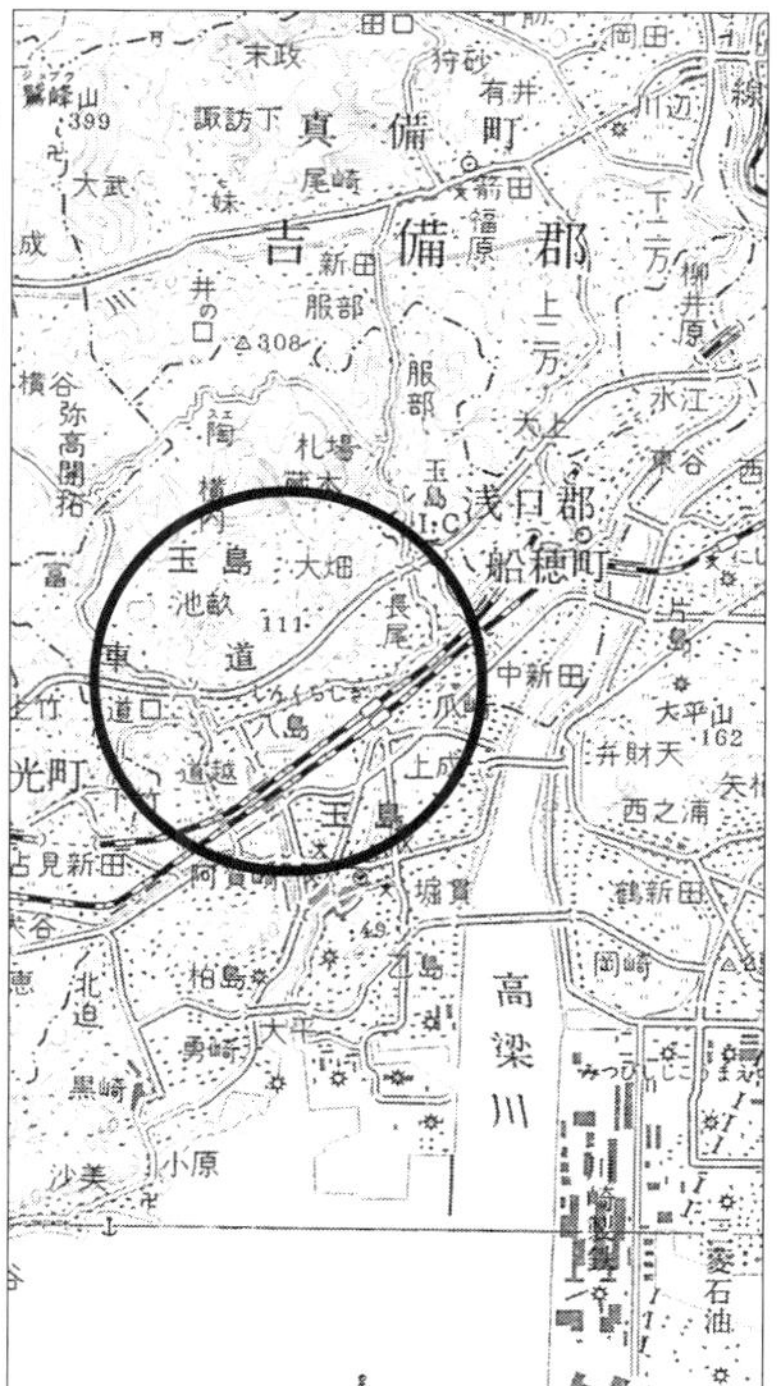

（メモ）

①『日本書紀』仁徳天皇六七（三七九）年。是歳条に、およそ次のようにある。

　備中国の川嶋河、今の高梁川の河口部の三角洲の分流部に大蛇がおり人々を苦しめ、多数の人が死亡した。そこで笠臣の祖県守《あがたもり》は剣を持って水中に入り、大蛇やその類をすべて斬ったので河の水は血となった。その場所を県守淵という。それから二〇年余り備中国は勿論、日本国は平和であった。

②現在の高梁川の河口、三角洲一帯形成の初期が「川嶋」であった。『日本書紀』応神天皇二二（二九一）年九月条に、「川島県」がある。

八八八　吉備国

岡山県・広島県

関係地図　1／20万 姫路、岡山及丸亀、広島、高梁、浜田等

296

きび

百首歌中に鴬の心をよめる

・うぐひすのなくにつけてやまがねふくきびのやま人はるをしるらむ　　修理大夫顕季　⑤金葉集　一二

（参考）やまとぢの　きびのこしまを　すぎてゆかば　つくしのこしま　おもほえむかも　大納言大伴卿　万葉集　九六七

（参考）まがねふくきびの中山おびにせるほそ谷河のおとのさやけさ　　くろぬし　古六帖　一二七八

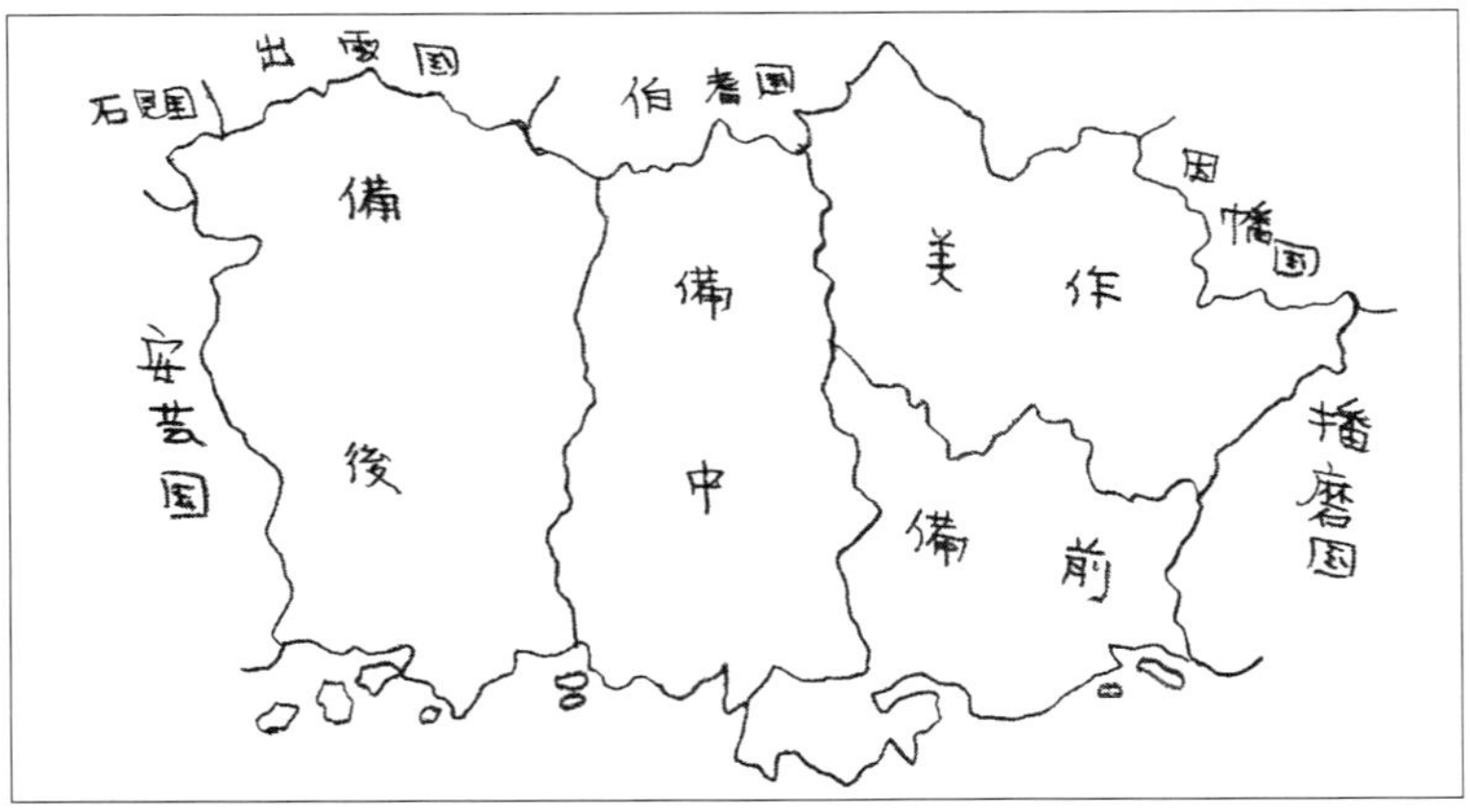

（メモ）

①『古事記』第七代孝霊天皇記に、孝霊天皇の御子の大吉備津日子命《おほきびつひこのみこと》と若《わか》建吉備津日子命《たけきびつひこのみこと》のお二人は播磨国の氷《ひ》河《かわ》の岬（兵庫県加古川市加古川町大野にある日岡山という）に斎《い》み清めた酒甕を据えて神に征途の平安を祈願され、ここ播磨国を吉備国に入る入口として吉備国を平定された。

②大吉備津日子命は吉備上道臣《かみつみちのおみ》の祖先、若建吉備津日子命は吉備の下道臣・笠臣の祖先である。

③吉備国が備前・備中・備後の三国に分割された時期は不詳。『日本書紀』天武天皇二年三月一七日条に、

　　備後国司、白雉《しろきぎす》を亀石郡《かめしのこほり》に獲て貢《たてまつ》り

とある。

八八九　吉備の中山

岡山県岡山市北区吉備津

関係地図　1／20万 高梁、岡山及丸亀　1／2.5万 総社東部、倉敷

297

きびの中山

・まがねふくきびの中山おびにせるほそたに河のおとのさやけさ　　神あそびのうた　①古今集　一〇八二

この歌は、承和の御べのきびのくにの歌

天暦御時、大嘗会主基、備中国中山

・ときはなるきびの中山おしなべてちとせをまつのふかき色かな　　よみ人しらず　⑧新古今集　七四七

（参考）思ひ立つきびの中山とほくともほそ谷河の音づれはせよ　　三善資連　新千載集　七五九

1／2.5万 総社東部

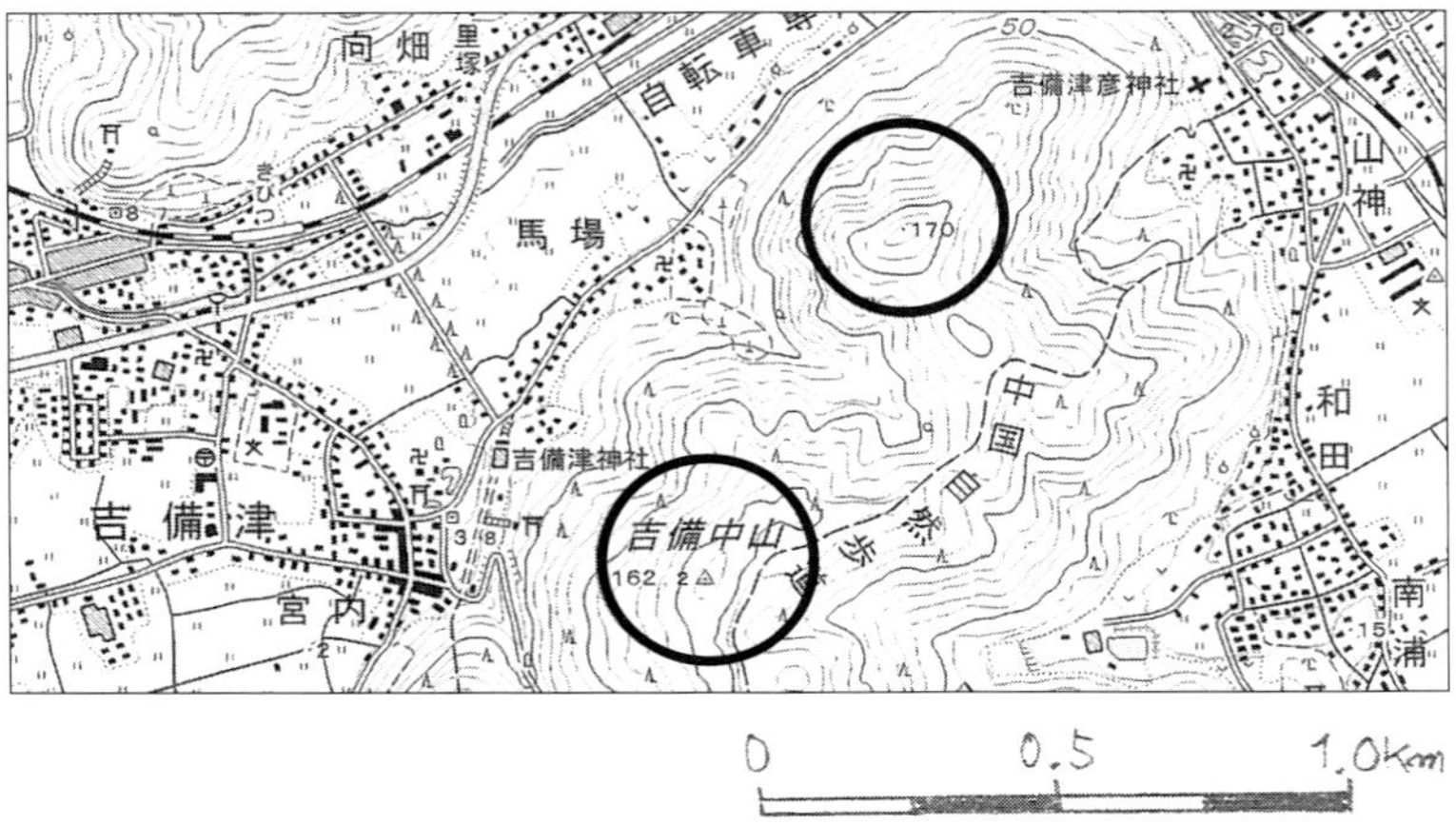

（メモ）

①岡山市西端の独立山塊。東西約二km、南北約二・五km。山の姿は南北に双子山状で、吉備中山南嶺には三角点があり、その標高は一六二・二m。吉備中山北嶺の標高は一七〇m。吉備中山南嶺の西麓に吉備津神社、吉備中山北嶺東麓に吉備津彦神社がある。

②吉備津神社（岡山市吉備津）　祭神は大吉備津彦命。古くは吉備彦神社と称されたが、中世以降は「備中の吉備津宮」「吉備津大明神」。また、初め吉備国の総鎮守・総氏神であったが、現在は「備中国一の宮」。当社は仁徳天皇吉備国に行幸の時に草創と伝える。『延喜式神名帳』備中国賀夜郡の「吉備津彦神社　名神大」である。

③吉備津彦神社（岡山県一宮）　祭神は大吉備津彦命。四道将軍。当社は第三六代孝徳天皇の御代吉備国より備前国に分霊創祀という。

八九〇　久米の皿山

岡山県津山市

関係地図　1／20万 高梁　1／5万 津山西部

315

くめのさら山

・美作やくめのさら山さらさらにわがなはたてじよろづよまでに　神あそびのうた　①古今集　一〇八三

これは、みづのをの御べのみまさかのくにうた

修理大夫顕季みまさかのかみに侍りける時、人人いざなひて右近のむまばにまかりて郭公まち侍りけるに、俊子内親王の女房二車まうできて連歌し歌よみなどしてあけぼのにかへり侍りけるに、かの女房のくるまより

・みまさかやくめのさらやまとおもへどもわかのうらとぞいふべかりける　⑥詞花集　二八三

1／5万　津山西部

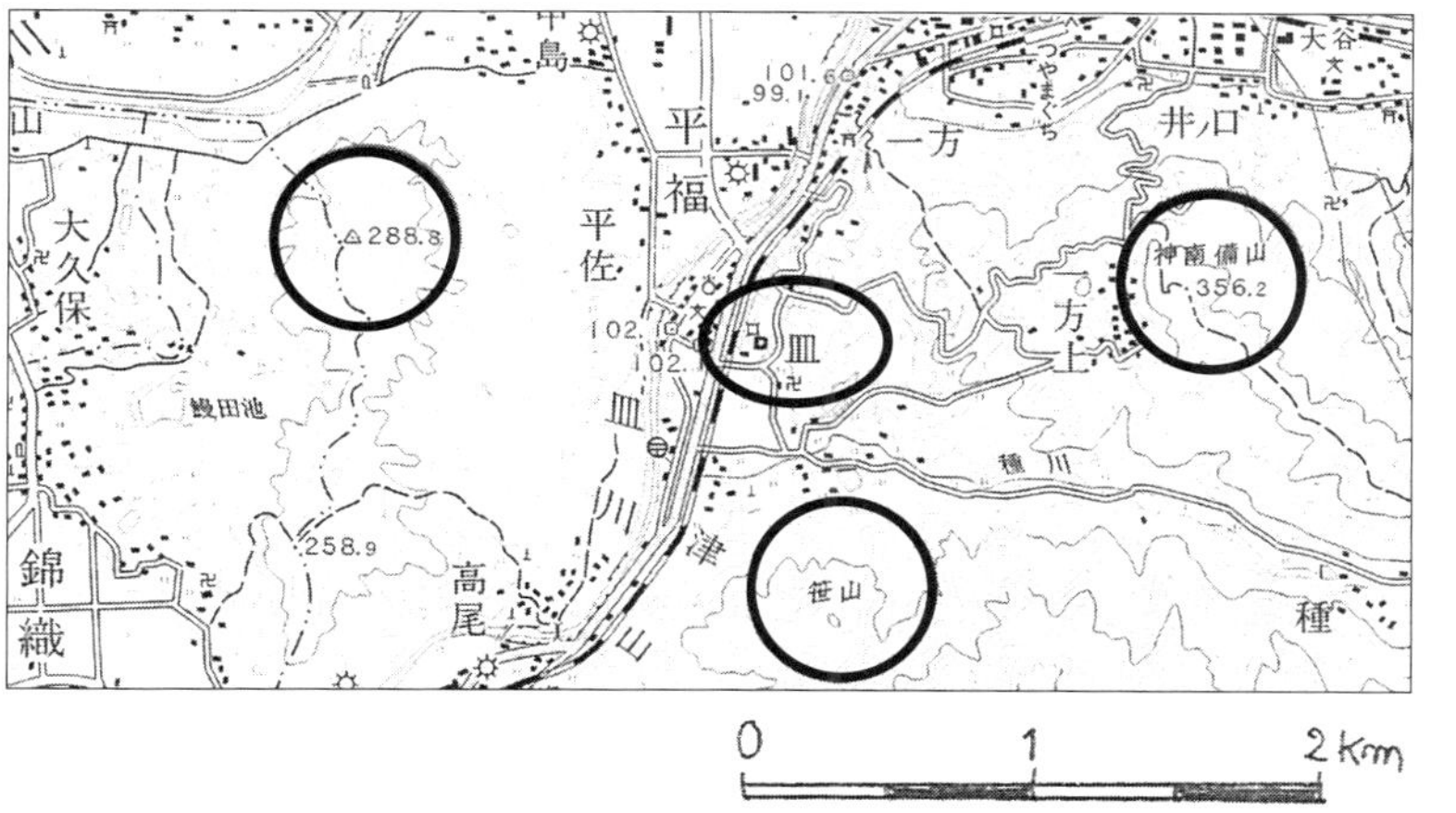

（メモ）

①「久米の皿山」「久米の佐良山」については、図の三つの山のどれか一つ、またはこの三山を称するなどという。

②この地区には皿川が南流している。またJR津山線は法然上人の誕生地、久米郡久米南町から津山市街地に通じている。

③「久米の皿山（佐良山）」は、JR津山口駅の南、標高三五六・二ｍの神南備《かんなべ》山《やま》、標高三〇六ｍの笹山、標高二八八・八ｍの嵯峨山の一つとも、これら三山をいうかといわれている。以上三山のことを、「久米の佐良三山」と称する。

八九一　紗綾形山推定地

岡山県備前市佐山《さやま》・瀬戸内市邑久《おく》町

関係地図　1／20万 姫路　1／5万 和気

375

さやかた山

つくしよりのぼりけるみちに、さやかた山といふところをすぐとてよみはべりける

・あなしふくせとのしほあひにふなでしてはやくぞすぐるさやかた山を　右大弁通俊　④後拾遺集　五三二

（参考）夜舟こぐせとのしほひをよそにみて月にぞこゆるさやかたの山　中務卿御子　夫木抄　五一四九

（参考）あなし吹くさやかた山に雲きえて月影たたむおとのしらなみ　第三のみ子　夫木抄　八八〇九

1／5万　和気

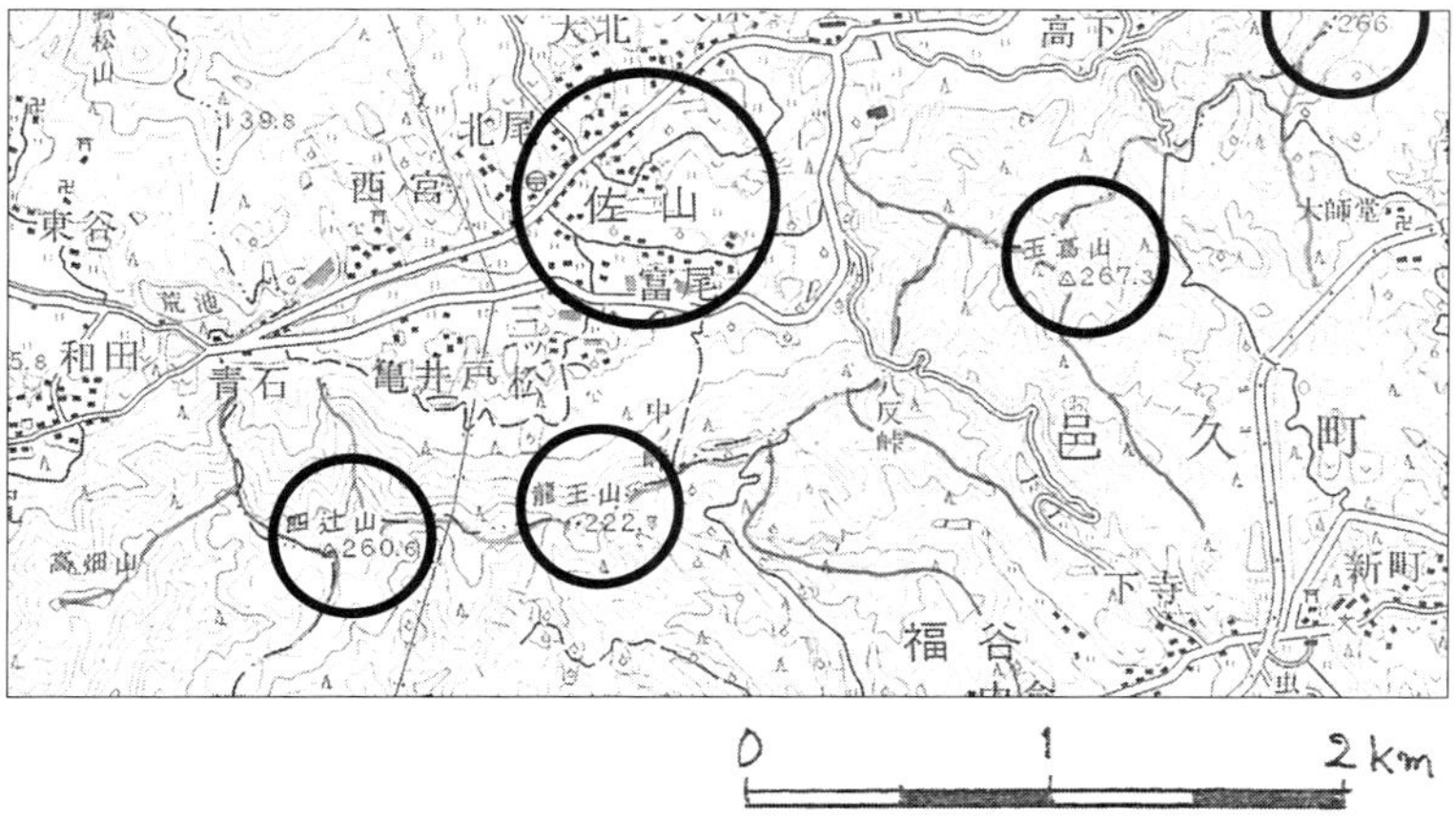

（メモ）

①備前市佐山の地名の由来は、山間地をさす「狭山」という。細い山嶺、狭い谷間の地であろう。

②備前市佐山と瀬戸内市邑久町《おくまち》との間に東北東―西南西に連なる稜線上には、東から妙見山・玉葛山・龍王山・四辻山・高畑山がある。また、この稜線から南の方に、また北の方に派生する峯がある。これら連嶺を瀬内海を航行する船上から眺めると、「紗綾形模様《さあやかたもよう》」状に見えたのではなかろうか。

③『大漢和辞典』（諸橋）に、

紗綾　織物の名。綾織に似て、素は卍稲妻などを織り出したもの。「和漢三才図会、絹布類、紗綾」に

俗云左夜、按、紗綾似レ綾、而文如二稲妻一、又如二菱墻一者、名二菱墻紗綾一、和漢共有レ之。

などとある。

八九二　高田の山

岡山県津山市下横野・上横野

関係地図　1／20万 姫路・高梁　1／5万 津山東部、津山西部

470

たか田の山

・なけやなけたか田の山の郭公このさみだれにこゑなをしみそ　よみ人しらず

③拾遺集　一一七

（参考）せきとめてせがゐの水にたねまきしたかたのやまはさなへとるなり　正二位忠宗卿　夫木抄　二五五八

（参考）雨の下かくこそは見めかへはらやたかだのむらはへぬとしぞなき　前中納言匡房卿　夫木抄　一四八三五

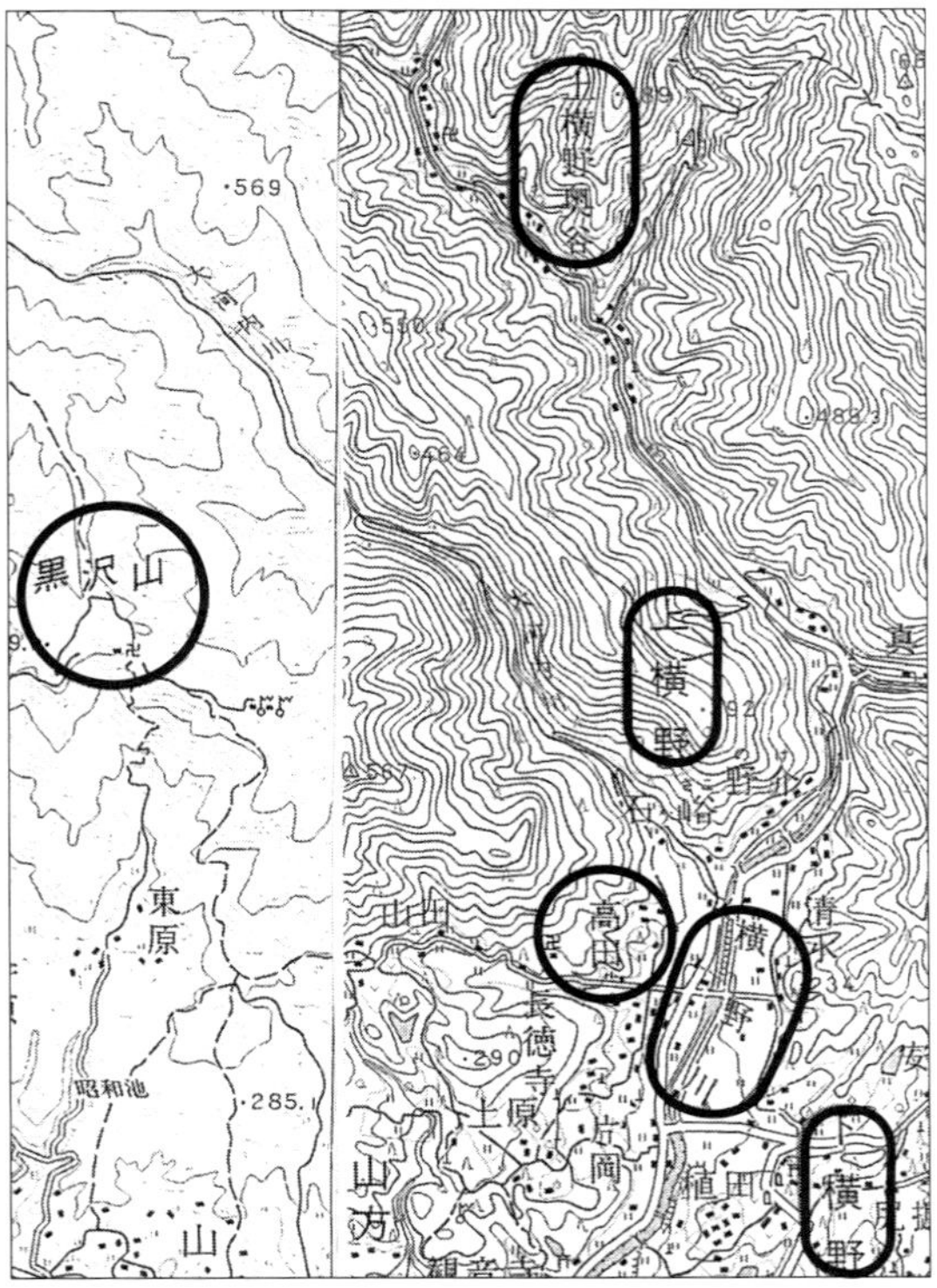

1／5万　津山西部（左）・津山東部（右）

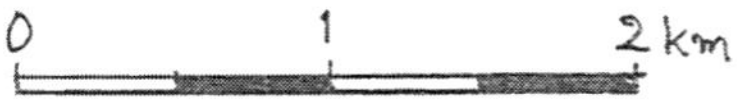

（メモ）

①『和名抄』美作国苫東郡に「高田郷」がある。この郷域は津山市上横野・下横野で、旧高田村という。この地域は、津山盆地北部。宮川支流の横野川や後川、また加茂川支流の蟹子川の上流域である。

②高田の山は、『和名抄』の高田郷の山。その代表は標高六五九mの黒沢山。山頂に、真言宗方福寺がある。日本三大虚空蔵。伊勢の朝熊山《あさまやま》、奥州の柳井津と。

③『一遍上人絵伝』第三十二段に、

美作国一宮《いちのみや》に詣で給ひけるに、けがれたる者も侍るらむとて、桜門の外に踊り屋を作りて置き奉りけり。

とある。美作国一宮、中山神社は地図外左下方すぐにある。

八九三　鳥　山

岡山県津山市上高倉

関係地図　1／20万 姫路　1／5万 津山東部

464

たかくらやま

後冷泉院御時大嘗会主基方御屏風に、備中国たかくらやまにあまたの人花つみたるかたかけるところによめる　藤原家経朝臣

・うちむれてたかくらやまにつむものはあらたなきよのとみくさのはな　⑥詞花集　三八三

（参考）君が代はしづの門田にかるいねのたかくら山にみちぬべきかな　前中納言匡房　風雅集　二二〇四

（参考）雲の上に万代とのみきこゆるはたかくら山の声にぞ有りける　よみ人しらず　新千載集　二三六二

1／5万　津山東部

（メモ）

①『和名抄』美作国苫東郡に、「高倉郷」がある。高倉郷は、現在の津山市上高倉・下高倉東・下高倉西付近という。

②津山市高倉は津山盆地北東部にあり、加茂川支流の蟹子川などが作った浅い谷や丘陵地である。ここには灌漑用溜池も一〇〇個ばかりある。

③上高倉の小字に「深山」があり、そこの鎮守は若宮神社。ここには、この地区最大の別所池がある。この北には、高倉地区の最高峰、標高七〇一mの鳥山がある。この山はこの地区の代表にふさわしい。

八九四　邇磨郷《にまのさと》（『和名抄』）

岡山県倉敷市真備《まび》町上二万・下二万

関係地図　1／20万　岡山及丸亀　1／5万　玉島

616　にまのさと

後冷泉院御時大嘗会主基方備中国二万郷をよめる　藤原家経朝臣　⑤金葉集　三一八

・みつぎものはこぶよほろをかぞふればにまのさと人かずそひにけり

（参考）君が代はにまの里人うちむれてながきかたみに若菜をぞつむ　藤原実樹　夫木抄　二一一三

（参考）君がためにまのさと人うちむれてとるわかなへやよろづよのかず　隆信朝臣　夫木抄　二五五二

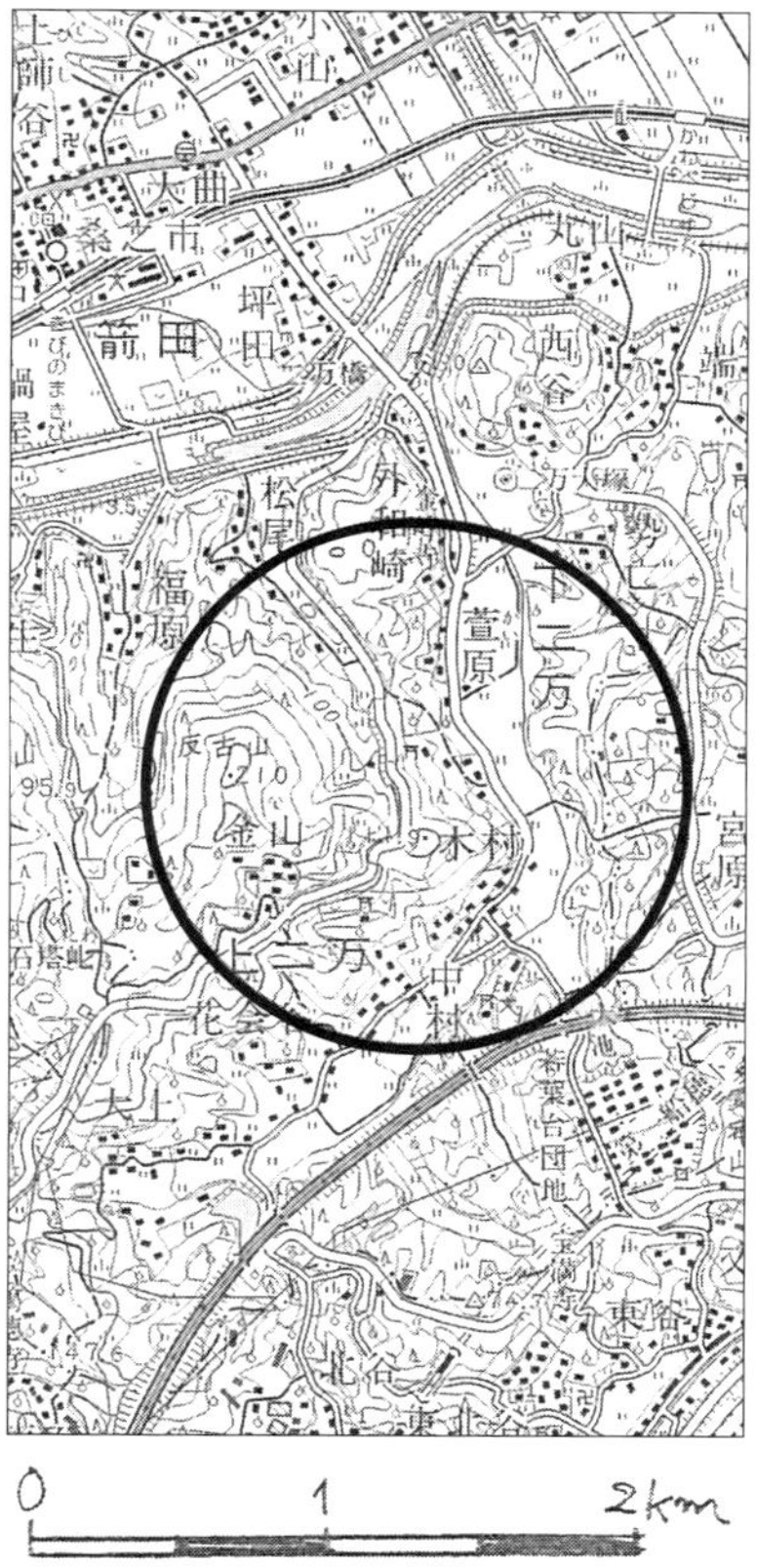

1／5万　玉島

（メモ）

①『和名抄』備中国下道郡に「迩磨郷」がある。現在の倉敷市真備町上二万・真備町下二万付近という。真備町下二万には下二万神社が鎮座する。

②『備中国風土記逸文』に「迩磨郷」がある。およそ次のようにある。

斉明天皇六（六六〇）年、百済国に新羅軍が攻めて来たので百済国が援軍を求めて来た。斉明天皇と摂政の後の天智天皇は九州福岡にむかわれた。その道中、この地に宿泊された。

一つの郷の戸邑《いへむら》の甚《いた》く盛《さか》りなるを見まして、天皇、詔《みことのり》を下して、誠に此の郷の軍士《いくさびと》を徴《め》したまふに、即ち勝れたる兵二万人を得たまひき。

とあり、「二万人」が「迩磨」になり、現在の「二万」になったと。

八九五　如意山

岡山県真庭市勝山

関係地図　1／20万　高梁　1／5万　勝山

470　たか田の山

③拾遺集　一一七　よみ人しらず

・なけやなけたか田の山の郭公このさみだれにこゑなをしみそ

（参考）せきとめてせがゐの水にたねまきしたかたのやまはさなへとるなり　正二位忠宗卿　夫木抄　二五五八

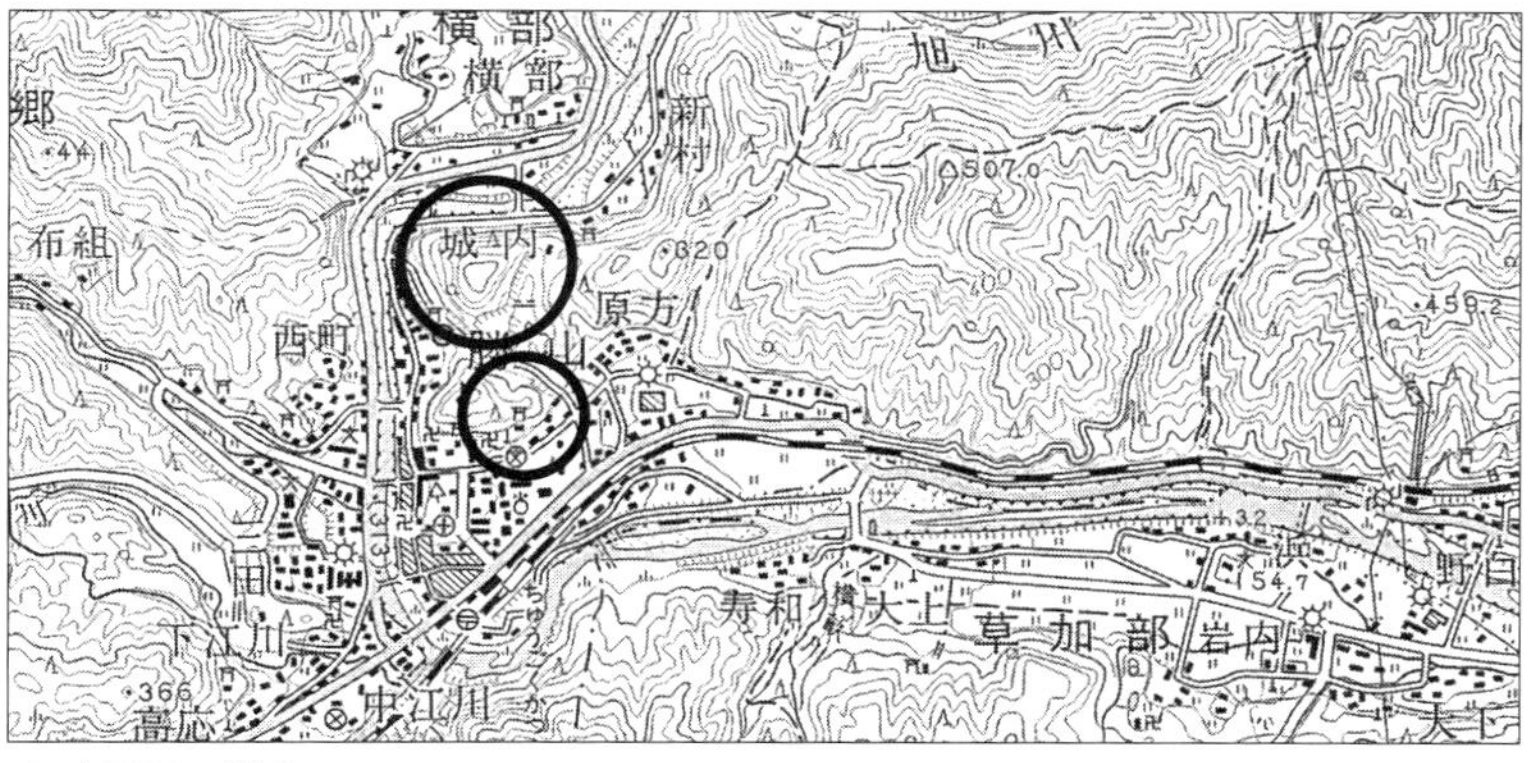

1／5万　勝山

（メモ）

①真庭市勝山地内に城山や高田神社（図中小〇）がある。『和名抄』美作国の真島郡に「高田郷」がある。その郷域は、現在の真庭市勝山・横部や旭川の対岸の本郷等であろう。

②現在の勝山城は、江戸中期までは高田城であった。北の標高三二二mの如意山（図中大〇）を本丸とし、南の標高二六一mの勝山に二の丸を構え、両山の間に堀切り「須《す》の乢《たわ》」を作り、これらを総称して「大総山《だいそうざん》」といった。築城の初めは明徳年間（一三九〇〜一三九四）で、関東武者の三浦貞宗という。

③高田神社。勝山の東山麓に鎮座。祭神は初め伊弉諾尊・伊弉冉尊・速玉之男命・事解男命。大正四年に伊勢神社を合祀。久寿二（一一五五）年に熊野三社を勧請という。

④高田神社の西隣に曹洞宗化生寺がある。当寺は高田城主三浦貞宗の創建。開山は源翁心昭禅師。下野国那須野ヶ原の狐姫の殺生石を源翁禅師が数珠で砕いた所、越後高田・豊前高田・美作高田に飛び散った。三浦貞宗は築城に当り源翁禅師を招いてその霊石を勧誘して城の鎮守とした。後、その石（殺生石）を化生寺境内に埋めたという。

⑤当地は臨済宗永源寺派開祖寂室元光の生誕地。旭川丘の寺はゆかりの明徳寺。

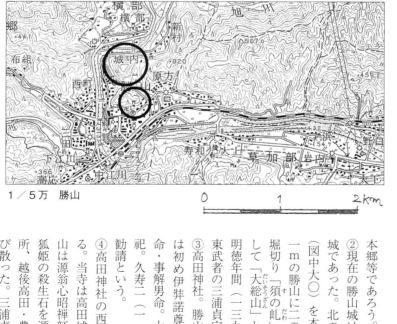

八九六　備前国庁跡　岡山県岡山市中区今在家

関係地図　1／20万 高梁　1／5万 岡山北部

658

備前国

十二月の晦ごろ備前国より出羽弁がもとにつかはしける

・みやこへはとしとともにぞかへるべきやがてはるをもむかへがてらに　源為善朝臣

④後拾遺集　四二四

1／5万 岡山北部

（メモ）

①備前国は岡山県の東南部に位置する。古くは吉備国の一部であった。応神天皇の御代に、大伯・上道・三野の三国造が任命された。『国造本紀』に次のようにある。

大伯国造　軽嶋豊明朝御世。神祝命七世孫佐紀足尼定㆓賜国造㆒。

上道国造　軽嶋豊明朝御世。元封㆓中彦命児多佐臣㆒始国造。

三野国造　軽嶋豊明朝御世。元封㆓弟彦命㆒。次定㆓賜国造㆒。

②吉備国が、備前国・備中国・備後国の三国に分割されたのは天武天皇の御代頃という。

③『日本書紀』神武天皇即位前紀乙卯年《きのとうのとしの》春三月六日条に、

吉備国に徙《うつ》りて入りましき。行館《かりみや》を起《つく》して居《いま》す。是を高嶋宮と曰《い》ふ。三年積《ふ》る間に、舟檝《ふね》を脩《そろ》へ、兵食《かて》を蓄《そな》へて、将《まさ》に一たび挙げて天下を平けむと欲《おもほ》す。

とある。図中の○内が備前国庁跡。現在の備前高島宮、備前国総社宮である。

八九七　備中国府跡　岡山県総社市金井戸字北国府・南国府

関係地図　1／20万 高梁　1／2.5万 総社東部

661

備中国

備中守棟利みまかりにけるかはりを人人のぞみはべりとききてうちなりける人のもとにつかはしける

・たれかまたとしへぬるみをふりすてきびのなか山こえむとすらん　清原元輔

④後拾遺集　九七一

後冷泉院御時大嘗会主基方御屏風に、備中国たかくらやまにあまたの人花つみたるかたかけるところによめる

・うちむれてたかくらやまにつむものはあらたなきよのとみくさのはな　藤原家経朝臣

⑥詞花集　三八三

天暦御時、大嘗会主基、備中国中山

・ときはなるきびの中山おしなべてちとせをまつのふかき色かな　よみ人しらず

⑧新古今集　七四七

1／2.5万 総社東部

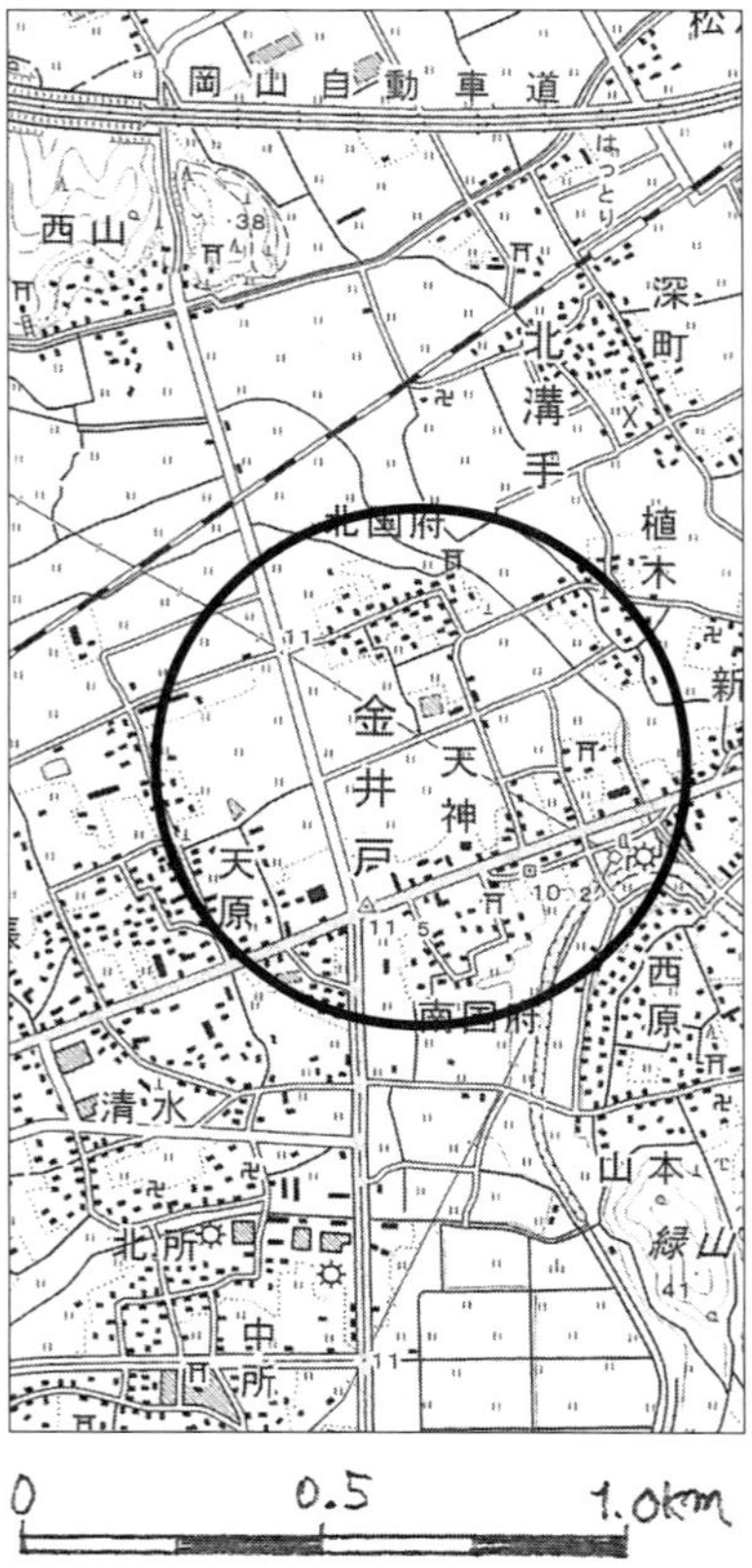

（メモ）

①『続日本紀』文武天皇元（六九七）年閏一二月七日条に「播磨・備前・備中等」とあるのが、国名の初見。

②天武天皇の御代頃に吉備国が、備前・備中・備後に分立され各国司が任命された。国司の上に吉備全域を支配する吉備大宰（総領）が置かれた。天武八（六七九）年は石川王であった（日本書紀）。

八九八　蒜山三座

岡山県真庭市蒜山下長田・蒜山上長田

関係地図　1／20万 高梁　1／5万 湯本

564

長田の山

後一条院御時、長和五年大嘗会の主基方御屏風に、備中国長田山のふもとに、ことひきあそびしたる所をよめる

・千代とのみおなじことをぞしらぶなるながたの山のみねの松かぜ　善滋為政

⑦千載集　六三四

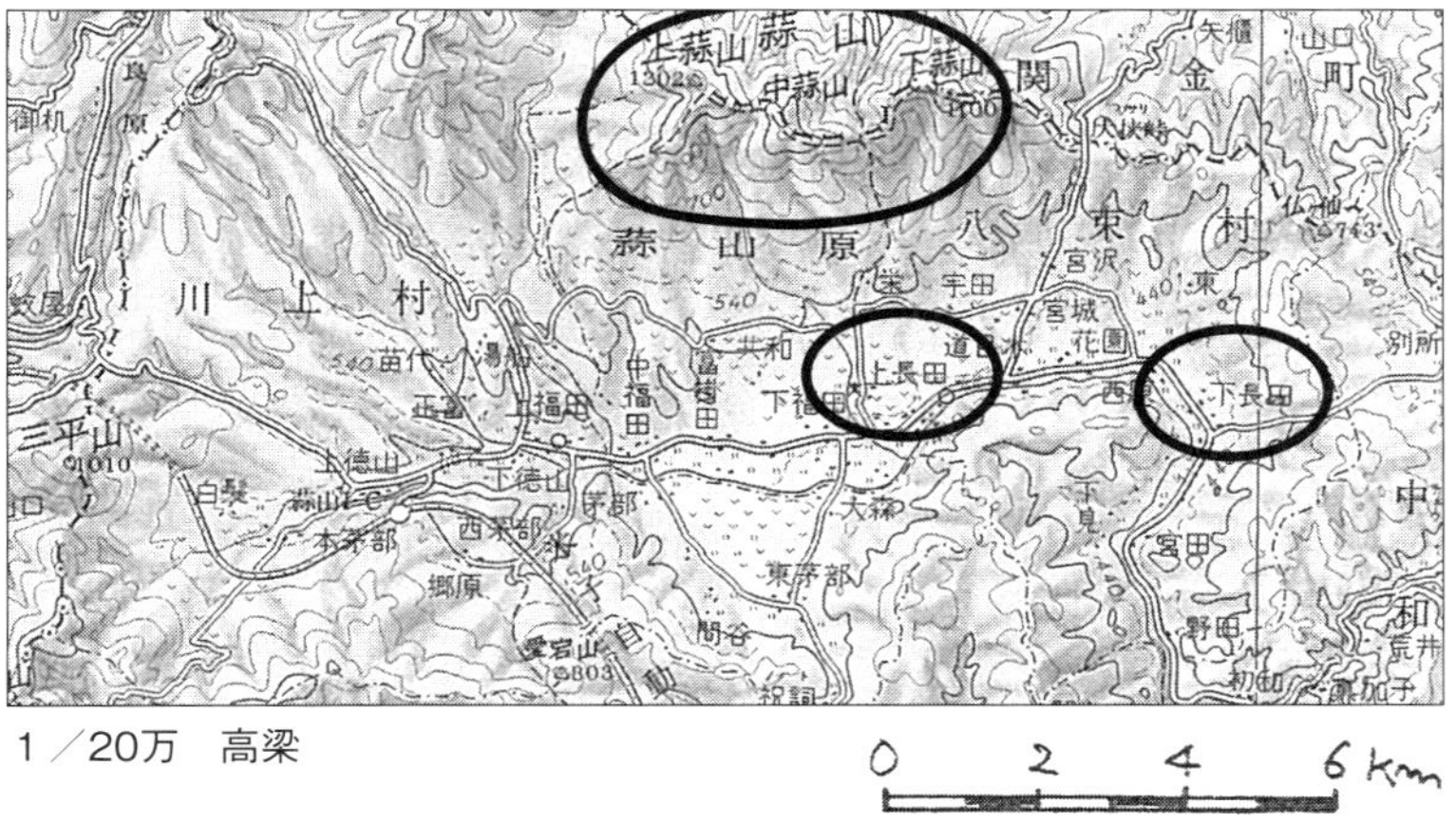

1／20万　高梁

（メモ）

①神社本庁編『神社名鑑』（昭和三九年）に、「長田神社」がある。

（場所）真庭郡八束村下長田。（祭神）事代主命・素盞嗚尊・他一四柱　（由緒沿革）延喜式内の古社。美作国九宮、布施郷一の宮として古来士民の崇敬が篤く、天文年間尼子式部少輔晴久は社殿を建立寄進している。牛頭天王と称した。

とある。

②長田神社にあった梵鐘が、鳥取県倉吉市仲之町の長谷寺にある。その銘は次の通り。

牛頭天王　　姫宮御鐘

作州布施之庄

長田村之上下万民

一同願主各人現当二世

成就故也　浄大夫敬白

明徳四年癸酉　八月日

大願主教超禅門

明徳四年はＡＤ一三九三年。当時は京都の八坂神社と同じ素盞嗚尊が祭神であり、村名も神社と同じ「八束《やさか》村」であった。しかし、『延喜式神名帳』は、「美作国大庭郡　長田神社」とある。

③『三代実録』貞観六（八六四）年八月一五日条に「美作国従五位下長田神授従五位上」とある。

八九九　細谷川

岡山県岡山市北区吉備津・一宮

関係地図　1／20万 高梁、岡山及丸亀　1／2.5万 総社東部

704

ほそたに河

・まがねふくきびの中山おびにせるほそたに河のおとのさやけさ　神あそびのうた

①古今集　一〇八二

堀河院の御時百首歌めしけるに立春の心をよみ侍りける

・つららゐしほそたにがはのとけゆくはみなかみよりや春はたつらん　皇后宮肥後

⑤金葉集　四

春のたをよめる

・あらをだにほそたにがはをまかすればひくしめなはにもりつつぞゆく　大納言経信

⑤金葉集　七三

・もらさばやほそたにがはのむもれみづかげだに見えぬ恋にしづむと　読人不知

⑤金葉集　四七八

1／2.5万　総社東部

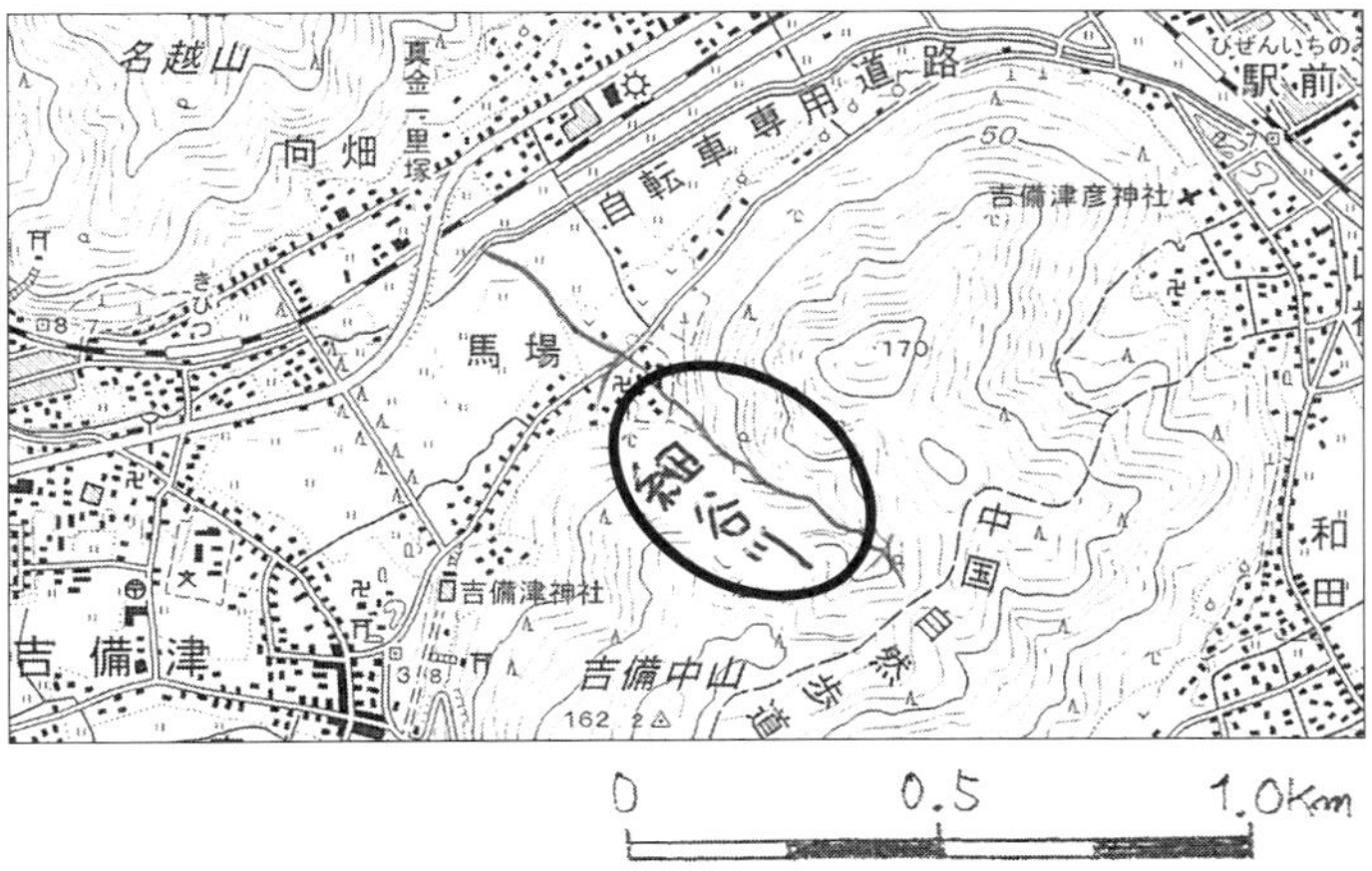

（メモ）

①吉備中山北嶺と吉備中山南嶺の間に、北西流する小川がある。これが細谷川である。すぐに、東の吉備津彦神社から流れ来る三丁川に注ぐ。

②吉備中山西麓には備中一宮の吉備津神社。東麓には備前一宮の吉備津彦神社がある。細谷川の流れ落ちる少し上には、藤原成親遺跡（県史跡）がある。

③藤原成親（一一三八―一一七七）は越後・讃岐等の守、参議・権大納言等を歴任した。後、後白河法皇の勅旨を受け僧西光らと東山鹿谷に平氏追討の密議を凝らしたが、平清盛に偵知され捕へられ、備前に流されたが、途次、難波で殺され、この地に葬られた。

④向畑の「真金一里塚」は国史跡。

九〇〇　本宮高倉山　岡山県岡山市北区牟佐

関係地図　1／20万　高梁　1／5万　岡山北部

464
たかくらやま

後冷泉院御時大嘗会主基方御屏風に、備中国たかくらやまにあまたの人花つみたるかたかけるところによめる

・うちむれてたかくらやまにつむものはあらたなきよのとみくさのはな　藤原家経朝臣　⑥詞花集　三八三

（参考）君が代はしづのかど田にかる稲もたかくら山にみちぬべきかな　前中納言匡房卿　夫木抄　八四二〇

（参考）雲の上に万代とのみきこゆるはたかくら山の声にぞ有りける　よみ人しらず　新千載集　二三六二

1／5万　岡山北部

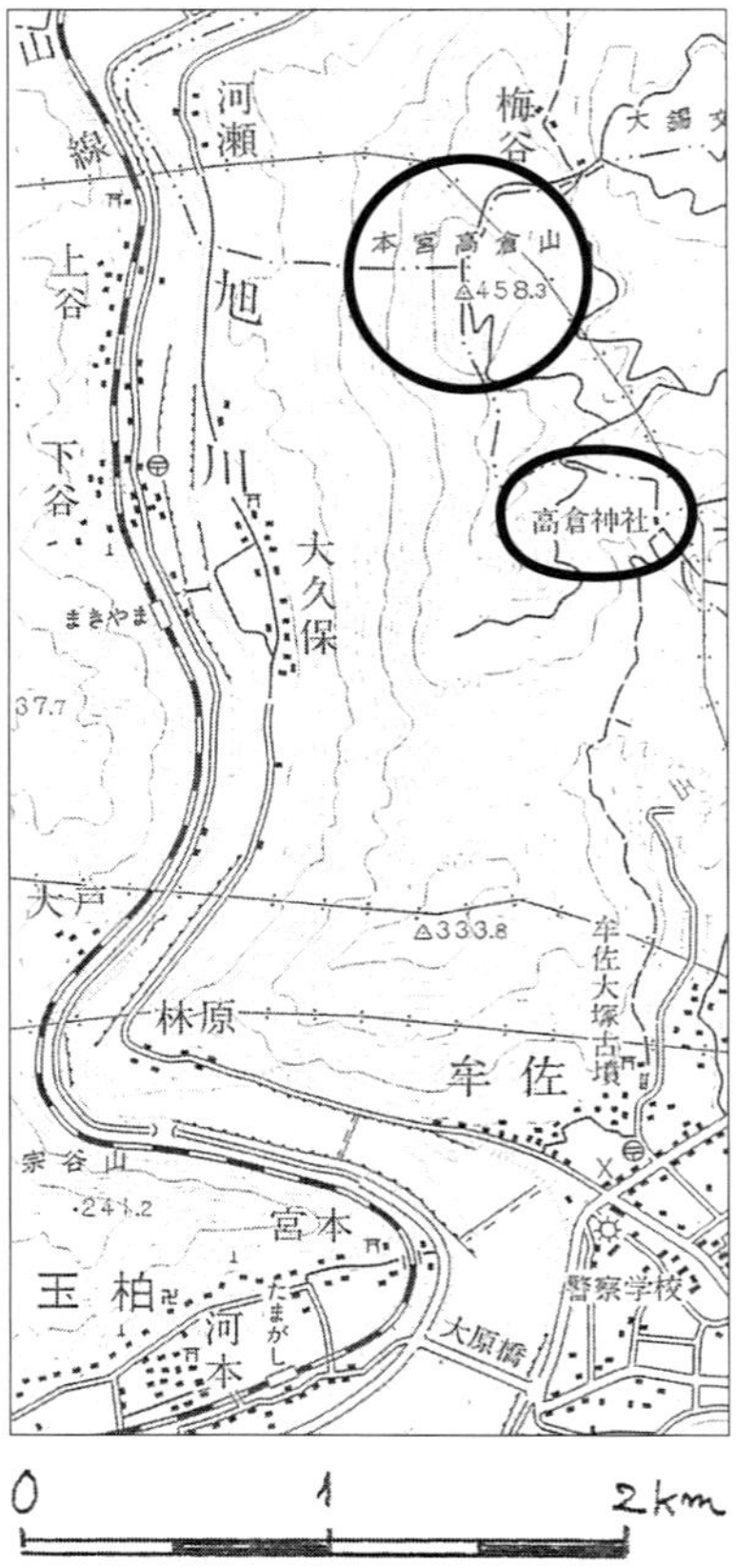

（メモ）

①岡山市北区牟佐の高倉山の南中腹に高倉神社がある。この高倉神社は高蔵神社とも書かれ、旧郷社。祭神は天香山命。天火明命。北方約一kmの標高四五八・三mの本宮高倉山は神体山である。山頂に磐境の遺構がある。

②『備前国神明帳』には、赤坂郡五二位高蔵大明神とある。正慶元（一三三二）年在銘の石鳥居扁額には大願主国造神主上道康成の銘があると。

九〇一　本陣山　岡山県岡山市北区上高田

関係地図　1／20万　高梁　1／5万　岡山北部

470
たか田の山

・なけやなけたか田の山の郭公このさみだれにこゑなをしみそ　よみ人しらず　③拾遺集　一一七

528
つゞみのやま

大嘗会主基方辰日参音声鼓山をよめる

・おとたかきつゞみのやまのうちはへてたのしきみよとなるぞうれしき　藤原行盛　⑤金葉集　三一五

1／20万　高梁

（メモ）

①岡山市上高田に鎮座の二宮鼓神社の氏子は現在、上高田・下高田・山ノ上・石妻の四集落である。よって、これら四集落の氏子が仰ぎ見られる山、それは中世戦争の場となった標高四四三・五mの本陣山である。この山は上高田集落内の山であり、また鼓の山の神体山である。

②二宮鼓神社は備中国二宮である。旧県社。『延喜式神名帳』備中国賀夜郡の鼓神社。

祭神（主神）高田姫命（吉備津彦命の妃）

（配神）吉備津彦命・楽楽森彦命

遺霊彦命・吉備武彦命

かつては五社殿があり、鼓五社大明神と称した。

③本陣山の周辺に数個の灌漑用溜池がある。

九〇二　松井　岡山県総社市上林字松井

関係地図　1／20万 高梁、岡山及丸亀　1／2.5万 総社東部

716

松井の水

建久九年大嘗会主基屏風に、六月松井

・ときはなる松井の水をむすぶ手のしづくごとにぞ千代は見えける　権中納言資実　⑧新古今集　七五六

（参考）結びあぐる松井の水はそこすみてうつるは君が千世のかげかも　藤原茂明朝臣　夫木抄　一二四五九

1／2.5万　総社東部

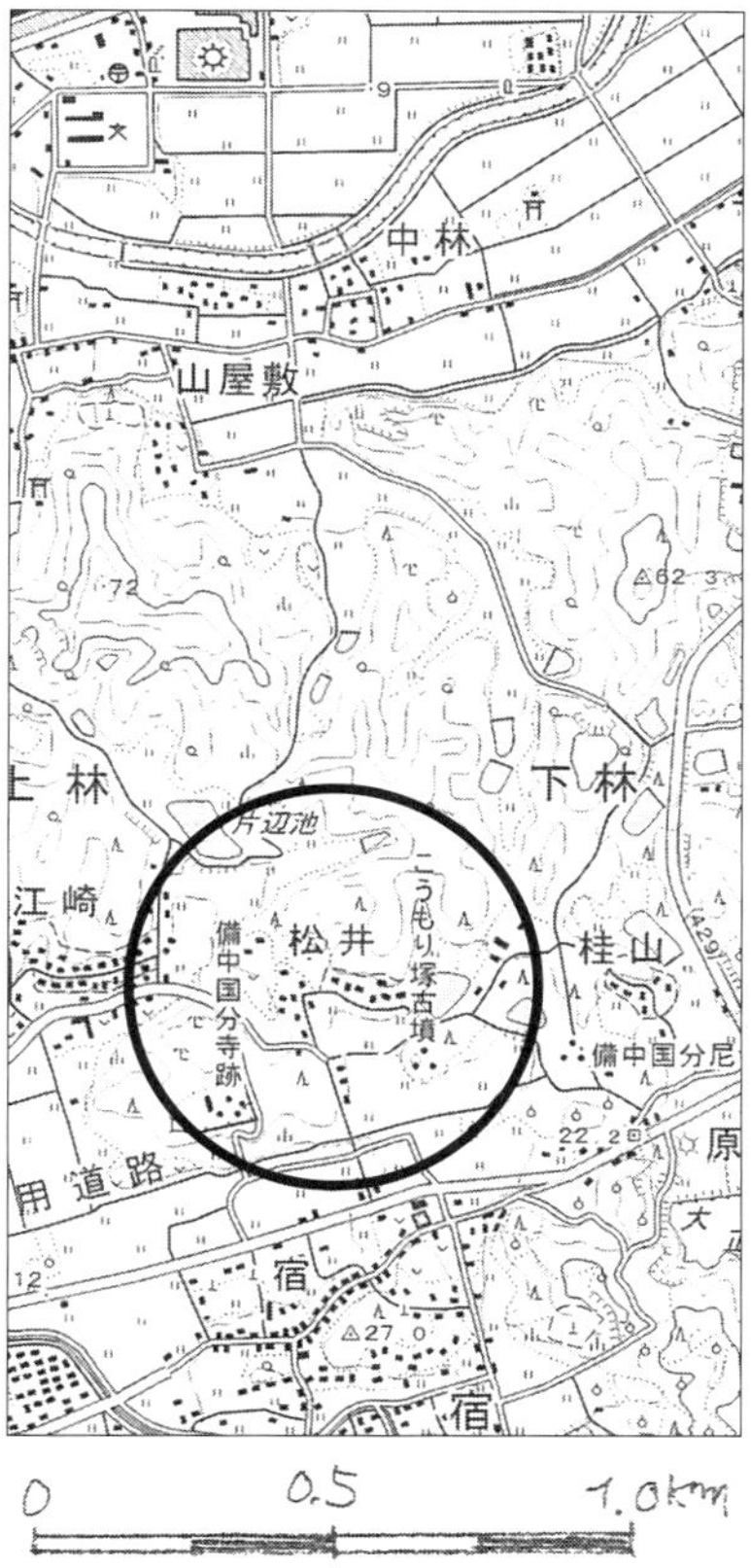

（メモ）

①地図中に松井集落がある。集落内に備中国分寺跡・コウモリ塚古墳。また少し東に備中国分尼寺跡があり、多くの旅人が往来した土地である。

②周辺には泉・福井・井手・金井戸等の水関係の地名、また水巻大明神も鎮座する。この地はマツが茂り、そのマツ材でコンコンと湧き出る泉井桁を作り「松井」と名付けたのであろうか。

③この地の北西、総社市井尻野に宝福寺がある。臨済宗東福寺派。山号は井山。本尊は虚空蔵菩薩。初め日輪の開山の天台宗寺院であった。貞永元（一二三二）年、鈍庵が伽藍を整備した。また、鈍庵は宋から帰朝した円尓弁円（聖一国師・一二〇二―一二八〇）に師事し、その弟子の天得派玉渓慧瑃を迎え開山とした。その玉渓もまた、無夢一清を迎えている。また、画僧雪舟（一四二〇―一五〇六）は総社市赤浜生れ、当寺に入る。

九〇三　美作国府跡　岡山県津山市総社の美作総社宮

関係地図　1／20万 姫路　1／5万 津山西部

762

美作

・美作やくめのさら山さらさらにわがなはたてじよろづよまでに　①古今集　一〇八三

これは、みづのをの御べのみまさかのくにのうた

みまさかにまかりくだりけるに大まうちぎみのかづけもののことをおもひいでて範永朝臣のもとにつかはしける

・よよふともわれわすれめやさくら花こけのたもとにちりてかかりし　能因法師　④後拾遺集　一一八

みまさかのかみにてはべりけるときたちのまへにいしたてみづせきいれてよみはべりける

・せきれたるなこそながれてとまるらんたえずみるべきたきのいとかは　藤原兼房朝臣　④後拾遺集　一〇五七

1／5万　津山西部

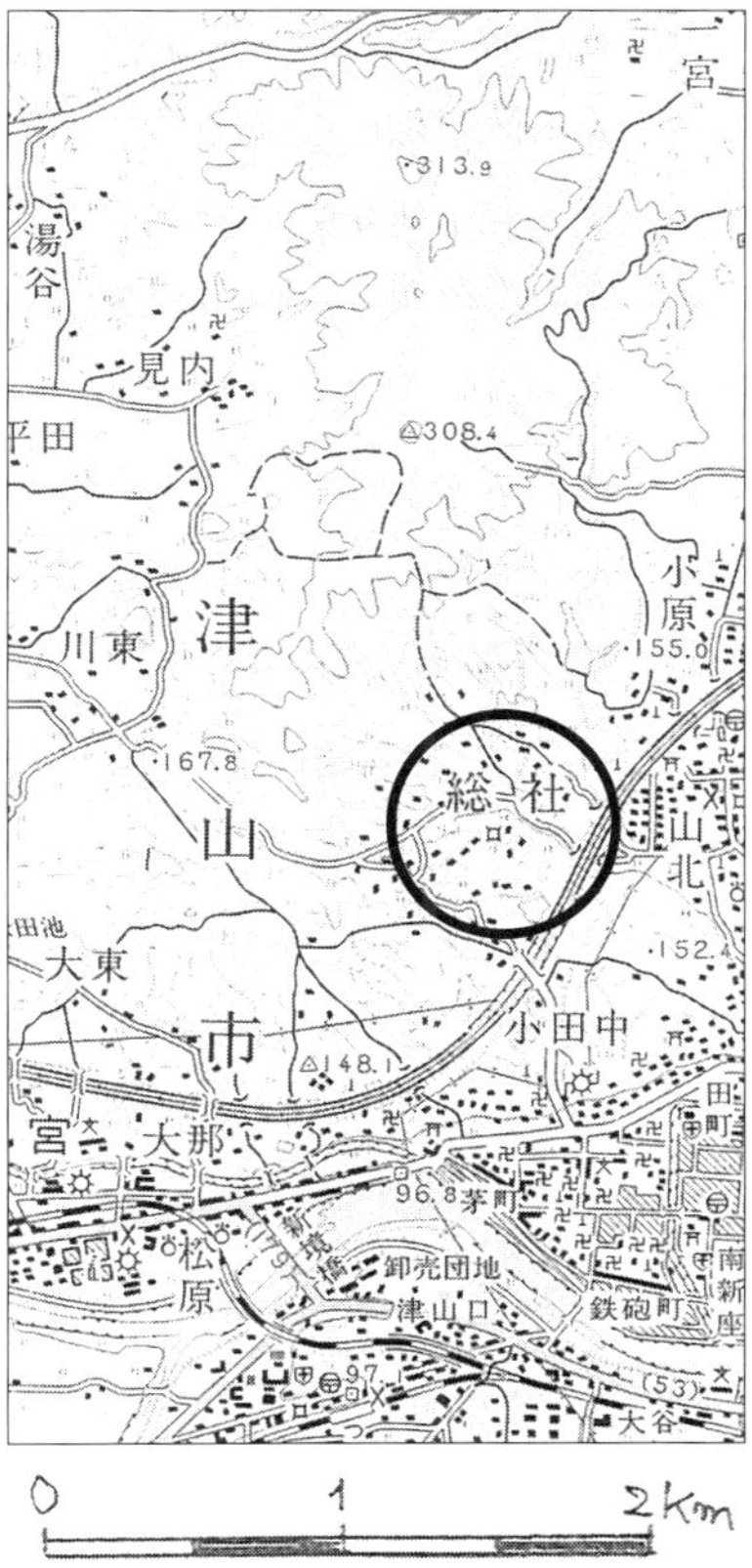

（メモ）

①国府は『和名抄』美作国に、「国府在苫東郡」とある。現在の津山市総社字南幸畑他。発掘調査で、築地溝・井戸跡を中心に須恵器・土師器・緑釉陶器・磁器・瓦・木簡・斎串・刀子・円面硯・風字硯など出土。

②美作国は備前国の一部であった。和銅六（七一三）年四月、六郡を割きて始めて美作国が設置された。

九〇四　横山

岡山県総社市清音《きよね》三因《みより》

関係地図　1／20万 岡山及丸亀　1／5万 岡山南部、玉島

528　つづみのやま

大嘗会主基方辰日参音声鼓山をよめる

・おとたかきつづみのやまのうちはへてたのしきみよとなるぞうれしき　藤原行盛　⑤金葉集　三一五

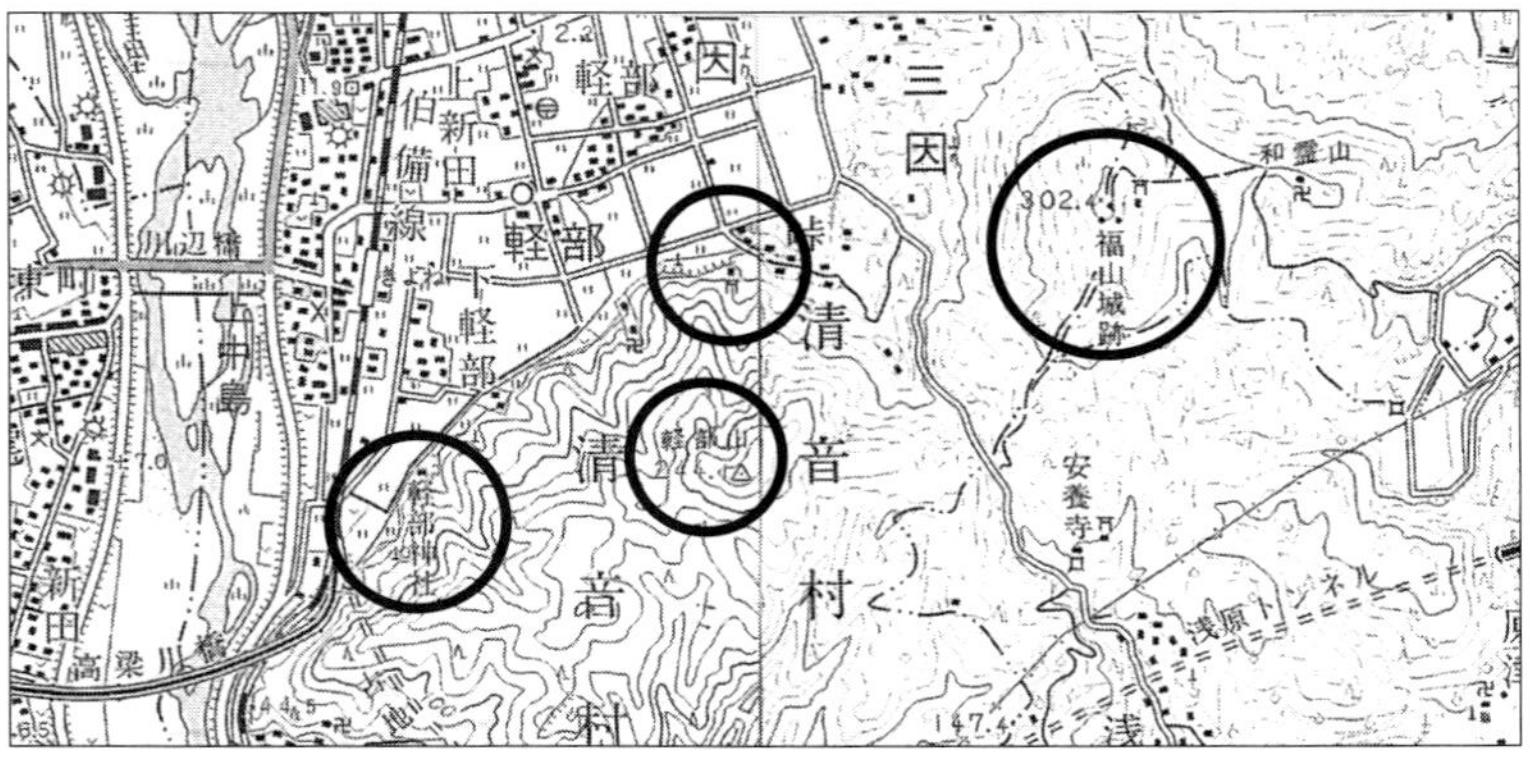

1／5万　玉島（左）・岡山南部（右）

（メモ）

①総社市清音三因《みより》に標高三〇二・四mの福山があり、山頂に福山城跡、東側に猿田彦神社がある。この地では福山の松籟、高梁川の清流とで「山水有清音」だと。

②総社市清音軽部集落に八幡神社（図中の〇）がある。八幡神社は初め鼓山八幡宮（里宮）、また福山はその神体山と思われる。ここ清音軽部集落には標高二四四・一m軽部山（神体山）が、その里宮軽部神社がある。

③『一遍上人絵伝』第三十九段（部分）。弘安十（一二八七）年、備中国軽部《かるべ》の宿と申す処に、御坐《おわ》しけるに、「花の本《もと》の教願、四十八日結縁せん」と申して、付き奉り侍りけるが、日数《ひかず》満ちければ、迎への人なんど下りたりけるに、折節患ふ事ありければ、迎への者をば帰して、一途《ひとすじ》に臨終の用心にてぞ侍りける。病中に、「冷水に有明《ありあけ》の月を入れて飲まばや」と願ひ物にして侍りけるこそ、やさしく侍れ。臨終近くなりて、聖に奉りける歌、

　とにかくに迷ふ心の標《しるべ》せよ
　如何《いか》に称《とな》へて捨てぬ誓ひぞ

聖、

　とにかくに迷ふ心の標には
　南無阿弥陀仏と申すばかりぞ

知識の教えの如く、臨終正念《しょうねん》にして往生を遂げにけり、花の本、月の前の昔の戯れまでも、宝樹蓮台の今の縁となり侍りけるにや。

九〇五　龍王山

岡山県岡山市北区高松稲荷

関係地図　1／20万 高梁　1／5万 岡山北部

528　つづみのやま

大嘗会主基方辰日参音声鼓山をよめる

・おとたかきつづみのやまのうちはへてたのしきみよとなるぞうれしき　藤原行盛　⑤金葉集　三一五

1／5万　岡山北部

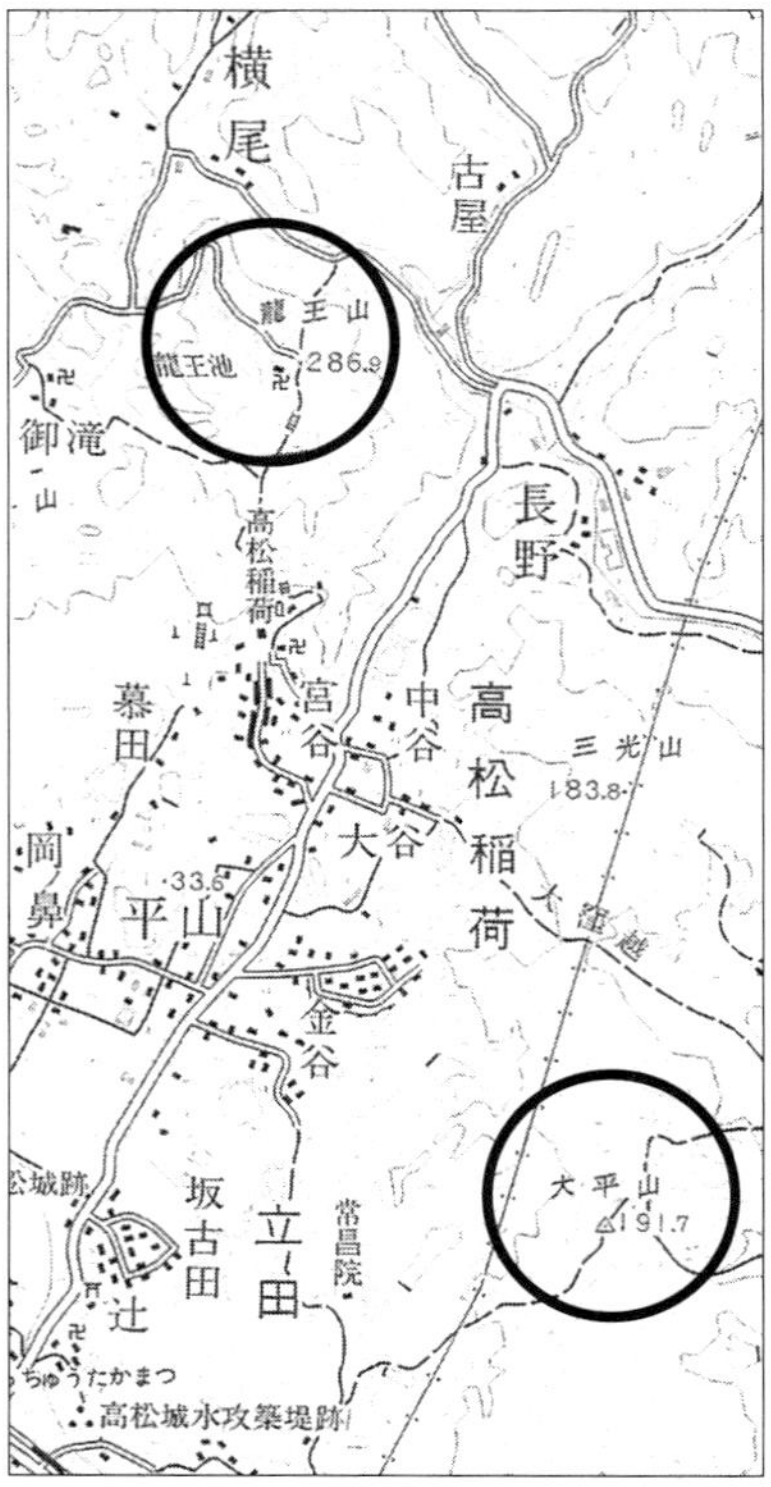

（メモ）

①岡山市北区に、標高二八六・九mの龍王山がある。この山の南山麓には一〇個以上。西側には龍王池をはじめ数個の灌漑用の池がある。龍王山はそれらの池、堤の水源であり、「堤の山」「鼓の山」。

②妙教寺は龍王山の南山麓にある。山号は稲荷山。本尊は最上位経王大菩薩。報恩大師が桓武天皇の御病気平癒を祈って功があり、天皇の帰依を受けた。後、最上尊の霊告を受け、当地に伽藍を建立し、龍王山神宮寺と号したという。龍王山山中に練行の行場跡が今もあると。

③天正一〇（一五八二）年の高松城水攻めの際、羽柴秀吉側が布陣し荒れたと伝える。その後、慶長六（一六〇一）年、日蓮宗の日円が花房氏の外護を得て、稲荷山妙教寺とし、報恩大師作の咜枳尼天《だきにてん》を奉安した。

④明治の神仏分離で鎮守稲荷大明神を最上位経王大菩薩と改称した。最上位は正一位、経王は法華経。昭和二九年、宗教法人最上稲荷教総本山妙教寺となる。日本三大稲荷。

⑤龍王山頂には最上稲荷奥之院。龍王池南端には身代地蔵堂がある。

九〇六　安直潟跡《あぢかたあと》

広島県三原市沼田東・沼田西

関係地図　1／20万 岡山及丸亀、広島　1／5万 尾道、竹原

33　あぢかた

花をしむこころをよめる　大蔵卿

・はるくればあぢかたたのみひとかたにうくてふいをのなこそをしけれ

匡房　⑥詞花集　二七八

（参考）わが袖はぬれにぞぬるるぬま川のあしまの草のみがくれてのみ　衣笠内大臣　夫木抄　一〇九六九

1／20万　広島（左）・岡山及丸亀（右）

（メモ）

①『和名抄』安芸国に沼田郡があり、「安直郷《あちか》」がある。

②三原市を東流する沼田川の左岸の同市沼田町・新倉町と右岸の同市明神町の上流一帯は広く潟湖《せきこ》であった。

③平凡社『広島県の地名』に「沼田千町田」がある。そこには、

かつてこの地域には満潮時には海水が入り、干潮時には干潟を形成する塩入り荒野であったが、嘉禎四（一二三八）年の文書によると、一条入道太政大臣（藤原公経）家政所下文案写に、沼田庄地頭の沼田小早川茂平が将軍家の菩提を弔うと称して建立した不断念仏堂（現米山寺）の仏餉・燈油・修理料田としてこの塩入荒野の干拓をした。

とある。

④米山寺《べいさんじ》（三原市沼田東町納所字米山）仁平三（一一五三）年僧誓願開基の天台宗寺。嘉禎元（一二三五）年小早川茂平が不断念仏堂を建立し、巨真山寺と号す。現在は曹洞宗。米山寺の近くに小早川隆景等、小早川家の墓所がある。（表紙裏写真㉔参照）

九〇七　加計島

広島県山県郡安芸太田町大字加計《かけ》

関係地図　1／20万 広島　1／5万 加計

221　かけしま

うのはなをよめる　源俊頼朝臣

・うの花よいでことごとしかけしまの浪もさこそはいはをこえしか

⑦千載集　一一八一

1／5万　加計

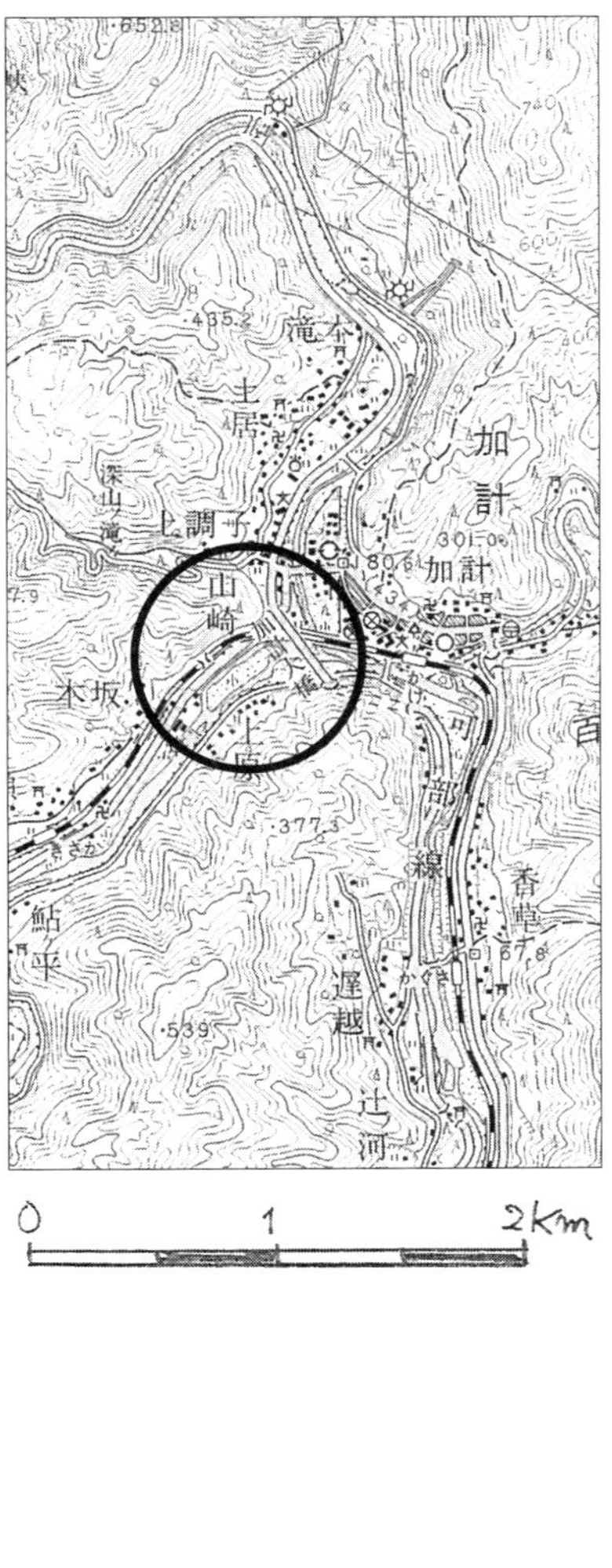

（メモ）

①山県郡安芸太田町の太田川上流域の山間部。ここで太田川が大きく湾曲している。

②地名の由来は、川舟交通の要衝地であり、舟停り時に、舟をつなぐという「繋留地」を意味するかという。

③文政年間（一八一八―一八二九年）の加計村には、一五艘の川舟があり、木材・板材・木炭・薪を広島へ運んでいた。また、船頭は二〇人余、筏乗りは五〇人余もいたという。

④歌の「加計島」は、国道一九一号の加計大橋下の砂洲名と考えた。

⑤ここ太田川の弯曲部、東部弯曲部で滝山川が注ぐ。西部弯曲部で丁川が注ぎ、それぞれ太田川本流の土砂の他に、土砂を運搬するので太田川のあちこちに砂洲を作っている。

⑥加計集落に長尾神社がある。祭神は宗像三女神・大年神・他三柱。初めの祭神は素盞嗚尊と伝え、梅明神と称した。後世懸（加計）村の一宮となり、惣社大明神とも称した。建長七（一二五五）年、佐々木光綱が社殿修理。明暦元（一六五五）年厳島より宗像三女神を勧請。

九〇八　高田郡（『和名抄』）の山

広島県安芸高田市甲田町
高田原

関係地図　1／20万 浜田　1／5万 八重、三次

470

たかたの山

・なけやなけたかたの山の郭公このさみだれにこゑなをしみそ　よみ人しらず

③拾遺集　一一七

（参考）せきとめてせがゐの水にたねまきしたかたのやまはさなへとるなり　正二位忠宗卿　夫木抄　二五五八

（参考）雨の下かくこそは見めかへはらやたかだのむらはへぬとしぞなき　前中納言匡房卿　夫木抄　一四八三五

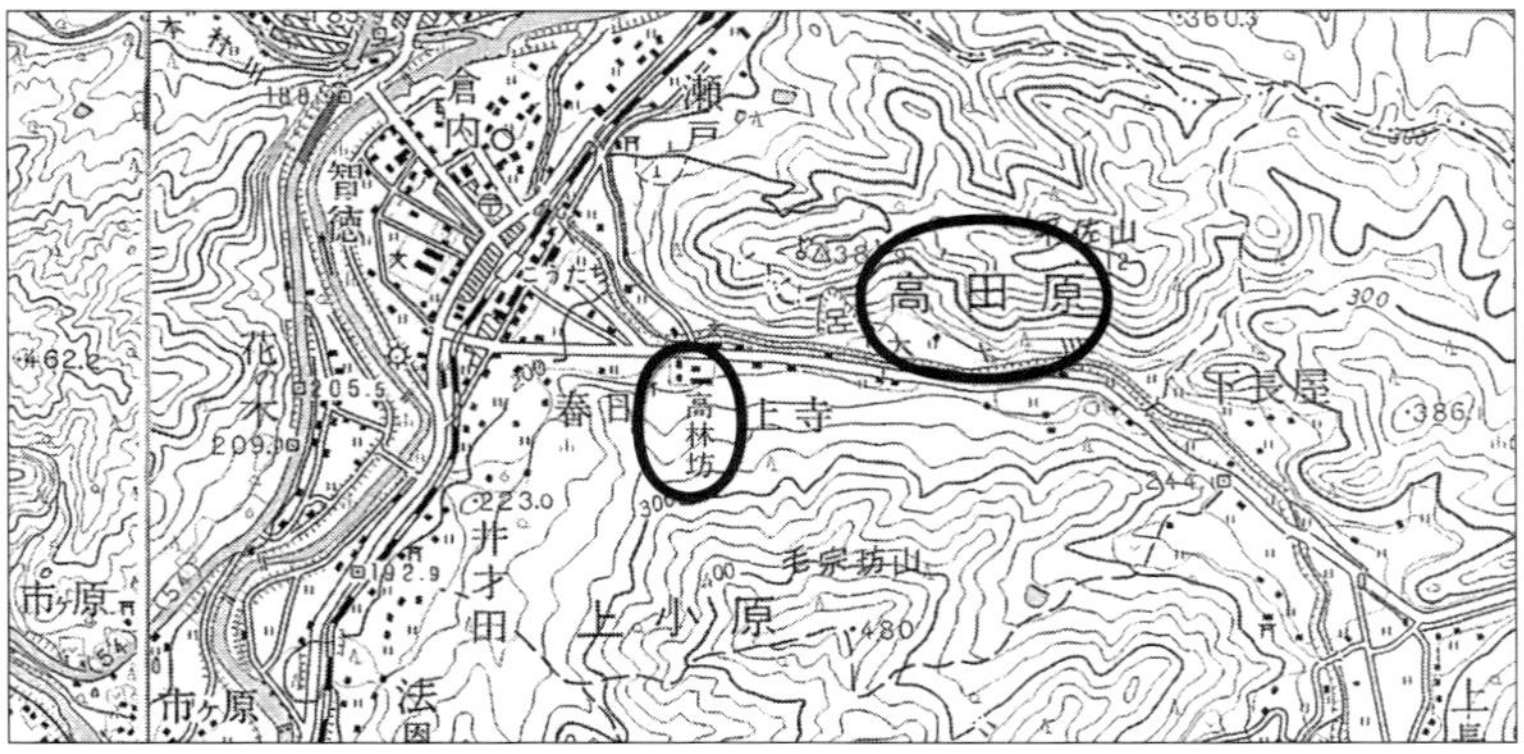

1／5万　八重（左）・三次（右）

（メモ）

①旧高田郡は安芸国北西部、広島県中央部からやや北西寄りにある。周囲には七百～八百mの山があり、郡名「高田郡」の由来という。『和名抄』安芸国高田郡。

②ここ高田原は大土川と可愛《えの》川との合流点付近。地名「高田原」は、古代に、高田郡の郡衙（郡家）があったに由来するという説がある。

③ここ甲田町高田原に高林坊がある。浄土真宗本願寺派。山号は石丸山。本尊は阿弥陀如来。明応五（一四九六）年、浄誓が甲田町上甲立《かみこうだち》の五竜城（県史跡）の城下に創建。慶長末年頃に四世西願が現在地に移す。芸備両国に末寺一六カ寺、孫末寺二八カ寺を持った。当寺には明徳二（一三九一）年七月一七日、豊後国朝見郷吉祥禅寺（現別府市）が鋳造した銅鐘がある。その銘に、

法社紀綱斉之以礼　礼待楽成楽乃礼体
楽発于器名之日鐘　鐘之為器外実中空
声随扣撃四方皆通　地獄脱苦労生啓蒙
惟功惟徳在于爾躬

とある。

九〇九　大畠の瀬戸

山口県柳井市・周防大島町

関係地図　1／20万 松山　1／5万 柳井

602

なると

女につかはしける

・人しれず思ふ心はおほしまのなるとはなしになげくころかな　よみ人しらず

②後撰集　五九三

奈良の人人百首歌よみ侍りけるにうらみの心をよめる

・おもはんとたのめし人のむかしにもあらずなるとのうらめしきかな　権僧正永縁

⑤金葉集　四三〇

恋歌とてよめる

・契りしにあらずなるとのはまちどりあとだにみせぬうらみをぞする　藤原経家朝臣

⑦千載集　九五〇

1／5万　柳井

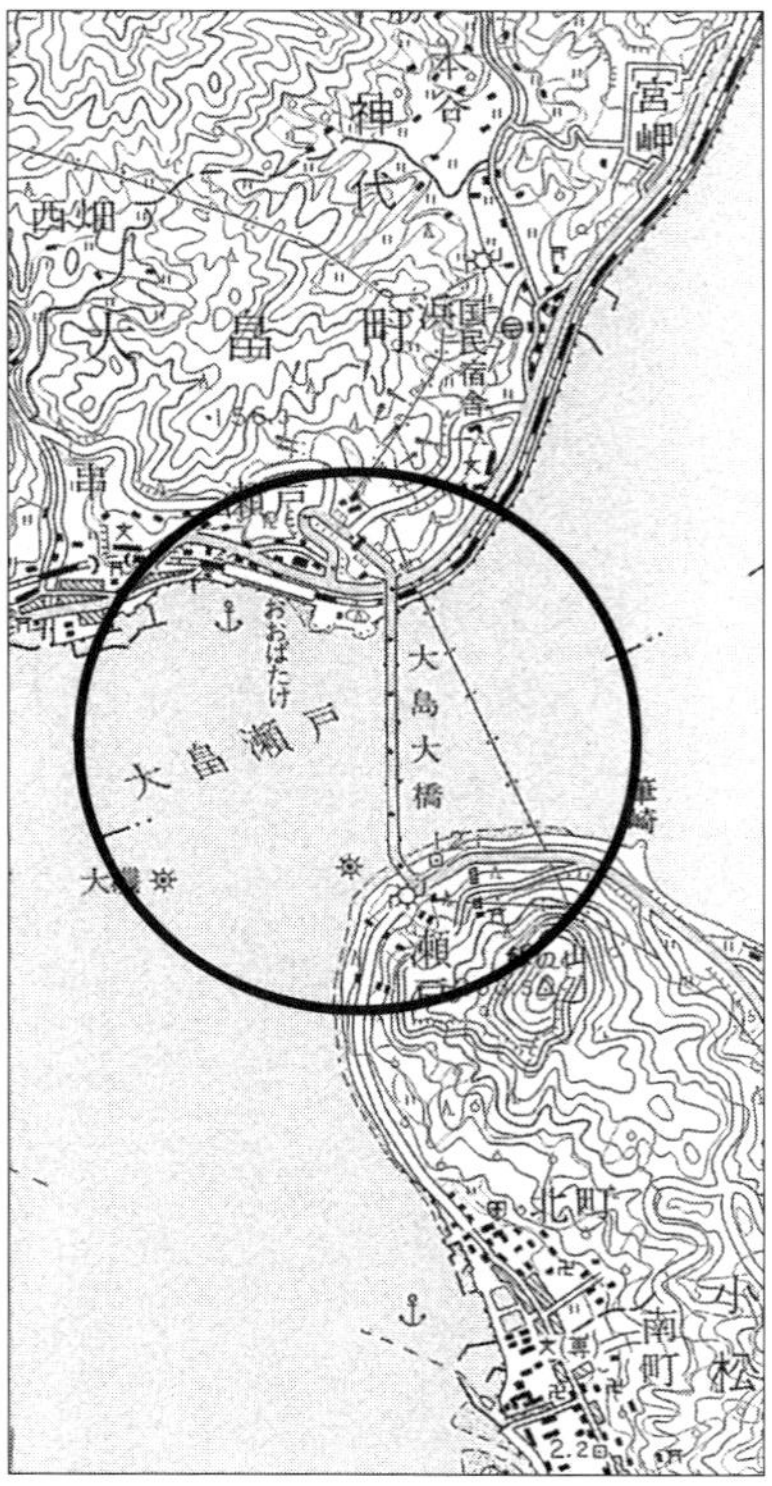

（メモ）

①大畠《おおばたけ》の瀬戸は柳井市神代大畠（東瀬戸）と大島郡周防大島町小松（大島瀬戸）間の水道名。その間は約八百m。日本三大急流の一つ。干潮・満潮に伴う潮流の速さは六～八ノット。時速約一一～一五km。航行の難所である。大潮の時には、音を立て、渦を巻くことがある。現在、大島大橋がある。

②大島八景に「瀬戸帰帆」があり、

鳴戸をバ風もろともに帆をあげて
心といそぐ海士の釣舟

とある。

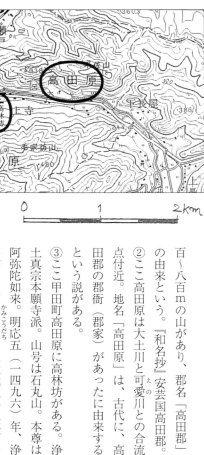

九一〇　小川の橋

関係地図　1／20万 山口　1／5万 須佐

山口県萩市中小川字馬場—三明間の橋

849

をがはの橋

をがはのはし

• つくしよりここまでくれどつともなしたちのをがはのはしのみぞある　在原業平朝臣　③拾遺集　三八一

(参考) みちのくのをがはのはしのあゆみ板の君しそむかばわれもそむかん　読人不知　夫木抄　九四一九

(参考) 白波のかかる汀と見えつるはをがはのさとにさける卯の花　後徳大寺左大臣　夫木抄　一四五九〇

1／5万 須佐

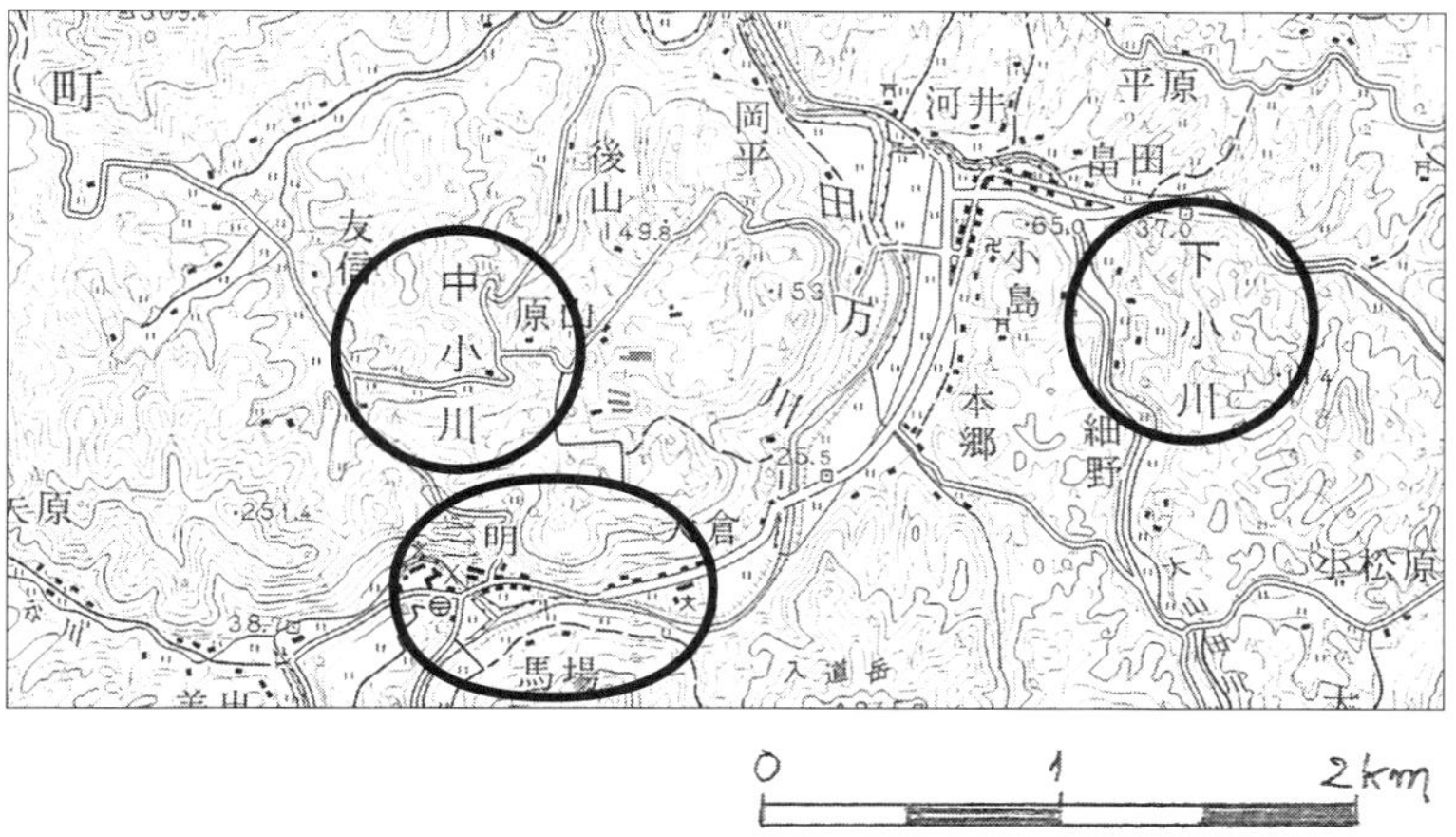

(メモ)

①『和名抄』長門国阿武郡八郷の中に「駅家郷」がある。また『延喜式』兵部省諸国駅伝馬条の長門国一五駅の一つに「小川駅」がある。この小川駅は、山陽道と山陰道とを連絡する小路駅として、駅馬三疋《ひき》が配備されていた。『和名抄』の駅家郷が、「小川駅」であるという。『名淵鑑』は、現在の小川村は『延喜式』の小川駅の名残りであると。地図の「馬場」は古代の小川駅家の地か。丸中の右の文は小学校、左の文は中学校で、現在も、小川村の中心である。

②小川の橋は、萩市大字中小川地区の小字馬場と小字三明間の橋であろう。

③南北朝期~戦国期に阿武郡内に小川郷がある。例へば大永六（一五二六）年の文書に、大内義隆が小川郷八幡宮に神輿を寄進とあると。

九一一　紗綾形山推定地

関係地図　1／20万 山口　1／5万 小郡

山口県山口市鋳銭司・陶

375

さやかたやま

• つくしよりのぼりけるみちに、さやかたやまといふところをすぐとてよみはべりける

あなしふくせとのしほあひにふなでしてはやくぞすぐるさやかた山を　右大弁通俊　④後拾遺集　五三二

(参考) 夜舟こぐせとのしほひをよそにみて月にぞこゆるさやかたの山　中務卿御子　夫木抄　五一四九

(参考) あなし吹くさやかた山に雲きえて月影たたむおとのしらなみ　第三のみ子　夫木抄　八八〇九

1／5万 小郡

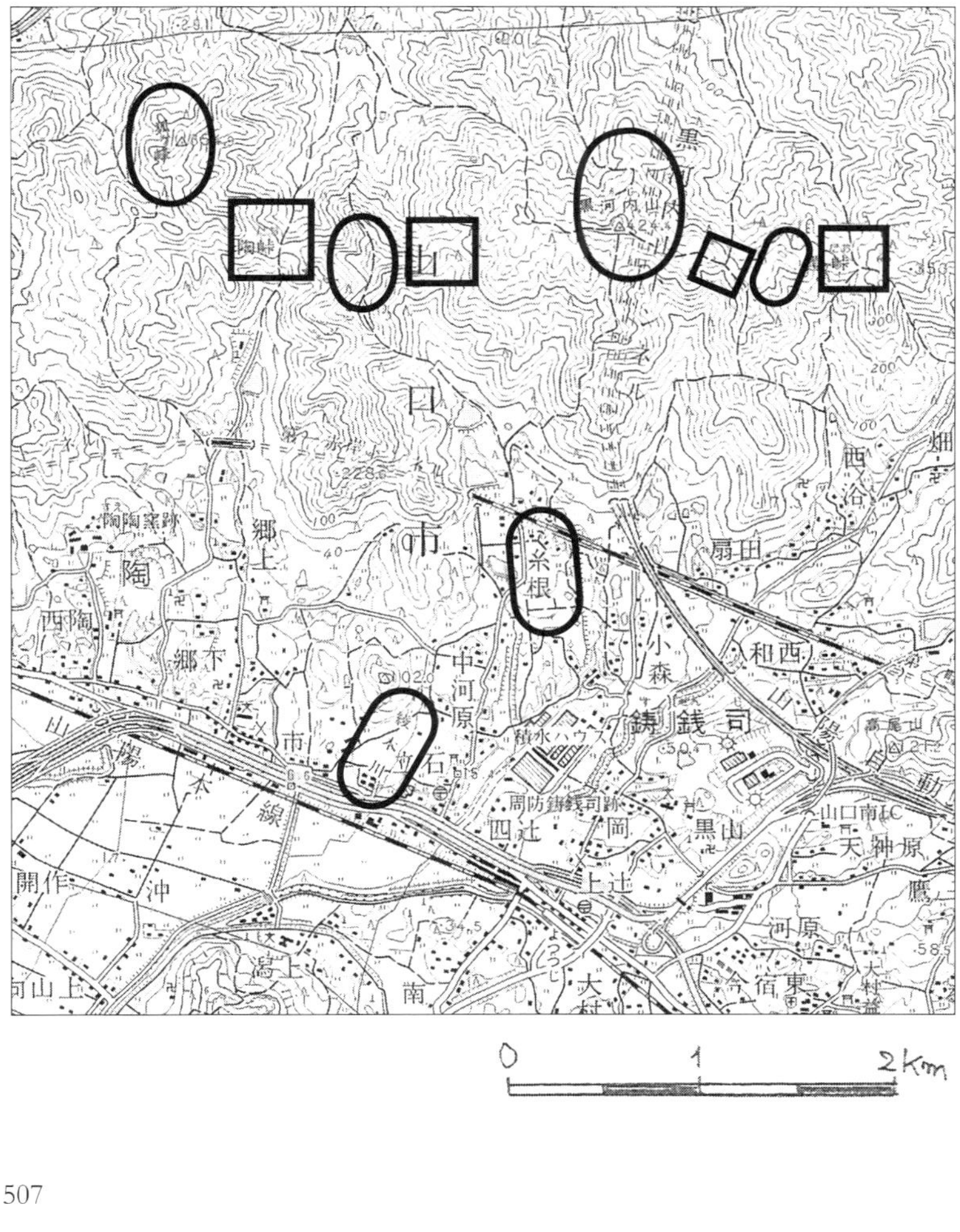

（メモ）
①図中の□は峠、○は峯。図中、東の鎧ヶ峠から西の狐ヶ峰に至る直線距離で約四kmの間に、峯と峠が短距離の間に交互にあり、峠の南北にはそれぞれ谷筋が、また各峰には稜線が南に、北に複雑に派生している。
②『大漢和辞典』（諸橋）に、

紗綾　織物の名。綾織に似て、素は卍・稲妻などを織り出したもの。「和漢三才図会、絹布類、紗織」に
　俗云左夜、按、紗綾似レ綾、而文如二稲妻一、又如二菱墻一者、名二菱墻紗綾一、和漢共有レ之。

などとある。
③山口市鋳銭司字四辻・大畠に「周防鋳銭司跡　国史跡」がある。昭和四一年以来二年にわたる発掘調査で、工房・倉庫跡・炉・井戸跡等の遺構。また、ふいご口・るつぼ片・土器・木器・鋳貨破片等多数が出土。鋳銭破片には「長年大宝」「饒益神宝」の文字があり、九世紀中頃に鋳造されたもので、中央政府が鋳造した一二種の貨幣、「皇朝十二銭」に属するものであったと。

九一二　周防国衙跡

山口県防府市国衙・多々良等

関係地図　1／20万 山口　1／5万 防府

429　周防

周防にまかりくだらんとしけるにいへのはなをしむこころ人人よみはべりけるによめる

・おもひおくことなからましにはざくらちりてののちのふなでなりせば　藤原通宗朝臣　④後拾遺集　一一二

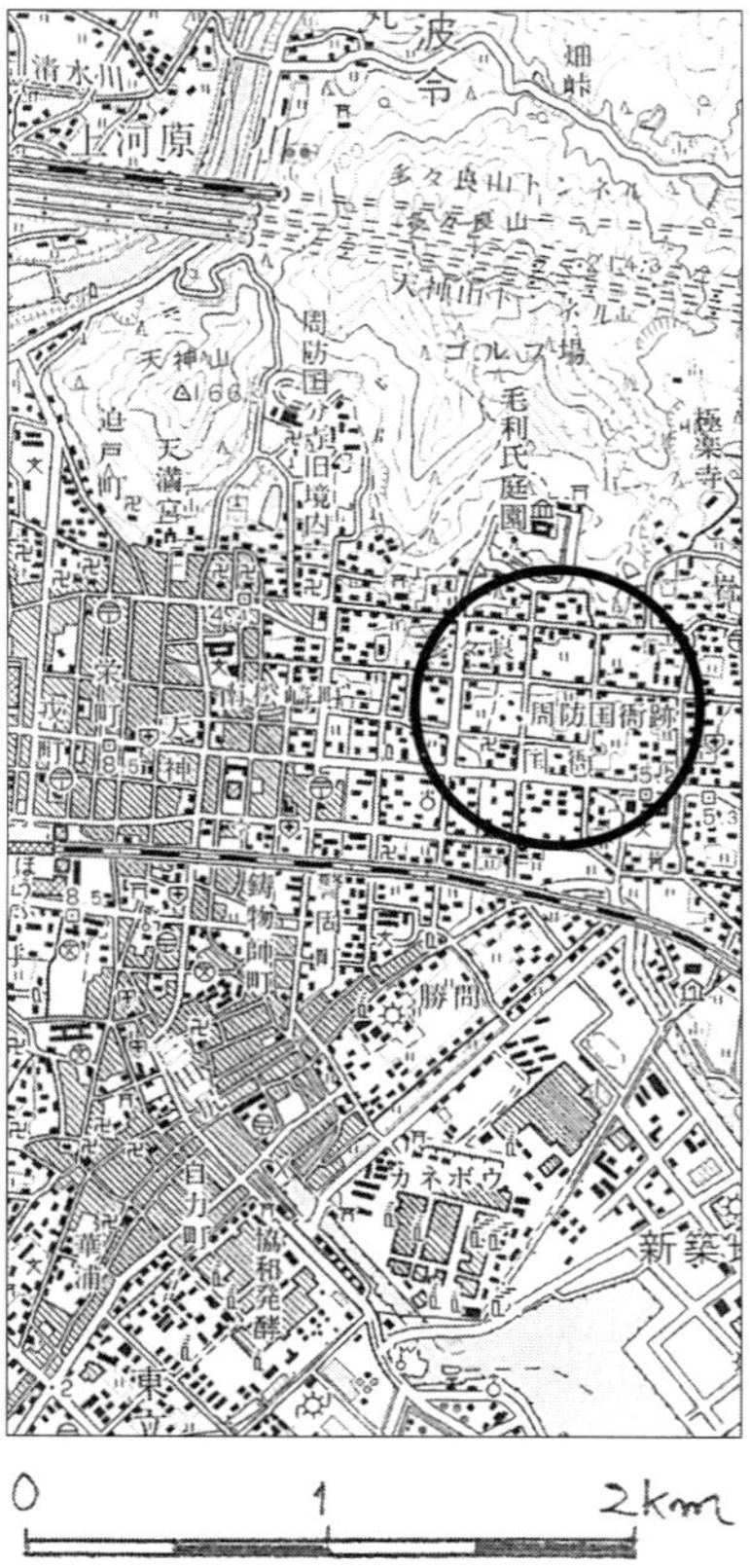

1／5万　防府

（メモ）
①周防国は山陽道の一国。山口県の東半部に位置する。国の東に安芸国、北に石見・長門の両国、西にも長門国、南は瀬戸内海に面する。
②大化改新後の国名の初見は、『日本書紀』、天武天皇一〇（六八一）年九月五日条で、

周芳国、赤亀を貢れり。乃ち嶋宮の池に放つ。

とある。
③周防国府城は「土居八町」と呼ばれる。一辺八町（約九百m）四方に、方眼状地割をして、国衙・西門・船所・細工所・市田の小字が残っている。また、国府の北西隅には物社金切社《かなきり》（佐波《さば》神社）があり、更に北西方約一kmに国分寺や国分尼寺があった。
④佐波神社　祭神は天照大神ほか。明治四〇年に、物神金切社に勝間神社（浜の宮）・国府八幡宮・日吉神社を合祀したもの。

九一三　田万川

山口県萩市上田万・下田万等

関係地図　1／20万 山口　1／5万 須佐

496
たまがは

正子内親王のゑあはせし侍りけるかねのさうしにかき侍りける

・みわたせばなみのしがらみかけてけりうの花咲けるたまがはのさと　相摸

④後拾遺集　一七五

堀河院御時、百首歌たてまつりける時、擣衣のこころをよみ侍りける

・松かぜのおとだに秋はさびしきに衣うつなり玉川のさと　源俊頼朝臣　⑦

千載集　三四〇

(参考) 白妙の衣ほすよりほととぎすなくやう月の玉川の里　従二位家隆

続拾遺集　一六〇

(参考) たまがはに月のしがらみかけてけり入るかげみせぬうのはなのころ　前中納言定家卿

夫木抄　二四四七

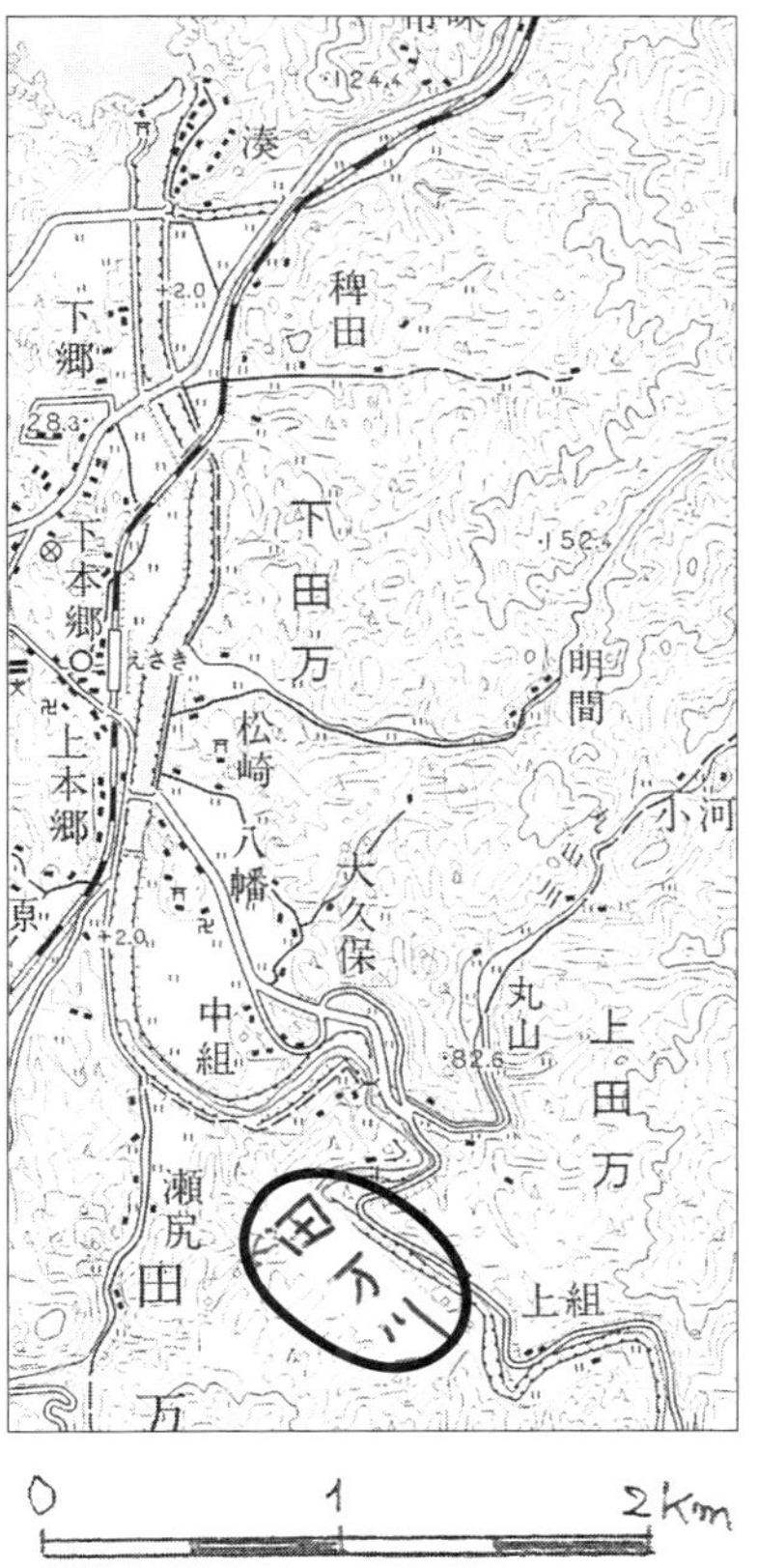

1／5万　須佐

(メモ)

①田万川は、現在の萩市弥富上と萩市須佐境の阿武高原。長門山地の標高五二八mの犬鳴山の南西斜面を源とし、弥富上地内を南流し、弥富下地内を東流し、上小川東分・中小川地内は北流、上田万地内を北西流、下田万地内は北流して日本海に注いでいる。流長約二九km・流域面積は約一二〇㎢。

②この地方では萩市街地を流れる阿武川に対し「小川」である。中流部に『延喜式』の小川駅家があった。

九一四　豊浦《とよら》郡（『和名抄』）

山口県下関市長府宮の内町。忌宮《いみのみや》神社一帯

関係地図　1／20万 福岡　1／2.5万 下関

555
とよら

人のながとへいまなむくだるといひければよめる

・しらなみのたちながらだにながとなるとよらのさとのとよられよかし　能因法師

④後拾遺集　一二一六

1／2.5万　下関

(メモ)

①『和名抄』長門国に豊浦郡がある。郡内に、田部《たべ》・生倉《いくら》・室津《むろつ》・額部《ぬかべ》・栗原・日内《うつひ》・神田《かんた》の七郷がある。この豊浦郡は東は厚狭郡と美祢郡、北は大津郡に接し、西には響灘、南は関門海峡を隔てて福岡県に相対する。

②「豊浦」の初見は『日本書紀』仲哀天皇二（一九三）年六月一〇日条に、天皇、豊浦津《とゆらのつ》に泊ります。とある。また、同書同年九月条に、宮室《みや》を穴門《あなと》に興《た》てて居《ま》します。是を穴《あな》門豊浦宮《とのとゆらのみや》と謂《まう》す。とある。穴門豊浦宮は、現在の下関市長府宮の内の忌宮《いみのみや》神社の地という。

③忌宮神社（二の宮）祭神仲哀天皇・神功皇后・応神天皇。由緒は、仲哀天皇は熊襲御平定のため西下され、ここに穴門豊浦宮を建立され、七年間ご滞在された。聖武天皇の御世、ここに神功皇后を祀られ忌宮と称された。『延喜式神名帳』長門国豊浦郡に「忌宮神社」がある。

④豊浦の里は、広くは豊浦の郡地内、狭くは穴門豊浦宮周辺であろう。

九一五　長門国府跡推定地

山口県下関市長府安養寺

関係地図　１／20万 福岡　１／2.5万 下関

565
ながと

人のながとへいまなむくだるといひければよめる

• しらなみのたちながらだにながとなるとよらのさとのとよられよかし　能因法師　④後拾遺集　一一二六

（参考）ながとなる　おきつかりしま　おくまへて　あがおもふきみは　ちとせにもがも　長門守巨曽倍対馬朝臣　万葉集　一〇二四

（参考）ながとなるあふのこほりのそまいたはもろこし人もすさめざりけり　光俊朝臣　夫木抄　一四五二五

１／2.5万　下関

（メモ）

①『日本書紀』天智天皇四（六六五）年八月条に、
達率《だちそち》答㶱《たふほん》春初《しゅんそ》を遣《まだ》して、城《き》を長門国に築《つ》かしむ。

②長門国は、本州の最西端に位置する。長門国は初めは穴門《あなと》・穴戸であった。「穴門」の地名由来は、本州西端と九州北端との間に、地中のモグラの穴のように、細長い穴、海峡がある国の意であると。ここの海峡は周防灘と響灘とを結ぶ関門海峡。幅約一km、狭い所は七百m。しかも長さは約一八kmもある。このような海峡のある国が穴門国。また長門国。

③長門国府跡は下関市長府安養寺三―三の覚苑寺境内一帯。覚苑寺の山号は法輪山。黄檗宗。本尊は釈迦如来像。長府藩主毛利綱元が元禄一一年、京都宇治の万福寺七世悦山道宗を招き開山とした。

九一六　屋代島

山口県大島郡周防大島町

関係地図　１／20万 松山　１／５万 柳井、久賀

204
おほしま

女につかはしける

• 人しれず思ふ心はおほしまのなるとはなしになげくころかな　よみ人しらず　②後撰集　五九三

女につかはしける

• おほしまに水をはこびしはや舟のはやくも人にあひみてしかな　大江朝綱朝臣　②後撰集　八二九

（参考）おほしまやなみまにいそぐはやぶねのほにはいでずてこひわたるかも　卜部兼直宿祢　万代集　一八四七

１／20万　松山

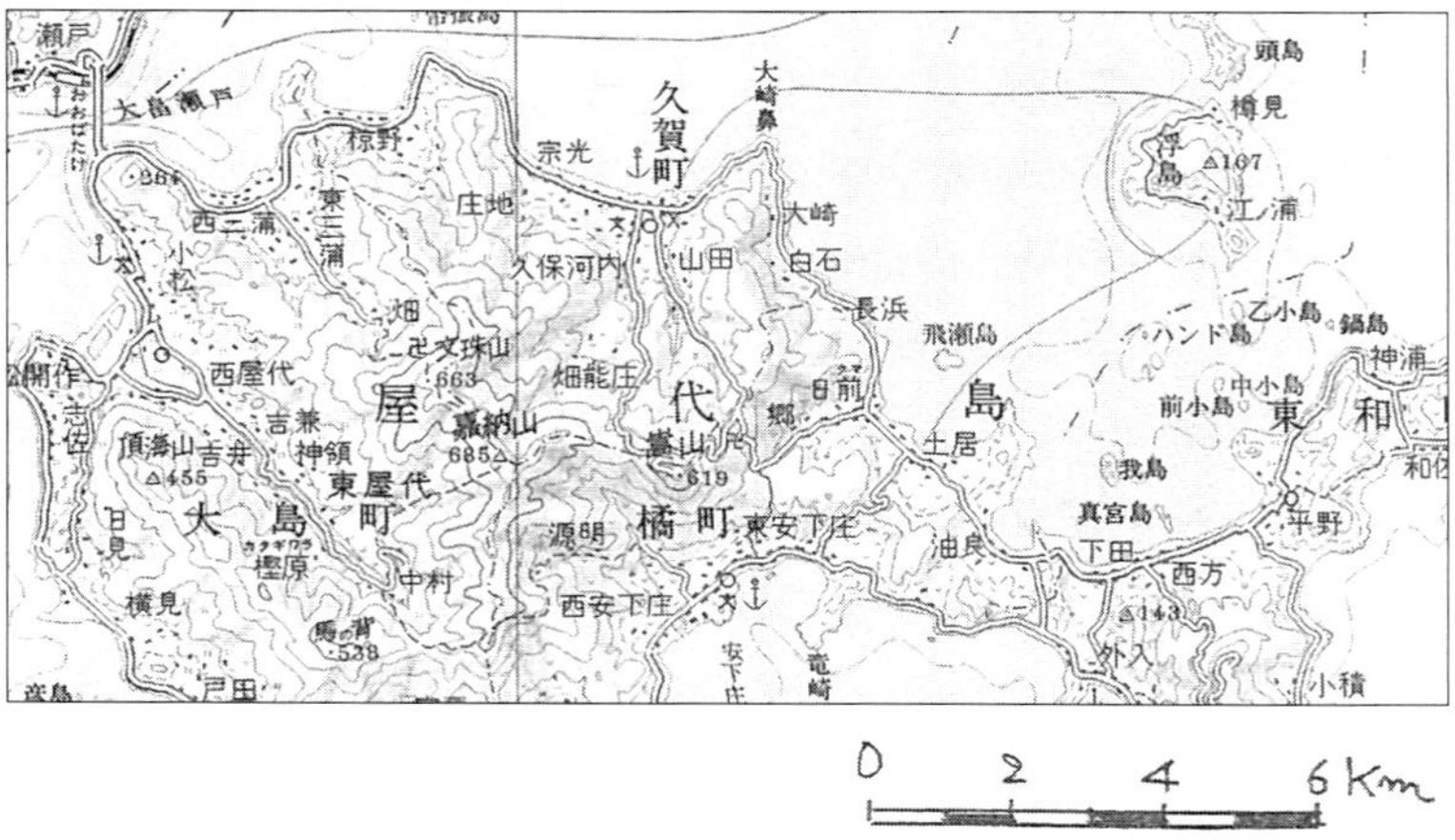

（メモ）

①『吾妻鏡』文治四（一一八八）年一二月一二日条に、
周防国嶋末庄地主職の事、右件の庄は、彼国大嶋の最中なり、大嶋は、平氏謀反の時、新中納言（知盛）城を構へて、居住旬月に及ぶの間、嶋人皆以て同意す。尓《それ》より以降、二品家の御下知として、件の嶋に地主職を置かるるの許《ところ》なり
とある。

②屋代島は大島・周防大島ともいい、周防大島諸島の主島。『古事記』は大島、『日本書紀』は大洲とあると。島の主要構成岩石は領家花崗岩類。

③『和名抄』に周防国大島郡「屋代郷」がある。

④天保年間に、山腹傾斜地の開発が進み温州ミカン栽培が始まる。今では山口県産ミカンの七〇％にもなる。

九一七　阿波国衙跡推定地

徳島県徳島市国府町府中《こう》。大御和神社辺

36　阿波

関係地図　1／20万 徳島　1／2.5万 石井

紀のとしさだが阿波のすけにまかりける時に、むまのはなむけせむとてけふといひおくれりける時に、ここかしこにまかりありきて夜ふくるまで見えざりければつかはしける

• 今ぞしるくるしき物と人またむさとをばかれずとふべかりけり　なりひらの朝臣　①古今集　九六九

清家ちちのともにあはのくににくだりてはべりけるとき、かのくにのをんなにものいひわたりはべりけり、ちちつのくにになりうつりてまかりのぼりにければをんなのたよりにつけてつかはしける

• こころをばいくたのもりにかくれどもこひしきにこそしぬべかりけれ　読人不知　④後拾遺集　七三二

（参考）まよのごと　くもゐにみゆる　あはのやま　かけてこぐふね　とまりしらずも　船王　万葉集　九九八

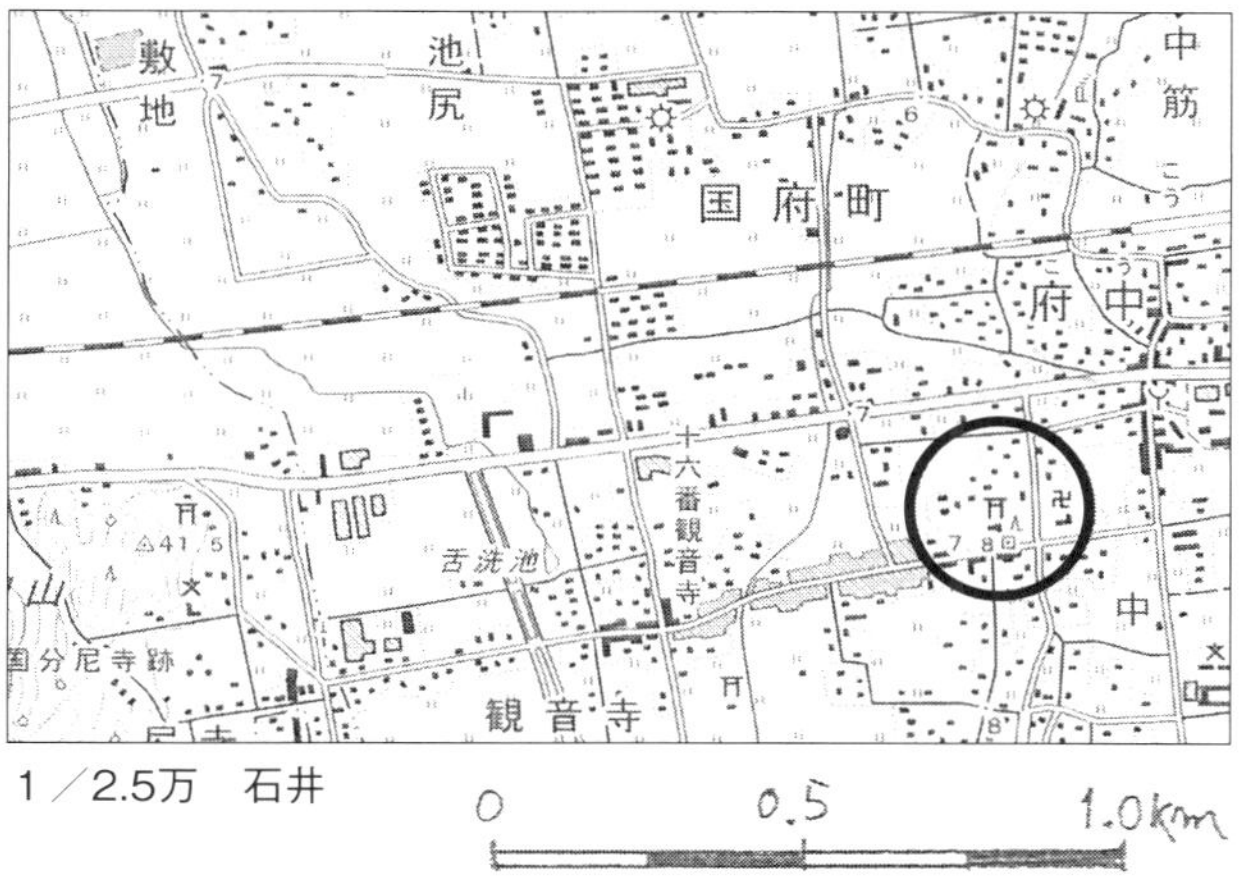

1／2.5万　石井

（メモ）

①『和名抄』阿波国に、国府在名東郡《みょうどう》（名方東郡）とある。国府は名方郡（東西両郡に分割後は名方東郡。現在の徳島市国府町府中《こう》に比定され、大御和《おおみわ》神社や真言宗大坊のある一帯が国衙跡という。

②大御和神社（府中《こう》の宮）　図の○内の神社。祭神は大己貴命。『延喜式神名帳』に、阿波国　名方郡　大御和神社とある。この地には大化の改新から平安時代末まで阿波国庁が置かれた。その間の、国司の官印や諸役所の蔵の鍵が紛失しないように当社祭神に祈願したので「印鑰《いんやく》大明神」と称していた。近くに四国霊場の観音寺・国分寺・井戸寺がある。

九一八　木津神の浦跡

徳島県鳴門市撫養町・大津町

340　こづかみのうら

関係地図　1／20万 徳島　1／5万 鳴門海峡、徳島

阿波守になりて又おなじくにに かへりなりてくだりけるにこづかみのうらといふところになみのたつをみてよみ侍ける

• こづかみのうらにとしへてよるなみもおなじところにかへるなりけり　藤原基房朝臣　④後拾遺集　一一三〇

（参考）舟ぐるこつのしばはしかち人の行きあやふきよをわたるかな　安嘉門院四条　夫木抄　九四七五

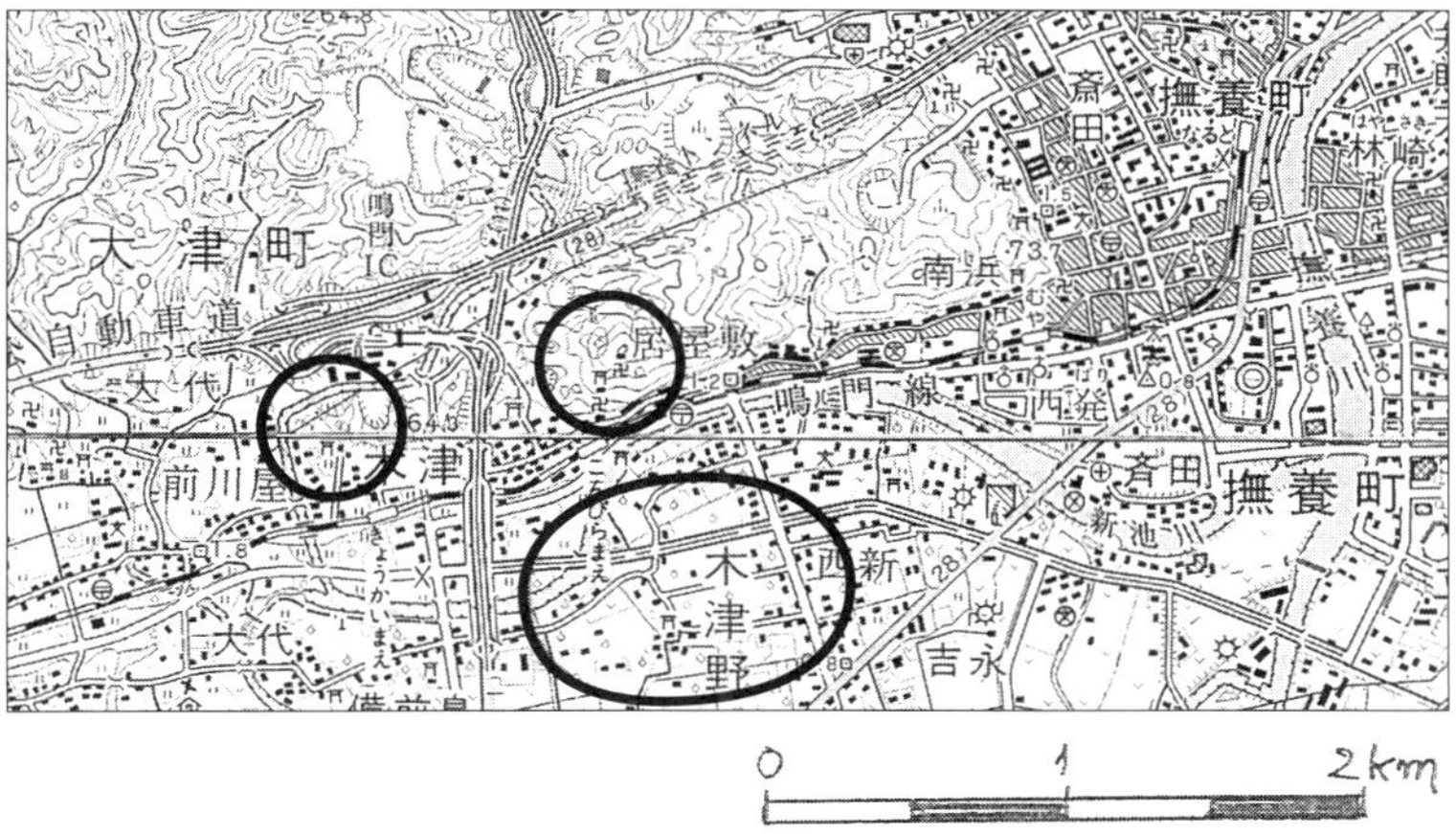

1／5万　鳴門海峡(上)・徳島(下)

（メモ）

①鳴門市撫養町居屋町が木津町である。この南岸を東流する川が新池川でありこの一帯が木津神の浦であった。現在の新池川の南一帯は鳴門市大津町木津野であり、昔、木津神の浦であった。

②地図の右の○内は金刀比羅神社と長谷寺である。この金刀比羅社では毎年一〇月一〇日の祭礼には、近国から力士が集まり大相撲でにぎわった。隣接の真言宗長谷寺は、蜂須賀家政が領内八カ所の要地に設けた駅路寺の一寺である。この寺は「木津江寺」とも呼ばれ、金刀比羅社の別当で、本尊聖観音像は大和長谷寺本尊と同木からの分体であるという。

③地図の左の○内は八幡神社。文禄元（一五九二）年、蜂須賀家政が社参して、「丑寅守護の鎮守」と称されていた。

九一九　鳴門海峡

徳島県鳴門市鳴戸土佐泊《とさどまり》浦と兵庫県南あわじ市福良丙《ふくらへい》間

関係地図　1／20万 徳島　1／5万 鳴門海峡

602

なると

春宮になるとといふとのもとに、女と物いひけるに、おやの戸をさしてたてゐていりにければ、又のあしたにつかはしける

・なるとよりさしいだされし舟よりも我ぞよるべもなき心地せし　藤原滋幹

②後撰集　六五一

奈良の人人百首歌よみ侍りけるにうらみの心をよめる

・おもはんとたのめし人のむかしにもあらずなるとのうらめしきかな　権僧正永縁

⑤金葉集　四三〇

恋歌とてよめる

・契りしにあらずなるとのはまちどりあとだにみせぬうらみをぞする　藤原経家朝臣

⑦千載集　九五〇

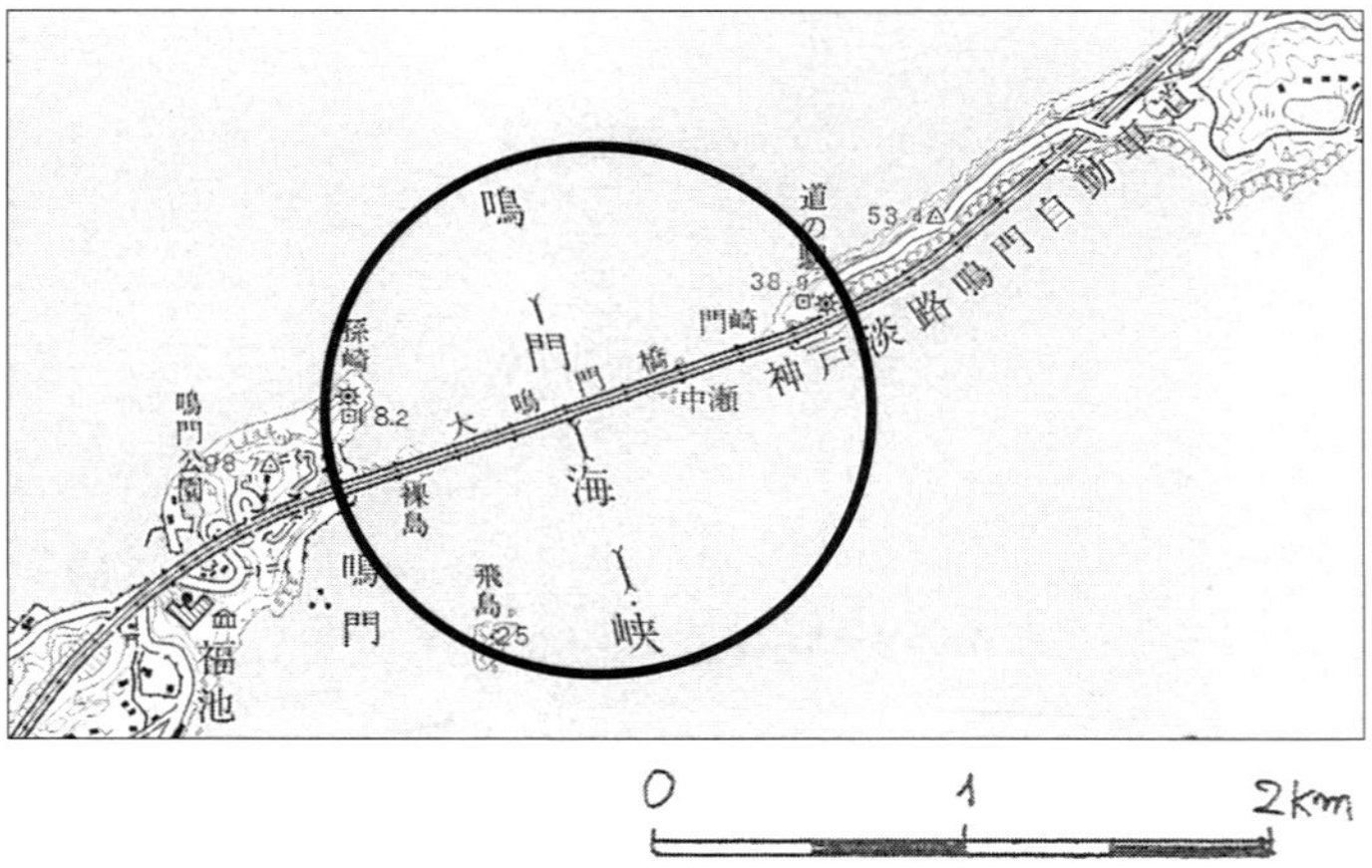

1／5万　鳴門海峡

（メモ）

①鳴門は古くは鳴門海峡を意味し、阿波の水門《みと》・粟門《あわのみと》と呼ばれた。『土左日記』承平五（九三五）年正月三〇日段に、

雨風ふかず。海賊は夜歩きせざなりと聞きて、夜中ばかりに船た出だして、阿波の水門をわたる。夜中なれば、西ひむがしも見えず。男女、からく神仏を祈りて、この水門をわたりぬ。

とある。

②鳴門海峡の幅は一三四〇m。その中央東寄りに長さ九m・幅四m・高さ一・八mの岩礁「中瀬」がある。西には飛島・裸島がある。海峡の主水道は中瀬―裸島間で、地形はV字谷。その最深は九一m。

③春秋大潮時の北流は毎時約一八km。南流は約一七km。直径約一〇mの渦が生じては消え、消えては生じて移動する。

九二〇　綾　川

香川県高松市・綾川町・坂出市

関係地図　1／20万 岡山及丸亀

55

綾河

俊綱朝臣さぬきにて綾河のちどりをよみはべりけるによめる

・きりはれぬあやのかはべになくちどりこゑにやとものゆくかたをしる　藤原孝善

④後拾遺集　三八七

1／20万　岡山及丸亀

（メモ）

①「綾川」は、安益川・阿野の川・綾の川・阿爺水などと書かれた。また、地域によっては、滝川・北条川・加茂川とも呼ばれた。

②『和名抄』讃岐国に阿野郡がある。「綾川」は阿野郡を流れる川。この川は現在の高松市塩江町《しおのえまち》安原下字水ヶ本に発し、綾川町に入り西流。同町枌所西《そぎしょにし》から北流し、田万川を併せ西北流、また北流し、坂出市に入る。坂出市街地で瀬戸内海に注ぐ。流長は約三八km。流域面積は約一三〇㎢。

③坂出市加茂町に標高一六三mの烏帽子山がある。この山の南側中腹に綾織塚古墳がある。古墳の奥壁にマストのある舟、また羨道《せんどう》壁面に木の葉の線刻画がある。

④『延喜式』主計帳には、ここ阿野郡《あやのこほり》の物税である「調」として、塩と綾絁があ る。このことから、この地は綾部集団の生活の場であったと。そして、綾織塚古墳の線刻画は、綾織姫の綾織技術伝達の物語り図であると。

九二一　小川郷（『和名抄』）　香川県丸亀市飯山《はんざん》町東小川地区他

関係地図　1／20万 岡山及丸亀　1／5万 丸亀

849
をがはのはし
・つくしよりここまでくれどつともなしたちのをがはのはしのみぞある　在原業平朝臣　③拾遺集　三八一
（参考）ながれよるたにのいはまのもみぢばにをがはのみづのすゑぞわかるる　後京極摂政太政大臣　万代集　一三五二
（参考）白浪のかかる汀と見えつるはをがはのさとにさける卯の花　後徳大寺左大臣　夫木抄　一四五九〇

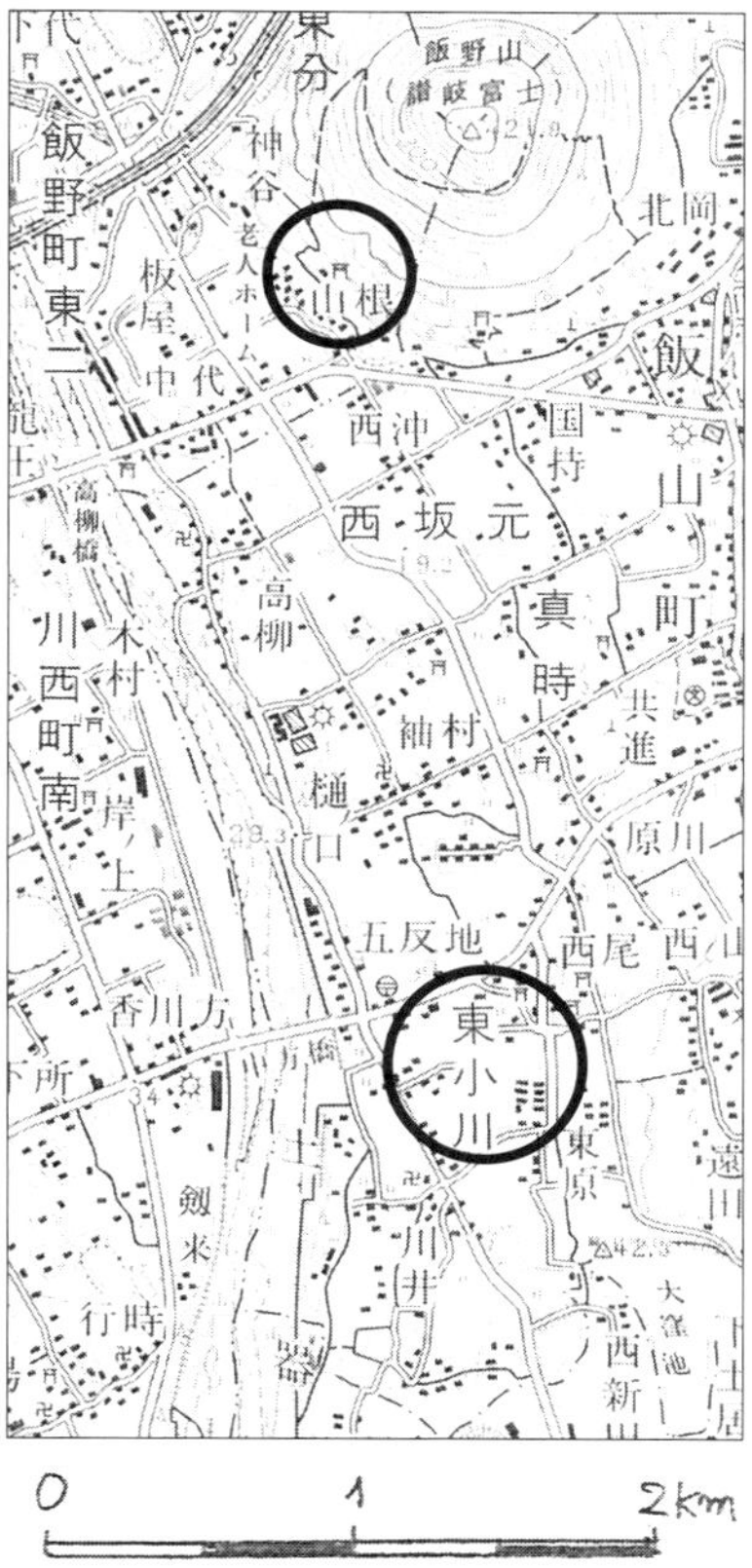

1／5万　丸亀

（メモ）
①丸亀市に「飯山《はんざん》町東小川」がある。また土器川の西に、丸亀市川西町南があり、地内に「西小川バス停」がある。
②『和名抄』讃岐国鵜足《うた》郡八郷中に「小川郷」がある。この小川郷は、現在の丸亀平野の南東部にある標高四二二mの飯野山（一名讃岐富士）南西部の平地、土器川の東西両岸にあった。江戸時代中頃、東西小川に分村したらしいと。
③当地方の大河は大東川。
④丸亀市飯野町東二。飯野山南西に飯神社が鎮座図中の○内。祭神は飯依比古命。少彦名命。『延喜式神名帳』讃岐国鵜足郡の飯《イヒ》神社。祭神飯依比古命は讃岐国国魂神で、初め山上に鎮座。

九二二　城山《きやま》　香川県坂出市府中町

関係地図　1／20万 岡山及丸亀　1／5万 丸亀

526
つつみのたけ
・かがり火の所さだめず見えつるは流れつつのみたけばなりけり　紀輔時
③拾遺集　三八八

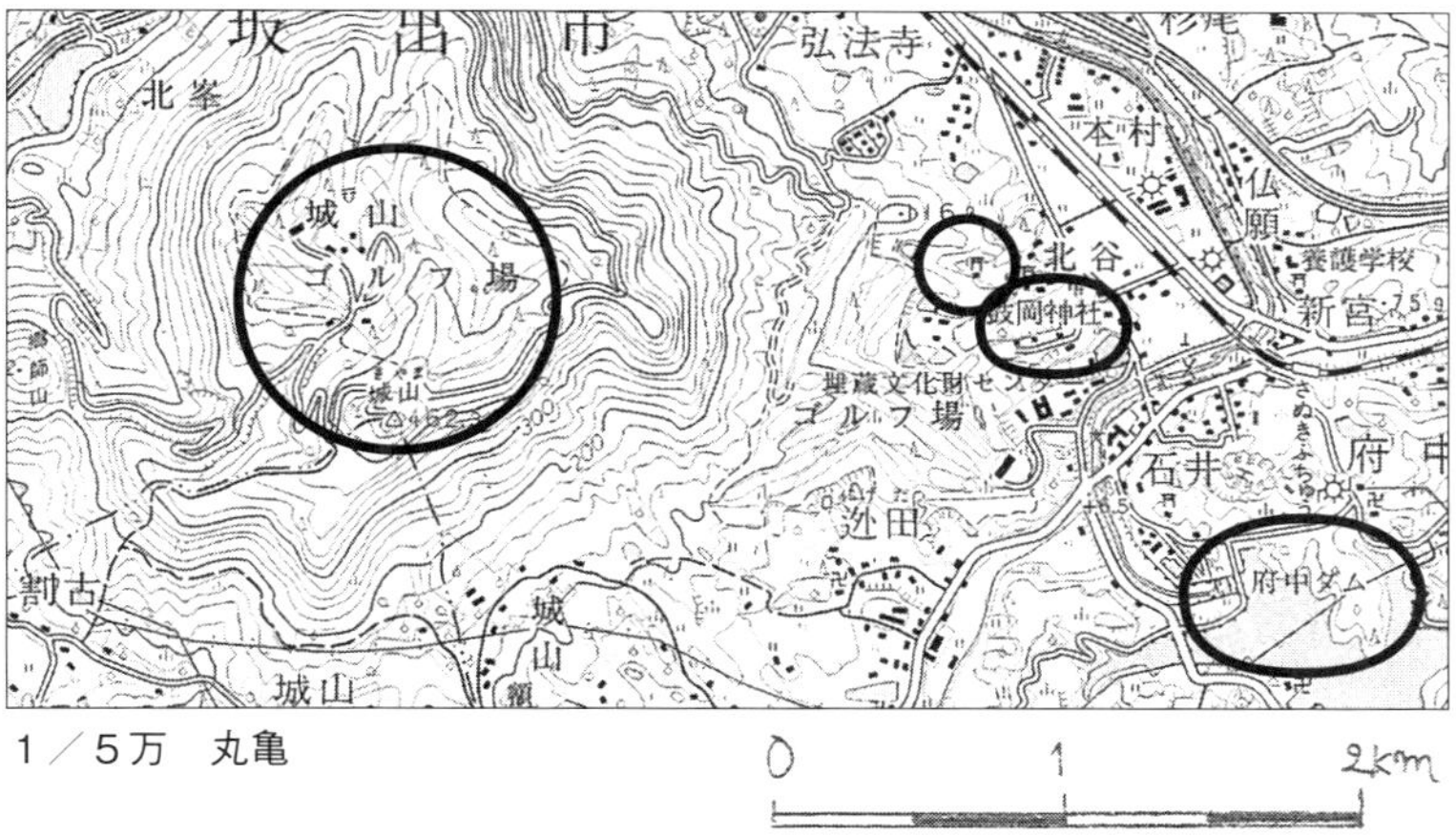

1／5万　丸亀

（メモ）
①坂出市府中町辺には、現在府中ダム・四手池その他多くの灌漑用溜池がある。同市川津町には奥池その他多数。また隣接の丸亀市飯山町東坂元にも、楠見池その他多くの溜池がある。これら溜池の水の供給源は標高四六二・三mの城山である。城山こそ堤の山である。
②城山の東山麓に鼓岡神社がある。『保元物語』巻下に、
新院（崇徳上皇）八月十日に御下着のよし、国より請文到来す。此ほどは松山に御座ありけるが、国司すでに直島（綾川の中洲・またその周辺か）と云所に、御配所をつくり出されければ、それにうつられおはします。（中略）。かくて八年おはしまして長寛二（一一六四）年八月廿六日に御歳四十六にて四戸の道場の辺、鼓の岡といふ所にてかくれさせ給ひけると、白峯と云所にて烟になし奉る。

とある。文中の「四度の鼓の岡」は現在の府中町鼓が岡、鼓岡神社地という。
③城山《きやま》（国史跡）山頂一帯に朝鮮式山城の遺構（城山城跡）がある。山中に城山神社・名神大社があったが、今は鼓岡神社西（図の○内）。祭神は景行天皇の御子。仁和四年五月国守菅原道真は祈雨の願文を捧げた所、多大の霊験があった。

九二三　讃岐国府跡推定地

香川県坂出市府中町本村

関係地図　1／20万 岡山及丸亀　1／5万 丸亀

366

さぬき

俊綱朝臣さぬきにて綾河のちどりをよみはべりけるによめる

・きりはれぬあやのかはべになくちどりこゑにやとものゆくかたをしる　藤原孝善　④後拾遺集　三八七

さぬきへまかりけるひとにつかはしける　中納言定頼

・松山のまつのうらかぜふきよせばひろひてしのべこひわすれがひ

④後拾遺集　四八六

(参考)たまもよし　さぬきのくには　くにからか　みれどもあかぬ　かむからか　ここだたふとき　あめつち　ひつきとともに　たりゆかむ　かみのみおもと　つぎきたる　なかのみなとゆ　ふねうけて　わがこぎくれば　……　柿本朝臣人麿　万葉集　二二〇

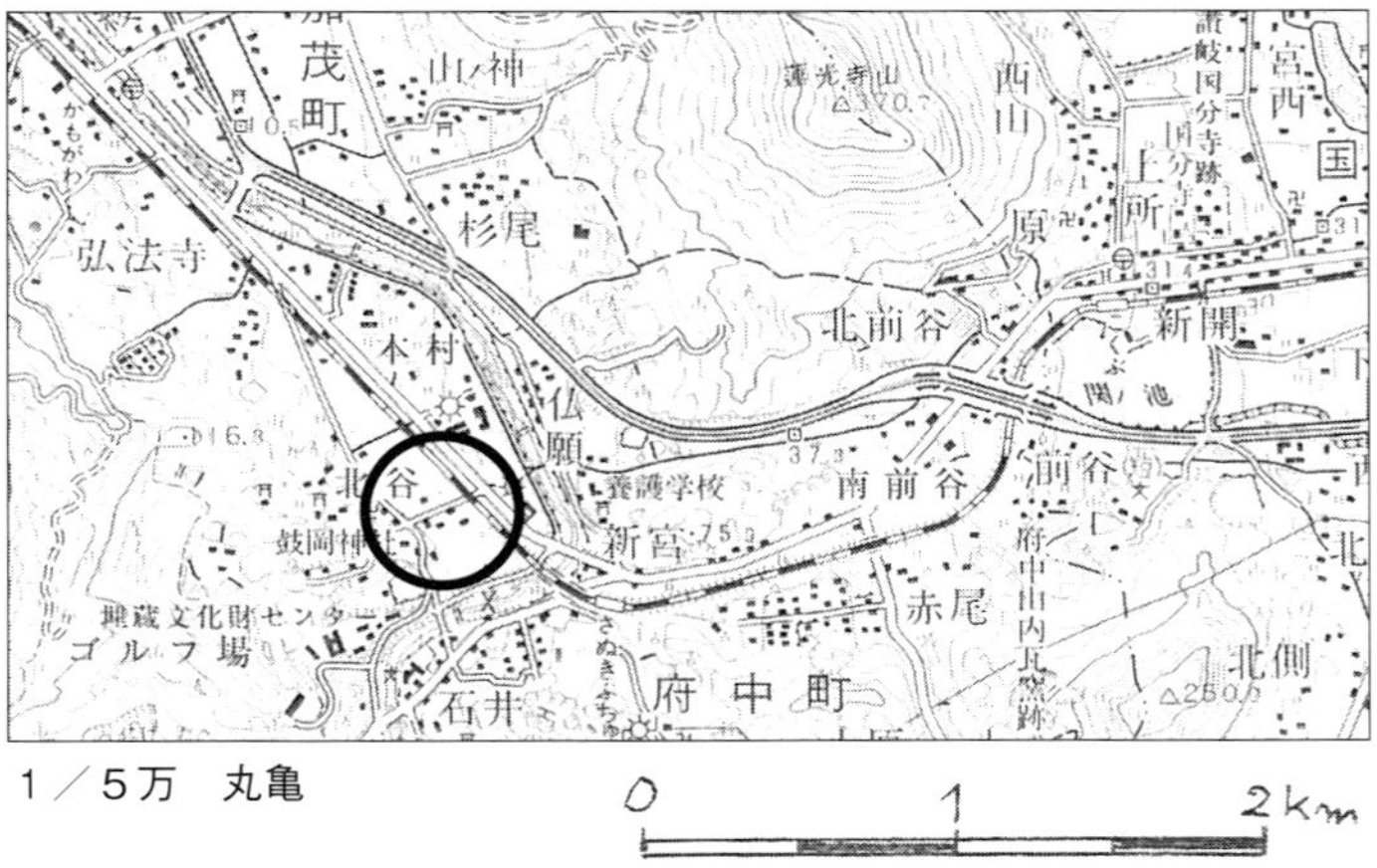

1／5万　丸亀

（メモ）

①国名の由来は、昔、朝廷への物納の税「調」として矛竹を納めていたので「竿《さお》調国《つきこく》」と呼ばれたと。また「狭貫《さぬき》」とも書いたと。また、東西に細長い国だからともいう。

②「讃岐国」の初見は『日本書紀』天智天皇六（六六七）年一一月、是の月条の、倭国《やまとのくに》の高安城《たかやすのき》・讃吉国《さぬきのくに》の山田郡の屋嶋城《やしまのき》・対馬国の金田城《かなたのき》を築《つ》く。である。

③坂出市府中町本村に讃岐国府跡がある。この一帯には印鑰《いんやく》（国守の印と役所の鍵）・聖堂（孔子廟）・帳継・正惣（正倉）・垣の内など国府につながる地名が残る。また、昭和五二年からの発掘調査で倉庫・井戸・柵列等の跡が出土。

九二四　狭岑の島旧地

香川県坂出市沙弥島

関係地図　1／20万 岡山及丸亀　1／2.5万 本島

374

さみねのしま

さぬきのさみねのしまにして、いはやの中にてなくなりたる人を見て　人まろ

・おきつ浪よるあらいそをしきたへの枕とまきてなれる君かも　③拾遺集　一三一六

(参考)つまもあらば　つみてたげまし　さみのやま　ののへのうはぎ　すぎにけらずや　讃岐狭岑島で石中死人を視て柿本朝臣人麿　万葉集　二二一

(参考)たへなりし　さみねの島の　あら磯に　いほして見れば　浪の音の　しげき浜べを　人麿　夫木抄　一〇五七一

1／2.5万　本島

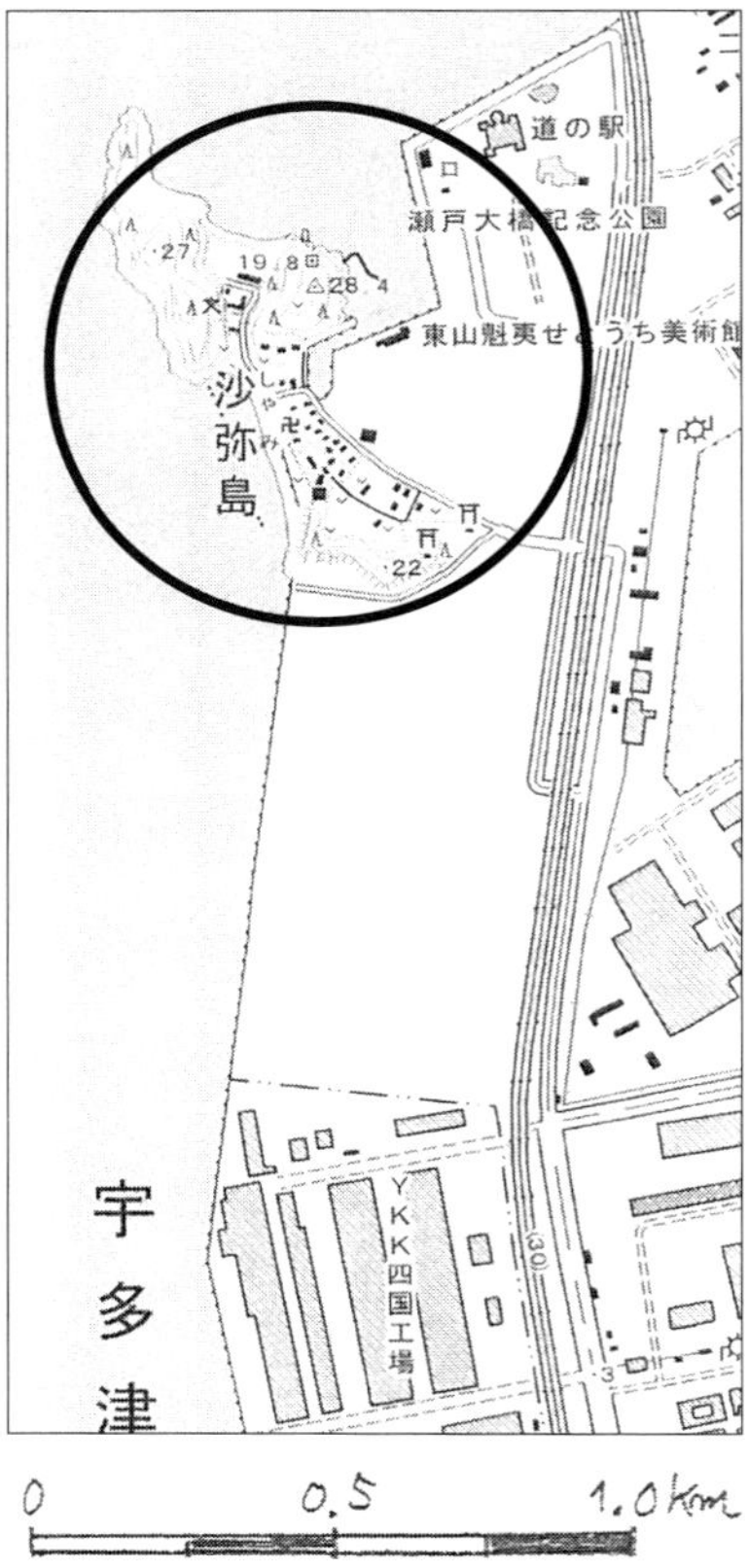

（メモ）

①『金毘羅参詣名所図会』に、「塩飽嶋《しわくしま》之大概」に、

広島高凡百廿間、本島同凡八十一間、……、沙弥島凡十四間、……。とあり、十八島の名を挙げ、その最高点の高さを示している。晩春より孟夏までは手島・沙弥島の辺でタイ・サワラが多い。

春風や釣て見たきは鯛鰆　花屋主人

また、沙弥島の頃には、

聖宝理源大師誕生の地

とある。

②沙弥島の城山は標高三四・二m。ここからの眺望は素晴しい。「城山」の名が示すように、中世の山城の痕跡があると。

九二五　堤　山

香川県丸亀市綾歌町栗熊東、綾歌郡綾川町羽床下《はゆかしも》

関係地図　1／20万 岡山及丸亀　1／5万 丸亀

526　つつみのたけ

・かがり火の所さだめず見えつるは流れつつのみたけばなりけり　紀輔時

③拾遺集　三八八

1／20万　岡山及丸亀

（メモ）

①丸亀市綾歌町栗熊東《くりくまひがし》と綾歌郡綾川町羽床下《はゆかしも》にまたがる標高二〇一・六mの山（図中の○）が堤山。この山の南側には十数個、北側にも十数個の灌漑用溜池がある。この山はこれら多くの溜池に水を供給する山、「堤の山」である。

②堤山は富士山型の山容から「讃岐七富士」の一つである。花崗岩の上に安山岩をいただく独立峰。山頂に堤山神社があったが、現在は社はなく鳥居のみ。

③灌漑用溜池の代表はここ香川県の満濃池。満濃池は金倉川を堰止めて造られた池で、規模は、堤高三二m・堤長一五五m。満水時水面の広さ約一四〇ha。灌漑面積約三三〇〇haで全国一。築造は奈良時代。寛仁四（一〇二〇）年日付のある「万農池後碑文」に、

　大宝年間、国守道守朝臣が築造

とある。その後、何回か修築されたが、元暦元（一一八四）に崩壊。池の内が開発され田畑となる。現在の池は寛永五（一六二八）年からの再築による池。また、この地は那珂郡真野郷なので、初め「真野池」であった。

九二六　松山郷（『和名抄』）

香川県坂出市青海町・高屋町他

関係地図　1／20万 岡山及丸亀　1／5万 玉野、丸亀

717　松が浦

　さぬきへまかりけるひとにつかはしける歌のかへし　源光成

・たたぬよりしぼりもあへぬころもでにまだきなかけそまつがうらなみ

　④後拾遺集　四八七

（参考）まつがうらに　さわゑうらだち　まひとごと　おもほすなもろ　わがもほのすも　万葉集　三五五二

723　松山

　さぬきへまかりけるひとにつかはしける

・松山のまつのうらかぜふきよせばひろひてしのべこひわすれがひ　中納言定頼

　④後拾遺集　四八六

　俊綱朝臣、さぬきのかみにまかれりける時、祝の心をよめる　藤原孝善

・君が代にくらべていはば松山のまつのはかずはすくなかりけり

　⑦千載集　六三三

（メモ）

①『和名抄』讃岐国阿野郡に「松山郷」がある。この松山郷の山が「松山」であり、その地の海が「松が浦」である。

②アカマツ・クロマツが繁茂していた「いわゆる松山」は、図中の雌《めん》山《やま》・雄《おん》山《やま》・白峰山・北峰・五色台・王越山である。これらの山々の周辺の海が「松が浦」である。また山々の松の緑を映しながら流れる川が「青海川」である。

③図の「高屋町」町名上の○内の寺院は慈氏山松浦寺である。この寺地は弘法大師が修業中に寓居を構えた地で、空海自らの姿を刻み、寺を開いた伝承がある。

④図中の神谷町字奥の○内の寺は神谷《かみだに》神社である。祭神は火結命《ほむすびのみこと》・奥津彦命・奥津姫命。本殿の裏、山手側に「影向石《ようこうせき》」と呼ばれる巨石があり、社殿の建立前からの磐座信仰の跡が残っている。社殿は弘仁三（八一二）年、空海の叔父阿刀大足の造営という。『延喜式神名帳』讃岐国阿野郡の「神谷神社《カムタニノ》」。本殿は三間社流造で、鎌倉時代の建造物。棟木に、正一位神谷神社大明神御宝殿　建保七（一二一九）年とあり国宝。

⑤図中の林田町字惣社の○内神社は惣社神社である。延長四（九二六）年創建の惣社神社である。讃岐国一国の惣社として、国内の神々が祀られている。

⑥白峯寺は空海を開祖とし、貞観二（八六〇）年、智証大師円珍が山中の霊木で千手観音を刻み本尊としたと伝える。境

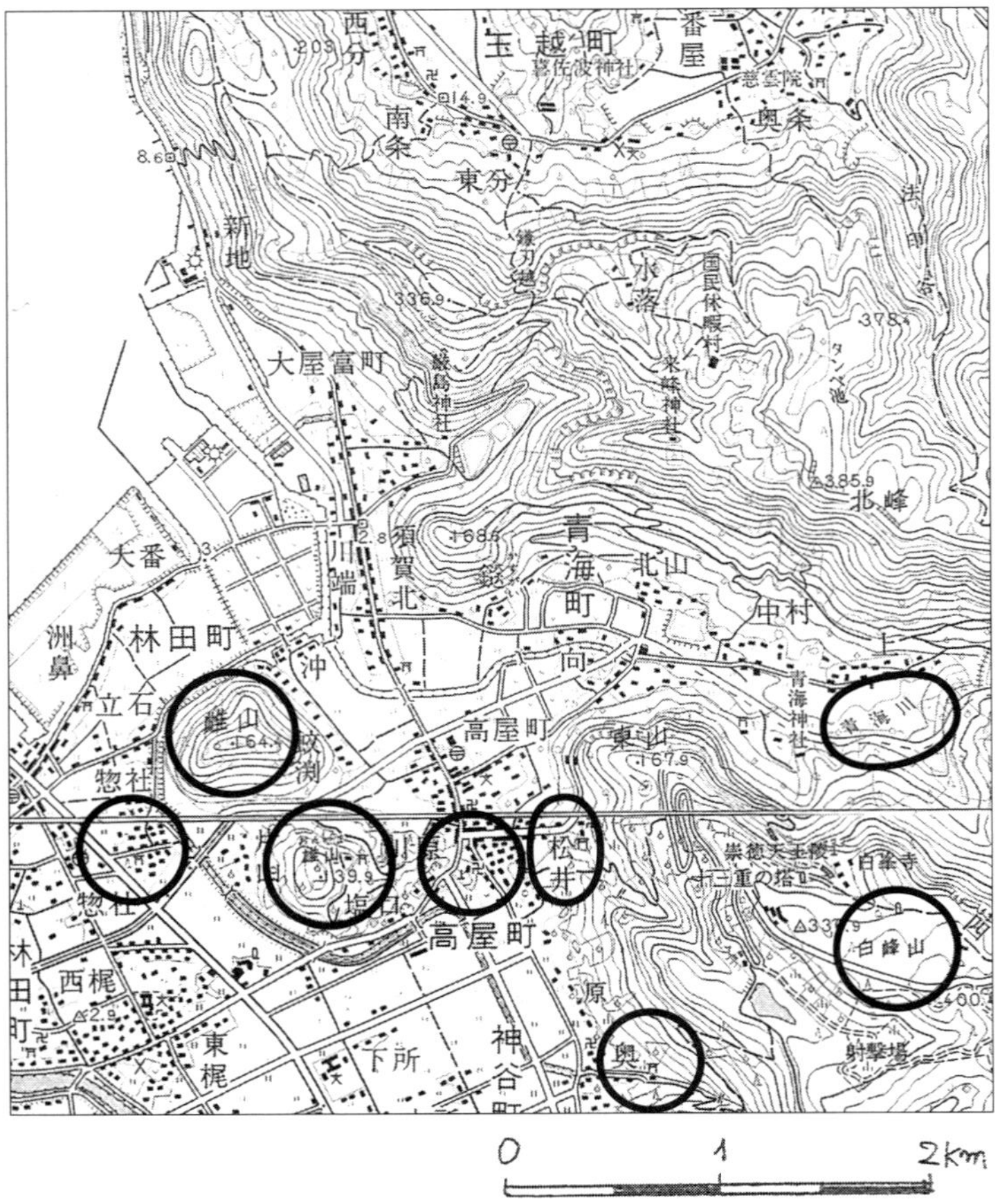

1／5万　玉野（上）・丸亀（下）

内に、崇徳上皇の鼓岡木丸殿を移し、後白河法皇の発願で建立した頓証寺がある。頓証寺の裏には崇徳上皇の御陵である白峯陵がある。

⑦「松山津」は古代の青海川の河口にあった。この松山津は讃岐国府の外港。仁和二（八八六）年、国司菅原道真はこの地にあった官舎別館で次の詩を作った。

⑧『菅家文草』に「晩春遊㆓松山館㆒」がある。讃岐国守菅原道真は、この地、地図の大字高屋町小字松井の春日神社辺にあった官舎の別館に遊んだ。今「牛児山」に菅廟があり、松山館の跡と伝えている。その詩は、

官舎交簷枕海脣　去来風浪不生塵
転移危石開中道　分種小松属後人
低翅沙鷗潮落暮　乱絲野馬草深春
釣歌漁火非交友　抱膝閑吟涙湿巾

である。読み下すと、

官舎簷《のき》を交へて海の脣《ほとり》に枕《よ》る。去来する風浪塵《ちり》を生《な》さず。危石《きせき》を転《まろば》し移して中道《ちゅうどう》を開《ひら》く。小松《こまつ》を分《わか》ち種《う》えて後人《こうじん》に属《つ》く。翅《つばさ》を低《た》るる沙鷗《しゃおう》は潮《うしお》の落《つ》つる暮《ゆうべ》。絲《いと》を乱《みだ》る野馬《かげろう》は草《くさ》の深き春。釣《つり》の歌漁《うたいさ》りの火は交《まじは》りの友《とも》に非《あら》ず。云々。

（表紙裏写真㉓参照）

九二七　伊予国府跡推定地

愛媛県今治市上徳《かみとく》

関係地図　1／20万 岡山及丸亀　1／2.5万 今治東部

140　いよ

能因法師いよのくにょりのぼりて又かへりくだりけるに、人人むまのはなむけしてあけむはるのぼらんといひ侍ければよめる

・おもへただたのめていにしはるだにもはなのさかりはいかがまたれし　源兼長

④後拾遺集　四八三

（参考）すめろきの　かみのみことの　しきいます　くにのことごと　ゆはしも　さはにあれども　しまやまの　よろしきくにと　こごしかも　いよのたかねの　いさにはの　をかにたたして　うたおもひ　ことおもほしし　みゆのうへの　こむらをみれば　おみのきも　おひつぎにけり　なくとりの　こゑもかはらず　とほきよに　かむさびゆかむ　いでましところ　山部宿祢赤人伊予温泉に至りて作る歌　万葉集　三二二

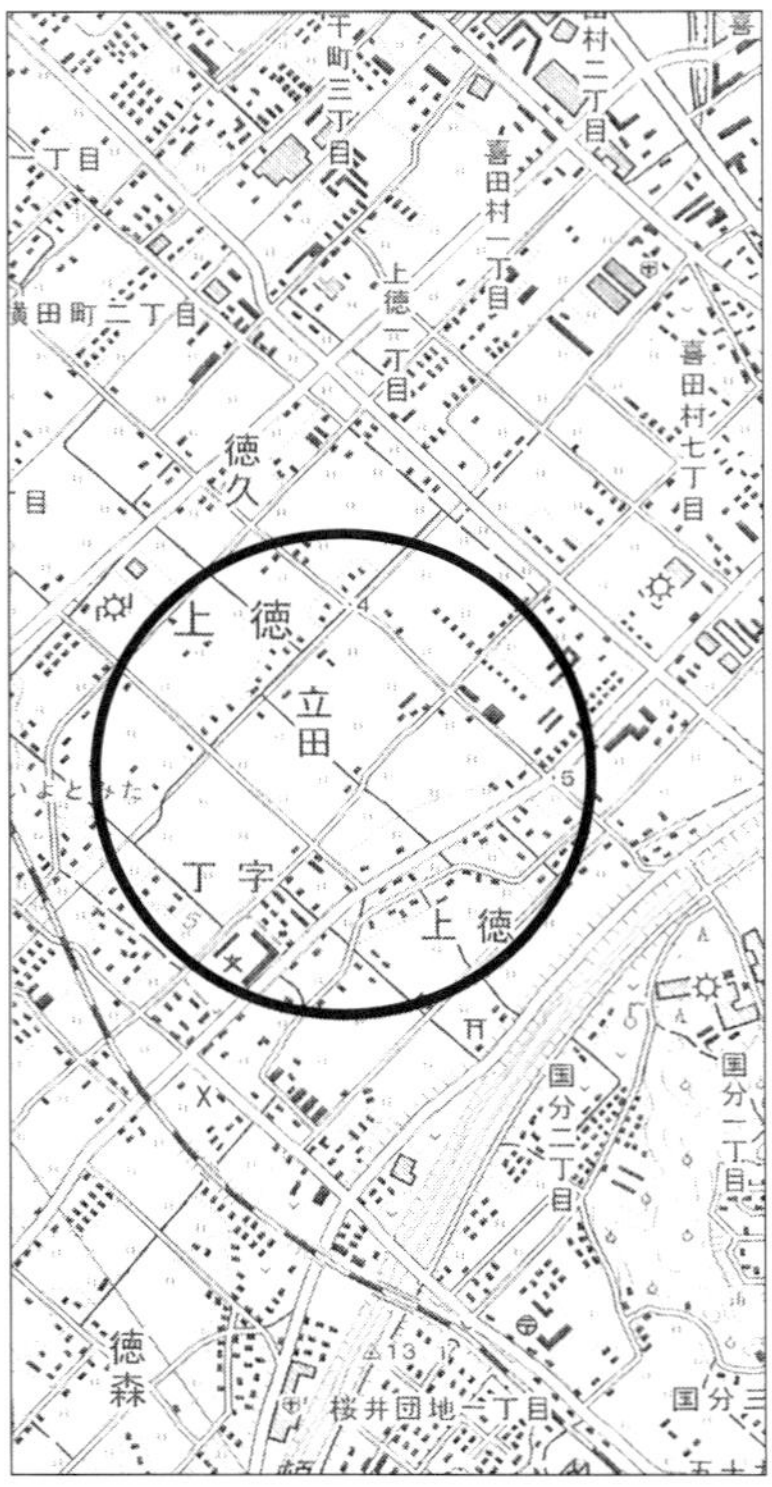

1／2.5万　今治東部

（メモ）

①『和名抄』の伊予国に、「国府在越智郡」とある。これは現在の今治市。伊予国府跡は今治市上徳《かみとく》辺（JR予讃線伊予富田駅辺）。

②国分寺（今治市）文書・観念寺（東予市）文書や小字名等から、国府所在地という。

③「伊予国」の初見は『日本書紀』舒明天皇一一（六三九）年一二月一四日条、伊予温湯宮《いよのゆのみや》に幸《いでま》す。である。

九二八　入　野

愛媛県四国中央市土居《どい》町入野《いりの》

関係地図　1／20万　高知　1／5万　新居浜

143

いる野

嘉承二年きさいのみやの歌合に、すみれをよめる　源顕国

・道とほみいる野の原のつぼすみれ春のかたみにつみてかへらん

⑦千載集　一一〇

・さをしかのいるのの薄はつをばないつしかいもがたまくらにせん　人丸

⑧新古今集　三四六

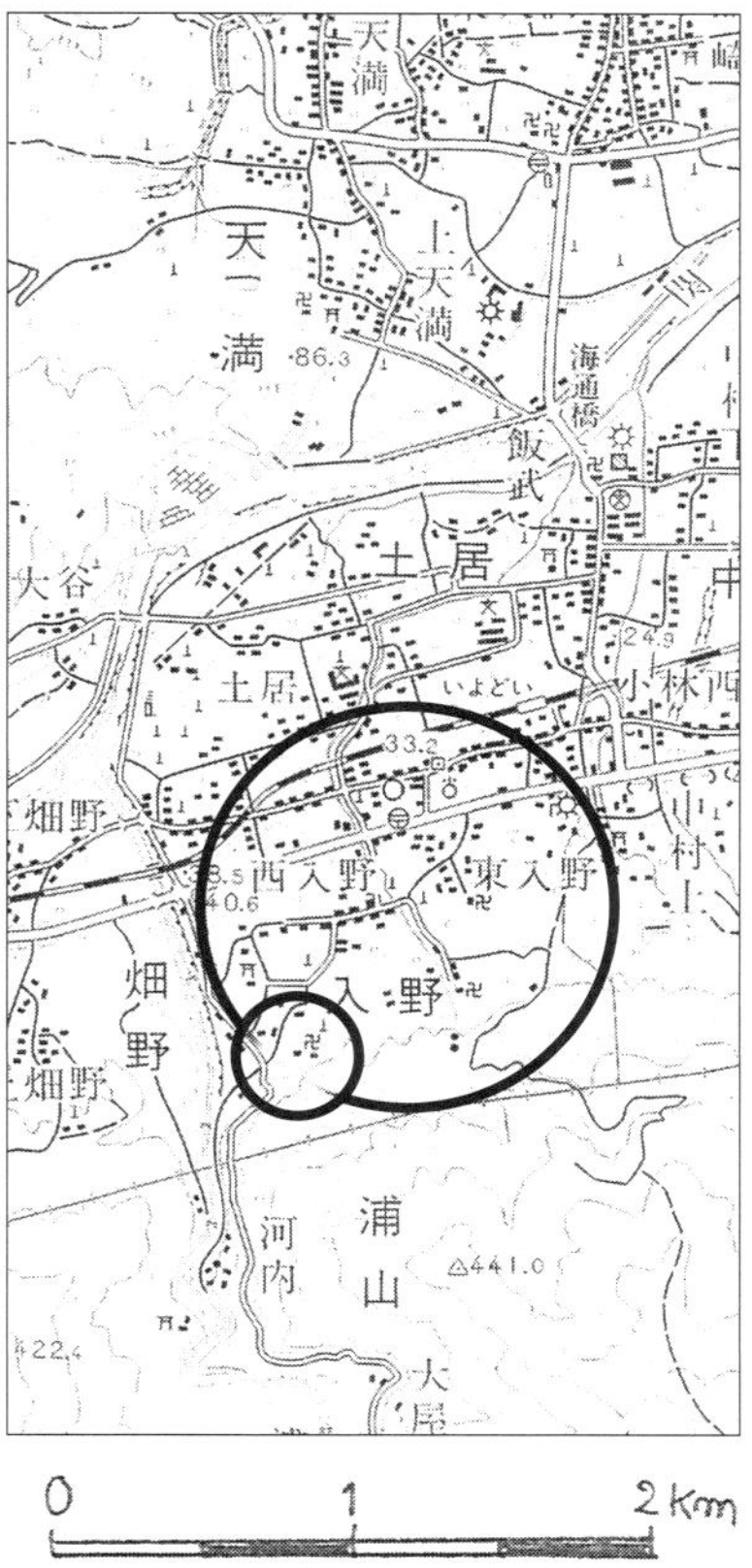

1／5万　新居浜

（メモ）

①土居《どい》町入野字医王寺からは弥生時代の遺物が出土という。

②江戸期〜明治二二年に、「入野村」があり、村の西南部、図中の小〇内、臨済宗七宝山医王寺周辺が「入野薄原《すすきがはら》」と呼ばれ、寛政七年、小林一茶が訪ねている。その『寛政紀行』に、

九日、入野《いりの》の暁雨館《げううかん》を訪ふ。

梅がかをはるばる尋ね入野《いるの》哉

此里は入野てふ名所にしあれば、世々風流人のことの葉あれば、やつがれも昔ぶりの歌一首を申侍る。

長歌　一首

ものゝふの　矢なミつくろひ　立向ひ　入野の原の　冬ごもり　春さり来れば　籠毛与《こもよ》　美籠母乳《みこもち》　夫久思《ふくし》毛与《もよ》　美布君志持而《みふくしもちて》　此原《このはら》に……

反歌

はろ〴〵に尋入野《たづねいる》ゝ壺《つぼ》すミれゆかり

あればぞ我も摘ミけり

とある。

九二九　大山祇神社

愛媛県今治市大三島町宮浦

関係地図　1／20万　岡山及丸亀　1／2.5万　木浦《きのうら》

740

みしまの明神

式部大輔資業伊予守にて侍ける時かのくにのみしまの明神にあづまあそしてたてまつりけるによめる　能因法師

・うどはまにあまのはごろもむかしきてふりけんそでやけふのはふりこ

④後拾遺集　一一七二

（参考）あしきたののさかのうらにふなでしてみしまにゆかんなみたつなゆめ　長田王

続後撰集　一三二一

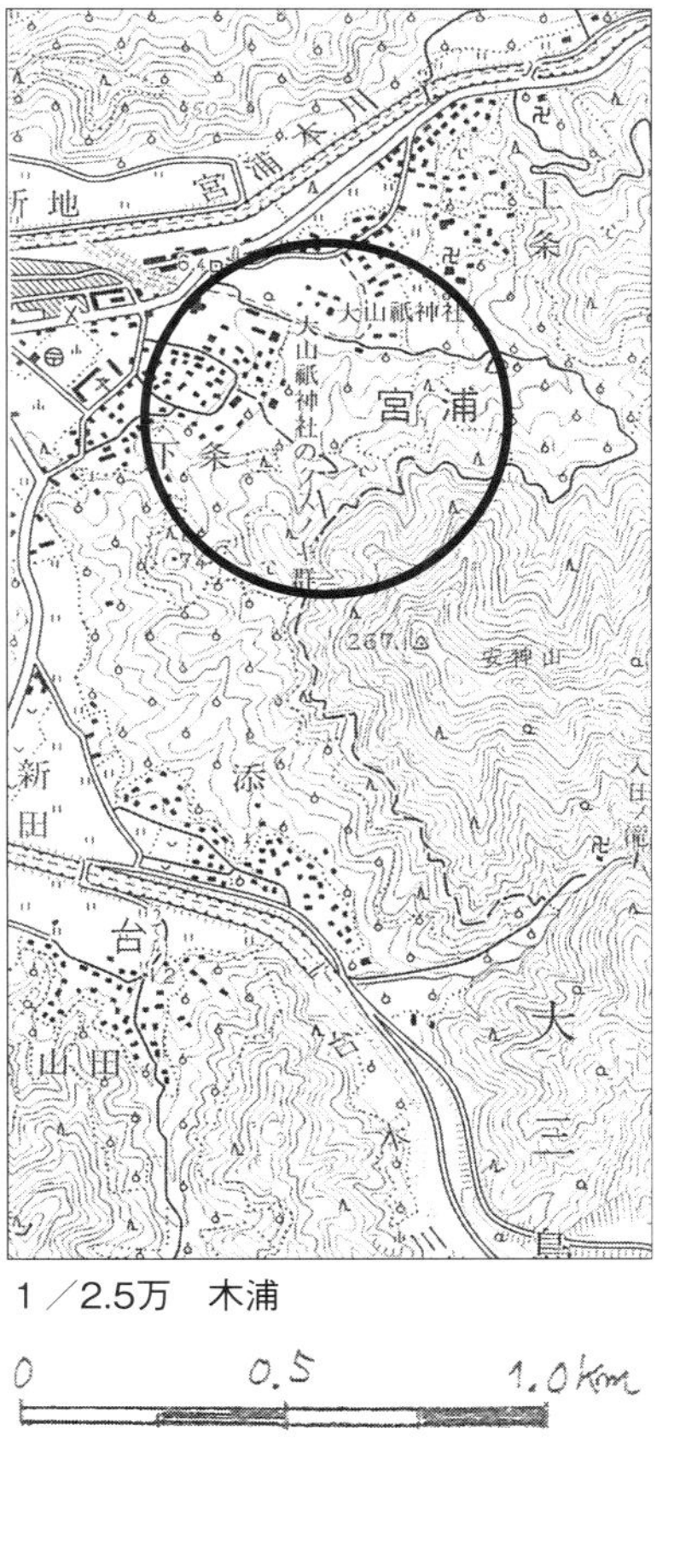

1／2.5万　木浦

（メモ）

①祭神は大山祇《おおやまずみ》神。俗に三島大明神と称し、大山祇神社を「三島社」という。文献には「大山積神」とも書かれる。

②当社は伊予国一の宮。日本総鎮守とも号する。全国一万社以上もの三島神社の総社。三万㎡以上もの境内に、三五棟の社殿が建つ。海・山の守護神として全国から多数の参拝者がある。

③古来、地神海神兼備の御神徳により、鉱山の守護神として、我国の鉱山開発に伴い御分霊が勧請され、全国的に広く祭祀されてきた。『延喜式神名帳』越智郡に、「大山積神社　名神大」とある。

④『風土記逸文』御嶋に、

乎知《をち》の郡。御嶋《みしま》。坐《いま》す神の御名は大山積の神。一名は和多志《わたし》の大神なり。是の神は、難波の高津《たかつ》の宮に御宇《あめのしたしろ》しめしし天皇の御世に顕れましき。此神、百済の国より度《わた》り来まして……

などとある。

九三〇　高田郷（『和名抄』）の山　愛媛県松山市高田

関係地図　1／20万 松山　1／2.5万 伊予北条

470

たかたの山

・なけやなけたかたの山の郭公このさみだれにこゑなをしみそ　よみ人しらず

③拾遺集　一一七

（参考）せきとめてせがゐの水にたねまきしたかたのやまはさなへとるなり　正二位忠宗卿　夫木抄　二五五八

（参考）雨の下かくこそは見めかへはらやたかだのむらはへぬとしぞなき　前中納言匡房卿　夫木抄　一四八三五

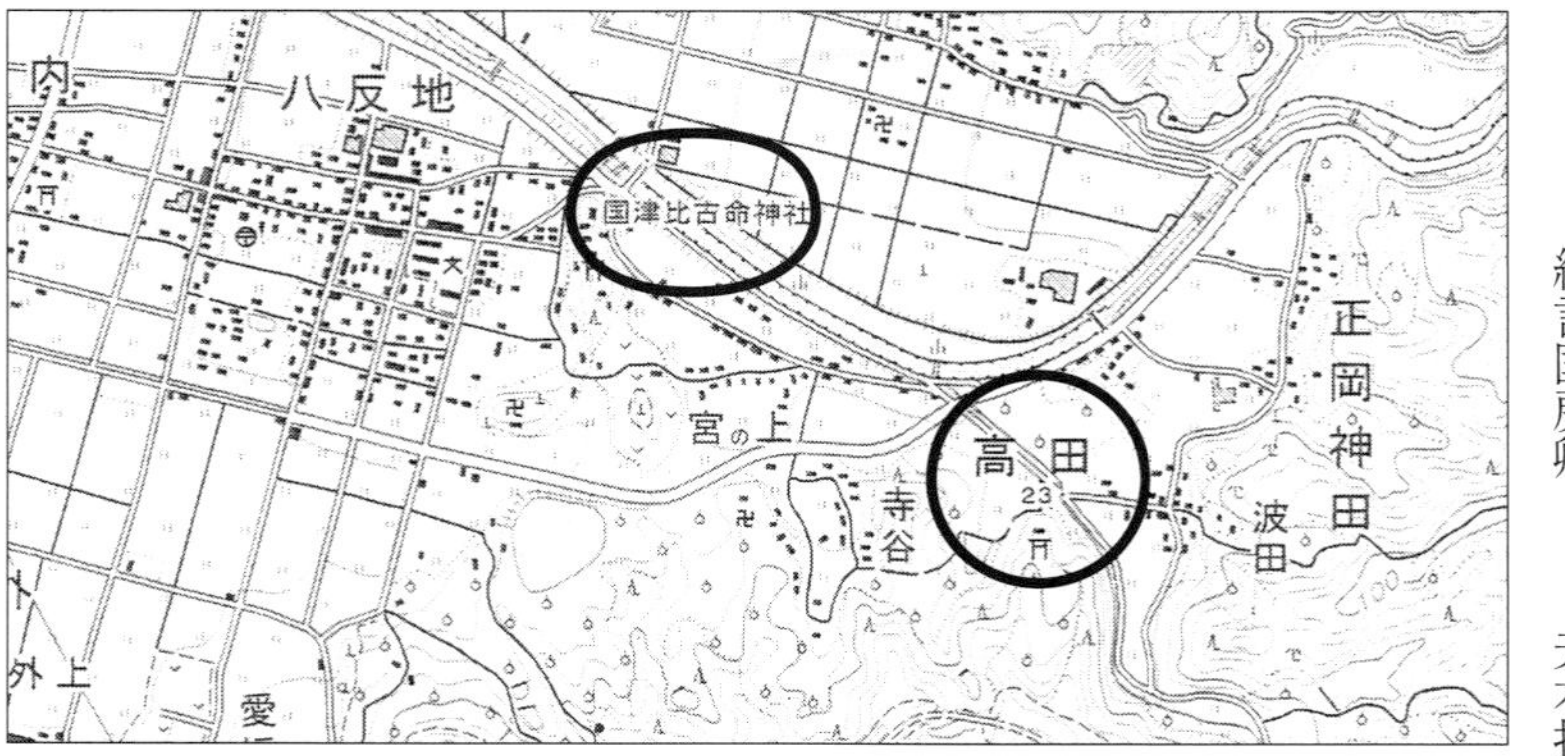

1／2.5万　伊予北条

0　0.5　1.0km

（メモ）

①『和名抄』伊予国風早《かざはや》郡に「高田郷」がある。

②現在の松山市高田は基部に標高九八六mに高縄山をもつ高縄半島の北西部にあり、立岩川下流域にある。

③現在の大字「高田」は、初め北条市高田で、昭和三三年から北条市高田となる。この地はもと大字波田《はた》・寺谷であった。明治四五年に波田の新宮神社と、神田の柳神社、寺谷の素鵞神社の三社が合併して、旧高田郷を表す高田神社と称する。

④松山市八反地《はったんじ》西原に国津比古命神社が鎮座。祭神は天照国照彦火明櫛玉饒速日尊・宇摩志麻治命。由緒は、物部阿佐風利早が国造に任ぜられ饒速日尊及宇摩志麻治命を祭祀し、櫛玉饒速日命神社と称した。中古、阿佐利命を合祀して国津比古命神社と改称した。延喜式神名帳の風早郡に「国津比古命神社」がある。

⑤『国造本紀』風速国造に、

軽嶋豊明（応神）朝。物部連祖伊香色男命四世孫阿佐利定二賜国造一。

とある。

九三一　土佐国衙跡　高知県南国市比江

関係地図　1／20万 高知　1／5万 高知

544

土左

土左より任はててのぼり侍りけるに、舟のうちにて月を見て

・てる月のながるる見ればあまのがはいづるみなとは海にぞ有りける　つらゆき

②後撰集　一三六三

（参考）我が庵はとさの山風さゆる夜に軒もる月もかげこほるなり　中務卿尊良親王　新葉集　一一二四

（参考）君が代は浪にわづらふとさの海の駒にまかする道となるまで　空仁法師　夫木抄　一〇三一三

1／5万　高知

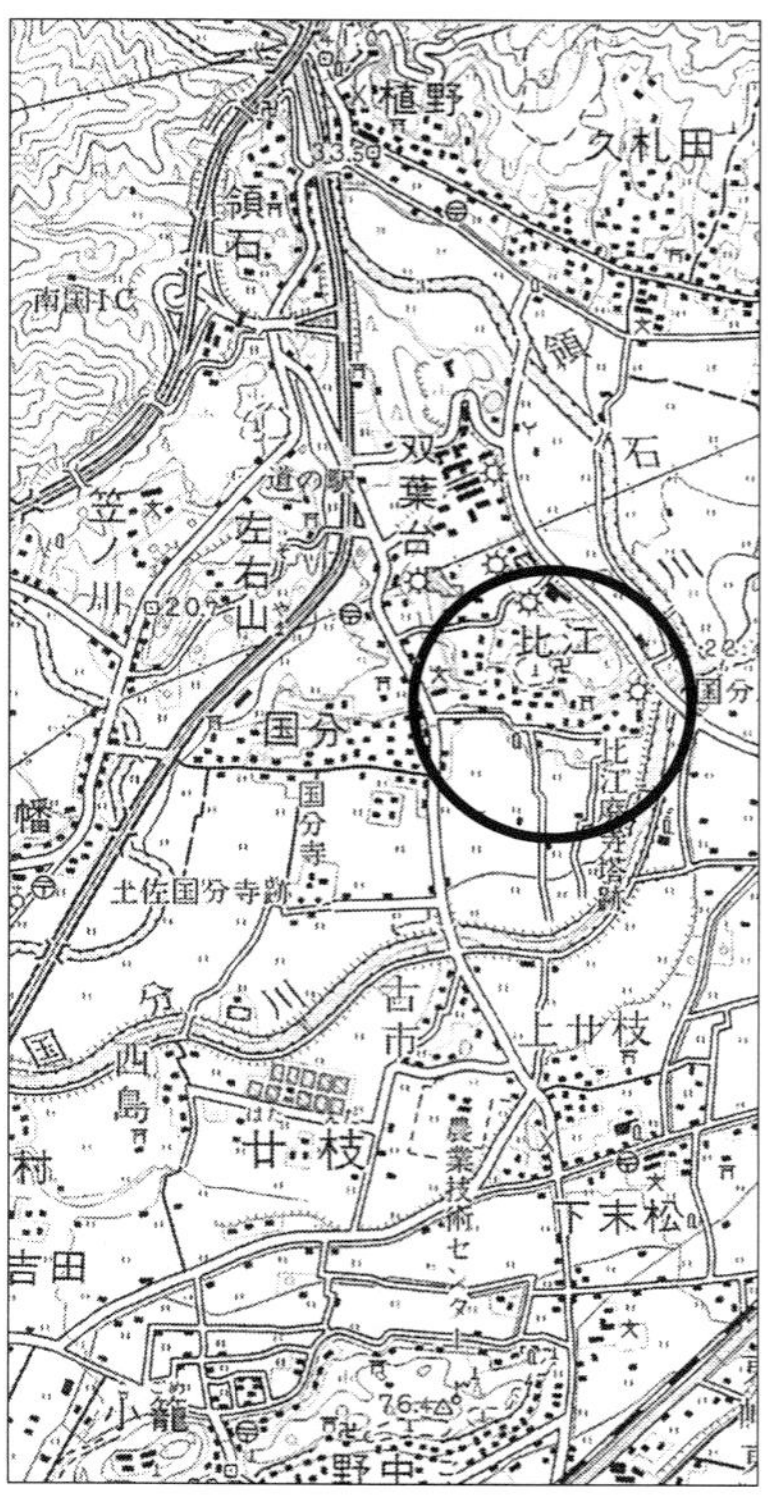

0　1　2km

（メモ）

①旧土佐国は、現在の高知県全域を含む地域。大化前代には都佐・波多の二国であったが、改新で合併・統一された。

②『和名抄』土佐国。国府は長岡郡に。

③地図の○内の⛩は日吉神社。文は国府小学校。Ωは石碑で、国守紀貫之邸跡。この辺一帯の平野が土佐国衙跡（県史跡）である。国府の庁域は方六町また方四町といわれている。

④比江廃寺塔跡（国史跡）図○内の日吉神社横の∴印に現在、白鳳時代の寺、比江廃寺の塔心礎だけが残る。心礎の最長は三・二四m、幅の最長は二・二一m。心柱の径は八四cm。その中に径一五cm・深さ一二cmの円形の仏舎利容器を納める孔がある。他の礎石等は藩政期の国分川の改修工事に使用されたという。

九三二　奈良師の山

高知県室戸市浮津字奈良師

関係地図　1／20万　剣山　1／5万　室戸岬

596　奈良師の山

さくらの花をよめる

・吹く風をならしの山の桜花のどけくぞ見るちらじとおもへば　よみ人しらず

②後撰集　五三

595　ならしの岡

・我が背子をならしの岡のよぶこどり君よびかへせ夜のふけぬ時　山辺赤人

③拾遺集　八一九

（参考）なき過ぐるならしのをかのほととぎすふる郷人にことやつてまし　法皇御製

続千載集　二五〇

（参考）白露をならしの岡のさねかづらわけくる鹿や涙そふらん　後九条前内大臣

新続古集　五〇〇

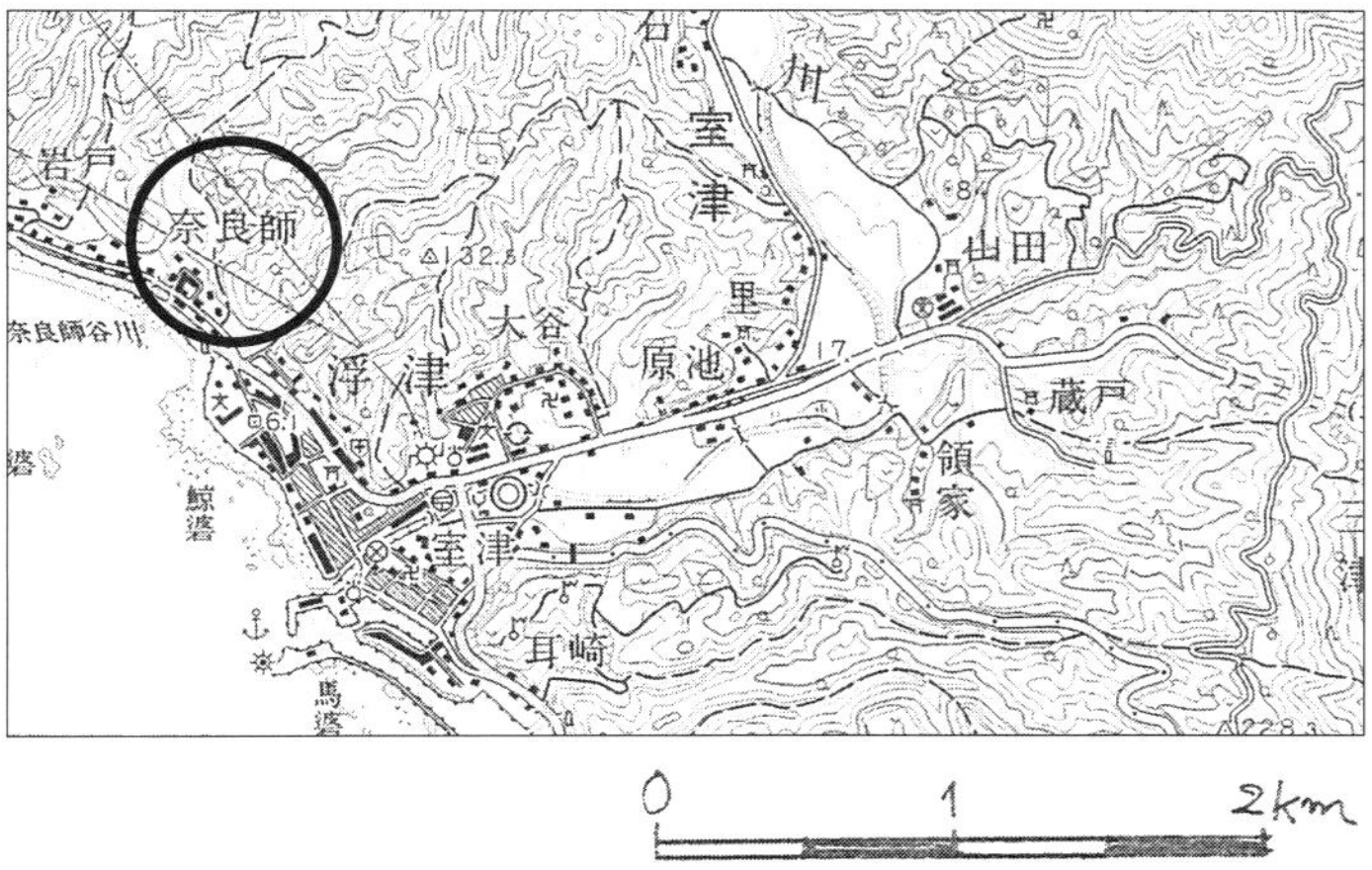

1／5万　室戸岬

（メモ）

①室戸市浮津地内を奈良師川が流れている。奈良師川の河口に船着場があり、「奈良師津」・「浮津」等と呼ばれた。奈良師の岡・奈良師の山は奈良師川流域の丘陵地の名である。

②紀貫之は、土佐国守の任を終え、帰京の途中、承平五（九三五）年一月一二日の『土左日記』に、

雨ふらず、ふむとき、これもちが船の遅《おく》れたりし、奈良志津より室津にきぬ。

とある。

③室戸市室津に、四国礼場第二五番札所津照寺がある。宗派は真言宗。本尊は延命地蔵菩薩である。『今昔物語集』に本尊の霊験譚があると。

九三三　朝倉橘広庭宮跡推定地

福岡県朝倉市山田

関係地図　1／20万　福岡　1／2.5万　吉井

13　朝倉

宗方朝臣をんなのもとにまうできてかうしをならし侍けるに、をんな心しらぬ人してあらくましげにとはせてければかへり侍にけり、つとめてをんなのつかはしける

・あけぬよのここちながらにやみにしをあさくらといひしこゑはきききや　よみ人しらず

④後拾遺集　一〇八一

かへし

・ひとりのみきのまろどのにあらませばなのらでやみにかへらましやは　藤原実方朝臣

④後拾遺集　一〇八二

（参考）朝倉や木の丸殿《まろどの》に　我《わ》が居《を》れば　名乗をしつつ行《ゆ》くは誰《たれ》　神楽歌

295　木の丸殿

選子内親王いつきにおはしましけるとき、女房に物申さんとてしのびてまかりたりけるに、さぶらひどもいかなる人ぞなどあらく申してとはせ侍りければ、たたうがみにかきてさぶらひにおかせ侍りける

・かみがきはきのまろどのにあらねどもなのりをせねば人とがめけり　藤原惟規

⑤金葉集　五四七

・あさくらやきのまろどのに我がをれば名のりをしつつ行くは誰が子ぞ　天智天皇御歌

⑧新古今集　一六八九

（メモ）

①朝倉橘広庭宮は斉明天皇七（六六一）年百済再興支援の要請を受けられた天皇は皇太子中大兄皇子以下の全朝廷を率いて筑紫に西征し、同年五月、現福岡市南区の磐瀬行宮《かりみや》から朝倉宮に遷居された。

②『日本書紀』斉明天皇七年五月九日条に、

天皇、朝倉橘広庭宮に遷りて居《おはし》ます。

是の時に、朝倉社《あさくらのやしろ》の木を斮《き》り除《はら》ひて、此の宮を作る故《ゆえ》に、神忿《かみいか》りて殿《おほとの》を壊《こほ》つ。亦、宮の中に鬼火《おにび》見《あらは》れぬ。是に由りて、大舎人《とねり》及び諸《もろもろ》の近侍、病《や》みて死《まか》れる者衆《おほ》し。

とある。また同書同年七月二四日条に、

天皇、朝倉宮に崩《かむあが》りましぬ。

ともある。

③「朝倉橘広庭宮跡」は朝倉市山田。現

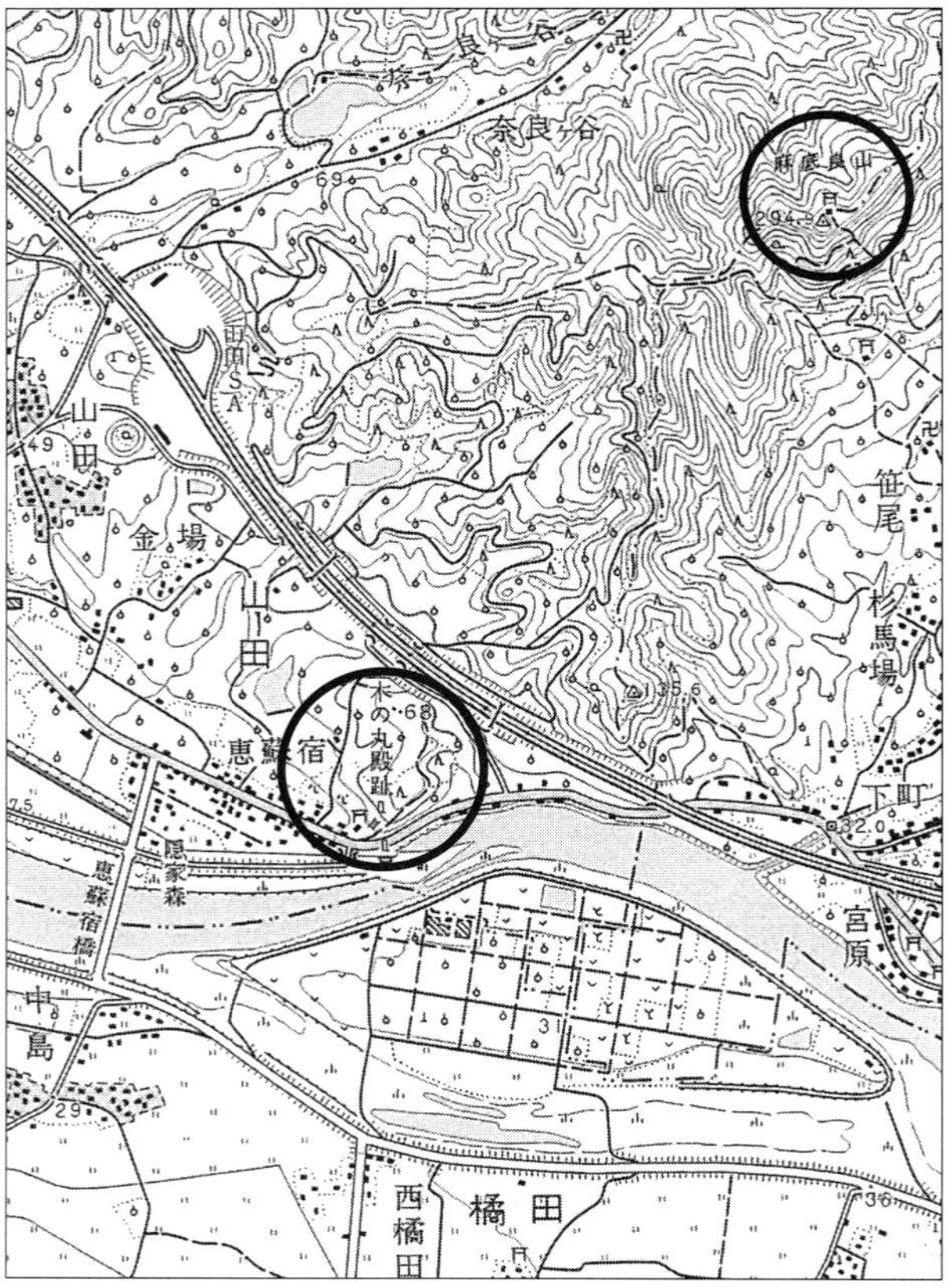

1／2.5万　吉井

0　0.5　1.0KM

在の恵蘇八幡宮という。祭神は応神天皇・斉明天皇・天智天皇。由緒は、この地は、斉明天皇行幸の際の朝倉橘広庭宮の地に充てられ、境内に同天皇の殯陵《もがりりょう》と称せられるものがある。もと別当寺を朝倉山長安寺と称した。当社は上座郡の総社。境内に「朝倉木乃丸殿旧跡碑」がある。

④朝倉宮造営の木材を伐採したとある朝倉社は図の標高二九四・九mの麻底良山という。山が神体山で、「朝倉山」。『延喜式神名帳』筑前国上座郡の
　麻氏良布《マテラフ》神社（朝倉社）
祭神は伊弉諾尊・月夜見尊・天照大神・素盞嗚尊・蛭子尊。由緒は、日本書紀斉明天皇の条に、朝倉の社の木を伐り神怒りて宮殿を壊し侍臣多く疫死。天皇又崩御し給うたとある。近郷では「までらごんげん」。また高神様と申し、年中参詣登拝者が非常に多いという。

⑤恵蘇八幡宮の別当寺長安寺の地名は朝倉市須川にあり、小字長安寺に「朝闇《あさくら》神社」がある。その北、約一kmに南淋寺がある。真言宗で、本尊は薬師如来坐像。国重文。応永二八（一四二一）年銘の梵鐘がある。その銘は、

奉冶鋳　鎮西筑前国上座県
医王山　南林禅寺
洪鐘一口　伏乞
皇風永扇　帝道遐昌
仏日増輝　法輪常転
四恩普報　三有偏資
法界含情　同円種智

等々とある。（表紙裏写真㉒参照）

九三四　生《いき》の松原

福岡県福岡市西区生の松原

関係地図　1／20万 福岡　1／5万 福岡

75　いきの松原

つくしへまかりける人のもとにいひつかはしける

・昔見しいきの松原事とはばわすれぬ人も有りとこたへよ　橘倚平　③拾遺集　三三七

源頼清朝臣みちのくにはててまたひごのかみになりてくだりはべりけるを、いでたちのところにたれともなくてさしおかせける

・たびたびのちよをはるかにきみやみんすゑのまつよりいきのまつばら　相摸　④後拾遺集　四七四

頼めて不逢恋

・恋ひしなで心づくしにいままでもたのむればこそいきのまつばら　藤原親隆朝臣　⑤金葉集　七一四

（メモ）

①「生の松原」は福岡市西区にある松原。福岡市営地下鉄終点の姪浜《めいのはま》駅から西、約一・五kmの今津湾の岸に位置し、「生の松原海岸公園」。その広さは約五〇ha。そこにクロマツの海岸防風保安林が分布する。

②玄海国定公園の第一種特別地域に指定され、風光明媚な松原で、白砂青松の美しい砂浜。

③名称の由来の一つに、武内宿祢が身代りとなって死んだ壱岐の真根子を祀った壱岐神社。図中○中の神社が鎮座するに由るという説がある。

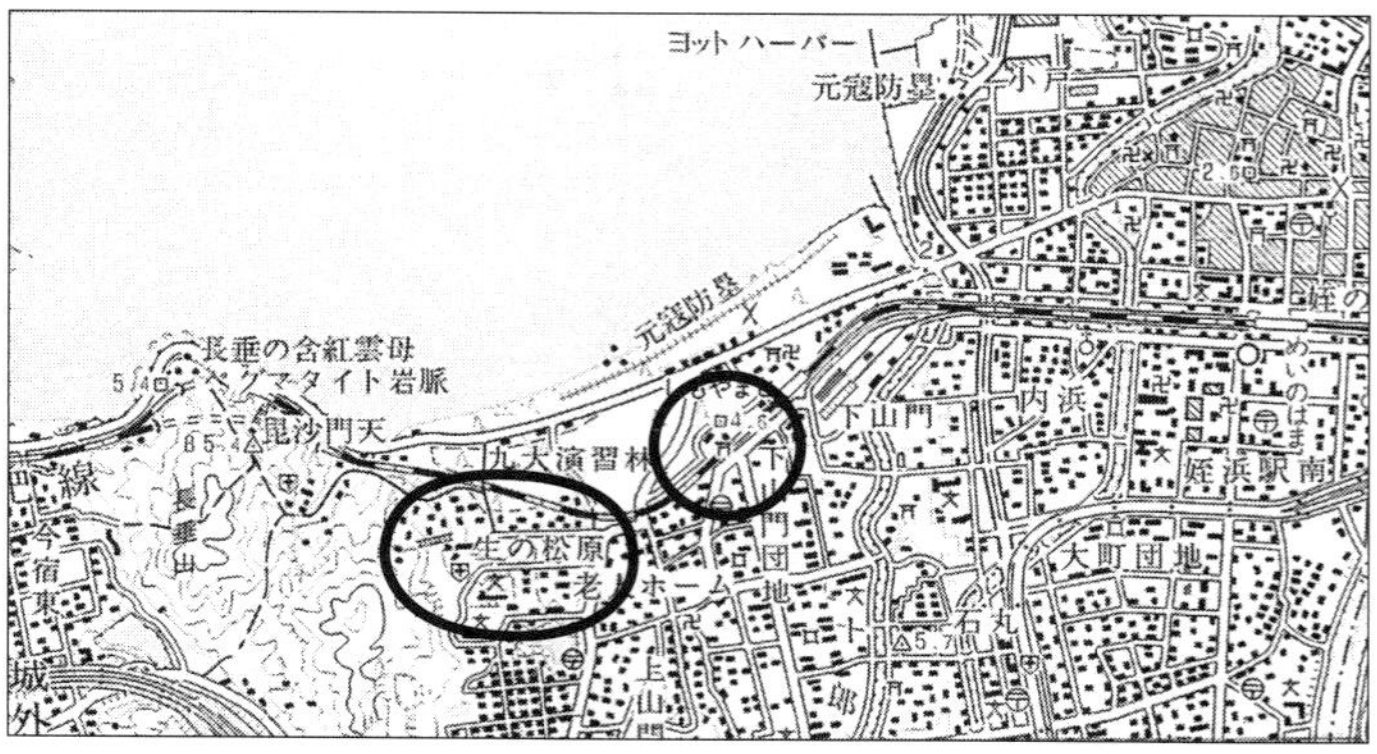

1／5万　福岡

0　1　2km

九三五　板井（『和名抄』）

福岡県小郡市大板井・小板井

関係地図　1／20万 福岡　1／2.5万 鳥栖

95

いたゐのし水

・わがかどのいたゐのし水さととほみ人しくまねばみくさおひにけり　神あそびのうた　①古今集　一〇七九

故郷月をよめる

・ふるさとのいたゐのし水みくさゐて月さへすまず成りにけるかな　俊恵法師　⑦千載集　一〇一一

（参考）すみわぶるいたゐのしみづさとよりもとほきむかしの人ぞこひしき　従二位家隆　万代集　三五六九

（参考）跡みえてさすがにたえぬ古里のいた井の清水影もかはらず　権中納言為行　新続古集　二〇〇九

1／2.5万　鳥栖

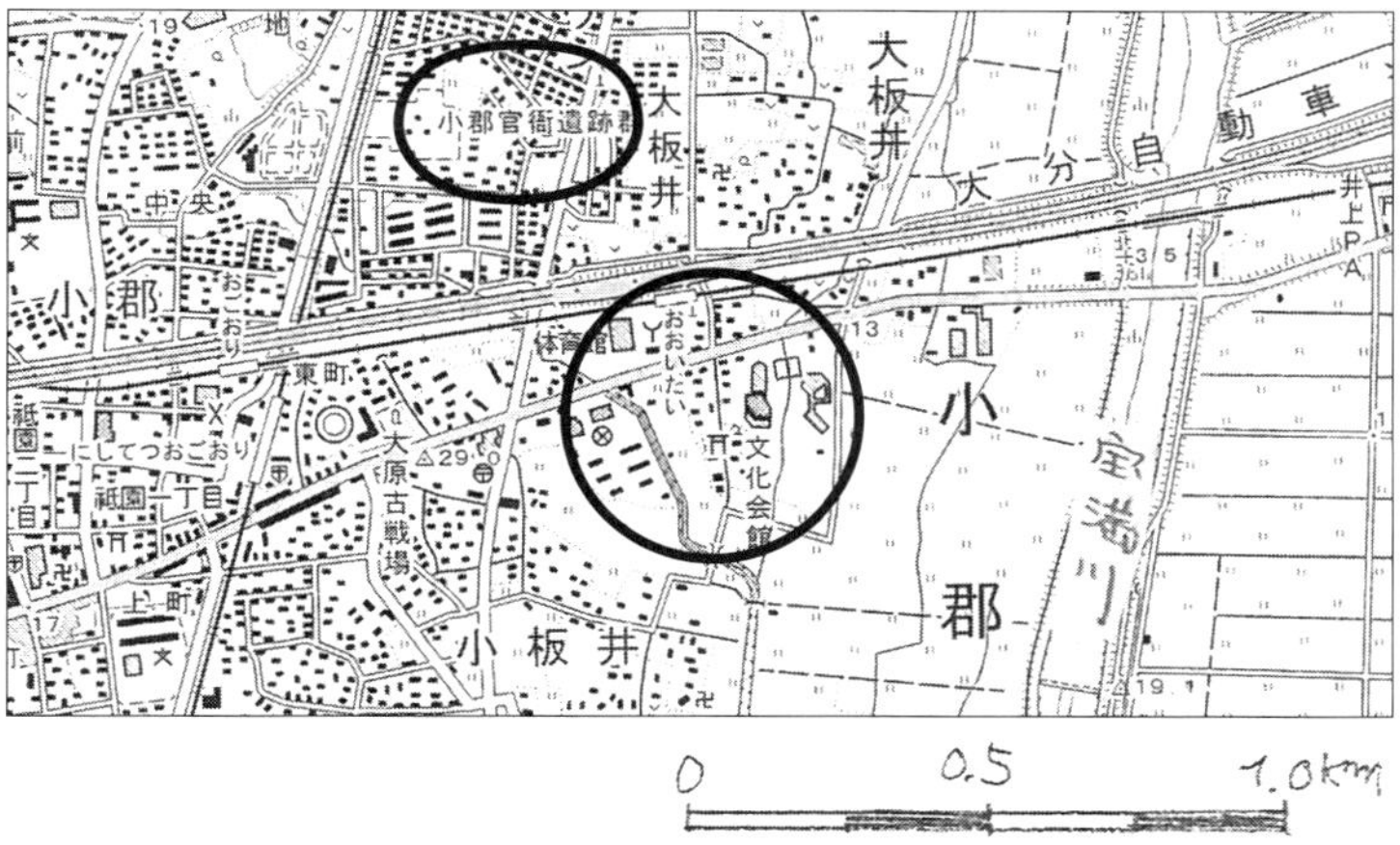

（メモ）

①『和名抄』筑後国御原郡に「板井郷」がある。現在の小郡市大板井・小板井に比定され、宝満川中流右岸に位置する。地名の由来は、自然湧水に板囲いがされたことに由るという。

②字大板井小字宮ノ馬場に王子宮がある。図中○内の神社。もとは玉垂《たまだれ》御子《みこ》神社。ここに板井があったか。大板井・小板井の氏神。

③小郡官衙遺跡群・国史跡。七世紀末から八世紀後半の御原郡衙。郡庁建物群・館舎建物群・溝・築地などの遺構が出土。

④小郡官衙遺跡群の北東方向約六百ｍが大字大板井小字長福寺。この地にあった長福寺は行基創建。近世初頭に廃寺となる。元禄年間に方廸が草堂再興した。黄檗宗の福聚庵となる。ここにも板井があったであろう。

九三六　大山寺跡推定地

福岡県太宰府市内山

関係地図　1／20万 福岡　1／5万 太宰府　1／2.5万 太宰府

519

つくしの大山寺

つくしの大山寺といふところにてうたあはせしはべりけるによめる

・わがやどのかきねなすぎそほととぎすいづれのさともおなじうの花　元慶法師　④後拾遺集　一七八

（参考）しらぬひ　つくしのわたは　みにつけて　いまだはきねど　あたたけくみゆ　筑紫観世音寺別当沙弥満誓　万葉集　三三六

1／2.5万　太宰府

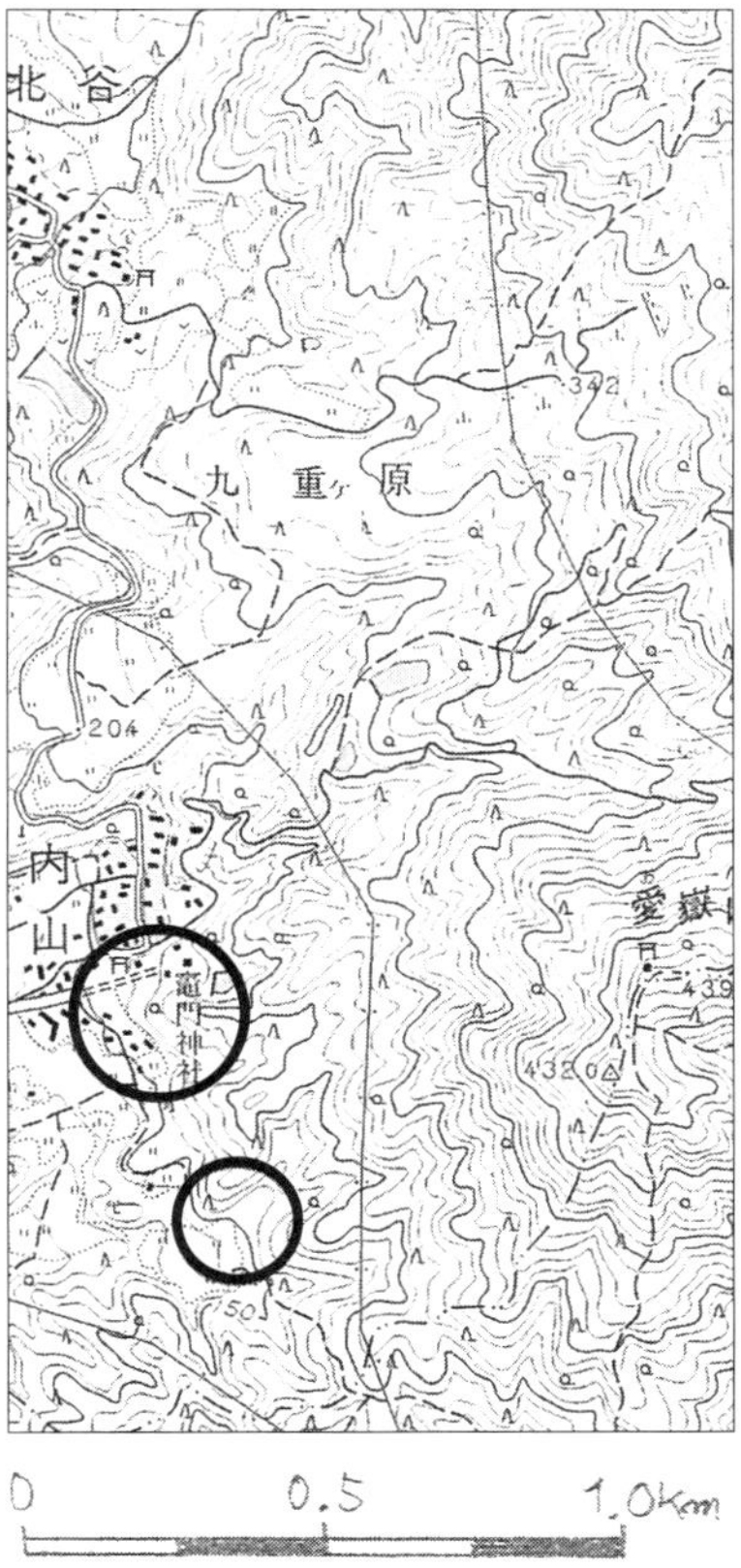

（メモ）

①『続本朝往生伝』の二三話に、

沙門高明は、もとこれ播磨国書写山の性空上人の弟子なり。後に大宰府の大山寺に住せり。三衣一鉢の外に、さらに余資なく、念仏読経、これをもて業となす。或は博多の橋を造り、或は六角堂を建立し、清水寺（観世音寺）において、如法に法花経を書せり。書し畢りて井の中に埋み、誓ひて曰く、我もし成仏せば、この井の水を化して温泉となさむ。将来の人、これをもて符《しるし》とせよといへり。……

とある。

②大山寺は宝満山の西南山麓の竈門神社の神宮寺か。竈門山寺・有智山寺か。「天満宮安楽寺草創日記」に、承暦元（一〇一一）年安楽寺別当基円が同寺に一切経供養をし、「額者大山寺琳実別当之筆也」とあると。

③地図中の小○は「つくしの湯」。

九三七　遠賀郡（『和名抄』）　福岡県遠賀郡

関係地図　1／20万　福岡　1／5万　折尾

847　をか　　みづぐきぶり

・水ぐきのをかのやかたにいもとあれとねてのあさけのしものふりはも　大歌所御歌　①古今集　一〇七二

・みづぐきのをかのくずはもいろづきてけさうらがなし秋のはつ風　顕昭法師　千五百番歌合に　⑧新古今集　二九六

・みづぐきのをかの木の葉をふきかへしたれかは君をこひんとおもひし　読人しらず　⑧新古今集　一〇五六

（参考）あまぎらひ　ひかたふくらし　みづくきの　をかのみなとに　なみたちわたる　万葉集　一二三一

1／5万　折尾

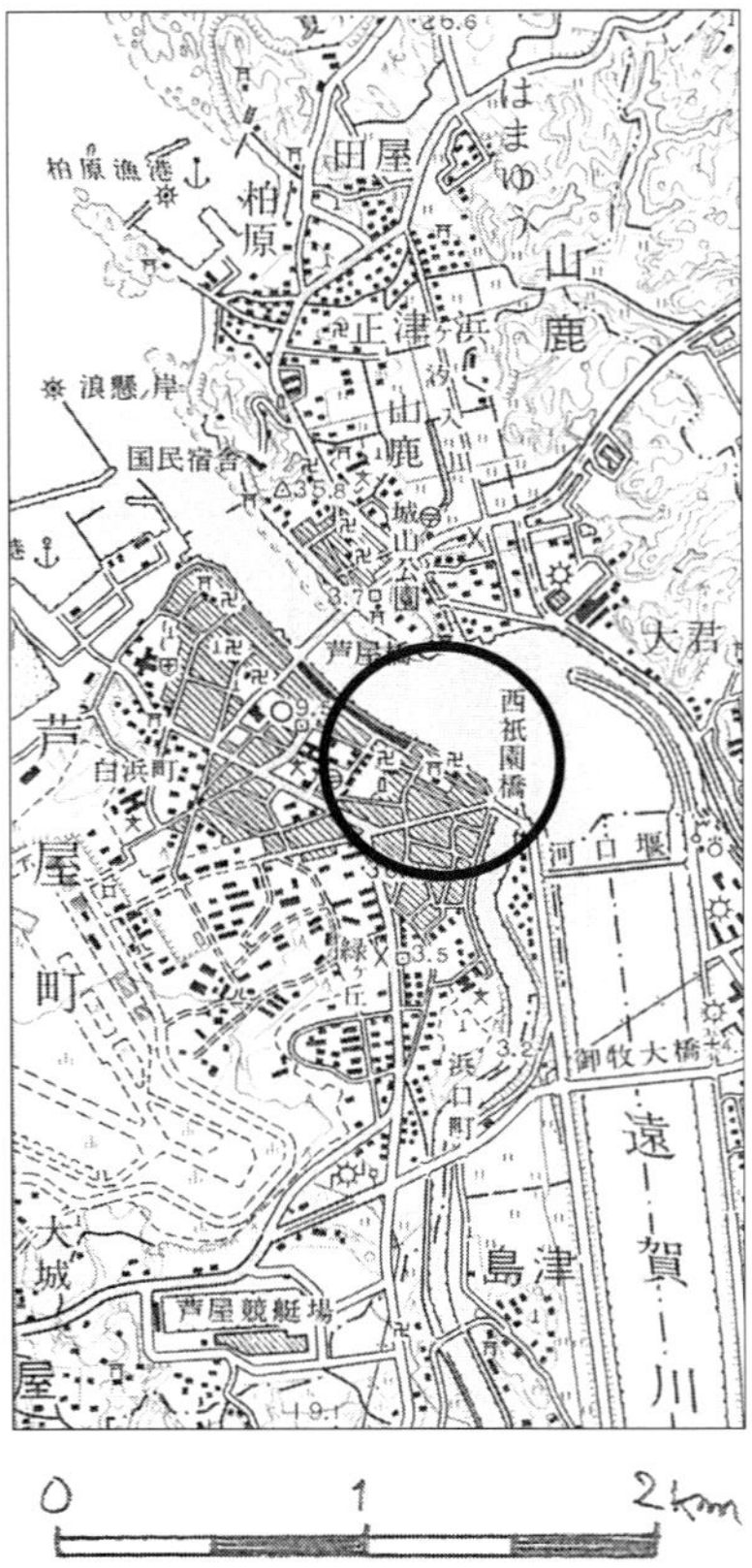

（メモ）

①ここは『和名抄』筑前国遠賀《おんが》郡。流れる川は遠賀川。この地では「芦屋川」。「アシ」は河岸や沼に群生する。アシは「桿」「杆」で、たおれた木とある。晩秋から春にかけて河岸・沼等に残ったアシの茎。それが残った様が「水茎」。

②『日本書紀』神武天皇即位前紀甲寅（BC六六七）年条に、天皇、筑紫国の岡水門《みなと》に至りたもふ。とある。現在の遠賀川河口辺。図の○内神社は岡湊神社。

九三八　小　川　福岡県みやま市瀬高町小川

関係地図　1／20万　熊本　1／5万　大牟田

849　をがはのはし

・つくしよりここまでくれどつともなしたちのをがはのはしのみぞある　在原業平朝臣　③拾遺集　三八一

（参考）ながれよるたにのいはまのもみぢばにをがはのみづのすゑぞわかるる　後京極摂政太政大臣　万代集　一三五二

（参考）白浪のかかる汀を見えつるはをがはのさとにさける卯の花　後徳大寺左大臣　夫木抄　一四五九〇

1／5万　大牟田

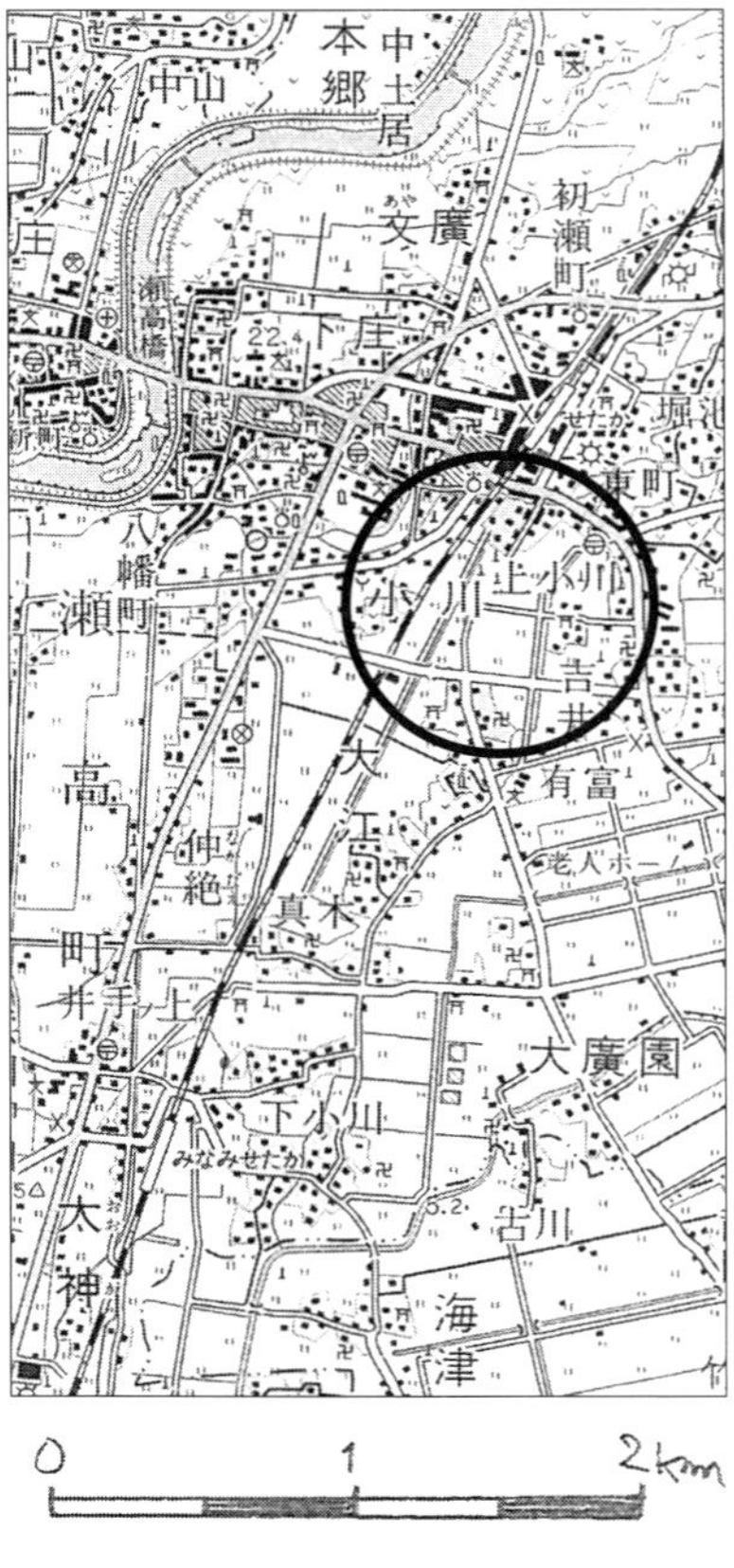

（メモ）

①瀬高町小川地内には大河矢部川の孫川である「大根川」が流れている。

②筑後国山門《やまと》郡に、平安期～戦国期に「小河荘」があり、『宇佐大鏡』に、治安三（一〇二三）年七月一三日の記事に、宇佐八幡宮領三四町のうち山門郡小河荘一四町とあると。

③瀬高町小川字金栗に、「金栗遺跡　県史跡」がある。金栗バス停前の田圃の中に、二本の木の立った小丘と弥生期の井戸が保存されている。この遺跡は昭和二五年に発見。弥生期の竪穴住居跡と、平安末～鎌倉期と思われる東西四〇m・南北三〇mの環濠集落群から構成。出土品は「金玉満堂」と刻銘入りの青磁碗、銅鏡・鉄剣・土師器・須恵器等という。

九三九　香椎宮

福岡県福岡市東区香椎

関係地図　1／20万 福岡　1／2.5万 福岡

228

香椎宮

隆家卿大宰帥にふたたびなりてのちのたび、香椎宮にまゐりたりけるに神主ことのもととすぎのはををりて帥のかうぶりにさすとてよめる

・ちはやぶるかしひのみやのすぎのはをふたたびかざすわがきみぞきみ　神主大膳武忠　⑤金葉集　五二七

香椎宮のすぎをよみ侍りける

・ちはやぶるかしひの宮のあや杉は神のみそぎにたてるなりけり　よみ人しらず　⑧新古今集　一八八六

（参考）いざこども　かしひのかたに　しろたへの　そでさへぬれて　あさなつみてむ　帥大伴卿　万葉集　九五七

1／2.5万　福岡

（メモ）

①『日本書紀』仲哀天皇八（一九九）年正月二一日条に、

灘県《ながあがた》（博多）に到りまして、因《よ》りて橿《かし》日宮《ひのみや》に居《ま》します。

とある。また同書同九年二月五日条に、

天皇、忽《たちまち》に痛身《なや》みたまふこと有りて、明日《くるつひ》に、崩《かむあが》りましぬ。

とある。

②現在の香椎宮本殿の東門の東約百ｍの地に「古宮跡」（橿日宮跡）がある。更に北東二五〇ｍに名水「不老水」がある。不老水の地に三百歳まで生きた武内宿祢屋敷があったと。

九四〇　鐘ノ岬

福岡県宗像市鐘崎《かねざき》字京泊

関係地図　1／20万 福岡　1／2.5万 吉木

375

さやかた山

つくしよりのぼりけるみちに、さやかた山といふところをすぐとてよみはべりける

・あなしふくせとのしほあひにふなでしてはやくぞすぐるさやかた山を　右大弁通俊　④後拾遺集　五三二

（参考）あなし吹くさやかた山に雲きえて月影たたむおとのしらなみ　第三のみ子　夫木抄　八八〇九

1／2.5万　吉木

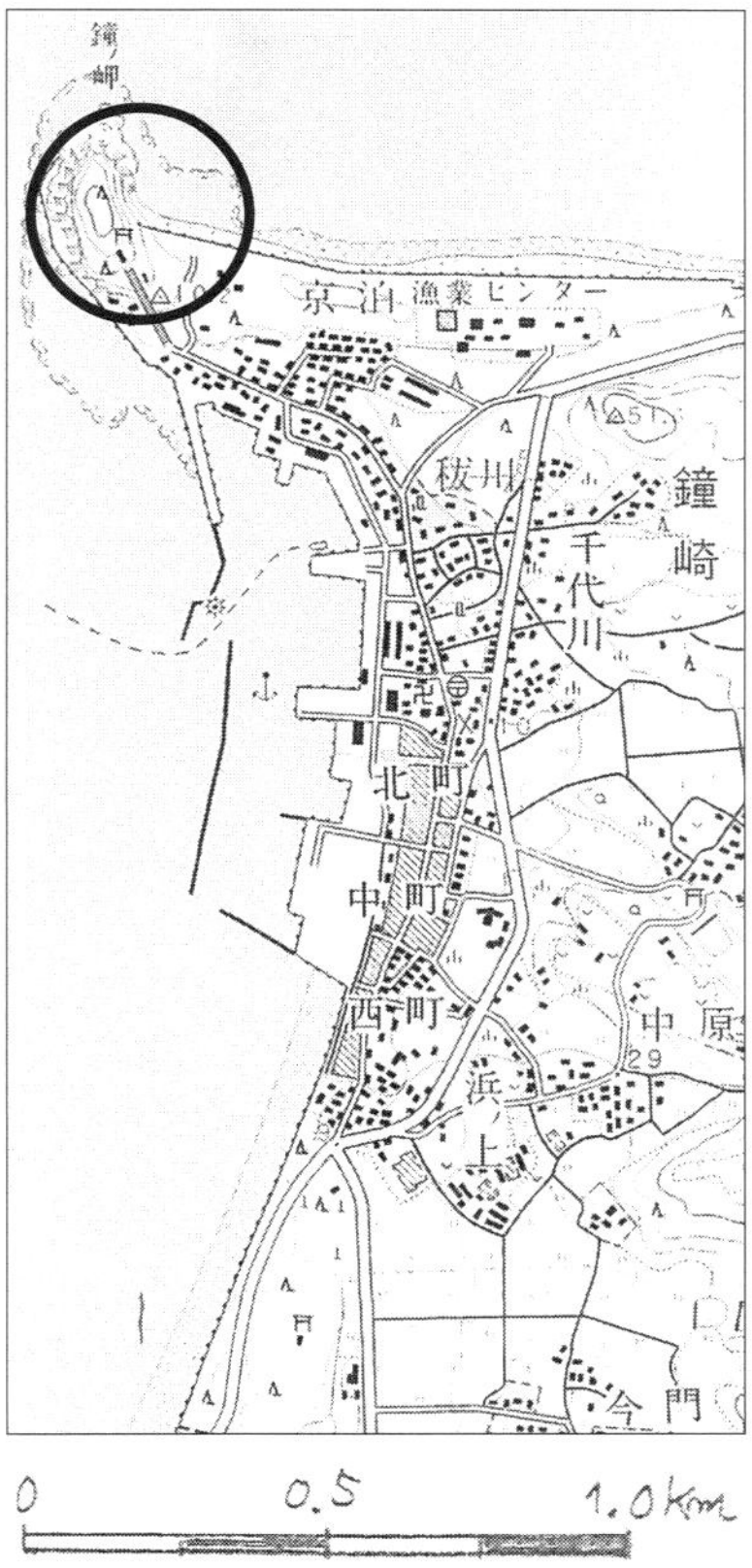

（メモ）

①「鐘ノ岬」は四塚連峰の標高四七一・四ｍの湯川山が筑前海域に没する所にあり、佐屋形山が砂洲とつながり陸繋島化して出来た岬。古名は崎戸山《さきとやま》。鐘ノ岬から地ノ島・倉瀬・大島と連なる。この連なりが筑前海域を南の玄海灘、北の響灘に分ける。構成岩石は中生代白亜紀前期の北彦島火山岩層という。

②山頂に織幡神社がある。祭神は武内大臣・住吉大神他。由緒は、第一七代履中天皇の御代の創建。『神名帳』には「宗像郡　織幡神社一座　名神大」とある。当社縁起には、鳶尾山の麓の池に大きな鐘が沈んでいた。海神がその鐘を欲し、ある時海中に沈めた。鐘の沈んでいる所は、神社の子丑（北北東）の方角に当り、社家と古老が小舟に乗って行き、御幣と供物を供えて祈ると、海底から鐘の音が聞えたので、その海域が響灘になったと。

九四一　苅萱《かるかや》関跡

関係地図　1／20万　福岡　1／2.5万　太宰府

福岡県太宰府市通古賀《とおのこが》

279

かるかやの関

道

・かるかやのせきもりにのみみえつるは人もゆるさぬみちべなりけり　菅贈太政大臣　⑧新古今集　一六九八

（参考）おほなこを　をちかたのへに　かるかやの　つかのあひだも　わすわすれめや　日並皇子　万葉集　一一〇

（参考）いつよりかこころにそへてみちもなくおもひみだれんかるかやのせき　光俊朝臣　夫木抄　九五三九

1／2.5万　太宰府

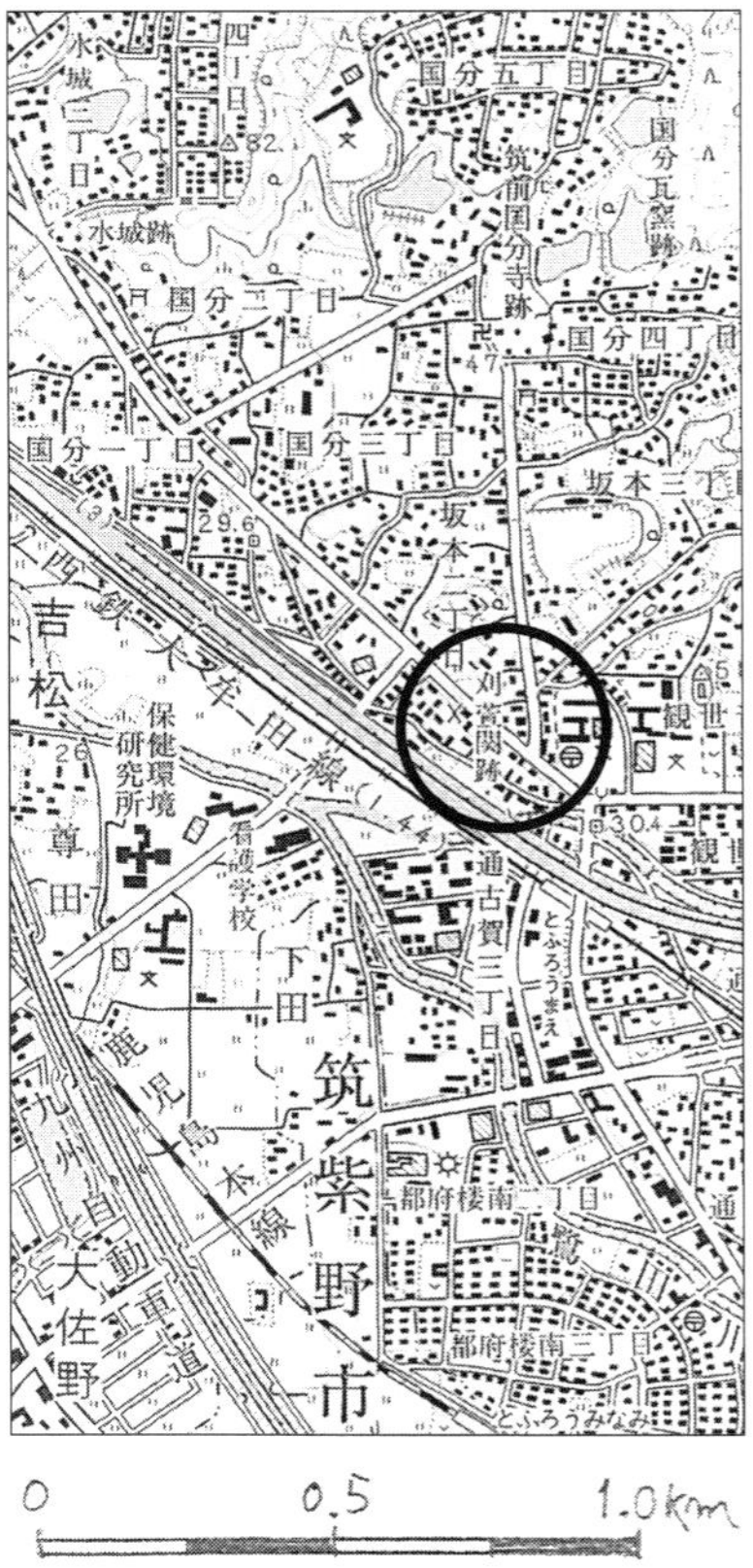

（メモ）

①「苅萱の関」「刈萱関」は平安期～戦国期頃の関。表記の歌は菅原道真が流罪の身を歌にしたものであるが、それ以前に設置されていたと推定されている。

②『続風土記』に、

通古賀村の域内、宰府往還の道の西の側に其址あり。世に天智天皇の時置ける関なりといふ。

とあり、現在太宰府市通古賀の関屋に「苅萱関跡」標識が立つという。

③飯屋宗祇、文明一二（一四八〇）年の『筑紫日記』に、

かるかやの関にかかる程に関守立ち出でて、我行末をあやしげに見るも恐ろし、数ならぬ身をいかにとも事とはづいかなる名をかかるかやの関

とあると。

九四二　御所ヶ岳

福岡県行橋市津積・京都郡みやこ町犀川木山

関係地図　1／20万　福岡　1／5万　行橋

526

つつみのたけ

・かがり火の所さだめず見えつるは流れつつのみたけばなりけり　紀輔時　③拾遺集　三八八

1／5万　行橋

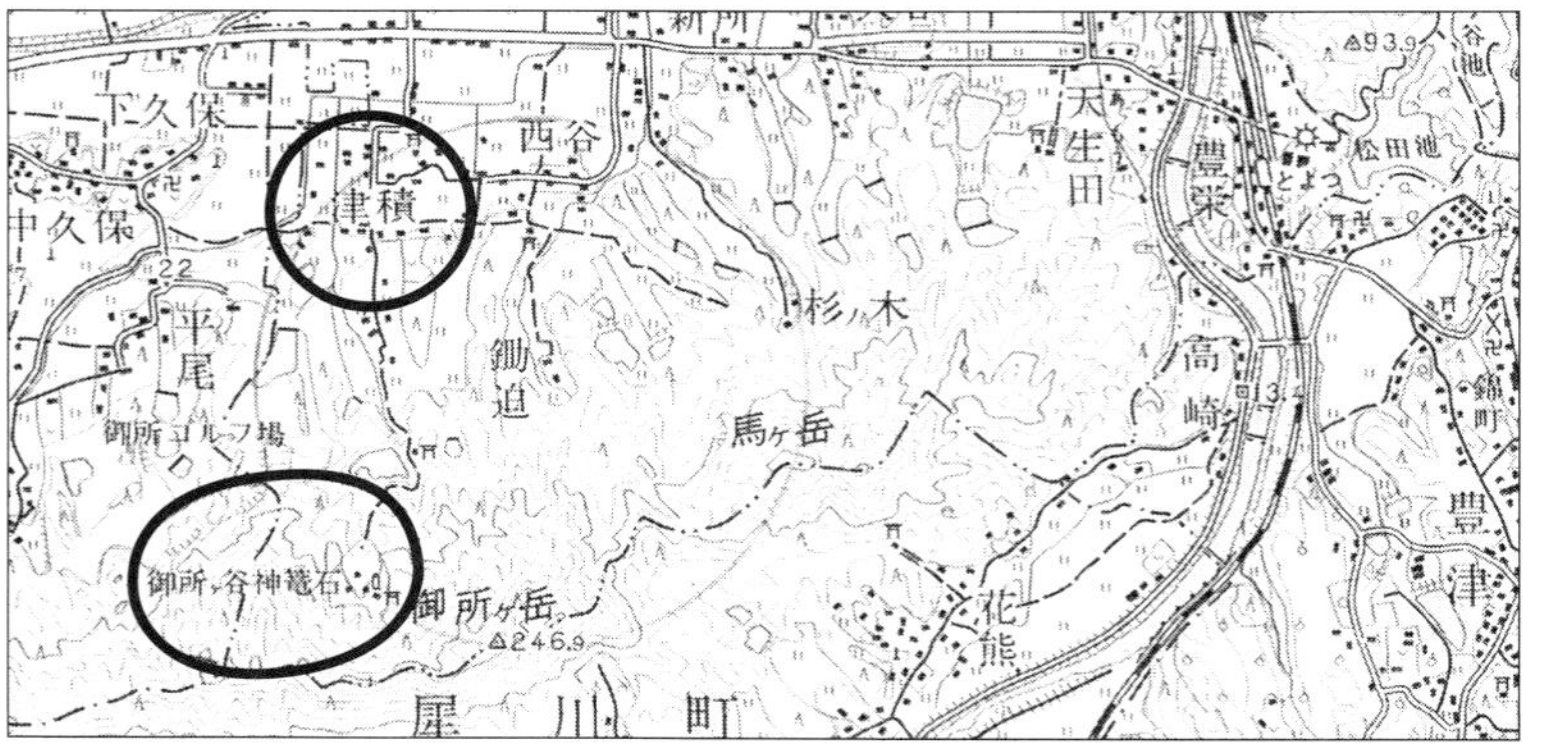

（メモ）

①行橋市に津積集落がある。「堤」とも書いたという。標高二四六・九mの御所ヶ岳の北麓に位置する。農業用灌漑用の溜池は御所ヶ岳山麓に点在する。住吉池・高来池・御所ヶ谷池等七つが地図にのる。

②『豊前志』に、

定村直孝翁云、此の村上に大池あり、されば、此の池の堤より出でたる名か、また津迫《つづめ》の意か、上古は総て此の近隣まで入海にて、此の村ぞ津の迫《つめ》なりけむ。

とあると。

③景行神社地図の楕円内、御所ヶ谷には景行神社がある。第一二代景行天皇行宮跡と伝える。地図をよく見ると、景行神社に石碑がある。ここは『日本書紀』景行天皇一二（AD八二）年九月五日条の、

天皇、遂に筑紫に幸して、豊前国の長《なが》峡県《をのあがた》に到りて、行宮《かりみや》を興《た》てて居《ま》します。

にある、「行宮」という。

④御所ヶ谷神籠石《こうごいし》　国指定史跡。京都《みやこ》平野の南側に東西に連なる山々の一角に築かれた七世紀後半に築城された山城跡。遺跡は御所ヶ岳の仏山《ほとぎやま》から西に延びる尾根とその北側斜面に広がる。外周約三km、面積約三五ha。ここに土塁と石塁を巡らせた包谷式山城がある。当時の新羅や唐との関係緊迫化に伴い中央政権主導で築かれたものといわれている。

九四三　志賀島

福岡県福岡市東区志賀島

関係地図　1／20万 福岡　1／5万 津屋崎、福岡

383
しかのしま

・しかのあまのつりにともせるいさり火のほのかにいもを見るよしもかな　よみ人しらず　③拾遺集　七五二

つくしのしかのしまを見て

・つれなくたてるしかのしまかな　為　助

ゆみはり月のいるにもおどろかで　国　忠　⑤金葉集　六五五

・しかのあまのしほやく煙かぜをいたみ立ちはのぼらで山にたなびく　よみ人しらず　⑧新古今集　一五九二

（参考）しかのやま　いたくなきりそ　あらをらが　よすかのやまと　みつつしのはむ　筑前国志賀白水郎歌　万葉集　三八六二

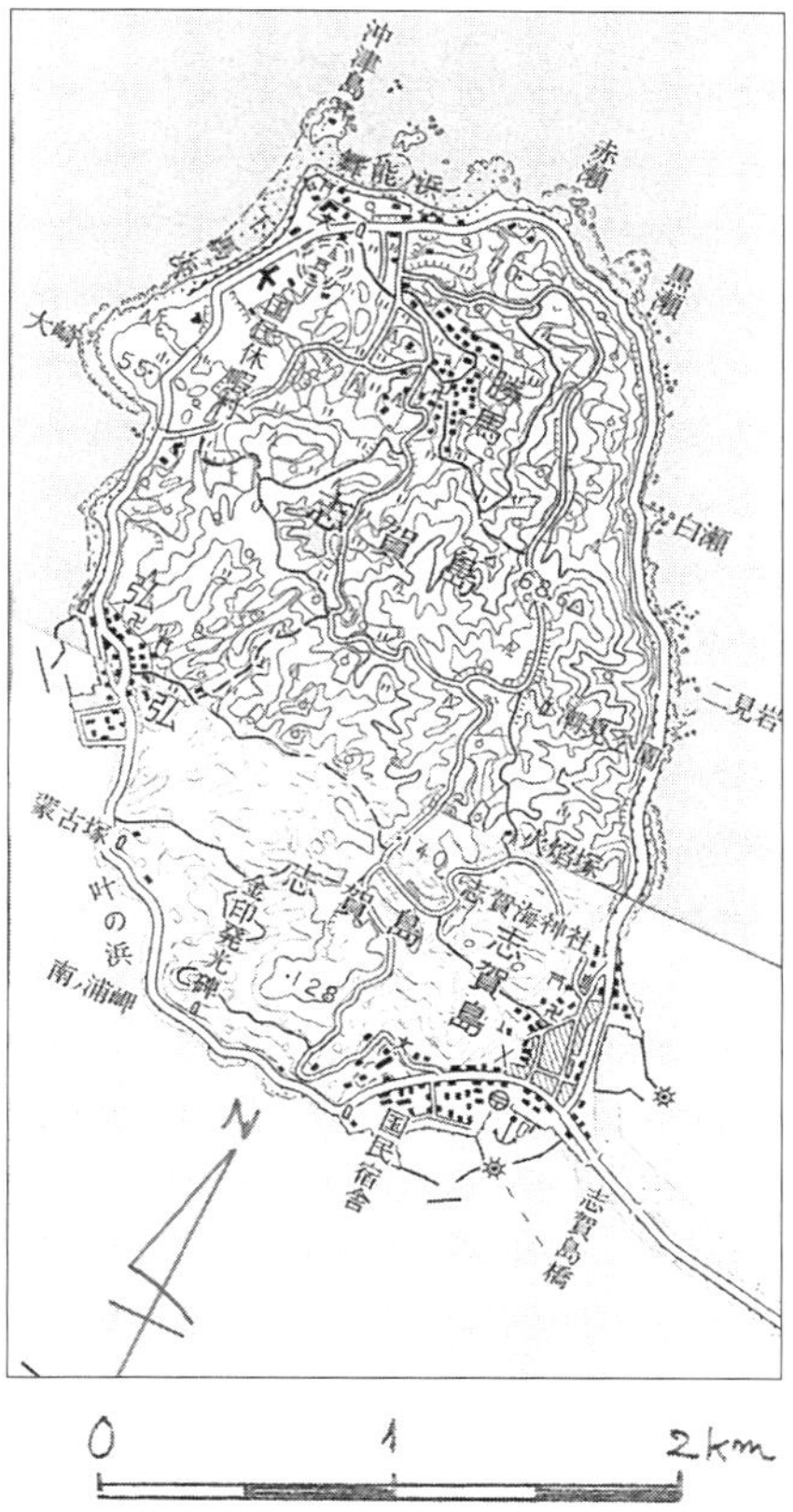

1／5万　津屋崎（上）・福岡（下）

（メモ）

①志賀島は博多湾入口にあり、砂洲「海の中道」によって陸繋島となった。島の大部分は花崗閃緑岩で構成。最高点は一六八・六m。面積約六㎢。

②地名の由来は『筑前国風土記』逸文に、「近島《ちかしま》」がなまって「資珂島《しかしま》」になると。

③島の産土神は「志賀海神社」。祭神は底津綿津見神《わたつみのかみ》・仲津綿津見神・表津綿津見神。祭神は志賀島の荒雄安曇氏が祀った神。また神功皇后の三韓往復時にはこの三神が御船を守護した。よって『延喜式神名帳』に、「糟屋郡　志賀海神社三座　並名神大」とある。

九四四　大平山

福岡県朝倉市堤

関係地図　1／20万 福岡　1／5万 甘木

526
つつみのたけ

・かがり火の所さためず見えつるは流れつつのみたけばなりけり　紀輔時　③拾遺集　三八八

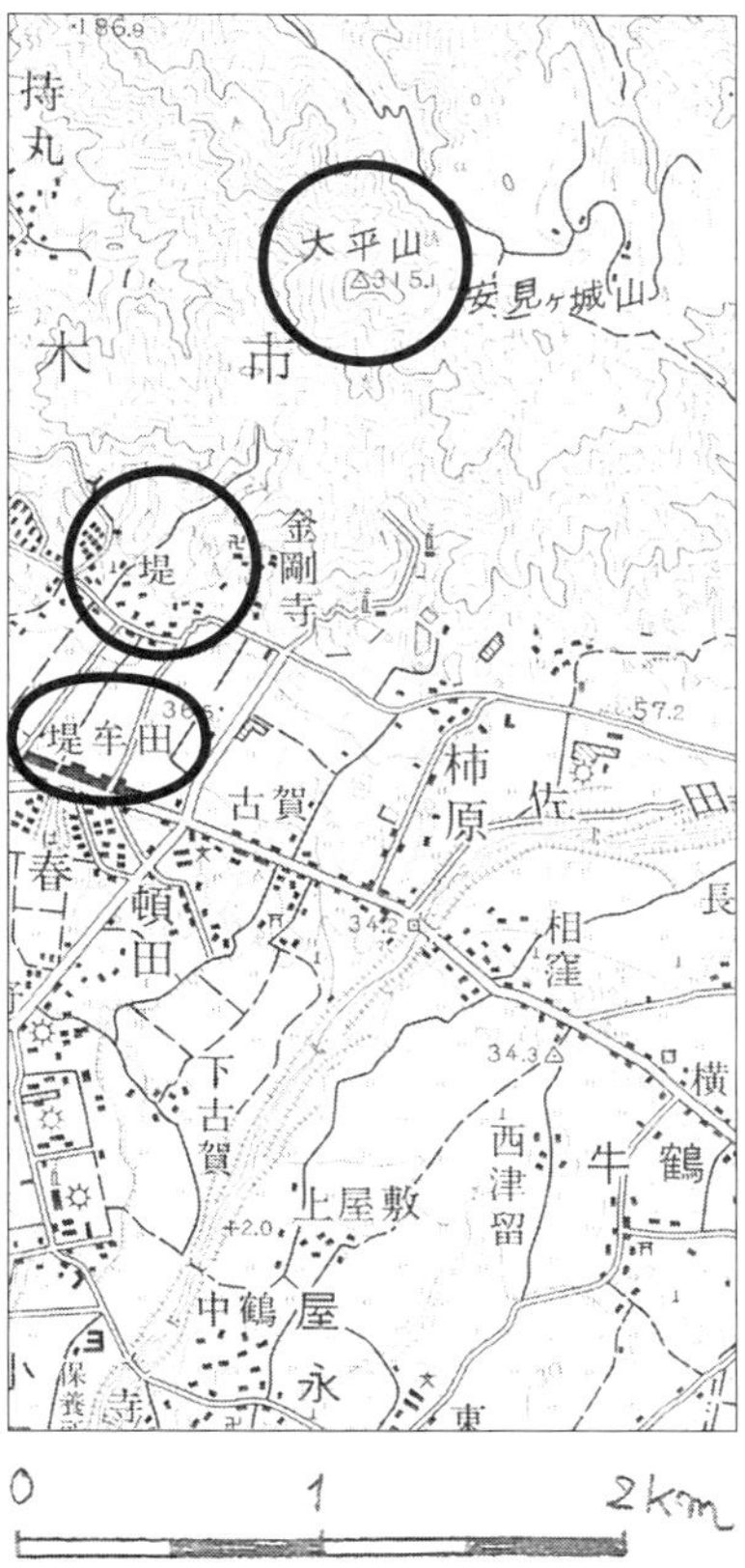

1／5万　甘木

（メモ）

①標高三一五・一mの大平山、その東の標高三〇〇mの安見ヶ城山の南麓に朝倉市堤集落がある。『続風土記』によると、現在の堤牟田集落辺に大きな堤、灌漑用溜池があったによる地名という。現在も一〇個以上の溜池があり、水を供給する山の代表は、この大平山である。よって大平山は堤の山・堤山・又は鼓の山・鼓山である。そして豊年万作であれば鼓の音が一帯で聞えた。

②大字堤小字大岩には縄文早期～前期の堤大岩遺跡、小字宗原には弥生中期の堤宗原遺跡がある。また、字池の上には池の上墳墓群があり、朝鮮系の陶質土器が出土しているという。

③小字大岩地区の四ヶ所に六世紀以降の古墳群があると。

九四五　大宰府政庁跡

福岡県太宰府市観世音寺

関係地図　1／20万 福岡　1／2.5万 太宰府

483

大宰

隆家卿大宰帥にふたたびなりてのちのたび、香椎社にまゐりたりけるに神主ことのもとすぎのはををりて帥のかうぶりにさすとてよめる

・ちはやぶるかしひのみやのすぎのはをふたたびかざすわがきみぞきみ　　神主大膳武忠　⑤金葉集　五二七

大納言経信、大宰帥にてくだり侍りけるに、俊頼朝臣まかりければいひつかはしける

・くればまづそなたをのみぞながむべきいでむ日ごとにおもひおこせよ　　太皇太后宮甲斐　⑥詞花集　一八三

修理大夫顕季、大宰大弐にてくだらむとし侍りけるに、馬にぐしていひつかはしける

・たちわかれはるかにいきの松なればこひしかるべきちよのかげかな　　権僧正永縁　⑥詞花集　一八五

1／2.5万　太宰府

（メモ）

①発掘調査によると、大宰府政庁の第一期は七世紀後半代の造営・掘立柱建物。第二期建物の造営は八世紀初。礎石を使用し、都宮様の朝堂院形式の建物配置。天慶四（九四一）年、藤原純友の放火で全焼。第三期建物配置は第二期様。

②大宰府政庁跡は国特別史跡。

九四六　太宰府天満宮

福岡県太宰府市宰府

関係地図　1／20万 福岡　1／2.5万 太宰府

69

安楽寺

むかし道方卿にぐしてつくしにまかりて安楽寺にまゐりて見侍りける梅の、わが任にまゐりて見ければ、木のすがたはおなじさまにて花のおいきにてところどころさきたるを見てよめる

・神がきにむかしわが見しむめのはなともにおい木となりにけるかな　　大納言経信　⑤金葉集　五一六

・なさけなくをる人つらし我がやどのあるじわすれぬ梅の立枝を　　新祇歌　⑧新古今集　一八五三

このうたは、建久二年の春の比、つくしへまかりけるものの、安楽寺の梅ををりて侍りける夜のゆめにみえけるとなん

1／2.5万　太宰府

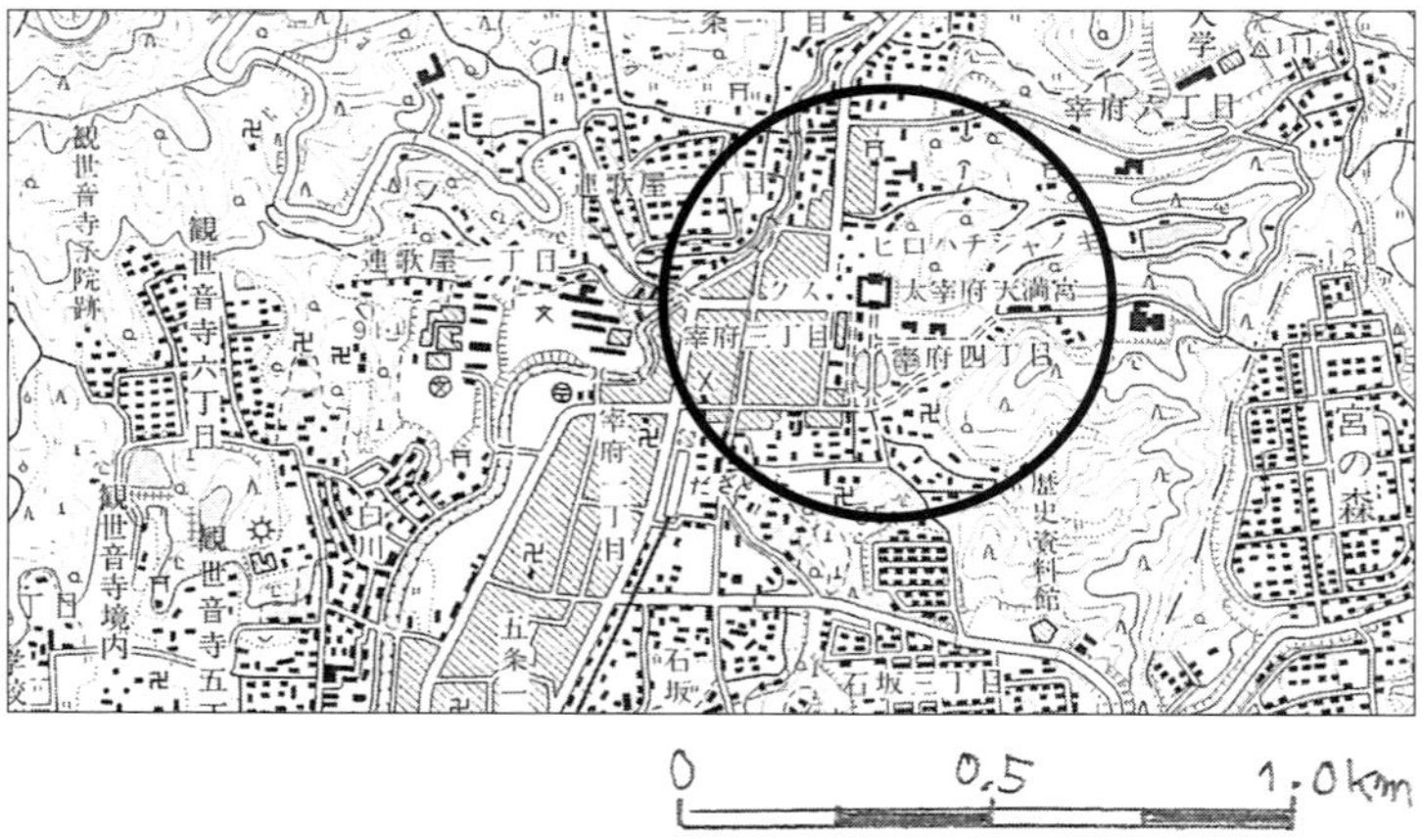

（メモ）

①菅原道真（八四五・6・25—九〇三・2・25）は、昌泰三（九〇〇）年、道真を「関白となす」詔を下された。左大臣藤原時平の讒言により延喜元（九〇一）年正月二五日、道真は太宰府権帥に任ぜられ太宰府に左遷された。

②延喜三年二月二五日、配所の太宰府南館、いわゆる榎寺で死去。六九歳。四堂または四寺と呼ばれる地に葬られた。延喜五年、道真の門弟で配流に従った味酒安行《みさけのやすゆき》は、この地に祠廟（天満宮の草創）を建立した。さらに、延喜一九年以前に、安行は御墓寺として建立したのが安楽寺である。その後、天満宮と安楽寺は天満宮安楽寺と神仏習合して発展した。

③延喜元年九月十日、道真作漢詩

去年今夜侍清涼　秋思詩篇独断腸

恩賜御衣今在此　捧持毎日拝餘香

九四七　筑後国府跡

福岡県久留米市合川町枝光《えだみつ》

関係地図　1／20万 熊本　1／5万 久留米

507

筑後

三月ばかりに筑後守藤原為正国にくだりはべりけるに、あはぎたまはすとてふぢのえだつくりたるにむすびつけて侍ける　選子内親王

・ゆくはるとともにたちぬるふなみちをいのりかけたるふぢなみのはな

④後拾遺集　四六八

かへし

・いのりつつちよをかけたるふぢなみにいきの松こそ思ひやらるれ　藤原為正

④後拾遺集　四六九

1／5万　久留米

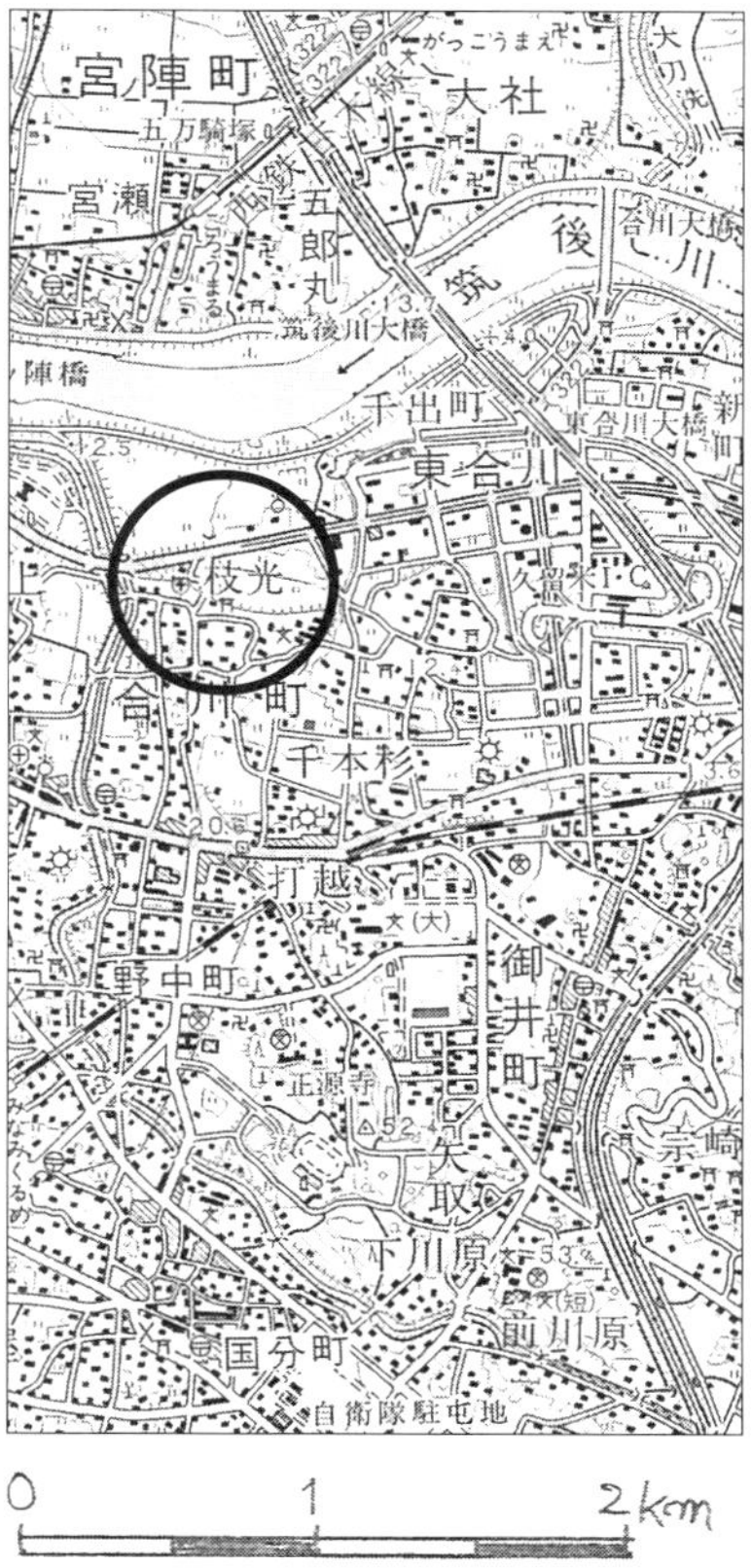

（メモ）

①筑後国は現在の福岡県の南半分の地域に相当する。もと、筑後国と筑前国を併せた筑紫国であった。七世紀末に二国に分割されたという。

②筑後国は、南は肥後国、現在の熊本県に接し、南西は有明海に面する。地形は阿蘇外輪山に源を発し、有明海にそそぐ筑後川の中下流域の平野と、筑肥山地、標高一二三一mの釈迦岳を源とする矢部川の中下流域の平野がある。

③『和名抄』に、

筑後国　国府在御井郡

とある。国府は現在の久留米市合川町枝光にあった。地図の○内の神社は天満神社。学校は合川《あいかわ》小学校。天神神社に南接して枝光公民館がある。この一帯に筑後国府があったと。

九四八　筑前国府跡

福岡県太宰府市

関係地図　1／20万 福岡　1／2.5万 太宰府

508

筑前国

京よりぐしてはべりける女をつくしにまかりくだりてのちことをんなにおもひつきておもひいでずなり侍にける、をんなたよりなくて京にのぼるべきすべもなくはべりけるほどに、わづらふことありてしなんとしはべりけるをり、をとこのもとにいひつかはしける　読人不知

・とへかしないくよもあらじつゆのみをしばしもことのはにやかかると

④後拾遺集　一〇〇六

或人云、このをんなつねひらちくぜむのかみにてはべりける時ともにまかりくだりける人のめになんありける、かくて女なくなりにければつねひらのちにききつけて心うかりけるもののふの心かなとてをとこおひのぼせられはべりにけり

1／2.5万　太宰府

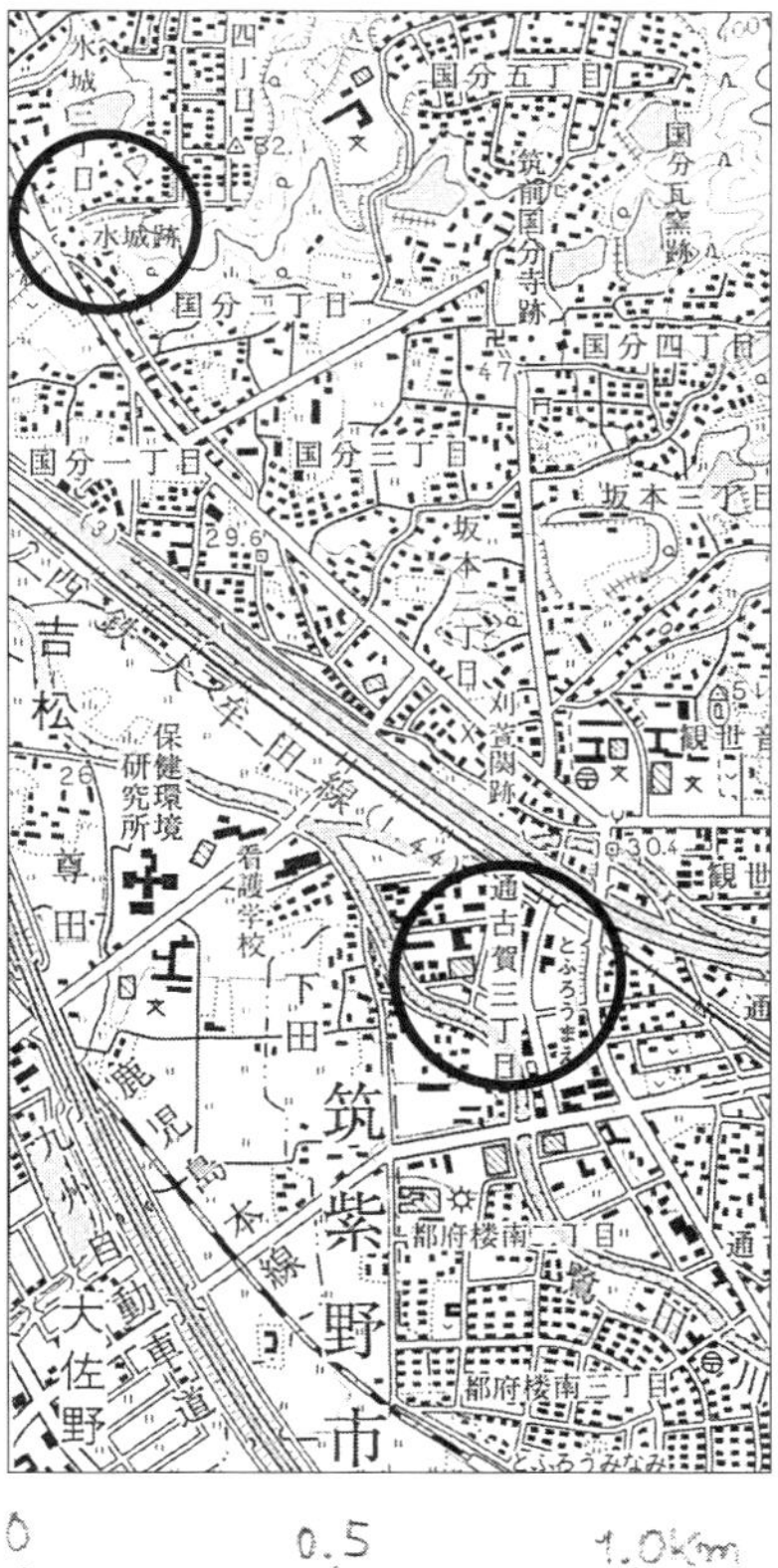

（メモ）

①『和名抄』に「筑前国　太宰府並国府在御笠郡」とある。筑前国は大宰府の兼帯で国司は別置されなかったが、神亀年間から天平年間は別置がみられ、その後廃置を繰り返し、大宰府府官の国務兼帯があった。

②大同三（八〇八）年、府官と筑前国司の二本立となり、以後国司は廃止されなかったようである。筑前国府は(i)太宰府市水城《みずき》小学校辺説　(ii)太宰府市通古賀辺説の二つがある。

518

九四九　筑　紫　　九州全土

筑紫

かたらひ侍りける人のかれがれになりにければ、こと人につきてつくしのかたへまかりなんとしけるをききて、をとこのもとよりまかるまじきよしを申したりければいひつかはしたりける

• 身のうさもとふひともじにせかれつつこころつくしのみちはとまりぬ　内大臣家小大進　⑤金葉集　五七二

つくしにまかりてのぼり侍りけるに人人わかれをしみ侍けるによめる

• つくしぶねまだともづなもとかなくにさしいづるものはなみだなりけり　連敏法師　④後拾遺集　四九五

筑紫よりのぼらんとて博多にまかりけるに館のきくのおもしろく侍けるをみて

• とりわきてわが身につゆやおきつらんはなよりさきにまづぞうつろふ　大弐高遠　④後拾遺集　一一三五

（メモ）

①「筑紫」は九州全土を指すこともあるという。その範囲は『和名抄』西海国であり、筑前・筑後・肥前・肥後・豊前・豊後・日向・大隅・薩摩・壱岐《ゆき》島・対馬島のすべてを併せたものであった。この範囲を統轄したのが大宰府政庁であった。

526

九五〇　鼓岳推定地　　福岡県朝倉郡東峰村

関係地図　1／20万 福岡　1／5万 吉井

つつみのたけ

• かがり火の所さだめず見えつるは流れつつのみたけばなりけり　紀輔時　③拾遺集　三八八

1／5万　吉井

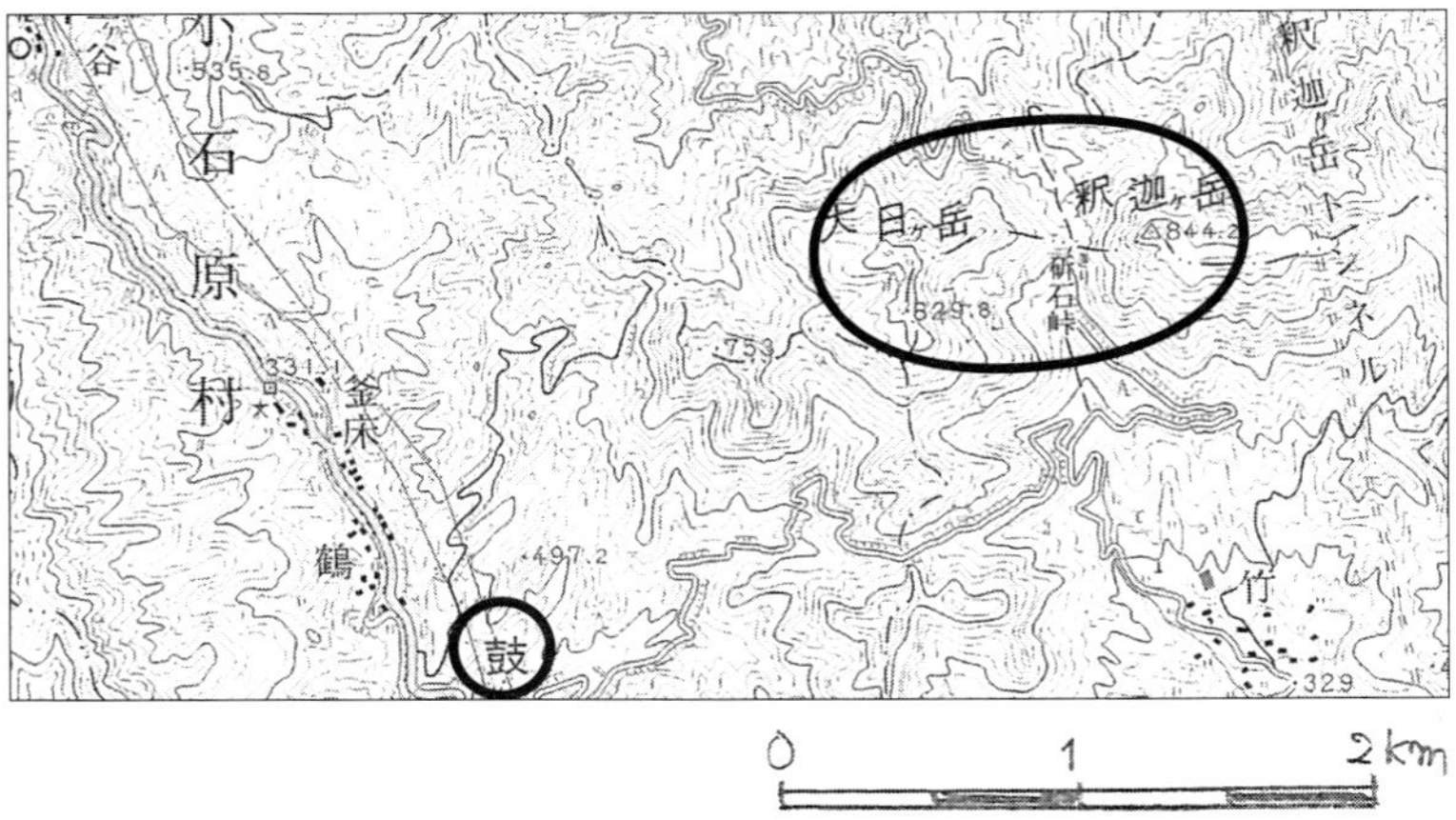

（メモ）

①朝倉郡東峰村宝珠山集落と、田川郡添田町落合集落との間の「研石峠《きりいしとうげ》」をはさんで、東に標高八四四・二mの釈迦ヶ岳、西に標高八二九・八mの大日ヶ岳がほぼ等距離で相対している。この姿が和楽器の鼓、小鼓の形である。この二山で一つの鼓の岳、鼓岳である。

②東峰村大字宝珠山の西に接するのが「大字小石原鼓」である。右の「鼓の岳」「鼓岳」「鼓の山」の存在に由ると思うが、集落内を流れる大肥川の滝、「鼓の滝」による集落名という。

九五一　博多

626

福岡県福岡市中央区那の津

関係地図　1／20万　福岡　1／5万　福岡

博多

筑紫よりのぼらんとて博多にまかりけるに館のきくのおもしろく侍けるをみて

• とりわきてわが身につゆやおきつらんはなよりさきにまづぞうつろふ　大弐高遠

④後拾遺集　一一三五

（参考）ふなでせしはかたやいづらつしまにはしらぬしらぎの山ぞ見えつる　津守国基

万代集　三四四五

1／20万　福岡

（メモ）

①「博多」の由来は(i)人や物が多く集まり土地が広博なので「博多」。(ii)周囲は川で囲まれ筥形《はこがた》で「はかた」。(iii)船舶が停泊する潟の「泊潟」などの説。

②博多津は大宰府政庁の外港であった。外交使節の応接等の鴻臚館があり、また遣唐使の出発・入港の場でもあった。この鴻臚館は、福岡市中央区福岡城内の平和台球場跡（鴻臚館埋蔵調査地区）という。

九五二　筥崎宮

627

福岡県福岡市東区箱崎

関係地図　1／20万　福岡　1／2.5万　福岡

はこざき

はこざきを見侍りて

• いくよにかかたりつかへむはこざきの松のちとせのひとつならねば　重之

③拾遺集　五九一

ちちのともにをさなくて筑前国にはべりてとしへてのち成順かのくにになりてはべりければくだりてよめる

• そのかみの人はのこらじはこざきの松ばかりこそわれをしるらめ　中将尼

④後拾遺集　一一二九

（参考）ちはやぶる神よにうゑしはこざきの松はひさしきしるしなりけり　法印行清　続古今集　七二三

（参考）忘れずよ心づくしに立ちかへり二たび見てしはこ崎の松　藤原頼氏

新千載集　八〇〇

1／2.5万　福岡

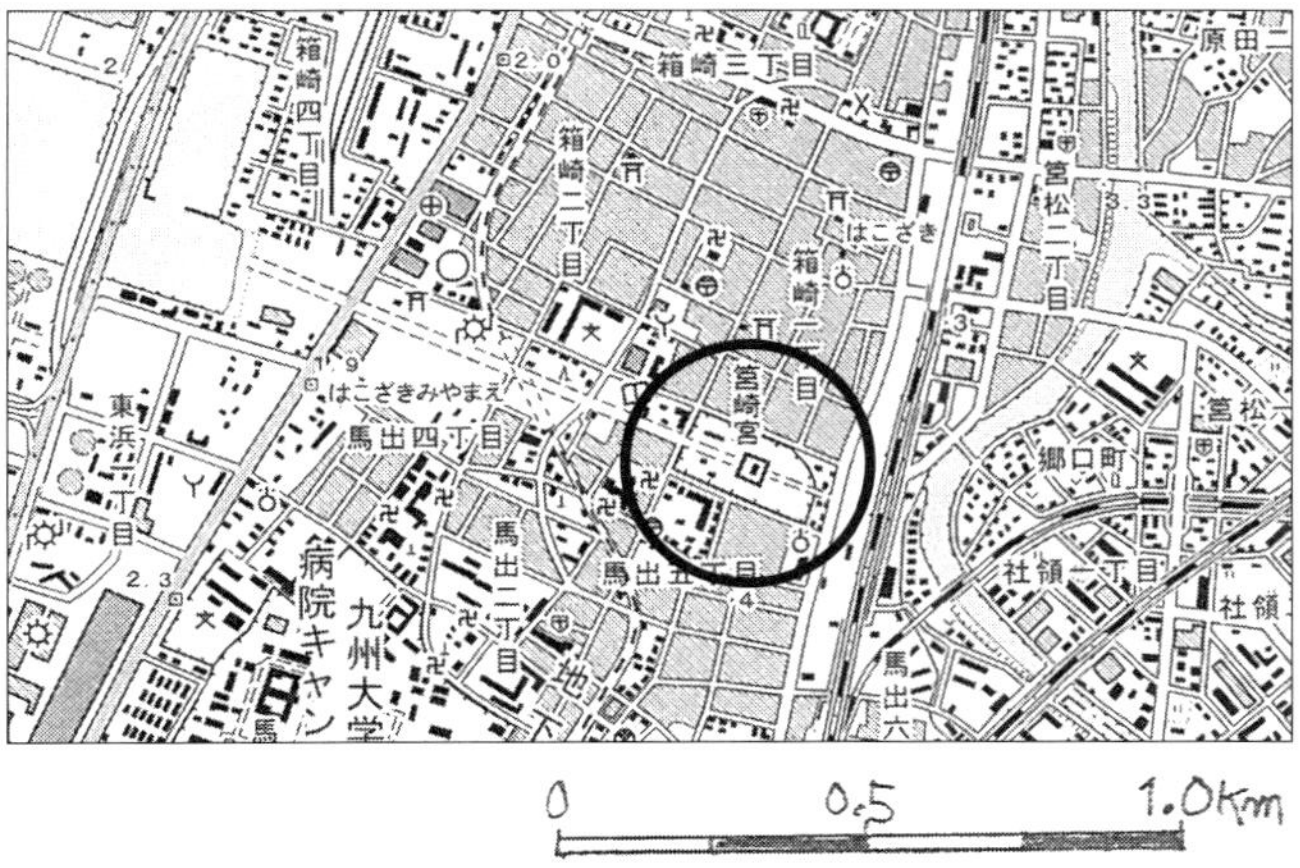

（メモ）

①筥崎宮の祭神は応神天皇・神功皇后・玉依姫命。由緒は、応神天皇が筑紫蚊田の里で御降誕の時、その御胞衣を筥に納め葦津浦に埋め、その標として松を植えた。この松を筥杜または標の松と称せられた。後、此地を「箱崎」と改められた。

②延喜二一（九二一）年、藤原真材が社殿を造営した。『延喜式神名帳』に、

那珂郡　八幡大菩薩筥崎宮一座　大

とある。

③現在の福岡市東区馬出・箱崎地区の海岸を「箱崎浜」と呼ぶ。古くは箱崎松原・千代松原と呼ばれた。「石堂の橋きはより、箱崎八幡の西の境まで一五町一一間」あると。筥崎宮の神木として伐採が禁止されていたと。

九五三　二日市温泉

福岡県筑紫野市湯町

関係地図　1／20万 福岡　1／5万 甘木

520

筑紫の湯

源のさねがつくしへゆあみむとてまかりけるに、山ざきにてわかれをしみける所にてよめる

・いのちだに心にかなふ物ならばなにか別のかなしからまし　しろめ　①古今集　三八七

（参考）帥大伴卿、次田の温泉に宿り、鶴の声を聞きて作る歌一首

・湯《ゆ》の原《はら》に　鳴《な》く葦鶴《あしたづ》は　我がごとく　妹《いも》に恋ふれや　時わかず鳴く　万葉集　九六一

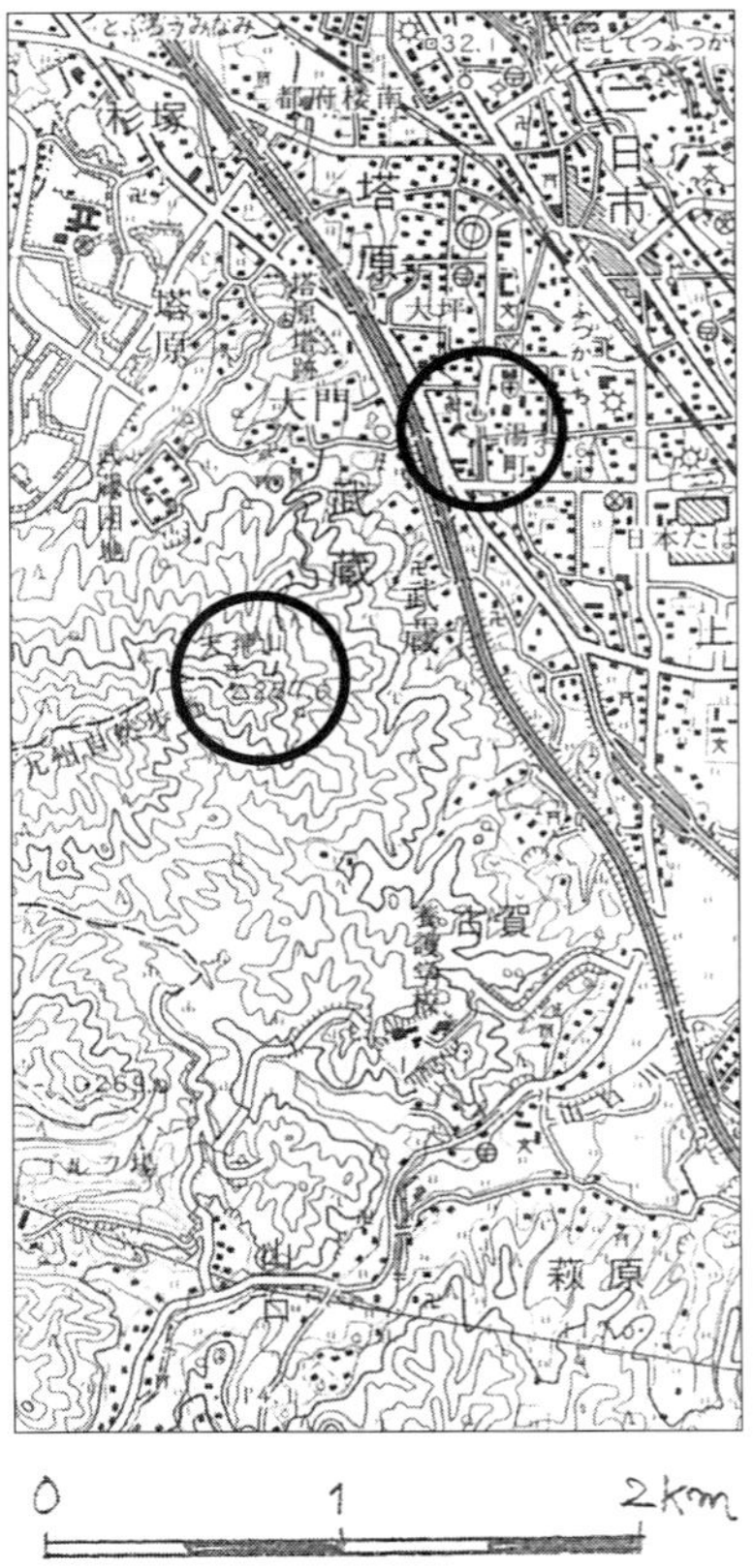

1／5万　甘木

（メモ）

①二日市温泉は天拝山の麓、また大宰府都府楼の南約二km。筑紫野市武蔵《むさし》字湯原にある。古くは「次田《すいた》の湯」。近年まで武蔵温泉とも。泉質はラジウム泉。泉温三五～四八℃。効能は切り傷・やけど・動脈硬化症など。

②『北野天神縁起絵巻』の一節。

筑紫におはしましける間、御身に罪なき由の祭文を作りて、高山（天拝山）に登りて、七箇月の程とかや、天道に訴え申させ給ひける時、此の祭文、漸く飛び登り、雲を分けて至りにけり。帝釈宮をも打ち過ぎ、梵夫までも登りぬらんとぞ覚えし。釈迦菩薩は、往劫《おうごう》に底沙仏《ていしゃぶつ》の御許にて、七日七夜足の指を突き立てて、（中略）あな恐ろし、天満大自在天神とぞ成らせ給ひける。

九五四　豊前国衙跡推定地

福岡県京都郡みやこ町惣社

関係地図　1／20万 福岡　1／5万 行橋

682

豊前

天暦御時、小弐命婦豊前にまかり侍りける時、大ばん所にて餞せさせたまふに、かづけ物たまふとて

・夏衣たちわかるべき今夜こそひとへにをしき思ひそひぬれ　御製　③拾遺集　三〇五

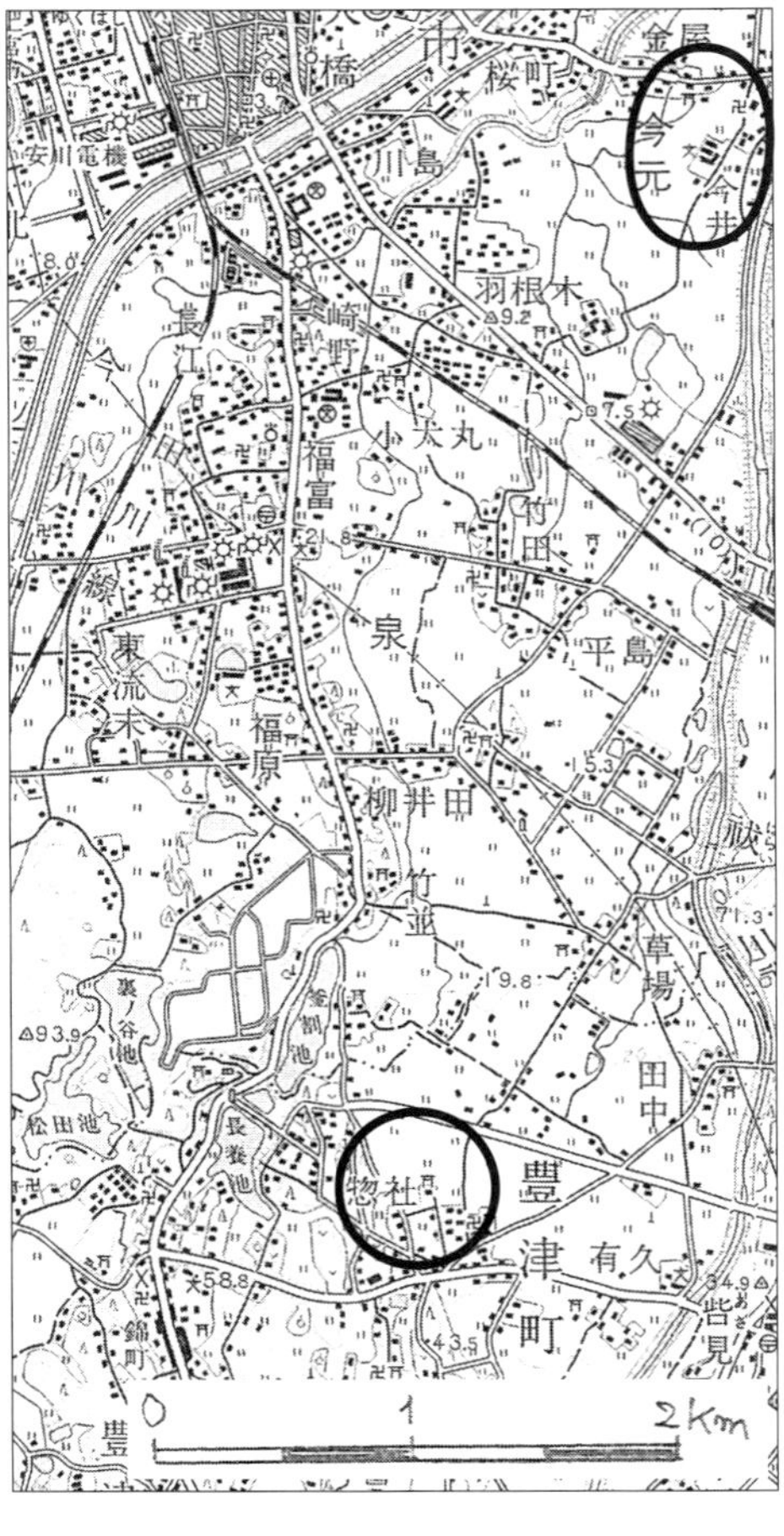

1／5万　行橋

（メモ）

①豊前国衙は京都《みやこ》郡みやこ町惣社の惣社八幡宮（図中○内）辺であったと考えられている。また豊前国分寺跡（国史跡は京都郡豊津町国分にあった。古代の国分寺は天正年間の大友氏の兵乱で僧常が焼かれたらしい。その地に現在真言宗国分寺がある。また、国分尼寺は、国分寺の東、豊津町徳政《とくせい》の地に置かれた。

②行橋市今井に浄土真宗東本願寺（図中ダ円内）の直末寺の浄喜寺《じょうきじ》がある。明応四（一四九五）年の開創。応永二八（一四二一）年彦山霊山寺の大講堂の洪鐘で、総高一六一cm・口径八九・五cm。製作地は行橋市今井。その銘の一部、

為天下泰平国土豊饒山上安穏興隆仏法十方旦那息災延命而已

応永廿八年六月廿七日

鋳物師大工豊前国今居住左衛門尉藤原安氏作料助成

とある。この地で鋳造され、再び鋳造地に来て、その音を地域住民に届けている。

九五五　宝満山

福岡県太宰府市・筑紫野市

関係地図　1／20万　福岡　1／5万　太宰府

259 かまど山

つくしへまかりける時に、かまど山のもとにやどりて侍りけるに、みちづらに侍りけるに木にふるくかきつけて侍りける

・春はもえ秋はこがるるかまど山かすみもきりもけぶりとぞ見る　もとすけ

③拾遺集　一一八〇

(参考)よのなかをなげきにくゆるかまど山はれぬおもひをなにしそめけん

古六帖　八七三

(参考)みやこよりにしにありてふかまど山けぶりたえせぬこひもするかな

古六帖　九〇一

1／5万　太宰府

(メモ)

①標高八六八・七m。西側から眺めると円錐形の山。古くは御笠郡の中央にある山「御笠山」と呼ばれた。

②全山、中生代末白亜紀の花崗岩で構成されている。中腹からは露岩が多く、山頂は急峻な岩壁となっている。その形が「カマド」に似ているので竈山の名がある。

③竈門神社社伝では、天智天皇三(六六四)年、大宰府の北東の鬼門守護の山として八百万の神が祀られた。延喜三(九〇三)年、山頂に竈門神社が創建され、竈門山とも呼ばれる。以後、修験の山として栄えた。

④竈門神社(宝満さま)　祭神玉依姫命・(相殿)神功皇后・応神天皇。玉依姫命は皇祖神武天皇の御母。神武天皇、山頂で祭祀されたという。神名帳に「御笠郡竈門神社　名神大」とある。

九五六　御笠川上流部

福岡県太宰府市

関係地図　1／20万　福岡　1／5万　太宰府

165 うるし河

・名にはいへどくろくも見えずうるし河さすがに渡る水はぬるめり　よみ人しらず

③拾遺集　五四九

455 そめ河

女のもとにつかはしける

・つくしなる思ひそめ河わたりなば水やまさらんよどむ時なく　藤原さねただ

②後撰集　一〇四六

返し

・渡りてはあだになりてふ染河の心づくしになりもこそすれ　よみ人しらず

②後撰集　一〇四七

1／5万　太宰府

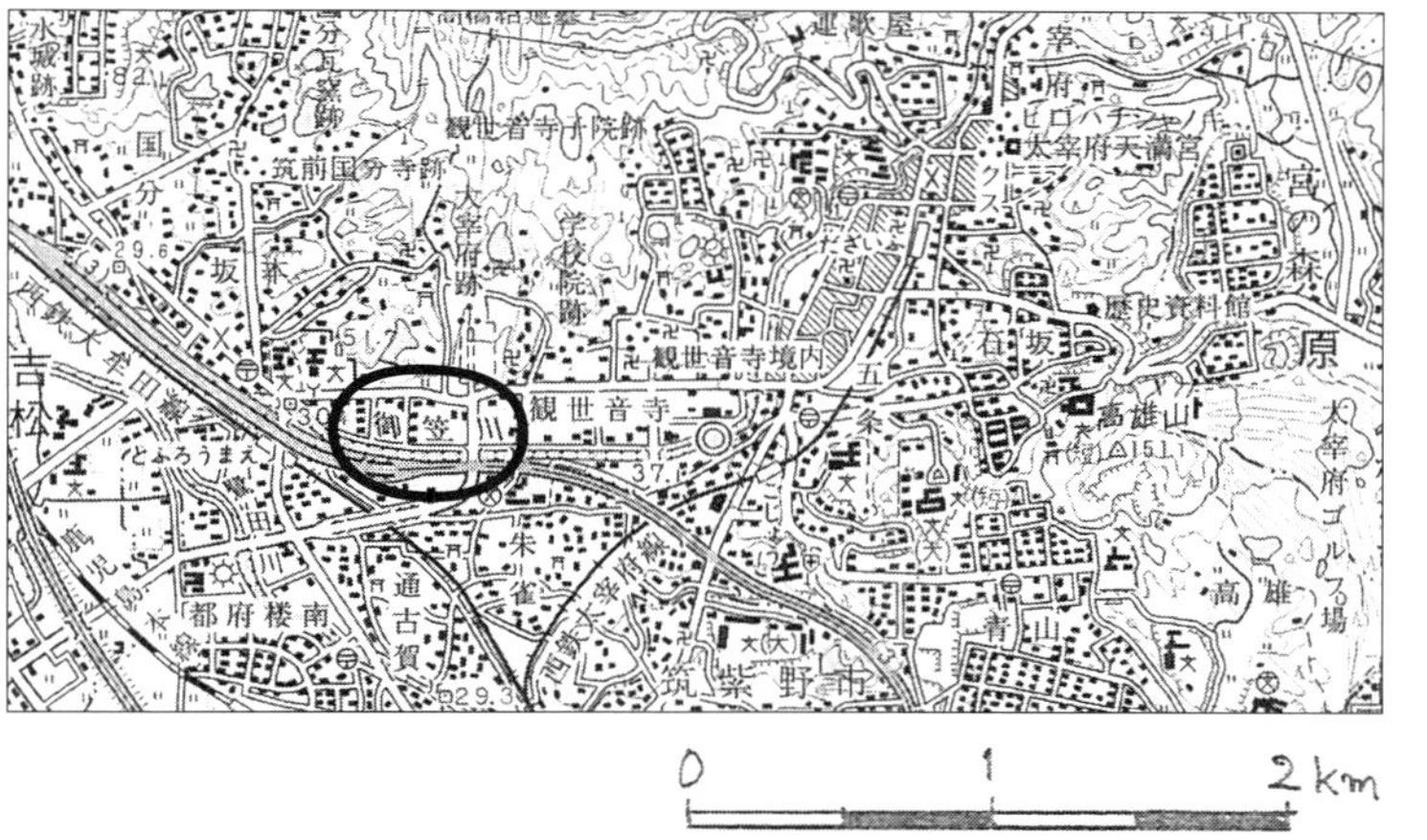

(メモ)

①「染川」は現在、太宰府天満宮付近を流れ、御笠川に合流する「藍染川」をいうという。

②「漆川」は染川の異称という。

③飯尾宗祇の『筑紫道記』の、文明一二(一四八〇)年九月一九日条に、染川に沿って下ると、天智天皇の皇居、木の丸殿の跡(現在の都府楼跡)に出る。

とある。これによると、染川は御笠川ともなる。以上により、「染川」は現在の御笠川の、太宰府政庁(都府楼)や太宰府天満宮付近の名称であったのであろう。

④謡曲「藍染川」の一節、

我身敬礼三宝前、頭面接足帰命礼南無天満天神。広く旧里を去って遍ねく幕下を兼ねたり。明才衆に越え、明智世に勝れ、西海の西都に安楽寺……

とある。

九五七　京都《みやこ》島旧地

福岡県京都郡苅田町《かんだ》二崎《ふたざき》

関係地図　1／20万　福岡　1／5万　行橋

770　みやこじま

おきのゐ、みやこじま

・おきのゐて身をやくよりもかなしきは宮こしまべのわかれなりけり　をののこまち　⑧新古今集　一一〇四

（参考）わかれぢに身をやくおきの数そへてみやこ島べにとぶ蛍かな　権僧正公朝　夫木抄　一〇五八〇

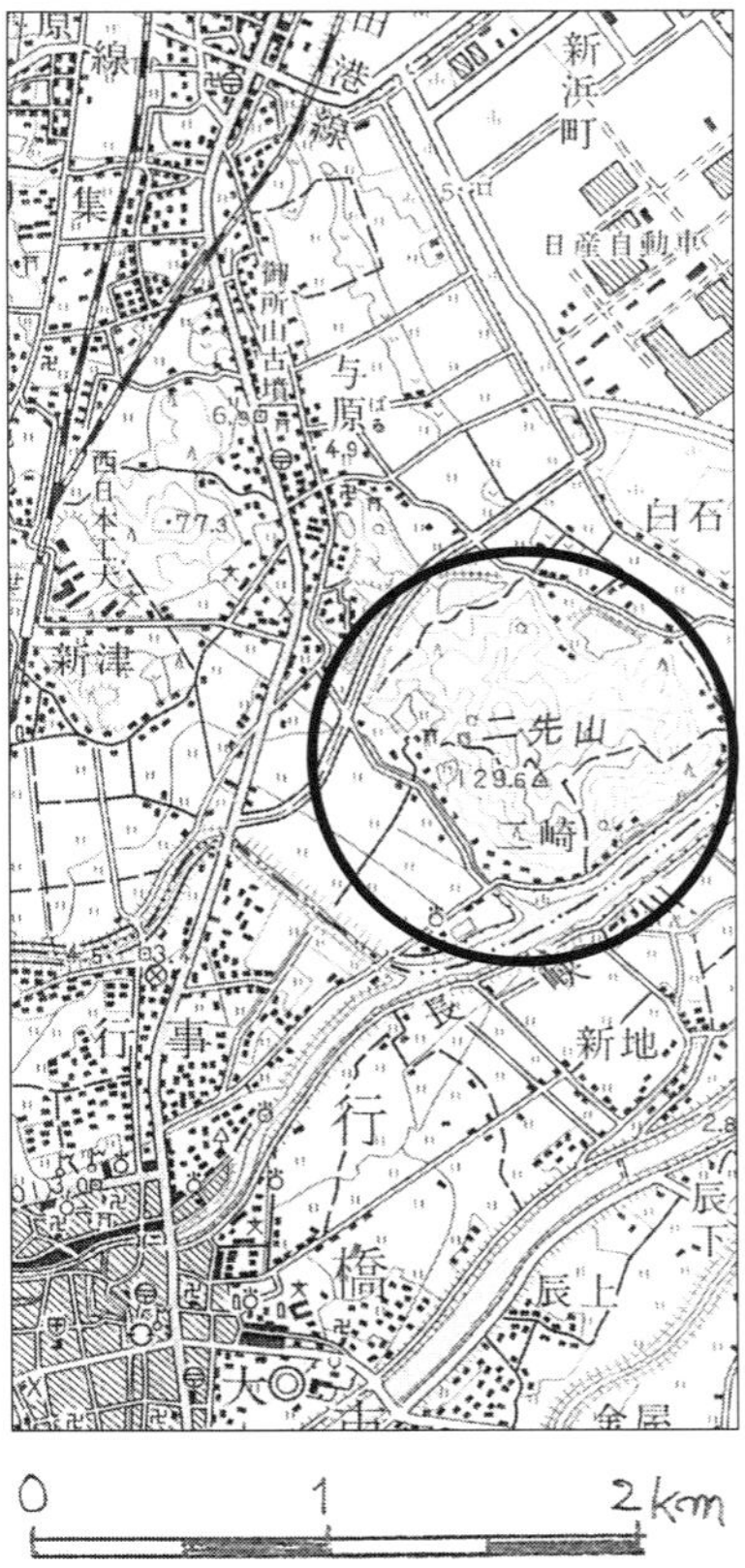

1／5万　行橋

（メモ）

①現在の小波瀬川は行事《ぎょうじ》集落の北で、直角に流跡変更をして、長峡川に流入している。しかし、もとは行事集落を過ぎても北流をし、与原《よばる》集落を北流し新浜町で海に流入していた。よって、二先山《ふたさきやま》ははじめ「二先島」であった。京都郡の「みやこ島」であった。

②ここ二先島も、「松山」同様、三郡変成岩の残丘である。

③苅田町与原に「御所山古墳」がある。この古墳は五世紀末の、長径約一二〇mの環濠前方後円墳で、墳丘の各斜面には人頭大の葺石があり、平坦面の段にはかつて埴輪が樹立していた。出土品は銅鏡一、管玉・棗玉・ガラス玉、金銅製帯金具・鉄器等である。昭和一一年国指定史跡。

九五八　京都島旧地

福岡県京都郡苅田町松山

関係地図　1／20万　福岡　1／5万　行橋

770　みやこしま

おきのゐ、みやこじま

・おきのゐて身をやくよりもかなしきは宮こしまべのわかれなりけり　をののこまち　⑧新古今集　一一〇四

（参考）わかれぢに身をやくおきの数そへてみやこ島べにとぶ蛍かな　権僧正公朝　夫木抄　一〇五八〇

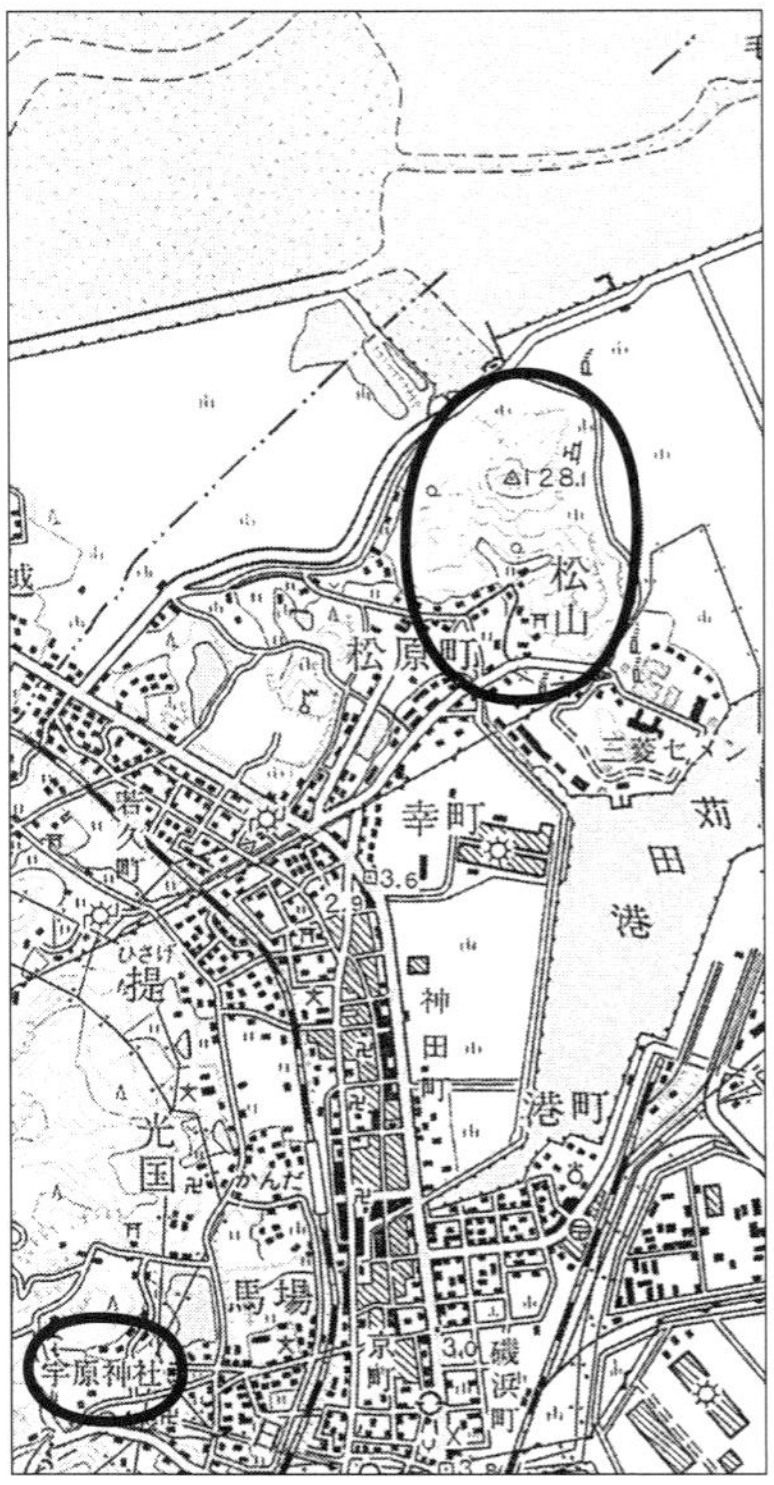

1／5万　行橋

（メモ）

①中生代初期に形成された結晶片岩類からなる三郡《さんぐん》変成岩の長年にわたる浸食に対し残った丘（残丘）であった時、京都郡の島、京都島であった。その後、砂洲で九州本島と繋がり陸繋島となった。

②天平一二（七四〇）年、九月三日、大宰少弐藤原広嗣が兵を起して反乱した。そして、大将軍大野朝臣東人《あづまひと》率いる官軍との戦いがここ松山であったという。『続日本紀』同年同月二五日条に、

豊前国京都郡大領外従七位楉田勢麻呂《しもとたのせまろ》は兵五百騎、仲津郡擬少領无位膳《むいかしはでの》東人は兵八十人、下毛郡《しもつみけ》擬少領无位勇《いさ》山伎美麻呂《やまのきみまろ》、築城《ついき》郡擬領外大初位上佐伯豊石《とよいは》は兵七十人を将ゐて、官軍に来《まう》帰《かへ》る。

とあり、官軍はこの兵を加えて松山城で反乱軍と戦ったという。松山城は後、毛利軍・大内軍その他の戦場でもあった。

③図中の宇原神社の祭神は鵜草葺不合尊・彦火火出見尊・豊玉姫尊。この地が鵜草葺不合尊ご誕生地と。（表紙裏写真㉕参照）

九五九　宗像大社

福岡県宗像市田島・大島・沖ノ島

関係地図　1／20万　福岡、小串

58

あらふねのみやしろ

・くきもはもみな緑なるふかぜりはあらふねのみやしろく見ゆらん　すけみ

③拾遺集　三八四

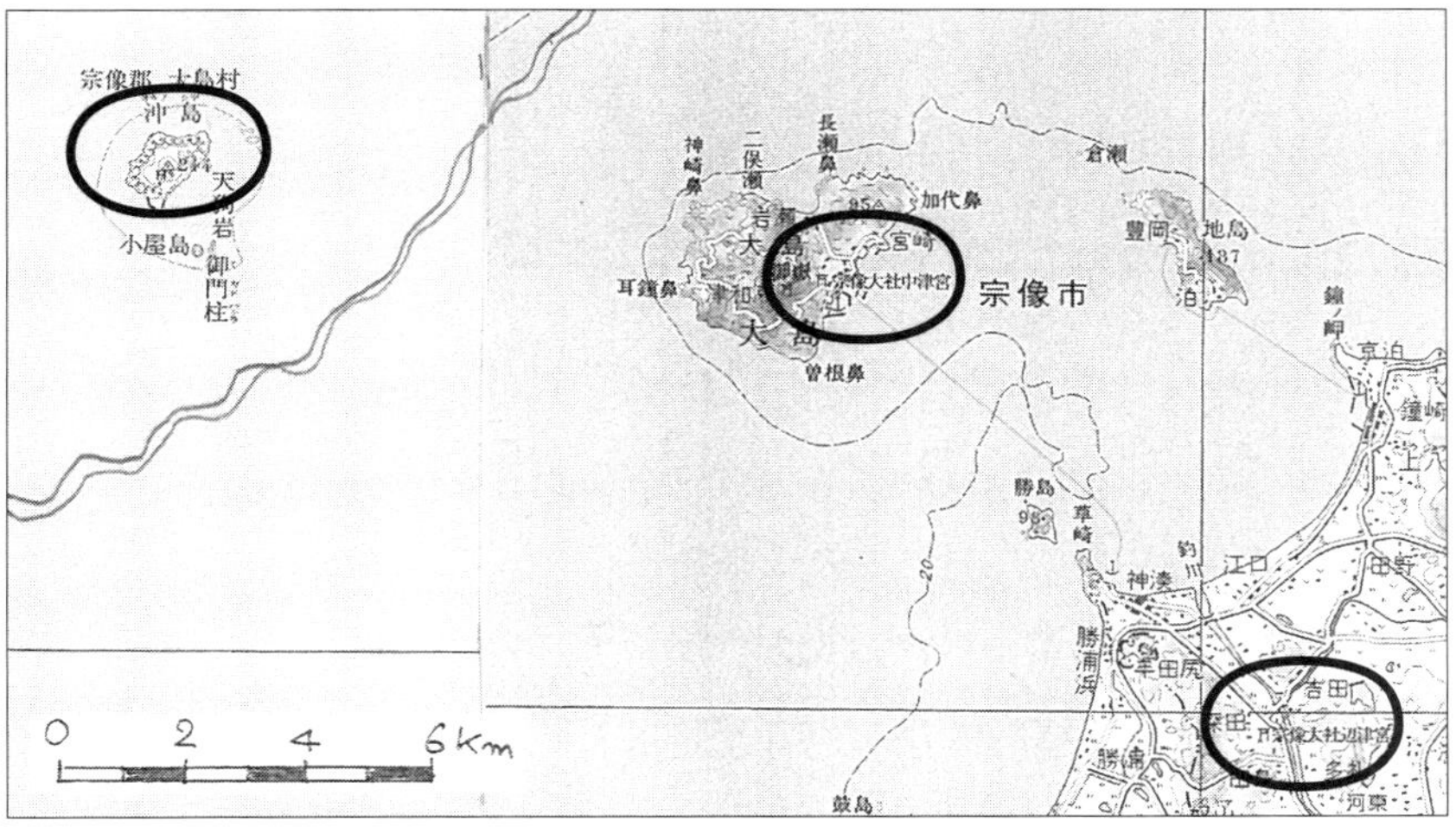

1／20万　小串・福岡

（メモ）

①九州北部の鐘崎、神湊から出航し、朝鮮に行くには波荒き玄海灘を通る。そのような船舶が荒船である。大波・小波に飄弄されても船舶を無事に目的地に到着させる神を祀るのが「荒船の御社」である。それがここ宗像大社である。

②宗像海人《あま》の海上活動は、筑前国宗像郡―大島―沖ノ島―対馬―朝鮮と及び、朝廷の国際交流や海外出兵も宗像海人に依拠していた。この宗像海人集団を統率した宗像氏が祭祀した宗像大社の祭神は宗像三神。最も遠い沖ノ島の沖津宮に田心姫《たごりひめ》神。大島の中津宮に湍津姫《たぎつひめ》神。九州本島の、一般に宗像大社と呼ばれる辺《へ》津《つ》宮《ぐう》には市杵島姫《いちきしまひめ》神が祀られている。

③『日本書紀』神代上　第六段に、天照大神、則ち八坂瓊の曲玉を以て、天真名井に浮寄けて、瓊の端を囓ひ断ちて、吹き出つる気噴の中に化生る神を、市杵嶋姫《いつきしまひめ》命と号く。是は遠津宮《おきつのみや》に居します者なり。とあり、順に、田心姫《たこりひめ》命の中津宮《なかつみや》、湍津姫《たぎつひめ》命の海浜《へつみや》とある。また、三の女神《みはしらひめかみ》を以て、筑紫洲《つくしのくに》に降《あまくだ》りきさしむ。因《よ》りて教へて曰《のたま》はく、「汝三《いましみはら》の神、道《みち》の中《なか》に降《くだ》り居《ま》して、天孫《あめみま》を助け奉りて、天孫の為に祭られよ」とある。

九六〇　門司

福岡県北九州市門司区旧門司

関係地図　1／20万　福岡　1／5万　小倉　1／2.5万　下関

787

門司

かたらひ侍りける人のかれがれになりにければ、こと人につきてつくしのかたへまかりなんとしけるをききて、をとこのもとよりまかるまじきよしを申したりければいひつかはしたりける

・身のうさもとふひともじにせかれつつこころつくしのみちはとまりぬ　内大臣家小大進

⑤金葉集　五七二

阿弥陀の小呪のもじをうたのかみにおきて、十首よみ侍りける時、おくにかきつけ侍りける

・かみにおけるもじはまことのもじなればうたもよみぢをたすけざらめや　源俊頼朝臣

⑦千載集　一一九九

788

門司の関

女のがりつかはしける

・こひすてふもじのせきもりいくたびかわれかきつらん心づくしに　藤原顕輔朝臣

⑤金葉集　三七九

（参考）旅人の心づくしの道なれやゆききゆるさぬもじの関守　承覚法親王

続千載集　七九〇

（参考）かきたえてへだつる中と成りにけり見し玉章の文字の関守　よみ人しらず

新続古集　一三九三

（参考）待ちしより心づくしのほととぎすしばしとどめよもじの関もり　賀茂資保

月詣集　二四四

（参考）文字のせきおつる涙のたまづさをかきあへぬまで宮こをぞおもふ　衣笠内大臣

夫木抄　九六〇三

（メモ）

①門司は、『和名抄』の豊前国企救《きく》郡。企救半島最北部にあり、西は関門海峡に臨む。

②「門司」の最見は、『類聚三代格』延暦一五（七九六）年一一月二一日の、太政官符「応㆑聴㆘自㆓草野《カヤノ》国崎坂門寺津㆒往㆗還公私之船㆖事」の終りに、奉㆑勅。自今以後。公私之船宜㆑聴㆘自㆓豊前豊後三津㆒往来㆖。其過所者依㆑旧府給。当処勘過不㆑可㆔更経㆓門司㆒。……

などとある。
③「門司の関跡」は和布刈《めかり》公園内という。公園内に「和布刈神社」が（図中〇内）ある。
④和布刈神社　祭神は比売大神・鵜草葺不合命・日子穂々出見命・豊玉比売命・安曇磯良命。由緒は神功皇后が三韓より帰朝の時の創建という。社前の関門海峡の潮流は速く、その時速は一八km。人が早足で歩く約三倍もある。よって、船舶の航行安全守護を願っての創建らしい。
⑤和布刈神社は、はじめハヤトモ社と称され、文化六（一八〇九）年は「速戸社」が正式名であったと。
⑥太政官符その他によると、八世紀以来、関門海峡往来の人・船の過所を検じ、船舶の通行料を徴する関が置かれ、それを「門司」又は「門司関」と呼ばれたことが、地名「門司」の由来という。

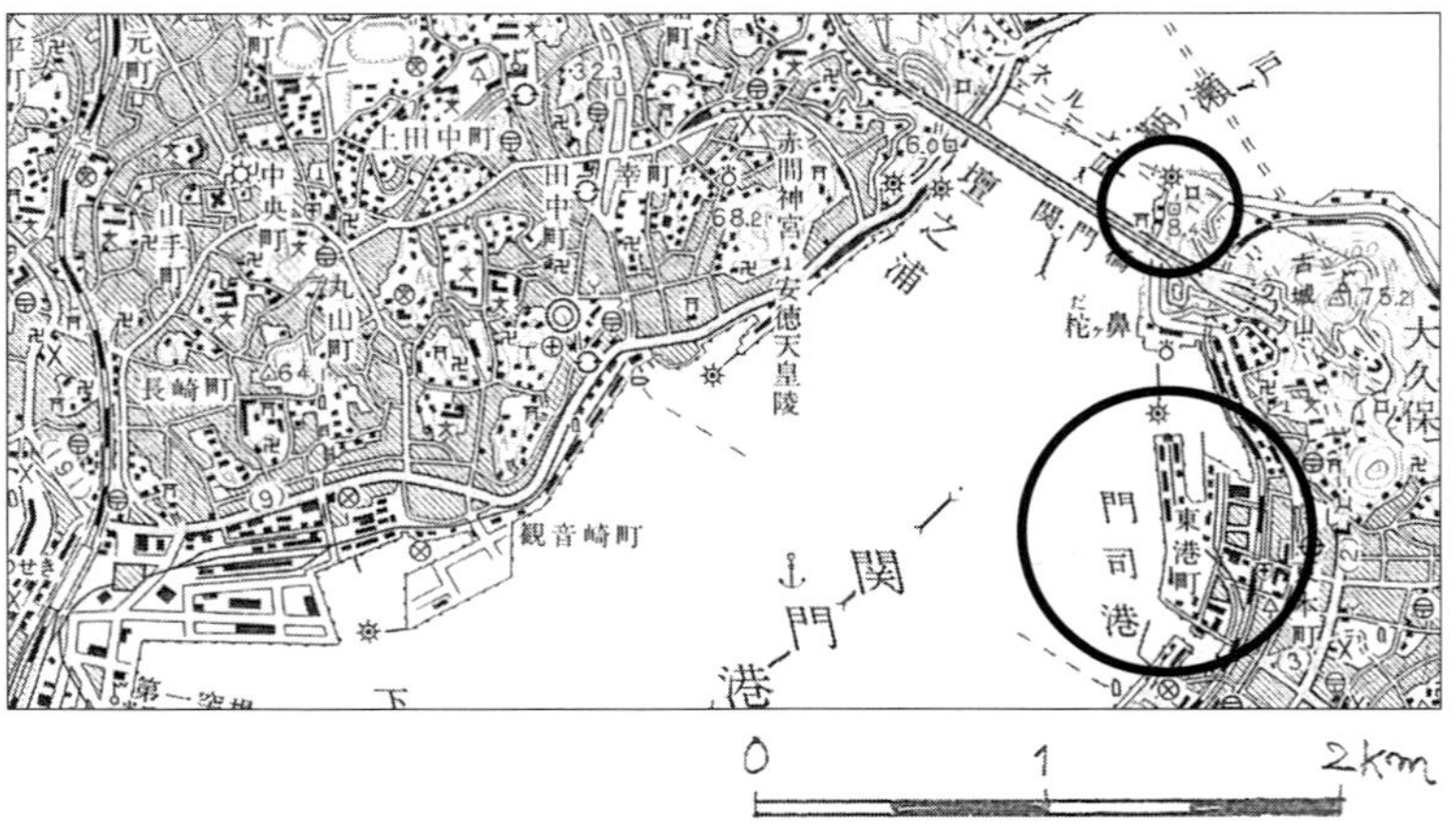

1／5万　小倉

梁塵秘抄に、
筑紫《つくし》の門司の関、関の関守老《お》いにけり、鬢白《びんしろ》し、何《なに》とて据《す》ゑたる関の関屋の関守なれば、年《とし》の行くをば留《とど》めざらん
が三二八にある。
⑦謡曲に「和布刈」がある。作者は金春禅竹で、主題は、神代の昔、火火出見の尊と豊玉姫（龍神の女）との離別以来、海陸二つの世界の交通は途絶えてしまったが、唯一つの例外として、毎年大晦日の夜、早鞆の明神の和布刈神事がとりおこなわれる夜のその瞬間だけ海陸の通路が開かれる。その光景を表わし、龍神の神意を見る人に感じさせるが主旨という。この和布刈の神事は、和銅三（七一〇）年、豊前国隼人の神主が始めたという。

九六一　龍王山

福岡県飯塚市高田

関係地図　1／20万 福岡　1／5万 太宰府

470
・なけやなけたかたの山の郭公このさみだれにこゑなをしみそ　よみ人しらず
たかたの山
③拾遺集　一一七

（参考）せきとめてせがゐの水にたねまきしたかたのやまはさなへとるなり　正二位忠宗卿　夫木抄　二五五八

（参考）雨の下かくこそは見めかへはらやたかだのむらはへぬとしぞなき　前中納言匡房卿　夫木抄　一四八三五

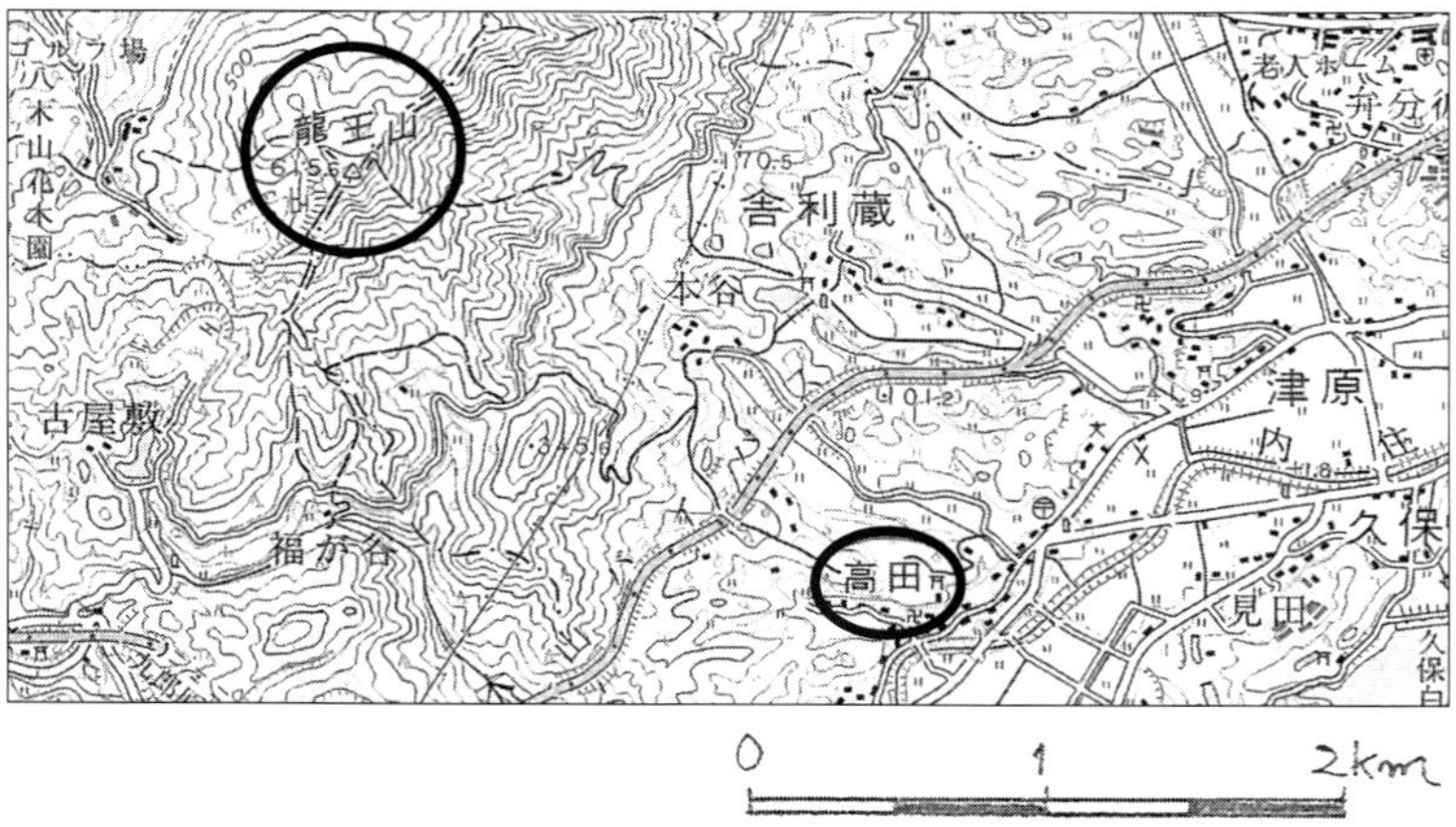

1／5　太宰府

（メモ）
①飯塚市高田は嘉穂盆地の西部に位置する。遠賀川水系内住川の中流域に位置す。また、標高六一五・六mの龍王山の東麓に位置する。この龍王山の周囲には釜底溜池・古屋敷池・浦溜池・十郎谷溜池等多数の溜池の用水で標高の高い所の水田開発がされてきた。
②高田集落の氏神は高祖神社である。高祖神社の祭神はこの高田一帯を開拓された玉依姫。天皇家の高祖、神武天皇の御母の玉依姫がお開きになったという伝承がある。それで、その田を、神徳高き田というので「高田」と命名したという。
③「東大寺文書」に、天慶三（九四〇）年三月二三日付文書、同年四月五日付文書に「高田荘」があると。
④高田集落内に、弥生時代の城林遺跡。古墳時代の四十塚一～四号の円墳があり古くから開かれた土地という。

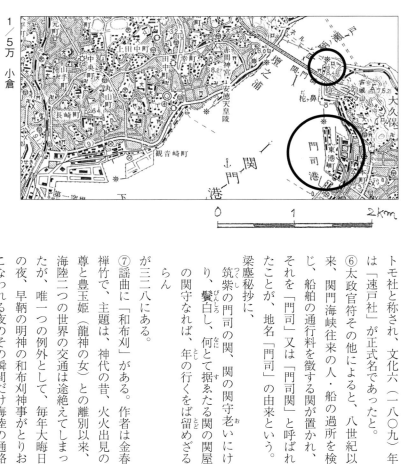

九六二　小　川

佐賀県唐津市浜玉町南山・浜玉町平原《ひらばる》

関係地図　1／20万　福岡　1／5万　浜崎　1／2.5万　浜崎

849

をがはのはし

・つくしよりここまでくれどつともなしたちのをがはのはしのみぞある　在原業平朝臣　③拾遺集　三八一

（参考）白浪のかかる汀と見えつるはをがはのさとにさける卯の花　後徳大寺左大臣　夫木抄　一四五九〇

1／2.5万　浜崎

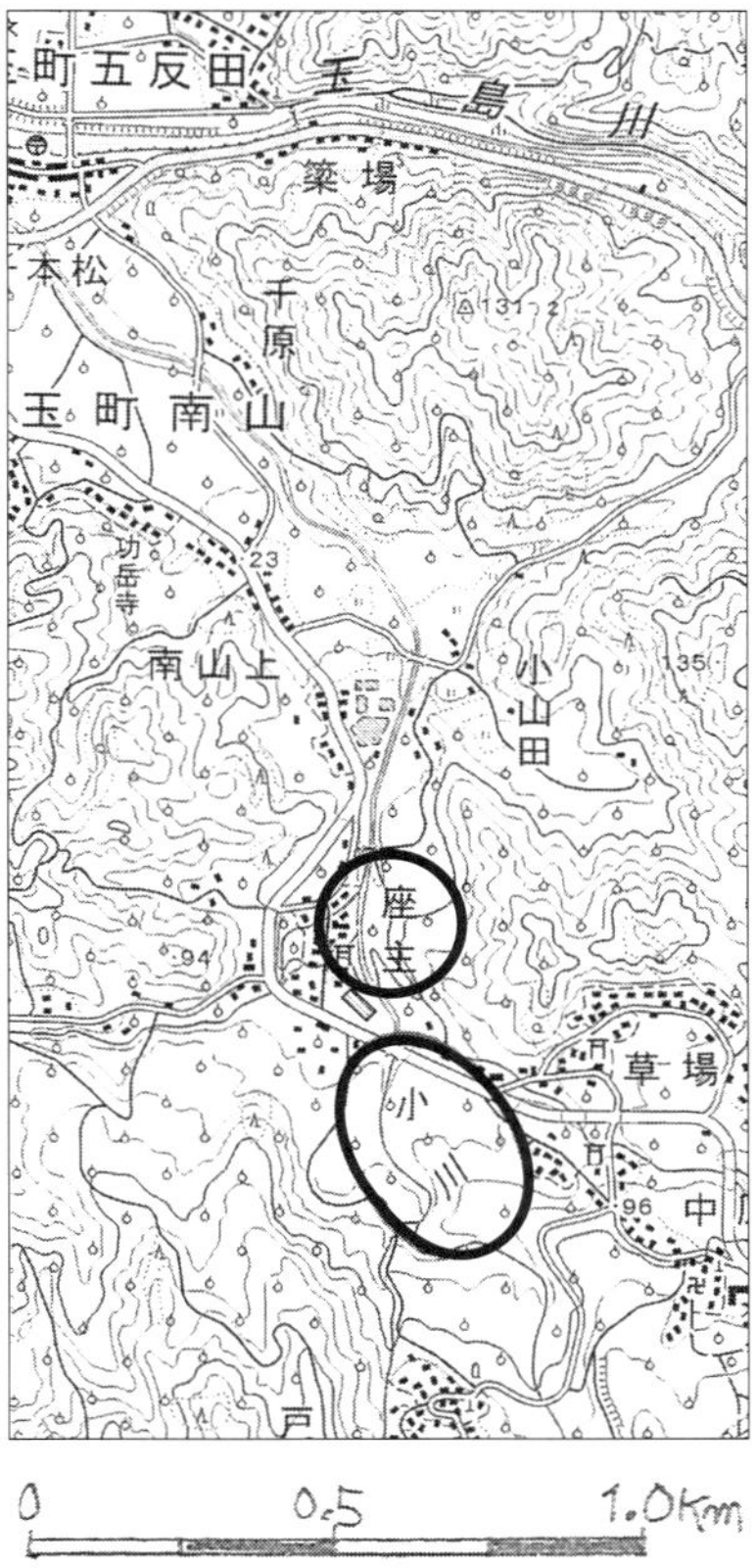

（メモ）

①唐津市浜玉町を流れる玉島川に支流「小川」がある。

②この地は肥前国松浦《まつら》郡である。『肥前国風土記』松浦郡に次のようにある。

第二八代宣化天皇の御世、大伴の狭《さ》手彦《でひこ》の連《むらじ》を遣《や》りて、任那《みまな》の国を鎮《しづ》め、兼《また》、百済《くだら》の国を救はしめたまひき。命《みこと》を奉《うけたまは》りて、到《まか》り来《き》て、此の村（鏡《かがみ》の渡《わたり》）に至り、即ち、篠原《しのはら》の村の弟日《おとひ》姫子《ひめこ》を娉《つまど》ひて、婚《まぐはひ》を成《な》しき。容貌《かほきら》美麗《きら》しく、時《こと》に人間《ひとのよ》に絶《すぐ》れたり。分別《わか》るる日、鏡を取りて婦《をみな》に與《おく》りき。婦、悲しみ渧《な》きつつ栗川《くりかは》を渡るに、與《おく》られし鏡の緒《を》絶《た》えて川に沈みき。因りて鏡の渡と名づく。

③松浦佐用姫の生誕地は篠原村で、今日の玉島川の支流、小川の上流。唐津市浜玉町大字平原小字座主集落という。

④座主集落の真言宗殿原寺境内は佐用姫の屋敷跡。大伴狭手彦を見送った後、悲しみの余り病気になり死去。家人はツバキを根元から掘り出し佐用姫観音を刻み安置。後、殿原寺建立という。また当地の川上神社に参詣すると安産に霊験という。

九六三　鏡　山

佐賀県唐津市鏡

関係地図　1／20万　福岡　1／5万　浜崎

671

ひれふる山

堀河院御時、百首歌たてまつりける時、恋のこころをよめる

・このまよりひれふる袖をよそにみていかがはすべきまつらさよ姫　藤原基俊　⑦千載集　八四七

（参考）うなはらの　おきゆくふねを　かへれとか　ひれふらしけむ　まつらさよひめ　万葉集　八七四

（参考）松浦川かはおとたかしさよ姫のひれふる山の五月雨の比　中務卿宗尊親王　続後拾集　二一三

1／5万　浜崎

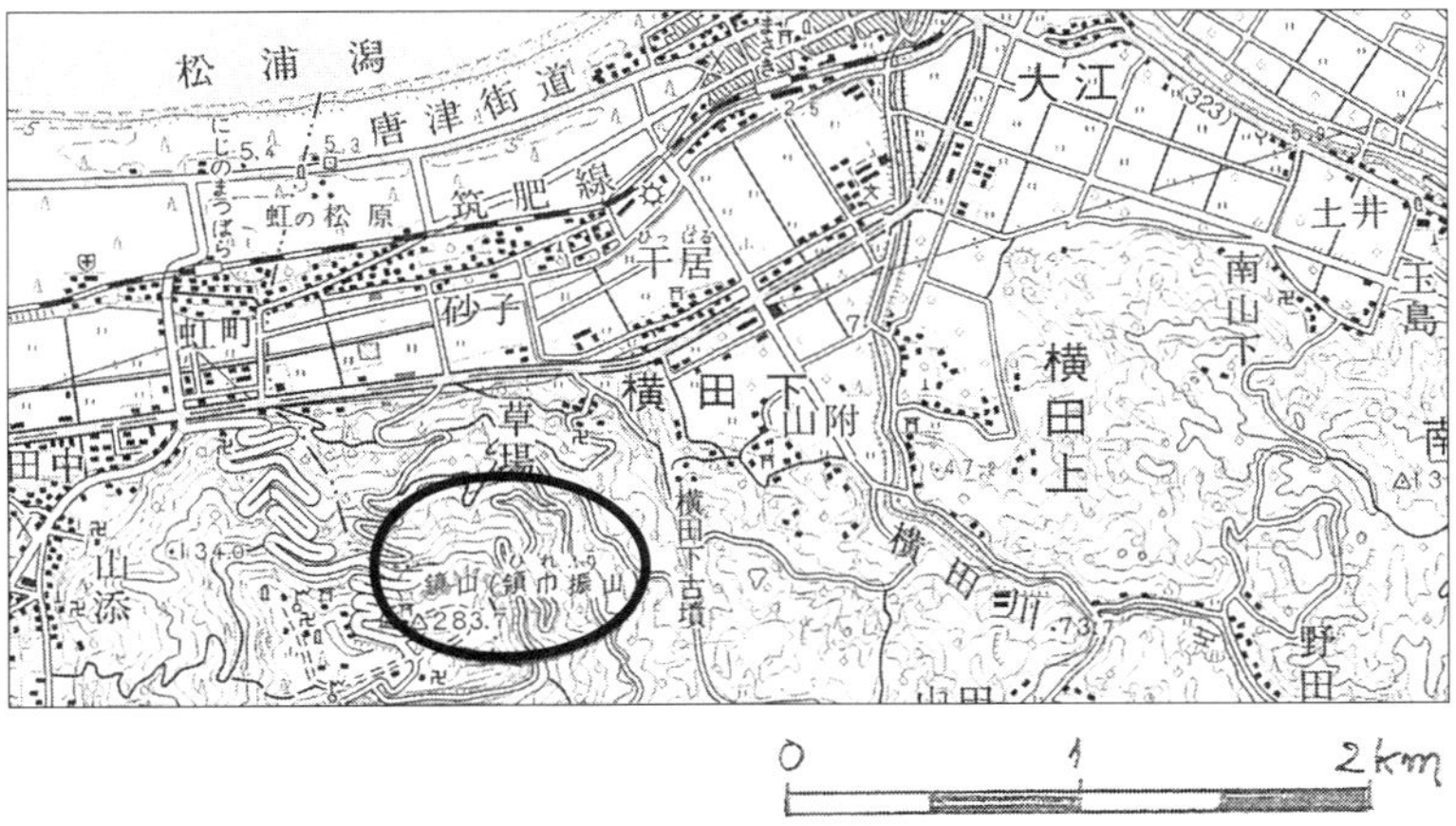

（メモ）

①鏡山は標高二八三・七m。山頂に佐用姫神社・鏡山神社・蛇池（鏡山池）がある。山は殆んど白亜紀の糸島花崗閃緑岩で構成。山頂部だけ新第三紀に噴出した玄武岩溶岩である。山頂の蛇池の面積は約一ha・水深約二m。水源は湧水と雨水。水は農業用水として使用。また錦鯉を放流。『紫式部集』に次の歌がある。

あひみむと思ふ心は松浦なる鏡の神や空に見るらむ

②『肥前国風土記』松浦郡「褶振の峯」に、大伴《おほとも》の狭手彦《さでひこ》の連《むらじ》、発船《ふなだち》して任那《みまな》に渡りし時、弟日姫子《おとひひめこ》、此に登りて、褶《ひれ》を用ちて振り招《を》きき。因《よ》りて褶振の峯と名づく。然《しか》して、弟日姫子、狭手彦の連と相分れて五日を経《へ》し後《のち》、人あり、夜毎《よごと》に来て、婦《をみな》と共《とも》に寝《い》ね、暁《あかとき》に至れば早く帰りぬ。容止形貌《かほかたち》は……などとある。（表紙裏写真㉑参照）

九六四　肥前国庁跡

佐賀県佐賀市大和町久池井

関係地図　1／20万 熊本　1／5万 佐賀

657　肥前

共政朝臣肥後守にてくだり侍りけるに、妻のひぜんがくだり侍りければ、

つくしぐし御ぞなどたまふとて

・わかるれば心をのみぞつくしぐしさしてあふべきほどをしらねば　天暦御製

③拾遺集　三二〇

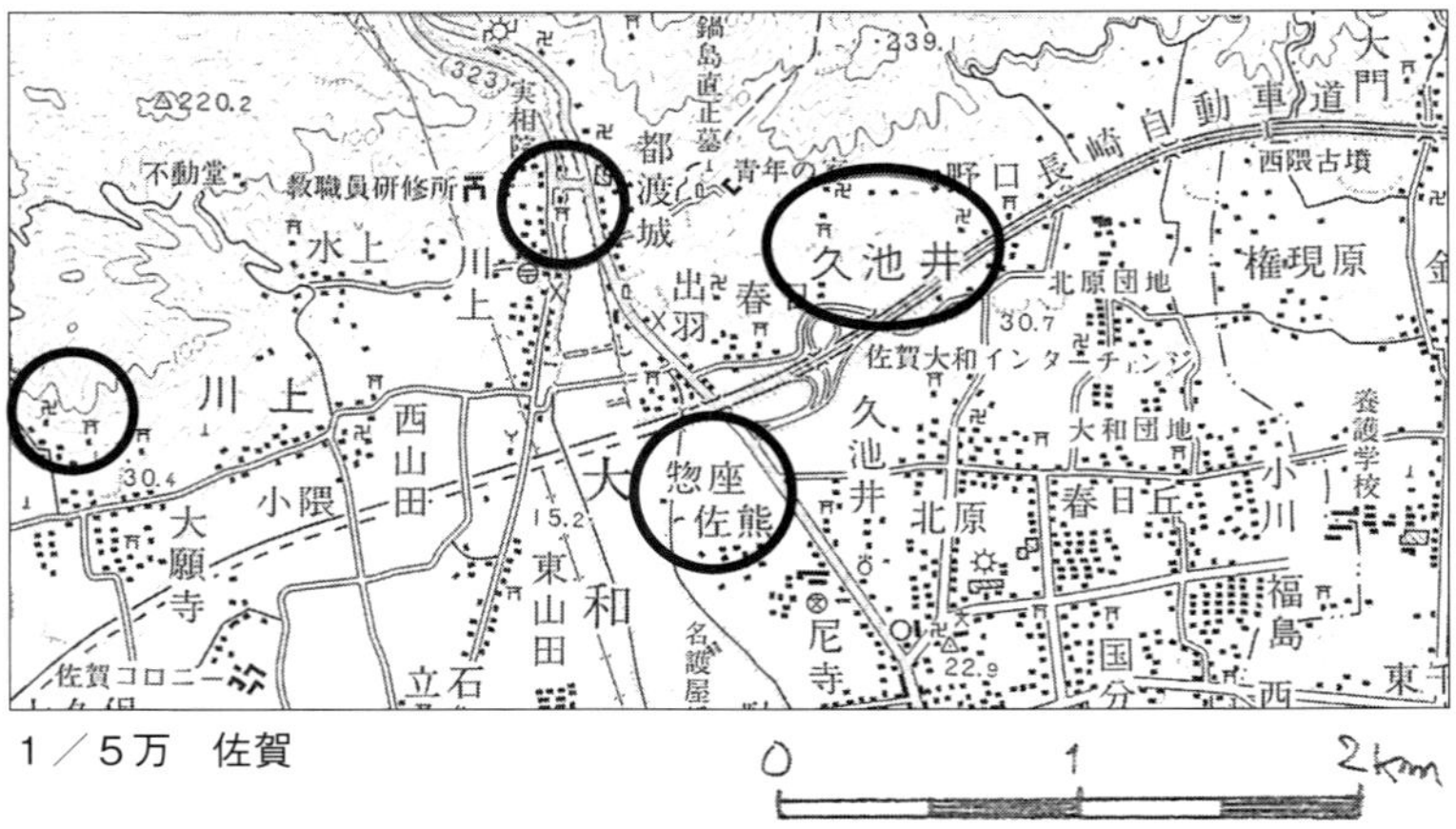

1／5万　佐賀

（メモ）

①肥前国は、九州の北西部にあたり、東は筑後川を境とし、西は東シナ海を隔てアジア大陸と対する。南は熊本県の天草諸島や天草灘に面し、北は玄海灘に面する。

②『肥前国風土記』に、

　肥前の国は、本、肥後の国と合せて一つの国たりき。

とある。第一〇代崇神天皇が、「虚空《おおぞら》の火《ひ》」が八代郡の白髪山《しらかみやま》に下ったので「火の国」と謂ぶへしと命じられたによるとある。

③肥前国司の初見は『続日本紀』天平勝宝六（七五四）年四月五日条の、

　従五位下黄文連《きふみのむらじ》水分《みくまり》を肥前守

である。

④肥前国庁跡は佐賀市久池井《くちい》。小字惣座及び佐熊一帯。現在の嘉瀬川両岸にまたがり、長崎自動車道下一帯。

⑤与止日女神社（大和町川上）図中〇内神社。祭神与止日女命。欽明天皇二五（五六四）年の創祀。神名帳、肥前国風土記にあり。

⑥健福寺　図中の〇内卍。和銅年間行基開創。真言宗。当寺に建久七（一一九六）年鋳造の梵鐘・国重文がある。銘に「肥前国山田西郷　真手山（中略）右且為令法久住且為法界衆生奉鋳洪鐘矣」等と。

九六五　松浦郡（『和名抄』）の沖

佐賀県・長崎県周辺海域

関係地図　1／20万 唐津、長崎等

724　まつらのおき

守覚法親王、五十首歌よませ侍りける

・たれとしもしらぬ別のかなしきはまつらのおきを出づる舟人　藤原隆信朝臣

⑧新古今集　八八三

（参考）きみをまつ　まつらのうらの　をとめらは　とこよのくにの　あまをとめかも　松浦仙媛歌に和す歌　山上憶良　万葉集　八六五

（参考）霞みゆく波ぢの舟もほのかなりまつらがおきの春の曙　院御製　玉葉集　二四

1／20万　唐津

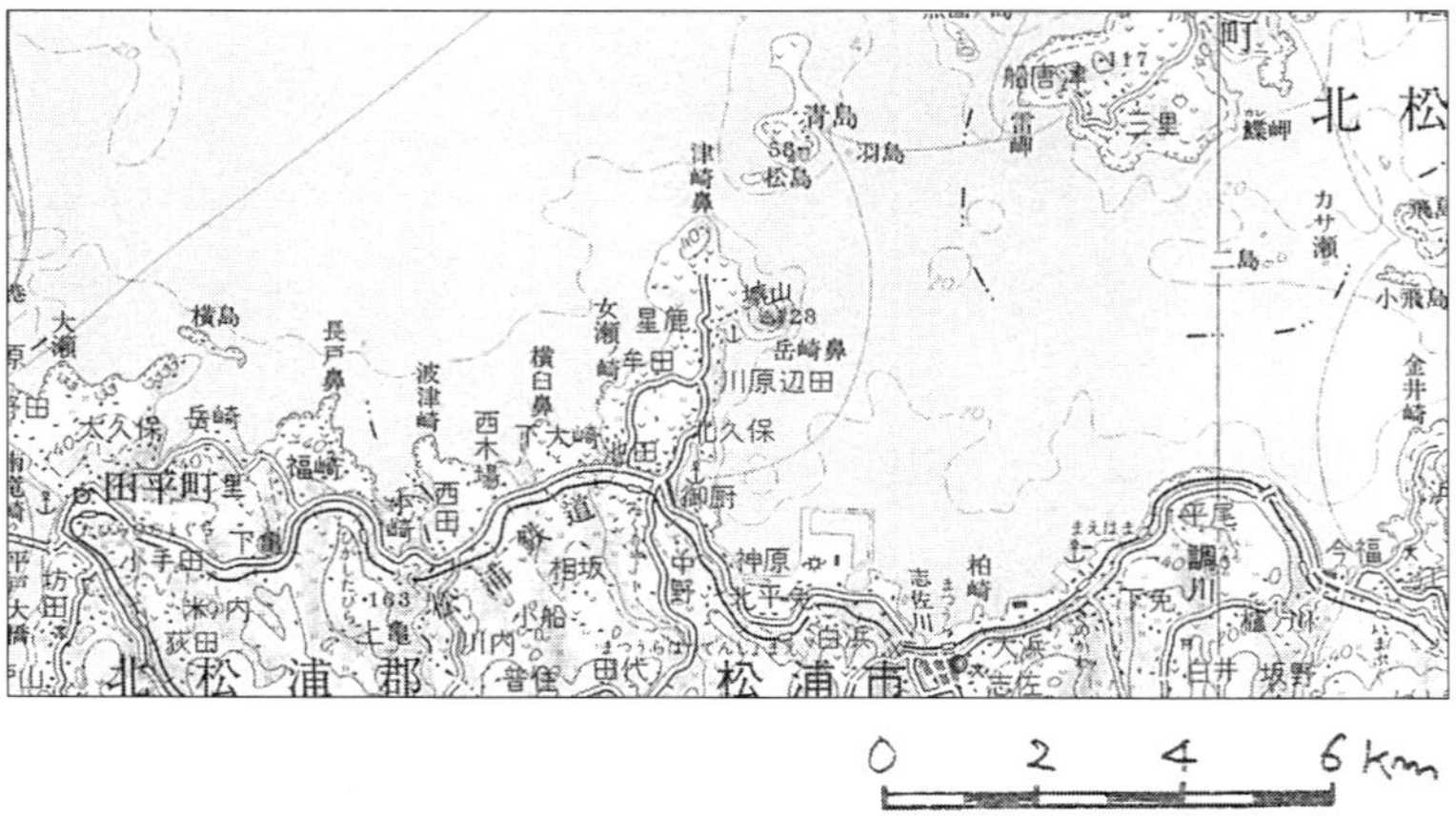

（メモ）

①『肥前国風土記』松浦郡に、郷《さと》は一十一所《ところ》、駅《うまや》は五所、烽《とぶひ》は八所なり。昔者《むかし》、気長足姫尊《おきながたらしひめのみこと》、新羅《しらぎ》を征伐《う》たむと欲《おもほ》して、此の郡《こおり》に行《い》でまして、玉島の小河の側《ほとり》に進食《みをし》したまひき。ここに、皇后、針を勾《ま》げて鈎《ち》と為し、飯粒《いひぼ》を餌《え》と為し、裳《も》の糸を緡《つりを》と為して、河中の石に登りて、鈎《ち》を捧《ささ》げて祝《うけ》ひたまひしく、「朕《あれ》、新羅を征伐《う》ちて、彼《そ》が財宝《たから》を求《ま》がまく欲《おも》ふ。其の事、功成《いさをな》りて凱旋《かちかへ》らむには、細鱗《あゆ》の魚《うを》、朕《あ》が鈎緡《つり》を呑《の》め」とのりたまひて、既にして鈎《ち》を投げたまふに、片時《しまし》にして、果《はた》して其の魚《うを》を得たまひき。皇后、のりたまひしく、「甚《あな》、希見《めづら》しき物」とのりたまひき。因《よ》りて「希見の国」といひき。今は訛《よこなま》りて「松浦《まつら》の郡」と謂ふ。この所以《ゆえ》に、此の国の婦女《をみな》は、孟夏《うづき》四月には常に針を以ちて年魚《あゆ》を釣る。男夫《をとこ》は釣ると雖も、獲《と》ること能《あた》はず。

とある。

九六六　翁頭山

長崎県五島市高田町・堤町等

関係地図　1／20万 富江、福江　1／5万 富江、福江

470
・なけやなけたかたの山の郭公このさみだれにこゑなをしみそ　よみ人しらず
　たかたの山
　③拾遺集　一一七
（参考）せきとめてせがゐの水にたねまきしたかたのやまはさなへとるなり　正
　二位忠宗卿　夫木抄　二五五八

526
・かがり火の所さだめず見えつるは流れつつのみたけばなりけり　紀輔時
　つつみのたけ
　③拾遺集　三八八

（メモ）
①翁頭山《おうとうさん》麓には翁頭池がある。高田《こうだ》田原・野々切牟田の水田の灌漑用水を供給している。また、堤町の名も現在は見当らないが、昔この辺にあった溜池による地名であろう。それら堤や田畑に水を供給する山、それは標高四二九mと標高四二二mの二つの耳を持つ双耳峰・翁頭山である。これが高田の山・堤の山である。
②五島市上大津町に五社神社が鎮座。祭神は天照大神・武甕槌神・経津主神・天児根神・姫神。由緒は持統天皇九（六九五）年に五島列島最初の神社として創建され、大値嘉国鎮護大神宮として尊崇された。のちに奈良の春日神社を奉移し、五社宮となり、明治以降五社神社となる。
③図中右下に鬼岳・標高三一五mがある。頂上に臼状の火口がある。臼状の噴石口をもつホマーテ式火山である。第四紀に活動した玄武岩質の噴石から構成されている。紡錘状の火山弾もある。また、ハワイのキラウエア火山で見られるペレーの涙（火山涙）と呼ばれるものもあると。ペレーの涙は、爆発的噴火によって飛散した粘性の低いマグマの小片が固結して生じたガラス質の球状やカプセル状をした数㎜以下の粒。県天然記念物。
④五島市江川町に県史跡の六角井がある。これは天文九（一五四〇）年にここに来た貿易商人・明人倭寇の頭目王直が領主宇久盛定にこの地を与えられ、生活の為に掘られた井戸である。砂岩の板石を組み合わせた六角形で周囲に板石が敷いてある。県史跡。近くに明人堂がある。
⑤五島市吉田町に真言宗の宝珠山吉祥寺明星院がある。大同元（八〇六）年、空海は唐からの帰途、ここに立寄って参籠。虚空蔵菩薩を安置したと伝える。
⑥五島市玉之浦町に真言宗の弥勒山大宝寺がある。大宝元（七〇一）年、中国から三論宗の道融が草創。後、空海が寺に滞在し真言宗に改めたという。当寺は「西の高野」と呼ばれた。当寺には「大日本国関西路利肥前州五島珠浦弥勒山大宝寺……応安八（一三七五）年」銘梵鐘がある。

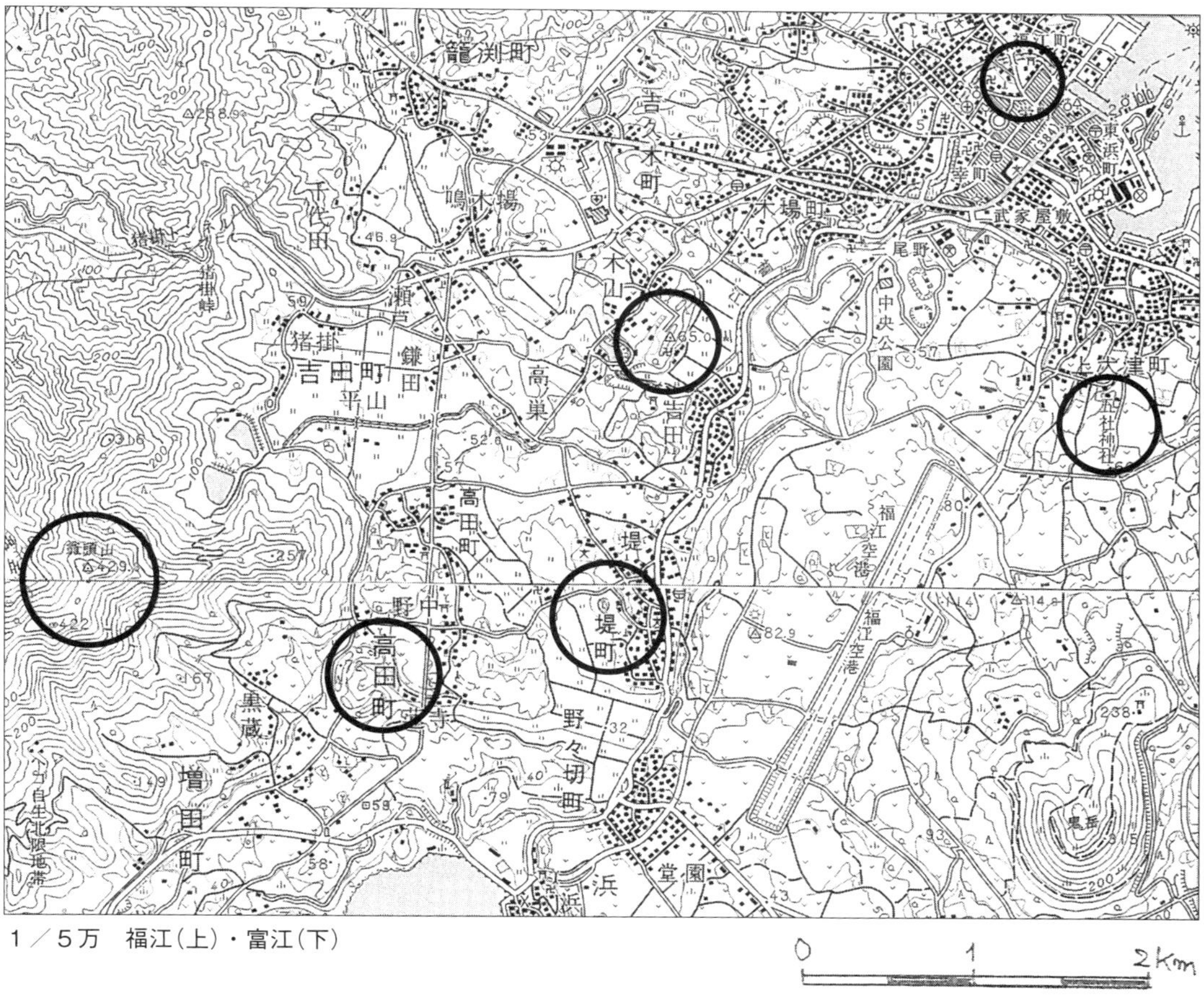

1／5万　福江(上)・富江(下)

九六七　値嘉郷（『和名抄』）

長崎県五島列島他

506
ちかのうら

あるひとのもとにとまりてはべりけるにひるはさらにみぐるしとていでざりければよめる

・ちかのうらになみよせまさる心地してひるまなくてもくらしつるかな　　藤原道信　④後拾遺集　六七三

（参考）かむよより　いひつてくらく　そらみつ　やまとのくには　すめかみの
いつくしきくに　ことだまの　さきはふくにと　かたりつぎ　いひつがひけり
いまのよの　ひともことごと　めのまへに　…………すみなわを　はへたるご
とく　あぢかをし　ちかのさきより　おほともの　みつのはまびに　ただはてに
みふねははてむ　つつみなく　さきくいまして　はやかへりませ　　山上憶良
万葉集　八九四

（参考）かひなしやみるめばかりを契にてなほ袖ぬるるちかのうらなみ　　左近中将師良　新後撰集　八九四

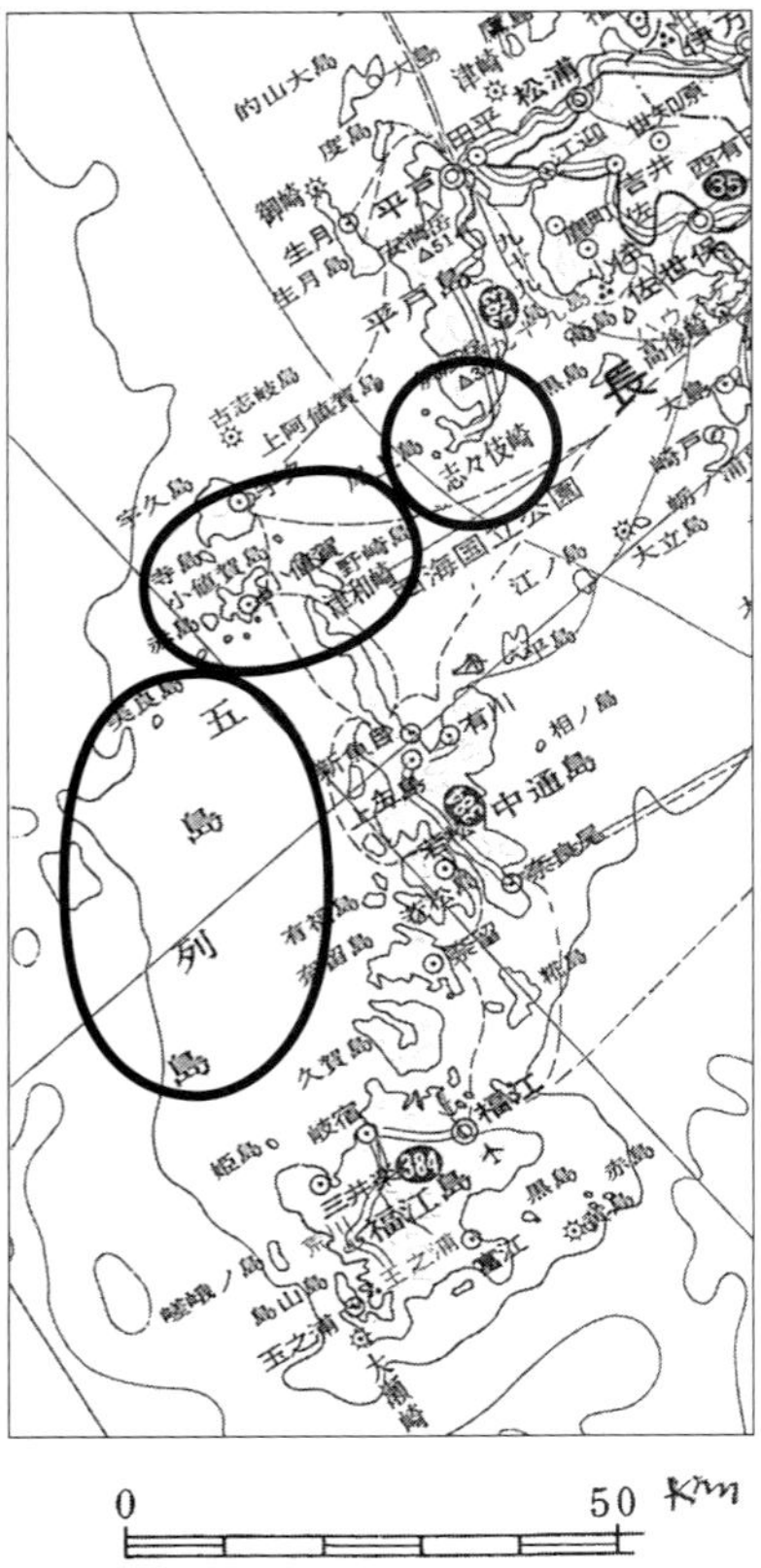

（メモ）

①値嘉は長崎県五島列島、平戸島およびその周辺の島々総称。遣唐使はここで水その他食料品を積込んで唐国に出発し、帰朝の第一歩がこの地であったという。

②『肥前国風土記』松浦《まつら》の郡《こほり》、値嘉《ちか》の郷《さと》に、次のようにある。

郡の西南のかたの海の中にあり。烽《とぶひ》の處三所あり。昔者《むかし》、同じき天皇（景行天皇）、巡り幸しし時、志式嶋《しきしま》（平戸島の南端地。図中の○内。標高三四七mの志々伎山がある）の行宮《かりみや》に在《いま》して、西の海を御覧《みそなは》すに、海の中に嶋あり、烟気《けぶりさは》多に覆《おほ》へりき。陪従《おもとびと》、阿曇連百足《あづみのむらじももたり》に勒《おほ》せて察《め》しめたまひき。爰《ここ》に、八十《やそ》餘《あま》りあり。就中《そのなか》の二つの嶋には、嶋別《しまごと》に人あり。第一《はじめ》の嶋は名は小近《をちか》、土蜘蛛大耳《つちくもおほみみ》居《す》み、第二《つぎ》の嶋は名は大近《おおちか》、土蜘蛛垂耳《つちくもたりみみ》居《す》めり。自餘《そのほか》の嶋は、並《ならび》に人あらざりき。ここに、百足《ももたり》、大耳等《おほみみら》を獲《と》りて奏聞《かへりごとまを》しき。天皇、勅《みことのり》して、誅《つみな》ひ殺《ころ》さしめむとしたまひき。時に、大耳等、叩頭《のみ》て陳聞《まを》ししく、「大耳等が罪は、実に極刑《しぬるつみ》に当れり。万《よろづ》たびころさるとも、罪を塞《ふさ》ぐに足らじ。若《も》し、恩情《おほみめぐみ》を降《くだ》したまひて、再生《またい》くることを得ば、御贄《みにへ》を造り奉《まつ》りて、恒《つね》に御膳《みけ》に貢《たてまつ》らむ」とまをして、即《やが》て、木の皮を取りて、長蚫《ながあはび》・鞭蚫《むちあはび》・短蚫《みじかあはび》・陰蚫《かげあはび》・羽割蚫等《はわりあはびども》の様《ためし》を作りて、御膳《みもと》に献《たてまつ》りき。ここに、天皇、恩《めぐみ》を垂《た》れて赦《ゆる》し放《や》りたまひき。更《また》、勅《みことのり》したまひしく、「此の嶋は遠《とほ》けども、猶《なほ》、近《ちか》きが如く見ゆ。近嶋《ちかしま》と謂ふべし」とのりたまひき。因《よ》りて値嘉《ちか》といふ。嶋には則ち、あぢまさ（ビロウ）・もくらに・くちなし・いたび（イタビカズラ）・つづら・なよたけ（女竹）・篠《しの》・木綿《ゆふ》・蓮・ひゆあり。海には則ち、蚫《あはび》・螺《にし》・鯛・鯖・雑《くさぐさ》の魚、海藻《め》・海松《みる》・雑《くさぐさ》の海菜《もは》あり。彼《そ》の白水郎《あま》（魚民）は、馬・牛に富めり。或《ある》は一百餘りの近《ちか》き嶋あり、或は八十餘りの近き嶋あり。西に船を泊《は》つる停《とまり》二處あり。一處の名は相子田《あいこだ》の停《とまり》といひ、二〇餘りの船を泊《は》つべし。一處の名は川原《かはら》の浦《うら》といひ、一〇餘りの船を泊つべし。遣唐の使は、此の停《とまり》より発《た》ちて、美弥良久《みねらく》の崎《さき》（福江島北西尖端の美井乗町柏崎）に到り、此《ここ》より発船《ふなだち》して、西を指して度《わた》る。

などとある。

九六八　対馬島　　長崎県対馬市

関係地図　1／20万　厳原

525

対馬

対馬守をののあきみちがめおきがくだり侍りける時に、ともまさの朝臣の妻肥前がよみてつかはしける

•おきつしま雲井の岸を行きかへりふみかよはさむまぼろしもがな　③拾遺集　四八七

よしときつしまになりてくだり侍けるに、人にかはりてつかはしける

•いとはしきわがいのちさへゆく人のかへらんまでとをしくなりぬる　相撲　④後拾遺集　四七五

（参考）つしまのねは　したぐもあらなふ　かむのねに　たなびくくもを　みつつしのはも　万葉集　三五一六

（参考）ふなでせしはかたやいづらつしまにはしらぬしらぎの山ぞ見えつる　津守国基　万代集　三四四五

（メモ）

①『日本書紀』天智六（六六七）年一一月に、「対馬国《つしまのくに》に金田城《かなたのき》を築く」とある。金田城は美津島町洲藻《すも》の標高二七五mの城山にある。石塁・水門など築いた朝鮮式山城。山頂での眺望は絶景。運が良いと韓国まで見えると。

②対馬は南北約八二km・東西約一八km。中央に浅茅湾《あさじわん》があり、そこの万関瀬戸《まんぜき》で南北に分断され上島、下島の二島となる。

九六九　見目浦推定地　　長崎県壱岐市勝本町勝本浦辺

関係地図　1／20万　唐津　1／5万　勝本

774

みるめの浦

•みつしほの流れひるまをあひがたみみるめの浦によるをこそまて　清原ふかやぶ　①古今集　六六五

（参考）海士のかるみるめの島にしら雪のまだら島にもふりかかるかな　読人不知　夫木抄　一〇五三一

（参考）おのづからみるめのうらに立つ煙風をしるべのみちもはかなし　前中納言定家卿　夫木抄　一一六六三

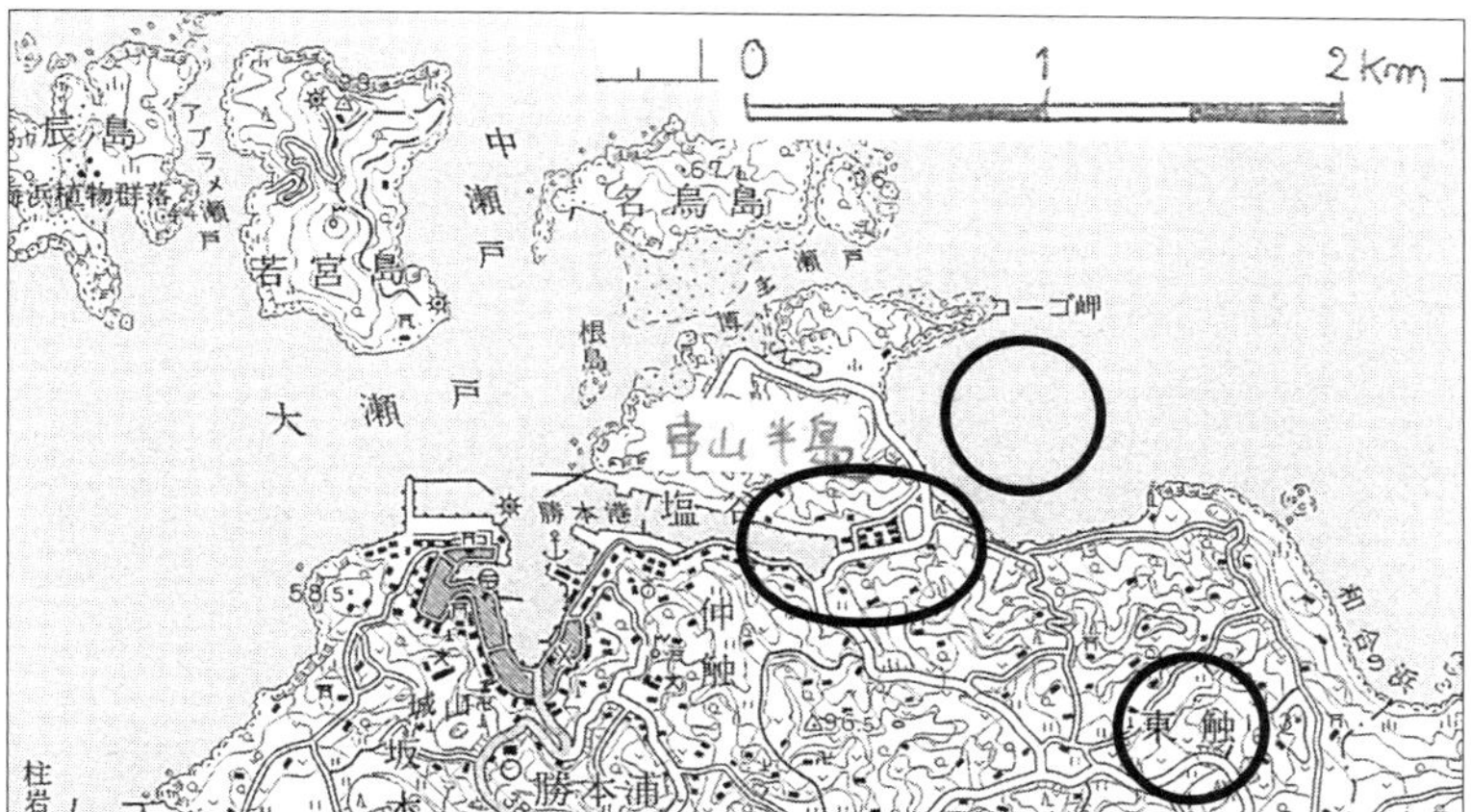

1／5万　勝本

（メモ）

①『日本後紀』嵯峨天皇弘仁七（八一六）年、壱岐に二関と一四所の火立場を置くとある。また、「壱岐郷土史」に、按ずるに二関とは陸上警戒の為、二か所の要路に吏を置きて行人を誰何し以て不時の突発に戍兵を置き且緩急に応じて烽火をあげ以て警報を伝ふるの機関なりとす。吉野家記録に曰く、二関とは可須村の見目関、箱崎村の屋頭の関と云ふなるべし」とあると。これによれば、見目浦の高台に関が置かれ、海上の検問所の役割を果たした。この地には串山遺跡がある。また、「太宰管内志」は、

肥壱名勝志に壱岐島海松和布ノ浦　在郡東北ノ浦口、向西

とあり、現在の壱岐市勝本町東触《ひがしふれ》の串山半島と小櫛山の間にある浦という。

②地図からは、コーゴ岬と東触の間の、ほぼ円形の湾が見目浦にふさわしいが、「太宰管内志」の「向西」に反する。よって、串山半島の南、勝本港周辺かとも思うが、この辺一帯には、岩礁が多く、海松和布他多くの海藻が豊富であろう。

九七〇　阿蘇神社

熊本県阿蘇市一の宮町宮地

関係地図　1／20万 大分　1／5万 阿蘇山

29　阿蘇社

大弐成章肥後守にて侍ける時阿蘇社に御装束してたてまつり侍けるにかのくにの女のよみ侍ける

・あめのしたはぐくむかみのみぞなればゆたけにぞたつみつのひろまへ　よみ人しらず

④後拾遺集　一一七三

（参考）いまはとてしものはふりこいとまあれやあそのみやまに雪のつもれる

藤基長朝臣　夫木抄　一六一四六

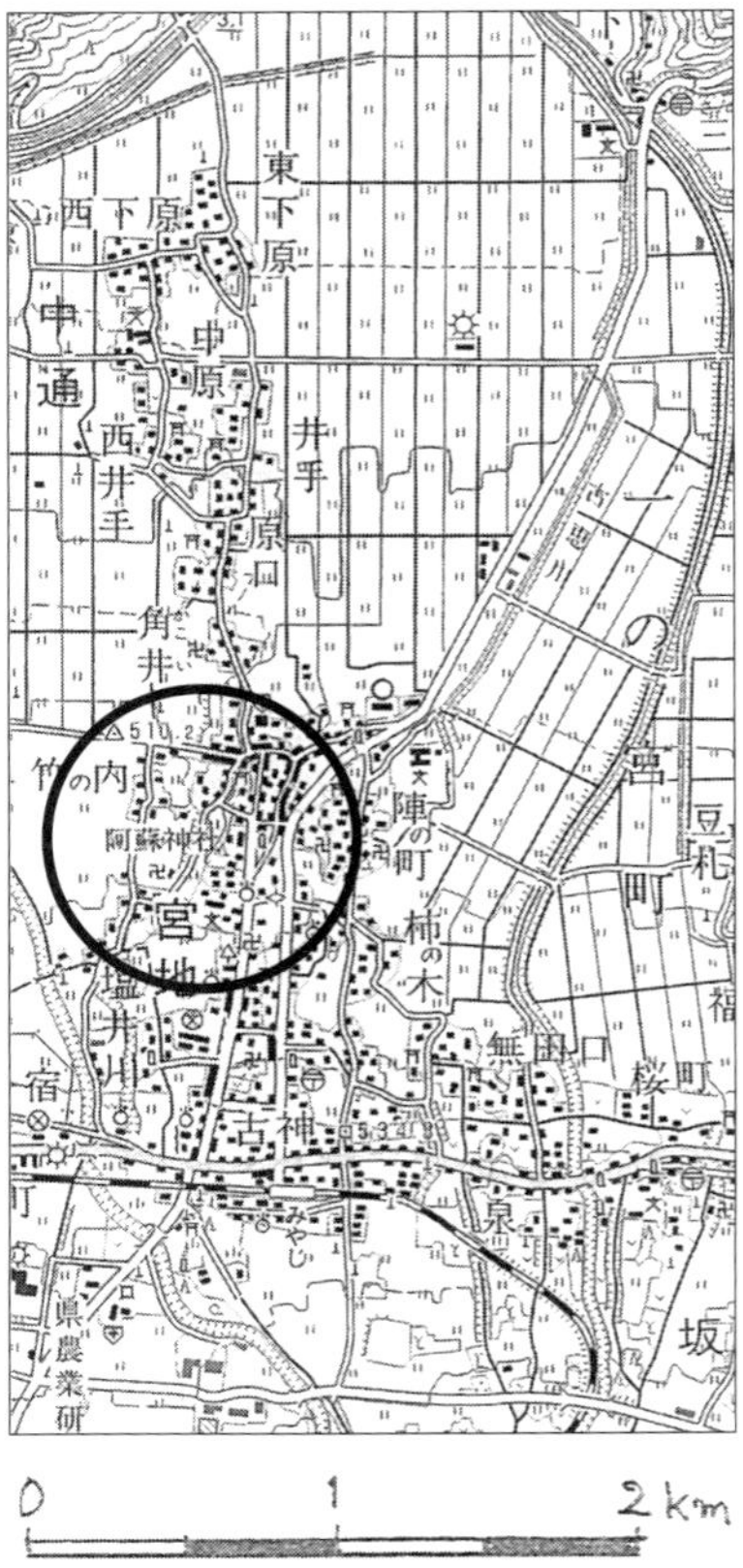

1／5万 阿蘇山

（メモ）

①阿蘇神社の祭神は健磐龍命・阿蘇都比咩命等一二神。総て近親の神々を祀る。

『延喜式神名帳』の、肥後国阿蘇郡に、

健磐龍命神社名神大　阿蘇比咩社　国造神社

とある。この三社を特に阿蘇社・阿蘇大明神という。社伝によると、神武天皇の子神八井耳命の子健磐龍命は阿蘇谷の湖水を干して耕地にするなどした土地の阿蘇都比咩命をめとって移り住んだ。

②『日本書紀』景行天皇一八（AD八八）年六月一六日条に、次のようにある。

阿蘇国《あそのくに》に到りたまふ。其の国、郊原《の》曠《ひろ》く遠くして人の居《いへ》を見ず。天皇の曰《のたま》はく、「是《こ》の国に人有《あ》りや」とのたまふ。時に二《ふたはしら》の神有《ま》す。阿蘇都彦《あそつひこ》・阿《あ》蘇都媛《そつひめ》と曰《い》ふ。忽《たちまち》に人に化《な》りて遊《い》詣《た》りて曰《まう》さく、「吾《われ》二人在《はべ》り。何ぞ人無けむ」とまうす。故《かれ》、其の国を号《たづ》けて阿蘇と曰《い》ふ。

九七一　板井の清水推定地

熊本県菊池市七城町亀尾字板井

関係地図　1／20万 熊本　1／2.5万 菊池

95　いたゐのし水

・わがかどのいたゐのし水さととほみ人しくまねばみくさおひにけり　神あそびのうた

①古今集　一〇七九

故郷月をよめる

・ふるさとのいたゐのし水みくさゐて月さへすまず成りにけるから　俊恵法師

⑦千載集　一〇一一

（参考）すみわぶるいたゐのしみづさとよりもとほきむかしの人ぞこひしき　従二位家隆　万代集　三五六九

（参考）跡みえてさすがにたえぬ古里のいた井の清水影もかはらず　権中納言為行　新続古集　二〇〇九

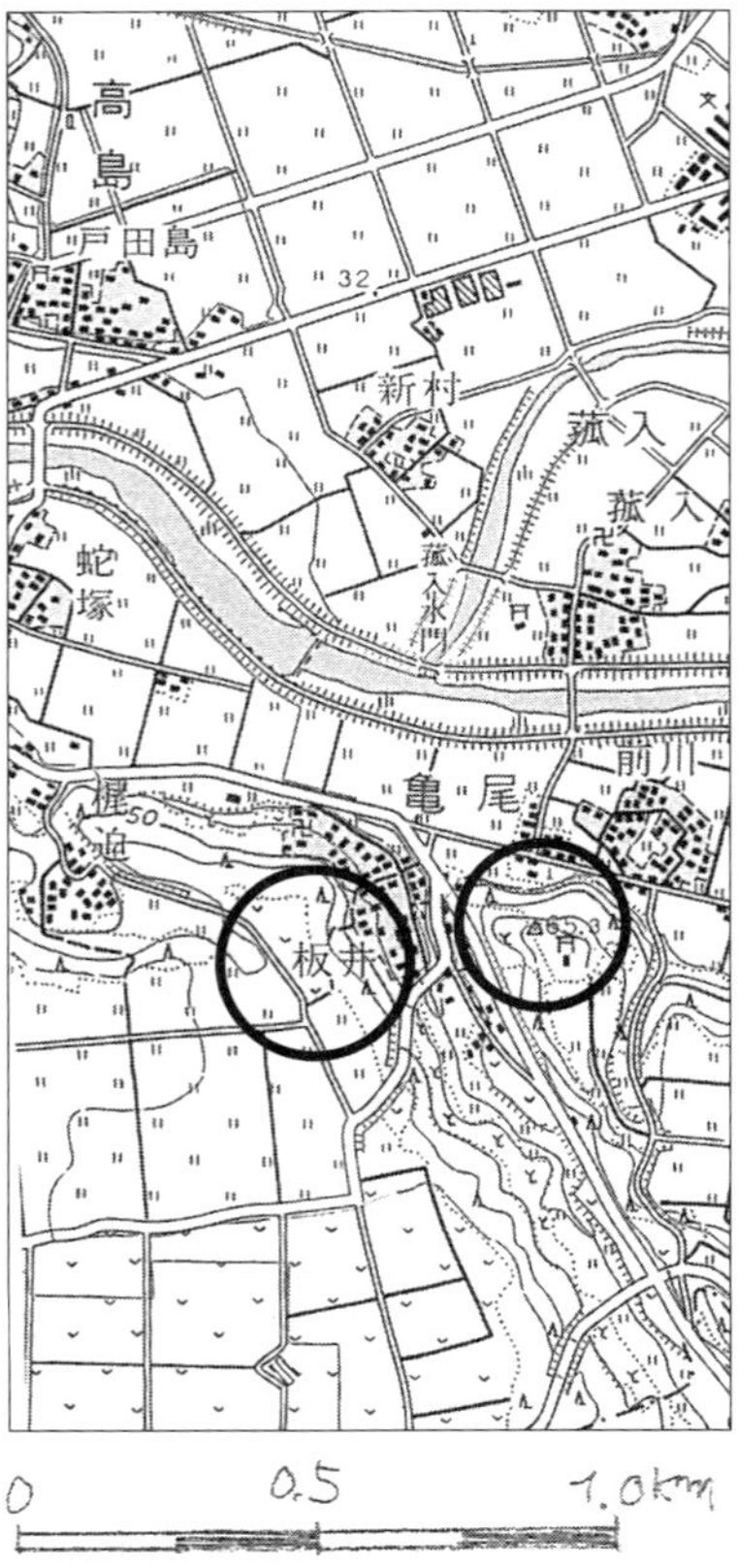

1／2.5万 菊池

（メモ）

①地内を菊池川が西流する。その中流左岸に位置する。地名の由来は、『肥後国誌』に、「地内の鬼岩水に由来」とあると。鬼岩は、この地に露出する砂岩やレキ岩の岩盤。露頭である。地図を見ると標高六五・三mの小山。菊池市七城町亀尾集落の鎮守鎮座の山周辺に露岩があり、そこから「板井の清水」が湧出しておるのであろう。

②この山上に「板井城跡」がある。「相良家文書」康永三（一三四四）年一一月一二日の少弐頼尚奉書に「肥後国板井城警護事」とあると。

九七二　小川郷（『和名抄』）

熊本県宇城市小川町他

849

関係地図　1／20万 八代　1／5万 八代

をがはのはし

・つくしよりここまでくれどつともなしたちのをがはのはしのみぞある　在原業平朝臣　③拾遺集　三八一

（参考）ながれよるたにのいはまのもみぢばにをがはのみづのすゑぞわかるる　後京極摂政太政大臣　万代集　一三五二

（参考）みちのくのをがはのはしのあゆみ板の君しそむかばわれもそむかん　読人不知　夫木抄　九四一九

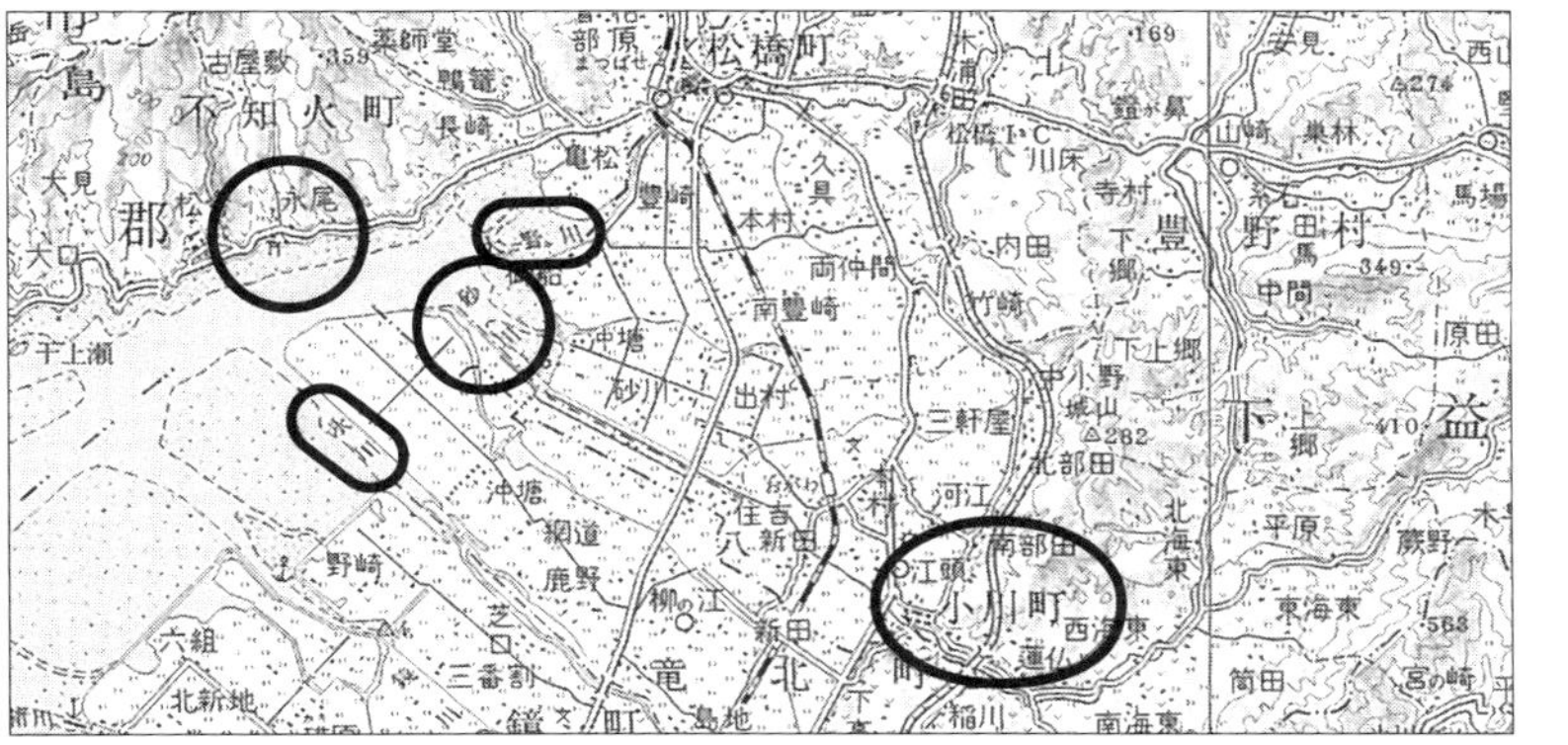

1／20万　八代

0　2　4　6km

（メモ）

①『和名抄』肥後国八代郡に「小川郷」がある。「小川郷」は宇城市小川町。もと下益城郡小川町が遺称地と思われている。「日本地理志料」は「予加波」と訓み、「南小川・東海東・南海東・北海東」にわたる地域としている。現在の宇城市小川町東南部とす。また、「地名辞書」は「小川町・河江村・海東村・吉本村」等とし、旧八代郡竜北町北東部や下益城郡小川町としていると。いづれも図中にある。

②当地を流れる砂川は北方を流れる大野川、南方を流れる氷川に対し、河川規模が小さかったので「小川」となったものであろう。いずれも八代海（不知火湾）に流入している。

③不知火《しらぬい》町永尾《えいのを》に永尾神社が鎮座。旧暦八月一日（八朔《はっさく》）の未明、八代海上に不可思議な不知火が出現する。この日が祭日で、出現率が高く、見物人が多い。当社の祭神は海童神・大山祇神・大皇霊神・菅原道真。和銅六（七一三）年の創建と伝える。

九七三　黒原山

熊本県球磨郡あさぎり町、岡原南一帯

306

関係地図　1／20万 八代　1／5万 人吉

きりふのをか

贈皇后宮の御うぶやの七夜に、兵部卿致平のみこのきじのかたをつくりて、たれともなくてうたをつけて侍りける

・あさまだききりふのをかにたつきじは千世の日つぎの始なりけり　清原元輔　③拾遺集　二六六

（参考）あけくれにきりふのをかにたつしかはつまのゆくへも見えずとやなく　清輔朝臣　夫木抄　四七三七

（参考）たちこむるきりふのをかのもみぢばの色をば風のつてにてぞしる　郁芳門院安芸　夫木抄　九二〇二

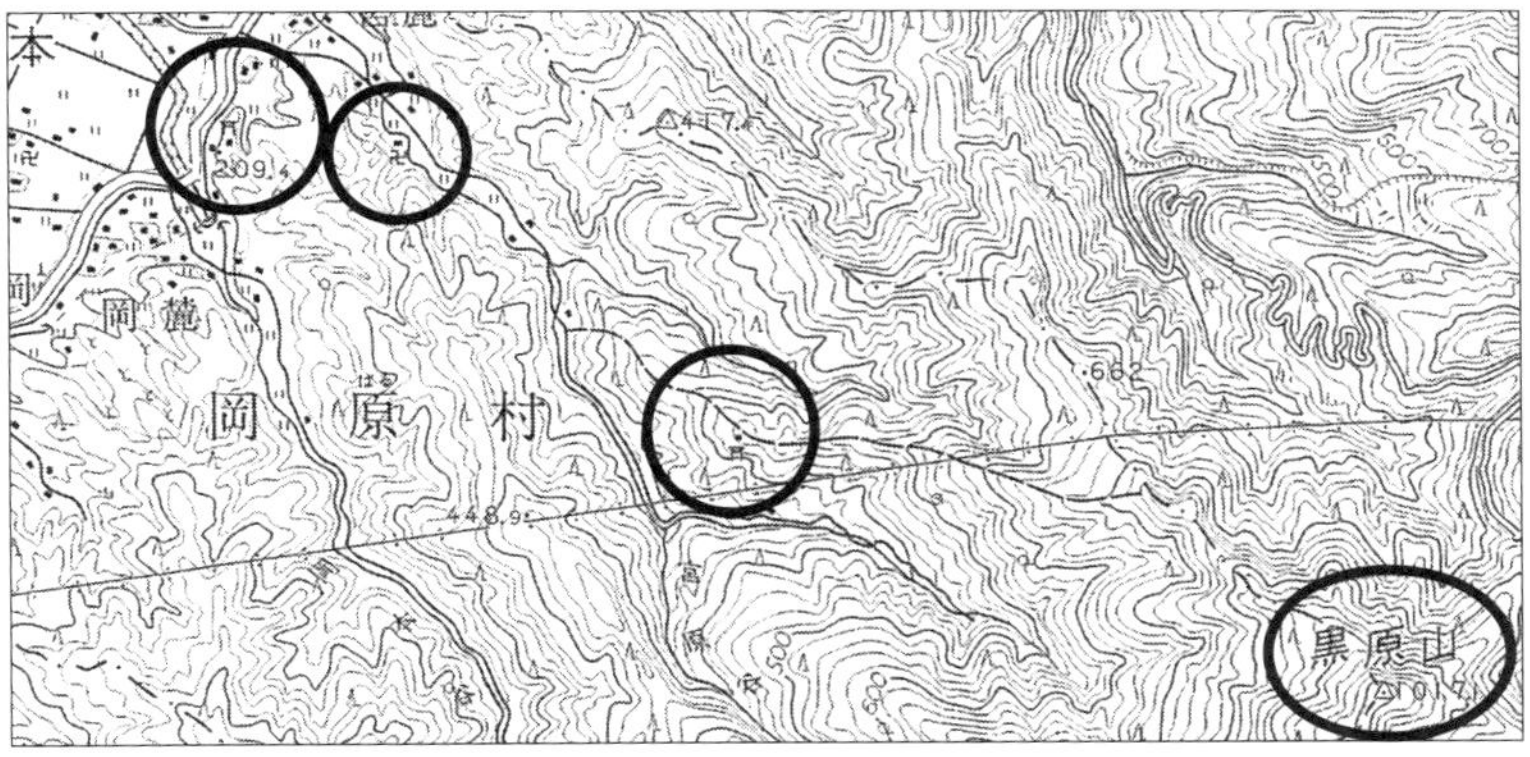

1／5万　人吉

0　1　2km

（メモ）

①黒原山は別称雨引山。球磨郡あさぎり町岡原と多良木町にまたがる山。標高一七二一m市房山と標高一四一七m白髪山との間にあり、この山独特な形で聳えている。粘板岩を主とする四万十層群で構成されている。山名の「黒」は黒々と繁茂する森林、「原」はこの地の方言「台地」を表わす「ハル」に由来すると。この山は古くは「雨引嶽」と呼ばれ信仰の山である。「雨」のもとは「雲や霧」。一年の大半は雲霧で覆はれ、また植物も繁茂した。

②黒原山中腹○内神社はおそらく霧島神社。左端○内神社は岡原霧島神社。明治四二年、大炊神社霧島神宮と中島霧島神宮が合併し翌年現在地に移転。大同年中の草創。○内寺院は岡原《おかはる》観音堂。寺は戦国時代に廃絶と。観音堂の少し北に、平景清息女の墓がある。

九七四　白髪岳

熊本県球磨郡あさぎり町皆越

関係地図　1／20万　八代　1／5万　加久藤《かくとう》

808
ゆふは山

深山恋といふことを

・さても猶とはれぬ秋のゆふは山雲ふく風の嶺に見ゆらむ　家隆朝臣　⑧新古今集　一三一六

（参考）よしゑやし　こひじとすれど　ゆふはやま　こえにしきみが　おもほゆらくに　万葉集　三一九一

（参考）ゆふは山けふこえくれば旅衣すそ野のかぜにをしか鳴くなり　入道前太政大臣　新後撰集　三一一

1／20万　八代

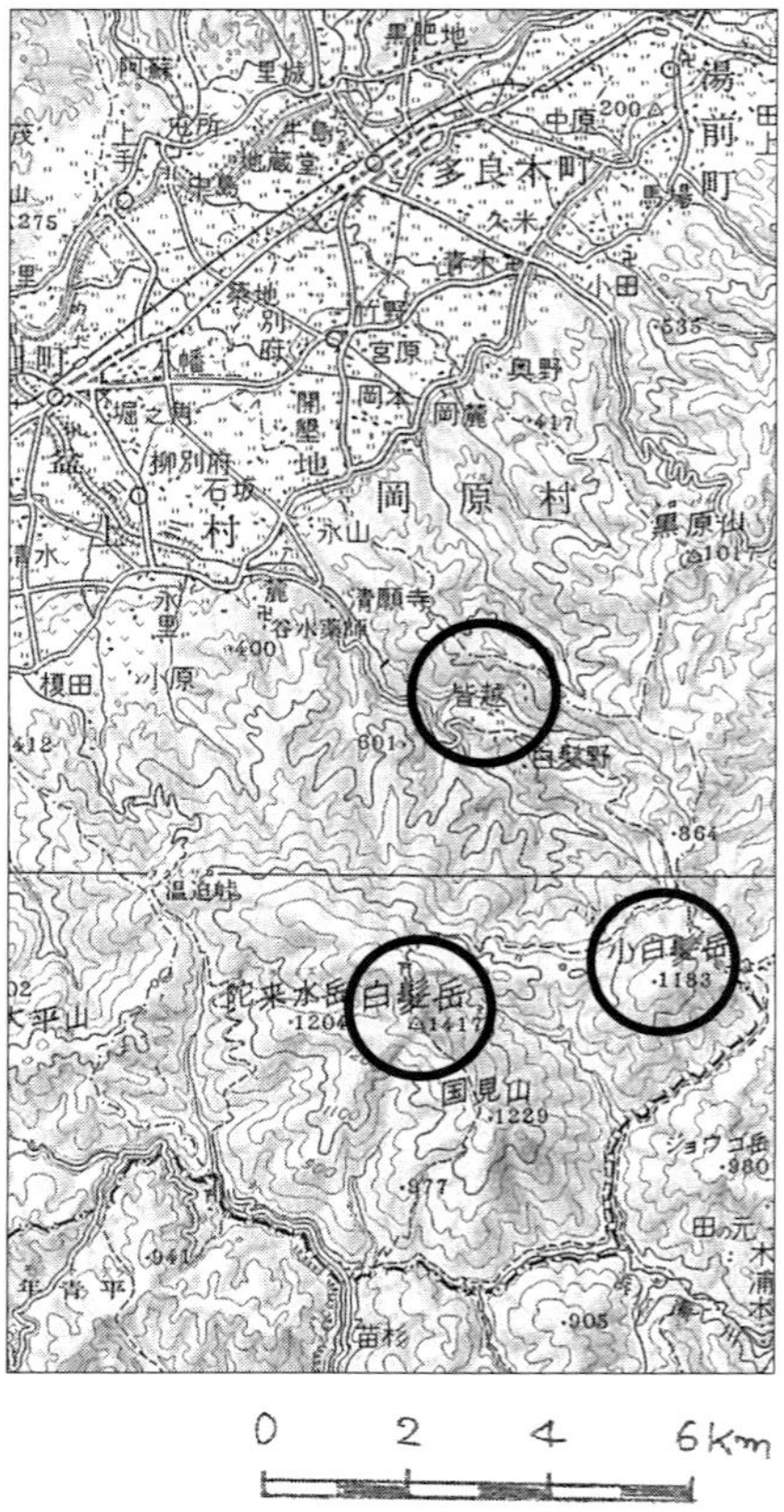

（メモ）

①宮崎県との県境近くにある。台地状の山頂部は丸味を帯びた緩やかな形。四万十層群で構成され、砂岩や頁岩が多い。山頂付近には原生林が多く、約一五〇haが自然環境保全地域指定。九合付近に池があり、白髪神社上宮（また三池神社）が、山麓の皆越には里宮の白髪神社中宮がある。神社は雨乞いの神として古来地域住民に崇敬され、「御池参り」がある。

②冬、八代海から水蒸気の多い気流が供給され、冷却した樹林に当り、山頂部に霧氷や樹氷が形成される。その様が白髪。また雪で純白に晒した木棉髪《ゆうはつ》をのせた頭。山のように見えるにより「木棉髪山《ゆうはやま》」。また白髪山の名となったであろう。

九七五　白髪岳（五木白髪岳）

熊本県球磨郡五木村甲・乙

関係地図　1／20万　八代　1／5万　頭地《とうじ》

808
ゆふは山

深山恋といふことを

・さても猶とはれぬ秋のゆふは山雲ふく風の嶺に見ゆらむ　家隆朝臣　⑧新古今集　一三一六

（参考）よしゑやし　こひじとすれど　ゆふはやま　こえにしきみが　おもほゆらくに　万葉集　三一九一

（参考）風かをる雲にやどとふゆふは山花こそ春のとまりなりけれ　後西園寺入道前太政大臣　続後拾集　九八

（参考）月くさのはなだのおびのゆふは山たえぬるつまをしかやこふらん　中務卿のみこ鎌倉　夫木抄　四八三六

（参考）ゆふは山けふこえくればたびごろもすその風にをしか鳴くなり　入道前太政大臣　夫木抄　四八三七

1／20万　八代

（メモ）

①あさぎり町皆越の白髪岳に対し、「五木白髪岳」ともいう。

②この山は古生代石炭紀・二畳紀の、白っぽい色の岩石、石灰岩で構成されている。そのために一年中、雪で純白に晒された木棉の髪を頂いたように見える。特に冬季には一段と白い木棉髪山《ゆうはやま》になる。

③山頂一帯にはカルスト地形が見られるという。

九七六　白　川

熊本県阿蘇郡南阿蘇村白川

関係地図　1／20万　大分　1／2.5万　肥後吉田

413

しら河

つくしのしらかはといふ所にすみ侍りけるに、大弐藤原おきのりの朝臣のまかりわたるついでに、水たべむとてうちよりてこひ侍りければ、水をもていでてよみ侍りける

・年ふればわがくろかみもしら河のみづはぐむまで老いにけるかな　　ひがきの嫗

②後撰集　一二一九

1／20万　大分

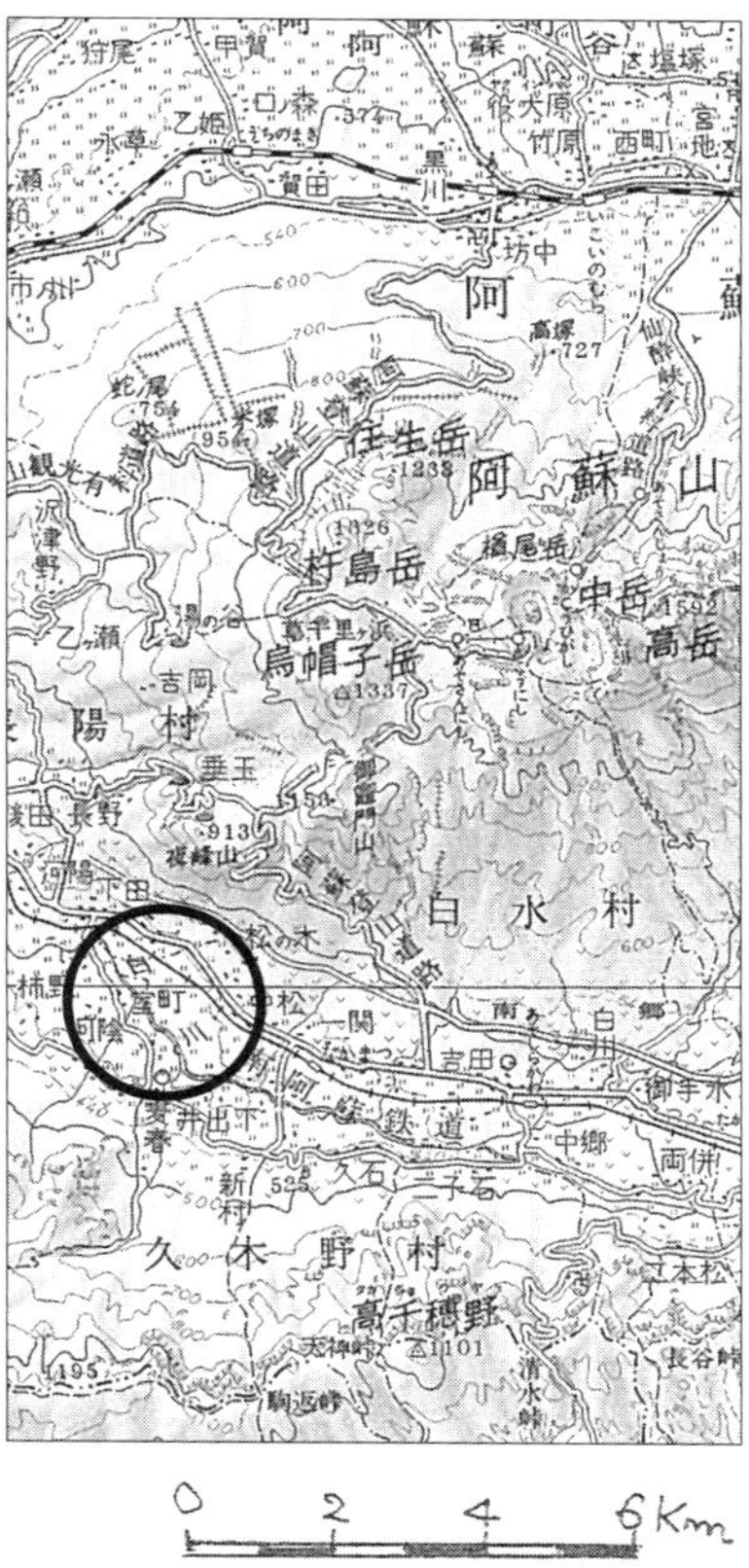

（メモ）

①阿蘇カルデラ内の阿蘇郡南阿蘇村白川に、白川吉見神社がある。神社は水神と吉見神（国龍明神）を祭神とする。社前には湧水「白川水源」があり、毎分六〇トンといわれる。白川吉見神社の東方には白川地区の総産土神の八王神社があり、社前に湧水があり、水神と阿蘇一宮～八宮の九祭神を祀っている。平安末に平重盛がこの地に来て、当村久石の清水寺を再建したと伝える。白川は周辺一帯の湧水を集めて、旧菊池郡・熊本市を経て有明海に注ぐ。流路延長約六三㎞。流域はカルデラを頭部とするオタマジャクシ形。流域面積約四七〇㎢のうち、カルデラ内面積は八割を占めるという。

②白川の源流は南郷谷の東部、阿蘇郡南阿蘇村の白川右岸（北岸）の白川集落、白川左岸（南岸）の両併・久石集落の一帯にあり、その豊富な湧水を集めて火口原の中央を西流している。（表紙裏写真㉖参照）

九七七　高田郷（『和名抄』）

熊本県八代市奈良木町・平山新町・植柳元町等

関係地図　1／20万　八代　1／2.5万　日奈久《ひなぐ》

470

たかたの山

・なけやなけたかたの山の郭公このさみだれにこゑなをしみそ　　よみ人しらず

③拾遺集　一一一七

（参考）せきとめてせがゐの水にたねまきしたかたのやまはさなへとるなり　　正二位忠宗卿　　夫木抄　二五五八

（参考）雨の下かくこそは見めかへはらやたかだのむらはへぬとしぞなき　　前中納言匡房卿　　夫木抄　一四八三五

1／2.5万　日奈久

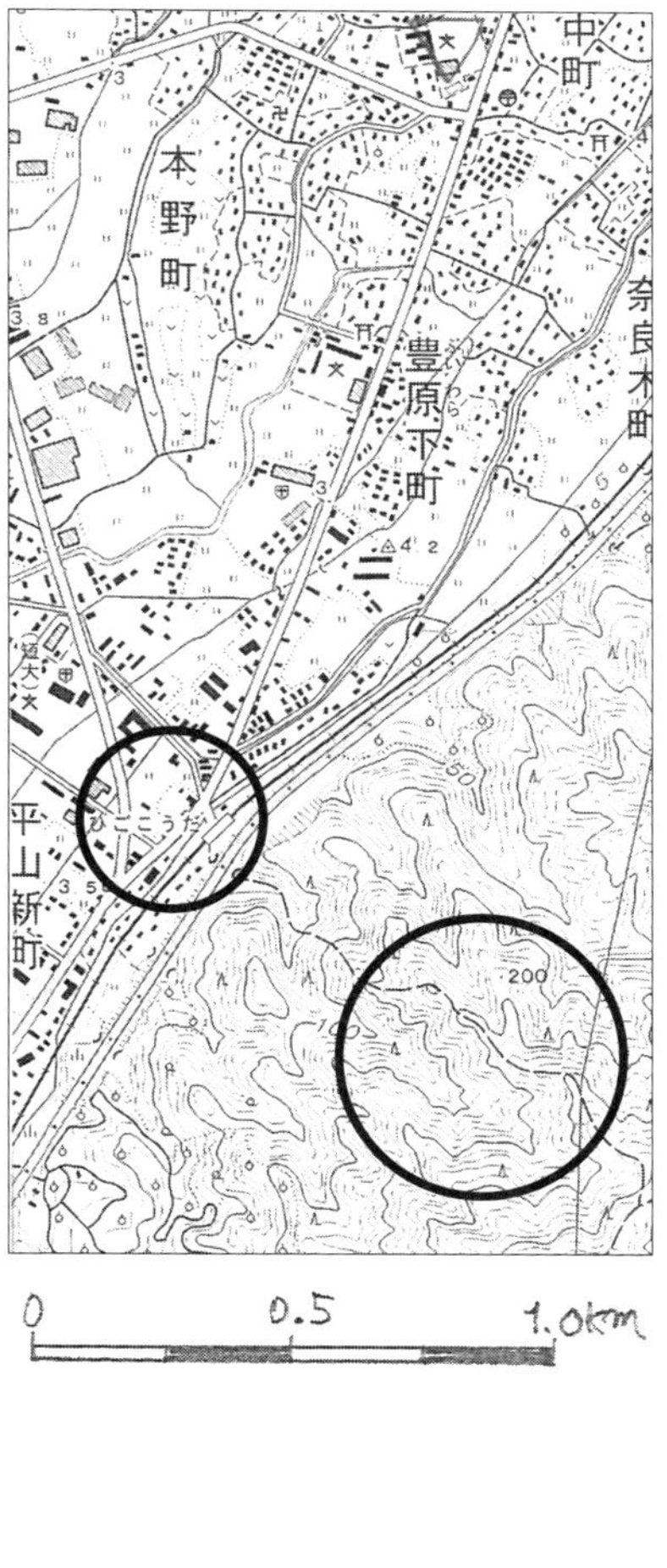

（メモ）

①『和名抄』肥後国八代郡に「高田郷」がある。その郷域は、近世の高田村・植《う》柳村《やなぎむら》・金剛村等で、現在の八代市植柳元町・植柳上町・植柳下町等であると。

②これによると、元JR鹿児島本線、現在の肥薩おれんじ鉄道「肥後高田駅《ひごこうだ》」の周辺一帯が「高田郷」であった。山はこの駅の東にあり、それら山並みの東中腹を九州新幹線の今泉トンネルがある。これら一帯の山地が高田の山である。

③八代郡御城日記「八代日記」天文七年七月五日条に、

雷電、高田奈良木ニ雷落候

とある。また同一二年三月七日条に、

酉時、高田奈良木之観音ニ長唯御門出

とあり、高田郷に奈良木も含まれていた。

④奈良木町に高田御所跡がある。南北朝期、征西将軍宮の懐良《かねよし》親王とその子良成親王が滞在された所。

九七八　筒ヶ岳・観音岳

熊本県荒尾市・玉名市境

関係地図　1／20万 熊本　1／5万 玉名

526

つつみのたけ

・かがり火の所さだめず見えつるは流れつつのみたけばなりけり　紀輔時

③拾遺集　三八八

1／5万　玉名

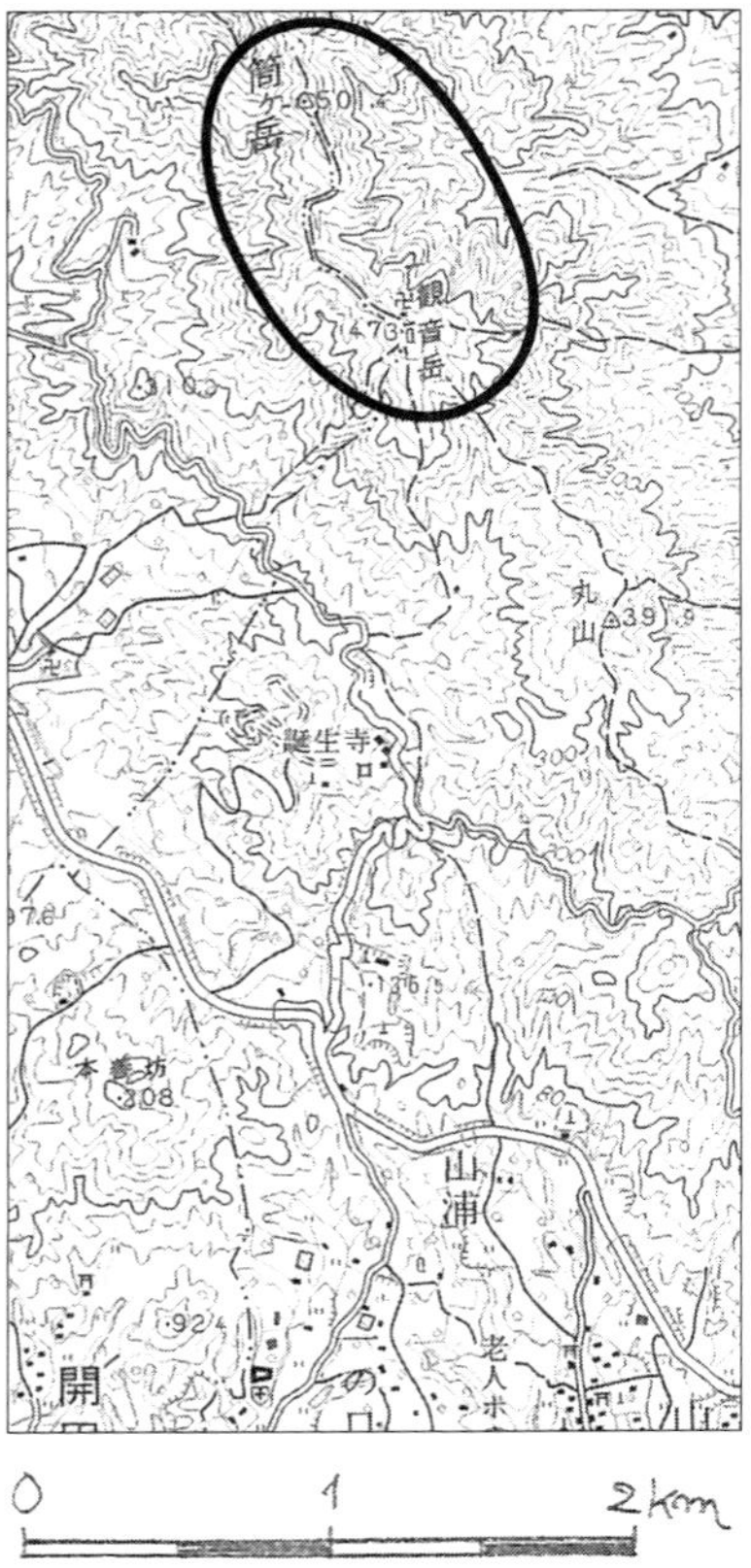

（メモ）

①標高五〇一・四m筒ヶ岳、その南の観音岳周辺には灌漑用の溜池が多い。それらの溜池（堤）に水を供給する山は「堤ヶ岳」である。「つつみが岳」がつづまると「つつが岳」「筒ヶ岳」となり、それが現在の名称であろう。

②筒ヶ岳には筒ヶ岳城がある。宝治元（一二四七）年六月、現在の埼玉県東松山市一帯を本貫としていた小代重信が、野原庄（現荒尾市全域と玉名郡長洲町）の地頭職に補任された。この小代氏がここに築城したので一帯の山は「小代山」「小岱山」とも呼ばれた。

③仁安元（一一六六）年八月一四日に、俊芿《しゅんじょう》は、肥後国飽田郡（現熊本市）で生れた。四才時に入寺。南都・北嶺の間を来住し、高僧碩学の門を叩き仏教を究めたと。後郷里の筒ヶ岳に正法寺を構える。建久一〇（一一九九）年宋に渡り一二年の後、現山口県に帰朝。帰朝後も観音岳の正法寺で宋学を講じた。京都東山の泉涌寺で安貞元（一二二七）年死去。その遺偈は「生来偏学　経律論教　一時打拼　寂然無レ穴」。

九七九　肥後国府跡

熊本県熊本市中央区国府《こくぶ》本町

関係地図　1／20万 熊本　1／2.5万 熊本

656

肥後

源頼清朝臣みちのくにはてゝまたひごのかみになりてくだりはべりけるを、いでたちのところにたれともなくてさしおかせける

・たびたびのちよをはるかにきみやみんすゑのまつよりいきのまつばら　相摸

④後拾遺集　四七四

肥後守義清くだり侍りてのとしの秋さがののはなはみきやといひにおこせて侍けるかへりにつかはしける

・うちむれしこまもおとせぬ秋ののはくさかれゆけどみる人もなし　源兼長

④後拾遺集　一一三二

大弐成章肥後守にて侍ける時阿蘇社に御装束してたてまつり侍けるにかのくにの女のよみ侍ける

・あめのしたはぐくむかみのみぞなればゆたけにぞたつみつのひろまへ　よみ人しらず

④後拾遺集　一一七三

1／2.5万　熊本

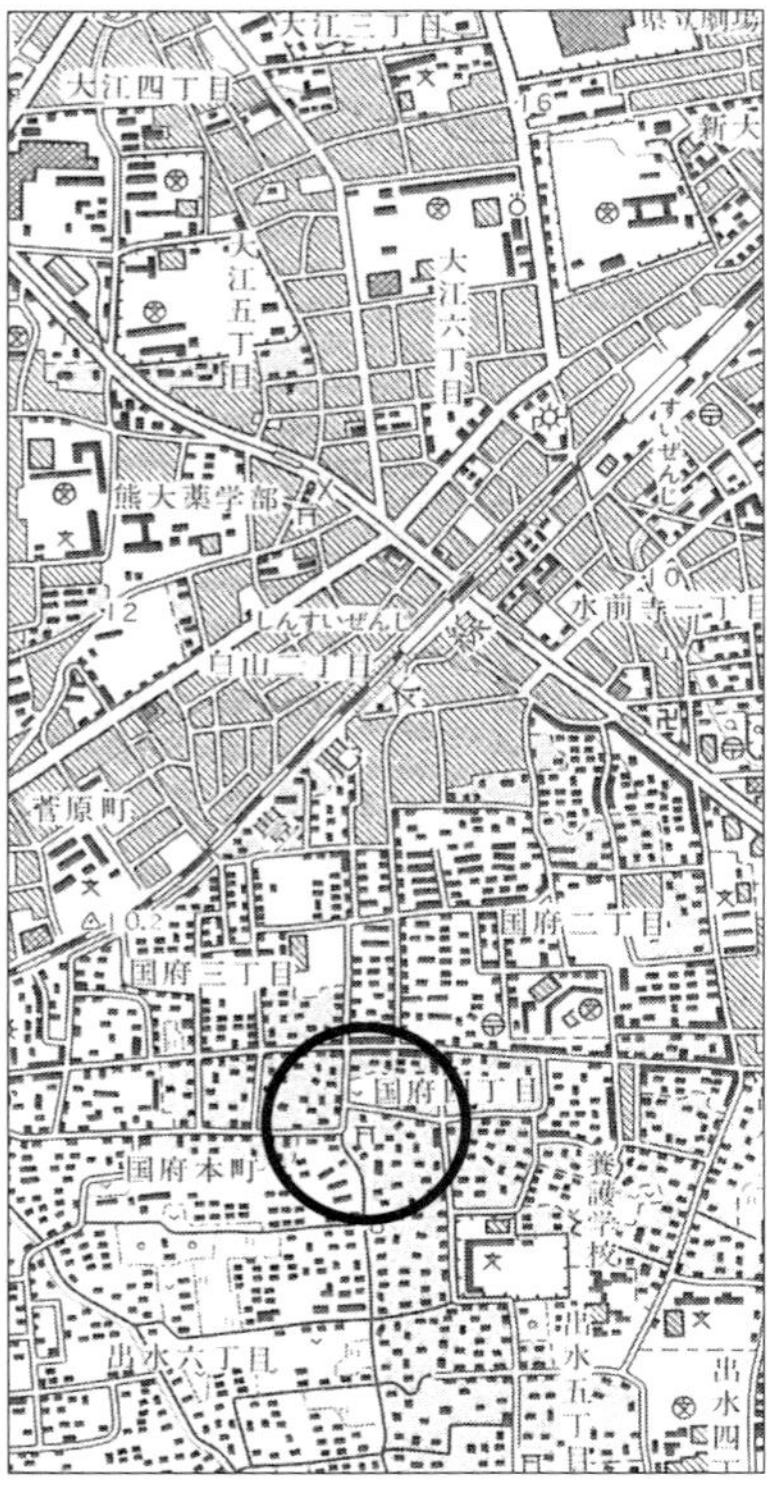

（メモ）

①肥後国府は現在の熊本市南区城南町陳内にあったが、奈良時代中頃に託麻郡に移された。この託麻国府は現在の熊本市中央区国府本町の白山神社（図中〇内の神社）周辺一帯である。

②その後、九世紀中頃に飽田《あくた》国府、現熊本市西区二本木二丁目辺に移ったと。

九八〇　鼓ヶ滝

熊本県熊本市河内町川床

関係地図　1／20万 熊本　1／5万 熊本、玉名

527　つづみの滝

清原元輔肥後守に侍りける時、かのくにのつづみのたきといふ所を見にまかりたりけるに、ことやうなる法師のよみ侍りける　よみ人しらず

・おとにきくつづみのたきをうち見ればただ山河のなるにぞ有りける

③拾遺集　五五六

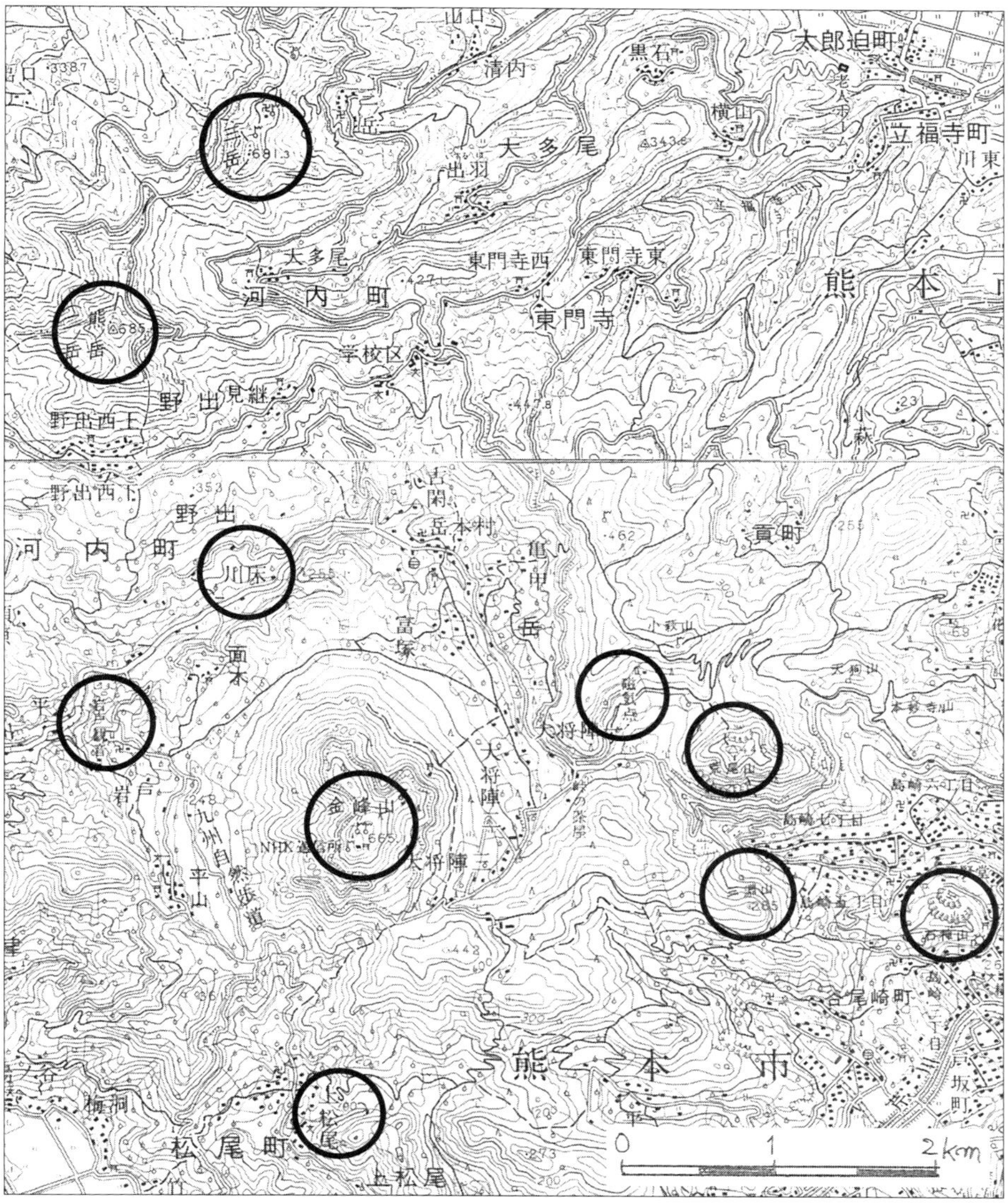

1／5万　玉名(上)・熊本(下)

（メモ）

①鼓ヶ滝　標高六六五・一mの金峰山《きんぼうさん》西斜面を河内川《かわちがわ》が浸食し渓谷断崖を造り、肥後耶馬渓と呼ばれている。この景観の標高約一〇〇mの所に長さ約一〇m・幅約一〇mの滝、鼓ヶ滝がある。滝のある所は、熊本市松尾町平山の東隣、同市河内町岳小字川床である。『肥後国誌』に、

　鼓潤滝ハ肥後ニ有リ、其音鼓ニ似タル故名ツク

とあると。

②この地域は主に火山岩類で形成。古い方から㋐松尾火山岩類　㋑古金峰火山岩類　㋒石神山火山岩類　㋓三ノ岳火山岩類　㋔二ノ岳火山岩類　㋕一ノ岳（金峰山）火山岩に区分されている。この中で㋒石神山火山岩類　㋕一ノ岳火山岩は溶岩円頂丘を形成している。㋒石神山火山岩類からなる溶岩円頂丘は石神山・荒尾山・三淵山である。これら火山岩類の溶岩噴出回数は、最近の一五〇万年間で四〇回以上あったという。その間に地磁気の逆転期もあった。地磁気、地球の磁極、南極と北極が逆転すると、その時に形成された磁性鉱物、主に磁鉄鉱の磁極はその時の地球磁場に支配される。よって地磁気の逆転期には逆帯磁となる。㋐㋑㋒の火山岩類噴出時は逆転期であった。地図中の〇の「磁気点」はそれの観測点である。右下の〇。石神山溶岩円頂丘は古くからの採石場。約一一二万年前の逆転期火山岩という。

③岩戸観音　曹洞宗雲巌寺。寺の裏山中腹に霊巌堂がある。中に石体四面観音像、岩戸観音（本尊）がある。当寺は観応二（一三五一）年元からの渡来僧東陵《とうりょう》永璵《えいよ》が開山。裏の岩山には釈迦三尊像、十六羅漢像、五百羅漢像など石仏がある。また、晩年の五年を熊本で過ごした宮本武蔵は当寺で五輪書を著したという。

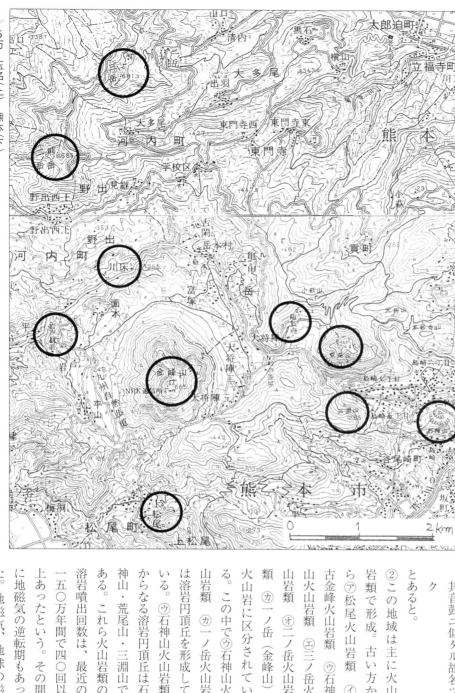

九八一　風流島

熊本県宇土市住吉町

関係地図　1／20万　熊本　1／2.5万　網津

493

たはれじま

女のあだなりといひければ

・まめなれどあだなはたちぬたはれじまよる白浪をぬれぎぬにきて　あさつなの朝臣　②後撰集　一一二〇

たはれじまを見て

・名にしおはばあだにぞ思ふたはれじま浪のぬれぎぬいくよきつらん　よみ人しらず　②後撰集　一三五一

1／2.5万　網津

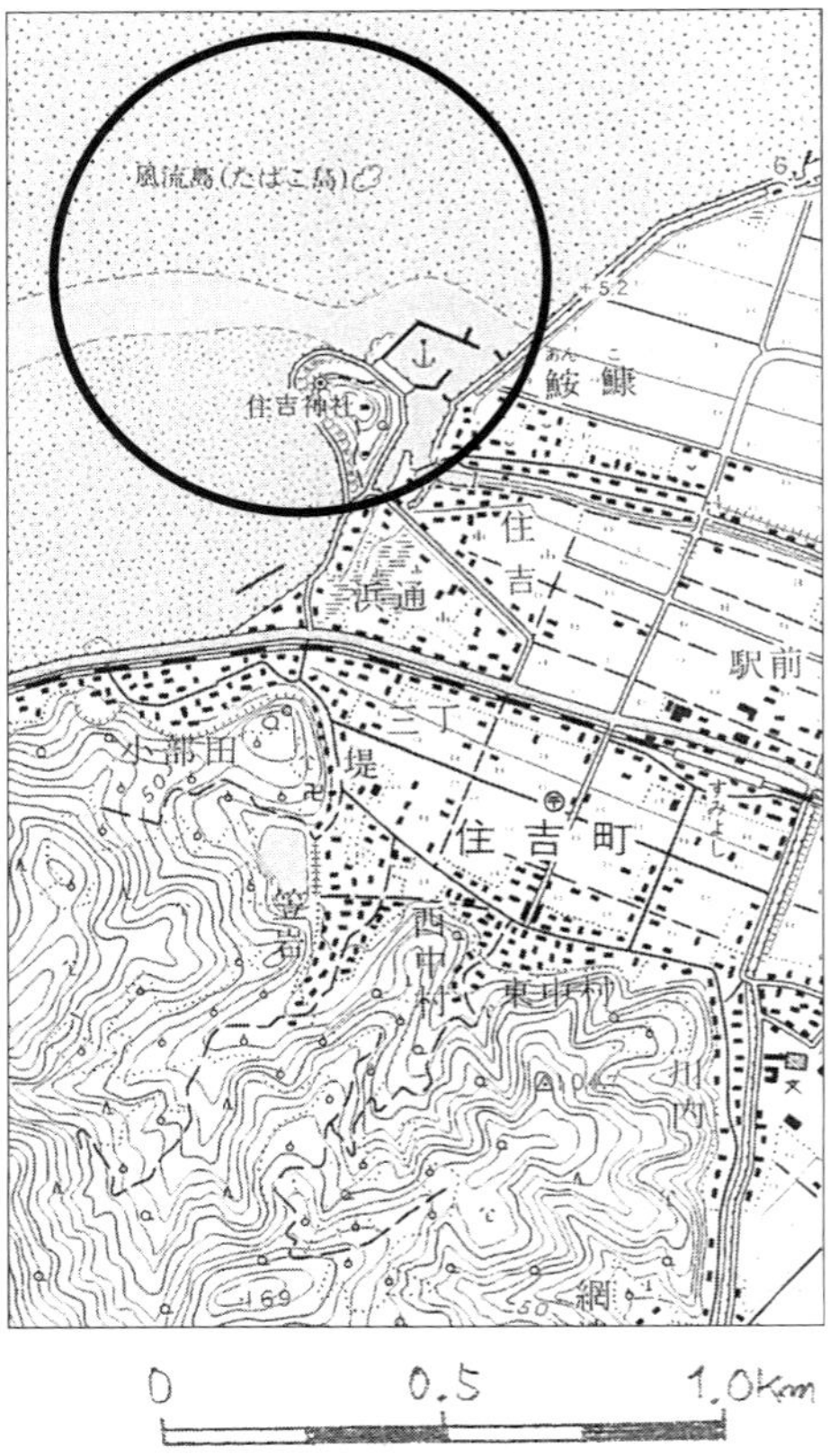

（メモ）

①宇土市《うとし》住吉町の有明海に臨む住吉神社北西沖にある無人島。面積一二〇〇㎡。たばこ島・裸島とも呼ばれる。火山岩の一種、旧期輝石安山岩で構成という。

②『伊勢物語』六一段　染河に、

むかし、男、筑紫までいきたりけるに、「これは、色好むといふすき者」と、すだれのうちなる人のいひけるを、聞きて、

染河を渡らむ人のいかでかは色になるてふことのなからむ

女、返し、

名にしおはばあだにぞあるべきたはれ島浪のぬれぎぬ着るといふなり

とある。

③『肥後国誌』に、「此島長命草ヲ岩間に生ス……近年此長命草不見」とある。

九八二　吉野山

熊本県熊本市南区城南町坂野

関係地図　1／20万　熊本　1／5万　御船《みふね》、熊本

773

みよしの

一条院御時殿上人はるのうたとてこひはべりければよめる

・みよしのははるのけしきにかすめどもむすぼほれたるゆきのしたくさ　むらさきしきぶ　④後拾遺集　一〇

1／5万　熊本（左）・御船（右）

（メモ）

①江戸時代の吉野村は、標高八八mの吉野山の南麓一帯を中心に舞ノ原台地北端にまで広がり、東麓に築地《ついぢ》村、西には今《いま》村がある。吉野山の周辺には古墳群の一部が、小字丸山を中心に発見されているが、第二次世界大戦中に破壊されたので詳細は不明という。また南北朝期の至徳元（一三八四）年九月に、九州探題今川了俊の軍勢が、ここ吉野山に陣取っている。以上により、吉野山一帯の地形も大きく変えられていることが予想される。

②この地が「吉野山」と呼ばれるのは、奈良期・平安期に大和朝廷から派遣された国司以下の役人が、大和国奈良の春の景色を偲ぶために、サクラを植え、それらの開花を楽しみ、故郷をしのんだのであろう。

③城南町陣内には白鳳期の創建とみられる陣内廃寺跡がある。その東の舞《まい》ノ原《ばら》台地南縁が肥後国府「益城国府跡」とされており、当時、サクラを楽しめる名所でもあった。

④周辺には阿高見塚・黒塚貝塚・古墳が多い。特に城南町阿高の縄文中期の阿高貝塚では五〇数体の人骨が出土した。

九八三　宇佐神宮

大分県宇佐市南宇佐

148

関係地図　1／20万　中津　1／5万　宇佐

宇佐宮

よしみち朝臣十二月のころほひうさのつかひにまかりけるに、としあけばかうぶりたまはらんことなどおもひて餞たまひけるにかはらけとりてよみ侍ける

・わかれぢにたつけふよりもかへるさをあはれくもゐにきかむとすらん　橘則長
④後拾遺集　四七八

・にしの海立つしら浪のうへにしてなにすぐすらむかりのこのよを　⑧新古今集　一八六四

この歌は、称徳天皇の御時、和気清麿を宇佐宮にたてまつりたまひける時、託宣し給ひけるとなん

1／5万　宇佐

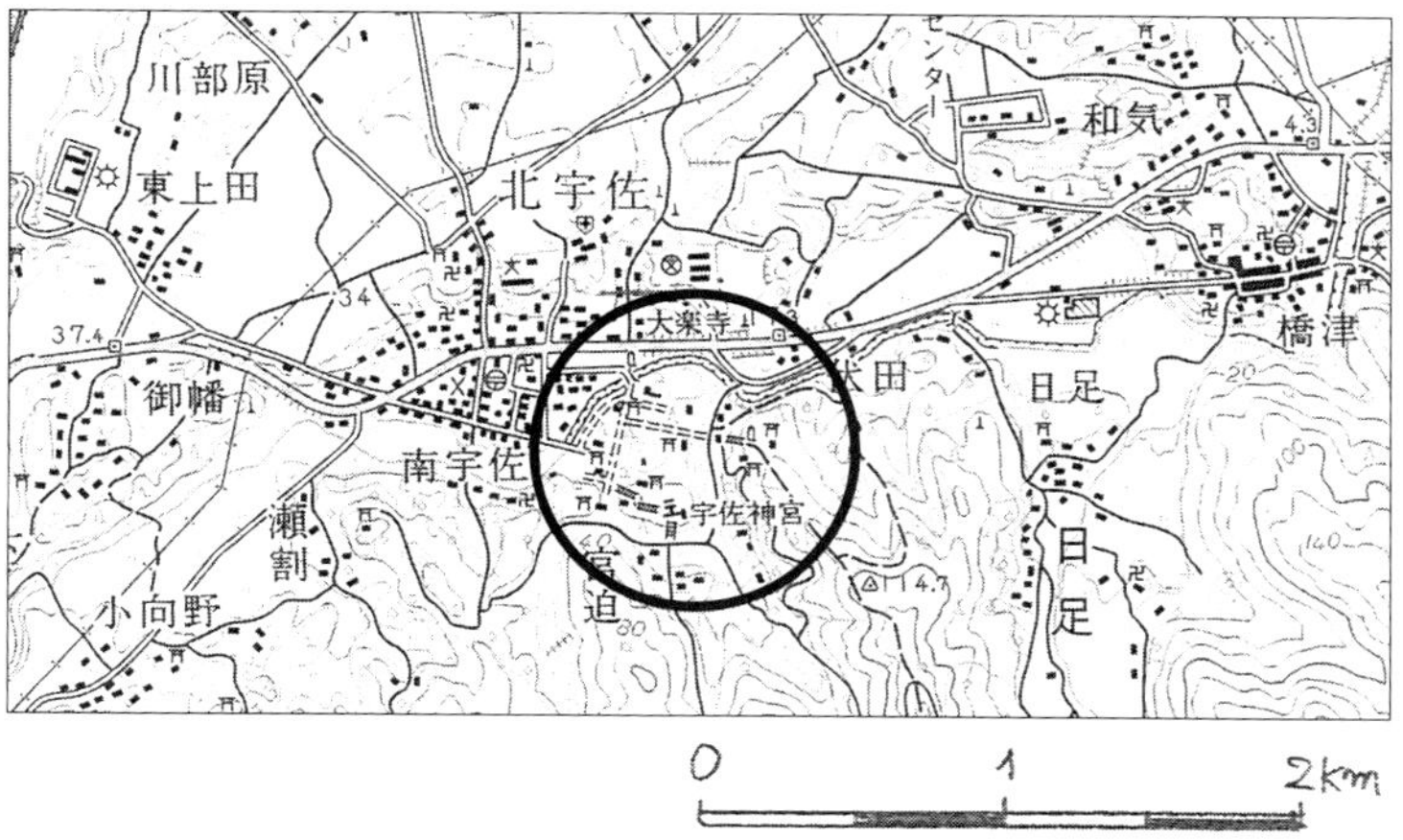

（メモ）

①祭神（一殿）八幡大神　（二殿）比売大神　（三殿）神功皇后

②由緒　宇佐神宮は全国八幡宮の総本宮にして、向って左から一殿・二殿・三殿と並ぶ。古来、伊勢神宮に次ぐ神社として皇室をはじめ全国民の崇敬が厚い。創立は欽明天皇三二（ＡＤ五七一）年に、八幡大神の御神霊が御出顕された。聖武天皇の神亀二（七二五）年に一殿の造営。二殿は天平三（七三一）年。三殿は弘仁一四（八二三）年の造営。

③『延喜式神名帳』の豊前国宇佐郡に、

八幡大菩薩宇佐宮　名神大
比売《ヒメ》神社　名神大
大帯姫《オホタラヒメノ》廟神社　名神大

とある。

九八四　音無川

大分県玖珠郡九重町大字田野《たの》

191

関係地図　1／20万　大分　1／2.5万　湯坪

おとなしのかは

しのびてけさうし侍りける女のもとにつかはしける　もとすけ

・おとなしのかはとぞつひに流れけるいはで物思ふ人の涙は　③拾遺集　七五〇

卯花をよめる　源盛清

・卯花を音なし河のなみかとてねたくもをらで過ぎにけるかな　⑤金葉集　六七一

（参考）はるばるとさがしきみねをわけすぎておとなしがはをけふ見つるかな
後鳥羽院御製　万代集　一六〇七

1／2.5万　湯坪

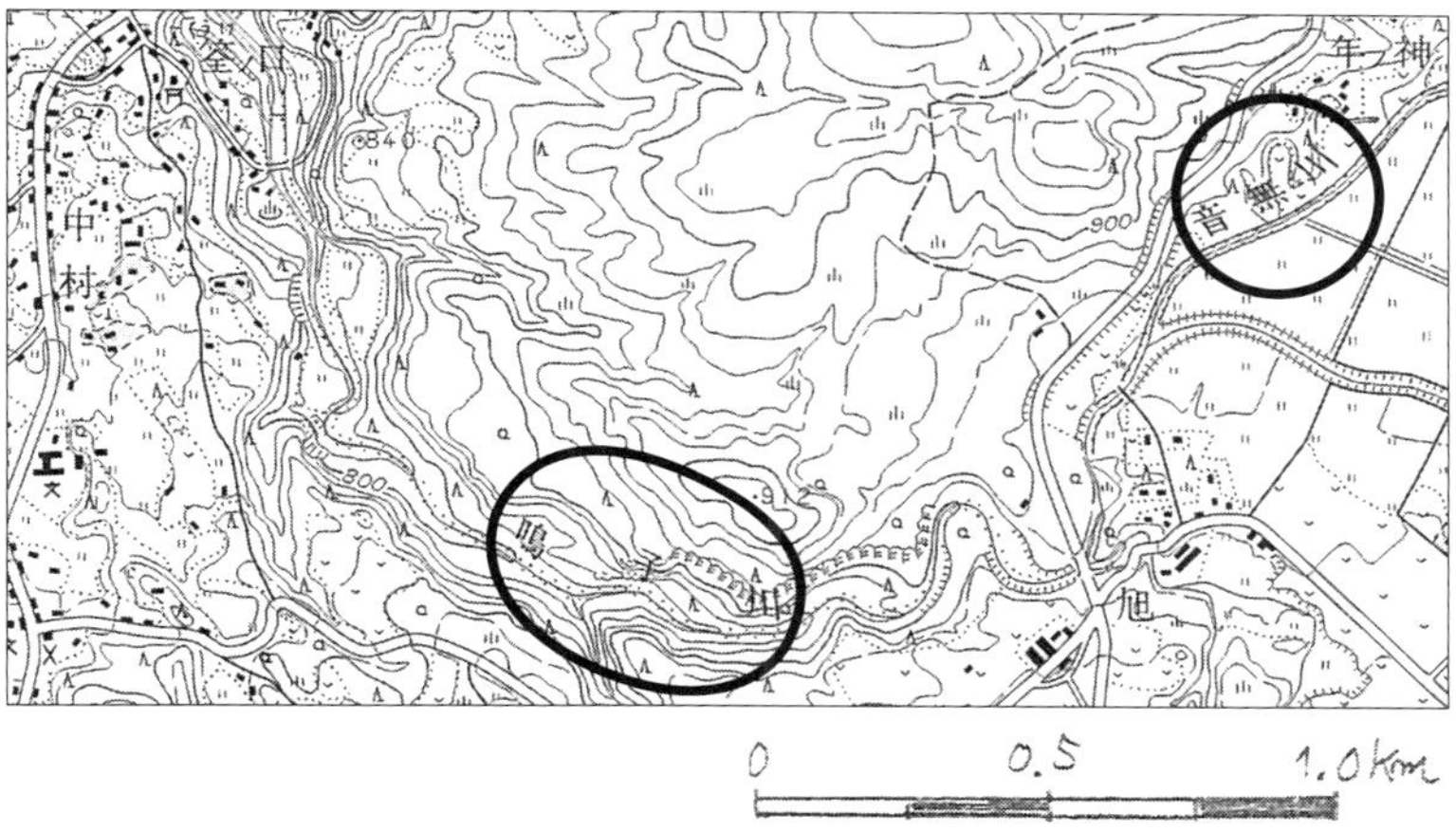

（メモ）

①玖珠《くす》郡九重《ここのえ》町田野《たの》の千町無田《せんちょうむた》を西流する細き川が「音無川」。玖珠川水系・鳴子川の支流。『豊後国志』に、千町蕪田に在り。急湍常寂として声無し。無音川とも書く。とある。このことは「太宰管内志」にもほぼ同様の記載があると。

②このことは田野集落の七不思議の一つ。朝日長者の一喝によって、長者館の付近を流れる川が音をひそめたという。

九八五　伐株山

大分県玖珠《くす》郡玖珠《くす》町山田

関係地図　1／20万　大分　1／5万　森

306

きりふのをか

贈皇后宮の御うぶやの七夜に、兵部卿致平のみこのきじのかたをつくりて、たれともなくてうたをつけて侍りける　清原元輔

・あさまだききりふのをかにたつきじは千世の日つぎの始なりけり

③拾遺集　二六六

（参考）あけくれにきりふのをかにたつしかはつまのゆくへも見えずとやなく　清輔朝臣　夫木抄　四七三七

（参考）はしたかのきりふの岡のたけの露をぶさのすずとみがく月影　従二位家隆卿　夫木抄　一三三三六

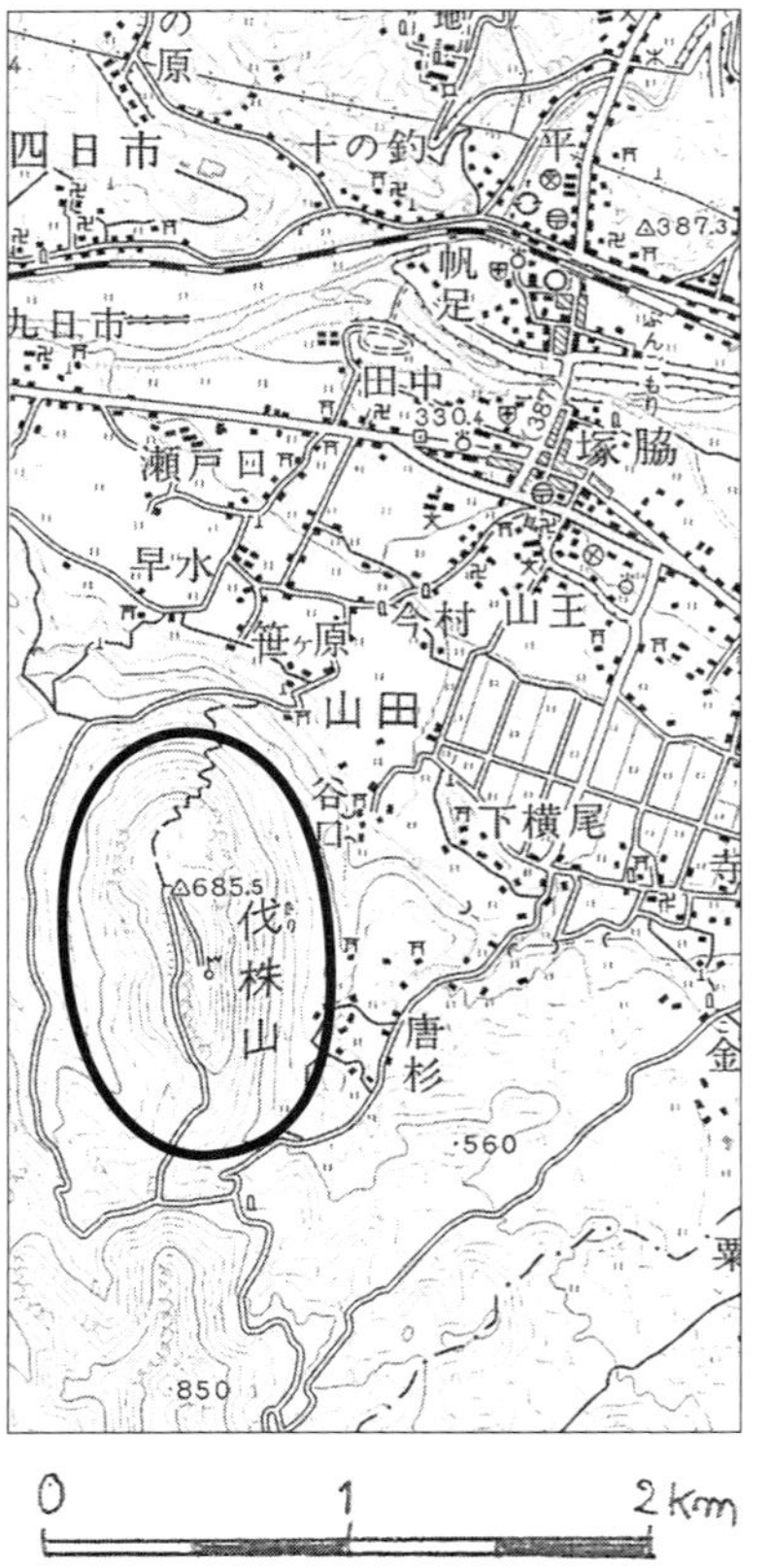

（メモ）

①標高六八五・五mの大木の伐り株状の台地。『豊後国風土記』球珠《くす》郡条に

昔者《むかし》、此の村に洪《おほ》き樟《くす》の樹《き》ありき。因りて、球珠郡《くすのこおり》といふ

とある。

②伐株山《きりかぶやま》の下部一帯は凝灰質砂岩とシルト層の互層からなる岩室層からなる。山頂部は厚さ約五〇mの伐株山火山岩類である。その下部は火砕流堆積物、上部は主に黒雲母輝石角閃石安山岩溶岩である。上部を安山岩溶岩で覆われているので浸食されにくい。

③伐株の生え残る岡であるので、この地は伐生の岡、切生の岡。伐株山山頂に、湧水がある。冬季は霧生の岡となる。

九八六　闇無浜《くらなしのはま》

大分県中津市角木《つのぎ》字闇無町・竜王町

関係地図　1／20万　中津　1／2.5万　中津

318

くらなしの浜

・わぎもこがあかもぬらしてうゑし田をかりてをさめむくらなしのはま　人まろ

③拾遺集　一一二三

（参考）わぎもこが　あかもひづちて　うゑしたを　かりてをさめむ　くらなしのはま　柿本朝臣人麻呂　万葉集　一七一〇

（参考）くるあまのそこらかりおくみるめをばいづくにつまんくらなしのはま　読人不知　夫木抄　一一八〇九

（参考）わぎもこがてさへぬれつつううる田をかりてをさめんくらなしの山　人まろ　古六帖　一一一一

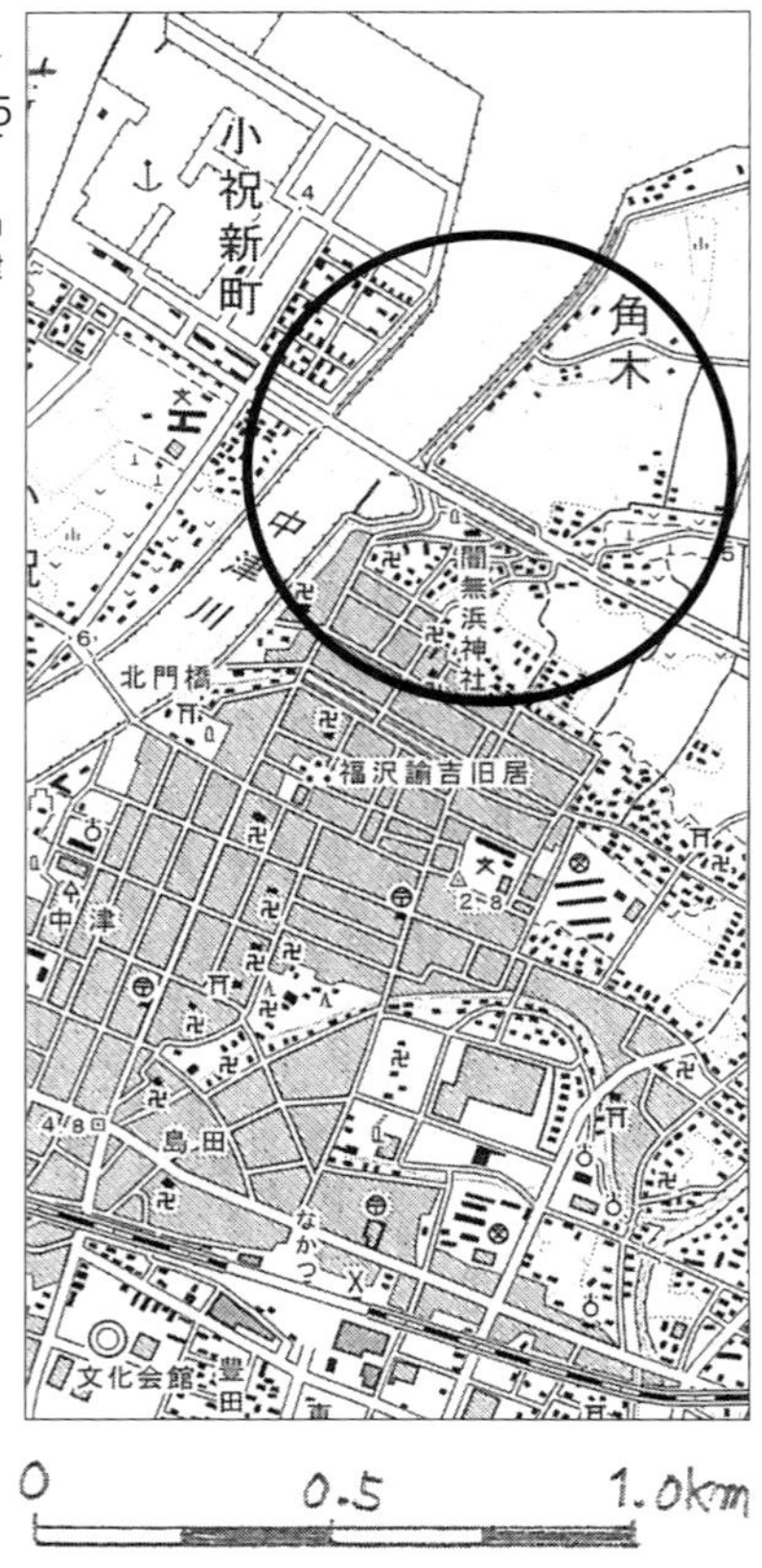

（メモ）

①倉無の浜は、現在の中津市大字角木《つのき》、小字闇無町・竜王町である。

②竜王町に闇無浜神社（竜王宮）が鎮座。祭神は豊日別国魂神《とよひわけくにたまのかみ》・瀬織津姫神《せおりつひめがみ》・大海《おおわた》津見神《つみのかみ》・武甕槌神《たけみかつちのかみ》・経津主神《ふつぬしのかみ》・天児屋命《あめのこやねのみこと》。由緒は第一〇代崇神天皇の御代、神武天皇の御裔国津彦雄（重松宮司の祖）が日向国より同僕二四人と来たり、土地を拓き神託により豊日別国魂神・瀬織津姫神を鎮祭された。景行天皇四（AD七四）年三月には彦雄の御裔大勝彦が大海津見神を、同年九月武甕槌神・経津主神・天児屋命を合祀。応神天皇九年、南面の神殿を西番鎮護の為西面に。建武元（一三三四）年、市内丸山町より現在地に鎮座。

九八七　由布岳

大分県由布市湯布院町

関係地図　1／20万 大分　1／5万 別府

665
氷室

氷室をよみ侍りける

・春あきものちのかたみはなきものをひむろぞ冬のなごりなりける　　仁和寺後入道法親王覚性

⑦千載集　二〇八

百首歌たてまつりける時、氷室のうたとてよみ侍りける

・あたりさへすずしかりけりひむろ山まかせし水のこほるのみかは　　大炊御門右大臣

⑦千載集　二〇九

（参考）外は夏あたりの水は秋にしてうちは冬なる氷室山かな　　後京極摂政

夫木抄　三七二〇

1／5万 別府

（メモ）

①『豊後国風土記』速見《はやみ》郡柚富《ゆふ》の峯に此の峯の頂に石室《いはや》あり。其の深さは一十丈餘《とつえあま》り、高さは八丈四尺《やつえあまりよさか》、広さは三丈餘《みつえあま》りなり。常に氷《ひ》の凝《こ》れるありて、夏を経れども解けず。凡《すべ》て、柚富の郷は此の峯に近し。因りて峯の名と為す。

などとある。また、『豊後国風土記逸文』氷室に、

室《むろ》に遍《まま》ね く氷凝《ひこ》れり。或は玉の墫《かはら》を鋪《し》くが如《ごと》し、或は銀《しろがね》の柱を竪《た》てたるに似たり。鑿斧《のみおの》に因《よ》るに非ざれば、片取《と》ること尤《もとも》難《かた》し。時に三炎《なつ》に属《あた》れば、氷を採ること百数《いくもも》にして、人々自ら足る。……

などとある。

九八八　入《いり》野《の》

宮崎県東諸県郡綾《あや》町入野

関係地図　1／20万 宮崎　1／2.5万 日向本庄

143
いる野

嘉承二年きさいのみやの歌合に、すみれをよめる

・道とほみいる野の原のつぼすみれ春のかたみにつみてかへらん　　源顕国

⑦千載集　一一〇

・さをしかのいるのの薄はつをばないつしかいもがたまくらにせん　　人丸

⑧新古今集　三四六

（参考）さをしかの　いりののすすき　はつをばな　いづれのときか　いもがてまかむ　　万葉集　二二七七

（参考）かり人のいるのの露のしらま弓末もとををに秋かぜぞふく　　順徳院御製

続拾遺集　二二三五

1／2.5万 日向本庄

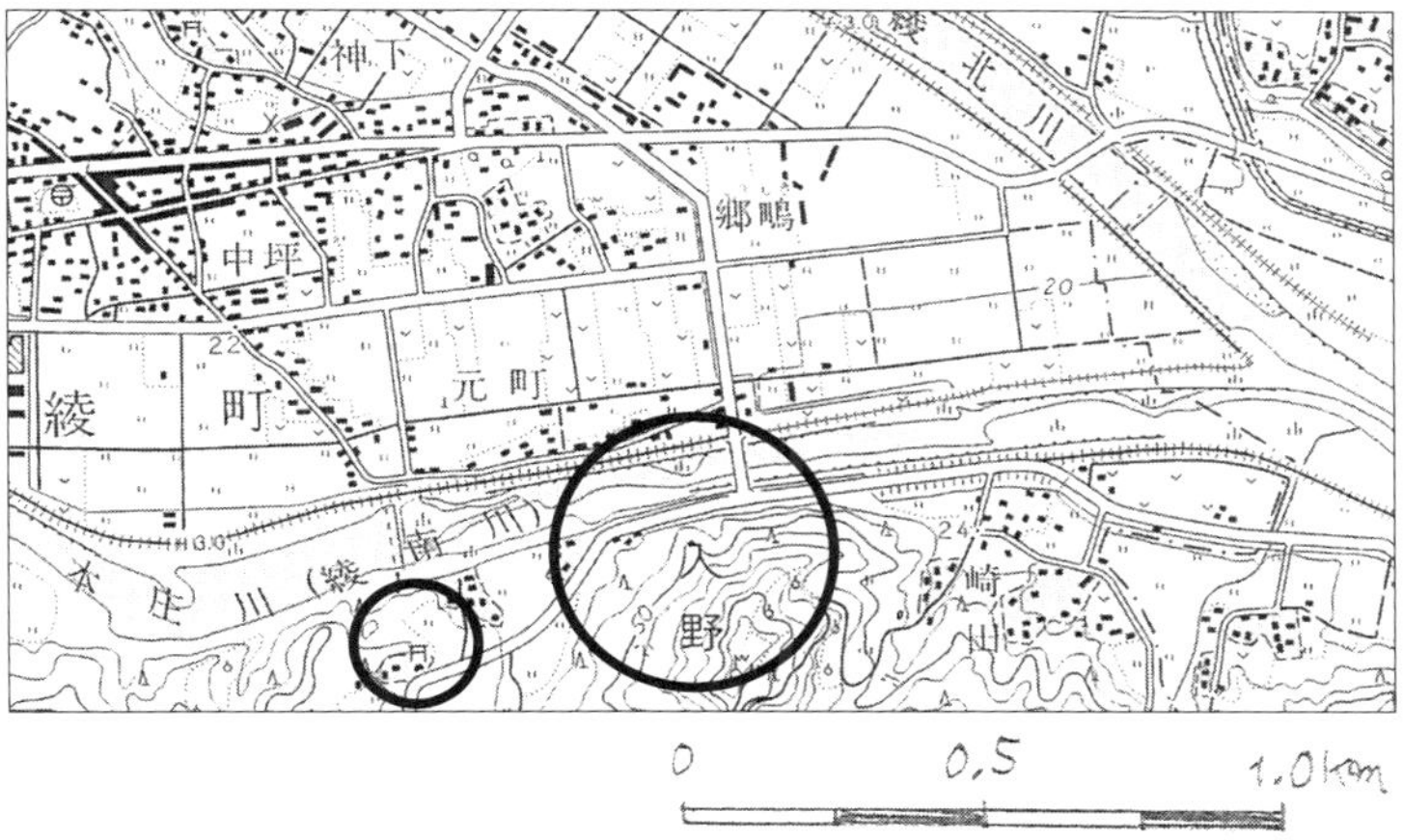

（メモ）

①大淀川支流の本庄川（綾南川）と綾北川地域に位置する。地内には四反田古墳・王ノ塚古墳・スミ床古墳がある。隣接する南俣集落の一古墳を合せた四古墳「綾古墳」として昭和八年、県史跡となる。

②明治期の『日向地誌』に、

入野村の規模は東西約三〇町、南北約一里。東は守永村、西は北股村、南は向高村・内川村、北は深年村、南西は南股村と接する。地勢は南に草岡を擁し、北に林邸を負ひ、中に一段の平田あり。綾南川綾北川其中間を流る……等とあると。

③図の小〇神社は入野神社。入野集落の鎮守である。

九八九　小川

宮崎県児湯《こゆ》郡西米良村小川

関係地図　1／20万　延岡　1／5万　村所《むらしょ》

849

をがはのはし

・つくしよりここまでくれどつともなしたちのをがはのはしのみぞある　在原業平朝臣　③拾遺集　三八一

（参考）みちのくのをがはのはしのあゆみ板の君しそむかばわれもそむかん　読人不知　夫木抄　九四一九

1／5万　村所

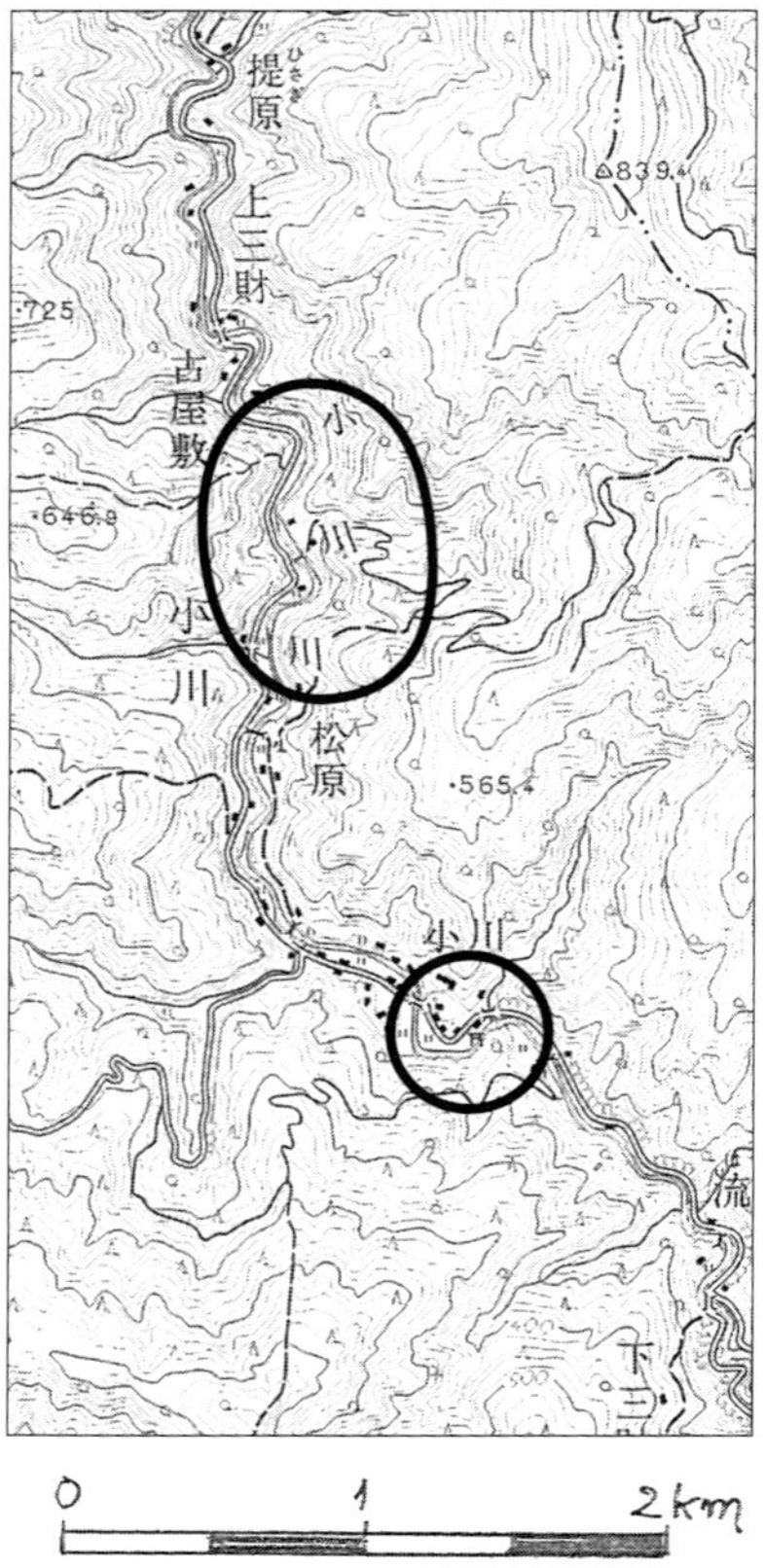

（メモ）

①日向国児湯《こゆ》郡西米良村字小川。九州山地中央部に位置する。一ツ瀬川支流の小川川の中流域から上流域の山間地にある。北に標高一五四七mの石堂山、東に標高一一二六mの烏帽子岳がそびえる。大字小川、小字小川には米良神社（図の小〇中神社）がある。本殿は径百m・高さ二〇mの古墳上にある。古墳は県史跡。

②小川には磐長姫伝説がある。ニニギノ命がコノハナサクヤ姫を妃に迎えられた時、イワナガ姫が顔形が醜くかったのでニニギノ命に迎へられなかった。その事を悲しんだイワナガ姫は一ツ瀬川をさかのぼり米良山中に向い、その地に自分の水田を作り米が豊かに稔ったので、「米良《よねよ》し」と言い喜んだという。この事が「米良」の地名の由来という。しかし、姫はその後、一ツ瀬川の支流、小川の淵に身を投じたという。葬られた所が古墳であり、宝永元（一七〇四）年、磐長姫命を主祭神に創建されたのが米良神社と。

九九〇　川島旧地

宮崎県延岡市川島町

関係地図　1／20万　延岡　1／2.5万　延岡北部

251

かはしま

しのびてものいひ侍りける女の、つねに心ざしなしとゑんじければ、つかはしける

・君にのみしたのおもひはかはしまの水の心はあさからなくに　従三位季行　⑦千載集　八六五

（参考）あひ見ては心ひとつをかはしまの水のながれてたえじとぞ思ふ　業平朝臣　続後撰集　八三七

（参考）わするなよさすが契をかはしまにへだつるとしの波はこゆとも　権大僧都堯孝　新続古集　一二一六

（メモ）

①ここ川島町は、北川の下流域の扇状地性デルタ上に位置する。そのデルタ内の微高地である。平安時代、天永元（一一一〇）年八月に今山八幡宮彼岸会の礼拝講僧膳川北役二一膳中四膳を川島集落で負担していると。

②図中〇内神社は川島神社。祭神は伊弉冊命・速玉男命・事解男命。当地右上に現在「那智の滝」があるにより、養老三（七一九）年九月一三日、紀伊国熊野那智権現の分霊を勧請。しかし、明治四年に天神宮他を合祀し、川島神社となる。

③地図右上の〇内は那智の滝。崖に懸る滝の高さは約三〇m・幅約六m。県指定名勝。滝手前の寺院は真言宗如意輪寺。行基菩薩の開基と伝える。本尊は如意輪観世音。行基菩薩が梅の古木を刻んで作った仏と伝える。

④無鹿《むしか》古墳群　北川下流の南岸に連なる丘陵には古墳が多かった。ここに円墳九基・横穴一基。計一〇基の古墳があり、「無鹿古墳群」として県史跡となった。しかし、現在は妻耶《つまや》神社（図の川島橋右下〇内神社）境内の円墳だけとなった。千枚岩製の箱式石棺の一部が露出している状態という。妻耶神社は別名大将軍神社とも呼ばれ、祭神は磐長姫他一柱。

⑤図中最下の〇内に円墳の樫山七曲《かしやまななまかり》古墳がある。樫山西麓に突出した小丘上にある。古墳から剣一振の副葬品が出土。

⑥樫山七曲古墳の左上の〇辺にコトンバ横穴壙が四基があり、一基から金環二個と須恵器一個出土している。「コトンバ」とは「琴姥」。昔、この穴に一人の老女が住んでいて村人に膳椀を貸していたが乱暴されてから、老女は姿を消した。その後、この穴から絶えず美しい琴の音が

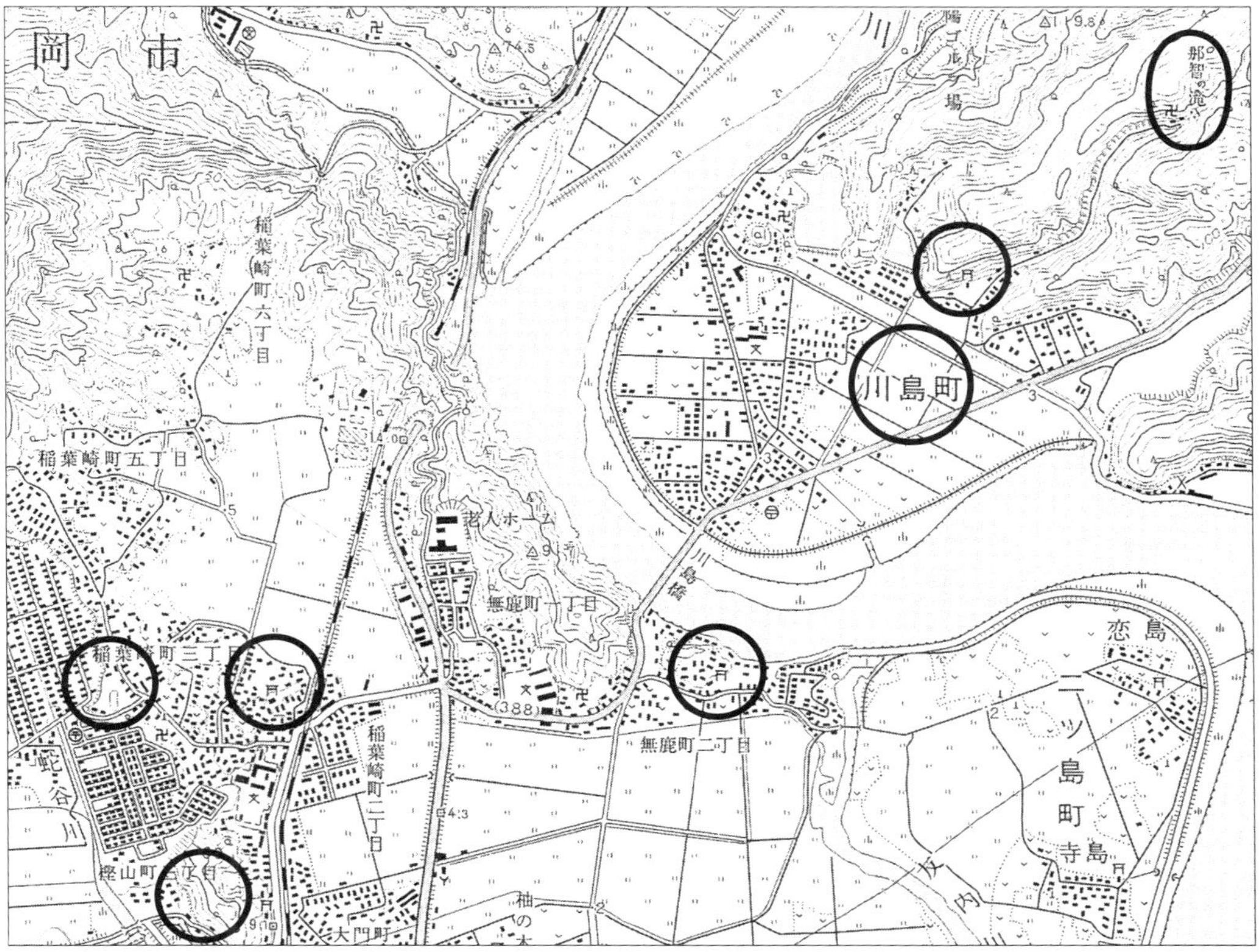

1／2.5万　延岡北部

0　0.5　1.0Km

漏れてくるようになったと。
⑦樫山七曲古墳の右上の○内には菅原《すげばる》神社古墳がある。全長約一一〇m前方後円墳である。

九九一　日向国府跡

宮崎県西都市妻・三宅辺

関係地図　1／20万 延岡　1／2.5万 妻

667

日向のくに　つねに侍りける女房の、日向のくにへくだりけるに、餞給ふとてよみ給ける

・あかねさす日にむかひてもおもひいでよみやこははれぬながめすらむと　一条院皇后宮　⑥詞花集　一七八

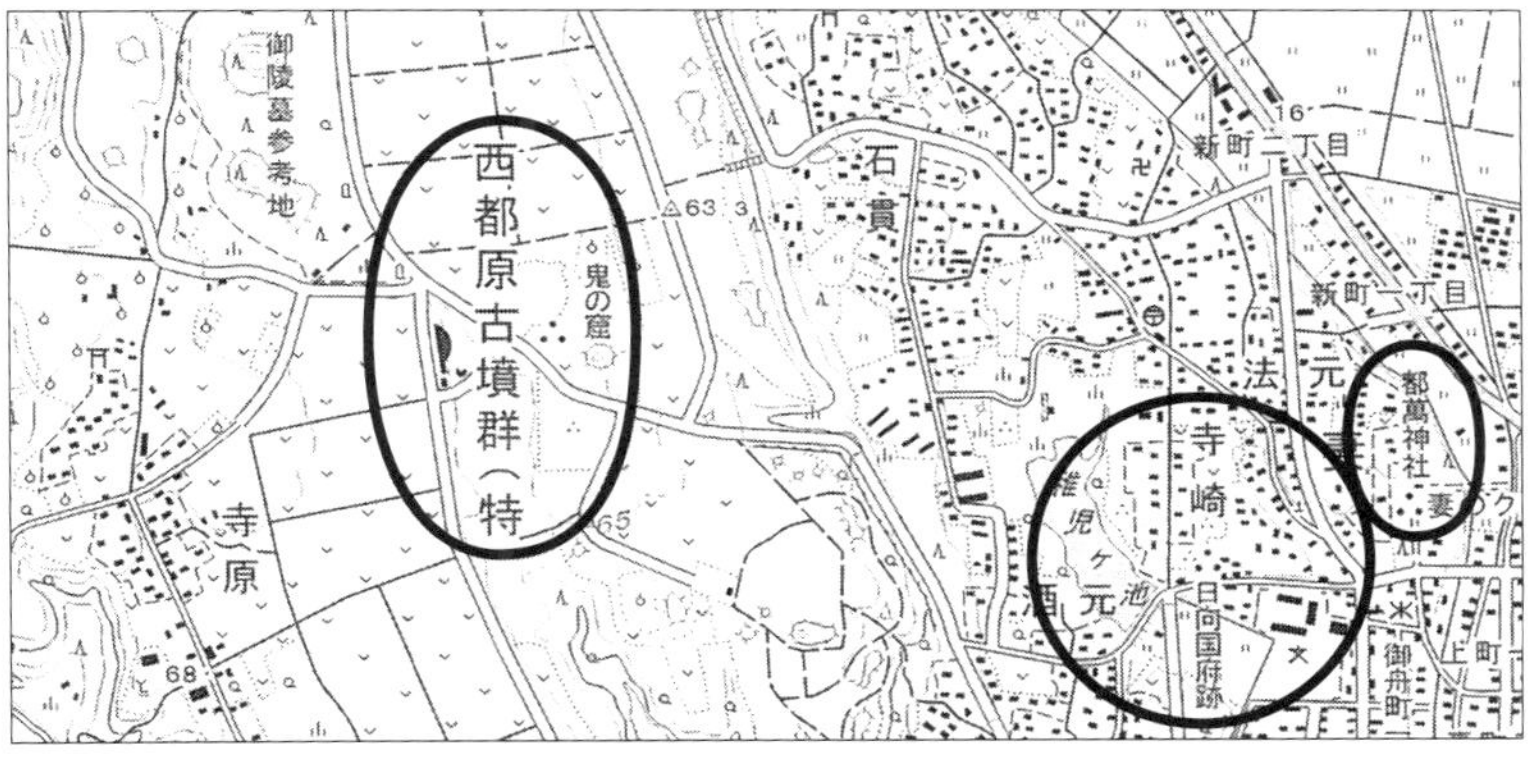

1／2.5万　妻

0　0.5　1.0km

（メモ）

①『日本書紀』景行天皇一三（AD八三）年五月条に、悉《ふつく》に襲国《そのくに》を平《む》けつ。因《よ》りて高屋宮《たかやのみや》に居《ま》しますこと、已《すで》に六年なり。是に、其の国に佳人《かほよきをみな》有り。御刀媛《みはかしひめ》と曰《い》ふ。則ち召して妃《みめ》としたまふ。豊国別皇子《とよくにわけのみこ》を生めり。是《これ》、日向国造《ひむかのくにのみやつこ》の始祖《はじめのおや》なり。

一七年の春三月一二日に、子湯県《こゆのあがた》に幸《いでま》して、丹裳小野《にものをの》に遊びたまふ。時に東《ひむがしのかた》を望《みそなは》して、左右《もとこひと》に謂《かた》りて曰《のたま》はく、「是の国は直《なほ》く日の出づる方《かた》に向《む》けり」とのたまふ。故《かれ》、其の国を号《なづ》けて日向《ひむか》と曰ふ。

とある。その後、『続日本紀』大宝二（七〇二）年以前に薩摩国を分割し、和銅六（七一三）年四月三日に、日向国四郡を割《さ》いて大隅国を新置し、その後の日向国域が確定している。

②日向国府は現在の西都市三宅・妻辺一帯。図○内は妻北小学校。

③西都原《さいとばる》古墳群　西都原台地は東西二・六km・南北四・二m。そこに前方後円墳三二基、柄鏡式古墳十余基、地下式横穴十余基。その他があり、総数三一一基。男狭穂塚・女狭穂塚（伝瓊瓊杵尊・木花開邪姫御陵）、鬼の窟古墳等ある。

④都萬神社は祭神木花開邪姫。式内社。

九九二　三納浦跡

宮崎県西都市三納

関係地図　1／20万　延岡　1／5万　妻

761

身のふのうら

そらごとなげきはべりけるころかたらふ人のたえておとしはべらぬにつかはしける　　馬内侍

・うかりける身のふのうらのうつせがひむなしきなのみたつはききや

④後拾遺集　一〇九七

（参考）みのうはまなにはのなみのよるをまつひるこそかひのいろも見えけれ

読人不知　　夫木抄　一一八六一

1／5万　妻

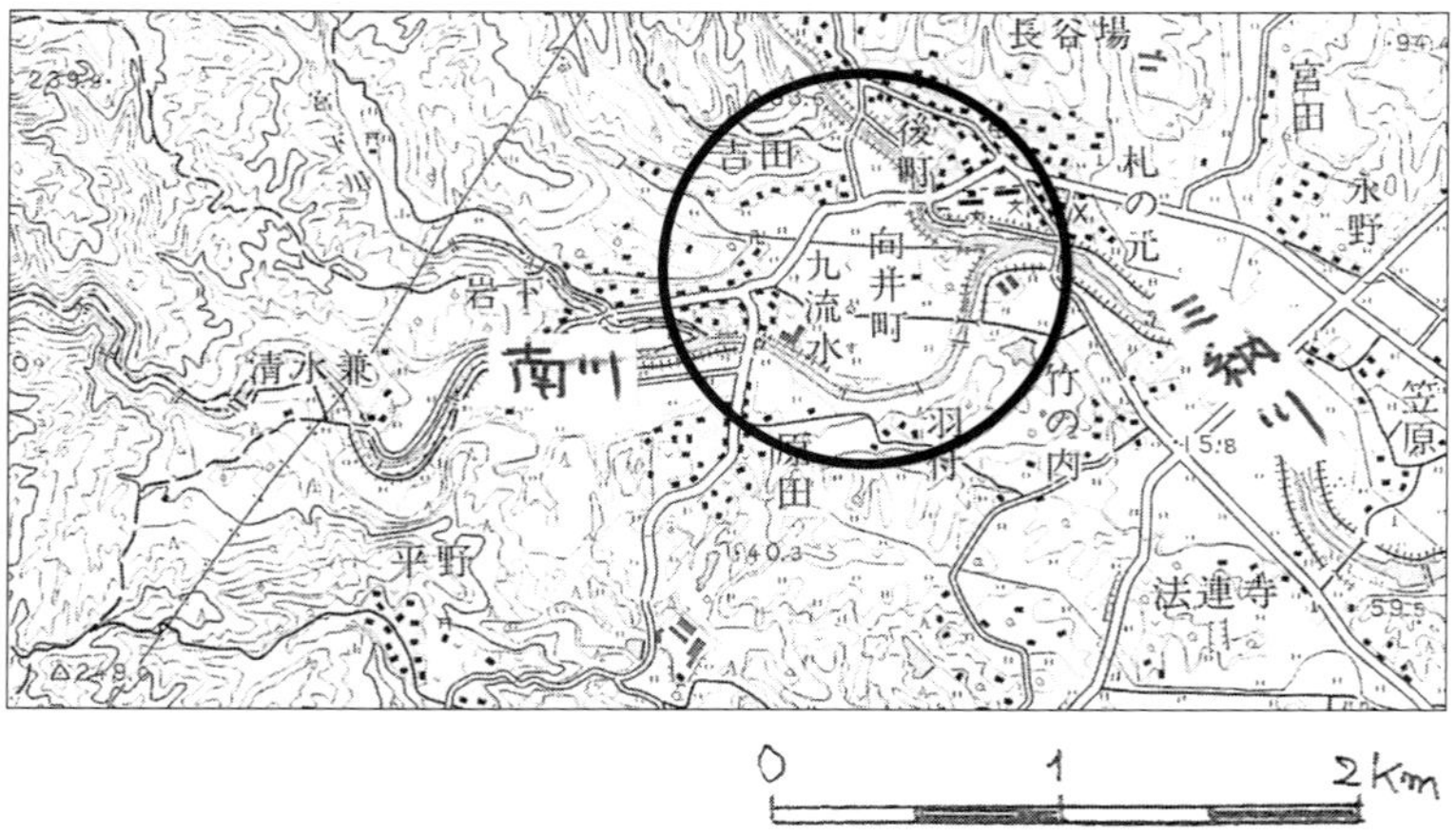

（メモ）

①『和名抄』日向国児湯郡に「三納郷」がある。この三納郷の浦である。「浦」は川や湖などの浜や岸。また海の陸地に入り込んでいる所、入り江などである。

②西都市三納地区には三納川の本流、支流の南川、孫川の宮下川等がある。特に図中○周辺は常に湖沼であったであろう。この湖沼周辺が三納浦であり、歌に登場する「身の憂の浦」であった。

③ここ西都市三納は一ツ瀬川支流の三納川上流域に位置する。三納集落と隣接する平郡《へぐり》集落には前方後円墳三基、円墳六二基、横穴五基もあり、昭和一九年に「三納古墳」として県史跡となっている。その北には国宝の金銅製馬具類が出土している百塚原古墳群がある。

④三納集落に長谷観音堂がある。養老元（七一七）年、大和国長谷寺の徳道上人が建立。観音堂は昭和五六年に新築され、観音像の頭部だけ祀られているという。

九九三　大隅国府跡推定地

鹿児島県霧島市国分府中町辺

関係地図　1／20万　鹿児島　1／2.5万　国分

181

大隅

源公貞が大隅へまかりくだりけるに、せきとの院にて、月のあかかりけるに、わかれをしみ侍りて　　平兼盛

・はるかなるたびのそらにもおくれねばうら山しきは秋のよの月

③拾遺集　三四七

源公定大隅守になりてくだりけるとき、月のあかかりけるよわかれをしみてよめる　　源為成

・はるかなるたびのそらにもおくれねばうらやましきは秋のよの月

⑤金葉集　三四〇

（参考）わがためにつらきこころはおほすみのけしきのもりのさもしるきかな

古六帖　一二八四

1／2.5万　国分

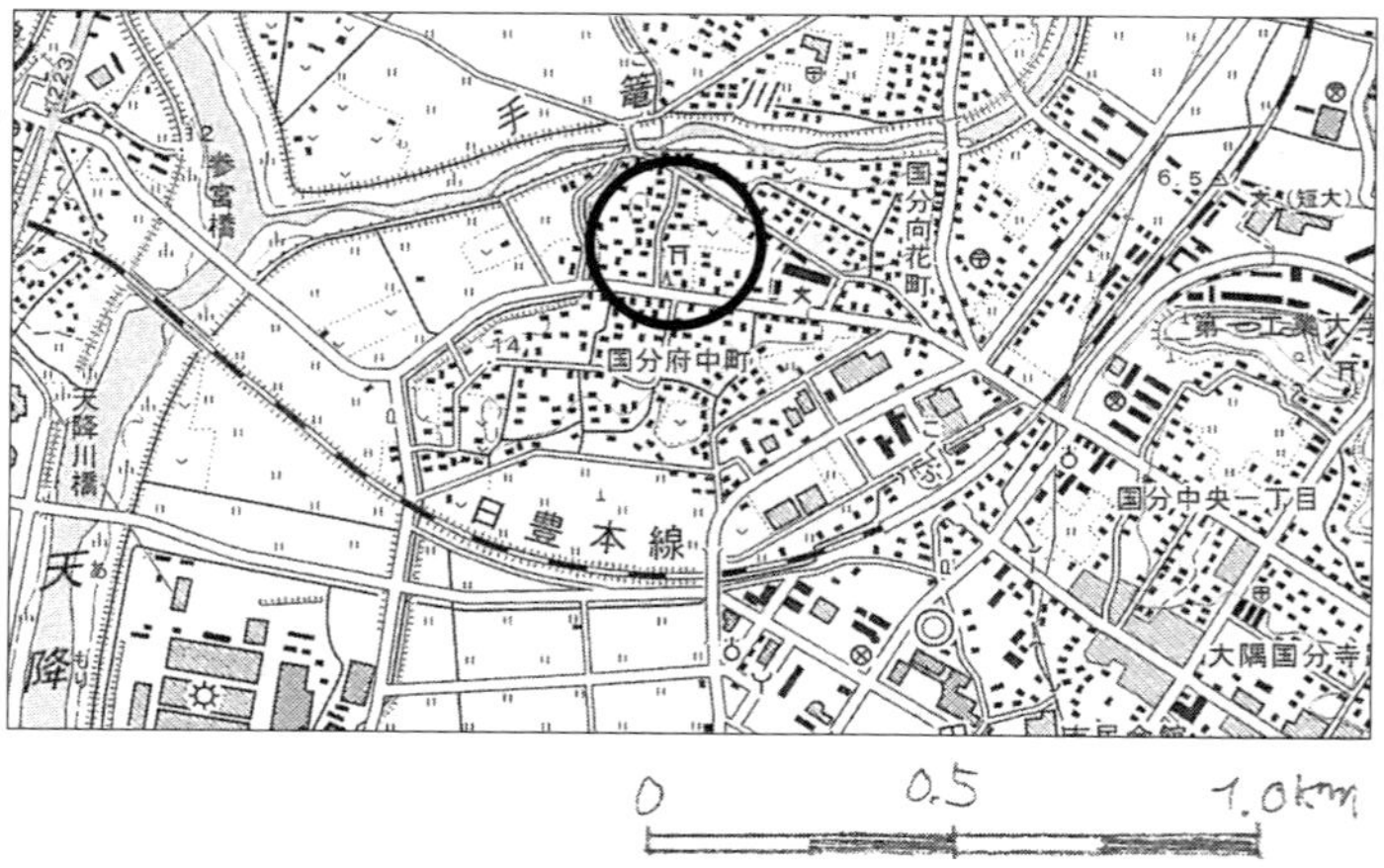

（メモ）

①『続日本紀』和銅六（七一三）年四月三日条に、

日向国の肝坏《きもつき》・贈於《そお》・大隅・始羅《あいら》の四郡を割《さ》きて、始めて大隅国を置く。

とある。天長元（八二四）年に多褹島《たねしま》を加えた。大隅四島（屋久島・種子島・口永良部島・馬毛島）は古代と近世は大隅国。中世は薩摩国に属した。

②霧島市国分府中には古墳、奈良・平安期の土師器・須恵器や布目瓦が採集されていること。また、大隅国の総社であったと伝える守公《もりきみ》神社（現祓戸神社）図中○内神社の鎮座等より当地が国府と。

③養老四（七二〇）年、大隅隼人の反乱があり国守陽侯史麻呂を殺す。二月四日、大伴宿祢旅人を征隼人持節大将軍として派遣という。

365

九九四　鬼界カルデラ

鹿児島県鹿児島郡三島村辺

関係地図　1／20万　開聞岳　1／5万　薩摩硫黄島

薩摩潟沖の小島

心のほかなることありて、しらぬくにに侍りけるときよめる

・さつまがたおきの小島にわれありとおやにはつげよやへのしほかぜ　平康頼法名性照　⑦千載集　五四二

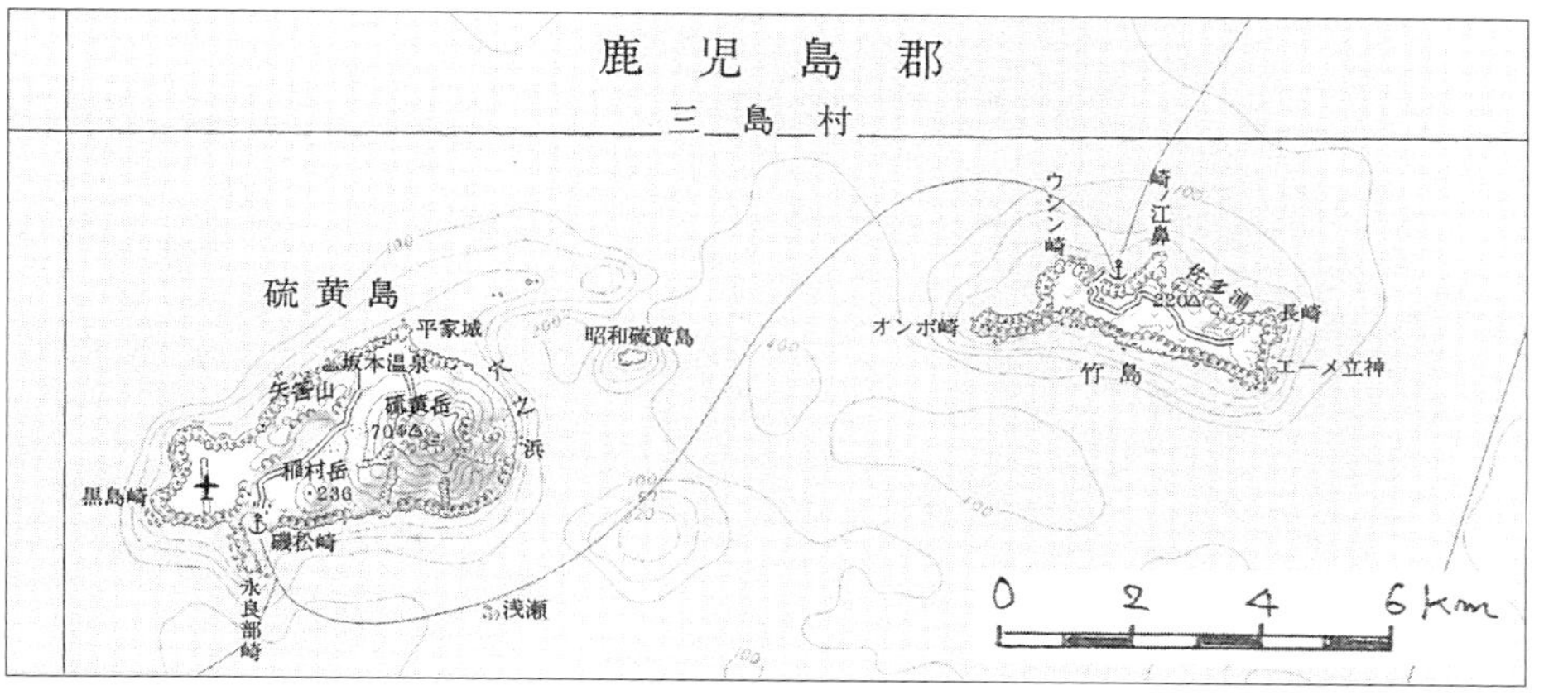

1／20万　開聞岳

（メモ）

①鬼界カルデラは、東西二〇km・南北一七kmである。先カルデラ火山体や後カルデラ中央火口丘群の殆んどは海底にある。海上に出ているのは硫黄島・浅瀬・新硫黄島・竹島などである。

②鬼界カルデラの形成史中、カルデラ形成期の主な活動は三回ある。中でも約六三〇〇年前の噴火で噴出した火山灰は「アカホヤ火山灰」として日本全土に降り注いだ。

③『源平盛衰記』巻第七に、およそ次のようにある。

(i)薩摩潟とは総名なり。五島七島と名付けたり。鬼界は十二の島なれや。五島七島と名付けたり。端五島は日本に従へり。康頼法師をば五島の内ちとの島に捨て、俊寛をは白石の島に棄てけり。彼の島には白鷺多くして石白し、故に白石の島と云ふ。丹波少将をば奥七島が内、三の迫《はさま》の北、硫黄島にぞ捨てたりける。

(ii)昔は鬼の住みければ鬼界の島とも名付けたり。今も硫黄の多ければ硫黄島とぞ申しける。

(iii)判官入道康頼は、都の恋しさも然る事にて、殊に七十有餘の母の紫野と云う所にて在りけるを、思出で侍りけるに、いとど為《せ》ん方なくぞ思ひける。流されし時、かくと知らせまほしかりけれども、聞き給ひなば悶え焦れ給はん事の痛はしくかなしさに、かくとも云はずして下りたればながらへて今迄もおはせば、此形勢を伝へ聞きていかばかりは歎き給はんと言ひつづけては、唯泣くより外の事なし。悲しさのあまりには、かくぞ思ひつづけける。

　薩摩潟沖の小島に我有りと親には告
　　げよ八重の塩風
　思ひやれ暫《しば》しと思ふ旅だにもなほ古《ふる》
　　郷《さと》は恋しき物を

千本の卒都婆を造り、頭《かしら》には阿字の梵字を書き、面には二首の歌をかき、下に康頼法師と書きて、文字をば彫《え》りつつ誓ひける事は、帰命頂頼、熊野三所権現、若一王子、分きては日吉山王……

(iv)五島七島を開発し、居住した人々は暑いのでほぼ上半身裸で農作業をしていたので紫外線を受け、肌が黒かったので、遠く船上から眺めると一見鬼のように見えたものか？

④「鬼界ガ島」の形成想定

(i)この地に大きな火山島の形成

(ii)激しい火山活動—クラカトア型火山活動があり、島が飛散し、後、鬼界カルデラの形成。現在の硫黄島と竹島を含む五島七島がカルデラの外輪山として残る。

(iii)五島七島は暖流日本海流（黒潮）が流れるので温暖な気候である。現在の大阪の一月平均気温は六・五℃、東京は六・八℃である。少し遠いが沖縄那覇では一六・七℃で、約一〇℃も高い。

⑤治承元（一一七七）年、鹿ケ谷での平家打倒の計画がもれて藤原成経・平康頼・僧俊寛が捕らえられ、当時「鬼界ガ島」と呼ばれていた現在の硫黄島に流された。成経・康頼は後、都に帰るが、俊寛だけは許されず、去り行く船を「俊寛足摺りの浜」と呼ばれる長浜を追ったという。ここには俊寛が住んだ庵跡がある。また、俊寛川・俊寛石、また俊寛が伝えた「俊寛踊り」が今に伝わる。

⑥硫黄島には、文治元（一一八五）年、安徳天皇が住まわれたとの伝承があり、安徳天皇墓という墓塔がある。また、天皇の末裔と称する長浜家がある。

⑦霧島火山帯には北から阿蘇カルデラ・始良カルデラ・阿多カルデラ、そしてこ鬼界カルデラがある。（表紙裏写真㉗参照）

九九五　気色の森

鹿児島県霧島市国分府中町

関係地図　1／20万　鹿児島　1／5万　国分　1／2.5万　国分

327

けしきの森

百首歌たてまつりける時、秋たつ心をよめる

・秋のくるけしきのもりのした風にたちそふ物はあはれなりけり　待賢門院堀川

⑦千載集　二二八

百首歌たてまつりし時

・秋ちかきけしきの森になくせみのなみだの露や下葉そむらん　摂政太政大臣

⑧新古今集　二七〇

(参考)みるままにうつろひにけりしぐれゆくけしきのもりの秋のもみぢば　左近中将教良　続古今集　五一七

(参考)うつり行くけしきのもりの下紅葉秋きにけりとみゆる色かな　兵部卿有教　玉葉集　七六五

1／2.5万　国分

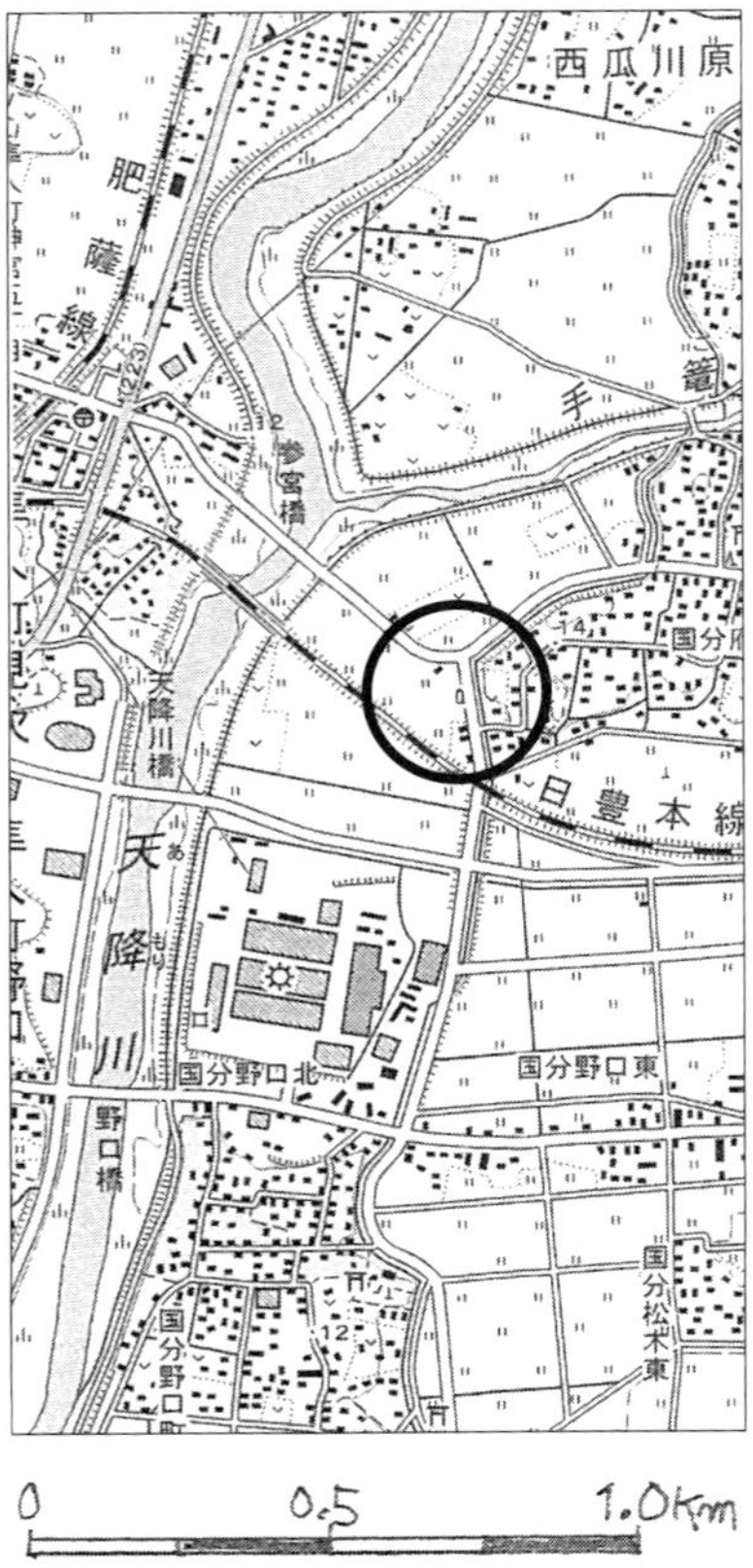

(メモ)

①『三国名勝図会』によれば、寛永二（一六二五）年の洪水以前は、今の社頭より辰巳の方、一町許《ばかり》、とあり、現在地より南東方約一〇〇mの地にあったが、洪水で叢社ともに流されたため、当時の地頭喜入久加が社壇を移して再興したという。同書には、天保年中頃にはマツノキ・スギノキ・クスノキ・ハゼノキ等の繁茂する森であったと。現在も天神祠がある。(表紙裏写真㉚参照)

九九六　薩摩国府跡

鹿児島県薩摩川内市御陵下町

関係地図　1／20万　鹿児島　1／2.5万　川内

364

さつま

心のほかなることありて、しらぬくにに侍りけるときよめる

・さつまがたおきの小島にわれありとおやにはつげよやへのしほかぜ　平康頼法名性照

⑦千載集　五四二

(参考)はやひとの　さつまのせとを　くもゐなす　とほくもわれは　けふみつるかも　長田王　万葉集　二四八

(参考)さつまがたせとのはやみのしほさゐはただこぎすぎよいかりおろさで　権僧正公朝　夫木抄　一一九四〇

1／2.5万　川内

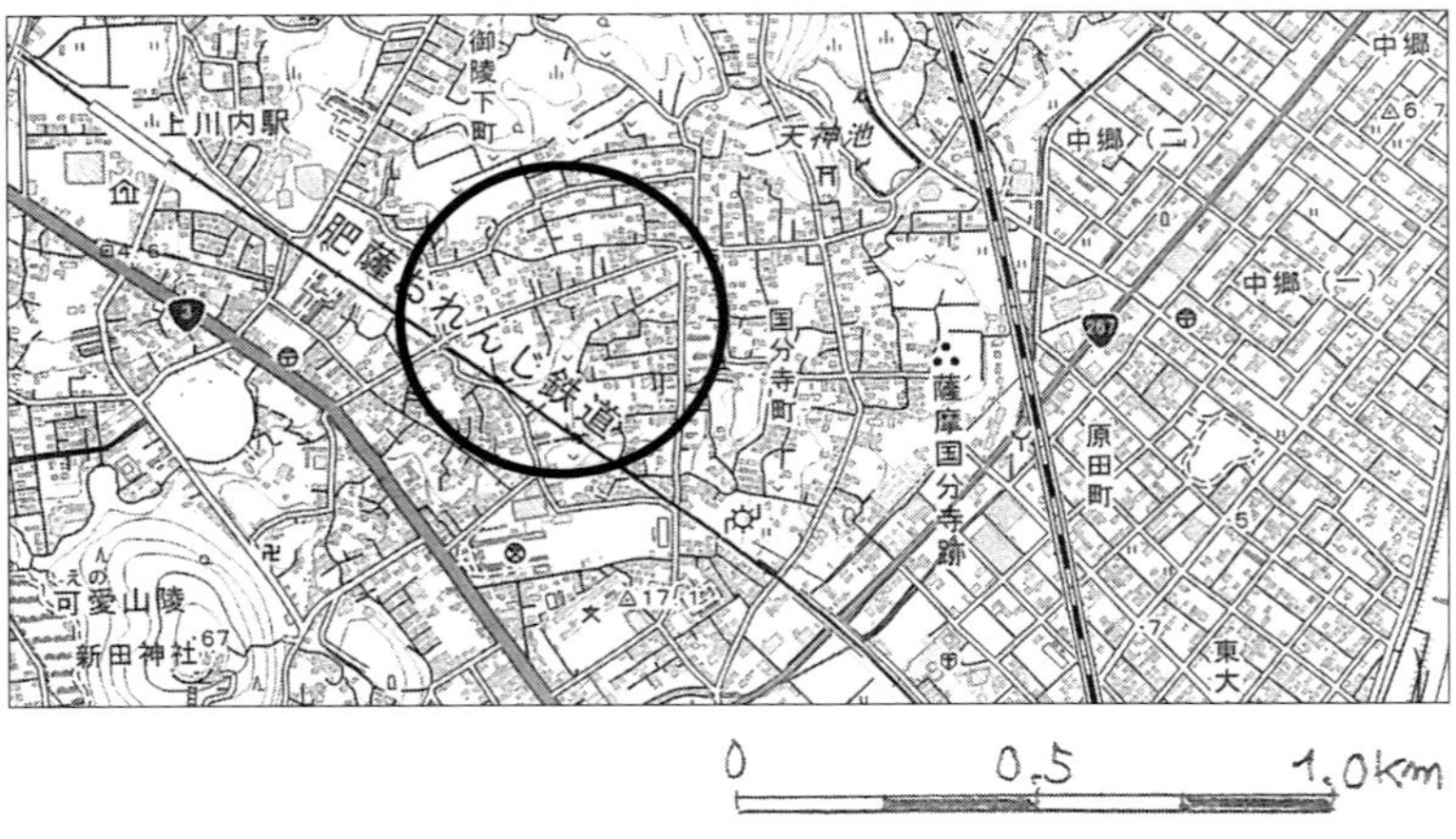

(メモ)

①薩摩国は現在の鹿児島県の西半分を占める。薩摩半島とその基部とから成り、南方洋上には川辺諸島、そして西方洋上には甑島等がある。

②「薩摩」の初出は『日本書紀』孝徳天皇白雉四（六五三）年七月条の、大唐《もろこし》に遣さるる使人《つかひ》高田根麻呂《たかたのねまろ》等《ら》、薩《さつ》摩《ま》の曲《くま》・竹嶋の間に、船合《ふねこぞ》りて没死《おち》りぬ。唯五人のみ有りて、胸に一板を撃《か》けて、竹嶋に流れ遇《よ》れり。

である。

③薩摩国府跡は薩摩川内市御陵下町の県立川内高校の裏側一帯にある。『続日本紀』文武天皇大宝二（七〇二）年一〇月三日条に、

国内《くぬち》の要害《ぬみ》の地に柵《き》を建てて、戍《まもり》を置きて守《も》らむ。

とあり、国府の設置か。調査によると、縄文土器・石器、竪穴式住居跡が出土。

九九七　嘆きの森

鹿児島県霧島市隼人町内《はやとちょううち》

関係地図　1／20万 鹿児島　1／5万 国分、加治木

574

なげきのもり

・ねぎ事をさのみききけむやしろこそはてはなげきのもりとなるらめ　さぬき

①古今集　一〇五五

なきなたちてなげきけるころよめる

・いかにせんなげきのもりはしげけれどこのまの月のかくれなきよを　橘俊宗女

⑤金葉集　四四八

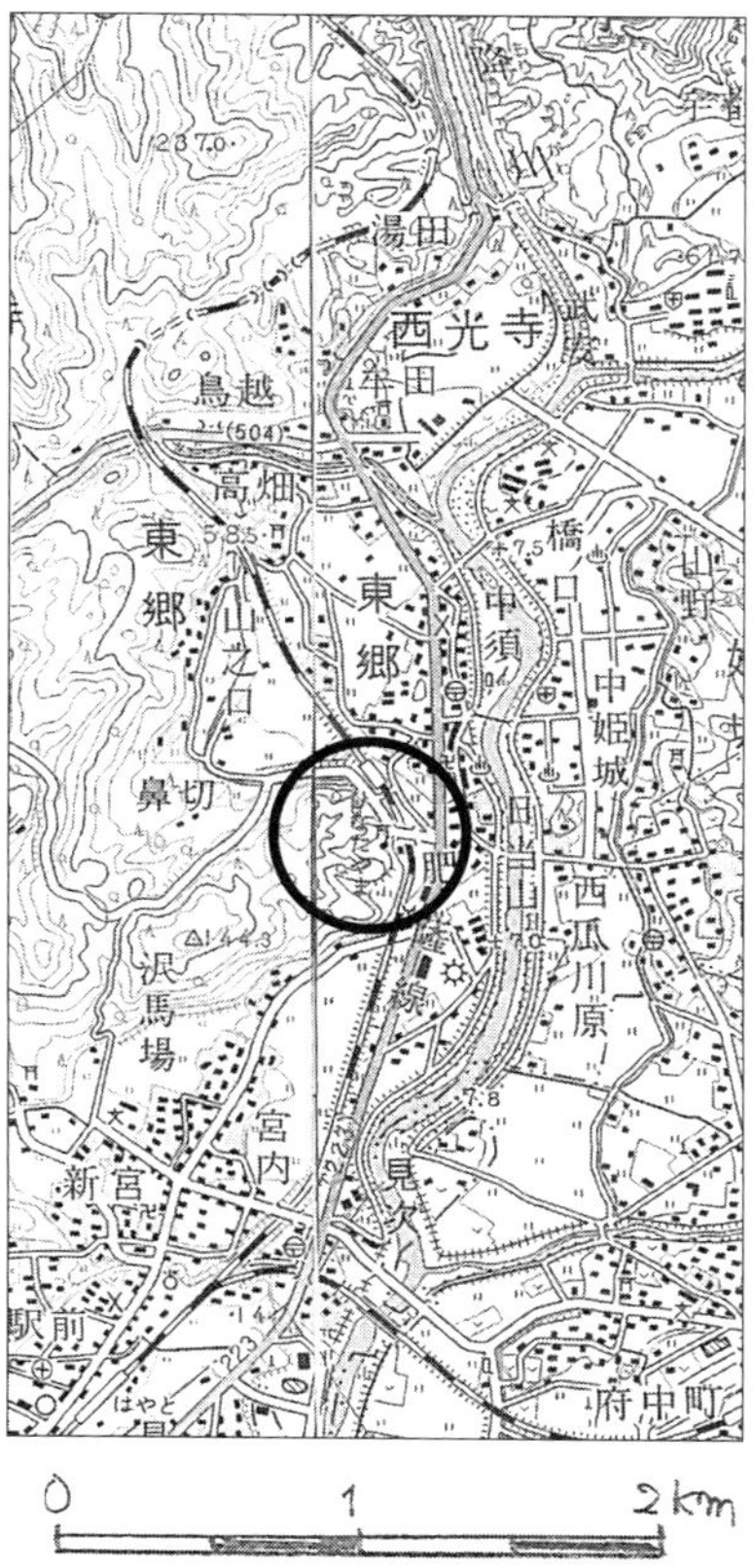

1／5万　加治木（左）・国分（右）

（メモ）

①霧島市隼人町内《うち》。国分平野北端の新田山の東麓にある「蛭児神社周辺」という。JR肥薩線日当山駅の南、小河川の対岸。

②蛭児神社は一之宮大明神と呼ばれ、大隅国二宮。祭神は蛭児神。寛延三（一七五〇）年現在地に移ったという。

③『古事記』国生みの最初に、伊邪那美命が先に「あなにやしえをとこを」（何とまぁ、素晴しい男でしょう）と言ひ、後、伊邪那岐命、「あなにやしえをとめを」と言ひ、各《おのもおのも》言ひ意《お》へし後、其の妹に告けて曰りたまはく、「女人《をみな》の先に言へるは良からず」とのりたまひき。然れどもくみど（産所）に興して、子の水蛭子《ひるこ》（骨なしの不具児）を生む。此の子は葦《あし》船（天盤樟船《あめのいわくすぶね》）に乗せて流しきとある。

④水蛭子神を乗せた天盤樟船がここに漂着し、蘖《ひこばえ》を生じ巨木となり森が生じたと。「なげき」の名称は父母の神が子の脚の立たないことに由来。（表紙裏写真㉘参照）

九九八　沖縄本島

沖縄県うるま市・那覇市等

関係地図　1／20万 那覇　1／5万 沖縄市南部

167

うるまの島

うるまのしまの人のここにはなたれきて、ここの人のものいふをききしらでなんあるといふころ、返ごとせぬ女につかはしける

・おぼつかなうるまの島の人なれやわがことのはをしらぬがほなる　前大納言公任

⑦千載集　六五七

（参考）ながめばやことのはだにも替るなるうるまの島の秋の夜の月　中務卿のみこ　夫木抄　一〇五〇七

（参考）よそにきくうるまのしまのうるさくはいひだにはなてておもひたえなん　従二位家隆卿　夫木抄　一七二六七

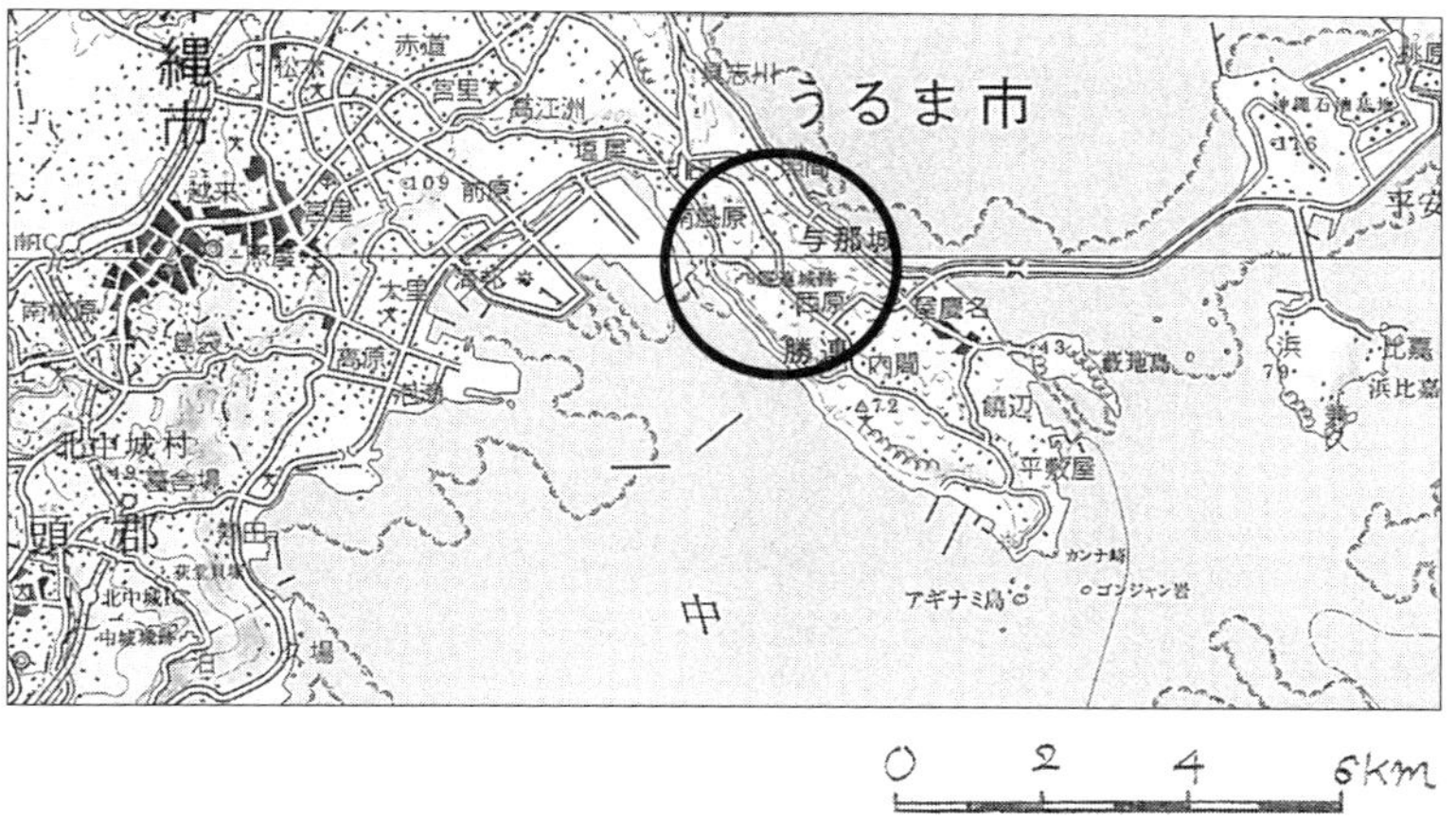

1／20万　那覇

（メモ）

①沖縄（琉球）本島の中央部に「うるま」市がある。その字勝連南風原があり、一帯に古い遺跡が数多く残る。中世には勝連城を中心に勝連文化が開化したと。

②勝連町南風原《はえばる》小字赤吹に勝連城がある。勝連半島の脊梁丘陵の北西端で、標高六〇～一〇〇mの琉球石灰岩上の勝連城は一一～一二世紀築城。国史跡。出土遺物はグスク系土器・須恵器・白磁、南宋時代～明代の中国製青磁、勾玉・丸玉、釘・鍋など、唐代～明代の古銭・武器等。

③平成二八年九月二八日の新聞に古代ローマ時代の貨幣出土と報じた。ここ琉球は大和民族の先祖が通って来た道と考えられる。その後は遣隋使・遣唐使が通った道。ここが食料や飲用水の補給地。

④大漢和辞典に「津」は潤也とある。唐の津と大和の津の中継地「琉球」は津間《うるま》の島、「潤間《うるま》の島」であった。物資流通で潤っていた。（表紙裏写真㉙参照）

九九九　海と陸　　地球表面には固い陸地と海がある。全世界

54　あめのした

ながされ侍りける時

・あめのしたのがるる人のなければやきてしぬれぎぬひるよしもなき　贈太政大臣　③拾遺集　一二一六

大弐成章肥後守にて侍ける時阿蘇社に御装束してたてまつり侍けるにかのくにの女のよみ侍ける

・あめのしたはぐくむかみのみぞなればゆたけにぞたつみつのひろまへ　よみ人しらず　④後拾遺集　一一七三

後二条関白はかなき事にてむづかり侍りければ、家のうちには侍りながらまへへもさしいで侍らで女房の中にいひいれ侍りける

・みかさやまさすがにかげにかくろへてふるかひもなきあめのしたかな　源仲正　⑥詞花集　三三五

百首歌たてまつりし時

・あめのしためぐむくさ木のめも春にかぎりもしらぬみよの末末　式子内親王　⑧新古今集　七三四

(参考) よろづよに　いましたまひて　あめのした　まをしたまはね　みかどさらずて　筑前国司山上憶良　万葉集　八七九

(メモ)

①「天の下」は天下。大漢和辞典には、あめがした。天宇。世界中。中国全土。又、一国内。とある。

②私達の地球は地学で見ると「気圏・岩圏・水圏・内圏・生物圏」の五圏で構成されている。「天が下」は岩圏と水圏である。

③岩石の分布する陸地が岩圏、水がある海が水圏である。陸地は地球全体の二九%、海は七一%である。陸の平均の高さは八四〇mとなる。海の平均の深さは三八〇〇mとなると。また海陸全体をならし、地球全体をならすと、岩石で構成される硬い陸地は、深さ約二七〇〇mの海水でおおわれ、その海水面が現在より約二四四mも高くなる計算という。

④地球の大陸分布に関するものに、ウエゲナーの大陸漂移説がある。この説は一九一二年に発表された。主にSi・Alで構成のシアル質の大陸地殻（大陸塊）が、主にSi・Mgで構成のシマ質物質中に浮かび大陸地殻が漂移してきたと考える説。

⑤現在は厚さ約一〇〇kmのかたい板の動きによるとするプレートテクトニクス。水陸分布、地震・火山活動も統一的に説明する学説である。

一〇〇〇　夷　　中国他

174　えびす

王昭君をよめる

・なげきこしみちのつゆにもまさりけりなれにしさとをこふるなみだは　赤染衛門　④後拾遺集　一〇一六

・おもひきやふるきみやこをたちはなれこのくにに人にならむものとは　僧都懐寿　④後拾遺集　一〇一七

・みるからにかがみのかげのつらきかなかからざりせばかからましやは　懐円法師　④後拾遺集　一〇一八

(参考) わがごとくおくのこほりのえびすかげとにもかくにもひきちがへつつ　前大納言為家　新千載集　二一六〇

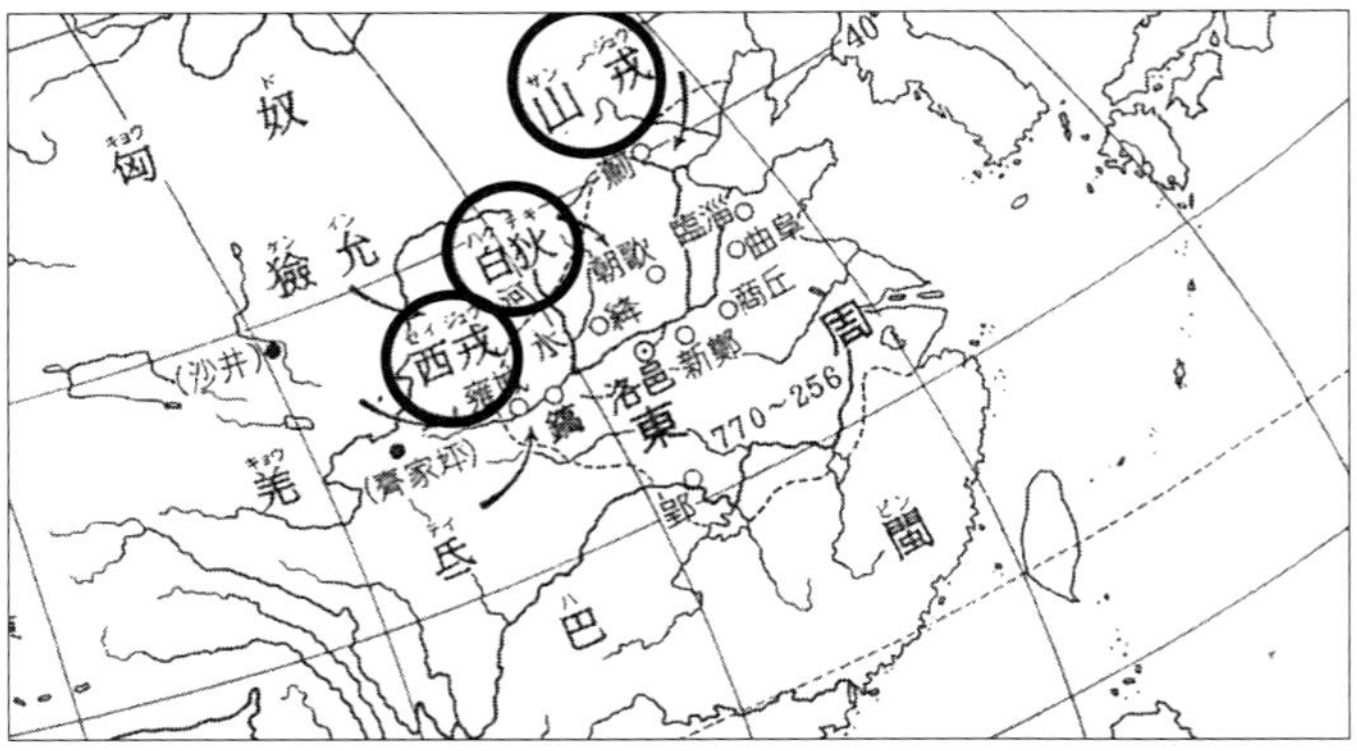

(メモ)

①夷《えびす》・戎《えびす》は蝦夷《えぞ》の転。蝦夷は現在の奥羽地方から北海道にかけて住み、言語・風俗を異にして大和朝廷に服従しなかった人々。「蝦夷」をアイヌとする説もあるが、本来、大和民族と同じであるが、たまたま狩猟・漁労の段階にあった日本人と考えられている。平安時代初期には、ほぼ一般の日本人と同化したと考えられている。また、「蝦夷」は江戸時代までの北海道の古称であった。

②諸橋轍次の「大漢和辞典」には「えびす」に当る字に夷・戎・狄等がある。「夷」字を見ると、

(i)東方君子国の人。又東夷。東方日夷。など。(ii)四方遠国の民族の総称。夷為四方総号。四夷者、東夷・西戎・東蠻・北狄之総号也。等とある。

一〇〇一　朝鮮及中国

274　からくに

　宇治前太政大臣家に卅講ののち歌合し侍けるによみ侍ける　中納言定頼　④後拾遺集　二二五

・とこなつのにほへるにははからくににおれるにしきもしかじとぞおもふ

（参考）かむよより　いひつてくらく　そらみつ　やまとのくには　すめかみの　いつくしきくに　ことだまの　さきはふくにと　かたりつぎ　いひつがひけり　いまのよの　ひともことごと　めのまへに　みたりしりたり　ひとさはに　みちてはあれども　たかてらす　ひのおほみかど　かむながら　めでのさかりに　あめのした　まをしたまひし　いへのこと　えらひたまひて　おほみこと　いただきもちて　からくにの　とほきさかひに……好去好来歌　山上憶良　万葉集　八九四

537　唐

　入唐しはべりけるみちより源心がもとにおくりはべりける

・そのほどとちぎれるたびのわかれだにあふことまれにありとこそきけ　寂昭法師　④後拾遺集　四九八

793　もろこし

・もろこしも夢に見しかばちかかりきおもはぬ中ぞはるけかりける　けむげい法師　①古今集　七六八

（メモ）

①諸橋轍次『大漢和辞典』の「唐」に

㊀大言、ほら。又、とりとめのない。

とある。また、

㊁に、ひろい。大きい。

とあり、

「太玄経、唐」に、初一、唐於内。

〔注〕唐者、蕩蕩無ㇾ所二拘限一

とある。

②同書に王朝の名として、

㊀帝堯陶唐氏。㊁李氏の唐

とあり、李氏の唐は高祖神堯帝（淵）から二十世・二八九年間続いたとある。

③「から」は朝鮮の西南端の古国。意富伽羅が初めて我が国に来り、之を「から」といい、転じて三韓とも呼び、更に転じて中国及び諸外国をも呼ぶようになった。

④「とう」大唐をいふ。李淵が創めた国名から転じて我が国では中国の意に用い、また、諸外国の義ともした。

⑤「もろこし」　唐土をいう。

などとある。

一〇〇二　亀　山　中国

268　かめ山

　みちのくにのかみこれともがまかりくだりけるに、弾正のみこのかうやくつかはしけるに

・かめ山にいくくすりのみ有りければとどむる方もなき別かな　戒秀法師　③拾遺集　三三一

（参考）つきもせずよはひさしきかめ山のさくらはかぜもちらさざりけり　伊勢大輔　続古今集　一八六〇

（参考）かめ山のかげをうつしてゆくみづをこぎくるふねはいくよへぬらん　古六帖　二二八五

（参考）いかにして行きてたづねんかめ山にしなぬくすりはありといふなり　新六帖　九五三

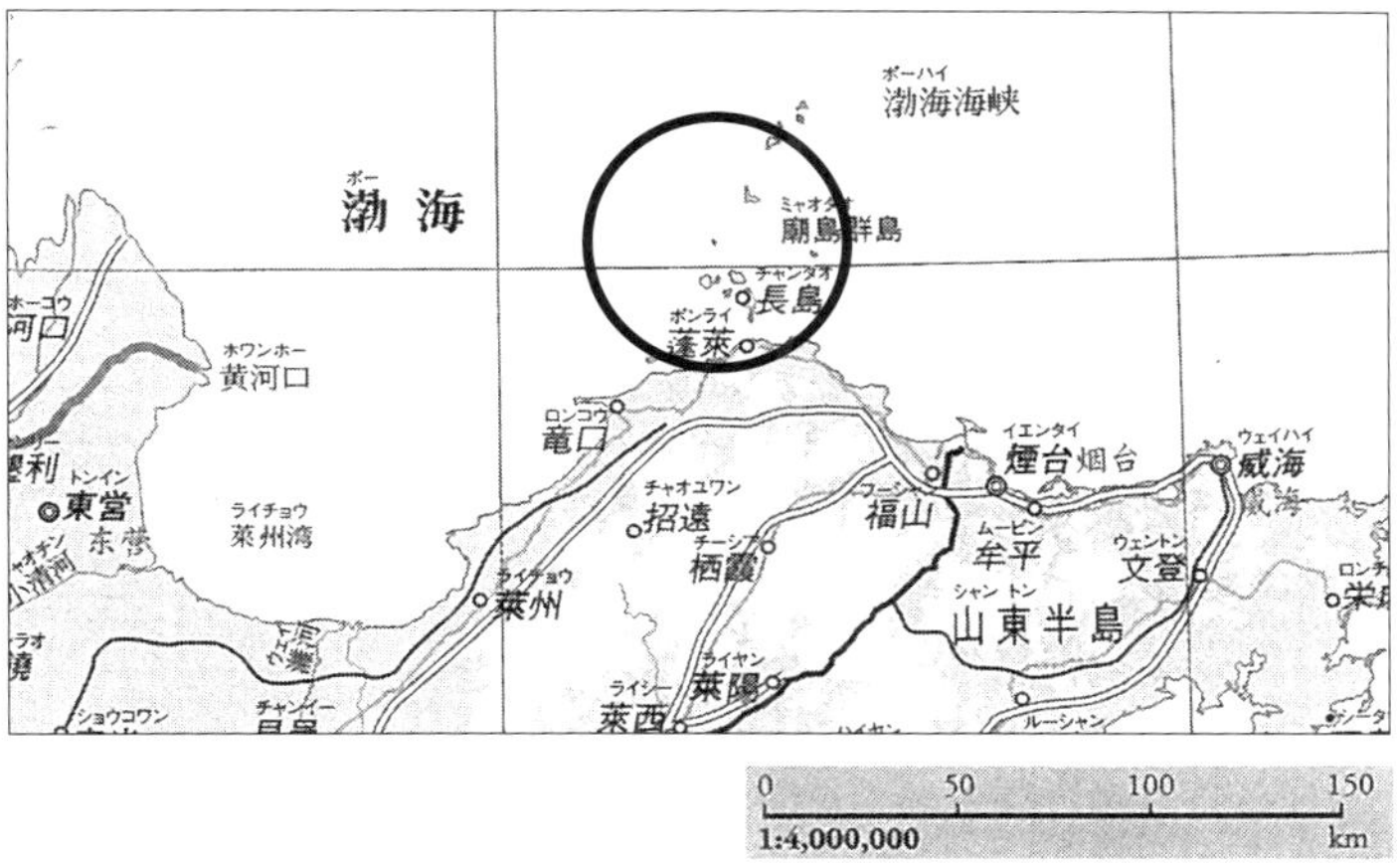

（メモ）

①中国東海にあって仙人が住んでいたという海中の山。『列子、湯問』に、

渤海之東、云云、有二五山一焉、一曰二岱輿一、二曰二員嶠一、三曰二方壺一、四曰二瀛洲一、五曰二蓬莱一。

とあり、蓬莱五山のこと。

②大漢和辞典には山東省新泰県の西南、

水経、汶水注に、

昔夫子傷二政道之陵遅一、望ㇾ山而懐ㇾ操、故琴操有二亀山操一焉。

とあると。亀山の名ある山は、江蘇省・浙江省・安徽省・江西省・福建省・湖北省・甘粛省・四川省・広東省・雲南省にあり、その姿が「カメ」に似ると。

283

一〇〇三　函谷関　中国

函谷関

大納言行成ものがたりなどし侍けるにうちの御物忌にこもればとていそぎかへりてつとめてとりのこゑにもよほされてといひおこせて侍ければ、よぶかかりけるとりのこゑは函谷関のことにやといひにつかはしたりけるをたちかへりこれはあふさかのせきにはべりとあればよみはべりける　清少納言

・よをこめてとりのそらねにはかるともよにあふさかのせきはゆるさじ　④後拾遺集　九三九

（メモ）

①諸橋轍次『大漢和辞典』函谷に次のようにある。

河南省霊宝県の西南。秦の東関。関城は谷中にあって、其の深険な様が函に似ているから名づけられる。漢初は関都尉を置いて之を守ったが、武帝の時、新安に徙して此の関を弘農県とした。

史記、項羽紀に、

楚軍云云、至㆓函谷関㆒、有㆑兵守㆑関、不㆑得㆑入。

また「西征記」に、

関、城在㆓谷中㆒、深険如㆑函、故名、其中東西十五里、絶崖壁立、崖上柏林蔭㆓谷中㆒、殆不㆑見㆑日、関去㆓長安㆒四百里、日入則閉、鶏鳴則開、秦法也。東自㆓崤山㆒、西至㆓潼津㆒、通名㆓函谷㆒、号㆓天険㆒。

等々とある。

329

一〇〇四　香山　中国

香山

居易初到香山心をよみはべりける　藤原家経朝臣

・いそぎつつわれこそきつれ山ざとにいつよりすめる秋の月ぞも　④後拾遺集　二四八

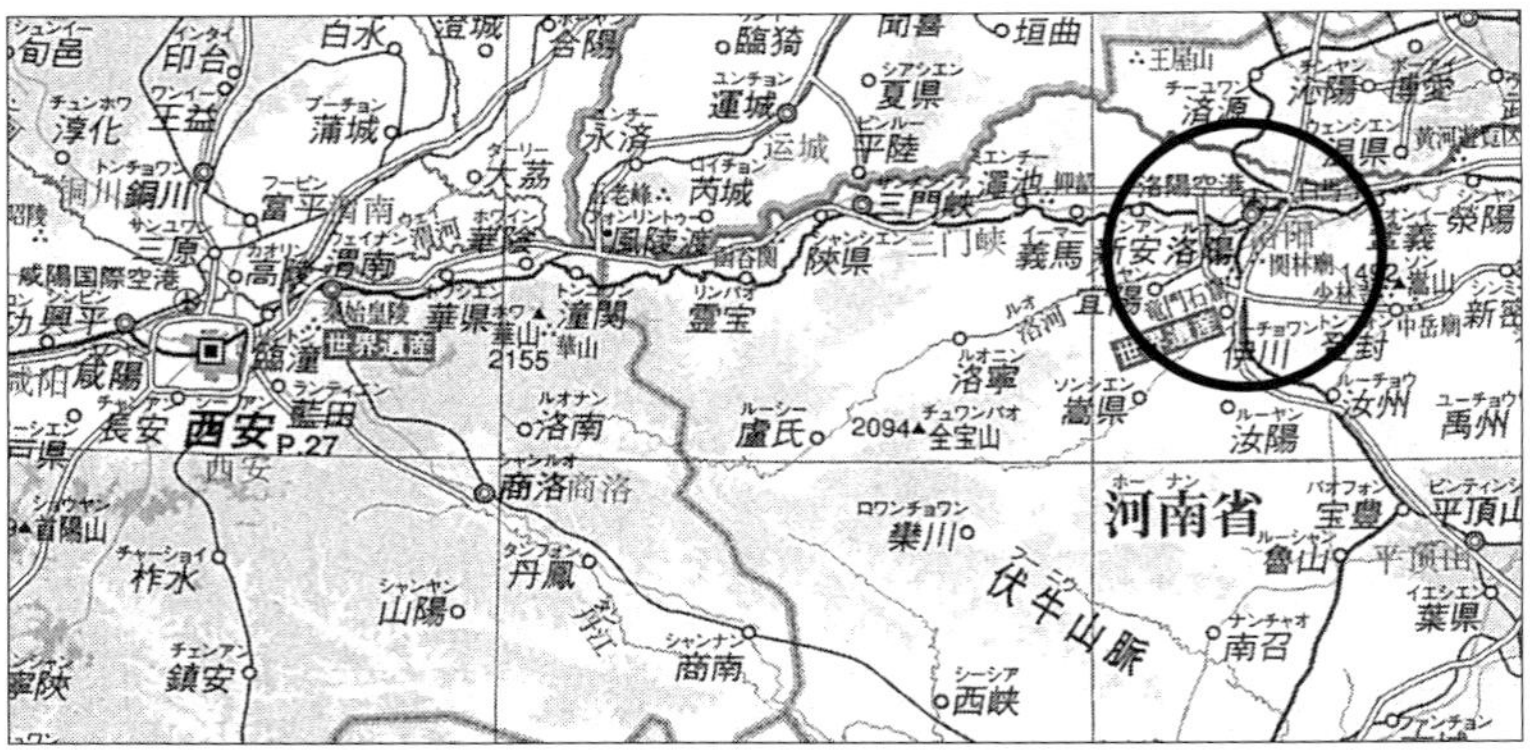

（メモ）

①香山は山名。河南省洛陽県の龍門山の東。唐の白易易、石樓を香山に構え、自ら香山居士と号した。香山は世に白香山と称された。

②白居易は唐、太原の人。字は楽天。号は酔吟先生・囁嚅翁。元和（八〇六―八二〇年）の進士。晩年、意を詩酒にほしいままにし、自ら酔吟先生と称し、香山の僧如満と香火社を結び、香山居士と称した。会昌六（八四六）年死去。七五歳。

③白居易の詩

(i)初入香山院対月　　太和六年秋作

老住香山初致作　秋逢白月正円時
従今便是家山月　試問清光知不知

(ii)五年秋病後独宿香山寺

石盆泉畔石樓頭　十二年来昼夜遊
更過今年年七十　仮如無病亦宜休

④香山寺　河南省洛陽県の西南。唐の白居易に修香山寺記がある。「明一統志」に、

香山寺、在㆓河南府城西南龍門㆒、唐白居易記㆓龍門十字遊観之盛㆒、香山為㆑冠。

とあると。

540 一〇〇五　鄧林

中国。「鄧」は「橙」と同じで、ゆずやみかんの類。ゆずがそこら一帯に生えている地で、楚の国の北方で、今の河南省という

鄧林之材

夫和歌者、群徳之祖、百福之宗也、玄象天成、五際六情之義未著、素鵝地静、三十一字之詠甫興、爾来源流寔繁、長短雖異、或抒下情而達聞、或宣上徳而致化、或属遊宴而書懐、或採艶色而寄言、誠是理世撫民之鴻徽、賞心楽事之亀鑑者也、是以聖代明時、集而録之、冬窮精微、何以漏脱、然猶崑嶺之玉、採之有余、鄧林之材　伐之無尽、物既如比、歌亦宜然、……　⑧新古今集序

（メモ）

①「鄧林」の話は、中国の古典の山海経・淮南子・列子・荀子等にある。ここでは『列子・湯問』の第三章を記す。

夸父《かほ》は力を量らず、日の影を追わんと欲す。之を隅谷《ぐうこく》の際《さい》に逐《お》ひ、渇《かつ》して飲《いん》を得んと欲して、赴《おもむ》いて河謂《かい》に飲む。河謂足らず、将に北に走りて大沢《だいたく》に飲まんとす。未だ至らず、道に渇して死し、其の杖を棄つ。尸《しかばね》の膏肉《かうにく》の浸す所、鄧林を生ず。鄧林の弥《び》広数千里あり。

とある。

②夸父というのは動物の名とか、仙力のある人といわれているが、その夸父が、自分の力量も考ずに太陽に追いつこうとした。そして太陽が沈む隅谷まで追いかけて行こうとしたが、のどが乾いて飲み水を得ようと思って、黄河から渭《い》水の辺に行ってその水を飲んだ。しかしのどがまだ渇いていたので北の大沢の水を飲もうとした。しかし、途中で死に、持っていた杖を投げ出した。杖は油と水分の豊富な夸父の死体に潤され芽を出し、また養分や水分を受け鄧林となった。みかん類の鄧は前世に大量の水を飲んでいたので、後世、水分豊富な果実をつけた。

785 一〇〇六　明州　中国

めいしう

もろこしにて月を見てよみける

・あまの原ふりさけ見ればかすがなるみかさの山にいでし月かも　安倍仲麿

①古今集　四〇六

この歌は、むかしなかまろをもろこしにものならはしにつかはしたりけるに、あまたのとしをへてえかへりまうでこざりけるを、このくにより又つかひまかりいたりけるにたぐひてまうできなむとていでたちけるに、めいしうという所のうみべにてかのくにの人むまのはなむけしけり、よるになりて月のいとおもしろくさしいでたりけるを見てよめるとなむかたりつたふる

（メモ）

①「明州」は州の名。唐が置く。浙江省勤県の東。四明山あるによる名称。『読史方輿紀要、浙江、寧波府』に、

鄞県、秦置鄮県、属会稽郡漢以後因之、隋平陳、省県入句章、唐復置鄮県、為勤州治、州尋廃、以県属越州、開元中、復置明州治焉、五代時、呉越改鄮県、為勤県。

とある。

②前文中の四明山は「孔霊符、会稽記」に、

四明山、高峯帙雲、連岫蔽日、道書謂丹山赤水洞天、上有四窗、穴通日月星辰之光、故号四明。

とあり、「開元」は唐の玄宗皇帝の世で、AD七一三～七四一年の年号である。

255
一〇〇七　迦毘羅城　　ネパール

かびらゑ

南天竺より東大寺供養にあひに、菩提がなぎさにきつきたりける時、よめる

・霊山の釈迦のみまへにちぎりてし真如くちせずあひ見つるかな　大僧正行基

③拾遺集　一三四八

返し

・かびらゑにともにちぎりしかひありて文殊のみかほあひ見つるかな　婆羅門僧正

③拾遺集　一三四九

（メモ）

①現ネパール国内に、釈迦族の領土があり、そこに迦毘羅城があった。ここは昔、中印度の釈迦族の首都があった。梵語または迦毘羅に作り、迦毗羅伐蘇都といわれた。今のネパールの南西境。

②悉多太子、後のお釈迦様の誕生地。釈迦は此地の利帝利種浄飯王の子として誕生。その地は迦毘羅城の外東南の嵐毗尼《ランビニ》園《オン》と称されている。

③迦毘羅衛城の旧地は、ネパール、タライ地方のチロラコット。この地のピプラワ古塔は仏の八分舎利を護持していると伝える。またこの地の隣接地からはニグリパ石柱・ルミンディ石柱が出土している。前者は拘那舎仏本生地、後者は仏の誕生地嵐毘尼園であるという。

757
一〇〇八　南天竺　　インド

南天竺

南天竺より東大寺供養にあひに、菩提がなぎさにつきにたりける時、よめる

・霊山の釈迦のみまへにちぎりてし真如くちせずあひ見つるかな　大僧正行基

③拾遺集　一三四八

返し

・かびらゑにともにちぎりしかひありて文殊のみかほあひ見つるかな　婆羅門僧正

③拾遺集　一三四九

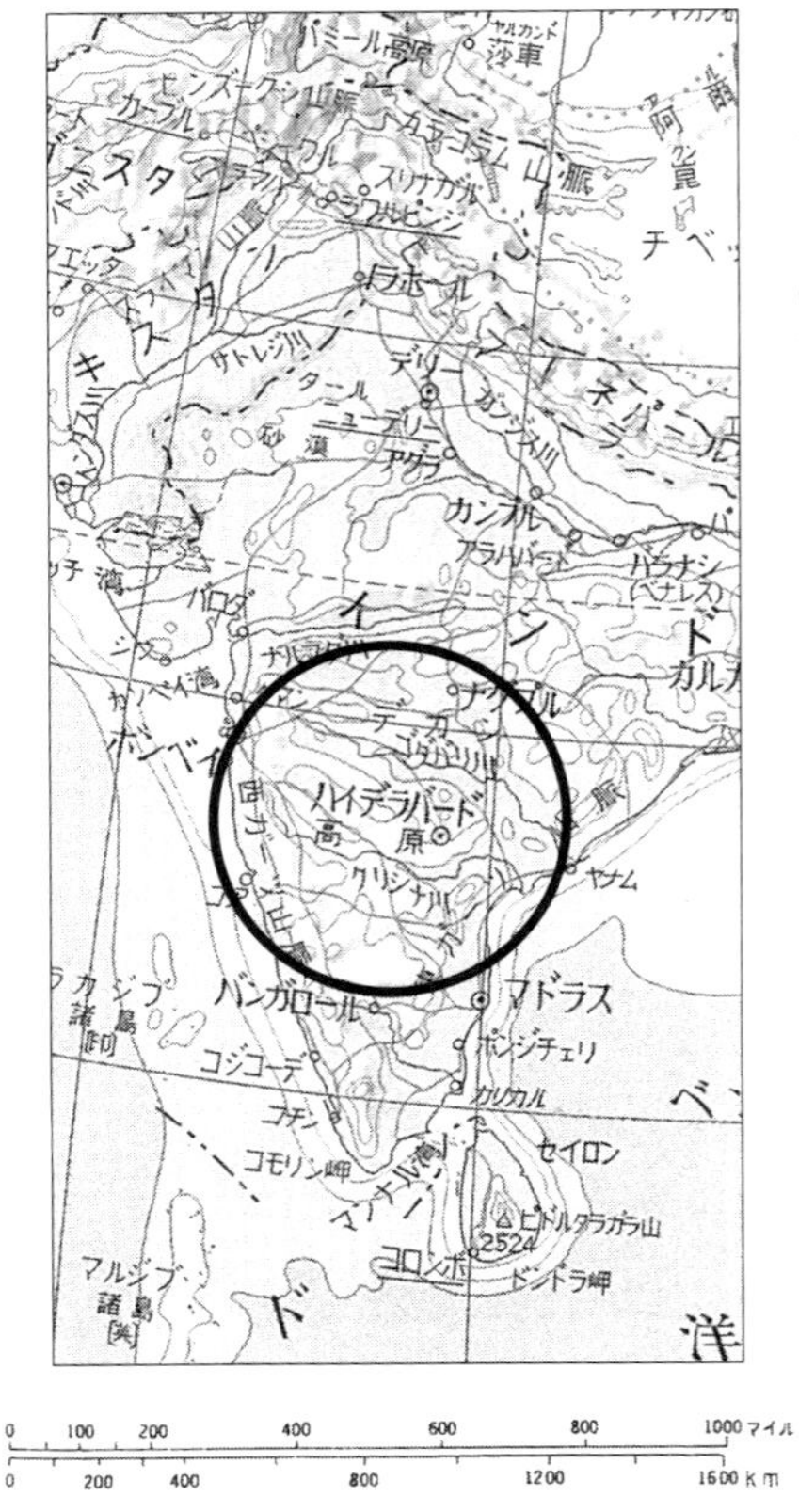

（メモ）

①インドは広くオーストラリアとともにオーストラリアプレートにある。そのプレートが、ユーラシアプレートの上にもぐり込むように北に移動するので、ヒマラヤ山脈やヒンズークシ山脈が出来た。

②「南天竺」は南部印度の古い叶名。インドを「天竺」と呼び、東・西・南・北・中の五方に分割して、その南方を南天竺と称した。『水経、河水注』に、

自「新頭河」至「南天竺国」、迄「于南」四万里也。

とある。

③李白、僧伽歌

真僧法号僧伽　有時與我論三車　問言誦咒幾千編　口道恒河沙復沙　此僧本住南天竺　為法頭陀来此国　戒得長天秋月明　心如世上青蓮色　意清浄　貌稜稜　亦不滅　亦不増　瓶裏千年鉄柱骨　手中万歳胡孫藤　嗟予落魄江淮久　罕遇真僧説空有　一言散盡波羅夷　再礼渾除犯軽垢

歌中に「南天竺」がある。

一〇〇九　ヒマラヤ山脈　ネパール。ここではアンナプルナ、ダウラギリ等

806
雪のみ山
　　瞻西上人雲居寺の房にて、未飽郭公といへる心をよめる
・などてかくおもひそめけん時鳥ゆきのみやまの法のすゑかは　　源俊頼朝臣
　⑦千載集　一九二
（参考）ふりにける雪のみ山はあともなしたれふみ分けてみちをしるらむ　　雪山
　成道の心を　　法源禅師　　風雅集　二〇九五
　　返し
・しるべする雪のみ山のけふにあひてふるきあはれの色をそへぬる　　前大納言為
兼　風雅集　二〇九六

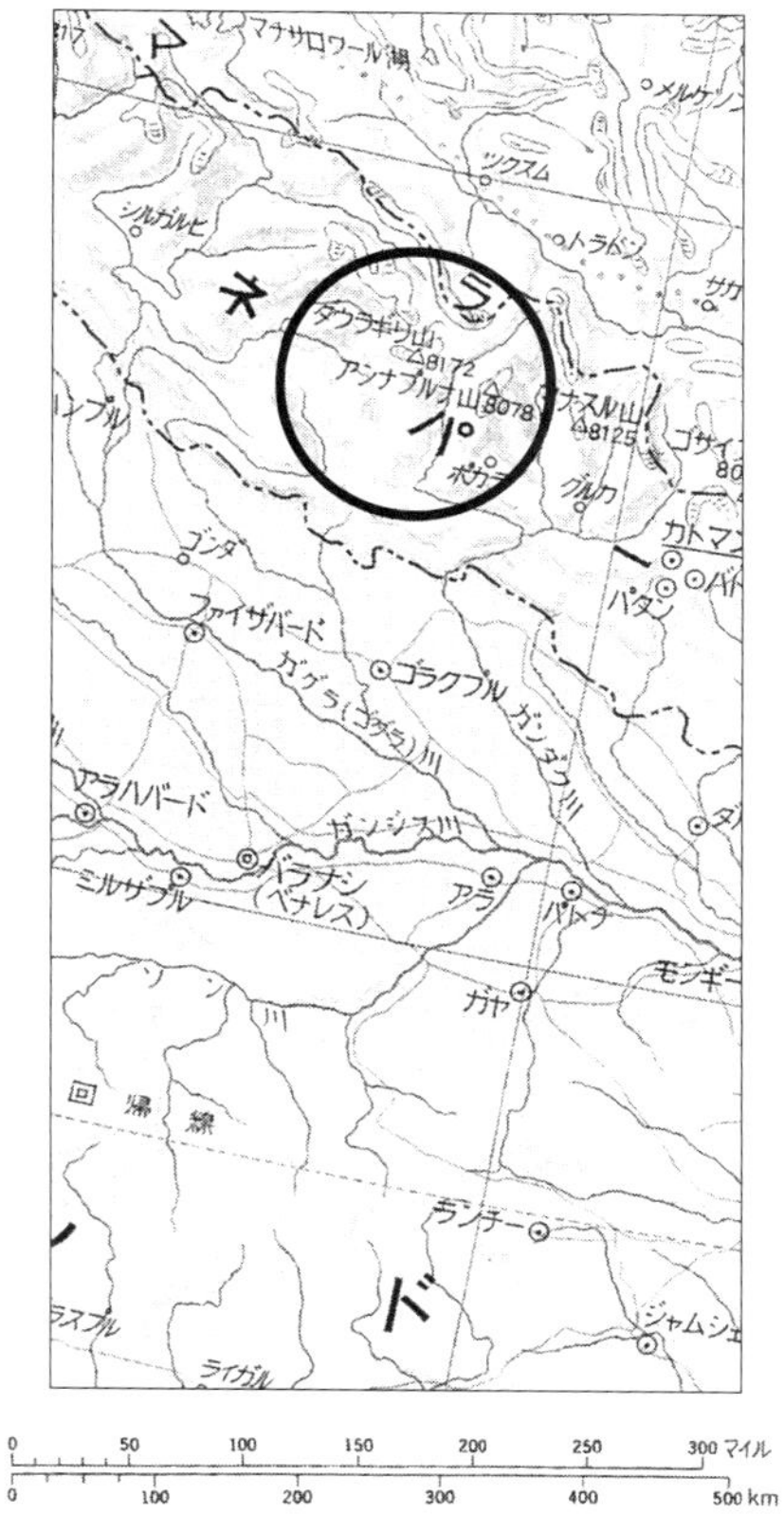

（メモ）
①「雪の御山」はお釈迦様の修行・修業地、ネパールの山、ヒマラヤ山中、中でもアンナプルナ山・ダウラギリ山辺か。
②釈尊が過去世にて菩薩道を雪山で修めた時の名が「雪山大士」・「雲山童子」といわれた。『大般涅槃経巻第一三』に、
我於爾時住於雪山其山清浄流泉浴池樹林薬木充満其地處處石間有清流泉多諸香花周遍巌飾衆鳥禽獣不可称許甘果滋繁種別難計復有無量藕根甘根青木香根我於爾独處其中唯食諸果食已繋心思惟坐禅経無量歳亦不聞有如来出来大乗経名善男子我修如是苦難行時釈提桓因等諸天人心大驚怪即共集会各各相謂而説偈言
　各共相指示　清浄雪山中　寂静離欲主　功徳荘厳王　以離貪瞋慢　永断諸愚癡　口初未曽説　麤悪等語言
などとある。

一〇一〇　霊鷲山　インド

827
霊山
　　南天竺より東大寺供養にあひに、菩提がなぎさにきつきたりける時、よめる
・霊山の釈迦のみまへにちぎりてし真如くちせずあひ見つるかな　　大僧正行基
　③拾遺集　一三四八
826
霊鷲山
　　常在霊鷲山のこころをよめる
・よのなかの人のこころのうき雲にそらがくれするありあけの月　　登蓮法師
　⑥詞花集　四一五
835
わしの山
　　寿量品
・わしの山へだつるくもやふかからんつねにすむなる月をみぬかな　　康資王母
　④後拾遺集　一一九五
　　寿量品のこころをよめる
・わしの山月をいりぬとみる人はくらきにまよふ心なりけり　　円位法師　⑦
千載集　一二三一
834
わしのたかね
　　提婆品の心をよめる
・けふぞしるわしのたかねにてる月をたにがはくみし人のかげとは　　皇后宮権大
夫師時　⑤金葉集　六三六

（メモ）
①霊鷲山はインド、ビハール州パトナ市南方のラジギル村南の「チャタ山」に南接する岩盤の露出する山をいう。耆闍崛山ともいう。
②『法華経、如来寿量品』に、
　衆見我滅度　広供養舎利　咸皆懐恋慕　而生渇仰心　衆生既信伏　質直意柔軟　一心欲見仏　不自惜身命　時我及衆僧　倶出霊鷲山　我時語衆生　常在此不滅　以方便力故　現有滅不滅　餘国有衆生　恭敬信樂者　我復於彼中　爲説無上法　汝等不聞此　但謂我滅度　我見諸衆生　没在於苦海　故不爲現身　令其生渇仰　因其心恋慕　及出爲説法　神通力如是　於阿僧祇劫　常在霊鷲山　及餘諸住處

り、子育てもしていた。その後、この地が一大仏跡となり、ワシにとっては安穏の地でなくなった。それでアショカ王は、青い石で構成されたこの山に、二つの翼、二つの足、頭と尾はもと〳〵の地形を生かした鷲形の山に変え、見るからに「霊鷲山」としたという。

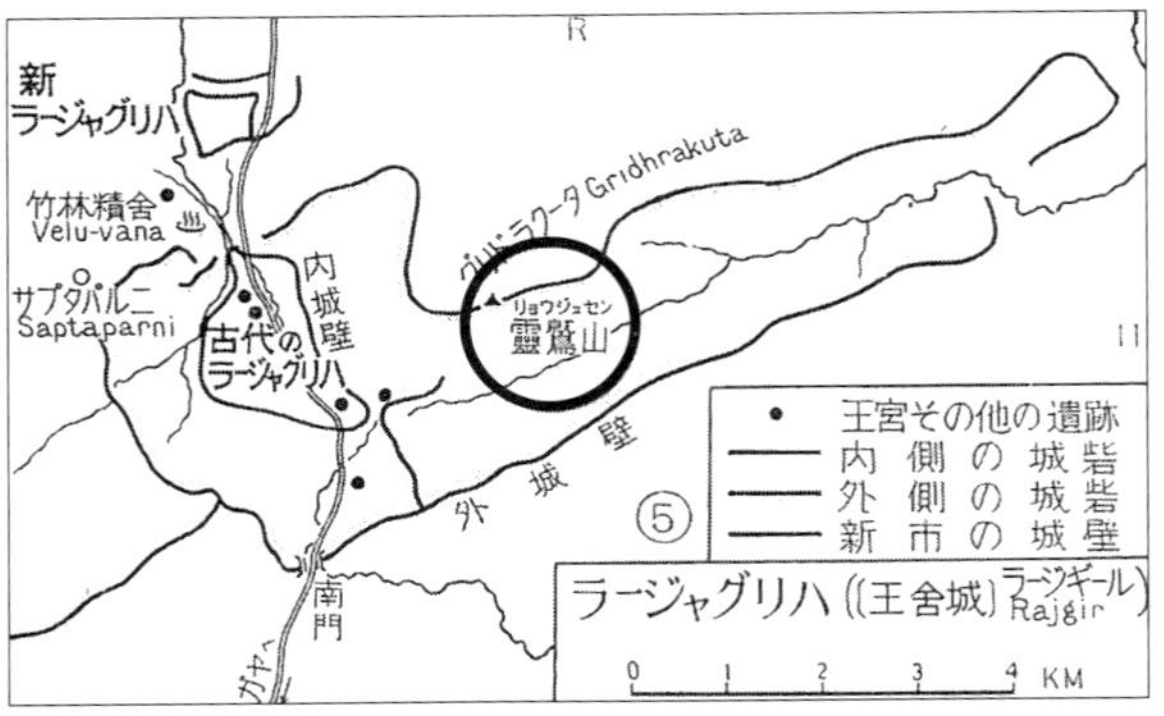

吉川弘文館『世界史年表・地図』より

……などとあり続く。

③『水経、河水注』に

釈氏西域記云、耆闍崛山在阿耨達王舎城東北、西望其山、有両峰雙立、相去二三里、中道鷲鳥常居其山嶺、土人号曰耆闍崛山、胡語耆闍、鷲也、又竺法維云、羅閲祇国有霊鷲山、胡語云、耆闍崛山、山是青石頭似鷲鳥、阿育王使人鑿石假安両翼両脚、鑿治其身、今見存、遠望似鷲鳥形、故曰霊鷲山也。

とある。これによると、釈伽在世時には山名は「耆闍崛山」であり、双耳峰、二つの峰があり、その中程には常に「ワシ」が住んでいた。環境が良ければ巣作

一〇一一　鹿野園　インド。バラナシ

384

鹿の園

•そもそもこの歌のみちをまなぶることをいふに、からくに日のもとのひろきふみのみちをもまなびず、しかのそのわしのみねのふかき御のりをさとるにしもあらず、ただかなのよそぢあまりななもじのうちをいでずして、こころに思ふことをことばにまかせていひつらぬるならひなるがゆゑに、みそもじあまりひともじをだによみつらねつるものは、いづもや雲のそこをしのぎ、しきしまやまとみことのさかひに……⑦千載集序（部分）

（参考）みみちかくしかのそのにてとくのりのかつがつかかりのよをばいでにき
新院御製　続詞花集　四六三

（参考）しかのそのにながめし花の色ながら露もかはらぬはるのみやまぢ　慈鎮和尚　夫木抄　一六一八二

（参考）わしの山法をこの葉にかきとめてはなのひもとくしかのそのかな　家隆卿　夫木抄　一六二二二

（メモ）

①鹿野園は、インド、バラナシ（ベナレス）市北のサルナート遺跡であるという。

②玄奘三蔵『大唐西域記』（訳注者水谷真成・発行平凡社・東洋文庫）によると、およそ次のようにある。

○バラナシ国は周囲四千余里ある。国の都城は西はガンジス河に臨んでおり、長さ一八、九里。広さ五、六里。民家は櫛の歯のごとくに並び、家毎に巨万の富を蓄え、部屋毎に珍しい品物が満ちている。人の性質は温順で、ならいとして学芸に努力することを重んじている……

（注・現在はヒンズー教徒にとっての七大霊場の一つである）

○今日のベナレス市の東北を流れるバルーナ河より東北へ行くこと十余里で鹿野伽藍に至る。ここには僧徒千五百人、みな小乗の正量部の教えを学んでいる。（現在は玄奘が記した二〇〇尺の大精舎の遺址、仏殿・塔婆・僧院の跡、優秀な彫刻が多数発見されたと）

○精舎の西南に石造の窣堵波《ストゥーパ》がある。無憂王（阿育王か）建てたもの。基壇は崩れ傾いているが、今も百尺に余るほどある。前に石柱があり高さ七〇余尺のものが建っている。（中略）。如来が正覚を成就せられ、初めて法輪を転ぜられた処である。初転法輪とは、釈尊の父、浄飯王が釈迦を護衛させた五人の従者がいた。これは母方の親戚にあたる憍陳如・婆敷、父方の親戚に当る頞鞞・跋提・摩訶

男である。鹿野苑での最初の説明（初転法輪）では、いわゆる八正道・四諦の理を説き、憍陳如がすぐ悟道に達した。その後、他の四人も順次に悟入し釈尊の最初の弟子となった。

○この地には多数の窣堵波がある。その一つは大林中にある。これは、如来が昔、提婆達多と共に鹿の王となり、事件を処理した処である。それは、昔、ここに二群の鹿がいた。それぞれ五百余頭の群であった。当時、この国王は山野で狩猟をした。菩薩の鹿王は国王の前に進み出て、

大王は中原で狩猟をされる。火を放ち矢を飛ばされる。これでは私達の仲間の命は今日にも尽きて、何日もたたないうちに腐り、御膳に戴せる肉がなくなるでしょう。どうか次第を定めて、一日に一匹の鹿を送り届けるようにして下さい。お願いします。

と。王はこれを善として帰城した。二群の鹿は交代で一匹ずつ命を送り届けていた。ある時、提婆鹿王の群中に懐妊している鹿がおり、その鹿の順番が来た時、その鹿は、

私は死ぬべき順番であるが腹の中の子はまだです。

と提婆鹿王に申した。すると提婆鹿王は怒って、

お前は順番だ。お前に代わる鹿はいない。

と言った。それでその母鹿は菩薩の鹿王に申し出た。すると菩薩鹿王は、

私が今、汝に代わる。

と言って、国王の城門まで来て、

雌鹿が今日、死ぬ順番になったが、胎児がおり、胎児はまだ順番ではない。それで私が今日の順番としてここに来ました。

と申し上げた。すると国王は

私は人身でありながら鹿だ。あなたは鹿身でありながら本当の人以上である。

と云って、すべての鹿を解き放ち、鹿を送り届けることを二度とせず、その林を鹿の住む藪林とし、施鹿林と呼んだ。

③釈尊の初転法輪、五人に説法された地は、現在の鹿野苑入口辺という。

556　**一〇一二　捨身石塔跡推定地**

パキスタン国。Buner地方。Bamj山

虎ふす野辺

をとこ侍りける女をせちにけさうし侍りて、をとこのいひつかはしける

・いにしへのとらのたぐひに身をなげばさかとばかりはとはむとぞ思ふ　よみ人しらず　③拾遺集　五〇八

をとこもちたる女を、せちにけさうし侍りて、あるをとこのつかはしける

・有りとてもいく世かはふるからくにのとらふすのべに身をもなげてんくにもち　③拾遺集　一二二七

（参考）もろこしのとらふす山のおくまでも君しあひ見ばゆかましものを　新六帖　五二一

（参考）たれもげに世のことわりをしりはてばうゐたるとらに身をばをしまじ　新六帖　五二五

（参考）たれか今竹の林に身をすてんうゐたるとらはある世なりとも　中務卿のみこ鎌倉　夫木抄　一二九一九

（メモ）

①捨身石塔跡は、『金光明経』・『賢愚経』等に説かれた釈迦前生の物語「捨身飼虎」「施身聞偈」の場所。唐の玄奘三蔵の『大唐西域記』に、捨身石塔を見たとある。しかし、現在はないが、パキスタン国、Buner地方、Bamj山辺という。

②『法華義疏』には、

旧繹捨身、謂自放為奴、捨命為人取死、今云捨身・捨命、皆是死也、但建意異耳、若投身餓虎、本在捨身、若義士見色授命、意在捨命、捨賎謂身外之物。

とある。

③賢愚経摩訶薩埵以身施虎縁品に、

過去世有一国王、名大車、有三子、幼子曰摩訶薩埵、於山林中見一虎産七子、逼於饑渇、生大悲心、欲捨此穢身、独入林中、至餓虎処、脱衣臥、虎不敢食、自高投地、又為神護未傷、乃以乾竹刺頚出血、饑虎見血、即舐血食肉尽、王子即今釈迦牟尼也、以此功徳、超越十一劫。

とある。

④「施身聞偈」もよく似た物語である。『大般涅槃経』巻第十一、聖行品第十九の下に次のようにある。

釈提桓因が其の身を変えて羅刹の姿と作《な》る。その姿は実に恐しい。そこは、雪山の麓で、雪山からそれ程遠くはない。苦行者はそこで修行をしていた。羅刹がその地で、何の畏るる所もなく、勇健当り難し。弁才次第し、其の

声清雅なり。そこで、過去仏所説の半偈をのべた。
それは
諸行は無常なり、是生滅の法なり
（諸行無常　是生滅法）
であった。苦行者は、是の半偈を開いて心に歓喜を生じた。そしてあたりを見廻して、先に聞く所の偈、誰が説いたのかと思い、あたり一帯を見廻すが、餘人は見えずして、唯、羅刹のみが目に入った。
そこで、誰か生死睡眠の中で、ひとり、覚寤《かくご》してこのような言葉を唱えたのだと。

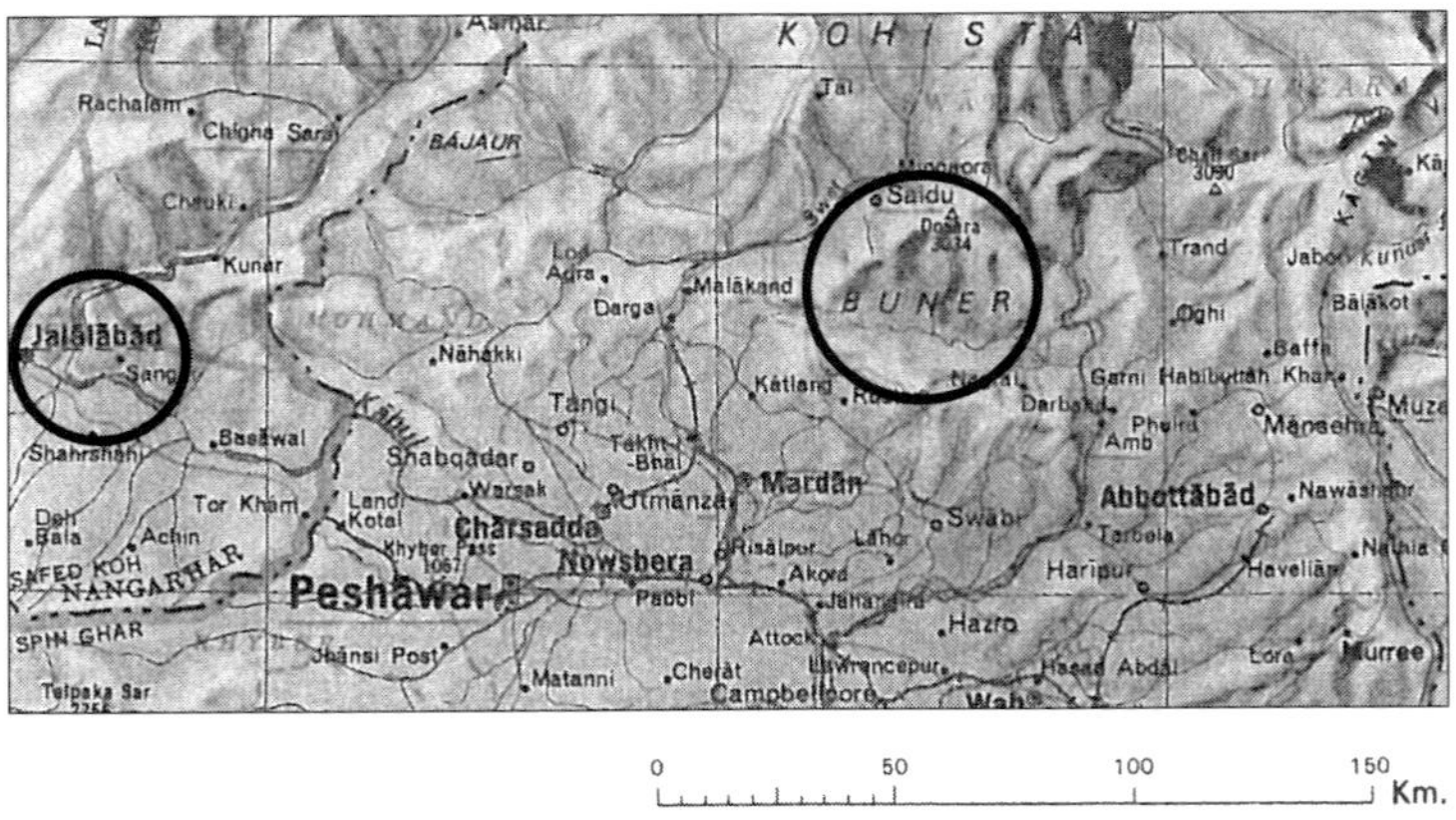

ただ羅刹を見るだけなので、この羅刹がこの偈を説いたのかと思い、羅刹の所に行き、
今の半偈はどこで得たのか
と問ふと、羅刹は、
この半偈の義は、乃ち過去・未来・現在の諸仏世尊の正道である。
と。そこで苦行者は、
あとの半偈を私の為に説いて下さい。私は終身あなたの弟子となるから。
と。また重ねて、
あとの半偈を説いて下さい。私はその偈を聴き終れば、私のこの身をさし出し供養しますから。
そこで羅刹は、
私は苦行者、あなたを使う所はないので、虎狼の、また鵄梟・鵰鷲などの餌にするぞと。
それでも良い。
と苦行者は答えたので
生滅滅し已《おわ》りて、寂滅を楽と為す。
と。（生滅滅已　寂滅為楽）
さあ聴いたか。あんたの願いを全部満足させた。あとは身体を私に施せ。
と。そこで苦行者は石・壁・樹、また道にこの偈を書き、衣類を樹木にかけ、高樹に上り、樹下に身を投げた。すると、身体が地面に達する前に、羅刹がもとの釈提桓因に戻り、私（苦行者）の身体を受けて平地に安置した。
⑤法隆寺の玉虫厨子には、「捨身飼虎」図がある。（表紙裏写真㉛参照）

353

一〇一三　バダクシャン

アフガニスタン

崑嶺之玉

夫和歌者、群徳之祖、百福之宗也、玄象天成、五際六情之義未著、素鵝地静、三十一字之詠甫興、爾来源流寔繁、長短雖異、或抒下情而達聞、或宣上徳而致化、或属遊宴而書懐、或採艶色而寄言、誠是理世撫民之鴻徽、賞心楽事之亀鑑者也、是以聖代明時、集而録之、冬窮精微、何以漏脱、然猶崑嶺之玉、採之有余、鄧林之材、伐之無尽、物既如此、歌亦宜然　……　⑧新古今集序

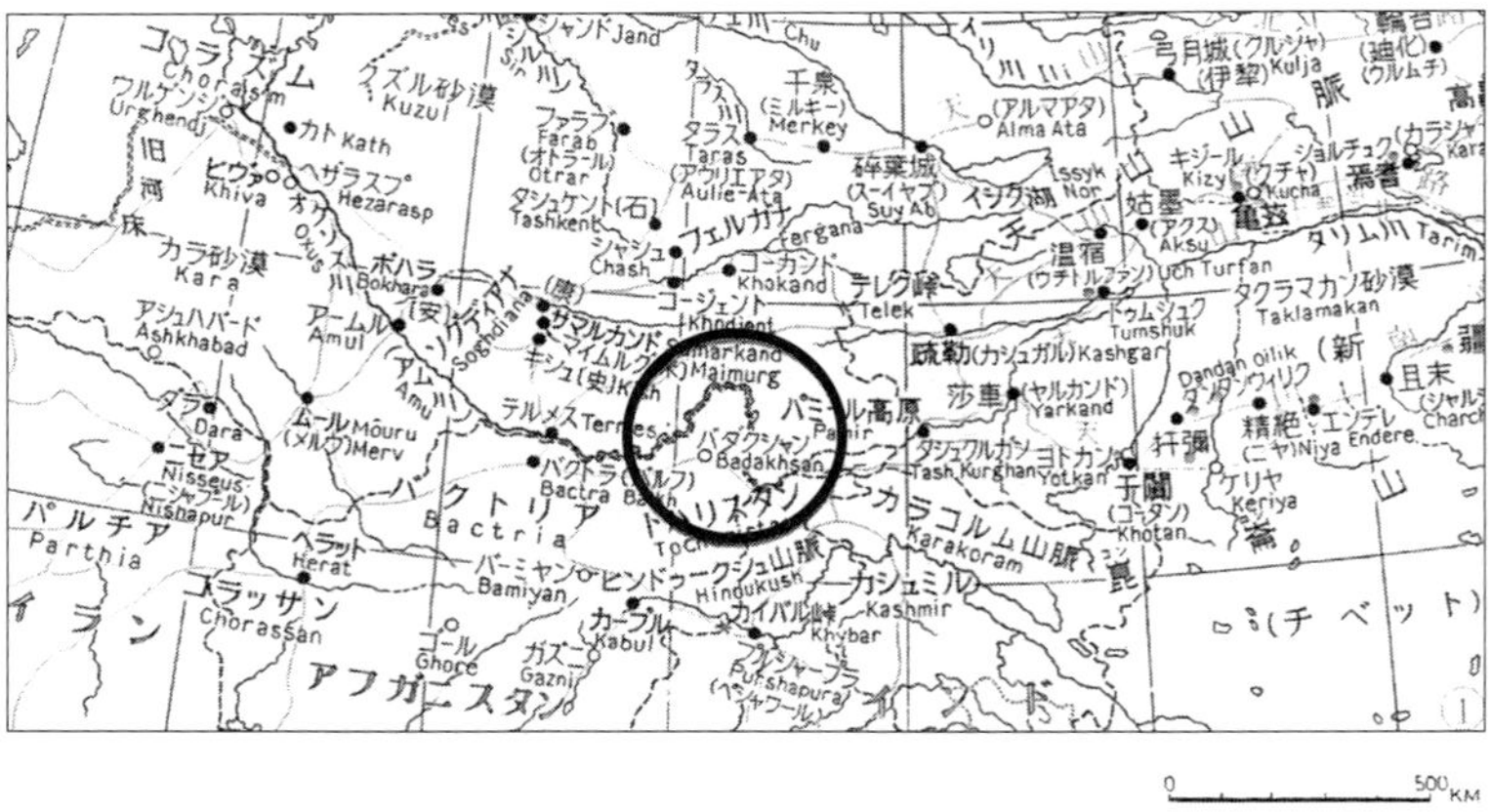

吉川弘文館『世界史年表・地図』より

（メモ）
①「崑嶺之玉」は、アフガニスタン、バダクシャン地方から産出する藍青色の飾り石。多くの貴石・半貴石や飾り石と異なり数種の鉱物の混合物である。その主な鉱物は藍方石・方ソーダ石・ノセアンの三種である。鉱石名は「ラピス・ラズリ」。崑崙の玉「ラピス・ラズリ」は六千年間の長きにわたって稼行されてきた。日本では風枕その他。また江戸時代の豪商銭屋五兵衛（一七七三〜一八五二）またその祖の船商が運んだ崑崙の玉が九谷の瑠璃古九谷の釉薬になったとも。
②ラピス・ラズリは現在合成スピネルを使って模造されている。
③崑嶺は「崑崙山」。古代の昆侖は中国の西方にあると考えられた霊山。西方の楽土で、西王母の住む所とされ、周の穆王が、八駿を駆って天下を周遊した時、ここに至り、西王母と瑤池で宴したという。また美玉を産するとも伝えられた。
④エジプトのツタンカーメン墓からも加工品が出ている。（表紙裏写真㉜参照）

付録

ここでは天の下、地球表面のことではなく、天体等と目では見えない所の心旅とする。その順左の通り。

一　天の浮橋
二　天の原
三　銀河
四　恒星
五　太陽
六　月
七　極楽
八　三途の川
九　地獄
一〇　死出の山
一一　常世の国

一　天の浮橋

虹。主虹は上から赤橙黄緑青藍菫、副虹は下から赤橙黄緑青藍菫

◇あまのうきはし

・このうたあめつちのひらけはじまりける時よりいできにけりあまのうきはしのしたにてめ神を神となりたまへる事をいへるうたなり、……①古今集序

(参考) 神代よりかはらぬはるのしるしとてかすみわたれるあまのうきはし　太上天皇　続後撰集　一一

(参考) 万代もつきじとぞ思ふひさかたの天のうきはしかけんかぎりは　為実朝臣　夫木抄　九三七〇

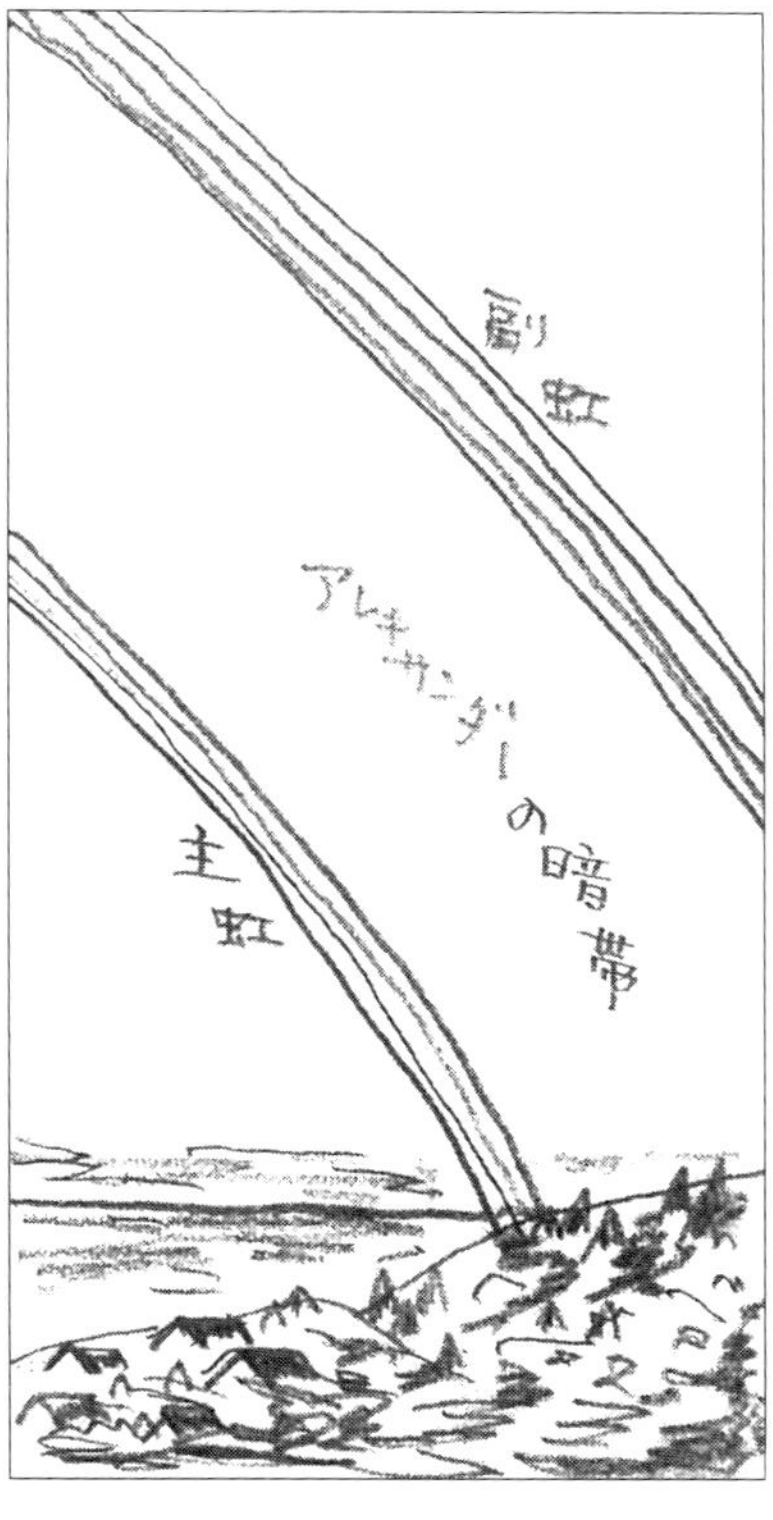

(メモ) 虹の主虹は上から赤・橙・黄・緑・青・藍・菫と七色。上に現われる副虹は下から赤橙黄緑青藍菫と七色になる。

虹の七色については、物理学の「光学分野」にまかせ、私達のこの地球のことを少し書きます。地球は一日に一回自転する。そのために毎日、二四時間経つと東の山から太陽が昇る。それでは、地球はどれ位の速さで自転しているか。その速さは赤道で最大、両極で最小の毎秒〇m。では日本では？　それは秒速約四百m。大気とともに回転しているので、その動きを感じないし、振り落されない。それは地球の引力でしっかりと守られておるからです。また地球は一年かけて太陽のめぐりを一回公転しておる。その為に花の咲き乱れる春が、また雪降る冬が来ます。太陽をめぐる地球の公転の速さは秒速三〇㎞もある。もっと大きな私達の太陽系の属する銀河系星雲も回転しております。その中で、太陽は地球や木星・土星等惑星、また彗星をすべて引き連れて銀河の中心から約三万光年の所を秒速二五〇㎞もの高速で回転しているという。

二　天の原

◇あまの原

　女につかはしける

・わが恋はかずをかぞへばあまの原くもりふたがりふる雨のごと　敏行朝臣

　②後撰集　七九五

　月のあかくはべりけるよ小一条のおほいまうちぎみむかしをこふるるこ
ろをよみ侍けるによめる

・あまのはら月はかはらぬそらながらありしむかしのよをやこふらん　清原元輔

　④後拾遺集　八五二

　後冷泉院御時殿上の歌合に月の心をよめる

・月かげのすみわたるかな天のはら雲吹きはらふ夜はのあらしに　大納言経信

　⑤金葉集　六七六

（参考）やまのはの　ささらえをとこ　あまのはら　とわたるひかり　みらくしよ
しも　大伴坂上郎女　万葉集　九八三

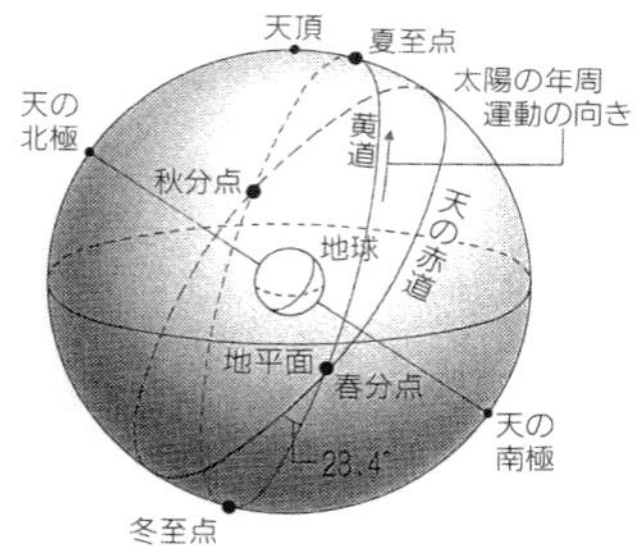

（メモ）「天球」よく晴れた星空を眺めると、空には円い天井があり、すべての天体はその内側にはりついたように見える。この仮想の天井を天球という。

　また、観測者を球の中心を置き、その球面上に各天体を投影した球面を「天球」ともいう。この天球上には不動点がある。それを天の極と呼び、北の北極星の近くの点を「天の北極」、南の不動点を「天の南極」と呼ぶ。また、観測者の真上を天頂と呼ぶ。地球の北極点の天頂は、天球上の不動点、天の北極、地球の南極点の天頂は天の南極である。

　地球は太陽のめぐりを一年間約三六五日で一周している。そのために、太陽は見かけ上、天球を一日に1°ずつ西から東へ移動している。太陽が天球上を一周、三六〇度移動する日数は三六五・二四二二日であるので、四年に一回「うる年」を設けて調節している。太陽の年周運動の経路を黄道。この黄道は天の赤道に対し23.4°傾いているので季節が生じている。

三　銀　河

◇あまの河

　七月八日のあした

・たなばたの帰る朝の天河舟もかよはぬ浪もたたなん　兼輔朝臣　②後撰集
二四八

　たなばたまつりかける御あふぎに、かかせ給ひける

・織女のうらやましきに天の河こよひばかりはおりやたたまし　天暦御製

　③拾遺集　一〇八六

（参考）あまのがは　かはのおときよし　ひこほしの　あきこぐふねの　なみのさ
わきか　万葉集　二〇四七

◇やそのふなつ

　百首歌たてまつりける時、七月のこころをよめる

・たなばたのあまつひれふく秋かぜにやそのふなつをみふねいづらし　大納言隆
季　⑦千載集　二三六

（参考）あきかぜに　かはなみたちぬ　しましくは　やそのふなつに　みふねとど
めよ　万葉集　二〇四六

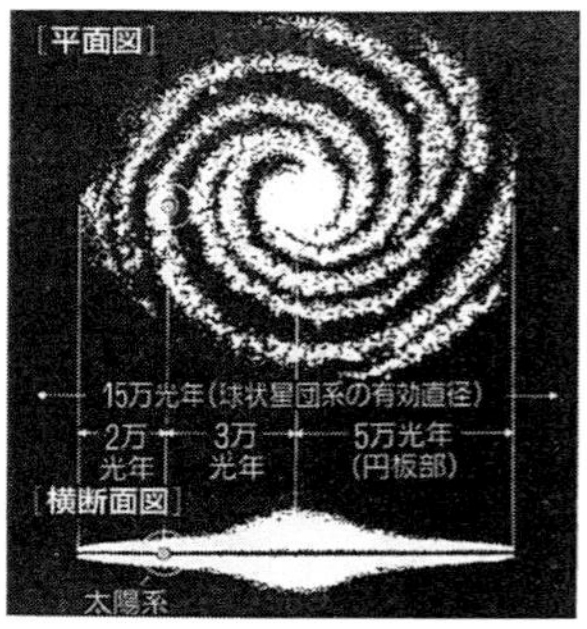

（メモ）

①夜、空を眺めると一本の白い帯のようなものが見える。これが「天の川」である。一七八五年、イギリスのハーシェル（一七三八―一八二二）が、夜空に見える恒星の等級とその数を観察した、私達の太陽（恒星の一つ）の属する銀河が、偏平で、天の川の方向にのびた形であることを発見した。

②私達の銀河は

(i)形は、うすい凸レンズ状のうず巻構造

(ii)直径は約一五万光年（球状星団系の有効直径）。

　中心部の厚さは約一・五万光年。質量は太陽の約二〇〇〇億倍。恒星の数は一〇〇〇億～二〇〇〇億。

(iii)銀河系の中心はいて座の方向で、約三万光年の所。

　そこは恒星やガスが密集している。

などという。

四　恒星

◇彦星（牽牛星）

・ひこぼしの思ひますらん事よりも見る我くるしよのふけゆけば　湯原王　③拾遺集　一四七

◇棚機津女（織女星）

七夕歌とてよみ侍りける

・なれぬればつらき心もありやとてたなばたつめのたれにちぎりし　大宰大弐高遠　⑧新古今集　一九九八

（参考）あまのがは　かぢのおときこゆ　ひこほしと　たなばたつめと　こよひあふらしも　柿本朝臣人麿　万葉集　二〇二九

（参考）あひにあひて日よしの空ぞさやかなる七の星のてらすひかりに　北斗七星の歌　祝部成茂　新後撰集　七四八

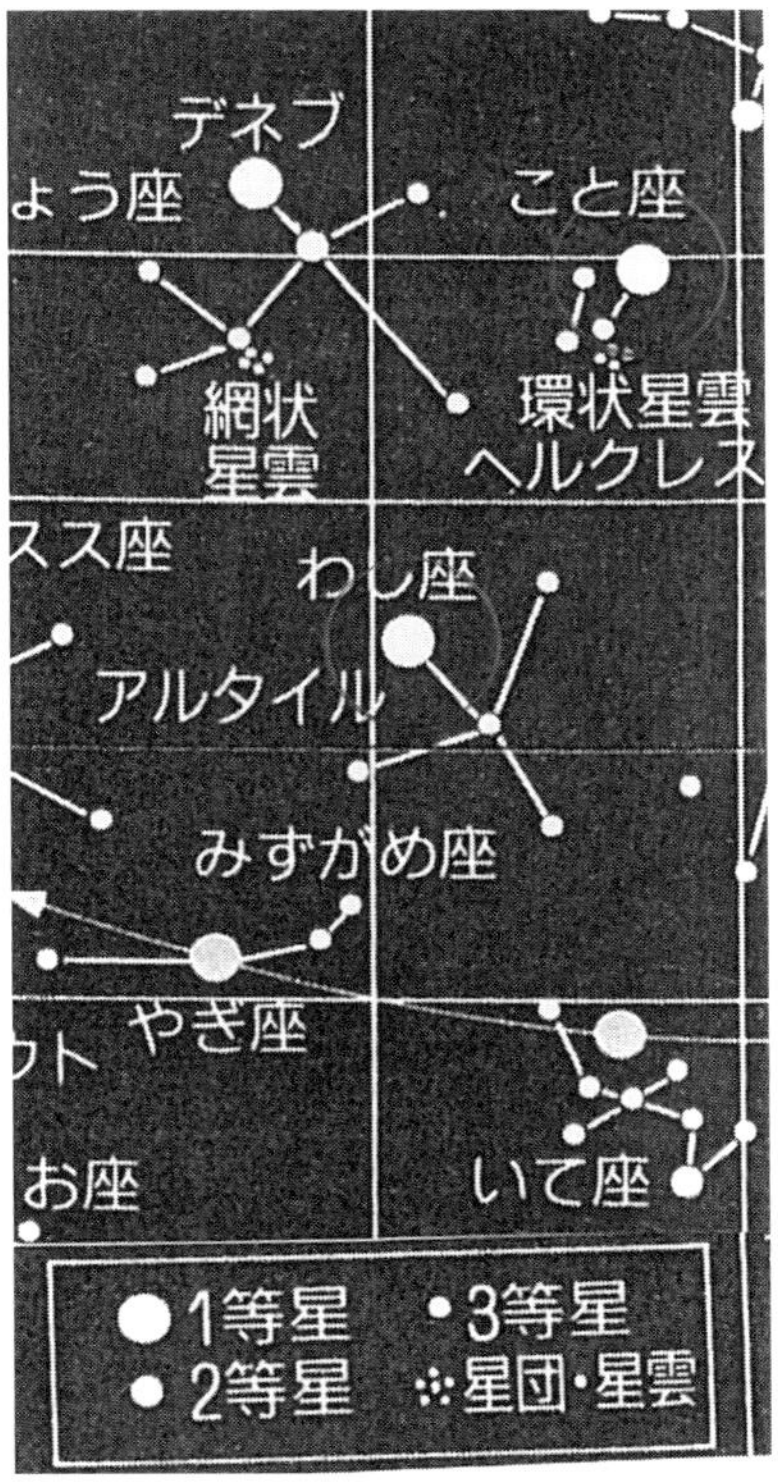

（メモ）・恒星とは、天球上で相互の位置をほとんど変えず、星座を形づくる天体。肉眼では星のまたたきにより惑星とは区別でき、全天の見える星中の九九・九%が恒星。晴れた夜星に、一地点から一時に見える肉眼星は約二五〇〇個、全天球では約六〇〇〇個。うちいわゆる一等星は二一個。

・七夕星はこと座の一等星ベガとわし座の一等星アルタイル。この二星の間に「天の河」が流れている。ベガの距離は二五光年、アルタイルの距離は一七光年。アルタイルは毎年七月七日の夜にベガに会いに行くという。光速で、同方で行っても八年間もかかる所を、きっと魂が一気に飛ぶのであろう。

五　太陽

◇日

時にあはずして身をうらみてこもり侍りける時

・白雲のきやどる峰のこ松原枝しげければや日のひかりみぬ　文屋康秀　②後撰集　一二四五

女の許にまかりそめて

・日のうちに物をふたたび思ふかなとくあけぬるとおそくくるると　大江為基　③拾遺集　七二三

堀河院の御時源俊重が式部丞申しける申文にそへて、中納言重資卿の頭弁にてはべりけるときつかはしける

・ひのひかりあまねきそらの気色にもわが身ひとつはくもがくれつつ　源俊頼朝臣　⑤金葉集　六〇二

（参考）あめつちの　わかれしときゆ　かむさびて　たかくたふとき　するがなる　ふじのたかねを　あまのはら　ふりさけみれば　わたるひの　かげもかくらひ　てるつきの　ひかりもみえず　しらくもも　いゆきはばかり　ときじくぞ　ゆきはふりける　かたりつぎ　いひつぎゆかむ　ふじのたかねは　山部宿祢赤人　万葉集　三一七

（参考）うみにいるなにはのうらの夕日こそにしにさしけるひかりなりけれ　日想観を　為家卿　夫木抄　一六三四一

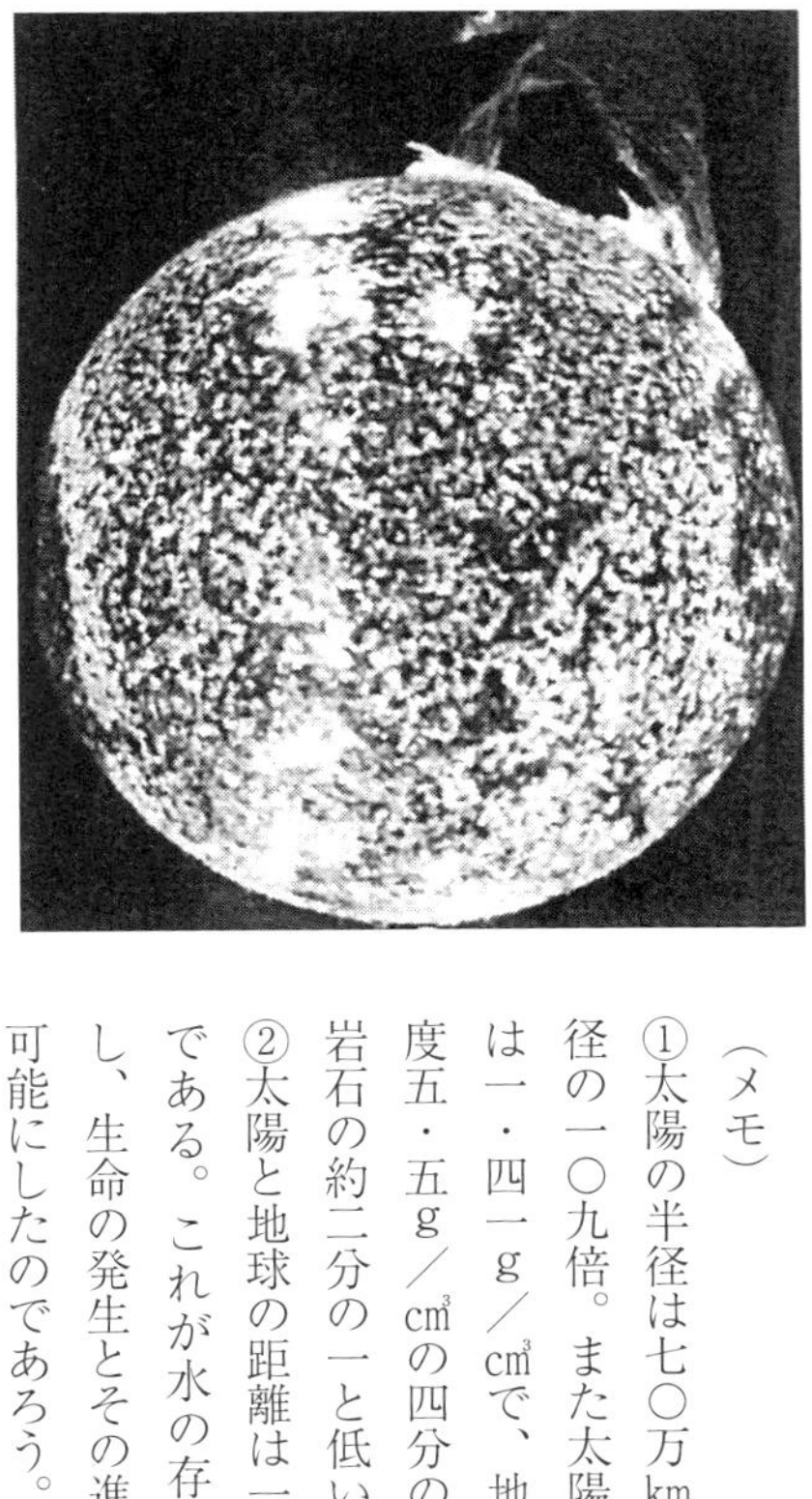

（メモ）

①太陽の半径は七〇万km。地球の半径の一〇九倍。また太陽の平均密度は一・四一g／㎤で、地球の平均密度五・五g／㎤の四分の一。地表の岩石の約二分の一と低い。

②太陽と地球の距離は一億五千万kmである。これが水の存在を可能にし、生命の発生とその進化と存続を可能にしたのであろう。

六　月

◇月

・月影にわが身をかふる物ならばつれなき人もあはれとや見む　ただみね
　①古今集　六〇二

　二月十五夜月あかく侍けるに大江佐国がもとにつかはしける

・山のはにいりにしよはの月なれどなごりはまだにさやけかりけり　よみ人しらず　④後拾遺集　一一八三

　月輪観をよめる

・月のわに心をかけしゆふべよりよろづのことをゆめとみるかな　僧都覚超
　④後拾遺集　一一八八

(参考)あめのうみに　くものなみたち　つきのふね　ほしのはやしに　こぎかくるみゆ　柿本朝臣人麿　万葉集　一〇六八

(参考)ゆふつづも　かよふあまぢを　いつまでか　あふぎてまたむ　つきひとをとこ　柿本朝臣人麿　万葉集　二〇一〇

(参考)秋たつとおもふに空もただならでわれて光をわけむ三日月　西行上人
　夫木抄　五一〇一

(参考)空さえてすむべき月を山のはにほしのひかりのかねて見すらん　寂蓮法師　夫木抄　五一〇七

(メモ)

①月の半径は一七三六km。地球の半径の二七%。自転周期は二七・三二一七日、公転周期も同じ二七・三二一七で同じなので、いつも同じ面を地球に向けている。

②月の表面重力は地球の約六分の一。地球上で米一俵持ち挙げれる人は米六俵も持ち挙げれるという。

③月と地球との間は三八万km。

七　極楽

◇極楽

・ごくらくははるけきほどときさしかどつとめていたるところなりけり　空也上人　⑦千載集　一二〇一

　往生講の式かき侍りけるとき、教化のうたとてよみ侍りける

・みな人をわたさむとおもふ心こそ極楽へゆくしるべなりけれ　律師永観
　⑦千載集　一二五五

(参考)極楽へゆかんとおもふ心にてなむあみだ仏といふぞ三心　読人不知
　夫木抄　一六三八八

◇浄土

・こひするに仏になるといはませば我ぞ浄土のあるじならまし　よみ人しらず
　③拾遺集　一一八八

(参考)わが寺の浄土まゐりのあそびこそあさきものからまことなりけれ　慈鎮和尚　夫木抄　一六三三八

(参考)阿弥陀仏と申すばかりをつとめにて浄土の荘厳みるぞうれしき　源空上人　夫木抄　一六三八三

(メモ)

①「極楽」とは阿弥陀仏の浄土。安養国。安楽国ともいわれる。阿弥陀仏、成道の時、此の地より西方、十万億の遠くに仏土を建設された。そこは非常に広大で、限りなく広く、地下・地上・虚空の荘厳であること微を極め妙に極し、華池・宝閣・宝樹・宝網は金銀珠玉、七宝乃至百千万宝を以て厳飾し、清浄にして、光明赫灼し、衣服・飯食は意に随うて至り、不寒不熱にして気候調和し、仏常に現在して説法し、水鳥樹林悉く法音を演べ、三塗及び諸の苦難あることなく、但、諸の快楽あるのみ。其の土の仏と聖衆とことごとく、光明寿命無量にして、入りては仏道増進の法楽を受け、出でては諸仏を供養し、苦の衆生を化度する。

②親鸞の『唯信文意』に、極楽とまうすは、かの安養浄土なり、よろづのたのしみつねにして、くるしみまじはらざるなり、かのくにをば安養といへりと。

③「浄土」とは、清浄なる仏国土。この現実の世界とは相違して、穢悪雑染の相あることなく、微妙厳浄の荘厳、国土に充満し、広大甚深の法楽長へに享受できる世界である。

八　三途の川

◇みつせ河

地獄のかたかきたるを見て

・みつせ河渡るみさをもなかりけりなにに衣をぬぎてかくらん　菅原道雅女

③拾遺集　五四三

（参考）ものおもふなみだややがてみつせがは人をしづむるふちとなるらむ　西行法師　万代集　二三二三

◇わたり河

いもうとの身まかりにける時よみける

・なく涙雨とふらなむわたり河水まさりなばかへりくるがに　小野たかむらの朝臣　①古今集　八二九

・恋ひしなん涙のはてやわたり川ふかきながれとならんとすらん　源光行　⑦千載集　七五九

（参考）まよひ行くふかきやみぢのわたり河まことのせには君のみぞたつ　地蔵菩薩を　慶政上人　新拾遺集　一五一三

（メモ）

①三途川とは、人の死して中有《ちうう》に在る時、死出の山を越えて後に渡るべき河。葬頭河・渡り河・みつせ河の異名がある。人の罪重くして三途（貧・瞋・痴の三悪趣のこと）の苦患を免れ難きことを大河に喩へられもの。

②『金光明経・四天王品』に、
　能く地獄・餓鬼・畜生の諸河をして焦乾枯竭せしむ
とあると。また『地蔵本願経』に、
　地獄に至る途次に存する三重の大海
ともあると。

③『十王経』に、
奈河津《ながしん》と名づく所渡が三つある。一つは山（浅）水瀬、二つ目は江（強）深淵、三つ目は有橋渡。有橋渡の宮前に大樹あり。衣領樹という、影に二鬼住めり。一を奪衣婆と名づけ、二を懸衣翁と名づく。

とあり、即ち七日二七、一四日までの間に、罪業の軽重により三途の一つを渉り、対岸に住む二鬼によって著衣を剥がれ、衣を樹枝に懸けて罪の軽重を試みられる。

九　地　獄

◇地獄

地獄のかたかきたるを見て

・みつせ河渡るみさをもなかりけりなにに衣をぬぎてかくらん　菅原道雅女

③拾遺集　五四三

（参考）地ごくのやかなへにもこそにえたまへおほくのせになおとし給ひそ　釜を銭にかへける時の歌　よみ人不知　続詞花集　九九四

返し

・かふよりもうるこそつみはおもげなれむべこそかまのそこにみえけれ　藤原仲子　続詞花集　九九五

（参考）光させばさめぬかなへのゆなれどもはちすの池になるめるものを　西行上人　夫木抄　一六三七〇

此歌は、地獄の絵に、阿弥陀の光願にまかせて重業障の物をきらはず地獄を照し給ふによりて、地獄のかなへの湯、清冷の池になりて、蓮のひらけたる所をかきあらはせるを見て読めると云云

（メモ）

①地獄とは、衆生が自ら造った悪業によって趣入する地下の牢獄のこと。梵語の「捺落迦」は、「捺落」は人、「迦」は悪。悪人彼處に生ずる故に捺落迦と呼ぶ。また、ある説に、「落迦」は可楽、捺は「不の義」がある。彼処（地獄）は楽しむべからざるが故に「捺落迦」と名づくと。

②ある頌に、「顚㆓墜於地獄㆒、足上而頭下、由㆑毀㆓謗諸僊㆒、楽㆑寂修㆓苦行㆒」とある。

③地獄の種類に、八熱地獄・八寒地獄・孤地獄の三種がある。

④『長阿含経』に次のようにあると。
常に老・病・死の三天使をして人間を遊行せしめ、衆生命終せる時、造る所の悪業の為めに獄卒これを伴いて閻魔王所に詣る。王乃ち罪人に対して誡めて云て、汝自ら放逸にして身・口・意の諸業を修むること能わず、罪過は悉く汝の造る所、父母の過に非ず、兄弟の過に非ず、乃至天帝・先祖・僮僕・沙門・婆羅門の過に非ず、老・病・死の三使は常に汝に教えて業報を受くるの期あるべきを以ってせり。斯くても汝之を覚らずして悪業を造れり。汝自ら苦を受けざるべからずと。具さに詰問せる後、獄卒に付して大地獄に送らしむると。

一〇　死出の山

◇しでの山

心地そこなへりけるころ、あひしりて侍りける人のとはでここちおこたりてのちとぶらへりければ、よみてつかはしける　兵衛

・しでの山ふもとを見てぞかへりにしつらき人よりまづこえじとて　①古今集　七八九

女四のみこのかくれ侍りにける時

・昨日までちよとちぎりし君をわがしでの山ぢにたづぬべきかな　右大臣　②後撰集　一四〇五

うみたてまつりたりけるみこのなくなりての又のとし、郭公をききて

・しでの山こえてきつらん郭公こひしき人のうへかたらなん　伊勢　③拾遺集　一三〇七

わづらはせ給ひける時、とば殿にて、郭公のなきけるをきかせ給うて、よませ給うける

・つねよりもむつまじきかなほととぎすしでの山ぢのともとおもへば　鳥羽院御製　⑦千載集　五八二

（メモ）

①人が死して中有《ちゅう》の旅路に向ふ時、越ゆる嶮山を「死出山」という。『地蔵十王経』に、閻魔王の国界に死天山の南門がある。亡人過重く両脛相逼りて膝を破る。膺を割き骨を折り髄を漏らす。死して天まで死を重ぬ。故に死天といふ。これより亡人は死山に向ひ入り、険坂にて杖を尋ね、路石に鞋を願ふ。

とある。ここには「死出山」は死山・死天山とある。

ここにあることは初七日、秦広王の庁に到る以前のことで、初めて遭遇する難處である。秦広王より初江王に到る中間にある三途川とともに死出山は広く知られている。

②世の中には、死者を葬りて塚を築き、この塚に幣《しで》を供する風習がある。この状態の塚を「幣の山」と呼ばれ、やがて墓所の異名となったとも考えられている。

一一　常世の国

◇とこよのくに

はやうすみはべりけるをんなのもとにまかりてはしのかたにゐてはべりけるにぬるところのみえ侍ければよめる

・いにしへのとこよのくにやかはりにしもろこしばかりとほくみゆるは　清原元輔　④後拾遺集　九三三

（参考）わぎもこは　とこよのくにに　すみけらし　むかしみしより　をちましにけり　大伴宿祢三依　万葉集　六五〇

（参考）きみをまつ　まつらのうらの　をとめらは　とこよのくにの　あまをとめかも　吉田宜　万葉集　八六五

（参考）庭火たきとこよにありしながなきのとりのねきけばあけぬこのよは　三島社の神楽に和す　権僧正公朝　夫木抄　七五三四

（メモ）

①『日本書紀・神代上第八段一書第六』に、大己貴命《おほなむきのみこと》、少彦名命《すくなびこなのみこと》に謂《かた》りて曰《のたま》はく、「吾等が所造《つくれ》る国、豈善《あによ》く成れりと謂はむや」とのたまふ。少彦名命対《こた》へて曰《のたま》はく、「或は成せる所も有り。或は成らざるところも有り」とのたまふ。是の談《ものがたりごと》、蓋深《けだし》き致《むね》有らし。其の後に、少彦名命、行きて熊野の御碕《みさき》に至りて、遂に常世郷《とこよのくに》に適《いで》しぬ。亦曰《い》はく、淡嶋《あはのしま》に至りて、粟茎《あはがら》に縁《のぼ》りしかば、弾《はじ》かれ渡りまして常世郷に至りましきといふ。

とある。「常世」は常住不変の国。長生不死の国と解されている。また、常世郷は蓬莱山の所の意から、ずっとずっと遠い異郷ともいわれ、田道間守が香菓を得て来た所ともいう。

②「常世国」はよみぢ。夜見の国。人の死後に往く所。黄泉ともいう。『万葉集』に、

常世にと　我が行かなくに　小《を》かな門《ど》に　もの悲しらに　思へりし　我が子の刀自を　ぬばたまの　夜昼《よるひる》といはず　思ふにし　我が身は痩せぬ　嘆くにし　袖さへ濡《ぬ》れぬ　かくばかり　もとなし恋ひば　古郷《ふるさと》に　この月ごろも　有りかつましじ　大伴坂上郎女跡見《とみ》の庄より、宅《いへ》に留まれる女子《むすめ》、大嬢に賜ふ歌　七二三

がある。

③「常」は久しきにわたってかはらない。常、恒也。また、常、久也。と。

④「常世《じょうせい》」は一般世間ともある。中国の竹林の七賢人の一人、嵆康の「養生論」に、「豚魚不養、常世所識也」とある。此の「豚魚は謂河豚魚《ふぐ》」という。

索　引

名所番号	歌名所名	心旅番号	心旅名	所在県等
1	あいづの山	156	御神楽岳	新潟県東蒲原郡
2	明石	678	明石海峡	兵庫県明石市・淡路市
3	明石の浦	678	明石海峡	兵庫県明石市・淡路市
4	明石の沖	678	明石海峡	兵庫県明石市・淡路市
5	明石の瀬戸	678	明石海峡	兵庫県明石市・淡路市
6	明石の門	678	明石海峡	兵庫県明石市・淡路市
7	あがたのゐど	413	県の井戸伝承地	京都府上京区京都御所
8	あきつしま	1	日本国	日本国
		805	本馬山	奈良県御所市本馬
9	秋つののべ	730	秋津の野辺	奈良県吉野郡吉野町
10	あくた河	622	芥川	大阪府高槻市
11	あさかのぬま	77	蛇骨地蔵堂	福島県郡山市日和田町
		82	高倉山山麓	福島県郡山市日和田町
12	あさか山	71	安積山跡	福島県郡山市日和田町
		80	大将旗山	福島県郡山市
		81	高倉山	福島県郡山市日和田町
13	朝倉	933	朝倉橘広庭宮推定地	福岡県朝倉市山田
14	あささわぬま	623	浅沢旧地	大阪府大阪市住吉区
15	あさざはをの	623	浅沢旧地	大阪府大阪市住吉区
16	あさはののら	123	浅羽	埼玉県坂戸市浅羽他
		251	浅羽の野ら跡	静岡県袋井市浅羽他
17	朝日郷	328	朝日郷（『和名抄』）	滋賀県長浜市
18	朝日山	414	朝日山	京都府宇治市
19	あさまのたけ	214	浅間山	長野県・群馬県
20	あさまののら	212	浅間の野ら	長野県松本市浅間温泉辺
21	あさまの山	214	浅間山	長野県・群馬県
22	あしがらのせき	148	足柄之関跡	神奈川県南足柄市矢倉沢
23	朝の原	731	朝の原	奈良県北葛城郡王寺町
24	あしのうら	624	蘆の浦跡	大阪府大阪市浪速区
25	あしのや	679	芦屋	兵庫県芦屋市・神戸市
26	あしやのさと	679	芦屋	兵庫県芦屋市・神戸市
27	あすか河	732	飛鳥川	奈良県高市郡明日香村
28	あすかの里	733	飛鳥の里	奈良県高市郡明日香村
29	阿蘇社	970	阿蘇神社	熊本県阿蘇市一の宮町
30	あたごの峯	415	愛宕山	京都府京都市右京区
31	あだちのはら	72	安達ヶ原	福島県二本松市・郡山市
32	あだのおほの	734	阿太の大野	奈良県五條市西阿田町他
33	あぢかた	906	安直潟跡	広島県三原市沼田東他
34	あぢふのいけ	625	あぢふの池跡	大阪府大阪市天王寺区
		626	あぢふの池跡	大阪府摂津市別府一帯
35	あなう観音	416	穴太寺	京都府亀岡市曽我部町
36	阿波	917	阿波国衙跡推定地	徳島県徳島市国府町府中
37	あはぢ島	683	淡路島	兵庫県淡路市他
38	淡路しま山	683	淡路島	兵庫県淡路市他
39	あはた	421	粟田	京都府京都市東山区粟田
40	あはたの山	422	粟田の山	京都府京都市・宇治市
41	あはづの	372	膳所神社	滋賀県大津市膳所行啓町
42	あはづのもり	372	膳所神社	滋賀県大津市膳所行啓町
43	あはでの浦	92	五浦一帯の浦	茨城県北茨城市大津町
44	あぶくまがは	73	阿武隈川	福島県・栃木県
45	相坂	326	逢坂	滋賀県・京都府

名所番号	歌　名　所　名	心旅番号	心　　旅　　名	所　在　県　等
46	相坂の関	327	逢坂山関跡推定地	滋賀県大津市逢坂
47	相坂山	326	逢坂	滋賀県・京都府
48	あふのまつばら	627	阿武の松原旧地	大阪府茨木市・高槻市
		680	逢ふの松原	兵庫県姫路市白浜町辺
		863	あふの松原	島根県松江市
49	あふみぢ	346	近江国庁跡	滋賀県大津市三大寺
50	あふみの宮	345	大津宮跡	滋賀県大津市錦織
51	あまのかは	628	天野川	大阪府四条畷市・交野市
52	あまのはしだて	417	天橋立	京都府宮津市大垣他
53	天のかぐ山	735	天香久山	奈良県橿原市
54	あめのした	999	海と陸	地球
55	綾河	920	綾川	香川県高松市他
56	あらしの山	419	嵐山	京都府京都市西京区嵐山
57	あらちやま	195	乗鞍岳・岩籠山等	福井県・滋賀県
58	あらふねのみやしろ	111	荒船神社	群馬県甘楽郡下仁田町
		959	宗像大社	福岡県宗像市
59	ありす川	420	有栖川跡遺称地	京都府京都市北区
60	有そ海	164	有磯海	富山県高岡市・氷見市
61	ありその浦	164	有磯海	富山県高岡市・氷見市
62	ありますげ	682	有馬菅畑跡	兵庫県神戸市北区有馬町
63	ありまのゆ	681	有馬温泉	兵庫県神戸市北区有馬町
64	ありまやま	727	六甲山	兵庫県神戸市北区
65	安房の国	132	安房国府跡推定地	千葉県南房総市府中
66	あをね	728	青根ヶ峰	奈良県吉野郡吉野町
67	あをばの山	185	青葉山	福井県大飯郡高浜町
68	安楽・正法房	330	安楽律院	滋賀県大津市坂本本町
69	安楽寺	946	太宰府天満宮	福岡市太宰府市宰府
70	いが	290	伊賀国府跡	三重県伊賀市坂之下
71	いかがさき	332	伊加賀崎推定地	滋賀県大津市石山寺辺
		629	伊加賀崎	大阪府枚方市伊加賀
72	いかほ	119	榛名山	群馬県渋川市・高崎市他
73	いかほのぬま	119	榛名山	群馬県渋川市・高崎市他
74	いかるが	737	斑鳩	奈良県生駒郡斑鳩町
75	いきの松原	934	生の松原	福岡県福岡市西区
76	生田の池	684	生田	兵庫県神戸市中央区
77	生田の浦	684	生田	兵庫県神戸市中央区
78	いくたの川	685	生田川	兵庫県神戸市中央区
79	いくたのもり	686	生田神社	兵庫県神戸市中央区
80	いくの	423	生野	京都府福知山市生野
81	伊駒のたけ	630	生駒山	大阪府・奈良県
82	いこまのやま	630	生駒山	大阪府・奈良県
83	いこまやま	630	生駒山	大阪府・奈良県
84	いさらがは	374	芹川	滋賀県犬上郡多賀町他
85	いしかはやせみのを川	479	賀茂川	京都府京都市北区上賀茂
86	石山	333	石山寺	滋賀県大津市石山寺
87	いすずの河	291	五十鈴川	三重県伊勢市
88	伊勢	292	伊勢国府跡	三重県鈴鹿市国府町
89	伊勢しま	294	伊勢の島	三重県
90	伊勢の海	293	伊勢の海	三重県・伊勢湾
91	いせのはま	293	伊勢の海	三重県・伊勢湾
92	いそのかみでら	738	石上寺跡推定地	奈良県天理市石上町
93	いその神ふるの社	739	石上布留の社	奈良県天理市布留町
94	いたくらのやまだ	335	板倉の山田	滋賀県高島市今津町繭生
95	いたゐのし水	54	板井田の清水	秋田県横手市大森町
		125	板井	埼玉県熊谷市板井
		334	板井の清水跡	滋賀県東近江市合戸

名所番号	歌　名　所　名	心旅番号	心　　旅　　名	所　在　県　等
		855	板井の清水	鳥取県鳥取市気高町
		856	板井の清水	鳥取県日野郡日野町
		935	板井（『和名抄』）	福岡県小郡市大板井他
		971	板井の清水推定地	熊本県菊池市七城町亀尾
96	いちしのうら	296	一志の浦	三重県津市香良洲町他
97	いちしのむまや	295	一志の駅跡推定地	三重県松阪市
98	一条院	426	一条院跡	京都府京都市上京区
99	伊豆	252	伊豆国府跡推定地	静岡県伊豆の国市田京
100	いつき	305	斎宮跡	三重県多気郡明和町斎宮
101	いつぬきがは	235	糸貫川	岐阜県本巣市他
102	いつはた	197	鉢伏山	福井県敦賀市・南条郡
103	いづみ河	492	木津川	京都府
104	いづみのくに	631	和泉国府跡	大阪府和泉市府中町
105	泉の杣	425	泉の杣	京都府相楽郡和束町杣田
106	出雲	864	出雲国府跡	島根県松江市大草町
107	いづもの宮	865	出雲大社	島根県出雲市大社町
108	出羽国	53	秋田城跡	秋田県秋田市寺内大畑
		61	城輪柵跡	山形県酒田市城輪
		66	出羽三山神社	山形県鶴岡市羽黒町手向
109	いとかやま	850	雲雀山	和歌山県有田市糸我町
110	いなば	857	因幡国庁跡	鳥取県鳥取市国府町
111	いなばの山	858	稲葉山	鳥取県鳥取市国府町
112	いなびの	689	印南野	兵庫県加古郡稲美町印南
113	いなみの	689	印南野	兵庫県加古郡稲美町印南
114	いなゐ	883	稲井跡推定地	岡山県総社市新本
115	いぬかひのみゆ	213	浅間温泉	長野県松本市浅間温泉
		232	野沢温泉	長野県下高井郡
116	いはくら	488	北岩倉	京都府京都市左京区岩倉
		559	西岩倉	京都府京都市西京区
117	いはくら山	337	岩倉山	滋賀県近江八幡市
118	いはし水	430	岩清水	京都府八幡市八幡高坊
119	いはし水神	431	石清水八幡宮	京都府八幡市八幡高坊
120	岩代の松	829	岩代の岡	和歌山県日高郡みなべ町
121	いはしろのもり	828	岩代王子社跡	和歌山県日高郡みなべ町
122	岩代のをか	829	岩代の岡	和歌山県日高郡みなべ町
123	いはせのもり	741	岩瀬の森推定地	奈良県生駒郡斑鳩町
124	いはせ山	367	十二坊山	滋賀県湖南市岩根
		782	龍田山	奈良県生駒郡三郷町
125	いはたのもり	418	天穂日命神社	京都府京都市伏見区
126	いはたのをの	237	岩田	岐阜県岐阜市岩田西他
		418	天穂日命神社	京都府京都市伏見区
127	いはで	20	三ツ石様	岩手県盛岡市名須川町
		297	岩出	三重県度会郡玉城町岩出
128	いはでのせき	9	胆沢城跡	岩手県奥州市水沢区
		14	志波城跡	岩手県盛岡市下太田
		45	古館八幡神社	宮城県大崎市岩出山
129	いはでの山	10	岩手山	岩手県
		52	秋田駒ヶ岳	秋田県仙北市
		203	荒神山	山梨県山梨市東・北
		236	岩崎神社	岐阜県不破郡垂井町岩手
		632	磐手の山	大阪府高槻市安満磐手町
130	いはみ	868	石見国府跡推定地	島根県浜田市下府町
131	いはみがた	867	石見潟	島根県西部の海
132	いはれの	742	磐余野	奈良県橿原市・桜井市
133	いはれの池	743	磐余池跡	奈良県橿原市・桜井市
134	いひむろ	331	飯室不動堂	滋賀県大津市坂本本町

名所番号	歌　名　所　名	心旅番号	心　　旅　　名	所　在　県　等
135	いぶき	102	伊吹山	栃木県栃木市吹上
		336	伊吹山	滋賀県米原市
136	いまみや	428	今宮神社	京都府京都市北区
137	いもせの山	740	妹背の山	奈良県吉野郡吉野町
		827	妹山・背ノ山	和歌山県伊都郡
138	いも山	862	青野山	島根県鹿足郡津和野町
		866	妹山推定地	島根県江津市二宮町他
139	いやたかの山	336	伊吹山	滋賀県米原市
		884	弥高山	岡山県高梁市川上町高山
140	いよ	927	伊予国府跡推定地	愛媛県今治市上徳
141	いらこがさき	270	伊良湖岬	愛知県田原市伊良湖町
142	いるさの山	690	入佐山	兵庫県豊岡市出石町入佐
143	いる野	149	入野	神奈川県平塚市入野
		253	入野	静岡県浜松市西区入野町
		429	納野	京都府京都市西京区
		928	入野	愛媛県四国中央市土居町
		988	入野	宮崎県東諸県郡綾町入野
144	院北面	521	白河南殿跡	京都府京都市左京区
		523	白河北殿跡	京都府京都市左京区
		550	鳥羽殿跡	京都府京都市伏見区他
		561	西三条内裏跡	京都府京都市中京区
145	うきしま	23	浮島	宮城県多賀城市浮島他
146	うき田の森	582	憂田の森推定地	京都府京都市左京区静市
		615	与杼神社旧社地辺	京都府京都市伏見区
147	右近のむまば	432	右近の馬場跡	京都府京都市上京区
148	宇佐宮	983	宇佐神宮	大分県宇佐市
149	うずまさ	501	広隆寺	京都府京都市右京区
150	宇多院	438	宇多院跡推定地	京都府京都市中京区
151	うだの	744	宇陀野	奈良県宇陀市大宇陀他
152	うぢ河	433	宇治川	京都府宇治市
153	打出のはま	338	打出浜	滋賀県大津市松本他
154	宇治の里	434	宇治の里	京都府宇治市宇治
155	宇治平等院	436	宇治平等院	京都府宇治市宇治蓮華
156	うぢばし	435	宇治橋	京都府宇治市宇治
157	うぢ山	487	喜撰山	京都府宇治市池尾
158	うつの山	254	宇津ノ谷峠	静岡県静岡市駿河区丸子
159	うづまさ	437	太秦	京都府京都市右京区太秦
160	うどはま	255	有度の浜	静岡県静岡市清水区他
161	うねの	339	蒲生野	滋賀県近江八幡市他
162	采女町	585	平安京大内裏跡	京都府京都市右京区
163	梅津河	472	桂川	京都府京都市・亀岡市
164	浦のはつ島	830	浦の初島跡推定地	和歌山県東牟婁郡
		845	地ノ島・沖ノ島	和歌山県有田市初島町
165	うるし河	956	御笠川上流部	福岡県太宰府市
166	うぬま	238	鵜沼	岐阜県各務原市鵜沼
167	うるまの島	998	沖縄本島	沖縄県うるま市他
168	雲居寺	441	雲居寺跡	京都府京都市東山区
169	雲林院	442	雲林院跡	京都府京都市北区紫野
170	江口	633	江口	大阪府大阪市東淀川区
171	えぞ	21	弓弭の泉	岩手県岩手郡岩手町御堂
		44	日高見神社	宮城県石巻市太田
172	越後の国	159	初期越後国府跡推定地	新潟県胎内市船戸他
173	越前	186	越前国府跡	福井県越前市府中
174	えびす	1000	夷	中国他
175	円宗寺	443	円宗寺跡	京都府京都市右京区
176	円城寺	444	円城寺跡	京都府京都市左京区

名所番号	歌名所名	心旅番号	心旅名	所在県等
177	おいそのもり	341	老蘇の森	滋賀県近江八幡市安土町
178	大井	446	大堰	京都府京都市右京区
179	大井河	472	桂川	京都府京都市・亀岡市
180	大江の岸	634	大江の岸跡	大阪府大阪市中央区石町
181	大隅	993	大隅国府跡推定地	鹿児島県霧島市
182	近江	346	近江国庁跡	滋賀県大津市三大寺
183	（欠番）			
184	近江のうみ	397	琵琶湖	滋賀県
185	大峰	748	大峰山脈	奈良県吉野郡十津川村他
186	おきつのはま	635	興津の浜跡	大阪府泉大津市松之浜町
187	おきのくに	869	隠岐国府跡	島根県隠岐郡隠岐の島町
188	おきのゐ	13	清水の湧水	岩手県陸前高田市矢作町
		24	沖の石ある池	宮城県多賀城市八幡
		112	沖の郷の井	群馬県太田市沖之郷
		173	日置神社旧社地推定地	富山県富山市沖
		176	沖町	石川県金沢市沖町
		229	武石沖	長野県上田市武石沖
		239	沖	岐阜県羽島市上中町沖
		273	沖村	愛知県北名古屋市沖村
189	おくのうみ	25	奥の海跡	宮城県
		48	万石浦一帯	宮城県石巻市・牡鹿郡
190	長田村	456	長田	京都府福知山市長田
191	おとなしのかは	749	音無川	奈良県吉野郡川上村
		831	音無川	和歌山県田辺市本宮町
		984	音無川	大分県玖珠郡九重町
192	おとなしのさと	459	音無滝	京都府京都市左京区
		832	音無の里	和歌山県田辺市本宮町
193	おとなしのたき	459	音無滝	京都府京都市左京区
		729	蜻蛉の滝	奈良県吉野郡川上村
		833	音無の滝	和歌山県田辺市本宮町
194	おとは河	460	音羽川	京都府京都市左京区
		461	音羽川	京都府京都市東山区
		608	山科音羽川	京都府京都市山科区
195	おとはのたき	462	音羽の滝	京都府京都市左京区
		463	音羽の滝	京都府京都市東山区
		464	音羽ノ滝	京都府京都市山科区小山
196	おとは山	465	音羽山	京都府京都市山科区小山
		514	清水山	京都府京都市東山区
197	おふの河原	870	おふの河原推定地	島根県松江市大草町辺
198	おほあらきのもり	582	憂田の森推定地	京都府京都市左京区静市
		615	与杼神社旧社地辺	京都府京都市伏見区
		736	荒木神社	奈良県五條市今井町
199	おほうち山	448	大内山	京都府京都市右京区
200	おほえやま	445	老ノ坂	京都府京都市・亀岡市
		449	大江山	京都府福知山市・与謝郡
201	おほくにのさと	342	大国郷（『和名抄』）	滋賀県愛知郡・東近江市
202	おほくら山	343	大蔵山	滋賀県甲賀市水口町
203	おほさはの池	450	大沢池	京都府京都市右京区
204	おほしま	916	屋代島	山口県大島郡周防大島町
205	おほつ	344	大津	滋賀県大津市浜大津
206	おほつの宮	345	大津宮跡	滋賀県大津市錦織
207	おほとものみつ	665	難波の御津跡	大阪府大阪市中央区
208	おほはら	451	大原	京都府京都市左京区大原
		453	大原野	京都府京都市西京区
209	大原河	452	大原川	京都府京都市左京区
210	おほはらやま	457	小塩山	京都府京都市西京区

名所番号	歌　名　所　名	心旅番号	心　旅　名	所　在　県　等
		604	焼杉山	京都府京都市左京区大原
211	おほひの御門たかくらの内裏	447	大炊御門高倉の内裏跡	京都府京都市中京区
212	おほよど	319	祓川	三重県多気郡明和町
213	おぼろのしみづ	467	朧の清水	京都府京都市左京区大原
214	おまへのおき	693	御前の浜	兵庫県西宮市御前の浜
215	おもののはま	349	膳所の浜跡	滋賀県大津市黒津
216	おもひがは	103	思川	栃木県鹿沼市他
217	加賀	177	加賀国府跡推定地	石川県小松市古府町
218	かがみの山	351	鏡山	滋賀県野洲市大篠原他
219	かがみ山	351	鏡山	滋賀県野洲市大篠原他
220	かぐらをか	612	吉田山	京都府京都市左京区
221	かけ島	47	松島	宮城県塩竈市外
		907	加計島	広島県山県郡安芸太田町
223	加古の島	717	日岡山	兵庫県加古川市加古川町
224	かごやま	735	天香久山	奈良県橿原市南浦町
225	かさとり山	468	笠取山	京都府宇治市東笠取他
226	かさゆひのしま	275	笠山	愛知県田原市浦町
		636	笠結島跡推定地	大阪府大阪市東成区深江
227	花山	469	花山	京都府京都市山科区
228	香稚宮	939	香稚宮	福岡県福岡市東区香稚
229	かしま	91	鹿島神宮	茨城県鹿嶋市宮中
230	春日社	753	春日大社	奈良県奈良市春日野町
231	かすがの	752	春日野	奈良県奈良市春日野町他
232	かすがの榎のもとの明神	746	榎本神社	奈良県奈良市春日野町
233	かすがののとぶひ	792	鉢伏山	奈良県奈良市須山町他
234	かすがの山	754	春日山	奈良県奈良市雑司町
235	かすが山	754	春日山	奈良県奈良市雑司町
236	上総の国	135	上総国府跡	千葉県市原市惣社
237	かせ山	470	鹿背山	京都府木津川市鹿背山
238	かたの	637	交野	大阪府交野市・枚方市
239	片岡のすそのの原	755	片岡山	奈良県北葛城郡王寺町
240	かたをかのもり	524	神宮寺山	京都府京都市北区上賀茂
241	片岡山	755	片岡山	奈良県北葛城郡王寺町
242	かつまたのいけ	257	勝俣池跡推定地	静岡県牧之原市勝俣他
		756	かつ股の池跡推定地	奈良県奈良市あやめ池
		757	勝股の池跡推定地	奈良県奈良市六条他
		885	勝間田の池旧地	岡山県勝田郡勝央町
243	桂	471	桂	京都府京都市西京区桂
244	桂河	472	桂川	京都府京都市・亀岡市
245	葛木の神	758	葛木坐一言主神社	奈良県御所市森脇
246	かづらきのくめぢのはし	759	葛城の久米路の橋	奈良県御所市高天他
247	かづらき山	760	葛城山	奈良県・大阪府
248	かつらのみや	473	桂宮跡推定地	京都府京都市西京区
249	月輪寺	474	月輪寺	京都府京都市右京区
250	月林寺	475	月林寺跡	京都府京都市左京区
251	かはしま	115	川島	群馬県渋川市川島
		178	川島	石川県鳳至郡穴水町川島
		188	川島町	福井県鯖江市川島町
		220	川中島	長野県長野市川中島平
		276	川島町	愛知県安城市川島町
		300	川島町	三重県四日市市川島町
		356	川島	滋賀県高島市安曇川町
		485	川島（『和名抄』）	京都府京都市西京区川島
		887	川島旧地	岡山県倉敷市玉島地区
		990	川島旧地	宮崎県延岡市川島町
252	かひ	202	甲斐国府跡推定地	山梨県笛吹市春日居町

名所番号	歌　名　所　名	心旅番号	心　　旅　　名	所　在　県　等
253	かひがね	204	白根山	山梨県・静岡県
254	かひのしらね	204	白根山	山梨県・静岡県
255	かぴらゑ	1007	迦毘羅城	ネパール
256	かふちのくに	639	河内国府跡	大阪府藤井寺市国府
257	かへる山	200	山中峠	福井県南条郡南越前町
258	かほやがぬま	113	加保夜我沼跡	群馬県渋川市川島
259	かまど山	955	宝満山	福岡県太宰府市他
260	神ぢ山	299	神路山	三重県伊勢市宇治今在家町
261	神なび山	477	甘南備山	京都府京田辺市
		745	甘樫岳	奈良県高市郡明日香村
		782	龍田山	奈良県生駒郡三郷町
		817	三輪山	奈良県桜井市三輪
262	かみなみ川	732	飛鳥川	奈良県高市郡明日香村
263	かみのその	605	八坂神社	京都府京都市東山区
264	かみやがは	544	天神川	京都府京都市上京区
265	神山	500	神山	京都府京都市北区上賀茂
266	かめのをか	353	亀丘	滋賀県大津市御陵町
267	亀の尾の山	478	亀ノ尾の山	京都府京都市右京区
268	かめ山	353	亀丘	滋賀県大津市御陵町
		1002	亀山	中国
269	かも河	480	鴨川	京都府京都市
270	賀茂のいつき	481	賀茂社斎院跡	京都府京都市北区紫野
271	かものやしろ	482	賀茂御祖神社	京都府京都市左京区下鴨
		483	賀茂別雷神社	京都府京都市北区上賀茂
272	鴨山	861	青杉ヶ城山	島根県邑智郡美郷町
		872	鴨山跡推定地	島根県益田市久城町浜沖
273	高陽院	484	高陽院跡	京都府京都市上京区
274	からくに	1001	朝鮮及中国	朝鮮及中国
275	唐琴	886	唐琴	岡山県倉敷市児島唐琴
276	からさき	355	唐崎	滋賀県大津市唐崎
277	かりばのをの	4	狩場沢	青森県東津軽郡平内町
		158	刈羽	新潟県刈羽郡刈羽村
278	花林院	761	花林院跡	奈良県奈良市中筋町他
279	かるかやの関	941	苅萱関跡	福岡県太宰府市通古賀
280	かれひやま	393	飯道山	滋賀県甲賀市水口町他
281	河尻	638	河尻跡推定地	大阪府大阪市東淀川区
282	閑院	486	閑院跡	京都府京都市中京区
283	函谷関	1003	函谷関	中国
284	祇園	605	八坂神社	京都府京都市東山区
285	きさいのみや	585	平安京内裏跡	京都府京都市上京区
286	きさかた	56	象潟跡	秋田県にかほ市象潟町
287	きさやま	762	象山	奈良県吉野郡吉野町
288	きそぢのはし	222	木曽の桟跡	長野県木曽郡上松町
289	きそのかけぢ	222	木曽の桟跡	長野県木曽郡上松町
290	北白河	489	北白川	京都府京都市左京区
291	きたの	491	北野天満宮	京都府京都市上京区
292	北野宮	491	北野天満宮	京都府京都市上京区
293	きた山	513	沢山・桃山・鷹峯辺	京都府京都市北区大北山
294	きのくに	834	紀伊国府跡	和歌山県和歌山市府中
295	きのまろどの	763	木の丸殿跡推定地	奈良県天理市・橿原市他
		933	朝倉橘広庭宮跡推定地	福岡県朝倉市山田
296	きび	888	吉備国	岡山県・広島県
297	きびの中山	889	吉備の中山	岡山県岡山市北区吉備津
298	きぶね	494	貴船神社	京都府京都市左京区
299	きぶね河	493	貴船川	京都府京都市左京区
300	きませの山	357	きませの山推定地	滋賀県大津市仰木町

名所番号	歌名所名	心旅番号	心旅名	所在県等
301	きよきなぎさ	320	二見の浦	三重県伊勢市二見町江他
302	きよたきがは	495	清滝川	京都府京都市右京区
303	きよみがせき	258	清見が関跡	静岡県静岡市清水区
304	清見がた	259	清見潟跡	静岡県静岡市清水区
305	きりはらの駒	221	桐原牧神社	長野県長野市桐原
		223	桐原の駒	長野県松本市入山
306	きりふのをか	122	物見山	群馬県桐生市宮本町他
		301	霧生	三重県伊賀市霧生
		358	霧生の岡	滋賀県大津市上田上桐生町
		973	黒原山	熊本県球磨郡あさぎり町
		985	伐株山	大分県玖珠郡玖珠町
307	切目	835	切目王子神社	和歌山県日高郡印南町
308	くさかえ	664	難波潟跡	大阪府大阪市他
309	くち木	359	朽木	滋賀県高島市朽木
310	熊野	29	熊野那智神社	宮城県名取市高舘
311	熊野河	836	熊野川	和歌山県・奈良県他
312	くまのくらといふ山寺	116	熊倉遺跡	群馬県吾妻郡中之条町
		117	熊倉	群馬県甘楽郡南牧村熊倉
		127	熊倉城山	埼玉県秩父市荒川白久他
		208	丹波天平	山梨県北都留郡丹波山村
		224	熊倉	長野県安曇野市豊科高家
		225	熊倉	長野県上水内郡信濃町
		226	熊倉寺跡推定地	長野県佐久市内山
313	熊野の本宮	837	熊野の本宮跡	和歌山県田辺市本宮町
314	熊野の山	838	熊野の山	和歌山県田辺市他
315	くめのさら山	890	久米の皿山	岡山県津山市
316	雲田	496	雲田	京都府福知山市萩原
317	位山	240	位山	岐阜県高山市一之宮町他
318	くらなしの浜	986	闇無浜	大分県中津市角木
319	くらはし山	750	音羽山	奈良県桜井市倉橋
320	くらぶの山	303	倉部山	三重県伊賀市・亀山市
321	くらふ山	497	鞍馬山	京都府京都市左京区鞍馬
322	くらぶ山	303	倉部山	三重県伊賀市・亀山市
323	くらまの山	497	鞍馬山	京都府京都市左京区鞍馬
324	蔵人所	585	平安京大内裏跡	京都府京都市上京区
325	くるす	498	栗野郷（『和名抄』）	京都府京都市北区小野他
326	くるもと	360	栗本郡（『和名抄』）	滋賀県
327	けしきの森	995	気色の森	鹿児島県霧島市国分府中町
328	けたがは	724	円山川	兵庫県豊岡市日高町上郷
329	香山	1004	香山	中国
330	興福寺	764	興福寺	奈良県奈良市登大路町
331	光明山	499	光明山寺跡	京都府木津川市山城町
332	こが	502	久我	京都府京都市伏見区久我
333	こがらしのもり	260	木枯ノ森	静岡県静岡市葵区羽鳥
		503	木枯の森	京都府京都市右京区太秦
334	弘徽殿	585	平安京大内裏跡	京都府京都市上京区
335	こしぢのしら山	183	白山	石川県・岐阜県
336	こしのしらね	171	立山連峰	富山県中新川郡・富山市
337	こしのしら山	60	月山	山形県鶴岡市羽黒町
		65	鳥海山	山形県飽海郡遊佐町吹浦
		160	大日岳	新潟県新発田市他
		163	妙高山	新潟県妙高市
		165	後立山連峰	富山県・長野県・新潟県
		183	白山	石川県・岐阜県
338	こそべ	640	古曽部	大阪府高槻市古曽部町
339	こだかみやま	361	己高山	滋賀県長浜市木之本町

名所番号	歌　名　所　名	心旅番号	心　　旅　　名	所　在　県　等
340	こづかみのうら	918	大津神の浦跡	徳島県鳴門市撫養町他
341	このしま	504	木島神社	京都府京都市右京区太秦
342	こはた	505	木幡	京都府宇治市木幡
343	こはた河	506	木幡川	京都府京都市・宇治市
344	こま	476	上狛	京都府木津川市山城町
		516	下狛	京都府相楽郡精華町下狛
345	こや	694	昆陽	兵庫県伊丹市昆陽
346	こやのいけ	695	昆陽池	兵庫県伊丹市昆陽池
347	こゆるぎ	151	小淘綾ノ浜	神奈川県中郡大磯町
348	こよろぎ	151	小淘綾ノ浜	神奈川県中郡大磯町
349	こりずまの浦	699	須磨の浦	兵庫県神戸市須磨区の浦
350	惟喬のみこの室	507	惟喬親王庵室跡推定地	京都府京都市左京区大原
351	衣河	11	衣川	岩手県奥州市
352	衣の関	12	衣の関跡	岩手県西磐井郡平泉町
353	崑嶺之玉	1013	バダクシャン	アフガニスタン
354	西院	508	西院跡	京都府京都市右京区
355	最勝寺	509	最勝寺跡	京都府京都市左京区
356	最勝四天王院	510	最勝四天王院跡	京都府京都市東山区
357	坂田	362	坂田郡（『和名抄』）	滋賀県長浜市・米原市
358	さがの	511	嵯峨野	京都府京都市右京区
359	嵯峨の山	512	嵯峨の山	京都府京都市右京区
360	さがみの国	152	相模国府跡	神奈川県海老名市他
361	さくらがは	93	桜川	茨城県桜川市東桜川他
362	さしでのいそ	211	万力公園辺	山梨県山梨市万力区
363	さ月山	108	横根山	栃木県鹿沼市入粟野他
		642	五月山	大阪府池田市五月丘
364	さつま	996	薩摩国府跡	鹿児島県薩摩川内市
365	薩摩潟沖の小島	994	鬼界カルデラ	鹿児島県鹿児島郡三島村辺
366	さぬき	923	讃岐国府跡推定地	香川県坂出市府中町
367	さのの中川	100	秋山川	栃木県佐野市
		114	烏川	群馬県高崎市
368	さののふなはし	118	佐野舟橋跡推定地	群馬県高崎市上佐野町
369	さののわたり	766	狭野の渡跡	奈良県桜井市慈恩寺
		842	佐野の渡り跡推定地	和歌山県新宮市佐野
370	さはこのみゆ	41	鳴子温泉滝ノ湯	宮城県大崎市鳴子温泉
		75	三函の御湯	福島県いわき市
371	さび江	643	佐備川	大阪府富田林市佐備
372	佐保の河	767	佐保川	奈良県奈良市他
373	佐保山	768	佐保山	奈良県奈良市法蓮華寺町
374	さみねのしま	924	狭岑の島旧地	香川県坂出市沙弥島
375	さやかたやま	891	紗綾形山推定地	岡山県備前市佐山他
		911	紗綾形山推定地	山口県山口市鋳銭司他
		940	鐘ノ岬	福岡県宗像市鐘崎
376	さやの中山	262	小夜の中山	静岡県掛川市佐夜鹿
377	さやまの嶺	128	狭山	埼玉県・東京都
378	さらしなの山	218	冠着山	長野県千曲市羽尾他
379	さるさはの池	769	猿沢池	奈良県奈良市登大路町
380	三十三所観音	848	那智山青岸渡寺	和歌山県東牟婁郡
381	しが	363	滋賀郡（『和名抄』）	滋賀県大津市
382	しかすがの渡	277	志賀須賀渡跡	愛知県豊橋市船町
383	しかのしま	943	志賀島	福岡県福岡市東区志賀島
384	鹿の園	1011	鹿野園	インド
385	しがの山	364	志賀山峠	滋賀県大津市南滋賀町
386	志賀の山寺	375	崇福寺跡	滋賀県大津市滋賀里町甲
387	しかま	696	飾磨	兵庫県姫路市飾磨区
388	しがらき	365	紫香楽宮跡	滋賀県甲賀市信楽町

名所番号	歌　名　所　名	心旅番号	心　　旅　　名	所　在　県　等
389	しきしま	1	日本国	日本
		771	敷島	奈良県桜井市金屋辺
390	しきつのうら	644	敷津の浦旧地	大阪府大阪市浪速区
391	しきつの浪	644	敷津の浦旧地	大阪府大阪市浪速区
392	したひもの関	30	越河清水バス停	宮城県白石市越河
393	しなの	227	信濃国府跡推定地	長野県上田市常田辺
394	しのだのもり	647	信太の森	大阪府和泉市葛の葉町
395	しの原	179	篠原町	石川県加賀市篠原町
		366	篠原郷（『和名抄』）	滋賀県野洲市
396	しのぶの浦	87	福島市浜町一帯	福島県福島市中浜町他
397	しのぶのおく	76	信夫山	福島県福島市御山
398	しのぶの里	76	信夫山	福島県福島市御山
399	しのぶもぢずり	89	文字摺観音堂	福島県福島市山口字寺前
400	しのぶ山	76	信夫山	福島県福島市御山
401	しはつ山	285	三ヶ根連山	愛知県西尾市東幡豆町他
		646	四極山推定地	大阪府大阪市天王寺区
402	しほがまの浦	31	塩竈の浦	宮城県塩竈市の海岸
403	しほの山	205	塩ノ山	山梨県甲州市塩山上於曽
404	しほひのかた	308	潮干の潟跡推定地	三重県四日市市茂福他
405	しほやの王子	843	塩屋王子神社	和歌山県御坊市塩屋町
406	しもついづもでら	515	下出雲寺跡	京都府京都市上京区
407	しもつけ	105	下野国庁跡	栃木県栃木市田村町宮辺
408	しもつふさの国	137	下総国府跡	千葉県市川市国府台
409	承香殿	585	平安京大内裏跡	京都府京都市上京区
410	笙のいはや	772	笙の窟	奈良県吉野郡上北山村
411	上東門院	518	上東門院跡	京都府京都市上京区
412	書写	697	書写山円教寺	兵庫県姫路市書写
413	しら河	519	白川	京都府京都市左京区
		976	白川	熊本県阿蘇郡南阿蘇村
414	白河の関	78	白河関跡	福島県白河市旗宿
415	白河殿	520	白河殿跡	京都府京都市左京区岡崎
416	白河のたき	522	白川の滝	京都府京都市左京区
417	新宮	839	熊野速玉大社	和歌山県新宮市新宮
418	神仙	773	深仙の窟	奈良県吉野郡十津川村他
419	神明寺辺無常所	526	神明寺跡推定地	京都府京都市下京区
420	素鵝	873	須賀	島根県雲南市大東町須賀
421	すがごも	35	須賀	宮城県宮城郡利府町赤沼
422	すがたの池	774	菅田の池跡	奈良県天理市二階堂町他
423	菅原や伏見の里	775	菅原や伏見の里	奈良県奈良市菅原町他
424	すぐろく	57	双六	秋田県男鹿市船川港双六
		368	双六市場跡推定地	滋賀県蒲生郡日野町
425	朱雀院	527	朱雀院跡	京都府京都市中京区壬生
426	すずか川	310	鈴鹿川	三重県
427	すずか山	311	鈴鹿山	三重県・滋賀県他
428	すのまた	241	墨俣	岐阜県大垣市墨俣町
429	周防	912	周防国衙跡	山口県防府市国衙
430	すま	698	須磨	兵庫県神戸市須磨区
431	すまの浦	699	須磨の浦	兵庫県神戸市須磨区の浦
432	すまのせき	700	須磨の関跡	兵庫県神戸市須磨区
433	すみだ河	144	隅田川	東京都
434	住の江	648	住の江故地	大阪府大阪市・堺市
435	すみよし	650	住吉大社	大阪府大阪市住吉区住吉
436	すみよしのうら	648	住の江故地	大阪府大阪市・堺市
437	住吉の岸	648	住の江故地	大阪府大阪市・堺市
438	住吉の細江	649	住吉の細江	大阪府大阪市住吉区他
439	するが	263	駿河国府跡推定地	静岡県静岡市葵区駿府城

名所番号	歌名所名	心旅番号	心旅名	所在県等
440	末の松山	16	浪打峠	岩手県二戸市・二戸郡
		33	須江の欠山	宮城県石巻市須江
		34	末の松山	宮城県多賀城市八幡
		79	末続山	福島県いわき市久之浜町
441	栖霞寺	517	釈迦堂	京都府京都市右京区
442	関寺	369	関寺跡推定地	滋賀県大津市逢坂
443	せきとの院	651	関戸の院跡	大阪府三島郡島本町山崎
444	関のし水	371	関の清水	滋賀県大津市逢坂
445	関のふぢ河	247	藤古川	岐阜県不破郡関ヶ原町藤下
446	せきのをがは	370	関の小川	滋賀県大津市逢坂
447	世尊寺	529	世尊寺跡	京都府京都市上京区栄町
448	せたの長橋	373	瀬田唐橋	滋賀県大津市瀬田他
449	せり河	530	芹川跡	京都府京都市伏見区
450	禅林寺	532	禅林寺	京都府京都市左京区
451	そでしのうら	874	袖師の浦	島根県松江市袖師町
		881	袖師の浦・錦の浦旧地	島根県松江市馬潟町他
452	袖の浦	69	宮野浦	山形県酒田市宮野浦
453	袖ふる山	747	大国見山	奈良県天理市石上町
454	そのはら	228	園原	長野県下伊那郡阿智村
455	そめ河	956	御笠川上流部	福岡県太宰府市
456	大覚寺	533	大覚寺	京都府京都市右京区
457	醍醐	534	醍醐	京都府京都市伏見区
458	醍醐の清滝の社	528	清滝宮	京都府京都市伏見区
459	大乗院	404	無動寺谷	滋賀県大津市坂本本町
460	大神宮	309	神宮	三重県伊勢市
461	大山	859	大山	鳥取県西伯郡大山町
462	内裏	585	平安京大内裏跡	京都府京都市上京区
463	高岡山	755	片岡山	奈良県北葛城郡王寺町
464	たかくらやま	893	鳥山	岡山県津山市上高倉
		900	本宮高倉山	岡山県岡山市北区牟佐
465	高砂の峰	692	尾上神社	兵庫県加古川市尾上町
466	高砂のをのへ	692	尾上神社	兵庫県加古川市尾上町
467	たかしのうら	653	高師浜	大阪府高石市高師浜丁
468	たかしのはま	653	高師浜	大阪府高石市高師浜丁
469	たかしま	378	高島郡（『和名抄』）	滋賀県高島市
470	たか田の山	18	氷上山	岩手県陸前高田市高田町
		88	明神ヶ岳	福島県大沼郡会津美里町
		95	高田・岡	茨城県稲敷市高田・岡
		101	磯山	栃木県真岡市東大島
		121	妙義山	群馬県富岡市妙義町高田
		138	高田の山	千葉県千葉市緑区高田町
		145	高田の山	東京都新宿区高田馬場他
		153	高山	神奈川県小田原市沼代
		157	春日山	新潟県上越市
		180	高田の山推定地	石川県七尾市中島町
		181	高田町	石川県七尾市高田町
		190	高田の山	福井県坂井市丸岡町
		207	高田の山	山梨県西八代郡
		242	高田神社	岐阜県飛騨市古川町太江
		278	高田の山推定地	愛知県名古屋市瑞穂区
		701	高田の山	兵庫県赤穂郡上郡町
		702	高田の山	兵庫県豊岡市日高町
		707	高田の山	兵庫県豊岡市日高町
		875	高田の山	島根県大田市三瓶町池田
		876	高田山	島根県隠岐郡隠岐の島町
		892	高田の山	岡山県津山市下横野他

名所番号	歌名所名	心旅番号	心旅名	所在県等
		895	如意山	岡山県真庭市勝山
		901	本陣山	岡山県岡山市北区上高田
		908	高田郡（『和名抄』）の山	広島県安芸高田市甲田町
		930	高田郷（『和名抄』）の山	愛媛県松山市高田
		961	龍王山	福岡県飯塚市高田
		966	翁頭山	長崎県五島市高田町・堤町
		977	高田郷（『和名抄』）	熊本県八代市奈良木町他
471	たかつのみや	654	高津宮跡推定地	大阪府大阪市天王寺区
472	たかのの山	840	高野山	和歌山県伊都郡高野町
473	たかのを山	377	多賀のお山	滋賀県犬上郡多賀町
474	高天	765	金剛山	奈良県御所市高天
475	たかまどの野	776	高円の野	奈良県奈良市白毫寺町他
476	たかまとのをのへの宮	778	高円離宮跡推定地	奈良県奈良市白毫寺町他
477	たかまど山	777	高円山	奈良県奈良市白毫寺町
478	たかまの山	765	金剛山	奈良県御所市高天
		877	高間の山推定地	島根県江津市島の星町
		878	高間の山推定地	島根県浜田市三隅町
		879	高間の山推定地	島根県益田市市原町
479	たかをの山	525	神護寺	京都府京都市右京区
480	たけ河	312	竹川集落	三重県多気郡明和町竹川
481	たけくまの松	38	竹駒神社	宮城県岩沼市稲荷町
482	たごの浦	170	田子の浦跡	富山県氷見市田子
		264	田子の浦	静岡県富士市・静岡市
483	大宰	945	大宰府政庁跡	福岡県太宰府市観世音寺
484	たちのの駒	154	立野台一帯	神奈川県座間市立野台
485	橘の小島	535	橘の小島旧地	京都府宇治市宇治
486	竜田河	780	龍田川	奈良県生駒郡斑鳩町
487	たつたの山	782	龍田山	奈良県生駒郡三郷町
488	竜田姫	781	龍田大社	奈良県生駒郡三郷町
489	たつの市	779	辰市跡	奈良県奈良市杏町
490	たなかみ	381	田上	滋賀県大津市田上地区他
491	たなかみ河	376	大戸川	滋賀県大津市田上
492	たにくみ	243	谷汲山華厳寺	岐阜県揖斐郡揖斐川町
493	たはれじま	981	風流島	熊本県宇土市住吉町
494	たひらのみやこ	584	平安京跡	京都府京都市
495	玉江	191	玉江跡推定地	福井県福井市旧花堂村
		192	玉江跡推定地	福井県福井市浅水町他
		655	玉江跡	大阪府高槻市三島江辺
496	玉川	58	玉川	秋田県仙北市
		62	玉川	山形県鶴岡市羽黒町玉川
		63	玉川	山形県西置賜郡小国町玉川
		146	多摩川	東京都・埼玉県・山梨県
		193	玉川川	福井県丹生郡越前町玉川
		206	須玉川	山梨県北杜市須玉町
		265	玉川	静岡県三島市玉川他
		841	高野の玉川	和歌山県伊都郡高野町
		913	田万川	山口県萩市上田万他
497	玉津島	844	玉津島旧地	和歌山県和歌山市和歌浦
498	たまのを山	382	玉緒山	滋賀県東近江市布施町他
499	たみのの島	656	田蓑島旧地	大阪府大阪市北区中之島
		657	田蓑島推定地	大阪府大阪市西淀川区佃
500	たむけの山	327	逢坂山関跡推定地	滋賀県大津市逢坂
501	たむけ山	789	奈良山	奈良県奈良市奈良阪町他
502	たるみ	703	垂水	兵庫県神戸市垂水区
503	たる井	244	垂井の清水	岐阜県不破郡垂井町垂井
504	丹後	537	丹後国府跡推定地	京都府宮津市大垣

名所番号	歌　名　所　名	心旅番号	心　　旅　　名	所　在　県　等
505	丹波	538	丹波国府跡推定地	京都府亀岡市千代川町
506	ちかのうら	967	値嘉郷（『和名抄』）	長崎県五島列島他
507	筑後	947	筑後国府跡	福岡県久留米市合川町
508	筑前国	948	筑前国府跡	福岡県太宰府市
509	ちくぶしま	383	竹生島	滋賀県長浜市早崎町
510	ちさかのうら	384	千坂の浦遺称地	滋賀県彦根市三津屋町他
511	ちとせの山	64	千歳山	山形県山形市平清水
		161	千年山	新潟県十日町市千年
512	千年山	539	千年山	京都府南丹市八木町神吉
513	ちひろのはま	313	千尋の浜	三重県伊勢市二見町江
		846	千尋の浜推定地	和歌山県日高郡みなべ町
514	長楽寺	540	長楽寺	京都府京都市東山区
515	千世のふるみち	541	千世の古道	京都府京都市
516	千世能山	329	阿星山	滋賀県湖南市・栗東市
		539	千年山	京都府南丹市八木町神吉
		597	御影山	京都府亀岡市千歳町千歳
517	月のわ	474	月輪寺	京都府京都市右京区
518	筑紫	949	筑紫	九州全土
519	つくしの大山寺	936	大山寺跡推定地	福岡県太宰府市内山
520	筑紫の湯	953	二日市温泉	福岡県筑紫野市湯町
521	つくばね	96	筑波山	茨城県つくば市筑波
522	つくまえのぬま	386	筑摩の沼跡	滋賀県米原市朝妻筑摩他
523	つくまのかみ	385	筑摩神社	滋賀県米原市朝妻筑摩
524	つくまのまつり	385	筑摩神社	滋賀県米原市朝妻筑摩
525	対馬	968	対馬島	長崎県対馬市
526	つつみのたけ	109	赤城山	群馬県前橋市・桐生市他
		110	吾妻山	群馬県桐生市堤町
		136	権現森	千葉県長生郡長柄町
		162	鼓岡山	新潟県胎内市鼓岡
		196	箱ケ岳	福井県三方上中郡若狭町堤
		199	三崎山	福井県丹生郡越前町大字織田
		209	堤山	山梨県北杜市高根町堤
		230	都住山（仮称）	長野県上高井郡小布施町他
		279	堤の山	愛知県豊田市堤本町他
		314	皷の山	三重県いなべ市北勢町皷
		315	鼓ヶ岳	三重県伊勢市宇治今在家町
		542	鼓ヶ岳	京都府宮津市畑他
		543	鼓山	京都府船井郡京丹波町
		922	城山	香川県坂出市府中町
		925	堤山	香川県丸亀市綾歌町他
		942	御所ヶ岳	福岡県行橋市津積他
		944	大平山	福岡県朝倉市堤
		950	鼓岳推定地	福岡県朝倉郡東峰村
		966	翁頭山	長崎県五島市堤町他
		978	筒ヶ岳・観音岳	熊本県荒尾市・玉名市
527	つづみの滝	980	鼓ヶ滝	熊本県熊本市河内町川床
528	つづみのやま	542	鼓ヶ岳	京都府宮津市畑他
		543	鼓山	京都府船井郡京丹波町
		880	鼓の岳	島根県隠岐郡隠岐の島町
		901	本陣山	岡山県岡山市北区上高田
		904	横山	岡山県総社市清音三因
		905	龍王山	岡山県岡山市北区
529	津のくに	652	摂津国府跡推定地	大阪府大阪市中央区
530	つぼのいしぶみ	6	坪川	青森県上北郡七戸町坪
		8	「日本中央」碑	青森県上北郡東北町石文
		15	壺ノ沢変成岩類	岩手県陸前高田市

名所番号	歌　名　所　名	心旅番号	心　　旅　　名	所　在　県　等
		37	多賀城碑	宮城県多賀城市市川
531	つもりのうら	658	津守跡	大阪府大阪市西成区津守他
532	つもりのおき	658	津守跡	大阪府大阪市西成区津守他
533	つるがの浦	194	敦賀湾	福井県敦賀市敦賀
534	つるのこほり	210	都留郡（『和名抄』）	山梨県上野原市鶴川他
535	天王寺	645	四天王寺	大阪府大阪市天王寺区
536	天王寺のかめ井	645	四天王寺	大阪府大阪市天王寺区
537	唐	1001	朝鮮及中国	朝鮮及中国
538	東大寺	784	東大寺	奈良県奈良市雑司町
539	遠江国	266	遠江国府跡推定地	静岡県磐田市中央町
540	鄧林之材	1005	鄧林	中国
541	ときはのもり	545	常盤の森跡	京都府京都市右京区
542	ときはの山	90	偕楽園一帯	茨城県水戸市常磐町
		546	常盤の山	京都府京都市右京区
543	とこの山	387	床の山	滋賀県彦根市正法寺他
544	土左	931	土佐国衙跡	高知県南国市比江
545	としま	2	北海道	北海道
546	としまが磯	705	敏島神社鎮座地	兵庫県神戸市灘区
547	としまがさき	704	富島が埼	兵庫県淡路市富島
548	とづなのはし	83	十綱橋	福島県福島市飯坂温泉
549	戸無瀬河	472	桂川	京都府京都市・亀岡市
550	となせのたき	548	戸無瀬の滝	京都府京都市西京区嵐山
551	とば	549	鳥羽	京都府京都市南区他
552	鳥羽殿	550	鳥羽殿跡	京都府京都市南区他
553	とふの浦風	51	利府町の海風	宮城県宮城郡利府町
554	とみのを河	786	富雄川	奈良県大和郡山市他
555	とよら	914	豊浦郡（『和名抄』）	山口県下関市長府他
556	虎ふす野辺	1012	捨身石塔跡推定地	パキスタン
557	とりべの	551	鳥戸野	京都府京都市東山区
558	とりべ山	552	鳥辺山	京都府京都市東山区
559	とをち	785	十市郡（『和名抄』）	奈良県橿原市十市町
560	長岡	553	長岡京跡	京都府長岡京市・向日市
561	なかがは	554	中川跡	京都府京都市上京区中川
562	長洲の浜	706	長洲の浜旧地	兵庫県尼崎市長洲
563	ながたに	555	長谷町	京都府京都市左京区岩倉
564	長田の山	898	蒜山三座	岡山県真庭市蒜山下長田他
565	ながと	915	長門国府跡推定地	山口県下関市長府安養寺
566	ながはま	316	長浜	三重県奥伊勢湾岸
567	ながら	661	長柄の浜跡	大阪府大阪市北区長柄東
568	ながらの橋	660	長柄橋	大阪府大阪市北区他
569	ながらのはま	661	長柄の浜跡	大阪府大阪市北区
570	ながらの山	389	長等山	滋賀県大津市園城寺町
571	ながゐのうら	659	長居の浦旧地	大阪府大阪市住吉区長居
572	なぎさの院	662	渚の院跡	大阪府枚方市渚元町
573	なぐさのはま	847	名草ノ浜	和歌山県和歌山市布引他
574	なげきのもり	997	嘆きの森	鹿児島県霧島市隼人町内
575	なごえ	139	那古の入江跡	千葉県館山市那古
		172	奈呉	富山県射水市
576	なこそのせき	84	勿来関跡	福島県いわき市勿来町
577	なごのうみ	139	那古の入江跡	千葉県館山市那古
		172	奈呉	富山県射水市
		556	奈具海	京都府宮津市脇・由良
578	なすのみゆ	217	鹿教湯温泉	長野県上田市鹿教湯温泉
579	なすのゆ	106	那須湯本温泉	栃木県那須郡那須町元湯
580	なだの塩屋	707	灘の塩屋跡	兵庫県芦屋市・神戸市
581	なつみの河	787	菜摘の河	奈良県吉野郡吉野町菜摘

名所番号	歌名所名	心旅番号	心旅名	所在県等
582	名取河	39	名取川	宮城県
583	なとりのこほり	40	名取郡（『和名抄』）	宮城県名取市・名取郡他
584	なとりのみゆ	22	秋保温泉	宮城県仙台市太白区
585	ななくりのいでゆ	231	別所温泉	長野県上田市別所温泉
		306	榊原温泉	三重県津市榊原町
586	ななの社	395	日吉大社	滋賀県大津市坂本本町
587	なには	663	難波	大阪府大阪市辺
588	なにはえ	664	難波潟跡	大阪府大阪市他
589	なにはがた	664	難波潟跡	大阪府大阪市他
590	なにはづ	665	難波の御津跡	大阪府大阪市中央区
591	難波の海	664	難波潟跡	大阪府大阪市他
592	なにはのみつ	665	難波の御津跡	大阪府大阪市中央区
593	なにはほりえ	666	難波堀江跡	大阪府大阪市中央区他
594	涙河	307	三渡川	三重県松阪市松崎浦町他
595	ならしの岡	788	ならしの岡推定地	奈良県生駒郡三郷町立野
		932	奈良師の山	高知県室戸市浮津
596	ならしの山	932	奈良師の山	高知県室戸市浮津
597	ならのをがは	557	楢の小川	京都府京都市北区上賀茂
		767	佐保川	奈良県奈良市･大和郡山市
598	ならの宮	804	平城宮跡	奈良県奈良市
599	ならの京	803	平城京跡	奈良県奈良市
600	ならびの池	558	双の池跡	京都府京都市右京区
601	鳴尾	708	鳴尾	兵庫県西宮市鳴尾町
602	なると	909	大畠の瀬戸	山口県柳井市他
		919	鳴門海峡	徳島県鳴門市他
603	なるみ	281	鳴海跡	愛知県名古屋市緑区他
604	なるみ潟	281	鳴海跡	愛知県名古屋市緑区他
605	なるみ野	281	鳴海跡	愛知県名古屋市緑区他
606	なるみの浦	281	鳴海跡	愛知県名古屋市緑区他
607	南殿	585	平安京大内裏跡	京都府京都市上京区
608	にしきのうら	318	錦の浦	三重県度会郡大紀町錦
		871	加賀の海	島根県松江市島根町加賀
		881	袖師の浦・錦の浦	島根県松江市馬潟町他
609	西河	472	桂川	京都府京都市・亀岡市
610	西さかもと	560	西坂本	京都府京都市左京区
611	西大寺	562	西大寺跡	京都府京都市南区唐橋
612	にしの京	563	西ノ京	京都府京都市中京区
613	にしのみや	564	西宮跡	京都府京都市中京区壬生
614	二宮	395	日吉大社	滋賀県大津市坂本本町
615	にほの海	397	琵琶湖	滋賀県
616	にまのさと	894	邇磨郷（『和名抄』）	岡山県倉敷市真備町上二万他
617	仁和寺	565	仁和寺	京都府京都市右京区
618	布引のたき	709	布引の滝	兵庫県神戸市中央区
619	野じまの浦	710	野島が崎	兵庫県淡路市野島蟇の浦
620	野じまがさき	391	野島が崎跡推定地	滋賀県東近江市乙女浜町
		710	野島が崎	兵庫県淡路市野島蟇の浦
621	のだの玉河	5	野田の玉川	青森県東津軽郡外ヶ浜町
		17	野田の玉川	岩手県九戸郡野田村玉川
		42	野田の玉川	宮城県塩竈市・多賀城市
622	野ぢの玉川	390	野路の玉川跡	滋賀県草津市野路
623	のと	182	能登国府跡	石川県七尾市古府町
624	野中のし水	59	野中の清水	秋田県仙北郡美郷町六郷
		711	野中の清水	兵庫県明石市魚住町清水
		712	野中の清水跡	兵庫県神戸市西区岩岡町
		849	野中の清水	和歌山県田辺市中辺路町
625	野の宮	566	野宮神社	京都府京都市右京区

名所番号	歌名所名	心旅番号	心旅名	所在県等
		567	野々宮神社	京都府京都市右京区
626	博多	951	博多	福岡県福岡市中央区
627	はこざき	952	筥崎宮	福岡県福岡市東区箱崎
628	はこねの山	155	箱根山	神奈川県足柄下郡箱根町
629	はこやの山	531	仙洞御所	京都府京都市上京区
630	はしり井	392	走井	滋賀県大津市大谷町
631	はづかしのもり	568	羽束師の森	京都府京都市伏見区
632	はつかの山	713	羽束山	兵庫県三田市香下
633	はつせ河	793	初瀬川	奈良県天理市・桜井市
634	はつせにまうづ	791	長谷寺	奈良県桜井市初瀬
635	はつせ山	794	初瀬山	奈良県桜井市初瀬
636	はばかりのせき	43	はばかりの関跡	宮城県柴田郡柴田町船迫
637	ははきのくに	860	伯耆国庁跡	鳥取県倉吉市国府
638	ははそのもり	569	祝園神社	京都府相楽郡精華町祝園
639	ははそ山	55	五輪坂自然公園	秋田県雄勝郡羽後町足田
640	はまなのはし	267	浜名の橋跡	静岡県浜松市・湖西市
641	はやせ川	7	虹貝川	青森県南津軽郡大鰐町
		32	白石川	宮城県刈田郡七ヶ宿町関
		124	荒川	埼玉県戸田市早瀬他
		714	早瀬川	兵庫県佐用郡佐用町早瀬
642	は山	67	葉山	山形県長井市・西置賜郡
		68	葉山	山形県村山市・寒河江市
		85	麓山	福島県二本松市戸沢他
		86	羽山丘陵	福島県南相馬市原町区
		150	大峰山	神奈川県三浦郡葉山町
643	はらのいけ	129	原の池遺称地	埼玉県深谷市・熊谷市
		667	原の池跡	大阪府高槻市原
644	はりま	716	播磨国衙跡	兵庫県姫路市総社本町他
645	はりまがた	715	播磨潟	兵庫県・徳島県他
646	ひえ	340	延暦寺	滋賀県大津市坂本本町
647	比叡山	394	比叡山	滋賀県・京都府
648	ひえの社	395	日吉大社	滋賀県大津市坂本本町
649	日吉の客人の宮	395	日吉大社	滋賀県大津市坂本本町
650	東三条	570	東三条内裏跡	京都府京都市中京区
651	東三条院	570	東三条内裏跡	京都府京都市中京区
652	東山	571	東山	京都府・滋賀県
653	ひきの	668	引野	大阪府堺市東区・美原区
654	ひくまの	282	引馬野遺称地	愛知県豊川市御津町御馬
655	ひぐらしの山	795	日暮しの山	奈良県吉野郡吉野町他
656	肥後	979	肥後国府跡	熊本県熊本市中央区国府
657	肥前	964	肥前国庁跡	佐賀県佐賀市大和町
658	備前国	896	備前国庁跡	岡山県岡山市中区
659	ひだ	246	飛騨国府跡	岐阜県高山市国府町
660	ひたちの国	97	常陸国府跡	茨城県石岡市総社
661	備中国	897	備中国府跡	岡山県総社市金井戸
662	ひね	669	日根	大阪府泉佐野市日根野
663	ひのくま河	796	檜前川	奈良県高市郡明日香村
664	日の本	1	日本国	日本列島
665	氷室	670	氷室古蹟	大阪府高槻市氷室町辺
		797	氷室神社	奈良県奈良市春日野町
		798	氷室神社	奈良県天理市福住町
		987	由布岳	大分県由布市湯布院町
666	ひむろやま	424	石前氷室跡推定地	京都府京都市北区
		547	徳岡氷室跡推定地	京都府京都市右京区
		572	氷室山	京都府京都市左京区
		573	氷室山	京都府京都市北区

名所番号	歌　名　所　名	心旅番号	心　旅　名	所　在　県　等
		574	氷室山	京都府南丹市八木町氷所
		641	讃良氷室跡	大阪府四条畷市清滝
		671	氷室古蹟	大阪府枚方市氷室台辺
667	日向のくに	991	日向国府跡	宮崎県西都市妻・三宅辺
668	日よしのみ神	395	日吉大社	滋賀県大津市坂本本町
669	平野祭	575	平野神社	京都府京都市北区平野
670	ひらの山	396	比良山地	滋賀県大津市
671	ひれふる山	963	鏡山	佐賀県唐津市鏡
672	広沢	576	広沢池	京都府京都市右京区
673	広田社	718	広田神社	兵庫県西宮市大社町
674	枇杷どの	577	枇杷殿跡	京都府京都市上京区
675	深草のさと	578	深草の里	京都府京都市伏見区深草
676	深草の山	579	深草の山	京都府京都市伏見区深草
677	吹きあげ	851	吹上の浜旧地	和歌山県和歌山市
678	ふけひの浦	321	吹飯の浦跡推定地	三重県伊勢市吹上
		672	吹飯の浦	大阪府泉南郡岬町深日
679	ふじ	268	富士山	静岡県・山梨県
680	ふしみのさと	580	伏見の里	京都府京都市伏見区
681	ふしみ山	581	伏見山	京都府京都市伏見区
682	豊前	954	豊前国衙跡推定地	福岡県京都郡みやこ町
683	ふたかみやま	174	二上山	富山県高岡市・氷見市
		790	二上山	奈良県・大阪府
684	ふたみのうら	320	二見の浦	三重県伊勢市二見町江
		720	二見の浦	兵庫県明石市二見町
		721	二見の浦跡	兵庫県豊岡市城崎町
685	ふたむら山	283	二村山	愛知県豊明市二村台
686	ふちえの浦	719	藤江の浦	兵庫県明石市藤江他
687	藤壺	585	平安京大内裏跡	京都府京都市上京区
688	ふぢはらの宮	799	藤原宮跡	奈良県橿原市高殿町他
689	ふなきのやま	248	船来山	岐阜県本巣市上保他
		352	鶴翼山	滋賀県近江八幡市船木町
		398	船木の山	滋賀県高島市安曇川町
690	ふなをか	583	船岡山	京都府京都市北区
691	ふはのせき	249	不破の関跡	岐阜県不破郡関ヶ原町
692	ふるかは	800	布留川	奈良県天理市布留町
693	ふるからをの	801	布留野	奈良県天理市布留町
694	ふる野	801	布留野	奈良県天理市布留町
695	ふるのたき	802	布留の滝	奈良県天理市滝本町
696	ふるのなか道	801	布留野	奈良県天理市布留町
697	ふるの山	747	大国見山	奈良県天理市石上町
698	遍照寺	586	遍照寺	京都府京都市右京区
699	法興院	587	法興院跡	京都府京都市中京区
700	法金剛院	588	法金剛院	京都府京都市右京区
701	法住寺	589	法住寺・法住寺殿跡	京都府京都市東山区
702	法成寺	590	法成寺跡	京都府京都市上京区
703	法輪寺	591	法輪寺	京都府京都市西京区
704	ほそたに河	899	細谷川	岡山県岡山市北区吉備津
705	菩提樹院	592	菩提樹院跡	京都府京都市左京区
706	発心門の王子	852	発心門王子跡	和歌山県田辺市本宮町
707	ほりかねの井	130	堀兼井	埼玉県狭山市堀兼
708	堀河院	593	堀河院跡	京都府京都市中京区
709	まがきの島	47	松島	宮城県東松島市・塩竈市
710	槇の島	594	槇島跡	京都府宇治市槇島町
711	まきもくのあなしの山	806	纏向の病足の山	奈良県桜井市
712	まきもくのひばら	807	巻向の檜原	奈良県桜井市三輪
713	ましばがは	19	真柴川	岩手県一関市真柴

名所番号	歌　名　所　名	心旅番号	心　　旅　　名	所　在　県　等
714	ます田のいけ	808	益田池跡	奈良県橿原市久米町他
715	まちかねやま	673	待兼山	大阪府豊中市待兼山町
716	松井の水	902	松井	岡山県総社市上林字松井
717	松が浦	926	松山郷（『和名抄』）	香川県坂出市青海町他
718	松がうら島	47	松島	宮城県塩竈市他
719	松がさき	399	松が崎	滋賀県近江八幡市
720	松島	47	松島	宮城県塩竈市他
721	まつちの山	809	真土山	奈良県五條市
722	松のをやま	595	松の尾山	京都府京都市西京区嵐山
723	松山	926	松山郷（『和名抄』）	香川県坂出市青海町他
724	まつらのおき	965	松浦郡（『和名抄』）の沖	佐賀県・長崎県
725	まののいりえ	400	真野の入江跡	滋賀県大津市真野
		722	真野の入江跡	兵庫県神戸市長田区
726	まののつぎはし	98	真野の継橋跡推定地	茨城県常陸大宮市宇留野
		140	真野の継橋跡	千葉県南房総市久保
727	まののはぎはら	723	真野の萩原	兵庫県神戸市長田区
728	ままのつぎはし	141	真間の継橋跡	千葉県市川市真間
729	三井寺	350	園城寺	滋賀県大津市園城寺町
730	みかきがはら	810	御垣が原跡推定地	奈良県吉野郡吉野町宮滝
731	みかさの山	754	春日山	奈良県奈良市雑司町
732	みかの原	596	瓶の原	京都府木津川市加茂町
733	みかは	284	三河国府跡推定地	愛知県豊川市久保町他
734	みかみの山	401	三上山	滋賀県野洲市三上
735	みくまののうら	302	熊野灘	三重県・和歌山県
736	みくら山	598	御蔵山	京都府宇治市木幡御蔵山
737	みこしをか	490	北野天満宮御旅所	京都府京都市中京区
738	みさか	233	神坂峠	長野県・岐阜県
739	みしま江	674	三島江跡	大阪府高槻市三島江他
740	みしまの明神	929	大山祇神社	愛媛県今治市大三島町
741	みたけ	770	山上ヶ岳	奈良県吉野郡天川村洞川
742	みたらし河	599	御手洗川	京都府京都市北区上賀茂
743	みちのく	36	多賀城政庁跡	宮城県多賀城市市川
744	水ぐきのをか	402	水茎の岡	滋賀県近江八幡市牧町
745	みづのえ	440	宇良神社	京都府与謝郡伊根町
746	みずのえのよしのの宮	600	水江吉野神社推定地	京都府京丹後市切畑
747	みつのこじま	49	美豆の小島	宮城県大崎市鳴子温泉
748	みつのさと	601	美豆の御牧跡	京都府京都市伏見区
749	みつのてら	675	三津寺	大阪府大阪市中央区
750	みつの浜	403	御津の浜	滋賀県大津市
751	みづのみまき	601	美豆の御牧跡	京都府京都市伏見区
752	みづのもり	601	美豆の御牧跡	京都府京都市伏見区
753	みなせ河	676	水無瀬川	大阪府三島郡島本町
754	みなと	725	湊	兵庫県南あわじ市湊他
755	みなと川	726	湊川	兵庫県神戸市兵庫区
756	みなの河	99	男女の川	茨城県つくば市
757	南天竺	1008	南天竺	インド
758	みのおの山寺	677	滝安寺	大阪府箕面市箕面公園
759	みののくに	250	美濃国府跡	岐阜県不破郡垂井町府中
760	みののをやま	245	南宮山	岐阜県不破郡垂井町宮代
761	身のふのうら	142	三直の浦跡	千葉県君津市大字三直
		882	みのふの浦推定地	島根県益田市久城町
		992	三納浦跡	宮崎県西都市三納
762	美作	903	美作国府跡	岡山県津山市総社
763	みみなしの山	811	耳成山	奈良県橿原市木原町
764	みみなし山	811	耳成山	奈良県橿原市木原町
765	みむろの山	812	三室山	奈良県生駒郡斑鳩町神南

名所番号	歌　名　所　名	心旅番号	心　　旅　　名	所　在　県　等
		813	三室山	奈良県生駒郡三郷町立野
766	みむろ山	812	三室山	奈良県生駒郡斑鳩町神南
		813	三室山	奈良県生駒郡三郷町立野
767	みもすそがは	291	五十鈴川	三重県伊勢市
768	みや河	322	宮川	三重県度会郡他
769	宮木の	50	宮城野	宮城県仙台市宮城野区他
770	みやこしま	47	松島	宮城県塩竈市他
		120	宮子島推定地	群馬県伊勢崎市宮子町他
		131	都島	埼玉県本庄市都島
		957	京都島旧地	福岡県京都郡苅田町二崎
		958	京都島旧地	福岡県京都郡苅田町松山
771	宮ぢ山	286	宮路山	愛知県豊川市御津町
772	宮のたき	814	宮滝	奈良県吉野郡吉野町宮滝
773	みよしの	982	吉野山	熊本県熊本市南区城南町
774	みるめの浦	969	見目浦推定地	長崎県壱岐市勝本町
775	みわのひばら	816	三輪の檜原	奈良県桜井市三輪
776	みわの山	817	三輪山	奈良県桜井市三輪
777	三輪山	817	三輪山	奈良県桜井市三輪
778	みをの中山	379	岳山	滋賀県高島市高島町
779	むさしの国	147	武蔵国府跡	東京都府中市宮町
780	むつ田のよど	818	六田の淀	奈良県吉野郡吉野町六田
781	無動寺	404	無動寺谷	滋賀県大津市坂本本町
782	むめづ	439	梅津	京都府京都市右京区梅津
783	むらさきの	602	紫野	京都府京都市北区紫野
784	むろのやしま	107	八小島	栃木県栃木市惣社町
785	めいしう	1006	明州	中国
786	もがみ河	70	最上川	山形県
787	門司	960	門司	福岡県北九州市門司区
788	門司の関	960	門司	福岡県北九州市門司区
789	もち月のこま	234	望月の駒	長野県佐久市望月他
790	ももぞの	529	世尊寺跡	京都府京都市上京区
		603	桃園	京都府京都市上京区
791	もる山	269	本宮山	静岡県周智郡森町他
		280	東谷山	愛知県名古屋市守山区他
		405	守山寺	滋賀県守山市守山
792	諸神	406	緒神山	滋賀県米原市・長浜市
793	もろこし	1001	朝鮮及中国	朝鮮及中国
794	やす河	407	野洲川	滋賀県
795	やそしま	47	松島	宮城県塩竈市他
		56	象潟跡	秋田県にかほ市象潟町
796	やたの	198	八田	福井県丹生郡越前町八田
797	やつはし	287	八橋	愛知県知立市八橋町他
798	山ざき	606	山崎	京都府乙訓郡大山崎町
799	山しな	607	山科	京都府京都市山科区
800	山階寺	764	興福寺	奈良県奈良市登大路町
801	山しろ	609	山城国府跡	京都府乙訓郡大山崎町
802	山田の原	323	山田の原	三重県伊勢市豊川町
803	やまと	1	日本国	日本
		820	大和国府跡推定地	奈良県橿原市石川町
804	大和国	819	大和国（『和名抄』）	奈良県
805	山のべ	821	山辺の道	奈良県奈良市～桜井市
806	雪のみ山	1009	ヒマラヤ山脈	ネパール
807	木綿園	408	木綿園遺称地	滋賀県守山市三宅町他
808	ゆふは山	974	白髪岳	熊本県球磨郡あさぎり町
		975	白髪岳（五木白髪岳）	熊本県球磨郡五木村甲·乙
809	ゆらのと	610	由良川河口	京都府宮津市・舞鶴市

名所番号	歌　名　所　名	心旅番号	心　　旅　　名	所　在　県　等
810	ゆらのみなと	610	由良川河口	京都府宮津市・舞鶴市
		853	由良の湊	和歌山県日高郡由良町
811	横河	409	横川	滋賀県大津市坂本本町
812	よごのうら	410	余呉湖	滋賀県長浜市余呉町
813	よさの海	611	与謝の海	京都府宮津市・与謝郡
814	よしだのさと	411	吉田の里	滋賀県犬上郡豊郷町吉田
815	吉野	823	吉野郡（『和名抄』）	奈良県吉野郡
816	吉野河	822	吉野川	奈良県
817	よしののたき	729	蜻蛉の滝	奈良県吉野郡川上村
		814	宮滝	奈良県吉野郡吉野町宮滝
818	よしのの山	824	吉野山	奈良県吉野郡
819	よど	613	淀	京都府京都市伏見区辺
820	よど河	614	淀川	京都府・大阪府・滋賀県
821	よどの	613	淀	京都府京都市伏見区淀
822	よどのつぎはし	617	澱の継橋旧地	京都府京都市伏見区他
823	よどのわたり	616	淀津跡	京都府京都市伏見区納所
824	竜門寺	825	竜門寺跡	奈良県吉野郡吉野町山口
825	竜門の滝	826	竜門の滝	奈良県吉野郡吉野町山口
826	霊鷲山	1010	霊鷲山	インド
827	霊山	618	霊山寺跡	京都府京都市東山区
		1010	霊鷲山	インド
828	冷泉院	619	冷泉院跡	京都府京都市中京区
829	蓮華心院	620	蓮華心院跡	京都府京都市右京区
830	六波羅密寺	621	六波羅密寺	京都府京都市東山区
831	わかのうら	854	和歌浦旧地	和歌山県和歌山市和歌浦
832	わかの松原	324	わかの松原跡推定地	三重県四日市市松原町
833	わか松のもり	412	若松の森	滋賀県東近江市外町
834	わしのたかね	299	神路山	三重県伊勢市宇治今在家町
		1010	霊鷲山	インド
835	わしの山	1010	霊鷲山	インド
836	忘井	304	米ノ庄神社境内	三重県松阪市市場庄町
		325	忘井旧跡	三重県松阪市嬉野宮古町
837	わたのべ	634	大江の岸跡	大阪府大阪市中央区
838	わたらひ	322	宮川	三重県度会郡他
839	ゐで	427	井手	京都府綴喜郡井手町
840	ゐでのかは	536	玉川	京都府綴喜郡井手町
841	ゐでの玉川	536	玉川	京都府綴喜郡井手町
842	猪名野	687	猪名	兵庫県尼崎市・伊丹市他
843	猪名の柴山	687	猪名	兵庫県尼崎市・伊丹市他
844	ゐなのみなと	688	猪名の湊跡	兵庫県尼崎市猪名寺
845	ゑじま	691	絵島	兵庫県淡路市岩屋
846	ゑちうのくに	166	越中国府跡	富山県高岡市伏木古国府
847	をか	937	遠賀郡（『和名抄』）	福岡県遠賀郡
848	をがさはら	201	小笠原	山梨県北杜市明野町
849	をがはのはし	74	小川	福島県郡山市田村町小川
		94	園部川の橋	茨城県小美玉市小川
		104	権津川の橋	栃木県那須郡那珂川町
		126	兜川の橋	埼玉県比企郡小川町小川
		133	大須賀川の橋	千葉県香取市上小川
		134	御腹川の橋	千葉県君津市
		143	小川の橋	東京都あきる野市小川
		167	小川橋	富山県下新川郡朝日町
		168	小川寺川の橋	富山県魚津市小川寺
		175	小川町の橋	石川県白山市小川町他
		184	宝達川橋	石川県羽咋郡宝達志水町
		187	小川	福井県三方上中郡若狭町

名所番号	歌　名　所　名	心旅番号	心　　旅　　名	所　在　県　等
		189	鞍骨川	福井県丹生郡越前町小川
		215	小川川	長野県下伊那郡喬木村
		216	小川の橋	長野県木曽郡上松町小川
		219	川上沢の橋	長野県上水内郡小川村
		256	小河郷（『和名抄』）	静岡県三島市清水町
		261	小河郷（『和名抄』）	静岡県焼津市小川他
		271	岡田川の橋	愛知県知多郡東浦町緒川
		272	小河郷（『和名抄』）	愛知県安城市小川町他
		317	中村川の橋	三重県松阪市嬉野町
		347	小川戸谷橋	滋賀県高島市朽木小川
		354	鴨川の橋	滋賀県高島市安曇川町
		380	龍田川の橋	滋賀県高島市マキノ町
		388	中手川の橋	滋賀県甲賀市信楽町小川
		454	小川郷（『和名抄』）	京都府亀岡市千代川町
		783	千代橋	奈良県吉野郡東吉野村
		910	小川の橋	山口県萩市中小川
		921	小川郷（『和名抄』）	香川県丸亀市飯山町
		938	小川	福岡県みやま市瀬高町
		962	小川	佐賀県唐津市浜玉町
		972	小川郷（『和名抄』）	熊本県宇城市小川町
		989	小川	宮崎県児湯郡西米良町
850	をぐらの山	455	小倉山	京都府京都市右京区
851	をぐら山	815	明神山	奈良県北葛城郡王寺町
852	をぐろさき	26	小黒崎	宮城県大崎市鳴子温泉字黒崎
853	をごとのさと	348	雄琴の里	滋賀県大津市雄琴他
854	をしほの山	457	小塩山	京都府京都市西京区
855	をしま	2	北海道	北海道
856	を島	47	松島	宮城県塩竈市他
857	をだえのはし	27	緒絶橋	宮城県大崎市古川三日町
858	をとこ山	458	男山	京都府八幡市八幡高坊
859	をの	466	小野	京都府京都市左京区八瀬
860	をののふるえ	298	小野の古江跡推定地	三重県松阪市小野江町辺
		319	祓川	三重県多気郡明和町
861	をばすて山	218	冠着山	長野県千曲市羽尾他
862	をばただのいただの橋	751	小墾田の板田の橋跡推定地	奈良県高市郡明日香村
863	をはつせの山	794	初瀬山	奈良県桜井市初瀬
864	をはり	274	尾張国府跡推定地	愛知県稲沢市国府宮他
865	をぶちのこま	3	尾駮	青森県上北郡六ヶ所村
		28	小淵	宮城県石巻市小淵
		46	牧山の駒	宮城県石巻市牧山
866	をふの海	288	麻生浦	三重県鳥羽市浦村町
		289	阿曽浦	三重県度会郡南伊勢町
867	をふのうら	169	おふの浦跡	富山県氷見市大浦
		288	麻生浦	三重県鳥羽市浦村町
		289	阿曽浦	三重県度会郡南伊勢町

あとがき

三鍋久雄

本書は、勅撰和歌八代集をお読みになり、そこに出てくる地名・神社・寺院・邸宅その他がどこにあるか、また定説となっている地名、またそれに類した地名、著者はこの区別がつきませんが、そのようなものは、どこに、どの場所が考えられるかをお示ししたものである。お読みいただいた方がそれぞれ相当する歌を口ずさみいただきながら、また地図を見て、適否を御判断いただければ幸甚です。地図はそのためのものです。

この書の「メモ書き」の参考とした書物は、古くは江戸時代の名所図会、最近のものといっても三〇年、五〇年以上前に出版されたものである。その後、急激に変化していること御了解いただきたい。

本書が出版されるに当り、多数の方々の助けがありました。その中で特に次の方を挙げる。

いつも快く拙著の出版をお引き受けいただき立派な装丁本にしていただいた桂書房勝山敏一代表である。表紙の色も古来の甘味料、そして奥ゆかしくほのかに薫る芳香の和三盆糖の色である。

次に、小生を「地学」方面に導き、その指導をいただいた、後の、今はなき富山大学名誉教授藤井昭二先生である。藤井昭二先生の富山大学赴任の時と同じ年に、富山大学教育学部に入学した小生に、入学したその年度の、一年生時に未だ地学専攻コースのなかった理科教室に、地学専攻コース開設までの手ほどきを藤井先生に教えていただき、新開設の地学専攻生として卒業させていただいたことである。富山大学入学から、平成二七年六月まで六三年間御指導をいただいたこと、その間、地図を片手の生活が何んといっても拙著出版につながっている。

そして最後に、五〇有余年間、小生の日常生活、地図を片手に生活している小生を飽きもせず、離婚もせず命を支えてくれた妻三鍋祥子である。通常の家事の上、田植え、田草取り、稲刈り等の農作業や野菜作り、また、子育て、孫育てをしてくれたこと等列挙すれば果てしがないがその中の一事。田植えの補植後に、牽引車にしっかりつかまりながら、月や星を仰いで帰宅することが毎年であった。小生は、陶淵明の『帰園田居詩』の一節、

晨興理荒穢　帯月荷鋤帰　道狭草木長　夕露沾我衣

(朝早く起きて、田畠の雑草を除去してまわり、月を仰いで鋤を荷って帰路につく。狭い道には雑草が生い茂り、その露で着衣をぬらす)

を思いおこしていたが、これら諸事全般に妻はよく耐えてくれた。

以上、記して深甚な謝意を表する。

平成三十一年三月

編著者プロフィール

三鍋　久雄（みなべ ひさお）
一九三五年生れ
現住所　〒九三〇―〇二〇四
　富山県中新川郡立山町寺田一五八
一九五八年　富山大学教育学部（理科）卒
一九五八～一九九七年　上東中学校、雄山・富山女子・富山東高校教諭
現在　日本地質学会、富山地学会、日本山岳会、立山町文化財保護審議委員
著書　報告書・北ボルネオ踏査隊（一九六八年）、立山町史上巻（一九七七年）、立山町史別冊（一九八四年）、越中の百山（一九七三年・北日本新聞社）、とやま百川（一九七六年・北日本新聞社）、山雄会二五年史（一九八九年）、とやまの巨木（二〇〇五年・桂書房）、富山県大百科事典（一九七六年・富山新聞社）、富山地学紀行（二〇一二年）等分担執筆。落雁三鍋菓子屋（一九九八年）、萬葉集 歌の山旅（二〇一〇年）

勅撰和歌八代集　**心旅**

定　価　八〇〇〇円＋税

発　行　令和元年六月十日

編著者　三鍋　久雄

発行所　桂　書　房
〒930-0103　富山市北代三六八三―一一
ＴＥＬ　〇七六―四三四―四六〇〇
ＦＡＸ　〇七六―四三四―四六一七

印刷所　株式会社 すがの印刷

製　本　株式会社 渋谷文泉閣

地方小出版流通センター扱い

⑰龍門の滝（826）、吉野町提供

⑱岩代王子社（828）、みなべ町提供

⑲隠岐国府跡（869）、隠岐の島町提供

⑳王子が岳・唐琴の海（886）、倉敷市提供

㉑鏡山山頂（963）、唐津市提供

㉒恵蘇八幡社・麻氏良布神社・橘広庭宮跡碑（933）、朝倉市提供

㉓櫃山天満宮（926）、坂出市提供

㉔米山寺（906）、三原市提供